中国古代文体学

上 卷

中国古代文体学史

"十二五"国家重点图书出版规划项目
国家出版基金项目

全国高等院校古籍整理研究工作委员会规划项目
上海文化发展基金资助项目

四川师范大学文理学院重点科研项目

国家出版基金项目
NATIONAL PUBLICATION FOUNDATION

中国古代文体学

曾枣庄 著

上卷

中国古代文体学史

上海人民出版社
上海书店出版社 出版
SHANGHAI BOOKSTORE PUBLISHING HOUSE

《中国古代文体学》序

龚鹏程

读到曾枣庄先生这部大书，实在感慨万端。

本书名曰《中国古代文体学》，当然没什么问题；但此语在今日，却不免有些矛盾似的诡谲之趣。为什么？因为文体学只能是古代的，当代并无文体学。

新文学运动以来，产生过许多大变化，其中之一就是文体学被消灭了。现代文学本身看似也有文体问题，小说、散文、诗歌、戏剧四大文类不就是四种文体吗？实则不！这四类，根本缺乏文体性的区分。诗与文用的是同一种文字和体式，不歌、也无格律。勉强用分行来区别是诗或散文，仍不免有"散文诗"这类令人头疼的名词。而散文诗与非散文诗到底又有什么真正的文体区分，谁也不能讲清楚。小说与散文之间、小说与戏剧之间，情况相同，不必一一介绍。

而把这四大类不成文体之文体拿来硬扣在中国古代文学上，更是一大灾难。中国古代的文章，体兼骈散。既曰散文，则骈俪就不必谈了？而古文运动以来之古文，似乎合乎散文之义，但《古文辞类纂》所收，分明又颇多不是今之所谓散文，该如何看待？小说，古出于稗史杂录，后世亦仍以巷议街谈、市井琐言为之，与西方现代小说本是两回事，硬予扣合，编造其起伏发展之史，益见其削足适履，不能掌握这种文体的实相。戏曲，重在唱曲，不是叙事与表演的，尤与西方戏剧枘凿。因此，总体看我们这八九十年来的古典文学研究，可说都是失了脚跟，邯郸学步，对于我们自己的文体早已丧失了理解。情况如此，文学批评、文学理论研究领域之不重视文体学也就是理所当然的了。

曾先生这部大书，即是在这个大背景底下写成的。全面整理了中国古代对各种文体的讨论资料、勾勒出文体学的体系及其发展之历史。在近百年中国文学研究中实是前所未有的伟构。

是的，中国文学，若要讨论，第一步就得论文体，因此宋人才会视王安石论文"先体制而后工拙"！体制不明，工拙何谓耶？自夫子删诗书以来，即欲令雅颂各得其所；

尔后选文列篇,基本上也都是分体叙次,如《文选》、《唐文粹》、《文苑英华》、《宋文鉴》、《金文雅》、《元文类》、《明文海》等等都是如此。论文之作,如《文赋》、《文心雕龙》、《文章流别》等亦复如此。这个关注点和今人是极不相同的,但尝试理解它,却是进窥中国文学堂奥的关键。

但就算知道理解中国文学须由文体入手,今人对之也还是不易掌握的。因为目前我们讲的文体,大抵只是西方文类的概念。文体确实有近于文类之义,但它不等于文类。它不仅指语言文字格式上的体裁,还指文词与意义共同造就的风格,也指题材、主题或功能。

例如,曹丕《典论·论文》说:"奏议宜雅,书论宜理,铭诔尚实"。雅、理、实指风格。奏、议、书、论、铭、诔看起来是指体裁,却也不然。因为铭和诔的功能并不一样,铭的功能很广,诔则主要用以志亡者,因此它们可能体裁相同、风格相似,但仍应区分为两种文体。而就以诔来说,汉代诔都是四言有韵的,魏晋以后就近于楚辞,可见同一文体,文字体裁格式上却是不固定的,常有变化,仅就文词格式论文体当然就很不恰当了。反之,曹丕这句话讲的铭,本指碑铭。但古代勒铭于铜器,早已有铭;后世刻石为铭,也不仅用于表墓,不乏用以赞勋、述己的,所以虽同为铭,功用并不相同,只是写法相似罢了。而碑文有人用骈、有人用散,也有文散而后缀韵语以为铭的,文字格式又不一样。凡此,若不熟悉中国文体之意涵及其流变,确实亦不容易了解。

所以曾先生这本书才会综合体裁、体格、体类几个方面来论文体,希望能厘清一些观念、消解一些争议。我觉得这是他主要贡献之所在。

要能如此综合地解释文体,并不容易。曾先生这套书的一个特点,正是在他全面清理了讨论文体的文献上。在这个基础上说话,方能解纷解惑,一扫过去论文体者含糊笼统或偏执一端之病。他曾主持过《全宋文》等大型文献整理工作,清查文献,本是驾轻就熟的事,但我知道这并不简单。因大部分辑出的资料散在子部集部,不惟难找,且多未经前人钩稽讨论过;而什么材料属文体学范畴,尤其需要专业判断。曾先生是国内少数具有文学史及文学评论修养的文献学家,因此可能只有他才能够胜任这样的工作。

曾先生前些年曾为病魔所困,初以为他需要伏摄静养,不料竟然精进勇猛若此。不仅大胜小恙,甚且做了这套了不起的大书,为中国古代文体学研究打开了一个新局面。我很钦服,故掬诚敬荐,聊代序章。

壬辰小雪,于燕京旅次

目　录

《中国古代文体学》前言

曾枣庄

一　古代文体研究的必要性

中国古代十分重视文体研究,最早的文体专论是曹丕的《典论·论文》和陆机的《文赋》,最早的文体专著为挚虞的《文章流别论》,惜已失传,只留存十余条论及文体的源流及变化。刘勰的《文心雕龙》是今存最早、最系统、最全面的文论专著,全书五十篇,从《辨骚》至《书记》共二十一篇专论文体,其余各篇也间涉文体。其《序志》要求"原始以表末,释名以章义,选文以定篇,敷理以举统",①对各种文体的源流演变、体制特点、典型范式,作了总体的论述。其文体研究方法也颇有借鉴意义,或归类以探求文体之同,或辨析以区别文体之异,或考镜源流以彰显文体之变。此书标帜着中国文体学的形成。明代的《文章辨体汇选》,清代的《古今图书集成》,是中国古代文体学完成的标帜。特别是《古今图书集成》,其《文学典》除总论所收为自先秦至明代的文艺理论和文学名家列传外,其他四十八部皆专论文体,实集中国古代文体资料之大成。

但最近半个多世纪以来,我们很不重视中国古代文体的教学和研究,以致一些古典文学研究者也缺乏起码的中国古代文体常识。有人说"长短句是词的最基本的特征",于是把苏轼的"长短句"诗都说成是"东坡词",一口气就新辑出"四十首"苏词,发明了数十种从未见于万树《词律》和康熙《御定词谱》诸书的新词牌。多数词确实是"长短句",但逆定理不一定都能成立,长短句诗并非都是词。因为词是隋、唐时代的产物,兴盛于宋,而中国诗歌从产生之日起,就有长短句诗,即所谓的杂言诗。不仅《诗经》有杂言,古歌谣、楚辞、乐府、歌行也有杂言,而且更多。宋人所辑苏词只有二百七十二首(傅幹《注坡词》),或三百二十八首(曾慥《东坡先生长短句》)。经过历代

---

① （梁）刘勰《文心雕龙》卷十《序志》,文渊阁四库全书本。

2

辑佚,唐圭璋《全宋词》共收苏词三百六十首,但这新增的三十多首苏词并非完全可靠。苏词研究的重点不应是辑佚,而应是辨伪。今人曹树铭的《东坡词》,认为确为苏词者只有三百一十九首,与曾慥《东坡先生长短句》相近,其余都列入互见词和误入词。2002 年中华书局出版的邹同庆、王宗堂的《苏轼词编年校注》认为确为苏词的只有二百八十八首,与傅幹《注坡词》相近,其余皆列于互见词、存疑词、误入词。现在有人一下子就新发现了"四十首",苏词就不是三百余首,而是四百首了。

早在 1981 年,郭绍虞先生就写了一篇《提倡一些文体分类学》的文章。1984 年,褚斌杰先生又出版了专著《中国古代文体概论》,其《绪论》说:"研究和了解我国古代众多的文体的特点,研究它们的发生、发展,以及它们彼此相互渗透、相互影响而不断演变的历史,对于更好地阅读和理解古代文学作品,对于认识和掌握文学体裁的发展规律,以至推陈出新地为发展新文学服务,都是十分必要的。"①此后三十年,特别是最近十多年,学界对文体学的研究逐渐重视起来,发表出版了一些专论和专著,但视野较窄。一是资料视野较窄,多限于古代文论专著和诗文评中的文体资料;二是研究视野较窄,多限于对诗文体裁的研究。因此,即使在今天,仍有强调加强文体研究的必要。

二　全面占有资料是文体学研究的基础

任何研究工作都必须以广泛占有资料为基础,唐刘知幾云:"珍裘以众腋成温,广厦以群材合构,自古探穴藏山之士,怀铅握椠之客,何尝不征求异说,采摭群言,然后能成一家,传诸不朽。"更要辨别真伪:"郡国之记,谱牒之书,务欲矜其州里,夸其氏族,读之者安可不练其得失,明其真伪……故作者恶道听途说之违理,街谈巷议之损实。"②中国古代的文体分类与文体理论在经、史、子、集四部中皆有,故应仔细研究经、史、子、集中的文体分类、文体理论意见,这是文体学研究的基础。

历代论文,多认为各种文体皆源于六经。刘勰云:"故论、说、辞、序,则《易》统其首;诏、策、章、奏,则《书》发其源;赋、颂、歌、赞,则《诗》立其本;铭、诔、箴、祝,则《礼》总其端;纪、传、盟、檄,则《春秋》为根。"③任昉云:"六经素有歌、诗、诔、箴、铭之类,《尚书》帝庸作歌,《毛诗》三百篇,《左传》叔向《贻子产书》,鲁哀公《孔子诔》,孔悝

---

① 褚斌杰《中国古代文体概论》卷首,北京大学出版社 1984 年版。
② (唐)刘知幾《史通》卷五《采撰》,文渊阁四库全书本。
③ (梁)刘勰《文心雕龙》卷一《宗经》,文渊阁四库全书本。

《鼎铭》《虞人箴》,此等自秦汉以来圣君贤士沿著为文章名之始,故因暇录之,凡八十四题,聊以新好事者之目云尔。"①可见任昉虽认为六经为诸多文体之源,但他撰著此书的目的却是"自秦汉以来圣君贤士沿著为文章名之始"。明陈懋仁《文章缘起》注和清方熊的补注,往往追溯到秦汉以前,六经以前,对文体溯源很有参考价值。

中国文体虽源于六经,六经中已提到不少文体名,但相比较而言,经部书中的文体理论、文体分类意见还是相对较少。

《春秋》虽被列入经部,但实际上是中国第一部编年体史书,《左传》则是《春秋》三传之一。编年体史书论及文体者较少,但也提及不少文体名。宋人陈骙云:"春秋之时,王道虽微,文风未殄,森罗词翰,备载规模。考诸左氏,摘其英华,别为八体。"他所谓"八体",指命、誓、盟、祷、谏、让、书、对等八种文体及其风格特征:"一曰命,婉而当;二曰誓,谨而严;三曰盟,约而信;四曰祷,切而悫;五曰谏,和而直;六曰让,辨而正;七曰书,达而法;八曰对,美而敏。"②

司马迁的《史记》是我国第一部纪传体史书,他所创立的本纪、表、书、世家、列传以及所附论赞、自序,本身就是文体名。

班固据刘歆《七略》撰成《汉书·艺文志》,其《诗赋略》除按赋家细分外,又把杂赋分为客主赋、行出及颂德赋、四夷及兵赋、中贤失意赋、思慕悲哀死赋、鼓琴剑戏赋、杂山陵冰雹云气雨旱赋、禽兽六畜昆虫赋、器械草木赋、大杂赋、成相杂辞、隐书等十二家。末以诗衰而赋兴总结说:"古者诸侯卿大夫交接邻国,以微言相感,当揖让之时,必称诗以喻其志,盖以别贤不肖而观盛衰焉。故孔子曰'不学诗,无以言'也。春秋之后,周道浸坏,聘问歌咏不行于列国,学诗之士逸在布衣,而贤人失志之赋作矣。大儒孙卿及楚臣屈原离谗忧国,皆作赋以风,咸有恻隐古诗之义。其后宋玉、唐勒,汉兴枚乘、司马相如,下及扬子云,竞为侈丽闳衍之词,没其风谕之义。是以扬子(雄)悔之曰:'诗人之赋丽以则,辞人之赋丽以淫,如孔氏之门人用赋也,则贾谊登堂,相如入室矣,如其不用何?'自孝武立乐府而采歌谣,于是有代、赵之讴,秦、楚之风,皆感于哀乐,缘事而发,亦可以观风俗,知薄厚云。"③郑樵《通志》属史部政书类,其卷六九《艺文略》把图书分为十二类,其中《文类》又主要按文体分为二十二细目,涉及文体有楚辞、赋、赞颂、箴铭、碑谒、制诰、表章、启事、四六、军书、案判、刀笔、俳偕、奏议、论、策、书、诗评等。其他一些目录书往往也涉及文体分类。

---

① (梁)任昉《文章缘起》,文渊阁四库全书本。

② (宋)陈骙《文则》,有正书局文学津梁本。

③ (汉)班固《汉书·艺文志》,文渊阁四库全书本。

中国古代文体资料主要集中于子部和集部。子部的类书往往集中类编各种文体资料，颇值得注意。王应麟云："类事之书，始于《皇览》。"①但《皇览》已失传。唐武德七年（624）欧阳询等编成《艺文类聚》一百卷，为我们提供了丰富的文体资料，如卷一〇的《符命》，卷一九的《言语》、《讴谣》、《吟》、《啸》、《笑》，卷二四的《讽谏》，卷二五的《说》、《嘲戏》，卷三三的《盟》，卷四一的《论乐》，卷四二的《乐府》，卷四三的《歌》，卷五五的《经典》、《谈讲》、《读书》、《史传》、《集序》，卷五六的《诗》、《赋》，卷五七的《七》、《联珠》，卷五八的《书》、《檄》、《移》等。其他类书，如宋高承的《事物纪原》、王应麟的《词学指南》等都提供了丰富的文体资料。

清人来裕恂的《文章典》卷三之《文体》评历代文体学著作，又把文体分为撰著、集录两大类，卷四《文论》云："上古之文不立体，六艺而已。晚周以来，诸子各自名家，多以文鸣于世，虽不立体，而大要有撰著之体，有集录之体。汉儒好为撰著之文，故西汉文章能上追三代。至唐昌黎，尽为集录，宋士宗之，以至于今，于是撰著少而集录多。故汉代多撰著之文，唐后多集录之体。"②类书即属"集录之体"。长袖善舞，多资善贾，为学须占有资料，明王世贞为郑若庸所撰《类隽序》云："善类书者，犹之乎善货殖者也。"此书应赵康王之约而编，其编纂原则是："唐以前毋略，略惜其遗也；宋而后毋广，广恶其杂也。宁稗而奇，毋史而庸；宁巷而雅，毋儒而俚。"③

集部分为总集、别集、诗文评三类。总集现存逾千种，形式是多种多样的：就时间看，有通代、断代之分；就文体看，有兼收诗文，有单收诗或文，或专收某一文体之别；就编纂体例看，有以体（诗或文诸体）标目，以人（作者）系体的，也有以人（作者）标目，以体（诗或文诸体）系人的。以文体标目的总集，表现了编者对诗文体裁及其分类的看法；以作者标目的总集所附评语，往往表现了编者对诗文风格的看法。二者都属于文体学的研究范围，很值得研究古代文体的学者重视。

总集编纂始于先秦，诗文分体则起于编纂诗文总集的需要。《尚书》虽列为经，但实际上是我国最早的文章总集。孔安国《尚书序》云："芟夷繁乱，剪截浮辞，举其宏纲，撮其机要，足以垂世立教：典、谟、训、诰、誓、命之文凡百篇。"④《尚书》的"芟夷繁乱，剪截浮辞"即萧统《文选序》所说的"略其芜秽"；"举其宏纲，撮其机要"，即《文选序》所说的"集其清英"；⑤而"垂世立教"就是编纂《尚书》的目的。

---

① （宋）王应麟《玉海》卷五四，文渊阁四库全书本。

② （清）来裕恂《汉文典·文章典》卷四《文论》，商务印书馆1906年版。

③ （明）王世贞《弇州四部稿》卷六八，文渊阁四库全书本。

④ 《尚书注疏》卷首，文渊阁四库全书本。

⑤ （梁）萧统《文选》卷首，文渊阁四库全书本。

《诗经》虽被列入经,但实际上是我国第一部诗歌总集,分为风、雅、颂三大部分;雅又分为大雅、小雅,都有文体分类意义。风又分为十五国风,雅、颂下又分为各个小类,是按题材分的,实开以后总集以体标目、以文(诗)系体之例。

《尚书》、《诗经》既已列入经部,西汉刘向所编的《楚辞》,往往就被列为我国最早的总集,此集收入屈原、宋玉、景差、贾谊、淮南小山、东方朔、严忌、王褒、刘向、王逸等人的辞赋,实开以后总集以人标目、以文(诗)系人之例。

魏晋南北朝人所编的总集大都以体标目。晋人挚虞所编的《文章流别集》,正如《四库全书总目·总集类序》所说,"其书虽佚,其论尚散见《艺文类聚》中,盖分体编录者也"。南朝梁萧统所编《文选》是典型的分体编录的总集。历代总集多主分体,因此历代总集体例是我们研究古代文体观的重要依据。

总集收多人诗文,为辑录之体;别集收个人诗文,为撰著之体。别集的编纂比总集晚得多,今存别集,始于汉代,如《贾长沙集》、《司马相如集》、《扬子云集》等,然皆后人所编。直至六朝,始自编次:"(张)融文集数十卷行于世,自名其集为《玉海》。"[1]四库馆臣说:"古人不以文章名,故秦以前书,无称屈原、宋玉工赋者。洎乎汉代,始有词人,迹其著作,率由追录。故武帝命所忠求相如遗书,魏文帝亦诏天下上孔融文章。至于六期,始自编次。唐末又刊版印行。夫自编则多所爱惜,刊版则易于流传。四部之书,别集最杂,此其故欤!"[2]这里简明概括了我国别集的形成和发展过程,指出了"四部之书,别集最杂"及其原因。别集有自编者,有子孙、亲友、门生所编者,有自编、他编结合者,有原集已佚,为明、清人所重辑者。"自编则多所爱惜",言外之意是自编会收文较滥。但从现存别集看,凡自编者都比他编的好得多。如王禹偁的《小畜集》三十卷即作者自编,他在《小畜集序》中说:"咸平二年守本官知齐安郡,年四十有六,发白目昏,居常多病,大惧没世而名不称矣。因阅平生所为文,散失焚弃之外,类而策之,得三十卷。"[3]现在流行的四部丛刊本《小畜集》为影印宋刊本,编排颇得法,"集凡赋二卷,诗十一卷,文十七卷",为分体编排。苏辙的《栾城》三集皆为作者所编,也是按诗、文分体编排,各体内部再按时间先后为序,比明人所编的苏轼文集合理得多。《四库全书总目·别集类七》云:"盖集为辙所手定,与东坡诸集出自他人所裒集者不同。故自宋以来,原本相传,未有妄为附益者。"

别集的编排次第,一般都是诗、文、词分体编排。诗集部分有的分体(如古体、

---

① 《南史·张融传》,中华书局1975年版。

② 《四库全书总目》卷一四八《集部总叙》,文渊阁四库全书本。

③ (宋)王禹偁《小畜集》卷首,文渊阁四库全书本。

近体之类)编排,有的以时间先后为序,各体混合编排。词集部分一般按词牌编排,多集外单行。文集一般都按文体或内容分类编排,编得较好的,各体、各类文章再按时间先后顺序编排。一般别集都是诗前文后,如《东坡集》、《栾城集》;但也有文前诗后的,如苏洵《嘉祐集》。辞赋有置于全书之前的,如文同《丹渊集》卷一为词赋,卷二至卷二一为诗,卷二二以后为文。也有些集子大概是出于尊崇皇帝吧,把写给皇帝的各类文章置于前,如叶适的《水心文集》卷一至卷五为奏札、状表、奏议,卷六至卷八为诗;卷九以后为其他文章。可见从别集的分体和编序,也可看出作者或编者的文体分类观点。别集中有不少类似曹丕《典论·论文》、陆机《文赋》这样的论文、论诗、论词的单篇文论,不少涉及文体分类,但很分散,宜仔细搜检,加以利用。

同属集部的,除总集、别集外,还有诗文评著作。宋元之际赵文(生卒年不详)的《郭氏诗话序》论诗话源流,也认为诗话起源于先秦:"(孔)夫子之于诗删之而已,无所论说也。亦间有所发明,如'为此诗者其知道乎',孟子又申之曰:'故有物必有则,民之秉彝也,故好是懿德。'而诗话始此矣。《三百篇》后,建安以来,稍有诗评,唐益盛,宋又盛。诗话盛而诗愈不如古,此岂诗话之罪哉? 先王之泽远而人心之不古也。"①《四库全书总目·诗文评》序云:"文章莫盛于两汉,浑浑灏灏,文成法立,无格律之可拘。建安、黄初,体裁渐备,故论文之说出焉,《典论》,其首也。其勒为一书,传于今者,则断自刘勰、钟嵘。勰究文体之源流,而评其工拙;嵘第作者之甲乙,而溯其师承,为例各殊。至皎然《诗式》,备陈法律;孟棨《本事诗》,旁采故实;刘攽《中山诗话》、欧阳修《六一诗话》,又体兼说部;后所论著,不出此五例中矣。宋明两代,均好为议论,所撰尤繁。虽宋人务求深解,多穿凿之词;明人喜作高谈,多虚憍之论。然汰除糟粕,采撷菁英,每足以考证旧闻,触发新意。《隋志》附总集之内,《唐书》以下则并于集部之末,别立此门。岂非以其讨论瑕瑜,别裁真伪,博参广考,亦有俾于文章欤?"这段话十分全面,一论诗文评之所以产生于东汉末,是因为这时文体渐备,有可能出现论文之说。二论诗文评的五种类型,或考文体源流,或评作者等第,或论诗文法式,或叙作品背景,或体兼说部,以资闲谈。在这五类中实以"体兼说部"者为大宗,这就是宋以后特别发达的诗话、词话、文话(包括赋话、四六话)之类。其中,尤以诗话为大宗。三论其分类,《隋书·经籍志》置于总集内,《新唐书·艺文志》置于"集部之末,别立此门",以后历代相袭,虽未必尽惬人意,也只好如此。最后论其价值,可以资考证,发新意,论瑕瑜,别真伪,有益于研讨为诗为文之法。

---

① (元)赵文《青山集》卷一,文渊阁四库全书本。

宋以前的诗文评著作可说是宋代出现的诗话之源,但诗话之名是到宋代才正式出现的,这就是欧阳修的《六一诗话》。最早的词话也产生于宋代,这就是杨绘的《时贤本事曲子集》和杨湜的《古今词话》。历代诗话中往往含有文话,从南北宋之际起,出现了一种四六话,可说是专门的文话,如王铚的《四六话》、谢伋的《四六谈麈》、杨囷道的《云庄四六余话》之类。这类诗话、词话、文话多以"资闲谈"为主,但也提供了大量分散的文体资料,而严羽的《沧浪诗话》论诗体,不仅论诗歌体裁,而且论其风格,更是研究文体学不可或缺的著作。

从上可见,文体分类及文体评论资料在经、史、子、集各部皆有,尤以子部、集部为多。因此,研究中国古代文体学应扩大视野,详尽占有经、史、子、集各部,特别是子部类书和集部中的文体学资料。

三 古代文体学的研究对象:体裁·体格·体类

文体学是研究文本特征及其分类的学问。文体的"体",包括文体之体(各种文本的体裁)、体格之体(各种文本的风格)、体类之体(各种文本体裁、题材或内容的类别)三个方面。中国古代文体分类学是研究中国古代各种文本的体、格、类的形成、特征、演变及其分类的学问。体类是文体分类的基础,体裁是文体的形式和载体,体格则是文体的灵魂和精神风貌,三者密不可分,具有层次性。但目前的文体学研究,多侧重对文体体裁的研究,对文体体格(风格)和体类的研究十分薄弱。因此很有必要强调对文体体格和体类的研究。

(一) 体 裁

不同的体裁有不同的写作要求,元代刘祁说:"文章各有体,本不可相犯欺。故古文不宜蹈袭前人成语,当以奇异自强。四六宜用前人成语,复不宜生涩求异。如散文不宜用诗家语,诗句不宜用散文言,律赋不宜犯散文言,散文不犯律赋语,皆判然各异。如杂用之,非惟失体,且梗目难通。然学者暗于识,多混乱交出,且互相诋消,不自觉知此弊,虽一二名公不免也。"①李东阳《匏翁家藏集序》也说:"言之成章为文,文之成声则为诗。诗与文同谓之言,亦各有体而不相乱。若典、谟、训、诰、誓、命、爻、象之谓文,风、雅、颂、赋、比、兴之为诗。变于后世,则凡序、记、书、疏、箴、铭、赞、颂之属

---

① (元)刘祁《归潜志》卷一二,文渊阁四库全书本。

皆文也;辞赋、歌什、吟谣之属皆诗也。"①这里所谓"有体",指符合不同体裁的不同要求;"失体",指不符合这些要求:皆指不同体裁所应具有的语言形式、结构形态、表述方法等。

中国诗文体裁的分类往往有多重标准:或依据题材内容,如诏为上对下,奏为下对上等。

或依据语言形式分类,包括每首句数,每句字数。中国古诗多为四句或八句,但也有一句之诗,如《汉书》"枹鼓不鸣董少年",汉童谣"千乘万骑上北邙",梁童谣"青丝白马寿阳来";有两句之诗,如荆卿《易水歌》;有三句之诗,如汉高祖的《大风歌》;而多者达数百句,如王禹偁的《谪居感事》一百六十韵。诗歌每句字数多为四言、五言、七言,但也有一至九言,甚至超过九言的诗。严羽《沧浪诗话·诗体》云:"有杂言,有三五七言(自三言而终以七言,隋郑世翼有此诗:"秋风清,秋月明。落叶聚还散,寒鸦栖复惊。相思相见知何日,此日此夜难为情"),有半五六言(晋傅玄《鸿雁生塞北》之篇是也),有一字至七字(唐张南史《雪月》、《花草》等篇是也。又隋人应诏有三十字,凡三句七言,一句九言,不足为法,故不列于此也)。"词、曲句式看似比较自由,实际各句字数都有限定。

或依据语言格律分类,如李之仪《谢人寄诗并问诗中格目小纸》把诗分为近体、古体、格律、半格律,以及叹、行、歌曲,《宋文鉴》把诗歌分为古诗、律诗、绝句,即依据其是否有格律而分。

(二) 体格(风格)

体格是指诗文的风格、流派。中国古代的各种术语常常一语多义,文体学术语也一样,如《晋书》卷四五《和峤传》云:"峤少有风格,慕舅夏侯玄之为人,厚自崇重,有盛名于世唐。"这里的"风格"当然不是指诗文风格。体格本指人体的外表形态,但指诗文风格者也不少,如释皎然《诗式·辨体有一十九字》云:"逸:体格简放曰逸。""简放"、"逸"的"体格",显指诗歌风格。唐李嘉佑《访韩司空不遇》云:"图画风流似(顾)长康,文词体格效陈王(曹植)。"②"文词体格"更是不言自明,指文词风格。类似例子很多,详本书下卷《中国古代文体分类学》第十一章《文体风格的分类》。

体格是指诗文的风格、流派。文体学在国外常称为风格学。中国古代论文体

---

① (明)李东阳《怀麓堂集》卷六五,文渊阁四库全书本。
② (宋)洪迈《万首唐人绝句》卷十,文渊阁四库全书本。

也兼指体裁和风格。曹丕《典论·论文》云："奏议宜雅，书论宜理，铭诔尚实，诗赋欲丽。"这里所说的奏、议、书、论、铭、诔、诗、赋，为体裁之体；雅、理、实、丽，皆指风格。

陆机云："诗缘情而绮靡，赋体物而浏亮。碑披文以相质，诔缠绵而凄怆。铭博约而温润，箴顿挫而清壮。颂优游以彬蔚，论精微而朗畅。奏平彻以闲雅，说炜晔而谲诳。"①这里所论的诗、赋、碑、诔、铭、箴、颂、论、奏、说，皆指体裁；而绮靡、浏亮、相质、凄怆、温润、清壮、彬蔚、朗畅、闲雅、谲诳，皆指风格。

唐人令狐楚评张祜诗云："祜久在江湖，早工篇什，研几甚苦，搜象颇深。辈流所推，风格罕及。"②刘知幾云："词人属文，其体非一，譬甘辛殊味，丹素异彩。"③以甘辛、丹素喻体，显然也是指诗文风格。唐释齐己《风骚指格·诗有十体》的"高古"、"清奇"也是指诗歌风格。④唐释皎然《诗式·辨体有一十九字》云："高：风韵切畅曰高。逸：体格简放曰逸。贞：放词正直曰贞。忠：临危不变曰忠。节：持节不改曰节。志：立性不改曰志。气：风情耿耿曰气。情：缘境不尽曰情。思：气多含蓄曰思。德：词温而正曰德。诫：检束防闲曰诫。闲：情性疏野曰闲。达：心迹旷诞曰达。悲：伤甚曰悲。怨：词理凄切曰怨。意：立言曰意。力：体裁劲健曰力。静：非如松风不动，林狄未鸣，乃谓意中之静。远：非谓淼淼望水，杳杳看山，乃谓意中之远。"⑤这十九个字的"辨体"，也主要是辨诗的风格、风貌。

严羽《沧浪诗话·诗体》第一次把体裁与风格并列论述。首论体裁云："《风》、《雅》、《颂》既亡，一变而为《离骚》，再变而为西汉五言，三变而为歌行、杂体，四变而为沈、宋律诗。五言起于李陵、苏武，七言起于汉武《柏梁》，四言起于汉楚王傅韦孟，六言起于汉司农谷永，三言起于晋夏侯湛，九言起于高贵乡公。"其下论风格，认为不同的时代有不同的风格："以时而论，则有建安体、黄初体、正始体、太康体、元嘉体、永明体、齐梁体、南北朝体、唐初体、盛唐体、大历体、元和体、晚唐体、本朝体、元祐体、江西宗派体。"不同的名家有不同的风格："以人而论，则有苏李体、曹刘体、陶体、谢体、徐庾体、沈宋体、陈拾遗体、王杨卢骆体、张曲江体、少陵体、太白体、高达夫体、孟浩然体、岑嘉州体、王右丞体、韦苏州体、韩昌黎体、柳子厚体、韦柳体、李长吉体、李商隐体、卢仝体、白乐天体、元白体、杜牧之体、张籍王建体、贾浪仙体、孟东野体、杜荀鹤

---

① 《文选》卷一七《文赋》，文渊阁四库全书本。

② （元）辛文房《唐才子传》卷四引，文渊阁四库全书本。

③ （唐）刘知幾《史通·自叙》，文渊阁四库全书本。

④ （明）陶宗仪《说郛》卷八〇，文渊阁四库全书本。

⑤ （明）陶宗仪《说郛》卷七九上，文渊阁四库全书本。

体、东坡体、山谷体、后山体、王荆公体、邵康节体、陈简齐体、杨诚斋体。"不同的总集（或名篇）有不同的风格："又有所谓选体、柏梁体、玉台体、西昆体、香奁体、宫体。"严羽所述是大体符合实际的，基本概括了宋以前的主要诗歌风格，只有"西昆体即李商隐体"待酌。如果作为溯源，可以这样说。但严羽又说"李商隐体即西昆体"，西昆体"兼温庭筠及本朝杨（亿）、刘（筠）诸公"，这就不对了。这是沿袭北宋惠洪《冷斋夜话》卷四之误："诗到李义山，谓之文章一厄，以其用事僻涩，时称西昆体。""时"当指李义山同时或其略后，但遍查唐人著述，没有称李义山诗为西昆体者。这大概是最早把李义山诗称为西昆体的，以后袭其误者不少。

杨万里《石湖先生大资参政范公文集序》称美范成大诸体皆工而风格多样："至于公，训诂具西汉之尔雅，赋篇有杜牧之刻深，骚词得楚人之幽婉，序山水则柳子厚，传任侠则太史迁，至于大篇决流，短章敛芒，缛而不酿，缩而不窘，清新妩丽奄有鲍谢，奔逸隽伟穷追太白，求其只字之陈陈，一倡之呜呜而不可得也。"①这里，训诂、赋篇、骚词、序（记）、传指体裁，尔雅、刻深、幽婉、大篇决流、短章敛芒、缛而不酿、缩而不窘、清新妩丽、奔逸隽伟皆指风格。

诗有诗品。司空图《二十四诗品》所列雄浑、冲淡、纤秾、沉着、高古、典雅、洗炼、劲健、绮丽、自然、含蓄、豪放、精神、缜密、疏野、清奇、委曲、实境、悲慨、形容、超诣、飘逸、旷达、流动，这些诗品（诗的品格）也多指诗的风格，《四库全书总目·诗品》提要就直接称之为体："所列诸体毕备，不主一格。"严羽《沧浪诗话·诗辨》云："诗之品有九，曰高，曰古，曰深，曰远，曰长，曰雄浑，曰飘逸，曰悲壮，曰凄婉。"这也是论诗的风格。

文有文品，元富大用云："开府之荣名重矣，剡优其礼命，视于文品为第一。"②王士祯云："宁都魏禧叔子以古文名世，余观其《地狱论》上中下三篇殊非儒者之言。宣城吴肃公《晴岩街南集》文品似出其右，而知之者尚少。"③

词有词品，杨慎著有《词品》六卷。

曲有曲品，涵虚子《词品》实论元曲风格："马东篱如朝阳鸣凤，张小山如瑶天笙鹤，白仁甫如鹏抟九霄，李寿卿如洞天春晓，乔梦符如神鳌鼓浪，费唐臣如三峡波涛，宫大用如西风鵰鹗，王实甫如花间美人，张鸣善如彩凤刷羽，关汉卿如琼筵醉客，郑德辉如九天珠玉，白无咎如太华孤峰，以上十二人为首等。"④

① （宋）杨万里《诚斋集》卷八三，文渊阁四库全书本。
② （元）富大用《古今事文类聚》新集卷三，文渊阁四库全书本。
③ （清）王士祯《分甘余话》卷四，文渊阁四库全书本。
④ （明）陶宗仪《说郛》卷八四下。

元稹在《唐故工部员外郎杜君墓系铭》中赞扬杜甫"掩颜谢之孤高,杂徐庾之流丽,尽得古今之体势",①皎然《诗式》的"体裁劲健曰力",这里的"体势"、"体裁"也显指风格。

同一风格的诗文多了,就形成流派,如诗有江西诗派、江湖派,词有豪放派、婉约派,文有桐城派、阳湖派之类。这类诗、文、词流派也主要是按风格分派的。杨万里《江西宗派诗序》认为江西诗派并非都是江西人,而是"风味"也就是风格相似的一群诗人:"江西宗派诗者,诗江西也,人非皆江西也。人非皆江西而诗曰江西者何?系之也。系之者何?以味不以形也……高子勉不似二谢(谢逸、谢迈),二谢不似三洪(洪朋、洪刍、洪炎),三洪不似徐师川(俯),师川不似陈后山(师道),而况似山谷(黄庭坚)乎?味焉而已矣。酸咸异和,山海异珍,而调腼之妙出乎一手也。似与不似,求之可也,遗之亦可也。"②

(三)体类:次文之体,各以类分

体类的概念是萧统《文选序》首先提出的:"凡次文之体,各以汇聚。诗赋体既不一,又以类分;类分之中,各以时代相次。"也就是说,《文选》不仅是按体编排的,也是按题材内容分类编排的,各类之文又以时代先后为序。他把所选的诗文分为赋、诗、骚、七等三十八体;每体又按题材内容分若干小类,如赋又分为京都、郊祀、耕藉、畋猎、纪行、游览、宫殿、江海、物色、鸟兽、志、哀伤、论文、音乐、情等小类;诗又分为补亡、述德、劝励、献诗、公燕、祖饯、咏史、百一、游仙、招隐、反招隐、游览、咏怀、哀伤、赠答、行旅、军戎、郊庙、乐府、挽歌、杂歌、杂诗、杂拟等小类,各类之下再按时代先后分系各个作者的作品,如赋体京都类就收有班固的《两都赋》、左思的《三都赋》等。《文选》以后的总集多仿用这种体例,吴曾祺云:"自《昭明文选》而下,如《唐文粹》、《文苑英华》、《宋文鉴》、《金文雅》、《元文类》、《明文海》诸书,皆主分体,而离合之间,均不无可议。到国朝桐城姚惜抱先生(鼐)始约之为十三,曰论说,曰序跋,曰奏议,曰书说,曰赠序,曰诏令,曰传状,曰碑志,曰杂记,曰箴铭,曰颂赞,曰辞赋,曰哀祭。湘乡曾文正公(国藩)著《经史百家杂抄》,因姚氏之书而稍有变易,而大致不殊。于是论文体者莫不以此为圭臬。"③

① (唐)元稹《元氏长庆集》卷五六,文渊阁四库全书本。

② (宋)杨万里《诚斋集》卷七九,文渊阁四库全书本。

③ (清)吴曾祺《涵芬楼文谈·辨体第六》,商务印书馆宣统三年版。

《文心雕龙》同样"体既不一,又以类分",全书把文体分为文与笔两大类,其下多以两种文体合为一篇的篇名,如卷四《论说》就包括了论与说两种文体:"论者伦也,伦理无爽则圣意不坠";"说者悦也,兑为口舌,故言咨悦怿。"而论与说之下又分为若干文体,论就分为议、说、传、注、赞、评、序、引八体:"详观论体,条流多品。陈政则与议说合契,释经则与传注参体。辨史则与赞评齐行,铨文则与叙引共纪,故议者宜言,说者说语,传者转师。注者主解,赞者明意,评者平理,序者次事,引者胤辞。八名区分,一揆宗论。论也者弥纶群言而研精一理者也。"

中国古代的文体非常繁多,而且随着社会文化的发展越来越多。词、曲以词牌、曲牌为体。明曹学佺《诗话记》第四云:"《花间集》十卷,孟蜀卫尉少卿赵崇祚选,欧阳炯序。内云李太白应制《清平乐》四首,为词体之祖,不知陈隋之《玉树后庭花》、《水殿歌》词,已有之矣。"①这里的"词体"即指词牌。明人曹安谓"《元诗体要》为类三十有八",其一曰"曲体"。②此指散曲,为诗体之一,与戏曲的曲体不尽同义。王世贞所论乃戏曲之曲:"曲者词之变,自金元入中国,所用北乐嘈杂凄紧,缓急之间,词不能按,乃更为新声以媚之。而诸君如贯酸斋、马东篱、王实甫、关汉卿、张可久、乔梦符、郑德辉、富大用、白仁甫辈,咸富有才情,兼喜声律,以故遂擅一代之长,所谓宋词、元曲殆不虚也。"③而词牌、曲牌,更数以千计。面对这数以千计的文体,只能分体分类编排,以便以简驭繁。

中国文体是分层次的。第一个层次分为文、诗、词、曲、小说、戏剧。第二个层次是就文、诗、词、曲、小说、戏剧之下再分,如文又可分为文与笔(韵文与无韵文),骈文与散文。第三个层次是就骈文与散文,韵文与无韵文再细分,如骈文又可再细分为诏令、公牍、表、启等。第四个层次是就诏令、公牍、表、启等再细分,如诏令又分为诏、诰、制、命令、戒敕、喻告、赦文、册文、御札、御笔;公牍又分为国书、羽檄、露布、移、判等。

某些文体称谓不同而差别甚小,但又确有差别,必须尊重这一事实。为了使这众多文体有所归属,做到纲举目张,有条不紊,只有把相近的文体归类,以大类套小类。事实上前人已经这样做了,只是划分大类小类的角度、方法不同罢了。作为总集的《尚书》是按时代先后分为《尧典》、《舜典》、《大禹谟》、《皋陶谟》、《益稷》,《夏书》分为《禹贡》、《甘誓》、《五子之歌》、《胤征》,《商书》、《周书》分得更细。《诗经》分为风、雅、颂,这也证明分体分类是出于编纂总集的需要。

---

① (明)曹学佺《蜀中广记》卷一〇四引,文渊阁四库全书本。
② (明)曹安《谰言长语》,文渊阁四库全书本。
③ (明)王世贞《弇州四部稿》卷一五二《艺苑卮言》,文渊阁四库全书本。

章炳麟的《国故论衡》把我国的文体区分为有韵、无韵两大类。这种分法虽有一定用处，但也有缺点，类太大，近于未分。试想，如果把徐师曾《文体明辨》所列的一百二十七种文体（实际上还不止此数），仅分为诗与文，有韵与无韵两大类，有多大价值呢？何况这两大类也概括不了中国古代的文体，正如严既澄所说，"无论哪一国的文学，大抵只能划为韵文和散文两大部，惟有中国的文体，在这两大部而外，却还有那自成一体的骈文，既不能算是散文，只好让它自成为一部了"。①而且有些文体也很难用韵文、散文和骈文归类。中国的很多文体，特别是赋、箴、铭、颂、赞、哀辞、祭文等，都既可用韵文，也可用骈文，甚至用散文写作。各种序，一般都是散文，但也有纯以骈文为序者，如姚勉《雪坡集》卷二五《回张生去华求诗序》，究竟把他们归入哪一类呢？姚永朴说："文有名异而实同者，此种只当括而归之一类中，如骚、七、难、对问、设论、辞之类，皆辞赋也；表、上书、弹事，皆奏议也；笺、启、奏记、书，皆书牍也；诏、册、令、教、檄、移，皆诏令也；序及诸书论赞，皆序跋也；颂、赞、符命，同出褒扬；诔、哀、祭、吊，并归伤悼。此等昭明，皆一一分之，徒乱学者之耳目……自惜抱先生（姚鼐）《古文辞类纂》出，辨别体裁，视前人乃更精审，其分类凡十有三……举凡名异而实同与名同而实异者罔不考而论之。分合而入之际，独厘然当于人心。乾隆、嘉庆以来号称善本，良有以也……曾文正公（国藩）又选《经史百家杂钞》，其分门有三。著述门凡三类，曰著述，曰辞赋，曰序跋；诰语门凡四类，曰诏令，曰奏议，曰书牍，曰哀祭；记载门凡四类，曰传志，曰叙记，曰典志，曰杂记。"②姚鼐《古文辞类纂》和曾国藩《经史百家杂抄》把众多的文体归为十余类，大小适中，较为适用。

四　关于《中国古代文体学》全书的分工

《中国古代文体学》全书由上卷《中国古代文体学史》、下卷《中国古代文体分类学》以及汇集中国古代文体资料的附卷组成。

鉴于目前不仅普通读者，而且有些古典文学研究者都缺乏中国古代文体常识，我决定编著相互联系而又各有分工的三部书以组成《中国古代文体学》：

一是中国古代文体资料集成。我的研究习惯都是从资料工作做起，这既可使自己的研究建立在比较扎实的资料基础上，又能为其他研究者提供比较全面的中国古代文体资料。《中国古代文体学史》、《中国古代文体分类学》是专著，是我对中国古代

---

① 转引自《中国文学概论》，中华书局 1934 年版。

② 姚永朴《文学研究法》卷一《门类》，王水照：《历代文话》第七册，第 6862 页。

文体学纵横两方面的看法,只能有选择地运用中国古代文体资料,未必完全符合中国文体实际,也许捡了芝麻丢了西瓜。汇集整理中国古代文体资料,旨在为文体学研究者和爱好者提供尽可能完整的原始资料,专著求精,资料求全。研究中国古代文体的视野宜宽,应仔细搜集各部书中的文体资料,这是文体学研究的基础。为此,我遍查从先秦至五四前后的经、史、子、集,广泛搜集中国古代文体资料,包括文体体裁、体格(太多,只能有选择地收录)、体类的资料,编成本书的附卷。

二是《中国古代文体学史》,这是从纵的角度,论述历代文体学的形成、演变、发展过程,介绍中国古代文体学论著及其主要观点。先秦两汉是中国文体的萌芽期,这一时期不仅要看其论述(相对较少),更要看其创作实践,两者结合,确实已备诸体;汉魏六朝是中国文体学的形成期,《文选》特别是《文心雕龙》基本奠定了中国文体学的基础;唐、宋、元是中国文体学的发展期,宋人严羽的《沧浪诗话》明确提出诗体包括体裁和风格,对整个诗词文分体都很有参考价值;明清是中国文体学的集大成期,特别是明代的《文章辨体汇选》,清代的《古今图书集成》,可说是中国文体学完成的标帜。

三是《中国古代文体分类学》,这是从横的方面论述中国古代各种文本的体裁和风格的形成、演变及其文体特征,对文体分类作较为系统的论述。第一部分为总论,论文体学是研究文体分类的学问,阐述文体的不同分类法,或按题材类别,或按诗文风格,或按诗文体裁分类,以及文体学与相关学科的关系。第二部分论体裁分类,这是全书的重点,包括散文、辞赋、骈文、韵文、诗体、词体、散曲、戏剧、分类、小说等。第三部分专论风格分类,包括以时而论、以人而论、以总集(包括书名或篇名而论)和以派而论的诗词文风格分类。第四部分专论体类,主要以总集、别集的分类说明这一问题。本书也仿刘勰《文心雕龙·序志》之说,对每种文体也将释其名以彰该体之义,介绍其文体特征及写作要求,该文体的渊源及各代的新变。空论文体不足以见其文体特征,故论每种文体都将举其最早或最有表性的名篇作为范例论述。由于文体在发展过程中的嬗变,还出现了大量同名异体、同体异名的问题。如同为乐府,汉代起指乐府诗,宋代指词,元代更指曲。同体异名在词曲里尤为多见,如《念奴娇》又名《百字令》、《大江东去》、《酹江月》、《壶中天》。黄侃云:"文体多名,难可拘滞。有沿古以为号,有随宜以立称,有因旧名而质与古异,有创新号而实与古同。"《中国古代文体分类学》对类似现象都将分别论述。本书主要研究五四新文化运动以前的中国古代文体。五四以后产生了很多新兴文体,一则还未完全定型,二则本人素无研究,故只好留待他人。

上卷《中国古代文体学史》凡例

一、本书主要从纵的角度,论述历代文体学的形成、演变及发展过程,介绍历代主要的文体学论著、论述中有关文体体裁、风格、体类的观点。有些作者关于诗文体裁、风格、体类的论述在经、史、子、集各部中皆有,则视其重要性置于一处论述。

二、本书以时代先后为序,分别论述各个时代的文体学成就。先秦两汉是中国文体学的萌芽期;魏晋南北朝是中国文体学的成型期,《文选》特别是《文心雕龙》基本奠定了中国文体学的基础,标志着中国古代文体学的形成;隋唐五代宋辽金元是中国文体学的发展期;明、清是中国文体学的集大成期,明代的《文章辨体汇选》和清代的《古今图书集成》《四库全书总目》,则是中国文体学完成的重要标志。

三、中国古代文体学史料广泛,零散分布于经、史、子、集四部。经、史、子、集既是图书分类,也是文体分类。不仅应重视集部书中的文体学,也应重视经、史、子部中的文体论。如史部史评类刘知幾的《史通》,几乎可与集部诗文评类刘勰的《文心雕龙》媲美,而章学诚的《文史通义》则是以上二书的综合和发展。故本书每阶段内部各代均从经、史、子、集四个角度(有则存,无则略),按文体学家的生卒年先后进行论述,以体现史的特点,以期勾勒出中国古代文体学史的全貌。

四、本书既名《中国古代文体学史》,故主要论述五四以前的文体观。但因古人对小说、戏剧不甚重视,而五四前后对小说、戏剧的研究较多,故在时限上略为放宽,对这一时期研究小说、戏剧的名著亦作适当评介。

五、唐前之书多为手抄,存书较少。宋代起印刷术发达,图书突然增多。故本书总体上详于前而略于后,但就篇幅讲则仍是前少而后多。

六、本书引用资料所采用的版本,除自有新的整理本外,多用文渊阁《四库全书》本。《四库全书》声名一向不太好,原因之一是说它删改原书。但这是人云亦云之说。《四库全书》的删改主要是涉及民族问题的部分,就其他方面而言,《四库全书》是丛书中编得最好的一种,多数版本是经过严格比较选定的,内容较完整,错讹较少。这是本书引用资料多以《四库全书》作底本的原因。

七、本书引文出处，引用别集，首次出现时皆作页下注，详注作者、书名、卷次、篇名、版本，已见于行文者从略；再次出现时只括注卷次，有后集、续集、三集者，在卷次前加注《后集》、《续集》、《三集》等字样，以示区别。别集之外的引文，仅注卷次无从知道引自何书，即使重复出现，也注书名和卷次，但不再重复注版本。

八、各书记载有歧异者，均择善而从。无旁证资料可资考订者，则并存诸说。一般只书结论，不作具体考证。

九、本书引用今人论述，专书详注作者、书名、章节、出版时间及出版社；论文详注作者、标题、期刊名、期数及出版时间。

十、本书较长的解说性注文作页下注，短的作括注。

十一、数字，除公元纪年外，一般不用阿拉伯数字。

先秦两汉萌芽期

第一章　文章体裁多源自先秦

先秦、两汉是中国古代文体的萌芽期,当然也是中国古代文体学的萌芽期。先秦是指秦以前(含秦)的时期。两汉指西汉、东汉,又称前汉、后汉。公元前206年高祖刘邦灭秦,继又打败项羽,于前202年称帝,国号汉,建都长安(今陕西西安),史称西汉或前汉。初始元年(8)王莽篡汉,建立短命王朝新朝。建武元年(25)刘邦远裔光武帝刘秀灭莽,重建汉朝,建都洛阳(今属河南),直至延康元年(220)曹丕篡汉称帝,史称东汉或后汉。两汉共历二十四帝,四百零六年。

虽说"文章体制,原本六经"[①],"建安、黄初,体裁渐备"[②],但在先秦,并无文体学专论,更无专著,只有一些有关文体的零星记载和论述,保存在各种典籍之中,它们只是中国文体学的萌芽。需要特别指出的是,先秦、两汉的典籍和作家直接论述文体的言论虽然相对较少,但他(它)们以其创作实践为后世文体学的发展奠定了基础;并且,先有不同文体的创作实践,然后才有研究文体的文体学。因此在这一部分的论述中,我们必然会较多地涉及他(它)们的作品即创作实践。另外,先秦、两汉的文体学不成体系,理论性较弱,多为零星点评性的,这是其重要特点。

先秦是中国古代文化之源,当然也是中国古代文体和文体学之源。但严格地说,先秦还没有文体学,只是后世文体的发展以及文体学研究,往往溯源先秦。从这种意义上说,先秦是古代文体学发展最初始的、不可逾越的阶段。这既体现在"文章体制,原本六经",后世的各种文体名多已出现在六经中;更体现在先秦其他典籍诸多的创体之作以及先秦诸子对文体的片言只语的论述中。

第一节　"文章体制,原本六经"

扬雄云:"或问五经有辩乎? 曰:惟五经为辩。说天者莫辩乎《易》,说事者莫辩乎

---

①　近人孙德谦《六朝丽指·六体原本六经》,1923年四益宧刊本。

②　《四库全书总目》卷一九五《诗文评类小序》,文渊阁本。

《书》，说体者莫辩乎《礼》，说志者莫辩乎《诗》，说理者莫辩乎《春秋》，舍斯，辩亦小矣……玉不雕，玙璠不作器；言不文，典谟不作经。"①王充云："文人宜遵五经六艺为文，诸子传书为文，造论著说为文，上书奏记为文，文德之操为文，立五文在世，皆当贤也。造论著说之文，尤宜劳焉。"②这些观点，可说是文本六经说之源。

刘勰《文心雕龙》卷一的《原道》、《征圣》、《宗经》更是对文本六经说的详尽阐释，成了文体论的传统观点。其《宗经》云："论、说、辞、序，则《易》统其首；诏、策、章、奏，则《书》发其源；赋、颂、歌、赞，则《诗》立其本；铭、诔、箴、祝，则《礼》总其端；纪、传、铭、檄，则《春秋》为根。并穷高以树表，极远以启疆，所以百家腾跃，终入环内者也。"③颜之推《文章篇》云："夫文章者，原出五经。诏、命、策、檄生于《书》者也，序、述、论、议生于《易》者也，歌、咏、赋、颂生于《诗》者也，祭、祀、哀、诔生于《礼》者也，书、奏、箴、铭生于《春秋》者也。"④孙德谦《六朝丽指·六体原本六经》云："文章体制，原本六经，此说出之六朝（如梁任昉），其识卓矣。"六经中的《乐经》早已失传，只剩下《易经》、《诗经》、《书经》、《礼记》、《春秋》。但相比较而言，经部书中的文体理论、文体分类意见相对较少，也较分散。

一　"序、述、论、议生于《易》"

《周易》本是一部占筮书，是古人用来预测未来，上测天、下测地、中测人事的书，没有具体涉及文体的内容。《周易》的经、传是不同时代的作品。《易经》产生较早，十分古朴；《易传》是对《易经》的解释，包括彖上传、彖下传、象上传（又称"大象"）、象下传（又称"小象"）、系辞上传、系辞下传、文言传（解释乾坤二卦）、序卦传、说卦传、杂卦传，共十篇，故又称为《十翼》。与经文不同，传文富于变化，富有气势，流畅生动，笔下含情。如《文言》释元亨利贞云："元者善之长也，亨者嘉之会也，利者义之和也，贞者事之干也。君子体仁足以长人，嘉会足以合礼，利物足以和义，贞固足以干事。君子行此四德者，故曰乾元亨利贞。"⑤既有序、述，又有论、议，故颜之推云："序、述、论、议生于《易》。"

① （汉）扬雄《扬子法言·寡见》，文渊阁四库全书本。
② （汉）王充《论衡》卷二〇《佚文篇》，文渊阁四库全书本。
③ （梁）刘勰《文心雕龙》，文渊阁四库全书本。
④ （北齐）颜之推《颜氏家训》卷上，文渊阁四库全书本。
⑤ （魏）王弼《周易注》卷一，文渊阁四库全书本。

二 《尚书》篇名多成文体名

《尚书》虽列于经部，但实际上是我国第一部文章总集，是我国最早的关于中国上古历史文献的汇编。刘知幾云："《尚书》家者，其先出于太古。《易》曰：'河出图，洛出书，圣人则之。'故知《书》之所起远矣。至孔子观书于周室，得虞、夏、商、周四代之典，乃删其善者定为《尚书》百篇。"①《尚书》在西汉初年仅存二十八篇，因用汉代通行的隶书抄写，故称《今文尚书》；另有相传汉武帝时从孔壁中发现的《古文尚书》，现在通行的《十三经注疏》本《尚书》，就是《今文尚书》和伪《古文尚书》的合编本。刘知幾还把《尚书》之体称为"《书》体"："《书》之所主本于号令，所以宣王道之正义，发话言于臣下，故其所载皆典、谟、训、诰、誓、命之文。至如尧舜二《典》直序人事，《禹贡》一篇惟言地理，《洪范》总述灾祥，《顾命》都陈丧礼，兹亦为例不纯者也……自宗周既殒，《书》体遂废，迄乎汉魏，无能继者。至晋广陵相鲁国孔衍以为国史所以表言行，昭法式，至于人理常事不足备列，乃删汉魏诸史，取其美词典言，足为龟镜者定以篇第，纂成一家，由是有《汉尚书》、《后汉尚书》、《魏尚书》，凡为二十六卷……寻其义例，皆准《尚书》。"其后以"书"名史者很多，成为史书命名之一体，如《汉书》、《后汉书》、《晋书》、《宋书》、《南齐书》、《梁书》、《陈书》、《魏书》、《北齐书》、《周书》、《隋书》、《旧唐书》、《新唐书》等等。

《尚书》的篇名涉及不少文体，已有典（如《尧典》、《舜典》）、谟（如《大禹谟》、《皋陶谟》）、誓（如《甘誓》、《汤誓》、《秦誓》、《牧誓》、《费誓》）、诰（如《仲虺之诰》、《汤诰》、《大诰》、《康诰》、《酒诰》、《召诰》、《洛诰》、《康王之诰》）、训（如《伊训》）、命（如《说命》、《微子之命》、《蔡仲之命》、《顾命》、《毕命》、《囧命》）等，它们大多成了以后的文章体裁之一。

《尚书》各篇小序对该篇、该体的背景或有说明，如卷七《商书·汤诰》"汤既黜夏命，复归于亳，作《汤诰》"。②正文也偶尔论及文体，如卷二《虞书·舜典》云：

> 帝曰："夔，命汝典乐，教胄子：直而温，宽而栗，刚而无虐，简而无傲。诗言志，歌永言，声依永，律和声，八音克谐，无相夺伦，神人以和。"夔曰："於，予击石拊石，百兽率午。"

---

① （唐）刘知幾《史通》卷一《六家》，文渊阁四库全书本。
② 《尚书注疏》，（汉）孔安国传，（唐）孔颖达疏，文渊阁四库全书本。

这是伦理学、教育学、文论学、文体学研究者经常引用的一段名言,谓音乐、诗歌可以培养"直而温,宽而栗,刚而无虐,简而无傲"的品格。"诗言志"谓诗是用来表达人的意志的;"歌永言",永,长,谓歌是徐徐咏唱,以突出诗的意义的;声指五声,宫、商、角、徵、羽,"声依永"谓声音的高低又与歌相配合;律指六律、六吕,"律和声"谓律吕是用来调和歌声的;八音指金、石、土、革、丝、木、匏、竹八种乐器的声音,"八音克谐"谓八类乐器不同,所发之音也不同,但能达到和谐,不会搅乱次序("无相夺伦"),人与自然相和谐("神人以和")。苏轼《书传》卷二云:"言之不足故长言之,吟咏其言而乐生焉,是谓歌永言。声者,乐声也;永者,人声也。乐声升降之节,视人声之所能至,则为中声,是谓声依永。永则无节,无节则不中律,故以律为之节,是谓律和声。"①朱自清《诗言志辨序》认为"诗言志"是中国历代诗论的"开山的纲领"②,对后代诗论有着深远的影响。"诗言志"可以说是最早对诗歌这种体裁作出界定的精辟论述。

另外,《尚书》实对后世纪事本末体的形成有很大影响,参本书第五章第二节之四"袁枢《通鉴纪事本末》与纪事本末体史书"。

三　《诗经》与风、雅、颂、赋、比、兴体

《诗经》收入自西周初年至春秋中叶五百多年的诗歌三百一十一篇,今仅存三百零五篇。《诗经》的成书,有行人采诗、献诗、孔子删诗三说。《诗经》分为《风》、《雅》、《颂》三大部分,风是不同地区的地方音乐,雅是周王朝直辖地区的音乐,颂是宗庙祭祀的舞曲歌辞,均有一定的文体分类意义。《风》又分为十五《国风》,《雅》又分为《大雅》、《小雅》。《雅》、《颂》又按题材分为若干什,实开以后总集以体标目,以文(诗)系体之例。

后人多从风格、内容的不同区分风、雅、颂三体,如朱熹《酒市二首》云:"诗传国风体,兴发酒家旗。"③元人朱倬《诗经疑问》卷七:"风有风体,雅有雅体,词各不同,体制亦异。"④元人吴澄《张仲美乐府序》云:"风者,民俗之谣;雅者,士大夫之作。故风葩而雅正,后世诗人之诗,往往雅体在而风体亡。"⑤明人李先芳《读诗私记》卷一云:

---

① (宋)苏轼《书传》,文渊阁四库全书本。
② 朱自清《诗言志辨》,《现代名家经典丛书》,凤凰出版社 2008 年版。
③ (宋)朱熹《晦庵集》卷三,文渊阁四库全书本。
④ (元)朱倬《诗经疑问》,文渊阁四库全书本。
⑤ (元)吴澄《吴文正集》卷一八,文渊阁四库全书本。

《诗》以风、雅、颂为三经,王者诸侯通用之,但其地不同耳,非谓风贱于雅,雅轻于颂,而惟王者兼之也。故有诸侯之风,亦有王者之风。风有风体,凡出自闺门及民情好恶者是也。《周》《召》二南所载,不出乎闺壸里巷之事,词虽尔雅,不得谓之雅而谓之风。《黍离》以下,虽多忧国悯时之词,亦系民情好恶,不出于朝廷,亦不得谓之雅而谓之风,非王本无风,降而为国风也。雅有雅体,歌于宗庙朝廷者是也。诸侯亦有宗庙朝廷,风既不伦,雅、颂又非其分,将无诗乎?窃疑鲁既有颂,焉知无雅,又焉知列国之无雅、颂乎?其诸侯有风而无雅、颂者,以天子巡狩,国史陈风而采之,故列国有风无雅颂者,未必无也。以多溢美之词,为尊者自避,故不敢闻于天子也。不然,鲁何以有颂之名?"①

赋、比、兴原是《诗经》的三种基本修辞手法,"赋"是直陈其事,描述一件事情的经过;"比"是打比方,用一个事物比喻说明另一个事物;"兴"是从一个事物联想到另外一件事物。由于这三种表达手法呈现出完全不同的风格,故后世形成了赋体、比体、兴体之说,赋则更发展为后来的文体大宗即"赋"。如宋人陈埴论赋比兴及其相互关系云:"大率兴诗,如《关雎》之诗是。盖二句托物,二句言事,辞实相对立而意不比,是之谓兴。比诗不言事,只取物之亲切者咏之,如《螽斯》之诗是。赋诗或直言事,或感物意,非比、兴者是,如《卷耳》之诗,晦翁所解者也。然比诗亦有言物而复言事者,又不可以例观也。大约赋诗有兼比者,兴诗亦有兼比者,如《麟趾》之诗,前二句是兴,后一句'于嗟麟兮'之类乃是比。他可类推。若是后去,诗有十二句、上下成一章者,只看起初辞意以别三体。《诗传》之例,凡说兴而比者,谓上文是兴体,下文是比体。若'南有乔木'之类,是他一章中自分比、兴,非谓比中含兴,兴中含比。若兴中含比者,乃兴而有比义,如《关雎》《鹊巢》之类,虽则含比,只可断以兴。比中含兴者,乃比而不实,如《白华》之类半比半兴,悉断之比。则前后有此例者更观玩。《凯风》前两章皆以'凯风自南'起词,《诗传》以首章为比,而又以次章为兴。不知一物六义,诗中曾有此体否?三虚一实非兴体,两语虚起,两句实应。此兴体也。"又云:"比类多说物,不见说事。上两句意未尽发,下两句正所谓一倡三叹,一人独唱而三人备和之。如《麟之趾》之类。《生民》诗'履帝武敏歆',或以为帝喾之行,或以为蹈巨人之迹。巨人迹据诗辞直是有如此,天地间事有非耳目所常见闻者甚多,不可信耳目而小天地。《关雎》,王化之基,迁史乃谓周道衰,诗人本之衽席而《关雎》作。《鹿鸣》《小雅》之盛,迁史亦谓仁义陵迟。《鹿鸣》,刺焉,何谓也?四始之诗,不应以乱世之作冠于《风》《雅》之首。今但玩其诗,刺体邪?美体邪?古今说者皆说诗之辞不足凭据,惟有诗文可据。从甲

---

① (明)李先芳《读诗私记》,文渊阁四库全书本。

说则诗文为近,从乙说则诗文为远。从甲可也。此说诗之法,亦断按之法。"①

《诗经》的基本句式是四言,间或杂有二言至九言的杂言句式,但比例很小。至汉以后,仍有四言诗,但已不再是主流诗体,反而在辞赋、颂、赞、诔、箴、铭等韵文文体中,四言句式较多。后人论三、五、六、七、八、九、十一及杂言诗的起源,亦多在《诗经》中寻源,可见《诗经》也是诸多诗体之源。

《诗经》正文也常常言及当时的各种文体,如《陈风·墓门》的"夫也不良,歌以讯之";《魏风·园有桃》的"心之忧矣!我歌且谣";《小雅·节南山》的"家父作颂,以究王讻";《何人斯》的"作此好歌,以极反侧";《伯巷》的"寺人孟子,作为此诗";《大雅·民劳》的"王欲玉女,是用大谏",②诸诗中的歌、讯(讯告)、谣、颂、诗、谏等,皆文体名。明人方以智云:"骚赋之末,用乱,用歌,或用讯,或用誶,或用叹,字曰文,行文曰言,成篇曰章,然古可通也。"③

四　《周礼》的"六辞"、"六诗"说

《周礼》一书是儒家"三礼"(《周礼》、《仪礼》、《礼记》)之一,周礼是周代政治制度、文化制度、礼仪制度等的总称,是周代礼制的集中反映。其成书年代及作者,众说纷纭,但一般认为是战国时代的作品;古文经学家认为周公所作,今文经学家认为出于战国,甚至认为是西汉末年刘歆所伪造的。

《周礼》的《春官·太祝》提出了六辞说:"作六辞以通上下亲疏远近,一曰祠(郑司农云:'祠当为辞,谓辞令也'),二曰命,三曰诰,四曰会,五曰祷,六曰诔。"六辞皆为文体。《春官·大师》云:"教六诗:曰风,曰赋,曰比,曰兴,曰雅,曰颂。以六德为之本,以六律为之音。"④宋人王昭禹对此作了详尽解释,认为风、雅、颂皆"诗之体",赋、比、兴皆"诗之用":"一国之事系一人之本谓之风;言天下之事,形四方之风谓之雅;美盛德之形容,以其成功告于神明谓之颂。风出于德性,雅出于法度,颂出于功业,三者诗之体也。有述其事而陈之谓之赋,以其所类而况之谓之比,以其所感发而比之谓之兴,三者诗之用也。或曰六诗,或曰六义,即其章而言之则曰六诗,即其理而言之则曰六义。大师教之以乐章,故曰六诗。六德所谓中、和、祗(敬)、庸、孝、友也。"⑤风、雅、

①　(宋)陈埴《木钟集》卷六《诗之比兴赋》、《说诗》,文渊阁四库全书本。
②　以上均见《毛诗注疏》,文渊阁四库全书本。
③　(明)方以智《通雅》卷三《释诂》,文渊阁四库全书本。
④　以上均见《周礼注疏》,(汉)郑玄注,(唐)贾公彦疏,文渊阁四库全书本。
⑤　(宋)王昭禹《周礼详解》卷二一,文渊阁四库全书本。

颂为"诗之体",赋、比、兴为"诗之用",六诗或六义即指《诗》之风、雅、颂、赋、比、兴,六德则是从伦理道德规范方面说的。

《周礼》的其他篇章也涉及文体,如《春官·内史》论及策、赞云:"凡命诸侯及孤卿大夫,则策命之。凡四方之事书,内史读之。王制禄,则赞为之";"外史掌书外令……若以书使于四方,则书其令";《夏官·司勋》论及铭:"凡有功者,铭书于王之大常,祭于大烝,司勋诏之";《秋官·士师》论及戒、誓、诰:"(士师)以五戒先后刑罚,毋使罪丽(附)于民。一曰誓,用之于军旅;二曰诰,用之于会同;三曰禁,用诸田役;四曰纠,用诸国中;五曰宪,用诸都鄙。"此不细说。

《礼记》是战国至秦、汉年间儒家学者解释《仪礼》的文章选集,作者不止一人,写作时间也有先有后,其中多数篇章可能是孔子的七十二弟子及其门生所为,并收有先秦的其他典籍。《礼记》的编定者是西汉礼学家戴德和他的侄子戴圣。戴德选编的八十五篇叫《大戴礼记》,在后来的流传过程中若断若续,到唐代只剩下三十九篇。戴圣选编的四十九篇叫《小戴礼记》,即我们今天见到的《礼记》。这两种版本各有侧重和特色。东汉末年,著名学者郑玄为《小戴礼记》作注,后来这个本子便盛行不衰,并由解说经文的著作逐渐成为经典,到唐代被列为"九经"之一,到宋代被列入"十三经"之一,成为士人必读之书,内容涉及哲学、政治学、社会学、经济学、法学、伦理学、文学等各个领域。

《礼记》间亦论及文体,如卷六《檀弓上》论诔之起源云:"圉人浴马,有流矢在白肉(郑注白肉,股里肉)。公曰:'非其罪也。'遂诔之。士之有诔,自此始也。"卷一九《曾子问》认为"贱不诔贵,幼不诔长,礼也。唯天子称天以诔之。诸侯相诔,非礼也"。卷三九《乐记》论风、雅、颂云:"宽而静,柔而正者,宜歌颂。广大而静,疏达而信者,宜歌大雅。恭俭而好礼者,宜歌小雅。正直而静,廉而谦者,宜歌风。"卷四九《祭统》论铭的功用尤为详尽:"夫鼎有铭,铭者自名也,自名以称扬其先祖之美,而明著之后世者也。为先祖者,莫不有美焉,莫不有恶焉,铭之义称美而不称恶,此孝子、孝孙之心也,唯贤者能之。铭者,论撰其先祖之有德善、功烈、勋劳、庆赏、声名,列于天下,而酌之祭器,自成其名焉,以祀其先祖者也。显扬先祖,所以崇孝也;身比焉,顺也;明示后世,教也。夫铭者壹称而上下皆得焉耳矣,是故君子之观于铭也,既美其所称,又美其所为。为之者,明足以见之,仁足以与之,知足以利之,可谓贤矣;贤而勿伐,可谓恭矣。"①并举孔悝《鼎铭》作进一步的阐述。

---

① 以上均见《礼记注疏》,(汉)郑玄注,(唐)陆德明音义,(唐)孔颖达疏,文渊阁四库全书本。

五 编年体《春秋》及其三传论文体的应用

《春秋》亦被列为经书,但实际是中国最早的编年体史书,以时间为顺序,按年月日编写。中国最早的编年体史书为《竹书纪年》,记夏、商、西周和春秋时晋国、战国时魏国的史事,至魏襄王二十年(前 299)为止。此书早已失传,仅有辑本传世。此外,据刘知幾说,还有《夏殷春秋》、《晋春秋》、《鲁春秋》等:"《春秋》之目,事非一家,至于隐没无闻者,不可胜载。又按《竹书纪年》,其所记事皆与《鲁春秋》同。孟子曰:'晋谓之《乘》,楚谓之《梼杌》,而鲁谓之《春秋》,其实一也。'然则《乘》与《纪年》、《梼杌》,其皆《春秋》之别名者乎。故《墨子》曰吾见百国《春秋》,盖皆指此也。"①因此,今存最早的编年体史书是相传孔子据鲁史修订整理而成的《春秋》,起于鲁隐公元年(前 722),迄于鲁哀公十四年(前 481),共二百四十二年的历史。《春秋》行文简洁,寓有褒贬之义,被誉为"《春秋》笔法"。

《春秋》被称为编年体史书,《北史·王劭传》:"初撰《齐志》为编年体二十卷。"或称为春秋体,《北史·李彪传》云:"自成帝已来至于太和崔浩、高允著述《国书编年序录》,为春秋体。"②此体影响甚大,此后的《汉纪》、《后汉纪》,各朝起居住、实录,正史中的本纪,均用编年体。《春秋》之后,中国最重要的编年体史书为宋代司马光的《资治通鉴》,上起周威烈王二十三年(前 403),下迄宋王朝建立前即后周世宗显德六年(959),长达一千三百六十二年,是宋以前的编年通史。西方哲人说过,历史的就是逻辑的。以时间为序,以年月日为序来撰写历史,最能反映历史的发展脉络。宋人孙甫《唐史论断序》称美编年体史书"体正而文简":"古之史,《尚书》、《春秋》是也,二经体不同而意同。"之所以说"体不同",是因为"《尚书》记治世之事,作教之书也";"《春秋》记乱世之事,立法之书也":"此《尚书》、《春秋》之体所以不同也。"之所以说"意同",是因为《尚书》、《春秋》所记治乱虽异,"其于劝戒,则大意同也"。③

解释《春秋》的有三传(《左传》、《公羊传》、《穀梁传》),均被列入十三经。这些传本身也成了一种文体,即解说经义的文体。除《春秋》三传之传外,《诗》之毛传也是解经之文,前已论及。《左传》襄公十四年云:"自王以下,各有父兄子弟,以补察其政。史为书,瞽为诗,工诵箴谏,大夫规诲,士传言,庶人谤,商旅于市,百工献艺。"这里论

① 《史通》卷一《六家》。

② 《北史》,中华书局二十四史校点本。

③ (宋)孙甫《唐史论断》卷首,粤雅堂丛书本。

及书、诗、箴、谏等多种文体。

襄公十九年载,季武子以所得于齐之兵作林钟而铭鲁功。臧武仲谓季孙曰:"非礼也。夫铭,天子令德,诸侯言时计功,大夫称伐。今称伐,则下等也;计功,则借人也;言时,则妨民多矣。何以为铭?"这是专论铭。

襄公二十七年以一个生动的故事为赋诗言志提供了范例:"郑伯享赵孟于垂陇,子展、伯有、子西、子产、子大叔、二子石从。赵孟曰:'七子从君以宠,武也。请皆赋以卒君贶,武亦以观七子之志。'子展赋《草虫》,赵孟曰:'善哉,民之主也,抑武也,不足以当之。'伯有赋《鹑之贲贲》,赵孟曰:'床笫之言不逾阈,况在野乎,非使人之所得闻也。'子西赋《黍苗》之四章,赵孟曰:'寡君在武何能焉。'子产赋《隰桑》,赵孟曰:'武请受其卒章。'子大叔赋《野有蔓草》,赵孟曰:'吾子之惠也。'印段赋《蟋蟀》,赵孟曰:'善哉,保家之主也,有望矣。'公孙段赋《桑扈》,赵孟曰:'匪交匪敖,福将焉往,若保是言也,欲辞福禄得乎?'"这段记载与《论语》所载"各言尔志"颇相似,子展、伯有、子西、子产等所举诗篇皆见《诗经》,是"诗言志"的最好注脚。

襄公二十九对《诗》各篇的内容和风格作了很好的概括:"吴公子札来聘,请观于周乐。使工为之歌《周南》、《召南》,曰:'美哉! 始基之矣,犹未也。然勤而不怨矣!'为之歌《邶》、《鄘》、《卫》,曰:'美哉,渊乎! 忧而不困者也。吾闻卫康叔、武公之德如是,是其卫风乎?'为之歌《王》,曰:'美哉! 思而不惧,其周之东乎?'为之歌《郑》,曰:'美哉! 其细已甚,民弗堪也,是其先亡乎?'为之歌《齐》,曰:'美哉,泱泱乎大风也哉! 表东海者,其大公乎! 国未可量也。'为之歌《豳》,曰:'美哉,荡乎! 乐而不淫,其周公之东乎!'为之歌《秦》,曰:'此之谓夏声。夫能夏则大,大之至也,其周之旧乎?'为之歌《魏》,曰:'美哉,沨沨乎! 大而婉,险而易行,以德辅此,则明主也!'为之歌《唐》,曰:'思深哉! 其有陶唐氏之遗民乎? 不然,何忧之远也。非令德之后,谁能若是?'为之歌《陈》,曰:'国无主,其能久乎?'自《郐》以下,无讥焉。为之歌《小雅》,曰:'美哉! 思而不贰,怨而不言,其周德之衰乎? 犹有先王之遗民焉。'为之歌《大雅》,曰:'广哉,熙熙乎! 曲而有直体,其文王之德乎?'为之歌《颂》,曰:'至矣哉! 直而不倨,曲而不屈,迩而不偪,远而不携,迁而不淫,复而不厌,哀而不愁,乐而不荒,用而不匮,广而不宣,施而不费,取而不贪,处而不底(滞),行而不流,五声和,八风平,节有度,守有序,盛德之所同也。'"①仅从乐声就能判断其时代,概括出《风》、《雅》、《颂》各篇的不同特色。

《春秋》三传中,有人统计,"盟"字在《左传》出现六百四十次,在《公羊传》中出现

---

① 以上均见《春秋左传正义》,《十三经注疏》,中华书局 1980 年版。

12

一百六十二次，在《穀梁传》中出现一百七十二次，虽非都是作为文体出现的，但有不少是指文体。《穀梁传》释云："诰、誓不及五帝，盟、诅不及三王，交质子不及二伯（范宁注：二伯谓齐桓、晋文）。"①五帝之世，道化淳备，不须诰、誓而相互信任。夏、商、周三代，夏后有钧台之享，商汤有景亳之命，周武王有盟津之会，众所归信，不须盟、诅。齐桓、晋文之时出现铭、誓，正是彼此互不信任的结果。因此，诰、誓、盟、诅等文体的产生，确为时代的产物。正如《公羊传》桓公三年所说："古者不盟，结言而退。"②刘勰《文心雕龙·祝盟》说："在昔三王，诅盟不及，时有要誓，结言而退。"明代徐师曾《文体明辨序说·盟》说："周衰，人鲜忠信，于是刑牲歃血，要质鬼神，而盟繁兴，然俄而渝败者多矣。"③均是就此而言。

《国语》被称为《春秋外传》或《左氏外传》，是我国最早的一部国别史，按照一定顺序分国排列，记录了春秋以前及春秋时代周王室和鲁、齐、晋、郑、楚、吴、越等诸侯国的历史，内容包括各国贵族间的朝聘、宴飨、讽谏、辩说、应对以及部分历史事件与传说。《史通》卷一《六家》云："《国语》家者，其先亦出于左丘明。既为《春秋内传》，又稽其逸文，纂其别说，分周、鲁、齐、晋、郑、楚、吴、越八国，事起自周穆王，终于鲁悼公，列为《春秋》外传《国语》，合为二十一篇。其文以方内传，或重出而小异。然自古名儒贾逵、王肃、虞翻、韦耀之徒，并申以注释，治其章句，此亦六经之流，三传之亚也。"张政烺说："在春秋时期的书籍中，语是一种固定的体裁。语，就是讲话。语之为书既是文献记录，也是教学课本。"④

《国语》也论及多种文体，如诗、歌、书、箴、诵、谏、语、规等，有助于了解后世诸多相关文体之源。如卷一《周语上》云"（邵公曰）天子听政，使公卿至于列士献诗，瞽献曲，史献书，师箴，瞍赋，蒙诵，百工谏，庶人传语，近臣尽规，亲戚补察，瞽史教诲，耆艾修之，而后王斟酌焉，是以事行而不悖"；卷三《周语下》云"夫政象乐，乐从和，和从平。声以和乐，律以平声。金石以动之，丝竹以行之，诗以道之，歌以咏之，匏以宣之，瓦以赞之，革木以节之。物得其常曰乐极"；卷五《鲁语下》云"诗所以合意，歌所以咏诗也。今诗以合室，歌以咏之，度于法矣"；卷一七《楚语上》云："教之诗，而为之道广显德，以耀明其志"⑤之类。

---

① 《春秋穀梁传注疏》卷二，文渊阁四库全书本。

② 《春秋公羊传注疏》卷四，文渊阁四库全书本。

③ （明）徐师曾《文体明辨序说》，人民文学出版社 1962 年本。

④ 张政烺《〈春秋事语〉解题》，《文物》1977 年第 1 期。

⑤ 以上均见（三国吴）韦昭注《国语》，文渊阁四库全书本。

第二节　其他经书的文体特点和文体论

一　《论语》和语体文

汉立《诗》、《书》、《易》、《礼》、《春秋》于学官，为五经；唐加《周礼》、《仪礼》、《公羊》、《穀梁》为九经；至唐开成间刻石国子学，又加《孝经》、《论语》、《尔雅》为十二经；宋增《孟子》，因有十三经之称。《大学》原为《礼记》中的一篇，《中庸》也是《小戴礼记》中的一篇。北宋二程把它们从原书中抽出，编次章句，南宋朱熹将《孟子》与《论语》、《大学》、《中庸》合在一起，称为"四书"，与"五经"并列。直至清末，"四书"取得了与五经并重的地位。但《大学》、《中庸》没有具体论及文体，兹不论。

《论语》由孔子的弟子及其再传弟子编撰而成。孔子（前551—前479）名丘字仲尼，春秋末期鲁国陬邑（今山东曲阜东南）人。我国古代著名的伦理学家、教育家、儒家学派创始人。相传有弟子三千，七十二贤。孔子述而不作，《论语》不过是他的弟子记载他的文、言、行的语录，也有一些涉及文体的话，如《为政》的"《诗》三百，一言以蔽之，曰思无邪"；《泰伯》的"兴于诗，立于礼，成于乐"；《子罕》的"自卫反鲁，然后乐正，《雅》、《颂》各得其所"；《阳货》的"《诗》可以兴，可以观，可以群，可以怨"；《季氏》的"不学诗，无以言"等，①都是论《诗》名言。

《论语》的文体源自史官文献中以"王若曰"、"君子曰"为特点的语体，不过改为"子曰"而已，成为后世一种流行的语录体文体。语本指言说、言谈，后来渐渐变成散文之一体。以语名篇、名书的著作很多，与一般散文也有一定区别，如《孔子家语》、《世说新语》、《春秋事语》。《国语》中的《周语》、《鲁语》、《齐语》、《郑语》、《楚语》以记录嘉言善语为主，而《吴语》、《越语》以纪事为主。后世以语名书的有三种类型，一是僧人语录，如《洞山文长老语录》、《大慧禅师语录》、《石田法熏禅师语录》、《佛印清禅师语录》之类。二是道学家的文集或语录，如宋人张载的《横渠语录》、程颢程颐兄弟的《二程语录》、刘安世的《刘先生谈录》、谢良佐的《上蔡语录》、许衡的《许文正公语录》、杨时的《龟山语录》、朱熹的《朱子语类》等。三是文士以语、话、说、谈名书的，也具有语体文的特点。以语名书的如宋人晁迥的《晁氏客语》、周密的《齐东野语》、叶梦得的《石林燕语》；以话名书的如叶梦得的《避暑录话》、陈善的《扪虱新话》、陈郁的《藏一话腴》；以谈名书的如杨亿的《杨文公谈苑》、王钦臣的《王氏谈录》、李廌的《师友谈

---

① 以上均见（宋）朱熹《论语集注》，文渊阁四库全书本。

记》、晁迈的《纪谈录》、南宋无名氏的《南窗纪谈》、苏象先的《丞相魏公谈训》、叶梦得的《蒙斋笔谈》等;以说名书的如欧阳修的《六一笔说》、《庐陵杂说》,孔平仲的《孔氏杂说》,题为李如篪的《东园丛说》,吕本中的《紫微杂说》、俞成的《萤雪丛说》等。在散文高度发达的宋代,这种片段而不成篇,质朴而乏文采的语体文很难与散文相抗衡,但它毕竟是文之一体,正如《四库全书总目》卷一六一陈淳《北溪大全集》提要云:"生平不以文章名,故其诗其文皆如语录。然淳于朱门弟子之中,最为笃实,故发为文章亦多质朴真挚,无所修饰……要之,儒家实有此一派,不能废也。"《四库全书总目》卷一六五《本堂集》提要亦云:"其诗多沿袭《击壤集》派(指邵雍《伊川击壤集》一派),文亦颇杂语录之体……然宋自元祐以后,讲学家已以说理之文自辟门径,南渡后辗转相沿,遂别为一格,不能竟废。"

二 《孟子》由语录体向论说体过渡

孟子(前 372—前 289)名轲,字子舆。战国时鲁国邹(今山东邹城)人,是仅次于孔子的儒家代表人物,人称"亚圣",与孔子合称"孔孟"。《孟子》七篇是孟子的言论汇编,由孟子及其弟子共同编成,主要记录孟子的言行和政治观点,思想深邃,包蕴博大,纵横驰骋,汪洋恣肆,极富雄辩色彩,已表现出由语录体向论说体过渡的特点,是论说文的开端。此举《孟子》卷六《告子》中一段以见其体:

> 孟子曰:鱼我所欲也,熊掌亦我所欲也,二者不可得兼,舍鱼而取熊掌者也。生亦我所欲也,义亦我所欲也,二者不可得兼,舍生而取义者也。生亦我所欲,所欲有甚于生者,故不为苟得也。死亦我所恶,所恶有甚于死者,故患有所不辟也。如使人之所欲莫甚于生,则凡可以得生者何不用也? 使人之所恶莫甚于死者,则凡可以辟患者何不为也? 由是则生而有不用也,由是则可以辟患而有不为也,是故所欲有甚于生者,所恶有甚于死者,非独贤者有是心也,人皆有之,贤者能勿丧耳。一箪食,一豆羹,得之则生,弗得则死,嘑尔而与之,行道之人弗受;蹴尔而与之,乞人不屑也。

这虽然是对话语录体,但孟子的长篇大论已是一篇比喻生动的论说文,与《论语》风格迥异。但《孟子》直接论及文体的话比《论语》还少,只有《孟子》卷八《离娄》下论《诗》与《春秋》的关系较为重要:"王者之迹熄而《诗》亡,《诗》亡然后《春秋》作。晋之《乘》,楚之《梼杌》,鲁之《春秋》,一也。其事则齐桓、晋文,其文则史。孔子曰:其义则丘窃取之矣。"①

三　《尔雅》的文体训诂

《尔雅》也是儒家经典之一,被列入十三经之中。《尔雅》是我国最早的一部解释词义的专著,也是第一部按照词义和事物分类编纂的词典。最早著录此书的是《汉书·艺文志》,但未载作者姓名。后世或认为周公所作,或认为孔子门人所作,或认为秦汉时人所作,但成书下限不会晚于西汉前期,因为在汉文帝时已经设有《尔雅》博士,汉武帝时已经出现《尔雅注》。全书收词语四千三百多个,分为"释诂"、"释言"、"释训"、"释亲"、"释宫"、"释器"、"释乐"、"释天"、"释地"、"释丘"、"释山"、"释水"、"释草"、"释木"、"释虫"、"释鱼"、"释鸟"、"释兽"、"释畜"等十九篇。

《尔雅》是中国训诂学的开山之作,在训诂学、音韵学、词源学、方言学、古文字学等方面都有重要影响,是后代考证古代词语的必读著作。其中也有涉及文体的词语,如《尔雅注疏》卷一"命、令、禧、畛、祈、请、谒、讯、诰、告也",邢昺疏云:"皆谓告谕也。命者使告也。《诗·唐风·扬之水》云:'我闻有命令者,发号以告也。'《论语》云:'其身正,不令而行。'畛者致告也,祈者求告也。《书·召诰》云:'祈天永命。'请者言告也。《婚礼》五曰:'请期谒者告白也。'《月令》曰:'谒于天子。'讯者告问也,诗云:'歌以讯之。'诰者布告也,《书·大诰》、《洛诰》之类是也。"②

第三节　其他诸子的文体和文体论

以上皆属儒家代表人物或儒家经典中的文体观点,而先秦诸子和不属于诸子的作家如屈原、宋玉等也有不少文体方面的论述,他们对文体学也有一定贡献。

一　《老子》言简意赅的箴体风格

道家李耳(约前571—约前471)字伯阳,谥聃,后世称为老聃或老子,楚国苦县厉乡曲仁里(河南鹿邑,一说安徽涡阳)人,周守藏室之史(类似今之图书馆长),孔子曾向他问学。著有《道德经》(即《老子》)上下篇八十一章,五千余言。老子是我国古代

---

① 以上均见《孟子注疏》,文渊阁四库全书本。
② 《尔雅注疏》,(晋)郭璞注,(唐)陆德明音义,(宋)邢昺疏,文渊阁四库全书本。

最深刻的思想家之一,被道教尊为教祖("太上老君")。老子哲学与古希腊哲学是人类两大哲学思想体系,为庄子所传承,并与儒家和后来从印度传来的佛家思想成为中国传统思想的儒、道、释三教。

《老子》未具体论及文章体裁,但它道法自然的思想内容和言简意赅的文体风格都对后世产生了深远影响。如"功成事遂,百姓皆谓我自然";"希言自然,飘风不终朝,骤雨不终日。孰为此者?天地。天地尚不能久,而况于人乎";"人法地,地法天,天法道,道法自然";"万物莫不尊道而贵德,道之尊,德之贵,夫莫之命而常自然";"辅万物之自然而不敢为"。前人对老子道法自然的观点评价很高,汉人严遵《上士闻道篇》称其"陈大言,舒至论,表自然,穷微妙";①宋人龚士尚《老子道德经原序》:"老子体自然而然……焕乎其有文章,巍巍乎其有成功,渊乎其不可量,堂堂乎为神明之宗,三光恃以朗照,天地禀以得生,乾坤运以吐精……五千文宣道德之源,大无不包,细无不入,天人自然,经也。"②

《论语》是语录体,《老子》是格言体,类似箴体,如"生而不有,为而不恃,功成而弗居。夫惟弗居,是以不去","圣人后其身而身先,外其身而身存,非以其无私邪,故能成其私","金玉满堂,莫之能守,富贵而骄,自遗其咎,功成名遂身退,天之道","大道废有仁义,智慧出有大伪,六亲不和有孝慈,国家昏乱有忠臣","不自是故彰,不自伐故有功,不自矜故长。夫唯不争,故天下莫能与之争"。③均言简意赅,内涵深刻。

二　《墨子》的文体论

墨子(约前468—前376)名翟,山东滕州人,战国时期著名思想家,墨家学派的创始人。他曾提出"兼爱"、"非攻"等观点,创立墨家学说,著有《墨子》。《四库全书总目·墨子》提要云:"《隋书·经籍志》亦曰宋大夫墨翟撰,然其书中多称子墨子,则门人之言,非所自著也。"墨子在当时影响很大,《孟子·滕文公下》云:"杨朱、墨翟之言盈天下,天下之言不归杨,则归墨。"

《墨子》一书的文体论比其诸子都丰富,并有自己独特的体裁与风格,重义理而崇实用。其《非命上》提出了"三表"说:"言必有三表。何谓三表?子墨子言曰:有本之者,有原之者,有用之者。于何本之?上本之于古者圣王之事。于何原之?下原察百

---

① （汉）严遵《道德指归论》卷一,文渊阁四库全书本。
② 《老子道德经》卷首,文渊阁四库全书本。
③ 以上所引《老子》均见《老子道德经》,文渊阁四库全书本。

姓耳目之实。于何用之？发以为刑政,观其中国家百姓人民之利。此所谓言有三表也。"①圣王之事、耳目之实、人民之利三者都表现出他尚质重用的文学观。《墨子》还在中国逻辑史上第一次提出了辩、类、故等逻辑概念,并要求将辩作为一种专门知识来学习,这对后世文体论的"次文之体"、"又以类分"不无启迪。

《墨子》全书都多用对话体,形成了《墨子》一书的文体特征,并呈现出向"专论体"过渡的趋势,各篇有简明扼要的标题,内有语录,但都围绕中心论题,连成一个整体,颇有自觉为文的倾向。《墨子》篇名《三辩》之"辩",《非攻》、《非乐》、《非命》、《非儒》之"非",《鲁问》之问"问",皆是文体名。其《小取》(卷十一)论及多种文体:"夫辩者将以明是非之分,审治乱之纪,明同异之处,察名实之理,处利害,决嫌疑焉,摹略万物之然。论求群言之比,以名举实,以辞抒意,以说出故,以类取,以类予,有诸己不非诸人,无诸己不求诸人。"《经下》(卷十)云:"说在明者,谓辩无胜,必不当。"《经说下》(卷十)云:"辩也者,或谓之是,或谓之非,当者胜也。"辩而"当者胜",这与以诡辩取胜是根本不同的,同样反映了墨子的崇实精神。《经上》(卷十)提出了"名,达,类,私"的概念,他把名分作三种:达名是共名,如"物"这个词可用以称所有的物;类名是属类的名,如"马"可用以称一切马,但不能用以称马之外的事物;私名是个体的名称。如"臧"只能用以称臧这一具体对象,而不能用以称任何别的事物("命之臧,私也")。最后总概说"是名也,止于是实也"。把名区分为"达,类、私",反映了客观事物的实际,这是墨家"名以举实"的精神,这对文体分类的"以体相从"、"以类相附"也是适用的。《大取》(卷十一)云:"夫辞以类行者也,立辞而不明于其类,则必困矣。"虽非专指文体类别,但"辞以类行"显然也含有区分文体的意义。

三　《商子》对"六虱"的批判

法家的代表人物是商鞅、韩非。商鞅(约前395—前338),姬姓,卫氏。又称卫鞅、公孙鞅,战国时卫国(今河南安阳一带)人。商鞅是先秦法家代表的人物,他说服秦孝公变法图强。其在秦执政二十余年,秦国大治,史称"商鞅变法",并使秦国长期凌驾于六国之上。但最后却死于自己所订之法,孝公死后,受到秦贵族诬害以及秦惠文王的猜忌,车裂而死。著有《商子》(又名《商君书》)。

《商子》虽未具体论及文体,但从他对儒家信条的批判,对《诗》、《书》、《礼》、《乐》的否定,也可间接看出他的一些文体观点。《商子·靳令》云:"六虱曰《礼》、《乐》;曰

----

① 《墨子》卷九,文渊阁四库全书本。

《诗》、《书》；曰修善，曰孝悌；曰诚信，曰贞廉；曰仁义，曰非兵，曰羞战。国有十二者，上无使农战，必贫至削。十二者成群，此谓君之治不胜其臣，官之治不胜其民，此谓六虱胜其政也。"又《去强》云："国有《礼》，有《乐》，有《诗》，有《书》，有善，有修，有孝，有悌，有廉，有辩。国有十者，上无使战，必削至亡；国无十者，上有使战，必兴至王。国以善民治奸民者，必乱至削；国以奸民治善民者，必治至强。国用《诗》、《书》、《礼》、《乐》、孝、悌、善、修治者，敌至必削国；不至必贫。不用八者治，敌不敢至，虽至必却。"《弱民》云："三官生虱六：曰岁，曰食，曰美，曰好，曰志，曰行。六虱成俗，兵必大败。"①总之，他把儒家六经及其信条称为"六虱"，认为都是危害国家的。

四　《公孙龙子》与问对体

名家以惠施和公孙龙子为代表。惠施(约前 370—约前 310)，宋国(今河南商丘)人。他曾见魏王，劝魏联合齐、楚共同抗秦。他是大学问家，《庄子·天下篇》载："惠施多方，其书五车。"但他的著作没有流传下来，只在《庄子》、《荀子》、《韩非子》、《吕氏春秋》等书中留下了他的一些观点。公孙龙，相传字子秉，魏国(今河南省北部)人，是战国后期名家的代表人物。生平事迹已无可考，著有《公孙龙子》十四篇，今存六篇。第一篇《迹府》是后人辑录的有关他的事迹，其他五篇基本上可以肯定是公孙龙所作。

名家没有直接言及文体的论述，但《公孙龙子》却为我们提供了一种客难主答式的问对体范例。其《坚白论》云："(曰)：坚白石三，可乎？曰：不可。曰：一可乎？曰：可。曰：何哉？曰：无坚得白，其举也二；无白得坚，其举也二。"②《白马论》云："(曰)：白马非马，可乎？曰：可。曰：何哉？曰：马者，所以命形也；白者，所以命色也。命色者非命形也，故曰：白马非马。"《通变论》云："曰：二有一乎？曰：二无一。曰：二有右乎？曰：二无右。曰：二有左乎？曰：二无左。"皆为有问有答、问答相间的问答体形式。

吴讷《文章辨体序说》云："问对体者，载昔人一时问答之辞，或设客难以著其意者也。《文选》所录宋玉之于楚王，相如之于蜀父老，是所谓问对之词。至若《答客难》、《解嘲》、《宾戏》等作，则皆设词以自慰者也。"③这里把问对体分为"问答之词"与"设词"两种，但正如姚鼐所说，即使宋玉的《对楚王问》也是"设词无事实"，"义在托讽"。徐师曾《文体明辨序说》云："问对者，文人假设之词也。其名既殊，其实复异。故名实

---

① 　均见《商子》，文渊阁四库全书本。

② 　《公孙龙子》，文渊阁四库全书本。

③ 　(明)吴讷《文章辨体序说》，人民文学出版社 1962 年版。

皆问者,屈平《天问》、江淹《邃古篇》之类是也;名问而实对者,柳宗元《晋问》之类是也。其他曰难,曰喻,曰答,曰应,又有不同,皆问对之类也。古者君臣朋友口相问对,其词详见于《左传》、《史》、《汉》诸书,后人仿之,乃设词以见志,于是有问对之文。而反复纵横,真可以舒愤郁而通意虑,盖文之不可缺者也。"这里把问对体分为"假设之词"、"名实皆问"、"名问实对"三类。《坚白论》、《白马论》、《通变论》当属"假设之词"。

五 《庄子》的"三言"(寓言、重言、卮言)与庄周体

如果说《老子》所主是自然,庄子所主则是自得。

庄子(约前369—前286)名周,字子休,一说子沐,战国时宋国蒙(今河南省商丘东北,或说今安徽亳州蒙城)人,作过漆园吏。他是老子思想的继承者和发展者,是道家学派的代表人物,与老子并称"老庄"。唐开元二十五年(737)被封为南华真人。

《庄子》一书也被尊为《南华真经》。其文想象丰富,幽默风趣,具有浓厚的浪漫色彩,堪称天下第一奇书,对后世文学有很大影响。鲁迅《汉文学史纲要》说:"其文汪洋辟阖,仪态万方,晚周诸子之作,莫能先也。"《庄子·寓言》云:"寓言十九,重言十七,卮言日出,和以天倪。寓言十九,藉外论之。"据晋郭象注:"寓,寄也,以人不信己,故托之他人,十言而九见信也。"[①]寓是一种以故事寄托道理的特殊文体。它避开严肃的正面说教,而用生动活泼的虚构故事说明道理。此前已有,其后更多,成为一种专门文体,谓之寓言体。据郭象注:"重言谓为人所重者之言也。"[②]这里的"人"主要是指前贤,即用前贤之言以加强自己之言的可信性。吴本泰《广雅序》云:"庄生之'重言十七',安知《尔雅》之托周公,不犹方术之托轩辕,《兵法》之托尚父乎?"[③]但这还只是一种写作手法,没有成为文体。卮,盛酒器,《欹器铭》、《荀子·宥坐篇》载:"孔子观于鲁桓公之庙,有欹器焉,孔子问于守庙者曰:'此为何器?'守庙者曰:'此盖为宥坐之器。'孔子曰:'吾闻宥坐之器者,虚则欹,中则正,满则覆。'孔子顾谓弟子曰:'注水焉。'弟子挹水而注之,中而正,满而覆,虚而欹。孔子喟然而叹曰:'吁,恶有满而不覆者哉?'"[④]"虚则欹,中则正,满则覆",这是戒满之铭。后人著有《华川卮辞》、《卮言余录》、《艺苑卮言》、《折狱卮言》等,卮言(卮辞)已成为一种文体。

---

① ② (晋)郭象《庄子注》卷九,文渊阁四库全书本。

③ (魏)张揖《广雅》卷首,文渊阁四库全书本。

④ 《荀子》卷二〇,文渊阁四库全书本。

文体兼指风格。《庄子》的特殊文风被称为"庄周体"。叶適《习学记言》卷四九云:"若黄庭坚称苏洵《木假山(记)》似庄周、韩非。夫举世俗所以屈庄周之文者,以其虽一切寓言,而能抑纵舒敛,自无入有,殆若天成,而实言者或不及也。玉石异物,竦擢特起,似于山而世贵之。木未尝似山,就其似山,何足贵? 而谓得庄周体,末言三峰,尚未脱凡笔。"①叶適评苏洵《木假山记》的是与否,不是这里讨论的问题,但他以"抑纵舒敛,自无入有,殆若天成"评《庄子》,确实道出了庄周体的特征。

六　《荀子》对文体的辨识

荀子(约前 313—前 238)名况,字卿。因避西汉宣帝刘询讳,故又称孙卿。战国末期赵国猗氏(今山西安泽)人。曾三次出为任齐国稷下学宫祭酒,后为楚兰陵令。著有《荀子》。在儒学史上,荀子取得了与孟子相近的地位,但他虽为大儒,实际上则已是儒学中的"异类",培养出了法家代表人物韩非和焚书坑儒的大法家李斯。

《荀子》一书虽未收入十三经,但他在文体学上的贡献比孟子大得多,他对《易》、《诗》、《书》、《礼》、《春秋》、风、雅、颂的论述,对辨识文体很有意义。其《劝学篇》(卷一)云:"《书》者,政事之纪也;《诗》者,中声之所止也;《礼》者,法之大分,群类之纲纪也。"《儒效篇》(卷四)云:"圣人也者,道之管(枢要)也。天下之道管是矣,百王之道一是矣。故《诗》、《书》、《礼》、《乐》之归是矣。《诗》言是其志也,《书》言是其事也,《礼》言是其行也,《乐》言是其和也,《春秋》言是其微也。故《风》之所以为不逐者,取是以节之也;《小雅》之所以为《小雅》者,取是而文之也;《大雅》之所以为《大雅》者,取是而光之也;《颂》之所以为至者,取是而通之也。天下之道毕矣。"《非十二子》(卷三)是一篇研究先秦诸子百家学术思想及流派的重要文献,列举了六种学说,十二个代表人物,一一进行了评述,认为必须效法"仲尼、子弓之义","务息十二子之说",称"辩说譬谕,齐(疾)给便利,而不顺礼义,谓之奸说"。《正名篇》(卷十六)对辩说的功用和特点的阐述尤为详尽:"今圣王没,天下乱,奸言起,君子无势以临之,无刑以禁之,故辩说也。实不喻然后命,命不喻然后期,期不喻然后说,说不喻然后辩。故期命辩说也者,用之大文也,而王业之始也。名闻而实喻,名之用也;累而成文,名之丽也;用丽俱得,谓之知名。名也者,所以期累实也;辞也者,兼异实之名以论一意也;辩说也者,不异实名以喻动静之道也;期命也者,辩说之用也;辩说也者,心之象道也;心也者,道之工宰也;道也者,治之经理也。心合于道,说合于心,辞合于说,正名而期,质请而喻,辩

---

① （宋）叶適《习学记言》,文渊阁四库全书本。

异而不过,推类而不悖,听则合文,辩则尽故,正道而辩奸,犹引绳以持曲直。是故邪说不能乱,百家无所窜,有兼听之明,而无奋矜之容;有兼覆之厚,而无伐德之色。说行则天下正,说不行则白道而冥穷,是以圣人之辩说也……处道而不贰,吐而不夺,利而不流,贵公正而贱鄙争,是士君子之辩说也。"

七 "文体备"于《韩非子》

韩非(约前280—前233),战国末期韩国人,后世称韩子或韩非子。为韩国公子,见韩国日趋衰弱,多次向韩王上书进谏,希望励精图治,变法图强,但韩王置若罔闻,始终未予采纳。秦王政(秦始皇)读到他的《孤愤》、《五蠹》,大加赞赏,发出"嗟乎,寡人得见此人,与之游,死不恨矣"的赞叹。秦王为了见到韩非,下令攻打韩国。韩王为形势紧迫,于是便派韩非出使秦国,被留。遭到李斯谗毁:"韩非,韩之诸公子也。今王欲并诸侯,非终为韩不为秦,此人之情也。今王不用,久留而归之,此自遗患也,不如以过法诛之。"①韩非被迫自杀。著有《韩非子》。

《韩非子》除全面系统地阐述了他的法治思想外,在文体学上也有较大贡献。章学诚说:"诸子争鸣,盖至战国而文章之变尽,至战国而著书之事专,至战国而后世之文体备。"②从文体分类的角度看,《韩非子》已与语录体有很大不同,正是"著书之事专"的重要体现,在先秦诸子散文中,最能体现"文体备"的特点。其《难言》、《爱臣》、《存韩》等上书属奏议体,《五蠹》、《显学》、《孤愤》等属政论体,《问辨》、《问田》、《定法》等属问对体,《难言》、《说难》、《难》(一至四)、《难势》属难体,③《说难》、《说疑》、《说林》上下、《内储说》、《内储说》、《八说》属杂说体,《解老》属解体,④《喻老》属喻体。《韩非子》以数字入篇名的颇多,如《五蠹》、《六征》、《七术》、《八说》、《八经》、《八奸》、《十过》之类,对后世以数名篇的文体不无影响。诗一般是用韵的,此前的文章一般是不用韵的,但《韩非子》多韵文作品,既有《解老》、《八奸》、《八经》等部分用韵之作,也有《主道》、《扬权》等通篇用韵之作,代表了先秦韵文发展的新阶段,为此后辞赋、箴、铭、颂、赞、祭文等韵文体裁的形成和发展有重大影响。《韩非子》与《庄子》一样,多借寓言说理,对后世寓言体也颇有影响。

---

① 以上见《史记·老庄申韩列传》,中华书局二十四史点校本。

② (清)章学诚《文史通义·诗教上》,吴兴嘉业堂刊《章氏遗书》本。

③ (明)陈懋仁注《文章缘起》云:"难,难也,以己意难之,以讽天子也。"文渊阁四库全书本。

④ (梁)刘勰《文心雕龙·书记第二十五》云:"解者释也,解释结滞,征事以对也。"

八　李斯与碑体文

李斯(?—前208),战国末年楚国上蔡(今河南上蔡西南)人。早年为郡小吏,后从荀子学帝王之术。在历史上,李斯的为人虽不足取,但他在文学、文体学上的贡献却是不可磨灭的。一是碑体文,秦汉以后的刻石曰碑,即始于李斯在各地刻石颂秦,"受命于天,既寿永昌"的秦玺也是李斯题的字。二是上书,任昉《文章缘起》认为"上书,秦丞相李斯上始皇书",但正如《事物纪原·上书》所说:"太甲既立,不明伊尹,作书以戒。此上书之始也。七国时,臣子言事于其君,皆曰上书。秦改曰奏。今亦有上书之事。"上书虽非始于李斯,但他的《谏逐客书》构思严密,首尾贯通,一气呵成。笔锋犀利,说理透辟,纵横驰骋,富有文采,是秦代第一等文字,千百年来绝少可与媲美。

第四节　屈原、宋玉与骚体辞赋

不属于先秦诸子的屈原、宋玉等在文体学史上也是很有贡献的。《史记·屈原列传》云:"屈原既死之后,楚有宋玉、唐勒、景差之徒者,皆好辞而以赋见称。"他们是我国文学史上首批以文学名世的作家。

一　屈原与《离骚》体

屈原(约前340—前278)名平,字原,又自谓名正则,字灵均,战国末期楚国丹阳(今湖北秭归)人。做过楚国司徒、三闾大夫。主张明法度,举贤能,东联齐,西抗秦。因被谗,先后两次被楚怀王、顷襄王放逐,最后投汨罗江自杀。

屈原一生留下很多优秀作品,反复陈述自己的政治主张,揭露贵族的昏庸腐朽,表现出强烈的爱国精神。《史记·屈原列传》云:"(屈)平疾王听之不聪也,谗谄之蔽明也,邪曲之害公也,方正之不容也,故忧愁幽思,而作《离骚》。离骚者,犹离忧也。"因《楚辞》中以《离骚》为最有名,故这种体裁又被称作"骚体"。司马迁对屈原称颂备至,而班固则讥其为"狂狷景行之士",但也承认"其弘博丽雅,为辞赋宗"。①根据刘向、刘歆父子的校定和王逸的注本,屈原作品有二十五篇,即《离骚》、《天问》、《九歌》

---

① (汉)王逸《楚辞章句》卷三《天问章句第三》引(汉)班固《离骚序》,文渊阁四库全书本。

（十一篇）、《九章》（九篇）、《远游》、《卜居》、《渔父》。据《史记·屈原列传》，他还有《招魂》一篇。但也有人怀疑《远游》以下诸篇及《九章》中若干篇章并非出自屈原手笔，兹不具论。

屈原在吸收楚国民间文学艺术养分的基础上，运用方言声韵、风土色彩，创造出具有楚国地方特色的文学样式，即（离）骚体，又称骚体辞，在当时和后世都产生了很大影响。骚体是屈原在楚国民歌基础上创造的一种抒情韵文，以《离骚》为代表，其特点一是句式上对《诗经》四言体有重大突破，六言为主，掺进五言、七言，以"兮"字作语助词，大体整齐而又参差灵活；二是不拘于古诗章法，放纵自己的思绪，陈述悲吟，回环照应，脉络极其分明；三是体制上的扩展。屈原以前的诗歌大多数仅数句、十多句、数十句，而《离骚》则长达三百七十多句，近二千五百字，奠定了中国古代诗歌的长篇体制。

屈原只有少量作品直接言及文体，如《离骚》云："奏九歌而舞韶兮，聊假日以偷乐。"《远游》云："张乐咸池奏《承云》兮，二女（尧之二女，为舜之妻）御九韶歌。使湘灵鼓瑟兮，令海若（海神）舞冯夷（水仙）。"《九歌·东君》云："展诗兮会舞，应律兮合节。"《九章·抽思》云："道思作颂，聊自救兮。忧心不遂，斯言谁告兮。"又《九章·悲回风》云："介眇志之所惑兮，窃赋诗之所明。"《大招》云："二八（十六人）接舞，投诗赋只（只，语尾助词）。叩钟调磬，娱人乱（理）只。"这里的奏歌舞韶，展诗应律，道思作颂，赋诗明志等，都涉及文体。

文体还包括风格，而屈原作品形成了自己的特殊风格，刘勰《文心雕龙·辨骚》论其各篇风格云："故《骚经·九章》朗丽以哀志，《九歌》、《九辩》绮靡以伤情，《远游》、《天问》瑰诡而惠巧，《招魂》、《招隐》耀艳而深华，《卜居》摽放言之致，《渔父》寄独往之才，故能气往轹古，辞来切今，惊采绝艳，难与并能矣。自《九怀》以下，遽蹑其迹，而屈、宋逸步，莫之能追。故其叙情怨则郁伊而易感，述离居则怆怏而难怀，论山水则循声而得貌，言节候则披文而见时。是以枚（乘）、贾（谊）追风以入丽，马（司马相如）、扬（雄）沿波而得奇。"

此外，屈原的《天问》、《九章》、《惜诵》、《哀郢》、《橘颂》对后代文体的影响也很大。《天问》实开名实皆问的问体，徐师曾《文体明辨序说》云："名实皆问者，屈平《天问》、江淹《邃古篇》之类是也。"《惜诵》开诵之体，清王兆芳《文章释·诵》云："诵者，讽也，不为长言之歌而徒讽诵也。主于讽言美刺，词近歌谣。"①《哀郢》开哀辞之体，来裕恂

---

① （清）王兆芳《文章释》，光绪二十九年刊本。

《汉文典·哀辞》云："哀辞者，以文抒其哀痛之情也。"①其后班固的《梁氏哀辞》、曹植的《七哀》、杜甫的《八哀诗》之类皆其流。颂本《诗》之一体，《诗大序》云："颂者美盛德之形容，以其成功告于神明者也。"屈原《橘颂》为颂之变体，《文心雕龙·颂赞》云："三闾《橘颂》，情采芬芳，比类寓意，又覃及细物矣。"

二　宋玉与骚体赋

与《离骚》形式相近的一些赋被称之为"骚体赋"。这类作品富有抒情色彩和浪漫气息，多用"兮"字以助语势，篇幅较长而形式比较自由。明陈懋仁《文章缘起注》云："蒋之翰称'《离骚经》，若惊澜奋湍，郁闭而不得流；若长鲸苍虬，偃蹇而不得伸；若浑金璞玉，泥沙掩匿而不得用；若明星皓月，云汉蒙而不得出。'王世贞曰：'骚辞所以总杂重复，兴寄不一者，大抵忠臣怨夫，恻怛深至，不暇致诠，故乱其叙，使同声者自寻，修郤（嫌隙）者难摘耳。今若明白条易，便乖厥体。'"可见，骚体追求的就是含蓄蕴藉，"明白条易"反违其体。清方熊《文章缘起补注》进一步考其源流云："按《楚辞》，诗之变也。诗无楚风，然江汉间皆为楚地，自文王化行，南国《汉广》、《江有汜》诸诗，则于二《南》，乃居十五国风之先。是诗虽无楚风，实为风首也。风雅既亡，乃有《楚狂》、《凤兮》、《孺子》、《沧浪》之歌，发乎情，止乎礼义，与诗人六义不甚相远。但其辞稍变诗之本体，而以'兮'字为读，则楚声固已萌蘖于此矣。屈平后出，本《诗》义为《骚》，盖兼六义而赋之意居多。厥后宋玉继作，并号《楚辞》，自是辞赋家悉祖此体。故宋祁云：'《离骚》为辞赋祖。'后人为之，如至方不能加矩，至圆不能过规，信哉斯言也。"②

宋玉（生卒年不详），又名子渊，战国时鄢（今湖北襄樊宜城）人，屈原弟子。曾事楚顷襄王。好辞赋，为屈原之后的辞赋名家，与唐勒、景差齐名。《汉书·艺文志》录其赋十六篇，多已佚，据《历代赋汇》载，今存《九辩》、《招魂》、《对楚王问》及《风赋》、《笛赋》、《钓赋》、《高唐赋》、《神女赋》、《大言赋》、《小言赋》、《登徒子好色赋》（又题作《讽赋》）等，后人怀疑未必尽为宋玉所作，但《昭明文选》所载宋玉作品是大体可信的。

宋玉现存作品言及文体者很少，但也有，如《招魂》云："结撰至思，兰芳假些；人有所极，同心赋些。"③借兰芳以喻贤人，意谓君能结撰博思，至心以思贤人，贤人即至；众座之人，各欲尽情，与己同心者，独以赋诵。又云："吴歈蔡讴，奏大吕些。"歈、讴皆

①　（清）来裕恂《汉文典》，商务印书馆 1906 年本。
②　（清）方熊补注《文章缘起》，文渊阁四库全书本。
③　（汉）王逸《楚辞章句》卷九，文渊阁四库全书本。

歌谣,大吕为律名,谓吴楚之人皆以歈、讴吟蔡。

宋玉与屈原一样,其现存作品的篇名也有不少成了文体名。吴讷《文章辨体序说》论问对体,所举为"《文选》所录宋玉之于楚王",即指宋玉的《对楚王问》。任昉《文章缘起》云:"按字书云,辨,判别也……汉以前初无作者,至唐韩、柳乃始作焉。"①但宋玉就有《九辨》,怎能说"汉以前初无作者"呢?张表臣《珊瑚钩诗话》卷三云:"别嫌疑而明之者辨也。"②吴讷《文章辨体序说·辨》:"昔孟子答公孙丑问好辩曰:'予岂好辩哉?予不得已也。'中间历叙古今治乱相寻之故,凡八节,所以深明圣人与己不能自已之意。"可见宋玉以前虽未有以辨名篇的作品,但《孟子》已开其体。其后韩愈有《讳辨》,柳宗元有《桐叶封弟辨》,欧阳修有《怪竹辨》,遂成文体之一。宋玉的《大言赋》、《小言赋》亦开大言、小言之体,梁萧统有《大言》、《细言》,唐权德舆也有《大言》、《小言》。

如果说屈原是骚体辞的创立者,那么宋玉则是骚体赋的创立者,程廷祚《骚赋论上》云:"或曰:骚作于屈原矣,赋何始乎?曰:宋玉。"③骚体赋以情义为主,行文简易,晋挚虞《文章流别论》曰:"古诗之赋(指骚体赋)以情义为主,以事类为佐。今之赋(指汉代大赋或后世仿汉大赋)以事形为本,以义正为助。情义为主则言省而文有例矣,事形为本则言富而辞无常矣。文之烦省,辞之险易,盖由于此。"④屈原的骚体辞已有对话结构,宋玉的骚体赋更大量采用对话结构,成为后代赋体的主要形式。屈原的骚体辞多用"兮"为语助词,宋玉骚体赋除"兮"字外,还常用"些"、"只"等语助词以加强或舒缓语气。宋玉的多数赋都是行文短小的抒情赋,如《风赋》;但其《高唐赋》、《神女赋》已开汉赋铺陈排比之风。

第五节 《吕氏春秋》的文体观

吕不韦(?—前235),战国末卫国濮阳(今河南濮阳西南)人,原籍阳翟(今河南禹州)。他是阳翟大贾,往来贩贱卖贵,积资千金。后为秦国丞相,组织三千门客,编写了著名的《吕氏春秋》(又名《吕览》)。这是一部百科全书式的巨著,分为八览、六论、十二纪,共二十余万言,并公布于咸阳市门,称"有能增损一字者,予千金"。⑤

---

① (梁)任昉《文章缘起》,文渊阁四库全书本。
② (宋)张表臣《珊瑚钩诗话》,文渊阁四库全书本。
③ (清)程廷祚《青溪集》卷三,金陵丛书本。
④ (明)张溥《汉魏六朝百三家集》卷四二,文渊阁四库全书本。
⑤ (汉)司马迁《史记》卷八五《吕不韦列传》,文渊阁四库全书本。

《吕氏春秋》实融儒、道、墨、法、兵、农、纵横、阴阳家等诸子思想于一体,《汉书·艺文志》等将其列入杂家,吕氏也因此成了杂家的代表人物。其《用众》云:"天下无粹白之狐,而有粹白之裘,取之众白也。"①《吕氏春秋》的编著就是为了集各家之精华,成一家之书,以道家思想为主干,融合各家学说。司马迁《史记·太史公自序》云:"昔西伯拘羑里,演《周易》;孔子厄陈蔡,作《春秋》;屈原放逐,著《离骚》;左丘失明,厥有《国语》;孙子膑脚,而论《兵法》;不韦迁蜀,世传《吕览》;韩非囚秦,《说难》、《孤愤》;《诗》三百篇,大抵圣贤发愤之所为作也。"把《吕氏春秋》与《周易》、《春秋》、《离骚》、《国语》、《孙子兵法》、《韩非子》、《诗经》等并提,充分说明了司马迁对此书的重视。

《吕氏春秋》涉及文体的内容很多,仅篇名就有论(《论人》、《论威》、《行论》、《开春论》、《慎行论》、《贵直论》、《不苟论》、《似顺论》、《士容论》)、言(《听言》、《重言》、《应言》)、辞(《淫辞》)、喻(《谕大》、《精谕》)、说(《顺说》)、谏(《直谏》)、原(《原乱》)、赞(《赞能》)、辩(《辩土》)等等。正文也有不少地方论及文体,如《序意》(卷一二)论纪云:"凡十二纪者,所以纪治乱存亡也,所以知寿夭吉凶也。上揆之天,下验之地,中审之人,若此则是非、可不可无所遁矣。"纪本身就是文体名,如以《史记》为代表的正史中的本纪。其《劝学》(卷四)论说云:"凡说者兑(直)之也,非说(悦)之也。今世之说者多弗能兑而反说之,夫弗能兑而反说,是拯溺而硾之以石也,是救病而饮之以堇也。使世益乱不肖,主重惑者从此生矣。故为师之务在于胜理,在于行义,理胜义立则位尊矣,王公大人弗敢骄也。"说为论之一体,与论无大异。《文心雕龙》第一八《论说》云:"说者,悦也;兑为口舌,故言资悦怿;过悦必伪,故舜惊谗说。"吴讷《文章辨体序说·说解》云:"说者释也,述也,解释义理而以己意述之也。说之名,起自吾夫子之《说卦》,厥后汉许慎著《说文》,盖亦祖述其名而为之辞也。"

---

① 《吕氏春秋》卷四,文渊阁四库全书本。

第二章 "体裁渐备"的两汉

《四库全书总目·诗文评序》云:"文章莫盛于两汉,浑浑灏灏,文成法立,无格律之可拘。建安、黄初,体裁渐备。"两汉时期,经学上出现了不少解经之作,史学上出现了成为中国史书正体的纪传体史书《史记》《汉书》,子部出现了洋洋巨著《淮南子》、《论衡》,总集出现了王逸的《楚辞章句》,别集之名虽未出现,但属于别集的汉赋、乐府、五言古诗等皆光耀后世。相较于先秦而言,汉代的文体学有了很大发展,汉人的文体意识较先秦要明确得多,因此论述也更加充分,并出现了部分具有专论性质的篇章;汉人论及的文体也远较先秦丰富,论述得也更加深入,涉及不同文体的起源、功用、风格、样式等;尤其是汉人对诗(《诗经》)、赋的研究,对后世影响巨大。

第一节 两汉经学中的文体论

以孔子为代表的儒学在先秦只是当时诸子百家之一,秦始皇焚书坑儒,更遭到严重削弱。汉初诸帝多不信儒,汉高祖忙于平定四海,没有时间振兴儒学;汉惠帝、吕后所用多武力功臣,汉文帝好刑名之言,汉景帝好黄老之学。直至汉武帝时的董仲舒,为汉武帝巩固统一的封建中央集权出谋划策说:"春秋大一统者,天地之常经,古今之通义也。今师异道,人异论,百家殊方,指意不同,是以上无以持一统,下不知所守。臣愚以为诸不在六艺之科,孔子之术者,皆绝其道,勿使并进;邪辟之说灭息,然后统纪可一而法度可明,民知所从矣。"①汉武帝采纳了董仲舒这一"罢黜百家,独尊儒术"的建议。从此,在长达两千多年的中国历史上,儒学竟取得了"独尊"的地位,而且有越来越尊的趋势。

既然要"独尊儒术",就不得不尊崇儒家经典,汉武帝时设五经(《易》、《书》、《诗》、《礼》、《春秋》)博士。各经又分为若干家,光武帝时共有五经十四博士。最初博士教

---

① 《汉书·董仲舒传》引其《对策第三》,中华书局二十四史点校本。

弟子的经书,都是用汉朝通行的隶书写的,因此叫做今(汉)文经。汉景帝时,鲁恭王从孔子故宅壁间所发现的古文经籍,是用篆文(战国时文字及秦小篆)写的,叫做古文经,传授古文经的学说叫做古文经学。经学是训解、阐发和研究儒家经典的学问。汉代经学的特点,一是因袭,师徒转相承授,不敢越雷池一步;二是繁琐,有些经书之注达百余万言,解释"尧典"两字就用十多万字,解释"曰若稽古"四字用三万多字,士子白首穷经而不得其要。但汉人距孔子较近,他们的经解,包括对文体的解说,较符合原意。

一　汉人论《诗经》之内容、体裁及风格

《诗》之称经始于汉代,汉人对《诗经》的内容、体裁及风格都有较多论述。西汉初年,毛亨传《诗经》予毛苌。毛苌为使《诗经》广为传播,在其家乡筑台讲《诗》,称为诗经台。当时全国能讲授《诗经》者仅齐、鲁、韩、毛四家,但其他三家后皆失传,独毛苌之学传于后世。因此,《诗经》又称"毛诗"。《毛诗序》(又称《诗大序》)云:

> 诗者,志之所之也,在心为志,发言为诗。情动于中而形于言,言之不足故嗟叹之,嗟叹之不足故永歌之,永歌之不足,不知手之舞之,足之蹈之也。情发于声,声成文谓之音。治世之音安以乐,其政和;乱世之音怨以怒,其政乖;亡国之音哀以思,其民困。故正得失,动天地,感鬼神,莫近乎诗。先王以是经夫妇,成孝敬,厚人伦,美教化,移风俗。故诗有六义焉:一曰风,二曰赋,三曰比,四曰兴,五曰雅,六曰颂。上以风化下,下以风刺上,主文而谲谏,言之者无罪,闻之者足以戒,故曰风。至于王道衰,礼义废,政教失,国异政,家殊俗,而变风、变雅作矣。国史明乎得失之迹,伤人伦之废,哀刑政之苛,吟咏情性,以风其上,达于事变而怀其旧俗者也。故变风发乎情,止乎礼义。发乎情,民之性也;止乎礼义,先王之泽也。是以一国之事,系一人之本,谓之风;言天下之事,形四方之风,谓之雅。雅者,正也,言王政之所由废兴也。政有小大,故有小雅焉,有大雅焉。颂者,美盛德之形容,以其成功告于神明者也。是谓四始,诗之至也。[①]

有关《毛诗序》的作者问题疑议很多,究竟何人所作,目前尚无定论,可参考《四库

---

① 《毛诗正义》卷一,《十三经注疏》,中华书局 1980 年版。

全书总目提要》卷一五《经部》十五《诗类》一《诗序提要》和崔述《通论诗序》。此序内容很丰富,一论诗言志,"诗者,志之所之也",本于《虞书·舜典》的"诗言志"之说。二论志与情、与声、与世道的关系,特别是"治世之音安以乐","乱世之音怨以怒","亡国之音哀以思",真可谓千古名言。三论诗之功用,可以"经夫妇,成孝敬,厚人伦,美教化,移风俗"。五论"诗有六义",本于《周礼·春官·大师》。风、雅、颂有一定的文体分类意义,而赋、比、兴是《诗经》的艺术表达手法,也有文体分类意义(参第一章第一节三《诗经》与风、雅、颂、赋、比、兴体")。《毛诗序》论诗虽多有所本,但阐述更详,是一篇《诗经》的总序,是我国诗歌理论的第一篇专论,也是先秦至西汉儒家诗论的总结,既涉及诗之内容,又涉及诗之功用、体裁、风格。

汉代的经学注家以郑玄最重要。郑玄(127—200)字康成,东汉北海高密人(今属山东)。著名经学家、教育家。他的学问被称为"郑学"、"郑氏学"等。他曾先后研习今文经学和古文经学,网罗众家之说,融通今古文经学为一,遍注群经,成为汉代最大的"通儒",两汉儒家经学的集大成者。范晔《后汉书·郑玄传》论曰:"自秦焚六经,圣文埃灭。汉兴,诸儒颇修艺文,及东京学者亦各名家。而守文之徒,滞固所禀,异端纷纭,互相诡激。遂令经有数家,家有数说。章句多者或乃百余万言,学徒劳而少功,后生疑而莫正。郑玄括囊大典,网罗众家,删裁繁芜,刊改漏失,自是学者略知所归。"①郑玄的弟子数以千计,郑学风靡一时。从魏晋至隋唐,郑学流传甚广。宋学兴而汉学衰,但清代乾嘉学派又提倡"汉学",对郑学十分重视,颇多发挥。

郑玄为《毛诗》作笺之后又著《毛诗谱》,或称《诗谱》,其《毛诗谱序》历述虞、夏、商、周诗之流传,谓"此诗之大纲也,举一纲而万目张,解一卷而众篇明,于力则鲜,于思则寡。其诸君子,亦有乐于是与?"②此序对辨章学术、考镜源流很有价值,对后世《诗经》学影响很大。其《周礼注疏》对赋、比、兴、风、雅、颂也作了颇为详尽的阐述,仍从内容题材的角度区分风、雅、颂,从表现手法的角度论述赋、比、兴:"风,言贤圣治道之遗化也。赋之言铺,直铺陈今之政教善恶。比,见今之失,不敢斥言,取比类以言之。兴,见今之美,嫌于媚谀,取善事以喻劝之。雅,正也,言今之正者以为后世法。颂之言诵也,容也,诵今之德,广以美之。郑司农(郑众)云:古而自有风、雅、颂之名,故延陵季子观乐于鲁,时孔子尚幼,未定《诗》、《书》,而因为之歌邶、墉、卫,曰是其卫风乎?又为之歌《小雅》、《大雅》,又为之歌《颂》。《论语》曰:'吾自卫反鲁,然后乐正,

---

① (南朝宋)范晔《后汉书》卷六四,中华书局二十四史点校本。

② 《毛诗注疏》卷首,文渊阁四库全书本。

《雅》、《颂》各得其所。'时礼乐自诸侯出,颇有谬乱不正,孔子正之。曰比,曰兴。比者,比方于物也;兴者,托事于物。"①

纬书,是相对于经书而言的,是汉人依托儒家经义宣扬符箓瑞应占验的书。《诗纬》是与《诗经》相配的汉代纬书之一,也是汉代《诗经》学的组成部分。《诗》之纬书有三,曰《泛历枢》,曰《推度灾》,曰《含神雾》。其《含神雾》云:"诗者,天地之心,君德之祖,百福之宗,万物之户也。刻之玉板,藏之金府,集微揆著,上统元皇,下序四始。罗列五际。故诗者,持也。"②对诗这种文体作了很功利的界定,其说对汉、魏六朝时期的诗论有一定影响。

二 孔安国《尚书序》论《尚书》文体

孔安国(生卒年不详)字子国,西汉时期鲁国(今山东曲阜)人。孔子第十一世孙。受《诗》于申公,受《尚书》于伏生。武帝时任博士,官临淮太守,谏大夫。

武帝末,鲁共王坏孔府旧宅,于壁中得《古文尚书》、《礼记》、《论语》及《孝经》,皆蝌蚪文字,当时人不识,安国以今文读之,又奉诏作《书传》,定为五十八篇,谓之《古文尚书》。其《尚书序》首叙《三坟》、《五典》、《八索》、《九丘》为上世帝王遗书;次叙孔子删定五经,而着重论删定《尚书》:"先君孔子生于周末,睹史籍之烦文,惧览之者不一,遂乃定礼乐,明旧章,删《诗》为三百篇,约史记而修《春秋》,赞《易》道以黜《八索》,述方职以除《九丘》,讨论坟典,断自唐虞,以下讫于周。芟夷烦乱,翦截浮辞,举其宏纲,撮其机要,足以垂世教,典、谟、训、诰、誓、命之文凡百篇,所以恢弘至道,示人以轨范也。帝王之制,坦然明白,可举而行。"再叙秦始皇焚书坑儒,汉初今文《尚书》的流传及古文《尚书》的发现、写定;末叙自己"承诏为五十九篇作传":"承诏为五十九篇作传,于是遂研精覃思,博考经籍,采摭群言,以立训传,约文申义,敷畅厥旨,庶几有补于将来。书序所以为作者之意,昭然义见,宜相附近,故引之各冠其篇首。定五十八篇既毕,会国有巫蛊事,经籍道息,用不复以闻,传之子孙,以贻后世。若好古博雅君子与我同志,亦所不隐也。"③序中明确指出典、谟、训、诰、誓、命为《尚书》的主要文体及其功用;其"书序序所以为作者之意",则基本准确界定了后世书序的性质。

---

① 《周礼注疏》卷二三,(汉)郑氏注,(唐)陆德明音义,(唐)贾公彦疏,文渊阁四库全书本。

② (明)孙瑴编《古微书·诗纬》,文渊阁四库全书本。

③ (唐)李善注《文选》卷四五,文渊阁四库全书本。

三　刘熙《释名》对文体名的解释

《尔雅》虽也释及一些文体名,但多言之不详,不如西汉末刘熙的《释名》对文体名的解释详尽。两书《四库全书》皆收入经部小学类。这里谈谈《释名》。

刘熙(生卒年不详)字成国,北海(今山东昌乐)人。生当汉末桓、灵之世,官至南安太守。著有《释名》八卷二十篇,仿照《尔雅》体例,探讨各种名称得名的由来,以同声相谐推论名物之意,《四库全书总目·释名》提要称其虽"颇伤于穿凿,然可……有资考证",是重要的训诂著作。其《释典艺》虽论图书分类,但涉及多种文体:

> 《三坟》,坟,分也,论三才之分天、地、人之治,其体有三也。《五典》,典,镇也,制法所以镇定上下,其等有五也。《八索》,索,素也,著素王之法。若孔子者,圣而不王。制此法者有八也。《九丘》,丘,区也,区别九州土气教化所宜施者也。此皆三王以前上古羲皇时书也,今皆亡,惟《尧典》存也。经,俓也,如俓路无所不通,可常用也。纬,围也,反复围绕以成经也。图,度也,尽其品度也。纤,纤也,其义纤微也。《易》,易也,言变易也。《礼》,体也,得其事体也。仪,宜也,得事宜也。传,传也,以传示后人也。记,纪也,纪识之也。《诗》,之也,志之所之也。兴物而作谓之兴,敷布其义谓之赋,事类相似谓之比,言王政事谓之雅,称颂成功谓之颂。随作者之志而别名之也。《尚书》,尚,上也,以尧为上始,而书其时事也。《春秋》,春秋冬夏终而成岁。《春秋》书人事卒岁而究备,春秋温凉中象政和也,故举以为名也。《国语》,记诸国君臣相与言语、谋议之得失也。又曰《外传》:春秋以鲁为内,以诸国为外,外国所传之事也。《尔雅》,尔,昵也;昵,近也。雅,义也;义,正也。五方之言不同,皆以近正为主也。《论语》,纪孔子与诸弟子所语之言也。法,逼也,莫不欲从其志,逼正使有所限也。律,累也,累人心使不得放肆也。令,领也,理领也,使不相犯也。科,课也,课其不如法者,罪责之也。诏书。诏,昭也,人暗不见事宜则有所犯,以此示之,使昭然知所由也。论,伦也,有伦理也。称人之美曰赞。赞,纂也,纂集其美而叙之也。叙,杼也,杼泄其实,宣见之也。铭,名也,述其功美,使可称名也。诔,累也,累列其事而称之也。谥,曳也。物在后为曳,言名之于人亦然也。谱,布也,布列见其事也。统,绪也,主绪人世,类相继如统绪也。碑,被也。此本王莽时所设也。施其辘轳,以绳被其上,以引棺也。臣子追述君父之功美,以书其上,后人因焉。故无建于道陌之头,显见之处,名其文就谓之碑也。词,嗣也,令撰善言相续嗣也。

其《释书契》所论,有的既是书写工具,也形象地说明了相关文体的特征:

> 笔,述也,述事而书之也。砚,研也,研墨使和濡也。墨,痗也,似物痗墨也。纸,砥也,谓平如砥石也。板,般也,般般平广也。奏,邹也,邹狭小之言也。札,栉也,编之如栉齿相比也。简,间也,编之篇篇有开也。簿,言也,可以簿疏密也。笏,忽也。君有教命及所启白,则书其上,備忽忘也。椠,板之长三尺者也。椠,渐也,言其渐渐然长也。牍,睦也,手执之以进见,所以为恭睦也。籍,籍也,所以籍疏人名户口也。檄,激也,下官所以激迎其上之书文也。检,禁也,禁闭诸物使不得开露也。玺,徙也,封物使可转徙而不可发也。印,信也,所以封物为信验也;亦言因也,封物相因付也。谒,诣也;诣,告也。书其姓名于上,以告所至诣者也。符,付也,书所敕命于上,付使转行之也。节,赴也,执以赴君命也。传,转也,转移所在执以为信也。券,绻也,相约束缱绻以为限也。莂,别也,大书中央,中破别之也。契,刻也,刻识其数也。策书教令于上,所以驱策诸下也。汉制:约敕封侯曰册。册,颐也,敕使整颐不犯之也。示,示也,过所至关津以示之也。诣,启也,以君语官司所至诣也。书,庶也,纪庶物也;亦言著之简纸,永不灭也。画,挂也,以五色挂物上也。《书》称"刺书以笔",刺纸简之上也。又曰:写倒写此文也。书姓字于奏上曰书,刺作再拜起居,字皆达其体,使书尽边,徐引笔书之如画者也。下官刺曰长刺,长书中央一行而下之也。又曰爵里刺书,其官爵及郡县乡里也。书称题。题,谛也,审谛其名号也;亦言第,因其第次也。书文书检曰署。署,予也,题所予者官号也。上敕下曰告。告,觉也,使觉悟知己意也。下言上曰表,思之于内,表施于外也。又曰上,示之于上也。又曰言,言其意也。约,约束之也。敕,饰也,使自警饰不敢废慢也。谓,犹谓也,犹得敕不自安,谓谓然也。①

全书除《释典艺》、《释书契》外,包括《释言语》、《释乐器》,共涉及传、记、诗、兴、赋、比、雅、颂、诏书、论、赞、叙、铭、诔、谱、碑、词、奏、札、简、簿、笏、牍、檄、玺、符、券、契、策、书、教、令、册、刺、题、告、表、约、敕等四十多种文体,是汉人记录和训释文体类别最多的著作,其著录范围、声训方法、阐释含义诸方面,都对后世文体学论著产生了很大影响,反映了汉代文体的实际情况,以及当时重视应用的文体观念。

---

① 以上(汉)刘熙《释名》卷六,文渊阁四库全书本。

第二节　纪传体史书的创体和文体论

一　司马迁《史记》开本纪、世家、列传、表、书诸体

中国最早的史书《春秋》为编年史。中国史书的又一种写法为纪传体,始于西汉太史公司马迁的《史记》。司马迁(前 145—前 90)字子长,左冯翊夏阳(今陕西韩城南)人。西汉史学家、思想家、文学家。《汉书·艺文志》著录《司马迁赋》八篇,《隋书·经籍志》著录《司马迁集》一卷。《史记》原名《太史公书》,是司马迁撰写的中国历史上第一部纪传体通史,被列在二十四史之首,记载了上自上古传说中的黄帝时代,下至汉武帝元狩元年(前 122),共三千多年的历史,与后来的《汉书》、《后汉书》、《三国志》合称"前四史"。

纪传体是以"本纪"、"世家"和"列传"为主体的史书写作体裁,为司马迁首创。"本纪"记述帝王生平,按时间顺序记载重大事件,排在全书最前面,具有编年体史书性质。"世家"主要记载子孙世袭的王侯封国历史。"列传"主要是人物传记。不论是《史记》,还是其他纪传体史书,"列传"都是全书中篇幅最多的。此外,《史记》还有"表"、"书"。"表"采用表格的形式,按一定的顺序,谱列人物和事件。"书"则专门记载典章制度,每一篇"书",犹如一部专史。其《太史公自序》自叙其体云:"罔罗天下,放失旧闻(旧闻有遗失放逸者网罗而考论之),王迹所兴,原始察终,见盛观衰,论考之行事,略推三代,录秦、汉,上记轩辕,下至于兹,著十二《本纪》,既科条之矣。并时异世,年差不明,作十《表》。礼乐损益,律历改易,兵权(即兵书)山川鬼神,天人之际,承敝通变,作八《书》。二十八宿环北辰,三十辐共一毂,运行无穷,辅拂股肱之臣配焉,忠信行道,以奉主上,作三十《世家》。扶义俶傥,不令己失时,立功名于天下,作七十《列传》。凡百三十篇,五十二万六千五百字。"本纪、世家、表、书、列传均成为后世史书体裁,有的还成为散文体裁。班固《汉书·司马迁传赞》虽批评"其是非颇缪于圣人",但也承认"自刘向、扬雄博极群书,皆称迁有良史之材,服其善序事理辨而不华,质而不俚,其文直,其事核,不虚美,不隐恶,故谓之实录"。

关于编年体史书和纪传体史书的优劣,宋人孙甫《唐史论断序》称美编年体史书"体正而文简",批评司马迁开创的纪传体不明"治乱之本、劝戒之道",但他也不赞成"史之体必尚编年,纪传不可为"的说法,认为:"为史者习尚纪传久矣,历代以为大典,必论之以复古则泥矣。有能编列君臣之事,善恶得实,不尚僻怪,不务繁碎,明治乱之本,谨劝戒之道,虽为纪传亦可矣。必论其至,则不若编年体正而文

简也。"①

其实，"其是非颇缪于圣人"，正是《史记》的长处，而他在编年体外创纪传体更为后世所效法。徐师曾《文体明辨序说》云："按字书云：'传者，传也。纪载事迹以传于后世也。'自汉司马迁作《史记》，创为列传以纪一人之始终，而后世史家卒莫能易。嗣是山林里巷，或有隐德而弗彰，或有细人而可法，则皆为之作传以传其事，寓其意；而驰骋文墨者，间以滑稽之术杂焉，皆传体也。"以后各朝为前代修史都用纪传体，成为"正史"。

《史记》还阐述了成为文体名的某些名篇（如《离骚》）的含义、写作缘起及特点。其《屈原贾生列传》（卷八四）云："屈平疾王听之不聪也，谗谄之蔽明也，邪曲之害公也，方正之不容也，故忧愁幽思而作《离骚》。《离骚》者，犹离忧也。夫天者，人之始也；父母者，人之本也。人穷则反本，故劳苦倦极，未尝不呼天也；疾痛惨怛，未尝不呼父母也。屈平正道直行，竭忠尽智以事其君，谗人间之，可谓穷矣。信而见疑，忠而被谤，能无怨乎？屈平之作《离骚》，盖自怨生也。《国风》好色而不淫，《小雅》怨诽而不乱，若《离骚》者，可谓兼之矣。上称帝喾，下道齐桓，中述汤武，以刺世事，明道德之广崇，治乱之条贯，靡不毕见。其文约，其辞微，其志洁，其行廉，其称文小而其指极大，举类迩而见义远。其志洁，故其称物芳；其行廉，故死而不容自疏。濯淖污泥之中，蝉蜕于浊秽，以浮游尘埃之外，不获世之滋垢，皭然泥而不滓者也。推此志也，虽与日月争光可也……屈原既死之后，楚有宋玉、唐勒、景差之徒者，皆好辞而以赋见称，然皆祖屈原之从容辞令，终莫敢直谏。"先秦文学中的骚体即得名于屈原的《离骚》，是屈原在楚国民歌基础上创造的一种抒情韵文。由于后人常以"骚"来概括《楚辞》，所以"骚体"也称"楚辞体"。骚体在句式上以六言为主，间用杂言，多以"兮"字作语助词，大体整齐而又参差灵活，是对《诗经》四言体诗的突破。司马迁是最早对《离骚》及骚体作深入阐述的作家之一。

二 迁固体及班固《汉书》的文体论

班固（32—92）字孟坚，扶风安陵（今陕西咸阳东北）人。班彪之子。班固在其父班彪续补《史记》的《后传》基础上编写成《汉书》，又称《前汉书》。

《史记》是纪传体通史，《汉书》则是我国第一部纪传体断代史，记述了上起汉高祖元年（前206），下至新朝王莽地皇四年（23），共二百三十年的历史，包括纪十二篇、表

① （宋）孙甫《唐史论断》卷首，文渊阁四库全书本。

八篇、志十篇、传七十篇,共一百篇。

与《史记》相比,《汉书》的体例已经发生了较大变化,它把《史记》的"本纪"省称"纪","列传"省称"传","书"改称"志",取消了"世家",而将汉代勋臣世家一律编入传。这些变化,被后来的一些史书沿袭下来。《汉书》继司马迁之后,规范了纪传体史书的形式,并开创了"包举一代"的断代史体例,成为后世"正史"的楷模。

司马迁的《史记》、班固的《汉书》均为纪传体史书,后世称为"迁固体"。唐李延寿《北史·李彪传》云:"崔浩、高允著述《国书编年序录》为春秋体(即编年体),遗落时事。彪与秘书令高祐始奏,从迁固体,创为纪、传、表、志之目焉。"《玉海》卷四七云:"绍兴二十八年二月乙巳,郑樵召对,授迪功郎。其所著《通志》,令有司给扎写进。《通志》二百卷,樵以历代史册及采他书,上自三皇,下迄隋代,通为一书,仿迁固体,为本纪、列传,而改表为谱,改志为略。"①可见迁固体就是以司马迁《史记》和班固《汉书》为代表的纪传体史书。

《汉书》也论及多种文体,对汉乐府的设立和性质,《七略》的编辑,诗的特点和功能,诗赋关系,"小说"的来源等均发表了自己的见解。其《礼乐志》论乐府云:"初,高祖既定天下,过沛,与故人父老相乐醉酒欢哀,作《风起》之诗,令沛中僮儿百二十人习而歌之。至孝惠时,以沛宫为原庙,皆令歌儿习吹以相和,常以百二十人为员。文、景之间,礼官肄业而已。至武帝定郊祀之礼,祠太一于甘泉就乾位也,祭后土于汾阴泽中方丘也,乃立乐府。采诗夜诵,有赵、代、秦、楚之讴,以李延年为协律都尉,多举司马相如等数十人,造为诗赋,略论律吕,以合八音之调。作十九章之歌,以正月上辛用事甘泉圜丘,使童男女七十人俱歌。昏祠至明夜,常有神光如流星,止集于祠坛。天子自竹宫而望拜,百官侍祠者数百人,皆肃然动心焉。"后世虽对乐府的起源有不同说法,但这是较早记载汉乐府设立的文字。

《汉书·艺文志》论编《七略》云:"昔仲尼没而微言绝,七十子丧而大义乖。故《春秋》分为五,《诗》分为四,《易》有数家之传。战国纵衡,真伪分争,诸子之言纷然殽乱。至秦患之,乃燔灭文章,以愚黔首。汉兴,改秦之败,大收篇籍,广开献书之路。迄孝武世,书缺简脱,礼坏乐崩。圣上喟然而称曰:'朕甚闵焉。'于是建臧(藏)书之策,置写书之官,下及诸子传说,皆充秘府。至成帝时,以书颇散亡,使谒者陈农求遗书于天下。诏光禄大夫刘向校经传诸子诗赋,步兵校尉任宏校兵书,太史令尹咸校数术,侍医李柱国校方技,每一书已,向辄条其篇目,撮其指意,录而奏之。会向卒,哀帝复使向子侍中奉车都尉歆卒父业。歆于是总群书而奏其《七略》,故有《辑略》,有《六艺

───────────────

① (宋)王应麟《玉海》,文渊阁四库全书本。

略》，有《诸子略》，有《诗赋略》，有《兵书略》，有《术数略》，有《方技略》。今删其要，以
备篇籍。"

同卷又论诗云："书曰：'诗言志，歌咏言。'故哀乐之心感，而歌咏之声发。诵其言
谓之诗，咏其声谓之歌。故古有采诗之官，王者所以观风俗，知得失，自考正也。"论诗
赋关系云："传曰：'不歌而诵谓之赋，登高能赋，可以为大夫。'言感物造端，材知深美，
可与图事，故可以为列大夫也。古者诸侯卿大夫交接邻国，以微言相感，当揖让之时，
必称诗以谕其志，盖以别贤不肖而观盛衰焉。故孔子曰'不学诗，无以言'也。春秋之
后，周道浸坏，聘问歌咏，不行于列国，学诗之士，逸在布衣，而贤人失志之赋作矣。大
儒孙卿及楚臣屈原，离谗忧国，皆作赋以风，咸有恻隐古诗之义。其后宋玉、唐勒，汉
兴，枚乘、司马相如，下及扬子云（雄），竞为侈丽闳衍之词，没其风谕之义。是以扬子
悔之曰：'诗人之赋丽以则，辞人之赋丽以淫，如孔氏之门人用赋也，则贾谊登堂，相如
入室矣。如其不用何！'自孝武立乐府而采歌谣，于是有代、赵之讴，秦、楚之风，皆感
于哀乐，缘事而发，亦可以观风俗，知薄厚云。"

又论小说云："小说家者流，盖出于稗官，街谈巷语，道听途说者之所造也。孔子
曰：'虽小道，必有可观者焉。致远恐泥，是以君子弗为也。'然亦弗灭也，闾里小知者
之所及，亦使缀而不忘，如或一言可采，此亦刍荛狂夫之议也。"这里班固所言的"小
说"，虽不能等同于后世如明、清的小说，但在一定程度上揭示了小说之源。

《汉书·扬雄传》论扬雄从慕司马相如的辞赋到"辍不复为"："先是时，蜀有司马
相如，作赋甚弘丽温雅，雄心壮之，每作赋，常拟之以为式。又怪屈原文过相如，至不
容，作《离骚》，自投江而死，悲其文，读之未尝不流涕也。以为君子得时则大行，不得
时则龙蛇，遇不遇命也，何必湛身哉！乃作书，往往摭《离骚》文而反之，自岷山投诸江
流以吊屈原，名曰《反离骚》；又旁《离骚》作重一篇，名曰《广骚》；又旁《惜诵》以下至
《怀沙》一卷，名曰《畔牢愁》。""雄以为赋者，将以风也，必推类而言，极丽靡之辞，闳侈
巨衍，竞于使人不能加也，既乃归之于正，然览者已过矣。往时武帝好神仙，相如上
《大人赋》欲以风，帝反缥缥有凌云之志。由是言之，赋劝而不止，明矣。又颇似俳优
淳于髡、优孟之徒，非法度所存、贤人君子诗赋之正也，于是辍不复为。"赋是代表汉代
文学的文体，汉人论汉赋得失，以扬雄最为深刻。

第三节　汉代子部书的文体论

汉代属于子部的刘安的《淮南子》，陆贾的《新语》，王充的《论衡》，蔡邕的《独断》
也为我们提供了丰富的文体资料。

一 陆贾《新语》论六经

陆贾,其先为楚人。随刘邦起事,善辩论,常出使诸侯各国。汉高祖十一年(前196),奉命出使南越(今两广一带),招谕故秦南海尉赵佗臣属汉朝,立为南越王,对安定国势,沟通南越与中原的经济文化交流起了一定作用。陆贾出使归来,擢为太中大夫。高祖死后,吕后擅权,陆贾参预诛灭诸吕,迎立文帝刘恒。

陆贾《新语》十二篇,《四库全书总目》提要云:"殆后人依托,非贾原本欤";又云:"流传既久,其真其赝,存而不论可矣。"此书有后人搀入之篇,但多数当为陆贾所作。他的《过秦论》是不可多得的史论和政论,此书的基本主张与《过秦论》是一致的。

《新语》多引六经,间亦言及文体,如卷上《道基》论六经云:"《鹿鸣》以仁求其群,《关雎》以义鸣其雄,《春秋》以仁义贬绝,《诗》以仁义存亡,乾坤以仁和合,八卦以义相承,《书》以仁叙九族,君臣以义制忠,《礼》以仁尽节乐,以礼升降。仁者道之纪,义者圣之学。学之者明,失之者昏,背之者亡。"《慎微》论诗、文亦云:"隐之则为道,布之则为文,《诗》在心为志,出口为辞;矫以雅僻,砥砺纯才;雕琢文邪,抑定狐疑;道塞理顺,分别然否;而情得以利,而性得以治。"《术事》论"说"的作用云:"善言古者合之于今,能述远者考之于近,故说事者上陈五常之功而思之于身,下列桀纣之败而戒之于己,则德可以配日月,行可以合神灵,登高及远,达幽洞冥。"①

二 刘安《淮南子》对六经多所贬抑

刘安(约前179—前122),汉高祖刘邦之孙,淮南厉王刘长之子,袭封为淮南王。才思敏捷,好读书,善文辞,乐鼓琴,是西汉著名的思想家、文学家。奉汉武帝之命著《离骚传》,是最早对屈原及其《离骚》作高度评价的著作。曾招致宾客方术之士数千人,集体编写了《鸿烈》(后称为《淮南鸿烈》或《淮南子》)。《淮南子》原为鸿篇巨制,但流传至今的《淮南子》仅仅剩下"内书"二十一篇,末篇《要略》实为全书后序,总括各篇内容。全书以道家思想为主,内容包罗万象,涉及政治、哲学、伦理、历史、文学、经济、物理、化学、天文、地理、农田水利、医学养生等多个领域,是一部百科全书式的著作。

刘安主道家,故对儒家六经多所贬抑,其《主术训》论古之帝王皆能听谏,涉及多种文体:"古者天子听朝,公卿正谏,博士诵诗,瞽箴师诵,庶人传语,史书其过,宰彻其

---

① 以上所引均见(汉)陆贾《新语》,文渊阁四库全书本。

膳。犹以为未足也,故尧置敢谏之鼓,舜立诽谤之木,汤有司直之人,武王立戒慎之鼗(鼓)。过若毫厘,而既已备之也。夫圣人之于善也,无小而不举;其于过也,无微而不改。尧、舜、禹、汤、文、武,皆坦然天下而南面焉。”①历代都以“敢谏”、“诽谤”治人之罪,尧舜时果有“敢谏之鼓”,“诽谤之木”? 其《道应训》借轮扁之口指责“圣人之书”皆“圣人之糟粕”:“臣试以臣之斫轮语之:大疾(太快)则苦而不入,大徐则甘(缓)而不固。不甘不苦应于手,厌于心,而可以至妙者,臣不能以教臣之子,而臣之子亦不能得之于臣。是以行年七十,老而为轮。今圣人之所言者亦以怀其实穷而死,独其糟粕在耳。”其《氾论训》认为《诗》、《春秋》皆衰世之产物,不足以言治:“王道缺而《诗》作,周室废,礼义坏而《春秋》作。《诗》、《春秋》,学之美者也,皆衰世之造也。儒者循之,以教导于世,岂若三代之盛哉! 以《诗》、《春秋》为古之道而贵之,又有未作《诗》、《春秋》之时。夫道之缺也,不若道其全也。”同篇还论及制、令、誓、盟等文体:“昔者神农无制令而民从,唐虞有制令而无刑罚,夏后氏不负言,殷人誓,周人盟。”《诠言训》云:“《诗》之失僻,《乐》之失刺,《礼》之失责。”《泰族训》论六经各有侧重,并非治世之本:“六艺异科而皆同道,温惠柔良者《诗》之风也,淳庞敦厚者《书》之教也,清明条达者《易》之义也,恭俭尊让者《礼》之为也。宽裕简易者《乐》之化也,刺几辩义者《春秋》之靡也。故《易》之失鬼,《乐》之失淫,《诗》之失愚,《书》之失拘,《礼》之失忮,《春秋》之失訾。六者圣人兼用而财(裁)制之,失本则乱,得本则治。”

三　王充《论衡》对“颂”体的推崇

王充(27—约97),会稽上虞(今浙江上虞)人。师事班彪,博览众家之说,不守一家之言。一生在政治上没有施展才能的机会,以主要精力著书立说,从事教育活动,先后著有《讥俗节义》、《政务》、《养性》、《论衡》,现存《论衡》。《后汉书》卷七九《王充传》称其《论衡》“释物类同异,正时俗嫌疑”,论及哲学、政治、宗教、文化等方面的问题,批判当时盛行的谶纬迷信、世俗禁忌,抨击不良文风。他在文章写作和文学批评方面,重视实用,反对虚妄、华饰的文辞;强调文章内容的独创性、通俗性。全书文笔朴素畅达,不为艰深之言,颇具批判精神。他针对汉儒注经的繁琐,强调著论之重要,其《超奇篇》云:

通书千篇以上,万卷以下,弘畅雅闲,审定文读,而以教授为人师者,通人也。

---

① (汉)高诱注《淮南鸿烈解》,文渊阁四库全书本。

抒其义旨,损益其文句,而以上书、奏记或兴论立说、结连篇章者,文人鸿儒也。好学勤力,博闻强识,世间多有。著书表文,论说古今,万不耐一。然则著书表文,博通所能用之者也。入山见木,长短无所不知;入野见草,大小无所不识。然而不能伐木以作室屋,采草以和方药,此知草木所不能用也。夫通人览见广博,不能摄以论说,此为匮生书主人,孔子所谓"诵诗三百,授之以政,不达者也"。与彼草木不能伐采,一实也。孔子得史记以作《春秋》,及其立义创意,褒贬赏诛,不复因史记者,眇思自出于胸中也。凡贵通者贵其能用之也,即徒诵读,读诗讽术虽千篇以上,鹦鹉能言之类也。衍传书之意,出胸腴之辞,非俶傥之才不能任也。夫通览者世间比有,著文者历世希。然近世子政父子、扬子云、桓君山,其犹文、武、周公并出一时也。其余直有,往往而然,譬珠玉不可多得,以其珍也。故夫能说一经者为儒生,博览古今者为通人,采摄传书,以上书、奏记者为文人,能精思著文、连结篇章者为鸿儒。故儒生过俗人,通人胜儒生,文人逾通人,鸿儒超文人。故夫鸿儒所谓超而又超者也。①

这里,王充把人分为"俗人"、"儒生"、"通人"、"文人鸿儒",他所谓的"通人"就是那些审定文读,以教授为业的经师,他们知识渊博,入山见木,入野见草,无所不识,但不能伐木以作室,采草以和药,知草木而不能用。而文人鸿儒则能抒其义旨,损益文句,兴论立说,结连篇章。这就是经生与文人之别。他显然更看重后者,这正是当时文学开始自觉的表现。

王充看不起注疏之士,但并不是轻视经书本身。其《佚文篇》把文分为五种,间接反映了他的文体观:"遵五经六艺为文,诸子传书为文,造论著说为文,上书奏记为文,文德之操为文。立五文在世,皆当贤也。"五种之中,他尤为重视"造论著说之文",认为非说经、上书、奏记之文可比:"造论著说之文,尤宜劳焉。何则?发胸中之思,论世俗之事,非徒讽古经,续故文也。论发胸臆,文成手中,非说经艺之人所能为也。周、秦之际,诸子并作,皆论他事,不颂主上,无益于国,无补于化。造论之人,颂上恢国,国业传在千载,主德参贰日月,非适诸子书传所能并也。上书陈便宜,奏记荐吏士,一则为身,二则为人。繁文丽辞,无上书文德之操,治身完行,徇利为私,无为主者。夫如是,五文之中,论者之文多矣,则可尊明矣。"可见他之所以看重"造论之人",就是因为他们能"颂上恢国",能使"国业传在千载,主德参贰日月"。

《论衡》就是一部用政论形式"宣扬汉德"的作品,书中直接赞美汉朝功业的篇章,

---

① 《论衡》卷一三。

就有《须颂篇》、《恢国篇》、《宣汉篇》、《验符篇》、《超奇篇》、《齐世篇》等。故其《须颂篇》集中论述"颂"的作用。首论"古之帝王建鸿德者,须鸿笔之臣褒颂纪载,鸿德乃彰,万世乃闻"。并以孔子六经为证,《尚书》"钦明文思"以下,乃孔子之言;孔子"自卫反鲁,然后乐正,《雅》、《颂》各得其所也";制礼作乐亦孔子:"礼者上所制,故曰制;乐者下所作,故曰作。天下太平,颂声作";"卫孔悝之《鼎铭》,周臣劝行";"虞氏天下太平,夔歌舜德;宣王惠周,《诗》颂其行;召伯述职,周歌棠树。是故《周颂》三十一,《殷颂》五,《鲁颂》四,凡《颂》四十篇,诗人所以嘉上也。由此言之,臣子当颂,明矣。"他批评当时的"拘儒"、"俗儒"、"盲喑之儒"不知颂汉功德:"方今天下太平矣,颂诗乐声可以作未?传者(自指)不知也。故曰拘儒。……孝宣皇帝称颖川太守黄霸有治状,赐金百斤,汉臣勉政。夫以人主颂称臣子,臣子当褒君父,于义较矣。"接着他说"《论衡》之人,为此毕精,故有《齐世》、《宣汉》、《恢国》、《验符》",即自己所作的《齐世》、《宣汉》、《恢国》诸篇即为颂汉而作,实为"《诗》之颂言":"儒者谓汉无圣帝,治化未太平。《宣汉》之篇,论汉已有圣帝,治已太平;《恢国》之篇,极论汉德,非常实然,乃在百代之上,表德颂功,宣褒主上。《诗》之颂言,右臣之典也。"《须颂篇》堪称把"颂"体的功用推崇到了极致。

虽然《须颂篇》的主旨是为论证"须颂"而作,但实际还论及《诗》、《书》、《易》、《礼》、《乐》、《春秋》诸书及雅、颂、铭、歌、诏书、上书、奏记、章表、谥等诸多文体。其论上书、奏记、章表云:"上书于国,记奏于郡,誉荐士吏,称述行能,章下记出,士吏贤妙。何则?章表其行,记明其才也。"又论谥云:"谥者,行之迹也。谥之美者成、宣也,恶者灵、厉也。成汤遭旱,周宣亦然。然而成汤加成,宣王言宣,无妄之灾,不能亏政。臣子累谥,不失实也。由斯以论尧,尧亦美谥也。时亦有洪水,百姓不安,犹言尧者,得实考也。夫一字之谥,尚犹明主,况千言之论,万文之颂哉!"

其《对作篇》还论述了上书、奏记的异同及其与古代史书的关系:"上书奏记,陈列便宜,皆欲辅政。今作书者,犹书奏记,说发胸臆,文成手中,其实一也。夫上书谓之奏,奏记转易,其名谓之书。建初孟年,中州颇歉;颖川汝南,民流四散。圣主忧怀,诏书数至。论衡之人,奏记郡守,宜禁奢侈,以备困乏。言不纳用,退题记草,名曰备乏。酒糜五谷,生起盗贼,沉湎饮酒,盗贼不绝。奏记郡守,禁民酒,退题记草,名曰禁酒。由此言之,夫作书者,上书奏记之文也。记谓之造作上书,上书奏记是作也,晋之《乘》而楚之《梼杌》、鲁《春秋》,人事各不同也。《易》之《乾坤》,《春秋》之《元》,扬氏之《玄》,卜气号不均也。由此言之,唐林之奏,谷永之章,论衡政务,同一趋也。"这些观点对研究汉人文体观颇有参考价值。

四 蔡邕《独断》:是较早较系统的体裁论

蔡邕(132—192)字伯喈,东汉陈留圉(今河南杞县)人。官至左中郎将,世称蔡中郎。少时师事太傅胡广,博学多识。通经史,擅辞章,好数术、天文,妙通音律,善鼓琴、绘画,精篆隶,尤以隶书著称。曾著诗、赋、碑、诔、铭等共一百余篇。其辞赋以《述行赋》最为知名,散文以碑志为多。《隋书·经籍志》著录有《蔡邕集》十二卷,已佚。明代张溥辑有《蔡中郎集》,收入《汉魏六朝百三家集》。

蔡邕《独断》二卷(后人有增改)记载自汉高祖元年(前206)至灵帝熹平元年(172)三百七十余年间礼、乐、舆服制度及诸帝世次,兼及前代礼、乐,并加以考论。此书论文体的部分可算是最早的比较系统的文体论,其论皇帝命令云:"其命令一曰策书,二曰制书,三曰诏书,四曰戒书。"首论策书:"策者,简也。《礼》曰:'不满百丈,不书于策。'其制长二尺,短者半之。其次一长一短两编,下附篆书,起年月日,称'皇帝曰',以命诸侯王三公。其诸侯王三公之薨于位者,亦以策书诔谥其行而赐之。如诸侯之策。三公以罪免,亦赐策,文体如上策,而隶书以一尺木两行。唯此为异者也。"次论制书:"制书,帝者制度之命也。其文曰'制',诏三公、赦令、赎令之属是也。刺史太守相劾,奏申,下上迁书,文亦如之。其征为九卿,若迁京师近官,则言官,具言姓名;其免若得罪,无姓。凡制书有印,使符下,远近皆玺封,尚书令印重封。唯赦令、赎令、召三公诣朝堂受制书,司徒印封,露布下州郡。"再论诏书:"诏书者,诏诰也。有三品,其文曰'告某官,官如故事',是为诏书;群臣有所奏请,尚书令奏之,下有'制曰','天子答之曰可';若下某官,亦曰诏书。群臣有所奏请,无尚书令奏'制'之字,则答曰'已奏如书,本官下所当至',亦曰诏。"末论戒书:"戒书,戒敕刺史、太守及三边营官,被敕文曰'有诏敕某官',是为戒敕也。世皆名此为策书,失之远矣。"对策书、制书、诏书、戒书的释义,对其用途、用法和格式的解释均甚详备。

以上是论皇帝命令臣下之文,其下论属群臣上书天子之文的章、奏、表、驳议:

> 凡群臣上书于天子者,有四名:一曰章,二曰奏,三曰表,四曰驳议。
> 章者,需头,称"稽首上书",谢恩,陈事,诣阙通者也。
> 奏者,亦需头,其京师官但言"稽首",下言"稽首以闻"。其中者所请,若罪法劾案,公府送御史台,公卿校尉送谒者台也。
> 表者,不需头,上言"臣某言",下言"臣某诚惶诚恐、稽首顿首、死罪死罪";左方下附曰"某官臣某甲上"。文多用编两行,文少以五行,诣尚书通者也。公卿校

尉诸将不言姓,大夫以下有同姓官别者言姓,章口报闻,公卿使谒者将大夫以下至吏民,尚书左丞奏闻报可,表文报已奏如书。凡章表皆启封,其言密事,得帛囊盛。

其有疑事,公卿百官会议,若台阁有所正处而独执异议者,曰驳议。驳议曰"某官某甲议以为如是",下言"臣愚戆议异";其非驳议,不言"议异",其合于上意者,文报曰"某官某甲议可"。①

《独断》以上行下、下呈上进行文体分类的观点,为曾国藩《经史百家杂钞》所汲取。曾国藩把十一类文体进一步归纳为三门,其记载门又分为诏令(上告下者)、奏议(下告上者)、书牍(同辈相告者)、哀祭(人告于鬼神者)四类,或许就是受此启发。

蔡邕《铭论》把铭分为三类:"《春秋》之论铭也,曰:'天子令德,诸侯言时计功,大夫称伐。'"论"天子令德"云:"昔肃慎纳贡,铭之楛矢,所谓'天子令德'者也。若黄帝有《巾几》之法,孔甲有《盘盂》之诚,殷汤有《甘誓》之勒,冕鼎有《丕显》之铭。武王践祚,咨于太师,作《席》、《几》、《楹》、《杖》之铭十有八章;周庙《金人》,针口以慎言,亦所以劝导人主,勖于令德者也。"论"诸侯言时计功"云:"吕尚作周大师,封于齐,其功铭于昆吾之冶,获宝鼎于美阳;仲山甫有补衮阙,诚百辟之功;《周礼》司勋,凡有大功者,铭之太常,所谓'诸侯言时计功'者也。"论"大夫称伐"云:"有宋大夫正考父,三命滋益恭而莫侮;卫孔悝之祖庄叔,随难汉阳,左右献公,卫国赖之,皆铭乎鼎。晋魏颗获杜回于辅氏,铭功于景钟,所谓'大夫称伐'者也。"后世还有钟鼎铭、碑铭:"钟鼎礼乐之器,昭德纪功,以示子孙。物不朽者,莫不朽于金石故也。近世以来,咸铭之于碑。"②刘勰《文心雕龙》卷三《铭箴》所论就完全承袭了蔡邕的观点:"昔帝轩刻舆、几以弼违,大禹勒笋、虡而招谏,成汤盘、盂著日新之规,武王户、席题必戒之训,周公慎言于金人,仲尼革容于欹器,则先圣鉴戒,其来久矣。故铭者名也,观器必也正名,审用贵乎盛德。"

第四节　汉代集部书所体现的文体观

"集部"是中国古籍分类四分法(经、史、子、集)中的一大部类,起源于汉刘向父子《七略》之《诗赋略》。《诗赋略》中包括歌诗,荀卿、屈原、陆贾等赋以及杂赋等五部分。

---

① 以上所引均见(汉)蔡邕《独断》卷上,文渊阁四库全书本。

② 《汉魏六朝百三家集》卷一八。

班固《汉书·艺文志》承向、歆父子余绪,仍设《诗赋略》。魏晋以还,有晋荀勖《中经新簿·丁部》、梁阮孝绪《七录·文集录》以及多数以四部命名的目录,下迄《隋书经籍志·集部》、《四库全书·集部》等所涉集部,皆缘《诗赋略》而来。阮孝绪《七录》之《文集录》包含楚辞、别集、总集、杂文等四类,以后目录分类大致相似,如《隋书·经籍志》、《古今书录》、《旧唐书·经籍志》、《新唐书·艺文志》、《郡斋读书志》、《遂初堂书目》、《宋史·艺文志》等都基本相同。但《宋史·艺文志》增一"文史类",共成四类。《明史·艺文志》去"楚辞类",仅剩三类。清《四库全书》则在楚辞、别集、总集后增加"诗文评"与"词曲"两类,共成五类。

一　王逸《楚辞章句》论楚辞、九体和七体

西汉刘向编辑的《楚辞》,是最早的骚体类辞赋总集。刘向(约前77—前6)原名更生,字子政,沛(今江苏沛县)人,高祖弟楚元王刘交四世孙。宣帝时任散骑谏大夫。元帝时用阴阳灾异推论时政得失,屡次上书劾奏外戚专权,反对宦官弘恭、石显,被捕下狱。成帝时,更名向,任光禄大夫,校阅经传诸子诗赋等书,撰成《别录》,为我国目录学之祖,成为西汉著名的经学家、目录学家。著有《周易刘氏义》、《春秋穀梁传说》、《孟子注》、《新序》、《说苑》、《列女传》、《孝子传》、《列仙传》、《洪范五行传论》等。所著《五经通义》已佚,清人马国翰《玉函山房辑佚书》辑存一卷。又作《九叹》等辞赋三十三篇,多已失传。明人辑有《刘中垒集》、《刘子政集》。《楚辞》是他多种编著中的一种。

最早的《楚辞》注本为东汉王逸的《楚辞章句》。王逸(生卒年不详)字叔师,南都宜城(今湖北襄阳宜城)人。汉安帝时为校书郎,顺帝时官侍中。作赋、诔、书、论等二十一篇,又作《汉诗》一百二十三篇,今多亡佚。明人辑有《王叔师集》。

刘向所辑《楚辞》原为十六篇,《楚辞章句》中收了王逸自己为悼屈原而作的《九思》,故为十七篇。《楚辞章句》对《楚辞》各篇作文字注解,记述各篇作者经历、创作由来,全面总结汉人对以屈原作品为代表的《楚辞》的认识,充实和丰富了《楚辞》的意义,明确了《楚辞》的文体特征,建立起完整的《楚辞》学体系,是历代楚辞研究者必读之书。此注虽较简略,因去古未远,故李善注《文选》全用其文。

王逸《楚辞章句叙》首叙《离骚》产生的背景:"昔者孔子睿圣明哲,天生不王,俾定经术,乃删《诗》、《书》,正礼乐,制作《春秋》,以为后王之法。门人三千,罔不昭达,临终之日,则大义乖而微言绝。其后周室衰微,战国并争,道德陵迟,谲诈萌生。于是杨、墨、邹、孟、孙、韩之徒,各以所知著造传记,或以述古,或以明世。而屈原履忠被

44

谗，忧悲愁思，独依诗人之义而作《离骚》，上以讽谏，下以自慰。遭时暗乱，不见省纳，不胜愤懑。遂复作《九歌》以下凡二十五篇，楚人高其行义，玮其文采，以相教传。"次叙自己作《楚辞章句》的背景："至于孝武帝，恢廓道训，使淮南王安作《离骚经章句》，则大义粲然。后世雄俊，莫不瞻仰，擩舒妙思，缵述其词。逮至刘向，典校经书，分以为十六卷。孝章即位，深弘道艺，而班固、贾逵复以所见改易前疑，各作《离骚经章句》。其余十五卷，阙而不说。又以壮为状，义多乖异，事不要撮。今臣复以所识所知，稽之旧章，合之经传，作十六卷章句。虽未能究其微妙，然大指之趣，略可见矣。"次驳班固对屈原的批评："且人臣之义，以忠正为高，以伏节为贤。故有危言以存国，杀身以成仁。是以伍子胥不恨于浮江，比干不悔于剖心，然后德立而行成，荣显而名称。若夫怀道以迷国，佯愚而不言，颠则不能扶，危则不能安，婉娩以顺上，逡巡以避患，虽保黄耇，终寿百年，盖志士之所耻，愚夫之所贱也。今若屈原，膺忠贞之质，体清洁之性，直若砥矢，言若丹青，进不隐其谋，退不顾其命，此诚绝世之行，俊彦之英也。而班固谓之'露才扬己'，'竞于群小之中，怨恨怀王，讥刺椒兰，苟欲求进，强非其人，不见容纳，忿恚自沈'，是亏其高明，而损其清洁者也。昔伯夷、叔齐让国守志，不食周粟，遂饿而死，岂可复谓有求于世而恨怨哉！且诗人怨主刺上，曰：'呜呼小子，未知臧否，匪面命之，言提其耳！'风谏之语。于斯为切。然仲尼论之，以为大雅。引此比彼，屈原之词，优游婉顺，宁以其君不智之故，欲提携其耳乎！而论者以为'露才扬己'、'怨刺其上'、'强非其人'，殆失厥中矣。"末论"《离骚》之文，依托五经以立义"："'帝高阳之苗裔'，则《诗》'厥初生民，时惟姜嫄'也；'纫秋兰以为佩'，则'将翱将翔，佩玉琼琚'也；'夕揽洲之宿莽'，则《易》'潜龙勿用'也；'驷玉虬而乘鹥'，则《易》'时乘六龙以御天'也；'就重华而陈词'，则《尚书》咎繇之谋谟也；'登昆仑而涉流沙'，则《禹贡》之敷土也。故智弥盛者其言博，才益劭者其识远。屈原之词，诚博远矣。自孔丘终没以来，名儒博达之士，著造词赋，莫不拟则其仪表，祖式其模范，取其要妙，窃其华藻。所谓金相玉质，百岁无匹，名垂罔极，永不刊灭者也。"①可见王逸著此书，主要是因为仰慕屈原的为人，不满汉人对屈原的批评。贾谊《吊屈原赋》谓屈原"历九州而相其君兮，何必怀此都也"；司马迁《史记·屈原贾生列传》谓"屈原以彼其材，游诸侯，何国不容，而自令若是"；扬雄认为"遇不遇命也，何必湛身哉"，并作《反离骚》；班固则批评其"露才扬己"，故王逸特别强调屈原的"绝世之行，俊彦之英"，其所言所行皆"依托五经以立义"，充分肯定了屈原。《楚辞章句》是汉代《辞训》训释的代表，是汉代楚辞学研究之集大成者。

① 《楚辞章句》卷一。

其《离骚经》章句则阐明了《离骚》的主旨和文体风格特点："离，别也；骚，愁也；经，径也。言已放逐离别，中心愁思，犹陈直径，以风谏君也。故上述唐、虞、三后之制，下序桀、纣、羿、浇之败，冀君觉悟，反于正道而还己也……《离骚》之文，依《诗》取兴，引类譬谕，故善鸟香草，以配忠贞；恶禽臭物，以比谗佞；灵修美人，以媲于君；宓妃佚女，以譬贤臣；虬龙鸾凤，以托君子；飘风云霓，以为小人。其词温而雅，其义皎而朗。凡百君子，莫不慕其清高，嘉其文采，哀其不遇，而闵其志焉。"

屈原有《九歌》、《九章》，宋玉有《九辩》，王褒有《九怀》，刘向有《九叹》，形成了所谓九体。宋玉《九辩》章句论九体云："《九辩》者，楚大夫宋玉之所作也。辩者，变也，谓陈道德以变说君也。九者，阳之数，道之纲纪也。故天有九星，以正玑衡；地有九州，以成万邦；人有九窍，以通精明。屈原怀忠贞之性，而被谗邪，伤君暗蔽，国将危亡，乃援天地之数，列人形之要，而作《九歌》、《九章》之颂，以讽谏怀王。明己所言，与天地合度，可履而行也。宋玉者，屈原弟子也。闵惜其师，忠而放逐，故作《九辩》以述其志。至于汉兴，刘向、王褒之徒，咸悲其文，依而作词，故号为《楚词》。亦承其九以立义焉。"《说郛》卷二四下《骚篇》云："《楚辞》多以九为义，屈原曰《九章》，曰《九歌》，宋玉曰《九辩》，王褒曰《九怀》，刘向曰《九叹》是也。后人继之者又有如曹植之《九愁》、《九咏》，陆云之《九愍》，前后祖述，必用九者。"

东方朔《七谏》章句论七体云："《七谏》者，东方朔之所作也。谏者，正也，谓陈法度以谏正君也。古者，人臣三谏不从，退而待放。屈原与楚同姓，无去之义，故加为《七谏》，殷勤之意，忠厚之节也。或曰：七谏者，法天子有争臣七人也。东方朔追悯屈原，故作此辞，以述其志，所以昭忠信，矫曲朝也。"后来，枚乘《七发》尤为有名，仿者众多，遂成为七体。

二　后人所编汉人别集所涉文体及汉人对赋的认识

今存别集，始于汉魏，但皆后人所编；直至南朝的张融始自编次，这就是他的《玉海集》。历代文人亦多有个人诗文别集行世。至宋，由于刻书兴起，文人学士所著诗文，多付剞劂，别集越来越多。今存汉人别集皆后人所编。据《汉魏六朝百三家集》，有《贾谊集》、《司马相如集》、《董仲舒集》、《东方朔集》、《褚少孙集》、《王褒集》、《刘向集》、《扬雄集》、《刘歆集》、《冯衍集》、《班固集》、《崔骃集》、《张衡集》、《李尤集》、《马融集》、《荀悦集》、《蔡邕集》、《王逸集》、《孔融集》等。兹略举数例即可见汉代文体的丰富多样。

《司马相如集》有赋（《子虚赋》、《上林赋》、《大人赋》、《长门赋》、《美人赋》、《哀二世赋》)、书(《谏猎书》、《报卓文君书》)、檄(《论巴蜀檄》)、难(《难蜀父老文》)、符命(《封禅文》)、传(《自叙传》)、歌(《琴歌二首》)。刘歆《西京杂记》卷二载有司马相如对赋的看法:"司马相如为《上林》、《子虚赋》,意思萧散,不复与外事相关,控引天地,错综古今,忽然如睡,跃然而兴,几百日而后成。其友人盛览字长通,牂柯名士,尝问以作赋。相如曰:'合綦组以成文,列锦绣而为质,一经一纬,一宫一商,此赋之迹也。赋家之心,苞括宇宙,总览人物,斯乃得之于内,不可得而传览。'"①

《刘向集》有赋(《请雨华山赋》)、疏(《理甘延寿陈汤疏》、《谏营起昌陵疏》、《论星孛山崩疏》、《说成帝兴礼乐(疏)》、《谏成帝(疏)》)、上书(《使人上变事书》)、封事(《条灾异封事》、《极谏外家封事》)、议(《神宝旧时议》)、对(《日食对》)、颂(《高祖颂》)、铭(《杖铭》、《熏炉铭》)、序(《上战国策序》、《上关尹子(序)》、《上晏子(序)》、《上子华子(序)》、《上列子(序)》、《上于陵子(序)》、《孙卿子后序》)、骚(《九叹》、《逢纷》、《灵怀》、《离世》、《怨思》、《远逝》、《惜贤》、《忧苦》、《愍命》、《思古》)、传(《洪范五行传》)等。

《扬雄集》有赋(《太玄赋》、《逐贫赋》、《甘泉赋》、《羽猎赋》、《长杨赋》、《河东赋》、《酒赋》)、上书(《谏不受单于朝书》)、书(《答刘歆书》、《答桓谭书》、《与桓谭书》、《答茂陵郭威书》)、设难(《解嘲》、《解难》)、颂(《赵充国颂》)、箴(《冀州牧箴》等)、符命(《剧秦美新》)、连珠(《连珠二首》)、诔(《元后诔》)、文(《太玄攡(缺)》、《难盖天八事》)、骚(《反离骚》)、序传(《自序传》)等。

《班固集》有赋(《两都赋》、《幽通赋》、《终南山赋》、《览海赋》、《游居赋》、《竹扇赋》)、表(《为第五伦荐谢夷吾表》)、奏记(《奏记东平王苍》)、笺(《与窦宪笺》)、书(《与弟超书》、《与陈文通书》)、议(《匈奴和亲议》)、符命(《典引》)、设难(《答宾戏》)、颂(《窦车骑北征颂》、《东巡颂》、《南巡颂》)、铭(《封燕然山铭》、《高祖沛泗水亭碑铭》、《十八侯铭》)、论(《难庄论》、《功德论》)、哀辞(《马仲都哀辞》)、连珠(《拟连珠》)、文(《奕旨》)、诗(《郊祀灵芝歌》、《咏史》、《竹扇诗》)等。《班固集》所收实不全,汉王逸《楚辞章句》卷三的《离骚序》,宋洪兴祖《楚辞补注》卷一的《离骚赞序》均未收。但其观点未超出前引《屈原贾生列传》。其《两都赋序》论赋实"雅、颂之亚"云:"或曰:'赋者,古诗之流也。'昔成、康没而颂声寝,王泽竭而诗不作。大汉初定,日不暇给。至于武、宣之世,乃崇礼官,考文章,内设金马石渠之署,外兴乐府协律之事,以兴废继绝,润色鸿业。是以众庶说豫,福应尤盛。《白麟》、《赤雁》、《芝房》、《宝鼎》之歌,荐于郊庙;神雀、五凤、甘露、黄龙之瑞,以为年纪。故言语侍从之臣,若司马相如、虞丘寿王、东方朔、枚皋、王褒、刘向之属,朝夕论思,日月献纳。而公卿大臣御史大夫倪宽、太常

---

① (汉)刘歆《西京杂记》,文渊阁四库全书本。

孔臧、太中大夫董仲舒、宗正刘德、太子太傅萧望之等,时时间作。或以抒下情而通讽谕,或以宣上德而尽忠孝,雍容揄扬,著于后嗣,抑亦雅、颂之亚也。故孝成之世,论而录之,盖奏御者千有余篇,而后大汉之文章,炳焉与三代同风。"①

王延寿(生卒年不详)字文考,一字子山,东汉南郡宜城人(今湖北襄阳宜城人),王逸之子。年仅二十多岁,溺死于湘水,却为我们留下了《鲁灵光殿赋》、《梦赋》和《王孙赋》三篇杰作,堪称东汉天才辞赋家,其《鲁灵光殿赋序》论赋、颂作用云:"诗人之兴,感物而作,故奚斯(鲁公子)颂僖,歌其路寝,而功绩存乎辞,德音昭乎声。物以赋显,事以颂宣,匪赋匪颂,将何述焉!"②

汉人对赋的论述还很多,如《汉书》卷六四下《王褒传》即载有汉宣帝刘询论赋的价值云:"不有博奕者乎,为之犹贤乎已!辞赋大者与古诗同义,小者辩丽可喜。辟如女工有绮縠,音乐有郑卫,今世俗犹皆以此虞说耳目,辞赋比之,尚有仁义风谕,鸟兽草木多闻之观,贤于倡优博奕远矣。"限于篇幅,不能一一罗列了。

---

① 《六臣注文选》卷一,文渊阁四库全书本。
② (唐)李善注《文选》卷一一。

魏晋南北朝成型期

第三章　魏晋南北朝的文体学

魏指三国(魏、蜀、吴)时的魏国。220 年曹丕代汉称帝,国号魏,亦称曹魏,建都洛阳,至 265 年司马炎代魏称帝,建立西晋。晋包括西晋和东晋。司马炎所建叫西晋,建都洛阳。建兴四年(316)匈奴建立的汉国灭西晋。建武元年(317)晋元帝司马睿在南方重建晋朝,建都建康(今江苏南京),史称东晋。从此中国进入了南北朝分裂时期。北朝指北方的五胡十六国。南方的为东晋、宋、齐、梁、陈。历史上把宋、齐、梁、陈四朝称为南朝。魏晋南北朝四百年间,虽政局动荡,南北对峙,但却是中国文学自觉的时代,也是文体学成绩斐然,体裁学、风格学、体类学完全形成的时代。

虽说文章诸体缘于六经,但经书中的文体论历来不多,加之魏晋南北朝是玄学的时代,经学式微,值得一提的只有三国王弼的《周易注》,向秀的《周易义》,王肃的《尚书注》、《毛诗注》、《礼记注》,何晏的《论语集解》,梁皇侃的《论语义疏》,晋杜预的《春秋左传集解》,晋干宝的《周官注》等,但在文体学上都没有提出什么重要观点。汉魏时期蔡邕的《独断》、刘熙的《释名》,是考证辨释典章制度、品式称谓的书,他们是将策、制等文体作为典章制度的内容来看待的。相反,魏晋南北朝人所著史书、子书,集部的总集、别集、诗文评中却有大量的文体学专论或专著,标志着中国古代文体学的成熟。魏晋时期的文体论,已把文与笔,韵文与非韵文,应用性文体和纯文学文体,作了较为清楚的区别。曹丕等人将文体论纳入了文学批评,着重论不同文体有不同的风格。特别是《文选》、《文心雕龙》和《诗品》,在文体学史上有划时代的意义,我们将作专门论述。

第一节　史部书中的文体论

魏晋南北朝既是政治分裂时期,也是经学分裂时期,分为南学和北学。在曹魏时期,出现了王学与郑学之争。王学,指王肃的经学,他是司马昭的外祖父,获得了晋王朝的支持,他注解的《尚书》、《诗》、《论语》、三《礼》和《左氏春秋》成为官学。魏晋时期王弼所注《周易》，摆脱了汉儒以象数和谶纬解说《周易》的老路，开创了对《周易》的义理解析新路，这是经学史上的一次重大变革，经学逐渐玄学化。南朝经学受玄学和佛学影响较大，能博取众家之长，又喜标新立异，具有较高的哲学思辨能力；北朝经学受北方游牧民族质朴风尚的影响，保持了汉朝经学以章句训诂为宗的特点。魏徵《隋书·儒林传论》云："南北所治章句，好尚互有不同……大抵南人简约，得其英华；北学深芜，穷其枝叶。考其终始，要其会归，其立身成名，殊方同致矣。"①

魏晋南北朝史学的发达不亚于两汉，一是西晋陈寿撰，刘宋裴松之注的《三国志》六十五卷，在史体上只为《魏志》立本纪；《蜀志》、《吴志》中的刘备、孙权等都只立传，但以传为纪，写法与纪相同。二是刘宋范晔的《后汉书》，特设《文苑传》记载文人事迹，开后世正史《文苑传》之先例。三是梁沈约的《宋书》，其《谢灵运传论》阐释了"一简之内，音韵尽殊；两句之中，轻重悉异。妙达此旨，始可言文……自骚人以来，此秘未睹"的四声论；②四是梁萧子显的《南齐书》，篇幅不大，竟有八志（礼、乐、天文、州郡、百官、舆服、祥瑞、五行），较之《史记》之书，《汉书》、《后汉书》之志，确有创新。五是北齐魏收的《魏书》，这是北朝人撰写的唯一一部正史，并新增了《官氏志》、《释老志》，反映出北朝人对氏族、佛教的重视。六是晋常璩的《华阳国志》，它在体裁上把地理志、编年史、人物传三者结合，是地方志的创举之作。诚然，魏晋南北朝的史书远不止此，上面提到的，仅是在文体学上有一定建树的史作。

一　陈寿《三国志》以传为纪

陈寿（233—297）字承祚，巴西安汉（今四川南充）人。从小好学，师事同郡学者谯周，在蜀汉时官至散骑黄门侍郎。因不肯屈从宦官黄皓专权，屡遭贬黜。入晋后，历任著作郎、长平太守、治书侍御史等职。晋灭东吴后，开始撰写《三国志》。

《三国志》是一部记载魏、蜀、吴三国鼎立时期的纪传体断代史。其中，《魏书》三十卷，《蜀书》十五卷，《吴书》二十卷，共六十五卷。记载了从魏文帝黄初元年（220）至晋武帝太康元年（280）六十年的历史。《魏》、《蜀》、《吴》三书，原是各自为书，一直到北宋才合而为一，改称《三国志》。

陈寿为西晋史学家，晋直接承魏，故他以魏为正统。《魏书》立本纪，而《蜀书》和《吴书》则只有传，没有本纪。记刘备为《先主传》，记孙权为《吴主传》，而实际上仍是

---

① 《隋书》卷七五，文渊阁四库全书本。

② 《宋书》卷六七，文渊阁四库全书本。

年经事纬,与本纪体例完全相同,以传为纪就是《蜀书》《吴书》的特点。加之以魏、蜀、吴三国各自成书,实际上已承认三国鼎立,各自为政,互不统属的局面,可见他是忠于历史的。

《三国志》文字简略,记事翔实,选材严慎,为历代史学家所重视,并把它与《史记》《汉书》《后汉书》合称前四史,视为纪传体史学名著。《文心雕龙·史传》云:"魏代三雄,记传互出,《阳秋》(晋孙盛《魏氏阳秋》)、《魏略》(魏鱼豢著)之属,《江表(传)》(晋虞溥著)、《吴录》(晋张勃著)之类,或激抗难征,或疏阔寡要。唯陈寿《三志》文质辨洽,荀(勖)、张(华)比之于(司马)迁、(班)固,非妄誉也。"但《三国志》也有其不足之处,全书崇魏而抑吴、蜀,有纪、传而无表、志,较之《史记》《汉书》,体例实不够完整。由于叙事过于简要,到了南朝宋文帝时,著名史学家裴松之为之作注,增补了大量史料。

二　东晋常璩《华阳国志》:开方志体先河

中国史书特别发达,有编年体、纪传体、纪事本末本、典章体、方志体等,以上所举皆纪传体正史。东晋常璩的《华阳国志》则属方志体。方志源于先秦,《周礼·地官·诵训》就有"掌道方志,以诏观事"语。方志是记载某地的地理沿革、风俗文化、名胜古迹、人物事迹及其诗文著述等的史志,是研究历史,特别是地方史的重要资料。《后汉书·西域传论》云:"佛道神化,兴自身毒(印度),而二汉方志,莫有称焉。"左思《吴都赋》云:"方志所辨,中州所羡。"东汉初期,会稽人袁康撰有《越绝书》,记吴、越二国史地,在方志史上有开创之功。而东晋常璩的《华阳国志》则是我国现存最早最完整的以志命名的地方志。

常璩(291—361)字道将,东晋蜀郡江原小亭乡(今四川崇州市三江镇)人。他出身于世家大族,自少广涉典籍,知识渊博。李雄在四川建立政权后,被任为散骑常侍。东晋大将桓温伐蜀,成汉灭亡。桓温在四川招募贤才,器重常璩,授以参军之职。入晋后,常璩居东晋都城建康。东晋朝廷重中原故族而轻蜀人,常璩为对抗建康士流对蜀人的轻视,遂衰削旧作,改写成《华阳国志》,赞誉巴蜀文化悠久,人才济济。其卷一二《序志》云:"博考行故,总厥旧闻。班序州部,区别山川。宪章成败,旌照仁贤。抑绌虚妄,纠正缪言。显善惩恶,以杜未然。"[①]这就是他的写作目的及全书体例。因其资料新颖可靠,叙述得法,文词典雅,而成为影响深远的史学名著。

---

① 《华阳国志》,文渊阁四库全书本。

《华阳国志》虽未专门论及具体文体，却开史书方志体先河。全书十二卷，一至四卷为巴志、汉中志、蜀志、南中志，类似正史中的地理志；五至八卷以编年体的形式历述公孙述、刘二牧、刘先主、刘后主，汉晋平蜀、李特割据以及西晋平蜀的历史，略似正史中的本纪；卷一〇为先贤士女总赞论，卷一一为后贤志，卷一二为序志并益、梁、宁三州先汉以来士女名，相当于正史中的列传。这种写法是地理、历史、人物的结合，是地理志、编年史、人物传的结合，内容较正史详尽，可补正史之缺，对后世方志撰写有很大影响。

三 范晔《后汉书》首设《文苑传》

范晔（398—445）字蔚宗，南朝宋顺阳（今河南淅川东）人。官至左卫将军，太子詹事。后因仕途不得志，乃在前人著述基础上撰写《后汉书》，至元嘉二十二年（445）以谋反罪被杀止，只完成了十纪、八十列传。今本《后汉书》中的《律历》、《祭祀》、《天文》、《五行》、《郡国》、《百官》、《舆服》等八志，是南朝梁刘昭据司马彪的《续汉书》所补。

在体例上，《后汉书》有显著特点，一是在《儒林传》外设《文苑传》，后为多数正史所承继。二是在列传中著录传主的各种文体著述情况，不仅《文苑传》中的二十八人，包括其他列传三十人，均具体著录他们的各体著述。如卷五八《桓谭传》云："谭著书言当世行事二十九篇，号曰《新论》。上书献之，世祖善焉。《琴道》一篇未成，肃宗使班固续成之。所著赋、诔、书、奏凡二十六篇。"卷七〇下《班固传》云："固又作《典引》篇，述叙汉德，以为相如《封禅》靡而不典，扬雄《美新》典而不实，盖自得其致焉……固所著《典引》、《宾戏》、《应讥》，诗、赋、铭、诔、颂、书、文、记、论、议、六言在者，凡四十一篇。"卷八九《张衡传》云："著《周官训诂》，崔瑗以为不能有异于诸儒也，又欲继孔子《易》说象象残缺者，竟不能就。所著诗、赋、铭、七言、《灵宪》、《应间》、《七辩》、《巡诰》、《悬图》，凡三十二篇。"其所著录包括经、史、子、文辞，文辞包括各种文体，并概括其总篇数。章学诚曾指出，范晔《后汉书》"所次文士诸传，识其文笔，皆云所著诗、赋、碑、箴、颂、诔若干篇，而不云文集若干卷，则文集之实已具，而文集之名犹未立也。"①

范晔对其《后汉书》是颇为自负的，《宋书》卷六十九《范晔传》载其《狱中与诸甥侄书》论及《后汉书》的各种体裁，自认为《后汉书》的整理之功"未必愧"于《前汉书》，自己的"杂传论，皆有精意深旨"，其"诸序论，笔势纵放，实天下之奇作"，"赞自是吾文之

---

① 《文史通义》卷三《传记》。

杰思,殆无一字空设,奇变不穷",甚至认为"自古体大而思精未有此也"。这未免有自吹自擂之嫌,洪迈就讥讽"(范)晔之高自夸诩如此,至以谓过班固,固岂可过哉……人若不自知,可发千载一笑。"①但他也确有"自夸"的资本,刘知幾《史通》对此书的评价就很高,其卷五《内篇补注》云:"窃惟范晔之删《后汉》也,简而且周,疏而不漏,盖云备矣";卷八《书事》云:"范晔博采众书,裁成汉典,观其所取,颇有奇工。"何良俊云:"其叙东汉二百年事,简而不漏,繁而不芜,亦可称名史。故世以与班固书并行,似不为过。②

四　萧子显《南齐书》特设《文学传》

萧子显(约489—约537)字景阳。梁南兰陵(今江苏常州)人。南朝齐高帝之孙。好学工文,撰有《后汉书》、《晋史草》、《齐书》、《普通北伐记》、《贵俭传》、《南齐书》等历史著作。今仅存《南齐书》五十九卷,记述南朝萧齐王朝自齐高帝建元元年(479)至齐和帝中兴二年(502),共二十三年的史事,是现存南齐最早的纪传体断代史。他在列传中特设《文学传》,是在《后汉书》、《晋书》的《文苑传》之后又一新的史体。宋孙奕谓"(范)晔始传《文苑》,隋曰《文学》,唐曰《文艺》",③都是文学成为独立学科的表现。但设文学传不是始自《隋书》,而是始自《南齐书》。

《南齐书·文学传》末的"史臣曰"是一段文学总论(多称为《南齐书·文学传论》)④,先总论文学是情性与心灵的表现,文章贵写性情:"文章者,盖情性之风标,神明之律吕也。蕴思含毫,游心内运,放言落纸,气韵天成,莫不禀以生灵,迁乎爱嗜,机见殊门,赏悟纷杂。"

次论文体体裁之"纷杂":"属文之道,事出神思,感召无象,变化不穷。俱五声之音响,而出言异句;等万物之情状,而下笔殊形。吟咏规范,本之雅什;流分条散,各以言区。若陈思《代马》群章,王粲《飞鸾》诸制,四言之美,前超后绝。少卿(李陵)离辞,五言才骨,难与争鹜。桂林湘水,平子(张衡)之华篇;飞馆玉池,魏文(曹丕)之丽篆。七言之作,非此谁先? 卿(荀卿)、云(扬雄)巨丽,升堂冠冕;张(衡)、左(思)恢廓,登高不继。赋贵披陈,未或加矣。显宗之述傅毅,简文之摛彦伯。分言制句,多得颂体。

①　(宋)洪迈《容斋随笔》卷一五《范晔作史》,上海古籍出版社1987年版。

②　(明)何良俊《四友斋丛说》卷五,中华书局元明史料笔记丛刊本。

③　(宋)孙奕《示儿编》卷七《史体因革》,文渊阁四库全书本。

④　《南齐书》卷五二,中华书局二十四史点校本。

裴颜内侍,元规凤池,子章以来,章表之选。孙绰之碑,嗣伯喈之后;谢庄之诔,起安仁之尘;颜延《杨瓚》,自比《马督》,以多称贵,归庄为允。王褒《僮约》,束皙发蒙,滑稽之流,亦可奇玮。五言之制,独秀众品。"论述了诗之四言、五言、七言,文之赋、颂、表、章、碑、诔诸体以及各家特点。

三论文体风格之"纷杂":"习玩为理,事久则渎,在乎文章,弥患凡旧,若无新变,不能代雄。建安一体,《典论》短长互出;潘、陆齐名,机、岳之文永异。江左风味,盛道家之言,郭璞举其灵变,许询极其名理。仲文玄气,犹不尽除;谢混情新,得名未盛。颜、谢并起,乃各擅奇;休、鲍后出,咸亦标世。朱蓝共妍,不相祖述。"王国维所谓"一代有一代之文学",与萧子显力主的"若无新变,不能代雄"是一脉相承的。根据他的"新变"、"代雄"之说,他把当时的文章分为三体:"今之文章,作者虽众,总而为论,略有三体:一则启心闲绎,托辞华旷,虽存巧绮,终致迂回,宜登公宴,未为准的。而疏慢阐缓,膏肓之病,典正可采,酷不入情。此体之源出,灵运而成也。次则缉事比类,非对不发,博物可嘉,职成拘制。或全借古语,用申今情,崎岖牵引,直为偶说。唯睹事例,顿失精采。此则傅咸五经,应璩指事,虽不全似,可以类从。次则发唱惊挺,操调险急,雕藻淫艳,倾炫心魂。亦犹五色之有红紫,八音之有郑卫。斯鲍照之遗烈也。三体之外,请试妄谈:若夫委自天机,参之史传,应思悱来,勿先构聚。言尚易了,文憎过意,吐石含金,滋润婉切。杂以风谣,轻唇利吻,不雅不俗,独申胸怀。轮扁斲轮,言之未尽;文人谈士,罕或兼工。非唯识有不周,道实相妨,谈家所习,理胜其辞,就此求文,终然翳夺。故兼之者鲜矣。"这里他说的"体"如闲绎、华旷、巧绮、迂回、疏慢、阐缓、崎岖、惊挺、险急、淫艳等,都指文体的风格。他强调"气韵天成","委自天机","言尚易了,文憎过意","不雅不俗,独申胸怀",可见他不仅反对当时"理胜其辞"的玄言诗,也对当时的"过意"雕琢的永明体不以为然。正因为他认为"机见殊门,赏悟纷杂",文有多体,故认为文章"罕或兼工","兼之者鲜"。这都是一些很有价值的文体观。其《南齐书·陆厥传》尤为重要,将在专论永明体时论述。

五　北朝人撰写的唯一一部纪传体正史《魏书》

魏收(506—572)字伯起,北齐巨鹿下曲阳(今河北晋州西)人。历仕北魏、东魏、北齐三朝,与温子升、邢劭齐名,世称"三才子"。但三人互相看不起,《北齐书》卷三七《魏收传》载,三人"更相訾毁,各有朋党。收每议陋邢邵文,邵又云:'江南任昉文体本疏,魏收非直摸拟,亦大偷窃。'收闻乃曰:'伊常于沈约集中作贼,何意道我偷任昉。'

任、沈俱有重名,邢、魏各有所好。"①《北齐书》本传载魏收集七十卷,《隋书·经籍志》著录为六十八卷,但大都散佚。明人张溥辑《齐魏收集》一卷,收入《汉魏六朝百三家集》。

　　魏收奉命所著《魏书》,为"二十四史"之一,是北朝人撰写的唯一一部纪传体正史,记载了公元四世纪末至六世纪中叶北朝魏的历史,共一百二十四卷,其中本纪十二卷,列传九十二卷,志二十卷。这二十卷志尤有价值,从东汉初到唐初近六百年间,各纪传体史书,或没有志,或虽有志而不全,《魏书》弥补了这方面的不足,提供了大量可贵的材料。卷一一四《释老志》是《魏书》首创,记载了佛、道两教在中原地区的传播及其变革,堪称中国佛教简史。卷一〇九《乐志》五为我们提供了当时乐府这一文体的宝贵资料,载崔九龙论乐府云:"太乐令崔九龙言于太常卿祖莹曰:'声有七声,调有七调,以今七调合之七律,起于黄钟,终于中吕。今古杂曲,随调举之,将五百曲。恐诸曲名后致亡失,今辄条记,存之于乐府。'莹依而上之。"魏收对崔九龙所录评价不高:"九龙所录,或雅或郑,至于淫俗、四夷杂歌,但记其声折而已,不能知其本意。又名多谬舛,莫识所由,随其淫正而取之。乐署今见传习,其中复有所遗,至于古雅,尤多亡矣。"又载江左所传,皆中原旧曲云:"初,高祖讨淮、汉,世宗定寿春,收其声役。江左所传中原旧曲,《明君》、《圣主》、《公莫》、《白鸠》之属,及江南吴歌、荆楚四声,总谓《清商》。至于殿庭飨宴兼奏之。其圜丘、方泽、上辛、地祇、五郊、四时拜庙、三元、冬至、社稷、马射、籍田,乐人之数,各有差等焉。"②从这篇《乐志》可知,北魏乐府有七声、七调、七律之说,多杂郑声淫俗。四夷杂歌,而江南乐府亦多中原旧曲,有助于我们了解南北朝末期南北乐府概况。

　　历史上对《魏书》有截然相反的两种评价。刘知幾对此书几乎全盘否定,《史通》卷四《称谓》云:"魏收远不师古,近非因俗,自我作故,无所宪章。其撰《魏书》也,乃以平阳王为出帝,司马氏为僭晋。桓刘已下通曰岛夷,夫以谄齐,则轻抑关右;党魏,则深诬江外。爱憎出于方寸,与夺由其笔端。语必不经,名惟骇物。"李延寿《北史》卷五六《魏收传》"论曰"则有褒有贬:"伯起少颇疏放,不拘行检。及折节读书,郁为伟器,学博今古,才极从横。体物之旨尤为富赡,足以入相如之室,游尼父之门。勒成魏籍,追踪班、马,婉而有则,繁而不芜,持论序言,钩深致远,但意存实录,好抵阴私。"两相比较,《北史》似乎更客观一些。

---

①　《北齐书》,中华书局二十四史点校本。

②　《魏书》,文渊阁四库全书本。

第二节　子部书中的文体论

一　"类事之书，始于《皇览》"

子部书中的类书，"非经非史，非子非集"①，不能算著作，只是资料汇编，是中国古代的百科全书，但往往辑录有不少文体资料。研究中国古代文体学史，不能忽视各代类书为我们提供的资料。我国最早的类书，正是曹魏时的《皇览》。《三国志·魏志·文帝纪》载："初，帝（魏文帝曹丕）好文学，以著述为务，自所勒成垂百篇。又使诸儒撰集经传，随类相从，凡千余篇，号曰《皇览》。"②所谓"诸儒"，包括桓范、王象、缪袭等人。

桓范（?—249）字元则，沛郡（治今安徽濉溪西北）人。官至大司农，为曹爽谋士，号称"智囊"。司马懿起兵讨魏时，桓范劝曹爽挟魏帝到许昌，曹爽不听。曹爽被司马懿所杀，桓范亦遇害。参与编纂《皇览》，著有《世要论》（又称《桓范新书》）十二卷，已佚。宋王应麟《玉海》卷五四《魏皇览》云："类事之书，始于《皇览》。"

《皇览》开类书之体，开我国后世编纂大型类书的先河。后世的各种类书，大都沿袭《皇览》的体例格局，分门别类，随类相从，凡是同一类的内容都编在一起。《皇览》内容广泛，收罗宏富，共分四十余部，约八百余万字，供皇帝阅读，故称为"皇览"。原书隋唐后已失传，清人孙冯翼辑出佚文一卷，仅存冢墓记等八十余条，不及四千字，收入《问经堂丛书》。

今存《皇览》佚文间亦言及文体，如《太平御览》卷二载《皇览·冢墓记》曰："好事者谓黄帝乘龙升云，登朝霞，上至列关，倒影天体如车盖，日月悬著，何可上哉？"又卷五九〇载铭、诫云："黄帝金人器铭曰：武王问尚父（吕尚）曰：五帝之诫可得闻乎？尚父曰：黄帝之诫曰：吾之居民上也，摇摇恐坠，故为金人，三封其口曰：古之慎言。尧之居民上也，振振如临深渊。舜之居民上也，栗栗恐夕不旦。武王曰：吾并殷民居其上也，翼翼惧不敢息。尚父曰：德盛者守之以谦，守之以恭。武王曰：欲如尚父言，吾因是为诫，随之身。"③

《桓范新书》亦属类书性质，《册府元龟》卷九一八云："魏桓范为大司农，尝抄撮

---

①　《四库全书总目·类书类·小序》，文渊阁四库全书本。

②　（晋）陈寿《三国志》，文渊阁四库全书本。

③　《太平御览》，文渊阁四库全书本。

《汉书》中诸杂事，自以意斟酌之，名曰《世要论》。"其《赞像》论赞体源于《诗经》及其文体特征云："夫赞像之所作，所以昭述勋德，思咏政惠，此盖《诗·颂》之末流矣。宜由上而兴，非专下而作也。世考之导（严可均注："旧校云，疑有误字。"），实有勋绩，惠利加于百姓，遗爱留于民庶，宜请于国，当录于史官，载于竹帛。上章（彰）君将之德，下宜臣吏之忠。若言不足纪，事不足述，虚而为盈，亡而为有，此圣人之所疾，庶几之所耻也。"①铭本来是用以陈事较功，考实定名的；诔是用来记人德行，旌之不朽的。但后世的铭、诔完全变味，成为吹捧他人以谋利的工具，其《铭诔》云：

> 夫渝世富贵，乘时要世，爵以赂至，官以贿成。视常侍黄门，宾客假其气势，以致公卿牧守，所在宰莅，无清惠之政，而有饕餮之害。为臣无忠诚之行，而有奸欺之罪。背正向邪，附下罔下。此乃绳墨之所加，流放之所弃。而门生故吏，合集财货，刊石纪功，称述勋德，高邈伊、周，下陵管、晏，远追豹、产，近逾黄、邵，势重者称美，财富者文丽。后人相蹑，称以为义。外若赞善，内为己发，上下相效，竞以为荣。其流之弊，乃至于此，欺曜当时，疑误后世，罪莫大焉！且夫赏生以爵禄，荣死以诔谥，是人主权柄而汉世不禁！使私称与王命争流，臣子与君上俱用，善恶无章，得失无效，岂不误哉！

对那些"无清惠之政，而有饕餮之害"的人，其"门生故吏"却把他们吹捧为"高邈伊、周，下陵管、晏"；他们表面上似乎是"外若赞善"，实际上是"内为己发"，为人抬轿子是为了自己坐轿子。其《序作》篇说，书、论本应"记是贬非，以为法式"，而"世俗之人，不解作体，而务泛溢之言，不存有益之义，非也。故作者不尚其辞丽，而贵其存道也；不好其巧慧，而恶其伤义也。故夫小辩破道，狂简之徒，斐然成文，皆圣人之所疾矣。"通过论述铭、诔、书、论诸体，批判当时的不良文风。

二　崔豹《古今注》释乐府本事

崔豹（生卒年不详）字正熊，一作正能。西晋人，惠帝时官至太傅。《四库全书总目》提要载，又有"《中华古今注》三卷，旧本题后唐太学博士马缟撰。豹书无序跋，缟书前有自序，称昔崔豹《古今注》博识虽广，殆有阙文，洎乎黄初，莫之闻见。今添其注

---

① 　此篇及下引《铭诔》、《序作》均见（清）严可均《全上古三代秦汉三国六朝文·全三国文》卷三七，商务印书馆 1999 年版。

以释其义……知豹书久亡，缟书晚出，后人摭其中魏以前事，赝为豹作。又检校《永乐大典》所载苏鹗《演义》，与二书相同者十之五六，则不特豹书出于依托，即缟书亦不免于剿袭。特以相传既久，姑并存以备一家耳。"马缟，唐末五代时人，官至兵部侍郎卢，改国子祭酒，新旧《五代史》均有传。

《古今注》三卷，解说诠释各类事物，分为舆服、都邑、音乐、鸟兽、鱼虫、草木、杂注、问答释义八类，涉及古代典章制度、风俗人情以及古人对自然界的认识等。卷中《音乐》论及不少古乐府名，今略举数例以见一斑，如"《雉朝飞》者，牧犊子所作也，齐处士，愍宣时人，年五十无妻，出薪于野，见雉雄雌相随而飞，意动心悲，乃作《(雉)朝飞》之操，将以自伤焉。其声中绝，魏武帝宫人有卢女者，故冠军将军阴叔之妹，年七岁入汉宫，学鼓琴，琴特鸣异于诸妓，善为新声，能传此曲。卢女至明帝崩后放出，嫁为尹更生之妻。"《雉朝飞》为篇名，操为文体名。又论丧歌、挽歌云："《薤露》、《蒿里》并丧歌也。出田横门人，横自杀，门人伤之，为之悲歌，言人命如薤上之露，易晞灭也。亦谓人死魂魄归乎蒿里，故有二章，一章曰'薤上朝露何易晞，露晞明朝还复滋。人死一去何时归？'其二曰'蒿里谁家地？聚敛魂魄无贤愚。鬼伯一何相催促，人命不得少蜘（踟）蹰。'至孝武时，李延年乃分为二曲，《薤露》送王公贵人，《蒿里》送士大夫庶人，使挽柩者歌之，世呼为挽。"①西晋干宝《搜神记》卷一六亦云："挽歌者，丧家之乐，执绋者相和之声也。挽歌辞有《薤露》、《蒿里》二章，汉田横门人作。横自杀，门人伤之，悲歌言人如薤上露，易稀灭；亦谓人死精魂归于蒿里，故有二章。"②

三　葛洪《抱朴子》论"文章微妙，其体难识"

葛洪（283—343，或363）字稚川，自号抱朴子。晋丹阳郡句容（今江苏句容）人。三国方士葛玄之侄孙。葛洪为东晋道教学者、炼丹家、医药学家。他曾受封为关内侯，后隐居罗浮山炼丹。著有《神仙传》、《抱朴子》、《肘后备急方》、《西京杂记》等。其《抱朴子》今存"内篇"二十篇，论述神仙、炼丹、符箓等事，自称"属道家"；"外篇"五十篇，论述"时政得失，人事臧否"，自称"属儒家"。"外篇"中的《钧世》、《尚博》、《辞义》、《文行》等篇，涉及对诗文风格及多种文体的评论。

葛洪反对贵远贱近、厚古薄今，其《钧世》比较《尚书》、《毛诗》与汉文、汉赋云：

① （晋）崔豹《古今注》，文渊阁四库全书本。

② （晋）干宝《搜神记》，文渊阁四库全书本。

"《尚书》者，政事之集也，然未若近代之优文诏策、军书、奏议之清富赡丽也；《毛诗》者，华彩之辞也，然不及《上林》、《羽猎》、《二京》、《三都》之汪濊博富也。然则古之子书，能胜今之作者，何也？然守株之徒，喽喽所玩，有耳无目，何肯谓尔。其于古人所作为神，今世所著为浅，贵远贱近，有自来矣。"又比较"今诗与古诗"云："今诗与古诗，俱有义理，而盈于差美。方之于士，并有德行，而一人偏长艺文，不可谓一例也；比之于女，俱体国色，而一人独闲百伎，不可混为无异也。若夫俱论宫室，而'奚斯'、'路寝'之颂，何如王生之赋灵光乎（指王延寿《鲁灵光殿赋》）？同说游猎，而'叔畋'、'卢铃'之诗，何如（司马）相如之言《上林》乎？并美祭祀，而《清庙》、《云汉》之辞，何如郭氏《南郊》（指郭璞《南郊赋》）之艳乎？等称征伐，而《出车》、《六月》之作，何如陈琳《武军》之壮乎？则举条可以觉焉。近者夏侯湛、潘安仁并作《补亡诗》，《白华》、《由庚》、《南陔》、《华黍》之属，诸硕儒高才之赏文者，咸以古诗三百未有足以偶二贤之所作也。"①

其《尚博》论经与子的关系，强调要重视经书之外的各种著述，也是为反对厚古薄今而发："正经为道义之渊海，子书为增深之川流。仰而比之，则景星之佐三辰也；俯而方之，则林薄之裨嵩岳也。虽津途殊辟，而归于进德；虽离于举趾，而合于兴化。故通人总原本以括流末，士操纲领而得一致焉。古人叹息于才难，故谓百世为随踵，不以璞非昆山而弃耀夜之宝，不以书不出圣而废助教之言。是以间陌之拙诗，军旅之鞞誓，或词鄙喻陋，简不盈十，犹见撰录，亚次曲语百家之言，与经一揆。譬操水者，器虽异而救火同焉；犹针灸者，术虽殊而攻疾均焉。"他认为文章有精粗，其体难识："德行为有事，优劣易见。文章微妙，其体难识。夫易见者粗也，难识者精也。夫唯粗也，故铨衡有定焉；夫唯精也，故品藻难一焉。吾故舍易见之粗而论难识之精，不亦可乎！"他驳斥了"德行者本也，文章者末也。故四科之序，文不居上"，认为"文章之与德行，犹十尺之与一丈，谓之余事，未之前闻……文之所在，虽贱犹贵，犬羊之鞹，未得比焉。且夫本不必皆珍，末不必悉薄。譬若锦绣之因素地，珠玉之居蚌石，云雨生于肤寸，江河始于咫尺尔。则文章虽为德行之次，未可呼为余事也。"他认为重经而薄他书，主要是因为"重所闻，轻所见"造成的："仲尼不见重于当时，《太玄》见蚩薄于比肩也。俗士多云，今山不及古山之高，今海不及古海之广，今日不及古日之热，今月不及古月之朗，何肯许今之才士，不减古之枯骨！重所闻，轻所见，非一世之所患矣。昔之破琴剿弦者，谅有以而然乎！"

其《尚博》论"文之体略"云："筌可以弃而鱼未获，则不得无筌；文可以废而道未

---

① 　（晋）葛洪《抱朴子·外篇》卷三，文渊阁四库全书本。下引同。

行,则不得无文。若夫翰迹韵略之宏促,属辞比事之疏密,源流至到之修短,蕴藉汲引之深浅。其悬绝也,虽天外毫内,不足以喻其辽邈;其相倾也,虽三光熠耀,不足以方其巨细。龙渊铅铤,未足譬其锐钝;鸿羽积金,未足比其轻重。清浊三差,所禀有主,朗昧不同科,强弱各殊气,而俗士唯见能染毫画纸者,便概之一例。斯伯牙所以永思钟子,郢人所以格斤不运也。"从宏促、疏密、修短、深浅、辽邈、巨细、锐钝、轻重、清浊、朗昧、强弱等看,可知他所说的"文之体略"主要指诗文风格。

其《辞义》(《外集》卷四)强调文贵天然,"知夫至真,贵乎天然";贵多样性,"清音贵于雅韵克谐,著作珍乎判微析理。故八音形器异而钟律同,黼黻文物殊而五色均。徒开涩有主宾,妍媸有步骤。是则总章无常曲,大庖无定味。夫梓豫山积,非班匠不能成机巧;众书无限,非英才不能收膏腴。何必寻木千章乃构大厦,鬼神之言,乃著篇章乎";"才有清浊,思有修短,虽并属文,参差万品";"五味舛而并甘,众色乖而皆丽。近人之情,爱同憎异,贵乎合己,贱于殊途。夫文章之体,尤难详赏,苟以入耳为佳,适心为快,鲜知忘味之九成,雅颂之风流也。所谓考盐梅之咸酸,不知大羹之不致;明飘飘之细巧,蔽于沈深之弘邃也。其英异宏逸者,则网罗乎玄黄之表;其拘束龌龊者,则羁绁于笼罩之内。振翅有利钝,则翔集有高卑;骋迹有迟迅,则进趋有远近。弩锐不可胶柱调也。文贵丰赡,何必称善如一口乎!"有人谓王充《论衡》"兼箱累帙,而乍出乍入,或儒或墨",其《喻蔽》(《外篇》卷四)进行了有力的反驳,对文章、文体多样性的论述尤为深刻:

吾子云:"玉以少贵,石以多贱。"夫玄圃之下,荆华之巅,九员之泽①,折方之渊,琳琅积而成山,夜光焕而灼天,顾不善也。又引庖牺氏著作不多,若夫周公既由大《易》而加之以礼乐,仲尼作《春秋》而重之以十篇,过于庖牺,多于老氏,皆当贬也。言少则至理不备,辞寡即庶事不畅,是以必须篇累卷积而纲领举也。羲和升光以启旦,望舒曜景以灼夜。五材并生而异用,百药杂秀而殊功。四时会而岁功成,五色聚而锦绣丽,八音谐而箫韶美,群言合而道艺辨。积犴顿之财而用之甚少,是何异于原宪也?怀无铨之量而著述约陋,亦何别于琐碌也?音为知者珍,书为识者传。瞽旷之调钟,未必求解于同世;格言高文,岂患莫赏而减之哉!且夫江海之秒不可胜计,而不损其深也;五岳之曲木不可訾量,而无亏其峻也。夏后之璜,虽有分毫之瑕,晖曜符彩,足相补也。数千万言,虽有不艳之辞,事义高远,足相掩也。故曰四渎之浊,不方瓮水之清;巨象之瘦,不同羔羊之肥矣。子

———————

① 文渊阁四库全书本缺"员",据明徐元太《喻林》卷八九补。

又讥之"乍入乍出,或儒或墨"。夫发口为言,著纸为书。书者所以代言,言者所以书事。若用笔不宜杂载,是论议当常守一物。昔诸侯访政,弟子问仁,仲尼答之,人人异辞,盖因事托规,随时所急。譬犹治病之方千百,而针灸之处无常,却寒以温,除热以冷,期于救死存身而已。岂可诣者逐一道如齐楚而不改路乎?陶朱、白圭之财不一物者,丰也;云梦、孟诸所生万殊者,旷也。故《淮南鸿烈》始于《原道》、《俶贞》,而亦有《兵略》、《主术》。庄周之书以死生为一,亦有畏牺慕龟,请粟救饥。若以所言不纯而弃其文,是治珠翳而剜眼,疗湿痹而刖足,患莫莠而刈谷,憎枯枝而伐树也。

葛洪的《博喻》(《外集》卷三)、《广譬》(卷四)都是讲比喻的,虽未下定义,但它所举的大量例证对了解比喻、比体很有意义,从其所举可知,博喻广譬都是用多个喻体从不同角度反复设喻去说明一个本体,能起到增强气势,加强语意的作用。

四 颜之推《颜氏家训》的文体论

颜之推(531—约590)字介,琅邪临沂(今山东临沂)人。先仕梁,后仕北齐、北周,卒于隋。《北齐书》卷四五、《北史》卷八三均有传。一生著述甚丰,后多散佚,唯《颜氏家训》与部分诗赋传于后世。

《颜氏家训》共二十篇,是颜之推为教训子孙而写的一部系统完整的有关家庭教育的教科书,也是他关于士大夫立身治家、处事为学的经验总结,在家庭教育史上有重要影响,后世称此书为"家教规范"。

《颜氏家训·文章篇》(卷上)认为文体备于五经:"夫文章者,原出五经:诏、命、策、檄,生于《书》者也;序、述、论、议,生于《易》者也;歌、咏、赋、颂,生于《诗》者也;祭、祀、哀、诔,生于《礼》者也;书、奏、箴、铭,生于《春秋》者也。"①他批评"自古文人,多陷轻薄",并举历代文人、帝王以为例。又论"多陷轻薄"之因及防过之方云:"每尝思之,原其所积,文章之体,标举兴会,发引性灵,使人矜伐,故忽于持操,果于进取。今世文士,此患弥切,一事惬当,一句清巧,神厉九霄,志凌千载。自吟自赏,不觉更有傍人。加以砂砾所伤,惨于矛戟;讽刺之祸,速乎风尘。深宜防虑,以保元吉。学问有利钝,文章有巧拙,钝学累功,不妨精熟。拙文研思,终归蚩鄙。但成学士,自足为人,必乏天才,勿强操笔。吾见世人,至于无才,思自谓清华,流布丑拙,亦以众矣……'自见

---

① 《颜氏家训》卷上,下引同。

之谓明',此诚难也。学为文章,先谋亲友,得其评论者,然后出手。慎勿师心自任,取笑旁人也。自古执笔为文者,何可胜言。然至于宏丽精华,不过数十篇耳。但使不失体裁,辞意可观,遂称才士。要须动俗,盖世亦俟河之清乎?"

对扬雄历来评价不一,称之者认为"胜老子",可"方仲尼",颜氏颇不以为然,认为只可"覆酱瓿":"或问扬雄曰:'吾子少而好赋?'雄曰:'然。童子雕虫篆刻,壮夫不为也。'余窃非之曰:虞舜歌《南风》之诗,周公作《鸱鸮》之咏,吉甫、史克《雅》、《颂》之美者,未闻皆在幼年累德。孔子曰:'不学诗,无以言。''自卫返鲁,乐正,《雅》、《颂》各得其所。'大明孝道,引《诗》证之。扬雄安敢忽之也?若论'诗人之赋丽以则,辞人之赋丽以淫',但知变之而已,又未知雄自为壮夫何如也?著《剧秦美新》,妄投于阁,周章怖慑,不达天命,童子之为耳。桓谭以胜老子,葛洪以方仲尼,使人叹息。此人直以晓算术,解阴阳,故著《太玄经》,为数子所惑耳;其遗言余行,孙卿、屈原之不及,安敢望大圣之清尘?且《太玄》今竟何用乎?不啻覆酱瓿而已。"三苏父子也是看不起扬雄的,苏洵《太玄论》指责扬雄的文章"不得乎其心而为言,不得乎其言而为书"[1];苏轼《与谢民师书》指责"扬雄好为艰深之词以文浅易之说"[2],与颜氏之说是一致的。

颜氏《文章篇》还多次提到体裁、制裁、体度、诗格,就其具体内容看,亦多指风格:"文章当以理致为心肾,气调为筋骨,事义为皮肤,华丽为冠冕。今世相承,趋末弃本,率多浮艳。辞与理竞,辞胜而理伏;事与才争,事繁而才损。放逸者流宕而忘归,穿凿者补缀而不足。时俗如此,安能独违?但务去泰去甚耳。必有盛才重誉,改革体裁者,实吾所希。古人之文,宏材逸气,体度风格,去今实远。但缉缀疏朴,未为密致耳。今世音律谐靡,章句偶对,讳避精详,贤于往昔多矣。宜以古之制裁为本,今之辞调为末,并须两存,不可偏弃也。挽歌辞者,或云古者《虞殡》之歌[3],或云出自田横之客,皆为生者悼往苦哀之意。陆平原多为死人自叹之言,诗格既无此例,又乖制作本意。凡诗人之作,刺箴美颂,各有源流,未尝混杂,善恶同篇也。陆机为《齐讴篇》,前叙山川物产风教之盛,后章忽鄙山川之情,疏失厥体。"可见他反对"趋末弃本",主张"去泰去甚",以"古之制裁为本,今之辞调为末",指责时文"率多浮艳",只追求"音律谐靡,章句偶对"。

其《省事篇》(卷下)把文之一体的上书分为谏诤、讼诉、对策、游说四类,批评当时

---

① (宋)苏洵《嘉祐集笺注》卷七,上海古籍出版社 1993 年版。

② 《苏轼文集》卷四九,中华书局 1986 年版。

③ 《虞嫔》似当为《虞殡》,谓启殡将虞之歌,后谓之挽歌。

的上书"率多空薄"，"十条之中，一不足采"："上书陈事，起自战国，逮于两汉，风流弥广。原其体度，攻人主之长短，谏诤之徒也；讦群臣之得失，讼诉之类也；陈国家之利害，对策之伍也；带私情之与夺，游说之俦也。总此四途，贾诚以求位，鬻言以干禄，或无丝毫之益，而有不省之困。幸而感悟人主，为时所纳，初获不资之赏，终陷不测之诛，则严助、朱买臣、吾丘寿王、主父偃之类甚众，良史所书，盖取其狂狷一介，论政得失耳，非士君子守法度者所为也。今世所睹，怀瑾瑜而握兰桂者，悉耻为之。守门诣阙，献书言计，率多空薄，高自矜夸，无经略之大体，咸糠秕之微事。十条之中，一不足采。"

第三节　别集中的文体论

今存别集，始于汉魏，但皆后人所编；直至南朝齐人张融始自编次，《南齐书·张融传》云："融自名集为《玉海》。司徒褚渊问《玉海》名，融答：'玉以比德，海崇上善。'文集数十卷行于世。"但今存别集仍是自编者少，多为作者的子孙、亲友、门生所编。特别是在魏晋南北朝时期，不少人的文集已佚，所存某些单篇文章论及文体者，一并在此论述。

一　杨修对辞赋的重视

杨修（175—219）字德祖，弘农华阴（今陕西华阴东南）人。杨氏世代为汉名门，祖先杨喜，汉高祖时有功，封赤泉侯。高祖杨震、曾祖杨秉、祖杨赐、父杨彪四世历任司空、司徒、太尉三公之位，与东汉末年的袁氏世家并驾齐驱，声名显赫。杨修从小聪明过人，才思敏捷，好学能文，长大后才名更盛。建安年间举孝廉，任郎中，后为曹操主簿，总知内外，事皆称善。后被曹操以其漏泄言教、关交诸侯等罪名杀害。

杨修一生著作颇丰，结集成册的文稿已失，今仅存作品十余篇。其《答临淄侯（曹植）笺》历评王粲、陈琳、徐干、刘桢诸子诗文，称曹植"讽雅颂不复过此"，"体通性达，受之自然"，对曹植的称美正是他招致杀身之祸的重要原因之一。此笺在文体学上尤为重要的是对扬雄文风的批评，批评其"童子雕虫篆刻"、"壮夫不为"之论，表达了作者对辞赋的重视："今之赋颂，古诗之流，不更孔公，风雅无别耳。修家子云（扬雄，扬与杨通，故称"修家子云"），老不晓事。强著一书，悔其少作。若比仲山、周旦之畴，为皆有愆邪？君侯忘圣贤之显迹，述鄙宗（指扬雄）之过言，窃以为未之思也。若乃不忘经国之大美，流千载之英声，铭功景钟，书名竹帛，斯自雅量，素所蓄也。岂与文章相

66

妨害哉？辄受所惠，窃备蒙瞍诵咏而已。敢望惠施以忝庄氏，季绪琐琐，何足以云。"①曹植书以惠施比杨修："其言之不惭，恃惠子知我也；"故杨修以庄周喻曹植，言己岂敢望此惠施之德，以忝辱于庄周。刘季绪名修，刘表子，才不逮于作者，而好诋诃文章，掎摭利病，"季绪琐琐"乃杨修自谦之词。

二　"三曹"的文体观

曹操及其二子曹丕、曹植皆富有文才，张溥《汉魏六朝百三家集》卷二十三《魏武帝集题词》称曹操"奋跳当途，大振易汉，而魏虽附会曹参，难洗宗耻，间读本集《苦寒》、《猛虎》、《短歌》、《对酒》，乐府称绝，又助以子桓、子建，帝王之家，文章瑰玮，前有曹魏，后有萧梁，然曹氏居最矣。孟德御军三十余年，手不舍书"，精兵法、草书、音乐、医药，"周公所谓多才多艺，孟德诚有之……汉末名人，文有孔融，武有吕布，孟德实兼其长。此两人不死，杀孟德有余。《述志》一令，似乎欺人，未尝不抽序心腹，慨当以慷也"。曹操诗文皆工，名篇不少，但在文体论上远不如其二子。

曹丕(187—226)字子桓，沛国谯(今安徽亳州)人。曹操次子。代汉自立为帝，都洛阳，国号魏，是为魏文帝，是三国魏国的建立者(曹操称魏武帝实为追封)。曹丕有相当高的文学成就，其《燕歌行》是现存较早的文人七言诗，其五言和乐府诗清绮动人，与其父曹操、其弟曹植并称"三曹"。明张溥辑《汉魏六朝百三家集》有《魏文帝集》二卷。曹丕《典论》原有二十二篇，《隋书·经籍志》著录为五卷，宋代以后，不复著录，全书大概在宋代已失传。这是曹丕的一部学术著作，本属子部，因其原书失传，而其中的《论文》又是我国文学批评史上的名作，在文体论上提出了"四科"、"八体"之说，论及奏议、书论、铭诔、诗赋诸体，今亦收入《魏文帝集》，故于别集中论述：

> 文人相轻，自古而然。傅毅之于班固，伯仲之间耳，而固小之，与弟超书曰："武仲(傅毅字)以能属文为兰台令史，下笔不能自休。"夫人善于自见，而文非一体，鲜能备善，是以各以所长，相轻所短。里语曰："家有弊帚，享之千金。"斯不自见之患也。

> 今之文人，鲁国孔融文举、广陵陈琳孔璋、山阳王粲仲宣、北海徐幹伟长、陈留阮瑀元瑜、汝南应玚德琏、东平刘桢公幹，斯七子者，于学无所遗，于辞无所假，咸自以骋骥騄于千里，仰齐足而并驰。以此相服，亦良难矣！盖君子审己以度

---

① 《文选》卷四〇。

人,故能免于斯累,而作《论文》。

王粲长于辞赋,徐幹时有齐气(齐俗文体舒缓),然粲之匹也。如粲之《初征》、《登楼》、《槐赋》、《征思》,幹之《玄猿》、《漏卮》、《圆扇》、《橘赋》,虽张(衡)、蔡(邕)不过也,然于他文未能称是。(陈)琳、(阮)瑀之章表书记,今之隽也。应玚和而不壮,刘桢壮而不密。孔融体气高妙,有过人者;然不能持论,理不胜辞,至于杂以嘲戏;及其所善,扬(雄)、班(固)侪也。

常人贵远贱近,向声背实,又患暗于自见,谓己为贤。夫文本同而末异,盖奏议宜雅,书论宜理,铭诔尚实,诗赋欲丽。此四科不同,故能之者偏也,唯通才能备其体。

文以气为主,气之清浊有体,不可力强而致。譬诸音乐,曲度虽均,节奏同检,至于引气不齐,巧拙有素,虽在父兄,不能以移子弟。

盖文章,经国之大业,不朽之盛事。年寿有时而尽,荣乐止乎其身,二者必至之常期,未若文章之无穷。是以古之作者,寄身于翰墨,见意于篇籍,不假良史之辞,不托飞驰之势,而声名自传于后。故西伯幽而演《易》,周旦显而制《礼》,不以隐约而弗务,不以康乐而加思。夫然,则古人贱尺璧而重寸阴,惧乎时之过已。而人多不强力,贫贱则慑于饥寒,富贵则流于逸乐,遂营目前之务,而遗千载之功。日月逝于上,体貌衰于下,忽然与万物迁化,斯志士之大痛也!融等已逝,唯幹著论,成一家言。①

此文阐述了一系列重要观点,首先感慨"文人相轻,自古而然","家有弊帚,享之千金",强调"君子审己以度人",称美建安七子"仰齐足而并驰,以此相服,亦良难矣"。他们皆各有所长,亦有所短,并历评其长短。所论对文学批评的应有态度至今仍有现实意义。其次,曹丕第一次提出了"四科"、"八体"的文体分类意见,并概括出各自特点:"文本(文章的本质特征)同而末(文章的体貌风格)异,盖奏议宜雅,书论宜理,铭诔尚实,诗赋欲丽。此四科不同,故能之者偏也,唯通才能备其体。"奏议、书论、铭诔、诗赋即四科八种体裁,雅、理、实、丽,就是四科八种体裁的不同风格,不同的文体应该有不同的风格特征。这是最早提出文体体裁与风格的关系,最早提出体裁不同而风格各异的文体论。第三,他提出了作家气质和作品风格的关系:"文以气为主,气之清浊有体,不可力强而致。"这就是曹丕著名的"文气"说,以"气"论文,论作家,这是曹丕最突出的理论贡献。曹丕所谓的"文气",是指作家的才气、个人气质、自然禀赋,"文

---

① (梁)萧统《文选》卷五二,文渊阁四库全书本。

以气为主"强调了各个作家的特殊个性,只能为该作家个人所独有:"引气不齐,巧拙有素,虽在父兄,不能以移子弟。"充分突出了作家独特个性对于作品风格的决定性作用。最后,他对文章的功用给予了前所未有的高度肯定。传统的观点是"三立":太上有立德,其次有立功,其次有立言。但曹丕把立言看得比立德、立功更重要:"盖文章,经国之大业,不朽之盛事。年寿有时而尽,荣乐止乎其身,二者必至之常期,未若文章之无穷。"并由此强调要"贱尺璧而重寸阴",不因穷达而改变,反对"营目前之务,而遗千载之功"。这种文章价值观是他对传统的立德、立功、立言思想的重大突破,是文学自觉的突出表现。

除《典论·论文》外,曹丕还有不少文章论及文体。他好游猎,昏夜乃还,司空王朗上疏箴戒,丕有《报王朗诏》,充分肯定了箴戒的价值:"虽魏绛称虞箴以讽晋悼,相如陈猛兽以戒汉武,未足以喻方今二寇未殄,将帅远征,故时入原野以习戎备。至于夜还之戒,已诏有司施行。"①黄初三年(222),黄龙见邺西漳水,北海王衮上书赞诵,曹丕有《答北海王衮诏》,论及颂之功用:"昔唐叔归禾,东平献颂,斯皆骨肉赞美,以彰懿亲。王研精坟典,耽味道真,文雅焕炳,朕甚嘉之。王其克慎明德,以终令问。"其《答卞兰教》论赋、颂异同及作者、受者的应有态度云:"赋者言事类之因附也,颂者美盛德之形容也。故作者不虚其辞,受者必当其实。兰此赋岂吾实哉?"特别是其《又与吴质书》评建安诸子诗文风格,富有浓郁的抒情色彩。首伤建安诗友多病逝:"昔年疾疫,亲故多离(遭)其灾。徐、陈、应、刘,一时俱逝,痛可言邪!昔日游处,行则连舆,止则接席,何曾须臾相失。每至觞酌流行,丝竹并奏,酒酣耳热,仰而赋诗,当此之时,忽然不自知乐也。谓百年已分,长共相保,何图数年之间,零落略尽,言之伤心,顷撰其遗文,都为一集,观其姓名,已为鬼录。追思昔游,犹在心目,而此诸子化为粪壤,可复道哉!"次评诸子特征及其诗文风格,首论徐幹云:"观古今文人类皆不护细行,鲜能以名节自立。而伟长独怀文抱质,恬淡寡欲,有箕山之志,可谓彬彬君子矣。著《中论》二十余篇,成一家之言,辞义典雅,足传于后,此子为不朽矣。"论应玚云:"德琏常斐然有述作意,其才学足以著书,美志不遂,良可痛息,间者历览诸子之文,对之抆泪。既痛逝者,行自念也。"论陈琳云:"孔璋章表殊健,微为繁富。"论刘桢云:"公幹有逸气,但未遒耳。至其五言诗之善者,妙绝时人。"论阮瑀云:"元瑜书记翩翩,致足乐也。"论王粲云:"仲宣独自善于辞赋,惜其体弱,不足起其文。至于所善,古人无以远过也。"末以"音之难遇"结,伤逝者实为自伤:"昔伯牙绝弦于钟期,仲尼覆醢于子路,愍知音之难遇,伤门人之莫逮也。诸子但为未及古人,自一时之隽也,今之存者已不逮矣。

———————

① 《汉魏六朝百三家集》卷二四《魏文帝集》,下引同。

后生可畏，来者难诬，然吾与足下不及见也。年行已长大，所怀万端，时有所虑，至乃通夕不瞑，志意何时复类昔日？已成老翁，但未白头耳……少壮真当努力，年一过往，何可攀援，古人思秉烛夜游，良有以也。"这里提及的章表、辞赋、书记、五言诗指文体，怀文抱质、辞义典雅、逸遒、翩翩等语则指风格，也是一篇重要的文体论。特别是"观古今文人，类皆不护细行，鲜能以名节自立"，深中文人通病，今之文人尤宜书之座右。

曹植(192—232)字子建，沛国谯(今安徽亳州)人。魏武帝曹操之子，魏文帝曹丕之弟。生前曾为陈王，去世后谥"思"，因此又称陈思王。建安文学的代表人物，与曹操、曹丕合称为"三曹"。今存曹植比较完整的诗歌有八十余首，特别是对五言诗的贡献尤大，既能描写复杂的事态变化，又能表达曲折的心理感受，大大丰富了的五言诗的艺术功能。其汉乐府古辞，极富抒情色彩。《汉魏六朝百三家集》卷二六《魏曹植集题词》云："审举诸文，固魏宗之磐石也。集备群体，世称绣虎，其名不虚。即自然深致，少逊其父，而才大思丽，兄似不如。"其文学成就虽超过曹丕，但在文体论上远不如丕。他赞成扬雄"壮夫不为"的观点，希望在立功、立德上有贡献，这当然与他受到曹丕排斥是分不开的。其《与杨德祖书》云："辞赋小道，固未足以揄扬大义，彰示来世也。昔杨子云先朝执戟之臣耳，犹称'壮夫不为'也。吾虽德薄，位为蕃(藩)侯，犹庶几戮力上国，流惠下民，建永世之业，留金石之功，岂徒以翰墨为勋绩，辞赋为君子哉？若吾志未果，吾道不行，则将采庶官之实录，辩时俗之得失，定仁义之衷，成一家之言。虽未能藏之于名山，将以传之于同好，非要之皓首，岂今日之论乎？"①其《与吴季重(质)书》评吴文风格云："得所来讯，文采委曲，晔若春荣，浏若清风，申咏反复，旷若复面……夫文章之难，非独今也，古之君子犹亦病诸。家有千里骥而不珍焉，人怀盈尺和氏(和氏璧)而无贵矣。"其《七启》论七体云："昔枚乘作《七发》，傅毅作《七激》，张衡作《七辩》，崔骃作《七依》，辞各美丽，予有慕之焉，遂作《七启》，并命王粲作焉。"以上就是曹植论及文体体裁、风格的主要观点。

三　皇甫谧论赋体特征及其源流

皇甫谧(215—282)幼名静，字士安，自号玄晏先生。安定朝那(今甘肃灵台朝那镇)人。东汉太尉皇甫嵩的曾孙。其《玄守论》云："贫者士之常，贱者道之实，处常得实，没齿不忧，孰与富贵扰神耗精者乎！"②魏晋之际，天下多故，名士少有全者。因

① 《文选》卷四二。
② 《晋书》卷五一《皇甫谧传》，中华书局二十四史点校本。

此，他不愿意进入仕途，跻身权贵，与统治者同流合污，专以著述为务，是一位平民学者，而著书之丰，魏晋称首，在医学、史学、文学上均负盛名。尤其在医学上，是中医"针灸疗法"的创始人。著有《针灸甲乙经》、《高士传》、《逸士传》、《玄晏春秋》、《帝王世纪》等。

其《三都赋序》论赋的特点必极美尽丽："古人称不歌而颂谓之赋。然则赋也者，所以因物造端，敷弘体理，欲人不能加也。引而申之，故文必极美；触类而长之，故辞必尽丽。然则美丽之文，赋之作也。"又论赋之源流演变云："孔子采万国之风，正《雅》、《颂》之名，集而谓之《诗》。诗人之作，杂有赋体。子夏序《诗》曰：'一曰风，二曰赋。'故知赋者，古诗之流也。至于战国，王道陵迟，风雅寝顿。于是贤人失志，词赋作焉。是以孙卿、屈原之属，遗文炳然，辞义可观。存其所感，咸有古诗之意。皆因文以寄其心，托理以全其制，赋之首也。及宋玉之徒，淫文放发，言过于实。夸竞之兴，体失之渐，风雅之则，于是乎乖。逮汉贾谊，颇节之以礼。自时厥后，缀文之士，不率典言，并务恢张，其文博诞空类。大者罩天地之表，细者入毫纤之内。虽充车联驷，不足以载；广厦接榱，不容以居也。其中高者，至如相如《上林》、扬雄《甘泉》、班固《两都》、张衡《二京》、马融《广成》、王生《灵光》，初极宏侈之辞，终以约简之制，焕乎有文，蔚尔鳞集，皆近代辞赋之伟也。"①可见他反对空洞浮夸，对宋玉的"言过于实"，对汉赋的"不率典言，并务恢张"，是不以为然的。

四 傅玄论七体与连珠

傅玄（217—278）字休奕，北地郡泥阳（今陕西耀县东南）人。西晋初年思想家、文学家、音乐家、政治家，在文学、史学、哲学等方面都有很深造诣。曾参加撰写《魏书》，又著《傅子》（已佚，今存辑本）数十万言，长于乐府诗，《隋书·经籍志》载有"晋司隶校尉《傅玄集》十五卷"，今佚。明人张溥辑有《傅玄集》一卷，收入《汉魏六朝百三家集》中。

其《七谟序》详论七体云："昔枚乘作《七发》，而属文之士若傅毅、刘广、崔骃、李尤、桓麟、崔琦、刘梁、桓彬之徒，承其流而作之者纷焉，《七激》、《七依》、《七说》、《七蠲》、《七举》、《七兴》之篇，于通儒大才马季长、张平子亦引其源而广之，马作《七厉》，张造《七辨》，或以恢大道而导幽滞，或以黜瑰奓而托讽咏，扬晖播烈，垂于后世者凡十有余篇。自大魏英贤迭作，有陈王《七启》，王氏《七释》，杨氏《七训》，刘氏《七华》，从

---

① 《文选》卷四五，文渊阁四库全书本。

父侍中《七诲》,并陵前而邈后,扬清风于儒林,亦数篇焉。世之贤明,多称《七激》为工,余以为未尽善也。《七辨》似也,非张氏至思,比之《七激》未为劣也。《七释》佥曰妙哉,吾无间矣。若《七依》之卓轹一致,《七辨》之缠绵精巧,《七启》之奔逸壮丽,《七释》之精密闲理,亦近代之所希也。"①七或名七体,实赋体的另一形式。清方熊补注任昉《文章缘起》认为"七"是由问对组成,这与赋体相似:"按七者,文章之一体也。词虽八首,而问对凡七,故谓之七。则七者问对之别名,而楚词《七谏》之流也。"

连珠是借物陈义以通讽喻的骈俪韵文,傅玄《连珠序》云:"所谓连珠者,兴于汉章帝之世。班固、贾逵、傅毅三才子受诏作之,而蔡邕、张华之徒又广焉。其文体辞丽而言约,不指说事情,必假喻以达其旨,而令贤者微悟,合于古诗劝兴之义。欲使历历如贯珠,易睹而可悦,故谓之连珠也。班固喻美辞壮,文章弘丽,最得其体。蔡邕似论,言质而辞碎,然旨笃矣。贾逵儒而不艳,傅毅有文而不典。"②"辞丽而言约","必假喻以达其旨"就是这种文体的特点。

五 成公绥论赋"至丽无文,难以辞赞"

成公绥(231—273)字子安,东郡白马(今河南渭县东)人。历仕魏、晋,历迁至中书郎。幼聪敏,博涉经传。性寡欲,不营资产,不求闻达,辞赋甚丽。张华颇重之,每见其文,叹服以为绝伦。《文心雕龙·诠赋》将他与陆机并列。今存赋二十余篇,多为残篇。《隋书·经籍志》著录有《晋著作郎成公绥集》十卷,已佚,明代张溥辑《汉魏六朝百三家集》,收有《成公子安集》。

其《天地赋序》对赋持批评态度,认为它"分理赋物","至丽无文":"赋者,贵能分理赋物,敷演无方,天地之盛,可以致思矣。天地至神,难以一言定称。故体而言之,则曰两仪;假而言之,则曰乾坤;气而言之,则曰阴阳;性而言之,则曰柔刚;色而言之,则曰玄黄;名而言之,则曰天地。历观古人,未之有赋。岂独以至丽无文,难以辞赞?不然,何其阙哉!"③

六 左思批评汉赋"虚而无征"

左思(约 250—305)字太冲,齐国临淄(今山东淄博东北)人。其貌不扬却才华出

---

① 《太平御览》卷五九〇。

② (唐)欧阳询《艺文类聚》卷五七,文渊阁四库全书本。

③ (清)严可均《全上古三代秦汉三国六朝文·全晋文》卷五九,商务印书馆 1999 年版。

众,晋武帝时,因妹左棻被选入宫,举家迁居洛阳,任秘书郎。晋惠帝时,依附权贵贾谧,为文人集团"二十四友"的重要成员。永康元年(300),因贾谧被诛,遂退居宜春里,专心著述。今存作品仅赋两篇,诗十四首。《三都赋》与《咏史》诗为其代表作。其《三都赋》颇为当时称颂,一时"洛阳纸贵",在大赋中具有重要地位。

《三都赋序》批评汉赋"虚而无征"云:"相如赋《上林》,而引'卢橘夏熟';扬雄赋《甘泉》,而陈'玉树青葱';班固赋《西都》,而叹以'出比目';张衡赋《西京》,而述以'游海若'。假称珍怪,以为润色。若斯之类,匪啻于兹。考之果木,则生非其壤;校之神物,则出非其所。于辞则易为藻饰,于义则虚而无征。且夫玉卮无当,虽宝非用;侈言无验,虽丽非经。"①自称其《三都赋》皆"依其本"而"本其实":"余既思摹《二京》而赋《三都》,其山川城邑,则稽之地图;其鸟兽草木,则验之方志;风谣歌舞,各附其俗;魁梧长者,莫非其旧。何则? 发言为诗者,咏其所志也;升高能赋者,颂其所见也;美物者,贵依其本;赞事者,宜本其实。匪本匪实,览者奚信!"宋人丁谓作《大蒐赋》,其序对汉赋及其仿作的批评与此如出一辙:"司马相如、扬雄以赋名汉朝,后之学者多规范焉,欲其克肖,以至等句读,袭征引,言语陈熟,无有己出。观《子虚》、《长杨》之作,皆远取傍索灵奇瑰怪之物,以壮大其体势。撮其辞彩,笔力恢然,飞动今古,而出入天地者无几。然皆人君败度之事,又于典正颇远。今国家大蒐,行旷古之礼,辞人文士不宜无歌咏,故作《大蒐赋》。其事实本之于《周官》,历代沿革制度参用之,以取其丽则。奇言逸辞,皆得之于心,相如、子云之语,无一似近者,彼以好乐而讽之,此以勤礼而颂之,宜乎与二子不类。"②

七 陆机《文赋》的"体有万殊"论

陆机(261—303)字士衡,吴郡华亭(今上海松江西)人,与弟陆云合称"二陆"。少时任吴牙门将,吴亡入晋,官至平原内史,世称陆平原。著有《陆平原集》。其《文赋》是我国古代最早的一篇研究文学创作特点的文论名篇,论及文学修养、文学创作、美学标准等一系列文学理论问题,是一篇用赋体写成的文学批评文献。以赋状物,乃赋之本色,但以赋论文,却是陆机的首创。它在文学批评方面的意义在于首次对文学创作过程和"意"与"笔"的关系进行了深入的探讨,并将前此出现的主要文学作品的体裁分为十体,又对各体的风格特征用简洁的语言进行了概括,成为此后论及这些文体体制特征的不易之论：

> 体有万殊，物无一量。纷纭挥霍，形难为状。辞程才以效伎，意司契而为匠，在有无而僶俛，当浅深而不让。虽离方而遁圆，期穷形而尽相。故夫夸目者尚奢，惬心者贵当，言穷者无隘，论违者唯旷。诗缘情而绮靡，赋体物而浏亮，碑披文以相质，诔缠绵而凄怆，铭博约而温润，箴顿挫而清壮，颂优游以彬蔚，论精微而朗畅，奏平彻以闲雅，说炜晔而谲诳。虽区分之在兹，亦禁邪而制放。要辞达而理举，故无取乎冗长。①

这里他简明地概括出诗、赋、碑、诔、铭、箴、颂、论、奏、说等十种文体及其不同的风格特征，比曹丕《典论·论文》更加具体，是文体学发展的一大步，给刘勰《文心雕龙》以极大启发。

八　颜延之论庭诰、诔、谥

颜延之（384—456）字延年，祖籍琅邪临沂（今山东临沂）。南朝宋文学家，和谢灵运齐名，并称"颜谢"，是元嘉文坛一位颇有影响的作家。其诗歌主题鲜明，题材广泛，艺术表现力强，对改变东晋以来"理过其辞，淡乎寡味"的玄言诗风，有不可磨灭的贡献。其《秋胡行》是继汉代《孙雀东南飞》后，又一首较为成功的叙事长诗。《隋书》称其有文集二十五卷，新、旧《唐书》作三十卷，已佚。明人张溥辑有《颜光禄集》。

《南史》本传称颜延之："闲居无事，为《庭诰》之文以训子弟。"②《庭诰》是闺庭之内的家戒、家训，从刘邦的《手敕太子文》，马援的《戒兄子书》，郑玄的《戒子益恩书》，诸葛亮的《戒子》，一直到明、清之际朱柏庐的《治家格言》，形成一种文体。《庭诰》是颜延之最优秀的散文，体现了他中庸雅正的儒家思想。颜延之在《庭诰》中谆谆告诫子弟，必须收敛锋芒甚至谨小慎微，认为"言高一世，处之逾默"，"不以所能干众，不以所长议物"，是"士之上也"；"敬慕谦通，畏避矜踞"，"文理精出，而言未称达"，"此其亚也"；如果"言不出于户牖，自以为道义久立；才未信于仆妾，而曰我有以过人"，就会成为"千人所指，无病而死"者③，最不足取。

---

① 《文选》卷一七。
② 《南史》卷三四，文渊阁四库全书本。
③ 《汉魏六朝百三家集》卷六七，下引同。

《庭诰》还表现了他对诗歌演变的看法："荀爽云：'诗者，古之歌章。'然则雅、颂之乐篇全矣。以是后之诗者，率以歌为名。及秦勒望岳，汉祀郊宫，辞著前史者，文变之高制也。虽雅声未至，宏丽难追矣。逮李陵众作，总杂不类；元是假托，非尽陵制。至其善写，有足悲者。挚虞《文论》，足称优洽。柏梁以来，继作非一，篡所至七言而已。九言不见者，将由声度阐诞，不协金石。至于五言流靡，则刘桢、张华；四言侧密，则张衡、王粲。若夫陈思王，可谓兼之矣。"他是最早提出李陵的五言诗"元是假托"的，今天已成定论；他认为古诗中不见九言，是因其"声度阐诞，不协金石"，即不符合语言音节的自然规律；他对刘桢、张华、张衡、王粲、曹植之诗都作了简明中肯的点评，阐明了他对诗歌体裁和风格的认识。

其《陶徵士诔并序》还表达了他对诔、谥等文体的看法："实以诔华，名由谥高。苟允德义，贵贱何算焉？若其宽乐令终之美，好廉克己之操，有合谥典，无愧前志。故询诸友好，宜谥曰靖节征士。"①

九　主张"文体宜兼"的谢灵运

谢灵运（385—433）南朝宋陈郡阳夏（今河南太康）人，生于会稽始宁（今浙江上虞）。东晋名将谢玄之孙，袭封康乐公，世称"谢康乐"。《隋书·经籍志四》总集部，著录有谢灵运撰辑的《赋集》九十二卷，《诗集》五十卷，《诗集钞》十卷，《杂诗钞》十卷，录一卷，《诗英》九卷，《七集》十卷，《回文集》十卷，《连珠集》五卷，均佚。明代张溥辑有《汉魏六朝百三家集·宋谢灵运集》二卷，收有赋、表、笺、书、志、论、问答、辨、颂、赞、铭、七、诔、乐府、诗等体作品，而诗、赋、七、回文、连珠都是当时非常流行的韵文文体。其诗一改魏、晋以来晦涩的玄言诗风，开山水诗派。他是永明体的代表人物，后将专论永明体，此从略。

其《山居赋》云："杨子云云：'诗人之赋丽以则。'文体宜兼，以成其美。今所赋既非京都、宫观、游猎、声色之盛，而叙山野、草木、水石、谷稼之事，才乏昔人，心放俗外。咏于文则可勉而就之，求丽，邈以远矣……嗟夫！六艺以宣圣教，九流以判贤徒；国史以载前纪，家传以申世模；篇章以陈美刺，论难以核有无。"②这里提及纪、传、论、难等多种文体，特别是提出了"文体宜兼，以成其美"，诗赋既相区别、又相兼容的文体观，打破了文体间的绝对界限，突破了传统儒家的"正名"、"辩体"的观念。

---

① 《文选》卷五七。
② 《宋书》卷六七《谢灵运传》。

十 张融论文有常体,亦无常体

张融(444—497)字思光,吴郡(今江苏苏州)人,历仕宋、齐、梁三朝,官至金紫光禄大夫。言行诡怪狂放,文如其人,其《海赋》与晋人木华《海赋》并为名作。《隋书·经籍志》著录《张融集》二十七卷,又有《班固集》十卷、《大泽集》十卷、《金波集》六十卷,均佚。明人张溥辑有《齐张融集》。

其《问律自序》论文有常体、亦无常体颇为深刻:"吾文章之体,多为世人所惊,汝可师耳以心,不可使耳为心师也。夫文岂有常体,但以有体为常,政(正)当使常有其体。丈夫当删诗书,制礼乐,何至因循寄人篱下?且中代之文,道体缺变,尺寸相资,弥缝旧物。吾之文章,体亦何异!何尝颠温凉而错寒暑,综哀乐而横歌哭哉!政以属辞多出,比事不羁,不阡不陌,非途非路耳。然其传音振逸,鸣节疏韵,或当未极,亦已极其所矣。汝若复别得体者,吾不拘也。吾义亦如文,造次乘我,颠沛非物,吾无师无友,不文不句,颇有孤神独逸耳。义之为用,将使性入清波,尘洗犹沐,无得钓声同利,举价如高,俾是道场,险成军路,吾昔嗜僧言,多肆法辩,此尽游乎言笑,而汝等无幸。"临卒又诫其子云:"手泽存焉,父书不读!况文音情,婉在其韵。吾意不然,别遗尔音。吾文体英绝,变而屡奇,既不能远至汉、魏,故无取嗟晋、宋。岂吾天挺,盖不隤家声。汝若不看父祖之意,欲汝见也,可号哭而看之。"①

十一 刘孝绰论"属文之体,鲜能周备"

刘孝绰(481—539)字孝绰,本名冉,小字阿士。南朝梁彭城(今江苏徐州)人。能文善草隶,号"神童"。年十四,代父起草诏诰。初为著作佐郎,后官秘书丞。迁廷尉卿,被劾免职,后复为秘书监。明人张溥辑有《梁刘司马相如孝绰集》。

其《昭明太子集序》云:"窃以属文之体,鲜能周备。长卿徒善,既累为迟;少孺虽疾,俳优而已;子渊淫靡,若女工之蠹;子云侈靡,异诗人之则;孔璋词赋,曹祖劝其修今;伯喈笑赠,挚虞知其颇古。孟坚之颂,尚有似赞之讥;士衡之碑,犹闻类赋之贬。深乎文者兼而善之,能使典而不野,远而不放,丽而不淫,约而不俭,独擅众美,斯文在斯。"②所论涉及面较广,论及思之迟速,文之今古,风格的"淫靡"、"侈靡",体裁的颂

---

① 《南齐书》卷四一《张融传》。
② 《汉魏六朝百三家集》卷九六。

"似赞",碑"类赋",要求属文应"典而不野,远而不放,丽而不淫,约而不俭",颇有辩证色彩。

十二 萧绎论"属词之体"的多样性

梁元帝萧绎(508—554)字世诚,自号金楼子。少聪颖,好读书,工书善画,尤长于五言诗。著述甚富,凡二十种,二百余卷,早佚。今仅存《金楼子》。明人张溥辑有《梁元帝集》一卷,收入《汉魏六朝百三名家集》。

其《内典碑铭集林序》论"属词之体"的多样性云:"夫世代亟改,论文之理非一。时事推移,属词之体或异。但繁则伤弱,率则恨省;存华则失体,从实则无味。或引事虽博,其意犹同;或新意虽奇,无所倚约。或首尾伦帖,事似牵课;或(原缺一字)复博涉,体制不工。能使艳而不华,质而不野;博而不繁,省而不率;文而有质,约而能润。事随意转,理逐言深。所谓菁华,无以间也。"①

今本《金楼子》系从《永乐大典》中辑出,其《立言》是一篇重要的文体论,一是认为"古人之学者有二,今人之学者有四。夫子门徒,转相师受,通圣人之经者,谓之儒。屈原、宋玉、枚乘、长卿之徒,止于辞赋,则谓之文。今之儒,博穷子史,但能识其事,不能通其理者,谓之学";"学者率多不便属辞,守其章句,迟于通变,质于心用。学者不能定礼乐之是非,辩经教之宗旨,徒能扬榷前言,抵掌多识,然而挹源知流,亦足可贵"。程颐云:"今之学者岐而为三,能文者谓之文士,谈经者泥为讲师,惟知道者乃儒学也。"②程颐所说的"讲师"就是萧绎所说的"学",可见"今之学者岐而为三"并不是程颐的发明,梁代萧绎已讲得很清楚了。二是论文、笔之分,"至如不便为诗","善为章奏","若此之流,泛谓之笔";"吟咏风谣,流连哀思者,谓之文。笔,退则非谓成篇,进则不云取义,神其巧惠,笔端而已。至如文者,维须绮縠纷披,宫徵靡曼,唇吻遒会,情灵摇荡。而古之文笔,今之文笔,其源又异"。认为"文"应具有"绮縠纷披"的文采,"流连哀思","情灵摇荡"的感情和"宫徵靡曼、唇吻遒会"的韵律,这是典型的南朝文体风格论的代表。三是认为文比为学难,儒者未必能文,而能文者往往能儒:"潘安仁清绮若是,而评者止称情切,故知为文之难也。曹子建、陆士衡皆文士也,观其辞致侧密,事语更明,意匠有序,遣言无失,虽不以儒者命家,此亦悉通其义也。"③都是颇有

---

① 《汉魏六朝百三家集》卷八四。

② (宋)朱子编《二程遗书》卷六,文渊阁四库全书本。

③ 以上(梁)萧绎《金楼子》卷四,文渊阁四库全书本。

见地之说。一些亡国之君本不当作皇帝，而应当作文人，梁元帝即其一，黄伯思《跋金楼子后》云："以帝子之尊，不事声色，而沉酣文史，纂述殆二百卷，勤博至斯，自可赏慕。"①谭献感慨道："不幸而为帝王存此书，与李后主之填词，宋徽宗之绘事，同一可哀！"②

第四节　刘勰《文心雕龙》是中国古代文体学成型的标志

上面我们泛论了魏晋南北朝经、史、子、集四部中的文体观，下面四章则专论最能代表魏晋南北朝文体学成就的《文心雕龙》《诗品》《文选》以及齐梁体、永明体。

一　《文心雕龙》的体例及其三级分体

刘勰（约 465—约 532）字彦和，祖籍莒县（今属山东），生于京口（今江苏镇江）。梁武帝天监初为奉朝请，后任中军临川王萧宏记室、车骑仓曹参军、太末令、仁威南康王记室、东宫通事舍人等职。任东宫通事舍人期间，为梁太子萧统所重。晚年出家为僧，改名慧地，不到一年即去世。《梁书》《南史》有传。他笃志好学，博通经论，颇有清名。为文长于佛理，京师寺塔及名僧碑志，必请勰为文。所作《文心雕龙》，未为时所称，《梁书·刘勰传》云："勰自重其文，欲取定于沈约。约时贵盛，无由自达，乃负其书，候约出，干之于车前，状若货鬻者。约便命取读，大重之，谓为深得文理，常陈诸几案。"

《文心雕龙》全书五十篇，由总论、文体论、创作论、批评论四部分组成。总论含《原道》《征圣》《宗经》《正纬》和《辨骚》五篇，论文之枢纽，即关键问题，主张"原道心以敷章"。《辨骚》论楚辞，既是总论的一部分，又和《明诗》以下二十篇共同构成文体论，分别论述骚、诗、乐府、颂、史、传、诸子、论、说等各种文体的特征。从《神思》到《总术》等十九篇为创作论，主张"思接千载"，"神与物游"，每个作家应"各师成心，其异如面"，"情以物迁，辞以情发"。《知音》专论文学批评，但其他不少篇章如《时序》《物色》《才略》《程器》也涉及文学批评，或论文才，或论文品，反对"贵古贱今"，"崇己抑人"等不良文风，主张文学批评应"无私于轻重，不偏于爱憎"。其最后一篇《序志》论其书名云："夫文心者，言为文之用心也，昔涓子《琴心》，王孙《巧心》，心哉美矣，

---

① （宋）黄伯思《东观余论》卷下，邵武徐氏丛书初刻本。
② （清）谭献《复堂日记》卷五，河北教育出版社 2001 年版。

故用之焉。古来文章以雕缛成体,岂取驺奭之群言雕龙也。"可见雕龙即雕缛,雕饰龙文之意。

《文心雕龙》对文体的研究是全方位的,自成体系的,不仅对文体的体裁、风格、体类都有详细论述,而且对声韵、文体之源、文体之变迁(常体与变体)乃至篇章字句等都有专论,基本上涉及了文体学应当研究的所有问题和领域。并且,由于它有意识地将文体研究和创作研究融为一体,这就使得它的理论性远远高于他那个时代的所有文体学论著。因此可以毫不夸张地说,《文心雕龙》是中国古代文体学成型、成熟的标志。

其论体类如《杂文》第一十四云:"详夫汉来杂文,名号多品,或典诰誓问,或览略篇章。或曲操弄引,或吟讽谣咏。总括其名,并归杂文之区;甄别其义,各入讨论之域。类聚有贯,故不曲述。"《诸子》第十七云:"魏晋作者间出,谰言兼存。琐语必录,类聚而求。"《书记》第二十五云:"簿者圃也,草木区别,文书类聚。"《体性》第二十七云:"安仁轻敏,故锋发而韵流;士衡矜重,故情繁而辞隐。触类以推,表里必符,岂非自然之恒资,才气之大略哉。"《镕裁》第三十二云:"草创鸿笔,先标三准。履端于始,则设情以位体;举正于中,则酌事以取类。"《声律》第三十三云:"概举而推,可以类见。"《事类》第三十八云:"事类者,盖文章之外,据事以类义,援古以证今者也。"《附会》第四十三云:"何谓附会?谓总文理,统首尾,定与夺,合涯际,弥纶一篇,使杂而不越者也。"《特色》第四十六云:"嵯峨之类聚,葳蕤之群积。"刘勰以上论述,都有萧统"体既不一,又以类分"之义。

但《文心雕龙》的主要篇幅是论文体及风格,《辨骚》至《书记》共二十一篇,专论文体。其中不少篇章是论述两种或两种以上相近的文体,共论及三十多种文体。其《序志》要求"原始以表末,释名以章义,选文以定篇,敷理以举统",对各种文体的渊源流变、体制特点、典型范式,都作了总体论述。其文体研究方法也颇有借鉴意义,或归类以探求文体之同,或辨析以区别文体之异,或考镜源流以彰显文体之变。此书标志着中国文体学的成型。

刘勰的文体分类实有三级。刘师培认为:"即《(文心)雕龙》篇次言之,由第六迄第十五,以《明诗》、《乐府》、《诠赋》、《颂赞》、《祝盟》、《铭箴》、《诔碑》、《哀悼》、《杂文》、《谐隐》诸篇相次,是均有韵之文也。由第十六迄于第二十五,以《史传》、《诸子》、《论说》、《诏策》、《檄移》、《封禅》、《章表》、《奏启》、《议对》、《书记》诸篇相次,是均无韵之笔也。岂非《雕龙》隐区文、笔二体之验乎?"①《文心雕龙》确实把它所论文体"隐区"

① 《中国古代文学史》第五课《宋齐梁陈文学概论·文笔之区别》,人民文学出版社 2007 年版。

为文与笔,即有韵与无韵两大类,其《总术》第四十四论"近代"(指齐梁)文笔之分云:"今之常言,有文有笔,以为无韵者笔也,有韵者文也。夫文以足言,理兼诗书,别目两名,自近代耳。"故文笔之分是《文心雕龙》的第一级分体。第五至第二十五标出具体的文体名,是第二级分体。在其所标文体下,往往还论及一些相关的文体,如乐府下就论及"轩岐鼓吹,汉世铙挽,虽其戎丧殊事,而并总入乐府。"这可算是第三级分体。

二　以《明诗》篇为例看刘勰论有韵之文

历代研究《文心雕龙》者很多,据统计,自1956年到现在,研究《文心雕龙》的专著有二十四部,论文达六百多篇,最近三十年更形成了所谓"龙学热"。这足以说明古典文学研究界对《文心雕龙》中的文论、文体论的重视。正因为如此,本书不拟逐一详介这二十一篇文体专论,而是就其文、笔二类各举一篇以说明其体例,具体说明《文心雕龙》是如何"原始以表末,释名以章义,选文以定篇,敷理以举统"的。有韵之文举其文体论的第一篇,即《明诗》第六。首先讲诗的定义:

> 大舜云:"诗言志,歌永言。"圣谟所析,义已明矣。是以"在心为志,发言为诗",舒文(展布文辞)载实,其在兹乎!诗者,持也,持人情性;《三百》之蔽,义归"无邪",持之为训,有符焉尔。人禀七情,应物斯感。感物吟志,莫非自然。

这里强调了三点,诗是言志的,"在心为志,发言为诗";诗是表现人的情性的,"诗者,持也,持人情性"。《诗经》可以一言以蔽之,这就是"思无邪";人之情志都是外物刺激的产物,都是自然而然的("感物吟志,莫非自然")。这就是所谓"释名以章义"。接着概述此前的诗歌发展史以明其说,首论远古至秦的诗歌:

> 昔葛天氏乐辞云:《玄鸟》在曲;黄帝《云门》,理不空绮。至尧有《大唐》之歌,舜造《南风》之诗,观其二文,辞达而已。及大禹成功,九序惟歌;太康败德,五子咸怨;顺美匡恶,其来久矣。自商暨周,《雅》、《颂》圆备,四始彪炳,六义环深。子夏监绚素之章,子贡悟琢磨之句,故商、赐二子,可与言诗。自王泽殄竭,风人辍采;春秋观志,讽诵旧章,酬酢以为宾荣,吐纳而成身文。逮楚国讽怨,则《离骚》为刺;秦皇灭典,亦造《仙诗》(指秦博士作《仙真人诗》)。

次论汉诗:

汉初四言，韦孟首唱，匡谏之义，继轨周人。孝武爱文，柏梁列韵；严马之徒，属辞无方。至成帝品录，三百余篇，朝章国采，亦云周备。而辞人遗翰，莫见五言，所以李陵、班婕好见疑于后代也。按《召南·行露》，始肇半章；《孺子》《沧浪》，亦有全曲；《暇豫》优歌，远见春秋；《邪径》童谣，近在成世：阅时取证，则五言久矣。又古诗佳丽，或称枚叔，其《孤竹》一篇，则傅毅之词。比采而推，两汉之作乎。观其结体散文，直而不野，婉转附物，怊怅切情，实五言之冠冕也。至于张衡《怨篇》，清典可味；《仙诗》、《缓歌》，雅有新声。

这是他论及汉初诗人韦孟有《讽谏诗》，汉武帝有《柏梁联句》，直至张衡《怨诗》。可贵的是他认为五言诗并非始于汉（"远见春秋"），他对李陵、斑婕好的五言诗表示怀疑（"见疑于后代"），认为《古诗十九首》的作者不止枚乘，还有傅毅，肯定是"两汉之作"，"实五言之冠冕"。对此历来有争论，钟嵘《诗品》卷一认为"旧疑是建安中曹王（一作陈王，指曹植）所制。"今人木斋（王洪）比钟嵘更进一步，"旧疑"已成坐实，不仅认为是曹植作，并认为是写他与甄后的隐情①。其说颇新，值得进一步研究。

再次论魏晋南北朝诗：

暨建安之初，五言腾踊，文帝陈思，纵辔以骋节；王、徐、应、刘，望路而争驱；并怜风月，狎池苑，述恩荣，叙酣宴，慷慨以任气，磊落以使才；造怀指事，不求纤密之巧，驱辞逐貌，唯取昭晰之能：此其所同也。乃正始明道，诗杂仙心；何晏之徒，率多浮浅。唯嵇志清峻，阮旨遥深，故能标焉。若乃应璩《百一》，独立不惧，辞谲义贞，亦魏之遗直也。晋世群才，稍入轻绮。张、潘、左、陆，比肩诗衢，采缛于正始，力柔于建安。或析文以为妙，或流靡以自妍，此其大略也。江左篇制，溺乎玄风，嗤笑徇务之志，崇盛忘机之谈，袁孙已下，虽各有雕采，而辞趣一揆，莫与争雄，所以景纯《仙篇》，挺拔而为隽矣。宋初文咏，体有因革。庄老告退，而山水方滋；俪采百字之偶，争价一句之奇，情必极貌以写物，辞必穷力而追新，此近世之所竞也。

建安是"五言腾踊"的时代，他对建安诗风评价甚高，"慷慨以任气，磊落以使才"，这就是后世所谓的建安风骨；对正始以后诗则不以为然，"诗杂仙心"，"率多浮浅"，只对嵇康、阮籍、应璩诸人评价较高；认为西晋"稍入轻绮"，"或析文以为妙，或流靡以自

---

① 《古诗十九首与建安诗歌研究》，人民文学出版社 2009 年版。

妍";而对东晋以后的玄言诗("溺乎玄风")、山水诗("庄老告退,而山水方滋")的浮艳诗风("俪采百字之偶,争价一句之奇")更为不满。最后又总括全篇并以"赞曰"作结:

> 故铺观列代,而情变之数可监;撮举同异,而纲领之要可明矣。若夫四言正体,雅润为本;五言流调,则清丽居宗;华实异用,惟才所安。故平子得其雅,叔夜含其润,茂先凝其清,景阳振其丽,兼善则子建、仲宣,偏美则太冲、公幹。然诗有恒裁,思无定位,随性适分,鲜能通圆。若妙识所难,其易也将至;忽之为易,其难也方来。至于三六杂言,则出自篇什;离合之发,则萌于图谶;回文所兴,则道原为始;联句共韵,则柏梁余制:巨细或殊,情理同致,总归诗囿,故不繁云。
>
> 赞曰:民生而志,咏歌所含。兴发皇世,风流《二南》。
>
> 神理共契,政序相参。英华弥缛,万代永耽。

前面的分论偏重于论诗歌风格的演变,这里的总括则体裁、风格并重。体裁论及四言、五言、三六杂言以及离合、回文等杂体诗。而雅润、清丽、华实、雅润、清丽皆指风格。体裁是相对固定的,而思想是不断变化的("诗有恒裁,思无定位"),这就决定了诗风的多样性。人各有所长,亦各有所短,因此只能"随性适分,鲜能通圆",往往"偏美",难于"兼善"。

三　以《史传》篇为例看刘勰论无韵之笔

无韵之笔也举其第一篇即《史传》第十六为例。《史传》首先"释名以章义":

> 开辟草昧,岁纪绵邈,居今识古,其载籍乎? 轩辕之世,史有苍颉,主文之职,其来久矣。《曲礼》曰:"史载笔。"左右史者,使也。执笔左右,使之记也。古者左史记事者,右史记言者。言经则《尚书》,事经则《春秋》也。唐虞流于典谟,商夏被于诰誓。泊周命维新,姬公定法,紃三正以班历,贯四时以联事。诸侯建邦,各有国史,彰善瘅恶,树之风声。自平王微弱,政不及雅,宪章散紊,彝伦攸斁。昔者夫子闵王道之缺,伤斯文之坠,静居以叹凤,临衢而泣麟,于是就太师以正《雅》、《颂》,因鲁史以修《春秋》。举得失以表黜陟,征存亡以标劝戒。褒见一字,贵逾轩冕;贬在片言,诛深斧钺。然睿旨存亡幽隐,经文婉约,丘明同时,实得微言。乃原始要终,创为传体。传者,转也;转受经旨,以授于后,实圣文之羽翮,记籍之冠冕也。

可见传有两种，一为记叙文之一体，即传记之传。史是古代掌书之官，记事之书也叫史。古史有编年、纪传二体，称史体，编年始于《春秋》，纪传体始于《史记》，记载事迹以传后世叫传。故刘勰云："史者，使也。执笔左右，使之记也。古者左史记事者，右史记言者。言经则《尚书》。事经则《春秋》也。"吴讷《文章辨体序说》云："太史公创《史记》列传，盖以载一人之事，而为体亦多不同。迨前后两《汉书》、《三国》、《晋》、《唐》诸史，但第相祖袭而已。厥后世之学士大夫，或值忠孝才德之事，虑其湮没无闻，或事迹虽微而卓然可为法戒者，因为立传，以垂于世，此小传、家传、外传之例也。"二为论说文之一体，即解说经文之传，如《诗》之毛传，《春秋》之《左传》，故刘勰云："经文（指《春秋》）婉约，丘明同时，实得微言。乃原始要终，创为传体。传者，转也，转受经旨，以授于后。实圣文之羽翮，记籍之冠冕也。"《文心雕龙》的《史传》即兼此二义，既论其前的各种史书，又对之作阐释评论。这里首先解释了《尚书》、《春秋》、《左传》，撰史的目的是为了"彰善瘅恶"。这是对《史传》的"原始以表末，释名以章义"。

次论秦汉史书：

　　及至纵横之世，史职犹存。秦并七王，而战国有策（指《战国策》）。盖录而弗叙，故即简而为名也。汉灭嬴、项，武功积年。陆贾稽古，作《楚汉春秋》。爰及太史（司马）谈，世惟执简，子长（司马迁）继志，甄序帝勣（绩）。比尧称典，则位杂中贤；法孔题经，则文非玄圣（元圣、上圣）。故取式《吕览》（《吕氏春秋》），通号曰纪。纪纲之号，亦宏称也。故《本纪》以述皇王，《列传》以总侯伯，《八书》以铺政体，《十表》以谱年爵，虽殊古式，而得事序焉。尔其实录无隐之旨，博雅弘辩之才，爰奇反经之尤，条例踳落（乖舛错杂）之失，叔皮（班彪）论之（指班彪的《史记论》）详矣。

这里着重评论了司马迁父子的史记，既称颂他们的《本纪》、《列传》、《八书》、《十表》对史体的创新，有"实录无隐之旨，博雅弘辩之才"，又批评他们"爰奇反经，条例踳落"。《后汉书》卷七〇《班彪传》载："其论术学则崇黄老而薄五经，序货殖则轻仁义而羞贫穷……司马迁序帝王则曰本纪，公侯传国则曰世家，卿士特起则曰列传，又进项羽、陈涉而黜淮南、衡山。"意谓司马迁不应把不是帝王的项羽列入本纪，把不应把起于陇亩，数月被杀，又无子孙相继的陈涉列入世家，而淮南王、衡山王皆汉高祖后裔，当入世家而却入列传。其实项羽曾控制全国政权，分封诸侯，故入本纪；陈涉曾称王，故入世家；淮南王、衡山王曾搞分裂，故抑入列传。不以成败论英雄，这正是司马迁史识的过人之处。

再论汉代史书：

> 及班固述汉，因循前业，观司马迁之辞，思实过半。其《十志》该富，赞序弘丽，儒雅彬彬，信有遗味。至于宗经矩圣之典，端绪丰赡之功，遗亲攘美之罪，征贿鬻笔之愆，公理辨之究矣。观夫左氏缀事，附经间出，于文为约，而氏族难明。及史迁各传，人始区详而易览，述者宗焉。及孝惠委机，吕后摄政，班史立纪，违经失实，何则？庖牺以来，未闻女帝者也。汉运所值，难为后法。牝鸡无晨，武王首誓；妇无与国，齐桓著盟；宣后乱秦，吕氏危汉。岂唯政事难假，亦名号宜慎矣。张衡司史，而惑同迁、固，元帝王后，欲为立纪，谬亦甚矣。寻子弘虽伪①，要当孝惠之嗣；孺子诚微，实继平帝之体②；二子可纪，何有于二后哉？

刘勰评《汉书》，称其"《十志》该富，赞序弘丽"；也指出他"因循前业"，利用了司马迁、班彪的成果；批评他"遗亲攘美之罪"，指《汉书·叙传》未举其父班彪的《后传》；"征贿鬻笔之愆"，指他得人贿赂才肯为之立传；至于批评不当为《吕后本纪》，批评张衡上疏"宜为《元后本纪》"（事见《后汉书·张衡传》）"谬亦甚矣"，都是正统史观作怪。刘勰对魏晋史书多有不满，而对陈寿《三国志》最为推崇，认为可与《史记》、《汉书》媲美：

> 至于后汉纪传，发源东观。袁、张所制（指晋袁宏《后汉纪》、张莹《后汉南纪》），偏驳不伦；薛、谢之作（晋薛莹《后汉记》、谢沈《后汉书》），疏谬少信。若司马彪（著有《续汉书》）之详实，华峤之准当（著有《续汉书》），则其冠也。及魏代三雄，记传互出。《阳秋》③、《魏略》（魏鱼豢《魏略》）之属，《江表》（晋虞溥《江表传》）、《吴录》（晋张勃著）之类，或激抗难征，或疏阔寡要。唯陈寿《三志》，文质辨洽，荀、张比之于迁、固，非妄誉也。至于晋代之书，系乎著作。陆机肇始而未备，王韶续末而不终，干宝述《(晋)纪》，以审正得序；孙盛《(晋)阳秋》，以约举为能。按《春秋》经传，举例发凡，自《史》、《汉》以下，莫有准的。至邓粲《晋纪》，始立条

---

① 惠帝死，吕后立帝子刘弘。吕后死，吕党败，汉大臣怕刘弘长大后对己不利，故说刘弘不是惠帝子，废其帝位。

② 王莽为篡政，毒死汉平帝，立其子刘婴为帝，称孺子婴。

③ （晋）孙盛《魏氏春秋》，因避晋简文帝太后阿春讳，故改称《魏氏阳秋》。

例。又摆落汉魏,宪章殷周,虽湘川(指邓粲)曲学,亦有心典谟。及安国立例,乃邓氏之规焉。

末论撰写史书要求很高,写好颇难:

　　原夫载籍之作也,必贯乎百姓,被之千载,表征盛衰,殷鉴兴废。使一代之制,共日月而长存;王霸之迹,并天地而久大。是以在汉之初,史职为盛。郡国文计,先集太史之府,欲其详悉于体国。必阅石室,启金匮,细裂帛,检残竹,欲其博练于稽古也。是立义选言,宜依经以树则;劝戒与夺,必附圣以居宗。然后诠评昭整,苛滥不作矣。然纪传为式,编年缀事,文非泛论,按实而书。岁远则同异难密,事积则起讫易疏,斯固总会之为难也。或有同归一事,而数人分功,两记则失于复重,偏举则病于不周,此又铨配之未易也。故张衡摘《史(记)》、班(指班固《汉书》)之舛滥,傅玄讥《后汉(书)》之尤烦,皆此类也。若夫追述远代,代远多伪。公羊高云"传闻异辞",荀况称"录远略近",盖文疑则阙,贵信史也。然俗皆爱奇,莫顾实理。传闻而欲伟其事,录远而欲详其迹。于是弃同即异,穿凿傍说,旧史所无,我书则传。此讹滥之本源,而述远之巨蠹也。至于记编同时,时同多诡,虽定、哀微辞,而世情利害。勋荣之家,虽庸夫而尽饰;迍败之士,虽令德而嗤理。欲吹霜煦露,寒暑笔端,此又同时之枉,可为叹息者也!故述远则诬矫如彼,记近则回邪如此,析理居正,唯素臣乎!若乃尊贤隐讳,固尼父之圣旨,盖纤瑕不能玷瑾瑜也。奸慝惩戒,实良史之直笔,农夫见莠,其必锄也:若斯之科,亦万代一准焉。至于寻繁领杂之术,务信弃奇之要,明白头讫之序,品酌事例之条,晓其大纲,则众理可贯。然史之为任,乃弥纶一代,负海内之责,而赢是非之尤。秉笔荷担,莫此之劳。迁、固通矣,而历诋后世。若任情失正,文其殆哉!
　　赞曰:史肇轩黄,体备周孔。世历斯编,善恶偕总。
　　　　腾褒裁贬,万古魂动。辞宗丘明,直归南董。

　　这里提出了一系列撰写史书的重要观点。第一,撰史的目的是"表征盛衰,殷鉴兴废","立义选言,宜依经以树则;劝戒与夺,必附圣以居宗"。第二,无论纪传体还是编年体,都要"按实而书"。因岁远事积,故"同异难密","起讫易疏";同一件事,涉及数人,"两记则失于复重,偏举则病于不周",因此无论"总会"史事,"铨配(安排)"史料,都很难"按实而书"。第三,时远有远的困难,"文疑则阙,贵信史也"。但"俗皆爱奇,莫顾实理",常把"传闻"当"信史","此讹滥之本源,而述远之巨蠹也"。第四,时近有近的困难,因牵于"世情利害",故多歪曲历史,"记编同时,时同多诡",常以成败论英雄,故有二百年内无历史之说:"此又同时之枉,可为叹息者也!"总之,"述远则诬矫如彼,记近则回邪如此",无论远近,都难以"按实而书"。第五,论"尊贤隐讳"、"奸慝惩戒"、"寻繁领杂"、"务信弃奇"、"明白头讫"等作史之法,其中尤以尊贤惩奸最为重要。这是"万代一准",放之四海而皆准的真理。怎样既书贤者"纤瑕",而又能不"玷瑾瑜";既见莠"必锄",而又能不遗良能呢?怎样把尊贤惩奸与"按实而书"统一起来呢?刘勰提出了这一问题,但论证还不够充分。而宋代苏洵的《史论下》认为,史书虽是"实录",但不是纯客观的记述,应通过作者对史料的精心剪裁和安排,表现出作者的爱憎和褒贬。他主张对"功十而过一"的人,应本传记其功,对其过则"本传晦之,而他传发之"。这样既做到了"实录",又达到了褒善的目的。否则,后之人见"十功不能赎一过,是将苦其难而怠矣"。对于"过十而功一"的人,本传不仅要如实记其过,而且要详记其"一功"。否则后之凶人会说"有善不录矣,吾复何望哉!"这样会"窒其自新之路,而坚其肆恶之志。"总之,苏洵认为,史书是"一代之实录",必须如实地反映客观历史情况,不能隐恶扬善或隐善扬恶;但史书又负有惩恶扬善、教育后人的责任,因此又不能作纯客观的记述,而应通过对史料的精心安排,表达作者的爱憎和褒贬。这样才能把内容的真实性与政治教化作用很好地统一起来。

四　其他各篇的文体论

除专论文体的二十一篇外,《文心雕龙》其他各篇也往往论及文体,有些观点还十分重要。

一是《宗经》论诗文诸体皆源于五经:"故论、说、辞、序,则《易》统其首;诏、策、章、奏,则《书》发其源;赋、颂、歌、赞,则《诗》立其本;铭、诔、箴、祝,则《礼》总其端;纪、传、铭、檄,则《春秋》为根。"这是继承前人之说。

二是《体性》诸篇的风格论,尤其是其风格"八体"说。前已论及,文体除指体裁外,还指体类和风格。《体性》第二十七云:"夫情动而言形,理发而文见,盖沿隐以至显,因内而符外者也。然才有庸俊,气有刚柔,学有浅深,习有雅郑,并情性所铄,陶染所凝,是以笔区云谲,文苑波诡者矣。故辞理庸俊,莫能翻其才;风趣刚柔,宁或改其气;事义浅深,未闻乖其学;体式雅郑,鲜有反其习:各师成心,其异如面。若总其归途,则数穷八体:一曰典雅,二曰远奥,三曰精约,四曰显附,五曰繁缛,六曰壮丽,七曰新奇,八曰轻靡。典雅者,熔式经诰,方轨儒门者也;远奥者,馥采曲文,经理玄宗者也;精约者,核字省句,剖析毫厘者也;显附者,辞直义畅,切理厌心者也;繁缛者,博喻酿采,炜煜枝派者也;壮丽者,高论宏裁,卓烁异采者也;新奇者,摈古竞今,危侧趣诡者也;轻靡者,浮文弱植,缥缈附俗者也。故雅与奇反,奥与显殊,繁与约舛,壮与轻乖,文辞根叶,苑囿其中矣……八体虽殊,会通合数,得其环中,则辐辏相成。故宜摹体以定习,因性以练才,文之司南,用此道也。"典雅、远奥、精约、显附、繁缛、壮丽、新奇、轻靡八体皆指风格。这些风格在不同作家身上有不同表现:"若夫八体屡迁,功以学成,才力居中,肇自血气;气以实志,志以定言,吐纳英华,莫非情性。是以贾生俊发,故文洁而体清;长卿傲诞,故理侈而辞溢;子云沈寂,故志隐而味深;子政简易,故趣昭而事博;孟坚雅懿,故裁密而思靡;平子淹通,故虑周而藻密;仲宣躁锐,故颖出而才果;公幹气褊,故言壮而情骇;嗣宗俶傥,故响逸而调远;叔夜俊侠,故兴高而采烈;安仁轻敏,故锋发而韵流;士衡矜重,故情繁而辞隐。触类以推,表里必符,岂非自然之恒资,才气之大略哉!"他对贾谊、司马相如、扬雄、刘向、班固、张衡、王粲、刘桢、阮籍、嵇康、潘安、陆机诗文特点的归纳也是从风格着眼的。"触类以推"的"类"实即体类之类。

三是《通变》篇论常体与变体,深刻阐述了体裁与风格的辩证关系,云:"夫设文之体有常,变文之数无方,何以明其然耶? 凡诗、赋、书、记,名理相因,此有常之体也;文辞气力,通变则久,此无方之数也。名理有常,体必资于故实;通变无方,数必酌于新声:故能骋无穷之路,饮不竭之源。然绠短者衔渴,足疲者辍途,非文理之数尽,乃通变之术疏耳。故论文之方,譬诸草木,根干丽土而同性,臭味晞阳而异品矣。"所论实为常体与变体的关系,体裁(诗、赋、书、记之类)相对较为固定,为"有常之体";"文辞气力"指风格,是"通变无方"的,是"无常之体"。

《定势》篇则进一步论述了常体与变体形成的原因:"夫情致异区,文变殊术,莫不因情立体,即体成势也。势者,乘利而为制,如机发矢直,涧曲文回,自然之趣也。圆者规体,其势也自转;方者矩形,其势也自安:文章体势,如斯而已。是以模经为式者,自入典雅之懿;效《骚》命篇者,必归艳逸之华;综意浅切者,类乏酝藉;断辞辨约者,率乖繁缛:譬激水不漪,槁木无阴,自然之势也……是以括囊杂体,功在铨别,宫商朱紫,随势各配。章、表、奏、议,则准的乎典雅;赋、颂、歌、诗,则羽仪乎清丽;符、檄、书、移,则楷式于明断;史、论、序、注,则师范于核要;箴、铭、碑、诔,则体制于弘深;连珠、七、辞,则从事于巧艳:此循体而成势,随变而立功者也。"可见文体风格之异是多种因素形成的,情致异区,文变殊术,体势各异。不同的文体,不同的作家就各有不同的风格:"所习不同,所务各异,言势殊也。"

四是《声律》篇的声律论。魏晋南北朝是骈文盛行和近体律诗逐渐形成的时代,因此声律之学较发达。这在《文心雕龙》中也有所反映,其《声律》云:"夫音律所始,本于人声者也。声含宫商,肇自血气,先王因之,以制乐歌。故知器写人声,声非学器者也。故言语者文章,神明枢机,吐纳律吕,唇吻而已。"所谓音律本于人声,也就是本于自然。又云:"声有飞沉,响有双叠。双声隔字而每舛,叠韵杂句而必睽(违)。沉则响发而断,飞则声扬不还,并辘轳交往,逆鳞相比。"所谓"声有飞沉"就是高低之音交替使用,要像辘轳一样圆转,像鱼鳞一样紧密排列。所谓"响有双叠"就是双声、叠韵也要交替,双声、叠韵连起来用就不顺口(每舛、必睽)。而这一切都是为了音韵和谐:"是以声画妍蚩,寄在吟咏;吟咏滋味,流于字句;字句气力,穷于和韵。异音相从谓之和,同声相应谓之韵。韵气一定,故余声易遣;和体抑扬,故遗响难契。属笔易巧,选和至难,缀文难精,而作韵甚易。虽纤意曲变,非可缕言,然振其大纲,不出兹论。"又云:"凡切韵之动,势若转圜;讹音之作,甚于枘方,免乎枘方,则无大过矣,练才洞鉴,剖字钻响,疏识阔略,随音所遇,若长风之过籁,南郭之吹竽耳。古之佩玉,左宫右徵,以节其步。声不失序,音以律文,其可忘哉!"可见刘勰对声律也是十分精通和重视的。

五是《章句》篇论字句篇章和用韵云:"因字而生句,积句而成章,积章而成篇。"这里只谈它对诗、骚的论述:"笔句无常而字有条(常)数,四字密而不促,六字格而非缓,或变之以三五,盖应机之权节也。至于《诗·颂》,大体以四言为正,惟《祈父》《肇禋》以二言为句。寻二言肇于黄世,《竹弹》之谣是也;三言兴于虞时,《元首》之诗是也;四言广于夏年,《洛汭》之歌是也;五言见于周代,《行露》之章是也。六言、七言,杂出《诗》、《骚》。而体之篇,成于两汉:情数运周,随时代用矣。若乃改韵从调,所以节文辞气:贾谊、枚乘,两韵辄易;刘歆、桓谭,百句不迁,亦各有其志也。昔魏武论赋,嫌于积韵,而善于资代。陆云亦称四言转句,以四句为佳。观彼制韵,志同枚、贾;然两韵辄易,则声韵微躁;百句不迁,则唇吻告劳;妙才激扬,虽触思利贞,曷若折之中和,庶保无咎。"论及《诗》有二言、三言、五言、六言、七言,但以"四言为正";韵数句数则"随时代用",贾谊、枚乘,多两韵四句,刘歆、桓谭则韵以十计,句则上百。

又论楚辞体多用虚词云:"诗人以'兮'字入于句限,《楚辞》用之,字出句外。寻'兮'字承句,乃语助余声,舜咏《南风》,用之久矣;而魏武弗好,岂不以无益文义耶?至于'夫'、'惟'、'盖'、'故'者,发端之首唱;'之'、'而'、'于'、'以'者,乃劄句之旧体;'乎'、'哉'、'矣'、'也',亦送末之常科。据事似闲,在用实切。巧者回运,弥缝文体,将令数句之外,得一字之助矣。

历代对《文心雕龙》评价甚高,唐人刘知幾《史通》卷一〇《自叙》认为《文心雕龙》统一了对诗文诸体的解释:"词人属文,其体非一,譬甘辛殊味,丹素异彩,后来祖述,识昧圆通,家有诋诃,人相掎摭。故刘勰《文心》生焉。"五代孙光宪《白莲集序》云:"降自屈、宋,逮乎齐、梁,穷诗源流,权衡辞义,曲尽商榷,别成格言,其惟刘氏之《文心》乎? 后之品评,不复过此。"①宋人张戒称其"不为文造情"之说:"子建(曹植)、李(白)、杜(甫)皆情意有余,汹涌而后发者也。刘勰云:'因情造文,不为文造情。'若他人之诗,皆为文造情耳。"②明人都穆《文心雕龙跋》云:"深于文理,折衷群言,究其指归,而不谬于圣人之道如刘子者,诚未易得。是编一行,俾操觚之士咸知作文之有体,而古人之当法。"③明人冯允中《文心雕龙序》云:"学者如不欲为文则已,如欲为文,舍是莫之能焉。盖作者之指南,艺林之关键,大可以施庙堂,资制作;小亦可以舒情写物,信乎其为书之奇也。"④清章学诚则云:"《文心雕龙》之于论文,专门名家,勒为成书之初衣也。"⑤

第五节　钟嵘的《诗品》

一　以风格而论的五言诗简史《诗品序》

钟嵘(约 468—518)字仲伟,颍川长社(今河南长葛东北)人。齐永明中为国子生,王俭领祭酒,颇赏识他,举本州秀才,起家王国侍郎。齐末任司徒府参军。入梁后,先后任临川王萧宏参军、衡阳王萧元简及晋安王萧纲记室,世称"钟记室"。《梁书》、《南史》有传。今人曹旭《诗品研究》、张伯伟《钟嵘诗品研究》中均附有钟嵘年表。

钟嵘仿汉代"九品论人,七略裁士"之例⑥,撰成诗歌评论专著《诗品》(或名《诗评》)三卷,历评自汉魏至齐、梁的五言诗优劣,是对当时五言诗的总结。《诗品》多次用"体"、"诗体"、"文体"、"其体"、"杂体"等语,钟嵘所谓"诗体",是指诗的风格、流派。《四库全书总目·诗品》提要云:"嵘学通《周易》,词藻兼长,所品古今五言诗,自汉魏以来一百有三人(实为一百二十二人),论其优劣,分为上中下三品。每品之首,各冠以序,皆妙达文理,可与《文心雕龙》并称。"

关于《诗品》的成书时间,钟嵘自己及《梁书》、《南史》均无记载。从《诗品序》的

---

①　(清)郑方坤《五代诗话》卷八,文渊阁四库全书本。

②　(宋)张戒《岁寒堂诗话》卷上,文渊阁四库全书本。

③　(明)都穆《南濠居士文跋》卷一,江氏聚珍版丛书。

④　《文心雕龙》卷首,弘治十七年刻本。

⑤　《文史通义·诗话》。

⑥　《诗品·序》卷首,(清)何文焕辑《历代诗话》,中华书局 1981 年版。

"其人既往，其文克定；今所寓言，不录存者"，查阅《诗品》所论诗人，以沈约（441—513）卒年最晚。又《南史·钟嵘传》云："及约卒，嵘品古今诗为评，言其优劣。"可知《诗品》当撰于沈约卒后的天监十三年（514）或稍后的数年间，系钟嵘晚年著作。

《诗品》的通行本由序、上品一卷，中品一卷，下品一卷组成。其《诗品序》是他品诗、评诗、论诗的纲领，提出了一系列重要观点。一是诗要以情感人："动天地，感鬼神，莫近于诗"；"使味之者无极，闻之者动心，是诗之至也。"四季皆足以感人："若乃春风春鸟，秋月秋蝉，夏云暑雨，冬月祁寒，斯四候之感诸诗者也。"会聚离别更为感人："嘉会寄诗以亲，离群托诗以怨。至于楚臣（屈原）去境，汉妾（王昭君）辞宫，或骨横朔野，或魂逐飞蓬；或负戈外戍，杀气雄边；塞客衣单，孀闺泪尽；文士有解佩出朝，一去忘返；女有扬娥（蛾眉）入宠，再盼倾国。凡斯种种，感荡心灵，非陈诗何以展其义，非长歌何以骋其情？故曰：'诗可以群，可以怨。'使穷贱易安，幽居靡闷，莫尚于诗矣。"

二是历评汉以来的五言诗及其作者，定其品第，溯其源流，堪称一篇汉自南朝梁五言诗的发展史。他认为"五言居文词之要，是众作之有滋味者也，故云会于流俗。岂不以指事造形，穷情写物，最为详切者邪！"认为诗中含五言句古已有之，但作为诗体"固是炎汉之制"："昔《南风》之词，《卿云》之颂，厥义夐矣。夏歌曰'郁陶乎予心'，楚谣曰'名余曰正则'，虽诗体未全，然是五言之滥觞也。逮汉李陵，始著五言之目矣。古诗眇邈，人世难详，推其文体，固是炎汉之制，非衰周之倡也。自王（褒）、杨（雄）、枚（乘）、马（司马相如）之徒，词赋竞爽，而吟咏靡闻。从李都尉（陵）迄班婕妤，将百年间，有妇人焉，一人而已。诗人之风，顿以缺丧。东京二百载中，惟有班固《咏史》，质木无文。降及建安，曹公父子（曹操、曹丕、曹植），笃好斯文；平原兄弟（陆机、陆云），郁为文栋；刘桢、王粲，为其羽翼。次有攀龙托凤，自致于属车者，盖将百计。彬彬之盛，大备于时矣。尔后陵迟衰微，迄于有晋。太康中，三张（张载、张协、张亢）、二陆（陆机、陆云）、两潘（潘岳、潘尼）、一左（思），勃尔复兴，踵武前王，风流未沫，亦文章之中兴也。永嘉时，贵黄老，稍尚虚谈，于时篇什，理过其辞，淡乎寡味。爰及江表，微波尚传，孙绰、许询、桓（伟）、庾（信）诸公诗，皆平典似《道德论》，建安风力尽矣。先是郭景纯（璞）用隽上之才，变创其体；刘越石（琨）仗清刚之气，赞成厥美。然彼众我寡，未能动俗。逮义熙中，谢益寿（混）斐然继作。元嘉中，有谢灵运，才高词盛，富艳难踪，固已含跨刘（琨）、郭（璞），陵轹潘、左。故知陈思为建安之杰，公幹、仲宣为辅；陆机为太康之英，安仁、景阳为辅；谢客为元嘉之雄，颜延年为辅：斯皆五言之冠冕，文词之命世也。"不难看出，他对五言的评述都是从风格着眼的。

三是批评当时诗坛的不良风气，或堆砌典故，《诗品》卷二序云："吟咏情性，亦何贵于用事？'思君如流水'，既是即目。'高台多悲风'，亦唯所见。'清晨登陇首'，羌无故实。'明月照积雪',讵出经史? 观古今胜语,多非补假,皆由直寻。颜延、谢庄,尤为繁密,于时化之。故大明、泰始中,文章殆同书抄。"或过于讲求声病,《诗品》卷三序云:"昔曹、刘殆文章之圣,陆、谢为体二之才,锐精研思,千百年中而不闻宫、商之辨,四声之论。或谓前达偶然不见,岂其然乎? 尝试言之,古者诗颂,皆被之金竹,故非调五音,无以谐会。若'置酒高堂上'、'明月照高楼',为韵之首。故三祖之词,文或不工,而韵入歌唱。此重音韵之义也,与世之言宫、商异矣。今既不备管弦,亦何取于声律耶……文多拘忌,伤其真美。余谓文制本须讽读,不可蹇碍,但令清浊通流,口吻调利,斯为足矣。"并轻蔑地表示:"至平上去入,则余病未能;蜂腰、鹤膝,闾里已具。"

四是历评此前的文论,阐明《诗品》的主旨,其卷二序云:"陆机《文赋》,通而无贬;李充《翰林》,疏而不切;王微《鸿宝》,密而无裁;颜延(之)论文,精而难晓;挚虞《文志》,详而博赡,颇曰知言:观斯数家,皆就谈文体,而不显优劣。至于谢客集诗,逢诗辄取;张骘《文士》,逢文即书:诸英志录,并义在文,曾无品第。嵘今所录,止乎五言。虽然,网罗今古,词文殆集。辄欲辨彰清浊,掎摭病利,凡百二十人。预此宗流者,便称才子。至斯三品升降,差非定制,方申变裁,请寄知者尔。"此前的文论皆无所选择,"逢诗辄取","逢文即书";又"无品第","皆就谈文体,而不显优劣"。而他的《诗品》,就文体看,"止乎五言";只选富有文采者("词文殆集");并予以品评:"辄欲辨彰清浊,掎摭病利"。

二　《诗品》开诗话之体

钟嵘不仅提出了较为系统的诗歌理论,而且提供了一种新的论诗形式,即诗话,正如清人章学诚《文史通义·诗话》所说:"诗话之源,本于钟嵘《诗品》。"

《诗品》主要从体制风格方面论作家、作品优劣,定其品第,溯其流别。这在文体学史上具有开创意义,因为此前评诗还没有专门集中品第优劣、辨其流别的。这里不可能逐一论其对各个诗人的品第,仅就上、中、下三品各举一例,以见其体例。其上品评曹植云:

> 其源出于《国风》。骨气奇高,词彩华茂,情兼雅怨,体被文质,粲溢今古,卓尔不群。嗟乎! 陈思之于文章也,譬人伦之有周、孔,鳞羽之有龙凤,音乐之有琴笙,女工之有黼黻。俾尔怀铅吮墨者,抱篇章而景慕,映余晖以自烛。故孔氏之门如用诗,则公幹升堂,思王入室,景阳、潘、陆,自可坐于廊庑之间矣。

中品评张华云：

> 其源出于王粲。其体华艳，兴托不奇，巧用文字，务为妍冶。虽名高曩代，而疏亮之士，犹恨其儿女情多，风云气少。谢康乐云："张公虽复千篇，犹一体耳。"今置之中品疑弱，处之下科恨少，在季孟之间矣。

下品评曹操、曹叡云：

> 曹公古直，甚有悲凉之句。叡不如丕，亦称三祖。

此评最受人诟病，竟把曹操列入下品，明人王世贞云："至魏文（曹丕）不列乎上，曹公屈第乎下，尤为不公。"①清人王士禛亦云："下品之魏武，宜在上品。"②曹操不仅对建安文学的形成起了巨大作用，而且其诗文也不亚于《诗品》上、中里的任何人，怎么反列入下品呢？但他以"古直"、"悲凉"概括操诗特点，仍是颇有见地的。后人对钟嵘所列其他人的等第也多有不以为然者，但正如《四库全书·诗品》提要所说："近时王士禛极论其品第之间多所违失，然梁代迄今邈逾千祀，遗篇旧制，什九不存，未可以掇拾残文定当日全集之优劣。"

前人往往把《诗品》与《昭明文选》、《文心雕龙》相提并论，三书确实是魏晋南北朝文体学成型的标志。唐卢照邻《南阳公集序》云："近日刘勰《文心》，钟嵘《诗评》，异议蜂起，高谈不息。"③宋人王得臣云："梁钟嵘作《诗评》，掎摭本根，总核华实，收昭明之所遗，可谓至矣。"④明胡应麟云："萧统之选，鉴别昭融；刘勰之评，议论精凿；钟氏体裁虽具，不出二书范围。至品或上、中倒置，词则雅俚错陈，非萧、刘比也。"⑤清人章学诚《文史通义》卷五云："《诗品》之于论诗，视《文心雕龙》之于论文，皆专门名家勒为成书之初祖也。《文心》体大而虑周，《诗品》思深而意远。盖《文心》笼罩群言，而《诗品》深从六艺溯流别也……《诗品》、《文心》专门著述，自非学富才优，为之不易。"

---

① （明）王世贞《艺苑卮言》卷三，《历代诗话续编》，中华书局1983年版。
② （清）王士禛《渔洋诗话》卷下，文渊阁四库全书本。
③ 《卢照邻集》卷六，中华书局1981年版。
④ （宋）王得臣《麈史》卷二，文渊阁四库全书本。
⑤ 《诗薮》内编卷二，上海古籍出版社1979年版。

第六节　萧统《文选》的体类观

一　《文选》的编纂体例及其体类观

萧统(501—531)字德施,兰陵(今江苏常州西北)人。南朝梁武帝长子,天监元年(502)立为太子,未即位而卒,谥昭明,世称昭明太子。著有《昭明太子集》,久佚,后人有辑本。他又曾招聚文学之士,编成《文选》六十卷,选先秦至梁的诗文辞赋。其弟梁简文帝萧纲《昭明太子集序》称其有十五德,与编《文选》有关的有以下几德,一为礼贤下士:"好贤爱善,甄德与能,曲阁命宾,双阙延士。剖美玉于荆山,求明珠于枯岸。赏无缪实,举不失才,岩穴知归,屠钓弃业,左右正人,臣僚端士。丹毂交景,长在鹤关之内;花绶成行,恒陪画堂之里。雍容河曲,并当今之领袖;侍从北场,信一时之俊杰。"二为好学:"研精博学,手不释卷,含芳腴于襟抱,扬华绮于心极。韦编三绝,岂直爻象;起先五鼓,非直甲夜。而载案无休,书幌密倦。"三为博极群书:"群玉名记,洛阳素简,西周东观之遗文,刑名墨儒之旨要,莫不殚兹闻见,竭彼缃缈。总括奇异,征求遗逸。命谒者之使,置籝金之赏。惠子五车,方兹无以比;文终所收,形此不能匹。"四为精一校勘:"借书治本,远记齐攸,一见自书,闻之阚泽。事唯列国,义止通人。未有降贵纡尊,躬刊手掇。高明斯辩,己亥无违。有识可风,长正鱼鲁。"而更重要的是他自己长于诗、骚、铭、赞、七、表、碑、议等各种文体创作:"至于登高体物,展诗言志,金铣玉辉,霞章雾密,致深黄竹,文冠绿槐,控引解骚,包罗比兴。铭及盘盂,赞通图像。七高愈疾之旨,表有殊健之则。碑穷典正,每出则车马盈衢;议无失体,才成则列藩系缶。近逐情深,言随手变。丽而不淫,周而不袭。"①

萧统《文选序》首论文籍的产生:"伏羲氏之王天下也,始画八卦,造书契,以代结绳之政,由是文籍生焉。"

次论诗赋关系:"《诗序》云:'诗有六义焉:一曰风,二曰赋,三曰比,四曰兴,五曰雅,六曰颂。'至于今之作者,异乎古昔。古诗之体,今则全取赋名。荀、宋表之于前,贾、马继之于末。自兹以降,源流实繁。述邑居则有'凭虚'、'亡是'之作,戒畋游则有《长杨》、《羽猎》之制。若其纪一事,咏一物,风云草木之兴,鱼虫禽兽之流,推而广之,不可胜载矣。又楚人屈原,含忠履洁,君匪从流,臣进逆耳,深思远虑,遂放湘南。耿介之意既伤,一郁之怀靡诉;临渊有怀沙之志,吟泽有憔悴之容。骚人之文,自兹

---

① (明)梅鼎祚《梁文纪》卷三,文渊阁四库全书本。

而作。"

再论汉代"各体互兴,分镳并驱","众制锋起":"诗者,盖志之所之也,情动于中而形于言:《关雎》、《麟趾》,正始之道著;桑间濮上,亡国之音表;故风雅之道,粲然可观。自炎汉中叶,厥途渐异;退傅有'在邹'之作(指韦孟退居邹县有讽谏的诗作),降将(指李陵)著'河梁'之篇;四言、五言,区以别矣。又少则三字,多则九言,各体互兴,分镳并驱。颂者,所以游扬德业,褒赞成功;(伊)吉甫有'穆若'之谈(尹吉甫有'穆若清风'的赞叹),季子(季札)有'至矣'之叹。舒布为诗,既言如彼;总成为颂,又亦若此。次则箴兴于补阙,戒出于弼匡,论则析理精微,铭则序事清润,美终则诔发,图像则赞兴。又诏、诰、教、令之流,表、奏、笺、记之列,书、誓、符、檄之品,吊祭、悲哀之作,答客、指事之制,三言八字之文,篇、辞、引、序、碑、碣、志、状,众制锋起,源流间出。譬陶匏异器,并为入耳之娱;黼黻不同,俱为悦目之玩。作者之致,盖云备矣。"萧统认为,就语言看,诗有三言、四言、五言、八言、九言之别;就体裁看,文章有颂、箴、戒、论、铭、诔、赞、诏、诰、教、令、表、奏、笺、记、书、誓、符、檄、引、序、碑、碣、志、状以及"吊祭悲哀之作,答客指事之制"等体之不同,由此可见炎汉之后,文体越来越多。

末论编纂此书的原因、目的、选文标准及编排顺序:"余监抚余闲,居多暇日。历观文囿,泛览辞林,未尝不心游目想,移晷忘倦。自姬、汉以来,眇焉悠邈,时更七代(秦,汉,魏,晋,宋,齐,梁),数逾千祀。词人才子,则名溢于缥囊;飞文染翰,则卷盈乎缃帙。自非略其芜秽,集其清英,盖欲兼功,太半难矣。若夫姬公之籍,孔父之书,与日月俱悬,鬼神争奥,孝敬之准式,人伦之师友,岂可重以芟夷,加之剪截?老、庄之作,管、孟之流,盖以立意为宗,不以能文为本。今之所撰,又以略诸。若贤人之美辞,忠臣之抗直,谋夫之话,辨士之端,冰释泉涌,金相玉振。所谓坐狙丘,议稷下,仲连之却秦军,食其之下齐国,留侯之发八难,曲逆(陈平曾封曲逆侯)之吐六奇,盖乃事美一时,语流千载,概见坟籍,旁出子史。若斯之流,又亦繁博,虽传之简牍,而事异篇章。今之所集,亦所不取。至于记事之史,系年之书,所以褒贬是非,纪别异同,方之篇翰,亦已不同。若其赞论之综辑辞采,序述之错比文华,事出于沈思,义归乎翰藻,故与夫篇什,杂而集之。远自周室,迄于圣代,都为三十卷,名曰《文选》云尔。凡次文之体,各以汇聚;诗赋体既不一,又以类分;之中各以时代相次。"①他编选此书的目的是"略其芜秽,集其菁英",以使读者收到事半功倍的效果;选文标准是"以能文为本",专收"综辑辞采","错比文华,事出于沉思,义归乎翰藻",也就是堪称文学作品者;根据这一标准,他不收经书,即所谓"姬公之籍,孔父之书";不收子书,即老、庄、管、孟之作;

---

① 《文选》卷首。

史书只收赞论之有文采者,不收谋夫辩士之论。可见他已初步明确了文学作品与非文学作品的区别,而其《文选》只选"能文"的作者和富有文采的作品。所以在《文选》中,多选辞藻华丽、声律谐婉的楚辞汉赋和六朝骈文,诗歌也主要选对偶严谨的颜延之、谢灵运等人的作品,而陶渊明自然平易的作品却入选较少。

"凡次文之体,各以汇聚;诗赋体既不一,又以类分;类分之中,各以时代相次。"体类观念古已有之,《诗经》分为《风》、《雅》、《颂》三大部分。《风》又分为十五《国风》,《雅》又分为《大雅》、《小雅》。《雅》、《颂》又按题材分为若干什,这实际上就是"体既不一,又以类分"的表现。但第一次明确提出体类概念的,实属《文选》。《文选》首先是分体编排,各体之下再分类编排,各类之文又再以时代先后编排。我国的文体非常繁杂,而且随着社会文化的发展,越来越繁杂。萧统的《文选》把他所选的诗文分为赋、诗、骚、七等三十九体;每体又按题材内容分若干小类,如赋又分为京都、郊祀、耕藉、畋猎、纪行、游览、宫殿、江海、物色、鸟兽、哀伤、论文、音乐等小类;诗又分为补亡、述德、劝励、献诗、公燕、祖饯、咏史、百一、游仙、招隐、反招隐、游览、咏怀、哀伤、赠答、行旅、军戎、郊庙、乐府、挽歌、杂歌、杂诗、杂拟等小类,各类下再分系各个作者的作品,如赋体京都类就收有班固的《两都赋》、左思的《三都赋》等。这是通过解析,进一步细分,但分得越细就越难准确。

《文选》奠定了历代诗文总集编纂的基础,后世总集的体例基本与之大同小异,如《文苑英华》、《唐文粹》、《宋文鉴》、《元文类》、《明文衡》等,大体不脱《文选》这一分体分类、按时编排的框架。为不再详论以后总集的体例,以说明萧统的"凡次文之体,各以汇聚;诗赋体既不一,又以类分;类分之中,各以时代相次",特附 1977 年中华书局本《文选目录》如下:

序

卷一赋甲

卷二赋甲

卷三赋乙

卷四赋乙

卷五赋丙

卷六赋丙

卷七赋丁

卷八赋丁

卷九赋戊

卷十赋戊

卷十一赋己

卷十二赋己

卷十三赋庚

卷十四赋庚

卷十五赋辛

卷十六赋辛

卷十七赋壬

卷十八赋壬

卷十九赋癸

卷二十诗甲

卷二十一诗乙

卷二十二诗乙

卷二十三诗丙

卷二十四诗丙

卷二十五诗丁

卷二十六诗丁

卷二十七诗戊

卷二十八诗戊

卷二十九诗己

卷三十诗己

卷三十诗庚

卷三十一诗庚

卷三十二骚上

卷三十三骚下

卷三十四七上

卷三十五七下

卷三十六令

卷三十七表上

卷三十八表下

卷三十九上书

卷四十弹事、笺、奏记

卷四十一书上

卷四十二书中

卷四十三书下

卷四十四檄

卷四十五对问、设论、辞、序上

卷四十六序下

卷四十七颂、赞

卷四十八符命

卷四十九史论上

卷五十史论下、史述赞

卷五十一论一

卷五十二论二

卷五十三论三

卷五十四论四

卷五十五论五、连珠

卷五十六箴、铭、诔上

卷五十七诔下、哀上

卷五十八哀下、碑文上

卷五十九碑文下、墓志

卷六十行状、吊文、祭文

二　《文选》影响深远，后世称之为"选体"

《文选》获历代好评，对后世影响颇大，李善《上文选注表》云："昭明太子业膺守器，誉贞问寝。居肃成而讲艺，开博望以招贤。搴中叶之词林，酌前修之笔海。周巡绵峤，品盈尺之珍；楚望长澜，比径寸之宝。故撰斯一集，名曰《文选》。后进英髦，咸资准的。"段成式云："（李）白前后三拟《词选》（即《文选》），不如意悉焚之，唯留《恨》、《别》赋。"①杜甫《宗开生日》云："熟精文选理，休觅彩衣轻。"②

但也有不以《文选》为然者，如苏轼《〈文选〉去取失当》云："舟中读《文选》，恨其编

---

① （唐）段成式《酉阳杂俎》卷一二，文渊阁四库全书本。

② （清）仇兆鳌《杜诗详注》卷一七，中华书局 1979 年版。

次无法，去取失当。齐、梁文章衰陋，而萧统尤为卑弱，《文选引》，斯可见矣。如李陵、苏武五言，皆伪而不能去。观渊明集，可喜者甚多，而独取数首。以知其余人忽遗者甚多矣。渊明《闲情赋》，所谓《国风》好色而不淫，正使不及《周南》，与屈、宋所陈何异？而统乃讥之，此乃小儿强作解事者。"又《五臣注〈文选〉》云："宋玉《高唐》、《神女》赋，自'玉曰唯唯'以前皆赋也，而统谓之序，大可笑。相如赋首有子虚、乌有、亡是三人论难，岂亦序耶？其余谬陋不一，聊举其一耳。"又《刘子玄辨〈文选〉》亦云："刘子玄辨《文选》所载李陵《与苏武书》，非西汉文，盖齐梁间文士拟作者也。予因悟陵与武赠答五言，亦后人所拟。今日读《列女传》蔡琰二诗，其词明白感慨，颇类世所传《木兰诗》，东京无此格也。建安七子，犹含养圭角，不尽发见，况伯喈女乎？又琰之流离，必在父殁之后。董卓既诛，伯喈乃遇祸。今此诗乃云为董卓所驱虏入胡，尤知其非真也。盖拟作者疏略，而范晔荒浅，遂载之本传，可以一笑也。"《文选》是历代广泛流传、影响深远的总集，有所谓"《文选》烂，秀才半"的谚语，而苏轼却批评它编次无法，去取失当（指收陶潜作品过少），不能辨别伪托之作，可见要把总集编得来尽如人意也是非常困难的。

对《文选》的研究和注释，历代不乏其人，以至成为专门的学问，即所谓"《文选》学"。至少从唐宋起就有"《文选》学"之称。樊汝霖云："《秋怀诗十一首》，《文选》诗体也。唐人最重《文选》学。"①晏殊《答枢密范给事书》云："唐李善精于《文选》，为之注解，因用教授，谓之《文选》学。"②

《文选》注本以李善的《文选注》为最著名。李善（约 630—689），扬州江都（今江苏扬州）人。曾任集贤馆学士，兰台郎等职，学识渊博，人称"书囊"。曾流放姚州，后遇赦还，以讲《文选》为业，作《文选注》六十卷，注文资料翔实。苏轼《书谢瞻诗》云："李善注《文选》，本末详备，极可喜。"唐开元六年（718）吕祚把吕延济、刘良、张铣、吕向、李周翰等五臣所注《文选》进表呈上，故又有五臣注《文选》本。苏轼对五臣注也不以为然，其《书谢瞻诗》又云："所谓五臣者，真俚儒之荒陋者也。而世以为胜善，亦谬矣。谢瞻《张子房诗》曰：'苟慝暴三殇。'此《礼》所谓上中下殇，言暴秦无道，戮及孥稚也。而乃引'苛政猛于虎，吾父吾子吾夫皆死于是'，谓夫与父为殇。此岂非俚儒之荒陋者乎？诸如此类甚多，不足言，故不言也。"《四库全书总目》卷一八六《六臣注文选》亦指责此书"排突前人（指'诋善之短'），高自位置"；同时也承认"其疏通文章，亦间有可采"。自南宋以来，李善注多与五臣注合刻，名曰六臣注，而善注单行本罕传。现存

---

① 《御选唐宋诗醇》卷二七引，文渊阁四库全书本。

② 《宋文鉴》卷一一二。

完整的《文选》有南宋淳熙八年尤袤刊本、明汲古阁刊本、清嘉庆间胡克家重刻本，以后的刻本多以胡本为据。1977 年中华书局曾把胡刻本断句影印出版。

由于《文选》影响之大，形成了所谓"选体"。清人阮元说："昭明所选，名之曰文，盖必文而后选也，非文则不选也。经也，子也，史也，皆不可专名之为文也。故昭明《文选序》后三段特明其不选之故，必沉思翰藻始名之为文，始以入选也……言之有文，专名之曰文者，自孔子《易·文言》始。传曰：'言之不文，行之不远。'故古人言贵有文。孔子《文言》实为万世文章之祖，此篇奇偶相生，音韵相和，如青白之成文，如咸韶之合节，非清言质说者比也，非振笔纵书者比也，非诘屈涩语者比也。故昭明以为经也，史也，子也，非可专名之为文也；专名为文，必沉思翰藻而后可也。"①可见选体即指辞藻华丽，声律谐婉，对偶严谨的诗文风格，为历代文人学习的典范。但也有对所谓"选体"不以为然者，如元人刘壎《古今类编》云："又如《文选》诸诗，乃昭明太子一时偶取入集，初非立体，而后世作诗者，乃创立一名，曰：'此为选体。'尤非确论。"②

第七节　齐梁体、永明体与反永明体

宋、齐、梁、陈的文人热衷于诗歌创作，钟嵘在《诗品序》中把当时的诗歌作者分为膏腴子弟、轻薄之徒、王公搢绅之士几大类："故词人作者，罔不爱好。今之士俗，斯风炽矣。才能胜衣，甫就小学，必甘心而驰骛焉。于是庸音杂体，人各为容。至使膏腴子弟，耻文不逮，终朝点缀，分夜呻吟。独观谓为警策，众睹终沦平钝。次有轻薄之徒，笑曹、刘为古拙，谓鲍照羲皇上人，谢朓今古独步。而师鲍照终不及'日中市朝满'，学谢朓劣得'黄鸟度金枝'。徒自弃于高明，无涉于文流矣。观王公搢绅之士，每博论之余，何尝不以诗为口实。随其嗜欲，商榷不同，淄、渑并泛，朱紫相夺，喧议竞起，准的无依。"《沧浪诗话·诗体》所论齐梁体、南北朝体、永明体、宫体、玉台体、徐庾体，皆属这种"庸音杂体"："齐梁体，通两朝而言之"；"南北朝体，通魏周而言之，与齐梁体一也"；"永明体，齐年号，齐诸公之诗"；"宫体，梁简文伤于轻靡，时号宫体。其他体制尚或不一，然大概不出此耳"；"玉台体，《玉台集》乃徐陵所序，汉魏六朝之诗皆有之，或者但谓纤艳者为玉台体，其实则不然"；"徐庾体，徐陵、庾信也"。③因其内涵与外延多有重合，下不逐一论述，择其要者而论之。

---

① （清）阮元《揅经室集三集》卷二《书梁昭明太子文选序后》，四部丛刊本。
② （元）刘壎《隐居通议》卷一三，文渊阁四库全书本。
③ （宋）严羽《沧浪诗话》，（清）何文焕《历代诗话》，中华书局 1983 年版。

一　齐　梁　体

齐梁体指南朝齐(479—502)、梁(502—557)两代的诗体,实含永明体。姚范云:"称永明体者以其拘于声病也,称齐梁体者以绮艳及咏物之纤丽也。"①齐梁体既指诗体,当时正以声病为体,诗律益严,清人李瑛云:"齐梁体为唐诗所自出,乃由古入律之间。既异古调,又未成律,故别为一体。"②又指当时的骈体文,《四库全书总目》卷一八九《四六法海》提要云:"秦汉以来,自李斯《谏逐客书》,始点缀华词;自邹阳《狱中上梁王书》,始叠陈故事,是骈体之渐萌也。《符命》之作,则《封禅书》;典引问对之文,则《答宾戏》、《客难》,骎骎乎偶句渐多。沿及晋宋,格律遂成,流迨齐梁,体裁大判,由质实而趋丽藻,莫知其然而然,然实皆源出古文。"

就诗歌言,齐梁体既指诗风,又指格律,即所谓齐梁格。前引《南齐书·文学传论》颇能概括齐梁诗文风格,或巧绮迂回,疏慢阐缓;或缉事比类,直为骈偶;或雕藻淫艳,倾炫心魂;或吐石含金,滋润婉切。陈子昂《与东方左史虬修竹篇》云:"文章道弊,五百年矣。汉魏风骨,晋宋莫传。然而文献有可征者,仆尝暇时观齐梁间诗,彩丽竞繁而兴寄都绝。"③李谔《上隋高祖革文华书》论齐梁体之弊云:"江左齐梁,其弊弥甚。贵贱贤愚,唯务吟咏。遂复遗理存异,寻虚逐微。竞一韵之奇,争一字之巧,连篇累牍,不出月露之形;积案盈箱,唯是风云之状。世俗以此相高,朝廷据兹擢士。禄利之路既开,爱尚之情愈笃。"④

齐梁体既指诗的风格、格律,因此,齐梁体不应限于齐梁,还应包括陈、隋、唐初。清人冯班《严氏纠谬》对此作了令人信服的论述,第一,"永明之代,王元长、沈休文、谢朓三公,皆有盛名于一时,始创声病之论,以为前人未知。一时文体骤变,文字皆避八病,一简之内音韵不同,二韵之间轻重悉异。其文二句一联,四句一绝,声韵相避,文字不可增减。自永明至唐初,皆齐梁体也。至沈佺期、宋之问变为新体,声律益严,谓之律诗。陈子昂学阮公为古诗,后代文人始为古体诗。唐诗有古、律二体,始变齐梁之格矣。今叙永明体,但云齐诸公之诗,不云自齐至唐初,不云沈、谢,知其胸中愦愦也。"⑤但音韵之学也非始于齐梁。刘师培《中国中古文学史讲义》第五讲《宋齐梁陈

---

① (清)姚范《援鹑堂笔记》卷四四,道光十六年刊本。

② (清)李瑛《诗法易简录》卷三《齐梁体》,续修四库全书本。

③ (唐)陈子昂《陈拾遗集》卷一,文渊阁四库全书本。

④ 《文苑英华》卷六七九,文渊阁四库全书本。

⑤ (清)冯班《钝吟杂录》卷五,文渊阁四库全书本。

文学概论》论为："音韵之学不自齐梁始。《封演闻见录》谓魏时有李登撰《声韵》十卷，以五声命字；《魏书·江式传》亦谓晋吕静仿李登之法作《韵集》五卷，宫商角徵羽各为一篇。是宫商之门辨严于魏晋之间，特文拘声韵，始于永明耳。"

第二，《严氏纠谬》认为齐梁诗人也非皆"拘声韵"，并非均属齐梁体："齐时如江文通诗，不用声病；梁武不知平上去入，其诗仍是太康、元嘉旧体。若直言齐梁诸公，则混然矣。"江淹(444—505)字文通，济阳考城(今河南兰考)人。历宋齐梁三朝，官至金紫光禄大夫。少孤贫好学，早年即以文才名世。至晚年，安于高官厚禄，不思进取，才力衰退，有"江郎才尽"之讥。作诗善模仿，几可乱真，但缺乏独创。擅长作赋，向与鲍照齐名，《恨赋》《别赋》为其代表作，文辞清丽，音韵华美，令人荡气回肠。其文以《狱中上建平王书》较著名。所著诗文，自编为前后二集，已佚。后人辑有《江文通集》。其《杂体三十首序》论文体(诗文风格)的多样性云："夫楚谣汉风，既非一骨；魏制晋造，固亦二体。譬犹蓝朱成采，杂错之变无穷；宫商为音，靡曼之态不极。故蛾眉讵同貌，而俱动于魄；芳草宁共气，而皆悦于魂，不其然欤？至于世之诸贤，各滞所迷，莫不论甘而忌辛，好丹而非素。岂所谓通方广恕，好远兼爱者哉？乃及公幹(刘桢)、仲宣(王粲)之论，家有曲直；安仁(潘安)、士衡(陆机)之评，人立矫抗。况复殊于此者乎？"①所谓江淹"不用声病"或指此。关于《西洲曲》作者，《玉台新咏》作江淹，王渔洋《诗话》定为梁萧衍作，沈归愚《古诗源》亦定为萧衍。不论作者为谁，其诗都未遵平上去入的"声病"之说。

第三，《严氏纠谬》认为齐梁体作为诗歌风格，既有齐人，也有跨越齐梁两代之人，更有初唐甚至更晚的诗人："齐代短祚，王元长、谢玄晖皆殁于当代，不终天年。沈休文、何仲言、吴叔庠、刘孝绰皆一时名人，并入梁朝。故声病之格，通言齐梁。若以诗体言，则直至唐初皆齐梁体也。白太傅尚有格诗，李义山、温飞卿皆有齐梁格诗，但律诗已盛，齐梁体遂微。后人不知，或以为古诗。若明辨诗体，当云齐梁体创于沈、谢，南北相仍，以至唐景云、龙纪始变为律体。如此方明，此非沧浪所知。"

齐、梁两代的诗歌内容多咏风云月露、花草美人，题材狭窄。但正是因此，齐梁时期咏物诗有较大的发展，并往往借咏物以咏美人，这也是齐梁体的特点之一。如丘巨源的《咏七宝扇》，王融的《咏琵琶》、《咏幔》，沈约的《咏笙》、《咏帐》等等。并借咏物以吟咏女性，如王融《咏琵琶》的"丝中传意绪，花里寄春情"；沈约《咏篪》的"殷勤寄玉指，含情举复垂"、"曲中有深意，丹诚君讵知"等。谢朓《咏落梅》云："新叶初冉冉，初蕊新菲菲。逢君后园宴，相随巧笑归。亲劳君玉指，摘以赠南威。用持插云髻，翡翠

---

① （梁）江淹《江文通集》卷四，文渊阁四库全书本。

比光辉。日暮长零落,君恩不可追。"除首二句借梅咏人外,其余八句都是直接咏美人。《玉台新咏》卷一〇所载梁武帝的《咏烛》"昔闻兰蕙月,独是桃李年。春心傥未写,为君照情筵";《咏笔》"柯亭有奇竹,含情复抑扬。妙声发玉指,龙音响凤皇";《咏笛》"腕弱复低举,身轻由回纵。可谓写自欢,方与心期共"①,其重点已不在物而在人,在咏女性。

齐梁体在形式上多追求音律精细,对偶工整,辞藻巧艳。正如李白《古风》所说:"自从建安来,绮丽不足珍。"②但齐梁时代,并非都是同一内容、同一诗风,也出现了不少的优秀诗人和作品,即使齐梁体、永明体的代表作家,如庾信、谢朓等人的作品,也不可一概而论,特别是他们对诗歌韵律的阐发更是齐梁诗人的一大贡献。他们讲求声律,用韵考究,强调押本韵,押平声,不以通押为则;诗的篇幅已大大缩短,句式渐趋于定型,以五言四句、五言八句为主,但也有一些五言十句的;讲求骈偶、对仗,律句已大量出现;追求流转圆美和通俗易懂的诗风;首尾完整,构思巧妙,融写景抒情为一体。

二 永 明 体

永明为齐武帝年号(483—493)。"永明体"指永明年间的诗风,亦称"新体"或"近体"。新体相对于旧体而言,《南史·徐摛传》云:"摛幼好学,及长遍览经史,属文好为新变,不拘旧体。"又《徐陵传》云:"其文颇变旧体,缉裁巧密,多有新意。每一文出,好事者已传写成诵,遂传于周齐,家有其本。"唐卢照邻《南阳公集序》"邺中新体,共许音韵。天成江左,诸人咸好,瑰姿艳发,精博爽利。"③《旧唐书·元稹白居易传》赞云:"文章新体,建安、永明。"元王恽《春夜宴史右相宅》云:"旧声今渐远,新体此无加。"④

近体则与古体相对而言,指与古体诗相对的近体律诗,杜甫《暮冬送苏四郎徯兵曹适桂州》云:"飘飘苏季子,六印佩何迟。早作诸侯客,兼工古体诗。"《沧浪诗话·诗体》云:"近体,即律诗也。"明胡震亨云:"今考唐人集录所标体名,凡效汉魏以下诗,声律未叶者,名往体。其所变诗体,则声律之叶者,不论长句、绝句概名为律诗,为近体。"⑤

---

① (陈)徐陵《玉台新咏》,文渊阁四库全书本。

② 《李太白文集》卷一,文渊阁四库全书本。

③ 《卢昇之集》卷六,文渊阁四库全书本。

④ (元)王恽《秋涧集》卷一二,文渊阁四库全书本。

⑤ (明)胡震亨《唐音癸签》卷一,文渊阁四库全书本。

《沧浪诗话·诗体》云:"永明体:齐年号,齐诸公之诗。""齐诸公"包括哪些人呢?据《南史·陆厥传》、冯班《钝吟杂录》卷五《严氏纠谬》,包括沈约、谢朓、王融、周颙等人。清沈名荪《南史识小录》卷六亦云:"永明体,沈约、谢朓、王融以气类相推毂,汝南周颙善识声韵。约等文皆用宫商,将平上去入四声以此制韵,有平头、上尾、蜂腰、鹤膝,五字之中音韵悉异,两句之内宫商顿殊,不可增减,世呼为永明体。"①

沈约的文体论和四声八病说

沈约(441—513)字休文,吴兴武康(今浙江德清武康镇)人。笃志好学,手不释卷,博通群籍,善属文。一生跨宋、齐、梁三代,仕宋、齐。以助梁武帝登位,为尚书仆射,封建昌县侯。后官至尚书令,卒谥隐,世称沈隐侯。《宋书》卷一〇〇、《梁书》卷一三、《南史》卷五七有传。

沈约精通典章制度、声韵之学,在史学、文学上均有突出贡献。著有《晋书》一百一十卷、《宋书》一百卷、《齐纪》二〇卷,今仅存《宋书》二十卷。其诗注重声律,浮靡雕饰,号称永明体。在文学上,他与周颙等创四声八病之说,要求作品区别四声,避免八病,对近体律诗的创立有重要贡献。

其《宋书》卷一五《礼志》二云:"汉以后,天下送死奢靡,多作石室、石兽、碑铭等物。建安十年,魏武帝以天下雕弊,下令不得厚葬,又禁立碑。魏高贵乡公甘露二年,大将军参军太原王伦卒,伦兄俊作《表德论》以述伦,遗美云:'祗畏王典,不得为铭。乃撰录行事,就刊于墓之阴云尔。'此则碑禁尚严也,此后复弛替。晋武帝咸宁四年,又诏曰:'此石兽碑表,既私褒美,兴长虚伪,伤财害人,莫大于此。一禁断之,其犯者虽会赦令,皆当毁坏。'至元帝大兴元年,有司奏:'故骠骑府主簿故恩营葬旧君顾荣,求立碑。'诏特听立,自是后,禁又渐颓。大臣长吏,人皆私立。义熙中,尚书祠部郎中裴松之又议禁断,于是至今。"这里言及铭、碑、赦令等多种文体,特别是对碑铭的等级,论述较充分。魏武帝碑禁尚严,级别不够者不得为碑铭。晋代时禁时许,宽严不常,有时为防私褒美、兴虚伪而禁,有时又允许"大臣长吏,人皆私立"。

《宋书》卷一九《乐志》一更论及歌、谣、讴、乐、舞及其作品:"夫喜怒哀乐之情,好得恶失之性,不学而能,不知所以然而然者也。怒则争斗,喜则咏歌。夫歌者,固乐之始也。咏歌不足,乃手之舞之,足之蹈之,然则舞又歌之次也。咏歌舞蹈,所以宣其喜心,喜而无节,则流淫莫反。故圣人以五声和其性,以八音节其流,而故谓之乐,能移风易俗,平心正体焉。"乐有北音、南音、东音、西音:"此盖四方之歌也。"继论历代歌、

① (清)沈名荪《南史识小录》,文渊阁四库全书本。

乐、舞之演变，"黄帝、帝尧之世，王化下洽，民乐无事，故因击壤之欢，庆云之瑞，民因以作歌"；"其后《风》衰《雅》缺，而妖淫靡漫之声起"；周衰，有秦青、薛谈、韩娥，或"余响绕梁，三日不绝"；或"曼声哀哭，一里老幼，悲愁垂涕相对，三日不食"；或"曼声长歌，一里老幼，喜跃抃舞，不能自禁，忘向之悲也"。又有王豹、绵驹、虞公皆善歌，并引"《尔雅》曰：'徒歌曰谣。'凡乐章古词，今之存者，并汉世街陌谣讴，《江南可采莲》、《乌生》、《十五子》、《白头吟》之属是也。吴歌杂曲，并出江东，晋、宋以来，稍有增广。"下举《子夜歌》、《凤将雏歌》、《陌上桑》、《前溪歌》、《阿子》、《欢闻歌》、《团扇歌》、《丁督护歌》、《懊恼歌》、《中朝曲》、《六变》、《长史变》、《读曲歌》，并云："凡此诸曲，始皆徒歌，既而被之弦管。又有因弦管金石，造歌以被之，魏世三调歌词之类是也。"再论献诗、采诗及"造新歌"的演变："古者天子听政，使公卿大夫献诗，耆艾修之，而后王斟酌焉。秦、汉阙采诗之官，歌咏多因前代，与时事既不相应，且无以垂示后昆。汉武帝虽颇造新歌，然不以光扬祖考、崇述正德为先，但多咏祭祀见事及其祥瑞而已。商周《雅》、《颂》之体阙焉。"末论各种舞乐，有《鞞舞》、《铎舞歌》、《幡舞歌》、《鼓舞伎》、《幡舞》、《鞞扇舞》、《杯盘舞》、《公莫舞》、《齐世宁》、《七盘》、《晋世宁舞》、《巾舞》、《拂舞》、《白符舞》、《白凫鸠舞》等；舞与歌配，有《襄阳乐》、《寿阳乐》、《西乌飞歌曲》之类，"并列于乐官，歌词多淫哇不典正。"可见，《宋书·乐志》收录了大量先秦特别是汉魏至刘宋的歌、谣、讴、乐等文体的作品，并有简要说明，是重要的文体学资料。其《上注制旨连珠表》对连珠体也有简明概括，认为"连珠之作，始自子云……连珠者，盖谓辞句连续，互相发明，若珠之结排也。"①

但在文体学上，沈约更著名的还是他所提倡的四声八病之说，其《答甄公论》云："四声既周，群声类焉。经典史籍，唯有五声，而无四声。然则四声之用，何伤五声也。五声者，宫商角徵羽，上下相应，则乐和矣；君臣民事物，五者相得，则国家治矣。作五言诗者，善用四声，则讽咏而流靡；能达八体，则陆离而华洁。"②但他也反对尽拘声律。《南齐书》卷五二引其《答陆厥书》云："宫商之声有五，文字之别累万。以累万之繁，配五声之约，高下低昂，非思力所举，又非止若斯而已也。十字之文，颠倒相配；字不过十，巧历已不能尽，何况复过于此者乎……自古辞人，岂不知宫羽之殊，商徵之别？虽知五音之异，而其中参差变动，所昧实多。故鄙意所谓此秘未睹者也。以此而推，则知前世文士，便未悟此处。若以文章之音韵同弦管之声曲，则美恶妍蚩，不得顿相乖反。譬由子野操曲，安得忽有阐缓失调之声？以《洛神》比陈思他赋，有似异手之

① 《艺文类聚》卷五七。

② 王利器《文镜秘府论校注·天卷·四声论》引，中国社会科学出版社1983年版。

作,故知天机启则律吕自调,六情滞则音律顿舛也。"

《宋书》卷六七《谢灵运传》的论赞"史臣曰"一段,萧统《文选》卷五〇首次从《谢灵运传》中抽出,题名为《宋书谢灵运传论》。这是一篇刘宋以前的文学史,对周至刘宋的作家、作品、社会风尚、学术风气、文体风格进行了精彩的论述。认为"歌咏所兴,宜自生民始也",而"虞、夏以前,遗文不睹",但"周室既衰,风流弥著"。其论秦汉文学云:

> 屈平、宋玉导清源于前,贾谊、相如振芳尘于后,英辞润金石,高义薄云天。自兹以降,情志愈广。王褒、刘向、扬(雄)、班(固)、崔(骃)、蔡(邕)之徒,异轨同奔,递相师祖。虽清辞丽曲,时发乎篇,而芜音累气,固亦多矣。若夫平子艳发,文以情变,绝唱高踪,久无嗣响。至于建安,曹氏基命,二祖(曹操、曹丕)、陈王(曹植),咸蓄盛藻,甫乃以情纬文,以文被质。自汉至魏,四百余年,辞人才子,文体三变:相如巧为形似之言,班固长于情理之说,子建(曹植)、仲宣(王粲)以气质为体,并标能擅美,独映当时。是以一世之士,各相慕习,原其飙流所始,莫不同祖《风》、《骚》。徒以赏好异情,故意制相诡。

论南朝文学云:

> 降及元康,潘(岳)、陆(机)特秀,律异班(固)、贾(谊),体变曹(植)、王(褒),缛旨星稠,繁文绮合。缀平台之逸响,采南皮之高韵,遗风余烈,事极江左。有晋中兴,玄风独振,为学穷于柱下(指老子),博物止乎七篇(指《庄子》),驰骋文辞,义单乎此。自建武暨乎义熙,历载将百,虽缀响联辞,波属云委,莫不寄言上德,托意玄珠,遒丽之辞,无闻焉尔。仲文始革,孙(绰)、许(询)之风,叔源(谢混)大变太元之气。爰逮宋氏,颜(延之)、谢(灵运)腾声。灵运之兴会标举,延年之体裁明密,并方轨前秀,垂范后昆。

末段可说是永明体的纲领:

> 若夫敷衽论心,商榷前藻,工拙之数,如有可言。夫五色相宣,八音协畅,由乎玄黄律吕,各适物宜。欲使……妙达此旨,始可言文。至于先士茂制,讽高历赏,子建函京之作,仲宣(王粲)霸岸之篇,子荆(孙楚)零雨之章,正长(王瓒)朔风之句,并直举胸情。非傍诗史。正以音律调韵,取高前式。自骚人以来,此秘未

睹。至于高言妙句,音韵天成,皆暗与理合,匪由思至。张(衡)、蔡(邕)、曹(植)、王(粲),曾无先觉;潘(岳)、陆(机)、谢(灵运)、颜(延),去之弥远。世之知音者,有以得之。知此言之非谬,如曰不然,请待来哲。

这就是沈约著名的声律说,是律诗创作的理论基础。宋曾慥云:"梁沈约曰:诗病有八:一曰平头,第一字、第二字不得与第六、第七字同声,如'今日良宴会,欢乐难具陈。''今'、'欢'皆平声也。第二曰上尾,谓第五字不得与第十字同声,如'青青河畔草,郁郁园中柳。''草'、'柳'皆上声也。三曰蜂腰,谓第二字不得与第五字同声,如'闻君爱我甘,窃欲自修饰','君'、'甘'皆平声也,'欲'、'饰'皆入声也。四曰鹤膝,谓第五字不得与第十五字同声,如'客从远方来,遗我一书扎。上言长相思,下言久离别','来'、'思'皆平声也。五曰大韵,如'声'、'鸣'为韵,上九字不得'惊'、'倾'、'平'、'荣'字。六曰小韵,除本韵一字外,九字中不得两字同韵,如'遥'、'条'不同句。七曰旁纽,八曰正纽,谓十字内,两字双声为正纽,若不共一纽而有双声为旁纽。如'流'、'六'为正纽,'流'、'柳'为旁纽。八种惟上尾、鹤膝最忌,余病亦通。"①沈约原文已佚,这是最早关于沈约"诗病有八"的记载。宋末王应麟《困学纪闻》卷一〇也曾引《诗苑类格》此条但更简略,它标志着我国古代诗歌从原始的自然音韵的古体诗,进入了自觉讲究声韵格律的近体诗时代,成为唐、宋以后近体律诗的前奏,在文体史、文体学史上均具有重要意义。

谢朓:永明体的代表诗人

谢朓(464—499)字玄晖,陈郡阳夏(今河南太康县)人,出身世家大族,为谢安族裔,母亲为宋文帝之女长城公主。历任萧嶷的太尉行参军,萧子隆、萧子良幕下功曹、文学等职,颇得赏识,为"竟陵八友"之一。建武二年(495)出任宣城太守,世称谢宣城。后被诬陷,下狱死,年仅三十六。著有《谢朓集》。

谢朓是南朝齐著名文学家,与谢灵运对举,称小谢(一说小谢指谢惠连)。少好学,有美名,文章清丽,敬皇后迁祔山陵,朓撰哀策文,齐世莫有能及者。善草隶,长于五言诗,沈约常云:"二百年来无此诗也。"②他对沈约也推崇备至,其《酬德赋》即为沈约而作,序云:"沈侯之丽藻天逸,固难以报章,且欲申之赋颂,得尽其体物之旨。

---

① (宋)曾慥《类说》卷五一《诗苑类格·八病》,文渊阁四库全书本。

② 《南齐书》卷四七《谢朓传》。

106

《诗》不云乎:'无言不酬,无德不报。'言既未敢为酬,然所报者寡于德耳,故称之《酬德赋》。"①

谢朓诗上承曹植,善以警句发端,兼取谢灵运、鲍照之长,而无艰涩之病。今存诗一百三十余首,具有五言律诗雏形的新体诗约占三分之一,只是声律还未定型。李瑛《诗法易简录》卷三《齐梁体》举其《新亭渚别范零陵》,并括注其不尽合律处云:"洞庭张乐地(律句),潇湘帝子游(律句不粘)。云去苍梧野(律句不粘),水还江汉流。停骖我怅望,辍棹子夷犹(律联)。广平听方籍(不粘),茂陵将见求。心事俱已矣(不粘),江上徒离忧(三平脚)。"但他在"竟陵八友"中最为突出,是齐梁时期最为杰出的诗人,宋谢过《读吕居仁诗》云:"吾宗宣城守,诗压颜、鲍辈。其间警拔句,江练与霞绮。"②特别是他的山水诗,一扫玄言余习,观察细微,描写逼真,风格清俊秀丽,意境新颖,富有情致,善于熔裁,多有警句,如"天际识归舟,云中辩江树"(《之宣城郡出新林浦向板桥》),"鱼戏新荷动,鸟散余花落"(《游东田》)等,皆脍炙人口。他常说"好诗圆美流转如弹丸",正可用来评其诗。他出身于望族,沉浮于政治旋涡之中,目睹仕途的险恶和现实的黑暗,因此常常在诗中表现对仕途的忧惧和人生的苦闷。如《暂使下都夜发新林至京邑赠西府同僚》云:"常恐鹰隼击,时菊委严霜。寄言罻罗者,寥廓已高翔。"

谢朓是永明体的代表诗人,他不仅在当时就享有盛名,而且对后代有深刻的影响,张溥《齐谢朓集题词》云:"李青莲(白)论诗目无往古,惟于谢玄晖三四称服……梁武帝绝重谢诗云:'三日不读,即觉口臭。'简文《与湘东书》,推为文章冠冕,述作楷模。刘孝绰日置几案,沈休文每称未有。其见贵当时,又复如是。今反复诵之,益信古人知言。"③杜甫《寄岑嘉州》称"谢朓每篇堪讽诵",可为谢诗定评。

以赋为序的始作俑者王融

王融(467—493)字元长,琅邪临沂(今山东临沂北)人,南朝齐文学家。祖王僧达,从叔王俭,皆居高位。聪颖有文才,博涉群书,少时即举秀才,永明五年(487),为竟陵王萧子良任为法曹参军,颇受赏识,为"竟陵八友"之一。累迁太子舍人。齐武帝时,王融曾上书求自试,论及"时平"、"吏治"、"静疆"、"抑浮"、"开边"诸政事。迁秘书丞,官至中书郎。武帝病重,融欲矫诏拥立子良即位。萧子良争夺帝位失败,王融因

① (南齐)谢朓《谢宣城集》卷一,文渊阁四库全书本。
② (宋)谢过《竹友集》卷一,文渊阁四库全书本。末句指谢朓《晚登三山还望京邑》中句:"余霞散成绮,澄江静如练。"下引谢朓诗均见《谢宣城集》卷三。
③ 《汉魏六朝百三家集》卷七七。

依附子良而下狱赐死,年仅二十七。《南齐书》卷四七《王融传》哀其不幸云:"元长颖脱,拊翼将飞。时来运往,身没志违。"王融有集十卷(见《隋书·经籍志》),已佚。明人辑有《齐王融集》,收入《汉魏六朝百三家集》卷七六。

永明九年(491),武帝在芳林园禊宴群臣,命各赋诗,王融为作《三月三日曲水诗序》①,词语富赡,行文酣畅,对偶工整,布局舒缓相间,富有节奏感,以赋体为记序,为南朝骈体佳作。明代张溥《汉魏六朝百三家集》卷七六《齐王融集题辞》称其"玄黄金石,斐然盈篇。即词涉比偶,而壮志不殁,其煜耀一时,亦有由也"。清蒋维钧《义门读书记》卷四九载何焯评此文云:"序记杂文,遂与辞赋混为一途,自此作俑。其藻愈肥,其味愈瘠,使人思颜之妙,'昭华之珍既徙'二句序禅代……并用赋家音节,可谓不善变矣。"②此序不仅轰动江左,亦为北朝人士所折服。《南齐书》本传载:"上以融才辩,(永明)十一年,使兼主客,接虏使房景高、宋弁。弁见融年少,问主客年几,融曰:'五十之年,久逾其半。'因问:'在朝闻主客作《曲水诗序》',景高又云:'在北闻主客此制,胜于颜延年,实愿一见。'融乃示之,后日,宋弁于瑶池堂谓融曰:'昔观相如《封禅》,以知汉武之德;今览王生诗序,用见齐王之盛。'"由此可见此序在当时影响之大。

王融精通音律,曾参与《四部要略》的编纂,自撰《知音论》。钟嵘《诗品》卷下云:"齐有王元长者,尝谓余云:宫商与二仪,俱生自古。词人不知之,唯颜宪子乃云律吕音调。而其实大谬,唯见范晔、谢庄颇识之耳。常欲进《知音论》,未就。"王融认为,诗歌的音律,应体现在四声和对仗两个方面。其《别萧咨议》、《钱谢文学离夜》等诗即实践了这一主张,对当时的诗歌创作产生了重要影响,形成了中国文学史上的"永明体"。其《临高台》讲究平仄与对偶,已渐向五律靠近:"游人欲骋望,积步上高台。井莲当夏吐,窗桂逐秋开。花飞低不入,鸟散远时来。还看云阵影,含月共徘徊。"③陈祚明评此诗云:"以铙吹曲为题,即事赋咏,事起沈约、谢朓,后人迹此而为近体。"④他如《江皋曲》的"林断山更续,洲尽江复开",《古意》的"坐销芳草气,空度明月辉。嚬容入朝镜,思泪点春衣"等,写景细腻而清新自然,语言华美而平易流畅,音韵谐婉而颇有风韵。这就是他在音律学、诗歌史上的贡献。

周颙的《四声切韵》

周颙(生卒年不详)字彦伦,汝南安城(今江西安福东南)人,颉七世孙。颙少为族

---

① 《文选》卷四六。

② (清)蒋维钧《义门读书记》,文渊阁四库全书本。

③ 《汉魏六朝百三家集》卷七六,下引同。

④ (清)王夫之《古诗评选》卷六,清乾隆刻本。

祖周朗所知，为殿中郎。益州刺史萧惠开赏异颙，携入蜀，为厉锋将军，带肥乡、成都二县令。齐高帝受禅，徙长沙王后军参军、山阴令，还为文惠太子中军录事参军。后为正员郎、前军咨议、中书郎、国子博士，卒于府主簿任上。《南史》卷三四、《南齐书》卷四一有传。《隋书》著录有集八卷，新旧《唐书》皆著录为二十卷，均佚。

周颙泛涉百家，善《老》、《易》，与张融相遇，辄相玄言，弥日不解。尤长佛理，著有《三宗论》。西凉州智林道人称其"是真实行道第一功德"。颙音辞雅丽，出言不穷，宫商朱紫，发口成句。善尺牍，工隶书。每会宾友，虚席晤语，辞韵如流，听者忘倦。太学诸生慕其风，争事之。又精音律，著《四声切韵》行于时。

"四声"之说起于南朝宋齐，但是谁最早提出来的，历来却众说纷纭。或谓王融首创，或谓沈约首创，或谓周颙首创。隋刘善经《四声指归》云："宋末以来，始有四声之目，沈氏乃著其谱论（《四声谱》），云起自周颙。"①唐封演《封氏闻见记》载："周颙好为体语，因此切字皆有纽，纽有平上去入之异。"②唐释皎然《诗式·明四声》谓前人"不闻四声。近自周颙、刘绘流出，宫商畅于诗体，轻重低昂之节，韵合清高，此未损文格。沈休文酷裁八病，碎用四声，故风雅殆尽。"③宋张淏云："古者字未有反切，故训释者但曰读如某字而已。至魏孙炎始作反切，其实本出于西域梵学也。自后声韵日盛，宋周颙始作《四声切韵》，行于时。梁沈约又撰《四声谱》，以为在昔词人累千载而不悟，而独得于胸襟。穷其妙旨，自谓入神之作。继是若夏侯该《四声韵略》之类，纷然各自名家矣。"④综上可见，"四声"之说由周颙首创，沈约、王融、谢朓、刘绘等"永明体"诗人共成此说，也许更为客观可信。

齐梁体主要是就整个齐梁绮丽浮艳的诗风而言的，永明体则主要是就齐永明年间讲究"四声八病"的诗歌形式而言的，二者无论外延还是内涵都不尽相同。从周颙的《四声切韵》，到沈约的《四声谱》，主要是诗歌形式的创新，声律的创新。永明体下启唐诗，对近体律诗的形成影响很大。

三　萧纲与宫体

梁简文帝萧纲（503—551）字世缵，兰陵（今江苏常州西北）人。梁武帝第三子。

---

① 〔日〕空海大师《文镜秘府论·天卷》引，人民文学出版社1980年版。
② （唐）封演《封氏闻见记》卷二，文渊阁四库全书本。
③ （唐）释皎然《诗式》，（清）何文焕《历代诗话》，中华书局1981年版。
④ （宋）张淏《云谷杂纪》卷二，文渊阁四库全书本。

由于长兄萧统早死，他被立为太子。侯景之乱，梁武帝被囚饿死，萧纲即位，后亦被侯景所害。《南史·梁简文帝纪》载其有文集一百卷，其他著作六百余卷，均佚。存世的作品，明代张溥辑为《梁简文帝集》，收入《汉魏六朝百三家集》。

在文学上，萧纲既反对质直懦钝，又反对浮疏阐缓，把立身与作文分开看，其《戒当阳公大心书》主张"立身先须谨重，文章且须放荡"①，和萧绎主张的"情灵摇荡"互为呼应。南朝帝王多纵情声色，在文学上常以浮艳的辞句来写放荡的内容，萧纲就写了大量"放荡"的艳诗，如《咏内人昼眠》、《咏舞》、《美人晨妆》之类。文学侍臣竞相仿作，徐摛、庾肩吾等更推波助澜，形成了以他为中心的东宫文学集团的"宫体"诗风，不仅引起当时文坛仿效，对后世影响亦颇深远。

《南史·梁简文帝纪》云："帝读书十行俱下，词藻艳发，雅好赋诗，其自序云：'七岁有诗癖，长而不倦。'然帝文伤于轻靡，时号宫体。"《梁书·徐摛传》称其"文好新变，不拘旧体"，"文体既别，春坊尽学之，谓之宫体。宫体之号，自斯而起。"《唐书·虞世南传》云："帝（唐太宗）尝作宫体诗，使赓和。世南曰：'圣作诚工，然体非雅正。上之所好，下必有甚者，臣恐此诗一传，天下风靡，不敢奉诏。'帝曰：'朕试卿耳。'"释惠洪《跋李成德宫词》云："唐人工诗者多喜为宫词：'天阶夜月凉于水，卧看牵牛织女星'；'玉容不及寒鸦色，犹带朝阳日影来。'世称绝唱。以予观之，此特记恩遇疏绝之意于凝远不言之中，非能摹写太平，藻饰万物。读成德所作一百篇，知前人之未工也。其收拾道山绛阙之春色，刻画玉楼金屋之情状，使海山濒海之人读之，如近至尊。非其才当世，何以治此！"②严羽《沧浪诗话》云："梁简文伤于轻靡，时号宫体。"可见宫体诗有两种内容，一为"记恩遇疏绝"，一为"摹写太平，藻饰万物"，艳而不雅就是宫体诗最突出的特点。《梁书》卷六《本纪总论》云："文艳用寡，华而不实，体穷淫丽，义罕疏通，哀思之音，遂移风俗。"《南史》卷八《梁本纪论》："简文文明之姿，禀乎天授。粤自支庶，入居明两。经国之算，其道弗闻。宫体所传，且变朝野。虽主虚号，何救灭亡？"《隋书》卷三五《经籍志》四："梁简文之在东宫，亦好篇什。清辞巧制，止乎袵席之间；雕琢蔓藻，思极闺闱之内。后生好事，递相放习，朝野纷纷，号为宫体。流宕不已，迄于丧亡。"这都说明萧纲的宫体诗风，无论对政治还是对文学，都起了极其不好的作用。

其《答湘东王和受试诗书》反对背弃《诗》、《骚》传统："此（比）见京师文体，懦钝殊常，竞学浮疏，争为阐缓。玄冬修夜，思所不得。既殊比兴，正背风骚。若夫六典三

---

① 《汉魏六朝百三家集》卷八二上。
② （宋）释惠洪《石门文字禅》卷二七，四部丛刊初编本。

礼，所施则有地；吉凶嘉宾，用之则有所。未闻吟咏情性，反拟《内则》之篇；操笔写志，更摹《酒诰》之作。"反对玄学之风："迟迟春日，翻学《归藏》；湛湛江水，遂同《大传》。吾既拙于为文，不敢轻有揩摭。但以当世之作，历方古之才人，远则扬、马、曹、王，近则潘、陆、颜、谢。而观其遣辞用心，了不相似。若以今文为是，则古文为非；若昔贤可称，则今体宜弃。"他主张学古应学其精华而弃其糟粕："时有效谢康乐、裴鸿胪文者，亦颇有惑焉。何者？谢客吐言天拔，出于自然，时有不拘，是其糟粕。裴氏乃是良史之才，了无篇什之美。是为学谢则不届其精华，但得其冗长；师裴则蔑绝其所长，惟得其所短。谢故巧不可阶，裴亦质不宜慕。故胸驰臆断之侣，好名忘实之类，方分肉于仁兽，逞郤克于邯郸。入鲍忘臭，效尤致祸……诗既若此，笔又如之。徒以烟墨不言，受其驱染；纸札无情，任其摇襞。甚矣哉，文之横流，一至于此。"他很推崇谢朓、沈约等人之诗笔："近世谢朓、沈约之诗，任昉、陆倕之笔，斯实文章之冠冕，述作之楷模。张士简之赋，周升逸之辩，亦成佳手，难可复遇。文章未坠，必有英绝领袖之者，非弟而谁？每欲论之，无可与语。"①《骈体文抄》卷一九称其对"当日文章流弊，言之深切"。与此诗论一致，萧纲也有一些刚健的诗作，如《从军行》、《陇西行》、《雁门太守行》、《度关山》等，开唐人边塞诗的先河。其咏物诗也较清新，对后世咏物诗有一定影响。

以萧纲文学集团为代表的宫体文学，是对永明体的整合与发展，是萧纲的文学理念的具体表现，也是萧纲所倡导的诗歌风格特征的总称，是律体诗建构史上的关键阶段，不能仅仅以其为艳体诗而抹煞其一切。

四　徐陵与玉台体

徐陵（507—583）字孝穆，东海郯（今山东郯城）人，徐摛之子。南朝梁陈间诗人。八岁能文，十二岁通《庄子》、《老子》。梁武帝萧衍时期，任东宫学士，与庾信齐名，并称"徐庾"。入陈后历任尚书左仆射、中书监等职。他博涉史籍，诗文皆以轻靡绮艳见称。著有《徐孝穆集》六卷，编有《玉台新咏》十卷。

《玉台新咏》是继《诗经》之后我国第二部诗歌总集，今人章培恒以为此书乃张丽华撰录②，至今未有确证。作为单一的五言诗体的总集，今存者只有《玉台新咏》，尤为可贵。全书十卷，前八卷为自汉至梁的五言诗，第九卷为歌行，第十卷为五言二韵

① 《梁书》卷四九《庾肩吾传》引。

② 章培恒《〈玉台新咏〉为张丽华所"撰录"考》，《文学评论》2004 年第二期。

诗,显然也是按体、类、时序编排分卷的。一般的总集不录在世之人,或者全录在世之人,《玉台新咏》则是前六卷录前世之人,七、八两卷录本朝之人,九、十两卷因专录歌行和五言二韵诗,则又前世、本朝人皆录。

《四库全书·玉台新咏》提要引《大唐新语》云:"梁简文为太子,好作艳诗,境内化之。晚年欲改作,追之不及,乃令徐陵撰《玉台集》以大其体。据此则是书作于梁时。"可见玉台体实为宫体的另一表现。徐陵《玉台新咏序》以主要篇幅描写"丽人"的"佳丽"与"才情",文字华艳,其中的"倾国倾城,无双无对",可谓自评其文。序文论编纂此书目的云:"往世名篇,当今巧制,分诸麟阁,散在鸿都,不藉篇章,无由披览。于是然(燃)脂暝写,弄笔晨书,选录艳歌,凡为十卷。曾无忝于雅颂,亦靡滥于风人,泾渭之间,若斯而已。"可见他奉梁简文帝之命编纂此书,是为了收集艳诗,本不以上继《诗经》为目的。"九日登高,时有缘情之作;万年公主,非无累德之辞",重在"缘情",不惜"累德"。①南宋嘉定乙亥(1215)十月陈玉父《玉台新咏后序》亦云:"顾其发乎情则同,而止乎礼义者盖鲜矣。"叶適云:"徐陵文颇变旧体,缉裁巧密,多有新意。每一文出,好事者已传写成诵,被之远近,家藏其本,遂为南北所宗,陆机、任昉不能逮也。自唐及本朝庆历以前,皆用其体,变灭不尽者犹为四六。朝廷制命既遵行之,不复可改矣。"②《沧浪诗话·诗体》云:"玉台体:《玉台集》乃徐陵所序,汉魏六朝之诗皆有之。或者但谓纤艳者为玉台体,其实则不然。"清冯班《钝吟杂录》卷五《严氏纠谬》反驳说:"玉台体,沧浪注云:'《玉台》徐陵所集,汉魏六朝之诗皆有之。或者但谓纤艳者为玉台体,其实则不然。'案梁简文在东宫,命徐孝穆撰《玉台集》,其序云'撰录艳歌凡为十卷',则专取艳诗明矣。又其文止于梁朝,今云六朝皆有谬矣(无陈朝)。观此则于此书殆是未读也。"

《玉台新咏》的纂辑也是为了纠正永嘉以后的玄言诗风,《玉台新咏》也并非都不符合缘乎情止乎礼义的儒家诗论标准。陈玉父《玉台新咏后序》云:"其间仅合者亦一二焉。其措辞托兴高古,要非后世乐府所能及,自唐《花间集》已不足道,而况近代狭邪之说,号为笔墨动淫者乎? 又自汉魏以来,作者皆在焉,多萧统《文选》所不载,览者可以观历世文章盛衰之变云。"据统计,此书所选八百七十章(由于历代传刻各有增补,故不同版本篇数不一),其入《昭明文选》者仅六十有九。唐末韩偓《香奁集》显受其影响,明宋绪云:"唐人用此体言闺阁之情,乃艳词也,与《玉台》体相似。今人仿之

---

① 《玉台新咏》卷首。

② (宋)叶適《习学记言》卷三三《陈书·徐陵》,文渊阁四库全书本。

112

者虽多,要之发乎情、止乎礼义者则少,故取而列于左云。"①

五　陆厥、裴子野对齐梁文、永明体的批评

一　陆厥对沈约声韵说的批评

陆厥(472—498)字韩卿,南朝齐吴郡吴(今江苏苏州)人。齐永明九年(491),诏百官举士,同郡司徒左西曹掾顾暠之表荐厥,举秀才。为少傅主簿,迁后军行参军。永元初,父闲被诛,厥弟绛抱颈求代死。并被杀,厥坐系,寻遇赦,悲痛而卒。《隋书》谓厥有集八卷。《唐书》作十卷,久佚,今仅存文一篇,诗二十余首,收入《文章辨体汇选》、《全上古三代秦汉三国六朝文》、《先秦汉魏晋南北朝诗》中。

沈约在《宋书·谢灵运传》的论赞中详细阐明了诗歌声律的问题,自矜为独得之秘。陆厥《与沈约问声韵书》则提出不同意见,力主风格的多样性,反对"宫商律吕,必责其如一"的声律论,表明虽同为永明年间作家,但观点并不完全相同。沈约有《答陆厥问声韵书》,这两封信都是六朝重要的文体论。陆书云:

> 范詹事《自序》"性别宫商,识清浊,特能适轻重,济艰难,古今文人,多不全了斯处。纵有会此者,不必从根本中来。"②尚书亦云"自灵均以来,此秘未睹"。或"暗与理合,匪由思至,张、蔡、曹、王,曾无先觉;潘、陆、颜、谢,去之弥远"。大旨欲使"宫商相变,低昂互节。若前有浮声,则后须切响。一简之内,音韵尽殊;两句之中,轻重悉异"③。辞既美矣,理又善焉。
>
> 但观历代众贤,似不都暗此处,而云"此秘未睹",近于诬乎! 案范云"不从根本中来",尚书云"匪由思至",斯可谓揣情谬于玄黄,摘句差其音律也。范又云"时有会此者",尚书云"或暗与理合",则美咏清讴,有辞章调韵者,虽有差谬,亦有会合。推此以往,可得而言。
>
> 夫思有合离,前哲同所不免;文有开塞,即事不得无之。子建所以好人讥弹,士衡所以遗恨终篇。既曰遗恨,非尽美之作,理可诋诃。君子执其诋诃,便谓合理为暗,岂如指其合理,而寄诋诃为遗恨邪?

---

① (明)宋绪《元诗体要》卷八《香奁体》,文渊阁四库全书本。

② 此指范晔。《后汉书》卷末《自序》,今本文字略异:"性别宫商,识清浊,斯自然也。观古文人,多不全了此处。纵有会此者,不必从根本中来。"

③ 所引为沈约《宋书·谢灵运传》中语,今本文字略异。

　　自魏文（曹丕）属论，深以清浊为言；刘桢奏书，大明体势之致。龃龉妥帖之谈，操末续颠之说，兴玄黄于律吕，比五色之相宣，苟此秘未睹，兹论为何所指邪？故愚谓前英已早识宫徵，但未屈曲指的。若今论所申，至于掩瑕藏疾，合少谬多，则临淄所云"人之著述，不能无病"①者也。非知之而不改，谓不改则不知。斯曹、陆又称"竭情多悔，不可力强"者也。今许以有病有悔为言，则必自知无悔无病之地。引其不了不合为暗，何独诬其一合一了之明乎？意者亦质文时异，古今好殊，将急在情物，而缓于章句。情物，文之所急，美恶犹且相半；章句，意之所缓，故合少而谬多。义兼于斯，必非不知明矣。

　　《长门》、《上林》，殆非一家之赋；《洛神》、《池雁》，便成二体之作。孟坚精正，《咏史》无亏于东主；平子恢富，《羽猎》不累于凭虚。王粲《初征》，他文未能称是；杨修敏捷，《暑赋》弥日不献。率意寡尤，则事促乎一日；翳翳愈伏，而理赊于七步。一人之思，迟速天悬；一家之文，工拙壤隔。何独宫商律吕，必责其如一邪？论者乃可言未穷其致，不得言曾无先觉也。②

　　这里，他首先否定范晔、沈约所谓自屈原以来未睹宫商、清浊、轻重之说，认为这是厚诬前贤，至少曹丕已言清浊，刘桢更明体势，"苟此秘未睹，兹论为何所指邪？故愚谓前英已早识宫徵"，因此，只可说前人"未穷其致"，"不得言曾无先觉"。其次，他认为文思各有不同，"思有合离，前哲同所不免；文有开塞，即事不得无之"。不同的人，文思有迟速之别；同一个人，在不同时候，文思也有不同。"一人之思，迟速天悬"，杨修以文思敏捷著称，而撰《暑赋》却整天不能成卷。再次，他认为文风更各不相同，"质文时异，古今好殊"，同为司马相如，其《长门赋》和《上林赋》，"殆非一家之赋"；同为曹植的《洛神赋》和《池雁赋》，"便成二体之作"。"一家之文，工拙壤隔"，更何况不同的人的不同作品呢？因此他认为"人之著述，不能无病"，各家风格也不能同一，"何独宫商律吕，必责其如一邪"？在永明体作家大肆标举"宫商律吕"之时，他却公开反对"必责其如一"。其诗风也与永明体的秾艳之风不尽相同，如其《临江王节士歌》寄寓了不被重用的牢骚，在以秾艳为特征的齐梁诗坛上，却含慷慨不平之气："木叶下，江波连，明月照浦云歇山。秋思不可裁，复带秋风来。秋风来已寒，白露惊罗纨。节士慷慨发冲冠，弯弓挂若木，长剑竦云端。"③明代谭元春称此诗"前数语作清润悲凉

---

① （魏）曹植《曹子建集》卷九《与杨德祖书》中语。
② （明）贺复徵《文章辨体汇选》卷二一四，文渊阁四库全书本。
③ （宋）郭茂倩《乐府诗集》卷八四，文渊阁四库全书本。

之言,有《易水歌》风调。"①

二　裴子野对"人自藻饰,雕虫之艺盛"的批评

裴子野(469—530)字几原,南朝梁河东闻喜(今属山西)人。仕齐、梁,是南朝著名史学家、文学家,著述甚丰,均佚。清人严可均《全上古三代秦汉三国六朝文》辑有裴子野文,今人逯钦立《先秦汉魏晋南北朝诗》辑有其诗。

子野为文典雅,不尚靡丽,其文多法古,与当时的文风颇不同。他出身史学世家,曾祖裴松之曾为《三国志》作注,宋元嘉中受诏续修何承天《宋史》,未成而卒,子野尝欲继成先业。及齐永明末,与沈约所撰《宋书》同时,子野更撰为《宋略》二十卷,叙事评论多善。《宋略》云:"先王作乐崇德,以格神人,通天下之至和节群生之流,放于天子,达于士庶,未曾去其乐而无非僻之心。及周道衰微,日失其序,乱俗先之,以怨怒国亡,从之以哀思,扰杂子女,荡悦淫心。充庭广奏,则以鱼龙靡漫为环玮;会同享觐,则以吴趋楚舞为妖妍。纤罗雾縠侈其衣,疏金缕玉砥其器。在上班扬宠臣,群下亦从风而靡。王侯将相,歌妓填室;鸿商富贾,舞女成群。竞相夸大,致有争夺,如恐不及,莫为禁令。伤风败俗,莫不在此。"②这里讲的是"周道衰微"之后,实际是对齐、梁礼乐崩坏的批评。

其《雕虫论》堪称一篇文体风格论,其自序首论其写作背景,批评"人自藻饰,雕虫之艺盛于时"。"宋明帝博好文章,才思朗捷,常读书奏,号称七行俱下。每有祯祥及幸宴集,辄陈诗展义,且以命朝臣。其戎士武夫则托请不暇,困于课限,或买以应诏焉。于是天下向风,人自藻饰,雕虫之艺盛于时矣。"并以"古者"(即《诗经》的"四始六艺")与"后之作者"作对比:"古者四始六艺,总而为诗,既形四方之风,且彰君子之志。劝美惩恶,王化本焉。后之作者,思存枝叶,繁华蕴藻,用以自通。若悱恻芳芬,楚骚为之祖;靡漫容与,相如扣其音。由是随声逐影之俦,弃指归而无执。赋诗歌颂,百帙五车,蔡、应等之俳优,扬雄悔为童子。圣人不作,雅郑谁分。其五言为家,则苏、李自出;曹、刘伟其风力,潘、陆固其枝叶。爰及江左,称彼颜、谢。箴绣鞶帨,无取庙堂。宋初迄于元寿,多为经史,大明之代,实好斯文。高才逸韵,颇谢前哲。波流相尚,滋有笃焉。自是闾阎少年,贵游总角,罔不摈落六艺。吟咏情性,学者以博依为急务,谓章句为专鲁,淫文破典,斐尔为功。无被于管弦,非止乎礼义。深心主卉木,远致极风云。其兴浮,其志弱,巧而不要,隐而不深。讨其宗途,亦有宋之风也。若季子聆音,

---

①　(明)钟惺、谭元春辑《古诗归》卷一三引,明闵振业、闵振声刻三色套印本。

②　《太平御览》卷五六九。

则非兴国；鲤也趋室，必有不敢。荀卿有言，乱代之征，文章匿而采，斯岂近之乎？"①
他批评当时舍弃《诗经》的优良传统，"摈落六艺"，"淫文破典，斐尔为功"，"无被于管
弦，非止乎礼义"；只追求华丽的繁缛堆砌之病，"繁华蕴藻"，"靡漫容与"，"深心主卉
木，远致极风云"；批评时人"随声逐影"，"波流相尚，滋有笃焉"的因袭之风；他感慨
"高才逸韵，颇谢前哲"，"圣人不作，雅郑谁分"。明王志坚云："裴子野作《雕虫论》，渊
乎有深识焉，惜其触时忌而不尽言也。"②

第八节　北朝的文学与文体

一　北朝文学简述

《沧浪诗话·诗体》云："南北朝体：通魏、周而言之，与齐梁体一也。"以上所论主
要是南朝，北朝在文体学上的贡献远不如南朝，下面略作论述。

北朝指北魏、东魏、西魏、北齐、北周（386—581）等数个王朝。隋唐两朝开国皇帝
的祖先都是北朝名贵，他们在政治上和文学上融合南北朝之长并加以发展，南北朝文
学在文学史上都起着承前启后的作用，为唐代文学的繁荣奠定了基础。

北朝的作家和作品虽不如南朝之多，但历时近二百年，也出现了一些有影响的
文学家，有一定的历史地位。《隋书》卷七六《文学传》论南北朝诗文风格异同云：
"江左宫商发越，贵于清绮；河朔词义贞刚，重乎气质。气质则理胜其词，清绮则文
过其意。理深者便于时用，文华者宜于咏歌。此其南北词人得失之大较也。若能
掇彼清音，简兹累句，各去所短，合其两长，则文质斌斌，尽善尽美矣。"主要强调了
南北朝文学的差异，但北朝作家很注学习南朝文学，有些北朝作家实际就是由南入
北的，故也有异有同。北周文帝、苏绰还力图改变齐梁浮靡的文体，《四库全书·后
周文纪》提要云："患晋氏以来文章浮华，命苏绰作《大诰》，宣示群臣，仍命自今文章
咸依此体。今观其一代诏令，大抵温醇雅令，有汉魏之遗风；即间有稍杂俳偶者，亦
摛词典重，无齐梁绮艳之习。他如庾信集中《春赋》、《灯赋》之类，大抵在梁旧作；其
入北以后，诸篇亦皆华实相扶，风骨不乏。故杜甫有'庾信文章老更成，凌云健笔意
纵横'语。"

北魏初年战乱频仍，对文学不很重视，北方文人大抵南逃，很少有人从事文学创

① 《文苑英华》卷七四二。
② （明）王志坚编《四六法海》卷二，文渊阁四库全书本。

作,稍有名气的崔浩等有一些作品传世,但多质朴无文。遭受战乱较少的西凉、北凉入魏的文人如胡叟、张骏、李暠等略有文采。《北史》卷三四《胡叟传》称胡"胡叟字伦许,安定临泾人也,世为西夏著姓。叟少聪慧,年十三辩疑释理,鲜有屈焉。学不师受,披读群籍,再阅于目皆诵焉。好属文,既善典雅之词,又工鄙俗之句……人皆奇其才,畏其笔。"《文心雕龙·章表》称"张骏《自序》,文致耿介,并陈事之美表也"。陈祚明《采菽堂古诗选》卷一四甚至称其诗"健笔欲追孟德(曹操)","触景悲时,情无泛设"①。凉武昭王李暠字玄盛,《晋书》卷八七本传称其"少而好学,性沉敏宽和,美器度,通涉经史,尤善文义",著有《述志赋》、《槐树赋》、《麒麟颂》等。

北魏孝文帝元宏,《北史》卷三《魏本纪》称他"雅好读书,手不释卷,五经之义,览之便讲。学不师授,探其精奥。史传百家,无不该涉。善谈庄、老,尤精释义。才藻富瞻,好为文章,诗赋铭颂,任兴而作。有大文笔,马上口授,及其成也,不改一字。自太和十年已后诏册,皆帝文也,自余文章百有余篇。爱奇好士,情如饥渴"。他大力推行汉化政策,日本僧空海说,当时"才子比肩,声韵抑扬,文情婉丽,洛阳之下,吟讽成群"。②其中郑道昭、袁翻、祖莹、常景等都写过一些比较讲究辞藻的诗和骈文,是北朝文学开始兴起的标志。祖莹论文主一家风骨,《北史》卷四七《祖莹传》云:"莹以文学见重,常语人云:'文章须自出机杼,成一家风骨,何能共人同生活也?'盖讥世人好窃他文以为己用。"《北史》卷四二《常景传》云:"景字永昌,少聪敏,初读《论语》、《毛诗》,一受便览。及长,有才思,雅好文章。"通音律,作《四声赞》回应沈约的四声说,《文镜秘府论·天卷·四声论》云:"魏秘书常景为《四声赞》曰:'龙图写象,鸟迹摛光,辞溢流徵,气靡轻商,四声发彩,八体含章,浮景玉苑,妙响铿锵。'虽章句短促,而气调清远。"

从东、西魏对峙到隋文帝统一中国前,是北朝文学的繁荣时代,首都邺城是北方文人活动的中心。北魏分为东西两个政权以后,北方的经济和文化中心都在东魏境内。一些文人大抵聚居邺城。《文镜秘府论·天卷·四声论》说:"及宅邺中,辞人间出,风流弘雅,泉涌云奔,动合宫商,韵谐金石者,盖以千数,海内莫之比也。郁哉焕乎,于斯为盛。"

北朝还有不少著名的学术著作,除前已论及的颜之推的《颜氏家训》外,还有郦道元所著《水经注》,杨衒之的《洛阳伽蓝记》,既是学术专著,也是散文名著。

---

① (清)陈祚明《采菽堂古诗选》,上海古籍出版社 2008 年版。

② 《文镜秘府论·天卷·四声论》。

二　王褒：开初唐律体之风

王褒和庾信是横跨南北朝的大家。王褒（约 513—576），字子深，琅邪临沂（今山东临沂）人。褒识量淹通，志怀沉静，美威仪，善谈笑，博览史传，七岁能属文。弱冠举秀才，除秘书郎、太子舍人。在梁时官至吏部尚书、右仆射，仍迁左丞。褒既名家，文学优赡，当时咸共推挹，故位望隆重，宠遇日甚，成为南朝宫廷文人。承圣三年（554），西魏军攻破江陵，梁元帝出降，他与王克、刘钰、宗懔、殷不害等数十人俱至长安。明帝即位，笃好文学，时褒与庾信才名最高，特加亲待。帝每游宴，命褒赋诗谈论，常在左右。寻加开府仪同三司，保定中除内史中大。褒有器识，雅识政体，既累世在江东为宰辅，帝亦以此重之，建德以后颇参朝议，凡大诏册，皆令褒具草。东宫既建授，太子少保，迁少司空，仍掌纶诰。乘舆行幸，褒常侍从。

王褒到北朝后，他的诗风虽和齐梁诗人仍有相近之处，但由于受到北方生活风俗的影响，诗歌内容更为充实，风格更为雄健。现存诗四十余首，多是在北朝所作，抒发羁旅之情、故国之思和边塞风情，如其五言诗《渡河北》、《关山月》等。王褒是北朝有重要影响的作家，他和庾信进入北朝，对北周文学的发展起了重要促进作用。原有集二十一卷，久佚。明人编《汉魏六朝百三家集》卷一一三辑有《王褒集》一卷。褒兼通儒释道，宋叶适《习学记言》卷三三引其语云："吾始乎幼学，及于知命，既崇周孔之教，兼循老释之谈。"其诗已开初唐律体之风，对诗体之变颇有贡献。明人许学夷云："王褒五言，声尽入律而绮靡者少。至如《饮马》、《从军》、《关山》、《游侠》、《渡河》诸作，皆有似初唐。"①

三　"词多轻艳"的庾信体

庾信（513—581）字子山，南阳新野（今属河南）人。幼而俊悟，聪敏绝伦，博览群书，尤善《春秋左氏传》。初仕梁，后出使西魏，会西魏灭梁，被留，历仕西魏、北周，官至骠骑大将军、开府仪同三司，世称庾开府。北朝君臣一向倾慕南方文学，庾信又久负盛名，颇受北朝礼遇，成为北方文坛宗师。他与北朝皇帝、诸王交谊深厚，而又思念故土，为身仕敌国而羞愧，为不得自由而怨愤。《周书》卷四一、《北史》卷八三有传。著有《庾开府集》，周宇文逌《庾子山集序》称其"妙善文词，尤工诗赋，穷缘情之绮靡，

---

① 《诗源辨体》卷一〇，人民文学出版社 1987 年版。

118

尽体物之浏亮。诔夺安仁(潘岳)之美,碑有伯喈(蔡邕)之情,箴似扬雄,书同阮籍……齿虽耆宿,文更新奇。才子词人,莫不师教;王公名贵,尽为虚襟……昔在扬都,有集十四卷,值太清罹乱,百不一存。及到江陵,又有三卷,即重遭军火,一字无遗。今之所撰,止入魏已来。爰洎皇代,凡所著述合二十卷,分成两帙,附之后尔"。①

庾信与其父庾肩吾,徐陵与其父徐摛都是梁时著名的宫体诗人,以轻靡浮艳,专事雕琢为特征,时称"徐庾体"。后进竞相模仿,每有一文,莫不传诵。除徐庾体外,庾信诗文还被称为"庾信体",《北史》卷五八《周室诸王传》:"赵僭王招字豆卢突,幼聪颖,博涉群书,好属文,学庾信体,词多轻艳。"《隋书》卷五八《柳䛒传》有"初王属文为庾信体,及见䛒已后文体遂变"语,陈子昂有《上元夜宴效小庾体》诗。②

庾信晚年因经战乱,其诗内容、风格都有变化,感时伤世,苍凉萧瑟,对当时的社会现实有所反映,以《哀江南赋》、《拟咏怀》二十七首为最有名。《哀江南赋》是一篇自传体的抒情赋,主要抒发家国破亡之感:"冤霜夏零,愤泉秋沸。城崩杞妇之哭,竹染湘妃之泪……逢赴洛之陆机,见离家之王粲。莫不闻陇水而掩泣,向关山而长叹。"

①　《庾子山集》卷首,文渊阁四库全书本。
②　《全唐诗》卷八四,文渊阁四库全书本。

隋唐五代宋辽金元发展期(上)

第四章 隋唐五代的文体学

唐、宋是中国文化、文学发展的鼎盛时期,因为隋、五代、辽、金、元不足与唐、宋并称,所谓唐诗、宋词、元曲即出现在这一时期。但在文体学上,虽然也出现过如唐人刘知幾的《史通》、宋人严羽的《沧浪诗话》、元人方回的《瀛奎律髓》这样影响深远的名著,但毕竟没有出现过像萧统的《文选》、刘勰的《文心雕龙》、钟嵘的《诗品》那样的具有开创性、奠基性的文体学著作,其文体论的成就远不如其文学创作成就。

第一节 经学书中的文体论

一 孔颖达论《诗》的功用、《书》的宏雅

隋唐不仅结束了南北朝的政治分裂,也结束了经学的南北分裂,《五经正义》的颁行即是唐代经学统一的标志。经学自汉代以来,有古文经学和今文经学,郑学和王学,南学和北学之争。唐代则基于取士的需要,以国家的力量推行孔颖达的《五经正义》,使它成了士人的教科书。

孔颖达(574—648)字冲达,冀州衡水(今河北衡水西北)人,孔子三十二代孙。八岁就学,日诵千言,熟读经传,善于词章。隋大业初选为"明经",授河内郡博士。唐初,为文学馆学士,后擢授国子博士,与杜如晦、房玄龄等并称"十八学士"。贞观初年封曲阜县男爵,后除国子司业,加散骑常侍,拜国子祭酒。唐初,与魏徵受命撰写《隋书》,为太子李治撰《孝经章句》。贞观初年,唐太宗认为当时师说多门,章句繁杂,命孔颖达主持编撰《五经正义》,以统一南北经学。

在文体学上,其《毛诗正义序》虽主要为《诗经》而发,但也适用于认识诗体:"夫《诗》者,论功颂德之歌,止僻防邪之训,虽无为而自发,乃有益于生灵。六情静于中,百物荡于外,情缘物动,物感情迁。若政遇醇和,则欢娱被于朝野;时当惨黩,亦怨刺形于咏歌。作之者所以畅怀舒愤,闻之者足以塞违从正。发诸情性,谐于律吕,故曰

'感天地,动鬼神,莫近于《诗》',此乃《诗》之为用,其利大矣。"①

《尚书》是我国最早的文章总集,保存了尧、舜、夏、商各代不少珍贵史料。孔颖达《尚书正义序》阐明了《尚书》学的演变:"夫《书》者,人君辞诰之典,右史记言之策。古之王者,事总万几,发号出令,义非一揆。或设教以驭下,或展礼以事上,或宣威以肃震曜,或敷和而散风雨。得之则百度惟贞(正),失之则千里斯谬。枢机之发,荣辱之主,丝纶之动,不可不慎。所以辞不苟出,君举必书。欲其昭法诫,慎言行也。其泉源所渐,基于出震之君;黼藻斯彰,郁乎如云之后。勋华揖让而典谟起,汤武革命而誓诰兴";到了战国("七雄")时代,"儒雅与深阱同埋,经典共积薪俱燎";汉代则有古、今文《尚书》之争,后以今文胜,古文"遂寝而不用";魏晋南北朝时,古文《尚书》"稍兴","其辞富而备,其义宏而雅";"近至隋初,始流河朔",或多因循,或诡其新见,"非险而更为险,无义而更生义","义既无义,文又非文"。因此,他奉明敕,"考定是非","非敢臆说,必据旧闻"②。这一《尚书》学的演变史实际上表达了他崇尚宏雅的文体观。

二 王通《中说》的文体观

王通(584—617)字仲淹,绛州龙门(今山西稷山西)人。隋时,居河汾间聚徒讲学。死后,其徒私谥为"文中子"。曾用九年时间著成《续六经》(亦称《王氏六经》),包括《续诗》、《续书》、《礼论》、《乐经》、《易赞》、《元经》等,共八十卷,已佚。现存《中说》十卷,是王通死后,其弟子姚义、薛收等为纪念他,仿孔子门徒作《论语》而编(又称《文中子中说》、《文中子》等)的,用问答形式记录保存了王通讲学的主要内容,以及他与弟子等的对话,分为《王道》、《天地》、《事君》、《周公》、《问易》、《礼乐》、《述史》、《魏相》、《立命》、《关朗》等十篇,是后人研究王通思想以及隋唐之际思想发展的重要资料,间亦论及文体的体裁及风格,要点如下:

第一,历评南朝诸人的人品和诗文风格,其卷三《事君篇》云:"子谓文士之行可见:谢灵运小人哉,其文傲,君子则谨。沈休文小人哉,其文冶,君子则典。鲍昭(照)、江淹,古之狷者也,其文急以怨。吴均(原作"筠"。原注:《南史》无吴筠,疑是吴均,文之误也。)、孔珪,古之狂者也,其文怪以怒。谢庄、王融,古之纤人也,其文碎。徐陵、庾信,古之夸人也,其文诞。或问孝绰兄弟,子曰:'鄙人也,其文淫。'或问湘东王兄弟,子曰:'贪人也,其文繁。'谢朓,浅人也,其文捷。江总,诡人也,其文虚:皆古之不

---

① 《毛诗正义》卷首,文渊阁四库全书本。

② 《尚书正义》卷首,文渊阁四库全书本。

利人也。子谓颜延之、王俭、任昉有君子之心焉,其文约以则。又载:"子曰:'达人哉,山涛也,多可而少怪。'或曰:'王戎贤乎?'子曰:'戎而贤,天下无不贤矣。'子曰:'陈思王(曹植)可谓达理者也,以天下让,时人莫之知也。'子曰:'君子哉,思王也,其文深以典。'"傲、谨、冶、典,急以怨,怪以怒,碎、诞、淫、繁、捷、虚,约以则,深以典等,均就其文风而言,并且明确把文风与人品相联系,是颇有见地的。

第二,《事君篇》论古今史、文之别云:"房玄龄问史,子曰:'古之史也辩道,今之史也耀文。'问文,子曰:'古之文也约以达,今之文也繁以塞。'"表达了约达、重道的文史观。

第三,《事君篇》载其自评所著书云:"薛收问《续诗》,子曰:'有四名焉,有五志焉。何谓四名?一曰化,天子所以风天下也;二曰政,蕃臣所以移其俗也;三曰颂,以成功告于神明也;四曰叹,以陈诲立诚于家也。凡此四者,或美焉,或勉焉,或伤焉,或恶焉,或诚焉,是谓五志。'子谓叔恬曰:'汝为《春秋元经》乎?《春秋元经》于王道,是轻重之权衡,曲直之绳墨也,失则无所取衷矣。'子谓《续诗》之有化,其犹先王之有雅乎。《续诗》之有政,其犹列国之有风乎。子曰:'郡县之政其异列国之风乎?列国之风深以固,其人笃。'"表现出王通论文重功用、轻形式的特点。

第四,他还具体论及多种文体体裁,表明他对不同文体的不同途是有明确认识的。卷四《周公篇》云:"贾琼问《续书》之义,子曰:'天子之义列乎范者有四,曰制,曰诏,曰志,曰策。大臣之义载于业者有七:曰命,曰训,曰对,曰赞,曰议,曰诚,曰谏。'"卷五《问易篇》载:"程元问叔恬曰:'《续书》之有志有诏,何谓也?'叔恬以告文中子,子曰:'志以成道,言以宣志。诏,其见王者之志乎!其恤人也周,其致用也悉,一言而天下应,一令而不可易,非仁智博达则天明命,其孰能诏天下乎?'叔恬曰:'敢问策何谓也?'子曰:'其言也典,其致也博,恂而不私,劳而不倦,其惟策乎!'"又载其论问、对、赞、议、诚、谏云:"文中子曰:'广仁益智莫善于问,乘事演道莫善于对。非明君孰能广问?非达臣孰能专对乎?其因宜取类,无不经乎?洋洋乎晁、董、公孙之对。'文中子曰:'有美不扬,天下何观?君子之于君,赞其美而匡其失也,所以进善不暇,天下有不安哉?'文中子曰:'议其尽天下之心乎?昔黄帝有合宫之听,尧有衢室之问,舜有总章之访,皆议之谓也。大哉乎,并天下之谋,兼天下之智,而理得矣,我何为哉,恭已南面而已。'子曰:'人心惟危,道心惟微,言道之难进也。故君子思过而预防之,所以有诚也。切而不指,勤而不怨,曲而不谄,直而有礼,其惟诚乎。'子曰:'改过不吝,无咎者善补过也。古之明王,讵能无过?从谏而已矣。故忠臣之事君也,尽忠补过。君失于上则臣补于下,臣谏于下则君从于上,此王道所以不跌也。取泰于否,易昏以明,非谏孰能臻乎?'"卷六《礼乐篇》也论及这些文体:"薛收曰:'赞其非古乎?'子曰:'唐虞之

124

际,斯为盛,大禹、皋陶所以顺天休命也。'文中子曰:'议天子所以兼采而博听也,唯至公之主为能择焉。'文中子曰:'诚其至矣乎,古之明王敬慎所未见,悚惧所未闻,刻于盘盂,勒于几杖,居有常念,动无过事,其诫之功乎。'薛收曰:'谏其见忠臣之心乎? 其志直。其言危。'子曰:'必也,直而不迫,危而不诋,其知命者之所为乎。狃乎逆上,吾不与也。'贾琼曰:'虐哉,汉武未尝从谏也。'子曰:'孝武其生知之乎? 虽不从,未尝不悦而容之。故贤人攒于朝,直言属于耳,斯有志于道,故能知悔而康帝业。'"

三 成伯玙《毛诗指说·文体》"颇似刘氏《文心雕龙》之体"

成伯玙(生卒年不详)唐人,爵里无考撰有《毛诗指说》一卷,一般归入经部说类,《四库全书总目》谓此书"凡四篇。一曰《兴述》,明先王陈《诗》观风之旨,孔子删《诗》正雅之由;二曰《解说》,先释《诗》义,而风、雅、颂次之,周又次之,诂、传、序又次之,篇章又次之,后妃又次之,终之以《鹊巢》《驺虞》。大略即举《周南》一篇,櫽括论列,引申以及其余。三曰《传受》,备详齐、鲁、毛、韩四家授受世次及后儒训释源流。四曰《文体》,凡《三百篇》中句法之长短,篇章之多寡,措辞之异同,用字之体例,皆胪举而详之,颇似刘氏《文心雕龙》之体。盖说经之余论也。"此书在文休论上有不少重要论述。

其《兴述第一》论诗、乐关系,认为"诗乐相通":"诗者,乐章也……上皇道质,人无所感,虽形讴歌,未寄文字。俗薄政烦,歌讴理切,六代(指黄帝、唐尧、虞舜、夏、商、周)之乐同功异用。前者超忽,莫得而传。虞舜之书,始陈诗咏;五弦之琴,以歌《南风》(即《凯风》四章,每章四句),其文详也。自殷周洎于鲁僖,六诗(风、雅、颂、赋、比、兴)该备。而运钟治乱,时有夷险;感物而动,人之常情。升平则闻雅颂之音,丧乱惟陈怨刺之作。"①

其《解说第二》分别解释了与《诗经》有关的一些术语,如诗,"诸侯之诗谓之国风","王者之诗谓之雅。王政之事,大小不同。歌小事用小雅,歌大事用大雅","风、赋、比、兴、雅、颂,谓之六义。赋、比、兴是诗人制作之情,风、雅、颂是诗人所歌之用。"对诂、训、传、注、解、序、篇、章、什等也有解释,如"诂者,古也,谓古人之言与今有异。古谓之厥,今谓之其;古谓之权舆,今谓之始是也";"传者,注之别名也。传承师说,谓之为传;出自己意,即为注。注起孔安国,传有郑康成。又或不名传注,而别谓之义,皆以解经也。何晏、杜元凯名为集解,蔡邕注《月令》谓之章句,范宁注《穀梁》谓之解,

---

① 《毛诗指说》,文渊阁四库全书本。

何休注《公羊》为学,郑玄谓之笺。亦无义例,述作之体,不欲相因耳"。但多承前人之说,并无更多新意。

其《文体第四》认为二、三、四、五、六、七、八言皆缘自《诗经》:"发一字未足舒怀,至于二音,殆成句矣。颂中有'肇禋'二字是也。三言成句,'夜未央'、'绥万邦'、'思无邪',《振鹭》终篇是也。四言成句,其类滋多。五言成句者,'谁谓雀无角'是也。六言成句者,'昔者先王受命,有如召公之臣'。七言成句,'如彼筑室于道谋','不敢效我友自逸','我生之初尚无造'是也。八言成句,'十月蟋蟀入我床下'是也。不至九字十言者,声长气缓,难合雅章。"对语助词的论述尤详,认为《诗经》与《尚书》皆用语助词:"及乎辞余语助者,《诗》、《书》同有之。'已焉哉'、'谓之何哉',慨之深也。'俟我于庭乎而,充耳以青乎而',加'乎而'二字为助者,悔之深也。'其乐只且',美之深也。'母也天只,不谅人只','椒聊且,远条且','且'与'只'皆助语也。用'矣'字为助者,'出自口矣'、'颜之厚矣'。用'之'字者,'左右流之'、'寤寐求之'是也。用'也'字者,'何其处也,必有以也'、'允矣君子,展也大成'。用'其'字者,'夜如何其','其'亦助语也。用'止'字者,'女心伤止'、'征夫遑止'。用'者'字者,'有翩者雕'、'有芃者狐',又曰'知我者谓我心忧'是也。又以语助连正韵者,'其虚其邪? 既亟只且',又曰'是究是图,亶其然乎?'逸诗曰:'唐棣之华,偏其反而','神之格思,不可度思','思'、'而'皆助语也。用'兮'字者,多处一句之下,少处一句之中,'美目盼兮'、'仪既成兮',又曰'缁衣之宜兮'、'敝予又改为兮'是也。'日居月诸',亦助语也。"他还从体裁和风格两个方面论历代诗文之演变云:"诗人之才有短长,言之直者,取辞达而已矣。事之长者,歌之难尽,不思章句之繁,此皆诗之体。洎乎六国,丧乱弘多,哀伤深寄于骚文,怨刺不关于上国。前代尚质,大约辞皆平淡,意极淳朴。后来英彦,各擅文章,致远直尚于轻浮,钩深曲归于美丽。盖余勇可贾,逸气难收。分镳犹昧于汉初,杂体发挥于魏始,于是有辞有咏,为引为行。悲愤成谣,长吟效古,寓言感兴,即事陈情,今古不同,未知其极,斯则变中之变也。虽无美刺之目,并属诗家之流,故备论之耳。"

第二节　唐人史书中的文体论

有关隋、唐、五代的史书很多,这里只论唐人所著的史书,如姚思廉的《梁书》、《陈书》,李百药的《北齐书》,房玄龄等的《晋书》,令狐德棻的《周书》,魏徵的《隋书》,李延寿的《南史》、《北史》,刘昫的《旧唐书》等,数量不少,名著不多,没有一部可与前四史媲美。但刘知幾的《史通》论史体则几乎取得了与《文心雕龙》论文体同等重要的地位,文史相通,史体也是重要的文体。

一 《晋书》论文体、文风演变和乐府

房玄龄(579—648)别名房乔,字玄龄(一说名玄龄,字乔),齐州临淄(今山东淄博市临淄区北)人。唐朝开国宰相。博览经史,工书善文,为"十八学士"之一。先后监修完成《高祖实录》、《太宗实录》;参与制定典章制度,奠定了中国现存最古、最完整的刑事法典《唐律疏议》,对后世影响极大;监修国史,主编二十四史之一《晋书》,包括西晋和东晋的历史。《四库全书总目》对此书评价较低,谓"书成之日即有不惬于众论者",指责"其所褒贬,略实行而奖浮华,其所采择忽正典而取小说","是直稗官之体,安得目曰史传乎"? 特以有关晋史的十八家之书并亡,"考晋事者,舍此无由,故历代存之不废耳"。

但在文体学上,《晋书》仍有一定价值,其《文苑传序》可说是此前的文学简史,也是文体文风演变简史:"泪姬历云季,歌颂滋繁。荀、宋之流,导源自远。总金羁而齐骛,扬玉轪而并驰。言泉会于九流,文律谐于六变。自时已降,轨躅相趋。西都贾、马,耀灵蛇于掌握;东汉班、张,发雕龙于绨椠。俱标称首,咸推雄伯。逮乎当涂,基命文宗,郁起三祖,叶其高韵。七子分其丽则,《翰林》总其菁华,《典论》详其藻绚,彬蔚之美,竞爽当年。独彼陈王,思风遒举,备乎典奥,悬诸日月。及金行纂极,文雅斯盛。张载擅铭山之美,陆机挺焚研之奇。藩、夏连辉,颛顼名辈,并综采繁缛,杼轴清英,穷广内之青编,缉平台之丽曲。嘉声茂迹,陈诸别传。至于吉甫、太冲,江右之才杰;曹毗、庚阐,中兴之时秀。信乃金相玉润,埒会川冲,垿美前修,垂裕来叶。今撰其鸿笔之彦,著之《文苑》云。"①《礼志中》引《汉魏故事》论挽歌云:"大丧及大臣之丧,执绋者挽歌。新礼以为挽歌出于汉武帝《役人之劳》,歌声哀切,遂以为送终之礼。虽音曲摧怆,非经典所制,违礼设衔枚之义,方在号慕,不宜以歌为名,除不挽歌。挚虞以为,挽歌因倡和而为摧怆之声,衔枚所以全哀,此亦以感众,虽非经典所载,是历代故事。《诗》称君子作歌,惟以告哀。以歌为名,亦无所嫌。宜定新礼如旧。"特别是其《乐志》,对汉魏晋乐府及其篇名作了详尽论述,对后来《乐府诗集》的编纂具有明显影响。

二 《隋书》的文体论

魏徵(580—643)字玄成,巨鹿(今河北邢台)人。唐初重臣,杰出的政治家、思想

---

① 《晋书》卷九二。

家,以性格刚直、才识超卓、敢于犯颜直谏著称。著有《隋书》序论,《梁书》、《陈书》、《齐书》之总论,另有《次礼记》二十卷,与虞世南、褚亮等合编有《群书治要》五十卷。其言论多见《贞观政要》。武德四年(621),令狐德棻提出修梁、陈、北齐、北周、隋等五朝史,朝廷命史臣编修,数年仍未成书。贞观三年(629),重修五朝史,由魏徵"总知其务",并主编《隋书》。《隋书》共八十五卷,其中帝纪五卷,列传五十卷,志三十卷,由多人共同编撰,历时三十五年完成。

《隋书》中的文体学思想是比较丰富的,不仅多次论及各朝文体、文风的演变,而且论及露布、鼓吹曲、小说、楚辞等多种具体文体。如其《礼仪志三》(卷八)论露布沿袭云:"后魏每攻战克捷,欲天下知闻,乃书帛,建于竿上,名为露布,其后相因施行。开皇中,乃诏太常卿牛弘、太子庶子裴政撰宣露布礼。及九年平陈,元帅晋王以驿上露布,兵部奏请依新礼宣行。承诏集百官四方客使等,并赴广阳门外,服朝衣,各依其列。内史令称有诏,在位者皆拜。"其《音乐志》论鼓吹曲的演变甚详,此从略。而其《经籍志》四卷是继《汉书·艺文志》后,我国现存最古的第二部史志目录,卷三四论子部小说云:"小说者,街谈巷语之说也";"道听涂说,靡不毕纪"。卷三五论《楚辞》云:"《楚辞》者,屈原之所作也。自周室衰乱,诗人寝息,谄佞之道兴,讽刺之辞废。楚有贤臣屈原,被谗放逐,乃著《离骚》八篇,言已离别愁思,申抒其心,自明无罪,因以讽谏,冀君觉悟,卒不省察,遂赴汨罗死焉。弟子宋玉痛惜其师,伤而和之。其后贾谊、东方朔、刘向、扬雄嘉其文彩,拟之而作。盖以原楚人也,谓之楚辞。然其气质高丽,雅致清远,后之文人咸不能逮。"

又论集部文体、文风演变云:"文者,所以明言也。古者登高能赋,山川能祭,师旅能誓,丧纪能诔,作器能铭,则可以为大夫。言其因物骋辞,情灵无拥者也。唐歌、虞咏,商颂、周雅,叙事缘物,纷纶相袭。自斯已降,其道弥繁。世有浇淳,时移治乱;文体迁变,邪正或殊。宋玉、屈原,激清风于南楚;严、邹、枚、马,陈盛藻于西京。平子艳发于东都,王粲独步于漳滏。爰逮晋氏,见称潘、陆,并黼藻相辉,宫商间起。清辞润乎金石,精义薄乎云天。永嘉已后,玄风既扇,辞多平淡,文寡风力。降及江东,不胜其弊。宋齐之世,下逮梁初,灵运高致之奇,延年错综之美,谢玄晖之藻丽,沈休文之富溢,辉焕斌蔚,辞义可观。梁简文之在东宫,亦好篇什,清辞巧制,止乎衽席之间;雕琢蔓藻,思极闺闱之内。后生好事,递相放习,朝野纷纷,号为宫体。流宕不已,讫于丧亡。陈氏因之,未能全变其中原则,兵乱积年,文章道尽。后魏文帝,颇效属辞,未能变俗,例皆淳古。齐宅漳滨,辞人间起,高言累句,纷纭络绎,清辞雅致,是所未闻。后周草创,干戈不戢,君臣戮力,专事经营,风流文雅,我则未暇。其后南平汉沔,东定河朔,讫于有隋,四海一统,采荆南之杞梓,收会稽之箭竹,辞人才士,总萃京师。"其

《文学传序》亦论及自汉至隋,南北文风之演变:"自汉魏以来迄乎晋宋,其体屡变,前哲论之详矣。暨永明、天监之际,太和、天保之间,洛阳、江左文雅尤盛。于时作者,济阳江淹,吴郡沈约,乐安任昉,济阴温子升,河间邢子才,巨鹿魏伯起等并学穷书圃,思极人文,缛彩郁于云霞,逸响振于金石。英华秀发,波澜浩荡,笔有余力,词无竭源。方诸张、蔡、曹、王,亦各一时之选也。闻其风者声驰景慕,然彼此好尚互有异同。江左宫商发越,贵于清绮;河朔词义贞刚,重乎气质。气质则理胜其词,清绮则文过其意。理深者便于时用,文华者宜于咏歌。此其南北词人得失之大较也。若能掇彼清音,简兹累句,各去所短,合其两长,则文质斌斌,尽善尽美矣。梁自大同之后,雅道沦缺,渐乖典则,争驰新巧。简文、湘东启其淫放,徐陵、庾信分路扬镳,其意浅而繁,其文匿而彩,词尚轻险,情多哀思。格以延陵之听,盖亦亡国之音乎!周氏吞并梁荆,此风扇于关右,狂简斐然成俗,流宕忘反,无所取裁。高祖初统万机,每念斫雕为朴,发号施令,咸去浮华。然时俗词藻,犹多淫丽。故宪台执法,屡飞霜简。炀帝初习艺文,有非轻侧之论,暨乎即位,一变其风,其《与越公书》、《建东都诏》、《冬至受朝诗》及《拟饮马长城窟》,并存雅体,归于典制。虽意在骄淫,而词无浮荡。故当时缀文之士,遂得依而取正焉。所谓能言者未必能行,盖亦君子不以人废言也。"

三 杜佑《通典》是第一部典章体史书

史书中还有一类典章体史书,即所谓三通、九通、十通之类。唐人杜佑的《通典》就是三通中的第一部。

杜佑(735—812)字君卿,京兆万年(今陕西西安附近)人。他出身世族,从小喜读史书,官至同中书门下平章事。为官六十年,历玄、肃、代、德、顺、宪六朝。他所生活的年代正是唐代由盛转衰的时期,针对时弊,他提出了省开支,裁冗员,轻徭薄役等主张。在文化思想上,他希望总结历代典章制度的历史变革,并花三十六年的心血,博览古今典籍和历代名贤论议,撰成二百卷巨著《通典》,开典章制度专史的先河。

《通典》中论及不少文体,如论乐云:"乐也者,圣人之所乐,可以善人心焉。所以古者天子诸侯卿大夫无故不彻乐,士无故不去琴瑟,以平其心,以畅其志,则和气不散,邪气不干,此古先哲后立乐之方也。周衰政失,郑卫是兴,秦汉以还,古乐沦缺,代之所存《韶武》而已。"①卷一四五《歌》引经据典对歌作了详尽的论述,特别是卷一四

---

① (唐)杜佑《通典》卷一四一《乐》,文渊阁四库全书本。

六《散乐》(隋以前谓之百戏)所论百戏,是中国较早有关戏曲史的宝贵资料:"散乐非部伍之声,俳优歌舞杂奏。后汉天子临轩设乐,舍利兽从西方来,戏于殿前,激水化成比目鱼。跳跃嗽水,作雾翳日,而化成黄龙,长八丈,出水游戏,辉耀日光。以两大绳系两柱,相去数丈,二倡女对舞,行于绳上,切肩而不倾。如是杂变,总名百戏。"古之所谓百戏颇类今之杂耍:"江左犹有高絙、紫鹿、跂行、鳖食、齐王、卷衣、笮鼠、夏育、扛鼎、巨象、行乳、神龟、抃戏、背负、灵岳、桂树、白雪、画地、成川之伎……梁又设跳铃、剑掷、倒猕猴、幢青、紫鹿、缘高、絙变、黄龙、弄龟等伎,陈氏因之。后魏道武帝天兴六年冬,诏太乐总章鼓吹,增修杂戏,造五兵、角抵、麒麟、凤凰、仙人、长蚪、白象、白武及诸畏兽、鱼龙、辟邪、鹿马、仙人车、高絙、百尺、长趫幢、跳丸,以备百戏,大飨设之于殿前。明元帝初,又增修之,撰合大曲,更为钟鼓之节。"

四 《旧唐书》的图书分类与文体分类

刘昫(897—947)字耀远,涿州归义(今河北雄县)人。后唐庄宗时任太常博士、翰林学士。后晋时,官至司空、平章事。后晋出帝开运二年(945)受命监修国史,负责编纂《旧唐书》。

《旧唐书》是现存最早的系统记录唐代历史的一部史籍,原名《唐书》,宋代欧阳修、宋祁等编写的《新唐书》问世后,才改称《旧唐书》。《旧唐书》二百卷,题五代晋刘昫等撰。赵翼《廿二史札记》卷一六谓晋出帝开运二年六月,监修国史刘昫、史官张昭远(后以避刘智远讳,但名昭),以新修《唐书》纪、志、列传并目录,凡二百三卷上之,刘昫为相时,《唐书》适讫功,遂由昫表上,其实非昫所修。

其卷二八、二九《音乐志》是一篇音乐发展简史,并论及各代乐名。其论音乐功用云:"施之于邦国,则朝廷序;施之于天下,则神祇格;施之于宾宴,则君臣和;施之于战阵,则士民勇。"论其存亡云:"宋梁之间,南朝文物,号为最盛;人谣国俗,亦世有新声。后魏孝文、宣武,用师淮、汉,收其所获南音,谓之《清商乐》。隋平陈,因置清商署,总谓之《清乐》。遭梁陈亡乱,所存盖鲜。隋室已来,日益沦缺。武太后之时,犹有六十三曲。"又云:"自长安已后,朝廷不重古曲,工伎转缺,能合于管弦者,唯《明君》、《杨伴》、《骁壶》、《春歌》、《秋歌》、《白雪》、《堂堂》、《春江花月》等八曲。"今举一曲为例:"《明君》,汉元帝时,匈奴单于入朝,诏王嫱配之,即昭君也。及将去,入辞。光彩射人,耸动左右,天子悔焉。汉人怜其远嫁,为作此歌。晋石崇妓绿珠善舞,以此曲教之,而自制新歌曰:'我本汉家子,将适单于庭,昔为匣中玉,今为粪土英。'晋文王讳昭,故晋人谓之《明君》。此中朝旧曲,今为吴声,盖吴人传受讹变使然。"

　　其卷四六、四七《经籍志》的特点是对此前类似之书,只保留总序,删去各部各类序录、提要或注文,因"卷部相沿,序述无出前修,今之杀青,亦所不取,但纪部帙而已";"其诸公文集,亦见本传,此并不录"。因此这是一部简明的《经籍志》,对了解唐以前图书存留颇有参考价值,但很少专文体的内容。其《经籍上》论图书分类,因图书分类常与文体分类相通,故节录如下,以见《旧唐书》的图书分类和文体分类法:"今录开元盛时四部诸书,以表艺文之盛。四部者,甲乙丙丁(即经史子集)之次也。甲部为经,其类十二:一曰易,以纪阴阳变化;二曰书,以纪帝王遗范;三曰诗,以纪兴衰诵叹;四曰礼,以纪文物体制;五曰乐,以纪声容律度;六曰春秋,以纪行事褒贬;七曰孝经,以纪天经地义;八曰论语,以纪先圣微言;九曰图纬,以纪六经谶候;十曰经解,以纪六经谶候;十一曰诂训,以纪六经谶候;十二曰小学,以纪字体声韵。乙部为史,其类十有三:一曰正史,以纪纪传表志;二曰古史,以纪编年系事;三曰杂史,以纪异体杂纪;四曰霸史,以纪伪朝国史;五曰起居注,以纪人君言动;六曰旧事,以纪朝廷政令;七曰职官,以纪班序品秩;八曰仪注,以纪吉凶行事;九曰刑法,以纪律令格式;十曰杂传,以纪先圣人物;十一曰地理,以纪山川郡国;十二曰谱系,以纪世族继序;十三曰略录,以纪史策条目。丙部为子,其类一十有四:一曰儒家,以纪仁义教化;二曰道家,以纪清净无为;三曰法家,以纪刑法典制;四曰名家,以纪循名责实;五曰墨家,以纪强本节用;六曰纵横家,以纪辩说诡诈;七曰杂家,以纪兼叙众说;八曰农家,以纪播植种艺;九曰小说家,以纪刍辞舆诵;十曰兵法,以纪权谋制度;十一曰天文,以纪星辰象纬;十二曰历数,以纪推步气朔;十三曰五行,以纪卜筮占候;十四曰医方,以纪药饵针灸。丁部为集,其类有三:一曰楚词,以纪骚人怨刺;二曰别集,以纪词赋杂论;三曰总集,以纪文章事类。"

　　其卷一九〇上《杨炯传》引张说语历评唐代文人,堪称文体风格论:"开元中,(张)说为集贤大学士十余年,常与学士徐坚论近代文士,悲其凋丧。坚曰:'李赵公、崔文公之笔术擅价一时。其间孰优?'说曰:'李峤、崔融、薛稷、宋之问之文如良金美玉,无施不可。富嘉谟之文如孤峰绝岸,壁立万仞,浓云郁兴,震雷俱发,诚可畏也,若施于廊庙则骇矣。阎朝隐之文如丽服靓妆,燕歌赵舞,观者忘疲,若类之风雅,则罪人矣。'问后进词人之优劣,说曰:'韩休之文如大羹旨酒,雅有典则,而薄于滋味。许景先之文如丰肌腻理,虽秾华可爱,而微少风骨。张九龄之文如轻缣素练。实济时用,而微窘边幅。王翰之文如琼杯玉斝,虽烂然可珍,而多有玷缺。'坚以为然。"对唐文风格的多样性作了十分形象的概括。

第三节　刘知幾《史通》

一　《史通》是史体学形成的标志

刘知幾(661—721)字子玄,彭城(今江苏徐州)人。永隆(680)进士。武则天时历任著作佐郎、左史等职。玄宗时官至左散骑常侍。开元九年,因事被贬为安州都督府别驾,不久去世。刘知幾是唐代著名史学家,所著《史通》是一部史论专著,论及史书各体。此书虽为论史,但很多部分的内容与文体论密切相关,如卷二的《二体》(编年、纪传)、《本纪》、《世家》、《列传》,卷三的《表历》、《书志》,卷四的《论赞》、《序例》,卷九的《序传》之类等。

《史通·外篇·史官建置第一》云:"史之为用,其利甚博,乃生人之急务,为国家之要道,有国有家者其可缺之哉?"①因此,他一生皆致力于历史研究。其《自叙》第三十六,自谓幼读《古文尚书》,每苦"其辞艰琐,难为讽读";既读《春秋左氏传》,叹曰:"若使书皆如此,吾不复怠矣";又读"《史》、《汉》、《三国志》,既欲知古今沿革,历数相承,于是触类而观,不假师训,自汉中兴已降,迄乎皇家(指唐代)《实录》,年十有七,而窥览略周";"泊年登弱冠,射策登朝,于是思有余闲,遂其本愿,旅游京洛,颇积岁年,公私借书,恣情披阅。至如一代之史,分为数家,其间杂记小书,又竞为异说,莫不钻研穿凿,尽其利害";后又"三为史臣,再入东观",但与同僚"凿枘相违,龃龉难入","故退而私撰《史通》,以见其志"。卷首《史通序》论以《史通》名书之由云:"昔汉世诸儒,集论经传,定之于白虎阁,因名曰《白虎通》。予既在史馆而成此书,故便以《史通》为目。且汉求司马迁后,封为史通子,是知史之称通,其来日久。"

《史通》多具独到见解,富有疑古创新精神,如其《外篇·疑古第三》就对所谓尧舜禅让产生质疑。刘勰的《文心雕龙》有《原道》、《征圣》、《宗经》诸篇,刘知幾的《史通·外篇》却有《疑古》十二条,《惑经》二十一条。其《惑经》第一条同样表现了他的疑古精神:他对《春秋》为贤者讳、为尊者讳是不以为然的,强调史书应"善恶必书"。可见他并不像刘勰那样征圣、宗经,而是对圣人、对经书也多有怀疑和反驳。

刘知幾的《史通》对史体作了全面论述。唐刘肃云:"子玄著史通二十篇,备陈史册之体。"②黄庭坚《与王立之四帖》云:"刘勰《文心雕龙》,刘子玄《史通》,此两书曾

① 《史通·外篇》卷一一。下引《史通》,内篇只列篇名卷次,外篇则前加外篇二字,以示区别。

② (唐)刘肃《唐新语》卷九,文渊阁四库全书本。

读否？所论虽未极高，然讥弹古人，大中文病，不可不知也。"①黄庭坚把《史通》与《文心雕龙》相提并论是颇有道理的。《文心雕龙》是文论专著，对文体的体裁、文学体派、文体分类作了全面论述；《史通》是史论专著，对史书的体裁、史学流派、史书史体分类也作了全面论述。如果说《文心雕龙》标志着中国古代文体学的形成，那么《史通》则标志着中国古代史论学、史体学的形成，而清代章学成的《文史通义》则为二者的完美结合。《文心雕龙》的文体论研究者很多，而《史通》的史体论（其实也是文体论）研究者却很少，故本书论之略详。

南宋王十朋《问策》之一却对刘知幾《史通》多有反驳："唐史臣刘知幾著《史通》，《内篇》称古之作史者有六家：一《尚书》，二《春秋》，三《左传》，四《国语》，五《史记》，六《汉书》。又谓《尚书》家出于太古，《春秋》家出于三代，《左传》、《国语》出于丘明，《史记》、《汉书》出于迁、固。知幾最善著论而唐史称之，其所列六家必有考据，然理有可疑者，不得不与之辩。《书》载尧舜三代之事，《春秋》出于吾夫子之亲笔，学者尊之以为经，不可诬矣。知幾乃同迁、固之书而史之，可乎？《左传》、《国语》虽曰二书，然同出于一丘明之手，实左氏内外篇也，而乃别为二家，可乎？《史记》创始于马迁，而班固虽自为一家，其大法则祖述子长也。今乃别为二家之流者，是则范晔、陈寿而下，又乌得不以名家乎？以理论之，《书》、《春秋》经也，《左氏》、《国语》传也，《史记》、《汉书》史也。至于史家者流，特一马迁为倡尔，见其有一，未见其有六也。知幾著其始末，条例甚详，合经传而为史，别一姓而二家，散《史》、《汉》而二流，则必有说焉。又谓《尚书》四家，其体久废，所可祖述，唯《左氏》及《汉书》。不知后世秉史笔者，果法《左传》、《汉书》二家之遗乎？抑亦兼出于六家者乎？不然，则知幾之言必有所不通者。"②

《四库全书总目》对《史通》的评价则较全面客观，首论其存佚："其内篇《体统》、《纰缪》、《弛张》三篇，有录无书。考本传已称著《史通》四十九篇，则三篇之亡在修《唐书》以前矣。"次论内外篇的分工及撰写先后："内篇皆论史家体例，辨别是非；外篇则述史籍源流及杂评古人得失。文或与内篇重出，又或抵牾。观开卷《六家》篇，首称'自古帝王文籍，外篇言之详矣'，是先有外篇，乃撷其精华以成内篇，故删除有所未尽也。"《总目》亦列此书之失，但也赞赏有加："子元（玄）于史学最深，又领史职几三十年，更历书局亦最久，其贯穿古今，洞悉利病，实非后人之所及。而性本过刚，词复有激，诋诃太过，或悍然不顾其安……其缕析条分，如别白黑，一经抉摘，虽马迁、班固几无词以自解免，亦可云载笔之法家，著书之监史矣。"

①　（宋）黄庭坚《山谷集》外集卷一〇，文渊阁四库全书本。
②　（宋）王十朋《梅溪集》前集卷一三，文渊阁四库全书本。

在本书总序中我们已指出,研究古代文体既应从经、史、子、集中广泛占有资料,更应扩大研究视野,至少应研究包括文本的体裁、风格、体类三部分内容,这对研究史体同样适用。《史通》也是从体裁、风格、体类三个方面论史体的,分述如下。

二　《史通》论"史体"

《史通》是对唐以前史书的总结,其《外篇·古今正史第二》云:"《易》曰:'上古结绳以理,后世圣人易之以书契。'儒者云:'伏羲氏始画八卦,造书契,以代结绳之政,由是文籍生焉。'又曰:'伏羲、神农、黄帝之书谓之《三坟》,言大道也;少昊、颛顼、高辛、唐虞之书谓之《五典》,言常道也。'《春秋传》载,楚左史能读《三坟》、《五典》,《礼记》曰:'外史掌三皇五帝之书。'由斯而言,则《坟》、《典》文义,《三》、《五》典策,至于春秋之时犹大行于世。爰及后世,其书不传,惟唐虞已降可得言者。然自尧而往,圣贤犹述求其一二,仿佛存焉。而后来诸子,广造奇说,其语不经,其书非圣。故马迁有言神农已前吾不知矣,班固亦曰颛顼之事未可明也。斯则坟典所记,无得而称者焉。"接着他对唐以前的史书如《尚书》、《春秋》、《史记》、《汉书》、《后汉书》、《三国志》、《晋书》、《宋书》、《齐书》、《梁书》、《陈书》、《十六国春秋》、《后魏书》、《北齐书》、《后周书》、《隋书》等分别作了评说。

文有文体,史有史体。《史通》论及"史体"处很多,《序例第十》云:"《史》、《汉》,以记事为宗,至于表、志、杂传,亦时复立序,文兼史体。"《模拟第二十八》云:"先引经语,而继以释辞,势使之然,非史体也。"

史体与文体密切相关,如卷二的《二体》(编年体、纪传体)、《本纪》、《世家》、《列传》,卷三的《表历》、《书志》,卷四的《论赞》、《序例》,卷九的《序传》之类。《载文第十六》云:"文之将(与)史,其流一也。"这是讲文史相通。但既相通而又相别,《叙事第二十二》云:"其为文也,编字不只,捶句皆双。"《核才第三十一》云:"文之与史,较然异辙。"这是说先秦的文史是相通的,在汉魏特别是六朝骈体既兴之后,文史就不尽相通了,史官多骈文之士,而骈文难以为史。

史体有其特殊性,其《叙事第二十二》由序、尚简、用晦、妄饰四部分组成,其序论史书以叙事为主云:"夫史之称美者以叙事为先,至若书功过,记善恶,文而不丽,质而非野,使人味其滋旨,怀其德音,三复忘疲,百遍无斁,自非作者曰圣,其孰能与于此乎?"善叙事之史家不多:"自汉已降几千载,作者相继非复一家,求其善者,盖亦几(少)矣。"同一史家也非篇篇叙事皆善:"夫班、马执简,既五经之罪人;而晋、宋杀青,又三史之不若。譬夫王霸有别,粹驳相悬,才难不其甚乎!然则人之著述,虽同自一手,其间则有善恶不均,精粗非类。"这不完全决定于作者的水平,还决定于所书之事的内容:"绘事以丹素成妍,帝京以山水为助,故言娥者其史亦拙,事美者其书亦工。必时乏异闻,世无奇事,英雄不作,贤隽不生,区区碌碌,抑惟恒理。而责史臣显其良直之体,申其微婉之才,盖亦难矣。"

其《核才第三十一》论文、史之异尤为充分:"夫史才之难,其难甚矣。晋令云国史之任,委之著作,每著作郎初至,必撰《名臣传》一人,斯盖察其所由。苟非其才,则不可叨居史任。"他举了不少例子以说明文章家不一定能成为史学家,如"蔡邕、刘峻、徐陵、刘炫之徒,各自谓长于著书,达于史体,然观《侏儒》一节,而他事可知";蔡邕"上书,谓宜广班氏《天文志》。夫天文之于汉史,实附赘之尤甚者也,必欲申以撝撼,但当锄而去之,安可仍其过失而益其芜累";刘孝标"持论析理诚为绝伦,而《自叙》一篇过为烦碎,《山西》一志,直论文章,谅难以偶迹迁、固,比肩陈、范者也";徐陵"在齐,有志《梁史》,及还江左,书竟不成。嗟乎,以徐公文体而施诸史传,亦犹灞上儿戏,异乎真将军"①。因为"文之与史,较然异辙。故以张衡之文而不娴于史,以陈寿之史而不习于文。"

其《本纪第四》论纪体云:"盖纪者,纲纪庶品,网罗万物。考篇目之大者,其莫过于此乎! 及司马迁之著《史记》也,又列天子行事,以本纪名篇,后世因之,守而勿失……以天子为本纪,诸侯为世家,斯诚说(正直之言)矣。"又论纪、传之别云:"纪者,既以编年为主,唯叙天子一人。有大事可书者,则见之于年月。其书事委曲,付之列传,此其义也。"他批评后世之纪"巨细毕书,洪纤备录,全为传体,有异纪文"。

其《世家第五》论世家的含义是指"开国承家,世代相续",批评司马迁不应当把"子孙不嗣,社稷靡闻,无世可传,无家可宅"的陈胜列为《世家》:"《史(记)》之篇目,皆迁所创。岂以自我作故(古),而名实无准?"汉代宗子称王者,与州郡异姓封侯没有什么不同,"或传国唯止一身,或袭爵才经数世",也不应"编为《世家》"。他称美班固《汉书》"知其若是,厘革前非","并一概称《传》,无复《世家》,事势当然,非矫枉也"。

其《列传第六》首又论纪、传之别云:"纪者,编年也;传者,列事也。编年者,历帝王之岁月,犹《春秋》之经;列事者,录人臣之行状,犹《春秋》之传。《春秋》则传以解经,《史》、《汉》则传以释纪。"次论诸史"区分未尽",认为项羽不应入《本纪》;"范晔《汉

---

① 《史记》卷五七《绛侯周勃世家》载,周勃为河内守,军细柳营,汉文帝劳军,先驱至,不得入。先驱曰:"天子且至。"军门都尉曰:"将军令曰:军中闻将军令,不闻天子之诏。"不久文帝至,又不得入。后得周勃令,乃开壁门,但不得驱驰。于是天子乃按辔徐行,至营,周勃持兵揖曰:"介胄之士不拜,请以军礼见。"文帝曰:"嗟乎,此真将军矣。向者灞上棘门如儿戏耳。"

书》纪后妃六宫,其实传也,而谓之为纪;陈寿《国志》载孙、刘二帝,其实纪也,而呼之曰传"。认为"纪传之不同,犹诗赋之有别",不应混同。他感慨《史记》、《汉书》立传太滥:"自班、马以来,获书于国史者多矣。其间则有生无令问,死无异迹⋯⋯而虚传班、史,妄占篇目。若斯人者,可胜纪哉?古人以没而不朽为难,盖为此也。"

其《表历第七》其论及谱、表、注("改表为注")、小说、杂记等文体,重点论司马迁《史记》无需设表历:"天子有《本纪》,诸侯有《世家》,公卿已下有《列传》。至于祖孙昭穆,年月职官,各在其篇,具有其说。用相考核,居然可知。而重列之以表,成其烦费,岂非谬乎?"正因其内容重复,故读者不读:"读者莫不先看《本纪》,越至《世家》。《表》在乎其间,缄而不视。"后世断代史各相祖述,不知断代史当以代为断:"上自庖牺,下穷嬴氏,不言汉事而编入《汉书》。鸠居鹊巢,燕施松上,附生疣赘,不知剪截,何断而为限乎?"

其《书志第八》论史体名多异而实则同云:"夫司马迁曰书,班固曰志,东观曰记,华峤曰典,张勃曰录,何法盛曰说,名目虽异,体统不殊。亦犹楚谓之《梼杌》,晋谓之《乘》,鲁谓之《春秋》,其义一也。于其编次,则有前曰《平准》,后云《食货》;古号《河渠》,今称《沟洫》。析《郊祀》为《宗庙》,分《礼乐》为《威仪》;悬象出于《天文》,郡国生于《地理》。如斯变革,不可胜计。或名非而物是,或小异而大同。但作者爱奇,耻于仍旧,必寻源讨本,其归一揆也。若乃《五行》、《艺文》,班补子长之阙;《百官》、《舆服》,谢拾孟坚之遗;王隐后来加以《瑞异》,魏收晚进宏以《释老》。斯则自我作故,出乎胸臆。求诸历代,不过一二者焉。大抵志之为篇,其流十五六家而已。其间则有妄入编次,虚张部帙。而积习已久,不悟其非。亦有事应可书,宜别标篇题。而古来作者曾未觉察。"这里他论及的史体名有书、志、记、典、录、说等,书名有《梼杌》、《乘》、《春秋》等,篇名有《平准书》、《食货志》、《河渠书》、《沟洫志》、《郊祀志》、《宗庙志》、《礼乐志》、《威仪志》、《天文志》、《地理志》、《百官志》、《舆服志》、《瑞异志》、《释老志》等。"如斯变革,不可胜计。多名非物是,小异大同。"他对这类书、志多有不满,主张或予废弃,或"当变其体",主张增加三志:"一曰《都邑志》,二曰《氏族志》,三曰《方物志》",并具体阐述了增加的理由。萧规曹随,萧何所定规矩,曹参因而从之,虽世传为美谈,但"作者爱奇,耻于仍旧"。

其《论赞第九》论赞多异名:"《春秋左氏传》每有发论,假君子以称之。二传云公羊子、穀梁子,史记云太史公。既而班固曰赞,荀悦曰论,东观曰序,谢承曰诠,陈寿曰评,王隐曰议,何法盛曰述,扬雄曰撰,刘昞曰奏,袁宏、裴子野自显姓名,皇甫谧、葛洪列其所号(前者称玄晏先生,后者称抱朴子)。史官所撰,通称史臣。其名万殊,其义一揆。必取便于时,则总归论焉。"重点批评论赞之繁:"夫论者,所以辩疑惑,释凝滞。

136

若愚智共了,固无俟商榷";"司马迁始限以篇终各书一论,必理有非要,则强生其文。史论之烦,实萌于此";"每卷立论,其烦已多。而嗣论以赞,为黩弥甚。"

其《序例第十》论序和凡例。首论序之必要:"孔安国有云:'序者,所以序作者之意也。'窃以《书》列《典》、《谟》,《诗》含比、兴,若不先序其意,难以曲得其情。故每篇有序,敷畅厥义。"批评历代史书以记事为宗,不需序作说明,而亦每篇有序。"累屋重架,无乃太甚!"他对例或凡例比较看重:"夫史之有例,犹国之有法。国之无法,则上下靡定;史之无例,则是非莫准。昔夫子修经,始发凡例;左氏立传,显其区域。科条一辨,彪炳可观。"认为"若沈《宋》(沈约《宋书》)之志序,萧《齐》(萧子显《齐书》)之序录,虽皆以序为名,其实例也,必定其臧否,征其善恶"。于自序中发凡起例,至今亦多如此。他认为凡例既立,就应与内容相符,而各史书往往内容与凡例不符,并举《晋书》。《齐书》为例:"此并非言之难,行之难也。"今人著述,也常有同病。

其《序传第三十二》论述自序、自纪、自传、家牒等(这些史体也属文体),认为屈原《离骚》实为最早的自传:"屈原《离骚经》,其首章上陈氏族,下列祖考,先述厥生,次显名字,自叙发迹,实基于此。"次论司马相如的《自叙传》:"降及司马相如,始以《自叙》为传。然其所叙者,但记己少及长,立身行事而已。逮于祖先所出,则蔑尔无闻。"他批评"相如自序及记其客游临邛,窃妻卓氏,以《春秋》所讳持为美谈。虽事或非虚,而理无可取。载之于传,不其愧乎!"三论司马迁的《太史公自序》:"至马迁又征三闾(屈原)之故事,仿文园(司马相如)之近作,模楷二家,勒成一卷。"而扬雄的《自序传》以后,此体尤多:"于是扬雄遵其旧辙,班固酌其余波。自叙之篇,实烦于代,虽属辞有异,而兹体无易。"他批评"后来叙传,非止一家,竞学孟坚(班固),从风而靡。施于家牒,犹或可通;列于国史,每见其失者矣。"强调自叙要真实:"然自叙之为义也,苟能隐己之短,称其所长,斯言不谬,即为实录";反对自吹自擂,"自媒自衒","扬露己才","历观扬雄已降,其自叙也,始以夸尚为宗。至魏文帝、傅玄、陶梅(不详,或为梅陶之误)、葛洪之徒,则又逾于此者矣。何则?身兼片善,行有微能,皆剖析具言,一二必载,岂所谓宪章前圣,谦以自牧者欤!又近古人伦,喜称阀阅。其荜门寒族,百代无闻。而骈角挺生,一朝暴贵,无不追述本系,妄承先哲。"各种家谱、族谱都要追溯到三皇五帝,至今如此。

其《补注第十七》论传、注、补、子注、补注诸体的含义:"昔《诗》、《书》既成,而毛、孔立传。传之时义,以训诂为主,亦犹《春秋》之传配经而行也。降及中古,始名传曰注。盖传者转也,转授于无穷;注者流也,流通而靡绝。惟此二名,其归一揆。"补是"补前书之所缺"。子注是就前注再作细注,"权其得失,求其利害","除烦则意有所吝,毕载则言有所妨,遂乃定彼榛楛,列为子注"。补注是补前人之注,但有的补注是补前人之所弃:"范晔之删《后汉》也,简而且周,疏而不漏,盖云备矣。而刘昭采其所捐,以为补注,言尽非要,事皆不急,譬夫人有吐果之核,弃药之滓,而愚者乃重加捃拾,洁以登荐,持此为工,多见其无识也……可谓劳而无功,费而无当者矣。"

其《杂述第三十四》论及的史体更多:"偏记小说,自成一家,而能与正史参行,其所从来尚矣。爰及近古,斯道渐烦,史氏流别,殊途并骛,榷而为论,其流有十焉:一曰偏记,二曰小录,三曰逸事,四曰琐言,五曰郡书,六曰家史,七曰别传,八曰杂记,九曰地理书,十曰都邑簿。"其下还详举这十种杂述的篇名、特征及利病,篇末总结说:"考兹十品,征彼百家,则史之杂名,其流尽于此矣。至于其间得失纷糅,善恶相兼,既难为觏缕,故粗陈梗概。"

可见《史通》论及的史体十分详备丰富,有编年体、纪传体、本纪、世家、传、列传、自传、杂传、表、历、书、志、记、杂记、偏记、小录、论、赞、序、自序、自纪、例、凡例、谱、牒、簿、典、录、注、子注、补注、逸事、琐言、杂记、小说等数十种,不难看出,史体与多数文体是相通的,史体亦文体之一。

三　《史通》论史体风格及其演变

史体除指史书体裁外,还指史书风格,其《六家》篇首次把唐以前史书分为六家,六家即为六体,六种风格流派:"古往今来,质文递变。诸史之作,不恒厥体释。榷而为论,其流有六:一曰《尚书》家,二曰《春秋》家,三曰《左传》家,四曰《国语》家,五曰《史记》家,六曰《汉书》家,今略陈其义,列之于后。"他对各家各体的论述,也与《文心雕龙》一样,"原始以表末,释名以章义,选文(多举书名)以定篇,敷理以举统",如论《尚书》家,既直接论及《尚书》的具体文体:"宣王道之正义,发话言于臣下,故其所载,皆典、谟、训、诰、誓、命之文。"又论及其体的演变:"自宗周既殒,《书》体遂废,迄乎汉魏,无能继者。"至晋孔衍以后,始陆续出现《汉尚书》、《后汉尚书》、《汉魏尚书》等,"寻其义例,皆准《尚书》","爰逮中叶,文籍大备,必剪截今文,模拟古法,事非改辙,理涉守株","画虎不成,反类犬也。"又如论《左传》家,先解释传体的含义:"传者转也,转受经旨以授后人;或曰传者传也,所以传示来世。案孔安国注《尚书》,亦谓之传,斯则传者亦训释之义乎释。"又论及《左传》的文风:"观《左传》之释经也,言见经文而事详传内,或传无而经有,或经阙而存存,其言简而要,其事详而博,信圣人之羽翮,而述者之冠冕也。""简而要"、"详而博"即指《左传》的风格。后世仿之者甚多:"或谓之《春秋》,或谓之《纪》,或谓之《略》,或谓之《典》,或谓之《志》,虽名各异,大抵皆依《左传》以为的准焉。"后世的纪、略、典、志,既为史书名,也成了文体名。前已论及,《史记》本身就创立了不少文体,而《汉书》以"书"名,实不同于《尚书》,而是本于《史记》:"昔虞夏之典,商周之诰,孔氏所撰,皆谓之书。夫以书为名亦稽古之伟称;寻其创造,皆准子长(司马迁)。但不为世家,改书曰志而已。自东汉已后,作者相仍,皆袭其名号,无所变革。唯《东观》曰记,三国曰志,然称谓虽别,而体制皆同。"末论《汉书》的特点、文风及影响云:"《汉书》者,究西都(西汉)之首末,穷刘氏之废兴,包举一代。撰成一书。言皆精练,事甚该密。故学者寻讨,易为其功。自尔迄今,无改斯道。"

其《论赞第九》论史体风格的演变云:"子长淡泊无味,承祚(陈寿)懦缓不切","孟坚(班固)辞惟温雅","翩翩弈弈,良可咏也。""自兹以降,流宕忘返。大抵皆华多于实,理少于文。鼓其雄辞,夸其俪事。""袁彦伯(宏)之务饰玄言,谢灵运之虚张高论","王邵志在简直,言兼鄙野。苟得其理,遂忘其文。""大唐修《晋书》,作者皆当代词人。远弃史、班,近宗徐、庾。夫以饰彼轻薄之句,而编为史籍之文,无异加粉黛于壮夫,服绮纨于高士者矣。"

其《模拟第二十八》云:"文虽缺略,理甚昭著,此邱明之体也。""邱明之体"的体,显然不是指史书体裁,而是指《左传》的风格,文虽略而理甚著。《外篇·点烦第六》云:"聚米为谷,贼虏之虚实可知;画地成图,山川之形势易悉。昔陶隐居《本草》,药有冷热味者,朱墨点其名;阮孝绪《七录》,书有文德殿者,丹笔写其字。由是区分有别,品类可知。"此"品类"也显然指风格。《外篇·史官建置第一》云:"夫为史之道,其流有二,何者? 书事记言,出自当时之简;勒成删定,归于后来之笔。然则当时草创者,资乎博闻实录,若董狐、南史是也。后来经始者,贵于隽识通才,若班固、陈寿是也。必论其事业,前后不同,然相须而成,其归一揆。""其流有二"之"流"指流派,也是就风格而论的。

《春秋》三传中,刘知幾最推崇《左传》,其《外篇·申左第五》云:"大抵自古重两传(指《公羊传》、《穀梁传》)而轻左氏者固非一家,美左氏而议两传者亦非一族。互相攻击,各自朋党,笼罩纷竞,是非莫分。然则儒者之学苟以专精为主,至于治章句,通训释,斯则可也。至于论大体,举宏纲,则言罕兼统,理无要害,故使今古疑滞,莫得而申者焉。必扬榷而论之,言传者固当以左氏为首。"认为"左氏之义有三长,而二传之义有五短"。《外篇·杂说上第七》评《春秋》三传更是全从风格着眼:"左氏之叙事也,述行师则簿领盈视,唬聒(喧聒嘈杂)沸腾;论备火则区分在目,修饰峻整;言胜捷则收获都尽,记奔败则披靡横前,申盟誓则慷慨有余,称谲诈则欺诬可见,谈恩惠则煦如春日,纪严切则凛若秋霜,叙兴邦则滋味无量,陈亡国则凄凉可悯,或腴辞润简牍,或美句入咏歌,跌宕而不群,纵横而自得。若斯才者,殆将工侔造化,思涉鬼神,著述罕闻,古今卓绝。如二传(《公羊》、《穀梁》)之叙事也,榛芜溢句,疣赘满行,华多而少实,言拙而寡味。"

刘知幾把史家分为三等,也主要是从史书的内容、风格着眼的,其《辨职第三十五》云:"史之为务,厥途有三焉:何则? 彰善贬恶,不避强御,若晋之董狐、齐之南史,此其上也;编次勒成,郁为不朽,若鲁之丘明、汉之子长,此其次也;高才博学,名重一时,若周之史佚、楚之倚相,此其下也。"这里的彰善贬恶、编次得法、高才博学,都是指这些史家所著书的内容、体裁、结构和风格而言的。

其《言语第二十》论史书风格的变化说:"上古之世,人惟朴略,言语难晓,训释方通。是以寻理则事简而意深,考文则词难而义释";"周监于二代,郁郁乎文,大夫行人,尤重词命。语微婉而多切,言流靡而不淫";"战国虎争,驰说云涌,人持弄丸之辩,家挟飞钳之术。剧谈者以谲诳为宗,利口者以寓言为主";"逮汉魏已降,周隋而往,世皆尚文,时无专对。运筹划策,自具于章表;献可替否,总归于笔札。宰我、子贡之道不行,苏秦、张仪之业遂废矣。"他称美"战国已前,其言皆可讽咏,非但笔削所致,良用(因)体质素美";批评"后来作者,通无远识,记其当世口语,罕能从实而书。方复追效昔人,示其稽古。是以好丘明者则偏模《左传》,爱子长者则全学史公,用使周、秦言辞,见于魏、晋之代;楚、汉应对,行乎宋、齐之日。而伪修混沌,失彼天然,今古以之不纯,真伪由其相乱……华而失实,过莫大焉"。他认为"后之视今亦犹今之视昔,而作者皆怯书今语,勇效昔言,不其惑乎?"

四　《史通》论史书的写作要求

《史通》还详细论及史书的写作要求,与其风格论是一脉相承的,主要包括以下几个方面:

第一,史贵实录,应当区别真伪邪正。

其《载文第十六》云:先秦之书载言"不虚美,不隐恶";"爰泊中叶,文体大变,树理者多以诡妄为本。饰辞者务以淫丽为宗,譬以女工之有绮縠,音乐之有郑卫"。"若马卿之《子虚》、《上林》,扬雄之《甘泉》、《羽猎》,班固《两都》,马融《广成》,喻过其体,词没其义,繁华而失实,流宕而忘返,无裨奖劝,有长奸诈,而前后《史》、《汉》皆书诸列传,不其谬乎?"他称美"言成轨则,为世龟镜"的诗文:"至如诗有韦孟《讽谏》,赋有赵壹《嫉邪》,篇则贾谊《过秦》,论则班彪《王命》。张华述箴于《女史》,张载题铭于《剑阁》,诸葛表主以《出师》,王昶书家以《诫子》。刘向、谷永之上疏,晁错、李固之对策,荀伯子之弹文,山巨源之启事,此皆言成轨则,为世龟镜,求诸历代,往往而有,苟书之竹帛,持以不刊,则其文可与三代同风,其事可以五经齐列。"

史贵直书，故他反对曲笔，《直书第二十四》云："夫人禀五常，士兼百行，邪正有别，曲直不同。若邪曲者，人之所贱，而小人之道也；正直者，人之所贵，而君子之德也。"但世人包括史官在内却趋邪避直："世多趋邪而弃正，不践君子之迹，而行曲自陷小人者，何哉？语曰'直如弦，死道边；曲如钩，反封侯'，故能顺从以保吉，不违忤以受害也。况史之为务申以劝戒，树之风声，其有贼臣逆子、淫君乱主，苟直书其事，不掩其瑕，则秽迹彰于一朝，恶名被于千载，言之若是，吁可畏乎！"史臣直书虽能"成其良直，擅名今古"，但往往"或身膏斧钺，取笑于当时；或书填坑窖，无闻于后代。夫世事如此，而责史臣不能申其强项之风，励其匪躬之节，盖亦难矣"。十分深刻，此乃"世事"使然，非尽史臣之过。因此，有的人只好奉命写书："是以张俨发愤，私存《默记》之文①。孙盛不平，窃撰辽东之本②。以兹避祸，幸而获全。是以验世途之多隘，知实录之难遇耳。"但"烈士殉名，壮夫重气，宁为兰摧玉折，不为瓦砾长存"，故贵直言。

其《曲笔第二十五》云："肇有人伦，是称家国，父父子子，君君臣臣，亲疏既辨，等差有别。盖子为父隐，直在其中，《论语》之顺也；略外别内，掩恶扬善，《春秋》之义也。自兹已降，率由旧章。史氏有事涉君亲，必言多隐讳，虽直道不足，而名教存焉。"可见子为父隐，臣为君隐，为存名教而损直道，从孔圣人起就已如此。后世史官更是"舞词弄札，饰非文过"，"事每凭虚，词多乌有"，"事有不同，言多爽实"，"用舍由乎臆说，威福行于笔端……或假人之美藉为私惠，或诬人之恶持报己仇"；甚至作为敛财手段："班固受金而始书，陈寿借米而方传，此又记言之奸贼，载笔之凶人，虽肆诸市朝，投畀豺虎可也"。他认为："史之为用也，记功司过，彰善瘅恶，得失一朝，荣辱千载。苟违斯法，岂曰能官？但古来唯闻以直笔见诛，不闻以曲词获罪"；"爱憎由已，高下在心，进不惮于公宪，退无愧于私室，欲求实录，不亦难乎！呜呼，此亦有国家者所宜惩革也。"《外篇·古今正史第二》批评"(许)敬宗所作纪传，或曲希时旨，或猥释私憾，凡有毁誉，多非实录。"《外篇·暗惑第十二》批评史书多不分真伪邪正云："夫人识有不烛，神有不明，则真伪莫分，邪正靡别……史传叙事，亦多如此。其有道理难凭，欺诬可见，如古来学者莫觉其非，盖往往有焉。""唯闻以直笔见诛，不闻以曲词获罪"，可见曲笔也是"世事"使然，应由"有国家者"负责，非尽为史臣之过。

第二，史需修饰，但反对妄加粉饰。

文章需要修饰，史书自然也需要修饰，但不当妄饰。其《叙事第二十二》论"妄饰"

云:"昔文章既作,比兴由生,鸟兽以媲贤愚,草木以方男女,诗人骚客,言之备矣。"这是必要的修饰,但"泊乎中代,其体稍殊,或拟人必以其伦,或述事多比于古……史臣撰录,亦同彼文章,假托古词,翻易今语,润色之滥,萌于此矣";"降及近古,弥见其甚。至如诸子短书,杂家小说,论逆臣则呼为'问鼎',称巨寇则目以'长鲸',邦国初基皆云'草昧',帝王兆迹必号'龙飞'……斯则虚引古事,妄足庸音,苟矜其学,必辨而非当者矣……直以事不类古,改从雅言,欲令学者何以考时俗之不同,察古今之有异?"最后总结说:"史之为务,必藉于文。自五经已降,三史而往,以文叙事,可得言焉。而今之所作有异于是,其立言也,或虚加练饰,轻事雕彩;或体兼赋颂,词类俳优。文非文,史非史,譬夫乌孙造室,杂以汉仪,而刻鹄不成反类于鹜者也。"《鉴识第二十六》又云:"夫史之叙事也,当辨而不华,质而不俚,其文直,其事该,若斯而已可矣";如果"绮扬绣合,雕章缛彩,欲称实录,其可得乎?"《探赜第二十七》则云:"盖明月之珠,不能无瑕;夜光之璧,不能无颣。故作者著书,或有病累。而后生不能诋诃其过,又更文饰其非,遂推而广之,强为其说者,盖亦多矣。"又云:"曹公(操)之创王业也,贼杀母后,幽逼主上,罪百田常,祸千王莽;文帝临戎不武,为国好奢,忍害贤良,疏忌骨肉,而(陈)寿评皆依违其事,无所措言。"

第三,史有繁简显晦,强调史贵简炼含蓄。

其《表历第七》云:"文尚简要,语恶烦芜。"《序例第十》云:华峤"言辞简质,叙致温雅";"范晔始革其流,遗弃史才,矜衒文彩。后来所作,他皆若斯。于是迁、固之道忽诸,微婉之风替矣。""累屋重架,无乃太甚。""征其善恶,干宝、范晔理切而多功,邓粲、道鸾词烦而寡要①,(萧)子显虽文伤蹇踬而义甚优长。斯一二家皆序例之美者。"

《断限第十二》反对重复费辞:"以水济水,床上施床,徒有其烦,竟无其用";"骈指在手,不加力于千钧;附赘居身,非广形于七尺。为史之体,有若于斯。"《外篇·忤时第十三》论可略则略,当书必书云:"如创纪编年则年有断限,草传叙事则事有丰约。或可略而不略,或应书而不书,此刊削之失例也。"

《浮词第二十一》称美古史严密:"古之记事也,或先经张本,或后传终言,分布虽疏,错综逾密。"批评后世史书常"文以害意","鉴裁非远,智识不周,而轻弄笔端,肆情高下。故弥缝虽洽,而厥迹更彰;取惑无知,见嗤有识……虽语多本传,而事无异说。盖凫胫虽短,续之则悲;史文虽约,增之反累。"

《叙事第二十二》论史书尚简忌繁云:"国史之美者以叙事为工,而叙事之工者以

---

① 邓粲以高洁著名,著《元明纪》十篇。元明指晋中兴初中宗元帝、肃宗明帝,见《晋书》本传。檀道鸾字万安,为国子博士、永嘉太守,撰《续晋阳秋》,见《南史·文学传》。

简要为主……文约而事丰,此述作之尤美者也。始自两汉,迄乎三国,国史之文日伤烦富。逮晋已降流宕逾远,必寻其冗句,摘其烦词,一行之间必谬增数字,尺纸之内恒虚费数行。夫聚蚊成雷,群轻折轴,况于章句不节,言词莫限。载之兼两,曷足道哉!"他认为"叙事之体,其别有四:有直纪其才行者,有唯书其事迹者,有因言语而可知者,有假赞论而自见者……才行、事迹、言语、赞论,凡此四者皆不相须,若兼而毕书,则其费尤广。"如何才能叙事简要呢? 他认为"叙事之省,其流有二焉:一曰省句,二曰省字。《左传》宋华耦来盟,称其先人得罪于宋,鲁人以为敏。夫以钝者称敏,则明贤达所嗤,此为省句也。《春秋经》曰:陨石于宋五。夫闻之陨,视之石,数之五,加以一字太详,减其一字太略。求诸折中,简要合理,此为省字也。"《汉书·张苍传》有"年老口中无齿"句,他认为"老无齿"三字即可,此句六字"而三字妄加,此为烦字也"。因此他认为"省句为易,省字为难,洞识此心,始可言史"。又云:"章句之言,有显有晦。显也者,繁词缛说,理尽于篇中;晦也者,省字约文,事溢于句外。然则晦之将(与)显,优劣不同,较可知矣。夫能略小存大,举重明轻,一言而巨细咸该,三语而洪纤靡漏,此皆用晦之道也。昔古文义,务却浮词……文如阔略而语实周赡,故览之者初疑其易,而为之者方觉其难。固非雕虫小技所能斥非其说也……言近而旨远,辞浅而义深,虽发语已殚,而含意未尽。使夫读者望表而知里,扪毛而辨骨,睹一事于句中,反三隅于字外。晦之时义,不亦大哉!"他举"高祖亡萧何,如失左右手;汉兵败绩,睢水为之不流;董生乘马,三年不知牝牡;翟公之门,可张雀罗"为言简意深之例,以说明"作者言虽简略,理皆要害,故能疏而不遗,俭而无阙,譬如用奇兵者,持一当百,能全克敌之功也。"

《书事第二十九》又论繁简云:"记事之体,欲简而且详,疏而不漏。""大抵近代史笔,叙事为烦"。所谓烦简不是指篇幅之多少,而是指有无妄载,其《烦省第三十三》云:"论史之烦省者,但当求其事有妄载,言有阙书,斯则可矣。必量世事之厚薄,限篇第以多少,理则不然,其斯之谓也。"《外篇·疑古第三》也论及"近代史笔,叙事为烦":"夫远古之书与近古之史非唯繁约不类,固亦向背皆殊。何者? 近古之史也言唯详备,事罕甄择,使夫学者睹一邦之政,则善恶相参;观一主之才,而贤愚殆半。至于远古则不然,夫其所录也略举纲维,务存褒讳,寻其终始,隐没者多。"古今之史之所以详略不同,就是因为取舍多异所造成的,不仅"言唯详备",而且"事罕甄择"。

详略得当首先应选材得当,是否立传应有所选择。《人物第三十》云:"夫人之生也。有贤不肖焉,若乃恶可以戒世,其善可以示后,而死之日,名无得而闻焉,是谁之过欤? 盖史官之责也。"此篇力攻历代史书往往失载可以示后之贤人,可以戒世之奸人,"网漏吞舟";"文籍肇创,史有《尚书》,柔远疏通,网罗历代……洎夫子修《春秋》记二百年行事,三传并作,史道勃兴……子长著《史记》也,驰骛穷古今,上下数千载,至如皋陶、伊尹、傅说、仲山甫之流,并列经诰,名存子史,功烈尤显,事迹居多。盖各采而编之,以为列传之始,而断以(伯)夷、(叔)齐居首,何龃龉之甚乎? 既而孟坚勒成《汉书》,牢笼一代,至于人伦大事亦云备矣。其间若薄昭、杨仆、颜驷、史岑之徒,其事所以见遗者,盖略小而存大耳。夫虽逐麋之犬,不复顾兔,而鸡肋是弃,能无惜乎? 当三国异朝,两晋殊宅,若元则(桓范)、(张)仲景,时才重于许、洛;何祯、许询,文雅高于扬、豫,而陈寿《(三)国志》,王隐《晋史》,广列诸传而遗此不编,斯亦网漏吞舟,过为迂阔者。观东汉一代,贤明妇人如秦嘉妻徐氏,动合礼仪,言成规矩,毁形不嫁,哀恸伤生,此则才德兼美者也。董祀妻蔡氏,载诞胡子,受辱虏庭,文词有余,节概不足,此则言行相乖者也。至(范)蔚宗《后汉》传,标列女徐淑不齿,而蔡琰见书,欲使彤管所载,将安准的? 裴几原(子野)删略宋史(指《宋书》),时称简要,至如张袆阴受君命,戕贼零陵,乃宗道不移,饮鸩而绝①。虽古之锄麛义烈,何以加诸? 鲍照文宗,学府驰名,海内方于汉代(王)褒、(东方)朔之流,事皆阙如,何以申其褒奖? 夫天下善人少而恶人多,其有书名竹帛者盖惟记善而已。故太史公有云,自获麟以来四百余年,明主贤君,忠臣死义之士,废而不载,余甚惧焉,即其义也,至如四凶列于《尚书》,三叛见于《春秋》,西汉之纪江充、石显,东京之载梁冀、董卓,此皆干纪乱常,存灭兴亡所系。既有关时政,故不可阙书。但近史所刊,有异于是。至如不才之子,群小之徒,或阴情丑行,或素飡尸禄,其恶不足以曝扬,其罪不足以惩诫,莫不搜其鄙事,聚而为录,不其秽乎? 抑又闻之:十室之邑,必有忠信。而斗筲之才何足算也……或才非拔萃,或行不逸群,徒以片善取知,微功见识。阙之不足为少,书之维益其累。而史臣皆责其谱状,征其爵里,课虚成有,裁为列传,不亦烦乎?《语》曰:'君子于其所不知,盖阙如也。'故贤良可记而简牍无闻,斯乃誉所不该,理无足咎。至若愚智毕载,妍媸靡择,此则燕石妄珍,齐竽混吹者矣。夫名刊史册,自古攸难,事列《春秋》,哲人所重。笔削之士,其慎之哉!"此论史体应以劝善惩恶为目标,批评史书立传之人多不当,或阙书,或滥书,两皆失之。

第四,史贵创新,反对模拟。

《史通》称颂创新精神,讥刺模拟的论述很多,如《六家第一》云:"自魏都许洛,二方鼎峙,晋宅江淮,四海幅裂,其君虽号同王者,而地实诸侯。所在史官记其国事为纪传者则规模班、马,创编年者则议拟荀、袁,为是《史(记)》、《汉(书)》之体大行,而国语之风替矣。"《世家第五》云:"史之篇目皆迁所创,岂以自我作故,而名实无准。"《列传

---

① 《晋书·忠义传》载,张袆少有操行,恭帝践祚,刘裕以袆帝之故吏,素所亲信,封药酒一罂付袆,密令鸩帝。袆既受命,叹曰:"鸩君求生,何面目视息世间哉? 不如死也。"因自饮之而死。

第六》云:"《春秋》则传以解经,《史》、《汉》则传以释纪,寻兹例草创,始自子长,而朴略犹存,区分未尽。"

有些史书仅是改名而实无创新,《题目第十一》云:"子长《史记》别创八书,孟坚既以汉为书(即《汉书》),不可更标书号,改书为志,义在互文。而何氏《中兴》,易志为记,此则贵于革旧,未见其能取新。"此指何法盛《中兴书》改易书名,实无创新。

有些创新实无足取,其《载文第十六》云:"镂冰为璧,不可得而用也;画地为饼,不可得而食之。是以行之于世,则上下相蒙;传之于后,则示人不信。而世之作者复不之察,聚彼虚说,编而次之,创自《起居(注)》,成于国史,连章疏录,一字无废。非复史书,更成文集。"

时移事异,却因袭不改,《因习上第十八》云:"及隋氏受命,海内为家,国靡爱憎,人无彼我,而世有撰《隋书》之《经籍志》者,其流别群书,还同阮录(阮孝绪《七录》)。"

《叙事第二十二》强调"自我作古"云:"昔《礼记·檀弓》工言物始,夫自我作古,首创新仪,前史所刊,后来取证。是以汉初立槽(当作槽),子长(当作孟坚)所书;鲁始为髢,(左)丘明是记;河桥可作,元凯(杜预)取验于《毛诗》;男子有笄,伯支(刘芳字,一作伯文)远征于《内则》,即其事也。"

《模拟第二十八》也认为史书难免"仰范前哲":"夫述者相效,自古而然……况史臣注记,其言浩博。若不仰范前哲,何以贻厥后来?"但模拟有两种:"一曰貌同而心异,二曰貌异而心同。""貌异而心同者,摸拟之上也;貌同而心异者,摸拟之下也。然人皆好貌同而心异,不尚貌异而心同者,何哉?盖鉴识不明,嗜爱多僻,悦夫似史而憎夫真史,此子张所以致讥于鲁侯,有叶公好龙之喻也。"清浦起龙通释引《庄子·逸篇》:孔子弟子子张见鲁哀公,不礼而去,曰:"君之好士也,有似叶公子高之好龙。屋室雕文尽写以龙,于是天龙下之,窥头于牖,拖尾于堂。叶公见之,失其魂魄,是叶公非好龙也,好夫似龙而非龙也。"六朝史家有如叶公"好夫似龙而非龙",是"悦夫似史而憎夫真史"。六朝史书率趋模拟,故《史通》就彼风尚,分为貌同心异和貌异心同两种,遂使学古之人,仙凡顿别。

五　《史通》论史体类别

《史通》也与萧统的《文选》、刘勰的《文心雕龙》一样,主张"体既不一,又以类分",其《表历第七》云:"方以类聚,物以群分。使善恶相从,先后为次。"《题目第十一》云:"名以定体,为实之宾";"史传杂篇,区分类聚。"《叙事第二十二》也谈到"方以类聚",《外篇·汉书五行志错误第十》主张也"类聚区分"。

前已论及，文体是分层次的，史体也一样。《六家第一》云："《书》之所主本于号令，所以宣王道之正义，发话言于臣下，故其所载皆典、谟、训、诰、誓、命之文。"号令即诏令，其下又分典、谟、训、诰、誓、命，再其下才是篇名。《二体第二》把史书分为编年、纪传二体，《春秋》《左传》为编年之体，《史记》为纪传之体："邱明传《春秋》，子长著《史记》，载笔之体于斯备矣。后来继作，相与因循。假有改张，变其名目。区域有限，孰能逾此？盖荀悦、张璠，邱明之党也；班固、华峤，子长之流也。"次论二体得失："唯二家各相矜尚，必辨其利害，可得而言之。夫《春秋》者，系日月而为次，列时岁以相续。中国外夷，同年共世，莫不备载。其事形于目前，理尽一言，语无重出，此其所以为长也。至于贤士贞女、高才隽德，事当冲要者，必盱衡而备言；迹在沈冥者，不枉道而详说。如绛县之老，杞梁之妻，或以酬晋卿而获记，或以对齐君而见录。其有贤如柳（下）惠，仁若颜回，终不得彰其名氏，显其言行。故论其细也，则纤芥无遗；语其粗也，则丘山是弃。此其所以为短也。《史记》者，纪以包举大端，传以委曲细事，表以谱列年爵，志以总括遗漏，逮于天文地理、国典朝章，显隐必该，洪纤靡失，此其所以为长也。若乃同为一事，分在数篇，断续相离，前后屡出，于《高（祖）纪》则云'语在项（羽）传'，于《项传》则云事具《高纪》。又编次同类，不求年月。后生而擢居首秩，先辈而抑归末章。遂使汉之贾谊将（与）楚屈原同列，鲁之曹沫与燕荆轲并编，此其所以为短也。"由此也可看出，史体与文体一样，也分层次。史分编年、纪传二体，这是第一个层次；纪传体又分为纪、传、表、志等体，这是第二个层次；纪、传、表、志之下才是各体的具体篇名。

《史通》认为《史记》《汉书》的分体、分类还不够完备，其《载言第三》云："迁、固列君臣于纪传，统遗逸于表志，虽篇名甚广，而言独无录（多录于传中，而未独录）。愚谓凡为史者，宜于表、志之外，更立一书。若人主之制、册、诰、令，群臣之章、表、移、檄，收之纪传，悉入书部，题为《制册章表书》，以类区别。他皆仿此，亦犹志之有《礼乐志》、《刑法志》。又诗人之什自成一家，故风雅比兴非三传所取。自六义不作，文章生焉，若韦孟《讽谏》之诗，扬雄《出师》之颂（《赵充国颂》），马卿之书《封禅》，贾谊之论《过秦》，诸如此文，皆施纪传。窃谓宜从古诗例，断入书中，亦犹《舜典》列《元首之歌》、《夏书》包《五子之咏》者也。夫能使史体如是，庶几《春秋》、《尚书》之道备矣。"

《编次第十三》论"统体不一，名目相违"云："昔《尚书》记言，《春秋》记事，以日月为远近，年世为前后，用使阅之者雁行鱼贯，皎然可寻。至马迁始错综成篇，区分类聚，班固踵武，仍加祖述。于其间则有统体不一，名目相违，朱紫以之混淆，冠屦于焉颠倒。盖可得而言者矣。寻子长之列传也，其所编者惟人而已矣。至于龟策异物，不类肖形，而辄与黔首同科，俱谓之传，不其怪乎？且《龟策》所记，全为志体。向若与八书齐列,而定以书名,庶几物得其朋,同声相应者矣。"

《因习上第十八》论类别云:"班、马之列传,皆具编其人姓名如行状;尤相似者,则共归一称,若《刺客》、《日者》、《儒林》、《循吏》是也。""世有撰《隋书》之《经籍志》者,其流别群书,还同阮录(阮孝绪《七录》)……自可类聚相从,合成一部。"此"流别群书"、"类聚相从"都有按类编纂之意。

《品藻第二十三》集中论述史篇的类别云:"盖闻方以类聚,物以群分,薰莸不同器,枭鸾不比翼。若乃商臣(楚成王太子)、冒顿(匈奴太子),南蛮北狄,万里之殊也;伊尹(商臣)、霍光(汉臣),殷年汉日,千载之隔也。而世之称悖逆则云商、冒,论忠顺则曰伊、霍者何哉?盖厥迹相符,则虽隔越为偶,奚必差形(一作肩)步武,方称连类者乎?史氏自迁、固作传,始以品汇相从,然其中或以年世迫促,或以人物寡鲜,求其具体必同,不可多得。是以韩非、老子共在一篇,董卓、袁绍无闻二录,岂非韩、老俱称述者,书有子名;袁、董并曰英雄,生当汉末,用此为断,粗得其伦。亦有厥类众夥,宜为流别,而不能定其同科,申其异品,用使兰艾相杂,朱紫不分,是谁之过欤?盖史官之责也。"强调"能申藻镜,区别流品,使小人君子臭味得明,上智中庸等差有叙。则惩恶劝善,永肃将来;激浊扬清,郁为不朽者矣"。

他批评六朝史书往往"体统不纯",《鉴识第二十六》云:"东晋之书,宋齐之史,考其所载,几三百篇。而伪邦坟籍,仅盈百卷。若使收矫鸿之失南北混书。斯则四分有三,事归江外。非惟肥瘠非类,众寡不均,兼以东南国史皆须纪传区别,兹又体统不纯,难为编次者矣。"

《探赜第二十七》亦多论史体分类,反对妄加指责:"古之述者岂徒然哉?或以取舍难明,或以是非相乱,由是《书》编典诰,宣父辨其流;《诗》列风雅,卜商通其义。夫前哲所作,后来是观,苟失其指归,则难以传授。而或有妄生穿凿,轻究本源,是乖作者之深旨,误生人之后学,其为缪也,不亦宜(一作甚)乎!"他主张以时为序的编类:"考其先后,随而编次,斯则理之常也,乌可怪乎?"

《外篇·疑古第三》又把史书分为记言、记事两二体,认为古代重记言,轻记事:"盖古之史氏区分有二焉,一曰记言,二曰记事。而古人所学以言为首,至若虞夏之典,商周之诰,仲虺、周任之言,史佚、臧文之说,凡有游谈专对,献策上书者,莫不引为端绪,归其的准,其于事也则不然。至若少昊之以鸟名官,陶唐之以御龙拜职;夏氏之中衰也,其盗有后羿、寒浞;齐邦之始建也,其君有蒲姑、伯陵:斯并开国承家,异闻奇事,而后世学者罕传其说。唯夫博物君子或粗知其一隅,此则记事之史不行,而记言之书见重,断可知矣。及左氏之为传也,虽义释本经而语杂他事,遂使两汉儒者嫉之若仇,故二传(《公羊传》、《穀梁传》)大行,擅名后世。又孔门之著述也,《论语》专述言辞,《家语》兼陈事业,而自古学徒相授,唯称《论语》而已。由斯而谈,并古人轻事重言之明效也。"

《外篇·杂说上第七》称美《史记》之表,批评《汉书·古今人表》编次失当云:"观太史公之创表也,于帝王则叙其子孙,于公侯则纪其年月,列行萦纡以相属,编字戢香而相排,虽燕越万里,而于径寸之内犬牙可接;虽昭穆九代,而于方寸之中雁行有叙。使读书者阅文便睹,举目可详,此其所以为快也。如班氏之《古今人表》者,唯以品藻贤愚,激扬善恶为务尔。既非国家递袭,禄位相承,而亦复界重行,狭书细字,比于他表,殆非其类欤。盖人列古今,本殊表限,必舍而不去,则宜以志名篇,始自上上终于下下,并当明为标榜,显列科条。以种类为篇章,持优劣为次第,仍每于篇后云若干品,凡若干人,亦犹《地理志》肇述京华,末陈边塞,先列州郡,后言户口也。"

第四节　唐人子部类书中的文体资料和文体论

魏晋南北朝的类书多已失传,或虽存而残缺不全,但唐代却有不少类书完整地保存至今,如欧阳询的《艺文类聚》,虞世南的《北堂书钞》,徐坚的《初学记》之类,它们分门别类地整理汇集了不少文体及文体学资料,对我们研究唐以前的文体学十分重要。

一　《艺文类聚》对杂体诗的整理

欧阳询(557—641)字信本,祖籍潭州临湘(今湖南长沙),生于衡州(今湖南衡阳)。唐初四大书法家之一。其楷书法度严谨,笔力险峻,人称唐人楷书第一,号为"欧体"。因其子欧阳通亦善书法,故又称"大欧"。他与虞世南并称"欧虞"。隋时官太常博士,唐时为太子率更令,也称"欧阳率更"。欧阳询聪敏好学,博览古今,精通《史记》、《汉书》和《东观汉记》三史。

其主编的《艺文类聚》,是唐代开国初年由高祖李渊下令编修的,武德七年(624)成书。其自序论编纂类书的必要性云:"夫九流百氏,为说不同,延阁石渠,架藏繁积,周流极源,颇难寻究,披条索实,日用弘多。卒欲摘其菁华,采其旨要,事同游海,义等观天。皇帝命代膺期,抚兹宝运,移浇风于季俗,反淳化于区中。戡乱靖人,无思不服,偃武修文,兴开庠序。欲使家富隋珠,人怀荆玉,以为前辈缀集,各抒其意。《流别》、《文选》,专取其文;《皇览》、《遍略》,直书其事。文义既殊,寻检难一。爰诏撰其事且文,弃其浮杂,删其冗长,金箱玉印,比类相从,号曰《艺文类聚》,凡一百卷。其有事出于文者,便不破之为事。故事居其前,列文于后,俾夫览者易为功,作者资其用,可以折衷今古,宪章坟典云尔。"①

《艺文类聚》分四十六部,每部又列若干子目,约百余万言,引书约一千四百余种,其中有百分之九十以上的引文出自今已失传之书。因其所引者多为唐以前古本,保存了大量自汉至隋的篇章名句,为校勘、辑佚学所重。陈振孙《直斋书录解题》卷一四称其"所载诗文赋颂之属,多今世所无之文集"。清严可均辑《全上古三代秦汉三国六朝文》多取材于此书。

《艺文类聚》卷一九的人部三,卷五六至卷五八的杂文部,为我们提供了丰富的文体资料,论及言、语、讴、谣、吟、啸、笑、谈、讲、史、传、集、序、诗、赋、七、连珠、书、檄、移等。由于不仅收有各体的定义、记事,而且还大量收录作品,因此篇幅较长。但为了说明其体例,此不避其冗,特举卷五六《杂文部》二《诗》以为例。首载诗之定义或说明:

> 《毛诗序》曰:诗者,志之所之也。在心为志,发言为诗。
>
> 《春秋说题辞》曰:在事为诗,未发为谋。《汉书》曰:诵其言谓之诗。
>
> 《文章流别论》曰:《书》云"诗言志,歌永言",言其志谓之诗。古有采诗之官,王者以知得失。

次为诗的纪事、背景资料,略举数条:

> 《史记》曰:古诗三千余篇,孔子删取三百五篇,皆弦歌,以合《韶武》之音。
>
> 《左传》曰:昔周穆王欲肆其心,周行天下,将必有车辙马迹。祭公谋父作《祈招》以止王心。其诗曰:祈招之愔愔,式昭德音。思我王度,式如玉,式如金。
>
> 《论语》曰:小子何莫学夫诗! 诗可以兴,可以观,可以群,可以怨。迩之事父,远之事君,多识于鸟兽草木之名。
>
> 《诗含神雾》曰:诗者,天地之心,君德之祖,百福之宗,万物之户也。

以下为所录诗,特别是辑录了数十种杂体诗。一为柏梁体诗,二为离合体诗,三为回文诗,四为建除诗,五为六甲诗,六为十二属诗,七为六府诗,八为两头纤纤诗,九为槁砧诗,十为古五杂组诗,十一为四气诗,十二为四色诗,十三为谜字诗,十四为道里名诗,十五为数名诗,十六为县名诗,十七为州名诗,十八为卦名诗,十九为药名诗,

---

① 《艺文类聚》卷首。

二十为百姓名诗,二十一为相名诗,二十二为兽名诗,二十三为龟兆名诗,二十四为针穴名诗,二十五为将军名诗,二十六为宫殿名诗,二十七为屋名诗,二十八为车名诗,二十九为船名诗,三十为树名诗,三十一为草名诗,三十二为八音诗,三十三为口字咏绝句。搜罗宏富,因文长不能尽举,兹举数则他书少见之杂体,以见其特点。如四气诗:"宋王微《四气诗》曰:蘅若首春华,梧楸当夏翳。鸣笙起秋风,置酒飞冬雪。"四色诗:"齐王融《四色诗》曰:赤如城霞起,青如松雾澈。黑如幽都云,白如瑶池雪。"龟兆名诗:"又(梁元帝)《龟兆名诗》曰:土膏春气生,倡女协春情。鱼游连北水,鹄作辽东鸣。折梅还插鬓,荡柱更移声。银烛含朱火,金炉对宝笙。百枝凝夕焰,却月隐高城。"针穴名诗:"(梁元帝)《针穴名诗》曰:金推五百里,日晚唱归来。车转承光殿,步上通天台。钗临曲池影,扇拂玉堂梅。先取中庭入,罢逐步廊回。下阙那早闭,人迎已复开。"树名诗:"(梁元帝)《树名诗》曰:桃李竞追随,轻衫露弱枝。杏梁始东照,柘火未西驰。香因玉钏动,佩逐金衣移。柳叶生眉上,珠珰摇鬓垂。逢君桂枝马,车下觅新知。"草名诗:"(梁元帝)《草名诗》曰:胡王迎娉主,涂经蒯北游。金钱买含笑,银釭影梳头。初控游龙马,仍移卷柏舟。中江离思切,蓬鬓不堪秋。况度菖蒲海,落月似悬钩。"口字咏绝句,每字皆含口字,如沈炯《和蔡黄门口字咏绝句》曰:"嚣嚣宫阁路,灵灵谷口间。谁知名器品,语哩各崎岖。"可见《艺文类聚》所收杂体诗之多,后世所论杂体诗不少沿自此书。

杂体诗与杂言诗是不同的。杂言诗是指诗歌每句字数不同,杂体诗是指古典诗歌正式体裁以外的各种各样的诗体,它利用汉语单音多义,每个字具有形音义特性,通过字形、语音、句法、音律的变化,重新加以组合,创作出独特奇异的新诗体,具有逞才、斗智、寓讽的意味,带有文字游戏的性质。杂体诗名目繁多,远不止《艺文类聚》所举这些,其后唐末皮日休的《杂体诗序》,宋代严羽的《沧浪诗话》,明周琦的《东溪日谈录》卷一六,均论及杂体诗。有人说杂体诗多达二百余体。2009 年河南文艺出版社出版的杨道诚、韩清显主编的《奇诗怪词》,就分类列举了一百六十四种杂体诗,参见本书下卷《中国古代文体分类学》,兹不重述。

二　《北堂书钞》辑录文体资料示例

虞世南(558—638)字伯施,余姚(今浙江慈溪)人。官至银青光禄大夫、弘文馆学士,谥文懿。事迹具《唐书》本传。少有文名,善书,与欧阳询、褚遂良、薛稷并称唐初四大书家,与欧阳询齐名,世称"欧虞"。著有书法理论著作《笔髓论》、《书旨述》。编有《北堂书钞》一百六十卷、《群书理要》五十卷、《兔园集》十卷等,另有诗文集十卷行

150

于世，今存《虞秘监集》四卷。

《北堂书钞》为虞世南在隋任秘书郎时所编。所谓北堂，指隋秘书省的后堂。唐刘禹锡叙其事曰："虞公之为秘书，于省后堂集群书中事可为文用者，号为《北堂书钞》。今北堂犹存，而《书钞》盛行于世。"①《四库全书·北堂书钞》提要云："《北堂书钞》一百六十卷，唐虞世南撰。……北堂者，秘书省之后堂。此书盖世南在隋为秘书郎时所作也。"全书分为帝王、后妃、政术、刑法、封爵、设官、礼仪、艺文、乐、武功、衣冠、仪饰、服饰、舟、车、酒食、天、岁时、地十九部，八百五十二卷。其卷一〇二至一〇四《艺文部》辑有多种文体资料：包括诗、赋、颂、箴、七、连珠、碑、诔、哀辞、吊文、诏、章、表、书、记、符、檄、敕等，卷一〇六《乐部》还辑有《歌篇》。

本书所引《北堂书钞》即为四库全书本，括号中为注文，其中注明"补"字的，为明人陈禹谟补注。此书体例为先立类，类下摘引字句作标题，标题之下摘引古籍。原书标题、注文连排，注文用双行小字。本书为便于排版而又醒目，标题、注文改为连排，标题加冒号以示区别。《艺文类聚》本书以诗为例，《北堂书钞》则用其卷一〇二《艺文部》的赋为例。冒号前的文字为原书正文，冒号后的文字为原书的双行小字注。为比较各种类书的体例，文字虽冗，仍转引如下：

赋

敷布其义《释名》云：赋，敷也，敷布其义谓之赋也。

古诗之流挚虞《文章流别论》云：赋者，敷陈之称，古诗之流也。前世为赋者，有孙卿、屈原，尚颇有古诗之义。至宋玉，则多淫浮之病矣。《楚词》之赋，赋之善者也。故扬子称赋莫深于《离骚》。贾谊之作，则屈原俦也。补。

以情义为主，以事类为佐又云(指前条所引书，下同)：古之作诗者，发乎情，止乎礼义。情之发，因辞以形之；礼义之指，须事以明之。故有赋焉，所以假象尽辞，敷陈其志。古诗之赋，以情义为主，以事类为佐；今之赋，以事形为本，以义正为助。情义为主，则言省而文有例矣；事形为本，则言当而辞无常矣。文之烦省，辞之险易，盖由于此。夫假象过大，则与类相远；逸辞过北(通背，违背)，则与事相违；辩言过理，则与义相失；丽靡过美，则与情相悖。此四者，所以背大体而害政教，是以司马迁割相如之浮说，扬雄疾"辞人之赋丽以淫"，诗之流也。补。

以事形为本，以义正为助见上。

包括宇宙，总览人物《十六国春秋》曰：客有问司马相如以作赋者，相如曰：合纂组以成文，列锦绣而为质，一经一纬，一宫一商，此作赋之迹也。赋家之心，包括宇宙，总览人物，斯乃得之于内，不可得而传也。补。

---

① (唐)韦绚《刘宾客嘉话录》，文渊阁四库全书本。

大者古诗同义，小者辩丽可喜《汉书·王褒传》云：上令褒与张子侨等并待诏，褒等数从游猎，所幸宫馆，辄为歌颂，第其高下，以差赐帛，议者多以为淫靡不急。上曰：不有博奕者乎，为之犹贤乎已！辞赋，大者与古诗同义，小者辩丽可喜。辟如女工有绮縠，音乐有郑卫，今世俗犹皆以此娱说耳目。辞赋比之，尚有仁义风谕鸟兽草木多闻之观，贤于倡优博奕远矣！补。

可以为大夫《汉书·艺文志》云：不歌而诵谓之赋。登高能赋，下笔成章，可以为大夫。言感物造端，材知深美，可与图事，故可以为列大夫也。

能读千赋则善为之矣桓谭《新论》云：余少时爱扬子云丽文高论，不量年少，猥欲追及。尝作小赋，用精思大，剧而立感动发病。子云亦言：成帝上甘泉，诏使作赋，为之卒暴倦卧，梦其五脏出地，以手收之。觉，大小气，病一岁。余素好文，见子云善为赋，欲从之学。子云曰：能读千首赋，则善为之矣。补。

上每有感，辄使皋赋之《汉书》云：枚皋为赋，善于东方朔也。上每有所感，辄使赋之。为文疾，受诏辄成，故所赋者多；司马相如善为文而迟，故所作少，而善于皋。皋赋辞中自言为赋不如相如，又言为赋乃俳，见视如倡，自悔类倡也。故其赋有诋娸东方朔，又自诋娸其文骫骳，曲随其事，皆得其意，颇诙笑，不甚闲靡。补。

鸟兽异物命相如赋之汉武故事云：汉武好词赋，每所行幸及鸟兽异物，辄命司马相如等赋之，上亦自作诗赋数百篇。赋成，初不留意。相如造文迟，弥时而后成，每叹其工妙，谓相如曰：以吾之速，易子之迟，可乎？相如曰：于臣则可，未知陛下何如耳？上大笑而不责。补。

每上甘泉，诏子云作赋桓谭《新论》，见上。

登阳云台，令大夫造赋宋玉《小言赋》云：楚襄王既登阳云之台，令诸大夫景差、唐勒、宋玉等并造《大言赋》。赋毕，而宋玉受赏。王曰：能为《小言赋》者，赏云梦之田。玉赋毕，遂赐云梦之田。

铜爵（爵，同雀。）台成，命诸子为赋《魏志》云：铜雀台成，太祖命诸子登台，使各为赋。陈思王植，援笔立成。

尚书给笔札《汉书·司马相如传》云蜀人杨得意为狗监，侍上，上读《子虚赋》而善之，曰：朕独不得与此人同时哉！得意曰：臣邑人司马相如自言为此赋。上惊，乃召问相如，相如曰：有是。然此乃诸侯之事，未足观，请为天子游猎上林之赋。上令尚书给笔札。补。案：师古曰：狗监，主天子田猎犬也。附。

门庭著纸笔臧荣《绪晋书》云：左思少傅览《史记》作《三都赋》，遂构思十年，门庭藩溷，皆著纸笔。赋成，张华见而咨嗟。都邑豪贵，竞相传写。

各赋一物，然后乃坐《文士传》云：张俨、张纯、朱异俱童少，往见朱璩。璩闻三人才名，欲试之，告曰：其为吾各赋一物，然后乃坐。俨赋犬，纯赋席，异赋弩。三人各随其目所见而赋之，皆成而后坐。璩大欢悦。补。

染翰操纸，慨然而赋潘岳《秋兴赋序》云：染翰操纸，慨然而赋。于时秋也，故以《秋兴》名篇。

构思十稔《晋书》，左思，见前。

152

不出户牖 王隐《晋书》云：左思父雍起小吏，以能擢为殿中侍御史。思少学钟繇书及鼓琴皆不成，雍谓友人曰：思所晓解，不及我少时也。思乃发愤，造《齐都赋》，一年不出户牖。

因思大道 谢承《后汉书》云：桓谭年七十，惠非毁俗诸儒，出为六安郡丞，感而作赋，因思大道，遂发病卒。案：谭时年七十余，初著书言当世行事二十九篇，号曰《新论》，上书献之，世祖善焉。《琴道》一篇未成，肃宗使班固续成之。所著赋诔书奏凡二十六篇。补。

为赋立成 《文士传》云：刘祯在曹植坐，厨人进瓜，植命为赋，祯赋立成。

于坐立成 又云：潘尼曾与同僚饮，主人有瑠璃椀，客使赋之，尼于坐立成。

受诏辄成 《汉书》：枚皋见上。案《文心雕龙》云：人之禀才，迟速异分；文之制体，大小殊功。相如含笔而腐毫，杨雄辍翰而惊梦，桓谭疾感于苦思，王充气竭于思虑，张衡研京以十年，左思练都以一纪，虽有巨文，亦思之缓也。淮南崇朝而注骚，枚皋应诏而成赋，子建援牍如口诵，仲宣举笔以宿构，阮瑀据案而制书，祢衡当食而草奏，虽有短篇，亦思之速也。补。又《西京杂记》云：枚皋文章敏疾，长卿制作淹迟，皆尽一时之誉。而长卿首尾温丽，枚皋时有累句，故知疾行无善迹矣。扬子云曰：军旅之际，戎马之间，飞书驰檄，用枚皋；廊庙之下，朝廷之中，高文典册，用相如。附。

援笔立成 《魏志》，曹植，见前。

文无加点 祢衡为《鹦鹉赋》，揽笔不停，缀文无加点。

甘泉书壁 桓子《新论》云：予少时为奉车郎，孝成帝幸甘泉宫，欲画壁为之赋，以颂美二仙之行。余承命，为作《仙赋》，以书甘泉之壁。

临涡题鞭 魏文帝《临涡赋序》云：余从上乘马过涡水，徘徊高树之下，驻马书鞭，为《临涡赋》。

赋成，奏之，天子异焉 《汉书》：成帝赵昭仪美，方大幸，每至往甘泉宫，尝从在属车间豹尾中，故扬雄盛言车骑之众，参丽之驾，非所以感动天地，迎厘三辰。又言屏玉女，却宓妃，以惩斋戒之事。赋成，奏之，天子异焉。补。

少而好赋 扬子《法言》：或问余曰：子少而好赋，有诸？曰：然。童子雕虫篆刻，壮夫不为。诗人之赋丽以则，辞人之赋丽以淫。若孔子之门而用赋，则贾谊升堂，相如入室。补。

九岁能赋 《东观汉记》云：班固九岁能作赋颂，每随巡狩，辄献赋颂。

大言受赏，小言赐田 宋玉《小言赋》，见上。

文木赠马 《西京杂记》云：鲁恭王得文木一枚，伐以为器，意甚玩之。中山王遂为赋，鲁恭王大悦，赠骏马二匹。

投壶赐帛 《魏略》云：邯郸淳作《投壶赋》千余言，奏之，文帝以为工，赐帛千疋。

贾谊升堂，相如入室 扬子《法言》，见上。

试以掷地作金石声 《世说》云：孙兴公作《天台赋》成，以示范荣期云：卿试掷地，要作金石声。范曰：恐子之金石，非宫商中声。然每至佳句，辄云：应是我辈语。补。

从上引可以看出，《北堂书钞》与《艺文类聚》的编纂体例完全不同：第一，《艺文类聚》对每体所收资料大体以定义、纪事、诗文举例为序,《北堂书钞》没有这样的序例,所收多为该种文体或作品的背景或典故。第二,《艺文类聚》所引诗文没有标题,《北堂书钞》则摘其关键词语作为标题,较为醒目,便于阅读。第三,《艺文类聚》所引诗文多引全篇,《北堂书钞》则多为摘引。以后的类书多用《北堂书钞》的体例,一般皆摘引诗文例句,很少有引全篇者,包括今人出版但还未出齐的《中华大典》。只有明人编的残存不多的《永乐大典》和清人编的《古今图书集成》仿《北堂书钞》例,多引全文。人讥其冗,但唐以前的不少诗文却多赖《艺文类聚》得以保存,明以前的不少诗文也赖残存的《永乐大典》得以保存。

但《北堂书钞》的体例不甚统一,如卷一〇二《艺文部》的连珠就不是摘引关键词语作标题,而直接以篇名为标题。

三　《初学记》中集叙事、事对、艺文于一体的文体资料

徐坚(659—729)字元固,湖州(今属浙江)人。多识典故,凡七入书府。与徐彦伯、刘知幾、张说同修《三教珠英》。著有文集三十卷。

唐开元十六年(728),徐坚等奉旨编纂《初学记》三十卷,分二十三部,三百一十三子目。《四库全书总目提要》谓此书"在唐人类书中,博不及《艺文类聚》,而精则胜之"。这是因为玄宗要求"务取省便"。《大唐新语》卷九载:"玄宗谓张说曰:'儿子等欲学缀文,须检事及看文体。《御览》之辈,部帙既大,寻讨稍难。卿与诸学士撰集要事并要文,以类相从,务取省便,令儿子等易见成就也。'"可见此书是玄宗为诸子学文"检事及看文体"而编。其体例为先叙事,次事对,末以艺文结,集叙事、事对和艺文于一体,这是此书的最大特色。为说明其体例,这里略举三则;但为省篇幅,不录其双行小字注文。如卷一五乐部上《四裔乐第三》云:

【叙事】《周礼·春官》:鞮鞻氏掌四裔之乐。《礼记》曰:昧东裔之乐,任南蛮之乐。

【事对】德及,泽被;纳鲁庙,献汉庭;狄鞮倡,扶娄伎;被四表,穆八荒。

【诗】后汉远裔,慕德歌诗。又:远裔怀德歌诗。

同卷乐部上《歌第四》云:

【叙事】《尚书》曰:诗言志,歌永言。蔡邕《月令章句》曰:歌者乐之声也。《毛

诗序》曰：情动于中而形于言，言之不足故嗟叹之，嗟叹之不足故咏歌之，咏歌之不足，不知手之舞之，足之蹈之。《山海经》曰：帝俊八子，是始为歌。《尔雅》曰：声比于琴瑟曰歌，徒歌曰谣，亦谓之号。《韩诗章句》曰：有章曲曰歌，无章曲曰谣。梁元帝《纂要》曰：齐歌曰讴，吴歌曰歈，楚歌曰艳，淫歌曰哇。又有清歌、高歌、安歌、缓歌、长歌、浩歌、雅歌、酣歌、怨歌、劳歌，振旅而歌曰凯歌，堂上奏乐而歌曰登歌，亦曰升歌。古之善歌者有咸黑、秦青、薛谈、韩娥、王豹、绵驹，瓠梁、鲁人虞公、李延年。古歌曲有《阳陵》、《白露》、《朝日》、《鱼丽》、《白水》、《白云》、《江南》、《阳春》、《淮南》、《驾辨》、《渌水》、《阳阿》、《采菱》、《下里》、《巴人》、《八阕》、《唐歌》、《南风》、《卿云》、《晨露》，汉歌曲有《大风》、《芝房》、《白麟》、《朱雁》、《交门》、《天马》、《房中》、《盛唐》、《枞阳》、《瓠子》、《玄云》、《步云》，古乐府有《燕歌行》、《艳歌行》、《长歌行》、《朝歌行》、《怨歌行》、《前缓声歌行》、《棹歌行》、《鞠歌行》、《放歌行》、《短歌行》、《蔡歌行》、《陈歌行》。又《古今乐录》：晋末已后歌曲有《淫豫歌》、《杨叛儿歌》、《扶风歌》、《百年歌》、《白日歌》、《九曲歌》、《采葛妇歌》、《桃叶歌》、《同声歌》、《碧玉歌》、《四时歌》、《子夜歌》、《上声歌》、《白纻歌》、《襄阳白铜鞮歌》、《前溪歌》、《欢闻歌》、《丁督护歌》、《团扇歌》、《懊恼歌》。

【事对】发德，咏功；白麟，赤凤；八阕，九序；永言，厚志；含徵，吐角；灵芝，宝鼎；齐右，郢中；遗声，游响；振木，涌泉；浩唱，曼声；出塞，升陇；传谷，遏云；落日，流风；石城，金阙；送易水，望秦川；发皓齿，动朱唇；枣下纂纂，花上盈盈。

【赋】唐杨师道《听歌管赋》。谢偃《听歌赋》。

【诗】梁元帝《咏歌诗》。刘孝绰《和咏歌人偏得日照诗》。北齐刘逖《清歌发诗》。陈周弘《正咏歌人偏得日照诗》。隋庾信《听歌诗》

卷二一文部《文章第五》云：

【叙事】文章者，孔子曰：焕乎其有文章。子贡曰：夫子之文章，可得而闻也。盖诗言志，歌永言。不歌而诵谓之赋。古者登高能赋，山川能祭，师旅能誓，丧纪能诔，作器能铭，则可以为大夫矣。三代之后，篇什稍多。又：训诰宣于邦国，移檄陈于师旅，笺奏以申情理，箴诫用弼违邪，赞颂美于形容，碑铭彰于勋德，谥册褒其言行，哀吊悼其沦亡，章表通于下情，笺疏陈于宗敬，论议平其理，驳难考其差：此其略也。

【事对】主气，本形；粲四，华文；润色，诋诃；辞条，言叶；笙簧，鼓吹；雕龙、画虎；游鱼出渊，飞兔越海；比四科，若五色；体弱，辞壮；雕玉，镂冰；丹青，绮縠；彰汉，述殷；握妣珠，骋骥足；长卿温丽，公幹妙绝；王赋阮章，孔书陆议。

　　【赋】晋陆士衡文赋。

　　【诗】陈江总《赋得一日成三赋应令诗》。

　　【书】梁简文帝《答张缵谢示集书》。梁沈约《与范述曾论竟陵王赋书》。

　　【诗序】梁江淹《杂体诗序》。

　　【集序】周庾信《赵国公集序》。①

　　可见，其"叙事"汇集各种资料说明子目标题，因当时骈文盛行，故"事对"列出对偶式的典故，下注出处及相关资料，供作诗文时采择；"艺文"部分则精选关于本题的诗、文、赋等的佳作，供写作时借鉴，取去较严，但保存了很多古代典籍的篇章或名句。

<h2>四　《封氏闻见记》论声韵、壁记、石志、碑碣等</h2>

　　除类书外，子部书中还有封演的《封氏闻见记》、崔令钦的《教坊记》、刘肃的《大唐新语》值得一提。

　　封演（生卒年不详），渤海蓨（今河北景县）人。天宝十五年（756）进士。代宗时任邢州刺史。德宗时官至朝散大夫、检校尚书吏部郎中兼御史中丞。《新唐书·艺文志》著录封演有《古今年号录》一卷、《续钱谱》一卷，皆佚。所撰笔记《封氏闻见记》十卷，记载各种典章制度、风俗习惯、古迹传说以及当时士大夫轶事，考辨翔实，颇具参考价值。《四库全书总目提要》对此书评价颇高："唐人小说多涉荒怪，此书独语必征实。前六卷多陈掌故，七八两卷多记古迹及杂论，均足以资考证。末二卷则全载当时士大夫轶事，嘉言善行居多，惟末附谐语数条而已。其中"声韵"一条记唐韵为陆法言之旧，其同用、独用则许敬宗所定，为诸书之所未言。"文字"一条论隶书不始程邈，援《水经注》为证。明杨慎矜为独见者，乃演之所已言。又颜真卿《韵海镜源》无传本，此书详记其体例，知元阴时夫《韵府群玉》实源于此，而周亮工《书影》称真卿取句首字，不取句末字者，其说为杜撰欺人，并知《永乐大典》列篆隶诸体于字下，乃从此书窃取其式，而讳所自来。《月桂子》一条记'桂子月中落'一联为宋之问台州诗，足证计敏夫《唐诗纪事》骆宾王为僧之妄。他如论金鸡、露布、卤簿、官衔、石志、碑碣、羊虎、拔河诸条，皆原委详明，足资考证。唐人说部，自颜师古《匡谬正俗》，李匡乂《资暇集》，李涪《刊误》之外，固罕其比偶矣。"

---

① 以上均见（唐）徐坚《初学记》，文渊阁四库全书本。

《封氏闻见记》中也有一些与文体有关的论述：

第一，概述了声韵学的发展历史。声韵虽不是文体，但与多种文体有关，如诗、词、曲，有韵之文如铭、箴、颂、偈、赞、祭文、乐语、上梁文之类。其卷二《声韵》认为"周颙好为体语"，有平、上、去、入之异；沈约撰《四声谱》，提出文章八病之说；王融、刘绘、范云之徒慕而扇之，声韵之道大行。"古之为诗取其宣道情致，激扬政化，但含徵韵商，意非切急，故能包含元气，骨体大全，《诗》、《骚》以降是也。自声病之兴，动有拘制，文章之体格坏矣。隋朝陆法言与颜魏诸公定南北音，撰为《切韵》，凡一万二千一百五十八字，以为文之楷式……属文之士，共苦其苛细。唐初，许敬宗等详议，以其韵窄，奏合用之……天宝末，颜真卿撰《韵海镜源》……于正经之外，加入子、史、释、道诸书，撰成三百六十卷……自有声韵以来，其撰述该备，未有如颜公此书也。"

第二，论及多种具体文体。如卷四《露布》云："露布，捷书之别名也。诸军破贼，则以帛书建诸竿上，兵部谓之露布。盖自汉以来有其名，所以名露布者，谓不封检而宣布，欲四方速知。亦谓之露版。魏武(曹操)奏事云'有警急，辄露版插羽'是也。"后来越用越滥，非大事亦用露布，正如后魏韩显宗所说，"顷闻诸将获贼二三驴马，皆为露布，臣每哂之"。以致他"大破齐军"，却"不作露布"，不愿"高曳长缣，虚张功捷"。但历代如韩显宗很少，喜欢自吹自擂者多："近代诸露布，大抵皆张皇国威，广谈帝德，动逾数千字，其能体要不烦者鲜云。"

卷五《壁记》云："朝廷百司诸厅，皆有壁记，叙官秩创置及迁授始末。原其作意，盖欲著前政履历，而发将来健羡焉。故为记之体，贵其说事详雅，不为苟饰。而近时作记，多措浮辞，褒美人材，抑扬阀阅，殊失记事之本意。韦氏《两京记》云：'郎官盛写壁记，以记当厅前后迁除出入，浸以成俗。'然则壁记之由，当是国朝以来始自台省，遂流郡邑耳。"吕温《道州刺史厅后记》云："壁记非古也，若冠绶命秩之差则有格令，在山川风物之辨则有图谍，在所以为之记者，岂不欲述理道，列贤不肖以训于后，庶中人以上得化其心焉。代之作者率异于是，或夸学名数，或务政为文，居其官而自记者则媚己，不居其官而代人记者则媚人，《春秋》之旨盖委地矣。"①厅壁记确实起于唐，宋孔延之《会稽掇英总集序》云："考之壁记，自唐武德至光启，为之守者几百人，其间高情逸思、发为篇咏者，岂无四五，而今所传者，元、薛、李、孟数人而已。或失于自著，或怠于所承，此予之所以深惜也。"②《四库全书总目》对《会稽掇英总集》评价很高："所录诗文，大都由搜岩剔薮而得之，故多出名人集本之外，为世所罕见。如大历浙东唱和

---

① (唐)吕温《吕衡州集》卷一〇，文渊阁四库全书本。

② (宋)孔延之《会稽掇英总集》卷首，文渊阁四库全书本。

五十余人,今录唐诗者或不能举其姓氏,实赖此以获传。其于唐宋太守题名壁记皆全录原文,以资考证,裨益良多,其搜访之勤,可谓有功于文献矣。"可见只要不是出于"苟饰","多措浮辞",或"媚己",或"媚人",壁记仍很有用。故历代作壁记者很多,并有不少名篇,如唐刘禹锡的《国学新修五经壁记》,李华的《临湍县令厅壁记》,元结的《道州刺史厅壁记》,独孤及的《江州刺史厅壁记》,韩愈的《蓝田县丞厅壁记》,柳宗元的《监祭使壁记》、《四门助教厅壁记》,李德裕的《掌书记厅壁记》,沈亚之的《华州新葺设厅记》、《螯屋县丞厅壁记》、《河中府参军厅记》,宋司马光的《谏院题名记》,曾巩的《洪州新建县厅壁记》、《重修御史台记》等。

同卷《石志》云:"古葬无石志,近代贵贱用之。齐太子穆妃将葬,立石志。王俭曰:'石志不出《礼经》,起元嘉中颜延之为王琳石志。素族无名策,故以纪行述耳,遂相祖习。储妃之重,礼绝常例,既有哀荣,不烦石铭。'俭所著《丧礼》云:'施石志于圹里,礼无此制。魏侍中缪袭改葬父母,制墓下题版文。原此旨,将以千载之后,陵谷迁变,欲后人有所闻知。其人若无殊才异德者,但纪姓名、历官、祖父、姻媾而已。若有德业,则为铭文。'按俭此说,石志,宋、齐以来有之矣。齐时有发古冢,得铭云:'青州世子,东海女郎。'河东贾昊以为司马越女,嫁为苟晞子妇,检之果然。东都殖业坊十字街有王戎墓,隋代酿家穿旁作窖,得铭曰:'晋司徒尚书令安丰侯王君铭。'有数百字。然古人葬者亦有石志,但不如今代贵贱通为之耳。"可见石志即圹志,为墓志之一种。墓志称谓颇多,如葬志、坟记、圹铭、椁铭、埋铭。僧人的叫塔铭、塔记。

同卷还有《碑碣》,详尽论述了碑、碣的演变,末云:"今近代碑稍众,有力之家多辇金帛以祈作者,虽人子罔极之心,顺情虚饰,遂成风俗。蔡邕云:'吾为人作碑多矣,惟郭有道无愧辞。'隋文帝子齐王攸薨,僚佐请立碑。帝曰:'欲求名,一卷史书足矣。若不能,徒为后人作镇石耳。'诚哉是言也。"

五 其他子部书中的文体论

崔令钦(生卒年不详),博陵(今河北安平)人。开元年间曾任京城防务长官,下属多为教坊中人,故熟知教坊中事。安史之乱后,寄居江南,撰成《教坊记》一卷,具有较高的史料价值;所载三百余首曲名,是研究盛唐音乐、诗歌的重要资料。如:

《大面》,出北齐兰陵王长恭,性胆勇而貌妇人,自嫌不足以威敌,乃刻木为假面,临阵著之,因为此戏。亦入歌曲。

《踏谣娘》,北齐有人姓苏,齄鼻,实不仕,而自号为郎中。嗜饮酗酒,每醉辄殴其妻,妻衔悲,诉于邻里。时人弄(戏)之。丈夫著妇人衣,徐步入场。行歌,每一叠,旁人齐声和之云:"踏谣和来,踏谣娘苦和来!"以其且步且歌,故谓之"踏谣"。以其称冤,故言苦,及其夫至,则作殴斗之状,以为笑乐。今则妇人为之,遂不呼郎中,但云"阿叔子"。调弄又加典库,全失旧旨。或呼为"谈容娘",又非。

《乌夜啼》,彭城王义康、衡阳王义季弟,帝囚之浔阳。后宥之,使未达,衡王家人扣二王所囚院,曰:"昨夜乌夜啼,官当有赦。"少顷使至,故有此曲。亦入《琴操》。

《安公子》,隋大业末,炀帝幸扬州。乐人王令言以年老不去,其子从焉。其子在家弹琵琶,令言惊问:"此曲何名?"其子曰:"内里新翻曲子,名《安公子》。"令言流涕悲怆,谓其子曰:"尔不须扈从,大驾必不回。"子问其故,令言曰:"此曲宫声,往而不返。宫为君,吾是以知之。"

《春莺啭》,高宗晓声律。晨坐闻莺声,命乐工白明达写之,遂有此曲。

《四库全书总目提要》对此书评价较高:"其《后记》一篇,谆谆于声色之亡国,虽礼为尊讳,无一语指斥元(玄)宗,而历引汉成帝、高纬、陈叔宝、慕容熙,其言剀切而著明,乃知令钦此书本以示戒,非以示劝。唐志列之于经部乐类固为失当,然其风旨有足取者。虽谓曲终奏雅,亦无不可。不但所列曲调三百二十五名,足为词家考证也。"

刘肃(生卒年不详),元和中为江都主簿,或云为登仕郎,守江州浔阳县主簿。尝取唐初迄大历末之轶文旧事,撰《大唐新语》(又名《大唐世说新语》、《大唐新话》等),分三十门,记载唐代历史人物言行轶事,多取材于《朝野佥载》、《隋唐嘉话》等书,仿《世说新语》体例,内容多有关政治和道德教化,但也记载了不少有关诗文的材料。尤其是"文章"门,录存初唐及开元初人所作诗歌多首,并叙其本事,间载时人评论,为后来编集和研究唐诗者所取材。

《大唐新语》在文体论上也提供了一些有益资料,或反对艳诗、宫体诗:"太宗谓侍臣曰:'朕偶作艳诗。'虞世南便谏曰:'圣作虽工,体制非雅。上之所好,下必随之。此文一行,恐致风靡。而今而后,请不奉诏。'太宗曰:'卿恳诚若此,朕用嘉之。群臣皆若世南,天下何忧不理?'"[①]或反对"无益劝戒"的汉代大赋(卷九):"太宗谓监修国史房玄龄曰:'比见前后汉史,载扬雄《甘泉》、《羽猎》,司马相如《子虚》、《上林》,班固《两都赋》,此既文体浮华,无益劝戒,何暇书之史策? 今有上书论事,词理可裨于政理者,

---

① 《唐新语》卷三。

朕或从或不从,皆须备载。'"

李肇(生卒年不详),约唐宪宗元和前后在世。累官尚书左司郎中,迁左补阙,入翰林为学士。元和中,坐荐柏耆,自中书舍人左迁将作监。著有《翰林志》一卷,《国史补》三卷,并传于世。

《翰林志》属子部政书类,《四库全书总目》提要称其"记载赅备,本末粲然,于一代词臣,职掌最为详晰"。翰林学士的职掌是起草制诏,故其论制诏之体颇详:"凡王言之制有七:一曰册书,立后建嫡,封树藩屏,宠命尊贤,临轩备礼则用之;二曰制书,行大典,赏罚,授大官爵,厘革旧政,赦宥降虏则用之;三曰慰劳制书,褒赞贤能,劝勉遣劳则用之;四曰发日敕,增减官员,废置州县,征兵发马,除免官爵,授六品已下官,处流已上罪并用之;五曰敕旨,为百司承旨,而为程序奏事请施行者;六曰论事敕书,慰谕公卿,诫约臣下则用之;七曰敕牒,随事承旨,不易旧典则用之。"①

李绰的《尚书故实》属子部小说类。李绰(生卒年不详)字肩孟,赵州(今河北赵县)人。广明中曾避乱于郑州中牟县。龙纪元年(889)官太常博士,约于乾宁初(894)任膳部郎中,四年为礼部郎中。唐亡不仕,避乱南方。著有《秦中岁时记》一卷,已佚。

其《尚书故实》论碑表云:"古碑皆有圆空(孔),盖碑者,悲本也。墟墓间物,每一墓有四焉。初葬,穿绳于空以下棺,乃古悬窆之礼。《礼》曰:公室视丰碑,三家视桓楹。人因就纪其德,由是遂有碑表。数十年前,有树德政碑,亦设圆空,不知根本,甚失。后有悟之者,遂改焉。"②

马缟《中华古今注》属子部杂学类。马缟(?—936),唐末以明经及第,又举拔萃科。后梁时为太常修撰,累历尚书郎,参知礼院事,迁太常少卿。所著《中华古今注》二卷,以考证名物制度为主,体例与崔豹《古今注》大致相同,但部分内容有重复。《四库全书总目提要》云:"豹书久亡,缟书晚出,后人摭其中魏以前事,赝为豹作。又检校《永乐大典》所载苏鹗《演义》,与二书相同者十之五六,则不特豹书出于依托,即缟书亦不免于剿袭。特以相传既久,姑并存以备参考耳。"

《中华古今注》中载有不少乐府名,如《雉朝飞》、《别鹤操》、《走马引》、《淮南王歌》、《武溪歌》、《吴趋曲》、《箜篌引》、《悲歌》、《薤露蒿里歌》、《长歌短歌》、《陌上桑

---

① (唐)李肇《翰林志》,文渊阁四库全书本。

② (唐)李绰《尚书故实》,文渊阁四库全书本。

160

歌》、《杞梁妻歌》、《董逃歌》、《短箫铙歌》、《上溜》、《日重光月重轮》、《横吹》、《钓竿歌》、《雉朝飞》之类,皆叙其源起,今举数例以见一斑。如《别鹤操》云:"商陵牧子所作也。娶妻五年无子,父兄将为改娶,妻闻之,终夜倚户而悲啸。牧子闻之,怆然而悲,乃歌曰:'将乖比翼隔天端,山川悠远路漫漫,揽衣不寝食忘餐。'后人因为乐章。"《淮南王歌》云:"淮南小山所作也。王服食求仙,遍礼方士,遂与八公相携俱去,莫知所在。小山之徒思恋不已,作《淮南王歌》焉。"《武溪歌》云:"马援南征所作也。援门生爰寄生善吹笛,援作歌以和之,名曰《武溪深》。其曲曰:'滔滔武溪一何深,鸟飞不渡兽不能临,嗟哉武溪多毒淫。'"①

第五节　隋唐总集中的文体论

一　《唐人选唐诗(十种)》简介

在总集编纂方面,唐人所编总集,前不如南朝梁之《昭明文选》,后不如宋代之《文苑英华》、《唐文粹》、《皇朝文鉴》,没有一部著名的诗文皆收的总集。1958 年中华书局上海编辑所编辑出版了《唐人选唐诗(十种)》,含无名氏《唐写本唐人选唐诗》残本一卷,元结辑《箧中集》一卷,殷璠辑《河岳英灵集》三卷,芮挺章辑《国秀集》三卷,令狐楚辑《御览诗》一卷,高仲武辑《中兴间气集》十卷,姚合辑《极玄集》二卷,韦庄辑《又玄集》三卷,韦縠辑《才调集》十卷,佚名《搜玉小集》一卷,仅从卷数就不难看出规模较小,多以人标目,以诗系人,不太看得出他们的文体分类观,与唐人在诗文创作上的巨大成就成鲜明反差。二百年内无历史,唐人选唐诗,好处是时近,弊病是难公。明末魏浣初《唐人选唐诗序》云:"以唐人而选唐诗,即以我明之人而选明之时文也。身非堂上之身,目犹局中之目,而欲擅雌黄,遽分苍素,自匪博综一代之人物,另具千秋之鉴裁,其谁信从,敢与笔削? 故远则易核,业经月旦之参详;近则难评,尚俟风谣之采择。草茅布衣之什,品题即重于阐幽;台阁群公之作,褒美恒邻于阿好。当时宗工哲匠,岂无师旷之耳,董狐之笔,而选手寥寥,不逮数家,信删定之任更难于作者矣。"②

这些选本各有偏重,也颇能反映作者的诗体观。以上各书大都力图通过选本提倡某种风格,以影响诗坛,或总结展示某一时期诗歌面貌和成就。《箧中集》所选诗歌

---

① (五代)马缟《中华古今注》卷下,文渊阁四库全书本。
② (唐)芮挺章《国秀集》卷末附,文渊阁四库全书本。

多为抒发作者"无禄位"、"久贫贱"的悲苦和愤懑,风格质朴,对当时流行的诗风有针砭作用。

《国秀集》选录开元前后诗二百余首。编选者标榜"雅正",内容多为奉和应制、侍宴之作;艺术上强调"风流婉丽"的形式美和"可被管弦"的音乐性。凡选九十人,诗二百二十首(实八十五人,诗二百一十一首),录有己作二篇。《四库全书总目提要》批评说:"文章论定自有公评,要当待之天下后世,何必露才扬己,先自表章? 虽有例可援,终不可为训。至旧序一篇无作者姓氏,陈振孙《书录解题》谓为楼颖所作。颖,天宝进士,其诗亦选入集中。考梁昭明太子撰《文选》以何逊犹在,不录其诗,盖欲杜绝世情,用彰公道。今挺章与颖,一则以见存之人采录其诗,一则以选己之诗为之作序。后来互相标榜之风,已萌蘖于此。"

中唐一般指代宗大历到文宗大和年间(766—835)这一时期,孟郊、张籍、韩愈、刘禹锡、白居易、元稹、柳宗元、贾岛、刘长卿、韦应物、钱起等大历十才子都是这一时期的著名诗人,高仲武的《中兴间气集》所选即这一时期的作品,史家称此时为安史乱后之"中兴"时期,书名即本此。其自序云:"唐兴一百七十载,属方隅畔援,戎事纷纶,业文之人,述作中废。粤若肃宗先帝以殷忧启圣,反正中兴。伏惟皇帝以出震继明,保安区宇,国风雅颂,蔚然复兴,所谓文明御时,上以化下者也。武不揆菲陋,辄罄谀闻,博访词林,采察谣俗,起自至德元年首,终于大历末年,作者数千,选者二十六人,五言诗一百四十首,七言诗附之。列为两卷,略序品汇人伦,命曰《中兴间气集》。且夫微言虽绝,大制犹存,详略其臧否,尚可拟议古之作者。因事造端,敷弘体要,立义以全其制,因文以寄其心,著王政之兴衰,国风之善否,岂其苟悦权右,取媚薄俗哉? 今之所收,殆革斯弊,但使体格风雅,理致清新,期观者易心,听者竦耳,则朝野通载,格律兼收。自郐以下,非所附丽,凡百君子,幸详至公。"[①]他在自序中提出"体状风雅,理致清新"的选诗标准,他编此书是为了"敷弘体要","朝野通载,格律兼收",绝不"苟悦权右,取媚薄俗",此书大体达到了所立标准,鉴别较精,持论较慎,所选各家都有评语,并多从风格角度着眼。如卷上评钱起云:"员外诗体格新奇,理致清赡,粤从登第,挺冠词林。文宗右丞(王维),许以高格。右丞没后,员外为雄。芟齐宋之浮游,削梁陈之靡嫚,迥然独立,莫之与群。且如'鸟道挂疏雨,人家残夕阳',又'牛羊上山小,烟火隔林疏',又'长乐钟声花外尽,龙池柳色雨中深',皆特出意表,标雅古今。"卷下评郎士元云:"两君(钱与郎)体调大抵欲同,就中郎公稍更闲雅,近于康乐。如'荒城背流水,远雁入寒云','去鸟不知倦,远帆生暮愁',又'萧条夜静边风吹,独倚营门向秋

───────────

① 　(唐)高仲武《中兴间气集》卷首,文渊阁四库全书本。

月',可以齐衡古人,掩映时辈,又'暮蝉不可听,落叶岂堪闻',古谓谢朓工于发端,比之于今,有惭沮矣。"所论都是论其诗风,论其他各家也大体如此。

二 殷璠《河岳英灵集》论诗的多种风格

这里着重介绍一下殷璠的《河岳英灵集》。殷璠(生卒年不详),丹阳(今属江苏)人。进士出身,曾出仕,后辞官归隐,其他无可考。曾编《河岳英灵集》三卷,选录唐开元二年至天宝十二年(714—753)期间常建、李白、王维、高适、岑参、孟浩然、王昌龄等二十四人诗二百三十四首(今本实存二百二十八首),选取标准兼顾"声律"、"风骨",较准确地反映了盛唐诗歌的基本面貌。每人各有评语。殷璠在此书《序》、《集论》及各家评语中,都主要从风格着眼进行论述点评。

《河岳英灵集序》云:"夫文有神来、气来、情来,有雅体、野体、鄙体、俗体。编纪者能审鉴诸体,委详所来,方可定其优劣,论其取舍。至如曹、刘诗多直,语少切对,或五字并侧,或十字俱平,而逸驾终存。然掣瓶肤受之流,责古人不辩宫商徵羽,词句质素,耻相师范。于是攻异端,妄穿凿,理则不足,言常有余,都无兴象,但贵轻艳。虽满箧笥,将何用之? 自萧氏以还,尤增矫饰。武德初,微波尚在。贞观末,标格渐高。景云中,颇通远调。开元十五年后,风骨始备矣。实由主上恶华好朴,去伪从真,使海内词场翕然尊古,南《风》周《雅》,称阐今日。"①这里所论主要不是指诗歌四言、五言、七言、古体、今体等诗歌体裁,而是指诗歌风格,他所说的"标格"、"审鉴诸体"都是指风格,包括神来、气来、情来、雅体、野体、鄙体、俗体、兴象、轻艳、质素、矫饰、风骨、恶华好朴等等。

四库本卷首未收其《集论》,四部丛刊本则收有《集论》:"昔伶伦(传黄帝时乐官)造律,盖为文章之本也。是以气因律而生,节假律而明,才得律而清焉。宁预于词场,不可不知音律焉。孔圣删诗,非代议所及。自汉魏至于晋宋,高唱者十有余人,然观其乐府,犹有小失。齐梁陈隋,下品实繁,专事拘忌,弥损厥道。夫能文者,匪谓四声尽要流美,八病咸须避之,纵不拈缀,未为深缺。即'罗衣何飘飘,长裾随风还',雅调仍在,况其他句乎? 故词有刚柔,调有高下,但令词与调合,首末相称,中间不败,便是知音。而沈生(约)虽怪曹(植)、王(粲)曾无先觉,隐侯(沈约)言之更远。璠今所集,颇异诸家:既闲新声,复晓古体;文质半取,风骚两挟。言气骨则建安为传,论宫商则太康不逮。将来秀士,无致深憾。"《河岳英灵集》批评齐梁以来"理则不足,言常有余,

---

① 《河岳英灵集》卷首,文渊阁四库全书本。

都无兴象,但贵清绮"的形式主义诗风,力主内容形式并重,声律风骨兼备。他选录的标准是:"既闲新声,复晓古体。文质半取,风骚两挟。言气骨则建安为传,论宫商则太康不逮。"对诗人评论,亦多有精辟见解,从而使《河岳英灵集》成为唐人选唐诗中较优秀的选本,对后世诗歌选本颇有影响。

《河岳英灵集》亦多从风格角度评诗,如卷上评常建云:"高才无贵士,诚哉!是言曩刘桢死于文学,左思终于记室,鲍照卒于参军,今常建亦沦于一尉,悲夫!建诗似初发通庄,却寻野径百里之外,方归大道,所以其旨远,其兴僻,佳句辄来,唯论意表。至如'松际露微月,清光犹为君';又'山光悦鸟性,潭影空人心',此例十数句并可称警策。然一篇尽善者,'战余落日黄,军败鼓声死,今与山鬼邻,残兵哭辽水',属思既苦,词亦警绝,潘岳虽云能叙悲怨,未见如此章。"所谓"其旨远,其兴僻","可称警策","属思既苦,词亦警绝",都是指常建诗的风格。

评李白云:"白性嗜酒,志不拘检,常林栖十数载,故其为文章率皆纵逸,至如《蜀道难》等篇,可谓奇之又奇,然自骚人以还,鲜有此体调也。"这里所说"不拘检","皆纵逸","奇之又奇"的李白"体调",也是指风格。

评王维云:"维诗词秀调雅,意新理惬,在泉成珠,著壁成绘,一句一字,皆出常境。至如'落日山水好,漾舟信归风',又'涧芳袭人衣,山月映石壁','天寒远山净,日莫长河急','日暮沙漠垂(一作陲),战声烟尘里',讵肯惭于古人也?"词秀调雅、意新理惬、成珠成绘等语,显然也是论其诗风。

《河岳英灵集》批评齐梁以来"理则不足,言常有余,都无兴象,但贵清绮"的形式主义诗风,力主内容形式并重,声律风骨兼备。他选录的标准是:"既闲新声,复晓古体。文质半取,风骚两挟。言气骨则建安为传,论宫商则太康不逮"。对诗人评论,亦多有精辟见解,从而使《河岳英灵集》成为唐人选唐诗中较优秀的选本,对后世诗歌选本颇有影响。

三　顾陶《唐诗类选》论诗歌体裁、风格演变

除《唐人选唐诗(十种)》外,还有顾陶的《唐诗类选》二十卷。顾陶(生卒年不详),会昌四年(844)进士,大中时官校书郎。

《唐诗类选》是晚唐时期一部规模较大的唐诗选本,也是唐代第一部尊杜选本。可惜此书已佚,仅存残卷,影印在《四部丛刊》三编中。宋李昉等《文苑英华》卷七一四收其《唐诗类选序》、《唐诗类选后序》。前序是一篇诗歌体裁、风格的演变简史,首论自古至晋宋之诗不失雅正:"在昔乐官采诗而陈于国者以察风俗之邪正,以审王化之

兴废,得刍荛而上达,萌治乱而先觉,诗之义也大矣远矣。肇自宗周,降及汉魏,莫不政治以讽谕系国家之盛衰,作之者有犯而无讳,闻之者伤惧而鉴诫,宁同嘲戏风月,取欢流俗而已哉?晋宋诗人不失雅颂正,直言无避,颇遵汉魏之风。"批评"齐、梁、陈、隋,德祚浅薄,无能激切于事,皆以浮艳相夸,风雅大变,不随流者无几。所谓亡国之音哀以思,王泽竭而诗不作。吴公子听五音知国之兴废,非虚谬也。"重点论本朝之诗多能返古,并历评诸家风格:"国朝以来人多反古,德泽广被,诗之作者继出,则有杜、李挺生于时,群才莫得而问。其亚则(王)昌龄、(陈)伯玉、(孟)云卿、(沈)千运、(韦)应物、(李)益、(高)适、(常)建、(顾)况、(于)鹄、(畅)当、(储)光羲、(孟)郊、(韩)愈、(张)籍、(姚)合十数子,挺然颓波间,得苏、李、刘、谢之风骨,多为清德之所讽览,乃能抑退浮伪流艳之辞,宜矣。爰有律体,祖尚清巧,以切语对为工,以绝声病为能,则有沈(佺期)、宋(之问)、燕公(张说)、(张)九龄、严(维)、刘(长卿)、钱(起)、孟(浩然)、司空曙、李端、二皇甫(皇甫曾、皇甫冉)之流,实系其数,皆妙于新韵,播名当时,亦可谓守章句之范,不失其正者矣。"末论自己编纂此书之因:"然物无全工,而欲篇咏盈千,尽为绝唱,其可得乎?虽前贤纂录不少,殊途同归,《英灵》、《间气》、《正声》、《南熏》之类,朗照之下,罕有孑遗。而取舍之时,能无少误?未有游诸门而英菁毕萃,然卷而玷额,全无诗家之流,语多及此,岂识者寡,择者多,实以体词不一,憎爱有殊。苟非通而鉴之,焉可尽其善者?由是诸集悉阅,且无情势相托,以雅直尤异,成章而已。或声流乐府,或句在人口,虽靡所纪录,而阙切时病者,此乃究其姓家,无所失之。或风韵标特,讥兴深远,虽已在他集,而汩没于未至者,亦复掇而取焉。或词多郑卫,或音涉巴歈,苟不亏六义之要,安能间之也?既历稔盈箧,搜奇略罄,终恨见之不遍,无虑选之不公。始自有唐迄于近殁,凡一千二百三十二首,分为二十卷,命曰《唐诗类选》。篇题属兴,类之为伍,而条贯不以名位崇卑、年代远近为意,骚雅绮丽,区别有观,宁辞披拣之劳,贵及文明之代。"从此序可看出他提倡汉魏风骨,反对齐梁以"浮艳相夸";选诗反对"憎爱有殊",只"恨见之不遍,无虑选之不公"。其《唐诗类选后序》主要论其选诗标准,如元白之类的大家选不胜选而未选:"若元相国、白尚书擅名一时,天下称为元白,学者翕翕,号元和诗,其家集浩大不可雕摘,今共无所取。"在世者不选:"及稍沦谢,即文集未行。纵有一篇一咏得于人者,亦未称所录。"加之"僻远孤儒,有志难就。粗随所见,不可弹论,终愧力不及心,庶非耳目之过也","终恨见之不遍"。

  唐代还出现了专载同人会宴诗的《高氏三宴诗集》,专收唱和诗的《松陵集》,专收某氏兄弟作品的《二皇甫集》、《窦氏联珠集》等,从侧面也反映出一些文体观,限于篇幅,此不再述。

第六节　隋唐作家及其别集的文体论

以上介绍论述了唐人经、史、子部书中的文体论和文体资料,下面则论述唐人集部(包括总集、别集、诗文评著作)书中的文体观。由于诗文革新贯穿整个唐代始终,而诗文革新主要是文风、文体的革新,因此我们在论述中会较多涉及唐代诗文革新运动。

一　李谔抨击齐梁文风,开诗文革新先河

李谔(生卒年不详)字士恢,赵郡(今河北赵县)人。好学解属文。仕齐为中书舍人,有口辩,每接对陈使。周武帝平齐,拜天官都上士,见高祖(杨坚)有奇表,深自结纳。及高祖为丞相,甚见亲待,访以得失。于时兵革屡动,国用虚耗,谔上《重谷论》以讽,高祖深纳之。及杨坚受禅,历比部、考功二曹侍郎,赐爵南和伯。李谔性公方,明达世务,为时论所推。

因当时文体轻薄,递相师效,流宕忘返,李谔《上隋高祖革文华书》,首论古先哲王之文:"臣闻古先哲王之化人也,必变其视听,防其嗜欲,塞其邪放之心,示以淳和之路。五教六行,为训人之本;《诗》、《书》、《礼》、《易》,为道义之门。故能家复孝慈,人知礼让,正俗调风,莫大于此。其有上书献赋,制诔镌铭,皆以褒德序贤,明勋证理。苟非惩劝,义不徒然。"接着对魏晋南北朝的文风进行了尖锐批评:"降及后代,风教渐落。魏之三祖,更尚文词,忽君人之大道,好雕虫之小艺。下民从上,有同影响,竞骋文华,遂成风俗。江左齐、梁,其弊弥甚,贵贱贤愚,唯务吟咏。遂复遗理存异,寻虚逐微,竞一韵之奇,争一字之巧。连篇累牍,不出月露之形;积案盈箱,唯是风云之状。世俗以此相高,朝廷据兹擢士。禄利之路既开,爱尚之情愈笃。于是闾里童昏,贵游总卯,未窥六甲,先制五言。至如羲皇、舜、禹之典,伊、傅、周、孔之说,不复关心,何曾入耳。以傲诞为清虚,以缘情为勋绩,指儒素为古拙,用词赋为君子。故文笔日繁,其政日乱,良由弃大圣之轨模,构无用以为用也。捐本逐末,流遍华壤,递相师祖,久而愈扇。"其中"竞一韵之奇,争一字之巧。连篇累牍,不出月露之形;积案盈箱,唯是风云之状",是对齐梁诗文风格颇中肯綮的批评。末论隋朝对文风的改革:"及大隋受命,圣道聿兴,屏出轻浮,遏止华伪。自非怀经抱质,志道依仁,不得引预缙绅,参厕缨冕。开皇四年,普诏天下,公私文翰,并宜实录。其年九月,泗州刺史司马幼之文表华艳,付所司治罪。自是公卿大臣咸知正路,莫不钻仰坟集,弃绝华绮,择先王之令典,

166

行大道于兹世。如闻外州远县,仍踵敝风,选吏举人,未遵典则。则宗族称孝,乡里归仁,学必典谟,交不苟合,则摈落私门,不加收齿。其学不稽古,逐俗随时,作轻薄之篇章,结朋党而求誉,则选充吏职,举送天朝。盖由县令、刺史未行风教,犹挟私情,不存公道,臣既忝宪司,职当纠察,若闻风即效,恐挂网者多。请勒有司,普加搜访,有如此者,具状送台。"①可见隋代已在严厉打击"轻浮"、"轻薄"、"华伪"、"华艳"、"华绮"的不良文风,提倡"稽古"、"实录"、"典则"、"典谟",开其后诗文革新的先河。

二　五言律诗的奠基者之一王绩

王绩(约590—644)字无功,自号东皋子,绛州龙门(今属山西)人。其兄王通是隋末大儒。隋唐之际,王绩三仕三隐,一生郁郁不得志。事迹见《新唐书·隐逸传》。

王绩是五言律诗的奠基者之一,对扭转齐梁余风,开创唐诗新貌有重要贡献,在中国诗歌史上具有重要地位。其《游北山赋并序》论赋为诗之流云:"诗者,志之所之;赋者,诗之流也。"②其《答冯子华处士书》(卷下)论仲长、薛收、姚义赋的风格云:"吾所居南渚,有仲长先生,结庵独处三十载,非其力不食。傍无侍者,虽患瘖疾,不得交语,风神肃肃,可无俗气。携酒对饮,尚有典刑。先生又作《独游颂》及《河渚先生传》,开物寄道,悬解之作也。时取玩读,便复江湖相忘。吾往见薛收《白牛溪赋》,韵趣高奇,词义旷远,嵯峨萧瑟,真不可言。壮哉邈乎,扬、班之俦也。高人姚义常语吾曰:'薛生此文不可多得,登太行,俯沧海,高深极矣。吾近作《河渚独居赋》,为仲长先生所见,以为可与《白牛》连类。今亦写一本以相示,可与清溪诸贤共详之也。'"

三　卢照邻自创"五体"

卢照邻(约635—约689)字昇之,自号幽忧子,幽州范阳(今河北涿州)人。与王勃、杨炯、骆宾王以文词齐名,世称"王杨卢骆",号为"初唐四杰"。一生命运多舛,他的很多诗文都言及他的处境,如其《穷鱼赋》序云:"余曾有横事被拘,为群小所使,将致之深议,友人救护得免。窃感赵壹穷鸟之事,遂作《穷鱼赋》,常思报德,故冠之篇首云。"③其他如《双槿树赋同崔少监作并序》、《病梨树赋并序》也是借病梨以自喻:"围

---

① 《文苑英华》卷六七九。
② (唐)王绩《东皋子集》卷上,文渊阁四库全书本。
③ 《卢昇之集》卷一。

才数握,高仅盈丈。花实憔悴,似不任乎岁寒;枝叶零丁,绝有意乎朝暮。嗟乎同托根于膏壤,俱禀气于太和,而修短不均,荣枯殊异。岂赋命之理得之自然,将资生之化有所偏及?树犹如此,人何以堪。有感于怀,赋之云尔。"但他才华横溢,文采飞扬。工诗,尤长于七言歌行,对推动七古发展颇有贡献。

卢照邻在七体、九体之外,又创五体,其《五悲》序云:"自古为文者多以九、七为题目,乃有《九歌》《九辨》《九章》《七发》《七启》,其流不一。余以为天有五星。地有五岳,人有五常,礼有五礼,乐有五声,五者亦在天地之数。今造《五悲》以申万物之情,传之好事耳。"其《南阳公集序》则是一篇文学简史,从时序(两汉至唐初)和地域(南方和北方)两个方面论风格之演变,认为"两班(班彪、班固)叙事,得(左)丘明之风骨;二陆裁诗,含公幹(刘桢)之奇伟。邺中新体(指三曹父子等),共许音韵天成;江左诸人,咸好瑰姿艳发。精博爽利,颜延之急病于江(淹)、鲍(照)之间;疏散风流,谢宣城(灵运)缓步于向、刘(刘向、刘歆)之上。北方重浊,独卢黄门(思道)往往高飞;南国轻清,惟庾中丞(信)时时不坠。"

四　骆宾王论唐前诗体风格演变

骆宾王(约640—约684)字观光,婺州义乌(今属浙江)人。七岁能诗,有"神童"之称。与王勃、杨炯、卢照邻合称"初唐四杰"。曾从军西域,久戍边疆。后入蜀幕,与卢照邻往还唱酬。武则天当政,得罪入狱,其名篇《在狱咏蝉》"露重飞难进,风多响易沉。无人信高洁,谁为表余心"[①],即为此而作。后遇赦,出任临海县丞,世称骆临海。徐(李)敬业起兵反对武则天,骆宾王为草《代李敬业传檄天下文》,当武则天读到"一抔之土未干,六尺之孤何托(一作安在)"时,感叹道:"宰相安得失此人?"敬业兵败被杀,宾王下落不明。著有《骆丞集》,新、旧《唐书》皆有传。

骆宾王《和学士闺情诗启》论述了唐前诗体风格的演变历史。首论尧、舜、商、周之诗:"某切惟诗之兴作,兆基邃(远)古。唐歌虞咏,始载典谟;商颂周雅,方陈金石。"次论两汉、魏晋之诗:"其后言志缘情,二京(两汉)斯甚。含毫沥思,魏晋弥繁。布在缣简,差可商略。李都尉(李陵)鸳鸯之词,缠绵巧妙;班婕好霜雪之句,发越清迥。平子(张衡)《桂林(赋)》,理在文外;伯喈(蔡邕)《翠鸟》,意尽行间。河朔词人,王(粲)、刘(桢)为称首;洛阳才子,潘(岳)、左(思)为先觉。若乃子建(曹植)之牢笼群彦,士衡(陆机)之籍甚当时,并文苑之羽仪,诗人之龟镜。"他对南朝诗文颇多不满:"爰逮江

---

① (唐)骆宾王《骆丞集》卷一,文渊阁四库全书本。

左,讴谣不辍,非有神骨仙材,专事玄风道意。颜(延之)、谢(灵运)特桓,戕罚典丽(无典则遒丽之风)。自兹以降,声律稍精。其间沿改,莫能正本。天纵明春,卓尔不群。听新声,鄙师涓(乐师)之作;闻古乐,笑(魏)文侯之睡。以封鲁之才(指周公作乐),追自卫之迹(指孔子正乐)。宏兹雅奏,抑彼淫哇。澄五际之源,救四始之弊。固可以用之邦国,厚此人伦。俯屈高调,聊同下里。思人态巧,文随手变。"所谓"缠绵巧妙"、"发越清回"、"理在文外"、"意尽行间"、"玄风道意"、"戕罚典丽"、"雅奏"、"淫哇"等,皆指风格而言。

五 王勃反对齐梁靡丽之风

王勃(650—约676)字子安,绛州龙门(今山西河津)人。生长于书香之家,隋末大儒王通的孙子,文学家王绩的侄孙。"初唐四杰"之冠。十四岁应举及第,乾封初为沛王李贤侍读,两年后因戏为《檄英王鸡》,被高宗怒逐出府,出游巴蜀。咸亨三年(672)补虢州参军。南下探亲赴交趾,渡海溺水,惊悸而死。著有《汉书指瑕》十卷,《周易发挥》五卷,《次论语》十卷,《舟中纂序》五卷,《千岁历》若干卷,皆佚。今仅存《王子安集》。

王勃的诗歌力求摆脱齐梁的绮靡诗风,文也很有名,著名的《滕王阁序》就出自其手。在文体学方面具体论述较少,其《采莲赋》论及文体风格:"昔之赋芙蓉者多矣,虽复曹、王、潘、陆之逸曲,孙、鲍、江、萧之妙韵,莫不权陈丽美,粗举采掇,岂所谓究厥丽态,穷其风谣哉?顷乘暇景,历睹众制,伏玩累日,有不满焉。"①逸曲、妙韵、丽美、丽态等均指风格。他反对汉赋的"劝百讽一",尤其反对齐梁的靡丽之风,《上吏部裴侍郎启》认为:"文章之道,自古称难。圣人以开物成务,君子以立言见志。遗雅背训,孟子不为;劝百讽一,扬雄所耻。苟非可以甄明大义,矫正末流,俗化资以兴衰,家国繇其轻重,古人未尝留心也。自微言既绝,斯文不振,屈、宋导浇源于前,枚、马张淫风于后,谈人主者以宫室苑囿为雄,叙名流者以沉酗骄奢为达。故魏文用之而中国衰,宋武贵之而江东乱。虽沈、谢争鹜,适先兆齐、梁之危;徐、庾并驰,不能免周、陈之祸。于是识其道者卷舌而不言,明其弊者拂衣而径逝。《潜夫》(王符撰)、《昌言》(仲长统撰)之论,作之而有逆于时;周公、孔氏之教,存之而不行于代。天下之文,靡不坏矣。"他称美唐王朝"黜非圣之书,除不稽之论。牧童顿颡,思进皇谋;樵夫拭目,愿谈王道",他希望裴侍郎"舞咏浇淳,好尚邪正,宜深以为念也。伏见铨

---

① (唐)王勃《王子安集》卷二,文渊阁四库全书本。

擢之次,每以诗赋为先。诚恐君侯器人于翰墨之间,求材于简牍之际,果未足以采取英秀,斟酌高贤者也。徒使骏骨长朽,真龙不降,衔才饰智者奔驰于末流,怀真蕴璞者栖遑于下列。《易》不云乎,言行君子之所以动天地,失之毫厘,差以千里。《书》不云乎,弊化奢丽,万世同流,余风未殄,公其念哉!"其《平台秘略论十首》之三《艺文》亦云:"《易》称观乎天文,以察时变;《传》称言而无文,行之不远。故文章经国之大业,不朽之能事,而君子所役心劳神,宜于大者远者,非缘情体物,雕虫小技而已。"

六　杨炯论"龙朔初载,文场变体"

杨炯(650—约693),弘农华阴(今属陕西)人。十岁时被举为神童,上元三年(676)应制举及第,补校书郎,累迁詹事司直。武则天垂拱元年(685),坐从祖弟参与徐敬业起兵,出为梓州司法参军。天授元年(690),任教于洛阳宫中习艺馆。如意元年(692)迁盈川令,世称杨盈川,卒于官。著有《盈川集》十卷。

杨炯与王勃、卢照邻、骆宾王齐名,并称"初唐四杰"。《旧唐书》卷一九〇上本传载:"炯闻之,谓人曰:'吾愧在卢前,耻居王后。'当时议者亦以为然。其后崔融、李峤、张说俱重四杰之文,崔融曰:'王勃文章宏逸,有绝尘之迹,固非常流所及。炯与照邻可以企之,盈川之言信矣。'说曰:'杨盈川文思如悬河注水,酌之不竭,既优于卢,亦不减王。耻居王后,信然;愧在卢前,谦也。'"

杨炯以边塞诗著名,所作如《从军行》、《出塞》、《战城南》、《紫骝马》等,气势轩昂,风格豪迈,表现了为国立功的战斗激精,颇有唐风。其《王勃集序》批评齐梁文风,对王勃改革当时淫靡文风的创作实践评价很高。文章首论历代文风的演变:"大矣哉,文之时义也。有天文焉,察时以观其变;有人文焉,立言以重其范。历年兹久,递为文质。应运以发其明,因人以通其粹。仲尼既没,游夏光洙泗之风;屈平自沉,唐宋弘汨罗之迹。文儒于焉异术,词赋所以殊源。逮秦氏燔书,斯文天丧。汉皇改运,此道不还。贾、马蔚兴,已亏于雅颂;曹、王杰起,更失于风骚。偏偄大猷,未忝前载。泊乎潘、陆奋发,孙、许相因。继之以颜、谢,申之以江、鲍。梁魏群材,周隋众制,或苟求虫篆,未尽力于丘坟;或独徇波澜,不寻源于礼乐。会时沿革,循古抑扬。多守律以自全,罕非常而制物。其有飞驰倏忽,倜傥纷纶,鼓动包四海之名,变化成一家之体,蹈前贤之未识,探先圣之不言。经籍为心,得王、何于逸契;风云入思,叶张、左于神交。故能使六合殊材,并推心于意匠;八方好事,咸受气于文枢。出轨躅而骧首,驰光芒而动俗。非君之博物,孰能致于此乎?"后评王勃改革文风之功:"远游江汉,登降岷峨。

观精气之会昌，玩灵奇之肦蠻，考文章之迹，征造化之程。神机若助，日新其业。西南洪笔，咸出其词。每有一文，海内惊瞻。所制《九陇县孔子庙堂碑文》，宏伟绝人，稀代为宝。"又云："龙朔初载，文场变体……骨气都尽，刚健不闻。思革其弊，用光志业。薛令公朝右文宗，托末契而推一变。卢照邻人间才杰，览青规而辍九攻，知音与之矣，知己从之矣。于是鼓舞其心，发泄其用，八纮驰骋于思绪，万代出没于毫端。契将往而必融，防未来而先制。动摇文律，宫商有奔命之劳；沃荡词源，河海无息肩之地。以兹伟鉴，取其雄伯。壮而不虚，刚而能润，雕而不碎，按而弥坚。大则用之以时，小则施之有序。徒纵横以取势，非鼓怒以为资长。风一振众萌自偃，遂使繁综浅术，无藩篱之固；粉绘小才，失金汤之险。积年绮碎，一朝清廓，翰苑豁如，词林增峻。反诸宏博，君之力焉。矫枉过正，文之权也，后进之士，翕然景慕。久倦樊笼，咸思自择，近则面受而心服，远则言发而响应。教之者逾于激电，传之者速于置邮。得其片言而忽焉高视，假其一气则邈矣孤骞。窃形骸者既昭发于枢机，吸精微者亦潜附于声律。虽雅才之变例，诚壮思之雄宗也。妙异之徒，别为纵诞，专求怪说，争发大言。乾坤日月张其文，山河鬼神走其思。长句以增其滞，容气以广其灵。已逾江南之风，渐成河朔之制。谬称相述，罕识其源。扣纯粹之精机，未投足而先逝，览奔放之偏节，已滞心而忘返。乃相循于局步，岂见习于通方？信谲不同，非墨翟之过；重增其放，岂庄周之失？唱高罕属，既知之矣，以文罪我，其可得乎？君以为摛藻雕章，研几之余事；知来藏往，探赜之所宗。随时以发，其惟应便。稽古以成，其殆察微。"①洋洋洒洒，指责时文之弊，称美王勃改变文风之功，可见杨炯无论在创作上，还是在文体论上，对改变齐梁诗风，形成盛唐诗风，都有不可低估的作用。

七　陈子昂提倡"汉魏风骨"，"一扫六代之纤弱"

　　陈子昂（约659—700，一作661—702）字伯玉，梓州射洪（今四川射洪）人，进士及第，历麟台正字，官至右拾遗。后辞官回家，武三思指使县令段简诬陷他，被诬入狱，忧愤而死。著有《陈子昂集》，新、旧《唐书》皆有传。

　　陈子昂的诗歌雄浑清雄，深沉质朴。其代表作为《感遇》诗三十八首，抨击时弊，抒写情怀。其《登幽州台歌》"前不见古人，后不见来者。念天地之悠悠，独怆然而涕下"尤为苍凉悲壮。其《与东方左史虬修竹篇序》提倡风雅比兴、汉魏风骨："文章道弊五百年矣，汉魏风骨，晋宋莫传。然而文献有可征者，仆尝暇时，观齐梁间诗，彩丽竞

---

① （唐）杨炯《盈川集》卷三，文渊阁四库全书本。

繁而兴寄都绝,每以永叹。思古人常恐逶迤颓靡,风雅不作,以耿耿也。一昨于解三处见明公《咏孤桐篇》,骨气端翔,音情顿挫,光英朗练,有金石声。遂用洗心饬视,发挥幽郁。不图正始之音,复睹于兹,可使建安作者相视而笑。"①其《上薛令文章启》也反对"淫丽名陷俳优"。无论其诗论及诗作,在唐代诗歌史上都有深远影响,为历代所肯定。杜甫《陈拾遗故宅》(卷九)云:"千古立忠义,《感遇》有遗篇。"韩愈《荐士》云:"国朝盛文章,子昂始高蹈。"卢藏用《陈伯玉文集序》云:"横制颓波,天下翕然,质文一变。"②刘克庄《后村诗话》卷一云:"唐初王、杨、沈、宋擅名,然不脱齐梁之体,独陈拾遗首倡高雅冲淡之音,一扫六代之纤弱,趋于黄初、建安矣。"③梁肃《补阙李君前集序》云:"陈子昂以风雅革浮侈。"④

八 卢藏用论"质文一变"的初唐新风

卢藏用(664—713)字子潜,幽州范阳(今河北涿县)人。少以文辞才学著称,举进士不得调,隐居终南山。长安中召授左拾遗,神龙中,为礼部侍郎兼昭文馆学士。以附太平公主,流放岭南。与陈子昂友善,曾编辑《陈伯玉文集》,是陈子昂诗文变革的积极支持者。有文集三十卷,久佚。

其《唐右拾遗陈子昂文集序》充分肯定了陈子昂反对南朝文风,开一代新风的作用:"孔宣父以天纵之才,自卫返鲁,乃删《诗》定《礼》,述《易》道而修《春秋》,数千百年文章粲然可观也。孔子殁二百岁而骚人作,于是婉丽浮侈之法行焉。汉兴二百年,贾谊、马迁为之杰,宪章礼乐,有老成之风。长卿、子云之俦,瑰诡万变,亦奇特之士也。惜其王公大人之言,溺于流杂而不显。其后班、张、崔、蔡、曹、刘、潘、陆,随波而作。虽大雅不足,其遗风余烈尚有典刑。宋齐之末,盖憔悴矣,逶迤陵颓,流靡忘返。至于徐、庾,天之将丧斯文也,后进之士若上官仪者,继踵而生。于是风雅之道,扫地尽矣。《易》曰'物不可以终否',故受之以泰。道丧五百岁而得陈君。君讳子昂,字伯玉,蜀人也。崛起江汉,虎视函夏,卓立千古,横制颓波,天下翕然,质文一变。非夫岷峨之精,巫庐之灵,则何以生此?"⑤

---

① 《陈拾遗集》卷一。
② (宋)姚铉《唐文粹》卷九二,文渊阁四库全书本。
③ (宋)刘克庄《后村诗话》,文渊阁四库全书本。
④ 《文苑英华》卷七○三。
⑤ 《唐文粹》卷九二。

九　高适的边塞诗及对回文诗的论述

高适(约700—765)字达夫、仲武,渤海蓨(今河北景县)人,居于宋中(今河南商丘一带)。少孤贫,爱交游,有游侠之风,与李白、杜甫结交。天宝八年(749),经睢阳太守张九皋推荐,应举中第,授封丘尉。后人河西节度使哥舒翰幕,为掌书记。安史之乱后,曾任淮南节度使、彭州刺史、蜀州刺史、剑南节度使等职,封渤海县侯。著有《高常侍集》。

高适为唐代著名的边塞诗人,与岑参并称"高岑"。其诗笔力雄健,气势奔放,直抒胸臆,不尚雕饰,以七言歌行最富特色,大多写边塞生活,洋溢着盛唐时期所特有的奋发进取、蓬勃向上的时代精神。其诗文论及文体者很少,仅《为东平薛太守进王氏瑞诗表》论及回文诗:"符瑞之兴,实由王化;诗歌之作,本自国风。伏见范阳卢某母琅琊王氏,性合希夷,体于静默;精微道本,驰骛元关。旁通天地之心,预纪休征之盛。去景龙二载,撰《天宝回文诗》,凡八百一十二字,循环有数,若寒暑之递迁;应变无穷,谓阴阳之莫测。"[①]

十　李白诗风及对诗赋关系的论述

李白(701—762)字太白,祖籍陇西成纪(今甘肃静宁西南)。一说生于西域碎叶(今吉尔吉斯斯坦北部托克马克附近),一说生于四川,但至少五岁时已在四川江油市青莲乡生活。少有逸才,志气宏放,飘然有超世之心。初隐岷山,天宝初至长安见前辈诗人贺知章,知章称白为"谪仙人",言于明皇,常侍帝侧。自知不为亲近所容,恳求还山。帝赐金放还。乃浪迹江湖。永王璘都督江陵,辟为僚佐。璘谋乱,兵败,坐长流夜郎,会赦得还。族人阳冰为当涂令,白往依之,病卒。

李白的大量诗篇,既反映了那个时代的繁荣气象,也揭露和批判了统治集团的荒淫和腐败,表现出蔑视权贵,反抗传统束缚,追求自由和理想的积极精神。在艺术上,他的诗想象新奇,构思奇特,感情强烈,意境奇伟瑰丽,语言清新明快,气势雄浑瑰丽,风格豪迈潇洒,形成豪放、超迈的艺术风格,达到了我国浪漫主义诗歌艺术的高峰。

其诗文论及文体者不多,其《大猎赋并序》论及诗赋关系:"白以为赋者,古诗之流,辞欲壮丽,义归博远,不然,何以光赞盛美,感天动神!而相如、子云竞夸辞赋,历代为文雄,莫敢诋讦……但王者以四海为家,万姓为子,则天下之山林禽兽,岂与众庶异

---

① (唐)高适《高常侍集》卷一〇,文渊阁四库全书本。

之？而臣以为不能以大道匡君，示物周博，平文论苑之小，窃为微臣之不取也。"①

十一　颜真卿论文体风格及文质关系

颜真卿（708—784）字清臣，祖籍琅琊（今山东临沂。一说京兆）人。开元年间甲科进士，曾四次被任命为监察御史，迁殿中侍御史。因受权臣杨国忠排斥，被贬为平原太守。人称颜平原。天宝十四年（755）安禄山反，他联络从兄颜杲卿起兵抵抗。肃宗时授宪部尚书，迁御史大夫。代宗时官至吏部尚书、太子太师，封鲁郡公，人称颜鲁公。德宗兴元元年（784）李希烈叛乱，奸相卢杞派他前往劝谕，实借李希烈之手将其杀害。颜真卿是唐代著名书法家，他创立的"颜体"楷书与柳公权、欧阳询、赵孟頫并称"楷书四大家"。能诗文，著有《吴兴集》、《卢州集》、《临川集》。

其《尚书刑部侍郎赠尚书右仆射孙逊文公集序》论文体风格或质胜文，或文胜质，递相演变，实针对"梁陈斯降，宫体聿兴"而发。文章首论"古之为文"："古之为文者所以导达心志，发挥性灵，本乎咏歌，终乎雅颂。帝庸作而君臣动色，王泽竭而风化不行。政之兴衰，实系于此。"次论历代"莫能适中"："文胜质则绣其鞶帨，而血流漂杵；质胜文则野于礼乐，而木讷不华。历代相因，莫能适中。故诗人之赋丽以则，词人之赋丽以淫，此其效也。"对汉魏以后特别是梁陈文体风格尤为不满："汉魏已还，雅道微缺；梁陈斯降，宫体聿兴。既驰骋于末流，遂受嗤于后学。是以沈隐侯之论谢康乐也，乃云灵均（屈原）已来，此未及睹；卢黄门（卢藏用）之序陈拾遗也，乃云道丧五百岁而得陈君。若激昂颓波，虽无害于过正；榷其中论，不亦伤于厚诬？何则？雅郑在人，理乱由俗。桑间濮上，胡为乎绵古之时；正始皇风，奚独乎凡今之代。盖不然矣，其或斌斌彪炳，郁郁相宜，膺期运以挺生，奄寰瀛而首出者，其惟仆射孙公乎……公风裁征明，天才杰出，学穷百氏，不好非圣之书；文统三变，特深稽古之道。故逸气上跻而高情四达，羌索隐乎混元之始，表独立于常均之外，不其盛欤！年数岁即好属文，十五时，相国齐公崔日用试土《火炉赋》，公雅思遒丽，援翰立成，齐公骇之，约以忘年之契，尔后遂有大名。故其试言也，年未弱冠，而三擅甲科。吏部侍郎王丘试《竹帘赋》，降阶约拜，以殊礼待之。相国燕公张说，览其策而心醉。其序事也，则《伯乐川记》及诸碑志，皆卓立千古，传于域中。其为诗也，必有逸韵佳对冠绝当时，布在人口。其词言也，则宰相张九龄欲掎摭疵瑕，沈吟久之，不能易一字。公之除庶子也，苑咸草诏曰'西掖掌论，朝推无对'，议者以为知言。凡斯伙多，庸可悉数？故燕国深赏公才，俾与

---

①　《李太白文集》卷二四。

张九龄、许景先、韦述同游门庭，命子均垍施伯仲之礼。江夏李邕，自陈州入计，缮写其集，赍以诣公，托知己之分。其为先达所重也如此。公文雅有清鉴，典考功时精核进士，虽权要不能逼所奖擢者二十七人。数年间宏词判等入甲者一十六人，授校书者九人。其余咸著名当世，已而多至显官。明年典举亦如之，故言第者必称孙公而已夫。然信可谓人文之宗师，国风之哲匠者矣。"①

十二　李华论陈子昂"文体最正"

李华(715—766)，字遐叔，赵州赞皇(今属河北)人。开元二十三年(735)进士。唐代著名散文家、诗人，与萧颖士齐名，世称"萧李"；并与萧颖士、颜真卿等共倡古文，开韩、柳古文革新先河。《四库全书总目》提要云："其文词绵丽，精彩焕发，实可追配古之作者。萧颖士见所著《含元殿赋》而以为在《景福》之上，《灵光》之下。……其品评庶几无愧，当时因其才名逊于颖士，遂谓其少宏杰气，其实殊未尽然也。"其传世名篇有《吊古战场文》，亦能诗。原有文集十卷，已佚，后人辑有《李遐叔文集》四卷。

其《扬州功曹萧颖士文集序》论文体风格云："君谓六经之后，有屈原、宋玉，文甚雄壮，而不能经。厥后有贾谊，文词最正，近于理体。枚乘、司马相如亦璨丽才士，然而不近风雅。扬雄用意颇深，班彪识理，张衡宏旷，曹植丰赡，王粲超逸，嵇康标举，此外皆金相玉质，所尚或殊，不能备举。左思诗赋有雅颂遗风，干宝著论近王化根源，此外复绝无闻。近日陈拾遗，文体最正。"②《质文论》所论质与文的关系也与文体风格论相通："天地之道易简，易则易知，简则易从。先王质文相变以济天下，易知易从莫尚乎质，质弊则佐之以文，文弊则复之以质，不待其极而变之。"

十三　元结批评"近世作者""拘限声病"

元结(719—772)字次山，号漫郎、聱叟、猗玗子，河南(今河南洛阳)人。天宝进士。历任任道州刺史，容州都督充本管经略守捉使，政绩颇丰。原有集，已佚，明人辑有《元次山文集》。

诗分风、雅颂，元《二风诗论》则把风分为理、乱二风，主张诗歌要"极帝王理乱

① (唐)颜真卿《颜鲁公集》卷一二，文渊阁四库全书本。
② (唐)李华《李遐叔文集》卷一，文渊阁四库全书本。

之道，系古人规讽之流"①。其《刘侍御月夜宴会诗序》要求诗文必须"变时俗之淫靡，为后生之规范"。他曾编选《箧中集》一卷行于世，录沈千运、王季友等七人之诗，共二十四首。《箧中集序》云："近世作者，更相沿袭，拘限声病，喜尚形似，且以流易为词，不知丧于雅正。然哉，彼则指咏时物，会谐丝竹，与歌儿舞女生污惑之声于私室可矣。若令方直之士，大雅君子，听而诵之，则未见其可矣。吴兴沈千运独挺于流俗之中，强攘于已溺之后，穷老不惑，五十余年，凡所为文，皆与时异，故朋友后生，稍见师效，能侣类者有五六人。呜呼，自沈公及二三子，皆以正直而无禄位，皆以忠信而久贫贱，皆以仁让而至丧亡……已长逝者遗文散失，方阻绝者不见近作，尽箧中所有，总编次之，命曰《箧中集》。"所选诗皆淳古淡泊，绝去雕饰，不仅与当时诗人门径迥殊，也比所选之人的其他诗篇精粹，是其诗论的集中表现。所谓"尽箧中所有，总编次之"，只不过是回避刊削之名的诡词而已。他在《系乐府十二首序》中还提出了系乐府的概念，阐明了系乐府"上感于上，下化于下"的特点。从元结的"系乐府"到李绅的"新题乐府"，再到元稹、白居易的"新乐府"，发展脉络十分清楚，其精神实质则是与新乐府完全一致的。

十四　梁肃论历代文体风格演变

　　梁肃(753—793)字敬之，一字宽中。安定(今甘肃泾川)人，世居陆浑(今河南嵩县东北)。幼逢安史之乱。建中元年(780)至京师，登文辞清丽科，授太子校书郎。复受荐为右拾遗，以母老病辞。贞元五年(789)召为监察御史，转右补阙、翰林学士、皇太子诸王侍读、史馆修撰。《新唐书·艺文志》著录《梁肃集》二十卷，已佚。《全唐文》存其文六卷。

　　梁肃也是古文革新作家，文尚古朴，为韩愈，柳宗元、李翱所师法。贞元八年，梁肃协助陆贽主试，擢韩愈、欧阳詹等登第。其所作序多论文章风格之演变，其《毗陵集后序》是他为独孤及集所作序："文之兴废，视世之治乱；文之高下，视才之厚薄。帝唐接前代浇醨之后，承文章颠坠之运，王风下扇，作者迭起，不及百年，文体反正。洎公为之，则又操道德为根本，总礼乐为冠带。以《易》之精义，《诗》之雅训，《春秋》之褒贬，属之于词，故其文宽而简，直而婉，辨而不华，博厚而高明，论人无虚美，比事为实录，天下凛然，复睹两汉之遗风。"②所谓"前代浇醨"，主要指南朝文风；称美唐代"文体反正"，特别是称美独孤及文的"宽而简，直而婉，辨而不华，博厚而高明"，可见他所

① (唐)元结《次山集》卷七，文渊阁四库全书本。

② 《唐文粹》卷九三。

说的"文体"主要是指文章风格。其《唐左补阙李翰前集序》论之更详。首论三代之文："文之作，上所以发扬道德，正性命之纪；次所以裁成典礼，厚人伦之义；又所以昭显义类，立天下之中。"继论两汉之文："三代之后，其流派别。炎汉制度以霸王道杂之，故其文亦二：贾生、马迁、刘向、班固其文博厚，出于王风者也；枚叔、相如、扬雄、张衡其文雄富，出于霸途者也。"再论六朝之文："其后作者，理胜则文薄，文胜则理消。理消则言愈繁，斯乱矣；文薄则意愈巧，斯弱矣。故文本于道，失道则博之以气，气不足则饰之以辞，盖道能兼气，气能兼辞，辞不当则文斯败矣。"末论唐文三变，而重点论李翰之文："唐有天下几二百载，而文章三变。初则广汉陈子昂以风雅革浮侈，次则燕国张公说以宏茂广波澜，天宝以还则李员外、萧功曹、贾常侍、独孤常州，比肩而作，故其道益炽。若乃辞源辩博，驰骛古今之际，高步天地之间，则有左补阙李君。君名翰，赵郡赞皇人也。天姿朗秀，率性聪达，博涉经籍，其文尤工。故其作，叙治乱则明白坦荡，衍余条畅，端如贯珠之可观也。陈道义则游泳性情，探微黝冥，涣乎春冰之将泮也。广劝戒则得失相维，吉凶相追，焯乎元龟之在前也。颂功美则温直显融，协于大中，穆如清风之中人也。议者又谓君之才若崇山出云，神禹导河，触石而弥六合，随山而注巨壑，盖无物足以道其气而阅其行者也。世所谓文章之雄，舍君其谁欤？"这显然是一篇文体风格演变史，是"其流派别"的演变史。

十五　韩愈"文成破体"

韩愈（768—824），字退之，河南洛阳（今河南孟县）人。郡望昌黎，世称韩昌黎。晚年官吏部侍郎，又称韩吏部。谥文公，故称韩文公。韩愈生三岁而孤，好读书，日数千言。及长，尽通六经百家之学，贞元八年（792）进士及第，但仕途并不顺意，数因才高被黜，遂作《进学解》以自嘲。执政览之，奇其才，改比部郎中、史馆修撰。转考功，知制诰，进中书舍人。宪宗迎佛骨，他上表反对，贬潮州刺史，内移袁州刺史。召回为国子祭酒，转兵部侍郎。镇州乱，诏愈宣抚。归，转吏部侍郎。长庆四年卒，年五十七，赠礼部尚书。《旧唐书》卷一六〇、《新唐书》卷一七六有传。

愈性明锐，不诡随。与人交，始终不稍变。喜奖励后进，后进往往因此而知名，故多自称韩门弟子。《新唐书·韩愈传》云："每言文章自汉司马相如、太史公、刘向、扬雄后，作者不世出。故愈深探本元，卓然树立，成一家言。其《原道》、《原性》、《师说》等数十篇，皆奥衍闳深，与孟轲、扬雄相表里而佐佑六经云。至它文造端置辞，要为不袭蹈前人者。然惟愈为之，沛然若有余，至其徒李翱、李汉、皇甫湜从而效之，遽不及远甚。从愈游者，若孟郊、张籍，亦皆自名于时。"

　　韩愈在政治史、思想史、文学史上都颇有建树,而其主要成就在文学方面。其最突出的贡献是领导了唐代中期的古文革新。魏晋六朝崇尚骈文,讲究对偶、声律、用典、词藻。韩愈前已有人对此不满,如西魏苏绰、隋李谔、唐代刘知幾、元结等人都曾主张改革文风,但影响不大。韩愈提出了系统的理论,写出了大量的优秀作品,才造成较大的声势。

　　在诗文创作上,韩愈破体为文,不仅以文为诗,而且在论体文、杂记文、赠序文、哀祭文、碑志文以及其他各种文体中往往都不按常规写作,在诗文体式、风格等方面多有突破,自成一体。如他的碑体文,既不同于秦汉古碑,更不同于六朝骈四俪六、隔句为对的华美碑文,而形成一种以散文为主、骈散结合、奇崛雄壮的新式碑文,或先叙世系、事迹而后铭功德,或先颂功德而后叙世系、事迹,或有志无诗,或有诗无志:皆其新创,为后世各家所继。其《平淮西碑》尤为有名,李商隐《韩碑》称颂道:"帝曰汝(裴)度功第一,汝从事愈宜为辞。愈拜稽首蹈且舞,金石刻画臣能为。古者世称大手笔,此事不系于职司。当仁自古有不让,言讫屡颔天子颐。公退斋戒坐小合,濡染大笔何淋漓。点窜尧典舜典字,涂改《清庙》、《生民》诗。文成破体书在纸,清晨再拜铺丹墀。表曰臣愈昧死上,咏神圣功书之碑。"①以"文成破体"来概括韩愈的多数诗文,也是大体可以的。

　　韩愈在诗文创作上几乎尽变诸体,兹再举其《进学解》为例。解者,释也,释结滞,征事以对,与论、说、议、辨相通,属论说文一体。韩愈的《进学解》是他任国子博士时所作,就其通篇为对话体与通篇用韵看,实际是以赋为论,是韩愈破体为文的表现之一。首为韩之训话:"业精于勤,荒于嬉;行成于思,毁于随……诸生业患不能精,无患有司之不明;行患不能成,无患有司之不公。"接着借学生之品讥笑自己:"沈浸醲郁,含英咀华,作为文章,其书满家。上规姚(舜之姓氏)姒(禹之姓氏),浑浑无涯。周诰殷盘,佶屈聱牙,春秋谨严,左氏浮夸。易奇而法,诗正而葩。下逮庄、骚,太史所录,子云、相如,同工异曲。先生之于文可谓闳其中而肆其外矣。少始知学,勇于敢为;长通于方,左右具宜,先生之于人可谓成矣。然而公不见信于人,私不见助于友。"最后韩愈回答说:"昔者孟轲好辩,孔道以明,辙环天下,卒老于行;荀卿宗王,大论以兴,逃谗于楚,废死兰陵。是二儒者,吐辞为经,举足为法,绝类离伦,优入圣域,其遇于世何如也? 今先生学虽勤而不由其统,言虽多而不要其中,文虽奇而不济于用,行虽修而不显于众,犹且月费俸钱,岁靡廪粟,子不知耕,妇不知织,乘马从徒,安坐而食,踵常途之役役,窥陈篇以盗窃。然而圣主不加诛,宰臣不见斥,兹非幸欤! 动而得谤,名亦

① (清)朱鹤龄《李义山诗集注》卷一下,文渊阁四库全书本。

随之，投闲置散，乃分之宜。若夫商财贿之有亡，计班资之崇庳，忘己量之所称，指前人之瑕疵，是所谓诘匠氏之不以杙为楹，而訾医师以昌阳引年，欲进其豨苓也。"①师生对话实际皆为韩之自白，重点在抒发自己愤闷之情，同时也表现了他的文体观，特别是"周诰殷盘"和"孟轲好辩"以下数语，他主张学要"由其统"，言"要其中"，文要"济于用"。

韩愈直接论及体裁的言论不多，但其文论主张却多涉及变革文体，如其《答尉迟生书》论文贵实，贵有自己的心得；《答李翊书》力主去陈言；《送孟东野序》论不平则鸣；《荆潭裴均杨凭唱和诗序》论："和平之音淡薄，而愁思之声要妙，欢愉之辞难工，而穷苦之言易好也。是故文章之作恒发于羁旅草野，至若王公贵人气得志满，非性能而好之，则不暇以为。"

十六　李翱批评传状碑志中的不良文风

李翱（772—836）字习之，陇西成纪（今甘肃秦安）人。一说赵郡人。贞元进士，官至山南东道节度使。谥文。哲学上受佛教影响颇深，所著《复性书》，糅合儒、佛两家思想。曾从韩愈学古文，也是古文革新的积极参加者。所著《来南录》，为传世颇早的日记体著作，文风平易。另有《李文公集》。

其《答朱载言书》论文、理、义三者的关系，特别是文与质的关系，通过一系列的比喻论理一而文殊："义深则意远，意远则理辩，理辩则气直，气直则辞盛，辞盛则文工。如山有恒、华、嵩、衡焉，其同者高也，其草木之荣，不必均也。如渎有淮、济、河、江焉，其同者出源到海也，其曲直浅深、色黄白，不必均也。如百品之杂焉，其同者饱于腹也，其味咸酸苦辛，不必均也。此因学而知者也，此创意之大归也。"文之殊有六（"天下之语文章，有六说焉"），有尚异、好理、溺于时、病于时、爱难、爱易的不同："此皆情有所偏，滞而不流，未识文章之所主也。义不深不至于理，言不信不在于教劝，而词句怪丽者有之矣，《剧秦美新》、王褒《僮约》是也；其理往往有是者，而词章不能工者有之矣，刘氏《人物表》、王氏《中说》、俗传《太公家教》是也。古之人能极于工而已，不知其词之对与否，易与难也……《六经》之后，百家之言兴，老聃、列御寇、庄周、鹖冠、田穰苴、孙武、屈原、宋玉、孟子、吴起、商鞅、墨翟、鬼谷子、荀况、韩非、李斯、贾谊、枚乘、司马迁、相如、刘向、扬雄，皆足以自成一家之文，学者之所师归也。故义虽深，理虽当，词不工者不成文，宜不能传也。文、理、义三者兼并，乃能独立于一时，而不泯灭于后

---

① 《五百家注昌黎文集》卷一二，文渊阁四库全书本。

代，能必传也。仲尼曰：'言之无文，行之不远。'子贡曰：'文犹质也，质犹文也，虎豹之鞟犹犬羊之鞟。'此之谓也。"①

其《百官行状奏》论实录、行状、谥议诸体必须真实："自元和以来，未著实录：盛德大功，史氏未纪；忠臣贤士名德甚有可为法者，逆臣贼人丑行亦有可为诫者，史氏皆阙而未书。臣实惧焉，故不自量，辄欲勉强而修之。凡人之事迹，非大善大恶，则众人无由知之。故旧例皆访问于人，又取行状、谥议以为一据。今之作行状者，非其门生，即其故吏，莫不虚加仁义礼智，妄言忠肃惠和，或言盛德大业远而愈光，或云直道正言殁而不朽，曾不直叙其事，故善恶混然不可明。至如许敬宗、李义府、李林甫，国朝之奸臣也，使其门生故吏作行状，既不指其事实，虚称道忠信以加之，则可以移之于房玄龄、魏徵、裴炎、徐有功矣。此不惟其处心不实，苟欲虚美于所受恩之地而已。盖亦为文者，又非游、夏（子游、子夏，皆孔子弟子）、（司马）迁、（扬）雄之列，务于华而忘其实，溺于辞而弃其理。故为文则失六经之古风，记事则非史迁之实录，不如此，则词句鄙陋，不能自成其文矣。由是事失其本，文害于理，而行状不足以取信。若使指事书实，不饰虚言，则必有人知其真伪。不然者，纵使门生故吏为之，亦不可以谬作德善之事而加之矣。臣今请作行状者，不要虚说仁义礼智、忠肃惠和、盛德大业、正言直道，芜秽简册，不可取信。但指事说实，直载其词，则善恶功迹，皆据事足以自见矣。假令传魏徵，但记其谏争之词，足以为正直矣；如传段秀实，但记其倒用司农寺印以追逆兵，又以象笏击朱泚，自足以为忠烈矣。今之为行状者，都不指其事，率以虚词称之，故无魏徵之谏争而加之以正直，无秀实之义勇而加之以忠烈者皆是也。其何足以为据？若考功视行状之不依此者，不得受；依此者，乃下太常并牒史馆，太常定谥牒送史馆，则行状之言纵未可一一皆信，与其虚加妄言，都无事实者，犹山泽高下之不同也。史氏记录须得本末，苟凭往例，皆是空言，则使史馆何所为据？"撰史的目的是为了记录"可为法者"，"可为诫者"，他主张对忠奸者需"直叙其事"，"指事书实，不饰虚言"，"指事说实，直载其词"则善恶自显。而今之作者多"务于华而忘其实，溺于辞而弃其理"，"事失其本，文害于理"，"不指其事，率以虚词称之"，"虚加妄言，都无事实"，这只会"芜秽简册，不可取信"。这是对传状碑志等史体文中的不良文风尖锐批判。

其《答开元寺僧书》对铭体的论述也很深刻："夫铭，古多有焉。"汤有《盘铭》，孔悝有《鼎铭》，秦始皇有《峄山铭》，盘有《盘铭》，鼎有《鼎铭》，山有《山铭》。各种铭可相互移用："盘之辞可迁之于鼎，鼎之辞可移之于山，山之辞可书之于碑，惟时之所纪尔。及蔡邕《黄钺铭》，以纪功于黄钺之上尔。或盘或鼎，或峄山或黄钺，其意与言皆同。

---

① （唐）李翱《李文公集》卷六，文渊阁四库全书本。

非如《高唐》、《上林》、《长杨》为之作赋云尔。"但后世却以作赋之法为铭为碑,不懂得碑铭是为"勒功德、垂诚劝"而作,不需要铺陈排比地摹写其形容、音声:"近代之文士则不然,为铭为碑,大抵咏其形容,有异于古人之所为。其作钟铭,则必咏其形容与其音声,与其财用之多少,镕铸之勤劳尔,非为勒功德、垂诚劝于器也。推此类而极观之,其不知君子之文也亦甚矣。"①

十七 刘禹锡与《竹枝词》

刘禹锡(772—842)字梦得。本为匈奴族后裔,北魏孝文帝时改汉姓,占籍洛阳(今河南洛阳)。安史乱起,举家避居嘉兴(今属浙江)。德宗贞元年间中进士第,又中博学宏词科,任监察御史。顺宗时,任用王叔文改革政治,刘禹锡是其政治集团中的核心人物,史称"二王刘柳"。改革失败后,被贬官外地,二十多年后才被召回京。著有《刘宾客文集》。

刘禹锡是具有朴素唯物主义思想的思想家,是古文革新的积极参加者,以论说文成就最高,所作杂文辞藻瑰丽,题旨隐微。其诗气势雄豪,风调清峻,晚年所作,风格渐趋含蓄,讽刺而不露痕迹。又善于吸收民歌营养,其学习民歌写成的《竹枝词》等诗具有新鲜活泼、健康明朗的特色,简朴生动,情致缠绵,独具一格,对后世影响颇大。

其《竹枝词引》云:"四方之歌,异音而同乐。岁正月,余来建平,里中儿联歌竹枝,吹短笛击鼓以赴节,歌者扬袂睢舞,以曲多为贤。聆其音,中黄钟之羽,卒章激讦如吴声。虽伧伫不可分,而含思宛转,有淇濮之艳。昔屈原居沅湘间,其民迎神,词多鄙陋,乃为作《九歌》,到于今荆楚鼓舞之。故余亦作《竹枝词》九篇,俾善歌者扬之,附于末。后之聆巴歈,知变风之自焉。"②竹枝词是诗体之一,由古代巴蜀民歌演变而来。从唐代刘禹锡后,白居易、李涉、皇甫松、孙光宪、苏轼、苏辙等都有同题之作。刘禹锡还有《柳枝词九首》,《杨柳枝》本为唐教坊曲名,中唐之后所作多为七绝。

十八 独孤郁论天文、地文、人文、自然之文

独孤郁(776—815)字古风,河南人,独孤及之子。因亦为贞元进士,故附此。独孤郁的文学卓有父风,为舍人权德舆所称,以女妻之。历官监察御史、左拾遗、右补

---

① 《唐文粹》卷八五。

② (唐)刘禹锡《刘宾客文集》卷二七,文渊阁四库全书本。

阙、史馆修撰、翰林学士、知制诰等职,预修《德宗实录》。

其《辩文》分文为天文、地文、人文、自然之文四种:"天之文位乎上,地之文位乎下,人之文位乎中,不可得而增损者,自然之文也。"认为"《易》卦之一画","以象天地,穷极终始,万化无有差忒","不能使之为五或七而九";"仲尼作《春秋》以绳万世,而褒贬在一字";"《易》卦之一画,《春秋》之一字,岂所谓崇饰之道而尚多之意邪?"认为"果可以包举其义,虽一画一字,其可已矣。病不能然,而曰必以彩饰之能,援引之富为作文之秘急,是何言之末欤? 夫天岂有意于文彩邪? 而日月星辰不可逾。地岂有意于文彩邪? 而山川丘陵不可如。八卦、《春秋》岂有意于文彩邪? 而极与天地侔。其何故? 得以不可越,自然也。夫自然者,不得不然之谓也。不得不然,又何体之慎邪?"全文反对崇饰尚多,"劬劳憔悴于黼黻","纤靡而无根"①,这与其后韩、柳的古文革新主张是一致的。

十九　白居易丰富的文体论和元和体

白居易(772—846)字乐天,祖籍山西太原,后迁下邽(今陕西渭南)。因晚年长期居住于洛阳香山,又号香山居士。官至太子少傅,谥"文",故又称白傅、白文公。与元稹齐名。先后任秘书省校书郎、盩至尉、翰林学士,元和年间任左拾遗、忠州刺史。穆宗继位,回朝任司门员外郎、主客郎中知制诰、中书舍人等。出任杭州刺史、苏州刺史。晚年以太子宾客分司东都。著有《白氏长庆集》,新、旧《唐书》皆有传。其诗流传广泛,上自宫廷,下至民间,无不喜其诗,还远播朝鲜、日本,对后世影响很大。

白居易在文体论上有较大贡献,论及诗、辞、赋、制、碑、碣等多种体裁及其风格演变,并与元稹共同形成所谓"元和体"。其《微之整集旧诗及文笔为百轴,以七言长句寄乐天。乐天次韵酬之,余思未尽,加为六韵》云:"制从长庆词高古,诗到元和体变新。"②前句指元稹知制诰,文格高古,始变俗体,继者效之;后句讲他们二人的长篇排律被称为千字律诗,号元和体。

其《赋赋》(以"赋者古诗之流"为韵)是他的赋体论:"赋者,古诗之流也。始草创于荀、宋,渐恢张于贾、马。冰生乎水,初变本于《典》、《坟》;青出于蓝,复增华于《风》、《雅》。而后谐四声,祛八病,信斯文之美者。我国家恐文道浸衰,颂声凌迟,乃举多

---

① 《唐文粹》卷四六。
② (唐)白居易《白香山诗集》卷二七,文渊阁四库全书本。

士,命有司酌遗风于三代,明变雅于一时。全取其名,则号之为赋;杂用其体,亦不出乎《诗》。四始尽在,六义无遗。是谓艺文之徽策,述作之元龟。观夫义类错综,词采舒布,文谐宫律,言中章句,华而不艳,美而有度。雅音浏亮,必先体物以成章;逸思飘飘,不独登高而能赋。其工者,究笔精,穷指趣,何惭《两京》于班固;其妙者,抽秘思,骋妍词,岂谢《三都》于左思。掩黄绢之丽藻,吐白凤之奇姿;振金声于寰海,增纸价于京师,则《长扬》、《羽猎》之徒,胡为比也;《景福》、《灵光》之作,未足多之。所谓立意为先,能文为主,炳如缋素,铿若钟鼓。郁郁哉溢目之黼黻,洋洋乎盈耳之《韶》、《濩》。信可以凌铄风骚,超轶今古者也。今吾君网罗六艺,淘汰九流,微才无忽,片善是求。况赋者,《雅》之列,《颂》之俦,可以润色鸿业,可以发挥皇猷。客有自谓握灵蚘之珠者,岂可弃之而不收!"他认为唐赋无愧于汉赋,以"立意为先,能文为主","华而不艳,美而有度"。

其《与元九书》则是他的诗体论,论《诗经》为六经之首云:"夫文尚矣,三才各有文。天之文,三光首之;地之文,五材首之;人之文,六经首之。就六经言,《诗》又首之,何者? 圣人感人心而天下和平。感人心者,莫先乎情,莫始乎言,莫切乎声,莫深乎义。诗者,根情,苗言,华声,实义。上自贤圣,下至愚骏,微及豚鱼,幽及鬼神,群分而气同,形异而情一,未有声入而不应,情交而不感者。圣人知其然,因其言,经之以六义;缘其声,纬之以五音。音有韵,义有类,韵协则言顺,言顺则声易入;类举则情见,情见则感易交。于是乎孕大含深,贯微洞密,上下通而一气泰,忧乐合而百志熙。五帝三皇所以直道而行,垂拱而理者,揭此以为大柄,决此以为大宝也。"接着从诗之体裁及风格两个方面论诗之演变,首论先秦诗:"故闻'元首明,股肱良'之歌,则知虞道昌矣;闻五子洛汭之歌,则知夏政荒矣。言者无罪,闻者作戒,言者、闻者莫不两尽其心焉。洎周衰秦兴,采诗官废,上不以诗补察时政,下不以歌泄导人情。乃至于诐成之风动,救失之道缺。于时六义始刓矣。"次论两汉诗:"国风变为骚辞,五言始于苏、李;苏、李、骚人,皆不遇者,各系其志,发而为文。故河梁之句,止于伤别;泽畔之吟,归于怨思。彷徨抑郁,不暇及他耳。然去《诗》未远,梗概尚存。故兴离别,则引双凫一雁为喻;讽君子小人,则引香草恶鸟为比。虽义类不具,犹得风人之什二三焉。于时六义始缺矣。"次论魏晋南朝诗:"晋、宋已还,得者盖寡。以康乐之奥博,多溺于山水;以渊明之高古,偏放于田园。江、鲍之流,又狭于此。如梁鸿《五噫》之例者,百无一二焉。于时六义浸微矣。陵夷至于梁、陈间,率不过嘲风雪、弄花草而已。噫!风雪花草之物,《三百篇》中岂舍之乎? 顾所用何如耳。设如'北风其凉',假风以刺威虐也;'雨雪霏霏',以愍征役也;'棠棣之华',感华以讽兄弟也;'采采芣苢',美草以乐有子也:皆兴发于此而义归于彼,反是者,可乎哉! 然则'余霞散成绮,澄江净如练'、

'离花先委露，别叶乍辞风'之什，丽则丽矣，吾不知其所讽焉。故仆所谓嘲风雪、弄花草而已。于时六义尽去矣。"就诗之体裁言，论及国风、骚辞、五言之别；就内容言，古诗可知"虞道昌"，"夏政荒"；骚辞、五言归于怨思、彷徨、抑郁；晋、宋之诗或溺于山水，或放于田园，或奥博，或高古，诗之六义浸微；梁、陈之诗"率不过嘲风雪、弄花草而已"。再论唐诗云："唐兴二百年，其间诗人不可胜数。所可举者，陈子昂有《感遇》诗二十首，鲍防有《感兴》诗十五首。又诗之豪者，世称李、杜。之作才已奇矣，人不逮矣，索其风雅比兴，十无一焉。杜诗最多，可传者千余篇，至于贯穿今古，觇缕格律，尽工尽善，又过于李。然撮其《新安吏》、《石濠吏》、《潼关吏》、《塞芦子》、《留花门》之章，'朱门酒肉臭，路有冻死骨'之句，亦不过三四十首。杜尚如此，况不逮杜者乎？仆尝痛诗道崩坏，忽忽愤发，或食辍哺，夜辍寝，不量才力，欲扶起之。"末自叙己诗之分类："仆数月来，检讨囊箧中，得新旧诗，各以类分，分为卷首。自拾遗来，凡所适所感，关于美刺兴比者，又自武德讫元和，因事立题，题为《新乐府》者，共一百五十首，谓之讽谕诗。又或退公独处，或移病闲居，知足保和，吟玩情性者一百首，谓之闲适诗。又有事物牵于外，情理动于内，随感遇而形于叹咏者一百首，谓之感伤诗。又有五言、七言、长句、绝句，自一百韵至两韵者四百余首，谓之杂律诗。凡为十五卷，约八百首。"全文充分表达了他对"美刺兴比"的重视及对诗歌体裁、风格、类别的看法。

元和初，白居易与元稹为应制举试，闭户累月，揣摩当代之事，构成策目七十五门。其六十八为《议文章·碑碣词赋》，一面称美唐以文学取士："国家以文德应天，以文教牧人，以文行选贤，以文学取士，二百余年焕乎文章，故士无贤不肖率注意于文矣。"一面又对当时歌、咏、诗、赋、碑、碣、赞、诔的不良文风进行了尖锐的批评："然臣闻大成不能无小弊，有美不能无小疵，是以凡今秉笔之徒，率尔而言者有矣，斐然成章者有矣。故歌、咏、诗、赋、碑、碣、赞、诔之制往往有虚美者矣，有愧辞者矣。若行于时则诬善恶而惑当代，若传于后则混真伪而疑将来。臣伏思之，大非先王文理化成之教也。且古之为文者，上以纫王教，系国风，下以存炯戒，通讽谕。故惩劝善恶之柄，执于文士褒贬之际焉；补察得失之端，操于诗人美刺之间焉。今褒贬之文无核实，则惩劝之道缺矣；美刺之诗不稽政，则补察之义废矣，虽雕章缕句将焉用之？臣又闻稂莠秕稗生于谷，反害谷者也；淫辞丽藻生于文，反伤文者也。故农者芸稂莠，簸秕稗，所以养谷也；王者删淫辞，削丽藻，所以养文也。伏惟陛下诏主文之司，谕养文之旨，俾辞赋合炯戒讽谕者，虽质虽野，采而奖之；碑诔有虚美愧辞者，虽华虽丽，禁而绝之。若然则为文者必当尚质抑淫，著诚去伪，小疵小弊荡然无遗矣，则何虑乎皇家之文章不与三代同风者欤。"

二十　柳宗元论文章风格及碑体的演变

柳宗元(773—819)字子厚,祖籍河东(今山西永济)人,世称柳河东。贞元九年(793)进士。参加王叔文政治改革失败后,贬江州司马。历十年,改柳州刺史,故又称柳柳州。与韩愈共同倡导古文革新,并称"韩柳";与刘禹锡并称"刘柳";与王维、孟浩然、韦应物并称"王孟韦柳"。其诗文作品今存六百余篇,论说文笔锋犀利,讽刺辛辣;游记写景状物,多所寄托,成就大于其诗。哲学著作有《天说》、《天对》、《封建论》等。其作品由刘禹锡保存下来,并编成《柳河东集》。《旧唐书》卷一六〇、《新唐书》卷一六八有传。

碑正面的文字曰碑,背面的文字曰碑阴,此体至唐始有。柳宗元《碑阴》论碑的演变史及碑阴云:"昔之公室,礼得用碑以葬,其后子孙因而不去,遂铭德行,用图久于世。及秦刻山石,号其功德,亦谓之碑,而其用遂行,然则虽浮图亦宜也。凡葬大浮图,其徒广则能为碑,晋宋尚法,故为碑者多法。梁尚禅,故碑多禅法。不周施禅不大行而律存焉,故近世碑多律。凡葬大浮图,未尝有比丘尼主碑事。今惟无染实来,涕泪以求,其志益坚,又能言其师他德尤备,故书之碑阴。"①

其《杨评事文集后序》把文分为经与文,又把文分为文与诗:"作于圣,故曰经;述于才,故曰文。文有二道,辞令褒贬,本乎著述者也;导扬讽谕,本乎比兴者也。著述者流,盖出于《书》之谟、训,《易》之象、系,《春秋》之笔削,其要在于高壮广厚,词正而理备,谓宜藏于简册者也。比兴者流,盖出于虞、夏之咏歌,殷周之风雅,其要在于丽则清越,言畅意美,谓宜流于谣诵也。"认为诗文兼胜者少而偏胜者多:"兹二者,考其旨义,乖离不合,故秉笔之士,恒偏胜独得,而罕有兼者焉。厥有能而专美,命之曰艺成。虽古文雅之盛世,不能并肩而生。唐兴以来,称是选而不怍者,梓潼陈拾遗(子昂),其后燕文贞(张说)以著述之余攻比兴而莫能极,张曲江(九龄)以比兴之余穷著述而不克备,其余各探一隅,相与背驰于道者,其去弥远。文之难兼,斯亦甚矣。"

其《柳宗直西汉文类序》论文章风格的演变云:"殷周之前其文简而野,魏晋以降则荡而靡,得其中者汉氏,汉氏之东则既衰矣。当文帝时始得贾生,明儒术,武帝尤好焉。而公孙弘、董仲舒、司马迁、相如之徒作,风雅益盛,敷施天下,自天子至公卿、大夫、士庶,人咸通焉。于是宣于诏策,达于奏议,讽于辞赋,传于歌谣。由高帝

① (唐)柳宗元《柳河东集》卷七,文渊阁四库全书本。

迄于哀平王莽之诛,四方之文章盖烂然矣。史臣班孟坚修其书,拔其尤者,充于简册,则二百三十年,列辟之达道,名臣之大范,贤能之志业,黔黎之风美列焉。若乃合其英精,离其变通,论次其叙位,必俟学古者兴行之。唐兴用文理,贞元间文章特盛,本之三代,浹于汉氏,与文相准。于是有能者取孟坚书,类其文,次其先后,为四十卷。"

二十一　皇甫湜论唐风、史体和奇、易

皇甫湜(约777—约835)字持正,唐睦州新安(今浙江建德淳安)人。元和元年(806)进士。皇甫湜是中唐古文革新的重要作家,与李翱并称为"韩门高足",甚得韩愈赏识。为人狷狂耿直,恃才傲物;为文直言谠论,崇怪尚奇,在当时文坛颇负盛名,被誉为"文章巨公",且文如其人。其"尚奇"的文学主张及创作实践,不仅在当时文坛名噪一时,而且影响后世。原有集,已散佚,宋人辑有《皇甫持正文集》。

其《谕业》虽说"文不百代不可以语变",但其主要内容却是论古文革新的必要性:"体无常轨,言无常宗,物无常用,景无常取,在殚其理,核其微,赋物而穷其致。歌咏者极情性之本,载述者遵良直之旨。触类而长,不失其要,此大略也。夫此文流,其来尚矣。自六经子史至于近代之作。无不备详。"重点论"当朝之作"即唐代文风的演变,如"燕公(张说)之文,如梗木枬枝,缔构大厦,上栋下宇,孕育气象,可以变阴阳,阅寒暑,坐天子而朝群后";"许公(苏颋)之文,如应钟鼙鼓,笙簧锌磬,崇牙树羽,考以宫县,可以奉神明,享宗庙";"李北海(邕)之文,如赤羽白甲,延亘平野,如云如风,有貔有虎,阗然鼓之,吁可畏也";"贾常侍(至)之文,如高冠华簪,曳裾鸣玉,立于廊庙,非法不言,可以望为羽仪,资以道义";"独孤尚书(及)之文,如危峰绝壁,穿倚霄汉,长松怪石,倾倒谿壑,然而略无和畅,雅德者避之":"杨崖州(炎)之文,如长桥新构,铁骑夜渡,雄震威厉,动心骇目;然而鼓作多容,君子所慎";"权文公(德舆)之文,如朱门大第,而气势横敞,廊庑廪厩,户牖悉同;然而不能有新规胜概,令人竦观";"韩吏部(愈)之文,如长江千里一道,冲飙激浪,瀚流不滞;然而施于灌激,或爽于用"等等。认为"若数公者,或传符于帝宰,或受命于神工,或凤翥词林,或虎踞文苑,或抗辔荀、孟,攘袂班、扬,皆一时之豪彦,笔砚之麟凤,今皆游泳其波澜,偃息其林薮"[①],对唐文给予了充分肯定,对各家风格的描述和把握也十分生动精准。

刘知幾《史通》卷二的《二体》论史书的编年、纪传二体,而皇甫湜的《编年纪传论》

---

①　(唐)皇甫湜《皇甫持正集》卷一,文渊阁四库全书本。

的论述尤为详尽全面,首论史书主要有编年、纪传二体:"古史编年至汉史司马迁始更其制而为纪传,相承至今,无以移之。历代论者以迁为率。"接着总论编年、纪传二体的优劣:"私意荡古法,纪传烦漫,不如编年。"三论史书优劣不在二体,而在"善恶得天下之中,不虚美,不隐恶,则为纪、为传、为编年,是皆良史矣。若论不足以析皇极,辞不足以杜无穷,虽为纪传、编年,斯皆罪人。"四论编年的特点在于"以事系日,以日系月,以月系时,以时系年",而司马迁的《史记》中的《本纪》保持了这一特点:"司马氏作纪,以项羽承秦,以吕后接之,亦以历年不可中废,年不可缺,故书也。"五论司马迁改编年为纪传的目的是为了克服编年体之不足:"观其作传之意,将以包该事迹,参贯话言,纤悉百代之务,成就一家之说,必新制度而驰才力焉。又编年记事束于次第,牵于混并,必举其大纲而简于序事,是以多阙载,多逸文,乃别为著录以备书之语言,而尽事之本末。故《春秋》之作,则有《尚书》;《左传》之外,又为《国语》。可复省左史于右,合外传于内哉! 故合之则繁,离之则异,削之则阙,子长病其然也。于是革旧典,开新程,为纪、为传、为表、为志,首尾具叙述,表里相发明,庶为得中,将以垂不朽。"六论司马迁这一创新是成功的,为历代所效法,成为正史之体就是明证:"自汉至今,代已更八,年几历千。其间贤人摩肩,史臣继踵,榷今古之得失,论述作之利病,各耀闻见,竞夸才能,改其规模,殊其体统,传以相授,奉而遵行,而编年之史遂废,盖有以也。唯荀氏为《汉纪》,裴氏为《宋略》,强欲复古,皆为编年。然其善语嘉言,细事详说,所遗多矣。如览正史,方能备明,则其密漏得失,章章于是矣。"最后他提出了今后的任务:"今之作者,苟能遵纪传之体制,同《春秋》之是非,文敌(司马)迁、(班)固,直如南(齐之史官南史)、董(晋之史官董狐),亦无上矣。傥舍源而事流,弃意而征迹,虽服仲尼之服,手绝麟之笔,等古人之章句,署王正之月日,谓之好古则可矣,顾其书何如哉!"这些观点都很深刻,但"编年之史遂废"不确,不仅《汉纪》、《宋略》为编年体,而且纪传体中的《本纪》也为编年体,并且宋代还出现了堪与《史记》媲美的司马光的编年体洋洋巨著《资治通鉴》,都证明编年、纪传二体各有所长,不可取代。

　　唐宋古文革新一直存在平易与奇涩之争。后辈朋友李生主平易,与之讨论,皇甫湜有《答李生第一书》、《答李生第二书》、《答李生第三书》,与李生一而再、再而三地讨论古文"宜奇"还是不"宜奇"的问题,并为"奇"辩护。其《答李生第二书》说:"夫谓之奇,则非正矣,然亦无伤于正也。谓之奇,即非常矣。非常者,谓不如常者;谓不如常,乃出常也。无伤于正,而出于常,虽尚之亦可也。此统论奇之体耳,未以文言之失也。夫文者非他,言之华者也,其用在通理而已,固不务奇,然亦无伤于奇也。使文奇而理正,是尤难也。"他反驳李生说:"生意便其易者乎? 夫言亦可以通理矣,而以文为贵者非他,文则远,无文即不远也。以非常之文通至正之理,是所以不朽也。生何嫉之深耶? 夫绘事后素,既谓之文,岂苟简而已哉? 圣人之文,其难及也,作《春秋》,游、夏之徒不能措一辞。吾何敢拟议之哉? 秦、汉已来至今,文学之盛,莫如屈原、宋玉、李斯、司马迁、相如、扬雄之徒,其文皆奇,其传皆远。生书文亦善矣,比之数子似犹未胜,何必心之高乎?"

二十二　元稹论制诰之体

元稹(779—831)字微之,洛阳(今河南洛阳)人。十五岁以明经擢第,二十五岁登书判出类拔萃,二十八岁获才识兼茂明于体用科第一名。历秘书省校书郎、左拾遗、监察御史。因触犯宦官权贵,贬江陵府士曹参军,为通州司马、虢州长史。历知制诰、中书舍人、翰林院承旨、尚书左丞,卒赠尚书右仆射。著有《元氏长庆集》,新旧《唐书》皆有传。

元稹早期刚直敢谏,不惮权贵,文学观点亦与白居易一致,强调诗歌的政治讽喻作用。其诗辞浅意哀,仿佛孤凤悲吟,极为扣人心扉,动人肺腑。后期依附宦官,为时论所不齿,诗作亦多写身边琐事,缺乏社会内容。另有传奇《莺莺传》,写张生与崔莺莺的恋爱故事,元王实甫《西厢记》即取材于此。

在文体论上,元稹的最大贡献是倡导新乐府,后将专论。他也主张古文革新,其《制诰》序,首论古之制诰:"制诰本于《书》。《书》之诰、命、训、誓,皆一时之约束也。自非训导职业,则必指言美恶,以明诛赏之意焉。是以读《说命》则知辅相之不易,读《允征》则知废怠之可诛。秦、汉已来,未之或改。"他批评"近世以科试取士。文章,司言者苟务刊饰,不根事实。升之者美溢于词,而不知所以美之之谓;黜之者罪溢于纸,而不知所以罪之之来。而又拘以属对,局以圆方,类之于赋判者流。先王之约束,盖扫地矣。"末谓自己想变而未能:"元和十五年,余始以祠部郎中知制诰。初约束不暇,及后累月,辄以古道干丞相,丞相信然之。又明年召入禁林,专掌内命。上好文,一日从容议及此,上曰:'通事舍人不知书便,其宜宣赞之外无不可。'自是司言之臣皆得追用古道,不从中覆。然而余所宣行者。文不能自足其意,率皆浅近,无以变例。追而序之,盖所以表明天子之复古,而张后来者之趣尚耳。"[①]这也从一个侧面反映了古文革新反对"苟务刊饰,不根事实",主张文各有体,制诰不同于辞赋、判词,反对"拘以属对,局以圆方,类之于赋判"。

---

① (唐)元稹《元氏长庆集》卷四〇,文渊阁四库全书本。

二十三　李德裕的《文章论》

李德裕(787—849)字文饶，赵郡(今河北赵县)人。幼有壮志，苦心力学，尤精《汉书》、《左氏春秋》。穆宗即位之初，禁中书诏典册，多出其手。历任翰林学士、浙西观察使、西川节度使、兵部尚书、左仆射，并在文宗大和七年(833)和武宗开成五年(840)两度为相。主政期间，重视边防，力主削弱藩镇，巩固中央集权，使晚唐内忧外患的局面得到暂时缓和，曾被李商隐誉为"万古之良相"。他长期与李宗闵及牛僧孺为首的朋党作斗争，后人称为"牛李党争"，延续四十年。大中二年(848)再贬崖州司户，卒于贬所，后封太尉，赠卫国公。李德裕在崖州期间，著书立说，奖善嫉恶，备受海南百姓敬仰。著有《会昌一品集》等。今人傅璇琮、周建国整理的《李德裕文集校笺》是迄今参校它本最广、集珍本之长最多的一部李德裕文集。

其《文章论》推崇曹丕的文气说："魏文《典论》称文以气为主，气之清浊有体，斯言尽之矣。"批评沈约的声韵说："沈休文独以音韵为切，重轻为难，语虽甚工，旨则未远。夫荆璧不能无瑕，隋珠不能无颣，文旨高妙，岂以音韵为病哉！此可以言规矩之内，不可以言文章外意也。较其师友，则魏文与王(粲)、陈(琳)、应(玚)、刘(桢)讨论之矣。江南唯于五言为妙，故休文长于音韵，而谓'灵均(屈原)已来，此秘未睹'，不亦诬人甚矣！古人辞高者，盖以言妙而适情，不取于音韵。"他批评"模写古人何足贵"的言论，强调学习《诗经》、《离骚》："譬诸日月，虽终古常见，而光景常新，此所以为灵物也。"他主张文贵自然，并引自己的《文箴》说："文之为物，自然灵气。恍惚而来，不思而至。杼柚得之，淡而无味。琢刻藻绘，珍不足贵。如彼璞玉，磨砻成器。奢者为之，错以金翠。美质既雕，良宝所弃。"认为"此为文之大旨也"[1]。其《王言论》强调文贵"简而当理"："帝王与群臣言，不在援引古今以饰雄辩，唯在简而当理。雄辩不足以服奸臣之心，唯能塞诤臣之口……余历事六朝，弼谐二主，文宗辞皆文雅，而未尝骋辨；武宗言必简要，而不为文饰。皆得君人之量，能尽臣下之词。岂唯王言如是，人臣亦当然也。其有辨若波澜，词多枝叶，文经意而饰诈，矫圣言以蔽聪，此乃奸人之雄，游说之士焉，得为之献替哉？"这与当时的古文革新主张完全一致。

二十四　陆龟蒙论"丛书"为"丛脞之书"

陆龟蒙(？—约881)字鲁望，别号天随子、江湖散人、甫里先生。长洲(今属江

---

① 《文苑英华》卷七四二。

苏)人。与皮日休为友,世称"皮陆"。所著《耒耜经》是我国最早的一部农具专著,记述江南地区农具种类、结构和耕作技术,也是首次谈论江南水田农业生产的作品。其文学成就主要在诗歌和小品文方面。其诗工七言绝句,多写闲适隐居生活,以写景咏物居多,清隽秀逸,对社会现实亦有所揭露。其散文成就颇高,尤其是小品文,多用比喻、寓言,借古讽今。著有《笠泽丛书》四卷,与皮日休唱和的《松陵集》十卷,宋叶茵合二书所载及遗篇,编为《甫里集》二十卷。

其《笠泽丛书自序》论其以"丛"名书的原因说:"丛书者,丛脞之书也。丛脞犹细碎也,细而不遗大,可知其所容矣。自乾符六年春卧病于笠泽(松江之名)之滨……体中不堪羸耗,时亦隐几强坐,内一郁则外扬为声音,歌、诗、赋、颂、铭、记、传、序,往往杂发,不类不次,混而载之,得称为丛书。"①他也论及一些具体文体,其《自遣诗并序》论诗云:"诗者,持也,谓持其情性使不暴去。"其《复友生论文书》论及多种文体:"美泉石则记之,耸节概则传之,触离会则序之,值巾罍则铭之。"又论文辞同一云:"文者,辞之总;辞者,文之用。天之将丧斯文也,天之未丧斯文也,不当称辞。吉人之辞寡,躁人之辞多,不当称文。文辞一也,但所适有宜耳,何异途云云哉!"其《野庙碑》论碑体云:"碑者,悲也。古者悬而窆用木,后人书之以表其功德,因留之不忍去,碑之名由是而得。自秦、汉以降,生而有功德政事者亦碑之,而又易之以石,失其称矣。"

二十五　皮日休论九体、原体及杂体诗

皮日休(约834—约883)字逸少,后改字袭美,自号间气布衣、醉吟先生、鹿门子等,襄阳(今属湖北)人。咸通七年(866),入京应进士试不第,退居寿州(今安徽寿县),自编所作诗文为《皮子文薮》。八年再应试及第。曾任著作佐郎、太常博士、毗陵副使等职。后为黄巢所得,任翰林学士。巢败,不知所终。

皮日休为晚唐著名文学家,与陆龟蒙并称"皮陆",有唱和集《松陵集》。诗文多抨击时弊,同情民间疾苦。其《霍山赋》自称其"所至州县山川,未尝不求其风谣,以颂以文,幸上发辒轩,使得采以闻"②,这正是想效法汉乐府采诗之所为。

皮日休《九讽系述》论九体云:"在昔屈平既放,作《离骚经》,正诡俗而为《九歌》,辨穷愁而为《九章》。是后词人,撷而为之,皆所以嗜其丽词,撢其逸藻者也。至若宋玉之《九辨》,王褒之《九怀》,刘向之《九叹》,王逸之《九思》,其为清愁素艳,幽抉古秀,

① (唐)陆龟蒙《笠泽丛书》卷一,文渊阁四库全书本。
② (唐)皮日休《文薮》卷二,文渊阁四库全书本。

皆得芝兰之芬芳,鸾凤之毛羽也。然自屈原以降,继而作者,皆相去数百祀,足知其文难述,其词罕继者矣。"《十原系述》论原体云:"原者何也? 原其所自始也,穷大圣之始性,根古人之终义,其在《十原》乎? 呜呼,谁能穷理尽性,通出洞微,为吾补《三坟》之逸篇,修《五典》之堕策,重为圣人之一经者哉? 否则,吾于文尚有歉然者乎。"原是推原,原始以要终,韩愈有《五原》,皮子又作《十原》,都是"原其所自始"的意思。

其《松陵集序》从诗之体裁和风格两个方面论诗之演变:"《诗》有六义,其一曰比。比者,定物之情状也,则必谓之才。才之备者,于圣为六艺,在贤为声诗。噫! 春秋之后,颂声亡寝。降及汉氏,诗道若作。然二雅之风,委而不兴矣。在《诗》有三言、四言、五言、六言、七言、九言之作,三言者……盖古诗率以四言为本,而汉氏方以五言、七言为之也,其句亦出于《毛诗》。五言者,李陵曰'携手上河梁'是也;七言者,汉武曰'日月星辰和四时'是也。尔后盛于建安,建安以降,江左君臣得以浮艳之,然诗之六义微矣。逮及吾唐开元之世,易其体为律焉,始切于俪偶,拘于声势。然《诗》云:'见悯既多,受侮不少。'其对也工矣。《尧典》曰:'声依永,律和声。'其为律也甚矣! 由汉及唐,诗之道尽矣。吾又不知千祀之后,诗之道止于斯而已耶! 后有变而作者,余不得以知之。"可见近体律诗也萌芽于先秦,"由汉及唐,诗之道尽矣",无论就诗之体裁,还是就风格而言,诗至唐代已发展到顶峰,"后有变而作者"都只是小变。①

其《杂体诗序》论"杂体之始",论及联句、离合、回文、反复、叠韵、双声、风人、四声诗、三字、离合、双声叠韵、郡县诗、药名诗、建除、六甲、十二属,卦名、百姓、鸟名、龟兆、口字古、两头纤纤、藁砧、五杂组等等,前已论及,兹不详说。

二十六　韩偓《香奁集》与香奁体

韩偓(842—约 923)字致尧,一作致光,小字冬郎,自号玉山樵人,京兆万年(今陕西西安东南)人。龙纪元年(889)进士。官至翰林学士、中书舍人。黄巢攻入长安,随昭宗奔凤翔,授兵部侍郎、翰林承旨。后以不附朱全忠被贬,南依闽王王审之,卒。其感时诗几乎以编年史的方式再现了唐王朝由衰而亡的图景,纪事述怀,沉郁顿挫,用典工切,善于将感慨苍凉的意境寓于清丽芊绵的词章,悲而能婉,柔中带刚,但艺术上缺乏杜甫沉雄阔大的笔力和李商隐精深微妙的构思,不免流于平浅纤弱。

其《香奁集自序》远接徐陵的《玉台集》,表现了与皮日休完全相反的论诗倾向。

---

① (唐)皮日休、陆龟蒙《松陵集》卷首,文渊阁四库全书本。

他自称"余溺章句信有年矣,诚知非丈夫所为,不能忘情,天所赋也";"所著歌诗不啻千首,其间以绮丽得意者,亦数百篇";不仅流传于"士大夫之口",也往往被人题于"粉墙椒壁"。明确表示了对齐梁徐陵宫体诗的喜爱:"遐思宫体,未敢称庾信攻文;却诮《玉台》,何必倩徐陵作叙。粗得捧心之态,幸无折齿之惭。柳巷青楼,未尝褲粃;金闺绣户,始预风流。咀五色之灵芝,香生九窍;咽三危之瑞露,春动七情。如有责其不经,亦望以功掩过。"①据此自序,《香奁集》所收作品是韩偓青年时代的作品,当时重词赋而不重经学,尚才华而不尚礼法,故青年士子多浮薄放荡之行,所聚多为娼女"粉墙椒壁"、"柳巷青楼"、"金闺绣户",这就决定了《香奁集》的诗风及其《自序》的论诗倾向,并形成了后世所谓"香奁体"。

二十七　陆希声论李观"不古不今","自作一体"

陆希声(生卒年不详)字鸿磐,自号君阳遁叟(一称君阳道人),吴郡(今江苏苏州)人。昭宗(889—903)时召为给事中,历同中书门下平章事,以太子太师罢。卒赠尚书左仆射,谥曰文。

陆希声博学善属文,精通《易经》、《春秋》、《老子》,论著甚多,《新唐书·艺文志》列其所著书有《春秋通例》三卷、《道德真经传》四卷等。其《唐太子校书李观文集序》前论韩、李文地位的变化在于二人风格(李尚辞,韩尚质)的不同:"贞元中,天子以文化天下,天下翕然兴于文。文之尤高者李元宾观,韩退之愈。始元宾举进士,其文称居退之之右。及元宾死,退之之文日益高,今之言文章,元宾反出退之之下。论者以元宾早世,其文未极。退之穷老不休,故能卒擅其名。予以为不然,要之所得不同,不可以相上下者。文以理为本,而辞、质在所尚。元宾尚于辞,故辞胜其理;退之尚于质,故理胜其辞。退之虽穷老不休,终不能为元宾之辞。假使元宾后退之之死,亦不能及退之之质,此所以不相高也。"然后综论历代文章风格之变,对南朝"嫣然华媚,无复筋骨"的文风深表不满,而称颂唐之古文革新:"夫文兴于唐、虞,而隆于周、汉,自明帝后,文体浸弱,以至于魏、晋、宋、齐、梁、陈、隋,嫣然华媚,无复筋骨。唐兴,犹袭隋故态,至天后朝,陈伯玉始复古制,当世高之,虽博雅典奥,犹未能全去谐靡。至退之乃大革流弊,落落有老成之风。而元宾则不古不今,卓然自作一体,激扬发越,若丝竹中有金石声,每篇得意处,如健马在御,蹀蹀不能止。其所长如此,得不谓之雄

---

① 《御定全唐诗录》卷九三,文渊阁四库全书本。

文哉?"①

二十八　牛希济论表章

牛希济(生卒年不详),陇西(今属甘肃)人。早年即有文名,遇丧乱,流寓蜀地,依其侄牛峤。前蜀王建时任起居郎。后主王衍时,累官翰林学士、御史中丞。后唐同光三年(925),随蜀主降于后唐,据《十国春秋》载,唐明宗命蜀旧臣赋蜀亡诗,众人皆讽蜀后主僭号,荒淫失国,"独希济诗意但述数尽,不谤君亲。明宗得诗叹曰:'如希济才思敏捷,不伤两国,迥存忠孝者罕矣。'即拜雍州节度副使。"著有《理源》二卷。《十国春秋》有传。《花间集》收录其词十一首,王国维据《花间集》及《全唐诗》等辑为《牛中丞词》,凡十四首,内容与牛峤相近,但峤喜藻丽,希济则崇尚自然。

《文苑英华》卷七四二收有牛希济的《文章论》、《表章论》,颇能代表他的文体观。其《文章论》在体裁方面,把诗文分为经、史、子、集四体("今古之体,分而为四"),又具体提及"诗、赋、策、论、箴、判、赞、颂、碑、铭、书、序、文、檄、表、记"等"十有六"体,认为它们"制作不同,师模各异";在风格方面,他提倡"训诰雅颂之遗风",反对"以妖艳为胜","唯声病忌讳为切,比事之中过于谐谑"。其《表章论》与唐代古文革新的主张如出一辙,首论表章的重要性:"表章之用,下情可以上达,得不重乎!"次论历代及元和以前的表章:"历观往代策文奏议及国朝元和以前名臣表疏,词尚简要,质胜于文,直指是非,坦然明白,致时君易为省览。"应像马周奏议那样"不可以加一字,不可以减一字,得其简要"。反对蔓辞、庾辞、深僻,认为"属文比事","览之茫然","僻事新对,用以相夸,非切于理道者",力主"不引深僻,使夫不喻","复师于古,但置于理,何以幽僻文烦为能也?"花间体主要是指词体,但诗词文是相通的,牛希济的词也是"芊绵漫润极矣",但他论文体却反对"以妖艳为胜",力主简要明白。

第七节　隋唐五代诗文评著作中的文体论

此节以论隋、唐、五代诗文评著述中的文体观为主,有些作者既有诗文评著作,又有别集传世,一并在此论述。

唐代诗歌兴盛,出现了不少总结诗歌创作的诗论、诗话和专论乐府的诗文评著作。隋、唐、五代的诗文评,多散见于文集或选本中,独立的专著则多以诗格、诗式、诗句图

---

① 《唐文粹》卷九三。

的形式出现,以诗格名书者尤多,主要讨论诗歌的体式、法度与规则,写诗的基本格式与形式,反映了隋、唐、五代对诗律研究的重视。明胡应麟《诗薮·杂编》卷二云:"唐人诗话,入宋可见者:李嗣真《诗品》一卷,王昌龄《诗格》一卷,皎然《诗式》一卷、《诗评》一卷,王起《诗格》一卷,姚合《诗例》一卷,贾岛《诗格》一卷,王睿《诗格》一卷,元兢《诗格》一卷,倪宥《龟鉴》一卷,徐蜕《诗格》一卷,《骚雅式》一卷,《点化秘术》一卷,《诗林句范》五卷,杜氏《诗格》一卷,徐氏《律诗洪范》一卷,徐衍《风骚要式》一卷,《吟体类例》一卷,《历代吟谱》二十卷,《金针诗格》三卷。今唯《金针》,皎然《吟谱》传,余绝不睹,自宋已亡矣。"清余成教《石园诗话》云:"顺宗时,僧皎然《杼山诗式》著偷语诗例,懿宗咸通时,张为作《诗人主客图》,此后人诗话诗派之所由滥觞也。"①比较重要的有以下几种:

一　无名氏《文笔式》论"人心不同,文体各异"

无名氏的《文笔式》,在我国历代书目中未见著录,亦未有传本。《日本国见在书目》著录"《文笔式》二卷",其遗文散见于《文镜秘府论》中。关于此书产生年代,中外学者有不同意见。罗根泽《文笔式甄微》根据此书所引及诗无唐代作品,以及称温子升、邢邵、魏收诸人为"近代词人"等,推断作者为隋时人②。王利器又据文中引徐陵文有"诚臣",以为当出作者避隋高祖杨坚之父杨忠讳而改,遂谓"此书盖出隋人之手"③。日本人小西甚一《文镜秘府论考·研究篇》则根据《文笔式》与《笔札华梁》内容近似推论,若是前者引用后者,则作者当与上官仪同时或稍后;反之,则《文笔式》在《笔札华梁》前。虽无确证可说明其为隋时人,但可以断言其为盛唐前作品。其《文镜秘府论》南卷引其《论体》云:

> 凡制作之士,祖述多门,人心不同,文体各异。较而言之,有博雅焉,有清典焉,有绮艳焉,有宏壮焉,有要约焉,有切至焉。夫模范经诰,襃述功业,渊乎不测,洋哉有闲,博雅之裁也。敷演情志,宣照德音,植义必明,结言唯正,清典之致也。体其淑姿,因其壮观,文章交映,光彩傍发,绮艳之则也。魁张奇伟,阐耀威灵,纵气凌人,扬声骇物,宏壮之道也。指事述心,断辞趣理,微而能显,少而斯洽,要约之旨也。舒陈哀愤,献纳约戒,言唯折中,情必曲尽,切至之功也。至如

①　(清)余成教《石园诗话》,《中国诗话珍本丛书》,北京图书馆出版社 2004 年版。
②　罗根泽《文笔式甄微》,《中山大学文史学研究所月刊》第三卷第三期(1935 年 1 月)。
③　《文镜秘府论校注》,中国社会科学出版社 1983 年版,第 475 页。

194

称博雅，则颂、论为其标。语清典，则铭、赞居其极。陈绮艳，则诗、赋表其华。叙宏壮，则诏、檄振其响。论要约，则表、启擅其能。言切至，则箴、诔得其实。凡斯六事，文章之通义焉。苟非其宜，失之远矣。博雅之失也缓，清典之失也轻，绮艳之失也淫，宏壮之失也诞，要约之失也阑，切至之失也直。体大义疏，辞引声滞，缓之致焉。理入于浮，言失于浅，轻之起焉。体貌违方，逞欲过度，淫以兴焉。制伤迁阔，辞多诡异，诞则成焉。情不申明，事有遗漏，阑因见焉。体尚专直，文好指斥，直乃行焉。故词人之作也，先看文之大体，随而用心。遵其所宜，防其所失，故能辞成炼核，动合规矩。而近代作者，好尚互舛，苟见一途，守而不易，至令搞章缀翰，罕有兼善。岂才思之不足，抑由体制之未该也。

博雅、清典、绮艳、宏壮、要约、切至，这些风格分别适用于不同体裁，博雅适于颂、论，清典适于铭、赞，绮艳适于诗、赋，宏壮适于诏、檄，要约适于表、启，切至适于箴、诔。不同的人有不同的风格，不同的风格各有得失，应"遵其所宜，防其所失"。

二　王昌龄《诗格》论诗之"十七势"

《诗格》，王昌龄撰。王昌龄（约 694—756）字少伯，京兆长安（今陕西西安）人。他是盛唐的著名诗人。开元十五年（727）进士，十九年应博学宏词科，授秘书省校书郎。后获罪谪岭南，又谪江陵丞、龙标尉。肃宗即位遇赦，后为濠州刺史闾丘晓下狱杀害。新、旧《唐书》皆有传。

格致丛书、诗学指南所收王昌龄《诗格》一卷，实为后人伪作，但王昌龄确实著有《诗格》一书，《新唐书·艺文志》《直斋书录解题》均有著录。同时略晚的日本弘法大师在《书刘希夷集献纳表》中也说："王昌龄《诗格》一卷，此是在唐之日，于作者身边，偶得此书。"而他的《文镜秘府论》曾大量引用此书。弘法赴唐上距昌龄去世仅四十余年，当可信。据《文镜秘府论》所引，此书分诗为十七势，即十七种结构，并举诗为例作说明。如"第一直把入作势"："直把入作势者，若赋得一物，或自登山临水，有闲情作，或送别，但以题目为定；依所题目，入头便直把是也。皆有此例。昌龄《寄蕲州》诗入头便云：'与君远相知，不道云海深。'又《见谪至伊水》诗云：'得罪由己招，本性易然诺。'又《题上人房》诗云：'通经彼上人，无迹任勤苦。'又《送别》诗云：'春江愁送君，蕙草生氛氲。'又《送别》诗云：'河口饯南客，进帆清江水。'又如高适云：'郑侯应栖遑，五十头尽白。'又如陆士衡云：'顾侯体明德，清风肃已迈。'"他强调诗贵真实自然："意好言真，光今绝古"，"起于无作，兴于自然"；主张诗贵创新："不傍经史，卓然为文"，"用意于古人之上";主张运思要忘身凝心:"置意作诗,即须凝心,目击其物,便以心击之,深穿其境"。①在唐代诗论中,这是比较值得注意的一种。

三　释皎然《诗式》、《诗议》"备陈法律"

释皎然(约720—约800)俗姓谢,字清昼。一说名昼,人称昼上人。谢灵运十世孙。湖州卞山(今浙江长兴)人。中唐著名诗僧。好读书,除诵习佛典外,兼攻经史子集,尤喜为诗。其诗词语清丽,韵味幽远,古近体俱佳,在唐诸僧之上。著有《杼山集》(又名《昼上人诗集》)、《诗式》、《诗议》。

《杼山集》中的《四言讲古文联句》是他和潘述、裴济、汤衡四人的联句,是他们以四言诗形式共撰的一篇诗歌简史,表现了他们对从先秦到唐以前的诗歌体裁和诗歌风格的看法。认为"爰有书契,乃立典谟";孔子删《诗》,使走上了大道("飞步大衢");其后"屈(原)、宋(玉)接武,班(固)、马(司马相如)继作";魏晋诗风始变:"降及三祖(魏武帝、文帝、明帝),始变二《雅》。仲宣(王粲)闲和,公幹(刘桢)萧洒";到了南朝,"其文郁兴,绮丽争发,繁芜则惩"。所论诗歌体裁涉及四言诗和五言诗,而"闲和"、"萧(潇)洒"、"绮丽"、"繁芜"显指诗之风格。其他如"左(思)、张(华)精奥,词晔春华,思清冬冰","景纯(郭璞)跌宕","(谢)灵运山水,实多奇趣","陶令(潜)田园,匠意真直","鲍照从军,主意危苦。气胜其词,雅愧于古",沈约"时见琳琅,惜哉榛楛","谢朓秀发,词理翩翩。孤标爽迈,深造精研","吴均颇劲,失于典裁","何逊清切,所得必新。缘情既密,象物又真"②等等,所论也指其诗风。

《杼山集》卷首载有于頔所撰序,此序也是一篇论诗歌体裁和诗歌风格的简史。于頔(?—818)字允元,河南(今河南洛阳)人。官至同中书门下平章事。《旧唐书》卷一五六有传。善待士人,任湖州刺史时,与诗僧皎然等唱酬。其《杼山集序》论历代诗歌体裁及风格的演变,也堪称中唐以前的诗歌简史,持论与《四言讲古文联句》相近。首论《诗经》、《楚辞》:"诗自风雅道息二百余年而骚人作,其旨愁思,其文婉丽,亡楚之变风欤。"次论五言诗:"至西汉李陵、苏武,始全为五言诗体,源于风,流于骚,故多忧伤离远之情。梁昭明所撰《文选》录《古诗十九首》,亡其名氏。观其辞盖东汉之世,亦苏、李之流也。"再论魏、晋:"洎建安中,王仲宣、曹子建鼓其风,晋世陆士衡、潘安仁扬其波,王、曹以气胜,潘、陆以文尚。气胜者魏祖(曹操),兴武功于二京已覆;文尚者晋

---

①　《文镜秘府论校注·地卷》。

②　(唐)释皎然《杼山集》卷一〇,文渊阁四库全书本。

武,亡帝图于刘渊肇乱,观其人文兴亡之迹,人焉廋哉,人焉廋哉!"四论宋、齐、梁、陈,特别推崇谢灵运:"宋高祖平桓玄,定江表,文帝继业,五十年间,江左宁谧。魏晋文章郁然复兴。康乐侯谢灵运独步江南,俯视潘、陆,其文炳而丽,其气逸而畅,驱风雷于江山,变晴昏于洲渚,烟云以之惨淡,景气为其澄霁。信江表之文英,五言之丽则者也。迫于齐世,宣城守谢玄晖亦得其辞调,涵于气格,不侔康乐矣。梁、陈已降,虽作者不绝,而五言之道不胜其情矣。"末论序文写作缘起,特别推崇谢灵运远裔皎然:"得诗人之奥旨,传乃祖之菁华,江南词人莫不楷范。极于缘情绮靡,故辞多芳泽;师古兴制,故律尚清壮。其或发明玄理,则深契真如,又不可得而思议也。贞元壬申岁,余分刺吴兴之明年,集贤殿御书院有命,征其文集。余遂采而编之,得诗笔五百四十六首,分为十卷,纳于延阁书府。上人以余尝著诗述论前代之诗,遂托余以集序。辞不获已,略志其变。上人之植性清和,禀质端懿,中秘空寂,外开方便,妙言说于文字,了心境于定惠,又释门之慈航智炬也。余游方之内者,何足以扣玄关。谢氏世为诗人,岂佛书所为习气云尔?"

《诗式》是一部"备陈法律(即诗法)"的诗话。其前为总论,后为分类论述,品评汉代至中唐的"名篇丽句",全面讨论了"明势"、"作用"、"用事"、"取境"、"重意"、"品藻"、"辨体"、"通变"等问题。唐代论诗之作不少,但以此书最有创见,对后世影响也最大。其《明四声》论四声八病之说的缘起及利病云:"乐章有宫商五音之说,不闻四声。近自周颙、刘绘流出,宫商畅于诗体,轻重低昂之节,韵合情高,此未损文格。沈休文酷裁八病,碎用四声,故风雅殆尽。后之才子,天机不高,为沈生敝法所媚,懵然随流,溺而不返。"①此书多论诗歌风格,如《诗有四不》云:"气高而不怒,怒则失于风流;力劲而不露,露则伤于斤斧;情多而不暗,暗则蹶于拙钝;才赡而不疏,疏则损于筋脉。"《诗有四深》云:"气象氤氲,由深于体势;意度盘礴,由深于作用;用律不滞,由深于声对;用事不直,由深于义类。"《诗有二要》云:"要力全而不苦涩,要气足而不怒张。"《诗有二废》云:"虽欲废巧尚直,而思致不得置;虽欲废词尚意,而典丽不得遗。"《诗有四离》云:"虽期道情而离深僻,虽用经史而离书生,虽尚高逸而离迂远,虽欲飞动而离轻浮。"《诗有六迷》云:"以虚诞而为高古,以缓漫而为冲澹,以错用意而为独善,以诡怪而为新奇,以烂熟而为稳约,以气少力弱而为容易。"《诗有六至》云:"至险而不僻,至奇而不差,至丽而自然,至苦而无迹,至近而意远,至放而不迁。"《诗有七德(一作得)》云:"一识理,二高古,三典丽,四风流,五精神,六质干,七体裁。"气高、力劲、拙钝、赡而不疏、气象氤氲、意度盘礴、苦涩、怒张、巧直、典丽、深僻、高逸、迂远、飞动、轻浮、虚诞、高

---

① (唐)释皎然《诗式》,(清)何文焕《历代诗话》,中华书局1981年版,下同。

古、缓漫、冲淡、诡怪、新奇、烂熟、稳约、至险、至奇、风流、精神、质干、至丽而自然、至苦而无迹、至近而意远、至放而不迁，皆就风格面论。其他如《李少卿并古诗十九首》的"辞精义炳，婉而成章"，《辨体有一十九字》中的高、逸、贞、闲、达、静、远等也指风格。

《诗议》与《诗式》同出皎然之手，相通之处甚多，甚至有内容相同而只是详略不同者，如《邺中集》、《文章宗旨》、《用事》、《取境》、《重意例》各节。但也有内容不重者，如《诗有三、四、五、六、七言之别》云："三言始《虞典·元首之歌》；四言本国风，流于夏世，传至韦孟，其文始具；六言散在《离骚》，七言萌于汉代五言之作，《召南》、《行露》已有滥觞。汉武帝时，屡见全什，非本李少卿也。少卿意悲词切，若偶中奇响，十九首之流也。建安三祖七子，五言始成，终伤用气，正始何晏、嵇、阮之俦，渐浮侈矣。晋世尤为绮靡，宋初文格与晋相去更憔悴矣。论人则康乐公秉独善之姿，振颓靡之俗，沈建昌评，则灵均以来，一人而已。此后诸子，时有片言只句，纵敌于古人，而体不足齿。律家之流，拘而多忌，失于自然，吾尝所病也。"此节主要论诗之体裁，兼及风格。对近体格律，特别是近体诗的对偶，论之尤详，如《诗对有六格》："的名对，诗曰'日月光天德，山河壮帝居'；双拟对，诗曰'可闻不可见，能重复能轻'；隔句对，诗曰'始见西南楼，纤纤如玉钩。末映东北墀，娟娟似娥眉'；联绵对，诗曰'望日日已晚，怀人人未归'；互成对，诗曰'岁时伤道路，亲友在东南'；类对体，诗曰'离堂思琴瑟，别路绕山川。'"又如《诗有八种对》："一曰邻近，二曰交络，三曰当句，四曰含境，五曰背体，六曰偏对，七曰假对，八曰双虚实对。"①

四　旧题贾岛《二南密旨》论"诗体若人之有身"

贾岛(779—843)字浪(阆)仙。唐幽州范阳(今北京)人。早年贫寒，落发为僧，法名无本。十九岁云游，识孟郊、韩愈等。还俗后屡举进士不第。唐文宗时任长江主簿，故被称为贾长江。其诗精于雕琢，喜写荒凉、枯寂之境，多凄苦情味，自谓"两句三年得，一吟双泪流"。贾岛诗在晚唐形成流派，影响颇大。唐代张为《诗人主客图》列其为"清奇雅正"升堂七人之一。著有《长江集》十卷，

《诗格》一卷，《二南密旨》一卷，旧题贾岛著。《直斋书录解题》著录于集部文史类，《四库全书》收于集部诗文评类。《四库全书总目提要》称："《二南密旨》一卷，旧本题唐贾岛撰，凡十五门，恐亦依托。"其《论变大小雅》云："大小雅变者，谓君不君，臣不

---

① 　(唐)释皎然《诗议》，张伯伟编校《全唐五代诗格汇考》，江苏古籍出版社 2002 年版。

198

臣,上行酷政,下进阿谀,诗人则变雅而讽刺之。"①《论南北二宗例》认为:"南宗一句含理,北宗二句显意。"并举《毛诗》的"林有朴樕,野有死鹿"为例,其特点是"上下各司其意"。北宗举《毛诗》"我心匪石,不可转也"为例,二句共显一意,"此皆宗北宗之体也"。其《论裁体升降》云:"诗体若人之有身,人生世间,禀一元相而成体,中间或风姿峭拔,盖人伦之难,体以象显。颜延年诗:'庭昏见野阴,山明望松雪。'鲍明远诗:'腾沙郁黄雾,飞浪扬白鸥。'此以象见体也。"从其具体论述可知,他所说的"裁体升降"实指风格的升降,"体以象显"、"风姿峭拔"皆指风格。

五　张为《诗人主客图》开"诗派之说"

《诗人主客图》,张为撰。张为,生卒年、字号、籍贯、履历均不详,只知为"唐末江南诗人"②,《全唐诗》卷七二七载其诗三首,《全唐文》卷八一七载有他的《诗人主客图序》。

《诗人主客图序》大致以诗歌风格为标准,把中、晚唐诗分为六派,即"以白居易为广大教化主"、"以孟云卿为高古奥逸主"、"以李益为清奇雅正主"、"以孟郊为清奇僻苦主"、"以鲍溶为博解宏拔主"、"以武元衡为瑰奇美丽主",每主下又分"上入室"、"入室"、"升堂"、"及门"等,实均为客,并各举若干作家,作家下又选录其诗或摘录其句,共对中、晚唐的八十四位诗人作了分类评价。但分类标准不明确,类别与其下所举的诗人、诗例往往名实不符,从文学史角度看,不少是主客倒置,远不能与钟嵘《诗品》媲美。正如李调元《诗人主客图序》所说:"所举唐代诗人中,未及十分之三四,即所引诸人之诗,亦非其集中之杰出者,或第就其耳目所及而次第之。"但此书也有一定的开创之功,《直斋书录解题》卷二二云:"近世诗派之说,殆本于此。"《四库全书总目》卷一九一《文选句图》亦云:"摘句为图,始于张为。"

六　释齐己《风骚旨格》论诗之"三格"、"十体"

《风骚旨格》,释齐己撰。齐己(约864—约943)姓胡,名得生,潭州益阳(今属湖南)人。幼年曾为山寺牧童,后入戒。曾住益阳同庆寺、湘西龙安寺、衡岳东林寺,自号衡岳沙门。后为荆州龙兴寺僧正。聪慧能诗,除研习戒律外,还与郑谷、曹松、方干等结为诗友,声名日隆。著有《白莲集》十卷,《风骚旨格》一卷。

---

① (唐)贾岛《二南密旨》,学海类编本,下同。
② (宋)计敏夫《唐诗纪事》卷六五,文渊阁四库全书本。

《风骚旨格》分为六旨、六义、十体、十势、二十式、四十门、六断、三格等旨格,名目繁多,且有重复。每格各举两句诗(偶举四句)示例,所选多为空灵淡远之作,但不作任何解释。其《诗有三格》云:"一曰上格用意,诗云:'那堪怀远道,犹自上高楼。'又云:'九江有浪船难济,三峡无猿客自愁。'二曰中格用气,诗云:'直饶人买去,还向柳边栽。'又:'四海鱼龙精魄冷,三山鸾凤骨毛寒。'三曰下格用事,诗云:'片石犹临水,无人把钓竿。'又云:'一轮湘渚月,尤古独醒人。'"①可看出他重用意、用气而不重用事的论诗倾向。其《诗有十体》云:"一曰高古。'千般自在无过达,一片心闲不奈高。'二曰清奇。'未曾将一字,容易谒诸侯。'三曰远近。'已知前古事,更给后人看。'四曰双分。'船中江上景,晚泊早行时。'五曰背非。'山河终决胜,楚汉且横行。'六曰虚无。'山寺钟楼月,江城鼓角风。'七曰是非。'须知项籍剑,不及鲁阳戈'。八曰清洁。'大雪路亦宿,深山水也斋。'九曰覆妆。'叠嶂供秋望,无云到夕阳。'十曰阖门。'卷帘黄叶落,锁印子规啼。'"也是指风格而言。

七　徐夤《雅道机要》论"凡为诗者,先须识体格"

徐夤(860—929)一作徐寅,字昭梦。兴化军莆田(今福建莆田)人。唐乾宁元年(894)进士及第,官秘书省正字。后依闽王王审知,辟为掌书记。后唐庄宗即位,以寅曾指斥先帝,欲杀之。王审知不敢复用,遂归隐于寿溪。夤工诗赋,文集有《徐正字诗赋》二卷,收赋八首,诗三百六十八首。

徐夤《雅道机要》多承齐己、贾岛之说,如"明门户差别"二十门,盖出《风骚旨格》四十门之半:"门者,诗之所通也。如人门户,未有出入不由者也。明者如月在上,皎然可观。"②就其所列看,类似萧统《文选》所说的体类:隐显门、惆怅门、道情门、得意门、背时门、正风门、返本门、贞孝门、薄情门、忠贞门、相成门、乱道门、抱直门、世情门、正敕门、嗟叹门、俟时门、清苦门、骚愁门、眷恋门、志气门、双拟门、向时门、伤时门、鉴识门、神仙门、塞蹇门、动静门,这是按内容题材的分门别类。其他如"明联句深浅"二十种句,大体同于《风骚旨格》二十式;"明势含升降"所列八势及"明体裁变通"所列十体,亦与《风骚旨格》十势、十体相仿佛。本书前半很可能选录自《风骚旨格》,而后半部有所发明,所论亦广。如"叙体格"云:"凡为诗者,先须识体格。未论古风,且约五七言律诗,惟阆仙真作者矣。辞体若淡,理道深奥,不失讽咏,语多兴味。"这里

---

① （唐）释齐己《风骚旨格》,格致丛书本。

② 《雅道机要》,格致丛书本,下同。

所说体格,既指体裁,也指风格。

八　王叡《炙毂子诗格》"叙诗体式所始"

王叡(生卒年不详)或作王睿,自号炙毂子。蜀中新繁县(今四川成都)人。活动于唐宣宗、僖宗之时。

其《炙毂子诗格》成书于大中十年(856)后。《中兴馆阁书目》谓此书"叙诗体式所始,评其述作之要",大体可概括其全书内容。首为《论章句所起》,述三、四、五、六、七、八、九言诗之起源,颇类《笔札华梁》及《文笔式》之"句例",只举例不作论述:"三言起《毛诗》云:'摽有梅。'、'殷其靁。'"四言起《毛诗》云:"'关关雎鸠。''呦呦鹿鸣。'五言起《毛诗》云:'谁谓雀无角。'六言起《毛诗》云:'俟我于堂乎而。'七言起《毛诗》云:'尚之以琼华乎而。'八言起《毛诗》云:'不知我者谓我何求。'九言起于韦孟诗,又始于李白云:'古来唯见白骨黄沙田。'"①继论诗之体裁,先标名目,后举诗例,论及不少杂体诗,如三韵体、连珠体、侧声体、六言体、三五七言体、一篇血脉条贯体、玄律体、背律体、讦调体、双关体、模写景象含蓄体、两句一意体、句病体、句内叠韵体等。兹举他书言及较少者数则,其《三韵体》云:"李益《塞下曲》:'汉家今上郡,秦塞古长城。有日云常惨,无风沙自惊。当今圣天子,不战四夷平。'"全诗只有六句三韵,首句入韵,实为四韵(郡、城、惊、平),但首句可不入韵,故仍称三韵体。《三五七言体》云:"李白诗:'秋风清,秋月明。落叶聚还散,寒鸟栖复惊。相思相见知何日,此时此夜难为情。'"全诗共六句,三、五、七言各二句。《一篇血脉条贯体》则作了具体说明:"李太尉诗云:'远谪南荒一病身,停舟暂吊汨罗人。'此诗首一句发语,次一句承上吊屈原。'都缘靳尚图专国,岂是怀王厌直臣。'此二句为领下语,用为吊汨罗之言。'万里碧潭秋景静,四时愁色野花新。'此腹内二句,取江畔景象。'不劳渔父重相问,自有招魂拭泪巾。'此二句为断章,虽外取之,不失此章之旨。"

第八节　司空图的文体论

一　《二十四诗品》:诗歌批评的新体裁

钟嵘的《诗品》历评汉、魏至齐、梁的五言诗优劣,主要是从风格、品第方面进行评

---

① 《炙毂子诗格》,张伯伟编校《全唐五代诗格汇考》,江苏古籍出版社 2002 年版,下同。

述的。司空图的《二十四诗品》也主要论诗歌风格。

司空图(837—908)字表圣,河中虞乡(今山西临猗)人。咸通十年(869)进士。官礼部郎中、中书舍人。后隐居中条山王官谷,自号知非子、耐辱居士。司空图是晚唐最著名的文学评论家,其为总结唐诗而创作的《二十四诗品》①,包含雄浑、冲淡、纤秾、沉着、高古、典雅、洗练、劲健、绮丽、自然、含蓄、豪放、精神、缜密、疏野、清奇、委曲、实境、悲慨、形容、超诣、飘逸、旷达、流动。这既是一部探讨诗歌创作,特别是诗歌风格的文学批评著作,对诗歌创作、评论与欣赏等方面有极大贡献,是中国文学批评史上的经典之作,对后代严羽、王士禛等人的诗论颇有影响;又是一组优美的四言诗,用种种形象来比拟、烘托不同的诗歌风格,颇得各品神韵之精髓,在诗歌批评中建立了一种特殊的体裁。

文体学中论诗、文、词、曲风格的范畴数不胜数,但从根本上说,不外阳刚、阴柔两大类。阳刚如雄浑、劲健、豪放、悲慨、超诣、飘逸、旷达之类,阴柔如纤秾、绮丽、含蓄、豪放、清奇、委曲之类。这里不可能一一论及,各举一例,以见一斑。

属于阳刚的如《雄浑》:"大用外腓,真体内充。返虚入浑,积健为雄。具备万物,横绝太空。荒荒油云,寥寥长风。超以象外,得其环中。持之匪强,来之无穷。"从"大用"、"真体"、"返虚"、"象外"等用语看,这显然是在用老庄思想阐释雄浑。腓,小腿肚,可屈伸自如,"真体"指得道之体,《庄子·渔父》篇中说:"真者,所以受于天也,自然不可易也。""大用"即无用之用,是"真体内充"的必然结果。"返虚入浑,积健为雄",是对"雄浑"的具体解释。"虚"、"浑"是自然状态,只有回到包含万物的"虚",才可"积健为雄",也就是说诗歌只有不断变化,充实其内,才能具有自然之气,雄健之气。"具备万物,横绝太空。荒荒油云,寥寥长风"四句是对前四句的进一步发挥,谓雄浑应包罗万物,横绝整个宇宙,只有像大鹏一样在"荒荒油云,寥寥长风"的长空中自由翱翔,才堪称"返虚入浑,积健为雄"。末四句"超以象外,得其环中。持之匪强,来之无穷",是对"雄浑"一品的归纳,"超以象外"就是返虚,越超然越能"得其环中";以弱胜强,"持之匪强"反能"来之无穷"。这正是《庄子·齐物论》"得其环中,以应无穷"翻版。"雄浑"是《二十四诗品》中的第一品,也是最重要的一品,下永誉云:"诗有

---

① 《二十四诗品》的作者至今有争论。2011年第5期《文学遗产》所刊方志彤《诗品作者考》认为直至明人毛晋以前没有人见过此书,包括博学的杨升庵在内。但此说未必能成立,因为苏轼《书黄子思诗集后》有唐末司空图"列其诗之有得于文字之表者二十四韵,恨当时不识其妙"语,元人陶宗仪《说郛》卷七十九下,与毛晋大约同时的贺复徵的《文章辨体汇选》卷四三九都全文收载了《二十四诗品》,作者均署唐司空图。

二十四品,偏者得其一,能者得其全,会其全者惟李(白)、杜(甫)二人而已。"①

属于阴柔的如《含蓄》:"不著一字,尽得风流。语不涉已,若不堪忧。是有真宰,与之沉浮。如渌满酒,花时返秋。悠悠空尘,忽忽海沤。浅深聚散,万取一收。""不著一字,尽得风流"就是"意不足而文有余","文有尽而意无穷"②,就是要含蓄有余味。"语不涉已,若不堪忧"就是语一涉已,已则堪忧,这是对前两句的自然引申。"是有真宰"四句,语出《庄子·齐物论》:"若有真宰,而特不得其朕(朕迹)。"即主持万物运行的真宰,是与万物一起变化的("与之沉浮"),如酒满必溢,花开必谢("返秋"),这是不以人的意志为转移的。"悠悠空尘"四句更是以空中之尘、海中之沤比喻变化,或深或浅,或聚或散,虽千殊万态,结局(收)却一。这是说含蓄是以自然为基础的,是由"真宰"主使的。清初王士禛云:"表圣论诗有二十四品,予最喜'不著一字,尽得风流'八字。"③王又云:"或问'不著一字,尽得风流'之说,答曰:太白诗'牛渚西江夜,青天无片云。登高望秋月,空忆谢将军。余亦能高咏,斯人不可闻。明朝挂帆去,枫叶落纷纷';襄阳(孟浩然)诗'挂席几千里,名山都未逢。泊舟浔阳郭,始见香炉峰。常读远公传,永怀尘外踪。东林不可见,日暮空闻钟'。诗至此,色相俱空,政(正)如羚羊挂角,无迹可求,画家所谓逸品是也。"④"色相俱空","无迹可求",正是对"含蓄"的确切解释。

二　司空图论诗重"味"

除《二十四诗品》外,《司空表圣文集》里论诗歌风格的文字也不少,如《与王驾评诗书》认为诗文不过是"末伎"之一,但需与"其类"共同推敲,"而后神跃而色扬。今之贽艺者反是,若即医而靳其病也,唯恐彼之善察,药之我攻耳。以是率人以谩,莫能自振,痛哉!且工之尤者莫若伎于文章,其能不死于诗者比他伎尤寡,岂可容易轻较量哉?"接着他历举唐诗以证其说:"国初上好文章,雅风特盛。沈(佺期)、宋(之问)始兴之后,杰出于江宁,宏思于李(白)、杜(甫),极矣。右丞(王维)、苏州(韦应物)趣味澄夐,若清沇之贯迖。大历十数公,抑又其次,元(稹)、白(居易)力勍而气孱,乃都市豪估耳。刘公梦得(禹锡)、杨公巨源亦各有胜会。浪仙(贾岛)而下,刘德(得)仁辈时得佳致,亦足涤烦。厥后所闻,徒褊浅耳。河汾蟠郁之气,宜继有人。"末以评王驾诗和自己

---

① (清)卞永誉《式古堂书画汇考》卷二五,文渊阁四库全书本。
② (宋)姚勉《雪坡集》卷三八《送黄强立序》,文渊阁四库全书本。
③ (清)王士禛《香祖笔记》卷八,文渊阁四库全书本。
④ (清)王士禛《分甘余话》卷四,文渊阁四库全书本。

的《一鸣集》作结:"今王生者寓居其间,浸渍益久,五言所得,长于思与境偕,乃诗家之所尚者。则前谓必推其类,岂止神跃色扬哉? 经乱索居,得其所录,尚累百篇,其勤亦至矣。吾适又自编《一鸣集》,且云撑霆裂月,劫作者之肝脾,亦当吾言之无怍也,道之不疑。"①这里说的趣味澄复、力勍气屭、佳致、涤烦、褊浅、蟠郁,都是指诗的风格。

其《与李生论诗书》提出了著名的诗味说:"文之难,而诗之难尤难。古今之喻多矣,而愚以为辨于味而后可以言诗也。江岭之南,凡是资于适口者,若醯(醋类)非不酸也,止于酸而已;若鹾(盐)非不咸也,止于咸而已。华之人以充饥而遽辍者,知其咸酸之外,醇美有所乏耳。彼江岭之人习之而不辨也,宜哉! 诗贯六义,则讽谕抑扬,渟蓄温雅,皆在其间矣。然直致所得,以格自奇,前辈编集亦不专工于此,矧其下者耶? 王右丞、韦苏州澄淡精致,格在其中,岂妨于遒举哉? 贾浪仙诚有警句,视其全篇,意思殊馁,大抵附于寒涩,方可致才,亦为体之不备也,矧其下者哉? 噫,近而不浮,远而不尽,然后可以言韵外之致耳。"以下他详举自己的有味之诗,并对李生之诗提出希望:"不拘于一概也。盖绝句之作本于诣极,此外千变万状,不知所以神而自神,岂容易哉? 今足下之诗,时辈固有难色,倘复以全美为工,即知味外之旨矣,勉旃!"这里所谓的"以格自奇"、"格在其中"的"格"就是指风格,所谓"醇美"、"抑扬"、"渟蓄温雅"、"奇"、"遒举"、"馁"、"寒涩"、"近而不浮,远而不尽",都是论风格。全文最重要的观点就是"辨于味而后可以言诗","韵外之致","味外之旨"。苏轼对此说评价极高,其《书黄子思诗集后》说:"唐末司空图崎岖兵乱之间,而诗文高雅,犹有承平之遗风。其论诗曰梅止于酸,盐止于咸,饮食不可无盐梅,而其美常在咸酸之外。盖自列其诗之有得于文字之表者二十四韵,恨当时不识其妙。予三复其言而悲之。闽人黄子思,庆历、皇祐间号能文者,予尝闻前辈诵其诗,每得佳句妙语,反复数四乃识其所谓。信乎,表圣之言美在咸酸之外,可以一唱而三叹也。"又《书司空图诗》云:"司空表圣自论其诗,以为得味于外味。'绿树连村暗,黄花入麦稀',此句最善。又云:'棋声花院静,幡影石坛高',吾尝独游五老峰,入白鹤院,松阴满庭,不见一人,惟闻棋声,然后知此句之工也。"

其《与极浦书》虽远无《与李生论诗书》有名,但观点完全一致,也提倡"象外之象,景外之景":"诗家之景如蓝田日暖,良玉生烟,可望而不可置于眉睫之前也。象外之象,景外之景,岂容易可谈哉? 然题纪之作,目击可图,体势自别,不可废也。愚近有《虞乡县楼》及《陌梯》二篇,诚非平生所得意,然'官路好禽声,轩车驻晚程',即虞乡入境可见也。又'南楼山最秀,北路邑偏清',假令作者复生,亦当以著题见许。其《陌梯》

---

①　(唐)司空图《司空表圣文集》卷一,文渊阁四库全书本。

之作大抵亦然,浦公试为我一过县城,少留寺阁,足知其不㑊也,岂徒雪月之间哉?"

其《题柳柳州集后》历评韩愈、皇甫湜、柳宗元、李白、杜甫、张九龄之诗文,认为诗文风格可相通,"文人之为诗,诗人之为文","所持之器各异而皆能济胜":"金之精粗,考其声皆可辨也,岂清于磬而浑于钟哉? 然则作者为文为诗,才格亦可见,岂有善于此而不善于彼耶? 愚观文人之为诗,诗人之为文,始皆系其所尚。既专则搜研愈至,故能炫其工于不朽,亦犹力巨而斗者,所持之器各异而皆能济胜,以为勍敌也。愚尝览韩史部歌诗数百首,其驱驾气势,若掀雷抉电,撑拄于天地之间。物状奇怪,不得不鼓舞而徇其呼吸也。其次皇甫祠部文集,所作亦为遒逸,非无意于深密,盖或未遑耳。今于华下方得柳诗,味其探搜之致亦深远矣。俾其穷而克寿,抗精极思,则固非琐琐者轻可拟议其优劣。又尝观杜子美《祭太尉房公文》,李太白《佛寺碑赞》,宏拔清厉,乃其歌诗也。又张曲江五言沉郁,亦其文笔也,岂相伤哉?"反对评诗评文的褊浅,以偏概全:"噫,后之学者褊浅,片词只句,未能自辨,已侧目相诋訾矣,痛哉! 因题《柳柳州集》之末,庶裨后之评诠者,无惑偏说以盖其全工。"这与他在《疑经后述》中的观点是一致的:"愚为诗为文一也,所务得诸己而已,未尝摭拾前贤之谬误。然为儒证道,又不可皆无也。"

第九节　唐人对近体诗的态度

一　近　体　诗

近体又叫今体、律体、格律诗。律体诗要求诗的句数、字数整齐划一。律诗一般每首八句。如果仅六句,则称为小律或三韵律诗;超过八句,则称为排律或长律。每句分别为五言、六言(较少)、七言,简称五律、六律、七律。八句律诗每两句为一联,共四联,第一联叫首联,第二联叫颔联,第三联叫颈联,第四联叫尾联。颔联、颈联的上下句必须是对偶句,首联、尾联可对可不对。排律除首尾两联可不对外,中间各联必须对偶。三韵律诗对偶要求较宽。古诗可换韵,律诗必须一竟韵底,除首句可入韵可不入韵外,第二、四、六、八句都要押平声韵。律诗每句中用字平仄相间,上下句中的平仄相对,有"仄起"与"平起"两式。

律诗源于南朝,齐永明年间沈约等讲究声律、对偶,开始创作一种不同于古体的新体诗,至初唐沈佺期、宋之问时基本定型,成熟于盛唐时期。宋高承《事物纪原》卷四云:"律格。《本事诗》载李白歌诗云:'梁陈以来,艳藻斯极。沈休文又尚以声律。'《唐(书)·宋之问传》曰:'建安江左,诗律屡变,至沈约、庾信以音律相婉附,属对精密。及之问、沈佺期又回忌声病,约句准篇,则律格之始原于约、信,而成于沈、宋也。"①张表臣《珊瑚钩诗话》卷三:"沈、宋而下,法律精切谓之律。"元陈绎曾《诗谱》:"律体:沈约、吴均、何逊、王筠、任昉、阴铿、徐陵、薛道衡、江总。右诸家律诗之源,而尤近古者,视唐律虽宽而风度远矣。"②明吴讷《文章辨体序说·律诗》云:"律诗始于唐而其盛亦莫过于唐。考之唐初,作者盖鲜。中唐以后,若李太白、韦应物犹尚古多律少。至杜子美、王摩诘则古律相半。迨元和而降,则近体盛而古作微矣。大抵律诗拘于定体,固弗若古体之高远。然对偶音律,亦文辞之不可废者,故学之者当以子美为宗。其命辞用事,联对声律,须取温厚和平,不失六义之正者为矜式。若换句拗体、粗豪险怪者,斯皆律体之变,非学者所先也。杨仲弘云:'凡作唐律起处要平直,承处要舂容,转处要变化,结处要渊永,上下要相连,首尾要相应。最忌俗意、俗字、俗语、俗韵,尝用功二十年,始有所得。'呜呼,其可易而视之哉!"清冯班《钝吟杂录》卷五:"自永明至唐初,皆齐梁体也。至沈佺期、宋之问变为新体,声律益严,谓之律诗。"律诗也有各种变体,《沧浪诗话》云:"有律诗至百五十韵者少陵有百韵律诗。白乐天亦有之,而本朝王黄州有百五十韵五言律,有律诗止三韵者唐人有六句五言律,如李益诗'汉家今上郡,秦塞古长城。有日云常惨,无风沙自惊。当今天子圣,不战四方平'是也,有律诗彻首尾对者少陵多此体,不可概举,有律诗彻首尾不对者盛唐诸公有此体,如孟浩然诗'挂席东南望,青山水国遥。轴舻争利涉,来往接风潮。问我今何适,天台访石桥。坐看霞色晚,疑是石城标'。又'水国无边际'之篇,又太白'牛渚西江夜'之篇,皆文从字顺,音韵铿锵,八句皆无对偶者。"

二　独孤及不以律体为然

律诗盛于唐,但唐人论律诗者远较宋以后少,并且往往不以为然。独孤及的《皇甫公集序》、《李公中集序》对律诗的形成和发展作了简明概述。

独孤及(725—777)字至之。河南洛阳人。七岁诵《孝经》,后遍读五经,重大义而不为章句之学。年二十余,游汴州(今河南开封)、宋州(今河南商丘)间,与贾至、高适辈交往。天宝十三载(754),举洞晓玄经科,授华阴尉。历左拾遗,礼部、吏部员外郎,出为濠州、舒州、常州刺史。著有《毗陵集》二十卷,事迹见崔佑甫《独孤公神道碑铭》、梁肃《独孤公行状》和《新唐书》本传。

独孤及是唐代古文革新的发轫者之一,对后来的韩愈、柳宗元等人有过深远影

---

① 　(宋)高承《事物纪原》,文渊阁四库全书本。
② 　(元)陶宗仪《说郛》卷七九下,文渊阁四库全书本。

响，与萧颖士齐名。为文宽畅博厚，长于议论，意在立法诫世、褒贤贬恶，不徒以词采取胜。韩愈以其为法，并曾从其徒游。其《唐故左补阙安定皇甫公集序》云："五言诗之源生于《国风》，广于《离骚》，著于李、苏，盛于曹、刘，其所自远矣。当汉、魏之间，虽已朴散为器，作者犹质有余而文不足。以今揆昔，则有朱弦疏越、太羹遗味之叹。历千余岁，至沈詹事、宋考功始财成六律，彰施五色，使言之而中伦，歌之而成声，缘情绮靡之功至是乃备。虽去雅浸远，其丽有过于古者，亦犹路毂出于土鼓，篆籀生于鸟迹也。沈、宋既殁，而崔司勋颢、王右丞维，复崛起于开元、天宝之间，得其门而入者当代不过数人，补阙其一人也。"①其《检校尚书吏部员外郎赵郡李公中集序》云："志非言不形，言非文不彰，是三者相为用，亦犹涉川者假舟楫而后济。自典谟缺，雅颂寝，王道陵夷，文教下衰。故作者往往先文字，后比兴，其风流荡而不返。乃至有饰其词而遗其意者，则润色愈工，其实愈丧。及其大坏也，俪偶章句，使枝对叶，比以八病，四声为梏，拳拳守之如奉法令，闻皋陶、史克之作，则呷然笑之。天下雷同，风驰云趋，文不足言，言不足志，亦犹木兰为舟，翠羽为楫，玩之于陆而无涉川之用。痛乎流俗之惑人也久矣。帝唐以文德敷祐于下，民被王风，俗稍丕变，至天后时陈子昂以雅易郑，学者浸而向方。"从"缘情绮靡之功至是乃备。虽去雅浸远"，"俪偶章句，使枝对叶，比以八病，四声为梏"等语看，他是不以律体为然的。

三　唐人对科举"甲赋律诗"的批评

唐以诗赋取士，所试诗即律诗，唐人也多持批评态度。舒元舆《上论贡士书》："今之甲赋律诗，皆是偷拆经诰，侮圣人之言者，乃知非圣人之徒也。臣伏见国朝开进士一门，苟有登升者皆资之为宰相、公侯、卿大夫，则此门固不轻矣。凡将为公侯、卿相者非贤人君子不可，有司坐举子于寒庑冷地，是比仆隶以下，非所以见征贤之意也。施棘围以截遮，是疑之以贼奸徒党，非所以示忠直之节也。试甲赋律诗，是待之以雕虫微艺，非所以观人文化成之道也。"②权德舆《答柳福州书》云："两汉设科，本于射策，故公孙弘、董仲舒之伦，痛言理道。近者祖习绮靡，过于雕虫，俗谓之甲赋律诗，俪偶对属。况十数年间，至大官右职，教化所系，其若是乎。是以二年已来参考对策，不访名物，不征隐奥，求通理而已，求辨惑而已。习常而力不足者，则不能回复于此。故

---

①　(唐)孤独及《毗陵集》卷一三，文渊阁四库全书本。

②　《唐文粹》卷二六上。

或得其人，庶他时有通识懿文，可以持重不迁者，而不尽在于龌龊科第也。"①称甲赋律诗为"龌龊科第"，"祖习绮靡，过于雕虫"，鄙薄之意跃然纸上。

四　杜甫对律诗的研究和创作

但在创作上，唐人特别是杜甫却有意识地运用这种新兴诗体进行创作。在现存一千四百多首杜诗中，各种律体竟有九百多首。五言律诗，阴铿、何逊、庾信已开其体，初唐已经比较成熟，而开元、天宝年间更加兴盛，杜甫也创作了大量的五言律诗，有六百多首。七言律诗产生稍晚一些，初唐的王勃、杨炯、卢照邻、骆宾王、沈佺期、宋之问、杜审言等已开始写七律，但为数既不多，内容更贫乏。到了开元、天宝年间，创作七律的人开始多起来，但也不很多，佳作更少。谢肇淛云："诗中诸体惟七律最难，非当家不能合作。盛唐惟王维、李颀颇臻其妙。然颀仅存七首，王亦只二十余首；而折腰叠字之病时可见之，终非射雕手也。"②可见，在杜甫以前，七律不仅数量少，而且质量也不高。大量创作七律，并使之臻于完美的正是杜甫，他一共写了一百五十多首。但即使是杜甫，在开元、天宝期间所作的七律也不多，入蜀前所作的七律仅二十二首；离川之后所作的七律也只有十三首。由此可见，杜甫的七律绝大部分作于四川，将近占五分之四。他的七律的代表作，如《蜀相》、《江村》、《野望》、《闻官定收河南河北》、《登楼》、《诸将五首》、《咏怀古迹五首》、《秋兴八首》、《登高》、《又呈吴郎》等都作于四川(含今重庆市)，特别是夔州。在杜甫之前，一般还只以这种诗体酬答友朋，留连光景，歌颂宫廷生活。到了杜甫手里，七律的内容几乎无所不包了。他的七律沉郁顿挫，感情真挚，诗律精严，音调铿锵，语言华美。从内容形式，杜甫都使这种新兴诗体臻于完善了。

杜甫很注意对诗律的研究和实践，不少诗都直接谈及诗律问题，最著名的就是"晚节渐于诗律细"(《遣闷戏呈路十九曹长》)，此外还有很多，如"遣词必中律"(《桥陵诗三十韵》)，"律中鬼神惊"(《敬赠郑谏议十韵》)，"觅句新知律"(《又示宗武》)等等。有的诗虽未直接谈及诗律，但无疑包含了诗律的内容，如"赋诗歌句稳，改罢自长吟"(《长吟》)；"陶冶性灵存底物，新诗改罢自长吟。熟知二谢将能事，颇学阴、何苦用心。"(《解闷十二首》)他这样苦心地学诗、吟诗、改诗，除锤炼内容外，自然也包括了对诗律的推敲、斟酌。从现存杜诗看，杜甫在入蜀前对五言律诗已经掌握得比较纯熟。

---

① 《唐文粹》卷八三。

② (明)谢肇淛《小草斋诗话》，《珍本明诗话五种》，北京大学出版社 2008 年版。

因此,杜甫在四川对诗律的研究、推敲、实践,主要是指七律。经过杜甫的刻苦研究和实践,他对各体诗律的掌握几乎达到了炉火纯青的地步。他在《江上值水如海势,聊短述》中曾相当自豪地说:"为人性僻耽佳句,语不惊人死不休。老去诗篇浑漫与,春来花鸟莫深愁。"前两句是讲他对诗歌内容和艺术性的刻苦追求,字斟句酌,反复打磨。他在游新津时曾以"知君苦思缘诗瘦"(《暮登四安寺钟楼,寄裴十迪》)称人,其实也是他对自己的写照。经过这种"衣带渐宽终不悔,为伊消得人憔悴"的神伤体瘦阶段,终于换得了"老去诗篇浑漫与"的自由。漫与,随意付与,随意对付,随意点染,皆成妙笔。"晚节渐于诗律细",是说对诗律研究得精深细密;"老去诗篇浑漫与",是说对诗律掌握得非常纯熟,不自斫削,皆合规矩;而这"浑漫与"完全是建立在"诗律细"基础上的,运用的纯熟与研究的精深是分不开的。

元稹《唐工部员外郎杜甫墓志铭并序》云:"曹氏父子鞍马间为文,往往横槊赋诗,故其遒文壮节,抑扬怨哀悲离之作,尤极于古。晋世风概稍存,宋齐之间教失根本,士以简慢矫饰相尚,文章以风容色泽、放旷精清为高,盖吟写性灵,流连光景之文也,意义格力无取焉。陵迟至梁陈,淫艳刻饰、佻巧小碎之词,又宋齐之所不取。唐兴,学官大振,历世之文,能者互书,而又沈宋之流,研练精切,稳顺声势,谓之为律诗。由是而后,文变之体极焉。而又好古者遗近,务华者去实,效齐梁则不逮于晋魏,工乐府则力屈于五言。律切则骨格不存,闲暇则纤秾莫备。至于子美,所谓上薄风雅,下该沈宋,言夺苏李,气吞曹刘,掩颜谢之孤高,杂徐庾之流丽。尽得古今之体势,而兼昔人之所独专矣。"杜甫为什么能"兼昔人之所独专"呢?根本原因当然是时代的产物。开元、天宝年间是中国诗歌发展史上的黄金时代,诗人如林,诸体并茂,为杜甫学习、研讨、创作各种体裁的诗歌创造了非常良好的条件。而天宝末年以来的社会动乱,杜甫一生的颠沛流离,使得他接触了现实,接近了人民,这就为他创作诸体诗歌,尤其是律体提供了广阔的生活基础,是艰难玉成了杜甫。

五　元稹论排律

排律以白居易、元稹所作最多。元稹《白氏长庆集序》评及白居易的各体诗及其分类、风格,而以百韵律诗(即排律)为突出:"予始与乐天同校秘书之名,多以诗章相赠答。会予遣掾江陵,乐天犹在翰林,寄予百韵律诗及杂体,前后数十章。是后各佐江、通,复相酬寄,巴、蜀、江、楚间泊长安中少年递相仿效,竞作新词,自谓为元和诗,而乐天《秦中吟》、《贺雨》、《讽谕》等篇,时人罕能知者……大凡人之文各有所长,乐天之长可以为多矣。夫以讽谕之诗长于激,闲适之诗长于遣,感伤之诗长于切,五字律诗百言而上长于赡,五字七字百言而下长于情,赋、赞、箴、戒之类长于当,碑、记、叙事、制诰长于实,启、表、奏状长于直,书、檄、词策、剖判长于尽。总而言之,不亦多乎哉!"

其《上令狐相公诗启》又云:"自御史府谪官,于今十余年矣,闲诞无事,遂用力于诗章,日益月滋,有诗向千余首。其闲感物寓意,可备朦瞽之讽达者有之,词直气粗,罪戾是惧,固不敢陈露于人。唯杯酒光景闲,屡为小碎篇章,以自吟畅。然以为律体卑下,格力不扬,苟无姿态,则陷流俗。常欲得思深语近,韵律调新,属对无差而风情自远,然而病未能也。江湘间多有新进小生,不知天下文有宗主,妄相仿效而又从而失之,遂至于支离褊浅之词,皆自谓为元和诗体。某又与同门生白居易友善,居易雅能为诗,就中爱驱驾文字,穷极声韵,或为千言,或为五百言律诗以相投寄。小生自审不能有以过之,往往戏排旧韵,别创新词,名为次韵相酬,盖欲以难相挑耳。江湖间为诗者复相放效,力或不足,则至于颠倒语言,重复首尾,韵同意等,不异前篇,亦自谓为元和诗体。而司文者考变雅之由,往往归咎于某。尝以为雕虫小事,不足自明。"此启表明他看不起律体("律体卑下,格力不扬"),更看不起模仿他和白居易的排律者,他们多"颠倒语言,重复首尾,韵同意等,不异前篇,亦自谓为元和诗体"。

第十节 唐人论乐府

一 唐人论乐府、系乐府、正乐府

乐府一词,由来已久,原本指朝廷音乐机构,后来也用以指乐府演唱的歌词。唐代朝廷音乐机构不再以"乐府"命名,但唐人仍以乐府来代指这种机构。《唐会要》卷三三《雅乐下·诸乐》载,显庆三年十月八日太常丞吕才奏,以御制《雪诗》为《白雪歌》词,以侍中许敬宗等奉和《雪诗》十六首以为《送声》,"上善之,仍付太常编于乐府"。此乐府代指太常寺。此外,如梨园、教坊等与音乐有关的机构,也称作乐府。唐代宫廷演唱的歌词也叫乐府,《旧唐书·李白传》云:"玄宗度曲,欲造乐府新词,亟召白,白已卧于酒肆矣。召入,以水洒面,即令秉笔,顷之成十余章,帝颇嘉之。"李白所进包括著名的《清平调辞三章》,其一曰"云想衣裳花想容",其二曰"一枝红艳露凝香",其三曰"名花倾国两相欢"。可见唐代也把宫廷演唱的歌词叫"乐府新词"。

律诗源于齐梁,至唐始盛。但由于唐人不满齐梁诗风,在诗体论上,唐人对乐府的肯定远远超过律诗,提出了古乐府(古题乐府、旧题乐府)、新乐府(新题乐府、乐府新辞、乐府新歌)、系乐府、正乐府等概念。所谓古乐府,是指汉、魏、两晋、南北朝的乐府，后人仿其体制的作品也称古乐府。如白居易的《读张籍古乐府》。古题乐府，是相对于新题乐府而言的，如元稹的《和刘猛古题乐府十首》、《和李余古题乐府九首》。旧题乐府与古题乐府同义，是古题乐府的另一说法。而不用古题乐府、旧题乐府之名，只要袭用古乐府旧题，如《李太白文集》卷二至卷五的乐府《远别离》、《公无渡河》等也属古乐府。

卢照邻《乐府杂诗序》是较早一篇论述自先秦至唐前乐府、歌谣、杂言诗的演变的序文。先秦是"四始六义，存亡播矣；八音九阕，哀乐生焉"，其后"秦皇灭学"，"汉武崇文"，"东京（东汉）兴党锢之诛，词人哀怨"，"鼓吹乐府，新声起于邺中（曹魏）；山水风云，逸韵生于江左。言古兴者，多以西汉为宗；议今文者，或用东朝为美。落梅芳树，共体千篇；陇水巫山，殊名一意。亦犹负日于珍狐之下，沈萤于烛龙之前。辛勤逐影，更似悲狂；罕见凿空，曾未先觉。潘陆颜谢，蹈迷津而不归；任沈江刘，来乱辙而弥远。其有发挥新题，孤飞百代之前；开凿古人，独步九流之上。自我作古，粤在兹乎？乐府者，侍御史贾君之所作也。君升堂入室，践龟字以长驱；藏翼蓄麟，展龙图以高视"。末叙此序的写作缘起："中山郎徐令雅好著书，时称博物。探亡篇于古壁，征逸简于道人，撰而集之，命余为序"。

元结《系乐府十二首并序》（《次山集》卷三）云："天宝辛未中，元子将前世尝可称叹者为诗十二篇，为引其义以名之，总命曰《系乐府》。古人歌咏不尽其情声者，化金石以尽之。其欢怨甚耶！戏，尽欢怨之声者，可以上感于上，下化于下，故元子系之。""系"有继承之意，系乐府就是要上承古乐府"上感于上，下化于下"之意。其《二风诗论》（卷一）也主张诗应"极帝王理乱之道，系古人规讽之流"；其《箧中集序》反对当时诗坛"拘限声病，喜尚形似"的不良风气①。他的这些主张，实开新乐府革新之先声。

《正乐府》为晚唐皮日休所作。其《正乐府十篇》序云："乐府盖古圣王采天下之诗，欲以知国之利病，民之休戚者也。得之者命司乐氏入之于埙篪，和之以管籥。诗之美也，闻之足以观乎功；诗之刺也，闻之足以戒乎政。故《周礼》太师之职掌教六诗，小师之职掌讽诵诗。由是观之，乐府之道大矣。今之所谓乐府者，唯以魏晋之侈丽，陈梁之浮艳谓之乐府诗，真不然矣。故尝有可悲可惧者，时宣于咏歌，总十篇，故命曰《正乐府诗》。"作者以"古圣王采天下之诗，欲以知国之利病，民之休戚"为正，而不满"魏晋之侈丽，陈梁之浮艳"，所谓正乐府就是复古之正，恢复古乐府的美刺作用。其十篇分别为《卒妻怨》、《橡媪叹》、《贪官怨》、《农父谣》、《路臣恨》、《贱贡士》、《颂夷臣》、《惜义鸟》、《诮虚器》、《哀陇民》，仅从题目就不难看出是以"国之利病，民之休戚"

---

① （唐）元结《箧中集》卷首，文渊阁四库全书本。

为内容的。其《论白居易荐徐凝屈张祜》论元白新乐府未起到"本乎立教"的作用,反成了"浮靡艳丽"者的效法对象:"元白之心,本乎立教,乃寓意于乐府雍容宛转之词,谓之讽谕,谓之闲适。既持是取大名,时士翕然从之,师其词,失其旨,凡言之浮靡艳丽者,谓之'元白体'。二子规规攘臂解辨,而习俗既深,牢不可破,非二子之心也。"①

二 以白居易、元稹为代表的新乐府理论

所谓新乐府,白居易《与元九书》说:"自武德至元和,因事立题,题为新乐府。"宋郭茂倩《乐府诗集》卷九〇云:"新乐府者,皆唐世之新歌也。以其辞实乐府,而未常被于声,故曰新乐府也。元微之病后,人沿袭古题,唱和重复,谓不如寓意古题,刺美见事,犹有诗人引古以讽之义。近代唯杜甫《悲陈陶》、《哀江头》、《兵车》、《丽人》等歌行,率皆即事名篇,无复倚旁,乃与白乐天、李公垂辈谓是为当,遂不复更拟古题。"

新乐府又叫乐府新辞(词),如前引李白诗。又叫乐府新题,如元稹《叙诗寄乐天书》云:"词实乐流,而止于模象物色者,为新题乐府。"元稹又有《和李校书(李绅)新题乐府十二首》,其序云:"予友李公垂(李绅)贶予《乐府新题》二十首(已佚),雅有所谓不虚为文。予取其病时之尤急者列而和之,盖十二而已。昔三代之盛也,士议而庶人谤,又曰世理则词直,世忌则词隐。予遭理世而君盛圣,故直其词以示后,使夫后之人谓今日为不忌之时焉。"明胡震亨在《唐音癸签》卷一论乐府新题云:"乐府内又有往题、新题之别,往题者汉魏以下、陈隋以上乐府古题,唐人所拟作也诸家概有而李白所拟为多,皆仍乐府旧名。李贺拟古乐府多别为之名而变其旧。新题者,古乐府所无,唐人新制为乐府题者始于杜甫,盛于元、白、张籍、王建诸家。"②

以白居易、元稹为代表的新乐府理论及其实践,是唐代文体论的突出成就。"新乐府"是白居易相对于汉魏乐府而提出的,是以自创新题、咏写时事为特征,故名"新乐府"。如其《寄唐生》首哀唐衢之不幸:"贾谊哭时事,阮籍哭路岐。唐生今亦哭,异代同其悲。唐生者何人?五十寒且饥。不悲口无食,不悲身无衣。所悲忠与义,悲甚则哭之……怜君头半白。其志竟不衰。"次写自己与唐相似:"我亦君之徒,郁郁何所为。不能发声哭,转作乐府诗。篇篇无空文,句句必尽规。功高虞人箴,痛甚骚人辞。非求宫律高,不务文字奇。惟歌生民病,愿得天子知。未得天子知,甘受时人嗤。药良气味苦,琴淡音声稀。不惧权豪怒,亦任亲朋讥。人竟无奈何,呼作狂男儿。每逢

---

① 《全唐文》卷七九七,中华书局 1983 年影印本。

② 《唐音癸签》,文渊阁四库全书本。

群盗息,或遇云雾披。但自高声歌,庶几天听卑。歌哭虽异名,所感则同归。寄君三十章,与君为哭词。""篇篇无空文,句句必尽规","非求宫律高,不务文字奇。惟歌生民病,愿得天子知",集中表现了他的乐府观的现实主义精神。

白居易《新乐府序》对新乐府特点的概括尤为简明全面:"篇无定句,句无定字,系于意不系于文。首句标其目,卒章显其志,《诗三百》之义也。其辞质而径,欲见之者易谕也;其言直而切,欲闻之者深诫也;其事核而实,使采之者传信也;其体顺而肆,可以播于乐章歌曲也。总而言之,为君、为臣、为民、为物、为事而作,不为文而作也。"

白居易《读张籍古乐府》对张籍乐府诗评价很高,对唐无乐府采诗之官深表可惜:"张君何为者?业文三十春。犹工乐府诗,举代少其伦。为诗意如何?六义互铺陈。风雅比兴外,未尝著空文。读君《学仙》诗,可讽放佚君。读君《董公》诗,可诲贪暴臣。读君《商女》诗,可感悍妇仁。读君《勤齐》诗,可劝薄夫敦。上可裨教化,舒之济万民。下可理情性,卷之善一身。始从青衿岁,迨此白发新。日夜秉笔吟,心苦力亦勤。时无采诗官,委弃如泥尘。恐君百岁后,灭没人不闻。愿藏中秘书,百代不湮沦。愿播内乐府,时得闻至尊。言者志之苗,行者文之根。所以读君诗,亦知君为人。如何欲五十,官小身贱贫。病眼街西住,无人行到门。"他主张乐府应以"裨教化"、"济万民"为目的,称美张籍"风雅比兴外,未尝著空文",因无"采诗官",其诗才"委弃如泥尘"。

元稹的《乐府古题序》,可以说是他提倡新乐府的纲领。前面部分对《诗》、《楚辞》、《乐府》的演变作了详尽阐述:"《诗》讫于周,《离骚》讫于楚。是后诗之流为二十四名:赋、颂、铭、赞、文、诔、箴、诗、行、咏、吟、题、怨、叹、章、篇、操、引、谣、讴、歌、曲、词、调,皆诗人六义之余,而作者之旨。由操而下八名,皆起于郊祭军宾吉凶苦乐之际。在音声者,因声以度词,审调以节唱,句度短长之数,声韵平上之差,莫不由之准度。而又别其在琴瑟者为操引,采民氓者为讴谣,备曲度者总得谓之歌曲词调。斯皆由乐以定词,非选调以配乐也。由诗而下九名,皆属事而作,虽题号不同,而悉谓之为诗可也。后之审乐者,往往采取其词,度为歌曲。盖选词以配乐,非由乐以定词也。而纂撰者由诗而下十七名,尽编为乐录乐府等题。除《铙吹》、《横吹》、《郊祀》、《清商》等词在《乐志》者,其余《木兰》、《仲卿》、《四愁》、《七哀》之辈,亦未必尽播于管弦明矣。后之文人,达乐者少,不复如是配别,但遇兴纪题,往往兼以句读短长为歌、诗之异。"后面部分论乐府并非始于汉魏,而是古已有之,不如本其精神("讽兴当时之事,以贻后代之人"),"寓意古题,刺美见事","引古以讽":"刘补阙(禹锡)之《乐府》,肇于汉、魏。按仲尼学《文王操》,伯牙作《流波》、《水仙》等操,齐牧犊作《雉朝飞》,卫女作《思归引》,则不于汉、魏而后始,亦以明矣。况自风雅至于乐流,莫非讽兴当时之事,以贻后代之人,沿袭古题,唱和重复。于文或有短长,于义咸为赘剩,尚不如寓意古题,刺美见事,犹有诗人引古以讽之义焉。曹、刘、沈、鲍之徒,时得如此,亦复稀少。"而更不如像杜甫那样"即事名篇,无复倚傍":"近代唯诗人杜甫《悲陈陶》、《哀江头》、《兵车》、《丽人》等,凡所歌行,率皆即事名篇,无复倚傍。予少时与友人乐天、李公垂辈谓是为当,遂不复拟赋古题。昨梁州见进士刘猛、李余,各赋《古乐府诗》数十首。其中一二十章,咸有新意,予因选而和之。其有虽用古题全无古义者,若《出门行》不言离别,《将进酒》特书列女之类是也。其或颇同古义,全创新词者,则《田家》止述军输、《捉捕词》先蝼蚁之类是也。刘、李二子,方将极意于斯文,因为粗明古今歌诗同异之旨焉。"

元稹《叙诗寄乐天书》说他把自己的诗分为十体,其一即为新题乐府:"旨意可观,而词近古往者为古讽;意亦可观,而流在乐府者为乐讽;词虽近古,而止于吟写性情者为古体;词实乐流,而止于模象物色者为新题乐府;声势沿顺,属对稳切者为律诗,仍以七言、五言为两体;其中有稍存寄兴、与讽为流者为律讽。不幸少有伉俪之悲,抚存感往,成数十诗,取潘子《悼亡》为题,又有以干教化者。近世妇人,晕淡眉目,绾约头鬓,衣服修广之度,及匹配色泽,尤剧怪艳,因为艳诗百余首,词有今古,又两体。自十六时至是,元和七年,已有诗八百余首,色类相从,共成十体,凡二十卷。"

综上可以看出,所谓古乐府(古题乐府、旧题乐府)、系乐府、正乐府、新乐府(新题乐府、乐府新辞、乐府新歌)等,都是以复古为革新,复汉魏乐府之旧,对抗齐梁乐府、新体律诗,杜甫的律诗较之齐梁、唐初的律诗,元白的乐府较之齐梁、唐初的乐府已面目全新。这大概就是唐诗是中国诗歌发展顶峰的集中表现吧。唐代的古题乐府只是用汉魏乐府古题,而内容全新;古题乐府可以起到与新题乐府同样的作用;新题乐府只是题目新,而精神则与古乐府完全一致;系乐府、正乐府则明确提出要继承古乐府,复古乐府之正,都与元、白新乐府精神相通。

三　吴兢《乐府古题要解》对乐府古题的总结

与各体乐府的盛行相联系,唐代还出现了系统总结乐府古题的专书,如吴兢的《乐府古题要解》。

吴兢(670—749),汴州浚仪(今河南开封)人。少励志于学,贯通经史。武周时入史馆,修国史,迁右拾遗内供奉。唐中宗时,改右补阙,累迁起居郎,水部郎中。

唐玄宗时,为谏议大夫,修文馆学士,卫尉少卿兼修国史,太子左庶子,还曾任台、洪、饶、蕲等州刺史,迁相州,后改邺郡太守,回京又任恒王傅。《旧唐书》卷一○二、《新唐书》卷一三二有传。吴兢为人方直寡谐,修史敢于直书,叙事简核,号称良史。著述颇多,今存者有《贞观政要》、《唐阙史》、《开元升平源》。曾撰《古乐府词》十卷,已失传。

其《乐府古题要解》二卷,以解释汉魏乐府及拟乐府题为主要内容,明其源流,考其本事,多遵"缘事而发"之说。其自序云:"乐府之兴,肇于汉魏,历代文士,篇咏实繁。或不睹于本章,便断题取义。赠人利涉则述《公无渡河》,庆彼再婚乃引'乌生八九子',赋雉班者但美琇锦,歌骢马者但序驰骤。若兹者不可胜载,递相祖袭,积用为常。欲令后生,何以取正?顷因涉阅传记及诸家文集,每有所得,辄疏记之。岁月积深,以成卷轴,向编次之,目为《古题要解》云耳。"①有毛晋汲古阁元刊本,书末毛晋提记:"《古题要解》二卷,于传记及诸文集中,采其命名缘起,令后人知所祖习。"②其附记对此书给予了很高评价:"叙事简核,人以董狐目之。其捃摭乐府故实,与正史互有异同,真堪与《国史补》并垂不朽。"

此书多论各类乐府篇题的"命名缘起",如论《长门怨》云:"右为汉武帝陈皇后作也。后,长公主嫖女,字阿娇。及卫夫人得幸,后退居长门宫,愁闷悲思,闻司马相如工文章,奉黄金百斤,令为解愁之辞。相如作《长门赋》,帝见而伤之,复得亲幸者数年。后人因其赋为《长门怨》焉。"论《婕妤怨》云:"右为汉成帝班婕妤作也。婕妤,徐令彪之姑,况之女,美而能文。初为帝所宠爱,后幸赵飞燕姊娣,冠于后宫,婕妤自知恩薄,惧得罪,求供养皇太后于长信宫,因赋及《纨扇诗》以自伤。后人伤之,为《婕妤怨》。"

此书多纠正旧说之误,如论《陌上桑》云:"右古词:'日出东南隅,照我秦氏楼。'旧说邯郸女子秦姓名罗敷,为邑人千乘王仁妻。仁后为赵五家令。罗敷出采桑陌上,赵王登台见而悦之,置酒欲夺焉。罗敷善弹筝,作《陌上桑》以自明,不从。案其歌词,称罗敷采桑陌上,为使君所邀,罗敷盛夸其夫为侍中郎以拒之,与旧说不同。若晋陆士衡'扶桑升朝晖'等,但歌佳人好会,与古调始同而末异。"这里以其文本内容驳"旧说",颇为有力。

文体学的内容之一为体类("诗赋体既不一,又以类分"),吴兢此书也多论乐府分类,如论《横吹曲》云:"以上乐府《横吹曲》,有鼓角。《周礼》:'以蕠鼓鼓军事用角。'旧

---

① (唐)吴兢《乐府古题要解》卷上,丁福保《历代诗话续编》本,中华书局 1983 年版。

② (唐)吴兢《乐府古题要解》卷首,齐鲁书社 1997 年版。

说云,蚩尤氏帅魑魅与黄帝战于涿鹿之野,帝始命吹角为龙鸣以御之。其后魏武北征乌丸,越涉沙漠,军士闻之,悲而思归。于是减为半鸣,尤更悲矣。又有胡角者,本以应胡笳之声,后渐用之,有双角,即胡乐也。汉博望侯张骞入西域,传其法,唯得《摩诃兜勒》一曲。李延年因胡曲更造新声二十八解,乘舆以为武乐。东汉以给边将。又有《出关》、《入关》、《出塞》、《入塞》、《黄覃子》、《赤之扬》、《黄鹄吟》、《陇头吟》、《折杨柳》、《望行人》等十曲,皆无其词。若《关山月》已下八曲,后代所加也。"

此书多"两存"异说,甚至言及朝鲜者也并存,如《公无渡河》:"右旧说朝鲜津卒霍里子高妻丽玉所作也。子高晨起刺船,有一白首狂夫,被发携壶,乱流而渡,其妻随呼止之,不及,遂溺死。于是其妻援箜篌而鼓之,作歌曰:'公无渡河,公竟渡河,公堕而死当奈何!'声甚凄怆。曲终,亦投河而死。子高还,以其声语丽玉。丽玉伤之,乃引箜篌写其声。闻者莫不堕泪饮泣。丽玉以其声传邻女丽容,名曰《箜篌引》。"又云:"旧史称汉武帝灭南越,祠太乙后土,令乐人侯晖依琴造坎言。坎坎节应也。侯,工人之姓。后语讹'坎'为'空'也。"一为朝鲜,一为南越,二说并载,体现了史家的客观态度。

四 段安节的《乐府杂录》

段安节有《乐府杂录》。安节(生卒年不详),齐州临淄(今山东淄博)人,文宗朝宰相段文昌之孙,《酉阳杂俎》作者段成式之子。善乐律,能自度曲。因见《教坊记》所载未尽周详,遂于乾宁元年(894)编著《乐府杂录》一卷。

《乐府杂录》专论唐代礼乐制度、音乐、舞蹈、百戏等。书中所记雅乐部、云韶乐、清乐部、鼓吹部、驱傩、熊罴部、鼓架部、龟兹部等制度与两《唐书》音乐、礼乐志有异,可考知有唐一代音乐体制的变化;同时记载了唐玄宗以后乐部、歌舞、杂戏、乐器、乐曲及乐律宫调,兼及一些演奏者的姓名和逸事,是研究唐代乐舞的重要资料。后世把书中记琵琶一节抽出单行,题为《琵琶录》,在"唐时乐制,绝无传者"的情况下,故《唐书》、《文献通考》、《乐府诗集》等多有采纳。

《乐府杂录》也载有不少乐府名,如《歌》、《安公子》、《黄骢叠》、《离别难》、《雨霖铃》、《还京乐》、《康老子》、《得宝子》、《文叙子》、《望江南》、《杨柳枝》、《新倾杯乐》、《道调子》、《傀儡子》等,其中不少是隋唐新制乐府。如《离别难》:"天后(武则天)朝,有士人陷冤狱,籍没家族。其妻配入掖庭,本初善吹觱篥,乃撰此曲以寄哀情。始名《大郎神》,盖取良人行第也。既畏人知,遂三易其名,亦名《悲切子》,终号《怨回鹘》。"又如《康老子》:"康老子者,本长安富家子,酷好声乐,落魄不事生计,常与国乐游处。一旦家产荡尽，因诣西廓，遇一老妪，持旧锦褥货鬻，乃以半千获之。寻有波斯（商人）见，大惊，谓康曰：'何处得此至宝？此是冰蚕丝所织，若暑月陈于座，可致一室清凉。'即酬价千万。康德之，还与国乐追欢，不经年复尽，寻卒。后乐人嗟惜之，遂制此曲。亦名《得至宝》。"再如《得宝子》："《得宝歌》，一曰《得宝子》，又曰《得鞊子》。明皇初纳太真妃，喜谓后宫曰：'朕得杨氏，如得至宝也。'遂制曲，名《得宝子》。"①

————————

① 　《乐府杂录》，《中国古典戏曲论著集成》，中国戏剧出版社 1959 年版。

隋唐五代宋辽金元发展期(下)

第五章　宋代的文体学

宋代是我国封建社会历史上一个极其重要的阶段,是由中古转入近古的开始。文化辉煌灿烂,文学、史学、哲学、艺术、科技都硕果累累,群星争耀。宋代文体学比唐代文体学也更加全面深入,宋代诗文革新后,宋赋和四六进一步散文化,并出现了笔记、诗话、题跋、话本、宋杂剧、南戏曲等多种新兴文体,雅文学有了新变,俗文学也开始涌现。大型类书《太平御览》集中了宋以前的大量文体资料,总集《文苑英华》、《唐文粹》、《宋文鉴》、《乐府诗集》等则提供了文体分类的范例,吕祖谦《古文关键》、楼昉《崇古文诀》、真德秀《文章正宗》、谢枋得《文章轨范》,特别是魏天应的《论学绳尺》,皆为当时的应试士子而作,类似今天的"高考"指南,但也提供了大量的文体、文风和写作技法资料。张戒《岁寒堂诗话》、姜夔《白石道人诗说》、严羽《沧浪诗话》等对诗论、诗体、诗风作了深刻阐述,王灼《碧鸡漫志》、张炎《词源》、沈义父《乐府指迷》则为论词名作。

第一节　宋代经学中的文体论

宋代理学兴起,理学家们以疑经、删改经书来回归先秦经典,阐发他们的经学观,出现了以《论语》、《孟子》加上从《礼记》中抽出的《大学》、《中庸》而合称的"四书"。"四书"加上唐之九经,又合称十三经。至清末,"四书"取得了与五经并重的地位。宋人解经成风,多数名家都有解经之作。如欧阳修有《诗本义》,曾巩有《书经说》,王安石有《三经新义》,苏轼有《易传》、《书传》,苏辙有《诗集传》、《春秋集解》,程颐有《伊川易传》,朱熹有《诗集传》,吕祖谦有《家塾读诗记》等,但经传中具体论及文体者不多。

一　辅广论文体是《诗经》研究的重要内容之一

辅广(生卒年不详)字汉卿,号潜庵,学者称傅贻先生。祖籍赵州庆源(今河北赵县），南渡后居崇德（今浙江海宁）。少年有大志，然四试不第，遂专攻周敦颐和二程学说，先后师事吕祖谦、朱熹，深为朱熹所重。与黄幹（勉斋）同门，相友善。黄称性有善恶，辅称性无善恶，互相发明，时人称之为"黄辅"。宁宗庆元初，朱熹理学被斥为"伪学"，学者多避去，独广不为所动，甚至卖产业入京师，居太学之南以侍奉朱熹。嘉泰年间归里，在崇德县筑传贻堂（咸淳五年，即1269年，改为传贻书院），教授学生，学者称传贻先生。

辅广以著书为己任，著有《诗童子问》十卷、《晦庵先生语录》、《朱子读书法》三种（《四库全书总目》提要著录），另有《六经集解》、《尚书注》、《四书纂疏》、《论语答问》、《孟子答问》、《通鉴集义》等，其著作广为时人引用。《四库全书总目·诗童子问》云："是编大旨，主于羽翼《诗集传》，以述平日闻于朱子之说，故曰《童子问》。卷首载《大序》、《小序》，采录《尚书》、《周礼》、《论语》说诗之言，各为注释。又备录诸儒辩说，以明读《诗》之法。书中不载经文，惟录其篇目，分章训诂。末一卷则惟论叶韵。"

其《论乐出乎诗》论诗乐关系，认为诗先于乐："来教谓诗本为乐而作，故令学者必以声求之，则知其不苟作矣。此论善矣，然愚意有不能无疑者，盖以《虞书》考之，则诗之作本为言志而已。方其诗也，未有歌也；及其歌也，未有乐也。以诗依永，以律和声，则乐乃为诗而作，非诗为乐而作也。三代之时，礼乐用于朝廷而下达于闾巷，学者讽诵其言以求其志，咏其声，执其器，舞蹈其节，以涵养其心，则声乐之所助于诗为多。然犹曰兴于诗，成于乐，其求之固有序矣。是以凡圣贤之言诗主于声者少，发于义者多。仲尼所谓思无邪，孟子所谓以意逆之，诚以诗之作本乎其志之所存，然后诗可得而言也。得其志而不得其声者有之矣，未有不得其志而能通其声者也。就使得之，止其钟鼓铿锵而已，岂圣人乐云乐云之意哉。况今去孔孟之时千有余年，古乐散亡，无复可考，而欲以声求诗，则未知古乐之遗声今皆可以推而得之乎？《三百五篇》皆可协之音律而被之弦歌已乎？诚既得之，则所助于诗多矣，然恐亦未得为诗之本也。况未必可得，则今之所讲得无画饼之讥乎？故愚尝窃以为诗出乎志者也，然则志者诗之本，乐者其末也。末虽亡而不害本之存，患学者不能平心和气，从容讽咏以求之情性之中耳。有得乎此，然后可得而言，顾所得之浅深如何耳。"又云："诗，古之乐也，亦如今之歌曲，音各不同，故邶、鄘、卫各有所系。若大雅、小雅，则亦如今之宫调、商调也，作歌曲者亦按其腔调而作尔。大雅、小雅亦古之作乐体格，按大雅体格作大雅，按小雅体格作小雅，非是做成诗后，旋想度其辞为大雅、小雅也。大率国风是民庶所作，雅是朝廷之诗，颂是宗庙之诗。"[1]其《论韵》认这古人诗文多是协韵的："问：先生说诗率

皆协韵,得非诗本乐章,播诸声歌,自然协韵,方谐律吕,其音节本如是耶? 曰:固是如此,然古人文章亦多是协韵,因举《王制》及《老子》叶韵处数段。又曰:周颂多不叶韵,疑自有和篇底相叶。《清庙》之瑟,朱弦而疏越,一倡而三叹,叹即和声也。"其《雅论》认为文体与音韵、训诂一样,都是《诗经》研究的重要内容,需作通体研究:"《诗》中头项多,一项是音韵,一项是诂训名物,一项是文体。逐一根究,然后讨得些道理,则殊不济事,须是通悟底方看得。"又论经、传之别云:"或问先生分诗之经,诗之传何也? 曰:此得之吕伯恭(祖谦)风雅之正为经,风雅之变为传,如屈平之作《离骚》则经也,如后人《反骚》与夫《九辨》之类则传耳。"

二 林岊《毛诗讲义》对《诗经》风、雅、颂、赋、比、兴的阐释

林岊字仲山,古田(今福建古田东北)人。光宗绍熙元年特奏名。宁宗嘉定间知全州,在郡九年,颇多惠政。嘉定十三年(1220),召为侍右郎中兼翰林权直。清四车馆臣据《永乐大典》辑有其《毛诗讲义》十二卷。清乾隆《福建通志》卷四三有传。

林岊对《诗经》风、雅、颂、赋、比、兴的阐释与前人不尽相同,他以体、用区分六义:"诗有六义,风、雅、颂者,诗之体;赋、比、兴者,诗之用。赋,铺陈也;比,取譬也;兴,托物而有感也。自风、雅、颂定体而言之,则风主感动,雅主齐正,颂主赞美。自风、雅、颂杂用赋、比、兴之理而言之,则一篇之中或有赋,或有比,或有兴,有各得其一义者,有一篇而全具者,有一篇而兼具者。体不易,用相参。叙赋、比、兴于风之下,见雅、颂之亦具此义也。郑谓《七月》之篇有风、雅、颂,孔谓六义皆谓之风,其说难从,自上以风化下之后,当分为三节解。"何谓风?"风有风动之义,上以风化下,如周公制,《关雎》、《麟趾》为王者之风,《鹊巢》、《驺虞》为诸侯之风,皆言正家之道,所以风天下而化夫妇者。又如周公述幽国《七月》之风,皆纯乎上以风化下之美也。又如《周南》文王之国风,《召南》文王之国风,乃上以此风化下,而下以此风美上者也。至十二国之变风,亦由夫上以此不美之风化下,故下以此不美之风刺上,而存乎采诗之官,著于国史之录,主于成文之婉妙而中有微谏,故言者无罪,闻者知戒,而亦可以风名,此变风之所以附乎正风也。若无巽人之义,圣人其删之矣。"何谓变风、变雅?"王道盛道德,一风俗,同则诗有正而无变,所谓太平《乐经》之外无诗也。王道衰,礼义废,政教失,国异政,家殊俗,然后有变风、变雅之诗。正风之化不行,于是有变风之刺。虽美郑武、卫文,皆变中之正,亦如《二南》在周为美,自商末言之,变中之正也。《七月》在幽为美,自周初言之,变中之正也。大雅、小雅之正尽废矣,于是王朝之公卿陈古刺今,而有变小雅,变大雅,虽先王之见美,而昔之所无,今之所有,亦皆变中之正也。国史者,

222

诸国皆有史,氏因采诗而备录之,盖明乎得失之迹,伤人伦之废,哀刑政之苛,至其为是诗也,皆吟咏其情性以风其上,达于事变而怀其旧俗者也。所以录于下而陈于上,著于今而示于后也。"①

三　严粲《诗缉》以体之异同论大、小雅和风、骚

严粲的《诗缉》有一些论及诗体的中肯意见。严粲(生卒年不详)字坦叔,一字明卿,号华谷。邵武(今属福建)人,严羽族弟。嘉定十六年(1223)进士,有诗名。精《毛诗》,著有《华谷先生诗抄》一卷,有清嘉庆九年刻本;《华谷集》一卷,收入《两宋名贤小集》。

严粲另著有《诗缉》三十六卷,采众家之说而断以己意,多得诗人本意,与吕祖谦《读诗记》并称。其《诗缉条例》云:"集诸家之说为《诗缉》,旧说已善者不必求异,有所未安乃参以己说,要在以意逆志,优而柔之,以求吟咏之情性而已。字训句义插注经文之下,以著所从。乃错综新旧说以为章指,顺经文而点掇之,使诗人纡余涵泳之趣一见可了,以便家之童习耳。"②其《论大小雅之别》论《诗经》风、雅、颂及骚之异同云:"雅之小大,特以其体之不同耳。盖优柔委曲,意在言外者,风之体也;明白正大,直言其事者,雅之体也。纯乎雅之体者,为雅之大;杂乎风之体者,为雅之小……至于变雅亦然。其变,小雅中固有雅体多而风体少者,然终有风体,不得为大雅也。"又论《离骚》云:"《离骚》出于国风,其文约,其辞微,世以风骚并称,谓其体之同也。太史公称《离骚》曰:'国风好色而不淫,小雅怨诽而不乱,若《离骚》者,可谓兼之。'言《离骚》兼国风、小雅,而不言其兼大雅,见小雅与风、骚相类,而大雅不可与风、骚并言也。"

第二节　宋代史学的发达及对史体的论述

宋代的史学很兴盛,编年体、纪传体、典章体的史学名著都很多,而且还新创立了纪事本末体,对后世影响颇大。

一　司马光及其编年体通史《资治通鉴》

编年史是以时间为顺序,按年月日编写的史书。中国最早的编年体史书为《竹书

---

① (宋)林岊《毛诗讲义》卷一一,文渊阁四库全书本。
② (宋)严粲《诗缉》卷首,文渊阁四库全书本。

纪年》,纪夏、商、西周和春秋时晋国、战国时魏国的史事,至魏襄王二十年(前299)为止。此书早已失传,仅有辑本传世。今存最早的编年史是相传孔子据鲁史修订整理而成的《春秋》,此后的《汉纪》《后汉纪》、各朝起居注、实录及正史中的本纪,均用编年体。《春秋》之后,编年体史书以宋代司马光的《资治通鉴》最著名。

司马光(1019—1086)字君实,号迂夫,晚年号迂叟。陕州夏县(今属山西)涑水乡人,世称涑水先生。宝元元年登进士甲科。仁宗朝官至天章阁待制、知谏院。英宗朝进龙图阁直学士,判吏部流内铨。神宗即位,擢为翰林学士,除御史中丞,权知审官院。因不满王安石所行新政,出知永兴军,判西京御史台,退居洛阳,专修《资治通鉴》凡十五年。哲宗立,太皇太后高氏临朝,召为门下侍郎,拜尚书左仆射兼门下侍郎。卒,赠太师、温国公,谥文正。著有文集八十卷,《资治通鉴》二百九十四卷,《涑水纪闻》十卷,以及《续诗话》等。事见苏轼《司马文正公光行状》,《宋史》卷三三六有传。

《资治通鉴》是一部编年体通史,上起周威烈王二十三年(前403),下迄后周显德六年(959),共一千三百六十二年。全书按朝代分为《周纪》《秦纪》《汉纪》《魏纪》《晋纪》《宋纪》《齐纪》《梁纪》《陈纪》《隋纪》《唐纪》《后梁纪》《后唐纪》《后晋纪》《后汉纪》《后周纪》,共十六纪。全书内容以政治、军事和民族关系为主,兼及经济、文化和历史人物评价,目的在于“鉴于往事,有资于治道”,故神宗名其书《资治通鉴》。其《进资治通鉴表》云:“监前世之兴衰,考当今之得失,嘉善矜恶,取是舍非,足以懋稽古之盛德,跻无前之至治,俾四海群生咸蒙其福,则臣虽委骨九泉,志愿永毕矣。”①司马光在此书中撰有大量史论,如卷一九一论玄武门之变云:“臣光曰:立嫡以长,礼之正也。然高祖所以有天下,皆太宗之功,隐太子以庸劣居其右,地嫌势逼,必不相容。向使高祖有文王之明,隐太子有泰伯之贤,太宗有子臧之节,则乱何自而生矣。既不能然,太宗始欲俟其先发然后应之,如此则事非获已,犹为愈也。既而为群下所迫,遂至蹀血禁门,推刃同气,贻讥千古,惜哉!”这是较为客观的评论。历代点评批注《资治通鉴》的帝王、贤臣、学者数不胜数,除《史记》外,几乎没有任何一部历史著作可与《资治通鉴》媲美。他还撰有《资治通鉴释例》,对此书体例作了详尽说明。

二 宋代的纪传体史书

史书的又一种写法为纪传体,这是以人物传记为中心的史书,始于西汉司马迁的《史记》,以后各朝为前代修史都用纪传体,成为“正史”体裁。其体例是以“本纪”记皇

---

① (宋)司马光《资治通鉴》卷首,文渊阁四库全书本。

帝事迹兼记国家大事,具有编年体史书的性质;以"世家"记王侯封国和特殊人物;以"表"编系年代、世系及人物;以"书"或"志"记载典章制度;而其主体为"列传",记载各种人物、民族及外国情况。宋代纪传体史书有薛居正等的《旧五代史》,欧阳修的《新五代史》《新唐书》。

薛居正(912—981)字子平,浚仪(今河南开封)人。自幼好学,后唐清泰初年,举进士不第,著《遣愁文》以自解,寓意倜傥,识者以为有公辅之量。逾年登第。历仕后晋、后汉、后周,入宋官至门下侍郎、平章事。卒赠太尉、中书令,谥文惠。居正好读书,为文敏赡,落笔不能自休,著有《文惠集》三十卷(《通志·艺文略》八署作《薛居正集》),今已佚。事迹见《隆平集》卷四、《东都事略》卷三一及《宋史》卷二六四本传。

开宝六年(973),诏薛居正监修,卢多逊、扈蒙等同修《五代史》。书成,又名《梁唐晋汉周书》。后世为别于欧阳修的《新五代史》,改称《旧五代史》。全书内容丰富,资料详实。其文笔虽不及《新五代史》,而叙事周详,司马光撰《资治通鉴》多采用之。金代专以欧阳修《新五代史》列之学官,此书渐就湮没。清四库馆臣邵晋涵等自《永乐大典》等书中搜罗遗文,编成五十八卷。乾隆《御制题旧五代史八韵》对此书的撰著、存佚、重辑作了完整概述,并给予很高的评价:"上承唐室下开宋,五代兴衰纪欲详。旧史原监薛居正,新书重撰吉(州)欧阳。泰和独用滋侵佚,《永乐》分收究未彰。《四库》搜罗今制创,群儒排纂故编偿。残缣断简研磨细,合璧连珠体裁良。遂使已湮得再显,果然绍远藉搜旁。两存例可援刘昫(馆臣请仿刘昫《旧唐书》例,列入廿三史),专注事曾传马光(谓司马光曾利用其史料撰《资治通鉴》)。序以行之诗代序,惕怀殷鉴念尤长。"[1]四库辑本《旧五代史编定凡例》云:"薛史原书体例不可得见,今考其诸臣列传多云事见某书,或云每书有传,知其于梁、唐、晋、汉、周断代为书,如陈寿《三国志》之体。故晁公武《读书志》直称为诏修《梁唐晋汉周书》,今仍按代分编,以还其旧。薛史本纪沿《旧唐书》帝纪之体,除授沿革巨纤毕书,惟分卷限制为《永乐大典》所割裂,已不可考详。核原文有一年再纪元者,如上有同光元年春正月,下复书同光元年秋七月,知当于七月以后别为一卷,盖其体亦仿《旧唐书》,《通鉴》尚沿其例也……五代诸臣类多历事数朝,首尾牵连,难于分析。欧阳修新史以始终从一者入梁、唐、晋、汉、周臣传,其兼涉数代者则创立杂传归之,褒贬谨严,于史法最合。薛史仅分代立传而以专事一朝及更事数姓者参差错列,贤否混淆,殊乖史体,此即其不及欧史之一端。因篇有论赞,总叙诸人,难以割裂更易,姑仍其旧,以备参考。得失所在,读史者自能辨之……薛史诸志,《永乐大典》内偶有残阙,今俱采《太平御览》所引薛史增补,仍节

---

① 《旧五代史》卷首,文渊阁四库全书本,下同。

录《五代会要》诸书分注于下，以备参考。”由此可见，《旧五代史》的体例与历代正史体例大体一致，含本纪、列传、诸志、论赞等。

《新五代史》七十四卷，欧阳修撰。欧阳修（1007—1072）字永叔，号醉翁，晚年又自号六一居士。吉州永丰（今属江西）人。天圣八年（1030）第进士，任西京留守推官。官至翰林学士、枢密副使、参知政事，卒谥文忠。欧阳修是北宋诗文革新的领袖，其文学成就首推散文，为唐宋八大家之一，对后世影响最为深远。其诗歌成就不如散文，但也有转变一代诗风之功。擅长作词，其词基本上沿袭《花间集》风格，有南宋罗泌编的《六一词》三卷。诗话是宋代产生的新的文学样式。宋以前的诗文评著作可说是宋代诗话之源，但诗话之名则是从欧阳修的《六一诗话》起才开始出现的。这是一种用笔记体写成的兼具理论性和资料性的著述，比起严格的诗论，它的内容更为广泛，形式更为灵活，往往以轻松诙谐的笔记形式，记录重要严肃的诗歌理论。他还撰有《归田录》、《笔说》、《试笔》等笔记，不拘一格，生动活泼，富有情趣。其中，《归田录》记述朝廷遗事、职官制度、社会风习和士大夫的趣事轶闻，介绍写作经验，颇有价值。除文学方面的成就外，欧阳修在经学、史学、金石学方面均有显著成就。与宋祁合修《新唐书》二百二十五卷，包括本纪十卷，志五十卷，表十五卷，列传一百五十卷，并独撰《新五代史》。又喜收集金石文字，编为《集古录》。

唐以后所修正史多为官修，唯《新五代史》为私撰，但仍列为正史。大致褒贬祖《春秋》，义例谨严；叙述祖《史记》，行文简洁。李焘称其最得《春秋》之法，虽司马子长无以复加。晁公武称其以继刘向、班固，人不以为过，文章法度足亚史、汉，而考证则往往疏舛。吴缜撰《五代史纂误》抉其缺误，一一胪考而折衷之，虽不免有些吹毛求疵，然校勘实为精审，凡欧阳修轻改旧文，首尾失检之处，无不疏通剖析，切中症结，故宋代颇推重之。

三　欧阳修等《新唐书》的得失及其文体论

《新唐书》二百二十五卷，包括本纪十卷，志五十卷，表十五卷，列传一百五十卷。欧阳修、宋祁等撰，是记载唐代历史的纪传体史书。列传部分主要由宋祁负责编写，志和表分别由范镇、吕夏卿负责编写，本纪十卷和赞、志、表的序以及《选举志》、《仪卫志》等出自欧阳修之手。欧阳修代曾公亮撰写的《进新修唐书表》叙述撰写缘由、参修官员及其体例云：“臣公亮言：窃惟唐有天下，几三百年。其君臣行事之始终，所以治乱兴衰之迹，与其典章制度之英，宜其粲然著在简册。而纪次无法，详略失中，文采不明，事实零落。盖百有五十年，然后得以发挥幽昧，补缉阙亡，黜正伪谬，克备一家之史，以为万代之传。成之至难，理若有待……刊修官、翰林学士臣欧阳修，端明殿学士臣宋祁，与编修官、知制诰臣范镇，臣王畴，集贤校理臣宋敏求，秘书丞臣吕夏卿，著作佐郎臣刘羲叟等，并膺儒学之选，悉发秘府之藏，俾之讨论，共加删定，凡十有七年，成二百二十五卷。其事则增于前，其文则省于旧。至于名篇著目，有革有因，立传纪实，或增或损，义类凡例，皆有据依，纤悉纲条，具载别录。"①此书新增了《旧唐书》所没有的《仪卫志》、《选举志》、《兵志》，《兵志》是《新唐书》的首创。《选举志》系统地叙述了唐朝科举制度的演变，《食货志》、《地理志》、《天文志》、《历志》、《艺文志》在篇幅上都大大超过《旧唐书》。其《艺文志》比《旧唐书·经籍志》增加了很多，特别是对唐玄宗开元以后的著作补充了不少。

《新唐书》的文体论比较丰富，如卷四六、四七《百官志》云："凡上之逮下，其制有六：一曰制，二曰敕，三曰册，天子用之；四曰令，皇太子用之；五曰教，亲王、公主用之；六曰符，省下于州，州下于县，县下于乡。下之达上，其制有六：一曰表，二曰状，三曰笺，四曰启，五曰辞，六曰牒。诸司相质，其制有三：一曰关，二曰刺，三曰移。凡授内外百司之事，皆印其发日为程，一曰受，二曰报。诸州计奏达京师，以事大小多少为之节。凡符、移、关、牒，必遣于都省乃下。"又云："门下省，侍中二人，正二（品）。掌出纳帝命，相礼仪。凡国家之务，与中书令参总，而颛判省事。下之通上，其制有六：一曰奏钞，以支度国用、授六品以下官、断流以下罪及除免官用之；二曰奏弹；三曰露布；四曰议；五曰表；六曰状……凡王言之制有七：一曰册书，立皇后、皇太子，封诸王，临轩册命则用之；二曰制书，大赏罚、赦宥虑囚、大除授则用之；三曰慰劳制书，褒勉赞劳则用之；四曰发敕，废置州县、增减官吏、发兵、除免官爵、授六品以上官则用之；五曰敕旨，百官奏请施行则用之；六曰论事敕书，戒约臣下则用之；七曰敕牒，随事承制，不易于旧则用之。"这里论及的文体去重之外，有制、敕、册、令、教、符、表、状、笺、启、辞、牒、关、刺、移、奏钞、奏弹、露布、议、册书、制书、慰劳制书、发敕、敕旨、论事敕书、敕牒等，多达二三十种。卷一八三《郑綮传》论杂体诗俳谐体、歇后体云："綮每以诗谣托讽。中人有诵之天子前者，昭宗意其有所蕴未尽，因有司上班簿，遂署其侧曰：'可礼部侍郎、同中书门下平章事。'綮本善诗，其语多俳谐，故使落调，世共号郑五歇后体。至是，省史走其家上谒，綮笑曰：'诸君误矣。人皆不识字，宰相亦不及我。'吏言不妄，俄闻制诏下，叹曰：'万一然，笑杀天下人。'既视事，宗戚诣庆，搔首曰：'歇后郑五作宰相，事可知矣。'"卷二〇一《杜甫传赞》论杜甫律诗云："唐兴，诗人承陈、隋风流，浮靡

---

① （宋）欧阳修《文忠集》卷九十一，文渊阁四库全书本。

相矜,至宋之问、沈佺期等研揣声音,浮切不差,而号律诗。竞相袭沿。逮开元间稍裁以雅正,然恃华者质反,好丽者壮违,人得一概皆自名所长。至甫浑涵汪茫,千汇万状,兼古今而有之。它人不足,甫乃厌余,残膏剩馥,沾丐后人多矣。故元稹谓诗人以来未有如子美者。甫又善陈时事,律切精深,至千言不少衰,世号诗史。昌黎韩愈于文章慎许可,至歌诗独推曰:'李杜文章在,光焰万丈长。'诚可信云。"卷二〇二《宋之问传》论历代诗体风格的演变云:"魏建安后迄江左,诗律屡变,至沈约、庾信,以音韵相婉附,属对精密。及之问、沈佺期,又加靡丽,回忌声病,约句准篇,如锦绣成文,学者宗之,号为沈宋。语曰:'苏、李居前,沈、宋比肩。'谓苏武、李陵也。"

欧阳修认为宋祁是前辈,故对宋祁所写的列传没有作统稿修订工作,加之全书出自众手,因而《新唐书》多有记事矛盾、风格体例不一的弊端。宋人吴缜著《新唐书纠谬》二十卷以纠其谬。其《新唐书纠谬序》认为此书有八大弊端:"一曰责任不专,二曰课程不立,三曰初无义例,四曰终无审覆,五曰多采小说而不精择,六曰务因旧文而不推考,七曰刊修者不知刊修之要而各徇私好,八曰校勘者不举校勘之职而惟务苟容。"①兹不尽举,只举其涉及史书体例者,如"何谓初无义例? 夫史之义例,犹网之有纲,而匠之绳墨也。故唐修《晋书》,而敬播、令狐德棻之徒先为定例。盖义例既定,则一史之内,凡秉笔者皆遵用之,其取舍详略、褒贬是非,必使后人皆有考焉。今之《新书》(指《新唐书》,下同)则不然,取彼例以较此例则不同,取前传以比后传则不合,详略不一,如《中宗纪》前与诸帝纪不同,诸帝纪亦自详略不同之类。去取未明,如皇太子改名并诞节名及上寿皆不书,而上尊号则书之类。一史之内,为体各殊,岂非初无义例之故欤?"又如"为史之要有三:一曰事实,二曰褒贬,三曰文采。有是事而如是书,斯谓事实。因事实而寓惩劝,斯谓褒贬。事实褒贬既得矣,必资文采以行之,夫然后成史。至于事得其实矣,而褒贬文采则阙焉,虽未能成书,犹不失为史之意。若乃事实未明,而徒以褒贬、文采为事,则是既不成书,而又失为史之意矣。《新书》之病,正在于此。其始也,不考其虚实有无,不校其彼此同异,修纪、志者则专以褒贬笔削自任,修传者则独以文辞华采为先,不相通知,各从所好。其终也,遂合为一书而上之。故今之《新书》,其间或举以相校,则往往不啻白黑方圆之不同。是盖不考事实,不相通知之所致也。斯岂非刊修者不知其要,而各徇私好之故欤?"参与撰修此书的人很多,拖的时间很长,而实际修书的时间很短,吴缜又云:"《唐书》自建局至印行罢局,几二十年,修书官初无定员,皆兼莅它务,或出领外官。其书既无期会,得以安衍自肆,苟度岁月。如是者将十五年,而书犹未有绪。暨朝廷讶其淹久,屡加督促,往往遣使就官所取之,于是乃仓猝牵课,以

---

① (宋)吴缜《新唐书纠谬》卷首,文渊阁四库全书本,下同。

书来上。然则是书之不能完整,又何足怪,岂非课程不立之故欤?"这几乎是集体修书,特别是官修书的通病,特别值得今人引以为戒。

宋代是我国史学最发达的时代,宋代的不少史学名著都出自蜀人之手。北宋范镇参与了欧阳修《新唐书》的编纂,范祖禹参与了司马光《资治通鉴》的编纂,并自著《唐鉴》十二卷,是宋代的唐史专家。苏辙著《古史》六十卷以纠补《史记》之失,《四库全书总目》称"其去取之间,亦颇为不苟"。南宋史学更发达,李焘有煌煌巨著《续资治通鉴长编》一千余卷(今存五百余卷),为研究北宋历史保存了丰富的资料。李心传著《建炎以来系年要录》二百卷、《建炎以来朝野杂记》四十卷,为研究南宋前期历史,特别是高宗期的历史提供了丰富的史料。

四 袁枢《通鉴纪事本末》与纪事本末体史书

特别值得一提的是南宋产出现了一种新的史书体裁,这就是纪事本末体,它以重大历史事件分别立目,独立成篇,各篇又按事件的时间顺序撰写。南宋袁枢的《通鉴纪事本末》,是为补《资治通鉴》史事分散之不足而作的。

袁枢(1131—1205)字机仲,建宁建安(今福建建瓯)人。隆兴元年(1163)进士。历任温州判官、兴化军教授、严州教授、太府丞兼国史院编修官、权工部郎官兼吏部郎官、吏部员外郎、大理少卿,出知常德府、江陵府等职。喜读《资治通鉴》,苦其浩博,乃著《通鉴纪事本末》四十二卷,创纪事本末体这一新的史体。杨万里《袁机仲通鉴本末序》云:"予每读《通鉴》之书,见其事之肇于斯,则惜其事之不竟于斯,盖事以年隔,年以事析,遭其初莫绎其终,揽其终莫志其初,如山之峨,如海之茫,盖编年系日,其体然也。今读子袁子此书,如生乎其时,亲见乎其事,使人喜,使人悲,使人鼓舞,未既而继之以叹且泣也。嗟乎! 由周秦以来,曰诸侯,曰大盗,曰女主,曰外戚,曰宦官,曰权臣,曰夷狄,曰藩镇,亦不一矣,而其源亦不一哉? 盖安史之乱,则林甫之为也;藩镇之祸,则令孜之为也,其源不一哉? 得其病之之源,则得其医之之方矣,此书是也。有国者不可无此书,前有奸而不察,后有邪而不悟;学者不可以无此书,进有行而无征,退有蓄而无宗。此书也,其入《通鉴》之户欤! 虽然,亲人之病,戚人之病,理人之病,得人之病,至于身之病不懵焉,不讳焉,不医之距焉,不医而缪其医焉,古亦稀矣。彼暗而此昭宜也,切于人,纾于身,可哀也夫。"①吕祖谦《书袁机仲国录〈通鉴纪事本末〉后》云:"《通鉴》之行,百年矣,综理经纬,少或知之,习其读而不识其纲,则所同病也。

---

① (宋)杨万里《诚斋集》卷七十九,文渊阁四库全书本。

今袁子掇其体大者，区别终始，使司马公之微旨，自是可考。躬其难而遗学者以易，意亦笃矣。"①朱熹《跋通鉴纪事本末》云："司马温公受诏纂述《资治通鉴》，然后千三百六十二年之事，编年系日，如指诸掌……伟哉书乎！自汉以来，未始有也。"但也有缺点："一事之首尾，或散出于数十百年之间，不相缀属，读者病之。"这正是袁枢创纪事本末体的原因："今建安袁君机仲，乃以暇日作为此书，以便学者。其部居门目，始终离合之间，又皆曲有微意，于以错综温公之书，其亦《国语》之流矣。"乾隆《御制题宋版通鉴纪事本末》云："涑水（司马光）编年著《通鉴》，建安（袁枢）《纪事》别成书。兴亡本末为金镜，条理因依若辅车。虽有增前斯数典，便称续后此开初。淳熙纸墨香天禄，玩味孜孜日警予。"②《四库全书总目》卷四九《通鉴纪事本末》提要也说："古之史策，编年而已，周以前无异轨也；司马迁作《史记》，遂有纪传一体，唐以前亦无异轨也；至宋袁枢以《通鉴》旧文，每事为篇，各排比其次第而详叙其始终，命曰'纪事本末'，史遂又有此一体。"又云："唐刘知幾作《史通》叙述史例，首列六家，总归二体，自汉以来，不过纪传、编年两法，乘除互用。然纪传之法，或一事而复见数篇，宾主莫辨；编年之法，或一事而隔越数卷，首尾难稽。枢乃自出新意，因司马光《资治通鉴》，区别门目，以类排纂，每事各详起讫，自为标题，每篇各编年月，自为首尾。始于三家之分晋，终于周世宗之征淮南，包括数千年事迹，经纬明晰，节目详具，前后始末，一览了然。遂使纪传、编年贯通为一，实前古之所未见也。"正因纪事本末体篇幅适中，兼有纪传、编年二者之长而去其所短，故后世纷纷效仿，已有《左传纪事本末》五十三卷，清高士奇撰；《宋史纪事本末》二十八卷，明陈邦瞻撰；《元史纪事本末》四卷，明陈邦瞻撰；《明史纪事本末》八十卷，清谷应泰撰；《清史纪事本末》八十卷，民国初年黄鸿寿撰，已形成完整的纪事本末体系列。

　　以纪事本末名书虽始于袁枢，但正如清孙德谦《六朝丽指》所说"文章体制，原本六经"，以重大历史事件为纲撰史也源自先秦，宋林之奇《尚书全解》卷三云："其言既约，其体至备。以为治天下之具而为二典者，推而明之，所记者岂独其迹哉？并与其精微之意而传之，小大精粗无不尽也。本末先后无不具也。"③可见《尚书》已兼具纪事本末之体。《魏书·元晖传》载："晖颇爱文学，招集儒士崔鸿等撰录百家要事，以类相从，名为《科录》，凡二百七十卷，上起伏羲，迄于晋宋，凡十四代，晖疾笃，表上之。"刘知幾《史通》卷一《六家第一》云："元魏济阴王晖业又著《科录》二百七十卷，其断限

① （宋）吕祖谦《东莱集》卷七，文渊阁四库全书本。
② （宋）袁枢《通鉴纪事本末》卷首，文渊阁四库全书本。
③ （宋）林之奇《尚书全解》，文渊阁四库全书本。

亦起自上古而终于宋年,其编次多依仿通史而取其行事尤相似者,共为一科,故以《科录》为号。"可见《科录》就是分科分类纪事,上起伏羲,迄于晋宋,百家要事,以类相从,其体例已与袁枢《通鉴纪事本末》相近,也是通史纪事体,惜其书失传。《隋书》卷六九《王劭传》载:"劭在著作将二十年,专典国史,撰《隋书》八十卷,多录口敕,又采迂怪不经之语及委巷之言,以类相从,为其题目,辞义繁杂,无足称者。"刘知几《史通》卷一又云:"隋秘书监太原王劭又录开皇仁寿时事,编而次之,以类相从,各为其目,勒成《隋书》八十卷,寻其义例皆准《尚书》。"虽"无足称",但"以类相从,各为其目",正是袁枢《通鉴纪事本末》的编撰法。"寻其义例皆准《尚书》",也同样说明《尚书》实为纪事本末体之源。

以纪事本末体编史虽非始于袁枢,但以"纪事本末"名书实起于袁枢,却未为历代目录分类所采用。《通鉴纪事本末》、《左传纪事本末》、《宋史纪事本末》、《元史纪事本末》、《明史纪事本末》或列入编年类,或列入《春秋》类,或列入正史类,直至《四库全书总目》始有"纪事本末体"的提法。《四库全书总目》卷五○虽仍把《通鉴纪事本末》列入"别史类",但已有"袁枢纪事本末体"之说,卷六六《韩氏事迹》、《方氏事迹》云:"二家事迹分年编载,略如纪事本末体例。"别史类《春秋战国异辞目录》提要云:"马骕《绎史》用袁枢纪事本末体。"《万寿盛典初集》云:"是书所纪,悉考各衙门档案章奏,据实排纂,仿纪事本末体式,各为起讫,各编年月。"

五　郑樵典章体史书《通志》及其丰富的文(史)体论

纪传体史书往往以"书"或"志"记载典章制度,与此相类,还有一种典章类史书即如唐杜佑《通典》、宋郑樵《通志》之类,它们记载食货、选举、职官、礼、乐、兵、刑、州郡、边防的有关体制。

郑樵(1104—1162)字渔仲,兴化军莆田(今属福建)人,世称夹漈先生。一生不应科举,立志遍读古今之书,毕生从事学术研究,在经学、史学、语言学、文献学等方面都颇有成就。其《献皇帝书》云:"十年为经旨之学,以其所得者作《书考》,作《书辨讹》,作《诗传》,作《诗辨妄》,作《春秋传》,作《春秋考》,作《诸经略》,作《刊谬正俗跋》。三年为礼乐之学,以其所得者作《谥法》,作《运祀议》,作《乡饮礼》,作《乡饮驳议》,作《系声乐府》。三年为文字之学,以其所得者作《象类书》,作《字始连环》,作《续汗简》,作《石鼓文考》,作《梵书编》,作《分音》之类。五六年为天文地理之学,为虫鱼草木之学:以天文地理之所得者作《春秋地名》,作《百川源委图》,作《春秋列传图》,作《分野记》,作《大象略》;以虫鱼草木之所得者作《尔雅注》,作《诗名物志》,作《本草成书》,作《草木外类》;以方书之所得者,作《鹤顶方》,作《食鉴》,作《采治录》,作《畏恶录》。八九年为讨论之学,为图谱之学,为亡书之学:以讨论之所得者作《群书会纪》,作《校雠备论》,作《书目正讹》;以图谱之所得者作《图书志》,作《图书谱有无记》,作《氏族源》;以亡书之所得者作《求书阙记》,作《求书外记》,作《集古系时录》,作《集古系地录》。此皆已成之书也。其未成之书,在礼乐则有《器服图》,在文字则有《字书》,有《音读》之书,在天文则有《天文志》,在地理则有《郡县迁革志》,在虫鱼草木则有《动植志》,在图谱则有《氏族志》,在亡书则有《亡书备载》。二三年间可以就绪。如词章之文,论说之集虽多,不得而与焉。"①但这些书多已散佚,今存仅其《通志》、《夹漈遗稿》、《尔雅注》、《诗辨妄》。

　　其《上宰相书》提出了很多与文体有关的重要观点,一是认为修书、作文实为二事:"修书自是一家,作文自是一家。修书之人必能文,能文之人未必能修书,若之何后世皆以文人修书?"二是修书亦不同体,强调"自得":"天文之赋万物也,皆不同形,故人心之不同犹人面。凡赋物不同形,然后为造化之妙;修书不同体,然后为自得之工,仲尼取虞、夏、商、周、秦、晋之书为一书,每书之篇语言既殊,体制亦异;及乎《春秋》,则又异于《书》矣。袭《书》、《春秋》之作者,司马迁也,又与二书不同体。以其自成一家言,始为自得之书。后之史家,初无所得,自同于马迁。马迁之书,迁之面也,假迁之面而为己之面,可乎?"三是强调会通:"且天下之理,不可以不会;古今之道,不可以不通。会通之义大矣哉!仲尼之为书也,凡典、谟、训、诰、誓、命之书,散在天下,仲尼会其书而为一。举而推之,上通于尧舜,旁通于秦鲁,使天下无逸书,世代无绝绪,然后为成书。史家据一代之史,不能通前代之史;本一书而修,不能会天下之书而修,故后代与前代之事,不相因依。又诸家之书散落人间,靡所底定,安得为成书乎?"他对自己所撰《通志》的体例是颇为自负的:"其书上自羲皇,下逮五代,集天下之书为一书。惟虚言之书,不在所用。虽曰继马迁之作,凡例殊途,经纬异制,自有成法,不蹈前修。观《春秋地名》,则樵之《地理志》异乎诸史之《地理》;观《群书会记》,则知樵之《艺文志》异乎诸史之《艺文》;观樵《分野记》、《大象略》之类,则《天文志》可知;观樵《谥法》、《运祀议》、《乡饮礼》、《系声乐府》之类,则《礼乐志》可知;观樵之《象类书》、《论梵书》之类,则知樵所作字书非许慎之徒所得而闻;观樵之《分音》、《类韵》、《字始连环》之类,则知樵所作韵书,非沈约之徒所得而闻;观《本草成书》、《尔雅注》、《诗名物志》之类,则知樵所识鸟兽草木之名,于陆玑、郭璞之徒有一日之长;观《图书志》、《集古系时录》、《校雠备论》,则知樵校雠之集,于刘向、虞世南之徒有一日之长。以此

①　(宋)郑樵《夹漈遗稿》卷二,文渊阁四库全书本。

观之，则知樵之修书，断不用诸史旧例。明验在前，小人岂敢厚诬君子！"

乾隆《御制重刻通志序》对《通志》评价很高："宋郑樵氏以闳通之学思欲极古今之变，会通于一，仿历代史例，采正史及百家杂录为纪传，为谱，为略，所撰二十略者，包罗天人，错综政典，该括名物，上下数千年，首尾相属，用功亦良勤矣。观其诋诃司马迁、班固之失，高自称许，谓足以尽学者之能事，岂不卓然雄视著作之林？而后人复历举其疏漏，如马端临《通考》之所议者，则亦不能为之讳也。夫博物洽闻之士，殚毕生之精力，从容几研，囊括贯串，勒为成书，宜其援据精而条理密，顾纪事纂言尚不免于纰缪若此，岂非所谓多而不能无失者欤。"①《四库全书总目》提要既批评他过于自负，但也承认他确有自负的资本："《上宰相书》、《上方礼部书》，放言纵论，排斥古人，秦汉来著述之家无一书能当其意。至《投宇文枢密》、《江给事》二书置学问而夸抱负，益傲睨万状，不可一世。其器量殊嫌浅狭。然南北宋间，记诵之富，考证之勤，实未有过于樵者，其高自位置，亦非尽无因也。"

《通志》共二百卷，分传、谱、略三部分。二十略共五十二卷，为全书精华。其中的《校雠略》和《艺文略》是研究中国目录学、校雠学的重要文献。在《校雠略》中，他从理论上阐明了图书采访、类例、著录、注释的观点。在《艺文略》中，他突破前人所用的四分、五分、六分、七分、九分等文献分类方法，创立了十二类，力图全面、系统地反映当时的文献存亡情况，超越了前人，取得很大成就。

《通志》在文体的体裁、风格、体类（题材分类）等方面多有独到见解，对研究宋代文体论十分重要。其《六经奥论》（作者有争论）卷三《读诗法》云："夫文章之体有二：有史传之文，有歌咏之文。史传之文，以实录为主，秋豪之善，不私假人；歌咏之文，扬其善而隐其恶，大其美而张其功。"《通志》对"史传之文"、"歌咏之文"都有详尽论述。《通志》特别是《通志总序》，对文体（史体）的论述十分广泛深入，概而言之，有下述重要观点：

第一，立言贵会通："百川异趋，必会于海，然后九州无浸淫之患；万国殊途，必通诸夏，然后八荒无壅滞之忧。会通之义大矣哉！自书契以来，立言者虽多，惟仲尼以天纵之圣，故总《诗》、《书》、《礼》、《乐》而会于一手，然后能同天下之文；贯二帝三王而通为一家，然后能极古今之变。是以其道光明，百世之上、百世之下不能及。仲尼既没，百家诸子兴焉，各效《论语》，以空言著书。至于历代实迹，无所纪系。"

第二，《史记》亦能会通，而班固《汉书》只会抄袭，并详论《史记》诸体。《史记》分为本纪、世家、表、书、传五体，可与六经媲美："自《春秋》之后，惟《史记》擅制作之规

---

① （宋）郑樵《通志》卷首，文渊阁四库全书本。

模";"迨汉建元、元封之后，司马氏父子（谈、迁）出焉。司马氏世司典籍，工于制作，故能上稽仲尼之意，会《诗》、《书》、《左传》、《国语》、《世本》、《战国策》、《楚汉春秋》之言，通黄帝、尧、舜至于秦、汉之世，勒成一书，分为五体：本纪纪年，世家传代，表以正历，书以类事，传以著人。使百代而下，史官不能易其法，学者不能舍其书。六经之后，惟有此作，故谓周公五百岁而有孔子，孔子五百岁而在斯乎！是其所以自待者已不浅。"惜汉初的司马迁未能尽见天下之书，不仅"博不足"，而且"雅不足"："大著述者，必深于博雅，而尽见天下之书，然后无遗恨。当迁之时，挟书之律初除，得书之路未广，亘三千年之史籍，而局蹐于七八种书，所可为迁恨者，博不足也。凡著书者，虽采前人之书，必自成一家言。左氏，楚人也，所见多矣，而其书尽楚人之辞；公羊，齐人也，所闻多矣，而其书皆齐人之语。今迁书全用旧文，间以俚语，良由采摭未备，笔削不遑，故曰：'予不敢堕先人之言。'乃述故事，整齐其传，非所谓作也。刘知几亦讥其多聚旧记，时插杂言，所可为迁恨者，雅不足也。"他认为"大抵开基之人，不免草创，全属继志之士为之弥缝"。而班固《汉书》只会抄袭，不能弥缝："不幸班固非其人，遂失会通之旨。司马氏之门户，自此衰矣！班固者，浮华之士也，全无学术，专事剽窃自高祖至武帝，凡六世之前，尽窃迁书，不以为惭。自昭帝至平帝，凡六世，资于贾逵、刘歆，复不以为耻。况又有曹大家终篇，则固之自为书也几希……后世众手修书，道傍筑室，掠人之文，窃钟掩耳，皆固之作俑也。"可见"掠人之文，窃钟掩耳"，古已有之，只是于今为甚耳。其《年谱序》亦论及纪、传、表、志，颇为简明："纪者，袭编年之遗风；传者，记一身之行事。修史之家莫易于纪传，莫难于表、志。"强调史贵客观，反对党同伐异："曹魏指吴蜀为寇，北朝指东晋为僭，南谓北为索虏，北谓南为岛夷。《齐史》称梁军为义军，谋人之国，可以为义乎？《隋书》称唐兵为义兵，伐人之君，可以为义乎？ 房元（玄）龄董史册，故房彦谦擅美名；虞世南预修书，故虞荔、虞寄有嘉传。甚者桀犬吠尧，吠非其主。《晋史》党晋而不有魏，凡忠于魏者，目为叛臣，王凌、诸葛诞、毋邱俭之徒，抱屈黄壤。《齐史》党齐而不有宋，凡忠于宋者，目为逆党，袁粲、刘秉、沈攸之之徒，含冤九原。噫！天日在上，安可如斯？似此之类，历世有之，伤风败义，莫大乎此。迁法既失，固弊日深，自东都至江左，无一人能觉其非。"

第三，阐明了他对多种文体的看法，一论表："《史记》一书，功在十表，犹衣裳之有冠冕，木水之有本原。"《汉书》为断代史，却以自尧至汉的各代人物为表："班固不通，旁行邪上，以古今人物强立差等，且谓汉绍尧运，自当继尧，非（指责）迁作《史记》厕于秦项，此则无稽之谈也。由其断汉为书，是致周、秦不相因，古今成间隔……往往出固之胸中者，《古今人表》耳，他人无此谬也。"其《上宰相书》则云："马迁之法，得处在《表》，用处在《纪》、《传》。以其至要者，条而为纲；以其滋蔓者，厘而为目。后之史家

234

既自不通司马迁作《表》之意,是未知迁书之所在也。"

二论赞,他称美班彪续司马迁之书,"自孝武至于后汉",就未抄袭《史记》,惜其书已佚,"所可见者,元、成二帝赞耳,皆于本纪之外,别记所闻,可谓深入太史公之闫奥矣"。赞有不同称谓,或谓君子曰,或谓太史公曰,或谓之论,或谓之序,或谓之铨,或谓之评,但皆"别记所闻":"凡左氏之有'君子曰'者,皆经之新意;《史记》之有'太史公曰'者,皆史之外事,不为褒贬也。间有及褒贬者,褚先生之徒杂之耳。"因为史书所记史实本身已寓褒贬:"纪传之中,既载善恶,足为鉴戒,何必于纪传之后,更加褒贬? 此乃诸生决科之文,安可施于著述? 殆非迁、彪之意";"史册以详文该事,善恶已彰,无待美刺。读萧、曹之行事,岂不知其忠良? 见莽、卓之所为,岂不知其凶逆?"而且贬与赞也相矛盾:"况谓为赞,岂有贬辞? 后之史家,或谓之论,或谓之序,或谓之铨,或谓之评,皆效班固,臣不得不剧论固也。"

三论志:"江淹有言:修史之难,无出于志。诚以志者,宪章之所系,非老于典故者不能为也。不比纪传,纪则以年包事,传则以事系人,儒学之士,皆能为之,惟有志难。其次莫如表,所以范煜、陈寿之徒,能为纪传而不敢作表、志。"志也有不同称谓,郑樵统称为"略",多为自创:"志之大原,起于《尔雅》,司马迁曰书,班固曰志,蔡邕曰意,华峤曰典,张勃曰录,何法盛曰说。余史并承班固,谓之志,皆详于浮言,略于事实,不足以尽《尔雅》之义。臣今总天下之大学术而条其纲目,名之曰略,凡二十略,百代之宪章,学者之能事,尽于此矣。其五略,汉唐诸儒所得而闻;其十五略,汉唐诸儒所不得而闻也。"

四论诗乐,《诗》之风、雅、颂即古之乐:"乐以诗为本,诗以声为用。风土之音曰风,朝廷之音曰雅,宗庙之音曰颂。仲尼编诗为正乐也,以风、雅、颂之歌为燕享祭祀之乐。"乐府即汉之乐:"继风、雅之作者,乐府也。史家不明仲尼之意,弃乐府不收,乃取工伎之作,以为志(指《乐志》)。"其《乐府总序》(卷四九)论诗、辞曲、乐府的关系云:"古之诗,今之辞曲也……继三代之作者,乐府也。乐府之作,宛同风、雅,但其声散佚,无所纪系,所以不得嗣续风、雅而为流通也。"其《正声序论》论之尤详,论及诗、歌、曲、行、引、操、吟、弄等等:"古之诗曰歌行,后之诗曰古、近二体。歌行主声,(古、近)二体主文。诗为声也,不为文也。浩歌长啸,古人之深趣。今人既不尚啸,而又失其歌诗之旨,所以无乐事也。凡律其辞则谓之诗,声其诗则谓之歌,作诗未有不歌者也。诗者,乐章也,或形之歌咏,或散之律吕,各随所主而命。主于人之声者,则有行,有曲。散歌谓之行,入乐谓之曲。主于丝竹之音者,则有引,有操,有吟,有弄,各有调以主之,摄其音谓之调,总其调亦谓之曲。凡歌行虽主人声,其中调者皆可以被之丝竹。凡引、操、吟、弄虽主丝竹,其有辞者皆可以形之歌咏。盖主于人者有声必有辞,主于丝竹者取音而已,不必有辞。其有辞者通可歌也。近世论歌行者,求名以义,强生分别,正犹汉儒不识风、雅、颂之声,而以义论诗也……二体之作,失其诗矣。纵者谓之古,拘者谓之律,一言一句,穷极物情,工则工矣,将如乐何?"卷四九《乐略》还十分具体地论及汉短箫铙歌二十二曲,汉鞞舞歌五曲,拂舞歌五曲,魏武帝分《碣石》为四曲,共八曲,鼓角横吹十五曲,胡角十曲,相和歌三十曲,相和歌吟叹四曲,相和歌四弦一曲,相和歌平调七曲,相和歌清调六曲,相和歌瑟调三十八曲,相和歌楚调十曲,大曲十五曲,《白纻歌》一曲,梁武改为《子夜》、《吴声四时歌》四曲,共五曲,清商曲七曲,琴操五十七曲,遗声序论古调二十四曲,征成十五曲,游侠二十一曲,行乐十八曲,佳丽四十七曲,别离十九曲,怨思二十五曲,歌舞二十一曲,丝竹十一曲,觞酌七曲,宫苑十九曲,都邑三十四曲,道路六曲,时景二十五曲,人生四曲,人物九曲,神仙二十二曲,梵竺四曲,蕃胡四曲,山水二十四曲,草木二十一曲,车马六曲,龙鱼六曲,鸟兽二十一曲,杂体六曲,汉武郊祀歌十九章,班固东都五诗,梁武雅歌十二曲,唐雅乐十二和曲,祀汉三侯之章,汉房中祠乐十七章,隋房内曲二首,梁武帝述佛法十曲,陈后主四曲,北齐后主二曲,唐七朝五十五曲,立部伎八曲,坐部伎六曲,文武舞二十曲,等等,文繁不录。但从列目中也不难看出《通志》的体类观,即在各体之下再按题材分类。

五论年谱,其《年谱序》云:"为天下者不可以无书,为书者不可以无图谱。图载象,谱载系。为图所以周知远近,为谱所以洞察古今。故古者记年谓之谱。桓君山曰:太史公三代世表,旁行邪上,并效周谱,则知成周纪年之籍,谓之谱也。太史公改谱为表,何法盛改表为注,皆远于义,不若遵周典也。"

最后论编次之难,卷七一《校雠略·编次之讹》云:"《隋志》所类无不当理,然亦有错收者。《谥法》三部已见经解类矣,而汝南君《谥议》又见仪注,何也?后人更不考其错误,而复因之,按《唐志·经解类》已有《谥法》,复于《仪注类》出。"又云:"古今编书所不能分者五:一曰传记,二曰杂家,三曰小说,四曰杂史,五曰故事。凡此五类之书,足相紊乱,又如文史与诗话亦能相滥。"

六　孙甫《唐史论断》的史体论

宋代史评类著述也不少,如吕夏卿的《唐书直笔》,司马光的《史剡》,胡寅的《至堂读史管见》,范祖禹的《唐鉴》,李焘的《六朝通鉴博议》,李舜臣的《江东十鉴》,无名氏的《历代名贤确论》等,但多限于对历史人物、历史事件的评论,在史体论上没有一部可与唐代刘知幾的《史通》媲美。这里只谈一下孙甫的《唐史论断》论史书"体不同而意同"。

孙甫(998—1057)字之翰,许州阳翟(今河南禹州)人。少好学,日诵数千言,仰慕

236

孙何为古文。天圣五年(1027)，得同学究出身，为汝阳主簿。八年再举进士及第。孙甫博学强记，尤详唐代史实，著有《唐史记》七十五卷，言治乱得失，议论宏赡，宋寒滨谓其"有才术"、"有学术"①，明杨慎谓其"笔力在范祖禹之上"②。又著有文集七卷，今已佚。其著述现存《唐史论断》三卷。

其《唐史论断序》称美编年体史书"体正而文简"，认为《尚书》、《春秋》之异同，二书皆属六经，"二经体不同而意同"：

> 古之史，《尚书》、《春秋》是也，二经体不同而意同。《尚书》记治世之事，作教之书也。故百篇皆由圣人立，不以恶事名，虽桀纣之恶，亦用汤武之事而见，不特书也。但圣贤顺时通变，言与事各有所宜，为史者从而记之。有经圣人所定典谟训诰、誓命之文，体虽不一，皆足以作教于世也。《春秋》记乱世之事，立法之书也。圣人出于季世，睹时之乱，居下而不能治，故主大中之法，裁判天下善恶，而明之以王制。是圣人于衰乱之时，起至治之法，非谨其文，则不能正时事而垂大典矣。此《尚书》、《春秋》之体所以不同也。然《尚书》记治世之事，使圣贤之所为，传之不朽，为君者、为臣者见为善之效，安得不说而行之？此劝之之道也。其间因见恶事致败乱之端，此又所以为戒也。《春秋》记乱世之事，以褒贬代王者之赏罚，时之为恶者众，率辩其心迹而贬之，使恶名不朽，为君者、为臣者见为恶之效，安得不惧而防之？此戒之之道也。其间有善事者，明其心迹而褒之，使光辉于世，此又所以为劝也。是《尚书》、《春秋》记治乱虽异，其于劝戒，则大意同也。③

之所以说《尚书》、《春秋》"二经体不同"，是因为《尚书》是"记治世之事"，是"作教之书也"；《春秋》是"记乱世之事"，是"立法之书也"："此《尚书》、《春秋》之体所以不同也"。之所以说它们"意同"，是因为《尚书》、《春秋》所记治乱虽异，"其于劝戒，则大意同也"，认为"后之为史者，欲明治乱之本，谨戒劝之道，不师《尚书》、《春秋》之意，何以为法"？

接着他对司马迁的《史记》进行了尖锐的批评，一是不明"治乱之本、劝戒之道"："司马迁修《史记》，破编年体，创为纪传，盖务便于记事也。记事便则所取博，故奇异

① (宋)韩淲《涧泉日记》卷中，文渊阁四库全书本。
② (明)杨慎《丹铅余录》卷五，文渊阁四库全书本。
③ (宋)孙甫《唐史论断》卷首，文渊阁四库全书本。

细碎之事皆载焉。虽贯穿群书，才力雄俊，于治乱之本、劝戒之道，则乱杂而不明矣。"二是文繁："纪传所记一事分为数处，前后屡出，比于编年则文繁。"三是不明"治之本"，"乱之由"："史之纪事，莫大乎治乱。君令于上，臣行于下；臣谋于前，君纳于后。事臧则成，否则败，成则治之本，败则乱之由。此当谨记之。某年君臣有谋议，将相有功勋，纪多不书，必俟其臣殁而备载于传，是人臣得专有其谋议功勋也。《尚书》虽不谨编年之法，君臣之事，年代有序。羲和之业，固载于《尧典》；稷、契、皋、夔之功，固载于《舜典》。三代君臣之事，亦犹是焉。迁以人臣谋议功勋，与其家行细事杂载于传中，其体便乎？复有过差邪恶之事，以君危乱，不于当年书之以为深戒，岂非失之大者？"又云："迁之为纪也，周而上多载经典之事，固无所发明。至秦汉纪，并直书其事，何尝有法？纪无法，传何释焉？"但他也不赞成"史之体必尚编年，纪传不可为"的说法："为史者习尚纪传久矣，历代以为大典，必论之以复古则泥矣。有能编列君臣之事，善恶得实，不尚僻怪，不务繁碎，明治乱之本，谨劝戒之道，虽为纪传亦可矣。必论其至，则不若编年体正而文简也。"

最后，他批评《唐书》指刘昫《旧唐书》不得史体之法："甫尝有志于史，窃慕古史体法，欲为之。因读唐之诸书，见太宗功德法制与三代圣王并，后帝英明不逮，又或不能守其法，仍有荒纵狠忌庸懦之君，故治少而乱多。然有天下三百年，则贞观功德之远也。《唐书》繁冗遗略，多失体，诸事或大而不具，或小而悉记，或一事别出而意不相照。怪异猥俗，无所不有。治乱之迹，散于纪传中，杂而不显。此固不足以彰明贞观功德法制之本、一代兴衰之由也。"唐《实录》虽"差胜于他书"，但亦失"为史之道"："观高祖至文宗《实录》，叙事详备，差胜于他书，其间文理明白者尤胜焉。至治乱之本亦未之明，记事务广也；劝戒之道亦未之著，褒贬不精也。为史之体亦未之具，不为编年之体，君臣之事，多离而书之也。又要切之事或有遗略，君臣善恶之细、四方事务之繁，或备书之。此于为史之道，亦甚失矣。"因此他想撰编年体的《唐史记》，欲"据《实录》与书，兼采诸家著录，参验不差、足以传信者，修为《唐史记》"。并详述其体例云："旧史之文繁者删之，失去就者改之，意不足而有它证者补之，事之不要者去之，要而遗者增之，是非不明者正之。用编年之体，所以次序君臣之事。所书之法，虽宗二经文意，其体略与《实录》相类者，以唐之一代有治有乱，不可全法《尚书》《春秋》之体，又不敢僭作经之名也。"对纪传体的"郊庙、礼乐、律历、灾祥之事，官职、刑法、食货、州郡之制"，则"但记其大要，以明法度政教之体"。自康定元年到嘉祐元年，已"成七十五卷"，但因财力不足，故先撰成《唐史论断》"九十二首，观者无忽，不止唐之安危常为世鉴矣"。正如《四库全书总目·唐史论断》提要所说："曾巩、欧阳修所作墓志、行状及司马光题跋，苏轼《答李廌书》亦皆推许甚至，《朱子语类》尝称《唐论》精练，说利害

238

如身处亲历之,但理不及《唐鉴》。又称吕伯恭晚年谓《唐论》胜《唐鉴》。"

七　史部目录书中的图书分类及文体论

宋代史部目录书以王尧臣等的《崇文总目》,尤袤的《遂初堂书目》,晁公武的《郡斋读书志》和陈振孙的《直斋书录解题》为最著名。目录书中的图书分类法往往能间接体现出作者的文体分类意见。

王尧臣(1003—1058)字伯庸,宋州虞城(今属河南)。天圣五年(1027)进士第一,为将作监丞,通判湖州,官至参知政事。事迹见欧阳修《王公墓志铭》、《宋史》卷二九二本传。他执掌制诰十余年,文辞温丽典雅,著有文集五十卷(已佚);谙熟宋代文献,与欧阳修等同修《崇文总目》六十六卷。原书每条之下俱有序说。南宋时,郑樵作《通志》,谓其文繁无用,去其序释,故晁公武《郡斋读书志》、陈振孙《直斋书录解题》著录皆云一卷,为刊除序释之本。四库馆臣搜辑排比,尚得十之三四,较胜于无,厘为十二卷。今本多列作者、书名、卷次,很少涉及文体,仅卷三论正史云:"自司马氏(迁)上采黄帝迄于汉武。始成《史记》之一家,由汉以来千有余岁,其君臣善恶之迹,史氏详焉。虽其文质不同,要其治乱兴废之本,可以考焉。"

尤袤(1127—1194)字延之,号遂初,又号梁溪,无锡(今属江苏)人。绍兴十八年(1148)进士。官至礼部尚书兼侍读,谥文简。事迹见《宋史》卷三八九本传。著有《梁溪集》五十卷,《宋史》本传称有《遂初小稿》六十卷、《内外制》三十卷,均佚。清康熙间,尤侗得朱彝尊所收辑遗文,刊成《梁溪遗稿》二卷。尤袤与陆游、范成大、杨万里并称为南宋诗人四大家,或称"中兴四大家"。惜其诗大都散佚,《四库全书总目》卷一六〇谓"篇什寥寥,未足定其优劣"。尤袤博极群书,记忆尤强,杨万里称之为"书府",时人呼为"尤书橱"。李焘云:"延之于书靡不观,观书靡不记。每公退则闭户谢客,日记手抄若干古书,其子弟及诸女亦抄书。一日谓予曰:'吾所抄书今若干卷,将汇而目之,饥读之以当肉,寒读之以当裘,孤寂而读之以当朋友,忧而读之以当金石琴瑟也。'"①可见他对书之嗜好。

尤袤所著《遂初堂书目》一卷,虽未论及文体,但从中可看出他的图书、文体分类意见,《四库全书·遂初堂书目》提要云:"其书分经为九门,曰经总类、周易类、尚书类、诗类、礼类、乐类、春秋类、论语孝经孟子类、小学类。分史为十八门,曰正史类、编年类、杂史类、故事类、杂传类、伪史类、国史类、本朝杂史类、本朝故事类、本朝杂传

---

① 　(宋)尤袤《遂初堂书目》末附《遂初堂书目后序》,文渊阁四库全书本。

类、实录类、职官类、仪注类、刑法类、姓氏类、史学类、录类、地理类。分子为十二门，曰儒家类、杂家类、道家类、释家类、农家类、兵书类、术家类、小说类、杂艺类、谱录类、类书类、医书类。分集为五门，曰别集类、章奏类、总集类、文史类、乐典类，诸书皆无解题，也不载卷数及撰人……其子部别立谱录一门，以收《香谱》《石谱》《蟹录》之属无类可附者，为例最善……宋人目录存于今者，《崇文总目》已无完书，惟此与晁公武志为最古，固考证家之所必稽矣。"

晁公武(1105—1180)字子止，号昭德先生。巨野(今属山东)人。晁冲之之子。学有渊源，读书广，历事多，故为文"能言当时理乱兴丧之由，而明乎得失之迹；道往事，诵遗风，而又能达之乎文辞以传"①。诗亦清丽豪健。建有"郡斋"藏书处，并编撰出我国现存最早的提要式目录著作《郡斋读书志》，共著录他实际收藏的图书一千四百余部，基本上包括了南宋以前我国古代的各类主要图书；按经、史、子、集四部分类，部下设类，每类之内，各书大致以时间先后排列；每书皆有提要，少则十余字，多则数百字，这是此书最重要的特色和贡献。其提要内容大体可分四个方面：一是介绍作者，二是评论图书价值，三是记录校本异同，四是判别图书真伪。间亦论及文体，如卷四中论元和体云："(元)稹为文长于诗，与白居易齐名，号元和体，往往播乐府。穆宗在东官，妃嫔近习诵之，宫中呼'元才子'。及知制诰，变诏书体，务纯厚明切，盛传一时。"②又论三十六体云："(李商隐)诗五卷，清新纤艳，故旧史称其与温庭筠、段成式齐名，时号'三十六体'云。"卷四下《陈亚之集一卷》论药名诗起源云："亚之惟滑稽，喜赋药名诗，仕至司封郎中。药诗者，始于唐人张籍，有'江皋岁暮相逢地，黄叶霜前半下枝'之诗。人谓起于亚之，实不然也。"

陈振孙(生卒年不详)初名陈瑗，字伯玉，所居号直斋。安吉(今属浙江)人，一作吴兴(今浙江湖州)人。博通今古，号称醇儒，有声当世。亦能诗，元人程端礼《畏斋集》卷一有《题直斋陈氏诗卷》，但已散佚，《全宋诗》仅存其诗一首。著有《白居易年谱》《直斋书录解题》。

其《直斋书录解题》著录诗文词集，多有简要评语，间亦论及文体。如论司马迁对纪传体的创新云："著书立言，述旧易，作古难。六艺之后有四人焉，撼实而有文采者左氏也，凭虚而有理致者庄子也，屈原变国风、雅、颂而为《离骚》，及子长易编年而为纪传，皆前未有其比，后可以为法。非豪杰特起之士，其孰能之？"③卷八论谱牒体云：

---

① (宋)马端临《文献通考》卷二三八引刘光祖序，文渊阁四库全书本。

② (宋)晁公武《郡斋读书志》卷四中，文渊阁四库全书本。

③ (宋)陈振孙《直斋书录解题》卷四《史记》，文渊阁四库全书本。

"古者赐姓别之,黄帝之子得姓者十四人是也。后世赐姓合之,汉高帝命娄敬、项伯为刘氏是也。惟其别之也,则离析。故古者论姓氏,推其本同,惟其合之也则乱。故后世论姓氏识其本异,自五胡乱华,百宗荡析,夷夏之裔与夫冠冕舆台之子孙,混为一区,不可遽知,此周齐以来谱牒之学所以贵于世也欤。"卷一一论传奇体云:"《传奇》六卷,唐裴铏撰,高骈从事也。尹师鲁初见范文正(仲淹)《岳阳楼记》,曰:'《传奇》体尔。'然文体随时,要之理胜为贵,文正岂可与《传奇》同日语哉! 盖一时戏笑之谈耳。"卷一八论四六文云:"《浮溪集》六十卷,翰林学士婺源汪藻彦章撰。四六偶俪之文,起于齐梁,历隋唐之世,表、章、诏、诰多用之。然令狐楚、李商隐之流号为能者,殊不工也。本朝杨、刘诸名公犹未变唐体,至欧、苏始以博学富文,为大篇长句,叙事达意,无艰难牵强之态。而王荆公尤深厚尔雅,俪语之工,昔所未有。绍圣后置词科,习者益众,格律精严,一字不苟措。若浮溪,尤其集大成者也。"

第三节　宋代子部书中丰富的文体资料

《四库全书》子部类书类《古今源流至论》提要云:"宋自神宗罢诗赋,用策论取士,学者咸思以博综古今,参考典制为务,而又苦其浩瀚,不可猝穷,于是类事之家往往排比联贯,荟粹成书,以供场屋采掇之用。"这是宋代类书特别多的重要原因。《中国丛书综录》明确归入类书类的就有李昉等的《太平御览》,吴淑的《事类赋》,陶毂的《清异录》,王钦若等的《册府元龟》,王令的《十七史蒙求》,高承的《事物纪原》,任广的《书叙指南》,无名氏的《绀珠集》,江少虞的《事实类苑》,叶廷珪的《海录碎事》,吕祖谦的《诗律武库》,无名氏的《锦绣万花谷》,陈傅良的《永嘉八面锋》,祝穆的《事文类聚》,潘自牧的《记纂渊海》,无名氏的《群书会元截江网》,陈景沂的《全芳备祖》,章如愚的《山堂考索》,谢维新的《古今合璧事类》,林駉的《古今源流至论》,王应麟的《玉海》、《辞学指南》、《小学绀珠》,无名氏的《翰苑新书》等等。这里择其要者兼及其他子部书而论之。

一　李昉等编的《太平御览》:宋以前收集文体资料最全

宋主重文,太宗朝编了《太平御览》一千卷、《文苑英华》一千卷、小说五百卷《太平广记》,主持编纂工作的都是宰相李昉,实际参与编纂的人很多,如扈蒙、宋白、徐铉、张洎等。宋王明清《挥麈后录》卷一云:"太平兴国中,诸降王死,其旧臣或宣怨言。太宗尽收用之,置之馆阁,使修群书,如《册府元龟》(误,此为真宗朝编)、《文苑英华》、

《太平广记》之类，广其卷帙，厚其廪禄赡给，以役其心，多卒老于文字之间。"①太宗朝编纂《太平御览》、《文苑英华》、《太平广记》三书的政治目之一就是为了安置有"怨言"的各降国旧臣，使他们"老于文字之间"，但至少在客观上起到了保存和宏扬传统文化的作用。

李昉（925—996）字明远，深州饶阳（今属河北）人。后汉乾祐中举进士，仕汉、周，官至屯田郎中、翰林学士。入宋，官至参知政事，拜平章事，加中书侍郎。《宋史》卷二六五有传。其诗文学白居易，浅近易晓，所编《二李唱和集》，是他诗学白体的集中表现。其淳化四年五月所撰《二李唱和集序》说："昔乐天（白居易）、梦得（刘禹锡）有《刘白唱和集》，流布海内，为不朽之盛事。今之此诗，安知异日不为人之传写乎？"②但他在文化史、文学史上的主要贡献不是他的白体诗，而是主持编纂了《太平御览》、《文苑英华》、《太平广记》三部大书，对宋以前的中国文化与文学进行了全面系统的总结。

明黄正色《刻〈太平御览〉序》云："宋太宗皇帝太平兴国二年三月，诏翰林学士李昉等编集《太平御览》，定为千卷，自坟典丘索、六经子史、稗官蒇说、前言往行，并录兼收，以天文、地理、人事、卉木、昆虫飞走、动植，类聚群分，纲条目贯，具载靡遗。使玩索者属目了心，如指诸掌，譬犹驱云雾而仰日月，诚古今旷典也。"③《四库全书总目》提要首论其取名之由："《太平御览》一千卷，宋李昉等奉敕撰。以太平兴国二年受诏至八年书成，初名《太平编类》，后改为《太平御览》。宋敏求《春明退朝录》谓书成之后，太宗日览三卷，一岁而读周，故赐是名也。"次论"凡分五十五门，征引至为浩博"，洪迈《容斋随笔》称其引用书一千六百九十种，陈振孙《直斋书录解题》、胡应麟《经籍会通》都认为所引书大多采自类书，并非其书宋初尚存，《四库提要》认为"所言良是"。三论《御览》"考证未云精"，此书初以抄本传世，刻本亦讹误特甚，"非老师宿儒，即一篇半简莫能句读，至姓名颠舛，世代鲁鱼，初学之士读之，或取为诗文用，误人不少"。这是北宋初官修四部大书之一，也是保存古代佚书最为丰富的类书之一，所引古书已佚十之七八，奈此书保存一鳞半爪。乾隆《御题〈太平御览〉六韵》云："太平谁不喜，求实非求名。必也励乾惕，还当戒满盈。设徒资黼黻，终致诩丰亨。宋帝怀惭德，三书（即《太平御览》、《文苑英华》、《太平广记》）弸众英。搜罗虽已富，考证未云精。四库

---

① （宋）王明清《挥麈后录》卷首，文渊阁四库全书本。

② （宋）李昉、李至《二李唱和集》，宸翰楼丛书本。

③ 《太平御览》卷首。

翻其目,五言写我情。"①"搜罗虽已富,考证未云精"二语是对此书的准确评价,因考证未精,后曾多次重加校正。

《太平御览》卷五八五至六○六为《文部》,辑录了历代有关文的重要论述及有关诗文各种文体的资料,是清代《古今图书集成》编成以前收集文体资料最全的;不仅收录了有关各种文体的阐释,还收录了部分有代表性的作品及有关文体的本事资料,有助于加深我们对某一文体的认识。

此书体例是每条引证都先书名,次原文,按时间先后排列,不加己见。所引多为经史百家之言,小说、杂书引得很少,而另编为《太平广记》。正文作大字,注文作双行小字,附于本句之下,较为明晰。

《太平御览》除卷五九一、五九二的《御制》外,所辑文体资料包括诗、赋、颂、赞、箴、碑、铭、铭志、七、辞、连珠、诏、策、诰、教、诫、章表、奏、劾奏、驳奏、论、议、笺、启、书记、谏、吊文、哀辞、哀策、檄、移、露布、符、券契、铁券、过所等。各种类书所收资料往往陈陈相因,为避重复、省篇幅,这里只完整地举一条即卷五八八的《箴》,以说明其体例;同时对以前很少论及的文体,如过所、零丁之类也略及一二。卷五八八《箴》云:

> 《文心雕龙》曰:箴,所以攻疾除患,喻针石也。
>
> 又曰:斯文之兴,盛于三代。夏商二箴,余句颇存。及周之辛甲,百官箴阙,惟《虞箴》一篇,体义备焉。迄至春秋,微而未绝。故魏绛讽君于后羿,楚子训民于在勤。战伐以来,弃德务功,铭辞代兴,箴文委绝。至扬雄稽古,始范《虞箴》,《卿尹》、《州牧》二十篇。及崔胡补缀,总称《百官》。指事配位,盘鉴有征,可谓追清风于前古,攀辛甲于后代者也。至于潘勖《符节》,要而失浅;温峤《侍臣》,博而患繁;王济《国子》,引多事寡;潘尼《乘舆》,义正体芜:凡斯继作,鲜有克终。至于王朗《杂箴》,乃寘巾履,得其戒慎,而失其所施;观其约文举要,宪章戒铭,而水火井灶,繁辞不已,志有偏也。夫箴诵于官,铭题于器,名目虽异,而警戒实同。箴全御过,故文资确切;铭兼褒赞,故理贵宏润。此其要也。然矢言之道盖阙,庸器之制久沦,所以箴铭实用,罕施后代,惟秉文君子,宜酌其远大矣。
>
> 陆士衡《文赋》曰:箴顿挫而清壮。
>
> 《周书》曰:《夏箴》曰:小人无兼年之食,遇天饥,妻子非其妻子也;大夫无兼年之食,遇天饥,臣妾非其臣妾也;卿大夫无兼年之食,遇天饥,臣妾舆马非其有也;国无兼年之食,遇天饥,百姓非其有也。

---

① 《太平御览》卷首。

《左传·襄四》曰：昔周辛甲之为太史，命百官，官箴王阙辛甲，周武王太史也。阙，过也。百官各以箴进，箴王过也。于《虞人之箴》曰虞人，掌田猎者：芒芒禹迹，画为九州芒芒，远貌。画，分也。经启九道九道，九州之道也。启，开也，民有寝庙，兽有茂草，各有攸处，德用不扰人神各有归，故德不乱也。在帝夷羿，冒于原兽冒，贪，忘其国恤，而思其麀牝言但念猎。武不可重重，尤数也，用不恢于夏家羿以好武，虽有夏家，而不能恢大也。兽臣司原，敢告仆夫兽臣，虞人也。告仆夫，不敢斥尊也。

范晔《后汉书》曰：崔琦字子玮，梁冀闻其才，请与交。冀行多不轨，琦数引古今成败以诫之，冀不能受，作《外戚箴》。《晋书》曰：张华惧后族之盛，作《女史箴》以为讽。贾后虽凶妒，而知敬重华。

又曰：文帝子齐王攸，武帝时为太子太傅，献箴于太子，其略曰："毋曰父子之间，昔有江充；毋曰至亲靡二，或客潘崇。谗言乱真，赞润离亲。骊姬之谮，晋侯疑申。固亲以道，勿固以恩；修身以敬，勿托以尊。"世以为工。

《后周书》曰：齐王宪友刘休征献《王箴》一首，宪美之。休征后又以此箴上高祖，高祖方剪削诸弟，甚悦其文。

《唐书》曰：元和中，吏部郎中柳公绰献《太医箴》曰："寒暑满天地之间，浃肌肤于外；玩好溢耳目之前，诱心知于内。清洁为堤，奔射犹败。气行无间，隙不在大。睿圣之姿，清明绝俗。心正无邪，志高寡欲。谓天高矣，气蒙晦之；谓地厚矣，横流溃之。圣德超迈，万方赖之。饮食所以资身也，过则生患；衣服所以称德也，侈则生慢。惟过与侈，心必随之。气与心流，疾亦伺之。"上深嘉叹，降中使劳问。

又曰：敬宗游幸无度，李德裕献《丹扆箴》六首。《宵衣箴》曰："先王听政，昧爽以俟。鸡鸣既盈，日出而视。伯禹大圣，寸阴为贵；光武至仁，友贤不忘。无俾姜后，独去簪珥；彤管记言，克念前志。"又有《正服》、《罢献》、《纳诲》、《辨邪》、《防微》等箴，文多不载，上甚嘉之。

胡广《百官箴叙》曰：箴谏之兴，所由尚矣。圣君求之于下，忠臣纳之于上，故《虞书》曰："予违汝弼，汝无面从。退有后言。"墨子著书称《夏箴》之辞。崔汉《叙箴》曰：昔扬子云读《春秋传·虞人箴》而善之，于是作为《九州》及《二十五箴》，规匡救言，君德之所宜。斯乃体国之宗也。

从《箴》这一条，可以看出《太平御览》的体例有如下特点：第一，所引资料除《左传·襄四》外，其他大体是按时间为序编排的。第二，每条资料都是先书名，后为引文。其中《文心雕龙》"箴，所以攻疾除患，喻针石也"，带有定义性质；接着历叙箴体的

244

演变:斯文之兴,盛于三代,《夏》《商》二箴,余句颇存;周代的《虞箴》,体义兼备;春秋微而未绝;战国以来,箴文委绝,箴铭实用,罕施后代;汉代扬雄等仿《虞箴》所作的《州牧箴》《百官箴》仍能"追清风于前古",其后的箴或"失浅",或"患繁",或"引多事寡",或"义正体芜",或"得其戒慎,而失其所施",很少能与此前之箴媲美:"凡斯继作,鲜有克终。"最后又论箴铭之异同说,箴是诵于官的,铭是题于器的,名目不同而警戒实同;这就决定了写作要求和风格的不同:箴为防过,故文贵"确切";铭兼褒赞,故贵"宏润"。第三,所引各书资料,既有箴之原文,如《周书》所引《夏箴》,《左传·襄四》所引的《虞人之箴》;但更多的是背景资料,如范晔《后汉书》的《外戚箴》,《晋书》的《女史箴》,《后周书》的《王箴》。

《太平御览》也提供了一些较少见的文体名,如卷五九八《过所》云:"《释名》曰:'过所,至关津以示之。或曰传,转也,移转所在,执以为信也。'"可见过所就是指古代过关所用的凭信。又云:"《史记》曰:宁成为右内史,外戚多毁成之短,抵罪髡钳。是时九卿死罪即死,少被刑,而成极刑,自以不复收。于是解脱(解脱钳锁),诈刻传出关,归家。""诈刻传"就是伪造过所,伪造过关凭信。

同卷还有《零丁》,零丁即今天的寻人启事,前引《齐谐记》一则"失儿女者《零丁》",似神怪小说,兹从略。后引戴良寻父的《零丁》则几与今天的寻人启事无别:"戴良字文让,失父,《零丁》曰:'敬白诸君行路者,敢告重罪,自为积恶,致天灾困我。今月七日失阿爹,念此酷毒,良可痛伤。当以重币赠用相卖,请为诸君说事状:我父躯体与众异,脊背伛偻,卷如藏唇,吻参差不相值,此其庶体,何能备请。复重陈其面目:鸥头鹄颈獢狗髀,眼泪鼻涕相追逐,吻中含纳无齿牙,食不能嚼,左右蹉,颇似西域脊骆驼。请复重陈其形骸:为人虽长甚细材,面目芒苍如死灰,眼眶白陷如米羹杯。'"

二　李昉《太平广记》集宋以前小说资料之大成

《太平广记》取材于汉代至宋初的野史小说及释藏、道经等书,是以小说家为主的杂著,属于类书。宋代李昉、扈蒙、李穆等奉宋太宗之命编纂。始于太平兴国二年(977),次年八月完成。李昉上《进太平广记表》,称"其书五百卷,并目录十卷,共五百十卷"①。

如果说《太平御览》所收资料多为军国要事,在文体学上所辑诗文体裁资料最全,《文苑英华》所辑《文选》以后的诗文最全,在文体学上为我们提供了宋初的文体分类

---

① （宋)李昉《太平广记》卷首,中华书局 1981 年排印本。

(体类)意见,那么《太平广记》则集宋以前小说之大成。《郡斋读书志》卷一三云:"《太平广记》五百卷。右皇朝太平兴国初,诏李昉等取古今小说编纂成书,同《太平御览》上之。"《直斋书录解题》卷一一云:"《太平广记》五百卷。太平兴国二年诏学士李昉、扈蒙等修《御览》,又取野史、传记、故事、小说撰集,明年书成,名《太平广记》。"明胡应麟《少室山房笔丛》卷一九云:"《广记》引用书凡三百四十余种,前此靡所因袭,当是采集众小说为之。盖小说本《易传》,中唐后稍稍知印刻,而引用之书又仅得《御览》五分之一,足证本书具存。"①《四库全书总目》卷一四二云:"所采书三百四十五种,古来轶闻琐事、僻笈遗文咸在焉,卷帙轻者往往全部收入,盖小说家之渊海也……其书虽多谈神怪,而采摭繁富,名物典故错出其间,词章家恒所采用,考证家亦多所取资。又唐以前书世所不传者,断简残编,尚间存其什一,尤足贵也。"

　　据《太平广记》目录,全书分为神仙(卷一至卷五五)、女仙(卷五六至卷七○)、道术(卷七一至卷七五)、方士(卷七六至卷八○)、异人(卷八一至卷八六)、异僧(卷八七至卷九八)、释证(卷九九至卷一○一)、报应(卷一○二至卷一三四,含《金刚经》《法华经》《观音经》、崇经像、阴德、异类、婢妾、杀生、宿业畜生等目)、征应(卷一三五至卷一四五,含帝王休征、人臣休征、邦国咎征、人臣咎征等目)、定数(卷一四六至卷一六○,末附婚姻)、感应(卷一六一至卷一六二)、谶应(卷一六三)、名贤(卷一六四,讽谏附)、廉俭(卷一六五,吝啬附)、气义(卷一六六至卷一六八)、知人(卷一六九至卷一七○)、精察(卷一七一至卷一七二)、俊辩(卷一七三至卷一七四)、幼敏(卷一七五)、器量(卷一七六至卷一七七)、贡举(卷一七八至卷一八四,代族附)、铨选(卷一八五至卷一八六)、职官(卷一八七)、权幸(卷一八八)、将帅(卷一八九至卷一九○,杂谲智附)、骁勇(卷一九一至卷一九二)、豪侠(卷一九三至卷一九六)、博物(卷一九七)、文章(卷一九八至卷二百)、才名(卷二○一,好尚附)、儒行(卷二○二,附怜才、高逸)、乐(卷二○三至卷二○五)、书(卷二○六至卷二○九)、画(卷二一○至卷二一四)、算术(卷二一五)、卜筮(卷二一六至卷二一七)、医(卷二一八至卷二二○)、相(卷二二一至卷二二四)、伎巧(卷二二五至卷二二七,绝艺附)、博戏(卷二二八)、器玩(卷二二九至卷二三二)、酒(卷二三三,酒量、嗜酒附)、食(卷二三四,能食、菲食附)、交友(卷二三五)、奢侈(卷二三六至卷二三七)、诡诈(卷二三八)、谄佞(卷二三九至卷二四一)、谬误(卷二四二,遗忘附)、治生(卷二四三,贪附)、褊急(卷二四四)、诙谐(卷二四五至卷二五二)、嘲诮(卷二五三至卷二五七)、嗤鄙(卷二五八至卷二六二)、无赖(卷二六三至卷二六四)、轻薄(卷二六五至卷二六六)、酷暴(卷二六七至卷二六九)、妇人(卷二

_____

① 　(明)胡应麟《少室山房笔丛》,文渊阁四库全书本。

七〇至卷二七三,附妓女)、情感(卷二七四)、童仆(卷二七五,奴婢附)、梦(卷二七六至卷二八二,附鬼神上)、巫(卷二八三,附厌咒)、幻术(卷二八四至卷二八七)、妖妄(卷二八八至卷二九〇)、神(卷二九一至卷三一五,淫祠附)、鬼(卷三一六至卷三五五)、夜叉(卷三五六至卷三五七)、神魂(卷三五八)、妖怪(卷三五九至卷三六七,人妖附)、精怪(卷三六八至卷三七三)、灵异(卷三七四)、再生(卷三七五至卷三八六)、悟前生(卷三八七至卷三八八)、冢墓(卷三八九至卷三九〇)、铭记(卷三九一至卷三九二)、雷(卷三九三至卷三九五)、雨(卷三九六,风虹附)、山(卷三九七,溪附)、石(卷三九八,坡沙附)、水(卷三九九,井附,)、宝(卷四百至卷四〇五,附金玉、杂宝、钱、奇物)、草木(卷四〇六至卷四一七,附文理木、五谷、茶)、龙(卷四一八至卷四二五)、虎(卷四二六至卷四三一)、畜兽(卷四四六)、狐(卷四四七至卷四五五)、蛇(卷四五六至卷四五九)、禽鸟(卷四六〇至卷四六三)、水族(卷四六四至卷四七二,含龟)、昆虫(卷四七三至卷四七九)、蛮夷(卷四八〇至卷四八三)、杂传记(卷四八四至卷四九二)、杂录(卷四九三至卷五百)。

　　从以上目录可以看出,《太平广记》所录并非尽为志怪小说,"名物典故错出其间",如贡举、铨选、将帅、文章、儒行都是较为严肃的内容。全书并未对这些类别作说明,不太看得出此书的文体观。收得最多的是小说,实际上是一部宋代之前的小说的总集。其中有不少书现在已经失传了,许多唐代和唐代以前的小说,就靠《太平广记》而保存了下来。不过小说本身就是中国古代文体的一大类别。宋代是中国通俗小说开始兴盛,文言小说开始衰落的时代,但通俗小说流传下来的较少,就现存作品看,文言小说仍占多数。中国小说起源于古代神话传说,滥觞于魏晋南北朝的志怪、志人,大都篇幅短小,情节简单。宋代的志怪、传奇基本上是六朝志怪、唐代传奇的余波。此书杂传记共九卷,收了大量六朝志怪、唐代传奇,如《李娃传》、《东城老父传》、《柳氏传》、《长恨传》、《霍小玉传》、《莺莺传》、《谢小娥传》、《杨娟传》、《非烟传》、《灵应传》、《任氏传》、《南柯太守传》、《古镜记》、《离魂记》之类,其中不少成为现存最早的版本。

　　《太平广记》引书较广,篇幅较小的书几乎全部收录,引文比较完整,不像其他类书多加删节。今已失传的书可据以辑集,有其他传本存世的书也可据以互校划文,因而它对校辑、研究古代小说颇有价值。鲁迅辑录《古小说钩沉》、《唐宋传奇集》,就充分利用了此书。

　　《太平广记》的编纂对宋代小说的发展有不小的推动作用,宋代辑录小说为总集成风,如张君房的《丽情集》、徐铉的《稽神录》、吴淑的《江淮异人传》、钱易的《洞微志》、毕仲询的《幕府燕闲录》、张师正的《括异志》、郭象的《睽车志》、朱胜非的《绀珠集》、刘斧的《青琐高议》、皇都风月主人的《绿窗新话》等等,而洪迈的《夷坚志》则几乎可与《太平广记》媲美。宋代的单篇传奇更多,如乐史的《绿珠传》、《杨太真外传》,张实的《流红记》,秦醇的《赵飞燕别传》、《谭意歌传》,柳师尹的《王幼玉记》,无名氏的《王谢传》、《李师师外传》、《隋炀帝海山记》、《迷楼记》等等,或揭露封建帝王骄奢昏庸、腐败淫逸,招致亡国;或歌颂出身低贱的女子才貌双全,忠于爱情。虽艺术上创新不多,但数量十分可观。宋代以后,唐人小说原本逐渐散失,话本、杂剧、诸宫调等多从《太平广记》一书中选材,加以敷演;说话人至以幼习《太平广记》相标榜。宋人蔡蕃曾节取《太平广记》中的资料,编为《鹿革事类》、《鹿革文类》各三十卷,宋赵希弁《郡斋读书后志》卷二云:"《鹿革事类》三十卷,《鹿革文类》三十卷:右节《太平广记》事实成一编,曰《事类》;诗文成一编,曰《文类》。蔡蕃晋如所撰,晋如博学,通音律,能属文。"明人冯梦龙加以精选,编为《太平广记钞》八十卷。明清人编的《古今说海》、《五朝小说》、《说郛》、《唐人说荟》等书,都往往转引《太平广记》而改题篇目,假托作者。

《太平广记》明代以前很少有刻本流传,明嘉靖四十五年(1566),谈恺据传钞本加以校补,刻板重印,成为现存最早的版本。1959年人民文学出版社,1961年中华书局均曾重印此书。

三 王钦若《册府元龟》论制诏演变史

王钦若(962—1025)字定国。临江军新喻(今江西新余)人。宋真宗咸平四年(1001)为参知政事。景德元年(1004),契丹大举南下,围瀛州(今河北河间),进逼贝(今河北清河西)、魏(今河北大名东)。他密请真宗迁都金陵(今江苏南京),为寇准所阻。后出判天雄军(今河北大名东)。因与寇准不协,要求去职主修《册府元龟》。他指责澶渊之盟为城下之盟,使寇准罢相。大中祥符年间,真宗梦见神人赐"天书"于泰山,他为迎合真宗,伪造天书,争献符瑞,封禅泰山。大中祥符五年(1012)为枢密使,同平章事。次年上表领衔编纂的《册府元龟》,书成,功揽于己而咎归于人。天禧元年(1017)为相。三年,出判杭州。宋仁宗即位后复为相。因他状貌短小,颈有疣,时人称为瘿相。王钦若为人奸邪险伪,善迎合帝意,与丁谓、林特、陈彭年、刘承珪交结,时人谓之"五鬼"。王钦若的"奸邪险伪"在修《册府元龟》的过程中表现得最为突出,此不详述。

《册府元龟》分为帝王部、闰位部、僭伪部、列国君部、储宫部、宗室部、外戚部、宰辅部、将帅部、台省部、邦计部、宪官部、谏诤部、词臣部、国史部、掌礼部、学校部、刑法部、卿监部、环卫部、铨选部、贡举部、奉使部、内臣部、牧守部、令长部、宫臣部、幕府部、陪臣部、总录部、外臣部，共三十一部。

其卷五五〇《词臣部总序》详论制诏的分类和演变，是一篇制诏演变史。首论"夏商之前，词臣之制盖未详闻"。次论"《周礼·春官》之属，大祝作六辞以通上下亲疏远近，一曰辞，二曰命，三曰诰，四曰会，五曰祷，六曰诔"。三论"汉制，帝之下书有四：一曰策书，二曰制书，三曰诏书，四曰诫敕"，并对其体制作了说明。四论魏、蜀、吴、两晋、宋、齐、梁、陈、北齐、后周、隋的制诏。五论"唐循梁、陈故事，初中书舍人专掌诏诰，其以他官领者谓之知制诰。凡诏旨制敕玺书册命，皆按典故起草，其禁有四：一曰漏泄，二曰稽缓，三曰违失，四曰妄误。有以他官特诏草制者，然未有名号。乾封已后始名北门学士，自永淳已来，天下文章道盛，中书舍人为文事之极任，朝廷之盛选。中宗朝制诏多出宫中，明皇始置丽正殿学士，又改为集仙、集贤，以典治书籍。然亦别草诏书。后置翰林待诏，又改为翰林供奉，开元二十六年乃为学士，别建学士院于翰林院之南，专掌内命……初选者，中书门下召令右银台门候旨，其日入院试制书批答共三道，诗一首。试毕封进，可者翌日受宣。后增试赋一首。元和中又置承旨一员。故事，中书之职，正言之制有七，一曰册书，立后、建嫡、封庶藩屏，临轩备礼则用之；二曰制书，行大赏罚，授大官爵，厘革旧政，赦有降宥则用之；三曰慰劳制书，褒赞贤能，劝勉勤劳则用之；四曰发旨敕书，增减官员，废置州县，征发兵马，除免官爵，授六品以下官，处流已上罪则用之；五曰敕旨，谓百司承旨而为程序，奏事施行者。六曰论事敕书，慰谕公卿，诫约臣下则用之；七曰敕条，随事承旨，不易旧典则用之。"六论五代梁、唐、晋、汉、周的制诏。最后总括说："代王言，颁宪度，或以褒功德，或以出爵禄，或以抚郡国，或以制刑辟，皆万方之瞻仰，百世之流布，必在其言雅正，其理流畅，可以发挥于治体，可以感动于人心，与典诰而同风，将流俗而殊贯，然后谓之称职，协乎得人矣。"并列举历代著名词臣说："在于两汉，其人未显，独相如视草而已。其后魏有卫觊、刘放，晋有张华、和峤，宋有傅亮，南齐有丘灵鞠，梁有朱异，陈有姚察、蔡立景，北齐有祖莹、魏收，后周有李德林，隋有虞世基，唐有李伯药、岑文本、李峤、苏颋之类，皆其彰灼闻名于世者也。复有不察职务，近居侍从，独以文义受乎知奖，因而受诏，俾乎属辞，则有陆贾之书，严助之赋，枚皋之祝，扬雄之赞，王融之序，苏绰之诰，虞绰之铭，其文也或以典雅，或以温丽，或以敏速，或以体要。其人也或以忠谠，或以鸿博，或以时名，或以旧德。虽为用不一，而擅美攸同，故有膺缛礼，升柄臣者焉。亦有才不逾众，德不自重，虽膺一时之宠，终贻多士之羞。"①

其卷五五一《词学》序云："自汉氏之后，代言润色之任归于省闼。非夫学穷物表，

---

① 《册府元龟》，文渊阁四库全书本。

识通治体,藻翰英发可以丹青帝载,文辞雅奥可以扬导天律,亦何能宪章古昔,发挥号令,使温纯郁穆,有上世之风烈哉?乃有练识旧典,博通经术,锋气宏拔,章彩彬蔚,典畅情理,率循轨度,祖述前训绰有遗妍,约束机务洞臻体要,以至蔼称职之誉,增时乂之美,或屡蒙嘉奖,或专以委任,布于佳话,良以趏欤!"

其卷五五八《论议》认为古代以史为论,后世并以封疏、奏记、书移立论:"自左丘明受经于仲尼而为之传,其后太史公易编年之旧式,明述作之微旨,扬榷而论,文辞炳焉。班氏父子专心载籍,亦复斟酌前史,讥正得失。尔后当笔削之任者,盖不乏其人焉。至于考正先民之异同,论次一时之类例,断以年纪,裁以体范,深述惩劝之本,极谈书法之事,或列于封疏,或形于奏记,至乃立言以垂制,移书以布怀,罕不磅礴今古,讲求奥迹,绪言佳话,蔼乎前闻。足以见作者之志矣。"

其卷五六〇还论及记注、谱牒,卷五六一论及自序,兹不赘述。

四 龚鼎臣《东原录》论词需遵词律

龚鼎臣(1010—1086)字辅之,郓州须城(今山东东平)人。景祐元年(1034)进士,为平阴县主簿。官至谏议大夫、京东东路安抚使、知青州。著述甚富,有《东原集》五十卷、《谏草》三卷、《周易补注》六卷、《中说注》十卷、《编年》一卷、《官制图》一卷。现仅存《东原录》一卷,属子部类书性质。《四库全书总目·东原录》提要云:"是编多考论训诂。亦兼及杂事,其说经多出新解。"

《东原录》间亦论及文体,如论四六文云:"四六文字虽变古体,其有至当者,亦不减于古。"又引梁李崧论诗《答徐巡官》云:"诗者,或逸乐而兴,或悲哀而作,内经夫妇,外正君臣。虽孤愤必申,虽舆言必达,惩恶劝善之理,于是乎明;感新怀旧之情,于是乎见;乃知作者岂徒然哉!是以读《驺虞》之章,知岐周之盛德;诵'芍药'之句,识郑、卫之淫声。如《巡官送宾》云:'蟾桂三春捷,鸡林一国荣。'则知皇泽之被于远人,素风之渐于殊俗。又若《贻友》云:'诗至道长乐,生来贫却闲。'则知尺璧轻于寸阴,千金贱于一字。如崧所述,岂必以古律为别哉?"又论赋云:"赋亦文章,虽号巧丽,苟适其理,则与传注何异?"论词需遵词律云:"刘仲芳上曹玮《水调歌头》第三句云:'六郡酒泉。'苏子美亦有此曲,则云:'鱼龙隐处。'尹师鲁和之,亦云:'吴王去后。'其平仄与苏同,而音与刘异。尝问晓音者,乃曰:以平仄言之,其文稍异,然不脱律,皆可用也。律说本词之指法。"

五　高承《事物纪原》之文体纪原

高承(生卒年不详)，元丰中人，生平事迹不详。所著《事物纪原》，是一部小型类书，分门别类，内容丰富，举凡政治、经济、军事、典章制度、文化艺术、医学、风俗、服饰、器用、宗教、天文、地理以及草虫鸟兽等领域的事物，无不涉及，无不溯其源流。全书十卷，纪事一千七百余条。《四库全书总目》提要云："考赵希弁《读书附志》云：'承，开封人。自博奕嬉戏之微，虫鱼飞走之类，无不考其所自来。双溪项彬为之序。'陈振孙《书录解题》亦云：'《中兴书目》作十卷，高承撰。元丰中人，凡二百十七事。今此书多十卷，且数百事，当是后人广之云云。'今检此本所载，凡一千七百六十五事，较振孙所见更倍之，而仍作十卷。又无项彬原序，与陈、赵两家之言俱不合。盖后来又已有所增并，非复宋本之旧矣。其书向惟抄帙，明正统间南昌贡生简敬始以付梓印行，无几而板毁于火，故世间颇为难得。然敬所作序乃云：'作者佚其姓氏，亦考之殊未审也。书中凡分五十五部，名目颇为冗碎。其所考论事始，亦间有未确。"

其文体纪原的内容颇丰，论及诗、五言、七言、联句、唱和、次韵、赋、论、策、议、赞、颂、箴、连珠等诗文体裁。今略举数条以见一斑。如《记注》云："汉武有《禁中起居》，后汉明德马皇后自撰《显宗起居注》，盖《周礼》左右史之事耳。谓之起居注，则自前汉始也。唐《艺文志》亦有《献帝起居注》，自兹历代咸有也。"卷二《名纸》云："《释名》曰：'书名字于奏上曰刺。'后汉祢衡初游许下，怀一刺，既无所之适，至于刺字漫灭，盖今名纸之制也。则名纸之始，起于汉刺也。"可见名纸就是刺，类似今之名片。此书论事较为客观，多并存诸说，如卷九《挽歌》就并存数说，一为"谯周《法训》曰：'挽歌起自田横。'《通典》曰：'汉高帝时，齐王田横自杀，故吏不敢哭泣，但随枢叙哀。后代相承，以为挽歌。'按：汉初，横死，门人为《薤露》、《蒿里》之歌。盖从者以寄哀耳。武帝时李延年分为二，《薤露》送王公贵人，《蒿里》送大夫庶士。盖二歌之起，始自横也。"二为"挚虞《新礼议》曰：'挽歌出于汉武帝役人《劳苦歌》，声哀切，遂以送终，非古制者误矣。'"三为"《左传·哀公十一年》：'会吴伐齐，将战。公孙夏命其徒歌《虞殡》。'杜预注云：'送葬歌曲，哀死也。'孔颖达疏曰：'虞殡，谓启殡将虞之歌，今谓之挽歌。'"四为"《庄子》曰：'绋讴于所生，必于斥苦。'司马彪注曰：'绋，引枢索；讴，挽歌；斥，疏缓，苦急促言，引绋讴者为用人力。以挽枢者所歌，故曰挽歌。'冯鉴谓起于虞殡也，然则其周人之制乎？"

六　程大昌《考古编》、《演繁露》的文体论

程大昌(1123—1195)字泰之，徽州休宁(今属安徽)人。绍兴二十一年(1151)进士，主吴县簿，历太学正、秘书省正字。孝宗即位，迁著作佐郎，权礼部侍郎，累迁权吏部尚书。出知泉州，移知建宁府。光宗嗣位，徙知明州。庆元元年(1195)卒，年七十三，谥文简。著有文集、《易老通言》等。今存《易原》八卷，《禹贡论》五卷，《后论》一卷，《禹贡山川地理图》二卷，《雍录》十卷，《考古编》十卷，《考古续编》十卷，《演繁露》十六卷，《续演繁露》六卷，《文简公词》一卷等。事迹见周必大《周文忠公集》卷六三《程公神道碑》、《宋史》卷四三三本传。

程大昌赋性聪颖，一生笃学。学术视野开阔，涉猎领域较广，在地理学、历史学、经学、诗词语言学方面均有造诣，尤精地理之学。兹就其论及文体者概述如下。

《四库全书·考古编》提要云：“《考古编》十卷……乃杂论经义异同及记传谬误，多所订证。其《诗论》十七篇反复推阐，大抵谓诗有南、雅、颂之名，无国风之名，说极辨博，而究无解于《礼记》之所引，故终为后人驳诘。”其《诗论序》云：“三代以下儒者，孰不谈经而独尊信汉说者？意其近古或有所本也。若夫古语之可以证经者，远远在六经未作之前，而经文之在古简者，亲预圣人援证之数，则其审的可据，岂不愈于或有师承者哉？而世人苟循习传之旧，无能以其所当据而格其所不当据，是敢于违古背圣人，而不敢于是正汉儒也。呜呼，此诗论之所为作也。”①所谓“谓诗有南、雅、颂之名，无国风之名”见《诗论一》：“诗有南、雅、颂，无国风。其曰国风者非古也。夫子尝曰雅、颂各得其所，又曰大雅云，又曰人而不为周南、召南，未尝有言国风者。予于是疑此时无国风一名。然犹恐夫子偶不及之，未敢遽自主执也。左氏记季札观乐，历叙周南、召南、小雅、大雅、颂。凡其名称与今无异。至列叙诸国，自邶至豳，其类凡十有三，率皆单纪国土，无今国风品目也。当季札观乐时，未有夫子，而诗名有无，与今《论语》所举悉同，吾是以知古固如此，非夫子偶于国风有遗也。”《诗论五》云：“国风之名，汉人盛言之，而挈著篇首则自毛氏(《毛诗注疏》)，始戴记(《大戴礼记》)。迁史凡援说国风，或引为自己所见，或托以夫子所言，盖皆沿袭前传，不足多辨。”《诗论七》云：“《周官》之书，先夫子有之，其钩章所歔逸诗有豳雅、豳颂而无豳风，则又可以见成周之前无风，而有诗雅颂，正与季札所见名称相应也。”《诗论九》云：“《诗序》世传子夏为之，皆汉以后语，本无古据。学者疑其受诸圣人，嗫不敢议。积世既久，诸儒之知折中

---

① 　(宋)程大昌《考古编》卷一，文渊阁四库全书本，下同。

夫子者,亦尝觉其违异而致其辨矣,予因参已意而极言之。"《诗论十》云:"谓序诗为子夏者,毛公、郑玄、萧统辈也;谓子夏有不序诗之道,三疑其为汉儒附托者,韩愈氏也。"以上观点的确可当"说极辨博"之评。

《演繁露》全书共十六卷,后有《续演繁露》六卷,又称为《程氏演繁录》。《四库全书总目》提要云:"绍兴中,《春秋繁露》初出,其本不完。大昌证以《通典》所引'剑之在左'诸条,《太平御览》所引'禾实于野'诸条,辨其为伪。因谓仲舒原书必句用一物以发己意,乃自为一编拟之,而名之以《演繁露》。后楼钥参校诸家,复得《繁露》原本,凡诸书所引者具在,讥大昌所见不广,误以仲舒书为小说家,其论良是。然大昌所演,虽非仲舒本意,而名物典故,考证详明,实有资于小学杂考之属。"程书以格物致知为宗旨,记载了三代至宋朝杂事近五百条。英国李约瑟《中国科学技术史》曾多次引其内容。

《演繁露》对文体论也颇有贡献,其《注疏(笺传)》阐明注、疏、传、笺之义,认为"其曰注者,言本文如水之源,而其派流之所分注,如下文所言也";"至其曰疏者,则举注而条列之,其伦理得以疏通也";传义"则不然矣,于本文隐奥之义,则立说以发明之,虽不正指本语,而本语意度自昭也"。《尔雅》之于《诗》,《孟子》、《子思》、《中庸》之于《论语》,"实注疏也,而未尝合为一书。于是引出己名,以名其著。《列》、《庄》、《亢》、《尹》之于《五千言》(《老子》),亦犹是也";他对笺的解释尤为新颖:"郑康成之释《诗》也,别为注文,附毛公之下,而自名其语曰笺。崔豹《古今注》曰:毛公尝为康成乡州太守,故康成不敢与之齿躐,而以笺为言。笺,犹笺也,与笺记之笺同也。此说迂也。古无纸,专用简牍。简则以竹为之,牍则以木为之。康成每条自出己说,别以片竹书之而列《毛传》之傍,故特名郑氏笺者,明此,笺之语己实言之也。"①其他各卷还论及长短句、谜、凉州(梁州)、公莫、巴渝、明君、子夜、羽檄、神道碑、墓志、六么、落梅花、琵琶辞、欸乃歌、六州歌头、书信等多种文体或篇名,如卷六论《长短句》云:"魏、晋、唐《郊庙歌》率多四字为句,唐曲在者如《柳枝》、《竹枝》、《款(欸)乃》,句皆七字,不知当时歌唱用何为调也。张华表曰:汉氏所用文句,长短不齐,则今人以歌曲为长短句者,本张华所陈也。"又如《续集》卷五《信》认为古代信指信使、使人,而非如后代指信函:"晋人书问凡言信至或遣信者,皆指信为使人也。今人以信为书,误矣。文十七年(指《左传·文公十七年》):'郑子家使执讯而与之书,以告赵宣子。'杜预曰:'执,讯问之官,为书与宣子也。'则讯之与书,明为二事,晋人之言有本矣。兵交使在其间,故《诗》亦曰'执讯获丑'也。"这都是颇有根据的见解。

---

① (宋)程大昌《演繁露》卷五,文渊阁四库全书本。

七　章如愚《群书考索》论诗体和史体

　　章如愚(生卒年不详)字俊卿,南宋末婺州金华人。自幼颖悟,负才尚气。宁宗庆元间进士。初授国子博士,改知贵州。开禧初,被召,疏陈时政。忤韩侂胄,乃结山堂数十间以讲道义,远迩之士咸尊师之。及卒,门人称为山堂先生。著有文集百十卷,已佚。今存《山堂先生群书考索》,又名《山堂考索》,分前集六十六卷,后集六十五卷,续集五十六卷,别集二十五卷,共二百一十二卷,是南宋诸多类书中颇为出色的一部。其搜采繁复,考据精辟,指引辨证,博洽翔实,折衷群言,发抒己见,能突破历来公私各家编纂类书时不加论断的传统,是类书史上的创新,历来为人所重,对后世影响甚大。《群书考索》的文体论是十分丰富的,兹举数例,以见一斑。

　　其论《诗经》"章句音韵"云:"孔氏曰:风雅之篇,无一章者。颂者,述成功以告神,故一章而已。《鲁颂》不一章者,《鲁颂》美僖公之事,非告神之歌也。《商颂·长发》、《殷武》重章者,或诗人之意,所作不同。诗之大体,必须依韵,其有乖者,古人之韵不协尔。之、兮、矣、也之类,本取以为辞,虽在句,不以为义。故处末者,皆字上为韵。'左右流之'、'寤寐求之'、'其实七兮'、'迨其吉兮'之类是也。亦有即将助句之字以当声韵者,'是究是图,亶其然乎','其虚其邪,既亟只且'之类是也。"①

　　《群书考索续集》卷七《经籍门·杂记》引唐仲友论风、雅、颂之别,对诗序进行了尖锐的批评。首论:"风、雅、颂之体不同。陈曰:夫子删诗,风、雅、颂各得其所,何尝以风必为诸侯之诗? 彼序诗者,妄以风辨尊卑,见王《黍离》在《国风》,则不得不谓之'降王室',而诸侯乌有王室之尊,圣人辄降之乎? 呜呼! 自《诗序》作,《诗》虽存而亡久矣。王室尚可降为诸侯,则天下岂复有理,圣人岂复有教乎? 谓《诗》之传于世,吾不信也。曾不知圣人谓之风,谓之雅,谓之颂者,此直古人作诗之体,何尝有天子诸侯之辨耶? 今人作诗,有律,有古,有歌,有行,体制不同而名亦异。古诗亦然,谓之风者,出于风俗之语,大概小夫贱隶妇人女子之言,浅近易见也;谓之雅者,则其非浅近易见,其辞典丽纯厚故也;谓之颂者,则直赞其上之功德尔。三者体裁不同,是以其名异也。今观《风》之诗,大率三章、四章;一章之中,大率四句;辞俱重复相类,既曰'参差荇菜,左右采之,窈窕淑女,琴瑟友之',又曰'参差荇菜,左右芼之,窈窕淑女,钟鼓乐之';既曰'葛之覃兮,施于中谷,维叶萋萋',又曰'葛之覃兮,施于中谷,维叶莫莫'。《樛木》三章,四十有八字,惟八字不同。甚者《殷其雷》三章七十二字,惟六字不同已

---

① 　(宋)章如愚《群书考索》卷三,文渊阁四库全书本。

焉哉！'天实为之，谓之何哉'，《北门》三章俱言之；'期我乎桑中，要我乎上宫，送我乎淇之上矣'，《桑中》三章皆言之。凡风之体，皆言重辞复，浅易如此。"次论雅："若夫雅则不然，其言典，则非复小夫贱隶妇人女子能道之，盖士君子为之也。然雅有小、大，《小雅》之诗固已典正，非风之体，然语间有重复，雅则雅矣，犹其小者尔。曰小雅者，犹言其诗典正，未至于浑厚大醇也。至于大雅，则浑厚大醇矣。其篇有十六章，章有十二句者，比之小雅，愈以典则，非深于道者不能言也。"再论颂："风与大雅、小雅皆道人君政之得失，有美有刺有讽；颂则无有，颂惟以铺张勋德尔。学者试以风、雅之诗与颂之诗详观之，然后知圣人辨小大之意；以风、雅之诗与颂之诗详观之，然后知四者之体各不同矣。夫子曰：'吾自卫反鲁，然后乐正，雅、颂各得其所。'圣人未反鲁之时，虽古诗之多，风、雅、颂皆混殽无别；待圣人而后各得其所者，可无思乎？彼序诗者，妄人尔！不知此理，乃以言一国之事谓之风，言天下之事谓之雅；政有小大，故有小雅，有大雅；颂则以其成功告于神明。其言皆惑。既以风为诸侯，又以《周南》为王者之风、后妃之德，何耶？借谓文王在当时犹为诸侯，故得谓之风，而豳诗乃成王之时周公之事，亦列于风，岂当时亦未为王乎？故谓《黍离》降而豳诗亦降矣。观此，言风之谬可知。既以《小雅·蓼萧》为泽及四海，以《湛露》为燕诸侯，《六月》、《采芑》以为北伐南征，王者之政，孰有大于此？又以小雅为政之小，何耶？吾不知《常武》之征伐，何以大于《六月》、《卷阿》之求贤何以大于《鹿鸣》？观此，言雅之谬可知。颂者，谓其称君之功德则是矣，何必告神明乎？岂不告神明，则不得为颂也哉？既以《敬之》为戒成王，《小毖》为求助，与夫《振鹭》、《臣工》、《闵予小子》皆非告神明而作也。观此，言颂之旨又不通矣。今田夫里妇皆能卿士之歌，此即古风之遗体也。唐人作《(平)淮夷雅》，汉人作《圣主得贤臣颂》之类，此即古之雅、颂遗体也，何用他说乎？""言风之谬可知"，"言雅之谬可知"，"言颂之旨又不通"，都是他对《诗序》的批评。

　　《续集》卷一三论史书门类云："史之目不一，而其凡有二：曰纪载之史，曰纂修之史。时政有记，起居有注，其纪载之史乎？纂修之史，名目滋多：实录云者，左氏体也；正史云者，司马体也；纪其大事则有玉牒，书其盛美则有圣政，总其枢辖则有会要。其曰日历，合纪注而编次之也；其曰宝训，于实录正史之外而撰定之也。其为书也详，其为职也重。任是责者，岂容以易为哉！"

　　其《诸史门》论史体之失，首引《史通》论《史记》得失，或分类不当，或失之繁琐。《续集》卷一三引《史通》云："《龟策》不当谓之传。寻子长之列传也，其所编者，惟人而已矣。至于龟策异物，不类肖形，而辄与黔首同科，俱谓之传，不其怪乎？且《龟策》所记，全为志体，向若与八书齐列而定以书名，庶几物得其朋，同声相应者矣！"

又云："《史记》体之失，撰录之烦。寻《史记》疆宇辽阔，年月遐长，而分以纪传，散以书表。每论家国一致而秦越相辽，叙君臣一时而参商是隔者，为其体之失者也。兼其所载，多聚旧记，时插杂言，谓采《国语》、《世本》、《战国策》，故使览之者言罕异闻，而语饶重出，此撰录之烦者也。"《续集》卷一六论诸史得失云："编年《隋志》谓之古史，唐谓之编年。《春秋》、古史皆编年也，易编年而为纪传，自迁、固始。迁、固之后，《纪年》出于汲冢，《汉纪》作于荀悦。故张潘、袁宏作《后汉纪》，习凿齿作《汉晋春秋》，干宝、陆机之《晋纪》，裴子野之《宋略》，吴兢、韦述《唐春秋》，近世司马公《通鉴》，皆编年也。验之《唐志》，作者无虑四十余家。后世观者，多嗜纪传而厌读编年。编年之书，自《春秋》及左氏、《通鉴》之外，如荀悦《汉纪》之类，至有耳不闻目不睹者，何也？意者纪传之体，随其人之终始，事之纲目，即于一纪一传见之，故观者易知也。编年之法，具一代之本末，而其人之始终，事之表里，则间见杂出于其间，故观者难于遽见。又纪传多载奇怪不经之语，而编年则不可以泛纪也。爱奇厌常，舍难就易，文人才子之习云耳。必有史才者，欲知去取予夺之大法，则编年之书目熟而心究之矣。"

卷二一《文章门·评文类》论后世文体越来越繁富云："文章者，孔子曰：焕乎其有文章。子贡曰：夫子之文章，可得而闻也。盖诗言志，歌永言。不歌而诵谓之赋。古者登高能赋，山川能祭，师旅能誓，丧纪能诔，作器能铭，则可以为大夫矣。三代之后，篇什稍多。又训诰宣于邦国，移檄陈于师旅，笺奏以申情理，箴诫用弼违邪，赞诵美于形容，碑铭彰于勋德，谥册褒其言行，哀吊悼其沦亡，章表通于下情，笺疏陈于宗敬，论议平其理驳。难考其差，此其略也。"论及诗、歌、赋、祭、誓、诔、铭、训诰、移檄、笺奏、箴诫、赞诵、碑铭、谥册、哀吊、章表、笺疏、论议等多种文体。

《续集》卷一七《文章门·诸家之文》评各家特点及得失，引柳宗元《答韦中立论师道书》云："参之《穀梁》，以厉其气；参之《孟》、《荀》，以畅其文；参之《庄》、《老》，以肆其端；参之《国语》，以博其趣；参之《离骚》，以致其幽；参之太史公，以著其洁。"又云："前辈文章，各有所短。苏明允不能诗，欧阳永叔不能赋，曾子固短于韵语，黄鲁直短于散语，苏子瞻（原作章，据《后山集》径改）词如诗，秦少游诗如词"；"文体、文指、文趣，韩、欧得其体而尺度传，周、程悟其指而户庭辟，乾淳二三君子会其趣而流派演。其余如《上林》一赋，喜动九重；《长杨》一赋，见推当代"；"文章各有所长。人之为文，各有其所长。讽谕之诗长于激，闲适之诗长于遣，感伤之诗长于切，五字律诗百言而上长于赡，五百字言而下长于清，赋赞箴戒之类长于当，碑纪叙事制诏长于实，启奏表状长于真，书檄词策剖判长于尽。"

256

八　史绳祖《学斋佔毕》论"一字诗不始于东坡"

史绳祖(1192—1274)字庆长,眉山(今属四川)人。笃志强学,曾师从魏了翁。官至朝请大夫,直焕章阁,主管成都府玉局观。能诗。著有《孝经注》、《池阳讲书本末》,已佚。今存《学斋佔毕》四卷。《四库全书·学斋佔毕》提要称该书"考证经史疑义……援据辨论,精确者为多,亦孙奕《示儿编》之亚。"

其《坡诗不入律》云:"黄鲁直《次东坡韵》云:'我诗如曹、郐,浅陋不成邦。公如大国楚,吞五湖三江。'其尊坡公可谓至,而自况可谓小矣。而实不然。其深意乃自负,而讽坡诗之不入律也。曹、郐虽小,尚有四篇之诗入《国风》;楚虽大国,而《三百篇》绝无取焉。至屈原而始以《骚》称,为变《风》矣。黄又尝谓'坡公文好骂,谨不可学';又指'坡公文章妙一世,而诗句不迨古人',信斯证也。"①这不过是宋代流行的苏、黄争名说的表现之一,清人田雯说:"坡公于山谷,则数效其体,前哲虚怀,往往如是。"②所举的"坡诗不入律"正是苏轼"效黄庭坚体"比较有名的《送杨孟容》,黄庭坚次韵,题作《子瞻诗句妙一世,乃效庭坚体,盖退之戏效孟郊、樊宗师之比,以文滑稽耳。恐后生不解,故次韵道之》。黄诗所用韵即苏轼《送杨孟容》之韵("我家峨眉阴,与子同一邦")。黄诗虽出以诙谐戏谑之语,但与元丰元年的《古诗二首上苏子瞻》一样,执弟子之礼至恭。

其《五平五侧(仄)体》引《西清诗话》论仄体诗云:晏殊守汝阴,梅圣俞往见之,置酒颍河上。晏谓"古人章句中,全用平声,制字稳帖,如'枯桑知天风'是也,恨未见侧字耳"。圣俞遂作五侧体四十字寄公,即《舟中夜与家人饮》:"月出断岸口,影照别舸背。且独与妇饮,颇胜俗客对。月渐上我席,暝色亦稍退。岂必在秉烛,此景已可爱。"但史绳祖认为五平五侧古亦多有:"余又尝观陶渊明诗'万族各有托',韩文公诗'此日足可惜',杜工部诗'寂寞白兽斗',皆杰句也。其余诸家五平五侧句甚多,至皮日休、陆龟蒙,又有五平五侧倡和,在《松陵集》中。藉曰:'余子纷纷不足数',而陶、杜、韩之句可忽乎?"由此可见史之渊博。

其《一字诗不始于东坡》云:"坡公诗集中有《和郭正辅一字诗》云:'故居剑阁隔锦官,柑果姜桂交荆菅。奇孤甘挂汲古绠,侥觊敢揭钩今竿。已归耕稼供稿秸,公贵干国高巾冠。改更句格各謇吃,姑固狡狯加间关。'又有《郊居江干坚关扃》③一首及四

---

① (宋)史绳祖《学斋佔毕》卷二,文渊阁四库全书本。

② (清)田雯《古欢堂集》卷一七《论七言古诗》,文渊阁四库全书本。

③ 应为《西山戏题武昌王居士》:"江干高居坚关扃,犍耕躬稼角挂经。篙竿系舸菰茭隔,笳鼓过军鸡狗惊。解襟顾景各箕踞,击剑赓歌几举觥。荆笄供脍愧搅聐,干锅更戛甘瓜羹。"

言一首,亦名吃语诗。注家及《苕溪渔隐》俱以为公出意以文为戏。余尝观唐人姚合少监诗集中,有《洞庭蒲萄架诗》云:'萄藤洞庭头,引叶漾盈摇。皎洁钩高挂,玲珑影落寮。阴烟压幽屋,蒙密梦冥苗。清秋青且翠,冬到冻都涸。'则此体已具矣。坡公不过才高记博,造句杰特有来处,因前人之体而为戏耳。若直指为坡,则寡见可笑矣。""一字诗"的含义历来说法不一,《苕溪渔隐丛话》前集卷二引《蔡宽夫诗话》云:"声韵之兴,自谢庄、沈约以来其变日多。四声中又别其清浊,以为双声一韵者以为叠韵,盖以轻重为清浊尔,所谓前有浮声则后有切响是也。"双声者同音而不同韵,叠韵者同音又同韵,一字韵即古之双声。今人一般以一字诗与吃语诗为不同诗体:"一"字笔画最少,但含义不同,有"一"、"独"、"满"、"全"等多义。经诗人巧妙安排,错落有致,如"一帆一桨一渔舟,一个渔翁一钓钩。一俯一仰一场笑,一江明月一江秋";"一花一柳一鱼矶,一抹斜阳一鸟飞。一山一水中一寺,一林黄叶一僧归。"而史绳祖所举,后世叫绕口令或吃口令,史之渊博在于指出此体非始自东坡,唐末姚合已有此体。

九　祝穆《古今事文类聚》的文体资料

祝穆(生卒年不详)初名丙,字和甫。宋新安(今安徽歙县)人,徙居崇安(今福建武夷山市)。与弟癸同学于朱熹,以儒学知名。性温行醇,文章富赡,以程元凤、蔡杭荐授迪功郎。其著述今存《方舆胜览》七十卷,《新编四六宝苑群公妙语》四十三卷,《古今事文类聚》前集六十卷、后集五十卷、续集二十八卷、别集三十二卷、新集三十六卷、外集十五卷、遗集十五卷。其中,前、后、续、别四集,皆祝穆撰;新集、外集,元富大用撰;遗集,元祝渊撰。合为一编,不知始自何人。此书仿《艺文类聚》、《初学记》之体而为之。其自序论"抄录以备遗忘"之重要云:"讲学固以穷理为尚,而考古订今亦必资记问之博。使有一书之未读,一物之不知,则将见群疑塞胸,无说可祛,万事搏手,无术可应,此其患在学力之未充,而亦记问空疏之过也。由是观之,讲学之与记问虽若轻重之不侔,而又奚可偏废哉? 然记事为难,记文为尤难,彼答所问数条于宾客对食之顷,写《党锢》一传于远谪无书之乡,是乃天禀之异,不能人人而然。其或抄录以备遗忘,虽去记问远甚,毋亦犹贤乎已。穆至愚陋,且复善忘,凡观古人嘉言粹行,大篇短章,始固拳拳服膺,久则惘然不复可忆。未几悔悟,随即疏记,积以累年,遂成巨帙,第丛穰猥杂,每以散无统纪病之。因考欧阳询、徐坚所著类书,采摭事实及诗文合而成编,颇有条理,暇日仿其遗意,诠次旧稿,自羲农以至我宋,各循世代之次,纪事而必提其要,纂文而必拔其尤。编成辄以《古今事文类聚》名之。"①《四库全书总目》对此书评价甚高："是书所载必举全文，故前贤遗佚之篇间有藉以足征者。如束皙《饼赋》、张溥《百三家集》仅采数语，而此备载其文，是亦其体裁之一善。在宋代类书之中，固犹为可资检阅者矣。"兹举数例以见一斑。

《古今事文类聚》的资料论及多种文体，如稗官小说、记、墓铭、行状、铭、颂、赞、连珠等。其《前集》卷六〇《丧事部·行状出于门生》引李翱《百官行状奏》云："凡人之事迹，非大善大恶，则众人无由知也。故旧例皆访问于人，又取行状以为据。今之作行状者非其门生，即其故吏，莫不虚加仁义礼智，妄言忠肃惠和，或言盛德大业远而愈光，或言直道正言殁而不朽，曾不得直叙其事，而行状不足以取信。今请作行状者，但指事说实，直载其词，则善恶功迹皆足以自见矣。"这与苏洵《与杨节推书》所发的感慨相似："恃以作铭者，正在其行状耳。而状又不可信，嗟夫难哉！"续集卷二四《歌舞部》引《群书要语》详尽列举了歌体的不同称谓："人声曰歌，歌，柯也，如草木有柯叶也《释名》。齐歌曰讴，吴歌曰歈，楚歌曰艳，淫歌曰哇梁元帝《纂要》，又有清歌、高歌、安歌、缓歌、长歌、浩歌、雅歌、酣歌、怨歌、悲歌、劳歌。振旅而歌曰凯歌，堂上奏乐而歌曰登歌，亦曰升歌含《乐志》。比于琴瑟曰歌，徒歌曰谣，亦谓之喟《尔雅》。"同卷又云："《诗》三百五篇，商周之歌词也"；"秦、汉以下之歌辞也，其源出于郑、卫，盖一时文人有所感发，随世俗容态而有作也"；"更五胡之乱，北方分裂……故其讴谣杂揉华夷，焦杀急促，鄙俚俗下，无复节奏，而古乐府之声律不传"；唐"开元、天宝间，君臣相与为淫乐，而明皇尤溺于夷音，天下薰然成俗。于时才士，始依乐工拍担之声，被之以辞句之长短，各随曲度，而愈失古之声依永之理也。温（庭筠）、李（商隐）之徒，率然抒一时情致，流为淫艳猥亵不可闻之语"。他特别看重宋曲："我宋之兴，宗工巨儒文，力妙天下者，犹祖其遗风，荡而不知所止，四方传唱，敏若风雨焉《能改斋谩（漫）录》。"

十　林駉《古今源流至论》论诗、文、骚、总集、科举文体等

林駉（生卒年不详）字德颂，宁德（今属福建）人。博极群书，山经地志、释典道籍、稗官小说无所不读，尤悉当代典故，以《易》魁乡荐。尝谒转运使江万里，江以赋试，称赏不已。后聚徒讲学，邻邑争迎为师。著有《古今源流至论》。《四库全书·古今源流至论》提要云："《古今源流至论》前集十卷、后集十卷、续集十卷，宋林駉撰。别集十

---

① （宋）祝穆《古今事文类聚》卷首，四库全书本。

卷,宋黄履翁撰……是编于经史百家之异同,历代制度之沿革,条列件系,亦尚有体要。虽其书专为科举而设,而有宋一代之朝章国典,分门别类,序述详明,多有诸书所不载者,实考证家所取资,未可以体例近俗废矣。"

《古今源流至论》的文体论十分丰富。其《杂体》实论诗文诸体皆源于六经,阐明了他对诗文体类的看法,主旨是"议论不本于孔氏,则厌常喜异,不足以垂后世之训;文章不祖于六经,则夸多斗靡,不足以该天下之理。"其下分别就诗章辞赋、记述之文、奏议之文、进士之文、序述之文的体裁和风格作了具体阐述,认为《诗》变为《离骚》之后,贾谊作《吊湘赋》,扬雄作《畔牢愁》,是或怨或哀之诗;"《书》自诰命之文不传,而为制、为诰、为表者,皆《书》之宗派也。《诗》自《明良》之歌不作,而为赋、为颂、为箴者,皆诗之源流也。后之曰记传、曰志赞,本《春秋》之遗策也;后之曰序、曰记,即《易》与《记》之遗体也。然则学必尊师而后天下无异说,文必尊经而后天下无异论,此古今之格言也。"以文而论,他推崇诸葛亮的《出师表》;以诗而论,他推崇杜甫,认为"汉、晋而下,惟唐之韩、柳,文章机轴,自成一家,当于古人中求之","韩之《淮西碑》,孙觉喜其叙与铭得诗书之体;韩之《盘谷序》,坡老谓唐无文章,惟此篇而已";"柳之诗,东坡称其在韦苏州(应物)之上;柳之序,前辈称《送僧浩然》一篇,无六朝风采;柳之碑,东坡称《曹溪》、《南岳》诸碑妙绝古今":"盖《诗》葩《易》奇,《盘》、《诰》诘屈,《春秋》谨严,韩之所学者在是,则捕龙蛇,抟虎豹,急与之角而不敢暇者宜矣。上而《诗》、《易》、《春秋》,下而《左氏》、《国语》,柳之所学者在是,则轧汉、周而凌晋、宋,凛然为一王之法者宜矣。噫!韩、柳远矣。文气雕丧,'三百年来文不振,直从韩柳到孙丁',吾于我朝诸公见之。夫论制诰之文,非骈丽俳优之为美,而以体制谨严之为高。苏公行吕惠卿之谪辞,众口称快;钱穆父之行章子厚(惇)谪辞,切中事情;范纯仁之《遗表》,辞意感切。是文也,非六经简严之体欤? 论记述之文,非铺陈华丽之为巧,而以规切讽谕之为工……范文正之记《岳阳楼记》,有对景自警之辞;张伯玉之记《六经阁》得尊六经、黜百氏之意。是文也,非六经纪实之旨欤? 其奏议也,颍滨之言条例司,东坡之论买灯,张方平之谏用兵,郑介夫(侠)之辞除授,笔势翩翩,炳然仁义之美谈,非得《伊训》、《召诰》之意乎? 其诗章也,杨公之赋《朝京阙》;欧公之《咏春帖》;坡公之讽水利,中存讽谕,蔼然箴美之遗意,非得周《雅》商《颂》之体乎? 进士之文,王曾以赋策勋而为贤相;张庭坚以经义进而为名臣,则不可以科举轻视也。序述之文,程伊川自序《易传》、《春秋传》,游定夫(酢)为孙莘老(觉)序《周易传》,则不可以序体概论也。……况我朝诸公以六经为准的,以孔、孟为宗师,以仁义礼乐为酝藉,以箴规讽谏为旨要,则含商嚼羽,戛金切玉,岂非周情孔思之遗乎? 尝谓孔子之学,历战国而病,至孟子则复起;孟子之学,历汉、魏而病,至韩、柳则复起;韩、柳之学,历五代而病,至我朝诸君子则复起。得非圣经之未坠欤？斯文之未丧欤？六经简严，与天地并传，而无一日之或息欤？不然，何其抑之未久而复伸，晦之未几而卒明也？"①

其《论诗》论诗之体制源流，论及歌、赋、吟、叹、乐府、三至八言诸体："周诗三百，盖经圣人手也。一歌一咏，尚有源流，则后之骚人墨客与盟诗坛者，其可不祖《风》、《雅》之体乎？是故'诗言志，歌永言'，后世效之以为歌；'一曰风，二曰赋'，后世拟之以为赋。'吟咏情性'，转而为吟；'故嗟叹之'，易而为叹。自诗变为乐府之后，孔子作《龟山操》（韩愈《龟山操》注：孔子以季桓子受齐女乐，谏不从，望龟山而作操）。伯奇作《履霜操》尹吉甫子名伯奇，无罪为后母谮而见逐，自伤，作《履霜操》，牧犊子作《雉朝飞》齐牧犊子七十无妻，见雉双飞，感而作《雉朝飞操》，即或忧或思之诗。自《诗》变为《离骚》之后，贾谊之《吊湘》，杨雄之《畔牢愁》，即或哀或愁之诗。凡此，皆诗之体制源流也。'振振鹭'，三言之所起；'关关雎鸠'，四言之所起；'维以不永怀'，五言之所起；'鱼丽于罶鲂鲤'，六言之所起；'交交黄鸟止于棘'，七言之所起；'我不敢效我友自逸'，八言之所起。凡此，皆诗之句读源流也。"

其《离骚》对屈原骚体作了充分肯定，反驳后世对《离骚》的不公正批评："东坡以骚为风雅再变，而读者谓得体。温公不以骚编入《通鉴》，而论者谓未纯。嗟夫，坡公所学有得于骚、固也，而温公所以不录者，以其例不取诗赋，或者乌可执是而轻讥哉？读《鸱鸮》之诗，不可不知周公忧周之情；读灾异之疏（《条灾异封事》），不可不知刘向伤汉之意；读《离骚》之赋，不知原之拳拳为楚，亦未为知原者。"他对"贾谊以凤凰千仞而讥平（屈原）矣，扬雄以湛身而笑平矣，班固以露才扬己议平矣"不以为然："不思谊之《鵩赋》不若平之以鸿鹄虬龙而喻君子，雄之投阁不若平之抱石江滨而馨风千古，固之赋《燕然（铭）》以媚悖逆之臣，不若平之独醒而不啜其醨也。不特此耳，《九歌》之辨，取其禹之平水土而牧养群生，即骨虽朽而目不瞑于湘水矣。噫！安得东坡、山谷，与之读《骚》经哉！"

其《文选》、《文粹》、《文鉴》从选文标准和角度的不同论前人评这三部总集多意见相左："论汉魏以后之文，莫备于《文选》，论李唐之文莫备于《（唐）文粹》，论圣宋之文莫备于《（皇朝）文鉴》。噫，文之难评也尚矣。相如《上林》之赋，刘勰称其繁类成艳，为辞赋之英特；而李白之序《大猎》，复谓穷壮极丽，何龌龊之甚。其去取之不一如此，则《选》之所录汉赋，果安从哉？韩昌黎《毛颖传》，旧史鄙其讥戏，不近人情；小宋（宋祁）复谓《送穷文》、《毛颖传》皆古人意思未到，可以名家；其抑扬之不一如此，则《粹》之所编唐集，果安适哉？范文正（仲淹）《岳阳楼记》，后山（陈师道）谓其累世以为奇，

———————————

① （宋）黄履翁《古今源流至论》前集卷二，文渊阁四库全书本。

尹师鲁（洙）复谓传奇体耳，其品藻之不相入如此，则《鉴》所论本朝之文又何如哉？"他自己的"平心"之论则是三部总集选诗选文角度和标准不同，故不能一概而论："虽然文章美恶自有定论，去取当否要终自见。吾平心论之则曰《选》，曰《粹》，曰《鉴》之所集有不难辨者，且萧统尽索自古文士之作，筑台选之，始于楚骚，讫于江左，为卷三十，名之曰《选》，且曰：'章、表、记、颂、诗、赋、书、论亦各有体，苟失其体，虽工弗取，其用工多矣。'姚铉尽取唐人之文拔其尤者，先后三变，无不编次，为卷一百，命之曰《粹》，且曰撷英掇华，正以古雅，侈言蔓辞，率皆不取，其用心劳矣。"历代诗文的风格也不同，其选自然不无可议："夫以上下数千年间，骚人墨客，雄辞杰笔，有声翰墨，无毫发遗。是集也或如松林竹径，清阴邃密，下临清流，莹然可爱，使人萧然忘尘埃之意，其清如此。或如园林华发，低红昂紫，丽服靓妆，杂游其间，使人熙熙然神怡气定，其和如此。然其间纂次之不公，品题之未当，尚不免前辈之议，则以《选》自名者或有可删之文，以《粹》自命者多有疵之体，亦何取于勤且博哉？"因此"统之去取不能逃后世之议"，"铉之编次不能掩天下之公"。林骃作为宋人，故对宋代诗文和《皇朝文鉴》特别推崇："如众星列宿争芒于层汉也，如象齿犀角充斥于天府也。自今观之，经学至国朝而愈明……诗体至国朝而始正，发于讽咏有《三百篇》之意，苏东坡之直节劲气，傲雪凌霜，黄鲁直之风韵洒落，光风霁月，其与乐天（白居易）之放荡，愚溪（柳宗元）之嘲怨，《粹》皆所采取者，是乎否乎？文章杂体，至我国朝而尤盛，缙绅扬厉之文如梁周翰《五凤楼赋》，铺陈艺祖圣德；进士科举之文如王曾之《有物混成（赋）》，盖有古诗风骨；名臣奏议之文如张方平之《谏用兵》，东坡之疏《买灯》，颍滨（苏辙）之言《条例》，尤其表里愈伟者。彼《选》之杂赋、谏书，《粹》之表、颂、铭、赞，微夫斯之为文也，视此不亦恧（惭愧）乎？虽然，国朝之文所以媲坟袭典，超汉轧唐，杰然为一代之盛者有由也。'三百年来文不振，直从韩柳到孙丁'，此文之始倡也；'六十年来旺气消，文章化入山川手'，此文之再变也。'曾子文章众无有，水之江汉星之斗'，此文之愈盛也。王元之（禹偁）、穆伯长（修）导其源，尹师鲁（洙）、孙明复（复）疏其流，庐陵（欧阳修）、临川（王安石）、眉山（苏轼）、南丰（曾巩）助其澜，鸣律和吕，嚼羽含宫，则气骨安得不古，议论安得不正哉？"

其前集卷三《策试》论策体云："策所以陈时务也，问以时政之得失，咨以生民之利病，欲其有裨国议也。名之以敢言，称之以极谏，欲其无有隐情也。士而无志于世则已，苟有志焉则条对，洋洋皆正大刚直之言，持论鲠鲠尽激厉奋发之气，孰肯以得失计较，恐其见黜，不肯极言时政以贻先辈之议哉？"其下论汉代对策以董仲舒为首，"三篇之对，议论渊源，理义酝藉"；唐代制策以刘蕡称首，其《应贤良方正能直言极谏科策》"劲气直节，凛凛逼人，力攻藩镇之强，痛斥阉寺之横"，"皆以策显也。其间笔势翩翩，言论洒洒,铿锵于汉唐之间,亦皆足取也。"其他或"舍心腹之疾而论皮肤之患","弃豺狼而问狐狸,君子尤谓之不知务。嗟夫,士君子之平居暇日击节伊、周,高谈孔、孟,议论动人,洒然可听。去取念重,卷舌自默,此所谓修于家而坏于天子之庭也,尚安有所学哉?"末论宋朝策试有二,一为制科,一为进士科:"名公硕望,辈出科目,议论表表,洋乎董、刘之对","张方平《平戎十策》杰然于贤良之科,苏子由(辙)直言君相,拔出于方正之对,此制科之得人也。范钺当熙宁之初,直诋时政,而不恤大臣之怒;张九成当绍兴之时,公言百执而不惮天子之嫌,此进士之得人也。上以直言求之,下以直言应之,虽古君臣规戒之意亦不过是也。虽然,司马君实(光)之司文衡,则东坡之策以直对;吕惠卿之任考校,毋怪叶祖洽之不奉新法也。此先辈所谓对者之是非在考官之去取,诚至论欤!""对者之是非在考官之去取",确为至理名言,但"考官之去取"却在于整个朝廷有无纳正言之勇气。

其《表志》上、下论史书的表、志、书诸体,认为班固不及司马迁远甚:"昔邵氏(指邵博《闻见后录》卷八)论班固表志之优劣,谓迁作历代史表志,当著历代;固作汉史表志,不当著历代。呜呼,固之不及迁者岂止是哉? 夫子长(司马迁)负迈世之气,登龙门,探禹穴,采摭异闻,网罗往史,合三千年事而断之于五十万言之下,措辞深,寄兴远,抑扬去取,自成一家,如天马骏足,步骤不凡,不肯少就于笼络。彼孟坚(班固)摹规仿矩,甘寄篱下,安敢望子长之风耶? 夫表者兴亡理乱之大略,而固之表则犹谱牒也;书者制度沿革之大端,而固之志则犹案牍也。"

其《宏词》反对全盘否定科举考试,特别是制科所试的记、序、箴、铭、表章、露布、檄书、戒、颂等应用之文:"唐人尝行是科矣,而韩昌黎(愈)谓古之豪杰必惭是选;国朝亦行是科矣,而杨龟山(时)谓古人得已似不如此。嗟夫,设科本得士而反以累士,又果何取哉? 然自乡举里选之法坏,士之抱寸长,挟一艺者,其肯与草木俱腐,不得不奋于科目之中。况润色皇猷,黼黻王言,非老于文墨者谁能任之? 此唐人因隋,国朝因唐,于科举之外而设是科,未可执二公之说以议词学也。愚请先论沿革之制而后及于得人之盛,则亦无负于人国家矣。"其论宏词科沿革云:"夫宏词之创于隋,盛于唐",宋朝"国初有宏词拔萃科,有服勤词学科,或者此其兆欤。夫是科之复,盖起于绍圣罢诗赋之时也。于时议臣建言采唐人宏丽秀异之目,而谓词赋既罢,求天下应用之文,故特复此科焉。其目有记、序、箴、铭,有表章、露布,有檄书、戒、颂。每岁必试,而所试特四题尔。至于大观四年,则以绍圣为未备,而改为词学兼茂。绍兴之二年,则又以大观为未备,而改为博学宏词。其除去檄书而增入制诰者,大观之法也;其再复檄书而演为六题者,绍兴之法也。"继论此科"得人之盛":"自唐以至今日,其人材彬彬相望,盖为是科之荣尔……得人如唐之数子,亦何有于昌黎必惭是选之说哉？论事不及己之私,则有丁度；事君不发人之私,则有李熙靖、何正大也。程琳则不屈于继明,谭世绩则不附于蔡京,何刚方也！段少连伏阁于明道,晁咏之上书于元符,何鲠介也！噫,得人如我朝之诸公,亦何有于龟山古人得己之论哉？"最后论及各体特点:"学问无穷,文章无尽,科目不可以苟得,爵禄不可以滥取,是必思若涌泉如苏颋,气备中和如许景先,援准古谊如解事舍人(齐澣),文章显名如燕(燕国公张说)、许(许国公苏颋)手笔,然后可以展诏诰；必敷奏机辩如新丰布衣(马周),通达国体如洛阳年少(贾谊),以论议则郎颛之于灾异,以荐贤则孔融之称 鹗,然后可以为章表；扬清激浊,褒善贬恶,莫大乎浩诚。观夫宁慰父老之心,明谕天子之意(司马相如《谕蜀父老文》),则得体焉。运幕府之机,奏武功之捷者莫大乎露布,观夫马上占辞,敏若宿成(唐薛攸),则有法焉。条陈利害,警肃迩遐,莫大乎檄书。观夫千里论事,若对面语(房玄龄),则中度焉。托当时之事实,垂铭镂以无穷者,莫如铭。必若华山之作,高标赫世,半壁飞雨之辞可诵也。补衮职之将阙,防机微于未然,莫如箴。必若口戒之作,室本无暗,垣之有耳之言可佩也。翼乎如鸿毛遇顺风,沛乎如巨鱼纵大壑,斯可以言颂。襟三江而带五湖,控蛮荆而引瓯越,斯可以言记。李商隐所谓皇王之道尽识,圣贤之文尽知,然后可以为博学宏词。"论代言体的特点是"润色皇猷,黼黻王言",体裁包括诏诰、浩诚、露布、檄书、铭、箴、颂等,行文都要"得体"。

十一　王应麟《玉海》等的文体论

王应麟(1223—1296)字伯厚,号厚斋,自号深宁老人,鄞县(今浙江宁波)人。九岁通六经,学问该博。淳祐元年(1241)进士,宝祐四年(1256)中博学宏词科,官至礼部尚书兼给事中。事迹见《宋史》卷四三八本传、清钱大昕《王深宁先生年谱》。王应麟为宋末大儒,著述多达六百八十九卷,今存三十余种。其中,以《困学纪闻》二十卷、《玉海》二百卷、《词学指南》四卷、《诗地理考》六卷、《小学绀珠》十卷影响最大。诗文集有《深宁集》一百卷、《玉堂类稿》二十三卷、《掖垣类稿》二十二卷,已佚。明鄞县郑真、陈朝辅辑其遗作为《四明文献集》五卷,从书名看,似为四明的地方文献总汇,而实际却是王应麟的别集,故《四库全书总目》提要云:"一人之作冒总集之名也。"清代熊复辑三卷,汇为《深宁先生文抄》八卷。所存文多为制诰,《四库全书总目》谓其"以词科起家,其《玉海》、《词学指南》诸书,剩馥残膏,尚多所沾溉,故所自作,无不典雅温丽,有承平馆阁之遗"。童槐《深宁先生文抄后序》谓其学承吕祖谦,兼绍朱、陆,旁逮永嘉,所作文章,研极原本,"经史理学隐现其中"①。

宋代类书中的文体资料,一以宋初李昉等的《太平御览》、王钦若等的《册府元龟》,一以宋末王应麟的《玉海》、《辞学指南》、《困学纪闻》、《小学绀珠》为最丰富。

《玉海》二百卷是一部规模宏大的类书,是王应麟为自己应博学宏辞科试而编的类书。此科拟题为文,专务强记,虽日月名数,不可遗缺,故事类赅广,援据博洽。成书之后,其内容非止施于科目试,而成为具有广泛用途的类书。它对宋代史事大多采用"实录"、"国史"和"日历"三者的资料,故有较高的史料价值。卷末还附有《辞学指南》四卷,并有辑者所作《诗考》及《诗地理考》等十三种。《四库全书·玉海》提要云:"是书分天文、律宪、地理、帝学、圣文、艺文、诏令、礼仪、车服、器用、郊祀、音乐、学校、选举、官制、兵制、朝贡、宫室、食货、兵捷、祥符二十一门,每门各分子目,凡二百四十余类……其作此书,即为词科应用而设。故胪列条目,率巨典鸿章。其采录故实,亦皆吉祥善事,与他类书体例迥殊。然所引自经史子集、百家传记,无不赅具。而宋一代之掌故,率本诸实录、国史、日历,尤多后来史志所未详。其贯串奥博,唐、宋诸大类书,未有能过之。"在《玉海》的各个类目当中,不仅提供了大量的历史文献资料,还提供了代表这些文献来源的图书目录,有别于一般的类书。各卷涉及诗文体裁、体类者也很多,如诗、古史、正史、杂文、编年、实录、谱牒、诸子、总集、别集、记志、传、诗歌、赋、箴、铭、碑、奏疏、策、论、序、赞、诏、策、律令、檄书、露布、碑铭等等。兹举《玉海》卷一八九《露布》一条以见其体例:

> 露布。《通典》后魏攻战克捷,欲天下闻知,乃书帛建于漆竿上,名为露布,自此始也。《后汉·鲍昱传》:使封胡降檄。昱曰:当司徒露布。注:檄,军书,若今之露布也。《李云传》:露布上书。注:谓不封也。又:蜀汉露布天下,告谕伐魏。《文章缘起》曰:汉贾洪为马超伐曹操作。《魏志》注:虞松从司马宣王征辽东,及破贼,作露布。《世说》:袁宏倚马前作露布。后魏彭城王勰曰:露布者,布于四海,露之耳目。隋文帝开皇中,诏牛弘撰宣露布礼。九年平陈,元帅晋王以驲上露布,兵部奏请依新礼,集百官四方客使等,并赴广阳门外,内史令宣讫蹈舞者三,又拜而罢。《隋志》有杂露布十二卷,杂檄文十七卷,魏武帝露布文九卷。唐每平寇,宣露布。其日守宫量设群官,次露布,至兵部侍郎奉以奏闻,集群官东朝堂,中书令宣布。②

---

① (宋)王应麟《深宁先生文钞》附,道光九年刊本。

② (宋)王应麟《玉海》,文渊阁四库全书本。

所引正文,分别说明了露布的含义、源流,其小字注文,分别引《后汉(书)·鲍昱传》、《文章缘起》、《魏志》注、《世说》、《隋志》以作说明。其下自卷一八九至卷一九三下,皆引史料以作证。如《汉票骑将军破浑邪王》、《汉大将军围单于至阗颜山》、《汉伏波将军平南粤》、《汉中郎将平西南夷》、《汉横海将军平东越》、《汉将军平西羌》等。《玉海》对各种文体的论述有详有略,但格式大体如此。历代类书引文多为节录,此书多引全文,"与他类书体例迥殊",只有清代的《古今图书集成》采用此体。

《辞学指南》四卷,也是王应麟为博学宏词科考试而编撰的参考书。此书有两大特点,一是为博学宏辞科考试而作,故所论文体主要限于宋代特别是南宋辞科考试的诸文体。二是对所论文体的行款格式、源流演变、主要内容(宏词试格的十二种文体:制、诰、诏、表、檄、露布、箴、铭、记、赞、颂、序)都作了具体论述。其《辞学指南序》详尽论述了制科考试的演变过程,前论唐:

> 博学宏辞,唐制也。吏部选未满者试文三篇赋、诗、论,中者即授官,韩退之谓所试文章亦礼部之类,然名相如裴、陆,文人如刘、柳,皆由此选。制举又有博学通议、博通坟典、学兼流略、辞擅文场、辞殚文律、辞标文苑、手笔俊拔、下笔成章、文学优赡、文辞秀逸、辞藻宏丽、文辞清丽、文辞雅丽、藻思清华、文经邦国、文艺优长、文史兼优之名。

次论北宋:

> 皇朝绍圣初元,取士纯用经术。五月中书言,唐有辞藻宏丽、文章秀异之科,皆以众之所难劝率学者。于是始立宏辞科。二年正月礼部立试格十条章表、赋颂、箴、铭、诫谕、露布、檄书、序、记,除诏诰、赦敕不试,又再立试格九条,曰章表、露布、檄书以上用四六、颂、箴、铭、诫谕、序、记以上依古今体,亦许用四六。四题分两场,岁一试之。大观四年五月,以立法未详,改为辞学兼茂科。除去檄书,增入制诰。仍以四题为两场,内二篇以历代故事借拟为题,余以本朝故事或时事。盖质之古,以觇记览之博;参之今,以观翰墨之华。宣和五年七月,职方员外郎陈磷奏,岁试不无幸中,乃有省阅、附试之诏。由是三岁一试。

再论南宋:

> 绍兴三年,工部侍郎李擢请别立一科,七月诏以博学宏辞为名,凡十二体,曰

制诰、诏、书、表、露布、檄、箴、铭、记、赞、颂、序。今杂出六题,分为三场。每场一古一今。三岁一试如旧制。先是唯有科第者许试,至是不以有无出身,皆许应诏。先以所业三卷每题二篇纳礼部,上之朝廷,下中书后省,考其能者召试,其取人以三等。五年,王璧、石延庆首与选。嘉熙二年立辞学科,以今题四篇分两场行之,三年而废。景定二年,复辞学科,至四年而止。今唯存博宏一科。

最后总括说:

> 盖是科之设,绍圣专取华藻,大观傲尚淹该,爰暨中兴,程式始备。科目虽袭唐旧,而所试文则异矣。朱文公谓是科习谀谀夸大之辞,竞骈俪刻雕之巧。当稍更文体,以深厚简严为主。然则学者必涵泳六经之文,以培其本云。①

《玉海》卷二〇一附《辞学指南》带有总论性质,除自序外,还论及编题、作文法、语忌、诵书、编文等,其中多涉及文体。如《语忌》云:"夏文庄曰:'美辞施于颂赞,明文布于笺奏。诏诰语重而体宏,歌咏言近而音远。'""陆士衡曰:'铭博约而温润,箴顿挫而清壮,颂优游以彬蔚。'""廖明略曰:四六须要古人好语换却陈言。""韩子苍曰:为科举之文已略仿依三代之体,则他日遣言立意自当不愧于古人。鲁连之檄过于长戟劲弓,陆贽之诏贤于元勋宿将,文之不可已也如是。裴晋公不喜于平淮而喜于韩愈之碑,李卫公不喜于平潞而喜于封敖之制。""尹师鲁曰:文忌格弱字冗。""汪彦章谓傅自得曰:'今世缀文之士虽多,往往昧于体制。'"这里所说的颂、赞、笺、奏、诏、诰、歌咏、铭、箴、颂、四六、檄、碑、制等到都是指文体的体裁;"三代之体"、"文忌格弱"、"昧于体制"的体、格、体制,都兼指文体的体裁与风格;"语重而体宏","言近而音远","博约而温润","顿挫而清壮","优游以彬蔚","过于长戟劲弓","贤于元勋宿将"的比喻,则都是指文体的风格。

《诵书》则列举当时的名家名篇,如"四六当看王荆公、岐公、汪彦章、王履道,择而诵之。夏英公、元厚之、东坡亦择其近今体者诵之,如孙仲益、翟公巽之类,当节。当择总类佳者诵之,不必太求备。"其下分别列举当记诵的制、诏、表、箴、铭、记、赞、颂、序诸体的名家名篇,如表,就列举了罗畸《高丽修贡》、林虙《都城记》、吴兹《实录成赐宴》、谢醮《老人星》、晁咏之《皇子谢生日礼物》、滕康《野蚕成茧》、刘才邵《宣德楼上梁

---

① 《玉海》卷二〇一附《辞学指南》,四库全书本。《玉海》中卷二〇一、卷二〇二、卷二〇三、卷二〇四共四卷为《辞学指南》。

文》、俞授能《谢赐御制冬祀庆成诗》、袁植《燕山进士谢及第》、洪遵《代枢密使谢玉带》、洪迈《代守臣谢御书〈周易〉〈尚书〉》、祝天辅《贺庆云见》、叶谦亨《五色雀瑞麦芝草》、王端朝《庆云瑞粟野蚕茧》、周必大《交趾进驯象》等表文；铭则列举了罗畸《敔器》、谢歙《镂文红管笔》、王云《玉磬》、滕康《汉宣德殿马式》、詹叔羲《汉辅渠》、洪遵、洪适《克敌弓》、周麟之《黄帝景钟》、莫冲《汉瑄玉》、王端朝《汉芝车》等铭文。

《玉海》卷二〇二附《辞学指南》论制、诰、诏，卷二〇三附《辞学指南》论表、露布、檄，卷〇二四附《辞学指南》论箴、铭、记、赞、颂、序、试卷式、题名，皆分论制科各体应试之文，不能尽举，兹举一体以见其体例。如卷二〇二《制》，首先简述制的格式："云。具官某云云。于戏云云。可授某官，主者施行。"

次论制的源流："唐虞至周皆曰命，秦改命为制，汉因之，下书有四，而制书次焉。其文曰制诏三公。颜师古谓为制度之命。唐王言有七，其二曰制书，大除授用之。学士初入院，试制书批答，有三篇。又诗、赋各一道，号曰五题。后唐停诗、赋。白居易入翰林，以所试《制加段佑兵部尚书领泾州》。韩偓试《武臣授东川节度制》。此试制之始也。舍人不试，多自学士迁。"

三论语言形式及召试之因："制用四六，以便宣读。皇朝知制诰，元丰改中书舍人。召试中书而后除，不试号为异礼。所以试者，观其敏也。试制诏三篇，宰相俟纳卷始上马，翌日进呈，除目方下。"

四论字数限制："制、限二百字以上成。制、限一百五十字以上成。此即诰也。诏，限二百字以上成。学士不试，率自知制诰迁。此科所试文体略同。政和辛卯始以制命题，制诰诏书依例宰执进呈，周益公所谓'试言虽附于春官，拟制实关于睿览'。凡命宰相、三公、三少、节度使则用制麻，枢密使亦如之。后妃、东宫、亲王、公主不以命题。"

五引资料作具体说明："破题四句，或兼说新旧官，或只说新官"；"制头四句，能包尽题意为佳，若铺排不尽，则当择题中体面重者说，其余轻于散语中说，亦无害"；"制起须用四六联，不可用七字"；"制头四句说除授之职，其下散语一段略说除授之意"；"制辞须用典重之语，仍须多用《诗》、《书》中语言及择汉以前文字中典雅者用。若晋宋间语及诗中语不典者不可用。魏晋以来文史中语，间有似经语者亦可于制中用，但其间名臣非人共知者不必称引"；"作制只读今时程文，则或委靡；专学前辈文字，则或不合今之体制。要当用今体制，间取古人属对亲切，众所易见者依仿之可也。其他皆然，当作一册，编四六制头可用者作一处，褒辞可用者作一处。'于戏'可用者作一处，又当细分门类，如文武宗室各从其类。"

六举作品作进一步说明"文章以体制为先"，如孙觌《镇洮军节度使除太尉制》，洪遵《皇叔庆远军承宣使授昭化军节度使封安定郡王同知大宗正事制》，王璧《观文殿学士江南西路安抚大使授永兴军节度使开府仪同三司都督川陕荆襄路军马制》，莫冲《安远军节度使龙神卫四厢都指挥使御前诸军统制特授太尉殿前副都指挥使制》，并评论各家得失云："陆韶之制不蹈袭，甚得体，但起头以今格论之则不能尽见题；王日严一篇极有工夫，但'江山之秀，间值伟人'是当时谄语；制中散语不可四句相似，如两句用'之'字，则下两句用'以'、'而'字可也，不然则上两句'之'字在第五字，下两句'之'字在第四字亦可"；"西山先生（真德秀）曰：'辞科之文谓之古则不可，要之与时文亦复不同。盖十二体各有规式，曰制、曰诰，是王言也，贵乎典雅温润，用字不可深僻，造语不可尖新'"；"前辈制词惟王初寮（安中）、汪龙溪（藻）、周益公（必大）最为可法，盖其体格与场屋之文相近故也。其他如王荆公（安石）、岐公（王珪）、元章简（绛）、翟忠惠（汝文）、綦北海（崇礼）之文，亦须编《玉堂集》，自建炎至淳熙制词具备，亦用详看，盖凡用事造语皆当祖述故也"；"倪正父曰：'文章以体制为先，精工次之。失其体制，虽浮声切响，抽黄对白，极其精工，不可谓之文矣。凡文皆然，而王言尤不可以不知体制。龙溪、益公号为得体制，然其间犹有非君所以告臣，人或得以指其瑕者"；"攻媿楼公（钥）曰：'骈俪之体屡变，作者争名，恐无以大相过，则又习为长句，全引古语以为奇倔，反累正气。一联或至数十言，识者不以为善。惟龙溪、北海追还古作，谨四六之体。'"

《困学纪闻》二十卷，为王应麟所撰考证性质的学术专著，内容涉及传统学术的各个方面，其中以论述经学为重点。全书包括说经八卷，天道、地理、诸子二卷，考史六卷，评诗文三卷，杂识一卷。作者一生博洽多闻，有宋一代诸儒罕与其匹，学术渊源虽亦出自朱熹，但对朱子之舛误却敢于辨证，并不为师门所讳而坚持门户之见。乾隆《读王应麟〈困学纪闻〉》云："应麟博学多闻，著书颇富，而议论皆出于正。是编乃随笔考订，理融辞达，其说经具有渊源，深合内圣外王之旨。"[①]《四库全书总目·困学纪闻》提要称赞云："盖学问既深，意气自平，故绝无党同伐异之私。其所考核，率切实可据，良有由也。"书成以后，后世儒者均以为重。清人阎若璩、全祖望、程瑶田、何焯、钱大昕、屠继绪、万希槐七人为其作笺注，世称"七笺本"，后翁元圻更为作详注，称《翁注困学纪闻》，翁序称："《纪闻》一书，盖晚年所著也。先生博极群书，入元后寓居甬上，足迹不下楼者凡三十年，益沉潜先儒之说而贯通之。于汉、唐则取其核，于两宋则取

---

① （宋）王应麟《困学纪闻》卷首，文渊阁四库全书本。

其纯,不主一说,不名一家,而实集诸儒之大成。"①

此书间亦论及文体,其卷三《诗》云:"《诗》六义,三经,三纬,郑氏注《周礼》六诗及孔氏《正义》,其说尚矣,朱子《集传》从之。而程子谓诗之六体,随篇求之,有兼备者,有偏得一二者。《读诗记》谓风非无雅,雅非无颂,盖因《郑笺》豳雅、豳颂之说。然朱子疑《楚茨》至《大田》四篇为豳雅,《思文》、《臣工》、《噫嘻》、《丰年》、《载芟》、《良耜》等篇为豳颂,亦未知是否也。"可见《诗》之六义亦称六体。卷一八论联句体云:"《列女传》;《式微》,二人之作联句始此。皮日休云:'柏梁七言,联句兴焉。'《文心雕龙》云:'联句共韵,柏梁余制。'"又论挽歌云:"《左传》有《虞殡》,《庄子》有《绋讴》,挽歌非始于田横之客。"论回文诗云:"《诗苑类格》谓'回文出于窦滔妻所作'。《文心雕龙》云:'回文所兴,则道原为始。'又傅咸有《回文反复》,温峤有《回文诗》,皆在窦妻前。"

王应麟《小学绀珠》十卷,分门系事与诸类书略同,而每门之中以数为纲,以所统之目系于下,如两仪、三才、四大,则与诸类书迥异,遂为类事者别创一格。其《小学绀珠序》云:"君子耻一物不知,讥五谷不分,七穆之对以为洽闻,束帛之误谓之寡学,其可不素习乎?乃采掇载籍,拟锦带书,始于三才,终于万物,经以历代,纬以庶事,分别部居,用训童幼。夫小学者,大学之基也。见末知本,因略致详,诵数以贯之,伦类以通之,博而不杂,约不陋,可谓善学也已。"②

此书间亦论及文体,如卷四艺文类所载的《书》有六誓:甘誓、汤誓、泰誓、牧誓、费誓、秦誓;有七诰:汤诰、大诰、康诰、酒诰、召诰、洛诰、康王之诰;有四谱:国谱、年谱、地谱、人谱;史有二体:编年、纪传;帝书有四:策书、制书、诏书、诫敕;群臣书有四:章、奏、表、驳议;王言之制有七:册书、制书、慰劳制书、发敕、敕旨、论事敕书、敕牒;诗有二十四名:赋、颂、铭、赞、文、诔、箴、诗、行、咏、吟、题、怨、叹、章、篇、操、引、谣、讴、歌、曲、词、调之类。

第四节　宋人总集的文体分类及文体论

一　《文苑英华》的文体分类及其编纂得失

《文苑英华》上续《文选》,广收南朝梁末至唐代的诗文,张说、李商隐等的很多诗文即赖此书保存,是清人编《全唐诗》、《全唐文》的重要资料来源。

---

①　(清)翁元圻《翁注〈困学纪闻〉》卷首,中华书局四部备要本。

②　(明)王应麟《小学绀珠》卷首,文渊阁四库全书本。

　　李昉等编的《文苑英华》,凡一千卷,广收魏、晋至晚唐、五代诗文,选录作家近二千二百人,作品近两万篇,按文体分体编排,共分为三十八体:赋(卷一至卷一五〇)、诗(卷一五一至卷三三〇)、歌行(卷三三一至卷三五〇)、杂文(卷三五一至卷三七九)、中书制诰(卷三八〇至卷四一九)、翰林制诏(卷四二〇至卷四七二)、策问(卷四七三至卷四七六)、策(卷四七七至卷五〇二)、判(卷五〇三至卷五五二)、表(卷五五三至卷六二六)、笺(卷六二七)、状(卷六二八至卷六四四)、檄(卷六四五至卷六四六)、露布(卷六四七至卷六四八)、弹文(卷六四九)、移文(卷六五〇)、启(卷六五一至卷六六六)、书(卷六六七至卷六九三)、疏(卷六九四至卷六九八)、序(卷六九九至卷七三八)、论(卷七三九至卷七六〇)、议(卷七六一至卷七七〇)、连珠和喻对(卷七七一)、颂(卷七七二至卷七七九)、赞(卷七八〇至卷七八四)、铭(卷七八五至卷七九〇)、箴(卷七九一)、传(卷七九二至卷七九六)、记(卷七九七至卷八三四)、谥和哀册文(卷八三五至卷八三九)、谥议(卷八四〇至卷八四一)、诔(卷八四二至卷八四三)、碑(卷八四四至卷九三四)、志(卷九三五至卷九六九)、墓志(卷九七〇)、行状(卷九七一至卷九七七)、祭文(卷九七八至卷一千)。

　　三十八体之下还有分类,也就是我们说的体类,多数是按题材分类,也有进一步按文体细分的。如赋又分为三十九类,即天象:日、月、星、星斗、天河、云、风、雨、露、霜、雪、雷、电、霞、雾、虹、天仪、大衍、律管、气、象、空、光、明、骄阳;岁时:春、元日、春令、中和节、春傩、麦秋、七夕、七夕、秋冬、大傩、岁、寒、四时、闰、漏;地类:地、土、地图、土牛、土风、尘、泥、山、石;水:水、水镜、水轮、曲水、海、河、渭、潭池、墨池、盆池、泉、湍水、鸿沟、沤、潢污、尺波、溺、冰、井;帝德;京都:东都、西都;邑居:城关、桥、堤、墅;宫室:明堂、宫、殿、象魏、楼、台、阁、厦、柱础、阶堂;苑囿;朝会;禋祀:郊、大礼;行幸;讽谕;儒学;军旅;治道;耕籍;田;农附;乐:筝锌、琵琶、笙、箫、埙、箜篌、笛、磬、匏、乐器、观乐、听乐、乐、琴、丝、竹、声、歌、舞、钟、鼓;杂伎;饮食;符瑞;人事;志;射博奕;工艺;器用:鼎、剑、镜、书架、书轴、书袋、笔砚、欹器、扑、樽、扇、如意、麈尾、剪刀、瓢;服章:玉、象、环、印、笏、冠、衣、裘、履、舄;画图;宝:玉、珠、金;丝帛;舟车:车、舟;薪火;畋渔;道释;纪行;游览;哀伤;鸟兽;虫鱼;草木等等。其他如判又分为七十三类,表分为四十九类,基本上都是按题材内容分的。

　　而翰制诰下则按文体进一步细分为:赦书、德音、册文、制书、诏敕、批答、蕃书、铁券文、青词、叹文;杂文下又进一步分类,既涉及文体如问答、骚、杂说、辩论、箴诫、谏刺、记述、讽谕、论事、纪事,又涉及题材如帝屏、明道、赠送、征伐、识行。其他各体的进一步细分也有这种分类标准不统一的情况。

　　《四库全书·文苑英华》提要云:“初,梁昭明太子撰《文选》三十卷,迄于梁初。此书所录,则起于梁末,盖即以上续《文选》。其分类编辑体例亦略相同,而门目更为繁碎,则后来文体日增,非旧目所能括也。"由于《文苑英华》为总集,并未对各体文作具体论述,而只是对所收资料进行分体分类编排,而其分体分类又与《太平御览》相近。因此,仅就《文苑英华》在文体学上的资料价值看,远不能与《太平御览》媲美。而其所收唐文虽有不少论及文体者,但只能在各个作者名下论述,而不能作为《文苑英华》的文体观论述。

《文苑英华》所收以唐代作品为最多,约占全书十分之九,是清人编《全唐诗》、《全唐文》,严可均编《全上古三代秦汉三国六朝文》的重要资料来源。《张说集》虽有传本,但《文苑英华》多出杂文六十一篇。李商隐《樊南甲乙稿》早已失传,今所存者,乃从《文苑英华》录出。宋董弅《严陵集》所录前人诸作,除有专集者数人外,多数皆不知其名或虽知其名而不知其集,全赖《文苑英华》略存梗概。故《文苑英华》的存佚之功颇大。今所传唐人文集,文字往往与《文苑英华》有异同,故《文苑英华》又是重要的校勘依据。

明以前的总集实际上都是选本,萧统所编《文选》,书名就已标明它是选本。"略其荒芜,集其菁英",这是选本式总集的共同特征。多达千卷的《文苑英华》,实际上也是选本。《文苑英华》"全卷收入"者仅柳宗元等数人,对此,周必大已有微词。其《文苑英华序》云:"是时印本绝少,虽韩、柳、元、白之文尚未甚传,其他如陈子昂、张说、(张)九龄、李翱等诸名士文集世尤罕见。故修书官于宗元、居易、权德舆、李商隐、顾云、罗隐辈或全卷取入。当真宗朝姚铉铨择十一,号《唐文粹》,由简故精,所以盛行。近岁唐文摹印浸多,不假《英华》而传。况卷帙浩繁,人力难及,其不行于世则宜。"①这颇能代表宋以前人对总集的看法,都是主张"集其菁英"的。

奉命编纂,出自众手的官修书,往往不负责任,应付了事,粗制滥造,错误百出。《文苑英华》一千卷,编纂人员曾大换班。最初命李昉等十七人编纂,后来其中的绝大多数人均改他任,又命苏易简等共成之。像这样责任不专,当然会编得"舛误不可读"。周必大《文苑英华序》又云:"元修书时,历年颇多,非出一手。丛脞重复,首尾冲决。一诗或指为二,三诗或合为一。姓氏差互,先后颠倒,不可胜计。"最初准备刊印,因发现问题太多,真宗景德四年和大中祥符二年曾两次进行芟繁补阙和复核。南宋时又重新校正,但正如周必大所指出的:"时御前置校正书籍一二十员,皆书生稍习文墨者,月给餐钱,满数岁补进武校尉。既得此为课程,往往妄加涂注。"从这里可看出,由于参加人员太多,大家都不负责,敷衍应付;参预校正者的素质又太差,只不过是

---

① 《文忠集》卷五五。

"稍习文墨"而已。他们不懂版本,"国初文集虽写本,然校雠颇精。后来浅学改易,浸失本旨。今乃尽以印本易旧书,是非相乱",结果"使前代遗文幸存者,转增疵颣"。周必大的这篇序,充分说明集体编纂或校订总集往往很难保证质量。较之《文选》,《文苑英华》所选作品堪称又滥又缺,所收赋陈陈相因,最无足观,而唐诗的许多名篇,如杜甫的《咏怀古迹》、李白的《梦游天姥吟留别》都未收,宋之问的诗选了一百三十多首,柳宗元诗却仅选了一首。其取舍标准,实在令人不可思议。

中华书局《〈文苑英华〉出版说明》认为,北宋是否刊印过《文苑英华》,"由于史料记载的含混,已经很难断定"。但哲宗朝,高丽遣使臣金上琦乞市刑法之书、《太平御览》、《开宝通礼》、《文苑英华》,诏赐《文苑英华》一部,其他未与。哲宗初既送一部《文苑英华》给高丽,这样的千卷大书不大可能是抄本,可见北宋是刊印过此书的。今所存的最早版本有宋残本和明隆庆元年胡维新、戚继光刻本。1966年中华书局据宋残本和明刻本影印出版。丛书本有四库全书本。

1966年中华书局影印本《文苑英华》附录有宋彭叔夏的《文苑英华辨证》十卷。叔夏为庐陵人,自署乡贡进士,其他事迹不详。是书因周必大校《文苑英华》而作,前有嘉泰四年叔夏自序云:"《文苑英华》一千卷,字画鱼鲁,篇次淆乱,比他书尤甚。曩经孝宗皇帝乙览,付之御前校勘官,转失其真,详见益公序篇。公既退老丘园,命以校雠,肤见浅闻,宁免谬误? 然考订商榷,用功为多,散在本文,览者难遍。因荟萃其说,以类而分,各举数篇,不复具载。小小异同,在所弗录。"《四库全书总目》卷一六八《文苑英华辨证》提要云:"《文苑英华》本继《文选》而作……卷帙既富,牴牾实多。在宋代已无善本,近日所行,又出明人所重刊,承讹踵谬,抑又甚矣。叔夏此书,考核精密,大抵分承讹当改、别有依据不可妄改、义可两存不必遽改三例……用意谨严,不轻点窜古书,亦于是可见矣。"中华书局关于此书的出版说明也充分肯定了此书的价值,称其"体例谨严,论断精确,在我国校勘史上不失为一部有代表性的著作。"

二　姚铉《唐文粹》纠正西昆体之风

姚铉编的《唐文粹》是断代诗文总集。姚铉(968—1020)字宝之,庐州合肥(今属安徽)人。自云吴兴(今属浙江)人。太平兴国八年(983)进士甲科,知潭州湘乡县,通判简、宣、升三州。淳化五年(994),直史馆。至道初,迁太常丞,充京西转运使,移河东。咸平三年(1000),知郓州,加起居舍人,京东转运使,徙浙西路。与薛映不合,映摭其过以闻,贬连州文学。大中祥符五年(1012)移岳州,又移舒州。天禧四年(1020)卒,年五十三。《宋史》卷四四一有传。铉文辞赡敏,善笔札,有集二十卷,久佚。

姚铉编《唐文粹》是为了纠正当时正在流行的西昆体之风。西昆体的形成时间，正是姚铉编《唐文粹》的时间，他作《唐文粹序》的时间比杨亿作《西昆酬唱集序》的时间晚四年。其《唐文粹序》云："大中祥符之四，皇帝祀汾阴后土之月，吴兴姚铉集《文粹》成。《文粹》谓何？纂唐贤文章之英粹者也……今世传唐代之类集者，诗则有《唐诗类选》、《英灵》、《间气》、《极玄》、《又玄》等集，赋则有《甲赋》、《赋选》、《桂香》等集，率多声律，鲜及古道。盖资新进后生干名求试者之急用尔。岂唐贤之文，迹两汉，肩三代，而反无类次，以嗣于《文选》乎？铉不揆昧愪，遍阅群集，耽玩研究，掇菁撷华，十年于兹，始就厥志。得古赋、乐章、歌诗、赞、颂、碑、铭、文、论、箴、议、表、奏、传、录、书、序，凡为一百卷，命之曰《文粹》，以类相从，各分首第门目。止以古雅为命，不以雕篆为工。故侈言蔓辞，率皆不取。观夫群贤之作也，气包元化，理贯六籍。虽复造物者，固亦不能测研几而窥沈虑。故英辞一发，复出千古。琅琅之玉声，粲粲之珠光，不待泛天风，澈海波而尽在耳目。于戏！李唐一代之文，其至乎！"他显然是通过所编《唐文粹》来与当时流行的昆体诗文风格相对抗。这也是一篇重要的文论，提出了鲜明的选文标准。杨亿推崇李商隐的《樊南四六》，他选文、选赋却只取古体，而四六之文不录；《西昆酬唱集》所选都是近体诗，《唐文粹》所选诗歌却只取古体诗，而五七言近体诗皆不录；杨、刘诸人欣赏"雕章丽句"，他却以古雅为宗，不以雕篆为工，鲜明体现了他对西昆体的态度。

此书在宋代的影响比《文苑英华》还大，周必大《文苑英华序》在讲到《文苑英华》"印本绝少"而《唐文粹》"盛行"的原因时说："当真宗朝，姚铉铨择（《文苑英华》）十一，号《唐文粹》，由简故精，所以盛行。近岁唐文纂印寖多，不假《英华》而得传。况卷帙浩繁，人力难及，其不行于世则宜。"

《唐文粹》的文体分类及编序较之《文选》和《文苑英华》略有取舍合并，分为古赋（卷一至卷九）、诗（卷一〇至卷一八）、颂（卷一九至卷二二）、赞（卷二三至卷二四）、表奏书疏（卷二五至卷三〇上）、制策（卷三〇下）、文（卷三一至卷三三下）、论（卷三四至卷三八）、议（卷三九至卷四二）、古文（卷四三至卷四九）、碑（卷五〇至卷六五）、铭（卷六六至卷七〇）、记（卷七一至卷七七）、箴诫铭（卷七八）、书（卷七九至卷九〇）、序（卷九一至卷九八）、传录纪事（卷九九至卷一〇〇）。但体下按题材分类，再下按时间先后收作品则与《文选》、《文苑英华》相同，如《唐文粹》卷一分为圣德，收赋二篇：李华的《含元殿赋》，李白的《明堂赋》；失道，收赋一篇，杜牧的《阿房宫赋》。卷二为京都，收李庚《西都赋》、《东都赋》。卷一〇为诗，收古调，为古今乐章：琴操、古乐章、今乐章，其下再按时序收各个诗人的诗作，如古乐章收元结《补乐歌》十篇，皮日休《补九夏歌系文》九篇，今乐章下收魏徵等作《冬至日祀昊天圆丘乐章》八首，张说《开元乐章》十九首。

三　《西昆酬唱集》及后人对西昆体的误解

杨亿(974—1020)字大年,建州浦城(今属福建)人。幼颖悟,七岁能属文。博览强记,长于典章制度。诗歌宗尚李商隐,深沉含蓄,典雅华美,在宋初诗坛有很高声望,远胜宋初其他诗人。其后钱惟演、刘筠等起而仿效,递相唱和,时有"杨刘"之称,由是西昆诗风盛行,一扫晚唐、五代"芜鄙之气",宋初诗风为之一变。其诗主要以馆阁唱和、颂圣应制之作居多,也有少量借古讽今之作。艺术上主要师法李商隐,但有失偏颇,其流弊表现为雕章琢句,文辞艳丽,崇尚对偶,用典繁缛。预修《太宗实录》,全书八十卷,独草五十六卷;与王钦若同总领《册府元龟》编纂事。著述甚丰,多佚。现存《杨文公谈苑》一卷、《武夷新集》二十卷。编有《西昆酬唱集》二卷。

西昆体之名始于杨亿编的《西昆酬唱集》,其序云:

> 余景德中忝佐修书之任,得接群公之游,时今紫微钱君希圣、秘阁刘君子仪、并负懿文,尤精雅道,雕章丽句,脍炙人口。予得以游其墙藩而咨其模楷。二君成人之美,不我遐弃,博约诱掖,置之同声,因以历览遗编,研味前作,挹其芳润,发于希慕,更迭唱和,互相切劘。而予以固陋之姿,参酬继之末,入兰游雾,虽获益以居多,观海学山,叹知量而中止。既恨其不至,又犯乎不题,虽荣于托骥,亦愧乎续貂,间然于兹颜厚何已。凡五、七言律诗二百四十七章,其属而和者计十有五人,析为二卷,取玉山策府之名,命之曰《西昆酬唱集》云尔。①

因为历代对西昆体颇多误解和不公正的评价,故这里对西昆体略作较深入的阐释。西昆指西方昆仑群玉之山。《穆天子传》:"昔日,天子升昆仑之丘,以观黄帝之宫";"至于群玉之山……先王之所谓册府。"郭璞注:"言往古帝王以为藏书册之府,所谓藏之名山者也。"②杨亿等人奉诏在秘阁编修《历代君臣事迹》,秘阁是帝王藏书之地,正如西方昆仑群玉之山为藏书之府,故以《西昆酬唱集》名书。杨亿、刘筠、钱惟演三人之诗约占整个集子的五分之四,而且入集之诗,风格大体一致,在整个真宗朝直至仁宗初年影响甚大,学子纷纷效法,统治诗坛三四十年之久,被称为西昆体。

西昆体主要是就杨亿诸人的近体诗风而言,但也兼指他们所作的四六骈文。杨

---

① (宋)杨亿《西昆酬唱集》卷首,四部丛刊本。

② (晋)郭璞注《穆天子传》,文渊阁四库全书本。

亿诸人不仅诗宗李商隐,而且四六骈文也宗李商隐的《樊南四六》。田况《儒林公议》卷上云:"杨亿在两禁变文章之体,刘筠、钱惟演辈皆从而效之,时号杨、刘。三公以新诗更相属和,极一时之丽。亿乃编而叙之,题曰《西昆酬唱集》。当时佻薄者谓之西昆体。其他赋颂章奏虽颇伤于雕摘,然五代以来芜鄙之气由兹尽矣。"①这里就是并其诗文而言之。欧阳修《记旧本韩文后》:"是时天下学者,杨、刘之作号为时文(指四六骈文),能者以取科第,擅声名,以夸荣当世。"赵彦卫《云麓漫钞》卷八亦云:"本朝之文循五代之旧,多骈俪之词,杨文公(亿)始为西昆体。"②可见西昆体是包括四六骈文在内的。

因为西昆派作家皆宗李商隐,因此不少人把李商隐诗误称为西昆体。宋人释惠洪《冷斋夜话》卷四:"诗到李义山,谓之文章一厄,以其用事僻涩,时称西昆体。""时"者指李义山同时或其略后,但遍查唐人著述,并没有称李义山诗为西昆者。这大概是最早把李义山诗称作西昆体的,其后沿袭其误者不少。南宋严羽《沧浪诗话》:"西昆体即李商隐体,然兼温庭筠及本朝杨、刘诸公而名之也。"如果只是说西昆体即李商隐、温庭筠体,作为溯源是可以的;但严羽所说是兼及"本朝杨、刘诸公",而且在解释"李商隐体"时,也明确说"即西昆体也",可见他的说法与惠洪完全一致。其后金人元好问《论诗绝句三十首》、金人李纯甫《西昆集序》皆沿其误,清人吴乔甚至把解李商隐诗的专著题作《西昆发微》。但不少清人长于考证,对此多有驳正。清冯班《钝吟杂录》卷五《严氏纠谬》驳《沧浪诗话》云:"李义山在唐与温飞卿、段少卿号三十六体,三人皆行第十六也。于时无西昆之名,按此则沧浪未见。"钱曾《读书敏求记·西昆集跋》驳严羽云:"西昆之名创自杨、刘诸君及吾远祖思公(指钱惟演),大年序之甚明……今云即商隐体而兼庭筠,是统温、李先西昆矣。且'及'之云者,杨、刘反似西昆继起之人。疑误后学,似是实非。"翁方纲《石洲诗话》卷七:"西昆者,宋初翰院也,是宋初馆阁效温、李体,乃有《西昆》之目,而晚唐温、李时,初无《西昆》之目也。遗山沿习此称之误,不知始于何时耳。"

人们往往根据《西昆酬唱集序》,就断言杨亿的创作目的仅是为了"唱和",创作方法仅是摭取前人作品中的"芳润"。这未免太简单化了。其《送人知宣州诗序》说:"君以治剧之能,奉求瘼之寄,所宜宣布王泽,激扬颂声,采谣俗于下民,辅明良于治世。当使《中和》、《乐职》之什,登荐郊丘;岂但'亭皋'、'陇首'之篇,留连景物而已!"③《汉

① (宋)田况《儒林公议》,文渊阁四库全书本。

② (宋)赵彦卫《云麓漫钞》,文渊阁四库全书本。

③ (宋)杨亿《武夷新集》卷七,文渊阁四库全书本。

书·王褒传》载,益州刺史王襄欲宣风化于众庶,闻王褒有俊才,使作《中和》、《乐职》诗,"好事者,令依《鹿鸣》(《诗经》篇名)之声,习而歌之。"可见《中和》、《乐职》皆"宣风化"之作。《南史·柳恽传》载,恽少工篇什,为诗云:"亭皋木叶下,陇首秋云飞。"可见"亭皋"、"陇首"乃"流连景物"之篇。所谓杨亿的创作目的仅是为了"唱和",乃是一些人强加给杨亿的罪名(包括《西昆集》也是多以"寓讽"为特征),此序表明杨亿的创作目的既非"为唱和",也非为了"流连景物",而是要像《中和》、《乐职》那样"宣风化","宣布王泽","辅明良于治世",也就是今人特别欣赏的社会功用。

但杨亿并非完全反对"留连景物",只是主张"留连景物"应与"吟咏情性,宣导王泽"相一致。其《温州聂从事云堂集序》称美聂茂先在为政之余,"占胜选奇,寻幽览古。名山福地,必命驾以游;美景良辰,乃登高而赋……若乃国风之作,骚人之辞,风刺之所生,忧思之所积,犹防决川泄流,荡而忘返,弦急柱促,掩抑而不平。今夫聂君之诗,恬愉忧柔,无有怨谤,吟咏情性,宣导王泽,其所谓越《风》、《骚》而追二《雅》,若西汉《中和》、《乐职》之作者乎!"《诗经》的国风多讽刺之作,《离骚》多忧思之语。杨亿主张要像《大雅》、《小雅》、《中和》、《乐职》以及聂茂先诗歌那样"恬愉优柔"、"吟咏情性,宣导王泽"。

关于创作方法,杨亿确实主张"历览遗编,研味前作,挹其芳润",但杜甫诗无一句无来历,其《戏为六绝句》说自己"不薄今人爱古人,清词丽句必为邻";"别裁伪体亲风雅,转益多师是汝师"。可见"历览遗编,研味前作"并没有什么不好。

杨亿看不起才思缓滞的人(《答舒州孙推官启》),其《温州聂从事永嘉集序》称美聂茂先"遇物必赋,援笔而成。与夫陈思(曹植)《豆萁》之诗,止于七步;淮南(刘安)《离骚》之传,不越食时。以敏言之,盖其伦矣。然君之于诗也,类解牛焉,投刃皆虚;譬射鹄焉,舍矢如破。彼唇腐齿落者,所贵乎少,我取其多;彼筋弩肉缓者,咸谓之难,我以为易。独擅一源之利,不见异物而迁。扣寂求音,应之如影;触物成咏,思若有神。盖孔子云'少成若天性,习惯若自然',斯之谓也。矧乃酌之不竭,钻之弥坚。两郡之间,千里而远,玄祠佛刹,罔不标题;都人士女,悉已传诵。南山之竹可尽,而雅言无穷;东郭之皴虽疲,而逸材方骋。英词满于裔壤,藻思泄于尾闾。盖犹夫吴王金钱,往往有之;淮阴将兵,多多益办者已。"这里为我们生动描绘了一位才思敏捷,援笔立成,触物必赋,雅言无穷的才子。杨亿也正是这样一位才子,欧阳修《归田录》卷一云:"杨大年每欲作文,则与门人宾客饮博投壶弈棋,语笑喧哗,而不妨构思。以小方纸细书,挥翰如飞,文不加点。每盈一幅,则命门人传录,门人疲于应命。顷刻之际,成数千言,真一代之文豪也。"《宋史》本传亦云:"亿天性颖悟,自幼及终,不离翰墨。文格雄健,才思敏捷,略不凝滞。对客谈笑,挥翰不辍。"

关于文藻，《西昆酬唱集序》的"雕章丽句，脍炙人口"两语，倍受批评，谓其重形式而轻内容。其实前句指文采，后句指传播，讲究文采，正是为了传播。如果仅仅有内容而无文采，读之索然无味，就难以传播，再好的内容，又有什么用呢？其《景德传灯录序》批评道原所撰《佛祖同参集》辞条纠纷，言筌猥俗，自己受命刊削，不得不加以"纶贯"和"润色"。因为"事资纪实，必由于善叙；言以行远，非可以无文。"①所谓"善叙"，就是诗文都要有条理，要脉络清楚，也就是他在《答陈在中书》中所说的："有条不紊，乃端若贯珠；自难而易，亦渐如攻木……政教之污隆，讨御之得失，创守之方略，治乱之本原，莫不周旋绸绎，包括总统，引而伸之，如茧之抽绪；提而举之，若网之在纲。"历代对孔子"言之不文，行而不远"称颂毕至，而"雕章丽句，脍炙人口"，实与此语同意，也就是《景德传灯录序》所说的"言以行远，非可以无文"，有什么可指责的呢？

杨亿诗风与白居易诗迥异，但在《上田谏议书》却称赞"乐天诗句，远播于鸡林（朝鲜，代指国外）"②，可见他对"远播"的重视。白居易有《读史五首》，叹是非颠倒，杨亿作了一首《读史学白体》："易牙昔日曾蒸子，翁叔（金日䃅）当年亦杀儿。史笔是非空自许，世情真伪谁复知？"浅显明畅，出以议论，确似白体。清梁章钜云："昆体，特文公之一格，《武夷新集》具在，未尝尽如西昆。"（转引自祖望之《西昆酬唱集跋》）

杨亿对片面追求词藻也是不赞成的，他在《试贤良方正策》中写道："笑穷经白首之徒，专篆刻雕虫之巧。婉媚绮错，既事于词华；敦朴逊让，罔求于行实。流荡忘返，浸染成风。故（唐）玄宗临朝，深叹于薄俗；杨绾建议，愿复于明经（以明经代替诗赋考试）。虽不果行，甚为嘉论"。这段话不难看出他对专务词华，不求行实的态度。但为使文可行远，他确实非常重视言之有文，故欧阳修《归田录》卷一称"杨文公尝戒其门人，为文宜避俗语"，还常以富有文采称人诗文。

四　郭茂倩《乐府诗集》的乐府分类

郭茂倩（1041—1099）字德粲，郓州须城（今山东东平）人。郭源中子。元丰间，为河南府法曹参军。

郭茂倩编《乐府诗集》一百卷，把乐府诗分为郊庙歌辞、燕射歌辞、鼓吹曲辞、横吹曲辞、相和歌辞、清商曲辞、舞曲歌辞、琴曲歌辞、杂曲歌辞、近代曲辞、杂歌谣辞和新乐府辞等十二大类。十二大类中又分若干小类，如《横吹曲辞》又分汉横吹曲、梁鼓角

---

① （宋）释道原《景德传灯录》卷首，四部丛刊三编本。

② 《新刊国朝二百家名贤文粹》卷八八，上海古籍出版社影印宋刻本。

横吹曲等类；相和歌辞又分为相和六引、相和曲、吟叹曲、平调曲、清调曲、瑟调曲、楚调曲和大曲等类；清商曲辞又分为吴声歌与西曲歌等类。《四库全书提要》概括其内容云："是集总括历代乐府，上起陶唐，下迄五代。凡郊庙歌辞十二卷，燕射歌辞三卷，鼓吹曲辞五卷，横吹曲辞五卷，相和歌辞十八卷，清商曲辞八卷，舞曲歌辞五卷，琴曲歌辞四卷，杂曲歌辞十八卷，近代曲辞四卷，杂歌谣辞七卷，新乐府辞十一卷。"并对此书给了很高的评价，一是丰富精审："其解题征引浩博，援据精审，宋以来考乐府者无能出其范围。"二是结构合理："每题以古辞居前，拟作居后，使同一曲调而诸格毕备，不相沿袭，可以药剽窃形似之失。其古辞多前列本辞，后列入乐所改，得以考知孰为侧，孰为趋，孰为艳，孰为增字减字。"三是知之为知之，不知为不知："其声辞合写不可训诂者，亦皆题下注明，尤可以药摹拟聱牙之弊，诚乐府中第一善本。"如其卷五二《舞曲歌辞》云："晋傅玄又有十余小曲，名为舞曲，故《南齐书》载其辞云：'获罪于天，北徙朔方。坟墓谁扫，超若流光。'疑非宴乐之辞，未详其所用也。"就是不知为不知的表现。其相和歌辞、杂曲歌辞皆各十八卷，杂歌谣辞七卷，新乐府辞十一卷，多数是优秀的民歌和文人用乐府旧题所作的诗歌。在现存的诗歌总集中，《乐府诗集》是完成较早，收集历代各种乐府诗最为完备的一部重要总籍，为学者所重。

百卷大书不可能细说，今略举其卷二六《相和歌辞》以说明其体例及对乐府的分类。前为序，首论沿袭，沿于汉旧曲："《宋书·乐志》曰：'相和，汉旧曲也，丝竹更相和，执节者歌。本一部，魏明帝分为二，更递夜宿。本十七曲，朱生、宋识、列和等复合之为十三曲。'其后晋荀勖又采旧辞施用于世，谓之清商三调歌诗，即沈约所谓'因弦管金石造歌以被之'者也。"次论调："《唐书·乐志》曰：平调、清调、瑟调，皆周房中曲之遗声，汉世谓之三调。又有楚调、侧调。楚调者，汉房中乐也。高帝乐楚声，故房中乐皆楚声也。侧调者，生于楚调，与前三调总谓之相和调。"再论其辞与曲："《晋书·乐志》曰：'凡乐章古辞之存者，并汉世街陌讴谣，《江南可采莲》、《乌生十五子》、《白头吟》之属。'其后渐被于弦管，即相和诸曲是也。魏晋之世，相承用之。永嘉之乱，五都沦覆，中朝旧音，散落江左。后魏孝文宣武，用师淮汉，收其所获南音，谓之清商乐，相和诸曲，亦皆在焉。所谓清商正声，相和五调伎也。"四论解："凡诸调歌辞，并以一章为一解。《今乐录》曰：'伧歌以一句为一解，中国以一章为一解。'王僧虔启云：古曰章，今曰解，解有多少。当时先诗而后声，诗叙事，声成文，必使志尽于诗，音尽于曲。是有作诗有丰约，制解有多少，犹诗《君子阳阳》两解、《南山有台》五解之类也。"末论大曲："又诸调曲皆有辞、有声，而大曲又有艳、有趋、有乱。辞者其歌诗也，声者若羊吾夷伊那何之类也，艳在曲之前，趋与乱在曲之后，亦犹吴声西曲前有和，后有送也。又大曲十五曲，沈约并列于瑟调。今依张永《元嘉正声技录》分于诸调，又别叙大曲于其后。唯《满歌行》一曲诸调不载,故附见于大曲之下。其曲调先后,亦准《技录》为次云。"其下首论《相和六引》:"《古今乐录》曰:张永《技录》:相和有四引,一曰箜篌引,二曰商引,三曰征引,四曰羽引。箜篌引,歌瑟调,东阿王辞《门有车马客行》《置酒篇》,并晋、宋、齐奏之。古有六引,其宫引、角引二曲阙。宋唯箜篌引,有辞。三引有歌声而辞不传。梁具五引,有歌有辞。凡相和,其器有笙笛节歌琴瑟琵琶筝七种。"其下为《箜篌引》说明:"一曰《公无渡河》,崔豹《古今注》曰:《箜篌引》者,朝鲜津卒霍里子高妻丽玉所作也。子高晨起刺船,有一白首狂夫被发提壶,乱流而渡,其妻随而止之不及,遂堕河而死。于是援箜篌而歌曰:'公无渡河,公竟渡河,堕河而死,当奈公何。'声甚凄惨,曲终亦投河而死。子高还以语丽玉,丽玉伤之,乃引箜篌而写其声,闻者莫不堕泪饮泣。丽玉以其曲传邻女丽容,名曰《箜篌引》。又有《箜篌谣》,不详所起,大略言结交当有终始,与此异也。"再下为李贺《箜篌引》原文:"公乎公乎,提壶将焉如。屈平沉湘不足慕。徐行入海诚为愚。公乎公乎,床有菅席盘有鱼。北里有贤兄,东邻有小姑,陇亩油油黍与葫,瓦甒浊醪蚁浮浮。黍可食,醪可饮,公乎公乎其奈居,被发奔流竟何如。贤兄小姑哭呜呜。"

　　其他各篇论乐府的结构亦大体如此。概而言之,《乐府诗集》以音乐曲调分类著录歌辞,对一些古辞业已亡佚,而其曲调对后人有过影响的乐曲,也作了说明。《乐府诗集》对各类乐曲的起源、性质、演唱所用的乐器等也都作了详尽介绍,征引资料丰富,许多散佚的著作,如刘宋张永的《元嘉正声伎录》、南齐王僧虔的《伎录》、陈释智匠的《古今乐录》等书,全赖此书得以保存部分内容,具有极重要的史料价值。《乐府诗集》固然也有缺点,对其分类也有争论,这是任何大型著述都难免的,不当苛求。

五　吕祖谦《皇朝文鉴》的文体分类,首次为杂体诗设专卷

　　吕祖谦(1137—1181)字伯恭,婺州(今浙江金华)人。家有中原文献之传,长从林之奇、汪应辰、胡宪、张栻、朱熹游,其学益精。与朱熹、张栻齐名,时称"东南三贤"。以荫补官,隆兴元年(1163)进士,复中博学宏词科,历官南外宗学教授、严州教授、太学博士兼国史院编修官、实录院检讨,除秘书省正字、秘省郎,著作佐郎,兼史职,兼礼部郎官,迁著作郎、直秘阁。淳熙八年卒,年四十五。谥曰成。事迹见《宋史》卷四三四本传和《东莱集》所附《年谱》。一生著述甚富,有《周易本义》《东莱书说》《左氏传说》《春秋集解》《东莱左氏博议》《历代制度详说》《少仪外传》等十多种,并与朱熹合撰《近思录》。其诗文集通称《东莱吕太史文集》。《四库全书总目》卷一五九称"祖谦于《诗》《书》《春秋》皆多究古义,于十七史皆有详节,故词多根柢,不涉游谈。"所

著《吕氏家塾读诗记》,是宋人研究《诗经》的力作,可与朱熹《诗集传》媲美。在理学上,他主张"明理躬行",反对空谈性理,开浙东学派先声,学者称东莱先生。在文学上,他与重道轻文的理学家不同,力求融合道学与辞章之学。所作诗文豪迈骏发,无语录体之习。议论闳肆雄辩,笔锋犀利,叙事之文条理井然,语言清丽,如《白鹿洞书院记》、《馆职策》等。存诗不多,而《西兴道中》、《野步》、《春日绝句》等小诗亦颇有情致。在文体学上,其《与朱侍讲元晦》论永嘉体云:"独所论永嘉文体一节,乃往年为学官时病痛,数年来深知其缴绕狭细,深害心术,故每与士子语,未尝不以平正朴实为先。去夏与李仁甫议文体,政是要救此弊,恐传闻或不详耳。"①又《答潘叔度书》论墓志铭云:"铭志既有题额,更不当复写某官墓志,便当从头直开志文,而名衔则列于铭后,乃为得体。铭当低于志,一行四句,每句空数字,撰书、题额名衔又当低于铭。"又论变更文体阻力很大:"近礼部建请更变文体,大抵皆前辈之论。若果行此,则奇杰宿学皆得舒展。但世士溺于所习,故不能行,殊可惜也。"所编《皇朝文鉴》则为我们提供了文体分类的范例。

吕祖谦奉命编纂的《皇朝文鉴》一百五十卷,收北宋诗文作者二百余人,作品二千一百余篇,选文兼重实用与文采,不因人废言,即使当时被视作大奸的吕惠卿之作亦能入选。《皇朝文鉴》亦分体类文,共五十三体,承袭的是《唐文粹》古文家的文体观而更为通脱,不因政见而不收其文,不因提倡古文而否认"律赋经义",对古赋、律赋、古体诗与近体诗都并列编排,不分轩轾,表现出古文派与骈文派合流的趋势。对一些新兴文体如上梁文、题跋、乐语能单列一体,表现了他对新兴文体的重视。以其"采撷精详,有益治道",赐名《皇朝文鉴》。下列其《皇朝文鉴》总目,以见他的文体分类观:

赋:一卷,二卷,三卷,四卷,五卷,六卷,七卷,八卷,九卷,十卷。律赋:十一卷。四言古诗、乐府歌行:十二卷,十三卷,十四卷。五言古诗:十五卷,十六卷,十七卷,十八卷,十九卷,二十卷。七言古诗:二十一卷。五言律诗:二十二卷,二十三卷。七言律诗:二十四卷,二十五卷。五言绝句:二十六卷。七言绝句:二十七卷,二十八卷。杂体:二十九卷。骚:三十卷。诏:三十一卷。敕敕文册:三十二卷。御札批答:三十三卷。制:三十四卷,三十五卷,三十六卷。诰:三十七卷,三十八卷,三十九卷,四十卷。奏疏:四十一卷,四十二卷,四十三卷,四十四卷,四十五卷,四十六卷,四十七卷,四十八卷,四十九卷,五十卷,五十一卷,五十二卷,五十三卷,五十四卷,五十五卷,五十六卷,五十七卷,五十八卷,五十九卷,六

---

① (宋)吕祖谦《东莱别集》卷八,文渊阁四库全书本。

十卷,六十一卷,六十二卷。表:六十三卷,六十四卷,六十五卷,六十六卷,六十七卷,六十八卷,六十九卷,七十卷,七十一卷。笺、箴:七十二卷。铭:七十三卷。颂:七十四卷。替:七十五卷。碑文、记:七十六卷,七十七卷,七十八卷,七十九卷,八十卷,八十一卷,八十二卷,八十三卷,八十四卷。序:八十五卷,八十六卷,八十七卷,八十八卷,八十九卷,九十卷,九十一卷,九十二卷。论:九十三卷,九十四卷,九十五卷,九十六卷,九十七卷,九十八卷,九十九卷,一百卷。论义:一百一卷。策:一百二卷,一百三卷,一百四卷。议:一百五卷,一百六卷。说:一百七卷。说戒:一百八卷。制策:一百九卷,一百一十卷。制策、说书、经义:百一十一卷。书:百十二卷,百十三卷,百十四卷,百十五卷,百十六卷,百十七卷,百十八卷,百十九卷,百二十卷。启:百廿一卷,百廿二卷,百廿三卷。策问:百廿四卷。杂著:百廿五卷,百廿六卷,百廿七卷。对问、移文、连珠:百廿八卷。琴操、上梁文、书判:百廿九卷。题跋:百卅卷,百卅一卷。乐语:百卅二卷。祭文、谥议:百卅三卷,百卅四卷,百卅五卷。行状:百卅六卷,百卅七卷,百卅八卷。墓志:百卅九卷,百四十卷,百四十一卷,百四二卷,百四三卷,百四四卷。墓表、神道碑:百四五卷。神道碑铭:百四六卷,百四七卷。神道碑:百四八卷。传:百四九卷。传、露布:百五十卷。①

《皇朝文鉴》卷二九首次为杂体诗设专卷并选录其作品(编者注:作品只列篇名和作者,正文略):

星名:

《二十八宿歌赠无咎》黄庭坚

人名:

《和萧十六》孔平仲

郡名

《郡名诗呈吕元钧》孔平仲

药名

《登湖州销暑楼》陈亚

《荆州即事五首》黄庭坚

建除

---

① 《皇朝文鉴》,据四部丛刊影印上海涵芬楼借古里瞿氏铁琴铜剑楼藏宋刊本。

《重赠徐天隐》黄庭坚

八音

《八音歌答黄鲁直》晁补之

四声

《还乡展省道中作四声诗寄豫章僚友》孔平仲

藏头

《寄贾宣州》孔平仲

《呈章子平》孔平仲

药名离合四时

《春》孔平仲

《夏》

《秋》

《冬》

回纹

《泊雁》王安石

一字至十字

《咏竹》文同

两头纤纤

《两头纤纤二首》张舜民

五杂组

《五杂组四首》孔平仲

了语不了语

《了语》孔平仲

《不了语》孔平仲

难易言

《难易言二首》苏舜钦

联句

《剑联句》范仲淹欧阳修滕宗谅

《风琴联句》谢涛希深梅尧臣圣俞

《悲二子联句》苏舜元才翁苏舜钦子美，二子谓穆修、凌孟阳。

《地动联句》苏舜元、舜钦。叔才，舜元旧字也。

集句

《送吴显道》王安石

《戏赠湛源》王安石

《与北山道人》王安石

《示蔡天启》王安石

《烝然来思》王安石

《集杜诗句寄孙元忠》孔平仲

六　林虙、楼昉《两汉诏令》备载诏令诸体

《两汉诏令》为第一部断代的诏令总集,很有价值。《四库全书·两汉诏令》提要对此书的编纂作了说明:"《两汉诏令》二十三卷,内《西汉诏令》十一卷,宋林虙编;《东汉诏令》十二卷,宋楼昉编。虙字德祖,吴郡人,尝中词学,为开封府掾。昉字旸叔,鄞县人,官宗正寺主簿。先是,虙以《西汉文类》所载诏令阔略,乃采括传纪,得西汉诏令四百一章,以世次先后各为一卷。大观三年,程俱为之序。南渡后,昉又依虙之体,编东汉诏令以续之,有嘉定十五年自序。是编合为一书,题曰《两汉诏令》,而各附原序于后。其首又载洪咨夔所作《两汉诏令总论》一篇。案咨夔有《两汉诏令揽抄》见于本传,而此总论内云夔假守龙阳,纵观三史,哀其诏制、书策、令敕之类,事著其略,每帝以臆见系之。然则所云揽抄者,必尚有咨夔议论之辞。而今书内无之,则此特后人取林虙、楼昉二书合编,而掇咨夔之论冠其前耳。其与《揽抄》是非一书也。两汉诏令最为近古,虙等采辑详备,亦博雅可观。虽陈振孙谓其平、献两朝,莽、操用事,如锡莽及废伏后之类,皆当削去,是于裁制亦间有未合。然其首尾完赡,殊便观览,固有足资参考者焉。"

《两汉诏令》卷首所附洪咨夔《两汉诏令总论》论诏令诸体及其格式甚详:"自典谟、训诰、誓命之书不作,两汉之制最为近古。一曰策书,其文曰'维某年月日';二曰制书,其文曰'制诏三公';三曰诏书,其文曰'告某官'、'如故事';四曰诫敕,其文曰'有诏敕某官'。此其凡也。策有制策、诏策、亲策,敕有诏敕、玺敕、密敕,书有策书、玺书、手书、权书、赫蹏书,诏有制诏、亲诏、密诏、特诏、优诏、中诏、清诏、手笔、下诏、遗诏,令有下令、著令、挈令及令甲、令乙、令丙,谕有口谕、风谕、谯谕。宥罪有赦,训诸王有诰,召天下兵有羽檄,要诘有誓约,延拜有赞,以致有报有赐,有问有诘,又有手迹、手记、诏记。其曰恩泽诏书、宽大诏书、一切诏书及哀痛之诏,随事名之。此其目也。"其下又进一步对上述诸体的体式作了更详细的论述,兹不再述。

284

七　桑世昌《回文类聚》论回文体

桑世昌(生卒年不详)字泽卿,自号莫庵。高邮(今属江苏)人。桑庄子,陆游诸甥。广交当世名流,从高似孙游三十年。著有《莫庵文集》三十卷(已佚)。博雅工诗,于翰墨一道,极喜王羲之《兰亭序》,庋藏数百本。现存所编《兰亭考》十二卷,以博雅见称。

桑世昌著《回文类聚》四卷,收录自魏、晋至宋的回文诗共四卷,但后人认为近于文字游戏,有价值的作品不多,难能而不可贵。后来朱孝贤编《回文类聚补遗》,朱向贤编《回文类聚续编》,足见回文诗之盛。其《回文类聚序》云:"《诗苑》云:'回文始于窦滔妻,反复皆可成章。旧为二体,今合为一。止两韵者谓之回文,而举一字皆成读者,谓之反复。'又上官仪曰:'凡诗对有八,其七曰回文对:"情亲因得意,得意逐情亲"是也。'自尔或四言,或六言,或唐律,或短语,既极其工,且流而为乐章。盖情词交通,妙均造化,此文之所以为无穷也。"①此书收有武则天的《璇玑图叙》,李公麟的《再叙》等,并自撰《璇玑图考异》云:"《璇玑图》,士夫家所藏类不同。有前序而无凡例者,十常八九,故艰于句读,且复差舛。予尝参考订证,几数十处,其文颇备,但有合两存者。如'自成文章'与'自为语言','滋极'而作'恣极','旧邦'而作'旧乡','昭景'而为'照景'者,皆在可取。又松陵《杂体诗序》云:'晋傅咸有《反复回文诗》。反复其文者,以示忧心展转也。"悠悠远迈,我独茕茕"是也。由是反复兴焉。'温峤有《回文虚言》诗云:'宁神静泊,损有崇亡。'由是回文兴焉。今世皆推本苏氏而不及二子,盖苏亦晋人。"本此,则回文与反复实为二体。

八　周弼《三体唐诗》对唐代律诗、绝句的研究

周弼(1194—?)字伯弼。祖籍汶阳(今山东汶上),寓笠泽(今江苏太湖一带)。年少博闻,侍父文璞吟咏。嘉定间进士,十七年,解官归故里。漫游吴、楚、江、汉间,卒于宝祐五年(1257)前。著有《汶阳端平诗隽》四卷。

周弼是后期江湖诗派的代表人物之一,其诗各体皆有成就。又编选《三体唐诗》六卷,元释圆至增为《笺注唐贤绝句三体诗法》二十卷。清人高士奇《三体唐诗序》评此书云:"汶阳周伯弼取唐人律诗及七言断句若干首,类集成编,名《唐三体诗》,自标

---

① (宋)桑世昌《回文类聚》卷首,文渊阁四库全书本。

选例,有虚接、实接诸格。其持论未必尽合于作者之意,然别裁规制,究切声病,辨轻重于毫厘,较清浊于呼噏,法不可谓不备矣……其词婉曲绵丽,去肤庸者绝远,而犹未至于佻弱。"①《四库全书·三体唐诗》提要云:"其曰三体者,七言绝句,七言律诗,五言律诗也。首载选例,七言绝句分七格,一曰实接,一曰虚接,一曰用事,一曰前对,一曰后对,一曰拗体,一曰侧体;七言律诗分六格,一曰四实,一曰四虚,一曰前虚后实,一曰前实后虚,一曰结句,一曰咏物;五言律诗分七格,前四格与七言同,后三格一曰一意,一曰起句,一曰结句。宋末风气日薄诗家,多不工古体,故赵师秀众妙绝,方回《瀛奎律髓》所录者无非近体。弼此书亦复相同,所列诸格尤不足尽诗之变。而其时诗家授受,有此规程,存之亦足备一说。"书中所选诗以中、晚唐为主,诗多婉曲绵丽,而不流于轻佻靡弱;论诗法又很细腻,足以治江湖派末流粗浅油滑之病,故在元、明两代十分流行,翻刻极多。兹举《三体唐诗选例》(卷首)论《七言截(绝)句》以见其论七绝的不同体裁和写法:"一、实接。截句之法,大抵第三句为主,以实事寓意,接处转换有力,若断而续涵蓄不尽之趣。此法久失其传,世鲜有知之者矣。一、虚接。第三句以虚语接前两句也,亦有语虽实而意虚者,于承接之间略加转换,反正顺逆,一呼一唤,宫商自谐。一、用事。诗中用事,易于窒塞,况二十八字之间,尤难堆叠。必融事为意,乃为灵动。若失之轻率,则又邻于里谣巷歌,可击筑而讴矣。一、前对。接句兼备虚、实两体,但前句作对,接处微有不同。相去一间,特在称停之间耳。一、后对。此体唐人用者亦少,必使末句虽对,而词足意尽,若未尝对,方为擅场。一、拗体。此体绝高,必得奇句方见标格,所谓风流挺特,不烦绳削而自合者。神来之候,偶一为之可耳。一、侧体。其说与拗体相类,发兴措辞,以奇健为工。"

九 黄昇《花庵词选》论词

黄昇(生卒年不详)字叔旸,号玉林,又号花庵词客。建安(今属福建建瓯)人。不事科举,性喜吟咏。以诗受知于游九功,与魏庆之相酬唱。能诗工词,著有《散花庵词》一卷。

黄昇编有《绝妙词选》二十卷,分上、下两部:上部为《唐宋诸贤绝妙词选》十卷;下部为《中兴以来绝妙词选》十卷。附词人小传及评语,为宋人词选之善本,后人统称《花庵词选》。其《花庵词选序》虽仅二百字,但内容十分丰富,一论词之演变:"长短句始于唐,盛于宋。"二论词总集的编纂:"唐词具载《花间集》,宋词多见于曾端伯(慥)所

① (宋)周弼《三体唐诗》卷首,文渊阁四库全书本。

编。而《复雅》一集,又兼采唐、宋,迄于宣和之季,凡四千三百余首,吁亦备矣。"三论南宋词之盛:"况中兴以来,作者继出,及乎近世,人各有词,词各有体,知之而未见,见之而未尽者,不胜算也。暇日裒集,得数百家,名之曰《绝妙词选》。佳词岂能尽录,亦尝鼎一脔而已。"四论宋词风格的多样性:"然其盛丽如游金张之堂,妖冶如揽嫱施之袪,悲壮如三闾,豪俊如五陵。花前月底,举杯清唱,合以紫箫,节以红牙,飘飘然作骑鹤扬州之想,信可乐也。"①盛丽、妖冶、悲壮、豪俊,皆指词的风格而言。

李珣《巫山一段云》论唐代"词体"特点,词牌与内容大体一致:"唐词多缘题所赋,《临江仙》则言仙事,《女冠子》则述道情《河渎神》则咏祠庙,大概不失本题之意尔。后渐变,去题远矣,如此二词,实唐人本来词体如此。"又论唐词风格云:"凡看唐人词曲。当看其命意造语工致处,盖语简而意深,所以为奇作也";"温庭筠词极流丽,宜为《花间集》之冠。"评李后主《乌夜啼》云:"此词最凄惋,所谓亡国之音哀以思。""语简而意深"、"流丽"、"凄惋",都是唐词及其不同词家的风格特点。

《花庵词选续集》卷一论康与之词云:"篇篇精妙,汝阴王性之一代名士,尝称伯可乐章非近代所及,今有晏叔原亦不得独擅,盖知言云。"评陈与义词云:"词虽不多,语意超绝,识者谓其可摩坡仙之垒也。"评曾觌词云:"东都故老,及见中兴之盛者。词多感慨,如《金人捧露盘》、《忆秦娥》等曲,凄然有黍离之感。"卷六论姜夔词云:"词极精妙,不减清真乐府。其间高处有美成所不能及。善吹箫,自制曲,初则率意为长短句,然后协以音律云。"

卷七评史达祖词云"张功父、姜夔称其词奇秀清逸,有李长吉之风韵。"所论亦多从词风着眼。卷二评张孝祥词云:"以妙年射策魁天下,不数载入直中书,有《紫微雅词》,汤衡为序,称其平昔为词,未尝著稿,笔酣兴健,顷刻即成,无一字无来处,如《歌头》、《凯歌》诸曲,骏发蹈厉,寓以诗人句法者也。"以诗为词始于苏轼,南宋也有部分词继承苏轼。卷九论张辑词"皆以篇末之语而立新名",如《疏帘淡·寓桂枝香月》末云:"疏帘淡月,照人无寐",《貂裘换酒·寓贺新郎》末云:"貂裘换酒长安市,明夜去月千里";《淮甸春·寓念奴娇》末云:"旧游休问,柳花淮甸春冷";《如此江山·寓齐天乐》末云:"如此江山,更苍烟白鹭";《钓船笛·寓好事近》末云:"谁解百年心事,恰钓船横笛";《广寒秋·寓鹊桥仙》末云:"天风吹送广寒秋,正画舸、湖光佳处"等等。南宋词往往既有词牌,又有词题,但以篇末之语点词题,这是张辑词的创新。

胡德方(生卒年不详)字季直,淳祐时进士。其《绝妙词选序》论词和乐府的关系,对黄昇此选给予了很高的评价:"古乐府不作,而后长短句出焉。我朝巨公胜士娱戏

---

① (宋)黄昇《花庵词选》卷首,文渊阁四库全书本。

文章,亦多及此。然散在诸集,未易遍窥。玉林(黄昇)此选,博观约取,发妙音于众乐并奏之际,出至珍于万宝毕陈之中,使人得一编则可以尽见词家之奇,厥功不亦茂乎!"①

第五节　宋代总(选)集中的"高考"指南亦重文体、文风和写作技法

宋代总集中还有一部分是为当时士子应试而编,如吕祖谦的《古文关键》,楼昉的《崇古文诀》,谢枋得的《文章轨范》,真德秀的《文章正宗》,魏天应的《论学绳尺》,虽然提出了很多重要的文论、文体主张,但其主要是为应试士子提供范文选本,阐明各体的写作格式和方法,堪称当时的"高考"指南。因其特殊,故作专门论述。

一　吕祖谦《古文关键》论文章风格

吕祖谦的《古文关键》阐明了他对文章风格的看法,陈振孙《直斋书录解题》卷一五云:"所取韩、柳、欧、苏、曾诸家文,标抹注释,以教初学。"《四库全书总目》卷一八七说得更详尽:"取韩愈、柳宗元、欧阳修、曾巩、苏洵、苏轼、张耒之文凡六十余篇,各标举其命意布局之处,示学者以门径,故谓之'关键'。卷首所载看诸家文法……叶盛《水东日记》曰:'宋儒批选文章,前有吕东莱,次则楼迂斋、周应龙,又其次则谢叠山也。朱子尝以拘于腔子议东莱矣。要之,批选议论,不为无益,亦讲学之一端耳'云云。然祖谦此书,实为论文而作,不关讲学,盛之所云,乃《文章正宗》之批,非此书之评也。"

《古文关键》为"论文而作",其圈点评注,对古文的体格、源流、命意、结构、句法、字法,多有阐释,而主要内容多涉文章风格。其"看文字法"云:"学文须熟看韩、柳、欧、苏,先见文字体式,然后遍考古人用意下句处。苏文当用其意,若用其文恐易厌。盖近世多读。第一看大概主张。第二看文势规模。第三看纲目关键:如何是立意首尾相应,如何是一篇铺叙次第,如何是抑扬开合处。第四看警策句法:如何是一篇警策,如何是下句下字有力处,如何是起头换头佳处,如何是缴结有力处,如何是融化屈折、剪截有力,如何是实体贴题目处。看韩文法:简古,一本于经:学韩文简古,不可不学他法度。徒简古而乏法度,则朴而不华。看柳文法:关键,出于《国语》:当学他好处,当戒他雄辨。议论文字亦反复。看欧文法:平淡,祖述韩子,议论文字最反复。学

---

① (宋)黄昇《绝妙词选》卷首,影宋金元明词本。

288

欧平淡,不可不学他渊源。徒平淡而无渊源,则枯而不振。看苏文法:波澜。出于《战国策》、《史记》。亦得关键法。当戒他不纯处。看诸家文法:曾文:专学欧,比欧文露筋骨。子由文:太拘执。王文:纯洁,学王不成遂无气焰。李文:太烦亦粗。秦文:知常而不知变。张文:知变而不知常。晁文:粗率。自秦而下,三人皆学苏者。"后一部分是"论作文法",先也是总论:"文字,一篇之中须有数行齐整处,须有数行不齐整处。或缓或急,或显或晦,缓急显晦相间,使人不知其为缓急显晦。常使经纬相通,有一脉过接乎其间也。盖有形者纲目,无形者血脉也。"继是分论作文的具体要求:"笔健而不粗,意深而不晦,句新而不怪,语新而不狂。常中有度,正中有奇。题常则意新,意常则语新。结前生后,曲折斡旋,转换有力,反复操纵。有用文字,议论文字。为文之妙在叙事状情。辞源浩渺,不失之冗,意思新,转处多则不缓。"再提出一些对立因素的适度:"上下、离合、聚散、前后、迟速、左右、远近、彼我、一二、次第、本末。"又论及文有不同风格:"明白、整齐、紧切、的当、流转、丰润、精妙、端洁、清新、简肃、清快、雅健、立意、简短、闳大、雄壮、清劲、华丽、缜密、典严。"最后以"论文字病"作结:"深、晦、怪、冗、弱、涩、虚、直、疏、碎、缓、暗、尘俗、熟烂、轻易、排事、说不透、意未尽、泛而不切。"①除书前总论外,每位作家的作品他都有分论,如论欧阳修的《朋党论》云:"议论出人意表。大凡作文,妙处须出意外。"以上均纯粹是论文章技法、风格,不再纠缠文与道、骈与散、难与易等理论问题,或已把这些理论融入文章技法之中了。

二　楼昉《崇古文诀》几乎遍评古文各体

楼昉(生卒年不详)字旸叔,号迂斋,鄞县(今浙江宁波)人。少从吕祖谦学,有文名。绍熙四年(1193)进士,教授金华,以知兴化军卒。其文汪洋浩博,长于论议,尤善章表,开鄞士论策之风。所纂《中兴小传》、《宋十朝纲目》,已佚。今存《东汉诏令》十一卷,《崇古文诀》三十卷。

刘克庄《迂斋标注古文序》云:"迂斋标注者一百六十有八篇,千变万态,不主一体,有简质者,有葩丽者,有高虚者,有切实者,有峻厉者,有微婉者。夫大匠诲规矩而不诲巧,老将传兵法而不传妙,自昔学者病焉。至迂斋则逐章逐句,原其意脉,发其秘藏,与天下后世共之。惟其学之博,心之平,故所采掇尊先秦而不陋汉、唐,尚欧、曾而并取伊洛(指二程)。"②"逐章逐句,原其意脉,发其秘藏",正是教人读文作文之法,为

---

① (宋)吕祖谦《古文关键》卷首,文渊阁四库全书本。
② (宋)刘克庄《后村先生大全集》卷九六,文渊阁四库全书本。

士子应试而作。陈森《崇古文诀后叙》云："自先秦迄于我宋,上下千余年间,其颖出者网罗无遗轶。窃谓古今文章浩无津涯,学者穷日之力不啻河伯之望海若。此编钩玄而提要,抉幽而泄庚,波诡涛谲,星回汉翻,眩晃万状,一经指摘,关键了然。其幸后学弘矣。子曰:'人莫不饮食也,鲜能知味也。'先生之于文其知味也欤。"①《四库全书总目》提要云:"此书篇目较备,繁简得中,尤有裨于学者,盖昉受业于吕祖谦,故因其师说推阐加密,正未可以文皆习见而忽之也。"

　　此书几乎评及古文各体,而且主要着眼于风格,如评屈原《卜居》(卷一)云:"此屈原阳为不知善恶之所在,假托蓍龟以决之,非果未能审于所向而求之神也。居谓立身所安之地,非宫室之居也。"此评《楚词》,点明全篇主旨。卷三评贾谊《吊屈原赋》云:"谊谪长沙,不得意,投书吊屈原,而因以自谕。然讥议时人太分明,其才甚高,其志甚大,而量亦狭矣。"又评贾谊《鵩赋》云:"其词汗漫恍惚,盖皆遗世忘形之说,此太史公(司马迁)读之而有'同死生,齐物我,令人爽然自失'之叹也。谊谪长沙,抑郁不自得,适有鵩入之,异(惊异),长沙地卑湿,恐寿不得长,故为此赋,推原死生之理以自遣也。"此评汉代抒情小赋,着重从其写作背景阐明其主旨。卷五评班固《两都赋》(《西都赋》、《东都赋》)云:"读《两都赋序》则知词赋之作亦可以观世变,非一切铺张夸大之谓也";又云:"两赋大抵前篇极其铺张,后篇从而收敛。前篇已为后篇折难之地,以周比并秦,彼此相形,优劣自见。""铺张夸大"正是汉代大赋特点。卷一八评欧阳修《秋声赋》云:"模写之工,转折之妙,悲壮顿挫,无一字尘浼。"此评文赋。

　　楼昉《东汉诏令后序》论诏令风格之演变云:"世有华质,道有窳隆,则一代之号令文章,亦与之为升降,若周之委曲繁重,固已不如商之明白峻絜,而所谓灏噩云者,视浑浑之风则已漓矣。然谓《书》之后不复有书,是诬天下后世也。走幼嗜西汉书,每得一诏,辄讽味不忍释。噫,一何其沈浸醲郁,雍雍含咀,入人之深也!"②《崇古文诀》卷二五评苏轼《除吕公著守司空制》云:"此篇识体而加以俊迈,四六文字难得有血脉,以旧宰相平章军国,此是求旧;元老大臣,人望所归,此是用众。故以求旧用众为主张。公著是夷简之子,解相印而仍旧平章。"卷三二宋文评邓润甫《吕公著制》云:"缜密温润,有制诰体。元祐词臣东坡之外,便当他处。清望之深,全在结尾数语。"此为评上对下的代言体制词。

　　卷一先秦文评乐毅《答燕惠王书》云:"可以见燕昭王、乐毅君臣相与之际,略似蜀昭烈(刘备)、诸葛武侯(亮),书词明白,洞见肺腑。"评李斯《上秦皇逐客书》云:"此先

---

①　(宋)楼昉《崇古文诀》卷末附,文渊阁四库全书本。

②　(宋)楼昉《两汉诏令》卷末附,文渊阁四库全书本。

秦古书也,中间两三节一反一覆,一起一伏,略加转换数个字,而精神愈出,意思愈明,无限曲折变态,谁谓文章之妙不在虚字助词乎?"卷二两汉文评贾谊《政事书》云:"本末宏阔,首尾该贯,议论虽未免纯驳之杂,然自董仲舒以前未有言及此者。文气笔力则当为西汉第一。"卷三评贾谊《请立梁王疏》云:"深识事势,议论剀切,笔力老健,至吴楚之反而说始验,至主父偃之出而策始行,信乎其通达国体也。"此是评上书,"书词明白,洞见肺腑","一反一覆,一起一伏","无限曲折变态","本末宏阔,首尾该贯"都是论其风格。卷七评诸葛亮《出师表》云:"规模正大,志念深远,详味乃见吴、魏二国未识有此人物,有此文章否?"又评其《后出师表》云:"一篇首尾多是说事不可已之意,所以不可已者,以汉贼不两立,王业不偏安故也。血脉联属,条贯统纪森然不乱,宜与前表兼看。"卷二三评苏轼《上神宗皇帝书》云:"一篇之文几万余言,精采处都在闲语上,有忧深思远之意,有柔行巽入之态,当深切著明则深切著明,当委曲含蓄则委曲含蓄,真得告君之体,廷对当仿此。"又评其《代张方平谏用兵书》云:"说利害深切,得老臣谏君之体。"卷三三评胡寅《上皇帝万言书》云:"贯穿百代之兴亡,晓畅当今之事势,气完力壮,论正词确,当为中兴以来奏御第一。"此为评下对上的章表上书(上疏)等文体。

论说文有论、原、说、解等不同称谓,卷八评韩愈《争臣论》云:"此篇是箴规攻击体,是反难文字之格。"卷九评韩愈《争臣论》云:"此篇是箴规攻击体,是反难文字之格,当以《范司谏书》相兼看。"又评其《原道》云:"词严意正,攻击佛老,有开阖纵舍文字,如引绳贯珠。"卷三评扬雄《解嘲》云:"此又是一样文字体格,其实阴寓讥时之意而阳咏叹之,《进学解》、《送穷文》皆出于此。"卷一〇评韩愈《进学解》云:"设为师弟子诘难之词,以伸其己意。机轴自扬雄《解嘲》,班固《宾戏》来。"卷二二评苏洵《名二子说》云:"字数不多而宛转折旋,有无限意思,此文字之妙。观此老之所以逆料二子之终身,不差毫厘,可谓深知二子矣。与《木假山记》相出入。"

记体文是古文大宗,卷一二评柳宗元《东池戴氏堂记》云:"脉络相生,节奏相应,无一字放过。此文如引绳贯珠循环之无端;如常山之蚺救首救尾,如累九层之台,一级高一级。而丰约不差毫厘。池因堂而胜,堂因人而胜,戴氏之父子人物又因子厚之文而胜。使无子厚大手笔为之发挥,则戴氏亦一录录人尔,况其池与堂乎?当如此看。"卷一六评王禹偁《待漏院记》云:"句句见待漏意,是时五代气习未除,未免稍俳同。然词严气正,可以想见其人,亦自得体。"同卷评范仲淹《岳阳楼记》云:"首尾布置与中间状物之妙不可及矣,然最妙处在临了断遣一转语,乃知此老胸襟宇量直与岳阳洞庭同其广大。"卷一七评司马光《谏院题名记》云:"首尾二百来字而包括无余,识治体,明职守,笔力高简,如此可以想见其人。"卷一八评欧阳修《醉翁亭记》:"此文所谓笔端有画,又如累叠阶级,一层高一层,逐旋上去都不觉。"又评其《峡州至喜亭记》云:"不言蜀之险则无以见后来之喜,不言险之不测则无以见人情喜幸之深,此文字布置斡旋之法。"评其《有美堂记》:"将他州外郡宛转假借比并形容,而钱塘之之美自见,此别是一格。"卷二一评苏洵《张益州画像记》云:"词气严重有法度,说不必有像,而亦不可以无像,此三四转奇甚,最好处是善回护蜀人,公蜀人也,所以尤难。"卷二二又评其《木假山记》云:"首尾不过四百以下字,而起伏开阖有无限曲折,此老可谓妙于文字者矣。其终盖以三峰比父子三人。"

序有记序、赠序、寿序、序跋之序等不同。卷一二评柳宗元《愚溪诗序》云:"只一个愚字,旁引曲取,横说竖说,更无穷已。宛转纡徐,含意深远,自不愚而入于愚,自愚而终于不愚,屡变而不可诘,此文字妙处。"卷三二评王震《南丰集序》云:"自少至壮,自壮至老,凡三节,曲尽南丰平生涉历。既可以见朝廷之用不用,又可以见文之老壮,学之进退。结尾一节,叹息其用之不尽,尤有余味。"此评序跋之序。卷九评韩愈《送李愿归盘谷序》为评赠序之序,与序跋之序不同:"一节是形容得意人,一节是形容闲居人,一节是形容奔走伺候人,却结在'人贤不肖何如也'一句上,终篇全举李愿说话,自说只数语,其实非李愿言,此又别是一格式。"卷四所评司马迁《自序》实为《史记》后序,属题跋文:"家世源流,论著本末,备见于此篇。终自叙处,文字反复委折,有开阖变化之妙,尤宜玩味。"卷九评韩愈《张中丞传后序》云:"反复攻击然后己之说伸,而人之说废,此论难折服格。"后序即跋,"论难折服格"即指驳论体。卷二○评王安石《读孟尝君传》云:"转折有力,首尾无百余字,严劲紧束而宛转凡四五处,此笔力之绝。"卷三二评李格非《书洛阳名园记后》云:"园囿何关于世道轻重,所以然者,兴废可以占,盛衰可以占。治乱盛衰不过洛阳,而治乱关于天下。斯文之作为洛阳,非为园囿;为天下,非为洛阳也。文字不过二百字,而其中该括无限盛衰治乱之变。意有含蓄,事存鉴戒,读之令人感叹。"这类读某诗文、书后均为题跋。

此外,《崇古文诀》还评及羽檄、告谕、移文、墓志铭、碑文等,此不一一。可见《崇古文诀》几乎遍评各体古文。

三 真德秀《文章正宗》的"四分法"及其文体论

真德秀(1178—1235)字景元,后更为希元,号西山。浦城(今属福建)人。庆元五年(1199)进士。开禧元年(1205),复中博学宏词科,官至参知政事。著述甚多,有《西山文集》、《对越集》、《翰林词草》、《江东救荒录》、《清源杂志》、《星沙集志》等。今存《三礼考》、《四书集编》、《政经》、《西山政训》、《大学衍义》、《读书记》、《心经》、《教子斋

292

规》、《谕俗文》、《西山题跋》、《卫生歌》及其所辑《昌黎文式》、《文章正宗》、《文章正宗续集》。

　　真德秀是南宋著名的政治家、政论家、理学家,以学术、政事、文章享盛名,与魏了翁并称"真魏"。其学力崇朱熹,被称为"小朱子",号称一时大儒。其文亦以义理为主,务为实用。其诗多道学味,气格较弱。词仅存《蝶恋花》一首。他在文体学上也提出了很多重要观点,如其《清源文集序》把地方文献分为志与集两种:"郡有志何始乎? 昉于古也。郡有集何始乎? 昉近世也。有志矣而又有集焉,何也? 志以纪其事,集以载其言,志存其大纲,集著其纤悉也。志犹经也,集犹纬也,可以相有而不可以相无也。《清源郡志》成于嘉泰之初元,山川封域,人物风俗,登载盖略备矣。至若名卿巨儒之论述,骚人词伯之赋咏,散见于国史、于家集与夫碑碣所志、楹壁所题,可以验贤才之众多,风物之盛丽,而志不能具者尚多有之。新安程公来镇之明年,谓郡从事武阳李君方子曰:'此邦号文章之薮,而有志无集,非阙欤? 子其为我辑之。'李君既承命,则退而网罗收拾,得诗赋杂文凡七百余篇,合为四十卷,而公括田廪士之本末与郡人所编《岛夷志》,则别为之帙以附焉。其纂辑之例,则或以理,或以事,或以词调,而以理若事者居什之七,大抵主于关教化、存典法,否则词虽工弗录焉。集成而某至,窃以谓为此邦之吏者不可无此书,盖凡昔者明哲之官、忠信之长,教条风绩之可尚者,皆其龟鉴也,有一事焉之弗逮,其能自安乎! 为此邦之士者不可无此书,盖凡前修故老德行学术之可师者,皆其矩度也,有一节焉之不相似,其可不自励乎! 若夫咀含其英华,漱濯其芳润,抑末尔。"①

　　若按题材分类,咏古则为诗之大宗。其卷二七《咏古诗序》云"古今诗人,吟讽吊古多矣。"论咏古之诗有两类,一类是"断烟平芜,凄风淡月,荒寒萧瑟之状,读者往往慨然以悲。工则工矣,而于世道未有补也。"一类是能订千古是非的:"杜牧之、王介甫,高才远韵,超迈绝出,其赋息妫、留侯等作,足以订千古是非。"龚德庄的咏古诗则属于后者:"今吾德庄所赋,遇得意处不减二公,至若以诗人比兴之体,发圣贤理义之秘,则虽前世以诗自雄者犹有惭色也。盖德庄少而学诗,微词奥旨,既以洞贯,而又博参于诸老先生之书,沉酣反复,不极不止。其涵泳久故蕴积丰,权度公故美刺审,有本固如是也。虽然,德庄于此岂直区区较计已陈之得失哉? 悯时忧世之志亡以自发,则一寓之于诗。善善极其褒,冀来之知慕也;恶恶致其严,冀闻者之知戒也。名虽咏古,实以讽今,此孤臣眇亩之心,人见其优游而和平,不知其殷忧愤叹而至于啜泣也。"

---

①　(宋)真德秀《西山文集》卷二七,文渊阁四库全书本。《西山文集》中文多与(宋)刘爚《云庄集》重复,不知孰是。

他还分析了诗的发展过程,《诗经》多自警之词,后世多荡心溺志之作:"古者《雅》、《颂》陈于闲燕,二《南》用之房中,所以闲邪僻而养中正也。卫武公作《抑》戒以自警,卒为时贤君;以楚灵王之无道,一闻'祈招愔愔'之语,懔焉为之弗宁,诗之感人也如此。于后斯义浸亡,凡日接其君之耳者,乐府之新声、梨园之法曲而已,其不荡心而溺志者几希矣。"末称龚诗"倘幸为太师氏所采,陈之王前,歌工乐史,朝吟夕讽,其所启悟感发顾岂少哉!"

其《攻媿先生楼公集序》称美楼钥文备众体,风格多样:"如三辰五星,森丽天汉,昭昭乎可观而不可穷;如泰华乔岳,蓄泄云雨,岩岩乎莫测其巅际;如九江百川,波澜荡潏,渊渊乎不见其涯涘……观公平生大节,而后可以读公之文矣。公生于故家,接中朝文献,博极群书,识古文奇字,文备众体,非如他人窘狭僻涩,以一长名家。而又发之以忠孝,本之以仁义,其大典册、大议论,则世道之消长、学术之废兴、善类之离合系焉。方淳、绍间,鸿硕满朝,每一奏篇出,其援据该洽、义理条达者,学士大夫读之,必曰:楼公之文也!一诏令下,其词气雄浑、笔力雅健者,亦必曰:楼公之文也!"

其卷二八《日湖文集序》[①]论志、行、气与诗文风格的关系颇为深刻:"《日湖集》者,故观文殿学士长乐郑公所为文也。昔河汾王氏尝谓文士之行可见,因枚数而评之,曰:'谢灵运小人哉,其文傲;沈休文小人哉,其文冶;君子哉思王,其文深以典。'至于狷也、狂也、夸也、诡也,皆以一言蔽其为人。夫文者技之末尔,而以定君子小人之分,何耶?"接着他论述了何以能一言定人,圣人以元气为文,故皆自然而然:"抑尝思之,云和之器不生茨棘之林,仪凤之音不出乌鸢之口。自昔有意于文者,孰不欲媲典谟、俪风雅,以希后世之传哉?卒之未有得其仿佛者,盖圣人之文元气也,聚为日星之光耀,发为风尘之奇变,皆自然而然,非用力可至也。"后人因气质不同而文风各异:"自是以降,则视其资之薄厚与所蓄之浅深,不得而遁焉。故祥顺之人其言婉,峭直之人其言劲,嫚肆者亡庄语,轻躁者无确词,此气之所发者然也。家刑名者不能析孟氏之仁义,祖权谲者不能畅子思之中庸,沉涵六艺,咀其菁华,则其形著亦不可揜,此学之所本者然也。是故致饰语言不若养其气,求工笔札不若励于学,气完而学粹,则虽崇德广业亦自此进,况其外之文乎? 此人之所可用力而至也。持偏驳之资,乏真积之力,而区区以一卮拟江河,宁有是哉?"

真德秀的《文章正宗》二十卷,也是为"讲学"而作的选本式总集,录《左传》以下至唐末之作,分为辞命、议论、叙事、诗歌四类;续集二十卷,收北宋之文,缺诗歌、辞命二

---

① 此文又见(宋)刘爚《云庄集》卷五,文渊阁四库全书本。

门,似为未成之本。他完全以理学家的眼光选辑此书,但此书也有它的特殊贡献,这就是他的文体分类意见,把所收文章分为辞命、议论、叙事、诗赋四大类。辞命指制诏之类的王言;议论指发明义理、敷析治道、褒贬人物之论,所用极广;叙事指或记一代、或记一事、或记一人的记叙文;诗赋则分为先秦、两汉的古体,魏、晋南北朝的骈体,以及隋唐律诗、律赋三个阶段,末附箴、铭、赞、颂于诗之后。此前选集的文体分类往往越分越细,此书已开始作逆向综合,把越来越多的文体并为四大类。明吴讷《文章辨体·凡例》称此书"义例精密","古今文辞固无出此四类之外者",可见这一逆向归类是成功的。

其《纲目》论述了他编纂此书的目的和选文标准:"《正宗》云者,以后世文辞之多变,欲学者识其源流之正也。自昔集录文章者众矣,若杜预、挚虞诸家,往往堙没弗传。今行于世者,惟梁昭明《文选》、姚铉《文粹》而已。由今视之二书所录,果皆得源流之正乎? 夫士之于学,所以穷理而致用也。文虽学之一事,要亦不外乎此。故今所辑,以明义理、切世用为主。其体本乎古,其指近乎经者,然后取焉。否则,辞虽工亦不录。其目凡四:曰辞命,曰议论,曰叙事,曰诗赋。"①"穷理而致用","明义理、切世用"就是他的选文标准。

其论《辞命》云:"按《周官》太祝'作六辞以通上下亲疏远近,曰辞,曰命,曰诰,曰会,曰祷,曰诔',《内史》'凡命诸侯及孤卿大夫则策命之',御史'掌赞书'"。辞命又分为王言与代言:"质诸先儒注释之说,则辞命以下皆王言也。太祝以下掌为之辞,则所谓代言者也。"他认为王言之体,当以《书经》为准:"以《书》考之,其可见者有三:一曰诰,以之播告四方。《汤诰》、《盘庚》、《大诰》、《多士》、《多方》、《康王之诰》是也。二曰誓,以之行师誓众。《甘誓》、《泰誓》、《牧誓》、《费誓》、《泰誓》是也。三曰命,以之封国命官。《微子》、《蔡仲》、《君陈》、《毕命》、《君牙》、《冏命》、《吕刑》文侯之命是也。他皆无传焉。意者王言之重,惟此三者。故圣人录之,以示训乎? 汉世有制,有诏,有册,有玺书,其名虽殊,要皆王言也。文章之施于朝廷,布之天下者,莫此为重。故今以为编之首。《书》之诸篇,圣人笔之为经,不当与后世文辞同录。独取《春秋》内外传所载周天子谕告诸侯之辞,列国往来应对之辞,下至两汉诏册而止。盖魏、晋以降,文辞猥下,无复深纯温厚之指。至偶俪之作兴,而去古益远矣。学者欲知王言之体,当以《书》之诰、誓、命为祖,而参之以此编,则所谓正宗者,庶乎其可识矣。"

其《议论》认为议论之文无定体:"按议论之文,初无定体。都俞吁咈,发于君臣会聚之间;语言问答,见于师友切磋之际。与凡秉笔而书,缔思而作者,皆是也。大抵以

---

① （宋）真德秀《文章正宗》卷首,文渊阁四库全书本。

六经、《语》、《孟》为祖,而《书》之《大禹》、《皋陶》、《益稷》、《仲虺之诰》、《伊训》、《太甲》、《咸有一德》、《说命》、《高宗肜日》、《旅獒》、《召诰》、《无逸》、《立政》,则正告君之体,学者所当取法。然圣贤大训,不当与后之作者同录。今独取《春秋》内外传所载谏争论说之辞,先汉以后,诸臣所上书疏封事之属,以为议论之首。他所纂述,或发明义理,或剖析治道,或褒贬人物,以次而列焉。书记往来,虽不关大体,而其文卓然为世脍炙者,亦缀其末。学者之议论,一以圣贤为准的;则反正之评,诡道之辩,不得而惑。其文辞之法度,又必本之此编,则华实相副,彬彬乎可观矣。"

其《叙事》云:"按叙事起于古史官,其体有二:有纪一代之始终者,《书》之《尧典》、《舜典》,与《春秋》之经是也。后世本纪似之。有纪一事之始终者,《禹贡》、《武成》、《金縢》、《顾命》是也。后世志、记之属似之。又有纪一人之始终者,则先秦盖未之有,而昉于汉司马氏。后之碑志、事状之属似之。今于《书》之诸篇,与《史》之纪传,皆不复录,独取《左氏》、《史》、《汉》叙事之尤可喜者,与后世记序、传志之典则简严者,以为作文之式。若夫有志于史笔者,自当深求《春秋》大义,而参之以迁、固诸书,非此所能该也。"此较特别,他不是以《尚书》、《春秋》为叙事体式,而是以《左传》、《史记》、《汉书》叙事之尤可喜者及后世记序、传志之典则简严者为叙事之式。

《诗赋》也提出了很多重要观点,一是"古者有诗,自虞《赓歌》、夏《五子之歌》始,而备于孔子所定三百五篇"。二是"若《楚辞》,则又《诗》之变而赋之祖也"。三是引朱熹语,认为诗有三变:"古今之诗,凡有三变。盖自《书》、《传》所记,虞夏以来,下及汉、魏自为一等;自晋、宋间颜、谢以后,下及唐初,自为一等;自沈、宋以后,定著律诗,下及今日,又为一等。然自唐初以前,其为诗者,固有高下,而法犹未变。至律诗出,而后诗之古法,始皆大变矣。故尝欲抄取经、史诸书所载韵语,下及《文选》古诗以尽乎郭景纯、陶渊明之作,自为一编,而附于《三百篇》、《楚词》之后,以为诗之根本准则。又于其下二等之中,择其近于古者,各为一编,以为之羽翼舆卫。其不合者,则悉去之,不使其接于胸次。要使方寸之中,无一字世俗语言意思,则其为诗,不期于高远而自高远矣。"本此,"今惟虞、夏二歌与《三百五篇》不录外,自余皆以文公之言为准,而拔其尤者列之此编。律诗虽工,亦不得与。若箴、铭、颂、赞、郊庙乐歌、琴操,皆诗之属,间亦采摘一二,以附其间。至于辞赋,则有文公《(楚词)集注》、《楚词后语》,今亦不录。或曰:此编以明义理为主,后世之诗,其有之乎?曰《三百五篇》之诗,其正言义理者盖无几,而讽咏之间,悠然得其性情之正,即所谓义理也。后世之作,虽未可同日而语,然其间兴寄高远,读之使人忘宠辱,去系吝,翛然有自得之趣。而于君亲臣子大义,亦时有发焉。其为性情心术之助,反有过于他文者。盖不必专言性命,而后为关于义理也。读者以是求之,斯得之矣。""律诗虽工,亦不得与",这与徐铉《唐文粹》的主张相同,重古体而轻近体。对"明义理"作了较合情理的解释:"性情之正,即所谓义理","不必专言性命,而后为关于义理。"可见这位理学大家也有不太迂腐的一面。但从总体上看,仍完全是以理学家的眼光编选的总集,《四库全书总目·总集类序》云:"《文选》而下,互有得失。至宋真德秀《文章正宗》,始别出谈理一派,而总集遂判为两途。"所谓两途是指北宋以前的总集多为"文章之士"从文的角度编选的(即使在北宋以后,这种总集仍占优势)。而从南宋起,"道学之儒"从宣扬道学出发,编了一些"以理为宗"的总集,"以明义理、切世用为主","否则,辞虽工亦不录",故顾炎武《日知录》卷三《孔子删诗》讥刺道:"六代浮华固当芟落,使徐、庾不得为人,陈、隋不得为代,无乃太甚? 岂非执理之过乎?"①《四库全书总目·文章正宗》提要称顾氏所论"至为平允,深中其失。故德秀虽号名儒,其说亦卓然成理,而四五百年以来,自讲学家以外,未有尊而用之者,岂非不近人情之事终不能强行于天下欤?"

四 谢枋得《文章轨范》论"放胆文"与"小心文"

谢枋得(1226—1289)字君直,号叠山。弋阳(今属江西)人。为人豪爽,好直言,以忠义自任。宝祐四年(1256)进士。他身处南宋灭亡之际,倡大义,抵权奸,提孤军以保封疆,爱国精神,彪炳史册。其学问深醇,诗文雄迈奇绝,汪洋演迤,忠义之语,出自肺腑。其文推尊欧、苏,博大昌明,格调奇高。其诗以忠义见称,慷慨激烈。其著述今存《叠山集》、《诗传注疏》、《礼经讲义》、《碧湖杂记》、《注解章泉涧泉二先生选唐诗》,编有《文章轨范》、《新编武侯兵要笺注评林韬略世法》、《千家诗》等,评点有《檀弓解》一卷、《陆宣公奏议》十五卷。

其《与刘秀岩论诗》云:"诗于道最大,与宇宙气数相关。人之气成声,声之精为言,言已有音律。言而成文,尤其精者也。凡人一言皆有吉凶,况诗乎? 诗又文之精者也……凡人学诗,先将《毛诗》选精洁者五十篇为祖;次选杜工部诗,五言、选体、七言古风、五言长篇、五言八句四句。七言八句四句,各门类编成一集,只须百首;次于《文选》中选李陵、苏武以下,至建安、晋、宋五言古诗、乐府,编类成一集;次选陶渊明、韦苏州、陈子昂、柳子厚四家诗,各类编成一集;次选黄山谷、陈后山两家诗,各编类成一集,此二家乃本朝诗祖。次选韩文公、苏东坡二家诗共编成一集。如此拣选编类到二千篇,诗人大家数尽在其中。又于洪迈编晚唐五百家,荆公百家,次通选唐诗内拣七言四句唐律编类成一集,则盛唐、晚唐七言四句之妙者皆无遗矣。人能如此用工,

---

① (清)顾炎武《日知录》,文渊阁四库全书本。

时一吟咏，不出三年，诗道可以横行天下，天下之言诗者无敢纵矣。"①其《与杨石溪书》表现了他对北宋诗文革新的推崇，对"文体卑陋"的不满，对重新"兴起斯文"的渴望："宋朝盛时，文章家非一人，欧、苏起遏方僻壤，以古道自任，发为词华，经天纬地，天下学士皆知所宗，隐然挈宋治于两汉之上。七十年来，文体卑陋极矣。天运循环，必有作者，是不难，亦为之而已矣。枋得颇有兴起斯文之意，倡而无和，言而莫听。近来始得张伯大与习之兄弟，能卓然自立，不从俗浮沉。岂特时文当为天下雄，今之同志即后之同传，枋得深有望焉。"

其《文章轨范》七卷录汉、晋、唐、宋之文凡六十九篇，而韩愈之文达三十一篇，柳宗元、欧阳修文各五篇，苏洵文四篇，苏轼文十二篇，其余诸葛亮、陶潜、杜牧、范仲淹、王安石、李觏、李格非、辛弃疾人各一篇。前二卷题曰放胆文，后五卷题曰小心文，各有批注圈点，也有一些有圈点而无批注。

此书也是为士子应试而作，王守仁《重刻〈文章轨范〉序》云："宋谢枋得氏取古文之有资于场屋者，自汉迄宋凡六十有九篇，标揭其篇章句字之法，名之曰《文章轨范》。盖古文之奥不止于是，是独为举业者设耳……夫自百家之言兴而后有六经，自举业之习起而后有所谓古文。古文之去六经远矣，由古文而举业又加远焉。士君子有志圣贤之学，而专求之于举业，何啻千里。然中世以是取士，士虽有圣贤之学，尧舜其君之志，不以是进，终不大行于天下。"②这说明此书也是"高考"指南，但其"标揭其篇章句字之法"多涉及文章风格，故本书仍值得一谈。

其论《放胆文》云："凡学文初要胆大，终要心小，由粗入细，由俗入雅，由繁入简，由豪荡入纯粹。此集皆粗枝大叶之文，本于礼义，老于世事，合于人情。初学熟之，开广其胸襟，发舒其志气。但见文之易，不见文之难，必能放言，高论笔端，不窘束矣。"③卷二又云："辩难攻击之文，虽厉声色，虽露锋铓，然气力雄健，光焰长远，读之令人意强而神爽。初学熟此，必雄于文，千万人场屋中，有司亦当刮目。"这是他对"放胆文"的看法。

卷三《小心文》云："议论精明而断制，文势圆活而婉曲，有抑扬，有顿挫，有擒纵。场屋程文论当用此样文法，先暗记侯王两集，下笔无滞碍，便当读此。"卷四又云："此集文章古，得道理强，以清明正大之心发英华果锐之气，笔势无敌，光焰烛天。学者熟之，作经义，作策，必擅大名于天下。"卷五云："此集皆谨严简洁之文，场屋中日暮有

---

①　（宋）谢枋得《叠山集》卷二，文渊阁四库全书本。

②　（明）王守仁《王文成全书》卷二二，文渊阁四库全书本。

③　（宋）谢枋得《文章轨范》卷一，文渊阁四库全书本。

限,巧迟者不如拙速。论策结尾略用此法度,主司亦必以异人待之。"卷六云:"此集才学识三高,议论关世教,古之立言不朽者如是,夫叶水心曰:'文章不足关世教,虽工无益也。'人能熟此集学进识进而才亦进矣。"这是他对"小心文"的看法。他对所选文章的评论不少也论及文风,如卷一评韩愈《送温处士赴河阳军序》云:"文有气力,有光焰,顿挫豪宕,读之快人意,可以发人才思。"卷三评苏轼《范增论》云:"此是东坡海外文字,一句一字增减不得,句句有法,字字尽心,后生只熟读暗记此一篇,义理融明,音律谐和,下笔作论,必惊世绝俗。此论最好处在方羽杀卿子冠军时,增与羽比肩事义帝一段,当与《晁错论》并观。"又评其《王者不治夷狄论》云:"此是东坡应制科程文六论中之一,有冒头,有原题,有讲题,有结尾。当熟读,当暗记,始知其巧。"卷五评柳宗元《送薛存义序》云:"章法句法字法皆好,转换关锁,谨严优柔,理长而味永。"卷六评李觏《袁州学记》云:"本朝大儒作学记多矣,三百年来人独喜诵《袁州学记》,非曰笔端有气力,有光焰,超然不群,其立论高远宏大,不离乎人心天理,宜乎读者乐而忘倦也。"此则不仅涉及文风,也论及文体之"学记"。卷七评韩愈《送孟东野序》云:"此篇凡六百二十余字,'鸣'字四十,读者不觉其繁,何也? 句法变化凡二十九样,有顿挫,有升降,有起伏,有抑扬,如层峰叠峦,如惊涛怒浪,无一句懈怠,无一字尘埃,愈读愈可喜。"

五　魏天应《论学绳尺》辑"场屋应试之论"

魏天应(生卒年不详)号梅墅,建安(今福建建瓯)人。自称乡贡进士。生当宋、元之交,受学于谢枋得。编有《论学绳尺》十卷。

明何乔新《论学绳尺序》首叙作序缘起云:"《论学绳尺》凡十卷,宋乡贡进士魏天应编选南渡以降场屋得隽之文,而笔峰林子长为之笺释,以遗后学者也。元取士以赋易论,于是士大夫家藏此书者盖少。至国朝始复宋制,以论试士,而此书散逸多矣。予友金宪司事游君大升董学于闽,极力搜访,始尽得之,正其讹,补其缺。然后此书复完,爰命工刻之,而属予序诸首。"次述论体文之演变:"议论之文尚矣,禹(大禹)、皋(陶)之'都俞'、'吁咈'见于经(指《尚书》),《春秋》卿大夫之辞命往来纪于史,其论之权舆乎。自汉以来,贾生之论过秦,班彪之论王命,而论之名始见。夏侯太初之论乐毅,刘孝标之论绝交,而论之文益盛。唐、宋以词章取士,论居其一焉。唐人省试诸论盖不多见,其传于今者惟苏廷硕之《夷齐四皓孰优》,韩退之之《颜子不贰过》而已。"末评此书:"若此书所载,则皆南宋科举之士所作者也。予窃评之,其才气俊逸若青冥空旷,秋隼孤骞,而迫之以风也;其体制古雅,若殷彝在庭,竹书出冢,虽不识者亦知其为宝也；其文采缛丽，又如《洛阳名园》而姚黄魏紫，浓艳眩目也。于戏奇哉，其登荐书而甲俊造宜矣。予少时从事举子业，先公尝训之曰：'近时场屋论体卑弱，当以欧、苏诸论为法，乃可以脱凡近而追古雅。'予因取欧、苏诸论熟读之，间仿其体拟作一二，出示同舍生，莫不骇且笑之，虽予亦不能自信，盖当是时科举之士未见此书故也。今游君惓惓于此，以嘉惠后学，其用心勤矣。是书一出，予知四方之士疾读而力追之，上下驰骋，不自逾于法度，如工之有绳尺焉，而场屋之陋习为之一变矣。凡世之学者本之经史，以培其根，参之贾、班、夏、刘以畅其支，廓之苏、韩以博其趣，旁求之欧、苏诸论以极其变，而其法度一本此书，庶乎华实相副，彬彬可观，岂直科举之义哉！"①此序充分说明此书确是为士子应试而编选的范文，但其价值却不止于此，主要是其为论说文提供了"法度"。

《四库全书·论学绳尺》提要概括了全书内容："是编辑当时场屋应试之论，冠以论诀一卷，所录之文分为十卷：凡甲集十二首，乙集至癸集俱十六首，每两首立为一格，共七十八格。每题先标出处，次举立说大意，而缀以评语，又略以典故分注本文之下。"其《诸先辈论行文法》多引前人之语，与本书关系密切的为论体部分，如《论体有七》云："一圆转，二谨严，三多意而不杂，四含蓄而不露，五结上生下，其势如贯珠；六首尾相应，其势如击蛇；七结一篇之意常欲有不尽之意，如清庙三叹有遗音。"②这里既论及论体风格，也论及论体结构。其下分论折腰体、蜂腰体、掉头体、单头体、双关体、三扇体、征雁不成行体（亦名雁断群体）、鹤膝体等，也主要是举例阐明论体结构及行文方法。兹举《掉头体》以为例：

如吴行可《唐虞成周之法论》云："且天下之大，民物之众，生齿之繁，私心邪愿，险情奸状，蛮诈百端，慑之以刑，威之以法，多为之防闲，而严为之备具，其弊犹不可遏，况纵而便之，其无乃非所以为天下者，岂圣人乐于因循苟且而无政耶？抑过于宽仁而不知所谓相济者耶？吾闻掉头在此君民一体，不容异观，烛理未尽，往往知爱己而不知爱民，耳目鼻口，情好嗜欲，就利而避害，好安存而恶危亡，夫岂相远，今夫无故而拔一毛，则九骸为之竦震；爪发之落，似未甚切己者，而必为之掩护爱之。呜呼，父母遗体，谁其不靳！圣人者，亦惟揆夫人情而行其所以立法之意。"

使不得掉头体者，于"岂圣人乐于因循苟且而无政耶？抑过于宽仁而不知所

300

谓相济者耶"下，必为抱脚体接曰"圣人岂乐于因循者，岂不知以宽济猛者，盖亦忧民之心出于内者，至不得已而防之"，如此等接其流趋下。故阳若不顾，而掉头说"君民一体"去，读者正凝神欲观其收拾，又却别颂去，使之搜寻一饷，然后得其意旨所向。盖容易示其意，则彼以为浅近必也；深藏固秘，邀勒艰难，彼然后不敢以为易得。

　　吴行可曰：掉头体似折腰而非折腰，似双关而非双关。折腰则缘上意而生语，此不缘上意而别生语，于收拾处方牵上意而入文也。双关则平分两脚，意要偶，语要齐，有似破义中以一脚收；此虽两脚，意不要偶，语不要齐，不须中生一脚，但以下脚收上脚也。

　　首引吴行可《唐虞成周之法论》以说明掉头体，并在"吾闻"处注明"掉头在此"；接着反面证明"不得掉头体者"会如何行文；而此文却"阳若不顾，而掉头说'君民一体'去"；"读者正凝神欲观其收拾，又却别颂去，使之搜寻一饷，然后得其意旨所向"；末叙这样行文（"深藏固秘"）的原因。末引吴语说明掉头体与折腰、双关体的区别，成为点睛之笔。

　　其下各卷分别举南宋应试之文以说明其格，如卷一立说贯题格举文两篇，一为王胄的《汤武仁义礼乐如何》，一为常挺的《三王法度礼乐如何》。前篇出自《前汉书·贾谊传》，立说指出"谓仁义之中自有礼乐"，批云："立说有本祖，行文有法度，明白而通畅，纯熟而圆转，真可为后学作文之法。"后篇出自《荀子·大略篇》，其立说云："为法度者君道也，为礼乐者师道也。君道要与师道相维，三王因人心有和顺之机，作为礼乐。道迪（引导启迪）既久，然后建一法，立一度，可以更千万世而不变者，是其君道与师道并行也。"批云："文字体面，亦有本祖，真得省闱（指礼部考试）作文之法。"后篇末又附论，比较二文特点："前篇谓人心有仁义则有礼乐，此篇谓人心知礼乐则知法度，是用其主意，仿其步骤，不可不参看。"各卷各篇大体如此，举此一篇就足以说明此书确实是当时的"高考"指南。

　　王应麟的《辞学指南》前已论及，兹不重复。

　　此外，还有李诚叟《分类诚斋文脍后集》十二卷，分三十二类，取杨万里《易传》、《千虑策》中之语，摘录标题，各加批点。方逢辰《诚斋文脍集序》认为："人莫不饮食，鲜能知味也，知味者在饮食之外也。诚斋先生磊磊砢砢，挺挺介介，故发而为文，则浩气拍天，吞吐溟渤，足以推倒一世之豪杰。岂必聱牙屈曲，波谲涛诡，艰深塞涩，思苦形枯，使人读之不能句，然后为工哉！虽然，大篇巨册，浩渺无涯，或传于经，或集于文,或散于游戏之翰墨,橥窗屹屹,犹有未能尽窥其斑者,况场屋一日之士乎?"此书李诚叟所编:"建安李诚叟取先生片言只字之有助于举子者,门分条析,为前后集。前集为纲者四十三,后集为纲者三十二,名曰'文脍',盖鼎尝一脔,皆足以炙人口而膏笔端也。千里外来征予序。予谓先生之文,岂止于举子之助而已乎? 举而措之,可以撑拓宇宙,弥纶国家,黼黻皇猷,衮冕古今。知味者又当于此乎求之,毋但曰脍炙而已矣。"①"有助于举子者",杨万里文"岂止于举子之助",可见李诚叟编此书也只是把它作为"高考"指南而编的。《四库全书总目》卷一七四此书提要云:"《分类诚斋文脍后集》十二卷,不著编辑者名氏(或未见方逢辰序),其书分三十二类,取杨万里《易传》、《千虑策》中之语摘录标题,各加批点,殊为庸俗,又有题见此集而注云文见前集者,亦非完书。相其板式,乃麻沙旧刻,盖宋末书坊陋本也。"

《四库全书总目》卷一七四还有《锦绣论》二卷提要:"旧本题宋杨万里撰,考宋贡举条式第二场试论一道,限五百字以上成。此编盖当时应试程序也,然体例拘陋,未必真出于万里,疑并书中国子监批点皆坊贾托名耳。"可见"高考指南"之多之滥,也是古已有之,于今为甚。

第六节　宋人别集中的诗文革新主张及其文体论(北宋前期)

一　北宋前期的文体、文风及其演变

宋代的诗文革新主要不是文体体裁的革新,而是诗文内容和文体风格的革新,因为宋代诗文的主要体裁在此之前多已形成,虽有新的开拓,但不是很多。北宋的诗文革新家都以提倡古文、反对时文相标榜,但在不同时期,他们所反对的时文往往具有不同的内容和对象。

北宋前期文学指太祖、太宗、真宗、仁宗、英宗五朝的文学,是十一世纪初的三四十年,是由深受晚唐、五代文学影响到逐步建立宋代文学特色的时期。元人方回《桐江续集》卷三二《送罗寿可诗序》云:"宋刬五代旧习,诗有白体、昆体、晚唐体。白体如李文正、徐常侍昆仲、王元之、王汉谋;昆体则有杨、刘《西昆集》传世,二宋、张乖崖、钱僖公、丁崖州皆是;晚唐体则九僧最逼真,寇莱公、鲁三交、林和靖、魏仲先父子、潘逍遥、赵清献之父凡数十家,深涵茂育,气极势盛。"宋初诗的"白体"、"西昆体"、"晚唐体",都是模仿唐诗,没有形成自己的独特风貌,是深受晚唐、五代影响的集中表现;到

---

① 　(宋)方逢辰《蛟峰文集》卷四,文渊阁四库全书本。

了梅尧臣、苏舜钦、欧阳修,或诗思深远,风格平淡;或笔力豪俊,超迈横绝;或以文为诗,矫健舒畅:开始形成宋诗的特色。

北宋初年的散文,也承袭五代浮靡的文风。柳开开始"革弊复古",主张重道、致用、崇散、尊韩。王禹偁主张"传道明心"、"文从字顺"。穆修亦提倡古文,访求校正韩、柳集。尹洙通知古今,为文简而有法。欧阳修文正如苏洵《上欧阳内翰书》所说:"纡徐委备,往复百折,而条达疏畅,无所间断。"形成了宋代特有的散文风格,完成了宋代古文革新。赵彦卫《云麓漫抄》卷八论宋代文风演变云:"本朝之文,循五代之旧,多骈俪之词;杨文公始为西昆体;穆伯长、六一先生以古文唱,学者宗之。王荆公为《新经》、《说文》,推明义理之学,兼老庄之说。"

北宋前期的词,代表作家有晏殊、欧阳修,词作以小令为主,词风则承袭五代,受西蜀花间词、南唐冯延巳影响较深。柳永是北宋第一个大量写作慢词的词人,长于铺叙,以白描的手法,写都市繁华和悲欢离合之情,扩大了词境。宋祁、范仲淹存词不多,但都留下了一些名篇,特别是范仲淹以词写边塞风光,苍凉悲壮,为苏轼创立豪放词打下了基础。总之,北宋前期的文学,欧阳修领导下的诗文革新已取得巨大成功,完成了宋文革新,诗词也开始呈现出不同于唐代的风貌。

宋初的文人本来就来自五代、十国。有的是五代浮艳文人之子,如和岘、和嵝兄弟,是著名的花间派词人,历仕梁、唐、晋、汉、周,在后晋位至宰相的和凝之子。《宋史·和嵝传》说,"(嵝)虽幼能属文,殊少警策,每草制,必精思索讨而后成,拘于引类偶对,颇失典诰之体。"有的本来就是前朝词臣,在宋初主编《太平御览》、《太平广记》、《文苑英华》的李昉,在后汉为集贤殿修撰,在后周为知制诰、翰林学士。"为文浩博,慕徐、庾及王、杨、卢、骆之体"的赵邻几在后周为秘书省校书郎,他们可作为北方词臣入宋的代表。博学能文的徐铉则可算南唐词臣入宋的代表,他曾仕吴为校书郎,又历仕南唐三主。其他如"以文翰入仕,甚被亲昵"的刁衎,"慕唐四子为文,体制繁靡"的陈彭年,"终日清谈,亹亹可听"的张泊,亦为李煜词臣(以上引语均见《宋史》各本传)。勾中正则为后蜀词臣,曾任孟昶的崇文馆校书郎,后蜀相毋昭裔的从事。由此可见,宋初文人多数是从后周、南唐、后蜀来的。梁、唐、晋、汉、周文风柔靡,前后蜀多淫艳之词,南唐多感伤之调,他们的文风不能不影响宋初文坛。

宋初前期首先起来对抗五代余风的是"高、梁、柳、范。"《宋史·梁周翰传》说:"五代以来文体卑弱,周翰与高锡、柳开、范杲习尚淳古,齐名友善,当时有'高、梁、柳、范'之称。"梁周翰,后周广顺二年(952)进士,宋初任秘书郎,直史馆。时议武成王庙配享,有人主张要"功业始终无瑕者方得预"。梁周翰上疏,认为即使周公、孔子亦未为"尽善","欲责其磨涅不渝,始卒如一者,臣窃以为难其人矣";又历举乐毅、廉颇等十多员武将,认为"凡此名将,悉皆人雄,苟欲指瑕,谁当无累?"因此,他反对"吹毛求异代之疵,投袂忿古人之恶"。全文颇有气势,确实不同于宋初的"卑弱"文风。范杲是后周、宋初大臣范质之侄,"与柳开善,更相引重,始终无间"。但"为文深僻难晓,后生多慕效之"。①宋代的古文皆宗韩愈,韩愈兼有平易畅达和矜奇尚险两种风格。韩门弟子李翱发展了韩愈平易的一面,皇甫湜则发展了韩愈奇险的一面。宋初古文革新内部一直存在着这两种倾向的斗争。范杲已开"深僻难晓"之端,且影响颇大,"后生多慕效之"。《宋史·高锡传》未谈及高的文风,但《梁周翰传》既把他算在"习尚淳古"一类,显然也与当时盛行的五代余风不同。

宋初以柳开、王禹偁为代表的古文家主要在反对唐末五代的骈俪之风。以唐代韩愈、柳宗元为代表的古文革新,并未能取代骈文,相反,在晚唐、五代及宋初,骈风复盛,太祖、太宗、真宗三朝及仁宗初年的文坛,都是骈文的天下。这七八十年,大约又可分为两段:前四十年即太祖、太宗两朝的骈文承继了五代以来的"芜鄙之气"。宋初骈骊之风再度泛滥的集中表现是,不仅宋人例用四六的制诏表启,而且宋人例用散体的奏议、书信、论说、序跋、杂记等,几乎都用四六,如李沆的《上真宗乞节哀听政奏》,著名书法家、文字学家郭忠恕的《答英公大师书》,舒雅的《尔雅注疏序》,赵湘的《熏莸论》,苏易简的《白马寺记》等等。宋初甚至连墓志铭也多用四六,如徐铉著名的《吴王陇西公(李煜)墓志铭》。陈师道《后山诗话》云:"国初士大夫例能四六,然用散语与故事尔。"这确实是宋初多数四六文的特点,除生硬堆积典故外,还间用散语。这与北宋古文革新以后四六骈文的散文化不同,是不能熟练驾驭四六骈文的表现,与"五四"以后初期白话文不文不白、亦文亦白颇有些相似。晚唐五代战乱频仍,社会经济、教育文化遭到巨大破坏。直至宋初,人们仍不愿外出作官,更不愿为做官而刻苦学习文化,文化素质普遍下降。《云庄四六余话》云:"国初二浙州郡士子应举者绝少,括苍大比,今几万人,当时终场仅六人。"《宋史》卷四四一《路振传》云:"淳化中举进士,太宗以词场之弊,多事轻浅,不能该贯古道。因试《厄言日出赋》,观其学术。时就试者凡数百人,咸愕眙忘其所出,虽当时驰声场屋者亦有难色。""厄言日出",语出《庄子·天下篇》,就试者数百人,皆不知其出处。这时宋王朝已建立三十余年,士子文化素质仍如此低下,这就决定了太祖、太宗两朝的骈文水平。

但宋初四十年倡导古文者仍大有人在,除"高、梁、柳、范"外,还有"好为古文"的郭昱;"学古文于柳开,与张景齐名"的高弁;"嗜西汉书"、"辞彩古雅"的安德裕;"慕韩、柳为文,与卢积齐名"的谢炎,而成就最突出的则是柳开与王禹偁。总的来说,这

---

① 见《宋史·梁周翰传》。

些古文家的文学成就还不足以战胜宋初盛行的骈俪之风。相反,就在与他们同时而略晚,又开始流行所谓以杨亿、刘筠、钱惟演为代表的西昆体四六。《宋史》卷四三九《文苑传》云:"国初,杨亿、刘筠犹袭唐人声律之体;柳开、穆修志欲变古,而力弗逮;庐陵欧阳修出,以古文倡,临川王安石、眉山苏轼、南丰曾巩起而和之,宋文日趋于古矣。"罗根泽先生的《中国文学批评史》指出此说"大谬",因为"杨亿后柳开约二十年,知柳开的革新变古不是针对杨、刘而是针对杨、刘以前的与古文相反的文体,就是五代体。"

宋初前四十年即从宋王朝建立到十世纪末的太祖、太宗两朝,是宋代骈散之争的第一阶段,即以柳开、王禹偁为代表的古文家,主要反对沿袭晚唐五代的骈俪之弊,这时西昆体尚未形成。

二　柳开论"古文"

宋初柳开等所反对的"时文"主要是指"五代文弊"。但是,由于他们的创作成就不高,不但未能完全战胜"五代文弊",反而出现了名噪一时的西昆体。柳开说:"开之学为文章不类于今者三十年,始者诚为立身行道必大出于人上而遍及于世间,岂虑动得憎嫌,挤而斥之。"①这表明他们所倡导的古文革新还没有多少人响应。

柳开(947—1000)字仲涂,自号东郊野夫,又号补亡先生。大名(今属河北)人。开宝六年(973)登进士第,在朝官至监察御史。历知常州、润州、贝州、宁边军、全州、桂州,贬滁州团练副使。后知环州曹州、邢州、代州,移沧州兼兵马钤辖。病卒于道。

唐末战乱,文籍荡然无存,有赵姓老儒生持韩愈文数十篇授柳开,读之爱不能舍,以为著文当以韩、柳为宗尚,遂改名肩愈,字绍先(继承先人柳宗元)。他颇以自己的家世自豪,其《宋故柳先生墓志铭》载,其侄柳瀛"辞直理胜,若古人所作,(开)即与之诗曰:'皇唐二百八十年,柳氏家门世有贤。出众文章惟子厚(柳宗元),不群书札独(柳)公权。本朝事去同灰烬,圣代吾思绍祖先。感叹尽应余庆在,今来见汝又堪怜。'"柳开又仰慕唐王通经术,自以为能开圣贤之途,乃更名为开字仲涂。著《野史》、《东郊野夫传》、《补亡先生传》,以表白其志向。当时有范杲亦喜好古学,爱柳开文章,诵于朝野,为之延誉,世人并称"柳范"。

柳开是宋代古文革新的先驱。宋初文章继五代之习,崇尚偶俪,自柳开始为古文,他提倡复古,反对五代颓靡的文风,其《应责》区别古文与今文说:"古文者,非在辞涩言苦,使人难读诵之,在于古其理,高其意,随言短长,应变作制,同古人之行事,是

---

① (宋)柳开《再与韩洎书》,《河东集》卷九,文渊阁四库全书本。

谓古文也。"柳开能言而不能行,其文大多"词涩言苦",令人难以卒读。在风格论上,他反对华而不实之文,其《上王学士第三书》反对"华而不实,取其刻削为工,声律为能。刻削伤于朴,声律薄于德……女恶容之厚于德,不恶德之厚于容也;文恶辞之华于理,不恶理之华于辞也"。《上王学士第四书》主张"君子之文,简而深,淳而精",认为"重之以华饰为伪者,于德何良哉!"并论及各种文体的功用:"某不度鄙陋,近献旧文五通,书以喻其道也,序以列其志也,疏以刺其事也,箴以约其行也,论以陈其义也。"这实际上也是他对书、序、疏、箴、论等各种文章体裁的看法。

三 王禹偁论赋及其律赋创作

王禹偁(954—1001)字元之,济州巨野(今山东巨野)人。世为农家子,九岁能文,毕士安见而器重之。太宗太平兴国八年(983)进士,授成武县主簿。次年,徙知长洲县,改大理评事。端拱初召试,擢右拾遗,直史馆。献《端拱箴》,又献《御戎十策》,太宗大加称赏。淳化二年(991),太宗亲试贡士,禹偁赋诗立就,拜左司谏、知制诰,判大理寺。以庐州尼道安诉讼徐铉案受牵连,坐贬商州团练副使,移解州。四年,召拜左正言,直昭文馆,出知单州。召为礼部员外郎,再知制诰。至道元年(995),为翰林学士,知审官院兼通进银台封驳司。以上疏言孝章皇后礼仪事,坐谤讪罢职,出知滁州。次年,移知扬州。真宗即位,禹偁上疏言五事,召还,复知制诰。咸平初预修《太祖实录》。时宰相张齐贤、李沆不协,以禹偁议论轻重其间,落知制诰,出知黄州。作《三黜赋》以见志,有"屈于身兮不屈其道,任百谪而何亏。吾当守正直兮佩仁义,期终身以行之"之语[1]。四年,徙蕲州,病卒,年四十八。事迹见《宋史》卷二九三本传。今人黄启方撰有《王禹偁年谱简编》。

禹偁喜奖掖后学,后进有词艺者,为之延誉称扬,当时名士多出其门下,俨然为一代文学宗师。又以直躬行道为己任,为文著书多涉规讽,切中时政弊病,开庆历新政之端。又为北宋诗文革新之先驱,以变革文风为己任,其《送孙何序》称:"咸通以来,斯文不竞,革弊复古,宜其有闻。"所著诗文全变唐末五代雕绘纤弱之习,亦不为柳开等宋初作家之奇僻艰涩。其文主要以记事散文见长,多传世名篇,如《待漏院记》、《黄州新建小竹楼记》、《录海人书》、《唐河店妪传》、《四皓庙碑》、《寿城碑》等篇均为其散文代表作。其诗五言学杜甫,七言学白居易,其《自贺》(卷九)诗云:"本与乐天为后进,敢期子美是前身。"足见其诗歌创作宗旨。词作仅有《点绛唇》词一首,有"小村渔

---

① (宋)王禹偁《小畜集》卷一,文渊阁四库全书本。

306

市，一缕孤烟细"之句，刻画景物亦清丽可爱。平生著述极富，著有《小畜集》三十卷、《别集》二十卷、《奏议》三卷、《承明集》十卷、《制诰集》十二卷、《四六》一卷（《通志·艺文略八》）。今存文集有《王黄州小畜集》三十卷、《五代史阙文》一卷。

王禹偁是北宋诗文革新的先驱。他对当时的文道之争、骈散之争、难易之争态度鲜明，不满晚唐五代的颓靡文风，批评宋初古文的艰涩，较系统地阐述了传道明心之说。在文体论上，王禹偁也颇有贡献。其《答张知白书》论及赋、铭、歌等多种体裁："夫赋之作，本乎《诗》者也。自两汉以来，文士若相如、扬雄、班固辈皆为之，盖六义之一也。洎隋、唐，始以诗赋取进士，而赋之名变而为律，则与古戾矣。然拘挛声病以难后学，至使鸿藻硕儒有不能下笔者，虽丈夫不为，亦仕进之羽翼，不可无也。铭之义本乎钟鼎，孔悝之家庙详矣。歌又杂诗之伦也，故《书》曰：'诗言志，歌咏言。'又《诗序》云：'嗟叹之不足，则咏歌之。'此其始也吁哉！后人流荡忘反，盖其得也，荐宗庙，播管弦；其失也，语淫奔，事诡怪而已。"

这里特别一提的是他的《律赋序》，此序表明，他既看不起科举赋，但又颇长于律赋："禹偁志学之年，秉笔为赋，逮乎策名，不下数百首，鄙其小道，未尝辄留。秋赋春闱，粗有警策，用能首冠多士，声闻于时。然试罢即为同人掠夺其草，于今莫有存者。淳化中，谪官上洛。明年，太宗试进士，其题曰《厄言日出》。有传至商山者，骇其题之异且难也，因赋一篇。今求向所存者，得数十纸，焚弃之外，以十章列为一卷，仍以《厄言》为首，尊御题也。"所谓"十章"指《厄言日出》、《天道如张弓》、《仲尼为素王》、《君者以百姓为天》、《复其见天地之心》、《尺蠖》、《圣人无名》、《槖钥》、《醴泉无源》、《火星中而寒暑退》凡十篇律赋。

魏泰《东轩笔录》卷一载："孙何榜，太宗皇帝自出试题《厄言日出赋》，顾谓侍臣曰：'比来举子浮薄，不求义理，务以敏捷相尚。今此题渊奥，故使研穷意义，庶浇薄之风可渐革也。'""厄言日出"语出《庄子》，应试者只有路振一人知出其出处。吴曾《能改斋漫录》卷一载应："淳化三年殿试《厄言日出赋》，独路振知所出，遂中第三人。是年，孙何第一人，朱台符第二人，亦不能知，止取其文耳。"律赋是唐、宋科举用于考试的骈赋，比一般骈赋限制更严，故历来为文学史家所不取，认为没有什么文学价值。如徐师曾《文体明辨序说·赋》云："唐、宋取士限韵之制，但以音律谐协、对偶精切为工，而情与辞皆置弗论。呜呼，极矣。"现在一些《赋史》专著，更认为律赋似乎完全不值一谈。其实对律赋不可一概否定。康熙《四朝诗选序》云："熙宁专主经义而罢诗赋，元祐初复诗赋，至绍圣而又罢之，其后又复与经义并行。"①可见除熙宁、元丰、绍

---

① 《（康熙）御制文第三集》卷二一，文渊阁四库全书本。

圣年间外,宋代都以诗赋取士,至少兼试诗赋。诗与赋相较,宋人更看重赋,欧阳修
《六一诗话》云:"自科场用赋取人,进士不复留意于诗,故绝无可称者。"王安石《试院
中》谓"圣世选才终用赋"。刘克庄《跋李耘子诗卷》云:"唐世以赋诗设科,然去取予夺
一决于诗,故唐人诗工而赋拙。湘灵鼓瑟,精卫填海之类,虽小小皆含意义,有王回、
曾巩之不能道。本朝亦以诗赋设科,然去取予夺一决于赋,故本朝赋工而诗拙。今之
律赋,往往造微入神,温飞卿、李义山之徒未必能仿佛也。"宋代有很多以赋取高第的
记载,而且律赋也并非尽为应试之作,既有试前习作,也有入仕后有感之作,因此,宋
人文集往往存律赋甚多,文学史家不应视而不见。宋代律赋不仅数量大,而且佳作也
不少。刘敞《公是集》卷首《杂律赋自序》云:"当世贵进士,而进士尚词赋,不为词赋,
是不为进士也;不为进士,是不合当世也。"宋人为入仕计,不得不从小练习诗赋,王禹
偁进士及第前的习作就"不下数百首"。否定律赋者往往说律赋限制太严,其实正如
律诗限制很严,但仍出现了大量名家名作一样,律赋限制虽严,也不乏情辞并茂之作。

四 孙何《碑解》辨碑与碑铭之别

孙何(961—1004)字汉公,蔡州汝阳(今河南汝南)人。幼年好学,十岁识音律,十
五能属文。淳化三年(992)状元及第,为将作监丞,通判陕州。召入朝,擢直史馆,迁
秘书丞、京西转运使。为右正言,改右司谏。真宗即位,献五议,真宗称赏。权户部判
官,出为京东转运副使,徙两浙转运使,加起居舍人。景德初,判太常礼院,知制诰。
是年冬卒,年四十四。孙何为文宗韩、柳,气势温和而言辞壮健,与丁谓齐名,时称"孙
丁"。王禹偁尤推重其文,尝赠其诗云:"三百年来文不振,直从韩、柳到孙、丁。如今
便好令修史,二子文章似六经。"①

孙何的《文箴》堪称一篇简明的中国文学史,从尧舜一直叙述到本朝的文学演变,
对江左文风深表不满:"陵夷怠惰,至于江左。轻浅淫丽,迭相唱和。圣心经体,尽坠
于地。千词一语,万指一意。缝烟缀云,图山画水。骈枝俪叶,颠首倒尾。"称美唐代
诗文:"奕奕李唐,木铎再扬。文之纪纲,断而更张。巨手魁笔,磊落相望。凌轹百代,
直趋三王。续典绍谟,韩(愈)领其徒。还雅归颂,杜(甫)统其众。"五代:"文复喧卑。
制诰之俗,侪于四六。风什之讹,邻于讴歌。怀经囊史,孰遏颓波?""遏颓波"者即宋:
"天佑斯文,起我大君。蒲帛诏聘,鸿硕纷纶。邪返而正,漓澄而淳。凡百儒林,宜师
帝心。语思其工,意思其深,勿听淫哇,丧其雅音。勿视彩饰,亡其正色。力树古风,

---

① 《涑水纪闻》卷二引,《唐宋史料笔记丛刊》,中华书局 1989 年版。

坐臻皇极。无俾唐文，独称往昔。"可见这篇《文箴》是箴历代文弊，力主诗文革新的。

在诸文体中，孙何特别看重议论文，其《评唐贤论议》云："夫治世之具，莫先乎文；文之要，莫先乎理。文必理而方工者，惟论议为最。然由斯而谈，则驾说立言者，不得不以为己任也。唐虞已往，治道尚简；三代之际，见于六经，此不书也。两汉间鸿儒间出，犹为黄老、刑名、权霸所杂。魏晋已降，文体卑贱，固不足论。若乃羽姬翼孔，卓尔大得，根仁柢义，动为世法者，独唐贤为最。所著论议，杰然尤异者，若牛相僧孺《从道善恶无余》，皇甫湜《纪传编年》、《夷惠清和》，独孤常州及《吴季札》，权文公德舆《两汉辨士》等论，高仆射郢《鲁用天子礼乐》，韩吏部愈《范蠡与大夫种书》，吕衡州温《功臣怨死》，白宫傅居易《晋恭世子》等议，或意出千古，或理镇群疑，或复位褒贬之误，或再正名教之失。无之足以惑后人，有之足以张吾道。"①

但对可以预拟的策论，他是看不起的，认为还不如诗赋能见真才，其《论诗赋取士》论对策与诗赋的难易云："持文衡者岂不知诗赋不如策问之近古也？盖策问之目，不过礼乐刑政，兵戎赋舆，岁时灾祥，吏治得失，可以备拟，可以曼衍，故污漫而难校，泄涩而少工，词多陈熟，理无适莫。惟诗赋之制，非学优才高不能当也。破巨题期于百中，压强韵示有余地。驱驾典故，混然无迹；引用经籍，若己有之。咏轻近之物，则托兴雅重，命词峻整；述朴素之事，则立言遒丽，析理明白。其或气焰飞动，而语无孟浪；藻绘交错，而体不卑弱。颂国政则金石之奏间发，歌物瑞则云日之华相照。观其命句，可以见学植之深浅；即其构思，可以觇器业之大小，穷体物之妙，极缘情之旨，识《春秋》之富艳，洞诗人之丽则。能从事于斯者，始可以言赋家流也。"因此唐以诗赋取士得人最多："唐有天下，科试愈盛。自武德、贞观之后，至贞元、元和已还，名儒巨贤，比比而出。有宗经立言如丘明、马迁者，有传道行教如孟轲、扬雄者，有驰骋管晏、上下班（固）、范（晔）者，有凌轹颜谢、诋诃徐（陵）、庾（信）者。如陆宣公（贽）、裴晋公（度），皆负王佐之器，而犹以举子事业，飞腾声称。韩退之、柳子厚、皇甫持正（湜），皆好古者也，尚克意雕琢，曲尽其妙。"②

孙何直接论及多种文体的是他的《碑解》③。碑，汉人刘熙《释名》对"碑"作了准确解释，谓"碑，被也"，"施其辘轳，以绳被其上，以引棺也"，"无建于道陌之头，显见之处，名其文就谓之碑也"。但后世却恰恰把碑与碑文混为一谈，孙何对此作了详尽的辨析，他说："碑非文章之名也，盖后人假以载其铭耳。铭之不能尽者，复前之以序。

①　《历代名贤确论》卷九八，文渊阁四库全书本。

②　（宋）沈作喆《寓简》卷五，文渊阁四库全书本。

③　《宋文鉴》卷一二五。

而编录者通谓之文,斯失矣。"他说明了碑与碑铭的来龙去脉:"铭之所始,盖始于论撰祖考,称述器用,因其镌刻,而垂乎鉴诚也。"因铭是"称述器用","垂乎鉴诚"的,故有量铭、钟铭、鼎铭、盘铭、盂铭、几铭、杖铭。"碑亦犹是":"蔡邕有《黄钺铭》,不谓其文为'黄钺'也。崔瑗有《座右铭》,不谓其文为'座右'也。""古之所谓碑者,乃葬祭飨聘之际,所植一大木耳。而其字从石者,将取其坚且久乎。然未闻勒铭于上者也。今丧葬令具螭首龟跌,洎丈尺品秩之制,又易之以石者,后儒所增耳。尧、舜、夏、商、周之盛,六经所载,皆无刻石之事。""司马迁著《始皇本纪》者,其登峄山、上会稽甚详,止言刻石颂德,或曰立石纪颂,亦无勒碑之说。今或谓之《峄山碑》者,乃野人之言耳。汉班固有《泗水亭长碑文》,蔡邕有《郭有道》、《陈太丘碑文》,其文皆有序冠篇,末则乱之以铭,未尝斥碑之材而为文章之名也……由魏而下,迄乎李唐,立碑者不可胜数,大抵皆约班、蔡而为者也,虽失圣人述作之意,然犹仿乎古。迨李翱为《高愍女碑》,罗隐为《三叔碑》、《梅先生碑》,则所谓序与铭皆混而不分,集列其目,亦不复曰文。考其实,又未尝勒之于石。是直以绕绋丽牲之具,而名其文,戾孰甚焉!复古之事,不当如此。贻误千载,职机之由。今之人为文,揄扬前哲,谓之'赞'可也;警策官守,谓之'箴'可也;针砭史阙,谓之'论'可也;辩析政事,谓之'议'可也;祼献宗庙,谓之'颂'可也;陶冶性情,谓之'歌诗'可也。何必区区于不经之题,而专以'碑'为也?"

五　丁谓对模仿汉赋者的批评

丁谓(966—1037)字谓之,后更字公言。苏州长洲(今江苏苏州)人。少时与孙何友善,游场屋时同袖文谒王禹偁,王大奇之,以为韩、柳后二百年始有此文,世人称之"孙丁"。淳化三年(992)登进士甲科,通判饶州。官至同中书门下平章事,封晋国公。仁宗立,贬崖州司户参军。《宋史》卷二八三有传。

丁谓为人机敏有智谋,博闻强记,工诗文,言辞婉约,用典贴切。王禹偁《送丁谓序》以为"其诗效杜子美,深入其间;其文数章,皆意不常而语不俗,若杂于韩、柳集中,使能文之士读之,不之辨也"。曾参与西昆派诗人唱酬,但诗文风格与西昆派颇不同,属王禹偁诗文革新派。亦能词,清丽生动。著有《丁谓集》八卷、《虎丘录》五十卷、《刀笔集》二卷、《青衿集》三卷、《知命集》一卷(《宋史·艺文志》七)。今仅存《丁晋公谈录》一卷。其现存诗文见《宋文鉴》等书。

其《大蒐赋序》自论其赋与汉赋的不同云:"司马相如、扬雄以赋名汉朝,后之学者多规范焉,欲其克肖,以至等句读,袭征引,言语陈熟,无有己出。观《子虚》、《长杨》之作,皆远取傍索,灵奇瑰怪之物,以壮大其体势。撮其辞彩,笔力恢然,飞动今古,而出入天地者无几。然皆人君败度之事,又于典正颇远。今国家大蒐,行旷古之礼,辞人文士不宜无歌咏,故作《大蒐赋》。其事实本之于《周官》,历代沿革制度参用之,以取其丽则。奇言逸辞,皆得之于心,相如、子云之语,无一似近者。彼以好乐而讽之,此以勤礼而颂之,宜乎与二子不类。"①在丁谓现存诗文中,不能看出其文体主张,但仅就这篇仿汉大赋之前的短序,已足够证明他是师韩愈"唯陈言之务去"的。他尖锐批评后世文人多模仿("规范")汉代大赋,同其句读,袭其典故,语言陈旧,意无己出;对汉代大赋既肯定其艺术成就,又指出其内容有失"典正",所述"皆人君败度(骄奢淫佚,败坏法度)之事";认为自己所作的《大蒐赋》与司马相如、扬雄赋之不同,内容皆本于周代礼制,参考历代制度沿革,取其美好的法度("丽则");言辞皆得于心,无一近似相如、扬雄之语。读其全赋,应承认这不算自夸之词,而是大体符合所立标准的。

六　孙冲提倡平易流畅的文风

孙冲(生卒年不详)字升伯。赵州平棘(今河北赵县)人。举明经,历古田青阳尉、盐山丽水主簿。后登进士甲科,历仕州郡。尝四塞河决,著《河书》以献。另有《五代纪》七十七卷。见《宋史》卷二九九本传。

《山右石刻丛编》卷一一收有他的《与晋守何亮书》、《重刊绛守居园池记序》,颇能代表他的文体观。第一,推崇秦、汉以前的文风,批评齐、梁、陈、隋,肯定韩愈的古文革新:"夫文章,由秦、汉已往,殆不复古矣。齐、梁、陈、隋,尤无所取焉。唐之所尚,句读声韵必须一体,章表、制诏、书檄、诰令,凡于动作系乎文词者,必以偶对声韵,所以文不逮理,而作者徒相踵也。在唐独韩愈奋不逐时俗,分甘穷达,而至死不渝。故其□于孔子之□,如荀、孟者无惭色焉。"又云:"唐室承齐、梁、陈、隋余弊,其文章最微弱,又变其体,使有声韵偶对";"韩愈,独与张籍、皇甫湜、李翱辈更迭文体,高出秦、汉。"第二,批评以扬雄、樊宗师为代表的艰涩文风,提倡平易流畅的文风:"夫圣人文章,若八卦、象、繇、爻、象之体,虽不肤浅,然圣人之文,终能传解。孔子《系辞》,则皎然流畅。其《诗》、《书》、《礼》、《乐》之文,披之皆可见意。是圣人于文章,本在达意垂法而已,不必须奇怪而难入也。由经书外,子、史、百家之言,固可通导。独扬雄《太玄》,准《易》而为之,当时之人或不肯一览。故文章在乎正而不杂,但如两汉风骨,则仲尼、周公复出,固无所嫌也。"又云:"由韩愈氏之道,当时之人随而变者众矣,独樊宗师益苦其词,使人莫能解晓";"长庆中,樊宗师为绛州刺史,尝作《绛守居园池记》,其

---

① 《宋文鉴》卷一。

词句甚隐僻,不明白。□在京师得此文,颇与同人商榷,卒不能果然详其意旨句读。"①

七　释智圆论"铭"

释智圆(976—1022)俗姓徐,字无外,号中庸子,又号潜夫。钱塘(今浙江杭州)人。八岁,受戒于杭州龙兴寺。二十一岁,从奉先寺清源法师学天台教观,孜孜研讨经论,撰著讲训,为天台宗山外派义学名僧。大中祥符末,居西湖孤山玛瑙禅院,世称孤山法师,与隐士林逋相往还。其论文重道轻文,以为古文非涩其文句,难其句读而已,当宗古道以立言,推崇韩愈、白居易。自著诗文也富有文采,有《闲居编》五十一卷。

其《雪刘禹锡》对铭的解释尤为精彩,一论铭之内容:"俗传《陋室铭》,谓刘禹锡所作,谬矣,盖闻茸辈狂简斐然,窃禹锡之盛名以诳无识者,俾传行耳。夫铭之作,不称扬先祖之美,则指事以戒过也;出此二途,不谓之铭矣。称扬先祖之美者,《宋鼎铭》是也;指事戒过者,周庙《金人铭》是也。俗传《陋室铭》,进非称先祖之美,退非指事以戒过,而奢夸矜伐,以仙、龙自比,复曰'唯吾德馨'。且颜子愿无伐善,圣师不敢称仁,禹锡巨儒,心知圣道,岂有如是狂悖之辞乎!"二论铭之风格:"陆机云:'铭博约而温润。'斯铭也,旨非博约,言无温润,岂禹锡之作邪!昧者往往刻于琬琰,悬之屋壁,吾恐后进童蒙慕刘之名,口诵心记,以为楷式,岂不误邪?故作此文,以雪禹锡耻,且救后进之误。使死而有知,则禹锡必感吾之惠也。"②《陋室铭》是否为刘禹锡所作或许有不同看法,但他对铭体的概括应该说是十分准确的。

八　夏竦论文体与国家盛衰的关系

夏竦(985—1051)字子乔,江州德安(今属江西)人。景德四年(1007)举试贤良方正科。官至参知政事、枢密使。卒赠太师、中书令,赐谥文正,改谥文庄。

夏竦为人急于进取,喜用权术,世人目为奸邪。然明敏好学,才智过人,为郡有治绩,善治军旅,在文学上亦有建树。论文以气骨为主,强调文章有经邦治国之用,应根于道,益于世,具有颂刺之义、规讽之旨。他既不满浮浅鄙俚的五代文弊,又不满当时

---

① (清)胡聘之《山右石刻丛编》,清光绪刊本。
② (宋)释智圆《闲居编》卷二六,赵氏小山堂宋刊本。

西昆体"近俳优,如绣屏"的诗风,但也强调文辞藻饰。其诗绝大部分为奉和应制之作,典雅富赡,但缺乏社会意义。词作存世极少,以《喜迁莺令》一首闻名。长于四六骈文,富丽典则,其表章制诰典策被誉为"四六集大成者"(《四六话》卷上)。其进策、奏议,反映社会弊端及其政治主张,有较高社会价值。他的书信,尤其是青年时代求举制策的书启,辞笔委婉曲折。原有集一百卷、《策论》十三卷,已佚。四库馆臣自《永乐大典》辑录出《文庄集》三十六卷,另有《古文四声韵》等著述。

真宗朝的文坛上有三派,除西昆派、古文派外,还有处于这两派之间的夏竦及宋庠、宋祁兄弟,走唐代燕、许之路。与古文家不同,夏竦之文仍多为四六骈文;但他又与西派体不同,论文以气骨为主。其《厚文德奏》云:"近岁学徒相尚浮浅,不思经史之大义,但习雕虫之小伎。深心尽草木,远志极风云。华者近于俳优,质者几于鄙俚。尚声律而忽箴规,重俪偶而忘训义。"他非常看重诗文经邦治国的作用:"文乃国章国宝,文体观盛衰,鉴兴亡,察奢俭,考爱恶,莫近乎文。唐虞之典,辞大意明;益禹之谟,气直体壮。太康失邦,《五子》之歌悲且怒;太甲不明,伊尹之书戒而谅。周德盛而《关雎》乐;王道衰而《黍离》怨。秦风旧而《车邻》大,唐德遗而《蟋蟀》俭。说辞伪而战国乱,仙诗邪而秦室坏。汉德宽大,文比三代,义本六经;而旁引灾,岂杂霸之道见于文乎? 哀平之衰,谶纬乱典。迁洛之后,其弊风流。但著述之文,气尚清壮。魏晋以降,文彩胜质;江左之风,虚淡为工。裴子野、刘勰之讥,谅不诬矣。李唐氏作,缉熙礼乐,多士盈庭,辞有雅气。迨其叔世,旋亦轻靡。五代乱离,诸侯僭窃。辞体巽懦,几于坠地。"①他用对比手法历述了文体同国家盛衰的关系,可说是一篇文体风格演变简史。正因为文章关系着国家的盛衰兴亡,因此他特别强调文要有益于世,有益于教化。他在《李德裕非进士论》中说:"古者《国风》、《雅》之谓诗,不歌而颂之谓赋。暨三代移统,七雄黩武,大道既隐,正音去矣。故少卿五字以叙别,邹、孟四言以述祖,陆、谢励锋于晋宋,任、范治策于齐梁:诗之体失矣,颂刺之义微焉。若孙卿畅幽恻之义,屈、宋起迁诞之说,相如闳衍以前导,扬雄淫丽而后殿:赋之体臻矣,规讽之旨衰焉。"可见他不满于战国、两汉、六朝文学的就是"大道隐,正音去","颂刺之义微","规讽之旨衰"。他虽然肯定"文物之制……莫盛于唐",但对唐代重文而忽质,也是不满的,故云:"唐兴文流,愈甚前失。执雕饰为规矩,正俪偶为绳墨。诗则协声而合律,赋则限韵而拘字,灿然清才而不复质矣。"

其《与柳宜论文书》则论述了"文体沿革,各存大略":"某尝闻之于师曰:文章盛于三代,先圣刊为六经。《春秋》之外,则《战国策》、《国语》,迨于《史》、《汉》。《诗》、《书》

---

① (宋)夏竦《文庄集》卷一五,文渊阁四库全书本。

之后，则《荀》、《孟》导仁义之流，《离骚》振章句之秀。两汉去圣犹近，故文壮而气雅；魏、晋世态滋弊，故词奇而理驳。由齐、宋而降，格调轻靡。李唐龙兴，世有良士。虽体不谐古，而气梗文润。其后国政陵迟，文亦旋弱。五代之乱，几不坠地。然则文体沿革，各存大略。记言载事必简而不诬，修辞措意必典而无杂。沿诸子则削杨墨之迹，谈正经则贬纬候之说。刻碑碣则纪事而述功，铭盘盂则因器以垂戒。赋舒而婉，发语宜壮；诗清而远，振采当峻。论议则酌中庸以折理，序传则约史策而记述。美辞施于颂赞，明文布于奏诏。诰语重而体宏，歌咏言近而音远。当标义以为辙，设道以为辔，使忠信驱于其前，规戒揭于其后，然则可以谓之文矣。"①

九　范仲淹对律赋的肯定及其赋体分类观

范仲淹(989—1052)字希文，吴县(今江苏苏州)人。幼孤。母更适长山朱氏，从其姓，名朱说。举大中祥符八年(1015)进士，为广德军司理参军，官至枢密副使，参知政事，主持进行了历史上著名的"庆历新政"。卒赠兵部尚书，谥文正。事迹见富弼《范文正公仲淹墓志铭》、欧阳修《文正范公神道碑铭》、《宋史》卷三一四本传。著述甚丰，现存《范文正公奏议》二卷、《范文正公文集》二十卷、《范文正公诗余》一卷等。

范仲淹少有大节，慨然有志于天下，贯通经术，明达政体。其论文主张以经世致用为本，当抑末扬本，对五代以来文风不满，盛赞尹洙"力为古文"之举，欧阳修改变文风之功。其著述亦力行其主张。政论杂文趋向古文，讲求实效，旨意深切；其余文章铺陈叙事，骈俪工整。其诗歌关心民生疾苦，有所为而作。擅长为词，摆脱宋初词专一描写闺情的束缚，直接抒发自己的感慨。

在文体学上，其《与欧静书》对制诰体作了详尽论述。滕子京编唐朝制诰之文成三十卷，欧静主张名为《唐典》，他则主张"以《统制》之名易之"："典之名，其道甚大。夫子删《书》，断自唐、虞已下，今之存者五十九篇，惟尧、舜二篇为《典》，谓二帝之道，可为百代常行之则。其次夏、商之书，则有训、诰、誓、命之文，皆随事名篇，无复为典。以其或非帝道，则未足为百代常行之典……李唐之世三百年，治乱相半，如贞观、开元有霸王之略，每下诏命，多有警策；失之者盖亦有矣，如则天、中宗昏乱之朝，诛害宗室，戮辱忠良，制书之下，欺天蔽民，人到于今冤之。傥亦以典为名，跻于唐、虞之列，不亦助欺天之丑乎？是圣狂不分，治乱一致，百代之下，尧、舜何足尚，桀、纣何足愧也？""仆谓制者，天子命令之文，无他优劣，庶几不损大义尔。足下谓册、制之类有七，

---

① 《新刊国朝二百家名贤文粹》卷一〇二，北京图书馆出版社 2005 年版。

314

何特以制名焉？七者之名，有则有矣，然近代以来，暨于今朝，王言之司，谓之两制，是制之一名，统诸诏命。又有待制、承制之官，皆承奉王言之义也。又今诏、诰、宣敕、圣旨之类，违者皆得违制之坐，亦足见制之一名，而统诸命令也。故以《统制》为名，以明备载其文。"又云："诸儒拟《春秋》、《诗》、《书》之名，盖不在乎优劣之地也，未有乱典、谟、训、诰、国风、雅、颂之名者。足下若以唐之制书，咸可为典，则唐人之诗，咸可为颂乎？"①同卷《与周骙推官书》亦论滕子京集李唐制书之命名，观点相似，兹不重复。

其《尹师鲁河南集序》论述了唐、宋诗文革新的目标和过程："予观尧典舜歌而下，文章之作，醇醨迭变，代无穷乎！惟抑末扬本，去郑复雅，左右圣人之道者难之。近则唐贞元、元和之间，韩退之主盟于文，而古道最盛。懿、僖以降，浸及五代，其体薄弱。皇朝柳仲涂起而麾之，髦俊率从焉。仲涂门人能师经探道，有文于天下者多矣。洎杨大年以应用之才，独步当世，学者刻辞镂意，有希仿佛，未暇及古也。其间甚者，专事藻饰，破碎大雅，反谓古道不适于用，废而弗学者，久之。洛阳尹师鲁少有高识，不逐时辈，从穆伯长游，力为古文，而师鲁深于《春秋》，故其文谨严，辞约而理精，章奏疏议，大见风采，士林方耸慕焉。遽得欧阳永叔从而大振之，由是天下之文一变，而其深有功于道欤！"唐、宋诗文革新的目标都是要"抑末扬本，去郑复雅"，复"尧典舜歌"之古，但"醇醨迭变"，复先秦之古也很难。继唐代韩愈"古道最盛"之后的是晚唐五代，"其体薄弱"；继宋初柳开的"起而麾之，髦俊率从"后的，是以杨亿、刘筠、钱惟演为代表的西昆派的"专事藻饰，破碎大雅"；现在穆修、尹洙、欧阳修又起而振之，"天下之文一变"。这就是唐、宋诗文革新的过程。

范仲淹对文体学的更大贡献是他编的辞赋总集《赋林衡鉴》，虽全书已佚，但序文尚存。《赋林衡鉴序》首论赋乃六义之一："昭昭六义，赋实在焉……降及近世，尤尚斯文。"律赋是限制更严的骈赋，往往为文学史家所不取，现在一些赋史专著，更对律赋略而不谈。其实对律赋不可一概否定，范序对律赋，特别是唐代律赋就作了充分肯定："律体之兴，盛于唐室；贻于代者，雅有存焉。可歌可谣，以条以贯；或祖述王道，或褒赞国风；或研究物情，或规戒人事：焕然可警，锵乎在闻。"他对当时轻视律赋者颇不以为然："国家取士之科，缘于此道。九等斯辨，寸长必收。其如好高者鄙而弗攻，几有肴而不食；务近者攻而弗至，若以莛而撞钟。作者几希，有司大患。虽炎炎其火，玉石可分；而滔滔者流，泾渭难见。曷尝求备，且务广收。故进者岂尽其才，而退者愈惑于命。临川者，鲜克结网；入林者，谓可无虞。士斯不勤，文何以至？撰述者，既昧于向趣；题品者，复异其好尚。绳墨不进，曲直终非。"或"鄙而弗攻"，"攻而弗至"，"撰述

---

① 《范文正集》卷九，文渊阁四库全书本。

者,既昧于向趣;题品者,复异其好尚",这就是他编此书并撰写此序的背景。他根据赋的题材内容、规格体式把赋分为二十门,集中体现了他的赋体分类观:"仲淹少游文场,尝禀词律,惜其未获,窃以成名。近因余闲,载加研玩,颇见规格,敢告友朋。其于句读声病,有今礼部之式焉。别析二十门,以分其体势。叙昔人之事者,谓之叙事;颂圣人之德者,谓之颂德;书圣贤之勋者,谓之纪功;陈邦国之体者,谓之赞序;缘古人之意者,谓之缘情;明虚无之理者,谓之明道;发挥源流者,谓之祖述;商榷指义者,谓之论理;指其物而咏者,谓之咏物;述其理而咏者,谓之述咏;类可以广者,谓之引类;事非有隐者,谓之指事;究精微者,谓之析微;取比象者,谓之体物;强名之体者,谓之假像;兼举其义者,谓之旁喻;叙其事而体者,谓之叙体;总其数而述者,谓之总数;兼明二物者,谓之双关;词有不羁者,谓之变态。区而辩之,律体大备。"此书以收唐赋为主,兼收宋赋:"然古今之作,莫能尽见,复当旅次,无所检索。聊取其可举者,类之于门。门各有序,盍详其指。古不足者,以今人之作者附焉。略百余首,以示一隅。"

十　余靖论修史

余靖(1000—1064)本名希古,字安道,号武溪。谥曰"襄",后人尊称为忠襄公。韶州曲江(今广东韶关)人。天圣二年(1024)进士。与欧阳修、王素、蔡襄同任知谏院,为北宋"四名谏"之一。官至工部尚书,赠刑部尚书。自少博学强记,至于历代史记、杂家小说、阴阳律历、老子之书,无所不通。为文弃华取实,长于应变,诗亦简炼有法度。今存《契丹官仪》一卷、《武溪集》二十卷。

其《孙工部诗集序》云:"诗之源其远矣哉!唐、虞之际,君臣相得,明良赓载,书于帝《典》。及周之兴也,姜嫄、后稷配天之基,公刘、亶父艰难之业,任、姒思齐之化,文、武太平之功,莫不发为声诗,荐于郊庙,被于弦歌,协于锺石者矣。周、召没而王迹衰,幽、厉作而风、雅变。然亦褒善刺过,与政相通,盖所以接神明,察风俗,道和畅,泄愤怒,不独讽咏而已。迨夫五言之兴,时更汉、魏,而作者众矣。大抵哀乐之所感,情性之所发,虽丹素相攻,华实异好,其有乐高古,纵步骤,局声病,拘偶俪,为体不同,同归比兴。前哲论之详矣。"①《曾太博临川十二诗序》论屈原骚体多怨云:"古今言诗者,二《雅》而降,骚人之作,号为雄杰。仆常患灵均负才矜己,一不得用于时,则忧愁悲慼,不能自裕其意,取讥通人,才虽美而趣不足尚。"

①　(宋)余靖《武溪集》卷三,文渊阁四库全书本。

以上二文论诗、骚之变，更重要的是他的《姚畴论》，论古代设史官的目的："动则左史书之，言则右史书之，以示后嗣，欲其畏后世之名而不敢过举者也。"因此，"古者帝王不得见当代之史"："何则？ 史之为书，不隐恶，不虚美，谓之实录。史而可见，则其臣不敢以实书。书而不实，为己诬矣；实而不讳，为己戮矣。不得见史者，以此也。"作者认为宰相也不应监修史书："宰臣监修，是使自司其过者也，其不可者一也。"史官应随侍皇帝左右："昔者成王尚幼，与唐叔戏翦桐叶而与之曰：'以是封汝。'明日，太史上舆地图请封唐叔，自是成王终身无戏言。夫是则史官常在左右也。今史臣随仗出入，则是用史臣于顷刻之间耳，戏言过行，尚奚史之畏哉？ 其不可者二也。"史官应独立修史，凭所闻所见直笔而书："古者大臣不掌注记，故董狐得以直笔于晋，南史氏得以执简于齐。设有史官，外朝既罢，则目不见帝王之容，耳不闻帝王之言，近臣奏对，孰邪孰正，孰谀孰净，咸莫之辨也。用他人注记为己之笔削，夫是则史官失职，莫甚如此，其不可者三也。"后世帝王可看对自己的记载，宰相监修国史，其所修之史自然难以真实，故有"二百年内无历史"之讥。此外，本文还论及起居注、时政记等史体。

十一　张俞论颂体

张俞(1000—1064)一作张愈，字少愚，号白云居士。益州郫(今四川郫县)人。屡举进士不中，又举茂材异等不中。宝元初，西戎犯边，上书陈攻取十策。文彦博治蜀，为置青城山白云溪杜光庭故居以处之。朝廷屡召不就，徜徉山水之间，远游沅湘、浙江、罗浮，买石载鹤以归。杜门著书，卒。有诗文行于世，晁公武《郡斋读书志》卷一九谓其"为文有西汉风"。著有《白云集》三十卷，已佚。

其《答吴职方书》对颂体的适用范围作了详尽论述。成都知府兴学，要他写一篇《讲堂记》。张俞考虑到"国家大兴学校，三十年来凡作孔子庙记、州学记者遍天下，殆千百数，烂漫甚矣，古未尝有也。且蜀郡之学最古，又世传其文翁讲堂久坏，今府公复作之，高明宏壮，上可坐五百人，非列郡之可拟。苟欲作记，则土木尚未足称也。且记之名又不足铺扬讲堂之义，唯歌颂可以传于无穷。"但他未料到："文既成，投于府公，辱书云：'求记若铭尔，今以颂为觊，顾何德以堪之？ 奚可轻示于人？'"他于是写下了这篇《答吴职方书》，一是认为颂"不独主于天子"："以府学不可为颂邪，则古人作之者多矣。自汉至唐，文章大手皆采风人之旨，以为赋颂，凡宫室苑囿，鸟兽草木，君臣图像及歌乐之器，意有所美，莫不颂之，不独主于天子乃名为颂。"二是以古人赋颂以证之："晋赵文子室成，张老贺焉曰：'歌于斯，哭于斯，聚国族于斯。'君子曰'善颂'。汉郑昌上书颂盖宽饶，颜师古曰：'颂，谓称美之。'班固、皇甫谧皆曰：'古人称不歌而颂谓之赋。'王延寿曰：'物以赋显，事以颂宣。匪赋匪颂，将何述焉？'马融《长笛赋》序曰：'追慕王子渊、枚乘、刘伯康、傅武仲等《箫》、《琴》、《笙颂》，作《长笛颂》。'嵇康《琴赋》序亦曰：'自八音之器，歌舞之象，历代才士，并为之赋颂。'又若扬雄有《赵充国画颂》，史岑有《邓出师颂》，蔡邕有《胡广、黄琼画颂》，杨戏有《季汉辅臣颂》，夏侯湛有《东方朔画颂》，陆机有《汉高祖功臣颂》，袁宏有《三国名臣颂》，刘伶有《酒德颂》，马棱为广汉太守，吏民刻石颂之，蔡邕美桓彬而颂之，崔寔为父立碑颂之，至若袁隗之颂崔寔，刘操之颂姜肱，李膺、陈实之颂韩韶，郭正之颂法真，赵岐之颂季札。若此之类，史传甚众，略举数者，以明体要。又沈约之徒，文章冠天下，其所博见，通达古今，皆为颂述以美王侯。至唐，文章最高者莫如燕、许、萧、李、梁肃、韩愈、刘禹锡辈，未有不歌颂称贤人之德，美草木之异者。仆故取其体而述讲堂颂焉，则颂之义岂有嫌哉？"三论讲堂是府之讲堂，不是知府的讲堂，颂讲堂，知府不应以为就是颂自己："且郡府之有学校，学校之有讲堂，乃刺史为国家行教化，论道义之所，又非刺史之所自有也，其于义可颂乎，不可颂乎？ 与夫颂一贤人，美一草木，其旨如何？"四是个人亦可颂："且自汉已来，千数百年，通大贤、文人、史官，未有以颂不可施于人，美于物，而有非之者。俞窃惟府公谦恭畏让，以颂名为嫌，应以郑康成、孔颖达解《鲁颂》之义也，故未敢以书自陈。今足下见教，果以府公之言谓体未便安，而云重撰一记，鄙人岂敢复欲妄作以取戾乎？"最后又以《讲堂颂》的内容证明其无可议者："况夫《讲堂颂》者，始称国朝文章之盛，次述府公兴劝之由，遂明学者讲劝之义，终美宣布之职，振天声于无穷，庶乎词义有可采者也。"又引孔子之说以驳郑、孔，认为不应拘于章句之徒的曲说："至于郑康成、孔颖达云：'《鲁颂》咏僖公功德，才如变《风》之美者。颂者，美诗之名，非王者不陈。鲁诗以其得用天子之礼，故借天子美诗之名，改称作颂，非《周颂》之流也。孔子以其同有颂名，故取备三颂。'又曰：'成王以周公有太平之勋，命鲁郊祭天，如天子之礼，故孔子录其诗之颂，同于王者之后。'又曰：'颂者，美盛德之形容。今鲁侯有盛德成功，虽不可上比圣王，足得臣子追慕，借其嘉称，以美其人，故称颂。'凡孔、郑之说，支离抵牾如此。昔郑伯以璧假许田，《春秋》非之。晋侯请隧，襄王弗许。于奚请曲县繁缨以朝，仲尼曰：'唯名与器不可以假人。'武子作钟而铭功，臧武仲谓之非礼。季氏舞八佾于庭，孔子曰：'是可忍也，孰不可忍也！'子路欲使门人为臣，孔子以为欺天。孔、郑既谓鲁不当作颂，而曰借天子美诗之名而称颂，是名器可以假人也。孔子曾无一言示贬，反同二颂为经，孰谓孔子不如林放乎？ 噫！颂而可僭，则僭莫大焉，乱莫甚焉，非圣人删《诗》、作《春秋》之意也。且孔、郑解经，时多谬妄，此之妄作，何其甚哉！传曰：'夫子没而微言绝，七十子丧而大义乖。'盖章句之徒，守文拘学，各信一家之说，曲生异义。"①全文体现出张俞知识之渊博，文笔之犀利，《郡斋读书志》卷一九称其"幼通悟，于书无不该贯……为文有西汉风"，实非过誉。

十二 梅尧臣的风格论

梅尧臣（1002—1060）字圣俞。宣州宣城（今属安徽）人。宣城古名宛陵，故又称宛陵先生。早以诗名，而屡试不第。天圣末，以叔父梅询荫补河南主簿。钱惟演留守西京，器重之，引与酬唱；又与欧阳修、尹洙等人为诗友。景祐元年（1034），知建德县，徙知襄城县。康定二年（1041），改监湖州盐税。庆历五年（1045），为许昌签书判官。八年，应晏殊辟为镇安军节度判官。皇祐三年（1051），召试学士院，赐同进士出身，改太常博士。四年，监永济仓。至和三年（1056），以赵概、欧阳修等荐，补国子监直讲。奏进所撰《唐载记》二十六卷，诏命预修《唐书》。嘉祐二年（1057），欧阳修知贡举，梅尧臣为参详官，是科苏轼兄弟及第。五年，迁尚书都官员外郎。是年四月卒，年五十九。

梅尧臣生北宋代文风交替之际，早年曾受西昆诗派影响，后又积极参与欧阳修所倡导的诗文革新，在宋代诗坛享有很高的地位。他在诗歌理论和创作实践方面均有建树，对后代影响较大。其诗歌理论见于《梅氏诗评》、《续金针诗格》和一些诗歌中。在创作实践上，他一反西昆体诗风，以质朴平淡的语句抒怀言志，反映社会现实，以风格平淡、意境含蓄为艺术特征，这是他与西昆派标榜的"雕章丽句"风格截然不同之处。亦能文，风格与其诗相类。

在文体风格论上，梅尧臣对唐末宋初雕章琢句、徒具空言的诗风极为不满。其《答裴送序意》云："我于诗言岂徒尔，因事激风成小篇。辞虽浅陋颇克苦，未到二《雅》未忍捐。安取唐季二三子，区区物象磨穷年。"②其《寄滁州欧阳永叔》说他喜欢韦应物之诗："昔读韦公集，固多滁州词。烂熳写风土，下上穷幽奇。"称美欧诗可与韦媲美："君今得此郡，名与前人驰。君才比江海，浩浩观无涯。下笔犹高帆，十幅美满吹。一举一千里，只在顷刻时。寻常行舟舻，傍岸撑牵疲。有才苟如此，但恨不勇为。"主张应像《春秋》那样"切体类"，有美刺作用，颂善贬恶："仲尼著《春秋》，贬骨常苦笞。后世各有史，善恶亦不遗。君能切体类，镜照嫫与施。直辞鬼胆惧，微文奸魄悲。不书儿女书，不作风月诗。唯存先王法，好丑无使疑。安求一时誉，当期千载知。"其《林

---

① （宋）扈仲荣等《成都文类》卷二一，文渊阁四库全书本。

② （宋）梅尧臣《宛陵集》卷二五，文渊阁四库全书本。

和靖先生诗集序》表现了他对"平淡邃美"诗风的欣赏:"天圣中闻宁海西湖之上有林君,崭崭有声,若高峰瀑泉望之可爱,即之逾清。挹之甘洁而不厌也。是时予因适会稽还。访于雪中。其谈道孔孟也,其语近世之文韩、李也。其顺物玩情为之诗则平淡邃美,读之令人忘百事也。其辞主乎静正,不主乎刺讥,然后知趣尚博远,寄适于诗尔。"其《续金针诗格》论"诗有三体"云:"一曰颂。诗曰:'明堂坐天子,月朔朝诸侯。'此颂太平也。二曰雅。诗曰:'才分天地色,便禁虎狼心。'此正君臣也。三曰风。诗曰:'宫中谁第一,飞燕在昭阳。'风(讽)圣人不用正人也。"①

第七节　宋人别集中的诗文革新主张及其文体论(北宋中期)

一　欧阳修的文体论

欧阳修的文体论十分丰富,既详论多种文章体裁,又十分关注文风演变,其特点是多与其诗文革新主张紧密相联。

欧阳修《与陈员外书》论及制、简、符、檄、状、移、牒、教、笺、记、书、启、状、手书等多种文体及其适用对象:"古之书具,惟有铅刀、竹木。而削札为刺,止于达名姓;寓书于简,止于舒心意、为问好。惟官府吏曹,凡公之事,上而下者则曰符、曰檄;问讯列对,下而上者则曰状;位等相以往来,曰移、曰牒。非公之事,长吏或自以意晓其下以戒以饬者,则曰教;下吏以私自达于其属长,而有所候问请谢者,则曰笺、记、书、启。"批评唐及五代以来不作区分:"其伪缪所从来既远,世不根古,以为当然。居今之世,无不知此,而莫以易者,盖常俗所为积习以牢,而不得以更之也。"而陈员外给他的私人信函也"如上公府。退以寻度,非谦即疏,此乃世之浮道之交,外阳相尊者之为,非宜足下之所以赐修也"。其《归田录》卷下也论及表、状、牓子、录子、劄子、咨报和诏等文体:"唐人奏事,非表非状者谓之牓子,亦谓之录子,今谓之劄子。凡群臣百司,上殿奏事,两制以上,非时有所奏陈,皆用劄子。中书、枢密院事有不降宣敕者,亦用劄子。与两府自相往来,亦然。若百司申中书,皆用状。惟学士院用咨报,其实如劄子,亦不书名,但当直学士一人押字而已,谓之咨报。此唐学士旧规也。唐世学士院故事,近时隳废殆尽,惟此一事在尔。"又云:"仁宗初立,今上为皇子,令中书召学士草诏。学士王珪当直,召至中书谕之。王曰:'此大事也,必须面奉圣旨。'明日面禀得旨乃草

---

① (宋)梅尧臣《续金针诗格》,格致丛书本。

诏,群公皆以王为真得学士体也。"①学士体即诏令体,涉及重大诏令须"面禀得旨乃草诏",这是学士应有的谨慎态度。

其《集古录》卷八《唐元稹修桐柏宫碑》论后人多不知碑与碑文之别,元稹亦误:"右唐元稹撰文并书其题云《修桐柏宫碑》,又其文以四言为韵语,既牵声韵,有述事不能详者,则自为注以解之。为文自注,非作者之法。且碑者,石柱尔。古者刻石为碑,谓之碑铭、碑文之类可也。后世伐石刻文,既非因柱石,不宜谓之碑文。然习俗相传,理犹可考。今特题云《修桐柏宫碑》者,甚无谓也。此在文章诚为小瑕病,前人时有忽略,然而后之学者,不可不知。自汉以来,墓碑多题云'某人之碑'者,此乃无害。盖目此石为某人之墓柱,非谓自题其文目也。今稹云《修桐柏宫碑》,则于理何稽也!"②碑为石柱,碑文为四言、韵语,更不应自作注,明确指出"后世伐石刻文,既非因柱石,不宜谓之碑文"。

以上所论皆体裁。《六一诗话》则从体格即诗体风格角度论及多种诗体,一是白体:"仁宗朝,有数达官,以诗知名。常慕'白乐天体',故其语多得于容易。尝有一联云:'有禄肥妻子,无恩及吏民。'有戏之者云:'昨日通衢遇一辎軿车,载极重,而羸牛甚苦,岂非足下'肥妻子'乎?'闻者传以为笑。"二是西昆体:"盖自杨、刘唱和,《西昆集》行,后进学者争效之,风雅一变,谓之'西昆体'。由是唐贤诸诗集几废而不行。"又云:"杨大年与钱、刘数公唱和,自《西昆集》出,时人争效之,诗体一变。"三是诗文革新期间的梅、苏二家诗体:"圣俞、子美齐名于一时,而二家诗体特异。子美笔力豪隽,以超迈横绝为奇;圣俞覃思精微,以深远闲淡为意。各极其长,虽善论者不能优劣也。"③

《苏氏文集序》论诗文革新过程及苏舜钦的贡献云:"子美之齿少于予,而予学古文反在其后。天圣之间,予举进士于有司,见时学者务以言语声偶摘裂,号为时文,以相夸尚。而子美独与其兄才翁及穆参军伯长,作为古歌诗杂文,时人颇共非笑之,而子美不顾也。其后天子患时文之弊,下诏书讽勉学者以近古,由是其风渐息,而学者稍趋于古焉。独子美为于举世不为之时,其始终自守,不牵世俗趋舍,可谓特立之士也。"

其《与荆南乐秀才书》历叙自己文风之演变及其遭遇,少时为应试不得不学"时文"(即以西昆体为代表的四六文):"仆少孤贫,贪禄仕以养亲,不暇就师穷经,以学圣

①　(宋)欧阳修《归田录》,文渊阁四库全书本。

②　(宋)欧阳修《集古录》,文渊阁四库全书本。

③　(宋)欧阳修《六一诗话》,(清)何文焕《历代诗话》本,中华书局1981年版。

人之遗业。而涉猎书史,姑随世俗作所谓时文者,皆穿蠹经传,移此俪彼,以为浮薄,惟恐不悦于时人,非有卓然自立之言如古人者。然有司过采,屡以先多士。"后改学古文,反因此受祸:"及得罪已来,自以前所为不足以称有司之举而当长者之知,始大改其为,庶几有立。然言出而罪至,学成而身辱,为彼则获誉,为此则受祸,此明效也。夫时文虽曰浮巧,然其为功,亦不易也。仆天姿不好而强为之,故比时人之为者尤不工,然已足以取禄仕而窃名誉者,顺时故也。"这里他并没有全盘否定时文,认为"时文虽曰浮巧,然其为功,亦不易也"。他称美乐秀才之文有两汉之风,劝其要"顺时":"先辈少年志盛,方欲取荣誉于世,则莫若顺时。天圣中,天子下诏书,敕学者去浮华,其后风俗大变。今时之士大夫所为,彬彬有两汉之风矣。先辈往学之,非徒足以顺时取誉而已,如其至之,是直齐肩于两汉之士也。若仆者,其前所为既不足学,其后所为慎不可学。"全文牢骚满腹,但因行文宛转而使人不觉。

其《书梅圣俞稿后》则表现了他的诗歌革新主张,前一部分是诗歌演变史:"古者登歌清庙,太师掌之,而诸侯之国亦各有诗,以道其风土性情。至于投壶、飨射,必使工歌,以达其意,而为宾乐。盖诗者,乐之苗裔与!汉之苏、李,魏之曹、刘,得其正始。宋、齐而下,得其浮淫流佚。唐之时,子昂、李、杜、沈、宋、王维之徒,或得其淳古淡泊之声,或得其舒和高畅之节;而孟郊、贾岛之徒,又得其悲愁郁堙之气。由是而下,得者时有,而不纯焉。"这里批评宋、齐"浮淫流佚"的诗风,推崇唐诗的"淳古淡泊"、"舒和高畅",正是宋人诗歌革新的主张。后一部分表现了他对梅尧臣诗的推崇:"其体长于本人情、状风物,英华雅正,变态百出,哆兮其似春,凄兮其似秋。使人读之,可以喜,可以悲,陶畅酣适,不知手足之将鼓舞也,斯固得深者耶?其感人之至,所谓与乐同其苗裔者邪?余尝问诗于圣俞,其声律之高下,文语之疵病,可以指而告余也;至其心之得者,不可以言而告也。余亦将以心得意会,而未能至之者也。"

其《苏氏四六》表现了他的四六文革新主张,他批评"往时作四六者,多用古人语及广引故事以衒博学,而不思述事不畅";推崇三苏父子对四六文的革新:"近时文章变体,如苏氏父子以四六述叙,委曲精尽,不减古人。自学者变格为文,迨今三十年,始得斯人。不惟迟久而后获,实恐此后未有能继者尔。自古异人间出,前后参差不相待。余老矣,乃及见之,岂不为幸哉!"

二　张方平对太学体的抨击

张方平(1007—1091)字安道,晚年号乐全居士。应天宋城(今河南商丘南)人。少颖悟,景祐元年(1034)举茂材异等,后又中贤良方正。西夏叛,上《平戎十策》。历知谏院、知制诰,进翰林学士,拜御史中丞、三司使。出知杭、益等州府,十易藩镇。英宗召拜翰林学士承旨。神宗即位,除参知政事,卒,特赠司空,谥文定。深识三苏父子,苏轼兄弟终身敬事之。谥文定。张方平博览群书,文思敏捷,下笔数千言立就,苏轼为作文集序,以孔融、诸葛亮比之。工于制诰,辞语典雅精巧。奏疏议论,分析事理,辨明原委,亦切中利弊。诗歌清新流丽。著有《玉堂集》二十卷,今已不存。现存《乐全先生文集》四十卷、附录一卷。

其《史记五帝本纪论》论纪、世家、列传、书、表之别云:"为史之法,系在本纪。纪者,统也,言王者大一统,正天下,正朔所禀,法令所由出者也。而(司马)迁为纪,始诸黄帝,愚有惑焉……迁既网罗周博,断为定典,接先圣之绝绪,遏学者之末流,书以该名数,表以正时历,世家以显宗本,列传以著成败,然其大本,纪为之主。而一纪之初,所失者二,考三皇之迹而牺、农不录,观五帝之事而少昊不载,愚窃惑之。如曰有微旨焉,盖未之知也。"①《三代本纪论》又云:"本纪者,政教之源,传、志所出,今迁纪五帝而失相承之序,叙三王而乖正名之体,莫大此者,故论以明之。"

欧阳修知嘉祐二年(1057)贡举时打击怪诞奇涩的太学体很有名,韩琦《欧阳公墓志铭》云:"嘉祐初,权知贡举时,举者务为险怪之语,号太学体。公一切黜去,取其平淡造理者即预奏名。初虽怨谤纷纭,而文格终以复故者,公之力也。"②但早十二年前即庆历六年丙戌(1046)二月张方平权同知贡举时就曾上《贡院请诫励天下举人文章》,请禁以石介为代表的太学体:"至太学之建,直讲石介课诸生,试所业,因其所好尚,而遂成风。以怪诞诋讪为高,以流荡猥烦为赡,逾越规矩,或误后学。朝廷恶其然也,故下诏书丁宁诫励,而学者乐于放逸,罕能自还。今贡院考试诸进士,太学新体,间复有之。其赋至八百字已上,而每句有十六、十八字者;论有一千二百字以上;策有置所问而妄肆胸臆,条陈他事者。以为不合格,则辞理粗通;如是而取之,则上违诏书之意,轻乱旧章,重亏雅俗,驱扇浮薄,忽上所令,岂国家取贤敛材以备治具之意耶?其举人程试,有擅习新体而尤诞漫不合程试者,已准格考落外,窃虑远人未尽详之,伏乞朝廷申明前诏,更于贡院前牓示,使天下之士知循常道。""以怪诞诋讪为高,以流荡猥烦为赡"这就是太学体的特点。

三　苏洵提倡平易自然的文风

苏洵(1009—1066)字明允,号老泉。后人又将苏洵与子苏轼、苏辙合称为"三

①　(宋)张方平《乐全集》卷一七,文渊阁四库全书本。

②　(宋)韩琦《安阳集》卷五○,文渊阁四库全书本。

苏"，称洵为老苏。眉州眉山(今属四川)人。少年时不喜学问，而好游历名山大川，二十七岁始发愤读书。应进士及茂材异等试，皆不中，遂焚前所为文数百篇，绝意功名而自托于学术，著《几策》、《权书》、《衡论》数十篇，系统提出涉及政治、经济、军事等各个领域的革新主张，被誉为"王佐才"。嘉祐元年(1056)，送二子入京应试，以文章谒欧阳修。公卿士大夫争传之，父子三人名动京师，苏氏文章遂擅天下。五年，被任为试秘书省校书郎，除霸州文安县主簿，同修《太常因革礼》。

苏洵论文，与欧阳修倡导的古文革新主张相吻合，主张文章应有为而作，反对时文，指责那些好奇务深，虚浮不实，浅狭可笑的文章，提倡平易自然流畅的文风，认为作文应如风水相遇，自然成文，这才是"天下之至文"。其散文以气势胜，具有荀子和战国纵横家的雄辩之风，观点明确，论据有力，析理深透，语言犀利，酣畅恣肆，波澜起伏，结构谨严，妙喻连篇，旁征博引，呈现出雄奇高古的风格，对改变当时的不良文风，起到巨大的促进作用。

在文体论上，其《史论上》论及本纪、世家、列传、论赞等多种史体："史之一纪、一世家、一传，其间美恶得失固不可以一二数。则其论赞数十百言之中，安能事为之褒贬，使天下之人动有所法，如《春秋》哉？"①他在修《太常因革礼》期间，曾上《议修礼书状》，强调实录，反对篡改历史，指出了制作典礼同修纂礼书的区别：制作典礼是要"使后世遵而行之"，应择善而从，"存其善而去其不善"；修纂礼书，是为后人提供历史的经验教训，应遇事而记，"不择善恶"。这与他在《史论》中所说的史乃"一代之实录"的思想是一脉相通的。其《谏论上》论谏与说云："游说之士以机智勇辩济其诈，吾欲谏者以机智勇辩济其忠。请备论其效。周衰，游说炽于列国，自是世有其人。吾独怪乎谏而从者百一，说而从者十九；谏而死者皆是，说而死者未尝闻。然而，抵触忌讳，说或甚于谏。由是知不必讽而必乎术也。说之法可为谏法者五：理喻之，势禁之，利诱之，激怒之，隐讽之之谓也。"其《与杨节推书》论行状与墓志铭必须真实可信："恃以作铭者，正在其行状耳。而状又不可信，嗟夫难哉……凡行状之所云，皆虚浮不实之事，是以不备论。论其可指之迹。行状曰：'公有子美琳，公之死由哭美琳而恸以卒。'夫子夏哭子，止于丧明，而曾子讥之；而况以杀其身，此何可言哉？余不爱夫吾言，恐其伤子先君之风。行状曰：'公戒诸子无如乡人，父母在而出分。'夫子之乡人，谁非子之宗与子之舅甥者，而余何忍言之？而况不至于皆然，则余又何敢言之？此铭之所以不取于行状者有以也。"

苏洵的文体风格论较其文体体裁论更有价值。其《上田枢密书》论诸家风格云：

①　(宋)苏洵《嘉祐集笺注》，上海古籍出版社1993年版。

324

"诗人之优柔,骚人之精深,孟、韩之温淳,迁、固之雄刚,孙、吴之简切,投之所向,无不如意。常以为董生得圣人之经,其失也流而为迂;晁错得圣人之权,其失也流而为诈。有二子之才而不流者,其惟贾生乎? 惜乎今之世,愚未见其人也。"特别是《上欧阳内翰第一书》,以简炼而又精到的文笔归纳了孟子、韩愈、欧阳修、李翱、陆贽文章的风格:

> 执事之文章,天下之人莫不知之,然窃以为洵之知之特深,愈于天下之人。何者? 孟子之文,语约而意尽,不为巉刻斩绝之言,而其锋不可犯。韩子之文,如长江大河,浑浩流转,鱼鼋蛟龙,万怪惶惑,而抑遏蔽掩,不使自露,而人自见其渊然之光,苍然之色,亦自畏避,不敢迫视。执事之文,纡余委备,往复百折,而条达疏畅,无所间断,气尽语极,急言极论,而容与间易,无艰难劳苦之态。此三者皆断然自为一家之文也。惟李翱之文,其味黯然而长,其光油然而幽,俯仰揖让,有执事之态。陆贽之文,遣言措意,切近的当,有执事之实。而执事之才又自有过人者。盖执事之文,非孟子、韩子之文,而欧阳子之文也。

他完全是就文论文,很少有其他宋人以道论文的迂腐气。其《仲兄字文甫说》本来是阐明仲兄苏涣由字公群改字文甫的理由,但却表现了文贵自然的文艺思想,即风水相遭,自然成文,乃天下之至文的理论,这也正是他所推崇的文风:

> 兄尝见夫水之与风乎? 油然而行,渊然而留,淳洄汪洋,满而上浮者,是水也,而风实起之。蓬蓬然而发乎太空,不终日而行乎四方,荡乎其无形,飘乎其远来,既往而不知其迹之所存者,是风也,而水实形之。今乎风水之相遭乎大泽之陂也,纡余委蛇,蜿蜒沦涟,安而相推,怒而相凌,舒而如云,蹙而如鳞,疾而如驰,徐而如缃,揖让旋辟,相顾而不前,其繁如縠,其乱如雾,纷纭郁扰,百里若一,汩乎顺流,至乎沧海之滨,滂礴汹盖,号怒相轧,交横绸缪,放乎空虚,掉乎无垠,横流逆折,赢旋倾侧,宛转胶戾,回者如轮,萦者如带,直者如燧,奔者如焰,跳者如鹭,跃者如鲤,殊状异态,而风水之极观备矣。故曰"风行水上涣",此亦天下之至文也。然而此二物者岂有求乎文哉? 无意乎相求,不期而相遭,而文生焉。是其为文也,非水之文也,非风之文也,二物者非能为文,而不能不为文也,物之相使而文出乎其间也。故曰此天下之至文也。今夫玉非不温然美矣,而不得以为文;刻镂组绣,非不文矣,而不可与论乎自然。故夫天下之无营而文生之者,惟水与风而已。

苏洵的文章本以古朴为特征,这篇文章却写得来非常华丽,他用了大量比喻,描绘陂泽和沧海之中风水相遭的不同状态。姚鼐《古文辞类纂》卷三二称其"极形容风水相遭之态,可与庄子言风比美,而其运词却从《上林》、《子虚》得来"。这段描写确实具有以司马相如的《子虚赋》和《上林赋》为代表的汉代大赋的特点,极尽铺陈排比、夸张形容之能事。

四 邵雍与邵康节体

邵雍(1011—1077)字尧夫,又称安乐先生、百源先生、伊川翁,谥康节,后世称邵康节。与张载、周敦颐、程颢、程颐同称"北宋五子"。祖籍范阳(今河北涿州)。早年随父移居共城(今河南辉县市),多次被荐举,皆辞疾不赴而讲学于家。著有《皇极经世书》、《伊川击壤集》、《观物内外篇》、《渔樵问对》等。邵雍是宋代理学象数体系的开创者,在理学史上影响很大。他也是理学诗派鼻祖,其诗具有突出的散文化、议论化、口语化倾向,被严羽《沧浪诗话》称为"邵康节体"。宋诗好议论,邵雍诗尤为突出,其诗以论理为本,某些诗篇甚至直接阐明其理学观点。他主张作诗不必苦吟,随口成章,其诗作颇能在平畅中见义理。

邵雍的诗歌理论,集中表现在他的《伊川击壤集序》中,他首先阐明了他作诗的目的:"《击壤集》,伊川翁自乐之诗也。非唯自乐,又能乐时,与万物之自得也。""自乐"与"乐时",确实是整部《击壤集》诗的共同主旨,即抒发他身处太平之世的"自得"之情。接着他引《毛诗序》(原文误记为子夏语)"诗者,志之所之也,在心为志,发言为诗",并阐述道:"情动于中而形于言,声成其文而谓之音。是知怀其时则谓之志,感其物则谓之情,发其志则谓之言,扬其情则谓之声。言成章则谓之诗,声成文则谓之音。然后闻其诗,听其音,则人之志情可知之矣。"言是志的抒发,是情动于中的产物,言成章则谓之诗,因此,诗是人的志情的外在表现。最后谈到他自己的诗:"予自壮岁业于儒术,谓人世之乐何尝有万之一二,而谓名教之乐固有万万焉,况观物之乐复有万万者焉!虽死生荣辱转战于前,曾未入于胸中,则何? 四时风花云月一过乎眼也,诚为能以物观物,而两不相伤者焉,盖其间情累都忘去尔,所未忘者独有诗在焉。然而虽曰未忘,其实亦若忘之矣。何者? 谓其所作,人之所作也。所作不限声律,不尚爱恶,不立固必,不希名誉。如鉴之应形,如钟之应声,其或经道之余,因闲观时,因静照物,因时起志,因物寓言,因志发咏,因言成诗,因咏成声,因诗成音,是故哀而未尝伤,乐而未尝淫,虽曰吟咏情性,曾何累于情性哉!"[①]他认为,人世之乐远远不能与名教之

---

① (宋)邵雍《击壤集》卷首,文渊阁四库全书本。

乐相比,能忘却人间情累,作诗也就能不受声律、爱恶的影响,其诗就能达到哀而不伤、乐而不淫的境界。作诗既然是为了自乐和乐时,也就不存在当作不当作的问题,可见他并不像程颐那样认为作诗害道。

邵雍生活的时代是以欧阳修为代表的北宋诗文革新的时代,他的《伊川击壤集》又在欧、苏之外形成一种特殊的理学家的诗论和诗风。这种诗论和诗风不仅对同时及其后世的理学家诗产生过深远影响,而且对整个宋诗都产生过巨大影响。《四库全书总目》卷一五三《击壤集》提要云:"北宋鄙唐人之不知道,于是以论理为本,以修词为末,而诗格于是乎大变,此集其尤者也。"总之,邵雍在哀怨秋鸿、美人香草的才子诗之外,形成了一种"以论理为本"的理学家诗,即邵康节体。

五　司马光论古今文、骚赋、碑铭

司马光一生的主要贡献自然是编撰了《资治通鉴》,但其文集多达八十卷,在文体论上也有很多值得重视的见解。

司马光重道轻辞,其《答孔司户文仲书》论古、今文之别云:"古之所谓文者,乃诗书礼乐之文,升降进退之容,弦歌雅颂之声,非今之所谓文也。今之所谓文者,古之辞也。孔子曰:'辞,达而已矣。'明其足以通意,斯止矣。无事于华藻宏辩也。必也以华藻宏辩为贤,则屈、宋、唐、景、庄、列、杨、墨、苏、张、范、蔡皆不在七十子之后也。颜子不违如愚,仲弓仁而不佞,夫岂尚辞哉!"①《答张尉来书》论骚赋,批评历代多"蹈袭模仿",称美柳宗元独能"变古体,造新意":"窃见屈平始为《骚》,自贾谊以来,东方朔、严忌、王子渊、刘子政之徒踵而为之,皆蹈袭模仿,若重景迭响,讫无挺特自立于其外者。独柳子厚耻其然,乃变古体,造新意,依事以叙怀,假物以寓兴,高扬横骛,不可羁束。若《咸》、《韶》、《濩》、《武》之不同音,而为闳美条鬯,其实钧也。自是寂寥无闻。今于足下复见之,苟非英才间出,能如此乎?"特别值得一提的是其《答孙长官(察)书》对墓志铭与神道碑作了精彩的论述,他与三苏父子一样不愿作碑铭:"光向日亦不自揆,妄为人作碑铭,既而自咎,曰:'凡刊瑑金石,自非声名足以服天下,文章足以传后世,虽强颜为之,后人必随而弃之,乌能流永久乎?'彼孝子孝孙,欲论撰其祖考之美,垂之无穷。而愚陋如光者,亦敢膺受以为己任,是羞污人之祖考,而没其德善功烈也,罪孰大焉? 遂止不为。自是至今六七年,所辞拒者且数十家,如张龙图文裕、张侍郎子思、钱舍人君倚、乐卿损之、宋监子才。或师,或友,或僚寀,或故旧,不可悉数,京洛之间尽

---

① (宋)司马光《传家集》卷六〇,文渊阁四库全书本。

知之。"其次他阐明墓志铭与神道碑的异同:"今世之人,既使人为铭,纳诸圹中,又使它人为铭,植之隧外。圹中者,谓之志;隧外者,谓之碑。其志盖以为陵谷有变,而祖考之名犹庶几其不泯也。然彼一人之身尔,其辞虽殊,其爵里勋德无以异也,而必使二人为之,何哉?愚窃以为惑矣。今尊伯父既有欧阳公为之墓志,如欧阳公可谓声名足以服天下,文章足以传后世矣,它人谁能加之?愚意区区,欲愿足下止刻欧阳公之铭,植于隧外以为碑,则尊伯父之名,自可光辉于无穷,又足以正世俗之惑,为后来之法,不亦美乎?"

六 曾巩论墓志铭的是非善恶

曾巩(1019—1083)字子固,世称南丰先生。建昌军南丰(今属江西)人。嘉祐二年(1057)进士,为太平州司法参军。官至中书舍人。曾巩是北宋古文革新的积极追随者和支持者,唐宋古文八大家之一,几乎全部接受了欧阳修在文学创作上的主张。现存散文上千篇,以议论见长,立论警策,说理曲折尽意,文辞和缓纡徐,自有一种从容不迫的气势,与欧阳修风格相似。亦长于诗,诗风与文风相近,古朴典雅,清新自然。著有《元丰类稿》五十卷、《续稿》四十卷。

曾巩《寄欧阳舍人书》认为墓志铭近于史又异于史:"夫铭志之著于世,义近于史,而亦有与史异者。盖史之于善恶无所不书,而铭者,盖古之人有功德材行志义之美者,惧后世之不知,则必铭而见之。或纳于庙,或存于墓,一也。"异于史指墓志铭书善不书恶:"苟其人之恶,则于铭乎何有?此其所以与史异也。"书善不书恶的目的与史相同,都是为了惩恶扬善:"其辞之作,所以使死者无有所憾,生者得致其严。而善人喜于见传,则勇于自立;恶人无有所纪,则以愧而惧。至于通材达识,义烈节士,嘉言善状,皆见于篇,则足为后法。警劝之道,非近乎史,其将安近?"后世人不分善恶都欲撰墓志铭,失去了"足为后法"的意义,造成了"铭始不实"、"传者盖少"的恶果:"及世之衰,为人之子孙者,一欲褒扬其亲而不本乎理。故虽恶人,皆务勒铭以夸后世。立言者既莫之拒而不为,又以其子孙之所请也,书其恶焉,则人情之所不得,于是乎铭始不实。后之作铭者,常观其人。苟托之非人,则书之非公与是,则不足以行世而传后。故千百年来,公卿大夫至于里巷之士,莫不有铭,而传者盖少。其故非他,托之非人,书之非公与是故也。"要做到"公与是",能传之后世,撰者必须是有道德,有识别能力,是能文辞的人:"然则孰为其人而能尽公与是欤?非畜道德而能文章者无以为也。盖有道德者之于恶人,则不受而铭之,于众人则能辨焉。而人之行,有情善而迹非,有意奸而外淑,有善恶相悬而不可以实指,有实大于名,有名侈于实。犹之用人,非畜道德者恶能辨之不惑,议之不徇? 不惑不徇,则公且是矣。而其辞之不工,则世犹不传。于是又在其文章兼胜焉。故曰非畜道德而能文章者无以为也,岂非然哉? 然畜道德而能文章者,虽或并世而有,亦或数十年或一二百年而有之。其传之难如此,其遇之难又如此。"①

七　苏颂为诸史体"正名"

苏颂(1020—1101)字子容。泉州同安(今福建厦门)人,后徙丹阳(今属江苏)。苏绅子。庆历二年(1042)进士。官至翰林学士承旨、尚书左丞、右仆射兼中书侍郎。以太子少师致仕。卒,赠司空、魏国公。事迹见曾肇《赠司空苏公墓志铭》(《曲阜集》卷三)、《宋史》卷三四〇本传。尝校订《神农本草》等医书多种,主持研制水运仪象台,著《新仪象法要》,英国著名科技史学者李约瑟的《中国科学技术史》称其为"中国古代和中世纪最伟大的博物学家和科学家"。苏颂在文学上也很有成就,著有《苏魏公文集》七十二卷。其文学主张与欧阳修等人相同,反对唐末五代靡弱文风,对王禹偁诗文极为推崇。其文章大多为制诏、奏议之类的应用文字,往往该贯故实,雅驯得体。一些记叙文章也情意真切,较有文采。其诗多唱酬应制之作,也有一些诗记录了他的仕宦生涯。

苏颂编有《华戎鲁卫信录》二百卷,其《华戎鲁卫信录总序》论述国与国间往来详情,介绍该书目录,论及书诏、誓书、国书、公移、年表、论议、奏疏等多种文体。②

其《与胡恢推官论〈南唐史〉书》论史体,他首先提出要正名:"仲尼曰:'必也正名。'是古人凡有所为,必当先正其名,况在史志之作,为后世信书,岂不先务其名之正乎!"而胡恢所著《南唐史》以南唐三主(李昇、李璟、李煜)事迹入"载记",可能是因为"李氏割据江表,列于伪闰,非有天下者"。但以"'载记'代'纪'之名",则名不正而言不顺,因为第一,"所谓'纪'者,盖摘其事之纲要,而系于岁月,而属于时君,乃《春秋》编年之例也。"第二,司马迁"始变编年为本纪。秦庄襄王而上与项羽未尝有天下,而著于本纪。"第三,"班固而下,其书或称'帝纪',言'帝',所以异于诸侯也,故非有天下者,不得而列焉。而范晔又有《皇后纪》,以继'帝纪'之末。以是质之,言'纪'者不足以别正闰也。"第四,至于"陈寿《三国志》吴、蜀不称'纪'而著于'传',是又非可为法者也。寿以魏承汉统为正,故称'纪';吴、蜀各据一方,故在诸侯之列,而言'传'。愚以

---

① (宋)曾巩《元丰类稿》卷一六,文渊阁四库全书本。
② (宋)苏颂见《苏魏公文集》卷六六,文渊阁四库全书本。

谓既以魏为正统,则诸侯宜奉天子之正朔,其书当皆言《魏志》、《吴主》、《蜀主传》,安得言《三国志》,而于《吴》、《蜀主传》各称其纪年乎?若曰吴、蜀不禀魏正,各擅制度,则其书自称'纪',无害史例也……吴、蜀传不系于《魏史》,而自称其年纪,于义无异"。第五,"隋已受周禅,最后代陈,并其国地,唐姚撰《陈书》亦称'纪'。李延寿作《南、北史》,二国之君有闰有正,亦各称'纪',而古人未有非之者。"以上是说南唐三主称"纪"是可以的。

接着论"载记"的含义,而以南唐三主事迹入"载记"反不合史体:"所谓'载记'者,别载列国之事兼其国君臣而言,有正史则可用为例,故《东观记》著公孙述等事迹,谓之'载记'。而《晋书》又有《十六国载记》,盖用其法也。足下必以南唐为闰位,自当著《五代书》后,列云李某《载记》可矣。今曰《南唐书载记》,似非所安也。"

又论表、志、诏令云:"班固始作《百官公卿表》,历代各有职官志,皆所以见异代更改沿袭之源流,来者安得易而同之乎?今足下书有兼纳言、视秩、三司之类,且李氏称僭,不闻有是官,是非足下以兼侍中与仪同三司为近俗,而易以此语乎?是不然也。若官称之可易,则仲尼序《书》,当一概以唐、虞之官目之矣",而孔子却"尽取当时之官名以记其行事也。左丘明作《传》,列国之官称亦未有更之者,如楚之令尹,宋之司城,晋之三军大夫,如此之比,非可悉数,足以为后世约史之法也"。"诏令者,古左史所记王者之言,发而为号令。其美恶系时之治乱,使后世有所观法焉。今足下所载李氏诏令,皆非当时之言,并出于足下藻润之辞。美则美矣,其可为史法乎?夫载言之美莫过《尚书》,虞、夏之际,其辞约而典;商、周之后,其辞华而悉。必若王言之可改,则仲尼删《书》,当使诰誓之文与典谟一体。其所以存而不易者,欲见异代文章之盛也……自汉而下,左右史为一职,载述者兼言与事而书之。而太史公、班固诸史,所记制诏文体,类皆不同,尽当时之言也。盖下笔择其善者,则备载之;其不足存者,则略其意而书之。若以李氏草创,典章不备,文献不足,则其命令之文,亦可记其大指而已,不必厘改其辞也。"

八 王安石批评司马迁自乱其体

王安石(1021—1086)字介甫,号半山,抚州临川(今江西抚州)人。少年时随父王益转徙于州县。庆历二年(1042)进士,签书淮南节度判官公事。官至翰林学士、参知政事、同中书门下平章事、尚书左仆射、门下侍郎,封荆国公。他在神宗支持下进行变法改革,是中国历史上著名的政治改革家,而且在文学上也有巨大的成就,诗词文俱有名,其诗最突出的特点是简古,特别是晚年诗言简意深,雅丽精绝,被称为荆公体。

330

他也是北宋诗文革新的积极参与者。

王安石论及诗文体裁者很少，其《孔子世家议》批评司马迁自乱其史书体裁："太史公叙帝王则曰'本纪'，公侯传国则曰'世家'，公卿特起则曰'列传'，此其例也。其列孔子为世家，奚其进退无所据耶？孔子旅人也，栖栖衰季之世，无尺上之柄，此列之以传宜矣，曷为世家哉？岂以仲尼躬将圣之资，其教化之盛，焉奕万世，故为之世家以抗之？又非极挚之论也。夫仲尼之才，帝王可也，何特公侯哉？仲尼之道，世天下可也，何特世其家哉？处之世家，仲尼之道不从而大；置之列传，仲尼之道不从而小。而迁也自乱其例，所谓多所抵牾者也。"①

但王安石论及诗文风格的文章很多，其《老杜诗后集序》认为杜诗之为杜诗，自有其风貌；其《上仁宗皇帝言事书》、《乞改科条制劄子》都批评章句之学，力主改革科举。其《上邵学士书》称美邵的文词简而精，温润可贵，批评近世之文"以襞积故实为有学，以雕绘语句为精新"。其《张刑部诗序》云："刑部张君（保雍）诗若干篇，明而不华，喜讽道而不刻切，其唐人善诗者之徒欤！君并杨（亿）、刘（筠），杨、刘以其文词染当世，学者迷其端原，靡靡然穷日力以摹之，粉墨青朱，颠错丛庞，无文章黼黻之序，其属情藉事，不可考据也。方此时，自守不污者少矣。君诗独不然，其自守不污者邪？子夏曰：'诗者，志之所之也。'观君之志，然则其行亦自守不污者邪，岂唯其言而已！"称美张保雍诗有唐诗之风，批评西昆体"粉墨青朱，颠错丛庞，无文章黼黻之序"。

九　郑獬论唐、宋诗僧诗风之别

郑獬（1022—1072）字毅夫，安州安陆（今湖北安陆北）人。皇祐五年（1053）应进士试，考官刘敞谓其文颇似唐皇甫湜，擢为第一。通判陈州，官至翰林学士，《宋史》卷三二一有传。郑獬气节豪迈，宗尚韩、柳古文，所著文章有豪气，峭整无长语，议论精确，济于世用。其诗歌有一些反映社会现实的作品，表现出对民生疾苦的关切，而含讽喻之旨。著有《郧溪集》五十卷，南宋淳熙间，秦焞尝刻其文集于安陆郡斋，明代亡佚。清乾隆间四库馆臣自《永乐大典》、《宋文鉴》、《两宋名贤小集》中辑出其诗文，编为《郧溪集》三十卷。

其《谢知制诰启》论诏令云："古之诏令，主于文章，明如星斗之光，动若风霆之震。于周则召公、吕侯之制作，继有训言；于商则仲虺、傅说之谋谟，发为雅诰。辞将事称，名与实偕。故读《汤誓》则赫然见神武之奇勋，读《洛诰》则敛然识太平之伟迹。溢于

---

① （宋）王安石《临川文集》卷七一，文渊阁四库全书本。

目而不惑,贯于耳而不疑,鼓舞四方,斡旋万类。以至羸老扶杖而往听,盖思美化之将成;悍卒挥涕而竦闻,即知大盗之易破。宜得名世之杰,用掌代天之言。片辞足以参造化之机,折简足以奔敌人之命。不容幸位,以窃势荣。"①

《读史》之三论史体之表云:"自三代迄于秦汉,世系年月不齐,故司马迁错综今古,以为十表。班固因之,纯用汉世,亦为八篇。然其《古今人表》,吾不知其所作也。善恶谬戾,不足以传信,又无与于汉事,固苟欲就其为八篇,然则削之可也。"

《刘舍人(敞)书》论韩愈及其门人的文体风格云:"韩退之门下用文章雄立于一世者,独李翱、皇甫湜、张籍耳。然翱之文尚质而少工,湜之文务实而不肆,张籍歌行乃胜于诗,至于他文不少见,计亦在歌诗下。使之质而工,奇而肆,则退之之作也。"

《文莹师诗集序》论唐、宋诗僧诗风之别云:"得其(释文莹)佳句,则必回复而长吟,窈若么弦,瞥若孤翻,遂与夫溪山之灵气相扶摇乎云霞缥缈之间,而亦不知履危石而涉寒渊之为行役之劳也。浮屠师之善于诗,自唐以来,其遗篇传于世者班班可见。缚于其法,不能闳肆而演漾,故多幽独衰病枯槁之辞。予尝评其诗如平山远水,而无豪放飞动之意。若莹师则不然,语雄气逸,而致思深处往往似杜紫微,绝不类浮屠师之所为者。少之时,苏子美尝称之,欲挽致于欧阳永叔以发其名,而莹辞不肯往,遂南游湖湘间。今已老矣,其诗比旧愈遒愈健,穷之而不顿,使子美而在,则其叹服之又何如也!莹字道温,钱塘人,尝居西湖之菩提寺,今退老于荆州之金銮。荆州无佳山水,又鲜有知之者,安得携之以归吴,俾日吟哦于湖山之间,岂不遂其所乐哉!"

十 苏轼的文体论

苏轼(1036—1101)字子瞻,一字和仲,号东坡居士。眉州眉山(今属四川)人。苏洵子,苏辙兄。苏轼的思想很复杂,虽深受佛老影响,但其主流,仍然是儒家思想,毕生具有儒家辅君治国、经世致用的政治理想。其诗境界开阔,天地万物,几乎无所不包,而又气势磅礴,感情奔放,想象丰富,奇趣横生,具有李白浪漫主义风格。喜以文为诗,以议论为诗,笔力雄健,纵横驰骋,议论英发,见解独到,耐人寻味。擅长词,是宋代豪放词的开派人物,并扩大了婉约词的题材,提高了婉约词的格调。苏轼的散文今存四千余篇,往往信笔书意,自然圆畅,挥洒自如,有意而言,意尽言止,毫无斧凿之痕;思路开阔,文如泉涌,千变万化,姿态横生,没有固定的格式;气势磅礴,雄健奔放,纵横恣肆,一泻千里;状景摹物,无不毕肖;观察缜密,文笔细腻。苏轼的许多诗文、笔

---

① (宋)郑獬《郧溪集》卷一三,文渊阁四库全书本。

332

记、书信、序跋中,包含了丰富深刻的文艺思想,构成了完整的文艺思想体系。苏轼还是一个具有多方面才能的艺术家,书法名列宋代四大书法家"苏、黄、米、蔡"之首;画学文同,喜作枯木怪石。他的学术著作有《苏氏易传》、《书传》、《论语说》等。著述甚多,诗文合集有《苏东坡集》,文集有《苏轼文集》,诗集有《苏轼诗集》,词集有《东坡乐府》,历代反复刊刻,版本颇为复杂。

其《五禽言》诗前小叙论杂言诗之一体禽言诗云:"梅圣俞尝作《四禽言》,余谪黄州,寓居定惠院,绕舍皆茂林修竹,荒池蒲苇。春夏之交,鸣鸟百族,土人多以其声之似者名之。遂用圣俞体作《五禽言》。"①《与谢民师推官书》论诗、骚、赋云:"扬雄好为艰深之词,以文浅易之说,若正言之,则人人知之矣。此正所谓雕虫篆刻者,其《太玄》、《法言》皆是类也,而独悔于赋,何哉?终身雕虫,而独变其音节,便谓之经,可乎?屈原作《离骚经》,盖风雅之再变者,虽与日月争光可也。可以其似赋而谓之雕虫乎?使贾谊见孔子,升堂有余矣,而乃以赋鄙之,至与司马相如同科。雄之陋,如此比者甚众。可与知者道,难与俗人言也。"②明人茅维《词赋》亦持同一看法:"说者曰:雕虫之技,壮夫不为。夫使扬雄氏而果以雕虫病也,何至《长杨》、《羽猎》之作星斗覆而波涛流也。且雄尝为《玄》以拟《易》矣,君子讥其艰深晦涩无裨于大道,则岂必《玄》之用大而赋之用小耶?"③

其《书拉杂变》(《文集》卷六六)云:"司马长卿(司马相如)作《大人赋》,武帝览之,飘飘然有凌云之气。近时学者作'拉杂变'(俗赋之一),便自谓长卿。长卿固不汝嗔,但恐览者渴睡落床,难以凌云耳。"《与子安兄四首》(《文集》卷八三)论墓表、行状、碑:"墓表又于行状外寻访得好事,皆参验的实。石上除字外,幸不用花草及栏界之类,才着栏界,便不古,花草尤俗状也。唐以前碑文皆无。"《书鲜于子骏楚词后》(《文集》卷九三)论楚词云:"鲜于子骏作楚词《九诵》以示轼。轼读之,茫然而思,喟然而叹,曰:嗟乎,此声之不作也久矣,虽欲作之,而听者谁乎?譬之于乐,变乱之极,而至于今,凡世俗之所用,皆夷声夷器也,求所谓郑、卫者,且不可得,而况于雅音乎?学者方欲陈六代之物,弦匏《三百五篇》,犁然如戛釜灶、撞瓮盎,未有不坐睡窃笑者也。好之而欲学者无其师,知之而欲传者无其徒,可不悲哉?今子骏独行吟坐思,癯瘵于千载之上,追古屈原、宋玉,及其人于冥寞,续微学之将坠,可谓至矣!而览者不知其贵,盖亦无足怪者。彼必尝从事于此,而后知其难且工。"

---

① 《苏轼诗集》卷二〇,中华书局 1983 年版。
② 《苏轼文集》卷四九,中华书局 1986 年版。
③ 《皇明策衡》卷一六,北京出版社 1998 年四库禁毁书丛刊影印本。

　　苏轼的文体风格十分丰富。其《与鲜于子骏》(《文集》卷七九)论词及词风云:"近作小词,虽无柳七郎风味,亦自是一家。呵呵,数日前猎于郊外,所获颇多。作得一阕,令东州壮士抵掌顿足而歌之,吹笛击鼓以为节,颇壮观也。"《答陈季常》(《文集》卷八十)亦云:"又惠新词,句句警拔,诗人之雄,非小词也。但豪放太过,恐造物者不容人如此快活。"

　　他不满齐梁文风,对《文选》颇多微词(前论萧统《文选》已详举)。他对唐代韩愈的古文革新推崇毕至,其《潮州韩文公庙碑》称其"匹夫而为百世师,一言而为天下法。""自东汉以来,道丧文弊,异端并起。历唐贞观、开元之盛,辅以房(玄龄)、杜(如晦)、姚(崇)、宋(璟)而不能救。独韩文公起布衣,谈笑而麾之,天下靡然从公,复归于正,盖三百年于此矣。文起八代之衰,而道济天下之溺,忠犯人主之怒,而勇夺三军之帅,此岂非参天地,关盛衰,浩然而独存者乎?"他对以欧阳修为代表的宋代诗文革新也推崇毕至,而对王安石的文风深表不满,其《监试呈诸试官》(《诗集》卷八)云:"缅怀嘉祐初,文格变已甚。千金碎全璧,百衲收寸锦。调和椒桂醲,咀嚼沙砾碜。广眉成半额,学步归踸踔。维时老宗伯(指欧阳修),气压群儿凛。蛟龙不世出,鱼鲔初惊淰。至音久乃信,知味犹食椹。至今天下士,微管几左衽①。谓当千载后,石室祠高朕②。尔来又一变,此学初谁谂(知悉)?权衡破旧法,刍豢笑凡饪③。高言追卫、乐(晋人卫玠、乐广,好谈玄理),篆刻鄙曹(植)、沈(约)。先生周、孔出,弟子(颜)渊、(子)骞寝。却顾老钝躯(自指),顽朴谢镌锓。诸君况才杰,容我懒且噤。聊欲废书眠,秋涛春午枕。"

　　苏轼在很多文章中都论及宋代文风,其《谢欧阳内翰书》(《文集》卷四九)云:"天下之事,难于改为。自昔五代之余,文教衰落,风俗靡靡。圣上慨然太息,思有以澄其源,疏其流,明诏天下,晓谕厥旨。于是招来雄俊魁伟、敦厚朴直之士,罢去浮巧轻媚、丛凿彩绣之文,将以追两汉之余,而渐复三代之故。士大夫不深明天子之心,用意过当,求深者或至于迂,务奇者怪僻而不可读。余风未殄,新弊复作,大者镂之金石以传久远;小者转相摹写,号称古文。纷纷肆行,莫之或禁。盖唐之古文,自韩愈始。其后学韩而不至者为皇甫湜,学皇甫湜而不至者为孙樵。自樵以降,无足观矣。伏惟内翰执事,天之所付以收拾先王之遗文,天下之所待以觉悟学者,恭承王命,亲执文柄,意

---

①　没有管仲,就将成异族了。语见《论语·宪问》,原文是:"微管仲,吾其被发左衽矣。"这是以管仲比欧阳修。

②　谓后世将像高朕纪念文翁一样纪念欧阳修。高朕,东汉蜀郡太守,念文翁为政有法,作石室以祠文翁。

③　指王安石自以为高明而讥笑、取消旧有的取士办法。刍豢:精美的肉食。凡饪:普通的烹饪。

334

其必得天下之奇士,以塞明诏。轼也远方之鄙人,家居碌碌,无所称道。及来京师,久不知名,将治行西归,不意执事擢在第二。惟其素所蓄积,无以慰士大夫之心,是以群嘲而聚骂者,动满千百。亦惟恃有执事之知与众君子之议论,故恬然不以动其心。"所谓"风俗靡靡"指宋初的西昆体;所谓"新弊复作"指以石介为代表的太学体;所谓执事"亲执文柄",指欧阳修知嘉祐二年贡举。

其《凫绎先生(颜太初)文集叙》(《文集》卷一〇)云:"昔吾先君适京师,与卿士大夫游,归以语轼曰:'今以往,文章其日工,而道将散矣。士慕远而忽近,贵华而贱实,吾已见其兆矣。'鲁人凫绎先生之诗文十余篇示轼曰:'子识之,后数十年天下无复为斯文者也。先生之诗文,皆有为而作,精悍确苦,言必中当世之过,凿凿乎如五? 必可以疗饥,断断乎如药石必可以伐病。其游谈以为高,枝词以为观美者,先生无一言焉。'其后二十余年,先君既殁,而其言存。士之为文者,莫不超然出于形器之表,微言高论,既已鄙陋汉唐;而其反复论难,正言不讳,如先生之文者,世莫之贵矣。"

十一　苏辙的风格论

苏辙(1039—1112)字子由,一字同叔。眉州眉山(今属四川)人。苏洵子、苏轼弟。自幼深静好学,博览群书,抱负宏远,以治国安邦为己任。嘉祐二年(1057)与兄轼同榜进士及第,一时名动京师。嘉祐六年,兄弟二人同举制科,在御试制科策中极言朝政得失,虽入以四等,但从此流落二十余年。哲宗朝被召还朝,历任右司谏、起居郎、中书舍人、户部侍郎、翰林学士、吏部尚书、御史中丞、尚书右丞、大中大夫守门下侍郎。

苏辙论及具体诗文体裁者较少,多论及诗文风格。他以复古为革新,反对穷妍极态、浮巧侈丽的时文,其《送家安国赴成都教授三绝》主张"文律还应似两京"①,这一主张正是后来"文必秦汉"之先声。他主张养气以为文,其《上枢密韩太尉书》云:"辙生好为文,思之至深,以为文者气之所形,然文不可以学而能,气可以养而致。孟子曰:'我善养吾浩然之气。'今观其文章,宽厚宏博,充乎天地之间,称其气之小大。太史公行天下,周览四海名山大川,与燕、赵间豪俊交游。故其文疏荡,颇有奇气。此二子者岂尝执笔学为如此之文哉? 其气充乎其中,而溢乎其貌,动乎其言,而见乎其文,而不自知也。"可见他既重视孟子的"养吾浩然之气",加强主观道德修养;更强调阅历对养气为文的决定作用,主张像司马迁那样游历天下,开阔心胸和眼界,才能形成宽

---

① (宋)苏辙《栾城集》卷一五,上海古籍出版社1987年版。

厚宏博、疏荡有奇气的文风。苏辙也很强调风格的多样化,其《开窗》云"文章自一家",《题东坡遗墨卷后》云"凛然自一家",都是这一观点的表现。

第八节　宋人别集中的诗文革新主张及其文体论(北宋后期)

北宋后期的文学指神宗、哲宗、徽宗、钦宗四朝(1068—1126)的文学,这是宋代诗词文风貌完全形成的时期。欧阳修完成了宋文革新,但只有到了苏轼、黄庭坚、陈师道,才完成了宋诗的革新。北宋的诗文革新,在欧阳修之后产生了分化。欧阳修论文既重道,又重事功,既重内容的真实性,又重语言的艺术性。他这一面面俱到的文论体系,给他的门生留下了充分发挥的余地,曾巩、王安石和三苏父子实际上形成了三种文论和文体风格倾向。曾巩论文重道而轻辞章。刘壎《隐居通议》卷一四云:"朱文公(朱熹)评文专以南丰(曾巩)为法者,盖以其于周、程之先,首明理学也。"王安石论文重事功而轻文辞。三苏的文论与欧、曾、王有很大不同,他们重功用,也重辞章,但有些轻道。北宋后期继欧阳修领导诗文词革新,并取得完全胜利的是苏轼。他是全能作家,诗、文、词、书法、绘画俱佳。他与欧阳修一样,极重视培养后进。在他周围形成了苏门四学士(黄庭坚、秦观、张耒和晁补之)或苏门六君子(外加陈师道、李廌)。黄庭坚是江西诗派的开创者,陈师道是江西诗派中仅次于黄庭坚的领军人物。苏轼开创了豪放词,但北宋后期,并没有多少人步苏轼豪放词的后尘,秦观以词著称,其词风就与苏轼不同,仍以婉约见长。晏幾道词则感伤惆怅,委婉深沉。北宋后期的著名词人还有贺铸、周邦彦,特别是周邦彦,他精通音律,创作新调,多用唐人诗语概括入律,浑然天成;长调尤善铺叙,富艳精工。只有到了苏轼、秦观、晏幾道、贺铸、周邦彦,才完成了对宋词的革新,不仅形成了豪放词,而且婉约词也达到了登峰造极的地步,宋代诗词的特有风貌才完全形成。

一　黄裳力主风格的多样性

黄裳(1043—1129)字冕仲,号演山,又号紫玄翁,谥忠文。南剑州(今福建南平)人。元丰五年(1082)举进士第一。以文章鸣于世。其诗颇有宋诗好议论的特色,而议论却不甚深刻。其自编集有《言意文集》、《演山居士新词》、《书意集》、《长乐诗集》,均不存。又有《演山集》四十卷,以所居之山名集,收其未及第前之诗文。南宋乾道间其子黄玠增补其仕宦后之作,编为六十卷。

其《演山居士新词序》因论词之源而论及诗和乐府的体用:"(演山居士)因言风、

雅、颂,诗之体;赋、比、兴,诗之用。古之诗人,志趋之所向,情理之所感,含思则有赋,触类则有比,对景则有兴,以言乎德则有风,以言乎政则有雅,以言乎功则有颂。采诗之官,收之于乐府,荐之于郊庙,其诚可以动天地,感鬼神;其理可以经夫妇,移风俗。有天下者,得之以正乎下,而下或以为嘉;有一国者,得之以化乎下,而下或以为美。以其主文而谲谏,故言之者无罪,闻之者足以诫。然则古之歌词,固有本哉?六序以风为首,终于雅、颂,而赋比兴存乎其中,亦有义乎?以其志趣之所向,情理之所感,有诸中以为德,见于外以为风,然后赋比兴本乎此,以成其体,以给其用。六者圣人特统以义而为之名,苟非义之所在,圣人之所删焉。"①其《章安诗集序》所论诗体,实为风格("风韵"):"昔览古今诗集至数十家,各言其志,与其才思风韵不同,故其体甚众,高下长短,不可一概而论也。章句之作,有自优游平易中来,天理自感,若无意于为诗者,此体最高,谁辄可许?如相贵人,久而益爱之,清奇怪秀,无所不有;又如大块噫气,以发众窍,俄会于太虚,然后有天籁,未常容力焉。是岂一律之所能制,有心者之所能为者邪?有道者之诗也。其余或出于清苦,或见于平淡,或庄而丽,或细而巧,或健而豪放,或俊而飘逸。其间或能明白,或熟,言尽而意有余,偶有古今人未尝道者,盖于群体中,又其次也。"清奇怪秀、大块噫气(天籁)、清苦、庄丽、细巧,豪放、飘逸,都是指诗体风格;"不可一概而论","岂一律之所能制",可见他力主风格的多样性。其《书子虚诗集后》所论之体亦指风格:"或言陶潜之诗古淡有味,必能不为诸家之体,然后可及,非至论也。人固有识高而才短者,其势易为古淡;才高而识短者,其势易为豪华。夫能用其所长,处其所易,已足以为智者。有才识兼至,而学为古今体者,趣古淡则为陶潜,趣飘逸则为李白、杜牧,何可以为常哉?夫诗之为道,要在吟咏情性,发于自然,乃得至乐。有意于是体,牵合而后为之,不亦有伤于性乎?非诗之至也。余观子虚之诗,往往走笔立就,华淡无常,将名其体,终疑而置之,斯亦善鸣其情性者欤!"或古淡,或豪华,皆"发于自然",非"有意于是体",以至于"子虚之诗",难以体名,只好放弃。

二　黄庭坚与黄庭坚体

黄庭坚(1045—1105)字鲁直,号山谷道人,晚年又号涪翁。洪州分宁(今江西修水)人。治平四年(1067)进士及第。黄庭坚的文学创作受苏轼影响最大,与张耒、晁补之、秦观同为"苏门四学士"。

---

① 　(宋)黄裳《演山集》卷二十,文渊阁四库全书本。

黄庭坚主张文章诗歌应当有其社会作用，但又不赞同苏轼那些嬉笑怒骂，敢于讥刺社会的文章。因此在诗歌创作上特别追求艺术技巧的探寻，矢志独辟门径。他倡导诗学杜甫、文学韩愈，强调诗人应当博学，认为"老杜作诗，退之作文，无一字无来处，盖后人读书少，故谓韩、杜自作此语耳"，同时又提倡融汇古人成句入诗，"虽取古人之陈言入于翰墨，如灵丹一粒，点铁成金"①。他认为"诗意无穷，而人之才有限，以有限之才追无穷之意，虽渊明、少陵不得工也"，因此他提出"不易其意而造其语，谓之换骨法"，"窥入其意而形容之，谓之夺胎法"②。这一"脱胎换骨"法后来成为江西诗派的创作纲领。黄庭坚一生非常推崇杜甫，尤其推崇杜甫诗歌忧国忧民的忠义之气，因此在他的诗歌中对当时的社会现实有较多反映，以诗歌表达对民间疾苦的同情，但他写得最多最好的还是一些写景、咏物、抒怀、酬唱、题画的诗篇。黄庭坚在艺术上取径杜、韩，力避滑熟，而以生涩为特色，讲求点铁成金之法，擅长运用典故，这是他诗歌艺术风格的一大特色，形成所谓庭坚体。他的大量诗歌历来为人所盛赞，具有很大的影响，后人尊奉其为江西诗派"一祖三宗"之一，直至清代仍有不少学习继承其创作手法的诗人。

其《野艇恰受两三人》论吴体云："改作'航'，殊无理。此特吴体，不必尽律。白公《同韩侍郎游郑家池》诗云：'野艇容三人。'正用此语。"《书圣庚家藏楚词》论《楚词》多有祖述："章子厚尝为余言，《楚词》盖有所祖述。余初不谓然，子厚遂言曰：'《九歌》盖取诸《国风》，《九章》盖取诸二《雅》，《离骚经》盖取诸《颂》。'余闻斯言也，归而考之，信然。顾尝叹息斯人妙解文章之味，此其于翰墨之林，千载人也。但颇以世故废学耳，惜哉！"所谓"颇以世故废学"指章位至宰相；因其支持王安石变法，推行绍述新政，《宋史》竟归之《奸臣传》，黄庭坚虽为苏轼门人，对王安石和章惇都有较客观的评价，称章为翰墨之林中的"千载人"。《题苏子由黄楼赋草》对不同的文体，不同的作家有不同的风格也有精彩论述："铭欲顿挫崛奇，赋欲宏丽。故子瞻作诸物铭，光怪百出；子由作赋，纡徐而尽变。二公已老，而秦少游、张文潜、晁无咎、陈无己方驾于翰墨之场，亦望而可畏者也。"

三　吕南公"与时而变，不袭一体"的风格论

吕南公(1047—1086)字次儒，号灌园。建昌南城(今属江西)人。出身贫苦，于书

---

① （宋）黄庭坚《答洪驹父书》，《山谷集》卷一九，文渊阁四库全书本。

② （宋）释惠洪《冷斋夜话》卷一引。

338

无所不读。治平末出游，熙宁初试于礼部，屡试不第。退而筑室灌园，不以进取为意，益务著书，借史笔褒贬善恶，以"衮斧"名所居斋舍。元祐初，立十科取士，曾肇等举荐，欲命以官，未及除授而卒，年四十。著有《灌园集》。吕南公力学不倦，苦节自守，潜心为文。现存诗歌以议论见长，其文章议论纵横，文辞雄深，风格劲健。

其《与汪秘校论文书》历论文章的源流盛衰，上起周秦，下迄唐宋，是很重要的宋代文体风格论名篇。他认为不同的时代有不同的风格："尧舜以来，其文可得而见。然其辞致抑扬上下，与时而变，不袭一体"；"商之书，其文未尝似虞夏，而周之书，其文亦不似商书，此其大概"；"自周之晚，六经始集，七十子之徒虽不以诵经为功，然其尊仰孔子盛于前世。及孟子、荀卿相望而出，益复尊孔子而小众家。故秦火既冷，而汉代诸生为辞，不敢自信其心，而曰我歌颂帝王盛德，与夫论述世故，皆出入六经，峻有师法，不可疵颣。此西汉文所以见高于世，而东京以下学士不易其说也"；"自是文章世衰一世，几于童子之临模矣。由扬雄至（唐）元和千百年，而后韩、柳作……而前此中间寂寞无足称。"不同的文体有不同的风格："若条件而观之，则谟不类典，《五子之歌》不类《禹贡》，《盘庚》不类《说命》，《微子》又不类《伊训》，至于《泰誓》、《洪范》、《大诰》、《周官》、《吕刑》之文，皆不相类也"；"刘向之文未尝似仲舒，而相如之文未尝似马迁，扬雄之文亦不效孟子也。张衡、左思等辈于道如从管间窥豹，故其所作文赋紧持扬、马襟袖而不敢纵其握"；"韩、柳之文未尝相似也"；"去元和至吾宋又数百年，而有欧、王之盛，宗其学者文辞往往奇特，然至今者又已少贬。"[①]

四　李之仪、李清照的词论比较

李之仪（1048—约1128）字端叔，号姑溪居士。沧州无棣（今属山东）人。元丰进士。元祐初，为枢密院编修官，与苏轼、苏辙交游。元祐八年（1093）从苏轼辟，主管定州安抚司机宜文字。李之仪工诗善文，文风深受苏轼影响，诗名虽不及黄庭坚、陈师道，然而却"轩豁磊落"（《四库全书总目》卷一五五），平淡流畅，而无"用意太过"之弊。其各体诗均有可诵之作，略与苏轼风格相近。擅长作词，又工于文章，尤长于尺牍、题跋。著有《姑溪居士文集》五十卷、《后集》二十卷，为诗文词合集。词和题跋，后人曾从其集中抽出单行，所收亦皆见集中。

李之仪对诗歌各体的特征，特别对词的特殊风格作了系统的论述。他在《谢人寄诗并问诗中格目小纸》中说：

---

① （宋）吕南公《灌园集》卷一一，文渊阁四库全书本。

《国风》、《雅》、《颂》分为四诗,言一国之事,言天下之事,形容盛德,以告于神明;又以政之大小而分二《雅》。此较然已见者。凡所谓古与近体,格与半格,及曰叹、曰行、曰歌、曰曲、曰谣之类,皆出于作者一时之所寓,比方四诗而强名之耳。方其意有所可,浩然发于句之长短,声之高下,则为歌。欲有所达,而意未能见,必遵而引之,以致其所欲达,则为行。事有所感,形于嗟叹之不足,则为叹。千岐万辙,非诘屈折旋则不可尽,则为曲。未知其实,而遽欲骤见,始仿佛传闻之得,而会于必至,则为谣。篇者,举其全也。章者,次第陈之,至见而相明也。近体见于唐初,赋平声为韵,而平侧协其律,亦曰律诗。由有近体,遂分往体,就以赋侧声为韵,从而别之,亦曰古诗。格如律,半格铺叙抑扬,间作俪句,如老杜《古柏行》者。此管中之见,妄以为同异,恐古人自有佳处。既无所传,亦不可概知,姑以其妄意者区处为献。①

这里他论及古体与近体,格律与半格,以及叹、行、歌、曲、谣等多种诗体及其特征。认为近体即律诗:"近体见于唐初,赋平声为韵,而平侧协其律,亦曰律诗。"古体亦称往体、古诗,相对于近体律诗而言。格即格律,半格即拗体格律诗。

北宋论词之作甚少,夏承焘先生把南北宋之际李清照(1084—约1155)的《词论》断为"宋人最早的一篇论词的文字"。其实比李清照长三十六岁的李之仪就有不少论词之文,而其《跋吴思道小词》的重要性并不亚于李清照的《词论》。为便于比较,这里把二李的两篇词论先并列于下。李之仪的《跋吴思道小词》云:

长短句于遣词中最为难工,自有一种风格,稍不如格,便觉龃龉。唐人但以诗句,而用和声抑扬以就之,若今之歌《阳关》是也。至唐末,遂因其声之长短句,而以意填之。始一变以成音律。大抵以《花间集》所载为宗,然多小阕。至柳耆卿,始铺叙展衍,备足无余,形容盛明,千载如逢当日;较之《花间》所集,韵终不胜,由是知其为难能也。张子野独矫拂而振起之,虽刻意追逐,要是才不足而情有余。良可佳者,晏元献、欧阳文忠、宋景文,则以其余力游戏,而风流闲雅,超出意表,又非其类也。谛味研究,字字皆有据,而其妙见于卒章,语尽而意不尽,意尽而情不尽,岂平平可得仿佛哉!思道覃思精诣,专以《花间》所集为准,其自得处,未易咫尺可谈,苟辅之以晏、欧阳、宋,而取舍于张、柳,其进也,将不可得而御矣。

---

① （宋）李之仪《姑溪居士前集》卷一六,文渊阁四库全书本。

340

《苕溪渔隐丛话》后集卷三三引李清照《论词》云：

乐府声诗并著，最盛于唐。开元、天宝间，有李八郎者，能歌，擅天下。时新及第进士，开宴曲江。榜中一名士，先召李，使易服隐姓名，衣冠故敝，精神惨怛，与同之宴所。曰："表弟，愿与坐末。"众皆不顾。既酒行乐作，歌者进，时曹元谦、念奴为冠。歌罢，众皆咨嗟称赏。名士忽指李曰："请表弟歌。"众皆哂，或有怒者。及转喉发声，歌一曲，众皆泣下。罗拜，曰："此李八郎也。"自后郑、卫之声日炽，流靡之变日繁。已有《菩萨蛮》、《春光好》、《莎鸡子》、《更漏子》、《浣溪沙》、《梦江南》、《渔父》等词，不可遍举。五代干戈，四海瓜分豆剖，斯文道熄。独江南李氏君臣尚文雅，故有"小楼吹彻玉笙寒"、"吹皱一池春水"之辞，语虽奇甚，所谓亡国之音哀以思也。逮至本朝，礼乐文武大备，又涵养百余年，始有柳屯田永者，变旧声作新声，出《乐章集》，大得声称于世，虽协音律，而词语尘下。又有张子野、宋子京兄弟，沈唐、元绛、晁次膺辈继出，虽时时有妙语，而破碎何足名家！至晏元献、欧阳永叔、苏子瞻，学际天人，作为小歌词，直如酌蠡水于大海，然皆句读不葺之诗尔，又往往不协音律者。何耶？盖诗文分平仄，而歌词分五音，又分五声，又分六律，又分清浊轻重。且如近世所谓《声声慢》、《雨中花》、《喜迁莺》，既押平声韵，又押入声韵。《玉楼春》本押平声韵，又押上去声，又押入声。本押仄声韵，如押上声则协，如押入声则不可歌矣。王介甫、曾子固，文章似西汉，若作一小歌词，则人必绝倒，不可读也。乃知别是一家，知之者少。后晏叔原、贺方回、秦少游、黄鲁直出，始能知之。又晏苦无铺叙，贺苦少典重。秦即专主情致而少故实，譬如贫家美女，非不妍丽，而终乏富贵。黄即尚故实而多疵病，如良玉有瑕，价自减半矣。

李之仪的词论提出了一系列关于词的理论问题：第一，词"自有一种风格"。他所说的风格既指词的风貌、风韵与诗不同，即李清照所说的"词别是一家"；又指词的格律要求与诗不同，李之仪所谓"稍不如格，便成龃龉"的"格"，即李清照所说的平仄、五音、五声、六律、清浊、轻重，只是他不如李清照讲得具体罢了。诗词有别，诗词各有各的特点，为以后的词论家所公认。第二，作词难于作诗。李清照的《词论》，没有明确提到这点，但含有这一层意思，她几乎对所有词人都不满意，就是明证。第三，阐明了词的形成和演变，唐人以声就诗，唐末以后因声填词，即因声之长短而定句之长短，"以意填之"。李之仪《跋凌歊引后》亦云："凌歊台表见江左，异时词人墨客形容藻会，多发于诗句；而乐府之传，则未闻焉。一日会稽贺方回登而赋之，借金人捧露盘以寄其声,于是昔之形容藻绘者,奄奄如九泉下人矣。至其必待到而后知者,皆因语以会其境,缘声以同其感,亦非深造而自得者,不足以击节。"因语以会其境,缘声以同其感",就是因声填词以写景抒感。唐人以声就诗,唐末以后因声填词,也成了以后词论家的定论,而李清照的《词论》没有涉及这一问题。第四,李之仪论词以《花间集》为宗,而又主张兼取诸家之长。他说唐末"大抵以《花间集》所载为宗",还只是客观叙述词坛史实;他把柳永词与《花间》词比较,认为柳词"韵终不胜",显然就是在以《花间》词作为衡量词的标准。但他又不赞成吴可(字思道)"专以《花间》所集为准",故讽道:"苟辅之以晏、欧阳、宋,而取舍于张、柳,其进也,将不可得而御"。这就可以解释他虽推崇《花间集》,但他的词风却与《花间集》的浓艳柔靡不同,而以"清婉峭茜"(《四库全书总目・姑溪词提要》)为特征的原因了。而李清照的词论没有论及《花间集》,也没有兼取晏、欧、宋、张、柳之长的意思。第五,评论诸家词的得失。与李清照的《词论》比较,两人均论及的是柳永、张先、宋祁、欧阳修;李之仪论及而李清照未论及的是花间派词人、吴可;李清照论及而李之仪未论及的是李氏君臣、沈唐、元绛、晁次膺、苏轼、王安石、曾巩、晏幾道、贺铸、秦观、黄庭坚(苏、贺、秦、黄之词,李之仪在其他题跋中曾言及)。由此可见,李之仪论及的问题虽不如李清照多,但论及的词人却远比李清照广。特别值得注意的是,李之仪这篇堪称简明词史的《跋吴思道小词》,竟无只字论及他最崇拜的苏轼。他推崇《花间》,强调词格,认为长短句"自有一种风格",看来他对苏轼以诗为词是不以为然的。李清照的《词论》因未论及南宋词人,一般认为作于北宋末。李之仪与吴可的交往也主要在北宋末。这一老一少、一男一女的二李,同在北宋末年分别提出了长短句"自有一种风格"、"词别是一家"的论点,颇能说明当时词坛的倾向,这大概就是苏轼以诗为词,当时应者寥寥的原因吧!

五　刘弇论文体、文风演变

刘弇(1048—1102)字伟明。吉州安福(今属江西)人。元丰二年(1079)进士。后擢太学博士。徽宗即位,为礼部参详官、著作佐郎,充实录院检讨官。著有《龙云集》三十二卷,龙云为其所居乡之名。事迹见李端臣《刘伟明墓志铭》(《龙云集》附录),《宋史》卷四四四有传。刘弇早年旷达不羁,博极群书,为文祖述韩、柳,规摹欧阳修。周必大《龙云集原序》对其评价很高:"庐陵郡自欧阳文忠公以文章续韩文公正传,遂为本朝儒宗,继之者龙云刘公也……尝与乡人论公之文,如《南郊赋》气格近先汉,已为泰陵（神宗）简擢。诗书序记往往祖述韩、柳，间或似之。铭志丰腴，规摹文忠。"①《四库全书总目》卷一五五谓"其文不名一格，大都气体宏整，词致敷腴"。

刘弇颇重赋体，其《进元符南郊大礼赋表》云："词人文士之作，虽取经不纯，去道时远，至于变化飞动，神开笔端，得不因人，自我作古，新一代耳目，起太平极功，有如此曹，殆不多得。屈、宋已还，贾生、相如、（刘）向、（王）褒、（扬）雄、（班）固，最号高手，能使往汉光华至今，数子力也。自时厥后，苟作之徒，弊毫殚楮，或文不足以起意，或趣不足以会真。而其时君至有持一时赫赫盛烈，甘心低回，委之斯人之手，磨灭就尽，岂不痛哉！"其《策问第三》亦云："笔端肤寸，与经史出没，与鬼神敌奥，与造物者争巧，其赋乎！古者登高能赋，始可以为大夫，而《诗》之六义，赋居一焉。子虚、乌有、亡是之类，始虽诞谩不根，晚乃归之讽谏，则君子之于相如，固尝有取也。其后《长杨》、《羽猎》之出于扬雄，《两都》起于孟坚，《二京》见于张衡，《三都》发于左思，于是赋始盛行矣。其词诡激，故读之者可喜；比缀声偶，故味之者不厌；多识于鸟兽草木之名，故博物者时有取于其间。彼有以《三都》、《二京》为五经之鼓吹，与夫汉世之疑吐白凤，晋人之自谓当作金声，良非虚语也。"他称美以赋取士，反对废除诗赋考试："自隋以来，进士决科，莫非用赋。而李唐之盛时，将相大臣往往由此途出，孰谓一日罢去，而不遗憾于墨客邪？此前日二三柄臣所以扳复于反手之顷。然声病不讲几二十载于兹矣。"

他的《上曾子固（巩）先生书》既是一篇诗文体裁的演变简史，更是一篇诗文风格的演变简史。他认为图书分类与文体分类是一致的，任何人都很难经、史、子、集俱长，处此之道就在于"善变"："文章之难也，从古则然，虽有博者，莫能该也，则处此有一道焉，变是已。自朴散以来，谁非从事乎文者？其间重见沓出，虽列屋兼两，犹不能既其实。然其大约有四：曰经，曰史，曰诗，曰骚，而诸子盖不预也，则亦不离乎变而已。"其下他就对经、史、诗、骚分别论述，经书各不相同："经之作也，使读《诗》者如无《书》，读《书》者如无《易》；其读《礼》、《春秋》也亦然，岂唯句读而已。其取名布义也亦然。"史书更在不断变化："及丘明之传经（指《左传》）也，件为编年，而侈几数百倍焉。（司马）迁之为纪、传、世家、书、表，则又倍焉。其后有班、范、《晋阳秋》、《魏略》之类，则又倍焉，不害其为史也。"诗有一言至七言的不同："诗之约也，一言而已，曰'肇'、'褆'；已而三言，曰'卢重鋗'；已而至于五言，曰'赠之以芍药'；甚者如'谁知乌之雌雄'，乃有六言。而由汉阅唐，又有七言焉，不害其为诗也。"骚体变为汉赋："《离骚》之文，则固异乎《招魂》矣；《招魂》之文，则固异乎《大招》矣。于流而为扬、马之丽赋，则亦无适而不异经也、史也、诗也、骚也，其每变乃如此。昔之人徜徉不根，宜莫如庄周，

---

① （宋）刘弇《龙云集》卷首，文渊阁四库全书本。

至其卒收之也,乃有《天下篇》焉。贾生之书,如《陈政事》一篇,其劫束世故,仅如卑卑之申、韩;及读《怀沙》《悲鵩》,至欲拔尧、孔之外楗,而直将以此世,与夫未始有极者游也。夫是之谓善变,此殆韩愈所谓'惟陈言之务去',陆机所谓'怵他人之我先者'欤?"唐代古文家韩愈、柳宗元、李翱、皇甫湜、吕温、刘禹锡、权德舆皆各有特色:"二汉而下,独唐元和、长庆间文章号有前代气骨。何则? 知变而然也。如李翱、皇甫湜辈尚恨有所未尽,下是则虫谨鸟聒,过耳已泯,盖无以议为也。韩子之文如六龙解骈,放足千里,而逸气弥劲,真物外之绝羁也。柳子厚之文如蒲牢叩鲸钟,骁壶跃俊矢,壮伟捷发,初不留赏,而喜为愀怆凄泪之辞,殆骚人之裔比乎。李翱之文如鼎出汾阴,鼓迁岐阳,郁有古气,而所乏者韵味。皇甫湜之文如层崖束湍,翔霆破柱,当之者骇矣,而略无韶润。吕温之文如兰榱桂樑,质非不美,正恐不为杞梓家所录。刘禹锡之文如剔柯棘林,还相影发,而独欠茂密。权德舆之文如静女庄士,能自检敛,无媒介则蹢矣。"末论曾巩诗文的特色:"若阁下之文则廓乎其能周,烨乎其能明,敛乎其若有所待,眇乎其似不可揽而取也。挑之以果而不失于锐,驾之以逸而不至于放,耸之以严而不伤于介,振之以冷汰而不过乎絜。和平淡泊而非直,纡余委靡也;恻侧怨悱而非直,骚条感发也。盖自六经已还,诸史百氏,下至山经地志、浮屠老子之书与夫翰林子墨之文章,在合下贯穿略尽矣。至于长哦短篇,尺简寸札,音期洒落,率有妙趣,藻丰而证,博意滋出而义愈畅,真博大者之言也。""善变"二字是全文的主旨。

六　秦观论文有五类

秦观(1049—1100)字少游,一字太虚,号邗沟居士、淮海居士。扬州高邮(今属江苏)人。元丰八年(1085)进士。仕途蹭蹬,谪官岭南以卒。他自幼豪隽,喜读兵书,文辞慷慨。熙宁十年(1077)以《黄楼赋》贽见苏轼,轼大加称赏,以为有屈、宋之才,并向王安石举荐。他是"苏门四学士"之一,在诗、词、文的创作上都有很大成就。秦观论文强调社会功用,反对雕琢无用之文,对杜甫诗歌尤为推崇。其散文长于议论,文丽而思深;其政论文结构严密,说理透彻,笔锋犀利,富有感染力和说服力。秦观的诗也独具特色,精致鲜妍,秀丽有余,而气魄较弱,金代诗人元好问讥笑其为"女郎诗"(《论诗绝句》)。但秦观的诗风也并非单一不变。北宋中叶以后,诗坛往往"以文字为诗,以议论为诗,以才学为诗"(《沧浪诗话·诗辨》),相比之下,秦观的诗感情深沉,意境幽深,形象鲜明,完全没有同时代人诗的那种通病。秦观的主要文学成就在词的创作上,被陈师道誉为"当代词手"(《后山诗话》),被后世视为正宗婉约词派的第一流词人,善于把男女恋情同自己的不幸遭遇融合起来,借助幽冷的意境,以含蓄的手法抒发感伤的情绪。著有《淮海居士文集》。

宋代科举七试策论诗赋,王安石变法罢诗赋专以经义论策取士,元祐五年秦观应制科试时上策论五十篇,《论议下》为其一:"臣闻世之议贡举者,大率有三焉:务华藻者,以穷经为迂阔;尚义理者,以缀文为轻浮;好为高世之论者,则又以经术、文辞皆言而已矣,未尝以为德行,德行者道也。是三者,各有所见,而不能相通。臣请原其本末而备论之,则贡举之议决矣。""务华藻者"指文学之士,"尚义理者"指道学家,"好为高世之论者"即指变法派。接着他首论尚诗赋者之"本末":"古者诸侯卿大夫交接邻国,以微言相感动,当周旋进退之时,必称诗以喻其志,盖以别贤不肖而观盛衰焉。其后聘问不行于列国,学诗之士逸于布衣,于是贤人失志之赋兴,屈原《离骚》之词作矣。此文词之习所由起也。及其衰也,雕篆相夸,组绘相侈,苟以哗世取宠,而不适于用。故孝武好神仙,相如作《大人赋》以风其上,乃飘飘然有凌云之志,此文辞之弊也。"次论尚经术者之"本末":"昔孔子患《易》道之不明,乃作《彖》、《象》、《系辞》、《文言》、《说》、《序》、《杂卦》十篇,以发天人之奥。而左氏亦以《春秋》之法,弟子传失其真,于是论本事,作《传》以记善恶之实。此经术之学所由起也。及其衰也,幼童而守一艺,白首而后能言,故汉儒之陋,有曰秦近(延)君,能记说'尧典'二字,至十余万言,但说'若稽古',犹三万言也,此经术之弊也。"再论德行者之"本末":古代"秀选进造之士者是也,然后官而爵禄之。此德行之选所由起也。及其衰也,乡举里选之法亡,郡国孝廉之科设,而山林遗逸之聘兴,于是矫言伪行之人,弊车羸马,窜伏岩穴,以幸上之爵禄。故东汉之士,有庐墓而生子,唐室之季,或号嵩少为仕途捷径,此德行之弊也。"经过以上分析,他反对"去经术而复诗赋",主张"文词、经术、德行各自为科":"是三者,莫不有弊,而晚节末路,文辞特甚焉。盖学屈、宋而不至者,为贾、马、班、扬;学贾、马、班、扬而不至者,为邺中七子;学邺中七子而不至者,为谢灵运、沈休文。休文之撰四声谱也,自谓灵均(屈原)以来,此秘未睹。(梁)武帝雅不好焉,而隋唐因之,遂以设科取士,谓之声律。于是敦朴根柢之学,或以不合而罢去;靡曼剽夺之伎,或以中程而见收。自非豪杰、不待文王而兴者,往往溺于其间,此杨绾、李德裕之徒所为切齿者也。熙宁中,朝廷深鉴其失,始诏有司削去诗赋,而易以经义,使学者得以尽心于六艺之文,其意信美矣。然士或苟于所习,不能博物洽闻,以称朝廷之意,至于历世治乱兴衰之迹,例以为祭终之刍狗,雨后之土龙,而莫之省焉。此何异斥桑间濮上之曲,而奏以举动劝力之歌?虽华质不同,其非正音一也。传曰:'梁丽可以冲城,而不可以窒穴,言殊器也。骅骝骐骥一日而驰千里,捕鼠则不如狸狌,言殊技也。鸱鸺夜撮蚤,察毫末,昼出瞋目而不见丘山,言殊性也。'今欲去经术而复诗赋,则近乎弃本而趋末;并为一科,则几于取人而求备。为今计者,莫若以文词、经术、德行各自为科,以笼天下之士,则性各尽其方,技各尽其能,器各致其用,而英俊豪杰庶乎其无遗矣。"①苏轼兄弟都是力主恢复诗赋考试的,苏轼还撰有《复改科赋》,但秦观却坚持了自己的独立见解。

其《韩愈论》先总论先王之时,"士大夫无意于为文";周衰以来"士大夫始有意于为文","作者班班相望而起,奋其私知,各自名家,然总而论之,未有如韩愈者也"。次论文有五类,韩愈之文属"成体之文":"夫所谓文者,有论理之文,有论事之文,有叙事之文,有托词之文,有成体之文。"一是"探道德之理,述性命之精,发天人之奥,明死生之变,此论理之文,如列御寇、庄周之所作是也";二是"别白黑阴阳,要其归宿,决其嫌疑,此论事之文,如苏秦、张仪之所作是也";三是"考同异,次旧闻,不虚美,不隐恶,人以为实录,此叙事之文,如司马迁、班固之作是也";四是"原本山川,极命草木,比物属事,骇耳目,变心意,此托词之文,如屈原、宋玉之作是也";五是"钩列(御寇)、庄(周)之微,挟苏、张之辩,撼班、马之实,猎屈、宋之英,本之以《诗》《书》,折之以孔氏,此成体之文,韩愈之所作是也"。宋释惠洪《天厨禁脔》称其"凡诸格法毕录于此"。末论诗体风格的演变,韩愈是文之集大成者,杜甫则是诗之集大成者,集高妙、豪逸、冲淡、峻洁、藻丽于一身:"然则列、庄、苏、张、班、马、屈、宋之流,其学术才气皆出于愈之文,犹杜子美之于诗。实积众家之长,适当其时而已。昔苏武、李陵之诗长于高妙,曹植、刘公幹之诗长于豪逸,陶潜、阮籍之诗长于冲淡,谢灵运、鲍昭之诗长于峻洁,徐陵、庾信之诗长于藻丽。于是杜子美者,穷高妙之格,极豪逸之气,包冲淡之趣,兼峻洁之姿,备藻丽之态,而诸家之作所不及焉。然不集诸家之长,杜氏亦不能独至于斯也,岂非适当其时故耶? 孟子曰:'伯夷圣之清者也,伊尹圣之任者也,柳下惠圣之和者也,孔子圣之时者也。孔子之谓集大成。'(见《孟子·万章下》)呜呼,杜氏、韩氏亦集诗文之大成者欤。"明段斐君本《淮海集》徐渭评云:"韩、杜绝世之作,少游绝世之评。"

七　李复论"科举程文之体"

李复(1052—?)字履中,学者称潏水先生。宋长安(今陕西西安)人。李复尝从张载游,与张舜民、李昭玘为文字友,于书无所不读,工诗文。著有《潏水集》。

李复不满南朝、唐初文风,其《回周沚法曹书》云:"承谕《滕王阁记》,此不足称也。唐初文章沿江左余风,气格卑弱,殊无古意。庾信作《马射赋》云:'落霞与芝盖齐飞,杨柳共春旗一色。'后人爱而效之。武德二年,巢刺王建舍利塔于怀州,作记云:'白云

---

①　(宋)秦观《淮海集笺注》卷一四,上海古籍出版社 1994 年版。

346

与岭松张盖,明月共岩桂分丛.'如此者甚多,当时好尚,勃狃于习俗,故一时称之。凡为文须是理胜,若庾肩吾与其子信,徐摛与其子陵,皆有辞笔,江左末盛称之。此皆不足法,旧史言为文之罪人,故唐之后来,无人作此等语。"①其《答张尉书》认为风格("品格")可分三等,"辞气卑凡"最不足取:"人之为文与诗最见精神,若品格已定,辞气卑凡,不能更有损益,此甚不佳也。"总体不算好而有佳语,算第二等:"若虽未成就,其中自有佳语,是犹雏鹤襡褋,戛然一鸣,知其为云霄外物。"能去陈言而立新意者为最好:"又意有数十言不能尽,只用故事三两字可总而尽之,此又贵乎博闻也。若尘言常能尽去,而立意造语务求高古清新,此又非寻常所到也。"《与侯谟秀才(书)》论杜、韩风格云:"承问子美与退之诗及杂文。子美长于诗,杂文似其诗;退之好为文,诗似其文。退之诗非诗人之诗,乃文人之诗也。诗岂一端而已哉?子美波澜浩荡,处处可到,词气高古,浑然不见斤凿,此不待言而众所知也。"

李复十分不满科举程文,其《答彭元发书》之一云:"人之仕宦皆欲速进,皆欲得美官。入仕之径以进士为优,其贤良方正、直谏等科,比之进士又高,中其科者人尤贵之,其进必速,美官刻日可至,歆羡者多,愿为者众也。"今之程文尤多"浮词",《答彭元发书》之二云:"元发试取所谓贤科者程文,与今之进士程文考之,相去几何,皆浮词耳。其所献书,为之大言露才扬己,观之可愧,其进卷与程文何异?洎中其科,得美官,曾有何补?乃给朝廷之一术耳。"其《答耀州诸进士书》认为程文之体应去尘言,用事实,贵整齐,意分明:"某辱问科举程文之体,今之印行为有司考之在高等者,其文乃程之体也。虽然,此岂有定体。先须讲求义理的当,中心涣然,乃可作文。义理若非,虽洪笔丽藻,亦非矣。又为文须去尘言,用事实,贵整齐,意分明,此其大略也。"

八　晁补之论《离骚》、《反离骚》、《变离骚》及骚体演变

晁补之(1053—1110)字无咎,济州巨野(今山东巨野)人。晁端友子。晁补之为"苏门四学士"之一,才气飘逸,文学灿然,尤精于《楚词》。晁补之在诗、文、词诸方面均有建树,诗以古体为多,以乐府诗见长,七律次之;善学韩愈、欧阳修,骨力遒劲,辞格俊逸,但有的诗失于散缓,散文化倾向较显著。今存词一百六十余首,风格与东坡词相近,但缺乏苏词的旷达超妙。其散文成就高于诗,风格温润典缛,流畅俊迈。吴曾认为四学士中,"秦、晁长于议论"(《能改斋漫录》卷一一)。著有《鸡肋集》七十卷,于元祐间由晁补之自编成集,南宋初又刊于建阳。其词在宋代已有单刻本《晁无咎

---

① (宋)李复《潏水集》卷三,文渊阁四库全书本。

词》一卷行世，明代又编为《琴趣外编》六卷。

其《跋第五永箴》认为箴即诗，赋去其"兮"字，则与诗、箴无异："高彪校书东观，数奏赋颂奇文，因事讽谏，灵帝异之。时京兆第五永为督军御史，使督幽州。百官大会，祖饯于长乐观。议郎蔡邕等皆赋诗，彪乃独作箴，邕等甚美其文，以为莫尚也。然予谓箴亦诗，若赋之流尔。昔贾谊《鵩赋》，句皆如诗四言，而但中加'兮'字属之。至谊传，乃皆去'兮'字，则与诗、箴何异？彪与崔琦二箴，亦四言之敷畅者，名箴而实赋也。"①

其《离骚新序上》论诗、骚、赋的关系，首论工道衰而变风、变雅作："先王之盛时，四诗各得其所。王道衰而变风、变雅作，犹曰达于事变而怀其旧俗。旧俗之亡，惟其事变也。故诗人伤今而思古，情见乎辞，犹诗之《风》、《雅》而既变矣。《孟子》曰：'王者之迹熄而诗亡。'然则变风、变雅之时，王迹未熄，诗虽变而未亡。"次论诗亡而后《离骚》之辞作，屈原有孔、孟爱君救亡之心："诗亡而后《离骚》之辞作，非徒区区之楚事不足道，而去王迹逾远矣。一人之作，奚取于此也？盖诗之所嗟叹，极伤于人伦之废，哀刑政之苛。而人伦之废，刑政之苛，孰甚于屈原时邪？国无人，原以忠放，欲返，幸君之一悟，俗之一改也。一篇之中三致志焉，与夫三宿而后出昼②，于心犹以为速者何异哉？世衰，天下皆不知止乎礼义，故君视臣如犬马，则臣视君如国人，而原一人焉，被谗且死而不忍去，其辞止乎礼义可知，则是《诗》虽亡至原而不亡矣。使后之为人臣不得于君而热中者，犹不懈乎！爱君如此，是原有力于《诗》亡之后也，此《离骚》所以取于君子也……故太史公曰：'国风好色而不淫，小雅怨诽而不乱，若《离骚》者，可谓兼之矣。'"汉赋曲终奏雅，其旨同于诗、骚："（班）固善推本，知之赋与诗同出，与（司马）迁意类也。然则相如始为汉赋，与雄皆祖原之步骤，而独雄以其靡丽悔之，至其不失雅亦不能废也。自《风》、《雅》变而为《离骚》，至《离骚》变而为赋，譬江有沱，干肉为脯，谓义不出于此，时异然也。传曰：'赋者，古诗之流也。'故《怀沙》言赋，《橘颂》言颂，《九歌》言歌，《天问》言问，皆诗也，《离骚》备之矣。盖诗之流，至楚而为《离骚》，至汉而为赋，其后赋复变而为诗，又变而为杂言、长谣、问对、铭、赞、操、引，苟类出于楚人之辞而小变者，虽百世可知。"

晁补之编《续楚辞》二十卷，又有《变离骚》二十卷。其《变离骚序上》首论《离骚》

---

① （宋）晁补之《鸡肋集》卷三三，文渊阁四库全书本。
② 《孟子·公孙丑下》：孟子千里而见（齐）王，不遇故去，三宿而后出昼。孟子门人不悦，孟子解释说："千里而见王是予所欲也，不遇故去，岂予所欲哉？予不得已也。予三宿而出昼，于予心犹以为速，王庶几改之；王如改诸，则必反予。夫出昼而王不予追也，予然后浩然有归志。"

348

与《反离骚》、《变离骚》的含义，认为扬雄的"《反离骚》，非反也，合也。盖原死，知原惟雄，雄怪原文过相如，至不容而死，悲其文，未尝不流涕也。以谓君子得时则大行，不得则龙蛇，遇不遇，命也，何必湛身哉！乃作书，往往摭其文而反之。虽然，非反其纯洁不改此度也，反其不足以死而死也，则是《离骚》之义，待《反离骚》而益明。何者？原惟不为箕子而从比干，故君子悼诸，不然，与日月争光矣。雄又旁《离骚》作《广骚》，旁《惜诵》而下作《畔牢愁》。雄诚与原异，既反之，何为复旁之？"他编"《变离骚》以其类而异，故不可以言'反'，而谓之'变'"。全文主体是论《变离骚》的取舍标准，从中也不难看出历代文风的演变。首论荀子的骚体辞："若荀卿，非蹈原者，以其后原，皆楚臣遭谗，为赋以风，故取其七篇，列之卷首，类《离骚》而少变也"。次论屈原以前的骚体辞"又尝试自原而上，舍《三百篇》，求诸《书》、《礼》、《春秋》他经，如《五子之歌》"等，"咸古诗风刺所起，战国时皆散矣。至原而复兴，则列国之风雅始尽合而为《离骚》"。再论汉代的变骚："由汉而下，赋皆祖屈原。然宋玉亲原弟子，《高唐》既靡，不足于风。《大言》、《小言》，义无所宿。至《登徒子》，靡甚矣，特以其楚人作，故系荀卿七篇之后。《瓠子之歌》有忧民意，故在相如、扬雄上，而《子虚》、《上林》、《甘泉》、《羽猎》之作，赋之闳衍，于是乎极。然皆不若其《大人》、《反离骚》之高妙，犹终归之于正义，过《高唐》。但论其世，故系《高唐》后。至于京都山海、宫殿鸟兽、笙箫众器、指事名物之作，不专于古诗恻隐规诲，故不录。《李夫人赋》、《长门赋》，皆非义理之正，然辞浑丽，不可弃。"四论魏晋南朝的变骚："曹植赋最多，要无一篇逮汉者，赋卑弱自植始。录其《洛神赋》、《九愁》、《九咏》等，并录王粲《登楼赋》，以见魏之文如此。陆机、陆云有盛名，顾不足于植、粲，摘其义差近者存之。《思游》有意乎《幽通》而下，恨其流益远矣，然晋人喜清谈，而挚虞此作，庶几有为，而言致足嘉者也。鲍照长于杂兴，故其《芜城》作，独出宋世，又以刘濞事讽刘璲，有心哉于此者！江淹用寡而文丽，又梁文益卑弱，然犹蒙虎之皮，尚区区楚人步趋也。"五论唐代的变骚："唐李白诗文最号不袭前人，而《鸣皋》一篇，首尾楚辞也……唐人知楚辞者少，误以为诗云。王维生韩、柳前，才数十言，虽浅鲜，未足与言义，然低昂宛转，颇有楚人之态矣。元结振奇，自成一家，要曰群言之异味，亦可贵也。顾况文不多，约而可观。《问大钧》理胜，《招北客》词胜。《阿房宫》云'亦使后人而复哀后人'，皆唐赋之不可废者也。皮日休《九讽》专效《离骚》，其《反招魂》靳靳如影守形，然非也，竟离去，画者谨毛而失貌。呜呼！《离骚》自此散矣，故不录。"末论本朝的变骚："以迄本朝，名世之作多已载《续楚辞》中。今所录赋及文、操，或宏杰，自出新意，乍合乍离，亦足以知古文之屡变，至末而复起云。或大意述此，或一言似之，要不必同，同出于变，故皆以附《变离骚》。若谓之'变楚辞'乎，则《楚辞》已非《离骚》，《楚辞》又变，则无《离骚》矣，后无以复知此始于屈平矣。恶夫愈远而迷其源,若服尽,然为之系其姓于祖,故正名以存之。"文中的"闳衍"、"高妙"、"浑丽"、"文丽"、"卑弱"、"浅鲜"、"低昂宛转"、"如影守形"、"宏杰",皆论历代骚体辞赋作者的不同风格,他们"自出新意,乍合乍离,亦足以知古文之屡变"。

九 张耒论文章"制作之体""不过记事、辨理"

张耒(1054—1114)字文潜,号柯山,人称宛丘先生。楚州淮阴(今属江苏)人。熙宁六年(1073)进士。幼颖悟能文,游学陈州,苏辙时为陈州学官,器重之,遂得从苏轼游。张耒是北宋中晚期重要的文学家,苏门四学士之一。在文体风格论上,他反对奇简,提倡平易;反对曲晦,提倡词达;反对雕琢文辞,力主顺应天理之自然,直抒胸臆。其诗文正是其创作理论的具体体现,长短利弊皆本于此。其文风近似苏辙,擅长辞赋;议论文立意警辟,文笔高奇。其诗歌创作成就卓著,取材广泛,在很多诗篇中反映了当时下层百姓的生活,无论题材还是表现风格,都与唐代新乐府诗极为相近,以平易、流丽、明快见长,很少使用硬语僻典。词作不多,词风柔情深婉,与秦观词相近。张耒的文集,在南宋时即有多种刻本传世。今存主要有四种版本:《宛丘先生文集》七十六卷,《柯山集》五十卷、拾遗十二卷,《张右史文集》六十五卷,《张文潜文集》十三卷。另撰有《明道杂志》一卷。

其《贺方回乐府序》集中表现了他文贵自然的文体风格主张:"文章之于人,有满心而发,肆口而成,不待思虑而工,不待雕琢而丽者,皆天理之自然而情性之道也。"像刘邦、项羽这样的英杰也有"凄婉"之诗:"世之言雄暴虓武者,莫如刘季(邦)、项籍。此两人者,岂有儿女之情哉?至其过故乡而感慨,别美人而涕泣,情发于言,流为歌词,含思凄婉,闻者动心焉。此两人者,岂其费心而得之哉?直寄其意耳。"贺铸(方回)之词"高绝一世",却或"幽洁",或"悲壮",均皆出于自然:"予友贺方回,博学业文,而乐府之词高绝一世,携一编示予,大抵倚声而为之词,皆可歌也。或者讥方回好学能文而惟是为工,何哉?予应之曰:'是所谓满心而发,肆口而成,虽欲已焉,而不得者。'若其粉泽之工,则其才之所至,亦不自知也。夫其盛丽如游金、张之堂,而妖冶如揽嫱、施之袪,幽洁如屈、宋,悲壮如苏、李,览者自知之,盖有不可胜言者矣。"①

其《韩愈论》首论东汉以来文风之颓靡龊龌,次论韩愈改变文风之功:"韩退之以为文人则有余,以为知道则不足。何则?文章自东汉以来气象则已卑矣,分为三国,又列为南北,天下大乱,士气不振。而又杂以南蛮轻淫靡嫚之风,乱以西北悍鲁鄙悖

---

① 《张耒集》卷四八,中华书局1994年版。

之气,至于唐而大坏矣。虽人才众多如贞观,风俗平治如开元,而惟文章之荒未有能振其弊者。愈当贞元中,独却而挥之,上窥典、坟,中包迁、固,下逮骚、雅,沛然有余,浩乎无穷。是愈之才有见于圣贤之文而后如此,其在夫子之门,将追游、夏而及之,而比之于汉以来龊龊之文人则不可。"

其《送秦观从苏杭州为学序》首论诗穷而后工,而秦不穷,其文却清丽刻深,悲愁凄婉、郁塞无聊:"秦子善文章而工于诗,其言清丽刻深,三反九复,一章乃成,大抵悲愁凄婉、郁塞无聊者之言也。其于物也,秋蚤寒螿、鸧鹒猿狄之号鸣也,霜竹之风、冰谷之水、楚囚之弦、越羁之呻吟也。嘻! 秦子内有事亲之喜,外有朋友之乐,冬裘而夏绤,甘食而清饮,其中宁有介然者而顾为是耶? 世之文章多出于穷人,故后之为文者,喜为穷人之词,秦子无忧而为忧者之词,殆出此耶?"后为作者对秦的劝告,劝他不要以穷苦深刻为文,而应为发大议、定大策之文:"古之所谓儒者,不主于学文,而文章之工,亦不可谓其能穷苦而深刻也。发大议,定大策,开人之所难惑,内足以正君,外可以训民。使于四方,邻国寝谋;言于军旅,敌人听命:则古者臧文仲、叔向、子产、晏婴、令尹子文之徒,实以是为文。后世取法焉,其于文也,云蒸雨降雷霆之震也,有生于天地之间者实赖之,是故系万物之休戚于其舌端之语默。嗟夫! 天地发生,雷雨时行,子独不闻之,而从草根之虫,危枝之翼,鸣呼以相求,子亦穷矣。夫古之所谓儒者,所用之国无敌,若臧文仲、叔向、子产、晏婴、令尹子文,其望孔子亦远矣,而其功烈亦足以振显一时,故犹能以儒者之效名一世。"知识渊博可为史官,但不足以治国,统治者不过以倡优蓄之:"夫不足以治国,而能知今古,考妖祥,纪事实,多闻而博通,则古太史氏之职,而初不以是为儒者也。楚左史倚相能读《三坟》、《五典》、《八索》、《九丘》,而楚之治不责倚相。由是言之,古之论史与儒异事。而司马谈为太史,号通古今,善文词,犹曰:'文史星历,近乎卜祝之间,主上以倡优畜之。'其尊礼不如公孙丞相、汲黯,此则汉之初犹有古之遗俗在也。"又云:"而司马谈序九流,儒者才当其一,彼未尝见其真,而信当时之所指,故从而论其失。而班固以为出古司徒之官,鸣呼!何其陋也! 儒者之治天下,九流之列皆其用也,顾与浅术末数各致其一曲者同哉!吾意今儒者之所学,古太史之流,而非世之所急也。"最精彩的是论儒学成了谋利之具,更不可为:"鸣呼! 儒之名实不正久矣。自汉以来,圣贤之学废,而孔子之徒皆以其师之书自重于世,聚徒而授之,若是者,当时皆以儒之名归之。"他劝秦观"子享其全,无食其余;据其源,无挹其流。子方从眉山公(苏轼),其以予言质之而归告予也。"

其《答汪信民书》云:"古之文章虽制作之体不一端,大抵不过记事、辨理而已。记事而可以垂世,辨理而足以开物,皆词达者也。虽然有道,词生于理,理根于心,苟邪气不入于心,僻学不接于耳目,中和正大之气溢于中,发于文字言语,未有不明白条畅。盍观于语者乎? 直者文简事核而理明,虽使妇女童子听之而谕;曲者枝词游说,文繁而事晦,读之三反而不见其情。此无待而然也。"他把古今文章分为记事、辩理二体,而二体皆需"明白条畅",要做到"妇女童子听之而谕",表现了与《贺方回乐府序》相同的观点。

十 陈瓘论"时文"

陈瓘(1057—1124)字莹中,号了翁,又号了斋、了堂。南剑州沙县(今属福建)人。元丰二年(1079)进士甲科及第。靖康初,追赠谏议大夫,谥忠肃。陈瓘为人刚直,疏论蔡京、蔡卞之罪不遗余力,屡遭贬谪而不回,于政和、宣和间极为士林所推尊。李纲称其文"辩论毅然而不屈","辞意高洁,笔力遒健"(《了翁祭陈奉议文跋尾》);张元幹也称其奏议文章"先见之明肇于欲萌,逆料其弊甚于中的","百世之下,凛然英气,义形于色,如砥柱之屹颓波,如泰华之插穹昊,如万折必东之水,如百炼不变之金"(《题跋了堂先生文集》)。所存诗词不多,现存《了斋易说》一卷、《四明尊尧集》。清人赵万里辑有《了斋词》一卷及各书所存奏议、遗文。

《宋文选》卷三二载其《文辨》,阐述历代文风的演变,表现了他对以经术取士的时文的不满:"君子之文,归于是而已矣,岂有时不时哉! 五经之文,久而愈新;百家之辞,是者长存。讲之不精,其理乃昧。论乎其文,则古犹今也。惟魏、晋、隋、唐之间,道德灭裂之后,其理益开,其文益彰,于是有曹、刘、沈、谢之词,刻镂以为工;王、杨、卢、骆之体,纤艳以为巧。一时之工,一时之巧,谓之时文,不亦宜乎? 若夫《国语》、《左氏》、史迁、班固之伦,虽或说理而有疵,孰不论文而可贵? 秦汉而下,所历者几年,而经几时矣,亦可以谓之时文乎? 况今日之所谓文者,发明道德之意,劈析性命之学。所以润色鸿猷,扬厉伟绩,追三代于顾盼之中,而运四海于指掌之上,毕在于斯文而已,岂若魏、晋、隋、唐之所谓文者,特变一时之体而已哉? 是以真是真非既立于朝廷之上,妄誉妄毁不行于闾巷之间。议所已定,则确乎岂支山之立;法所已行,则浩乎如巨川之流。匹夫之毁誉,夫何足以增损其已成之势哉! 客乃欲窒吾之心而相期于时文之内,变吾之守而见置于流俗之中,飞辨骋辞,咆哮奋迅,自以为得上之意也,岂不欺哉? 且夫天地之大无所不容,万物之内无所不有,是以四凶在廷,而不足以贬唐虞之治。客不知此,而以谓知其为文者人人是矣,非愚则谀,非子而谁斯可? 不足以堪秋蝉之翼,而欲举乌获之任;不足以见泰山之状,而欲斗离娄之明;譬犹虎背而驰,逐影而走,惊悸掉荡,死而不休。然则腐草之余,果何补于日月;涓滴之溜,果何益乎沧

352

溟也哉？子以为时文,自不时者矣。"①

十一　李廌论文章体、志、气、韵的关系

李廌(1059—1109)字方叔,号济南先生。宋华州(今陕西华县)人,故又自号"太华逸民"。李廌为"苏门六君子"之一,诗词文俱工。其文章条畅曲折,以气势胜;其诗歌多以山水、行旅、寄赠、题画为内容,"词气卓越,意趣不凡"(苏轼《答李方叔书》)。词作不多,然亦工致。著有《济南集》,另有《德隅斋画品》一卷,品评唐、宋名画,阐发绘画理论,多有精到之见;《师友谈纪》一卷,记录苏轼、范祖禹、秦观、黄庭坚等人治学论文之说,为宋代文论之重要论著。

其《答赵士舞德茂宣义论宏词书》提出文章须具体、志、气、韵"四要":"凡文章之不可无者有四:一曰体,二曰志,三曰气,四曰韵。述之以事,本之以道,考其理之所在,辨其义之所宜,卑高巨细,包括并载而无所遗,左右上下,各若有职而不乱者,体也。体立于此,折衷其是非,去取其可否,不徇于流俗,不谬于圣人,抑扬损益以称其事,弥缝贯穿以足其言,行吾学问之力,从吾制作之用者,志也。充其体于立意之始,从其志于造语之际,生之于心,应之于言,心在和平则温厚尔雅,心在安敬则矜庄威重,大焉可使如雷霆之奋,皷舞万物,小焉可使如脉络之行,出入无间者,气也。如金石之有声,而玉之声清越,如草木之有华,而兰之臭芬芎;如鸡鹜之间而有鹤,清而不群;犬羊之间而有麟,仁而不猛。如登培塿之丘,以观崇山峻岭之秀色;涉潢污之泽,以观寒溪澄潭之清流;如朱弦之有余音,太羹之有遗味者,韵也。"以上均从正面论说,接着他又以生动的比喻从反面进一步申说:"文章之无体,譬之无耳目口鼻不能成人。文章之无志,譬之虽有耳目口鼻,而不知视听臭味之所能,若土木偶人,形质皆具,而无所用之。文章之无气,虽知视听臭味,而血气不充于内,手足不卫于外,若奄奄病人,支离颠顿,生意消削。文章之无韵,譬之壮夫,其躯干枵然,骨强气盛,而神色昏瞢,言动凡浊,则庸俗鄙人而已。有体,有志,有气,有韵,夫是谓之成全。"体、志、气、韵俱全,各因"天姿才品"的不同,又可分为山林之文、市井之文、朝廷卿士之文、庙堂公辅之文:"四者成全,然于其间各因天姿才品以见其情状。故其言迂疏矫厉,不切事情,此山林之文也;其人不必居薮泽,其间不必论岩谷也,其气与韵则然也。其言鄙俚猥近,不离尘垢,此市井之文也;其人不必坐廛肆,其间不必论财利也,其气与韵则然也。其言丰容安豫,不俭不陋,此朝廷卿士之文也;其人不必列官守,其间不必论职业

---

① 《宋文选》,文渊阁四库全书本。

也,其气与韵则然也。其言宽仁忠厚,有任重容天下之风,此庙堂公辅之文也;其人不必位台鼎,其间不必论相业也,其气与韵则然也。"四者风格各有不同,"迂疏矫厉"、"鄙俚猥近"、"丰容安豫"、"宽仁忠厚"皆指风格。不同的风格正表现了不同的人的不同品德:"正直之人其言敬以则,邪谀之人其言夸以浮,功名之人其言激以毅,苟且之人其言懦而愚,捭阖从衡之人其言辩以私,刻忮残忍之人其言深以尽。则士欲以文章显名后世者,不可不慎其所言之文,不可不慎乎所养之德也如此。王通论鲍照、江淹等之文,各见其性行之所长,可谓知言矣。"不同的文体皆"各缘事类以别其目,各尚体要以称其实":"古者登高能赋,山川能祭,师旅能誓,丧纪能诔,作器能铭,然后可以为大夫。故训、典、书、诏、敕、令、文、赋、诗、骚、箴、诫、赞、颂、乐章、玉牒、露布、羽檄、疏、议、表、笺、碑、铭、谥、诔,各缘事类以别其目,各尚体要以称其实。如彼玉工,珪、璋、璧、琮、佩、玦、瑂、瑑追琢之工,皆有制度。其方圆曲直,则各中其用也。如彼梓人,栋、梁、桓、楹、榱、桷、窴、梲朴斫之工,皆有绳墨大小长短,则各中其用也。若乃或混沦而无辨,或散漫而无纪,或错杂而无序,或晦暗而不显,虽曰谓之文,亦不足观也已。"①这里所说的事类、体要、制度、绳墨皆指文章的体裁、体制、体类、风格。其《陈省副文集后序》(卷六)也表现了同样的观点:"其文之气萧散简远,知其有洪人之量;其文之词芬芳明隽,知其有过人之才;其文之理方严安重,知其有正直不回之忠;其文之意渊淡冲粹,知其有中和无邪之德;晔晔乎其言,有华国之文矣。"

十二　赵鼎臣对传、笺、疏、正义的批评

赵鼎臣(1070—1123)字承之,少时种竹于居所之南,自号竹隐畸士,又号苇溪翁。卫城(今河南淇县)人。赵鼎臣与王安石、苏轼等人交好,多相唱和,故诗文俱有门径。刘克庄谓其诗"才气飘逸,记问精博,警句巧对,殆天造地设"(《四库全书总目》卷一五五引),推挹甚高。《四库全书总目》卷一五五称其文章"刻意研练,古雅可观,亦非俭陋者所能望其项背"。著有《竹隐畸士集》。

《邺都赋》是他的名篇,其自序认为赋应事辞兼胜,既为诗之流,又近于史:"仲尼有言:'质胜文则野,文胜质则史。'扬子云亦曰:'事胜辞则伉,辞胜事则赋。'盖赋者,古诗之流也。其感物造端,主文而辨事,因事以陈辞,则近于史。故子夏叙诗而系以国史,不其然乎!"他概括了赋的演变,推崇诗人之赋,不满"两汉而下"的词人之赋:"虽然,文不害辞,则辞不害志,以意逆志,其要归止于礼义者,诗人之赋也。两汉而

---

① (宋)李廌《济南集》卷八,文渊阁四库全书本。

下,词人之赋始为丽淫,竞相祖述,至左太冲则讥之,以谓卢橘非上林所植,海若非西京所出,辞不称事,指为诟病。"而左思自己更不分是非:"其论魏也,举禅代则以谓虞、舜比踪,述风化则以谓羲、熊踵武,非尧誉桀,诞谩滋甚。夫辨物或失其方,记事之小疵;拟人不以其伦,立言之大蔽。昔有独夫既殄,天下同归于周;明王不作,海内莫强于秦。然犹伯夷抗登山之志,仲连怀蹈海之义,相与耻而非之,况乎助卫君之奸国,褒吴楚之僭号?以古揆今,一何相去之邈也。方且笑昔人之未工,忘己事之已拙,欲使览者信之,过矣。"①

其《定州州学私试策问》首论修史者由世官而家学,而集体修史,也就越来越不负责任,史书质量也越来越差:"国必有史,史必有书。三代之际,而史为世官;两汉以来,而史为家学。至于近世,家学亡矣,是非不出于一人,论议率资于众口。盖趋以备官记事而已,则后之不及古,岂不谅哉?"史官需具才、学、识,而后世修史具此"三长"者少,所修史书多为人所讥:"《书》与《春秋》,皆史也。至马迁始合之,而后人莫能易。马迁而后有班固,班固而后有陈寿、范晔,此最彰明较著者也。踵而为者,盖日益多,虽或善或否,要知各尽其心焉耳矣。昔人以才、学与识,谓之三长。今诸家之书,其文具存,所谓才、学者谁欤?而所谓识者又何也?能兼众长而备有之,则信善矣;亡乃或得其一而遗其二欤?固讥迁于前,而晔掎掎于后,魏收致诋于魏澹,韩愈见刊于路隋,史之说何纷如也?昌黎伯至以仲尼之穷,丘明之盲,迁、固、寿、晔、王隐、崔浩之徒刑僇困辱,以为史氏之敝,自戒以不为。乌虖,其然乎?其不然乎?若夫荀悦之合纪传,张辅之论班马,(刘)知几'不可'之谈(《史通》:'苟非其才,不可叨居史任'),李翱'虚美'之说(《百官行状奏》:'不惟其处心不实,苟欲虚美于所受恩之地而已'),亦史学所宜讲也。"

其《杂著》对传、笺、疏、正义越来越繁琐进行了尖锐的批评:"传所以释经也,传失而后有笺。笺者所以助传而正其失也。又有失焉,而于是乎有疏。然则疏者固宜纠剔二说之失,举而归诸大中也。观颖达之书,每每列为二说。毛(亨)谓此焉,则从而失之。郑(玄)谓彼焉,又从而失之。使后学之士,如窥江海汪洋泛滥,丛杂分播,靡所不有。然至于惊澜怒涛,东西四流,徒震悸心目,瞀然亡所适从,无一人能了然者。则疏者果何用耶?此(孔)颖达之大罪也。夫皇甫谧,腐儒也,其言博而多妄。然其释汤所都之地,明辩晰晰,大正宿儒之谬。颖达以郑说之不同也,既著之于前,而复破之于后,是则'正义'之名果安在哉?此余所甚病也。然观其言,每略于毛而详于郑,则颖

---

① 《竹隐畸士集》,文渊阁四库全书本。

达者真助郑者与?"①读其注疏,如"窥江海汪洋泛滥……瞀然亡所适从",这是对注疏无用的生动比喻。

十三　葛胜仲论咏史诗

葛胜仲(1072—1144)字鲁卿,常州江阴(今属江苏)人,徙居丹阳(今属江苏)。绍圣四年(1097)进士。官至显谟阁待制,谥文康。著有《丹阳集》,《宋史》卷四四五有传。葛胜仲熟知掌故,尽读佛藏,所作文字内容广泛,往往切于时用,不为空谈。诗歌清丽有章法,登临宴赏,援笔立成。亦长于词,风格接近二晏而不及其工致。

其《跋胡待制舜陟咏史诗》论咏史诗既有助于博记,更有助于品藻:"阅史者病文字闳阔,不能博记。闳爽之士,则能记矣,又未必能习复品藻,以裨史阙而示劝戒,故士以史学著称者几希。"称胡舜陟的咏史诗远超过众儒的议论:"新安胡公汝明,自其先君子以淹贯众史闻搢绅。故公目濡耳染,有殚见洽闻之誉。所论著甚富,间以余意,为《咏史》三百篇,而所存者什四。数千载间臣主行事,出新意以泾渭之,迥超众儒议论之表,信一代之佳笔也。昔之风人固多咏史,若谢宣远之赋子房,左太冲之述荆轲,曹子建之赋三良,卢谌之赋蔺相如,皆辞费而意穷。至若立己意以称贬,势若倾五河而不出二十八字,非老于文学者能之乎?"②其《上白祭酒书》称美沈约声律说云:"某闻江左辞格,变永明体。抉微倡始,实自隐侯(沈约)。辩平头上尾之差,示切响浮声之奥,慷慨著论,以谓灵均(屈原)以来,此秘未睹。故后来人士争宗仰之,或击节赏带垱之句(沈约《郊居赋》中语),或援笔拟回文之铭,于时有文章冠冕,述作楷模之谚,凛凛乎儒流盟主矣。宜其自高待遇,特慎许可,然而鉴奖后辈,惟恐一士名誉不由己立也。"③

葛胜仲多从风格着眼品诗评文,《与胡学士书》称美胡文"笔势澜翻","词藻之日新","典雅似陆佐公(梁人陆倕)","奇崛似柳子厚","以辞达意似玉局老人(苏轼),久矣不见斯作也",认为这与他被"窜逐"是分不开的:"古来贤圣类因流离窜逐,劳筋苦志,空乏拂乱,然后能以名德垂世而传后。退之贬阳山,投身于蛇虺蛊毒之地,画字于鸟言夷面之人。后谪揭阳,冒海气蒸雾之毒,有鳄鱼飓风之忧,可谓困穷矣,终为一代

---

① 《永乐大典》卷一四五四五,北京图书馆出版社 2004 年版。

② 《永乐大典》卷九〇六。

③ (宋)葛胜仲《丹阳集》卷三,文渊阁四库全书本。

名臣。太史迁南游江淮，上会稽，窥九疑，泛沅、湘，北涉汶、泗，讲业齐、鲁，困阨邹、薛，过梁、郑，而归登穷山峻谷之崭，绝目大川激流之奔注，以佐其豪拔之气，而著书五十二万余言，遂为史家之冠。吾友顷者苍梧之迁，逾年始会恩，往返万里，川陆艰险无不历，岩壑瑰伟无不观，前二说殆两得之，岂造物者有意降大任欤？”

十四　黄伯思论楚词、回文诗

黄伯思（1079—1118）字长睿，别字霄宾，自号云林子。邵武（今属福建）人。元符三年（1100）进士第，历州县官，官至秘书省校书郎、秘书郎。所学汪洋浩博，雅好古文奇字。洛下公卿家藏彝器款识，皆能道其本末。各体书艺均妙绝，又得纵观册府藏书，尽悉典章文物。擅长属文，文辞雅健，格高而思深；诗歌俊逸清新，追古作者。著有文集五十卷，已佚。《东观余论》三卷、《法帖勘误》二卷，考订书画碑帖，《四库全书·东观余论》称其“精博胜（欧阳修）《集古录》多矣”。

其《校定楚词序》论何谓楚词：“《汉书·朱买臣传》云：‘严助荐买臣，召见，说《春秋》，言楚词，帝甚悦之。’《王褒传》云：‘宣帝修武帝故事，征能为楚词者九江被公等。’楚词虽肇于楚，而其目盖始于汉世。然屈、宋之文，与后世依放者，通有此目。而陈说之以为惟屈原所著则谓之《离骚》，后人效而继之则曰楚词，非也。自汉以还，文师词宗慕其轨躅，摛华竞秀，而识其体要者亦寡。盖屈、宋诸《骚》皆书楚语、作楚声、纪楚地、名楚物，故可谓之楚词。若些、只、羌、谇、蹇、纷、侘傺者，楚语也；顿挫悲壮，或韵或否者，楚声也；沅、湘、江、澧、修门、夏首者，楚地也；兰、茝、荃、药、蕙、若、苹、蘅者，楚物也。他皆率若此，故以楚名之。自汉以还，去古未远，犹有先贤风概。而近世文士，但赋其体韵，其语言杂燕粤，事兼夷夏，而亦谓之楚词，失其指矣。”①其《跋织锦回文图后》（卷下）谓回文诗不仅回旋书之，而且以五色相区别：“苏蕙织锦回文诗，所传旧矣。故少卿常沈公复传其画，由是若兰之才益着。然其诗回旋书之，读者惟晓外绕七言，至其中方则漫弗可考矣。若沈公之博，亦谓辞句脱略，读不成文。殊不知此诗织成本五色相宜，因以别三、四、五、七言之异。后人流传不复施采，故迷其句读，非辞句之脱略也。”

十五　韩驹论时文之弊

韩驹（1080—1135）字子苍，学者称陵阳先生。陵阳仙井监（今四川井研）人。早

---

① （宋）黄伯思《东观余论》卷下，文渊阁四库全书本。

年从苏轼学。政和中,以献赋召试舍人院,赐进士出身。著有《陵阳集》。工诗文,磨砺精细,自成一家,为时人所称诵,吕本中将其列入江西诗派。长于词,但现存词作不多,王灼称"其词佳处如其诗"(《碧鸡漫志》卷二)。其文散见于《历代名臣奏议》诸书。

　　韩驹针对北宋后期重行新法,废除诗赋考试,在《论文不可废疏》中对"时文"的靡靡、卑弱提出了严肃批评,倡导汉、唐风格("体格"):"臣为进士,顾所谓时文者,其体格曾汉、唐之不如,则陛下它日所望以赓歌陈谟者谁乎? 意者奖励激劝之道有所未尽,而后生小儒承陋儒之说,以为无事于此,是以日靡靡也。陛下广庠序之教,置师儒之官,进士之高选者,不惜好爵以尊显之,不可谓不奖劝,而士未有深于文者,虽臣亦疑之。进士之高选者,或幸得之,而未必深于文也。至体格卑弱者,又曾不屏黜,此固宜其不勉者矣。谓宜稍变其体,间求四方之能文者,不问疏贱而尊显之,则不十年,必有能赓歌陈谟者出焉。"①这里所说的体、体格,靡靡、卑弱,主要是指文体风格。

　　其《论时文之弊疏》首论宋神宗、王安石罢词赋、立经义的本意:"昔者神宗皇帝既罢词赋,始立经义之科,意以谓词赋非古也,而六经之作皆本于圣人,学者如通其大义,则其文章亦将渐复于三代。"而今之时文完全违反了这一初衷,三代之文可骈可散,今则唯以骈俪为工:"后生小儒皆为偶俪之词,漫汗之文,纂错以为工,繁杂以为美。昔李翱言六经之文不拘于俪也。《诗》曰:'忧心悄悄,愠于群小。'则不偶俪矣;其曰:'遘闵既多,受侮不少。'则偶俪矣。"这不是复三代之文,而是袭南朝旧辙:"惟晋、宋之间,始拘于偶俪。故刘子元以谓可一言而足者必衍以为二言,可三句而成者必增以为四句。然而偶俪之作,近世尤甚,是以至于纂错繁杂,而漫汗不可考。呜呼! 臣不知始变斯文之体者谁欤! 甚乎不仁者也。"指出今之时文不过是赋去其韵而已:"臣总角时从乡先生问为文大义。乡先生曰:'童子记之,大略如为赋而无声韵耳。'已而臣游场屋,视同列者果皆如此,因退而叹曰:此岂神宗皇帝罢词赋之意耶? 譬犹女工不欲作锦而坏其机,退而相与刺绣。夫锦之与绣则固不同矣,然其为纂错繁杂则一也。陛下万机之暇,亦尝取今进士之文观之乎? 其偶俪漫汗,三代有之乎? 六经有之乎?"而今之纂错繁杂超过前代:"文之偶俪始于东汉,而词之漫汗盛于东晋,至其纂错繁杂,则又前世所未有。以臣窃惟神宗皇帝罢词赋,立经义,陛下崇学校,以三代之风期天下之士,而士止为汉晋之文以待天子之选,其可羞也……近岁黜异端之后,士非三代之书不读,诚可谓知本矣。其朝夕之所诵,舍六经则孟轲、扬雄、庄周、列御寇之书而已,六经何可及也? 然《诗》之道志,《书》之述事,尚当取为法焉,至于孟轲之醇,扬雄之深,庄周之变,列御寇之不华,皆囊之工文者所采取也。今徒剽其语而不能学

_____

① 《历代名臣奏议》卷一一五,文渊阁四库全书本。

其文,是独何欤?"他以其人之道还治其人之身,今之学者都以复王安石为师,但王文并非如此:"往者初立经义时,士以王安石为师,至今有司颁其书于天下数十百卷,可取视也,亦岂独偶俪漫汙之体哉!则是学者不能上陶风化以复浑灏之气,而次亦未能希王安石立言之万一也。岂不陋哉!士方狃于素习,见有不偶俪漫汙者,则众指为异端,而有司亦不敢取。必若所云,则是六经、孟轲及王安石亦皆为异端乎?此亦积习之大弊也。"他主张下诏要求"为文者上穷六经之体以为质,中取孟轲、诸子之作以为支,下如王安石《义解》之类以为义,至于汉、晋之弊,则使痛刮而深钼之"。

其《请慎择司文以风动天下疏》认为"词尚体要",要改变文风,使抱残守缺之士的"浅易之文"变为"浑灏"之文,关键在于要使"深于文者倡其风","当慎择有司(主考官)而严其法"。他说,宋初的五代文弊赖欧阳修知贡举而改变:"国家初乘五季之乱,文章盖扫地矣。以太宗、真宗历年之久,声明文物之盛,然仅能革五季之风而已。及仁宗时,益务复古,是时缀文之士不为不众,而士亦未甚劝也。其后欧阳修执文柄,以度量多士,凡僻裂轻艳者揭其名而辱之,惟重厚典直者取焉,由是风俗一变。"其后"雕虫篆刻之技犹在",赖王安石变法期间罢诗赋考试而变:"熙宁之初,僻裂轻艳之文既不复作,而雕虫篆刻之技犹在也,士君子亦皆知其弊,而不能自还,以上之所取者惟是而已。会王安石白罢词赋,神考从之。而安石布其书于天下,使以《新义》从事,士乃始去雕虫篆刻之技。向令仁宗、神考虽有复古立经之意,而无良有司以升黜继之,臣知其有所必不能矣。"利之所在,天下趋,现在京城"鬻书者岁取进士高选之文,集为版本,传播四方,谓之义格。后生小儒何识之有,徒见为是文者,例得高选,则皆摇唇燥吻、焚油继日诵读,以为师法,此岂可不澄其源而欲清其流乎!"要"词尚体要","欲士之深于文,则亦择司文者而已。必得如修及安石者,足以风动天下,而又谕以升黜之旨,仍大臣自太学博士及郡国教授每岁谨察其升黜之当否,以为赏罚,士虽未能遽复三代之风,然少须假之,不一二年,必有可观者"。

其《请立文章模楷疏》首论为文不易:"文章虽小技,而古人未有不苦心勤力,而后仅能工者,甚非可以一旦把笔而学为也。"他针对时文"格气卑弱",批评当时所编的大理"义格"(类似今之高考指南)"惟以模拟为工","偶俪漫汙之文已熟于其手",主张应以六经及历代名家之文为楷模:"观其遣言立意,它日有能为陛下编年记事,如刘向、班固者乎?有能为陛下陈谟奏议,如马周、贾谊者乎?有能歌功颂德,如柳宗元、韩愈者乎?有能发诰施命,如权德舆、白居易者乎?臣有以知其不能为也。此六七公尚不可及,况其上者乎?今之学者则以为此等皆不足为也,曰通经而已。甚乎其不思也!"他嘲笑当时士人学王安石有如东施效颦:"今之所尊师者莫如王安石文集数十百卷,其间箴、铭、歌、诗、赋、颂、表、奏之类无不皆善,经术特其文章之一端尔。世有丑女见邻妇之美而学之,其眉目、肤发、手足、鼻口举无所似也,独以一节之似,而曰我尽得其美,则未有不为人之所殴弃者矣。"

《请仍用策论以定升黜疏》云:"方今贡举之法有三:曰义、论、策……义以观其经术,论以察其智识,策以辨其谋略,则天下之士尽在吾彀中矣……近日学子乃以是为余事,不过亦以偶俪漫汗之文,纂错繁杂以充试卷而已。此尤失作文之体矣。"他批评"今之学子皆不观史书,则策、论之不工,为无足怪。臣观历代史记,其间车旂服器、礼乐制度与夫守文之君、当途之士相与谋是非而断利害者,皆今之所宜知也。""今日之论则他日之陈谟,而为陛下讲治道者也;今日之策则他日之奏疏,而为陛下议时政者也。宋兴以来,名臣几百人矣,其陈谟奏疏,班然可睹矣,此岂致身庙堂之上而后学为者?自为布衣,其学素明也。陛下试读今日之策、论,以预卜其陈谟奏疏,则他日之文物,恐未得如前日之盛。"他批评当时的论、策多"漫汗偶俪,无足观者"。他主张"诏有司及考试时策、论所问,皆可以察智识而辨谋略者,其文非得体,则明教告之,而取经义之外,亦颇以定其升黜,庶使学者少通前代之典,无令空言不适于用"。

第九节　宋人别集中的文体论(南宋前期)

南宋前期指高宗、孝宗、光宗三朝(1127—1194),这一时期的文学并未随北宋灭亡而衰落。陆游《傅给事外制集序》:"国家自崇宁来,大臣专权,政事号令不合天下心,卒以致乱。然积治已久,文风不衰,故人材彬彬,进士高第及以文辞进于朝者,亦多称得人。祖宗之泽犹在,党籍诸家为时论所贬者,其文又自为一体,精深雅健,追还唐元和之盛。及高皇帝中兴,虽披荆棘,立朝廷,中朝人物,悉会于行在。虽中原未平,而诏令有承平风。"①又其《陈长翁文集序》亦云:"我宋更靖康祸变之后,高皇帝受命中兴,虽艰难颠沛,文章独不少衰。得志者司诏令,垂金石,流落不偶者娱忧纾愤,发为诗骚,视中原盛时,皆略可无愧,可谓盛矣。"

南北宋之际出现了一种新兴文体,这就是四六话,如王铚的《四六话》,谢伋的《四六谈麈》,杨囷道的《云庄四六余话》等。"靖康之难"激起了南宋诗人的爱国激情,使他们从江西诗派在书本里讨生活转而面向现实,诗词文风格更为之一变。陈与义因战乱辗转湖湘,与杜甫因战乱漂泊西南颇相似,其诗学杜,风格沉郁,音节宏亮,"以简严扫繁缛,以雄浑代尖巧"②,形成所谓"简斋体"。另外还出现了以"尤、杨、范、陆"为

① (宋)陆游《渭南文集》卷一五,文渊阁四库全书本。
② (清)吴之振《宋诗钞·简斋诗钞》,中华书局1984年版。

代表的"中兴四大诗人"，杨万里诗生动活泼，幽默诙谐，涉笔成趣，形成风格特异的"诚斋体"。范成大诗，写景、叙事、咏史、抒怀，无不关注国事民生，富于爱国激情。陆游诗文词俱佳，充满报仇雪恨、光复河山的爱国主义精神。如果说当时诗坛最杰出的代表是陆游，那么词坛上最杰出的代表就是辛弃疾。其词充满了国势衰落、报国无门的悲愤和收复失地、洗刷国耻的豪情。他以文为词，经史子集错杂运用，别开天地，横绝古今，是苏轼以后最著名的豪放派词人，形成所谓苏辛词派。与辛词风格相近的还有陈亮和刘过等人。陈亮是著名的政论家，力主抗战，反对投降，为文"推倒一世之智勇，开拓万古之心胸"①。叶适亦以散文著称，《四库全书总目》卷一六〇《水心集》提要称其"文章雄赡，才气奔逸，在南渡卓然为一大宗"。

一　刘一止论三代、汉、魏、唐皆"文体三变"

刘一止（1078—1160）字行简，号苕溪。湖州归安（今浙江湖州）人。宣和三年（1121）进士及第。博学能文，韩元吉称其文章"推本经术，出入韩、柳，不效世俗纤巧刻琢，虽演迤宏博而关键严备"（《南涧甲乙稿》卷二二）。擅长制诰，文句丽而不俳。诗歌"寓意高远，自成一家"，吕本中、陈与义、叶梦得皆极称赏之（《四库全书总目》卷一五六）。工于词，尝赋《喜迁莺》词，描绘破晓早行情景，字字真切，宛在目前，以至时人称其为"刘晓行"（《直斋书录解题》卷二一）。著有《苕溪集》五十五卷。

其《平江试院问策》论三代、汉魏、唐代之文皆有三变，十分精准而颇具概括力："文者贯道之器，道有升降，故文有变革。虞夏商周之文均于言道，而体则三变，曰浑浑也，灏灏也，噩噩也。典谟训诰誓命存焉，可得而知其辨与。自汉至魏，辞人才子，文体三变，曰善为形似之言也，长于情理之说也，以气质为体也。诗赋纪传书檄论赞存焉，可得而知其辨与。终唐之世，文之变亦有三：饰句绘章，则王、杨为之伯；崇雅黜浮，则燕、许擅其宗；嚅哜道真，涵泳圣涯，则韩愈倡之，柳宗元等和之。今其文具在，可考而知。不识所谓文之变者，其必因时而变欤，因人而变欤？抑时与人相待也？且所工又有所拙，所长必有所短，其在一时，孰得孰失，孰强孰易，孰同孰异？《书》曰：'辞尚体要。'《语》曰：'辞达而已矣。'虞夏商周之文虽不同，皆不害为辞达与体要欤，汉魏及唐又何如哉？"②

---

① 《宋史》卷四三六《陈亮传》。
② （宋）刘一止《苕溪集》卷九，文渊阁四库全书本。

二　程俱论词亦诗

程俱(1078—1144)字致道，号北山。衢州开化(今属浙江)人。志趣高远，为人刚介自信，宁失之隘，而不附于众。叶梦得《北山小集序》称其文"精确深远，议论皆本仁义，而经纬错综之际，则左丘明、班孟坚之用意"。其奏疏往往抗论政事，纠正朝廷得失，颇著风节。又长于议论，在现存文集中有《老子》、《庄子》、《列子》论、《房太尉传论》多篇。也擅长作诗，取则韦应物、柳宗元，体现出幽微古淡的诗风。著有《北山集》。

在文体论上，程俱提出了不少重要观点，如其《十月十三日上殿劄子》称美古代制诰云："制诰者，人主所以号令天下而鼓动群物之具也，其可不慎其言哉！臣观前古训诰之文，其都俞戒饬吁咈之词未尝过其实也，唯其称而已矣。昔者有臣如皋陶者，而舜称其功，止曰'汝作士，明于五刑，以弼五教，期于予治，四方风动，惟乃之休'而已；有臣如周公者，而成王称之，止曰'惟公德明光于上下，勤施于四方'而已；其称毕公曰'惟公懋德，克勤小物，弼亮四世，正色率下，罔不祗师言'而已；其余则皆相与儆戒训饬之言也……至如西汉去古未远，故当时诏令号为温厚，其词皆节缓而思深，于进退黜陟之间，不为溢言以没其实。夫号令之出，而使加膝坠渊之语日闻于天下，非所谓大哉王言者已。"他批评"后世俪辞累句，称颂功德，如启事之为者，恐非臣下所当得于君上者也"。表示自己"当丝纶之任，诚愿竭驽，少仿古人之体，以当今之宜，以著陛下德意于训词，而无使为天下后世之所嗤议，亦报效之万一也"①。其《乌有编序》论词亦诗："长短句，亦诗也。诗有节奏，昔人或长短其句而歌之。被酒不平，讴吟慷慨，亦足以发胸中之微隐，余每有是焉。然赋事咏物，时有涉绮靡而蹈荒怠者，岂诚然欤！盖悲思欢乐，入于音声，则以情致为主，不得不极其辞如真是也。"其《拟策进士》反对王安石尚经义而罢诗赋："词赋之学，前世有之，国朝行之。爰自王氏，专门指为雕虫之技，请于朝而罢其科。今者有司春诏，既复用此矣，而取人之制尚与经义参行。夫科目既殊，师承各异。喜经义者必谓词赋为破碎，尚词赋者必谓经义为迂阔。二者不能无异也。"《答梅秀才》则反对崇宁、大观年间崇经而废史。

三　周紫芝论乐府源流

周紫芝(1082—?)的《竹坡诗话》前已论及，此专论其《太仓稊米集》中的文体论。

---

① (宋)程俱《北山集》卷三九，文渊阁四库全书本。

362

其《策问第十四》评历代取士之法云："西汉以来,取士之法虽或不同,大抵皆以言词取人,不若周公专意行实也。至隋唐,但用词赋,而声律之学自是益严,且赋之作以擅名一时,然其拘于声病对偶犹未甚也。沈约始作《四声谱》……又有平头上尾、蜂腰鹤膝之语,世号永明体。"可见他倾向于以"行实"取士,反对专"以言词取人"①。

其《古今诸家乐府序》对古今乐府的演变作了较为详尽的论述,认为乐府起源于虞舜之时:"世之言乐府者,知其起于汉魏,盛于晋宋,成于唐,而不知其源实肇于虞舜之时。舜命夔典乐,教胄子,而曰:'诗言志,歌永言,声依永,律和声。'及《益稷篇》叙舜与皋陶赓歌之词,而曰:'股肱喜哉,元首起哉;百工熙哉,元首明哉;股肱良哉,庶事康哉。'则歌诗之作,自是而兴。至孔子删《诗》定《书》,取三百六篇,当时燕飨祭祀下管登歌一皆用之,乐府盖起于此。而议者以谓自汉高祖作《大风歌》,使沛中小儿和而歌之,乃有乐府,是不然。《雉朝飞》者,齐宣王时牧犊子之所作也;《薤露歌》者,田横死,而门人作此歌以葬横也;《秋胡行》者,秋胡子之妻死,后人哀而作焉。秋胡子,鲁人也。《杞梁妻》者,杞植妻妹朝日之所作也。杞植战死,而其妻哭之哀,植亦齐人也。凡此之类不一,皆见于春秋战国之时,则其来远矣。"他对魏、晋、南朝乐府则颇不以为然:"魏、晋、宋历唐,而其作益多。后人之作,其不与古乐府题意相协者十八九,此盖不可得而考者,余不复论。独恨其历世既久,事失本真,至其弊也,则变为淫言,流为亵语,大抵以艳丽之词更相祖述,至使父子兄弟不可同席而闻,无复有补于世教。陈后主时,东海徐陵序《玉台新咏》十卷,谓之艳歌词。肆帷幄之言,渎君臣之分,此谓害教之大者。至于古人规箴训诲之意,伤今思古之作,与夫感创时物,纪述节义,使后人歌咏其言而有悲愁感慨之意,则为之扫地矣。然而歌词之丽,如梁简文、陈叔宝辈,皆以风流婉媚之言而文,以闺房脂泽之气婉而深,情而有味,亦大有可人意者。"对唐、宋乐府评价较高:"至唐而诸君子出,乃益可喜。余尝评诸家之作,以谓李太白最高而微短于韵,王建善讽而未能脱俗,孟东野近古而思浅,李长吉语奇而入怪,唯张文昌兼诸家之善,妙绝古今。近出张右史(张耒)酷嗜其作,亦颇逼真。余尝见其《输麦行》,自题其尾云:'此篇效张文昌而语差繁。'则知其效籍之意盖甚笃,而乐府亦自是为之反魂矣。"

四　李纲的文体论

李纲(1083—1140)字伯纪,号梁溪居士。邵武(今属福建)人。政和进士。授镇

---

① (宋)周紫芝《太仓稊米集》卷四八,文渊阁四库全书本。

江教授。钦宗即位,召对,除通直郎、兵部侍郎。靖康元年,为行营参谋官,除尚书右丞,力主抗金,反对迁都避敌。高宗即位,拜尚书右仆射兼中书侍郎。因反对避地东南落职。卒赠少师,谥忠定。李纲于国家危难之际,能以社稷生民为意,人品经济,彪炳史册,故其奏疏表章与政治军事论著皆天下大计,往往深中事机,气概凛然。其赋如《梅花赋》、《浊醪有妙理赋》、《折槛旌直臣赋》等篇,往往次前人韵,而又借题发挥,脍炙人口。其诗多表现他的仕宦生涯与情感世界,或冲淡高远,或感时托兴,使人有慷慨涕滂之意。擅长词,风格慷慨豪放,深微浑雄。著有《梁溪集》。

其《湖海集序》既是一篇诗歌体裁和风格的演变简史,也是他的一篇自传。首叙《诗经》:"《诗》以风刺为主,故曰上以风化下,下以风刺上,主文而谲谏,言之者无罪,闻之者足以戒。《三百六篇》,变风变雅居其太半,皆有箴规、戒诲、美刺、伤悯、哀思之言,而其言则多出于当时仁人不遇,忠臣不得志,贤士大夫欲诱掖其君,与夫伤谗思古,吟咏情性,止乎礼义,有先王之泽。故曰诗可以群,可以怨。《小弁》之怨,乃所以笃亲亲之恩;《鸱鸮》之贻,乃所以明君臣之义;《谷风》之刺,乃所以隆夫妇朋友之情。使遭变遇闵而泊然无心于其间,则父子、君臣、朋友、夫妇之道,或几乎熄矣。"次叙骚体:"王者迹熄而《诗》亡,《诗》亡而后《离骚》作,《九歌》、《九章》之属,引模拟义,虽近乎俳,然爱君之诚笃,而嫉恶之志深,君子许其忠焉。"再叙汉、唐,而重点称美杜甫:"汉、唐间以诗鸣者多矣,独杜子美得诗人比兴之旨,虽困踬流离而不忘君,故其辞章慨然,有志士仁人之大节,非止模写物象,风容色泽而已。"末为自叙:"余旧喜赋诗,自靖康谪官,以避谤辍不复作。及建炎改元之秋,丐罢机政,其冬谪居武昌。明年移澧浦,又明年迁海外。自江湖涉岭海,皆骚人放逐之乡,与魑魅荒绝,非人所居之地。郁悒亡聊,则复赖诗句摅忧娱悲,以自陶写。每登临山川,啸咏风月,未尝不作诗,而惷不恤纬之诚,间亦形于篇什,遂成卷轴。今蒙恩北归,哀葺所作,目为《湖海集》,将以示诸季,使知往反万里,四年间所得,盖如此云。"①可见他力主诗应表现"志士仁人之大节,非止模写物象,风容色泽而已"。

他所草拟的《诫谕学者辞尚体要诏》是一篇文体风格论,批评当时"贡士程文,猥酿不纲,气格卑弱。刻意以为高者,浮诞恢诡,而不协于中;骋辞以为辩者,支离蔓衍,而不根于理。文之不振,未有甚于此者",主张要"崇雅黜浮","深醇典正,炳然与三代同风",认为文应"以意为主,以气为辅,以辞彩为之卫翼。本之固者,其发为英华必茂;源之深者,其流为波澜必远"。要士大夫"廊养意气、涵养本源","博极古今,根柢仁义。六经之书,诸子百家之说,必深究而明辨之,则见于文辞者体要兼备"。

---

① (宋)李纲《梁溪集》卷一七,文渊阁四库全书本。

他对屈原及其《离骚》,虽不满其"谲怪怨怼之言",但对其"正洁耿介"却十分推崇的,其《拟骚序》云:"昔屈原放逐,作《离骚经》,正洁耿介,情见乎辞。然而托物喻意,未免有谲怪怨怼之言,故识者谓'体慢于三代,而风雅于战国,乃雅颂之博徒,而词赋之英杰',不其然欤!予既以愚触罪,久寓谪所,因效其体,摅思属文,以达区区之志。取其正洁耿介之义,去其谲怪怨怼之言,庶几不诡于圣人,目之曰《拟骚》"其《五哀诗》序云:"湖湘间多古骚人逐客才士之所居,故其景物凄凉,气俗感慨,有古之遗风。余来武昌,慨然怀古。作五诗以哀之。"其第一首就是《楚三闾大夫屈原》:"楚怀听秦诳,身作咸阳鬼。当时屈原争,坐困椒兰毁。襄王复不悟,远作江南徙。行吟沅湘间,形槁颜色悴。著书称《离骚》,风雅齐厥理。鸱鸮况小人,鸾凤喻君子。眷眷不忘君,一篇三致意。纫兰采杜若,冠佩空自伟。举世混浊中,谁与同乐此。忠臣会遇难,千古共一轨。人情疏鲠亮,物能使软美。存亡反复间,悔及良晚矣。嗟嗟屈子心,芳洁畴与比。日月可争光,尘垢安能滓?聊从太史卜,肯逐渔父醉?甘葬鱼腹中,怀沙汨罗水。千秋身后名,芬馥同苣芷。夫岂椒兰徒,据势长不死。"这里也是既称其"眷眷不忘君",又称其"著书称《离骚》,风雅齐厥理",能继承《诗经》的传统。其他各首分别哀贾谊、祢衡、褚遂良和杜甫,其《唐工部员外郎杜甫》也是哀杜一生的不幸遭遇,既颂其"平生忠义心",又颂他对诗律的贡献。

五　张纲论风、雅、颂、赋、比、兴

张纲(1083—1166)字彦正,晚号华阳老人。润州丹阳(今属江苏)人。大观四年(1110)入太学。政和进士,特除太学正。官至参知政事。张纲立朝有守,尝书"以直行己,以正立朝,以静退高天下"为座右铭。文思敏赡,周必大称其文"实而不野,华而不浮","论思献纳,皆达于理而切于事",诗歌格律有唐人风(《张彦正文集后序》)。《四库全书总目》卷一五六亦谓其"诗文典雅丽则,讲筵所进故事,因事纳忠,亦皆剀切"。其诗写景吟怀,时有佳句,情真意切,清新晓畅。其诗文在南宋乾道时由其子张坚编为《华阳集》四十卷,后由其孙张釜刊行传世。又著有《瀛州唱和集》八卷,已佚。

其《经筵诗讲义》系统阐明了他对《诗经》六义的区别("赋、比、兴之辨也","风、雅、颂之辨")和联系("众体并列,咸有攸当。方其作之也,志各有为")的看法。六义之中,他更看重风,认为风可统六义及变风、变雅、小雅、大雅:"论《诗》之旨,莫先于风。风之所言,赋也,比也,兴也,互见而兼备焉。故一曰风,而继之以二曰赋,三曰比,四曰兴;积风而为雅,积雅而为颂,故五曰雅,六曰颂……上以风化下,下以风刺上,主文而谲谏,言之者无罪,闻之者足以戒,故曰'风'。至于王道衰,礼义废,政教失,国异政,家殊俗,而'变风'、'变雅'作矣。臣闻诗之为风,政教之本也。"又云:"一国之事,系一人之本,谓之'风';言天下之事,形四方之风,谓之'雅'。雅者,正也,言王政之所由废兴也。政有小大,故有《小雅》焉,有《大雅》焉。'颂'者,美盛德之形容,以其成功,告于神明者也。是谓四始,诗之至也。"①

六 郑刚中的文体论

郑刚中(1088—1154)字亨仲,一字汉章,号北山,又号观如。婺州金华(今属浙江)人。绍兴二年(1132)进士甲科及第。为政干练有方略,后遭贬斥而亡,人多惋惜。所作诗文亦为人称赏,方回谓其"文简古,诗峭健,责居封州诗尤佳"(方回《读郑北山集跋》)。其现存文章多奏疏,清人严正评价极高:"披卷朗吟,其经济绪余,溢于词表,凛凛见浩然正气。"(《康熙刻北山文集序》)其诗歌清丽隽健,无宋人粗犷之习。著有《周易窥余》十五卷、《西征道里记》一卷,《北山集》三十卷。

其《拟策进士》论以经义、词赋取士云:"问:词赋之学,前世有之,国朝行之。爰自王氏(安石)专门指为雕虫之技,请于朝而罢其科。今者司春诏既复用此矣,而取人之制尚与经义参行。夫科目既殊,师承各异,喜经义者必谓词赋为破碎,尚词赋者必谓经义为迂阔,二者不能无异也。然概以至论则果孰优?而得人之效后日亦有轻重否?"②策问虽问而不答,但其倾向已十分鲜明。其《乌有编序》论词云:"长短句,亦诗也。诗有节奏,昔人或长短其句而歌之。被酒不平,讴吟慷慨,亦足以发胸中之微隐,余每有是焉。然赋事咏物,时有涉绮靡而蹈荒怠者,岂诚然欤!盖悲思欢乐,入于音声,则以情致为主,不得不极其辞如真是也。"除诗文体裁外,他还论及诗文风格。其《读苏子美文集》论苏舜钦诗文风格云:"嗟乎,吾不及识苏子美,诵读遗文泪如洗。公文意气何所似,猛虎负山蛟得水。或如秋风入松竹,或如春温煦桃李。文章乃尔人可知。何事亨衢半途止。定应豪气压凡夫,不学持圆媚唇齿。孤芳独寄丛林中,安得飘风不狂起?一杯失举强名之,包裹锋芒扼而死。天乎天乎庸可问,如子美者,使作沧浪之钓民尔。"《读坡诗》论苏轼诗风云:"公诗如春风,著物便新好。春风常自然,初不费雕巧。又如荆山玉,不问多与少。传流落人间,皆作希世宝。"

---

① (宋)张纲《华阳集》卷二四,文渊阁四库全书本。

② (宋)郑刚中《北山集》卷八,文渊阁四库全书本。

366

七　张元幹论唐、宋诗文风格演变

　　张元幹(1091—1161)字仲宗,号芦川居士,又号真隐山人。福州永福(今福建永泰)人。早年问道于陈瓘,曾向徐俯学作诗,政和二年(1112)曾见苏辙于颍川,与洪刍、洪炎、苏庠、吕本中等结为诗友,以文章学问驰名于政、宣年间。张元幹博览群书,尤喜好杜甫诗、韩愈文,后又与江西诗派中人来往,故其诗歌创作受江西诗派影响。以词著称,其早年词的内容多为流连光景、离别相思之作,风格清丽妩媚;北宋灭亡后,词风一变,内容多以感慨国家兴亡,抒发壮志难酬的愤懑为主,风格激越高昂,豪迈奔放,充满勃郁不平之气,上承苏轼豪放风格,下开张孝祥、辛弃疾、陆游等爱国词先河。此外,他还有一些词清丽婉约,富于诗情画意,呈现出多样化的艺术风格。著有《芦川归来集》十五卷,其孙张钦臣于南宋嘉定间刊刻流传,原集久已佚,清四库馆臣自《永乐大典》重辑编定为十卷、附录一卷。上海古籍出版社 1978 年出版有标点本《芦川归来集》,未收疏文、青词等。其词在宋代时已有单刻本《芦川词》一卷行世。

　　在文体论方面,其《跋苏诏君楚语后》论《诗经》、《楚辞》的演变云:"《风》、《雅》之变,始有《离骚》,与《诗》六义相表里。比兴虽多,然卒皆正而不淫,哀而不怨,宜乎古今推屈、宋为盟主。后之数子,如《九怀》、《九叹》、《七发》、《七启》之类,著意摹仿,未免重复。姑置工拙如何,大概开卷使人易倦,良由轨辙一律,窃窃然追逐前贤步武间,心殚力疲,不能跳脱翰墨畦迳,良可恨尔。"①其《亦乐居士文集序》论唐、宋诗文风格演变:"前辈尝云:诗句当法子美,其他述作,无出退之。韩、杜门庭,风行水上,自然成文,俱名活法,金声玉振,正如吾夫子集大成,盖确论也。国初,儒宗杨、刘数公,沿袭五代衰陋,号西昆体,未能超诣。庐陵欧阳文忠公初得退之诗文于汉东弊箧故书中,爱其言辨意深。已而官于洛,乃与尹师鲁讲习,文风丕变,浸近古矣。未几,文安先生苏明允起于西蜀,父子兄弟俱文忠公门下士。东坡之门,又得山谷,隐括诗律,于是少陵句法大振。如张文潜、晁无咎、秦少游、陈无己之流,相望辈出,世不乏才。是岂无渊源而然耶?"

八　胡寅论词曲与诗、楚辞、乐府的关系

　　胡寅(1098—1156)字明仲,学者称致堂先生。崇安(今福建武夷山市)人。宣和

---

① 　(宋)张元幹《芦川归来集》卷九,文渊阁四库全书本。以下所引均见此卷。

三年(1121)进士。秦桧当国,乞致仕,归衡州。因讥讪朝政,桧将其安置新州。桧死,复官。卒,谥文忠。胡寅是南宋著名理学家,湖湘学派的重要代表人物,与其父胡安国、弟胡宏、胡宁、胡宪合称"五胡"。其学说秉承河南程氏,为宋明理学发展史中重要的一派。为文根著于义,诗长于议论,有宋诗重义理的特色。著《读史管见》三十卷、《斐然集》三十卷、《论语详说》(已佚)。

在文道关系上,胡寅有浓厚的道学色彩。在文体论上,他提出了以下观点:一是古今制诰不同,其《轮对劄子》认为"孔子定《书》(《尚书》),载帝王典诰誓命之篇,垂法万世,其要在于教戒箴警,初无溢美溢恶之辞"。而"比年以来,书命所宣,多出词臣好恶之私意。遇其所好,则誉庄、跖为夷、齐;遇其所恶,则毁晋棘为燕石①,极意夸大,有同笺启,快心推辱,无异诋骂,使人主命德讨罪之言,未免于玩人丧德之失,是岂代言为命之法哉!"②

二是批评训诂之无用,其《上蔡论语解后序》云:"《论语》一书,盖先圣与门弟子问答之微言,学者求道之要也。而世以与诸子比,童而习之,壮而弃焉,训诂所传,虽未尝绝,然智不足以知圣人之心,学不足以得道德之正,遂以私智簧鼓其说,以眩天下。夫其侮圣人之言,何足深罪?特以斯文兴丧,于此系焉,此忧世之士所为动心者也。"

三是论词曲与诗、楚辞、乐府的关系,对苏轼豪放词给予了很高的评价,《向芗林酒边集后序》云:"词曲者,古乐府之末造也。古乐府者,诗之旁行也。诗出于《离骚》、《楚词》,而《离骚》者,变风、变雅之意,怨而迫、哀而伤者也;其发乎情则同,而止乎礼义则异。名之曰曲,以其曲尽人情耳。方之曲艺,犹不逮焉;其去《曲礼》则益远矣。然文章豪放之士,鲜不寄意于此者,随亦自扫其迹,曰谑浪游戏而已也。唐人为之最工。柳耆卿后出,掩众制而尽其妙,好之者以为不可复加。及眉山苏氏,一洗绮罗香泽之态,摆脱绸缪宛转之度,使人登高望远,举首高歌,而逸怀浩气超然乎尘垢之外。于是《花间》为皂隶,而柳氏为舆台矣。"

四是对咏古诗给予了充分的肯定,既可评史,又可言志,其《跋胡待制咏古诗》云:"前事之不忘,后世之师也。古人求多闻将以建事,贵多识所以畜德,至圣贤犹不敢不勉。而后世之士有寸长片善,则裕然若不啻足矣,以儒士为无用,以古学为迂僻,非史洪肇之伦……宗兄汝明有志当世,不以材能自高,又尚论古之人形于咏歌,观其所否,

---

① 范缜《神灭论》:"马殊色而齐逸,玉异色而均美。是以晋棘、荆和等价。"《阙子》曰:"宋之愚人得燕石于梧台之东,归而藏之以为宝。周客闻而观焉,主人斋七日,端冕玄服以发宝,革匮十重,缇巾十袭。客见之,掩口而笑曰:此特燕石也,其与瓦甓不殊。"

② (宋)胡寅《斐然集》卷一〇,文渊阁四库全书本。

可以知其所不为,味其所与,可以见其所景行,非特评史,盖言志也。"

九　员兴宗论"史有十类","皆有法式"

员兴宗(?—1170)字显道,号九华子。陵州(今四川仁寿)人,绍兴进士。累官校书郎、国史编修、著作佐郎,兼实录院检讨官,后以抗疏言事去职,主管台州崇道观。员兴宗以政事文章见称于时。著有《九华集》五十卷,原集已佚,清四库馆臣自《永乐大典》辑出诗文,重编为二十五卷。

其《策问二道》论"史有十类"云:"史有十类,曰偏记,曰小录,曰逸事,曰琐言,曰群书,曰家史,曰别传,曰杂记,曰纪书,曰都邑簿。如山阳公之《记》、蒯氏之《隽永》、姚公《略》、陆贾《新语》,此偏记者也。萧氏《怀旧志》、卢子《知己传》、戴逵《竹林》之书、汉末《英雄》之记,此小录者也。顾协之《琐语》、谢绰之《拾遗》、和峤之《纪年》、葛洪之《杂记》,此所以窜夫逸事而勿敢逸者也。《世说》,说晋臣之世也。林,众也,谓之《语林》,记众语也;薮,聚也,谓之《谈薮》,此琐言之可尚而不敢遗者也。其次为群书,不徒目也。纪益部曰《益部耆旧》,纪汝南曰《汝南先贤》,纪会稽曰《会稽》,非故私之也,亦不忘本也。其次为家史,谱其家者也,扬雄之《家牒》、商恭之《世传》、孙氏之《语纪》、陆家之《系历》,非窃是名也,所以重祖也。若夫别传、杂记之类,以次皆有法式,自时作之,更唱迭和,不可谓无统主者也。"①

十　胡铨论"《离骚》、《楚词》之辨"

胡铨(1102—1180)字邦衡,号澹庵。庐陵(今江西吉安)人。建炎二年(1128)进士,后任枢密院编修官。为人慷慨激越,敢言人之所不敢言,诗文亦如其为人,耿介有气。绍兴八年(1138),他上书力斥和议,乞斩秦桧等三人,声震朝野,被除名,编管新州。至孝宗即位,再次起用。杨万里谓:"其议论闳以挺,其序记古以则,其代言典而严,其书事约而悉";岭海之后,诗作益昌,益加恢奇(《胡忠简先生文集序》),无不表现出耿耿正气。其词抒发刚正不屈的情怀,充满乐观与自信,无沦落悲伤之感,词笔清婉,而不伤于刚直。其诗文在身后由其子胡澥编为《澹庵文集》一百卷,原集久已散佚,清乾隆时其裔孙重辑为《澹庵集》三十二卷;又有四库本《澹庵集》,收诗文六卷。胡铨词有单刻本《澹庵长短句》一卷行世。清人还将其词与李光、李纲、赵鼎词合刻为

---

① (宋)员兴宗《九华集》卷八,文渊阁四库全书本。

《南宋四名臣词集》。

其《葛圣功文集序》认为："《离骚》之蕴十有九，奇、古、辨、怨、闵、澹、洁、雅、雄、深、枯、淡、丰、腴、劲、正、忠、直、清。'指九天以为正兮'，奇也；'帝高阳之苗裔兮'，古也；'就重华而陈词'，辩也；'国无人莫我知兮'，怨也；'聊逍遥以相羊'，闵也；'和调度以自娱'，澹也；'朝濯发乎洧盘'，洁也；'奏九歌而舞韶'，雅也；'饮予马于咸池'，雄也；'何所独无芳草兮'，深也；'登阆州而俅马'，枯也；'结幽兰以延伫'，淡也；'思九州之博大兮'，丰也；'两美其必合兮'，腴也；'虽体解吾犹未变兮'，劲也；'彼尧舜之耿介兮'，正也；'阽予身而危死节兮'，忠也；'何桀纣之昌披兮'，直也；'朝饮木兰之坠露兮'，清也。《楚词》清蕴十有二：险、怪、艰、窘、隐、约、褊、急、巧、谲、豪、放。'乘日月兮上征'，险也；'弃鸡骇于箱簏'，怪也；'犯颜色而触谏兮'，艰也；'执棠溪以刺蓬兮'，窘也；'筐泽写以豹鞸'，隐也；'愿假簧以纾忧'，约也；'破荆和以继筑'，褊也；'孰契契而委栋'，急也；'伾催倚于弥槛'，巧也；'同驽羸与桀骃'，谲也；'来捻枝于中州'，豪也；'律魁放乎山间'，放也。"①所论"《离骚》之蕴十有九"、"《楚词》清蕴十有二"，大多就风格而论，辨析颇精细。

十一　陈长方论史体

陈长方(1108—1148)，字齐之，学者称唯室先生，长乐(今属福建)人。少时与其弟少方齐名，时号"二陈"。十八岁时撰《伊洛答问》，力赞二程之道。绍兴八年(1138)进士，调太平州芜湖尉，为江阴军学教授，未行。十八年以疾终，年四十一。陈长方刻意学问，博涉经史，其现存诗文多咏史、论史之作，虽有宋儒"论人喜核而务深"之失，而往往论理确切，论事持重。其诗多感时有得之作，论议肯切。著有《唯室集》十四卷、《春秋私记》三十二篇、《尚书讲义》五卷、《两汉论》十卷、《步里谈录》二卷、《辨道论》一卷。原集均已佚，今仅存《唯室集》四卷、《步里客谈》二卷，为清四库馆臣自《永乐大典》辑出重编本。

其《节通鉴序》系统阐明了他对各种史书体裁的看法："国之有史，其来尚矣，所以善善恶恶，为万世法戒，其不足为法戒者未尝书也。故鲁僖公修泮宫，仲尼作《春秋》不载，而见之于《诗》，笔削谨严盖可见矣。"而《左传》、《史记》、《汉书》已不符合这一要求("已乖于前人")："至左氏、太史公、范蔚宗之流，虽刻画文字，光采溢人耳目，而书事之法骎骎流荡，已乖于前人焉。狐突登仆，彭生敢见，与夫石言于魏榆，左氏之书

---

① (宋)胡铨《胡澹庵先生文集》卷一五，道光十三年重刊本。

也;滑稽立传,而漆城乳媪之论著,太史公之书也;方伎立传,而鳖为府君之说传,范蔚宗之书也。诸如此类,今不暇毛缕,披剥其言,直论大概,以为书之传后果何为乎,将有补于世教耶? 将开迪于来代耶? 是亦徒费荆潭之竹,而漫秃南山之兔也。"他对六朝所撰史书尤为不满:"下及晋、宋,以至陈、隋,恢诡十倍于三书,而一草一木之异毕载,秽词亵语,殆不可使父子兄弟同业共习之。为史至于是,与古人书事之意一何异哉!"《春秋》之后,他只看得起司马光的《资治通鉴》:"故相司马公受命于朝,聚历代史为《资治通鉴》,删繁去长,一洗千余年之弊词,将以备乙夜之览也。事之存而无所损者不可尽削,故亦不得不详。余家世业儒,贫不能致此书,念之久矣。方将缩衣节食以求之,不幸乱离,官本存否莫能知也,因假于交游,手自抄录。凡事之系兴衰,干教化,大得大失,皆不敢遗;其间资闻见、助谈柄者,或不能尽录。非敢有所铨择也,直以笔力不逮尔。然自三十年来,士于史籍中,记一字之隐僻,撖一语之新奇,藏胸中以为事业,言于众以为伎能者多矣,至于上可资治道,下可修一身者,彼直如视秦人肥瘠然,虽唱之于名世之士,余不暇学也。"①可见他对《资治通鉴》中的"资闻见、助谈柄者,或不能尽录,非敢有所铨择也",说得很客气,实际也不以为然;至于其他史书,更"不暇学"。由此可见他对史书要求之严。又云:"柳子厚《先友记》(《先君石表阴先友记》),乃用《史记》《孔子七十弟子传》体","《东坡志林》云:尝欲仿《盘谷序》作一字,竟不能成,态度如风云变灭,水波成文,直因势而然,必欲执一时之迹以明定体,乃欲系风捕影也。"②《东坡志林》卷七原文为:"欧阳文忠公言,晋无文章,唯陶渊明《归去来兮》一篇而已;予亦谓唐无文章,唯韩退之《送李愿归盘谷序》一篇而已。平生欲效此作一文,每执笔辄罢,因自笑曰:不若且放,教退之独步。"可见《步里谈录》所引只是引其意而非原文。

十二　王十朋论史书体裁之异同

王十朋(1112—1171)字龟龄,号梅溪。温州乐清(今属浙江)人。绍兴二十七年(1157)进士第一。为人刚直,勤敏力学,博究经史,旁通传记百家,故其为文专尚理致,不为浮虚靡丽之词。其《会稽三赋》记述会稽历史演变、风物民俗,铺张扬厉,词语丰赡,旨趣明畅,规模宏大,为南宋大赋杰作。其论事奏疏,往往切中事机,意之所至,展发倾尽,无所规避,尤为条畅明白。其诗亦浑厚直质,恳恻畅达,直抒胸臆,慷慨激

---

① (宋)陈长方《唯室集》卷二,文渊阁四库全书本。
② (宋)陈长方《步里客谈》卷下,文渊阁四库全书本。

烈。一些游历、写景诗也清新流畅,寄寓深远。现存词皆为咏物之作,语言清丽,富有情致。著有《梅溪集》《后集》《奏议》,共五十四卷。

其《问策》论史书体裁之异同云:"秉史笔者众矣,司马迁为之宗,自班、范而下,虽人自为家,其大概则沿袭《史记》之旧。夫既述前代之法以成书,不必变其名例可也。今考诸史,乃或不然,非特班固有变于史迁,后之作者亦互有损益异同矣。曰《纪》、曰《表》、曰《书》、曰《世家》、曰《列传》者,司马氏之书也。班固因之,独易《书》为《志》,而损其《世家》。范晔之史犹固也,而损其《表》。陈寿之史犹晔也,又损其《志》。至《晋书》,则有《纪》、有《志》、有《传》,而益其一曰《载记》。《南(史)》、《北(史)》独《纪》、《传》,而《隋(书)》加《志》焉。《唐(书)》《纪》、《表》、《志》、《传》与班史同;《五代(史)》有《纪》、《传》,有《世家》,有《附录》,有《考》。夫记事之义一也,而立例之名不同,何耶?"次论史赞之异同:"子长(司马迁)每一卷之末,称太史公以断善恶,孟坚(班固)易之以赞,蔚宗(范晔)又益之以论而赞以四言,陈寿又易之以评,《晋书》或称制,或称史臣,又赞以章句,与范史同。《南(史)》、《北(史)》曰论,《隋(书)》称史臣,《唐书》仍班史之体曰赞,《五代(史)》赞如唐而没其名。夫断善恶之义一也,而名所以断者又各不同,何耶?"史书之名或称记,或称书,或称志,或称史,亦各不同:"迁书曰《史记》,两汉、晋、隋、唐则曰《书》,三国则曰《志》,南北、五代则曰《史》。夫历代皆史也,其所以名书者又何不同耶? 创之于前者是,则变之于后者非,同之于后者非,则异之于前者是,抑创之、变之、同之、异之,亦各有其义耶?"①

其《读苏文》论韩、柳、欧、苏风格之异云:"唐、宋文章未可优劣。唐之韩、柳,宋之欧、苏,使四子并驾而争驰,未知孰后而孰先,必有能辨之者。不学文则已,学文而不韩、柳、欧、苏是观,诵读虽博,著述虽多,未有不陋者也。韩、欧之文粹然一出于正,柳与苏好奇而失之驳。至论其文之工、才之美,是宜韩公欲推逊子厚,欧阳子欲避路放子瞻出一头地也。"其《杂说》亦云:"唐、宋之文可法者四:法古于韩,法奇于柳,法纯粹于欧阳,法汗漫于东坡。余文可以博观,而无事乎取法也。"

其《会稽风俗赋叙》批评汉赋"词多夸而其事不实":"昔司马相如作《上林赋》,设子虚、乌有先生、亡是公三人相答难。子虚,虚言也;乌有先生者,乌有是事也;亡是公者,亡是人也。故其词多夸而其事不实,如卢橘黄柑之类,盖上林所无者,犹庄生之寓言也。余赋会稽,虽文采不足以拟相如之万一,然事皆实录,故设为子真、无妄先生、有君答问之辞。子真者,诚言也;无妄者,不虚也;有君者,有是事也。以反相如之说焉。"持论与丁谓作《大搜(猎)赋》序相近,表现了宋人对汉赋优劣长短的

---

① (宋)王十朋《梅溪前集》卷一三,文渊阁四库全书本。

372

看法。

十三　唐士耻论《文选》的分体分类

唐士耻(生卒年不详)字子修,金华(今属浙江)人。唐仲友次子。以荫入仕,宁宗嘉定至理宗淳祐间,历官吉州、临江、建昌、万安等州军掾属。今存《灵岩集》十卷,乃清四库馆臣从《永乐大典》辑出。

其《梁文选序》前论萧统编选《文选》之必要:"《文选》者,昭明太子统所集也。维统心明才通,好古不倦,凡百缣册,既辑既释,载念辞华之作,由屈骚而下,浩若烟海,杂然并陈,遴择之功弗加,则黑白甘苦混尔一区,孰取孰舍,虽皓首穷年,曷克殚究,后学来者,何所矜式?"后论其所收文体及其分类:"曰赋,曰诗,曰骚,曰七,吟咏情性之作四焉;曰诏册,曰令,曰教,曰文,上之训下四焉;曰表,曰上书,曰启,曰弹事,曰笺,曰奏记,下之事上六焉;曰书,曰移,曰檄,曰对问,曰设论,敌以下一往一来者四焉;曰辞以陈意,曰序以述事,曰颂、曰赞、曰符命以称美,曰史论、曰史述、曰赞以评议古昔,曰论以析理精微,曰连珠以骈俪对偶,曰箴、曰铭以自儆,曰诔、曰哀、曰碑文、曰墓志、曰行状、曰吊文、曰祭文以厚终。"①"吟咏情性之作四","上之训下四","下之事上六","一往一来者(即公文)四"及辞、序、颂、赞等"凡三十有七种"。前引苏轼《题文选》"恨其编次无法,去取失当";吕南公《复傅济道书》谓"萧统所集,缪多而是少"②,可见宋人对《文选》的编次和分体分类有两种截然相反的评价,而张戒《岁寒堂诗话》卷上称其"所失虽多,所得不少",则是较为客观的评价。

中国历来看不起小说家言(稗官之篇),其《太平广记序》却充分肯定了太宗朝在编《太平御览》、《文苑英华》外,还编了《太平广记》:"采获昔人稗官之篇,条分胪析,烂然有第,凡五百卷,藏之秘馆,制作之道宏矣。"

十四　陈知柔论楚辞体

陈知柔(?—1184)字体仁,号休斋,永春(今属福建)人。绍兴十二年(1142)进士。工诗。著述甚富,多已佚。

其《归去来词评》论楚辞体云:"《诗》变而为《骚》,《骚》变而为辞,皆可歌也,辞则

---

① (宋)唐士耻《灵岩集》卷三,文渊阁四库全书本。

② (宋)吕南公《灌园集》卷一二,文渊阁四库全书本。

兼《诗》、《骚》之声，而尤简邃焉者。汉武帝作《秋风辞》，一章三易韵，其节短，其声哀，此辞之权舆乎？陶渊明罢彭泽令，赋《归去来》而自命曰辞，迨今人歌之，顿挫抑扬，自协声韵。盖其辞高甚，晋宋而下，欲追蹑之不能。然《秋风辞》尽蹈袭《楚辞》，未甚敷畅；《归去来》则自出机杼，所谓无首无尾、无终无始，前非歌而后非辞，欲断而复续，将作而遽止，谓洞庭钧天而不淡，谓霓裳羽衣而不绮，此其所以超乎先秦之世而与之同轨也。"①

十五　林光朝论文体之变为风俗所系

林光朝(1114—1178)字谦之，号艾轩。兴化军莆田(今属福建)人。再试礼部不第，遂潜心学问，通六经，贯百氏，四方从学者达数百人。隆兴元年(1163)，年五十始及第。林光朝为南宋初著名理学家，学问渊深，为时人所重，称为"南夫子"。林亦之、陈藻皆其弟子，朱熹也与之切磋学术，陈宓谓其不以文辞为重，而为文"森严奥美，精深简古"，"他人数百言不能道者，直数语雍容有余"(十卷本《艾轩集序》)。刘克庄称其诗不轻作，深湛锻炼，"以约敌繁，密胜疏，精掩粗"(《竹溪诗序》)，与理学家有韵之语录迥异。著有《艾轩集》。

林光朝多有独到见解，如其《策问二十首》论诗之发展，认为《诗经》与孔子没有太大关系，在孔子之前，风、雅、颂早已存在："季札聘于鲁，请观周乐，鲁人为之歌《风》，歌《大雅》、《小雅》，歌《颂》。当是时，夫子尚幼，是《国风》、《雅》、《颂》，季札已能辨之，不待删削而后定也。"孔子只不过删除了部分"淫哇"之诗："吾夫子自卫反鲁，其有功于《雅》、《颂》者，不过去其淫哇讹复害于诗者尔。"所删也未必尽当："周公之所载，仲尼独阙而不取者，又何耶？"六经(包括《诗经》在内)的遭遇不能尽归罪于秦始皇的焚书，还应归罪于汉初不重儒，后得以传应归功于"野人闾巷之所传"："不传六籍不幸而至于章句残缺，学者不能通其说，则必归之于秦火。《诗》与《易》遭秦火而不灭者，《易》以卜筮，《诗》以野人闾巷之所传故也。惜哉！汉之初声诗犹有存者，一时用事之人，非贩缯之徒则刀笔之吏，曾不闻以乐律为意者，其有一二可书之事，是亦出于偶然者。"诗演变为乐府，则应归功于汉武帝、汉宣帝之后历代的努力："逮夫武、宣之世，乃命礼官考制度，开藏书之府，设协律之官。先代之微声，古人之遗器，中废而起，几绝而续。是以《芝房》、《宝鼎》、《白麟》之歌，凡十有九章，荐之于郊丘；及所作《安世歌》凡十有七章，用之于宗庙。魏、晋、宋、齐、梁、陈、周、隋沿革损益，虽或不同，然源流所

① (明)何炯《清源文献》卷七，齐鲁书社 1997 年影印明万历刻本。

374

出，如《国风》、《雅》、《颂》，可以支分而派别也。"①所论与历代"儒学大师"多异，且较为客观公正。

其《策问一十八首》论文体之变为风俗所系云："文体之变，其风俗之所系邪？是故读虞、夏之书则有浑浑之气，《商书》灏灏，《周书》噩噩，内外相形，虚实相应，不可以伪为也。战国尚纵横，其文也巧而善辨；西汉尚经术，其文也质而有理；晋尚清谈，唐尚辞章，而文亦随之。学者之所知也。三代以还，淳浇朴散，其间有可人意者，数代而止耳。齐、梁、魏、隋五代之间，事以俗变，气卑弱而不伸，文浮张而少实，君子无取焉。信哉，文章之系于风俗也……圣贤之文，虽体制不同，大体与《六经》相为表里。"他认为《离骚》实由诗经变来，《与查少卿元章》云："《离骚》去《风》、《雅》为甚近，一篇三致意，此正为古诗体，非如太史公所谓也。"《与宋提举去叶》亦云："《诗》之萌芽，楚人为得之，又一变而为《离骚》。"

十六　韩元吉论九体、史体

韩元吉（1118—1187）字无咎，号南涧。原籍开封雍丘（今河南杞县），后徙信州上饶（今属江西）。韩维玄孙。平生交游甚广，与陆游、朱熹、辛弃疾、陈亮等当代名流和爱国志士相善，多有诗词唱和。韩元吉是当时很有名望的人物，其政事、文学为一代冠冕。现存词八十首，流露出"神州陆沉之慨"（黄蓼园《蓼园诗话》），也常有英雄迟暮、功业无成的感叹。其词风格雄浑、豪放，与辛弃疾很接近。亦有婉丽之作。长于诗文，"诗体文格，均有欧、苏之遗，不在南宋诸人下"（《四库全书总目》卷一六〇）。四库馆臣自《永乐大典》辑出其诗文词，重编为《南涧甲乙稿》。

其《张安国诗集序》论诗、骚、赋的演变云："周诗既亡，屈平始为《离骚》。荀卿、宋玉又为之赋，其实诗之余也。至其托物引喻，愤惋激烈，有《风》、《雅》所未备，比、兴所未及，而皆出于楚人之词。"②

其《〈九奏〉序》论九体云："《九奏》者，继《九歌》而作也。昔楚大夫屈原既放沅、湘之间，作《九歌》，以文其祀神之曲，而写其宛结，以风谏其君，有《变风》、《小雅》之遗意，汉人王褒、刘向之徒争效之，然而词意褊迫，弗逮远甚。宋兴，鲜于谏大夫始作《九诵》。靖康之难，二宫在郊，九品官胡珵亦作《九章》，以述都人怨愤之音。由是国朝骚词，遂与古相上下。而《九奏》者，吾友庞谦孺佑父之文也。"庞谦孺（1117—1167）字佑

---

① （宋）林光朝《艾轩集》卷三，文渊阁四库全书本。

② （宋）韩元吉《南涧甲乙稿》卷一四，文渊阁四库全书本。

甫,庞籍曾孙,沉于下僚以卒。他好仿古为文,尝拟《封禅书》而著《受命书》,拟《七发》、《晋问》而为《楚对》,仿《大人赋》而为《羽人赋》,效《九歌》而为《九奏》,五言《古诗》、六首《日暮》诸篇,颇有魏晋人诗风致,不肯以近代文士为能,议论往往惊人。

其《〈古文苑〉记》论诗歌体裁及风格的演变云:"汉初未有五言,而歌与乐章先有七言,苏、李之作,果出于二子乎?以此篇数首推之,意后代诗人命题以赋者。若韦孟尚四言,至郦炎乃五言也。夫文章远矣,唐虞之盛,赓歌始闻,魏、晋以还,制作逾靡。"

其《〈三国志〉论》论史体,首论禹、子贡、范蠡不当入《汉书》:"史之法以记事为先,然其大略不可以无《春秋》之遗意也。司马迁作《河渠书》述禹贡,作《货殖传》述子贡、范蠡,班固因之。夫迁之书,五帝以来之史也。固之书,汉之史也。禹与子贡、范蠡,何以见于汉哉?则亦不得乎记事之体矣。"次论武则天自称周,不当入唐书本纪:"自迁、固作《吕后本纪》,而为唐史者则亦作《武后本纪》。夫吕后以女子而擅汉者也,其国与主犹在也。武废其国与主而称周矣,何以得纪于唐乎?是大失乎《春秋》之意者也。"三论《三国志》不当帝魏而臣吴、蜀:"寿之书以三国云者是矣,以三国云者,示天下莫适有统也。魏则纪之,吴、蜀则传之,是有统也。魏之君曰帝曰崩,吴之君曰某曰薨,蜀之君曰主曰殂,此何谓耶?夫既已有统矣,而又私于蜀,是将以存汉也,存汉则不可列于传。且蜀者,当时之称也,昭烈之名国亦曰汉尔。今不以汉与之者,畏其逼魏也,然其名不可没也。其所以名国者,则汉不存矣,无已,则曰蜀汉乎?孙氏之有江东,其何名哉?诸侯割据者也。虽然,魏已代汉矣,纪之可也,吾将加蜀以汉,加其主以帝王,而并纪之。以其与蜀者与吴,易其名与薨而存于传,庶乎后世知所去取矣。"

十七 周麟之论"文体之未纯"

周麟之(1118—1164)字茂振,海陵(今江苏泰州)人。绍兴十五年(1145)进士,调常州武进县尉。十八年,复中博学宏词科。擅长骈丽文章,又久在馆阁掌诰命,故其集中以内外制词、表启为多,《四库全书总目》卷一五九谓其"文章娴雅,犹有北宋馆阁之余风,非南渡诸家日趋新巧者比,未可以专工俪偶轻也",即指此类文章而言。集中诗歌有出使金国所著《中原民谣》、《破虏凯歌》二十四首,表现出南宋士人感慨中原沦陷,渴望恢复的意愿,四库馆臣却讥其谀颂失实,词句鄙俚(同上书),未免失于苛求。其余诗章则往往为应制、酬唱之什,成就不大。著有《海陵集》二十三卷。

其《论变文格》一文,是颇重要的文体论,首先指出"文章经国之大业,体尚不一",再论"唐有天下,文亦三变";重点是论"我国家""取士之制,不过曰经义、诗赋。然或

376

偏废而独举，或两存而并行，或兼用而通试。三者所向虽异，及夫得人，则奏赋擅场者无不精其能，谈经析理者靡不臻于奥。累朝名臣悉由此出，致治之美固已远迈前世。仰惟皇帝陛下躬天纵之资，恢复古道，优入圣域，犹且博览经史，左右艺文，孜孜不倦。至其躬御翰墨，发为宸章，云汉昭回，光被万物，古帝王莫能跂及。裁诗乐以侑禋祀，则十三篇极《风》、《雅》之妙；记损斋以明鉴戒，则数百言皆道德之辞。若此之类，殆不可殚举。"希望"圣慈申饬儒臣，慎劝士类，戒志尚之不一，革文体之未纯，毋好高以异论相矜，毋因陋以陈言自蔽，毋泥迂僻之习而失其正，毋纵浮靡之说而溺于夸。坯冶一陶，圣风云靡。将见四方俊茂试于有司者，无不丕应徯志，咸知以体要为宗。文弊既除，而文格益胜。用之以一代，羽翼六经，实斯文之幸。"①一针见血地指出了当时的"文弊"，希望自上而下地"革文体之未纯"。

十八　朱淑真《璇玑图记》对回文诗的记载和说明

朱淑真（生卒年不详）号幽栖居士，钱塘（今浙江杭州）人。幼聪慧，喜读书，擅长丹青，通晓音律。朱淑真是宋代为数不多的女诗人，文学成就略逊于李清照，也是宋代唯一能追步李清照的女诗人。据说她一生创作的诗词很多，死后被父母"一火焚之，今所传者百不一存"（魏仲恭《断肠诗集序》）。今有《断肠诗集》、《断肠词集》传世。

其《璇玑图记》记窦滔妻苏若兰撰回文诗事，仅见于《池北偶谈》卷一五，是否为朱淑真所作，尚有争论。记云："若兰名蕙，姓苏氏，陈留令道质季女也。年十六，归扶风窦滔。滔字连波，仕苻秦为安南将军，以若兰才色之美，甚敬爱之。滔有宠姬赵阳台，善歌舞，若兰苦加捶楚，由是阳台积恨，谗毁交至，滔大恚愤。时诏滔留镇襄阳，若兰不愿偕行，竟挈阳台之任。若兰悔恨自伤，因织锦字为回文，五彩相宣，莹心眩目，名曰《璇玑图》，亘古以来所未有也。乃命使赍至襄阳，感其妙绝，遂送阳台之关中，具舆从迎若兰于汉南，恩好逾初。其著文字五千余首，世久湮没，独是图犹存。唐则天常序图首，今已鲁鱼莫辨矣。初，家君宦游浙西，好拾清玩，凡可人意者，虽重购不惜也。一日家君宴郡倅衙，偶于壁间见是图，偿其值，得归遗予。于是坐卧观究，因悟璇玑之理，试以经纬求之，文果流畅。盖璇玑者，天盘也；经纬者，星辰所行之道也；中留一眼者，天心也。极星不动，盖运转不离一度之中，所谓居其所而斡旋之。处中一方，太微垣也，乃叠字四言诗。其二方，紫微垣也，乃四言回文。二方之外四正，乃五言回文。四维乃四言回文。三方之外四正，乃交首四言诗，其文则不回也。四维乃三言回文。

---

① （宋）周麟之《海陵集》卷三，文渊阁四库全书本。

三方之经以至外四经,皆七言回文诗,可周流而读者也。"

十九　陆游论诗、文、词

陆游(1125—1210)字务观,号放翁。越州山阴(今浙江绍兴)人。陆佃孙、陆宰子。他生活的时代正是江西诗派盛行之时,他也经历了一个从学习江西诗派到摆脱江西诗派影响的创作历程。陆游的文学创以诗歌成就最大,被誉为南宋"中兴四大家"之一,今存诗九千三百余首。他的诗歌创作经历了三次较大变化。在入蜀以前,他宗杜甫,受江西诗派影响较大,虽穷极工巧,而仍归雅正。入蜀以后,尤其是在汉中抗金前线时期,其诗更增闳肆,自出机杼,尽其才而后止。这一时期的诗作,奠定了他在诗歌史上自成一家的地位。晚年闲居山阴,诗风渐造平淡,早年求工见好之意亦尽消除。陆游诗歌最突出的特点是充满爱国忧民的激情,收复中原是他一生反复咏吟的主题。陆游的诗各体兼备,古体、近体、五言、七言,俱各擅长。陆游的诗歌由于数量巨大,在艺术上也有不足之处,有时用笔率意,疏于锤炼,故显得句式重复,凝炼不足。陆游也擅长词,词风近似于苏轼的清旷超迈、辛弃疾的沉郁苍凉。他也有一些词纤丽似秦观。其散文成就也很高,其《上辛给事书》、《淡斋居士诗序》等,则阐述了他对文学的独到见解。著述甚丰,有《剑南诗稿》、《渭南文集》、《放翁词》、《老学庵笔记》、《入蜀记》、《家世旧闻》等。

在文体论方面,他对诗、文、词均有论述。他对科举文做了较为客观的评价,其《答邢司户书》云:"科举之文,固亦尊王而贱霸,推明六艺而诵说古今,虽小出入,要其归亦何负于道哉?若言之而弗践,区区于口耳而不自得于心,则非独科举之文为无益也。近时颇有不利场屋者,退而组织古语,剽裂奇字,大书深刻,以眩世俗。考其实更出科举下远甚,读之使人面热,足下谓此等果可言文章乎?尚不可欺仆辈,安能欺足下哉?故自科举取士以来,如唐韩氏、柳氏,吾宋欧氏、王氏、苏氏,以文章擅天下者,莫非科举之士也。此无他,徒以在场屋时苦心耗力,凡陈言浅说之可病者已知厌弃,如都市之玉工,珉玉杂治,积日既久,望而识之矣。一旦取荆山之璞以为黄琮苍璧、万乘之宝珉,其可复欺邪?凡今不利场屋而名古之文者,往往多未尝识珉者也,又安知玉哉?"[1]言而弗践,口是心非,这不是科举文之弊,也是文之通病。

其《陈长翁文集序》序论文之演变:"汉之文章犹有六经余味,及建武中兴,礼乐法度粲然如西京时,惟文章顿衰。自班孟坚已不能望太史公之淳深,崔、蔡晚出,遂坠卑

---

[1]　(宋)陆游《渭南文集》卷一三,文渊阁四库全书本。

弱,识者累欷而已。"重点论宋文的演变:"我宋更靖康祸变之后,高皇帝受命中兴,虽艰难颠沛,文章独不少衰。得志者司诏令,垂金石,流落不偶者娱忧纾愤,发为诗骚,视中原盛时,皆略可无愧,可谓盛矣。久而浸微,或以纤巧摘裂为文,或以卑陋俚俗为诗,后生或为之变而不自知。方是时,能居今行古,卓然杰立于颓波之外,如吾长翁者,岂易得哉?""中原盛时"、南宋"中兴"、"久而浸微",主要指南宋后期,其特点就是"以纤巧摘裂为文,或以卑陋俚俗为诗"。

其《澹斋居士诗序》是一篇诗史,强调诗之变:"诗首《国风》,无非变者,虽周公之《豳》亦变也。盖人之情悲愤积于中而无言,始发为诗,不然无诗矣。苏武、李陵、陶潜、谢灵运、杜甫、李白激于不能自己,故其诗为百代法。国朝林逋、魏野以布衣死,梅尧臣、石延年弃不用,苏舜卿、黄庭坚以废绌死,近时江西名家者例以党籍禁锢,乃有才名。盖诗之兴本如是。"

诗人有得志者,有不得志者,他们的诗风是不同的,其《曾裘父诗集序》云:"古之说诗曰言志,夫得志而形于言如皋陶、周公、召公、吉甫,固所谓志也。若遭变遇谗,流离困悴,自道其不得志,是亦志也。然感激悲伤,忧时闵己,托情寓物,使人读之至于太息流涕,固难矣。至于安时处顺,超然事外,不矜不挫,不诬不怼,发为文辞,冲淡简远,读之者遗声利,冥得丧,如见东郭顺子,悠然意消,岂不又难哉? 如吾临川曾裘父之诗,其殆庶几于是乎。"

他在《跋吕成叔和东坡尖叉韵雪诗》中,把唱和诗分为有用、依韵、次韵等数种,并作了简明的区别:"古诗有倡有和,有杂拟、追和之类,而无和韵者。唐始有之,而不尽同。有用韵者,谓同用此韵耳;后乃有依韵者,谓如首倡之韵,然不以次也;最后始有次韵,则一皆如其韵之次。自元、白至皮、陆,此体乃成,天下靡然从之。"宋高承《事物起原》卷四四亦云:"颜延年、谢元晖作诗相倡和,皆不次韵。至唐元稹作《春深》二十首,并用家、花、车、斜四字为韵;白居易、刘禹锡和之,亦用其韵;及令狐楚和诗,多次其韵;宋朝真宗时,杨内翰亿谓次韵(始)于此也,见《谈苑》。"次韵诗确实始于唐代元稹、白居易、刘禹锡等,元稹《酬乐天,余思不尽,加为六韵之作》有"次韵千言曾报答"句,自注:"乐天曾寄予千字律诗数首,予皆次用本韵酬和,后来遂以成风耳。"宋代君主喜与群臣唱和,陈岩肖《庚溪诗话》卷上云:"太宗皇帝既辅艺祖皇帝创业垂统,暨登宝位,尤留意斯文。每进士及第,赐闻喜宴,必制诗赐之,其后累朝遵为故事。宰相李昉年老,罢政家居,每宴必宣赴坐。昉献诗曰:'微臣自愧头如雪,也向钧天侍玉皇。'上俯和曰:'珍重老臣纯不已,我惭寡昧继三皇。'时贤荣之。苏易简在翰林,一日召对赐酒,谓之曰:'君臣千载遇。'易简应声曰:'忠孝一生心。'吕端参知政事,上一日宴后苑,钓鱼,赐之诗,断句曰:'欲饵金钩殊未达,磻溪须问钓鱼人。'端续以进曰:'愚臣钩直难堪用,宜问濠梁结网人。'既而端遂拜相。君臣会遇,形于赓咏,此与唐虞赓载,事虽异而实同也。"吴处厚云《青箱杂记》卷三云:"真宗听政之暇,唯务观书。每观毕一书,即有篇咏,使近臣赓和。"下列真宗读经史诗二十三篇。这类应制诗,粗看似乎文思敏捷,实际上不少都是预制诗。范镇《东斋记事》卷一载有一则笑话:"赏花钓鱼赋诗,往往有宿构者。天圣中,永兴军进山水石,适置会,命赋《石水石》。其间多荒恶者,盖出其不意耳。坐中优人入戏,各执笔,若吟咏状。其一人忽仆于界石上,众扶掖起之。既起,曰:'数日来作一首《赏花钓鱼诗》,准备应制,却被这石头擦倒。'左右皆大笑。"这是对文臣学士的辛辣讽刺,题出"宿构"之外,应制诗"即多荒恶"。唱和之作作为当时人们交往的工具之一,有其产生的必然性。但唱和特别是次韵过多,难免有牵强附会之作。苏轼的《雪后书北台壁二首》,前首有"未随埋没有双尖"句,后首有"空吟冰柱忆刘叉"句,"尖"、"叉"二韵皆窄韵,次其韵颇难,而文人往往喜欢以难逞才,故陆游《跋吕成叔和东坡尖叉韵雪诗》继云:"今苏文忠集中,有《雪诗》,用'尖''叉'二字。王文公(安石)集中,又有次苏韵诗,议者谓非二公莫能为也。通判澧州吕文之成叔,乃顿和百篇,字字工妙,无牵强凑泊之病。""顿和百篇",如果真能"字字工妙,无牵强凑泊之病",自然无可厚非,但多数人恐怕难免"牵强凑泊",韵同意等,只不过颠倒词语而已。次韵诗在诗歌格律之外又加了一重限制,诗人也喜欢险中作乐,咏物,要禁体物语;唱和,依韵还不够,还要步韵。除无其才而又东施效颦者外,对有其才而能运用自如者,是无需多加指责的。

陆游对词也有较多论述,其《长短句序》云:"雅正之乐微,乃有郑、卫之音。郑、卫虽变,然琴瑟笙磬犹在也。及变而为燕之筑,秦之缶,胡部之琵琶、箜篌,则又郑、卫之变矣。《风》、《雅》、《颂》之后,为骚、为赋、为曲、为引、为行、为谣、为歌。千余年后,乃有倚声制辞,起于唐之季世。则其变愈薄,可胜叹哉!予少时汨于世俗,颇有所为,晚而悔之。然渔歌菱唱,犹不能止。今绝笔已数年,念旧作终不可揜,因书其首以识吾过。"从末句可见他对词是较为轻视的。一方面他对唐末、五代的《花间集》颇不以为然,其《跋花间集》云:"《花间集》皆唐末、五代时人作,方斯时天下岌岌,生民救死不暇,士大夫乃流宕如此,可叹也哉。或者亦出于无聊故邪。"另一方面又充分肯定它的"简古可爱",填补了唐代诗文的衰落:"唐自大中后,诗家日趋浅薄,其间杰出者亦不复有前辈闳妙浑厚之作,久而自厌。然梏于俗,尚不能拔出。会有倚声作词者,本欲酒间易晓,颇摆落故态,适与六朝跌宕,意气差近,此集所载是也。故历唐季、五代,诗愈卑而倚声者辄简古可爱。盖天宝以后诗人常恨文不逮,大中以后诗衰而倚声作,使诸人以其所长格力施于所短,则后世孰得而议?笔墨驰骋则一,能此不能彼,未易以理推也。"

其《老学庵笔记》也间及文体，如卷九论文与笔云："南朝词人谓文为笔，故《沈约传》云：'谢玄晖善为诗，任彦昇工于笔，约兼而有之。'又《庾肩吾传》梁简文《与湘东王书》论文章之弊曰：'诗既若此，笔又如之。'又曰：'谢朓、沈约之诗，任昉、陆倕之笔。'《任昉传》又有'沈诗任笔'之语。老杜《寄贾至、严武诗》云：'贾笔论孤愤，严诗赋几篇。'杜牧之亦云：'杜诗韩笔愁来读，似倩麻姑痒处抓。'亦袭南朝语尔。往时诸晁谓诗为诗笔，亦非也。"①

二十　周必大的文体论

周必大(1126—1204)字子充，一字洪道，号省斋居士，晚号平园老叟。谥文忠。庐陵(今江西吉安)人。绍兴进士。周必大博学，尝校正《文苑英华》及《六一居士集》。工文章，其题跋考古证今，通彻明白。其诗喜次韵，喜用典，诗格淡雅。亦能词，丁丙谓其"笔意华贵，迥殊艳亵之体"(《善本书室藏书志》卷四)。平生著述十余种，开禧间由其子周纶仿《六一集》体例汇刻成《周文忠公大全集》二百卷、附录五卷、年谱一卷。

关于诗文诸体，其《仲并文集序》云："夫文体众矣。吟咏情性，莫重于诗；仕途应用，莫急笺启。诗也者，造意深则辞或龃龉，次韵多则句或牵帅……其四六叙事虽闳肆，而关键实密；对属虽切，而非骈俪所能拘。最后《蕲州谢上表》，以古文就今体(指四六时文)，自成一家，凡为国抚民、据旧图新之意，无愧前哲。"②这里他论及诗、古文、四六，最值得重视的是"以古文就今体"一语，可见三苏开始的以古文之法撰写四六时文在北宋后期已颇为流行。

周必大对各种具体文体也多有论述，其《题赵遹可文卷》云："扬雄有言，事辞称则经，此为屈原发也。自国风、雅、颂之后，能庶几于此者，其《离骚》乎。或推为经，虽曰太过，未为无据也。晁补之《续楚辞》二十卷。自宋玉及汉、唐至于本朝诸贤辞、赋、问、对、歌、诗、序、引之类咸在，虽一代英杰，尽心力而为之，遂以名世。然其原皆出于《离骚》，特体制殊耳。"论及《诗经》的风、雅、颂，楚辞体的辞、赋、问、对、歌、诗、序、引诸体。

其《高端叔变离骚序》论楚辞的九体："《诗·国风》及秦不及楚，已而屈原《离骚》出焉，衍风、雅于《诗》亡之后，发乎情，主乎忠直，殆先王之遗泽也，谓之文章之祖，宜矣。厥后宋玉之《九辩》，王褒之《九怀》，刘向之《九叹》，王逸之《九思》，曹植之《九

---

① (宋)陆游《老学庵笔记》，文渊阁四库全书本。
② (宋)周必大《文忠集》卷五四，文渊阁四库全书本。

愁》、《九咏》,陆云之《九愍》,皆《九章》、《九歌》之苗裔。自扬雄至刘勰,则或反或广,或为之辩,祖述摹仿,不可胜数。迄今本朝晁太史补之始重编《楚辞》十六卷,《续楚辞》二十卷,又上起荀卿,下逮王令,集《变离骚》二十卷,每篇之首各述其意,本根枝叶备于是矣。"

《书谭该乐府后》论乐府云:"世谓乐府起于汉、魏,盖由惠帝有乐府令,武帝立乐府采诗夜诵也。唐元稹则以仲尼《文王操》、《伯牙》、《水仙》、《齐牍沐(当作牧犊)》、《雉朝飞》、《卫女》、《思归引》为乐府之始。以予考之,乃赓载歌、熏兮解愠、在虞舜时此体固已萌芽,岂止三代遗韵而已。"

《跋王献之保母墓碑》论墓志源流云:"铭墓,三代已有之。薛尚功《钟鼎款识》第十六卷载,唐开元四年偃师耕者得比干墓铜盘,篆文云:'右林左泉,后冈前道。万世之宁,兹焉是宝。'盖古者范铜精巧,镂以为器,生死皆用。自汉钱币益重,铜禁日严,工不宿业,于是陶土坚致,与铁石等。予得光武时梓潼扈君墓,先叙所历之官,末云'千秋之宅',模脱隶书而非镌也。又有章帝时范君、谢君铭,以四字为句。厥后铜雀之瓦遂可作砚,字亦隐起。以此知东汉志墓初犹用,久方刻石。绍兴中,予亲见常州宜兴邑中劚出灵帝时太尉许㒛,有碑漫灭,惟前百余字可读,大略云云:夫人会稽山阴人,姓刘氏,太尉之妇也。任昉在梁撰《文章缘起》,乃谓志墓始晋殷仲文。洪丞相适跋云:'世传东汉墓碑皆大隶,疑昉时尚未露见。'其说良是。惜乎洪公不见汉也。由今论之,自铜易砖,自砖斲石,愈久愈简便矣。"

关于诗文风格,其《跋宋待制暎宁轩自适诗》论北宋初文体演变云:"本朝承五季之后,诗人犹有唐末之遗风。迨杨文公(亿)、钱文僖(惟演)、刘中山(筠)诸贤继出,一变而为昆体。未几宋元宪(祁)、景文(庠)公兄弟又以学问文章别成一家,藻丽而归之雅正,学者宗之,号为二宋。"《跋韩子苍与曾公衮钱逊叔诸人倡和诗》论南北之际文风演变云:"崇宁、大观而后,有司取士专用王氏(安石)学,甚至欲禁读史作诗。然执牛耳者,未尝无人。凡绍兴初,以诗名家皆当日人才也。今读韩子苍(驹)与钱逊叔(伯定)、曾公衮(纡)等《临川唱酬》,略可睹矣。或疑所以然,予曰:举子在场屋,为学不专,为文不力,既仕则弃其旧习,难乎新功。有志之士其操心也专,其学古也力,譬之追风笁云之骥,要非绳墨所能驭。故子苍诸贤。往往不由科举而进。一时如程致道(俱)、吕居仁(本中)、曾吉甫(幾)、朱希真皆是也,其又奚疑?"

其《宋朝文鉴序》云:"建隆、雍熙之间其文伟,咸平、景德之际其文博,天圣、明道之辞古,熙宁、元祐之辞达。虽体制互兴,源流间出,而气全理正,其归则同。嗟乎,此非唐之文也,非汉之文也,实我宋之文也,不其盛哉!皇帝陛下(高宗)天纵将圣,如夫子焕乎文章,如帝尧万几余暇,犹玩意于众作,谓篇帙繁伙,难于遍览,思择有补治道者表而出之,乃诏著作郎吕祖谦发三馆四库之所藏,裒缙绅故家之所录,断自中兴以前,汇次纂上。古赋、诗、骚则欲主文而谲谏,典、策、诏、诰则欲温厚而有体,奏、疏、表、章取其谅直而忠爱者,箴、铭、赞、颂取其精悫而详明者。以至碑、记、论、序、书、启、杂著,大率事辞称者为先,事胜辞则次之;文质备者为先,质胜文则次之。复谓律赋、经义,国家取士之源,亦加采掇,略存一代之制,定为一百五十卷。"这里论及宋文诸体,包括古赋、诗、骚、典、策、诏、诰、奏、疏、表、章、碑、记、论、序、书、启、杂著等:"此非唐之文也,非汉之文也,实我宋之文也。"指出了宋文的特色。

　　关于总集编纂,其《文苑英华序》云:"《文苑英华》士大夫家绝无而仅有,盖所集止唐文章,如南北朝间存一二。是时印本绝少,虽韩、柳、元、白之文尚未甚传,其他如陈子昂、张说、九龄、李翱等诸名士文集世尤罕见,故修书官于宗元、居易、权德舆、李商隐、顾云、罗隐辈或全卷取入。当真宗朝,姚铉铨择十一,号《唐文粹》,由简故精,所以盛行。近岁唐文摹印浸多,不假《英华》而传,况卷帙浩繁,人力难及,其不行于世则宜。臣事孝宗皇帝,间闻圣谕,欲刻江钿《文海》。臣奏其去取差谬不足观,帝乃诏馆职裒集《皇朝文鉴》。臣因及《英华》,虽秘阁有本,然舛误不可读。俄闻传旨取入,遂经乙览,时御前置校正书籍一二十员,皆书生稍习文墨者,月给餐钱,满数岁补进武校尉。既得此为课程,往往妄加涂注,缮写装饰付之秘阁,后世将遂为定本。臣过计有三不可:国初文集虽写本,然雠校颇精,后来浅学改易,浸失本指。今乃尽以印本易旧书,是非相乱,一也。凡庙讳未祧,止当阙笔,而校正者于赋中以商易殷,以洪易弘,或值押韵,全韵随之,至于唐讳及本朝讳存改不定,二也。元阙一句或数句,或颇用古语,乃以不知为知,擅自增损,使前代遗文幸存者转增疵颣,三也。顷尝属荆帅范仲艺均、倅丁介,稍加校正。晚幸退休,遍求别本与士友详议,疑则阙之,凡经、史、子、集、传注、《通典》、《通鉴》及《艺文类聚》、《初学记》,下至乐府、释、老、小说之类,无不参用。惟是元修书时历年颇多,非出一手,丛脞重复,首尾衡决,一诗或析为二,二诗或合为一,姓氏差误,先后颠倒,不可胜计……今皆正之,详注逐篇之下,不复遍举。"这里,他对《文苑英华》、《唐文粹》、《皇朝文鉴》进行了详尽比较,指出了官修书、集体修书往往"舛误不可读",而姚铉编的《唐文粹》,吕祖谦编的《皇朝文鉴》,质量就高得多。

二十一　杨万里论"诗何必一体"

　　杨万里(1127—1206)字廷秀,号诚斋。谥文节。吉州吉水(今江西吉水)人。绍兴进士。一生力主抗金,以诗著名,与尤袤、范成大、陆游合称南宋"中兴四大诗人"。今存诗四千二百余首,不少抒发爱国情思之作,思想性和艺术性都相当高;也写过一些反映百姓生活的诗,从不同角度表现出对农民艰难生活的同情。其诗初学江西诗派,重在字句韵律;五十岁以后诗风转变,由师法前人到师法自然,形成独具特色的诚斋体,讲究所谓"活法",善于捕捉稍纵即逝的情趣,语言幽默诙谐、平易浅近。其词今存仅十五首,风格清新,富于情趣,类其诗。著述甚富,著有《诚斋易传》、《庸言》、《天问天对解》、《千虑策》、《诚斋诗话》、《诚斋集》等。

其《答建康府大军库监门徐达书》论赋、比、兴云:"诗之作也,兴上也,赋次也,赓和不得已也。"为什么说兴为上?因为兴出自天然:"我初无意于作是诗,而是物是事适然触乎我,我之意亦适然感乎是物是事,触先焉,感随焉,而是诗出焉,我何与哉?天也。斯之谓兴。"为什么赋次之?因为赋虽非出自天然,但还出自自我:"或属意一花,或分题一草,指某物课一咏,立某题征一篇,是已非天矣,然犹专乎我也,斯之谓赋。"而赓和却是被人牵着走:"至于赓和,则孰触之,孰感之,孰题之哉?人而已矣。出乎天犹惧戕乎天,专乎我犹惧强乎我,今牵乎人而已矣,尚冀其有一铢之天,一黍之我乎?"认为"诗至和韵而诗始大坏矣,故韩子苍(驹)以和韵为诗之大戒也。"①其《陈晞颜和简斋诗集序》进一步更全面地阐明了韩驹"以和韵为诗之大戒"的观点:"古之诗倡必有赓……非古也,自唐人元、白始也,然犹加少也。至吾宋苏、黄倡一而十赓焉,然犹加少也。至于举古人之全书而尽赓焉,如东坡之和陶是也,然犹加少也。盖渊明之诗才百余篇尔。至有举前人数百篇之诗而尽赓焉,如吾友敦复先生陈晞颜之于简斋(陈与义)者,不既富矣乎?昔韩子苍《答士友书》谓诗不可赓也,作诗则可矣。故苏、黄赓韵之体不可学也,岂不以作焉者安,赓焉者勉故欤?不惟勉也,而又困焉。意流而韵止,韵所有,意所无也,夫焉得而不困?"作者既赞成韩驹的观点,又称美陈晞颜的和诗并不矛盾,因为诗人本喜欢险中作乐,和诗只要能不为其韵所困,正是诗人本事的表现:"大抵夷则逊,险则竞,此文人之奇也……今是诗也,韵听乎简斋,而词出乎晞颜,词出乎晞颜而韵若未始听乎简斋者,不以其争险故欤?"

对南宋流行的江西诗派、江湖诗派他都有专论,其《江西宗派诗序》认为江西诗派并非都是江西人,而是"风味"相似的一群诗人:"江西宗派诗者,诗江西也,人非皆江西也。人非皆江西而诗曰江西者何?系之也。系之者何?以味不以形也……高子勉不似二谢(谢逸、谢过),二谢不似三洪(洪朋、洪刍、洪炎),三洪不似徐师川(俯),师川不似陈后山(师道),而况似山谷(黄庭坚)乎?味焉而已矣。酸咸异和,山海异珍,而调脷之妙出乎一手也。似与不似,求之可也,遗之亦可也。"其《诚斋江湖集序》强调诗

---

① (宋)杨万里《诚斋集》卷六七,文渊阁四库全书本。

不必一体，可以有多种风格："予少作有诗千余篇，至绍兴壬午七月皆焚之，大概江西体也。今所存曰《江湖集》者，盖学后山（陈师道）及半山（王安石）及唐人者也。予尝举似旧诗数联于友人尤延之，如'露窠蛛恤纬，风语燕怀春'，如'立岸风大壮，还舟灯小明'，如'疏星煜煜沙贯日，绿云扰扰水无苔'，如'坐忘日月三杯酒，卧护江湖一钓船'，延之慨然曰：'焚之可惜。'予亦无甚悔也。然焚之者无甚悔，存之者亦未至于无悔。延之曰：'诗何必一体哉！此集存之亦奚悔焉？'"其《石湖先生大资参政范公文集序》更具体地论述了诗文体裁和风格的多样性："甚矣，文之难也！长于台阁之体者，或短于山林之味；谐于时世之嗜者，或离于古雅之风。笺奏与记序异曲，五七与百千不同调，非文之难，兼之者难也。"他称美范成大诸体皆工而风格多样："至于公，训诂具西汉之尔雅，赋篇有杜牧之之刻深，骚词得楚人之幽婉，序山水则柳子厚，传任侠则太史迁，至于大篇决流，短章敛芒，缛而不酿，缩而不窘，清新妩丽奄有鲍谢，奔逸隽伟穷追太白，求其只字之陈陈，一倡之呜呜而不可得也。"

其《诚斋诗话》论及李太白体、杜子美体、苏东坡体、黄庭坚体："'问余何事栖碧山，笑而不答心自闲。桃花流水窅然去，别有天地非人间。''相随遥遥访赤城，三十六曲水回萦。一溪初入千花明，万壑度尽松风声。'此李太白诗体也。'麒麟图画鸿雁行，紫极出入黄金印。'又：'白摧朽骨龙虎死，黑入太阴雷雨垂。'又：'指挥能事回天地，训练强兵动鬼神。'又：'路经灧滪双蓬鬓，天入沧浪一钓舟。'此杜子美诗体也。'明月易低人易散，归人呼酒更愁看。'又：'当其下笔风雨快，笔所未到气已吞。'又：'醉中不觉度千山，夜闻梅香失醉眠。'又《李白画像》：'西望太极横峨岷，眼高四海空无人。大儿汾阳中令君，小儿天台坐忘身。平生不识高将军，手涴吾足乃敢嗔。'此东坡诗体也。'风光错综天经纬，草木文章帝机杼。'又：'涧松无心古鬅鬙，天球不琢中粹温。'又：'儿呼不苏驴湿脚，犹恐醒来有新作。'此山谷体也。山谷诗去杜、苏远矣。"《诚斋诗话》不专论诗，也论及文，如："本朝制诰表启用四六，自熙丰至今，此文愈盛。有一联用两处古人全语，而雅驯妥帖如己出者。"

二十二　朱熹及其《朱子语类》的文体论

朱熹（1130—1200）字元晦，一字仲晦，号晦庵、晦翁、云谷老人。祖籍徽州婺源（今属江西），生于南剑州尤溪（今属福建），徙居建阳崇安（今福建武夷山市），晚年徙居考亭，学者称考亭先生。绍兴十八年（1148）进士。朱熹是南宋著名的理学家和教育家，闽学的代表人物，世称朱子，是继孔子、孟子以来最杰出的儒学大师，又是宋朝理学的集大成者。他继承了北宋时期程颢、程颐的理学，融通佛、道，构建了庞大的哲学体系,历宋、元、明、清,长期被奉为正统思想,影响及于朝鲜、日本,成为中国封建社会后期影响最大的思想家。他学识渊博,对经学、史学、文学、乐律、文献整理、校雠、训诂、音韵乃至自然科学都有研究,贡献巨大。能诗,其《春日》、《观书有感》都是脍炙人口的作品。其词语言秀正,风格俊朗,无浓艳或堆砌典故之病。著述甚丰,影响较大者,有《四书章句集注》二十八卷、《诗集传》二十卷、《资治通鉴纲目》五十九卷、《名臣言行录》前集十卷、后集十四卷、《楚辞集注》八卷、《昌黎先生集考异》十卷等。后人所辑《朱子语类》一百四十卷,以口语化文体评经论道,涉及面很广,为研究古代哲学、文学、语言学等提供了重要依据。今人编有《朱子全书》二十七册。

朱熹的文体论也有很多重要见解。

关于风、雅、颂三体之别,其《诗集传序》云:"凡诗之所谓风者,多出于里巷歌谣之作。所谓男女相与咏歌,各言其情者也。惟《周南》、《召南》,亲被文王之化以成德,而人皆有以得其性情之正,故其发于言者,乐而不过于淫,哀而不及于伤,是以二篇独为风诗之正经。自《邶》而下,则其国之治乱不同,人之贤否亦异,其所感而发者,有邪正是非之不齐,而所谓先王之风者,于此焉变矣。若夫雅、颂之篇,则皆成周之世,朝廷郊庙乐歌之词,其语和而庄,其义宽而密;其作者往往圣人之徒,固所以为万世法程而不可易者也。至于雅之变者,亦皆一时贤人君子,闵时病俗之所为,而圣人取之。其忠厚恻怛之心,陈善闭邪之意,犹非后世能言之士所能及之。此《诗》之为经,所以人事浃于下,天道备于上,而无一理之不具也。"①其《国风序》对风、正风、变风作了进一步的解说:"国者诸侯所封之域,而风者民俗歌谣之诗也。谓之风者,以其被上之化以有言,而其言又足以感人,如物因风之动以有声,而其声又足以动物也。是以诸侯采之以贡于天子,天子受之而列于乐官,于以考其俗尚之美恶,而知其政治之得失焉。旧说二《南》为正风,所以用之闺门、乡党、邦国而化天下也;十三国为变风,则亦领在乐官,以时存肄,备观省而垂监戒耳。合之凡十五国云。"②

关于《诗》、《楚辞》、《汉赋》的关系,其《楚辞集注序》云:"盖自屈原赋《离骚》,而南国宗之,名章继作,通号《楚辞》,大抵皆祖原意,而《离骚》深远矣。窃尝论之,原之为人,其志行虽或过于中庸,而不可以为法,然皆出于忠君爱国之诚心。原之为书,其辞旨虽或流于跌宕怪神,怨怼激发,而不可以为训,然皆生于缱绻恻怛、不能自已之至意,虽其不知学于北方,以求周公、仲尼之道,而独驰骋于变风、变雅之末流,以故醇儒庄士,或羞称之。然使世之放臣、屏子、怨妻、去妇抆泪呕唫于下,而所天者幸而听之,

① (宋)朱熹《晦庵集》卷七六,文渊阁四库全书本。本节凡只括注卷次者皆见此书。
② (宋)朱熹《诗集传》卷一,文渊阁四库全书本。

则于彼此之间，天性民彝之善，岂不足以交有所发，而增夫三纲五典之重。此予之所以每有味于其言，而不敢直以词人之赋视之也。"这实际上是认为《楚辞》虽为"变风、变雅之末流"，但远高于汉赋，故"不敢直以词人之赋视之"。

他对《文选》所载五言诗是比较推崇的，其《跋病翁先生（刘子翚）诗》称其五言《闻筝诗》"规模意态，全是学《文选》乐府诸篇，不杂近世俗体，故其气韵高古而音节华畅，一时辈流少能及之。逮其晚岁，笔力老健，出入众作，自成一家，则已稍变此体矣。然余尝以为天下万事皆有一定之法，学之者须循序而渐进。如学诗则且当以此等为法，庶几不失古人本分体制。向后若能成就变化，固未易量，然变亦大是难事，果然变而不失其正，则纵横妙用，何所不可？不幸一失其正，却似反不若守古本旧法以终其身之为稳也。李（白）、杜（甫）、韩（愈）、柳（宗元）初亦皆学《选》诗者，然杜、韩变多而柳、李变少。变不可学而不变可学，故自其变者而学之，不若自其不变者而学之，乃鲁男子学柳下惠之意也。"他主张守"本分体制"，认为李、杜、韩、柳皆学《文选》，杜、韩变多而柳、李变少；认为"变不可学而不变可学"，这正是守本分、守体制的具体表现。

关于诗、乐关系，其《答陈体仁》针对陈所谓"《诗》本为乐而作"（这也是当时颇为流行的看法），认为"《诗》之作本为言志而已。方其诗也，未有歌也；及其歌也，未有乐也。以声依永，以律和声，则乐乃为《诗》而作，非《诗》为乐而作也。三代之时，礼乐用于朝廷而下达于闾巷，学者讽诵其言以求其志，咏其声，执其器，舞蹈其节以涵养其心，则声乐之所助于《诗》者为多。然犹曰'兴于《诗》，成于乐'，其求之固有序矣。是以凡圣贤之言《诗》，主于声者少而发其义者多。仲尼所谓'思无邪'，孟子所谓'以意逆志'者，诚以《诗》之所以作本乎其志之所存，然后《诗》可得而言也。得其志而不得其声者有矣，未有不得其志而能通其声者也。"正因为他强调"诗言志"，故反对过分注重格律、用韵、属对、比事、遣辞，其《答杨宋卿》云："诗者，志之所之，在心为志，发言为诗。然则诗者，岂复有工拙哉？亦视其志之所向者高下如何耳。是以古之君子，德足以求其志，必出于高明纯一之地，其于诗固不学而能之。至于格律之精粗，用韵、属对、比事、遣辞之善否，今以魏、晋以前诸贤之作考之，盖未有用意于其间者，而况于古诗之流乎？近世作者，乃始留情于此，故诗有工拙之论，而葩藻之词胜，言志之功隐矣。"故认为沈约声律说以后之诗实属下等，其《答巩仲至第四书》云："古今之诗，凡有三变，盖自书传所记，虞、夏以来，下及魏、晋，自为一等。自晋、宋间颜、谢以后，下及唐初，自为一等。自沈、宋以后，定著律诗，下及今日，又为一等。然自唐初以前，其为诗者固有高下，而法犹未变。至律诗出，而后诗之与法，始皆大变，以至今日，益巧益密，而无复古人之风矣。"

他并不反科举试，但反对"抉摘一字一句以为瑕疵"，其《答陈肤仲》云："科举文字固不可废,然近年翻弄得鬼怪百出,都无诚实正当意思,一味穿穴,旁支曲径,以为新奇。最是永嘉浮伪纤巧,不美尤甚,而后生辈多宗师之,此是今日莫大之弊。向来知举辈盖知恶之而不能识其病之所在,顾反抉摘一字一句以为瑕疵,使人嗤笑。今欲革之,莫若取三十年前浑厚纯正、明白俊伟之文诵以为法,此亦正人心、作士气之一事也。"

《朱子语类》是朱熹与其弟子问答的语录汇编。景定四年(1263)黎靖德以类编排,于咸淳二年(1270)刊为《朱子语类大全》一百四十卷,即今通行之《朱子语类》。《朱子语类》基本代表了朱熹的思想,内容丰富,析理精密,论及文体者也不少。如卷八〇《诗一·纲领》论风、雅、颂、赋、比、兴之别云:"《大序》言'一国之事,系一人之本,谓之《风》。'所以析卫为《邶》、《墉》、《卫》。曰:诗,古之乐也。亦如今之歌曲,音各不同。卫有卫音,墉有墉音,邶有邶音。故诗有墉音者系之《墉》,有邶音者系之《邶》。若《大雅》、《小雅》,则亦如今之商调、宫调。作歌曲者,亦按其腔调而作耳。《大雅》、《小雅》,亦古作乐之体格,按《大雅》体格作《大雅》,按《小雅》体格作《小雅》。非是做成诗后旋相度其辞,目为《大雅》、《小雅》也。大抵《国风》是民庶所作,《雅》是朝廷之诗,《颂》是宗庙之诗。"又云:"所谓六义者,《风》、《雅》、《颂》乃是乐章之腔调,如言仲吕调、大石调、越调之类。至比、兴、赋又别,直指其名,直叙其事者,赋也;本要言其事,而虚用两句钓起,因而接续去者,兴也;引物为况者,比也。立此六义非特使人知其声音之所当,又欲使歌者知作诗之法度也。"①他认为词(长短句,今曲子)由乐府而来,卷一四〇《论文下·诗》云:"古乐府只是诗中间却添许多泛声,后来人怕失了那泛声,逐一声添个实字,遂成长短句,今曲子便是。"

但《朱子语类》所论更多的是诗文风格,如卷一三九《论文上》论文风与世风的关系云:"有治世之文,有衰世之文,有乱世之文。六经,治世之文也。如《国语》委靡繁絮,真衰世之文耳。是时语言议论如此,宜乎周之不能振起也。至于乱世之文,则战国是也,然有英伟气,非衰世《国语》之文之比也。楚汉间文字真是奇伟,岂易及也?"又云:"东汉文章尤更不如,渐渐趋于对偶……陵夷至于三国、两晋,则文气日卑矣。"不同的作家有不同的风格,"汉初贾谊之文质实,晁错说利害处好,答制策便乱道。董仲舒之文缓弱,其《答贤良策》不答所问切处至无紧要处,又累数百言。"卷一四〇《论文下·诗》亦云:"古诗须看西晋以前,如乐府诸作皆佳。杜甫夔州以前诗佳,夔州以后自出规模,不可学。苏、黄只是今人诗,苏才豪,然一滚说尽,无余意。黄费安排。"又云:"《选》中刘琨诗高,东晋诗已不逮前人,齐、梁益浮薄。鲍明远才健,其诗乃《选》之变体。李太白专学之。""渊明诗平淡出于自然,后人学他平淡,便相去远矣。""齐梁

---

① (宋)黎靖德《朱子语类》,文渊阁四库全书本。

388

间之诗,读之使人四肢皆懒慢,不收拾。"朱熹论文绝不因人废言,他对致唐王朝由盛到衰的唐明皇诗评价甚高:"唐明皇资禀英迈,只看他做诗出来,是什么气魄。今《唐百家诗》首载明皇一篇《早渡蒲津关》,多少飘逸气概,便有帝王底气焰。越州有石刻唐朝臣送贺知章诗,亦只有明皇一首好,有曰'岂不惜贤达,其如高尚心。'"他不人云亦云,多有独到之见:"李太白诗不专是豪放,亦有雍容和缓底,如首篇'大雅久不作',多少和缓。陶渊明诗,人皆说是平淡,据某看,他自豪放,但豪放得来不觉耳。其露出本相者,是《咏荆轲》一篇,平淡底人如何说得这样言语出来?"

二十三　陈造论"文章自有体"

陈造(1133—1203)字唐卿,高邮(今属江苏)人。自号江湖长翁。淳熙进士。以词赋闻名艺苑,人称"淮南夫子"。《四库全书总目》卷一六一谓其"文则恢奇排奡,要亦陈亮、刘过之流。其他劄子诸篇,多剀切敷陈,当于事理。记序各体,锤字炼词,稍伤真气,而皆谨严有法,不失规程"。著有《江湖长翁集》。

其《张使君诗词集序》云:"'文章自有体',豫章翁语学者法也。不见春华众木乎,红白色香,洪纤秾淡,具足娟好,翁属思运笔类是。文而文,诗而诗,词而词,体不同而皆工,可法也,要自有体之言求之。"[①]其《文以变为法》云:"作文之法备于六经,学者砣砣他求,何哉? 经于句法字律,《春秋》严矣,一字之变,褒贬各有在。如《诗》之每章互变,而后体备而法严,法严而后意足。"他所说的体,既指体裁,又指风格。

二十四　陈亮论宋代文风演变

陈亮(1143—1194)字同甫,原名汝能,人称龙川先生。婺州永康(今属浙江)人。绍熙四年(1193)策进士,光宗亲擢为第一,授建康军节度判官厅公事,未到任而卒。其文上关国计,下系生民,反对偏安江左,力主收复中原,充满爱国豪情。存诗不多,而能直抒胸臆,慷慨激昂。其词充满忧国愤世之情,词风颇似辛弃疾。编有《欧阳文粹》、《苏门六君子文粹》,均有传本。著有《龙川文集》四十卷,《龙川词》原本已佚,现存一卷、补一卷。

在文体论上,他论及具体诗文体裁者较少,而论及诗文风格演变者较多。其《变文法》认为:"古人重变法,而变文犹非变法所当先也。天下之士,岂不欲自为文哉!

---

① （宋)陈造《江湖长翁集》卷二三,文渊阁四库全书本。

举天下之文而皆指其不然，则人各有心，未必以吾言为然也。然不然之言交发并至，而论者始纷纷矣。纷纷之论既兴，则一人之力决不能以胜众多之口，此古人所以重变法，而尤重于变文也。"此言显然为王安石而发，与苏轼《答张文潜书》的观点相同："王氏之文未必不善也，而患在于好使人同已。"但陈亮也不同意"文之弊终不可变"的观点，他列举宋文之变说："文弊之极，自古岂有逾于五代之际哉：卑陋萎弱，其可厌甚矣。艺祖一兴，而恢廓磊落，不事文墨，以振起天下之士气；而科举之文，一切听其所自为，有司以一时尺度律而取之，未尝变其格也。"宋太祖对"科举之文，一切听其所自为"，其后屡变均未成功："其后柳仲涂（开）以当世大儒，从事古学，卒不能麾天下以从己；及杨大年（亿）、刘子仪（筠）因其格而加以瑰奇精巧，则天下靡然从之，谓之昆体。穆修、张景专以古文相高，而不为骈俪之语，则亦不过与苏子美（舜钦）兄弟唱和于寂寞之滨而已。故天圣间，朝廷盖知厌之，而天下之士亦终未能从也。"只有欧阳修变革文风取得了较大成就："其后欧阳公与尹师鲁（洙）之徒，古学既盛，祖宗之涵养天下，至是盖七八十年矣。故庆历间，天子慨然下诏书，风厉学者以近古，天下之士亦翕然丕变以称上意。于是胡翼之（瑗）、孙复、石介以经术来居太学，而李泰伯（觏）、梅尧臣辈又以文墨议论游泳于其中，而士始得师矣。当是时，学校未有课试之法也，士之来者，至接屋以居而不倦，太学之盛盖极于此矣。乘士气方奋之际，虽取三代两汉之文，立为科举取士之格，奚患其不从？此则变文之时也。艺祖固已逆知其如此矣。然当时诸公，变其体而不变其格，出入乎文史而不本之以经术。学校课士之法又往往失之太略，此王文公（安石）所以得乘间而行其说于熙宁也。经术造士之意非不美，而新学、《字说》何为者哉！学校课试之法非不善，而月书、季考何为者哉！当是时，士之通于经术者，神宗作成之功，而非尽出于法也。及司马温公起相元祐，尽复祖宗之故，而不能参以熙宁经术造士之意，取其学校课试之大略，徒取快于一时而已。则夫士之工于词章者，皆祖宗涵养之余，而非必尽出于法也。绍圣、元符以后，号为绍述熙、丰，亦非复其旧矣，士皆肤浅于经而烂熟于文，其间可胜道哉！中兴以来，参以诗赋经术，以涵养天下之士气，又立太学以耸动四方之观听，故士之有文章者、德行者、深于经理者、明于古今者，莫不各得以自奋，盖亦可谓盛矣。"①

第十节　宋人别集中的文体论（南宋后期）

南宋后期文学即宁宗、理宗、度宗、恭帝、端宗、赵昺六朝的文学，远不如南宋前

---

① （宋）陈亮《龙川集》卷一一，文渊阁四库全书本。

期。由于宋金媾和以后,经历了一段相对安定的时期,爱国主义激情逐渐衰退。这一时期,格律派词人兴起,词的成就较高,尤以姜夔、史达祖、吴文英、周密、张炎为突出。姜夔词音调和婉,格调较高,"白石脱胎稼轩,变雄健为清刚,变驰骤为疏宕"(周济《宋四家词选序论》),其《扬州慢》的"自胡马窥江去后,废池乔木,犹厌言兵",充满对金兵南侵所造成的破坏的喟叹。姜夔、史达祖都有不少咏物词,工于刻画。姜夔的《梅溪词序》,称梅"融情景于一家,会句意于两得"(《花庵诗选》引),既是评史,也堪称自评。吴文英词长于修辞协律,但略显晦涩。周密词清丽疏徐,与吴文英并称"二窗"(周草窗、吴梦窗)。张炎词研究声律,提倡"清空",抒发了宋亡后的凄凉哀怨。姜夔、张炎的词对后世影响很大,为清代词人所推重,陈廷焯《白雨斋词话》云:"姜尧章词,清虚骚雅,每于伊郁中饶蕴藉";"张玉田词,如并剪哀梨,爽豁心目。"

在诗坛上,南宋后期是四灵派、江湖派的天下,其中以刘克庄的成就为最高,他们由江西诗派、中兴四杰的学杜,改学晚唐贾岛、姚合,诗风凄清幽咽,但境界狭窄。总之,整个宋代都在学唐,各个流派、各个作家所学不同,成就各异,以学晚唐贾岛、姚合始,也以学晚唐贾岛、姚合终,而其成就都远逊于北宋中后期和南宋前期的学杜。好在南宋亡国之际出现了一位文天祥,诗词文均可观,可以说是宋代文学的回光返照。

一　叶适及其《习学记言》的文体论

叶适(1150—1223)字正则,号水心居士。温州永嘉(今浙江温州)人。淳熙进士第二名。历仕孝宗、光宗、宁宗三朝,官至权工部侍郎、吏部侍郎兼直学士院,卒谥忠定。著有《水心先生文集》二十八卷、《拾遗》一卷、《别集》十六卷。《习学记言》五十卷。他力主抗金,反对和议。在哲学上,他是永嘉学派的代表,反对空谈性理,提倡"事功之学",观点与朱熹、陆九渊对立。在诗文创作上,继承韩愈"务去陈言"、"词必己出"的传统,力求新颖脱俗,提倡独创精神,主张"片辞半简必独出肺腑,不规仿众作"(《归愚翁文集序》)。其文雄赡,才气奔逸,尤以碑版之作简质厚重而著名当世。他不满江西诗派奇拗生硬和"资书以为诗"的诗风,其诗"用工苦而造境生","艳出于冷,故不腻;淡生于炼,故不枯"(《宋诗钞·水心诗钞》),而倾向于晚唐,尤其尊崇姚合、贾岛的流利清淡。与"永嘉四灵"徐照、徐玑、赵师秀、翁卷等人友善,曾刊印他们的诗集,并极力推崇。

叶适的文体论十分丰富。其《徐道晖墓志铭》云:"徐照,字道晖,永嘉人,自号山民。嗜苦茗甚于饴蜜,手烹口啜无时。上下山水,穿幽透深,弃日留夜,拾其胜会,向人铺说,无异好美色也。有诗数百,戢思尤奇,皆横绝欹起,冰悬雪跨,使读者变踔慔栗,肯首吟叹不自已;然无异语,皆人所知也,人不能道尔。"接着他进一步从诗歌发展史的角度肯定"复言唐诗自君始":"从盖魏、晋名家,多发兴高远之言,少验物切近之实,及沈约、谢朓永明体出,士争效之,初犹甚艰,或仅得一偶句,便已名世矣。夫东字十余,五色彰施,而律吕相命,岂易工哉!故善为是者,取成于心,寄妍于物,融会一法,涵受万象,狶苓、桔梗,时而为帝,无不接节赴之,君尊臣卑,宾顺主穆,如丸投区,矢破的,此唐人之精也。然厌之者,谓其纤碎而害道,淫肆而乱雅,至于廷设九奏,广袖大舞,而反以浮响疑宫商,布缕缪组绣,则失其所以为诗矣。然则发今人未悟之机,回百年已废之学,使后复言唐诗自君始,不亦词人墨卿之一快也!惜其不尚以年,不及臻乎开元、元和之盛。"①

他对南宋的科举考试颇为不满,其《法度总论三》、《科举》、《制科》有详尽论述。就文体论而言,在叶适分论宋代考试之弊的诸文中,以《宏词》一篇最为重要,论及诸多文体。首论设宏词科之由:"绍圣初,既尽罢词赋(制科),而患天下应用之文由此遂绝,始立博学宏词科。其后又为词学兼茂。"而"其为法尤不切事实。何者?朝廷诏诰典册之文,当使简直宏大,敷畅义理,以风晓天下,典、谟、训、诰诸书是也。孔子录为经常之词以教后世,而百王不能易,可谓重矣。至两汉制诏,词意短陋,不复仿佛其万一……然其深厚温雅,犹称雄于后世,而自汉以来,莫有能及者。"汉末以及宋、齐,乃以"四六、对偶"为制诏,"铭、檄、赞、颂"亦无不用骈文,"此真两汉刀笔吏能之而不作者,而今世谓之奇文绝技"。北宋末、南宋初尤重四六:"自词科之兴,其最贵者四六之文,然其文最为陋而无用。士大夫以对偶亲切、用事精的相夸,至有以一联之工而遂擅终身之官爵者。此风炽而不可遏,七八十年矣;前后居卿相显人,祖父子孙相望于要地者,率词科之人也。"朝廷所为往往自相矛盾:"自熙宁之以经术造士也,固患天下习为词赋之浮华而不适于实用;凡王安石之于神宗,往反极论,至于尽摈斥一时之文人";"绍圣、崇宁,号为追述熙宁,既禁其求仕者不为词赋,而反以美官诱其已仕者使为宏词,是始以经义开迪之而终以文词蔽淫之也,士何所折衷? ……昔以罢词赋而置词科,今词赋、经义并行久矣,而词科迄未尝有所更易,是何创法于始而不能考其终,使不自为背驰也?"他认为"盖进士、制科,其法犹有可议而损益之者,至宏词则直罢之而已矣。"

其《诗》(《水心别集》卷五)论诗、骚、赋关系云:"《离骚》,诗之变也;赋,诗之流也;异体杂出,与时转移,又下而为俳优里巷之词,然皆诗之类也。宽闲平易之时,必习而为怨怼无聊之言;庄诚恭敬之意,必变而为悔笑戏狎之情。此诗之失也。夫古之为诗

---

① (宋)叶适《水心集》卷一六,文渊阁四库全书本。

也,求以治之;后之为诗也,求以乱之。然则岂惟以见周之详,又以知后世之不能为周之极盛而不可及也。"

叶适的《习学记言》是一部带有批判性的学术著作,全书包括论经十四卷、论诸子七卷、论史二十五卷、论文鉴四卷,是叶适对经、史、子、集诸书的评论和研究心得,标志着宋学中以叶适为集大成者的永嘉学派与程、朱理学及陆氏"心学"的鼎足而立。

《习学记言》中论及文体的内容很多,兹略举数则。其论建安体、黄初体云:"建安体如王粲《从军诗》,奚用也!"又云:"(魏文帝)马上赋诗,极陈观兵之盛,其终曰:'量宜运权略,六军何悦康。岂如《东山诗》,悠悠多哀伤。'彼以周公为怯耶?大抵六子、二曹为建安、黄初体,自此不得复见前世之风雅,而后人以为高风绝尘,所未喻也。"①

卷三一论谢灵运体云:"谢灵运撰《征郊》、《居赋》,虽体裁下而音韵高,视汉人规模前作者,反当胜也。沈约论词赋之变,谓:'玄黄律吕,各识物宜。欲使宫羽相变,低昂互节,若前有浮声,则后须切响;一简之内,音韵尽殊;两句之中,轻重顿异。妙达此旨,始可言文。'余观诗人之音节,未有不顺者,至《骚》始逆之。《骚》体既流,诗人之顺遂不可复。自约以后,其声愈浮,其节愈急,百千年间,天下靡然,穷巧极妙而无当于义理之豪芒;其能高者,不过以气力振暴之,暂称雄杰。而约方言'灵均以来,此秘未睹',盖可叹也。"

卷三三论元嘉体、永明体、齐梁体云:"《庾肩吾传》载梁简文时,文士庾肩吾、徐摛、陆罩、刘遵、刘孝绰、孝威及肩吾子信、摛子陵、张长公、傅弘、鲍至等,及谢朓、沈约新变之文,'至是转拘声调,弥尚丽靡'。又简文《与湘东王书》言:'比见京师文体,懦钝殊常,竞学浮疏,争为阐缓';至谓'未闻吟咏情性,反拟《内则》之篇;操笔写志,更摹《酒诰》之作;迟迟春日,翻学《归藏》;湛湛江水,遂同《大传》';又言:'近世谢朓、沈约之诗,任昉、陆倕之笔,实文章之冠冕,述作之楷模。'文词之盛衰,在上所好恶。魏武父子既成建安之体,而昭明兄弟功力不减,观其所主如此,士人安得不风靡!况信与陵皆擅一时盛名,此所以流变至今,如百川到海,无复归源之日。后出随时移,改或词致小异,自谓复,然皆脱沈、谢本子不得,盖亦未尝深考故也。如上世歌诗,其可取法固多矣,奚必沈、谢乎?"

卷四七论汉赋及宋代的仿汉大赋云:"赋虽诗人以来有之,而司马相如始为广体,撼动一世。司马迁至为备录其文,骇所无也。扬雄喜而效焉,晚则悔之矣。然自班固以后不惟文浸不及,而义味亦俱尽。然后世犹继作不已,其虚夸妄说,盖可鄙厌。故

---

① (宋)叶适《习学记言》卷二七,文渊阁四库全书本。

韩愈、欧、王、苏氏皆绝不为。今所谓《皇畿》、《汴都》、《感山》、《南都》之类,非于其文有所取直,以一代之制,一方之事不可不知而已。《皇畿》以事实胜,而《汴都》惟盛称熙、丰兴作,遂特被赏识。昔梁孝王、汉武、宣每有所为,辄令臣下述赋,戏弄文墨,直俳优之雄。而历代文士相与沿袭不耻,是可叹也。”又论宋赋及宋代经义、词赋取士之得失云:“汉以经义造士,唐以词赋取人。方其假物喻理,声谐字协,巧者趋之,经义之朴阁笔而不能措。王安石深恶之,以为市井小人皆可以得之也。然及其废赋而用经,流弊至今,断题折字,破碎大道,反甚于赋。故今日之经义,即昔日之赋;而今日之赋,皆迟钝拙涩,不能为经义者然后为之。盖不以德而以言,无往而能获也。诸律赋皆场屋之伎,于理道材品非有所关,惟王曾、范仲淹有以自见,故当时相传,有‘得我之小者散而为草木,得我之大者聚而为山川’,‘如云区别妍媸,愿为轩鉴,倪使削平祸乱,请就干将’之句。而欧、苏二赋非举场所作,盖欲知昔时格律宽假,人各以意为之,不拘碍也。”

二 程珌强调“体忌卑,语忌俗”

程珌(1164—1242)字怀古。休宁(今属安徽)人。以先世居洺州(今河北永年东南),因自号洺水遗民。绍熙进士,赵汝愚见其文,称“天下奇才也”。立朝以经济自任,所论备边、蠲税诸疏,皆关国计民瘼,论说剀切,利病井然。于书无所不读,为文自成机杼,遣词雅健精深,根本义理,而于诗词不甚擅长。著有《洺水先生集》六十卷、《内制类稿》十卷、《外制类稿》二十卷,已佚。另有《洺水词》一卷。

其策问《问历代文章》,提出一连串问题,如“汉初最为近古,李陵一书,气干颇高,类非近体,而或者以为齐梁之士所拟,果何见而云然耶? 当是时,歌与乐章已有七言,至五言特未也,而苏武之作,人以为伪。今所传李诗,自‘有鸟西南飞’而下凡七篇,苏诗自‘童童孤生竹’而下凡二篇,与萧统所编绝不相似。然则以何为是耶?”又如“世有《梁父吟》一篇,五言也,为三士而作,彼诸葛孔明抱膝而吟者是邪?”再如“人言柏梁体者七言也,有似乎联句,彼汉武皇与一时廷臣登台而更倡者是邪?”[①]因为是策问,虽作者不作回答,但颇有启发意义。

其《李文昌表笺集序》认为“文以气为主,学充之,辞缘之”,但他特别强调文体之重要:“至梁昭明以体为的,而后其论大备。盖真宰散淋漓清滈之气,人得之则能吐英奇,陶物象而为文,然则有体也”;“体以为的,则驽车不得后,骐龙不敢先矣。”章奏之

---

① (宋)程珌《洺水集》卷五,文渊阁四库全书本。

体,则要"明白整严,纯正恳恻,与他文辄不类,盖章奏之体当然也……表疏输诚君父,务在平正,无为艰深。"

《回叶贤良置书》对体卑语俗、层层相因进行了尖锐批评:"登名文章之录,亦非浅事。体忌卑,语忌俗,前辈论之悉矣,今谩录一二。自周之衰,道丧文弊,庄周、屈原之书,始假徐无鬼、渔父问答以为辞。自后祖述益众,体格日陋,司马相如则曰乌有先生、亡是公,扬子云则以为翰林主人、子墨客卿,班孟坚则以为西都宾、东都主人,张子平则以为凭虚公子、安处先生,左太冲则以为西蜀公子、东吴王孙、魏国先生。改目易名,犹然一律。又若《七发》始于枚乘,至曹子建则有《七启》,张景阳则有《七命》,屋下架屋,那复有高标逸韵邪? 正使锦绣开机,天章的皪,而其大者体气卑弱,规模狭陋,已不足观矣,而况其尘言土辞,鄙俗之气不除者邪! 近代坡仙直言吁嗟先生,谁使汝坐堂上,回视前代诸子,殊觉厌厌无气矣。"

三　包恢论诗体、诗风

包恢(1182—1268)字宏父,一字道夫,号宏斋。建昌南城(今属江西)人。尝见朱熹于武夷,后尊崇陆九渊之学。包恢历仕所至,政声赫然。父辈皆从朱熹、陆九渊学,少闻义理之学,学力深厚,为文皆据义理,下笔辄汪洋放肆,娓娓不穷。所作大都疏通畅达,沛然有余;奏札诸篇,剀切详明。虽自称"素不能诗"(《答傅当可论诗》),却颇善论诗。

其《论五言所始》论每句字数云:"五言之体,说者类以为始于汉之苏、李,曾不思诗原于虞夏之歌。'郁陶乎予心'、'颜厚有忸怩',五言已权舆于《五子歌》矣。厥后《三百篇》中,诸体毕备,而五言尤彰彰可见。""梁钟嵘作《诗评》,其序云:'夏歌曰:"郁陶乎余心。"楚词曰:"名余曰正则。"虽诗体未全,然略是五言之滥觞。'予以为不然。《虞书》载赓歌之辞曰:'元首丛脞哉。'至周诗《三百篇》,其五字甚多,不可悉举。如《行露》曰'谁谓雀无角,何以穿我屋? 谁谓女无家,何以速我狱'?《小旻》曰'匪先民是程,匪大犹是经。维迩言是听,维迩言是争'。至于《四月》之篇,其下三章率皆五字。又《十亩之间》,则全篇五字耳。然则始于虞,衍于周,逮汉专为全体矣。"关于每首句数,他认为有一句类、两句类、三句类、四句类、六句类、十二句类,特别可贵的是他强调"自咏情性,自运意旨",反对"拘泥前人之体格":"歌诗出于虞、夏、商、周,又不知其体格之始于谁乎? 后世略不能自咏情性,自运意旨,以发越天机之妙,鼓舞天籁之鸣。动必规规焉,拘泥前人之体格,以仿效而为之。一有不合,即从而非之。固哉! 其为诗也,真所谓'惟古于词必己出,降而不能乃剽贼。后皆指前公相袭,从汉迄今用一律。寥寥久哉莫觉属'（韩愈《南阳樊绍述墓志铭》中铭词）者,况又未尝深究源委者乎?"①

　　他大力提倡陶潜诗风,强调诗贵自然,其《答傅当可论诗》称美傅"始终皆欲追晋、宋之风,而绝不效晚唐之体,此其过于人远矣",显然是针对当时流行的永嘉四灵、江湖诗派,他们都标榜学贾岛、姚合为代表的晚唐体。"某素不能诗,何能知诗? 但尝得于所闻,大概以为诗家者流,以汪洋淡泊为高,其体有似造化之未发者,有似造化之已发者,而皆归于自然,不知所以然而然也。""以汪洋淡泊为高",这是苏轼称美苏辙、张耒诗风之语,其《答张文潜县丞书》云:"子由也子由之文实胜仆,而世俗不知,乃以为不如。其为人深不愿人知之,其文如其为人,故汪洋淡泊,有一唱三叹之声,而其秀杰之气终不可没。"接着他对"其体有似造化之未发者,有似造化之已发"作了进一步的解释:"所谓造化之未发者,则冲漠有际,冥会无迹,空中之音,相中之色,欲有执著曾不可得,而自有尸居而龙见,渊默而雷声者焉。所谓造化之已发者,真景见前,生意呈露。混然天成,无补天之缝罅;物各傅物,无刻楮之痕迹。盖自有纯真而非影全是而非似者焉。故观之虽若天下之至质而实天下之至华,虽若天下之至枯而实天下之至腴。如彭泽（陶潜）一派,来自天稷者,尚庶几焉,而亦岂能全合哉!"至质而至华,至枯而至腴也是苏轼称美陶潜诗之语意:"吾于诗人无所甚好,独好渊明之诗。渊明作诗不多,然其诗质而实绮,癯而实腴,自曹、刘、鲍、谢、李、杜诸人皆莫及也。吾前后和其诗凡一百有九篇,至其得意,自谓不甚愧渊明。"②最后又广引佛语、王诗及《周易》对诗贵"自然"作了进一步阐释:"然此惟天才生知,不假作为可以与此,其余皆须以学而入。学则须习,恐未易径造也。所以前辈尝有'学诗浑似学参禅'之语。彼参禅固有顿悟,亦须有渐修始得。顿悟如初生孩子,一日而肢体已成;渐修如长养成人,岁久而志气方立。此虽是异端语,亦有理可施之于诗也。半山云:'看似寻常最奇崛,成如容易却艰辛。'某谓寻常容易,须从事奇崛艰辛而入。又妄意以为《损》先难而后易,《益》长裕而不设,不外是诗法;况造物气象,须自大化混浩中沙汰陶镕出来,方见精彩也。唐称韦、柳有晋、宋高风,而柳实学陶者。山谷尝写柳诗,与学者云:'能如此,学陶乃能近似耳。'此语有味。"所谓"自然"就是要"不假作为",要通过"渐修"以达到"顿悟",就是所谓"成如容易却艰辛","先难而后易"。这位"素不能诗"的人却对诗有如此深刻的见解。

　　其《书抚州吕通判开诗稿后》前半论古体、近体之异同:"说诗者以古体为正,近体

---

① （宋）包恢《敝帚稿略》卷二,文渊阁四库全书本。

② （宋）苏辙《栾城后集》卷二一《子瞻和陶渊明诗集引》引苏轼与辙书。

396

为变。古体尚风韵，近体尚格律，正、变不同调也。然或者于格律之中而风韵存焉，则虽曰近体而犹不失古体，特以入格律为异尔。盖八句之律，一则所病有各一物一事断续破碎，而前后气脉不相照应贯通，谓之不成章；二则所病有刻琢痕迹，止取对偶精切，反成短浅而无真意余味，止可逐句观，不可成篇观。局于格律，遂乏风韵，此所以与古体异。先正有云：'维诗于文章，泰山一浮尘。又如古衣裳，组织烂成文。拾其剪裁余，未识衮服尊。'①正谓是欤？""古体尚风韵，近体尚格律"是其异，"格律之中而风韵存"，"近体而犹不失古体"，此其同。后半评吕开诗风，同样表现了他对韦应物、柳宗元、陶潜诗风的推崇："今《耐轩续稿》似独不然。观其八句中，语意圆活悠长，有蕴藉，有警策，气脉贯通而无破碎断续之病，且所寓言多真景真意，虽对偶而若非对偶，无刻琢、露痕迹之病。其所自叙，以为自《三百篇》而悟入，则宜识衮服之所以尊，而与组织成文者不可同日语矣。抑予味之，所谓'磨砻去圭角，浸润著光精'②，非特见其用功之深，亦由其神情冲淡，趣向幽远，有青山白云之志，而欲超然出于尘外者。志之所至，宜诗亦至焉者。然充此以进于古体，不难矣。律昉于唐，唐高韦、柳，取其古体风韵也。由韦、柳而入陶，必优为之，又当俟别稿出而刮目焉。"

四　岳珂论宫词

岳珂（1183—1240）字肃之，号亦斋、东几，晚号倦翁。汤阴（今属河南）人。岳飞孙、岳霖子。虽出身将门，而喜文事。官至户部侍郎、宝谟阁学士。工诗文，有《玉楮集》。其诗虽时伤浅露，少诗人一唱三叹之致，而轩爽磊落，气格可观。其《棠湖诗稿》一卷，收宫词一百首，皆咏北宋时事，但《四库全书总目》认为系后人伪托。另著有《桯史》十五卷，记南北宋时杂事，可补史传不足；所录诗文遗事，亦多足以旁资考证。编有《岳鄂王行实编年》二卷、《金佗粹编》二十八卷、续编三十卷，《愧郯录》十五卷，《宝真斋法书赞》二十八卷等。

其《宫词一百首序》既批评了后世宫词"流于亵俚"，又以自己的创作表明宫词也可以"寓讽谏，美形容"，纠正了人们对宫词的偏见："宫词自唐以来有之，如王建则世托近幸，花蕊则身处宫闱，故其所述，皆耳闻目见，后之效其体者徒想象而言，未必近似，反流于亵俚者多矣。珂幼好其词，尝拟采其音律，以肆于毫简，窃谓苟匪止乎礼义，有以寓讽谏，美形容，均为无益，而困于公，有志未遂。比因棠湖纶钓之暇，适犹子

---

① 见（宋）欧阳修《文忠集》卷四《酬学诗僧惟晤》。

② （唐）韩愈《昌黎集》卷二一《石鼎联句》。

规从军自汴归,诵言宫殿钟虡,俨然犹在,慨想东都盛际,文物典章之伟,观圣君贤臣之懿范,了然在目,辄用其体,成一百首,以示黍离宗周之未忘。其间事核文详,监今陈古,固有不待美刺而足以具文见意者。辒轩下采,或者转而上彻乙夜之观,庶几有补于万一云。"①

五　方大琮论诗、赋体异而义同

方大琮(1183—1247)字德润,号铁庵,又号壶山。莆田(今属福建)人。开禧进士,补南剑州教授,官至知隆兴府,谥忠惠。著有《铁庵遗稿》,已佚。明正德八年族孙方良节等辑成《铁庵方公文集》四十五卷,又有《壶山四六》一卷。其奏议疏通畅达,切中时弊,论经诸文多持平之论。尤长于四六,善于剪裁,属对工稳。刘克庄至以"典严精丽"、"语妙天下"(《铁庵遗稿序》)评其文。

其《词赋与古诗同义赋》认诗赋体异而义同十分精彩:"文固有异,意无不通。虽词赋之体变,与古诗之义同。形为浏亮之篇,岂无所主;若较咏歌之旨,均出乎中。自词章之响无传,而辞藻之工迭异。求诸体制,前后百变;概以发越,古今一意。且曷名乎赋?情托此以见。辞虽不谓之诗,实与之而同义。"并以杜甫、韩愈为证:"献太清(杜有《太清宫赋》)、吟古诗,同是杜甫;感二鸟(韩有《二鸟赋》),著律诗,均乎退之。非作诗之意赋亦可用,何能赋之士诗皆可为?"他对屈原、宋玉、贾谊、扬雄诸人至为推许,而于后世赋家颇不以为然:"作者百六家,非徒侈刻雕之丽;去之千余载,尚足为风雅之追……既皆为后学之疵玷,况可以古诗而推许?"②

六　刘克庄"不主一体"的文体论及其《后村诗话》

刘克庄(1187—1269)字潜夫,号后村。莆田(今属福建)人。师事真德秀。因咏《落梅》诗得罪,闲废十年。后官至权工部尚书兼侍读。刘克庄文名久盛,兼擅诗、词、文,诗论也颇具影响,被目为当时文坛宗主。尤以诗歌影响为大,与陆游、杨万里并称"渡江三大家",有四千五百余首诗传世。其诗初受西昆诸子及永嘉四灵影响,后来转学姚合、贾岛等晚唐诗人,又特别推崇杨万里与陆游,最后力图在江西派与晚唐体之间自辟蹊径。刘克庄在南宋辛派词人中,与刘过、刘辰翁齐名,号称"三刘"。冯煦甚

---

① (宋)岳珂《棠湖诗稿》卷首,咫进斋丛书本。

② (宋)方大琮《铁庵集》卷二六,文渊阁四库全书本。

398

至认为"与放翁、稼轩犹鼎三足"(《宋六十一家词选例言》)。其词以爱国主义思想内容与豪放的艺术风格见称于时,刻意学辛弃疾,喜用事典,带有散文化、议论化倾向。其散文在当时以表、制、诰、启见称,人以小东坡目之。刘克庄年轻时所编《南岳稿》,刻入陈起《江湖集》。淳祐间自编文集,嘱林希逸为序,继有后、续、新三集。咸淳六年(1270),其季子山甫汇为《后村先生大全集》二百卷。词集有《宋六十名家词》本《后村别调》一卷、明抄本《后村诗余》二卷,《彊村丛书》本《后村长短句》五卷,今人钱仲联有《后村词笺注》四卷。《后村诗话》十四卷,单行本有明抄本、清抄本、《四库全书》本、1983 年中华书局校点本。

刘克庄论诗强调创新,反对因袭苟同,其《自昔》云:"自昔英豪忌苟同,此身易尽学难穷。"①其《自警》云:"笔枯砚燥自伤悲,文体全关气盛衰。"他所说的"文体"是广义的,诗文的体裁、风格都与社会盛衰有关。其《韩隐君诗序》论古今诗之别云:"古人不及见后世书,而偶然比兴风刺之作至列于经;后人尽读古人书,而下语终不能仿佛风人之万一,余窃惑焉。或古诗出于情性,发必善;今诗出于记问,博而已。自杜子美未免此病,于是张籍、王建辈稍束起书袋,弃去繁缛,趋于切近。世喜其简便,竞起效颦,遂为晚唐体,益下,去古益远。岂非资书以为诗失之腐,捐书以为诗失之野欤!"

其《答陈卓然书》论骚、赋演变,认为贾谊、司马相如皆能如柳下惠一样坐怀不乱,而韩、柳、欧、苏、黄的辞赋则如"鲁男子之学柳下惠",已乱屈原、宋玉之辞赋:"《离骚》为词赋宗祖固也,然自屈、宋没,后继而为之者如《鹏鸟》、《吊湘》、《子虚》、《大人》、《长杨》、《二京》、《三都》、《思玄》、《幽通》、《归田》、《闲居》之类,虽名曰赋,皆骚之余也。至韩退之耻蹈袭,比之盗窃,集中仅有《复志》、《感二鸟》二赋,不类骚体。柳子厚有《乞巧》、《骂尸虫》、《斩曲几》等作十篇,托名曰骚,然无一字一句与骚相犯。仆尝谓贾、马而下,于骚皆学柳下惠者也,惟韩、柳庶几鲁男子之学柳下惠者矣。足下赋此阁,当于《列子》书中采至言妙义,以发其超出形气、游乎物初之意,今自首至尾,字字句句不离一部骚辞,与韩、柳轴异,与近世《秋声》、《鸣蝉》、《赤壁》、《黄楼》之作亦异,与山谷自铸伟辞之说尤异,此仆所未喻也。"

其《山名别集序》概括了先秦至唐的《诗》体、《骚》体、《选》体、建安体、黄初体、永明体、盛唐体(开元)、大历体、晚唐体的发展:"盖《国风》、《骚》、《选》不主一体,至沈、谢始拘平仄,诗之变,诗之衰也。仲白之志,常欲归齐、梁而返建安、黄初,晚唐而追开元、大历,于古体寓其高远于大篇,发其精博于短章,穷其要眇。《雪夜感兴》等作,咄咄逼(陈)子昂、(李)太白,顾专取律体而使仲白之高远者、精博者皆不行于世,所谓要

---

① （宋）刘克庄《后村先生大全集》卷三,四部丛刊初编本。

眇者又多以小疵遗落。"

其《本朝五七言绝句序》论北宋诗格(诗风)演变云:"《唐绝句诗选》成,童子复以本朝诗为请,余曰:兹事尤难。杨(亿)、刘(筠)是一格,欧(阳修)、苏(舜钦)是一格,黄(庭坚)、陈(师道)是一格……或曰:本朝理学,古文高出前代,惟诗视唐似有愧色。余曰:此谓不能言者也。其能言者,岂惟不愧于唐,盖过之矣。"

其《江西诗派小序·山谷》又论北宋诗风发展云:"国初诗人如潘阆、魏野,规规晚唐格调,寸步不敢走作。杨、刘则又专为昆体,故优人有'挦扯义山'之诮。苏、梅二子,稍变以平淡豪俊,而和之者尚寡。至六一、坡公,巍然为大家数,学者宗焉。然二公亦各极其天才笔力之所至而已,非必锻炼勤苦而成也。豫章稍后出,会萃百家句律之长,究极历代体制之变,搜猎奇书,穿穴异闻,作为古诗,自成一家,虽只言半字不轻出,遂为本朝诗家宗祖,在禅学中比得达摩,不易之论也。"

他对王安石是不满的,但对元祐体很推崇,其《跋某人诗卷》云:"元祐赋律古,熙宁经义新。请君忙改艺,诗好误终身。"徽宗朝禁元祐体,提倡王安石新学,此诗对趋时之辈进行了辛辣的讽刺。

其《赵寺丞和陶诗序》集中论"陶体",比较了阮籍、陶潜的异同:"自有诗人以来,惟阮嗣宗、陶渊明自是一家,譬如景星庆云,醴泉灵芝,虽天地间物,而天地亦不能使之常有也。然嗣宗跌荡弃礼法,矜傲犯世患,晚为《劝进表》以求容,志行扫地,反累其诗。渊明多引典训,居然名教中人,终其身不践二姓之庭(指其不仕宋),未尝谐世而世故不能害,人物高胜,其诗遂独步千古。"认为唐代只有韦应物、柳宗元得陶遗意,李白、杜甫不近陶体:"唐诗人最多,惟韦、柳得其遗意。李、杜虽大家数,使为陶体则不近矣。"末论苏轼与赵寺丞和陶诗的不同。

他论诗歌风格显然受苏轼影响,其《刘圻父诗序》云:"麻沙刘君圻父融液众格,自为一家,短章有孔鸾之丽,大篇有鲲鹏之壮,枯槁之中含腴泽,舒肆之中富揫敛,非深于诗者不能也。矧其贵山林,贱城市,视蝉冕如布衣,见朱门如蓬户,静定之言多,躁动之意少,庶几乎冲淡以自守、遗佚而不怨者矣。虽然,文以气为主,少锐老惰,人莫不然。世谓鲍昭、江淹晚节才尽,予独以为气有惰而才无尽。子美夔州、介甫锺山以后所作,岂以老而惰哉!"这显然就是苏轼所主张的"质而实绮,癯而实腴"。

宋代文学并未因北宋灭亡而衰落,南渡初出现了中兴四杰,也就是刘克庄所说的"南渡体",其《前辈》云:"前辈日以远,斯文吁可悲。古人皆尚友,近世例无师。晚节初寮(王安中)集,中年务观(陆游)诗。虽云南渡体,俗子未容窥。"他对当时流行的晚唐体颇不以为然。其《自勉》云:"玄咏易流西晋学,苦吟不脱晚唐诗。"他对永嘉四灵、江湖诗派均有微词,如其《刘圻父诗序》云:"余尝病世之为唐律者胶挛浅易,窘局才思,千篇一体",此指永嘉四灵;"而为派家者则又驰骛广远,荡弃幅尺,一嗅味尽",此指江湖诗派。《瓜圃集序》亦云:"近岁诗人惟赵章泉(蕃)五言有陶、阮意,赵蹈中能为韦体,如永嘉诸人极力驰骤才望见贾岛、姚合之藩而已。"但他对永嘉四灵、江湖诗派也不乏称美,陈起这位诗人兼书商大量刊刻《江湖集》,对江湖诗派的形成起了巨大的作用。其《赠陈起》云:"陈侯生长纷华地,却以芸香自沐薰。炼句岂非林处士(和靖),鬻书莫是穆参军(修)。雨檐兀坐忘春去,雪案清谈至夜分。何日我闲君闭肆,扁舟同泛北山云。"翁卷是永嘉四灵之一,其《赠翁卷》:"非止擅唐风,尤于《选》体工。有时千载事,只在一联中。世自轻前辈,天犹活此翁。江湖不相见,才见又西东。"《又七言》云:"旧止四人(指永嘉四灵)为律体,今通天下话头行。谁编宗派应添谱,要续《传灯》不记名。放子一头嗟我老,避君三舍与之平。由来作者皆攻苦,莫信人言七步成。"永嘉四灵皆强调苦咏,从末二句可知,他对此是称许的。

其《跋柯岂文诗》阐明了他对晚唐体与元白体的看法。孟郊、贾岛若吟而穷:"观人言语可以验其通塞,郊、岛诗极天下之工,亦极天下之穷。方其苦吟也,有先得上句,经年始足下句者;有断数须而下一字者。做成此一种文字,其人虽欲不穷,不可得也。"元稹、白居易诗通俗而达:"元、白变其体,求其谐俗,茗坊酒垆,往往传诵,诗稍滥觞矣。然元至宰相,白亦侍从,余所谓通塞之验非耶?"

他论文论艺皆"不主一体",其《陈敬叟集序》云:"尝评诸人之作,圻父得之夷淡而失之槁干,季仙得之深密而失之迟晦,惟敬叟才气清拔,力量宏放,险夷浓淡、深浅密疏,各极其态,不主一体。至其为人旷达如列御寇、庄周,饮酒如阮嗣宗、李太白,笔札如谷子云(谷永),行草篆隶如张颠、李潮,乐府如温飞卿、韩致光,余每叹其所长,非复一事。"其《退庵集序》也强调文贵自然,不拘体式:"自先朝设词科而文字日趋于工,譬锦工之机锦,玉人之攻玉,极天下之组丽瑰美,国家大典册必属笔于其人焉。然杂博伤正气,缔绘损自然,其病乃在于太工。惟番易三洪,笔力浩大,不窘于记问,不缚于体式,士之得其门者寡矣。"他说自己"某常恨古今词人往往词胜理,华过实",而赞美退庵居士词理相称,诸体皆工:"文不能皆工,故曾子固劣于诗,温公自言不习四六。公俪语高妙,殆天界不可学;诗简而远,近而深,有味外之味;古文锻炼精粹,一字不可增损。"

刘克庄所著《后村诗话》,分为前集二卷、后集二卷、续集四卷、新集六卷,计十四卷。前、后、续三集统论汉、魏、唐、宋人诗歌,以唐、宋诗为多,新集则详论唐人诗作。《四库全书总目》称《后村诗话》"所载宋代诸诗,其集不传于今者十之五六,亦皆赖是书以存"。郭绍虞先生《宋诗话考》认为《后村诗话》"网罗众作,见取材之博;评衡惬当,见学力之精",可见此书的文献、理论价值。兹举数则以见一斑:

《后村诗话》卷一论四言诗云:"四言自曹氏父子、王仲宣、陆士衡后,惟陶公最高。《停云》、《荣木》等篇,殆突过建安矣。"五言诗:"五言见于《书》、《诗》,如'万事丛脞哉','胡为乎泥中'之类,非始于苏、李也。"拟古诗:"谢康乐有《拟邺中诗》八首,江文通有《拟杂体》三十首,名曰'拟古',往往夺真。亦犹退之《琴操》,真可以弦庙瑟;子厚《天对》,真可以答《天问》。今人号为摹拟其作,求其近似者少矣。"乐府诗:"《焦仲卿妻》诗,六朝人所作也。《木兰诗》,唐人所作也。乐府惟此二篇作叙事体,有始有卒,虽辞多质俚,然有古意。"梁之体:"唐初,王、杨、沈、宋擅名,然不脱齐、梁之体。独陈拾遗首倡高雅冲淡之音,一扫六代之纤弱,趋于黄初、建安矣。"长庆体:"长庆体太易,不必学。王逢原《题乐天墓》末云:'若使篇章深李杜,竹符还不到君'",岂亦病其诗之浅耶?

卷二论西昆体云:"《西昆酬唱集》对偶字画虽工,而佳句可录者殊少,宜为欧公之所厌也。"元祐体:"元祐后,诗人迭起,一种则波澜富而句律疏,一种则煅炼精而性情远,要之不出苏、黄二体而已。及简斋出,始以老杜为师。"歌行体、吴体:"苏子美歌行雄放于圣俞,昂藏不羁,如其为人。及蟠屈为吴体,则极平夷妥帖。绝句云:'别院深深夏簟清,石榴开遍透帘明。树阴满地日卓午,梦觉流莺时一声。'又云:'春阴垂野草青青,时有幽花一树明。晚泊孤舟古祠下,满川风雨看潮生。'极似韦苏州《垂虹亭观中秋月》云:'佛氏解为银色界,仙家多住玉华宫。'极工而世惟咏其上一联'金饼彩虹'之句,何也?'山蝉带响穿疏户,野蔓蟠青入破窗',亦佳句。"

卷四云:"杨文公《谈苑》云:'近世钱惟演、刘筠首变诗格,得其格者,蔚为佳咏。'又云:'二君丽句绝多。'且各举数十联。钱《咏汉武》云:'立候东溟邀鹤驾,穷兵西极待龙媒。'刘《咏明皇》云:'梨园法部兼胡部,玉辇长亭更短亭。'工则工矣。余按首变诗格者,文公也。自欧阳公诸老,皆谓昆体自杨、刘始,今文公乃逊与二人,若己无与者,前辈谦厚不争名如此。"其实称杨、刘、钱诸人"首变诗格"并无错,他们以昆体变宋初的白体、晚唐体;欧阳文忠公所变主要是文体,即太学体,正如陈善《扪虱新话》所说:"欧公变文格而不能变诗格。"

七 张侃论词的起源

张侃(生卒年不详)字直夫,号拙轩。祖籍大梁(今河南开封),徙家邗城(今江苏扬州),绍兴末,渡江居湖州(今属浙江)。尝监常州奔牛镇酒税,迁为上虞丞。父岩以谄媚权奸,为世诟病。侃独志趣萧散,浮沈末僚,所与游者,如赵师秀、周文璞辈,皆恬静不争之士。其诗亦闲淡有致。其《拙轩词话》一卷旁采众家之说而折衷之,多为考

402

评赏析，论诗词用语出处，亦论及词之起源。著有《拙轩集》（或题《拙轩初稿》），已佚。清四库馆臣自《永乐大典》辑为《张氏拙轩集》六卷。近人赵万里又辑有《拙轩词》。

其《跋拣词》论词的起源，列举了多种观点，"陆务观《自制近体乐府叙》云：'倚声起于唐之季世'；周必大《题谭该乐府》云：'世谓乐府起于汉、魏，盖由惠帝有乐府令，武帝立乐府采诗夜诵也'；唐元稹则以仲尼《文王操》、伯牙《水仙操》、齐牧犊《雉朝飞》、卫女《思归引》为乐府之始……以予考之……在虞舜时，此体固已萌芽，岂止三代遗韵而已"。他认为词由乐府而来："乐府之坏，始于《玉台》杂体。而《后庭花》等曲流入淫侈，极而变为倚声，则李太白、温飞卿、白乐天所作《清平乐》、《菩萨蛮》、《长相思》。我朝之士，晁补之取《渔家傲》、《御街行》、《豆叶黄》作五七字句，东莱吕伯恭编入《文鉴》，为后人矜式。"①

八　孙德之论"文不难于工，而难体制之备"

孙德之（1192—?）字道子，东阳（今属浙江）人。嘉熙进士，又中宏词科，官至秘书监丞。后绝意仕进，刻意著述，隐居太白山斋，别号太白山人。所著《续大事记》及《太白山斋遗稿》三十卷，散佚不存。明裔孙志辑为《太白山斋遗稿》二卷，嘉靖间十一世孙学刻以传世。

其《郑持正毛颖制表序》论诗文体制与辞藻的关系云："嘉定庚午，予侍先君子官中都，危逢吉、李公甫俱克词章，间相过，戏草《淇国夫人竹氏进封制词》，称'股肱之寄'，或谓其失体，与傀偏勤劳王家、出入幕府之作不类。危则裂之，李稿今犹在集中也。夫文不难于工，而难于体制，不合则虽形容之工、属对之巧，不足尚矣。"②其《书刘改之（过）词科进卷》（同上）评刘过的词科进卷稿，也认为"文不难于工，而难体制之备"，论诗文体制与辞藻的关系颇深刻，比喻尤为生动："钱塘刘君一日相过，示予以词科进卷稿。余读之，不觉击节叹骇。夫文不难于工，而难体制之备。魏文帝论文，以为铭诔尚实，诗赋欲丽。陆机亦谓'颂优游而炳郁（《文选》作"彬蔚"），箴顿挫而清壮'，兹体制说。盖文之有体，亦犹人之有体也。四体不备，不可以成人；众体不备，不可以为文。君之文不独辞藻之工，其大概高以体要为尚。其四六则雅驯而工，散文则雄深而清，韵语则清新而壮。持此游场屋中，日可与渡江诸贤相角逐，余子纷纷不足，当立下风也。青衫如败荷，谓低头筽库中，欲与常人而不可得。吾党浩叹。于戏，孰

---

① （宋）张侃《拙轩集》卷五，文渊阁四库全书本。
② （宋）孙德之《太白山斋遗稿》卷上，文渊阁四库全书本。

能为子产,而转以上闻也哉?"

九　林希逸的诗体论

林希逸(1193—?)字肃翁,号鬳斋,又号竹溪。福清(今属福建)人。端平进士。工诗善书画,以道学名世。著有《易讲》、《春秋传》、《鬳斋前集》六十卷,已佚。今存《考工记解》、《老子口义》、《庄子口义》、《列子口义》。《竹溪鬳斋十一稿续集》三十卷,为其门人福清林式之所编。

林希逸《离骚》一文首论《诗》、《骚》关系云:"闻之师曰:'不知《诗》之旨趣,无以知《骚》之风骨;不知《诗》之蹊径,无以知《骚》之门户。《诗》者《骚》之宗,而《骚》者《诗》之异名也。'"阐述了《诗》、《骚》"写情寄兴"的共同主旨:"盖乾坤之宫商,而寓以诗人之喙,其写情寄兴,多出于玄冥罔象之中,而言语血脉有不可以文字格律求者。"批评后世不学习《诗》、《骚》的"写情寄兴",而只是追求浮靡之辞:"自夫诗派不传,文习益胜。辞尚于浮靡,而不务于真实;言出于口耳,而不根于肝鬲。流荡于风云月露之形,祖袭于四六红白之体。《三百篇》之义,尚以章句训诂求之,而况《骚》乎?"接着他阐明了《离骚》的主旨,批评后人对《离骚》的"写心寄意"种种误解、曲解,深叹屈原不仅"经纶不究于生前",而且对他身后的评论也很不公,认为"三百篇之《诗》,出于小夫贱隶者不少,而皆以经目之;《系辞》之文,古之大传也,而概以《易经》列之。《离骚》之曰经,《九歌》而下之曰传,又何足论也! 故夫求《骚》以文者,不若求之以《诗》;求《骚》以义者,不若求之以情。以文求《骚》,则得《骚》之门户。"①特别是这最后几句,可说是研读《离骚》的指南。最后是对《离骚》的正面评价:当与《诗》并列,当与李、杜并列。

其《李君瑞奇正赋格序》前论诗、赋、骈文的正与奇,平易与瑰奇的不同风格"不妨为俱美":"自退之(韩愈)为诗,正易奇之论,文章家遂有以此互品题者。抑尝思之,张说、徐坚之论文也,其曰'良金美玉,无施不可',非正乎? 其曰'孤峰绝岸,壁立万仞,浓云郁兴,震雷俱发',非奇乎? 不妨为俱美也。前辈乃曰好奇自是文章一病,退之亦自谓怪怪奇奇,不施于时,只以自嬉,然则奇固不若正矣。虽然,李长吉(贺)辞尚奇诡,而当时皆以绝去翰墨畦迳称之。李义山(商隐)受偶俪之学于令狐(楚),及其自作,乃过于楚,非以其为文素瑰奇欤? 长吉之奇见于歌行,义山之奇见于偶俪。偶俪者,即今时赋体也。使今人之赋有若玉溪之奇,又何愧于古哉?"后论李赋每以奇取胜:"莆阳同舍李君瑞以赋得名,屡荐于乡,优升于学,每以奇取胜,自谓之伏兵。盖前

---

① (宋)林希逸《竹溪鬳斋十一稿续集》,文渊阁四库全书本。

后见赏有司，皆以铺叙体得之。今集赋家大小诸试，自兰省三舍、诸郡鹿鸣，以至堂补巍缀者皆在焉。每先之以正，继之以奇。铺叙之外，或以韵奇，或以意奇，或以句简古而奇，或以原头末三韵两韵混成构结。而谓之正者，人固知之；时出之奇，多有流辈思索所未及。譬犹孙膑之减灶削木，淮阴之背水囊沙，初不在堂堂之阵、正正之旗，自可扼敌吭而破敌胆也。以君瑞肘后之方，已效之剂，不自秘而传之人，得之者当万选万中矣。"末引唐释皎然《诗式》以证其说："然唐人论诗，有'六迷'者，有'七至'者。其说则曰：以诡差为新奇，一迷也；至奇而不差，一至也。是必知其至而去其迷。以诗之病而验之赋，庶乎得君瑞所以传之法，而又尽其所以至之妙。"

其《方君节诗序》论古体与近体及唐、宋诗风的演变云："诗有近体，始于唐，非古也。今人以绳墨矩度求之，故江西长句，（赵）紫芝有诮论之讥。盖紫芝于狭见奇，以腴求瘠，每曰：'五言字四十，七言字五十六，使益其一，吾力匮焉。'其法严如此。今集中古作绝少，亦尚友选家，摩括极其苦，淘涤极其莹；虽然，浑雄之气，视昔缺矣。前此我朝诸大家数，律之精，莫如半山，有杨（万里）、刘（克庄）所不及；古之奥，莫如宛陵（梅尧臣），有苏（轼）、黄（庭坚）所不及。中兴而后，放翁（陆游）、诚斋（杨万里）两致意焉。然杨主于兴，近李（白）；陆主于雅，近杜（甫）。吁，诗于李、杜，圣矣乎！神矣乎！""于狭见奇，以腴求瘠"，"律之精"，"古之奥"等语都表现了他对诗歌风格的看法。

其《刘元高诗序》亦云："陶、谢，一的也，韦、柳取之；李、杜，一的也，苏、黄取之；郊、岛，一的也，四灵取之。随所取而尽其能，则可以追古人，可以名家数，不然皆羿矣。今言诗于江西，大抵以山谷为的。"这表现了他追求诗风的多样性，反对仅以"山谷为的"。

《诗缉》三十六卷，宋严粲撰。粲字坦叔，邵武人。尝官清湘令。此书以吕祖谦《读诗记》为主，而杂采诸说以明之，旧说有未安者则别以己意阐发。林希逸为撰《诗缉序》，论诗、骚、古体、近体之演变，对郑康成以三《礼》之学注《诗》不以为然："《诗》于人学，自为一宗，笔墨蹊径，或不可寻逐，非若他经。然其流既为《骚》，为《选》，为唐古、律，而吾圣人所谓可以兴观群怨，孟子所谓以意逆志者，悉付之明经家。林先生（光朝）尝曰：'郑康成以三《礼》之学笺传古诗，难与论言外之旨矣。'"①

其《后村集序》论刘克庄诸体皆长云："夫文章非一体，能者互有短长。王粲他文不如赋，子美无韵者难读，温公不习四六，南丰文过其诗，此皆前辈评论也。以余观于后村，自非天禀迥殊，学力深到，何其多能哉！诗虽会众作而自为一宗，文不主一家而

---

① 《诗缉》卷首。

兼备众体。摹写之笔工妙,援据之论精详。其错综也严,其兴寄也远。或春容而多态,或峭拔以为奇。融贯古今,自入炉鞴。有《榖梁》之洁,而寓《离骚》之幽;有相如之丽,而得退之之正。霜明玉莹,虎跃龙骧,闳肆瑰奇,超迈特立。千载而下,必与欧、梅六子并行,当为中兴一大家数也。"①

其《心游摘稿序》强调诗不主一体:"躔父(刘翼)与余同事乐轩(陈藻)先生,躔父鄙夷场屋之事技,独力于诗。自晋唐而下至我朝诸公遗集,掇撷数百家。所作不主一体,大抵学乐轩为之。先生有道之士也,其诗初为唐语,后为晋语,晚而傲世自乐,尽去绳墨法度,自为乐轩一家之言,盖耻入今人古人窠臼也。如婆罗林中最后说法,六师诸魔闻者益惧矣。同门诸友,独躔父入此三昧。"②

十 王柏具有道学家色彩的文体论

王柏(1197—1274)字会之,一字伯会。少慕诸葛亮为人,自号长啸,后改号鲁斋。金华(今属浙江)人。天资卓绝,桀骜不驯,后虽折节学问,亦敢攻孔子手定之书。诗文虽刻意收敛,然时露豪迈雄肆之气。著述甚富,多已佚,今存《书疑》九卷,《诗疑》二卷。其诗文集《甲寅稿》亦已佚,六世孙王迪哀集为《鲁斋王文宪公文集》二十卷,刊于明正统八年,有《续金华丛书》本,四库全书本名《鲁斋集》。

其《答刘复之求行状书》论行状、请谥、谥、志铭等多种文体云:"某尝谓行状之作非古也,又尝考之,卫文叔文子卒,其子戍请谥于君曰:'日月有时,将葬矣,请所以易其名者。'请谥之词,意者今世行状之始也。周士大夫以上葬必有谥,而勋德著见于时,人所共知,不待其子累累之言,故请谥之词寂寥简短,不能数语。后之大夫勋德不能尽表于当时,而人子哀痛之中,难于自述,遂属以门生故吏,具述行事,以状其请。自唐以来,有官不应谥,亦为行状者,其说以为将求名世之士为之志铭,而行状之本意始失矣夫!观昌黎、庐陵、东坡之集,铭人之墓最多,而行状共不过五篇,而妇人不为也,又知妇人之不为行状之意亦明矣。若以行状而求铭,犹有说也。今先夫人已有墓铭,乃挐堂之门人述其师之语,理已当矣。若又为行状,不亦赘乎?愚谓行状之不必作者,此也。"③但这段话多有可议之处,请谥之词是请求封谥,所引《礼记·檀弓》"公叔文子卒"一段是请谥之词,并非行状本身。行状又称行实、行述,是记载死者世系身

---

① 《后村先生大全集》卷首。
② 《江湖小集》卷三〇,文渊阁四库全书本。
③ (宋)王柏《鲁斋集》卷七,文渊阁四库全书本。

份、姓氏籍贯、生卒年月以及一生行事的文字。行状始于汉,到魏晋南北朝时期成为独立文体,从宋代起出现了很多长篇行状。任昉《文章缘起》云:"行状,汉丞相仓曹傅胡干作《杨元伯行状》。"谓韩愈、欧阳修多作墓志是实,谓"东坡之集,铭人之墓最多"亦是想当然之语,前已论及,三苏父子都不肯轻为墓志,集中墓志寥寥无几。

关于《诗》之风、雅、颂,他重雅、颂而轻视风,其《雅歌序》云:"古之诗犹今之歌曲也。但雅颂作于公卿大夫,用于朝会燕享,用于宗庙祭祀,非庶人所敢僭。惟《周南》、《召南》通上下而用之,被之于管弦之中,以约其情性之正,以范其风俗之美,此王化之所由基,非后世之所可及也。其余国风杂出于小夫贱隶妇人女子之口,以述其闾巷风土之情,善恶纷揉,而圣人亦存之以为世戒,非皆取之以为吟咏之当然。读之者悚然知所羞恶,则圣人之功用远矣,正不必句句绅绎而字字精研,求其美者,玩味诵咏之可也。若以为圣人既删之后,列之经籍而皆不可废,则又何以谓之郑声淫而放绝之乎?"特别是下面一段话集中表现了他对今之歌曲、歌谣、词调的蔑视,是其道学家文体论的集中表现:"予尝谓郑卫之音,《二南》之罪人也,后世之乐府又郑卫之罪人也。凡今词家所称脍炙人口者,则皆导淫之罪魁耳,而可一寓之于目乎……至于习俗之歌谣,辞俚而韵窒,又无足取。"当然,他对《诗》之风、今之词调也未完全否定,但要求它们要符合儒家"气韵和平"、"渊永深穆"、"可以兴起人心"的诗教精神:"《三百篇》之音调已亡,虽《鹿鸣》而下诸篇腔律具于《仪礼》集传,又非乐工之所能通识。观其章叠句整,气韵和平,而渊永深穆之意乃在于一唱三叹之表,孰能审其音以转移其气质,涵泳于义理哉……所以学士大夫尚从事于后世之词调者,既可倚之于弦索,泛之于唇指,宛转萦纡于喉舌之间,忧愤疏畅,思致流动,犹有可以兴起人心故也。"

作为道学家,他重四书五经而轻科举之文,特别是骈文,其《答王栗山》云:"后世文章之所以不古者,止不本诸经而已。苟能于《大学》以求其用,于《论语》以求其教,于《孟子》以求其通,于《中庸》以求其原,如是则义理沛然,此文章之元气也。此四书者固非为文章设也,乃经天纬地之具,治世文教之书,潜心涵泳,有自然之文故也。近世之文大坏于举业,浮而诞,凿而诬;其次坏于骈俪,弱而鄙,丽而谀。"他对学韩、柳古文者也不满,认为他们"奇诡艰涩","博而寡要":"间有厌今而嗜古者,不过求于奇诡艰涩,以揜其浅陋空虚。固亦有出入史汉,根蒂韩柳者,终不免堕于博而寡要,劳而无功之中。此病沉痼,莫能药也。"

在诗歌风格论上,他特别推重"平淡闲雅"的韦苏州(应物)体,其《汪功父(蒙)知非稿》云:"万事无不由学而至,惟诗未必尽由于学。其工可学也,其气骨实关于人品。朱文公独爱韦苏州诗,以其无声色臭味为近道。此言不特精于论诗,尤学道者之要语也。自《三百篇》以来,独平淡闲雅者为难。得夫平淡闲雅者,岂学之所能至哉?惟无欲者能之。非无欲之诗难得也，正以无欲之人难得耳。"关于文章风格，他推崇欧阳修、曾巩，而对苏轼略有微词，其《跋欧曾文粹》引朱熹语云："欧阳公文字敷腴温润，曾南丰文字又更峻洁。又曰南丰文字说通透，如人会相论底，一齐指摘说尽了。欧公不尽说，含蓄无尽，意又好，曾所以不及欧是纡徐曲折处。又曰文字好处只是平易说道理，初不曾使差异底字，换寻常字。自苏东坡文出，便伤于巧，议论有不正处，只就小处起议论。此皆朱子论文之法，学者不可不知。"

他还撰有《诗十辨》，"一曰《毛诗辨》，二曰《风雅辨》，三曰《王风辨》，四曰《二雅辨》，五曰《赋诗辨》，六曰《豳风辨》，七曰《风序辨》，八曰《鲁颂辨》，九曰《诗亡辨》，十曰《经传辨》。"其中提出了不少重要的观点，如《毛诗辨》谓《诗》"固非唐虞夏商之诗也，固非尽出于周公之所定也，亦非尽出于夫子之所删也"；"《颂》虽无正变之分，而实有正变之体"；"遭（秦）焚禁之大祸，而三百篇之目宛然如二圣人之旧，无一篇之亡、一章之失！《诗》、《书》同祸，而存亡之异辽绝乃如此，吾斯之未能信"。

十一　赵孟坚论"文章至唐而体备"

赵孟坚（1199—约1267）字子固，号彝斋居士。嘉兴海盐（今属浙江）人。南宋宗室，宋太祖十一世孙。理宗宝庆二年（1226）进士。赵孟坚是南宋末年兼具贵族、士大夫、文学家多重身份的著名画家、书画收藏家。儒雅博识，工诗文，善书法，尤擅长水墨白描水仙、梅、兰、竹石。其中以墨兰、白描最精，取法扬无咎，笔致细劲挺秀，花叶纷披而具条理，繁而不冗，工而不巧，颇有生意，给人以清而不凡、秀而雅淡之感，世皆珍之。著有《梅谱》、《书法论》，已佚。清四库馆臣自《永乐大典》中辑其集为《彝斋文编》四卷。《彊村丛书》收录其《彝斋诗余》一卷。

他论诗反对为咏而咏，其《诗谈》云："吾嗤彼云士，努力事诗妍。竟日搜枯肠，抽黄对白间。尔何无达观，局促自缚缠？"推崇陶体："不见渊明陶，有诗累百篇。要以写吾心，出语如流泉。采菊见南山，得句于悠然。"杜体："少陵动感慨，忠义胆所宣。有时心境夷，亦复轻翩翩。纤纤白云闲，无心游日边。风石激而奇，奔迸生云烟。讵以天然态，而事斧凿镌？"自己作诗是"陶尔一觞酒，警尔心地偏。少焉明月上，高挂西山巅。听我曳杖歌，金石声撼天"①，用不着"搜枯肠"，"事诗妍"。

《凌愚谷集序》认为"文章至唐而体备"，从其具体内容看，他所说的"体备"，不是指诗文体裁，而是指各个时代的各种诗文风格："其情态宛委，肌理丰泽，腴而密，婉而

---

① （宋）赵孟坚《彝斋文编》卷一，文渊阁四库全书本。

丽,斯亦世代至此而盛乎? 故自贞元、元和而上,李、杜、韩、柳以至乎长庆元、白,皆唐文之懿也。大中以降,琐涩滋过,固一病也。而又浸淫于以俗为雅之流,代号作者或不免是,况浸淫于末流者乎! 杜荀鹤于诗接五季之碑碣,可概观矣。然则论唐文者,不得因其流而訾其源也。”这里所说的宛委、丰泽、腴密、婉丽、琐涩、以俗为雅,皆指风格。唐末文风卑弱,但他强调“不得因其流而訾其源”,这也是十分重要的观点。次论宋代文风的演变,所说的“变体”也主要指文风:“皇朝文明代兴,庆历以前,六一公欧氏未变体之际,王黄州(禹偁)、范文正(仲淹)诸公充然富赡,宛乎盛唐之制,亦其天姿之复,已脱去五季琐俗之陋。一阳动于黄锺,厥维有本,伯长(穆修)一倡,尹(洙)、欧(阳修)、仲涂(柳开)和之,南丰(曾巩)、三苏又和之,元祐诸君子又和之,轰然古雅,至淳(熙)、乾(道)尚余音韵,其风棱骨峭,摆落繁华,亦一代之体也。然夷清惠和,各随极至,场屋习胜,视唐疏矣。”认为宋不如唐:“场屋习胜,视唐疏矣。”

赵竹潭名雍,字宝汝,号竹潭,忠简公赵鼎的后人。其《赵竹潭诗集序》所论则兼指体裁和风格,“自赓歌、国风、雅、颂而《离骚》,皆归于正之诗也”,“汉苏、李五言”,“歌行吟谣、怨叹词曲”,“今之律体,是特一耳”均指体裁,其他所论多指风格:“诗非一艺也,德之章、心之声也。其寓之篇什,随体赋格,亦犹水之随地赋形。然其有浅有深,有大有小,概虽不同,要之同主忠厚,而同归于正……杜工部诗言爱君忧国,不失其正,此所以独步于诗家者流也。由汉苏、李五言,建安七子,晋、宋之清虚,齐、梁之靡丽,至唐而歌行吟谣、怨叹词曲等,此而律生焉。诗之体备,而诗亦变矣。然忠厚而归于正者,未尝绝响,东莱(吕祖谦)《丽泽》所次是已……非谓诗之能事止于是。诗亦岂惟泥体,不究其义哉。其发也正,则演而春容大篇,忠厚也,束而二十余字,亦忠厚也。砌景于一联,夸妍于一字,无所感发,诗岂然哉?”“随体赋格”,“诗之体备,而诗亦变”是说体裁不同风格也不同;“春容”、“忠厚”,“晋、宋之清虚,齐、梁之靡丽”是说不同的时代有不同的风格,不可“泥体”。

其《孙雪窗诗序》力主众体该具,弗拘一体,既不要拘于诗之体裁:“可古则古,可律则律,可乐府、杂言则乐府、杂言,初未闻举一而废一也。”也不要拘于江西体、晚唐体等诗歌风格流派:“诗者,英气之发见于人者也。鄙夫猥徒定无诗,高人韵士有诗,名臣巨公皆有诗。感遇事物,英英气概,形而成诗。亦犹天有英气,景星庆云;地有英气,朱草紫芝是也。然何尝体制限哉? 窃怪夫今之言诗者,江西、晚唐之交相诋也。彼病此冗,此訾彼拘。胡不合杜、李、元、白、欧、王、苏、黄诸公而并观? 诸公众体该具,弗拘一也……今之习江西、晚唐者,谓拘一耳,究江西、晚唐亦未始拘也。”

十二　方岳论宋代诗风、词风的演变

方岳(1199—1262)字巨山,号秋崖。祁门(今属安徽)人。绍定进士,沉沦下僚,历仕州县,官终知抚州。其诗文与四六不用古律,率意而为,语或天出。其奏议流畅平易,尤以骈文知名,用典精切,纡徐平易,流畅通达。在江湖诗人中,诗名与刘克庄比肩。其诗初入江西派,后受杨万里、范成大影响,风格疏朗淡远,琢语清新,不作艰涩之辞,而喜作新巧对偶。其词近苏、辛一派,与诗风颇异其趣,对清代陈维崧等人词风有一定影响。著有《重修南北史》一百七十卷、《宗维训录》十卷,不传。《秋崖先生小稿》八十三卷,有明嘉靖五年方谦刻清递修本,四库馆臣重编为《秋崖集》四十卷。

其《答叶兄札》论诗歌体裁的演变云:"诗自明良赓载降而为《五子之歌》,又降而为《三百篇》之什,又降为《离骚》之经,至汉唐而为五言,为七言,为歌、行、引、叹、辞、谣之类,盖千数百家而未已也。"又论诸家风格之异云:"杜(甫)奇而法,李(白)豪而逸,白(居易)质而醇,韩(愈)壮而深,柳(宗元)淡而雅,虽各自名家,而一出于正,有所归宿。盖不法而奇则怪,不逸而豪则荡,不醇而质则俚,不深而壮则犷,不雅而淡则俗,故诗虽小技而亦未易言也。"①各种风格有度,否则会走向反面。

其《跋陈平仲诗》评宋朝诗风演变,一是西昆派:"本朝诗自杨(亿)、刘(筠)为一节,昆体也,四瑚八琏,烂然皆珍,乃不及夏鼎商盘自然高古。"二是江西诗派:"后山(陈师道)诸人为一节,派家也,深山云卧,松风自寒,飘飘欲仙,芰荷衣而芙蓉裳也,而极其挚者黄山谷(庭坚)。"又评词风演变云:"词自欧(阳修)、苏(轼)为一节,长短句也,不丝不簧,自成音调,语意到处,律吕相忘。晏叔原(幾道)诸人为一节,乐府也,风流蕴藉,如王、谢家子弟,情致宛转,动荡人心,而极其挚者秦淮海(观)。山谷非无词而诗掩词,淮海非无诗而词掩诗。"

十三　陈著对晚唐体的批评

陈著(1214—1297)字子微,一字谦之,号本堂。鄞县(今浙江宁波)人,寄籍奉化。宝祐进士。宋亡,隐居四明山中,自号嵩溪遗耄。能诗词文,吴益称其"笔可扛鼎,气欲凌云"(《本堂集》卷六三《谢吴益启》附)。今读其集,实不称其评,正如《四库全书总目》卷一六四所评,其"诗多沿《击壤集》派,文亦颇杂语录之体,不及周、楼、陆、杨之淹

---

① (宋)方岳《秋崖集》卷二七,文渊阁四库全书本。

雅。又奖借二氏往往过当,尤不及朱子之纯粹"。其词亦多祝寿应酬之作。其论诗则鄙薄四灵,有"今天下皆淫于四灵"之语。著有《历代纪统》,已佚,今存《本堂集》九十四卷。

其《史景正诗集序》论诗之演变,批评晚唐体云:"尝谓文与世变升降,而诗为甚。三代以上,四诗(风、大雅、小雅、颂)一,唯真实正大而已。尔后,其深浅厚薄,随时不同,然时也,有人焉,君子不谓时也。晋宋间如陶、谢诸人,唐如李、杜、韩、柳、刘禹锡辈,皆卓卓于风流之外。今之天下,皆淫于四灵,自谓晚唐体,浮漓极矣。"①其《题白斑诗》亦鄙晚唐体:"诗,难言也。今之人言之易,悉以诗自娱,曰晚唐体,而四灵为有名。钱塘白斑家西湖西,多佳趣,一日以吟稿示余。读之,其音清以和,是有意入四灵之门,而登晚唐之堂者乎? 然诗已于晚唐而已乎? 斑其勉之!"其《题天台潘少白大老续古集》称唐诗多体,潘少白虽以"欲以唐体为宗",但有自己的特点:"余闻少白,不识少白面,而识其子衍于小万竹,其文气英英焉,因其子知其父,而未知其诗。一日,胡甥幼文来,箧有少白诗,出入晋、宋、盛唐、晚唐间,森然温然也。及阅其序《续古集》,则欲以唐体为宗。然则唐故多体,将宗谁耶? 若曰晚唐,殆不足为少白浼。余虽不能诗,不敢评,而于少白之诗,则曰少白之诗也。少白当亦抚掌。"

十四　姚勉论"诗不以序传"

姚勉(1216—1262)字述之,一字成一,号雪坡。新昌(今属浙江)人。少颖悟,日诵数千言。宝祐元年(1253)进士第一。慷慨有大志,倜傥有义气,愤世嫉邪,排奸指佞,磊落有奇节。方逢辰称"其文如长江大河,一泻千里"(《雪坡集序》),胡仲云至以苏轼、陈亮为比(《雪坡舍人集》附祭文)。《四库全书总目》卷一六四谓其受业于乐雷发,诗法颇有渊源,虽微涉粗豪,然落落有气。文亦颇妍雅可观,无宋末语录之俚语。所上封事奏札,指陈时政,侃侃不阿。亦能词,现存词三十二首,多祝寿、送行之作,风格较粗豪,成就不及其诗文。著有《雪坡集》五十卷。

其《回张生去华求诗序劄子》论序,既批评借序以为重的求序者:"粤从初诗,未有大序。迨圣门始闻子夏之作,至东汉则有卫宏之辞。盖是后来之人,述所作者之意。曹、刘见梦,乃于异世以求知;苏、杜遗编,何敢当时而作引? 如自有脍人口之语,亦何资冠篇首之文。降于今时,甚矣陋习。才能为里巷之咏,即目曰江湖之人。以诗自名者,于道已卑;借序为重者,其格益下。不求工于锻炼,第欲假于铺张。傥无剑如千口

① (宋)陈著《本堂集》卷三八,文渊阁四库全书本。

之垂,又何衮褒一字之用。衔鼠璞为燕玉,宁取信于荆和;誉嫫母为西施,但可欺于师旷。"又批评"苟轻许可,比亦妄人"的撰序者:"一经品题,固作佳士。苟轻许可,比亦妄人。与其称三好以误其一生,孰若效寸长以补其尺短。伏想高明之见,必俞(喻)狂谬之言。"①

其《秋崖毛应父诗序》阐述了同样的观点:"诗不以序传也,《三百五篇》皆有序,朱夫子(熹)犹使人舍序而求诗,序不足据也,姑舍是。后世诗亦尔。杜子美、李太白、白乐天,唐诗人之冠冕者,各以其诗传,不以元微之、李阳冰序传也。东坡之诗,无敢序;山谷之诗,无敢序;近时诚斋之诗,无敢序。信乎诗不以序传,而以诗传也;诗不以诗传,以人传也。人可传,诗必可传矣。"最后是以子之矛攻子之盾:"应父诗不患不传也,又安用序";"应父之诗,其首篇曰:'时人作诗自有体,卷头品题必名士。俺诗无体无品题,不作东家效西子。'夫不效时人求品题于卷头,见自高也。而今求序,为是亦效时人矣。言未既,或哑然笑于旁曰:如子非名士何? 于是乎序。"

十五 方逢辰论制诰、赋、四六诸体

方逢辰(1221—1291)原名梦魁,淳安(今属浙江)人。淳祐十年(1250)进士第一,理宗为改今名,因字君锡。曾创石峡书院,以授徒讲学为务,学者称蛟峰先生。为人刚直,不附时相,官至吏部侍郎,宋亡不仕。自幼刻苦力学,诸子百家之书无所不读,所为文家传人诵。然其主要成就在传播理学上,所著《孝经解》《易外传》《尚书释传》《学庸注释》,均佚,现存有《名物蒙求》。文学成就并不高,五世从孙方渊辑有《蛟峰先生文集》八卷,七世孙方中续辑《外集》四卷。

其《辞兼直舍人院奏》论代言之体的制诰云:"内史赞书之司,实为文士清选之极。必有浑厚尔雅之体,然后可以润色国典;必有激昂婉切之功,然后可以感发人心;必挥翰如飞,然后可以备缓急之辞命;必涌泉不竭,然后可以应填委之文书。夫岂庸才,可当是选?"②《辞兼直舍人院劄子》云:"伏念某受才既凡,种学尤浅,以寒苦而粗为文字,处孤陋而实寡见闻。孤陋见闻,固未习朝廷之典故;寒苦文字,岂足代皇王之训辞? 冒居是官,必忝于位。"

《林上舍体物赋料序》论赋云:"赋难于体物,而体物者莫难于工,尤莫难于化无而为有。一日之长驱千奇万态于笔下,其模绘造化也,大而包乎天地;其形状禽鱼草木

① (宋)姚勉《雪坡集》卷二五,文渊阁四库全书本。

② 《蛟峰文集》卷一。

也,细而不遗乎纤介,非工焉能。若触而长,演而伸,杼轴发于只字之微,比兴出乎一题之表,惟工而化者能之。前辈赋《铸鼎象物》曰:'足惟下正,讵闻公悚之歉倾;铉既上居,足想王臣之威重。'因足铉二象而发出经纶天下之器业。赋《金在镕》曰:'如令分别妍媸,愿为藻鉴;若使削平僭叛,请就干将。'因'藻鉴'、'干将'四字架出擎空楼阁,'愿为'、'请就'又隐然有金方在冶之义,识者固知其为将相手。"体物要做到"大而包乎天地","细而不遗乎纤介",杼轴要"发于只字之微","比兴出乎一题之表",这都是"赋难于体物"之所在。

《胡德甫四六外编序》论四六文云:"世人有言,司马君实不能四六,无损乎四朝元老,予谓不然。司马公者,所谓梓人不能茸床足者也。若其锯者锯,斧者斧,梓人岂能欠斯人哉。汪彦章作《册康王文》曰:'汉家之厄十世,宜光武之中兴;献公之子九人,惟重耳之尚在。'天下读之,戚然起朝觐讴歌之心,曰吾君之子也。寿皇初,两淮保障虚,张魏公以右相视师,寻以谗召,洪景伯当制曰:'棘门如儿戏耳,庸谨秋防;衮衣以公归兮,庶闻辰告。'儿戏本指边将,而天下谓诋魏公而不平。夫以一言而收天下之心,一言而觖天下之望,则四六可苟乎哉? 胡公伯骥德甫,余乡之老师,学问渊源,山涌泉出,而尤长于四六。近得启事数篇观之,交乎上者不谄,交乎下者不倨,且铺叙旋折咳唾历荦如散文,每篇于颂之末必有所规,规之末必有所劝,若施之制诰,当有彦章之得而无景伯之失矣。陈后山有言,韩以文为诗,杜以诗为文,余于胡公四六亦云。""一言而收天下之心,一言而觖天下之望",充分说明了四六之重要,不可苟为。

其论诗体风格则以《邵英甫诗集序》最为精彩,他认为"诗不必工,工于诗者泥也。诗所以吟咏性情,足以寄吾之情性之妙可矣,奚必工?"然后他列举历代诗家各有不同风格:"前辈有以放而诗者,谢灵运是也;有以狂而诗者,李太白是也;有以寓而诗者,陶渊明是也;有以穷而诗者,郊、岛是也;有以怨而诗者,屈平是也。以文为诗者昌黎,以史为诗者少陵,以侠为诗者非今之江湖子乎?"而这些不同风格皆不能出于性情之外,"亦各寄其情性而已":"放也,狂也,寓也,穷也,怨也,文也,史也,虽其为诗有不能皆出于情性之正者,而其所以诗,则亦各寄其情性而已,惟侠则诗之罪人焉。"

十六 何梦桂的诗论

何梦桂(1229—?)字岩叟,别号潜斋。淳安(今属浙江)人。咸淳元年(1265)进士。官至大理寺卿,宋亡不仕。诗学白居易,但"酸腐庸下"(王士禛《池北偶谈》),文章典雅。著有《易衍》、《中庸》、《大学说》、《致用书》,均佚。今存《潜斋集》十一卷,有四库全书本。

《潜斋集》卷五至卷七所收序文,提出了较为系统的诗论。一是认为诗乃"性情之所发",诗可"载民风,系世变",其《清溪吟课序》云:"诗始《三百篇》,其上公卿大夫,其下樵夫贱隶,其性情之所发,皆得以托于诗。古诗逸,五言始李陵,七言始沈、宋。诗非古意,去古犹近。科举兴,并与五、七言俱废。士非阨于山林,逸于湖海,与夫失志于朝廷之上而窜逐遐荒者,不暇于诗。"《文勿斋诗序》云:"抑知夫诗之所起乎? 诗之起,由人心生也。心感物而动,故形于声,声成文谓之诗。然其声之啴缓噍杀,廉柔散厉,错出而不同者,岂人心之异哉! 时之变者为之也。变风不企乎二《南》,变雅不竞乎二《雅》,故诗者,所以载民风,系世变也。"二是认为集句诗不可一概否定,《唐心月集句序》云:"荆公晚年好作集句,正不免黄太史(庭坚)一笑。余谓不然,集句虽古人糟粕,然用之如诸葛孔明学黄帝兵法,作八阵图,必其方圆曲直、纵横离合,悉在吾胸中,而后可以应敌而不穷。不然,龃龉牵合仓卒,鲜有不败者。"三论诗、骚关系,《晞发道人(谢翱)诗序》云:"骚,盖古诗变风、变雅之遗也。骚深于怨,古诗怨而不伤,而骚近之怨,非诗之正声也。商之声直以肆,周之声和以柔,一变而为国风,再变而为《黍离》,甚矣,而骚又甚焉。"四是认为诗盛于唐,后世难以超轶,《贵德诗集序》云:"晋魏而上诗古,律诗初盛于唐。唐以下岂少诗? 诗终不竞于唐耳。近世诗满南北,当轶唐凌厉晋魏。然诗难,操觚弄墨,抽黄对白,四声八音,人人亦能求其仿佛古人,卓成一家者不多见。余尝漫吟拟学古人语言,卒不到,以是知诗不易言也。"

十七 俞德邻论词(乐府)风的演变

俞德邻(1232—1293)字宗大,自号太玉山人。原籍永嘉平阳(今属浙江),徙家京口(今江苏镇江)。景定中魁乡荐,咸淳九年(1273)浙江转运司解试第一。宋亡不仕,元江浙行省累荐皆不就,遁迹以终。因性刚狷,以"佩韦"名其斋。学问赅博,所著《佩韦斋辑闻》四卷,考经论史,皆详核可据。遗著有《佩韦斋集》十六卷。《四库全书总目》卷一六五谓:"德邻诗恬淡夷犹,自然深远,在宋末诸人之中特为高雅;文亦简洁有清气,体格皆在方回《桐江集》上。"

其《奥屯提刑乐府序》专论词(乐府)风的演变云:"乐府,古诗之流也。丽者易失之淫,雅者易邻于拙,求其丽以则者鲜矣。自《花间集》后,迄宋之世,作者殆数百家,雕镂组织,牢笼万态,恩怨尔汝,于于喁喁,佳趣政自不乏,然才有余,德不足,识者病之。独东坡大老以命世之才,游戏乐府,其所作者,皆雄浑奇伟,不专为目珠睫钩之泥,以故昌大器庶,如协八音,听者忘疲。渡江以来,稼轩辛公其殆庶几者。下是,《折杨》《皇荂》,诲淫荡志,不过使人嗑然一笑而已。疆土既同,乃得见遗山元氏之作,为之起敬。至元丙戌,余留山阳,宪使奥屯公以乐府数十阕示,豪宕清婉,律吕谐和,似足以追配数公者。"①

十八 刘辰翁比较苏、辛词风

刘辰翁(1232—1297)字会孟,号须溪,庐陵(今江西吉安)人。幼年丧父,家贫力学。景定元年(1260)至临安,补太学生。三年廷试对策,虽忤贾似道,而理宗嘉之,置丙第。后因亲老请为赣州濂溪书院山长。五年,应江万里邀入福建转运司幕,未几,随江入福建安抚司幕。咸淳元年(1265),为临安府教授。四年,入江东转运司幕。五年,为中书省架阁,丁母忧去。德祐元年(1275),丞相陈宜中荐居史馆,辞不赴。又授太学博士,以元兵迫近临安,未赴。旋入文天祥江西幕府,参预抗元。宋亡不仕,隐居著述,以终其身。辰翁早从王泰来(太初)学诗,尤以评诗著称。先后点评有《李长吉歌诗》、《王摩诘诗集》、《孟浩然集》、《韦苏州集》、《杜工部诗》、《王荆文公诗》、《苏东坡诗集》、《简斋诗集》、《须溪精选陆放翁诗集》、《放翁诗选后集》等;此外还有《班马异同》、《越绝书》、《老子道德经》、《庄子南华真经》、《列子冲虚真经》、《世说新语》、《阴符经》、《大戴礼记》、《荀子》等多种;还曾编选《湖山类稿》、《亡宋旧宫人诗》等。明人曾汇刊《刘须溪批评九种》,可见其影响。所评多以文学论工拙,不全为科举应试而作。工文章,时人每以乡先辈欧阳修为比。所作诗文,由其子将孙编为《须溪先生集》,明代已佚。清四库馆臣据《永乐大典》、《天下同文集》等书,辑为《须溪集》十卷。另有《须溪先生四景诗集》四卷、补遗一卷,《须溪词》一卷、补遗一卷。

其《辛稼轩词序》比较苏、辛词风云:"词至东坡,倾荡磊落,如诗如文,如天地奇观,岂与群儿雌声学语较工拙?然犹未至用经用史,牵雅颂入郑卫也,自辛稼轩前,用一语如此者,必且掩口。及稼轩,横竖烂漫,乃如禅宗棒喝,头头皆是;又如悲笳万鼓,平生不平事并尽厄酒,但觉宾主酣畅,误不暇顾,词至此亦足矣。"②《赵仲仁诗序》对文人之诗作了充分肯定:"后村谓文人之诗与诗人之诗不同,味其言外,似多有所不满。而不知其所乏适在此也。吾尝谓诗至建安,五七言始工,而长篇反复终有所未达,则政以其不足于为文耳。文人兼诗,诗不兼文也。杜虽诗翁,散语可见。惟韩、苏倾竭变化,如雷震河汉,可惊可快,必无复可憾者,盖以其文人之诗也。诗犹文也,尽如口语,岂不更胜?彼一偏一曲,自擅诗人诗,局局焉,靡靡焉,无所用其四体。而其

---

① (宋)俞德邻《佩韦斋集》卷一〇,文渊阁四库全书本。
② (宋)刘辰翁《须溪集》卷六,文渊阁四库全书本。

施于文也,亦复恐泥,则亦可以眷然而悯哉。"《刘次庄考乐府序》认为"乐府起汉,非也。古诗皆弦诵,如今巷歌,乐之始也";认为"太常乐工。类市井倩人",其所歌乐府皆"莫识何语,而音节又极俚,有何律度?而俗儒按之以为曲,曰乐章。姜尧章至取编钟朱瑟,帙较而字定之,然语言无味,曾不及其自度《香》、《影》诸曲之妙。乃知柳子厚《铙歌》,尹师鲁《皇雅》,皆蔽于声,质于貌。呜呼!吾读《文王》、《清庙》,何其往来反复,愈简而愈有余地,虽不能知其声,而洋洋者如倡而复叹之不足也,故可歌也。故知依声铸字,出于述者之过,中无所见,则如市人滥吹,闻而从之者也。"

十九 文天祥的集杜(甫)诗

文天祥(1236—1283)原名云孙,字天祥。后以字为名,改字履善,又字宋瑞,号文山。吉州庐陵(今江西吉安)人。童子时,见学宫所祠乡贤,欣然慕之。宝祐四年(1256)举进士,理宗亲擢为第一。文天祥生当南宋灭亡之际,竭谋殚力,以图兴复,历尽艰险,百折不挠。文如其人,所作诗文,论理叙事,写志抒怀,吊古伤今,皆严峻剀切,充满爱国之诚、恢复之志,尽忠死节之言不绝于口,读之可增仁人志士之气。《四库全书总目》卷一六四云:"天祥平生大节,照耀今古,而著作亦极雄赡,如长江大河,浩瀚无际。其廷试对策及上理宗诸书,持论剀直,尤不愧肝胆如铁石之目。"所作诗文,可一变"南渡后文体破碎,诗体卑弱"的习气,"顿去当时之凡陋"。其诗继承了杜甫诗歌的传统,有"宋末诗史"之称。代表作有《金陵驿》、《过零丁洋》、《正气歌》、《高沙道中》、《乱离六歌》等。其散文则以《御试策》、《指南录后序》、《文山观大水记》为代表。文天祥传世词作不多,以风骨和境界取胜,遥接辛派,实为宋末英雄壮词。著有《文山先生全集》二十卷、《指南录》四卷、《指南后录》四卷、《文山乐府》一卷等。

文天祥也有比较丰富的文体论,如其《萧燾夫采若集序》论选体云:"《选》诗以十九首为正体。晋宋间,诗虽通曰'选',而藻丽之习,盖日以新。《陆士衡集》有拟十九首,是晋人已以十九首为不可及。十九首竟不知何人作也。后江文通作三十首诗,拟晋宋诸公,则十九首邈乎其愈远矣。"①《八韵关键序》论赋云:"《八韵关键》者,义山朱君时叟所编赋则也。魏晋以来,诗犹近于三百五篇,至唐法始精。晚唐之后,条贯愈密,而诗愈漓矣。赋亦六艺中之一,观《雅》、《颂》大约可考。《骚辨》作而体已变,风气愈降,赋亦愈下。由今视乾、淳以为古,由乾、淳视《金在镕》、《有物混成》等作又为古。

---

① (宋)文天祥《文山先生全集》卷九,四部丛刊影印万历三年胡应皋刻本。

矧《长杨》、《子虚》而上，胡可复见？然国家以文取人，亦随时为高下，虽有甚奇杰之资，有不得不俯首于此。"尤其是他用集句体作集杜(甫)诗二百首，在文体史上有其独特贡献："予坐幽燕狱中，无所为，诵杜诗，稍习诸所感兴，因其五言，集为绝句。久之，得二百首。凡吾意所欲言者，子美先为代言之。日玩之不置，但觉为吾诗，忘其为子美诗也。乃知子美非能自为诗，诗句自是人情性中语，烦子美道耳。子美于吾隔数百年，而其言语为吾用，非情性同哉！昔人评杜诗为诗史，盖其以咏歌之辞寓纪载之实，而抑扬褒贬之意灿然于其中，虽谓之史可也。予所集杜诗，自予颠沛以来世变人事概见于此矣。是非有意于为诗者也。后之良史，尚庶几有考焉。"①

二十　林景熙论词"不异诗"

林景熙(1242—1310)字德阳，一作德旸，号霁山。温州平阳(今属浙江)人。南宋末期爱国诗人。咸淳七年(1271)，由上舍生释褐成进士。宋亡不仕，隐居于平阳白石巷。林景熙是宋元之际诗坛创作成绩卓著，最富代表性的诗人，与谢翱齐名。其诗歌创作最工七言律体，大不同于其同乡前辈"四灵"派诗人，而是时刻关注社会现实，关心民生疾苦，风格幽婉，沉郁悲凉，多以自然达意的联想，托物比兴的手法，精粹简练的语言，委婉曲折的表达方式，揭示自己心灵深处亡国隐痛的情思。亦善作文，文字精练准确，叙述简洁生动，意境深远，感染力强。著有《霁山文集》。

其《王修竹诗集序》云："《三百篇》，诗之祖也。世自盛入衰，风自正入变，雅、颂息矣。风、雅、颂，经也；赋、比、兴，纬也。以三纬行三经之中，六义备焉。一变为骚，再变为选，三变为五、七字律。盖自晋、宋、齐、梁而下，义日益离。李、杜手障狂澜，离者复合。其他掇拾风烟，组缀花鸟，自谓工且丽，索其义蔑如。古者闾巷小夫、闺门贱妾，其诗往往根情性而作。后之士大夫反异焉。"②其《马静山诗集序》阐述了同一观点，道出了他所推崇的诗歌风格："诗起于《康衢》之谣，而畅于《三百》。雅歇颂沉，王风蔓草，系于时矣。杜少陵自天宝末年，感时触景，花泪鸟惊，非复和声以鸣其盛，然而犹有唐也。予读静山马君诗，清厉沉郁，扶天坠，闵人穷，意寄言外方。其破砚寒灯，萧然四壁，人不堪之，而能发天葩于枯槁，振古响于寂寥。"其《胡汲古乐府序》实为论词，强调词与诗一样，须"根情性而作"风格应多样，不能以花间体衡量词："唐人《花间集》，不过《香奁》组织之辞，词家争慕效之，粉泽相高，不知其靡，谓乐府体固然也。

---

① (宋)文天祥《文信国集杜诗》卷首，文渊阁四库全书本。
② (宋)林景熙《霁山文集》卷五，文渊阁四库全书本。

一见铁心石肠之士,哗然非笑,以为是不足涉吾地。其习而为者,亦必毁刚毁直,然后宛转合宫商,妩媚中绳尺,乐府反为情性害矣。乐府,诗之变也。诗发乎情,止乎礼义,美化厚俗,胥此焉寄! 岂一变为乐府,乃遽与诗异哉? 宋秦(观)、晁(补之)、周(邦彦)、柳(永)辈,各据其垒,风流酝藉,固亦一洗唐陋,而犹未也。荆公(王安石)《金陵怀古》末语后庭遗曲,有诗人之讽。裕陵(神宗)览东坡月词,至'琼台玉宇,高处不胜寒',谓苏轼终是爱君。由此观之,二公乐府,根情性而作者,初不异诗也。严陵胡君汲古,以诗名,观其乐府,诗之法度在焉。清而腴,丽而则,逸而敛,婉而庄。悲凉于残山剩水,豪放于明月清风,酒酣耳热,往往自为而歌之。所谓乐而不淫,哀而不伤,一出于诗人礼义之正。然则先王遗泽,其犹寄于变风者,独诗也哉!"

第十一节　宋人诗话中的文体论

宋以前的诗文评著作是宋代诗话之源,但诗话之名是到宋代才正式出现的。当然,即使是宋代,诗文评著作也不是都以诗话形式出现,如梅尧臣有《诗评》《续金针诗格》,卢怀《抒情录》之类,但多数都叫诗话。

诗话是一种用笔记体写成的兼具理论性和资料性的著述,他比起严格的诗论,内容更为广泛,形式更为灵活,往往以轻松诙谐的笔记形式,记录重要严肃的理论。清人章学诚的《文史通义·诗话》把诗话分为两大类,一类为"论诗及事",即以记述诗人轶事、诗作本事及有关见闻资料为主;一类为"论诗即辞",即以对作品的艺术鉴赏为主,包括理论主张、作家作品品评、体类辨析、诗法句法字法及资料真伪考辨之类。但多数诗话都兼有这两种性质,只是各有所偏重而已。本书所论以"论诗即辞"的诗话为主,特别是以论及诗歌体裁、风格及类别者为重点。

一　欧阳修《六一诗话》对西昆体的肯定

欧阳修的《六一诗话》第一次以"诗话"名书,开创其体。其自序云:"居士退居汝阴而集以资闲谈也。"①欧阳修退居汝阴在熙宁四年(1071),次年他就去世了,可见《六一诗话》其晚年所"集"。这里说的不是"作"而是"集",欧阳修在仁宗朝就著有《杂书》一卷,其中几则都见于《六一诗话》;他的《归田录》今为二卷,据说原为六卷,因神宗索阅,进呈时作了删节,而宋人称引的《归田录》的内容有不见于此书而见于《六一

---

① 《六一诗话》,(清)何文焕《历代诗话》本,中华书局1981年版。

诗话》者,因此很有可能《六一诗话》是从《杂书》旧稿和《归田录》中"集"出的,至少有一部分内容如此。"集"的目的也与作笔记《归田录》一样,是"以资闲谈"的,这成了以后历代诗话的共同特点。北宋诗话偏重记事,明显受其影响。

《六一诗话》中也有一些十分重要的文体论,如论盛唐体与晚唐体云:"唐之晚年,诗人无复李、杜豪放之格,然亦务以精意相高。"论宋初西昆体云:"杨大年与钱、刘数公唱和,自《西昆集》出,时人争效之,诗体一变。而老先生辈患其多用故事,至于语僻难晓。殊不知自是学者之弊,如子仪(刘筠)《新蝉》云'风来玉宇乌先转,露下金茎鹤未知',虽用故事,何害为佳句也? 又如'峭帆横渡官桥柳,叠鼓惊飞海岸鸥',其不用故事,又岂不佳乎? 盖其雄文博学,笔力有余,故无施不可,非如前世号诗人者,区区于风云草木之类,为许洞辈所困者也。"与石介全盘否定西昆体不同,欧阳修充分肯定了西昆派的影响,诗体为之一变。又比较苏、梅二家"诗体"(风格)云:"圣俞(梅尧臣)平生苦于吟咏,以闲远古淡为意,故其构思极艰";"圣俞、子美(苏舜钦)齐名于一时,而二家诗体特异。子美笔力豪隽,以超迈横绝为奇;圣俞覃思精微,以深远闲淡为意。各极其长,虽善论者不能优劣也。"

二 司马光《续诗话》论诗歌风格"贵于意在言外"

司马光《续诗话》是为补欧阳修《六一诗话》之"遗"而作,其自序云:"《诗话》尚有遗者,欧阳公文章名声虽不可及,然记事一也,故敢续书之。"①此书亦以记事为主,而于记事中常品鉴佳作妙句,于诗艺研究颇有帮助。《四库全书总目·续诗话》提要云:"品第诸诗乃极精密,如林逋之'疏影横斜水清浅,暗香浮动月黄昏';魏野之'数声离岸橹,几点别州山';韩琦之'花去晓丛蝴蝶乱,雨余春圃桔槔闲';耿仙芝之'草色引开盘马地,箫声吹暖卖饧天';寇准之《江南春》诗,陈尧佐之《吴江》诗,畅当、王之焕之《鹳雀楼》诗及其父《行色》诗,相沿传诵,皆自光始表出之。"

《续诗话》论诗歌风格贵意在言外:"古人为诗,贵于意在言外,使人思而得之,故言之者无罪,闻之者足以戒也。近世诗人,惟杜子美最得诗人之体,如'国破山河在,城春草木深。感时花溅泪,恨别鸟惊心','山河在',明无余物矣;'草木深',明无人矣;花鸟平时可娱之物,见之而泣,闻之而悲,则时可知矣。他皆类此,不可遍举。"诗主规戒,而规戒宜意在言外,这些都是十分有价值的主张。

在资料方面,《续诗话》对《六一诗话》也有重要补充,如以九僧诗为代表的晚唐体

---

① 《续诗话》卷首,文渊阁四库全书本。

是宋初三大诗派之一,《六一诗话》虽曾提及九僧,但连九僧之名都不知道:"国朝浮图,以诗名一世者九人,故时有集号《九僧诗》,今不复传矣。"《续诗话》补充道:"所谓九僧者,剑南希昼、金华保暹、南越文兆、天台行肇、沃州简长、贵城惟凤、淮南惠崇、江南宇昭、峨眉怀古也。直昭文馆陈充集而序之。"这里不仅提供了九僧之名,而且说《九僧诗集》为陈充所"集"并"序",而陈充此序已失传,这是非常有价值的文学史料。此书也直接论及诗体,如谓魏野诗"效白乐天体","陈亚郎中性滑稽,尝为药名诗百首,其美者有'风雨前湖夜,轩昉半夏凉',不失诗家之体"。

三　刘攽《中山诗话》对模仿西昆体者的嘲笑

《中山诗话》又名《刘贡父诗话》,刘攽撰。刘攽(1023—1089)字贡父,临江新喻(今江西新余)人。嘉祐六年(1061)进士。为州县官二十年,迁国子监直讲。熙宁中判尚书考功,同知太常礼院。因论新法不便,出判泰州。哲宗时起知襄州、蔡州,召为中书舍人。他精于史学,曾参与司马光《资治通鉴》的编撰。元祐四年卒,弟子私谥公非先生。著有《彭城集》。《宋史》卷三一九有传。

《四库全书总目》评《中山诗话》云:"北宋诗话,惟欧阳修、司马光及攽号为最古。此编较欧阳、司马二家虽似不及,然攽在元祐诸人之中,学问最有根柢,其考证议论可取者多,究非江湖末派钩棘字句以空谈说诗者比矣。"他在诗歌风格上,主张诗贵平易:"诗以意为主,文词次之。或意深义高,虽文词平易,自是奇作。世效古人平易句,而不得其意,翻成鄙野可笑。"贵含蓄,认为杜诗之"含蓄深远,殆不可及"。他嘲笑西昆体的模仿者("后进")"掎摭"李商隐:"祥符、天禧中,杨大年(亿)、钱文僖(惟演)、晏元献(殊)、刘子仪(筠)以文章立朝,为诗皆宗尚李义山(商隐),号西昆体,后进多窃义山语句。赐宴,优人有为义山者,衣服败敝,告人曰:'我为诸馆职掎摭至此。'闻者欢笑。"但称美杨、刘、晏诗的优秀篇章确实不亚于李商隐:"大年《汉武》诗曰:'力通青海求龙种,死讳文成食马肝。待诏先生齿编贝,忍令索米向长安。'义山不能过也。元献《王文通》诗曰:'甘泉柳苑秋风急,却为流萤下诏书。'子仪画义山像,写其诗句列左右,贵重之如此。"他还明确区别了唱和诗的次韵、依韵、用韵:"唐诗赓和,有次韵(先后无易),有依韵(同在一韵),有用韵(用彼韵不必次)。吏部和皇甫《陆浑山火》是也,今人多不晓。"认为试体诗(省试诗)也有好诗:"自唐以来,试进士诗号省题,近年能诗者亦时有佳句。蜀人杨谔《宣室受厘落》句云:'愿前明主席,一问洛阳人。'滕甫《西旅来王》云:'寒日边声断,春风塞草长。传闻汉都护,归奉万年觞。'谔有诗名,《题骊山》

诗云'行人问宫殿，耕者得珠玑'，最为警策。"①

四　陈师道《后山诗话》强调"诗文各有体"，反对破体

以上是宋代最早的三部诗话。北宋中叶以后，诗话更多，一部分仍以记事为主，一部分则偏重论诗评诗，出现了崇王、崇苏、崇黄或并崇苏、黄等不同的评诗倾向，开以诗话进行诗论之争的先河，可惜多已失传，如《王直方诗话》、《古今诗话》、《陈辅之诗话》、《潘子真诗话》、《潜溪诗眼》、《汉皋诗话》、《桐江诗话》、《漫叟诗话》、《蔡宽夫诗话》等，都只见于郭绍虞《宋诗话辑佚》。

《后山诗话》，陈师道撰。陈师道（1053—1102）字履常，一字无己，号后山居士，彭城（今江苏徐州）人。年十六从曾巩受业，巩大器之。熙宁中，王氏经学盛行，师道心非其说，遂绝意进取。元丰中，曾巩典五朝史事，荐其为属，朝廷以白衣难之。元祐初，以苏轼等荐，起为徐州教授，未几除太学博士。言者谓其在官尝越境出南京见苏轼，改教授颍州，又论其进非科第，罢归，调彭泽令，不赴。元符三年（1100），召为秘书省正字。《宋史》卷四四四有传。著有《后山集》二十卷，含诗六卷、文十四卷，政和年间由其门人魏衍编纂成集。南宋绍兴时又有人增补其诗文及其他著作，另编为《后山集》十四卷、《外集》六卷、《谈丛》六卷、《理究》一卷、《诗话》一卷、《长短句》二卷，共三十卷，谢克家为作序。南宋初年胡仔的《苕溪渔隐丛话》前集卷六已指出《后山诗话》有"后人误编入"者，但并未怀疑全书为陈所作，并曾大量征引。陆游《后山诗话跋》、方回《读后山诗话跋》、《四库全书总目·后山诗话》提要断为伪托之作，似不可据。因为陈去世后，其门人魏衍所作的《彭城陈先生集记》，已说陈有《诗话》、《丛谈》"各自为集"。陈师道安贫乐道，学有根柢，是北宋卓有成就的文学家，江西诗派诗人将他列为"三宗"之一。他受黄庭坚影响，做诗要"无一字无来历"，常常以学识为诗，讲究格律，往往追求学习杜诗形式，字锻句琢，韵高格严。陈师道自谓能作词，但实际上并不擅长作词，佳作不多。他的词风格柔媚清丽，与其诗歌风格大不相同。

《后山诗话》论诗极力推崇杜甫："学诗当以子美为师，有规矩，故可学。退之于诗，本无解处，以才高而好尔。渊明不为诗，写其胸中之妙尔。学杜不成，不失为工。无韩之才与陶之妙，而学其诗，终为乐天尔"；"诗欲其好则不能好矣。王介甫以工，苏子瞻以新，黄庭坚以奇。而子美之诗，奇常、工易、新陈，莫不好也。"他强调"诗文各有体，韩以文为诗，杜以诗为文，故不工尔"；"退之作记，记其事尔，今之记

---

① 　（宋）刘攽《中山诗话》，（清）何文焕《历代诗话》本，中华书局 1981 年版。

乃论也。少游谓《醉翁亭记》亦用赋体";"退之以文为诗,子瞻以诗为词,如教坊雷大使之舞,虽极天下之工,要非本色";"范文正公为《岳阳楼记》,用对语说时景,世以为奇。尹师鲁读之曰:'传奇体尔。'传奇,唐裴铏所著小说也";"国初士大夫例能四六,然用散语与故事尔。杨文公刀笔豪赡,体亦多变,而不脱唐末与五代之气。又喜用古语,以切对为工,乃进士赋体尔。"以上均表明,他强调尊体,反对破体,对以文为诗,以诗为词,以赋为记,以散语为四六等皆不以为然。他对集句诗也持否定态度:"王荆公暮年喜为集句,唐人号为'四体',黄鲁直谓正堪一笑尔。"他对北宋文坛诸家特征常有简洁的评价,除以工、新、奇概括王、苏、黄诗外,还说:"世语云:苏明允不能诗,欧阳永叔不能赋,曾子固短于韵语,黄鲁直短于散语,苏子瞻词如诗,秦少游诗如词。"他自己显然是同意这一"世语"的。他与苏门诸人关系密切,但对他们都多有批评,特别是对苏轼:"苏诗始学刘禹锡,故多怨刺,学不可不慎也。晚学太白,至其得意,则似之矣;然失于粗,以其得之易也。"他学诗于黄庭坚,但对黄也有微词,谓其"过于出奇"。

《后山诗话》与早期诗话相比较,"资闲谈"的记事成分已明显减少,而更富论诗色彩,开严羽《沧浪诗话》之体,如主张"宁拙毋巧,宁朴毋华,宁粗毋弱,宁僻毋俗"之类。又不限于论诗,而兼及论文,开杨万里《诚斋诗话》之体,如"余以古文为三等,周为上,七国次之,汉为下。周之文雅,七国之文壮伟,其失骋;汉之文华赡,其失缓,东汉而下无取焉"①

五 王直方《王直方诗话》论十七字诗

王直方(1069—1109)字立之,号归叟。汴京(今河南开封)人。王械子。娶宗室女,以假承奉郎监怀州酒税,易冀州籴官,仅数月,投劾归侍,不复出仕。居汴京十五年,晚年中风,大观三年卒,年四十一。

王直方与苏轼、黄庭坚、陈师道等游,著有《归叟集》一卷,《归叟诗话》六卷,已佚。郭绍虞《宋诗话辑佚》共辑录其诗话三百零六则,题为《王直方诗话》,本书所引即据郭辑本。其论论集句诗云:"荆公始为集句,多至数十韵,往往对偶亲切。盖以其诵古人诗多,或坐中率然而成,始可为贵。其后多有效者,但取数部诗集诸家之善耳。故东坡《次韵孔毅夫集句见赠》云:'羡君戏集他人诗,指呼市人如使儿。天边鸿鹄不易得,便令作对随家鸡。退之惊笑子美泣,问君久假何时归?世间好事世人共,明月自

---

① (宋)陈师道《后山诗话》,(清)何文焕《历代诗话》本,中华书局 1981 年版。

422

满千家墁。'"论十七字诗云:"吴贺迪吉者,抚州人,一日载酒来余家,并召刘夷季、洪龟父、饶次守辈,酒酣颇纷纷。龟父先归,作一绝题于余书室曰:'再为城南游,百花已狂飞。更堪逢恶客,骑马风中归。'次守既醒,作十七字和云:'当时为举首,满意望龙飞。而今已报罢,且归。'盖龟父是年自洪州首荐,自今上初即位,无廷试也。"论山谷体、圣俞体云:"东坡《送杨孟容诗》云:'我家峨眉阴,与子同一邦。相望六十里,共饮玻璃江。江山不违人,遍满千家窗。但苦窗中人,寸心不自降。子归治小国,洪钟噎微撞。我留侍玉堂,弱步欹丰扛。后生多高才,名与黄童双。不肯入州府,故人余老庞。殷勤与问讯,爱惜霜眉庞。何以待我归?寒醅发春缸。'盖效山谷体作也。山谷云:'子瞻诗句妙一世,乃云效庭坚体,退之戏效孟郊、樊宗师之比,以文滑稽耳。恐后生不解,故次韵道之。'……欧阳文忠亦尝效圣俞体作一篇,有云:'嘉子治新园,乃在太行谷。'题刘羲叟家园也。"并引张耒语,称美黄庭坚敢于"破弃声律":"张文潜云:'以声律作诗,其末流也,而唐至今谨守之。独鲁直一扫古今,直出胸臆,破弃声律,作五七言,如金石未作,钟声和鸣,浑然天成,有言外意。近来作诗者颇有此体,然自吾鲁直始也。'"

六　唐庚《唐子西文录》强调"得体"

唐庚(1071—1121)字子西,眉州丹棱(今属四川)人。龆齿学为文,年十四五作《明妃曲》、《题醉仙崖》、《上任德翁序》,已出语惊人。年十八游太学。绍圣初进士及第,为州县官十年,曾任华阳尉、阆中令、凤州教授等职。崇宁二年为宗子博士。张商英罢相,坐贬惠州六年。政和中复官承议郎、提举上清太平宫,归京师,僦居于景德寺。后归蜀,卒于道。事迹具《宋史》卷四三三本传。

唐庚通于世务,为文精密,善议论,诗亦工致。放谪南迁,诗文益工,当时太学诸生竞相传写,称为小东坡。著有《唐先生文集》。其《上蔡司空书》对当时重经术而轻文辞深表不满,力主古文,变文体:"迩来士大夫崇尚经术,以义理相高,而忽略文章,不以为意。夫崇尚经术是矣,文章于道,有离有合,不可一概忽也。唐世韩退之、柳子厚,近世欧阳永叔、尹师鲁、王深父辈,皆有文在人间,其词何尝不合于经?其旨何尝不入于道?行之于世岂得无补,而可以忽略,都不加意乎?窃观阁下辅政,既以经术取士,又使习律、习射,而医、算、书、画悉皆置博士。此其用意,岂独遗文章乎?而自顷以来,此道几废。场屋之间,人自为体,立意造语,无有法度。宜诏有司,以古文取士为法。所谓古文,虽不用偶俪,而散语之中,暗有声调。其步骤驰骋之,皆有节奏。非但如今日苟然而已。今士大夫间,亦有知此道者。而时所不尚,皆相率遁去,不能自见于世。宜稍稍收聚而进用之,使学者知所趋向,不过数年,文体自变。"①

唐庚又有《唐子西文录》,此书为强幼安(字行父)所录唐庚之语。强幼安序云:"宣和元年,行父自钱塘罢官如京师,眉山唐先生同寓于城东景德僧舍,与同郡关注子东日从之游,实闻所未闻。退而记其论文之语,得数纸以归。"②后"更兵火,无复存者",今所存者为应关注之请于"绍兴八年"所追录。

此书名为《文录》,实际诗文均论,而以论诗者为多。唐庚推崇苏轼,认为"东坡诗,叙事言简而意尽";"余作《南征赋》,或者称之,然仅与曹大家辈争衡耳。惟东坡《赤壁》二赋,一洗万古,欲仿佛其一语毕世不可得也"。他与苏轼一样有一些大胆之论,如"六经已后便有司马迁,《百五篇》后便有杜子美。六经不可学,亦不须学。故作文当学司马迁,作诗当学杜子美。二书亦须常读,所谓一日不可无此君也。司马迁敢乱道,却好;班固不敢乱道,却不好。不乱道又好是《左传》,乱道又不好是《唐书》"。他论文体也强调"得体":"古乐府命题皆有主意,后之人用乐府为题者,直当代其人而措辞,如《公无渡河》,须作妻止其夫之辞,太白辈或失之,惟退之《琴操》得体。"又如:"《琴操》非古诗,非骚词,惟韩退之为得体。退之《琴操》,柳子厚不能作;子厚《皇雅》,退之亦不能作。"这里也强调"得体"。

七 蔡絛《西清诗话》论药名诗、集句诗、重韵

《西清诗话》,蔡絛撰。蔡絛(生卒年不详)字约之,自号百衲居士,别号无为子。兴化军仙游(今属福建)人。蔡京季子。年二十,入馆阁为侍从。政和中,官至徽猷阁待制。八年(1118),坐不受道录事勒停,后复官。宣和中,拜礼部尚书兼侍讲。五年(1123)以私自撰著诗话,为言者论列,再勒停。六年,其父蔡京复相,起为龙图阁学士兼侍读,诸政事悉决于絛,窃弄权柄,恣为奸利。靖康元年(1126),与其父同被远窜,流放至白州。绍兴中,死于贬所。

蔡絛为人多瑕疵,故其文不甚为世所重,但他博学能文,著有《国史后补》、《北征纪实》,已佚。其《铁围山丛谈》,上自乾德,下及建炎、绍兴间事,无不详备,富有文采,被誉为说部佳本;又著《西清诗话》(一名《金玉诗话》),仅有说郛本和钞本流传。

《西清诗话》论及一些杂体诗,如:"药名诗,世云起自陈亚,非也。东汉已有'离合体',至唐始著'药名'之号,如张籍《答鄱阳客》'江皋岁暮相逢地,黄叶霜前半夏枝。

---

① (宋)唐庚《唐先生文集》卷一五,文渊阁四库全书本。
② (宋)唐庚《唐子西文录》卷首,说郛本,下同。

子夜吟诗向松桂,心中万事喜君知'是也。"又论集句诗云:"集句自国初有之,未盛也。至石曼卿,人物开敏,以文为戏,然后大著。尝见手书《下第偶成》:'一生不得文章力,欲上青云未有因。圣主不劳千里召,姮娥何惜一枝春。凤凰诏下虽沾命,豹虎丛中也立身。啼得血流无用处,着朱骑马定何人?'又云:'年去年来来去忙,为他人作嫁衣裳。仰天大笑出门去,独对东风舞一场。'至元丰间,王文公益工于此。人言此起自公,非也。"又论重韵云:"少陵《饮中八仙歌》用韵,船字、眠字、天字各用前字凡三,于古未有其体。予尝质之叔父,文正曰:'此歌分八篇,人人各异,虽制重韵无害,亦周诗分章意也。'握牍吮墨者,可不知乎?"①

八　潘淳《潘子真诗话》论双声叠韵

潘淳(生卒年不详)字子真,新建(今属江西)人。潘兴嗣孙。少颖悟,好学不倦,淹贯经史百家之言。师事黄庭坚,工于诗。曾巩知洪州,乞录潘兴嗣后,补授建昌县尉。崇宁间,陈瓘奏劾蔡京,言者视潘淳为陈瓘之党,坐夺官,归,自称谷口小隐。著有《潘子真诗集》、《诗话补遗》,今已佚。郭绍虞《宋诗话辑佚》辑录《潘子真诗话》三十七则。

潘子真论诗宗黄庭坚,讲求语意清新,气韵深稳,重视句律。其论"双声叠韵"云:"皮日休云:梁武帝诗'后牖有朽柳',沈约诗'偏眠船舷边',叠韵兴焉。《诗》曰'蟏蛸在东',又曰'鸳鸯在梁',双声兴焉。'王元谟问谢庄:'何者为双声?何者为叠韵?'答曰:'互护为双声,磝碻为叠韵。'当时伏其捷。丁晋公在朱崖作《州郡名配古人姓名》等诗及《双声叠韵》,甚有源委。双声:'九曲流清泚,重轮抱祥光(潘氏以祥光为双声,误)';叠韵:'紫蜡茱萸结,红绡荳蔻房。'林和靖有'草泥行郭索,云木叫钩辀',而山谷《效徐庾慢体》云:'翡翠钗梁碧,石榴裙褶红',皆叠韵双声也,语尤工。"②

九　蔡居厚《蔡宽夫诗话》的文体论

蔡居厚(?—1125)字宽夫,临安(今浙江杭州)人。蔡延禧子。绍圣元年(1094)进士。历太常博士、史部员外郎。大观初,为右正言,上疏盛赞神宗变法,迁起居郎、右谏议大夫,力论东南兵政之弊,改户部侍郎、知秦州,因事罢职。政和中,历知沧州、

应天府等。

蔡居厚早有诗名,著有《蔡居厚集》十二卷,已佚。另有《蔡宽夫诗话》(或称《诗史》)二卷,原本已佚,郭绍虞《宋诗话辑佚》辑得二十五则,本书所引即据郭辑本。其论协声云:"秦、汉以前,字书未备,既多假借,而音无反切,平侧皆通用。(如"庆云、卿云,皋陶、咎繇"之类,大率如此。《诗》:"瞻彼日月,悠悠我思;道之云远,曷云能来!""燕燕于飞,下上其音;之子于归,远送于南。"思与来,音与南,皆以为协声。魏晋间此体犹在:刘越石"握中有白璧,本自荆山璆。惟彼太公望,共此渭滨叟。"潘安仁"位同单父邑,愧无子贱歌。岂敢陋微官,但恐忝所荷"是也)。自齐、梁后,既拘以四声,又限以音韵,故大率以偶俪声响为工,文气安得不卑弱乎?惟陶渊明、韩退之(时时)摆脱(世俗)拘忌,(故栖字与乖字,阳字与清字),皆取其傍韵用,盖笔力自足以胜之也。《丛话》前一、《竹庄》四、《野客丛书》六(《野客丛谈》三)、《历代》三案:吴景旭《历代诗话》四十九引此则作《西清诗话》。"

他坚持认为五言诗起于苏、李:"五言起于苏武、李陵,自唐以来,有此说,虽韩退之亦云然。苏、李诗世不多见,惟《文选》中七篇耳。世以苏武诗云:'寒冬十二月,晨起践凝霜。俯观江汉流,仰视浮云翔',以为不当有江汉之言,或疑其伪。予尝考之此诗,若答李陵则称江汉决非是。然题本不云答陵,而诗中且言'结发为夫妇'之类,自非在房中所作,则安知武未尝至江汉邪?但注者浅陋,直指为使匈奴时,故人多惑之,其实无据也。《古诗十九首》,或云枚乘作,而昭明不言,李善复以其有'驱车上东门'与'游戏宛与洛'之句,为辞兼东都。然徐陵《玉台》分'西北有浮云'以下九篇为乘作,两语皆不在其中;而'凛凛岁云暮,冉冉孤生竹'等,别列为古诗。则此十九首,盖非一人之辞,陵或得其实。且乘死在苏、李先,若尔则五言未必始二人也。"

论乐府辞云:"齐梁以来,文士喜为乐府辞,然沿袭之久,往往失其命题本意。《乌将八九子》但咏乌,《雉朝飞》但咏雉,《鸡鸣高树巅》但咏鸡,大抵类此;而甚有并其题失之者。如《相府莲》讹为《想夫怜》,《杨婆儿》讹为《杨叛儿》之类是也。盖辞人例用事,语言不复详研考,虽李白亦不免此。惟老杜《兵车行》、《悲青阪》、《无家别》等数篇,皆因事自出己意,立题略不更蹈前人陈迹,真豪杰也。"

论杂体诗双声、叠韵、蜂腰、鹤膝云:"声韵之兴,自谢庄、沈约以来,其变日多。四声中又别其清浊以为双声,一韵者以为叠韵,盖以轻重为清浊尔,所谓'前有浮声,则彼有切响'是也。王融《双声诗》云:'园蘅眩红花,湖荇晔黄华。回鹤横淮翰,远越合云霞',以此求之可见。自唐以来,双声不复用,而叠韵间有。杜子美'卑枝底结子,接叶暗巢莺',白乐天'户大嫌甜酒,才高笑小诗'之类,皆因其语意所到,辄就成之,要不以是为工也。陆龟蒙辈遂以皆用一音,引'后牖有朽柳,梁王长康强'为始于梁武帝,不知复何所据。所谓蜂腰、鹤膝者,盖又出于双声之变,若五字首尾皆浊音而中一字清,即为蜂腰;首尾皆清音而中一字浊,即为鹤膝,尤可笑也。"

论吴体、俳偕等体律诗风格之变云:"文章变态固亡穷尽,然高下工拙亦各系其人才。子美以'盘涡鹭浴底心性,独树花发自分明'为吴体,以'家家养乌鬼,顿顿食黄鱼'为俳谐体,以'江上谁家桃树枝? 春寒细雨出疏篱'为新句,虽若为戏,然不害其格力。李义山'但觉游蜂饶舞蝶,岂知孤凤忆雏鸾',谓之当句有对,固已少贬矣。而唐末有章碣者,乃以八句诗平侧各有一韵,如'东南路尽吴江伴,正是穷愁暮雨天。鸥鹭不嫌斜雨岸,波涛欺得送风船。偶逢岛寺停帆看,深羡渔翁下钓眠。今古若论英达算,鸱夷高兴固无边',自号变体,此尤可怪者也。"

又论集句云:"荆公晚多喜取前人诗句为集句诗,世皆言此体自公始。予家有至和中成都人胡归仁诗,已有此作,自号安定八体。(其间如"一第知何日,无端意不移。欲为青桂主,谁与白云期? 傍架齐书帙,翻瓢作酒卮。文明络有托,休把运行推",又"白沙溪绕白云堆,但有何人把酒杯? 专慕圣贤知志气,可怜谈突出尘埃。碧山终日思无尽,清世难群好自猜。风满老松门画掩,可怜高尚仰天才"之类,亦自精密,但所取多唐末五代人诗,无复佳语耳)不知公尝见与否也。"

十　李颀《古今诗话》论文体

李颀(生卒年不详)字粹老。少举进士,得官弃去,游历湖湘。晚年乐江南山水,隐于临安大涤洞天。工诗善画,与苏轼友善,画春山轴并题诗以赠轼。著有《古今诗话录》七十卷,已佚。郭绍虞《宋诗话辑佚》搜辑其诗话四百余则,题为《古今诗话》,本书所引即据郭辑本。

《古今诗话》论陈子昂、李白不满齐梁以来律体而复古体云:"李太白才逸气豪,与陈拾遗齐名。其论诗云:'梁、陈已来,艳薄殊极,沈休文又尚声律,将复古道,非我而谁?'故陈、李二集,律诗全少。尝言:'兴寄深微,五言不如四言,七言又其靡也。况使束于声调俳优哉!'故戏杜子美曰:'饭颗山头逢杜甫,头戴笠子日卓午。借问别来太瘦生,总为从前作诗苦。'"论西昆体云:"刘综学士出镇并门,两制馆阁,皆以诗饯其行,因进呈章圣,深究诗雅。时方竞尚西昆体,埃裂雕篆,亲以御笔,选其平淡者得八联。"又云:"杨大年(亿)、钱文僖(惟演)、晏元献(殊)、刘子仪(筠)(以文章立朝),为诗皆宗李义山(商隐),号西昆体。后进效之,多窃取义山语。尝御赐百官宴,优人有装为义山者,衣服败裂,告人曰:'(吾)为诸馆职捊撦至此。'闻者大噱。然大年《(咏)汉武诗》云:'力通青海求龙种,死讳文成食马肝。待诏先生齿编贝,忍令乞米向长安。

义山不能过（也）。"论集句诗云："集古自国初有之，未盛也，至石曼卿（延年）人物开敏，以文为戏，然后大著，至元丰间王文公（安石）益工于此，人言自公起，非也。"又论苏、梅二家诗体云："欧公云：圣俞、子美，齐名一时，而二家诗体特异。子美笔力豪隽，以超迈横绝为奇；圣俞覃思精微，以深远间淡为意。各极其长，虽善论者不能优劣也。予尝于《水谷夜行诗》略道其一二，云：'子美气尤雄，万窍号一噫。有时肆颠狂，醉墨洒滂沛。譬如千里马，已发不可杀。盈前尽珠玑，一一难拣汰。梅翁事清切，石齿漱寒濑。作诗三十年，视我犹后辈。文词愈精新，心意虽老大。有如妖韶女，老自有余态。近诗尤古硬，咀嚼苦难嘬。又如食橄榄，真味久犹在。苏豪以气轹，举世徒惊骇。梅穷独我知，古货今难卖。'语虽非工，谓粗得其仿佛，然不能优劣之也。"论山谷体云："《名贤诗话》云：黄鲁直自黔南归，诗变前体。且云：'须要唐律中作活计，乃可言诗。以少陵渊蓄云萃，变态百出，虽数十百韵，格律益严。盖操制诗家法度如此。'予观鲁直，如《吴（余干廖明略）白露亭燕集诗》：'江静明光烛，山空响管弦。风生学士座，云绕令君筵。百粤余生聚，三吴喜接连。庖霜刀落鲙，执玉酒明船。叶县飞来舄，壶公谪处天。谈多时屡谑，舞短更成妍。而我孤登览，观诗未究宣。老夫看镜罢，衰白敢争先？'直可拍肩挽袂矣。"论次韵诗云："唐人赓和诗，有次韵，依其次用韵，同在一韵中耳。有用韵，用彼之韵，亦必次之。韩吏部《和皇甫湜陆浑山火》是也。刘长卿《余干旅舍》云：'摇落暮天过，丹枫霜叶稀。孤城向水闭，独鸟背人飞。渡口月初上，邻家渔未归。乡心正欲绝，何处捣征衣！'张籍《宿江上馆》云：'楚驿南渡日，夜深来客稀。月明见潮上，江静觉鸥飞。旅宿今已远，此行殊未归。离家久无信，又听捣寒衣。'两诗偶似次韵，皆奇作也。"

十一　范温《潜溪诗眼》推崇建安诗风

范温（生卒年不详）字元实，号潜斋。华阳（今四川成都）人。范祖禹子、秦观女婿。政和初曾出仕。曾直接从黄庭坚学诗。著有《潜溪诗眼》（亦简称《诗眼》）一卷，当时曾为各家所称引，宋以后散佚。今传《说郛》本仅三则，今人郭绍虞《宋诗话辑佚》辑录有二十九则，本书所引即据郭辑本。

范温论诗主江西派诗论，讲求句法、来处、布置，议论时有过人之处。他历评曹魏至宋的诗风演变，而推崇建安诗风："建安诗辩而不华，质而不俚，风调高雅，格力遒壮。其言直致而少对偶，指事情而绮丽，得风雅骚人之气骨，最为近古者也。一变而为晋、宋，再变而为齐、梁。唐诸诗人，高者学陶、谢，下者学徐、庾。惟老杜、李太白、韩退之早年皆学建安，晚乃各自变成一家耳。"杜诗名篇"皆全体作建安语"，韩诗名篇

"并亦皆此体,但颇自加新奇。李太白亦多建安句法,而罕全篇,多杂以鲍明远体。东坡称蔡琰诗笔势似建安诸子。前辈皆留意于此,近来学者遂不讲尔。"

<h2 style="text-align:center">十二　许顗《许彦周诗话》论诗话</h2>

南北宋之际和南宋前期的诗坛经历了从江西诗派风行到中兴四大家出现,江西诗风开始转变的过程,诗话也围绕江西诗派而争论,有发展江西诗说和反对江西诗说两种倾向。南宋前期属于江西诗说一派的诗话有《许彦周诗话》、《珊瑚钩诗话》、《竹坡诗话》、《藏海诗话》、《风月堂诗话》、《艇斋诗话》、《诚斋诗话》等。

许顗(生卒年不详)字彦周,襄邑(今河南睢县)人。年十七曾在金陵与李端叔游,重和中在洪州,宣和中游嵩山,后又与释惠洪在长沙谈诗说艺,颇多唱和。进士及第,绍兴二十年曾为儒林郎、永州军事判官。他善诗画,喜戏谑,通禅理。

建炎二年许顗撰《许彦周诗话》一卷,一百三十七条,不仅在诗话内容上较前人有所扩大,而且提出撰写诗话应有严肃认真的态度。其自序云:"诗话者,辨句法,备古今,纪盛德,录异事,正讹误也。若含讥讽,著过恶,诮纰缪,皆所不取。"①可见此书兼有评论、考释、记事性质,并论及多种诗体。他认为《大言》、《小言》诗起于宋玉而非萧统:"乐府记《大言》、《小言》诗,录昭明(萧统)辞,而不书始于宋玉,何也?岂误邪?有说邪?"论联句体云:"联句之盛,退之、东野、李正封也。《城南联句》云:'红皱晒檐瓦,黄团挂门衡。'是说干枣与瓜蒌,读之犹想见西北村落间气象。《征蜀联句》云:'刑神诧牦旄,阴焰飐犀札。'尽雕刻之功,而语仍壮。"论拟体诗云:"钱希白内翰作拟唐诗百篇,备诸家之体,自序曰:'今之所拟不独其词,至于题目,岂欲抛离本集?或有事迹,斯亦见之本传。'故其拟张籍《上裴晋公诗》曰:'午桥庄上千竿竹,绿野堂中白日春。富贵极来惟叹老,功名高后转轻身。严更未报皇城里,胜赏时游洛水滨。昨日庭趋三节度,淮西曾是执戈人。'拟古当如此相似方可传。"

他论诗推崇苏、黄:"东坡诗不可指摘轻议,词源如长河大江,飘沙卷沫,枯槎束薪,兰舟绣鹢,皆随流矣;珍泉幽涧,澄泽灵沼,可爱可喜,无一点尘滓";"鲁直作诗,用事押韵,皆超妙出人意表","精妙明密,不可加矣"。他认为要作好诗,"读书不厌多",只有"熟读唐李义山诗与本朝黄鲁直诗而深思焉",才能去掉"作诗浅易鄙陋之气"。李商隐是宋初西昆派所推崇的,他把李商隐与黄庭坚相提并论,可见他已看出江西诗派与西昆派的关系。《四库全书总目·彦周诗话》提要称此书"宗元祐之学,故所述

---

① (宋)许顗《许彦周诗话》卷首,(清)何文焕《历代诗话》本,中华书局1981年版,下引同。

苏、黄绪论为多。其品第诸家,颇为有识",是完全符合实际的。但他对江西派诗风也并不完全赞同,反对在诗中堆砌典故:"凡作诗正尔填实,谓之点鬼簿,亦谓之堆垛死尸。"

十三　张表臣《珊瑚钩诗话》遍论诗、文"众体"

张表臣(生卒年不详)字正民,单父(今山东单县)人。南北宋之际人。官右承议郎,通判常州军州事。绍兴中,终于司农丞。尝从陈师道、晁补之游,作诗有江西诗派风格。撰有《珊瑚钩诗话》三卷,取杜甫"文采珊瑚钩"句,有自炫文采之义。又好举己作,务表所长,并录与名流相赠之诗,以为炫耀。书中多记杂闻琐事,非尽论诗之言。其论诗大抵法元祐之学,与释惠洪相近。强调含蓄天成为上,反对过分雕镂:"篇章以含蓄天成为上,破碎雕镂为下。如杨大年(亿)西昆体,非不佳也,而弄斤操斧太甚,所谓七日而混沌死也。以平夷恬淡为上,怪险蹶趋为下,如李长吉(贺)锦囊句,非不奇也,而牛鬼蛇神太甚,所谓施诸廊庙则骇矣。"①

卷三遍论"众体",前论诗体:"予近作《示客》云:刺美风化,缓而不迫谓之风;采摭事物,摘华布体谓之赋;推明政治,庄语得失谓之雅;形容盛德,扬厉休功谓之颂;幽忧愤悱,寓之比兴谓之骚;感触事物,托于文章谓之辞;程事较功,考实定名谓之铭;援古刺今,箴戒得失谓之箴;猗迁抑扬,永言谓之歌;非鼓非钟,徒歌谓之谣;步骤骋骛,斐然成章谓之行;品秩先后,叙而推之谓之引;声音杂比,高下短长谓之曲;吁嗟慨叹,悲忧深思谓之吟;吟咏情性,总合而言志谓之诗;苏、李而上,高简古淡谓之古;沈、宋而下,法律精切谓之律:此诗之语众体也。"后论文体:"帝王之言,出法度以制人者谓之制;丝纶之语,若日月之垂照者谓之诏。制与诏同,诏亦制也。道其常而作彝宪者谓之典;陈其谋而成嘉猷者谓之谟;顺其理而迪之者谓之训;属其人而告之者谓之诰;即师众而申之者谓之誓;因官使而命之者谓之命;出于上者谓之教;行于下者谓之令;时而戒者敕也;言而喻之者宣也;谇而扬之者赞也;登而崇之者册也;言其伦而析之者论也;度其宜而揆之者议也;别嫌疑而明之者辨也;正是非而著之者说也;记者,记其事也;纪者,纪其实也;纂者,缵而述焉者也;策者,条而封焉者也;传者,传而信之也;序者,绪而陈之也;碑者,披列事功而载之金石也;碣者,揭示操行而立之墓隧也;诔者,累其素履而质之鬼神也;志者,识其行藏,而谨其终始也;檄者,激发人心,而喻之祸福也;移者,自近移远,使之周知也;表者,布臣子之心,致君父之前也;笺者,修储后之

---

① 《珊瑚钩诗话》卷一。

问,伸宫阃之仪也;简者,质言之而略也;启者,文言之而详也;状者,言之于公上也;牒者,用之于官府也;捷书不缄,插羽而传之者,露布也;尺牍无封,指事而陈之者,劄子也;青黄黼黻,经纬以相成者,总谓之文也。此文之异名也。客有问古今体制之不一者,劳于应答,著之篇以示焉。"十分简明地概括了诗、文诸体的特点。

十四 叶梦得《石林诗话》等的文体体裁、风格论

叶梦得(1077—1148)字少蕴。其家有石林园,故又号石林居士。苏州吴县(今江苏苏州)人。绍圣四年(1097)进士,官至尚书右丞。《宋史》卷四四五有传。著述甚富,今存《石林居士建康集》、《石林奏议》、《石林词》、《石林诗话》、《石林燕语》、《岩下放言》、《避暑录话》等。其诗文创作与评论均有较大成就。梦得为蔡京门客,章惇姻家,入南宋后,不再鼓吹绍述之政,而所著诗话仍尊熙宁而抑元祐,论诗多主王安石。但他又是晁氏外甥,尝从晁补之、张耒诸人学,受到苏、黄影响也颇深,耳濡目染,其文高雅,仍存北宋遗风。正如《四库全书总目·石林诗话》提要所说,他"推重王安石者不一而足",而于欧、苏"皆有所抑扬于其间。盖梦得出蔡京之门,而其婿章冲则章惇之孙,本为绍述余党,故于公论大明之后,尚阴抑元祐诸人。然梦得诗文,实南北宋间之巨擘。其所评论,往往深中窾会,终非他家听声之见,随人以为是非者比。略其门户之见,而取其精核之论分观之,瑕瑜固两不掩矣。"叶梦得亦能词,早年词风婉丽,有温、李之风;晚年落其花而得其实,能于简淡中时出雄杰,不作柔语,风格近于苏轼。

在文体学方面,他论及多种诗文体裁,一是人名诗:"王荆公诗有'老景春可惜,无花可留得。莫嫌柳浑青,终恨李太白'之句,以古人姓名藏句中,盖以文为戏。或者谓前无此体,自公始见之。余读《权德舆集》,其一篇云:'藩宣秉戎寄,衡石崇位势。年纪信不留,弛张良自愧。樵苏则为惬,瓜李斯可畏。不顾荣官尊,每陈农亩利。家林类岩巘,负郭躬敛积。志满宠生嫌,养蒙恬胜智。疏钟皓月晓,晚景丹霞异。涧谷永不谖,山川景梁冀。无累颇符生,学展禽尚志。从此直不疑,支离疏世事。'则德舆已尝为此体,乃知古人文章之变,殆无遗蕴。德舆在唐不以诗名,然词亦雅畅,此篇虽主意在立别体,然亦自不失为佳制也。"①这里的柳浑、李太白、石崇、纪信、张良、苏则、李斯、顾荣、陈农、林类、郭躬、满宠、蒙恬、钟浩、景丹、谷永、梁冀、符生、展禽、直不疑、支离等皆人名。又同书卷下云:"晋魏间诗,尚未知声律对偶,然陆云相谑之辞,所谓'日下荀鸣鹤,云间陆士龙'者,乃指为的对,至'四海习凿齿,弥天释道安'之类不一。

---

① (宋)叶梦得《石林诗话》卷上,(清)何文焕《历代诗话》本,中华书局1981年版。

乃知此体出于自然,不待沈约而后能也。"所举既为律体诗,也为人名诗。

二是禁物体,《石林诗话》卷上云:"诗禁体物语,此学诗者类能言之也。欧阳文忠公守汝阴,尝与客赋雪于聚星堂,举此令,往往皆阁笔不能下。然此亦定法,若能者则出入纵横,何可拘碍? 郑谷'乱飘僧舍茶烟湿,密洒歌楼酒力微',非不去体物语,而气格如此其卑。苏子瞻'冻合玉楼寒起粟,光摇银海眩生花',超然飞动,何害其言玉楼、银海? 韩退之两篇力欲去此弊,虽冥搜奇谲,亦不免有缟带、银杯之句。杜子美'暗度南楼月,寒生北渚云',初不避云、月字。若'随风且开叶,带雨不成花',则退之两篇,殆无以过之也。"可见咏物诗的优劣不在于是否禁体物语,郑谷《雪中偶题》不言雪,而"气格如此其卑";杜甫、苏轼不避体物语,却"超然飞动"。

三是离合体,同书卷中云:"古诗有离合体,近人多不解。此体始于孔北海。"指孔融《离合郡姓名诗》:"此篇离合'鲁国孔融文举'六字。徐而考之,诗二十四句,每四句离合一字。如首章云"渔父屈节,水潜匿方。与时进止,出寺弛张",第一句渔字,第二句水字,渔犯水字而去水,则存者为鱼字。第三句有时字,第四句有寺字,时犯寺字而去寺,则存者为日字。离鱼与日而合之,则为鲁字。下四章类此,殆古人好奇之过,欲以文字示其巧也。"

四是僧体,同书同卷说:"近世僧学诗者极多,皆无超然自得之气,往往反拾掇模效士大夫所残弃,又自作一种僧体,格律尤凡俗,世谓之酸馅气。子瞻有《赠惠通》诗云:'语带烟霞从古少,气含蔬笋到公无。'尝语人曰:'颇解蔬笋语否? 为无酸馅气也。'闻者无不皆笑。"格律凡俗,蔬笋气、酸馅气就是僧体诗的特点。

五是与集句诗相关,他还提出了集句表的概念:"旧大朝会等庆贺及春秋谢赐衣,请上听政之类,宰相率百官奉表,皆礼部郎官之职,唐人谓之南宫舍人。元丰官制行,谓之知名表郎官。礼部别有印,曰知名表印,以其从上官一人掌之。大观后,朝廷庆贺事多,非常例,郎官不能得其意。蔡鲁公乃命中书舍人杂为之,既又不欲有所去取,于是参取首尾,或摘其一两联,次比成之,故辞多不伦,当时谓之'集句表'。礼部所撰,惟春秋两谢赐衣表而已。"①

六是七体,《石林诗话》卷下讥汉代骚体未尝有新语:"尝怪两汉间所作骚文,未尝有新语,直是句句规模屈、宋,但换字不同耳。"又云:"枚乘始作《七发》,其后遂有《七启》、《七摅》等,后世始集之为《七林》。文章至此,安得不衰乎?"②可见他对这种陈陈相因所形成的文体是不以为然的。

---

① (宋)叶梦得《石林燕语》卷三,中华书局唐宋史料笔记丛刊本。
② (宋)叶梦得《避暑录话》卷上,津逮秘书本。

432

七是贴黄，宋代贴黄已失唐代贴黄的含义，《石林燕语》卷三云："唐制，降敕有所更改，以纸贴之，谓之贴黄。盖敕书用黄纸，则贴者亦黄纸也。今奏状劄子皆白纸，有意所未尽，揭其要处以黄纸别书于后，乃谓之贴黄，盖失之矣。"

八是劄子、批答。《石林燕语》卷六云："学士院旧制：自侍郎以上辞免、除授、赐诏，皆留其章中书，而尚书省略具事，因降劄子下院，使为诏而已。自执政而上至于节度使相，用批答、批答之制，更不由中书，直禁中封所上章付院。今降批表院中，即更用纸连其章，后书辞，并其章赐之。此其异也。辞既与章相连，后书省表具之，字必长作表，字傍一瞥，通其章阶位上过，谓之抹阶，若使不复用旧衔之意。相习已久，莫知始何时。"

除论诗文体裁外，叶梦得对文体风格也有不少论述。他论述历代文章风格演变，认为奇险平易、雄辩闳衍系其人而非系其时："古书多奇险，或谓当时文体云尔。《列子》字古而辞平，《老子》字辞平偶俪暗，皆略同秦、汉工于文者，而视古则稍异，乃知奇险未必皆其体，亦各自其为之者。至孟子、庄周雄辩闳衍，如决江河，如蒸云雾，殆不可以文论，盖自其为道出之。《商书·伊训》、《说命》等作非不平，而《盘庚》特异；周诗雅颂非不平，而《鸱鸮》、《云汉》二篇殆不容读，岂非系其人乎？使西汉之文不传，后世但见《太玄》，谓西汉皆然，亦未尝不可矣。文章自东汉后顿衰，至齐、梁而扫地，岂惟其文之衰，观一时人物立身谋国，未有一时然出群者也，何以独能施之于文！至唐终始三百年，仅能成一韩退之。使退之如王、杨、卢、骆之徒，亦不能为矣。"①就其内容看，这里所说的"当时文体"是指诗文风格。"文章自东汉后顿衰，至齐、梁而扫地"，可见他对齐梁文风的不满。《石林诗话》卷下认为，欧阳修虽以"平易疏畅"矫昆体，但其婉丽之功决不亚于昆体："欧阳文忠公诗始矫昆体，专以气格为主。故其言多平易疏畅，律诗意所到处，虽语有不伦，亦不复问。而学之者往往遂失于快直，倾困倒廪，无复余地。然公诗好处，岂专在此？如《崇徽公主手痕诗》'玉颜自昔为身累，肉食何人与国谋'，此自是两段大议论，而抑扬曲折，发见于七字之中，婉丽雄胜，字字不失相对，虽昆体之工者，亦未易比。言意所会，要当如是，乃为至到。"

十五　葛立方《韵语阳秋》为宋人诗话之"善本"

葛立方(?—1164)字常之，号归愚居士、懒真子，常州江阴(今属江苏)，"世为儒家"(《宋史·葛宫传》)。绍兴八年(1138)进士，官至吏部侍郎。著有《归愚集》、《西畴

---

① （宋）叶梦得《岩下放言》卷上，文渊阁四库全书本。

笔耕》、《韵语阳秋》。

《韵语阳秋》是一部推崇苏、黄而又欲救其失的著作,他不以诗话名书,内客广泛,不限于诗话,主要评论汉、魏以来至宋代诗人的作品,同时也涉及风俗地理、书画歌舞、花鸟鱼虫等。但《四库全书总目》提要称其"在宋人诗话之中犹为善本",其诗论旨在求风雅之正,以事理为要,而不甚论语句之工拙,格律之高下。全书二十卷,内容繁杂,大体以类相从,以记事、考释居多。

《韵语阳秋》论诗明显受江西诗派影响,如"欲下笔,当自读书始"①;"诗家有换骨法,谓用古人意而点化之,使加工也"(卷二)。但主张"浑然天成",不满江西诗派的刻意求奇,其自序(卷首)云:"谢朝华之已披,起夕秀于未振,学诗者尤当领此。陈腐之语,固不必涉笔,然求去其陈腐不可得,而翻为怪怪奇奇、不可致诘之语以欺人,不独欺人而且自欺,诚学者之大病也。"他力主诗贵平淡:"陶潜、谢朓诗皆平易有思致,非后来诗人怵心刿目雕琢者所为也。"但平淡并不等于"拙易":"大抵欲造平淡,当自组丽中来,落其芳华,然后可造平淡之境。如此则陶、谢不足进矣。今人多作拙易诗,而自以为平淡,识者未尝不绝倒也"(以上卷一);"近时论诗者皆谓偶对不切则失之粗,太切则失之俗,如江西诗社所作,虑失之俗也,则往往不甚对。是亦一偏之见尔。老杜《江陵诗》云:'地利西通蜀,天文北照秦。'《秦州诗》云:'水落鱼龙夜,山空鸟鼠秋。''丛篁低地碧,高柳半天青。'《竖子至》云:'祖梨且缀碧,梅杏半传黄。'如此之类,可谓对偶太切矣,又何俗乎? 如'杂蕊红相对,他时锦不如','磨灭余篇翰,平生一钓舟'之类,虽对不求太切,而未尝失格律也。学诗者当审此。"(以上卷一)论西昆体云:"咸平、景德中,钱惟演、刘筠首变诗格,而杨文公与王鼎、王绰,号江东三虎,诗格与钱、刘亦绝相类,谓之西昆体。大率效李义山之为丰富藻丽,不作枯瘠语。故杨文公在至道中得义山诗百余篇,至于爱慕而不能释手。公尝论义山诗,以谓'包蕴密致,演绎平畅,味无穷而炙愈出,钻弥坚而酌不竭,使学者少窥其一班,若涤肠而洗骨。'是知文公之诗,有得于义山者为多矣。又尝以钱惟演诗二十七联,如'雪意未成云着地,秋声不断雁连天'之类,刘筠诗四十八联,如'溪笺未破冰生砚,炉酒新烧雪满天'之类,皆表而出之,纪之于《谈苑》。且曰:'二公之诗,学者争慕,得其格者,蔚为佳咏,可谓知所宗矣。'文公镂仰义山于前,涵泳钱、刘于后,则其体制相同,无足怪者。"他认为对应制诗、应试诗不可一概否定,他们各有其特殊风格:"应制诗非他诗比,自是一家句法,大抵不出于典实富艳尔。夏英公《和上元观灯诗》云:'鱼龙曼衍六街呈,金锁通宵启玉京。冉冉游尘生辇道,迟迟春箭入歌声。宝坊月皎龙灯淡,紫馆风微鹤焰平。宴罢南

---

① 《韵语阳秋》卷一,(清)何文焕《历代诗话》本,中华书局 1981 年版。

端天欲晓,回瞻河汉尚盈盈。'王岐公诗云:'雪消华月满仙台,万烛当楼宝扇开。双凤云中扶辇下,六鳌海上驾山来。镐京春酒沾周燕,汾水秋风陋汉材。一曲升平人共乐,君王又进紫霞杯。'二公虽不同时,而二诗如出一人之手,盖格律当如是也。丁晋公《赏花钓鱼诗》云:'莺惊凤辇穿花去,鱼畏龙颜上钓迟。'胡文公云:'春暖仙蓂初霡靡,日斜芝盖尚徘徊。'郑毅夫云:'水光翠绕九重殿,花气浓薰万寿杯。'皆典实富艳有余。若作清癯平淡之语,终不近尔。"(以上卷二)又云:"省题诗自成一家,非他诗比也。首韵拘于见题,则易于牵合,中联缚于法律,则易于骈对,非若游戏于烟云月露之形,可以纵然在我者也。"(卷三)他对各种杂体诗也多有论述,如八音歌、建除体、百一诗、双声叠韵诗,还论及七哀诗、八哀诗、五哀诗等,兹不一一。

十六 周紫芝《竹坡诗话》论诗多主江西派诗说

周紫芝(1082—?)字少隐,自号竹坡居士,宣城(今属安徽)人。绍兴中进士及第,曾任枢密院编修官,出知兴国军。著有《太仓稊米集》七十卷。《竹坡诗话》一卷,有津逮秘书、四库全书、历代诗话、丛书集成初编本。又名《竹坡老人诗话》三卷,有百川学海本,分卷不同,而内容无大出入。

《竹坡诗话》论诗多主江西派诗说,认为"凡诗人作语,要令事在语中而人不知";"自古诗人文士,大抵皆祖述前人作语"。他喜用"点铁成金"语评诗,如"山谷点化前人语入诗,而其妙如此,诗中三昧手也";"白乐天《长恨歌》云:'玉容寂寞泪阑干,梨花一枝春带雨。'人皆喜其工,而不知其气韵之近俗也。东坡作送人小词云:'故将别语调佳人,要看梨花枝上雨。'虽用乐天语,而别有一种风味,非点铁成金手,不能为此也。"①他还论及集句、拟古人体、渊明体等。全书以很大篇幅考证故实和词语出处,也显然受江西诗派"无一字无来历"的影响。

十七 吕本中《江西诗社宗派图》论江西诗派

吕本中(1084—1145)原名大中,字居仁,世称东莱先生。寿州(今安徽寿县)人。吕公著曾孙,吕好问子。初授承务郎。宣和六年(1124)为枢密院编修官。后迁职方员外郎。绍兴六年(1136),召赐进士出身,历官中书舍人、权直学士院。因忤秦桧罢官。著有《东莱诗集》、《紫微诗话》、《东莱吕紫微杂说》、《师友杂志》、《童蒙训》等。吕

---

① 以上均见《竹坡诗话》,(清)何文焕《历代诗话》本,中华书局1981年版。

本中为江西诗派著名诗人，其诗颇受黄庭坚、陈师道影响，继承并发展了江西诗派的风格，诗风明畅灵活。其词以婉丽见长，也有悲慨时事、渴望收复中原故土的词作，感情浓郁，语意深沉。

其文体论散见诸书，所作《江西诗社宗派图》列陈师道以下二十五人，以黄庭坚为诗派之祖，对北宋诗歌创作进行了总结与概括。其《江西诗社宗派图序》认为"古文衰于汉末，先秦古书存者，为学士大夫剽窃之资"。并历评汉至宋的诗歌："五言之妙，与《三百篇》、《离骚》争烈可也。自李、杜之出，后莫能及。韩、柳、孟郊、张籍诸人，自出机杼，别成一家。元和之末，无足论者，衰至唐末极矣。然乐府、长短句，有一唱三叹之音。至国朝文物大备，穆伯长（修）、尹师鲁（洙）始为古文，成于欧阳氏。歌诗至于豫章（黄庭坚），始大出而力振之，后学者同作并和，尽发千古之秘，亡余蕴矣。录其名字曰江西宗派，其原流皆出豫章也。"末录江西诗派之名："宗派之祖曰山谷，其次陈师道无已、潘大临邠老、谢逸无逸、洪朋龟父、洪刍驹父、饶节德操、乃如壁也。祖可正平、徐俯师川、林修子仁、洪炎玉父、汪革信民、李錞希声、韩驹子苍、李彭商老、晁冲之叔用、江端本子之、杨符信祖、谢迈幼盘、夏倪均父、林敏功、潘大观、王直方立之、善权巽中、高荷子勉，凡二十五人。"①

《仕学规范》卷三九引《吕氏童蒙训》云："学诗须熟看老杜、苏、黄，先见体式，然后遍考他作，自然工夫度越他人。老杜歌行与长韵律诗，后人莫及。而苏、黄用韵下字用故事处，亦古所未到。"他在《与曾吉甫（曾幾）论诗第一帖》中阐明了同一观点："《楚词》、杜（甫）、黄（庭坚），固法度所在，然不若遍考精取，悉为吾用，则姿态横出，不窘一律矣。如东坡、太白诗，虽规摹广大，学者难依，然读之使人敢道，澡雪滞思，无穷苦艰难之状，亦一助也。要之，此事须令有所悟入，则自然越度诸子。悟入之理，正在工夫勤惰间耳。如张长史（旭）见公孙大娘舞剑，顿悟笔法。如张者，专意此事，未尝少忘胸中，故能遇事有得，遂造神妙；使他人观舞剑，有何干涉？非独作文学书而然也。和章固佳，然本中犹窃以为少新意也。近世次韵之妙，无出苏、黄，虽失古人唱酬之本意，然用韵之工，使事之精，有不可及者。"其《与曾吉甫论诗第二帖》认为曾幾诗"治择工夫已胜，而波澜尚未阔，欲波澜之阔去，须于规摹令大，涵养吾气而后可。规摹既大，波澜自阔，少加治择，功已倍于古矣。试取东坡黄州已后诗，如《种松》、《医眼》之类，及杜子美歌行及长韵近体诗看，便可见。若未如此，而事治择，恐易就而难远也。退之云：'气，水也，言，浮物也，水大则物之浮者大小毕浮，气之与言犹是也，气盛则言之长短与声之高下皆宜。'如此，则知所以为文矣。曹子建《七哀》诗之类，宏大深远，

---

① （宋）赵彦卫《云麓漫抄》卷一四，文渊阁四库全书本。

436

非复作诗者所能及，此盖未始有意于言语之间也。近世江西之学者，虽左规右矩，不遗余力，而往往不知出此，故百尺竿头，不能更进一步，亦失山谷之旨也。"①此二帖内容丰富，主张学诗要"遍考精取，悉为吾用"；要像张旭见公孙大娘舞剑而悟笔法那样有悟性；要像苏、黄次韵诗那样用韵工，使事精；要"宏大深远"，"规摹既大，波澜自阔"；批评江西诗派"左规右矩，不遗余力，而往往不知出此"。可见他所说的"法度"，既指诗之体裁，也指诗之风格及作诗之法。

十八　朱弁《风月堂诗话》论历代诗风演变及诗之句法等

　　朱弁(1085—1144)字少章，自号观如居士。徽州婺源(今属江西)人。第进士，建炎初，奋身自献，奉使金国，为金所拘十七年始得归。《宋史》卷三七三有传。为文仰慕唐代陆贽，援据精博，曲尽事理；诗歌学李商隐，词气雍容，无险怪奇涩之弊。著述甚富，今存《风月堂诗话》三卷，《曲洧旧闻》十卷。

　　《风月堂诗话》自序云："予心空洞无城府，见人虽昧平生，必出肺腑相示，以此语言多忤忌而招悔咎。每客至，必戒之曰：是间只可谈风月。"②可见怕以言贾祸，就是他只谈风月而不及时事，以"风月"二字名堂名书的原因。

　　《风月堂诗话》论诗推崇苏、黄："东坡文章至黄州以后，人莫能及，惟黄鲁直诗时可以抗衡；晚年过海，则虽鲁直亦瞠乎其后矣。"其论历代诗风演变云："魏曹植诗出于《国风》，晋阮籍诗出于《小雅》，其余递相祖袭，虽各有师承，而去《风》、《雅》犹未远也。自魏、晋至宋，雅奥清丽，尤盛于江左；齐、梁已下，不足道矣。唐初，尚矜徐、庾风气，逮陈子昂始变。若老杜，则凛然欲方驾屈、宋，而能允蹈者。其余以诗名家尚多，有江左体制。至五季则扫地无可言者，唐人尚不能及，况晋、宋乎？晋、宋尚不能及，况《风》、《雅》乎？"又论："诗之句法，自三言至七言，《三百篇》中皆有之矣。三言如'麟之趾'、'夜未央'、'从夏南'、'思无邪'之类是也。五言如'谁谓鼠无牙'、'胡为乎株林'、'或燕燕居息，或尽瘁事国'之类是也。七言如'维昔之富不如时，维今之疚不如兹'、'学有缉熙于光明'之类是也。而世之论五言则指苏(武)、李(陵)，论七言则指《柏梁》为始，是不求其源也。然世多作七言、五言，而三言、四言类施于铭、颂之中。虽间有用七言者，独于韩吏部(愈)、苏端明(轼)集见之。前辈云：按《柏梁》之体，句句用韵，其数以奇，韩、苏亦皆如此。然欧公作《孙明复墓志》，乃与此说不同，又未知如何也。

---

① 均见《苕溪渔隐丛话》前集卷四九。

② (宋)朱弁《风月堂诗话》卷首，文渊阁四库全书本。

岂欧公特变前人法度,欲自我作古乎? 当更讨论之耳。"又论词与诗、乐府的关系:"东坡以词曲为诗之苗裔,其言良是。然今之长短句(词)比之古乐府歌词,虽云同出于诗,而祖风已扫地矣。晁无咎晚年,因评小晏(幾道)并黄鲁直、秦少游词曲,尝曰:'吾欲托兴于此,时作一首以自遣,正使流行,亦复何害。譬如鸡子中元无骨头也。'"①其卷下论李商隐诗学杜甫诗的得失云:"李义山拟老杜诗云:'岁月行如此,江湖坐渺然。'直是老杜语也。其他句'苍梧应露下,白阁自云深','天意怜幽草,人间重晚情'之类,置杜集中亦无愧矣。然未似老杜沉涵汪洋,笔力有余也。义山亦自觉,故别立门户成一家。后人挹其余波,号西昆体,句律太严,无自然态度。黄鲁直深悟此理,乃独用昆体工夫,而造老杜浑成之地,今之诗人少有及者。此禅家所谓更高一着也。""后人挹其余波,号西昆体"指宋初杨亿诸人。而"用昆体工夫,而造老杜浑成之地"为金人王若虚所驳:"予谓用昆体功夫必不能造老杜之浑全,而至老杜之地者亦无事乎昆体功夫,盖二者不能相兼耳。"②

《曲洧旧闻》为朱弁拘囚于北方时所作,曲洧本春秋时郑地,在今河南扶沟县西南,朱弁云:"潧洧之源出马岭,今在河南府永安界号玉仙山,历城东南为潧洧,其水清,有鱼数种。"又云:"后二十年闲居洧上,所与吾游者皆洛、许故族大家子弟。"③此以曲洧代北宋故都开封。《曲洧旧闻》即北宋旧闻,故多记北宋遗事,以寄故国之思。

《曲洧旧闻》以纪"旧闻"为主,间亦论及文体、风格,如卷三论欧阳修以赋为记云:"《醉翁亭记》初成,天下莫不传诵,家至户到,当时为之纸贵。宋子京得其本,读之数过,曰:"只目为《醉翁亭赋》,有何不可?"卷四引欧阳修论谢绛曰:"三代以来文章盛称西汉,希深制诰尤得其体,世谓常、杨、元、白,便不足多也。"卷五比较章楶、苏轼词云:"章楶质夫作《水龙吟·咏杨花》,其命意用事清丽可喜。东坡和之,若豪放不入律吕。徐而视之,声韵谐婉,便觉质夫词有织绣工夫。晁叔用云:'东坡如毛嫱、西施,净洗却面而与天下妇人斗好,质夫岂可比耶?'"

十九　吴可《藏海诗话》的诗论

吴可(生卒年不详)字思道,号藏海居士,金陵(今江苏南京)人,一说瓯宁(今福建建瓯)人。大观进士。宣和末官团练使,责授武节大夫致仕。著有《藏海诗集》,已佚,

① 以上所引均见《风月堂诗话》卷上。
② (金)王若虚《滹南集》卷四〇,文渊阁四库全书本。
③ (宋)朱弁《曲洧旧闻》卷三,文渊阁四库全书本。

438

清四库馆臣自《永乐大典》辑出，编为《藏海居士集》二卷。吴可诗颇为当时文士所推重，古体质朴，律诗谨严，七绝自然含蓄，意境新警。他生当南北宋之际，历经流离转徙，其诗比较真实地反映了北宋末年的民族危机和社会动乱，表达出他对当时政治的看法。

其论诗主张，主要见于《藏海诗话》和《诗人玉屑》所录的《学诗》，颇能切中北宋诗坛某些流弊。关于诗歌体裁，他认为"五言诗不如四言诗，四言诗古，如七言又其次者，不古耳"；"七言律诗极难做，盖易得俗，是以山谷别为一体。"关于诗歌风格，他力主风韵超然、自然："白乐天诗云：'紫藤花下怯黄昏。'荆公作《苑中》绝句，其卒章云'海棠花下怯黄昏'，乃是用乐天语，而易'紫藤'为'海棠'，便觉风韵超然。'人行秋色里，家在夕阳边。'乃有唐人体。韩子苍云：未若'村落田园静，人家竹树幽'，不用工夫，自然有佳处。盖此一联，颇近孟浩然体制。"其论诗多袭苏轼之说，如"凡文章先华丽而后平淡"，"方少则华丽，年加长渐入平淡也"，这正是苏轼《与侄书》中所说的"凡文字，少小时须令气象峥嵘，采色绚烂。渐老渐熟，乃造平淡"。又多袭江西派诗说，提倡学杜，如"学诗当以杜为体，以苏、黄为用，拂拭之则自然波峻，读之铿锵。盖杜之妙处藏于内，苏、黄之妙发于外，用工夫体学杜之妙处恐难到。用功多而效少。""看诗且以数家为率，以杜为正经，余为兼经也。如小杜、韦苏州、王维、太白、退之、子厚、坡、谷、四学士之类也。如贯穿出入诸家之诗，与诸体俱化，便自成一家，而诸体俱备。若只守一家，则无变态，虽千百首，皆只一体也。"[1]

二十　严有翼《艺苑雌黄》论自度曲、重用韵

严有翼（生卒年不详），宋建安（今福建建宁）人。徽宗宣和六年（1124）进士。绍兴（1131—1162）间尝为泉、荆二郡教官。著有《艺苑雌黄》，原书久佚，郭绍虞《宋诗话辑佚》有辑本。其书主要内容为辩正讹谬，故曰《雌黄》，涉及子史传注、诗词时序、名数声画、器用地理、动植神怪等杂事，共二十卷，凡四百条。

其《度曲之度有两读音》论自度曲云："世人言度曲者，多作徒故切，谓歌曲也。张平子《两京赋》云：'度曲未终，云起雪飞。'子美《陪李梓州泛江诗》：'翠眉萦度曲，云鬟俨分行。'皆作徒故切读。考之《前汉·元帝纪赞》云：'帝多材艺，善史书，鼓琴，吹洞箫，自度曲被歌声。'应劭《注》：'自隐度作新曲，因持新曲以为歌诗声也。'颜《注》：'度，音大各切。'则与张平子、杜诗所言度曲异矣。而臣瓒《注》则曰：'度曲谓歌终更

---

① 以上均见（宋）吴可《藏海诗话》，中华书局 1983 年《历代诗话续编本》本。

授其次。'则又误以度曲为歌曲。夫度曲虽有两音，若读《元帝纪》，止可作大各切。《唐书》：'段安节善乐律，能自度曲。'其意正与《元帝纪》相合。"又论《重用韵》云："古人用韵，如《文选·古诗》、杜子美、韩退之，重复押韵者甚多。《文选·古诗》押二捉字，曹子建《美女篇》押二难字，谢灵运《述祖德诗》押二人字，《南图诗》押二同字，《初去郡诗》押二生字，沈休文《钟山应教诗》押二足字，任彦升《哭范仆射诗》，押三情字、两生字，陆士衡《赴洛诗》押二心字，《猛虎行》押二阴字，《拟古诗》押二音字，《豫章行》押二阴字，阮嗣宗《咏怀诗》押二归字，王正长《杂诗》押二心字，张景阳《杂诗》押二生字，江淹《杂体诗》押二门字，王仲宣《从军诗》押二人字，杜子美、韩退之，盖亦效古人之作。子美《饮中八仙歌》押二船字、二眼字、二天字、三前字，《园人送瓜诗》押二草字，《上后园山脚》押二梁字，《北征》押二日字，《夔州咏怀》押二旋字，《赠李秘书》押二虚字，《赠李邕》押二厉字，《赠汝阳王》押二陵字，《喜岑薛迁官》押二萍字。退之《赠张籍诗》，押二更字、二狂字、二鸣字、二光字，《岳阳楼别窦司直》押二向字，《李花》押二花字，《只鸟》押二州字、二头字、二秋字、二休字，《和卢郎中送盘谷子》押二行。"①

二十一　朱翌《猗觉寮杂记》论"弹曲始于唐懿宗时"

朱翌（1097—1167）字新仲，号灊山居士、省事老人。舒州怀宁（今安徽潜山）人，卜居四明鄞县（今属浙江）。秦桧恶其不附己，谪居韶州十九年。其古体诗跌宕纵横，近体伟丽刚健，近于苏轼。词作不多，但兴象清丽。著有《灊山集》四十四卷，周必大为作序，已佚，清四库馆臣据《永乐大典》辑为三卷，所收皆诗。《彊村丛书》辑有《灊山诗余》一卷。

朱翌又著有《猗觉寮杂记》（一名《朱新仲杂志》）二卷。《四库全书总目提要》谓该书"上卷皆诗话，止于考证典据，而不评文字之工拙；下卷杂论文章，兼及史事。"又谓书虽有牵强穿凿之处，"然其引据精凿者，不可殚数。在宋人说部中不失为《容斋随笔》之亚。"朱翌认为唐人唱和诗同用一韵："不分韵作诗，止用一字。如陈子昂《晦日高文学置酒林亭》，赋者十人，止押霞字；如周彦晖《晦日重宴》，亦十人同押池字。"认为古代歌词多为七言四句诗而无长短句："古无长短句，但歌诗耳，今《毛诗》是也。唐此风犹在，明皇时李太白进木芍药《清平调》，亦是七言四句诗。（唐明皇）临幸蜀，登楼听歌李峤词'山川满目泪沾衣'，亦止是一绝句诗（实为七言古诗《汾阴行》中的四

---

① 　（宋）严有翼以上均见《艺苑雌黄》，郭绍虞《宋诗话辑佚》本，中华书局 1980 年版。

句）。今不复有歌诗者。"①卷下论弹曲云："弹曲始于唐懿宗时，《曹确传》云：'优人李可及能新声、自度曲，号为拍弹。'优伶打诨，亦起于唐。李栖筠为御史大夫，故事曲江赐宴，教坊倡诨杂侍，栖筠以任风宪不往，台遂以为法。诨，力困切，弄言也。"

二十二　陈岩肖《庚溪诗话》批评江西诗派末流

陈岩肖（生卒年不详）字子象，金华（今属浙江）人。靖康中，曾游京师天清寺。绍兴八年（1138）试博学宏词科，赐同进士出身。二十五年，由秀州教授擢诸王官大小学教授兼权考功郎官，为礼部员外郎。乾道元年（1165），除秘书少监。二年，权工部侍郎。官至兵部侍郎。

陈岩肖喜论诗，著有《庚溪诗话》二卷，历述唐、宋诗家，重欧、苏及黄庭坚，而对江西诗派末流颇为不满："本朝诗人与唐世相亢，其所得各不同，而俱自有妙处，不必相蹈袭也。至山谷之诗清新奇峭，颇造前人未尝道处，自为一家，此其妙也。至古体诗，不拘声律，间有歇后语，亦清新奇峭之极也。然近时学其诗者，或未得其妙处，每有所作，必使声韵拗掠，词语艰涩，曰江西格也。此何为哉？吕居仁作《江西诗社宗派图》，以山谷为祖，宜其规行矩步，必踵其迹。今观东莱诗，多浑厚平夷，时出雄伟，不见斧凿痕。社中如谢无逸之徒亦然，正如鲁国男子善学柳下惠者。"②

二十三　阮阅《诗话总龟》分门别类编排诗话

阮阅（生卒年不详）字闳休，舒城（今属安徽）人。元丰八年（1085）进士。自户部郎官责知巢县，宣和中，知郴州。建炎初，以中奉大夫知袁州。著有《松菊集》，已佚，今存《郴江百咏》一卷，《诗话总龟》九十八卷，并传于世。词有今辑本《阮户部词》。

《诗话总龟》广搜宋人诗话及小说笔记，并创分门别类编排的方法，故材料虽杂，但按门类索取，颇合读者需要。其自序云："余昔与士大夫游，闻古今诗句，脍炙人口，多未见全本及谁氏所作也。宣和癸卯春，来官郴江，因取所藏诸家小史、别传、杂记、野录读之，遂尽见前所未见者。至癸卯秋，得一千四百余事，共二千四百余诗，分四十六门而类之……以便观阅，故名《诗总》。"③在阮阅编《诗总》之前，已有如《古今诗话》

---

① 以上（宋）朱翌《猗觉寮杂记》卷上，文渊阁四库全书本。
② （宋）陈岩肖《庚溪诗话》卷下，文渊阁四库全书本。
③ （宋）阮阅《诗话总龟》卷首，文渊阁四库全书本。

一类的总集,但前此的诗话总集,虽广搜前人或时人诗话,但一不注出处,二未能以类相从,故读者不便。阮氏此书一出,便以钞本的形式在文人中流传。据郭绍虞先生《宋诗话考》,此书约在绍兴年间有刻本,易名为《诗话总龟》。此书的价值在于搜集了丰富的诗学资料,仅前集就引书近一百种,可供补阙、校核别集之用。而其分类编辑的体例,则为研究相关诗题提供了方便。此体例一出,即广受欢迎,其后方回撰《瀛奎律髓》,也仿阮著体例,对历代诗作分门别类编排,可见其影响之深远。

二十四　胡仔《苕溪渔隐丛话》实为北宋诗歌发展史

胡仔(1110—1170)字元任。绩溪(今属安徽)人。胡舜陟次子。以父荫补官。绍兴十三年(1143),其父遭秦桧陷害,遂隐居浙江湖州之苕溪,日以渔钓自适,自号苕溪渔隐。能诗词,往往多隐逸之趣。著《(苕溪)渔隐丛话》前集六十卷,其《渔隐丛话前集序》云:"(阮阅)编此《诗总》乃宣和癸卯,是时元祐文章禁而弗用,故阮因以略之。余今遂取元祐以来诸公诗话及史传小说所载事实,可以发明诗句及增益见闻者,纂为一集。凡《诗总》所有,此不复纂集,庶免重复;一诗而二三其说者,则类次为一,间为折衷之;又因以余旧所闻见为说,以附益之。或者谓余不能分明纂集,如阮之《诗总》,是未知诗之旨矣。昔有诗客尝以神、圣、工、巧四品分类古今诗句为说,以献半山老人(王安石),得之未及观,遽问客曰:如老杜'勋业频看镜,行藏独倚楼'之句,当入何品?客无以对,遂以其说还之曰:'鼎一脔,他可知矣。'诗之不可分门纂集,盖出此意也。余今但以年代人物之先后次第纂集,则古今诗话不待检寻,已粲然毕陈于前,顾不佳哉!"①绍兴三十二年,胡仔复任福建转运司干办公事。三年任满,归隐苕溪,续成《(苕溪)渔隐丛话》后集四十卷。其《渔隐丛话后集序》(后集卷首)云:"余尝谓开元之李、杜,元祐之苏、黄,皆集诗之大成者。故群贤于此四公尤多品藻,盖欲发扬其旨趣,俾后来观诗者虽未染指,固已知其味之美矣。然诗道迩来几熄,时所罕尚,余独拳拳于此者,惜其将坠,欲以扶持其万一也。"

《苕溪渔隐丛话》前、后二集共一百卷,实为一部简明而形象的北宋诗歌发展史。《四库全书总目提要》云:"其书继阮阅《诗话总龟》而作,前有自序,称阅所载者皆不录。二书相辅而行,北宋以前之诗话,大抵备矣。然阅书多录杂事,颇近小说,此则论文考义者居多,去取较为严谨。阅书分类编辑,多立名目;此则唯以作者时代为先后,能成家者列其名,琐闻轶句则或附录之,或类聚之,体例亦较为明晰。阅书惟采摭旧

---

① 　(宋)胡仔《苕溪渔隐丛话》前集卷首,人民文学出版社 1962 年版。

文,无所考证;此则多附辩证之语,尤足以资参订。故阁书不甚见重于世,而此书则诸家援据多所取资焉。"《提要》大抵将二书短长做了详明的论述。胡仔重视大家,尤其推尊苏、黄等元祐诗人;重视创作的时代氛围,以及前代作家如杜甫等对宋诗的巨大影响;他"宗唐祧宋",既肯定宋诗的历史地位,又对其创作得失有清醒的认识和正确的判断;他突破前人以"品"分类的体例,以大家、名家为纲编纂,既能真实地反映诗歌发展的实际情况,也能给诗人以准确的历史定位;别裁真伪,其考辨和评论,对后代诗话影响深远。与一般诗话多记故实、叙轶闻不同,他喜将同类之诗或同一题材之诗放在一起比较,如咏花诗、题画诗、析柳曲等,这一做法,或受《诗话总龟》以类相从的启示,但胡氏的贡献在于他不仅将相类的诗放在一起,而且还进行了比照说明,这在文学研究方法上具有非常重要的意义。与《诗话总龟》仅录前人诗话而缺少个人论断不同,《苕溪渔隐丛话》通过"苕溪渔隐曰"的形式,发表作者对诗的意见,所以其诗学理论价值远远高于《诗话总龟》。下面仅就其涉及文体论的"苕溪渔隐曰"略举数则。

《前集》卷七认为定体不如变体:"律诗之作,用字平仄,世固有定体,众共守之。然不若时用变体,如兵之出奇,变化无穷,以惊世骇目。"并举《严公仲夏枉驾草堂兼携酒馔得寒字》,谓"此七言律诗之变体也";又举韦应物《雪后下朝呈省中一绝》、杜甫《谢严中丞送青城山道士乳酒一瓶》,谓"此绝句律诗之变体也";并说"又有七言律诗,至第三句便失粘,落平侧,亦别是一体。唐人用此甚多,但今人少用耳……此三诗起头用侧声,故第三句亦用侧声……此二诗起头用平声,故第三句亦用平声。凡此皆律诗之变体,学者不可不知。"《前集》卷八载:"苏涣少不羁,善白弩,时号白跖。晚乃悔过就学,擢前第,官至御史,佐湖南幕。后逾岭,扇动哥舒晃跋扈交、广。作变律诗,今录二首。"其一云:"养蚕为素丝,叶尽蚕不老。顷筐对空床,此意向谁道?一女不得织,万夫受其寒。一夫不得意,四海行路难。祸亦不在大,祸亦不在先。世路险孟门,吾徒当勉旃。"所谓变律是与正律相对而言的,即不完全符合律诗格律的律诗。五言律一般是五言八句,一韵到底,此诗却十二句,并有换韵。

《前集》卷九谓律诗有扇对格:"律诗有扇对格,第一与第三句对,第二与第四对,如少陵《哭台州郑司户苏少监诗》云:'得罪台州去,时危弃硕儒,移官蓬阁后,谷贵殁潜夫。'东坡《用前韵再和许朝奉》诗云:'邂逅陪车马,寻芳谢朓洲。凄凉望乡国,得句仲宣楼。'又唐人绝句亦用此格,如'去年花下留连饮,暖日夭桃莺乱啼。今日江边容易别,淡烟衰草马频嘶'之类是也。"

《前集》卷二七论杂体诗云:"禽言诗当如药名诗,用其名字隐入诗句中,造语稳贴,无异寻常诗,乃为造微入妙。如《药名诗》云:'四海无远志,一溪甘遂心。'远志、甘遂,二药名也。《禽言诗》云:'唤起窗全曙,催归日未西。'唤起、催归,二禽名也。梅圣俞《禽言诗》如'泥滑滑,苦竹冈'之句,皆善造语者也。"

《前集》卷三八引黄朝英《缃素杂记》云:"世俗相传古诗不必拘于用韵,余谓不然。如杜少陵《早发射洪县南途中作及字韵诗》,皆用缉字一韵,未尝用外韵也。"胡仔反驳道:"黄朝英之言非也,老杜侧韵诗何尝不用外韵,如《戏呈元二十一曹长》末字韵一篇诗,而用五韵;《南池》谷字韵一篇诗而用四韵;《客堂》蜀字韵一篇诗而用三韵;此特举其二三耳,其他如此者甚众。今若以一篇诗偶不用外韵,遂为定格,则老杜何以谓之能兼众体也?黄既不细考老杜诸诗,又且轻议东坡,尤为可笑。六一居士云:韩退之工于用韵,其得韵宽则波澜横溢,泛入傍韵,乍还乍离,出入回合,殆不可拘以常格。如'此日足可惜'之类是也;得韵窄则不复傍出,而因难以见巧,愈险愈奇,如《病中赠张十八》之类是也。譬夫善驭良马者通衢广陌,纵横驰逐,惟意所之。至于水曲蚁封,疾徐中节,而不蹉跌,乃天下之至工也。且退之于用韵犹能如此,孰谓老杜反不能之?是又非黄所能知也。"

《前集》卷四七引张耒(文潜)云:"以声律作诗,其末流也,而唐至今诗人谨守之。独鲁直一扫古今,出胸臆,破弃声律,作五七言,如金石未作,钟磬声和,浑然有律吕外意。近来作诗者,颇有此体,然自吾鲁直始也。"胡仔反驳说"古诗不拘声律,自唐至今诗人皆然,初不待破弃声律。诗破弃声律,老杜自有此体,如《绝句漫兴》、《黄河》、《江畔独步寻花》、《夔州歌》、《春水生》,皆不拘声律,浑然成章,新奇可爱,故鲁直效之作《病起荆州江亭即事》、《谒李材叟兄弟》、《谢答闻善绝句》之类是也。老杜七言如《题省中院壁》、《望岳》、《江雨有怀郑典设》、《昼梦》、《愁强戏为吴体》、《十二月一日三首》。鲁直七言如《寄上叔父夷仲》、《次韵李任道晚饮锁江亭》、《兼简履中南玉》、《廖致平送绿荔支》、《赠郑郊》之类是也。此聊举其二三,览者当自知之。文潜不细考老杜诗,便谓此体自吾鲁直始,非也。鲁直诗本得法于杜少陵,其用老杜此体何疑?老杜自我作古,其诗体不一,在人所喜,取而用之,如东坡《在岭外游博罗香积寺》、《同正辅游白水山》、《闻正辅将至以诗迎之》,皆古诗,而终篇对属精切,语意贯穿,此亦是老杜体,如《岳麓山道林二寺行》、《追酬故高蜀州人日见寄》、《入衡州奉赠李八丈判官》、《晚登瀼上堂》之类,概可见矣。"

同卷论拗句体云:"此体本出于老杜,如'宠光蕙叶与多碧,点注桃花舒小红';'一双白鱼不受钓,三寸黄柑犹自青';'外江三峡且相接,斗酒新诗终日疏';'负盐出井此溪女,打鼓发船何郡郎';'沙上草阁柳新暗,城边野池莲欲红',似此体甚多,聊举此数联,非独鲁直变之也。余尝效此体作一联云'天连风色共高运,秋与物华俱老成',今俗谓之拗句者是也。"

《后集》卷八论唐代诗风演变曰:"宋子京作《唐史·杜甫赞》,秦少游作《进论》,皆

444

本元稹之说，意同而词异耳。"同卷又云："《豫章先生传》，载在《豫章外集》后，不知何人所作，初无姓名。其传赞叙诗之源流，颇有条理。《赞》云：'自李、杜殁而诗律衰，唐末以及五季，虽有兴比自名者，然格下气弱，无以议为也。宋兴，杨文公始以文章莅盟。然至于诗，专以李义山为宗，以渔猎掇拾为博，以俪花斗叶为工，号称西昆体。嫣然华靡，而气骨不存。嘉祐以来，欧阳公称太白为绝唱，王文公称少陵为高作，诗格大变。高风之所扇，作者间出，班班可述矣。'"

《后集》卷三九论词由五七言诗句演变为长短句："唐初歌辞，多是五言诗，或七言诗，初无长短句。自中叶以后，至五代，渐变成长短句。及本朝则尽为此体。今所存止《瑞鹧鸪》、《小秦王》二阕，是七言八句诗并七言绝句诗而已。《瑞鹧鸪》犹依字易歌，若《小秦王》必须杂以虚声，乃可歌耳。"又云："东坡言：《如梦令》曲名，本唐庄宗制，一名《忆仙姿》，嫌其不雅，改云《如梦》。庄宗作此词，卒章云：'如梦，如梦，和泪出门相送。'取以为之名。'《古今词话》云：后唐庄宗修内苑，掘得断碑，中有字三十二曰：'宴桃源深洞，一曲舞鸾歌凤。长记欲别时，残月落花烟重。如梦如梦，和泪出门相送。'庄宗使乐工入律歌之，名曰《古记》。但《词话》所记多是臆说，初无所据，故不可信，当以坡言为正。"

二十五　黄彻《䂬溪诗话》论俳谐体

黄彻（？—1159）字常明，号太甲，晚号䂬溪居士，莆田（今属福建）人。与张戒同为宣和六年（1124）进士，历任辰州辰溪县丞、县令、源州军事判官，麻阳、嘉鱼、平江县令，后因忤权贵而弃官归里，著有《䂬溪诗话》。陈俊卿《䂬溪诗话序》云："公少负才，取名第，宰剧邑，藉甚有能声。一旦当路轩轾不得，弃官而归，优游里闲，其中浩然，未尝戚戚于外物，而其用志不衰如此"①。其自序云："予宦游湖外十余年，拙直忤权势，投印南归。自寓兴化之䂬溪，闭门却扫，无复功名意，不与衣冠交往者五年矣。平居无事，得以文章自娱，时阅古今诗集，以自遣适。故凡心声所底，有诚于君亲，厚于兄弟朋友，嗟念于黎元休戚及近讽谏而辅名教者，与予平日旧游所经历者，辄妄意铺凿，疏之窗壁间。未几，钞录成帙，而以《䂬溪诗话》名之。至于嘲风雪，弄草木而无与于比兴者，皆略之。""近讽谏而辅名教"，就是《䂬溪诗话》评诗的着眼点。

《䂬溪诗话》也有不少论文体的内容，如卷一评《左传》云："诸史列传，首尾一律。惟左氏传《春秋》则不然，千变万状，有一人而称目至数次异者，族氏、名字、爵邑、号

---

① （宋）黄彻《䂬溪诗话》卷首，人民文学出版社 1986 年版。

谥,皆密布其中而寓诸褒贬,此史家祖也。"卷一〇论俳谐体云:"子建(曹植)称孔北海(融)文章多杂以嘲戏,子美(杜甫)亦戏效俳谐体,退之(韩愈)亦有'寄诗杂诙俳',不独文举(孔融)为然。自东方生(朔)而下,祢处士(衡)、张长史(旭)、颜延年辈,往往多滑稽语,大体才力豪迈有余,而用之不尽,自然如此。韩诗'浊醪沸入口,口角如衔箝','试将诗义授,如以肉贯串','初食不下喉,近亦能稍稍',皆谑语也。坡集类此不可胜数,《寄蕲簟与蒲传正》云:'东坡病叟长羁旅,冻卧饥吟似饥鼠。倚赖东风洗破衾,一夜雪寒披故絮。'《黄州》云:'自惭无补丝毫事,尚费官家压酒囊。'《将之湖州》云:'吴儿脍缕薄欲飞,未去先说馋涎垂。'又'寻花不论命,爱雪长忍冻。天公非不怜,听饱即喧哄'。《食笋》云:'纷然生喜怒,似被狙公卖。'《种茶》云:'饥寒未知免,已作太饱计。''平生五千卷,一字不救饥。''饥来凭空案,一字不可煮。'皆斡旋其章而弄之,信恢刃有余,与血指汗颜者异矣。"

二十六　张戒《岁寒堂诗话》"论诗文当以文体为先"

张戒(生卒年不详)字定夫,或作定复,正平(今山西新绛)人。宣和六年(1124)进士。绍兴初累官左迪功郎、夔州路关寨干办官。五年以赵鼎荐,召对,改左丞议郎、国子监丞,除秘书郎。七年提举福建路茶事。八年正月召为监察御史,七月除殿中侍御史,十一月除司农少卿。坐上疏乞留赵鼎,出知泉州。未几罢,往依岳飞。十二年以诋和议勒停。二十七年复左宣教郎,主管台州崇道观。《宋史翼》卷一二有传。

张戒《岁寒堂诗话》着重阐明自己的诗歌见解,不涉杂事,是一部理论性较强的诗话。原本已佚,清四库馆臣自《永乐大典》辑录为二卷。上卷以探讨诗歌理论为主,兼论历代诗人诗作;下卷为杜诗篇评。他论诗以言志为本,开卷即云:"建安陶、阮以前诗,专以言志;潘、陆以后诗,专以咏物;兼而有之者,李、杜也。言志乃诗人之本意,咏物特诗人之余事。"①又云:"诗者,志之所之也。情动于中而形于言,岂专意于咏物哉?"他论诗强调韵味,认为言志之诗才有韵味:"古诗苏、李、曹、刘、陶、阮,本不期于咏物,而咏物之工,卓然天成,不可复及。其情真,其味长,其气胜,视《三百篇》几于无愧,凡以得诗人之本意也……句中若无意味,譬之山无烟云,春无草树,岂复可观? 阮嗣宗诗,专以意胜;陶渊明诗,专以味胜;曹子建诗,专以韵胜;杜子美诗,专以气胜。然意可学也,味亦可学也,若夫韵有高下,气有强弱,则不可强也。"又云:"韵有不可及

---

① 本节所引均见(宋)张戒《岁寒堂诗话》卷上,中华书局 1983 年《历代诗话续编》本。

者,曹子建是也;味有不可及者,渊明是也";"韦苏州诗,韵高而气清;王右丞诗,格老而味长",都是从韵味角度评诗之短长。

唐宋诗人,张戒最推崇杜甫,他说:"王介甫只知巧语之为诗,而不知拙语亦诗也。山谷只知奇语之为诗,而不知常语亦诗也。欧阳公诗专以快意为主,苏端明诗专以刻意为工,李义山诗只知有金玉龙凤,杜牧之诗只知有绮罗脂粉,李长吉诗只知有花草蜂蝶,而不知世间一切皆诗也。惟杜子美则不然,在山林则山林,在廊庙则廊庙,遇巧则巧,遇拙则拙,遇奇则奇,遇俗则俗,或放或收,或新或旧,一切物,一切事,一切意,无非诗者。故曰'吟多意有余',又曰'诗尽人间与',诚哉是言。"

他反对苏、黄以议论为诗:"《国风》《离骚》固不论,自汉、魏以来,诗妙于子建,成于李、杜,而坏于苏、黄。余之此论,固未易为俗人言也。子瞻以议论作诗,鲁直又专以补缀奇字,学者未得其所长,而先得其所短,诗人之意扫地矣……黄、黄习气净尽,始可以论唐人诗;唐人声律习气净尽,始可以论六朝诗;镌刻之习气净尽,始可以论曹、刘、李、杜诗。"反对苏、黄以用典为博,以押韵为工:"诗以用事为博,始于颜光禄而极于杜子美;以押韵为工,始于韩退之而极于苏、黄……苏、黄用事、押韵之工,至矣尽矣,然究其实,乃诗人中一害,使后生只知用事、押韵之为诗,而不知咏物之为工,言志之为本也,风雅自此扫地矣。"他认为"论诗文当以文体为先,警策为后。若但取其警策而已,则'枫落吴江冷',岂足以定优劣? 孟浩然'微云淡河汉,疏雨滴梧桐'之句,东野集中未必有也。然使浩然当退之大敌,如《城南联句》,亦必困矣。子瞻云:'浩然诗如内库法酒,却是上尊之规模,但欠酒才尔。'此论尽之。"就其所论的具体内容看,他所说的"文体"实指风格。他强调含蓄蕴藉:"国风云:'爱而不见,搔首踟蹰。瞻望弗及,伫立以泣。'其词婉,其意微。不迫不露,此其所以可贵也。古诗云:'馨香盈怀袖,路远莫致之';李太白云:'皓齿终不发,芳心空自持。'皆无愧于国风矣。杜牧之云:'多情却是总无情,惟觉尊前笑不成。'意非不佳,然而词意浅,露略无余蕴。元、白、张籍其病正在此,只知道得人心中事。而不知道尽则又浅露也。"又批评白居易诗"情意失于太详,景物失于太露,遂成浅近,略无余蕴,此其所短处"。他还反对苏轼、黄庭坚在诗中滥用典故,以议论为诗,以为"苏、黄用事押韵之工至矣,究其实,乃诗人中一害"。其立论虽有失偏颇,但对于纠正当时诗歌创作的弊端仍具有针砭作用。

后人对《岁寒堂诗话》评价甚高。清潘德舆云:"吾于宋人诗话,严羽之外,只服张戒《岁寒堂诗话》为中的。其论'建安、陶、阮以前,诗专以言志;潘、陆以后,诗专以咏物;兼而有之者,李、杜也。专意咏物,雕镌刻镂之工日以增,而诗人之本旨扫地尽矣'。又云:'诗含不尽之意,用事押韵何足道! 苏、黄用事押韵之工至矣,究其实,乃诗人中一害。'伟哉论乎,前此所未有也!"①

二十七　吴聿《观林诗话》论柏梁体

吴聿(生卒年不详)字子书,南宋初楚(今湖北一带)人。善论诗,著有《观林诗话》一卷,推崇苏、黄,以出人意外而又不失自然之诗为高,《四库全书总目》卷一九五谓此书"足资考证,在宋人诗话之中,亦可谓之佳本"。

但此书论及文体者不多,其论柏梁体云:"汉武《柏梁台》,群臣皆联七言,或述其职,或谦叙不能,至左冯翊曰:'三辅盗贼天下尤。'右扶风曰:'盗阻南山为民灾。'京兆尹曰:'外家公主不可治。'则又有规警之风。及宋孝武《华林都亭》,梁元帝《清言殿》,皆效此体。虽无规儆之风,亦无佞谀之辞,独叙叨冒愧惭而已。近世应制,争献谀辞,褒日月而谀天地,唯恐不至。古者《赓载》相戒之风,于是扫地矣。"又云:"杜工部诗,世传骨气高峭,如爽鹘摩霄,骏马绝地。又唐人谓李贺文体,如崇岩峭壁,万仞崛起。"②所谓"李贺文体"指其诗的风格,即《沧浪诗话》所说的"李长吉体",《旧唐书·李贺传》云:"李贺字长吉,宗室郑王之后。父名晋肃,以是不应进士。韩愈为之作《讳辨》,贺竟不就试。手笔敏捷,尤长于歌篇,其文思体势如崇岩峭壁,万仞崛起,当时文士从而效之,无能仿佛者。"

二十八　吴沆《环溪诗话》论百韵诗和拗体

吴沆(1116—1172)字德远,号无莫居士、环溪居士,私谥文通先生。抚州崇仁(今属江西)人。高宗绍兴十六年(1146)曾献书于朝,因误书帝讳被黜。遂不仕,筑室环溪,著书以终。吴沆学通五经,尤长《易》、《礼》,旁通于百家,而游艺于文学。著有《环溪大全集》八卷。又著有《易发微》、《论语发微》、《老子解》,均已佚。今存《环溪诗话》一卷,是后人辑其论诗言论而编成。

《环溪诗话》与一般以杂记文坛旧闻轶事为主的诗话不同,内容基本上都是吴沆有关诗歌创作的心得和认识,还收录了吴沆本人的诗作。《四库全书总目》认为,此书当为其后人所作。吴沆论诗颇为自负,他尊杜甫、李白、韩愈为"一祖二宗",尤其推崇杜甫,称"古今之美备在杜诗";主张诗歌重视诗法,以为"善诗之道无他,譬之善驭而

---

①　(清)潘德舆《养一斋诗话》卷一,中华书局 2010 年版。

②　(宋)吴聿《观林诗话》,中华书局 1983 年《历代诗话续编》本。

已",因此不应拘泥于章法、句法、对仗、炼字。其论各家得失云:"渊明得之清而失之淡,太白得之豪而失之放,卢仝得之狂而失之怪,乐天得之和而失之易。"这都是论诗歌风格。关于诗之体裁,其论百韵诗云:"百韵诗只是八句,大抵十余韵当一句,但是气象稍宏,波澜稍阔。首句要如鲸鲵跋浪,一击之间,便有千里之势;落句要如万钧强弩,贯金透石,一发饮羽,无复动摇之意。万有一分可摇,即不得为断句矣。"百韵诗脱胎于长庆体,实为排律,贵"一气贯之。其间无甚歇灭而已"。又论拗体诗云:"在杜诗中,'城尖径窄旌旆愁,独立缥缈之飞楼。峡拆云埋龙虎卧,江清日抱鼋鼍游'是拗体;如'二月饶睡昏昏然,不独夜短昼分眠。桃花气暖眼自醉,春渚日落梦相牵'是拗体;如'夜半归来冲虎过,山黑家中已眠卧。旁见北斗向江低,仰看明星当空大'是拗体;又如'白摧朽骨龙虎死,黑入太阴雷雨垂'、'客子入门月皎皎,谁家捣练风凄凄'、'负盐出井此溪女,打鼓发船何处郎'、'运粮绳桥壮士喜,斩木火井穷猿呼'等,皆拗体也。盖其诗似律而差拗,于拗之中又有律焉。此体惟山谷能之,故有'黄流不解涴明月,碧树为我生凉秋'、'石屏堆栈翡翠王,莲荡宛转芙蓉城'、'纸窗惊吹王蹀躞,竹砌碎撼金琅珰'、'蜂房各自开户牖,蚁穴或梦封侯王'等语,皆有可观。然诗才拗,则健而多奇;入律,则弱而难工。"①拗体诗的特点就是似律非律,拗中见律,拗则健而奇,入律则反弱而难工。

二十九　陈骙《文则》论"六经之文,容无异体"

陈骙(1128—1203)字叔进。谥文简。台州临海(今属浙江)人。绍兴二十四年(1154)进士。陈时政得失,颇能切中时弊。喜奖掖后进,能破格用人。叶适称其"文词古雅,不名一体。间出新意奇句,读辄惊人"(《观文殿学士知枢密院事陈公文集序》)。熟悉前代掌故和当时规章法令,文词古雅。辞官后,独居一室,孜孜不倦,整理旧著。著有《中兴馆阁录》十卷、《中兴馆阁书目》七十卷、《文则》二卷。所著《文则》专论文章体式,《四库全书总目》卷一九五谓其"大旨皆准经以立制,其不使人根据训典,熔精理以立言,而徒较量于文字之增减,未免逐末而遗本",历来被称为我国历史上第一部修辞学专著,标志着古代修辞学的建立。

前人多论诗文之体源于六经,《文则》更进一步论"六经之文,容无异体",颇有独见:"六经之道,既曰同归;六经之文,容无异体。故《易》文似《诗》,《诗》文似《书》,《书》文似《礼》。《中孚》九二曰:'鸣鹤在阴,其子和之;我有好爵,吾与尔靡之。'使入

---

① 以上均见(宋)吴沆《环溪诗话》,文渊阁四库全书本。

《诗·雅》,孰别《爻辞》?《抑》二章曰:'其在于今,兴迷乱于政,颠覆厥德,荒湛于酒,汝虽湛乐,从弗念厥绍,罔敷求先王,克共明刑。'使入《书·诰》,孰别《雅》语?《顾命》曰:'牖间南向,敷重篾席,黼纯,华玉仍几;西序东向,敷重底席,缀纯,文贝仍几;东序西向,敷重丰席,画纯,雕玉仍几;西夹南向,敷重笋席,玄纷纯,漆仍几。'使入《春官·司几筵》,孰别《命》语?"①《文则》对春秋之时的"八体"即命、誓、盟、祷、谏、让、书、对均有详尽论述,另还论及箴、赞、铭、歌、祝嘏、诔谥等众多文体。

三十　张镃《仕学规范》论西昆体"弄斤操斧太甚"

张镃(1153—1211)字功甫,一字时可,号约斋居士。祖籍成纪(今甘肃天水),徙居临安(今浙江杭州)。循王张俊的曾孙。工字画。诗风源自晚唐,与姜夔并称。亦工词,清逸疏朗,受南渡词风影响。著有文集《南湖集》二十五卷,原书已佚,清四库馆臣自《永乐大典》辑出十卷。又有《仕学规范》四十卷,分为为学、行己、莅官、阴德、作文、作诗六类,载宋代名臣事状,征引原文,各注资料出处。亦涉文体,下引数则,以见其体例。

其《作文》引欧阳修语云:"作文之体,初欲奔驰,久当收节,使简重严正。或时肆放以自舒,勿为一体则尽善矣。"②卷三六《作诗》云:"篇章以含蓄天成为上,破碎雕镂为下,如杨大年西昆体,非不佳也,而弄斤操斧太甚,所谓七日而混沌死也。"卷三七《作诗》论诗体演变云:"诗者,始于舜皋之《赓歌》,三代列国,《风》、《雅》继作,今之《三百五篇》是也。其句法自三字至八字,皆起于此。三字句若'鼓咽咽,醉言归'之类,四字句若'关关雎鸠,在河之洲'之类,五字句若'谁谓鼠无角,何以穿我屋'之类,七字句若'交交黄鸟止于棘'之类,八字句若《十月之交》曰'我不敢效我友自逸'之类。汉、魏以降,述作相望;梁、陈以来,格致浸多;自唐迄于国朝,而体制大备矣。"卷三九《作诗》论集句诗云:"集句自国初有之,未盛也。至石曼卿人物开敏,以文为戏,然后大著。至元丰间,王文公(安石)益工于此。人言起自公,非也。"其《〈梅溪词〉序》论歌词演变云:"《关雎》而下三百篇,当时之歌词也,圣师删以为经。后世播诗章于乐府,被之金石管弦,屈、宋、班、马由是乎出。而自变体以来,司花傍辇之嘲,沉香亭北之咏,至与人主相友善,则世之文人才士,游戏笔墨于长短句间,有能瑰奇警迈,清新闲婉,不流

① (宋)陈骙《文则》卷上,文渊阁四库全书本。
② (宋)张镃《仕学规范》卷三二,文渊阁四库全书本。

450

于逸荡污淫者,未易以小伎言也。"①

三十一 魏庆之《诗人玉屑》遍论诗风诗体

魏庆之(生卒年不详)字醇甫,号菊庄。建宁建安(今福建建瓯)人。宋理宗嘉熙(1237—1240)末前后在世。富有文才,不屑科第,惟种菊千丛,日与诗人逸士觞咏其间。著有《吟稿》,已佚。

魏庆之今存诗话集《诗人玉屑》二十卷,其中一至十一卷,论诗艺、体裁、格律及表现方法;十二卷以后,评论两汉以下作家作品,上自《诗经》、《楚辞》,下迄南宋诸家。全书博采两宋诸家论诗短札和谈片,为我们保留了许多重要资料。魏庆之的辑录并非大段大段地抄录,而是根据他自己诗歌见解,摘取排比成卷,包含了他自己对诗的形成、体裁、韵律及历代诗作的看法,几乎遍论诗风诗体。《四库全书总目》卷一九五谓其"采撷既繁,菁华斯寓"。

其《诗辨第一》带总论性质:"诗之法有五:曰体制,曰格力,曰气象,曰兴趣,曰音节。诗之品有九:曰高,曰古,曰深,曰远,曰长,曰雄浑,曰飘逸,曰悲壮,曰凄婉。其用工有三,曰起结,曰句法,曰字眼。其大概有二,曰优游不迫,曰沉着痛快。诗之极致有一,曰入神。诗而入神,至矣尽矣,蔑以加矣。惟李、杜得之,他人得之盖寡也。"②其下各卷论及文体体裁、风格、体类者颇多,论体裁正体如诗、骚、赋、颂、铭、赞、文、诔、箴、行、咏、吟、怨、叹、操、引、谣、讴、歌、曲、词,杂体如蜂腰体、隔句体、偷春体、折腰体、绝弦体、五仄体、回文体、俳谐体、离合体、白战(禁体物语)连珠体、人名诗、鹧鸪诗、鹭鸶诗、药名体,地名体;变体如拗体、七言变体、绝句变体、平侧各押韵体;论诗法、诗格的不少也论及诗体,如五句法、六句法、促句法、平头换韵法、促句接韵法、第三句失粘、八句仄入格、进退格、声叠韵、扇对法、蹉对法;论诗歌风格者也很多,如雄伟、雄健,劲健、清健、清新、奇伟、宏丽、绮丽、典丽、绮靡、刻琢、自然、寒苦、凄切、豪壮、工巧、闲适、警策、放逸、飞动、典重、浏亮、缜密、雅渊、温蔚、莹净、生硬、烂熟、妄诞、浊秽。其卷一二后各卷品藻古今人物,与《沧浪诗话》"以人而论"的论诗风格相近。

三十二 《敖陶孙诗话》的风格论

敖陶孙(1154—1227)字器之,号臞翁、臞庵,福清(今属福建)人。淳熙七年

---

① (宋)史达祖《梅溪词》卷首,文渊阁四库全书本。
② (宋)魏庆之《诗人玉屑》卷一,上海古籍出版社 1978 年版。

(1180)乡荐第一,省试下第,客居昆山。淳熙末,为太学生,朱熹罢官,作《追送赋》,言词愤激。五年,中进士,历官海门县簿、漳州教授、广东转运司主管文字、签书平海军节度判官厅公事兼南外宗正簿。宝庆元年(1225),又因讥讽权臣史弥远废济王,立理宗,有"梧桐秋雨何王府,杨柳春风彼相桥"之诗,被构陷于江湖诗祸之中,奉祠归乡。三年卒,年七十四。著有《臞翁诗集》二卷。

敖陶孙记览广博,为文有气骨,而尤以诗知名。其诗多古体,雄浑深厚。又作《诗评》(又名《敖陶孙诗话》),以十分形象生动的比喻评论前人之诗的风格,辞意雅确,各得其当,历来备受称道,全引如下:"魏武帝如幽燕老将,气韵沉雄。曹子建如三河少年,风流自赏。鲍明远如饥鹰独出,奇矫无前。谢康乐如东海扬帆,风日流丽。陶彭泽如绛云在霄,舒卷自如。王右丞如秋水芙蕖,倚风自笑。韦苏州如园客独茧,暗合音徽。孟浩然如洞庭始波,木叶微脱。杜牧之如铜丸走阪,骏马注坡。白乐天如山东父老课农桑,言言皆实。元微之如李龟年说天宝遗事,貌悴而神不伤。刘梦得如镂冰雕琼,流光自照。李太白如刘安鸡犬,遗响白云,核其归存,恍无定处。韩退之如囊沙背水,惟韩信独能。李长吉如武帝食露盘,无补多欲。孟东野如埋泉断剑,卧壑寒松。张籍如优工行乡饮,酬献秩如,时有诙气。柳子厚如高秋独眺,霁晚孤吹。李义山如百宝流苏,千丝铁网,绮密瑰妍,要非适用。本朝苏东坡如屈注天潢,倒连沧海,变眩百怪,终归雄浑。欧公如四瑚八琏,止可施之宗庙。荆公如邓艾缒兵入蜀,要以嶮绝为功。山谷如陶弘景祇诏入宫,析理谈玄,而松风之梦故在。梅圣俞如关河放溜,瞬息无声。秦少游如时女步春,终伤婉弱。后山如九皋独唳,深林孤芳,冲寂自妍,不求识赏。韩子苍如梨园按乐,排比得伦。吕居仁如散圣安禅,自能奇逸。其他作者未易殚陈,独唐杜工部如周公制作,后世莫能拟议。"[①]

三十三 姜夔《白石道人诗说》的诗论体系

南宋前期的诗话多承袭江西派诗说,或略作纠正;而张戒的《岁寒堂诗话》、黄彻的《碧溪诗话》、姜夔的《白石道人诗说》,严羽的《沧浪诗话》不仅立论与江西诗派迥异,而且更富有理论色彩,把宋诗话发展到一个新的高度。特别是后两种,值得专门论述。

姜夔(约1155—约1221)字尧章,号白石道人。饶州鄱阳(今江西鄱阳)人。终生不仕。早年从学于萧德藻,后又与范成大、杨万里、尤袤、辛弃疾等游,后赴吴兴,居苕

---

① (宋)敖陶孙《臞翁诗集》卷首,《两宋名贤小集》,文渊阁四库全书本。

452

溪白石洞天附近,自号白石道人。中年以后,长居临安,来往江、浙、赣、皖间。庆元间,上《大乐议》、《圣宋铙歌鼓吹曲》,后卒于临安。

姜夔在词、诗、文、诗歌理论等方面都卓有成就,而以词最为突出,多写羁旅之愁、身世之感与惜别相思之情,清劲骚雅,气格超妙;他又精通乐律,集中十七首自制曲,自注工尺旁谱,是研究宋代词乐的珍贵材料。著有《白石道人诗集》、《白石道人诗说》、《白石道人歌曲》、《玉瑟考古图》、《续书谱》等。《宋史翼》有传。

其《白石道人诗集自序》是一篇重要的诗论,提出诗本无体自为体之说:“诗本无体,《三百篇》皆天籁自鸣。下逮黄初,迄于今,人异韫,故所出亦异。或者弗省,遂艳其各有体也。”下引诸家之诗、之说以证其观点:“近过梁溪,见尤延之(袤)先生,问余诗自谁氏。余对以异时泛阅众作,已而病其驳如也。三薰三沐,师黄太史(庭坚)氏。居数年,一语噤不敢吐,始大悟学即病,顾不若无所学之为得,虽黄诗亦偃然高阁矣。先生因为余言:‘近世人士喜宗江西,温润有如范致能(成大)者乎? 痛快有如杨廷秀(万里)者乎? 高古如萧东夫(德藻),俊逸如陆务观(游),是皆自出机轴,宣有可观者,又奚以江西为!’余曰:‘诚斋之说政尔(正如此)。昔闻其历数作者,亦无出诸公右,特不肯自屈一指矣。虽然,诸公之作,殆方圆曲直之不相似,则其所许可,亦可知矣。余识千岩(萧德藻)于潇湘之上,东来识诚斋(杨万里)、石湖(范成大),尝试论兹事,而诸公咸谓其与我合也,岂见其合者而遗其不合者耶? 抑不合乃可以为合耶? 抑亦欲俎豆余于作者之间,而姑谓其合耶? 不然,何其合者众也?’余又自喏(叹)曰:‘余之诗,余之诗耳。穷居而野处,用是陶写寂寞则可,必欲其步武作者,以钓能诗声,不惟不可,亦不敢。’”①“诗本无体”,反对步武他人,“学即病,顾不若无所学之为得”;强调诗的个性化,或痛快,或高古,或俊逸,皆“自出机轴”,“余之诗,余之诗耳”。

其《白石道人诗说》仅一卷,篇幅很短,不涉纪事、考证,也不标举诗作诗句,全为谈理说法,极具理论价值,是他出入江西诗派的创作经验总结,提出了气象、体面、血脉、韵度、布置、精思、用事、活法、含蓄、意格、句法、高妙等一系列范畴和法则。他说:“大凡诗,自有气象、体面、血脉、韵度。气象欲其浑厚,其失也俗;体面欲其宏大,其失也狂;血脉欲其贯穿,其失也露;韵度欲其飘逸,其失也轻”;“作大篇,尤当布置,首尾匀停,腰腹肥满”;“诗之不工,只是不精思耳。不思而作,虽多亦奚为”;“学有余,约以用之,善用事者也;意有余,而约以尽之,善措词者也;乍叙事而间以理言,得活法者也”;“语贵含蓄……若句中无余字,篇中无长语,非善之善者也;句中有余味,篇中有余意,善之善者也”;“意格欲高,句法欲响……句意欲深欲远,句调欲清欲古欲和,是

---

① (宋)姜夔《白石道人诗集》卷首,文渊阁四库全书本。

为作者";"诗有四种高妙……碍而实通,曰理高妙;出自意外,曰意高妙;写出幽微,如清潭见底,曰想高妙;非奇非怪,剥落文采,知其妙而不知其所以妙,曰自然高妙。"他既反对过分雕刻,也反对粗制滥造:"雕刻伤气,敷演露骨……人所易言,我寡言之;人所难言,我易言之,自不俗。"他既讲变化,又讲法度:"波澜开阖,如在江湖中,一波未平,一波已作;如兵家之阵,方以为正,又复是奇,方以为奇,忽复是正。出入变化,不可纪极,而法度不可乱。"他对诗体作了简明扼要的分类:"守法度曰诗,载始末曰引,体如行书曰行,放情曰歌,兼之曰歌行,悲如蛩螿曰吟,通乎俚俗曰谣,委曲尽情曰曲。"①诗话自产生以来,像他这样不枝不蔓、简明中肯地论说诗法,这还是第一部。

三十四　严羽《沧浪诗话》论诗的体裁和风格

　　严羽(约 1192—约 1245)字仪卿,自号沧浪逋客,邵武(今属福建)人。为人粹温中有奇气,终生不仕。早年家居,后避乱江西,乱后还乡,再度出游,足迹远至川鄂,晚年隐居于乡,不知所终。事迹略具朱震《严羽传》。在元军入侵、国势垂危之际,他很关心时事,爱国思想在诗中时有流露,对朝政弊端也颇多不满之词。其七言歌行仿效李白,五律除学李白外,还学杜甫、韦应物,但主要倾向仍为王维、孟浩然冲淡空灵一路。其诗多散逸,邑人李南叔辑为《沧浪吟卷》,咸淳间黄公绍序而传之。今存《沧浪严先生吟卷》(或名《沧浪吟》、《沧浪集》)三卷。另著有《沧浪诗话》,提出了比较系统的诗歌理论,颇受后人重视,被誉为古今论诗第一。其以禅喻诗以及妙悟之说,对清代王士禛的神韵说影响甚大。

　　《沧浪诗话》②全书分为五门:诗辨、诗体、诗法、诗评、考证,末附《答吴景先书》。严羽论诗推崇盛唐,谓诗之众体至唐始备。他以禅喻诗,提倡妙悟,反对宋诗的议论化、散文化倾向,对苏、黄和江湖派都深表不满,认为:"诗有别才,非关学也,诗有别趣,非关理也。"他对自己的诗论十分自负,在《答吴景先书》中说:"仆之《诗辩》,乃断千百年公案,诚惊世绝俗之谈,至当归一之论。其间说江西诗病,真取心肝刽子手。以禅喻诗,莫此清切。是自家实证实悟者,是自家闭门凿破此片田地,即非傍人篱壁,拾人涕唾得来者。"所论亦为历代论者所信服,如李东阳《怀麓堂诗话》云:"严沧浪所论超离尘俗,真若有所自得,反复譬说,未尝有失。顾其所自为作,徒得唐人体面,而

---

① 以上均见《白石道人诗说》,人民文学出版社 1962 年校点本。

② 本节所引《沧浪诗话》均见郭绍虞《沧浪诗话校释》,人民文学出版社 1962 年版。

亦少超拔警策之处。"①胡应麟《诗薮·杂编卷五》云:"南渡人才,远非前宋之比,乃谈诗独冠古今。严羽卿崛起烬余,涤除榛棘,如西来一苇,大畅玄风。昭代声诗,上追唐、汉,实有赖焉。"毛晋《沧浪诗话跋》云:"诸家诗话,不过月旦前人,或拈警句,或拈瑕句,聊复了一段公案耳。惟沧浪先生《诗辨》、《诗体》、《诗法》、《诗评》、《诗证》五则,精切简妙,不袭牙后。其《与临安表叔吴景先》一书,尤诗家金针也。"②

其《诗辨》云:"诗之法有五:曰体制,曰格力,曰气象,曰兴趣,曰音节。诗之品有九,曰高,曰古,曰深,曰远,曰长,曰雄浑,曰飘逸,曰悲壮,曰凄婉。"又云:"夫诗有别材,非关书也;诗有别趣,非关理也。然非多读书,多穷理,则不能极其至,所谓不涉理路,不落言筌者上也。"

但最精彩的还是其《诗体》部分,严羽第一次把诗的体裁与风格并列作了详尽论述。其论体裁云:"《风》、《雅》、《颂》既亡,一变而为《离骚》,再变而为西汉五言,三变而为歌行、杂体,四变而为沈、宋律诗。五言起于李陵、苏武,七言起于汉武《柏梁》,四言起于汉楚王傅韦孟,六言起于汉司农谷永,三言起于晋夏侯湛,九言起于高贵乡公。"

又云,从是否入律看,"有古诗,有近体,即律诗也。有绝句"。

从每句字数看,"有杂言,有三、五、七言,自三言而终以七言,隋郑世翼有此诗:'秋风清,秋月明。落叶聚还散,寒鸦栖复惊。相思相见知何日,此时此夜难为情。'有半五、六言,晋传休奕《鸿雁生塞北》之篇是也。有一字至七字,唐张南史《雪》、《月》、《花》、《草》等篇是也。又隋人应诏有三十字,凡三句七言,一句九言,不足为法,故不列于此也。"

从每首句数看,"有三句之歌,高祖《大风歌》是也。古《华山畿》二十五首,皆三句之词,其他古人诗多如此者。有两句之歌,荆卿《易水歌》是也。又古诗《青骢白马共戏乐》、《女儿子》之类。皆两句之词也。有一句之歌。《汉书》'枹鼓不鸣董少年',一句之歌也。又汉童谣'千乘万骑上北邙',梁童谣'青丝白马寿阳来',皆一句也。有口号,或四句,或八句。"

从诗题看,"有《歌行》(古有《鞠歌行》、《放歌行》、《长歌行》、《短歌行》。又有单以歌名者,行名者,不可枚述)、有《乐府》(汉成帝定郊祀,立乐府,采赵、代、秦、楚之讴以入《乐府》,以其音调可被于弦管也。《乐府》俱备众体,兼统众名也)、有《楚词》(屈原以下仿《楚词》者,皆谓之《楚词》)、有《琴操》(古有《水仙操》,辛德源所作。《别鹤操》,

① (明)李东阳《怀麓堂诗话》,文渊阁四库全书本。
② 《沧浪诗话校释》卷末。

高陵牧子所作）、有《谣》（沈炯有《独酌谣》，王昌龄有《箜篌谣》，《穆天子传》有《白云谣》也）、曰《吟》（古词有《陇头吟》，孔明有《梁父吟》，文君有《白头吟》）、曰《词》（《选》有汉武《秋风词》，《乐府》有《木兰词》）、曰《引》（古曲有《霹雳引》、《走马引》、《飞龙引》）、曰《咏》（《选》有《五君咏》，唐储光羲有《群鸥咏》）、曰《曲》（古有《大堤曲》，梁简文有《乌栖曲》）、曰《篇》（《选》有《名都篇》、《京洛篇》、《白马篇》）、曰《唱》（魏武帝有《气出唱》）、曰《弄》（古乐府有《江南弄》）、曰长调、曰短调。有四声，有八病。四声设于周颙，八病严于沈约。八病谓平头、上尾、蜂腰、鹤膝、大韵、小韵、旁纽、正纽之辨。作诗正不必拘此，蔽法不足据也。又有以《叹》名者（古词有《楚妃叹》，有《明君叹》），以《愁》名者（《选》有《四愁》，《乐府》有《独处愁》），以《哀》名者（《选》有《七哀》，少陵有《八哀》），以《怨》名者（古词有《寒夜怨》、《玉阶怨》），以《思》名者（太白有《静夜思》），以《乐》名者（齐武帝有《估客乐》，宋臧质有《石城乐》），以《别》名者（子美有《无家别》、《垂老别》、《新婚别》）。”

从用韵及平仄、对偶看，“有全篇双声叠韵者（东坡经字韵诗是也），有全篇字皆平声者（天随子《夏日诗》四十字，皆是平。又有一句全平，一句全仄者），有全篇字皆仄声者（梅圣俞《酌酒与妇饮》之诗是也），有律诗上下句双用韵者（第一句，第三、五、七句押一仄韵，第二句，第四、六、八句押一平韵。唐章碣有此体，不足为法，漫列于此，以备其体耳。又有四句平入之体，四句仄入之体，无关诗道，今皆不取），有辘轳韵者（双出双入），有进有退韵者（一进一退），有古诗一韵两用者（《文选》曹子建《美女篇》有两“难”字，谢康乐《述祖德诗》有两“人”字，其后多有之），有古诗一韵三用者（《文选》任彦升《哭范仆射诗》三用“情”字也），有古诗三韵六七用者（古《焦仲卿妻诗》是也），有古诗重用二十许韵者（《焦仲卿妻诗》是也）。有古诗旁取六七许韵者（韩退之“此日足可惜”篇是也。凡杂用东、冬、江、阳、庚、青六韵。欧阳公谓退之遇宽韵则故旁入他韵，非也。此乃用古韵耳，于《集韵》自见之），有古诗全不押韵者（古《采莲曲》是也），有律诗至百五十韵者（少陵有百韵律诗，白乐天亦有之，而本朝王黄州有百五十韵五言律），有律诗止三韵者（唐人有六句五言律，如李益诗“汉家今上郡，秦塞古长城。有日云常惨，无风沙自惊。当今天子圣，不战四方平”是也），有律诗彻首尾对者（少陵多此体，不可概举），有律诗彻首尾不对者（盛唐诸公有此体，如孟浩然诗：“挂席东南望，青山水国遥。轴舻争利涉，来往接风潮。问我今何适，天台访石桥。坐看霞色晚，疑是石城标。”又“水国无边际”之篇，又太白“牛渚西江夜”之篇，皆文从字顺，音韵铿锵，八句皆无对偶者），有后章字接前章者（曹子建《赠白马王彪》之诗是也），有四句通义者（如少陵“神女峰娟妙，昭君宅有无。曲留明怨惜，梦尽失欢娱”是也），有绝句折腰者，有八句折腰者，有拟古，有连句，有集句，有分题（古人分题，或各赋一物，如云送某人分题得某物也,或曰探题),有分韵,有用韵,有和韵,有借韵(如押七之韵,可借八微或十二齐韵是也),有协韵(《楚词》及《选》诗多用协韵),有今韵,有古韵(如退之"此日足可惜"诗,用古韵也。《选》诗盖多如此),有古律(陈子昂及盛唐诸公多此体),有今律,有颔联,有颈联,有发端,有落句(结句也),有十字对(刘眘虚"沧浪千万里,日夜一孤舟"是也),有十字句(常建"一径通幽处,禅房花木深"等是也),有十四字对(刘长卿"江客不堪频北望,塞鸿何事又南飞"是也),有十四字句(崔颢"黄鹤一去不复返,白云千载空悠悠"。又太白"鹦鹉西飞陇山去,芳洲之树何青青"是也),有扇对(又谓之隔句对,如郑都官"昔年共照松溪影,松折碑荒僧已无。今日还思锦城事,雪消花谢梦何如"是也。盖以第一句对第三句,第二句对第四句),有借对(孟浩然"厨人具鸡黍,稚子摘杨梅"。太白"水春云母碓,风扫石楠花。"少陵"竹叶于人既无分,菊花从此不须开"是也),有就句对,又曰当句有对(如少陵"小院回廊春寂寂,浴凫飞鹭晚悠悠"。李嘉祐"孤云独鸟川光暮,万里千山海气秋"是也),前辈于文亦多此体(如王勃"龙光射斗牛之墟,徐孺下陈蕃之榻",乃就句对也。)"

其下还专门论述了种杂体诗:"论杂体。则有风人(上句述其语,下句释其义。如古《子夜歌》、《续曲歌》之类,则多用此体),槁砧(古乐府"槁砧今何在,山上复安山。何当大刀头,破镜飞上天"。僻辞隐语也),五杂组(见《乐府》),两头纤纤(亦见《乐府》),盘中(《玉台集》有此体,苏伯玉妻作,写之盘中,屈曲成文也),回文(起于窦滔之妻,织锦以寄其夫也),反复(举一字而诵皆成句,无不押韵,反复成文也。李公《诗格》有此二十字诗),离合(字相析合成文。孔融"渔父屈节"之诗是也。虽不关诗之重轻,其体制亦古),建除(鲍明远有《建除诗》,每句首冠以建、除、平、定等字。其诗虽佳,盖鲍本工诗,非因建除之体而佳也),字谜,人名,卦名,数名,药名,州名之诗,只成戏谑,不足法也(又有六甲十属之类,及藏头、歇后等体。今皆削之。近世有李公《诗格》,泛而不备。惠洪《天厨禁脔》,最为误人。今此卷有旁参二书者,盖其是处不可易也)。"

其下论风格,他"以时"、"以人"、以总集名篇领起,对诗体风格进行了归类:

第一,不同的时代有不同的风格:"以时而论,则有建安体(汉末年号。曹子建父子及邺中七子之诗),黄初体(魏年号,与建安相接。其体一也),正始体(魏年号,嵇、阮诸公之诗),太康体(晋年号。左思、潘岳、三张、二陆诸公之诗),元嘉体(宋年号,颜、鲍、谢诸公之诗),永明体(齐年号,齐诸公之诗),齐梁体(通两朝而言之),南北朝体(通魏、周而言之,与齐、梁体一也),唐初体(唐初犹袭陈、隋之体),盛唐体(景云以后,开元、天宝诸公之诗),大历体(大历十才子之诗),元和体(元、白诸公),晚唐体,本朝体(通前后而言之),元祐体(苏、黄、陈诸公),江西宗派体(山谷为之宗)。"其《诗评》亦云:"大历以前分明别是一副言语,晚唐分明别是一副言语,本朝诸公分明别是一副言语。如此见,方许具一只眼";"唐人与本朝人诗,未论工拙,直是气象不同。"

第二,不同的名家有不同的风格:"以人而论,则有苏李体(李陵、苏武)、曹刘体(子建、公幹)、陶体(渊明)、谢体(灵运)、徐庾体(徐陵、庾信)、沈宋体(沈佺期、宋之问)、陈拾遗体(陈子昂)、王杨卢骆体(王勃、杨炯、卢照邻、骆宾王)、张曲江体(始兴文献公九龄)、少陵体、太白体、高达夫体(高常侍适)、孟浩然体、岑嘉州体(岑参)、王右丞体(王维)、韦苏州体(韦应物)、韩昌黎体、柳子厚体、韦柳体(苏州与仪曹合言之)、李长吉体、李商隐体(即西昆体也)、卢仝体、白乐天体、元白体(微之、乐天,其体一也)、杜牧之体、张籍、王建体(谓乐府之体同也)、贾浪仙体、孟东野体、杜荀鹤体、东坡体、山谷体、后山体(后山本学杜,其语似之者但数篇,他或似而不全,又其他则本其自体耳)、王荆公体(公绝句最高,其得意处高出苏、黄、陈之上,而与唐人尚隔一关)、邵康节体、陈简斋体(陈去非与义也,亦江西之派而小异)、杨诚斋体(其初学半山、后山,最后亦学绝句于唐人,已而尽弃诸家之体而别出机杼,盖其自序如此也)。"《诗评》又云:"五言绝句,众唐人是一样,少陵是一样,韩退之是一样,王荆公是一样,本朝诸公是一样";"子美不能为太白之飘逸,太白不能为子美之沉郁。太白《梦游天姥吟》、《远离别》等子美不能道,子美《北征》、《兵车行》、《垂老别》等太白不能作。论诗以李、杜为准,挟天子以令诸侯也";"玉川之怪,长吉之瑰诡,天地间自欠此体不得。高(适)、岑(参)之诗悲壮,读之使人感慨;孟郊之诗刻苦,读之使人不欢。"

不同的总集或名篇有不同的风格:"又有所谓《选》体(《选》诗时代不同,体制随异,今人例用五言古诗为选体,非也)、柏梁体(汉武帝与群臣共赋七言,每句用韵,后人谓此体为"柏梁")、玉台体(《玉台集》,乃徐陵所序,汉、魏、六朝之诗皆有之。或者但谓纤艳者为"玉台体",其实则不然)、西昆体(即李商隐体,然兼温庭筠及本朝杨(亿)、刘(筠)诸公而名之也)、香奁体(韩偓之诗,皆裾裙脂粉之语。有《香奁集》)、宫体(梁简文伤于轻靡,时号"宫体"。其他体制,尚或不一,然大概不出此耳)。"

严羽所述是大体符合实际的,他基本上概括了宋以前的主要诗歌风格。只有"西昆体即李商隐体"待酌。如果作为溯源,可以这样说。但严羽又说"李商隐体即西昆体",西昆体"兼温庭筠及本朝杨(亿)、刘(筠)诸公",这就不对了。这是沿袭北宋惠洪《冷斋夜话》卷四之误:"诗到李义山,谓之文章一厄,以其用事僻涩,时称西昆体。""时"当指李义山同时或其略后,但遍查唐人著述,没有称李义山诗为西昆体者。这大概是最早把李义山诗称为西昆体的,以后袭其误者不少。

严羽对文体总的看法是"定体则无,大体须有",主张著文"惟史书、实录、制诰、王言,决不可失体","其他皆得自由"。

明人王绅《刘大有诗集序》对严羽以风格而论的诗的分体是充分肯定的,他说:

458

"尝闻严沧浪论诗体者五十有六,有以世代为一体者,有以年岁为一体者,有以地里为一体者,有以一人为一体者,何其屑屑之多体哉!殊不知造化之理无穷,而文章亦为之无穷,譬之声音笑貌,人人不能皆同,独言语可以强同乎哉?是故渊明天性冲旷而得于浑然,东野厄于困穷而得于寒苦,政自各类其人。夫何世之谈论者,往往欲矜言一体,或谓体备诸家,是犹刻舟而求剑,俯地而捉影,愈劳而愈远矣。抑不知诸家之体,其能外《三百篇》而出于六义者乎?苟其不然,曷亦宗《三百篇》、本'六义'而出入于诸家之为愈。"①

三十五　吴子良《荆溪林下偶谈》的文体论

吴子良(1197—1256)字明辅,号荆溪。台州临海(今属浙江)人。宝庆二年(1226)进士。先师从陈耆卿,后从学叶适。时程朱理学已成显学,其后学人人以圣贤自居,对其他学派颇多排斥。吴子良则主张为学不应有门户之见,更不可见流不见源,须博取以求是,见解超允,颇切时弊。著有《荆溪林下偶谈》(又名《木笔杂抄》)四卷,《四库全书总目》卷一九五谓"所见颇多精确",后人多归此书入诗文评类。

其《退之作墓铭》论墓志与史之异同云:"曾子固云:'铭志义近于史,而亦有与史异者。'盖史于善恶无不书,而铭特古之人有功绩、材行、志义之美者,惧后世不知,则必铭而见之,或存于庙,或置于墓,一也。"韩愈作墓志甚多:"史称刘义者,持去退之金数斤,曰:'此谀墓中人而得之者,不如与刘君为寿。'以退之刚直,不肯谀生人以取富贵,乃能谀墓中人而得金耶?独其与王用作《神道碑》所得鞍马、白玉带,盖表而后受。退之于此,固未能免俗。然他无所见也。义,小人,欲夺金而设辞耳。"②这恐怕是为贤者讳。历来谀墓之文甚多,岳珂《桯史》卷六《鸿庆铭墓》:"孙仲益覩《鸿庆集》,大半铭志,一时文名猎猎起,四方争辇金帛请,日至不暇给。今集中多云云,盖谀墓之常,不足诧。"

韩愈"未能免俗"也决非《王用神道碑》一篇。托写墓志铭者往往希望能美化其先人,而严肃的作者往往很难满足其要求,故家属与撰者常常发生争论。欧阳修撰《尹师鲁墓志》,王安石撰《永安县太君蒋氏墓志铭》。叶适撰《汪勃墓志》,都曾引起家属不满,要求修改,均为作者所拒。为避免这些麻烦,故三苏父子不肯为人作墓志碑铭,故苏轼《答范蜀公》云"不肖平生不作墓志及碑者,非特执守私意,盖有先(苏洵)戒也。

---

① (明)王绅《继志斋集》卷五,文渊阁四库全书本。
② (宋)吴子良《荆溪林下偶谈》卷一,文渊阁四库全书本。

反复计虑,愧汗而已。"

其《文字序语结语》论篇题、序语、结语云:"《尚书》诸序初总为一篇,《毛诗序》亦然,《史记》有自序,《西汉书·扬雄传》通载《法言》诸序,放(仿)此也。其曰:'作《五帝本纪第一》'、'作《夏本纪第二》'、'撰《学行》'、'撰《吾子》'之类,与'作《尧典》'、'作《舜典》'之义同,盖序语也。韩退之《原鬼》篇末亦云:'作《原鬼》。'晦庵(朱熹)《考异》谓:'古书篇题多在后,荀子诸赋是也。但此篇前既有题,不应复出。'"吴子良对朱熹虽很敬仰,对此却不苟同:"以愚观之,此乃结语,非篇题也。其文意以为适丁民有物怪之时,故作《原鬼》以明之。如《史记·河渠书》末云:'余从负薪塞宣房,悲《瓠子》之诗而作《河渠书》。'退之正祖此。又《送窦平序》末亦云:'昌黎韩愈嘉赵南海之能得人,壮从事之答于知己,不惮行于远也。又乐赑周之爱其族叔父,能合文辞以宠荣之,作《送窦从事少府平序》。'后人沿袭者甚多,如李习之《高愍女碑》云:'余既悲而嘉之,于是作《高愍女碑》。'杜牧《原十六卫》云:'作《原十六卫》。'贾同《责荀》云:'故作《责荀》以示来者。'孙复《儒辱》云:'故作《儒辱》。'荆公《闵习》云:'作《闵习》。'岂皆篇题之谓哉?"这正是吴"所见颇多精确"的表现之一,证据充分,不由不信。

卷二《〈离骚〉名义》认为骚就是赋:"屈原以此(《离骚》)命名,其文则赋也。故班固《艺文志》有'屈原赋二十五篇'。梁昭明集《文选》,不并归赋门,而别名之曰'骚',后人沿袭,皆以'骚'称,可谓无义。篇题名义且不知,况文乎?"所言极是,但约定俗成,积习难改,后世仍多以骚、赋为二体。

又《文章缘起》条认为论体起于秦前:"梁任昉有《文章缘起》一卷,著秦汉以来文章名目之始。按'论'之名起于秦、汉以前,《荀子·礼论》、《乐论》、《庄子·齐物论》、慎到《十二论》、吕不韦《八览》、《六论》是也。至汉则有贾谊《过秦论》。昉乃以王褒《四子讲德论》为始,误矣。"

又《四六与古文同一关键》历评宋之四六云:"本朝四六以欧公为第一,苏、王次之。"欧经历了由昆体四六向古文家四六之演变:"然欧公本工时文,早年所为四六见别集,皆排比而绮靡。自为古文后,方一洗去,遂与初作迥然不同。他日,见二苏四六,亦谓其不减古文(指当时流行的太学体古文),盖四六与古文同一关键也。"接着评各家四六特点云:"然二苏四六尚议论,有气焰,而荆公则以辞趣典雅为主。能兼之者,欧公耳。水心(叶适)于欧公四六暗诵如流,而所作亦甚似之。顾其简淡朴素,无一毫妩媚之态,行于自然,无用事用句之癖,尤世俗所难识也。水心与箬窗(陈耆卿)论四六,箬窗云:'欧做得五六分,苏四五分,王三分。'水心笑曰:'欧更与饶一两分,可也。'水心见箬窗四六数篇,如《代谢希孟上钱相》之类,深叹赏之。盖理趣深而光焰长,以文人之华藻,立儒者之典刑,合欧、苏、王为一家者也。真西山(德秀)尝谓余四六颇淡净而有味,余谢不敢当,因言本得法于笥窗,然才短,终不能到也。"所谓"四六与古文同一关键",据以上评语即指四六与古文都应"淡净而有味","简淡朴素,无一毫妖媚之态,行于自然,无用事用句之癖","理趣深而光焰长,以文人之华藻,立儒者之典刑"。

三十六　范晞文《对床夜语》论杂体诗

范晞文(生卒年不详)字景文,号药庄。钱塘(今浙江杭州)人。尝从高翥、姜夔等游。景定五年(1264),入太学,添差淮东路提点医药饮食。与叶李上书劾贾似道,窜琼州。元至元间以荐授江浙儒学提举,未赴,后流寓无锡以终。著有《药庄废稿》,已佚。今存《对床夜语》五卷,掇拾品评古人歌诗句语,于诗学多所发明。

《对床夜语》卷一论"诗人之体"云:"《诗》曰:'山有漆,隰有栗。子有酒食,何不日鼓瑟?且以喜乐,且以永日。宛其死矣,他人入室。'悲其君有酒食鼓瑟之不能乐,犹有国而弗治,则将为他人之所有也。曹子建乐府云:'置酒高殿上,亲友从我游。秦筝何慷慨,齐瑟和且柔。主称千金寿,宾奉万年酬。'又:'盛时不可再,百年忽我遒。生存华堂处,零落归山丘。'有诗人为乐之意而无其讽。又《诗》曰:'蟋蟀在堂,岁聿云暮。今我不乐,日月其除。无已太康,职思其居。好乐无荒,良士瞿瞿。既欲其乐,又虑其荒,'此诗人忧深思远之意。陆士衡云:'来日苦短,去日苦长。今我不乐,蟋蟀在房。我酒既旨,我殽既臧。短歌可咏,长夜无荒。'全是诗人之体。"[1]从其所举可知,所谓"诗人之体"就是指有美刺讽喻作用的诗。

同卷论七体云:"《七哀诗》,子建云'君行逾十年,孤妾常独栖'。怨游子之未返也。王仲宣云'路有饥妇人,抱子弃草间',叹时世之丧乱也。又'方舟溯大江,日暮愁我心',感羁旅之多忧也。张孟阳云'毁坏过一坏,便房启幽户',伤汉陵之发掘也。又'白露中夜结,木落柯条森',慨秋气之可悲也。哀之虽同而意各异,初不解七哀义,或谓病而哀,义而哀,感而哀,悲而哀,目闻见而哀,口叹而哀,鼻酸而哀,所哀虽一事而七者具也。"

论数字诗云:"'一身事关西,家族满山东。二年从车驾,斋祭甘泉宫。三朝国庆毕,休沐还旧邦。四牡曜长路,轻盖若飞鸿。五侯相饯送,高会集新丰。六乐陈广坐,组帐扬春风。七盘起长袖,庭下列歌钟。八珍盈雕俎,绮肴纷错重。九族共瞻迟,宾友仰徽容。十载学无就,善宦一朝通。'鲍明远《数诗》也。卦名、人名及建除等体,世

---

[1]　(宋)范晞文《对床夜语》,文渊阁四库全书本。

多有之,独无以此为戏者。"数字诗、卦名兰、人名诗及建除体等皆属杂体诗。

卷三论人名诗云:"诗用古人名,前辈谓之点鬼簿,盖恶其为事所事也。如老杜'但见文翁能化俗,焉知李广不封侯'、'今日朝廷须汲黯,中原将帅忆廉颇'等作,皆借古以明今,何患乎多? 李商隐集中半是古人名,不过因事造对,何益于诗? 至有一篇而迭用者,如《茂陵》云:'玉桃偷得怜方朔,金屋修成贮阿娇。谁怜苏卿老归国,茂陵松柏雨萧萧。'《牡丹诗》云:'锦帏初见卫夫人,绣被犹堆越鄂君。石崇蜡烛何曾剪,荀令香炉可待熏。'不切甚矣。"

卷四论联句体云:"联句,或二人三人,随其数之多寡不拘也。其法则不同。有跨句者,谓连作第二第三句,《城南》等作是也;有一人一联者,《会合遣兴》等作是也。有一人四句者,《有所思》等作是也。《遣兴联句》,东野云:'我心随月光,写君庭中央。'退之云:'月光有时晦,我心安所忘。'词贯意串,如同一喙。不然,则真四公子棋耳。"

《四库全书总目》提要既指出其考订之失误,又充分肯定其价值:"当南宋季年诗道凌夷之日,独能排习尚之乖,如曰今之以诗鸣者不曰四灵,则曰晚唐,文章与时高下,晚唐为何时耶? 其所见实在江湖诸人之上,故沿波讨源,颇能推衍汉魏六朝唐人旧法,于诗学有所发明。"

第十二节　宋人词话中的文体论

一　王灼《碧鸡漫志》的词论

词产生于隋之燕乐,唐代导其流,五代扬其波,至宋代而大盛。北宋词人多精词律,依声下字,井然有法,但却很少有词论之作。南宋词之音律失传,知音之士乃详考声律,于是词话之作开始出现。

最早的词话应推北宋杨绘(1027—1088)的《时贤本事曲子集》和杨湜(字曼倩,里籍仕履不详)的《古今词话》。《时贤本事曲子集》原书久佚,今存九则为梁启超、赵万里所辑,见唐圭璋《词话丛编》。《古今词话》在宋以来公私书目中未见著录,大概成于绍兴年间,《苕溪渔隐丛话》中已见称引,明以后亡佚。今本为近人赵万里所辑,共六十七则。书中所采五代以下词林逸事,大都出于传闻,且侧重于艳史故实。胡仔《苕溪渔隐丛话》后集卷三九曰:"《古今词话》,以古今好词人所共知者,易甲为乙,称其所作,仍随其词,牵会为说,殊无根蒂,皆不足信也。"以上二书多为不尽可信的词纪事资料,论及词体者不多。

今存最早的词论著作应为王灼的《碧鸡漫志》。

　　王灼(1105—约1175)字晦叔,号颐堂,遂宁(今属四川)人。绍兴、乾道间曾任夔州钤辖、四川总领所幕职、四川宣抚司干办公事。著有《颐堂文集》、《糖霜谱》一卷、《碧鸡漫志》一卷、《颐堂词》一卷。今人整理为《王灼集》。事见《画继》卷八、《郡斋读书附志》卷下、《直斋书录解题》卷一〇及所撰《李教授墓志铭》。王灼《近古堂记》云:"古今一时也,世或是古非今,不以为矫,居今行古,不以为泥……上古结绳而治,后世圣人易之以书契。变通尽利,何事于古也?然《尧》、《舜》二典、《禹》、《皋陶》二谟,皆首称'若稽古'。三代之兴,文质迭尚,固有损益,亦各有所因,盖例以古为师,未尝聪明自喜,妄有建立。故祖述者其正也,变通者其权也。"①可见他力主通变,反对"是古非今",他的词论名著《碧鸡漫志》就集中表现了他这种"祖述者其正也,变通者其权也"的观点。

　　《碧鸡漫志》五卷,卷一论宋以前我国音乐文学的历史,卷二论北宋以来各家词及词坛佳话,卷三至卷五考证唐以来主要词调的来龙去脉。全书虽仍为"助闲谈"、"资考证"性质,但已更具理论色彩,更富学术价值。他说:"古人初不定声律,因所感发为歌,而声律从之,唐虞禅代以来是也,余波至西汉末始绝。西汉时,今之所谓古乐府者渐兴,晋魏为盛。隋氏取汉以来乐器歌章古调,并入清乐,余波至李唐始绝。唐中叶虽有古乐府,而播在声律则少矣。士大夫作者,不过以诗一体自名耳。盖隋以来,今之所谓曲子者渐兴,至唐稍盛。今则繁音淫奏,殆不可数。古歌变为古乐府,古乐府变为今曲子,其本一也。"②清晰地概括了词的产生及其与古歌、古乐府的关系。

　　王灼论词往往以志趣的雅正、情感的真实自然为衡量的标准,并对北宋词人作了颇为中肯的评价,如论柳永云:"柳耆卿《乐章集》,世多爱赏该洽,序事闲暇,有首有尾,亦间出佳语,又能择声律谐美者用之。惟是浅近卑俗,自成一体,不知音者尤好之";论王安石云:"王荆公长短句不多,合绳墨处,自雍容奇特";论苏轼云:"东坡先生非醉心于音律者,偶作乐歌,指出向上一路,新天下耳目,弄笔者始知自振";论晏幾道云:"叔原如金陵王谢子弟,秀气胜韵,得之天然,将不可学";论李清照云:"自少年便有诗名,才力华赡,逼近前辈,在士大夫中已不多得。若本朝妇人,当推词采第一……作长短句能曲尽人意,轻巧尖新,姿态百出,闾巷荒淫之语,肆意落笔,自古缙绅之家能文妇女,未有如此无顾忌也。"末句对李清照虽不无微词,但也颇能揭示李清照词的特色,她的《词论》历贬北宋词人,确实表现出一种"无顾忌"的大无畏的精神。

---

① (宋)扈仲荣等编《成都文类》卷四二,文渊阁四库全书本。

② (宋)王灼《碧鸡漫志》卷一,知不足斋五卷本。

《碧鸡漫志》提出了很多重要观点,如论《歌曲所起》云:"天地始著,而人生焉。人莫不有心,此歌曲所以起也。"论《唐绝句定为歌曲》云:"唐时古意亦未全丧,《竹枝》、《浪淘沙》、《抛球乐》、《杨柳枝》,乃诗中绝句,而定为歌曲。故李太白《清平调》词三章皆绝句。元、白诸诗,亦为知音者协律作歌。"

此书资料详实,先后考证了《霓裳羽衣曲》、《凉州曲》、《伊州》、《甘州》、《胡渭州》、《六么》、《兰陵王》、《虞美人》、《安公子》、《水调歌》、《河传》、《万岁乐》、《夜半乐》、《何满子》、《凌波神》、《荔枝香》《阿滥堆》、《念奴娇》、《雨淋铃》、《清平乐》、《春光好》、《菩萨蛮》、《望江南》、《文溆子》、《盐角儿》、《喝驮子》、《后庭花》、《西河长命女》、《杨柳枝》、《麦秀两岐》等词牌的沿流,其《霓裳羽衣曲》一节尤详,竟达三千五百字,对于"说者多异",他逐条予以辩驳,"予断之曰:西凉创作,明皇润色,又为易美名。其他饰以神怪者,皆不足信也"。

二 沈义父《乐府指迷》论"词之作难于诗"

沈义父(生卒年不详)字伯时,一字时斋,吴江震泽(今江苏苏州)人。嘉定十六年(1223)以赋领乡荐,为南康军白鹿洞书院山长。宋亡不仕,建义塾讲学。著有《时斋集》、《遗世颂》,皆已失传。今所存者唯《乐府指迷》。

其《乐府指迷自序》云:"余自幼好吟诗。壬寅秋,始识静翁于泽滨。癸卯,识梦窗(吴文英)。暇日相与唱酬,率多填词。因讲论作词之法,然后知词之作难于诗。盖音律欲其协,不协则成长短之诗;下字欲其雅,不雅则近乎缠令之体;用字不可太露,露则直突而无深长之味;发意不可太高,高则狂怪而失柔婉之意。思此,则知其所以难。"①全书仅二十九则,或长或短,分论起句、过处、结句、造句、押韵、虚字、句中韵、词腔等,都颇有新意。如论去声字最要紧,平声字可用入声字替,上声字不可用去声字替,剖析微茫。如云:"作词与诗不同,纵是用花卉之类,亦须略用情意,或要入闺房之意。然多流淫艳之语,当自斟酌。如只直咏花卉,而不著些艳语,又不似词家体例,所以为难。又有直为情赋曲者,尤宜宛转回互可也。如'怎'字、'恁'字、'奈'字、'这'字、'你'字之类,虽是词家语,亦不可多用。亦宜斟酌,不得已而用之。"又云:"近世作词者不晓音律,乃故为豪放不羁之语,遂借东坡、稼轩诸贤自诿。诸贤之词固豪放矣,不放处未尝不叶律也。如东坡之《哨遍》、'杨花'《水龙吟》,稼轩之《摸鱼儿》之类,则知诸贤非不能也。"所论均堪称精核。

---

① (宋)沈义父《乐府指迷笺释》卷首,人民文学出版社 1963 年本。

三　张炎《词源》论"词要清空"

南宋比较重要的词话是张炎的《词源》和沈义父《乐府指迷》。

张炎(1248—约1320)字叔夏,号玉田,又号乐笑翁,临安(今浙江杭州)人。循王张俊之六世孙,祖父张濡、父张枢皆通音律。宋亡,祖父被元人杀害,张炎落拓,浪游南北,潦倒以死。

张炎是宋末著名词人,著有《山中白云词》(又名《玉田词》)八卷,存词三百余首。其词深受周邦彦、姜夔的影响,注重格律音律,字雕句琢,雅丽清苍。江阴陆文奎《山中白云词序》既介绍了张炎生平:"宋南渡勋王之裔子玉田张君同,自社稷变置,凌烟废堕,落魄纵饮,北游燕蓟,上公交车,登承明有日矣。一日思江南菰米莼丝,慨然幞被而归,不入古杭,扁舟溯水,东西为漫浪游,散囊中千金装,吴江楚岸,枫丹苇白,一奚童负锦囊自随。"又概述了宋代诗词风格的演变及张炎词的特点:"诗有姜尧章(夔)深婉之风,词有周清真(邦彦)雅丽之思,画有赵子固(孟坚)潇洒之意,未脱承平公子故态。笑语歌哭,骚姿雅骨,不以夷险变迁也。其楚狂与,其阮籍与其贾生与,其苏门啸者与。"张炎又是著名的词论家,末写他们宁海之别,为作此序,集中论述了词的特点,特别是张炎《词源》的贡献:"词与辞字通用,《释文》云:'意内而言外也。'意生言,言生声,声生律,律生调,故曲生焉。《花间》以前无杂谱,秦(观)、周(邦彦)以后无雅声,源远而派别也。西秦玉田张君著《词源》上、下卷,推五音之数,演六六之谱,按月纪节,赋情咏物,自称得声律之学于守斋杨公、南溪徐公。淳祐、景定间,王邸侯馆歌舞升平,君王处乐,不知老之将至。梨园白发,濑宫蛾眉,余情哀思,听者泪落。君亦因是弃家,客游无方,三十年矣。昔柳河东(宗元)铭姜秘书闵王孙之故态,铭马淑妇感讴者之新声,言外之意异世谁复知者? 览君词卷,抚几三叹。"①

张炎《词源》远比其词作的影响大。全书分上下二卷,上卷论词乐,下卷论创作,主张词要意趣高远,意境清空,雅正合律。他说:"词要清空,不要质实。清空则古雅峭拔,质实则凝涩晦昧。姜白石词如野云孤飞,去留无迹。吴梦窗词如七宝楼台,眩人眼目,碎拆下来,不成片段。此清空、质实之说。"②又说:"古之乐章、乐府、乐歌、乐曲,皆出于雅正。粤自隋、唐以来,声诗间为长短句。至唐人则有《尊前》、《花间集》。迄于崇宁,立大晟府,命周美成诸人讨论古音,审定古调,沦落之后,少得存者,由此八

---

① (宋)张炎《山中白云词》卷首,文渊阁四库全书本。

② (宋)张炎《词源》卷下,唐圭璋《词话丛编》本。

十四调之声稍传。而美成诸人又复增演慢曲、引、近，或移宫换羽，为三犯、四犯之曲，按月律为之，其曲遂繁。美成负一代词名，所作之词，浑厚和雅，善于融化词句，而于音谱，且间有未谐，可见其难矣。作词者多效其体制，失之软媚，而无所取。此惟美成为然，不能学也。所可仿效之词，岂一美成而已？旧有刊本《六十家词》，可歌可诵者，指不多屈。中间如秦少游、高竹屋、姜白石、史邦卿、吴梦窗，此数家格调不侔，句法挺异，俱能特立清新之意，删削靡曼之词，自成一家，各名于世。作词者能取诸人之所长，去诸人之所短，精加玩味，象而为之，岂不能与美成辈争雄长哉？"他很看重协音，其《音谱》云："词以协音为先，音者何，谱是也。古人按律制谱，以词定声，此正'声依永，律和声'之遗意。"又云："盖五音有唇齿喉舌鼻，所以有轻清重浊之分，故平声字可为上入者此也。听者不知宛转迁就之声，以为合律，不详一定不易之谱，则曰失律。矧歌者岂特忘其律，抑且忘其声字矣。述词之人，若只依旧本之不可歌者，一字填一字，而不知以讹传讹，徒费思索。当以可歌者为工，虽有小疵，亦庶几耳。"他看重词律，其《杂论》云："词之作必须合律，然律非易学，得之指授方可。若词人方始作词，必欲合律，恐无是理，所谓千里之程，起于足下，当渐而进可也。正如方得离俗为僧，便要坐禅守律，未曾见道，而病已至，岂能进于道哉！音律所当参究，词章先宜精思，俟语句妥溜，然后正之音谱，二者得兼，则可造极玄之域。今词人才说音律，便以为难，正合前说，所以望望然而去之。苟以此论制曲，音亦易谐，将于于然而来矣。"

杨守斋(缵)《作词五要》(《词源》附录)颇能概括张炎的词论主张："作词之要有五：第一要择腔，腔不韵则勿作。如《塞翁吟》之衰飒，《帝台春》之不顺，《隔浦莲》之寄煞，《斗百花》之无味是也。第二要择律，律不应月则不美。如十一月调须用正宫，元宵词必用仙吕为宜也。第三要填词按谱。自古作词，能依句者已少，依谱用字者，百无一二。词若歌韵不协，奚取焉！或谓善歌者融化其字则无疵，殊不知详制转折，用或不当即失律，正旁偏侧，凌犯他宫，非复本调矣。第四要随律押韵。如越调《水龙吟》、商调《二郎神》，皆合用平入声韵。古词俱押去声，所以转折怪异，成不祥之音。昧律者反称赏之，是真可解颐而启齿也。第五要立新意。若用前人词意为之，则蹈袭无足奇者，须自作不经人道语。或翻前人意，便觉出奇；或只能炼字，诵才数过，便无精神。不可不知也。更须忌三重四同，始为具美。"

第十三节　宋人文话中的文体论

一　宋代四六文话产生的背景

前代诗话中往往杂有文话，而专门的文话著作却不多。从北宋、南宋之际起，出

466

现了一种四六话,可说是专门的文话,如王铚的《四六话》,谢伋的《四六谈麈》,杨囷道的《云庄四六余话》,洪迈的《容斋四六》之类,对四六文的裁和风格提出了不少重要观点。

任何文体论和文学批评,都是对文学创作的总结。宋代四六话的出现,正是宋代四六文发达的产物。宋初前八十年,骈骊之风盛行,不仅宋人例用四六写作的制诏表启,而且宋人例用散体写作的奏议、书信、论说、序跋、杂记,几乎都用四六,甚至连墓志铭也多用四六写作。经过北宋以欧阳修为代表的古文革新,四六文、散文形成了分疆而治的局面,四六文受古文革新的影响而散文化,形成所谓新式四六。自北宋中叶起,多数文人都是辞赋、制诏、表启用四六,而奏议、序跋、书信、杂记、碑传用散体。《后山诗话》云:"欧阳少师始以文体为对属,又善叙事,不用故事陈言,而文益高。"欧阳修《苏氏四六》称美三苏父子说:"往时作四六者,多用古人语及广引故事以炫博学,而不思述事不畅。近时文章变体,如苏氏父子以四六述叙,委曲精进,不减古人。"以文体为四六,就是用散文笔法撰写四六文,用典较少,句式灵活,行文流畅,能自由表达思想,这是欧阳修及其门人的新式四六文的共同特点。

谢伋《四六谈麈序》云:"自欧阳文忠、王舒国(王安石)叙事之外,制作混成,一洗西昆碎裂烦碎之体,厥后学之者益以众多。"①北宋古文革新对四六文的影响是深远的,不仅古文家,而且专精四六的骈俪名家如王珪,其四六文风格均为之一变。不少人误认为北宋古文革新获胜后,四六文就退出了历史舞台,其实根本不是如此。宋代散文的鼎盛期是北宋中后期,而宋代四六文的鼎盛期则是南北宋之际及南宋前期,这时四六文可谓名家辈出,名作如林。正如彭元瑞《宋四六选序》所说:"洎乎渡江之初,鸣者浮溪为盛。盘洲之言语妙天下,平园之制作高幕中。杨廷秀笺牍擅场,陆务观风骚余力。"其实这一阶段的四六文名家还远不止汪藻(浮溪)、洪适(盘洲)、周必大(平园)、杨万里(廷秀)、陆游(务观)诸人,还有"制诰诸体,尤所擅长"的程俱;"尤长于四六,与汪藻、洪迈、周必大声价相埒"的孙觌,"平生以骈俪擅长"的綦崇礼,"制词尤伙,大抵温丽绵密,与汪藻可以联驱"的张扩;"温润流丽,颇近浮溪"的李正民;"长于四六,以俊逸流丽著称"②的周南等等。当时天下多事,出现了不少悚动人心、传诵人口的四六名篇。例如汪藻所作《隆裕太后告天下诏》"历年二百,人不知兵;传序九君,世无失德。虽举族有北辕之衅,而敷天同左袒之心";"汉家之厄十世,宜光武之中兴;献

---

① 《四六谈麈》卷首,文渊阁四库全书本。
② 以上所引均见《四库全书总目》各集提要。

公之子九人,惟重耳之尚在"数语,确实"情真事切,足以深感人心"①。正是在这种背景下,出现了总结四六文写作经验的专书。

二 王铚《四六话》论唐、宋四六之别

王铚(生卒年不详)字性之,颖州汝阴(今安徽阜阳)人。王昭素之后。自称汝阴遗老,人称雪溪先生。南宋绍兴初,官迪功郎,权枢密院编修官。后罢为右承事郎、主管台州崇道观。为秦桧排斥,避居剡溪山中,以吟咏自娱。著述甚富,有《神宗兵制》、《七朝国史》、《哲宗皇帝元祐八年补录》、《太玄经义解》、《国老谈苑》等,均已佚。今存《四六话》、《雪溪集》五卷、《默记》一卷、《补侍儿小名录》一卷。王铚擅长属文,诗格近温、李,喜论文章。《四六话》是最早的四六话论著,以评论宋代表启文为主,间及唐代。

其《四六话》自序指出了唐、宋赋的区别,赋多四六句式,故也是四六文的区别:"赋之兴远矣,唐天宝十二载始诏举人策问外,试诗赋各一首,自此八韵律赋始盛。其后作者如陆宣公、裴晋公、吕、温、李、程,犹未能极工。逮至晚唐薛逢、宋言及吴融出于场屋,然后曲尽其妙。然但山川草木、雪风花月,或以古之故实为景题赋,于人物情态为无余地。若夫礼乐刑政、典章文物之体,略未备也。国朝名辈,犹杂五代衰陋之气,似未能革。至二宋兄弟(宋庠、宋祁)始以雄才奥学,一变山川草木、人情物态,归于礼乐刑政、典章文物,发为朝廷气象,其规模阔达深远矣。继以滕、郑、吴处厚、刘辉,工致纤悉备具,发露天地之藏,造化殆无余巧。其隐括声律,至此可谓诗赋之集大成者。亦繇仁宗之世,太平闲暇,天下安静之久,故文章与时高下。盖自唐天宝远讫于天圣,盛于景祐、皇祐,溢于嘉祐、治平之间,师友渊源,讲贯磨礲,口传心授,至是始克大成就者,盖四百年于斯矣,岂易得哉!岂一人一日之力哉!岂徒此也。凡学道学文渊源,从来皆然也。世所谓笺、题、表、启,号为四六者,皆诗赋之苗裔也。故诗赋盛则刀笔盛,而其衰亦然。"②唐人四六多写"山川草木、雪风花月",宋人四六多"归于礼乐刑政、典章文物",这确实是唐、宋四六重要区别之一,但恐怕也是人们从文学角度喜欢唐人四六超过宋人四六的原因所在。宋人四六的史料价值超过唐人四六,但文学价值却逊于唐人四六。又论宋代四六之演变云:"先公言本朝自杨、刘,四六弥盛,然尚有五代衰陋气。至英公表章,始尽洗去。四六之深厚广大,无古无今皆可施用

---

① (宋)杨囷道《云庄四六余话》,宋刻本。

② (宋)王铚《四六话》卷首,文渊阁四库全书本。

者，英公一人而已，所谓四六集大成者。至王歧公、元厚之四六，皆出于英公。王荆公虽高妙，亦出英公，但化之以义理而已。"

　　王铚论四六技法，颇有见地，提出了互换格，其卷上云："文章有彼此相资之事，有彼此相须之对，有彼此相须而曾不及当时事，此所以助发意思也，唐人方有此格，谓之互换格。然语犹拙，至后人袭用讲论而意益妙，如杨汝士《陪裴晋公东雒夜宴诗》曰：'昔日兰亭无艳质，此时金谷有高人。'止于此而已，至永叔和杜祁公诗曰：'元刘事业时无取，姚宋篇章世不知。二美惟公所兼有，后生何者欲攀追。'其后苏明允（洵）《代人贺永叔作枢密启》曰：'在汉之贾谊谈论俊美，止于诸侯相，而陈平之属实为三公；唐之韩愈词气磊落，终于京兆尹，而裴度之伦实在相府。然陈平、裴度未免谓之不文，而韩愈、贾生亦尝悲于不遇。盖人之于世，美恶必自有伦；而天之于人，赋予亦莫能备。'此又何啻出蓝更青，研朱益丹也？后至荆公《贺韩魏公罢相启》，略云：'国无危疑，人以静一。周勃、霍光之于汉，能定策而终以致疑；姚崇、宋璟之于唐，善致理而未尝遭变。纪在旧史，号为元功。固未有独运庙堂，再安社稷，弼亮三世，敉宁四方，崛然在诸公之先，焕乎如今日之懿。若夫进退之当于义，出入之适其时，以彼相方，又为特美。'此又妙矣。"又提出伐山语和伐材语之别，生事与熟事之交用："四六有伐山语，有伐材语。伐材语者如已成之柱，桷略绳削而已；伐山语者则搜山开荒，自我取之。伐材谓熟事也，伐山谓生事也。生事必对熟事，熟事必对生事。若两联皆生事，则伤于奥涩；若两联皆熟事则无工，盖生事必用熟事对出也。如夏英公《辞奉使表》略云：'顷岁先人，没于行阵；春初母氏，始弃孤遗。义不戴天，难下单于之拜；哀深陟岵，忍闻禁休之音。'不拜单于用郑众事，而公羊谓夷乐曰禁休，此生事对熟事格也。"

　　卷下提出笺表须有气，而备朝廷体："曾丞相子宣三直玉堂，作笺表有气，而备朝廷体。其《贺章子厚复资政启》曰：'浩若江海，风波莫之动摇；屹如栋梁，蚍蜉无以倾挠。'其自南迁归丹阳闻之，大观元会作表以贺，略云：'九宾在列，锵剑佩而肃鸳鸾；五辂在庭，明旗常而载日月。'盖虽老而文字不衰，亦久在朝居文字职，习性然也。"又强调四六贵出新意，有气格："四六贵出新意，然用景太多，而气格低弱，则类俳矣。唯用景而不失朝廷气象，语剧豪壮而不怒张，得从容中和之道，然后为工。王歧公作《慈圣皇后山陵使掩圹慰表》云：'雁飞银汉，虽阅景于千龄；龙绕青山，终储祥于百世。'滕元发《乞致仕表》云：'云霄鸿去，免罹矰缴之施；野渡舟横，无复风波之惧。'吕太尉《谢赐神宗御集表》云：'凤生而五色，怅丹穴之已遥；龙藏乎九渊，惊骊珠之忽得。'凡此之类，皆以气胜与语胜也。子瞻与吉甫同在馆中，吉甫既为介甫腹心进用，而子瞻外补，遂为仇雠矣。元祐初子由作右司谏，论吉甫之罪，莫非蠹国残民，至比之吕布。自资政殿大学士贬节度副使，安置建州。而子瞻作中书舍人。行谪词。又剧口诋之，号为元凶。吉甫既至建州,谢表末曰:‘龙鳞凤翼,固绝望于攀援;虫臂鼠肝,一冥心于造化。’以子瞻兄弟与我所争者虫臂鼠肝而已,子瞻见此表于邸报,笑曰:‘福建子难容终会作文字。’”又认为四六格句须上四字以唤下六字:“四六格句须衬者相称乃有工,方为造微。盖上四字以唤下六字也,此四六格也。前辈作《谪枢密使张逊诰》云:‘互置朋党,交攻是非。贝锦之词遂彰于姜菲,挈瓶之智已极于满盈。’丁晋公南迁,作《南岳斋疏文》云:‘补仲山之衮,曲尽于巧心;和傅说之羹,难调于众口。’至曾子宣《谢宰相表》曰:‘方伤锦败材之初,奚堪于补衮;况覆𫗧折足之际,何取于和羹?’此又妙矣。伤锦、败材四字,《后汉传》全语也。”他主张四六语言应多加锻炼:“一字不肯妄下,必求警策以过人。”所谓“警策”,尤以四字句为重要:“表启中最以长句中四字为难,以其语少而意多,因旧为新,涵不尽无穷意故也。前人之语能称此格者,如刘原父《谢馆职启》‘整齐百家’,‘是正六艺’;元厚之谢表云‘堰滇万民’,‘金玉百度’;彭器资《上章子厚启》‘报国丹心’,‘忧时白发’;舒信道《谢复官表》‘九幽路晓’,‘万蛰户开’,盖可传载讽味者尤难也。”

从“因旧为新”,“用旧意为新语”,“文章师承,未有无从来者也”(卷下),均不难看出江西诗派的诗论对王铚《四六话》的影响。《四库全书总目·四六话》提要云:“终宋之世,惟以隶事切合为工,组织繁碎,而文格日卑,皆王铚等之论导之也。然就其一时之法论之,则亦有推阐入微者……上卷之末,载其父素(莘之误)为滕甫《辨谤乞郡劄子》,误刻苏轼集中,王铚据素(莘)手迹,殆必不诬,……此亦足以资考订焉。”推阐入微、足资考订,确实是本书的价值所在。

三　谢伋《四六谈麈》论四六文的发生和发展

谢伋(生卒年不详)字景思,自号药寮居士,上蔡(今属河南)人,谢克家子。能诗文,著有《药寮丛稿》二十卷,今已佚。《赤城集》卷一七收有他的《曾使君新词序》,论曾惇(字谹父)词风的演变,早年“酒酣耳热,遗簪堕珥之前,滑稽放肆之词播在乐府,下至流传平康诸曲皆习歌之,以是乐府尤著”;晚年词则“高下抑扬,曲折变化,人情物态莫不周知,虽异世识其人矣”。叶适称其文“拨弃组绣,考击金石,洗削纤巧,完补大朴”[1]。现存诗多为悠游赋闲之作,清新流畅。喜论文章作法,著有《四六谈麈》一卷。

《四六谈麈》以论北宋四六文为主,兼及南宋初年的四六文。其《四六谈麈自序》论四六文发生、发展云:“三代两汉以前,训诰誓命诏策书疏,无骈俪粘缀,温润尔雅。

---

① (宋)叶适《水心集》卷一二《谢景思集序》,文渊阁四库全书本。

先唐以还,四六始盛,大概取便于宣读。本朝自欧阳文忠(修)、王舒国(安石)叙事之外,自为文章,制作混成,一洗西昆砾裂烦碎之体。厥后学之者益以众多。况朝廷以此取士,名为博学宏词,而内外两制用之,四六之艺咸曰大矣。下至往来笺记启状,皆有定式,故谓之应用。四方一律,可不习知?"

《四库全书总目》谓:《四六谈麈》"所摘名句,虽与他书互见者多,然实自具别裁,不同剿袭"。又谓:"其论四六,多以命意遣词分别工拙,视王铚《四六话》所见较深。"但其书多摘而不评,评语比《四六话》少得多。所论四六,可称者也仅仅贵剪裁和反对用全文长句:"四六施于制诰表奏文檄,本以便于宣读,多以四字六字为句。宣和间,多用全文长句为对,习尚之久,至今未能全变,前辈无此体也。此起于咸平王相(珪)翰苑之作,人多仿之。四六之工在于剪裁,何必以全句对全句为工?"又云:"四六经语对经语,史语对史语,诗语对诗语,方妥帖。太祖郊祀,陶穀作文不以'笾豆有楚'对'黍稷非馨',而曰'豆笾陈有楚之仪。黍稷奉惟馨之荐',近世王初寮在翰苑作《宝箓宫青词》云:'上天之载无声,下民之虐匪降',时人许其裁剪。"其他内容多为摘句,较《四六话》单薄得多,实不足与《四六话》媲美。

四　杨囷道《云庄四六余话》论"四六之法则亡矣"

《云庄四六余话》,杨囷道撰。杨囷道(生卒年不详)字深仲,号云庄。南宋人。生平事迹不详。

杨囷道所著《云庄四六余话》主要在于辑录宋人笔记中有关宋四六的论述,如《玉壶清话》、《容斋随笔》、《能改斋漫录》、《文章丛说》之类,均广搜博采,自论亦不少。他力主四六文应以剪裁为工,不同文体的四六文应有不同的风格和不同的写作要求,持论颇为精审。如论四六之散文化云:"本朝四六,以刘筠、杨大年为体,必谨四字、六字律令,故曰四六。然其首当其弊类俳,欧阳公深嫉之曰:'今世人所谓四六者,非修所好。少为进士时不免作。自及第,遂弃不作。在西京佐三相幕,于职当作,亦不为作也。'如公之四六云:'造谤于下者,初若含沙之射影,但期阴以中人;宣言于廷者,遂肆鸣枭之恶音,孰不闻而掩耳。'俳语为之一变。至苏东坡于四六曰:'禹治兖州之野,十有三载乃同;汉筑宣防之宫,三十余年而定。方其决也,本吏失其防而非天意;及其复也,盖天助有德而非人功。'其力挽天河以涤之,偶俪甚恶之气一除,而四六之法则亡矣。"

另外,洪迈《容斋四六丛话》一卷,是后人摘其《容斋随笔》中论四六之语以成书,我们在下节中介绍。

第十四节　宋人笔记中的文体论

笔记是一种随笔记录的文体,一切用无韵散文写成的零星杂录统称为笔记。其特点一是杂,二是散,没有特定内容,长短不拘,有闻即录,包括小说故事、历史琐闻、考据辨证之类。笔记体起源很早,宋俞德邻《佩韦斋辑闻序》云:"先儒有笔记,有漫录,有燕语,为书不一,皆义出六经,事兼百氏,究帝王之则,启圣贤之蕴。"①汉代班固的《白虎通义》、应劭《风俗通义》就属笔记文。刘勰《文心雕龙·总术》云:"今之常言,有文有笔,以为无韵者笔也,有韵者文也。"同书《才略》有"路粹、杨修颇怀笔记之工"语,这或许是笔记一词的最早出处。而首以笔记名书的则是宋人,这就是宋祁的《宋景文笔记》。宋代笔记数量很大,据今人编《全宋笔记》②估计,约有五百种之多。仅以笔记名书的就不少,除《宋景文笔记》外,还有陆游《老学庵笔记》、龚颐正《芥隐笔记》、张淏《云谷杂纪》、刘昌诗《芦浦笔记》、谢采伯《密斋笔记》等。笔记是用以"纪事实,探物理,辨疑惑,示劝戒,采风俗,助谈笑"的③,可见笔记虽含有"助谈笑"的资料,但也有不少是"纪事实"的资料。不仅小说故事如《太平广记》、刘斧的《青琐高议》、洪迈的《夷坚志》是重要的文学资料,就是历史琐闻、考据辨证类的笔记也提供了不少文学史料及其辨证、评论资料,可供文学研究者参考。如赵令畤《侯鲭录》卷七谓苏轼在昌化遇春梦婆;李廌的《师友谈记》记他与苏轼、范祖禹、黄庭坚、秦观、张耒等人交游;何薳的《春渚纪闻》卷六的《东坡事实》;张端义《贵耳集》卷上对李清照的《永遇乐》、《声声慢》诸词的评论等。

一　宋祁《宋景文笔记》论"五经皆不同体"

宋祁(998—1061)字子京。安州安陆(今湖北安陆)人,后徙开封雍丘(今河南杞县)。天圣二年(1024)与兄宋庠同举进士,时称"二宋"。官至翰林学士承旨。卒谥景文。其诗有西昆派浓艳、艰涩的痕迹,但在内容和形式上已形成了自己独特的风格。其词仅存七首,其中《玉楼春》一阕最为知名,广为传诵,尤其是"红杏枝头春意闹"一

---

① (宋)俞德邻《佩韦斋集》卷首,文渊阁四库全书本。

② 《全宋笔记》,大象出版社 2003 年版。

③ (唐)李肇《国史补序》,《国史补》卷首,文渊阁四库全书本。

472

句,极其生动地描绘出春意盎然的境界,因此获得了"红杏尚书"的雅号。其散文以精博、典雅、洗炼、善议论著称,多有感而发。著作甚丰,与欧阳修合修《唐书》十余年,为列传一百五十卷;还有《籍田记》、《集韵》、《大乐图》二卷。现存著述除《新唐书》外,还有《西州猥稿》三卷、《宋景文集》六十二卷(补遗二卷、附录一卷)、《宋景文笔记》三卷、《宋景文杂说》一卷等。

在文体论上,宋祁强调五经不同体,力主创新:"夫文章必自名一家,然后可以传不朽。若体规画圆,准方作矩,终为人之臣仆,古人讥屋下作屋,信然。陆机曰:'谢朝华于已披,启夕秀于未振',韩愈曰:'惟陈言之务去',此乃为文之要。五经皆不同体。孔子没后,百家奋兴,类不相沿,是前人皆得此旨。"①他评先秦、汉文云:"宣献宋公(绶)尝谓左丘明工言人事,庄周工言天道,二子之上,无有文矣,虽圣人复兴,蔑以加云。予谓老子《道德篇》为玄言之祖,屈、宋《离骚》为辞赋之祖,司马迁《史记》为纪传之祖。后人为之,如至方不能加矩,至圆不能过规矣。"他还具体论及多种文体,一是碑:"碑者,施于墓则下棺,施于庙则系牲,古人因刻文其上。今佛寺揭大石镂文,士大夫皆题曰碑铭,何耶? 吾所未晓。"二是骈文,他认为骈文不可用于史传:"文有属对平侧用事者,供公家一时宣读施行,以便快然久之,不可施于史传。余修《唐书》,未尝得唐人一诏一令可载于传者。唯舍对偶之文,近高古,乃可著于篇。大抵史近古,对偶宜今,以对偶之文入史策,如粉黛饰壮士,笙匏佐鼙鼓,非所云也。"三是赋,其《回人献赋编启》云:"善赋之作,本出古诗之流……有唐取士,甲令垂文,揭为试艺之程,用角陈篇之妙。昌辰沿制,作者浸工。"②四为碑志,《宝真斋法书赞》卷一〇引其启云:"凡言'志'者是藏隧,'记'者是立之墓前,故志备而记略。"③

二　田况《儒林公议》对西昆体的评价

田况(1005—1063)字元钧,开封(今属河南)人。天圣八年(1030)进士,又举贤良方正策为第一,官至翰林学士,迁尚书礼部侍郎。为《皇祐会计录》上之。为枢密副使,又以检校太傅充枢密使。以太子少傅致仕。卒谥宣简。田况少卓荦有大志,宽厚明敏,有文武材。治蜀尚和易,法去苛细,奖进儒素,禁戢奸暴,以德化人,人不忍欺。好读书,书未尝去手。其为文章,得纸笔立成,而闳博辨丽称天下。尝著《好名》、《朋

①　(宋)宋祁《宋景文笔记》,文渊阁四库全书本。

②　(宋)宋祁《宋景文集》卷五五,文渊阁四库全书本。

③　(宋)岳珂《宝真斋法书赞》,文渊阁四库全书本。

党》二论，有奏议三十卷，又有《金岩集》二卷，已佚。今存《儒林公议》一卷。

《四库全书总目》卷一四〇称《儒林公议》"明悉掌故，皆足备读史之参稽，其持论亦皆平允"。如他第一次指出西昆体不仅指其诗风，还包括赋颂章奏，并给予了较为客观的评价："杨亿在两禁，变文章之体。刘筠、钱惟演辈皆从而教之，时号杨、刘。三公以新诗更相属和，极一时之丽。亿乃编而叙之，题曰《西昆酬唱集》。当时佻薄者谓之'西昆体'。其他赋颂章奏，虽颇伤于雕摘，然五代以来芜鄙之气，由兹尽矣。"

此书还详尽记载了庆历新改革科举考试及其失败的过程，庆历三年春榜，"时议以为取士浮薄浸久，士行不察，学无根原，宜新制约以救其弊"。宋祁等上言，提出了改革措施。仁宗寻降敕旨："夫儒者，通天地人之理，而兼古今治乱之源，可谓博矣。然学者不得骋其说，而有司务先声病以牵制之，则吾豪隽奇伟之士何以奋焉？士有纯明朴茂之美，而无兴学养成之法，其饬身励节者，使与不肖之人杂而并进，则夫懿德敏行之贤何以见焉？此取士之甚弊，而学者自以为患。议者屡以为言，朕慎于改更，比令详酌，仍诏宰府加之参定。皆以谓本学校以教之，然后可求其行实。先策论则辩理者得尽其说，简程序则闳博者可见其材。至于经术之家稍增新制，兼行旧式，以勉中人，其烦法细文一皆罢去，明其赏罚，俾各劝焉。如此则待士之意周，取人之道广。夫遇人以薄者，不可责其厚。今朕建学兴善，以尊士大夫之行，而更制革弊，以尽学者之才，其于教育之方勤亦至矣。有司其务严训导、精举察，以称朕意。学者其思进德修业，而无失其时。凡所科条，可为永式。"这一改革涉及策论、经义、诗赋等文体，诏初下时，"人争务学，风俗一变"，但不久推行新政的人多出外任，反对革新的人"竞兴讥诋，以谓俗儒是古非今，不足为法。遂追止前诏，学者亦废焉"。庆历新政的科举改革以失败而告终。

三　无名氏《王氏谈录》论七言诗、起居注

无名氏《王氏谈录》，《四库全书总目》提要云："《王氏谈录》一卷，不著撰人名氏。《说郛》载之，题曰王洙撰。《书录解题》则以为翰林学士南京王洙之子录其父所言。今观此书凡九十九则，而称先公及公者七十余则，则非洙所著明甚。盖编此书者，见卷尾有编录观览书目一则，末题云'王洙敬录'，遂以为全书皆出洙手同。不知此一则乃嘉祐以前人所为洙特录而跋之，其子附载书末耳，世无自著书而自标敬录者也。"可见此书只是录王洙谈话，既非王洙编，也非王洙之子编，而是"嘉祐以前"无名氏所编，多记佚闻轶事，间亦涉及文体，如论七言诗："古七言诗自汉末，盖出于史篇之体。"又

474

论起居注:"起居注,始于汉世,乃有遗法也。"①

<h2 style="text-align:center">四　沈括《梦溪笔谈》论乐律、平文(古文)</h2>

沈括(1031—1095)字存中。钱塘(今浙江杭州)人,沈周子。现存诗文大多条畅通达,著有《长兴集》。他博学多才,精通天文、数学、物理学、化学、地质学、气象学、地理学、农学和医学,是我国历史上最卓越的科学家之一。所著《梦溪笔谈》为笔记体著作,是中国科学技术史上的重要文献,被英国著名学者李约瑟誉为"中国科技史上的坐标",因写于润州(今江苏镇江)梦溪园,"所与谈者惟笔砚而已",故名《梦溪笔谈》。其《梦溪笔谈序》云:"予退处林下,深居绝过从,思平日与客言者,时纪一事于笔,则若有所晤言,萧然移日。所与谈者惟笔砚而已,故谓之《笔谈》。圣谟国政及事近宫省,皆不敢私纪。至于系当日士大夫毁誉者,虽善亦不欲书,非止不言人恶而已。所录惟山间木荫,率意谈噱,不系人之利害者,下至闾巷之言,靡所不有。亦有得于传闻者,其间不能无缺谬。以之为言则甚卑,以予为无意于言可也。"②全书二十六卷,分故事、辩证、乐律、象数、人事、官政、权智、艺文、书画、技艺、器用、神奇、异事、谬误、讥谑、杂志、药议十七个门类共六百余条,内容涉及天文、数学、地理、地质、物理、生物、医学、药学、军事、文学、史学、考古、音乐等学科,是一部百科全书式的著作。

《梦溪笔谈》卷五、卷六皆论《乐律》,提出或明确了很多重要观点,此不能尽论,略举数条以说明他颇多新见。一是把五音分为从声、从律两类:"五音宫、商、角为从声,徵、羽为变声。从谓律从律,吕从吕;变谓以律从吕,以吕从律。故从声以配君臣民,尊卑有定,不可相逾;变声以为事物,则或遇于君,声无嫌。"二论夷乐:"外国之声,前世自别,为四夷乐。自唐天宝十三载,始诏法曲与胡部合奏,自此乐奏全失古法,以先王之乐为雅乐,前世新声为清乐,合胡部者为宴乐,"三论协律:"古诗皆咏之,然后以声依咏以成曲,谓之协律。其志安和则以安和之声咏之,其志怨思则以怨思之声咏之。故治世之音安以乐,则诗与志,声与曲莫不安且乐。乱世之音怨以怒,则诗与志,声与曲莫不怨以怒。此所以审音而知政也。"四论曲,论古乐府与唐、宋词的异同:"诗之外又有和声,则所谓曲也。古乐府皆有声有词,连属书之如曰'贺贺贺何何何'之类,皆和声也。今管弦之中缠声亦其遗法也。唐人乃以词填入曲中,不复用和声……然唐人填曲多咏其曲名,所以哀乐与声尚相谐会。今人则不复知其声矣,哀声而歌乐

①　均见《王氏谈录》,文渊阁四库全书本。

②　(宋)沈括《梦溪笔谈》卷首,文渊阁四库全书本。

词,乐声而歌怨词,故语虽切而不能感动人情,由声与意不相谐故也。"五论"散"为曲名:"《卢氏杂记》:'韩皋谓嵇康琴曲有《广陵散》者,以王凌、毋丘俭辈皆自广陵败散,言魏散亡自广陵始,故名其曲曰《广陵散》。'以予考之,'散'自是曲名,如操、弄、掺、淡、序、引之类。故潘岳《笙赋》:'辍张女之哀弹,流广陵之名散。'又应璩《与刘孔才书》云:'听广陵之清散。'知'散'为曲名明矣。或者康借此名以谏讽时事,'散'取曲名,'广陵'乃其所命,相附为义耳。"

其卷一四至卷一六为《艺文》,或记文人轶事,或品评诗文,也偶有论及文体者,如论平文即古文:"往岁士人,多尚对偶为文,穆修、张景辈始为平文。当时谓之古文。穆、张尝同造朝,待旦于东华门外,方论文次,适见有奔马践死一犬。二人各记其事以较工拙。修曰:'马逸,有黄犬遇蹄而毙。'张景曰:'有犬死奔马之下。'时文体新变,二人之语皆拙涩,当时已谓之工,传之至今。"又论集句诗云:"古人诗有'风定花犹落'之句,以谓无人能对。王荆公以对'鸟鸣山更幽'。'鸟鸣山更幽'本宋王籍诗,元对'蝉噪林逾静,鸟鸣山更幽',上下句只是一意。'风定花犹落,鸟鸣山更幽'则上句乃静中有动,下句动中有静。荆公始为集句诗,多者至百韵,皆集合前人之句语意对偶,往往亲切过于本诗。后人稍稍效而为之者。"其论音韵亦涉诗文之体:"切韵之学,本出于西域。汉人训字,止曰'读如某字',未用反切。然古语已有二声合为一字者,如'不可'为'叵','何不'为'盍','如是'为'尔','而已'为'耳','之乎'为'诸'之类,似西域二合之音,盖切字之原也。如'软'字,文从'而'、'犬',亦切音也。殆与声俱生,莫知从来。"又云:"古人文章,自应律度,未以音韵为主。自沈约增崇韵学……自后浮巧之语,体制渐多。"

五　吴处厚《青箱杂记》论台阁之文与山林之文

吴处厚(生卒年不详)字伯固。邵武(今属福建)人。皇祐五年(1053)进士及第,授汀州司理参军。嘉祐中,为诸暨主簿。熙宁中,任定武管勾机宜文字。元丰四年(1081),擢将作监丞。王珪荐为大理寺丞。元祐四年(1089),知汉阳军,笺疏蔡确《车盖亭》诗奏上,酿成著名的车盖亭诗案。擢知卫州。未几卒。

处厚喜读书,能诗文,其诗颇有唐人韵致。著有《青箱杂记》十卷,为北宋中后期重要笔记之一,多记宋及五代朝野杂事、诗话及掌故。书中所引魏野、李淑、王禹偁、王安国等人诗词,大多数在其他书中没有被提到过;卷九详记燕肃作莲花漏之法,是研究科技史的宝贵资料。

吴处厚从文体风格的角度把文章分为台阁之文与山林之文:"本朝夏英公(竦)亦

尝以文章谒盛文肃（度），文肃曰：'子文章有馆阁气，异日必显。'后亦如其言。然余尝究之，文章虽皆出于心术，而实有两等：有山林草野之文，有朝廷台阁之文。山林草野之文，则其气枯槁憔悴，乃道不得行，著书立言者之所尚也。朝廷台阁之文，则其气温润丰缛，乃得位于时，演纶视草者之所尚也。故本朝杨大年（亿）、宋宣献（绶）、宋莒公（庠）、胡武平（宿）所撰制诏，皆婉美淳厚，过于前世燕（燕国公张说）、许（许国公苏颋）、韦（坚）、杨（慎矜）远甚，而其为人，亦各类其文章。王安国常语余曰：'文章格调，须是官样。'岂安国言官样，亦谓有馆阁气耶？"官样"即馆阁体。又云："今世乐艺，亦有两般格调：若朝庙供应，则忌粗野嘲哳；至于村歌社舞，则又喜焉。兹亦与文章相类。晏元献公虽起田里，而文章富贵，出于天然。尝览李庆孙《富贵曲》云：'轴装曲谱金书字，树记花名玉篆牌。'公曰：'此乃乞儿相，未尝谙富贵者。故余每吟咏富贵，不言金玉锦绣，而唯说其气象，若'楼台侧畔杨花过，帘幕中间燕子飞'，'梨花院落溶溶月，柳絮池塘淡淡风'之类是也。故公自以此句语人曰：穷儿家有这景致也无？"①

六　王得臣《麈史》论"文之体可谓极矣"

王得臣（1036—1116）字彦辅，自号凤台子。安州安陆（今湖北安陆）人。从学于郑獬、胡瑗，与程颐为友。嘉祐四年（1059）进士。王得臣学问赅博，长于考证，《四库全书总目》卷一二〇对其《麈史》评价甚高，谓"凡朝廷掌故、耆旧遗闻，耳目所及，咸登编录，其间参稽经典，辨别异同，次资参考"。平生著述甚丰，有《江夏辨疑》一卷、《麈史》三卷、《凤台子和杜诗》三卷、《江夏古今纪咏集》五卷。今仅存《麈史》三卷。

《麈史》论及多种诗体的起源，认为三言诗并非起于晋，"任昉以三言诗起晋夏侯湛，唐刘存以为始于'鹭于飞，醉言归'"。认为五言诗始于虞，衍于周，专于汉：

> 梁钟嵘作《诗评》，掎摭本根，总核华实，收昭明（萧统）之所遗，可谓至矣。其序云："夏歌曰：'郁陶乎予心。'楚词曰：'名余曰正则。'虽诗体未全，然略是五言之滥觞。"予以为不然。《虞书》载《赓歌》之词曰："元首丛脞哉。"至周诗《三百篇》，其五字甚多，不可悉举。如《行露》曰："谁谓雀无角，何以穿我屋？谁谓女无家，何以速我狱？"《小旻》曰："匪先民是程，匪大犹是经。维迩言是争。"至于《四

① （宋）吴处厚《青箱杂记》卷五，文渊阁四库全书本。

月》之篇，其下三章率皆五字。又《十亩之间》则全篇五字耳。然则始于虞，衍于周，逮汉专为全体矣。

认为七言诗也非始于汉代的柏梁联句，并举大量例证以明其说：

> 世言七言诗肇于柏梁，而盛于建安。考之，岂独柏梁哉？《墉风》曰："送我乎淇之上矣。"《王风》曰："知我者谓我心忧。"《郑风》曰："还予授子之粲兮。"《齐风》曰："遭我乎猇之间兮。"又曰："尚之以琼华乎而。"《魏风》曰："胡取禾三百廛兮。"《豳风》曰："二之日凿冰冲冲，三之日纳于凌阴。"《小雅》曰："以宴乐嘉宾之心。"又曰："如彼筑室于道谋。"《大雅》曰："维昔之富不如时，维今之疚不如兹。昔也日辟国百里，今也日蹙国百里。"《颂》曰："学有缉熙于光明。"又曰："予其惩而毖后患"，"仪式刑文王之典"。又曰："自今以始岁其有，君子有谷诏孙子。"楚狂《接舆歌》曰："今之从政者殆而。"项籍歌曰："力拔山兮气盖世，时不利兮骓不逝。"汉高歌曰："大风起兮云飞扬。"皆七字之滥觞也。然则柏梁之作，亦有所祖袭矣。唐刘存乃以"交交黄鸟止于棘"（为）七言之始，盖合两句以言，误也。

他还论及州县诗、日辰诗、药名诗、离合体等多种杂体诗："权文公多用州县日辰之类为诗，近见人亦为药名诗者，如诃子、缩纱等语，不惟直致，兼是假借，太不工耳。里人史思远善诗，用药名则析而用之，如《夜坐》句曰：'坐来夜半天河转，挑尽寒灯心自知。'此乃鲁望离合格也。"不仅论诗体，还论及喻、解、说、原、读、书、讼、订、檄、碑、铭等多种文体："梁任昉集秦、汉以来文章名之始，目曰《文章缘起》，自诗、赋、《离骚》至于艺，约八十五题，可谓博矣。既载相如《喻蜀》，不录扬雄《剧美》；录《解嘲》，而不收韩非《说难》；取刘向《列女传》，而遗陈寿《三国志》。评至韩、柳、元结、孙樵，又作原，如《原道》、《原性》之类；又作读，如《读仪礼》、《读鹖冠》之类；又作书，如《书段太尉逸事》；讼，如《讼风伯》；订，如《订乐》等篇。呜呼，文之体可谓极矣！今略疏之，续彦升之志也……任以颂起汉之王褒，刘以始于周公《时迈》。任以檄起汉陈琳《檄曹操》，刘以始于张仪《檄楚》。任以碑起于汉惠帝作《四皓碑》，刘以《管子》谓无怀氏封太山刻石纪功为碑。任以铭起于始皇《登会稽山》，刘以蔡邕《铭论》皇帝有金几之铭其始也。若此者尚十余条。或讨其事名之因，或具成篇而论。虽有不同，然不害其多闻之益。"认为唐初之文多袭徐庾体："王勃《滕王阁序》，世以为精绝，曰：'落霞与孤鹜齐飞，秋水共长天一色。'予以为唐初缀文，尚袭南朝徐庾体，故骆宾王

478

亦有如此等句。"①

七　赵令畤《侯鲭录》多引前人论述

赵令畤(1061—1134)初字景贶,苏轼为之改字德麟,自号聊复翁。太祖次子燕王德昭玄孙。哲宗元祐时签书颍州公事。与秦观、朱服、李之仪等人因接近苏轼,遭致新党排斥。后坐元祐党籍,被废十年。绍兴初,袭封安定郡王。卒赠开府仪同三司。其词虽与苏轼多唱和,但气格殊异,凄婉柔丽,极近秦观。著《聊复集》,已佚,有赵万里辑本《聊复集》词一卷。

赵令畤的笔记《侯鲭录》八卷,多记文坛掌故,品评诗词时有新见,亦论及多种诗文体裁,如论刺云:"《刊误》云:'古无文刺,唯书竹简以代结绳,谓之简册也。魏祢衡处士致名于纸,是纸上题名,投刺公侯,自后相承。刺谒者,见通名纸为公状也。至今士子之家存焉。'"②论露布云(卷三引《初学记》):"露布,人多用之,亦不知其始。《春秋》佐助期曰:'武露布,文露沈。'宋均云:'甘露见其国。布,散者。人上武文采者,则甘露沉重。'"论律诗当句对云(卷三):"古人作律诗,有当句对者,两句更不须对,如陆龟蒙诗云:'但说漱流并枕石,不辞蝉腹与龟肠'是也。"论歌、词云(卷七):"荆公云:'古之歌者,皆先有词后有声,故曰"诗言志,歌永言。声依永,律和声"。如今先撰腔子,后填词,却是永依声也。'"值得注意的是他以十二首《商调蝶恋花》(卷五)鼓子词咏张生、崔莺莺故事,韵、散相间,有说有唱,夹叙夹议,是研究宋金说唱文学与戏剧文学的重要资料。

八　方勺《泊宅编》认为联体诗非起于汉

方勺(1066—?)字仁声。婺州金华(今属浙江)人,一说严濑(今浙江桐庐)人。元丰六年(1083),入太学。元祐五年(1090),应试不第,遂无仕进意,后寓居乌程泊宅村,为唐张志和浮家泛宅之所,故自号泊宅翁。著有《泊宅编》,辑录元祐至政和间朝野轶闻甚多,也偶论及诗体,如卷中认为联体诗非起于汉,《诗经》中已有:"联句或云起于柏梁,非也。《式微》诗曰:'胡为乎中?露盖泥中。'中、露,卫之二邑名。刘向以为此诗二人所作,则一在泥中,一在中露,其理或然,则此联句所起也。"

---

① 以上均见(宋)王得臣《麈史》卷二,文渊阁四库全书本。
② (宋)赵令畤《侯鲭录》卷一,文渊阁四库全书本。

九 释惠洪《冷斋夜话》、《天厨禁脔》的文体论

释惠洪(1071—1128)原名德洪,字觉范,俗姓彭,或云俗姓喻。筠州(今属江西)人。惠洪为当时著名诗僧,与苏轼、黄庭坚、谢逸等往交游。在创作上,他力主自然而有文采,对苏轼、黄庭坚倾倒备至。江西诗风笼罩文坛时,惠洪能独树一帜。其诗雄健俊伟,辞意洒落,气韵秀拔,无宋代诗僧常见之蔬笋气,为诸家所称道。又善作小词,情思婉约,似秦少游。除文学成就以外,惠洪还擅长画梅竹。著述甚富,诗文集有《筠溪集》十卷、《甘露集》九卷、《物外集》、《石门文字禅》三十卷。今诗文集仅存《石门文字禅》三十卷。又著有《楞严经合论》十卷、《法华经合论》七卷、《禅林僧宝传》三十卷等,以及笔记《冷斋夜话》十卷、《天厨禁脔》三卷传世。

其《题权巽中诗》评权巽中诗风云:"世称唐文物特盛,虽山林之士,辄能以诗自鸣。以余观之,如双井茶,品格虽妙,然终令人咽酸冷耳。巽中下笔,豪特之气凌跨前辈,有坡、谷之渊源。予见之,未视名字,辄能辩。大率句法如徐季海之字,字外出骨,骨中藏棱,读者当置轴绅绎,想见瘦行清坐时也。使巽中闻此语,当以予为知言"[1]。他因欧阳修排佛,故与契嵩一样,讥欧文而称苏文,其《跋东坡池录》云:"欧阳文忠公以文章宗一世,读其书,其病在理不通。以理不通,故心多不能平。以是后世之卓绝颖脱而出者,皆目笑之。东坡盖五祖戒禅师之后身,以其理通,故其文涣然如水之质,漫衍浩荡,则其波亦自然而成文,盖非语言文字也,皆理故也。自非从般若中来,其何以臻此? 其文自孟轲、左丘明、太史公而来,一人而已。"其《跋徐洪李三士诗》比较江西诗派徐师川、洪驹父、李商老的诗风说:"陈莹中尝问予南州近时人物之冠,予以师川、驹父、商老为言。莹中首肯之。驹父戏效孟浩然作语,如王、谢家子弟,风神步趋,不能优劣。商老和之,如刘安王见上帝,大言不逊,豪气未除。独师川有句在'山烟雨里,西洲落照中',未暇写也。"《李成德宫词》评唐宫词云:"唐人工诗者多喜为宫词,'天阶夜月凉于水,卧看牵牛织女星';'玉容不及寒鸦色,犹带朝阳日影来',世称绝唱。以予观之,此特记恩遇疏绝之意于凝远不言之中,非能摸写太平,藻节万物。读成德所作一百篇,知前人之未工也。其收拾道山绛阙之春色,刻画玉楼金屋之情状,使海山濒海之人读之,如近至尊。非其才当世,何以治此?"

《冷斋夜话》十卷虽为笔记,但内容多论诗或记载诗之本事,尤其以记载苏轼、黄庭坚诗之逸事为多,成语"满城风雨"、"脱胎换骨"、"大笑喷饭"、"痴人说梦"等典故均

出自此书。《四库全书总目·冷斋夜话》提要云:"是书杂记见闻,而论诗者十居之八,而黄庭坚语尤多,盖惠洪犹及识庭坚,故引以为重……惠洪本工诗,其诗论实多中理解。"其《馆中夜谈韩退之诗》论韩愈诗为押韵之文的争论颇有趣:"沈存中(括)、吕惠卿吉甫、王存正仲、李常公择,治平中在馆中夜谈诗。存中曰:'退之诗,押韵之文耳,虽健美富赡,然终不是诗。'吉甫曰:'诗正当如是,吾谓诗人亦未有如退之者。'正仲是存中,公择是吉甫,于是四人者相交攻,久不决。公择正色谓正仲曰:'君子群而不党,公独党存中。'正仲怒曰:'我所见如此,偶因存中便谓之党,则君非党吉甫乎?'一坐大笑。"①他论诗重意趣,《池塘生春草》(卷三)云:"舒公云'池塘生春草,园柳变鸣禽'之句,谓有神助,其妙意不可以言传。而古今文士多从而称之。谓之确论。独李元膺曰:予反复观此句,未有过人处,不知舒公何从见其妙。盖古今佳句在此一联之上者尚多,古之人意有所至则见于情,诗句盖其寓也。谢公平生喜见惠连梦中得之,盖当论其情意,不当泥其句也。如谢东山喜见羊昙,羊叔子喜见邹湛,王述喜见坦之,皆其情意所至,不可名状,特无诗句耳。"又《山谷集句贵拙速,不贵巧迟》云:"集句诗,山谷谓之百家衣体。其法贵拙速而不贵巧迟,如前辈曰'晴湖胜镜碧,衰柳似金黄'。又曰'事治闲景象,摩挲白髭须',又曰'古瓦磨为砚,闲砧坐当床',人以为巧,然皆疲费精力,积日月而后成,不足贵也。"又《棋隐语》云:"舒王在钟山,有道士求谒,因与棋,辄作数语曰:'彼亦不敢先,此亦不敢先。惟其不敢先,是以无所争。惟其无所争,故能入于不死不生。'舒王笑曰:'此特棋隐语也。'"其《西昆体》(卷四)云:"诗到李义山,谓之文章一厄,以其用事僻涩,时称西昆体。然荆公晚年亦或喜之,而字字有根蒂。"又《诗忌》云:"诗者妙观逸想之所寓也,岂可限以绳墨哉?如王维作画雪中芭蕉,自法眼观之,知其神情寄寓于物,俗论则讥以为不知寒暑。荆公方大拜,贺客盈门,忽点墨书其壁曰:'霜筠雪竹钟山寺,投老归欤寄此生。'坡在儋耳作诗曰:'平生万事足,所欠惟一死。'岂可与世俗论哉?予尝与客论至此,而客不然予论,予作诗自志其略曰:'东坡醉墨浩琳琅,千首空余万丈光。雪里芭蕉失寒暑,眼中骐骥略玄黄。'"

其《天厨禁脔》三卷,以唐、宋各家之篇、句为式,标论诗格,是宋代诗论之重要著述,如卷上比较各家风格云:"秦少游曰:'苏武、李陵之诗长于高妙;曹植、刘公幹之诗长于豪逸;陶潜、阮籍之诗长于冲淡;谢灵运、鲍照之诗长于峻洁;徐陵、庾信之诗长于藻丽。而杜子美者,穷高妙之格,极豪逸之气,包冲淡之趣,兼峻洁之姿,备藻丽之态,而诸家之作,不能及焉。'予以谓子美岂可人人求之,亦必兼诸家之所长。故唐人工诗

者多专门，以是皆名世。专门句法，随人所去取，然学者不可不知。凡诸格法，毕录于此。"①他所说的"格法"兼指风格、诗法。如近体三种领联法（偷春格、蜂腰格、隔句对），四种琢句法（含蓄法、用事法之类），诗有四种势（此势指风格），诗分三种趣（奇趣、天趣、胜趣），善诗者道意不道名，诗当味有余情不尽等等，不能尽举，略举数条。其论律、古诗、歌、行的区别云（卷中）："律诗拘于声律，古诗拘于句语，以是词不能达。夫谓之行者，达其词而已，如古文而有韵者耳。自唐陈子昂，一变江左之体，而歌行暴于世，作者皆能守其法，不失为文之旨，唯杜子美、李长吉，今专指二人之词以为证。夫谓之歌者，哀而不怨之词，有丰功盛德则歌之，诡异希奇之事则歌之，其词与古诗无以异，但无铺叙之语，奔骤之气。其遣语也，舒徐而不迫，峻持而愈工，吟讽之而味有余，追绎之而情不尽。叙端发词，许为雄夸跌荡之语；及其终也，许置讽刺伤悼之意。此大凡如此尔。"又云（卷中）："行者词之遣，无所留碍，如云行水流，曲折溶曳，而不为声律语句所拘。但于古诗句法中得增辞语耳。如李贺《将进酒》、《致酒行》、《南山田中行》，杜甫《丽人行》、《贫交行》、《兵车行》。"又云（卷下）："古诗以意为主，以气为客，故意欲完，气欲长，唯意之往而气追随之。故于韵无所拘，但行于其所当行，止于其不可不止。盖得韵宽则波澜泛入傍韵，乍还乍离，出入回合，殆不可拘以常格，如韩退之《此日足可惜》之类是也。得韵窄则不复傍出，而因难见巧，愈险愈奇，如韩退之《病中赠张十八》之类是也。欧阳文忠公曰：'予尝与圣俞论此，以谓譬如善驭良马者，通衢广陌，纵横驰逐，惟意所之，至于水曲蚁封，疾徐中节，而不蹉跌，乃天下之至工也。'圣俞戏曰：'前史言退之为人木强，若宽韵可自足，而辄傍出；窄韵难独用而反不出，岂非其拗强而然欤？'坐客皆大笑之也。"他还提出了天趣、奇趣、胜趣之说（卷上），认为"天趣者，自然之趣耳"；"脱去翰墨痕迹，读之令人想见其处，此所谓奇趣"；"吐词气宛在事物之外，殆所谓胜趣也"。这大概就是"其诗论实多中理解"的具体内容。但此书的多数内容是评同时代人的诗作，或记述其诗论主张，如黄庭坚著名的"夺脱换骨法"就见于此书："山谷云：诗意无穷而人才有限，以有限之才追无穷之意，虽渊明、少陵，不得工也。然不易其意而造其语，谓之换骨法；窥入其意而形容之，谓之夺胎法。"

但《天厨禁脔》牵强附会者也不少，《四库全书总目》谓"是编皆标举诗格，而举唐、宋旧作为式。然所论多强立名目，旁生支节，如首列杜甫《寒食对月》诗为偷春格，而谓黄庭坚茶词叠押四山字为用此法，则风马牛不相及。又如苏轼'芳草池塘惠连梦，上林鸿雁子卿归'句，黄庭坚'平生几两屐，身后五车书'句，谓射雁得苏武书无鸿字，故改谢灵运'春草池塘'为'芳草'，'五车书'无'身后'字，故改阮孚'人生几两屐'为

①　（宋）释惠洪《天厨禁脔》卷上，中华书局1958年版。

'平生'，谓之用事补缀法，亦自生妄见。所论古诗押韵换韵之类尤茫然不知古法，严羽《沧浪诗话》称《天厨禁脔》最害事，非虚语也。"

十　王谠《唐语林》论唐代诗风演变

王谠(生卒年不详)字正甫，崇宁、大观(1102—1110)间长安(今陕西省西安市)人，宰相吕大防之婿，曾入苏轼门下。他仿《世说新语》体例，著《唐语林》八卷，选录唐代至宋初五十种笔记、杂史，分门记述，共五十二门。内容多为唐代历史、政治、文学等遗闻轶事，可与新、旧《唐书》互相参证。书中所引用史书，后多散佚，有保存史料之功。其论文体云："韩文公与孟东野友善。韩公文至高，孟长于五言，时号'孟诗韩笔'。元和中，后进师匠韩公，文体大变。"①这里的文体指诗文风格，充分肯定了韩愈在唐代诗文革新中的作用。又论唐代诗风的演变云："元和已后，文笔学奇于韩愈，学涩于樊中师，歌行则学流荡于张籍，诗章则学矫激于孟郊，学浅切于白居易，学淫靡于元稹，俱名元和体。大抵天宝之风尚党，大历之风尚浮，贞元之风尚荡，元和之风尚怪也。"唐代文学繁荣与唐代诸帝好文是分不开的："文宗好五言诗，品格与肃、代、宪宗同，而古调尤清峻，尝欲置诗学士七十二员。"

十一　朱胜非《绀珠集》论涩体、辘轳体

朱胜非(1082—1144)字藏一，蔡州(今河南汝南)人。崇宁二年(1103)上舍及第。著有《秀水闲居录》三卷，今本为一卷，记所见闻南宋初政事。尝辑百家小说、传记，编著为《绀珠集》十三卷(《郡斋读书志》卷一三)，后人也有以为伪托者。

《绀珠集》论涩体云："唐徐彦伯为文多变易求，新以凤阁为鸥阁，以龙门为虬户，以金谷为铣岳，以玉山为琼岳，以犭狗为卉犬，以竹马为篠骖，以月兔为魄兔，以风牛为飙犊。后进效之，谓之涩体。"②卷一一认为三字诗至八字诗皆出自《毛诗》："三字若'鼓渊渊，醉言归'之类，四字若'关关雎鸠，在河之洲'之类，五字若'谁谓雀无角，何以穿我屋'之类，六字若'俟我于庭乎而，充耳以青乎而'之类，七字若'交交黄鸟止于棘'之类，八字若《节南山》云'我不敢效我友自逸'之类。"同卷论辘轳体云："唱和联句之起，其来久矣。自舜作歌，皋陶《赓载》及《柏梁》联句，至唐始盛。元稹作《春深》题

①　(宋)王谠《唐语林》卷二《文学》，文渊阁四库全书本。下引同。

②　(宋)朱胜非《绀珠集》卷三，文渊阁四库全书本。

二十篇,并用家、花、车、斜四字为韵。刘、白和之亦同。令狐楚所和诗多次韵,始于此。凡联句两句或四句,亦一对用之,或只一句出、一句对者,谓之辘轳体耳。"所录多辑前人之语,没有什么发挥。

十二　江少虞《宋朝事实类苑》对文体资料的辑录

江少虞(生卒年不祥)字虞仲,常山(今属浙江)人,约高宗绍兴初前后在世。政和进士。调天台学官,为建州、饶州、吉州太守,俱有治绩。著有《宋朝事实类苑》六十三卷,目录书一般归入子部典故类。《四库全书总目提要》称该书"征采极为浩博","有裨于史者,良非虚语"。书成于绍兴十五年(1145),记录了北宋太祖至神宗朝一百二十多年间的史实,分"祖宗圣训"、"君臣知遇"等二十四门。

《宋朝事实类苑》中论及文体的有"诗歌赋咏"、"文章四六"二门,其他各门,涉及文体的地方也不少,如制词、制书、德音、白麻、咨报、唱和、联句、集句之类,也论及诗歌风格,如评梅、苏二家诗,沈存中论文等。因此书为辑录体,多辑自他书,不少前已论及,故不详论,兹举一例以见一斑。其论《制词异名》引《谈苑》云:"学士之职,所草文辞,名目浸广。拜免公、王、将、相、妃、主曰制,赐恩宥曰赦,书曰德音,处分事曰敕,榜文号令曰御札,赐五品官以上曰诰,六品以下曰敕书,批敕群臣表奏曰批答,赐外国曰蕃书,道醮曰青词,释门曰斋文,教坊宴会曰白语,土木兴建曰上梁文,宣劳锡赐曰口宣。此外,更有祝文、祭文、诸王布政榜号、簿队名赞、佛文疏语,复有别受诏旨作铭、碑、墓志、乐章、奏议之属。此外,章、表、歌、颂应制之作。旧说,唐朝宫中,常于学士取眠儿歌,伪蜀学士作桃符文,孟昶学士辛寅逊题桃符云:'新季纳余庆,佳节号长春'是也。"①

此书引用诸家记录约五十种,其中半数以上已失传或残缺。失传的书中属于诗话的,即有《名贤诗话》和《三山居士诗话》两种。残缺的书中,有的与诗文关系密切,如记载杨亿平生见闻的《扬文公谈苑》和张师正的《倦游杂录》二书,《说郛》和《类说》都曾选辑。此书引用《杨文公谈苑》达一百几十条,引用《倦游杂录》亦近百条,比《说郛》和《类说》所辑为多。所引之书,现虽有传本,但江氏所据或为原本,或为接近原本的版本,而又全录原文,不加增损,往往可以订补今传本的讹脱。

---

① (宋)江少虞《宋朝事实类苑》卷二九,上海古籍出版社1981年版。

十三　王观国《学林》对前人文体论的辩驳

王观国（生卒年不详），长沙（今属湖南）人。政和五年（1115）进士。签书川陕节度判官。绍兴初，知汀州宁化县。累升祠部郎中，知邵州，于任内被劾罢。著有《学林》十卷，凡三百余则，内容以考辨字体、字音、字义为主，博引《十三经》、《史记》、《汉书》、《后汉书》、《晋书》、《唐书》之文，并广采《说文》、《玉篇》、《广韵》、《经典释文》等注疏笺释之说，对文字的字体、字音、字义进行考辨，资料详备，辨析精赅，引据详洽，辨析精核，可谓卓然特出之著。

《学林》中也有不少涉及文体体裁、风格的论述，其《度曲》首论度曲起始："《前汉·元帝纪》赞曰：'元帝多材艺，善史书。鼓琴瑟，吹洞箫，自度曲，被歌声。'"次论其含义："应劭注曰：'自隐度作新曲。'臣瓒注曰：'度曲，谓歌终更授其次。'颜师古注曰：'度音大洛反。'"王观国反驳说："赞所谓自度曲者，能制其音调也。被歌声者，以所制之音调播之歌声，而皆合其节奏也。臣瓒以谓歌终更授其次者，误矣，盖歌终更授其次者，歌曲也。后之文士多援臣瓒之说，以度曲为歌曲。故张平子《西京赋》曰：'度曲未终，云起雪飞。'则以度曲为歌曲矣。杜子美《陪李梓州泛江》诗曰：'翠眉萦度曲，云鬓俨分行。'亦用为歌曲矣。徐陵曰：'奏新声于度曲。'《唐书》，段安节善乐律，能自度曲，此乃元帝自度曲之本意也。"[1]歌终更授其次是指歌曲，自度曲是指能制其音调，后人多误，只有《唐书》未误。

有人认为杜甫《饮中八仙歌》重韵，卷五《诗重韵》云："杜子美《饮中八仙歌》曰'知章骑马似乘船'，又曰'天子呼来不上船'；《歌》曰'眼花落井水底眠'，又曰'长安市上酒家眠'；《歌》曰'汝阳三斗始朝天'，又曰'举觞白眼望青天'；《歌》曰'皎如玉树临风前'，又曰'苏晋长斋绣佛前'，又曰：'脱帽露顶王公前'，此歌三十二句，而押二船字，二眠字，二天字，三前字。近时论诗者曰：'此歌自是八段，不嫌于重韵也。'"王观国反驳道："子美此诗，以《饮中八仙歌》五字为题，则是一歌。此歌首尾于船字韵中押，未尝移别韵，则非分为八段。盖子美古律诗重用韵者亦多，况于歌乎？"下面举了杜甫确有重用韵者（"子美诗如此类甚多"），但不是《饮中八仙歌》。他认为重用韵非杜甫首创，并举了大量前人重韵的例子后说："如此叠用韵者甚多，不可具举，意到即押耳，奚独于《饮中八仙歌》而致怪耶？"

其卷八《双声叠韵》云："《南史·谢庄传》曰：'王元谟问庄，何者为双声，何者为叠

---

[1]　（宋）王观国《学林》卷三，文渊阁四库全书本。

韵。答曰:炫获为双声,磩碏为叠韵。"王观国进一步说明道:"双声者,同音而不同韵也;叠韵者,同音而又同韵也。炫获同为唇音,而二字不同韵,故谓之双声。磩碏同为牙音,而二字又同韵,故谓之叠韵。"

同卷《四声谱》先引沈约的自吹自擂"在昔词人,累千载而不悟,而独得胸襟,穷其妙旨",王观国引《南史》"沈约论四声,妙有诠别,而诸赋亦往往与声韵乖",并嘲笑说:"约自谓穷其妙旨,而反致矛盾。"他批评齐、梁文风说:"四声切韵,始自齐、梁,虽云丽靡,而江左文章,拘于声调,气格卑弱,间有作者,大抵类俳。"称美隋、唐、五代亦受其影响:"以此观之,则理致颇深,实难遽晓。隋、唐以来,始有律诗,网格婉和,殆如乐律,愈于江左远矣。而其余文格,尚袭江左之风,雕奢磔裂,殊乏纯古之风。韩愈学古文以救文敝,而不能丕变,故唐末、五代之际,文气弥弱也。"认为声韵出自天然:"总古今之字,不逃乎音切,固有即音切而知其字之义者……非有师学授习之也,其天成自然,莫知所以然者。沈约所谓入神,殆此类耶?"

王观国对杂体诗是看不起的,其《大刀》云:"古乐府所载如槀砧诗者数篇,其取譬皆浅俚,故撰诗者不显姓名,后人但以古诗称之。江右又谓之风人诗,有'围棋烧败袄,看子故依然'之句。围棋者,看子也;烧败袄者,故依然也。鲍明远诸集中亦有二篇,谓之吴体。盖自雅颂不作,迄于魏晋南北朝以来,浮靡愈甚,始有为此态者,悉取闾阎鄙媟之语,比类而为之,诗道沦丧至于如此,诚可叹也。"这里所说的槀砧诗、风人诗、吴体,都是民间流行的杂体诗,而以"闾阎鄙媟之语"概之,充分说明了他对这类诗体的不满。

十四 李衡《乐庵语录》论"散文自有声律"

李衡(1100—1178)字彦平,自号乐庵。江都(今江苏扬州)人。绍兴二年(1132)进士。喜读书,家中聚书逾万卷,道学精明,达理悟性,以禅悟之法论作诗。著有《乐庵语录》、《和寒山拾得诗》,已佚。其弟子龚昱辑有《乐庵语录》五卷,收入四库全书。

《乐庵语录》卷一认为"散文自有声律,如《盘谷序》、《醉翁亭记》皆可歌。韩退之《送权秀才序》云:'其文辞宫商相宣,金石谐和。'即此可知矣。"①卷三论江西诗派活法云:"有学者赞文求见,因问作诗活法,遂赠之诗曰:'学诗如参禅,初不在言句。伛偻巧承蜩,梓庆工削鐻。借问执师承,妙处应自悟。向来大江西,洪徐暨韩吕。山谷擅其宗,诸子为之辅。短句与长篇,一一皆奇语。卓尔自名家,无愧城南杜(甫)。君

---

① (宋)龚昱《乐庵语录》,文渊阁四库全书本。

486

诗亦可人,羞作女工蠹。正临百尺竿,到此方进步。我性文字空,志在学农圃。老矣甘摧颓,肯复事雕组?少读《三百篇》,每自叹无补。一念绝邪思,得处忘我所。学诗如参禅,无舍亦无取。立雪谩齐要,断臂徒自苦。君欲问活法,活法无觅处。'”"学诗如参禅,初不在言句",强调"自悟",反对"雕组",都是江西诗派的主张。

十五　徐度《却扫编》论堂帖、劄子之异同

徐度(生卒年不详)字仲立,一字敦立。应天谷熟(今河南商丘东南)人。徐处仁子。特赐进士出身。刻意为学,长于典故,周必大称其"词章为学者之宗,德业系国人之望"(《贺徐漕度除江东启》)。著有《国纪》、《却扫编》等,今存《却扫编》三卷。

《却扫编》论堂帖、劄子之异同,所辨甚细:"唐之政令,虽出于中书门下,然宰相治事之地,别号曰'政事堂',犹今之都堂也。故号令四方,其所下书曰'堂帖'。国初犹因此制。赵韩王在中书,权任颇专,故当时以为堂帖势力重于敕命,寻有诏禁止。其后,中书指挥事,凡不降敕者曰'劄子',犹'堂帖'也。至道中,冯侍中拯以左正言与太常博士彭惟节并通判广州,拯位本在惟节之上。及覃恩迁员外郎,时寇莱公为参知政事,知印,以拯为虞部,惟节为屯田。其后广州又奏,仍使冯公系衔惟节之上,中书降'劄子'处分,升惟节于上,仍特免勘罪。至是,拯封中书'劄子'奏呈,且论除授不当,并诉免勘之事。太宗大怒曰:'拯既无过,非理遭降资免勘,虽万里之外争肯不披诉也!'且前代中书有'堂帖'指挥公事,乃是权臣假此名以威福天下,太祖已令削去,因何却置'劄子'?'劄子'与'堂帖'乃大同小异耳。张洎对曰:'劄子是中书行遣小事文字,犹京百司有符牒关刺与此相似,别无公式文字可指挥常事。'帝曰:'自今但干近上公事,须降敕处分;其合用劄子,亦当奏裁,方可行遣。'至元丰官制行,始复诏尚书省已被旨事许用劄子,自后相承不废,至今用之。体既简易,降给不难。每除一官,逮其受命,至有降四、五劄子者。盖初画旨而未给告,先以劄子命之,谓之'信劄';既辞免而不允或允,又降一劄;又或不候受告而俾先次供职,又降一劄;既命其人又必俾其官司知之,则又降一劄,谓之'照劄'。皆宰执亲押,欲朝廷之务简,难矣。然予观近代公卿文集中凡辞免上章止云'准东上合门告报',则是犹未有'信劄'也。今诸路帅司指挥所部亦用劄子,其体与朝廷略同,然下之言上,其非状者亦曰'劄子',名同而实异,不知其义何也。"①

---

① (宋)徐度《却扫编》卷上,文渊阁四库全书本。

十六　陈善《扪虱新话》论诗文相通及其风格

陈善(约 1109—1172)字敬甫,一字子兼,号秋塘,又号潮溪先生。罗源(今属福建)人。绍兴间,为太学生,力诋和议。及秦桧死,始登绍兴三十年(1160)进士第。著有《雪蓬夜话》三卷,已佚。又有《扪虱新话》十五卷,乃作者辞世后,由其学生陈益将其手稿整理而成。全书分经、史、子、读书、文章、文才、诗、诗文、圣贤、佛氏、人才、见识、人伦、死生等类,内容丰富,文笔畅达。《四库全书总目》谓"其书考论经史诗文,兼及杂事,别类分门,颇为冗琐,持论尤多踳驳"。

其《诗之雅颂即今之琴操》云:"诗三百篇,孔子皆被之弦歌,古人赋诗见志,盖不独诵其章句,必有声韵之文,但今不传尔。琴中有《鹊巢操》、《驺虞操》、《伐檀》、《白驹》等操,皆今诗文,则知当时作诗皆以歌也。又,琴古人有谓之'雅琴'、'颂琴'者,盖古之为琴,皆以歌乎诗,古之雅、颂即今之琴操尔。雅、颂之声固自不同,郑康成乃曰《豳风》兼雅、颂。夫歌风焉得与雅、颂兼乎? 舜《南风歌》、楚《白雪辞》,本合歌舞;汉帝《大风歌》、项羽《垓下歌》,亦入琴曲。今琴家遂有《大风起》、《力拔山》之操,盖以始语名之尔。然则今世不复知此。予读《文中子》,见其与杨素、苏琼、李德林语,归而援琴鼓荡之什,乃知其声至隋末犹存。"①《诗经》"皆被之弦歌","有声韵之文","当时作诗皆以歌",古琴"皆以歌乎诗,古之雅、颂即今之琴操",充分说明了古诗与音乐的关系。

诗文虽不同体,但又是相通的,其《韩以文为诗,杜以诗为文》云:"韩以文为诗,杜以诗为文,世传以为戏。然文中要自有诗,诗中要自有文,亦相生法也。文中有诗,则句语精确;诗中有文,则词调流畅。谢玄晖曰:'好诗圆美流转如弹丸。'此所谓诗中有文也。唐子西曰:'古人虽不用偶俪,而散句之中暗有声调,步骤驰骋,亦有节奏。'此所谓文中有诗也。前代作者皆知此法,吾谓无出韩、杜。观子美到夔州以后诗,简易纯熟,无斧凿痕,信是如弹丸矣。退之《画记》,铺排收放,字字不虚,但不肯入韵耳。或者谓其殆似甲乙帐,非也。以此知杜诗、韩文,阙一不可。世之议者遂谓子美无韵语殆不堪读,而以退之之诗但为押韵之文者,是果足以为韩、杜病乎? 文中有诗,诗中有文,知者领予此语。"又《文体》云:"以文体为诗,自退之始;以文体为四六,自欧公始。"

但在文体论上,《扪虱新话》论及具体诗文体裁者并不多,而论风格者颇多。《欧

_____

① 　(宋)陈善《扪虱新话》上集卷一,《儒学警悟》本。

阳公不能变诗格》云："欧阳公诗犹有国初唐人风气,公能变国朝文格,而不能变诗格。及荆公、苏、黄辈出,然后诗格遂极于高古。"这里所说的格即指诗文风格。其《文章以气韵为主》云："文章以气韵为主,气韵不足,虽有词藻,要非佳作也。乍读渊明诗,颇似枯淡,久久有味。东坡晚年酷好之,谓李、杜不及也。此无他,韵胜而已。韩退之诗,世谓押韵之文尔,然自有一种风韵。如《庭楸》诗'朝日出其东,我尝坐西偏。夕日在其西,我常坐东边。当昼日在上,我坐中央焉。'不知者便谓语无功夫,盖是未窥见古人妙处尔。且如老杜云:'黄四娘家花满蹊,千朵万朵压枝低。'此又可嫌其太易乎?论者谓子美'无数蜻蜓齐上下,一双鸂鶒对浮沉',便有'关关雎鸠,在河之洲'气象。予亦谓渊明'蔼蔼远人村,依依墟里烟。犬吠深巷中,鸡鸣桑树颠',当与《豳风·七月》相表里,此殆难与俗人言也。予每见人爱诵'影摇千尺龙蛇动,声撼半天风雨寒'之句,以为工,此如见富家子弟,非无福相,但未免俗耳。若比之'霜皮溜雨四十围,黛色参天二千尺',便觉气韵不侔也。达此理者,始可论文。"《诗有格高,有韵胜》云:"予每论诗,以陶渊明、韩、杜诸公皆为韵胜。一日见林倅于径山,夜话及此。林倅曰:'诗有格有韵,故自不同。如渊明诗是其格高,谢灵运池塘春草之句乃其韵胜也。格高似梅花,韵胜似海棠花。'予时听之,矍然若有所悟。自此读诗顿进,便觉两眼如月,尽见古人旨趣。然恐前辈或有所未闻。""格高"、"韵胜"、"气韵"、"风韵"、"气象"、"俗",都是指诗的风格。

《诗评乃花谱》云:"予尝与林邦翰论诗及四雨字句,邦翰云:'"梨花一枝春带雨"句虽佳,不免有脂粉气,不似"朱帘暮卷西山雨",多少豪杰!'"脂粉气,豪杰气,所论亦指风格。

《帝王文章,富贵气象》云:"帝王文章自有一般富贵气象。国初江南遣徐铉来朝,铉欲以辩胜,至诵后主月诗云云。太祖皇帝但笑曰:'此寒士语尔,吾不为也。吾微时,夜至华阴道中逢月出,有句云:"未离海底千山暗,才到中天万国明。"'铉闻不觉骇然惊服。太祖虽无意为文,然出语雄杰如此。予观李氏据江南全盛时,宫中诗曰:'帝日已高三丈透,金炉次第添香兽,红锦地衣随步皱。佳人舞点金钗溜,酒恶时将花蕊嗅,别殿时闻箫鼓奏。'议者谓与'时挑野菜和根煮,旋斫生柴带叶烧'者异矣。然此尽是寻常说富贵语,非万乘天子体。""富贵气象"、"寒士语"、"出语雄杰"、"万乘天子体"亦指风格。

《文章忌俗与太清》云:"予尝与僧惠空论今之诗僧,如病可、瘦权辈要皆能诗,然尝病其太清。予因诵东坡《陆道士墓志》,坡尝语陆云:'子神清而骨寒,其清足以仙,其寒亦足以死。'此语虽似相法(面相术),其实与文字同一关捩。盖文字固不可犯俗,而亦不可太清,如人太清则近寒,要非富贵气象,此固文字所忌也。观二僧诗,正所谓

'其清足以仙,其寒亦足以死'者也。"提倡"神清而骨寒",反对"犯俗"、"太清"。

陈善论诗,力主天成、自然、平易,反对过分雕刻,以狂怪求奇。其《杜诗意度闲雅不减渊明》云:"陶渊明诗:'采菊东篱下,悠然见南山。'采菊之际,无意于山,而景与意会,此渊明得意处也。而老杜亦曰:'夜阑接软语,落月如金盆。'予爱其意度闲雅不减渊明,而语句雄键过之。每咏此二诗便觉当时清景尽在目前,而二公写之笔端殆若天成,兹为可贵。"《拟渊明作诗》云:"山谷尝谓:白乐天、柳子厚俱效陶渊明作诗,而惟柳子厚诗为近。然以予观之,子厚语近而气不近,乐天气近而语不近,子厚气凄怆,乐天语散缓,虽各得其一,要于渊明诗未能尽似也。东坡亦尝和陶诗百余篇,自谓不其愧渊明,然坡诗语亦微伤巧,不若陶诗体合自然也。要知渊明诗,须观江文通《杂体诗》中拟渊明作者,方是逼真。"《作诗狂怪似黠达李老》云:"东坡尝言:作诗狂怪,至卢仝、马异极矣。若更求奇,便作杜默。默之歌诗,坡以为山东学究饮村酒,食瘴死牛肉,醉饱后所发者也,尚足言诗乎? 予闻庆历中,京师有民自号黠达李老者,每好吟咏而词多鄙俚。故予亦尝戏谓:作诗平易至白乐天、杜荀鹤极矣,若更浅近,又是黠达李老。"

陈善也以人而论风格,论及韩孟体、苏梅体、简斋体。其《欧阳公喜梅圣俞苏子美诗》云:"韩退之与孟东野为诗友,近欧阳公复得梅圣俞,谓可比肩'韩孟'。故公诗云'犹喜共量天下士,亦胜东野亦胜韩'也,盖尝目圣俞为诗老云。公亦最重苏子美,称为'苏梅'。子美喜为健句,而梅诗乃务为清切闲淡之语。公有《水谷夜行》诗,各述其体。"《咏梅》论简斋体云:"客有诵陈去非(陈与义字去非,号简斋)墨梅诗于予者,且曰:'信古人未曾到此。'予摘其一曰:'粲粲江南万玉妃,别来几度见春归。相逢京洛浑依旧,只是缁尘染素衣。'世以简斋诗为新体,岂此类乎? 客曰然。予曰:此东坡句法也。坡梅花绝句云:'月地云阶漫一樽,玉儿终不负东昏。临春结绮荒荆棘,谁信幽香是返魂。'简斋亦善夺胎耳。"

十七 曾敏行《独醒杂志》论杜诗诸体皆备

曾敏行(1118—1175)字达臣,早年自号浮云居士,中年号独醒道人,晚年又号归愚老人。吉水(今属江西)人。酷嗜经史,善持论,年二十遇疾,不能事科举,遂博览群书,以撰著为事。工书画,又取经籍典章,下至稗官杂史、前言往行、里谈巷议,考订研核,撰《独醒杂志》十卷。杨万里《独醒杂志序》云:"庐陵浮云居士曾达臣少则意于问学,慨然有志于当世,非素隐者也。尝与当世之士商略古今,平章前代之豪杰,知光武而知其短于驭众,知孙权之兵不勤远略而知其度力之所能。若夫以兵车为活城,以纸鸢为本于兵器,谈者初笑之,中折之,卒服之。古之人靼盖有生不用于时,而没则有传

490

于后,夫岂必皆以功名之焯著哉？一行之淑,一言之臧而传者多矣,其不传者亦不少矣,岂有司之者欤,抑有幸有不幸欤,抑其后世之传不传亦如当时之用不用,皆出于适然欤,是未可知也。若达臣之志而不用世可叹也,既不用世,岂遂不传世欤？达臣既没,吾得其书所谓《独醒杂志》十卷于其子三聘,盖人物之淑慝,议论之与夺,事功之成败具载之,无谀笔也。下至谐浪之语,细琐之汇,可喜可笑,可骇可悲咸在焉,是皆近世贤士大夫之言或州里故老之所传也。盖有予之所见闻者矣,亦有予之所不知者矣,以予所见闻者无不信知,予之所不知者当无不信也。后之览者岂无取于此书乎？"① 又取古医方汤剂之已尝试者,撰为《应验方》三卷。

《独醒杂志》卷一〇论杜诗诸体皆备云:"少陵古诗有歌、行、吟、叹之异名,每与能诗者求其别,讫未尝犁然当于心也。尝观宋之《乐志》,以为诗之流有八:曰行,曰引,曰歌,曰谣,曰吟,曰咏,曰怨,曰叹。少陵其必有所祖述矣！世岂无能别之者,恨余之未遇也。"②

十八　沈作喆《寓简》论诗赋取士与策问取士

沈作喆(生卒年不详)字明远,号寓山。归安(今浙江湖州)人。丞相沈该之侄。绍兴五年(1135)进士,为江西转运司属官。其学出于苏轼,工四六文,尝为岳飞撰谢表而忤秦桧,又作《哀扇工》诗,洪州守魏良臣捃摭以劾之,夺三官。著有《己意》、《寓林集》,已佚;又著有《寓简》十卷。

《寓简》多考证是非之语,也间及文体,如卷一论《诗经》小序"有切于诗"者,也有"病夫诗者":"诗本以微言谏风,托兴于山川草木,而劝谏于君臣、父子、夫妇、朋友之间,其旨甚幽,其词甚婉,而其讥刺甚切。使善人君子闻之,固足以戒;使夫暴虐无道者闻之,不得执以为罪也,是故言之而勿畏。今为之序者,晓然使人之知其为某事而作也,又知其切中于其所忌也,故后世以诗而得罪者相属,是则序之过也夫。"③卷五比较诗赋取士与策问取士,认为"本朝以词赋取士,虽曰雕虫篆刻,而赋有极工者,往往寓意深远,遣词超诣,其得人亦多矣。自废诗赋以后,无复有高妙之作"。诗赋虽不如策问之近古,但策问之目,"可以备拟,可以蔓衍,故汗漫而难校,泴涩而少工,词多陈熟,理无适莫。惟诗赋之制,非学优才高不能当也。破巨题期于百中,压强韵示有

① 《诚斋集》卷八〇。
② (宋)曾敏行《独醒杂志》,文渊阁四库全书本。
③ (宋)沈作喆《寓简》,文渊阁四库全书本。

余地；驱驾典故混然无迹，引用经籍若已有之；咏轻近之物则托意雅重、命词峻整，述朴素之事则立言遒丽、析理明白。其或气焰飞动而语无孟浪，藻绘交错而体不卑弱；颂国政则金石之奏间发，歌物瑞则云日之华相照。观其命句，可以见学植之深浅；即其构思，可以见器业之小大。穷体物之妙，极缘情之旨；识《春秋》之富艳，洞诗人之丽则。能从事于斯者，始可以言赋家流也。"又论四六文云："近世为四六，多失文体，且类俳，而时有可观。刘斯立为其父丞相归葬谢启云：'晚岁离骚，魂竟招于异域；平生精爽，梦犹托于故人。'汪伯言罢相，吕元直当国，汪自辩杀陈少阳事，吕令熊彦诗报启云：'方一男子之上书，众知无罪；而诸大夫曰可杀，公独何心。'方北人逾淮而南，有衔命出境者，执政为报书云：'念寇至君孰与守，敢幸偷安；而兵交使在其间，几能释怨。'如此类可喜者，不可概举，但全篇体格或不称是耳。"卷一〇论酒令云："酒客为令，以诗一句影出果子名，类廋语。"又云："以文章书语为酒令，如《醉乡日月》（唐皇甫松撰）所载，亦可以见其博闻巧发，应机之敏。"

廋语又叫隐语、谜语，不直接说出本意而借别语言作暗示，酒令是其其一种。《文心雕龙·谐隐》论之甚详："隐者，隐也。遁辞以隐意，谲譬以指事也……汉世《隐书》十有八篇，（刘）歆、（班）固编文，录之赋末。昔楚庄、齐威，性好隐语。至东方曼倩，尤巧辞述。但谬辞诋戏，无益规补。自魏代以来，颇非俳优，而君子嘲隐，化为谜语。谜也者，回互其辞，使昏迷也。或体目文字，或图象品物，纤巧以弄思，浅察以衒辞，义欲婉而正，辞欲隐而显。荀卿《蚕赋》，已兆其体。至魏文（曹丕）、陈思（曹植），约而密之。高贵乡公（曹髦），博举品物，虽有小巧，用乖远大。观夫古之为隐，理周要务，岂为童稚之戏谑，搏髀而忭笑哉！然文辞之有谐隐，譬九流之有小说，盖稗官所采，以广视听。若效而不已，则髡、朔之入室，旃、孟之石交乎？"

十九　孟元老《东京梦华录》论宋"杂剧"

孟元老（生卒年不详），号幽兰居士，北宋末南宋初人。少从其先人宦游南北。崇宁间，寓居开封。靖康之乱，避地江左。晚年，追忆汴京盛事，著《东京梦华录》二卷，自序题绍兴十七年（1147）。

《东京梦华录》所记多是宋徽宗崇宁到宣和（1102—1125）年间北宋都城东京开封的情况，内容包括京城的外城、内城及河道桥梁，皇宫内外官署衙门的分布及位置，城内的街巷坊市、店铺酒楼，朝廷朝会、郊祭大典，东京的民风习俗、时令节日，当时的饮食起居、歌舞百戏等等，与同时代的画家张择端所作的《清明上河图》一样，描绘了这一历史时期居住在东京的上至王公贵族，下及庶民百姓的日常生活情景，是研究北宋

492

都市社会生活、经济文化的一部重要的历史文献。其《驾登宝津楼诸军呈百戏》以一千八百字的篇幅详述宋代百戏、杂剧表演，卷八《中元节》亦云："构肆乐人自过七夕，便般《目连经救母》杂剧，直至十五日（即中元节）止，观者增倍。中元前一日即卖练叶享祀，时铺衬卓面又卖麻穀窠儿，亦是系在卓子脚上，乃告祖先秋成之意。"①可见杂剧之名，北宋已出现。

二十　邵博《闻见后录》论"本朝四六"

邵博（？—1158）字公济。河南（今河南洛阳）人，邵伯温之子。绍兴八年（1138），以赵鼎举荐召对，赐同进士出身。九年，除校书郎兼实录院检讨官，出知泉州。二十二年，知眉州，为程敦厚所告讦，坐降三官。二十八年，降左朝散郎，卒于犍为县。工诗文，超然高逸，赡缛峻整。著有《西山集》，已佚；又著《闻见后录》三十卷，为继其父《闻见录》之作。《四库全书总目提要》谓："是编盖续其父书，故曰《后录》。其中论复孟后诸条，亦有与前录重出者。然伯温所记，多朝廷大政，可裨史传。是书兼及经义、史论、诗话，又参以神怪俳谐，较前录颇为琐杂。"

《闻见后录》论楚词云："楚词文章，屈原一人耳。宋玉亲见之，尚不得其仿佛，况其下者？唯退之《罗池词》可方驾以出。东坡谓鲜于子骏之作追古屈原，友之过矣。如晁元咎所集《续离骚》，皆非是。"②又论四六云："本朝四六，以刘筠、杨大年为体，必谨四字六字律令，故曰四六。然其敝类俳语可鄙。欧阳公深嫉之曰：'今世人所谓四六者，非修所好。少为进士时不免作，自及第遂弃不作，在西京佐三相幕府，于职当作，亦不为作也。'如公之四六云：'造谤于下者，初若含沙之射影，但期阴以中人；宣言于廷者，遂肆鸣枭之恶音，孰不闻而掩耳。'俳语为之一变。至苏东坡于四六，如曰：'禹治兖州之野，十有三载乃同；汉筑宣防之宫，三十余年而定。方其决也，本吏失其防，而非天意；及其复也，盖天助有德，而非人功。'其力挽天河以涤之，偶俪甚恶之气一除，而四六之法则亡矣。"

二十一　洪迈《容斋随笔》论"和诗当和意"

洪迈（1123—1202）字景卢，号容斋。谥文敏。饶州鄱阳（今属江西）人。绍兴十

---

① （宋）孟元老《东京梦华录》，文渊阁四库全书本。

② （宋）邵博《闻见后录》卷一六，文渊阁四库全书本。

五年(1145)进士。洪迈出生于士大夫家庭,其父洪皓、兄洪适均为著名学者、官员,洪适官至宰相。洪迈学识渊博,著述极多,其文学成就主要在笔记、小说创作方面。著有文集《野处类稿》、志怪笔记小说《夷坚志》、笔记《容斋随笔》,编纂《万首唐人绝句》等,都是传世名作。

其《容斋随笔》乃全书总名,分为《随笔》、《续笔》、《三笔》、《四笔》、《五笔》,是一部广泛涉猎历史、文学、哲学、艺术等方面的著作,历来为人们所推崇。其中经史诸子百家、医术星算之属,凡意有所得,即随手剳记,辨证考核,颇为精当。作者尤熟于宋代掌故,所载宋代史实,皆极精审。书中考证汉、唐以来历史名实、政治经济制度,亦颇精确;还记叙了杜甫、李白、柳宗元、苏东坡等人的轶事,对历史人物和事件,间加评论,颇有见解。后人曾将其中有关论诗和论四六骈文的资料辑录为《容斋诗话》十六卷、《容斋四六丛谈》一卷。《容斋随笔》中的文体论十分丰富,兹举数则:

《容斋随笔》卷一○《唐书判》云:“唐铨选择人之法有四,一曰身,谓体貌丰;二曰言,言辞辨正;三曰书,楷法遒美;四曰判,文理优长。凡试判登科谓之入等,甚拙者谓之蓝缕,选未满而试文三篇谓之宏辞,试判三条谓之拔萃。中者即授官。既以书为艺,故唐人无不工楷法。以判为贵,故无不习熟。而判语必骈俪,今所传《龙筋凤髓判》及白乐天《甲乙判》是也。自朝廷至县邑,莫不皆然,非读书善文不可也。”

卷一六《和诗当和意》云:“古人酬和诗,必答其来意,非若今人为次韵所局也。观《文选》所编何劭、张华、卢谌、刘琨、二陆、三谢诸人赠答,可知已。唐人尤多,不可具载。姑取杜集数篇,略纪于此。高适寄杜公云:‘愧尔东西南北人。’杜则云:‘东西南北更堪论。’高又有诗云:‘草《玄》今已毕,此外更何言?’杜则云:‘草《玄》吾岂敢,赋或似相如。’严武寄杜云:‘兴发会能驰骏马,终须重到使君滩。’杜则云:‘枉沐旌麾出城府,草茅无径欲教锄。’杜公寄严诗云:‘何路出巴山,重岩细菊斑。遥知簇鞍马,回首白云间。’严答云:‘卧向巴山落月时’,‘篱外黄花菊对谁,跂马望君非一度。’杜送韦迢云:‘洞庭无过雁,书疏莫相忘。’迢云:‘相忆无南雁,何时有报章?’杜又云:‘虽无南去雁,看取北来鱼。’郭受寄杜云:‘春兴不知凡几首?’杜答云:‘药裹关心诗总废。’皆如钟磬在虡,扣之则应,往来反复,于是乎有余味矣。”《余师录》卷四载洪迈《楚东酬倡序》亦云:“次韵作诗,于古无有。春秋时,列国以百数,聘问相衔于道,拜赐告成,责言藏事,周旋交际,盖未尝不赋诗,然所取正在《三百篇》中,初非抒意作也。苏、李河梁之别,建安之七子,潘、陆、颜、何、陶、沈、二谢,洞庭潇湘之阕,池草澄江之句,曲水斜川之集,联翩迭出,重酬累赠。双声叠韵,浮音切响,法度森严,圆转流丽,独未闻以韵为工者。高蜀州、严郑公、韦近、郭受,来往杜少陵间,有唱必报,率不过和意而已。韩诗三百七十一,唯陆浑《山火》一篇曰次韵,而与孟东野变化上下者乃四之。十联句中,使其以工韵为胜,吾知其神施鬼设,百出而百不穷,磊隗春容,靡紫青而撒胶葛也。自梦得、乐天、微之诸人,兹体稍出。极于东坡、山谷,以一吟一咏,转相简答,未尝不次韵。妍词秘思,因险见奇,搜罗捷出,争先得之为快。濔濔乎舟一叶而杭潋滟也,岌岌乎其索骊龙之睡也,盎盎乎朝华之舞春,琅琅乎朱弦之三叹也,翼乎雕鹗之戛秋空也,渊乎其色倾国也。诗至是极矣!"①

《容斋三笔》卷八《四六名对》论四六用途之广云:"四六骈俪,于文章家为至浅,然上自朝廷命令、诏册,下而缙绅之间笺书、祝疏,无所不用。则属辞比事,固宜警策精切,使人读之激卬,讽味不厌,乃为得体。"又卷一〇《词学科目》云:"熙宁罢诗赋,元祐复之,至绍圣又罢,于是学者不复习为应用之文。绍圣二年,始立宏词科,除诏、诰、制、敕不试外,其章表、露布、檄书、颂、箴、铭、序、记、诫谕凡九种,以四题作两场引试,唯进士得预,而专用国朝及时事为题,每取不得过五人。大观四年,改立词学兼茂科,增试制诏,内二篇以历代史故事,每岁一试,所取不得过三人。绍兴三年,工部侍郎李擢又乞取两科裁订,别立一科,遂增为十二体:曰制、曰诰、曰诏、曰表、曰露布、曰檄、曰箴、曰铭、曰记、曰赞、曰颂、曰序。凡三场,试六篇,每场一古一今,而许卿大夫之任子亦就试,为博学宏词科,所取不得过五人。任子中选者,赐进士第。虽用唐时科目,而所试文则非也。自乙卯至于绍熙癸丑,二十牓,或三人,或二人,或一人,并之三十三人。而绍熙庚戌阙不取。"《容斋四笔》卷一〇《露布》云:"用兵获胜,则上其功状于朝,谓之露布。今博学宏词科以为一题,虽自魏、晋以来有之,然竟不知所出,唯刘勰《文心雕龙》云:'露布者,盖露板不封,布诸观听也。'唐庄宗为晋王时,擒灭刘守光,命掌书记王缄草露布,缄不知故事,书之于布,遣人曳之,为议者所笑。然亦有所从来,魏高祖南伐,长史韩显宗与齐戍将力战,斩其裨将。高祖曰:'卿何为不作露布?'对曰:'顷闻将军王肃获贼二三人,驴马数匹,皆为露布,私每哂之。近虽得摧丑虏,擒斩不多,脱复高曳长缣,虚张功捷,尤而效之,其罪弥甚。臣所以敛毫卷帛,解上而已。'以是而言,则用绢高悬久矣。"

二十二　吴曾《能改斋漫录》论诗文词曲各体

吴曾(生卒年不详)字虎臣。抚州崇仁(今属江西)人。博学能诗文,著有《君臣论》、《负暄策》、《毛诗辨疑》、《左传发挥》、《得闲文集》、《待试词学千一策》等近二百卷,已佚。绍兴三十二年(1162)所编考证性笔记《能改斋漫录》,记载史事异闻,辩证

---

① (宋)王正德《余师录》,文渊阁四库全书本。

诗文典故,解析名物制度,资料丰富,征引广博,保存了不少有关唐、宋两代文学史的资料,一直为后世学者所重视。余嘉锡在《四库提要辩证》中说:"《能改斋漫录》几与洪迈《容斋随笔》相垺。"

《能改斋漫录》中的文体论亦十分丰富,论文体的,如卷一《廋词》引《太平广记》所载《嘉话录》云:"或曰:'廋词何也?'曰:'隐语耳。《语》不曰,人焉廋哉,人焉廋哉,此之谓也。'"吴曾引《春秋传》(指《国语》)"有秦客廋词于朝"证明"'廋'一字虽本于《论语》,然大意当以《春秋传》为证。东坡《和王定国诗》云:'巧语屡曾遭蕙茝,廋词聊复托芎藭。'"①

同卷《试辞学兼茂科格制》云:"大观四年四月,礼部奏拟立到岁试辞学兼茂科试格:'制(依见行体式)、章表(依见行体)、露布(如唐人破藩贼露布之类)。已上用四六、颂(如韩愈《元和圣德诗》、柳宗元《平淮夷雅》之类)、箴铭(如扬雄箴《九州》,又如柳宗元《涂山铭》、张孟阳《剑阁铭》之类)、诫谕(如近体诫谕风俗或百官之类)、序记依古体,亦许用四六。临时取四题,分作两场。内二篇以历代史传故事借拟为题,余以本朝故事或时事。并限二百字以上,箴铭限一百字以上。'奉圣旨依。"

卷二论及神道碑、行状、御笔、书简、考试律赋、表文等多种文体,《墓路称神道》认为神道碑始于汉:"葬者,墓路称神道,自汉已然矣。《襄阳耆旧传》云:'习郁为侍中,时从光武幸黎丘。与帝通梦,见苏山神,光武嘉之,拜大鸿胪。录其前后功,封襄阳侯。使立苏岭祠,刻二石鹿挟神道,百姓谓之鹿门庙。或呼苏岭山为鹿门山。'然欧公《集古》跋尾云:'右汉杨震碑,首题云:"故太尉杨公神道碑铭。"乃知立碑墓路而称以神道,始汉无疑。'"《行状》:"自唐以来,未为墓志铭,必先为行状,盖南朝以来已有之。按,梁江淹为宋建王太妃周氏行状,任昉、沈约、裴子野皆有行状。"《御笔》云:"天子亲剗谓之御笔,始于北史元魏彭城武宣王勰传云:帝令勰为露布,辞曰:'臣闻露布者布于四海,露之耳目。以臣小才,岂足大用?'帝曰:'汝亦为才达,但可为之。'及就,尤类帝文,有人见者,咸谓御笔。"《书简用多幅》云:"唐卢光启策名后,扬历台省,受知于租庸张浚。浚出征并、汾,卢每致书疏,凡一事别为一幅,朝士至今效之。盖重叠别纸,自光启始也。见《北梦琐言》。乃知今人书简务为多幅,其来久矣。"《试赋八字韵脚》认为试赋限韵始于开元二年:"赋家者流,由汉、晋历隋、唐之初,专以取士,止命以题,初无定韵。至开元二年,王邱员外知贡举,试《旗赋》,始有八字韵脚,所谓'风日云浮,军国清肃。'见伪蜀冯鉴所记《文体指要》。"《表文末云屏营》云:"今世表文末云:'屏营之至。''屏营'二字见《国语》,申胥曰:'昔楚灵王独行屏营。'东汉刘陶上议曰:'屏营彷

---

① (宋)吴曾《能改斋漫录》,文渊阁四库全书本。

徨，不能监寐。'而任昉与《梁高祖笺》亦云：'不胜荷戴屏营之至。'"

卷四《杨文公论千字文之失》详论勑、勒、敕等制词称谓世多混用："当时（梁）命令，尚未称勑。至唐显庆中，始云：'不经凤阁鸾台，不得称勑。'勑之名，始定于此。余按，勑字从束，书欲切；从支，普卜切；勒，音赤。说者曰：'诚也，固也，劳也，理也，书也，急也。'故《古文尚书》：'勑天之命，惟时惟几'；'勑我五典五惇哉'。太史公论：'尧舜以君臣相勑，惟是几安。'皆用此敕字。而后世遂以'勑'代之，其失本于唐明皇诏以隶楷易《尚书》古文。学者不识古文，自是而始。"

卷一〇认为宋朝《古文自柳开始》："本朝承五季之陋，文尚俪偶，自柳开首变其风……太祖开宝六年登科，时年二十七。尝谓张景曰：'吾于《书》止爱《尧》、《舜典》、《禹贡》、《洪范》，斯四篇，非孔子不能着之，余则立言者可跂及矣。《诗》之《大雅》、《颂》，《易》之《爻》、《象》，其深焉，余不为深也。'盖开之谨于许可者如此。前辈以本朝古文始于穆伯长（修），非也。"

论诗体的，如卷二《口号》驳口号始杜甫《欢喜口号绝句十二首》云："梁简文帝已有《和卫尉新渝侯巡城口号》，不始于杜甫也。诗云：'帝京风雨中，层阙烟霞浮。玉署清余热，金城含暮秋。水光凌御殿，槐影带重楼。'然杜甫已前，张说亦有《十五夜御前口号踏歌辞》二首，其一云：'华萼楼前雨露新，长安城里太平人。龙衔火树千灯艳，鸡踏莲花万岁春。'其二云：'帝宫三五戏春台，行雨流风莫妒来。西域灯轮千影合，东华金阙万重开。'"

卷三《药名诗不始于唐》云："蔡絛《西清诗话》谓药名诗，世以起于陈亚，非也。东汉已有离合体，至唐始著药名之号。如张籍《答鄱阳客诗》：'江皋岁暮相逢地，黄叶霜前半下枝。子夜吟诗问松桂，心中万事喜君知。'以余观之，恐或不然。且药名之号，自梁以来已有之。简文帝《药名诗》云：'朝风动春草，落日照横塘。重台荡子妾，黄昏独自伤。烛映合欢被，帷飘苏合香。石墨聊书赋，铅华试作妆。徒令惜萱草，蔓延满空房。'梁元帝《药名诗》云：'戍客恒山下，常思衣锦归。况看春草歇，还见雁南飞。蜡烛凝花影，重台闭绮扉。风吹竹叶袖，网缀流黄机。讵信金城里，繁露晓沾衣。'如庾肩吾、沈约，亦各有一首。乃知药名诗不始于唐。"

卷一〇《歌行吟谣》引《西清诗话》云："蔡元长（京）尝谓之曰：'汝知歌、行、吟、谣之别乎？近人昧此，作歌而为行，制谣而为曲者多矣。且虽有名章秀句，若不得体，如人眉目娟好，而颠倒位置，可乎？'余退读少陵诸作，默有所契，惟心语口，未尝为人道也。"吴曾认为："《宋书·乐志》曰：'诗之流乃有八名，曰行，曰引，曰歌，曰谣，曰吟，曰咏，曰怨，曰叹，皆诗人六义之余也。'然则歌、行、吟、谣，其别岂自子美耶？"

论辞曲的，如卷一《歌辞曰曲》云："自昔歌辞，或谓之曲，未见其始。《琴书》曰：

'蔡邕嘉平初入青溪,访鬼谷先生所居。山有五曲,一曲制一弄:山之东曲,常有仙人游,故作《游春》;曲南有洞,冬夏常渌,故作《渌水》;中曲即鬼谷先生旧所居也,深邃岑寂,故作《幽居》;北曲高岩,猿鸟所集,感物愁坐,故作《坐愁》;西曲灌木吟秋,故作《秋思》。三年曲成,出示马融,甚异之。'然汉苏武诗云:'幸有弦歌曲,可以喻中怀。'则音韵称曲,其来久矣。又按,《韩诗章句》:'有章曲曰歌,无章曲曰谣。'"

卷二《歌曲以阕为称》认为始于远古:"歌曲以阕为称,按,《吕氏春秋》:'昔葛天氏之乐,三人操牛尾,捉足以歌八阕。'"

卷一六至卷一七多论词,这里仅举其综合性论述一则,即《黄鲁直词谓之著腔诗》引晁补之评本朝乐章云:"世言柳耆卿曲俗,非也。如《八声甘州》云:'渐霜风凄紧,关河冷落,残照当楼。'此真唐人语,不减高处矣。欧阳永叔《浣溪沙》云:'堤上游人逐画船,拍堤春水四垂天,绿杨楼外出秋千。'要皆妙绝。然只一出字,自是后人道不到处。苏东坡词,人谓多不谐音律,然居士辞横放杰出,自是曲子中缚不住者。黄鲁直间作小辞,固高妙,然不是当行家语,是著腔子唱好诗。晏元献(殊)不蹈袭人语,而风调闲雅,如'舞低杨柳楼心月,歌尽桃花扇底风',知此人不住三家村也。(按,此二句非晏殊作,乃其子晏幾道名句)张子野与耆卿齐名,而时以子野不及耆卿,然子野韵高,是耆卿所乏处。近世以来作者皆不及秦少游,如'斜阳外,寒鸦万点,流水绕孤村',虽不识字人,亦知是天生好言语。"

二十三 费衮《梁溪漫志》论四六和碑志

费衮(生卒年不详)字补之,无锡(今属江苏)人。国子监免解进士,博学工文。所著笔记《梁溪漫志》十卷,记述宋代政事典章,考证史传,评论诗文,间及传闻琐事,第四卷则全记苏轼事,是宋代笔记中史料价值较高的一种。周中孚谓"此书所载旧典遗文,皆考证精确,足以订他书之谬误伪,非寻常说部之可比也。"①

其《元城了翁表章》论四六表章不仅要"用事精当,下字工巧",而且要有"刚正之气":"今时士大夫论四六,多喜其用事精当,下字工巧,以为脍炙人口。此固四六所尚,前辈表章固不废此,然其刚正之气形见于笔墨间,读之使人耸然,人主为之改容,奸邪为之破胆。元符末,刘元城自贬所起帅郓,当过阙,公谢表云:'志惟许国,如万折之而必东;忠以事君,虽三已之而无愠。'坐是,遂不得入见。大观间,陈了翁在通州,编修政典局取《尊尧集》,了翁以表缴进,其语有云:'愚公老矣,益坚平险之心;精卫眇

① (清)周中孚《郑堂读书记》,中华书局1993年影印清人书目题跋丛刊本。

然,未舍填波之愿。'后竟再坐贬。此二表,于用事、下字,亦皆精切,而气节凛凛如严霜烈日,与退之所谓'登泰山之封,镂白玉之牒'者似不侔矣。"①《东坡文效唐体》论东坡四六云:"东坡之文,浩如河汉涛澜奔放,岂区区束缚于堤防者而作!《徐君猷祭文》及《徐州鹿鸣燕诗序》,全用四六,效唐人体而益工,盖以文为戏耶。"其《温公论碑志》论碑志、墓志的演变和区别云:"温公论碑志,谓古人有大勋德,勒铭钟鼎,藏之宗庙,其葬则有丰碑以下棺耳。秦、汉以来,始命文士褒赞功德,刻之于石,亦谓之碑。降及南朝,复有铭志,埋之墓中。使其人果大贤耶,则名闻昭显,众所称颂,岂待碑志始为人知?若其不贤也,虽以巧言丽辞,强加采饰,徒取讥笑,其谁肯信?碑犹立于墓道,人得见之;志乃藏于圹中,自非开发,莫之睹也。盖公刚方正直,深嫉谀墓而云然。予尝思之,藏志于圹,恐古人自有深意。韩魏公四代祖葬于赵州,五代祖葬于博野,子孙避地,历祀绵远,遂忘所在。魏公既贵,始物色得之,而疑信相半,乃命仪公祭而开圹,各得铭志,然后韩氏翕然取信,重加封植而严奉之。盖墓道之碑易致移徙,使当时不纳志圹中,则终无自而知矣。故予恐古人作事必有深意,借志以谀墓则固不可,若止书其姓名、官职、乡里,系以卒葬岁月而纳诸圹,观韩公之事,恐亦未可废也。""谀墓"是前人讥韩愈语,但碑易于迁徙,墓志藏之墓中,易于保存,确实"自有深意"。

二十四　周辉《清波杂志》论"为文之体"

周辉(1127—?)字昭礼。出身于书香之家,自幼随父行役各地,晚年定居杭州清波门之南,往来湖山间,把酒赋诗,自得其乐,终生未仕。所著《清波杂志》,是宋代较为重要的笔记,多记宋代典章制度、文人逸事,保存了不少宋人佚诗佚文,可补史传之缺,证他书之误。另著有《梅史》三十卷、《北辕录》一卷,已佚。

《清波杂志》间亦论及文体,如卷二引"能诗者"言曰:"'诗格不一,如李诚之《送唐子方》亦两押"山"、"难"字韵,政不必拘也。'而坡《岐亭诗》凡二十六句,而押六韵,或云无此格。韩退之有《杂诗》一篇,二十六句,押六韵。"卷三云:"挽诗自古皆五言,至嘉祐末方有七言者。"卷五云:"为文之体,意不贵异而贵新,事不贵僻而贵当,语不贵古而贵淳,事不贵怪而贵奇。"②

---

① (宋)费衮《梁溪漫志》卷三,文渊阁四库全书本。

② 以上(宋)周辉《清波杂志》,文渊阁四库全书本。

二十五　赵彦卫《云麓漫抄》记江西诗派

赵彦卫(生卒年不详)字景安。浚仪(今河南开封)人。魏王赵廷美七世孙。约宋宁宗庆元初前后在世。孝宗隆兴元年(1163)进士。绍熙间,宰乌程县,有治名。又通判徽州,官新安郡守。著有笔记《云麓漫抄》。《云麓漫抄》初名《拥炉闲话》,其内容"记宋时杂事者十之三,考证名物者十之七"(《四库全书总目》)。其中不少资料,如记建宁府松溪县银矿及矿工生活(卷二),浙东河流及船工生活(卷九),出使全国的路线里程(卷八)及送迎金使的经费数字(卷六)等,颇有史料价值。

《云麓漫抄》有比较丰富的文体论,论及制、尺牍、公状、西昆体等多种文体,尤其是吕本中的《江西诗社宗派图》赖之以存,更是功不可没:"吕居仁作《江西诗社宗派图》,其略云:'古文衰于汉末,先秦古书存者,为学士大夫剥切之资;五言之妙,与《三百篇》、《离骚》争烈可也。自李、杜之出,后莫能及。韩、柳、孟郊、张籍诸人,自出机杼,别成一家。元和之末,无足论者,衰至唐末极矣。然乐府长短句,有一唱三叹之音。国朝文物大备,穆伯长、尹师鲁始为古文,成于欧阳氏。歌诗至于豫章始大出而力振之,后学者同作并和,尽发千古之秘,亡余蕴矣。'录其名字,曰江西宗派,其源流皆出豫章也。宗派之祖曰山谷,其次陈师道无己、潘大临邠老、谢逸无逸、洪朋龟父、洪刍驹父、饶节德操,乃如璧也。祖可正平、徐俯师川、林修己仁、洪炎玉父、汪革信民、李錞希声、韩驹子苍、李彭商老、晁说之叔用、江端本子之、杨符信祖、谢迢幼盘、夏倪均父、林敏功、潘大观、王直方立之、善权巽中、高荷子勉,凡二十五人,居仁其一也。议者以谓陈无己为诗高古,使其不死,未必甘为宗派。若徐师川,则固尝不平曰:'吾乃居行间乎?'韩子苍云:'我自学古人。'均父又以在下为耻。不知居仁当时果以优劣铨次,而姑记姓名?而纷纷如此,以是知执太史之笔者,戛戛乎难哉! 又不知诸公之诗,其后人品藻,与居仁所见又如何也。"[1]

二十六　王楙《野客丛书》论杂体诗

王楙(1151—1213)字勉夫,号野客。宋长州(今江苏苏州)人。少孤力学,疏食布衣,绝意仕进,题所居曰分定斋,隐居读书著述,时人称之为"讲书君"。晚年得拘挛之疾,仍手不释卷。著有《野客丛书》三十卷,主要考证典籍异同,记述文人逸事,间亦论

---

① 　(宋)赵彦卫《云麓漫抄》卷一四,文渊阁四库全书本。

及文体,特别是杂体诗。

《野客丛书》卷一七《药名诗》驳《西清诗话》所谓"至唐始著药名之号"云:"仆谓此说亦未深考,不知此体已著于六朝,非起于唐也。当时如王融、梁简文、元帝、庾肩吾、沈约、竟陵王皆有,至唐而是体盛行,如卢受采、权、张、皮、陆之徒多有之。吴曾《漫录》谓药名诗,庾肩吾、沈约亦各有一者,非始于唐。所见亦未广也。本朝如钱穆父、黄山谷之辈,亦多此作。"①同卷《鸟名诗》云:"叶天经谓退之'唤起窗全曙,催归日未西',唤起、催归,二鸟名,鸟名诗起此。仆考之,其体亦自六朝。观梁元帝尝有是作,退之非祖此乎? 当时为杂体诗至不一也,梁元帝所作为多,不但鸟名也,如兽名、歌曲名、龟兆名、针穴名、将军名、宫殿名、屋名、车名、船名、树名、草名,率皆有作。鸟名诗如云'晨凫移去舸,飞燕动归桡';兽名诗如云'水涉黄牛浦,山过白马津';歌曲名诗如云'啼乌怨别鹤,曙乌忆还家';龟兆诗如云'土膏春气生,倡女协春情。此类甚多。"同卷《古人名诗》云:"《石林诗话》曰:荆公诗:'莫嫌柳浑青,终恨李太白。'以古人姓名藏句中,或谓前无此体,自公始见。余读《权德舆集》,见其一篇,知德舆有此体。仆谓此体其源流亦出于六朝,至唐而著,不但德舆也,如皮日休、陆龟蒙等皆有此作。"

二十七　孙奕《履斋示儿编》论"史体因革"

孙奕(生卒年不详)字季昭,号履斋。庐陵人。其历官无可考。著有《履斋示儿编》二十三卷,前有开禧元年(1205)自序,称"考评经传,渔猎训诂,非敢以污当代英明之眼,姑以示之子孙"②,故名曰《示儿编》。其书杂引众说,往往曼衍;征据既繁,时有笔误。然其字音、字训,辨别异同,可资考证者居多,故自宋以来,流传不绝。

《履斋示儿编》间亦论及文体,其《诰毖诰教》云:"文王之于臣民,处之各尽其道。其戒饮酒也,于庶邦则曰诰毖,于小子则曰诰教。庶邦指士大夫而言,故以毖戒之,毖之为辞严;小子指民而言,故以教戒之,教之为辞宽。严以责士大夫,宽以责民,各当其用者也。"其《诗章句对偶》认为不仅三至八言起于《诗》同,对偶亦起于《诗》:"如'觏闵既多,受侮不少','诲尔谆谆,听我藐藐','发彼小豝,殪此大兕','岂不尔受,既其女迁','念子懆懆,视我迈迈'之句,无一字非的对,则世之骈四俪六,抽黄对白者,得非又发端于是与?"其《史体因革》云:"自编年变为纪,为书,为表,为世家,为列传也。司马迁跻项羽于纪,与帝王并,则失史体。迁、固列吕后于纪,不没其实,则合《春秋》

---

① (宋)王楙《野客丛书》,中华书局 1987 年版。

② (宋)孙奕《履斋示儿编》首,文渊阁四库全书本。

法。《史记》始制八书，《前汉》改为十志，《东观汉书》曰记，华峤《后汉》曰典，张勃曰录，《吴录》。何法盛曰说，《晋中兴书》。《五代史》曰考，《司天考》。其实一也。如迁曰《平准》，固曰《食货》；《前》曰《地理》，《后》曰《郡国》；书曰《河渠》，志曰《沟洫》；书曰《封禅》，志曰《郊祀》。班易《天官》为《天文》，范易《礼乐》为《礼仪》。律与历、礼与乐、兵与刑，或分或合。《百官》、《舆服》固所无，晔增之；《五行》、《艺文》，马所阙，班补之。隋独著《经籍》，唐特出《选举》，沿革纷如也。自太史公效周谱以为表，何法盛改表为注，以至诸侯稍卑，当别于天子，故称世家。然陈胜、吴广起自群盗，迁不应特举而列之。唯《三国》以吴、蜀侪之列国为当。传之为体，大抵记公卿之行事，迁始传《循吏》，晋曰《良吏》，《三国》则阙。晔始传《文苑》，隋曰《文学》，唐曰《文艺》。后汉为《独行》，唐为《卓行》，五代《一行》焉。后汉为《方术》，魏为《方伎》，晋《艺术》焉。自晋至唐，改东都《逸民》为《隐逸》。自唐以来，改南、北《孝义》为《孝友》。《列女》不见于西汉，《义儿》独见于五代。迁、固皆作《佞幸》，南、北曰《恩幸》。魏、晋俱作《后妃》，五季曰《家人》，称号虽异，体制不殊也。"

二十八　施德操《北窗炙輠录》论《诗》及其"六义"

施德操（生卒年不详）字彦执，学者称为持正先生，盐官（今浙江海宁）人。约宋高宗绍兴初前后在世。病废终身，行事无可表见。其学问宗洛学，主孟子而拒杨、墨。著有《孟子发题》一卷、《北窗炙輠录》二卷。輠是古代用以盛润滑汁的器具，炙輠语出《史记·荀卿列传》："荀卿赵人，年五十始来游学于齐。驺衍之术迂大而闳辨，奭也文具难施，淳于髡久与处，时有得善言。故齐人颂曰：谈天衍，雕龙奭，炙毂（与輠通）过髡。"炙輠喻善于辩论，即《晋书·儒林传》赞云："郁郁周文，洋洋汉典。炙輠流誉，解颐飞辩。"但正如《四库全书·北窗炙輠录》提要所说："炙輠之名盖取义淳于髡事，然所记多当时前辈盛德可为士大夫观法者，实不以滑稽嘲弄为主，未审何以命此名也。"

《北窗炙輠录》论宫体云："异时尝在旅邸中，见壁间诗一句云'一生不识君王面'，辄续其下云'静对菱花拭泪痕'。他日见其诗，使人羞死，乃王建《宫词》也。其诗曰：'学画蛾眉便出群，当时人道便承恩。一生不识君王面，花落黄昏空掩门。'唐人格律自别，至宫体诗，尤后人不可及也。"①

他对歌、行、引的解释与吴曾不同，似更有说服力："余所谓歌、行、引，本一曲尔。一曲中有此三节：凡欲始发声谓之引。引者，谓之导引也。既引矣，其声稍放焉，故谓

① （宋）施德操《北窗炙輠录》卷上，文渊阁四库全书本。

之行。行者,其声行也。既行矣,于是声音遂纵,所谓歌也。今之播鼗者,始以一小鼓引之,《诗》所谓'应田悬鼓'是也。既以小鼓引之,于是人声与鼓声参焉。此所谓行可也。既参之矣,然后鼓声大合,此在人声之中,若所谓歌也。歌、行、引,播鼗之中可见之,惟一曲备三节。故引自引,行自行,歌自歌,其音节有缓急,而文义有终始,故不同也。正如今大曲有入破、滚煞之类。今诗家既分之,各自成曲,故谓之乐府,无复异制矣。今选中有乐府数十万篇,或谓之行,或谓之引,或谓之谣,或谓之吟,或谓之曲,名虽不同,格律则一。今人强分其体制者,皆不知歌、行、引之说,又未尝广见古今乐府,故亦便生穿凿耳。"

卷下论《诗》之六义,其说亦多与前人不同:"六义之说,《新义》以风、雅、颂即《诗》之自始。伊川谓一诗中自有六义,或有不能全具者。六义之说,则风、雅、颂安得与赋、比、兴同处于六义之列乎? 盖一诗之中,自具六义。然非深知诗者不能识之。夫赋、比、兴者,诗也;风、雅、颂者,所以为诗者也。有赋、比、兴而无风、雅、颂,则诗者非诗矣。取之于人,则四体者,赋、比、兴也;精神血脉者,风、雅、颂也。有人之四体,使无精神血脉以妙于其间,则块然弃物而已矣。夫惟善其事者,使精神血脉焕然于制作间,于是有风、雅、颂焉。风者何? 诗之含蓄者也。雅者何? 诗之合于俗者也。颂者何? 诗之善形容者也。"在风、雅、颂中他尤看重风:"此三者,非妙于文辞者,莫能之。《三百篇》皆制作之极致,而圣人之所删定者也。故三物皆具于诗中,而风尤妙。盖风有含蓄意,此诗之微者也,诗之妙用尽于此。故曰'言之者无罪,闻之者足以戒',非诗之尤妙者乎? 此所以居六义之首也。欧阳公论今之诗曰:'写难状之景,如在目前;含不尽之意,寄之言外。'知写难状之景如在目前,此近于六义之颂也;含不尽之意寄之言外,此近于六义之风也。"风、雅、颂中,"而风尤妙",这与黄裳之子黄玶《演山居士新词序》中所说"六序以风为首,终于雅、颂,而赋比兴存乎其中"观点相近。①

在六经中,他最看重《诗》:他所谓诗是指声诗,与乐府同:"《传》曰:'兴于《诗》。'兴者,感发人善意之谓也。六经皆义理,何谓《诗》独能感发人善意? 而今之读《诗》者,能感发人善意乎? 盖古之所谓诗,非今之所谓诗。古之所谓诗者,诗之神也;今之所谓诗者,诗之形也。何也? 诗者,声音之道也。古者,有诗必有声,诗譬若今之乐府然,未有有其诗而无其声者也。《三百篇》皆有歌声,所以振荡血脉,流通精神,其功用尽在歌诗中。今则亡矣,所存者章句耳,则是诗之所谓神者已去,独其形在尔。顾欲感动人善心,不亦难乎? 然声之学犹可仿佛。今观《诗》非他经比,其文辞葩藻,情致宛转,所谓神者,固寓焉。玩味反复,千载之上;余音遗韵,犹若在尔。以此发之声音,

---

① (宋)黄裳《演山集》卷二十,文渊阁四库全书本。

宜自有抑扬之理。余叔祖善歌诗,其旨当不出此。龟山(杨时)教人学诗,又谓先歌咏之;歌咏之余,自当有会意处。不然,分析章句,推考虫鱼,强以意求之,未有能得诗者也。"

<h3 style="text-align:center">二十九　陈埴《木钟集》论"诗之比兴赋"</h3>

陈埴(生卒年不详)字器之,永嘉(今浙江温州)人。宁宗嘉定七年(1214)进士。从朱熹于武夷。嘉定间主明道书院讲席,四方学者从游者数百,人称潜室先生。著有《木钟集》。

中国古代典籍不仅文体很复杂,书名也很复杂,仅从书名很难断定其书性质。有的书名似总集,而实为别集,如《四明文献集》,从书名看,似为四明的地方文献总汇,实是王应麟的别集,《四库全书总目·别集类一八》谓是"一人之作冒总集之名也"。有的书虽以集名,却是语录或笔记,《四库全书总目·凡例》云:"陈埴《木钟集》,名似文集,而实语录。"《四库全书》把它划归子部儒家类,提要亦云:"是编虽以集名,而实则作语录,凡《论语》一卷、《孟子》一卷、《六经总论》一卷、《周易》一卷、《尚书》一卷、《毛诗》一卷、《周礼》一卷、《礼记》一卷、《春秋》一卷、《近思杂问》一卷、史一卷……其体例皆先设问而答之,故卷首自序谓取《礼》'善问者如攻坚木,善答问者如撞钟'义,名曰《木钟》。"

其《六经总论》论风、雅、颂云:"雅、颂是朝廷制礼作乐之章,或臣工规谏之诗。周室既东,雅、颂不作,只有民俗歌谣,孟子所谓诗亡乃雅、颂亡,先儒所谓降为国风也。"[①]又论《诗之比兴赋》云:"大率兴诗,如《关雎》之诗是。盖二句托物,二句言事,辞实相对立而意不比,是之谓兴。比诗不言事,只取物之亲切者咏之,如《螽斯》之诗是。赋诗或直言事,或感物意,非比、兴者是,如《卷耳》之诗,晦翁所解者也。然比诗亦有言物而复言事者,又不可以例观也。大约赋诗有兼比者,兴诗亦有兼比者,如《麟趾》之诗,前二句是兴,后一句'于嗟麟兮'之类乃是比。他可类推。若是后去,诗有十二句、上下成一章者,只看起初辞意以别三体。"又云:"三虚一实非兴体,两语虚起,两句实应,此兴体也";"比类多说物,不见说事。上两句意未尽,发下两句,正所谓一倡三叹,一人独唱而三人备和之,如《麟之趾》之类";"四始之诗不应以乱世之作冠于风雅之首,今但玩其诗,刺体邪,美体邪? 古今说者皆说诗之辞,不足凭据,惟有诗文可据,从甲说,则诗文为近;从乙说,则诗文为远,从甲可也。"卷五论《尚书》文体及风格

①　(宋)陈埴《木钟集》三,文渊阁四库全书本。

504

云："诰誓不及五帝，盟诅不及三王。交质不及五霸。《夏书》浑浑，《商书》灏灏，《周书》噩噩，皆世变使然。"

三十　谢采伯《密斋笔记》论四六

谢采伯（1179—1251）字元若，临海（今属浙江）人。宰相深甫之子。嘉泰二年（1202）进士。历知严州、徽州、湖州、广德军及大理寺丞、大理寺正、保康军承宣使等，以节度使终。卒赠魏国公，谥文靖。著有《密斋笔记》五卷、《续记》一卷。其《密斋笔记自序》云："要之，无抵牾于圣人，不犹愈于稗官小说、传奇志怪之流乎？"①原书已佚，清四库馆臣自《永乐大典》辑出，总目提要对此书评价颇高："其间援据史传，颇足以考镜得失，杂录前贤懿言嫕行亦多寓惩劝。虽持论间有未醇，其援引证据亦未见能如《容斋随笔》、《梦溪笔谈》之博洽，而语有本原，瑜多瑕少，要亦说部之善本也。"

其卷三论元和体云："唐之文风大振于贞元、元和之时，韩、柳倡其端，刘（禹锡）、白（居易）继其轨。当时学者涵泳揽其英华，洗濯磨淬，辉光日新。苟有作者，皆足以拔于流俗，自成一家之语。"同卷又论骈语自古有之："或曰：西汉之末，王褒文类俳。今观邹、枚文，已近此体。大率古赋之流，如荀子诸赋，岂非先秦古书？但自王褒以后至晋、唐，文多类俳，皆源流古赋，亦如今时有一项古文，又有一项四六。"卷四论四六之演变云："四六本只是便宜读，要使如散文而有属对乃善。欧、苏只是一篇古文，至汪龙溪而少变。郑侍郎望之云：四六使重不如使轻，使实不如使虚。樟溪老人李龟年为其侄壻上巳致语云：'三月三日，水边岂无丽人；一咏一觞，兰亭自有故事。''崇山峻岭，修竹茂林，群贤毕集；良辰美景，赏心乐事，四者难并。'"

三十一　罗大经《鹤林玉露》论"文章各有体"

罗大经（生卒年不详）字景纶，庐陵（今江西吉安）人。少时曾就读太学，宝庆二年（1226）进士，曾任容州法曹。淳祐十一年（1251），为抚州军事推官。博极群书，于先秦、两汉、六朝、唐宋文多有品评。著有《易解》十卷，已佚。又有《鹤林玉露》十六卷，其书体例在诗话、语录之间，详于议论而略于考证。所引多朱熹、张栻、真德秀、魏了翁、杨万里语，而又兼推陆九渊，极赏欧阳修、苏轼之文，大抵本文章之士而兼慕道学之名，故每持两端，不能归一。

---

① （宋）谢采伯《密斋笔记》卷首，文渊阁四库全书本。

　　《鹤林玉露》引杨东山语论文各有体云:"文章各有体。欧阳公所以为一代文章冠冕者,固以其温纯雅正,蔼然为仁人之言,粹然为治世之音,然亦以其事事合体故也。如作诗,便几及李、杜;作碑铭记序,便不减韩退之;作《五代史记》,便与司马子长并驾;作四六,便一洗昆体,圆活有理致;作《诗本义》,便能发明毛、郑之所未到;作奏议,便庶几陆宣公;虽游戏作小词,亦无愧唐人《花间集》。盖得文章之全者也。"欧阳修之所以能成为一代文宗,就因为他的各体文章皆"合体",其他人皆各有所长,亦各有所短,很难"事事合体":"其次莫如东坡,然其诗如武库矛戟,已不无利钝,且未尝作史。藉令作史,其渊然之光,苍然之色,亦未必能及欧公也。曾子固之古雅,苏老泉之雄健,固亦文章之杰,然皆不能作诗。山谷诗骚妙天下,而散文颇觉琐碎局促。渡江以来,汪、孙、洪、周四六皆工,然皆不能作诗。其碑铭等文,亦只是词科程文手段,终乏古意。近时真景元亦然,但长于作奏疏;魏华甫奏疏亦佳,至作碑记,虽雄丽典实,大概似一篇好策耳。"①持论与严羽相近,他所谓的"体"不仅指体裁(诗、碑、铭、记、序、史、四六、经解、奏议、小词),还指体貌、风格,不同的时代(南、北宋)有不同的风格,不同的人有不同的风格,不同的体裁有不同的风格。

三十二　周密笔记中的文体论

　　周密(1232—1298)字公谨,号草窗,又号萧斋、苹洲,晚年号四水潜夫、弁阳老人、弁阳啸翁、华不注山人。祖籍济南,先人因随高宗南渡,流寓吴兴(今浙江湖州),置业于弁山南。宋亡不仕,隐居弁山。曾与王沂孙、张炎、唐珏等十三人结社分咏龙涎香、白莲、蝉诸物,以寄托亡国哀思。周密在诗、词、书、画、笔记文等方面都有极高造诣。其诗早期多惆怅之作,韵美声谐;中期以后转为忧伤凄楚,多抒发思国怀乡之情,亦有感时之作。其词远祖清真,近法姜夔,风格清雅秀润,与吴文英齐名,时人并称"二窗"(草窗、梦窗),为宋末格律词派的代表作家。善自度曲,但有过分追求形式的倾向。晚年,抱遗民之痛以网罗辑录故国文献为己任。平生著述甚富:词集有《苹洲渔笛谱》二卷、集外词一卷,《草窗词》二卷、补二卷。诗集有《蜡屐集》、《弁阳诗集》,又有《草窗韵语》,今仅存《草窗韵语》六卷。编选有《绝妙好词》七卷。又撰有《武林旧事》、《齐东野语》、《癸辛杂识》、《浩然斋雅谈》、《志雅堂杂钞》等多种笔记,在宋元笔记作者中堪称巨擘,今均存。其《武林旧事》辞语华赡,记载南宋都城杂事,最为真确。《齐东野语》多记南宋旧事,可补史料之缺。又有《云烟过眼录》四卷,记载考辨书画古器。其

①　(宋)罗大经《鹤林玉露》,文渊阁四库全书本。

506

《浩然斋词话》取自《浩然斋雅谈》下卷,以辑录南宋佳作及佚作、轶事为主,偶有评语。

周密的笔记间亦论及文体,如《齐东野语》卷一《蜜章密章》云:"'密章'二字见《晋书》山涛等传,然其义殊不能深晓。自唐以来文士多用之,近世若洪舜俞行《乔行简赠祖母制》亦云'欲报食饴之德,可稽制蜜之章','蜜'字皆从'虫'。相传谓赠典既不刻印,而以蜡为之,蜜即蜡,所以谓之蜜章。然刘禹锡《为杜司徒谢追赠表》云:'紫书忽降于九重,密印加荣于五夜';《李国长神道碑》云:'煌煌密章,肃肃终言';《王崇述神道碑》云:'没代流庆,密章下赉';宋祁《孙奭谥议》云:'密章加等,昭饰下泉';又《祭文》云:'恤恩告第,迹书密章','密'字乃并从'山',莫知其义为孰是,岂古字可通用乎,或他别有所出也?"①作者态度很谨慎,提出问题而未下断语。又卷二〇《隐语》云:"古之所谓廋词,即今之隐语,而俗所谓谜。《玉篇》'谜'字释云:'隐也。'人皆知其始于黄绢幼妇,而不知自汉伍举、曼倩时已有之矣。至《鲍照集》,则有井字谜。自此杂说所载,间有可喜。今择其佳者,著数篇于此,以资酒边雅谈云。"

《癸辛杂识》后集《太学文变》论南宋文体风格之变云:"南渡以来,太学文体之变,乾淳之文师淳厚,时人谓之乾淳体。人材淳古,亦如其文。至端平江万里习《易》,自成一家,文体几于中复。淳祐甲辰,徐霖以书学魁南省,全尚性理,时竞趋之,即可以钓致科第功名,自此非《四书》、《东西铭》、《太极图》、《通书》、《语录》不复道矣。至咸淳之末,江东谨思、熊瑞诸人,倡为变体,奇诡浮艳,精神焕发,多用《庄》、《列》之语,时人谓之换字文章。对策中有'光景不露,大雅不浇'等语,以至于亡,可谓文妖矣。"②

《浩然斋雅谈》卷上载章惇认为《楚辞》本于《诗》:"涪翁(黄庭坚)云:'章子厚(惇)尝言《楚辞》盖有所祖述,初不谓然。'子厚曰:'《九歌》盖取诸国风,《九章》盖取诸二《雅》,《离骚》盖取诸颂。'考之信然。"又载吕祖谦认为苏轼以文为铭:"东莱云:'东坡《九成台铭》,实文耳,而谓之铭,以其中皆用韵,而读之久乃觉,是其妙也'。"③

三十三　耐得翁《都城纪胜》中的戏曲资料

耐得翁,端平时人。又作"灌圃(园)耐得翁"。据余嘉锡考证,其人姓赵,名字不详。所著《都城纪胜》一卷,亦题名《古杭梦游录》。又著《清暇录》、《就日录》、《山斋愚见十书》等,均已佚。事见《直斋书录解题》卷一一、《四库提要辨证》卷八。

---

① (宋)周密《齐东野语》,文渊阁四库全书本。

② (宋)周密《癸辛杂识》,文渊阁四库全书本。

③ (宋)周密《浩然斋雅谈》,文渊阁四库全书本。

端平二年(1235)正月一日,耐得翁所撰《都城纪胜序》云:"圣朝祖宗开国,就都于汴(今河南开封),而风俗典礼,四方仰之为师。自高宗皇帝驻跸于杭,而杭山水明秀,民物康阜,视京师其过十倍矣……仆遭遇明时,寓游京国,目睹耳闻,殆非一日,不得不为之集录。其已于图经志书所载者,便不重举。此虽不足以形容太平气象之万一,亦仿佛《名园记》之遗意焉。但纪其实,不择其语,独此为愧尔。时宋端平乙未元日,寓灌圃耐得翁序。"①《四库全书提要·都城纪胜》云:"谨案《都城纪胜》一卷,不著撰人名氏,但自署曰耐得翁。其书成于端平二年,皆记杭州琐事,分十四门:曰市井,曰诸行,曰酒肆,曰食店,曰茶坊,曰四司六局,曰瓦舍众伎,曰社会,曰园苑,曰舟船,曰铺席,曰坊苑,曰闲人,曰三教外地。叙述颇详,可以见南渡以后土俗民风之大略。"

其中《瓦舍众伎》一门,提供了比孟元老《东京梦华录》更为丰富的戏曲资料,叙述颇详,这里略举数则:"瓦者,野合易散之意也,不知起于何时,但在京师时,甚为士庶放荡不羁之所,亦为子弟流连破坏之地。"其记教坊云:"散乐,传学教坊十三部,惟以杂剧为正色。旧教坊有筚篥部、大鼓部、杖鼓部、拍板色、笛色、琵琶色、筝色、方响色、笙色、舞旋色、歌板色、杂剧色、参军色。色有色长,部有部头。上有教坊使、副钤辖、都管、掌仪范者,皆是杂流命官。其诸部分紫、绯、绿三等宽衫,两下各垂黄义襕。"其记杂剧云:"杂剧中,末泥为长,每四人或五人为一场,先做寻常熟事一段,名曰艳段;次做正杂剧,通名为两段。末泥色主张,引戏色分付,副净色发乔,副末色打诨,又或添一人装孤。其吹曲破断送者,谓之把色。大抵全以故事世务为滑稽,本是鉴戒,或隐为谏诤也,故从便跣露,谓之无过虫。"记诸宫调云:"诸宫调,本京师孔三传编撰,传奇、灵怪、八曲、说唱。"记清乐云:"清乐比马后乐,加方响、笙、笛,用小提鼓,其声亦轻细也。淳熙间,德寿宫龙笛色,使臣四十名,每中秋或月夜,令独奏龙笛,声闻于人间,真清乐也。"记小唱云:"唱叫小唱,谓执板唱慢曲、曲破,大率重起轻杀,故曰浅斟低唱,与四十大曲舞旋为一体,今瓦市中绝无。嘌唱,谓上鼓面唱令曲小词,驱驾虚声,纵弄宫调,与叫果子、唱耍曲儿为一体,本只街市,今宅院往往有之。"记百戏云:"百戏,在京师时,各名左右军,并是开封府衙前乐营。相扑争交,谓之角抵之戏,别有使拳,自为一家,与相扑曲折相反,而与军头司大士相近也。踢弄,每大礼后宣赦时,抢金鸡者用此等人,上竿、打筋头、踏跷、打交辊、脱索、装神鬼、抱锣、舞判、舞斫刀、舞蛮牌、舞剑、与马打球、并教船上秋千、东西班野战、诸军马上呈骁骑(北人乍柳)、街市转焦为一体,杂手艺皆有巧名:踢瓶、弄碗、踢磬、弄花鼓捶、踢墨笔、弄球子、筑球、弄斗、打硬、教虫蚁,及鱼弄熊、烧烟火、放爆仗、火戏儿、水戏儿、圣花、撮药、藏压药、法

---

① (宋)耐得翁《都城纪胜》卷首,文渊阁四库全书本。

508

傀儡、壁上睡，小则剧术射穿、弩子打弹、攒壶瓶（即古之投壶）、手影戏、弄头钱、变线儿、写沙书、改字。"记影戏云："影戏，凡影戏乃京师人初以素纸雕镞，后用彩色装皮为之，其话本与讲史书者颇同，大抵真假相半，公忠者雕以正貌，奸邪者与之丑貌，盖亦寓褒贬于市俗之眼戏也。"记说话云："说话有四家：一者小说，谓之银字儿，如烟粉、灵怪、传奇。说公案，皆是搏刀赶捧，乃发迹变泰之事。说铁骑儿，谓士马金鼓之事。说经，谓演说佛书。说参请，谓宾主参禅悟道等事。讲史书，讲说前代书史文传、兴废争战之事。最畏小说人，盖小说者能以一朝一代故事，顷刻间提破。合生与起令、随令相似，各占一事。"记猜谜云："商谜，旧用鼓板吹《贺圣朝》，聚人猜诗谜、字谜、戾谜、社谜，本是隐语。"南宋王朝的苟且偷安与《都城纪胜》所记的繁华适成鲜明对照。

三十四　陈晔《颍川语小》论散、骈二体

陈晔（生卒年不详）字叔方，号节斋。平阳（今属浙江）人。岘子。以父荫补官，政绩颇著。端平元年（1234），真德秀荐之于朝，与刘克庄等号为"端平八士"。历官枢密都承旨兼权吏部侍郎、户部侍郎兼权刑部尚书。宝祐中，历知常州、台州、庆元府。景定中累官吏部尚书，拜端明殿学士致仕，卒谥清惠。著有《颍川语小》二卷，考究典籍异同、朝廷掌故，似洪迈《容斋随笔》；论文多辨别经史句法，似陈骙《文则》。原书已佚，清四库馆臣自《永乐大典》中辑出。

《颍川语小》论及多种文体，其论帖、公移云："今省部曰帖，皆公移也。惟帖俗以子称，《文昌杂录》：上司寻常追呼下司吏属，只以片纸书所呼叫因依，差走吏勾集。"① 论汉时简牍（同上）云："史家罕载简牍之语。《赵壹传》有皇甫规《与一书》，其略曰：'蹉跌不面，企德怀风。虚心委质，为日久矣。侧闻仁者愍其区区，冀承清诲，以释遥悚。'又云：'倘可原察，追修前好，则何福如之！谨遣主簿奉书，下笔气结，汗流竟趾。'壹报曰：'君学成师范，搢绅归慕。仰高希骥，历年滋多。旋辕兼道，渴于言侍。沐浴晨兴，昧旦守门。实望仁兄昭其悬迟，以贵下贱，握发垂接。'又云：'仁君忽一匹夫，于德何损。而远辱手笔，追路相寻，诚足愧也。'其往复辞语，稍近于今，亦可见东汉时简牍体制也。"其论训解（卷下）云："邵康节先生平生不为训解之学，尝曰：经意自明，苦人不知耳。屋下盖屋，床下安床，滋惑矣……故旧之家或问陆文安公，何不注释诸经以垂世。公曰：六经乃注我者也。二三君子之言远矣。"论散、骈二体（同上）云："世以

① （宋）陈晔《颍川语小》卷上，文渊阁四库全书本。

散语为古文，四六为今文，所以《唐书》不载诏令，以其多四六对偶，不古也。宋景文公《摘粹》云：'予修唐史，未尝得一诏一令可录，于传唯拾对偶之文近高古者，乃可著于篇。'愚谓宋公之说固是，但唐人制作自不古耳。若谓四六非古文则不可，文辞之起，莫先于《尚书》。简册号令，论议之宗也。"并举《尚书》的大量骈语为证，"此四字语也"，"此四六语也"，"此四字对也"，"此六字对也"，末云"则又谐协通畅，渐有今体，古之四六语至是稍坦平矣。《盘庚》一变而为诘屈聱牙，几不可读，此今之所谓古文者也。韩昌黎以此作唐人之气，柳仲涂以此传本朝之脉。文艺家遂指四六为应用之学，愈习愈下，蠹蚀腐烂，非惟不可复古，而又并近世之体失之。掌辞命之官，若能以《尚书》）典、谟为法，岂病四六之不古哉！传记中语，自有确对，如《尹赏传》'虎穴'可对'龙门'，《元结传》'哀丘'可对'京观'。峡州郭景纯'尔雅台'可对'文选阁'。陶渊明'策扶老以流憩'，扶老，策杖名也。李长源尝取松樛枝以隐背名，曰养和。'养和'对'扶老'，亦佳。"此外还论及启、简牍等，此不一一。

三十五　陈鹄《耆旧续闻》主张"广备众体"

陈鹄（生卒年不详）号西塘，南阳（今属河南）人。生平事迹不详。一生仕途平平，但学问上有一定造诣，曾与洪迈及陆游长兄陆淞谈论诗词。著有《耆旧续闻》十卷，多记北宋故事及南宋名人言行，虽杂采众书，甚或不注出处，以至无所辨别，而可采者亦不少。

《耆旧续闻》论及诗文体裁特别是风格者不少，如"韩退之文浑大广远，难窥测；柳子厚文分明，见规模次第。学者当先学柳文，后熟读韩文，则工夫自见。韩退之《答李翱书》，老苏《上欧阳公书》最见为文养气妙处。西汉自王褒以下文字专事词藻，不复简古。而谷永等书杂引经传，无复己见，而古学远矣。此学者所宜深戒。"①这里的浑大广远、次第分明、专事词藻，都是指风格。又论议论文云："学者须做有用文字，不可尽力虚言，有用文字，议论文字也。议论文字须以董仲舒、刘向为主，《周礼》及《新序》、《说苑》之类皆当贯串熟考，则做一日便有一日工夫。"卷三论制诰云："许尚书光凝君谟论本朝内制，惟王岐公（王珪字禹玉，封岐国公）《华阳集》最为得体。盖禹玉仕早达，所与唱和，无四品以下官，同朝名臣非欧阳公与王荆公铭其葬者，往往出禹玉手。高二王、狄武襄碑尤有史法，而贵气粲然。君谟，岐公壻也。"所谓"得体"指符合制诰的特有写法和风格（如富贵气）卷四论律赋和四六文云："四声分韵始于沈约，至

---

① （宋）陈鹄《耆旧续闻》卷二，文渊阁四库全书本。

唐以来乃以声律取士,则今之律赋是也。凡表、启之类,近代声律尤严,或乖平仄则谓之失粘。然文人出奇时有不拘此格者。"卷五云:"四六用经史全语,必须词旨相贯,若徒积叠以为剽奇,乃如集句也。杨文公(亿)居阳翟时。谢希深(绛)与之启云:'曳铃其空,上念无君子者;解组弗顾,公其如苍生何!'文公书于扇曰:'此文中虎也。'盖善其用经史语如自己出,特为豪健。张安道(方平)为《曹修节度使副制》云:'载其德音,有狐赵之旧勋;文定厥祥,实姜任之高姓。'王荆公知制诰,见其稿,深加叹赏。此亦全语最亲切者也。东坡自海外归,谢表云:'七年远谪,不意自全;万里生还,适有天幸。'盖亦用班史之全句而不觉。"卷一〇论以赋为记之变体云:"少游谓《醉翁亭记》亦用赋体。余谓文忠公此记之作,语意新奇,一时脍炙人口,莫不传诵,盖用杜牧《阿房(宫)赋》体游戏于文者也,但以记号醉翁之故耳……不然,公岂不知记体?"

陈鹄主张要"广备众体",卷二云:"学文须熟看韩、柳、欧、苏,先见文字体式,然后更考古人用意下句处。学诗须熟看老杜、苏、黄,亦先见体式,然后遍考他诗,自然工夫度越过人。"同卷又云:"古来语文章之妙,广备众体、出奇无穷者惟东坡一人;极风雅之变,尽比兴之体,包括众作,本以新意者,惟豫章(黄庭坚)一人。此二者当永以为法。"这里两用"体式"、"众体",均兼指体裁和风格。

三十六 黄震《黄氏日抄》论宋代诸大家的文体文风

黄震(1213—1280)字东发。慈溪(今属浙江)人。宝祐四年(1256)进士。曾参与修纂宁宗、理宗两朝《国史》、《实录》等。为文简当,持论侃直,有政绩。宋亡后隐居,讲学著述,卒于故里,门人私谥文洁先生。黄震学宗朱熹,兼综叶適"功利之学",主张经世致用,反对空谈义理;主张知先行后,创东发学派。著有《春秋集解》、《礼记集解》、《古今纪要》等。另有《黄氏日抄》九十七卷,前收读书杂记,卷六九以下收自作之文。佚三卷,今存九十四卷。《四库全书总目》卷九二《黄氏日抄》提要云:"震与杨简同乡里,简为陆氏学,震则自为朱氏学,不相附和。是编以所读诸书随笔劄记,而断以己意,有仅摘切要数语者,有不摘一语而但存标目者,并有不存标目而采录一两字者,大旨于学问排佛老,由陆九渊、张九成以上溯杨时、谢良佐,皆议其杂禅。虽朱子校正《阴符经》、《参同契》,亦不能无疑。于治术排功利,诋王安石甚力。虽朱子谓《周礼》可致太平,亦不敢遽信。其他解说经义,或引诸家以翼朱子,或舍朱子而取诸家,亦不坚持门户之见。盖震之学朱,一如朱之学程,反复发明,务求其是,非中无所得而徒假借声价者也。"这一评价是符合客观实际的。

　　《黄氏日抄》卷五五《庄子》称庄子为"诙谐小说之祖"："《庄子》以不羁之材肆跌宕之说,创为不必有之人,设为不必有之物,造为天下所必无之事,用以眇末宇宙,戏薄圣贤,走弄百出,茫无定踪,固千万世诙谐小说之祖也。"①卷六二《读文集·欧阳文》认为用于祈禳秘祝的骈文都算不上文,更不能算制诰："《内制集序》论青词、齐(齐通斋)文用释老之说,祈禳秘祝近里巷之事,而制诰拘于四六,果可谓之文章欤?"同卷《读文集·苏文》认为古人诗可跨韵,苏轼《径山道中诗》"跨涉四五韵不相通者,前辈只取声韵相近,则协而易读,不可以近世之程文用韵律之也"。又认为苏轼有些表启与散文无异："《徐州贺河平》一联:'方其决也,本吏失其防,而非天意;及其复也,盖天助有德,而非人功。'此与散文无异,不过言理,但取其齐比易读,盖表启本如此";"《贺坤成节》:'放亿万之羽毛,未若消兵以全赤子;饭无数之缧褐,岂如散廪以活饥民。'此类皆说理,不求工于文。近世表启文,虽工而理缺矣。二十七卷启三十首,皆散文之句语,相似而便于读耳,陆宣公奏议体也。"卷六三《读文集·曾南丰(巩)文》论制诰云："制诰多平易,特散文之逐句相类者耳。拟制诰则遍言新更官制之意,此为王介甫代发明者也";论启云："启,平易不华,文章之正也。"论曾巩与王安石文风之异同云："南丰之文多精核,而荆公之文多淡靖;荆公之文多佛语,而南丰之文多辟佛。此又二公之不同者。"卷六四《读文集·王荆公》论王安石对科举之文及词赋的不满云："《详定试卷诗》二首有云:'文章直使看无额,勋业安能保不磨? 疑有高鸿在寥廓,未应回首顾张罗。'言科举不足以得士也。又云:'当时赐帛倡优等,今日论才将相中。细甚客乡因笔墨,卑于《尔雅》注鱼虫。'言词赋非所以取士也。然皆不可。"评王集句诗及赋铭云："集句诸作虽似剧戏其巧其博,皆不可及。赋铭等皆淡古。"论宋代制词的演变云："外制召试三道,其二以散文为之,以此知祖宗盛时制诰尚存古意。自宏词之名立,而朝廷训诰之文遂同场屋声病之习矣。"又评王启及表启演变云："公之启皆平易如散文,但逐句字数相对,以便读耳。自宏词之科既设,启表遂为程文,各以格名,无复气象。"认为王安石的不同文体风格迥异："公论治讲理之文与题咏记偶之文如出两手,又不当例观也。"卷六六《读文集·汪浮溪文》评汪藻文风云："浮溪之文明彻高爽,欧、苏之外邈焉寡俦。艰难扈从之际,敷陈指斥尤多,痛快殆有烈丈夫之气。"卷六七《读文集·范石湖文》论苏轼与范成大的迹遇文风之异云："公喜佛老,善文章,踪迹遍天下,审知四方风俗。所至登览啸咏,为世歆慕,往往似东坡。东坡当世道纷更,屡争天下大事,其文既开辟痛畅,而又放浪岭海,四方人士为之扼腕,故身益困而名益彰。公遭值寿皇清明之朝,言无不合,凡所奏对,其文皆简朴无华,而又致位两府,福禄过

---

① (宋)黄震《黄氏日抄》,文渊阁四库全书本。

512

之,流风遗韵,亦易消歇耳。"

三十七 戴埴《鼠璞》置疑风、雅、颂之别

戴埴(生卒年不详)字仲培,鄞县(今属浙江宁波)人。嘉熙二年(1238)进士。尝持节将漕,颇究心郡国利病。著有《鼠璞》一卷,考证经史疑义及名物典故之异同,持论多精审。其曰"鼠璞"者,盖取周人、宋人同名异物之义。

其《次对》云:"今人以唐百官入阁待制次对,以次对呼待制。"宋建隆间,"诏每内殿起居,文班朝臣及翰林学士等以次轮对。淳化诏百官次对,遇起居日常参官两人次对。皇祐诏两制、两省、台谏,三馆带职,省府推判官次对,是次对即轮对,非待制之职也。本朝侍从本与百官轮对,元祐以王存奏罢之,复行于绍圣四年。绍兴中用吕祉奏,始有召见请对之制。是则次对、轮对本无别议。"①"次对即轮对",即依次轮流奏对之义。《十五国风二雅三颂》(卷上)对《诗经》风、雅、颂之别提出了很多疑问,认为"《周颂》简严,《商颂》敷畅,已非一体。《鲁颂》称美之辞益侈,以衰微不振之鲁,奔走于霸主之号令,惴惴自保不暇,乃谓其惩荆舒、服戎狄,修复伯禽之法度,与经传大率相戾。圣人合商、周与鲁,并以颂称,又何也? 谓言天下之事,形四方之风,则豳何以有《雅》? 谓美盛德、告成功,则豳何以有《颂》? 予谓求《诗》于《诗》,不若求《诗》于乐。夫子自卫反鲁,然后乐正,《雅》、《颂》各得其所。及言《关雎》之乱,洋洋盈耳。以乐正《诗》,则《风》、《雅》与《颂》以声而别。"又云:"人不以言求《诗》,而以乐求《诗》,始知风、雅之正变小大,与三颂之殊涂同归矣。"又论楮券"券书,听称责以传别,特民间私相称责,以为符验,公家未尝为之。"

卷下《发人私柬》云:"唐穆宗时,钱徽掌贡举,段文昌、李绅以书属所善士,不从,言于上曰:'今岁礼部不公,皆关节得之。'乃贬徽刺江州。或劝徽奏所属书,徽曰:'苟无愧心,得丧一致,奈何奏人私书?'取而焚之。本朝皇祐元年六月,台谏李允等言:'比岁臣寮有缴交亲往还简尺,遂成告讦之俗。自今非情涉不顺,毋得缴简尺以闻。'从之。缴奏私书,非特士君子不为,亦法令所禁。"论《封章》云:"俗谓章奏为囊封,本于汉。凡章奏皆启封,至言密事,不敢宣泄,则用皂囊重封以进。若州县之紫袋。刘向惧恭显之倾危,上乃上封章以谏。其末云:'臣谨重封昧死上。'汉漏泄之法极重,师丹使史书奏,丁傅得其草以告,廷尉劾治,策免。本朝于章奏,凡论治大体及有关于圣躬者,往往留中不出。太宗得田锡谏疏,悉类聚于禁中是也。今例从内降付中书,

① (宋)戴埴《鼠璞》卷上,文渊阁四库全书本。

虽泛言敬天修德之类,往往批依以入报,非故事也。"

三十八　吴自牧《梦粱录》记杂剧、百戏伎艺等

吴自牧,钱塘人,生卒年、字号、事迹皆不详。宋、元之际人,约公元 1270 年前后在世。宋亡后尝追记钱塘盛况,作《梦粱录》二十卷。该书仿《东京梦华录》体例,记载南宋临安的郊庙、宫殿、山川、人物、市肆、物产、户口、风俗、百工、杂戏、寺观、学校等,为了解南宋城市经济活动,手工业、商业发展情况,市民的经济文化生活,特别是南宋都城的面貌,提供了较丰富的史料。

《梦粱录》中妓乐、百戏伎艺、角抵、小说讲经史诸条,是有关宋代民间艺术特别是杂剧的珍贵资料。其《妓乐》论杂剧云:"向者汴京教坊大使孟角球曾做杂剧本子,葛守成撰四十大曲,丁仙现捷才知音。南渡以后,教坊有丁汉弼、杨国祥等。景定年间至咸淳岁,衙前乐拨充教乐所都管……杂剧中末泥为长,每一场四人或五人。先做寻常熟事一段,名曰'艳段'。次做正杂剧,通名'两段'……大抵全以故事,务在滑稽唱念,应对通遍。此本是鉴戒,又隐于谏净……若欲驾前承应,亦无责罚,一时取圣颜笑。凡有谏净,或谏官陈事,上不从,则此辈妆作故事,隐其情而讽之,于上颜亦无怒也。"①其《百戏伎艺》云:"凡傀儡,敷演烟粉、灵怪、铁骑、公案、史书历代君臣将相故事话本、或讲史、或作杂剧……更有弄影戏者,元汴京初以素纸雕镞,自后人巧工精,以羊皮雕形,用以彩色妆饰,不致损坏。杭城有贾四郎、王升、王闰卿等,熟于摆布,立讲无差。其话本与讲史书者颇同,大抵真假相半,公忠者雕以正貌,奸邪者刻以丑形,盖亦寓褒贬于其间耳。"其《小说讲经史》云:"说话者,谓之舌辨。虽有四家数,各有门庭。且小说名银字儿,如烟粉、灵怪、传奇、公案、扑刀、捍棒,发发踪泰之事:有谭淡子、翁三郎、雍燕、王保义、陈良甫、陈郎妇、枣儿、余二郎等,谈论古今,如水之流。谈经者,谓演说佛书。说参请者,谓宾主参禅悟道等事:有宝庵、管庵、喜然和尚等。又有说浑经者戴忻庵。讲史书者,谓讲说《通鉴》、汉、唐历代史书文传兴废争战之事:有戴书生、周进士、张小娘子、宋小娘子、丘机山、徐宣教。又有王六大夫,元系御前供话,为幕士请给,讲诸史俱通,于咸淳年间,敷演《复华篇》及《中兴名将传》,听者纷纷。盖讲得字真不俗,记问渊源甚广耳。但最畏小说人。盖小说者,能讲一朝一代故事,顷刻间捏合,与起令随令相似,各占一事也。"

---

① (宋)吴自牧《梦粱录》卷二〇,文渊阁四库全书本。下同。

三十九　叶寘《爱日斋丛抄》论六言诗

　　叶寘(生卒年不详)字子真，号坦斋，池州青阳(今属安徽)人。隐居九华山，以著书自娱。嘉定间，胡矩为侍郎，主和议，袁燮与之廷争，辞归，太学生三百人作诗送行，寘作《三学义举颂》。有诗寄洪咨夔，洪作《九华叶子真有诗见寄因和酬》，又有《答叶子真书》，称其"不作儿女子昵昵贺语"，"昔行见寄，崛奇警切"。魏了翁也有《次韵九华叶寘见思鹤山书院诗》。后监司论荐，补迪功郎、池州签判。著有《爱日斋丛抄》十卷、《坦斋笔衡》一卷(《千顷堂书目》卷一二)，已佚。清四库馆臣自《永乐大典》中辑为《爱日斋丛抄》五卷，《四库全书总目》卷一一八提要称其"书中大指主于辨析名物，稽考典故。凡前人说部，如赵德麟、王直方、蔡绦、朱翌、洪迈、叶梦得、陆游、周必大、龚颐正、何薳、赵彦卫诸家之书，无不博引繁称，证核同异，其体例与张淏《云谷杂记》、叶大庆《考古质疑》仿佛相近。特其文笔拖沓，颇伤冗蔓；又援引多而断制少，往往惝怳无归，不能尽出于精粹。然征摭既富，中间订讹正舛，可采者亦多。"

　　《爱日斋丛抄》卷三论各体诗，认为六言尤难工，故存诗少："诗之六言，古今独少。洪氏(迈)云：'编《唐人绝句》，七言七千五百首，五言二千五百首，合为万首。而六言不满四十，信乎其难也。'后村刘氏(克庄)选唐、宋以来绝句，至续选，始入六言。其叙云：'六言尤难工，柳子厚高才，集中仅得一篇。惟王右丞(维)、皇甫补阙(湜)所作，妙绝今古，学者所未讲也。使后世崇尚六言，自予始，不亦可乎？'又云：'六言如王介甫、沈存中、黄鲁直之作，流丽似唐人，而妙巧过之。后有深于诗者，必曰：翁之言然。'又云：'野处编六言，终唐三百年，止得三十余篇。予于本朝，得七十篇，倍于唐矣。'今《后村集》中多六言，事偶尤精，近代诗家所难也。萧氏(统)《文选叙》有云：'自炎汉中叶，厥途渐异，退傅(韦孟)有《在邹》之作，降将著《河梁》之篇。四言、五言，区以别矣。又少则三字，多则九言，各体互兴，分镳并驱。'又云：'三言八字之文。'注者谓韦孟傅楚元王孙戊，作四言诗讽王，自此始；李陵降匈奴，苏武别河梁上，作五言，诗自此始。三字起夏侯湛，九言出高贵乡公。三言谓汉武《秋风辞》，八字谓魏文帝乐府诗，独不著古有六言、七言者。项平父说诗句二言至八言，以'我姑酌彼金罍'为六言。按《文章缘起》：'又始于汉大司农谷永。'予观嵇叔夜有六言诗十首，视唐人体制固先矣。"

　　卷五论上梁文云："上梁文，吴氏(曾)《漫录》考其所始云：后魏温子昇有《阊阖门上梁祝文》云：'惟王建国，配彼太微。大君有命，高门启扉。良辰是简，枚卜无违。雕梁乃驾，绮翼斯飞。八龙杳杳，九重巍巍。居辰纳祜，就日垂衣。一人有庆，四海爱归。'乃知上梁有祝文矣，第不若今时有诗语也。楼大防参政又考'儿郎伟'始于方言，其说云：上梁文必言'儿郎伟'，或以为'唯诺'之'唯'，或以为'奇伟'之'伟'，皆未安。在敕局时，见元丰中获盗推赏，刑部例皆即元案，不改俗语。有陈棘云：'我部领你懑厮遂去深州。'边吉云：'我随你懑去。''懑'，本音闷，俗音门，犹言辈也。独秦州李德一案云：'自家伟不如今夜云。'余哑然笑曰：'得之矣。所谓儿郎伟者，犹言儿郎懑，盖呼而告之。此关中方言也。'"

同卷又考证"九百"指小说云："予读张平子《西京赋》云：'小说九百，本自虞初。'注者谓：'小说九百篇，虞初著。'又曰：'九百四十三篇，言九百，举大数也。'《汉志》云：'小说家者流，盖出于稗官，街谈巷语，道听途说者之所造也。'如淳曰：'街谈巷说，其细碎之言也。'俗所云'九百'，或取喻细碎之为者，俚语本于史录固有矣。故谩记之。东坡作文字中，有一条以彭祖八百岁，其父哭之，以九百者尚在。李方叔问东坡曰。'俗语以憨痴骀骏为九百，岂可笔之文字间乎？'坡曰：'子未知所据耳。张平子《西京赋》云：'乃有秘书，小说九百。'盖稗官小说，凡九百四十三篇，皆巫医厌祝及里巷之所传言，集为是书。西汉虞初，洛阳人，以其书事汉武帝，出入骑从，衣黄衣，号黄衣使者，其说亦号九百，吾言岂无据也？'方叔后读《文选》，见其事，具《文选》注，始叹曰：'坡翁于世间书，何往不精通邪？'"儿郎伟即儿郎懑（们），九百不是俗语"憨痴骀骏"，而是指"小说九百"，这类考证多令人信服。

四十　刘埙《隐居通议》及其丰富的文体论

刘埙（1240—1319）字起潜，自号水云村人。南丰（今属江西）人。宋末元初学者、诗人、评论家。入元曾为延平路儒学教授。在刘埙所处的时代，朱学大盛，陆学受排挤，而他却崇尚陆学，并竭力为陆九渊争取正统地位。刘埙博览群书，才力雄放，工诗文，尤长于四六。著有《水云村稿》、《隐居通议》。其《隐居通议》三十一卷，诗文批评内容占很大篇幅，有古赋二卷、诗歌七卷、文章八卷、骈俪三卷。其文学批评理论，大旨在张扬江西而批评宋代科举与理学所造成的诗弊。

刘埙的文体论颇为丰富，一是论文体演变，其《禁题绝句序》云："赓歌防于舜廷，至《三百篇》以来，跨汉、魏，历晋、唐，以讫于宋，以诗名家者亡虑千百。其正派单传，上接《风》、《雅》，下逮汉、唐，宋惟涪翁兼厥大成，冠冕千古，而渊深广博，自成一家。呜呼！至是而后可言诗之极致矣。善乎刘玉渊之言曰：'渊明诗之佛，太白诗之仙，少陵仙、佛备，山谷可仙可佛，而俨然以六经礼乐临之。'盖论诗之极致矣。学诗不以杜、黄为宗，岂所谓识其大者？且惧吾儿溺于末俗之浅陋，以为极致也。故因概举大者使进焉。"①其《刘玉渊评论》云："古诗一变《骚》,再变《选》,三变为唐人之诗,至宋则《骚》、《选》、唐错出。山谷负修能,倡古律,事宁核毋疏,意宁苦毋俗,句宁拙毋弱,一时号江西宗派。此犹佛氏之禅,医家之单方剂也。近年永嘉复祖唐律,贵精不求多,得意不恋事,可艳可淡,可巧可拙,众复趋之。由是唐与江西相抵轧。楚骚,诗变也,而六义备;乐府,骚变也,而兴、颂兼。后世为骚者,比而已,他义无也;为乐府者,风而已,兴、颂无也。"②

二是论赋的演变史,其《古赋总评》云："作器能铭,登高能赋,盖文章家之极致。然铭固难,古赋尤难。自班孟坚赋《两都》,左太冲赋《三都》,皆伟赡巨丽,气盖一世,往往组织伤气,骨辞华胜,义味若涉大水,其无津厓,是以浩博胜者也。六朝诸赋,又皆绮靡相胜,吾无取焉耳。至李泰伯赋《长江》,黄鲁直赋《江西道院》,然后风骨苍劲,义理深长,驾六朝,轶班、左,足以名百世矣。近代工古赋者殊少,非少也,以其难工,故少也。其有能是者,不过异其音节而已,而文意固庸庸也。"

三是论骈体演变,《骈俪总论》云："宋初,承唐习,文多俪偶,谓之昆体。至欧阳公出,以韩为宗,力振古学。曾南丰、王荆公从而和之,三苏父子又以古文振于西州,旧格遂变,风动景随,海内皆归焉。然朝廷制诰、缙绅表启,犹不免作对,虽欧、曾、王、苏数大儒,皆奋然为之,终宋之世不废,谓之四六,又谓之敏博之学,又谓之应用。士大夫方游场屋,即工时文;既擢科第,舍时文即工四六,不者,弗得称文士。大则培植声望,为他年翰苑词掖之储;小则可以结知当路,受荐举,虽宰执亦或以是取人。盖当时以为一重事焉。今究观所作,虽无补国家实政,然否泰盛衰升降之运,亦可因是观之,何者? 世道休明,则辞气盛壮,固非浊世昏俗所能及也。当时士君子,率皆殚精覃思,铸出伟词,诚多精妙不可泯者。要亦文明盛时习尚然也。南渡以来,名公著作多见梓刻,海宇诵习,近世尤多。奇人俊士,妙语风猗。"这里不仅论及骈文、四六文,还论及文体、文风及时风演变。

四论散文,如《序书》云："欧阳公作《五代史》,或作序记其前。王荆公见之曰:'佛头上岂可著粪?'山谷先生(黄庭坚)叹息,以为名言,且曰:'见作序、引、后记,为其无足信于世,待我而后取重耳。'此说有理,然有遗论。如何平叔(晏)序《论语》,赵台卿(岐)序《孟子》,杜元凯(预)序《左传》,岂谓经传不足取信于世,必待此数人而后取重耶? 李(汉)序韩,刘(禹锡)序柳,苏(轼)序欧,王舍人(震)序曾,亦岂谓韩、柳、欧、曾有待于此数公哉? 盖序所以述作者之意,非谓作者待序而传。使作者果不足传,序顾

① (宋)刘壎《水云村稿》卷五,文渊阁四库全书本。为示区别,引用此书皆注书名。
② (宋)刘壎《隐居通议》卷一〇,文渊阁四库全书本。引用此书只注卷次。

足以为重乎？涪翁之言，未为确论，第恐当时序《五代史》者，人不足重，文不足采，故云尔。再考序《五代史》，序乃陈师锡也。神宗甚喜师锡之文，每于众作中见之，便自认得，常以锦囊盛之。陈后为御史，有大名。"序虽非都是佛头上著粪，但"序所以述作者之意，非谓作者待序而传"，这是求人撰序和为人撰序者都应加以注意的。

五论七言律诗演变，其《新编七言律诗序》（《水云村稿》卷五）云："七言近体，肇基盛唐，应虞韶、协汉律不传之妙，风韵掩映千古，花萼夹城。'汉文有道'、'病中送客'、'秦地山河'等篇，意旨高骞，音节遒丽。宋三百年，理学接洙、泗，文章追秦、汉，视此若不屑为。然桃李春风，弓刀行色，犹堪并辔分镳。近世诗宗数大家，拔出风尘，各擅体致，皆自出机轴，则工古有人，工绝句有人，而桂舟谌氏（谌祐）律体尤精，咸谓唐律中兴焉。故知此道在天地间，未易能，亦未尝绝。夫律，圣人制作之初，测阴阳，定清浊，应高下，和神人，一累黍不中，不曰律。诗亦如之。彼范围五十六字尔，清丽或病格力之卑浮，沈郁类困语言之钩棘，亦一累黍不中，不曰律。故虽未尝绝，亦未易能。然熟读妙品，自有悟入。"《隐居通议》卷八《桂舟七言律撷》具体论谌祐七律云："谌公祐，字自求，号桂舟，世居南丰之西曰瞿邨。幼厌举子业，不求仕，专志古学，参诗于赣诗人苍山曾公原一。益之以学。遂青于蓝。喜著书，有《三传朝宗》、《史汉韵纪》、《古书合辙》。所作有《桂舟歌咏》、《桂舟杂著》，集中记序最佳，其论诗处皆入妙品，笔力高峻，有《史》、《汉》文气。古体乐府俱善，而以律体尤精、唐律绝响三百年，公自出机轴，扫空凡马，苍山翁号当时大诗人，犹推让出一头地。识者谓律诗至公中兴。"

六论绝句更难于律诗，《新编绝句序》（《水云村稿》卷五）云："诗至律难矣，至绝句尤难矣，至五言绝句又大难矣。辞弥寡，意弥深，格弥严，味弥远。岂比夫大篇长歌，可以浩荡纵横，衍之而多者？唐人翻空幻奇，首变律绝，独步一时。广寒霓裳，节拍余韵，飘落人间，犹挟青冥浩邈之响。后世乃以社鼓渔榔，欲追仙韵，千古吟魂应为之窃笑矣。诗至于唐，光岳英灵之气为之汇聚，发为风雅，殆千年一瑞世。为律，为绝，又为五言绝，去唐愈远，而光景如新。欧、苏、黄、陈诸大家，不以不古废其篇什品诣，殆未易言。世俗士下此数百级，乃或卑之。昔人天然秀发，得独自高。仆学诗数十年，心地汗马，愧无一语，仿佛望唐，见其愈简而愈难也。"其《禁题绝句序》（同上）云："有律诗而后有绝句。绝句至宋而后尚禁体，其法以不露题字为工，以能融题意为妙，盖举子业之余习也。世之以文会友者，或用此以验才思工拙，谓之义试诗。其为说曰：体物精切者，诗家一艺也。于是搜幽抉秘，穷极锻炼。其天巧所到，精工敏妙，有令人赏好不倦者，真文人乐事也欤……夫束字二十有八，而景色彰表，律吕协和，局于模拟而能超，疲于缔构而能灵，殆亦难矣。虽然，是特儿童小技，而非诗之极致也。"但禁体诗不限于绝句，苏轼《聚星堂雪并叙》云："元祐六年十一月一日祷雨张龙公，得小雪，

518

与客会饮聚星堂。忽忆欧阳文忠公作守时，雪中约客，赋诗禁体物语，于艰难中特出奇丽。尔来四十余年，莫有继者。仆以老门生继公后，虽不足追配先生，而宾客之美殆不减当时。公之二子又适在郡，故辄举前令，各赋一篇，以为汝南故事云。"①欧诗为五古，苏诗为七古，二诗皆非绝句。

七是"戏曲"一词的最早记载者，其《词人吴用章传》(《水云村稿》卷四)载："用章殁，词盛行于时，不惟伶工歌妓以为首唱，士大夫风流文雅者，酒酣兴发辄歌之，由是与姜尧章之'暗香疏影'，李汉老之'汉宫春'，刘行简之'夜行船'并喧竞丽者，殆百十年。至咸淳，永嘉戏曲出，泼少年化之，而后淫哇盛，正音歇，然州里遗老犹歌用章词不置也。其苦心盖无负矣。"这是至今最早记载"戏曲"一词的，亦说明南宋戏曲文化之早之盛，是研究南宋戏曲文化的宝贵史料。

八论历代诗文风格的演变，其《韩陵阳论晚唐诗》云："唐末人诗，虽格到卑浅，然谓其非诗，不可。今人作诗，虽句语轩昂，止可远听，而其理则不可究。此陵阳韩子苍(驹)《室中语》也，允谓深中宋诗之病。近世刘后村(克庄)亦谓宋三百年，人各有集，诗各有体，要皆经义策论之有韵者尔，非诗也，二三巨儒、十数大作家俱未免此病。皆至论也。其后刘须溪(辰翁)则又云：后村所短，适在于此，可发一笑。"这里论及晚唐诗、宋诗以及"今人作诗"。《欧公文体》云："欧公文体温润和平，虽无豪健劲峭之气，而于人情物理，深婉至到，其味悠然以长，则非他人所及也。"其《半山总评》云："我宋盛时，首以文章著者，杨亿、刘筠，学者宗之，号'杨刘体'。然其承袭晚唐五代之染习，以雕镌偶俪为工，又号曰'西昆体'。欧阳公恶之，嘉祐中知贡举，思革宿弊，故文涉浮靡者，一皆黜落，独取深醇浑厚之作。一时士论虽哗，而文体自是一变，渐复古雅。南丰曾文定公(巩)、临川王荆公(安石)，皆欧公门下士也，继出而羽翼之，天下更号曰'江西体'，论遂以定。一时宋文遂与三代同风。同时刘原父(敞)亦善为古文，其作《礼记补亡》，俨然迫真也，他作比曾、王二公则不及。因读荆公集，爱其数篇抑扬有味，简古而蔚，虑或亡失，因录之。"这里论及西昆体、北宋诗文革新、江西体等。他所说的"江西体"，不是指江西诗派，而是指江西文风，指欧阳修、曾巩、王安石等人的文风。"温润和平"，"简古而蔚"，深婉有味，则是江西文风的主要特征。

九论不同文体，各个文人各有所长，亦各有所短，难以兼工，其《诗文工拙》云："世言杜子美长于诗，其无韵者辄不可读；曾子固长于文，其有韵者辄不工；东坡词如诗，少游诗如词。此数公者，皆名儒大才，俱不免有偏处。予谓山谷亦然。山谷诗律精深，是其所长。故凡近于诗者无不工，如古赋与夫赞、铭有韵者率入妙品，他如记、序

① 《东坡全集》卷一九，文渊阁四库全书本。

散文，则殊不及也。"其《平园文体》云："后村（刘克庄）《跋周益公（必大）亲书艾轩林公光朝神道碑后》曰：'平园晚作，益自摩厉，然散语终是洗涤词科气习不尽，惟艾轩志铭极简严，有古意。'然予反复熟玩，其文平顺典雅则有之，谓之简古，则未也……词科之文，自有一种体致，既用功之深，则他日虽欲变化气质，而自不觉其暗合。犹如工举业者，力学古文，未尝不欲脱去举文畦径也。若且陶汰未净，自然一言半语不免暗犯。"指出平园文体亦不脱词科气习。

十评历代总集得失，《古今类编》云："古今类编诗文，如梁之《文选》、唐之《文粹》、宋之《文鉴》，虽篇帙浩博，可以考见累朝文字之盛，然俱无统纪。至近世真文忠公（德秀）编类《文章正宗》，分为四门：曰辞命，曰议论，曰叙事，曰歌诗，去取有法，始为全书，足以垂训不朽。如宋初编《文苑英华》之类，尤不足采。或谓当时削平诸僭，其降臣聚朝，多怀旧者，虑其或有异志，故皆位之馆阁，厚其爵禄，使编纂群书，如《太平御览》、《广记》、《英华》诸书，迟以岁月，困其心志，于是诸国之臣俱老死文字闲。世以为深得老英雄法，推为长策。以予观之，是惟无英雄尔。果有英雄，此何足以束缚之？彼以翻阅故纸、寻行数墨者谓之英雄，宁不足笑耶！当时如江南徐铉，号为辩士之雄，然犹不能使其国之不亡，孰谓既亡之后，犹能逞异志而使亡者复存邪？此好议者之过也。又如《文选》诸诗，乃昭明太子一时偶取入集，初非立体。而后世作诗者，乃创立一名曰：'此为选体。'尤非确论。"此外他还论及挽歌、丁都护歌、乐歌等等，兹不赘述。

第六章 辽金元文体学

辽代(916—1125)是契丹族建立的政权,与五代、北宋并立。辽与中原王朝有过多次战争,也有过和平相处与友好往来的时期,双方在经济方面相互交流,在文化方面相互吸收,因此辽人受先进的汉文化影响较深。《五经传疏》、《史记》、《汉书》等汉文典籍多传入辽国,辽国还把《贞观政要》、《五代史》等译成契丹文字。《辽史》卷一○三云:"(辽)太宗入汴,取晋图书礼器而北,然后制度渐以修举。至景圣间则科目聿兴,士有由下僚擢升侍从,骎骎崇儒之美。"白居易的《讽谏集》、苏轼的《眉山集》都颇受辽人喜爱,并在史学、文学、艺术等方面都取得了一定成就。金(1125—1234)是由我国东北境内的女真族所建立的与南宋并列的政权,由于历史悠久的中原文化的熏陶和哺育,金代文学也得到了充分的发展,并以自己独具一格的风貌出现在文学史上。金代罗致了南宋末期的许多文士,如宇文虚中、蔡松年、高士谈、吴激、张斛等,他们各以自己的创作为金初文学增辉生色,形成了所谓的"吴、蔡体"。元代的历史不长,只有九十余年,但却是中国历史上横跨欧亚的版图最广的政权。元代文学最突出的成就在戏曲方面,后人常把"元曲"和"唐诗"、"宋词"并称,诗、词、散文的成就则相对不足。但这一时期在文体学上却取得了突出成就,出现了不少名著,如王若虚的《滹南诗话》、方回的《瀛奎律髓》、王构的《修辞鉴衡》、辛文房的《唐才子传》、潘昂霄的《金石例》、马端临的《文献通考》、周德清的《中原音韵》、祝尧的《古赋辩体》等等。

第一节 金元史籍中的文体论

一 辛文房《唐才子传》论近体诗

辛文房(生卒年不详)字良史。元代西域人。曾官省郎。著有《披沙诗集》,已佚。所著《唐才子传》,是一部关于唐代诗人的传记。全书共十卷,二百七十八篇。收集的资料极为丰富,简述诗人经历,且于传后附以短论,指出诗人利病。《四库全书·唐才子传》提要称其"以论文为主,不以记事为主",近于唐代诗人的评传,对研究唐代诗人的生平和评价诗人的艺术成就,极具参考价值。原书久佚,《四库全书》据《永乐大典》辑出八卷。

如"沈佺期"条论近体诗坛云:"自魏建安迄江左,诗律屡变。至沈约、鲍照、庾信、徐陵以音韵相婉附,属对精致。及佺期、之问,又加靡丽。回忌声病,约句准篇,著定格律,遂成近体,如锦绣成文,学者宗尚。语曰:'苏、李居前,沈、宋比肩。'谓唐诗变体,始自二公,犹汉人五字诗始自苏武、李陵也。"①又"李商隐"条论西昆体云:"温庭筠、段成式各以秾致相夸,号三十六体,后评者谓其诗如百宝流苏,千丝铁网,绮密瑰妍,要非适用之具,斯言信哉……商隐文自成一格,后学者重之,谓西昆体也。"但西昆体之名始于宋初杨亿,李商隐当时并无西昆体之称。

二 马端临《文献通考》中丰富的文体资料

马端临(约 1254—1323)字贵与,一字贵舆,号竹洲。饶州乐平(今江西省乐平市)人。宋、元之际著名历史学家。其父马廷鸾为南宋右丞相。端临侍父家居,博极群书。咸淳年间,漕试第一,以荫补承事郎。宋亡,隐居不仕,历二十余年专心著述《文献通考》。

《文献通考》三百四十八卷,记上起三代,下终南宋宁宗嘉定五年(1212)的典章制度。唐天宝以前史实,以杜佑《通典》为基础作拾遗补缺;天宝以后至宋嘉定五年,加以续修。共分二十四门,其中经籍、帝系、封建、象纬、物异五门为作者自创。所载宋代典章尤详,多为《宋史》各志所未备。其《自序》论修志之难,确为深知甘苦之言:"为门二十有四,卷三百四十有八,而其每门著述之成规,考订之新意,各以小序详之。昔江淹有言,修史之难无出于志,诚以志者宪章之所系,非老于典故者不能为也。"②《文献通考》为"三通"之一,具有重要史学价值,其《选举考》、《学校考》、《乐考》、《经籍考》中含有丰富的文体资料。卷一四一详论乐歌源流,并列举了大量篇名,如论汉乐歌云:

　　汉高祖既定天下,过沛,与故人父老相乐,醉酒欢哀,作《风起》之诗,令沛中

① (元)辛文房《唐才子传》卷一,文渊阁四库全书本。
② (元)马端临《文献通考》卷首,文渊阁四库全书本。

僮儿百二十人习而歌之。至孝惠时,以沛宫为原庙,皆令歌儿习吹以相和,常以百二十人为员。文景之间,礼官肄业而已。

武帝定郊祀之礼,乃立乐府,采诗夜诵,有赵、代、秦、楚之讴,以李延年为协律都尉,多举司马相如等数十人造为诗赋,略论律吕,以合八音之调,作十九章之歌,以正月上辛用事甘泉圆丘,使童男女七十人俱歌,昏祠至明。

《汉郊祀之歌》十九章:《练时日》一,《帝临》二,《青阳》三,《朱明》四,《西颢》五,《元冥》六,《惟泰元》七,《天地》八,《日出入》九,《天马》十,《天门》十一,《景星》十二,《齐房》十三,《后皇》十四,《华烨烨》十五,《五神》十六,《朝陇首》十七,《象载瑜》十八,《赤蛟》十九。

汉有《房中乐》,本周乐,秦改曰《寿人房中》者,妇人祷祠于房中,高祖唐山夫人所作也。高祖好楚声,故《房中》是楚声也。孝惠二年使乐府令夏侯宽备其箫管,更名曰《安世乐》。

《安世房中歌》十七章。《大孝备矣》、《七始华始》、《我定历数》、《王侯秉德》、《海内有奸》、《大海荡》、《安其所》、《丰草葽》、《雷震震》、《都荔遂芳》、《桂华》、《美芳》、《嘉荐芳矣》、《皇皇鸿明》、《浚则师德》、《孔容之常》、《承帝明德》。

汉《短箫铙歌》,亦曰《鼓吹曲》,多叙战阵之事,凡二十二曲:《朱鹭》、《思悲翁》、《艾如张》、《上之回》、《拥离》、《战城南》、《巫山高》、《上陵》、《将进酒》、《有所思》亦曰《嗟佳人》、《芳树》、《上邪》、《君马黄》、《雉子斑》、《圣人出》、《临高台》、《远如期》亦曰《远期》、《石留》、《务成》、《元云》、《黄爵行》、《钓竿篇》。

汉《鞞歌舞》五曲:《关中有贤女》、《章和二年中》、《乐久长》、《四方皇》、《殿前生桂树》。

卷一四二还对各种乐歌本事、取名之由作了详尽说明。其文过长,不便尽述。

卷一七四《经籍考·总叙》详尽论述了各种典籍的源流,特别是卷一七八《经籍考五》论《诗》部分,一反宋人疑经之说,提出了他对《诗》序的看法。他首举前人对孔子删诗的三种看法,一为司马迁:"古诗本三千余篇,孔子去其重复,取其可施于礼义者三百五篇。"二为孔颖达:"书传所引之诗,见在者多,亡逸者少,则孔子所录不容十分去九。马迁所言,未可信也。"三为朱熹:"《三百五篇》其间亦未必皆可施于礼义,但存其实,以为鉴戒耳。"接着他阐明了自己的看法:"若如文公(朱熹)之说,则《诗》元未尝删矣,今何以有诸逸诗乎?盖文公每舍序以言诗,则变风诸篇只见其理短而词哇,愚于前篇已论之矣。但以经传所引逸诗考之,则其辞明而理正,盖未见其劣于《三百五篇》也,而何以删之?《三百五篇》之中如诋其君以硕鼠、狡童,如欲刺人之恶而自为彼人之辞,以陷于所刺之地,殆几不可训矣,而何以录之?盖尝深味圣人之言,而得圣人所以著作之意矣。昔夫子之言曰述而不作,又曰盖有不知而作之者,我无是也,又曰多闻阙疑。异时尝举史阙文之语而叹世道之不古,存夏五郭公之书,而不欲遽正前史之缺误,然则圣人之意盖可见矣。盖《诗》之见录者,必其序说之明白而旨意之可考者也。其轶而不录者,必其序说之无传,旨意之难考,而不欲臆说者也。或曰今《三百五篇》之序,世以为卫宏、毛公所作耳,如子所言则已出于夫子之前乎?曰其说虽自毛、卫诸公,而传其强意则自有此诗而已有之矣。《鸱鸮》之序见于《尚书》,《硕人》、《载驰》、《清人》之序见于《左传》,所纪皆与作诗者同时,非后人之臆说也。序说之意不出于当时作诗者之口,则《鸱鸮》诸章初不言成王疑周公之意,《清人》终篇亦不见郑伯恶高克之迹,后人读之,当不能晓其为何语矣。"疑《诗》序,删《诗小序》不自朱熹始,北宋苏辙的《诗集传》早已如此。马端临在此作了有力的反驳,因为有些小序已见于《尚书》、《左传》。然后又从"可考"、"不可考"、"可知"、"不可知"等方面阐明了小序存或不存的原因:"盖尝妄为之说曰,作诗之人可考,其意可寻,则夫子录之,殆'述而不作'之意也。其人不可考,其意不可寻,则夫子删之,殆'多闻阙疑'之意也。是以于其可知者,虽比兴深远,词旨迂晦者,亦所不废,如《苤苢》、《鹤鸣》、《蒹葭》之类是也。于其所不可知者,虽直陈其事,文义明白者亦不果录,如'翘翘车乘,招我以弓。岂不欲往,畏我友朋'之类是也。于其可知者,虽词意流泆,不能不类于狭邪者,亦所不删,如《桑中》、《溱洧》、《野有蔓草》、《出其东门》之类是也。于其所不可知者,虽词意庄重,一出于义理者,亦不果录,如'周道挺挺,我心扃扃','礼义不愆,何恤于人言'之类是也。然则其所可知者何?则《三百五篇》之序意是也。其所不可知者何?则诸逸诗之不以序行于世者是也。"其全篇主旨就是反对"尽废序以言诗",认为"古序之尤不可废也",这与多数宋人的观点是完全相反的。

第二节　金元人总集的文体观及其文体分类

一　方回的文体论及其《瀛奎律髓》

方回(1227—1307)字万里,号虚谷,安徽歙县人。宋景德年间别省登第,曾知严州。入元,授建德路总管,不久罢官。其所为文,一尊朱子,崇正辟邪,不遗余力。倒是他有些短小精悍的作品,如《送徐君奇入燕序》,通畅奔放,又欲说还休,留不尽之意,颇耐人寻味,文字也简当扼要。方回于诗,倡江西诗派一祖三宗之说,诗亦学习黄庭坚、陈师道,而失之粗劲。晚年自谓平易,却入鄙俚。著有《璧流集》、《读易释疑》、

524

《易中正考》、《皇极经世考》、《名僧诗话》等，已佚。又有《桐江集》六十五卷，已佚，今残存八卷。其入元罢官后所作，收入《桐江续集》，原书五十卷，今残存三十六卷。编有唐、宋近体诗选《瀛奎律髓》。在文体论方面，他提出以下观点：

第一，他认为诗文本一体，其《仇仁近百诗序》云：“诗不特虞廷赓歌、《三百五篇》为诗也，尧、舜、禹、汤、伊尹、傅说《告君》，箕子陈《洪范》，周公作《六典》，孔子赞《易》，老氏著五千言，战国之士述吴、越《春秋》，司马迁《龟策》、《日者》，杨雄《太玄》，皆协音韵而便诵读。协音韵而便诵读，则笔之而不烦，口之而易于不忘，文辞之极致也。”①其《赠邵山甫学说》云：“古之经皆文也，皆诗也，后世下笔未易及经，则分为两途，文自先秦、西汉而后，始有韩昌黎，次则柳子厚，又其后有欧、曾、苏。诗自《离骚》降为苏、李，而建安四子，晋、宋间至唐，参以律体。其极致莫如杜少陵，若陈子昂、李太白、韦、柳皆其尤。宋则欧、梅、黄、陈，过江则吕居仁、陈去非，至乾淳犹有数人。若如近日江湖言古文止于水心，言律诗止于四灵、许浑，又其实姑以借口藉手，未尝深造其域者，识者所甚不取也……惟朱文公所学为不可及乎，孟子而后惟兹一人，而其余事，文与诗，凡翰墨一句一字，无不造深诣，极今之学者。舍是不以为准，而驰卑骛近，不亦徒劳矣乎。”可见其文体论据有浓厚的理学色彩。

第二，论诗体、诗风演变。其《仇仁近百诗序》又云：“夒典乐以诗教胄子，言志为诗，咏言为歌；歌之中有五声，声之中律，上之化以此达乎下。先王设官采诗，祭祀宾享有郊庙朝廷之作，而邦国闾里所赋之风，亦取以为房中燕闲之乐，下之情以此达乎上。降及西都苏、李，东都建安七子，晋、宋陶、谢，律体继兴。自盛唐、中唐、晚唐而及宋，代有作者，虽未尽合宫商钟吕之音，不专主怨刺讽讥之事，而诗号为能言者，往往相与笔传口授于世而不朽，此其故何也？气有所抑而难宣，意有所未易喻，时有所触，物有所感，事有所不可直指，形之为诗，则一言词组而尽矣。故揪华为实，锻粗为精，文约而义博，辞近而旨远，惟诗为然。”其《跋仇仁近（远）诗集》云：“诗不可不自成一家，亦不可不备众体，老杜诗有曹、刘，有陶、谢，有颜、鲍，于沈、宋体中沿而下之，晚唐特其一端。”②仇远（1247—1326）诗名与同时的白珽并称，人称“仇白”。好交游，方回与他颇多唱和，故既为其诗撰序，又为其作跋，对其诗评价甚高。

其《离骚胡澹庵一说·离骚之蕴十有九》专以“奇、古、辩、怨、闲、淡、洁、雅、雄、深、枯、淡、丰、腴、劲、正、忠、直、清”十九字概括《离骚》风格的多样性：“‘指九天以为正兮’，奇也；‘帝高阳之苗裔兮’，古也；‘就重华而陈词’，辩也；‘国无人莫我知兮’，怨

①　（元）方回《桐江续集》卷三二，文渊阁四库全书本。下引此书，只注卷次。
②　（元）方回《桐江集》卷四，宛委别藏本。下引此书，兼注书名，以示区别。

也;'聊逍遥以相羊',闲也;'和调度以自娱兮',淡也;'朝濯发乎洧盘',洁也;'奏九歌而舞韶兮',雅也;'饮余马于咸池兮',雄也;'何所独无芳草兮',深也;'登阆风而绁马',枯也;'结幽兰而延伫',淡也;'思九州之博大兮',丰也;'曰两美其必合兮',腴也;'虽体解吾犹未变兮',劲也;'彼尧舜之耿介兮',正也;'阽余身而危死兮',忠也;'何桀纣之昌被兮',直也;'朝饮木兰之坠露兮',清也。"

其《读张功父(张镃)南湖集并序》论及唐杜体、许浑体、江西诗派体、尤杨范陆体。他强调诗缘情,大量举例说明杜甫集诗之大成:"诗至于老杜而集大成。陈子昂、沈佺期、宋之问律体沿而下之。丽之极莫如玉溪,以至西昆;工之极莫如唐季,以至九僧。《三百五篇》有丽者,有工者,初非有意于丽与工也,风赋比兴,情缘事起云耳。而丽之极,工之极,非所以言诗也……此等诗不丽不工,瘦硬枯劲,一斡万钧,惟山谷、后山、简斋得此活法,又各以其数万卷之心胸气力,鼓舞跳荡。初学晚生不深于诗而骤读之,则不见奥妙,不知隽永,乃独喜许丁卯(唐许浑)体,作偶俪妩媚态。予平生不然之,而江湖友朋未易以口舌争也。"他对南宋前期诗也很推崇:"乾淳以来称尤、杨、范、陆,而萧千岩东夫、姜梅山邦杰、张南湖功父,亦相伯仲。梁溪之槁淡细润,诚斋之飞动驰掷,石湖之典雅标致,放翁之豪荡丰腴,各擅一长。千岩格高而意苦,梅山律熟而语新,"末评张镃诗文云:"生长于富贵之门(循王张俊曾孙),辇毂之下,而诗不尚丽,亦不务工。洪景卢谓功父深目而癯,予谓其诗亦犹其为人也……今且题八句以寄予心:'生长勋门富贵中,粃糠将相以诗雄。端能活法参诚叟,更觉豪才类放翁(陆游)。举似今人谁肯信,元来妙处不全工。镂金组绣同时客,合向南湖立下风。'功父尽交一世名彦,诗集可考。然南渡以来精于四六而显者,诗辄凝滞不足观。骈语横于胸中,无活法故也。然则绍圣词科误天下士多矣。"

他对当时"专尚晚唐"的"永嘉四灵"深表不满,其《婺源黄山中吟卷序》(《桐江集》卷一)亦论及诗之演变,"唐诗承陈、隋流口之余,沈、宋始概为律体,而古体自是几废。然陈子昂、元次山、韦应物及李、杜、韩、柳诸公,追刘、陶、曹、谢与之伍,亦未尝尽废也。今之诗人,专尚晚唐,甚者至不复能为古体。"

其《送罗寿可诗序》是一篇重要诗论,专论宋代诗风的演变,对晚唐体作了更深入的论述:

> 诗学晚唐不自四灵始。宋划五代旧习,诗有白体、昆体、晚唐体。白体如李文正、徐常侍昆仲、王元之、王汉谋,昆体则有杨、刘《西昆集》传世,二宋、张乖崖、钱僖公、丁崖州皆是。晚唐体则九僧最逼真,寇莱公、鲁三交、林和靖、魏仲先父子、潘逍遥、赵清献之父,凡数十家,深涵茂育,气极势盛。欧阳公出焉,一变为李

太白、韩昌黎之诗。苏子美二难相为颉颃,梅圣俞则唐体之出类者也,晚唐于是退舍。苏长公踵欧阳公而起,王半山备众体,精绝句,古五言或三谢。独黄双井(黄庭坚)专尚少陵,秦、晁莫窥其藩。张文潜自然有唐风,别成一宗。惟吕居仁克肖陈后山,弃所学,学双井。黄致广大,陈极精微,天下诗人北面矣。立为江西派之说者,铨取或不尽,然胡致堂诋之。乃后陈简斋、曾文清为渡江之巨擘。乾淳以来,尤、范、杨、陆、萧,其尤也。道学宗师,于书无所不通,于文无所不能,诗其余事,而高古清劲,尽扫余子。又有一朱文公,嘉定而降,稍厌江西。永嘉四灵复为九僧,旧晚唐体非始于此四人也。后生晚进,不知颠末,靡然宗之,涉其波而不究其源,日浅日下。然尚有余杭二赵、上饶二泉,典刑未泯。今学诗者不于三千年间上溯下沿,穷探邃索,而徒追逐近世六七十年间之所偏,非区区所敢知也。

这里,他指出晚唐体不自四灵始,而是从宋初九僧就开始了的,是宋初三体之一;欧阳修等人的诗文革新开始,晚唐体退避三舍;宋嘉定以后,"永嘉四灵"复为晚唐体,"后生晚进,不知颠末,靡然宗之"。罗寿可亦学晚唐体者,故方回此序"详道诗之所以然为诗以送之",实为委婉的规戒。其《送倪耕道之官历阳序》亦论及欧、梅改变五代文体之功:"变西昆体诗为盛唐诗,自梅都官圣俞始。当是时,变五代文体者,欧阳公也。故世称欧、梅。"

其《恢大山西山小稿序》的主旨与《送罗寿可诗序》同,亦专论宋代诗风之演变,以及当时流行的以永嘉四灵为代表的晚唐休:"皋歌,诗之始;孔删,诗之终;屈《骚》,诗之变。论今之诗,五、七言古、律与绝句凡五体:五言古,汉苏、李,魏曹、刘,晋陶、谢;七言古,汉《柏梁》,临汾张平子《四愁》;五言律、七言律及绝句,自唐始盛。唐人杜子美、李太白兼五体,造其极;王维、岑参、贾至、高适、李泌、孟浩然、韦应物以至韩、柳、郊、岛、杜牧之、张文昌,皆老杜之派也。宋苏、梅、欧、苏、王介甫、黄、陈、晁、张、僧道潜、觉范,以至南渡吕居仁、陈去非,而乾、淳诸人,朱文公诗第一,尤、萧、杨、陆、范亦老杜之派也。是派至韩南涧父子(元吉与其子琥)、赵章泉(蕃)而止。别有一派曰昆体,始于李义山,至杨、刘及陆佃绝矣。炎祚将讫,天丧斯文,嘉定中忽有祖许浑、姚合为派者,五、七言古体并不能为,不读书亦作诗,曰学四灵,江湖晚生皆是也。呜呼,痛哉!"

方回还编有《瀛奎律髓》四十九卷,其自序云:"瀛者何? 十八学士登瀛洲也。奎者何? 五星聚奎也。律者何? 五七言之近体也。髓者何? 非得皮得骨之谓也。斯登也,斯聚也,而后八代五季之文弊革也。文之精者为诗,诗之精者为律,所选诗格也,所注诗话也。学者求之髓，由是可得也。"①这篇简短的自序，说明了本书的编纂目的和收诗范围。《四库全书总目》提要评此书得失云："大旨排西昆而主江西，倡为一祖三宗之说。一祖者杜甫，三宗者黄庭坚、陈师道、陈与义也。其说以生硬为健笔，以粗豪为老境，以炼字为句眼，颇不谐于中声，其去取之间如杜甫《秋兴》惟选第四首之类，亦多不可解。然宋代诸集不尽流传于今者，颇赖以存。而当时遗闻旧事亦往往见于其注，故厉鹗作《宋诗纪事》所采最多。其议论亦颇有可取者，故亦未能竟废之。"

《瀛奎律髓》的第一个突出特点就是只选律诗。律诗孕育于南北朝，成熟于隋、唐之际，而唐、宋律诗成就尤为突出。此书专选唐、宋五七言律诗，并侧重宋代，共选三百八十五家，三千零一十四首（重出二十二首，实为二千九百九十二首），而宋代达二百二十一家，一千七百六十五首，江西诗派的作家作品入选尤多。此书取材宏富，以大家为主，兼顾不同流派、不同题材的作品，基本上囊括了唐、宋律诗的代表作。其卷一《登览类》论陈子昂《度荆门望楚》云："陈拾遗子昂，唐之诗祖也。不但《感遇诗》三十八首为古体之祖，其律诗亦近体之祖也。《白帝》、《岘山》二首极佳，已入怀古类，今揭此一诗为诸选之冠。陈子昂、杜审言、宋之问、沈佺期俱同时，而皆精于律诗。孟浩然、李白、王维、贾至、高适、岑参与杜甫同时，而律诗不出则已，出则亦足与杜甫相上下。唐诗一时之盛，有如此十一人，伟哉！"

此书的第二个特点是突出反映了方回崇尚江西诗派的诗论倾向。吕本中作《江西诗社宗派图》，首先提出"江西诗派"这一名称，并把黄庭坚作为这一诗派的创始人，把陈师道等二十四人作为这一诗派的成员。江西诗派是统治南北宋诗坛近百年之久的诗歌流派，直至南宋中后期，四灵派和江湖派兴起，崇尚晚唐，江西诗派式微。方回为重振江西诗派的雄风，编了这部《瀛奎律髓》，提出了一祖三宗之说。卷一六评陈与义《道巾寒食二首》，论诗之正宗云："简斋诗即老杜诗也。予平生持所见，以老杜为祖，老杜同时诸人皆可伯仲。宋以后，山谷一也，后山二也，简斋为三，吕居仁为四，曾茶山为五，其他与茶山伯仲亦有之。此诗之正派也，余皆傍支别流，得斯文之一体者也。"卷二六评陈与义《清明》诗说："古今诗人当以老杜、山谷、后山、简斋四家为一祖三宗，余可预配飨者有数焉。"评晁端友《甘露寺》诗时说："宋诗有数体，有九僧体，即晚唐体也；有香山体者，学白乐天；有西昆体者，祖李义山。如苏子美、梅圣俞并出欧公之门，苏近老杜，梅过王维，而欧公直拟昌黎，东坡暗合太白。惟山谷法老杜，后山弃其旧而学焉，遂名黄陈，号江西派。非自为一家也，老杜实初祖也。"这就是著名的江西诗派一祖三宗之说。

---

① 李庆甲《瀛奎律髓汇评》卷首，上海古籍出版社1986年版。

　　此书的第三个特点是把选诗与评诗结合起来，对所选之诗详加圈点，标明句眼，以江西诗派关于诗歌创作的命意、结构、格律、句法、对仗、用典的观点对各个流派的各个作家作品进行了详尽的分析。他以格高、意到、语工为其论诗的主要标准，卷二一评曾几《上元日大雪》云："诗先看格高而意又到、语又工为上；意到、语工而格不高，次之；无格无意又无语，下矣。"他所谓的格高，主要是指以黄庭坚为代表的苍劲瘦硬风格，而拗体是这种风格的重要表现之一，卷二五《拗字类》云："拗字诗在老杜七言律中谓之'吴体'，老杜七言律一百五十九首，而此体凡十九出。不止句中拗一字，往往神出鬼没，虽拗字甚多，而骨格愈峻峭。"同卷杜甫《巳上人茅斋》评云："'入'字当平而仄，'留'字当仄而平，'许'、'支'二字亦然。间或出此，诗更峭健。"

　　此书对西昆体作了较为客观的评价，卷一评李群玉《登蒲涧寺后二岩》，提出诗兼众体，即使对昆体也不完全否定："寺在广州。'尧时韭'、'禹日粮'之对（指"涧有尧时韭，山余禹日粮"一联）工矣，诗忌太工，工而无味，如近人四六及小学答对，则不可兼。必拘此式，又为昆体，善为诗者备众体，亦不可无此也。如老杜能变化，为善之善者，五六一联（"楼台笼海色，草树发天香"）亦精神。"卷三称杨亿《南朝》"组织华丽"云："盖一变晚唐诗体、香山诗体，而效李义山。自杨文公、刘子仪始，欧、梅既作，寻又一变。然欧公亦不非之，而服其工。"同卷评钱惟演《始皇》诗云："末句（指"不将寸土封诸子，刘、项由来是匹夫"）尤妙。天下事每出于智之所不能料，有天下者修德而已。人主往往知惩前代之失，至于矫枉过正，则其祸必伏于人之所不能见者。刘、项匹夫而亡秦，又岂必封建地大者足为患耶？此昆体诗一变，亦足以革当时风花雪月、小巧呻吟之病，非才高学博未易到。此久而雕篆太甚，则又有能言之士变为别体，以平淡胜深刻，时势相因，亦不可一律立论也。"

　　卷四评欧阳修《寄梅圣俞》论欧阳修诗兼众体云："读欧公诗，当以三法观：五言律初学晚唐，与梅圣俞相出入，其后乃自为散诞；七言律力变昆体，不肯一毫涉组织，自成一家，高于刘、白多矣；如五七言古体，则多近昌黎、太白，或有全类昌黎者，其人亦宋之昌黎也。出其门者，皆宋文人巨擘焉。"

　　以上都是此书一些非常精辟的见解，故此书颇受后人推崇，龙遵《瀛奎律髓后序》云："自序谓'诗之精者为律'，今观其所选之精严，所评之当切，涵泳而隽永之，古人作诗之法，讵复有余蕴哉！诚所谓'律髓'也。"陈士泰《瀛奎律髓序》云："于诗法之源流正变，较如列眉，诚后学之津筏也。"吴之振《瀛奎律髓序》云："若其学术之正，则不惑于金溪（陆九渊兄弟），而崇信考亭（朱熹）；其注释之善，则不滥于饾饤，而疏瀹隐僻；其论世则考其时地，逆其志意，使作者之心，千载犹见；其评诗则标点眼目，辨别体制，使风雅之轨，后学可寻。斯固诗林之指南，而艺圃之侯鲭也。"宋至《瀛奎律髓序》云：

"三唐、五代、南北宋诗集不啻汗牛充栋,而其所掇拾代不数人,人不数篇,能照见古人精神血脉于千百载之上,而与之同堂品隲,其合者几如拈花之笑,即不合者亦不至有背触之疑。"此书编成于至元二十年,当时即已刊行。明成化三年重刻此书。清代评点《瀛奎律髓》的有十多家,可见其影响之大。

但不满此书的人也不少,纪昀《瀛奎律髓刊误序》对此书也大加挞伐,指责方回"骋其私意,率臆成编。其选诗之大弊有三,一曰矫语古淡,一曰标题句眼,一曰好尚生新"①。清初取法晚唐的冯班对此书也多所否定:"方公之议论,全是执己见以强缚古人。"(卷一杜甫《登岳阳楼》评)

二 赵孟奎《分门类纂唐歌诗》对唐诗的分类

赵孟奎(1238—?)字宿道,太祖十一世孙。居吉州安福(今江西安福)。宝祐四年(1256)进士,入元后情况不详。编有《分门类纂唐歌诗》一百卷,分天地山川、朝会宫阙、经史诗集、城郭园庐、仙释观寺、服食器用、兵师边塞、草木虫鱼八类,号称"集录之大全",而今仅残存数卷。

其《分门类纂唐歌诗序》云:"诗源于情性之正,其来久矣。人不能无乐,乐斯咏,咏斯,诗以兴焉。世有升降,情性无古今,诗未尝泯也。夫子删诗,定取三百篇以为经。《雅》、《颂》之音铿天地,动鬼神,一时从臣才艺,固足办此。列国之《风》,妇人女子,小夫贱隶,片善寸美,俱所不弃。《商颂》仅五篇,以《那》为首,正考父得于周太师,夫子汲汲存之。虽《左氏》所载逸诗,如《茅鸱》、《祈招》之类,亦太山一毫芒耳,非采星宿遗羲娥也。然亦诗非夫子不敢删,删之者僭。聚流成海,聚宝成山,聚一代之诗而成集,殆取是耳。唐文为一王法,而诗尤工。杜子美、李太白、韩退之、柳子厚,人诵其言,家有其集,不必类聚而传也。间有一咏,散落人寰,残碑断碣,异闻杂纪,何可胜计。尝鼎一脔,固知其美,终不若过屠门大嚼之为快。是集之编,搜罗包括靡所不备,凡唐人所作,上自圣制,下及俚歌,郊庙、军旅、宴飨、道途、感事、送行、伤时、吊古、庆贺、哀挽、迁谪、隐沦、宫怨、闺情、闲居、边思、风月、雨雪、草木、禽鱼,莫不类聚而旷分之。虽不足追'思无邪'之盛,要皆由人心以出,非尽背于情性之正者也。昔荆公尝选唐人三百家为一集,名曰《诗选》。姚铉作《唐文粹序》,亦谓有《唐诗类选》、《英灵》、《间气》、《极玄》、《又玄》等集,皆有去取于其间,非集录之大全也。"②由于此书为分类

---

① 以上均见《瀛奎律髓汇评》附录。
② (宋)赵孟奎《分门类纂唐歌诗》卷首,宛委别藏本。

编排,充分反映了诗歌题材的多样性和丰富性,为按题材分类研究唐诗创造了条件,对后世典籍的编纂(如《全唐诗》)影响很大。

三 陈仁子《文选补遗》对《文选》的不满

陈仁子(生卒年不详)字同俌,号古迂。茶陵(今属湖南)人。宋亡不仕,营别墅于东山,市人呼为东山陈氏。筑东山书院,为元代著名私家刻书者之一。著有《牧莱脞语》、《文选补遗》等。

《文选补遗》为不满萧统《文选》而作,赵文《文选补遗序》云:"吾友陈同俌少讲学家庭,阅《文选》即以网漏吞舟为恨,以为存《封禅书》何如存《天人三策》,存《剧秦美新》何如存更生(刘向)《封事》,存魏公《九锡文》何如存董、固诸贤论,列《出师表》不当删去后表,《九歌》不当止存《少司命》、《山鬼》,《九章》不当止存《涉江》,汉诏令载武帝不载高文,史论赞取班、范不取司马迁,渊明诗家冠冕,十不存一二。"此不满其选文。"又以为诏令人主播告之典章,奏疏人臣经济之方略,不当以诗赋先奏疏,矧诏令?是君臣失位,质文先后失宜。"此不满其编序。末称陈之《补遗》云:"《文选补》亦起先秦迄梁,间以先儒之说及其所以去取之意附于下方,凡四十卷。此书传,非特萧统忠臣,而三代以后君臣政治之典章,辅治之方略,皆可考见,而为世教民彝之助不细。"①

但从文体论角度看,此书最有价值的即在于其"以先儒之说及其所以去取之意附于下方"的部分,此部分常引前人语,以"愚曰"领起,阐明己见。如卷一论"诏诰"云:"愚曰:古者诏诰,本以通彼此相与之情;后世诏诰,乃以严上下相临之分。""又曰:国家诏令,最关运祚。商《盘》三篇,优游委曲,穆若清风,识者知其培六百年之基;周诰诸书,忠厚恻怛,沃若甘雨,识者知其兆八百年之业。史臣论孝武号令,文章粲然可述;元帝号令,温雅有古风烈。贾山言吏布诏,山东父老扶杖愿往观。王吉言诏令每下,民欣若更生。三代而下,其庶乎!享国四百年,宜也。""又曰:汉诏多散语,唐以来诏多俪语。散语犹盘诰遗风,俪语去古远矣。"又卷一八论"对"云:"愚曰:君有所疑则问,臣承所问则对,当婉而正,无狥而谄。世之得失成败,系此一言,何可轻哉!"卷一九论"策"云:"愚曰:汉有射策,有对策。射策者,隐义难问,随所探而释之。对策者,直以事问而直对之也。文帝十四年九月,策贤良能直言极谏者,得晁错。策始此,盖有虞敷纳以言之遗意。"又曰:"古者策士,本以求直言;后世策士,乃以备科目。上以利禄诱,下以利禄求,直言且变而谀矣。"这里他引了程颢、钱文子、吕祖谦对"策"的论

① (宋)陈仁子《文选补遗》卷首,文渊阁四库全书本。

述,却未引更早更准确的刘勰的论述。《文心雕龙》第二四《议对》论对策与射策皆为议之别体云:"对策者,应诏而陈政也;射策者,探事而献说也。言中理准,譬射侯中的;二名虽殊,即议之别体也。"卷二六《史叙论》云:"愚曰:史有叙论,自司马迁始,鲁史以前未论也。子长(司马迁)以纵横驰骋之奇才,作为《史记》数十万言,史法至此为之一变。班(固)且不能及,而况范(晔)乎? 昭明(萧统)略而不取,何也?"这问得有些莫明其妙,萧统《文选序》讲得很清楚,他不收经书,即所谓"姬公之籍,孔父之书";不收子书,即老、庄、管、孟之作;史书只收赞论之有文采者,不收谋夫辩士之论。但陈仁子的有些见解还是十分精彩的。如卷四○论"诔"云:"愚曰:古人辞简而情真,后人辞详而情未必真。哀公诔孔子,止十六字,①悲情可掬。今数百言,而情何如焉?"辞之繁简,特别是情之真假,是古今诔祭文的重要区别。

四　祝尧《古赋辩体》的赋体演变说

祝尧(生卒年不详)字君泽,江西上饶人。延祐五年(1318)进士,为江山尹,升无锡州同知。编著《古赋辩体》八卷、《外集》二卷。其卷一、卷二以"时代之高下"首列"楚辞体",卷九、卷一○《外录》列拟骚、辞、文(指《北山移文》之类)、操、歌。这些不同称谓都属楚辞体或叫骚体。此书重在辩体,而不以收辑赋作为目的,故所收赋作不多。《四库全书·古赋辩体》提要云:"其书自《楚词》以下,凡两汉、三国、六朝、唐、宋诸赋,每朝录取数篇以辨其体格,凡八卷。其外集二卷则拟骚及操、歌等篇,为赋家流别者也。采撷颇为完备。其论司马相如《子虚》、《上林赋》,谓问答之体其源出自《卜居》、《渔父》,宋玉辈述之,至汉而盛。首尾是文,中间是赋。世传既久,变而又变,其中间之赋以铺张为靡,而专于词者则流为齐、梁、唐初之俳体。其首尾之文以议论为便而专于理者,则流为唐末及宋之文体。于正变源流,亦言之最确。何焯《义门读书记》尝讥其论潘岳《籍田赋》分别赋、颂之非,引马融《广成颂》为证,谓古人赋、颂通为一名。然文体屡变,支派遂分,犹之姓出一源而氏殊百族。既云辩体,势不得合而一之。焯所言虽有典据,但追溯本始,知其同出异名可矣。必谓尧强生分别即为杜撰,是亦非通方之论也。"

此书的最大贡献就在于辨先秦、两汉、三国、六朝、唐、宋辞赋之体格。其《楚辞体》首论骚赋关系:"宋景文公曰,《离骚》为词赋祖,后人为之,如至方不能加矩,至圆

---

① 《孔子诔》,字数各有不同。《左传》为:"旻天不吊,不慭遗一老,俾屏余一人以在位,茕茕余在疚。呜呼哀哉,尼父无自律。"

不能过规,则赋家可不祖楚《骚》乎?"次论《诗》、《骚》关系,楚声"以'兮'为读"实先于《诗》:"然《骚》者,《诗》之变也。《诗》无楚风,楚乃有《骚》,何邪? 愚按屈原为《骚》时,江汉皆楚地。盖自文王之化行乎南国,《汉广》、《江有汜》诸诗已列于二《南》、十五《国风》之先,其民被先王之泽也深。《风》、《雅》既变,而楚狂'凤兮'之歌,《沧浪》、《孺子》'清兮'、'浊兮'之歌,莫不发乎情,止乎礼义,而犹有诗人之六义。故动吾夫子之听,但其歌稍变于《诗》之本体。又以'兮'为读,楚声萌蘖久矣。"末论屈原《离骚》实本《诗》,具有《诗》之风、雅、颂、赋、比、兴:"原最后出,本《诗》之义以为《骚》。凡其寓情草木,托意男女,以极游观之适者,变《风》之流也。其叙事陈情,感今怀古,不忘君臣之义者,变《雅》之类也。其语祀神歌舞之盛,则几乎《颂》矣。至其为赋,则如《骚经》首章之云,比则如香草恶物之则托物,兴辞初不取义,如《九歌》'沅芷'、'澧兰'以兴思公子,而未敢言之属。但世号'楚辞',初不正名曰赋。然赋之义,实居多焉。自汉以来,赋家体制大抵皆祖原意。故能赋者,要当复熟于此,以求古诗所赋之本义,则情形于辞,而其意思高远;辞合于理,而其旨趣深长。成周先王《二南》之遗风,可以复见于今矣。"①

其《两汉体》首引《汉书·艺文志》论汉赋实源于先秦:"古者诸侯卿大夫交接邻国,揖让之时,必称诗以喻意,以别贤不肖而观盛衰焉。春秋之后,聘问咏歌,不行于列国,学诗之士,逸在布衣,而贤士失志之赋作矣。大儒荀卿及楚臣屈原离谗忧国,皆作赋以风,如所云则骚即风也,咸有恻隐古诗之义。如荀卿《佹诗》、《成相》并赋也,所谓古诗之义是。其后宋玉、唐勒、枚乘、司马相如、扬子云,竞为侈丽闳衍之辞,没其风喻之义。子云悔之曰:词人之赋丽以淫。"次论辞赋的演变:"愚谓骚人之赋与词人之赋虽异,然犹有古诗之义。辞虽丽而义可则,故晦翁不敢直以词人之赋视之也。至于宋、唐以下,则是词人之赋,多没其古诗之义,辞极丽而过淫伤,已非如骚人之赋矣,而况于诗人之赋乎! 何者? 诗人所赋,因以吟咏情性也。骚人所赋,有古诗之义者,亦以其发乎情也。其情不自知而形于辞,其辞不自知而合于理。情形于辞故丽而可观,辞合于理故则而可法。然其丽而可观,虽若出于辞,而实出于情;其则而可法,虽若出于理,而实出于辞。有情有辞,则读之者有兴起之妙趣;有辞有理,则读之者有咏歌之遗音。如或失之于情,尚辞而不尚意,则无兴起之妙,而于则乎何有? 后代赋家之俳体是已。又或失之于辞,尚理而不尚辞,则无咏歌之遗,而于丽乎何有? 后代赋家之文体是已。是以三百五篇之《诗》,二十五篇之《骚》,莫非发乎情者。为赋、为比、为兴,而见于《风》、《雅》、《颂》之体,此情之形乎辞者。然其辞莫不具是理,为《风》、为

---

① (宋)祝尧《古赋辩体》卷一,文渊阁四库全书本。

《雅》、为《颂》，而兼于赋、比、兴之义，此辞之合乎理者。然其理本不出于情，理出于辞，辞出于情，所以其辞也丽，其理也则。而有风、比、雅、兴、颂诸义也与?”末论汉赋非魏、晋以后所及，力主“祖《骚》而宗汉”:“汉兴，赋家专取《诗》中赋之一义以为赋，又取《骚》中赡丽之辞以为辞，所赋之赋为辞赋，所赋之人为辞人，一则曰辞，二则曰辞，若情若理有不暇及。故其为丽，已异乎《风》、《骚》之丽，而则之与淫遂判矣。贾、马、杨、班，赋家之升堂入室者，至今尚推尊之。晦翁云:‘自原之后，作者继起，独贾生以命世英杰之材，俯就骚律，非一时诸人所及。’定斋云:‘赋则漫衍其流，体亦丛杂。长卿长于叙事，渊、云长于说理。’林艾轩云:‘扬子云、班孟坚只填得腔子满，张平子辈竭尽气力，又更不及。’如是，则贾生之非所及，毋论也；张平子辈之更不及，不论也。若长卿、子云、孟坚之徒，诚有可论者。盖其长于叙事，则于辞也长，而于情或昧；长于说理，则于理也长，而于辞或略。只填得腔子满，则辞尚未长，而况于理要之？皆以不发于情故尔。所以渔猎捃摭，夸多斗靡，而每远于性情；哀荒亵慢，希合苟容，而遂害于义理。间如《上林》、《甘泉》，极其铺张，终归于讽谏，而风之义未泯；《两都》等赋极其眩曜，终折以法度，而《雅》、《颂》之义未泯；《长门》、《自悼》等赋，缘情发义，托物兴辞，咸有和平从容之意，而比、兴之义未泯。一代所见，其与几何。诚以其时经焚坑之秦，故古诗之义，未免没而或多淫；近《风》、《雅》之周，故古诗之义，犹有存而或可则。古今言赋，自《骚》之外，咸以两汉为古，已非魏、晋以还所及。心乎古赋者，诚当祖《骚》而宗汉，去其所以淫，而取其所以则，可也。今故于此备论古今之体制，而发明扬子丽则、丽淫之旨，庶不失古赋之本义云。”

其《三国六朝体》前半总论诗与赋，认为诗人之赋与辞人之赋的异同就在于是“出于情”还是“出于辞”，辞赋一代不如一代就在于“辞愈工则情愈短”:“梁昭明《文选》序云:‘诗有六义，二曰赋。今之作者，异乎古诗之体，今则全取赋名。’愚按:《汉艺·文志》云:‘不歌而诵谓之赋。’则知辞人所赋，赋其辞尔，故不歌而诵；诗人所赋，赋其情尔，故不诵而歌。诵者，其辞；歌者，其情。此古今诗人、辞人之赋所以异也。尝观古之诗人，其赋古也，则于古有怀；其赋今也，则于今有感；其赋事也，则于事有触；其赋物也，则于物有况。情之所在，索之而愈深，穷之而愈妙。彼其于辞，直寄焉而已矣。又观后之辞人，刊陈落腐，而惟恐一语未新；搜奇摘艳，而惟恐一字未巧；抽黄对白，而惟恐一联未偶；回声揣病，而惟恐一韵未协。辞之所为罄矣而愈求，妍矣而愈饰。彼其于情，直外焉而已矣。是故古人所歌，情至而辞不至，则嗟叹而不自胜；辞尽而情不尽，则舞蹈而不自觉。《三百五篇》所赋，皆弦歌之，以此尔。后来春秋朝聘、燕享之所赋，犹取于工歌之声诗、楚《骚》乱、倡、少歌之所赋，亦取于乐歌之音节。奈之何汉以前之赋出于情，汉以后之赋出于辞。其不歌而诵，全取赋名，无怪也。盖西汉之赋，其辞工于楚《骚》；东汉之赋，其辞又工于西汉。以至三国六朝之赋，一代工于一代。辞愈工则情愈短，情愈短则味愈浅，味愈浅则体愈下。"后半批评三国六朝体，一是追求辞藻："建安七子，独王仲宣辞赋有古风。归来子曰：'仲宣《登楼》之作，去楚《骚》远，又不及汉，然犹过曹植、陆机、潘岳众作。魏之赋极此矣。'诚以其《登楼》一赋不专为辞人之辞，而犹有得于诗人之情，以为风比兴等义。晋初陆士衡作《文赋》有曰：'立片言以居要，乃一篇之警策。'吕居仁曰：'文章无警策，则不能动人。'但晋、宋间人专致力于此，故失于绮靡，而无高古气味。吁！士衡以辞为警策尔，故曰立言、居要；居仁以辞能动人尔，故曰绮靡、无味。殊不知辞之所以动人者，以情之能动人也，何待以辞为警策，然后能动人也哉？且独不见古诗所赋乎，出于小夫妇人之手，而后世老师宿傅不能道。夫小夫妇人，亦安知有所谓辞哉！特其所赋，出于胸中一时之情不能自已，故形于辞，而为风、比、兴、雅、颂等义，其辞自深远矣。然指此辞之深远也，情之深远也。至若后世老师宿傅，则未有不能辞者。及其见之于赋，反不能如古者小夫妇人之所为，则以其徒泥于纸上之语，而不得其胸中之趣。故虽穷年矻矻，操觚弄翰，欲求一辞之及于古，亦不可得。"二是追求声律："又观士衡辈《文赋》等作，全用俳体。盖自楚《骚》'制芰荷以为衣，集芙蓉以为裳'等句，便已似俳。然犹一句中自作对。及相如'左乌号之雕弓，右夏服之劲箭'等语，始分两句作对，其俳益甚。故吕与叔曰：'文似相如殆类俳。'流至潘岳首尾绝俳，然犹可也。沈休文等出，四声八病起，而俳体又入于律。为俳者，则必拘于对之必；为律者，则必拘于音之必协。精密工巧，调和便美，率于辞上求之。《郊居赋》中尝恐人呼雌霓作倪，不复论大体意味，乃专论一字声律，其赋可知。徐、庾继出，又复隔句对，联以为骈四俪六，簌事对偶以为博物洽闻，有辞无情，义亡体失，此六朝之赋所以益远于古。然其中有士衡《叹逝》，茂先《鹪鹩》，安仁《秋兴》，明远《芜城》、《野鹅》等篇，虽曰其辞不过后代之辞，乃若其情则犹得古诗之余情。愚于此，益叹古今人情，如此其不相远；古诗赋义，如此其终不泯。《诗》云：'中心藏之，何日忘之。'六义藏于人心，自有不能忘者。吾乌乎而忘吾情？"

《古赋辩体》很重视辞赋的抒情作用，《唐体》论之尤为充分。他首论唐代古赋少而律赋多的原因，一是赋体本身的演变，二是科举考试以律赋取士："尝观唐人文集及《文苑英华》所载唐赋，无虑以千计，大抵律多而古少。夫古赋之体，其变久矣。而况上之人选进士，以律赋诱之以利禄耶！盖俳体始于两汉，律体始于齐、梁。俳者，律之根；律者，俳之蔓。后山云：'四律之作，始自徐、庾。'俳体卑矣。而加以律，律体弱矣；而加以四六，此唐以来进士赋体所由始也。雕虫道丧，颓波横流，光铓气焰，埋铲晦蚀，风俗不古，风骚不今，后生务进干名，声律大盛。句中拘对偶以趋时好，字中揣声病以避时忌。孰肯学古哉！"次论唐人所作古赋也是古赋不古："退之云：'时时应事作俗语，下笔令人惭。及以示人，大惭以为大好，小惭以为小好，不知古文真何用于今世！'斯言也，其伤今也夫，其怀古也夫！是以唐之一代，古赋之所以不古者，律之盛而古之衰也。就有为古赋者，率以徐、庾为宗，亦不过少异于律尔。甚而或以五七言之诗为古赋者，或以四六句之联为古赋者，不知五七言之诗、四六句之联，果古赋之体乎！宋广平，大雅君子也，其为《梅花赋》，皮日休尚称其清便富艳，得南朝徐、庾体，殊不类其为人。他可知矣。"他甚至认为李白的古赋也算不上真正的赋："李太白天才英卓，所作古赋，差强人意，但俳之蔓虽除，律之根故在，虽下笔有光焰，时作奇语，只是六朝赋尔。"他认为只有韩愈、柳宗元的古赋才算得上古赋："惟韩、柳诸古赋，一以骚为宗，而超出俳律之外。韩子之学，自言其正葩之《诗》，而下逮于《骚》；柳之学，自言其本之《诗》以求其恒，参之《骚》以致其幽。要皆是学古者。唐赋之古，莫古于此。"

　　他论古赋可贵，俳体可厌的原因说："且古赋所以可贵者，诚以本心之情，有为而发；六义之体，随寓而形；如云之行空，风之行水，百态横生，为变不测；纵横颠倒，不主故常，委蛇曲折，略无留碍。有不齐之齐，焉用俳；有不调之调，焉有律？及为俳体者则不然。骈花俪叶，含宫泛商，如无盐辈膏沐为容，而又与西施斗美。然天下之正色，终自有在。子美诗云：'词赋工无益。'其意殆为俳律者发。"古赋之可喜就在于"一本于情"，他论辞、理、情的关系说："或疑《诗序》谓'发乎情，止乎礼义'，言情言理而不言辞。岂知古人所赋，其有理也，以其有辞；其有辞也，以其有情。其情正，则辞合于理而正；其情邪，则辞背于理而邪。所谓辞者，不过以发其情，而达其理。故始之以情，终之以礼，义虽未尝言辞，而辞实在其中。盖其所赋，固必假于辞，而有不专于辞者。去古日远，人情为利欲所汩，而失其天理之本然。情涉于邪而不正，则以游辞而释之；理归于邪而不正，则以强辞而夺之。《易》系六辞，轲书四辞，固不出于理之正，而亦何莫不从心上来。吁！辞者，情之形诸外也；理者，情之有诸中也。有诸中故见其形诸外，形诸外故知其有诸中。辞不从外来，理不由他得，一本于情而已矣。若所赋专尚辞、专尚理，则亦何足见其平时素蕴之怀、他日有为之志哉！方今崇雅黜浮，变律为古，愚故极论律之所以为律，古之所以为古。赋者知此，则其形一国之风，言天下之事，当有得古人吟咏情性之妙者矣。"

　　《古赋辩体》还有一个突出特点就是对今人特别推崇的唐、宋文赋多持批评态度，认为文赋"尚理"，《唐体》云："至杜牧之《阿房宫赋》，古今脍炙，但大半是论体，不复可专目为赋矣。毋亦恶俳律之过，而特尚理以矫其失与？"《宋体》云："赋之本义当直述其事，何尝专以论理为体邪？以论理为体，则是一片之文，但押几个韵尔，赋于何有？今观《秋声》、《赤壁》等赋，以文视之，诚非古今所及。若以赋论之，恐（教）坊雷大使舞剑，终非本色。"他之所以对文赋不满，就是因为他主张尊体，"赋之本义当直述其事"，文赋就不符合这一要求："王荆公评文章,尝先体制,观苏子瞻《醉白堂记》曰:'韩、白优劣论尔。'后山云:'退之作记,记其事尔。今之记,乃论也。'"这是反对以论为记。"少游谓《醉翁亭记》亦用赋体。"这是反对以赋为记。"范文正公《岳阳楼记》用对句说景。尹师鲁曰:传奇体尔。"这是反对以传奇为记。他反对以文为赋:"宋时名公于文章必辩体,此诚古今的论。然宋之古赋,往往以文为体,则未见其有辩其失者。"他主张"古文自是古文,四六自是四六,却不衮杂"。他认为"唐、宋间文章,其弊有二,曰俳体,曰文体",所谓俳体就是以"方语(《后山诗话》作古语)而切对,自汉至隋,文人率用之。中间变而为双关体,为四六体,为声律体,至唐而变深,至宋而变极,进士赋体又其甚焉。源远根深,塞之非易。"而以文体为赋其害比以俳体为赋更深:

> 四六对属之文也,可以文体为之。至于赋,若以文体为之,则专尚于理,而遂略于辞,昧于情矣。俳律卑浅固可去,议论俊发亦可尚,而风之优柔,比兴之假托,雅颂之形容,皆不复兼矣。非特此也,学者当以荆公、尹公、少游等语为法。其曰论体、赋体、传奇体,既皆非记之体,则文体又果可为赋体乎? 本以恶俳,终以成文;舍高就下,俳固可恶;矫枉过正,文亦非宜。俳以方为体,专求于辞之工;文以圆为体,专求于理之当。殊不知专求辞之工,而不求于情,工则工矣,若求夫"言之不足"与"咏歌嗟叹"等义,有乎? 否也。专求理之当,而不求于辞,当则当矣,若求夫"情动于中"与"手舞足蹈"等义,有乎? 否也。故欲求赋体于古者,必先求之于情,则不刊之言,自然于胸中流出,辞不求工而自工,又何假于俳? 无邪之思,自然于笔下发之,理不求当而自当,又何假于文? 胸中有成思,笔下无费辞。以乐而赋,则读者跃然而喜;以怨而赋,则读者愀然以吁;以怒而赋,则令人欲按剑而起;以哀而赋,则令人欲掩袂以泣。动荡乎天机,感发乎人心,而兼出于风、比、兴、雅、颂之义焉,然后得赋之正体,而合赋之本义。苟为不然,虽能脱于对语之俳,而不自知又入于散语之文。

他力主恢复古赋:"近年选场,以古赋取士。昔者无用,今则有用矣。尝考春秋之时,觇国盛衰,别人贤否,每于公卿大夫士所赋知之。愚不知今之赋者,其将承累代之积弊,嚘啾咿嘤,而使天丑其行邪? 抑将侈太平之极观,和其声而鸣国家之盛邪? 则是赋也,非特足以见能者之材知,而亦有关吾国之轻重,学者可不自勉。"

《古赋辩体》除历论先秦、两汉、三国、六朝、唐、宋辞赋体格之变化外,还对所选赋家及其赋作多有评点,兹举一则以见其体。如卷一论屈原与屈原骚体云:"同列上官大夫及用事臣靳尚妒其能,谗之王。王疏原,原乃作《离骚》、《九歌》、《九章》、《远游》

等篇,陈正道以讽谏,泄其忧悲愤懑、无聊不平之思,致其缱绻恻怛、不能自已之意,以灵脩、美人喻君,以香草、善鸟、龙凤比忠贞君子,以臭草、恶鸟、飙风、云霓比小人,上述唐、虞,下序桀、纣,援天引圣,终不见省。不忍见宗国将遂危亡,遂自沈于汩罗之渊。”又云:“《离骚》,离,别也。骚,愁也。晦翁(朱熹)云:‘《诗》之兴多而比、赋少,《骚》则兴少而比、赋多,要必辨此而后辞义可寻。’然其游春宫、求宓妃之属,又兼《风》之义;述尧舜、言桀纣之类,又兼《雅》之义。故淮南王(刘)安曰:‘《国风》好色而不淫,《小雅》怨诽而不乱。若《离骚》者,可谓兼之矣。’读者诚能体原之心,而知其情;味原之行,而知其理,则自有感动兴起省悟处。孟轲氏论说《诗》曰:‘不以文害辞,不以辞害意。’‘以意逆志,是为得之。’凡赋人之赋与赋己之赋,皆当于此体会,则其情油然而生,粲然而见决,不为文辞之所害矣。”

五　左克明《古乐府》为乐府正本溯源

左克明(生卒年不详),豫章(江西南昌)人。大约生活于元顺帝时。元末明初诗人。《南昌县志》载其寓居铁柱宫,刘崧(1321—1381)有《寄左练师诗》。

左克明编纂的乐府诗总集《古乐府》十卷,自序题至正丙戌(1346)。宋郭茂倩《乐府诗集》力求博大,未免稍失于滥。《古乐府》则旨在正本溯源,注重古题古辞,对于变体、拟作去取颇慎,所收上起三代,下至陈、隋,共分古歌谣、鼓吹曲、横吹曲、相和歌曲、清商曲、舞曲、琴曲、杂曲八类,每类下各有小序,其题下夹行注多采《乐府诗集》之文。此书与郭书相较,除删去“近代曲辞”、“新乐府”二目外,还删去“郊庙”、“燕射”二门,并以“杂歌谣辞”作为“古歌谣”列为第一,这样编排与《古乐府》之题不相符合,因为“郊庙”与“燕射”之需要正是汉代设立乐府之目的,从分类中删除是不妥的。

其《古乐府序》概述了乐府的由来演变和编纂此书的目的:“汉武帝立乐府官采诗,以四方之声,合八音之调,用之甘泉圜丘,此乐府之名所由始也。历世相承,古乐废缺,虽修举不常,而日就泯没。博洽推究,师授莫明,于是凡其诸乐舞之有曲,与夫歌辞可以被之管弦者,通其前后,俱谓之乐府。上追三代,下逮六朝,作者迭兴,仿效继出,虽世降不同,而时变可考。纷纷沿袭,古意略存,或因意命题,或学古叙事,尚能原闺门衽席之遗,而达于朝廷宗庙之上。方《三百篇》之诗为近,而下视后世词章留连光景者有间矣。克明窃伏山林,有志兹事,见闻浅鲜,终不克成。数年以来,勉强就绪。采摭前人之余意,探求作者之异同,按名分类,删繁举要。唐人祖述尚多,非敢弃置。盖世传者众,弗赖于斯。是编也,谓之《古乐府》,故独详于古焉。《记》曰:‘凡乐,

538

乐其所自生。'愚之管见,亦欲世之作者,溯流穷原而不失其本旨云耳。其为卷也凡十,而其为类也八。冠以'古歌谣辞'者,贵其发乎自然也;终以'杂曲'者,著其渐流于新声也。呜呼!乐府之流传也,尚矣。风化日移,繁音日滋。愚惧乎此声之不作也,故不自量度,辄为叙次,推本三代而上,下止陈、隋,截然独以为宗。虽获罪世之君子,无所逃焉。"①

第三节　金元别集、笔记、专著中的文体论

一　王若虚的文体论

王若虚(1174—1243)字从之,号慵夫,自称滹南遗老。真定藁城(今属河北)人。幼颖悟,擢承安二年(1197)经义进士,历管城、门山二县令,入为国史院编修官、著作佐郎。正大初,迁平凉府判官。金亡不仕。其诗文创作颇为可观,其文不事雕琢,唯求理当;其诗以白居易为法,崇尚自然,能曲尽情致。

王若虚是金代的重要学者,精于经、史、文学,独步一时。其经学、史学和文学批评方面的成就,主要反映在其所著《滹南遗老集》中。此书共四十五卷,包括《五经辨惑》二卷,《论语辨惑》五卷,《孟子辨惑》一卷,《史记辨惑》十一卷,《诸史辨惑》二卷,《新唐书辨惑》三卷,《君事实辨》二卷,《臣事实辨》三卷,《议论辨惑》一卷,《著述辨惑》一卷,《杂辨》一卷,《谬误杂辨》一卷,《文辨》四卷,《诗话》三卷,杂文及诗五卷。其学术论著部分,辩难驳疑,不落窠臼,对汉、宋儒者解经之附会迂谬以及史书、古文句法修辞之疏误纰漏者,多有批评订正。

王若虚评文、评诗、论文体均有独到见解,观点集中反映在其《史记辨惑》、《文辨》、《诗话》中。其《史记辨惑》认为《史记》的本纪、列传、表、书界限不清:"迁史之例,惟世家最无谓。颜师古曰:世家者,子孙为大官不绝也。诸侯有国称君,降天子一等耳。虽不可同乎帝纪,亦岂可谓之世家?且既以诸侯为世家,则孔子、陈涉、将相、宗室、外戚等复何预也?抑又有大不安者,曰纪,曰传,曰表、书,皆篇籍之目也;世家特门第之称,犹强族大姓云尔,乌得与纪、传字为类也?然古今未有知其非者,亦可怪矣。然则列国宜何称?曰国志、国语之类,何所不可,在识者定之而已。"又云:"《史记》诸世家往往随年附见他国大事,至于列传亦或有之,徒乱其文,无关义理。夫左氏编年本纪,诸国之事或先经以始事,或后经以终义,互相发明,故可也。如迁史者,各

① (元)左克明《古乐府》卷首,文渊阁四库全书本。

有传记，足以自见，何必尔邪？"①

其《文辨》论文体云："或问：'文章有体乎？'曰：'无。'又问：'无体乎？'曰：'有。'"'然则果何如？'曰：'定体则无，大体须有。'"这则对话很深刻，文无"定体"，但有"大体"，各种体裁必须大致符各体的要求。其下论各种文体都体现了他这一主张。如同卷论代言体制诰云："凡人作文字，其他皆得自由，惟史书实录，制诰王言，决不可失体。世之秉笔者往往不谨，驰骋雕镌，无所不至，自以得意，而读者亦从而歆美。识真之士，何其少也！"

他很看不起律赋，同卷又云："科举律赋不得预文章之数，虽工不足道也。而唐、宋诸名公集往往有之，盖以编录者多爱不忍割，因而附入，此适足为累而已。柳子厚《梦愈膏肓疾赋》，虽非科举之作，亦当去之。"

他对四六文尤为不满，同卷云："四六，文章之病也，而近世以来，制诰表章率皆用之。君臣上下之相告语，欲其诚意交孚，而骈俪浮辞不啻如俳优之鄙，无乃失体耶？后有明王贤大臣一禁绝之，亦千古之快也。"

序有序跋之序，记序之序，他批评时人往往不分。卷三五云："凡作序而并言作之之故者，此乃序之序，而非本序也。若记，若诗，若志，铭，皆然，人少能免此病者。退之《原道》等篇末云作《原道》、《原性》、《原毁》，欧公《本论》云'作《本论》'，犹赘也。"但他对宋人以论为记却持辩护态度，同卷云："陈后山云：'退之之记，记其事耳；今之记，乃论也。'予谓不然。唐人本短于议论，故每如此。议论虽多，何害为记？盖文之大体，固有不同，而其理则一。殆后山妄为分别，正犹评东坡以诗为词也。且宋文视汉、唐百体皆异，其开廓横放，自一代之变。而后山独怪其一二，何邪？"卷三六云："荆公谓东坡《醉白堂记》为韩白优劣论，盖以拟伦之语差多，故戏云尔。而后人遂为口实。夫文岂有定法哉？意所至则为之，题意适然，殊无害也。""文岂有定法"正是他文无定体的又一表述。

卷三七论传体云："古人或自作传，大抵姑以托兴云尔，如《五柳》(陶潜撰)、《醉吟》(白居易撰)、《六一》(欧阳修撰)之类可也。子由(苏辙)著《颍滨遗老传》，历述平生出处、言行之详，且诋訾众人之短以自见，始终万数千言，可谓好名而不知体矣。"所举皆自传，前三篇皆文学作品中的上乘之作，苏辙的《颍滨遗老传》，恐怕就只有治宋史者有兴趣。但苏辙的《巢谷传》，却完全可与陶、白、欧三传媲美。

同卷又云："扬雄之经，宋祁之史，江西诸子之诗，皆斯文之蠹也。散文至宋人始是真文字，诗则反是矣。"

---

①　(金)王若虚《滹南集》卷一一，文渊阁四库全书本。

540

卷三八至卷四〇的《诗话》集中反映了他对宋诗的轻视:"陈后山云:'子瞻以诗为词,虽工非本色。今代词手,惟秦七、黄九耳。'予谓后山以子瞻词如诗,似矣;而以山谷为得体,复不可晓。晁无咎云:'东坡词小不谐律吕,盖横放杰出,曲子中缚不住者。'其评山谷则曰:'词固高妙,然不是当行家语,乃著腔子唱如诗耳。'此言得之。陈后山谓子瞻以诗为词,大是妄论,而世皆信之,独茅荆产辨其不然,谓公词为古今第一。今翰林赵公亦云,此与人意暗同。盖诗词只是一理,不容异观。自世之末作习为纤艳柔脆,以投流俗之好,高人胜士,亦或以是相胜,而日趋于委靡,遂谓其体当然,而不知流弊之至此也。文伯起曰:'先生虑其不幸而溺于彼,故援而止之,特立新意,寓以诗人句法。'是亦不然,公雄文大手,乐府乃其游戏,顾岂与流俗争胜哉?盖其天资不凡,辞气迈往,故落笔皆绝尘耳。山谷最不爱集句,目为百家衣,且曰正堪一笑。予谓词人滑稽,未足深诮也。山谷知恶此等,则药名之作,建除之体,八音列宿之类,独不可一笑耶?""古之诗人,虽趣尚不同,体制不一,要皆出于自得。至其辞达理顺,皆足以名家,何尝有以句法绳人者?鲁直开口论句法,此便是不及古人处。而门徒亲党,以衣钵相传,号称'法嗣',岂诗之真理也哉?朱少章论江西诗律,以为'用昆体功夫,而造老杜浑全之地'。予谓用昆体功夫,必不能造老杜之浑全,而至老杜之地者,亦无事乎昆体功夫,盖二者不能相兼耳。"

二　元好问《论诗三十首》纵论历代诗体诗风

元好问(1190—1257)字裕之,号遗山,世称遗山先生。山西秀容(今山西忻州)人。系出拓拔魏,故姓元氏。七岁能诗,被称为神童。年十一,从其叔父官于冀州。年十四,叔父为陵川令,从陵川郝天挺(晋卿)学,淹贯经传百家。登兴定五年进士第,不就选,往来箕颍,大放厥辞,家有其什,人嚼其句。正大中,辟邓州南阳令,转内乡令。诏为尚书都省掾。天兴初,入翰林,知制诰。金亡不仕。事迹具郝经《遗山先生墓铭》、《金史》卷一二六本传。

元好问是金末元初文学家、历史学家,宋、金时期北方文学的主要代表,被尊为"北方文雄"、"一代文宗"。其作品各体皆工,以诗作成就最高,其丧乱诗尤为有名;其词为金代之冠,可与两宋名家媲美;其散曲传世不多,但影响很大,有倡导之功。郝经《遗山先生墓铭》云:"金源有国,士务决科干禄,置诗文不为;其或为之,则群聚讪笑,大以为异。委坠废绝,百有余年,而先生出焉。当德陵之末,独以诗鸣,上薄风雅,中规李、杜,粹然一出于正,直配苏、黄氏。天才清赡,邃婉高古,沈郁大和,力出意外,巧缛而不见斧凿,新丽而绝去浮靡,造微而神采粲发。杂弄金碧,糅饰丹素,奇芬异秀,洞荡心魄，看花把酒，歌谣跌宕。挟幽、并之气，高视一世。以五言雅为正，出奇于长句杂言，至五千五百余篇。为古乐府不用古题，特出新意，以写恩怨者，又百篇余。用今题为乐府，揄扬新声者，又数十百篇，皆近古所未有也。汴梁亡，故老皆尽，先生遂为一代宗匠，以文章伯独步几三十年。"①著有《遗山先生文集》、《续夷坚志》、《遗山先生新乐府》等，编有《中州集》。

元好问《论诗三十首》是一组评及自汉魏至宋代的很多重要诗人、诗歌体裁、风格、流派的七绝形式的重要诗论，与杜甫《戏为六绝句》和严羽《沧浪诗话》"以时而论"、"以人而论"所论诗之风格有异曲同工之妙："汉谣魏什久纷纭，正体无人与细论。谁是诗中疏凿手，暂教泾渭各清浑"②，这不正是杜甫的"别裁伪体亲风雅"吗？"曹刘坐啸虎生风，四海无人角两雄。可惜并州刘越石，不教横槊建安中"，这不正是严羽所说的"建安体"、"曹刘体"吗？"邺下风流在晋多，壮怀犹见铁壶歌。风云若恨张华少，温李新声奈尔何"，这不正是严羽所说的"邺中七子"、"温庭筠"、"李商隐"体吗？"一语天然万古新，豪华落尽见真淳。南窗白日羲皇上。未害渊明是晋人"，"心画心声总失真，文章仍复见为人。高情千古《闲居赋》，争信安仁拜路尘"，这不正是严羽所说的"陶渊明"体吗？"沈、宋横驰翰墨场，风流初不废齐梁。论功若准平吴例，合著黄金铸子昂"，这不正是严羽所的"沈宋体"、"齐梁体"、"唐初体"吗？"少陵自有连城璧，争奈微之识碔砆"，这不正是严羽所论的"少陵体"吗？"望帝春心托杜鹃，佳人锦瑟怨华年。诗家总爱西昆好，独恨无人作郑笺"，这不正是严羽所论的"李商隐体（即西昆体也）"吗？"东野穷愁死不休，高天厚地一诗囚。江山万古潮阳笔，合在元龙百尺楼"，这不正是严羽所说的"孟东野体"、"韩昌黎体"吗？"奇外无奇更出奇，一波才动万波随。只知诗到苏黄尽，沧海横流却是谁"，"百年才觉古风回，元祐诸人次第来。讳学金陵犹有说，竟将何罪废欧梅"，这不正是严羽所说"东坡体"、"山谷体"、"后山体"、"元祐体"、"江西宗派体"吗？总之，元好问以论诗绝句的形式几乎论及《沧浪诗话》所论的所有诗风。他反对为文造情、闭门觅句、夸多斗靡，提倡写真景，抒真情。

其《杨叔能小亨集引》论诗文之别云："诗与文，特言语之别称耳。有所记述之谓文，吟咏情性之谓诗，其为言语则一也。唐诗所以绝出于《三百篇》之后者，知本焉尔矣。何谓本？诚是也。"文以记事，诗以抒情，记事要真实，抒情更要真诚。

同卷《东坡诗雅引》云："五言以来，六朝之谢、陶，唐之陈子昂、韦应物、柳子厚最为近风雅，自余多以杂体为之，诗之亡久矣。杂体愈备，则去风雅愈远，其理然也。"可

① 《陵川集》卷三五，文渊阁四库全书本。
② 《遗山集》卷一一，文渊阁四库全书本，下同。

542

见他以"近风雅"为正,去风雅远为"杂体"。吴讷《文章辨体序说·杂体》亦云:"昔柳柳州《读退之毛颖传》有曰:'善戏谑兮,不为虐兮。学者终日讨说习复,则罢惫而废乱,故有息焉游焉之说。譬诸饮食,既荐味之至者,而奇异苦咸酸辛之物,虽蜇吻裂鼻,缩舌涩齿,而咸有笃好之者,独文异乎?'予于是而知杂体之诗盖类是也。然其为体,虽各不同,今总谓之杂者,以其终非诗体之正焉。"所谓"诗体之正"也是指体"近风雅"之诗。

同卷《新轩乐府引》论词及苏轼在词史上的贡献云:"唐歌词多宫体,又皆极力为之。自东坡一出,情性之外,不知有文字,真有一洗万古凡马空气象,虽时作宫体,亦岂可以宫体概之?人有言乐府本不难作,从东坡放笔后便难作,此殆以工拙论,非知坡者。所以然者,《诗》三百所载小夫贱妇幽忧无聊赖之语,特猝为外物感触,满心而发,肆口而成者尔。其初果欲被管弦,谐金石,经圣人手,以与六经并传乎?小夫贱妇且然,而谓东坡翰墨游戏,乃求与前人角胜负,误矣!自今观之,东坡圣处,非有意于文字之为工,不得不然之为工也。坡以来,山谷、晁无咎、陈去非、辛幼安诸公,俱以歌词取称,吟咏情性,留连光景,清壮顿挫,能起人妙思,亦有语意拙直,不自缘饰,因病成妍者,皆自坡发之。"可见他论词与论诗一样,都很重视"吟咏情性","非有意于文字之为工,不得不然之为工"。

《木庵诗集序》云:"东坡读参寥子诗,爱其无蔬笋气,参寥用是得名。宣政以来无复异议,予独谓此特坡一时语,非定论也。诗僧之诗所以自别于诗人者,正以蔬笋气在耳。"这也表现了他诗无定体,诗风贵多样的观点。

其所编《中州集》十卷,每一作家各有小传,或一传而附见数人,附载他事,以便借诗以存史,故旁见侧出,不拘一格。小传兼评其诗,选诗亦较精审。其自序云:"念百余年以来,诗人为多。苦心之士,积日力之久,故其诗往往可传。兵火散亡,计所存者,才什一耳。不总萃之,则将遂湮灭而无闻,为可惜也。"①此书确实达到了辑佚存遗的目的,金人之诗,多赖此书以传。家铉翁《题中州诗集后》云:"观遗山元子所裒《中州集》者,百年而上,南北名人节士、巨儒达官所为诗,与其平生出处,大致皆采录不遗。而宋建炎以后,衔命见留,与留而得归者,其所为诗与其大节始终,亦复见纪。"②其《刘西岩汲一十首》亦极论诗无定体:"汲字伯深,南山翁之子。天德三年进士,释褐庆州军事判官,入翰林为供奉,自号西岩老人,有《西岩集》传于家。屏山为作序云:'人心不同如面,其心之声发而为言,言中理谓之文,文而有节谓之诗。'然则诗

---

① (金)元好问《中州集》卷首,文渊阁四库全书本。

② (元)苏天爵《元文类》卷三八,文渊阁四库全书本。

者,文之变也,岂有定体哉! 故《三百篇》什无定章,章无定句,句无定字,字无定音,大小长短,险易轻重,惟意所适,虽役夫室妾悲愤感激之语与圣贤相杂而无愧,亦各言其志也已矣。何后世议论之不公耶!"对齐梁以后诗风深表不满:"齐、梁以降,病以声律,类俳优。然沈、宋而下,裁其句读,又俚俗之甚者。自谓灵均以来,此秘未睹,此可笑者一也。李义山喜用僻事,下奇字,晚唐人多效之,号西昆体,殊无典雅浑厚之气,反訾杜少陵为村夫子,此可笑者二也。黄鲁直天资峭拔,摆出翰墨畦径,以俗为雅,以故为新,不犯正位,如参禅著末后句为具眼,江西诸君子翕然推重,别为一派,高者雕镂尖刻,下者模影剽窜。公言'韩退之以文为诗,如教坊雷大使舞',又云'学退之不至,即一白乐天耳',此可笑者三也。嗟乎,此说既行天下,宁复有诗耶?"末对刘西岩诗给了很高的评价:"比读刘西岩诗,质而不野,清而不寒,简而有理,淡而有味,盖学乐天而酷似之。观其为人,必傲世而自重者。颇喜浮屠,邃于性理之说,凡一篇一咏,必有深意,能道退居之乐,皆诗人之自得,不为后世论议所夺,真豪杰之士也。"①

三　郝经的文体论及其《续后汉书》的解析众体

郝经(1223—1275)字伯常,元泽州陵川(今属山西)人。家世业儒,其祖父郝天挺是元好问之师。郝经本人,则深受元好问影响。以翰林侍读学士充国信使,入宋通好。拘之真州,至元十一年(1274)乃归,始终不屈身辱命。累赠昭文馆大学士、司徒、冀国公,谥文忠。

郝经反对"华夷之辨",而推崇"四海一家"的思想,主张天下一统,结束自唐朝末年以来的分裂状态,反对不同族群之间的等级观点;主张凡事不必尽师古人,提出"不必求人之法以为法",认为"三国六朝无名家,以先秦、二汉为法而不敢自为也;五季及今无名家,以唐、宋为法而不敢自为也"②。其诗前期豪迈恣肆、遒健排奡,后期沉郁苍凉、细腻绵邈。但在语言风格上,其前期和后期诗作都体现出反对矫揉造作、追求自然的特点。其字画高古,取众人所长以为己有,笔画俊逸遒劲,似其为人,无倾侧颇媚之态,为当时名笔。著述甚丰,有《续后汉书》、《春秋外传》、《周易外传》、《太极演》、《原古录》、《玉衡真观》、《通鉴书法》、《注三子》、《一王雅》、《行人志》、《陵川集》等。存世有《陵川集》与《续后汉书》。

他在《经史》中论经、史之别认为:"古无经、史之分,孔子定六经而经之名始立,未

---

① 《中州集》卷二。

② (元)郝经《陵川集》卷二三《答友人论文法书》,文渊阁四库全书本。

始有史之分也。六经自有史耳,故《易》即史之理也,《书》史之辞也,《诗》史之政也,《春秋》史之断也,《礼》、《乐》经纬于其间矣,何有于异哉? 至马迁父子为《史记》而经、史始分矣。其后遂有经学,有史学,学者始二矣。”他认为经、史既分之后,“不可复合”:“第以昔之经而律今之史可也,以今之史而正于经可也,若乃治经而不治史,则知理而不知迹;治史而不治经,则知迹而不知理,苟能一之则无害于分也。故学经者不溺于训诂,不流于穿凿,不惑于议论,不泥于高远,而知圣人之常道,则善学者也。训诂之学始于汉而备于唐,议论之学始于唐而备于宋,然亦不能无少过焉。而训诂者或至于穿凿,议论者或至于高远,学者不可不辨也。学史者不昧于邪正,不谬于是非,不失于予夺,不眩于忠佞,而知所以废兴之由,不为矫诈欺,不为权利诱,不为私嗜蔽,不以记问谈说为心,则善学者也。”他认为史书和注经皆经过三变:“古无史之完书,三变而讫于今,左氏始以传《春秋》,错诸国而合之;马迁作《史记》离历代而分之;温公作《通鉴》,复错历代而合之,三变而史之法尽矣。古不释经亦三变而讫于今,训诂于汉,疏释于唐,议论于宋,三变而经之法尽矣,后世无以加也。但学之而不遗,辨之而不误,要约而不繁,得其指归而不异,而终之以力行而已矣。”他认为后世科举之学有损于经史:“呜呼,后世学经者复务于进取科名,徇时之所尚,破碎分裂,经之法复变矣。学史者务于博,记注滋谈辩,钓声誉以爱憎好尚为意,混淆芜伪,而史之法复变矣。其将变而无穷耶,其亦变而止于是耶,其由变而经史之道遂亡也邪? 九师兴而《易》道微,三传作而《春秋》散,昔人之议犹若是,矧于今之变乎? 变而不已,其亦必亡矣。”

其《文弊解》云:“事虚文而弃实用,弊亦久矣。自为书之学不明,天下之人狃于习而咮于利,是以背而驰之力,衒而为之噪,援笔为辞,缀辞为书,藉藉纷纷,不过夫记诵辞章之末,卒无用于世,而谓之文人。果何文耶……规规以为工,切切以为巧,斐斐以为丽,角胜而相尚,为文而无用,何哉? 三代之先,圣君贤臣唯实是务,至于诰誓勅戒之辞,赓和之歌,皆核于实而晔于华,和顺积中而英华发外,故史臣赞曰聪明文思,孔子称之曰焕乎其有文章。自其发见者而言,不以文为本也。天人之道以实为用,有实则有文,未有文而无其实者也。《易》之文实理也,《书》之文实辞也,《诗》之文实情也,《春秋》之文实政也,《礼》文实法而《乐》文实音。故六经无虚文,三代无文人。夫惟无文人,故所以为三代无虚文,所以为六经,后世莫能及也。”然后他首举“《语》、《孟》二书”,“孔氏之门,游夏以文学称,未闻其执笔命题而作文也”;次举善为文者多忘道义:“后世文士工于文而拙于实,衒于辞章而忘于道义,故班、马不免于刑,范晔、陆机、谢灵运不免于诛,陈叔宝、杨广不免于覆宗社,而柳柳州不免于小人,文何益耶? 苟有其实矣,何患无文?”再举君主名臣不以文为事而其文多可称:“三代则亦已矣,至于后世,汉高帝奋起亡秦,王有天下,功并汤、武,未尝为文也,如《大风之歌》,声震海岳,而光犯日月。诸葛孔明仗义兴汉,委身事蜀,道合伊、吕,而他文未见也。如出师之表与商、周命训相上下,则有实者有文也必矣。"末从正面提出自己"革虚文之弊"的主张:"方今道丧时弊,正气湮塞,生民坠溺,志士振起之秋也,可拘于虚文,溺于浅浅哉?宜嚼六经之实,尽躬行之道,精百代之典,革虚文之弊,断作为之工,存心养性,磨厉以须天下之清。其行也,其达也,必不与草木并朽而无闻矣。"

其《答友人论文法书》阐述了同一思想,认为古无论文之书,后世则"穷原极委":"二帝三王无文人,仲尼之门虽曰文学,亦无后世篇题辞章之文。故先秦不论文。骚人作而辞赋盛,故西汉始论文,时则有扬雄之书。东汉复论文,时则有蔡邕之书。建安以来诗文益盛,语三国则有魏文帝、陈思王之论。语晋、宋则有陆机、沈约之作。折衷南北七代则有文中子(王通)之说。至李唐则韩、柳氏为规矩大匠,如韩之《答李翊》、《上于襄阳》、《答尉迟生》、《与冯宿》,柳之《与杨京兆》、《答韦中立》、《报陈秀才》、《答韦珩》、《复杜温夫》及《与友人》等作,加之以李翱之《答王载言》、《寄从弟正辞》,皇甫湜之《答李生》、《复答李生》,下逮欧、王、苏、黄之论议,则穷原极委,无所不至。"但他对此是不以为然的,认为根本在于理而不在于法:

> 为文则固自有法,故先儒谓作文,体制立而后文势成。虽然,理者法之源,法者理之具,理致夫道,法工夫技,明理法之本也。吾子所谓法度利病,近世以文为技,与求夫法,资于人而作之者也,非古之以理为文,自为之意也。古之为文也,理明义熟,辞以达志尔,若源泉奋地而出,悠然而行,奔注曲折,自成态度,汇于江而注之海,不期于工而自工,无意于法而皆自为法,故古之为文法在文成之后,辞由理出,文自辞生。法以文著,相因而成也,非与求法而作之也。后世之为文也则不然,先求法度,然后措辞以求理,若抱杼轴求人之丝枲而织之,经营比次,络绎接续以求端绪,未措一辞,铨制天阙于胸中,惟恐其不工而无法。故后之为文法在文成之前,以理从辞,以辞从文,以文从法,一资于人而无我,是以愈工而愈不工,愈有法而愈无法,祇为近世之文,弗逮乎古矣。夫理,文之本也;法,文之末也。有理则有法矣。未有无理而有法者也。

然后他列举《易》、《书》、《诗》、《春秋》、《礼》、《乐》以证明"法在文中,文在理中":"自孔、孟氏没,理浸废,文浸彰,法浸多,于是左氏释经而有传注之法,庄、荀著书而有辨论之法,屈、宋尚辞而有骚赋之法,马迁作史而有序事之法。自贾谊、董仲舒、刘向、扬雄、班固至韩、柳、欧、苏氏作为文章,而有文章之法,皆以理为辞,而文法自具,篇篇有法,句句有法,字字有法,所以为百世之师也。故今之为文者不必求人之法以为法,明夫理而已矣。精穷天下之理而造化在我,以是理,为是辞,作是文,成是法,皆自我作。"强调文贵自然,贵己出,这就是此文的主旨:"不知其所以然而然,莫非自然以为神,则法亦不可胜用,我亦古之作者,亦可为百世师矣,岂规规孑孑求人之法而后为之乎?""文有大法,无定法","文固有法,不必志于法,法当立诸己,不当尼诸人"。

其《述拟》写其父要他应科举,"拟宏词数十首",包括诏赦、制册、檄书、露布等,论述了历代文体、文风的变化,认为"西汉格高辞约,有先秦三代遗风,后世辞章不可及已。东汉而下至晋宋六朝渐趋近体骈俪之作,李唐以来对属切律,遂为四六谓之官样,或为高古以则先汉,依放盘诰则以为野而非制。故皆模写陈烂,谨守程序,不遗步骤,至于作者如韩、柳、欧、苏,亦不敢自作,强勉为之,而世谓之画葫芦。行之千有余年,弗可改已。然而点化诗书,六经杂用,先秦二汉畅如陆贽,质如吏部(韩愈),富如文饶(李德裕),情如封敖,雄如东坡,工如彦章(汪藻),学经作句,亦足自为",他反对"模写陈烂,谨守程序,不遗步骤",主张"典雅古赡,情实感激,得体而已。"

以上是论文,其《与撖彦举论诗》则论诗之发展变化,首论《诗经》:"诗,文之至精者也,所以歌咏性情以为风雅,故摅写襟素,托物寓怀,有言外之意,意外之味,味外之韵,凡喜怒哀乐蕴而不尽,发托于江花野草,风云月露之中,莫非仁义礼智,喜怒哀乐之理。依违而不正言,恣睢而不迫切,若初无与于己,而读之者感叹激发,始知己之有罪焉。故三代之际于以察安危,观治乱知,人情之好恶,风俗之美恶,以为王政之本焉。观圣人之所删定,至于今而不亡,诗之所以为诗,所以歌咏性情者祇见《三百篇》尔。"次论秦汉之诗:"秦汉之际,骚赋始盛,大抵怨蕴烦冤,从谀侈靡之文,性情之作衰矣,至苏、李赠答,下逮建安,后世之诗,始立根柢,简静高古,不事夫辞,犹有三代之遗风。"次论六朝之诗:"至潘、陆、颜、谢则始事夫辞,以及齐、梁,辞遂盛矣。"次论唐诗:"至李、杜氏兼魏晋以追风雅,尚辞以咏性情,则后世诗之至也。然而高古不逮夫苏(武)、李(陵)之初矣。"次论宋诗:"至苏、黄氏而诗益工,其风雅又不逮夫李、杜矣。盖后世辞胜,尽有作为之工,而无复性情。"可见他论诗强调《诗经》的咏吟情性,反对追求辞藻:

　　不知风雅有沉郁顿挫之体,有清新警策之神,有振撼纵恣之力,有喷薄雄猛之气,有高壮广厚之格,有叶比调适之律,有雕锼织组之才,有纵入横出之变,有幽丽静深之姿,有纡余曲折之态,有悲忧愉快之情,有微婉郁抑之思,有骇愕触忤之奇,有鼓舞豪宕之节。夫言外之意,意外之味,味外之韵,知之者鲜,又孰能为之哉? 先为辞藻,茅塞思窦扰其兴,致自趋尘,近不能高古,习以成俗,昧夫风雅之原矣。呜呼,自李、杜、苏、黄已不能越苏、李,追三代,矧其下乎? 于是近世又尽为辞胜之诗,莫不惜李贺之奇,喜卢仝之怪,赏杜牧之警,趋元稹之艳,又下焉则为温庭筠、李义山、许浑、王建,谓之晚唐,轰轰隐隐,啴噪喧聒,八句一绝,竞自为奇,推一字之妙,擅一联之工,呕哑嚼啦于齿牙之间者,祇是天地风雷,日月星斗,龙虎鸾凤,金玉珠翠,莺燕花竹,六合四海,牛鬼蛇神,剑戟绮绣,醉酒高歌,美人壮士等磨切锱铢,偶韵较律,斗钉排比,而以为工,惊吓喝喊而以为豪,莫不病风丧心,不复知有李、杜、苏、黄矣,又焉知三代、苏、李性情风雅之作哉?

他这些话都为撒彦举而发,开篇云:"昨得足下诗一卷,瑰丽奇伟,固非时辈所及,然工于句字而乏风格,故有可论者。"结尾又云:"足下之作不为不工,不为不奇,殆亦未免近世辞人之诗,愿熟读《三百篇》及汉、魏诸人,唐、宋以来,只读李、杜、苏、黄,尽去近世辞章,数年之后,高咏吟台之上,则必非复吴下阿蒙矣。"吴下阿蒙指三国时吴国的吕蒙,鲁肃称其"今者学识英博,非复吴下阿蒙"。

卷二八的《一王雅序》,卷三〇《唐宋近体诗选序》也阐明了历代诗之发展演变,此从略。这里只谈谈他对和陶诗的看法。其《和陶诗序》不长,但内容丰富:"《三百篇》之后,至汉苏、李始为古诗。逮建安诸子,辞气相高,潘、陆、颜、谢,鼓吹格力,复加藻泽,而古意衰矣。"对陶潜的为人及其诗给予了很高评价:"陶渊明当晋、宋革命之际,退归田里,浮沉杯酒,而天资高迈,思致清逸,任真委命,与物无竞,故其诗跌宕于性情之表,直与造物者游,超然属韵,《庄周》一篇野而不俗,淡而不枯,华而不和。陶饰放而不诞,优游而不迫,切委顺而不怨怼,忠厚岂弟,直出屈、宋之上。庶几颜氏子之乐,曾点之适,无意于诗,而独得古诗之正,而古今莫及也。"论及唱和诗的演变云:"赓载以来,倡和尚矣。然而魏晋迄唐,和意而不和韵;自宋迄今,和韵而不和意,皆一时朋俦相与酬答,未有追和古人者也。独东坡先生迁谪岭海,尽和渊明诗。既和其意,复和其韵,追和之作自此始。"这里他把唱和诗分为"和意而不和韵"与"和韵而不和意",皆"朋俦相与酬答","追和古人"则自东坡始,并"既和其意,复和其韵"。自己也几乎尽和陶诗,"得百余首","非有异也,皆自然尔,又不知其孰倡孰和也"。

郝经《续后汉书序》论其著书缘起说:"晋平阳侯相陈寿,故汉吏也,汉亡仕晋,作《三国志》,以曹氏继汉,而不与昭烈,称之曰蜀,鄙为偏霸僭伪。于是统体不正,大义不明,紊其纲维,故称号论议皆失其正……至晦庵先生朱熹为《通鉴》作《纲目》,黜魏而以昭烈章武之元继汉统,体始正矣,然而本史正文犹用寿书。经尝闻缙绅先生余论,谓寿书必当改作,窃有志焉。及先人临终,复者遗命,断欲为之,事梗不能。中统元年,诏经持节使宋,告登宝位,通好弭兵,宋人馆留仪真,令进退束臂抱节,无所营

548

为,乃破稿发凡,起汉终晋立,限断条目,以更寿书……书成年表一卷,帝纪二卷,列传七十九卷,录八卷,共九十卷。别为一百三十卷,号曰《续后汉书》。奋昭烈(刘备)之幽光,揭孔明之盛心,祛曹丕之鬼蜮,破(司马)懿、(司马)昭之城府,明道术,辟异端,辨奸邪,表风节,甄义烈,核正伪,曲折隐奥,传之义理,征之典则,而原于道德,推本六经之初,茝补三史之后,千载之蔽,一旦廓然矣。"①

在《续后汉书》卷六六上上《艺文·文章总叙》中,他论述了各种文体皆起源于六经,并详论六经各种具体体裁的源流、演变及特征。如论《易》云:"昊天有四时,圣人有四经,为天地人物无穷之用。后世辞章,皆其波流余裔也。夫繇、彖、象、言、辞、说、序、杂,皆《易经》之固有;序、论、说、评、辨、解、问、对、难、语、言,以意言明义理,申之以辞章者,皆其余也。"论《书》云:"《书》者,言之经,后世王言之制、臣子之辞,皆本于《书》。凡制、诏、赦、令、册、檄、教、记、诰、誓、命、戒之余也,书、疏、笺、表、奏、议、启、状、谟、训、规、谏之余也。国书、策问、弹章、露布,后世增益之耳,皆代典国程,是服是行,是信是使,非空言比,尤官样体制之文也。"论《诗》云:"《诗经》三百篇,《雅》亡于幽、厉,《风》亡于桓、庄,历战国、先秦,只有诗之名而非先王之诗矣。本然之声音,郁湮喷薄,变而为杂体,为骚赋,为古诗,为乐府、歌、行、吟、谣、篇、引、辞、曲、琴、操、长句、杂言,其体制不可胜穷矣。"论《春秋》云:"《春秋》、《诗》、《书》,皆王者之迹,唐虞三代之史也。孔子修经,乃别辞命为《书》,《乐歌》为诗,政事为《春秋》,以为大典大法,然后为经而非史矣。凡后世述事功,纪政绩,载竹帛,刊金石,皆《春秋》之余,无笔削之法,只为篇题记注之文,则自为史而非经矣。"此正是后世的六经皆史之说。

各经之下他又对其所列文体分别作了解说,如《易》下解"论"云:"六经无论,至《庄》、《荀》骋其雄辨,始著论,如《礼》、《乐》、《正论》、《齐物论》等皆篇第之名,未特以为文也。汉兴,贾谊初为《过秦》一篇,始以为题而立论。于是二京(东汉、西汉)、三国诸文士往往著论,大抵反复明理而已。辞达义畅,不以文为胜也。"解"评"云:"先秦、二汉所未有。桓、灵之季(汉桓帝、汉灵帝),宦戚专朝,学士大夫激扬清议,题拂品核,相与为目。如曰'天下模楷李元礼','不畏强御陈仲举',许劭在汝南而为月旦评。评之名防(始)此。至陈寿作《三国志》,更史赞曰评,而始名篇,然特论之异名也。"又解"辩"云:"辩者,别嫌疑,定犹豫,指陈是非之文也。《孟子》谓'吾岂好辩',《荀子》谓'析辞而为察,言物而为辩',《老子》谓'大辩若讷,善言者不辩',扬雄谓'或问五经有辩乎? 曰:惟五经为辩。说天者莫辩乎《易》,说事者莫辩乎《书》,说体者莫辩乎《礼》,说志者莫辩乎《诗》,说理者莫辩乎《春秋》,舍斯,辩亦小矣'。故凡论说之文皆辩也,

① 《续后汉书》卷首,文渊阁四库全书本。

先秦、二汉犹未以名篇,后世始与论别而为题矣。"

又如《诗》下分论骚、赋、古诗、乐府、歌、行、吟、谣、篇、引、辞、曲、琴操、长句杂言。如论"行"云:"行,亦歌诗之流。三代、先秦未之见也。乐府以来,往往以行称,又与歌并称歌行也。歌以咏其志,行以行其志尔。其特称行,如《饮马长城窟行》、《苦寒行》、《善哉行》等是也。与歌并称者,如《伤歌行》、《燕歌行》、《长歌行》、《短歌行》、《怨歌行》等是也。"论"吟"云:"吟,亦歌类也。歌者,发扬其声而咏其辞也;吟者,掩抑其声而味其言也。歌浅而吟深,故曰'吟咏情性,以风其上'。三代、先秦有其名而无其文。乐府有《白头吟》、《梁甫吟》、《东武吟》,始自为篇题矣。"论"长句杂言"云:"古之为诗也,其章句不系短长,期于意尽辞止,音韵顺适而已。故有三言者,'江有汜'是也;有四言者,'关关雎鸠'是也;有五言者,'投我以木瓜'是也;有六言者,'曷月予还归哉'是也;有七言者,'送我乎淇之上矣'是也;有八言者,'十月蟋蟀入我床下'是也。其为章,则或三、四相间,或五、七相错,不拘其字数章句,而其变无穷。所以为诗之经也。汉初,专尚四言。至苏、李,专为五言。孝武为《秋风》、《柏梁》等辞,则专为七言。自张衡《四愁》而下,号七言为长句。建安以来,号四、五言为古诗,其余自乐府歌谣外,三、四、六、七相杂成章者,则谓之杂言。诗之体制,至是极矣。"

其《春秋》下分别论述了国史、碑、墓碑、诔、铭、符命、颂、箴、赞、记、杂文等。他认为六经皆史,亦皆记:"记,凡志之典籍者,皆是也。故《易》,记理之书也;《书》,记辞之书也;《诗》,记声之书也;《春秋》,记事之书也。四经,万世之大记也,而不以记为名。孔子没,诸弟子及秦、汉诸儒,各为记录,如《礼记》、《乐记》、《杂记》、《学记》、《表记》、《坊记》、《秦记》、《史记》,皆记注于四经之后而以为名,然未特命篇为文也。魏、晋而下,自史氏记录外,凡志一事,皆特为文。有序有事,亦有为铭诗者,皆刻之石,亦与碑等矣。"

最后他又总括说:"右四类(《易》、《书》、《诗》、《春秋》),其别五十有八,皆战国、秦、汉以来文章体制,原于四经而滋蔓于四经之后,所以为文章学,后世之制也。虽其义理不醇,辞气浸衰,不逮夫古,然自今视之,又不逮汉、魏远甚矣。故三代之文至于六经、《语》、《孟》,后世之文至于先秦、汉、魏,虽原远末分,皆规矩准绳,大匠也。故备录其制,推本所自与其所以弊而下者云。"

《续后汉书》卷六六上上主要论文体,其卷六六上下、卷六六中上、卷六六中下、卷六六下上、卷六六下下凡五卷,则为作家传。清代《古今图书集成·文学典》也分为作家传和文体论两大部分,与此一脉相承。

四　赵文论诗话起源于先秦及诗非一体

赵文(1238—1315)字仪可,一字惟恭,号青山,庐陵(今江西吉安)人。约公元1279年宋末前后在世。宋景定、咸淳间尝冒宋姓,三贡于乡,后复本姓,入学为上舍。宋亡,入闽,依文天祥。元兵破汀州,与天祥相失,逃归故里。后为东湖书院山长,选授南雄文学。著有《青山集》。《四库全书·青山集》提要云:"文尝自言,行事使人皆可知可见者,为君子之行;为文使人读之可晓,考之有证者,为君子之言。今观其诗文,皆自抒胸臆,绝无粉饰,亦可谓能践其言矣。"

其《郭氏诗话序》论诗话的起源与演变,认为诗话起源于先秦:"夫子之于《诗》,删之而已,无所论说也。亦间有所发明,如'为此诗者其知道乎',孟子又申之曰:'故有物必有则,民之秉彝也,故好是懿德。'而诗话始此矣。《三百篇》后,建安以来,稍有诗评,唐益盛,宋又盛。诗话盛而诗愈不如古,此岂诗话之罪哉? 先王之泽远而人心之不古也。旧见胡仔《渔隐丛话》,虽其间不无利钝,亦观诗之一助。又有《总龟》,俗甚。黄氏《玉屑》(似为魏氏之误,指魏庆之《诗人玉屑》)最后出,大抵掇渔隐之绪余而已。吾来文山,日从宋季任、郭友仁言诗,季任集诸家之说,友仁增广而编次之,凡《渔隐》诸书之所已陈者,一语不录。二君盛年强力,使有科举之累,亦安得余力及此,噫!"①

诗文有所谓庙堂、士人、草野之别,其《萧汉杰青原樵唱序》充分肯定了草野文学的作用:"萧汉杰出所为诗号《青原樵唱》示余。或曰樵者亦能诗乎? 余曰:人人有情性,则人人有诗,何独樵者! 彼樵者,山林草野之人,其形全,其神不伤,其歌而成声,不烦绳削而自合,宽闲之野,寂寞之滨,清风吹衣,夕阳满地,忽焉而过之,偶焉而闻之,往往能使人感发兴起而不能已,是所以为诗之至也。"认为江湖诗派不是"山林草野之人",他们人在江湖而心在庙堂,追逐"富贵利达",不是真正的草野文学:"后之为诗者,率以江湖自名。江湖者,富贵利达之求,而饥寒之务去,役役而不休者也。其形不全而神伤矣,而又拘拘于声韵,规规于体格,雕镂以为工,幻怪以为奇,诗未成而诗之天去矣。是以后世之诗人,不如中古之樵者。"这一见解是尖锐而深刻的。

其《来清堂诗序》论声、言、字、文、诗的关系,认为"文至于诗极矣":"物之初,有声而已,未名其所以声也。于是有名其所以声者,而后谓之言,而犹未有字也。于是有形其所以言者,而后谓之字。言与字合,而文生矣。文也者,取言之美者而字之者也;诗也者,以言之文合声之韵而为之者也。声而后有言,言而后有字,字而后有文,文至

---

① (元)赵文《青山集》卷一,文渊阁四库全书本。

于诗,极矣!"《陈竹性删后赘吟序》亦论诗、文之别,吟诗与解经训诂之别,也颇深刻:"诗之为教必悠扬讽咏乃得之,非如他经,可徒以训诂为也。古之学诗者必先求其声,以考其风俗,本其情性。后世学诗者不复知所谓声矣,而训诂日繁,去诗浸远,汉人称说诗解人颐,诗非痴物,说诗者必使人悠然有得于眉睫之间,乃为善尔,"他称美张载、陈竹性重讽咏,以诗说诗:"近世横渠(张载)以诗说诗,盖得之,然不过十数章止,横渠盖姑为之例尔。竹性陈君取风雅语,一用横渠例,谓之《删后赘吟》,余读之,毛郑以来奇书也。释氏之徒演说大意,敷陈既竟,复五七其辞,谓之偈言,不必皆有韵也,读之往往能使人悟入。异教自不当与吾书并论,要之教人方便,是或一道。吾欲取竹性吟,使童儿知习,即他诗传可束阁。竹性征余题吟后,辄用竹性例系之以吟:观诗妙处在吟哦,解说纷纷意转讹。记得富阳明月夜,篷窗闲听竹声歌。"

诗非一体,他认为采诗应广采众体,其《黄南卿齐州集序》强调"诗不可齐":"今采诗者遍天下,吾友黄南卿、欧阳良有取四方诗刻之,号《齐州集》,抑州可齐,诗不可齐。诗之为物,譬之大风之吹窍穴,唱于唱,喝各成一音,刁刁调,调各成一态,皆逍遥,皆天趣,编诗者亦任之而已矣,故是编虽以《齐州》名,而诗实不齐,不齐所以为齐也。必欲执一人之见以律天下之诗,此岂知齐者哉?夫诗,技也,知其说者进于道矣。"其《高敏则采诗序》云:"宦学于靖节(陶潜)之乡,而采诗犹采珠于海,采玉于山,未有不得者也,虽然,诗与珠玉异。珠,珠而已尔;玉,玉而已尔。至于诗,不可以一体求。采诗于彭泽,而曰非靖节之诗不采,是绝天下以为无诗,而亦不必采也。人之生也与天地为无穷,其性情亦与天地为无穷,故无地无诗,无人无诗。"次论"采诗与删诗异",采诗求广,删诗求精,而孔子删诗亦广存各地之诗:"采诗与删诗异。删诗,非夫子谁敢当之?以夫子删诗,田夫野人之作宜无足以当夫子之意。吾观于《诗》,而后知夫子之大也。方其观于风也,不知其有雅也;及其观于雅也,不知其有颂也。歌二《南》中,春风醇酎之浓郁也;歌《邶》、《鄘》,雁烟蛩雨之凄断也;歌《王》,如故家器物,虽敝坏零落而典刑尚存,见之能使人感伤也;歌《郑》、《卫》、《陈》,如行幽远闲旷,采兰拾翠,闲情动荡,而礼防终可畏也;歌《齐》、《秦》,如与山东大猾、关西壮士语,猎心剑气,不觉飞动也;歌《唐》,如听老人大父相与蹙额而谈往事也;歌《魏》、《曹》、《邠》,如楚舞短袖,虽欲回旋曲折而不可得也;歌《豳》,如行阡陌间,所见无非耘夫桑女,亦不知世有长安狭斜也。吾以是知夫子之大也,故采诗者眼力高而后去取严,心胸阔而后包括大。今之所谓采诗者,大抵以一人之目力,一人之心胸而论天下之诗,要其所得一人之诗而已矣。而况或怖于名高,或贪于小利,则私意颠倒,非诗道,直市道而已。"

赵文还论述了诗、骚、乐府、歌行、律诗、词的演变,其《高信则诗集序》云:"骚体起于南国,跌宕怪神,出乎《风》、《雅》、《颂》之外,而其归于忠君爱上,则《诗》之礼义未尝亡。今人但知律诗有律,不知古诗歌行亦必有律,故散语中必间以属对一二,不然,则不韵不对,漂漂何所底止!"《黄南卿齐州集序》亦云:"五方嗜欲不同,言语亦异,惟性情越宇宙如一。《离骚》崛起楚湘,盖未尝有闻于北方之学者,而清声沉着,独步千古,奇哉!后来《敕勒川》之歌,跌宕豪伟,彼何所得诗法,如此吻合。"《吴山房乐府序》论词风的多样性是与时代相关的,词风可表现时代的兴衰:"观欧(阳修)、晏(殊)词,知是庆历、嘉祐间人语;观周美成词,其为宣和、靖康也无疑矣。声音之为世道邪,世道之为声音邪?有不自知其然而然者矣,悲夫,美成(周邦彦)号知音律者,宣和之为靖康也,美成其知之乎?'绿芜凋尽台城路','渭水西风,长安乱叶',非佳语也。'凭高眺远'之余,'蟹螯'、'玉液'以自陶写,而终之曰'醉翁山翁,但愁斜照敛'(皆周邦彦《齐天乐》词中语),观此词,国欲缓亡,得乎?渡江后康伯可未离宣和间一种风气,君子以是知宋之不能复中原也。近世辛幼安跌荡磊落,犹有中原豪杰之气,而江南言词者宗美成,中州言词者宗元遗山,词之优劣未暇论,而风气之异,遂为南北强弱之占,可感已。《玉树后庭花》盛,陈亡;《花间》丽情盛,唐亡;清真盛,宋亡,可畏哉!"

五 张伯淳论科举文之不易

张伯淳(1242—1303)字师道,号养蒙。崇德(今浙江桐乡)人。咸淳七年(1271)进士。著有《养蒙斋集》。虞集序其集,以汉贾谊比之。其文源出韩愈,谨严峭健,得立言之体。清王士禛《居易录》则深诋其诗肤浅。

其《湖广行省平章安南国王陈公诗序》认为诗风之异不全决定于"所遇",还决定于禀赋与见闻:"士君子负迈往英特之气,往往于诗文发之。然其体或寒,或瘦,或富赡典丽,或吐不烟火食语,其所发见者盖不一。唐韩子(愈)直以为'和平之音淡泊,愁思之声要妙,讙愉之辞难工,穷苦之言易好。'又谓'文章之作,每发于羁旅',若将以所遇为工拙者。以余观之,体之不同,由所禀与见闻之异,岂皆缘所遇哉!"[①]

其《题张兄燕石诗集》和《题谢春塘举业》皆论科举文之不易。前篇论知识面宜广:"乡举里选,降而科目取士,其弊则专意举子业,文未尝弊也,而弊之者人。虽然工于举子业者,非学焉,何以为本?柳子谓本之《书》、《诗》、《易》、《礼》、《春秋》,参之《谷》、《梁》、《孟》、《荀》、《庄》、《老》等书,而后可以为文。"后篇论举业涉及经、赋、论、策等诸多文体,是为文入门之径:"举业,业举子之文也。世以科举取士,士不得不时文自见,时文亦岂易哉!经必通义,赋必蓄料,论必抑扬顿挫,而后可以商订古今之

---

① 《养蒙斋集》卷二,文渊阁四库全书本。

事。至于策,非通达时务,稍识前言往行,则未易展布,此其概也。谓时文足以尽天下之文不可,然为文而不于此入门,终恐疑辞决辞不免。如柳子(宗元)所诮,世之非时文者,未尝工于时文者也。"

六　张之翰论"诗固多体",强调"自成一家"

张之翰(约 1243—1296)字周卿,号西岩老人。元邯郸(今属河北)人。元代词人。著有《西岩集》二十卷。《四库全书总目·西岩集》提要云:"之翰至元末,自翰林侍讲学士知松江府事,有古循吏风。时民苦荒租额以十万计,之翰力除其弊,得以蠲除,至今犹祀于名宦祠。生平著述甚富,晚号西岩老人,故以西岩名集。其诗情宕逸,有苏轼、黄庭坚之遗。文亦颇具唐、宋旧格。"

其《方虚谷以诗饯余,至松江,因和韵奉答》表现了他对唐、宋诗特别是对苏轼、黄庭坚的推崇,但反对"后学妄自树彼我",主张贯通各个学派:"宋称欧、苏及黄、陈,唐尊李、杜与韩、柳。自余作者非不多,殆类众星朝北斗。忆初桐江(方回)共说诗,诗中之玄能得之。只求形似岂识画,未断胜负焉知棋。迩来武林(杭州,代指南宋)论文法,同归正派夫奚疑。风行水上本平易,偶遇湍石始出奇。作诗作文乃如此,况复大小乐府词。留连光景足妖态,悲歌慷慨多雄姿。秦(观)晁(补之)贺(铸)晏(幾道)周(邦彦)柳(永)康(与之),气骨渐弱孰纲维?稼翁(辛弃疾)独发坡仙(苏轼)秘,圣处往往非人为。"他反对拉帮结派,妄分彼我:"末又谈经不及史,能挽诸儒来眼底。如颜四勿曾三省①,此段话言尤可纪。本期同途入圣门,何用两家为敌垒?后学妄自树彼我,不务身心专口耳。文耶道耶果二物,名虽不同实同矣。往年光岳(三光五岳)分南北,今日车书混文轨。先生生长紫阳乡,尝学紫阳子朱子。不知疏凿伊洛源,端可贯通洙泗水。"②

元代曾停废科举数十年,他力主兴科举,其《议科举》云:"自国家混一以来,凡言科举者,闻者莫不笑其迂阔,以为不急之务。愚独谓不然。盖自古忠臣烈士,名卿贤大夫,未有不由此乎出,窃见比年老师宿儒雕落殆尽,后生子弟无所见闻,稍稍聪明者,不为贴书,必学主案……习以成风,莫之能革。岂有煌煌大元,土地如此其广,人民如此其繁,官吏如此其众,专取人于此,求其所谓经济之学,治安之策,果有耶,无

---

① 《论语·颜渊》:"子曰:非礼勿视,非礼勿听,非礼勿言,非礼勿动。"又《学而》:"弟子曾参:吾日三省吾身:为人谋而不忠乎?与朋友交而不信乎?传不习乎?"

② (元)张之翰《西岩集》卷三,文渊阁四库全书本。

554

耶？愚所不知也。为今之计，莫急于科举。科举之目曰制策，曰明经，曰赋义，曰宏词，在议择而行之。果人知所学，将见贤才辈出。建立太平，可为圣朝万世之光也。"其《贡举堂记》亦云："圣上嗣登大宝之初，诏天下议行贡举。南北士子无不喜……贡举之设，盖始于魏，盛于唐，实宾兴之遗意①，科目之良法。国家崇高儒术，自戊戌一试后，尝垂意取士之科。时时梗其议而止，今天语丁宁，臣心协赞，以人材为第一义。虽乡举里选未易复如明经，如宏辞，如诗赋义论策，次第举行，特反掌然，则向之私议，又安得龃龉于其间。"

其《诗学和璞引》论诗风演变，强调"自成一家，得左右风雅者"："夫诗之来远矣，盖见于唐、虞之末，著于殷、商之时，圣人集《三百篇》列之于经，取其可以告神明，荐宗庙，风君上，谕朋友故也。至于春秋列国，诸卿大夫未有不通诗者，皆以所赋卜休咎成败，其为用如此。降及后世，有衍而为《离骚》，分而为《九辨》，变而为古调，创而为近体，然去古渐远，气格稍弱。中间自成一家，得左右风雅者为不少。世之人必欲攀屈、宋之驾，登李、杜之坛，出乎喜怒哀乐之至情，合于仁义礼智之中道，可不知所效学，求所矜式乎？"其《题资山集》论人不同，故诗体亦不同："诗固多体，有馆阁，有山林，有神仙，有英雄，盖人之不齐，所作亦不齐。"其《跋草窗诗稿》认为南宋之诗远不如前，但对刘边（近道）的诗却颇为推崇："宋渡江后诗学日衰，求其鸣世者不过如杨诚斋、陆放翁及刘后村而已。固士大夫例堕科举、传注之累，亦由南北分裂，元气间断，太音不全故也。余读建安刘近道《草窗诗稿》，见其风骨秀整，意韵闲婉，在近世诗人中尽不失为作家手。"

七 戴表元论诗

戴表元（1244—1310）字帅初，一字曾伯，晚年人称剡源先生。庆元奉化剡源榆林（今浙江班溪镇榆林村）人。南宋咸淳七年（1271）进士。七岁能文，早年入太学，师事王应麟等。学识渊博，力主改革宋末诗文萎蔽之气。诗文清新雅洁，多伤时悯乱，同情民间疾苦之作，力变宋诗积习，风格近晚唐。今存《剡源文集》三十卷，佚诗六卷，佚文二卷。

关于诗，他有多方面的论述。一论诗文之别。其《珣上人删诗序》云："人之于言，少繁而老简，彼其中固有定不定也。言之至者为文，而人之文有涉于刑名器数而作者，不必皆出于自然。惟夫诗则一由性情以生，悲喜忧乐，忽焉触之，而材力不与能焉。此其老少之变，繁简之异，岂得不有待而然哉？"佛教徒本以言传，而不以诗文传：

---

① 《周礼·大司徒下》："教万民而宾兴之，一曰六德：知、仁、圣、义、忠、和。"

"古之学佛之徒,以吾书所载如支遁、佛图澄二人者,于其时最号能言,能使国君大臣公卿子弟人人倾听之。然其言传者甚少";今"文教益衰。诗律滥觞。于是其徒始有弃其空空之说,而以能诗鸣于世者。盖兵乱已极,衣冠之流,铅椠之士,逃于其类而为之,非佛氏之为教或当然也。"①

二论诗之发展。其《陈晦父诗序》认为汉、唐皆能诗:"世多言唐人能攻诗。岂惟唐人,自刘、项、二曹父子(曹操、曹丕)起兵间,即皆能之,无问文士。至唐人乃设此以备科目,人不能诗,自无以行其名,故不得不攻耳,"而宋末元初重理学轻诗:"近世汴梁江浙诸公既不以名取人,诗事几废。人不攻诗,不害为通儒。余犹记与陈晦父昆弟为儿童时,持笔橐,出里门,所见名卿大夫十有八九出于场屋科举。其得之之道,非明经,则词赋,固无有以诗进者。间有一二以诗进,谓之杂流,人不齿录。"作诗者也"自以不切之务",不敢示人:"每遇情思感动,吟哦成章,即私藏箱箧,不敢以传诸人。譬之方士烧丹炼气,单门秘诀虽甚珍惜,往往非人间所通爱。久之,科举场屋之弊俱革,诗始大出。"《洪潜甫诗序》论宋诗变化,宋初流行西昆体和白体:"始时汴梁诸公言诗绝无唐风,其博赡者谓之义山,豁达者谓之乐天而已矣。"其后梅圣俞以冲淡代繁缛:"宣城梅圣俞出,一变而为冲淡。冲淡之至者可唐,而天下之诗于是非圣俞不为。然及其久也,人知为圣俞而不知为唐。"接着黄庭坚以雄厚代冲淡:"豫章黄鲁直出,又一变而为雄厚。雄厚之至者尤可唐,而天下之诗于是非鲁直不发。然及其久也,人又知为鲁直,而不知为唐。非圣俞、鲁直之不使人为唐也,安于圣俞、鲁直,而不自暇为唐也。"南宋永嘉四灵又变雄厚为清圆:"迩来百年间,圣俞、鲁直之学皆厌,永嘉叶正则(適)倡四灵之目,一变而为清圆。清圆之至者亦可唐,而凡枵中捷口之徒,皆能托于四灵,而益不暇为唐。唐且不暇为,尚安得古?余自有知识以来,日夜以此自愧,见同学诗人亦颇同愧之。"宋诗都在学唐,而实异于唐,根本不能与唐诗媲美。其《方使君(回)诗序》更集中批评了宋末元初的文风,不是"高谈性命",就是"驰骛于竿牍俳谐场屋破碎之文,以随时悦俗,无有肯以诗为事者。惟夫山林之退士,江湖之羁客,乃仅或能攻,而馆阁名成艺达者,亦往往以余力及之。"并称美方回的文风说:"魁然其间,外兼山林江湖清切之能,内收馆阁优游之望";"大篇清新散朗,天趣流浍,如晋宋间人醉语,虽甚亵,不及声利。小篇沉鸷峻整,如李将军游骑远击,自成部伍。"从清切、优游、天趣、沉鸷、峻整等语,不难看出他所推崇的诗文风格。

三论诗、乐府、律诗与词、曲的关系。其《余景游乐府编序》云:"国风雅颂,古人所以被弦歌而荐郊庙,其流而不失正,犹用之《房中》焉,此乐府之所由滥觞也。余尝得

---

① (元)戴表元《剡源文集》卷九,文渊阁四库全书本。本节所引,凡未另注出处者均见此卷。

先汉以来歌诗诵之，大抵乐府而已。宋、梁之间诗，有律体而继之，作者遂一守而不变。声病偶俪，岁深月盛，以至于唐人之衰，而诗始自为一家矣。其为乐府者，又溢而陷于留连荒荡，杯酒狎邪之辞，故学者讳而不言，以为必有托焉。陈礼义而不烦，舒性情而不乱，其事宁出于诗。刘梦得有言，五音与政通，而文章与时高下。乐府之道，岂端使然？"其《题陈强甫乐府》云："少时阅唐人乐府《花间集》等作，其体去五、七言律诗不远，遇情愫不可直致，辄略加隐括以通之，故亦谓之曲。然而繁声碎句，一无有焉。近世作者，几类散语，甚者竟不可读。"

八　王构《修辞鉴衡》的文体资料

王构（1245—约1307）字肯堂，号安野。东平（今属山东）人。预修《世祖实录》，著有《修辞鉴衡》二卷，上卷论诗，下卷论文，多辑录宋人诗话、文集及杂记而成。由于王构深谙文学，故其辑录选材精审，不乏见地。论诗部分，主要选录论述立意生境、写情状物的言论；论文部分，主要选录强调以意为上、力求创新的言论。书中辑录的《诗文发源》、《诗宪》、《浦氏漫斋录》等，原书都已亡佚，仅赖此而存其一二，颇足珍贵。

《修辞鉴衡》辑录的资料多有文体论方面的，如其论诗、对偶切不切之失、诗体、声律末流、选诗、四言、集句、诗体之变、文、草野台阁之文、文不可拘一体、四六等条，因录自他书，前多已论及，此不再述。

九　吴澄论"诗与词一尔"

吴澄（1249—1333）字幼清，晚字伯清。抚州崇仁（今江西乐安）人。自幼勤奋好学，乡校考试，每列前茅。二十二岁中乡试，然省试屡试不中，遂隐居故乡布水谷，筑草庐数间，讲学著述，学者称"草庐先生"，与许衡齐名，人称"南吴北许"。一生教授达六十余年，四方之士不惮千里来学。著述颇丰，有《吴文正集》一百卷、《易纂言》十卷、《礼记纂言》三十六卷、《易纂言外翼》八卷、《书纂言》四卷、《仪礼逸经传》二卷、《春秋纂言》十二卷、《孝经定本》一卷、《道德真经注》四卷等。

在文体论上他提出了一些重要观点，一是在《四经叙录》中系统阐述了他对《诗经》诸体的看法，认为《诗经》三百五篇皆古之乐章、歌辞："《诗》风、雅、颂，凡三百十一篇，皆古之乐章。六篇无辞者，笙诗也。旧盖有谱以记其音节，而今亡。其三百五篇则歌辞也。乐有八物，人声为贵，故乐有歌，歌有辞，乡乐之歌曰风。其诗乃国中男女道其情思之辞，人心自然之乐也，故先王采以入乐而被之弦歌。朝廷之乐歌曰雅，宗庙之乐歌曰颂,于燕飨焉用之,于会朝焉用之,于享祀焉用之。因是乐之施于是事,故因是事而作为是辞也。然则风因诗而为乐,雅、颂因乐而为诗。诗之先后于乐不同,其为歌辞一也。"次论《诗序》,汉、唐儒者不知诗之为乐,而以义说诗,并一本《诗序》,不知"诗自诗,序自序",反索诗义于《诗序》之中:"经遭秦火,乐亡而诗存。汉儒以义说诗,既不知诗之为乐矣,而其所说之义亦岂能知诗人命辞之本意哉?由汉以来,说《三百篇》之义者,一本《诗序》。《诗序》不知始于何人,后儒从而增益之。郑氏谓序自为一编,毛公分以置诸篇之首。夫其初之自为一编也,诗自诗,序自序。序之非经本旨者,学者犹可考见。及其分以置诸篇之首也。则未读经文,先读《诗序》,序乃有似诗人所命之题,而诗文反若因序以作。于是读者必索诗于序之中,而谁复敢索诗于序之外者哉?"直至宋儒才对此产生怀疑,朱熹更"深斥其失而去之":"然后足以一洗千载之谬。澄尝因是舍序而读诗,则虽不烦训诂而意自明。又尝为之强诗以合序,则虽曲生巧说而义愈晦。是则序之有害于诗为多,而朱子之有功于诗为甚大也。今因朱子所定,去各篇之序,使不淆乱乎诗之正文,学者因得以诗求诗,而不为序说所惑。"①

次论诗之发展演变,其《诗府骊珠序》认为继诗者为骚,继骚者为"汉、魏、晋五言",宋、齐梁诗"浸微浸灭","至唐陈子昂,而中兴李、韦、柳因而因,杜、韩因而革。律虽始而唐,然深远萧散,不离于古为得,非但句工、语工、字工而可。"他感慨道:"呜呼,学诗者靡究源流,而编诗者亦漫迷统纪。"其《皮照德诗序》言之尤为具体:"诗之变不一也,虞廷之歌邈矣,勿论。予观《三百五篇》,南自南(指风之《周南》、《召南》之类),雅自雅,颂自颂,变风自变风,变雅亦然,各不同也。诗亡而楚骚作,骚亡而汉五言作,讫于魏、晋颜(延之)、谢(脁)以下,虽曰五言,而魏、晋之体已变。变而极于陈、隋,汉五言至是几亡。唐陈子昂变颜、谢以下,上复晋、魏、汉。而沈(约)、谢(灵运)之体别出,李、杜继之,因子昂而变,柳、韩因李、杜又变。变之中有古体,有近体;体之中有五言,有七言,有杂言。诗之体不一,人之才亦不一,各以其体,各以其才,各成一家。信如造化生物,洪纤曲直,青黄赤白,均为大巧之一巧。自《三百五篇》已不可一概齐,而况后之作者乎?宋氏王、苏、黄三家各得杜之一体,涪翁(黄庭坚)于苏迥不相同,苏门诸人其初略不之许,坡翁独深器重,以为绝伦。眼高一世,而不必人之同乎己者如此。近年乃或清圆偶傥之为尚,而极诋涪翁。噫,群儿之愚,尔不会诗之全该。夫不一之变,偏守一是,而悉非其余,不合不公,何以异汉世专门之经师也哉?"他认为古乐府多拟楚词,《题李伯时九歌图后并歌诗一篇》云:"《九歌》者何?楚巫之歌也……三闾大夫(屈原)不获乎上,去国而南,睹淫祀之非礼,聆巫歌之不辞,愤闷中托以抒情,拟

---

① (元)吴澄《吴文正集》卷一,文渊阁四库全书本。

作九篇,既有以易其荒淫媟嫚之言,又借以寄吾忠爱缱绻之意。后世文人之拟琴操、拟乐府肇于此。琴操、乐府,古有其名,亦有其辞,而其辞鄙浅,初盖出于贱工野人之口,君子不道也。韩退之作十《琴操》,李太白诸人作《乐府》诸篇,皆承袭旧名,撰造新语,犹屈原之《九歌》也。"又认为古体、近体各有其律,其《谷口樵歌序》云:"唐初创近体诗,字必属对偶,声必谐平仄。由是诗分二体,谓萧《选》所载汉魏以来诗为古体,而近体一名律诗。善古体者诋之曰:'古体之律尤精也,近体恶得专律之名哉?'予解之曰:彼所谓律,非谓诗法也,特以其有对偶平仄之拘而谓之律尔。若以诗法为律,则二体诗各有律,近体诚不得专其名也。"

　　三是论文风的多样性,反对模仿,其《刘志霖文稿序》云:"近年齐陵刘太博以文鸣,沾丐膏馥者不少。然学之者字其字,文其文,形模謦欬,事事逼真,俨若孙叔敖之衣冠,窃意善学者不如是……文之病或颇僻,或浅俗,或冗羡,或局促,或泛滥,或滞漓,或疏直,或繁碎,或浮靡,或枯槁,而志霖一无有。色炳炳,声琅琅,势滔滔汩汩,不太博而太博,其可谓善学矣哉,其可谓能言矣哉。虽然,文有本,非徒能言而已。若韩氏,若柳氏,若欧阳氏,若老苏氏(洵),缕缕自陈其所得。"《黄养源诗序》云:"诗自风、骚以下,惟魏、晋五言为近古。变至宋人,浸以微矣。近时学诗者颇知此,又往往渔猎太甚,声色酷似而非自然。"《谭晋明诗序》云:"《诗》以道情性之真,十五国风有田夫闺妇之辞,而后世文士不能及者,何也? 发乎自然,而非造作也。汉、魏逮今,诗凡几变,其间宏才硕学之士,纵横放肆,千汇万状,字以炼而精,句以琢而巧,用事取其切,模拟取其似,功力极矣,而识者乃或舍旃(之)。而尚陶(潜)、韦(应物),则亦以其不炼字,不琢句,不用事,而情性之真近于古也。今之诗人随其能而有所尚,各是其是,孰有能知真是之归者哉?"

　　四论词(乐府),认为诗词本一,没有什么难易之别,主张以诗为词,其《戴子容诗词序》云:"主诗者曰诗难,主词者曰词难,二说皆是也。第以性情言诗,以情景言词,而不及性,则无乃自屈于诗乎? 夫诗与词一尔,岐而二之者,非也。自其二之也,则词犹或有风、雅、颂之遗,词则风而已。诗犹或以好色不淫之风,词则淫而已。虽然,此末流之失然也,其初岂其然乎? 使今之词人,真能由《香奁》、《花间》而反诸乐府,以上达于《三百篇》,可用之乡人,可用之邦国,可歌之朝廷而荐之郊庙,则汉、魏、晋、唐以来之诗人,有不敢望者矣,尚可嘐嘐然不揣其本而齐其末哉!"可见他反对以"性情言诗,以情景言词",主张词应"由《香奁》、《花间》而反诸乐府,以上达于《三百篇》"。其《丁英仲集序》云:"嘉兴丁英仲吟古近体诗,又善乐府长短句,又工四六骈俪语。挟三长客诸侯,有名声。"《曾可则诗序》云:"庐陵曾可则才俊辞丽,如健鹘横空,如快马历块,如春园桃李,如秋汀蓼苹,超逸不群而妩媚可爱,往年喜其乐府小词之工。"《新编乐府序》云："诗、骚之变,至乐府、长短句极矣,韵人才士之作不绝乎耳。"《张仲美乐府序》云："风者,民俗之谣;雅者,士大夫之作。故风葩而雅正,后世诗人之诗,往往雅体在而风体亡。道人情思,使听者悠然而感发,犹有风人遗意者,其惟乐府乎!宋诸人所工尚矣,国初太原元裕之以此擅名。近时涿郡卢处道亦有可取,河南张仲美年与卢相若,而尝同游,韵度酷似之,盖能文能诗而乐府为尤长。然仲美正人也,其辞丽以则,而岂丽以淫者之所可同也哉?"

十 潘昂霄《金石例》是专门研究碑版文体的著作

元人潘昂霄(生卒年不详)字景梁,号苍崖。济南(今属山东)人。历官昆山县尹,世祖至元二十六年(1289)任南台御史,不久升为闽海宪佥。成宗大德六年(1302),转任南台都事,累官翰林侍读学士、通奉大夫。雄文博学,为世所重。谥"文僖"。著有诗文集《苍崖类稿》、《苍崖漫稿》(已佚);《河源记》一卷,记至元十七年(1280)朝廷遣笃什西溯河源至星宿海寻找黄河源头之事,被视为第一部关于黄河源头的专书。明初,宋濂等修《元史》,其《地理志六》中的《河源附录》,就是节录该书原文而成。另著有《金石例》十卷,为潘昂霄之子潘诩于至正五年(1345)初刊,是我国第一部专门研究碑版文体的著作。此书一卷至五卷述铭志,含碑碣之始、墓志之始,其金石文之始包括德政碑之始、神道碑之始、先茔先德昭先等碑之始、赐碑名号之始、论铭文之始等。六卷至八卷述唐韩愈所撰碑志,卷九杂论文体,卷一〇为史院凡例。正如《四库全书·金石例》提要所云："其书述叙古制颇为典核,虽所载括例,但举韩愈之文,未免举一而废百,然明以来金石之文往往不考古法,漫无程序,得是书以为依据,亦可谓尚有典型,愈于率意妄撰者多矣。"

其《碑碣之始》云："《礼记·檀弓下》:季康子之母死,公肩假曰:公室视丰碑,三家视桓楹。"[①]《碑碣制度》云："诸碑碣,五品以上立碑,螭首龟趺;二品以上,上高不得过一丈二尺;五品以上,上高不得过九尺;七品以上立碣,圭首方趺,上高四尺。其执政官以上,听立坟峰;三品以上神道碑,碑于墓隧道之左。面南立螭首龟趺。有依品从合得尺寸,司马公曰:按令式,坟碑石兽大小多寡各有品数。五品以下不名碑,谓之墓碣,圭首方座以上石人、石柱、石羊、石虎,各有合得之数。"多有注文,此从略。

此书既以《金石例》为名,所述宜止于碑志,而卷九杂论文体,似与书名不合,却为文体学提供了丰富的资料。卷九所论文体包括制、诰、诏、表、露布、檄、箴、铭、记、赞、

---

① (元)潘昂霄《金石例》卷一,文渊阁四库全书本。

颂、序、跋等,往往既论其始,又论其式,原原本本,对研究文体很有价值。其《学文凡例》还云:"凡金石文例,详见前卷。曰制,曰诰,曰诏,曰表,曰露布,曰檄,曰箴,曰铭,曰记,曰赞,曰颂,曰序,曰跋,皆文章之流也。匪著其目,则学者无所于考,用列于后云。"兹举其诰以见一斑:

诰　式

敕:云云。具官某云云。可特授某官。二人以上同制,则于词前先列除官人具衔姓名,可特授某官。于敕下便云:"某官某等。"末云:"可依前件。"侍从以上用联词,余官云:"敕具官某云云尔"云云。

拟诰之始

诰,告也,其原起于《汤诰》。《周官·大祝》:"六辞,三曰诰。"《士师》:"五戒,二曰诰。"成王封康叔、唐叔,命以《康诰》、《唐诰》。汉元狩六年,立三子为王,初作诰。唐《白居易集》翰林曰"翰林制诰",中书曰"中书制诰",盖内外命书之别。宋朝西掖初除试诰,而命题亦曰制。

拟诰之式

东坡制词有议论,荆公、南丰外制佳。(王子发曰:"南丰本法意,原职守,而为之训敕,人人不同,咸有新趣,衍裕雅重,自成一家。"胡致堂曰:"辞贵简严,体归典重。")周益公曰:"韩退之《崔群户部侍郎制》初云:'地官之职。邦教是先。'末云:'选贤与能,于今惟重;择才经赋,自古尤难。'凡命版曹,何尝不主理财?惟退之先及邦教,而以'经赋'二字终之,深合经旨。"(唐钱翊曰:"体正而有伦,词约而居要,终始明白,所以为诰。")

其他论制、诏、表、露布、檄、箴、铭、记、赞、颂、序、跋诸体,与此相近,均大体以"式"叙其行款格式,以"始"叙其源流演变。元人杨本《金石例序》对潘昂霄及此书评价其高:"《金石例》者,苍崖先生所述也。凡碑碣之制,始作之本,铭志之式,辞义之要,莫不放古以为准,以其可法于天下后世,故曰例。而其所以为例者,由先秦、二汉及唐、宋诸大儒,皆因文之类以为例。至夫节目之详,率祖韩愈氏。大书特书不一书,彪分胪列,其亦放乎《春秋》之例也与。甚矣,先生有功于斯文也。先生世居中州,以文学鸣国初。士之为文者犹袭纤巧,其气萎薾不振。先生患其久而难变也,乃述是书以授学者,使其知古之为文如此,粲然毕举,如示诸掌。故历事六朝,出入翰苑余二十年,凡经指授者皆有法度,朝野至今称之。"

十一 陈栎论《诗经》分体

陈栎(1252—1334)字寿翁、徽之,晚号东阜老人,学者称定宇先生,休宁(今属安徽)人。宋亡,隐居著书。元延祐初,有司强其应科举,乡试中选,不赴礼部。教授于家,数十年不出门户。其学以朱熹为宗,其文多阐明理学之作。明冯从吾《元儒考略》卷三云:"吴澄尝称栎有功于朱氏为多,凡江东人来受业于澄者,尽遣而归栎。"①其诗词乡土气息颇浓。著作甚丰,著有《历代蒙求》、《尚书结纂疏》(六卷)、《历朝通略》(四卷)、《勤有堂随录》、《定宇集》(文十五卷,诗及诗余一卷,合十六卷)等。

其《诗经句解序》论《诗经》分体云:"《诗》部分有三,曰风,曰雅,曰颂。所以作风、雅、颂之体亦有三,曰赋,曰比,曰兴。诗有六义,此之谓也。风则有十五国风,雅则有大小雅,颂则三颂也。风有正有变,《周南》、《召南》正风也;《邶》、《墉》、《卫》、《王》、《郑》、《齐》、《魏》、《唐》、《秦》、《陈》、《桧》、《曹》、《豳》十三国之风,变风也。雅之大小,亦有正有变,自《鹿鸣》至《菁菁者莪》十六篇,正小雅也;自《六月》至'何草不黄'三十八篇,变小雅也;自《文王》至《卷阿》正大雅也;自《民劳》至《召旻》十三篇,变大雅也。三颂,周颂、鲁颂、商颂也。风。风也,民俗歌谣之诗也。雅,正也,朝廷燕飨朝会乐歌之诗也。颂,美也,宗庙祭祀乐歌之诗也。直陈其事曰赋,以彼喻此曰比,托物兴辞曰兴,六义之略如此而已。"又论诗非自《诗经》始,《诗经》以前早已存在:"诗之作或出于公卿大夫,或出于小夫贱隶,或出于妇人女子,乃人声自然之音,自古有之,《康衢》之谣是也。今见于《书》如舜皋'喜起'、'明良'之歌,即虞诗也;《五子之歌》,则夏诗也;商诗多亡,今《商颂》五篇乃未尽亡者。外此,风、雅、二颂皆周诗也。"认为《诗》可观盛衰皆以《诗》为教:"二南虽国风,已有进而为雅之渐,见周之所以盛王。《黍离》不复为雅,乃降而侪于列国之风,见周之所以衰王。诗降为国风而《诗》亡,《诗》亡而《春秋》作矣。以《诗》为教,自古已然。舜命夔教胄子曰诗言志,《周礼·太师》教六诗,曰风,曰雅,曰颂,曰赋,曰比,曰兴是也。至孔子删诗为三百篇,始列于六经,而尤以为教人之先务,视他经尤谆谆焉。曰'兴于诗',曰'诵诗三百',曰'小子何莫学夫诗',谓子伯鱼曰'汝为《周南》、《召南》矣乎'。他日过庭,所闻亦先问'学诗乎'。子所雅言,《诗》亦必在《书》、《礼》之先,而提纲挈领,教人以读,诗之法则曰'诗三百,一言以蔽之,曰思无邪',盖以《诗》虽三百篇之多,大要不出美善刺恶二者。读美善之诗,可以感发吾

---

① (明)冯从吾《元儒考略》,文渊阁四库全书本。

之善心；读刺恶之诗，可以惩创吾之逸志，皆所以正吾心而使无邪思也。学者识比、兴、赋之体，以读风、雅、颂之诗，而一以无邪之思为主焉，则诗之一经可学矣。"末论诗序不可信及《诗经句解》对诗序的处理方式："诗序之作，或以为孔子，或以为子夏，或以为国史，皆无明文可考。惟《后汉书·儒林传》以为卫宏作诗序传于世。今考小序与诗抵牾，臆度傅会，缪妄浅陋常多，有根据而得诗意者常少，其非孔子、子夏所作而为宏所作明矣。诸序本自合为一编，至毛氏为《诗训传》始引序入经，分置各篇之首，不为注文，而直作经字，于是读者转相尊信，无敢拟议。至有不通，必为之委曲迁就，穿凿附合，宁使经之本文，缭戾碎破，不成文理，而终不敢以小序为出于汉儒也。独朱文公诗传始去小序，别为一编，序说之可信者取之，其缪妄者正之，而后学者知小序之非，闻正大之旨，至矣尽矣，今述文公（朱熹）之传为句解以授幼学，又以序与诗异处，不便观览，乃依毛氏序，列各篇之首，但高下其行以别之，庶使序之得失，开卷了然，而诗之意义易于推寻云。"①

其《论诗歌声音律》乃论诗之声律，认为"乐之生，原于人心之天；而乐之成，协于造化之天也。本于性情则谓之诗，诗实出于人心之天，歌也，声也，皆其发舒而不容已者。而稽之度数则谓之律，律为生气之元，造化生生不穷之天。寓焉由斯，而播于音则乐之生也斯成矣。诗出于心，声萌动之天，而律根乎阳气萌动之天，皆自然而然，而非人为之使然。"

其《和诗说》详尽论述了唱和诗的演变，首论其源流："诗歌有唱和，尚矣。自舜作歌，皋陶歌始，春秋时赋诗必答，然不过赋古人诗耳。孔子与人歌而善，必使反之，而后和之。和即赓也，答也。降而李陵、苏武，诗体虽变（由四言变为五言），唱答则同。又降而至盛唐，诗体又变，唱答不变。杜、韩诸集，班班可考。然有和意不和韵，尚有古意。"此前"和意不和韵"，从元、白起，始有和韵："又降而白乐天、元微之之徒，则和韵矣，全失古意。然如'车'、'斜'、'家'、'花'，韵尚可押。愈降愈下，以至于今，波颓风靡，益可厌恶。诗非诗，韵非韵，险韵、俗韵、独脚韵，往往而是。诗之天趣，丝毫无有，岂诗也哉！"末对和韵诗进行了尖锐的批评："和韵诗，前辈多非之。韩陵阳（驹）不喜和人韵，杨诚斋（万里）深言和韵之蔽，见于《答徐赓书》，其言深切痛快。此等议论，后生想耳未闻，亦虑不到，率谓见人有诗即当和韵耳。近有一等无知之徒，效人为园亭若干咏，题扁蹈袭而俗，辞语鄙俚而谬，且以和韵强人。无知者又为之先和，而宛转以求于人，应之者亦纷纷用其韵，一是皆不知而妄作，何等诗乎！证之先民，裴迪之于王辋川，韩昌黎之于刘虢州（禹锡），苏长公（轼）之于文洋州（同），杨诚斋之于向芗林

① （元）陈栎《定宇集》卷一，文渊阁四库全书本。

（子谭），少者十余咏，多者五十咏，只取和其题意，并无和韵之例。后生亦尝考之乎？唱者为转求者，应之者率皆冥冥不知其非，以为当，良可悯叹。今书此示初学。"

十二　熊禾论"文之体莫善于《书》、《诗》"

熊禾（1253—1312）字去非。初名鈇，字位辛，号勿轩，又号退斋。建阳（今属福建）人。度宗咸淳十年（1274）进士。宋亡，教授乡里，曾主洪原、鳌峰等书院。熊禾是朱熹的三传弟子，以毕生精力研究儒家经典，继承和发展了朱子理学。著述甚丰，有《三礼考异》、《春秋论考》、《经序学解》等。今存者尚有《易经训解》、《四书章句集注标题》、《文公先生小学集注大成》等。其《勿轩先生文集》八卷，有明成化二年熊斌刻本、清抄本，《四库全书》本名《勿轩集》。《彊村丛书》收有《勿轩长短句》一卷。

其《翰墨全书序》是一篇重要的文体论，既论及诗文的诸多体裁，又论及诗文的各种风格。他首先批评制诰、表笺、启札都成了"相谀"的工具："文公（朱熹）尝言，制诰是君谀其臣，表笺是臣谀其君。然则近世士大夫，以启札相尚，无乃交相谀者乎？书坊之书遍行天下，凡平日交际应用之书，例以启札名，其亦文体之变乎？"力主文章应"去浮华，尚质实"："省轩刘君应季为此编，命曰《翰墨全书》，凡儒者操翰墨之文皆具，非但启札而已也。其所选之文，大略变俗归雅，返浇从厚，去浮华，尚质实，多是先哲大家数，而时贤之作亦在所不遗，斯亦可谓之《全书》矣。"他认为文体莫善于《尚书》、《诗经》，各种文体多源于《书》、《诗》："盖尝因是而论之，文之体莫善于《书》、《诗》。君之于臣，诰命而已，即后世书疏之体也。纪述之体，如《尧典》、《禹贡》等作，后世纪、志、碑、记叙事之文始于此。问答之体，如微子《君奭》等篇，后世论辨往复之文始于此。若后世诗词一类，则自虞、夏《赓歌》而下，备见于《三百篇》之风、雅、颂，舍是之外，亦未见有能易者。"他对后世骈俪四六之文颇不以为然，力主恢复《书》、《诗》"雅厚质实之归"："至制诰、笺表、启札，胥为骈俪，而后文始尽变矣。甚者纪事实录之文亦为四六之体，吟咏性情且尚对偶之工，至于末流，连篇累牍，虽百千万言而辞不足，果何日而可复返于雅厚质实之归乎？"①

其《题童竹涧诗集序》同样表现了他重真情，反雕镂的诗论主张："古之君子立身行世，节行为上，辞艺次之，胸中有所蕴抱，非假是不能自达，故可以见情，不可以溺志。诗其一也。古《三百篇》，上自朝廷，下至里、巷情性之所发，礼义之所止，千载而下，诵其诗知其人。灵均（屈原）之骚，靖节、子美之诗，痛愤忧切，皆自肺肝流出，故可

---

① （元）熊禾《勿轩集》卷一，文渊阁四库全书本。

传。不然则虽呕心冥思，极其雕镂，泯泯何益。近代诗人格力微弱，骎骎晚唐、五季之风，虽谓之无诗可也。"

十三　赵孟𫖯论"宋之末年，文体大坏"

赵孟𫖯(1254—1322)字子昂，号松雪、松雪道人，又号水精宫道人、鸥波。吴兴（今浙江湖州）人。博学多才，能诗善文，工书法，精绘艺，擅金石，通律吕，解鉴赏。特别是书法和绘画成就最高，开创元代新画风，被称为"元人冠冕"。亦善篆、隶、真、行、草书，尤以楷、行书著称于世涵，楷书四大家（欧阳询、颜真卿、柳公权、赵孟𫖯）之一。著有《尚书注》、《松雪斋文集》。

其《乐原》①主要论乐律，而乐律涉及诗、词诸体，与文体实有密切关系。其《第一山人文集序》批评宋代科举文，认为"宋之末年，文体大坏"就在于科举："宋以科举取士，士之欲见用于世者，不得不繇科举进。故父之诏子，兄之教弟，自幼至长，非程文不习，凡以求合于有司而已。宋之末年，文体大坏，治经者不以背于经旨为非，而以立说奇险为工；作赋者不以破碎纤靡为异，而以缀缉新巧为得。有司以是取，士以是应，程文之变，至此尽矣。狃于科举之习者，则曰钜公如欧、苏，大儒如程、朱，皆以是显。士舍此将焉学？是不然，欧、苏、程、朱，其进以是矣，其名世传后，岂在是哉？"欧、苏、程、朱，虽以科举进，但"其名世传后"并不在科举文，这是中肯之论。其《刘孟质文集序》认为文以明理，但风格是各不一样的，应听其自然："文者所以明理也，自六经以来何莫不然？其正者自正，奇者自奇，皆随其所发而合于理，非故为是平易险怪之别也。后世作文者不是之思，始夸诩以为富，剽疾以为快，诐诡以为戏，刻画以为工，而于理始远矣。"其《南山樵吟序》则认诗风的多样性："诗在天地间，视他文最为难工。盖今之诗虽非古之诗，而六义则不能尽废。由是推之，则今之诗犹古之诗也。夫鸟兽草木皆所寄兴，风云月露非止于咏物。又况由古及今，各有名家，或以清淡称，或以雄深著，或尚古怪，或贵丽密，或春容乎大篇，或收敛于短韵，不可悉举。而人之好恶不同，欲以一人之为求合于众，岂不诚难工哉。必得其才于天，又充其学于己，然后能尽其道耳。"

十四　刘将孙论"诗、词与文同一机轴"

刘将孙(1257—?)字尚友，庐陵（今江西吉安）人。文学家、批评家刘辰翁之子。

---

① （元）赵孟𫖯《松雪斋集》卷六，文渊阁四库全书本。以下所引赵文，均见此卷。

刘将孙于宋末以文名第进士,尝为延平(今福建南平)教官、临汀书院山长,著有《养吾斋集》。他学博而文畅,名重艺林,是宋末元初重要的诗文家、文论家。《四库全书·养吾斋集》提要云:"辰翁已以文名于宋末,当文体冗滥之余,欲矫以清新幽隽,故所著书多标举纤巧,而所作亦多以诘屈为奇。然蹊径独开,亦遂别自成家,不可磨灭。将孙濡染家学,颇习父风,故当日有小须(辰翁号须溪,故以小须称其子)之目。吴澄为作集序,谓其浩瀚演迤,自成为尚友之文,如苏洵之有苏轼,曾以立序,则谓渊源所自,淹贯千古今。观其《感遇》诸作,效陈子昂、张九龄,虽音节不同,而寄托深远,时有名理。近体亦多佳句,序、记、碑、志诸文,虽伤于繁富,字句亦间涉钩棘,然叙事婉曲,善言情款,具有其父之所短,亦未尝不具有其父之所长。"

　　刘将孙的文体论多论及诗文体裁,特别是诗文风格。其《感遇》诗五首论诗文风格的演变,其一论崇经而贬史:"六经之为文,其文汪以洋。浩然如河汉,万古流清光。斯文一变史,理细气始张。奇字抉幽眇,陈说极焜煌。岂不雄千古,洪水之汤汤。耳目虽可骇,意象焉得望?况如占将者,呐呐岂文章?凄其怀古心,宇宙何微茫。"其四论崇散而贬骈:"王言贵深浑,此道何久荒。断从西汉下,偶俪为辞章。剪截斗纤巧,何异于优倡。代言袭一律,设科号词场。个字夸歇后,廋词竞遗忘。缀拾蚁注字,套类蜂分房。谓此台阁体,哀哉虞夏商。我欲揭古书,使识《谟》洋洋。又恐仿《大诰》,句字摹偏旁。"其五论诗体演变:"文章犹小技,何况诗云云。沛然本情性,以是列之经。《赓歌》五字始,雅颂谱律声。苏(武)李(陵)非骚客,酬倡流中情。噫嘻建安来,雅道日以湮。晋人善语言,其言明且清。少许胜多多,飘萧欲通灵。使其入韵语,岂但诸子鸣。安得三谢(谢灵运、谢惠连、谢朓)辞,远与陶(潜)阮(籍)并。唐风晚逾陋,宋作高入论。遂令后来者,末流骋纵横。高者效《选》体,下者唐作程。"①

　　其《新城饶克明集词序》论诗、词、曲及词体屡变,古代歌即诗:"古之人未有不歌也,歌非他,有所谓辞也,诗是已。登高能赋,可以为大夫,虽床第之言不逾阈,乃诵之,会同不为之惭。抑扬高下,随其长短而音节之,由是习于声者裁之以律吕而中,而房中之乐或异于公庭。然有其调,不必皆有其辞,丝竹之所调,或不待于赋。"唐代词产生以后,诗才有能歌、不能歌之分:"降及《竹枝》、《金缕》,始各为之辞,以媲乐与舞,而有能歌不能歌者矣。然犹未离乎诗也,如七言绝句止耳,未至一长一短而有谱与调也。今曲行而参差不齐,不复可以充口而发,随声而协矣。然犹未至于大曲也。"词体亦屡变,总体可分为婉约("朱唇皓齿"之词)豪放("豪于气者"之词)两派:"及柳耆卿辈以音律造新声,少游、美成以才情畅制作,而歌非朱唇皓齿,

---

① 　(元)刘将孙《养吾斋集》卷一,文渊阁四库全书本。

如负之矣。自是以来,体亦屡变,长篇极于《哨遍》、《大酺》、《六丑》、《兰陵》,无不可以反复浩荡,而豪于气者,以为冯陵大叫之资。风情才子,乃复宛转作屏帏呢呢以胜之,而词亦多术矣。"

其《胡以实诗词序》论诗、词、文之异同,认为"诗、词与文同一机轴":"文章之初惟诗耳,诗之变为乐府。尝笑谈文者鄙诗为文章之小技,以词为巷陌之风流,概不知本末至此。余谓诗入对偶,特近体不得不尔。发乎情性,浅深疏密,各自极其中之所欲言。若必两两而并,若'花红'、'柳绿'、'江山'、'水石',斤斤为格律,此岂复有情性哉! 至于词,又特以途歌俚下为近情。不知诗、词与文同一机轴……声成文谓之音,诗乃文之精者,词又近。"

其《题曾同父文后》论古文、时文之别,认为"时文之精即古文":"文字无二法,自韩退之创为古文之名,而后之谈文者,必以经、赋、论、策为时文,碑、铭、叙、题、赞、箴、颂为古文,不知辞达而已,时文之精即古文之理也。予尝持一论云:能时文未有不能古文,能古文而不能时文者有矣,未有能时文,为古文而有余憾者也。如韩、柳、欧、苏,皆以时文擅名。及其为古文也,如取之固有。韩《颜子论》,苏《刑赏论》,古文何以加之? 而苏之《进论》、《进策》,终身笔力莫汪洋奇变于此,识者可以悟矣。""能时文未有不能古文"以下数句,是十分精到之论。

十五　袁桷论制诰之体"当务简严"

袁桷(1266—1327)字伯长,号清容居士。宋元之际鄞县(今属浙江)人。卒赠中奉大夫,封陈留郡公,谥文清。始从戴表元学,后师事王应麟,以能文名。在朝二十余年,朝廷制册、勋臣碑铭,多出其手。文章博硕,考核精审,诗亦俊逸,工书法,精音乐,著有《易说》、《春秋说》、《琴述》,纂有《延祐四明志》(为宋元四明六志之一)等。另著有《清容居士集》,对诗词文的体裁和风格演变多有论述。

其《贺邓善之修撰》论制诰之体"当务简严",批评后世制诰繁冗雕刻:"王言之制,始分于唐;人文之精,特盛于宋。故便于宣读者必资谐叶,而直以训告者当务简严。作者数公流为末派,学疏而才胜,每师浩汗而失于粗疏;记赡而思迟,必慕敷腴而拙于裁剪。凫鹤不续,萧兰莫分。盖洗金以盐,当研物理;而攻玉必石,有假朋从。历年滋多,此道不竞。藏名渊默,莫穷龙虎之变腾;处友善柔,徒欣牛马之奔走。望风随其臧否,疾才摭其短长。有符东晋之清谈,自谓西都之旧作。昔君实(司马光)不为四六语,未尝失朝廷之尊;而温伯辄草廿二麻,岂害为钱谷之吏。必此为士,其何敢言。然作新斯文。是在吾党。复古之道,诚惟今兹。起八代之衰,昌黎固专其事;振五季之弊,师鲁亦预有功。乐在群居,道无孤立。"①

　　在诗体上,他论历代诗风之演变,推崇《诗经》的风、雅、颂,批评齐、梁诗风,对宋代的江西诗派尤为不满。其《书程君贞诗后》论诗之演变云:"风、雅异义,今言诗者一之。然则曷为风? 黄初、建安得之。雅之体,汉乐府诸诗近之。萧统之集,雅未之见也。诗近于风,情性之自然。齐、梁而降,风其熄矣。繇宋以来,有三变焉。梅、欧以纡徐写其材,高者凌山岳,幽者穿岩窦,而其反复蹈厉,有不能已于言者,风之变尽矣! 黄、陈取其奇以为言,言过于奇,奇有所不通焉。苏公以其词超于情,荅然以为正,颓然以为近,后之言诗者争慕之。音与政通,因之以复古,则必于盛明平治之时。唐之元和,宋之庆历,斯近矣。"《书余国辅诗后》云:"诗盛于周,稍变于建安、黄初。下于唐,其声犹同也。豫章黄太史出,感比物联事之冗,于是谓声由心生,因声以求,几逐于外,清浊高下,语必先之,于声何病焉? 法立则弊生,骤相模仿,豪宕怪奇,而诗益浸淫矣。临川王文公语规于唐,其自高者始宗师之拘焉,若不能以广。较而论之,其病亦相似矣。"《书括苍周衡之诗编》亦云:"诗有经纬焉。诗之正也;有正变焉,后人阐益之说也。伤时之失,溢于讽刺者,果皆变乎? 乐府基于汉,实本于《诗》,考其言,皆非愉悦之语,若是则均谓之变也欤? 建安、黄初之作婉而平,羁而不怨,拟诗之正可乎? 滥觞于唐,以文为诗者,韩吏部始。然而春容激昂,于其近体,犹规规然守绳墨,诗之法犹在也。宋世诸儒一切直致,谓理即诗也,取乎平近者为贵,禅人偈语似之矣。"《跋吴子高诗》云:"诗本性情,能知之矣。本于法度,知之不能详矣。风、雅、颂体有三焉,释雅、颂复有异焉,夫子之别明矣。黄初而降,能知风之为风,若雅、颂则杂然不知其要领。至于盛唐,犹守其遗法而不变,而雅、颂之作得之者十无二三焉。故夫绮心者流丽而莫返,抗志者豪宕而莫拘,卒至夭其夭年,而世之年盛意满者犹不悟,何也? 杨、刘弊绝,欧、梅与焉,于六义经纬得之而有遗者也。江西大行,诗之法度,益不能以振。陵夷渡南,糜烂而不可救,入于浮屠、老氏证道之言弊,孰能以救哉?"

　　其《与陈无我论乐府》论词比诗难:"阳春白雪之唱,和者固稀;清庙朱弦之音,知之尤寡。历观乐府之杰出,悉为词林之绪余。良由万物变化之愈多,抑使五采章施之匪易。龙文被宝鼎,雕刻益精;天马驾鼓车,低徊滋窘。贯珠之音空在,累黍之器莫传。吐角含商,孰分其清浊;析宫合徵,莫辨其短长。俚歌日烦。古调几废。留连《桃叶》,习晋世之风流;凄切《竹枝》,传巴人之羁旅。江南肠断之句,谁足近之;凉州意外之声,今无是也。风声鸟叶,常由动植之可通;霓裳羽衣,徒托神奇而自眩。舍《阳关三叠》之清怨,变南乡九阕之狭邪。乐意生香,写天机之妙理;山光水色,换俗子之凡

---

① (元)袁桷《清容居士集》卷三九,文渊阁四库全书本。

容。彼夸刻鹄之工,讵悟承蜩之解。精义无二,至道不烦。靖言思之,孰可继者?"

十六　刘诜形象生动的风格论

刘诜(1268—1350)字桂翁,庐陵(今江西吉安)人,十年不第,乃刻意于诗古文。其文根柢六经,躏轹诸子百家,融液今古,而不露其踔厉风发之状。长于诗,尤长于五言古体。著有《桂隐文集》。

其《夏道存诗序》论诗体演变云:"诗之为体,《三百篇》之后,自李陵、苏武送别河梁,至无名氏《十九首》、曹魏六朝、唐韦柳为一家,称为古体。自汉《柏梁》、《秋风词》,驯至唐李、杜为一家,称为歌行。古体非笔力遒劲高峭不能,歌行非才情浩荡雄杰不能。"①《刘梅南诗序》对刘志行诗风的生动描述颇能代表他对诗歌风格的看法:"刘君志行(梅南名志行)诗,五言绝句、古律如衣冠士,使人起敬,虽复笑谐,不废其雅;七言律,其靓丽者如野桥夜月,学按霓裳,闻者莫不辨;其萧散者如空山绝碉,时见幽花,行者回首。长短古句如春风吹潮,潋滟晴空,莫窥其所挟。此岂独天机学问所到,亦用工然耳。至其间独悲孤笑。危睇遐思,则可见其奋于志;长吟思慕,高歌忧患,则可见其厚于伦;横槊赋诗,短衣射虎,则可见其通于才。"《张子静诗词》云:"张子静乐府,柔情妩态,芳趣婉词,纤徐而为妍,凄婉而余怨,如听昭君马上琵琶,蔡琰塞外十八拍,不自知其能使人断肠也。五言古体贮幽寄淡而不失散朗,崇朴反古而自是敷腴,如入宗庙而抚罍洗。七言长篇浩荡不羁,悲壮自悼,如公孙大娘之舞剑器也,虽时有未适中,亦可谓有奇气。""雅"、"靓丽"、"萧散"、"纤徐"、"凄婉"、"浩荡不羁,悲壮自悼"都是他所欣赏的风格,而这一切不仅决定于天资,也与用功深浅分不开,他"尝航胥涛,棹洞庭,窥庐山、衡岳,以自激发",这与前引苏辙《上枢密韩太尉书》司马迁"行天下,周览四海名山大川"的观点是一致的。

十七　程端礼论"张庭坚体"

程端礼(1271—1345)字敬叔、敬礼,号畏斋。庆元路鄞县(今属浙江)人。十五岁时能记诵《六经》,晓析大义,治朱子之学。累任建平、建德县教谕,台州路、衢州路教授等,生徒甚众。后以将仕郎、台州路儒学教授致仕归里,郡守王元恭礼请为师。撰文明白纯实,不离正道。著有《读书分年日程》、《春秋本义》、《畏斋集》等。

---

① 此节所引(元)刘诜诗均见《桂隐文集》卷二,文渊阁四库全书本。

其《孙先生诗集序》论诗词的演变，认为诗至七言而衰，至律诗而坏，而词已不成为诗："诗一变而为骚，再变而为五言，五言变七言，其后又变而为律，琢而为词。故诗至七言而衰，律而坏，词而绝矣。何则？《骚》作于屈子，虽其忧幽愤怨有戾中和，然皆出于恳恻之诚。五言有梁昭明《选》，虽其出处不精，熏莸杂植，犹平易而近古。若七言，则或驰骤放肆，或刻巧不醇。以至乎词，则轻浮浅薄，华靡淫荡，不惟无用，又有以凿人之性，故曰诗之绝也。然五言之近于古者，自渊明迄于李、杜而已。以韩、欧、苏、黄之雄才，尚不离今人语，况其余哉！夫以文华之士所尚如此，而诗体之变坏又如此，宜其愈工而愈无诗欤！"①集中表现了他的道学家观点，对词几乎持全盘否定的态度。

其《读书分年日程》卷二《学作文》论文章的篇法、章法、句法、字法之正体，以朱熹"明理达用"的思想，纠正"失序无本，欲速不达"之弊，详论读经、习史、学文的程序，重视功底训练，明代诸儒奉此书为读书准绳，对当时及后世的家塾、书院教育有重要影响。其中所言"张庭坚体"，指以张庭坚为代表的经义文体，明清八股文实源于此体："张庭坚体已具冒、原、讲、证、结。特未如宋末所谓文妖经赋之弊耳，致使累举所取程文，未尝有一篇能尽依今制，明举所主所用所兼用之说者。此皆考官不能推明设科初意，预防末流轻浅虚衍之弊，致使举举相承，以中为式。今日乡试经义，欲如初举方希愿《礼记》义者，不可得矣。科制明白，不拘格律，盖欲学者直写胸中所学耳，奈何阴用冒、原、讲、证、结格律，死守而不变？安得士务实学，得实材为国家用，而为科目增重哉！"又云："如不得已，用张庭坚体，亦须守传注，议论确实，不凿不浮可也。"按张庭坚字才叔，宋广安军（今四川广安）人。元祐六年（1091）进士高第，官至右正言。蔡京欲引为己用，不肯往，京大恨，遂列诸党籍，编管虔州、鼎州、象州。

十八　虞集论音韵

虞集（1272—1348）字伯生，人称邵庵先生。祖籍仁寿（今属四川）。宋亡后，徙临川崇仁（今属江西）。南宋丞相虞允文五世孙。素负文名，与揭傒斯、柳贯、黄溍并称"元儒四家"；诗与揭傒斯、范梈、杨载齐名，人称"元诗四家"。著有《道园学古录》。

虞集在文体论上也颇有见地。在《易南甫诗序》中，他阐明了文学诸体的演变，愈变而愈新："《诗》三百篇之后，《楚辞》出焉。西都之言赋者盛矣，自魏以降，作者代出，制作之体，愈变而愈新。因唐之诗赋有声律对偶之巧，推其前而别之曰古赋。古赋诗

---

①　（元）程端礼《畏斋集》卷三，文渊阁四库全书本。

有乐歌,可以被之乐府,其后也转为新声,豪于才者放为歌行之肆,长于情者变为伤淫之极则,又推其前者而别之曰古乐府。时非一时,人非一人,古近之体不一,今欲以一人之手,成一编之文,合备诸体而皆合作,各臻其妙,不亦难乎?"①他认为《诗》、《楚辞》、古赋、汉赋、乐府、古乐府、歌行、古体、近体,一人要备诸体而皆合于法度("合作"),是颇不容易的。

他还详尽论述了宋、金、元各代文学、文风的演变,其《庐陵刘桂隐存稿序》首论北宋文学:"昔者庐陵欧阳公秉粹美之质,生熙洽之朝,涵淳茹和,作为文章,上接孟、韩,发挥一代之盛;英华醲郁,前后千百年,人与世相期,未有如此者也。苏子瞻以不世之才起于西蜀,英迈雄伟,亦前世之所未有。南丰曾子固博考经传,知道修已。伊洛之学(指程颢、程颐),未显于世,而道说古今,反复世变,已不失其正,亦孰能及之哉? 然苏氏之于欧公也,则曰我老归休,付子斯文,虽无以报,不辱其门。子固之言曰,今未知公之难遇也,后千百世思欲见公而不可得,然后知公之难遇也。"次论南宋文运随时而中兴,而朱熹集其大成,可与北宋媲美;而南宋末年经学、文艺分为两途,文衰而国亦亡:"乾淳之间,东南之文相望而起者何啻十数,若益公(周必大)之温雅,近出于庐陵;永嘉诸贤,若季宣之奇博而有得于经,正则(叶适)之明丽而不失其正,彼功利之说,驰骋纵横其间者,其锋亦未易婴也。文运随时而中兴,概可见焉。然予窃观之朱子继先圣之绝学,成诸儒之遗言,固不以一艺而成名,而义精理明,德盛仁熟,出诸其口者,无所择而无不当。本治而末修。领挈而裔委,所谓立德立言者,其此之谓乎? 学者出乎其后,知所从事而有得焉,则苏、曾二子望欧公而不可见者,岂不安然有拱足之地,超然有造极之时乎? 而宋之末年,说理者鄙薄文辞之丧志,而经学、文艺,判为专门。士风颓弊于科举之业,岂无豪杰之出,其能不浸淫汩没于其间,而驰骋凌厉以自表者,已为难得而宋遂亡矣。"末论金、元云:"中州(指金代)隔绝,困于戎马,风声气习多有得于苏氏之遗,其为文亦曼衍而浩博矣。国朝广大,旷古未有,起而乘其雄浑之气以为文者,则有姚文公(燧)其人,其为言不尽同于古人,而伉健雄伟,其所存至于欧公,则闇然而无迹,渊然而有容,挹之而无尽者乎?"而延祐之后,元文亦衰:"延祐科举之兴,表表应时而出者,岂乏其人? 然亦循习成弊,至于骤废骤复者,则亦有以致之者然与。于是执笔者,肤浅则无所明于理,蹇涩则无所昌其辞,徇流俗者不知去其陈腐,强自高者惟旁窃于异端。斯文斯道,所以可为长太息者尝在于此也。"由此可见,他对科举制度是不以为然的,但也未全盘否定,认为科举考试也出了不少人才,其弊者在于尚文。其《本德斋送别进士周东扬赴零陵县丞诗序》(卷六)云:"唐、宋科举之

---

① (元)虞集《道园学古录》卷三二,文渊阁四库全书本。下引此书只括注卷次。

制,先朝议论常及之,盖周人乡举里选之遗也,以为可尽得天下之士乎,固不敢必;以为不足以得天下之士乎,则昔之大贤君子胥此焉出。其弊者尚文之过也。今为是举者,本之德行以观其素,求之经学以观其实,博之以文艺以观其华,策之以政事以观其用,通此其庶几矣。而或者以为此四者,自古之人据其一已足名世,今欲兼之,不亦难乎? 是不知本出一原,体用无二致也。"

诗、词、曲都离不开音律,虞集对音律尤为重视。其《叶宋英自度曲谱序》云:"《诗》三百篇皆可被之弦歌,或曰雅颂,施之宗庙朝廷,《关雎》、'麟趾'为房中之乐则是矣,桑间、濮上之音将何所用之哉? 噫,歌永言,声依永,律和声,盖未有出乎六律、五音、七均而可以成声者……声必依律而后和则无以异也。后世雅乐黄钟之寸,卒无定说,今之俗乐视夫以夹钟为律本者,其声之哀怨淫荡又当何如哉? 近世士大夫号称能乐府者,皆依约旧谱,仿其平仄,缀缉成章,徒谐俚耳则可,乃若文章之高者,又皆率意为之,不可叶诸律,不顾也。太常乐工知以管定谱,而撰词实腔,又皆鄙俚,亦无足取。求如三百篇之皆可弦歌,其可得乎?"

元人周德清撰有《中原音韵》,虞集为撰《中原音韵序》,首论历代声律之得失:"乐府作而声律盛,自汉以来然矣。魏、晋、隋、唐,体制不一,音调亦异,往往于文虽上,于律则弊。宋代作者,如苏子瞻变化不测之才,犹不免'制词如诗'之诮;若周邦彦、姜尧章辈,自制谱曲,稍称通律,而词气又不无卑弱之憾;辛幼安自北而南,元裕之在金末国初,虽词多慷慨,而音节则为中州之正,学者取之。我朝混一以来,朔南暨(及)声教,士大夫歌咏,必求正声。凡所制作,皆足以鸣国家气化之盛。自是北乐府出,一洗东南习俗之陋。"次论各地语音之不同:"大抵雅乐之不作,声音之学不传也久矣。五方言语,又复不类。吴、楚伤于轻浮,燕、冀失于重浊,秦、陇去声为入,梁、益平声似去,河北、河东取韵远,吴人呼'饶'为'尧',读'武'为'姥',说'如'近'鱼',切'珍'为'丁心'之类,正音岂不误哉!"末评《中原音韵》:"高安周德清工乐府,善音律,自制《中原音韵》一帙,分若干部,以为正语之本,变雅之端。其法以声之清浊,定字为阴阳,如高声从阳,低声从阴,使用字者随声高下,措字为词,各有攸(所)当,则清浊得宜,而无凌犯之患矣。以声之上、下分韵为平、仄,如入声直促,难谐音调成韵之入声,悉派三声,志以黑白,使用韵者随字阴阳置韵成文,各有所协,则上下中律,而无拘拗之病矣。是书既行,于乐府之士,岂无补哉!"[1]其《新编古乐府序》感慨道,乐工懂音律而不知文词,耐文人歌词而"兼音声而得之":"乐之为器八,所以备六律五音者,有其声而已;所贵乎人声者,有其文辞焉。音声之传,工失其肄习,则易以亡绝。

---

[1] (元)周德清《中原音韵》卷首,文渊阁四库全书本。

572

歌之有辞，则意义之通，可以兼音声而得之。此夫子慨叹于《韶》、《武》之辨，而删《诗》之志兴矣。"①

十九　揭傒斯论"典、谟、训、诰之文不若歌"

揭傒斯（1274—1344）字曼硕，号贞文。元富州（今江西丰城）人。谥文安，故世称"揭文安"。延祐初年，荐授翰林国史院编修官，迁应奉翰林文字，前后三入翰林。至元六年（1340）为奎章阁供奉学士，升侍讲学士，修辽、金、宋三史，为总裁官。揭傒斯与虞集、杨载、范梈同为"元诗四大家"之一，又与虞集、柳贯、黄溍并称"儒林四杰"。著有《文安集》十四卷。

其《进至大圣德颂表》充分肯定了诗歌的作用胜于典、谟、训、诰之文："古者圣人之歌，莫先于诗，故圣主贤臣有大功显行，必载之咏歌，使天下晓然，知君臣之所趋，德化之所由，见善而迁，闻义而起，去之万里，如立其朝，后之万世如生，其时所以事神保民，无右于此。故有虞命夔以教之，周制太师以掌之，君臣朝燕必有赋，郊庙荐享必登歌。盖诗之为道，诵其辞无钩棘丛杂之繁，聆其音有往来疏数之节，玩其义有优柔沈蕴之旨。其感于人也易，其入于人也深，乖沴之气可变而为祥风甘雨，奸回之行可化而为忠鲠贞良。是以圣人尚之，故虽反复，典、谟、训、诰之文不若歌。'明良'之赓，《康衢》、《击壤》之谣，《周南》、《召南》之什，下至农野妇竖，一关其耳，熙熙灏灏，想见其治。汉魏以来，骚人赋客时时间作，虽不能尽追古道，其抒情蓄志，可兴可观，斯义绵绵，庶几未泯。圣明之世，尤所宜闻。"②其《答胡汲仲书》论文各有体："自汉以来，继述之文多，可读之文少。夫道有本，文有体，尊卑大小，长短疏戚，华实正伪，截乎若天地山川之不可相陵，昭乎若日月星辰之不可相逾，离乎若飞潜动植之不可相移，惟适当而已耳。"《范先生（梈）诗序》以形象的语言论范梈诗文特征云："伯生（虞集）尝评之曰，杨仲宏（载）诗如百战健儿，范德机（梈）诗如唐临晋帖，以余为三日新妇，而自比汉廷老吏也。闻者皆大笑。余独谓范德机诗以为唐临晋帖，终未逼真。今故改评之曰：范德机诗如秋空行云，暗雨卷雷，纵横变化，出入无朕；又如空山道者，辟谷学仙，疲骨峻嶒，神气自若；又如豪鹰掠野，独鹤叫群，四顾无人，一碧万里，差有可仿佛耳。"

揭傒斯另有《诗法正宗》一卷（今人张健考证其为伪书），认为文法尽出于六经，而

① （元）虞集《雍虞先生道园类稿》卷一七，元人文集珍本丛刊本。

② （元）揭傒斯《文安集》卷六，文渊阁四库全书本。

诗之法度,《三百篇》中已经具备,并概括作诗要旨为五,即"养性以立诗本"、"读书以厚诗资"、"识诗体于原委正变"、"求诗味于盐梅姜桂之表"、"运诗妙于神通游戏之境",其论确为元朝中期人的主张。他以简洁的语言概括了各名家诗的特点,认为有的可学,有的不可学:"韩诗太豪,难学;白乐天太易,不必学;晚唐体太短浅,不足学;东坡诗太波澜,不可学。若宛陵之淡,山谷之奇,荆公之工,后山之苦,简斋以李、杜之才,兼陶、柳之体,最为后来一大宗。未若近世江湖之作,特不足观。"他也认为集句诗非始于王安石:"杂体,晋傅咸作《七经》诗,其《毛诗》一篇略曰:'聿修厥德,令终有淑。勉尔遁思,我言维服。盗言孔甘,其何能淑? 谗人罔极,有腼面目。'此乃集句诗之始。或谓集句起于王安石,非也。"①

二十 周德清《中原音韵》是我国第一部曲韵著作

周德清(1277—1365)字日湛,号挺斋。元高安(今属江西)人。周邦彦的后代,音韵学家、戏曲作家。家境贫困,终身不仕。工乐府,长音律。《录鬼簿续篇》对他的散曲创作评价很高。《全元散曲》录存其小令三十一首,套数三套。

周德清泰定元年(1324)所著《中原音韵》二卷是一部曲韵著作,内容分为两大部分:第一部分以韵书的形式,把曲词中常用作韵脚的五千八百多个字,按字的读音进行分类,编成曲韵韵谱,共分为十九韵。第二部分为《正语作词起例》,是关于韵谱编制体例、审音原则的说明,以及关于元代北曲体制、音律、语言以及曲词创作方法的论述。全书以元代京城大都(今北京市)为中心,以其语音系统为标准,以元代著名曲作为研究对象,对中原音韵进行了理论性总结,并由此规范和制约元曲的音韵特质,为市井文学的发展繁荣和曲作语言的规范化,作出了重要贡献。

其《中原音韵起例》论"乐府之盛,之备,之难"云:"言语一科,欲作乐府,必正言语,必宗中原之音。乐府之盛,之备,之难,莫如今时。其盛,则自搢绅及间阎歌咏者众。其备,则自关、郑、白、马一新制作,韵共守自然之音,字能通天下之语,字畅语俊,韵促音调;观其所述,曰忠,曰孝,有补于世。其难,则有六字三韵,'忽听、一声、猛惊'是也。诸公已矣,后学莫及! 何也? 盖其不悟声分平仄,字别阴阳。夫声分平仄者,谓无入声,以入声派入平上去三声也。作平者最为紧切,施之句中,不可不谨。派入三声者,广其韵耳,有才者本韵自足矣。字别阴阳者,阴阳字平声有之,上去俱无。上去各止一声,平上去有三声,有上平声,有下平声。上平声非指一东至二十八山而言,

---

① （元）揭傒斯《诗法正宗》,格致丛书本。

下平声非指一先至二十七咸而言。"他认为他掌握了"作词之膏肓,用字之骨髓":"前辈为《广韵》,平声多分为上下卷,非分其音也。殊不知平声字字俱有上平、下平之分,但有有音无字之别,非一东至山皆上平,一先至咸皆下平声也。如东、红二字之类,东字下平声属阴,红字上平声属阳。阴者,即下平声;阳者,即上平声。试以东字调平仄,又以红字调平仄,便可知平声阴阳字音,又可知上去二声各止一声,俱无阴阳之别矣。且上去二声,施于句中,施于韵脚,无用阴阳,惟慢词中仅可曳其声尔,此自然之理也。妙处在此,初学者何由知之! 乃作词之膏肓,用字之骨髓,皆不传之妙,独予知之。"因此才应朋友张汉英之请撰著此书。

二十一　杨维桢论诗品无异人品

杨维桢(1296—1370)字廉夫,号铁崖、东维子。元代文学家、书法家。原籍浙江诸暨。少年时,其父筑楼于铁崖山,聚书数万卷。他终日勤读,自号"铁崖"。泰定三年(1326)进士。杨维桢个性倔强,不逐时流,在诗、文、戏曲、书法等方面均有建树,为元代诗坛领袖。其诗清奇隽逸,别具一格,名擅一时,号"铁崖体",在元代文坛独领风骚四十余年。著有《东维子集》、《铁崖先生古乐府》等。

杨维桢的文体论多有独特之见,如其《赵氏诗录序》论诗品无异人品云:"评诗之品,无异人品也。人有面目骨骼,有情性神气,诗之丑好高下亦然。风、雅而降为骚,骚降为十九首,十九首而降为陶、杜,为二李。其情性不埜,神气不群,故其骨骼不庳,面目不鄙。嘻,此诗之品,在后无尚也。"①《云间纪游诗》专论纪游诗云:"《诗》有为纪行而作者乎? 曰:有。'北风其凉,雨雪其雱。惠而好我,携手同行。'此民之行役,遭罹乱世,相携而去之作也。《黍离》曰:'彼黍离离,彼稷之苗。行迈靡靡,中心摇摇。'此大夫行役,过故都宫室,彷徨而不忍去之作也。后世大夫士行纪之什,则亦防乎是。"其《蕉囱律选序》认为:"诗至律,诗家之一厄也。"他还特别关注戏剧,其《朱明优戏序》云:"百戏有鱼龙、角抵、高絙、凤凰、都卢、寻潼、戏车、走丸、吞刀、吐火、扛鼎、象人、怪兽、含利、泼寒、苏莫等伎,而皆不如俳优侏儒之戏,或有关于讽谏,而非徒为一时耳目之玩也。窟儡家起于偃师献穆王之伎,汉户牖侯祖之,以解平城之围,运机关舞埤间,阕支以为生人,后翻为伶者戏具。其引歌舞,亦不过借吻角呧唧声,未有引以人音至于嬉笑怒骂,备五方之音,演为谐诨咽哑而成剧者也。"

---

① (元)杨维桢《东维子集》卷七,文渊阁四库全书本。

二十二　夏庭芝《青楼集》论金、元院本、杂剧

　　夏庭芝(约 1300—?)字伯和,一作百和,号雪蓑,别作雪蓑钓隐、雪蓑渔隐。华亭
(今上海松江)人。有文才,好冶游。原为云间巨族,家中藏书极富。元末变乱,隐居
泗泾。当时的戏曲家张鸣善、朱凯、郑经、钟嗣成等都是他的同道好友。能词曲,大多
散失,仅有《青楼集》存世。该书记录了元代几个大城市一百余位戏曲女演员的生活
片段,为元代唯一专记戏曲艺人的著作。后人把此书看作为与《录鬼簿》有同等价值
的有关戏曲史的重要专著。

　　《青楼集》纵论唐传奇、宋戏文,金、元院本、杂剧的演变,尤其是对院本、杂剧的辨
析甚细:"唐时有'传奇',皆文人所编,犹野史也,但资谐笑耳。宋之'戏文',乃有唱
念,有诨。金则'院本'、'杂剧'合而为一。至我朝乃分'院本'、'杂剧'而为二。'院
本'始作,凡五人:一曰副净,古谓参军;一曰副末,古谓之苍鹘,以末可扑净,如鹘能击
禽鸟也;一曰引戏;一曰末泥;一曰孤。又谓之'五花爨弄'。或曰,宋徽宗见爨国来
朝,衣装鞋履巾裹,傅粉墨,举动如此,使人优之效之,以为戏,因名曰'爨弄'。国初教
坊色长魏、武、刘三人,魏长于念诵,武长于筋斗,刘长于科泛,至今行之。又有'焰
段',类'院本'而差简,盖取其如火焰之易明灭也。'杂剧'则有旦、末。旦本女人为
之,名妆旦色;末本男子为之,名末泥。其余供观者,悉为之外脚。有驾头、闺怨、鸨
儿、花旦、披秉、破衫儿、绿林、公吏、神仙道化、家长里短之类。内而京师,外而郡邑,
皆有所谓构栏者,辟优萃而隶乐,观者挥金与之。'院本'大率不过谑浪调笑,'杂剧'
则不然,君臣如《伊尹扶汤》、《比干剖腹》,母子如《伯瑜泣杖》、《剪发待宾》,夫妇如《杀
狗劝夫》、《磨刀谏妇》,兄弟如《田真泣树》、《赵礼让肥》,朋友如《管鲍分金》、《范张鸡
黍》,皆可以厚人伦,美风化。又非唐之'传奇'、宋之'戏文'、金之'院本',所可同日
语矣。"①

二十三　陈绎曾《文说》、《文章欧冶》、《诗谱》的文体论

　　陈绎曾(生卒年不详)字伯敷,一作伯孚,处州(今浙江丽水)人。元代中后期文学
理论家、书法理论家。官至国子助叙。学识优博,精敏异常,诸经注疏,多能背诵。文
词汪洋浩博。真、草、篆、隶俱通,各得其法。尤善飞白,如尘缕游丝,秋蝉春蝶。至正

---

① 《青楼集》,《中国古典戏曲论著集成》,中国戏剧出版社 1959 年版。

576

三年(1343)任国史院编修,分撰《辽史》。著有《书法本象》、《翰林要诀》、《文筌》、《古今文式》、《科举文阶》、《文说》、《诗谱》等。

其《文说》一卷乃为延祐复行科举而作。书中分列八条论行文之法:"一养气,二抱题,三明体,四分门,五立意,六用事,七造语,八下字。"其《文筌》八卷,明人朱权改名为《文章欧冶》。《文章欧冶》国内罕见,现通行本为日本元禄元年(1688)伊藤长胤刊本,包括《古文谱》七卷、附录《四六附说》。另又收入《楚辞谱》、《汉赋谱》、《唐赋附说》、《古文矜式》、《诗谱》五种。《文章欧冶》论及古文、骈文、辞赋、诗歌等各种文体的体裁、风格,十分周详细密,是元代十分重要的文体学专著。日本人伊藤长胤《文章欧冶后序》评此书云:"《文章欧冶》者,作文之规矩准绳也。凡为文者不可不本于六经,而参之于此书。本于六经者,所以得之于心也;参之于此书者,所以得之于器也。穷经虽精,谈理虽邃,苟不得其法焉,则不足为文。"其《诗谱》二卷主要评先秦汉魏六朝诗,言及魏晋南北朝诗对唐人之影响。先分类论述古体、律体、绝句与杂体,后分论诗人诗作。评语简短,但多沿袭前人之说。兹《文说》、《文章欧冶》各举一条以见一斑:

其《文说·明体法》论各体风格云:"颂宜典雅和粹。乐宜古雅谐韶。赞宜温润典实。箴宜谨严切直。铭宜深长切实。碑宜雄浑典雅。碣宜质实典雅。表宜张大典实。传宜质实而随所传之人变化。行状宜质实详备。纪宜简实方正而随所纪之人变化。序宜疏通圆美而随所序之事变化。论宜圆折深远。说宜平易明白。辨宜方折明白。议宜方直明切。书宜简要明切。奏宜情辞恳切,意思忠厚。诏宜典重温雅,谦冲恻怛之意蔼然。制诰宜峻厉典重。"其《文章欧冶》论四六的特点及作法云:"四六之兴,其来尚矣。自典谟誓命,已加润色,以便宣读。四六其语,谐协其声,偶俪其辞,凡以取便一时,使读者无聱牙之患,听者无诘曲之疑耳。故为四六之本,一曰约事,二曰分章,三曰明意,四曰属辞,务欲辞简意明已。此唐人四六故规,而苏子瞻氏之所取则也。后世益以文华,加之工致,又欲新奇,于是以用事亲切为精妙,属对巧的为奇崛。此宋人四六之新规,而王介甫氏之所取法也。变而为法凡二,一曰剪裁截,二曰融化。能者得之,则兼古通今,信奇法也;不能者用之,则贪用事而晦其意,务属对而涩其辞,四六之本意失之远矣,又何以文为哉?"①

二十四　陶宗仪《辍耕录》中的文体论和《说郛》中的文体资料

陶宗仪(1316—?)字九成,号南村。黄岩(今浙江台州)人。元末举进士不中,即

---

① (元)陈绎曾《文章欧冶》,日本元禄元年(1688)伊藤长胤刊本。

弃去,累辞辟举。洪武中乃出为教官。陶宗仪是著名的史学家、文学家,著述甚多,编纂有类书《说郛》一百二十卷,著有《辍耕录》三十卷、《书史会要》九卷、《南村诗集》四卷、《四书备遗》二卷,以及《古唐类苑》、《草莽私乘》、《游志续编》、《古刻丛钞》、《元氏掖庭记》、《金丹密语》、《沧浪棹歌》、《国风尊经》、《淳化帖考》等。

其笔记《辍耕录》三十卷,记录宋、元时期政治、经济、社会、文化等各个方面的史料,涉及掌故、典章、文物、小说、戏剧、书画、诗词本事等方面,对研究当时的社会状况有一定价值。其中有关黄道婆生平及她为发展松江棉纺织业所作的贡献,《松江谣》、《不平诗》、《奉使来谣》等反映当时百姓生活的民间歌谣,极为珍贵。

《辍耕录》中也有较多的文体论,特别是其中大量的戏曲史料,如卷二十五的《院本名目》、卷二十七的《杂剧曲名》、《燕南芝庵先生唱论》等,到目前为止,仍是研究金代院本的重要资料。所引《文章宗旨》则堪称一篇文学、文体简史:

卢疏斋先生《文章宗旨》云:大凡作诗,须用《三百篇》与《离骚》。言不关于世教,义不存于比兴,诗亦徒作。夫《诗》发乎情,止乎礼义。《关雎》乐而不淫,哀而不伤,斯得性情之正。古人于此观风焉。赋者,古诗之流也。前极宏侈之规,后归简约之制。故班固《二都》之赋冠绝千古,前极铺张巨丽,故后必称《典》、《谟》、《训》、《诰》之作终焉。厥后十数作者,仿而效之,盖诗人之赋必丽以则也。古今文章,大家数甚不多见。六经不可尚矣。战国之文,反复善辨。孟轲之条畅,庄周之奇伟,屈原之清深,为大家。西汉之文,浑厚典雅。贾谊之俊健,司马之雄放,为大家。三国之文,孔明之二表,建安诸子之数书而已。西晋之文,渊明《归去来辞》、李令伯《陈情表》、王逸少《兰亭叙》而已。唐之文,韩之雅健,柳之刻削,为大家。夫孰不知?然古文亦有数:汉文,司马相如、扬雄,名教罪人,其文古。唐文,韩外,元次山近古。樊宗师作为苦涩,非古。宋文章家尤多。老欧之雅粹,老苏之苍劲,长苏之神俊,而古作甚不多见。盖清庙茅屋谓之古,朱门大厦谓之华屋可,谓之古不可;太羹玄酒谓之古,八珍谓之美味可,谓之古不可。知此者,可与言古文之妙矣!

夫古文以辨而不华,质而不俚为高,无排句,无陈言,无赘辞。夫记者,所以纪日月之远近,工费之多寡,主佐之姓名,叙事如《书》史法,《尚书·顾命》是也。叙事之后,略作议论以结之,然不可多,盖记者,以备不忘也。夫叙者,次序其语,前之说勿施于后,后之说勿施于前,其语次第,不可颠倒,故次序其语曰叙。《尚书叙》、《毛诗序》,古今作序大格样。《书序》首言画卦书契之始,次言皇坟帝典三代之书,及夫子定《书》之由;又次言秦亡汉兴求《书》之事。《诗序》首言六义之始，次言变《风》变《雅》之作，又次言《二南》王化之自。碑文惟韩公最高，每碑行文言道，人人殊面目，首尾决不再行蹈袭。神道碑揭于外，行文稍可加详。埋文、圹记，最宜谨严。铭字从金，一字不泛用，善为文者宜如古诗《雅》、《颂》之作。行实之作，当取其人平生忠孝大节，其余小善寸长，书法宜略。为人立传之法亦然。跋取古诗"狼跋其胡"之义，犯前则躐其胡。跋语不可多，多则冗。尾语宜峻峭，以其不可复加之意。说，则出自己意，横说竖说，其文详赡抑扬，无所不可，如韩公《师说》是也。真公编次古文，自西汉而下，他并不录。迄唐惟尊韩公四记、柳公《游西山六记》而已。古文之难，岂其然乎？①

陶宗仪编纂的《说郛》一百二十卷，为私家编集大型丛书中较重要的一种，汇集秦、汉至宋、元名家作品，包括诸子百家、各种笔记、诗话、文论；内容包罗万象，有经史传记、百氏杂书、考古博物、山川风土、虫鱼草木、诗词评论、古文奇字、异闻逸事、问卜星象等。其《书史会要》九卷，搜集金石碑刻、研究书法理论与历史。另外还著有《南村诗集》四卷、《四书备遗》二卷，以及《古唐类苑》、《草莽私乘》、《游志续编》、《古刻丛钞》、《元氏掖庭记》、《金丹密语》、《沧浪棹歌》、《国风尊经》、《淳化帖考》等。

《说郛》中也有大量文体资料，因多为转引前人论述，兹举二条，不再论述：

射　策　对　策

汉时射策、对策，其事不同。《萧望之传》注云："射策者，谓为难问疑义，书之于策。量其大小，署为甲乙之科，列而置之，不使彰显。有欲射者，随其所取，得而释之，以知优劣。射之言投射也。对策者，显问以政事经义，令各对之，以观其文辞定高下也。"《晋史》："潘京为州所辟，谒见问策，探得'不孝'字。刺史戏曰：'辟士为不孝邪？'答曰：'今为忠臣，不得为孝子。'"亦射策遗法耳。②

诗无不本于性情。自诗之体随代变更，由是性情或隐或见，若存若亡，深者过之，浅者不及也。昔坡公云："苏、李之天成，曹、刘之自得，陶、谢之超然，固已至矣。李、杜以英伟绝世之姿，凌跨百代，古之诗人尽废。然魏、晋以来高风绝尘，亦少衰矣。"坡公本不以诗专门，使非上下汉、魏、晋、唐，出入苏、李、曹、刘、陶、谢、李、杜，潜窥沉玩，实领悬悟，能自信其折衷如是之的乎？医和之目，无复遁疚，理固然也。如天成、如自得、如超然，则夫诗之体如东坡公所评，亦宜窥玩

---

① （元）陶宗仪《辍耕录》卷九，文渊阁四库全书本。
② 《说郛》卷十三下引孔平仲《孔氏杂说》，文渊阁四库全书本。

领悟，毋忽焉可也。坡公独以柳子厚、韦应物"发纤秾于简古，寄至味于澹泊"，盖韦、柳皆以靖节翁为指归，而卒之齐足并驱也。坡公每表和陶诸篇，可以见其所趣无不及焉。虽然，汉、魏、晋岂尝舍去性情，别出意见，而习为高远之言哉！当其代殊体变，性与情之隐见、存亡、浅深，虽其一时之名，能诗者亦不能自必其所至之然也。唐风既昌，一联一句，满听清圆，流液隽永，首肯变踔，性情信在是矣。然词藻胜则糟粕，律度严则拘窘。能不脂韦于二蔽之间而脱颖奇焉，则天成、自得、超然何得无之？至于作止雍容，声容惋穆，视温柔敦厚之教，庶几无论汉、魏，顾晋以下诸人，自靖节翁之外，似未谕也。（卷二十下引方岳《深雪偶谈》）

明清集大成期(上)

第七章　明代的文体学

　　明、清是我国古代文学发展的最后阶段。明代的文学成就主要在戏曲、小说方面，诗、文、词均逊于前代。明初的统治者为了巩固自己的统治，大行文字狱，提倡程朱理学，实行八股取士，以控制思想；为了笼络文士，又编纂大型类书《永乐大典》。

　　明初以三杨（杨士奇、杨荣、杨溥）为代表的台阁体，歌功颂德，粉饰太平，所作多为应制颂圣之作，只有刘基、宋濂、高启等少数作家成就较高。首先起来反对台阁体的是以李东阳为代表的茶陵派和以李梦阳、何景明为首的前七子，他们或提倡典雅，或提倡复古，但又形成模拟剽窃之风。明代后期，为了与前七子的复古思潮相对抗，形成了以王慎中、唐顺之、茅坤、归有光为代表的唐宋派，他们的成就主要在散文方面。李攀龙、王世贞等后七子继续提倡复古，但他们的复古范围已有所松动，后期对盛唐以后的文学不完全持排斥态度。李贽提倡童心说，公安派、竟陵派提倡性灵说，以反对后七子的复古模拟之风，并在小品文的创作方面取得了突出成就。明末的陈子龙、夏完淳更以他们的救亡图存之作为明代文学留下了最后的光辉。何宗彦《王文肃公文草序》批评前后七子文必秦汉的模拟之风云："夫馆阁，文章之府也。其职专，故其体裁辨；其制严，故不敢自放于规矩绳墨之外，以炫其奇。国初以来，鸿篇杰构，映带简册间，猗与盛矣！嘉靖末季，操觚之士嗷嗷慕古，高视阔步，以词林为易与？然间读其著述，大都取酉藏汲冢、先秦两汉之唾余，句摹而字效之，色泽虽肖，神理亡矣，而况交相剽窃，类已陈之刍狗乎！夫古之作者，岂其置酉藏汲冢、先秦两汉之书不读，而行文之时不袭前人一语者？理本日新，秀当夕启。规规然为文苑之优孟，哲匠耻之。以故二十年来，前此标榜为词人者，率为后进窥破，词林中又多卓然自立，于是文章之价复归馆阁。"①《明史·文苑传序》论明代文风的演变云："明初，文学之士，元季虞、柳、黄、吴之后，师友讲贯，学有本原……永、宣以还，作者递兴，皆冲融演迤，不事钩棘，而气体渐弱。弘、正之间，李东阳出入宋、元，溯流唐代，擅

---

① （清）黄宗羲《明文海》卷二五三，文渊阁四库全书本。

声馆阁。而李梦阳、何景明倡言复古，文自西京，诗自中唐而下，一切吐弃。操觚谈艺之士翕然宗之，明之诗文，于斯一变。迨嘉靖时，王慎中、唐顺之辈，文宗欧、曾，诗仿初唐；李攀龙、王世贞辈，文主秦汉，诗规盛唐，王、李之持论，大率与梦阳、景明相倡和也。归有光颇后出，以司马、欧阳自命，力排李、何、王、李。而徐渭、汤显祖、袁宏道、钟惺之属，亦各争鸣一时，于是宗李、何、王、李者稍衰。至启、祯时，钱谦益、艾南英准北宋之矩矱，张溥、陈子龙撷东汉之芳华，又一变矣。有明一代，文士卓卓表见者，其源流大抵如此。"①

第一节 明代经学家的文体论

一 概 述

明代是中国经学衰微的时代，但又不可一概而论。明代经学延续宋代的理学路线，政府编纂了大量官方经典文本，地方的经学力量也不容忽视，特别是明代出现了王阳明这样的心学家，对后世产生了深远影响，甚至蒋介石退居台北后还把草山改为阳明山。明末经学之士纷纷组织学社，发动清议、弹劾，与腐败宦官专权相对抗。朱舜水以《春秋》为核心的尊王攘夷思想，还影响到日本，成为日本明治维新的思想浪潮之一。明代经学是由宋代义理学派转向清代考据学派的中间环节。

明初（洪武、永乐年间）敕修的《五经大全》和《四书大全》，标志着朱熹经学官方地位的确立。自宋以来，言《诗》者皆宗朱熹《诗集传》。明成祖始命儒臣辑为《诗传大全》，参与纂修者胡广、杨荣、金幼孜等凡四十二人，悉一时知名之士。然其书实本元人刘瑾所著《诗传通释》略作损益，把《诗小序》集中为一。其《诗序・朱子辨说》云："诗序之作，说者不同，或以为孔子，或以为子夏，或以为国史，皆无明文可考。唯《后汉书・儒林传》以为卫宏作《毛诗序》，今传于世则序乃宏作明矣。然郑氏又以为诸序本自合为一编，毛公始分，以置诸篇之首，则是毛公之前其传已久，宏特增广而润色之耳。故近世诸儒多以序之首句为毛公所分，而其下推说云云者，为后人所益。理或有之，但今考其首句则已有不得诗人之本意，而肆为妄说者矣，况沿袭云云之误哉？然计其初必自谓出于臆度之私，非经本文，故且自为一编，别附经后。"②皆一本朱子，排斥异论。其《国风》对风体作了简明的阐释："国者诸侯所封之域，而风者民俗歌谣之

① 《明史》卷二八五，中华书局二十四史本。

② （明）胡广等《诗传大全》卷首，文渊阁四库全书本。

诗也。谓之风者以其被上之化以有言，而其言又足以感人，如物因风之动以有声，而其声又足以动物也。是以诸侯采之以贡于天子，天子受之而列于乐官，于以考其俗尚之美恶，而知其政治之得失焉。旧说二南为正风，所以用之闺门、乡党、邦国而化天下也。十三国为变风，则亦领在乐官，以时存肄，备观省而垂监戒耳。"

明代中期的经学代表人物是陈献章、王守仁。陈献章(1428—1500)字公甫，号石斋，别号碧玉老人、玉台居士、江门渔父、南海樵夫、黄云老人等，新会白沙里(今广东省江门市新会区)人。人称白沙先生。正统十二年(1447)两赴礼部试，不第而归，读书静坐，数年不出户，后入京至国子监，祭酒邢让惊为真儒复出。成化十九年(1483)授翰林检讨，乞归。著有《白沙子全集》。他是广东唯一一位从祀孔庙的明代大儒，主张学贵知疑、提倡独立思考，反对盲从圣贤与轻信经典，提出了"撤百氏之藩篱，启六经之关键"的观点①，标志着明代学术由朱熹经学向心学的转变。逐渐形成较为自由的学派，史称江门学派。陈献章间亦论及文体，其《夕惕斋诗集后序》对近体诗"拘声律、工对偶"的"无补于世"提出了批评："晋、魏以降，古诗变为近体，作者莫盛于唐，然已恨其拘声律、工对偶，穷年卒岁为江山草木、云烟鱼鸟，粉饰文豹，盖亦无补于世焉。若李、杜者，雄峙其间，号称大家，然语其至则未也。儒先君子类以小技目之，然非诗之病也。彼用之而小，此用之而大，存乎人。天道不言，四时行，百物生，焉往而非诗之妙用？会而通之，一真自如。故能枢机造化，开阖万象，不离乎人伦日用而见鸢飞鱼跃之机。若是者，可以辅相皇极，可以左右六经，而教无穷。小技云乎哉？"

明代后期因阳明后学空谈心性，日益走向极端，开始检讨"宋学之失"，逐渐突破宋学空发议论的解经方式，重新肯定汉人经传，认为汉儒"去古未远"，注意汉学文字、声韵的研究，以作为读通经书的基础。梅鷟、焦竑、陈第、胡应麟、钱谦益都是这方面的代表。梅鷟的《尚书谱》和《尚书考异》，以严谨的治经态度，广泛搜集证据，把《伪古文尚书》的考辨推上一个新的高度，为清代阎若璩、惠栋的考证开了先河。

二　王守仁的文体论

王守仁(1472—1528)字伯安，明余姚(今属浙江)人。死后三十九年，诏赠新建侯，谥文成，故后人称他为王文成公。明弘治十二年(1499)考取进士，授兵部主事，因反对宦官刘瑾，于正德元年(1506)被廷杖四十，谪贬龙场(今贵州修文境内)，结庐阳明洞，

---

① 　(明)陈献章《陈白沙集》卷四《湖山雅趣赋》，文渊阁四库全书本。

586

故自号阳明子,世称阳明先生。刘瑾被诛后,任庐陵县知事,以平定"宸濠之乱"等军功,官至南京兵部尚书,封"新建伯"。后因功高遭忌,辞官回乡,在绍兴、余姚一带创建书院讲学。著有《王文成全书》三十八卷,含语录三卷,文录五卷为杂文,别录十卷为奏疏公移之类,外集七卷为诗及杂文,续编六卷则收文录所遗。王守仁是陆、王心学的集大成者,精通儒家、佛家、道家,亦精骑、射、兵法,能够统军征战,是中国历史上罕见的全能大儒。王氏为明代心学泰斗,其学说世称"心学"或"王学",对明代及后世儒学影响甚巨,在中国、日本、朝鲜以及东南亚诸国都有重要而深远的影响。在文学理论上,先有王守仁的"良知"说,才有后来李贽的"童心"说,袁宏道等人的"性灵"说,从而在晚明掀起了一场声势浩大的文学革命思潮。从这层意义上说,王守仁突破了明代前后七子文必秦汉、诗必盛唐的樊篱,趋向个性解放,其诗文也具有浪漫主义和神秘主义精神。

在文体论上,王守仁也提出了不少重要观点。其《答汪石潭内翰》论体用关系云:"夫体用一源也,知体之所以为用,则知用之所以为体者矣。"①其《博约说》论之尤详:"天理之条理谓之礼,是礼也,其发见于外,则有五常百行,酬酢变化,语默动静,升降周旋,隆杀厚薄之属。宣之于言而成章,措之于为而成行,书之于册而成训,炳然蔚然,其条理节目之繁,至于不可穷诘,是皆所谓文也。是文也者,礼之见于外者也;礼也者,文之存于中者也。文显而可见之礼也,礼微而难见之文也。是所谓体用一源,而显微无间者也。是故君子之学也,于酬酢变化、语默动静之间而求尽其条理节目焉,非他也,求尽吾心之天理焉耳矣。于升降周旋、隆杀厚薄之间而求尽其条理节目焉,非他也,求尽吾心之天理焉耳矣。求尽其条理节目者,博文也;求尽吾心之天理焉者,约礼也。文散于事而万殊者也,故曰博礼根于心而一本者也,故曰约博文而非约之以礼,则其文为虚文,而后世功利辞章之学矣。约礼而非博学于文,则其礼为虚礼,而佛、老空寂之学矣。是故约礼必在于博文,而博文乃所以约礼。二之而分先后焉者,是圣学之不明,而功利异端之说乱之也。"

他对应试古文颇不以为然,但也理解今人不得不为,其《重刻文章轨范序》云:"自百家之言兴而后有六经,自举业之习起而后有所谓古文。古文之去六经远矣,由古文而举业又加远焉。士君子有志圣贤之学,而专求之于戊辰举业,何啻千里。然中世以是取士,士虽有圣贤之学,尧舜其君之志,不以是进,终不大行于天下。盖士之始相见也必以贽,故举业者士君子求见于君之羔雉耳。羔雉之弗饰,是谓无礼,无礼无所庸于交际矣。故夫求工于举业而不事于古作,弗可工也。弗工于举业而求于幸进,是伪饰羔雉以罔其君也。虽然,羔雉饰矣,而无恭敬之实焉,其如羔雉何哉?是故饰羔雉

---

① (明)王守仁《王文成全书》卷四,文渊阁四库全书本。

者非以求媚于主,致吾诚焉耳。工举业者非以要利于君,致吾诚焉耳。世徒见夫由科第而进者,类多狗私媒利,无事君之实,而遂归咎于举业。不知方其业举之时,惟欲钓声利,弋身家之腴,以苟一旦之得,而初未尝有其诚也。邹孟氏曰,恭敬者币之未将者也。伊川曰,自洒扫应对,可以至圣人。夫知恭敬之实在于饰羔雉之前,则知尧舜其君之心不在于习举业之后矣。知洒扫应对之可以进于圣人,则知举业之可以达于伊、傅、周、召矣。"

其《传习录》论南戏与古乐之异同云:"先生曰:'古乐不作久矣。今之戏子,尚与古乐意思相近……《韶》之《九成》,便是舜的一本戏子;《武》之《九变》,便是武王的一本戏子。圣人一生实事,俱播在乐中。所以有德者闻之,便知他尽善尽美,与尽美未尽善处。若后世作乐,只是做些词调,于民俗风化绝无关涉,何以化民善俗?今要民俗反朴还淳,取今之戏子,将妖淫词调俱去了,只取忠臣孝子故事,使愚俗百姓人人易晓,无意中感激他良知起来,却于风化有益,然后古乐渐次可复矣。"其《金坛县志序》对方志的体裁作了详尽的阐述:"麻城刘君天和之尹金坛也,三月而政成,考邑之故而创志焉……志成,使来请序。吾观之,秩然其有伦也,错然其有章也。天也物之祖也,地也物之妣也。故先之以天文,而次之以地理。地必有所产,故次之以食货。物产而事兴,故次之以官政。政行而齐之以礼则教立,故次之以学校。学以兴贤,故次之以选举。贤兴而后才可论也,故次之以人物。人物必有所居,故次之以宫室。居必有所事,事穷则变,变则通,故次之以杂志终焉。呜呼,此岂独以志其邑之故,君子可以观政矣。夫经之天文,所以立其本也;纪之地理,所以顺其利也;参之食货,所以遂其养也;综之官政,所以均其施也;节之典礼,所以成其俗也;达之学校,所以新其德也;作之选举,所以用其才也;考之人物,所以辨其等也;修之宫室,所以安其居也;通之杂志,所以尽其变也。故本立而天道可睹矣,利顺而地道可因矣,养遂而民生可厚矣,施均而民政可平矣,俗成而民志可立矣,德新而民性可复矣,才用等辨而民治可久矣,居安尽变而民义不匮矣。修此十者以治达之邦国天下可也,而况于邑乎,故曰君子可以观政矣。"其《答甘泉》论文风的简古深晦与明白浅易云:"如此节节分疏,亦觉说话太多,且语意务为简古,比之本文,反更深晦,读者愈难寻求。此中不无亦有心病,莫若明白浅易其词,略指路径,使人自思得之,更觉意味深长也。"可见王阳明的学术思想不止是心学,其在文学、文体学方面的贡献也不容忽视。

三　李先芳《读诗私记》论"《诗》本无变风、变雅之名"

李先芳(1511—1594)字伯承,号北山,监利(今属湖北)人,寄籍濮州。嘉靖二十六年(1547)进士,终尚宝司少卿。与昆山俞允文、卢枏、孝丰吴维岳、顺德欧大任并称"广五子"。著有《东岱山房稿》、《来禽馆集》、《读诗私记》、《江右诗稿》、《李氏山房选》、《周易折衷录》、《清平阁集》、《春秋辨疑》等书。

《四库全书总目》提要评《读诗私记》云:"是书成于隆庆四年,所释大抵多从毛、郑。毛、郑有所难通,则参之吕氏《读诗记》、严氏《诗缉》诸书。其自序曰:文公谓小序不得小雅之说,一举而归之刺。马端临谓文公不得郑卫之风,一举而归之淫,胥有然否? 不自揣量,折衷其间云云。盖不专主一家者,故其议论平和,绝无区别门户之见。如说《郑风·子衿》仍从学校之义,则不取宋学;谓《国风》、《小雅》初无变正之名,则不从汉说;至《楚茨》、《南山》等四篇,则小序与集传之说并存,不置可否,盖小序皆以为刺幽王,义有难通,而《集传》所云又于古无考,故阙所疑也。虽援据不广,时有阙略,要其大纲与凿空臆撰者殊矣。朱彝尊《经义考》载先芳有《毛诗考正》,不列卷数,注曰未见,而不载此书,其为一书两书盖不可。"对此书的评价是比较高的。

其《辨诗本无变风变雅之名》颇有见地:"先儒旧说,二南二十五篇为正风,《鹿鸣》至《菁莪》二十二篇为正小雅,《文王》至《卷阿》十八篇为正大雅,皆文、武、成王时诗,周公所定乐歌之词。《邶》至《豳》十三国为变风,《六月》至《何草不黄》五十八篇为变小雅,《民劳》至《召旻》十三篇为变大雅,皆康、昭以后所作。及考安成刘氏曰:诗人各随当时政教善恶、人事得失而美刺之,未尝有意于为正、为变,后人比而观之,遂有正、变之分,所以正风、雅为文、武、成王时诗,变风、雅为康、昭以后所作,而《豳风》不可以为康昭以后之诗也。大抵就各诗论之,以美为正,以刺为变,犹之可也。若拘其时事分其篇帙,则其可疑者多矣。盖孔子删诗,原情据理,顺其自然,故丑好美刺相间而成章,非故以何者为变,何者为正也。譬如列宿之丽天,错综布列,五色成文,而躔次度数毫发不爽,能使人定时令、察灾祥,有不待言而见者。故善读诗者,不须问其篇章次第是非如何,但玩味圣人垂示劝戒之意,深于诗者也。"①

第二节　明人史学的发达及对史体的论述

一　明代史学的演变

明代史学著作数量很多,从太祖到熹宗共十五朝,官修史书就多达十三部,近三千卷。明代前期(洪武元年至正德末)宋元理学延续,但官修《元史》、《明实录》没有完

---

① (明)李先芳《读诗私记》卷一,文渊阁四库全书本。

全理学化,保存了叙事史学的特点,但编纂水平不高。

明代中叶(嘉靖至万历初)的史学由理学向非理学转变,理学化的史学依然存在,但已开始复古,否定理学化史学,提倡传统的叙事考信史学,虽未出现如唐代《史通》那样的史学理论名著,但陆深(1477—1544)的《史通会要》三卷,撷刘知幾之精华,隐括排纂,别分门目,而采诸家之论以佐之,间亦附以己见,乃专为史学而作。其《题蜀本〈史通〉》云:"昔人多称知幾有史才,考之益信,兼以性资耿介,尤称厥司。顾其是非任情,往往捃摭贤圣,是其短也。至于评骘文体,憎薄牵排,亦可谓当矣,善读者节取焉可也。"又《题〈史通〉后》云:"知幾之为此书也,高自标致,尝谓国史以叙事为工,叙事以简为主,故自子长、丘明而上,皆涉评弹。然此篇之冗长亦不少矣,笑前人之未工,忘己事之已拙。呜呼,修辞之难也如此。"①

明代后期(明神宗万历以后)神宗下令重修《大明会典》,万历十五年(1587)修成,共二百二十八卷。与以前的《明会典》相比,万历重修者增加了正德至万历间事例,以六部为纲,详述了诸司职掌与事例,内容丰富,"于一代典章最为赅备,凡史志之所未详,此皆具有始末,足以备后来之考证。"万历中期,大学士陈于陛建议政府纂修纪传体本朝史,惜未成书:"万历年间,阁臣陈于陛请修正史诏,从之。于是开馆分局,期集累世之实录,采朝野之见闻,纪传书志,颇有成绪。忽遭天灾,化为煨烬,史事益属茫然矣。然古今正史自迁、固外,如左邱明、范晔、陈寿、王隐、干宝、裴子野、习凿齿、袁宏之伦,各有藏史,传之永久,不必皆世史也。倘一日开弘文,延儒硕,宽忌讳之网,采稗官家乘之言,博览广询,宁无左邱明辈赞成笔削盛典者乎?史贵世官,官废则贵世才,司马谈之子迁,刘向之子歆,班彪之子固尚矣,后尚有王铨之子隐,姚察之子简,李太师之子延寿,刘知幾之子炼,以后更无闻矣。史之职坏于宋之李昉,宋琪建议复时政记,自送史馆,先进御而后付有司,史遂不敢有直笔。"②

万历朝官修本朝史的失败,促使私人纷纷修史,如李贽的《藏书》、《续藏书》,张燧的介于史考与史评之间的《千百年眼》,钟惺的优秀史评著作《史怀》,朱明镐考订上起《三国志》下迄《元史》之谬的《史纠》,王光鲁考订名物制度的工具书《阅史约书》,俞焕章上起三皇下迄明神宗,各以世系、地域列而为图的《读史图纂》,使得晚明史学日趋多元化。

二　田汝成《西湖游览志余》论弹词、吴歌与庾词

明代史部地理类著作有田汝成的《西湖游览志》和《西湖游览志余》。田汝成字叔

---

① (明)陆深《俨山集》卷八六,文渊阁四库全书本。

② (清)孙承泽《春明梦余录》卷一三,文渊阁四库全书本。

禾,钱塘(今浙江杭州市)人,嘉靖五年(1526)进士。博学工文,著述甚多。所著《炎徼纪闻》、《龙凭记略》,详细记叙西南边境各民族的生活习俗。罢官后,浪迹西湖,穷览湖山,又谙晓先朝遗事。在此基础上,撰成《西湖游览志》二十四卷、《西湖游览志余》二十六卷。前者记西湖湖山胜迹,后者记南宋遗闻轶事,并选录了历代诗人歌咏西湖的名篇。如记钱塘观潮及所唱弹词云:"郡人观潮自八月十一日为始,至十八日最盛,盖因宋时以是日教阅水军,故倾城往看,至今犹以十八日为名,非谓江潮特大于是日也。是日郡守以牲醴致祭于潮神,而郡人士女云集,傺倩幕次,罗绮塞涂,上下十余里间地无寸隙。伺潮上海门则泅儿数十执彩旗,树画伞,踏浪翻涛,腾跃百变,以夸材能。豪民富客争赏财物,其时优人百戏击球关扑,鱼鼓弹词,声音鼎沸。盖人但藉看潮为名,往往随意酣乐耳。瞿宗吉(佑)《看潮词》云:'嘉会门边翠柳垂,海鲜桥上赤栏欹。行人指点山前石,曾刻先朝御制诗。出郭游人不待招,相逢都道看江潮。今年秋暑何曾减,映日争将画扇摇。一线初看出海迟,司封祠下立多时。须臾金鼓连天震,忙杀中流踏浪儿。垆头酒美劝人尝,紫蟹初肥绿橘香。店妇也知非俗客,奚奴背上有诗囊。沙河塘上路岐赊,扶醉归来日已斜。怪底香风来不断,担头插得木樨花。步入重门小院偏,金猊飞袅夜香烟。家人笑问归何晚,已备中秋赏月筵。'"①弹词之文体即是七言长诗,有些弹词篇幅很大,被看作一种韵文体的长篇小说,类似印度、希腊的长篇史诗。又论吴歌云:"吴歌惟苏州为佳,杭人近有作者往往得诗人之体,如云'月子湾湾照几州,几人欢乐几人愁。几人高楼行好酒,几人飘蓬在外头。'此赋体也。而瞿宗吉往嘉兴,听故妓歌之,遂翻以为词云:'帘卷水西楼,一曲新腔唱打油。宿雨眠云年少梦,休讴,且尽生前酒一瓯。 明日又登舟,却指今宵是旧游。同是他乡沦落客,休愁,月子弯弯照几州。'如云'送郎八月到扬州,长夜孤眠在画楼。女子拆开不成好,秋心合着却成愁。'此亦赋体也。而黄山谷之词先有之:'你共人女边着子,争知我门里挑心'是也。如云'约郎约到月上时,看看等到月蹉西。不知奴处,山低月出早;还是郎处,山高月出迟。'此词虽淫奔,然怨而不怒,愈于郑风狂童之讪。如云'高山顶上鹁鸪啼,闻说亲爷娶晚妻。爷娶晚妻犹自可,前娘儿子好孤凄。'此兴体也。如云'画里看人假当真,攀桃接李强为亲。郎做了三月杨花随处滚,奴空想来年桃核旧时仁。'此比体也。有守一而终之意。"

同卷又论廋词云:"古之所谓廋词,即今之隐语也,而俗谓之谜。人皆知其始于'黄绢幼妇',而不知自汉伍举、曼倩(东方朔)时已有之矣。至《鲍照集》则有井字谜。杭人元夕多以此为猜灯,任人商略。永乐初钱唐杨景言以善谜名,成祖时重语禁,召

---

① (明)田汝成《西湖游览志余》卷二〇,文渊阁四库全书本。

景言入直，以备顾问。今海内佳谜甚多，不独杭州有也。"

三　焦竑《国史经籍志》的史体分类及其文章风格论

焦竑(1541—1620)字弱侯，号漪园、澹园，应天江宁(今属江苏)人。明万历进士第一，官翰林院修撰，后曾任南京司业。著有《淡园集》、《焦氏笔乘》、《焦氏类林》、《国史献征录》、《国史经籍志》、《老子翼》、《庄子翼》等。他对古音考证多有发明，促成陈第撰《毛诗古音考》。在历史学方面，他在考据学、目录学和历史编纂学方面有很大贡献。《焦氏笔乘》是其考据学的代表著作，内容广泛，对后世有深远影响。其《国史经籍志》代表他在目录学上的成就。他最主要的史学著作为《献征录》，卷帙浩博，收录了大量人物传记资料。他提倡独家修史，重视史料的搜集整理，坚持秉笔直书，对清朝编修《明史》启发很大。

焦竑的《国史经籍志》以郑樵的《通志·艺文略》为基础加以创新更删，因此与郑《略》在体例与分类上均有共通之处，并有超越郑《略》之处。如郑《略》无小序，焦《志》则有小序，能补郑《略》之缺；焦《志》的分类尚袭郑《略》的十二类分法，是在大略下分小类，小类下再分细目的三级分类法。他采四部分类法，将书籍重新编排，分为制书、经、史、子、集五大类，五十二小类，三百二十四个属目，因此焦《志》可与郑《略》并称为图书分类和文体分类最为精细的两部典籍，都有一套完整的体系。焦竑对各种史料多有辩证，如云："前志有杂史，盖出纪传、编年之外，而野史者流也。古之天子、诸侯皆有史官，自秦汉罢黜封建，独天子之史存。然或屈而阿世，与贫而曲笔，失其常守者有之。于是岩处奇士，偏部短记，随时有作，冀以信己志而矫史官之失者多矣。夫良史如迁，不废群籍，后有作者，以资采拾，奚而不可？但其体制不醇，根据疏浅，甚有收摭鄙细而通于小说者，在善择之已矣。"①

焦竑的《与友人论文》是一篇文章风格演变简史，首论先秦之文以"实胜"："窃谓君子之学，凡以致道也。道致矣，而性命之深窅与事功之曲折无不了然于中者。此岂待索之外哉！吾取其了然者而抒写之，文从生焉。故性命事功其实也，而文特所以文之而已。惟文以文之，则意不能无首尾，语不能无呼应，格不能无结构者，词与法也。而不能离实以为词与法也。六经四子无论已，即庄、老、申、韩、管、晏之书，岂至如后世之空言哉？庄、老之于道，申、韩、管、晏之于事功，皆心之所契，身之所履，无丝粟之疑，而其为言也如倒囊出物，借书于手而天下之至文在焉，其实胜也。"汉代之文可分

---

① 　(明)焦竑《国史经籍志》卷三《杂史类序》，丛书集成本。

为"游说之文"、"经济之文"、"谲谏之文"、"说理之文"、"纪载之文",皆宗先秦,"华实相副,犹为近古",其"纪载之文"亦属史体:"陆贾,游说之文也,而宗战国。晁错、贾谊,经济之文也,而宗申、韩、管、晏。司马相如、东方朔、吾丘寿王,谲谏之文也,而宗楚词。董仲舒、匡衡、扬雄、刘向,说理之文也,而宗六经。司马迁、班固、荀悦,纪载之文也,而宗《春秋左氏》,其词与法可谓盛矣,而华实相副,犹为近古,至于今称焉。"唐、宋之文去古已远而"实未澌尽":"唐之文实不胜法,宋之文法不胜词,盖去古远矣,而总之实未澌尽也。"他对明代文风"以相袭为美"作了尖锐批评:"近世之文,吾不知之矣,彼其所有者道耶,德耶,事功耶? 蔑其实而欲妄为之词,身居一室而指顾寰海之图,家盖屡空而侈谈崇高之飨,非独实不中窾,乃其中疑似影响,方不自快,又安能了然于口与手乎? 夫词非文之急也,而古之词又不以相袭为美,《书》不借采于《易》,《诗》非假涂于《春秋》也。至于马、班、韩、柳乃不能无本祖,顾如花在蜜,蘖在酒,始也不能不藉二物以胎之,而脱叶陈骸,自标灵采,实者虚之,死者活之,臭腐者神奇之,如光弼入子仪之军,而旗旄壁垒皆为变色,斯不谓善法古者哉? 近世不求其先于文者,而独词之知,乃曰以古之词,属今之事,此为古文云尔。韩子不云乎,'惟古于词必己出,降而不能乃剽贼'。夫古以为贼,今以为程,故学者类取残膏剩馥以相鳞次,天吴紫凤,颠倒短褐,而以炫盲者之观,可不可也? 苏子云,锦绣绮縠,服之美者也。然尺寸而割之,错维而纽之,则绨缯之不若。今之敝何以异此? 以一二陋者为之不足怪也,乃悉群盲而趋之,谬种流传,浸以成习,至有作者当其前,反忽视而不顾,斯可怪矣。学古者知有道而已,道之能致,文不文皆无意也,而况苟以冀人之知乎? 仆雅不能文,又力薄途远,方图其大者,而奚暇于此? 辄因执事之论,一出其狂言,惟有以教之,幸甚。"①

焦竑在其他很多文章中也批评当时"以相袭为美","以古之词,属今之事"的所谓古文,其《刘元定诗集序》论临摹云:"学书有临摹二法,摹如梓人作室,梁栋榱桷悉据准绳;临如双鹄摩空,翩翩浩荡,栖止各异。盖摹得其形,临得其意,自不同也。至于得心应手,神融象滋,无意而皆意,不法而自法,斯妙于书者已,傥但步趋古人而略不见我之笔意,纵极工好,未免奴书之诮,非名品也。"《重晖堂集序》也反对"剽夺摹拟","苟驰夸饰"、"鬻声钓世",认为"摄弓而求羿,不如引臂而弓;率循鉴而扪形,莫如内照于灵府。"焦竑对复古派尖锐攻击,对公安派的形成和影响是深远的。

---

① （明）焦竑《焦氏澹园集》卷一二,明万历麝香本。

第三节　明人类书中的文体论和文体资料

一　现存《永乐大典》中的戏剧资料

《永乐大典》,因编撰于明成祖朱棣永乐年间而得名,历时六年(1403—1408),实际主持者为解缙、姚广孝,前后参与者达二千余人。《永乐大典》初名《文献大成》,是百科全书式的大型类书,规模远远超过了此前编纂的所有类书,内容涉及经、史、子、集、天文、地志、阴阳、医算、僧道、技艺、哲学宗教、文学艺术、戏曲小说,几乎无所不包。全书目录六十卷,正文二万二八百七十七卷,装成一万一千零九十五册,约三亿七千万字,汇集了古今图书七八千种。《永乐大典》在永乐年间纂修完成后,只抄录了一部,称为"永乐正本";到嘉靖朝,又重录了一部,称为"嘉靖副本"。两部都深藏在皇宫中,没有刊印过。因八国联军侵华,多已亡于战火,今分散残存不到八百卷。就其残存各卷看,全书用朱、墨笔写成,端庄美观,内容丰富,编排合理,文字秀美,并有插图。

类书是把一类或多类文献资料辑录出来,按照一定的方法进行编排,以方便检索和查询的工具书。多数类书是按内容分类编排的,《永乐大典》则按韵字编排,用韵以统字,用字以系事;多数类书是辑录体,《永乐大典》则多全篇甚至全书收录,并注明出处,以便复核,这为清人辑录已经失传之书提供了方便,如《元一统志》、《析津志》,早期南戏《张协状元》、《宦门子弟错立身》、《小孙屠》就赖《永乐大典》得以保存至今。其"戏"字韵下为戏文(南词),收录"戏文"三十三种;"剧"字韵下为杂剧,收杂剧九十种,十之六七没有传本,保存了许多已失传的戏剧资料。赵万里、谭正璧都很关注《永乐大典》中的戏文,谭著有《永乐大典所收宋元戏文三十三种考》,中华书局出版有钱南扬《永乐大典戏文三种校注》一书。2003年上海辞书出版社出版有影印本"海外新发现十七卷《永乐大典》"。这样一部大型类书肯定还有不少文体资料,可惜全书所存不足3.5%,绝大部分已无法见到了。

二　郎瑛《七修类稿》的文体论

郎瑛(1487—1566)字仁宝,仁和(今浙江杭州)人。因身患疾病而淡于功名,博览艺文,探讨经史。家藏经史文章、杂家之言、乡贤手迹等,每日于书斋中诵读,揽其要旨,撮取精华,辨同异,考谬误,著有《书史衮钺》、《萃忠录》。另著有《七修类稿》五十一卷、《续稿》七卷,是他致力于学问考辨的一部专著,也是一部重要笔记。该书考论范围极广,以类相从,凡分天地、国事、义理、辨证、诗文、事物、奇谑七门,或测天地之高深,或明国家之典故,或研穷义理,或辨证古今,或掇诗文而拾其遗,或捃事物而彰其赜,以至奇怪诙谐之事,无不采录。考论严谨详明,驰骋古今,贯穿子史。其中许多内容为史书所阙,有很高的史料价值。

《七修类稿》有十分丰富的文体论,或论体裁起源,如论小说,他认为"小说起宋仁宗,盖时太平盛久,国家闲暇,日欲进一奇怪之事以娱之……国初瞿存斋《过汴》之诗:'有陌头盲女无愁恨,能拨琵琶说赵家。'皆指宋也。若夫近时苏刻几十家小说者,乃文章家之一体,诗话、传记之流也,又非如此之小说。"①他认为小说起于宋,显然指具有曲折情节的故事;又把诗话、传记也算作小说,显然指前人所说的"琐屑之言"。隐语一般认为起于"黄绢幼妇,外孙齑臼"之事,郎瑛却认为"起自东方朔'口无毛,声謷謷,尻益高'之诮舍人事"(卷二六)。

或论诗格之流变:"五言古诗,源于汉之苏、李,流于魏之曹、刘,乃其冠也;汪洋乎两晋,靖节最为高古;元嘉以后,虽有三谢诸人,渐为镂刻;迨唐陈子昂出,一扫陈、隋之弊,所谓上遏贞观之微波,下决开元之正派;直至考亭夫子(朱熹),又得其雅正之纯也。杨仲弘曰:'五言诗或兴起、或赋起、或比起,须要意深辞温。感慨伤思者,贵乎感动人情;闲适写景者,贵乎雅淡悠扬,如《古诗十九首》是也。'呜呼!岂易能哉!"对七言古诗、绝句、歌行、律诗、排律等的流变也作了类似论述,并论及各体的具体含义:"汉魏之世,歌咏杂兴:故本其命篇之义曰篇,因其立辞之意曰辞,体如行书曰行,述事本末曰引,悲如蛩螿曰吟,委曲尽情曰曲,放情长言曰歌,言通俚俗曰谣,感而发言曰叹,愤而不怒曰怨,虽其名各不同,然皆六义之余也。"(以上均见卷二九)同卷还论及"各文之始",如诏、敕、制、典、谟、训、诰、誓、命、露布、檄、箴、铭、颂、赞、记、序、论、说、解、原、辨、奏疏、弹文、传、行状、诔辞、哀辞、祭文、题跋、辞赋等等,一体之中往往又论及相关之体,如"策义有二:在汉若《治安》、《贤良》,在宋若《臣事》、《民政》,类今之奏疏,故《说文》曰:'谋也。'问而答之谓之对策,则今之科场者是也。吕东莱分之为二类是矣。《辨体》载制策而遗对策,恐未尽也。至于册立皇后、太子,晋、宋九锡文册,盖册、策通用,古以竹简书,乃用此册字,其文则又上与下之言也"又云:"箴、铭、颂、赞,体皆韵语,而义各不同。箴者,规戒之辞,如箴之疗疾。铭者,名器自警。赞者,称扬赞美。颂则形容功德。皆起于三代,惟赞始于汉之班固,《辨体》论之详矣。文则欲其赡丽宏肆,而有雍容起伏之态。"又云:"奏疏之名不一,曰上疏,曰上书、曰奏札、曰奏

---

① (明)郎瑛《七修类稿》卷二二,上海书店出版社 2009 年版。

状、曰奏议；恐其漏泄，俱封囊以进，故谓之封事：臣告君之辞也。祖于《伊训》《无逸》诸篇。"又云："行状则实纪一人之事，为死者求志之辞也。埋铭、墓志、墓表、墓碣，皆一类也。铭志则埋于土，表碣则树于外，述其世系、岁月、名字、爵里、学行、履历，恐陵谷变迁故也。然在土者文简，在外者稍详；表谓有官者，碣谓无官者，汉、晋来有之矣。"

或论诗、词、文的关系，如卷三一《诗文似》认为："旧云：韩诗似文，杜文似诗。予谓韦应物律诗似古，刘长卿古诗似律；子瞻词如诗，少游诗如词，固一病也。然亦因性所便，习而使之然耳。"

或论词，如《花间词名》云："《归国遥》、《酒泉子》、《定西番》、《河渎神》、《遐方怨》、《蕃女怨》、《荷叶杯》、《上行杯》、《思越人》、《三字令》、《竹枝》、《河传》、《摘得新》、《离别难》、《相见欢》、《醉公子》、《感恩多》、《满宫花》、《蝴蝶儿》、《赞成功》、《西溪子》、《中兴乐》、《接贤宾》、《赞浦子》、《女冠子》、《甘州遍》、《纱窗恨》、《柳含烟》、《月宫春》、《恋情深》、《贺明朝》，右三十二词，乃《花间集》之名也，《草堂诗余》诸本之所无。今作词者，不惟不填此调，亦不知有此名耳。予故于三十四卷中，已言《花间集》为词家之祖，今复特录其名以见之，则南词始于唐也无疑。"卷三四《南词难拘字韵》云："南词似多起于唐也，如《千秋岁》、《荔枝香》，因贵妃诞日，长生殿奏新曲二阕，未有名，适南方进荔枝，遂以二词名之。《念奴娇》，名娼也，故《连昌宫词》有'力士传呼觅念奴，念奴潜伴诸郎宿'。《阿滥堆》，禽也，声最美，玄宗一取其声，一取其名，各以制曲。《菩萨蛮》，大中初女蛮入贡，璎珞被体，号'菩萨蛮'，遂制此也。《春光好》，因羯鼓催花，花开而制，惜未通知其祖于唐者。盖明皇知音律之故，而后知音之臣，因各祖之。故《花间集》名为填词之祖，而所集者自温飞卿而下十八人耳。宋陆放翁又云：'晚唐诗格卑陋，而长短句独精巧，后世莫及。'正指此也。又如《随笔》之辩伊、凉州曲皆出于唐，亦其一证。"又云："以予论之，南词但要音律和谐，或平或仄俱可也；二句合作一句，一句分成二句者，则句法虽不同，字数不差，妙在歌者上下纵横所协耳；头句不拘，正如律诗之起亦然；但多少数字，似不可也，况至于多少二三十字者哉！"

三　章潢《图书编》的图书分类和《诗》体论

章潢（1527—1608）字本清，明南昌（今属江西）人。自幼好学，建此洗堂于东湖之滨聚徒讲学，又主白鹿洞书院讲席。与吴与弼、邓元锡、邓元卿并称"江右四君子"，人称"文德先生"。与意大利人利玛窦结交，并请利氏登白鹿洞书院讲堂，宣讲西学。以荐授顺天训导。著有《图书编》、《周易象义》、《诗经原体》、《书经原始》、《春秋窃义》、

《礼记札言》、《论语约言》等。其《图书编》一百二十七卷,属类书类,一卷至十五卷为经义,十六卷至二十八卷为象纬、历算,二十九卷至六十七卷为地理,六十八卷至一百二十五卷为人道,一百二十六卷为易象类编,一百二十七卷为学语。《四库全书总目》提要对此书评价颇高:"潢书之引据,古今详赅,本末虽儒生之见,持论或涉迂拘,然采摭繁富,条里分明,浩博之中,取其精粹,于博物之资,经世之用,亦未尝无百一之裨焉。"

其《学诗叙》认为《诗》各有体,对《诗》之分体十分重视:"盖风、雅、颂、赋、比、兴各有体,雅之大、小,风、雅之正、变,均之乎有体也。虽其本无邪之心以达诸言者一也,而体各不同,故夫子删《诗》,俾《雅》、《颂》各得其所也……此《学诗多识》、《学诗原体》所由述也。惟其识其体,然后乃知'一言以蔽之'只在'思无邪'。是故闲邪以存诚,修词以立诚,体立用行,各有攸当,庶不负圣人学《诗》之教矣。"①其《诗大旨》(卷一一)论此尤详,认为"学《诗》莫要于辨体","体者何?风、赋、比、兴、雅、颂是也。体明而《三百篇》了然矣"。他对《诗》之六义作了较新的解释,六义既各为一体,又同为一体,他论六义之相互区别而又相互贯通云:"昔人以风、雅、颂为三经,赋、兴、比为三纬,经、纬虽分,体则一耳。但赋也,兴也,比也,各一其义,亦各一其体。或一章而三义具备,体则不殊;或赋以直述其事,而中寓兴意;或比与兴虽各别,以之为比,即以之为兴,亦于经之体无与也。此所以为经中之纬也。若夫风不可为雅,小雅不可为大雅,而雅不可以为颂,正风不可以为变风,二雅、三颂正变亦然。非真识其体,如苍素不可淆,如丝竹不可混,则各任意识,注述篇章,艺工理昌,反沉灭其本旨。"又论《诗》体之有正有变云:"尊雅而卑风者,谓雅可降而为风;贵正而贱变者,谓变非盛时所有。此以国异王侯,地异朝野,世异盛衰,自生分别心,而于本然之体,则茫乎其未之识也。故意本委婉,每认比兴以为赋;词本假托,每认质言以为真。或以鄙亵之词为一途而莫之讲也,由辨体不清,则诠义不澈。孔子谓'雅颂各得其所',若有意以升降之矣。岂知体裁一定,圣人删之次之,特去其无意义者,存其有关风教者,一切咸据体以分别而次第之耳。虽欲于体外加以毫发意见,不可得也。是故风、雅、颂无卑高也,赋、兴、比无浅深也,正、变无关于隆替也。得其体则六义炳炳,如仰天俯地,近取诸身,色色信其本来而已矣。况诸书皆假言以阐明其理义,《诗》独随声以宣泄其性灵,其体固别于声响节奏之间,其情则起于讽咏音律之外。学《诗》者于词外见意,则意味津津乎其无穷。若先执理以解文,则性情反为义理所拘,不能洒然于歌咏之表矣。潢,鄙人也,敢自以为识体乎哉!但学《诗》久之,知有体之当辨也。乃敢僭妄陈述辨体一端,以为学《诗》之指南云。"其下还以"赋之义云何","风之义何居","比之义云何","兴之义云

① (明)章潢《图书编》卷一一,文渊阁四库全书本。

何”，“雅之义云何”，“颂之义云何”领起，对六义作了进一步的具体阐释。他对前人之说，包括程、朱之说，多不满意，多有补充，如常谓他们的解说“皆是也，然而未尽也”之类。其中有些见解是颇为深刻的，如不知六义即不知《诗》体：“(程子曰)‘学《诗》而不分六义，岂能知《诗》之体也？’可见体即义之所由辨也。何也？风雅颂各有体，不可混也。但风非无雅，雅非无颂。又风、雅、颂，正变所由分也。苟不能先辨其体，何以俾风、雅、颂‘各得其所’？”论正、变以体不以时：“以体论正、变，不得以时论正、变，盖体合乎正者，虽衰世所作，不得不归之于二南；体异乎正者，虽盛时圣人之所作，不得不归之于变风。是正、变各以体分，亦非以正、变评品诗之高下也。”又云：“小、大雅之正、变，无所与于时世之盛衰，要在辨其体。”其论体裁往往兼论风格，如“列国之风化不齐，声气不类，而体则一焉。是故风之体轻扬和婉，微讽谲谏，托物而不著于物，指事而不滞于事，义虽寓于音律之间，意尝超于言词之表，虽使人兴起而人不自觉”；“惟《诗》之在二南者，浑融含蓄，委婉舒徐，本之以平易之心，出之以温柔之气”。其中的“轻扬和婉，微讽谲谏”，“浑融含蓄，委婉舒徐”，“平易之心”，“温柔之气”，“含而不露，婉而不迫”等等皆指风格而言。

　　其《乐歌总叙》论述了诗与乐的关系，二者皆贵自然：“乐之道主乎声，而声必有取于天籁，以其一出于自然而非强作也。然则人之声非天籁乎？乐之声有五，不外乎宫商角徵羽，五声克谐，斯谓之乐。人之声一出乎喉舌齿腭唇，而声为律者，即夫人自然之乐也。故本之心，宣之声则为诗，曰风雅曰颂皆可；以被管弦、协金石，而谓之为乐章……乐以诗为本，诗以声为用。凡金石丝竹匏土革木，节奏铿锵，克谐律吕，不过用以依永和声焉耳。世之呶呶于律管短长分寸之辨，而于声诗废之不讲，欲求雅乐之复古也，有是理哉？噫，雅颂即古乐也，人声即天籁也，真知乐以人声为主，而五音六律以和之，则雅乐之复也，亦易易耳。”其《乐诗总论》作了更详尽的论述，谓“昔者，先王之乐非徒戛金石、鸣祝敔而已也，彼有所由始也。天之以息相吹也，不能不发而为籁。籁也者，天地自然之音也。人心之感物而动也，不能不形之言而为诗。诗也者，各言其心之所之也。是故天子、列侯、公卿、大夫、士、庶人之异其位，治世、乱国之异其时，明君、硕辅、忠臣、孝子、骚人、羁旅之异其感，而彼皆各以情之所至，而抑扬讽咏于其间，固有不得而相假借掩袭焉者。故曰诗也者，人心自然之音也”。他认为古之人“无一人之不能言而为之诗”，“无一言之不奏于乐官而为之乐”，“何莫非诗，何莫非乐也哉！故世儒虽尝恨五经无乐书，殊不知乐有诗而无书，诗存则乐与俱存，诗亡则乐与俱亡。诗乐固相关也”，“季札之因诗而得乎乐”，“孔子之删诗以定乎乐”，“愚故尝为之说曰：三代而上，天下之诗与乐出于一，故其至者，可以正得失，动天地，感鬼神。三代而下，天下之诗与乐出于二，其微也，俗流失，世败坏，而天下之变，犹江河之日趋而

598

不可复返也已"。

其《乐以歌声为主议》亦云:"古之达乐有三,曰风,曰雅,曰颂,而金石丝竹匏土革木,皆主此以成乐均者也,信乎乐非有外于声诗也……乐以诗为本,诗以声为用,自古迄今,其义未有改矣。"又云:"德为乐心,声为乐体,义为乐精。得诗则声有所依,得声则诗有所被。知声诗而不知义尚可,备登歌,充庭舞,彼知义而不知诗者,穷极物情,工则工矣,而丝簧弗协,将焉用之? 甚哉! 声诗不可不讲也。"又论乐府云:"《鹿鸣》亡而诗亡矣,非诗之亡也,诗在而声谱散逸,诗犹亡也。所以继《鹿鸣》之响者,不在乐府乎? 乐府之体,有行,有曲,有引,有操,有吟,有弄,而皆可列之乐部。然而去《三百篇》风旨则远矣。"

四 彭大翼《山堂肆考》"类分而胪列"的文体资料

彭大翼(1552—1643)字云举,号一鹤,扬州(今属江苏)人。明嘉靖中期,任梧州通判,较有声望。喜读书,辞职后,历四十余年,辑成类书《山堂肆考》二百四十卷,内容广泛,涵盖天文、时令、地理、君道、臣职、政事、亲属、文学、谥法、道教、仙教、性行、饮食、音乐、鸟羽虫草、果品花卉等,经史子集无所不及,成为传世之作。凌儒《山堂肆考序》首论类书之重要:"粤自载籍充汗,渔猎难穷,矜能者食于耳,广采者窘于余,征事者屈于寡,而宏博之用益迫矣。"次论历代类书的局限:"徐坚述《初学记》弗详于唐,祝穆纂《事文类聚》多溺于宋,《白氏六帖》记代无次,而《海录》、《野乘》搜辑未徧,均不足称全书。"末称彭此书的价值:"历三十余禩,北走燕冀,南越苍梧,食以为饴,息以为枕,未尝一日废卷。即浩然解组,杜门海上,凡耳之所闻,目之所见,口之所诵,心之所惟,无不类分而胪列之,集而成编,总之二百四十卷,名曰《山堂肆考》……今是书自十三经、二十一史、三坟二酉、四部九流以及百家,悉囊括刃解。盖睹日月而蔑众星,陟昆仑而俯瀛海,旧籍之陋,足可一洗,当与之分路扬镳,等上驷而并驾矣。"①

在文体学方面,《山堂肆考》辑录了不少有关诗文词曲的资料,如碑、射策对策、拟体、涩体、台阁体、山林体、赋体、诗、永嘉体、永明体、歌行、回文、次韵、赋、志、诔、赞、铭、论、颂、箴、书问、露布、檄、乐府以及词牌如《菩萨蛮》、《忆秦娥》、《忆王孙》、《酹江月》等等。

类书虽为辑录体,但把有关资料集中在一起,就为研究者提供了不少方便。如其《三体》论文与时的关系,认为有治世之文、衰世之文、乱世之文:"朱元晦言:文体有

---

① (明)彭大翼《山堂肆考》卷首,文渊阁四库全书本。

三,有治世之文,有衰世之文,有乱世之文。六经,治世之文也。如《国语》,委靡繁絮,真衰世之文耳。是时语言议论如此,宜周之不能振起也。至于乱世之文,则《战国》是也。然犹有英伟气,非衰世《国语》之文之比也。楚、汉文字真是奇,岂易及也!”《彦伯涩体》论涩体多求新奇云:“《朝野金载》:唐徐彦伯为文,多求新奇:以凤阁为鹥阁,龙门为虬户,金谷为铣溪,玉山为琼岳;以兰狗为卉犬,以竹马为筱骖。后进效之,谓之涩体。”《台阁山林》论社会地位不同,文风亦异云:“《归田录》:夏英公(竦)尝以文谒盛度,度曰:‘子文章有馆阁气,异日必显。’曾端伯(慥)云:‘文章虽出于心术之微,而实有二等:有山林草野之文,有朝廷台阁之文。山林之文,其气枯槁,道不得行,著书立言者所尚也。台阁之文,其气温润丰缛,乃得位于时者所尚也。’”论词牌多源自唐诗《鹧鸪词》云:“《鹧鸪词》,近代思归之词曲也。唐李益词:‘湘江斑竹枝,锦翅鹧鸪飞。处处湘云合,郎从何处归?’郑谷《席上赠歌者》:‘花木楼台近九衢,清歌妙舞倒金壶。座中亦有江南客,莫向春深唱《鹧鸪》。’”

第四节　明人总集的文体观及文体分类

　　明代的大型选本颇多,如《文章辨体》、《文体明辨》、《文章辨体汇选》等,并有叙说,阐述各种文体特点及其演变;而且出现了历代全文总集,如梅鼎祚所编的《文纪》,开后世全文总集之先河;还有不少专体选本,如《古诗纪》、《元曲选》、《四六法海》之类,分别选、论某一文体。本节所论,包括这三种类型的总集。

一　高棅《唐诗品汇》论唐诗各家众体及其风格

　　高棅(1350—1423)字彦恢,后改名廷礼,号漫士。长乐人(今属福建)。能书画,书学汉隶,画学米芾父子。永乐初征为翰林待诏,后升典籍。与林鸿、王偁、陈亮、王恭、唐泰、郑定、王褒、周玄、黄玄等合称“闽中十子”。著有《啸台集》、《木天清气集》,多写个人日常生活,有不少应酬之作。高棅选编唐人诗为《唐诗品汇》九十卷,选诗六百二十家、五千七百六十九首,按五古、七古、长短句、五绝、六言绝句、七绝、五律、五排、七律、七排分体编排,每种体裁入选作者按时代排列;论诗主唐音,引申宋严羽之说,分唐诗为初、盛、中、晚四期,对前、后七子“诗必盛唐”的主张颇有影响。《明史·文苑传》称《唐诗品汇》“终明之世,馆阁宗之”。
　　其《唐诗品汇总叙》对唐诗风格的演变论之颇详:“有唐三百年诗,众体备矣。故有往体、近体、长短篇、五七言律句、绝句等制,莫不兴于始,成于中,流于变,而陊(破败)之于终。至于声律兴象，文词理致，各有品格高下之不同。略而言之，则有初唐、盛唐、中唐、晚唐之不同。"其下他详细论述了初、盛、中、晚四唐各个诗人的"品格高下"，他所说的"品格"主要指风格，如"上官仪有婉媚之体"，"陈子昂古风雅正"，"李翰林之飘逸，杜工部之沈郁，孟襄阳之清雅，王右丞之精致，储光羲之真率，王昌龄之声俊，高适、岑参之悲壮，李颀、常建之超凡"，"韦苏州之雅淡，刘随州之开旷，钱郎之清赡，皇甫之冲秀，秦公绪之山林，李从一之台阁"，"柳愚溪之超然复古，韩昌黎之博大其词，张、王乐府得其故实，元、白序事务在分明，与夫李贺、卢仝之鬼怪，孟郊、贾岛之饥寒"，"杜牧之之豪纵，温飞卿之绮靡，李义山之隐僻，许用晦之偶对"，都主要是从诗歌风格方面着眼的。他还历评唐诗的各种选本，以说明他编纂此书的原因（"以为学唐诗者之门径"）："观诸家选本，详略不侔。《(文苑)英华》以类，见拘乐府，为题所界，是皆略于盛唐而详于晚唐。他如《朝英》、《国秀》、《箧中》、《丹阳》、《英灵》、《间气》、《极玄》、《又玄》、《诗府》、《诗统》、《三体》、《众妙》等集，立意造论，各该一端。唯近代襄城杨伯谦氏《唐音集》，类能别体制之始终，审音律之正变，可谓得唐人之三尺矣。然而李、杜大家不录，岑、刘古调微存，张籍、王建、许浑、李商隐律诗载诸正音，渤海高适、江宁王昌龄五言稍见遗响，每一披读，未尝不叹息于斯。由是远览穷搜，审详取舍，以一二大家、十数名家与夫善鸣者殆将数百，校其体裁，分体从类，随类定其品目，因目别其上下，始终正变，各立序论，以弁其端。爰自贞观至天佑，通得六百二十人，共诗五千七百六十九首，分为九十卷，总题曰《唐诗品汇》。"①

其《叙目》或论诗体之演变，如论《五言古诗》云："五言之兴，源于汉，注于魏，汪洋乎两晋，混浊乎梁、陈，大雅之音几于不振。唐氏勃兴，文运丕溢。太宗皇帝，龙凤之姿，天文秀发，延览英贤，首倡斯道。其《幸庆善宫》等作，时已被之管弦。明良满庭，赓歌赞治。若夫(虞)世南属和，匡君以正；魏徵终篇，约君以礼：辞之忠厚，岂曰文为？及乎永徽以还，四杰(唐初王勃、杨炯、卢照邻、骆宾王，皆以文章齐名，时号四杰)并秀于前，四友(苏味道、李峤、崔融、杜审言，号为文章四友)齐名于后。刘氏庭芝古调，上官仪新体，虽未遏其微波，亦稍变乎流靡。"又如论《七言古诗》云："七言虽云始自汉武《柏梁》，然歌谣等作出自古也，如宁戚之《商歌》，七言略备，迨汉则纯乎成篇。下及魏、晋，相继有述。其间杂以乐府长短句、词、吟、曲、引、篇、行、咏、调之属，皆名为诗。唐初作者亦少，独宋之问数首为时所称。又如郭代公《宝剑篇》、张燕公《邺都引》，调颇凌俗，然而文体声律、抑扬顿挫犹未尽善。"

或论各诗人风格特征，如论陈子昂云："唐兴，文章承陈、隋之蔽。子昂始变雅正，

---

① (明)高棅《唐诗品汇》卷首，文渊阁四库全书本。

复然独立,超迈时髦。初为《感遇》诗,王适见之曰:'是必为海内文宗!'噫!公之高才偶傥,乐交好施,学不为儒,务求真适;文不按古,仁兴而成。观其音响冲和,词旨幽邃,浑浑然有正大之意,若公输氏当巧而不用者也。故能掩王、卢之靡韵,抑沈、宋之新声,继往开来,中流砥柱,上过贞观之微波,下决开元之正派。呜呼盛哉!"又如论杜甫云:"王荆公尝谓杜子美之悲欢穷泰,发敛抑扬,疾徐纵横,无施不可。故其所作,有平淡闲易者,有绮丽精确者,有严重威武若三军之帅者,有奋迅驰骤若泛驾之马者,有淡泊闲静若山谷隐士者,有风流酝籍若贵介公子者。盖其绪密而思深,观者苟不能臻其阃奥,未易识其妙处。夫岂浅近者所能窥哉!此子美所以光掩前人,后来无继也。余观其集之所载《哀江头》、《哀王孙》、《古柏行》、《剑器行》、《渼陂行》、《兵车行》、《洗兵马行》、《短歌行》、《同谷歌》等篇,益以斯言可征。故表而出之为大家。"又如论"盛唐律句之妙者,李翰林气象雄逸,孟襄阳兴致清远,王右丞词意雅秀,岑嘉州造语奇峻,高常侍骨格浑厚,皆开元天宝以来名家。"

高棅据严羽《沧浪诗话·诗评》,进一步明确提出唐诗初、盛、中、晚之说,又把各体分为九品:正始、正宗、大家、名家、羽翼、接武、正变、余响、旁流。其《凡例》说:"大略以初唐为正始,盛唐为正宗、大家、名家、羽翼,中唐为接武,晚唐为正变、余响,方外异人等诗为旁流。间有一二成家特立与时异者,则不以世次拘之"。把唐诗分为初、盛、中、晚,有助于认识唐诗的发展流变,多为唐诗研究者所采用;但其九品之分,缺乏明确标准,不免为人所讥议。清代王士禛《香祖笔记》即对此书七古以李白为正宗,杜甫为大家,王维、高适、李颀为名家不以为然,认为李、杜均应为大家,王维等三家皆为正宗。李慈铭《越缦堂读书记·文学》又对王说表示异议,认为杜应为正宗,李为大家,王维等三家为名家。仁者见仁,智者见智,无法统一。正如《四库全书总目》此书提要所说,"平心而论,唐音之流为肤廓者,此书实启其弊;唐音之不绝于后世者,亦此书实衍其传。功过并存,不能互掩,后来过毁过誉,皆门户之见,非公论也"。

二 宋绪《元诗体要》分元诗为三十六体

宋绪(生卒年不详)字公传,以字行。余姚(属浙江)人。笃学有志操。永乐(1403—1424)间,与仲父被征修《永乐大典》,书成授官,独辞归里。

宋绪编有《元诗体要》十四卷,集录元诗,曹安《谰言长语》称其共分三十八体,但四库本只有三十六体,分别为四言、骚、选、乐府、柏梁、五言、七言、长短句、杂古、言、词、歌、行、操、曲、吟、叹、怨、引、谣、咏、篇、禽言、香奁、阴何、联句、集句、题、咏物、五言律、七言律、五言长律、五言绝、六言绝、七言绝、拗体,较曹安所列少七言长律体、侧体二种。全书仿方回《瀛奎律髓》之例，各体之前皆有小序。《四库全书总目提要》云："其中或以体分，或以题分，体例颇不画一。其以体分者，选律别于五言古，吟、叹、怨、引之类别于乐府，长短句别于杂古体，未免治丝而棼。其以题分者，香奁、无题、咏物，既各为类，则行役、边塞、赠答诸门将不胜载，更不免于挂漏。又第八卷杨维桢《出浴》绝句，实唐韩偓七言律诗，后四句亦间有疏舛。然去取颇有鉴裁，邓林序称绪深于诗，故选诗如此之精，非溢词也。"如其卷一《四言体》，对风、雅、颂的区别十分简明。又如其《言体》云："托物兴喻，辞多引用，而复断以己意，若扬子《法言》、庄周寓言、宋玉《大言》，皆言也。诗家亦有此题。今因题得诗，就诗命体，其篇什多有可录者。故立言体，以备观者之采择云。"《篇体》云："篇，遍也。写情铺事，明而遍也。观曹子建之《名都》、《美女》、《白马》诸篇可见。今所取者，如《宝剑》之誓雪国耻，《节妇》之足厚风教，《凌云》之脱屣声利。《上陵》者，冬青冢之寓讽，感意真明而且遍者也。"

三　吴讷《文章辨体》的文体分类

吴讷（1372—1457）字敏德，号思庵。常熟（今属江苏）人。官至左副都御史。著有《小学集解》、《思庵集》等。编有《文章辨体》五十卷、《外集》五卷。收录先秦至明初各代诗文，分体编录，各体皆为之序说。内集凡四十九体，外集五体，皆骈偶之词。内集五十类，依次为古歌谣辞、赋、乐府、诗、谕告、玺书、批答、诏、册、制、制策、表、露布、论谏、议、弹文、檄、书、记、序、论、说、解、辨、原、戒、题跋、杂著、箴、铭、颂赞、七体、问对、传、行状、谥法、谥议、碑、墓碑、墓碣、墓表、墓志、墓记、埋铭、诔辞、哀辞、祭文等。外集凡九类，依次为连珠、判、律赋、律诗、排律、绝句、联句诗、杂体诗、近代词等。各体皆为之序说。

彭时《文章辨体序》云："宋西山真先生集为《文章正宗》，其目凡四，曰辞命，曰议论，曰叙事，曰诗赋。天下之文，诚无出此四者，可谓备且精矣。然众体互出，学者卒难考见，岂非精之中犹有未精者耶？海虞吴先生有见于此，谓文辞宜以体制为先，因录古今之文入正体者，始于古歌谣辞，终于祭文，厘为五十卷；其有变体若四六、律诗、词曲，别为《外集》五卷附其后，名曰《文章辨体》。辨体云者，每体自为一类，每类各著序题，原制作之意，而辨析精确，一本于先儒成说，使数千载文体之正变高下，一览可以具见，是盖有以备《正宗》之所未备而益加精焉者也。非先生学之博，识之正，用心之勤且密，宁有是哉？"①但《四库全书总目》对此书却评价不高："今观所论，大抵剽掇

---

① （明）吴讷《文章辨体序说》卷首，人民文学出版社 1982 年版。

旧文,罕能考核源委,即文体亦未能甚详……其余去取,亦漫无别裁,不过取盈卷帙耳,不足尚也。"

《文章辨体》大旨以真德秀《文章正宗》为蓝本。宋人姚铉编《唐文粹》重古体诗文,不收近体诗文;此书同样轻视近体诗词,把它们列入《外集》,但总比完全不收为好。如其论《近代词曲》云:"凡文辞之有韵者,皆可歌也。第时有升降,故言有雅俗,调有古今尔。昔在童稚时,获侍先生长者,见其酒酣兴发,多依腔填词以歌之。歌毕,顾谓幼稚者曰:'此宋代慢词也。'当时大儒,皆所不废。今间见《草堂诗余》。自元世套数诸曲盛行,斯音日微矣。迨予既长,奔播南北,乡邑前辈,零落殆尽,所谓填词慢调者,今无复闻矣。庸特辑唐、宋以下辞意近于古雅者,附诸《外集》之后,《竹枝》、《杨柳》亦不弃焉。好古之士,于此亦可以观世变之不一云。"

吴讷在他的其他著述中也常论及文体,如其《晦庵诗抄序》论五言诗的演变云:"五言古诗实继国风、雅、颂之后,若苏、李之天成,曹、刘之自得,以至陶靖节之高风逸韵,卓卓乎不可尚焉。三谢以降,正风日靡。唐兴,沈、宋变为近体,至陈伯玉始力复古作,迨李杜后出,诗道大兴而作者日盛矣。然于其间求夫音节雅畅,辞意浑融,足以继绝响而闯渊明之阃域者,惟韦应物、柳子厚为然尔。自时厥后,日以律法相高,议论相尚,而诗道日晦焉。宋室南迁,晦庵朱子以天挺豪杰之才,上继圣贤之学,文辞虽其余事,间尝读《大全集》,观其五言古体冲远古澹,实宗风雅而出入汉、魏、陶、韦之间,至其《斋居感兴》之作则又于韵语之中,尽发天人之蕴,以开示学者,是岂汉、晋诗人之所可及哉?然集中编载,众体混出,且卷帙浩瀚,获见者鲜。暇日因手抄五言古体,始于《拟古》,终于《感兴》诸诗,得二百首,寘于家塾,以教子弟。盖欲使知诗章之学亦先儒之所不废,沉潜之久,庶因有以得其归宿云。"[1]

四　朱栴《文章类选》的文体分类

朱栴(1378—1438)号凝真子,明太祖朱元璋第十六子,封庆王。安徽凤阳人。天性英敏,学问博洽,长于诗文,书法亦名闻遐迩。著有《宁夏志》二卷、《凝真稿》十八卷、《集句闺情》一卷,编有《文章类选》、《增广唐诗鼓吹续编》等。

其《文章类选自序》称"将《文选》、《文粹》、《文苑英华》、《翰墨全书》、《事文类聚》诸书所载之文,类而选之,曰赋,曰记,曰序,曰传,曰骚,曰辞,曰文,曰说,曰论,曰辩,曰议,曰谥议,曰书,曰颂,曰赞,曰铭,曰箴,曰解,曰原,曰论谏,曰封事,曰疏,曰策,

---

① (明)程敏政《明文衡》卷四四,文渊阁四库全书本。

曰檄文,曰状,曰诏,曰制,曰口宣,曰符命,曰册文,曰赦,曰奏,曰教,曰表,曰笺,曰启,曰碑,曰行状,曰神道碑,曰墓志,曰墓表,曰谍,曰哀册,曰谥册,曰祭文,曰哀辞,曰弹事,曰札,曰序事,曰判,曰问对,曰规,曰言语,曰曲操,曰乐章,曰露布,曰题跋,曰杂著,凡五十八体。"①但《四库全书总目》对此书颇不以为然:"标目冗碎,义例舛陋,不可枚举。如同一奏议也,而分之为论谏,为封事,为疏,为奏,为弹事,为札;诗不入选,而曲操、乐章仍分二类。又如序事类载《左传》'隐桓本末','郑庄公叔段本末'及'子产从政'凡三篇,而《战国策》'范雎见秦王'反刊于前,颠倒失次,其甄综之无识,又可概知矣。"

五 刘节《广文选》对《文选》入选体裁的补遗

刘节(1476—1555)字介夫,初号梅国,更号雪台,晚称涵虚翁。大庾(今江西大余)人。弘治十八年(1505)进士,官至刑部侍郎。著有《梅国集》,编辑《广文选》六十卷。

其《广文选序》批评《文选》所遗甚多,"故广之,以备遗也"②。其实,《文选》的"选"字本身就说明它是选本,不是全文总集,不存在遗不遗的问题。相反,他的《广文选》,反收了不少"悖而俚"之作,故陈蕙等重刻时删了不少。《四库全书总目·梅国集》提要云:"所辑《广文选》采摭浩博,而门目琐碎,体例冗杂,颇有贪多务得之失。"《四库全书总目·广文选》提要更详论其失:"其编次亦仿《文选》分类,而颠舛百出,如文选陆机《文赋》无类可归,故别立论文一门。此书乃以荀卿《礼》、《智》二赋及扬雄《太玄赋》当之,其为学步,宁止寿陵余子耶?曹植《蝉赋》、傅咸《萤赋》入之鸟兽,而傅亮《金灯草赋》不入草木;谢朓《游后园赋》不入游览,陆云《南征赋》不入纪行,陶潜《桃花源》诗入咏史,《史记·礼书》、班固《律历志》入杂文,皆不可理解。又《胡姬年十五》一篇,本梁刘琨作,郭茂倩《乐府诗集》可考,而沿《文翰类选》之误,以为晋刘琨。庄忌本汉人,而误以为梁人。《柏梁诗》本联句,而注曰六首。徐乐上书本无标题,而名曰《论土崩瓦解书》。《左传》'吕相绝秦'本为口语,而名曰《绝秦书》。《史记·自序》中'下大夫壶遂'云云,本文中之一段,而删除前后,名曰《答壶问》。隔数卷后又出《太史公自序》一篇。《文心雕龙·序志篇》本其第五十篇,而改名曰《文心雕龙序》。至于诸葛亮《黄陵庙记》之类,以赝文窜入,更无论矣。"

《广文选》在编选上的确存在诸多问题,但它注意到《文选》体裁之"遗",敢于批评

---

① (明)朱栴《文章类选》卷首,国家图书馆藏明万历麝香本。

② (明)贺复徵《文章辨体汇选》卷二九一,文渊阁四库全书本。

传统的权威总集,仍有值得肯定之处,如其云:"鸟兽草木皆物也,鸟兽选矣,草木遗焉,是故次之草木以广遗也;夫赋者目具矣,弗目者遗,是故次之杂赋以广遗也;夫《诗》六义备矣,逸诗,《诗》之逸也,广之自遗诗始,补亡无矣;操,乐府之遗也,谣,杂歌之遗也,广之,诗斯备矣;夫诏,王言也,玺书、赐书、敕书皆王言也,广之类也;策,册类也,策问,诏类也,广之以从类也;疏,上书类也,封事、议对皆疏类也,广之以从类也;对策,对阙问也,策问,诏类矣,对策,对类也,广之从其类也,而文则无矣;问次于对,有问斯有对也,广之亦类也;夫记者,序之实也,传者,史论赞之纪也,说者,论之要略也,哀辞者,哀之绪余也,祝文者,祭告之大典也,是故广之,广其类矣;夫文犹赋也,诸类具矣,弗类者遗,是故次之以杂文,以广遗也。"虽有"贪多务得之失",但它对《文选》分类的补遗之功仍是不可忽视的。

六　胡松《唐宋元名表》"有功于骈体"

胡松(1503—1566)字汝茂,滁州(今属安徽)人。嘉靖八年(1529)进士。官至南京吏部尚书。洁己好修,富经术,有声望。卒谥恭肃。著有《黑织肃集》、《滁州志》、《唐宋元名表》。

《四库全书总目·唐宋元名表》提要云:"是编乃(胡)松督学山西时,选为士子程序之书。虽所录皆各集所有,无奇秘未睹之篇,而去取极为不苟。前有《自序》曰:'是学也,昉于汉、魏六朝,盛于隋、唐,而极于宋,其体不能尽同,然其意同于宣上德而达下情,明己志而述物则,其后相沿日下,竞趋新巧,争尚衍博,往往贪用事而晦其意,务属词而灭其质,盖四六之本意失之远矣。'其言颇为明切。自明代二场用表,而表遂变为时文,久而伪体杂出,或参以长联。如王世贞所作一联,多至十余句,如四书文之二小比。或参以五七言诗句,以为源出徐、庾及王、骆。不知徐、庾、王、骆用之于赋,赋为古诗之流,其体相近,若以诗入文,岂复成格?至于全用成句,每生硬而权柸;间杂俗语,多鄙俚而率易。冠冕堂皇之调,剿袭者陈肤;饤饾割裂之词,小才者纤巧,其弊尤不胜言。松选此编,挽颓波而归之雅,亦可谓有功于骈体者矣。"所论甚是。胡松《唐宋元名表》原序的主要内容《四库提要》已转述,兹不再论。

七　唐顺之《文编》与唐宋八大家

唐宋古文八大家的提法,虽然在宋时已萌芽,元已大体成型,但流行是从明代开始的。元人吴澄《临川王文公集序》云:"唐之文能变八代之弊、追先汉之踪者,昌黎韩氏而已,河东柳氏亚之。宋文人视唐为盛,唯庐陵欧阳氏、眉山二苏氏、南丰曾氏、临川王氏五家与唐二子相伯仲。夫自汉东都以逮于今,浸浸八百余年,而合唐、宋之文可称者仅七人焉,则文之一事,诚难矣哉!"在吴澄所列七子的基础上,明清人加上苏洵,成为唐宋八大家。明初朱右已采韩愈、柳宗元、欧阳修、曾巩、王安石及三苏父子之文为《八先生文集》(已佚),唐顺之《文编》选唐、宋文也仅取此八家,茅坤因不满前后七子"文必秦汉"的观点,提倡学习唐宋古文,故编《唐宋八大家文钞》以为选本,影响更大。

唐顺之(1507—1560)字应德,一字义修,号荆川。武进(今属江苏)人。嘉靖八年(1529)会试第一,官翰林编修,后调兵部主事。当时倭寇屡犯沿海,唐顺之以兵部郎中督师浙江,亲率兵船于崇明破倭寇于海上。升右佥都御史,巡抚凤阳,至通州(今南通)去世。崇祯时追谥襄文。学者称"荆川先生"。唐顺之于天文、乐律、地理、兵法至弧矢勾股莫不究极原委,尤以诗文著称,其诗推崇初唐,庄严宏丽。其文汪洋纡折,文风简雅清深,间用口语,不受形式束缚,有唐宋八大家之风,与王慎中、茅坤、归有光等被称为"唐宋派"。著有《荆川先生文集》、《文编》、《史纂左编》、《两汉解疑》、《武编》、《南北奉使集》、《荆川稗编》、《诸儒语要》等。

其《按察司照磨吴君墓表》论史传与墓志铭之美恶、繁简云:"文字之变于今世极矣。古者秉是非之公以荣辱其人,故史与铭相并而行。其异者,史则美恶兼载,铭则称美而不称恶。美恶兼载则以善善为予,以恶恶为夺。予与夺并,故其为教也章;称美而不称恶,则以得铭为予,以不得铭为夺,夺因予显,故其为教也微。义主于兼载,则虽家人里巷之碎事可以广异闻者,亦或采焉,故其为体也不嫌于详。义主于兼美,则非劳臣烈士之殊迹,可以系世风者,率不列焉,故其为体不嫌于简。是铭较之史犹严也。后世史与铭皆非古矣,而铭之滥且诬也尤甚。汉蔡中郎以一代史才自负,至其所为碑文则自以为多愧辞,岂中郎知严于史而不知严于铭耶? 然则铭之不足据以轻重也,在汉而已然,今又何怪?"①

其《董中峰侍郎文集序》批评"文必秦汉"之说,强调文法出于自然:"汉以前之文,未尝无法,而未尝有法。法寓于无法之中,故其为法也,密而不可窥。唐与近代之文,不能无法,而能毫厘不失乎法,以有法为法,故其为法也严而不可犯。密则疑于无所谓法,严则疑于有法而可窥,然而文之必有法,出乎自然而不可易者,则不容异也。且夫不能有法,而何以议于无法? 有人焉,见夫汉以前之文,疑于无法,而以为果无法也,于是率然而出之,决裂以为体,饾饤以为词,尽去自古以来开阖首尾、经纬错综之法,而一种臃肿俗(jǔn)涩浮荡之文。其气离而不属,其声离而不节,其意卑,其语涩,

---

① (明)唐顺之《荆川集》卷一一,文渊阁四库全书本。

以为秦与汉之文如是也,岂不犹腐木湿鼓之音而且诧曰:'吾之乐合乎神。'呜呼! 今之言秦与汉者,纷纷是矣,知其果秦乎汉乎否也?"①

唐顺之的更大贡献是他所编的《文编》六十四卷,收周迄宋之文,分体编列,分为制策、对、谏疏、论疏、疏、疏请、疏议、封事、表、奏、上书、说、劄子、状、论、年表、论断、论、议、杂著、策、辞命、书、启、状、序、记、神道碑、墓志铭、墓表、传、行状、祭文等体。既选《左传》、《国语》、《史记》等秦、汉文,也选了大量唐、宋文,从此逐步确立了"唐宋八大家"的历史地位。

《明史·文苑传三·茅坤传》云:"坤善古文,最心折唐顺之。顺之喜唐、宋诸大家文,所著《文编》,唐、宋人自韩、柳、欧、三苏、曾、王八家外无所取。故坤选《八大家文钞》,其书盛行海内。"《四库全书总目》提要虽批评其"踳驳往往不免",但总体评价很高:"是集取由周迄宋之文,分体排纂。陈元素序称以真德秀《文章正宗》为稿本,然德秀书主于论理,而此书主于论文,宗旨迥异,元素说似未确也。其中如以《庄(子)》、《韩(非子)》、《孙子》诸篇入之论中,为强立名目;又不录《史记》、《汉书》列传,而独取《后汉书·黄宪传》冠诸传之上,进退亦多失据。盖汇收太广,义例太多,踳驳往往不免。然顺之深于古文,能心知其得失,凡所别择,具有精意,观其自序云:'不能无文即不能无法,是编者文之工匠而法之至也。'其平日又尝谓汉以前之文未尝无法,而未尝有法,法寓于无法之中,故其为法也密而不可窥。唐与宋之文不能无法,而能毫厘不失乎? 法以有法为法,故其为法也严而不可犯。其言皆妙解文理,故是编所录,虽皆习诵之文,而标举脉络,批导窾会,使后人得以窥见开阖顺逆经纬错综之妙,而神明变化以蕲至于古。学秦汉者当于唐、宋求门径,学唐、宋者固当以此编为门径矣。"

八　茅坤《唐宋八大家文钞》将数以百计的文体综合为十三类

茅坤(1512—1601)字顺甫,号鹿门。归安(今浙江吴兴)人。嘉靖进士,累官广西兵备金事,迁大名副使。明代散文家。茅坤的散文刻意模仿司马迁、欧阳修,行文跌宕激射,但由于好为摹拟,故佳作不多。著有《白华楼藏稿》、《玉芝山房稿》、《史记钞》、《纪剿除徐海本末》等。

明初朱右已采韩愈、柳宗元、欧阳修、曾巩、王安石及三苏父子之文为《八先生文集》(已佚),唐顺之《文编》选唐、宋文也仅取此八家。茅坤因不满前后七子"文必秦汉"的观点,提倡学习唐、宋古文,故编纂《唐宋八大家文钞》一百六十四卷以倡导之。

---

① (清)黄宗羲《明文海》卷二四五,文渊阁四库全书本。

608

此书收韩愈文十六卷、柳宗元文十二卷、欧阳修文三十二卷(附《五代史钞》二十卷)、王安石文十六卷、曾巩文十卷、苏洵文十卷、苏轼文二十八卷、苏辙文二十卷。每一作家名下都附有小引,各篇文章后也往往有评论,并引有王慎中、唐顺之的评语。此书不是分体收录,而是按作者收录;不是以文系体,而是以文系人。故其所说"体",一般不是指文章体裁,而是指文章风格。

茅坤《唐宋八大家文钞叙》是一篇针对"文必秦汉"说的文体简史,主要论文章风格的演变,认为文章的主旨和辞彩都很重要:"孔子之系《易》曰:'其旨远,其辞文。'斯固所以教天下后世为文者之至也……孔子之所谓'其旨远',即不诡于道也。'其辞文',即道之灿然若象纬者之曲而布也。斯固庖牺以来人文不易之统也。"要做到旨远辞文是很不容易的,孔门七十二贤,只有子游、子夏列于"文学之科",因为"天生贤哲,各有独禀,譬则泉之温,火之寒,石之结绿,金之指南。人于其间,以独禀之气而又必为之专一以致其至。伶伦之于音裨,灶之于占养,由基之于射,造父之于御,扁鹊之于医,僚之于丸,秋之于奕,彼皆以天纵之智,加之以专一之学,而独得其解。斯固以之擅当时而名后世,而非他所得而相雄者"。其后,秦焚书坑儒,"汉兴,招亡经,求学士,而晁错、贾谊、董仲舒、司马迁、刘向、扬雄、班固辈始及稍稍出,而西京之文号为尔雅";"魏、晋、宋、齐、梁、陈、隋、唐之间,文日以靡,气日以弱";"昌黎韩愈首出而振之,柳柳州又从而和之……其所著书、论、叙、记、碑、铭、颂、辩诸什,故多所独开门户";"宋兴百年,文运天启",欧阳修后,"一时文人学士彬彬然附离而起。苏氏父子兄弟及曾巩、王安石之徒,其间材旨小大、音响缓亟虽属不同,而要之于孔子所删六艺之遗,则共为家习而户眇之者"。他批评前后七子说:"世之操觚者往往谓文章与时相高下,而唐以后且薄不足为。噫!抑不知文特以道相盛衰,时非所论也。其间工不工则又系乎斯人者之禀,与其专一之致否何如耳。如所云,则必太羹玄酒之尚,茅茨土簋之陈。而三代而下明堂玉带、云罍牺樽之设,皆骈枝也已。"末论编纂此书的目的:"我明弘治、正德间,李梦阳崛起北地,豪隽辐辏,已振诗声,复揭文轨,而曰吾《左》吾《史》与《汉》矣。已而又曰吾黄初、建安矣。以予观之,特所谓词林之雄耳,其于古六艺之遗,岂不湛淫涤滥,而互相剽裂已乎?予于是手掇韩公愈,柳公宗元,欧阳公修,苏公洵、轼、辙,曾公巩,王公安石之文,而稍为批评之,以为操觚者之券,题曰《八大家文钞》,家各有引,条疏于左。"①

《唐宋八大家文钞论例》云:"世之论韩文者,共首称碑志。予独以韩公碑志多奇崛险谲,不得《史》、《汉》序事法,故于风神处或少遒逸,予间亦镌记其旁。至于欧阳公

---

① (明)茅坤《唐宋八大家文钞》卷首,文渊阁四库全书本。

碑志之文,可谓独得史迁之髓矣。王荆公则又别出一调,当细绎之。序、记、书,则韩公崛起门户矣。而论策以下,当属之苏氏父子兄弟。四六文字,予初不欲录。然欧阳公之婉丽,苏子瞻之悲慨,王荆公之深刺,于君臣上下之间,似有感动处,故录而存之。予览子厚之文,其议论处多镌画;其纪山水处,多幽邃夷旷;至于墓志碑碣,其为御史及礼部员外时所作,多沿六朝之遗,予不录,录其贬永州司马以后稍属隽永者凡若干首,以见其风概云。然不如昌黎多矣。"这里论及碑志、序、记、书、论、策、四六文、墓志、碑碣诸体及各家各体风格之异同,作品之得失。

《唐宋八大家文钞》各家之引(叙)不仅论述了该家特点及与他家之异同,而所列篇目对文体分类也颇有参考价值。如《昌黎文钞引》首论韩愈对前人的继承:"魏晋以后,宋,齐、梁、陈迄于隋、唐之际,孔子六艺之遗不绝如带矣。昌黎韩退之崛起德、宪之间,泝孟轲、荀卿、贾谊、晁错、董仲舒、司马迁、刘向、扬雄及班掾父子之旨而揣摩之。"次论同时代人持毁誉者半:"于是时誉者半毁者半,独柳宗元、李翱、皇甫湜、孟郊二三辈相与游从,深知而笃好之耳。何则?于举世聋瞆中而欲独以黄钟大吕铿锵其间,甚矣其难也。"再论后世对他的推崇:"又三百年而欧阳公修、苏公轼辈相继出,始表章之,而天下之文复趋于古。嗟乎隋、唐之文其患在靡而弱,而退之之出而振之固已难矣。乃若近代之文其患在剿而赝(按,当作赝),有志者苟欲出而振之,而其为力也不尤戛戛乎其难矣哉。要之必本乎道,而按古六艺者之遗,斯之谓右作者之旨云尔。"末论其分体收文:"予故于汉西京而下,八代之衰,不及一人也。首揭昌黎韩文公愈,录其表状九首,书启状四十六首,序三十三首,记传十二首,原论议十首,辩解说颂杂著二十二首,碑及墓志碣铭五十二首,哀词祭文行状八首,厘为十六卷。昌黎之奇,于碑志尤为巉削,予窃疑其于太史迁之旨,或属一间,以其盛气招抉,幅尺峻而韵折少也。书记序辩解及他杂著,公所独倡门户譬,则达摩西来,独开禅宗矣。"

其对他各家各篇的评论也多涉及文体文风,如评欧阳修《谢襄州燕龙图肃惠诗启》云:"词虽四六之体,而蕴思转调如峡之流泉,如岫之吐云,绝无刀尺,绝无断续。"评王安石《进字说表》云:"非表之四六常体,而说字处特隽。"评苏轼《九成台铭》云:"铭之变体。"

《四库全书总目》卷一八九《唐宋八大家文钞》提要云:"今观是集,大抵亦为举业而设,其所评语,疏舛尤不可枚举……然八家全集浩博,学者遍读为难,书肆选本又漏略过甚,坤所选录,尚得繁简之中。集中评语虽所见未深,而亦足为初学之门径,一二百年来家弦户诵,固亦有由矣。"沿茅坤而增损成书者颇多,如清人张伯行也有《唐宋八大家文钞》,但仅十九卷,系节录之本。储欣仿茅钞增李翱、孙樵二家,编成《唐宋十大家全集录》五十一卷,亦各附评语。

九　冯惟讷《古诗纪》的诗体分类

冯惟讷(1513—1572)字汝言,号少洲。临朐(今属山东)人。冯裕第四子。嘉靖十七年(1538)进士。位至光禄正卿。擅长诗文,在临朐冯氏文学中另树一帜。主要著作有《光禄集》十卷、《青州府志》八卷,辑录《古诗纪》一百五十六卷、《风雅广逸》八卷。

《古诗纪》前集十卷,录先秦古逸诗;正集一百三十卷,录汉至隋诗歌;外集四卷,录古小说、笔记中所传仙鬼之诗;别集十二卷,选录前人对古诗的评论。《古诗纪》收罗宏富,是现存最早的一部专门搜辑古诗的总集。后来编纂的总集,如明人张溥《汉魏六朝百三家集》即多取材此书,近人丁福保《全汉三国魏晋南北朝诗》也以之为蓝本,逯钦立《先秦汉魏晋南北朝诗》也是在此书与丁书基础上重加考订增补而成。

其《凡例》云:"各家成集者编法,先乐府,次诗,各分四言、五言、六言、七言、杂言。齐梁以下诸体渐备,如四韵者律也,二韵者绝句也。又有三韵,谓之半体。今各以体相从,而诸体之中又各以类相附。"①张四维《古诗纪原序》首述诗风演变,对此书推崇毕至:"先生以隽才大雅,高步一时,见世之为诗者多根柢于唐,鲜能穷本知变,以窥风雅之始,乃溯隋而上极于黄轩(黄帝名轩辕,意即上古),凡《三百篇》之外逸文断简、片辞只韵,无不具焉。秦汉而下词客墨卿,孤章浩帙,乐府声歌,童谣里谚,无不括焉。七略四部之所鸠藏,齐谐虞初之所志述,无不搜焉……诗之道尚矣,夫人哀乐之心感,而歌咏之声发,永言嗟叹,成文谐音,盖自结绳之代已固然矣。然情以人生,文由代变,古诗自宣尼删后罕有存者,其轶文略备于斯,是以质文之变莫得而详焉。汉风所宗,造端苏李,东京扬其流波,建安备其气质,逮于江左托意虚玄,继以齐梁绮缛,陈隋轻艳,而诗之变极矣。中间作者若张、蔡、曹、刘、潘、陆、颜、谢、江、沈、徐、庾,莫不虎视蛟腾,抗心特异,思以驾前贤之逸轨,障当世之颓澜,然而繁音曲节每变益工,品格风标沿时递下,岂所谓声音之道关乎世运者耶? 代历既遐,流风浸沫,后之学者莫得涉其津涯。先生于是会萃遗失,裒为成书,诗以人系,人以代分,使艺林之士因诗考人,因人论世,得以绎祖述之渊源第,古今之优劣,猎皇王之菁华,而穷性术之变化也,岂不伟哉!明兴,诗人承宋、元余习,颇乏远调。弘治间北地李先生献吉始以唐风为天下倡,一时人士宗之,文体一振焉。及其敝也,株守名家,矜其学步,千金享帛,斯不远览之过尔。余故谓先生是编之集,大有功于雅道云。"《四库全书总目·古诗纪》提

---

① (明)冯惟讷《古诗纪》卷首,文渊阁四库全书本。

要的评价则较为平允："别集十二卷则前人论诗之语也,时代绵长,采摭繁富,其中真伪错杂,以及抵牾舛漏所不能无,故冯舒作《诗纪匡谬》以纠其失。然上薄古初,下迄六代,有韵之作无不兼收,溯诗家之渊源者不能外是书而他适,固亦采珠之沧海,伐木之邓林矣。厥后臧懋循《古诗所》,张之象《古诗类苑》,梅鼎祚《八代诗乘》相继而出,总以是书为蓝本。然懋循书虽称补此书之阙,而捃拾繁巨,猥珠砾混淆,又割裂分体,不以时代为次,使阅者茫无端绪,不能得其正变源流之象。书又以题编次,竟作类书,仅汉魏全录,晋宋以下皆从删节,已非完备之观。而所载汉魏诗中如苏武妻诗之类,至今为艺林之笑。故独惟讷此编,为诗家圭臬。"因其所录为"前人论诗之语",多已论述,故不详述。

　　这里顺便谈谈冯舒《诗纪匡谬》对《古诗纪》的"匡谬"。冯舒(1593—1645)字巳苍,号默庵,又号癸巳老人。江苏常熟人。冯班之兄,与班自为冯氏一家之学,吴中称为"二冯"。肆力经史百家,尤邃于诗。遇事敢为,顺治初以联合诸生揭发钱粮中的弊端,被县令瞿四达指所著《怀旧集》为谤讪,捕杀于狱中。有《默庵遗稿》、《文谷诗纪》、《诗纪匡谬》、《空居阁集》,又校订《玉台新咏》,评点《才调集》。

　　冯舒《诗纪匡谬》一卷,《四库全书·诗纪匡谬》提要谓:"(冯)舒因李攀龙《诗删》,钟惺、谭元春《诗归》所载古诗辗转沿讹,而其源总出于冯惟讷之《古诗纪》,因作是书以纠之。"故书中多有对《古诗纪》的批评,如其《凡例》云:"一人所作咸备诸体,一题所赋或别体裁,未有可以篇之长短,韵之多少为次者。古人之集亡来已久,陈思、蔡邕、二陆、阴、何,俱系后人编集,四言、五言亦并间出,足知《宋文鉴》以前无分体之事矣。玄晖、文通二集是原本,然玄晖首撰乐府,三言、五言间列;文通稍如后世体例,但五言之外,本无别体可以异同。今一人之作必以四言先于五言,一题所赋又以三韵先于四韵,即如萧子显《春别》一诗,简文、元帝各有和章,首末各三韵四句,惟次章六句三韵。今以六句之故,各移第二章为末章,是犹歌南曲者以尾声止于三句,而移之引子之前也,何俟知音始为拊掌!"又如《司马相如〈封禅颂〉》条云:"颂不为诗,犹之赋也。前例已明,况此颂自喻以封峦已下,参散不伦,周诗逸轨,不知何以妄载《诗纪》? 袭谬遂误,浅夫!"再如《息夫躬〈绝命辞〉》:"此骚体也。《文选》别出《秋风辞》,体例可见。若命为诗,则小山《招隐》,渊明《归去辞》,何以独弃?"等等。

十　徐师曾《文体明辨》的文体观

徐师曾(1517—1580)字伯鲁,号鲁庵。吴江(今属江苏)人。嘉靖举进士,选庶吉

612

士,历吏科给事中。明世宗杀戮谏臣,遂乞休。博学能文,编著有《礼记集注》、《周易演义》、《正蒙章句》、《世统纪年》、《大明文钞》、《小学史断》、《宦学见闻》、《文体明辨》等。

其《文体明辨自序》充分阐述了他的文体观,首论其书与吴讷《文章辨体》之异同云:"《文体明辨》六十一卷,《纲领》一卷,《目录》六卷,《附录》十四卷,《目录》二卷,通八十四卷,撰述始嘉靖三十三年甲寅春,迄隆庆四年庚午秋,凡十有七年而后成其书。大抵以同郡常熟吴文恪公讷所纂《文章辨体》为主而损益之。《辨体》为类五十,今《明辨》百有一;《辨体外集》为类五,今《明辨附录》二十有六;进《律赋》、《律诗》于《正编》,赋以类从,诗以近正也。"次论文必有体,不可率意而为:"夫文章之有体裁,犹宫室之有制度,器皿之有法式也。为堂必敞,为室必奥,为台必四方而高,为楼必陕而修曲,为笥必圜,为筐必方,为簋必外方而内圜,为簠必外圜而内方,夫固各有当也。苟舍制度法式而率意为之,其不见笑于识者鲜矣,况文章乎? 夫文章之体,起于《诗》、《书》。《诗》三百十一篇,其经纬各三;《书》体六,今存者三。厥后颜氏推论,凡文各本《五经》,良有见也。"又驳"文本无体"之说云:"或谓文本无体,亦无正变古今之异,而援周、孔以为证。殊不知《无逸》、《周官》,训也,不可混于诰;《多士》、《多方》,诰也,不可同于训:此文之体也。其文或平正而易解,或佶屈而难读;平正者经史官之润色,佶屈者记矢口之本文:乃文之辞,非文之体也。《十翼》皆孔子手笔,《序卦》虽云夹杂,要亦圣人之精蕴存焉:此释经之体,非属文之体也。其答齐景公问政止于二语,答鲁哀则七百五十余言:此随宜应对之辞,而门人记之,非若后世文人秉笔缔思而作者也。至如以叙事为议论者,乃议论之变;以议论为叙事者,乃叙事之变。谓无正、变不可也。又如诏、诰、表、笺诸类,古以散文,深纯温厚;今以俪语,秾鲜稳顺,谓无古今不可也。盖自奏、汉而下,文愈盛;文愈盛,故类愈增;类愈增,故体愈众;体愈众,故辩当愈严:此吴公《辨体》所为作也……文章必先体裁,而后可论工拙;苟失其体,吾何以观?"从这段话特别是"平正"、"佶屈"、"乃文之辞,非文之体"等语可看出,他所说的体既指体裁,又指风格。为什么他要增损《文章辨体》而为此书呢? 因为吴书"品类多阙,取舍失衷,或合两类而为一,或混正变而未分,于愚意未有当也……虽然于先王述作之意,不无异同,然明义理,抒性情,达意欲,应世用,上赞文治,中翼经传,下综艺林,要其大旨,固无戾也。"①

赵梦麟《文体明辨序》称此书"其以类也肆,其辨析也精……昭艺林之矩矱,标体制之堂奥,千古人文,一览具见,先生之揽掇诚勤,而用心良苦矣。"顾尔行《刻文体明辨序》云:"先生多著述行于世,《文体明辨》一书,则准吴文恪公《文章辨体》,加益而手

---

① (明)徐师曾《文体明辨序说》,人民文学出版社 1982 年版。

编之，上采黄虞，下及近代，文各标其体，体各归其类，条分缕析，凡若干卷云。疏奏章札，以宣朝廷；教令词册，以达宗庙；论说诗赋序记箴铭杂著，以昭懿懿，而诏后世；洋洋乎，缅缅乎，讵非文章家之极观，而不朽之盛事哉！尝谓陶者尚型，冶者尚范，方者尚矩，圆者尚规。文章之有体也，此陶冶之型范，而方圆之规矩也。是故敷奏以婉切胜，叙事以约畅胜，纪载以该核胜，美刺以微中胜：体所从来，非一日矣。吊诡之士，妄意高刻；骛博之士，私拟牵合。代降风漓，莫可穷诘。虽力追古哲，号称雅驯，而终不免浸淫也。体既溺矣，乌用文之？是编出而堂寝殊构，宫商异调，判若苍白，剖若玄黄，回狂澜于既倒，指斗极于方中，先生惠来学，岂浅鲜乎？虽然，文有体，亦有用。体欲其辨，师心而匠意，则逸辔之御也。用欲其神，拘挛而执泥，则胶柱之瑟也。《易》曰：'拟议以成其变化。'得其变化，将神而明之，会而通之。体不诡用，用不离体，作者之意在我，而先生是编不孤矣。不然，而徒曰某体某体，摹仿虽工，情神未得，是父老之拟新丰，而优孟之效叔敖也，奚神哉？奚神哉？"

　　但《四库全书总目》提要对此书却不以为然，一是不满其取文不完备："前以古歌谣词，皆汉以前作，真伪不辨，而以李贺一诗参其间，岂东京而后只此一诗追古耶……诗取《文选》门类稍增之，所录止于晚唐，宋以后无一字。"二是不满其"无体例可求"："忽分忽合，忽彼忽此，或标类于题前，或标类于题下，千条万绪，无复体例可求，所谓治丝而棼者欤。"其实作者在自序中已讲得很清楚："是编所录，唯假文以辨体，非立体而选文，故所取容有未尽者。"吴、徐这两部书的价值都不在选文，而在辨体。郭绍虞先生说："到明代又有了文体论的总集大成之作，就是吴讷的《文章辨体》和徐师曾的《文体明辨》，虽然不及《文心雕龙》的'体大而虑周'，但论到的文学体裁多于《文心雕龙》，《文章辨体》五十九类，《文体明辨》一百二十七类。"①从表面看，《文体明辨》继承了《文章辨体》的编纂形式：将文分为若干体，再于每体之前作一"序说"，并在体下选文；也部分继承了《文章辨体》的一些观点，如对箴、铭、颂等文体的序说。但实际上，《文体明辨》较《文章辨体》有较大的发展，主要表现在编选体例上：《文体明辨》以辨体为选文的唯一标准，而《文章辨体》则以辨体和明理切用二者为选文标准；《文章辨体》中每体自为一类，单纯明了，《文体明辨》则在一种文体之下附有其他相关文体。

十一　贺复徵《文章辨体汇选》的文体分类

　　贺复徵（生卒年不详）字仲来，丹阳（今属江苏）人。生当明末，事迹无可考。所编

---

①　《中国古典文学理论批评专著选辑·校点前言》，人民文学出版社 1962 年版。

《文章辨体汇选》收录广博,凡七百八十卷,远远超过吴讷五十卷的《文章辨体》和徐师曾八十四卷的《文体明辨》,兼之收文而不收诗赋,故仅骈、散二体文章已多达一百二十余体,分别为:(1)诏(十一卷)、(2)制(七卷)、(3)诰(七卷)、(4)策问(二卷)、(5)九锡文(一卷)、(6)铁卷文(一卷)、(7)赦文(一卷)、(8)谕祭文(一卷)、(9)祝文(八卷)、(10)盟(一卷)、(11)誓(一卷)、(12)檄(二卷)、(13)露布(一卷)、(14)教(一卷)、(15)榜(一卷)、(16)公移(一卷)、(17)状(一卷)、(18)牒(一卷)、(19)判(一卷)、(20)约(一卷)、(21)论谏(九卷)、(22)说(五卷)、(23)上书(二十一卷)、(24)疏(三十四卷)、(25)奏(二卷)、(26)章(二卷)、(27)表(十五卷)、(28)弹事(二卷)、(29)封事(二卷)、(30)条事(一卷)、(31)奏对(四卷)、(32)奏议(六卷)、(33)谳议(四卷)、(34)奏状(十一卷)、(35)劄子(七卷)、(36)奏启(七卷)、(37)奏牒(二卷)、(38)奏揭(一卷)、(39)筞记(一卷)、(40)制策(七卷)、(41)试策(一卷)、(42)进策(五卷)、(43)符命(一卷)、(44)上寿辞(一卷)、(45)致语(一卷)、(46)故事(一卷)、(47)说书(一卷)、(48)义(一卷)、(49)连珠(一卷)、(50)书(四十五卷)、(51)尺牍(七卷)、(52)启(七卷)、(53)奏记(一卷)、(54)私笺(二卷)、(55)简(二卷)、(56)帖(一卷)、(57)私状(一卷)、(58)私疏(一卷)、(59)私令(一卷)、(60)序(八十卷)、(61)引(二卷)、(62)题辞(一卷)、(63)题(四卷)、(64)跋(四卷)、(65)书(五卷)、(66)读(二卷)、(67)募缘疏(二卷)、(68)史论(十卷)、(69)论(三十二卷)、(70)议(三卷)、(71)说(三卷)、(72)字说(一卷)、(73)原(二卷)、(74)辩(二卷)、(75)解(二卷)、(76)喻(一卷)、(77)评(一卷)、(78)品(一卷)、(79)释(一卷)、(80)问对(一卷)、(81)设(二卷)、(82)箴(三卷)、(83)铭(九卷)、(84)颂(七卷)、(85)赞(九卷)、(86)训(一卷)、(87)诫(二卷)、(88)规(一卷)、(89)仪(一卷)、(90)偈(一卷)、(91)本纪(四卷)、(92)史传(四十五卷)、(93)传(二十五卷)、(94)实录(二卷)、(95)仪注(一卷)、(96)行状(五卷)、(97)世表(一卷)、(98)世谱(一卷)、(99)年谱(一卷)、(100)记(五十六卷)、(101)书志(九卷)、(102)录(三卷)、(103)述(二卷)、(104)篇(一卷)、(105)表(一卷)、(106)帐词(一卷)、(107)题名(一卷)、(108)纪事(三卷)、(109)纪(二卷)、(110)日记(三卷)、(111)碑(二十三卷)、(112)墓碑(二十一卷)、(113)墓表(七卷)、(114)阡表(一卷)、(115)碣铭(三卷)、(116)碑阴文(一卷)、(117)墓志铭(三十八卷)、(118)诔(四卷)、(119)哀辞(四卷)、(120)吊文(三卷)、(121)吊书(三卷)、(122)祭文(十七卷)、(123)谒文(一卷)、(124)杂文(六卷)、(125)杂著(八卷)。

吴、徐二书未收而为《文章辨体汇选》所收的文体有九锡文、咨、申、条事、上寿辞、故事、尺牍、帖、训、本纪、实录、仪注、世表、世谱、书志、录、篇、纪、日记、吊书、杂文等,并以"复徵曰"领起,另撰叙说,如其叙《九锡文》云:"按《说文》,锡与也,赐也,《易》云王三锡命,开国承家,人臣至册以九锡。此乃奸雄篡窃所由始,而非国家之利矣。然其文必典雅闳肆,极其铺张,录之以存一体。"①叙《祷》(卷四一)云:"祷,求也,《说文》云告事求福也。往往军中多用之,成汤祷桑林,已载祝文祈辞中。今录中行献子祷河二首,以备一体。"叙《榜》(卷四六)云:"榜谓木片,以之谕人所以动其观也。古今文集不载此体,然承上化下,非文不行,而实入官之所先也。故特表而出之。"叙《咨》(卷四九)云:"按《说文》,谋事曰咨。事未成而咨访,事既成而咨启是也。一作谘。《左传》访问于善为谘也。"叙《条事》(卷一四四)云:"按《说文》,条小枝也,颜师古云,凡言条者,一一而疏举之,若木条也。古有诏条、科条,《赵充国传》充国条上留田十二事等是也。故列条事为一体。"叙《上寿辞》(卷一九九)云:"上寿辞者,群臣宴上之辞也,有规有诵,如越群臣祝辞则悲愤填膺矣。录之以备一体。"叙《致语》(卷二〇〇)云:"致语始于宋,人盖内庭宴飨侍御优伶之辞皆词臣拟撰,今制因之。录数则以备一体。"叙《故事》(卷二〇一)云:"按故事者,借事阐忠则法语,而有巽言之听。夫国家大关键大补救处,今必有与古相合者进告者,当知所取类矣。"叙《尺牍》(卷二五九)曰云:"尺牍者约情愫于尺幅之中,亦简略之称也。刘勰所谓才冠鸿笔,多疏尺牍是也。"这些文体主要是从史书中得来的。吴、徐二书未有叙说,《文章辨体汇选》另有补充的,也以"复徵曰"领起,以示区别,足见其严谨。

对一些收文较多的文体,《文章辨体汇选》还作了进一步的分类,如多达八十卷的序体,又根据所序内容分为三十一小类:经类、史类、文类、籍类、骚类、赋类、诗类、集类、奏议类、政类、学类、图类、志类、谱牒类、纪录类、目录类、试录类、齿录类、时艺类、词曲类、名字类、社会类、游宴类、古迹类、赠送类、贺祝类、俳类、律类、释类、变体、小序等。

总集的文体分类,在《文选》之后以吴讷的《文章辨体》、徐师曾的《文体明辨》、贺复徵的《文章辨体汇选》为最重要,它们堪称明代文体学的集大成之作,虽不及《文心雕龙》的"体大而虑周",但它们论及的文章体裁远远多于《文心雕龙》。《四库全书总目·文章辨体汇选》评该书云:"以吴讷《文章辨体》所收未广,因别为搜讨,上自三代,下逮明末,经、史、诸子百家、山经地志,靡不收采,分别各体,为一百三十二类、七百八十卷。每体之首,多引刘勰《文心雕龙》及吴讷、徐师曾之言,间参以己说,以为凡例,其甄录之繁富,为从来总集所罕见。但其中有一体而两出者,如祝文后既附致语,后复有致语一卷是也;有一体而强分为二者,如既有上书,复有上言,仅收贾山《至言》一篇;既有墓表,复有阡表,仅收欧阳修《泷冈阡表》一篇;记与纪事之外,复有纪;杂文之

---

① (明)贺复徵《文章辨体汇选》卷二八,文渊阁四库全书本。

616

外,复有杂著是也;有一文而重见两体者,如王褒《僮约》,一见约,再见杂文;沈约《修竹》《弹甘蕉文》,一见弹事,再见杂文……意其卷帙既繁,稿本初脱,未经刊定,不能尽削繁芜。然其别类分门,搜罗广博,殆积毕生心力,抄撮而成,故坠典秘文,亦往往有出人耳目之外者。"所言甚是。

十二　梅鼎祚历代《文纪》开全文总集之体

梅鼎祚(1549—1615 或 1618)字禹金,宣城(今安徽宣州)人。性不喜经生业,以古学自任。擅长诗文古词,所作皆骨立苍然,气纯而正,声铿以平,思丽而雅,王世贞尝称之,有"诗文清雅"之誉。中年以后,专注诗文典籍的搜集编辑和戏剧创作,所作《玉合记》为昆山派的扛鼎之作,在中国戏曲史上具有一定影响。另著有《鹿裘石室集》,又编辑《历代文纪》《汉魏八代诗乘》《古乐苑》。

明以前的总集多为选本,梅鼎祚编的历代《文纪》包括《皇霸文纪》《西汉文纪》《东汉文纪》《西晋文纪》《宋文纪》《南齐文纪》《梁文纪》《陈文纪》《北齐文纪》《后周文纪》《隋文纪》和《释文纪》,"巨细兼收,义取全备",在选本式的总集之外,开全文总集之体,对后世影响甚大,这是他对总集编纂的最大贡献。以后所编的断代或通代的分体总集,多采用"义取全备"的体例,如《全唐诗》《全唐文》《全金诗》《历代赋汇》《全上古三代秦汉三国六朝文》《全汉三国晋南北朝诗》《先秦汉魏晋南北朝诗》《全宋词》《全金元词》《全元散曲》《全宋诗》《全宋文》之类。特别是现在,选本式的总集,一般都叫选集;今人心目中的总集,主要是指"巨细兼收,义取全备"的总集。

十三　梅鼎祚《古乐苑》"颇足补郭氏之阙"

《古乐苑》五十二卷为梅鼎祚增补郭茂倩的《乐府诗集》而作,所收止于南北朝。梅氏曾批评郭氏之误,《四库全书总目》亦称《乐府诗集》"卷帙既繁,抵牾难保,司马光《通鉴》犹病之,何况茂倩斯集,要之大厦之材,终不以寸朽弃也。"而称《古乐苑》"捃拾遗佚,颇足补郭氏之阙,其解题亦颇有所增益。虽有丝麻,无弃菅蒯,存之,亦可资考证也。"

兹举《古乐苑·杂曲歌辞》作为它"可资考证"之例,先总论乐府诸体:"《宋书(诗)·乐志》曰:'古者天子听政,使公卿大夫献诗,耆艾修之,而后王斟酌焉,然后被于声,于是有采诗之官。'周室下衰,官失其职,汉魏之世,歌咏杂兴,而诗之流乃有八名,曰行,曰引,曰歌,曰谣,曰吟,曰咏,曰怨,曰叹,皆诗人六义之余也。"次论乐府之演变,既系于时,更系于人:"至其协声律,播金石,而总谓之曲,若夫均奏之高下,音节之缓急,文辞之多少,则系乎作者才思之浅深与其风俗之薄厚。当是时,如司马相如、曹植之徒,所为文章,深厚尔雅,犹有古之遗风焉。自晋迁江左,下逮隋、唐,德泽浸微,风化不竞,去圣逾远,繁音日滋,杂曲兴于南朝,繁音生于北俗,哀音靡曼之辞迭作,并起流而忘反,以至陵夷,由是新声炽而雅音废矣。昔晋平公说新声,而师旷知公室之将卑。李延年善为新声变曲,而闻者莫不感动。其后元帝自度曲,被声歌,而汉业遂衰。曹妙达等改易新声,而隋文不能救。呜呼,新声之感人如此,是以为世所贵。虽沿情之作或出一时,而声辞浅迫,少复近古,故萧齐之将亡也有《伴侣高》,齐之将亡也有《无愁》,陈之将亡也有《玉树后庭花》,隋之将亡也有《泛龙舟》,所谓烦手淫声,争新怨衰,此又新声之弊也。"再论杂曲:"杂曲者,历代有之,或心志之所存,或情思之所感,或宴游欢乐之所发,或忧愁愤怨之所兴,或叙离别悲伤之怀,或言征战行役之苦,或缘于佛老,或出自闾巷,兼收备载,故总谓之杂曲。自秦汉以来数千百岁,文人才士作者非一。干戈丧乱,亡失既多,声辞不具。"故"有名存义亡,不见所起"者,"有古辞可考者","有不见古辞,而后人断有拟述,可以概见其义"者。末论其编纂体例:"因意命题,或学古叙事,其辞具在,不复备论。郭氏《乐府》(指宋郭茂倩《乐府诗集》)所列杂曲,稍似类从,实多错紊。今编但依世次代以统人,人以统篇,别有拟作,仍附其后。"①历代总集有不同编法,或以体系文,或以人系文,此书则按时代先后兼有二者,"代以统人,人以统篇"。但梅氏也把不少非乐府诗编入其《古乐苑》中,仍有滥收之嫌。

十四 臧懋循《元曲选》论杂剧、南戏

臧懋循(1550—1620)字晋叔,号顾渚山人。长兴(今属浙江)人。万历八年(1580)进士,官国子监博士。与汤显祖、王世贞友善。工书法,精通音律。其诗关注时事,清新可取,颇有声誉。与湖州友人吴稼登、吴梦旸、茅维并称"吴兴四子"。著有《文选补注》、《负苞堂集》、《负苞堂稿》、《负苞堂诗选》。臧懋循于退休后在家乡创办刻印书籍的工场,亲自主持编选、刻印、发行,成为早于冯梦龙、毛晋的新一代有代表性的编辑家和出版家。编纂出版有《玉茗堂四梦》、《校正古本荆钗记》、《改定昙花记》、《六博碎金》、《左逸词》、《金陵社集》、《古诗所》、《唐诗所》、《棋势》、《校刻兵垣四

---

① 《古乐苑》卷三二,四库全书本。

编》和弹词《仙游录》、《梦游录》等。

臧懋循对戏曲理论的贡献，主要是针对戏曲创作中脱离舞台演出，走向案头创作的形式主义倾向，总结推广元杂剧的创作经验，提倡本色、当行，反对恒钉故事、堆砌词藻，这也是他编选《元曲选》一百卷的目的所在。其《元曲选序》首论宋词非起于宋而元曲确实起于元："世称宋词、元曲。夫词在唐，李白、陈后主皆已优为之，何必称宋？惟曲自元始有。"次论杂剧多而南曲少及其原因："南、北各十七宫调，而《北西厢》诸杂剧亡虑数百种，南则《幽闺》、《琵琶》二记已耳。或谓元取士有填词科，若今帖括然，取给风檐寸晷之下，故一时名士虽马致远、乔孟符辈，至第四折往往强弩之末矣。或又谓主司所定题目外，止曲名及韵耳，其宾白则演剧时伶人自为之，故多鄙俚蹈袭之语。或又谓《西厢》亦五杂剧，皆出词人手裁，不可增减一字，故为诸曲之冠。此皆予所不辨。"再论南北曲之异同，一是调异而韵同："独怪今之为曲者，南与北声调虽异，而过宫下韵一也。自高则诚《琵琶》首为不寻宫数调之说，以掩覆其短，今遂借口，谓曲严于北而疏于南，岂不谬乎？"二是杂剧妙在不工而工，南曲多掉书袋："大抵元曲妙在不工而工，其精者采之乐府，而犷者杂以方言。自郑若庸《玉玦》，始用类书为之；厥后张伯起之徒，转相祖述为《红拂》等记，则滥觞极矣。"三是曲调与说白骈句与散语多少不同："曲白不欲多，唯杂剧以四折写传奇故事，其白有累千言者。观《西厢》二十一折，则白少可见，尤不欲多骈偶。如《琵琶》、《黄门》诸篇，业且厌之；而屠长卿《昙花》，白终折无一曲；梁伯龙《浣沙》、梅禹金《玉盒》，白终本无一散语，其谬弥甚。汤义仍《紫钗》四记，中间北曲，骎骎乎涉其藩矣，独音韵少谐，不无'铁绰板唱大江东去'之病。南曲绝无才情，若出两手，何也？何元朗评施君美《幽闺》出《琵琶》上，而王元美目为好奇之过。夫《幽闺》大半已杂赝本，不知元朗能辨此否？元美，千秋士也，予尝于酒次论及《琵琶》'梁州序'、'念奴娇序'二曲，不类永嘉口吻，当是后人窜入。元美尚津津称许不置，又恶知所谓《幽闺》者哉。"[①]

其《元曲选后集序》对杂剧、南戏的得失论之尤详，先总论曲难于词："今南曲盛行于世，无不人人自谓作者，而不知其去元人远也。元以曲取士，设十有二科，而关汉卿辈争挟长技自见，至躬践排场，面傅粉墨，以为我家生活，偶倡优而不辞者，或西晋竹林诸贤托杯酒自放之意，予不敢知。所论诗变而词，词变而曲，其源本出于一，而变益下，工益难，何也？"接着具体论述曲在情词稳称、关目紧凑、音律谐叶三方面皆难于词："词本诗，而亦取材于诗，大都妙在夺胎而止矣。曲本词，而不尽取材焉，如六经语、子史语、二藏语、稗官野乘语，无所不供其采掇，而要归于断章取义，雅俗兼收，串

---

① （清）黄宗羲《明文海》卷二二二，文渊阁四库全书本。下引同此。

合无痕,乃悦人耳。此则情词稳称之难。宇内贵贱妍媸,幽明离合之故,奚啻千百其状?而填词者,必须人习其方言,事肖其本色,境无旁溢,语无外假。此则关目紧凑之难。北曲有十七宫调,而南止九宫,已少其半。至于一曲中,有突增几十句者;一句中,有衬贴数十字者,尤南所绝无,而北多以此见才。自非精审于字之阴阳、韵之平仄,鲜不劣调。而况以吴侬强效伧父喉吻!焉得不至河汉?此则音律谐叶之难。"其论名家、行家尤为精彩:"总之,曲有名家,有行家。名家者,出入乐府,文彩烂然。在淹通闳博之士皆优为之。行家者,随所妆演,无不摹拟曲尽,宛若身当其处,而几忘其事之乌有,能使人快者掀髯,愤者扼腕,悲者掩泣,羡者色飞,是惟优孟衣冠然后可与于此。故称曲上乘,首曰当行。不然,元何必以十二科限天下士,而天下士亦何必各占一科以应之?岂非兼才之难得,而行家之不易工哉!"他批评剧作有三失("其失也靡"、"其失也鄙"、"其失也疏"),及其编《元曲选》之因:"虽穷极才情,而面目愈离。按拍者既无绕梁遏云之奇,顾曲者复无辍味忘倦之好,此乃元人所唾弃,而俗人畜(蓄)之者也。予故选杂剧百种,以尽元曲之妙,且使今之为南者,知有所取则云尔。"

其《侠游录小引》虽对弹词特点论述不多,但他称杨维桢为"弹词之祖"却颇足重视:"余少时见卢松菊老人云,杨廉夫(维桢)有《仙游》、《梦游》、《侠游》、《冥游》录各四种,实足为元人弹词之祖。每恨无门物色之,后四十年而得《仙游》、《梦游》二录于里中蚕妪家,校刻以行世矣。又十年岁壬子以采茶过寿圣寺,此创自吴赤乌而重修于元之至正,巨丽甲吾邑。今皆为茂林修竹,独毗陵阁犹岿然于苍翠间。余登眺良久,忽竖子坠阁下,云承尘中多藏书,尽为虫鼠啮蛊如败絮。余念寺之废久矣,而阁独存是书,何遽不如阁耶?亟命检之,则所谓《侠游》者在焉。读其书,校前二录小异,而豪爽激烈大过之。摹写当时剑仙诸状,若抵诸掌,诚千古快事。然其间脱落者十有二三,不泥阙文之说,辄为详其首尾,绎其意义,仿而足之,亦不至如束广微(束皙)《补亡诗》,直用凿空为耳。昔鲁恭王坏孔壁而《尚书》诸经乃出,说者谓天之未丧斯文,故其藏也若避秦火,而其出也应汉表章。《侠游》何物,出亦有时,然则古人秘书所湮灭而不传者固已多矣。太史公作《史记》欲藏之名山,而副在京师,传之通邑大都,有见哉,有见哉。"弹词是主要流行于江浙一带的说唱艺术形式,用琵琶、三弦伴奏,其形成、流传情况一直众说纷纭,此文说明弹词在元末可能已经产生。

十五 曹学佺编《石仓历代诗选》去取"不乖风雅之旨"

曹学佺(1574—1647)字能始,号雁泽。明侯官(今属福建)人。弱冠中举,万历二十三年(1595)进士。官场沉浮近三十年,担任过户部主事、大理左寺正、四川右参政按察使、广西右参议等职。天启六年(1626)因撰《野史纪略》详载梃击杨慎案本末,被阉党刘廷元参劾,削职为民。崇祯初年得授广西副使,力辞不就,在家隐居。明末,崇祯帝死,曹学佺自杀未成。唐王聿键在福州称隆武帝,曹学佺出任礼部尚书。清兵入闽,曹学佺在福州举兵反抗,后自杀身亡。

曹学佺是晚明著名诗人,"闽中十才子"之首,闽剧始祖。一生著述宏富,著有《周易可说》《书传会衷》《诗经质疑》《蜀中广记》《石仓十二代诗选》等,共一千三百余卷。但由于曹学佺是抗清人士,所以清朝对他的著作一直十分忌讳,《四库全书》只收入他的《蜀中广记》与《石仓十二代诗选》。

其《今古奇观序》对小说给予了颇高的评价:"小说者,正史之余也。《庄》《列》所载化人、伛偻丈人,昔事不列于史。《穆天子》《四公传》《吴越春秋》皆小说之类也。《开元遗事》《红线》《无双》《香丸》《隐娘》诸传,《睽车》《夷坚》各志,名为小说,而其文雅驯,闾阎罕能道之。优人黄旛绰、敬新磨等,搬演杂剧,隐讽时事,事属乌有。虽通于俗,其本不传。至有宋孝皇以天下养太上(宋高宗),命侍从访民间奇事,日进一回,谓之说话人。而通俗演义一种,乃始盛行。然事多鄙俚,加以忌讳,读之嚼蜡,殊不足观。元施(耐淹)、罗(贯中)二公,大畅斯道,《水浒》《三国》,奇奇正正,河汉无极。论者以二集配伯嘻,《西厢》传奇,号四大书,厥观伟矣。迄于皇明,文治聿新,作者竞爽。勿论廊庙鸿编,即稗官野史,卓然复绝千古。说书一家,亦有端门。然《金瓶》书丽,贻讥于诲淫;《西游》《西洋》,逞臆于画鬼,无关风化,奚取连篇。墨憨斋增补《平妖》,穷工极变,不失本末,其技在《水浒》《三国》之间。至所纂《喻世》《警世》《醒世》三言,极摹人情世态之歧,备写悲欢离合之致,可谓钦异拔新,洞心骇目。而曲终奏雅,归于厚俗。"[①]

《石仓历代诗选》五百零六卷,又名《十二代诗选》。上起古初,下迄于明,《四库全书总目》卷一八九评云:"编所选历代之诗,上起古初,下迄于明者也。凡古诗十三卷,唐诗一百卷,拾遗十卷,宋诗一百七卷,金元诗五十卷,明诗初集八十六卷,次集一百四十卷。旧一名《十二代诗选》,然汉、魏、晋、宋、南齐、梁、陈、魏、北齐、周、隋实十一代,既录古逸乃缀于八代之末,又并五代于唐,并金于元,于体例名目皆乖剌不合,故从其板心所题称《历代诗选》,于义为谐。所选虽卷帙浩博,不免伤于糅杂。然上下二千年间,作者皆略存梗概,又学佺本自工诗,故所去取亦大都不乖风雅之旨,固犹胜贪多务得,细大不捐者……据《千顷堂书目》,学佺所录明诗尚有三集一百卷,四集一百三十二卷,五集五十二卷,六集一百卷,今皆未见,殆已散佚。然自万历以后,繁音侧

① (明)抱瓮老人《今古奇观》卷首,吉林大学出版社 2011 年版。

调,愈变愈远于古,论者等诸自郐无讥。是本止于嘉隆,正明诗之极盛,其三集以下不传,正亦不足惜矣。"

十六　王志坚《四六法海》的骈体观

王志坚(1576—1633)字弱生,更字淑士,亦字闻修,明昆山(今属江苏)人。万历三十八年(1610)进士,官至湖广提学佥事。王志坚与李流芳、归昌世并称"昆山三才子"。肆志为学,兼通内典,诗文法唐、宋,作诗甚富。编有《读史商语》、《四六法海》、《古文渎编》等。

王志坚编《四六法海》,所录上起魏、晋,下讫于元。明以前总集大抵骈、散兼收,多以古文睥睨当世,骈偶之作不为世重。王志坚《四六法海》始专选骈文,分体编排,以四六文写成的敕、诏、册文、赦文、制、手书、德音、令教、策问、表、章、劄子、状、弹事、笺、启、书、颂、移文、檄、露布、牒、诗文序、宴集序、赠别序、城山序、记、史论、论、碑文、志铭、行状、铭、赞、七、连珠、志哀、册文、吊祭文、判、杂著等皆入选,由此也可看出四六文体裁之丰富,几乎各种文章都既可用散文撰写,也可用骈文撰写。王志坚于所选文章每篇之末,又胪列本事,考证异同,并慎于取舍,条理分明,堪称明代选本之上乘。清代李兆洛有《骈体文钞》,陈均有《唐骈体文钞》,彭元瑞有《宋四六文选》,曾燠有《骈体正宗》,各有所长,然溯源及流,实皆肇端于《四六法海》。

其《四六法海序》论四六文演变云:"魏、晋以来,始有四六之文,然其体犹未纯。渡江而后(指南朝)日趋缋藻,休文(沈约)出,渐以声韵约束之。至萧氏兄弟、徐庾父子而斯道始盛。唐文皇以神武定天下,在宥三十余年,而文体一遵陈、隋,盖时未可变耳。永徽中,人主优礼词臣,时则有燕(张说)、许(苏颋)鸿轩,崔(融)、李(峤)豹别,而英公(徐敬业)一檄竟出自草泽(指骆宾王)手。当时人才,何其盛欤! 至于沿习既久,遂成蹊径,文移批答,宾主谈谐,辄用偶语,此亦天地间不得不变之势矣。然昌黎(韩愈)文初出,即裴晋公(度)亦骇而弗许,盖习尚之渐人也如此。河东(柳宗元)之为文则异于是。壶子时见杜权糠秕(事见《列子》卷二),犹为尧舜,吾师乎,吾师乎! 宋之四六各有源流谱派,袁清容(桷)自言能一一辨之。今此诸集已不能尽致,撮其大要,藏曲折于排荡之中者眉山(苏轼)也,标精理于简严之内者金陵(王安石)也,是皆唐人所未有。其他不出两公范围。然类能自畅其所欲言,低昂绚素,各成伦理,有足喜者。大抵四六与诗相似,唐以前作者韵动声中,神流象外。自宋而后,必求议论之工,证据之确,所以去古渐远,然矩矱森然,差可循习。至其末流,乃有诨语如优,俚语如市,媚语如倡,祝语如巫。或强用硬语,或多用助语,直用成语而不切,迭用冗语而不裁。四六至此,直是魔胃,所当亟为澄汰,不留一字者也。"①魏晋"未纯",南朝"缋藻"并束以声律,唐代颇盛,宋代不出苏("排荡")、王("简严")范围,宋后"直是魔胃",亟须"澄汰",可见此书实为不满明人四六而作。卷一云:"两京(两汉)诏令,遐哉邈矣!唐、宋以来,始袭用骈丽,然自有王言之体。若褒美太过,下类笺启,则人臣何以当之?是编所存,必择其有体裁者。""择其有体裁者"就是他的选例标准。

其《四六法海凡例》进一步阐述了此书的编法,一是收文范围:"是编以《文选》、《艺文类聚》、《文苑英华》、《唐文粹》、《宋文鉴》、《文章正宗》、《元文类》、荆川《文编》广续二文选为主,而参之以诸家集及正史、野史所载,凡一切讹谬相仍之书,概不因袭。有所订正,间为别白,聊自附于净友云尔。"二是重视知人论世,用典出处:"知人论世,分明拈出。千古读书要旨,吾辈读前人著作,于其生平颠末茫然不知,当必有夷犹不自快者。至文中用语,或有所指,如贡甫李代桃僵,厚之横水明光之句,若不知其繇,竟作何理会?是编于作者略为考究,表其梗概。惟一代显人灼然耳目者不赘及,时事与文相关者亦载诸篇末,志传之文与正史、野史异者,聊出鄙意折衷之。"三是选文较严,但又兼收并蓄:"是编虽自为一书,然大抵为举业而作,故入选宁约无滥,凡文体题目不甚相远者但存其尤,余不得不忍情割爱。"又:"文章趋尚,大抵时运使然。质文损益自相乘除,非必后人之胜于前人也。韩、柳不轻王、骆,欧、苏不轻杨、刘,岂惟厚道,直是虚心。'读诗未有刘长卿一句,已呼阮籍为老兵',则皇甫氏已痛心而嫉之矣。或云文人相轻,余谓但恐未是文人耳。若是文人见得古人真处,方将低回玩味之不暇,况敢相轻乎?不佞生而少文,不敢阑入词场,然于相轻之习深觉其无味。是编务在兼收,虽经名家掊击,如所谓元无文者,不废搜采。惟应酬滥套之文,概置不录。"可见他编此书也为破明人"文必秦汉"而作。

《四库全书·四六法海》提要对四六的文体源流、风格演变言之尤详:"秦汉以来,自李斯《谏逐客书》始点缀华词,自邹阳《狱中上梁王书》始叠陈故事,是骈体之渐萌也。符命之作则《封禅》书典,引问对之文则《答宾戏》,《(答)客难》,骎骎乎偶句渐多。沿及晋、宋,格律遂成,流迤齐、梁,体裁大判。由质实而趋丽藻,莫知其然而然。然实皆源出古文,承流递变,犹四言之诗至汉而为五言,至六朝而有对句,至唐而遂为近体,面目各别,神理不殊,其原本风雅则一也。厥后辗转相沿,逐其末而忘其本,故周武帝病其浮靡,隋李谔论其佻巧,唐韩愈亦断断有古文、时文之变。降而愈坏,一滥于宋人臣之启札,再滥于明人之表判,剿袭皮毛,转相贩鬻,或涂饰而掩情,或堆砌而伤气,或雕镂纤巧而伤雅,四六遂为作者所诟厉。宋姚铉撰《唐文粹》,至尽黜俪偶。宋

---

① (明)王志坚《四六法海》卷首,文渊阁四库全书本。

祁《修新书》,至全删诏令。而明之季年,豫章(指艾南英)之攻云间(指陈子龙)亦以沿溯六朝相诋,岂非作四六者不知与古体同源,愈趋愈下,有以启议者之口乎?"点缀华词"、"叠陈故事(多用典故)"、"偶句渐多"、"由质实而趋丽藻"、"浮靡"、"佻巧"、"涂饰而掩情"、"堆砌而伤气"、"雕镂纤巧而伤雅"所言皆指风格,而四六皆"源出古文",故四六与古文的风格演变过程是一致的。末对《四六法海》评价很高,认为"四六之源流正变具于是篇","于兹体深为有功":"志坚此编所录下迄于元,而能上溯于魏晋,如敕则托始宋武帝,册文则托始宋公,九锡文、表则托始陆机、桓温、谢灵运,书则托始于魏文帝、应瑒、应璩、陆景、薛综、阮籍、吕安、陆云、习凿齿,序则托始陆机,论则托始谢灵运,大抵皆变体之初,俪语散文相兼而用,其齐梁以至唐人亦多敢不甚拘对偶者,俾读者知四六之文运意遣词与古文不异,于兹体深为有功。至于每篇之末,或笺注其本事,或考证其异同,或胪列其始末,亦皆元元本本,语有实征,非明代选本所可及。据其凡例,虽为举业而作,实则四六之源流正变具于是篇矣,未可以书肆刊本忽之也。"

十七 黄文焕《楚辞听直》侧重从文体学角度研究《楚辞》

黄文焕(生卒年不详)字惟章,号坤五,又号觚庵、恕斋。明福建永福(今福建永泰)人。天启五年(1625)进士。官至翰林院编修、左春坊左中允。曾与黄道周、叶廷秀登台讲学。又因黄道周案牵连,下刑部狱;"既释狱,乞身归里,后寓居金陵,卜筑钟山之畔,终其余年,寿六十九"(黄惠《麟峰黄氏家谱》卷九)。工诗文,亦能词。著有《赫留集》、《诗经考》、《楚辞听直》、《陶诗析义》等。

《楚辞听直》是黄文焕研究《楚辞》的注本,也是明代《楚辞》研究中质量较高,较有特色的注本。其《听体》篇先就《楚辞》各篇与风、雅、颂、赋、比、兴的关系作了详细论述:"《骚》从《诗》变,六义毕具者其体也。首《骚》,概从变《雅》中来,援引美人以寄意,则兼《风》。《九章》与变《雅》相似,同于首《骚》,音节之低徊倡叹,固《风》之遗。不待尽从美人为援引,始曰《风》在斯也。《天问》纯乎为《大雅》,不独《小雅》,盖历代朝政大得失备焉,自当以《大雅》归之。《远游》亦《雅》之类,虽不关朝政,气象则雅,繇求仙而言登天,殆小心翼翼,昭事上帝之余意乎。《九歌》篇最短,纯乎其为《颂》矣。宗庙祭告,事神之体然哉……论赋比兴,则首《骚》为最全,其抒情写事,固缅缅皆赋,援芳援玉援女,胥比兴也。《远游》纯乎其为赋,无比兴可指,然借游仙以寓厌世,字句非比兴而意则全归比兴矣。纯乎其为赋者,惟《天问》。《九歌》亦属纯赋,而借事神之我庇,叹君之我疏,又谓纯乎比兴可也。《九章》则赋比兴杂于各篇之中。《惜诵》纯赋矣。惩美释阶,比兴系之。《思美人》之言鸟言草木,比兴居多,赋居少;《抽思》之赋居

624

多,有鸟来集,则其比兴之一及也。《涉江》之多赋,与《抽思》等,结亦一及鸟木,为比兴焉。《悲回风》开篇摇蕙,即继以鸟兽鱼龙芳草,层叠于比兴之间,中末则纯用赋;《哀郢》之纯赋,独于结句引鸟狐二语为专兴;《惜往日》之纯赋,在篇首芳草早夭,西施嫫母,骐骥舟楫,比兴之错出在中末;《怀沙》前半之比兴最多,后半乃用赋;《橘颂》咏物,似与诸篇相反,纯赋而非比兴,若借物寓意,又纯为比兴:此其各篇之同不同者也。"再从字句格式角度论《楚辞》各篇特点:"论其字句,亦有互殊者:首《骚》纯用七言六言,杂之以五言者,不及十句。《远游》亦纯用七言六言,中插四言数句,为一段;末插三言数句,为一段。《天问》纯用四言,杂之以五言三十余句,六言十余句,三言十余句,七言数句。《九歌》纯用三言二言,无他杂焉,篇短而句亦最短,所以俾篇与句相称也。《诗》惟《颂》多三言,原之以歌,拟《颂》也。《九章》之多七言六言,与首《骚》、《远游》同,《惜诵》、《思美人》尤与首《骚》较似,以其有数句五言杂之耳。《抽思》、《涉江》则似《远游》,《抽思》末杂四言,别为一段;《涉江》末杂三言,别为一段,固《远游》之余体也。《橘颂》之用四言,于《九章》各篇为变,于《天问》为同。《天问》尚有五言、六言之杂,此概无杂,彼问此颂,问须更端,颂易直赞,固不同哉!《悲回风》、《哀郢》、《惜往日》又纯与首《骚》之七言、六言同,并不杂以五言。《怀沙》之多用四言,略杂五言,则与《天问》似同者也。《九章》中之有倡曰、乱曰、重曰、少歌曰,则与他篇不同,而与《远游》之重曰又同者也。《卜居》、《渔父》纯用变格,不待以不同于诸篇论。其两皆问答,则《渔父》又自与《卜居》同矣。同而不同,不同而同,原于摛词之体。殚力变化,不肯苟且如此。"①黄文焕侧重从《诗经》中探寻《楚辞》之源,注重从文体学角度认识《楚辞》,是其《楚辞》研究的明显特征。

十八　张溥《汉魏六朝百三家集》论文体

张溥(1602—1641)字天如。明末太仓(今属江苏)人。幼年勤奋好学。书室名"七录斋"。崇祯四年(1631)进士,后改庶吉士。与同里张采齐名,号称"娄东二张"。曾与郡中名士结为文社,名复社,兴复古学,以文会友,实际是东林党与阉党斗争的继续。张溥在文学方面,推崇前后七子的理论,主张复古,又以"务为有用"相号召。其散文在当时很有名,风格质朴,慷慨激昂,明快爽放,直抒胸臆。著有《七录斋集》、《春秋三书》、《历代史论二编》、《诗经注疏大全合纂》等,辑有《汉魏六朝百三家集》。

《汉魏六朝百三家集》是张溥为"兴复古学"而编辑的一部规模宏大的总集,以张

---

① (明)黄文焕《楚辞听直》,清顺治十四年续刻本。

燮《七十二家集》为基础,取冯惟讷《诗纪》、梅鼎祚《文纪》而予以增补,采用以文隶人,以人隶代的总集编纂体例,使唐以前作者遗篇,略存梗概,虽非创始,但正如《四库全书总目》卷一八九所云:"因人成事,要不可谓之无功也……元元本本,足资检验,溥之遗书,固应以此为最矣"。但因"卷帙既繁,不免务得贪多,失于限断,编录亦往往无法,考证亦往往未明。"并举其近十个方面的错误。

《汉魏六朝百三家集》各集前均写有题辞,是研究汉魏六朝文学及张溥文学思想的重要资料,间亦论及诗文体裁和风格,如《汉东方朔集题词》论设难体云:"东方曼倩求大官不得,始设《客难》;扬子云草《太玄》,乃作《解嘲》,学者争慕效之,假主客,遣抑郁者,篇章迭见,无当玉卮,世亦颇厌观之,其体不尊,同于游戏。"①《傅玄集题词》(卷三十九)论六言诗云:"(傅玄)《历九秋》篇,读者疑为汉古辞,非相如、枚乘不能作,其言文声永,诚诗家六言之祖。"《晋傅咸集题词》(卷四十六)论《孝经诗》、《论语诗》、《毛诗诗》、《周易诗》、《周官诗》、《左传诗》实为集句诗之始:"其间七经诗中,《毛诗》一首,虽集句托始,无关言志;《与尚书同寮》诗,则告诫臣仆,有孚盈缶,韦孟在邹,家风不坠矣。"

十九　陆时雍《古诗镜》的诗歌理论

陆时雍(生卒年不详)字仲昭。其先吴兴人,徙居桐乡(今属浙江)之皂林。少颖悟,性不耐俗。明崇祯六年(1633)举贡生。工诗文,尚气节。辑有《诗镜》九十卷,是一部规模宏大的古代诗歌选本,分为《古诗镜》三十六卷、《唐诗镜》五十四卷,又撰有《诗镜总论》一卷。

陆时雍是明末具有鲜明特色的诗歌理论批评家,其诗歌理论标举"神韵"和"意象",尚"情"而斥"理",以"真素"和"风雅"为其审美标准,试图调和格调派和性灵派,在继承司空图、胡应麟等诗歌理论基础上建立神韵派,在诗歌理论史上具有重要的价值和地位。其《诗镜序》就是他的诗论的集中表现:"道发声著,情通神达,灵油油接于人而不厌,鸟之关关,鹿之呦呦,未闻其何韵之选,何律之调也。而闻辄欣然,遇之人,发声而言,言成文而诗。古称诗千有余篇,而夫子删之存止三百,亦取其感通之至捷者耳。而后之人必以义断,则郑、卫何以并存也?"他根据这一观点阐明诗之演变:"圣人之用诗道若是其广也。汉兴,柏梁倡歌,苏、李迭奏,然诗五言而体直七言,而意放雕镂。至于六代,而古道荡然,故六义远而事类繁,四韵谐而声气隔,古亡于汉,汉亡

---

① (明)张溥《汉魏六朝百三家集》卷四,文渊阁四库全书本。

于六朝,六朝亡于唐,唐亡不可复振。"最后说明他编《古诗镜》的"不得已",就是为了阐明诗"惟其情":"余之为是选也,将以通人之志而遇之微也,不惟其词而惟其情,不惟其貌而惟其意,使天下闻声而志起,意喻而道行,诗虽亡有存焉者矣。为是多方以诱之,而极虑以解之,甚矣余之不得已也。"①

其《诗镜总论》阐述《诗经》"体裁(实指风格)各别":"诗有六义,《颂》简而奥,敻哉尚矣!《大雅》宏远,非周人莫为;《小雅》婉娈,能或庶几;《风》体优柔,近人可仿。然体裁各别,欲以汉、魏之词复兴古道,难以冀矣。西京崛起,别立词坛,方之于古,觉意象蒙茸,规模逼窄,望《湘累》之不可得,况《三百》乎?"其下所论也多指不同时代、不同诗人、不同诗体有不同风格,如云"诗四言优而婉,五言直而倨,七言纵而畅,三言矫而掉,六言甘而媚,杂言芬葩,顿跌起伏。四言《大雅》之音也,其诗中之元气乎?风、雅之道,衰自西京,绝于晋、宋,所由来矣"之类。

《四库全书总目》提要对此书评价很高:"是编选自汉魏,以迄晚唐之诗,分为二集,前有总论一篇,其大旨以神韵为宗,情境为主,如云诗须观其自得,古人佳处不在言语间。又云气太重,意太深,声太宏,色太厉,佳而不佳,反以此病。又云诗不患无材,而患材之扬;不患无情,而患情之肆;不患无言,而患言之尽;不患无景,而患景之烦。所言皆妙解诗理,其间如《孔雀东南飞》一诗,讥其情词之纰谬,而于储光羲、孟浩然辈亦俱有微词,盖其时王(王世贞)、李(李攀龙)余波相沿未息,学者方以吞剥为工,故于蹊径易寻者往往加之排斥,欲以针砭流俗,故不免于惩羹而吹齑。然其采摭精审,评释详核,凡运会升降一一皆可考见。其源流在明末诸选之中,固不可不谓之善本矣。"

第五节　明人别集中的文体论

一　宋濂"严体裁之正"的文体观

宋濂(1310—1381)字景濂,号潜溪,别号玄真子。谥文宪。祖籍潜溪(今浙江金华),至濂时迁至浦江(今属浙江)。宋濂是明朝开国元勋,与刘基、高启并列为明初诗文三大家。他以继承儒家道统为己任,主张宗经师古,取法唐、宋。著述甚丰,以传记小品和记叙性散文为胜,或质朴简洁,或雍容典雅,各有特色。明朝立国,朝廷礼乐制度多为宋濂所制定;朱元璋称他为"开国文臣之首",刘基赞许他"当今文章第一",四

---

① (明)陆时雍《古诗镜》卷首,文渊阁四库全书本。

方学者称他为"太史公"。致仕后晚年因其孙受胡惟庸案牵累,全家谪居茂州,中途卒。曾奉命主修《元史》,著有《文宪集》三十二卷、《孝经新说》等。

宋濂论文具有浓厚的重道尊经色彩,其《皇明雅颂序》论体不同而道同云:"其曰雅颂者何? 雅者,燕飨朝会之乐歌;颂则美盛德、告成功于神明者也。今诗之体与雅、颂不同矣,犹袭其名者何? 体不同也,而曰赋、曰比、曰兴者,其有不同乎? 同矣而谓体不同者何? 时有古今也。时有古今也,奈何今不得为古,犹古不能为今也。今古虽不同,人情之发也,人声之宣也,人文之成也则同而已矣。然则曷为谓之同? 江河沼沚有不同也,水则同;陵峦冈阜有不同也,土则同;人动乎物有不同也,感则同。趋其同而舍其异,是之谓大同。曷为知其为大同? 期归于道焉尔。"①其《白云稿序》称美刘勰论文"固知文本乎经",但犹"有未尽",认为"《易》之《彖》、《象》,有韵者即诗之属;《周颂》敷陈而不协音者,非近于《书》与?《书》之《禹贡》、《顾命》,即序纪之宗;《礼》之《檀弓》、《乐记》,非论说之极精者与? 况《春秋》谨严,诸经之体又无所不兼之与? 错综而推,则《五经》各备文之众法,非可以一事而指名也……经之所包,广大如斯,世之学文者,其可不尊之以为法乎!"其《樗散杂言序》称风、雅、颂为"三经",称赋、比、兴为"三纬",认为"学诗者其可不取之以为法","出品裁之正,合物我之公,高不过激,悲不伤陋,则论诗者又可不倚之以为权度"? 他认为其后是一代不如一代:"诗一变而为楚骚,虽其为体有不同,至于缘情托物,以忧恋恳恻之意,而寓尊君亲上之情,犹夫诗也。再变而为汉、魏之什,其古固不逮夫骚,而能辨而不华,质而不俚,亦有古之遗美焉。三变而为晋、宋诸诗,则去古渐远,有得有失,而非言辞之所能尽也。呜呼! 三变之后,天下宁复有诗乎?"他认为"唐、宋诸名家,其近古者固不可绝谓无之,而不及乎尔者,抑何其多也!"今世之诗更当"置之勿论":"间有倡为江南体者,轻儇浅躁,殆类闾阎小人,骤习雅谈而杂以亵语,每一见之,辄闭目弗之视。诗而至于使人弗之视,则其世道之甚下也为何如哉"?

其《刘兵部诗集序》认为作诗非易事,需"五美"具备才能有好诗:"非天赋超逸之才,不能有以称其器。才称矣,非加稽古之功,审诸家之音节体制,不能有以究其施。功加矣,非良师友示之以轨度,约之以范围,不能有以择其精。师友良矣,非雕肝琢肾,宵咏朝吟,不能有以验其所至之浅深。吟咏侈矣,非得夫江山之助,则尘土之思,胶扰蔽固,不能有以发挥其性灵。五美云备,然后可以言诗矣。盖不得助于清晖者,其情沉而郁;业之不专者,其辞芜以庞;无所授受者,其制涩而乖;师心自高者,其识卑以陋;受质塞钝者,其发滞而拘。古之人所以擅一世之名,虽其格律有不同,声调有弗

---

① (明)宋濂《文宪集》卷六,文渊阁四库全书本。

齐,未尝有出于五者之外也。"

　　其《曾助教文集序》则论作文亦非易事,认为"三代无文人",因为当时之人的动作威仪皆成文;"六经无文法",因"物理即文,而非法之可拘",此为"至文"。秦汉以下则有意为文,多为"适用之文"。不同的文体有不同的功用,主张"严体裁之正":"施之于朝廷则有诏、诰、册、祝之文;行之师旅则有露布、符、檄之文;托之国史则有记、表、志、传之文。他如序、记、铭、箴、赞、颂、歌、吟之属,发之于性情,接之于事物,随其洪纤,称其美恶,察其伦品之详,尽其弥纶之变,如此者要不可一日无也。然亦岂易致哉!必也本之于至静之中,参之于欲动之际。有弗养焉,养之无弗充也;有弗审焉,审之无不精也。然后严体裁之正,调律吕之和,合阴阳之化,摄古今之事,类人己之情,著之篇翰,辞旨皆无所畔背。虽未造于至文之域,而不愧于适用之文矣。呜呼文乎!其可易言矣乎?"其《欧阳文公文序》亦云:"祭享郊庙则有祠、祝;播告寰宇,则有诏、令;胙土分茅,则有册、命;陈师鞠旅,则有誓、戒;谏诤陈请,则有章、疏;纪功耀德,则有铭、颂;吟咏鼓舞,则有诗、骚。"可见宋濂几乎论及诗文各体,而对连珠还有专论,其《演连珠五十首序》云:"连珠者,兴于汉章之世,班固、贾逵、傅毅咸受诏作之。其后陆士衡演之,司空图、徐铉、晏殊、宋庠又从而效之。然其为体不指说事情,必假喻以达其旨,而览者微悟,合于古诗讽兴之义,有足取者。作《演连珠》五十首。"王祎《演连珠并序》亦云:"连珠之体,贵乎辞丽而言约,不指说事情,必假谕以达其行,使览者微悟,合古诗讽兴之义。以其易睹而可悦,历历如贯珠,故谓之连珠也。汉章之世,班固、贾逵、傅毅三子者,受诏始作,然其文后世鲜传焉。祎读《文选》,尝喜陆机所作《演连珠》,因拟其体为五十首,虽讽兴之义,窃或庶几,而辞不能丽,言不能约,有媿于作者多矣。"①

二　徐一夔论诗、偈之别

　　徐一夔(1318—约1400)字惟精,又字大章,号始丰。天台县人。博学善属文,擅名于时,与宋濂、王祎、刘基等相与切磋诗文。精文词,通诸经,兼擅史学。其文考证研核精确,深而不刻,质而不理。其《织工对》记述织布生产情况,是一篇研究中国资本主义萌芽问题时常常提到的重要史料。著述颇丰,有《始丰稿》、洪武《杭州府志》、《艺圃搜奇》等。

　　偈是偈陀之省,佛经中的唱词,如偈颂、偈文、偈句、偈言、偈语、偈诵。徐一夔《倡

---

① (明)王祎《王忠文集》卷一九,文渊阁四库全书本。

酬禅偈》从用途、体式、用韵上论诗、偈之别,十分简明精要:"偈者,诗之类也。佛说诸经必有重偈,以申其义。观于吾书,春秋列国大夫交聘中国,既修词令以达事情,末复举诗明之,盖亦此类。偈或五言、七言,惟便于读诵,而不叶以音韵。诗多四言,而以音韵叶之,盖被之弦歌故也。诗自汉变为五言,唐变为七言,颇严声律。为释氏者出言成偈,大略亦近于诗。吾乡佐上人字东州,处灵隐禅窟,还台省亲。有密心严师者,为偈一首以赠其行,其言七言,其句八句,诗之类也。依韵而继作者,又二十四人,则近代诗人次韵之法也。上人姿敏慧,参扣直指,其同袍之友虑其爱亲之心不胜求道之志,更相提击,蕲振祖道,而非世俗嘲风咏月之具,故不曰诗而曰偈。上人征余题辞,因笔于首简。"①

三 王祎论文"有大体"而"无定体"

王祎(1322—1373)字子充,号华川,谥忠文。义乌来山(今属浙江)人。幼从祖父王炎泽学,后师事柳贯、黄溍。元末隐居青岩山,明初征为中书省掾史,与宋濂同修《元史》,史成,官翰林待制。时云南尚为元守,祎奉使赴云南谕降,遇害。著有《大事记续编》、《王忠文公集》、《重修革象新书》。

王祎学有渊源,为文醇朴宏肆,浑然天成,条理不爽,持论也与宋濂相近。其《上苏大参书》把文分为"载道之文"、"纪事之文"二体,认为文有大体而无定体:"文有体,其为体常不同,故无定体,而有大体,必其大体纯正而明备,而后足以成。"其《文训》(卷一九)通过华川王生与豫章黄太史的对话(二人的对话实际都是王祎自己所要反驳和阐明的观点),进一步阐明了"载道"、"纪事"之文的观点。王生学文于黄太史,三年而不得其要,黄告王曰:"文有大体,文有要理。执其理,则可以折衷乎群言;据其体,则可以刬裁乎众制……斯其为文之至乎!凡吾之说,子岂尝知之?苟知之,其试以语我。"一是反驳王生所谓的"文之为物,贵适时好……《大雅》既远,诗歌日变。《玉台》、《西昆》,其流也渐支为词曲,争嫩竞艳,字分重轻,句协长短,浮声切响,清浊和间,羽振宫潜,商流徵泛,笙簧触手,锦绘迷盼,风月留连,莺花凌乱。振妙韵于沈冥,托葩辞于清婉,性情因之以畅宣,光景因之而呈献。好会睽离,欢忭悲叹,莫不假是以托情,固无间于贵贱也。若是者,其为文何如?"黄太史反驳说:"古语变而四六,古声变而词曲,文之弊也甚矣。"二是王生认为科举之文,"若卿若相,鲜不由兹而出矣。上以此而求贤,士以此而致身,文之用世,信不可诬"。黄太史反驳说:"科举之文,趋时

---

① (明)徐一夔《始丰稿》卷五,文渊阁四库全书本。

好以取世资,特干禄营宠之具耳,学古之君子耻言之!"三是王生曰:"文之古者,登诸金石,记志颂铭,具有成式。或钟鼎是勒,或琬琰是刻,或镌于丽牲悬絭之碑,或镵在封岳磨厓之壁,莫不炫耀崇勋,烜焯茂德。"黄太史比较赞成此说:"文之为用,诚莫盛于此矣。"四是王生认为:"文之难者,莫难于史。故良史之才,古今或无……史者,一代之成书。是故事以实之,辞以给之,法以立之,例以律之。作史之要,必备乎此。然非其能足以通古今之体,明足以周万事之理,智足以究难知之意,文足以发难显之义者,曾乌得以称良史?盖自纪、表、志、传之制,马迁创始,班固继作,纲领昭昭,条理凿凿。三代而下,史才如二子者,可谓特起拔出,隽伟超卓。后之为者,世仍代袭,率莫外乎其樑樑。"黄太史更赞成此说:"史之为文,诚难乎其尽美矣!文而为史,诚极天下之任矣!抑吾闻之,文有二:有纪事之文,有载道之文。史者,纪事之文,于道则未也。"五是王生曰:"圣人既没,道术为天下裂。诸子者出,各设户分门,立言以为文。是故管夷吾氏以霸略为文,邓析氏以两可辩说为文,老聃氏以秉要执本、持谦处卑为文,列御寇氏以黄老清净无为为文,墨翟氏以贵俭、兼爱、上贤、明鬼、非命、上同为文,公孙龙氏以坚白名实为文,庄周氏以通天地之统、序万物之性、违死生之变为文,慎到氏以刑名之学为文,申不害氏、韩非氏复流于深刻之文,尹文氏又合黄老刑名为文,鬼谷氏以捭阖为文,苏秦氏、张仪氏因肆为纵横之文,孙武氏、吴起氏以军形兵势、图国料敌为文,荀卿氏、扬雄氏则以明先圣之学为文,淮南氏则以总统道德仁义而蹈虚守静、出入经道为文。凡若此者,殆不可递数也。虽其文人人殊,而其于道,未始不有明焉。"黄太史公曰:"诸子之文,皆以明夫道,固也。然而各引一端,各据一偏,未尝窥夫道之大全。人奋其私智,家尚其私谈,支离颇僻,驰骋凿穿,道之大义益以乖,大体益以残矣。此固学术之弊,而道之所以不传也。"六是王生曰:"圣人之文,厥有六经。《易》以显阴阳,《诗》以道性情,《书》以纪政事之实,《春秋》以示赏罚之明,《礼》以谨节文之上下,《乐》以著气运之亏盈。凡圣贤传心之要,帝王经世之具,所以建天衷、奠民极、立天下之大本,成天下之大法者,皆于是乎有征。斯盖群圣之渊源,九流之权衡,百王之宪度,万世之准绳。犹之天焉,则昭云汉而揭日星,布烟霞而鼓风霆;犹之地焉,则山岳峙而江河行,鸟兽蕃而草木荣。故圣人者,参天地以为文,而六经配天地以为名。自书契以来,载籍以往,悉莫与之京。斯其为文,不亦可以为载道之称也乎?"黄太史盛赞道:"尽之矣,其蔑有加矣!此固载道之器,而圣人之至文矣!嗟乎世之学者,无志乎文则已。苟有志焉,舍是无以议为矣。是故本之《诗》以求其恒,本之《易》以求其变,本之《书》以求其质,本之《春秋》以求其断,本之《乐》以求其通,本之《礼》以求其辨。夫如是,则六经之文为我之文,而吾之文一本于道矣。故曰:经者,载道之文,文之至者也。后圣复作,其蔑以加之矣。今子知及乎此,则于文也,其进孰御焉?特在加之意而已矣。"

四 苏伯衡反对"不论其世而论其体裁"

苏伯衡(生卒年不详)字平仲,明金华(今属浙江)人,苏辙之裔。以辙子迟守婺州,遂家于婺。元末贡于乡,洪武初征入礼贤馆,后为国子学正,以荐擢翰林编修。后为处州教授,以表笺忤旨被捕,卒于狱。苏伯衡好读书,学问渊博,尤以古文名世。著有《苏平仲文集》十六卷。宋濂《苏平仲文集原序》云:"自秦以下文莫盛于宋,宋之文莫盛于苏氏,若文公(洵)之变化傀伟,文忠公(轼)之雄迈奔放,文定公(辙)之汪洋秀杰,载籍以来未之多遇……平仲文定公之裔孙,少警敏绝伦,诵说不劳而习,中岁大肆力于文辞,精博而不粗涩,敷腴而不苟缛,不求其似古人,而未始不似也。"①

他在文体论方面提出了不少重要观点,其《古诗选唐序》首论诗系乎世变而不是系乎体裁:"诗之有风、雅、颂、赋、比、兴也,犹乐之有八音、六律、六吕也。"世风日下,诗风亦日下:"陈之以八音,和之以律吕,未尝不同也,而其音则未尝同也……风、雅变而为《骚》些,《骚》些变而为乐府、为选、为律,愈变而愈下。不论其世而论其体裁,可乎?李唐有天下三百余年,其世盖屡变矣。有盛唐焉,有中唐焉,有晚唐焉。晚唐之诗,其体裁非不犹中唐之诗也;中唐之诗,其体裁非不犹盛唐之诗也。然盛唐之诗,其音岂中唐之诗可同日语哉?中唐之诗,其音岂晚唐之诗可同日语哉?"又云:"文之日降譬如水之日下,有莫之能御者。故唐不汉,汉不秦,秦不战国,战国不春秋,春秋不三代,三代不唐、虞。自李唐一代之诗观之,晚不及中,中不及盛。伯谦以盛唐、中唐、晚唐别之,其岂不以此乎?然而盛时之诗不谓之正音,而谓之始音;衰世之诗不谓之变音,而谓之正音。又以盛唐、中唐、晚唐并谓之遗响,是以体裁论而不以世变论也。其亦异乎大小《雅》、十三《国风》之所以为正、为变者矣。"他推崇《诗经》,看不起律诗:"出于国人者则曰《风》,出于朝廷者则曰《雅》,用之宗庙郊社者则曰《颂》,又曷尝曰我为赋、为比、为兴也?成章之后,直陈其事则曰赋,取彼譬此则曰比,托物起意则曰兴,如斯而已矣。奈何律诗出,而声律、对偶、章句拘拘之甚也?诗之所以为诗者,至是尽废矣。"但他也反对《唐音》只选古诗而不选律诗,称美《古诗选》亦选唐律:"故后世之诗不失古意,惟有古诗。而今于唐诗亦惟选古,律以下则置之,而况唐之诗近古而尤浑噩,莫若李太白、杜子美。至于韩退之,虽材高欲自成家,然其吐辞暗与古合者,可胜道哉!而《唐音》乃皆不之录,今则不敢不录焉。"

其《空同子瞽说》认为文章无体亦无法,无难亦无易,不在繁也不在简,而在于辞达;

① (明)苏伯衡《苏平仲文集》卷首,文渊阁四库全书本。

要有统摄,有布置,有条理;要气象沉郁,浩瀚诡怪,光景常新,迂回曲折,奇正相生;要以六经、先秦之文为师,对典、谟、训、诰、《国风》《雅》《颂》,要朝夕讽诵,反复品味学习。

五 方孝孺论"序之无益"及诗"体之变,时也"

方孝孺(1357—1402)字希直,一字希古。曾以"逊志"名其书斋,故又号逊志。蜀献王为他改为"正学",世称"正学先生"。明浙江宁海人。幼警敏,长从宋濂学,濂门下知名士皆出其下,先辈胡翰、苏伯衡亦自谓弗如。官至文学博士。建文四年(1402),燕王(明成祖朱棣)篡立,以不肯为其起草登极诏书被杀。著有《逊志斋集》。《四库全书·逊志斋集》提要云:"语其气节,可谓贯金石,动天地矣,文以人重,则斯集固悬诸日月不可磨灭之书也。"他一生致力于理学,对程、朱之学能去其浮言而行其实学,以经世致用为要务,体现了浙东学派的精神。他的散文常以物喻理,直抒胸臆,文笔畅达,言简意明,一扫元末文坛上弥漫的纤弱缛丽之风,为时人传诵。

其《答阮乡叶教谕》把序分为自序、他序及后人刊书所序,认为"序之无益亦已明矣":"物之美者无所待于外,有待于外者皆持不足之心者也。照乘之珠,盈尺之璧,不幸而置诸泥涂瓦砾之中,其光气之晶莹朗洁者固在。及识者得而有之,虽栖之于故箧,袭之以败絮,连数十城之价自若也。若夫借之以良锦,韬之以文匦,尽饰乎其外,而彰其美以示人,则其中之所存者可知矣……且古之所谓序云者,盖以明作者之意,如《诗》《书》篇端皆有小序,而复有大序加其首者是也。小序或出于史臣,或出于后之贤士大夫,序之作者皆古之闻人。然其中得其言而遗其意,执其意而失其事,往往为经文之累者亦不为少,则序之无益亦已明矣……司马迁、班固、扬雄之俦,又直自述己意,以抒其奇伟之才,固未尝有待于外也。唐人之能诗者莫如李白、杜甫,甫诗当时无序者,白诗,李阳冰于其既没尝为作序,然其有无不足为二子轻重,而序者反托之以传。惟韩退之偶然一言,推尊二子,至今人诵退之之文,而知李、杜之不可及。夫执事之诗,信美而可传,则不求于人可也,或自序其意可也,以待后之是非,可信万世如退之者之一言亦可也,何其扰扰于世俗之求哉?"①此信与宋人姚勉《回张生去华求诗序》持论相同。

其《时习斋诗集序》论《诗》之本、法、义、道云:"诗者,文之成音者也,所以道情志而施诸上下也。《三百篇》,诗之本也;风、雅、颂,诗之体也;赋、比、兴,诗之法也;喜、怒、哀、乐动乎中而形为褒贬讽刺者,诗之义也;大而明天地之理、辩性命之故,小而具事物

---

① (明)方孝孺《逊志斋集》卷一一,文渊阁四库全书本。

之凡、汇纲常之正者,诗之所以为道也。诗道废久矣。自汉以下,编册之所载,乐府之所传,隐而章,丽而不浮,沉笃而雍容,博厚而和平者,则亦古诗之流也,而其体横出矣。体之变,时也;不变于时者,道也;因其时而师古道者,有志于诗者也,而师者寡矣。唐之杜拾遗、韩史部,皆深于诗,其所师则周公、吉甫、卫武公、史克之徒。其体则唐也,而其道则古也。世之言诗者而不知道,犹车而无轮,舟而无舵也,虽工且美,奚以哉?"

六　杨士奇论律诗

杨士奇(1365—1444)名寓,以字行,号东里。泰和(今江西泰和县澄江镇)人。因其居地所处,时人称之为"西杨"。建文初以荐入翰林充编纂官,成祖即位授编修,寻入内阁典机务,居辅臣、首辅达数十年,是一位善知人、识大体的政治家。于谦、周忱、况钟皆其所荐。颇具文名,何良俊《四友斋丛说》卷二三将杨士奇、李东阳视为文章大家、文坛领袖。《四库全书·东里集》提要称其文章平正纾余,春容典雅,"文笔特优,制诰碑版多出其手"。著述甚多,其《东里集》含文集二十五卷,诗集三卷,续集六十二卷,别集三卷。

其《杜律虞注序》从诗体演变的角度论律诗云:"律诗非古也,而盛于后世。古诗、《三百篇》皆出乎情,而和平微婉,可歌可咏,以感发人心,何有所谓法律哉!自屈、宋下至汉、魏及郭景纯、陶渊明,尚有古诗人之意。颜、谢以后,稍尚新奇,古意虽衰,而诗未变也。至沈、宋而律诗出,号'近体',于是诗法变矣。律诗始盛于开元、天宝之际,当时如王、孟、岑、韦诸作者,犹皆雍容萧散有余味,可讽咏也。若雄深浑厚,有行云流水之势,冠冕佩玉之风,流出胸次,从容自然,而皆由夫性情之正,不局于法律,亦不越乎法律之外,所谓'从心所欲不逾矩',为诗之圣者,其杜少陵乎!厥后作者代出,雕镂锻炼,力愈勤而格愈卑,志愈笃而气愈弱,盖局于法律之累也。不然,则叫呼叱咤以为豪,皆无复性情之正矣。夫观水者必于海,登高者必于岳,少陵其诗家之海岳欤!"①

七　解缙论学诗须除"俗体"

解缙(1369—1415)字大绅,一字缙绅。明吉水(今属江西)人。少以神童称,历明太祖、建文帝、成祖三朝,仕途曲折,以"无人臣礼"罪下诏狱,拷掠备至,最后被锦衣卫活埋雪中而死。解缙一生最足称道的是他主持撰修了中国历史上规模最大的类书

---

①　(明)杨士奇《东里续集》卷一四,文渊阁四库全书本。

《永乐大典》，后世只有清乾隆时编撰的大丛书《四库全书》在规模上超过了它。解缙在诗歌、书法、散文等方面也很有成就，尤工五言诗。其古体歌行，气势奔放，想象丰富，酷似李白，而律诗、绝句亦近唐人。著有《白云稿》、《东山集》、《太平奏疏》等。现存《解文毅公集》、《春雨杂述》、《古今烈女传》。

其《廖自勤文集序》论古今诗文之别云："充充乎文哉！诗书六艺之文，礼乐法度之文，与凡立言垂训之文，堪以载道者，皆可谓之经天纬地之文也。所以维持人心，扶植世教，事事物物，各有条理，非苟为是无用之具而已，故皆自圣人发之。后世学焉，譬诸由道以入国，所由入者正大深远，而不可测，则其出也无穷。昔者仲尼于诗书六艺、礼乐法度、立言垂训，皆由下学上达，以入于文王、周公之道，以至乎尧舜，集其大成。吐辞为经，尚惧夫天下后世学者不知所从入也。删《诗》、《书》，定《礼》、《乐》，赞《周易》，修《春秋》，以为学文者所归。往舍是而他求者，非惟不足经天纬地，而且有害焉。庄周之学入于遁世，其出也荒唐而已；申、韩之学入于刑名，其出也惨刻而已；苏、张之学入于利害，其出也纵横而已。其为天下之害可胜言哉？庄周簧鼓老氏之说，因以起虚无之教。而贾谊亦学申、韩之文，观其《鹏赋》，已深有释氏之微意，岂非人心世教之害，至于今尤烈欤。若夫学圣人之文者沛然而莫能御，粹然而入于正，邹孟氏而已耳。其他所入者可量，则其出也有限，驳而无以议为也。"①

其《说诗三则》论学诗须除俗体云："学诗先除五俗，后极三来。五俗一曰俗体，二曰俗意，三曰俗句，四曰俗字，五曰俗韵，此幼学入门事。三来者，神来、气来、情来是也。盖神不来则浊，气不来则弱，情不来则泛。苟不关于神，不属于气，不由于情，此外道也，非得心得髓之妙也。"又论诗歌风格演变云："汉魏质厚于文，六朝华浮于实，具文质之中，得华实之宜，惟唐人为然，故后之论诗以唐为尚。宋人以议论为诗。元人粗豪，不脱北鄙杀伐之声，虽欲追唐迈宋，去诗益远矣。"又评明初诗风云："《诗》三百篇之作，当世间巷小子能之。后世之作，虽白首巨儒，莫臻其至。岂以古人千百于今世，遽如是哉？必有说矣。前人之诗未暇论，爰以国初枚举之，刘基起于国初，极力师古煅炼，其词旨能洗前代膻酪之气。仆向选其集，首推重乐府古调，较之近体尤胜。江右则刘崧擅场，彭镛、刘永之相望，并称作者。"

八　朱有燉论古诗、歌曲、乐府、词、曲之演变

朱有燉（1379—1439）号诚斋，又号锦窠老人、全阳道人、老狂生等。谥宪王，世称

---

① （明）解缙《文毅集》卷七，文渊阁四库全书本。

周宪王。安徽凤阳人。明太祖朱元璋第五子朱橚的长子,母妃冯氏。朱有燉是明代以词曲闻名的藩王之一,留心翰墨,通晓音律。其诗文反映了他养尊处优而又精神空虚的生活。他的散曲,多有嘲风弄月之作,常出现"谈禅"、"答僧"、"修道"等题目。其杂剧有释道剧、庆寿剧、妓女剧、牡丹剧、节义剧、水浒剧,多为歌功颂德、点缀升平之作,但能够完整保存流传至今,在中国古代剧作家中是罕见的。所作杂剧今存共三十一种,文词本色,音律和谐,注意调剂排场的冷热和歌舞的穿插,便于演出。朱有燉生活的时代,杂剧体制已经发生了变化,这在他的作品中也有所表现。例如,突破一人主唱的限制,不纯唱北曲,多用增句,定场不念诗而念词。所有这些都对杂剧的南曲化起到了一定的促进作用。其诗文除收入《诚斋录》、《诚斋新录》外,尚有《诚斋牡丹百咏》、《诚斋梅花百咏》和《诚斋玉堂春百咏》。散曲有《诚斋乐府》二卷。

其《白鹤子·咏秋景有引》论古诗、歌曲、乐府、词、曲之演变异同十分精到:"予观古诗,若'呦呦鹿鸣'等篇,皆古人之佐樽歌曲,但以'声依永',所以无分长短句,皆可以为歌曲。自汉、魏以来,古风犹存,渐以字句短长分而为二,诗自诗,乐府自乐府。其句法肖同,而序事体制颇有分别,及李唐犹如此。若白乐天之'永丰西角荒园里,尽日无人属阿谁',乐工歌此曲,宣宗闻之,问谁作者,永丰在何处,左右具以对,遂令中史取二株植于苑中,可见唐时尚以诗可歌唱也。其时已有李太白之《忆秦娥》、《菩萨蛮》等词,渐流入腔调律吕,渐违于'声依永'之传。后遂全革古体,专以律吕音调格定声句之长短缓急,反以吟咏情性求之于音声词句,非要之为乐府。歌曲古不若今之清越精妙也,故唐末宋初以来,歌曲则全以词谱为主,今日则呼为南曲者是也。自金、元以胡俗行乎中国,乃有女真体之作,又有董解元、关汉卿辈知音之士,体南曲而更以北腔,然后歌曲出自北方,中原盛行之,今呼为北曲者是也。因此分而为二,南人歌南曲,北人唱北曲。若其吟咏情性,宣畅湮郁,和乐实友,与古之诗又何异焉?或曰,古诗为正音,今曲乃郑卫之声,何可同日而语耶?予曰:不然。郑卫之声,乃其立意不正,声句淫佚,非其体格音响比之雅、颂有不同也。今时但见词曲中有《西厢记》、《黑旋风》等戏谑之编为亵狎,遂一概以郑卫之声目之,岂不冤哉!"①

九 何乔新论诗之体制和论体源流

何乔新(1427—1502)字廷秀,明广昌(今属江西)人。景泰五年(1454)进士。为官政绩显著,为人刚正不阿,因此常受排挤,仕途坎坷。拜刑部侍郎。孝宗嗣位,万

---

① (明)朱有燉《诚斋乐府》卷上,上海古籍出版社 2008 年版。

安、刘吉等忌其刚正,出为南京刑部尚书。未几,复代杜铭为刑部尚书;忌者又撼他事中之,遂致仕。卒谥文肃。何乔新博览群籍,抄录异书积三万余帙,皆手自雠校;文章自成一格,文心绵密,情辞剀切;诗多用典,略显偏奥,但语言流畅,表现出悲壮凄凉的情感和报国效忠的决心。著述颇多,有《椒邱文集》、《周礼集注》、《策府群玉》等。

　　何乔新的文体论比较丰富,其《六经》篇论《诗》、《书》各体甚详①,《史记》篇(卷二)论《史记》本纪、世家、列传、书、表诸体,言简义赅。诗之句读本是诗之体制的内容之一,其《论诗》将诗之句读单独论述,可见他对文体的分析更加精细。其《〈论学绳尺〉序》则专论历代论体源流演变:"议论之文尚矣,禹皋之都、俞、吁、咈见于经,春秋卿大夫之辞命往来纪于史,其论之权舆乎? 自汉以来,贾生之论《过秦》,班彪之论《王命》,而论之名始见。夏侯太初之论《乐毅》,刘孝标之论《绝交》,而论之文益盛。唐、宋以词章取士,论居其一焉。唐人省试诸论,盖不多见,其传于今者,惟苏廷硕之《夷齐四皓孰优》,韩退之之《颜子不贰过》而已。若此书(指《论学绳尺》)所载,则皆南宋科举之士所作者也。予窃评之,其才气俊逸,若青冥空旷,秋隼孤骞,而迫之以风也;其体制古雅,若殷彝在庭,竹书出冢,虽不识者,亦知其为宝也;其文采缛丽,又如游洛阳名园,而姚黄、魏紫浓艳眩目也。于戏奇哉! 其登荐书而甲俊造宜矣。予少时从事举子业,先公尝训之曰:'近时场屋论体卑弱,当以欧、苏诸论为法,乃可以脱凡近而追古雅。'予因取欧、苏诸论熟读之,间仿其体拟作一二,出示同舍生,莫不骇且笑之。虽予亦不能自信,盖当是时,科举之士未见此书故也。今游君惓惓于此,以嘉惠后学,其用心勤矣。是书一出,予知四方之士疾读而力追之,上下驰骋,不自逾于法度,如工之有绳尺焉,而场屋之陋习为之一变矣。凡世之学者,本之经史,以培其根;参之贾、班、夏、刘,以畅其支;廓之苏、韩,以博其趣;旁求之欧、苏诸论,以极其变。而其法度,一本此书,庶乎华实相副,彬彬可观,岂直科举之文哉!"对宋人议论文十分推崇,尤其推崇欧、苏二家,对当时"场屋论体卑弱"之风提出了批评。

十　胡居仁论"二帝时已有诗矣"

　　胡居仁(1434—1484)字叔心,号敬斋。余干(今属江西)人。明朝理学家。幼时聪敏异常,时人谓之"神童"。师事崇仁硕儒吴与弼,而醇正笃实;饱读儒家经典,尤致力于程、朱理学,过于其师。常与友人陈献章、娄谅、谢复、郑侃等人交游,吟诗作赋,人谓之"居仁学派",名闻当时,影响后世。绝意仕进,筑室山中,学者日众。主白鹿书

---

① (明)朱有燉《椒邱文集》卷一,文渊阁四库全书本。

院,以布衣终身。万历中,追谥文敬。著有《胡文敬集》、《易象抄》、《居业录》、《居业录续编》等。

其《流芳诗集后序》论诗之起源及演变十分简明,但认为后世诗体"风韵衰坏尽矣",则是一种理学家的倒退的文学观:"尝考舜命夔曰:'诗言志。'则二帝时已有诗矣。《击壤歌》未叶韵,《南风歌》、《赓歌》则叶韵矣。《五子歌》及《商颂》诸篇,二代之诗也,至周则有《风》,有《雅》,有《颂》。《风》、《雅》、《颂》之中又有赋,有比,有兴,则诗之体制已备。故说者以为'三经三纬',又以'六义'名之。厥后世降风移,变而为骚,又变而为排韵,为顺休,为调,为律诗、联句,则诗之体制、义理、性情、风韵衰坏尽矣。"①

十一　王鏊强调醇正典则,"不为律所缚"

王鏊(1450—1524)字济之,晚号震泽先生。明吴县(今属江苏)人。乡试、会试皆第一,殿试一甲第三名。正德间官至少傅、户部尚书、武英殿大学士。后归居苏州。卒赠太傅,谥文恪。王鏊在朝居官三十年,廉洁奉公,两袖清风。"海内文章第一,山中宰相无双",是唐伯虎为王鏊所书的墓联。王鏊文章尔雅,议论明畅,诗潇洒清逸,书法清劲爽健,结字纵长严谨,得峭拔风神。著有《震泽集》、《姑苏志》、《震泽编》、《震泽长语》、《震泽纪闻》、《春秋词命》、《性善论》等。

其《赠毛给事序》论谏体云:"夫谏有体、有宜、有文、有信。理有回护,无损乎其大之谓体;审缓急先后,见可而言之谓宜;言足以发其意之所至之谓文;文不浮乎其事之实之谓信。谏有体、有宜、有文、有信,而存乎己者有直,是谏之成也。夫事有不期,理有相感,邻翁以筑墙见疑,去妇以束缊自复。赵太后之遣质子,群臣谏之而怒,触龙谏之而喜。秦皇之迁母后,七十人谏之而怒,茅焦谏之而喜。楚王之筑层台,七十二人谏之而怒,诸御己谏之而喜。汉高之易储,叔孙通诸人争之不能得,予房不争而意已回矣。然则谏之道其亦可知也已。"②

其《式斋稿序》论张亨甫、陆鼎彝、陆文量三人诗文风格之异云:"始吾苏之官于京者最名,多文学之士。其在昆山则有若翰林修撰张君亨甫,太常少卿兼翰林侍读陆君鼎彝,浙江左参政陆君文量。三人皆能文而尤工于诗,亨甫颇以才自喜,其诗翩翩如浊世佳公子,奇气溢出,最为时所脍炙。鼎彝志尤高,不肯苟出,出必奇奥简古,读之

① (明)胡居仁《胡文敬集》卷二,文渊阁四库全书本。
② (明)王鏊《震泽集》卷一〇,文渊阁四库全书本。

或不能句,商盘周鼎,识者赏之,而世好之差少。文量不为险峻奇怪,意尽则止,如行云流水,自中法律。"

《容春堂文集序》认为文章风格有两类:"文之制大率有二,典重而严,敷腴而畅。文如韩、柳可谓严矣,其末也流而为晦,甚则艰塞钩棘聱牙而难入。文至欧、苏可谓畅矣,其末也流而为弱,甚则熟烂萎薾,冗长而不足观。盖非四子者过,学之者过也。学之患不得其法,得其法则开阖操纵,惟意所之,严而不晦也,畅而不浮也。文而至是,是可以入作者之室矣。"《匏庵家藏集序》论文章之难在于醇正典则,尤为深刻:"文章不难于奇丽,难于醇,难于典则。虽然醇与则可能也,醇而不俚,则而能畅,殆有非力所至而至者焉,其必由养乎,是难能也。故礼部尚书兼翰林院学士文定吴公官禁近前后三十余年,文章传播中外。公既卒,其子中书舍人梦刻其所谓《家藏集》者授予请序,予尝窃评公之文矣,摆脱尖新,力追古作,丰之千言不见其有余,约之数语不见其不足。为诗兴寄闲远,不为浮艳之语,用事精切,不见斧凿之痕,自谓得公之深也,兹复何言乎? 独念公生颇好苏学,其于长公(指苏轼)每若数数然者。及其自著乃独异焉,纡余有欧之态,老成有韩之格,信其学力之至自得者深乎,其所养可知己。明兴,作者代起,独杨文贞公为第一,为其醇且则也。公之文视文贞吾未知所先后,使获当路于时,其功业岂少哉? 议者至今惜焉,而公所以自托于不朽者,固自有在,又何待于彼者?"

《震泽长语》乃其退休归里时随笔录记之书,分经传、国猷、官制、食货、象纬、文章、音律、音韵、字学、姓氏、杂论、仙释、梦兆十三类。其《文章》论六经文法云:"世谓六经无文法,不知万古义理、万古文字皆从经出也。其高者、远者未敢遽论,即如《七月》一篇叙农桑稼圃,《内则》叙家人寝兴烹饪之细,《禹贡》叙山水脉络原委如在目前,后世有此文字乎?《论语》记夫子在乡在朝使摈等容,宛然画出一个圣人,非文能之乎? 昌黎序如书,铭如诗,学《书》与《诗》也;其他文多从《孟子》,遂为世文章家冠。孰谓六经无文法?"又批评诗好用事,以钉饾为工云:"为文好用事,自邹阳始;诗好用事,自庾信始。其后流为西昆体,又为江西派,至宋末极矣。唐人虽为律诗,犹以韵胜,不以钉饾为工。如崔颢《黄鹤楼诗》'鹦鹉洲'对'汉阳树',李太白'白鹭洲'对'青天外',杜子美'江汉思归客'对'乾坤一腐儒',气格超然,不为律所缚,固自有余味也。后世取青媲白,区区以对偶为工,'鹦鹉洲'必对'鸬鹚堰','白鹭洲'必对'黄牛峡',字虽切而意味索然矣。"[1]

---

[1] (明)王鏊均见《震泽长语》卷下,文渊阁四库全书本。

十二　林俊论"世风递降，文体渐以浇漓"

林俊(1452—1527)字待用，号见素，明莆田(今属福建)人。成化十四年(1478)进士，累官刑部尚书。著有《见素集》二十八卷，奏疏七卷，续集十二卷，与《西征集》并行于世。为人刚直敢谏，为文奇崛博奥，不沿袭台阁之派；其诗多学山谷、后山二家。

林俊论文体多从风格着眼，如其《北山倡和诗序》评卜从大、王元勋诗云："北有卜君从大，南有王君元勋。从大诗闲肆警敏，穷情尽变，如电掣星流，矢发机而马历块也，与之游者六年。元勋雄深雅健，吐语惊人，而格调亢爽，兴致逸发。如仙裾轻举，野鹤之离风尘也；高山出泉，而风雨夜至也，与之游者一年。疑焉资以解之，非焉资以正之，不知焉就以问之，二君虽予友，诗固予师也。"①《东白集序》云："王风浑融而雅博，霸习激壮以纵横，禹皋之谟不可尚矣。伊周之训诰，王也；贾谊、司马迁、刘向、班固，未失为王者也。《管》、《韩》、《战国策》，霸也；相如、枚叔、张衡，未离乎霸者也。世风递降，文体渐以浇漓……昌黎子、欧阳子文起历代之衰，以擅鸣唐、宋之盛，求其深，去秦、汉远矣。"《彭惠安公文集序》(卷五)云："(沈)休文文冶，(谢)灵运文傲，鲍照文怨，庾信文诞，识者有以知其人。"《白斋诗集序》云："意深者词颐，局下者词拘，轻浅者词浮，旷达者词放，荡者词淫，苦者词滞，恇(惊慌)以怯者词卑弱，若乃触而形会，而遂通天趣，悠洋充乎其自得，吾得吾白斋张先生焉。澄淡简远，情虑俱忘……先生古诗祖汉晋，律诗祖盛唐，而参以赵宋诸家之体，气格疏爽，词采精丽，音调孤绝，听之洒然，咀嚼之隽永而有余味，庄而整如营巡大将，静而寂如龛栖老禅，如词臣鹄立，雍容闲肃，可谂仙子，踏气驭云，飘翮而风举，联后山之武，以骎骎上接少陵之席。与陶、谢、潘、左参辈行，使人拈弄篇章，拾残楮断墨以自快，近时中杰作也。古称诗穷人，先生用是亦孤，盖遇世无尽知者。知不知，要之非先生病也。评者谓陆机体裁出陈思，王仲宣实出李陵，先生虽杂备众体，而收功实由山谷、宁川一派。"其中"格调亢爽"，"兴致逸发"，"浑融而雅博"，"世风递降，文体渐以浇漓"以及"冶"、"傲"、"怨"、"诞"、"颐"、"拘"、"浮"、"淫"、"滞"、"卑弱"、"天趣自得"、"澄淡简远"、"气格疏爽，词采精丽，音调孤绝"，"庄而整"、"静而寂"、"雍容闲肃"等，均主要指风格而言。

其《严沧浪诗集序》历评各代诗风演变及严羽的贡献云："诗写物穷情，慨时而系事，寄旷达，托幽愤，三经三纬(指《诗经》)备矣。降而《离骚》一变也，而古诗、乐府、苏、李、张、郦一变也，曹、刘、张、陆又一变也。若宋若齐若梁，气格渐异，而尽变于神

① (明)林俊《见素集》卷二，文渊阁四库全书本。

龙之近体。至开元、天宝而盛极矣,而又变于元和,于开成。迨宋以文为诗,气格愈异,而唐响几绝。山谷词旨刻深,又一大变者也。最后吾闽邵阳严丹(按,严羽字丹邱)沧浪,力祖盛唐,追逸踪而还风响,借禅宗以立《诗辩》,别《诗体》、《诗法》、《诗评》、《诗证》而折衷之,决择精严。新宁高漫士《唐诗品汇》引为断案,以诏进来哲。夫沧浪之见独定,故诗究指归,音节停匀,词调清远,与族人少鲁、次山号三严。"

十三　杨循吉"观诗不以格律体裁为论"

杨循吉(1458—1546)字君卿,一作君谦。吴县(今属江苏)人。少年时即名扬吴中,曾与祝允明以文才并称"杨祝"。成化二十年(1484)进士,授礼部主事。因病归,以读书著述为事。武宗驻跸南京,召他作《打虎曲》,又作乐府、小令等,不授官而视之为俳优,以此为耻辱,不久辞归。晚岁落寞,洁身自好。杨循吉的诗作多数是叙写自己生活中的点滴感受、琐碎小事,直抒胸臆,朴素自然,但诗味不浓。其古文简洁古峭,讲究结构。著述丰富,几近千卷,有《松筹堂集》、《都下赠僧诗》、《斋中拙咏》、《南峰乐府》、《灯窗末艺》、《攒眉集》、《苏州府纂修识略》、《奚囊手镜》等。

杨循吉论诗重意不重体,重精不重多,如其《朱先生诗序》云:"予观诗不以格律体裁为论,惟求能直吐胸怀,实叙景象,读之可以谕,妇人小子皆晓所谓者,斯定为好诗。其他饾饤攒簇,拘拘拾古人涕唾以欺新学生者,虽千篇百卷,粉饰备至,亦木偶之假线索以举动者耳,吾无取焉。大抵景物不穷人事,随变位置,迁易在在成状,古人岂能道尽,不复可置语?清篇新句,目中竞列,特患吟哦不到耳。"①其《感楼集序》云:"诗在精不在多,在专不在备。"②这里他所说的专与备,指专于一体而不必也难以众体兼备。其文体论与其创作经历是相吻合的。

十四　姚镆论"各备一代之体格"

姚镆(1465—1538)字英之,号东泉。明慈溪(今属浙江)人。弘治六年(1493)进士。累擢右副都御史,巡按延绥,军政大饬。嘉靖中,以右都御史提督两广军务,讨岑猛,大破之。进左都御史,中飞语落职。后复起为兵部尚书,总制三边军务,辞不赴。以规避落职,卒于家。有《姚东泉文集》八卷。

---

① 《明文海》卷二六一。

② (明)钱毅《吴都文粹续集》卷五六,文渊阁四库全书本。

　　《崇古文诀》为南宋楼昉所编,是一部重要的古文选本。姚镆《崇古文诀序》纵论历代文风,强调"各备一代之体格","不必尽同",充分肯定了文风的多样性:"夫文莫先于六经、《语》《孟》,六经、《语》《孟》之于文,岂必有意而为之? 盖言出道从,而片言只词,为世大训,邈乎不可及矣。然先秦、西汉之作,其简而深,雄而不肆,绝去斧凿,有浑厚硕大之风,故独号为近古。东京以降,则其体渐俳,其气亦日益衰弱而不振,而文之弊极矣。唐贞元、元和间,韩昌黎诸君子始出而相与力挽之,而文始古。又再变而弊益甚,宋嘉祐、治平间,欧庐陵诸君子又出而相与挽之,而文亦始再古。方其弊也,更千余年,或数百年,而后有以复,其复也,卒亦各备一代之体格。宋之文,不必尽同于唐;唐之文,不必尽同于秦与汉。虽秦与汉,亦岂敢遽为三代之望哉? 夫其不同而均称为古何也? 盖洞庭之奏,窈眇希声,而清庙之瑟,乃一唱而三叹。土阶之俭,曾不逾尺,而明堂之建,王为九堂十二室之规;山罍与牺象而并陈于庙荐,弘璧琬琰,非兑戈和弓垂竹矢类也,而中国皆世宝焉。则所谓古,亦岂必期于尽同哉?"①所论十分精辟。

十五　李梦阳论"追古者未有不先其体"

　　李梦阳(1473—1530)字献吉,号空同子,庆阳(今属甘肃)人。出身寒微,弘治六年(1493)举陕西乡试第一,次年中进士。因连丧父母,在家守制,直至弘治十一年始任户部主事,迁郎中。十八年应诏上书,极论得失,谓张鹤龄"势如翼虎",被系狱夺俸。武宗立,刘瑾用事,因弹劾刘瑾,刘矫诏谪李为山西布政司经历,又勒令致仕。瑾诛,起故官,迁江西提学副使。后因替朱宸濠撰写《阳春书院记》削籍,嘉靖九年卒。《明史》卷二八六有传。

　　李梦阳才思雄骘,鉴于台阁体的"千篇一律",卓然以复古自任,欲倡导古文以救其弊。弘治时,宰相李东阳主文柄,天下翕然宗之。梦阳独讥其萎弱,主张文必秦汉,诗必盛唐,与何景明、徐祯卿、边贡、康海、王九思、王廷相号为前七子,而梦阳实为之首。至嘉靖间,李攀龙、王世贞等后七子出,奉他为宗师,天下推二李、何、王为四大家,无不争效其体。尊之者以为七律自杜甫以后,善用顿挫倒插之法唯梦阳一人;讥之者谓其诗文模拟剽窃,得司马迁、杜甫之似而失其真。晚年自谓"真诗乃在民间",对提倡复古之失似有所醒悟。

　　李梦阳的文体论较丰富,他既论体裁,又论风格。其《刻战国策序》论策云:"策有

---

① 　(宋)楼昉《崇古文诀》卷首,内府藏本。

四尚,尚一足传,传斯述矣,况四乎?四者何也?录往者迹其事,考世者证其变,攻文者模其辞,好谋者袭其智。袭智者谲,模辞者巧,证变者会,迹事者该。故述者尚之,君子斥焉。"①其《陈思王集序》论曹植诗文风格云:"予读植诗至《瑟调》、《怨歌》、《赠白马》、《浮萍》等篇暨观《求试》、《审举》等表,未尝不泫然出涕也。曰:嗟乎,植其音宛,其情危,其言愤切而有余悲,殆处危疑之际者乎?"《刻阮嗣宗诗序》认为阮籍诗的特点是"混沦",既为魏诗之冠,又为唐诗开源:"夫《三百篇》虽逖绝,然作者犹取诸汉魏。予观魏诗,嗣宗冠焉。何则?混沦之音,视诸镂雕奉心者伦也,顾知者稀寡,效亦鲜焉。锺参军曰:嗣宗《咏怀》之作,洋洋乎会于风雅,使人忘其鄙近,斯为不佞矣。颜延年注今莫可见,然予观陈子昂《感遇》诗差为近之,唐音沨沨乎开源矣。及李白为《古风》,咸祖籍词。"其《刻陆谢诗序》评陆机、谢灵运对五言诗的贡献云:"亦知谢康乐之诗乎?是六朝之冠也。然其始本于陆平原,陆、谢二子则又并祖曹子建,故钟嵘曰曹、刘殆文章之圣,陆、谢为体贰之才。夫五言者不祖汉则祖魏,固也,乃其下者即当效陆、谢矣,所谓画鹄不成尚类鹜者也。呜呼,此可易与不知者道哉?"

关于琴音与诗辞的关系,他认为不能琴,则难能诗,其《结肠操谱序》云:"声非琴不彰,音非声何扬。诗非音,人其文辞焉观矣。予有琴二具,而不解一弹。内人未亡也,见琴则每短子曰:汝不琴亦能诗耶?内人则手自抚弄,亦每悠扬而成音。"其《张生诗序》强调诗发乎情:"夫诗发之情乎?声气其区乎?正变者时乎?夫诗言志,志有通塞,则悲欢以之,二者小大之共由也。至其为声也,则刚柔异而抑扬殊,何也?气使之也。是故秦魏不贯调,齐卫各擅节,其区异也。唐之诗最李、杜,李、杜者方以北人也。而张生者滇产也,其为诗杜何也?夫张生者志非通也,其《春园》之乱曰:旧醅野客,新蕨盘飧。兹其情又何欢也?夫雁均也,声喤喤而秋嗺嗺,而春非时使之然邪?故声时则易,情时则迁,常则正,迁则变,正则典,变则激,典则和,激则愤,"

其《徐迪功集序》云:"夫追古者未有不先其体者也,然守而未化,故蹊径存焉。虽然辞荣而耽寂,浮云富贵,慷慨俯仰,迪功所造诣,予莫之竟究矣。今详其文,温雅以发情,微婉以讽事,爽畅以达其气,比兴以则其义,苍古以蓄其词,议拟以一其格,悲鸣以泄不平,参伍以错其变,该物理人道之懿,阐幽剔奥,纪记名实,即有蹊径,厥俪鲜已,修短细大又曷论焉?"这里所说的"体"也主要指风格。

其《作志通论》认为"志者史之流",认为述者、作者殊途而同归:"夫述者存往者也,作者训来者也。存以比事,训以阐义,事以史著,义以经见,二者殊涂,归则一焉。然自皇帝王伯之世,更丘坟谟诰不陈,雅颂之音弗闻于世。于是圣贤君子托述作以寓

---

① (明)李梦阳《李空同集》卷五〇,文渊阁四库全书本。

志。故曰周东迁而《春秋》作,宋南渡而《纲目》修,所谓其文则史,其义则丘窃取之者。呜呼微哉,然要有伤之焉。夫志者史之流也,分例祖诸《禹贡》,属事本之《周礼》,褒贬窃《春秋》之笔,风俗寓同一之制,宫室取大壮之义,歌诗系观风之意。夫史者备辞迹,昭鉴戒,存往诏来者也。是以分例属事,善恶备列,褒贬见之矣。五方异性,则风俗杂核,宫室不自立例,艺文但标其目。彰善讳恶,忠厚之道也,故称志焉。夫志者,一郡一邑之书也;史者,天下者也。小故详,大则概,然其义悉于经祖焉,所谓殊途同归者也。"

十六　孙绪"论文论诗亦各有确见"

孙绪(1474—1547)字诚甫,号沙溪,明故城(今属河北)人。弘治十二年(1499)进士,授户部主事,嘉靖初官至太仆寺卿。孙绪才华横溢,在世时已获"瀛州才子"美誉,为文有健气,诗歌于豪气纵横中姿态百出,具有独特风格。著有《沙溪集》二十三卷。

其《马东田漫稿序》论唐诗风格演变云:"心不大则无远韵,气不劲则无昌言。诗者性情礼义之宗,言韵之精英也,浅胸卑局而欲有轶尘迈俗之作难矣。魏晋而降,论诗例称唐人,唐人例称李、杜、昌黎三君子之什,脍炙千载,不俟评议。然蠛蠓贵近,傲睨强藩,勇犯人主,此其人为何如? 秋空江汉,沆瀣无涯,泰华匡庐,俯视万象,神龙怪鳄,莫可絷羁? 读其诗想见其人,使人毛发森竖。高、岑、王、孟而下,达者模棱庙堂,穷者曳裾权幸,扬扬施施,营营呿呿,昏酣陷溺,相率而不自知。是其铿鍧巧丽之音非不足以竦动视听,而献谀售佞、希恩觊宠之怀牢横不可破。嗳嚅观望,委靡消缩,情隘而莫伸,气卑而不畅,言惴惴而不敢尽,故奄然莫能自振,长庆之后作者类无取焉。"[1]

其《无用闲谈》六卷多论文论诗,如卷一一反对是古非今:"文章与时高下,人之才力亦各不同。今人不能为秦汉战国,犹秦汉战国不能为六经也。世之文士往往尺寸步骤,影响謦欬,晦涩险深,破碎难读,曰此《国语》体、《左氏》体、《史记》、《汉书》体。此下视之渺然,燕、许、韩、柳诸公俱遭诽薄。作字亦惟李斯、蔡邕是托,钟、王以下若不足经目。"他称美陆贽奏议一字不可减,而后世奏议连篇累牍,使人难以卒读:"陆宣公就事论事,纤情变态无穷,而其言亦无穷,滚滚多至数千,一字不可减也。今人奏疏亦或多至万言,言不剀切,事非实用,杂引曲证,自诧该博,动以二三十事开坐,猥陋琐屑,泛漫无纪,掇其要只可十数言,而牵合附会,连篇累牍,使山林隐士闲宵长昼读之,

***

① (明)孙绪《沙溪集》卷一,文渊阁四库全书本。

亦当欠伸思睡,况人君万几丛委,日不暇给乎? 其书多不报,盖初未尝一目也。"卷一二论李、杜优劣云:"《三百篇》后,李、杜为万世诗人之宗,本不可以优劣。或欲强优劣之,右李者则曰李才飘逸如仙,杜未免有世俗语;右杜者则曰李诗不出妇人、杯酒,杜诗句句忧国爱君。此晚宋人语,当时想亦偶有所见,人遂以为的论。假令村中学究句句说忠君爱国便可跨谪仙,句句说神仙蓬莱便可跨少陵耶? 可发一笑。"卷一四驳范仲淹《岳阳楼记》是赋体云:"范文正公《岳阳楼记》,或谓其用赋体,殆未深考耳。此是学吕温《三堂记》体制,如出一轴……但《楼记》闳远超越,青出于蓝矣。夫以文正千载人物,而乃肯学吕温,亦见君子不以人废言之盛心也。"《四库全书总目》提要谓"其《无用闲谈》多深切著明之语,论文论诗亦各有确见",上举各条当是明证。

十七　康海论南北曲异同

康海(1475—1540)字德涵,号对山、沜东渔父。西安府武功县(今属陕西)人。自幼机敏,童年事邑人冯寅为蒙师,习小学。冯出仕后,又入关中从理学名家习《毛诗》。弘治十五年(1502)登进士第一,为翰林院修撰兼经筵讲官,曾参与修宪宗、孝宗两朝实录。为官刚正不阿,藐视权贵,颇具秦人风范。因文学理念相近,加上同时尊崇复古文风,与李梦阳、何景明、徐祯卿、边贡、朱应登、顾璘、陈沂、郑善夫、王九思等号称"十才子",又与李梦阳、何景明、徐祯卿、边贡、王九思、王廷相号称"七才子",即文学史上的明代"前七子"。康海寄情山水,广蓄优伶,制乐府,谐声容,自操琵琶创家乐班子,人称"康家班社"。与户县王九思共创"康王腔"。曾广集千名艺人,参与神赛活动。在康家班基础上组建的张家班,又名华庆班,活动长达五百年之久,对重振北曲,发展秦腔艺术功不可没。著有散曲集《沜东乐府》、诗文集《对山集》、杂著《纳凉余兴》、《春游余录》等,尤以《武功县志》最为有名,后世编纂地方志,多以康氏此志作为楷模。《四库全书总目》提要云:"是志仅七篇,曰地理,曰建置,曰祠祀,曰田赋,曰官师,曰人物,曰选举。凡山川城郭、古迹宅墓皆括于地理,官署学校、津梁市集则归于建置,祠庙寺观则总以祠祀,户口物产则附于田赋,艺文则用《吴郡志》例散附各条之下,以除冗滥。官师则善恶并著以寓劝惩,王士祯谓其文简事核,训词尔雅,石邦教称其义昭劝鉴,尤严而公,乡国之史莫良于此,非溢美也。"

其《樊子少南诗集序》论协韵云"歌之不离是即大协",称"汉魏以降,顾独悦初唐焉,其词虽缛而其气雄浑朴略,有国风之遗响……或曰唐初承六朝靡丽之风,非俪弗语,非工弗传,实雕虫之末技尔,子以雄浑朴略与之,何邪? 曰正以承六朝之后而能卒然振奋,其气词或稍因其故,而格则力脱其靡也。"①《林泉清漱集序》亦云:"《三百篇》亦古之乐歌也,被之管弦,荐之郊庙,神人以和,顾岂拘拘于韵者？天地间所闻皆韵,视作者何如耳,夫岂有不协哉?"其《沜东乐府序》论南北曲异同云:"世恒言诗情不似曲情多,非也。古曲与诗同,自乐府作,诗与曲始歧而二矣,其实诗之变也。宋、元以来,益变益异,遂有南词北曲之分。然南词主激越,其变也为流丽;北曲主慷慨,其变也为朴实。惟朴实,故声有矩度而难借;惟流丽,故唱得宛转而易调。此二者,词曲之定分也。"②

十八 顾璘论"观文体之险易,可以知气运之盛衰"

顾璘(1476—1545)字华玉,号东桥居士。长洲(今江苏苏州)人,寓居上元(今江苏南京)。弘治九年(1496)进士。官至南京刑部尚书。璘少负才名,与何景明、李梦阳不相上下。工诗文,诗以风调胜,与陈沂、王夷号称"金陵三俊"。其后朱应登继起,称四大家,江左名士推为领袖。著有《顾华玉集》,含《浮湘集》、《山中集》、《凭几集》、《息园诗文稿》等。

其《逸士赋序》十分推崇陶潜的人品和文品:"晋上清节,吾于《隐逸传》得五柳先生一人耳。观其诗,原之性情,畅之天真,而冲淡之味,萧散之姿,孤高之节,有如寒泉出石,青兰伴谷,独鹤翔云,疏桐倚月,每叹饱清风于百世,而恨不得相与论志于一时也。"③其《文端序》论诗文风格演变云:"文始于六经,正学也。其大坏乃有六朝绮丽之体,衰宋琐弱之习。比见楚学诸生为文率务奥奇,而不知适入于坏。尝教之读《西汉书》矣,惧其学之无本,信之不笃也。至荆学,乃命教授杨奇逢取《易传》、《尚书》、《礼记》各数篇以为准的,次四书长篇始及于西汉,其究至程、朱诸先生文,而止抄为一编,付李守士翱刻之,用布于诸郡学宫,题曰《文端》。端,始也,正也,引其始以归于正,将不由是乎？俟其自得必知取全书优而游之,以臻大成,庶几为天下之正学,道固在其中矣。若夫《文选》、《文苑》诸书,正词人雕虫之小技,吾方悔其少习,乃所愿诸生勿蹈吾后也。"④

其《谢文肃公文集序》认为"观文体之险易,可以知气运之盛衰",十分深刻:"或问

---

① (明)康海《对山集》卷四,文渊阁四库全书本。

② (明)康海《沜东乐府》卷首,上海古籍出版社 1995 年影印本。

③ (明)顾璘《山中集》卷五,文渊阁四库全书本。

④ (明)顾璘《凭几集续编》卷二,文渊阁四库全书本。

谢文肃公之文。璘曰：是醇气之积也。夫文章盛衰关诸气运，而发乎其人，非运弗聚，非人弗行，岂小物也哉！昔周之盛也，文、武、成、康迭兴，谟、训、雅、颂之辞，尔雅深厚，意若有圣人之徒操觚其间，何其若是善也。幽、厉以降，辞命浸繁，《黍离》《板荡》之篇，气索然矣，非行人史官矫诬眩众，则羁臣弃士哀思悲鸣，以纾其愤懑者也。即国家何赖乎？是故观文体之险易，可以知气运之盛衰，而人材由之矣。"①其《严太宰钤山堂集序》论"质以立体，文以泽用"的文、质关系云："文章之道与政同也，其具质文而已矣。质以立体，文以泽用。本末相维，贵适其中。然义有轻重，故取舍择焉。质过则野，文过则华。与其华也宁野，故治先尚忠，礼贵反本。孔子之从先进，其义一也。道丧俗敝，然后色泽雕镂之文兴。岂不艳哉？本之则无，卒归浮伪而已矣。夫浮伪者士之恶也。顾引以为业也何居？又为大者曰六经，夫六经圣人之学，不可以强儿也。有强焉者，浮伪之类耳，君子不视。常闻君子之教曰骚赋期楚，文期汉，诗期汉魏，其为近体也期盛唐，此数则者文以质化，言由性成，古今同趣，所谓适中。岂非词教之正宗，文流之永式乎？苟操笔者，断断乎不可舍此他适矣。今人士论文于宋、齐、梁、陈之间，率皆丑其不振。徐取其业观之则尽是物也，犹曰第师其辞，不师其体。呜呼，辞既然矣，体又安所求哉？是冈人而已矣。粤自前元袭衰宋之纤弱，世无文矣。比其乱也，贤者振于幽遯，醇气酝发，昌运乃开。"

十九 边贡论"今之挽诗，是咏物之诗"

边贡（1476—1532）字庭实，历城（今山东济南）人。因家居华泉附近，自号华泉子。明代著名诗人，"前七子"之一。边贡以诗著称，弘治、正德间，与李梦阳、何景明、徐祯卿并驾诗坛，时称"四杰"，而边诗以富有文采，为时人称许。其诗多有佳作，不乏风人逸韵，沉稳平淡，风格朴质，是其所长；而题材狭窄，调多病苦，为其所短。其纤丽俊逸之作，则开"神韵"派之渐。著有《华泉集》。

其《涉封君挽诗序》论"今之挽诗，是咏物之诗之流也"，对后世挽诗的批评可谓一语中的："挽诗也者，古虞殡之歌也，后之人咸祖焉。其变也，如诔，又如怀古之诗；其甚也，如咏物之诗，斯极矣。今之挽诗，是咏物之诗之流也。夫人之生也，而吾交焉；死也，而吾见焉，而歌以殡之，夫是以其音也哀，而其言有情也，故如诔焉。未交其生也，未见其死也，而其人美焉，过于其里而吊诸其墓而赋焉。读之者可以观，闻之者可以兴也，则怀古之诗焉。其生也未交也，其死也未见也，未过其里，未吊其墓也，美恶

---

① （明）顾璘《息园存稿文》卷一，文渊阁四库全书本。

朦焉,徒据其需之者之文而赋之,其言弗情也,其音弗哀也,其读之者弗可观也,其闻之者弗可兴也。嗟乎,是咏物而已矣。今之为挽诗者,类焉。故曰:是咏物之诗之流也。是故虞殡之歌之不传也久矣,其变也亦极矣。不得已而思其次焉,诔可也。又其次焉,则怀古亦可也。"①此论诗体。其《刻岑诗成题其后》则论诗风,论岑参诗的俊、逸、奇、悲、壮,对岑诗推崇备至:"殷璠评嘉州诗曰:'语逸体俊,意每造奇。'而严沧浪则云:'岑诗悲壮,读之令人感慨。'味斯言也,予未尝不抚卷叹焉。而台峰子叙之,亟称其近于李、杜,斯可谓知言者矣。夫俊也逸也,是太白之长也。若奇焉而又悲且壮焉,非子美孰能?子美尝曰'岑生多新诗',又曰'篇终接混茫',又曰'沈鲍得同行',味斯言也,意未尝不敛袵于嘉州也。二子之言不有征乎哉?今诵其集如所谓'山风吹空林,飒飒如有人',斯悲壮而奇矣;又如'长风吹白茅,野火烧枯桑'之句,不俊且逸也乎哉?夫俊也逸也奇也悲也壮也,五者李、杜弗能兼也,而岑诗近焉,斯不可以刻而传之也乎哉?"

二十 陆深论"诗出于情,而体制气格在所后"

陆深(1477—1544)字子渊,号俨山。华亭(今上海松江)人。弘治十八年(1505)进士,官至詹事府詹事兼翰林院学士。师从茶陵派领袖李东阳,又与前七子中的李梦阳、何景明、徐祯卿等人过从甚密。著有《俨山集》、《俨山外集》等。

陆深对诗、文、词诸体都有自己独特的见解。其《蓉塘诗话引》论诗话既为文章之一体,又为文章之一法:"诗话,文章家之一体,莫盛于宋贤,经术事本、国体世风兼载,不但论诗而已。下至俚俗歌谣、星历医卜,无所不录。至其甚者,虽嘲谑鬼怪、淫秽鄙亵之事皆有。盖立言者用以讳避陈托,微意所存,又文章之一法也。若乃发幽隐,昭鉴戒,纪岁月,顾有裨于正传之阙失,盖史家流也。"②

其《重刻百官箴序》论箴体云:"箴本衣箴医人,又用之以攻疾,盖弥缝其阙失而刺之,《诗》曰因以箴之是已。百官有箴自汉始,此则宋儒山屋许先生所为撰次也。"

《重刻唐音序》论唐、宋诗之异云:"襄城杨伯谦审于声律,其选唐诸诗,体裁辩而义例严,可谓勒成一家矣。惟李、杜二作不在兹选,昔人谓其有深意哉。夫诗主于声,孔子之于四诗删其不合于弦歌者犹十九也。宋人宗义理而略性情,其于声律尤为末义,故一代之作每每不尽同于唐人。至于宋晚而诗之弊遂极矣,伯谦继其后乃有斯

① (明)边贡《华泉集》一〇,文渊阁四库全书本。
② (明)陆深《俨山集》卷三六,文渊阁四库全书本。

集,求方员于规矩,概丈石以权衡,可不谓有功者耶。独于初唐之诗无正音,而所谓正音者晚唐之诗在焉。又所谓遗响者,则唐一代之诗咸在焉,岂亦有深意哉。"

《李世卿文集序》论明代文风云:"本朝文事,国初未脱元人之习,渡江以来朴厚典易,盖有欲工而未能之意。至成化弘治间,宣朗发舒盛极矣,然要而论之,盖有两端。以雕刻锻炼为能者乏雄深雅健之气,以道意成章为快者无修辞顿挫之功。故修辞类于雕刻,而雕刻者辞之弊也;道意成章者近于雄深雅健,而雄深雅健又不止于成章道意而已。大抵深于学,昌其气,然后法古而定体。"

《淡轩集序》论诗出于情,而体制、气格在后:"诗之作,工体制者乏宽裕之风,务气格者少温润之气,盖自李、杜以来,诗人鲜兼之矣。兼之曰诗,不其难矣乎?得其一体者,然且有至焉,有不至焉,则诗之道或几乎废矣。而世未尝无人也。《三百篇》多出于委巷与女妇之口,其人初未尝学,其辞旨顾足为后世经,何则?出于情故也。诗出于情,而体制、气格在所后矣。此诗之本也。"

其论词云:"陆务观有言'诗至晚唐五季,气格卑陋,千人一律,而长短句独精巧富丽,后世莫及'。盖指温庭筠而下云。然长短句始于李太白《菩萨蛮》等作,盖后世倚声填词之祖。大抵事之始者,后必难过,岂气运然耶?故左氏、庄、列之后,而文章莫及;屈原、宋玉之后,而骚赋莫及;李斯、程邈之后,而篆隶莫及;李陵、苏武之后,而五言莫及;司马迁、班固之后,而史书莫及;钟繇、王羲之之后,而楷法莫及;沈佺期、宋之问之后,而律诗莫及;宋人之小词,元人已不及;元人之曲调,百余年来亦未有能及之者。但不知今世之所作,后来亦有不能及者,果何事耶?"①

二十一　崔铣批评"喜新变古"

崔铣(1478—1541)字子钟,一字仲凫,号后渠、少石、洹野。明安阳(今属河南)人。弘治十八年进士。由庶吉士起授编修,官至礼部右侍郎。预修《孝宗初录》。其学以程、朱为宗,斥阳明学为"霸儒"、禅学异说。著有《洹词》、《士翼》、《读易余言》、《崔氏小尔雅》、《文苑春秋》及《彰德府志》等。《四库全书·洹词》提要云:"是集题曰《洹词》,以铣家安阳,境有洹水故也。一卷二卷曰馆集,三卷曰退集,四卷曰雍集,五卷至十卷曰休集,十一卷十二卷曰三仕集,皆编年排次,不分体裁,杂著笔记亦参错于其间。铣力排王守仁之学,谓其不当舍良能而谈良知,故持论行已,一归笃实。"

崔铣对历代诗文体裁和风格多有论述,总的精神是反对"喜新变古"的倾向,一切

---

① (明)陆深《俨山外集》卷二二《中和堂随笔》上,文渊阁四库全书本。

唯古是尚,颇具道学家论文学的特点。其《刻〈文章正宗〉序》论诸体裁云:"献忠之谓疏,恤隐之谓诏,达彼此之意、质问遗之蕴之谓对、之谓序、之谓书纪,故表贤之谓记,之谓铭,引思畅和之谓诗。"又论文风云:"摧强枉而稽成败,此《左氏》之文也。援经议制,夷厥藻缋,此汉之文也。综倚群言,辩而委辞,此韩愈氏、柳宗元氏之文也。君子于是焉考变而征实,左取其礼,汉取其朴,韩取其昌,而因以见先王之教之远且该也。今夫登者必陟其巅,行者必自其家,非可以息趾于岩麓而发轫于旅次。苟未崇志于先王之术,以参伍夫历代之变,予恐其不特谬于其言焉而已。"①

其《唐书》称美《诗》、《春秋》,对诸子、六朝诗文的批判尤为尖锐:"图象繁而《易》荒矣,《小序》废而《诗》芜且浅矣,《左氏》轻而《春秋》虚矣。喜新变古,君子亡乐乎斯焉。尔诸子贼乎文者也,六朝贼乎诗者也。无与忘贼乎学者也,夫刍豢天下之至美也。王公食蕨则以为大美,夫庄也,列也,佛也,申也,韩也,沈也,谢也,宋贤辟而废之矣。今猎之以为奇,珍之以为真,眩视发闻,六经又晦矣哉。"《松窗寱言》(卷九)亦云:"碑志盛而史赝矣,唐诗兴而教亡矣,启札具而友滥矣,表笺谀而君志骄矣,制诰俪而臣报轻矣,贿币流而赘礼失矣,举业专而经学浅矣,登第易而全才蔑矣。去《序》而言《诗》,背《左氏》而言《春秋》,益荒谬矣。盖道可以知穷,事必以实著,况千载之下乎。《大序》渊粹,非卜子不能作。当丘明时,诸家并兴,非窥圣道信乡不如是之笃,非见国史本末不如是之详,但所采太博妄评议尔。"

其《评文喻学者四首》等文论宋、金、元、明文风云:"金元之际,中州之文气雄而词倔健,欲陈义而不精,其人可与集事而不可持久,故国易摧,譬则秋壑霜厓,孤峭涌决,非托生之区也。南宋之文气浮而词细靡,故国益弱甚者,叶水心之谲,周平园之漫,陈止斋之杂,秋扬之华,只章其索然也已。"《议宋事五条》(同上)评宋代奏疏云:"宋臣之疏,文繁而用寡,气激而意肆,南渡益下矣。必也司马公之剀当,程伯子之条畅,叔子之简肃,范纯夫之明白,可以观忠焉。"《绝句博选序》(同上)称美《诗经》贵比兴,批评"唐人尚兴而失之浮丽,宋人谈理而失之僻滞,邵子盖曰删后无诗。"《胡氏集序》(同上)论本朝文风演变云:"国家以科举登士,以法律理官,为业易能,求仕易就,故邃学工文之儒逊于往代。洪武文臣皆元材也,永乐而后乃可得而称数。云方天台,辞若苏氏,言必道周孔,大哉志乎。东里少师入阁司文,既专且久,诗法唐,文法欧,依之者效之。弘治中南城罗玘思振颓靡,独师韩子,其艰思奇句,伟哉。武功康海好马迁之史,入对大廷,文制古辩,元老宿儒,见而惊服。其时北郡李梦阳,申阳何景明,协表诗法,曰汉无骚,唐无赋,宋无诗。二子抗节㧑举,故能成章。李之雄厚,何之逸爽,学者尊

---

① (明)崔铣《洹词》卷三,文渊阁四库全书本。

650

如李、杜焉。宣德中河东文清公出,学曰复性,旨曰宗朱,直道进退,足冠一时,不屑议文矣。今日古书渐见,士操笔必期周、汉,而昌黎亦见轻也。"

二十二　徐祯卿论"诗不必叶韵,文不必成章"

徐祯卿(1479-1511)字昌谷,一字昌国。常熟梅李镇人,后迁居吴县(今江苏苏州)。与唐伯虎、祝枝山、文徵明并称"江南四大才子"。徐祯卿在诗坛上占有重要地位,诗作之多,号称"吴中诗冠"。早期诗近白居易、刘禹锡风格,及第后受李梦阳、何景明、边贡等影响,倡言"文必秦汉,诗必盛唐",参与文学复古革新,为"前七子"之一。其论诗主情致,与后来王士祯所倡导的"神韵说"有相通之处。其诗格调高雅,纵横驰骋于汉、唐之间,虽刻意复古,但仍不失吴中风流之情;也有指陈时事,隐寓讽刺之作。著有《迪功集》、《翦胜野闻》、《异林》等。

然而在文体论上,他又提出了不少"客于是大骇"的大胆言论,如其《与同年诸翰林论文书》认为"诗不必叶韵,文不必成章":"凡猝然出于田畯、红女、渔樵、牧子、担夫之口者,皆诗也。商贾经年,去家万里,居者备述其家事觏缕,并劳其风波险阻在外劳苦安否;行者度赢息几倍,忖归期久近,嘱家人谨视门:盖各题平安以相贻,皆天下之至文也。何者? 诗不必叶韵,文不必成章。道其性情肝膈之要而止也。仆故近时人,那不作近时人语,而三代两汉为? 客于是大骇……且李、杜、韩、柳而后,其撰述积案充栋者,何物也? 近时之能诗文者,岂尽出耕、牧、渔、樵、红女下也? 子之言何矛盾也! 仆曰:不也。若亦知人巧之不敌化工乎? 譬之草木,地之所植,雨露所濡,坚劲为松柏梗枏豫章,艳为桃李,芬馥为兰蕙。自《典》、《谟》、《风》、《雅》以逮本朝李献吉是也。其山茨野芳蔓草,则耕牧渔樵负贩委巷妇孺之猝然出口,贾竖之家书寒暄语语实际。若夫剪缀缯彩成花,为牡丹,为芍药,固不若蔓草之出化工,则今之诗若文是也。故曰:画西施之面,美而不可说;规孟贲之目,大而不可畏;曾不若丑女之能嫮,怯夫之作力也。是故仆于三代两汉且不欲为,而况近世时流之诗若文乎? 古人为古人,今人为今人,人自为人,吾自为吾。世人不晓事,漫曰吟诗属文,嘻其陋也。即诗不吟,即吟不诗;即文不属,即属不文,若亦知化工乎? 于是客无以难也。"①

其《与李献吉论文书》推崇秦汉诗文,批评时人率不信古:"仆少喜声诗,粗通于六艺之学。观时人近世之辞,悉诡于是。唯汉氏不远逾古,遗风流韵犹未艾,而郊庙闾巷之歌多可诵者,仆以为如是犹可不叛于古,乃撼其性情之愚,窃比于作者之义。今

---

① 《明文海》卷一五七。

时人喜趋下，率不信古，与之言，不尽解，故久不输其说，恐为伯牙所笑。乃一日遇足下而独有取焉，何也？足下又谓仆闲于赋颂之文，夫赋颂者诚文章之瑰伟，余心之所希艳也。始吾诵屈平之文，以为时之变也，然丽而不淫，哀而不怨，盖无恶焉。及诵司马长卿之言，靡丽浩荡不可穷矣。虽绝特之观，非盛世之所见也。雄于长卿何所乐羡，乃蹈袭名其文而原何戾忒，又作赋以反之，此余所未喻者，故反之以附于原之意，此足下之所见也。艺家之风好相夸嫉，后世之文不逮马、扬而好嗤之，自护其丑。若赵人之持其璧而不肯下也，岂不重可笑哉！"①

其《谈艺录》一卷，只论汉魏，六朝以后不屑一顾，阐述重在复古之论，是研究明代文学、文艺理论不可忽视的著作。他推崇秦汉诗文云："《卿云》、《江水》，开雅、颂之源；《烝民》、《麦秀》，建《国风》之始……以之可以格天地，感鬼神，畅风教，通庶情，此古诗之大约也。"认为汉诗乃"《雅》、《颂》之嗣"，"亦十五《国风》之次也。东京继轨，大演五言，而歌诗之声微矣"，但"间有微疵，终难毁玉。两京诗法，譬之伯仲，埙篪所以相成其音调也。魏氏文学，独专其盛，然国运风移，古朴易解。曹、王数子，才气慷慨，不诡风人，而持立之功，卒亦未至"。②

《谈艺录》还论及诗之各种体裁的异同："诗家名号，区别种种。原其大义，固自同归。歌声杂而无方，行体疏而不滞，吟以呻其郁，曲以导其微，引以抽其臆，诗以言其情，故名因昭象，合是而观，则情之体备矣。夫情既异其形，故辞当因其势，譬如写物绘色，倩盼各以其状，随规逐矩，圆方巧获其则。此乃因情立格，持守围环之大略也。若夫神工哲匠，颠倒经枢，思若连丝应之杼轴，文如铸冶逐手而迁，从衡参互，恒度自若，此心之伏机，不可强能也。"又论七言云："七言沿起，咸曰《柏梁》。然宁戚扣牛，已肇《南山》之篇矣。其为则也，声长字纵，易以成文。故蕴气珚辞，与五言略异。要而论之，《沧浪》擅其奇，《柏梁》弘其质，《四愁》坠其隽，《燕歌》开其靡。他或杂见于乐篇，或援格于赋，系妍丑之间，可以类推矣。"又论乐府云："乐府往往叙事，故与诗殊。盖叙事辞缓，则冗不精。'翩翩堂前燕'，迭字极促乃佳。阮瑀'驾出北郭门'，视《孤儿行》大缓弱，不逮矣。"

二十三　韩邦奇论论体文之演变

韩邦奇（1479—1555）字汝节，号苑洛。朝邑（今陕西大荔）人。正德三年（1508）

---

① （明）徐祯卿《迪功集》卷六，文渊阁四库全书本。

② （明）徐祯卿《谈艺录》，文渊阁四库全书本。

进士,官吏部员外郎,以疏论时政屡起屡罢,以南京兵部尚书致仕。韩邦奇是明代"关学"的重要代表人物之一。性刚直,尚气节。博学多才,诸经子史及天文、地理、乐律、术数、兵法,无所不通。著作颇丰,有《苑洛集》、《易学启蒙意见》、《见闻考随录》、《禹贡详略》、《苑洛语录》等。《四库全书·苑洛集》提要称"其征引之富,议论之核,一一具有根柢,不同缀拾浮华。至《见闻考随录》所纪朝廷典故颇为详备"。

其《论式序》论"论"体文之演变,认为一代不如一代:"论,文之一体也。自春秋迄于今,代有作焉。春秋、秦、汉之文,富而丽,雄而健,渊宏而博大,波澜转折,变化无端,入口脍炙,掷地金声,莫之尚矣。魏、晋之文,介乎汉、唐之间。至唐,则去春秋、秦、汉固十倍矣,而况于宋乎! 而况于宋之衰乎!"明朝更是一代不如一代:"国家中场以论取士,士之文优者,刻之以式士子,而士子式焉,曰程文。成化以前,类春秋、秦、汉体也;弘治间则效唐而专于韩、柳,或效宋则亦专于欧、苏。嘉靖初年以来,一二文衡之士,效衰宋之体刻之,录同考之士,见其非时旧格也,而未见秦、汉之大,妄以古文批注之,穷乡僻邑之士,以为真古文也而效之。夫衰宋之文,枯涩萎弱,已不足观,而效之为程文者,已不及矣。而士子又未见衰宋之文也,止模程文而效之,又不及矣。文之衰亦至此乎!"末论编《论式》之因:"夫论,议也,辩也。譬之人焉,秦、汉之文若(张)仪、(苏)秦在六国之堂,指譬晓告,纵横驰骋,言切利害,事析毫厘,听者拱耸,人莫得而难之。衰宋之文,正如吃人(口吃之人)献说于项籍、张飞之前,叱咤顾盼之下,惴惴焉略达乎己意,而气已索然销沮矣。其为高下可知也。因取自春秋以及唐、宋论之平正,体裁类今举业者十数篇,为吾家子弟式。夫取法乎上,仅得其中。诸子弟其知所从事云。"①

二十四 胡缵宗论乐府"不曰诗府而曰乐府"

胡缵宗(1480—1560)字世甫,号可泉,又自号鸟鼠山人。泰安县(今属山东)人。正德三年(1508)进士,任翰林院检讨。历仕嘉定州判官,安庆、苏州知府,山东、河南巡抚,足迹遍及江南、中原。为官爱民礼士,抚绥安辑,廉洁辩治,著称大江南北。后罢官归里,开阁著书,有《鸟鼠山人集》、《安庆府志》、《苏州府志》、《秦州志》等。

其《拟乐府自序》论诗、乐府之异同云:"志发于言之谓诗,诗发于声容之谓乐府。乐府始自汉,按其声,玩其辞,意俱在言外,尔雅春容,鼓之渢渢,吹之洋洋,歌之嗋嗋,舞之翩翩,而其音调古矣。故不曰诗府而曰乐府,故不徒曰乐府而曰古乐府,然《康

---

① (明)韩邦奇《苑洛集》卷一,文渊阁四库全书本。

衢》之谣,《南风》之歌,其古乐府乎? 至《三百篇》之什,亦有可鼓吹舞者,迨《诗》亡,《黍离》降,续有作,斯不可鼓吹歌舞矣,而汉乐府之所由作也。岂惠、武欲复古诗而合今乐,殆有意于宣天地之音而调阴阳之律乎? 应凤凰之声而建中和之极乎?"①

二十五 何景明论诗体、史体

何景明(1483—1521)字仲默,号白坡,又号大复山人。信阳(今属河南)人。为官清廉,官至陕西提学副使。与李梦阳、边贡等交游,攻古文辞,倡导"文必秦汉,诗必盛唐,非是者弗道"②,共同向统治文坛的"台阁体"发难,京城内外为之倾倒。又与李梦阳、徐祯卿、边贡、康海、王九思、王廷相称为复古派的"前七子",在"前七子"中地位仅次于李梦阳。但他的复古主张与李梦阳并不全同,他强调学古为手段,目的在于独创。其创作风貌也趋向俊逸秀丽,因而提出"舍筏登岸",反对一味拘守古法。著有《大复集》、《雍大记》、《何景明诗集》、《何子杂言》、《学约》等。

其《杂言十首》之一简明扼要地表现了他的文体观:"经亡而骚作,骚亡而赋作,赋亡而诗作。秦无经,汉无骚,唐无赋,宋无诗。"③

《与李空同(梦阳)论诗书》是一封论诗的长篇书信,提出了很多重要观点,一是从风格角度比较己诗与李诗,认为过犹不及:"近诗以盛唐为尚,宋人似苍老而实疏卤,元人似秀峻而实浅俗。今仆诗不免元习,而空同近作间入于宋。仆固塞拙薄劣,何敢自列于古人? 空同方雄视数代,立振古之作,乃亦至此,何也? 凡物有则,弗及者及,而退者与过焉者,均谓之不至。譬之为诗,仆则可谓弗及者,若空同求之则过矣。"二是论李诗风格之变:"众响赴会,条理乃贯,一音独奏,成章则难。故丝竹之音要眇,木革之音杀直,若独取杀直而并弃要眇之声,何以穷极至妙? 感情饰听也,试取丙寅间作叩其音,尚中金石。而江西以后之作,辞艰者意反近,意苦者辞反常,色淡黯而中理,披慢读之若摇鞭铎耳。空同贬清俊响亮而明柔淡沉着、含蓄典厚之义,此诗家要旨大体也。然究之作者命意,敷辞兼于诸义,不设自具,若闲缓寂寞以为柔淡,重浊剜切以为沉着,艰诘晦塞以为含蓄,野俚矮积以为典厚,岂惟缪于诸义,亦并其俊语亮节悉失之矣。"三是主张诗风的多样性:"鸿荒渺矣,书契以来人文渐朗,孔子斯为折中之圣,自余诸子悉成一家之言。体物杂撰,言辞各殊,君子不例而同之也,取其善焉已

---

① (明)胡缵宗《鸟鼠山人后集》卷二,明嘉靖三十三年鸟鼠山房刻本。

② 《明史》卷二八六《李梦阳传》

③ (明)何景明《大复集》卷三八,文渊阁四库全书本。

尔。故曹、刘、阮、陆下及李、杜,异曲同工,各擅其时,并称能言。何也? 词有高下,皆能拟议以成其变化也。若必例其同曲,夫然后取则,既主曹、刘、阮、陆矣,李、杜即不得更登诗坛,何以为千载独步也?"四论诗文有不可易之法:"仆尝谓诗文有不可易之法者,辞断而意属,联类而比物也,上考古圣立言,中征秦汉绪论,下采魏晋声诗,莫有易也。夫文靡于隋,韩力振之,然古文之法亡于韩。诗弱于陶,谢力振之,然古诗之法亦亡于谢。比空同尝称陆、谢,仆参详其作,陆诗语俳体不俳也,谢则体语俱俳矣,未可以其语似遂得并例也,故法同则语不必同矣。仆观尧、舜、周、孔、子思、孟氏之书、皆不相沿袭而相发明、是故德日新而道广,此实圣圣传授之心也。后世俗儒专守训诂,执其一说,终身弗解相传之意背矣。今为诗不推类极变,开其未发,泯其拟议之迹,以成神圣之功,徒叙其已陈,修饰成文,稍离旧本,便自杌捏,如小儿倚物,能行独趋,颠仆虽由此,即曹、刘,即阮、陆,即李、杜,且何以益于道化也?"与李梦阳的主张显然有所分歧。

其《汉魏诗集序》实为一篇诗风演变史,从先秦一直论到明代:"夫周末文盛,王迹息而诗亡,孔子、孟轲氏盖尝慨叹之。汉兴不尚文而诗有古风,岂非风气规模犹有朴略宏远者哉? 继汉作者于魏为盛,然其风斯衰矣。晋逮六朝作者益盛而风益衰,其志流,其政倾,其俗放,靡靡乎不可止也。唐诗工词,宋诗谈理,虽代有作者,而汉魏之风蔑如也。国初诗人尚承元习,累朝之所开,渐格而上,至弘治、正德之间盛矣,学者一二或谈汉、魏,然非心知其意,不能无疑异其间,故信而好者少有及之。"

其《王右丞诗集序》论诗体分类,主张分体编排:"集中长短混列,欲考体制以求作者之意,实烦简阅,乃略加编定,稍用己意去取之,厘五七言古诗各为一卷,五言律最盛为一卷,七言律为一卷,五七言并六言绝句共为一卷,皆首标体制,俾篇诗各有统叙,总五卷录为一本,自备考览,不敢以示诸人。"并评王维诗云"窃谓右丞他诗甚长,独古作不逮,盖自汉、魏后而风雅浑厚之气罕有存者。右丞以清婉峭拔之才,一起而绰然名世,宜乎就速而未之深造也。今于古作取其稍去冗泛者,不敢加多焉。"其《海叟集序》认为"诗虽盛称于唐,其好古者自陈子昂后莫若李、杜二家。然二家歌行、近体诚有可法,而古作尚有离去者,犹未尽可法之也。故景明学歌行、近体有取于二家,旁及唐初盛唐诸人,而古作必从汉魏求之。虽迄今一未有得,而执以自信,弗敢有夺。"

其《汉纪序》是一篇论史书分类之作(编年体与史传体,史传体又含本纪、列传、书、表):"昔《左氏》依经作传,而编年纪事之例以立。及马迁著《史记》,叙帝王之事则有本纪,录贤臣之行则有列传,明制度则有书,系年世则有表,自是以来历代史家悉宗其体。然不能微约其辞,或寡要实而义无指归,其极至于流缀溢简,踏杂而不可以观。"认为汉人荀悦的《汉纪》兼编年、史传二体："余于是盖慨然有思于命世作者之意焉。往在京师，尝观荀氏《汉纪》，其书则准诸《左氏》之例，而取于《史记》之一体者也。至其君臣附载，事物咸彰，天人并包，灾祥毕举，治忽参稽，成败并陈，得失相明，美恶互见，即一时一人一事之迹，虽前后散著而本末必备，属模拟方，名义罔紊，阐幽摄显，论赞悉精，可谓括伦鉴之要，深坟素之情者矣，岂不足以上班良史之才乎？"最后又论经、史异同，实际认为六经皆史（经史者皆纪事之书）："夫学者谓经以载道，史以载事，故凡讨论艺文，横分事理而莫知反，说讫无条贯，安能弗畔也哉？《易》列象器，《书》陈政治，《诗》采风谣，《礼》述仪物，《春秋》纪列国时事，皆未有舍事而议于无形者也。夫形理者事也，宰事者理也。故事顺则理得，事逆则理失。天下皆事也，而理征焉。是以经史者，皆纪事之书也。"

二十六　杨慎丰富的文体论多独到之见

杨慎（1488—1559）字用修，号升庵。新都（今属四川）人。大学士杨廷和子。正德间廷试第一，授修撰。以大礼议下狱，廷杖削籍，远谪云南永昌卫，历三十余年，终卒于贬所。杨慎对文、赋、诗、词、散曲、杂剧、弹词都有研究与创作，在前七子倡导"文必秦汉、诗必盛唐"，复古风流行的时候，别张垒壁，广泛吸收六朝、初唐诗歌所长，形成其浓丽婉至的诗歌风格。其词和散曲，清新绮丽。其长篇弹唱叙史之作《二十一史弹词》，叙三代至元明历史，文笔畅达，语词流利，广为传诵。其散文古朴高逸，笔力奔放。杨慎考论经史、诗文、书画、训诂、文字、音韵、名物的杂著很多，涉及面极广，如《丹铅总录》、《谭苑醍醐》、《艺林伐山》、《升庵诗话》、《词品》、《书品》、《画品》、《大书索引》、《金石古文》、《风雅逸篇》、《古今风谣》、《奇字韵》、《希姓录》、《石鼓文音释》等，还著有《全蜀艺文志》、《云南山川志》、《滇载记》等地方志及史料，往往见解独到，或可补史之阙，或能提供线索，学术价值颇高。其主要作品收入《升庵集》（又称《升庵全集》）。

杨慎的文体论十分丰富，他对诗文的体裁、风格、体类都有论述，多有独到之见。其《大雅小雅》论《诗经》大、小雅之别，驳《诗大序》云："《诗大序》曰：'政有大小，故有小雅焉，有大雅焉。'此说未安……华谷严坦叔云：'雅之小大，特以体之不同尔。盖优柔委曲，意在言外，风之体也；明白正大，直言其事，雅之体也；纯乎雅之体者为雅之大，杂乎风之体者为雅之小。今考《小雅》正经十六篇，大抵寂寥短章，其篇首多寄兴之辞，盖兼有《风》之体。《大雅》正经十八篇，皆春容大篇，其辞旨正大，气象开阔，与《国风》夐然不同。比之《小雅》，亦自不侔矣。至于变雅亦然。变小雅，中固有雅体多而风体少者,然终不得为《大雅》也。'又云:'咏"呦呦鹿鸣,食野之苹",便识得《小雅》兴趣;诵"文王在上,于昭于天",便识得《大雅》气象。《小雅》、《大雅》之别,昭昭矣。'华谷此说,深得二雅名义,可破'政有小大'之说,特为表出之。"①《诗经》主要是四言诗,他论四言诗云:"刘彦和(勰)云:'四言正体,雅润为本。五言流调,清丽居宗。'钟嵘云:'四言文约易广,取效风雅,便可多得。每苦文繁而意少,故世罕习焉。'刘潜夫云:'四言尤难。《三百篇》在前故也。'叶水心云:'五言而上,世人往往极其才之所至,而四言诗虽文辞巨伯辄不能工。'合数公之说论之,所谓易者,易成也;所谓难者,难工也。"②又论风、骚关系云:"《离骚》出于《国风》,言多比兴,意亦微婉。世以风、骚并称,谓其体之同也。太史公称《离骚》曰:'《国风》好色而不淫,《小雅》怨诽而不乱。若《离骚》者,可谓兼之矣。'言《离骚》兼《国风》、《小雅》,而不言其兼《大雅》,见《小雅》与《风》、《骚》相类,而《大雅》不可与《风》、《骚》并言也。"

其《五言律祖序》论五言、律诗源流颇不同于前人之说:"五言肇于风雅,俪律起于汉京。《游女》、《行露》,已见半章;《孺子》、《沧浪》,亦有全曲,是五言起于成周也。北风南枝,方隅不惑;红粉素手,彩色相宜,是俪律本于西汉也。岂得云切响浮声,兴于梁代;平头上尾,创自唐年乎?近日雕龙名家,凌云鸿笔,寻滥觞于景云、垂拱之上,著先鞭于延清(宋之问)、必简(杜审言)之前。远取宋、齐、梁、陈,径造阴(铿)、何(逊)、沈(约)、范(云),顾于先律,未有别编。慎犀渠岁暇,隃麋日亲,乃取六朝俪篇,题为《五言律祖》。沂龙舟于落叶,遵凤辂以椎轮。华珊极挚,本质叵逾矣。""五言起于成周","俪律本于西汉",观点新颖而言之有据。

其《选诗外编序》也一反前人对六朝诗的过高评价,而是特别强调他们对律诗形成的贡献:"诗自黄初、正始之后,谢客(谢灵运)以排章偶句倡于永嘉,隐侯(沈约)以切响浮声传于永明,操觚轻才,靡然从之。虽萧统所收齐、梁之间,固已有不纯于古法者。是编起汉迄梁,皆《选》之弃余。北朝、陈、隋则选所未及。详其旨趣,究其体裁,世代相沿,风流日下。填括音节,渐成律体。盖缘情绮靡之说胜,而温柔敦厚之意荒矣。大雅君子,宜无所取。"但他并不否认其艺术成就:"然以艺论之,杜陵诗宗也,固已赏夫人之清新俊逸,而戒后生之指点流传,乃知六代之作,其旨趣虽不足以影响大雅,而其体裁实景云、垂拱之先驱,天宝、开元之滥觞也,独可少此乎哉!"

他对杜诗有自己的认识。其《唐绝增奇序》论唐人绝句和杜甫绝句,认为杜甫亦不能兼善绝句:"予尝品唐人之诗,乐府本效古体而意反近,绝句本自近体而意实远。

---

① (明)杨慎《升庵集》卷四二,文渊阁四库全书本。
② (明)杨慎《丹铅余录》卷一七,文渊阁四库全书本。

欲求风雅之仿佛者莫如绝句，唐人之所偏长独至，而后人力追莫嗣者也。擅场则王江宁（维），骖乘则李彰明（白），偏美则刘中山（禹锡），遗响则杜樊川（牧）。少陵（杜甫）虽号大家，不能兼善，一则拘乎对偶，二则汩于典故。拘则未成之律诗而非绝体，汩则儒生之书袋而乏性情。故观其全集，自‘锦城丝管’之外，咸无讥焉。近世有爱而忘其丑者，专取而效之，惑矣！"他认为绝句是唐人之所独至，而杜甫绝句除《赠花卿》外，其他或拘乎对偶，或汩于典故，几无可称。其《锦城丝管》云："杜子美七言绝近百，锦城妓女独唱其《赠花卿》一首，所谓‘锦城丝管日纷纷，半入江风半入云。此曲只应天上有，人间能得几回闻’也。盖花卿在蜀颇僭用天子礼乐，子美作此讽之，而意在言外，最得诗人之旨。当时妓女独以此诗入歌，亦有见哉。杜子美诗诸体皆有绝妙者，独绝句本无所解，而近世乃效之而废诸家，是其真识冥契犹在唐世妓人之下乎。"其《诗史》论诗文各有体，反对称杜诗为诗史："宋人以杜子美能以韵语纪时事，谓之‘诗史’。鄙哉宋人之见，不足以论诗也。夫六经各有体，《易》以道阴阳，《书》以道政事，《诗》以道性情，《春秋》以道名分。后世之所谓史者，左记言，右记事，古之《尚书》、《春秋》也。若《诗》者，其体其旨，与《易》、《书》、《春秋》判然矣。《三百篇》皆约情合性而归之道德也，然未尝有道德字也，未尝有道德性情句也。《二南》者，修身齐家其旨也，然其言琴瑟钟鼓，荇菜芣苢，夭桃秾李，雀角鼠牙，何尝有修身齐家字耶？皆意在言外，使人自悟。至于变风变雅，尤其含蓄，言之者无罪，闻之者足以戒。如刺淫乱，则曰‘雝雝鸣雁，旭日始旦’，不必曰‘慎莫近前丞相嗔’也；悯流民，则曰‘鸿雁于飞，哀鸣嗷嗷’，不必曰‘千家今有百家存’也；伤暴敛，则曰‘维南有箕，载翕其舌’，不必曰‘哀哀寡妇诛求尽’也；叙饥荒，则曰‘牂羊羵首，三星在罶’，不必曰‘但有牙齿存，可堪皮骨干’也。杜诗之含蓄蕴藉者，盖亦多矣，宋人不能学之。至于直陈时事，类于讪讦，乃其下乘末脚，而宋人拾以为己宝，又撰出‘诗史’二字以误后人。如诗可兼史，则《尚书》、《春秋》可以并省。又如今俗卦气歌、纳甲歌，兼阴阳而道之，谓之‘诗《易》’可乎？"

杨慎论及杂体诗、杂言诗处也不少，如《覆窠俳体打油钉铰》云："《太平广记》有仙人伊周昌，号伊风子，有《题茶陵县诗》云：‘茶陵一道好长街，两边栽柳不栽槐。夜后不闻更漏鼓，只听锤芒织草鞋。’时谓之覆窠体。江南呼浅俗之词曰覆窠，犹今云打油也。杜公谓之俳谐体。唐人有张打油，作雪诗云：‘江山一笼统，井上黑窟窿。黄狗身上白，白狗身上肿。’"所谓覆窠体、俳谐体、打油诗皆指杂体诗。又有《六言诗始》（卷五六）、《九言诗》则专论杂言诗。

《升庵集》卷五四载多人的诗论，其中《胡唐论诗》可谓是一篇文学简史，其论明代文学尤为精彩："胡子厚与予论诗曰：‘人有恒言曰：唐以诗取士，故诗盛；今代以经义选举，故诗衰。此论非也。诗之盛衰，系于人之才与学，不因上之所取也。汉以射策取士，而苏、李之诗，班、马之赋出焉，此岂系于上乎？屈原之《骚》，争光日月，楚岂以骚取人耶？况唐人所取五言八韵之律，今所传省题诗，多不工。今传世者，非省题诗也。姑以画论，晋有顾恺之，唐有吴道玄，晋、唐未尝以画取士也。至宋则马远、夏珪，不足为顾、吴之衙官。近代吴小仙、林良，又不足为马、夏之奴仆。画既有之，诗亦宜然，谓之时代可也。'余深服其言。唐子元荐与予书，论本朝之诗：'洪武初，高季迪、袁可潜一变元风，首开大雅，卓乎冠矣。二公而下，又有林子羽、刘子高、孙炎、孙蕡、黄元之、杨孟载辈羽翼之。近日好高论者曰沿习元体，其失也瞀。又曰国初无诗，其失也聋。一代之文，曷可诬哉！永乐之末至成化之初，则微乎貆矣。弘治间，文明中天，古学焕日：艺苑则李怀麓、张沧洲为赤帜，而和之者多失于流易；山林则陈白沙、庄定山称白眉，而识者皆以为傍门。至李、何二子一出，变而学杜，壮乎伟矣。然正变云扰而剿袭雷同，比兴渐微而风骚稍远，唐子应德（指唐顺之）箴其偏焉。嘉靖初，稍稍厌弃，更为六朝之调、初唐之体，蔚乎盛矣，而纤艳不逞，阐缓无当，作非神解，传同耳食。陈子约之议其后焉。'张子愈光，滇之诗人也。以二子之论为的，故著之。"

杨慎论文也不泛精到之见，其《辞尚简要》论文之繁简云："《书》曰：'辞尚体要。'子曰：'辞达而已矣。'荀子曰：'乱世之征，文章匮采。'扬子所云说铃书肆，正谓其无体要也。吾观在昔文弊于宋，奏疏至万余言，同列书生尚厌观之，人主一日万几，岂能阅之终乎？其为当时行状、墓铭，如将相诸碑皆数万字。朱子作《张魏公浚行状》四万字，犹以为少，流传至今，盖无人能览一过者，繁冗故也。元人修《宋史》，亦不能删节，如反贼李全一传，凡二卷六万余字，虽览之数过，亦不知其首尾何说，起没何地。宿学尚迷，焉能晓童稚乎？予语古今文章，宋之欧、苏、曾、王，皆有此病，视韩、柳远不及矣。韩、柳视班、马，又不及。班、马比三传，又不及。三传比《春秋》，又不及。予读《左氏》书赵朔、赵同、赵括事，茫然如堕蒙瞍，既书字，又书名，又书官，似谜语诳儿童者。读《春秋》之经，则如天开日明矣。然则古今文章，《春秋》无以加矣。《公》、《榖》之明白，其亚也。《左氏》浮夸繁冗，乃圣门之荆棘，而后人实以为珍宝，文弊之始也。爰忘其丑可乎？"末论明文云："我太祖高皇帝科举诏令，举子经义无过三百字，不得浮词异说，百八十余年遵之。近时举子之文，冗赘至千有余言者，不根程、朱，妄自穿凿，破题谓之马笼头，处处可用也。又谓舞单枪鬼，一跳而上也。起语百余言，谓之寿星头，长而虚空也。其中例用'存乎存乎'、'谓之谓之'、'此之谓此之谓'、'有见乎无见乎'，名曰救命索，不论与题合否，篇篇相袭，师以此授徒，上以此取士，不知何所抵止也！可以为世道长太息矣！"

《萧颖士论文》论文风云："萧颖士云：'六经之后有屈原、宋玉，文甚雄壮而不能经；贾谊文辞最正，近于治体；枚乘、相如亦瑰丽才士，然而不近风雅；扬雄用意颇深，班彪识理，张衡宏旷，曹植丰赡，王粲超逸，嵇康标举，左思诗赋有雅颂遗风，干宝著论近王化根源，此后复绝无闻焉。近日惟陈子昂文体最正。'萧之所取如此，可以知其所养矣。"

他还论及诸多文体，其《群公四六序》云："四六之文，于文为末品也。昌黎病其衰飒，柳子以为骈拇。然自唐初以逮宋季，飞翰腾尺，争能竞工."《韩子连珠论》认为连珠始于韩非："《北史·李先传》：'魏帝召先读韩子《连珠》二十二篇。'韩子，韩非子。韩非书中有连语，先列其目，而后著其解，谓之连珠。据此，则连珠之体兆于韩非。任昉《文章缘起》谓连珠始于扬雄，非也。"

杨慎论词有《词品》六卷，拾遗一卷，论及词体的特性、风格、用韵、创作等诸多问题，评及八十余位唐五代、宋、元词人，在词学史上有较高的文献价值和理论价值。其卷一多记六朝乐府曲词，考证词调来源，论述词调与内容的关系，六朝乐府与词体的用韵等。卷二以记述唐五代词人词作和闺阁、方外之作及故实为主，并解释考证词体中的生僻字词。卷三至卷六记述两宋、元代及本朝词人词作及故实。拾遗一卷多记歌妓、侍妾等女性词人之词作及故实。

其《词品序》云："诗词同工而异曲，共源而分派。在六朝，若陶弘景之《寒夜怨》，梁武帝之《江南弄》，陆琼之《饮酒乐》，隋炀帝之《望江南》，填词之体已具矣。若唐人之七言律，即填词之《瑞鹧鸪》也。七言律之仄韵，即填词之《玉楼春》也。若韦应物之《三台曲》、《调笑令》，刘禹锡之《竹枝词》、《浪淘沙》，新声迭出。孟蜀之《花间》，南唐之《兰畹》，则其体大备矣。岂非共源同工乎？然诗圣如杜子美，而填词若太白之《忆秦娥》、《菩萨蛮》者，集中绝无。宋人如秦少游、辛稼轩，词极工矣，而诗殊不强人意。疑若独艺然者，岂非异曲分派之说乎？"①

《词品》论及很多词牌，举不胜举，兹从略。其《词名多取诗句》云："词名多取诗句，如《蝶恋花》则取梁元帝'翻阶蛱蝶恋花情'。《满庭芳》则取吴融'满庭芳草易黄昏'。《点绛唇》则取江淹'白雪凝琼貌，明珠点绛唇'。《鹧鸪天》则取郑嵎'春游鸡鹿塞，家在鹧鸪天'。《惜余春》则取太白赋语，《浣溪沙》则取少陵诗意，《青玉案》则取《四愁诗》语。《菩萨蛮》，西域妇髻也；《苏幕遮》，西域妇帽也；《尉迟杯》，尉迟敬德饮酒必用大杯，故以名曲；《兰陵王》，每入阵必先，故歌其勇；《生查子》，查，古槎字，张骞乘槎事也；《西江月》，卫万诗'只今惟有西江月，曾照吴王宫里人'之句也。'潇湘逢故人'，柳浑诗句也。《粉蝶儿》，毛泽民词'粉蝶儿共花同活'句也。余可类推，不能悉

① （明）杨慎《词品》卷首，唐圭璋《词话丛编》本。

载。"其《填词句参差不同》云:"填词平仄及断句皆定数,而词人语意所到,时有参差。如秦少游《水龙吟》前段歇拍句云:'红成阵、飞鸳甃?'换头落句云:'念多情但有,当时皓月,照人依旧。'以词意言,'当时皓月'作一句,'照人依旧'作一句。以词调拍眼,'但有当时'作一拍,'皓月照'作一拍,'人依旧'作一拍为是也。"《填词用韵宜谐俗》云:"沈约之韵,未必悉合声律,而今诗人守之,如金科玉条。此无他,今之诗学李、杜,李、杜学六朝,往往用沈韵,故相袭不能革也。若作填词,自可通变。如朋字与蒸同押,打字与等同押。卦字、画字,与怪、坏同押,乃是鸠舌之病,岂可以为法耶!元人周德清著《中原音韵》,一以中原之音为正,伟矣。然予观宋人填词,亦已有开先者。盖真见在人心目,有不约而同者。俗见之胶固,岂能眯豪杰之目哉!"其《评稼轩词》云:"近日作词者,惟说周美成、姜尧章,而以东坡为词诗,稼轩为词论。此说固当,盖曲者曲也,固当以委曲为体。然徒狃于风情婉娈,则亦易厌。回视稼轩所作,岂非万古一清风哉!"

二十七 皇甫汸论"上好而下从,亦风起之也"

皇甫汸(1497—1582)字子循,号百泉、百泉子。长洲(今江苏苏州)人。嘉靖八年(1529)进士,官至云南佥事。历尽宦海浮沉而不废吟咏,精书法,与皇甫冲、皇甫涍、皇甫濂为四兄弟,人称"皇甫四杰"。著有《皇甫司勋集》、《解颐新语》、《长洲艺文志》、《百泉子绪论》等。

其《钤山堂诗选序》论诗不在多而在精,并论诗风演变云:"诗之为教沿自二京,靡于六朝,迄唐而诗之极则阐矣。宋元降格,殆无取焉,明兴,作者调宗正始,格祖开元,浸淫至于孝武之朝,如崆峒李氏、大复何氏、昌毂徐氏,彬彬乎振藻词林,而海内亦且向风矣。然识者讥评三集,未尝不病何、李之繁而取昌毂之精也。"①其《盛明百家诗集》论诗风演变尤详,并特别强调最高统治者对诗风的影响:"夫诗自《三百篇》而下,代有作者。汉魏去古未远,犹有诗人之遗风焉。晋宋而下,齐、梁丽矣,陈、隋靡焉。唐以诗赋取士,其教盛行,然声音之道既与政通,而文章之兴又关气运,政有污隆,气有醇驳,而诗系之矣。当时君上咸典学能文,楚襄诩宋玉之辞,汉武慕相如之作,曹家父子,萧氏诸昆,由此其选也。运革六代,唐数三宗,上好而下从,亦风起之也。况宰相房(玄龄)、魏(徵)在前,燕(张说)、许(苏颋)在后,皆艺苑之英耶!明初犹沿宋元之习,诗无足采。新安程氏(程敏政)所编《(明)文衡》止及乐府,意亦微矣。高、杨、张、

① (明)皇甫汸《皇甫司勋集》卷三五,文渊阁四库全书本。

徐四杰崛起,浙东宋、王二学士倡之,椎轮于辂,增冰于水,贞观、永徽此殆萌芽。弘治、正德之间、何、李二俊力挽颓风,复还古雅。长沙李文正(李东阳)诱奖奖群义,摛藻天庭。世宗嗣位之初,己丑而后,文运益昌,海内作者彬彬,响臻披华,振秀江右。相君亦廛吐握,开元、天宝庶乎在兹。庚戌而后参轨于大历,防渐于元和矣。"

其《冯侍御刍荛录序》首论儒家、文章家不可偏废:"班氏作史,《儒林》、《文苑》析为二涂(途),儒家者流著论以宗经,文章家流修辞以阐道,要之不可偏废也。"认为冯侍御(子仁)诗文(奏议、序记、赋、书、碑铭、诗歌)诸体皆佳:"君尝从(王)阳明、泾野(吕柟)二先生游,则固谈道德而趋儒术矣。今览集中如奏议条陈星变,推验天人,子政、仲舒之旨也。盖深病乎驩兜、舜、禹杂处尧朝,管、蔡、姬旦并居周室,欲帝策免三公,刑于百辟,痛哭立谈之间,冀回听于逆耳,屏奸于脱距,岂可得乎? 志虽壮而计则疏矣。然侍御犹为之者。匡身谋也。其序记咸闳大畅朗,多裨世教,端风轨,(韩)退之、(范)仲淹之概也。赋赡丽,书亮直,析理渊极,则借为南车,扬榷时务,则较若左券。至于碑铭将昭潜于盖棺,非溢美于谀墓。以至诗歌发乎性情。止乎理义。窃比陶(潜)、韦(应物),盖不袭古调而顿超时格,每出新意而悉去陈言,故虽横逆屡加而不为寂寥。澳涩之辞,艰阻备尝,而绝无牢愁怨诽之语,气使之也。波百折而不回,光万丈而愈厉。其所养可知矣。即于闲居之暇,展卷三覆,缅岁月于桑阴,追山川于萍迹,能不为之抚膺兴慨乎!"

《钱侍御集序》强调诗贵自然,无意求工而自工:"潘岳河阳之什,顿掩前辉;尧藩江南之篇,无惭后躅。倦情亮组,托迹融舟;择胜探游,寄兴恬旷。其为诗也,语取畅心,不由雕刻;占惟信口,奚假深湛。遂能微款人情,妙臻物理。妇人女子皆通其义,儿童厮卒并习其辞。使羁客缄愁,非关见雁;征夫下泣,何待闻猿。菱华喻好于香风,芙蓉比妍于秋水。无意求工,自然追雅矣。尚论古人若(储)光羲之真率,(白)居易之冲淡,(李)太白之敏捷,浪仙(贾岛)之纵放,才足兼之,人罕能及焉。"

《批点唐诗正声跋》反映了明代诗文批点的流行及其所追求的风格:"苏子若川问诗于余,余际以《解颐新语》,间又持《唐诗正声》乞余批点,因其倾素,遂尔操朱。盖诗有秀句,有幽句,有丽句,有妙句,有奇句,皆为加点,至神句则为圈之。夫景会则秀,兴远则幽,才充则丽,情来则妙,思苦则奇,而超逸则神矣。此作诗以觅句为难,炼字为工也。能熟玩味之,而参以新语,其于风人之旨殆庶几乎。"

《解颐新语》为皇甫汸说诗之语,分叙论、述事、考证、诠藻、矜赏、遗误、讥评、杂记八门,间亦论及文体,如论乐府云:"乐府则郊庙、燕射、鼓吹、横吹,乐则有雅乐、凯乐、散乐、俳乐,舞则有文舞、武舞、雅舞、杂舞,又罄铎、羽钥、巾帔、干旄、白苎、皇人之舞,歌则有倚歌、杂歌、艳歌、踏歌、相和之歌,曲则有琴曲、舞曲、文曲、清商之曲,调则有平调、侧调、清调、商调、楚调、瑟调,声则有正声、送声、间弦、契注。《乐录》云:古曰章,今曰解。解有多少,当是先诗而后声。诗序事,声成文,必使志尽于诗,音尽于曲。诸调曲皆有辞有声,而大曲又有艳有趋有乱,艳在曲之前,趋与乱在曲之后。"①

二十八　李开先论"词与诗意同而体异"

李开先(1502—1568)字伯华,号中麓,自称中麓子、中麓山人或中麓放客,济南章丘(今属山东)人。自幼聪慧,琴棋书画无所不通,尤醉心于金元散曲及杂剧。嘉靖七年(1528)中举,次年中进士。李开先在当时文坛上颇受人所重,与王慎中、唐顺之、陈束、赵时春、熊过、任翰、吕高等号称"嘉靖八才子";还擅长棋艺,著有《象棋歌》,流传至今。李开先一生"三好",一好戏曲,二好藏书,三好交友。曾改定元人杂剧数百卷,用金元院本形式定成杂剧《园林午梦》等六种。其散曲《中麓小令》流传很广,当时乡村街头到处有人歌唱,为这部曲题"跋"的名流多达八十余人。其传奇剧作品《宝剑记》以林冲的故事为题材,是明代中期的三部重要传奇之一,对当世及后世戏曲影响颇大。其戏曲理论著作《词谑》分四部分:一为《词谑》,选录一些滑稽幽默,颇具讽刺意味的曲文与故事;二为《词套》,评选前人几十套散曲和杂剧曲文;三为《词乐》,载录当时几位著名演员的逸闻趣事,列述当时知名的弦索家和歌唱家;四为《词尾》,论尾声的做法,并举例加以说明。其中保存了一些明代戏曲史的宝贵资料。另有《闲居集》。

其《西野春游词序》云:"词与诗,意同而体异,诗宜悠远而有余味,词宜明白而不难知。以词为诗,诗斯劣矣;以诗为词,词斯乖矣。"这是诗与词(曲)的不同。又论元杂剧、明传奇、套曲与小令之别云:"传奇戏文,难分南北;套词小令,虽有短长,其微妙则一而已。悟人之功,存乎作者之天资学力耳。然俱以金、元为准,犹之诗以唐为极也。何也? 词(曲)肇于金,而盛于元。元不戍边,赋税轻而衣食足,衣食足而歌咏作,乐于心而生于口。长之为套,短之为令。传奇戏文,于是乎侈而可准矣。穆玄庵谓:'不可以胡政(元人之政)而少之。'亦天下之公言也。"又论明代戏曲分为本色之曲和文人之曲,只有元曲兼有二者的特点:"国初如刘东生、王子一、李直夫诸名家,尚有金、元风格,乃后分而两之,用本色者为词人之词,否则为文人之词矣。自陈大声(陈铎)丁卯年没后,惟有渼陂(王九思)为最。陈乃元词之下者,而王乃文词之高者也,可为等侪,有未易以轩轾者。若兼而有之,其元哉,其犹诗之唐而不可上者哉……音多字少为南词,音字相半为北词,字多音少为院本;诗余简于院本,唐诗简于诗余,汉乐

---

① (明)皇甫汸《解颐新语》卷三《考证》,嘉靖刻本。

府视诗余则又简而质矣,"末以乐之演变作结,寥寥数语,堪称乐史:"《三百篇》皆中声,而无文可被管弦者也。由南词而北,由北而诗余,由诗余而唐诗,而汉乐府而《三百篇》,古乐庶几乎可兴。故曰:今之乐,犹古之乐也。呜呼,扩今词之真传,而复古乐之绝响,其在文明之世乎!"①

二十九　刘绘论"文之体格无定"

刘绘(1505—1573)字子素、少质,光州(今河南潢川)人。自幼好学,八岁能诵《诗经》,十六岁举乡试第一。嘉靖十四年(1535)中进士,授官行人,后改户科给事中。刘绘目锐躯长,处事果断,对皇帝敢于秉笔直谏。第一次上奏章《治河疏》就被皇帝采纳,后再上《九庙灾上封事》、《昼晦封事》等奏折,弹劾宰相夏言,抨击权臣时弊。嘉靖二十一年,因两次弹劾夏言,被排挤出京,出任重庆知府。后挂冠辞职,回到光州故乡,设坛讲学,人称嵩阳先生。著有《嵩阳集》、《通论》四十篇,撰《易勺》、《春秋管》,均未完稿成书。

其《与王翰林槐野论文书》论儒学、文学、文体与文风,首论理、气、辞、体格与文的关系,认为"体格无定",需视理、气、辞而定:"弟睹羲轩以下文字,咸发天地阴阳之秘,人事之要,家国天下之务,其理著明矣。文不切所用则圣贤且浑尔噩尔,安所尚文哉?故主须以理,充须以气,其说尚矣。弟谓辞者文之质也,理匪辞不达,气匪辞不畅,三者不可阙一焉,而体格在其中矣。是以文之体格无定,视三者所究耳。"重点论文本六经,六经正体现了理、气、辞的关系:"古今之辞尽于六经。理相统一,韩子曰《易》奇而法,《诗》正而葩,《春秋》谨严,《左氏》浮夸,正道气与辞也。天地之理中正焉已矣,其气深厚和平,其辞大雅宏畅,则圣人之文也,六经是已。孔子删述,自谓'文王既没,文不在兹乎'。"继论六经之后,包括战国、秦、两汉、魏晋、六朝、唐、宋皆"醇疵相杂":"善学孔氏者惟孟轲一人,其后诸子理不足而任于气,故其辞醇疵相杂。荀卿以下,《庄》、《骚》、太史(司马迁)、董仲舒、贾谊、刘向、扬雄诸人,穷理尽性,虽不能如圣人,而纂辞摹像则标准六经,故旨趣各随所见,而篇章音款莫有逾焉。东京煜煜,犹能相匹。延及魏晋以后,而雅道渐以陵夷。至唐独得韩愈敏悟,自言见时文怃怃不宁。今读其辞,出入孟、荀,而风骨类马迁、刘向,复然其品也。艺苑英少,亦有轻訾诋者,盖未深究耳。其后才桀之侪各殊其辞以求胜,欲自勒一家,骛高者玄亢而无据,崇实者质塞而无华,令六经之辞邈乎莫追,求贾、马、匡、刘不可复得矣。仲尼曰:'文质彬彬,然后

---

① 《李开先集·闲居集》卷六《西野春游词序》,中华书局1959年版。

君子。'盖谓文焉。"又谓历代能文之士皆变于六经,进一步论证文本六经:"弟又思汉以下至赵宋,能文者虽各异辞,要皆变于六经。且如董仲舒、京房、焦延寿、扬雄变于《易》也,贾谊、晁错、司马迁变于《书》也,匡衡、刘向下逮班固、崔骃、马融、蔡邕变于《诗》也。临诸子所著体而察之,当自见矣。盖六经文之,海岳具焉,后之士虽称瑰奇而极骏雄,莫能出其轨矣。故惟狂荡之辞,洸洋淫靡之辞,纤细峭刻之辞,惨礉短长之辞,是其理蔽,其气衰,非圣人之书不可读也。弟又思建安诸子,虽号靡丽,然典峻不可少当,称为小雅之变。二应(应玚、应璩兄弟)以后,六朝如二陆(陆机、陆云)、三谢(谢安、谢灵运、谢朓)至任彦升、颜延年、沈休文、薛道衡辈,世人往往俱以纤绮视之,然铸景凝华,隐隐十二国风之变也。宋儒详于理学,而辞则又落一格,乃有古文今文之辽绝。吁,殆难语矣。周茂叔《通书》,程伯子《定性书》,张子厚《西铭》、《正蒙》则亦变于《易》者也。欧阳永叔之《本论》,程叔子之《汉州策问》数篇,朱文公《学》、《庸》二序,疏明纯正,则亦变于《书》者也。是以古今明文,咸托辞以传,若雕藻剪彩焖然者,斯可美也。周子曰美则爱,爱则传。《诗》曰'追琢其章,金玉其相',谓错采修辞也。"这里所说的狂荡、洸洋淫靡、纤细峭刻、惨礉、靡丽、典峻、疏明纯正,都说明他所说的"格",不仅指体裁,也指风格。他认为骈文也不可一概否定:"兄谓见偶语多者辄不喜,此信然矣。专攻偶对,令气不疏,非文之佳矣。但弟思天地之数奇偶而已,八卦九章皆相对待,是以乾坤、日月、星辰、霜露、江海之支派,山岳之峰峦,男女形像耳目鼻两孔,口齿上下,四肢百骸,种种相对不爽,盖自然理数也,岂于声音之道独散漫而无合? 是以圣贤之文虽不专工偶对,而属辞比义,有不得不然者。"末又论及语录体:"至宋儒语录,深可疑怪,齐梁才士,逸人伪为,佛氏度化,庸俗多为此语。故释子有《东林语录》、《盘山语录》,此类且多,宋人盖因之也。是以宋儒之学多杂二氏,玩其辞而不自觉。苏、黄二家才高学杂,益难语矣。"[①]

其《答祠郎熊南沙论文书》阐述同一思想,认为辞贵达意,骈散皆可,反对过分雕饰:"孔子曰:'辞达而已矣。'文缘理道,疏其性情,其有述陈引喻,或散或偶,杂撰不同,要之抽思就班,累数千百言,期于明己意,使信诸人也。藻丽研深,实盛华茂,自不能无。使己意既达,不必繁辞剿说,务为驰骋。若理性不明,而搜索异籍,反为文之瘴也。"又举赠送序记为例,进一步强调文贵平易,反对艰深诘涩:"赠送序记,晋魏以前皆无,韩、苏叙眼前事,用秦汉风骨笔力,随人变化,然每篇达一意也。今作者往往一篇说三四端绪,或文势方行,从中突起一二意,使读者不识立论所归。至篇末,彼作者亦自迷,究竟滴漫龃龉,难乎收拾,恐即所谓不能达也。今有谓者,但曰直陈去雕饰,

---

① 《明文海》卷一五二。

甚非旨也。夫文章雕饰自不可少,深厚尔雅,乃其要焉。《诗》曰:'追琢其章,金玉其相。'言文质也。若夫艰深诘涩,不可句读,又文之僻也。殷《盘》周《诰》,书多脱简,间有后人参入。刘子骏谓朽折散绝,博士集而赞之是也。弟又疑世之慧灵奇士,词虽不僻,然过学韩、苏,纡徐太多,沈辞钩思,营魄游心,令人读之少不体察,则景灭响伏,而不得其意趣。此虽天机逮意,其绵邈寂寞,终非'示我周行'之义。马迁微婉处最称玄淡,然省文超径,非人所及也。"

其《与从侄桂芳秀才论记书》论古文、今文(应试文)之别,不同的文体应有不同的文字:"汝未习古文耳。名为古,非但与举业不同,将与今文不同矣。直以举业言之:举业贵浅淡平顺,著一刺眼赘牙字句不可;若古文,正欲不与举业同,犹举业正欲不与古文同。且如释家梵语、道家清词、法家招议、曲家腔韵,其命意用字各有不同。若今法家参一举业语,举业参一辞赋语,便可笑尔。近世古文法不传,世人乱作,任意汉参入唐,唐参入宋,乃如以释入道,以道入法,以法入曲,以曲入时文作文,其谁辨之? 即能辨之,其谁信之也?"皆颇有见地。

三十　归有光论"文辞格制"、"为书者之体"等

归有光(1506—1571)字熙甫,号项脊生,世称震川先生,昆山(今属江苏)人。九岁能属文,弱冠尽通五经三史诸书。嘉靖十九年(1540)举乡试,其后二十余年八次会试皆不第。二十一年徙居嘉定,聚徒讲学,学者常数百人。四十四年始成进士,授长兴知县,官至南京太仆丞,留掌内阁敕房,修《世宗实录》,卒于官。《明史》卷二八七有传。著有《震川文集》三十卷、《别集》十卷。归有光的文学成就主要在古文方面,原本经术,好司马迁《史记》,得其神理,被人推为明代第一散文大家。其文篇幅短小,主旨鲜明,言简意赅,结构精致,曲折多变。他一生写了不少墓志、行状,立法简严,一禀于古;为亲人写的简短圹志,尤为情真意切,富有感染力。

在文体论上,明代中叶出现了前后七子的复古思潮,至嘉靖年间已流弊丛生,王慎中、茅坤、唐顺之等起而抵制,反对"文必秦汉,诗必盛唐",提倡唐宋古文,被称为唐宋派,归有光实为之首。当时王世贞主盟文坛,被归有光目为"妄庸巨子",其《项思尧文集序》云:"今世之所谓文者难言矣,未始为古人之学,而苟得一二妄庸人为之巨子,争附和之,以诋排前人。韩文公云:'李杜文章在,光焰万丈长。不知群儿愚,那用故谤伤。蚍蜉撼大树,可笑不自量。'文章至于宋、元诸名家,其力足以追数千载之上,而与之颉颃。而世直以蚍蜉撼之,可悲也。无乃一二妄庸人为之巨子以倡道之欤?"①

---

① (明)归有光《震川集》卷二,文渊阁四库全书本。

批评可谓激烈，王世贞最初并不接受，但至其晚年却有所醒悟，十分推重归有光，为作《归太仆赞序》曰"先生于古文辞……不事雕饰而自有风味"；赞曰："千载有公，继韩、欧阳。余岂异趋？久而自伤。"①《四库全书·震川集》提要称其"所持者正，虽以世贞之高名盛气，终无以夺之。自明季以来，学者知由韩、柳、欧、苏沿洄以溯秦汉者，有光实有力焉，不但以制艺雄一代也"。故其文体论基本上都是以批判复古思潮为中心的。

其《尚书叙录》认为仅从"文辞格制"就可区别今古文《尚书》的真伪："余少读《尚书》，即疑今文、古文之说。后见吴文正公《叙录》，忻然以为有当于心，揭曼石（石，当作硕）称其纲明目张，如禹之治水，信矣……因念圣人之书存者年代久远，多为诸儒所乱，其可赖以别其真伪，惟其文辞格制之不同，后之人虽悉力摹拟，终无以得其万一之似。学者由其辞可以达于圣人而不惑于异说。今伏生书与孔壁所传，其辞之不同，固不待于别白而可知。"其《荀子序录》（同上）认为其"为书者之体"超过《孟子》："顾其为书者之体，务富于文辞，引物连类，蔓衍夸多，故其间不能无疵。至其精造则《孟子》不能过也。自扬雄、韩愈皆推尊之以配孟子，迨宋儒颇加诋黜，今世遂不复知有荀氏矣，悲夫！学者之于古人之书，能不惑于流俗而求自得于心者，盖少也。""不惑于流俗而求自得于心"，这是他评文评诗的重要标准。

其《史论序》为批评明科举之学（时文）而作，论及修史难于撰文和史书的论赞体："西汉以来世变多故，典籍浩繁，学者穷年不能究。宋世号称文盛，当时能读史者独刘道原，而司马文正公尝言自修《通鉴》成，惟王胜之一读，他人读未终卷，已思睡矣。今科举之学日趋简便，当世相嗤笑，以通经学古为时文之蠹，而史学益废不讲矣。遗石先生自少耽嗜史籍，仿古论赞之体，为书若干万言，而先生尤自珍秘，不肯轻以示人。往岁司教黄冈，时时与客泛舟赤壁之下，舟中常持《史论》数卷。会督学使者将至，先生浮江出百里迎之，舟至青山矶，风波大作，船几覆。但问从者《史论》在否，与司马公所称孙之翰事绝类。之翰之书得公与欧、苏二公而后大显于世，先生自三五载籍，迄于宋亡，绵络千载，非止有唐一代之事。东坡所谓暗与人意合者，世必有知之矣。"《谱例论》论修谱之法云："世之为谱学者称欧阳（修）氏、苏（洵）氏，予考二家之书小异而大同，盖其法使族人各为谱，而各详其宗。夫人各详其宗，则谱大备，而可以至于无穷，此其善也。而苏氏（《族谱后录上篇》）又曰，古者惟天子之子与始为大夫者而后可以为大宗，其余则否同，独小宗之法犹可施于天下，故为族谱皆从小宗，而虚其大宗之法。而予之为说异于是。夫古者有大宗而后有小宗，如木之有本而后有枝叶。继祢

---

① （明）王世贞《弇州续稿》卷一五〇，文渊阁四库全书本。

者,继祖者,继曾祖者,继高祖者,世世变也。而为大宗者不变,是以祖迁于上,宗易于下,而不至于散者,大宗以维之也,故曰大宗以收族也。苟大宗废则小宗之法亦无所恃,以能独施于天下。予又以为谱者载其族之世次、名讳而已,其所不可知者无如之何,其所可知者无不载也。夫使世次、名讳之既详,则不必县定以为宗法,而宗法存焉耳。故欧阳氏、苏氏以有法治无法,吾以无法寓有法,是吾谱之所以异也。"

其《山舍示学者》视科举之学为俗学:"科举之学志于得而已矣,然亦无可必得之理。诸君皆禀父兄之命而来,有光固不敢别为高远以相骇眩。第今所学者虽曰举业,而所读者即圣人之书,所称述者即圣人之道,所推衍论缀者即圣人之绪言,无非所以明修身齐家、治国平天下之事,而出于吾心之理。夫取吾心之理而日夜陈说于吾前,独能顽然无慨于中乎?愿诸君相与悉心研究,毋事口耳剽窃,以吾心之理而会书之意,以书之旨而证吾心之理,则本原洞然,意趣融液,举笔为文,辞达义精,去有司之程度,亦不远矣。近来一种俗学,习于记诵套子,往往能取高第。浅中之徒转相放(仿)效,更以通经学古为拙,则区区与诸君论此于荒山寂漠之滨,其不为所嗤笑者几希。然惟此学流传,败坏人材,其于世道为害不浅。夫终日呻吟,不知圣人之书为何物,明言而公叛之徒,以为攫取荣利之资。要之穷达有命,又不可必得。其得之者亦不过酣豢富贵,荡无廉耻之限。虽极显荣,只为父母乡里之羞,愿与诸君深戒之也。"

三十一　王维桢论序事、议论二体不可截然区分

王维桢(1507—1555)字允宁,号槐野。华州平定里(今陕西华县)人。博学强识,有文名。曾多次担任考官,号称得士。嘉靖二十四年(1545)参加《明会典》续修。著有《槐野先生存笥稿》、《杜律七言颇解》等,对李白、杜甫诗作有深入的研究。

其《驳乔三石论文书》论序事中有议论,议论中有序事,序事、议论二体不可截然区分,颇有见地:"文章之体有二,序事、议论各不相淆,盖人人能言矣,然此乃宋人创为之。宋真德秀读古人之文,自列所见,歧为二途。夫文体区别,古诚有之,然固有不可歧而别者,如老子、伯夷、屈原、管仲、公孙弘、郑庄等传及儒林等序,此皆既述其事,又发其义。观词之辨者,以为议论可也;观实之具者,以为序事可也。变化离合,不可名物;龙腾虎跃,不可缰锁。文而至此,即迁史不皆其然,乃公亦取之加仆,何言之易也!晋人刘勰论文备矣,条中有'镕裁'者正谓此耳。夫金锡不和不成器,事词不会不成文,其致一也。文之不易言也若是,仆安能及之!"①

---

① 《明文海》卷一五二。

三十二　李攀龙论"体裁各率所自至，而风尚不可不一谕"

李攀龙（1514—1570）字于鳞，自号沧溟，济南历城（今属山东）人。九岁而孤，家贫自学，稍长为诸生，日读古书，里人目为狂生。嘉靖二十三年（1544）进士，授刑部主事，官至浙江副使，改参政，擢河南按抚使。《明史》卷二八七有传。著有《沧溟集》三十卷。

在明代中叶，文坛上形成了以前后七子为代表的复古思潮。弘治、正德年间，李梦阳、徐祯卿、边贡、康海、王九思、王廷相被称为前七子，以李、何为其首，主张文必秦汉、诗必盛唐，成为一个文学流派。嘉靖、隆庆时期，李攀龙又与谢榛、王世贞、吴国伦、宗臣、梁有誉、徐中行辈结成诗社，品评诗文，唱和酬答。诸人多年少，才高气锐，互相标榜，被称为后七子，李、王为其首。他们继承前七子的文学主张，认为文自西汉、诗自天宝而下，俱无足观，否则就诋为宋学，持论比前七子还更偏颇。《四库全书·沧溟集》提要云："明代文章初以春容典雅为宗，久之渐流为庸熟。正德间，李梦阳崛起北地，倡为复古之学，戒天下无读唐以后书，风气为之一变。攀龙引其绪而畅阐之，殷士儋志其墓，称文自西汉以下，诗自天宝以下，若为其毫素污者，辄不忍为。故所作一字一句摹拟古人，与太仓王士（世）贞递相倡和，倾动一世，举以为班、马、李、杜复生于明。至万历间，公安袁宏道兄弟始以赝古诋之。天启中，临川艾南英排之尤力。今观其集古乐府，割剥字句，诚不免剽窃之讥。诸体亦亮节较多，微情差少，杂文多诘屈，其词涂饰，其字诚不免如诸家所讥。然攀龙资地本高，记诵亦博，其才力富健，凌轹一时，亦有不可磨灭者。汰其肤廓，撷其英华，固亦豪杰之士。誉者过情，毁者亦或太甚也。"应是较为客观的评价。

在文体论上，他提出了"体裁各率所自至，而风尚不可不一谕"的观点，对体裁和风格的关系认识颇深："体裁各率所自至，而风尚不可不一谕，盖曰汉魏以逮六朝，皆不可废，惟唐中叶不堪复入耳。见诚是也。于不佞奚疑哉？佳集取材班、马，气骨卓然。古乐府等书，兴寄不浅，固宜一洒凡近，动盈尺牍，乃旁及章奏，灵异自赏，不能辄止，岂由质之华易，而由华之质难耶？未闻罄控九折之坂，而失驰康庄者也。要之，才患不自雄耳。"①

其《青州府志序》论方志体云："夫志也者志也，方志是事而已。欲善之以有所取义，作者之志也。青州为郡，其事则《诗》、《书》、《周礼》、《春秋》、《国语》、《史记》、

---

① （明）李攀龙《沧溟集》卷二六《报刘子威》，文渊阁四库全书本。

《管》、《晏》诸书,君子得以识其大者,其取义则所谓有能绍明世,继《春秋》,本《诗》、《书》、《礼》、《乐》之际,意在斯乎。"他论诗他强调声韵,其《三韵类押序》(同上)云:"辟之车韵者,歌诗之轮也,失之一语遂玷,成篇有所不行,职此其故,盖古者字少,宁假借必谐声韵,无弗雅者。书不同文,俚始乱雅,不知古字既已足用,患不博古耳,博则吾能征之矣。今之作者限于其学之所不精,苟而之俚焉;屈于其才之所不健,掉而之险焉,而雅道遂病。然险可使安,而俚常累雅,则用之者有善不善也。"

其《选唐诗序》几乎论及唐诗的所有体裁及诸家得失:"唐无五言古诗,而有其古诗。陈子昂以其古诗为古诗,弗取也。七言古诗,唯杜子美不失初唐气格,而纵横有之。太白纵横,往往强弩之末,间杂长语,英雄欺人耳。至如五七言绝句,实唐三百年一人,盖以不用意得之,即太白亦不自知其所至,而工者顾失焉。五言律排律,诸家概多佳句;七言律体,诸家所难。王维、李颀颇臻其妙,即子美篇什虽众,赜焉自放矣。"

三十三　胡直论古今文体不一

胡直(1517—1585)字正甫,号庐山。吉安泰和(今江西)人。嘉靖进士,官至福建按察使。胡直为江右王门学派的代表人物之一,其思想颇具特色。黄宗羲谓其"心造天地万物"之旨,与释氏所称"三界惟心,山河大地,为妙明心中物"不远,在心学观点上,他比王守仁走得更远。著有《胡子衡齐》,为明代哲学中的一部重要著作,后人辑为《衡庐精舍藏稿》三十卷、《续稿》十一卷。

胡直有比较丰富的文体论。其《唐诗律选序》论律诗与古诗的关系,比喻生动而又十分深刻:"世多以律诗为非古,予独不然。诗之古不古,不系于体之律不律也。辟之求古人于世,将以其质行耶? 抑以其状貌耶? 如以其状貌,则必若植鳍削瓜,然后为古人可钦,其取冠服、字画皆然。有圣人者出,虽贵麻冕,而用必巾帻;虽贵蝌斗,而行必真草,夫岂圣人不好古哉! 以为取古于裁制点画,固不若取古于头容心画之为真也。其于用诗何独不然? 诗之作义,取含蓄温厚足以感人,而体制次之。今世唯骛词蕝体奇以为胜,其于感人之义咸盖而不彰。汉儒议司马相如劝百而讽一者以此。夫相如之文体古矣,使皆劝百而讽一,则又何以贵为?"[①]其《论文二篇答瞿睿夫》二专论古今文体不一,出自"自然而然":"古今文不一体,学文者亦不能以一体局。圣人之文大都在道,其次在法,法所以维道也。翱翔道法,因物成体者,非独时习,亦正变者之自然也。今夫文之有正变,犹兵家之有正奇,织家之有经纬。虽六经不能违也,变之

---

① (明)胡直《衡庐精舍藏稿》卷八,文渊阁四库全书本。

中不一体，犹奇之中不一机，纬之中不一色，此虽六经亦不能违也。是故《易》有《易》之体，而玩《易》者若不与《书》谋。《书》有《书》之体，而读《书》者若不与《诗》谋。《诗》有《诗》之体，而诵《诗》者若不与三《礼》、《春秋》谋。彼其不相谋者非意也，自然而然者变也。自非有大观若孔子者，通《易》、《诗》、《书》、《礼》、《春秋》为一致，则局《易》者必诋《书》，局《书》者必诋《诗》，局《诗》者必诋三《礼》、《春秋》，匪独相诋，且交相绌矣。是故必有孔子然后知所以尽变，孔子非好变也，其道法通也。"其《刻乔三石先生文集序》是对当时"文必秦汉"说的有力驳斥，其《赵浚谷先生文序》则力主雄浑顿挫，不剿袭一家。

三十四　张綖倡导词分"婉约"、"豪放"之说

张綖(1487—1543)字世文，自号南湖居士。高邮(今属江苏)人。明武宗正德举人。官至光州知州。后归隐武安湖上，构草堂数楹，藏书数千卷，昼夜诵读导致失明。擅诗文，尤工长短句，操笔而就。著述甚丰，主要有《杜工部诗通》(一作《杜诗通》)、《杜律本义》、《诗余图谱》、《南湖诗集》等。

其《刊西昆诗集序》对宋初西昆体给予了一分为二的评价："论诗者类知宗盛唐，黜晚唐，斯二体信有辨矣。然诗道性情，古人采之，观风正乐，以在治忽者也。如不得作者之意，徒曰盛唐、盛唐，予不知直似盛唐亦何以也。杜少陵，盛唐之祖也；李义山，晚唐之冠也：体相悬绝矣。荆国乃谓唐人学杜者，惟义山得其藩篱，此可以意会矣。杨、刘诸公倡和《西昆集》，盖学义山而过者。六一翁恐其流靡不返，故以优游坦夷之辞矫而变之，其功不可少，然亦未尝不有取于昆体也。徂徕(石介)、冷斋(惠洪)著为《怪说》、'诗厄'，和者又从而张之，昆体遂废，其实何可废也。夫子一叹由瑟，门人不敬，子路信耳者，难以言喻如此。故曰'游于艺'。夫诚以艺游，晚唐亦可也。不然，盛唐犹是物也，奚得于彼哉？要必有为之根源者耳。子美云：'文章一小技，于道未为尊。'作者之言盖如此。夫惟达宣圣游艺之旨，审杜老技道之序，味介甫藩篱之说，而得欧公变昆之意，诗道其庶矣乎。"①

张綖撰《诗余图谱》三卷，附录二卷，《四库全书总目》对此书颇不以为然，谓其"取宋人歌词择声调合节者一百十首谱之，各图其平仄于前，而缀词于后。有当平当仄、可平可仄二例，而往往不据古词意为填注，于古人故为拗句以取抗坠之节者，多改谐诗句之律，又校雠不精，所谓黑圈为仄，白圈为平，半黑半白为平仄通者，亦多混淆，殊

---

① (宋)杨亿《西昆酬唱集》卷首，四部丛刊影明本。

非善本,宜为万树《词律》所讥。末附秦观词及綖所作词各一卷。尤为不伦"。但《诗余图谱》指出"词体大略有二,一婉约,一豪放。盖词情蕴藉,气象恢宏之谓耳"①,他的首倡词分"婉约"、"豪放"二派之说,对后世影响深远。

三十五　谭浚《言文》、《说诗》的诗文体类

谭浚(生卒年不详)字允原,南丰(今属江西)人。嘉靖、万历间在世。著有《谭氏集》,内有《言文》二卷,卷上为《原流》,卷下则从"迄今之作,其原于经"出发,对一百一十九种文体,标举例文以释名考源。其《说诗》三卷,卷首有作者自序。卷上分总辨、得式、失式、经体、时论五类八十门,综述诗之作用、风格、命意、布局等;卷中分章句、对偶、声韵、词义、名目、题目六类一百六十七门,综述诗之分类、声对、体式诸形式;卷下分世代、正编、杂录、人物、附说五类五十一门,论述诗之源流发展,品评历代选本及诗人近百家。诗文相加,共分三百三十七门。

其《原流》云:"迄今之作,其原于经。《易》言阴阳,知性命,斯无拘泥。《书》纪绍元,著事功,斯无警刻。《诗》教淳良,出词气,斯远暴慢。《礼》用节文,动容貌,斯立威仪。《春秋》断事,正名分,斯决是非:实文之宗也。"其下分论今之文体,皆原于五经,首论《易》:"故论、说、序、词(辞),宗于《易》。辨、义、评、断、判,论之流也。说、难、言、语、问、对,说之流也。原、引、题、跋,序之流也。繇、集、略、篇、章,词之流也。"次论《书》:"诰、命、表、誓,宗于《书》。诏、制、策、令,诰之流也。训、教、戒、敕、示、喻、规、让、命之流也。章、奏、议、驳、劾、谏、弹事、封事,表之流也。檄、移、露布,誓之流也。"三论《诗》:"赞、颂、赋、歌,宗于《诗》。铭、箴、碑、碣,赞之流也。诵、封禅、(扬雄)《美新》、(班固)《典引》,颂之流也。七词、客词、连珠、四六,赋之流也。谐、隐、谜、谚,歌之流也。"四论《礼》:"书、仪、祝、谥,宗于《礼》。札、札、启、简(牍牒)、笺、刺,书之流也。制、律、法、赦、关津、过所,仪之流也。"五论《春秋》:"记、志、编、录,史之流也。纬、疏、注、解、释、通、义,传之流也。玺书、契、券、约、状、列,符之流也。谱、簿、图、籍、案,记之流也。"末又总括说:"一宗出而流别,乃支分而脉缀。惟理存而意致,气克而情备,则质懿而体全也。"②其下分别论论、辩、议、评、断、判、说、难、语、言、问、对答、序、原、引、题跋、辞、繇、集、略、篇、章(篇章之章)(右《言文》原《易》之流二十二章);诰、诏、制、策册、令、命、训、教、诫、敕、示、喻、规、让、表、章(章奏之章)、奏、议、

---

①　(明)张綖《诗余图谱》卷首,嘉靖十五年刊本。
②　(明)谭浚《谭氏集·言文》卷上,北京大学图书馆藏明万历间刊本。

驳、劾、谏、弹事、封、誓、檄、移、露布(右《言文》原《书》之流共二十七章);赞、铭、箴、碑、碣、颂、诵、封禅、美新、典引、赋、七词、连珠、客词、四六、歌、谐、谲、谜、谚(稗语)、书、札、简(牍牒)、笺、刺(谏)、仪、制、律、法、赦、关(过所)、祝、祈、祠、祷、会、盟、诅、谥、诔、吊、祭文、哀策、哀词、墓志(右《言文》原《礼》之流,共二十五章);史、纪、志、编、录、传、纬、疏(注)、解、释、通、义、符、玺书、契、券、约、状、列、记、谱、簿图、籍、按(右《言文》原《春秋》之流,共二十五章)。明人贪多务滥,其中有些显然非文体名,如美新,指西汉末扬雄《剧秦美新》,是篇名,后人也没有以此篇名为文的,故不能算文体名。列传的"列"也列作文体,更是滥竽充数。

三十六 王世贞论"体日益广而格则日以卑"

王世贞(1526—1590)字元美,号凤洲、弇洲山人。太仓(今属江苏)人。嘉靖二十六年(1547)进士,授刑部主事。官至南京大理卿,因不附张居正罢。官至南京刑部尚书。《明史》卷二八七有传。

王世贞以诗文名于世,与李攀龙、谢榛、宗臣、梁有誉、徐中行、吴国伦并称"后七子"。与李攀龙同为文坛盟主,继承并倡导"前七子"的复古理论,掀起文学复古革新,持论亦为文必秦汉,诗必盛唐,大历以后书勿读,在当时颇有影响。著述甚丰,有诗文集《弇州山人四部稿》一百七十四卷、《弇州山人续稿》二百零七卷、《艺苑卮言》十二卷;史学方面有《弇山堂别集》一百卷。松江人董复表将其所著各种朝野笔记、秘录等汇为《弇州史料》,前集三十卷,后集七十卷,内容涉及明代典章制度、人物传记、边疆史地、奇事佚闻等,是一部较完整的明代史料汇编。由于他才高位显,声华意气,笼盖海内,一时士大夫及山人词客、衲子羽流,莫不奔走门下,得其片言褒赏即身价百倍。特别是在李攀龙去世后,他独主文坛二十年,影响深远。

王世贞的文体论十分丰富。其《刘侍御集序》认为:"夫言,人心之声,而诗文乃其精者:韵而诗,匪韵而文。其用本不相远,而其究乃不能相通。以故攻之者不能兼造其奥而发其枢。自西京(西汉)以还,至于今千余载,体日益广,而格则日以卑。前者毋以尽其变,而后者毋以返其始。呜呼!古之不得尽变。宁古罪哉!今之不能返始,其又何辞也已!"①

其《梁伯龙古乐府序》论诗歌、乐府、词、曲的演变云:"凡有韵之言,可以谐管弦者,皆乐府也。《风》、《雅》熄而铙歌、鼓吹兴,其听者犹恐卧,而燕、魏、齐、梁之调作;

---

① (明)王世贞《弇州续稿》卷四〇。

丝不尽谐肉,而绝句所由宣;绝句之宛转不能长,而《花间》、《草堂》之峭倩著;《花间》、《草堂》不入耳,而北声劲;北声不驻耳,而南音出。"

其《尺牍清裁序》论书牍作用云:"夫书者,辞命之流也。昔在春秋,游旌接毂、矢扬刃飞之下,不废酬往,娴婉可餐。故草创润色,既匪一人谋野,提邦以为首务。然而出疆断割,因变为规,寄文行人之口,无取载函之笔,离是而还书,郁乎盛矣,用亦大焉。故激(左矢,需造字)箭聊城,则百雉自摧;奏章秦庭,则千囊尽返。少卿(李陵)纾郁于毳帐,子长(司马迁)扬泯于蚕宫,良以畅人我之怀,发今曩之缊。或扬扢沉冥,或捃折疑务,或诱趋启蔽,或释诅通媾,走(张)仪、(苏)秦于寸管,组丘、倚(古隐士)于尺一。思则川至泉涌,辨乃云蒸电爚,其盛矣哉!"①又《重刻尺牍清裁小序》论尺牍风格之演变云:"向所谓春秋之世,寄文行人者,惜其婉嫩雅,亦略载之。夫其取指太巧措法若规,得非盲史为之润色邪?先秦两汉质不累藻,华不掩情,盖最称笃古矣。东京宛尔具体,三邦(三国)亦其滥觞,稍涉繁文,微伤谲语。晋氏长于吻而短于笔,间获一二佳者,余多茂先不解之恨。齐梁而下,大好缠绵,或涉俳偶,苟从管斑,可窥豹彩,必取全锦,更伤斐然。隋唐以还,滔滔信腕,不知所以裁之。迩岁诸贤稍有名能复古者,亦未卓然正始。夫文至尺牍,斯称小道,有物有则,才者难之,况其他哉?"

其《凤笙阁简抄序》(《弇州四部稿》卷六五)集中表现了他的"文必秦汉"说:"书牍自东京而上之,其大者宏设广譬,畅利遒达,往往足以明志,细至于单辞片情亦靡不宛然丽尔,彬彬称文质也。晋人于辞事若不甚属,比者毋乃以质掩其文欤。六朝靡靡,沦排偶矣,是则文掩质也。余尝谓晋人工于舌而拙于笔,六朝秋于笔而浅于志,非虚语也。用修(杨慎)采尺牍不及唐,明唐以后无尺牍也。虽然,世之佩绅而操觚者自尊,易其语,不知所以裁之,俚巷之是耳,而章程移牍之是邻。其号能慕说古,厌薄时格,第尊事苏、黄,以为无始。骤而语之,而彼未入也,亦何以异于舟秦晋,章甫瓯越哉?"

如果说《凤笙阁简抄序》是他"文必秦汉"的集中表现,那么《徐汝思诗集序》(同上)则是他"诗必盛唐"说的集中表现:"诗之变,古而近也,则风气使之。虽然,《诗》不云乎:'有物有则。'夫近体为律,夫律,法也,法家严而寡恩。又于乐亦为律,律亦乐法也。其翕纯皦绎,秩然而不可乱也,是故推盛唐。盛唐之于诗也,其气完,其声铿以平,其色丽以雅,其力沈而雄,其意融而无迹,故曰盛唐其则也。"他对中唐以后诗不以为然:"今之操觚者日哓哓焉,窃元和、长庆之余似而祖述之,气则漓矣,意纤然露矣,歌之无声也,目之无色也,按之无力也。彼犹不自悟悔,而且高举而阔视,曰吾何以盛

①　(明)王世贞《弇州四部稿》卷六四,文渊阁四库全书本。

674

唐为哉，至少陵氏直土苴耳。"

在六经之外，他特别推崇秦汉的四部著作，即《庄子》、《列子》、《左传》、《淮南子》。其《古四大家摘言序》（《弇州四部稿》卷六八）云："庄周、列御寇者出，而跳于一切之外。庄生之为辞洸洋焱忽，权谲万变，列氏时出入而稍加裁。至汉而《淮南子》出其言，不尽由一人，其所著载兼括道术、事情，最号总杂，而文最雄。乃左氏则采缉鲁史而自属以己法，以为《春秋》翼，盖天下之称事辞者宗焉。"其后则一代不如一代："汉又衰，浸淫而为六代。彼六代者见以为舍璞而露琢，不知其气益漓而益就衰。昌黎、河东氏之所谓振起六代之衰，欲以追四子而犹未逮也。宋则庐陵、临川、南丰、眉山者稍又变之，彼见以为舍筏而竟津，不知其造益易而益就下。"作为明人，他特别吹嘘明文："明兴，弘正间学士先生稍又变之，非先秦、西京弗述，彼见以为溯流而获源，不知其犹堕于蹊也。夫所谓古者不能据上游以厌群志，而一时轻敏之士乐于宋之易构，而名易猎，群然而趣之。其在嘉靖间，而晋陵为尤甚。闽人施君某来莅郡，即出其手所纂《庄》、《列》、《左氏》、《淮南》四家语之尤精者，以属诸生华露而梓之。曰：'吾敢谓足以蔽先秦西京乎哉？谓足以例也。敢以是而废宋乎哉？欲习宋者知宋所由来也。'"

王世贞好史学，以史才自许。其《明野史汇小序》（《弇州四部稿》卷七一）论野史利弊云："野史，稗史也。史失求诸野，其非君子之得已哉？野史之弊三：一曰挟郄而多诬，其著人非能称公平，贤者寄雌黄于睚眦，若《双溪杂记》、《琐缀录》之类是也。二曰轻听而多舛，其人生长闾阎间，不复知县官事，谬闻而遂述之，若枝山《野记》、《翦胜野闻》之类是也。三曰好怪而多诞，或创为幽异可愕，以媚其人之好，不核而遂书之，若《客座新闻》、《庚巳编》之类是也。其为弊均，然而其所由弊异也。舛诞者无我，诬者有我。无我者使人创闻而易辨，有我者使人轻入而难格。"

王世贞对乐府、词、曲、散曲、戏曲都颇有研究，其《艺苑卮言》附录（《弇州四部稿》卷一五三）云："词者，乐府之变也。昔人谓李太白《菩萨蛮》、《忆秦娥》，杨用修又传其《清平乐》二首，以谓调祖。不知隋炀帝已有《望江南》词。盖六朝诸君臣，颂酒赓色，务裁艳语，默启词端，实为滥觞之始。故词须宛转绵丽，浅至儇俏，挟春月烟花于闺幨内奏之，一语之艳，令人魂绝，一字之工，令人色飞，乃为贵耳。至于慷慨磊落，纵横豪爽，抑亦其次，不作可耳。作则宁为大雅罪人，勿儒冠而戎服也。"评历代词云："《花间》以小语致巧，世说靡也。《草堂》以丽字取妍，六朝隃也。即词号称诗余，然而诗人不为也。何者？其婉娈而近情也，足以移情而夺嗜。其柔靡而近俗也，诗蝉缓而就之，而不知其下也。之诗而词，非词也。之词而诗，非诗也。言其业，李氏、晏氏父子、耆卿、子野、美成、少游、易安至矣，词之正宗也。温、韦艳而促，黄九精而刻，长公丽而壮，幼安辨而奇，又其次也，词之变体也。词兴而乐府亡矣，曲兴而词亡矣，非乐府与

词之亡,其调亡也。"其论乐曲演变十分简明扼要:"《三百篇》亡,而后有骚、赋;骚、赋
难入乐,而后有古乐府;古乐府不入俗,而后以唐绝句为乐府;绝句少宛转,而后有词;
词不快北耳,而后有北曲;北曲不谐南耳,而后有南曲。"又云:"曲者,词之变。自金、
元入中国,所用北乐,嘈杂凄紧,缓急之间,词不能按,乃更为新声以媚之。而诸君如
贯酸斋、马东篱、王实甫、关汉卿、张可久、乔梦符、郑德辉、宫大用、白仁甫辈,咸富有
才情,兼喜声律,以故遂擅一代之长。所谓'宋词'、'元曲',殆不虚也。但大江以北,
渐染北语,时时采入,而沈约四声遂阙其一。东南之士未尽顾曲之周郎,逢掖之间,又
稀辨拙之王应。稍稍复变新体,号为'南曲'。高拭则成,遂掩前后。大抵北主劲切雄
丽,南主清峭柔远,虽本才情,务谐俚俗。譬之同一师承,而顿、渐分教;俱为国臣,而
文、武异科。今谈曲者往往合而举之,良可笑也。"

　　王世贞的文学观点主要表现在《艺苑卮言》中。其《艺苑卮言》论他编纂此书的原
由云:"徐昌穀《谈艺录》,尝高其持论矣,独怪不及近体,伏习者之无门也";杨升庵"接
遗响,钩匿迹,以备览核",但未"雌黄曩哲,囊钥后进";严羽的《沧浪诗话》"差不悖旨,
然往往近似而未核,余固少所可"。于是他决定编纂此书,以"成一家言","以补三氏
之未备"①。但此书多为辑录前人之语,所附己见,前论其文体论时多已涉及,兹不
再述。

三十七　李贽《童心说》论"诗何必古选,文何必先秦"

　　李贽(1527—1602)号卓吾,又号宏甫、温陵居士。泉州晋江(今属福建)人。回
族,出身航海世家。自幼在家乡读书,后外出谋生,考中举人,官至云南姚安知府。所
到之处与上司多忤,五十四岁时辞官,不久出家,寄居湖北黄安、麻城,后又流寓四方,
主要从事著述与讲学。七十六岁时被捕入狱,于通州狱中自杀。事见《明史》卷二二
一本传。李贽一生著述甚多,而存者真伪杂陈,较可信的有《焚书》、《续焚书》、《藏
书》、《续藏书》、《李氏文集》。此外还有《易因》六卷、《说书》十卷、《养生醍醐》一卷、
《博识》一卷、《龙湖闲话》一卷、《贤弈选》一卷、《理谭》一卷、《精骑录》一卷、《尊重口》
一卷、《异史》一卷、《中山一夕话》十则。他还是明代著名的评选家,曾评选过《陶渊明
集》、《王摩诘集》、《杨椒山集》、《幽闺记》、《琵琶记》、《玉合记》,诗文评专著有《骚坛千
金诀》、《文字禅》等。

　　李贽是明代著名的异端思想家、文学评论家,他在《藏书·纪列传总目前论》中反

---

① (明)王世贞《艺苑卮言》卷首,《历代诗话续编》,中华书局 1983 年版。

676

对"以孔子之是非为是非"。其《德业儒臣后论》认为"人必有私","此自然之理，必至之符"。①在文论上，他反对前后七子的复古思潮，提出自己的童心说，其《童心说》云："天下之至文，未有不出于童心焉者也。苟童心长存，则道理不行，闻见不立，无时不文，无人不文，无一样创制体格文字而非文者。诗何必古选，文何必先秦。降而为六朝，变而为近体，又变而为传奇，变而为院本，为杂剧，为《西厢》曲，为《水浒传》，为今之举子业，皆古今至文，不可得而时势先后论也。故吾因是而有感于童心者之自文也，更说甚么《六经》，更说甚么《语》、《孟》乎？"②这显然是针对复古派而发。

其《时文后序》（代作）论文体演变颇具辩证观："时文者，今时取士之文也，非古也。然以今视古，古固非今；由后观今，今复为古。故曰文章与时高下者，权衡之谓也。权衡定乎一时，精光流于后世，易可苟也！夫千古同伦，则千古同文，所不同者一时之制耳。故五言兴，则四言为古；唐律兴，则五言又为古。今之近体既以唐为古，则知万世而下，当复以我为唐无疑也。而况取士之文乎？彼谓时文可以取士，不可以行远，非但不知文，亦且不知时矣。夫文不可以行远而可以取士，未之有也。"其《读律肤说》提出性情说，强调文贵自然："淡则无味，直则无情。宛转有态，则容冶而不雅；沉着可思，则神伤而易弱。欲浅不得，欲深不得。拘于律则为律所制，是诗奴也，其失也卑，而五音不克谐；不受律则不成律，是诗魔也，其失也亢，而五音相夺伦。不克谐则无色，相夺伦则无声，盖声色之来，发于情性，由乎自然，是可以牵合矫强而致乎？故自然发于情性，则自然止乎礼义，非情性之外复有礼义可止也。惟矫强乃失之，故以自然之为美耳，又非于情性之外复有所谓自然而然也。故性格清澈者音调自然宣畅，性格舒徐者音调自然疏缓，旷达者自然浩荡，雄迈者自然壮烈，沉郁者自然悲酸，古怪者自然奇绝。有是格，便有是调，皆情性自然之谓也。莫不有情，莫不有性，而可以一律求之哉？然则所谓自然者，非有意为自然而遂以谓自然也。若有意为自然，则与矫强何异？故自然之道，未易言也。"

三十八　王世懋论"诗必自运，而后可以辨体"

王世贞之弟王世懋(1536—1588)字敬美，别号麟州，太仓(今属江苏)人。因其兄字元美，故时称少美。嘉靖三十八年(1559)进士，官至南京太常寺少卿。著有《王仪部集》、《二酉委谭摘录》、《名山游记》、《奉常集词》、《窥天外乘》、《艺圃撷余》等。专精古文辞，善诗

---

①　（明）李贽《藏书》卷三二，中华书局 1959 年版。

②　（明）李贽《焚书》卷三，中华书局 1975 年版。以下所引均见此卷。

文。名虽不如其兄,但世贞以为胜己。《四库全书总目》提要谓其"能不为党同伐异之言"。

《艺圃撷余》一卷为其诗论诗话著作,对七子格调派诗学有所修正乃至突破,认为"作古诗先须辨体。无论两汉难至,苦心摹仿,时隔一尘,即为建安,不可堕落六朝一语。为三谢,纵极排丽,不可杂入唐音。小诗欲作王、韦,长篇欲作老杜,便应全用其体,第不可羊质虎皮,虎头蛇尾。词曲家非当家本色,虽丽语博学无用,况此道乎";"唐律由初而盛,由盛而中,由中而晚,时代声调,故自必不可同。然亦有初而逗盛,盛而逗中,中而逗晚者,何则? 逗者,变之渐也。非逗,故无由变。如四诗之有变风、变雅,便是《离骚》远祖。子美七言律之有拗体,其犹变风、变雅乎? 唐律之由盛而中,极是盛衰之介。然王维、钱起,实相倡酬。子美全集,半是大历以后,其间逗漏,实有可言";"律诗句有必不可入古者,古诗字有必不可为律者。然不多熟古诗,未有能以律诗高天下者也。初学辈不知苦辣,往往谓五言古诗易就,率尔成篇,因自诧好古,薄后世律不为,不知律尚不工,岂能工古? 徒为两失而已。词人拈笔成律,如左右逢源,一遇古体,竟日吟哦,常恐失却本相。乐府两字,到老摇手不敢轻道"。他在"格调"的门面语下,引进了"才学"、"情性"等因素,具有"性灵"说的某种倾向:"取法固当上宗,论诗亦莫轻道。诗必自运,而后可以辨体;诗必成家,而后可以言格。晚唐诗人,如温庭筠之才,许浑之致,见岂五尺之童下,直风会使然耳。览者悲其衰运可也。故予谓今之作者,但须真才实学,本性求情,且莫理论格调。"①

三十九　沈懋孝论表体、"文体之变"

沈懋孝(1537—1612)字幼真,号晴峰。明平湖(今属浙江)人。拥书万卷,人称"长水先生"。隆庆二年(1568)进士。官至南京国子监司业。著有《长水先生文钞》、《淇林雅咏》等。

其《与塾中士论四六骈体》详尽论述了表体的发展过程,远古无表,表始于汉,表有散文表:"三代上无表之名,《史记》始有年表,标其世次日月,立论其端耳,犹之乎文也。自东汉马伏波(马援)之式铜马也,有进表;吴陆士衡(陆机)之谢平原内史也,有谢表;晋羊叔子(祜)之让开府也,有辞表;刘越石之劝进中宗,以系人望也,有贺表。乃若诸葛孔明之《出师》,李令伯(李密)之《陈情》,又出四体之外,直抒己志,精忠孝感,垂之到今矣。然皆散文也。"有骈文表:"骈体兴于宋、齐、梁,而唐初则骆义乌(宾王)以四六擅场,盖承丽赋之藻瞻,集古选之对属,合璧连玑,真文林之玮宝也。唐文

---

① (明)王世懋《艺圃撷余》,文渊阁四库全书本。

大昌于退之(韩愈),其《谏佛骨》、《谢潮阳》,则用散体;其《贺灵雨》则用骈体。盖两能之,而退之终不以四六名。夫乃义乌之独诣耶? 至宋王介甫、苏子瞻,始厌薄秾词,为真淡写意之体。其后汪浮溪(藻)、周益公(必大)、杨诚斋(万里)之徒嗣之,故宋表传至今。今之士林皆式之,盖纯乎议论矣。"表文风格应视其用:"如陈谢,如辞职,如谏事,如进规,用论议行文,情志始畅。若夫国之大庆大典,必待铺张,赐物之一衣一马,尤须描写。若斯之类,岂可无掞藻摛菁之笔哉? 亦顾所用何如耳。"①初唐之秀发,盛唐之冠冕,晚唐之雕刻,宋之议论,各代有各代的风格特色,不可一概而论。其《小淇林杂言上》亦云:"文体之变,一综一纬,一文一素,一纵一横,一偶一奇。"

四十　温纯论"体裁以时易之"

温纯(1539—1607)字景文,号一斋。三原(今属陕西)人。嘉靖四十四年(1565)进士。历任知县、巡抚,官至左都御史。卒,赠少保。天启初,追谥恭毅。《明史·温纯传》载:"(温)纯清白奉公,五主南北考察,澄汰悉当,肃百僚,振风纪,允称名臣"。他一生为创建地方公益事业不遗余力,虽三朝为官而家无积储,是三原古龙桥的倡建者。著有《温恭毅集》。

其《词致录序》认为"体裁以时易之",对四六文的存在和作用进行了充分肯定,很有说服力:"或谓四六始徐、庾氏,支蔓于两晋,浸淫于六朝。僻构幽深,猥臻绮缛;风云月露,鱼鸟烟花。绘象而斗一字之奇,骈偶而侈三冬之富;点缀已甚,气骨无存。此文之靡也,好古者斥焉,胡集为? 而又胡以序为? 予曰:不然。对偶音律,自天地剖判以来有之。山峙水流,日昼月夕,八埏度剖,列宿缠分,非对偶乎? 水乐虫丝,松涛竹韵,万籁隐发,空谷互嘼,非音律乎? 四六之靡者自靡耳,若取材于经,叶律以雅,境与兴适,抽黄白而曲中,其微意与韵偕,切宫商而妙成其响,则纶绰进奏,宣达庄严,歌咏咨嗟,感动神鬼,岂只五色之红紫,六经之鼓吹而已哉! 故徐、庾氏代不乏人,无论诸家试评著者。'一抔'、'六尺',读者汗颜;'秋水'、'落霞',观者动色。或改容于推诚任数之疏,或阁笔于朱耶赤子之联。饥寒疾病,控告而忌者腐心;漂杵燎原,应声而争者结舌。所谓取材于经,叶律以雅,非与四六,又何可少之? 大都善相马者,惟求筋骨;善评文者,惟贵神情。神情内会,而意兴各有寄托。其体裁以时易之,要未可概其世代生平也。宋广平(宋璟)玉性金肠,赋梅花不免婉媚;晏元献(晏殊)清标淡质,祖平西(祖约)止见便儇;王濬仲(戎)嗜进纳污,持论每超玄致;柳子厚(柳宗元)甘谀溺

---

① (明)沈懋孝《长水先生文钞》卷一二,明万历间刻本。

诡,立言輒附经常。如以其文而已,广平、元献呫呫漫漫者耳;而濬仲、子厚不庶几轩、黄、姬、孔之间乎! 故四六诚靡矣,倘能寄骆丞之概,采子安之华,摅敬舆之忠,博卢弼之典,泻子瞻之赤,捷寇岳之锋,允矣作述无前,孰云四六非古! 若夫参造化自然之机,收景物无穷之趣,变而不失其正,亦变风之余也,则有广平、元献在。盖文犹兵也,奇、正惟吾所用之,其神情固有所著矣。不然,存葩去实,语怪志诙,或涉说铃,终成画饼,雅道伤矣!"①

四十一　孙鑛论"人才各有偏",文风难以"兼美无瑕"

孙鑛(1543—1613)字文融,初号越峰,中年更号月峰,别署月峰主人、湖上散人。余姚(今属浙江)人。万历二年(1574)会元。官至南京兵部尚书。学问淹贯,精擅文、史、经、子诸学。善评点,著述宏富,约计九十余种,亡佚殆半,传世者有《孙月峰全集》及《评经》十六卷、《今文选》十二卷、《评史记》一百三十卷、《评汉书》七十卷、《韩非子节钞》二卷、《翰苑琼琚》十二卷、《后越绝》十卷、《排律辨体》十卷、《居业编》十二卷等。《四库全书总目·孙月峰评经》提要讥其"用评阅时文之式,一一标举其字句之法,词意纤仄,钟谭流派此已兆其先声矣"。

其《与吕甥玉绳论诗文书》论诗云:"七言近体,勿随人多作。此体在诗中又别一境,大(太)难口言。古选固是诗本,或太远;只五言律为近而正。唐人五言律,不问初、中、晚,无一不佳,杜尤臻神境,若常细玩,诗宁有不工者? 诗必工始出,不轻易成篇,亦是入门一诀也。"②其《与余君房论文书》历评各朝之文,特别是明文,论点一是人各有所长,各有所短:"兼美無瑕,即古人亦难之,故精炼者不轻逸,跌宕者不沉郁,艱深者涩,典实者拙,即(左)丘明、(司马)子长规模且判然别矣……近有对弈者数负,不服曰,我但贪耳。应之者曰贪即是汝品下;曰但生耳,曰生即是汝品下;曰速耳,曰速即是汝品下;曰轻易汝耳,曰轻易即是汝品下。文亦犹此,昔人谓参也鲁,故造道深。人才各有偏,偏即有不至,不可谓堂堂者胜啬者也。"二是认为唐、宋八大家实仅七家,苏辙算不上:"大家,唐二人,宋欧、曾、王、苏氏父子共五人,栾城(苏辙)不与。鑛谓五公为大家,止以我朝言也,韩、柳终不易及。前小启固曾言之,宋五家正可相当。若汉以前大家,信更在二家上,"三是批评李梦阳文必秦汉之说,实际无法坚持:"自空同(李梦阳)倡为盛唐汉魏之说,大历以下悉捐弃,天下靡然从之,此最是正路,无可议者。然天

---

①　(明)温纯《温恭毅集》卷七,文渊阁四库全书本。

②　(明)孙鑛《姚江孙月峰先生全集》卷九,嘉庆间刊本。

680

下事但人正路即难,即作人亦如此,久之觉束缚不堪,则逃而之初唐,已又进之六朝,在嘉靖中最盛。然此路实隘而不弘,近遂有舍去近体,但祖汉、魏之论。然有言之者,鲜行之者,则以此一路枯淡,且说物情不尽耳。近十余年以来遂开乱道一派,昨某某皆此派也。然此派亦有二支,一(学)长吉李贺、玉川(卢仝),一(学)子瞻、鲁直。某近李、卢,某近苏、黄;然某犹有可喜,以其近于自然;某则太矫揉耳。文派至乱道则极不可返,迩来作人亦多此派,此实关系世道,良足叹慨。然弇州(王世贞)晚年诸作,实已透漏乱道端倪,盖气数人情至此,不得不然,亦非二三人之过也。"①

四十二 于慎行反对明人的复古

于慎行(1545—1607)字可远,又字无垢,号毂山。东阿(今山东平阴县东阿镇)人。嘉靖四十年(1561)举人。隆庆二年(1568)进士,官至礼部尚书。为人学有原委,淹贯百家,博而核,核而精,熟悉历代典章,亲自裁定。其文学造诣亦高,与冯琦并称于世。著有《毂城山馆集》、《毂山笔麈》、《读史漫录》、《琐言》(附《梦语》)、《杂记》、《兖州府志》、《东阿县志》等。

于慎行对当时人的复古风气颇不以为然,其《古乐府叙》云:"唐人不为古乐府,是知古乐府也。辞声相杂,既无从辨,音节未会,又难于歌,故不为尔。然不效其体,而时假其名,以达所欲出,斯慕古而托焉者乎!近世一二名家,至乃逐句形模,以追遗响,则唐人所吐弃矣。"②其《五言古诗叙》亦云:"魏晋之于五言,岂非神化?学之则迂矣,何者?意象空洞,朴而不敢琱;轨途整严,制而不敢骋。少则难变,多则易穷,古所谓鹦鹉语不过数声尔。"《赋附》云:"班氏有言,赋者古诗之流也。盖云《雅》、《颂》不作,流而为骚赋尔。五言既兆,又赋之流而为诗,去古远矣。然自屈、宋以下,所谓古赋者,犹有《雅》、《颂》之遗。若《二京》、《三都》,则辞类纪述;江左六朝,则体沦俳偶,于诗道益辽然哉!"都是很通达、明于文体变化的见解。

四十三 李维桢论不同的时代、个人、体裁、题材均有不同风格

李维桢(1547—1626)字本宁,号翼轩,自称角陵里人。京山(今属湖北)人。隆庆二年(1568)进士,浮沉外僚近三十年,累官礼部尚书。著有《大泌山房集》及《史通评

---

① 《文章辨体汇选》卷二四四。
② (明)于慎行《毂城山馆集》卷一,文渊阁四库全书本。

释》等。他亲历晚明社会政治文化的种种变迁，对于当时不同地域、阶层、流派的思想有深入全面的接触和了解。性乐易阔达，文章弘肆，负重名垂四十年，然多率意应酬之作。

其《唐诗纪序》论历代诗风之演变，认为不同的时代、个人、体裁、题材均有不同风格，十分深刻。首论不同的时代有不同的风格："不佞闻声音之道与政通，世隆则从而隆，世污则从而污。《三百篇》不可胜原，第言成周。周以勤俭肇基，其诗为幽愿而厚详，而中于人情。文王文明柔顺，化行汝渍、江汉，其诗为《周南》《召南》，婉而有致，恭而不忒。武、成之际，公旦相之，反商政，尊周道，其诗为《雅》《颂》，和而正，华而实，宴然而有深思。东周王迹熄，其诗为变风、变雅，若《板荡》怒而《黍离》哀，去先民远矣。上下千年，污隆之故，了然指掌，匪《诗》何观焉？"又云："《三百篇》删自仲尼，材高而不炫奇，学富而不务华。汉、魏近古，十肖二三。六朝厌为卑近，而求胜于字与句，然其才相万矣，故博而伤雅，巧而伤质。唐人监六朝之弊而刜濯其字句，以当于温柔敦厚之旨，然其学相万矣，故变而不化，近而易窥，要其盛衰，可略而言。"次论不同诗人有不同风格，诗之盛衰不完全决定于时代，也决定于诗人；"以《诗》论世易，以唐诗论唐世难。谈者曰：唐以诗进士，童而习之故盛；士以诗应举，追趋逐嗜故衰。少陵（杜甫）宗工，曾不得一第；右丞（王维）杂伶人而奏技王家，于诗品何损也！贞观、开元二帝，以豪爽典则先天下，诗宜盛而最暗；弱者中宗，能大振雅道；即德、文两朝，不及中、晚，人才朴樕，诗宜衰。彼元（稹）、白（居易）、钱（起）、刘（禹锡）、柳州（柳宗元）姑无论，昌黎（韩愈）望若山斗，犹且服膺工部（杜甫）、供奉（李白）而避其光焰，何也？古者，上自人主，下至学士大夫以及细民，莫不为诗，而诗盛衰之机在上。后世细民不知诗，人主罕言诗，仅学士大夫私其绪，而诗盛衰之机在下。长庆、西昆、玉台，能为体以自标异，而无能使人尽为其体。少陵诗盛行，乃在革命之代，其转移化导之力，讵足望人主乎？则唐与古殊矣。"再论不同的体裁有不同的风格；"六朝以上，惟乐府、《选》诗眉目小别，大致固同。至唐而益以律、绝、歌行诸体，复不相侔。夫一家之言易工，而众妙之门难兼，则唐与古殊矣"；"律体情胜则俚，才胜则离，法严而韵谐，意贯而语秀。初、盛夺千古之帜，后无来者。绝句不必长才，而可以情胜。初、盛饶为之，中、晚固无让也。歌行伸缩由人，即情才俱胜，俱不失体。"末论不同的题材有不同的风格；"山林宴游则兴寄清远，朝飨侍从则制存庄丽，边塞征伐则凄惋悲壮，暌离患难则沉痛感慨。缘机触变，各适其宜，唐人之妙以此。今惧其格之卑也，而偏求之于凄惋、悲壮、沉痛、感慨，过也……揽撷多而精华少，拟勤而本真漓，是皆不善学唐者也。"①

---

① 《文章辨体汇选》卷二九七。

四十四　赵南星论时艺"关于士风世运大矣"

赵南星(1550—1627)字梦白,号侪鹤,别号清都散客。高邑(今属河北)人。明朝后期著名政治家,散曲作家。万历二年(1574)进士。与邹元标、顾宪成同称"三君"。东林党首领之一。天启三年(1623),任吏部尚书。时宦官魏忠贤专政,政治腐败,他与之对抗,革除旧弊,选用贤能,为魏忠贤所嫉。魏忠贤假托君命,发布诏旨,革去其官职,谪戍山西代县,不久病死。后追谥忠毅,被吏部公举为"清忠名臣"。崇祯帝多次降旨,追赠其为太子太保、荣禄大夫,给予高度的评价。其散曲虽有拜佛求仙、赏花观景、风情调笑等闲居无聊之作,但作品多磊落不平之气,表达了他对"伤了时务,损了人民"的现实的忧虑;有的以俗曲形式写男女恋歌,爽朗热烈,朴直清新,呈现出豪辣顽艳的艺术风格。著有《赵忠毅集》、《味檗斋文集》、《芳菇园乐府》、《史韵》、《学庸正说》、《笑赞》等。

其《叶相公时艺序》认为"文各有体",时艺(八股文)"关于士风世运大":"文各有体,不容相混。今取士以时艺言,古无此体也。然主于明白纯正,发明经书之旨,亦足以端士习,天下之太平縣之。前辈如王、薛、唐、瞿诸公,皆高才博学,能古文词,而其所为皆时艺也。斯事虽细,孟子不曰生于其心乎? 且进士之科日重,公卿大夫,皆从此出,所关于士风世运大矣。嘉、隆之间,文体日变,然不失为时艺。浸淫至于今日,率皆以颇僻幽眇之见,托之乎经书之言,而其词非经书也,又非《左》、《国》、《史》、《汉》、韩、欧、三苏之词也。一切佛老异端,稗官野史,丘里之常谈,吏胥之文移,皆取之以快其笔锋,而骋其词力。如飓风之起,卷草树,飞砂砾,拚覆天宇,不见日月,而以为奇观。时艺古文,都无所似,士大夫奈何作此以取富贵? 此天不之乱所以越至于今也。"[①]

四十五　袁宗道论诗文诸"体相离亦相近,不可不辨"

《四库全书总目·袁中郎集》提要介绍三袁云:"其诗文所谓公安派也。盖明自三杨倡台阁之体,递相摹仿,日就庸肤,李梦阳、何景明起而变之,李攀龙、王世贞继而和之,前后七子遂以仿汉摹唐转移一代之风气,迨其末流渐成伪体。涂泽字句,钩棘篇章,万喙一音,陈因生厌,于是公安三袁又乘其弊而排抵之。三袁者一庶子宗道,一吏

---

① (明)赵南星《赵忠毅公诗文集》卷一五,崇祯十一年范景文等刻本。

部郎中中道,一即宏道也。其诗文变板重为清巧,变粉饰为本色,天下耳目于是一新,又复靡然而从之。然七子犹根于学问,三袁则惟恃聪明。学七子者不过赝古,学三袁者乃至矜其小慧,破律而坏度,名为救七子之弊而弊又甚焉。观于是集,亦足见文体迁流之故矣。"

袁宗道(1560—1600)字伯修,号玉蟠,又号石浦,公安(今属湖北)人。与弟宏道、中道并称"三袁"。万历十四年(1586)礼部会试第一,殿试二甲第一名进士,次年任翰林院编修,授庶吉士。官至右庶子。在复古派极盛之时,独推白居易、苏轼,书斋亦取名为"白苏斋",成为公安派的代表人物之一。他抨击前后"七子",反对摹古,提倡通变;主张独抒性灵,不拘格套;推重民歌、小说,重视通俗文学。其诗文多有感而发,率真自然,但和袁宏道一样,存在内容贫乏的缺点。著有《白苏斋集》。

其《刻文章辨体序》所说之"体"既指体裁,也指风格:"治室者,庙与寝异,寝与堂异;而庙、寝、堂之中,楣与榱异,节与棁异。彼各有体焉,梓人固不得匠意而运也。而矧夫所称经国大业,不朽盛事也者乎!吾姑置庖牺以前弗论,论章章较著者,则莫如《诗》、《书》。乃骚、赋、乐府、古歌行、近体之类,则源于《诗》;诏、檄、笺、疏、状、志之类,则源于《书》。源于《诗》者,不得类《书》;源于《书》者,不得类《诗》。此犹庙之异寝,寝之异堂,其体相离,尚易辨也。至于骚、赋不得类乐府,歌行不得类近体,诏不得类檄,笺不得类疏,状不得类志,此犹楣之异榱,棁之异节也。其体相离亦相近,不可不辨也。"又云:"至若诸体之中,尊卑殊分,禧禖殊情,朝野殊态,遐迩殊用,疏数烦简异宜,此犹榱楣节棁之因时修短狭广也。其体最相近,最易失真,不可不辨也。故夫不深惟其体,而以臆为之,则《渔父》、《卜居》之精远,《阿房》、《赤壁》之宏奇,见为失骚赋体。'落霞孤鹜'之篇,见为伤俳;'黄鹤'、'白云'之句,见为似古,"所论"骚、赋、乐府、古歌行、近体"等指体裁,"精远"、"宏奇"、"伤俳"、"似古"等指风格,他批评时人"古人体裁,一切弁髦,而不知破规非圆,削矩非方","抱形似而失真境,泥皮相而遗神情"①。见解非常精凿通达。

四十六 袁宏道论"体无沿袭"

袁宏道(1568—1610)初字孺修,改字中郎,号石公,又称六休。公安(今属湖北)人。与兄宗道、弟中道并有才名,世称三袁。年十六为诸生,即结诗社于城南,为之长。间为诗歌古文,有名于里中。万历二十年(1592)进士,选吴县知县,听断敏绝,公

---

① (明)袁宗道《白苏斋类集》卷七,上海古籍出版社2007年版。

庭少事。不久去官，起授应天教授，历国子助教、礼部主事，谢病归。后起故官，寻以清望擢吏部验封司主事，寻迁考功司员外郎、稽勋郎中，谢病归。《明史》卷二八八有传。著述甚富，其《袁中郎集》收有他的《狂言》二卷、《别集》二卷、《觞政》一卷、《瓶史》一卷、《广庄》一卷、《广陵集》一卷、《敝箧集》二卷、《破砚斋集》三卷、《桃园咏》一卷、《华嵩游草》二卷。另有《袁中郎未刻遗稿》、《锦帆集》、《解脱集》、《瓶花斋集》、《潇碧堂集》、《西湖纪述》、《促织志》、《德山暑谭》、《瓶花斋杂录》、《醉叟传》、《拙效传》等。

其《诸大家时文序》评论时文，反对承袭，提倡"体无沿袭"："今代以文取士，谓之举业，士虽借以取世资，弗贵也，厌其时也。夫以后视今，今犹古也；以文取士，文犹诗也。后千百年，安知不瞿、唐而卢、骆之，顾奚必古文词而后不朽哉？且所谓古文者，至今日而敝极矣。何也？优于汉谓之文，不文矣；奴于唐谓之诗，不诗矣。取宋、元诸公之余沫而润色之，谓之词曲诸家，不词曲诸家矣。大约愈古愈近，愈似愈赝，天地间真文澌灭殆尽。独博士家言，犹有可取。其体无沿袭，其词必极才之所至，其调年变而月不同，手眼各出，机轴亦异，二百年来，上之所以取士，与士子之伸其独往者，仅有此文。而卑今之士，反以为文不类古，至摈斥之，不见齿于词林。嗟夫，彼不知有时也，安知有文！"①其《雪涛阁集序》所论更为深入全面："文之不能不古而今也，时使之然也。妍媸之质，不逐目而逐时……唯识时之士为能堤其隤而通其所必变。夫古有古之时，今有今之时，袭古人语言之迹而冒以为古，是处严冬而袭夏之葛者也。骚之不袭雅也，雅之体穷于怨，不骚不足以寄也。后之人有拟而为之者，终不肖也。何也？彼直求骚于骚之中矣。至苏、李述别及《十九》（指《古诗十九首》）等篇，骚之音节体制皆变矣，然不谓之真骚不可也。古之为诗者，有泛寄之情，无直书之事；而其为文也，有直书之事，无泛寄之情。故诗虚而文实。晋、唐以后，为诗者有赠别，有叙事；为文者有辩说，有论叙。架空而言，不必有其事与其人，是诗之体已不虚，而文之体已不实矣。古人之法，顾安可概哉？夫法因于弊而成于过者也。矫六朝骈丽钉饾之习者，以流丽胜。钉饾者，固流丽之因也。然其过在轻纤，盛唐诸人以阔大矫之；已阔矣，又因阔而生莽，是故续盛唐者，以情实矫之；已实矣，又因实而生俚，是故续中唐者，以奇僻矫之；然奇则其境必狭，而僻则务为不根以相胜，故诗之道，至晚唐而益小。有宋欧、苏辈出，大变晚习，于物无所不收，于法无所不有，于情无所不畅，于境无所不取，滔滔莽莽，有若江河。今之人，徒见宋之不唐法，而不知宋因唐而有法者也。如淡非浓，而浓实因于淡。然其弊至以文为诗，流而为理学，流而为歌诀，流而为偈颂，诗之弊，又有不可胜言者矣。"

---

① 《袁宏道集笺校》卷四，上海古籍出版社 1981 年版。

四十七　钱谦益论"诗人之体制"，强调别裁伪体

钱谦益(1582—1664)字受之，号牧斋，晚号蒙叟、东涧老人。学者称虞山先生。明末文坛领袖。常熟(今属江苏)人。万历三十八年(1610)进士。钱谦益在明末作为东林党首领，已颇具影响。马士英、阮大铖在南京拥立福王，钱谦益依附之，为礼部尚书。后降清，为礼部侍郎。但很快告病归，与郑成功等反清势力保持联系。钱谦益学问宏富，功力深厚，编《列朝诗集》，总结有明一代之诗。论诗不满前后七子的模拟形似，也反对公安、竟陵学派的油滑或拗涩。他的诗文奥博沉郁，自成一家，与当时的吴伟业、龚鼎孳合称"江左三大家"。他的文章，常把铺陈学问与抒发思想性情结合起来，纵横曲折，奔放恣肆，其意图是合"学人之文"与"文人之文"为一体。从具体作品看，虽内容比较驳杂恢诡，但规模阔大，足以转变明文的衰微格局，振作明末清初的文风。其诗作于明者收入《初学集》，入清以后的收入《有学集》；另有《投笔集》，系晚年之作，多抒发反清复明的心思。乾隆时，他的诗文集遭禁毁。

其《徐元叹诗序》论"诗人之体制"，强调"别裁伪体"就是针对前后七子而发的："谈诗者必学杜，必汉、魏、盛唐，而诗道之榛芜弥甚。羽卿(严羽)之言，二百年来遂若涂鼓之毒药。甚矣，伪体之多而别裁之不可以易也！呜呼！诗难言也。不识古学之从来，不知古人之用心，徇人封己，而矜其所知，此所谓以大海内(纳)于牛迹者也。王、杨、卢、骆见哂于轻薄者，今犹是也，亦知其所以劣汉、魏而近风骚者乎？钩剔抉摘，人自以为长吉(李贺)，亦知其所以为骚之苗裔者乎？低头东野(孟郊)，懂(近)而师其寒饿，亦知其所谓'横空盘硬'、'妥帖排算'者乎？数跨代之才力，则李、杜之外，谁可当'鲸鱼碧海'之目？论诗人之体制，则温、李之类，咸不免'风云儿女'之讥。先河后海，穷源遡流，而后伪体始穷，别裁之能事始毕。"①

四十八　艾南英论"辞尚体要"及宋诗、宋文

艾南英(1583—1646)字千子，东乡(今属江西)人。天启举人。明亡后，追随唐王于闽，授兵部主事，未久卒。少时即有文名，曾与同郡章世纯、罗万藻、陈际泰致力于八股文改革，影响颇大，为豫章社首领。为文取径唐、宋，溯源秦、汉，推崇司马迁、欧阳修，提倡散文古雅畅达。手定《历代诗文选》、《皇明古文定》，作为学文的楷模；编选

---

① （清）钱谦益《牧斋初学集》卷三二，四部丛刊影明刻本。

《文剿》、《文妖》、《文腐》、《文冤》、《文戏》，著有《艾千子集》。

其《答夏彝仲论文书》认为修辞主要指"章旨结撰"，而非仅指修饰字词："我接兄教，三复思之，首尾结意，皆在修辞二字。而其究竟一说则要归于献吉（李梦阳），（李）于鳞、元美（王世贞）三子，以为三子皆能修辞，未可非。而末后言辞之究竟，则曰句字崇饰而已矣。嗟乎，吾兄何其视古人太轻，视今人太重耶？夫以司马子长、刘向、昌黎、永叔之文，兄舍其根本六经与其法度章脉、变化生动、雄深古健之大者不论，而曰止于辞，则视古人太轻也。且又取《易》、《诗》、《书》、《春秋》三传，而亦曰是皆古圣人饰字而为之，则视古圣人又太轻也。因而及于浮华补缀，涂东抹西，左剽右窃，取《史》、《汉》句字，割裂而饾饤之，如今之王、李者皆得附于圣人修辞之旨，是又视今人太重也。兄以句字崇饰尽修辞之义，则请为兄先言辞之原……子曰'修辞立其诚'，未闻以浮华为诚也。又曰'辞达而已矣'，未闻以臃肿骈丽为达也。《书》之言曰'辞尚体要'，有体有要，则今日章旨结撰之谓，而非以饾饤剽窃句字为体要也。盖古人之所谓辞命、辞章者，指其通篇首尾开阖而言，非以一黄一白，一朱一黑，俪字骈音而为之辞。"他认为古文应以古朴平淡为特征："夫平淡古质不为烦华者，古文之别称也。兄知古文之所以名乎？今之时以碑、铭、序、记、传为古文，对八股时艺而言耳。古人未有八股时文，所称古文者安在？如以碑、铭、序、记为古，则韩、欧有之，王（勃）、杨（炯）、卢（照邻）、骆（宾王）辈皆有之。欧阳公得旧本韩文，乃始知为古文，其序苏子美曰：'子美之齿少于予，而予学古文乃在其后。'盖昔人以东汉末至唐初偶排摘裂，填事粉泽，宣丽整齐之文为时文，而反是者为古文。譬之古物器，其艳质必不如今，此古文之所以为名也。若以辞华为古，则韩之先为六朝，欧公之先有五代，皆称古文矣。今之王、李，其文无法，其句甚鲜，其究也甚腐，吾尝取其稿观之，掩卷而观其题，辄能测其中所用官名，所用地志，所起所收若何，什不爽一。后生小子不必读书，不必作文，但架上有前后《四部稿》（指王世贞《弇州四部稿》、《续稿》），每遇应酬，顷刻裁割，便可成篇。"①

其《答陈人中论文书》批驳陈诋毁宋文："足下谈古文，辄诋毁欧、曾诸大家，而独株株守一李于鳞、王元美（世贞）之文，以为便足千古……张目骂欧、曾，骂宋景濂（宋濂），骂震川（归有光）、荆川（唐顺之）"；"不佞方由韩、欧以师秦、汉，足下乃谓不当舍秦、汉而求韩、欧；不佞方以得秦、汉之神气者尊韩、欧，而足下乃以窃秦、汉之句字者尊王、李，不亦左乎？"又论文不可有法，更不可无法，有法寓于无法之中："夫文之法最严，孰过于欧、曾、苏、王者？荆川有言曰：'汉以前之文未尝无法，而未尝有法，法寓于无法之中，故其为法也密而不可窥。唐与宋之文不能无法，而能毫厘不失乎法，以有

---

① 《文章辨体汇选》卷二四八。下引亦见此书此卷。

法为法,故其为法也严而不可犯。'予尝三复以为至言……宋之文由乎法而不至于有
迹而太严者,欧阳子也,故尝推为宋之第一人。"其下论宋代诗文诸体之得失,一为赋:
"足下以赋病宋人诚是矣,然天下安有兼材,必欲论赋则奚独宋人,自屈平而后,汉赋
已不如矣,楚以下皆可病也。然则足下《悄心赋》何不直登屈氏之堂,而乃甘退处于六
朝排对填事,柔靡粉泽,如是而讥宋赋,恐宋人不受也。"次论宋之记:"宋之记诚有如
赋如文者,然亦其一二耳,以此而病全宋,是犹见燕赵之丑妇而遂谓北方无美女,见吴
之粗缯败絮而遂谓江南无美锦等耳,如是而宋以变乱古法罪宋人,宋人不受也。足下
又引李于鳞之言曰:宋人惮于修词,理胜相掩,以为宋文好易之证。然予则曰,孔子云
辞达而已矣,未闻辞之碍气也。辞之碍气为东汉以后骈丽整齐之句言耳,彼以句字为
辞,而不知古之所谓辞命、辞章者,指其首尾结撰而通谓之辞,非如足下之以矜句饰字
为辞也。故曰辞尚体要,则章旨之谓也……文各有所主,各有时代,唐宋之不肯袭秦、
汉句字,犹孔子之语必不为《易》、《书》、《诗》也。如此论文,足下必当以扬雄《太玄》、
唐樊宗师、宋刘几之文为最矣。"又论宋诗云:"宋之诗诚不如唐,若宋之文,则唐人未
及也。唐独一韩、柳,宋自欧、曾、苏、王外,如贡父、原父、师道、少游、补之、同甫、文
潜、少蕴数君子,皆卓卓名家,愿足下闭户十年,尽购宋人书读之,然后议宋人未晚
也。"末评当时唐、宋派之争云:"足下又痛诋当代之推宋人者,如荆川(唐顺之)、震川
(归有光)、遵岩(王慎中)三君子。嗟乎,古文至嘉(靖)、隆(庆)之间,坏乱极矣,三君
子当其时,天下之言不归王(世贞),则归李(李于鳞),而三君子寂寞著书,傲然不屑,
受其极口丑诋不少易。至古文一线得留天壤。使后生尚知读书者,三君子之力也。
足下何故而苛求之? 其文纵不能如韩如欧,乃遂不如王、李,受足下一盼耶?"

四十九 李玉论诗、词、曲、戏剧演变

李玉(约 1611—1671 后)字玄玉,号苏门啸侣,又号一笠庵主人。吴县(今属江
苏)人。出身低微,其父曾是明朝大学士申时行府中的奴仆,他也因此受到压抑,不得
应科举,到明末始中副贡。以人品及学问成就受到吴伟业、钱谦益等名家大师的赞誉
推重。入清后无意仕进,毕生致力于戏曲创作和研究,剧作见于各种曲目书中著录的
有四十二种。有完整和残本流传的二十一种。今人编有《李玉戏曲集》。

李玉是明、清之际苏州派戏曲作家的代表人物。他生活于市民之中,从舞台演出
的实际需要出发编写剧本,作品的内容和形式都表现出较强的人民性。他的创作对
后世戏曲的发展产生了重要影响。其早期作品,以描写人情世态为主要内容,最负盛
名的是《一笠庵四种曲》,即所谓"一人永占"(《一捧雪》、《人兽关》、《永团圆》、《占花

魁》)。入清后的作品,较多的是描写历史上的政治斗争事件或从明末清初的社会生活中取材,代表作为《清忠谱》。其剧作人物形象个性鲜明,情节安排紧凑严密,场面描写生动宏伟。李玉精通音律,其曲词遵守格调而流畅自然,雅俗适中,作品里有不少脍炙人口的名句。李玉还根据徐于室的《北词九宫谱》原稿,重新编定为《北词广正谱》,吴伟业为之作序,称赞它为"骚坛鼓吹,堪与汉文、唐诗并传不朽"。此书对研究戏曲史具有很大参考价值。《四库全书总目》卷二〇〇《雍熙乐府》提要称其"订正诸调颇为综核"。

其《南音三籁序言》论诗、词、曲、戏剧演变云:"原夫词者诗之余,曲者词之余也。自太白《忆秦娥》一阕,遂开百代诗余之祖。赵宋时,黄九、秦七辈竞作新词,字夏金玉。东坡虽有'铁绰板'之诮,而豪爽之致,时溢笔端。南渡后,争讲理学,间为风云月露之句,遂逊前哲。迨至金、元,词变为曲。实甫、汉卿、东篱诸君子,以灏瀚天才,寄情律吕,即事为曲,即曲命名,开五音六律之秘藏,考九宫十三调之正始,或为全本,或为杂剧,各立赤帜,旗鼓相当,尽是骚坛飞将。然皆北也,而犹未南。于是高则诚、施解元辈,易北为南,构《琵琶》、《拜月》诸剧。沉雄豪劲之语,更为清新绵邈之音。唇尖舌底,娓娓动人;丝竹管弦,袅袅可听。然此皆传奇也,非散曲也。即偶为咏物纪胜,只词单曲。然此犹小令也,非全套也。南曲之传,尚未浩衍。至明初,亦有作南曲者,大都伧父之谈,朴而不韵。延及嘉隆间,枝山、伯虎、虚舟、伯龙诸大才人,吟咏连篇,演成长套。或一宫而自始至终,或各宫而凑成合锦。其间慢紧之节奏,转度之机关,试一歌之,恍若天然巧合,并无拗嗓棘耳之病。全套浑如一曲,一曲浑如一句。况复写景描情、镂风刻月,借宫商为云锦,谐音节于珠玑,亦如诗际盛唐,于斯立极。时曲一道,无以复加矣。"①

五十　陈子龙论律诗实萌芽于远古

陈子龙(1608—1647)字人中,又字卧子,号大樽,华亭(今上海松江)人。崇祯初,他参加张溥为首的复社,后又同夏允彝、徐孚远、周立勋等人结成几社。崇祯十年(1637)进士,授绍兴推官,擢兵部给事中。命甫下而京师陷,乃事福王于南京。其防守主张不被用,乃乞终养离朝。清军破南京后,他在松江起兵,兵败避匿山中,结太湖兵抗清。事泄,在苏州被捕,投水死。《明史》卷二七七有传。陈子龙是明末著名的抗清志士,东南文坛盟主,文章气节,皆为后人楷模。诗赋古文皆工,尤擅骈体文,时人

---

① (明)凌蒙初《南音三籁》卷首,善本戏曲丛刊本。

推其为"云间派"盟主、明诗殿军。其词极为王士禛真等人推许,以北宋花间之雅丽为归,当明代词学衰微之际,同李雯、宋征璧、宋征舆等幾社名士形成云间词派,开清代三百年词学中兴之盛。一生著作颇丰,然因屡被禁毁,颇多散佚,有《安雅堂稿》、《白云草庐居稿》、《湘真阁稿》、《江篱槛词》、《壬中幾社文选》、《云间三子新诗合稿》、《皇明诗选》等。又曾与徐孚远等选辑《皇明经世文编》五百余卷,多载"议兵食,论形势"及事关"国之大计"之作,并整理徐光启《农政全书》,使其行世。

在文体论上,陈子龙也有独到之见。其《熊伯甘初盛唐律诗选序》认为律诗的骈偶因素实萌芽于远古以至《诗经》:"律诗之作何昉乎? 自爻画之兴,一必生二,奇必配耦,文字相错,然后成章。"特别是《诗经》:"故风雅之篇或二字骈连,或四言遥匹,不可胜数。如《柏舟》之'觏闵既多,受侮不少',《旱麓》之'鸢飞戾天,鱼跃于渊',《抑》之'吁谟定命,远犹辰告',《雝》之'有来雝雝,至止肃肃'。两语正对者,可得而指也。"又论其形成云:"下至汉代,最为近古,而苏武录别曰:'欢娱在今夕,燕婉及良辰。'辛延年乐府曰:'长裾连理带,广袖合欢襦。'不独骈比,更谐声咏。曹、刘而降,益多俪辞;颜、谢以还,竟流排体。至于有唐,更加整截,遂号律诗。盖前人尚质,意趣适至,偶成合璧。后人尚文,追琢所就,必求中伦,气机渐开,裁制日巧,断为八言,分为五七,其势然也。世之言律,以为和必应宫商之音,严若守科条之令,诚然哉!"①但他对词较为轻视,其《三子诗余序》云:"诗与乐府同源,而其既也,每迭为盛衰。艳辞丽曲,莫盛于梁、陈之季,而古诗遂亡。诗余始于唐末,而婉畅秾逸,极于北宋。然斯时也,并律诗亦亡。是则诗余者,匪独庄士之所当疾,抑亦风人之所宜戒也,然亦有不可废者。"

第六节　明人诗文评著作中的文体论

明代诗文评著作的数量与宋代差不多,有四十余种,其特点是沿着南宋由论诗文及事向论诗文及辞的方向发展,行文由短而长,由随笔记述向专门论著方向发展。明代诗坛有复古(茶陵诗派、前后七子)与反复古(唐宋派、公安派、竟陵派)、宗唐与宗宋之争,明代诗文评著作也反映了这些论争。

一　曾鼎《文式》论不同体裁的风格要求

曾鼎(1321—1378)字元友,更字有实。泰和(今江西吉安)人。元末辟为濂溪书

---

① (明)陈子龙《安雅堂稿》卷二,辽宁教育出版社 2003 年版。

院山长。明洪武八年(1375)，受聘任教泰和县社学。好学能诗，兼工书法、篆刻及《易》学。据曾鼎《文式》自序，他曾从先辈处得《文场式要》一书，后又获李涂《古今文章精义》、赵㧑谦《学范》，遂交互参订，添加按语，编成《文式》。此书上卷以采录《学范》为主，又引皎然《辨体一十九字》、陈绎曾《文说》、陈骙《文则》、严羽《沧浪诗话》等论文说诗之语，前半论文，后半论诗。下卷则录李涂《文章精义》、吕祖谦《古文关键》导语、苏伯衡《述文法》三书。

《文式》第三《明体法》主要从风格方面论不同诗文体裁应有不同的风格要求："诗：五言古诗宜清婉而意有余。七言古诗宜峭绝而言不悉。五言长篇宜富而赡(一作实)。七言长诗宜富而丽。五言律诗宜清而远，必拘音律。七言律诗宜壮而健，时用拗律。五言绝句宜言绝而意有余。七言绝句宜意绝而言不足。歌：放情曰歌。一体如行书曰行，兼之曰歌行，宜通畅响亮，读之使人兴起。行：宜快直详尽。吟：音如蛩螀曰吟，宜承潜细咏，读之使人思怨。曲：委曲尽情曰曲，宜委曲谐音。谣：通乎俚俗曰谣，宜隐盖近俗。引：载始末曰引，宜引而不发。古乐府：宜喜怒哀乐各极其情，而范之以礼，或和或奇或古，随题体之。骚：宜精深痛切而极其情。赋：宜敷衍富丽，事意详尽而语不繁冗。颂：宜典雅和粹。乐词：宜古雅谐韵。箴，宜谨严切直。铭，宜深长实。碑，宜雄浑典雅。碣，宜质实典雅。表，宜张大典实。传，宜质实而随所传之人变化。行状，宜质实详备。记，记其所有事，其文较窄，宜简实方正而随所记之事变化。序，序其事，随其大小而作，其文较寡，宜疏通圆美而随所记之事变化。论，宜圆折深远。说，宜平易明白。辩，宜方折明白。议，宜方折明白。书，宜简要明白。奏，宜情理恳切，意思忠厚。诏，宜典重温雅，谦冲恻怛之意蔼然。君宜臣下之文，宜古朴直率，勿用之乎也者字。制诰，宜峻厉典重。册文，宜富而雅。"①

二　王行《墓铭举例》对唐、宋墓志铭的分析考证

王行(1331—1395)字止仲，号半轩，更号楮园，自称淡如居士。长洲(今江苏苏州)人。洪武初郡庠延为经师。善泼墨成山水，时人谓之王泼墨。书法学二王。亦通兵法。蓝玉荐于朝，以其阔于事，不能用。后玉诛，行亦坐死。著有《半轩集》、《墓铭举例》。《四库全书总目·半轩集提要》谓："其所作往往踔厉风发，纵横排奡，极其意之所驰骋，而不能悉归之醇正，颇肖其为人。诗格亦清刚萧爽，在北郭十子之中与高启称为劲敌。就文论文，不能不推一代奇才。"

---

① (明)曾鼎《文式》卷上《明体法》，日本内阁文库旧钞本。

墓铭是碑刻的一个大类。《墓铭举例》四卷对不同时代的墓铭,作了较为全面的分析考证。如《墓铭举例》卷一云:"凡墓志铭书法有例,其大要十有三事焉:曰讳,曰字,曰姓氏,曰乡邑,曰族出,曰行治,曰履历,曰卒日,曰寿年,曰妻,曰子,曰葬日,曰葬地。其序如此,如韩文《集贤校理石君墓志铭》是也。其曰姓氏,曰乡邑,曰族出,曰讳,曰字,曰行治,曰履历,曰卒日,曰寿年,曰葬日,曰葬地,曰妻,曰子,其序如此,如韩文《故中散大夫河南尹杜君墓志铭》是也。其他虽序次或有先后,要不越此十余事而已,此正例也。其有例所有而不书,例所无而书之者,又其变例,各以其故也。今取韩文所载墓志铭,录其目而举其例于各题之下,神道碑铭亦举之。又于李文公(李翱)、柳河东二家之文拔其尤,以附于后,用广韩文之例焉。"①以下即举韩文公文六十六首、李文公文九首、柳河东文二十七首为例。为说明该书体例,下列其所举"柳河东文二十七首":

墓志铭一十三首　墓碣二首　权厝志三首　志殡一首　续墓志一首　坟记一首　墓砖记一首　墓志石盖文一首　墓表二首　墓版一首　神道表一首:

《唐故邕管经略招讨等使朝散大夫持节都督邕州诸军事守邕州刺史兼御史中丞赐紫金鱼袋李公墓志铭》,右志,世系用宗法书,以其代有土田也。又一例也。

《故试大理评事裴君墓志》,右志,三代以昭穆书,又一例也。书未果娶而书男子二人、女一人,则男女微出也,又一例也。比韩文诸不书妻例,此尤著明矣。

《故秘书郎姜君墓志》,右志,不书妻而书子某母曰雷姬,此墓志中书妾媵例,又正例之再变也。

《故襄阳丞赵君墓志》,右志,叙其履历甚略,重在书其子之协卜而得殡,所以著其孝感也。

《覃季子墓铭》,右铭,例所宜有皆略之,重在序其著书与叹其不显也。

《东明张先生墓志》,右志,不书字,不书寿年,书卒之岁月而不日,略也。按:韩文无书生者,此书生天宝,又一例也。然因其命弟之辞,又不著其岁,非特书也。题系其所居而书先生,非例也,学黄、老者之常称也。

《筝郭师墓志》,右志,序之所序重在其善音也。寿年、葬日见铭诗中,同韩文《施先生铭》例也。书其艺于题之端,又一例也。

《亡友故秘书省校书郎独孤君墓碣》,右碣,详记其友之知名者于后,与《先君

---

① (明)王行《墓铭举例》,文渊阁四库全书本。

石表阴先友记》同意，又一例也。无铭诗，略也。题书亡友以表之，又一例也。

《故御史周君碣》，右碣，惟叙其以谏而死一事，此所谓立石者也。他非所重，故多略也。

《先太夫人河东县太君归祔志》，右志，铭其母之葬也。无铭诗，非略也，不忍诗而铭之也。又一例也。题书归祔，又一例也。

《伯祖姚赵郡李夫人墓志铭》，右志，不书讳，同韩文《息国夫人志》例也。既叙其世系族出矣，又书其夫之世系族出，特加详焉。盖妇人以从人为贵内夫家，故叙夫姓为尤备，又一例也。

《叔姚吴郡陆氏夫人志文》，右志，书讳，又书字，正例之备者也。不书其夫之讳，盖已表其墓而书之矣，故志末云"恭惟仲父"之讳与夫人之爵齿备于版文，今不书，惧再告也。然韩文志妇人亦不皆书其夫之讳，则又其通例也。无铭诗，略也。

《朗州员外司户薛君妻崔氏墓志》，右志，详书其夫之世系族出，同《伯祖姚赵郡李夫人志》例也。先书其夫之他姬子男某、女某，后书其子男某、女某，所以别先后，明嫡庶也。又一例也。

《赵群秀才墓志》，右志，铭而不序，同韩文《试大理评事胡君铭》例也。题书其名，虽非例，亦韩文《卢浑墓铭》之类也。

《故永州刺史崔君权厝志》，右志，既书二孤溺死，又云今尚有五丈夫子，则子盖七人也，而惟二孤书名，权厝，略也。族出、讳字、寿年见铭诗中，同《筝郭师志》例也。权厝有志，又一例也。

《故连州员外司马凌君权厝志》，右志，不书族出，不书寿年，不书葬日、权厝，略也。

《志从父弟宗直殡》，右志，卒不书日，而云元和十年七月病，又云是月二十四日殡，死七日矣。以七日与二十四日推一作权之，则卒日可见矣，又一例也。志某人殡，又一例也。

《续荥泽尉崔君墓志》，右志，题书曰续，盖以续太傅崔集无崔字佑甫之辞也。故惟叙其缓葬之故与著其终事之年月日，而他不之及也。按：韩、李文无所谓续志者，而此有焉，又一例也。无铭诗，非略也，无所事于铭也，又一例也。

《亡姑渭南县尉陈君夫人权厝志》，右志，不书讳，同《伯祖姚赵郡李夫人志》例也。特书母郡氏，同韩文《故江南西道观察使太原王公志》例也。无铭诗，略也。

《韦夫人坟记》，右记云祔而不合大葬，未利以俟，盖实权厝志也。其辞甚略，而惟详其堋之年月日，又一例也。题书坟记，又一例也。

《小侄女子一无子字墓砖记》，右记，实铭诗也，而无序，同《赵群秀才志》例也。题书墓砖记，又一例也。

《亡姊崔氏夫人墓志盖石文》，右文云敢祔碑阴之义，假盖石以书其辞，则非正例也。其为妇为妻为母之道，良人既为之志而铭之矣。故惟叙其自知幼以至于笄之一作志为女之道焉，又一例也。

《唐故给事中皇太子侍读陆文通先生墓表》，右表，议论以发其端，而叙为《春秋》之学者，互相排诋，所以叹圣人之难知，而著其《春秋集注》为有功也，又一例也。略其履历者，非所重也。按：此例盖以其所专重者不可不详，故于其不必兼详者不得不略，又略例之大者也。韩文凡四，《殿中少监马君志太学博士李君志》云云，见补阙。

《故弘农令柳府君坟前石表辞》，右表，详序其大墓昭穆之位，又一例也。书妻之父祖，妻同葬也。

《故叔父殿中侍御史府君墓版》，右名一作书墓版，其实表也。首叙世系，同韩文诸神道碑例也。其叙德履云其在闺门也，其在公门也，则纲而目之，云修己之大经也，从政之大略也，孝如方舆公，文如吴兴守，正如卫太史，清如鲁士师，则目而纲之，又一例也。

《先侍御史府君神道表》，右表，首叙世系，同《叔父府君墓版》例也。曰神道表，又一例也。表阴记其先友，自袁高至张宣力，凡六十七人。其末书云"先君之所与友，凡天下善士举集焉，信让而大显，道博一作传而无杂，今之世言交者以为端，敢悉书所尤厚者附兹石，以铭于背"，同《亡友独孤君碣》例也。苏文忠公云："先友六十七人，考之于传，卓然知名者盖二十人焉。"邵太史云："子厚欲著其父虽不显，所交游者，皆天下善士，故列其姓名官爵云。"

可见王行对墓铭体例（包括各种变体）的研究和比较是十分精细具体的。点评完韩、李、柳三人之墓铭之后，王行又云："墓铭（一作志），不始于唐，而今举唐人以为例者，何也？以八代之衰，又不足以据也。夫铭者，论撰其先祖之有德善功烈勋劳庆赏名声，以列于天下者也。虽铭之义称美而不称恶，以尽其孝子孝孙之心，然无美而称之，是诬也。八代之文靡矣，其能免于诬乎？若韩子，其文与史迁相上下，而理则过之，其所论撰，得其正矣。今不取之以为法，将何所法哉！既取韩文以为法，非李、柳之文又无可以附于韩，此所以举三家以为之例也。"以上即是《墓铭举例》一书的基本格式。《四库全书总目》提要评《墓铭举例》云："取唐韩愈、李翱、柳宗元，宋欧阳修、尹

694

洙、曾巩、王安石、苏轼、朱子、陈师道、黄庭坚、陈瓘、晁补之、张耒、吕祖谦一十五家所作碑志，录其目而举其例，以补元潘昂霄《金石例》之遗。墓志之兴，或云宋颜延之，或云晋王戎，或云魏缪袭，或云汉杜子夏，其源不可详考。由齐、梁以至隋、唐诸家，文集传者颇多，然词皆骈偶，不为典要。惟韩愈始以史法作之，后之文士率祖其体。故是编所述以愈为始焉。"

王行还有一些文章也论及文体，如其《论鉴序》对论说文的流变作了很好的说明："论议之文尚已，自古昔盛治之时，其君臣相与论议于朝廷之上；衰乱之世，其士大夫相与论议于学校、乡党之中者，其言皆文辞也。惟以论名文，乃未见焉。由汉而降，始有著文而称论者，而亦不甚多也。至唐以论取士，应科目者咸习之，而论始盛。宋初因之，盖无所更也。及制论兴而习之者益众矣。方是时，士大夫多负豪杰奇伟之才，蓄魁广渊深之学，蕴建功立业之志，明于成败之数、治乱之迹，发于文章雄健而宏博，正大而高亮，探古人之情如历见，料将来之事如已往，其俊伟光明，交相照耀，有论以来所未见也。呜呼，其盛亦极矣。"①

三 朱权《太和正音谱》是现存唯一的北杂剧曲谱

朱权（1378—1448）号臞仙，号涵虚子、丹丘先生，自号南极遐龄老人、大明奇士。朱元璋第十七子，卒谥献，又称宁献王。著有《汉唐秘史》等书数十种，经子、九流、星历、医卜、黄老诸术皆具；编有古琴曲集《神奇秘谱》和北曲谱及评论专著《太和正音谱》；所作杂剧今知有十二种，现存《大罗天》、《私奔相如》两种；道教专著有《天皇至道太清玉册》八卷，成书于正统九年（1444），收入《续道藏》。其生平作品和论著多表现道教思想。

其《太和正音谱》为北曲曲谱，一名《北雅》，分《乐府体式》、《古今英贤乐府格势》、《杂剧十二科》、《群英所编杂剧》、《善歌之士》、《音律宫调》、《词林须知》、《乐府》等八章。《古今英贤乐府格势》评论元、明杂剧、散曲作家一百八十七人，推马致远为首位；《群英所编杂剧》、《善歌之士》为元、明初杂剧作家、作品补遗，并列"知音善歌者"三十六人，富有史料价值。

《太和正音谱》的主要成就是对北曲音韵格律的论述，其《乐府》章为北曲杂剧曲谱，占全书篇幅五分之四，根据北曲黄钟、正宫、大石调、小石调、仙吕、中吕、南吕、双调、越调、商调、商角调、般涉调等十二宫调分类，逐一记述曲牌的句格谱式，

---

① （明）王行《半轩集》卷五，文渊阁四库全书本。

详注四声平仄,标出正字、衬字,共收曲牌三百三十五支,是现存唯一的北杂剧曲谱,甚为珍贵。

《太和正音谱》对各家风格的论述尤为精彩生动,如论《古今群英乐府格势》云:"马东篱之词,如朝阳鸣凤。其词典雅清丽,可与《灵光》、《景福》而相颉颃。有振鬣长鸣,万马皆喑之意。又若神凤飞鸣于九霄,岂可与凡鸟共语哉? 宜列群英之上。张小山之词,如瑶天笙鹤。其词清而且丽,华而不艳,有不吃烟火食气,真可谓不羁之材;若被太华之仙风,招蓬莱之海月,诚词林之宗匠也。当以九方皋之眼相之。白仁甫之词,如鹏搏九霄,风骨磊魂,词源滂沛,若大鹏之起北溟,奋翼凌乎九霄,有一举万里之志,宜冠于首。李寿卿之词,如洞天春晓。其词雍容典雅,变化幽玄,造语不凡,非神仙中人,孰能致此? 乔梦符之词,如神鳌鼓浪。若天吴跨神鳌,噀沫于大洋,波涛汹涌,截断众流之势。费唐臣之词,如三峡波涛。神风耸秀,气势纵横,放则惊涛拍天,敛则山河倒影,自是一般气象,前列何疑? 宫大用之词,如西风鵰鹗。其词锋颖犀利,神采烨然,若搏翮摩空,下视林数,使狐兔缩颈于蓬棘之势。王实甫之词,如花间美人,铺叙委婉,深得骚人之趣。极有佳句,若玉环之出浴华清,绿珠之采莲洛浦。张鸣善之词,如彩凤刷羽,藻思富赡,烂若春葩,郁郁焰焰,光彩万丈,可以为羽仪词林者也。诚一代之作手,宜为前列。关汉卿之词,如琼筵醉客。观其词语,乃可上可下之才,盖所以取者,初为杂剧之始,故卓以前列。郑德辉之词,如九天珠玉。其词出语不凡,若咳唾落乎九天,临风而生珠玉,诚杰作也。白无咎之词,如太华孤峰。孑然独立,峣然挺出,若孤峰之插晴昊,使人莫不仰视也,高荐……"①

朱权还编有《西江诗法》,卷首有其宣德五年(1430)所撰序文,谓曾征得黄裳(明成化时人)《诗法》二篇,后又得元儒《诗法》,删编而成此书。全书分二十五目,依次为:诗体源流,诗法源流,诗家模范,诗法大意,作诗骨格,诗宗正法眼藏,诗法家数,诗学正法,作诗准绳,律诗法要,字眼,古诗要法,五言古诗法,七言古诗法,绝句诗法,讽谏诗法,荣遇诗法,登临留题诗法,征行诗法,赠行诗法,咏物诗法,赞美诗法,赓和诗法,哭挽诗法,作乐府法。所论未注出处,其实主要摘自《诗法正论》、《诗法家数》、《黄子肃诗法》、《诗宗正法眼藏》以及严羽《沧浪诗话·诗体》等,并另立名目。此不再述。

四　周叙《诗学梯航》论历代诗体诗风演变

周叙(1392—1452)字公叙,一作功叙。吉水(今属江西)人。永乐十六年(1418)

---

① (明)朱权《太和正音谱》,《中国古典戏曲论著集成》,中国戏剧出版社 1959 年版。

进士,官至南京翰林院侍讲学士。居禁近三十余年,前后章疏多切时政。著有《石溪集》、《诗学梯航》、《唐诗类编》。

《诗学梯航》一卷分六部分:《叙诗》述诗歌源流梗概,《辨格》言古今诗格变化,《命题》论作诗之大要,《述作》论诗体、五古及唐律,《品藻》评魏至唐之诗人将近百家,《通论》多论作诗之法。其《述作上·总论诸体》几乎遍论了历代诗体、诗风演变:

> 诗自《赓歌》既作,有《琴操》焉。始于虞舜《南风》之歌。其后如文王《羑里》之作,高陵《别鹤》之操,商山四皓《紫芝》之曲,异代同符,写之音徽,宫、商吻合,盖亦诗之流也。魏、晋以来,诗曲日盛,斯作遂湮。至唐,始有昌黎韩子所拟《将归》等操,非特独步有唐,直欲翱翔两汉之上,后世莫之与京。元朝李季和极力模仿,有《择木》等数篇足以追配,可谓有志于古。然非熟于三代、秦、汉之作,真有得其心者,不能然也。是则《琴操》舍三代、秦、汉将何取式哉!《琴操》之后,乐府继兴,自汉及唐,为体不一。汉、魏古辞,沉潜浑庞,尔雅典古。晋代之音,犹有似焉。齐、梁、六朝,绮靡雕错,夸诞矜骄。至唐之盛年,作者尤众,然皆各具一长,若杜子美之典重,李太白之豪放,白乐天之指实,温飞卿之纤秾,卢仝之怪,刘驾之悲,长吉之鬼仙,义山之风流,皆足名家。至其词语沉着,情缘周致,元微之、张籍、王建其尤也。盖三子之作,思远格幽,材俊巧拙,唯题适从,各当其可;至于铺叙转换,断论出场,莫不曲妙,真所谓出类拔萃者耶。若唐之乐府,自足名家。要之,不必与汉、魏并论矣。元代宋运,声诗中兴,学太白者有陈刚中,学子美者有李子构、揭曼硕,学乐天者有马易之,学飞卿者有萨天锡,学张、王者有李季和。此数公皆达而在上,人所共慕。若穷处山林岩穴之士,呻吟讴谣之声,岂无学古若宁戚之歌,兴悲如刘驾之什,亦有膏粱子弟锦绣才人,逞风流如义山,效鬼仙如长吉者,又岂无奇崛之辈、感愤之徒,诡行放言,若卢仝、刘叉之怪者乎?固未暇遍索而枚举也。百年之间,文献可征若此。大抵郊天地、荐鬼神之歌,必取式于两汉;讽君上刺美恶之词,或效颦于魏、晋;叙事实、骋材华之作,常踵武于有唐。若拟旧题,必各仿其始制之体,此为妙诀。乐府而后,有长短句(本出汉乐章,见《汉书·郊祀志》)、七言古诗(即《秋风词》之类),二体虽皆起于汉世,然尚不若五言之甚著。开元以后,始极盛矣,李、杜集中,率多赋此。宋之问《明河篇》、白乐天《长恨歌》、元微之《连昌宫辞》、王昌龄《箜篌引》、韩退之《石鼓歌》、李义山《元和碑》、卢仝《月蚀诗》、刘叉《冰柱》、《雪车》,皆杰然之作,足可师法。若苏东坡《芙蓉城》、欧阳文忠公《庐山高》,在宋人中深不易得。元人如陈刚中、揭曼硕、萨天锡、丁仲容、韩明善、李季和、张伯雨诸公,作者甚众,足继唐风。五言长篇,汉

已有《焦仲卿妻》等诗，至唐始盛，于李、杜少不下二三十韵，多至百韵。其后词人踵作，遂成一体。五、七言既著，于是乎有律诗焉。有律诗，遂有排律。排律，即律诗排叙者也。须先将己之胸次放阔，以次取诗之指意，展开铺陈错综，有条不紊。天昊紫凤，粲然盈幅，及其冠冕佩玉，球琳铿锵，掷地当金石之声。五言者，唐人须推杜工部为第一，如《上韦左丞》之类。当反复详味，更以盛唐、中唐诸家参取之。七言者，唐诗亦不多见，杜工部《赠郑广文虔》一诗可取为式。比之五言句语，特加清新雅健耳。绝句，亦律诗之流。绝，犹截也，谓八句截为两章也。以八句截为两章，非四句而何？五言四句，汉已有之，如《槁砧》之诗是也。后如陶渊明四景之作，及三谢、阴、何诸集中往往而有，但不拘声律，犹古诗耳。至唐，始被以声律，即今之所谓绝句。终始虽止二十字，亦未易佳。须一句趁一句，不得闲缓。词欲有余，意须充足。①

其《述作中》专论五言古诗，《述作下》专论唐律，均颇有见地。

五　黄溥《诗学权舆》论杂体

黄溥(生卒年不详)字澄济，自号石崖居士。弋阳(今属江西)人。正统十三年(1448)进士，官至广东按察使。著有《石崖集》、《漫兴集》等。其《诗学权舆》二十二卷，《四库全书总目》卷一九一云："是书兼收众体，各为注释，定为名格、名义、韵谱、句法、格调诸目，复杂引诸说以证之。"

《诗学权舆》或论体裁，如云："歌：放情长言，抑扬曲折，必极其趣，不拘其句律，亦严守其音韵。肇于屈平(即屈原)之《九歌》，盛于唐、宋诗人之作。有一句之歌，若《汉书》'枹鼓不平董少年'类。有两句之歌，若荆卿《易水歌》之类。有三句之歌，若汉高祖《大风歌》之类。有五句之歌，若杜子美'江萧条秋气高'类。"②四库提要批评此书"采撷虽广，考证多疏"即以此条为例："如卷首董少平歌，知鸣平为韵，古多此格，乃误以为七言一句之歌。"但其《诗之名格》、《杂体名义》、《杂体可略者》诸条详论诗之体裁，特别是论杂体诗，仍颇有参考价值。其《杂体名义》论及柏梁体、江左体、折腰体、伦春体、蜂腰体、隔句体、五仄体、五平体、连环体、拗句体、近律变体、绝句变体、绝弦体、五句格、六句格、促句格、折句格、天问体等体格；其《杂体可略者》(卷一)论及的杂

---

① (明)周叙《诗学梯航》，明成化刊本。
② (明)黄溥《诗学权舆》卷一，明天启五年黄氏复礼堂刻本。

体更多而言简义明：

西昆体：此体即李商隐之作也，然兼温庭筠及杨大年、刘子仪、钱文僖、晏元献之诗，号西昆体。

玉台体：徐陵所集汉、魏六朝之诗。或谓但取纤艳者为此体，其实不然。

香奁体：即韩偓所集裙裾脂粉之语，故名香奁。

宫体：梁简文所作，伤于浮靡，故号宫体。

禁体：如咏雪禁用"粉"、"白"、"黛"、"绿"等字之诗是也。

离合体：以字相拆合成文，孔融"渔父屈节"之诗是也。

省题：广省中出题试进士，如钱起《试湘灵鼓瑟诗》之类。

槁砧：乐府："槁砧今安在？山上复安山。何日大刀头，破镜飞上天。"

五杂俎：见乐府。

建除：宋相鲍照有此诗，句句内有"建除"、"平满"等十二字。

数名：句内用"一"、"二"、"三"等十字，亦鲍照作此诗。

字谜：每句包一字，亦鲍照之作。

反复：举一字而诵，皆成句，无不押韵，反复成文。

药名：孔毅夫诗云："鄙性常山野，尤甘草舍中。钓帘阴卷柏，障避坐防风。客土依云实，流泉架木通。行当归老矣，已逼白头翁。"

人名：如唐权德舆《寄衡石崇势位篇》之类，暗藏人名于句中。

两头纤纤体：见乐府中之诗。

盘中：《玉台集》苏伯玉妻作，写之盘中，屈成文也。

有风人：上句述一语，下句释其义。如《子夜歌》、《读曲歌》之类，用此体。

卦名：取八卦字。

州名：取郡邑名。

他如"六甲"、"十属"、"藏头"、"歇后"、"天厨禁脔"等格虽肇于前，皆无足法，略之可也。

禽名：古谓之禽言诗也。如"唤起窗前曙，催归日未西。""唤起"、"催归"，二禽名也。

因年名体：建安：汉末年号，曹子建父子及邺中七子之诗，故名"建安体"。黄初：黄初魏年，与建安相继，其体无二也。正始：魏年，嵇阮诸公之诗也。大康：晋年，左思、潘岳、二张、二陆诸公之诗。元嘉：南宋颜、鲍、谢诸公之诗。永明：齐年号，齐诸公之诗。大历：唐年号，十才子诸公之诗。汉魏晋：兼三国言之。齐梁：

通二朝言之。南北朝：通魏周言之，与齐梁体一也。六朝：通南隋言之。初、盛唐，中唐，晚唐，宋，元祐，江西诗派，元，皇明。

因人名体：苏李：苏武子卿、李陵少卿始为五言诗，故名苏李体（汉）。曹刘：曹植子建、刘桢公幹，长于古选（魏）。陶谢：陶渊明元亮（晋）、谢灵运（宋）。阴何：阴铿，何逊（梁）。徐庾：徐陵、庾信（梁）。（以下唐）沈宋：沈佺期、宋之间。陈拾遗：陈子昂。王杨卢骆：王勃、杨炯、卢照邻、骆宾王。张曲江：文献公九龄。杜少陵：杜甫子美。李谪仙：李白太白。元白：元微之、白居易乐天。韦柳：韦苏州应物、柳子厚宗元。韩昌黎：韩愈退之。高适：达夫。王维：摩诘。孟郊：东野。李贺：长吉。元结：次山。岑嘉州：岑参。李商隐。许浑。卢仝：玉川子。（以下宋）欧阳修：永叔。苏东坡：轼，子瞻。黄山谷：庭坚，鲁直。梅圣俞。邵康节：邵雍，尧夫……陈后山：无已。陈简斋：与义、去非……王荆公：安石，介甫。杨大年。张文潜：名耒。唐子西。韩子苍：陵阳令、名驹。王元之：禹偁。杨诚斋：廷秀。陆务观。谢叠山：枋得，君直。（以下皆元）赵子昂：孟頫。虞伯生：虞集。杨仲弘。范德机。揭曼硕：揭傒斯。刘因：梦吉。黄晋卿：文潜。

或论风格，如《诗说》论各体风格之宜云："诗五言长篇宜富而贵，七言长篇宜富而丽。五言律诗宜清而远，必拘意律；七言律诗宜壮而健，时有拗律。五言绝句宜言绝而意有余，七言绝句宜言绝而意不足。歌宜通畅响亮，读之使人兴起；行宜快直详尽；吟宜深沉细咏，读之使人思怨；曲宜委曲谐韵；谣宜隐蓄近俗；引宜引而不发；颂宜典丽和粹；乐词宜古雅而谐韵；乐府宜喜怒哀乐各极其情而范之以理，或和、或奇、或古；赋宜敷衍富丽，事意详尽而语不冗；箴谨严切直；骚宜精神痛切而极其情；辞宜古雅、谐韵。"

六　李东阳《怀麓堂诗话》及其文体风格论

李东阳（1447—1516）字宾之，号西涯。明茶陵（今属湖南）人。著作颇丰，曾于孝宗时奉旨任总裁官，撰《明会典》一百八十卷，又著《新旧唐书杂论》一卷。康熙时廖方达集李东阳诗文成《怀麓堂集》一百卷。另有《怀麓堂诗话》一卷。

永乐、成化年间，"台阁体"内容贫弱冗赘，形式典雅工丽。至弘治中期，前七子起，"文必秦汉，诗必盛唐"的复古文学取代了"台阁体"。李东阳上承台阁体，下启前后七子，以朝廷大臣地位主持诗坛，颇具影响，形成了以他为首的"茶陵诗派"。其散文典雅流丽，主张师法先秦古文，未脱台阁体风；其诗则力主宗法杜甫，强调法度，开前后七子之先河。

其《怀麓堂诗话》认为"古诗与律不同体,必各用其体乃为合格。然律犹可间出古意,古不可涉律","古、律诗各有音节,然皆限于字数,求之不难。惟乐府长短句,初无定数,最难调迭,然亦有自然之声","虽千变万化,如珠之走盘,自不越乎法度之外矣"。他还论及挽诗、寿诗、集句诗的源流演变:"挽诗始盛于唐,然非无从而涕者。寿诗始盛于宋,渐施于官长、故旧之间,亦莫有未同而言者也。近时士大夫子孙之于祖父者弗论,至于姻戚乡党,转相征乞,动成卷帙,其辞亦互为蹈袭,陈俗可厌,无复有古意矣。""集句诗,宋始有之,盖以律意相称为善。如石曼卿、王介甫所为,要自不能多也。后来继作者,贪博而忘精,乃或首尾横决,徒取字句对偶之工而已。"又论山林诗与台阁诗之难易:"作山林诗易,作台阁诗难。山林诗或失之野,台阁诗或失之俗。野可犯,俗不可犯也。盖惟李、杜能兼二者之妙。若贾浪仙之山林,则野矣;白乐天之台阁,则近乎俗矣。况其下者乎?"①

其《倪文毅公集序》认为不同文体的风格应不同:"有纪载之文,有讲读之文,有敷奏之文,有著述赋咏之文。纪载尚严,讲读尚切,敷奏尚直,著述赋咏尚富。惟所尚而各适其用,然后可以为文。"②《倪文禧公集序》(同上)认为文的用途不同,体裁亦不同:"文一也,而所施异地,故体裁亦随之。馆阁之文,铺典章,裨道化,其体盖典则正大,明而不晦,达而不滞,而惟适于用。山林之文,尚志节,远声利,其体则清笪奇峻,涤陈薙冗,以成一家之论。二者固皆天下所不无,而要其极有不能合者。"他认为诗、文"各有体",风格亦各不同,其《匏翁家藏集序》(卷六四)云:"言之成章者为文,文之成声者则为诗,诗与文同谓之言,亦各有体而不相乱。若典、谟、训、诰、誓、命、爻、象之为文,风、雅、颂、赋、比、兴之为诗,变于后世,则凡序、记、书、疏、箴、铭、赞、颂之属皆文也,辞赋、歌行、吟谣之属皆诗也。是其去古虽远,而为体固存。彼才之弗逮者,粗浅局滞,欲进而不能,强其或过之,不失之奇巧,则失之佶屈;不失之夸诞,则汗漫而无所归。于是作者虽多,而文之体益微矣。"

七 都穆《南濠诗话》论唱和诗

都穆(1459—1525)字玄敬,一字符敬。吴县(今江苏苏州)人。七岁能诗文,及长,博览群籍。弘治十二年(1499)进士,授工部主事,官至礼部主客司郎中,加太仆寺

① (明)李东阳《怀麓堂诗话》,文渊阁四库全书本。
② (明)李东阳《怀麓堂集》卷二九,文渊阁四库全书本。

少卿。好学不倦,尝奉使至秦中,搜访金石遗文,拓印缮定,作《金薤琳琅录》二十卷。又富藏书,每得异本,则向人夸示以为乐趣。著有《周易考异》、《史补类抄》、《寓意编》、《铁网珊瑚》、《吴下冢墓遗文》、《南濠诗话》等。

其《南濠诗话》论唱和诗云:"古人诗有唱和者,盖彼唱而我和之,初不拘体制兼袭其韵也。后乃有用人韵以答之者,观老杜、严武诗可见,然亦不一一次其韵也。至元、白、皮、陆诸公,始尚次韵,争奇斗险,多至数百言,往来至数十首。而其流弊至于今极矣,非沛然有余之才,鲜不为其窘束。所谓性情者,果可得而见邪?"①其《刻松陵集跋》论次韵诗亦云:"予观诗人多尚次韵,至元、白而益盛。唐时萃而成编则有《汉上题襟》、《断金》及是三集。按皮氏自序谓一岁之中诗凡六百五十八首,其富如此,则又《题襟》、《断金》之所无者,况其游燕题咏类多吴中之作,后之希贤怀古者将于是乎考,固吴人所当宝也。"②

《南濠诗话》论"七哀"之义云:"《七哀》诗始于曹子建,其后王仲宣、张孟阳皆相继为之。人多不解'七哀'之义,或谓:病而哀,义而哀,感而哀,悲而哀,耳目闻见而哀,口叹而哀,鼻酸而哀。所哀虽一事,而七者具也。"论柏梁台诗用韵多重复:"汉《柏梁台诗》,武帝与群臣各咏其职为句,同出一韵,句仅二十有六,而韵之重复者十有四……其间不重复者惟十二句,然通篇质直雄健,真可为七言诗祖。后齐、梁诗人多效其体,而气骨远不能及。"又论词牌多以古诗句为名:"昔人词调,其命名多取古诗中语。如《蝶恋花》取梁简文诗'翻阶蛱蝶恋花情';《满庭芳》取柳柳州诗'满庭芳草积';《玉楼春》取白乐天诗'玉楼宴罢醉和春';《丁香结》取古诗'丁香结恨新';《霜叶飞》取老杜诗'清霜洞庭叶,故欲别时飞';《清都宴》取沈隐侯诗'朝上闻阊宫,夜宴清都关'。其间亦有不尽然者,如《风流子》出《文选》。刘良《文选注》曰:'风流,言其风美之声流于天下。子者,男子之通称也。'《荔枝香》、《解语花》,一出《唐书》,一出《开元天宝遗事》。《唐书·礼乐志》载:'明皇幸蜀,贵妃生日,命小部张乐奏新曲而未有名。会南方进荔枝,遂命其名曰荔枝香。'《遗事》云:'帝与妃子共赏太液池千叶莲,指妃子谓左右曰:何如此解语花也?'《解连环》出《庄子》,《庄子》曰:'南方无穷而有穷,今日适越而昔来,连环可解也。'《华胥引》出《列子》,《列子》曰:'黄帝昼寝,梦游华胥氏之国。'他如《塞垣春》,'塞垣'二字出《后汉书·鲜卑传》。《玉烛新》,'玉烛'二字出《尔雅》。即此观之,其余可类推矣。"颇有新意,是他知识渊博的表现。

---

① （明)都穆《南濠诗话》,《历代诗话续编》,中华书局 1983 年版。下引同。

② 《吴都文粹续集》卷五十六。

八　陈霆《渚山堂词话》论词亦有集句体

陈霆(约1477—1550)字声伯,号水南居士,隐居仙潭后,更号渚山真逸,晚号可仙道人。德清(今属浙江)人。弘治十五年(1502)进士,官至山西提学佥事。致仕归,隐居渚山约四十载,屡征不起。著述颇丰,有《水南稿》、《唐余纪传》、《两山墨谈》、《山堂琐语》、《渚山堂诗话》、《渚山堂词话》、正德《德清县志》、正德《仙潭志》、《绿乡笔林》、《水南闲居录》、《宣靖备史》等。

《渚山堂词话》为明代词学名著,存录元、明之际不少散逸词作。其自序论词之源流云:"始余著《词话》,谓南词起于唐,盖本诸玉林(南宋词学家黄昇)之说。至其以李白《菩萨蛮》为百代词曲祖,以今考之,殆非也。隋炀帝筑西苑,凿五湖,上环十六院。帝尝泛舟湖中,作《望江南》等阕,令宫人倚声为棹歌。《望江南》列今乐府,以是又疑南词起于隋,然亦非也。北齐兰陵王长恭及周战而胜,于军中作《兰陵王》曲歌之,今乐府《兰陵王》是也。然则南词始于南北朝,转入隋而著,至唐、宋昉制耳。"次论历代词话及自己作《渚山堂词话》之因:"在昔《花庵词选》、《古今词话》等,要皆论词之成书,今全本亡矣。至见于《草堂》之笺者,绪余一二,观者无得焉。是道也,某少而习授,老而未置。其倚腔成调者,既登集矣。至于咀英吸华,品宫量徵,阅习久而话言频,则是编之继来,《花庵》之有嗣也。"末论词虽末技但不可废:"嗟乎,词曲于道末矣,纤言丽语,大雅是病。然以东坡、六一之贤,累篇有作。晦庵朱子,世大儒也,'江水浸云'、'晚朝飞画'等调,曾不讳言。用是而观,大贤君子,类亦不浅矣。抑古有言,渥五色之灵芝,香生九窍;咽三危之薇露,美动七情。世有同嗜必至,必知诵此。不然,则阒弦罢奏,齐声妙叹,寄意于山水者故在也。于商琴者非病云。"①其《半山集古词》(卷三)论词亦有集句体,颇有新意:"诗有集古句者矣,而南词则少见用此格者。偶于《半山集》得一阕焉,《菩萨蛮》云:'数间茅屋闲临水。窄衫短帽垂杨里。花是去年红;吹开一夜风。　　梢梢新月偃。午醉醒来晚。何许最关情;黄鹏三两声。'荆公退居金陵,作草堂于半山之麓,引八功德水,浚小港于其上,垒石作桥。暇则幅巾藜杖,往来其间。因集古句为此,俾侍者歌之。"

九　朱承爵《存余堂诗话》论"古乐府命题"

朱承爵(1480—1527)字子儋,号左庵,别号舜城漫士。江阴(今属江苏)人,一作

---

① (明)陈霆《渚山堂词话》卷首,唐圭璋《词话丛编》本。

江陵(今属湖北)人。为文古雅有思致,亦能画花鸟,石竹亦秀润。嗜藏书,家有藏书楼曰"行素斋"、"集瑞斋"、"存余堂",所藏书均有其藏书章。著有《存余堂诗话》、《灼新剧谈》等。

其《存余堂诗话》评唐代及本朝人诗,其论诗境,谓"作诗之妙,全在意境融彻",后人奉为名言。他认为乐府"直当因其事用其题":"古乐府命题,俱有主意,后之作者,直当因其事用其题始得。往往借名,不求其原,则失之矣。如刘猛、李余辈,赋《出门行》不言离别,《将进酒》乃叙烈女事,至于太白名家,亦不能免此病。郑樵作《乐略》叙云:'然使得其声,则义之同异又不足道。'樵谬矣。彼知铙歌二十二曲中有《朱鹭曲》,由汉有朱鹭之祥,因而为诗,作者必因纪祥瑞,始可用《朱鹭》之曲。《相和歌》三十曲内有《东门行》,乃士有贫行,不安其居,拔剑将去,妻子牵衣留之,愿同餔糜,不求富贵。作者必因士负节气未伸者,始可代妇人语,作《东门行》沮之。余不尽述,各以类推之可也。《乐府解题》一书,著之甚详。"其论诗、词之分界也很有见地:"诗词虽同一机杼,而词家意象亦或与诗略有不同。句欲敏,句欲捷,长篇须曲折三致意,而气自流贯乃得。"①

十 魏良辅《曲律》论南北曲异同

魏良辅(生卒年不详)字尚泉(或作上泉),豫章(今江西南昌)人。嘉靖五年(1526)进士,官至山东左布政使,后致仕,流寓江苏太仓。

魏良辅熟谙南北曲,于嘉靖年间在张野塘、过云适等人协助下,吸收海盐腔、余姚腔以及江南民歌小调的某些特点,对旧的昆山腔进行改革创新,形成一种舒徐宛转的新腔,称为"昆腔",又称"水磨腔",对戏曲音乐影响较大,后世奉之为昆腔鼻祖,艺坛尊之为"曲圣"。晚年,他将学曲演唱的心得整理成《南词引正》,又名《曲律》,逐条简要阐述昆曲在字、腔、板眼等各方面的练唱技术,南北曲唱法的区别等等,对初学者和从事昆腔研究的人,有重要的理论指导作用。如论五音云:"五音以四声为主,四声不得其宜,则五音废矣。平上去入,逐一考究,务得中正,如或苟且舛误,声调自乖,虽具绕梁,终不足取。其或上声扭做平声,去声混作入声,交付不明,皆做腔卖弄之故,知者辩之。"论南北曲异同云:"北曲以遒劲为主,南曲以婉转为主,各有不同。至于北曲之弦索,南曲之鼓板,犹方圆之必资于规矩,其归重一也。故唱北曲而精于《呆骨架》、《村里迓鼓》、《胡十拍》,南曲而精于《二郎神》、《香遍满》、《集贤宾》、《莺啼序》,如打破

---

① 以上均见《存余堂诗话》,《历代诗话》,中华书局 1981 年版。

两重禅关,余皆迎刃而解矣。"又云:"北曲与南曲,大相悬绝,有磨调、弦索调之分。北曲字多而调促,促处见筋,故词情多而声情少。南曲字少而调缓,缓处见眼,故词情少而声情多。北力在弦索,宜和歌,故气易粗。南力在磨调,宜独奏,故气易弱。近有弦索唱作磨调,又有南曲配入弦索,诚为方底圆盖,亦以坐中无周郎耳。"他还评及具体戏剧,如认为《琵琶记》为曲祖:"《琵琶记》,乃高则诚所作,虽出于《拜月亭》之后,然自为曲祖,词意高古,音韵精绝。"①

十一　黄佐《六艺流别》以六艺统众体

黄佐(1490—1566)字才伯,号泰泉。学者称泰泉先生。香山(今广东中山)人。正德十六年(1521)进士,官少詹事。筑室于禺山之阳,潜心研习孔、孟之道。学宗程、朱,为岭南著名学者。曾与王守仁辩难"知行合一"之旨。博通典礼、乐律、词章。著述甚丰,凡三十余种,数百卷,有《论学书》、《论说》、《翰林记》、《东廓语录》、《乐典》及《泰泉集》等,还编纂《广东通志》、《广西通志》、《广州府志》等。

黄佐所编《六艺流别》二十卷,"采摭汉、魏以下诗文,悉以六经统之"②,完全按六经分为《诗艺》、《书艺》、《礼艺》、《乐艺》、《春秋艺》、《易艺》六大部类,之所以以"艺"名书,黄佐自序云:

> 《诗》道志,故长于质;《书》著功,故长于事;《礼》制节,故长于文;《乐》咏德,故长于风;《春秋》司是非,故长于治;《易》本天地,故长于数。人当兼得其所长,是故举其详焉。志始于《诗》,以道性情,为谣,为歌。谣之流,其别有四:为讴,为诵,为谚,为语;歌之流,其别有四:为吟,为咏,为怨,为数。其拘拘以为诗也,则为四言,为五言,为六言,为七言,为杂言。其杂近于文而又与诗丽也,则为骚,为赋,为辞,为颂,为赞。其专事对偶,亡复蹈古,则律诗终焉。《书》,行志而奏功者也,其源以道政事,为典,为谟。典之流,其别为命,为诰;谟之流,其别为训,为誓。凡典,上德宣于下者也。又别而为制,为诏,为问,为答,为令,为律。命之流,又别而为册,为敕,为诫,为教。诰之流,又别而为谕,为赐书,为书,为告,为判,为遗命,而间亦有不尽出于上者焉。凡谟,下情孚于上者也。又别而为议,为疏,为状,为表,为笺,为启,为上书,为封事,为弹劾,为启事,为奏记。训之流,又

---

①　(明)魏良辅《曲律》,《中国古典戏曲论著集成》,中国戏剧出版社 1959 年版本。

②　《四库全书总目》卷一九二。

别而为对,为策,为谏,为规,为讽,为喻,为发,为势,为设论,为连珠。誓之流,又别而为盟,为檄,为移,为露布,为让,为责,为券,为约,而间亦有不尽出于下者焉。《礼》以节文,斯志者也。其源敬也,敬则为仪,为义。其流之别,则为辞,为文,为箴,为铭,为祝,为诅,为祷,为祭,为哀,为吊,为诔,为挽,为碣,为碑,为志,为墓表。《乐》以舞蹈,斯志者也。其源和也,和则为乐均,为乐义,其流之别为唱,为调,为曲,为引,为行,为篇,为乐章,为琴歌,为瑟歌,为畅,为操,为舞篇。《春秋》以治正志者也,其源名分也。其流之别为纪,为志,为年表,为世家,为列传,为行状,为谱牒,为符命。其大概也,则为叙事,为论赞。叙事之流,其别为序,为记,为述,为录,为题辞,为杂志。论赞之流,其别为论,为说,为辨,为解,为对问,为考评。而凡属乎《书》《礼》者,不与焉。《易》则通天下之志矣,其源阴阳也。其流之别为兆,为繇,为例,为数,为占,为象,为图,为原,为传,为言,为注,而凡天地鬼神之理管是矣。昔晋挚虞尝著《文章流别》,其亡已久。故予搜罗散逸,以为此编,统诸六艺。①

可见,其《诗艺》分为逸诗、诗、歌三类,又以讴、诵、谚、语为谣之流,咏、吟、怨、叹为歌之流,而诗之流不杂于文者则有四言、五言、六言、七言、杂言,诗之流其杂近于文者而又与诗别者则有骚、赋、辞、颂、赞,诗之声偶流为近体者则有律诗、排体、绝句。其《书艺》分为逸书、典、谟三类,又以命、诰为典之流别,训、誓为谟之流别,而命、训之出于典者则有制、诏、问、答、令、律,命之流则有册、敕、诫、教,诰之流则有谕、赐书、告、判、遗命,训、誓之出于谟者则有议、疏、状、表、笺、启、上书、封事、弹劾、启事、奏记,训之流则有对、策、谏、规、讽、谕、发、誓、设论、连珠,誓之流则有盟、檄、移、露布、让、责、券、约。其《礼艺》分为逸礼、仪、义三类,流别为辞、文、箴、铭、祝、诅、祷、祭、哀、吊、诔、挽、碣、碑、志、墓表。其《乐艺》分为逸乐、乐均、乐艺三类,其流别为唱、调、曲、引、行、篇、乐音、琴歌、瑟歌、畅、操、舞。其《春秋艺》分为纪、志、年、表、世家、列传、行状、谱牒、符命、叙事、论赞十类。而叙事之流则有叙、记、述、录、题词、杂志,论赞之流则有论、说、辩、解、对问、考评。其《易艺》分为兆、繇、例、数、占、象、图、原、传、言、注十一类。其分类涉及各种文字著述,每类皆有小字双行注,简述各种文体之源流和特征,说明其收录标准。

兹举二例以见其体例:卷一《诗艺一·谣》云:"谣者何?谣,遥也。有章曲曰歌,无章曲曰谣。信口成韵,无乐而徒歌之。其声逍遥而远闻也,谣始于儿童市里之言,

---

① （明）黄佐《六艺流别》卷首,嘉靖四十一年刊本。

遒人采之，以闻于大师，协之声律，亦可歌也。"卷四《诗艺四·诗赞》云："按《晋书》曹毗《黄帝赞》用五言曰：'体炼五灵妙，气含云雾津。掺石曾城岫，铸鼎荆山滨。'乃诗赞也。后魏常景之赞蜀司马相如、王褒、严君平、扬雄，皆用五言。相如曰'郁若春烟举，皎如秋月映'，褒曰'明珠既绝俗，白鹄信惊群'之类，无复赞体矣。后周庾信《春赋》曰：'宜春苑中春已归，披香殿里作春衣。'则又以七言诗而为赋，亦有所自。张衡《两京赋》又为散句，忽继之曰'岂伊不处思于天衢，岂伊不怀归于枌榆。天命不滔，畴敢以渝'，则真似古诗矣。其曰'光炎烛天庭，嚣声震海浦'，则又似五言律诗。盖魏、晋以后，体式纷纭，皆由东汉文人启之也。"可见赞有五言诗体、七言诗体，也有散体。

　　黄佐《翰林记》二十卷，专载有明一代翰林掌故，始自洪武，迄于正德、嘉靖间，每事各有标目，凡二百二十六条，本末赅具，首尾贯穿，叙次详悉，间亦论及文体，如《正文体》云："国初文体承元末之陋，皆务奇博，其弊遂浸丛秽。圣祖思有以变之，凡擢用词臣务令以浑厚醇正为宗。洪武二年三月戊申上谓侍读学士詹同曰：'古人为文章或以明道德，或以通当世之务，如典谟之言皆明白易直，无深怪险僻之语。至如诸葛孔明《出师表》亦何尝雕刻为文，而诚意溢出，至今使人诵之自然，忠义感激。近世文士不究道德之本，不达当世之务，其辞虽艰深而意实浅近。即使过于相如、扬雄，何裨实用？自今翰林为文，但取通道理，明世务者，毋事浮藻。'于戏，大哉皇言乎，万世之通训也。然近日文体或务追秦、汉而失之险，或驾言韩、欧而失之弱。本院儒臣宜知所守，然风靡者多矣。举圣谟以戒敕之，是在当宁。"①卷一九《文体三变》首论明代文风之变："国初刘基、宋濂在馆阁，文字以韩、柳、欧、苏为宗，与方希直皆称名家。永乐中，杨士奇独宗欧阳修，而气焰或不及，一时翕然从之，至于李东阳、程敏政为盛。成化中，学士王鏊以《左传》体裁倡。弘治末年，修撰康海辈以先秦两汉倡，稍有和者：文体盖至是三变矣。"次论明代诗风："至于诗，则名家者犹罕。国初诗人，生胜国乱离时，无仕进路，一意寄情于诗，多有可观者。如编修高启，盖庶几古作。其后举业兴，而诗道大废，作者皆不得已应人之求，岂特少天趣，而学力亦不逮矣！大学士李贤尝议欲场屋中添诗赋，以求博雅之士，正为此也。弘治检讨陈献章、庄㫤养高山林，以诗鸣，谓之陈庄体，为世所宗。李东阳极力变之，至正德初，有李梦阳、何景明辈，追迹汉、唐，世亦尚焉。"再论诗文之体应相通："东阳之论文精矣，其言曰：'诗与文各有体，而每病于不能相通。'夫文，言之成章，而诗又其成声者也。文章之为用，贵于纪述铺叙发挥，而藻饰操纵开阖，惟所欲为，而必有一定之准。若诗歌咏叹，流通动荡之用，则存乎声。而高下长短之节，亦截乎其不可乱，虽律之与度，未始不通，而规其制则判

---

① （明）黄佐《翰林记》卷一一，文渊阁四库全书本。

而不合。及乎考得失、施劝戒，用于天下则各有所宜而不可偏废。古之六经，《易》、《书》、《春秋》、《礼》、《乐》皆文也，惟风、雅、颂则谓之诗。今其为体固在也，学者可以知所从事矣。"

十二　谢榛《四溟诗话》的诗体论

谢榛(1495—1575)字茂秦，号四溟山人、脱屣山人。明临清(今属山东)人。十六岁时作乐府商调，流传颇广。后折节读书，刻意为歌诗，以声律闻于时。嘉靖间，挟诗卷游京师，与李攀龙、王世贞等结诗社，为"后七子"之一，倡导为诗摹拟盛唐。后为李攀龙排斥，客游诸藩王间，以布衣终其身。其诗以律句、绝句见长，功力深厚，句响字稳。著有《四溟集》、《四溟诗话》(又名《诗家直说》)。论诗主张师法盛唐，强调格调，但同时也主张"以自然妙者为最上"，要不露痕迹地学习前人。

《四溟诗话》的诗体论十分丰富。他认为诗不可无体、志、气、韵："《余师录》曰：'文不可无者有四：曰体，曰志，曰气，曰韵。'作诗亦然。体贵正大，志贵高远，气贵雄浑，韵贵隽永。四者之本，非养无以发其真，非悟无以入其妙。"[1]他把韵分为平易、粗俗、艰险三类(卷一)："诗宜择韵。若秋、舟，平易之类，作家自然出奇；若眸、瓯，粗俗之类，讽诵而无音响；若镂、搜，艰险之类，意在使人难押。"他认为诗是吟咏性情的，反对限韵太严(同上)："唐以诗取士，遂为定式。后世因之，不复古矣。杨诚斋(万里)曰：'今之《礼部韵》，乃是限制士子成文，不许出韵，因难以见工尔。至于吟咏性情，当以《国风》、《离骚》为法，又奚《礼部韵》之拘哉？"诗有韵有格，韵胜易而格高难(卷二)："《扪虱新话》曰：'诗有格有韵。渊明"悠然见南山"之句，格高也；康乐"池塘生春草"之句，韵胜也。'格高似梅花，韵胜似海棠。欲韵胜者易，欲格高者难。兼此二者，惟李、杜得之矣。"

关于体裁，诗多"同名异体，同体异名"，他引《文式》说(卷二)："'放情曰歌，体如行书曰行，兼之曰歌行；快直详尽曰行，悲如蛩螀曰吟，读之使人思怨；委曲尽情曰曲，宜委曲谐音；通乎俚俗曰谣，宜隐蓄近俗；载始末曰引，宜引而不发。'此虽体式，犹欠变通。盖同名异体，同体异名耳。"并大量举例说明"同名异体，同体异名"，最后归纳说："体无定体，名无定名，莫不拟斯二者，悟者得之。措词短长，意足而止；随意命名，人莫能易。所谓信手拈来，头头是道也。"

关于诗的句式，有三言诗(同上)："杂言诗，《江有汜》，乃三言之始。迨《天马歌》，体制备矣。严沧浪谓创自夏侯湛，盖泥于白氏《六帖》。"有四言诗(同上)："四言体始

---

[1]　(明)谢榛《四溟诗话》卷一，《历代诗话续编》，中华书局1983年版。

于《康衢歌》，暨《三百篇》则盛矣。（严）沧浪谓起自韦孟，非也。韦孟《讽谏》诗，乃四言长篇之祖，忠鲠有余，温厚不足。太白《雪谗》诗《百忧章》（指《上崔相国百忧章》），去韦孟远矣。崔道融《述唐事实》六十九篇，志于高古而力不逮。"有五言诗（同上）："诗赋各有体制，两汉赋多使难字，堆垛联绵，意思重叠，不害于大义也。诗自苏、李五言暨《十九首》，格古调高，句平意远，不尚难字，而自然过人矣。诗用难韵，起自六朝。"有六言诗（同上）："六言体起于谷永、陆机长篇一韵，迨张说、刘长卿八句，王维、皇甫冉四句，长短不同，优劣自见。若《君道曲》'中庭有树自语，梧桐推枝布叶'，此虽高古，亦太寂寥"；有七言诗（卷一）："《麈史》曰：王得仁谓七言始于《垓下歌》，《柏梁》篇祖之。刘存以'交交黄鸟止于桑'为七言之始，合两句为一，误矣。《大雅》：'维昔之富不如时。'《颂》曰：'学有缉熙于光明。'此为七言之始，亦非也。盖始于《击坏歌》：'帝力于我何有哉？'《雅》、《颂》之后，有《南山歌》、《子产歌》、《采葛妇歌》、《易水歌》，皆有七言，而未成篇，及《大招》百句，《小招》七十句，七言已盛于楚，但以参差语间之，而观者弗详焉。"有九言诗（卷二）："九言体，无名氏拟之曰：'昨夜西风摇落千林梢，渡头小舟卷入寒塘坳。'声调散缓而无气魄。惟太白长篇突出两句，殊不可及，若'上有六龙回日之高标，下有冲波逆折之回川'是也。"

以上已论及诗之常体四言、五言、七言及杂言，此外还论及杂体诗（同上）："孔融离合体，窦韬妻回文体，鲍照十数体、建除体，谢庄道里名体，梁简文帝卦名体，梁元帝歌曲名体、姓名体、鸟名体、兽名体、龟兆名体、针穴名体、将军名体、宫殿名体、屋名体、车名体、船名体、草名体、树名体，沈炯六府体、八音体、六甲体、十二属体。魏、晋以降，多务纤巧，此变之变也。"又论集句体云："晋傅咸集七经语为诗；北齐刘昼缉缀一赋，名为《六合》。魏收曰：'赋名《六合》，其愚已甚；及观其赋，又愚于名。'后之集句肇于此。"（卷一）又云："唐人集句谓之'四体'，宋王介甫、石曼卿喜为之，大率逞其博记云尔。不更一字，以取其便；务搜一句，以补其阙。一篇之作，十倍之工。久则动袭古人，殆无新语。黄山谷所谓'正堪一笑'也。"（同上）

关于赋体，他说："屈、宋为词赋之祖。荀卿六赋，自创机轴，不可例论。相如善学《楚词》，而驰骋太过。子建骨气渐弱，体制犹存。庾信《春赋》，间多诗语，赋体始大变矣。子美曰：'庾信平生最萧瑟，暮年词赋动江关。'托以自寓，非称信也。"（卷二）七为辞体之一，他认为："枚乘始作《七发》，后有傅毅《七激》、张衡《七辩》、崔骃《七依》、马融《七广》、刘向《七略》、刘梁《七举》、崔琦《七蠲》、桓麟《七说》、李尤《七款》、刘广世《七兴》、曹子建《七启》、徐幹《七喻》、王粲《七释》、刘邵《七华》、陆机《七征》、孔伟《七引》、湛方生《七欢》、张协《七命》、颜延之《七绎》、竟陵王《七要》、萧子范《七诱》。诸公驰骋文词，而欲齐驱枚乘，大抵机括相同，而优劣判矣。赵王枕易曰：'《七发》来自《鬼

谷子·七箝》之篇。'"(卷一)

　　诗文没有绝对区别,他引《扪虱新话》曰:"'文中有诗,则语句精确;诗中有文,则词调流畅。'而引谢玄晖、唐子西之说。胡氏误矣。李斯上秦皇帝书,文中之诗也;子美《北征篇》,诗中之文也。武元康曰:'文有声律皆似诗,诗不粗鄙皆是文。'杜约夫曰:'六朝文中有诗,宋朝诗中有文。'"(卷二)

　　其论诗文风格演变云:"唐山夫人《房中乐》十七章,格韵高严,规模简古,骎骎乎商、周之《颂》。迨苏(武)、李(陵)五言一出,诗体变矣,无复为汉初乐章,以继《风》、《雅》,惜哉!"(卷一)又云:"诗以汉、魏并言,魏不逮汉也。建安之作,率多平仄稳帖,此声律之渐。而后流于六朝,千变万化,至盛唐极矣。"(同上)

　　关于唐、宋词,他认为唐人还是诗词为一,至宋始为二体:"唐人歌诗,如唱曲子,可以协丝簧,谐音节。晚唐格卑,声调犹在。及宋柳耆卿、周美成辈出,能为一代新声,诗与词为二物,是以宋诗不入弦歌也。"(同上)

十三　梁桥《冰川诗式》"上自古乐府,下及近代诸体"

　　梁桥(生卒年不详)字公济,号冰川子。真定(今河北正定)人。由选贡生授四川布政司经历,余不详。

　　梁桥的《冰川诗式》成书于嘉靖二十四年(1545),分定体、练句、贞韵、审声、研几、综赜六门,杂录旧说,不著所出,论述诗体、诗韵、诗格等,是比较严肃的诗论,对后世影响较大。其诗体论及五言绝句、七言绝句、五言律诗、七言律诗、五言古诗、七言古诗、三言诗、四言诗、五言六句律、六言绝、六言律、六言排律体、七言六句律、七言五句、九言诗、一字至十字诗、长短句、回文诗、反复体、离合体。联句诗、集句体、骚体、操体、禽言、虫言、诗余等,既含杂言诗,又含杂体诗。如其《五言律诗》云:"律体之兴,虽自唐始,盖由梁、陈以来俪句之渐也。梁元帝五言八句,已近律体;庾肩吾《除夕》律,诗体工密;徐陵、庾信对律精切,律调尤近。唐初工之者众,至王、杨、卢、骆以俪句相尚,美丽相矜,终未脱陈、隋之气习。神龙以后,此体始盛。五言律诗贵沉静,贵深远,贵细嫩,要声稳语重。五言律诗贵字字平仄谐和,失粘失律,皆不合例。律诗有起、有承、有转、有合。起为破题,或对景兴起,或比起,或引事起,或就题起,要突兀高远,如狂风卷浪,势欲滔天。承为颔联,或写意,或写景,或书事,或用事引证,要接破题,如骊龙之珠,抱而不脱。转为颈联,或写意、写景、书事、用事引证,与前联之意相应相避,要变化如疾雷破山,观者惊愕。合为结句,或就题结,或开一步,或缴前联之意,或用事,必放一句作散场,如剡溪之棹,自去自回,言有尽而意无穷。知此,则律诗思过半矣。七言律诗仿此。"①所言"梁、陈以来俪句之渐",可见律诗是受骈文影响而形成的诗体。"律诗有起、有承、有转、有合",说明律诗的起、承、转、合正是后世八股文的章法,都说明诗文体裁是相互影响的。

又如《七言律诗》(卷一)论五律、七律之别及七律难于五律云:"七言律诗,又五言八句之变也。唐以前七言俪句,如沈君攸已近律体。唐初始专此体,沈佺期、宋之问精巧相尚。开元间此体始盛,然多君臣游幸倡和之什。盛唐作者虽不多,其声调最远,品格最高,可为万世法程。七言律诗难于五言律诗,七言下字较粗实,五言下字较细嫩。凡作七言律,须字字去不得方是。句要藏字,字要藏意,如联珠不断方妙。若七言可截作五言,便不成诗。七言律诗贵声响,贵雄浑,贵铿锵,贵伟健,贵高远。凡作七言律诗时,须真情推发到奇绝处用之,以声律为窍,物象为骨,意格为髓,起承转合,联属流动。七言与五言微有分别。七言造句差长,难饱满,易疏弱,前后多不相应。自唐人工此者亦有数,可以为难矣。律诗有四实四虚,前实后虚,前虚后实之别(实为景,虚为情)。律诗须情中有景,景中有情;以事为意,以意融事;情意迭出,事意贯通,方为近体之妙……凡作七言律诗,先须澄静此心,如秋高月明,独立华岳之巅,俯视万象,景皆入奇峭中。就其中择取沉雄险特者而用之,务要奇峭,不可宽缓。"

其《五七言律诗》(卷七)还把五七言律诗分为很多格,这是他书所少有的,故全录如下:

　　　四实格:四实者,中四句皆景物而实,谓之四实。

　　　四虚格:四虚者,中四句皆情思而虚,谓之四虚。

　　　前实后虚格:前实后虚者,前联景而实,后联情而虚。

　　　前虚后实格:前虚后实者,前联情而虚,后联景而实。

　　　前多后少格:前多后少者,首联与次联一意,颈联自为一意,落联上句结前四句,下句结颈联二句,或末联统结前意。

　　　前开后合格:前开后合者,前四句言昔时,开也;后四句言今日之事,合也。

　　　前散后整格:前散后整者,颔联虽对而散,颈联的对而整。

　　　前整后散格:前整后散者,颔联的对而整,颈联虽对而散。

　　　一字贯篇格:一字贯篇者,起联中立一字,中二联俱要见此一字意。颔联浅,颈联深,结联总言,亦要含起联所立一字之意。一字者,着力字也。

　　　二字贯穿格:二字贯穿者,起联立二字,中二联分应之,或每联各句应之,结

① (明)梁桥《冰川诗式》卷一,台北广文书局1973年版。

联脱言亦要含意。

一字血脉格:一字血脉者,起联生一有意字,中二联皆此字行乎其中,故谓之血脉。此与一字贯篇不同,彼一字是著力字,此一字是有意字。

三字栋梁格:三字栋梁者,中二联句中以三实字为栋梁妆句。

一句造意格:一句造意者,首联第一句兴起第二句,而第二句乃生意。中间二联与结联皆言第二句意思,故谓之一句造意。

两句立意格:两句立意者,首联第一句起第二句,颔联应第一句,颈联应第二句,末联总结上六句,故谓之两句立意,或首联二句平起总唱,下分应之。

字相连序格:字相连序者,中二联句中字与意连序不断,或五字或七字,无上断、下断及二字三字妆排句法。

句相照应格:句相照应者,首联二句各起颔联二句,而颔联上句应首联上句,颔联下句应首联下句;颈联二句各起末联二句,而末联上句应颈联上句,末联下句应颈联下句。前四句一意,后四句一意,而题意照应。

接项格:接项者,首联第一句起颈联二句,第二句起颔联二句,然颔联二句意思承首联第二句,是谓接项。

充股格:充股者,首联二句交股起后二联,颔联上句应首联上句,下句应首联下句;颈联上句又随颔联上句来,下句又随颔联下句来,二联俱本首联交互对言之;至末联,又须应起句结前意,起结相应,不独中联充股,而又始终一意。

纤腰格:纤腰者,前四句一意,后四句一意;前以景物兴起,后以人事见题;中间意思若不相接,而意实相通,但隐而不觉耳。

续腰格:续腰者,首联起中二联,然中二联各相照应,颈联上句应颔联上句,颈联下句应颔联下句,中二联相续,谓之续腰。结联要应首联。

归题格:归题者,首联与中二联言他事,至结联方说归本题。前六句虽说他事,却亦要是本题相关之事。

藏头格:藏头者,首联与中二联六句皆具言所寓之景与情,而不言题意,至结联方说题之意,是谓藏头。此与归题不同:归题者,结联明用题之字也;藏头者,结联暗用题之事也。

单抛格:单抛者,首联二句上句起下句,单意说下;颔联、颈联或事或景皆应首句意,末联一顺说,亦要应首句。

双抛格:双抛者,首联二句两事并行,叫起中二联;中二联句句各应上两事,或分应末联总结。

单蹄格:单蹄者,首联上句起下句,以一事或一物一地为主;颔联、颈联皆言首联下句之意;末联总结,亦因首联下句寓意。

双蹄格:双蹄者,首联一句以一事物或地名立一篇之大意,中二联各以两事发明首联或分应,末总结前六句,亦谓归题。

牙锁格:牙锁者,首联一事叫起中联;颔联上句起颈联下句,下句起颈联上句;而颈联上句又承颔联上句,下句又承颔联下句。交互曲折,各尽其妙。末联终首联意。

一意格:一意者,自首联以至末联,一句生一句,而全篇旨趋如行云流水。

钩锁连环格:钩锁连环者,自首联至末联,句意相勾连。首联上句说好,下句说不好,颔联上句说不好,下句说好。颈联、末联如之,或以事相因,钩连亦通。

顺流直下格:顺流直下者,一气说去,自首联至末联,命意用事,皆顺说如水之就下,快意成章。

内剥格:内剥者,暗用本题事,而取义于事内。颔联、颈联或先景后事,或先事后景,皆隐题于内,至末联方正言之。

外剥格:外剥者,取他事明题意,而更取义于外。中二联或引两事,或引四事,事外立意,使读者自得之。

兴兼比格:兴兼比者,首联兴起;中二联以远事比近事,而兴在其中;末联总结之,上句结比,下句结兴(或前四句兴,后四句比;颔联兴,颈联比,亦通)。

兴兼赋格:兴兼赋者,首联以情景兴起,中二联以人事赋之,末联总结(或前四句兴、后四句赋,或颔联兴、颈联赋,亦通)。

比兴格:比兴者,托物引兴,言物而兴在其中;又即物比事,兴比俱见。

抑扬格:抑扬者,首联唱起本题,中二联或各联一抑一扬,然须扶持正理,少抑即扬,使人读之,见扬而不见抑,末意要足。

颂中有讽格:颂中有讽者,首联叙起,中二联颂之,末联寓讽。

美中有刺格:美中有刺者,首联美起,中二联应之,至末联即事,以寓刺意。

物外寄意格:物外寄意者,自首联至末联皆意在言外,使人读而自得之。盖即此言彼,言此事则他事因之。可知此是唐人一种玄妙处。

雅意咏物格:雅意咏物者,美其物而以雅意咏之。首意自叙。末意归美他人,俱因物看得好,写意浓厚。

雄伟不常格:雄伟不常者,首联说尽题意,中联事景,末联结意,俱要气象宏丽,节奏高古,雄伟不凡,句句惊人,方是作者。

想象高唐格:想象高唐者,首联言其人初见未真,仿佛拟议其音尘;中二联皆应首联仿佛之意;末联则属意之深,亦止乎礼义。凡他事见之未真、求之不得者,亦作想象格。

抚景寓叹格：抚景寓叹者，因时景而起叹，反复言古人不可复见，而时景可惜，因寓感古怀今之意。或因时景而叹旅叹困亦是。

专叙己情格：专叙己情者，自首联至末联，中间景事，皆言己平生之情，而情绪欲苦，地步欲高，方是作者。

感今怀古格：感今怀古者，因今事而思古人。首联起兴，中二联应之，结联总结前意，而寓怀古之意。

先问后答格：先问后答者，首联唱起，自为问答；中二联皆为答之之意；末联总结上意。

应字格：应字者，首联立二字，颔联分应之，颈联接颔联二句，末总结之。

无题格：无题者，隐讳其意，不欲明言。或隐意，或隐字，使人自得之。

明暗二例格：明暗二例者，作诗之法，无出于此。盖凡作诗，非明则暗。

从具体论述可知，他所谓的格内容较复杂，涉及诗的内容、形式、风格等。他在论体裁时往往兼及风格，如《五言排律》(卷一)云："杜少陵独步，当时浑涵汪洋，千汇万状，至百韵千言，力不少衰。若韩、柳，虽肆才纵力，工巧相矜，要之未为得体。"《五言古诗》(同上)云："五言古诗，或兴起，或比起，或赋起，须要寓意深远，托辞温厚，反复优游，雍容不迫。或感古怀今，或坏人伤己，或潇洒闲适。写景要雅淡，推人心之至情，写感慨之微意，悲欢含蓄而不伤，美刺婉曲而不露，要有《三百篇》之遗意。观之汉、魏古诗，蔼然有感动人处可知……自六句短古篇放之至百句，大要贵意圆而语深。凡作五言古诗，先须澄静此心，如沧溟不波，空碧无际，纤月到景，万象涵精。题目如镜中物影，悲欢动静，了无遁情，怀天地于秋毫，洞古今为一瞬，视彼区区者，吾谈笑道之。大抵五言古诗，所养浩荡，所见鲜明，所取精微，所用轻快。"《七言古诗》(同上)云："七言古诗，贵清壮奇丽，确深浑厚。盛唐工七言古调者多，李、杜而下，论者推高适、岑参、李硕、王维、崔颢数家为胜。谓张皇气势，陟顿始终，综核乎古今，博大其文辞，李、杜尚矣。至于沉郁顿挫，抑扬悲壮，法度森严，神情俱诣，一味妙悟，而佳句辄来，远出常情之外。高、岑数子，诚与李、杜并驱争先。七言古诗，要铺叙，要有开合，有风度，要迢递险怪，雄俊铿锵，忌庸俗软腐。七言古诗，其波澜开合，如江海之波，一波未平，一波复起。又如兵家之阵，方以为正，又复为奇；方以为奇，忽复是正。出入变化，不可纪极。备此法者，唯李、杜而已。开合粲然，音韵铿然，法度森然，神思悠然，学问充然，议论超然……凡作七言古诗，先须澄静此心。如泛舟沧溟，春秋晴雨，风波作止，万变随时。题目如大海受风，泠风则微澜应，疾风则骇浪腾。自然而然，吾取其神奇者而用之。大要古诗七言，所养浩优，所见详明，所取奇崛，所用峭绝。”其《审音·长短句(指诗)》(卷五)云："长短句者，古歌辞之类。其语峭绝顿挫，其音高下抑扬，有波澜开阖之势，流动变化，莫测其涯涘。所贵者丽而不浮，奇而不僻，怪而不俚，参差而不乱。"

其《学诗要法上》(卷九)既是论作诗之法，也是论各种诗体的不同风格："诗之名，曰诗者，五言章句整齐，声音平淡；七言章句参差，声音雄浑。曰歌者，情扬辞达，音声高畅。曰吟者，情抑辞郁，音声沉细。曰行者，情顺辞直，音声浏亮。曰曲者，情密辞婉，音声谐缛。曰谣者，情谲辞寓，音声质俚。曰风者，情切辞远，音声古淡。曰唱者，与歌、行、曲通。曰乐歌者，情和辞直，音声舒缓。曰叹者，情戚辞老，音长声绝。曰解者，与歌、曲、叹、乐通。曰引者，情长辞蓄，音声平永。曰弄者，情活辞丽，音声圆壮。曰清者，情逸辞激，音声清壮。曰辞者，情长辞雅，音声平亮。曰舞者，情通辞丽，音声应节。曰怨者，情沉辞郁，音声凄断。曰讴者，情扬辞直，音声高放。曰骚者，情深痛加，而极其愤。曰赋者，辞语富丽，事意详尽。曰操者，情坚辞确，阨穷不失。曰盐者，与行、吟、曲、引相类。曰篇者，情明事徧，不遗余意。以至曰别、曰调、曰思、曰哀、曰啼、曰咏、曰文、曰章、曰诔、曰箴、铭、赞、颂、无题，则各有意义。辞、情、音、声亦异，不能缕陈，而总谓之诗(赋、颂、箴、铭、文、诔、赞，亦可以为文，其余皆诗)。"

明顾宪成《冰川诗式题辞》对此书评价很高："真定冰川梁先生雅嗜诗，精研博采，积三十余年，著《诗式》十卷，上自古乐府，下及近代诸体，条分缕析，井井具矣。乃诗原特揭出一悟字，尤为吃紧。试参之悟，果何物耶？凡涉于声，便有清浊，可以缘清浊而得之，而此非清非浊，即师旷不能听也。凡涉于色，便有浓淡，可以缘浓淡而得之，而此非浓非淡，即离娄不能瞩也。凡涉于味，便有甘苦，可以缘甘苦而得之，而此非甘非苦，即易牙不能尝也。凡涉于象，便有方圆，可以缘方圆而得之，而此非方非圆，即公输不能辨也。故曰'鸳鸯绣出从君看，不把金针度与人'，其旨精矣。"①但《四库全书总目》对此书却全盘否定，称其"横生名目，兼增以杜撰之体，盖于诗之源流正变皆未有所解也"。"横生名目"似或有之，如所列之格，但全书确如顾氏所说"自古乐府，下及近代诸体，条分缕析"，井井有条。

十四　何良俊《曲论》论南北戏剧

何良俊(1506—1573)字元朗，号柘湖。华亭(今上海松江)人。嘉靖贡生，荐授南

---

① (明)顾宪成《泾皋藏稿》卷一三，文渊阁四库全书本。

京翰林院孔目,仕途失意,遂隐居著述,自称与庄周、王维、白居易为友,题书房名曰"四友斋"。他和李开先、王世贞、徐渭被并称为嘉、隆年间四大曲论家,曾邀请曲师顿仁与之研讨戏曲音律。其戏曲理论主张有二:一是提倡用本色语言编写剧本,而且就此对《西厢记》、《琵琶记》提出大胆批评;二是宁可语句欠通,也要恪守格律,主张未免偏颇,但对万历年间以沈璟为首的吴江派甚有影响。著有《柘湖集》、《何氏语林》、《四友斋丛说》、《书画铭心录》。他的戏曲理论见《四友斋丛说》第三十七卷,后人辑为《曲论》。

《曲论》论南北戏剧,对《西厢》、《琵琶记》亦不以为然:"近日多尚海盐南曲,士夫禀心房之精,从婉娈之习者,风靡如一,甚者北土亦移而耽之,更数世后,北曲亦失传矣。金、元人呼北戏为杂剧,南戏为戏文。近代人杂剧以王实甫之《西厢记》,戏文以高则诚之《琵琶记》为绝唱,大不然。夫诗变而为词,词变而为歌曲,则歌曲乃诗之流别。今二家之辞,即譬之李、杜,若谓李、杜之诗为不工,固不可;苟以为诗必以李、杜为极致,亦岂然哉?祖宗开国,尊崇儒术,士大夫耻留心辞曲,杂剧与旧戏文本皆不传,世人不得尽见,虽教坊有能搬演者,然古调既不谐于俗耳,南人又不知北音,听者即不喜,则习者亦渐少,而《西厢》、《琵琶记》传刻偶多,世皆快睹,故其所知者,独此二家。余所藏杂剧本几三百种,旧戏本虽无刻本,然每见于词家之书,乃知今元人之词,往往有出于二家之上者。盖《西厢》全带脂粉,《琵琶》专弄学问,其本色语少。盖填词须用本色语,方是作家,苟诗家独取李、杜,则沈、宋、王、孟、韦、柳、元、白,将尽废之耶?"①

十五 刘世伟《过庭诗话》论各体诗风

刘世伟(生卒年不详)字宗周,信阳(今属河南)人。嘉靖中任宁州州司。著有《厌次琐谈》、《过庭诗话》等。

《过庭诗话》卷首有嘉靖三十六年(1557)作者同郡友人阎新恩序,称作者之父宁国君冷庵翁学养颇深,此书取名"过庭",盖标榜其家学渊源。全书一百十四则,论古今各体诗歌,兼及本朝诗人诗作。《四库全书总目》谓其"皆拾七子之绪余,实于汉、魏、盛唐了无所解,于宋诗亦无所解也",并指出书中若干错误。但其论各体诗风要求则十分精到:"大抵绝句要言约意该,余韵铿然。七言近体丰韵精爽,沉着婉曲。五言律溜亮痛快,点缀精奇。排律铺叙典实,顾盼远到。歌行突兀歇拍,脉络绵远。乐府

---

① (明)何良俊《曲论》,《中国古典戏曲论著集成》,中国戏剧出版社1959年版。

风流激切,雅俗相兼。汉、魏古诗浑厚和平,质而不俚。集古天然凑合,不加增损。拟古取格定意,去我从彼。吴体缥缈虚怯,松散放逸。"①

十六　徐渭《南词叙录》论南戏

徐渭(1521—1593)初字文清,改字文长,号天池山人,晚号青藤道士等。山阴(今浙江绍兴)人。屡试不第,仕途失意,而在诗文、戏曲、书画等方面,均有深厚造诣。其诗文嬉笑怒骂,皆成文章;对戏曲有杰出贡献,其杂剧《四声猿》所写四个短剧,都具有较强的思想性、艺术性。著有《徐文长全集》。所著《南词叙录》一卷是我国最早的,也是宋、元、明、清四代唯一专论南戏的著作。此书论述南戏的源流发展、风格特色、声律音韵等,也有对作家、作品的评论,对术语、方言的考释,是研究明代戏曲的重要著作。其论著书之因云:"北杂剧有《点鬼簿》,院本有《乐府杂录》,曲选有《太平乐府》,记载详矣。惟南戏无人选集,亦无表其名目者,予尝惜之。客闽多病,咄咄无可与语,遂录诸戏文名,附以鄙见。"②

《南词叙录》论南戏发展史并评高明《琵琶记》云:"南戏始于宋光宗朝,永嘉人所作《赵贞女》、《王魁》二种实首之,故刘后村有'死后是非谁管得,满村听唱蔡中郎'之句。或云宣和间已滥觞,其盛行则自南渡,号曰'永嘉杂剧',又曰'鹘伶声嗽'。其曲,则宋人词而益以里巷歌谣,不叶宫调,故士夫罕有留意者。元初,北方杂剧流入南徼,一时靡然向风,宋词遂绝,而南戏亦衰。顺帝朝,忽又亲南而疏北,作者猬兴,语多鄙下,不若北之有名人题咏也。永嘉高经历明,避乱四明之栎社,惜伯喈之被谤,乃作《琵琶记》雪之,用清丽之词,一洗作者之陋,于是村坊小伎,进与古法部相参,卓乎不可及已。相传:则诚坐卧一小楼,三年而后成。其足按拍处,板皆为穿。尝夜坐自歌,二烛忽合而为一,交辉久之乃解。好事者以其妙感鬼神,为创瑞光楼旌之。我高皇帝即位,闻其名,使使征之,则诚佯狂不出,高皇不复强。亡何,卒。时有以《琵琶记》进呈者,高皇笑曰:'五经、四书,布、帛、菽、粟也,家家皆有;高明《琵琶记》,如山珍、海错,贵富家不可无。'既而曰:'惜哉,以宫锦而制鞋也!'由是日令优人进演。"又云:"或言:'《琵琶记》高处在《庆寿》、《成婚》、《弹琴》、《赏月》诸大套。'此犹有规模可寻。惟《食糠》、《尝药》、《筑坟》、《写真》诸作,从人心流出,严沧浪言'水中之月,空中之影',最不可到。如《十八答》,句句是常言俗语,扭作曲子,点铁成金,信是妙手。"

---

① (明)刘世伟《过庭诗话》,浙江范懋柱家天一阁藏本。
② (明)徐渭《南词叙录》,《中国古典戏曲论著集成》,中国戏剧出版社1959年版。下引同。

他对当时流行的《南九宫谱》持否定态度："今《南九宫》不知出于何人,意亦国初教坊人所为,最为无稽可笑。夫古之乐府,皆叶宫调;唐之律诗、绝句,悉可弦咏,如'渭城朝雨'演为三叠是也。至唐末,患其间有虚声难寻,遂实之以字,号长短句,如李太白《忆秦娥》、《清平乐》,白乐天《长相思》,已开其端矣;五代转繁,考之《尊前》、《花间》诸集可见;逮宋,则又引而伸之,至一腔数十百字,而古意颇微。徽宗朝,周(邦彦)、柳(误,柳永实非此时人)诸子,以此贯彼,号曰'侧犯'、'二犯'、'三犯'、'四犯',转辗波荡,非复唐人之旧。晚宋,而时文、叫吼,尽入宫调,益为可厌。永嘉杂剧兴,则又即村坊小曲而为之,本无宫调,亦罕节奏,徒取其畸农、市女顺口可歌而已,谚所谓'随心令'者,即其技欤? 间有一二叶音律,终不可以例其余,乌有所谓九宫? 必欲穷其宫调,则当自唐、宋词中别出十二律、二十一调,方合古意。是九宫者,亦乌足以尽之? 多见其无知妄作也。"

南戏有多种唱腔,而以昆山腔居首:"今唱家称'弋阳腔',则出于江西,两京、湖南、闽、广用之;称'余姚腔'者,出于会稽,常、润、池、太、扬、徐用之;称'海盐腔'者,嘉、湖、温、台用之。惟'昆山腔'止行于吴中,流丽悠远,出乎三腔之上,听之最足荡人,妓女尤妙此,如宋之嘌唱,即旧声而加以泛艳者也。隋、唐正雅乐,诏取吴人充弟子习之,则知吴之善讴,其来久矣。"

其论南、北曲风格之异云:"听北曲使人神气鹰扬,毛发洒淅,足以作人勇往之志,信胡人之善于鼓怒也,所谓'其声噍杀以立怨'是已;南曲则纤徐绵眇,流丽婉转,使人飘飘然丧其所守而不自觉,信南方之柔媚也,所谓'亡国之昔哀以思'是已。夫二音鄙俚之极,尚足感人如此,不知正音之感何如也。"

十七　袁黄《游艺塾文规》论科场文体

袁黄(生卒年不详)初名表,字坤仪,号了凡。嘉善(今属浙江)人。少时聪颖敏悟,卓有异才,曾受教于云谷禅师,对天文、术数、水利、军政、医药等无不研究。补诸生。嘉靖四十四年(1565),知县辟书院,令高材生从其受经学。万历五年(1577)会试,初拟取第一,因策论违逆主试官而落第。后更名黄。十四年中进士,为万历初嘉兴府三名家之一。著有《祈嗣真诠》、《皇都水利考》、《评注八代文宗》、《春秋义例》、《论语笺疏》、《袁氏易传》、《史记定本》、《袁氏政书》、《两行斋集》、《宝坻劝农书》、《袁了凡家训》、《袁了凡纲鉴》、《群书备考》、《石经大学解》、《历法新书》、《中庸疏意》、《摄生三要》等。

袁黄《游艺塾文规》和《游艺塾续文规》是带有八股文研究性质的大型评本。在八股文盛行的时代,他提倡"以古文为时文",发扬了古文的优秀传统,将一部分士人的目光从"高头讲章"、"新科利器"中吸引到优秀的古文遗产中来,造就了一种以源远流长的古文为根柢的时文。不仅如此,《文规》正、续编中,还有很多运用类似李渔"立主脑"、"密针线"、"减头绪"的说法评点时文的例子,为研究八股文与戏曲这两种文体的交叉影响提供了丰富的理论材料。

《游艺塾文规》多论科场文体,十分丰富,兹举数例。如其论"论"云:"按《说文》云:'论者,议也,反复辨难,以求至当者也。'刘勰云,'论者,伦也','弥纶群言,而研一理者也'。故论之为体,辨是非别妍丑。即碍以求通,研深以入微,穷于有象,追于无形。凡受题下笔,必有一段出人之意见,发之为千古不可磨灭之议论,方为入彀。或举古今所不决之疑而出真见,以剖析之:或从众人意想所不到处,而从容发至理,以新人之耳目。如汉廷老吏断狱,以片言折衷,而人莫不心肯意服。若但能责人,亦非高手。必思我若生此人之时,居此人之位,遇此人之事,当如何应酬? 如何处置? 必有至当不易之说,若苏子瞻《范增论》,老泉《管仲论》,皆用此法。刘勰谓论有四品:曰陈政,曰释经,曰辨史,曰铨文。近日徐伯鲁著《文体明辨》,广为八品:一曰理论,二曰政论,三曰经论,四曰史论,五曰文论,六曰讽论,七曰寓论,八曰设论。今我另设八目:一君德,二治道,三心学,四臣道,五敬天,六爱民,七尊贤,八评论人品。汝于此八类各作一篇,场中题目,无出此矣。"① 又论四六云:"四六盛于六朝,然皆风烟月露之词,于政事、礼乐、典章、文物之体未备也。自唐开元十二载,诏以诗赋取士,自此八韵律赋盛行。煅炼研摩,声律始细。然当时作者如陆贽、裴度、吕温辈,犹未能极工,至晚唐薛逢、吴融辈出于场屋,颇臻妙境。及宋嘉祐、治平间相传四百余年,师友渊源,讲贯磨砻,口传心授,以骈丽之词,叙心曲之事;寓行云流行之态,于抽黄对白之中,而四六始称绝唱矣。汝今作表须将《宋文鉴》中所载诸表,从头一阅,而于王介甫、苏子轼诸公所作,尤宜尽心。庶有古人浑厚气象,而不至于浅薄也。"由于《游艺塾文规》一书的特殊性质,故其论文体与他书不同,均有教人作文之义。这也是其文体论的主要特点。

十八　周履靖《骚坛秘语》论不同诗体应有不同风格

周履靖(1542—?)字逸之,初号梅墟,改号螺冠子,晚号梅颠道人。秀水(今浙江嘉兴)人。多才艺,擅诗、词、书法,广交游,著有《夷门广牍》、《梅颠稿选》、《画评会海》、《骚坛秘语》等。

① (明)袁黄《游艺塾续文规》卷五,武汉大学出版社 2009 年版。

《骚坛秘语》三卷,辑录宋、元诗法理论,重在传授诗法。上、中二卷分二十题,阐说五、七言古体与律体之字句结构、声情音韵、气象境界等;卷下撮辑皎然、严羽、杨载诸家诗论,并申以己见,认为不同的诗体有不同的风格:"五言,章句整齐,声音平实;七言,章句参差,音律雄浑。歌:情扬辞达,音声高畅。吟:情抑辞郁,音声沉细。行:情顺辞直,音声浏亮。曲:情密辞宛,音声绬缛。谣:隋谲辞寓,音声质俚。风:情切辞远,音声古淡。唱:与歌、行、曲通。乐歌:情和辞直,音声舒缓。叹:情戚辞老,音长声绝。解:与歌、曲、叹、乐通。引:情长辞蓄,音声平永。弄:情活辞丽,音声圆壮。清:情逸辞激,音声清壮。辞:情长辞雅,音声平亮。舞:情通辞丽,音声应节。怨:情沉辞郁,音声凄断。讴:情扬辞直,音声高放。"①

十九　胡应麟体系严谨的《诗薮》及其文体论

胡应麟(1551—1602)字元瑞,号少室山人,别号石羊生。兰溪(今属浙江)人。五岁读书成诵,九岁从乡间塾师习经学,酷爱古文辞。稍长,能撰各体诗篇。十六岁入庠为秀才。万历四年(1576)乡试中举。会试不第。曾随父北上南下,沿途吟咏,见者激赏,所交皆海内贤士豪杰。胡应麟是明代复古思潮发展后期的一位著名学者和诗论家,论诗文主张复古模拟,后由重视格调转向神韵。因深受王世贞兄弟欣赏,而被列为"末五子"之一。胡应麟也是浙江著名藏书阁二酉山房的主人,一生致力于著述,在文学、史学、目录学、文献学方面都有很深的造诣。据《兰溪县志》及《石羊生小传》记载,胡应麟共有著述九百零三卷,但大多散佚,现存有论诗专著《诗薮》、诗文集《少室山房集》及论学杂著《少室山房笔丛》。

《四库全书·诗薮》提要云:"所著《诗薮》十八卷,大抵奉世贞《(艺苑)卮言》为律令,而敷衍其说,谓'诗家之有世贞,集大成之尼父也'"。《诗薮》集中体现了胡应麟的诗学思想,并以浩繁的内容和庞大的规模成为我国古代诗论中少有的体系严谨之作。与传统诗话普遍松散随意的特点不同,《诗薮》线索明晰,逻辑性强。全书分为内编、外编、杂编、续编四部分,内编六卷,分论古体、近体诗;外编六卷,历评先秦至宋、元诗;杂编六卷,补述亡佚篇章、载籍及三国、五代、南宋、金诗;续编二卷,专论明洪武至嘉靖年间诗。主要观点多存于内、外两编之中,分别从体裁和时代的角度对古代诗歌进行了分析,提出了重要的"体以代变,格以代降"的诗史观;认为诗歌有不得不变的必然趋势,并从诗歌自身规律和外界因素两方面进行分析,进而承认诗歌发展变化的

---

① (明)周履靖《骚坛秘语》卷上,(台北)广文书局1970年版。

客观性和合理性。《诗薮》还分别研究了四言诗、古乐府、七言歌行、五言律、七言律、绝句、骚赋等诗体,在历史流变中追溯其衍生发展的过程,并对各种诗体的特色进行了归纳。

《诗薮》强调诗歌体裁、诗歌格调都是随时代变化而变化的:"四言变而《离骚》,《离骚》变而五言,五言变而七言,七言变而律诗,律诗变而绝句,诗之体以代变也。《三百篇》降而《骚》,《骚》降而汉,汉降而魏,魏降而六朝,六朝降而三唐,诗之格以代降也。"①内编分体论述就含有"体以代变"之意,外编、杂编按时代论述就含有"格(风格)以代降"之意。宋人严羽主"悟",明人李梦阳主"法",《诗薮》认为"二者不可偏废","法而不悟,如小僧缚律;悟不由法,外道野狐也"(内编卷五)。他论诗同样崇唐抑宋,认为:"唐人诗如初发芙蓉,自然可爱;宋人诗如披沙拣金,力多功少;元人诗如镂金错采,雕绘满前。"(外编卷六)但他也承认"(宋)二百年间声名文物,其人才往往有瑰玮绝特者错列其间"(杂编卷五)。

除《诗薮》外,胡应麟的其他论著中也包含丰富的文体论。其《少室山房笔丛》分正续二集,含十六种,包括《经籍会通》四卷,论古来藏书存亡聚散之迹;《史书占笔》六卷,论史事;《九流绪论》三卷,论子部诸家得失;《四部正讹》三卷,考证古来伪书;《三坟补遗》二卷,专论《竹书纪年》、《逸周书》、《穆天子传》三种,以补三坟之缺;《二酉缀遗》三卷,采摭小说家言;《华阳博议》二卷,杂述古来博闻强记之事;《庄岳委谈》二卷皆正俗说之附会;《玉壶遐览》四卷论道书,《双树幻钞》三卷论佛典;《丹铅新录》八卷,《艺林学山》八卷,则专为驳杨慎而作,《四库全书·少室山房笔丛》提要称其"征引典籍极为宏富,颇以辨博自衿,而舛讹处多不能免。"

其《九流绪论》(下)对小说作了充分肯定,认为小说"有补于世,无害于时":"子之为类,略有十家。昔人所取凡九,而其一小说弗与焉。然古今著述,小说家特盛,而古今书籍小说家独传,何以故哉? 怪力乱神,俗流喜道,而亦博物所珍也;玄虚广莫,好事偏攻,而亦洽闻所眤也。谈虎者矜夸以示剧,而雕龙者间掇之以为奇;辨鼠者证据以成名,而扪虱者类资之以送日。至于大雅君子,心知其妄而口竞传之,且斥其非而暮引用之,犹之淫声丽色,恶之而弗能弗好也。夫好者弥多,传者弥众;传者日众,则作者日繁。夫何怪焉?"又对小说作了详尽的分类,认为小说可分为志怪、传奇、杂录、丛谈、辩订、箴规六类:"小说家一类,又自分数种:一曰志怪,《搜神》、《述异》、《宣室》、《酉阳》之类是也;一曰传奇,《飞燕》、《太真》、《崔莺》、《霍玉》之类是也;一曰杂录,《世说》、《语林》、《琐言》、《因话》之类是也;一曰丛谈,《容斋》、《梦溪》、《东谷》、《道山》之

类是也;一曰辩订,《鼠璞》、《鸡肋》、《资暇》、《辩疑》之类是也;一曰箴规,《家训》、《世范》、《劝善》、《省心》之类是也。丛谈、杂录二类最易相紊,又往往兼有四家。而四家类多独行,不可搀入二类者。至于志怪、传奇,尤易出入,或一书之中二事并载,一字之内两端具存,姑举其重而已。"他认为小说分类最难:"小说,子书流也。然谈说理道或近于经,又有类注疏者;纪述事迹或通于史,又有类志传者。他如孟启《本事》、卢瑰《抒情》,例以诗话文评附见集类,究其体制,实小说者流也。至于子类杂家,尤相出入。郑氏谓古今书家所不能分有九,而不知最易混淆者小说也。必备见简编,穷究底里,庶几得之。而冗碎迂诞,读者往往涉猎,优伶遇之,故不能精。"他还分析了唐以前、宋以后小说的不同特点及其形成的原因:"小说,唐人以前纪述多虚,而藻绘可观。宋人以后,论次多实,而彩艳殊乏。盖唐以前出文人才士之手,而宋以后率俚儒野老之谈故也。"①《二酉缀遗》中亦云:"凡变异之谈,盛于六朝,然多是传录舛讹,未必尽幻设语。至唐人乃作意好奇,假小说以寄笔端,如《毛颖》、《南柯》之类尚可,若《东阳夜怪录》称成自虚,《元怪录·元无有》皆但可付之一笑,其文气亦卑下亡足论。宋人所记,乃多有近实者,而文彩无足观。"这些都是颇为精辟的见解。

《少室山房笔丛》卷二五《庄岳委谈》(下)认为词、曲始于陈隋,而齐梁已兆其端:"世所盛行宋、元调曲,咸以昉于唐末,然实陈、隋始之。盖齐、梁月露之体,矜华角丽,固已兆端。至陈(后主)、隋(炀帝)二主,并富才情,俱涵声色,所为长短歌行,率宋人词中语也,炀(帝)之《春江》、《玉树》等篇尤近。至《望江南》诸阕,唐、宋、元人沿袭至今,词曲滥觞,实始斯际。"他的有些考证也值得注意,如认为《菩萨蛮》、《忆秦娥》非李白所作:"余谓太白在当时,直以风雅自任,即近体盛行七言律,鄙不肯为,宁屑事此?且二词(《菩萨蛮》、《忆秦娥》)虽工丽,而气衰飒,于太白超然之致,不啻穹壤。藉令真出青莲,必不作如是语。详其意调,绝类温方城(温庭筠,曾贬为方城尉)辈。盖晚唐人词,嫁名太白,若怀素草书,李赤姑熟耳。原二词嫁名太白有故:《草堂词》,宋末人编,青莲诗亦称《草堂集》。后世以二词出唐人而无名氏,故伪题太白,以冠斯编也。"又云:"《菩萨蛮》之名,当起于晚唐世。按《杜阳杂编》云:'大中初,女蛮国贡双龙犀明霞锦。其国人危髻金冠,璎珞被体,故谓之菩萨蛮。'当时倡优,遂制《菩萨蛮》曲,文士亦往往效其词。《南部新书》亦载此事。则太白之世,唐尚未有斯题,何得预制其曲耶?""又《北梦琐言》云:'宣宗爱唱《菩萨蛮》词,令狐相国假温飞卿新撰密进之,戒以勿泄,而遽言于人,由是疏之。'按:大中即宣宗年号。此词新播,故人君喜歌之。余屡疑近飞卿,至是释然,自信具只眼也。"虽不能以此为定论,但至少值得我们进一步

722

研究。

又论戏剧演变云："今世俗搬演戏文,盖元人杂剧之变。而元人杂剧之类戏文者,又金人词说之变也。杂剧自唐、宋、金、元迄明皆有之,独戏文《西厢》作祖。《西厢》出金董解元,然实弦唱小说之类。至元王(实甫)、关(汉卿)所撰,乃可登场搬演。高氏一变而为南曲。承平日久,作者迭兴,古昔所谓杂剧、院本,几于尽废,仅教坊中存什二、三耳。"还评及一些具体戏本,如"《西厢记》虽出唐人《莺莺传》,实本金董解元。董曲今尚行世,精工巧丽,备极才情,而字字本色,言言古意,当是古今传奇鼻祖。金人一代文献尽此矣。然其曲乃优人弦索弹唱者,非搬演杂剧也。"①此为论《董解元西厢记》诸宫调,说是"弦索弹唱",极有见识。

其《少室山房集》也有一些文体论,如卷四七《五言排律一首序》云："唐五言百韵昉于杜陵,韩、白踵作。然皆历陈时事,未有咏物而韵百余者。又皆用宽韵,四支一先之属,未有兹韵而至百余者。余不佞,实始滥觞。"②卷一〇〇《策一首》谓"文章之体非一","学问之道非一","或长于叙事而短于持论,或工于古选而诎于声诗,或富于大篇而艰于小绝。即文章一体,尚不能会其全而各极其趣,况兼二者而时出之也"。

二十　郝敬《艺圃伧谈》论诗文异体

郝敬(1558—1639)字仲舆,号楚望。京山(今属湖北)人。明末学者。幼称神童。曾因人命事下狱,赖其父请人援救获释,始折节读书。万历十七年(1589)进士。官至知江阴,后弃官归里,杜门著书。除注解经书外,还著有《小山草》、《时习新知》、《谈经》、《史记琐琐》、《艺圃伧谈》等。

《艺圃伧谈》四卷为明代颇有影响的诗学专著,卷一论古诗,卷二论辞赋、乐府,卷三论唐诗,卷四论杂文、闲语等。所见与时论多有不同,亦成一家之言。其论诗文异体云："诗书异体,传记叙事,与风雅殊。然叙事用韵,传记多有之。而繁冗沓杂,六义未备,不可以为诗。自近体兴,温厚气散,并有韵之文,一切收以为诗矣。"又云："诗与文异。文主义,诗主声。文体直,诗体婉";"诗者,文之有声韵者也。文主理,故贵明切。诗主声,故贵温厚。诗不厌浮靡,文浮靡,斯不足贵矣。诗微婉,文可直发。诗不厌谲,文嫌吊诡,所以异耳。"③《乐府》论诗与乐府"本非二",但"自汉有鼓吹铙歌,而

---

① 以上所引,均见《少室山房笔丛》卷二五。

② (明)胡应麟《少室山房集》,文渊阁四库全书本。

③ (明)郝敬《艺圃伧谈》卷一《古诗》,明末郝洪范刊山草堂集本。

乐府遂为新声,与古诗别矣。后世拟乐府者,或为古诗。拟古诗者,又不同乐府。今选古诗,则不当混入乐府;专论乐府,不当混入古诗。"又谓唐人借乐府题目实非乐府:"唐人借乐府题目,写自己胸臆,实非乐府也。但可谓之唐人歌行之近体耳。""以乐府鼓吹题目作古诗,则鼓吹皆古诗也。古诗为妖冶烦促之音,即古诗皆乐府也。今人别乐府为一体,以汉鼓吹为宗,专写男女昵情,承讹习迷,莫知所起,雅、郑所以不分也。若但用乐府之目,不习乐府之声,用乐府之声,实非乐府之志,即《郑风》何尝不与《三百篇》同弦歌乎!晋以后郊庙鼓吹,如此者多,而论者不取。反以《清商》《子夜读曲》为佳篇,风雅所以沦胥耳。古诗辞气平雅,所以为登歌;后世乐府急促,所以为鼓吹。故《清商》等曲,不得不为妖哇悲切之音,不得不为欢侬俚俗之语。舍男女之情,无可寄托,所以为郑声也。"

二十一　赵宧光《弹雅》论古诗、律诗之别

赵宧光(1559—1625)字凡夫,又字水臣,号广平。长期隐居寒山,又号寒山子,被人称为高士。太仓(今属江苏)人。精通文字学,工诗文,尤工书,在篆书中掺入草书笔意,开"草篆"先河。其篆书堪称精绝。平生著书数十种,主要有《说文长笺》《六书长笺》《寒山帚谈》《牒草》《寒山蔓草》《寒山集》《刻符经》《动草篆》《弹雅》等。

其《弹雅》十八卷,论诗歌的雅俗、声调、格制、取材、声韵、流派等重要问题,有明确的论诗宗旨,在理论上亦多有独特见解,是具有相当系统性与理论性的诗学著作。如其论古诗、律诗之别云:"古、律诸诗,虽各有定体,然以古为律者失之过,以律为古者失之不及。唐人长于律而短于古,既多以古为律,又多以律为古也。"又论宫体的特征不是轻靡,而是庄丽:"许氏以轻浮绮靡之词为宫体,余则以为此独指梁简文及庾肩吾则可,概称宫体则不可,宫体须以庄丽严律者当之。"又论古乐府云:"弇州论古乐府曰:先诗而后声。诗叙事,声成文,使志尽于诗,音尽于曲云云。余改定之曰:先叙而后歌,叙叙意,歌成声,使意尽于叙,声尽于歌,方能裁音而成曲。"①其《取材》四上论诗、词、曲之别云:"词调取音不取义,故曲于诗同出而异用,词失则废,诗失犹成。嗟乎,礼失求野,其诗与词之谓乎!词调用字,阴阳上去丝毫不犯,况平仄嘘吸而可乱厕乎?诗家以影响揣模,犹自谓推敲声律者,可以愧死矣。故曰如金如石。至若词曲,当家好处,不过淫哇口吻,偶然进之乎诗,出词吐气,无比匡,是则不得其力而毒已灌心,故曰乌头附子,非过论也。"

---

① 以上《弹雅·格制》三下,首都图书馆藏明末刊十八卷本。

724

二十二　王骥德《曲律》论南北曲

王骥德(?—1623)字伯良，一字伯骥，号方诸生，别署秦楼外史。会稽(今浙江绍兴)人。徐渭弟子。曾著杂剧五种，今存《男王后》；传奇戏曲四种，今存《题红记》。另著有《方诸馆集》、《南词正韵》、《方诸馆乐府二卷》、《曲律》等，编有《古杂剧》二十卷。

王骥德的《曲律》在中国古典戏曲理论中占有重要地位，全书四卷，论述南北曲源流及不同风格，调名、宫调的来源，曲词特点及作法，点评元、明戏曲作家作品，对南北曲的创作进行分门别类的论述，探讨传奇章法、句法、字法等，颇有创见。

其《曲律自序》论撰写此书之由，首论曲律由简而繁，由繁而简的历史："曲何以言律也？以律谱音，六乐之成文不乱；以律绳曲，七均之从调不奸。方伶伦吹竹之初，迨后夔拊石之始，为声仅五，为律仅十有二，何约也！至《房中》肇于唐山(汉武夫人)，《水尺》奏于宝常(万宝常，隋人)，于是布法益密，演数愈繁，调至八十有四，律至百四十有四，声至一千有八，其变不胜穷焉。变极必反之元，数穷必趋于约，于是唐之(祖)孝孙、宋之刘几以暨完颜之金，蒙古之元渐省之，以止于六宫十一调。"次论"今之曲即古之乐"及南北曲之别："自北词变为南曲，易忼慨为风流，更雄劲为柔曼"，"元周高安氏(周德清)有《中原音韵》之创，明涵虚子有《太和词谱》之编，北士恃为指南，北词禀为令甲，厥功伟矣。至于南曲，鹅鹳之陈久废，刁斗之设不闲(娴熟)。彩笔如林，尽是呜呜之调；红牙迭响，只为靡靡之音。俾太古之典刑，斩于一旦；旧法之渐灭，怅在千秋。"正因为如此，他才撰写此书。①冯梦龙《曲律序》称此书为"攻词之针砭"，"按曲之申(不害)、韩(非)"："自此律设，而天下始知度曲之难；天下知度曲之难，而后之芜词可以勿制，前之哇奏可以勿传。"

其《论曲源第一》、《总论南北曲第二》均进一步阐述了自序中的观点，《论调名第三》论曲调、曲牌，也就是曲体。首论曲牌对词牌的承袭："曲之调名，今俗曰'牌名'，始于汉之《朱鹭》、《石流》、《艾如张》、《巫山高》，梁、陈之《折杨柳》、《梅花落》、《鸡鸣高树巅》、《玉树后庭花》等篇，于是词而为《金荃》、《兰畹》、《花间》、《草堂》诸调，曲而为金、元剧戏诸调。北调载天台陶九成《辍耕录》及国朝涵虚子《太和正音谱》，南调载毗陵蒋维忠(名孝，嘉靖中进士)《南九宫十三调词谱》。今吴江词隐先生(姓沈名璟，万历中进士)又厘正而增益之者。诸书胪列甚备。"

接着详论词与曲，词牌与曲牌的异同："词之与曲，实分两途。间有采入南、北二

---

① (明)王骥德《曲律》卷首，《中国古典戏曲论著集成》，中国戏剧出版社1959年版。

曲者：北则于金而小令如《醉落魄》、《点绛唇》类，长调如《满江红》、《沁园春》类，皆仍其调而易其声，于元而小令如《青玉案》、《捣练子》类，长调如《瑞鹤仙》、《贺新郎》、《满庭芳》、《念奴娇》类，或稍易字句，或止用其名而尽变其调；南则小令如《卜算子》、《生查子》、《忆秦娥》、《临江仙》类，长调如《鹊桥仙》、《喜迁莺》、《称人心》、《意难忘》类，止用作引曲，过曲如《八声甘州》、《桂枝香》类，亦止用其名而尽变其调。至南之于北，则如金《玉抱肚》、《豆叶黄》、《剔银灯》、《绣带儿》类，如元《普天乐》、《石榴花》、《醉太平》、《节节高》类，名同而调与声皆绝不同。其名则自宋之诗余，及金之变宋而为曲，元又变金而一为北曲，一为南曲，皆各立一种名色，视古乐府，不知更几沧桑矣（以下专论南曲）。”

曲牌名义及其分合尤为复杂：“其义则有取古人诗词句中语而名者，如《满庭芳》则取吴融‘满庭芳草易黄昏’，《点绛唇》则取江淹‘明珠点绛唇’，《鹧鸪天》则取郑嵎‘家在鹧鸪天’，《西江月》则取卫万‘只今惟有西江月，曾照吴王宫里人’（著者按：此诗作者当为李白，题《苏台览古》），《浣溪沙》则取少陵诗意，《青玉案》则取《四愁》诗语，《粉蝶儿》则取毛泽民‘粉蝶儿共花同活’，《人月圆》则用王晋卿‘年年此夜，华灯盛照，人月圆时’之类。有以地而名者，如《梁州序》、《八声甘州》、《伊州令》之类。有以音节而名者，如《步步娇》、《急板令》、《节节高》、《滴溜子》、《双声子》之类。其他无所取义，或以时序，或以人物，或以花鸟，或以寄托，或偶触所见而名者，纷错不可胜纪。而又有杂犯诸调而名者，如两调合成而为《锦堂月》，三调合成而为《醉罗歌》，四五调合而成而为《金络索》，四五调全调连用而为《雁鱼锦》，或明曰《二犯江儿水》、《四犯黄莺儿》、《六犯清音》、《七犯玉玲珑》；又有八犯而为《八宝妆》，九犯而为《九疑山》，十犯而为《十样锦》，十二犯而为《十二红》，十六犯而为《一秤金》，三十犯而为《三十腔》类。又有取字义而二三调合为一调，如《皂袍罩黄莺》、《莺集御林春》类；有每调只取一字，合为一调，如《醉归花月渡》、《浣沙刘月莲》类。又有一调分属二宫，而声各不同，如《小桃红》一在正宫，一在越调，《红芍药》一在南吕宫，一在中吕宫类；有一调二名，如《素带儿》又名《白练序》，《黄莺儿》又名《金衣公子》类；有初本一调，后各传而致句字增灭不同，如《普天乐》、《锦缠道》类；有古体无考，俗传增减句字，至繁声过多，不可遵守，如《越恁好》、《雌雄画眉》类；有其调存而宫调无可考，如《三仙桥》、《胜如花》类；有调名传讹，字义不通，无可考正，如《奉时春》、《十破四》类；有其名存而本调无可考，如《小秀才》、《大夫娘》类；有其名存而腔久不传，如《四块金》、《娇莺儿》类；有二调句字相似，无可分别，如《青衲袄》、《红衲袄》类；有各宫调有《赚》，而仅存一二，余无可考类；有字面差讹，致失本意，如《生查子》，查，古槎字，用张骞乘槎事；《玉抱肚》，唐人呼带为抱肚，宋真宗赐王安石有玉抱肚，今讹为《玉胞肚》类；《醉公子》，唐人以咏公子，今讹为《醉翁子》;《朝天紫》,本牡丹名,见陆游《牡丹谱》,今讹为《朝天子》类。至古有所谓《缠令》、《入破》、《出破》之类,则按沈括《笔谈》谓古乐府皆有声有词,连属书之,如曰'贺贺贺'、'何何何'之类,皆和声也。今弦管缠声,亦其遗法,则董解元古《西厢记》中所谓《醉落魄缠令》、《点绛唇缠令》,正此法,弦索有和声故也。《明皇杂录》载:天宝中多以边地名曲,如《凉州》、《甘州》、《伊州》之类,其曲遍繁声,名'入破',后其地皆为西番破没。则今曲所谓《入破》、《出破》,盖以调有繁声故也。又古曲有'艳'、有'趋',艳在曲之前,趋在曲之后,杨用修谓艳在曲前,即今之'引子';趋在曲后,即今之'尾声'是也。沈括又言:'曲有犯声、侧声、正杀、寄杀、偏字、傍字、双字、半字之法。'《乐典》言:相应谓之'犯',归宿谓之'煞'。今十三调谱中,每调有赚犯、摊犯、二犯、三犯、四犯、五犯、六犯、七犯、赚、道和、傍拍,凡十一则,系六摄,每调皆有因,其法今尽不传,无可考索,盖正括所谓'犯声'以下诸法。然此所谓'犯',皆以声言,非如今以此调犯他调之谓也。至有一调名而两用,以此引曲,即以此为过曲,如《琵琶记》之《念奴娇》引曲'楚天过雨'云云,而下过曲'长空万里',则省曰《本序》,言本上曲之《念奴娇》也;《拜月亭》之《惜奴娇》引曲'祸不单行'云云,而下过曲'自与相别',亦省曰《本序》;又《夜行船》引曲'六曲阑干'云云,而下过曲'思恹恹'亦省曰《本序》,亦言本上之《惜奴娇》与《夜行船》也。然则《琵琶记》之《祝英台》、《尾犯》、《高阳台》三曲,皆以此引,以此过,皆可谓之《本序》。今却不然,而或于'新篁池阁'一曲,则亦署曰《本序》,不知前有《梁州令》引,则此可曰《本序》,今前引系他曲,而亦以《本序》名之,则非也。又登场首曲,北曰'楔子',南曰'引子';引子曰'慢词',过曲曰'近词'。曲之第二调,北曰'么',南曰'前腔',曰'换头'。'前腔'者,连用二首,或四、五首,一字不易者是也。'换头'者,换其前曲之头,而稍增减其字,如《锦堂月》、《念奴娇序》,则换首句,《锁南枝》、《二郎神》则并换其腹之第四、第五句,("人别后"散套,第二调"争奈话别匆匆,雨散云收",与首调"夕阳影里,见一簇寒蝉衰柳",下句六字不同)。《朝元令》则第一、第二、第三、第四,通调各自全换,只'合前'两句与首调相同,《梁州序》则至第三、第四调而始换首二句之类是也。煞曲曰'尾声',或曰'余文',或曰'意不尽',或曰'十二时'(以凡尾声皆十二板,故名),其实一也。为格句字,稍有不同,当各随上用宫调;今多混用,非是,详见后《论尾声》条中。大略南调之创,稍次北调。《拜月》之作,稍先《琵琶》。今二记调绝不同,《拜月》诸调又绝不见他戏,是知创调之始,当不止如今谱中所载者,特时代久远,多致湮没,即其存者,而又腔调多不可考,惜哉! 又世多以南之《点绛唇》、《粉蝶儿》、《二犯江儿水》作北调唱者,词隐(沈璟)辩之甚详,见谱中。然《大迓鼓》之'迓'改作'呀',《撼亭秋》之'撼'仍误作'感',殊未当也。"

二十三　徐复祚《曲论》论"诗有诗韵，曲有曲韵"

徐复祚（1560—1630）原名笃儒，字阳初，后改讷川，号暮竹，别署破悭道人、忍辱头陀、三家村老、休休生。常熟（今属江苏）人。出身世家大族，博学能文，尤擅词曲，是明代戏曲作家、戏曲理论家。今存有传奇三种，即《红梨记》、《投梭记》、《宵光剑》。杂剧今存《一文钱》，对当时社会上的守财奴，予以讽刺嘲笑。著有《徐阳初小令集》（散曲集），钱谦益认为他的小令可以与高则诚媲美。辑有戏曲选集《南北词广韵选》，另著有《三家村老委谈》（又称《花当阁丛谈》）三十六卷，内容主要记载明代掌故，但也有一部分涉及戏曲，后人把其中论曲部分辑出，独立成卷，称《曲论》。

《曲论》的主要内容为作家作品论，评论中贯穿他的创作主张，极力鼓吹戏曲的本色当行。他认为"诗有诗韵，曲有曲韵：诗韵则沈隐侯（沈约）之四声，自唐至今，学人韵士兢兢守如三尺，罔敢逾越；曲韵则周德清之《中原音韵》，元人无不宗之。曲之不可用诗韵，亦犹诗之不敢用曲韵也"。他"以东嘉《瑞鹤仙》一阕言之……一阕通止八句，而用五韵。假如今人作一律诗而用此五韵，成何格律乎？吟咀在口，堪听乎？不堪听乎？"他强调当行，对王世贞只以文辞度曲不以为然："王弇州一代宗匠，文章之无定品者，经其品题，便可折衷，然于词曲不甚当行。其论《琵琶》也，曰：'则诚所以冠绝诸剧者，不惟琢句之工，使事之美而已。其体贴人情，委曲必尽；描写物态，仿佛如生；问答之际，了无捏造，所以佳耳。至于腔调微有未谐，譬如见钟、王迹，不得其合处，当精思以求诣，不当执末以议本也。'夫'作曲先要明腔，后要识谱，切记忌有伤于音律'，此丹丘先生（朱权）之言也。腔调未谐，音律何在？若谓不当执末以议本，则将抹杀谱板，全取词华而已乎？"梅禹金作《玉合记》，士林争购，纸为之贵，徐复祚却不以为然："传奇之体，要在使田畯红女闻之而跃然喜，悚然惧；若徒逞其博洽，使闻者不解为何语，何异对驴而弹琴乎……若歌《玉合》于筵前台畔，无论田畯红女，即学士大夫，能解作何语者几人哉……此体最易惊俗眼，亦最坏曲体，必不可学。"①

二十四　许学夷《诗源辩体》：诗体研究的集大成之作

许学夷（1563—1633）字伯清，江阴（今属江苏）人。布衣。淡泊名利，精文史。自幼学诗，《诗经》、《楚辞》、古今诸诗，无不探索而溯其源。著有《伯清诗集》等。其《诗

---

① 以上均见（明）徐复祚《曲论》，《中国古典戏曲论著集成》，中国戏剧出版社1959年版。

源辩体》三十六卷,总计九百五十六则,所论起于《诗经》,迄于晚唐五代,计周、楚、汉、魏、宋、齐、梁、陈、隋、五代各一卷,晋二卷;初唐、晚唐各三卷,盛唐五卷,中唐十卷,表现了他对唐诗特别是中唐诗的重视;总论三卷,历评前代诗话、诗论、诗选。各卷或数则,或数十则不等。其后复采宋、元、明诗为后集,并选辑其中论诗部分为《后集纂要》二卷,一百五十九则。

《诗源辩体》是一部辨析和追溯诗歌体制、风格源流的著作,是诗体研究的集大成之作。一方面表现了作者继承汉儒传统,积极主张"崇正"的观念;另一方面,又揭示了"变体"的必然性;其对历代诗评、诗选的批评,识见高超,持论客观。

其自序云:"近袁氏(宏道)、钟氏(惺)出,欲背古师心,诡诞相尚,于道为离。予《辩体》之作也,实有所惩云。"他说:"诗自《三百篇》以迄于唐,其源流可寻而正变可考也。学者审其源流,识其正变,始可与言诗矣。古今说诗者无虑数百家,然实悟者少,疑似者多。"他于是在"《三百篇》而下,博访古今作者凡若干人,诗凡数千卷,搜阅探讨,历四十年,统而论之,以《三百篇》为源,汉、魏、六朝、唐人为流,至元和而其派各出。析而论之,古诗以汉、魏为正,太康、元嘉、永明为变,至梁、陈而古诗尽亡;律诗以初盛、唐为正,大历、元和、开成为变,至唐末而律诗尽敝。既代分以举其纲,复人判而理其目。诸家之说,实悟者引证之,疑似者辩明之。反复开阖,次第联络,积九百五十六则,凡十二易稿而书始成"。① 这里,他简明概括了写作此书的原因、经过及主要观点,内容全属评论,不涉杂事,各代均先作综述,后按诗体分论,再对作家作品作具体评析,这在明代以前是没有的,在诗话发展史上颇富特色。如卷一七论古体、律体之别云:"古、律之诗,虽各有定体,然以古为律者,失之过;以律为古者,失之不及。唐人长于律而短于古,故既多以古为律,而又多以律为古也";"七言律,近代论者多浮而不切,泛而寡要,予独于元美(王世贞)、茂秦(谢榛)之说有取焉。元美云:'七言律篇法之妙,有不见句法者;句法之妙,有不见字法者。'茂秦云:'近体,诵之行云流水,听之金声玉振,观之明霞散绮,讲之独茧抽丝。'知此,不惟中、晚无可称述,即初、盛唐二三篇而外,亦不多得矣。"卷一八论五古、七言歌行之源流、正变云:"五言古、七言歌行,其源流不同,境界亦异。五言古源于《国风》,其体贵正;七言歌行本乎《离骚》,其体尚奇。李、杜五言古虽不能如汉、魏之深婉,然不失为唐体之正。过此,则变幻百出,流为元和、宋人,不得为正体矣。"

二十五 谢肇淛《小草斋诗话》论拟体不可多作

谢肇淛(1567—1624)字在杭,长乐(今属福建)人。万历三十年(1602)进士,官至

---

① (明)许学夷《诗源辩体》卷首、卷一,人民文学出版社1987年版。

广西右布政使。博学多才,诸子百家之书无不涉猎。入仕后,历游川、陕、两湖、两广、江、浙各地名山大川,所至皆有吟咏。其诗雄迈苍凉,写实抒情,为当时闽派诗人的代表。在京为官时,亦是知名藏书家。一生勤于著述,写作大量笔记小品,是明末著名学者。著有《五杂俎》、《文海披沙》、《吏考》、《粤东末议》、《泊台余墨》、《百粤风土记》、《晋安艺文志》、《鼓山志》、《雪峰志》、《史觿》、《滇略》、《长溪琐语》、《小草斋诗话》、《小草斋集》、《方广岩志》、《太姥山志》、《支提山志》等,并助修《福州府志》和《永福县志》。

其《小草斋诗话》五卷,分内篇一卷、外篇二卷、杂篇二卷。内篇谈创作理论,外篇评述唐至明代的作家作品,杂篇多载晚唐、五代、宋、元、明人佳句轶事。如其卷一《内篇》论五古云:"五言古须有淡然之色,苍然之音,象外之意,言外之旨。虽不尽袭汉、魏语法,亦不当作齐、梁以后色相。若语意不玄远高深,而徒屈轧声律以就之⋯⋯不过拗体排律耳。可谓古风乎?"既称律诗,就当守律,不可多为拗体:"律诗拗体,始自少陵,第可偶为之耳。太素之色,朱弦之声,时一浩歌,足清俗耳,然终非其至也。既已谓律矣,可不谨严乎!后人效颦,徒增其丑,藏拙者什五,取便者什三。"不同诗体有不同风格,论七律云:"七言律诗尚绮丽则伤风骨,张气格则乏神情,斗奇崛则损天然之致,务清远则无金石之声,意多则不流,景繁则无章,文质彬彬,庶几近之,即全唐诸子不数篇也。"又论绝句难作:"绝句虽短,又是一种学问。子美才非不广,力非不裕,而往往为绝句所窘,反不如一二青衣名伎之作,所谓鼠穴之斗非邪!故严仪卿(严羽)谓诗有别才别趣,吾谓绝句于诗诸体中又有别才别趣耳。"①

其所著《五杂俎》,多记掌故风物,为明代一部有影响的博物学著作,间亦论及文体。如卷一三论小说不可废云:"《夷坚》、《齐谐》,小说之祖也;虽庄生之寓言,不尽诬也。《虞初》九百,仅存其名;桓谭《新论》,世无全书。至于《鸿烈》、《论衡》,其言具在。则两汉之笔,大略可睹已。晋之《世说》、唐之《酉阳》,卓然为诸家之冠,其叙事文采,足见一代典刑,非徒备遗忘而已也。自宋以后,日新月盛,至于近代,不胜充栋矣。其间文章之高下,既与世变,而笔力之醇杂,又以人分。然多识畜德之助,君子不废焉。"他对经、史要求很高,尤恶注疏:"《春秋》以后,宇宙无经矣;班固以后,宇宙无史矣。经之失也,词繁而理舛;史之失也,体驳而事杂。故词以载理,理立于词之先,则经学明矣;体以著事,事明于体之中,则史笔振矣。疏注不足以翼经,而反累经者也;《实录》不足以为史,而反累史者也。"②卷一五论传奇及其角色云:"胡元瑞(胡应麟)曰:

① 以上所引均见《小草斋诗话》卷一,《珍本明诗话五种》,北京大学出版社2008年版。

② (明)谢肇淛《五杂俎》,上海书店出版社2009年版。

'凡传奇以戏文为称也，无往而非戏也，故其事欲谬悠而无根也，其名欲颠倒而亡实也。故曲欲熟，而命以生也；妇宜夜，而命以旦也；开场始事，而命以末也；涂污不洁，而名以净也。凡以颠倒其名也。'此语可谓先得我心矣。然元瑞既知为戏一语道尽，而于《琵琶》、《西厢》、董永、关云长等事，又娓娓引证，辩论不休，岂胸中技痒耶？"

二十六　邓云霄《冷邸小言》论律诗之律"有三义"

邓云霄（生卒年不详）字玄度，东莞（今属广东）人。万历二十六年（1598）进士。累官至广西布政使参政。著有《百花洲集》、《解韬集》、《漱玉斋集》、《镜园集》、《冷邸小言》等。

其《冷邸小言》自序称此书"论诗什九，品古什一"，大旨以严羽为宗，尊陶、谢而祧苏、李，左王、孟而右杜、韩。他认为律诗之律"有三义焉：一如法律之律。老吏断狱，字字经拷打，一毫出入于法，便非正律。一如纪律之律。行兵部伍，结阵须似常山蛇，击首尾应，虽出奇无穷，总之不离阵法。一如音律之律。宫商清浊高下，须句句要谐和，方可比管弦而入歌舞。尽此三者，始称律诗矣。"又论律、绝、歌行之异同云："诗俱以陶写性情，留连风月，然律、绝、歌行其粗细终不同者。律、绝字少而法严，如马度九折阪，须盘旋曲捷，不爽尺寸；又如蹴鞠投壶，轻重高下，难越分毫。歌行长短在我，如走马射堂前，掷剑横捎，虽极驰骤顿倒，不厌神幻耳。"又云："五、七言律如渔阳三掺，奋袂扬枹，犹易操纵。若五、七言绝则如桓伊据床三弄，忽然而去，其一段风流闲雅，悠然可爱，方为合作，其难倍于律远矣。凡诗结处俱不可说尽，而绝句尤须含蓄，所以为难。"①可见律、绝难于歌行，绝句又难于律诗。

二十七　胡震亨《唐音癸签》：研究唐诗各体的集大成之作

胡震亨（1569—1645）原字君鬯，后改字孝辕，自号赤城山人，晚号遁叟。海盐（今属浙江）人。万历二十五年（1597）举人。唐诗研究专家、藏书家。父亲胡彭述，喜读书藏书，曾将家中藏书编目，名曰《好古堂书目》。胡震亨学问渊博，一生嗜书如命，日夕研读不倦，藏书万余卷，凡秘册僻典、旧典佚事，莫不搜罗补缀，时人称为"博物君子"。著有《靖康咨鉴录》、《赤诚山人稿》、《海盐县图经》十六卷（合纂）、《读书杂记》二卷、《唐音统签》一〇三三卷、《闰余》六十四卷以及《唐诗丛谈》、《续文选》等。时海虞

---

① 以上所引均见（明）邓云霄《冷邸小言》，齐鲁书社1997年版。

毛氏汲古阁所刻诸书,多为其编定。

胡震亨倾其毕生精力编撰而成的《唐音统签》,是一部汇集唐诗和唐诗诗话的巨著,奠定了他在明代研究唐诗的学者中的巨擘地位,人们认为他对唐诗的研究成就远远超过杨慎、王世贞和胡应麟。清修《全唐诗》之得以成集,首先应归功于《唐音统签》。《唐音统签》以签名集,全书共十签。每签以十个天干名号为序,自《甲签》至《壬签》,按时代先后辑录所见唐、五代人全部诗篇以及词曲、歌谣、谚语、酒令、占辞等。

其《唐音癸签》为诗话集,辑录有关唐诗的研究资料,共三十三卷,分为七目:一体凡,论诗体;二法微,论格律及字句声调;三评汇,集诸家之评论;四乐通,论乐府;五诂笺,训释名物典故;六谈丛,辑录自己有关唐诗的笔记;七集录,首录唐集卷数,次唐诗总集,次诗话及考辨李、杜集中伪作与注释。全书体大思精,内容广博,资料丰富,论断精到,于唐诗研究有重要的参考价值。

其《体凡》首论诗体演变:"诗自《风》、《雅》、《颂》以降,一变有《离骚》,再变为西汉五言诗,三变有歌行杂体,四变为唐之律诗。诗至唐,体大备矣。"次论往体、近体、歌行之别:"今考唐人集录,所标体名,凡效汉、魏以下诗,声律未叶者,名往体;其所变诗体,则声律之叶者,不论长句、绝句,概名为律诗、为近体;而七言古诗,于往体外另为一目,又或名歌行。举其大凡,不过此三者为之区分而已。"三论宋、元以后诗体区分更细:"至宋、元编录唐人总集,始于古、律二体中备析五、七等言为次。于是流委秩然,可得具论:一曰四言古诗,有古章句及韦孟长篇二体,唐作者不多。一曰五言古诗,唐初体沿六朝,陈子昂始尽革之,复汉、魏旧。一曰七言古诗,一曰长短句,全篇七字,始魏文。间杂长句,始鲍明远。唐人承之,体变尤为不一。当与后歌行诸类互参。一曰五言律诗,唐人因梁、陈五言四韵之偶对者而变。一曰五言排律,因梁、陈五言长篇而变。一曰七言律诗,又因梁、陈七言四韵而变者也。唐一代诗之盛,尤以此诸律体云。一曰七言排律,唐作者亦不多,聊备一体。一曰五言绝句,一曰七言绝句。绝句即六朝人所名断句也。五言绝始汉人小诗,而盛于齐、梁。七言绝起自齐、梁间,至唐初四杰后始成调。又唐人多以绝句为乐曲。详后《乐通》内。"四以每句的字数论体:"古体有三字诗,李贺《邺城童子谣》。六字诗,《牧护歌》。三五七言诗,始郑世翼,李白继作。一字至七字诗,张南史及元、白等集有之,以题为韵,偶对成联。又鲍防、严维多至九字。骚体杂言诗,此种本当入骚,如李之《鸣皋歌》,杜之《桃竹杖引》,相沿入诗,例难芟漏。律体有五言小律、七言小律,严沧浪以唐人六句诗合律者称三韵律诗,昭代王弇州始名之为小律云。又六言律诗,《刘长卿集》有之。及六言绝句,《王维集》有。"五论诗与乐,古乐府与拟乐府,乐府往题与新题的区别:"诸诗内又有诗与乐府之别,乐府内又有往题、新题之别。往题者,汉、魏以下,陈、隋以上乐府古题,唐人

732

所拟作也。诸家概有，而李白所拟为多，皆仍乐府旧名。李贺拟古乐府，多别为之名，而变其旧。新题者，古乐府所无，唐人新制为乐府题者也。始于杜甫，盛于元、白、张籍、王建诸家。元微之尝有云，后人沿袭古题，唱和重复，不如寓意古题，刺美见事，为得诗人讽兴之义者，此也。"六论乐府又有各种不同称谓："其题或名歌，亦或名行，或兼名歌行。歌，曲之总名。衍其事而歌之曰行。歌最古。行与歌行皆始汉，唐人因之。又有曰引者，曰曲者，曰谣者，曰辞者，曰篇者。抽其意为引，导其情为曲，合乎俗曰谣，进乎文为辞，又衍而盛焉为篇。皆以其词为名者也。有曰咏者，曰吟者，曰叹者，曰唱者，曰弄者。咏以永其言，吟以呻其郁，叹以抒其伤，唱则吐于喉吻，弄则被诸丝管。此皆以其声为名者也。复有曰思者，曰怨者，曰悲若哀者，曰乐者。如李白之《静夜思》，王翰之《蛾眉怨》，杜甫之《悲陈陶》、《哀江头》、《哀王孙》，乐则如杜审言之《大酺乐》、白居易之《太平乐》、张祜之《千秋乐》，又皆以情为其名者也。凡此多属之乐府，然非必尽谱之于乐。谱之乐者，自有大乐、郊庙之乐章，梨园教坊所歌之绝句、所变之长短填词，以及琴操、琵琶、筝笛、胡笳、拍弹等曲，其体不一。而民间之歌谣，又不在其数。并详《乐通》。"最后总括说："唐诗体名，庶尽乎此矣。"①

其《法微》多论不同时代、不同诗体、不同诗人有不同风格："四言正体，雅润为本；五言流调，清丽居宗"；"风、雅之规，典则居要。《离骚》之致，深永为宗。古诗之妙，专求意象。歌行之畅，必由才气。近体之攻，务先法律。绝句之构，独主风神"；"七言律于五言律，犹七言古于五言古也。五言古衔辔有程，步骤难展；至七言古错综开阖，顿挫抑扬，古风之变始极。五言律宫商甫协，节奏未舒；至七言律畅达悠扬，纡徐委折，近体之妙始穷"；"五言古意象浑融，非造诣深者，难于凑泊；七言古体裁磊落，稍材情赡者，辄易发舒。五言律规模简重，即家数小者，结构易工；七言律字句繁縻，纵才力宏者，推敲难合"；"自五言古、律以至五、七言绝，概以温雅和平为尚，惟七言歌行、近体不然。歌行自乐府语已峭峻，李、杜大篇，穷极笔力，若但以平调行之，何能自拔？七言律声长语纵，体既近靡，字栉句联，格尤易下；材富力强，犹或难之，清空文弱，可登此坛乎！"

其《评汇》多引前人论风格之语，如"四杰词旨华靡，沿陈、隋之遗，气骨翩翩，意象老境，故超然胜之，五言遂为律家正始"；"初唐体质浓厚，格调整齐，时有近拙近板处；盛唐气象浑成，神韵轩举，时有太实太繁处；中唐淘洗清空，写送浏亮，七言律至是殆于无指摘，而体格渐卑，气韵日薄，衰态未免毕露"；"唐七言律，自杜审言、沈佺期首创工密，至崔颢、李白时出古意，一变也；高、岑、王、李，风格大备，又一变也；

---

① （明）胡震亨《唐音癸签》卷一，文渊阁四库全书本。

杜陵雄深浩荡,超忽纵横,又一变也;钱、刘稍加流畅,降为中唐,又一变也;大历十才子,中唐体备,又一变也;乐天才具泛澜,梦得骨力豪劲,在中晚间自为一格,又一变也;张籍、王建略去葩藻,求取情实,渐入晚唐,又一变也;嗣后温、李之竞事组织,薛能之过为芟刊,杜牧、刘沧之时作拗峭,韦庄、罗隐之务趋条畅,皮日休、陆龟蒙之填塞古事,郑都官、杜荀鹤之不避俚俗,变又难可悉纪。律体愈趋愈下,而唐祚亦告讫矣。"正如《四库全书总目》提要所评:"虽多录明人议论,可尽为定评,三百年之源流正变,犁然可按实。"

二十八　俞彦《爱园词话》的词论

俞彦(生卒年不详)字仲茅,上元(今江苏南京)人。万历二十九年(1601)进士。历官光禄寺少卿。长于词,尤工小令,以淡雅见称。词集今失传,仅见于各种选本中,《全明词》及《全明词补编》合计录其词一百余首。

俞彦还著有《爱园词话》一卷,存词论十五则,探讨词调之名称、词与诗并存之原因、词与音乐之关系,从立意、构思、音调、对句等多方面说明词之特点及创作要求。如其论词之发展变化云:"周东迁以后,世竞新声,《三百》之音节始废。至汉而乐府出。乐府不能行之民间,而杂歌出。六朝至唐,乐府又不胜诘曲,而近体出。五代至宋,诗又不胜方板而诗余出。唐之诗,宋之词,甫脱颖,已遍传歌工之口。元世犹然,至今则绝响矣。即诗余中,有可采入南剧者,亦仅引子。中调以上,通不知何物,此词之所以亡也。今世歌者,惟南北曲,宁如宋犹近古。"①

二十九　冯复京《说诗补遗》论绝句乃断句诗

冯复京(生卒年不详)字嗣宗,常熟(今属江苏)人。布衣终身,强学博记,少治《诗》,钩贯笺疏,用力甚深。著有《蟭螟集》、《六家诗名物疏》、《遵制家礼》、《常熟先贤事略》、《说诗补遗》等。其《说诗补遗》八卷,卷一为总论,论诗体、诗格、诗思、诗韵、诗病;卷二至卷四,论唐以前诗;卷五至卷八,专论唐诗。该中斥宋诗鄙陋,于宋以后诗亦不予评论。

《说诗补遗》卷一论五律、七律的各种变体,并反对后人模仿:"五言律,有彻首尾对者,杜《所思》、《屏迹》、《登牛头山亭子》之类是也。有彻首尾不对者,但音韵铿锵而

---

① (明)俞彦《爱园词话》,唐圭璋《词话丛编》本。

已，如孟浩然《洛下送奚三》、李白《泊牛渚》之类。又小变之，则首二对起，下俱散文，如太白《长信宫》是也。第三、第四句直下不对者，五律王、孟、李集中多有之。七律崔颢、太白《鹦鹉洲》亦有之。第五、第六句不对者，浩然《晚春》及《舟中晓望》之章，王维七律'城外青山'、'东家流水'之句。句中第二字平仄失粘，声势不顺者，谓之拗句。全首音节舛缪，句调险棘，如杜《白帝城最高楼》、《晓发公安》、《憩息》之类者，谓之勘字。已上总谓之变体，作家名手，游戏偶涉，若以模楷后进，则断乎不可。惟诸家拗句不调，由一时纵笔，或可偶疏防，检王、孟颔联直下，倘天真溢露，亦得任意纵横。杜陵仄体，则格乖平整，势必僵枯，百代悠悠，当绝此弊法。究而论之，所以名律者，正取其音谐对切，则中二联必应骈俪，无为规图自便，以畔正规。"①认为绝句是断句诗，而非截住律诗而成，颇有新意："绝句，章止四语，辞足意完，盖取断绝之义。昔宋刘昶，人魏作断句诗，此其例也。彼谓截近体首尾，或中二联者，非。斯亦胡元瑞谬言，圣起不易矣。"

三十　朱荃宰《文通》将文体研究和文学批评相结合

朱荃宰(?—1643)字咸一，号白石山人。黄冈(今属湖北)人。曾任武康知县，卒于官，余不详。所著《文通》三十一卷，对前人的文体研究成果进行了汇总，将文体研究和文学批评联系在一起，是一部比较系统周密的文体学著作。其《自叙》云："爰考诸家之书，汇成文、诗、乐、曲、词五编，皆以《通》名之，求以自通其不通也，匪敢通于人也。"可见他编有《文通》、《诗通》、《乐通》、《曲通》、《词通》。又自论五《通》体例云："每编汇为一通，每体汇为一篇。文则经史子集，篇章句字，假取援喻，条晰缕分，而殿以统说。诗自《三百》、乐府、古、近，题例艳趋，厘音叶响，而弁以总论。乐左书右图，词曲右调左谱。"②《文通》卷一至卷三总论经学、史学及诸子百家与文章，卷二〇评史传得失，卷二一至卷二三论文学创作，卷二四至卷二五为文学批评，卷二六至卷三〇为杂论。卷末《诠梦》一篇仿《文心雕龙》之《序志》。

《文通》卷四至卷一九为文体论，取古今文章流别及诗文格律一一为之条析，盖欲仿刘勰《文心雕龙》而作，共论及各种文体一百五十八种，加上小字注的二十四种，多达一百八十二种，每体之下又多论及多种相关文体。这里以其卷四《典》为例说明该书体例：

---

① (明)冯复京《说诗补遗》，吴文治《明诗话全编》，凤凰出版社1997年版。
② (明)朱荃宰《文通》卷首，天启六年(1626)黄冈朱氏金陵刊本。

唐孔颖达曰：《尧典》者，以五帝之末，接三王之初，典策既备，因机成务，交代揖让，以垂无为，故为第一也。然《书》者，理由舜史，勒成一家，可以为法。上取尧事，下终禅禹，以至舜终，皆为舜史所录。其尧、舜之典，多陈行事之状，其言寡矣。《禹贡》即全非君言，准之后代，不应入《书》。此其一体之异。以此禹之身事于禅后，无入《夏书》之理。自《甘誓》已下，皆多言辞，则古史所书，于是乎始。知《五子之歌》，亦非上言。典书草创，以义而录，但致言有本，各随其事。检其此体，为例有十：一曰典，二曰谟，三曰贡，四曰歌，五曰誓，六曰诰，七曰训，八曰命，九曰征，十曰范。

注疏曰：典者以道，可百代常行。若尧、舜禅让圣贤，禹、汤传授子孙，即是。尧、舜之道，不可常行，但惟德是与。非贤不授，授贤之事，道可常行，但后王德劣，不能及古耳。然经之与典，俱训为常，名典不名经者，以经是总名，包殷、周以上，皆可为后代常法，故以经为名。典者经中之别，特指尧、舜之德，于常行之内，道最为优，故名典不名经也。其大宰六典及司寇三典者，自由当代常行，与此别矣。

典、谟、训、诰、誓、命，孔安国以为《书》之六体。由今观之，有一篇备数篇之体，如《大禹谟》曰"禹乃会群后誓师"，则是谟亦有誓也。《说命》曰"王庸作书以诰"，则是命亦有诰也。以至《益稷》、《洪范》，本谟而不言谟；《旅獒》、《无逸》，本训而不言训；《盘庚》、《梓材》，本诰不言诰；《胤征》不言誓，《君陈》、《君牙》不言命。然此可以论《书》之文，不可论《书》之旨。大抵五十八篇之中，圣人取予之意，各有所主。有取于治乱兴废之所由者，如典、谟、训、诰、《汤誓》之类是也；有世不得以为治，君不足以为贤，而有取其言而传远者，如《五子之歌》、《君牙》、《冏命》之类是也；有取其事者，《胤征》是也；有取其意者，《吕刑》是也，有特记其时者，《文侯之命》是也；有以示戒劝者，《费》、《秦誓》是也。大抵上古之世，风俗淳厚，初未有奇杰可录之事，故史官所存，不过君臣之间，忠言嘉谟与夫国家兴亡，大致而已。其他世次年月官秩名氏，以为无益于治，皆所不取焉。使后世之君，读其书，想其人，有生而知之，安而行之，则为尧、舜、禹、汤、文、武矣；有学而知之，利而行之，则为启、中宗、高宗、成、康矣；有困而知之，有勉强而行之，则为太甲、穆王矣；困而不知，反以极于危亡，则为大（太）康、桀、纣矣。其所示劝谕告戒之言，与《三百篇》之美刺、二百四十二年之褒贬者，无以异也。唐李翱曰："其读《春秋》也，若未尝有《诗》；其读《诗》也，若未尝有《易》；其读《易》也，若未尝有《书》。其知六经也哉。"

《书》有六体，而亦有不尽然者。如《禹贡》、《洪范》、《武成》、《金縢》与《五子之歌》，是可尽以六体拘之乎？但《书》之体虽不同，要不越乎史氏所纪录也。古者左史纪言，右史纪事，《禹贡》、《武成》、《金縢》得非右史之所纪乎？《洪范》、《五子之歌》得非左史之所纪乎？然则《书》亦史也。有谓《书》以载道，史以纪事，非欤？盖天下无道外之事，亦无道外之史。不然，则《书》以道政事，亦不过政事而已矣，何与于道也。是故纪载一本乎道，则史即《书》也，事即道也。六体虽分，而又有不尽于六体者，同归于道。谓虞、夏、商、周之《书》，即虞、夏、商、周之史，亦可也。苟如后儒所论，徒有取于史识、史才、史学、三者具长，而于道一无当焉，则其文非不工，事非不核，笔力非不古健雄俊，此亦谓三代以下之史也，又何怪经史事道之攸分哉？善观《尚书》者，虽谓古人经史载籍，悉备于《书》焉，亦可矣，何必孜孜于六体之合不合哉！

《书》首二典，何取于典之义乎？"天叙有典，自我五典五敦哉"，是典之所由名者，一自天叙五伦言之，乃万世不易之常道也。凡经典所记载者，记载此彝伦之常道，而后可以典名矣。

《易》为文字之祖，信矣，而文之备曾有备于《书》者乎？彼庖羲画卦，不特《洪范》之稽疑，于卜筮贞悔，见《易》之用也。九畴、五行，详言天人之理，阴阳刚柔，吉凶休咎，孰非《易》乎？诗以言志，不独虞廷赓歌喜起，已肇乎风雅之原，《五子之歌》，已肇乎风雅之变，而皇极敷言，其音响之协韵者，孰非诗乎？《礼》以肃仪度也。自伯夷典礼作秩宗，凡五典、五敦、五礼、五庸，以至巡狩会同，柴望祭告，同律度量衡，莫非《礼》之教也。《乐》以和神人也。自后夔典乐教胄子，凡谐和八音，"出纳五言"，以至"祖考来格"，"群后让德"，"鸟兽跄跄"，莫非《乐》之教也。《春秋》以肃纪纲也。自皋陶作士，命德讨罪，黜陟惟公。然元祀十有二月之书法，即史官以时记事之体，莫非《春秋》教也。《周礼》以定官职也。自唐虞建官惟百，夏、商官倍，周官公孤，论道弘化，"六卿分职"，"以倡九牧"，孰非《周礼》之教乎？明德固阐之于《大学》也，然《太甲》、《康诰》、《尧典》之"克明""顾諟"，则已先之矣。未发之中，固阐之于《中庸》也。然尧、舜、禹、汤、文、武之执中建中，则已先之矣。学习一贯，固阐之于《论语》也，然"逊志""典学"，"习与性成"，"主善为师"，"协于克一"，则已先之矣。尽心之性，固阐之于《孟子》也。然"上帝降衷"，厥有恒性，"虽收放心，闲之惟艰"，则已先之矣。以此观之，凡圣贤经书，不已备于《尚书》之中乎？且自古帝范相谟，皆从此出。学必稽古，舍此末由。志欲修己治人，惟潜神于兹焉，亦足矣。

诚然，《文通》所论，有些是否能算作文体尚需斟酌，正如《四库全书总目》卷一九七所批评的："《文通》大抵摭拾百家,矜示奥博,未能一一融贯也。"但它确也反映了文体越来越多的实际情况。

三十一　凌蒙初《谭曲杂札》推崇元曲的本色

凌蒙初(1580—1644)字玄房,号初成,亦名凌波,一字遐斥,别号即空观主人。乌程(今浙江湖州)人。明代文学家、小说家和雕版印书家。著有《初刻拍案惊奇》与《二刻拍案惊奇》,与冯梦龙所著《喻世明言》(又称《古今小说》)、《警世通言》、《醒世恒言》合称"三言二拍",是中国古典短篇小说的代表作。一生著述极丰,有杂剧《虬髯翁》、《颠倒姻缘》、《北红拂》等十三种;传奇《衫襟记》、《合剑记》、《雪荷记》三种;经学和史学著作《圣门传诗嫡冢》、《诗经人物考》、《左传合鲭》、《倪思史汉异同补评》、《战国策概论》;文艺评论著作《西厢记五本解证》、《南音之籁》、《燕筑讴》;其他还有《赢腾三札》、《荡栉后录》、《国门集》、《国门乙集》、《鸡讲斋诗文》、《已编蠹涏》、《东坡禅喜集》、《合评选诗》、《陶韦合集》、《惑溺供》等。

其曲学著作《谭曲杂札》原附刊于其所编南曲选集《南音三籁》卷首,题"即空观主人撰",认为曲可分为四等:第一等本色而不用故实,第二等成为"诗余集句"而未可厌,第三等成为"诗学大成"而"可厌已而未村煞也"。前三等属天籁、地籁和人籁,第四等系"村妇恶声、俗夫亵谑,无一不备",当以等外观之。他以本色当行为最上,推崇元曲的本色,认为:"曲始于胡元,大略贵当行不贵藻丽。其当行者曰'本色'"。而对明曲深表不满:"元曲源流,古乐府之体,故方言、常语,沓而成章,著不得一毫故实;即有用者,亦其本色事,如'蓝桥'、'袄庙'、'阳台'、'巫山'之类。以拗出之为警俊之句,决不直用诗句,非他典故填实者也。一变而为诗余集句,非当可矣,而未可厌也。再变而为诗学大成、群书摘锦,可厌矣,而未村煞也。忽又变而文词说唱、胡诌莲花落,村妇恶声、俗夫亵谑无一不备矣。今之时行曲,求一语如唱本《山坡羊》、《刮地风》、《打枣竿》、《吴歌》等中一妙句,所必无也。故以藻缋为曲,譬如以排律诸联入《陌上桑》、《董妖娆》乐府诸题下,多见其不类;以鄙俚为曲,譬如以三家村学究口号、歪诗,拟《康衢》、《击壤》,谓'自我作祖,出口成章',岂不可笑!而又攘臂自命,日新不已,直是有腼面目。"并就戏曲创作提出一些见解,如他注重"戏曲搭架",要求创作近人情、合人理、通世法,强调宾白的通俗:"古戏之白,皆直截道意而已。惟《琵琶》始作四六偶句,然皆浅浅易晓。盖传奇初时本自教坊供应,此外止有上台勾拦,故曲白皆不为深奥。其间用诙谐曰'俏语',其妙出奇拗曰'俊语'。自成一家言,谓之'本色',使上而御前、下而愚民,取其一听而无不了然快意。今之曲既斗靡,而白亦兢富。甚至寻

738

常问答,亦不虚发闲语,必求排对工切。是必广记类书之山人,精熟策段之举子,然后可以观优戏,岂其然哉? 又可笑者:花面丫头,长脚髯奴,无不命词博奥,子史淹通,何彼时比屋皆康成之婢、方回之奴也? 总来不解本色二字之义,故流弊至此耳。"①

三十二　吕天成《曲品》"仿钟嵘《诗品》"

吕天成(1580—1618)字勤之,号棘津,别号郁蓝生。余姚(今属浙江)人。诸生,工古文词。对戏曲有浓厚兴趣,曾师事沈璟,与王骥德过往密切,切磋砥砺,曲艺益加精进。著有《烟鬟阁传奇》十五种,杂剧八种,多已佚,今仅存杂剧《齐东绝倒》。

吕天成以《曲品》名于世,这是一部评论传奇作家和作品的专著,收戏曲作者九十五人,著录传奇作品二百余种,除二十种见于《永乐大典》及其他书目外,其余均为首次著录,保存了一批珍贵的曲目史料,其评语和论述亦不乏真知灼见。其《自序》说自己自幼"嗜曲","弱冠好填词,每入市见传奇,必挟之归……十余年来,予颇为此道所误,深悔之,谢绝词曲,技不复痒。今年春,与吾友方诸生王骥德剧谈词学,穷工极变,予兴复不浅,遂趣生撰《曲律》。既成,功令条教,胪列具备,真可谓起八代之衰,厥功伟矣! 予谓生曰:'曷不举今昔传奇而甲乙焉?'生曰:'褒之则吾爱吾宝,贬之必府怨。且时俗好憎难齐,吾惧以不当之故而累全律,故今《曲律》中略举一二而已。'予曰:'传奇侈盛,作者争衡,从无操柄而进退之者。矧今词学大明,妍媸毕照,黄钟瓦缶,不容溷陈;《白雪》、《巴人》,奈何并进? 子慎名器,予且作胡涂试官,冬烘头脑,开曲场,张曲榜,以快予意,何如?'生笑曰:'此段科场,让子作主司也。'予归检旧稿犹在,遂更定之,仿钟嵘《诗品》、庾肩吾《书品》、谢赫《画品》例,各著论评,析为上下二卷。上卷品作旧传奇者及作新传奇者,下卷品各传奇。其未考姓名者,且以传奇附;其不入格者,摈不录。世有知我,按品收阅,亦已富矣;如或罪我,甘受金谷之罚。虽然,古本多湮,时作纷出,管窥蠡测,何能周知? 所望同调者出家藏、示茂制以启予,是亦词社之幸也。"②可见他撰《曲品》,一是因为自幼嗜好,二是因为明代"传奇侈盛,作者争衡"、"时作纷出",三是因为从无品评之作,"从无操柄而进退之者",故决心"仿钟嵘《诗品》、庾肩吾《书品》、谢赫《画品》例,各著论评",把所举作品亦分为神品、妙品、能品、具品。

《曲品》卷上论杂剧、传奇之演变及其异同云:"自昔伶人传习,乐府递兴。爨段初

---

① 以上均见(明)凌蒙初《谭曲杂札》,《中国古典戏曲论著集成》,中国戏剧出版社1959年版。

② (明)吕天成《曲品》卷首,《中国古典戏曲论著集成》,中国戏剧出版社1959年版。

翻,院本继出;金、元创名杂剧,国初演作传奇。杂剧北音,传奇南调。杂剧折惟四,唱止一人;传奇折数多,唱必匀派。杂剧但撼一事颠末,其境促;传奇备述一人始终,其味长。无杂剧则孰开传奇之门? 非传奇则未畅杂剧之趣也。传奇既盛,杂剧浸衰,北里之管弦播而不远,南方之鼓吹簇而弥喧。"强调当行、本色,力主兼容:"博观传奇,近时为盛。大江左右,骚雅沸腾;吴、浙之间,风流掩映。第当行之手不多遇,本色之义未讲明。当行兼论作法,本色只指填词。当行不在组织饾饤学问,此中自有关节局段,一毫增损不得;若组织,正以蠹当行。本色不在摹勒家常语言,此中别有机神情趣,一毫妆点不来;若摹勒,正以蚀本色。今人不能融会此旨,传奇之派,遂判而为二:一则工藻缋少拟当行;一则袭朴淡以充本色。甲鄙乙为寡文,此嗤彼为丧质。殊不知果属当行,则句调必多本色;果其本色,则境态必是当行。今人窃其似而相敌也,而吾则两收之。"他强调南戏有十要(卷下):"我舅祖孙司马公谓予曰:'凡南戏,第一要事佳,第二要关目好,第三要搬出来好,第四要按宫调、协音律,第五要使人易晓,第六要词采,第七要善敷衍,淡处作得浓,闲处作得热闹,第八要各脚色派得匀妥,第九要脱套,第十要合世情、关风化。持此十要以衡传奇,靡不当矣。'但今作者辈起,能无集乎大成? 十得六者,便为珙璧;十得四五者,亦称翘楚;十得二三者,即非碔砆。"此外,他还强调"事真",但又"有意驾虚,不必与事实合",人物情节允许艺术虚构,但需合乎情理等。兹不尽述。

三十三 陈山毓《赋略》对赋体文学的总结

陈山毓(生卒年不详)字贲闻,嘉善(今属浙江)人。万历四十六年(1618)解元。幼受经于吴志远,潜心制义,尤善骚赋,为世所宗。私谥靖质先生。著有《靖质居士集》、《赋略》等。

《赋略》三十四卷、绪言一卷、列传一卷、外篇二十卷,是一部选赋、论赋与辑录赋学资料相结合的赋学专著。该书陈氏自序是一篇精粹的赋学论文,从裁、轴、气、情、神五个方面探讨赋学的基本理论问题;其《绪言》辑录历代赋论资料,并将这些资料分成五个部分加以编排,藉以表达著者的赋学思想;其《列传》专门辑录历代赋家的传记资料,内容丰富,颇便读者;其正篇与外篇选录先秦至明代的著名赋作,兼及七体、颂体、楚辞体,偶作评点,颇有识见。

在明代末年的学术著作中,《赋略》对赋体文学进行了最为全面系统的研究,其编纂体例及学术观点也值得后人借鉴。如他认为颂为赋之通称:"《文选》注云:赋之言颂者,颂亦赋之通称也。按《九章》有《橘颂》,《大人赋》史迁谓之《大人颂》,《洞箫颂》

昭明谓之赋,《艺文志》赋略中入《孝景皇帝颂》。《长笛赋》本称《长笛颂》,《籍田赋》臧荣绪《晋书》称《籍田颂》。然则赋可称颂,颂之取裁于赋者,即得称赋也。"又论赋之变云:"徐师曾曰:赋自魏、晋以及六朝变而为俳,俳变而律,其趋愈下。盖四声八病,休文(沈约)倡其拘;隔句作对,徐(徐陵)、庾(庾信)成其陋;取上限韵,唐、宋极其敝。但以音韵谐协,对偶精切为工,而风流蕴藉蔑如也。呜呼极矣!按唐之俳,宋之俚,元之稚,无赋矣。国朝宋、刘诸君子,犹沿季习,暨李献吉出,人始知有屈、宋、马、扬云,厥功伟矣。"①

三十四　沈宠绥《度曲须知》论"曲运隆衰"

沈宠绥(?—约1645)字君徵,号适轩主人,别署不棹馆。吴江(今属江苏)人。博学多识,尤精于音律之学,是万历年间著名的戏曲音律学家。所著《弦索辨讹》、《度曲须知》二书,是其对戏曲声乐研究的理论总结,对当时的戏曲演唱以及后世的戏曲史研究都产生了很大影响。

《弦索辨讹》专为弦索歌唱者指明字音和口法,《度曲须知》则辨析南北曲源流、格调、字母、发音、归韵诸种方法,使度曲者有规可循,两书至今为昆剧演员唱曲的依据。其《曲运隆衰》论一代有一代之盛,明则八股、传奇云:"粤征往代,各有专至之事以传世,文章矜秦、汉,诗词美宋、唐,曲剧侈胡元。至我明则八股文字姑无置喙,而名公所制南曲传奇,方今无虑充栋,将来未可穷量,是真雄绝一代,堪传不朽者也。"次论词曲、戏剧之发展演变:"曲肇自《三百篇》耳。《风》、《雅》变为五言、七言,诗体化为南词、北剧。自元人以填词制科,而科设十二,命题惟是韵脚以及平平仄仄谱式,又隐厥牌名,俾举子以意揣合,而敷平配仄,填满词章。折凡有四,如试牍然。合式则标甲榜,否则外孙山矣。夫当年磨穿铁砚,斧削萤窗,不减今时帖括,而南词惟寥寥几曲,所云院本北剧者,果堪纪量乎哉?且词章既伙,演唱尤工,凡偷吹、待拍诸节奏,顶迭、躲换以及萦纡、牵绕诸调格,推敲罔不备至,而优伶有庋家把戏,子弟有一家风月,歌风之胜,往代未之有逾也。明兴,乐惟式古,不祖夷风,程士则《四书》、《五经》为式,选举则七义三扬是较,而伪代填词往习,一扫去之。虽词人间踵其辙,然世换声移,作者渐寡,歌者寥寥,风声所变,北化为南,名人才子,踵《琵琶》、《拜月》之武,竞以传奇鸣;曲海词山,于今为烈。而词既南,凡腔调与字面俱南,字则宗《洪武》而兼祖《中州》;腔则有海盐、义乌、弋阳、青阳、四平、乐平、太平之殊派。虽口法不等,而北气总已消亡

---

① (明)陈山毓《赋略》卷首,明崇祯七年(1634)陈临、陈舒、陈皋、陈庞校刻本。

矣。"三评魏良辅《曲律》："嘉隆间有豫章魏良辅者，流寓娄东、鹿城之间，生而审音，愤南曲之讹陋也，尽洗乖声，别开堂奥，调用水磨，拍捱冷板，声则平上去入之婉协，字则头腹尾音之毕匀，功深镕琢，气无烟火，启口轻圆，收音纯细。所度之曲，则皆《折梅逢使》、《昨夜春归》诸名笔；采之传奇，则有'拜星月'、'花阴夜静'等词。要皆别有唱法，绝非戏场声口，腔曰'昆腔'，曲名'时曲'，声场禀为曲圣，后世依为鼻祖，盖自有良辅，而南词音理，已极抽秘逞妍矣。"末论南北曲之别而伤北曲渐渐失传："惟是北曲元音，则沉阁既久，古律弥湮，有牌名而谱或莫考，有曲谱而板或无征，抑或有板有谱，而原来腔格，若务头、颠落，种种关捩子，应作如何摆放，绝无理会其说者"；"祝枝山，博雅君子也，犹叹四十年来接宾友，鲜及古律者。何元朗亦忧更数世后，北曲必且失传"；"北剧遗音，有未尽消亡者，疑尚留于优者之口，盖南词中每带北调一折，如《林冲投泊》、《萧相追贤》、《虬髯下海》、《子胥自刎》之类，其词皆北，当时新声初改，古格犹存，南曲则演南腔，北曲固仍北调，口口相传，灯灯递续，胜国元声，依然嫡派。虽或精华已铄，顾雄劲悲壮之气，犹令人毛骨萧然"；"予犹疑南土未谐北调，失之江以南，当留之河以北"，"彼俗尚存一二，其悲凄慨慕，调近于商，惆怅雄激，调近正宫"，"然其怆怨之致，所堪舞潜蛟而泣嫠妇者，犹是当年逸响云。还忆十七宫调之剧本，如汉卿所谓'我家生活，当行本事'，其音理超越，宁仅仅梨园口吻已哉！惜乎舞长袖者靡于唐，至宋而几绝；工短剧者靡于元，入我明而几绝。律残声冷，亘古无征，当亦骚人之长恨也夫！"①

三十五　费经虞《雅伦》论诗体

费经虞（生卒年不详）字仲若，明末新繁（今属成都）人。清初学者、诗人费密之父。崇祯时举人。曾为昆明、桂林知县。著有论诗之作《雅伦》，另有《荷衣集》。

《雅伦》详论历代之诗，分源本、体调、格式、制作、合论、工力、时代、针砭、品衡、盛事、题引、琐语、音韵十三门。其论风格颇似严羽："诗体有时代不同，如汉、魏不同于齐、梁，初、盛不同于中、晚唐，不同于宋，此时代不同也。有宗派不同，如梁、陈好为宫体，晚唐好为西昆，江西流涪翁之派，宋初喜《才调》之诗，此宗派不同也。有家数不同，如曹、刘备质文之体，靖节为冲淡之宗，太白漂逸，少陵沉雄，子瞻灵隽，此家数不同也。诗之不同如人之面，学者能辨别其体调，始能追步前人。"②同卷论楚辞云：

---

① （明）沈宠绥《度曲须知》卷上，明崇祯十二年原刻初印本。
② （明）费经虞《雅伦》卷三，上海古籍出版社 1995 年影印本。

《离骚》、《九歌》，诗之变者也。六义中赋居一，盖直赋其事而曲言长篇，《大雅》已有之，但句法不长耳。屈平既变为一体，楚人宋玉、景差之徒皆效焉，而《楚辞》成。《楚辞》成，三代文章为之一变，则《楚辞》者，《三百篇》之后继也。"卷四论汉赋非《诗经》赋比兴之赋："古诗六义其一为赋，述事叙情，实而不托，平而不奇……楚人屈平作《骚》，长言大篇，极情尽致，而赋遂变，与《诗》相殊，别为一格。汉兴，学者修举文辞。至于孝武升平日久，国家隆盛，天子留心乐府，而赋兴焉。《汉·艺文》：《离骚》、《九歌》皆列在赋。至宋玉始著赋名，散文韵语间杂以出，而未盛也。司马相如虽仍其体制，而《子虚》、《上林》滔滔万言，赋遂一变。至《长门赋》、《悼李夫人赋》通篇押韵。后之变遂不一。六义所言赋，非后世赋体也。赋别为体，断自汉代。"又论赋之演变云："六朝之赋则俳，唐人之赋则律，而多四六对联。宋人之赋多粗野索易之语，衰飒之调。总之，后世牵补而成，词旨寒俭，无复古人浩瀚之势、伟丽之词，去赋远矣……作赋之法，叙事宜轻秀曲折，言情宜委曲缠绵，铸词宜清润俊逸，选字宜古雅微妙。叙事太长则冗而不精，太短则拙而不畅；言情太直则无一唱三叹之致，太尽则非婉而多风之怀。词若雄壮，反类于俚谣；字不选择，则近于鄙陋。此作赋之大端也。"其他还论及歌、行、歌行、五言古诗、七言古诗、四言、六言、拟古、联句、五言近体、绝句、五言排律等众多文体，兹不一一。

三十六 唐元竑《杜诗捃》多从体裁角度论杜诗

唐元竑(1590—1647)字远生，乌程（今浙江吴兴）人。万历十六年(1588)举人。明亡，不食死，论者以首阳饿夫比之。著有《杜诗捃》等。

《杜诗捃》为唐元竑读杜诗时所作札记。唐氏所阅为《千家集注杜诗》，因其中附载刘辰翁评，故所记多驳刘辰翁之语。《杜诗捃》多从体裁角度论杜诗，如卷一云："公诗体格变化不一。"卷二论"伪体"云"《戏为六绝》，专辟伪体也。伪体者何？为当时学四言诗及楚词者言也。原本风骚，自诡复古。降及汉魏，庶几近之，六朝不足学矣，况王、杨、卢、骆乎？然卢、王辈虽逊汉魏，并是异才大手。开府（庾信）虽有小疵，老笔更不可及。尔曹单薄琐琐，未易攀后尘也。方且自夸能拨去时调，无所掇拾，不知'攀屈、宋'即屈、宋是汝师；'亲风、雅'即风、雅是汝师，独非掇拾前人乎？屈、宋、风、雅究自有真，汝直伪耳。未得国能，已失故步，空腹高心，多见其不知量也。唐人集中拟风骚等作甚众。公独无之，以此意当时必有以此夸公者，故发斯论耳。"卷三云："《愁》诗公自注：'强戏为吴体。'今不知公所指吴体者为何等，读之但觉拗耳。宋方万里（方回）《瀛奎律髓》遂以拗为吴体，岂据此诗耶？'强戏'者偶一为之。拗体，杜集中至多，宁独此也？当时北人皆以南音为鄙俚，公意似在半雅半俗间耳。"

三十七　赵士喆《石室谈诗》论各体难易

赵士喆（1593—1655）字伯浚，号东山，世称文潜先生，掖城（今山东掖县）人。明末著名学者，博学能文，"山左大社"的组织者，与"复社"遥相呼应，反对阉党，反对投降。著有《观物斋集》、《皇纲录》、《建文年谱》、《逸史三传》、《莱史》、《石室谈诗》。

《石室谈诗》二卷，上卷为《总论》，下卷分《论各体》、《论诸家》，其说多折衷于后七子与竟陵派之间。他认为"四言诗第一最难，故从来诗人，不敢多作。乐府、五言古次之，七言歌行、五七律、排律次之，五、七绝句又次之。然必求其精则皆不易。即五言绝一小技，且非老手不能办，而况乎其他"①。卷下《论各体》论五律云："五言律三四句，有走马对者，'我寻高士传，君与古人齐'是也；有三四句全不对者，'江山留胜迹，我辈复登临'是也；有八句到底不对者，孟（浩然）之'挂席东南望'、李（白）之'牛渚西江夜'是也。襄阳律虽不拘，而自然合法，秀丽精工者不少，太白则多率笔矣。"认为七律难于五律："元美（王世贞）言，五言律易得雄浑，加二字便觉费力，虽曼声可听，而古色渐衰。此定论也。是以五言律，初唐佳者甚多。中、晚名流得意之作，亦不减于初唐。七言律，初唐则嫩，中唐则衰，晚唐则坏矣。先君子尝曰：七言律如今之制艺，首二句即破承起提也，次二句即中股也，又次二句则后股，结则小结及大结也。须有虚实有照应，结更有不尽之意乃佳。以此言之，此种乃近体之最难者，今之初为，偏多作此，而又不肯学盛唐，可惑也。"

三十八　陈懋仁《续文章缘起》对《文章缘起》的补、续

陈懋仁（生卒年不详）字无功，嘉兴（今属浙江）人。明万历、天启、崇祯时在世。曾官泉州府经历。著有《泉南杂志》、《续文章缘起》等。

《续文章缘起》一卷，前有谢廷授序，末有姚士麟跋。姚跋谓陈懋仁为任昉《文章缘起》作注之后，"更搜诗文之类，凡六十五则，自注其下，题曰《续文章缘起》"。谢序云："极其变而其体始备，体既备而其文始工。"任昉《文章缘起》叙文体之"缘起"，为"备其体者也"；本书则"极其变者也"。全书所论文体，起于梁代以前者不少，似乎不仅是"续"，更是为任昉《文章缘起》作"补"：在任书八十四体外，增列诗文六十五体，其

---

① （明）赵士喆《石室谈诗》卷上《总论》，齐鲁书社 2005 年版全明诗话本。

中诗类四十五体，文类二十体，即二言诗、八言诗、《三良诗》、《四愁诗》、《七哀诗》、《百一诗》、操、畅、支、缦、曲、行、吟、怨、思、讴、谣、咏、叹、弄、盐、乐、唱、谚、别、词、调、偈、杂言诗、盘中诗、相承诗、回文诗、反复诗、建除诗、四时诗、集句、联句、名诗、杂体、绝句、律诗、和诗、不用韵诗、题用古诗、大言小言、咏史、制、敕、麻、章、略、牒、状、述、断、辩、法、典引、说难、对事、客难、宾戏、答讥、释诲、尺牍等。其体例效任昉书，论每体必言其始，考其源，说明命名之义，注明作者、作品。但它把《三良诗》、《四愁诗》等单篇作品也作为文体来阐说，说明当时的文体概念仍不够清晰：“《三良诗》，魏陈思王曹植作。三良者，秦之良臣奄息、仲行、针虎，子车氏之三子也。穆公与群臣饮，酒酣曰：‘生共此乐，死共此哀。’息等敬诺。公卒而三臣从焉。《国风·黄鸟》三章，盖哀三良而刺穆公也。《诗纪》曰：‘植被文帝黜责，悔不从武帝死，故托是诗。’皎然曰：‘秦穆先下世，三臣空自残。’盖以陈王徙国，任城（指任城王曹彰）被害，以后常有忧生之虑，故其词婉娩存几谏也。”又云：“《四愁诗》，汉侍中张衡作。《自序》云：‘天下渐弊，郁郁不得志，为《四愁诗》，效屈原以美人为君子，以珍宝为仁义，以水深雪雾为小人，以道术为报贻于时君，而惧谗邪不得以通。’《竹林诗评》曰：‘张衡《四愁》，遥衷耿慕，犹《风》、《骚》之遗韵也。’”①

三十九　张琦《衡曲麈谭》论散曲

张琦（生卒年不详）字楚叔，号骚隐居士、骚隐生，又号白雪斋主人，精词曲，富收藏，曾选辑元、明散曲，以南曲为主，成为《吴骚》初、二、三集及《吴骚合编》；又撰有《南九宫订谱》。

《衡曲麈谭》一卷，原不题作者姓名，但附载于《吴骚合编》卷首，作者可能就是张琦。《衡曲麈谭》共分四章：一《填词训》，二《作家偶评》，三《曲谱辨》，四《情痴寱言》。书中论填词，多偏重于散曲；评介作家，也多以散曲作家为主。其辨曲谱，谓“专在平仄间究心，乃学之而陋焉者”；但对于宫调名称，如仙吕、大石、越调、双调等，竟以为是由于字形讹传，未免臆断。其《填词训》首先批驳了“词余（曲）之兴也，多以情癖”的观点，充分肯定了曲的重要地位：“尼山（孔子）说《诗》，不废郑、卫；圣世采风，必及下里。古之乱天下者，必起于情种先坏，而惨刻不衷之祸兴。使人而有情，则士爱其缘，女守其介，而天下治矣。”接着阐明了“曲之道”：“且子亦知夫曲之道乎？心之精微，人不可知，灵窍隐深，忽忽欲动，名曰心曲。曲也者，达其心而为言者也，思致贵于绵渺，辞语

① 以上均见（明）陈懋仁《续文章缘起》，《学海类编》本。

贵于迫切……人情断续而忽入俚言，笔致拗违而生吞成语，又曲之最病者也。"阐明"传奇之曲，与散套异"："传奇有答白，可以转换，而清曲则一线到底；传奇有介头，可以变调，而清曲则一韵到底。"其论散曲之写作要求，特别强调"情真"："人第知传奇中有嬉、笑、怒、骂，而不知散曲中亦有离、合、悲、欢。古伤逝、惜别之词，一披咏之，愀然欲泪者，其情真也。故曲不贵摭实而贵流丽，不贵尖酸而贵博雅，不贵剽袭而贵冶创，不贵熟烂而贵新生，不贵文饰而贵真率肖吻，不贵平敷而贵选句走险。有作者起，必首肯吾言矣。"①

四十　杜浚《杜氏文谱》分文为叙事、议论、辞令、辞赋四类

杜浚(生卒年不详)字深伯，号逸休生。晋陵(今江苏武进)人。撰有《杜氏四谱》(《诗谱》、《文谱》、《书谱》、《画谱》各三卷)。卷首载作者《杜氏四谱序》，称四谱皆采摘旧文，旨在为学者指点迷津。

真德秀的《文章正宗》把文章分为辞命、议论、叙事、诗歌四类，杜浚的《杜氏文谱》也把文分为叙事、议论、辞令、辞赋(相当于真德秀的诗歌类)四类，并对每类所属各种文体的体格、规矩作了具体论述。其《文法》篇实论不同时代、不同作家有不同风格："六经不可尚矣。战国之文，反复善辩，孟轲之条畅，庄周之奇伟，屈原之清深，为大家数。而汉之文章，深厚典雅，贾谊之俊伟，司马迁之雄放，为大家数"；"汉文，相如、扬雄，名教罪人，其文古"。"三国之文，孔明《出师》二表、建安诸子数书而已。两晋之交，陶渊明《归去来辞》、李令伯《陈情表》、王逸少《兰亭记》而已。唐之文，韩之雅健，柳之刻峭，为大家数"；"唐文，韩、柳外，元次山近古，樊宗师作为苦涩，非古；宋之文章，大家数尤多，欧之雄粹，老苏之苍劲，长苏(苏轼)之神俊，而古作不甚多。"后又总括"古文之妙"说："清庙茅屋谓之古，朱门大厦谓之华屋则可，谓之古，则不可；大羹玄酒谓之古，八珍谓之美味则可，谓之古则不可。知此者，可与言古文之妙矣。夫古文，以辨而不华、质而不俚为高，无俳句，无陈言，无赘辞。初学由韩、柳为入门；稍近，宜宗史汉；又进而六经，极矣。"接着他又论述了各种文章如记、序、跋、说、碑铭的写作要求，如"序者，次序之语，前之说勿施于后，后之说勿施于前。其语次序，不可颠倒，故次序其语曰序"；"铭字从金，喻如金石，一字不可泛用"；"说则自出己意，横说竖说，其文详赡抑扬，无所不可，如韩文《师说》是已。"②其《诗文体制》几乎论及诗文各体的写

---

①　以上均见(明)张琦《衡曲麈谭》，《中国古典戏曲论著集成》，中国戏剧出版社 1959 年版。

②　(明)杜浚《杜氏四谱》卷一，明刊杜氏家刻本。

作要求。《入境》论"体格明则规矩正",他所说的"体格"主要指风格,如"叙事之文贵简实:记以记事贵方整,序以序事贵直达,传以传事贵核实,纪以纪事贵切要,铭以铭事贵质实,志以志事贵详明,碑以志悲贵哀慕,表以白事贵简明"。"简实"、"方整"、"直达"、"核实"、"切要"、"质实"、"详明"、"哀慕"、"简明"等,都是就风格方面的写作要求而言的。

第七节　明人笔记杂著中的文体论

一　曹安《谰言长语》论诗文体制

曹安(生卒年不详)字以宁,号蓼庄。松江府华亭(今属上海)人。明英宗正统九年(1444)举人。官安邱县教谕。尝为《宪宗实录》总裁官。素负才名,见重于时。著述甚富,但其诗文集俱失传。所著《谰言长语》一卷,集其平生见闻而辨证缺误,足备参考。

《谰言长语》中有较多的文体论,如论一代有一代之所胜云:"汉之文、唐之诗、宋之性理、元之词曲,试以汉之文言之,果有出于董、贾之策乎? 以唐之诗言之,果有出于李、杜之什乎? 以宋之性理言之,果有出于濂、洛、关、闽之论乎? 以元之词曲言之,果有出于《阳春白雪》之所载者乎? 况四代人物,又不止于此乎!"①对各种体类也有论述,如论吊古诗云:"吊古诗,古今最多,如李太白见崔颢黄鹤楼诗,遂不题。钓台诗人有一首云:'严陵台下大江横,千古英雄几战争? 今日汉家无寸土,钓台依旧属先生。'滕王阁,元僧一诗:'槛外长江去不回,槛前杨柳后人栽。当时惟有青山在,曾见滕王歌舞来。'嘉禾陈延龄年少,作《岳王墓》云:'一自班师下内廷,中原俱望扫沉冥。两宫环佩烟尘迥,百战山河草木青。雨暗灵祠嘶铁骑,月明阴井泣银瓶。凄凉古墓西湖上,老树悲风不忍听。'又僧德珉《姑苏怀古》云:'西施一笑破姑苏,常使行人泪眼枯。辇道落花春走鹿,琴台明月夜啼乌。夫差古墓迷黄壤,伍相荒祠暗绿芜。独有灵岩山色在,峥嵘楼阁属浮图。'二人皆少年,作此颇有唐气。"此书还评及多种选本的得失,强调诗文之难:"论诗文体制,《文章正宗》蔑以加矣,然诸体中亦有遗者。《元诗体要》为类三十有八,曰四言体,曰骚体,曰选体,曰乐府体,曰柏梁体,曰五言古体,曰七言古体,曰长短句体,曰杂古体,曰言体,曰词体,曰歌体,曰行体,曰操体,曰曲体,曰吟体,曰叹体,曰怨体,曰引体,曰谣体,曰咏体,曰篇体,曰禽言体,曰香奁体,曰阴何体,曰联句体,曰集句体,曰无题体,曰咏物体,曰五言近体,曰七言近体,曰五言排律

---

① (明)曹安《谰言长语》,文渊阁四库全书本。以下所引,均见此书。

体,曰七言排律体,曰五言绝句体,曰六言绝句体,曰七言绝句体,曰拗体,曰侧体,固无不备,尚少拟古体和唐体、倡和体、回文体。吴讷编《文章辩体》,其已有古歌谣词、赋、乐府、书记、序论、说、解、辨、原、戒、题跋、杂著、箴、铭、颂、赞、七体、问时、传、行状、诗、谕、告、玺书、批答、诏、册、制诰、制策、表、露布、论谏、奏疏、议弹文、檄、谥法、谥议、墓碑、墓碣、墓表、墓志、墓记、埋名、诔辞、哀辞、祭文、连珠、判、律赋、诗、词、曲,亦无不备,尚少文、启、表、状、问答、奏状诸体。此外诗文有风、雅、颂、赋、比、兴,又有典、谟、训、诰、誓、命、教、令、敕、宣、纪、移、笺、简、牒、劄子诸体。然则诗文之作难矣,不可不知也。"

二　陆容《菽园杂记》论四六、碑记等

陆容(1436—1497)字文量,号式斋。太仓(今属江苏)人。与张泰等齐名,时号"娄东三凤",诗才不及泰,而博学过之。成化二年(1466)进士,官至浙江右参政,后以忤权贵罢归。著有《式斋集》和《菽园杂记》十五卷。

《菽园杂记》乃杂录,于明代朝野故实叙述颇详,多可与史书相参证,间亦论及文体。如谓:"宋朝臣僚受恩典者,皆上表谢恩。凡上尊官皆用启,故当时有《王公四六语》《四六嘉话》等书,大率骈丽之文、褒诩之语,其于治体无补。本朝表笺,皆有官降定式……上朝廷封事谓之奏,上亲王谓之启,亦皆直陈其事,不用四六体。是以文臣文集中,无作启者。去华就实,存质损文,亦士习一变也。前代公移多繁文,洪武初,亦有颁降芟繁体式。"①又卷一二云:"晋以前碑,皆不著撰人姓名。唐人并著书人姓名,然其书多是名公亲笔。宋以来,书者、篆额者皆具名。本朝碑记,惟敕建并士大夫家所制者,皆名公亲笔,其余多是盗书显官之名以炫俗耳。且撰者必曰撰文,书者必曰书丹,盖分行以书凑篆额字耳。职衔字多少不一,又必上下取齐,中多空字,古意绝亡矣。"又卷一五云:"古人诗集中有哀挽哭悼之作,大率施于交亲之厚,或企慕之深,而其情不能已者,不待人之请也。今仕者有父母之丧,辄遍求挽诗为册,士大夫亦勉强以副其意,举世同然也","皆有重币入赘","持此归示其乡人","江南铜臭之家,与朝绅素不相识,亦必夤缘所交,投赆求挽。受其赆者,不问其人贤否,漫尔应之。铜臭者得此,不但哀册而已,或刻石墓亭,或刻板家塾。有利其赆而厌其求者,为活套诗若干首,以备应付。及其印行,则彼此一律。此其最可笑者也。"文体的变化,也折射出明代的世风日下。

---

① (明)陆容《菽园杂记》卷一〇,文渊阁四库全书本。

748

三　姚福《青溪暇笔》析前人文体源于六经之说

姚福（生卒年不详）字世昌，自号守素道人。成化年间江宁（今江苏南京）人。所著《青溪暇笔》皆札记读书所得，杂录耳目见闻；所述明初轶事，多正史所不载。

前人多有文体源出六经（或五经）之说，姚福先比较众说："《文心雕龙·宗经篇》曰：'论说辞序，则《易》统其首；诏策章奏，则《书》发其源；赋颂歌赞，则《诗》立其本；铭诔箴祝，则《礼》总其端，纪传铭檄，则《春秋》为其根。'陈骙《文则》曰：'《六经》之道，既曰同归；《六经》之文，容无异体。故《易》文似《诗》，《诗》文似《书》，《书》文似《礼》。《中孚·九二》曰："鹤鸣在阴，其子和之。我有好爵，吾与尔縻之。"使入《诗·雅》，孰别文辞？《抑》二章曰："其在于今，兴迷乱于政，颠覆厥德，荒湛于酒女，虽湛乐从，弗念厥绍，罔敷求先王，克共明刑。"使入《书·诰》，孰别《雅》语？《顾命》曰："牖间南向，敷重篾席，黼纯华玉仍几；西序东向，敷重底席，缀纯文贝仍几；东序西向，敷重丰席，画纯雕玉仍几；西夹南向，敷重笋席，玄纷纯漆仍几。"使入《春官·司几筵》，孰别《命》语？'宋景濂曰：'《五经》各备文之众法，非可以一事而指名也。'"然后提出自己的意见："福按：刘（勰）氏之言，言其大凡耳。陈（骙）氏特指其一二相似者而言，宋（濂）氏则谓《五经》可以备诸体。虽然，刘氏不足以启陈氏，微陈氏则宋氏无由出此言也。后之论者，固不可以此而废彼焉。"①所论十分客观。

四　周琦《东溪日谈录》论诗之体制"大坏"

周琦（生卒年不详）字廷玺，别号东溪。明代柳州府马平县（今广西柳江）人。"柳州八贤"之一。成化十七年（1481）进士，官至南京户部员外郎。治学严谨笃实。其学以程、朱为本，复性为主。一生体验天地万物之性以会经传之旨，每有心得，辄笔录之，积久而成《东溪日谈录》十八卷，论及性道、理气、学术、出处、经传、文词等，涉及颇广。

《东溪日谈录》卷十六《文词谈》多论诗之体制，如云："《三百篇》之体制，停当殊甚。后来吃《离骚》，汉、魏之词变而坏之，其变犹不大离《三百篇》。下至唐沈、宋近律之变，则《三百篇》旨始大坏矣。宋儒亦不能挽回，此文气也。"又云："诗自沈约一变之后，有许多体制出来，故《三百篇》旨大坏于此。其体制如江左体、蜂要体、辘轳体、隔

---

① （明）姚福《青溪暇笔》卷下，明邢氏来禽馆钞本。

句体、回文体、偷春体、折腰体、绝弦体、五仄体、五平体、拗体、变体、离合体、人名体、药名体、蹉对体、扇对体、双声迭韵体、平仄各押韵体、八句仄入体、第三句失黏体、促句换韵体、平头换韵体、六句体、促句体、五句体、夺胎换骨法、点化古语法，……案：法有许多变态，《三百篇》安得而不坏乎？愚少时亦尝编有《诗家体制》一书，其体有百样。后来见得初为学诗者，约归《三百篇》旨，恐反为《三百篇》累，遂火之，并今诗亦因其不工，皆厌作矣。"显而易见，他所说的"体制"或"体制""大坏"，既指诗的体裁，又指诗的风格（"此文气也"），明显表现出对沈约之后出现众多新诗体不满的保守观点。

五　郑瑷《井观琐言》论先秦文风

郑瑷（生卒年不详）字仲璧，莆田（今属福建）人。成化十七年（1481）进士。官至南京礼部郎中。

郑瑷著有《井观琐言》三卷，其自序云："郑子读书，间有丝发之见，辄索笔录而藏之，自志其陋。因不复加纂次，取韩子《原道》之语，题曰《井观琐言》，将就有道而取裁焉。夫坐井而观天，谓非全天可也，谓非天不可也。然则余言虽浅，亦焉敢背道而妄肆其喙哉？"①似谦而实颇自负，但其考辨故实，品骘古今，确有所发明。

《井观琐言》卷一论先秦文风已有奥古、平易等多种风格："《尚书》辞语聱牙，盖当时宗庙朝廷著述之体，用此一种奥古文字。其余记录答问之辞，其文体又自寻常。如左氏内外传（指《左传》、《国语》），文虽记西周时谏诤之辞，亦皆不甚艰深。至载襄王命管仲受享，与命晋文公之辞，灵王命齐灵公，景王追命卫襄公，定王使单平公对卫庄公使者之言，鲁哀公诔孔子辞，其文便佶屈如《书》体。《礼记》文亦不艰深，至载《卫孔悝鼎铭》，便佶屈。凡古器物诸款识之类，其体皆如此。又如《左氏》记秦穆公语，皆明白如常辞。及观《书·秦誓》文，便自奥古。至汉，齐王闳、燕王旦、广陵王胥诸封策尚用此体。他文却不然。如今人作文辞，自是一样；语录之类，自是一样；官府行移，又自是一样，不容紊杂。予尝疑《孟子》父母使舜完廪一段，是古逸书之辞，其文甚似楚辞。曰'岂不郁陶而思君兮'，亦是用其语。"

对扬雄，历代推崇者多，但贬抑者亦不少，三苏父子都看不起扬雄，苏轼与《谢民师推官书》谓"扬雄好为艰深之词，以文浅易之说"，郑瑷实持同一观点，《井观琐言》卷二云："杨子云拟《论语》作《法言》，未须论其意义深浅，但考其辞语，亦足见其故为险难痕迹，不可掩矣。《论语》无意为文而自粲然成文，故不厌语助字之多，如'女得人焉

---

① （明）郑瑷《井观琐言》卷首，文渊阁四库全书本。

耳乎'六字为一句,而助字处其半。'夫子之求之也,其诸异乎人之求之与'十五字为二句,而助字处其九。而《法言》乖离诸子,'图徽'、'蠢迪检押'、'弸中彪外'、'雄噫'等语,至不可属读。《论语》云:'请问其目。'而《法言》但云:'请条。'《论语》'或问子产'、'问子西'、'问管仲',三'问'字,繁而不杀,自是文理当如此。而《法言》中或问霍光、王翦、窦婴、灌夫、聂政、荆轲,但曰霍、曰翦、曰窦灌、曰政也、轲也,岂复成文理哉!此类不可胜数。识者观之,不独《大玄》可覆瓿矣。其言曰:'圣人之经,不可使易知。'其意以为圣经亦只是欲使人难知耳。殊不知圣经明白易简,初岂有意为艰深之辞哉?其不易解者,特古今文体有不同耳。雄说陋矣。"

六　祝允明《猥谈》论杂剧、南戏

祝允明(1461—1527)字希哲,号枝山。因右手有六指,自号"枝指生",又署枝山老樵、枝指山人等。长洲(今江苏苏州)人。才气横溢,与唐寅、文徵明、徐祯卿并称"吴中四才子";而书法又与文徵明、王宠、陈道复并称"吴中四家"。著有《怀星堂集》、《苏材小纂》、《祝子罪知》、《浮物》、《野记》、《前闻记》、《志怪录》、《读书笔记》等。

其杂著《猥谈》内容皆为委巷之谈,与其《野记》或相出入,而质量、数量均不及,然书中不少故事能于细微处见人物精状。《猥谈》对杂剧、南戏的论述不无参考价值。"生、净、丑、末等名,有谓反其事而称,又或托之唐庄宗,皆谬也。此本金、元阛阓谈吐,所谓'鹘伶声嗽',今所谓'市语'。生即男子,旦曰'装旦色',净曰'净儿',末曰'末尼',孤乃官人:即其土音,何义理之有?"又云:"南戏出于宣和之后、南渡之际,谓之'温州杂剧'。余见旧牒,其时有赵闳夫榜禁,颇述名目,如《赵贞女蔡二郎》等,亦不甚多……今遍满四方,辗转改易,又不如旧,盖已略无音律、腔调。愚人蠢工,徇意更变,妄名余姚腔、海盐腔、弋阳腔、昆山腔之类,变易喉舌,趁逐抑扬,杜撰百端,真胡说也。若以被之管弦,必至失笑。"

七　周祈《名义考》考众体"名义"

周祈,《四库全书·名义考》提要云:"《名义考》十二卷,明周祈撰。祈,蕲州人,始末未详。前有万历甲申(1584)刘如宠序,称为周大夫;又有万历癸未(1583)袁昌祚重刻序,称其尝为民部郎;又称其从幼时授经,至缩组拥韬,不知确为何官也。其书凡天部二卷,地部二卷,人部四卷,物部四卷,各因其名义而训释之,其有异同则杂引诸书参互辩证。虽条目浩博,不无讹误……然订谬析疑,可取之处为多。惟援引旧文,往往不著出典,不出明人著书通病。"

《名义考》论及文体名义者也不少,多独到之见,如《绝句》条否定绝句"绝取八句律之四句"云:"绝句,谓句绝而意则相承,如柳宗元'千山鸟飞绝'四句是也。若'两个黄鹂'、'一行白鹭'之句,则句绝而意亦绝矣。或云绝取八句律之四句,或云绝妙之句,皆非也。"①其《射策对策》云:"汉射策与对策不同:设为难问、疑义,射者随其所得而释之,谓之射,与'射覆'之'射'同;显问以经义、政事,对者直陈所见,谓之对。对,答问也。今试士兼二者而用之。"《方策》又云:"《春秋正义》云:'简,容一行字;数行者,书于方;方所不容,书于策。'杜预曰:'事书之于策,小事简牍而已。"大事、小事,谓字有多寡也。古者折竹为简,以火炙之,令其汗,取其青易书。青简、汗青、杀青,皆取炙竹为义。曰篇。《广韵》谓'篇,简成章也'。连编诸简,谓之策;以绳次策,谓之编。此简、篇、策,从竹;编,从纟也。又以木为方,谓之柧。作觚,故曰操觚。又谓之椠,故曰铅椠,其体方,总谓之方。曰札,《说文》:'刺,著也。'竹木以刺著为书,竹书当作剳,木书当作札。曰牒,《说文》以为札;曰牍,《说文》以为书板,皆方也。此柧、椠、札,从木;牒、牍,从片。《说文》:'片,判木也。'大都不过竹木二者。后世易之以纸,而其称名犹故也。"对射策、策方、策、简、牍、篇、编、觚、椠、刺、札、牒等的解释都十分简明。

八 徐𤊹《徐氏笔精》论"唐无寿诗,有之自宋始"

徐𤊹(1563—1639)字惟起,更字兴公。闽县(今属福建)人。博学工文,与兄熥齐名。善草隶书,诗歌婉丽。万历间,与曹学佺主持闽中词坛,后进皆称兴公诗派。性嗜古,聚书万卷,居鳌峰麓,环堵萧然,而牙签四围,缥缃之富,卿侯不能敌。著有《徐氏笔精》、《榕阴新检》、《红雨楼集》、《鳌峰集》。

《徐氏笔精》四库本共八卷,分易通、经臆、诗谈、文字、杂记五门,其曰"笔精",则取江淹《别赋》中语。《徐氏笔精》中也有较多文体论,如其以动、常论《风》、《雅》就颇有新意:"屈、宋之文出于风,韩、柳之文出于《雅》。风者,动也;雅者,常也。如曾点之言志似《风》,三子之言志似《雅》。伯奇之《履霜操》似风,闵子之《失纫语》似雅。柳诗多似《风》,韩诗多似《雅》。太白《风》多于《雅》,子美《雅》多于《风》。至于义山、飞卿,虽本《国风》,然篇篇入郑、卫之响矣。"②卷四又云:"唐无寿诗,有之自宋始,至今则滥觞可厌也。"前人亦少有论及。

---

① (明)周祈《名义考》卷六,文渊阁四库全书本。
② (明)徐𤊹《徐氏笔精》卷三,文渊阁四库全书本。

752

九 沈德符《顾曲杂言》对杂剧南、北曲的考证

沈德符(1578—1642)字景倩,一字景伯,又字虎臣,秀水(今浙江嘉兴)人。万历四十六年(1618)举人。著有《万历野获编》,万历前三朝朝章国故、里巷琐语,靡不备载,又著有《飞凫语略》、《清权堂集》、《敝帚轩剩语》、《顾曲杂言》、《秦玺始末》等。

沈德符《顾曲杂言》一卷,是后人从作者的史料笔记《万历野获编》中辑录与戏曲有关的条目而成,内容包括对一些南、北曲作家作品的评价,以及关于音乐、舞蹈、小说等方面的论述与考证,其中对杂剧南、北曲之考证颇为详赅,为现代研究戏剧者所重视。其《南北散套》以当行与否评元、明散曲,如谓元人"若散套,虽诸人皆有之,惟马东篱(马致远)'百岁光阴'、张小山(张可久)'长天落彩霞'为一时绝唱,其余俱不及也。元人俱娴北调,而不及南音。今南曲如'四时欢'、'窥青眼'、'人别后'诸套最古,或以为元人笔,亦未必然。即沈青门(沈仕)、陈大声(陈铎)辈南词宗匠,皆本朝(成)化、(弘)治间人"。又云:"今人但知陈大声南调之工耳,其北《一枝花》'天空碧水澄'全套,与马致远'百岁光阴',皆咏秋景,真堪伯仲;又《题情新水令》'碧桃花外一声钟'全套,亦绵丽不减元人;本朝词手,似无胜之者"。其《弦索入曲》论北曲用弦,南曲用箫管,不可以北弦入南曲,并引南教坊顿仁云:"南曲箫、管,谓之唱调,不入弦索,不可入谱";"弦索九宫""皆有定制;若南九宫,无定则可依。"沈德符称"此说真不易之论,今吴下皆以三弦合南曲,而又以箫、管叶之,此唐人所云'锦袄上着蓑衣',金粟道人(顾瑛)《小像诗》所云'儒衣、僧帽、道人鞋'也。箫、管可入北词,而弦索不入南词,盖南曲不仗弦索为节奏也。况北词亦有不叶弦索者,如郑德辉、王实甫间亦不免,今人一例通用,遂入笑海。"其《杂剧》论南、北戏剧之别云:"北杂剧已为金、元大手擅胜场,今人不复能措手。"南人所作"都非当行,惟徐文长渭《四声猿》盛行,然以词家三尺律之,犹河汉也。梁伯龙(梁辰鱼)有《红线》、《红绡》二杂剧,颇称谐稳,今被俗优合为一大本南曲,遂成恶趣"。而对汤显祖颇为称颂:"汤义仍(汤显祖)新作《牡丹亭记》,真是一种奇文。未知于王实甫、施君美(惠)如何,恐断非近日诸贤所办也。汤词系南曲,因论北词,附及之。"①

《四库全书总目》提要对《顾曲杂言》评价颇高:"论北曲以弦索为主,板有定制,南曲笙笛不妨长短其声以就板,立说颇为精确。其推原诸剧牌名,自金元以至明代,缕晰条分,征引亦为该洽。"

---

① 以上均见(明)沈德符《顾曲杂言》,文渊阁四库全书本。

十　方以智《通雅》的风格论

方以智(1611—1671)字密之,号曼公,又号鹿起、龙眠愚者等。安徽桐城人。崇祯十三年(1640)进士,授翰林院检讨。为复社成员,有"明季四公子"之称。明亡后,为僧,法名弘智,发愤著述,秘密组织反清复明活动。康熙十年(1671)三月被捕,十月死于押解途中。方以智是最早提出向西方学习的人,一生著述四百余万言,存世尚有数十种,内容广博,天文、地理、历史、物理、生物、医药、文学、哲学、音韵,无所不包。主要著作有《通雅》、《物理小识》、《东西均》、《药地炮庄》、《浮山集》等。

《通雅》共五十五卷,全书分疑始、释诂、天文、地舆、身体、称谓、姓名、官制、事制、礼仪、乐曲、乐舞、乐器、器用、衣服、官室、饮食、算数、植物、动物、金石、谚原、切韵声原、脉考、古方解答等四十四门。其《例凡》云:"此书本非类书,何类也? 强记甚难,随手笔之,以俟后证。久渐以杂,杂不如类矣。"可见这是一部分类编纂的杂录,举凡天地人身之故,皆通考旁征而会通之,并介绍当时传入国内的一些西方科学知识,批判地加以吸收总结,广征博引,成为当时科学、学术成果的总汇集。

《通雅》间亦论及诗文体裁和风格。苏轼《评韩柳诗》主张"外枯而中膏"认为"若中边皆枯淡,亦何足道!"。方以智的《诗说》进一步发挥了这一观点,并借以反对复古派:"论伦(次第)无夺娴于节奏,所谓边也。中间发抒蕴藉,造意无穷,所谓中也。措词雅驯,气韵生动,节奏相叶,蹈厉无痕,流连景光,赋事状物,比兴顿折,不即不离,用以出其高高深深之致,非作家乎,非中边皆甜之蜜乎……由此论之,词为边,意为中乎? 词与意皆边也。素心不俗,感物造端,存乎其人,千载如见者中也。"又云:"舍声调、字句、雅俗可辨之边,则中有妙意,无所寓矣。此诗必论世,论体之论也;此体必论格,论响之论也。"他主张"不以中废边":"法娴矣,词赡矣,无复怀抱,使人兴感,是平熟之土偶耳;仿唐溯汉,作相似语,是优孟之衣冠耳。"他认为不同的体裁有不同的风格:"姑分体裁而言之,古诗直而曲,近而远";不同的时代,不同的作家有不同的风格:"《河梁》、《十九首》之后,其曹(植)、阮(籍)、陶(潜)、杜(甫)乎? 昌黎(韩愈)太生,割取其莽苍可也。太白(李白)奇放,次山(元结)朴直,东野(孟郊)痛快,高(适)、岑(参)取黄初之爽健,王(维)、孟(浩然)取靖节(陶潜)之清远。后而元(稹)、白(居易),后而宋、元,各有所长,日趋纤薄,其能免乎!"他力主自抒己意,讽刺"沾丐残膏"者说:"自然光熖万丈,宁须沾丐残膏? 后世尊杜太过者,溲泄亦零陵香矣。不善学古人者,专学古人之疵累;徒好画龙,见真龙必怖而走,何怪乎!"[1]

---

[1]　以上均见(明)方以智《通雅》卷首三,文渊阁四库全书本。

明清集大成期(下)

第八章　清代的文体学

中国是一个多民族的国家，各民族既保持其独特性，又相互交融，很难说哪个民族不受其他民族的影响。中国的多数朝代是汉族统治，但唐王朝的建立者李渊就出身于北朝的关陇贵族，未必纯是汉人，而元朝更是蒙古族建立的庞大帝国。女真族更是一个了不起的民族，生活于东北地区，宋代时建立了与南宋并立的金政权，十七世纪更建立了可与唐代并重的清王朝。

清王朝共历十二帝，1616 年建立后金，1636 年改国号为清，1644 年定都北京，统治中国近三百年，奠定了我国今天疆域的基础，巩固了多民族国家的统一。

少数民族的文化一般都落后于汉族，但都很重视学习汉文化，特别是清代，可以说是中国古代文化、文学、文体学的集大时期期。清代既加强对文人的思想控制，制造了多起文字狱，导致了"万马齐暗究可哀"的局面；但出于同一目的，又大力尊崇儒学，按历代汉族王朝传统开设科举，出现了大量文化名人，大量学术和文学名著。戏剧更为繁荣，如昆曲、京剧。绘画水平也很高，文人画、山水画、水墨画都很盛行，还出现了著名的"扬州八怪"。清代对中国传统文化进行了全面系统的总结，所编《古今图书集成》是中国类书的集大成之作，也是中国历代文体资料的集大成者。《四库全书》是中国历史上最大的丛书，它把清以前的经、史、子、集的重要典籍汇集在一处，代表了解题式目录著作的最高成就，是清人文体分类学的重要成果。清人的诗文评著作理论性增强，出了"神韵说"、"性灵说"、"格调说"、"肌理说"等理论，体现出既精且专的特点。清代诗话增多，质量也远胜于前代；其小说评点，如金圣叹对《水浒传》的评点所使用的总评、回评、夹批的形式，直接影响到戏曲剧本的评点，成为小说、戏剧批评的重要形式。散文则有桐城派、阳湖派、湘乡派，骈文出现了李兆洛那样的理论家，多主张骈散相通。清词尤为兴盛，有阳羡派、浙派、常州派此消彼长，虽宗尚不同，但无疑促进了对历代词史及词体本身的认识。

第一节 清人经部的文体论

一 清代经学概况

清人解经都强调务实通变,认为经学经历了六次变化:汉人解经偏重诂训,篇章字句恪守师说,莫敢同异,其学笃实谨严,其弊也拘;晋人王弼、王肃直至北宋孙复、刘敞等,各自论说,不相统摄,其弊也杂;宋代程、朱理学,摆脱汉、唐,独研义理,认为经师旧说不足信,其学务别是非,驱除异己,务定一尊,其弊也悍。自宋末至明初,其学才辨聪明,激而横决,势有所偏,其弊也党。自明正德、嘉靖以后,其学各抒心得,空谈臆断,考证必疏,其弊也肆。清代经学,征实不诬,其弊也琐。经学虽历六变,"要其归宿则不过汉学、宋学两家,互为胜负。夫汉学具有根柢,讲学者以浅陋轻之,不足服汉儒也。宋学具有精微,读书者以空疏薄之,亦不足服宋儒也。消融门户之见,而各取所长,则私心祛而公理出,公理出而经义明矣。"①

清高宗皇帝爱新觉罗·弘历(1711—1799),即乾隆帝。雍正的第四子,自幼聪明,六岁就学,过目成诵。二十五岁登基,在位六十年,退位后当了三年太上皇,实际掌握中国最高权力长达六十三年,是中国历史上执政时间最长、年寿最高的皇帝。他在文治武功两方面都有建树,为巩固我国统一的多民族国家,为形成康、乾盛世作出了重要贡献,确为一代有为之君。他精通满语、汉语、蒙古语等多种语言,这便于他处理各民族关系,在古代帝王中是绝无仅有的。他兼具学者、诗人、艺术家的气质,在诗词、曲赋、书法、绘画、音乐上都有很深的造诣,他开博学宏词科,招纳天下人才,下令征求天下图书,完成《明史》、《清文献通考》、《大清会典》、《大清一统志》的编著,一个少数民族的帝王竟对汉文化如此酷爱,也是亘古未有的。

乾隆《重刻十三经序》系统阐述了儒经的演变史和刊刻史,"汉代以来儒者传授或言五经,或言七经";"暨唐分三礼、三传则称九经,已又益《孝经》、《论语》、《尔雅》,刻石国子学";"宋儒复进《孟子》,前明因之,而十三经之名始立"。由五经、七经而九经、十三经,这就是儒经的演变史。他又从大的方面区分儒经刊刻有石刻和版刻两种,各有利弊:"自宋易汉,唐石刻之旧,五经始有板本。及明南北监板行,而笺疏传义胪列具备,学士家有其书,传习弥广。顾训诂繁则蹖驳互见,卷帙重则豕亥易讹,或意晦于一言之舛,或理乖于一字之谬,校雠疏略,疑误滋多,承学之士无所取正。"末论清刻

① 《四库全书总目》卷一《经部总叙》,文渊阁四库全书本。

《十三经注疏》云:"我朝列祖相承,右文稽古,皇祖,圣祖仁皇帝研精至道,尊崇圣学,五经具有成书,颁布海内。朕披览《十三经注疏》,念其岁月经久,梨枣日就漫漶,爰敕词臣重加校正。"①所谓"爰敕词臣重加校正",即乾隆四年的武英殿刻本。嘉庆二十年后,则以阮元主持校刻的《十三经注疏》为最善。

清代经学的主要成就除校刻了《十三经注疏》外,就是编纂了大型丛书《四库全书》。《四库全书》实际上就是一部《儒藏》。2003年6月23日的《北京日报》发表了著名学者来新夏的《新编"儒藏"三疑》,其中一疑为"儒藏"编纂前无古人的说法。我也有一疑,现在编《儒藏》成风,为什么一千多年却无人编《儒藏》,或有人想编而终未编成呢? 从乾隆《重刻十三经序》可知,最根本的原因就是"儒藏"早已多如牛毛,只是未以《儒藏》名书罢了。最早编"儒藏"的正是孔子,传说由他整理编纂的六经实际就是"儒藏",今天无论谁编《儒藏》,恐怕都无法绕过他编的六经。汉以后编的无其名而有其实的"儒藏"更是不可胜计,石刻"儒藏"有东汉的《熹平石经》,曹魏的《正始石经》,中唐的《开成石经》,五代孟蜀的《蜀石经》;纸本"儒藏"尤多,自唐孔颖达等编纂《五经正义》后,历代刊刻的五经、九经、十三经不可胜计。来新夏先生还说:"清政府也为体现其盛世修典的文化一统,决定于乾隆三十八年(1773)开馆编纂《四库全书》。这是一部以儒家经典为主体,囊括古今一切主要著述,并涵盖佛、道典籍的巨型丛书,完成了二百年来儒生呼吁编纂'儒藏'的意愿。《四库全书》虽无'儒藏'之名,但有'儒藏'之实……不失为一部像样的《儒藏》。"这大概就是一些千多年来无人编《儒藏》的原因吧,因为无其名而有其实的《儒藏》远比佛、道二藏多得多。"涵盖佛、道典籍"也无碍它成为"像样的《儒藏》",因为佛、道二藏也收有不少儒家典籍。周必大《文苑英华序》(卷五五)在讲到《文苑英华》"印本绝少"而《唐文粹》"盛行"的原因时说:"当真宗朝,姚铉铨择(《文苑英华》)十一,号《唐文粹》,由简故精,所以盛行。"《四库全书》既已是"一部像样的《儒藏》",今天编《儒藏》更应在简而精上下功夫见本事,否则只能是增加一堆废纸而已。法家想"别黑白而定一尊",儒家想"罢黜百家,独尊儒术",但都未做到,也不可能做到,现在有人想再次"独尊儒术",也只能是徒劳,因为各种学说是互为补充的,而不能相互取代。我们需要弘扬的是整个中国的传统优秀文化,而不仅仅是儒家文化;我们需要提倡"百家争鸣",而不是一家独鸣。

二 朱鹤龄《诗经通义》论《诗》序非诗题

朱鹤龄(1606—1683)字长孺,江苏吴江人。颖敏嗜学,尝笺注杜甫、李商隐诗,盛

---

① 《御制文初集》卷一一,文渊阁四库全书本。

行于世。入清后屏居著述。行不识途路,坐不知寒暑。人或谓之愚,遂自号愚庵。著有《愚庵小集》、《诗经通义》、《读左日钞》等。

其《诗经通义·凡例》论《诗》序非诗题及《诗》小序不可废云:"《通义》者,通古诗序之义也。盖序乃一诗纲领,必先申序意,然后可论毛、郑诸家之得失。后序多汉儒附益者,今取欧、苏、吕、严诸说为之辨正,错简讹字,亦详订焉。制举之家专宗朱传,故诗序久置不讲,并宋元诸儒之说皆无由而见。余采其合于序说者备录之,盖表章古义,不得不与俗学抵牾尔。古本皆标序于经文之前,后儒遂以诗序若今之诗题,余谓序所以明作者之意,非先有序而后有诗也。郝仲舆本移序从经,最为得体,今从之。"《四库全书总目》提要对此书评价较高:"是书专主小序,而力驳废序之非。所采诸家于汉用毛、郑,唐用孔颖达,宋用欧阳修、苏辙、吕祖谦、严粲,国朝用陈启源。其释音明用陈第,国朝用顾炎武。其《凡例》九条及考定郑氏《诗谱》皆具有条理。惟鹤龄学问淹洽,往往嗜博好奇,爱不能割,故引据繁富,而伤于芜杂者有之,亦所谓武库之兵,利钝互陈者也。要其大致则彬彬矣。"①

朱鹤龄还著有《读左日钞》,可看出他对史体分类的意见。其《凡例》云:"《左传》之文先经以始事,后经以终义,盖纯以史事解经者也。其解之得失,余《春秋集说》已详辨之,此书只略举其概尔。《春秋毛氏传》三十六卷,国朝毛奇龄撰。自昔说《春秋》者但分义例,至宋张大亨始分五礼,元吴澄因之,粗具梗概而已。奇龄是书分改元、即位、生子、立君、朝聘、盟会、侵伐、迁灭、昏觌、享唁、丧期、祭祀、搜狩、兴作、甲兵、田赋、丰凶、灾祥、出国、入国、盗弑、刑戮凡二十二门,又总该以四例,曰礼例,曰事例,曰文例,曰义例,然门例虽分而卷之先后依经为次,无割裂分隶之嫌,较他家体例为善。"②可见其体例与袁枢《通鉴纪事本末》相似。

朱鹤龄《汪周士诗稿序》认为"五言古为诸体之根柢":"唐人论诗,每云工于五言,盖以五言工则不必问其余,是五言古为诸体之根柢,而五言古之根柢安在乎?亦曰求之《三百篇》、《离骚》以及昭明之《选》而已矣。自近体盛行,便于应酬干谒,而世之辞人率以之代羔雁、充筐篚,于是五言古几废,即披英散馥,排比极王,不过俪青妃白、流连景光已尔,于六义之道安取乎?"③

---

① (明)朱鹤龄《诗经通义》卷首,文渊阁四库全书本。
② (明)朱鹤龄《读左日钞》卷首,文渊阁四库全书本。
③ (明)朱鹤龄《愚庵小集》卷一〇,上海古籍出版社 1979 年影印本。

三　经学大师王夫之的文体论

王夫之(1619—1692)字而农,号姜斋,别号一壶道人,湖南衡阳人。晚年居衡阳之石船山,世称"船山先生"。王夫之是明末清初杰出的思想家,与方以智、顾炎武、黄宗羲合称"明末四大学者"。明亡,在衡山举兵起义,阻击清军南下失败,继又追随南明桂王政权抗清,桂林失陷后,乃决心隐遁。伏处深山,刻苦研究,勤于著述,垂四十年。学问渊博,对天文、历法、数学、地理学等均有研究,尤精于经学、史学、文学。著述甚丰,后人编为《船山遗书》。王夫之堪称经学大师,著有《周易稗疏》、《尚书稗疏》、《诗经稗疏》、《春秋稗疏》等。

《四库全书·尚书稗疏》提要虽批评其穿凿附会,但也承认"是编诠释经文亦多出新意","大抵词有根据,不同游谈,虽醇疵互见,而可取者较多焉"。《尚书稗疏》间亦论及文体,如云:"自'戛击鸣球'以下至'庶尹克谐',皆韶乐之谱也。'以咏'即以下三者为咏也,'祖考来格'如周颂之咏'绥予孝子'也;'虞宾在位'如周颂之咏'我客戾止'也;'群后德让'犹周颂之咏'式序在位'也。此皆升歌以配磬瑟之诗,其辞不传而大旨所咏则不外此三者也。"①

《诗经稗疏》卷一云:"得圣人之化者谓之《周南》,得贤人之化者谓之《召南》,胡氏《春秋传》亦曰《周南》先王之德,《召南》先公之化,故朱子《集传》以同《周南》皆文王后妃之德,而《召南》为侯国之诗。"②这实际是论关于《诗经》体类划分的问题。《四库全书总目》提要评此书此说云:"是书皆辨正名物训诂以补传笺诸说之遗,如《诗谱》谓得圣人之化者谓之《周南》,得贤人之化者谓之《召南》,此别据《史记》谓洛阳为周召之语,以陕州为中线而南分之,《周南》者周公所治之南国也。证之地理,亦可以备一解。……四卷之末附以《考异》一篇,虽未赅备,亦足资考证。又《叶韵辨》一篇,持论明通,足解诸家之缪辖,惟赘以《诗译》数条,体近诗话,殆犹竟陵锺惺批评《国风》之余习,未免自秽其书,今特删削不录,以正其失焉。"

四　李光地《诗所》论风、雅、颂

李光地(1642—1718)字晋卿,号厚庵,别号榕村,泉州安溪人。康熙九年(1670)

① (明)王夫之《尚书稗疏》卷一,文渊阁四库全书本。
② (明)王夫之《诗经稗疏》,文渊阁四库全书本。

进士。深得康熙信任，累官至直隶巡抚、文渊阁大学士。治程朱理学，曾奉命主编《性理精义》、《朱子大全》等书。著述甚富，有《周易通论》四卷、《周易观象》十二卷、《诗所》八卷、《大学古本说》一卷、《中庸章段》一卷、《中庸余论》一卷、《读论语札记》二卷、《读孟子杂记》二卷、《古乐经传》五卷、《阴符经注》一卷、《参同契章句》一卷、《注解正蒙》二卷、《朱子礼纂》五卷、《榕村语录》三十卷、《榕村文集》四十卷、《榕村别集》五卷等。

　　李光地《诗所》取名自孔子"吾自卫反鲁，然后雅颂各得其所"之语。《四库全书总目》卷一六评此书云："是编大旨不主于训诂名物，而主于推求诗意，其推诗意又主于涵泳文句，得其美刺之志而止，亦不旁征事迹，必求其人以实之。又以为西周篇什不应寥寥二南之中，亦有文、武以后诗；《风》、《雅》之中亦多东迁以前诗，故于小序所述姓名多废不用，并其为朱子所取者亦或斥之……其言皆明白切实，足阐朱子未尽之说，亦非近代讲章揣骨听声者所可及也。"

　　《诗经》的风、雅、颂既有文体分类的作用和意义，本身又形成了所谓风体、雅体、颂体之说，因此对风、雅、颂的辨析和研究，一直是文体学上的一个重要问题。《诗所》自序辨风、雅、颂云："古者学校四术，及孔门之教皆以诗首，为其近在情性，察于伦理，而及其至也，光四海，通神明，率由是也。言志之义，始于《虞典》，夏、商之间诗不概见，岂其代远篇残，抑忠质之世发于文者希与？周自文王有作，周公继之，'郁郁乎文哉，于斯为盛矣'。今考三百余篇出自文武成康者百二，南风之自也；小雅治之经也，大雅德之本，命之符；《周颂》功之成，教之至也。其篇皆以文王冠，惟周公之诗自为国风，笃世业，勤王家，盖周室之所以安危，上配文王者也。邶、墉以下之为《风》，《六月》、《民劳》以下之为《雅》，王德降焉，政俗衰焉，然下则有抚己言伤之音，上则有忧国陈善之作，盖性情之不可遏。文、武之教在乎人心，故皆可以兴，可以观，可以群，可以怨，迩之事父，远之事君，而其究归于'思无邪'者此也。朱子郑卫之说，诸儒以为不然，今独信之者，谓非是不足以见乱之所生，为《二南》之左契，抑虽其流至此，犹有秉礼知义，无文王而兴者。夫然后可以极无邪之变矣。惟《节南山》以下为东迁，《楚茨》以下为幽雅，《载芟》以下为幽颂，乃前儒所未定，而今创说者。夫子曰'吾自卫反鲁，然后《雅》、《颂》各得其所'，今观《大雅》时世明矣。《小雅》之乱而无序，殆不可诘。如毛氏传，三百年间为篇才七十余，而出于幽者将三之二，是岂足信乎？孟子言颂其诗者必论其世，今失其世则又赖有诗存，而可以推而知，旁引而得也。既知得所之义，然后章求其次，句逆其情，称名赜而不可厌也。叠文复而不可乱也。"①

――――――――――――

① （明）李光地《诗所》卷首，文渊阁四库全书本。

五 惠周惕《诗说》论"风、雅、颂以音别"

惠周惕(？—约1694)原名恕,字元龙,号研溪、红豆主人,长洲(今江苏苏州市)人。康熙三十年(1691)进士,选翰林院庶吉士,改任密云县知县,卒于任上。著有《研溪先生全集》,含《易传》、《春秋问》、《三礼问》、《诗说》等。

《四库全书总目》评《诗说》云:"是书于毛传、郑笺、朱传无所专主,多自以己意考证其大旨,谓大小《雅》以音别不以政别,谓正雅、变雅美刺错陈,不必分《六月》以上为正,《六月》以下为变;《文王》以下为正,《民劳》以下为变。谓《二南》二十六篇皆拟为《房中之乐》,不必泥其所指何人。谓周、召之分,郑笺误以为文王。谓天子诸侯均得有《颂》,《鲁颂》非僭,其言皆有依据。至谓《颂》兼美刺,义通于诵,则其说未安……然其余类皆引据确实,树义深切,与枵腹说经,徒以臆见决是非者固有殊焉。"《诗说》力驳《毛诗序》、章俊卿、朱熹等对风、雅、颂的解释,认为他们都是"以政为言",他则认为"风、雅、颂以音别也,雅有小大,义不存乎小大也……按《乐记》师乙曰广大而静,疏达而信者宜歌《大雅》,恭俭而好礼者宜歌《小雅》。季札观乐,为之歌《小雅》,曰美哉,思而不贰,怨而不言;为之歌《大雅》,曰广哉,熙熙乎,曲而有直体(论其声)。据此则大小二《雅》当以音乐别之,不以政之小大论也。"①

第二节 清人史部的文体论

一 纪昀与《四库全书》

纪昀(1724—1805)字晓岚,一字春帆,晚号石云,道号观弈道人。谥"文达",世称纪文达公。直隶献县(今属河北)人。乾隆十九年(1754)进士,官至礼部尚书、协办大学士(宰相助理)。清代公认的文坛泰斗、学界领袖,一代文学宗师,也是中国和世界文化史上一位少见的文化巨人。为人通达机智,学识渊博,是乾、嘉时期官方学术界名副其实的领军人物。著有《纪文达公遗集》、《阅微草堂笔记》、《评文心雕龙》、《历代职官表》、《史通削繁》、《河源纪略》、《镜烟堂十种》、《畿辅通志》、《沈氏四声考》、《唐人诗律说》、《史氏风雅遗音》、《庚辰集》、《景成纪氏家谱》等。

纪昀为文,内容不乖风教,不杂私怨,风格质朴简淡,自然妙远,重视文学作品的

① (明)惠周惕《诗说》卷上,文渊阁四库全书本。

艺术效果。《纪文达公遗集》是他的诗文集，包括诗、文各十六卷，为人所作的墓志铭、碑文、祭文、序跋、书后等，都在其中，多系应酬之作。此外还包括应子孙科举之需而作的馆课诗《我法集》。他的《阅微草堂笔记》是五种笔记的合集，含二十四卷，包括《滦阳消夏录》六卷，《如是我闻》四卷，《槐西杂志》四卷，《姑妄听之》四卷，《滦阳续录》六卷，内容庞杂，既有上层社会的故老遗闻、人情翻覆、官场百态，也有下层百姓的曲巷琐谈、奇闻异事，医卜星相、神鬼狐媚，还有严肃的诗词文章记述，名物典章考证，或雅或俗，或正或邪，是《聊斋志异》之外的另一部著名文言小说。

纪昀曾六次任会试考官，门下士甚众，在学界官场影响颇大。又曾多次主持编修，先后做过武英殿纂修官、三通馆纂修官、功臣馆总纂官、国史馆总纂官、方略馆总校官、胜国功臣殉节录总纂官、职官表总裁官、八旗通志馆总裁官、实录馆副总裁官、会典馆副总裁官等，但功绩最大、影响最深的是任四库全书馆总纂官。他晚年曾自作挽联云："浮沉宦海同鸥鸟，生死书丛似蠹鱼"，是他对自己一生的最好总结。

二　《四库全书》的编纂体例和分体分类原则

清朝编有两部大书，一是康熙年间编的大型类书《古今图书集成》，一是乾隆年间编的大型丛书《四库全书》。按时间顺序，本应先讲《古今图书集成》，但这里重点不是讲《四库全书》，而是讲属于史部目录类的《四库全书总目》。本书体例大体是以经、史、子、集为序阐述中国古代文体学史，故先讲《四库全书总目》。

乾隆三十七年(1772)开四库全书馆，开始编纂《四库全书》，先后历时十九年。《四库全书》分经、史、子、集四部，近八万卷，装订成三万六千余册，共抄写七部，分藏于文渊、文溯、文源、文津、文汇、文宗、文澜七阁。

《四库全书》之《凡例》虽充满令人生厌的颂圣之语，但对《四库全书》编纂体例、分体分类原则作了详尽说明：

一是按经史子集列目："是书以经史子集提纲列目。经部分十类，史部分十五类，子部分十四类，集部分五类。或流别繁碎者又分析子目，使条理分明。所录诸书各以时代为次。"[①]可见此书实袭萧统《文选序》的"凡文之体，各以汇聚。诗赋体既不一，又以类分；类分之中，各以时代相次"之说，按体、类、时序编排。

二是严于去取："前代藏书，率无简择，萧兰并撷，珉玉杂陈，殊未协别裁之义。今诏求古籍，特创新规，一一辨厥妍媸，严为去取。"去取原则实有四等："其上者悉登编

---

① 《四库全书总目》卷首三，文渊阁四库全书本。下引同。

录,罔致遗珠;其次者亦长短兼胪,见瑕瑜之不掩;其有言非立训,义或违经,则附载其名,兼匡厥缪;至于寻常著述,未越群流,虽咎誉之咸无,究流传之已久,准诸家著录之例,亦并存其目,以备考核。等差有辨,旌别兼施,自有典籍以来无如斯之博且精矣。"《四库全书》"博且精"是实,但故意不收的"违经"之作也不少,其存目之书大大超过所收之书就是这个原因。《四库全书》的声名一向不好,原因之一是说它删改原书。但这是人云亦云之说,《四库全书》对原书确有删改,但主要是涉及历史上民族问题的部分,就其他方面而言,《四库全书》则是丛书中编得最好的一种,所采用的多数版本也是从全国搜罗的多种版本中严格挑选出来的,内容较完整,错讹也较少。

三论其所分门目、子目,虽有变更,但皆有典籍根据:"自《隋志》以下,门目大同小异,互有出入,亦各具得失,今择善而从。如诏令奏议,《文献通考》入集部,今以其事关国政,诏令从《唐志》例入史部,奏议从《汉志》例亦入史部。《东都事略》之属不可入正史,而亦不可入杂史者,从《宋史》例立别史一门。《香谱》、《鹰谱》之属,旧志无所附丽,强入农家。今从尤袤《遂初堂书目》例,立谱录一门。名家、墨家、纵横家,历代著录各不过一二种,难以成帙。今从黄虞稷《千顷堂书目》例,并入杂家为一门。又别集之有诗无文者,《文献通考》别立诗集一门。然则有文无诗者何不别立文集一门?多事区分,徒滋繁碎。今仍从诸史之例,并为别集一门。又兼诂群经者,《唐志》题曰经解,则不见其为群经。朱彝尊《经义考》题曰群经,又不见其为经解。徐乾学通志堂所刻,改名曰《总经解》,何焯又讥其杜撰。今取《隋志》之文,名之曰《五经总义》。凡斯之类,皆务求典据,非事更张。"又论子目云:"焦竑《国史经籍志》多分子目,颇以饾饤为嫌。今酌乎其中,惟经部之小学类,史部之地理、传记、政书三类,子部之术数、艺术、谱录、杂家四类,集部之词曲类,流派至为繁伙,端绪易为茫如。谨约分小学为三子目,地理为九子目,传记为五子目,政书为六子目,术数为七子目,艺术、谱录各为四子目,杂家为五子目,词曲为四子目,使条理秩然。又经部之礼类,史部之诏令奏议类、目录类,子部之天文算法类、小说家类,亦各约分子目,以便检寻。其余琐节,概为删并。"并还批评诸家著录之误云:"古来诸家著录,往往循名失实,配隶乖宜,不但《崇文总目》以《树萱录》入之种植,为郑樵所讥,今并考校原书,详为厘定,如《笔阵图》之属,旧入小学类,今惟以论六书者入小学,其论八法者不过笔札之工,则改隶艺术。《羯鼓录》之属旧入乐类,今惟以论律吕者入乐,其论管弦工尺者不过世俗之音,亦改隶艺术。《左传类对赋》之属旧入《春秋》类,今以其但取俪词,无关经义,改隶类书。《孝经集灵》旧入《孝经》类,《穆天子传》旧入起居注类,《山海经》、《十洲记》旧入地理类,《汉武帝内传》、《飞燕外传》旧入传记类,今以其或涉荒诞,或涉鄙猥,均改隶小说。他如扬雄《太元经》旧入儒家类,今改隶术数;俞琰《易外别传》旧入《易》类,今改隶道家。又如《倪石陵书》名似子书,而实文集;陈埴《木锺集》名似文集,而实语录,凡斯之流,不可殚述,并一一考核,务使不失其真。"如不深考原书,很难得出"名似子书而实文集","名似文集而实语录"之类的精到之论。

四论版本:"诸书刊写之本不一,谨择其善本录之;增删之本亦不一,谨择其足本录之。每书名之下钦遵谕旨,各注某家藏本,以不没所自。其坊刻之书不可专题一家者,则注曰通行本。"这里提出了善本、足本、通行本(坊刻本)等概念。乾隆运用全国的力量,广搜各种书的各种版本,经过比较,选定底本,因此在中国所有丛书中,《四库全书》所用底本是最好的,多为善本、足本。笔者在《宋人传纪资料索引补编序》中曾说过:"《四库全书》的声名一向不太好,原因之一是删改原书,故我们最初规定,凡有别的版本,《全宋文》原则上不用《四库全书》作底本。但后来我们在校勘过程中发现,《四库全书》编者删改的,主要是删改涉及民族问题的部分,而就其他方面而言,《四库全书》在丛书中还应算是比较好的一种,至少比不少明人刻的书好一些,多数版本是经过挑选的,是比较完整的,错字也不像明本书那样多。故后来我们不再强调不能用《四库全书》作底本,只要经过比较,如果《四库全书》收文确实比较全,没有什么改动,错讹较少,仍然可用《四库全书》作底本。"①二十多年前我们笺注苏洵《嘉祐集》,最初想选享誉较高的四部丛刊本作底本,但经果比较发现此本"篇数最少,错讹最多",最后就改用《四库全书》所收徐乾学家藏本。

五是编次:"至其编次先后,《汉书·艺文志》以高帝、文帝所撰杂著置诸臣之中,殊为非体。《隋书·经籍志》以帝王各冠其本代,于义为允,今从其例。其余概以登第之年,生卒之岁为之排比,或据所往来倡和之人为次,无可考者则附本代之末。释、道、闺阁亦各从时代,不复区分。宦寺之作虽不宜厕士大夫间,然《汉志》小学家尝收赵高之《爰历》,史游之《急就》,今从其例,亦间存一二。外国之作,前史罕载,然既归王化,即属外臣,不必分疆绝界,故木增、郑麟趾、徐敬德之属,亦随时代编入焉。""以帝王各冠其本代",外国"既归王化"等语,当然是帝王思想在作怪,但是依"生卒之岁","登第之年","所往来倡和之人为次,无可考者则附本代之末"则是较为合理的,我们编《全宋文》时亦大体仿其编次体例。特别可贵的是,对释、道、闺阁、宦官之作也"不复区分"。

六是为所收的每部书都撰写了提要:"今于所列诸书各撰为提要,分之则散弁诸编(各书卷首),合之则共为《总目》。每书先列作者之爵里,以论世知人;次考本书之得失,权众说之异同,以及文字增删、篇帙分合、皆详为订辨,巨细不遗。而人品学术

① 氏著《宋人传纪资料索引补编》卷首,四川大学出版社 1994 年版。

之醇疵，国纪朝章之法戒，亦未尝不各昭彰瘅，用著劝惩，其体例悉承圣断，亦古来之所未有也。”特别是其中的总序、小序、案语，往往集中体现了编者的文体观：“四部之首各冠以总序，撮述其源流正变以挈纲领。四十三类之首亦各冠以小序，详述其分并改隶，以析条目。如其义有未尽，例有未该，则或于子目之末，或于本条之下，附注案语以明通变之由。”其提要内容强调征实：“今所录者率以考证精核，论辨明确为主，庶几可谢彼虚谈，敦兹实学”；“辟其异说，黜彼空言，庶读者知致远经方，务求为有用之学”；去取从严：“文章流别历代增新，古来有是一家即应立是一类作者，有是一体即应备是一格，斯协于《全书》之名。”但既要协《全书》，又要严于去取：“编辑虽富而谨持绳墨，去取不敢不严”；要辟异说，黜空言：“圣贤之学主于明体以达用，凡不可见诸实事者皆属卮言。儒生著书务为高论，阴阳太极累牍连篇，斯已不切人事矣。至于论九河则欲修禹迹，考六典则欲复《周官》封建井田，动称三代而不揆时势之不可行。至黄谏之流欲使天下笔札皆改篆体，顾炎武之流欲使天下言语皆作古音，迂谬抑更甚焉。又如明之曲士，人喜言兵，《二麓正议》欲掘坑藏锥以刺敌，《武备新书》欲雕木为虎以临阵，陈禹谟至欲使九边将士人人皆读《左传》，凡斯之类并崇真黜伪……汉唐儒者谨守师说而已，自南宋至明，凡说经臣讲学论文皆各立门户，大抵数名人为之主，而依草附木者嚣然助之。朋党一分，千秋吴越，渐流渐远，并其本师之宗旨亦失其传。而仇隙相寻，操戈不已，名为争是非，实则争胜负也。人心世道之害，莫甚于斯……至诗社之标榜声名，地志之矜夸人物，浮辞涂饰，不尽可凭，亦并详为考订，务核其真，庶几公道大彰，俾尚论者知所劝戒。”既要严于去取，又要兼收并蓄，各取所长：“儒者著书，往往各明一义，或相反而适相成，或相攻而实相救，所谓言岂一端，各有当也……今所采录，惟离经畔道，颠倒是非者，掊击必严；怀诈挟私，荧惑视听者屏斥必力；至于阐明学术，各撷所长，品骘文章，不名一格，兼收并蓄，如渤澥之纳众流，庶不乖于全书之目。”

《四库全书》的成功编纂，与当时社会环境安定，资金雄厚来源（朝廷一概包揽），组织严密（设有总裁和副总裁，下设纂修处、缮书处和监造处。四库馆臣总计三四百人），破格录用人才，其中不少人入馆前不仅不是翰林，甚至连进士也不是。而这一切都是因为最高统治者的重视。《四库全书》从酝酿到修成，乾隆皇帝皆亲预其事，从征书、选择底本，到抄书、校书，乾隆都一一过问，亲自安排。《四库全书总目》卷首所收乾隆圣谕之多就是明证。如乾隆三十七年正月初四日圣谕云：

朕稽古右文，聿资治理，几余典学，日有孜孜，因思策府缥缃，载籍极博，其巨者羽翼经训，垂范方来，固足称千秋法鉴，即在识小之徒，专门撰述，细及名物象数，兼综条贯，各自成家，亦莫不有所发明，可为游艺养心之一助。是以御极之

768

初，即诏中外搜访遗书，并令儒臣校勘十三经、二十一史、遍布黉宫，嘉惠后学。复开馆纂修《纲目三编》、《通鉴辑览》及"三通"诸书，凡艺林承学之士所当户诵家弦者，既已荟萃各备。第念读书固在得其要领，而多识前言往行，以蓄其德，惟搜罗益广则研讨愈精。如康熙间所修《图书集成》，全部兼收并录，极方策之大观，引用诸编率属因类取裁，势不能悉载全文，使阅者沿流溯源，一一征其来处。今内府藏书插架不为不富，然古今来著作之手无虑数千百家，或逸在名山，未登柱史，正宜及时采集，汇送京师，以彰千古同文之盛。其令直省、督抚、学政等通饬所属，加意购访……在坊肆者或量为给价，家藏者或官为装印，其有未经镌刊，只系抄本存留者，不妨缮录副本，仍将原书给还。并严饬所属，一切善为经理，毋使吏胥藉端滋扰。但各省搜辑之书，卷帙必多，若不加之鉴别，悉令呈送，烦复皆所不免。著该督抚等先将各书叙列目录，注系某朝某人，所著书中要旨何在，简明开载，具折奏闻，候汇齐后令廷臣检核，有堪备阅者再开单行知取进，庶几副在石渠，用储乙览，从此四库七略，益昭美备，称朕意焉。①

仅从这一圣旨就不难看出乾隆考虑之周到，组织之严密，连坊肆者给价，家藏者为之装印，抄本仅有一件，则只缮录副本，"仍将原书给还"都考虑到了。《四库全书》之所以能"全"，与此是分不开的。所以不敢说《四库全书》网罗无遗，但至少所遗不多。特别是从《永乐大典》中辑佚之书，因《大典》被毁，全赖《四库全书》以存，十分珍贵。

三 《四库全书总目》经部及其分类

在总纂《四库全书》的过程中，纪昀还领导一群高水平的学者，用八年时间精心撰写了《四库全书总目》，而他自己总其成。此书简称《四库提要》。它不同于正史中的艺文志，而是《四库全书》的组成部分，与《崇文总目》、《直斋书录解题》、《郡斋读书志》等相似，是书目题解式的单行本，规模却比前举诸书大得多，长达二百卷。全书分为著录和存目两大部分，这也是创例。著录书写为定本，收入《四库全书》之内；存目书只作提要，不收入《四库全书》，但在《四库全书总目》中同样撰写提要。该书著录图书三千四百零一部，七万九千三百零九卷，存目六千七百九十三部，九万三千五百五十一卷（各书统计有小异），基本上囊括了清代乾隆以前我国重要的古籍，特别是元代以前的古籍，是内容丰富的研究我国古典文献的重要工具书，它不仅是中国传统解题式

---

① 《四库全书总目》卷首一。

书目的集大成之作,也是中国传统学术批评和学术史研究的重要著作,具有很高的学术价值。

卷一《经部总叙》云:"自汉京以后垂二千年,儒者沿波,学凡六变。"一为汉学:"其初专门授受,递禀师承,非惟诂训相传莫敢同异,即篇章字句亦恪守所闻。其学笃实谨严。及其弊也拘。"二为玄学:"王弼、王肃稍持异议,流风所扇,或信或疑。越孔(颖达)、贾(公彦)、啖(赵)、赵(匡)以及北宋孙复、刘敞等,各自论说,不相统摄。及其弊也杂。"三为道学:"洛(程颢、程颐)、闽(朱熹)继起,道学大昌,摆落汉、唐,独研义理,凡经师旧说俱排斥以为不足信。其学务别是非,及其弊也悍。学脉旁分,攀缘日众,驱除异己,务定一尊。"四是:"自宋末以逮明初,其学见异不迁。及其弊也党,主持太过,势有所偏,才辨聪明,激而横决。"五是:"自明正德、嘉靖以后,其学各抒心得。及其弊也肆,空谈臆断,考证必疏,于是博雅之儒引古义以抵其隙。"六为清初:"国初诸家,其学征实不诬,及其弊也琐。"最后总括说,"六变"不外汉、宋两种,力主"各取所长":"要其归宿,则不过汉学、宋学两家互为胜负。夫汉学具有根柢,讲学者以浅陋轻之,不足服汉儒也。宋学具有精微,读书者以空疏薄之,亦不足服宋儒也。消融门户之见,而各取所长,则私心祛而公理出,公理出而经义明矣。盖经者非他,即天下之公理而已。"并分经学为十类:"今参稽众说,务取持平,各明去取之故,分为十类,曰《易》,曰《书》,曰《诗》,曰《礼》,曰《春秋》,曰《孝经》,曰《五经总义》,曰《四书》,曰《乐》,曰《小学》。"①

同卷《易类序》认为《易经》实包括诸经,亦包括诸体:"圣人觉世牖民,大抵因事以寓教,《诗》寓于风谣,《礼》寓于节文,《尚书》、《春秋》寓于史。而《易》则寓于卜筮。故《易》之为书,推天道以明人事者也。《左传》所记诸占,盖犹太卜之遗法。汉儒言象数,去古未远也……《易》道广大,无所不包,旁及天文、地理、乐律、兵法、韵学、算术,以逮方外之炉火(指佛、道),皆可援《易》以为说。"

卷一一《书类序》主张"兼收并蓄":"古文之辨,至阎若璩始明,朱彝尊谓是书久颁于学官,其言多缀辑逸经成文,无悖于理,汾阴汉鼎,良亦善喻。吴澄举而删之,非可行之道也……尺短寸长,互相补苴,固宜兼收并蓄,以证同异。"

卷一五《诗类序》也主张并存诸说:"诗有四家,毛氏独传,唐以前无异论,宋以后则众说争矣。然攻汉学者意不尽在于经义,务胜汉儒而已;伸汉学者意亦不尽在于经义,愤宋儒之诋汉儒而已。各挟一不相下之心,而又济以不平之气,激而过当,亦其势然欤。夫解《春秋》者惟公羊多驳,其中高子、沈子之说、殆转相附益,要其大义数十

---

① 以上《四库全书总目》卷一。

传，自圣门者不能废也。诗序称子夏，而所引高子、孟仲子乃战国时人，固后来搀续之明证，即成伯玙等所指篇首一句，经师口授，亦未必不失其真。然去古未远，必有所受意，其真赝相半，亦近似公羊。全信全疑，均为偏见。今参稽众说，务协其平。苟不至程大昌之妄改旧文，王柏之横删圣籍者，论有可采，并录存之，以消融数百年之门户，至于鸟兽草木之名，训诂声音之学，皆事须考证，非可空谈。今所采辑，则尊汉学者居多焉。”

卷三八《乐类序》认为并无所谓《乐经》，其乐、歌、舞分别具于《诗》、《礼》，也是颇为新颖之见："沈约称《乐经》亡于秦，考诸古籍，惟《礼记》经解有乐教之文，伏生《尚书大传》引辟雝、舟张四语，亦谓之乐。然他书均不云有《乐经》。大抵乐之纲目具于《礼》，其歌词具于《诗》，其铿锵鼓舞则传在伶官。汉初制氏所记，盖其遗谱，非别有一经为圣人手定也。特以宣豫导和，感神人而通天地，厥用至大，厥义至精，故尊其教，得配于经。而后代钟律之书亦遂得著录于经部，不与艺术同科。顾自汉氏以来，兼陈雅俗，艳歌侧调，并隶云韶。于是诸史所登虽细，至筝琶亦附于经末。循是以往，将小说稗官未尝不记言记事，亦附之《书》与《春秋》乎？悖理伤教，于斯为甚，今区别诸书，惟以辨律吕，明雅乐者仍列于经，其讴歌末技，弦管繁声，均退列杂艺、词曲两类中，用以见大乐元音，道侔天地，非郑声所得而奸也。”

四 《四库全书总目》史部及其分类

《四库全书总目》卷四五《史部总叙》是清代一篇重要的史体论，首论史之简详："史之为道，撰述欲其简，考证则欲其详，莫简于《春秋》，莫详于《左传》。鲁史所录具载一事之始末，圣人观其始末得其是非，而后能定以一字之褒贬，此作史之资考证也。丘明录以为传，后人观其始末，得其是非，而后能知一字之所以褒贬，此读史之资考证也。苟无事迹，虽圣人不能作《春秋》。苟不知其事迹，虽以圣人读《春秋》不知所以褒贬。儒者好为大言，动曰舍传以求经，此其说必不通，其或通者则必私求诸传，诈称舍传云尔。司马光《通鉴》世称绝作，不知其先为《长编》，后为《考异》，高似孙《纬略》载其与宋敏求书，称到洛八年，始了晋、宋、齐、梁、陈、隋六代，唐文字尤多，依年月编次为草卷，以四丈为一卷，计不减六七百卷。又称光作《通鉴》一事，用三四出处纂成（原文有误，此据《文献通考》卷一九四改），用杂史诸书凡二百二十二家。李焘《巽岩集》亦称张新甫见洛阳有《资治通鉴》草稿盈两屋，今观其书，如淖方成祸水之语则采及《飞燕外传》，张彖冰山之语则采及《开元天宝遗事》，并小说亦不遗之。然则古来著录于正史之外，兼收博采，列目分编，其必有故矣。”次论史体分类云："今总括群书分十五类，首曰正史，大纲也；次曰编年，曰别史，曰杂史，曰诏令奏议，曰传记，曰史钞，曰载记，皆参考纪传者也；曰时令，曰地理，曰职官，曰政书，曰目录，皆参考诸志者也；曰史评，参考论赞者也。"末论谱牒虽多虚词，但只要参互辨定，亦有裨于正史："旧有谱牒一门，然自唐以后谱学殆绝，玉牒既不颁于外，家乘亦不上于官，徒存虚目，故从删焉。考私家记载，惟宋、明两代为多，盖宋、明人皆好议论，议论异则门户分，门户分则朋党立，朋党立则恩怨结，恩怨既结，得志则排挤于朝廷，不得志则以笔墨相报复。其中是非颠倒，颇亦荧听。然虽有疑狱，合众证而质之，必得其情，虽有虚词，参众说而核之，亦必得其情……此亦考证欲详之一验。"今仅用各类之序以说明四库馆臣对各体特征的看法。

同卷《正史类序》云："正史之名见于《隋志》，至宋而定。著十有七，明刊监板合宋、辽金、元四史为二十有一，皇上钦定《明史》，又诏增《旧唐书》为二十有三。近搜罗四库薛居正《旧五代史》，得裒集成编，钦禀睿裁，与欧阳修书并列，共为二十有四。今并从官本校录，凡未经宸断者则悉不滥登。盖正史体尊，义与经配，非悬诸令典，莫敢私增，所由与稗官野记异也。其他训释音义者如《史记索隐》之类，掇拾遗阙者如《补后汉书年表》之类，辨正异同者如《新唐书纠谬》之类，校正字句者如《两汉刊误补遗》之类，若别为编次，寻检至繁，即各附本书，用资参证。至宋、辽、金、元四史译语，旧皆舛谬，今悉改正，以存其真。其子部、集部亦均视此以考校厘订，自正史始，谨发其凡于此。"可见所谓正史是指自《史记》至《明史》之史书，至清初已多达二十四种；这些史书都是纪传体史书；与这些史书有关的史书，为便寻检，皆各附本书；子部、集部亦仿此处理。

卷四七《编年类序》云："司马迁改编年为纪传，荀悦又改纪传为编年，刘知幾深通史法，而《史通》分叙六家，统归二体，则编年、纪传均正史也。其不列为正史者，以班、马旧裁历朝继作，编年一体则或有或无，不能使时代相续，故姑置焉，无他义也。今仍搜罗遗帙，次于正史，俾得相辅而行。《隋志》史部有起居注一门，著录四十四部。《旧唐书》载二十九部，并实录为四十一部。《新唐书》载二十九部，存于今者《穆天子传》六卷。温大雅《大唐创业起居注》三卷而已。《穆天子传》虽编次年月，类小说传记，不可以为信史，实惟存温大雅一书，不能自为门目。稽其体例，亦属编年，今并合为一，犹《旧唐书》以实录附《起居注》之意也。"后世多以纪传体为正史，但据《史通》则编年、纪传均为正史，纪传体史书历朝继作，编年体史书则或有或无，故一般仍以纪传体史书为正史，直至司马光的《资治通鉴》，在史学上的地位绝不亚于纪传体正史《史记》，但纪昀仍将它另立入编年类。

卷四九《纪事本末类序》云："古之史策编年而已，周以前无异轨也。司马迁作《史记》，遂有纪传一体，唐以前亦无异轨也。至宋袁枢以《通鉴》旧文，每事为篇，各排比其次第，而详叙其始终，命曰'纪事本末'，史遂又有此一体。夫事例相循，其后谓之因，其初皆起于创。其初有所创，其后即不能因。故未有是体以前，微独纪事本末创；即纪传亦创，编年亦创。既有是体以后，微独编年相因，纪传相因，即纪事本末亦相因。因者既众，遂于二体之外别立一家。今亦以类区分，使自为门目。凡一书备诸事之本末，与一书具一事之本末者，总汇于此。其不标纪事本末之名，而实为纪事本末者，亦并著录。若夫偶然记载，篇帙无多，则仍隶诸杂史传记，不列于此焉。"这说明纪事本末体是编年体、纪传体外的第三种史体。成为一体的条件是相因者众，即使偶然纪其事之本末，篇帙又不多者，仍不能算纪事本末体史书。

卷五〇《别史类序》云："《汉·艺文志》无史名，《战国策》、《史记》均附见于《春秋》。厥后著作渐繁，《隋志》乃分正史、古史、霸史诸目。然梁武帝、元帝《实录》列诸杂史，义未安也。陈振孙《书录解题》创立别史一门，以处上不至于正史，下不至于杂史者，义例独善，今特从之。盖编年不列于正史，故凡属编年皆得类附。《史记》、《汉书》以下已列为正史矣，其岐出旁分者，《东观汉记》、《东都事略》、《大金国志》、《契丹国志》之类，则先资草创，《逸周书》、《路史》之类则互取证明，《古史》、《续后汉书》之类则检校异同，其书皆足相辅，而其名则不可以并列，命曰别史，犹大宗之有别子云尔。包罗既广，六体兼存，必以类分，转形琐屑，故今所编录通以年代先后为叙。"可见史体分类多有不同，《隋书·经籍志》有正史、古史、霸史之分，纪昀采纳宋人陈振孙所创立的别史之名，以收"上不至于正史，下不至于杂史"的各种史书。

卷五一《杂史类序》云："杂史之目，肇于《隋书》，盖载籍既繁，难于条析，义取乎兼包众体，宏括殊名，故王嘉《拾遗记》、《汲冢琐语》得与《魏尚书》《梁实录》并列，不为嫌也。然既系史名，事殊小说，著书有体，焉可无分？今仍用旧文立此一类，凡所著录则务示别裁，大抵取其事系庙堂，语关军国，或但具一事之始末，非一代之全编，或但述一时之见闻，祇一家之私记，要期遗文旧事足以存掌故，资考证，备读史者之参稽云尔。若夫语神怪，供诙嘲，里巷琐言，稗官所述，则别有杂家、小说家存焉。"杂史之名始于《隋书》，特点是"兼包众体"，但既为史体，就不能把小说家言也包括在内。

卷五五《诏令奏议类序》云："记言、记动二史，分司起居注右史事也。左史所录蒇闻焉，王言所敷，惟诏令耳。《唐志》史部初立此门，黄虞稷《千顷堂书目》则移制诰于集部，次于别集。夫涣号明堂，义无虚发，治乱得失，于是可稽，此政事之枢机，非仅文章类也。抑居词赋，于理为亵。《尚书》誓诰，经有明征，今仍载史部，从古义也。《文献通考》始以奏议，自为一门，亦居集末。考《汉志》载奏事十八篇，列《战国策》、《史记》之间，附《春秋》末，则论事之文当归史部，其证昭然。今亦并改隶，俾易与纪传互考焉。"诏令、奏议当归何部,人言言殊,纪昀根据"左史记言、右史记事"的古训,力主应于史部中立诏令奏议类。但今存别集,包括纪昀以后的清人别集,皆收该作者所撰的诏令、奏议。诏令虽属"政事之枢机",奏议虽属"论事之文",均"非仅文章";但它们既为个人所撰,各自收入别集中也是情理中事,未可非议。

卷五七《传记类序》云:"纪事始者称传记,始黄帝,此道家野言也。究厥本源,则《晏子春秋》,是即家传孔子三朝记,其记之权舆乎。裴松之注《三国志》,刘孝标注《世说新语》,所引至繁,盖魏晋以来作者弥伙,诸家著录体例相同,其参错混淆,亦如一轨。今略为区别,一曰圣贤,如《孔孟年谱》之类;二曰名人,如《魏郑公谏录》之类;三曰总录,如《列女传》之类;四曰杂录,如《骖鸾录》之类。其杜大圭《碑传琬琰集》,苏天爵《名臣事略》诸书,虽无传记之名,亦各核其实,依类编入。至安禄山、黄巢、刘豫诸书,既不能遽削其名,亦未可熏莸同器,则从叛臣诸传,附载史末之例,自为一类,谓之曰别录。"可见传记类与正史类的纪传体不同,虽都以记述人物的生平事迹为主,但带有杂录体性质。

卷六五《史钞类序》云:"帝魁(黄帝玄孙)以后书凡三千二百四十篇,孔子删取百篇,此史钞之祖也。《宋志》始自立门,然《隋志》杂史类中有《史要》十卷,注汉桂阳太守卫飒撰,约《史记》要言,以类相从;又有《三史略》二十卷,吴太子太傅张温撰。嗣后专钞一史者有葛洪《汉书钞》三十卷,张缅《晋书钞》三十卷,合钞众史者有阮孝绪《正史削繁》九十四卷,则其来已古矣。沿及宋代,又增四例。《通鉴总类》之类,则离析而编纂之;《十七史详节》之类,则简汰而刊削之;《史汉精语》之类,则采摭文句而存之;《两汉博闻》之类,则割裂词藻而次之。迨乎明季,弥衍余风,趋简易,利剽窃,史学荒矣。要其含咀英华,删除冗赘,即韩愈所称记事提要之义,不以末流芜滥,责及本始也。博取约存,亦资循览。若倪思《班马异同》惟品文字,娄机《班马字类》惟明音训,及《三国志文类》总汇文章者,则各从本类,不列此门。"可见《尚书》实为"史钞之祖",是从三千二百四十篇中删取百篇而成;但史钞类始于《宋史》卷二〇三《艺文志二》:"史类十三:一曰正史类,二曰编年类,三曰别史类,四曰史钞类,五曰故事类,六曰职官类,七曰传记类,八曰仪注类,九曰刑法类,十曰目录类,十一曰谱牒类,十二曰地理类,十三曰霸史类。"这段记载也说明《四库全书总目》的文体分类多有所本。

卷六六《载记类序》云:"五马南浮,中原云扰(指南北朝),偏方割据,各设史官,其事迹亦不容泯灭。故阮孝绪作《七录》,伪史立焉。《隋志》改称霸史,《文献通考》则兼用二名。然年祀绵邈,文籍散佚,当时僭撰久已无存,存于今者大抵后人追记而已。曰霸曰伪,皆非其实也。案《后汉书·班固传》称撰平林、新市、公孙述事为载记,《史通》亦称平林下江诸人,《东观》列为载记,又《晋书》附叙十六国亦云载记,是实立乎中

774

朝,以叙述列国之名。今采录《吴越春秋》以下述偏方僭乱遗迹者,准《东观汉记》、《晋书》之例,总题曰载记,于义为允。惟《越史略》一书为其国所自作僭号纪年,真为伪史。然外方私记,不过附存,已声罪示诛,足昭名分,固无庸为此数卷别区门目焉。"

卷六七《时令类序》云:"《尧典》首授时,舜初受命,亦先齐七政,后世推步测算,重为专门,已别著录。其本天道之宜,以立人事之节者,则有时令诸书。孔子考献征文,以小正为尚,存夏道。然则先王之政,兹其大纲欤。后世承流,递有撰述。大抵农家日用间阎风俗为多,与《礼经》所载小异。然民事即王政也,浅识者岐视之耳。至于选词章,隶故实,夸多斗靡,浸失厥初,则踵事增华,其来有渐,不独时令一家为然。汰除鄙倍,采撷典要,亦未始非《豳风》、《月令》之遗矣。"时令关民事,而"民事即王政",加之"递有撰述",故专立时令类。

卷六八《地理类序》云:"古之地志载方域山川,风俗物产而已,其书今不可见。然《禹贡》、《周礼》职方氏其大较矣。《元和郡县志》颇涉古迹,盖用《山海经》例;《太平寰宇记》增以人物,又偶及艺文,于是为州县志书之滥觞。元明以后体例相沿,列传侔乎家牒,艺文溢于总集,末大于本,而舆图反若附录其间。假借夸饰以侈风土者,抑又甚焉。王士祯称《汉中府志》载木牛流马法,《武功县志》载织锦璇玑图,此文士爱博之谈,非古法也。然踵事增华,势难遽返。今惟去泰去甚,择尤雅者录之。凡芜滥之篇,皆斥而存目。其编类首宫殿疏,尊宸居也;次总志,大一统也;次都会郡县,辨方域也;次河防,次边防,崇实用也;次山川,次古迹,次杂记,次游记,备考核也;次外纪,广见闻也。若夫《山海经》、《十洲记》之属,体杂小说,则各从其本类,兹不录焉。"认为"古之地志载方域山川,风俗物产而已",批评元、明以后的方志列传类家牒,艺文类总集,末大于本,而《四库全书》去泰去甚,只择尤雅者录之,并进行了详尽的分类,分为宫殿、总志、都会郡县、河防、边防、山川、古迹、杂记、游记、外纪等类。

卷七九《职官类序》云:"前代官制,史多著录,然其书恒不传。《南唐书·徐锴传》称后主得《齐职制》,其书罕觏,惟锴知之,今亦无举其名者。世所称述《周官》以外,惟《唐六典》最古耳。盖建官为百度之纲,其名品职掌,史志必撮举大凡,足备参考。故本书繁重,反为人所倦观。且惟议政庙堂乃稽旧典,其间如元丰变法事不数逢,故著述之家或通是学而无所用,习者少则传者亦稀焉。今所采录,大抵唐、宋以来一曹一司之旧事与儆戒训诰之词,今厘为官制、官箴二子目,亦足以考稽掌故,激劝官方。明人所著率类州县志书,则等之自郐矣。"

卷八一《政书类序》云:"志艺文者有故事一类,其间祖宗创法,奕叶慎守者为一朝之故事;后鉴前师,与时损益者,为前代之故事。史家著录,大抵前代事也。《隋志》载《汉武故事》,滥及稗官;《唐志》载魏文贞(徵)故事,横牵家传,循名误列,义例殊乖。

今总核遗文,惟以国政朝章,六官所职者人于斯类,以符《周官》故府之遗。至仪注条格,旧皆别出,然均为成宪,义可同归。惟我皇上制作日新,垂谟册府,业已恭登新笈,未可仍袭旧名。考钱溥《秘阁书目》有政书一类,谨据以标目,见综括古今之义焉。"

卷八五《目录类序》论目录及解题之演变云:"郑元有《三礼目录》一卷,此名所昉也。其有解题,胡应麟《经义会通》谓始于唐之李肇。案《汉书》录《七略》书名,不过一卷,而刘氏《七略别录》至二十卷,此非有解题而何?《隋志》曰刘向《别录》,刘歆《七略》,剖析条流,各有其序。推寻事迹,自是以后,不能辨其流别,但记书名而已。其文甚明,应麟误也。今所传者,以《崇文总目》为古,晁公武、赵希弁、陈振孙并准为撰述之式,惟郑樵作《通志·艺文略》始无所诠释,并建议废《崇文总目》之解题,而尤袤《遂初堂书目》因之。自是以后,遂两体并行。今亦兼收,以资考核。金石之文,《隋》、《唐志》附小学,《宋志》乃附目录,今用宋志之例,并列此门,而别为子目,不使与经籍相淆。"目录始于郑玄,解题始于刘歆,郑樵主张废解题,但因其有用而未能废,而是"两体并行"。

卷八八《史评类序》云:"《春秋》笔削议而不辨,其后三传异词,《史记》亦自为序赞,以著本旨,而先黄老,后六经,退处士,进奸雄,班固复异议焉,此史论所以繁也。其中考辨史体,如刘知幾、倪思诸书,非博览精思,不能成帙,故作者差稀。至于品骘旧闻,抨弹往迹,则才翻史略,即可成文,此是彼非,互滋簧鼓,故其书动至汗牛。又文士立言,务求相胜,或至凿空生义,僻谬不情,如胡寅《读史管见》讥晋元帝不复牛姓者,更往往而有,故瑕颣丛生,亦惟此一类为甚。我皇上综括古今,折衷众论,钦定《评鉴阐要》及《全韵诗》,昭示来兹,日月著明,爝火可息,百家谰语,原可无存。以古来著录旧有此门,择其笃实近理者,酌录数家,用备体裁云尔。"《史记·孔子世家》载孔子周游列国,终不被用,乃作《春秋》,"笔则笔,削则削,子夏之徒不能赞一辞"。后世就称这种"笔削"之法为"春秋笔法"。《左传》把"春秋笔法"总结为微而显,志而晦,婉而成章,尽而不污,惩恶而劝善,因此春秋笔法寄寓了孔子对古今世事的褒贬大义。而《左传》、《公羊传》、《榖梁传》则各阐其义而互有异同。其后的史书多有论赞,而史评类专书也"动至汗牛",或考辨史体,或品骘旧闻,或抨弹往迹,多无价值,但因古有此门,有条不紊亦立此类。

以上是《四库全书总目》论及史体及其分类较为集中的部分,其他论及者还不少,如卷四七《御定通鉴纲目三编》论纲目体云:"乾隆四十年奉敕撰。初大学士张廷玉等奉敕采明一代事迹,撰《通鉴纲目》三编,以续朱子(熹)及商辂之书。然廷玉等惟以笔削褒贬求书法之谨严,于事迹多所挂漏,又边外诸部于人名、地名多沿袭旧文,无所考正,尤不免于舛讹。夫朱子创例之初,原以纲仿《春秋》,目仿《左传》,《春秋》大义数十

776

炳若日星然。不详核《左传》之事迹,于圣人予夺之旨尚终不可明,况史籍编年仅标梗概,于大书而不具始末于细注,其是非得失又何自而知……大书体例皆遵钦定《通鉴辑览》,而细注则详核史传,补遗纠谬,终使端委秩然,复各附发明以阐衮钺之义,各增质实以资考证之功。"可见纲目之义即纲如《春秋》,仅标梗概;目如《左传》,须具本末始终。

五　《四库全书总目》子部及其分类

卷九一《子部总叙》首论子部含义及其分类云:"自六经以外立说者皆子书也。其初亦相淆,自《七略》区而列之,名品乃定。其初亦相轧,自董仲舒别而白之,醇驳乃分。其中或佚不传,或传而后莫为继,或古无其目而今增,古各为类而今合,大都篇帙繁富,可以自为部分者,儒家以外有兵家,有法家,有农家,有医家,有天文算法,有术数,有艺术,有谱录,有杂家,有类书,有小说家。其别教则有释家,有道家,叙而次之,凡十四类。"次论十四家编序云:"儒家尚矣,有文事者有武备,故次之以兵家。兵,刑类也。唐虞无皋陶,则寇贼奸宄无所禁,必不能风动时雍,故次以法家。民,国之本也;谷,民之本也,故次以农家。本草、经方,技术之事也,而生死系焉。神农、黄帝以圣人为天子,尚亲治之,故次以医家。重民事者先授时,授时本测候,测候本积数,故次以天文算法。以上六家皆治世者所有事也。百家、方技或有益,或无益,而其说久行,理难竟废,故次以术数。游艺亦学问之余事,一技入神,器或寓道,故次以艺术。以上二家皆小道之可观者也。《诗》取多识,《易》称制器博闻有取,利用攸资,故次以《谱录》。群言岐出,不名一类,总为荟粹,皆可采撷菁英,故次以杂家。隶事分类亦杂言也,旧附于子部,今从其例,故次以类书。稗官所述,其事末矣,用广见闻,愈于博弈,故次以小说家。以上四家皆旁资参考者也。二氏外学也,故次以释家、道家终焉。"末论子部虽属杂学,亦应重视:"夫学者研理于经,可以正天下之是非;征事于史,可以明古今之成败,余皆杂学也。然儒家本六艺之支流,虽其间依草附木,不能免门户之私,而数大儒明道立言,炳然具在,要可与经史旁参。其余虽真伪相杂,醇疵互见,然凡能自名一家者,必有一节之足以自立,即其不合于圣人者,存之亦可为鉴戒。虽有丝麻,无弃菅蒯,狂夫之言,圣人择焉,在博收而慎取之尔。"

卷一三五《类书类序》论类书之利弊云:"此体一兴,而操觚者易于检寻,注书者利于剽窃,辗转稗贩,实学颇荒。然古籍散亡,十不存一,遗文旧事,往往托以得存。《艺文类聚》、《初学记》、《太平御览》诸编,残玑断璧,至捃拾不穷,要不可谓之无补也。"

卷一四〇《小说家类小叙》论小说的重要性及其分类云:"迹其流别,凡有三派:其一叙述杂事，其一记录异闻，其一缀缉琐语也。唐、宋而后，作者弥繁。中间诬谩失真，妖妄荧听者，固为不少，然寓劝戒、广见闻、资考证者，亦错出其中。"

卷一四五《释家类序》反映了对释家有宽容的一面（录其目），也有不宽容的一面（不录其文）："梁阮孝绪作《七录》，以二氏之文别录于末，《隋书》遵用其例，亦附于志末，有部数、卷数而无书名。《旧唐书》以古无释家，遂并佛书于道家，颇乖名实。然惟录诸家之书为二氏作者，而不录二氏之经典，则其义可从。今录二氏于子部，未用阮孝绪例；不录经典，用刘昫例也。诸志皆道先于释，然《魏书》已称《释老志》，《七录》旧目载于释道宣《广宏明集》者，亦以释先于道，故今所叙录以释家居前焉。"

卷一四六《道家类序》认为道家本旨"主于清净"，后则流为法家、兵家、神怪之说、长生之说、神仙神怪之说，以至房中术和斋醮章咒，以至其徒"自不能别"："后世神怪之迹多附于道家，道家亦自矜其异，如《神仙传》、《道教灵验记》是也。要其本始则主于清净，自持而济以坚忍之力，以柔制刚，以退为进，故《申子》、《韩子》流为刑名之学，而《阴符经》可通于兵，其后长生之说与神仙家合为一，而服饵导引入之房中一家，近于神仙者亦入之。《鸿宝》有书，烧炼入之；张鲁立教，符箓入之；北魏寇谦之等又以斋醮章咒入之。世所传述，大抵多后附之文，非其本旨，彼教自不能别，今亦无事于区分。然观其遗书源流迁变之故，尚一一可稽也。"

六　《四库全书总目》集部及其分类

卷一四八《集部总叙》首论集部分类及其编序："集部之目，《楚辞》最古，别集次之，总集次之，诗文评又晚出，词、曲则其闰余也。"次论集部源流，首论别集，认为"四部之书，别集最杂"，而"高标独秀，挺出邓林"："古人不以文章名，故秦以前书无称屈原、宋玉工赋者。洎乎汉代，始有词人，迹其著作，率由追录。故武帝命所忠（姓所名忠）求（司马）相如遗书，魏文帝亦诏天下上孔融文章。至于六朝始自编次，唐末又刊板印行。夫自编则多所爱惜，刊板则易于流传。四部之书，别集最杂，兹其故欤。然典册高文，清词丽句，亦未尝不高标独秀，挺出邓林，此在剪刘卮言，别裁伪体，不必以猥滥病也。"次论总集："总集之作多由论定，而《兰亭》、《金谷》悉觞咏于一时。下及《汉上题襟》、《松陵倡和》、《丹阳集》惟录乡人，《箧中集》则附登乃弟。虽去取金孚众议，而履霜有渐，已为诗社标榜之先；驱其声气，攀援甚于别集。要之浮华易歇，公论终明，岿然而独存者，《文选》、《玉台新咏》以下数十家耳。"三论诗文评多泄个人恩怨，宜"各核其实"："诗文评，（刘）勰以知遇独深，继为推阐，词场恩怨，亘古如斯。冷斋（释惠洪）曲附乎豫章（黄庭坚），石林（叶梦得）隐排乎元祐，党人余衅，报及文章，又其已事矣。固宜别白存之,各核其实。"四论词曲,既表明唐、宋、元、明的词曲已无法完全视而不见,但仍很轻视,"其得其失不足重轻":"至于倚声末技,分派诗歌,其间周、柳、苏、辛,亦递争轨辙,然其得其失不足重轻,姑附存以备一格而已。"末论"聚党分朋"的危害远甚于"笔舌相攻"的诗文评:"大抵门户构争之见,莫甚于讲学,而论文次之。讲学者聚党分朋,往往祸延宗社;操觚之士笔舌相攻,则未有乱及国事者。盖讲学者必辨是非,辨是非必及时政,其事与权势相连,故其患大。文人词翰所争者名誉而已,与朝廷无预,故其患小也。"

其下还对别集、楚辞、总集及各朝代表作分别进行了论述,我们将在后面分别举例论及,这里仅举卷一八六《西昆酬唱集》提要以见其体。首论编者:"不著编辑者名氏。前有杨亿《序》,称卷帙为亿所分,书名亦亿所题,而不言裒而成集出于谁手。考田况《儒林公议》云:'杨亿两禁变文章之体,刘筠、钱惟演辈,从而效之,以新诗更相属和,亿后编叙之,题曰《西昆酬唱集》。'然则即亿编也。"次论参与唱和之人:"凡亿及刘筠、钱惟演、李宗谔、陈越、李维、刘骘、刁衎、任随、张咏、钱惟济、丁谓、舒雅、晁迥、崔遵度、薛暎、刘秉十七人之诗,而亿序乃称属而和者十有五人,岂以钱、刘为主,而亿与李宗谔以下为十五人欤?"三评其诗风,即所谓西昆体:"诗皆近体,上卷凡一百二十三首,下卷凡一百二十五首,而亿《序》称二百有五十首,不知何时佚二首也。其诗宗法唐李商隐,词取妍华而不乏兴象,效之者渐失本真,惟工组织;于是有优伶掯扯之戏,石介至作《怪说》以刺之,而祥符中遂下诏禁文体浮艳。然介之说,苏轼尝辨之。真宗之诏,缘于《宣曲》一诗有'取酒临邛'之句,陆游《渭南集》有《西昆诗跋》,言其始末甚详,初不缘文体发也。其后欧、梅继作,坡、谷迭起,而杨、刘之派,遂不绝如线。要其取材博赡,练词精整,非学有根柢,亦不能镕铸变化,自名一家,固亦未可轻诋。"四论其流传经过:"其书自明代以来,世罕流布。毛奇龄初得旧本于江宁,徐乾学为之刻版,以剞劂未工,不甚摹印,康熙戊子,长洲朱俊升又重镌之,前有常熟冯武序。冯舒、冯班,本主西昆一派,武其犹子,故于是书极其推崇。"末论"'三十六体'与'西昆'各为一事"尤为有见:"(冯)武谓元和、大和之际,李义山杰起中原,与太原温庭筠、南郡段成式,皆以格调清拔,才藻优裕,为西昆三十六体,以三人俱行十六也。考《唐书》但有'三十六体'之说,无'西昆'字,亿《序》是集,称取'玉山策府'之名。题曰《西昆酬唱集》,则'三十六'与'西昆'各为一事,武乃合而一之,误矣。"

七 黄虞稷《千顷堂书目》的得失

除纪昀主编的《四库全书总目》外,清人还有一些目录书对文体、史体分类的意见也值得注意。

　　黄虞稷(1629—1691)字俞邰，一字楮园，号不缁道人。本籍晋江(今福建泉州)，后居金陵(今江苏南京)人。他是明末清初的大藏书家，藏书八万卷，著有《千顷堂书目》三十二卷。《四库全书·千顷堂书目》提要既称其长，又言其短："所录皆明一代之书。经部分十一门，既以四书为一类，又以《论语》、《孟子》各为一类，又以说《大学》、《中庸》者入于三《礼》类中，盖欲略存古例，用意颇深。然明人所说《大学》、《中庸》皆为《四书》，而解非为《礼记》而解，即《论语》、《孟子》亦因《四书》而说，非若古人之别为一经，专门授受，其分合殊为不当。《乐经》虽亡而不置此门，则律吕诸书无所附，其删除亦未允也。史部分十八门，其簿录一门用尤袤《遂初堂书目》之例，以收钱谱、蟹录之属，古来无类可归者，最为允协。至于典故以外又立食货、刑政二门，则赘设矣。子部分十二门，其墨家、名家、法家、纵横家并为一类，总名杂家。虽亦简括，然名家、墨家、纵横家传述者稀，遗编无几，并之可也。并法家删之，不太简乎？集部分八门，其别集以朝代科分为先后，无科分者则酌附于各朝之末，视唐、宋二志之糅乱，特为清晰，体例可云最善。"清代亦行制举考试，但对明代制举之滥却作了尖锐批评："惟制举一门可以不立，明以八比取士，工是技者隶首不能穷其数，即一日之中伸纸搦管而作者，不知其几亿万篇，其不久而化为故纸败烬者，又不知其几亿万篇，其生其灭，如烟云之变现，泡沫之聚散。虞稷乃徒据所见而列之，不亦偾(乱)乎？每类之末各附以宋、金、元人之书，既不赅备，又不及于五代以前，其体例特异，亦不可解。然焦竑《国史经籍志》既诞妄不足为凭，傅维鳞《明书·经籍志》、尤侗《明史·艺文志稿》尤冗杂无绪。考明一代著作者，终以是书为可据，所以钦定《明史·艺文志》颇采录之，略其舛驳，而取其赅赡可也。"

第三节　中国现存最大的类书《古今图书集成》

　　《古今图书集成》，原名《古今图书汇编》，为康熙皇帝第三子胤祉奉康熙之命与侍读陈梦雷等编纂的一部特大型类书，康熙皇帝钦赐书名，雍正皇帝作序，《古今图书集成》因此得名。雍正序云："卷帙浩富，任事之臣弗克祗承，既多讹谬，每有缺遗，经历岁时，久而未就。朕绍登大宝，思继先志，特命尚书蒋廷锡等董司其事，督办在馆诸臣重加编校，穷朝夕之力，阅三载之勤，凡厘定三千余卷，增删数十万言，图绘精审，考定详悉。"①

---

①　《古今图书集成》卷首，中华书局、巴蜀书社 1985 年联合出版本。

一　《古今图书集成》的编者及其图书分类

《古今图书集成》涉及清代康熙、雍正、乾隆三朝皇帝,而实际编者主要是陈梦雷,蒋廷锡也作过一些修订工作。

康熙是清圣祖爱新觉罗玄烨(1654—1722)的年号(1661—1722)。明、清帝王多只有一个年号,因而往往以年号代称帝王,故俗称清圣祖为康熙皇帝、康熙帝、康熙。清圣祖于康熙六年(1667)亲政,在位六十一年,智擒鳌拜,剿撤三藩,南收台湾,西征蒙古,北拒沙俄,签订了《尼布楚条约》。他雄才大略,好学敏求,勤于政事,崇尚节约,兴修水利,治理黄河,鼓励垦荒,薄赋轻税。由于其文治武功,中华帝国多民族统一的局面得到巩固和发展,出现了"康乾盛世"的繁荣,在唐太宗之后,开创了中华帝国的另一个黄金时代。康熙曾多次举办博学鸿儒科,创建南书房制度,并亲临曲阜拜谒孔庙;组织编辑了《(康熙)字典》、《古今图书集成》、《历象考成》、《数理精蕴》、《康熙永年历法》、《康熙皇舆全览图》、《御选古文渊鉴》、《御定历代赋汇》、《御订全金诗增补中州集》、《御制选历代诗余》、《御定词谱》、《御定曲谱》等图书、历法和地图,对中国历史文化有极大贡献。这里主要介绍《古今图书集成》,他主持编纂的其他一些重要典籍,将在后面择要评述。

爱新觉罗胤祉(1677—1732),康熙四十八年封诚郡王。雍正帝即位后,改名为允祉。他自幼酷爱学术,以温文尔雅著称,备受康熙欣赏,派他主持纂修《律历渊源》,集律吕、历法和算法于一书。胤祉不肯党附雍正,专思编书,命其侍读陈梦雷纂集类书《古今图书集成》,康熙四十五年(1706)成书。雍正即位后,胤祉被发配到遵化的马兰峪为康熙守陵,后又幽禁于景山永安亭,最终病卒于景山禁所。

陈梦雷(1650—1741)字则震,号省斋,晚号松鹤老人。福建侯官县(今属福州市)人。康熙九年(1670)进士,选庶吉士,散馆授编修。遭遇三藩之乱,本对平定福建之乱有功,后因李光地之卖友,掩盖事实,以从逆罪改戍奉天(今辽宁省)尚阳堡。他在奉天十七年,一面教书,一面著述,先后编撰《周易浅述》、《盛京通志》等。康熙三十七年,康熙巡视盛京(今沈阳),陈梦雷献诗称旨,被召回京。次年,入内苑,侍奉诚亲王胤祉读书。康熙四十年受命与胤祉同编《古今图书汇编》。于康熙四十五年四月完成初稿,康熙御览后改赐书名为《古今图书集成》。雍正元年一月,受胤祉牵连,以七十二岁高龄被流放到黑龙江,乾隆六年在戍所逝世。陈梦雷一生编著繁富,著有《闲止堂集》、《松鹤山房集》、《天一道人集》,编有《周易浅述》、《盛京通志》、《承德县志》、《海城县志》、《盖平县志》等。

　　雍正虽然否定陈梦雷这个人,但却没有否定《古今图书集成》这部书,改命蒋廷锡重加整理。蒋廷锡(1669—1732)字扬孙,一字西君,号南沙、西谷、青桐居士,江苏常熟人。康熙四十二年进士,雍正年间曾任礼部侍郎、户部尚书、文华殿大学士、太子太傅等职,卒谥文肃。工诗文,善绘画,著有《青桐轩诗集》六卷、《片云集》一卷、《西山爽气集》三卷、《破山集》一卷和《秋风集》一卷等,多为投赠诗、题画诗、送别诗、纪游诗、闲情诗、怀古诗等。雍正令蒋廷锡重新编校《钦定古今图书集成》,他只是"增删数十万言",较之全书,微不足道。但作为一名精通书画的学者,他对重辑《古今图书大成》也有贡献,特别是对《草木典》、《禽虫典》、《岁功典》等。他重编的医部共收医书五百二十卷,采集历代名医著作,为中医学类书之冠,这是他对此书的主要贡献。

　　《古今图书集成》采集广博,内容丰富:正文一万卷,目录四十卷,分为五千零二十册,五百二十函,一亿六千万字。全书分为六汇编、三十二典、六千一百零九部,把中国一万五千多卷经、史、子、集的精华融合为一。陈梦雷在《进汇编启》中说:"凡在六合之内,巨细丝举。其在十三经、二十一史者,只字不遗;其在稗史、子、集者,亦只删一二。"①全书按天、地、人、物、事次序展开,纵横交错,规模宏大,分类细密,举凡天文地理、人伦规范、文史哲学、自然艺术、经济政治、教育科举、农桑渔牧、医药良方、百家考工等内容无所不包,并且图文并茂。

　　类书既是把文献资料分类编次,重辑成书,其分类当否,就成为至关重要的问题。《古今图书集成》的分类十分缜密:

　　一是采用多级分类法,分为汇编、典、部三级,典和部之间还设总部,总领其他各部;如果某个典所包括的部较多,内容较复杂,则设多个总部,分别统率各自所属的部,起到子目的作用,视具体情况而定,灵活机动。

　　二是经纬交错法,这是《古今图书集成》的首创。按汇编、典、部编排,按文献资料的内容逐层分类,这是经线分类。在每部之中又按汇考、总论、图、表、列传、艺文、选句、纪事、杂录、外编排列。汇考,按主题,按年代汇集文献,实际是某一事物或某一学科发展史的资料汇编;总论,是一般性的论述或针对某一问题的概述;列传,是与主题有关的传记资料;艺文,是以诗词歌赋为主题的文学作品,短的全引,长的摘录;选句,则摘取佳作中佳句,供采择之用;纪事,包括史事与琐细的逸事,搜集了笔记小说中的大量故事;杂录,凡是考究欠真,难入汇考的,议论偏驳,难入总论的,或文藻未工,难入艺文的,统收于此;外编,收古代作品中荒唐难信,譬喻臆造的;图表、图像,则用来显示文字所难以表达的内容,如禽虫、草木、器物、服饰等;地图,专用于地理部分;考

---

①　(清)陈梦雷《松鹤山房集》卷二,上海古籍出版社 1995 年版。

证,订正原书的错误。以上都是按资料的性质,包括重要性、可靠性以及其表现形式(图表、诗文、佳句等)来区分。这是纬线分类。经线与纬线互相交织,构成一个周密的分类系统。

三是经、纬目内的排列也井然有序,十分考究。就经目的汇编来说,先列历象汇编,次列方舆汇编,再列明伦汇编,这反映了当时所谓天、地、人合为三才的观念;就历象汇编来说,分为天象典、岁功典、历法典、庶征典,因为观天象才能定时序,观天象、定时序然后才有历法,而自然变异(庶征)属于特殊现象,所以放在后面。纬目的汇考和总论很重要,放在前面;纪事和杂录较琐细,是汇考和总论的补充,故放在后面。

二 《古今图书集成》集文体资料之大成

《古今图书集成·凡例》云:"《文学典》在《经籍典》之外。文各有体,作者亦各有擅长。类别区分,各极文人之能事而已。而列传则总之为《文学名家》,虽尊之艺术之上,而不遽许之为圣贤,人可以知所重矣。"

雍正虽然剥夺了陈梦雷对《古今图书集成》的署名权,但对该书的印制却功不可没。他不惜工本以铜活字精心印制如此巨帙,并雷厉风行,不到三年即印成。光绪十年(1884)又设立图书集成印书馆,用三号扁体铅字排印,这是第二种版本。光绪十六年又下令石印《古今图书集成》,由上海同文书局承办,详加校证,精细加工,墨色鲜明,胜过殿本,这是第三种版本。1934年由上海中华书局缩小影印,这是第四种版本,世称中华书局版。1985中华书局、巴蜀书社又联合出版《古今图书集成》,这是迄今最通行本子。《古今图书集成》自刊出以后,因其较为完备的文献功能,备受朝廷、民间尤其是文人学者的视重。乾隆编《四库全书》时,向各地官员、藏书家征集图书,规定凡向朝廷进书五百种以上者,奖给《古今图书集成》一部,曾将该书褒奖给献书最多的宁波范氏天一阁等四家藏书楼,学者、藏书家纷纷前往借抄。《古今图书集成》到现在仍是独特的资料宝库,中外学者利用它的很多,外国汉学家研究中国文化主要就是利用《古今图书集成》进行研究的,称它为《康熙百科全书》。

《古今图书集成》是中国现存最大的类书。唐代的《艺文类聚》、宋代的《太平御览》和《册府元龟》均卷帙浩繁,但远不能与《古今图书集成》相比。论卷数,《古今图书集成》是《太平御览》、《册府元龟》的十倍,是《艺文类聚》的一百倍;论字数,是《册府元龟》的十六倍多,是《太平御览》的三十三倍多,是《艺文类聚》一百六十倍。

正因为如此,《古今图书集成》成了中国最大的百科全书。类书按内容分可为专科性和综合性两大类。《册府元龟》属专科性类书,专门收录有关君臣事迹的资料。

《古今图书集成》属于综合性类书,如前所述,其内容几乎无所不包,涉及各个学科,社会科学方面有哲学、历史学、政治学、经济学、军事学、外交学、民族学、宗教学、民俗学、文学、语言学、文字学、教育学等;自然科学方面有天文学、气象学、地理学、医药学、农学、畜牧学、动物学、植物学、园艺学、机械学、工艺学、建筑学、数学、化学、矿物学等。确实是包罗万象,百科俱备。

《古今图书集成》和《四库全书》都以大而全闻名,但二者的分工是不同的,《四库全书》是丛书,把各自独立的著作汇合在一起,仍然保留各书的独立性。《古今图书集成》是类书,把同一部书的不同内容分别编入不同类别中。《四库全书》属于专家用书,收录的都是名家专著,供学者进行学术研究使用。而《古今图书集成》则是工具书,收书范围广,又经过分类编选,其使用价值比原著方便合理,既可供专家寻找资料或线索;而一般读者为了深入了解某一问题,也能按类查找,找到自己所需要的资料。

《古今图书集成·文学典》共四十九部,除"文学总部"卷一至卷一二是《总论》(所收为自先秦至明代的文艺理论),卷一三至卷一一八为《文学名家列传》外,其他四十八部皆为文体资料,可以说是中国古代文体资料的集大成。这四十八部分为:诏命部、册书部、制诰部、敕书部、批答部、教令部、表章部、笺启部、奏议部、颂部、赞部、箴部、铭部、檄移部、露布部、策部、判部、书札部、序引部、题跋部、传部、记部、碑碣部、论部、说部、解部、辩部、戒部、问对部、难释部、七部、连珠部、祝文部、哀诔部、行状部、墓志部、四六部、经义部、骚赋部、诗部、乐府部、词曲部、对偶部、格言部、隐语部、大小言部、文券部、杂文部。

以上各部资料都很多,这里只能节录表章部的部分文体资料,让读者对其体例有一个直观的了解:

表章部汇考(节录)

《周礼·春官》

内史。凡四方之事书,内史读之。(订义:贾氏曰:诸侯凡事有书奏白于王,内史读示王)

刘熙《释名·释书契》

下言上曰表,思之于内,表施于外也。又曰:上,示之于上也。又曰:言,言其意也。

蔡邕《独断·章表》

凡群臣上书于天子者,有四名:一曰章,三曰表。

章者,需头,称"稽首上书",谢恩,陈事,诣阙通者也。

表者,不需头,上言"臣某言",下言"臣某诚惶诚恐、稽首顿首、死罪死罪";左方下附曰"某官臣某甲上"。文多用编两行,文少以五行,诣尚书通者也。公卿校尉诸将不言姓,大夫以下有同姓官别者言姓,章曰报闻,公卿使谒者将大夫以下至吏民,尚书左丞奏闻报可,表文报已奏如书。凡章表皆启封,其言密事,得帛囊盛。

《周书·武帝本纪》

建德四年夏四月丁酉初,令上书者并为表于皇太子,以下称启。

《唐书·百官志》

尚书省凡下之达上,其制有六,一曰表。

门下省下之通上,其制有六,五曰表。

《宋史·职官志》

通进司隶给事中,掌受三省、枢密院、六曹、寺监百司奏牍,文武近臣表疏及章奏房所领天下章奏案牍,具事目进呈,而颁布于中外。

进奏院隶给事中,掌受诏敕及三省、枢密院宣札,六曹、寺监百司符牒,颁于诸路。凡章奏至,则具事目上门下省。若案牍及申禀文书,则分纳诸官司。凡奏牍违戾法式者,贴说以进。熙宁四年,诏:"应朝廷擢用材能、赏功罚罪事可惩劝者,中书检正、枢密院检详官月以事状录付院,誊报天下。"元祐初,罢之。绍圣元年,诏如熙宁旧条。靖康元年二月诏:"诸道监司、帅守文字,应边防机密急切事,许进奏院直赴通进司投进。"旧制,通进、银台司,知司官二人,两制以上充。通进司,掌受银台司所领天下章奏案牍,及阁门在京百司奏牍、文武近臣表疏,以进御,然后颁布于外。银台司,掌受天下奏状案牍,抄录其目进御,发付勾检。纠其违失而督其淹缓。发敕司,掌受中书、枢密院宣敕,著籍以颁下之。

徐度《却埽编·礼部郎中掌百官笺表》

唐制:礼部郎中掌百官笺表,故谓之南宫舍人。国朝常择馆阁中能文者同判礼部,便掌笺表,有印曰礼部,名表之印。王文恭珪初以馆职为之,其后就转知制诰,又就迁学士,仍领辞不受,曰御史中丞。岁时率百官上表,而反令学士舍人掌诏诰之臣,主为缮辞定草,既轻重不伦,亦事体未便,今失之尚近,可以改正。欲乞检会旧例，以礼部名表印，择馆职中有文者付之，则名分不爽矣。议者是之。及官制行，遂复唐之旧云。

叶梦得《石林燕语·集句表》

旧大朝会等庆贺及春秋谢赐衣，请上听政之类，宰相率百官奉表，皆礼部郎官之职，唐人谓之南宫舍人。元丰官制行，谓之知名表郎官。礼部别有印，曰知名表印，以其从上官一人掌之。大观后，朝廷庆贺事多，非常例，郎官不能得其意。蔡鲁公乃命中书舍人杂为之，既又不欲有所去取，于是参取首尾，或摘其一两联，次比成之，故辞多不伦，当时谓之集句表。礼部所撰，惟春秋两谢赐衣表而已。

《石林燕语·引黄》

唐制：降敕有所更改，以纸贴之，谓之贴黄。盖敕书用黄纸，则贴者亦黄纸也。今奏状劄子皆白纸，有意所未尽，揭其要处，以黄纸别书于后，乃谓之贴黄，盖失之矣。其表章略举事目与日月道里，见于前及封皮者，又谓之引黄。

《明会典·表笺》

国初定制，凡进贺表笺，亲王于天子前自称曰第几子、某王某，称天子曰父皇陛下，称皇后曰母后殿下。若孙，则自称曰第几孙某、封某，称天子曰祖父皇帝陛下，称皇后曰祖母皇后殿下。若天子之弟，则自称曰第几弟某、封某，称天子曰大兄皇帝陛下，称皇后曰尊嫂皇后殿下。若天子之侄，则自称曰第几侄某、封某，称天子曰伯父皇帝陛下、叔父皇帝陛下，称皇后曰伯母皇后殿下、叔母皇后殿下。若封王者，其分居伯叔及伯叔祖之尊，则自称曰某、封臣某，称天子曰皇帝陛下，皇后曰皇后殿下。若从孙、再从孙、三从孙，自称曰从孙某、封某，再从孙某、封某，三从孙某、封某，称皇帝曰伯祖皇帝陛下、叔祖皇帝陛下，称皇后曰伯祖母皇后殿、下叔祖母皇后殿下。至嘉靖间，始令各王府进贺表笺，但用圣号，不许用家人礼。至今遵行。

表章部总论（节录）

刘勰《文心雕龙·章表》（本书作者按：略）

王应麟《辞学指南·制》

表，明也，标也，标著事绪使之明白。三王以前谓之敷奏，秦改为表。汉群臣书四品，三曰表。阳嘉元年，左雄言孝廉先诣公府，文吏课笺奏，又胡广以孝廉试章奏。然则章奏试士其始此欤？唐显庆四年，进士试《关内父老迎驾表》，开元二十六年，西京试《拟孔融荐祢衡表》，则进士亦试表。

吴讷《文章辨体·表》

按韵书："表，明也，标著事绪，使之明白以告乎上也。"三代以前，谓之敷奏。秦改为表。汉因之。窃尝考之，汉晋皆尚散文，盖用陈达情事，若孔明前后《出师》、李令伯（密）《陈情》之类是也。唐宋以后，多尚四六。其用则有庆贺，有辞免，有陈谢，有进书，有贡物，所用既殊，则其辞亦各异焉。西山云："表中眼目，全在破题，要见尽题意，又忌太露。贴题目处，须字字精确。且如进实录，不可移于目录。若泛滥不切，可以移用，便不为工矣。大抵表文以简洁精致为先，用事忌深僻，造语忌纤巧，铺叙忌繁冗。"

徐矩《事物原始·表》

尧咨四岳，舜命九官，并陈词不假书翰，则敷奏以言，章表之义也。汉乃有章、表、奏、驳四等，则表盖汉制也。《苏氏演义》曰：表者，白也，言以情旨表白于外也。

徐师曾《文体明辨·章》

按刘勰云：章者，明也。古人言事皆称上书，汉定礼仪，乃有四品，其一曰章，用以谢恩。及考后汉论谏庆贺，间亦称章，岂其流之浸广欤？自唐而后，此制遂亡。

《文体明辨·表》

按字书云："表者，标也，明也，标著事绪使之明白，以告乎上也。"古者献言于君，皆称上书。汉定礼仪，乃有四品，其三曰表，然但用以陈请而已。后世因之，其用浸广。于是有论谏，有请劝，有陈乞，有进献，有推荐，有庆贺，有慰安，有辞解，有陈谢，有讼理，有弹劾，所施既殊，故其词亦异。至论其体，则汉晋多用散文，唐宋多用四六。而唐宋之体又自不同：唐人声律，时有出入，而不失乎雄浑之风；宋人声律，极其精切，而有得乎明畅之旨，盖各有所长也。然有宋、唐人而为古体者，有唐人而为宋体者，此又不可不辨也。今取汉以下名家诸作，分为三体而列之：一曰古体，二曰唐体，三曰宋体，使学者有考云。宋人又有笏记，书词于笏,以便宣奏,盖当时面表之词也,故取以附焉。然表文书于牍,则其词稍繁;笏记宣于廷,则其词务简:此又二体之别也。

《文体明辨·致辞附》

按致辞者,表之余也。其原起于越臣祝其主,而后世因之。凡朝廷有大庆贺,臣下各撰表文,书之简牍以进,而明廷之宣扬,宫壸之赞颂,又不可缺,故节略表语而为之辞。观《宋文鉴》以此杂于表中,盖可知已。今之祝赞,即其制也。(以上《文学典》第一百四十六卷)

表章部艺文一(节录)

唐牛希济《表章论》

人君尊严,臣下之言不可达于九重;表章之用,下情可以上达,得不重乎!历观往代,策文奏议及国朝元和以前名臣表疏,词尚简要,质胜于文,直指是非,坦然明白,致时君易为省览。夫聪明睿哲之主,非能一一奥学深文,研穷古训。且理国、理家、理身之道,唯忠孝仁义而已。苟不逾是,所措自合于典谟,所行自谐于尧舜,岂在乎属文比事!况人君以表疏为急者,窃以为稀。况览之茫然,又不亲近儒臣,必使傍询左右。小人之宠,用是为幸。傥或改易文意,以是为非,逆鳞发怒,略不为难。故礼曰:臣事君,不授其所不及。盖不可援引深僻,使夫不喻。且一郡一邑之政,讼者之辞蔓自变量幅,尚或弃之,况万乘之主,万机之大焉!有三复之理,国史以马周建议不可以加一字,不可以减一字,得其简要。又杜甫尝雪房管表朝廷,以为庚辞。傥端明易晓,必庶几免于深僻之弊。夫僻事新对,用以相夸,非切于理道者,明儒尚且杼思移时,岂守文之主可以速达?窃愿复师于古,但真于理,何以幽僻文烦为能也?(《文学典》第一百四十七卷)

第四节　康熙朝所编总集的文体分类及文体论

康熙是一位好文之主,在文体论上也发表了有不少意见。如其《咏诗六义》咏《兴》云:"举物用引辞,美刺适所托。音响中宫商。性情惬淡泊。"咏《赋》云:"敷事贵直陈,斯乃言志本。嗟哉相如流,尚藻失之远。"咏《比》云:"取彼以比此,体物堪谐性。蔽之思无邪,要曰止于正。"咏《风》云:"必有《关雎》意,方可行周官。二南冠风首。化源于是观。"咏《雅》云:"体虽别小大,义各具正变。忠厚恻怛心,同归殊途见。"咏《颂》

788

云："和平涵二雅，广大盖国风。所以吴季札。三叹盛德同。"①兴贵引发，赋贵直陈，比贵取彼喻此，风贵以礼化人，颂贵和平，十分简明扼要地把握住了六义的本质特征。其《阅史绪论》论四六文云："宋英宗时司马光以不能四六辞翰林学士，司马光综史传为《通鉴》，其学殖淹博，文词最为典雅，岂不能为四六者？盖因宋承五季之后，时犹崇尚排偶，竞趋浮华，故光以不能四六为辞，所以矫当世之失而欲返之于淳朴，其用意良深矣。固非如后世鄙陋无文之人，高谈性命而蔑视词章，以自文其不学者所得而借口也。"②

康熙朝既编有全文总集，也编有大型选本，但以前者为多，二者均在此一并论述。以康熙名义"御选"、"御定"、"御编"的总集很多，多为词臣代笔，哪些为康熙亲撰已很难确考。为便于论述，本书把此类著作均归于康熙名下，知其代笔词臣的也一并介绍。

一 《御选古文渊鉴》反对总集"限断年代，各为一编"

康熙二十四年（1685）十二月《御选古文渊鉴序》论编纂此书的必要性云："能言之士抒写性情，贲饰词理，同工异曲，以求合乎先程，皆足以立名当时，垂声来叶，彬彬郁郁，称极盛焉。然而代不乏人，著作既富，篇什遂繁。不有所裒辑，虑无以观其备也；不有所铨择，虑无以得其精也。古来采核之家载在四部，名目滋多，类皆散佚。其流布人区者，自萧统《文选》而外，唐有姚铉之《文粹》，宋有吕祖谦之《文鉴》，皆限断年代，各为一编。夫典章法度，粲然一王之制，前不必相师，后不必相袭，此可限以年代者也？至于文章之事，则源流深长，今古错综。盛衰恒通于千载，损益非关于一朝，此不可限以年代者也。诸家之选，虽足鸣一代之盛，岂所以穷文章之正变乎！"③可见编者认为"文章之事，则源流深长，今古错综"，因而反对"限断年代"编纂断代总集，也有一定的道理。

《四库全书总目提要》卷一九〇云："《御选古文渊鉴》六十四卷，康熙二十四年圣祖仁皇帝御选，内阁学士徐乾学等奉敕编注，所录上起《春秋》、《左传》，下迄于宋，用真德秀《文章正宗》例，而睿鉴精深，别裁正当，不同德秀之拘迂。名物训诂，各有笺释，用李善注《文选》例，而考证明确，详略得宜，不同善之烦碎。每篇各有评点，用楼

---

① 《御制诗四集》卷一五，文渊阁四库全书本。
② 《圣祖仁皇帝御制文》第二集卷三九，文渊阁四库全书本。
③ 《御选古文渊鉴》卷首，文渊阁四库全书本。

昉《古文标注》例，而批导窾要，开发精微，不同昉之简略。备载前人评语，用王霆震《古文集成》例，而搜罗赅备，去取谨严，不同霆震之芜杂。诸臣附论，各列其名，用五臣注《文选》例，而夙承圣训，语见根源，不同五臣之疏陋。至于甲乙品题，亲挥奎藻，别百家之工拙，穷三准之精微，则自有总集以来，历代帝王未闻斯著，无可援以为例者。盖圣人之心无不通，圣人之道无不备，非惟功隆德盛，上轶唐虞，即乙览之余，品题文艺，亦词苑之金桴，儒林之玉律也。虽帝尧之焕乎文章，何以加哉！"其颂圣之语虽不堪卒读，但也透露了一些真实情况，即此书为"徐乾学等奉敕编注"。徐乾学（1631—1694）字原一，号健庵、玉峰先生，江苏昆山人，顾炎武外甥，与弟元文、秉义皆官贵而能文，人称"昆山三徐"。康熙九年进士，授编修，先后担任日讲起居注官、《明史》总裁官、侍讲学士、内阁学士，康熙二十六年，升左都御史、刑部尚书。曾主持编修《明史》、《大清一统志》、《读礼通考》等书，著《憺园集》三十六卷。家有大量藏书，建有中国藏书史上著名的传是楼。

二　《御定历代赋汇》的得失及其赋体论

康熙四十五年（1706）的《御定历代赋汇序》云："赋者，六义之一也。风、雅、颂、兴、赋、比六者，而赋居兴、比之中，盖其敷陈事理，抒写物情，兴、比不得并焉。故赋之于《诗》，功尤为独多。由是以来，兴、比不能单行，而赋遂继《诗》之后，卓然自见于世，故曰：'赋者，古诗之流也。'班固又谓'登高能赋，可以为大夫。言感物造端，材智深美，可以与国政事，故可以为列大夫也。'是则赋之于《诗》，具其一体，及其闳肆漫衍，与《诗》并行，而其事可通于用人。《书》曰：'敷奏以言。'夫敷奏者，有近乎赋之义，使尧舜而在今日，亦所不废，则岂非文章之可贵者哉！朕尝于几务之暇，博观典籍……其始创自荀况宦游于楚，作为五赋；楚臣屈原乃作《离骚》，后人尊之为经。而班固以为屈原作赋以讽谕，则已名其为赋矣。其后宋玉、唐勒，皆竞为之。汉兴，贾谊、枚乘、司马相如、扬雄、张衡之流，制作尤盛。三国、两晋以逮六朝，变而为排，至于唐、宋，变而为律，又变而为文。而唐、宋则用以取士，其时名臣伟人往往多出其中，迨及元而始不列于科目。朕以其不可尽废也，间尝以是求天下之才，故命词臣考稽古昔，搜采缺逸，都为一集，亲加鉴定，令校刊焉。为叙其源流兴罢之故，以示天下，使凡为学者，知朕意云。"①由此可见，编《御定历代赋汇》主意是康熙定的，选编者是词臣，他自己也"亲加鉴定"，这应是大体符合实际的。

---

① 《御定历代赋汇》卷首，文渊阁四库全书本。

《四库全书总目提要》卷一九〇云:"《御定历代赋汇》一百四十卷,外集二十卷,逸句一卷,补遗二十二卷,康熙四十五年圣祖仁皇帝御定。赋虽古诗之流,然自屈、宋以来即与诗别体。自汉迄宋,文质递变,格律日新,元祝尧作《古赋辨体》于源流正变言之详矣,至于历代鸿篇则不能备载。明人作《赋苑》,近人作《赋格》,均千百之中录存十一,未能赅备无遗也。是编所录上起周末,下讫明季,以有关于经济学问者为正集,分三十类,计三千四十二篇。其劳人思妇哀怨穷愁、畸士幽人放言任达者,别为外集,分八类,计四百二十三篇。旁及佚文坠简,词组单词,见于诸书所引者,碎璧零玑,亦多资考证,裒为逸句二卷,计一百一十七篇。又书成之后,补遗三百六十九篇,散附逸句五十篇。二千余年体物之作,散在艺林者,耳目所及,亦约略备焉。扬雄有言,能读千赋则善赋,是编且四倍之,学者沿波得奇,于以黼黻太平,润色鸿业,亦足和声鸣盛矣。"

据《四库全书简明目录》,此书乃陈元龙奉敕编纂。元龙字广陵,康熙乙丑(1685)第二人及第,授编修,入直南书房。后由吏部侍郎巡抚广西,内升工、礼两部尚书。雍正元年(1723)授文渊阁大学士,十一年致仕加,太子太傅。乾隆元年(1736)特赐在家食俸,卒时年八十有五,谥文简。《皇清文颖》收有他大量诗文,多为歌功颂德之作。他所编纂的《历代赋汇》,是迄今为止辑录先秦至明代赋作最为完备的赋体作品总集,他在前人成果的基础上,广搜博采,分类编排,于康熙四十五年编成本书,总计一八四卷。以当今的学术眼光看,陈元龙所编的《历代赋汇》,还存在一些不足之处,如不少作品没有考证出作者姓名,有少量篇幅相重复,有的作品张冠李戴,又不注原文出处等。但仍不失为集大成之作。

三 《全唐诗》的编纂体例及其论唐诗

《御定全唐诗》又简称《全唐诗》,康熙四十五年(1706)十月编成。次年四月,康熙作《御制〈全唐诗〉序》,提出了很多重要观点,一是"诗至唐而众体悉备,亦诸法毕该,故称诗者必视唐人为标准"。二是唐诗繁荣的原因既与声律取士分不开,也与各个场合都要用分不开:"唐当开国之初,即用声律取士,聚天下才智英杰之彦,悉从事于六义之学以为进身之阶,则习之者固已专且勤矣。而又堂陛之赓和,友朋之赠处,与夫登临燕赏之即事感怀,劳人迁客之触物寓兴,一举而托之于诗。虽穷达殊途,悲愉异境,而以言乎摅写性情,则其致一也。"三是反对论唐诗的初、盛、中、晚之说:"夫性情所寄,千载同符,安有运会之可区别。"而论次唐人之诗者辄执初、盛、中、晚,岐分疆陌,而抑扬轩轾之过甚,此皆后人强为之名,非通论也。四是历评前人所选唐诗,强调编纂此书之必要,并阐明其体例:"自昔唐人选唐诗有殷璠、元结、令狐楚、姚合数家,卷帙未为详备。至宋初撰辑《英华》,收录唐篇什极盛,然诗以类从,仍多脱漏,未成一代巨观。朕兹发内府所有全唐诗,命诸词臣合《唐音统籤》诸编参互校勘,搜补缺遗,略去初、盛、中、晚之名,一依时代分置次第。其人有通籍、登朝岁月可考者,以岁月先后为断,无可考者则援据诗中所咏之事与所同时之人系焉。得诗四万八千九百余首,凡二千二百余人,厘为九百卷,于是唐三百年诗人之菁华,咸采撷荟,萃于一编之内,亦可云大备矣。"末论唐诗风格的多样性,可供善学者选取:"夫诗盈数万,格调各殊,溯其学问本原,虽悉有师承指授,而其精思独悟,不屑为苟同者,皆能殚其才力所至,沿寻风雅以卓然自成其家。又其甚者,宁为幽僻奇谲,杂出于变风变雅之外,而绝不致有蹈袭剽窃之弊,是则唐人深造极诣之能事也。学者问途于此,探珠于渊海,选才于邓林,博收约守,而不自失其性情之正,则真能善学唐人者矣。岂其漫无持择,泛求优孟之形似者,可以语诗也哉?"①

四　《御选历代诗余》的得失及其词论

康熙四十六年(1707)七月又为编成的《御选历代诗余》作序。本书简称《历代诗余》。其《御制选历代诗余序》论诗、骚、赋、乐府、词(诗余)的关系云:"诗余之作,盖自昔乐府之遗音,而后人之审声选调所由以缘起也。而要皆昉于诗,则其本末源流之故有可言者……自《诗》变为骚,骚衍为赋,虽旨兼出乎六义,而声弗拘于八音。至汉,而郊祀、房中、铙歌、鼓吹、琴曲、杂诗,皆领于乐官,于是始有乐府名。迄于六代,操觚之家,按调属题,征辞赴节,日趋婉丽,以导宫商。唐兴,古诗而外,创为近体,而五、七言绝句或传于伶人,顾他诗不尽协于乐部。其间如李白之《清平调》、《忆秦娥》、《菩萨蛮》,刘禹锡之《浪淘沙》、《竹枝词》,洎温庭筠、韦庄之徒,相继有作,而新声迭出,时皆被诸管弦。是诗之流而为词,已权舆于唐矣。宋初,其风渐广。至周邦彦领大晟乐府,比切声调,篇目颇繁。柳永复增置之,词遂有专家。一时绮制,可谓极盛。虽体殊乐府,而句栉字比,廉肉节奏,不爽寸黍,其于古者'依永'、'和声'之道,洵有合也。然则词亦何可废欤!朕万几清暇,博综典籍,于经史诸书有关政教而裨益身心者,良已纂辑无遗。因浏览风雅,广识名物,欲极赋学之全而有《赋汇》,欲萃诗学之富而有《全唐诗》刊本、《宋金元明四代诗选》,更以词者继响夫诗者也。乃命词臣辑其风华典丽,

---

① 《御定全唐诗》卷首,文渊阁四库全书本。

792

悉归于正者为若干卷,而朕亲裁定焉。"①表明康熙只是领衔主编,亲加裁定,诸书都是词臣所编。具体编《历代诗余》的是侍读学士王奕清、沈辰垣等。王奕清(生卒年不详)字幼芬,号拙园,江苏太仓人。康熙三十年(1691)进士,官詹事府詹事、侍读学士。沈辰垣(生卒年不详)字芝岸、紫翰,浙江嘉善人。康熙二十四年进士,历官庶吉士,翰林院侍读学士。他博览群书,知识渊博,曾参加纂修《明史》和续编《唐类函》、《群芳谱》等书。

《御选历代诗余》是一部唐、宋以来词的总集,共一百二十卷,其《凡例》(同上)论词题、词调、词牌云:"自昔诗余,每有独标调名而不著题目者,亦有以本意为题者。诗余调名,有一体而分数名者,有词人自撰新名者,有同一调名而体有不同者。""调名有一体而分数名者",可见词体即调名、词牌。又称其选词以风华典丽而不失于正者为准式,其沉郁排宕、寄托深远、不涉绮靡、卓然名家者尤多收录。柳永、周邦彦婉丽之音,苏轼、辛弃疾奇恣之格,兼收两派,不主一隅;旁及元人小令渐变繁声,明代新腔不因旧谱者,苟一长可取,亦众美胥收。正因如此,此书颇为芜杂冗滥,贪多求备而抉择不精。

全书分为词选、词人姓氏、词话三部分。前一百卷为词选,以词谱词体选词,凡录自唐五代迄明代各家词九千零九首;按词调字数多寡排列,而不用小令、中调、长调之称,始十四字,终二百四十字,共得一千五百四十调,各词牌均注明其异体、异名,详加考证,以备填词家甄别取用。因广搜名作,注明各体,故不另立图谱。卷一〇一至卷一一〇为词人姓氏,分朝代先后列词人小传,共九百五十七家。卷一一一至卷一二〇为历代词话汇辑,得七百六十三则,各则下皆署明原书名称或撰人,资料之富,前所未有,后人誉之为集词话之大成,在词学史上有重大的影响。

五　《御选宋金元明四朝诗》每代择而录之,以体分编

康熙四十八年(1709)五月,《御选宋金元明四朝诗》编成,康熙亲自为之撰序。这是继《全唐诗》之后编的又一系列性的大型诗选总集。《御制四朝诗选序》认为,宋、金、元、明"时运推移,质文屡变,其言之所发虽殊,而心之所存无异,则诗之为道,安可谓古今人不相及哉? 观于宋、金、元、明之诗,而其义尤著焉。世之论诗者谓唐以诗赋取士,故唐之诗为独盛。夫唐之诗诚盛矣,若夫宋之取士始以诗赋,熙宁专主经义而罢诗赋,元祐初复诗赋至绍圣而又罢之,其后又复与经义并行。金大略如宋制。元自

_____

① 《御选历代诗余》卷首,文渊阁四库全书本。

仁宗罢诗而存赋,明则诗赋皆罢之。士于其时以其余力兼习有韵之言。专之则易美,兼之则难工,而其至者亦往往媲北宋而追三唐,岂非人心之灵日出而不穷者欤？此又可见古今人不甚相远也……近得《全唐诗》,已命儒臣校订刊布。海内由唐以来千有余年之久,流传自昔未见之书,亦可谓斯文之厚幸矣。遂又命博采宋、金、元、明之诗,每代分体各编,自名篇钜集以及断简残章,罔有阙遗,稍择而录之,付之剞劂,用以标诗人之极致,扩后进之见闻。譬犹六代,递奏八音之律,无爽九流并遡,一致之理同归。然则唐以后之诗,又自今而传矣。"①

《四库全书总目》提要卷一九〇称此书"凡宋诗七十八卷,作者八百八十二人。金诗二十五卷,作者三百二十一人。元诗八十一卷,作者一千一百九十七人。明诗一百二十八卷,作者三千四百人。每代之前,各详叙作者之爵里。其诗则首帝制,次四言,次乐府、歌行,次古体,次律诗,次绝句,次六言,次杂言。以体分编。"而对四朝诗歌风格的演变论之尤确："唐诗至五代而衰,至宋初而未振,王禹偁初学白居易,如古文之有柳、穆,明而未融。杨亿等倡西昆体,流布一时。欧阳修、梅尧臣始变旧格,苏轼、黄庭坚益出新意,宋诗于时为极盛。南渡以后,《击壤集》(邵雍)一派参错并行,迁流至于四灵、江湖二派,遂弊极而不复焉。金人奄有中原,故诗格多沿元祐,迨其末造,国运与宋同衰,诗道乃较宋为独盛。元好问自题《中州集》后诗曰：'邺下曹、刘气尽豪,江东诸谢韵尤高。若从华实评诗品,未便吴侬得锦袍。'岂虚语乎？有元一代,作者云兴,虞、杨、范、揭以下指不胜屈,而末叶争趋绮丽,乃类小词。杨维桢负其才气,破崖岸而为之,风气一新,然讫不能返诸古也。明诗总杂,门户多岐,约而论之,高启诸人为极盛。洪熙、宣德以后,体参台阁,风雅渐微,李东阳稍稍振之,而北地信阳已崛起与争,诗体遂变。后再变而公安,三变而竟陵,淫哇竞作,明祚遂终。大抵四朝各有其盛衰,其作者亦互有长短,而七百余年之中,著作浩繁,虽博识通儒亦无从遍观遗集,至于澄汰沙砾,披检精英,合四朝而为一巨帙,势更有所不能矣。"

此外康熙五十年还编有《御订全金诗增补中州集》,康熙五十二年编有选本《御选唐诗》,此不再论。

六　王修玉《历朝赋楷》论"赋体之变"

王修玉(生卒年不详)字倩修,钱塘(今浙江杭州)人。其《历朝赋楷》编成于康熙二十五年(1686),卷首录康熙御制《阙里桧赋》、《竹赋》二篇,次为御试叶方蔼、彭孙

---

① 《御选宋金元明四朝诗》卷首,文渊阁四库全书本。

794

通、汪霦、徐乾学四赋,均不入卷数。其集中所录,则由周末至康熙,凡一百六十七篇,各为之注。王修玉所自作七赋亦附于中。

《历朝赋楷》受明代赋学思潮的影响而祖骚宗汉,但在新的背景下也表现出了对唐代和本朝律赋尤其是应试应制律赋的重视和推崇,一定程度上体现了清初统治者对赋的重视。其《论赋》云:"赋虽本于六义,体制则有代更。《楚辞》源自《离骚》,汉魏同符古体,此为赋家正格,允宜奉为典型。至于两晋微用俳词,六朝加以四六,已为赋体之变,然音节犹近古人。迨夫三唐应制,限为律赋,四声八韵,专事骈偶,此又赋之再变。宋人以文为赋,其体愈卑。至于明人,复还旧轨。兹集诸体咸收,但求合格。譬之朱紫异章,并成机杼;弦匏各器,均中《茎》、《韶》。如或词体纰杂,不娴古法者,即有偏长,亦加澄汰。"又云:"赋之体裁,自宜奥博渊丽,方称大家。然有词无意,虽美不宜;有意无气,虽工不达。观汉、魏诸赋,修词璀璨,敷采陆离,要皆情深理茂,气厚格高,长篇短制,故皆可传。兹集之文,虽搴菁藻,然必以文传意,以气纬文。其或徒填奇字,意实枵虚,漫衍谲词,气多蹇涩者,即属名人之篇,亦在删诗之列。"①

七 沈季友《历朝赋格·文赋小引》论赋

沈季友(1652—1698)字客子,号南疑。平湖(今属浙江嘉兴)人。陆菜婿。康熙二十六年(1687)副榜贡生。与汪琬、毛奇龄以诗相唱和,奇龄以"才子"目之。精于文,尤工诗,融古今于一体,自成一家。著述甚富,有《学古堂诗集》六卷,《龙潭唱和诗》、《回红词》、《方笛集制艺》等。又辑《樵李诗系》,汇集嘉兴府各县诗作,极富地方文献价值,以搜罗博赡见称。

陆菜编《历朝赋格》十五卷,《四库全书总目提要》卷一九四称该书"汇选历代之赋,分为三格:曰文赋,曰骚赋,曰骈赋。于三格之中,又各分为五类:曰天文,曰地理,曰人事,曰帝治,曰物类。起自荀卿、宋玉,下迄元、明。每格前有小引,皆其婿沈季友所作。骚赋之引则为骚赋一篇,骈赋之引则为骈赋一篇,殊为纤仄,古无是例也"。沈季友在《历朝赋格·文赋小引》中力主文与时变:"文章之衢皆从意生,而各以时变。诗教既微,荀、宋倡为敷陈之辞,命之曰赋,学者祖焉。其体闳衍纡徐,极诸讽颂,虽句栉字比,依音声,饰藻缋,而疏古之气一往而深,近乎文矣。夫赋为《诗》之流,而忽而成文,莫知其然也。天下之变,宁有底乎? 标枝易珪币,而且为苞苴;讴歌改金石,而且为筝琶;草木化冠裳,而且为纂组;毛血更俎豆,而且为珍错;巢窟移室庐,而且为台

---

① (清)王修玉《历朝赋楷》,康熙二十五年刻本。

榭;始于质,终于文,古今之变尽是矣。"①同书《骈赋小引》论骈赋之格云:"其为格也,如指排,如肩比,如连峰,如断垒,如西第宾,如东山伎,如五云浆,如七宝几,如娇鸟之争啼,如碎霜之攒蕊。如美人之试舞,而扫黛匀脂;如名将之谈兵,而浇沙聚米。如吴丝、蜀桐、蛮筝、湘瑟之列于广场,如吞刀吐火、斗局投壶之罗于闲邸。斯词苑之数传,亦赋家之一体。乃为歌曰:繁香缛采纷相求,编蒲束笋烂不收,剔抉残蠹光芒流,天风嘘吸三千秋,手挥八极骑龙游。"形容可谓尽致。

第五节　乾隆朝所编诗文集

乾隆的主要文化功绩是编了《四库全书》,但他所编的两种选本即《唐宋文醇》、《唐宋诗醇》影响也很大。乾隆朝其他人也编不少著名诗文选本,在此一并论述。

一　《御选唐宋文醇》的编纂缘由及其文体论

《四库全书总目》卷一九一《御选唐宋文醇》提要先论编辑此书的原因:"乾隆三年(1738)御定。明茅坤尝取韩、柳、欧、苏、曾、王之文,以编《唐宋八家文钞》,国朝储欣增李翱、孙樵为十家。皇上以欣所去取尚未尽协,所评论亦或未允,乃指授儒臣,定为此集。其文有经圣祖仁皇帝御评者,以黄色恭书篇首。皇上御评则朱书篇后。至前人评跋有所发明,及姓名事迹有资考证者,亦各以紫色、绿色分系于末。"次论唐、宋文体之变:"考唐之文体,变于韩愈,而柳宗元以下和之。宋之文体,变于欧阳修,而苏洵以下和之。愈《与崔立之书》,深病场屋之作。修知贡举,亦黜刘几等,以挽回风气。则八家之所论著,其不为程试计可知也。"再论茅坤、储欣两家选本的不足:"茅坤所录,大抵以八比(八股文)法说之。储欣虽以便于举业讥坤,而核其所论,亦相去不能分寸。夫能为八比者,其源必出于古文,自明以来,历历可数。坤与欣即古文以讲八比,未始非探本之论。然论八比而沿溯古文,为八比之正脉;论古文而专为八比设,则非古文之正脉。此如场屋策论以能根柢经史者为上,操文柄者亦必以能根柢经史与否定其甲乙。至讲经评史,而专备策论之用,则其经不足为经学,其史不足为史学。茅坤、储欣之评八家,适类于是。"末论此书的编纂有的放矢:"得我皇上表章古学,示所折衷,乙览之余,亲为甄择,其上者足以明理载道,经世致用;其次者亦有关法戒,不为空言。其上者矩矱六籍,其次者波澜意度,亦出入于周秦、两汉诸家。至于品题考

---

① (清)沈季友《历朝赋格》,康熙二十八年刻本。

辨,疏通证明,无不抉摘精微,研穷奥窔。盖唐、宋之文以十家标其宗,十家之文经睿裁而括其要矣。茅坤等管蠡之见,乌足仰测圣人之权衡哉!"

《御选唐宋文醇序》首论文之重要:"不朽有三,立言其一。言之无文,行而不远。若是乎,言之文者乃能立于后世也。"次论文体不一,当以周公、孔子为准:"文之体不一矣,语文者说亦多矣。群言淆乱,衷诸圣当必以周、孔之语为归。周公曰言有序,孔子曰辞达而已矣……孔子又曰言有物。夫序而达,达而有物,斯固天下之至文也已。"三论周、孔之后五百年,只有韩愈符合"序而达,达而有物"的标准:"昌黎韩愈生周、汉之后几五百年,远绍古人立言之轨,则其文可谓有序而能达者。然必其言之又能有物,如布帛之可以暖人,菽粟之可以饱人,则李瀚所编七百篇中犹且十未三四,况昌黎而下乎? 甚矣,文之至者不易得也。"四评各种选本的得失,多为应举业者选:"明茅坤举唐、宋两朝中昌黎、柳州、庐陵、三苏、曾、王八大家,荟萃其文各若干首行世,迄今操觚者脍炙之。本朝储欣谓茅坤之选便于举业,而弊即在是,乃复增损之,附以李习之、孙可之,为十大家,欲俾读者兴起于古,毋只为发策决科之用,意良美矣。顾其识之未衷而见之未当,则所去取与茅坤亦未始径庭。朕读其书,嘉其意而亦未尝不惩其失也。"五论文无定形,不可轻视骈文:"夫十家者谓其非八代骈体云尔,骈句固属文体之病,然若唐之魏郑公(魏徵)、陆宣公(陆贽),其文亦多骈句,而辞达理诣,足为世用,则骈又奚病? 日月丽乎天,天之文也;百谷草木丽乎土,地之文也。化工之所为有定形乎哉? 化工形形而不形于形,而谓文可有定形乎哉? 顾其言之所立者何如耳。"末论其所选《唐宋文醇》:"敕几之暇,偶取储欣所选十家之文,录其言之尤雅者若干首,合而编之,以便观览。夫唐、宋以来,名儒硕士有序有物之嘉言固不弟(同第,不弟即不只)十人已矣。虽然,尝鼎一脔,亦足以知道腴之可味,况已斠其雉膏哉?"①

在《御选唐宋文醇》对所选文章引录的各家点评中,也有不少内容是从文体、文风角度进行点评的,因较为琐细,此不再论。

二　《御选唐宋诗醇》的编纂缘由及其文体论

《四库全书总目》卷一九一《御选唐宋诗醇》提要论述了编纂此书的原因:"《御选唐宋诗醇》四十七卷,乾隆十五年(1750)御定,凡唐诗四家,曰李白,曰杜甫,曰白居易,曰韩愈;宋诗二家,曰苏轼,曰陆游。诗至唐而极其盛,至宋而极其变。盛极或伏其衰,变极或失其正。亦惟两代之诗最为总杂,于其中通评甲乙,要当以此六家为大

---

① 《御制文初集》卷一〇,文渊阁四库全书本。

宗。盖李白源出《离骚》而才华超妙，为唐人第一；杜甫源出于《国风》、二《雅》，而性情真挚，亦为唐人第一。自是以外，平易而最近乎情者无过白居易，奇创而不诡于理者无过韩愈，录此四集，已足包括众长。至于北宋之诗，苏、黄并骛；南宋之诗，范、陆齐名。然江西宗派实变化于杜、韩之间，既录杜、韩，可无庸复见。《石湖集》篇什无多，才力识解亦均不能出《剑南集》上，既举白以概元，自当存陆而删范，权衡至当，洵千古之定评矣。考国朝诸家选本，惟王士禛书最为学者所传，其《古诗选》五言不录杜甫、白居易、韩愈、苏轼、陆游，七言不录白居易，已自为一家之言。至《唐贤三昧集》，非惟白居易、韩愈皆所不载，即李白、杜甫亦一字不登。盖明诗摹拟之弊极于太仓，历城纤佻之弊极于公安、竟陵。物穷则变，故国初多以宋诗为宗，宋诗又弊。士禛乃持严羽余论，倡神韵之说以救之。故其推为极轨者，惟王、孟、韦、柳诸家。然《诗》三百篇尼山所定，其论诗一则谓归于温柔敦厚，一则谓可以兴、观、群、怨，原非以品题泉石，摹绘烟霞，洎乎畸士逸人各标幽赏，乃别为山水清音，实诗之一体，不足以尽诗之全也。宋人惟不解温柔敦厚之义，故意言并尽，流而为钝根。士禛又不究兴、观、群、怨之原，故光景流连，变而为虚响，各明一义，遂各倚一偏。论甘忌辛，是丹非素，其斯之谓欤！兹逢我皇上圣学高深，精研六义，以孔门删定之旨品评作者，定此六家，乃共识风雅之正轨。臣等循环雒诵，实深为诗教幸，不但为六家幸也。”

《御选唐宋诗醇序》云：“文有唐、宋大家之目，而诗无称焉者，宋之文足可以匹唐，而诗则实不足以匹唐也。既不足以匹而必为是选者，则以《唐宋文醇》之例，有《文醇》不可无《诗醇》。且以见二代盛衰之大凡，示千秋风雅之正则也。《文醇》之选就向日书窗校阅所未毕，付张照所足成者。兹《诗醇》之选则以二代风华，此六家为最，时于几暇，偶一涉猎，而去取评品皆出于梁诗正等数儒臣之手。夫诗与文岂异道哉？昌黎有言‘气盛，则言之短长与声之高下皆宜’，然五（帝）、三（皇）、六经之所传，其以言训后世者，不以文而以诗，岂不以文尚有铺张扬厉之迹，而诗则优游餍饫，入人者深？是则有《文醇》，尤不可无《诗醇》也。六家品格与时会，所遭各见于本集小序。是编汇成，梁诗正等请示其梗概，故为之总序如此。”①可见编《唐宋文醇》是张照促成的。张照（1691—1745）字得天，号泾南，亦号天瓶居士，江苏华亭（今上海松江区）人。历官康、雍、乾三朝，康熙四十八年进士，改庶吉士。乾隆七年历官至刑部尚书，供奉内廷，卒谥文敏。他通法律，工书画，尤精音律。深通释典，诗多禅语。著有《得天居士集》、《曲录》、《天瓶斋书画题跋》，与编《律吕正义》、《一统志》。

———————

① 《御制文初集》卷一一。

三　《皇清文颖》"惟取经进之作，朝廷馆阁之篇"

　　清王朝一向认为清代不亚于前代任何一朝，故又编了《皇清文颖》。《四库全书总目》卷一九〇《皇清文颖》提要从总集编纂的角度特别强调"当代帝王诏辑当代之文"的不容易："《皇清文颖》一百二十四卷，康熙中圣祖仁皇帝诏大学士陈廷敬编录未竟，世宗宪皇帝复诏续辑，以卷帙浩博，亦未即蒇功。我皇上申命廷臣。乃断自乾隆甲子以前排纂成帙，冠以列圣宸章、皇上御制二十四卷，次为诸臣之作一百卷。伏考总集之兴，远从西晋，其以当代帝王诏辑当代之文者，不少概见。今世所传，惟唐令狐楚《御览诗》奉宪宗之命，宋吕祖谦《文鉴》奉孝宗之命尔。然楚所录者佳篇多所漏略，祖谦所录者众论颇有异同，固由时代太近，别择为难；亦由其时为之君者，不足以折衷群言。故或独任一人之偏见，或莫决众口之交哗也。我国家定鼎之初，人心返朴，已尽变前朝纤仄之体，故顺治以来，浑浑噩噩，皆开国元音。康熙六十一年中，太和翔洽，经术昌明，士大夫文采风流，交相照映，作者大都沉博绝丽，驰骤古人。雍正十三年中，累洽重熙，和声鸣盛，作者率春容大雅，渢渢乎治世之音。我皇上御极之初，肇举词科，人文蔚起，治经者多以考证之功研求古义，摛文者亦多以根柢之学抒发鸿裁，佩实衔华，迄今尚蒸蒸日上……我皇上复游心藻府，焕著尧文，足以陶铸群才，权衡众艺。譬诸伏羲端策而演卦，则纤纬小术不敢侈其谈；虞舜拊石而鸣韶，则弦管繁声不敢奏于侧。故司事之臣，其难其慎，几三十载而后能排纂奏御，上请睿裁。迄今披检鸿篇，仰见国家文治之盛与皇上圣鉴之明，均轶千古。俯视令狐楚、吕祖谦书，不犹日月之于爝火哉！"可见此书实由陈廷敬奉敕选辑。陈廷敬（1639—1712）字子端，号说岩，晚号午亭，清代泽州（今山西晋城市阳城县北）人。顺治十五年（1658）进士。先后担任康熙之师、吏部尚书、文渊阁大学士、《康熙字典》总修官等职。

　　乾隆帝《皇清文颖序》（卷一一）云："我大清受命百有余年，列祖德教，涵濡光被海宇，右文之盛，炳焉与三代同风。"次论文治之重要："《易》曰'观乎人文，以化成天下'，盖自有天地，而人经纬乎其间。士君子之一言一行，国家之制度，文为礼乐刑政，布之为教化，措之为事功，无非文也。乃其菁英所萃，蔚为国华，词以叙之，声以永之，律以和之，谐协六同，彰施五色，《典》、《谟》作焉，《雅》、《颂》兴焉。《诗》不云乎：'追琢其章，金玉其相，文之盛也。'而赓之曰：'勉勉我王，纲纪四方'，则所谓其风自上也。"但《皇清文颖》不是乾隆朝编的，而是这时才定稿的："曩我皇祖（康熙）命大学士陈廷敬选辑《皇清文颖》，储之延阁，未及刊布。皇考（雍正）复允廷臣之请，开馆编辑。随时附益，久之未竣。朕因命自乾隆甲子以前先为编次，凡御制诗文廿四卷，臣工赋颂及诸体诗文一百卷录成,序其首简。昔之论文,以代为次者于汉则有《西汉文类》,唐则有《文苑英华》《唐文粹》,宋则有《文海》《文鉴》,元则有《文类》,明则有《文衡》,皆博综一代著作之林,无体不备。今是编惟取经进之作,朝廷馆阁之篇,与诸书小异,然以观斯文风尚当有取焉。在《易》涣之象曰:'风行水上',善立言者以为天地自然之文,而《序卦》受之以节,言文之不可过也。继之以《中孚》,言有实也。节而不流,征之以信,有典有则,可久之道,其在斯乎。朕孜孜典学。求所以善持之者。因以为摛文者觊,俾共勉云。"前朝类似之书都"无体不备",而《皇清文颖》只"取经进之作",因为他认为贵"自然之文",要"节而不流,征之以信,有典有则"。

四　沈德潜及其历朝诗别裁集系列

沈德潜(1673—1769)字确士,号归愚,江苏长洲(今苏州)人。参与科举考试多达十七次,直至乾隆四年(1739)六十七岁时才考上进士,官至内阁学士兼礼部侍郎。一生著述颇富,有《归愚文钞》《归愚诗钞》《归愚诗余》《说诗晬语》、编有《古诗源》《唐诗别裁集》《明诗别裁集》《清诗别裁集》(原名《国朝诗别裁集》,因杜甫《戏为六绝句》"别裁伪体亲风雅"语,故名"别裁")等。

沈德潜的《唐诗别裁集》二十卷,选二百七十人的诗作,共一千九百多首,分体编排。其《凡例》称"是集以李、杜为宗","备一代之诗,取其宏博"[1],因此在重点选录王维、李白、杜甫、岑参、韦应物、韩愈、白居易、李商隐等大家名家外,也选录不少小家的作品。并注意选不同时期、不同体裁、不同风格的作品,反映了唐诗的基本面貌。

《明诗别裁集》与周准合编,收录了明代三百多个作者各体诗歌一千余首。沈德潜《明诗别裁集序》云:"宋诗近腐,元诗近纤,明诗其复古也。而二百七十余年中,又有升降盛衰之别。"他认为洪武初年,"犹存元代余风,未极隆时正轨;永乐以还,台阁体兴,文风不振;弘治、正德之间,力追雅音,接踵曩哲,彬彬乎大雅之章也";"自是而后,正声渐远,繁响竞作。"[2]他虽偏袒前后七子,鄙视公安、竟陵诗派,但他对明诗发展过程的勾勒,是符合实际的,大体上反映了明代诗坛概貌。

《清诗别裁集》原选本三十六卷,入选诗人近千人,选诗近四千首。始选于乾隆十九年(1754),二十二年完成,二十四年初刻,二十五年重新修订,二十六年增订本刻成,同年十二月乾隆帝命南书房删改重镌为三十二卷,将钱谦益、吴伟业、龚鼎孳等降

---

① (明)沈德潜《唐诗别裁集》卷首,上海古籍出版社1979年版。
② (明)沈德潜、周准《明诗别裁集》卷首,上海古籍出版社2008年版。

臣的诗作删去。书前有《例言》，作者名下有小传，诗后有评语。乾隆《沈德潜选国朝诗别裁集序》与一般序文以称颂为主不同，而是对此书作了尖锐的批评，一谓不当选钱谦益，二谓不当直称亲王之名，三谓编次有误："至于世次前后倒置者，益不可枚举，因命内廷翰林为之精校去留，俾重锓板以行于世，所以栽培成就德潜也，所以终从德潜之请而为之序也。"

沈德潜据冯惟讷的《古诗纪》，还编有《古诗源》十四卷，收《诗经》、《楚辞》以外的上古至隋的古诗、歌谣七百余首，并有简要注评，内容较为丰富。

除沈德潜的《唐诗别裁集》、《明诗别裁集》、《清诗别裁集》外，清人张景星等还编有《宋诗别裁集》（原名《宋诗百一钞》），《元诗别裁集》（原名《元诗百一集》）。张景星，字行之，江西奉新人（或谓是江苏人），乾隆十年（1745）进士，曾任河南鲁山知县，后主讲南阳衍畴书院。《宋诗别裁集》共收一百三十七人的六百四十五首诗，包括各个诗派（如西昆派、江西诗派、江湖派）的作品。大家如苏轼，选了六十三首；陆游选了五十四，突出了重点。《元诗别裁集》收作者一百五十二人，诗六百一十九首，分体编排，前有沈钧德序，对元诗作了较高的评价："人谓元诗纤弱逊宋，此未究元人大全，遽为一方之论也。遗山未尝仕元，而巨手开先，冠绝于时，固不必言。至如赵（孟頫）、虞（集）、杨（载）、范（德机），皆卓然成家……盖宋诗末流之弊也为粗率，为生硬，元诗则反是，欲救宋诗流弊，舍元曷以哉？"这样，唐、宋、元、明、清都有了别裁集，成为一个序列，包含诗之诸体，体例一般都是以时为序，分体编排。

沈德潜还著有诗论《说诗晬语》，按时间线索梳理各体诗歌的发展脉络，并注意历代诗歌间的承继关系。他从诗体演变的角度反对诗学唐之说："诗之为道，可以理性情，善伦物，感鬼神，设教邦国，应对诸侯，用如此其重也。秦、汉以来，乐府代兴；六代继之，流衍靡曼。至有唐而声律日工，托兴渐失，徒视为嘲风雪，弄花草，游历燕衎之具，而诗教远矣。学者但知尊唐而不上穷其源，犹望海者指鱼背为海岸，而不自悟其见之小也。今虽不能竟越三唐之格，然必优柔渐渍，仰溯《风》、《雅》，诗道始尊。"他主张学古而不泥古："诗不学古，谓之野体。然泥古而不能通变，犹学书者但讲临摹，分寸不失，而己之神理不存也。作者积久用力，不求助长，充养既久，变化自生，可以换却凡骨矣。"其论骚体云："骚体有'少歌，'有'倡'，有'乱'。歌词未申发其意为'倡'，独倡无和，总篇终为'乱'。盖言之不足，故长言之；长言之不足，故反复咏叹之也。汉人五言兴而音节渐亡，至唐人律体兴，第用意于对偶平仄间，而意言同尽矣。求其余情动人，何有哉？"他反对联句体："韩、孟联句体，可偶一为之，连篇累牍，有伤诗品。"[1]他也反对台阁体，卷下云："宋初台阁倡和，多宗义山"，"永乐以还，崇台阁体，

---

① 以上均见（清）沈德潜《说诗晬语》卷上，人民文学出版社 1979 年版。

诸大老倡之,众人应之,相习成风,靡然不觉。李宾之东阳力挽颓澜,李梦阳、何继之,诗道复归于正。"反对专以次韵为体:"古人同作一诗,不必同韵;即同韵,亦在一韵中,不必句句次韵也。自元、白创始,而皮(日休)、陆(龟蒙)倡和,又加甚焉。以韵为主,而以意相从,中有欲言,不能通达矣。近代专以此见长,名曰'和韵',实则趁韵;宜血脉横亘,句联意断也。有志之士,当不囿于俗。"

五 汪师韩《苏诗选评笺释》评苏诗"气豪体大"

汪师韩(1707—1780)字抒怀,号韩门。钱塘(今浙江杭州)人。雍正十一年(1733)进士,官至湖南提学使。晚年主讲保定莲池书院。博通群籍,于《易》尤邃。著有《观象居易传笺》、《孝经约义》、《韩门辍学》、《谈诗录》、《诗学纂闻》、《诗四家故训》、《春秋三传注解补正》、《上湖纪岁诗编》、《上湖分类文编》、《文选理学权舆》、《苏诗选评笺释》等。

三十多年前我参与编纂《苏轼研究资料汇编》,辑录《御选唐宋诗醇》中的苏轼资料,觉得评语相当精彩。但越录越觉得似曾相识,后经核对,才知道是汪师韩《苏诗选评笺释》中的评语。乾隆二十五年(1760)江苏巡抚陈弘谋《奏请恭刊〈御选唐宋诗醇〉表》云:"《御选唐宋诗醇》萃两代之精华,合诸家之美善,虽品格之各异,皆诗学之正宗,一经圣主品题,永为千秋定论。"读此表,仿佛其中的"品题"皆"圣主"乾隆所为。但这是颂圣之语,不可信。此书《凡例》云:"李、杜名盛而传久,是以评赏家特多……晚出者评语更寥寥矣。多者择而取之,少者不容傅会,折衷一定,声价自齐,燕瘦环肥,初不以饰之浓淡为妍媸也。"可见书中评语实为辑评。乾隆"御笔"序也说:"去取品评,皆出于梁诗正等数儒臣之手。"可见乾隆也并未把他人的劳动据为己有,而汪师韩正是"梁诗正等数儒臣"之一。《御选唐宋诗醇》中的苏诗评语几乎全部录自汪师韩的《苏诗选评笺释》。之所以加上"几乎"二字,是因为《御选唐宋诗醇》选诗略多一些,选目和编序也略有调整,并有少数评语为《苏诗选评笺释》中所无。《御选唐宋诗醇》卷三二开头的苏轼总评就是汪师韩的《苏诗选评笺释叙》,只删去了"钱塘汪师韩叙"的署名及末段("若其集中诗有用葱为薤"以后数行)。

《苏诗选评笺释叙》是汪师韩的一篇重要诗论,首先他从唐、宋诗的演变角度,肯定了苏轼在诗歌史上的地位:"诗自杜、韩以后,唐季五代纤佻薄弱,日即沦胥。宋初杨亿、刘筠、钱惟演之徒崇尚昆体,只是温、李后尘。嗣是苏舜钦以豪放自异,梅尧臣以高淡为宗。虽志于古矣,而神明变化之功,未有能骖驾杜、韩而雄视百代者。必也,其苏轼乎。"接着他具体评论苏诗说:"轼之器识学问见于政事,发于文章,史称言足以达其有猷，行足以遂其有为，节义足以固其有守，皆志与气为之也。惟诗亦然。其诗地负海涵，不名一体，而核其旨要之所在，如云'我诗虽云拙，心平声韵和'，此轼自评其诗者也。'作诗熟读《毛诗》、《国风》、《雅》、《骚》，曲折尽在是'，此轼自以其所得教人者也。且夫'精深华妙'，则苏辙称之矣。'公如大国楚，吞五湖三江'，黄庭坚称之矣。'天才横放，宜与日月争光'，则蔡绦称之矣，'屈注天潢，倒连沧海，变眩百怪，终归浑雅'，则敖陶孙称之矣。前之曹（植）、刘（祯）、陶（潜）、谢（灵运），后之李（白）、杜（甫）、韩（愈）、白（居易），他无所不学，亦无所不工。同时欧阳（修）、王（安石）、黄（庭坚），犹俱逊谢焉。洵乎独立千古，非一代一人之诗也。而陈师道顾谓其'初学刘禹锡，晚学李太白'，乃一知半解软！但其诗气豪体大，有非后学所易学步者。是以元好问论诗有云：'只知诗到苏、黄尽，沧海横流却是谁？'又云：'苏门果有忠臣在，肯放坡诗百态新？'盖非用此为讥议，乃正可以见其不可模拟耳。其与轼并世之人漫为评论者，如张舜民有'仔细检点，不无利钝'之言，而杨时至谓其'知风雅之意'，后来严羽更以其自出己意，为诗之大厄，创大言以欺世，夫岂可为笃论哉！"末段是汪师韩自己对《苏诗选评笺释》的评价和交代："是编所录，挹菁拔萃，审择再三，殆无遗憾。其生平丰功亮节，与夫兄弟朋友过从雅合之迹，及一时新法之废兴，时事之迁变，靡不因之以见。诗凡五百余首，古体则五言稍多于七言，近体则七言数倍于五言，要归本于六义之旨，亦非有成见也。若其集中诗有用葱为薤，用校尉为中郎，用扁鹊为仓公，用郑余庆为卢怀慎之类，均为严有翼所指摘。以轼读书万卷，集所援用常有不审所出者，安见其非别有根据？且即有笔误，亦似李、杜集中'黄庭换白鹅'，'垂杨生左肘'等句，虽疵颣，不失为名章也。句字之有讹，曾何遽为轼诗病也哉！此数诗亦不尽入选，特因论定之次，附及之。钱塘汪师韩叙。"① 可见他对此书是相当自负的，已到了"殆无遗憾"的程度。从《御选唐宋诗醇》几乎尽录其评可以看出，这并非自吹自擂之辞。

六 蒋骥《山带阁注楚辞》是楚辞学史上的里程碑

蒋骥（1714—约1787）字赤霄，号勉斋。金坛（今属江苏）人。父亲蒋衡，以书法名一时。骥书不逮父，而特以写真名。著有《山带阁注楚辞》、《楚辞余论》、《楚辞说韵》等。

《山带阁注楚辞》，在楚辞学史上是一部具有里程碑意义的著作。该书重视知人论世，考辨屈原生平事迹甚详，对屈原作品多数作了编年；探讨屈辞意旨，考论屈辞写

---

① （清）汪师韩《苏诗选评笺释》卷首，丛睦汪氏遗书本。

作时间,多发掘作品内证,联系创作背景,权时势以论其书,以史证诗,作知人论世之辨,持论稳健,信而有征。其《自序》云:"宋洪庆善(兴祖)、朱晦庵(熹)考定原赋、止于《渔父》篇。余采黄维章(文焕)、林西仲(云铭)语,并载《招魂》、《大招》以正《汉·志》二十五篇之数。然《大招》自汉以来已相传为原作。而《招魂》篇名具见《史记·屈原传赞》,则固非二子创论也。其作文次第,年代幽远,无可参核。窃尝以意推之,首《惜诵》,次《离骚》,次《抽思》,次《思美人》,交《卜居》,次《大招》,次《哀郢》,次《涉江》,次《渔父》,次《怀沙》,次《招魂》,次《悲回风》,次《惜往日》终焉。初失位志在洁身,作《惜诵》。已而决计为彭咸,作《离骚》。十八年后放居汉北,秋作《抽思》。逾年春作《思美人》。其三年作《卜居》,此皆怀王时也。怀王末年召还郢,顷襄即位自郢放陵阳,三年怀王归葬,作《大招》。居陵阳九年作《哀郢》。已而自陵阳入辰溆,作《涉江》。又自辰溆出武陵,作《渔父》。适长沙,作《怀沙》、《招魂》。其秋作《悲回风》,逾年五月沉湘,作《惜往日》。盖察其说见《招魂余论》辞意,稽其道里有可征者。故列疏于诸篇而目次则仍其旧,以存疑也。若《九歌》、《天问》、《橘颂》、《远游》,文辞浑然,莫可推诘,固弗敢强为之说云。"①

《楚辞余论》二卷,驳正旧注得失,考证典故同异,汰其冗芜,简其精要。卷上论骚体云:"《离骚》以经名,特后人推尊之词。王叔师(王逸)小序以为经,径也,言依道径以谏君也。若系作赋本名,可笑甚矣。他若《九歌》以下皆缀传字,亦属赘设。《骚》者《诗》之变。诗有赋、兴、比,惟《骚》亦然。但《三百篇》边幅短窄,易可窥寻。若《骚》则浑沦变化,其赋、兴、比错杂而出,固未可以一律求也。观朱子《骚经》所注比、赋之类,殆已不尽比附,又通考其书,惟于《骚经》前段仿《三百篇》之例,分注最为详悉。自沅湘陈词以下至蜷局不行,凡一千五百余言,则以比而赋。一语蔽之,《九歌》犹或间注,《九章》益希矣。至《天问》、《远游》诸篇,则阙如焉,盖亦知其说之不胜其烦,而变其初例矣。然则注《骚》者又何如?尽去之为当也。"又论"乱"云:"旧解'乱'为总理一赋之终。今案《离骚》二十五篇,'乱'词六见,惟《怀沙》总申前意,小具一篇结构,可以总理。言《骚经》、《招魂》则引归本旨,《涉江》、《哀郢》则长言咏叹,《抽思》则分段叙事,未可一概论也。余意'乱'者盖乐之将终,众音毕会,而诗歌之节亦与相赴,繁音促节,交错纷乱,故有是名耳。"②

其《楚辞说韵》一卷分以字母,通以方音,博引古音之同异,每部列通韵、叶韵、通母。五方音异,自古已然,双声互转,四声递转,非骥创论。

① (清)蒋骥《山带阁注楚辞》,文渊阁四库全书本。
② (清)蒋骥《楚辞余论》,文渊阁四库全书本。

804

七　汤聘《律赋衡裁》论"律赋之兴，肇自梁、陈而盛于唐、宋"

汤聘(生卒年不详)字莘来，号稼堂，浙江仁和人。乾隆元年(1736)进士，官至湖北巡抚。著有《稼堂漫存稿》。

汤聘指导编纂并审定的《律赋衡裁》，刊刻于乾隆二十五年，是清代重要的律赋选本，分为天时、地理、人事、物类、别录、余论六卷，其中汤氏撰写的"例言"八则及"余论"四十八则，是重要的清代律赋学文献。其《余论》云："律赋之兴，肇自梁、陈而盛于唐、宋。唐代举进士者，先贴一大经及《尔雅》，经通而后试杂文，文通而后试策。杂文则诗一赋一，及论赞诸体也。进士选集，有格限未至者，试文三篇，谓之宏词。其选尤重，且得美仕。而天宝十三载以后，制科取士，亦兼诗赋命题。赋皆拘限声律，率以八韵，间有三韵至七韵者。自五代迄两宋，选举相承，金起北陲，亦沿厥制。迨元人易以古赋，而律赋寝微。逮乎有明，殆成绝响。国家昌明古学，作者嗣兴，巨制鸿篇，包唐轹宋，律赋于是乎称绝盛矣。"其《凡例》则概述了律赋的演变史："唐初进士试于考功，尤重帖经试策，亦有易以箴论表赞，而不试诗赋之时，专攻律赋者尚少。大历、贞元之际，风气渐开，至大和八年杂文专用诗赋，而专门名家之学，樊然竞出矣。李程、王起，最擅时名；蒋防、谢观，如骖之靳；大都以清新典雅为宗，其旁骛别趋而不受羁束者，则元、白也。贾悚之工整，林滋之静细，王棨之鲜新，黄滔之生隽，皆能自竖一帜，蹀躞文坛……下逮周繇、徐夤辈，刻酷锻炼，真气尽漓，而国祚亦移矣。抽其芬芳，振其金石，琅琅可诵，不下百篇，斯律体之正宗，词场之鸿宝也。"又云："宋人律赋篇什最富者，王元之(禹偁)、田表圣(况)及文(彦博)、范(仲淹)、欧阳(修)三公，他如宋景文(庠)、陈述古(襄)、孔常父(武仲)、毅父(孔平仲)、苏子容(颂)之流，集中不过一二首。苏文忠(轼)较多于诸公，山谷(黄庭坚)、太虚(秦观)仅有存者。靖康、建炎之际，则李忠定(纲)一人而已。南迁江表，不改旧章，赋中佳句，尚有一二联散见别籍者，而试帖皆湮没无闻矣。大略国初诸子，矩矱犹存，天圣、明道以来，专尚理趣，文采不赡，(衷)诸丽则之旨，固当俯让唐贤，而气盛于辞，汪洋恣肆，亦能上掩前哲，自铸伟词。"①

八　姚鼐《古文辞类纂》文体分类大小适中

姚鼐(1731—1815)字姬传，一字梦毂，室名惜抱轩，世称惜抱先生，安徽桐城人。

---

① 以上均见(清)汤聘《律赋衡裁》卷首，乾隆二十五年刊本。

与方苞、刘大櫆并称为"桐城三祖"。乾隆二十八年(1763)进士,任礼部主事、四库全书纂修官等,年四十,辞官南归,先后主讲各地书院四十多年。著有《惜抱轩全集》等,编有影响深远的《古文辞类纂》。

《古文辞类纂》选录战国至清代的古文辞赋,依文体分为十三类。其《古文辞类纂序目》云:"少年或从问古文法。夫文无所谓古今也,惟其当而已……于是以所闻习者编次论说为《古文辞类纂》,其类十三,曰论辨类、序跋类、奏议类、书说类、赠序类、诏令类、传状类、碑志类、杂记类、箴铭类、颂赞类、辞赋类、哀祭类。一类内而为用不同者,别之为上下篇云……凡文之体类十三,而所以为文者八,曰神、理、气、味、格、律、声、色。神、理、气、味者,文之精也;格、律、声、色者,文之粗也。然苟舍其粗,则精者亦胡以寓焉? 学者之于古人,必始而遇其粗,中而遇其精,终则御其精者而遗其粗者。"①

我国的文体非常丰富繁杂,萧统的《文选》把所选的诗文分为三十九种体裁,后人已讥其冗。上承《文选》的《文苑英华》又增至四十五种。宋人吕祖谦的《宋文鉴》,仅收北宋诗文,已达五十二体。明人徐师曾的《文体明辨》,所戴文体一百二十七种,贺复徵《文章辨体汇选》又在吴讷、徐师曾二书基础上新增九锡文、咨、申、条事、上寿辞、故事、尺牍、帖、训、本纪、实录、仪注、世表、世谱、书志、录、篇、纪、日记、吊书、杂文等,并对一些收文较多的文体还作了进一步的分类,如多达八十卷的序体,又根据所序内容分为三十一小类,也未把众多的文体包括无遗。但像这样分类过细,眉目反而不清。章炳麟的《国故论衡》把我国古代的文体区分为有韵、无韵两大类,分类又太粗,等于未分。姚鼐的《古文辞类纂》分类大小较适中,所选古文也具有一定代表性,能大体反映我国古文的面貌。故此书颇得后人好评,流播较广。近代王先谦《续古文辞类纂序》云:"自桐城方望溪以古文专家之学,主张后进,海峰(刘大櫆)承之,遗风遂衍。姚惜抱禀其师传,覃心冥追,益以所自得,推究阃奥,开设户牖,天下翕然号为正宗。承学之士,如蓬从风,如川赴壑,寻声企影,项领相望。百余年来,转相传述,遍于东南。由其道而名于文苑者,以数十计。呜呼,何其盛也!"王文濡《古文辞类纂序》云:"湘乡曾涤生有言曰:'姚先生持论宏通,国藩之粗解文章,由姚先生启之。'以湘乡之大含细入,不拘拘于一先生之说,独于古文倾服姚氏,列诸《圣哲画像》中,并标举其'义理、考据、辞章'三者不可偏废之宗旨,以为发源于此书,不可谓非深知先生者也。溯此书之告成在清乾隆四十四年,迄今已百有四十余年,海内能文之士,众口同声,翕然尊之为姚氏学,誉之者至谓当与六经并传不朽。"

---

① (清)姚鼐《古文辞类纂》卷首,上海会文堂书局民国七年(1918)本。

806

《古文辞类纂》所分十三类文体很重要，对后世影响也很大，兹将其《序目》(卷首)中对这十三类的阐释引录如下：

论辩类者，盖原于古之诸子，各以所学著书诏后世。孔、孟之道与文，至矣。自老、庄以降，道有是非，文有工拙。今悉以子家不录，录自贾生始。盖退之著论，取于六经、《孟子》；子厚取于韩非、贾生；明允杂以苏、张之流；子瞻兼及于《庄子》。学之至善者，神合焉；善而不至者，貌存焉。惜乎子厚之才，可以为其至，而不及至者，年为之也。

序跋类者，昔前圣作《易》，孔子为作《系辞》、《说卦》、《文言》、《序卦》、《杂卦》之传，以推论本原，广大其义。《诗》、《书》皆有《序》，而《仪礼》篇后有《记》，皆儒者所为。其余诸子，或自序其意，或弟子作之，《庄子·天下》篇、《荀子》末篇，皆是也。余撰次古文辞，不载史传，以不可胜录也。惟载太史公、欧阳永叔表志叙论数首，序之最工者也。(刘)向、(刘)歆奏校书各有序，世不尽传，传者或伪，今存子政《战国策序》一篇，著其概。其后目录之序，子固(曾巩)独优已。

奏议类者，盖唐、虞、三代圣贤陈说其君之辞，《尚书》具之矣。周衰，列国臣子为国谋者，谊忠而辞美，皆本《谟》、《诰》之遗，学者多诵之。其载《春秋》内、外传者不录，录自战国以下。汉以来有表、奏、疏、议、上书、封事之异名，其实一类。惟对策虽亦臣下告君之辞，而其体少别，故置之下编。两苏应制举时所进时务策，又以附对策之后。

书说类者，昔周公之告召公，有《君奭》之篇。春秋之世，列国士大夫或面相告语，或为书相遗，其义一也。战国说士，说其时主，当委质为臣，则入之奏议；其已去国，或说异国之君，则入此编。

赠序类者，老子曰："君子赠人以言。"颜渊、子路之相违，则以言相赠处。梁王觞诸侯于范台，鲁君择言而进，所以致敬爱、陈忠告之谊也。唐初赠人，始以序名，作者亦众。至于昌黎，乃得古人之意，其文冠绝前后作者。苏明允之考名序，故苏氏讳序，或曰引，或曰说。今悉依其体，编之于此。

诏令类者，原于《尚书》之《誓》、《诰》。周之衰也，文诰犹存。昭王制，肃强侯，所以悦人心而胜于三军之众，犹有赖焉。秦最无道，而辞则伟。汉至文、景，意与辞俱美矣，后世无以逮之。光武以降，人主虽有善意，而辞气何其衰薄也！檄、令皆谕下之辞，韩退之《鳄鱼文》，檄、令类也，故悉附之。

传状类者，虽原于史氏，而义不同。刘(大櫆)先生云："古之为达官名人传者，史官职之。文士作传，凡为圬者、种树之流而已。其人既稍显，即不当为之

807 第八章 清代的文体学

传，为之行状，上史氏而已。"余谓先生之言是也。虽然，古之国史立传，不甚拘品位，所纪事犹详。又实录书人臣卒，必撮序其平生贤否。今实录不纪臣下之事，史馆凡仕非赐谥及死事者，不得为传。乾隆四十年，定一品官乃赐谥。然则史之传者，亦无几矣。余录古传状之文，并纪兹义，使后之文士得择之。昌黎《毛颖传》，嬉戏之文，其体传也，故亦附焉。

碑志类者，其体本于《诗》。歌颂功德，其用施于金石。周之时有石鼓刻文，秦刻石于巡狩所经过，汉人作碑文又加以序。序之体，盖秦刻琅邪具之矣。茅顺甫（茅坤）讥韩文公碑序异史迁，此非知言。金石之文，自与史家异体。如文公作文，岂必以效司马氏为工耶？志者，识也。或立石墓上，或埋之圹中，古人皆曰志。为之铭者，所以识之之辞也。然恐人观之不详，故又为序。世或以石立墓上，曰碑曰表；埋，乃曰志。及分志、铭二之，独呼前序曰志者，皆失其义。盖自欧阳公不能辨矣。墓志文，录者犹多，今别为下编。

杂记类者，亦碑文之属。碑主于称颂功德，记则所纪大小事殊，取义各异，故有作序与铭诗全用碑文体者，又有为纪事而不以刻石者。柳子厚纪事小文，或谓之序，然实记之类也。

箴铭类者，三代以来有其体矣。圣贤所以自戒警之义，其辞尤质而意尤深。若张子（张载）作《西铭》，岂独其理之美耶，其文固未易几也。

颂赞类者，亦《诗·颂》之流，而不必施之金石者也。

辞赋类者，《风》、《雅》之变体也。楚人最工为之，盖非独屈子而已。余尝谓《渔父》，及楚人以弋说襄王、宋玉对王问遗行，皆设辞无事实，皆辞赋类耳。太史公、刘子政不辨，而以事载之，盖非是。辞赋固当有韵，然古人亦有无韵者。以义在托讽，亦谓之赋耳。汉世校书有《辞赋略》，其所列者甚当。昭明太子《文选》，分体碎杂，其立名多可笑者。后之编集者，或不知其陋而仍之。余今编辞赋，一以汉《略》（《七略》）为法。古文不取六朝人，恶意靡也。独辞赋则晋、宋人犹有古人韵格存焉。惟齐、梁以下，则辞益俳而气益卑，故不录耳。

哀祭类者，《诗》有《颂》，风有《黄鸟》、《二子乘舟》，皆其原也。楚人之辞至工，后世惟退之、介甫而已。

九 吴鼒《国朝八家四六文钞》论四六

吴鼒（1755—1821）字及之，一字山尊，号抑庵，又号南禺山樵，晚号达园。安徽全椒人。嘉庆四年（1799）进士，官侍讲学士。书画家。工骈体文。著有《墨林今话》、

808

《夕葵书屋集》、《百萼红词》。编有《国朝八家四六文钞》。

其《国朝八家四六文钞叙》前论四六骈文存在的必然性,不应排斥:"四六一体,道则其贯,艺有独工……夫一奇一偶,数相生而相成;尚质尚文,道日衍而日盛。旸谷幽都之名,古史工于属对;'觏闵受侮'之句,葩经已有俪言。道其缘起,略见源流。盖琴无取乎偏弦之张,锦非倚乎独茧之缫。以多为贵,双词非骈拇也;沿饰得奇,偶语非重台也。要其扫撢虽富,不害性灵,开阖自如,善养吾气。敷陈士行,蔚宗(范晔)以论史;钩抉文心,彦和(刘勰)以谈艺。而必左祖秦、汉,右居韩、欧,排齐、梁为江河之下,指王(勃)、杨(炯)为刀圭之误,不其过欤!"后论用之不当则百弊丛生,此非四六骈文之过,而是作者之过:"然而醇甘所以养生,或曰腐肠之药;笙簧所以悦听,或曰乱雅之音。是故言不居要,则藻丰而伤烦;文不师古,则思骛而近谬。铅黛饰容,夫岂盼倩之质;旌旗列仗,乃非节制之师。虽复硬语横空,巧思合绮,好驰骤而前规亡,贪掎摭而真精失。其有摆脱凡近,规抚初祖,真宰不存,形似取具,屋不架屋,歧途又歧,又其下者。翦裁经文而边幅益俭,揣摩时好而气息愈嚣,启事则吏曹公言,数典则俳优小说,其不得仰配于古文词宜矣。"①

十 曾燠《国朝骈体正宗》论古文与骈体的关系

曾燠(1760—1831)字庶蕃,一字宾谷。晚号西溪渔隐。南城(今属江西)人。乾隆四十六年(1781)进士,选庶吉士,授户部主事。历官两淮盐运使、湖南按察使、广东布政使,以贵州巡抚致仕。著有《赏雨茅屋诗集》二十二卷、《骈体文》二卷等;编选有《国朝骈体正宗》、《江西诗征》等。

《国朝骈体正宗》选录毛奇龄、陈维崧、毛先舒、陆圻、吴兆骞等四十二家文一百七十二篇,正编十二卷,补编一卷。持论以六朝为宗,尤尊徐陵、庾信、任昉、沈约诸家。所选文章,不无偏好,但嘉庆以前骈文作家略备,能分别主次,具有代表性,不失为一部比较完备精要的清代骈文选本。

其《国朝骈体正宗序》首论骈文演变,一代不如一代:"夫《咸》(尧乐《咸池》)、《英》(帝喾乐《六英》)既遥,诗声俱郑。籀斯屡变草书,非古文之衰也,运会为之哉!然而进取之儒不随颓俗,特立之品必追前修。大辈有宗,回狂澜于既倒;朝华方谢,启夕秀于未振。作者复起,存乎其人,有如骈体之文,以六朝为极,则乃一变于唐,再坏于宋,元、明二代则等之自郐,吾无讥焉。"次论其因,一是骈散本一,后世误分为二:"原其流

---

① (清)吴鼐《国朝八家四六文钞》卷首,嘉庆二十四年紫文阁刻本。

弊,盖可殚述。夫骈体者,齐、梁人之学秦、汉而变焉者也。后世与古文分而为二,固已误矣。"二是骈文片面追求辞藻和用典:"岁历绵暖,条流遂纷,尝读陆机之赋曰:'象下管之偏疾,故虽应而不和';'瘝防露与桑间,又虽悲而不雅'。抑闻刘勰之论曰:'新奇者摈古竞今,危侧趣诡者也;轻靡者浮文弱植,缥缈附俗者也。'是故执柯伐柯,梓匠必循其则;以缟缘缟,珠钩岂失其度? 乃有飞靡弄巧,瘠义肥辞,援(优)旃、(优)孟为石交①,笑曹(植)、刘(桢)为古拙。于是宋玉阳春,乱以巴人之和矣;(司马)相如典册,杂以(东)方朔之谐矣。若乃苦事虫镂,徒工獭祭,莽大夫(扬雄)遐搜奇字,邢子才(邵)思读误书。其实树旆于晋郊,虽众而无律也;买椟于楚客,虽丽而非珍也。琐碎失统,则体类于疥驼;沈胧不飞,讵祥比于鸣凤? 亦有活剥经文,生吞成语,李记室之襕襦,横遭同馆之割;孙兴公之锦段,付诸负贩之裁。掷米成丹,转自矜其狡狯;炼金跃冶,使人叹其神奇。古意荡然,新声弥甚。"三是"不善变",骈文发展成四六后,其弊更甚:"且夫四字密而不促,六字格而非缓。变以三五,厥有定程,奚取于冗长乎? 尔乃吃文为患,累句不恒,譬如屡舞而无缀兆之位,长啸而无抗坠之节,亦可谓不善变矣。夫画者谨发,不可以易貌;射者仪毫,不可以失墙。刻鹄类鹜,犹相近也;画虎类狗,则相远也。庾、徐影徂而心在,任、沈文胜而质存,其体约而不芜,其风清而不杂,盖有诗人之则,宁曰女工之蠹,乃染髭须而轻前辈,易刀圭以误后生,其骈体之罪人乎!"最后谓编纂此书正是为了纠正骈文之弊,懂得"古文丧真,反逊骈体;骈体脱俗,即是古文":"国朝云汉为章,壁奎应象,人称片玉,家有联珠。惟骈体别于古文,相沿既久,或以篆刻太工,为扬雄之小技;喻言虽妙,类《庄子》之外篇。专门之业不多,具体之贤遂少。岂知古文丧真,反逊骈体;骈体脱俗,即是古文。迹似两歧,道当一贯。"缪德棻《国朝骈体正宗续编序》对此书评价很高:"颓波独振,峻轨遐企,芟薙浮艳,屏绝淫蛙……固已辟途径于文囿,示模楷于艺林矣。"②

十一 张惠言《词选》论词风之演变

张惠言(1761—1882)字皋文,江苏武进人。嘉庆进士,官翰林院编修。清代著名经学家、文学家。经学上专治《周易》、《仪礼》,著有《周易虞氏义》、《仪礼图》。文学上

① 《文心雕龙·谐隐》:"优旃之讽漆城,优孟之谏葬马,并谲辞饰说。"石交,交谊牢固的朋友。《史记·苏秦列传》:"大王诚能听臣计,即归燕之十城。燕无故而得十城,必喜;秦王知以己之故而归燕之十城,亦必喜。此所谓弃仇雠而得石交者也。"

② 均见(清)曾燠《国朝骈体正宗》卷首,上海古籍出版社 1995 年版。

810

他是常州词派的创始人,论词强调比兴,所作词意旨隐晦。所辑《词选》二卷,颇能代表其词学主张。

　　《词选》选唐、宋四十四家词共一百一十六首,附录为其门人郑善长所辑,选当时作家十二人,词六十首。惠言外孙董毅又续选五代、宋词一百二十二首为《续词选》。其《词选序》认为词宜"低回要眇":"词者,盖出于唐之诗人,采乐府之音以制新律,因系其词,故曰词。传曰:意内而言外者谓之词。其缘情造端,兴于微言,以相感动。极命风谣里巷男女哀乐,以道贤人君子幽约怨悱、不能自言之情,低回要眇以喻其致。盖诗之比兴,变风之义,骚人之歌,则近之矣。然以其文小,其声哀,放者为之,或淫荡靡曼,杂以昌狂俳优。然要其至者,罔不恻隐盱愉,感物而发,触类条畅,各有所归,不徒雕琢曼饰而已。"接着论词风之演变,认为"自宋之亡而正声绝",五百年来词人皆"迷不知门户":"自唐之词人李白为首,其后韦应物、王建、白居易、刘禹锡之徒各有述造,而温庭筠最高,其言深丽闳美。五代之际,孟氏(孟昶)、李氏(李煜)君臣为谑,竞变新调,词之杂流由是作矣。至其工者,往往绝伦,亦如齐、梁五言依托魏、晋,近古然也。宋之词家,号为极盛。然张先、苏轼、秦观、周邦彦、辛弃疾、姜夔、王沂孙、张炎,渊渊乎文有其质焉,其荡而不反,傲而不理,枝而不物;柳永、黄庭坚、刘过、吴文英之伦,亦各引一端,以取重于当世。而前数子者,又不免有一时通脱放浪之言出于其间。后进弥以驰逐,不务原其指意,破碎奔析,坏乱而不可纪。故自宋之亡而正声绝,元之末而规矩堕。五百年来,作者十数。谅其所是,互有繁变,皆可谓安蔽乖方,迷不知门户者也。"①

十二　曾国藩《经史百家杂钞》的文体三分法

　　曾国藩(1811—1872)字涤生,湖南湘乡人。道光十八年(1838)进士。晚清重臣,湘军的创立者和统帅者,官至两江总督、直隶总督、武英殿大学士,封一等毅勇侯,颇得清廷信任。曾国藩继承桐城派方苞、姚鼐而自立门户,创立晚清古文的"湘乡派"。著有《求阙斋文集》、《诗集》、《读书录》、《日记》、《奏议》、《家书》、《家调》、《为学之道》、《五箴》并编有《十八家诗钞》、《经史百家杂钞》等,不下百数十卷,名曰《曾文正公全集》,传于世。其论古文,讲求声调铿锵,以包蕴不尽为能事;所为古文,深宏骏迈,能运以汉赋气象,意境雄奇瑰玮,一振桐城派枯淡之弊,为后世所称。

　　姚鼐编《古文辞类纂》,不收经、史之文;曾国藩编《经史百家杂钞》,又指导弟子黎

---

① (清)张惠言《茗柯文二编》卷上,四部丛刊本。

庶昌编《续古文辞类纂》,加以纠正,收了不少经、史之文。姚鼐把他所选的古文分为十三类。曾国藩在姚鼐的基础上略有分合,分为十一类,称谓和编序也不尽相同。曾的分类,有些还不如姚合理(如把序跋之序与赠序之序合并之类),但他对各类的说明往往比姚氏简明精当。曾氏还进一步把十一类归纳为三门:论著(著作之无韵者)、词赋(著作之有韵者)、序跋(他人的著作,序述其意者)三类为著述门;诏令(上告下者)、奏议(下告上者)、书牍(同辈相告者)、哀祭(人告于鬼神者)四类为告语门;传志(记人者)、叙记(记事者)、典志(记政典者)、杂记(记杂事者)四类为记载门。曾的分门别类未必完全科学,但它至少提醒我们,不可把数以百计的文体和数以十计的不同大类随意编排,而应找出其中的某种联系,作为分类、编序的依据。清末及民初的严复、林纾,以至谭嗣同、梁启超等均受其影响。

今人所编一朝全文总集也大体采用姚、曾二书较为适中的文体分类法,如四川大学古籍所曾枣庄、刘琳主编的《全宋文》,旨在将有宋一代的单篇散文、骈文以及诗词以外的韵文汇为一集,就根据姚、曾二书的文体分类意见,把《全宋文》所收的百多种不同体裁的文章分为十六大类,即辞赋、诏令、奏议、公牍、书启、赠序、序跋、论说、杂记、箴铭、颂赞、传状、碑志、哀祭、祈谢、其他(指以上各类无法统归者),以简御繁,便于检索。

仿《古文辞类纂》而为续书者不止一种,影响较大者为清末王先谦编的《续古文辞类纂》三十四卷。此书专收清文,自乾隆至咸丰凡三十八人、三十四卷,体例一依《古文辞类纂》。近人高步瀛编的《唐宋文举要》,甲编八卷选散文,前五卷选唐文二十六家,一百篇;后三卷选宋文十四家,七十八篇;共四十家,一百七十八篇。乙编是骈文,前三卷为唐代骈文,二十九家,四十六篇;后一卷为宋代四六文,二十家,七十篇。高氏所选以唐宋八大家为主,突出了重点;而八大家之外的名篇也选了不少,能兼顾到面。特别可贵的是他不仅选散文,也兼顾骈文,这与桐城派轻视骈文有很大不同。

十三　王先谦《骈文类纂》论"体随时变,趣尚偏异"

王先谦(1842—1917)字益吾,号葵园,室名虚受堂。湖南长沙人。幼习经史,同治四年(1865)进士,授国史馆编修、翰林院侍读、国子监祭酒等职。先后典试云南、江西、浙江,任江苏学政。光绪十五年(1889)辞官归里,主讲长沙思贤讲舍、城南书院、岳麓书院,还任过师范馆长、学务公所议长、省咨议局会办等。光绪三十四年朝廷赏以内阁学士衔。王先谦很少担任实际的政务官职,主要以学术名世,尤其在湖南声望极高,是著名的湘绅领袖、学界泰斗。他博览古今图籍,研究各朝典章制度,治学重考据、校勘,荟集群言,除校刻《皇清经解续编》外,还编有清《十朝东华录》、《续古文辞类纂》、《骈文类纂》等,著有《虚受堂诗文集》、《汉书补注》、《水经注合笺》、《后汉书集解》、《荀子集解》、《庄子集解》、《诗三家义集疏》等。

王先谦所编《骈文类纂》包括论说类、序跋类、表奏类、书启类、赠序类、诏令类、檄移类、碑志类、传状类、杂记类等,共四十六卷。在《骈文类纂序例》中,王先谦对每种文体都有论说。王先谦的文体论继承了刘勰《文心雕龙》对于文体的论说,重视文体的历史演变;但对同一种文体,他有更为详细的区分;并根据后世文章写作的实际情况,对刘勰的文体论有所补正;同时他还总结了清代文体特征及其使用情况,颇有价值。

其《骈文类纂序例》首论文论:"一曰文论,斯文肇兴,体随时变,趣尚偏异,流失遂生,达识雅材,揣摭利病……文之为体,有举莫废,其有联词切理,比事惬心,未尝不竞赏巧工,倾目浮藻。又鸿儒考古,激想抽毫,辨难既纷,溢为繁缛。才力所极,自呈炳蔚,虽波澜莫二,而途轨已别。此则循载笔之往式,导史评之先声者矣。"①

二论序文,反对"缘虚入实",力主"自达胸怀":"史家类传,乃有序跋,所以领厥宏纲,陈其命意……以诗文宴集,区为二门。余谓应奉之制,唯主颂扬,陪从之篇,尤重肃穆,爰就其中合采前美,昭示后仪。若寻常诗文序跋,亦分两事:一曰酬应之作。挹清黄宪之坐,问奇扬雄之亭,谊重渊源,感深投分。迨丛兰有已败之色,而卷葹余不死之心,期以片言,偕之千古。他如纪荣遇于毕生,述明德于既往,贞烈之曜,履苦而说甘;述作之工,推微以致显,皆义主表章,而事缘请属。此以情为根,而文周其用也。一曰掞张之作。必植柢忠孝,通钥经史,艺林萃薮,洪纤皆适用之资;国士遗编,显晦归后贤之责。此以文为本,而情畅其流也。至于触感无聊,伸纸写臆,屏居生悟,缘虚入实,泛长风而不息,则回恋故巢;望晨星之渐稀,则感伤知己。亦有朋好往还,襟情契结,登降岩壑,兴寄园亭,叹逝者之如斯,抚今欢而易坠。相与招绘事,赋新诗,更挥发以词章,庶昭宣其情绪。一卷之内,陈迹如新,百年之间,古怀若接,皆无假故实,自达胸怀。由耳目以造性灵,驱烟墨以笼宇宙,文之为道,斯其最胜者与。"

三论奏议及其不同称谓:"敷奏始于《尚书》,上书沿于战国,秦并区宇,列为四品:表以陈事,章用谢恩,劾验政事曰奏,推覆平论曰驳。汉云封事,起自宣帝,不关尚书,亦曰上疏,用之王侯,达于天子。总驳于议,而典午古今尺议,尚以驳名;陈谢用章,而齐陈贺庆表文,亦有章号。魏国奏事,始或云启。唐世奏谢,兼称为状。六代白简谓

---

① (清)王先谦《骈文类纂》卷首,光绪二十八年思贤书局刊刻本。下引同。

之弹事,盖按劾之变名。宋朝上书或云札子,是书剳之讹字。并奏之流也。进言搞文,战国为盛。汉初沿其波,制策发问,炎灵肇端,历代循其体。又有奏对、策对之异焉。本朝革华崇实,凡有进御,统谓之奏,平论大政,亦或用议。成书贺捷,皆上表文。殿试朝考,分题策疏。观乎人文,取存古式而已。"

四论书启:"书启者,通上下之辞也。皇储贵胄,降礼达诚,体性明睿,文词雅润,飞翰染楮,咸可览诵。亲贵酬献,才隽欢陪,光生顾眄,情申慕恋,或胜诡入逸,吴繁竞进,荣辱倚伏,机穽俄生,蠖屈求信,雉离增叹,斯则皇轨不一,恒必有之。至于折冲之事,经画之宜,倚马援毫,捉刀入幕,亦有请命邻封,荐贤当路,推功阃帅,致美大府,并表里史乘,裨助参稽。若文史为用,理体滋繁,课实谈虚,悉资考镜"。

五论赠序、寿序:"以言赠人,荀子比之金珠;择言而进,鲁侯以侑觞酒。洎乎唐世,乃有序文。发摅今情,敦勉古义,斯朋友之达道也。献寿有文,沿于明代,贵在不溢美,不虚称,反是则滥矣。王氏《法海》赠别序自为编,姚氏《类纂》因之,增入寿序,兹仍其例云。"

六论诏令及其不同称谓:"《文心雕龙》云:'昔轩辕唐虞,同称为命,降及七国,并称曰令。秦并天下,改命曰制。汉初定仪,则命有四品:一曰策书,二曰制书,三曰诏书,四曰戒敕。敕戒州部,诏诰百官,制施赦命,策封王侯,体至晰也。'案蔡邕《独断》云:'策书,策者简也,以命诸侯王三公。'制书,帝者制度之命也,其文曰制诏,三公赦令、赎令之属是也。诏书有三品,其文曰'告某官'、'官如故事',是为诏书。戒书戒敕刺史太守及三边营官,被敕文曰有诏。敕某官是为戒敕也。其义颇异,考西汉赐书辄称制诏,是诏兼制矣。武策三子,谊主申戒,是策亦敕矣。刘勰云:'戒敕为文,实诏之切者。'则敕即诏矣。汉高手敕太子,知此又不仅施州部也。逮及六朝世异,封建禅代,九锡依仿策文。唐宋敕书,或施之一人,或专赐州郡,诏则遍谕天下,制以黜陟封赠,其大较也。然举例核文,隋高祖报李穆应目以敕,唐太宗赐李靖陪葬应称曰制,而皆以诏名,知散文通矣。迁除用制,实病文繁。刘子元(即史学家刘知幾。他字子玄。清人避康熙帝玄烨讳,改作子元)谓褒贬之言,哲王所慎,谅哉!其义兼戒勉者取之,余屏不录。制策以咨多士,勖其书思对命,合于释名驱策诸下之义,教令亦上临下之辞,并以附焉。蔡邕《独断》云:'诸侯言曰教。'刘彦和云:'契敷五教,故王侯称教。'自教以不,则又有命,诏重而命轻者,古今之变也。考六朝文例,有令无命,《雕龙》所称,殆谓令耳。"

七论移檄:"刘彦和云:'为用事兼文武,意用小异而体义大同。'又云:'檄者,皦也,宣露于外,皦然明白也。或称露布,播诸视听也。'考《文章缘起》,马超伐曹操,贾宏为作露布,《雕龙》以为檄之别称,信有征验。魏晋以降,代有檄文,不名露布,彦和身居梁世，尚无殊解。然则露布为献捷专号，必在李唐之初乎！兹从其后起，分为二流，以同在金革，仍总诸一例。本国伐叛，但云下符其小，征伐则用移牒，皆檄之流也。稚圭《北山》，意严词正，节壮高隐，义激顽夫，笔阵助其驱除，山灵增其飒爽，虽斯体之附庸，实文人之魁桀矣。甘亭移牒城隍，助驱猫鬼，幽明一也。故并附焉。"

八论行状："行状者，生而显贵，没申史官，具毕生之事实，备后乘之甄录。沈约《齐司空柳世隆》、任昉《齐司空曲江公》两状，李氏《骈体文钞》采之，钞自类书，故非完本，不堪垂式，所宜割舍。传之为体，义通存没。苏子瞻《方山子》、归熙甫《筼溪翁》皆在生存，便为纪述，兰成丘崇，亦其例也。"

九论山川寺墓刻石："山川寺墓刻石勒文，所以挥发冥灵，导扬徽烈。隋唐以往，释老竞鸣，宏阐教宗，罕谈儒硕，曹颂王铭，信遗编之双秀也。至于纪功述德，意主揽张，刊树墓门，标题神道，皆以传名，业于靡湮贯荣，哀而同致表之言。表碣之言，揭其义一而已矣。埋隧镌词，体幽用显，但欲洛阳购纸，争读太冲之文，岂待元武辨铭，共识甄邯之冢。"

十论杂记文："齐梁文苑，始创记体，树寺造像，休文有作；孝标山栖，亦名曰志，志记一也。杂记之流，盖于兹托始。唐代亭堂石瀑，咸被文章，斯则记例宏开，不仅山川能说矣。又或追存曩迹，畅写今情。逮乎国朝，其流益伙，但游集之记，恒与序相出入。董子诜《泛月舣舟亭序》、李恕伯《游龙树寺记》，即其证也。大抵专纪述者，乃登记目；缀吟咏者，方以序称。此虽流别之至微，所当部居而不杂。"

十一论铭文："《雕龙》之论，铭，箴也，曰：'箴全御过，故文资确切。铭兼褒赞，故体贵弘润。'又言：'战国已来，弃德务功，铭词代兴，箴文委绝。'余谓语其体，则箴峻而铭纤；言其用，则铭广而箴狭。六朝作者竞趋辞赋，彦和当日，已叹箴铭罕施。今之为铭者时亦有焉，御过之文，宜乎鲜矣。"

十二论颂体："颂体权舆，并出周世，鲁祀文公，奚斯有作。臣下褒扬，于兹托始，仲山出祖，吉甫赠言。（《诗·大雅》"吉甫作诵"，《潜夫论》引作"颂"，盖三家异）朋友归美，亦其肇端。考父述商，首阐前代之懿；三闾玩橘，爰及品物之微。后来作者云兴，约归四例。士龙颂汉，奏章通情，斯属文之别调也。赞之于颂，名异实同……彦和有云：'结言于四字之句，盘桓乎数韵之辞。其颂家之细条乎。'余谓自来赞文先以论序，前冑宜以馨绪，不害为烦，后约举以朕词，故不伤其促，末世俪之颂文，施用弥广。子山诸赞，犹存古质。《雕龙》文赞，洋洋乎词林之盛美，非凡品所庶几焉。"

十三论诔。哀、吊辞："诔与哀辞，彦和区分二事。其论诔也，曰'传体而颂文，荣始而哀终'。论哀辞也，曰'以辞遣哀，盖不泪之悼。故不在黄发，必施夭昏'。余谓诔与哀辞并哀逝之作，诔以累德，施之尊长而不嫌僭；辞以叙悲，加之卑幼而觉其安。许竹笆《高夫人哀辞》，炳焉述德之文，亦非不泪之悼，务尽今悲，稍变前式矣。兰成思旧，虽以铭称，亦诔之流也。故以次焉。《雕龙》云：'吊者，至也。'《诗》云'神之吊矣'，言神至也。故吊祭为类，君道之吊庄，容甫之吊黄、马，因文寄意，并吊之别体。"

十四论杂文："彦和论杂文曰：宋玉始造对问，东方广为《客难》，扬、班之徒迭相祖述。枚乘首制《七发》，子云肇为连珠。凡此三者，文章之枝派也。"

第六节　清人别集中的文体论

清人别集之多大大超过前代。孙殿起《贩书偶记》载清人别集约四千种，《清史稿·艺文志》及其补编著录四千五百七十五种，清史编委会所编《清代诗文集汇编》收别集四千三百八十种，近代藏书家伦明（1875—1944）所藏清人别集则近万种而已散失，李灵年、杨忠所编《清人别集总目》著录现存二万家，约四万种。柯愈春所编《清人别集总目提要》著录亦近二万人、四万余种，这应是清人别集的真实数字。如此数量的清人别集，当然无法一一论述其文体观，只能择其要者。

一　施闰章的风格论

施闰章（1618—1683）字尚白，一字屺云，号愚山，又号蠖斋，晚号矩斋。宣城（今属安徽）人。顺治六年（1649）进士。与修《明史》。施闰章以诗名闻于清初。王士禛论康熙时诗人，将他与宋琬合称"南施北宋"。其古文学欧、苏，以辨析理学及论修史之作最为精致，传志序跋大多内容平庸，不能与其诗歌相提并论。著有《学余堂文集》。

其《诗原序》堪称一篇诗歌简史，历评《诗经》、屈、宋、苏、李、曹、刘、杜、苏之作，认为"后汉、魏而雄于诗者，莫如子美，其自叙曰'读书破万卷，下笔如有神'，故乐府、五言诸体不为拟古之作，即事命篇，意主独造，而学集其大成，以是为不可及。夫古今之势不同，风雅颂已不相袭而殊途同归，自汉以来善作者大抵善述之流也。苏子瞻尝教人作诗，曰熟读《毛诗》国风与《离骚》，曲折尽是矣"，他反对"辞不己出，而事剽贼，不尚论远采，而一二近今是师，是诗盛而愈亡也"。①

其《江雁草序》论诗、史之难易、功用，认为史难于诗："古未有以诗为史者，有之，自杜工部始。史重褒讥，其言真而核；诗兼比兴，其风婉以长。故诗人连类托物之篇，

① （清）施闰章《学余堂文集》卷三，文渊阁四库全书本。

不及记言、记事之备。传曰：温柔敦厚，诗教也。然作史之难也，以孔子事笔削，其于知我罪我，盖惴惴焉。昌黎为唐文臣，起衰敝，至言史官不有人祸，必有天刑，引左丘明、司马迁及崔浩、魏收等为戒。"而诗的功用则大于史："言者无罪，闻之者足以戒，其用有大于史者。"杜甫则以诗为史，把二者结合起来："风骚而降，流为淫丽，诗教浸衰。杜子美转徙乱离之间，凡天下人物事变无一不见于诗，故宋人目以诗史。"但即使杜甫也不敢尽言："至于胸中郁悒侘傺，卷舌不敢尽言，既言而不敢尽存，若以为飘风骤雨之飒然，过而不留也，斯其志抑已苦矣。"

其《楚村诗集序》认为不同的人有不同的风格："孟子言诵诗读书，不可不知其人。夫达者多欢词，悲者饶苦调，俊迈者流逸而多风，静深者高寒而孤寄，任真自得者淡泊而容与，穷高极远、包举众家者淳涵怪幻，风雨鬼神杂出而万变。陶、韦、王、孟、李、杜、韩退之、孟东野及苏子瞻诸集，皆望而可辨其人者也。"其《定力堂诗序》（卷五）亦云："昌黎韩子之论文也，以为与世浮沉，不自竖立，虽不为当时所怪，亦必无后世之传。予读之悚然，信韩子之奇于文也。学者拘常袭陋，肤附而踵随，求一语突出不可得。且谓君子之立言，固如是其坦白也。信如是说，则是麒麟凤凰不必称瑞于世，而黄茅白苇弥望无际，皆可目为琪树之林矣……自汉魏以来能言之家，别流同原，互相祖述，唐以之取士，千人一律，几同帖括。于是李、杜诸大家而外，昌黎之崛奥，长吉之诡奇，阆仙、东野之巉削幽寒，皆于唐人淹熟中另为别调以孤行者也。夫惟充乎其内，不徒务异其词，故其盘空凿险，风雨鬼神，百出而不可殚究。久之渐老渐熟，渐归平淡，如策骐骥于千仞之冈，蚁封百折而徐放乎康庄也。子其求为后世之传，而毋惮为一时所怪，则韩子之说信矣。"

不同地位的人诗风不同，不同性格的人诗风尤为不同，其《吴非熊诗序》（卷六）云："山人诗与缙绅自异，盖其地使然。处岩穴而务为富贵之言，谓之不衷。若蕲削太甚，气寒力薄，视一言一字之近于高华，若将浼焉，此特田夫村老之言。目为山人，人之称山人者，岂徒然哉？摩诘富贵人，下笔辄萧然物外；浩然以布衣齐名，观其诗岂尝有岑寂寒俭之态哉？故夫山人之诗未易言也。"

他认为诗有可喜、可畏两种风格，其《岁星堂诗序》云："文辞之卓然表见于世者有二焉：其一曰可喜，清词丽句，目眩情移者是也；其一曰可畏，劲气雄风，惊魂动魄，不可逼视者是也。人情好投以所喜，而避其所畏，故竞为软美涂饰之辞，夸世弋名，譬犹燕赵之佳人，吴楚之艳质，粉白黛绿，争妍取怜。忽有伟人高官佩剑，顾盼非常，不知所从来，袒臂大呼，众皆溃散。其气量之大小强弱，盖若斯殊也。杜陵有云'或看翡翠兰苕上，未掣鲸鱼碧海中'，此老跋扈已见乎辞矣。"

明代以八股取士，其《正文体》批评当时八股文云："文风上应国运。国家全盛之时,当有光昌俊伟之文,大抵风气须尚高明,理体要归驯雅。夫文之八股,犹人之四肢也。今或起讲,一直说尽,无复虚冒,是开口而脏腑具见,病一也。提比笼罩冠冕,方有气象,今或强作掀翻,散行一段,头目倾斜,病二也。虚比往往径删,反从中股后出题,咽项不贯,病三也。中股宜实而虚,宜正而反,宜全发而忽半截,无复起承转合,心腹空虚,病四也。后幅忽作二大股,或又加二小股,股大于腰,指大于臂,病五也。夫耳目易位,西子无所逞其妍;榱栋倒施,输般(鲁班)无所用其巧。读书好古之士,范我驰驱,而蹊径自别。至于全章一节,剪裁顿挫,自见古人手笔,愿具眼者一振之。”

《四库全书·学余堂文集》提要云:“其《蠖斋诗话》有曰:山谷言:‘近世少年不肯课治经史,徒取助诗,故致远则泥。’此最为诗人针砭,诗如其人,不可不慎。浮华者浪子,叫号者粗人,窘瘠者浅,痴肥者俗。风云月露,铺张满眼,识者见之,直是一叶空纸耳。故曰君子以言有物。’观其持论,其宗旨可睹矣。”《蠖斋诗话》主张“诗有本”、“言有物”,反对“入议论”,推尊唐人,反对宋诗:“有谓排律无单韵,如老杜集中止有十韵、十二、十四、二十、二十四、三十、四十、五十韵之类,并无十一、十三、十五韵者。考之杜集,良然。按此体唐人以沈、宋为宗,及考盛唐诸家,沈佺期诸君用五韵、七韵者颇多;骆丞(宾王)‘楼观沧海日,门对浙江潮’亦七韵,不害为名作……大抵以对仗精严、声格流丽为长,未尝数韵限字,勒定双韵。”他引郑某云:“长篇沉着顿挫,指事陈情,有根节骨格,此老杜独擅之长;宋人每每学之,遂以诗当文,冗滥不已,诗遂大坏,皆老杜启之。”他认为“此言虽激,亦自有见。近见才人不百韵则以为俭腹短才,不知沈、宋、王、孟,大抵皆贵精不贵多也。”①可见他对宋人不善学杜,而“以诗当文,冗滥不已”是不以为然的。

二 吴绮论风格的多样性

吴绮(1619—1694)字丰南,号绮园,又号听翁,别号红豆词人。江都(今江苏扬州)人。顺治二年(1645)贡生。以多风力、尚风节、饶风雅闻名,时人称为“三风太守”。著有《亭皋集》、《蕙堂文集》、《艺香词林》,其子寿潜合编为《林蕙堂全集》二十六卷,一卷至十二卷为四六,十三卷至二十二卷为诗,二十三卷至二十五卷为诗余,二十六卷则为所作南曲。《四库全书·林蕙堂全集》提要云:“国初以四六名者推绮及宜兴陈维崧二人,均原出徐(徐陵)、庾(庾信)。维崧泛滥于初唐四杰,以雄博见长;绮则出入于樊南(李商隐)诸集,以秀逸擅胜。”故其文几乎都是四六文。

---

① 以上(清)施闰章《蠖斋诗话》,《清诗话》,上海古籍出版社1963年版。

前人对集句诗多不以为然，如苏轼《次韵孔毅父集古人句见赠五首》云："羡君戏集他人诗，指呼市人如使儿。天边鸿鹄不易得，便令作对随家鸡。退之惊笑子美泣，问君久假何时归。世间好句世人共，明月自满千家墀。"但吴绮《何云堅转运集字诗序》却对集句、集字诗给予了充分肯定："诗缘至性，实本别才。聚腋成裘，裘合而宁知是腋；将花酿蜜，蜜成而无复为花。此岂属乎人能，良亦关乎天巧。若乃五音迭奏，并合宫商；杂彩相宣，自成机杼。相其体制，风华不让齐、梁；揽厥篇章，大雅无伤李、杜。斯则王夷甫之玉立，自具神姿；宁独谢安石之碎金，徒夸宝屑而已哉？置之笥内，应函云母之封；付以筵前，可协雪儿之奏矣。"①

其《翁苍牙见山楼诗集序》认为诗不仅要讲律吕，更要讲识量；不仅要有才，更要有学："夫律吕之合先以气机，华实所分由于识量。翁子留心当世，肆力古人。比贾谊之弘才，羞同绛（周勃）、灌（夫）；如东方（朔）之博览，兼读孙、吴。既学剑而学书，亦能经而能史。"他论翁诗风格的多样性云："更览诸篇，悉称名作。或悲凉对酒，抗如击筑之奇；或绰约寻花，婉似鸣琴之奏。或奔腾迅烈，同万马之嘶风；或淡荡凄清，若孤鸿之叫月。"这是讲一人诗风的多样性。其《学易堂诗序》则谓不同时代，不同性情的人，风格是不同的："十五国删于周，而其旨皆归于温厚；廿一代断于汉，而所著杂见乎风骚。然诗以言情，文如其品。若陶若谢而不一，览之者似见其人；若杜若李而多殊，读之者如瞻其貌。岂其声歌之有异，良亦情性之不同耳。"

吴绮论词之作尤多，也力主风格的多样性，其《彭爰琴词序》（以下均见卷五）云："夫词号诗余，体原乐府。翰林三阕（指李白《清平调词》三首），写怨思于寒烟；博士八叉（指温庭筠八叉手而成韵），怆离情于夜雨。翠翘金雀，虽务极其绸缪（指白居易《长恨歌》）；玉宇琼楼，要本原于忠厚（指苏轼《水调歌头·中秋怀子由》）。夫何小巫日竞，几自类于倚门；遂至大雅云希，竟难求其入室。兹则法综淮海（秦观），义仿屯田（柳永）。端丽出于性成，秾秀原于自有。"《范汝受〈十山楼词〉序》云："夫词者，诗之余也。诗号三唐，极骚坛之变化；词称两宋，尽乐府之源流。然风雅所传，不能有王（维）、韦（应物）而无温（庭筠）、李（商隐），岂声音之道，乃可右周（邦彦）、柳（永）而左辛（弃疾）、苏（轼）？譬如五味之滋，并陈酰酱；若夫八音之奏，同具宫商。乃说者互有所持，而究之皆非通论也。"《陈次山〈香亭词〉序》云："夫词出骚坛，实原乐府。非诗非曲，其妙在深浅之间；可乐可悲，其调以安和为主。"

① （清）吴绮《林蕙堂全集》卷三，文渊阁四库全书本。

三　毛奇龄对应试诗、八股文的批评

毛奇龄(1623—1716)原名甡,字大可,又字于一、齐于,号初晴。以郡望西河,学者称西河先生。与兄万龄有"江东二毛"之称。萧山(今属浙江)人。清初经学家、文学家。生性倔强,恃才傲物,言词过激,仇家罗织罪名,几遭诬陷。康熙十八年(1679)举博学鸿儒科第二,授翰林院检讨、国史馆纂修等职,与修《明史》。二十四年任会试同考官。毛奇龄学识渊博,遍治经、史;擅长骈文、散文、诗词,均自成家数;精通音律,并从事诗词理论研究;其书法骨力骏健、儒雅清奇。一生以辩定诸经为己任,力主治经以原文为主,不掺杂别家述说。其《四书改错》、《诗传诗说驳议》等,条理明晰,考据细密,大胆否定驳正宋、明人讹误。其诗博丽窈渺,初受知于陈子龙,反复变化,由三唐而上窥齐、梁。论诗主张"涵蕴",尊唐抑宋,甚至痛诋苏轼。著述甚富,仅为《四库全书》著录者就达五十余种,主要著作有《仲氏易》、《推易始末》、《河图洛书原舛编》、《太极图说遗议》、《春秋毛诗传》、《春秋属辞比事记》、《乐本解说》、《古今通韵》、《毛诗写官记》、《诗札》、《西河合集》等,后由其学生编为《西河合集》近五百卷,内有《诗话》八卷,《词话》二卷。

在文体论上,他论述词曲较多,其《倚玉词序》认为词不应以宋为限:"词虽宋体,然自唐后,乐府减四十八调为二十四调,而后诗余、曲子由大晟以迄金、元,其所为九宫十三调者,皆二十四调之遗,则上自齐、梁,下逮金、元,无不以是为宫悬夏击之端,原非北宋一代所得而限也。"①

其《唐人试帖序》(卷五二)认为声韵之说始于应试诗:"诗有由始,今之诗非风雅颂也,非汉魏六朝所谓乐府、古诗也。律也律者,专为试而设。唐以前诗,几有所谓四韵六韵八韵者?而试始有之。唐以前诗何曾限以三声、四声、三十部、一百七部之官韵,而试始限之。是今之所谓诗律也,试诗也。乃人日为律,日限官韵,而试问以唐之试诗,则茫然不晓。是诗且不知,何论声律?"又认为八股文亦始于应试文:"且世亦知试文八比之何所昉乎?汉武以经义对策,而江都平津太子家令并起而应之,此试文所自始也。然而皆散文也。天下无散文而复其句,重其语,两叠其话言作对待者,惟唐制试士,改汉魏散诗而限以比语,有破题,有承题,有颔比、颈比、腹比、后比,而然后以结收之。六韵之首尾即起结也,其中四韵即八比也。然则试文之八比视此矣,今日为试文亦目为八比。而试问八比之所自始,则茫然不晓。是试文且不知,何论为诗?"试

---

① 《西河集》卷四七,四库全书本,共一百九十卷。

诗和试文一样，"有制题之法，有押韵之法，有起承开合，颔颈腹尾之法"，但最根本的是要有心，有性情："夫含齿戴发而不知其为生人不可也，知为生人而不知生人之有心，尤不可也。夫为诗为文，亦何一非心所为？而乃有其心而不审所用。诗有性情，人实不解，而至于八比，则敷词贴字而并不得有心思行乎其间。"

律赋也是应试赋，他是看不起的，其《丁茜园赋集序》（卷五五）云："赋者，古诗之流也。惟原本古诗，故在六义之中，与比、兴同列，而实则源远流长，自为一体。班生（班固）《艺文志》于歌诗之外载赋目千篇，而惜其文之不尽传也。乃嗣是而降，孙卿（荀子）以规，宋大夫（宋玉）以辨，王褒、扬雄之徒或以讽，或以颂，要不失六义之准。即六季（指魏晋宋齐梁陈）佻侻，犹然以缘情体物之意行之。至隋、唐取士，改诗为律，亦改赋为律，而赋亡矣。登高大夫，降之为学僮摹律之具，算事比句，范声而印字，襞其词而画其韵，既无忧慨独往之能，而称名取类，就言词以达志气，亦复掩卷殆尽。本之亡矣，流于何有……予叹世之学者，畏难喜利，宁谢隆古，必守挽近。不惟诗不知古，舍格为律，而即其为律之中，犹且辟景开（景龙、开元）而习和庆（元和、长庆），而况乎赋才，特上炜烁纵横，谁则能上备援稽，下工摅写者……吾故曰：赋者，古诗之流。世之见之，慎毋以诗律律诗，并毋以世之言赋者律是赋可也。"这是一篇赋史，律赋兴而赋亡，登高之赋变为"学僮摹律之具"，可见他对律赋的深恶痛绝。

其《诗札》是专论《诗经》的，兹不论。其《西河词话》对诗、词、曲的演变提出了不少重要观点，如"词本无韵，故宋人不制韵，任意取押，虽与诗韵相通不远，然要是无限度者（可通押但也有限制）"；"词名多取诗句之佳者，如《夏云峰》则取'夏云多奇峰'句，《黄莺儿》则取'打起黄莺儿'句是也。独《酹江月》、《大江东去》则因东坡《念奴娇》词内有'大江东去'、'一樽还酹江月'二句，遂易是名。夫以词中句而反易词名，则词亦伟矣！今人不知词，动訾《大江东去》，彼亦知其词如是伟耶？"①他论述了歌舞词曲演变为戏剧的过程，认为"古歌舞不相合，歌者不舞，舞者不歌，即舞曲中词，亦不必与舞者搬演照应"；"自唐人作《柘枝词》、《莲花旋歌》，则舞者所执，与歌者所措词，稍稍相应，然无事实也"；"宋时有安定郡王赵令畤者，始作商调《鼓子词》，谱《西厢》传奇，则纯以事实谱词曲间，然犹无演白也。"金代演变成诸宫调："至金章宗朝，董解元不知何人，实作《西厢挢弹词》，则有白有曲，专以一人挢弹，并念唱之。嗣后金作清乐，仿辽时大乐之制，有所谓《连厢词》者，则带唱带演，以司唱一人，琵琶一人，笙一人，笛一人，列坐唱词。而复以男名末泥，女名旦儿者，并杂色人等入勾栏扮演，随唱词作举止。如'参了菩萨'，则末泥只揖。'只将花笑捻'，则旦儿捻花类。北人至今谓之连

---

① （清）毛奇龄《西河词话》卷一，文渊阁四库全书本。以下所引均见同书卷二。

厢，曰打连厢、唱连厢，又曰连厢搬演。大抵连四厢舞人而演其曲，故云。然犹舞者不唱，唱者不舞，与古人舞法无以异也。"到元代演变成杂剧："至元人造曲，则歌者、舞者合作一人，使勾栏舞者自司歌唱，而第设笙笛琵琶，以和其曲。每入场以四折为度，谓之杂剧。其有连数杂剧而通谱一事，或一剧，或二剧，或三四五剧，名为院本。《西厢》者，合五剧而谱一事者也。然其时司唱犹属一人，仿连厢之法，不能遽变。往先司马从宁庶人处，得《连厢词例》，谓司唱一人，代勾栏舞人执唱。其曰代唱，即已逗勾栏舞人自唱之意。但唱者只二人，末泥主男唱，旦儿主女唱。他若杂色入场，第有白无唱，谓之宾白。宾与主对，以说白在宾，而唱者自有主也。"元末并明初变为南曲："至元末并明初，改北曲为南曲，则杂色人皆唱，不分宾主矣。少时观《西厢记》，见每一剧末，必有络丝娘煞尾一曲，于扮演人下场后复唱。且复念正名四句。此是谁唱谁念，至末剧扮演人唱《清江引曲》。齐下场后，复有随煞一曲、正名四句、总目四句，俱不能解唱者念者之人。及得连厢词例，则司唱者在坐间，不在场上。故虽变杂剧，犹存坐间代唱之意。此种移踪换迹，以渐转变，虽词曲小数，然亦考古家所当识者。故先教谕曰：世人不读书，虽念词曲亦不可，况其他也。"他认为诗、词、曲都是要讲宫、商、角、徵、羽、变宫、变徵等声律的，批评"近人不解声律，动造新曲，曰自度曲。试问其所自度者，曲隶何律？律隶何声？声隶何宫？何调？而乃猖然妄作有如是耶！"

四　汪琬丰富的文体论

汪琬(1624—1691)字苕文，号钝庵，长洲(今江苏苏州)人。晚年隐居太湖尧峰山，学者称尧峰先生。顺治十二年(1655)进士。曾任户部主事、刑部郎中等。康熙十八年(1679)，召试博学鸿词科，授翰林院编修，与修《明史》。汪琬与侯方域、魏禧合称清初散文"三大家"，文风受欧阳修影响，而近于南宋诸家。亦能诗，但成就不及文。著有《钝翁类稿》，晚年自订为《尧峰文钞》。《四库全书·尧峰文钞》提要评汪琬在学术史上的地位，堪与王士禛、阎若璩等大家相抗衡："古文一脉，自明代肤滥于七子，纤佻于三袁，至(天)启、(崇)祯而极敝。国初风气还淳，一时学者始复讲唐、宋以来之矩矱，而琬与宁都魏禧、商丘侯方域称为最工。宋荦尝合刻其文以行世，然禧学杂纵横，未归于纯粹，方域体兼华藻，稍涉于浮夸，惟琬学术既深，轨辙复正，其言大抵原本六经，与二家迥别。其气体疏通畅达，颇近南宋诸家，蹊径亦略不同。庐陵(欧阳修)、南丰(曾巩)，固未易言，要之接迹唐、归无愧色也。"

汪琬几乎论及各代各种文体，多有独到之见。关于文道关系，其《王敬哉先生集序》云："文者贯道之器，故孔子有曰文不在兹乎。孔子之所谓文，盖谓《易》、《诗》、

822

《书》、《礼》、《乐》也,是岂后世辞赋章句,区区俪青妃白之谓与?"他批评汉儒注经"言《易》者不知天人贯通之旨,而溺于纳甲卦气之说;言《诗》者不知王国盛衰之原,而溺于四始五际之说;言《书》者不知二帝三王所以致治之大本大用,而所争者文王改元,周公践阼之说。至于《礼》、《乐》又往往有其义而不知习其仪,有其器而不知名其物";"嗣后陵迟益甚,文统道统于是岐而为二:韩、柳、欧阳、曾以文,周、张、二程以道,未有汇其源流而一之者也"。① 可见他认为文与道,文统与道统是一致的。同卷《愿息斋集序》认为义理、经术、史学、辞章难以兼善:"义理之学一也,经术之学一也,史学一也,辞章之学又一也。学至于辞章,疑若稍易,而世之文士终其身,惫精竭神于中,卒未有造其全者。杜子美之诗举世宗之,号为集大成矣,而无韵之言辄不可读。苏明允、曾子固皆不长于诗,子瞻之于诗若文,雄迈放逸,其天才殆未易几及,而倚声为小词,则不如周、秦远甚。倪犹轮人不能造弓,垎人不能操斧斤以斲栌橼也,惟其惫精竭神于一艺,夫然后可以尽其变,而入于神且化,所谓艺之至者不两能与。"《拾瑶录序》进一步批评史家分儒、道、艺为三:"学之所尚不同,义理一也,经济一也,诗歌、古文、词又其一也。谈义理者或涉于迂疏,谈经济者或流于雄放,于是咸薄诗歌、古文、词为小技而不屑,以为自汉以来遂区《儒林》与《艺苑》为二,至《宋史》又别立《道学》之目,卒区之为三矣。予谓为诗文者必有其原焉,苟得其原,虽信笔而书,称心而出,未尝不可传而可咏也。不得其原则饤饾以为富,组织以为新,剽窃摸拟以为合于古人。非不翕然见称一时也,曾未几何而冰解水落,悉归于乌有矣。是故为诗文者要以义理、经济为之原。朱徽公(熹)固理学之祖也,而其诗文最工,推南渡后一大家。唐之陆宣公、李卫公,宋之韩魏公、范文正公之流,其勋名在朝廷,其声望在天下。后世宜乎不屑于诗文矣,然而议论之卓荦,词采之壮丽,五七言小诗之雍容尔雅,至今读其片言只句,犹莫不想见其风采,而企慕其人。然则区《道学》、《儒林》、《艺苑》为三,此史家之陋,未可谓之通论也。"

其《风雅正变》论《诗经》云:"凡言正变者必当考求其诗,考求其诗然后能得其实。褒美之诗为正,则刺讥之诗为变也;和平德义之诗为正,则哀伤淫佚之诗为变也。故曰国次、世次不可拘也。"《楚辞》认为《楚辞》乃《诗》之苗裔:"《诗》亡而后《春秋》作,《春秋》绝而后《楚辞》兴,其诸所以悯世疾俗、劝善而惩恶者,盖犹不失忠厚恻怛之意焉。是故与《三百篇》近者,莫善于《楚辞》。"

《唐诗正序》论唐诗风格的演变云:"有唐三百年间能者相继,贞观、永徽诸诗,正之始也,然而雕刻组缋殆不免陈、隋之遗焉。开元、天宝诸诗正之盛也,然而李、杜两

---

① (清)汪琬《尧峰文钞》卷二九,文渊阁四库全书本。

家并起角立,或出于豪俊不羁,或趋于沉着感愤,正矣有变者存。降而大历以讫元和、贞元之际,典型具在,犹不失承平故风,庶几乎变而不失正者与。自是之后,其辞渐繁,其声渐细,而唐遂陵夸,以底于亡。说者盖比诸郐、曹无讥焉,凡此皆时为之也。当其盛也,人主励精于上,宰臣百执趋事尽言于下,政清刑简,人气和平,故其发之于诗率皆冲融而尔雅,读者以为正,作者不自知其正也。及其既衰,在朝则朋党之相讦,在野则戎马之交证,政烦刑苛,人气愁苦,故其所发又皆哀思促节为多,最下则浮且靡矣。中间虽有贤者亦尝博大其学,掀决其气,以求篇什之昌,而讫不能骤复乎古。读者以为变,作者亦不自知其变也。是故正变之所形,国家之治乱系焉;人才之消长,风俗之污隆系焉。后之言诗者顾惟取一字一句之工以相夸尚,夫岂足与语此?"

《国朝诗选序》论唐、宋诗之关系云:"古之为诗者,问学必有所据依,章法句法字法必有所师承,无唐、宋一也。今且区唐之初、盛、中、晚而四之,继又区唐与宋而二之,何其与予所闻异也。且宋诗未有不出于唐者也,杨(亿)、刘(筠)则学温(庭筠)李(商隐)也,欧阳永叔(修)则学(李)太白也,苏(轼)、黄(庭坚)则学子美(杜甫)也,子由(苏辙)、文潜(张耒)则学(白)乐天也。宋之与唐,夫固若埙篪之相倡和,而驱蚤之相周旋也,审矣。"

《苑西集序》论明诗之衰、清诗之盛云:"前明万历后,士习益陋,斯文寖以衰苶。自我世祖定鼎以来,文治聿兴,于是声教所被,作者不可胜计。时则若太仓吴祭酒伟业、宛平王文贞公崇简、合肥龚端毅公鼎孳,以文学倡导于前,然后鸿儒硕士望风继起。讫于今上在御,益加网罗海内英隽,彬彬蔚蔚,鳞次麕集于朝廷之上,大之发为诏诰,小之散为诗歌,绘绣错施,韶濩并作,往往媲美前古。其间尤魁然杰出,亟为天子所迪简而称赏者,则惟澹人先生(高士奇)一人而已。"

明清以八股文取士,其《金正希先生遗稿序》论八股文功过云:"自有明以来,国家令甲创设五经、四子、八股之业,以为进退士子之具。当其盛也,举凡魁人杰士与夫公卿将相,戡定祸乱,通达时务之流,胥从此出。而其文章亦皆昌明博硕,妙于语言,为学者所宗。虽名为时文,而求诸古人盖未有不合者也。沿及神宗之末,文体日益以坏,而士习亦日益以变。庙堂之中门户相角,人主孤立于上,士大夫朋比于下,曾不数纪,遂蹙社稷而覆之。呜呼,国运之治乱,人材之贤不肖,吾固于时文验之矣。"

他认为各种文体可兼通,《乔石林赋草序》论赋、史可兼云:"或谓赋家宜于侈靡,史家宜于简直,二者之学不同,今使石林(乔莱)以赋才司纂修,得毋用违其长与?琬曰非也。登高能赋可以为大夫,古之所谓大夫者,求诸《周官》如太史、小史、内史、外史之属皆在焉,不必其无兼才也。刘向、扬雄之于汉也,盖尝茸天汉以后诸故实,讫于元、成、哀、平,以续《史记》矣。及考其骚赋之作,则又卓然有名,如向之《九叹》,雄之

《长杨》、《校猎》、《反骚》诸文是也。世称班固《汉书》文赡事详,过于史迁,而《东(都赋)》、《西都赋》则又叙述山川之险,都邑之雄,宫阙掖庭之丽,而究归于灵台、辟雍、明堂风化之盛,其辞闳深灏衍,虽后有作者研思十年,亦不能稍加焉。孰谓长于此者必不长于彼与?"《姚氏长短句序》认为诗、词虽不同类,亦可兼擅:"词与诗类乎?曰:不类。诗本于《三百篇》,以温柔敦厚为教者也。其后虽不尽然,然上之可以征治忽,次之可以示劝惩,犹有风雅颂之遗焉。若词,则不足与于此矣。然则能诗与能词者有异乎?曰:否。李太白,诗人之正宗也,而工于词;欧阳永叔、苏子瞻,数百年以来所推文章大家也,而工于词;至于黄鲁直、秦少游、周美成之属,亦无不诗词兼擅者。古之名公巨卿,下讫骚人墨士,既以其远且大者舒而见之于诗矣,顾又出其余力,组织纤艳之文,流连闺房之境,倚声而发之,用以侑杯酌,佐笙箫,号为诗余,未有能诗而不能其余者也。"

《与参议施先生书》论序云:"古之人有诗文以序重者,有序以诗文重者,有诗文与序交相重者。如子夏之序《诗》也,杜预、何休、范宁之序三传也,此序以诗文重者也。韩退之之序《盛山十二诗》也,苏子瞻之序《牡丹记》也,此诗文以序重者也。上而孔子之序《易》与《书》,降而讫于昭明太子之序《文选》也,此皆诗文与序交相重者也。"

他认为诗文有台阁、山林二体,《张青玙诗集序》云:"昔贤论文有二体,有台阁之体,有山林之体。惟诗亦然,铺扬德伐,磊落而华赡者,台阁之诗也;徘徊景光,雕琢而纤巧者,山林之诗也。春容翱翔,泽于大雅者,台阁之诗也;悲嗼愤慨,邻于怨诽者,山林之诗也。是故王公大人之所赋,读之如伐鼍鼓,如考鲸镛,如抚琴瑟之和平,台阁之诗也;骚人思妇之所吟,读之如击土壤,如叩瓦缶,如闻猿啸虫鸣之凄清,山林之诗也。有唐诸名家若燕(燕国公张说)、许(许国公苏颋)之巨丽,李(白)、王(维)、钱(起)、刘(禹锡)之新逸,皆台阁之诗之属也。至于卢仝之怪奇,李长吉(贺)之刻削,孟郊、贾岛之寒瘦,则山林之诗之属也。为台阁诸体者宜贵,宜寿考,宜大其设施于世;为山林诸体者宜不偶,宜不永年,宜无所表见而自放废于寂漠之濒,浩荡之野。以此相士,大率皆然。"僧诗多属山林体,但也有诗人之诗、禅人之诗的区别,其《洞庭诗稿序》云:"释氏之为诗也,有诗人之诗焉,有禅人之诗焉。唐之皎然、灵彻,诗人之诗也;贯休、齐已,禅人之诗也。诗人之诗所长尽于诗,而其诗皆工;禅人之诗不必其皆工也,而所长亦不尽于诗。所长尽于诗者,以其诗传;不尽于诗者,则以其道与其诗并传。故皎然、灵彻、贯休、齐已之作,声闻相颉颃于后世,莫之能优劣也。"

其《传是楼记》还论及"部居类汇,各以其次"的四部分类法:"昆山徐健庵(徐乾学)先生筑楼于所居之后,凡七楹,间命工斵木为橱,贮书若干万卷,区为经、史、子、集四种。经则传、注、义、疏之书附焉,史则日录、家乘、山经、野史之书附焉,子则附以卜笾、医药之书，集则附以乐府、诗余之书。凡为橱者七十有二，部居类汇，各以其次，素标缃帙，启钥烂然。"

五　陈维崧论诗辞赋之演变

陈维崧(1625—1682)字其年，号迦陵，江苏宜兴人。明末复社党人陈贞慧之子，少逢国变，应乡试不中，中年落拓，奔走南北。康熙十八年(1679)举博学鸿词，授翰林院检讨，参与修纂《明史》。陈维崧性情豪迈，才气浩瀚，诗、骈文皆工，尤擅填词。在清初词坛，陈、朱(彝尊)并列，称为"阳羡派"。著有《湖海楼诗文词全集》五十四卷，其中词占三十卷。

陈维崧是清初四六名家，《四库全书》收有《陈检讨四六》二十卷，其中卷三至卷一四为序。除赠序、寿序外，其书序多论及诗文体裁和风格，如其《陆悬圃文集序》论骈、散应并崇云："江、萧染翰，弁龙门纪事之文；潘、左操觚，序鹿洞谈经之作。则筵前授简，请以属之他人；座上挥毫，愿以俟夫君子。何则？燕函越镈，递有端(专)家；北辙南辕，要难并诣。一疏一密，既意隔而靡宣；或质或文，复情暌而罕俪。然而诸家立说，趣本同归；百氏修辞，理惟一致。倘毫枯而腕劣，则散行徒增阓茸之讥；苟骨腾而肉飞，则丽体讵乏惊奇之誉？原非泾渭，讵类玄黄？"[①]

其《吴天篆赋稿序》论诗辞赋之演变云："四始以降，代嬗歌谣；六义而还，家沿雅颂。后夔堂下，擅搏拊者三千；孔子坛前，作缦弦者十九。列国大夫，洒洒登高之作；宗邦公子，洋洋博物之称。楚疆善怨，屈原则景差、唐勒之师；梁苑工文，(路)乔如亦枚乘、邹阳之亚。莫不权舆比兴，祖祢风骚。班固以为古诗之流，扬雄亦曰诗人之赋。不歌而颂，曾闻玄晏(晋皇甫谧)之谈；体物为长，略见士衡(陆机)之论。"

《学海类编》收有陈维崧的《四六金针》，将四六作法分为"唐人四六之故规"与"宋人四六之新规"，并对所谓的"约事"、"分章"、"明意"、"属辞"和"熟"、"剪"、"截"、"融"、"化"、"串"及各种骈文文体的作法进行了论述。但此书乃抄录补缀元代陈绎曾的《文筌·四六附说》而成，而《文筌》前已论及，故不再述。

六　姜宸英论历代诗风、文风演变

姜宸英(1628—1699)字西溟，号湛园，又号苇间，慈溪(今属浙江省)人。康熙三

---

① (清)陈维崧《陈检讨四六》卷三，文渊阁四库全书本。

十六年(1697)，年七十始得第。秦松龄《湛园集序》云："西溟嗜古近癖，而不能与时文定其荣辱之数；名达九重，而不能与流辈争其一日之遇。"①初以布衣荐修《明史》，与朱彝尊、严绳孙合称"三布衣"。工书善画，为清代帖学的代表人物，名重一时。著有《西溟全集》、《湛园集》、《湛园题跋》、《湛园札记》、《苇间诗集》等。

其《论诗乐》认为"诗与乐一"："大司乐'以乐语教国子，兴道讽诵言语。'《注》：'背文曰讽，以声节之曰诵。'《疏》：'文王世子春诵谓歌乐。歌乐即诗也，以配乐而歌，故云歌乐，亦是以声节之诗。'古者谓之乐语，又谓之歌乐。盖乐主人声，而文之以金石管弦八音之器。其实八音之器之声，由人声而准，故乐必以诗为本，称诗者亦必言乐，诗与乐一也。"

《东汉文论》论先秦、两汉文风之演变云："西京承战国、先秦之后，故其文雄峭多奇气，晁、贾诸疏是也。承平既久，士气苶弱，见之于文章者，为啴缓曼衍而不振，朱子所谓'衰世之文'也。东汉因之，虽以光武之讲论经理，明、章之崇儒重道，而文体日趋骈俪，遂滥觞晋、魏六朝不能遏也。岂风气使然，虽甚权力不能与之争乎？昔司马迁文尚矜奇，故《公孙宏》、《董仲舒传》不录其对策，而班固收之。东汉之书成于蔚宗，其所授述时人书疏多更删润。是三书(《史记》、《汉书》、《后汉书》)者，遂各成一代之文，则著作之家，固风气所从出也，可不慎与！然东汉人矜名节，师弟传经，期作明理而已，与夫西汉大师相授受为发策决科、取青紫者不侔也。至魁垒耆硕正色立朝，封事屡上，读之有使人歆歔累涕者，其为益于名教甚矣！岂异时杜谷辈浅儒所可望哉！而郭泰、黄宪、徐穉之伦，文辞不概见，何与夫人之信有得于已矣，则其于外宜有所不暇者，此又学者之不可不知也。"

其《王阮亭五七言诗选序》首论文风之演变："文章之流敝，以渐而致。六经深厚，至于《左氏》内外传而流为衰世之文。战国继以短长之策，孟、荀、韩、庄之书奇横恣肆杂出，而《左氏》之委靡繁絮之习，泯焉无余矣。此一变也。自是先秦、两汉文益奇伟，至两汉之衰，体势日趋于弱，下逮魏、晋、六朝，而文章之敝极焉。唐兴，诸贤病之而未能草(疑为"革"之误)也。迨贞元大儒出，始创为古文，易排而散，去靡而朴，力芟六代浮华之习。此又一变也。"次论诗风之演变："惟诗亦然。自春秋以迄战国，《国风》之不作者百余年。屈、宋之徒，继以骚赋；荀况和之，风雅稍兴。此亦诗之一变也。汉初苏、李赠答，《古诗十九首》，以五言接《三百篇》之遗。建安七子更唱叠和，号为极盛。余波及于晋、宋，颓靡于齐、陈、隋，淫艳佻巧之辞剧，而诗之敝极焉。唐承其后，神龙、开(元)、(天)宝之间，作者垒起，《大雅》复陈，此又诗之一变也。"其《湛园札记》卷三论

---

① (清)姜宸英《湛园集》卷首，文渊阁四库全书本。

唐代诗文风气更具体,认为有三变:"唐有天下几二百载,而文章三变:初则广汉陈子昂以风雅革浮侈,次则燕国张公说以宏茂广波澜。天宝以还,则李员外(李华)、萧功曹(颖士)、贾常侍(至)、独孤常州(独孤及),比肩而作,其道益炽,此补阙李翰集梁肃之序。韩退之,肃所取士,是时韩、柳之文未行,故以萧、李之徒当之。至韩、柳文盛,而无三变之论矣。"①三论变必复古而非古:"夫敝极而变,变而复于古,诚不难矣。然变必复古,而所变之古非即古也。战国之文不可以为六经,贞元之文不可以为两汉明矣。今或者欲徇唐人之诗以为即晋、宋也,汉、魏也,岂学古者之通论哉?"最后他对王士禛(禛)的《五七言诗选》作了很高的评价:"新城阮亭王先生五言诗之选,盖其有见于此深矣。于汉取全,于魏、晋以下递严,而递有所录,而犹不废夫齐、梁、陈、隋之作者;于唐仅得五人,曰:陈子昂、张九龄、李白、韦应物、柳宗元。盖以齐、梁、陈、隋虽远于古,尚不失为古诗之余派;唐贤风气自为畛域,成其为唐人之诗而已。而五人者,其力足以存古诗于唐诗之中,则以其类合之,明其变而不失于古云尔。先生之选七言体,七言虽滥觞于《柏梁》,然其去《三百篇》已远,可以极作者之才思,义不主于一格,故所抄及于宋、元诸家,至明人则别有论次焉。学者合二集观之,以辨古诗之源流,而斟酌于风会之间,庶乎其不为异论所淆惑矣。集中分别部次,具有精意,已见先生自为凡例中,不备述。"齐、梁、陈、隋还不失古诗之余风,"唐贤风气自为畛域",去古愈远,因而他选古诗的标准是"明其变而不失于古"。

七　朱彝尊论诗、文、词众体

朱彝尊(1629—1709)字锡鬯,号竹垞,晚号小长芦钓鱼师,又号金风亭长。先世江苏吴江人,明景泰四年迁于嘉兴府秀水县(今浙江嘉兴市),遂为秀水人。少博极群书,肆古力学,中年客游南北各地。至康熙十八年(1679)举博学鸿词,以布衣授翰林院检讨,入直南书房,曾参加纂修《明史》。三十一年归里,专事著述,长于考据。其诗工整雅健,与王士禛齐名。词为"浙西词派"代表,与以陈维崧为代表的阳羡派并峙称雄,词风格清雅疏宕,陈廷焯《白雨斋词话》称其"疏中有密,独出冠时"。但过分追求技巧,讲究声律,偏重词句琢磨,作品虽多,题材不免狭窄。著述繁富,有《曝书亭集》、《日下旧闻》、《经义考》等;选有《明诗综》、《词综》(汪森增补)。

其《史馆上总裁第一书》论史书各体云:"历代之史,时事不齐,体例因之有异";"体例本乎时,宜不相沿袭。"并分别论述了世家、表传、表志,认为"志之不相沿袭",

① (清)姜宸英《湛园札记》卷三,文渊阁四库全书本。

"表之不相沿袭","传之不相沿袭","作史者必先定其例,发其凡,而后一代之事可无纰谬。彝尊不敏,粗举大纲,伏希阁下不遗葑菲之末而垂采焉,示之体例,俾秉笔者有典式。譬诸大匠作室,必先诲以规矩,然后引绳运斤,经营揆度,崇庳修广,始可无失尺寸也矣。"①

他论文风的演变尤详,其《与李武曾论文书》云:"知进学之必有本,文章不离乎经术也。西京之文惟董仲舒、刘向经术最纯,故其文最尔雅。彼扬雄之徒,品行自诡于圣人,务掇奇字以自矜,尚安知所谓文哉?魏、晋以降,学者不本经术,惟浮夸是务,文运之厄数百年。赖昌黎韩氏始倡圣贤之学,而欧阳氏、王氏、曾氏继之,二刘氏、三苏氏羽翼之,莫不原本经术,故能横绝一世。盖文章之坏,至唐始反其正,至宋而始醇。宋人之文亦犹唐人之诗,学者舍是不能得师也。北宋之文惟苏明允杂出乎纵横之说,故其文在诸家中为最下。南宋之文惟朱元晦以穷理尽性之学出之,故其文在诸家中最醇。学者于此可以得其概矣。以武曾之才正不必博搜元和以前之文,但取有宋诸家,合以元之郝氏经、虞氏集、揭氏傒斯、戴氏表元、陈氏旅、吴氏师道、黄氏溍、吴氏莱,明之宁海方氏孝孺、余姚王氏守仁、晋江王氏慎中、武进唐氏顺之、昆山归氏有光诸家之文,游泳而绅绎之,而又稽之六经以正其源,考之史以正其事,本之性命之理,俾不惑于百家、二氏之说,以正其学,如是而文犹不工,有是理哉?"

其《叶指挥诗序》论诗体演变云:"传曰:'若以水济水,谁能食之?琴瑟之专一,谁能听之?'殆或所操类邻国之音,所沿者前人体制,则言不由中,胶固而不知变,变而不能成方,斯则可以无取。司马迁谓古诗三千余篇,孔子去其重复,取三百有五,其信矣夫。自后变而为骚,为乐府,为五言,为七言,为六言,为律,为长律,为绝句,降而为词,为北曲,为南曲,作之者恒虑其同则变,变而其体已穷,则不得不复趋于古。譬之治金者必异其齐,改煎而不耗,斯其为器新而无穷,敝尽而无恶。故正考父奚斯之颂,不同乎周景差;宋玉之辞,不同乎屈平;孟郊、刘叉、卢仝、李贺诗,不必尽学退之;张、晁、秦、黄词,不必尽师苏氏:此其人皆以雷同剿说为耻,视其力之所变,莫肯附和。不知者斤斤操葭黍圭臬以绳其非是,欲其派出于一,毋乃谬论欤?三十年来,海内谈诗者每过于规仿古人,又或随声逐影,趋当世之好,于是己之性情汩焉不出。惟吾里之诗,影响虽合,取而绎之,则人各一家,作者不期其同,论者不斥其异,不为风会所移,附入四方之流派。惜夫工之者类多山泽憔悴之士,不汲汲于名誉,或不能尽传。又或传之不远,则一人之言无以风天下。"

明代诗派林立,其《冯君诗序》对此深表不满:"吾于诗而无取乎人之言派也。吕

①　(清)朱彝尊《曝书亭集》卷三二,文渊阁四库全书本。

伯恭(祖谦)曰,诗者人之性情而已。吾言其性情,人乃引以为流派,善诗者不乐居也。温(庭筠)、李(商隐)之作派流为西昆,试取杨(亿)、刘(筠)诸诗诵之,未见其毕肖于温、李也。黄(庭坚)、陈(师道)之作派流为江西,试取三洪(洪朋、洪刍、洪炎)、二谢(谢过、谢逸))、二林(林子仁、林敏功)诸诗诵之,未见其悉合于黄、陈也……桐乡冯君好为诗,直抒己意,见世之言派者辄笑之曰……吾何学?吾特言吾性情焉尔。噫,君其可与言诗也已。"

文体论者多看不起四六,朱氏却十分重视四六,其《格斋四六跋》云:"宋人骈语,其初率仿杨亿、刘筠体,无逸出四字、六字者。欧阳永叔厌薄之,一变而尚真率。苏子瞻尤以流丽见长,于是汪彦章(汪藻)擅此名家,镕铸六经诸史以成对偶,可谓升堂入室之选矣。庐陵王子俊才臣为周子充、杨廷秀赏识,尝引以代草笺奏书记,其所撰《三松集》世罕流传。予抄得宋本《格斋四六》计一百二首,爱其由中而发,渐近自然,无组织之迹,斯则彦章之亚也。"

文体论者也多看不起宫词,他的《十家宫词序》认为宫词也源于《诗经》:"鄱阳洪伋称宫词古无有,至唐人始为之,不知《周南》十一篇,皆以写宫壸之情,即谓之宫词也,奚而不可?然则《鸡鸣》,齐之宫词也;《柏舟》、《绿衣》、《燕燕》、《日月》、《终风》、《泉水》、《君子偕老》、《载驰》、《硕人》、《竹竿》、《河广》,邶、墉、卫之宫词也。下而秦之《寿人》,汉之《安世》,隋之《地厚天高》,皆房中之乐,凡此其宫词所自始乎,暗公(倪鯨)尝言之矣。花蕊,春女之思也,可以怨;王建而下,词人之赋也,可以观至道。君以天子自为之,风人之旨远矣,可谓善言诗者也。"并对历代宫词作了详尽的论述:"宫词不著录于隋唐《经籍》、唐宋《艺文志》,惟陈氏《书录解题》有《三家宫词》三卷,唐陕州司马王建、蜀花蕊夫人、宋丞相王珪作也。又《五家宫词》五卷,石晋宰相和凝、宋学士宋白、中大夫张公庠、直秘阁周彦质及王珪之子仲修五人,诗各百首,马氏《通考》取焉。"

朱氏论词之序颇多,如《陈纬云〈红盐词〉序》谓"词虽小技,昔之通儒巨公往往为之,盖有诗所难言者,委曲倚之于声,其辞愈微而其旨益远。善言词者假闺房儿女之言,通之于《离骚》、变雅之义,此尤不得志于时者所宜寄情焉耳。"《紫云词序》(同上)论诗词之别云:"词者,诗之余。然其流既分,不可复合,有以乐章语入诗者,人交讪之矣……昌黎子(韩愈)曰:'欢愉之言难工,愁苦之言易好,'斯亦善言诗矣。至于词或不然,大都欢愉之辞工者十九,而言愁苦者十一焉耳。"《《水村琴趣》序》(同上)论词之源流演变云:"《南风》之诗,《五子之歌》,此长短句之所由防也。汉《铙歌》、《郊祀》之章,其体尚质。迨晋、宋、齐、梁,《江南》、《采菱》诸调,去填词一间尔。诗不即变为词,殆时未至焉。既而萌于唐,流演于十国,盛于宋,予尝持论谓小令当法汴京以前,慢词则取诸南渡……夫词自宋、元以后,明三百年无擅场者,排之以硬语,每与调乖;窜之以新腔,难与谱合。至于崇祯之末始具其体,今则家有其集,盖时至而风会使然。"《群雅集序》论之尤详,堪称词史和词谱史:"用长短句制乐府歌辞,由汉迄南北朝皆然,唐初以诗被乐,填词入调,则自开元、天宝始,逮五代十国作者渐多,遗有《花间》、《尊前》、《家宴》等集。宋之初,太宗洞晓音律,制大小曲及因旧曲造新声,施之教坊舞队曲,凡三百九十。又琵琶一器有八十四调。仁宗于禁中度曲,时则有若柳永。徽宗以大晟名乐,时则有若周邦彦、曹组、辛次膺、万俟雅言,皆明于宫调,无相夺伦者也。洎乎南渡,家各有词,虽道学如朱仲晦(熹)、真希元(德秀),亦能倚声中律吕,而姜夔审音尤精。终宋之世,乐章大备。四声二十八调多至千余曲,有引,有序,有令,有慢,有近,有犯,有赚,有歌头,有促拍,有摊破,有摘遍,有大遍,有小遍,有转踏,有转调,有增减字,有偷声。惟因刘昺所编《宴乐新书》失传,而八十四调图谱不见于世,虽有歌师板师,无从知当日之琴趣箫笛谱矣。姚江楼上舍俨若工于词,曩留京师,辑《词鹄》一书,业开雕揭行,既而悔之,告于予曰:'诗变而为词,词变而为曲,历世久远,声律之分合,均奏之高下,音节之缓急过度,既不得尽知,至若作者才思之浅深,初不系文字之多寡。顾世之作谱者,类从《归字谣》,铢累寸积,及于《莺啼序》而止。中有调名则一,而字之长短分殊,安能各得其所? 莫如论宫调之可知者叙于前,余以时代先后为次序,斯世运之升降可以观焉。'予曰:'旨哉,子之言词乎。'上舍请易书名,予名之曰《群雅集》,盖昔贤论词必出于雅正,是故曾慥录《雅词》,铜阳居士辑《复雅》也。谱既成,以段安节《乐府杂录》、王灼《碧鸡漫志》及宋、元、高丽诸史所载调存词佚者具载之,并以张炎、沈伯时《乐府指迷》冠于卷首。学者睹此,何异过涉大水之获舟梁焉。"

　　其《词综》更是清人在词学方面的集大成之作。《四库全书总目》提要谓《词综》:"朱彝尊编,其同时增定者则桐乡汪森也。所采唐、宋、金、元词通五百余家,于专集诸选本之外,凡稗官野纪中有片词足录者,辄为采掇,故多他选未见之作。其调名、句读为他选所淆舛,及姓氏爵里之误,皆详考而订正之。其去取亦具有鉴别。盖彝尊本工于填词,平日尝以姜夔为词家正宗,而张辑、卢祖皋、史达祖、吴文英、蒋捷、王沂孙、张炎、周密为之羽翼,谓自此以后得其门者或寡。又谓小令当法汴京以前,慢词则取诸南渡。又谓论词必出于雅正,故曾慥录《雅词》,铜阳居士辑《复雅》。又盛称《绝妙好词》甄录之当。其立说大抵精确,故其所选能简择不苟如此。以视《花间》、《草堂》诸编,胜之远矣"。其《词综·发凡》不仅对此书的编纂、体例作了详细说明,而且还是一篇词的专论,原文太长,此处节录如下:

唐、宋以来，作者长短句每别为一编，不入集中，以是散佚最易。常熟吴氏讷汇有《宋元百家词抄》，传绝少，未见全书。近日毛氏晋刻有《汲古阁六十家宋词》，颇有裨于学者。是编所录，半属抄本，白门则借之周上舍雪客、黄征士俞邰，京师则借之宋员外牧仲，成进士容若，吴下则借之徐太史健庵，里门则借之曹侍郎秋岳，馀则汪子晋贤购诸吴兴藏书家，互为参定。

藏书家编目录，词集多不见收，惟莆田陈氏(陈振孙)《书录解题》论其大略，鄱阳马氏(马端临)采入《通考》。

世人言词必称北宋，然词至南宋始极其工，至宋季而始极其变，姜尧章氏最为杰出，惜乎《白石乐府》五卷，今仅存二十余阕也。《东泽绮语》传亦寥寥，至施乘之、孙季蕃，盛以词鸣，沈伯时《乐府指迷》亦为矜誉，今求其集，不可复睹。周公瑾、陈君衡、王圣与，集虽抄传，公谨赋西湖十景，当日属和者甚众，而今集无之；《花草粹编》载有君衡二词，陆辅之《词旨》载有圣与《霜天晓角》等调中语，均今集所无。至张叔夏词集，晋贤所购，合之牧仲员外、雪客上舍所抄，暨常熟吴氏《百家词》本，较对无异，以为完书。顷吴门钱进士宫声，相遇都亭，谓家有藏本，乃陶南村(陶宗仪)手书，多至三百阕，则予所见犹未及半。漏万之讥，殆不免矣。

古词选本若《家宴集》、《谪仙集》、《兰畹集》、《复雅歌辞》、《类分乐章》、《群公诗余后编》、《五十大曲》、《万曲类编》及草窗周氏选，皆轶不传，独《草堂诗余》所收最下最传，三百年来学者守为兔园册，无惑乎词之不振也。是集兼采赵弘基《花间集》、黄升《花庵绝妙词》、《中兴以来绝妙词》、陈景沂《全芳备祖乐府》、元好问《中州乐府》、彭致中《鸣鹤余音》、凤林书院《元词乐府补题》、许有孚《圭塘款乃集》、顾梧芳《尊前集》、杨慎《词林万选》、陈耀文《花草粹编》、沈际飞《草堂诗余广集》、茅暎《词的》、卓人月《词统》诸书，务去陈言，归于正始。至如曾慥《乐府雅词》、《天机余锦》采入《花草粹编》，赵粹夫《阳春白雪集》见李开先《小山乐府后序》，则诸书嘉隆间犹未散轶；而《天机碎锦》、《片玉珠玑》二集，闻江都藏书家有之；又如《百一选曲》、《太平乐府》、《诗酒余音》、《仙音妙选》、《乐府新声》、《乐府群珠》、《乐府群玉》、《曲海》之内，定有词章可采，惜俱未之见也。

向客太原见晋祠石刻，多北宋人唱和词，而平遥县治西古寺庑下有金人所作小令，勒石嵌壁，令工人搨回，经十余年，简之故簏，则已为鼠啮尽，是集成，未克采入，深以为恨。计海内名山、苔龛石壁、宋元人留题长短句尚多，好事君子惠我片楮，无异双金也。

词有当时盛传，久而翻逸者，遗珠片玉往往见于稗官载纪。是编自《百川学海》、《古今小说》、唐宋丛书、曾氏《类说》、吴氏《能改斋漫录》、阮氏《诗话总龟》、胡氏《苕溪渔隐丛话》、陶氏《说郛》、商氏《稗海》、陆氏《说海》、陈氏《秘籍》外，翻阅小说又不下数十家。片词足采，轶事笔疏，故多他选未见之作，庶几一开生面。

词人姓氏爵里，选家书法不一，先系爵后书名者，《花间集》、《中州乐府》体也；书字于官爵下者，《绝妙词选》体也；书名者，《全芳备祖》体也；书字者，《草堂》体也；冠别字于姓名之前者，凤林书院体也；至杨氏《词林万选》、陈氏《花草粹编》，或书名，或书字，或书别字，或书官，或书集。览者茫然，莫究其世次。其有别本以朱三十五(朱敦儒)《樵歌》为秋娘作者，良可大噱。是集考之正史，参以地志、传纪、小说，以集归人，以字归名，得十之八九。论世之功，柯子寓鲍有焉。

周布衣青士隐于廛市，于书无所不窥，辨证古今，字句音韵之讹，辄极精当。是集藉其校雠，如史梅溪《绮罗香》后阕"还被春潮晚急"原系六字为句，《草堂》坊本脱去晚字，诸本因之。周晴川《十六字令》"眠，月影穿窗白玉钱"原系"眠"字为句，选本讹作"明"字，遂以"明月影"为句。欧阳永叔《越溪春》结语"沉麝不烧金鸭，玲珑月照梨花"并系六字句，坊本讹"玲"为"冷"，"珑"为"笼"，遂以七字五字为句。德祐太学生《祝英台近》"那人何处，怎知道愁来不去"讹"不"为"又"，一字之乖，全旨皆失，今悉为改正。他如苏子瞻《念奴娇》则从《容斋随笔》，汪彦章《点绛唇》则从《能改斋漫录》，王晋卿《烛影摇红》则从《漫录》去其前阕，李后主《临江仙》则从《耆旧续闻》补其结语。其余纠定难更仆数，坊间虽有《图谱》，倚声者宜考质焉。

四声二十八调，各有其伦。柳屯田《乐章集》有同一曲名，字数长短不齐，分入各调者。姜石帚《湘月》词注云"此《念奴娇》之鬲指声也"，则曲同字数同，而《湘月》、《念奴娇》调实不同，合之为一非矣。词固有一曲而各异其名者，是选悉依集本，不敢更易，审音者度无勿知，似不必比而同之也。

张子野吊林君复诗"烟雨词亡草更青"，蔡君谟寄李良定诗"《多丽》新词到海边"，一篇之工，见之吟咏；"山抹微云"秦学士，《露华倒影》柳屯田，《晓风残月》柳三变，"滴粉搓酥"左与言，一句之工形诸口号，当日风尚所存，甄藻自尔不爽。故是集多缀宋、元人评语。有明用修、元美诸家品骘，容有未当，或置不录焉。

宣政而后，士大夫争为献寿之词，联篇累牍，殊无意味。至魏华父，则非此不作矣，是集于千百之中止存一二，虽华甫亦置不录也。

元人小曲如《干荷叶》、《天净沙》、《凭栏人》、《平湖乐》(一名小桃红)等调，平上去三声并用，往往编入词集。然按之宋词，如《戚氏》、《西江月》、《换巢鸾凤》、《少年心》、《惜分钗》、《渔家傲》(杜安世集中体)诸阕，已为曲韵滥觞矣。是集间有采录，盖仿杨氏《词林万选》之例，览者幸勿以词曲混一为讪。

言情之作易流于秽,此宋人选词多以雅为目,法秀道人语涪翁曰"作艳词当堕犁舌地狱",正指涪翁一等体制而言耳。填词最雅,无过石帚,《草堂诗余》不登其只字,见胡浩《立春》吉席之作,蜜殊《咏桂》之章,亟收卷中,可谓无目者也。甚而易静《兵要》寓声于《望江南》,张用成《悟真篇》按调为《西江月》,词至此亦不幸极矣。是集于黄九之作去取特严,不敢曲徇后山之说。

宋人编集歌词,长者曰慢,短者曰令,初无中调、长调之目。自顾从敬编《草堂词》以臆见分之,后遂相沿,殊属率率。岁在癸丑,舍馆京师宣武门右,与葆酚舍人户庭相望。予辑是书,葆酚辑《词软》,辨晰体制,以字数多寡为先后,最为精密。计一千调,编为三十卷。比年闻更增益,予所见《鸣鹤余音》、《洞玄金玉集》及他抄本,曲调异同,《词软》未经采入者,约又百余。惜未遑邮寄,今葆酚逝矣,遗书在笥,雕刻无期,诚倚声家之阙事也。

《花间》体制,调即是题,如《女冠子》则咏女道士,《河渎神》则为送迎神曲,《虞美人》则咏虞姬是也。宋人词集大约无题,自《花庵草堂》增入闺情、闺思、四时景等题,深为可憎,今俱准集本删去。

明初作手若杨孟载、高季迪、刘伯温辈皆温雅芊丽、咀宫含商。李昌祺、王达善、瞿宗吉之流,亦能接武。至钱唐马浩澜以词名东南,陈言秽语,俗气薰入骨髓,殆不可医。周白川、夏公谨诸老间有硬语,杨用修、王元美则强作解事,均与乐章未谐。然三百年中岂无合作? 当遍搜文集,发其幽光,编为二集,继是编之后。

《古今词话》一书博访未得,词人琐事散见各家诗话及传记、小说中,捃拾需时,是集未能附缀。将仿孟棨《本事诗》、计敏夫《唐诗纪事》,别为一集,以资谈柄。近吴江徐征士电发(徐釚)著《词苑丛谭》一书,可云先获我心,当让其单行矣。[①]

此书体例能吸取前代词选之长,以时代先后为序,各家下有词人姓氏、籍贯及其著作介绍,间附宋、元人评语。书前有汪森所撰序文,为浙西词派奠定了理论基础。序中指出不应把词作为"诗之余",推尊姜夔为词家正宗,以张辑、卢祖皋、史达祖、吴文英、蒋捷、王沂孙、张炎、周密为羽翼。然而只字不提苏、辛词派。《词综》"以醇雅为宗"的选录标准,意在纠正明词的流弊,同时也反映了浙西词派重格律形式,忽视思想内容的特点。

---

① (清)朱彝尊《词综》卷首,文渊阁四库全书本。

834

八　陈玉璂论诗人"各自为体而不相袭"

陈玉璂(1636—1700 后)字赓明,号椒峰,江苏武进人。康熙六年(1667)进士。授内阁中书。十八年,试博学鸿儒科,罢归。平生笃志好学,凡天文、地志、河渠、兵刑、礼乐、赋役等等,皆研究明悉,反对学者作文摹拟唐宋八大家,做古人奴隶;认为治学言经济而不言理学则无本,言理学而不言经济则迂而无用;对士子耗力于八股之习深为痛恨。为诗文下笔千言,旬日之间,动至盈尺,时称俊才。著有《学文堂文集》、《诗集》、《诗余》,又辑有《三吴总志》等。

其《顾修远松鹤诗序》强调"能创","成一家之言":"古人诗之所以传者,以其能创也。唐虞之世有《赓歌》,至商周始创为《三百篇》之诗,汉则创乐府,又创五言诗,所传苏、李、枚乘诸诗是也。自是以至六朝,率相因而不敢变。至唐复创为近体、排律、七言古歌行、绝句之属,而诗之体大备。今虽有智者,不能更创一格,争胜于古人。而有志之士往往穷研极思,必欲与之争胜后已,即不能变乎古人之体,于古人体中,恒求所以小变之,以成一家之言。"①

其《许九日诗集序》则强调明体:"今日诗之所以亡者,以未明于体也。若九日,可谓知体者乎!诗之有体,自《风》、《雅》、《颂》而已分,厥后汉、魏、晋、宋、齐、梁、陈、隋、唐,莫不各自为体而不相袭。今人之为诗,不审其体,或学汉、魏,杂以唐;或学唐,杂以汉、魏。是犹大布之衣缀以绮縠,不则同为绮縠,而朱紫杂施,亦不成其为衣矣。古人治诗,恒曰效某代某体,故江淹拟诗皆识前人姓氏;迨其后,或拟陶、拟谢、拟长庆,纷纷以出。至明万历间,则有云济南、太仓体,崇祯间则有云竟陵、云间体,而体遂不足道。虽然,吾人作诗之道,必拘拘于体之弗失,将遂工乎哉?古人既往,以土木衣冠之,不可即谓古人;而优孟过焉,复谓不迨我之能謷笑歌哭。呜呼,优孟亦岂遂得为古人?惟能辨乎体,而不囿于体,出入变化,翱翔于运会,如郢之垩鼻,庖丁之解牛,佝偻之蜩,心手相习,无一非体,而不可执名之曰何体,然后可自成吾体。"

九　彭孙遹的诗论和词论

彭孙遹(1631—1700)字骏孙,号羡门,别号金粟山人,浙江海盐人。顺治十六年(1659)进士,官中书舍人,康熙十八年(1679)举博学鸿词,召试擢第一,授编修,历官

---

① 　(清)陈玉璂《学文堂文集》卷三,光绪二十三年常州先哲遗书本。

吏部侍郎兼翰林院学士。彭孙遹才学富赡，词采清华，馆阁诸作，尤瑰玮绝特，故能独邀甄拔，领袖群才。工诗词，与王士祯齐名，时号"彭王"。著有《松桂堂全集》三十七卷、《延露词》三卷、《香奁倡和集》及《金粟词话》等。陈群《松桂堂全集原序》云："先生学问该洽，于书无不读，所著诗赋庄雅典丽，又复春容流宕，而于馆阁诸体尤为瑰玮，绝特一时，奉为圭臬。在唐则如张燕公、苏许公，在宋则如晏元献、周必大、楼攻媿诸公。"①仅其文体论方面的文章就不愧于陈群之评。

其《悔斋制艺序》论制艺文（应试的八股文）多"剿说雷同"及其原因云："今之以古文、诗歌知名于世者众矣，求其无愧于古人而行之远者，亦往往不乏其人也。独至于制艺则剿说雷同，可传之文盖寡，岂束于有司之令，有才而不克自见欤？将成败得失之故扰其中而使然欤？将有其人有其文而吾未之知欤？"

其《陆未庵先生诗集序》论诗歌风格"境趣各殊"云："咏歌之道与著述并垂不朽，古今作者或凭吊以兴怀，或赠答以相乐，靡不往复缠绵，一唱三叹。然其境趣各殊，风流迥别，妍媸之奏触境而生声，凄缓之音缘情而发响，是犹吹万于山林，殆有不可得而强者也。"《广陵刘子选戎昱诗序》强调诗之神韵，要清芬逸藻，有天然之美，故对中晚唐诗给予了充分肯定："诗以唐人为宗固也，然初、盛人诗如化人之塔，七宝庄严，乃至无阶级可寻。至大历以后则渐有神韵可以领会，蹊径可以寻求，清芬逸藻往往在文字之外，超然独秀，令人一唱三叹，流连而不能自已。近人未有晚唐片字，辄妄欲贬格钱（起）、刘（长卿），规随李、杜，此无异于见西子之容者不能学其天然之美，而仅仅比拟于折腰龋齿之间，见者有不以为鬼物几希矣。戎昱诗在中唐亦矫矫拔俗，'好去春风'之句见知于上官，'汉家青史'之什叹赏于明主；他如《桂州腊夜》、《云梦秋望》、《题招提寺》、《韦氏庄》诸篇，靡不深情远致，清绮芊眠，"

其《旷庵词序》主张"填词之道以雅正为宗，不以冶淫为海"，认为"历观古今诸词，其以景语胜者，必芊绵而温丽者也；其以情语胜者，必淫艳而佻巧者也。情景合则婉约而不失之淫，情景离则僄浅而或流于荡。如温、韦、二李、少游、美成诸家，率皆以秾至之景，写哀怨之情，称美一时，流声千载。黄九、柳七一涉僄薄，犹未免于淳朴变浇风之讥，他尚何论哉？"《衍波集序》论诗词难以兼工，而王士祯（阮亭）却能兼美："昔杨用修（慎）先生有云，诗圣如子美而集内填词无闻，秦少游、辛稼轩词极工矣，而诗殊不强人意。疑填词一道便为独艺，其说是矣。以观于阮亭则容有未然者。阮亭天才超绝，下笔惊人，诗歌脍炙天下，为当世宗匠。时于钵吟烛唱之余，发为长短调，靡不含英咀华，引商刻羽，岂非同工兼美，度越今古者耶？然世但知阮亭诗词能同工兼美如

① （清）彭孙遹《松桂堂全集》卷首，文渊阁四库全书本。

836

此,而不知单行阮亭之词,又未尝不吐纳诸家,具有众美也。试读其《衍波》一集,体备唐宋,珍逾琳琅,美非一族,目不给赏。"

道光刊本彭孙遹《金粟词话》多引前人之说评宋以前词人。其论词体云:"词以艳丽为本色,要是体制使然。如韩魏公(琦)、寇莱公(准)、赵忠简(鼎),非不冰心铁骨,熏德才望,照映千古。而所作小词,有'人远波空翠','柔情不断如春水','梦回鸳帐余香嫩'等语,皆极有情致,尽态穷妍。乃知广平《梅花》,政自无碍,竖儒辄以为怪事耳。司马温公亦有'宝髻松'一阕,姜明叔力辩其非,此岂足以诬温公,真赝要可不论也。"

其《词统源流》论诗、词、曲之别云:"词之《纥那曲》、《长相思》,五言绝句也(俱载《尊前集》中)。《柳枝》、《竹枝》、《清平调引》、《小秦王》、《阳关曲》、《八拍蛮》、《浪淘沙》,七言绝句也。《鸡叫子》,仄韵七言绝句也(《花间集》多收诸体)。《瑞鹧鸪》,七言律诗也(载《草堂集》中)。《款残红》,五言古诗也(杨用修体)。体裁易混,征选实繁,故当稍别之,以存诗、词之辨。"又云:"词有定名,即有定格。其字数多寡,平仄韵脚较然。中有参差不同者,一曰衬字,文义偶不联畅,用一、二字衬之,密按其音节,虚实间正文自在。如南北剧'这'字、'那'字、'正'字、'个'字'却'字之类,从来词本即无分别,不可不知。一曰宫调,所谓黄钟宫、仙吕宫、无射宫、中吕宫、正宫、仙宫调、歇指调、高平调、大石调、小石调、正平调、越调、商调也。词有同名而所入之宫调异,字数多寡亦因之异者。如北剧黄钟《水仙子》与双调《水仙子》异,南剧越调《过曲小桃红》与正宫《过曲小桃红》异之类。一曰体制,唐人长短句,皆小令耳。后演为中调,为长调。一名而有小令,复有中调,有长调,或系之以犯、以近、以慢别之,如南北剧名犯、名赚、名破之类。又有字数多寡同,而所入之宫调异,名亦因之异者,如《玉楼春》与《木兰花》同,而以《木兰花》歌之,即入大石调之类。又有名异而字数多寡则同,如《蝶恋花》一名《凤栖梧》、《鹊桥枝》,如《念奴娇》一名《百字令》、《酹江月》、《大江东去》之类,不能殚述矣。"①

十 田雯反对"役于一家之体制",力主"独创一格"

田雯(1635—1704)字紫纶、子纶、纶霞,号山姜,晚号蒙斋。德州(今属山东)人。康熙三年(1664)中进士。历官中书舍人,提督江南学政,江苏巡抚,奉旨督修淮安高安堰,以病辞职归里。田雯天资聪颖,博览群书,工诗善文,与文学大家王士禛、施闰章等同享盛名。主张学诗要融合唐、宋,宜分体学习,探求源流正变。他重视诗人的

---

① (清)彭孙遹《词统源流》,清光绪五年上海淞隐阁本。

才力,崇尚奇丽之美,并力求自成一家,充分体现了清初诗歌在全面继承前人成就的基础上追求个性的意识。著有《古欢堂集》、《长河志籍考》、《黔书》、《黔苗蛮记》、《蒙斋年谱》、《幼学编》、《诗传全体备义》等。

田雯的文体论既丰富又新颖。他纵论各体诗歌,论四言诗云:"四言自曹氏父子、王仲宣、陆士衡诸人后,唯陶公最高。《停云》、《荣木》等篇,殆突过建安,刘后村(克庄)之言当矣。"论选体云:"《选》体可学乎? 学之者如优孟学叔敖衣冠笑貌,俨然似也,然不可谓真叔敖也。善学者须变一格,如昌黎、义山、东坡、山谷、剑南之学杜,则湘灵之于帝妃,洛神之于甄后,形体不具,神理无二矣。不然,《选》体何易学也!"①《论五言古诗》云:"苏、李二子为五言之祖,所谓非清庙之瑟,朱弦疏豁,一唱三和,更无可为喻也。他如班婕妤《怨歌行》、卓氏《白头吟》、辛延年《羽林郎》、宋子侯《董娇娆》、诸葛《梁父吟》以及《陌上桑》、《焦仲卿妻》、《鸡鸣》、《八变》、《艳歌》之类,音调不同,古诗之变矣。"《论七言古诗》云:"七言古诗肇于《离骚》、《毛诗》,而汉、魏已来,遂备其体。《大风》、《垓下》、《秋风》、《柏梁》、《四愁》、《燕歌》等篇,古音错落,皆成奇观。唐人体凡数变:王、杨、卢、骆别是一格,何大复极言其工,固不必深议。太白旷世逸才,自成一家。少陵、昌黎,空前绝后。宋则欧、王、苏、黄、陆诸君子,根抵于杜、韩,而变化出之。元则裕之(元好问)、道园(虞集)辈,颇有法则。其余间有可采,而非歌行大观矣。大约作七古与他体不同,以纵横豪宕之气,逞夭矫驰骤之才,选材豪劲,命意沉远;其发端必奇,其收处无尽,音节琅琅,可歌可听;如老将用兵,漫山弥谷,结率然之阵,中击不断,而壁垒一新,旌旗改色,乃称无敌。"《诗话》论七律之难云:"七律即古人亦鲜合作,何况今者? 吾友颜修来搜微抉奥,体法详明。有一南士作三十余首,矜喜自负,人亦传诵之。余以问修来,答曰:'七律是何物耶? 斯人骑屋栋,望九疑、二华,隔万里千重云雾。'"又论序云:"序者,叙所以作之旨也,始于子夏之序《诗》。其后刘向以校书为职,每一编成,即有序,最雅驯矣。左思赋《三都》,成名不甚著,求序于皇甫谧。自是缀文之士,多托于序以传。究之作者之工拙,非序操之,假一序而自忘其丑,何为也!""假一序而自忘其丑",求人作序者宜书诸座右。《艳体诗序》对为人所讥的艳体诗作了充分肯定:"艳体诗原于《毛诗》、《国风》之有郑、卫。《小戎》之章曰:'在其板屋,乱我心曲。'《东山》之什曰:'其新孔嘉,其旧如之何!'此艳之至者。故紫阳(朱熹)以郑、卫为淫风,后之学者多非之。汉、唐已来,张衡有《同声》之作,繁钦著《定情》之句,下及《子夜》、《清商》、《西昆》、《香奁》诸篇,温(庭筠)、李(商隐)、段(成式)、韩(偓)诸人,亦云艳矣。假使尼山(孔子)而在,亦必不删之,则以郑、卫为淫风,

---

① 　以上均见(清)田雯《古欢堂集》卷一六《论诗》,文渊阁四库全书本。

诚非也。谓艳体诗可以弗作,皆未读《毛诗》者也。从来有老、庄之玄言,即有徐(陵)、庾(信)之丽句,亦文章之不可缺者。"看法极为通达。

他对诗的作法亦有不少精辟论述,如对和古诗颇不以为然,《石楼和苏诗序》云:"昔人作诗有拟古者,无追和古人者。追和古人,见于苏公(轼)之和陶……今按其诗,自《时运》以至《刘柴桑》凡一百有九篇,大略依陶韵为之。至其记事用意,则又两人各不相袭。以是知诗道之大,惟视其人自为辟阖,而非一切拘牵声韵者所得参也。世之为和诗者,吾窃疑之。'河梁'之咏,彼酬此唱,已发其端,读之如见苏、李当日促席对语时。魏、晋而下,以迄于唐,和诗者日众。然有意相呼应而韵别者,有用韵而顿放次第各异者。步步韵之诗,唐元、白、皮、陆诸家为最。而后之学诗者遂尊之,卷舌同声,拟足并迹,揖揖役役于一家之体制、一时之情事。其为诗,岂复知有变化哉?"他特别反对拘泥抄袭,拾人牙慧,卷二五《切斋诗集序》云:"诗之变而日新也谁?昔然矣!作诗者之心思,犹山川之出云,晴阴朝暮不同,而各成其峰峦烟雨之态。不然,沿袭故常,徒拾前人牙后慧,是无异绘云于壁,而冀其峰峦烟雨飞动无已时也,乌可得乎……李太白工于乐府矣,杜少陵何以不作,乃变为《兵车行》、《哀江头》、前后《出塞》、《石壕吏》诸篇,大概可知也。再以截(绝)句论,太白之作,擅美词场。少陵并生于盛唐,不得不矫枉,为之独创一格,宁甘饭颗之诮,务避雷同之迹。因以知西子之笑颦、邯郸之跬步,今与昔一丘之貉,皆作者所夷然弗屑也。"

他还充分肯定八股文,但反对墨守传注,《紫钧制艺序》云:"今夫古文与时文无以异也。浸淫乎六经,出入于两汉,可以言古文矣,而时文尤戛戛难之。以儒生挟兔园册(旧时私塾教授学童的课本),侈谈六经,两汉之文犹未足以合八股之绳尺,不得不墨守传注,拘泥篇幅,甚至揣摩声调,以投世俗之好尚,欧阳公所谓'顺时'故也。天下魁垒杰出、渊颖秀拔之士,往往为时文所困,既不敢肆力于古,又不欲诡随于时,束发受书,皓首穷经,而庶几于一遇者有之,何其难也!余尝论人之受才不同,故为文迥别。譬彼蚕丝黄白,而茧象焉;若乃会稽野茧,从《江淹集》壁鱼化出,缫而为丝,遂成异锦,此殆造化之灵奇,天地之慧巧,岂区区蚕妇所可一概论乎!知乎此,又可以言时文矣。"

十一　邵长蘅论诗各有体,贵自名家

邵长蘅(1637—1704),字子湘,号青门山人。武进(今江苏常州市)人。十岁补诸生,因事除名,后入太学,又应顺天乡试,报罢归乡里,再未求仕,以布衣终。晚年入宋荦江苏巡抚幕,编选王士禛、宋荦诗为《二家诗钞》并作序。与施闰章、汪琬、陈维崧、朱彝尊等人时相过从。早年诗学唐人,后改学宋人,前后诗风迥异,内容多为写景、吊古,常藉以寄托怀念明室之意,具有浑厚苍凉、流畅自然的特点。文宗唐宋,继承唐顺之、归有光为文传统,与侯方域、魏禧齐名。著有《青门簏稿》、《青门旅稿》、《青门胜稿》等。总称《青门集》。

其《金生诗序》针对明末清初喜标榜宗派而发:"曩时海内一二称诗家,喜标别同异,更相齮齕(诋毁)","其陋也甚矣。余以为诗之有体,犹夫形焉已尔,故其沈郁、豪放、典丽、清真、平淡、奇怪各自名家者,皆学于古人,而得其性情所近,虽作者不知其所以然","不能强之使同","故余常论诗,以谓诗自汉、魏、六朝、三唐至宋、元、明人之作,皆有可学,有不可学,视吾自得何如尔。苟吾之诗学既成,而卓乎有以自立,亡论其为汉、魏、六朝,为李、杜,为三唐,为宋、元、明诗,皆可使之就吾之垆冶,而皆不能为吾病;吾之诗学未成,亡论其学汉、魏、六朝,学李、杜、三唐及宋、元、明,皆足以病吾,而皆未必有当于诗。何则? 其自得者少也。"①

《古乐府钞序》(同上)论乐府的源流演变云:"《三百篇》一变为乐府,然乐府盛而《三百篇》亡,非《三百篇》亡也,其音亡也;乐府再变为词曲,然词曲盛而古乐府又亡,非古乐府亡也,其音亡也。自兹以降,摹古者袭其体,掞藻者摘其辞,博雅者资其事;太白仍古题而创调,子美缘时事而创题;张(籍)、王(建)之质,长吉(李贺)之奇,廉夫(杨维桢)之咏史,以至献吉(李梦阳)、元美(王世贞)诸公递相规摹,然皆文人学士铅椠之业,留连篇什之助,而声音之道微已。故唐人之拟乐府,离也,并音与调与辞而离之者也;明人之拟乐府,合而离也,并音与调而离之,其合者,辞而已,犹之乎离也。"

十二　戴名世论时文乃"古文之一体"

戴名世(1653—1713)字田有,一字褐夫,号忧庵。因家居桐城南山,世称"南山先生",也称"潜虚先生"。桐城派奠基人之一。康熙二十六年(1687),以贡生考补正蓝旗教习,授知县,因愤于"悠悠斯世,无可与语",不就;漫游燕、越、齐、鲁、越之间。四十五年举应天乡试,四十八年中进士第一,殿试中榜眼,授翰林院编修。著有《四书朱子大全》以及大量散文。后因所著《南山集》获罪被杀。此案牵连数百人,史称"南山集案",是清代著名的文字狱。同族后人戴钧衡搜集整理其遗文,编成《戴南山先生全集》。为文长于史传,留心明代史事,访问遗老,考订野史。

戴名世是桐城文派的先驱,最早提出桐城派文学的一些观念,如道、法、辞,以古文救时文之弊等。其《甲戌房书序》云:"文章之体至不一也,而大约以古之法为之者,

---

① (清)邵长蘅《青门簏稿》卷七,康熙刻本。

是即古文也。故吾尝以谓时文者,古文之一体也。而今世俗之言曰:'以古文为时文',此过高之论也。其亦大惑矣。且夫世俗之言,既举古文、时文区画而分别之,则其法必自有所为时文之法,然而其所为时文之法者陋矣,谬悠而不通于理,腐烂而不适于用,此竖儒老生之所创,而三尺之童子皆优为之。至于古文之法,则根柢乎圣人之《六经》,而取裁于左、庄、马、班诸书。两者之相悬隔,若黑白冰炭之不相及也。"①

十三 方苞论"诸体之文各有义法"

方苞(1668—1749)字凤九,号灵皋,晚号望溪,安徽桐城人,康熙四十五年(1706)进士。康熙五十年,《南山集》案发,方苞因为《南山集》作序,被株连下狱,几乎论斩。在狱中撰成《礼记析疑》和《丧礼或问》。康熙五十二年,以重臣李光地极力营救,免死出狱,入南书房作皇帝的文学侍从。官至内阁学士,礼部右侍郎,翰林院侍讲。著有《方望溪先生全集》。是清代著名散文家,桐城派的创始人之一,与姚鼐、刘大櫆合称桐城三祖。

方苞尊奉程朱理学和唐宋散文,提倡古文义法,其《又书货殖传后》云:"'义'即《易》之所谓'言有物'也;'法'即《易》之所谓'言有序'也。意以为经而法纬之,然后为成体之文。"②其《答友》论不同的文体有不同的义法,论表、志云:"诸体之文各有义法,表、志尺幅甚狭,而详载本议,则臃肿而不中绳墨。若约略翦截,俾情事不详,则后之人无所取鉴,而当日忘身家以排廷议之义,亦不可得而见矣。《国语》齐姜语晋公子重耳凡数百言,《春秋》传以两言代之,一国之语可详也,传《春秋》总重耳出亡之迹而独详,于此则义无取。今试以姜语备入传中,其前后尚能自运掉乎?世传《国语》亦邱明所述,观此可得其营度为文之意也。"论家传云:"家传非古也,必阨穷隐约,国史所不列,文章之士乃私录而传之,独宋范文正公(仲淹)、范蜀公(镇)有家传。而为之者张唐英、司马温公(光)耳,此两人故非文家,于文律或未审,若八家则无为。"其《答程夔州》论记体难于他体云:"散体文惟记难撰结,论、辨、书、疏有所言之事,志、传、表、状则行谊显然,惟记无质干可立,徒具工筑兴作之程期,殿观楼台之位置,雷同铺序,使览者厌倦,甚无谓也。故昌黎作记多缘情事为波澜,永叔、介甫则别求义理以寓襟抱,柳子厚惟记山水,刻雕众形,能移人之情。"

他在不少文章中都对科举文(时文)进行了批评,《左华露遗文序》:"为科举之学

---

① (清)戴名世《戴南山先生全集》卷一〇,清道光辛丑(1841)木活字印本。

② (清)方苞《方望溪先生全集》卷二,四部丛刊初编本。

者,天地之大,万物之多,而惟时文之知,至于既死而不能忘,盖习尚之渐人若此。"《杨黄在时文序》云:"自明以四书文设科,用此发名者凡数十家,其文之平奇浅深,厚薄强弱,多与其人性行规模相类。或以浮华耀一时,而行则污邪者,亦就其文可辨,而久之亦必销委焉。盖言本心之声,而以代圣人贤人之言,必其心志有与之流通者,而后能卓然有立也。"

十四 程廷祚《骚赋论》论诗、骚、赋异同及赋的演变

程廷祚(1691—1767)字启生,号绵庄,自号青溪居士。清上元(今属江苏)人。长于经学,于天文、舆地、食货、河渠、兵农、礼乐之事,皆能竟源委。乾隆初,应博学鸿词科不第,乃闭户穷经。著述甚丰,据《清史稿》本传,他著有《易通》六卷、《大易择言》三十卷、《尚书通议》三十卷、《青溪诗说》三十卷、《春秋识小录》三卷、《礼说》二卷、《鲁说》二卷。此外,尚有文集《青溪文集》及续编,诗集《岫云阁诗钞》等。

其《骚赋论》上、中、下三篇,上、下篇皆论诗、骚、赋之异同。《骚赋论上》首论诗、骚、赋之同:"声韵之文,《诗》最先作,至周而体分六义焉。其二曰赋。战国之季,屈原作《离骚》,传称为贤人失志之赋。班孟坚(固)云:'赋者,古诗之流也。'然则诗也,骚也,赋也,其名异也,义岂同乎……屈子之作,称尧、舜之耿介,讥桀、纣之昌披,以寓其规讽;誓九死而不悔,嗟黄昏之改期,以致其忠怨;近于《诗》之陈情与志者矣。若夫体事与物,风之《驷骥》,雅之《车攻》、《吉日》,《畋猎》之祖也;《斯干》、《灵台》,宫殿苑囿之始也;《公刘》之'豳居允荒',《绵》之'至于岐不',京都之所由来也。至于鸟兽草木之咏,其流寝以广矣。故诗者,骚、赋之大原也。"次论诗、骚、赋之异:"既知诗与骚赋之所以同,又当知骚与赋之所以异。诗之体大而该,其用博而能通,是以兼六义而被管弦。骚则长于言幽怨之情,而不可以登清庙。赋能体万物之情状,而比兴之义缺焉。盖风、雅、颂之再变而后有《离骚》,骚之体流而成赋。赋也者,体类于骚而义取乎诗者也。故有谓《离骚》为屈原之赋者,彼非即以赋命之也,明其不得为诗云尔。骚之出于诗,犹王者之支庶封建为列侯也(骚为诗之一支),赋之出于骚,犹陈完(陈厉公之子)之育于姜(姜姓之先为尧四岳也。明骚、赋是不同时代的产物),而因代有其国也。骚之于诗远而近,赋之于骚近而远;骚主于幽深,赋宜于浏亮……《远游》、《橘颂》,似赋而实骚;汉之《长门》、《自悼》,似骚而实赋。门庭流品,于是判矣。"《骚赋论下》进一步论骚与赋的异同,骚兼诗之六义:"赋与骚虽异体,而皆原于诗。骚出于变风雅而兼有赋比兴之义,故于诗也为最近。其声宜于衰晚之世,宜于寂寞之野,宜于放臣弃子之愿悟其君父者也。"赋体似骚,但只具有骚之一义:"至于赋之为用,固有大焉,以其作

于骚之后,故体似之,而义则又裁乎诗人之一义也";"骚之近于诗者,能具恻隐,含风谕。故观其述谗邪之害,则庸主为之动色;叙流离之苦,则悼夫为之改容;伤公正之陵迟,则义士莫不于邑(忧郁)。至于赋家,则专于侈丽闳衍之词,不必裁以正道,有助于淫靡之思,无益于劝戒之旨,此其所短也";"以理胜者,虽则弗丽;以词胜者,虽丽弗则。"

《骚赋论中》则论骚、赋之升降演变。以赋名篇始于荀子,但影响不大:"荀卿《礼》、《智》二篇,纯用隐语,虽始构赋名,君子略之。"宋玉之赋才是"词人之赋"之始:"宋玉以瑰伟之才,崛起骚人之后,奋其雄夸,乃与《雅》、《颂》抗衡,而分裂其土壤,由是词人之赋兴焉。汉《艺文志》称其所著十六篇,今虽不尽传,观其《高唐》、《神女》、《风赋》等作,可谓穷造化之精神,尽万类之变态,瑰丽窈冥,无可端倪,其赋家之圣乎?后之视此,犹后夔之不能舍六律而正五音,公输之不能捐规矩而成方圆矣。"汉赋最为发达,"赋家之能事毕矣":"汉兴,陆贾导之于前,贾谊振之于后。文、景以还,则有淮南王安、枚乘、庄忌、司马相如、吾丘寿王、严助、枚皋,并以文词见知于时。遭遇太平,扬其鸿藻。宣、成之世,则有刘向、王褒、扬雄之伦。盖赋之盛,于斯为极。贾生以命世之器,不竟其用,故其见于文也,声多类骚,有屈氏之遗风。若其雄伟卓荦,冠于一代矣。长卿天纵绮丽,质有其文;心迹之论,赋家之准绳也。《子虚》、《上林》,总众类而不厌其繁,会群采而不流于靡,高文绝艳,其宋玉之流亚乎?其次则扬雄也,王褒又其次也。子云之《长杨》、《羽猎》,家法乎《上林》,而有迅发之气;《甘泉》深伟,庙堂之鸿章也。大抵汉人之赋,首长卿而翼子云,至是而赋家之能事毕矣。后有作者,弗可尚已。东京作者,体卑于昔贤,而风弱于往代。其时则有冯衍、杜笃、班彪、班固、崔骃、傅毅、张衡、马融、蔡邕、王延寿、边让、祢衡之流。就而论之,二班、张、王,其最著乎?平子宏富,风度卓然。《二京》之方《两都》,犹青之于蓝也。赋至东京,长卿、子云之风未泯,虽神妙不足,而雅赡有余,其犹有中古之遗音乎?"而魏、晋赋已渐衰:"降及魏、晋,非其俦矣。魏之王、曹,晋之潘、陆、左、郭,后先争驱,咸为一时之选。然赋至是,则规制分明,而古人之行无辙迹者,于是乎泯矣。其气不足以发,其神不足以藏,而古人之峥嵘幽渺万变不测者,弗能为之矣。其赋道之衰乎?然而犹贤于六朝。"六朝之赋变得纤巧:"若夫宋、齐以下,义取其纤,词炫其巧,奏新声于士女杂坐之列,演角触抵于椎髻左衽之场,虽世俗喜其忘倦,而君子鄙之。扬子讥其类俳,今则信矣。"最后总括说:"自雅颂息而赋兴,盛于西京。东汉以后,始有今五言之诗。五言之诗,大行于魏、晋而赋亡。此又其与诗相代谢之故也。唐以后无赋。其所谓赋者,非赋也。"①

---

① (清)程廷祚以上均见《青溪集》卷三,金陵丛书本。

十五 厉鹗论"诗不可以无体,而不当有派"

厉鹗(1692—1752)字太鸿,号樊榭、南湖花隐。钱塘(今浙江杭州市)人。康熙五十九年(1720)举人,屡试进士不第。厉鹗以一介寒士,主持江、浙吟社三十余年。其诗多游览名山大川之作,清淡娴雅,幽新隽妙,尤长于五言,以取法宋人为主,是雍正、乾隆时期"宋诗派"的代表作家。其词瓣香于张炎、姜夔,成就超过浙西六家,学填词者每以其词为圭臬,名著大江南北。著有《宋诗纪事》一百卷、《樊榭山房集》、《樊榭山房续集》计二十卷、《辽史拾遗》十卷,另有《东城杂记》、《东城杂记补》及与查为仁合撰的《绝妙好辞笺》等。

其《查莲坡蔗塘未定稿序》认为诗当有体而不当有派:"诗不可以无体,而不当有派。诗之有体,成于时代,关乎性情,真气之所存,非可以剽拟似,可以陶冶得也。是故去卑而就高,避缛而趋洁,远流俗而向雅正。少陵所云'多师为师',荆公所谓'博观约取',皆于体是辨。众制既明,炉鞲自我,吸揽前修,独造意匠,又辅以积卷之富,而清能灵解,即具其中。盖合群作者之体而自有其体,然后诗之体可得而言也。"从卑高、缛洁、雅俗等语看,他所说的体,主要是指诗风。又论不应有派云:"自吕紫微(本中)作《西江诗派》,谢皋羽(翱)序《睦州诗派》,而诗于是乎有派。然犹后人瓣香所在,强为胪列耳,在诸公当日,未尝断断然以派自居也。迨铁崖(杨维桢)滥觞,已开陋习;有明中叶,李(梦阳)、何(景明)扬波于前,王(世贞)、李(攀龙)承流于后,动以派别概天下之才俊,瞰名者靡然从之,七子、五子,叠床架屋,本朝诗教极盛,英杰挺生,辍学之徒,名心未忘,或祖北地、济南之余论,以锢其神明;或袭一二巨公之遗貌,而未开生面。篇什虽繁,供人研玩者正自有限,于此有卓然不为所惑者,岂非特立之士哉!"①

厉鹗《宋诗纪事》,名为纪事,实兼总集性质。诗之纪事本应以收诗作相关背景资料为主,但从《唐诗纪事》起,诗纪事体例就在总集、诗话之间,兼具总集性质。辑佚、存诗是其重要目的之一,《宋诗纪事》也是如此。厉鹗自序云:"计所抄撮,凡三千八百一十二家,略具出处大概,缀以评论、本事,咸著于编。其于有宋知人论世之学,不为无小补矣。"②全祖望《宋诗纪事序》云:"樊榭之为是,盖意存乎收罗废坠,故荟萃唯恐有遗,正以见诗之有得于《风》《雅》之遗者。旁搜远取,不必尽在大家,而又得因其诗以传其人,使不与草木同朽,则亦表章之功所寄也。既各为其人小传,使得知其姓氏、

---

① (清)厉鹗《樊榭山房集》卷三,上海古籍出版社1992年版。

② (清)厉鹗《宋诗纪事》卷首,乾隆十一年樊榭山房刊本。

里居、爵位、世系，又采前人诗话以附之，其中有足以补史氏之阙者，岂非艺苑之津梁乎？而作者之心亦苦矣。"《四库全书总目》卷一九五云："《诗林广记》前集十卷、后集十卷……两集皆以诗隶人，而以诗话隶诗，各载其全篇于前，而所引诸说则下诗二格，条列于后，体例在总集、诗话之间。国朝厉鹗作《宋诗纪事》，实用其例。然此书凡无所评论考证者，即不空录其诗，较鹗书之兼用《唐诗纪事》例者，又小异尔。"同书卷一九六云："鹗此书裒辑诗话，亦以'纪事'为名，而多收无事之诗，全如总集；旁涉无诗之事，竟类说家，未免失于断限。又采摭既繁，抵牾不免……失于考证。然全书网罗赅备，自序称阅书三千八百一十二家，今江南、浙江所采遗书中，经其签题自某处钞至某处，以及经其点勘题识者，往往而是，则其用力亦云勤矣。考有宋一代之诗话者，终以是书为渊海，非胡仔诸家所能比较长短也。"

十六　乾隆也是一位文体学家

清乾隆帝弘历(1711—1799)不仅发起编纂了中国古代最大的一部丛书《四库全书》，而且他还撰写了大量诗文，仅编成集的就有《御制文初集》、《御制文二集》、《御制文三集》、《御制文余集》，还有《清高宗圣训》、《乐善堂全集》、《御制诗余集》等，数量之多，创作之勤，令人叹服，虽有他人代作，《御制文初集》卷一一《初集诗小序》即云："后虽有作，或出词臣之手，真赝各半"，但确为御笔者也不少。乾隆对此颇为自负，其《鉴始斋题句识语》云："予少时即喜作诗，不屑为风云月露之词，自御极(登位)以来，虽不欲以此矜长，然于问政敕几，一切民瘼国是之大者，往往见之于诗。计丙辰至丁卯编为初集，得诗四千一百六十六首；戊辰至己卯编为二集，得诗八千四百八十四首；庚辰至辛卯编为三集，得诗一万一千五百十九首；壬辰至癸卯编为四集，得诗九千九百二首；甲辰至乙卯编为五集，得诗七千七百二十九首。合计五集共四万一千八百首，亦云富矣。古之诗人年高而诗多者在唐为白居易，在宋为陆游。居易以太和开成编年分四集，为卷仅二百有二，为篇仅千有五十六。陆游之诗初编只四十卷，再编通前只八十五卷。本朝辑《全唐诗》一代三百年，二千二百余人之作，才得四万八千九百余首。今予诗五集厘为四百三十四卷，总计四万一千八百首，而《乐善堂全集》在潜邸时所著者尚不入此数。是予以望九之年(年近九十)，所积篇什几与全唐一代诗人篇什相埒，可不谓艺林佳话乎？"①得意之情溢于言表。

但很少有人注意到，乾隆的文体论也是十分丰富的，凡诗、文、赋、音韵、史书等无

---

① 《御制文余集》卷二，文渊阁四库全书本。

不论及，多有独到之见，完全堪称一位文体学家。其《国风正讹》论《诗》之《国风》本不"以国标题"："孔子杏坛删《诗》曰风，曰雅，曰颂，无所为国也。自毛苌始以国标题，而郑康成因之，后世遂沿袭莫知改正。夫孔子既以二南别周、召，而邶以下各从其类，邶以下谓之国可也，今云周南之国、召南之国，是何语耶？王者有天下之号，降而为风，见周道之衰可也。今云王国，是何语耶？或曰如是则《书》所云以长我王国，《诗》所云王国克生，皆非乎？曰《诗》、《书》所云统天下国家之王国，非列于卫国之后，郑国之前之王国也。夫孔子作《春秋》尊王大一统，岂于《诗》乃降王为国以比于诸侯，有是理乎？且鲁诚侯国也，孔子以父母之邦犹跻之于颂，顾以东迁之王朝而等之侯国，不与《春秋》之义自相刺谬乎？至于豳乃周先王造基之地，既有天下，尊王太王、王季，上祀先公以天子之礼，亦无复降而为国之理。知此，则毛、郑之讹不待辨而自见。故为是说，以正之后世。若宋程大昌之辈颇见及此，然未能挈要断之以正，故复有驳其说者，不啻议礼如聚讼矣。"①

其《哨鹿赋序》论赋云："赋者，古诗之流。诗以言志，其有不能尽言之志，则赋可以申之。"

序、自序，皆文之体裁，其《御制文初集序》首论自序之源流："于敏中排次数年来所谓《御制文初集》成，而以序为请。夫序者所以叙陈经旨，故孔子作《书序》，子夏作《诗序》，未闻自序其文也。自序其文盖汉、唐以后之事乎。"次论天子之正务是修己治人，不应以文为务："为天子者所以修己治人，必当以三代以上自勖，岂可以汉、唐以后自画？此正务也，至于文乃其余事耳，然亦岂可以汉唐以后为法哉？如是则敏中之请序可以不允。"末论青年时代已作过序，故不可以不序："既而思之，向之《乐善堂全集》及《御制诗初集》不既有序乎？于凡惕已敬天，本身征民，悯农桑，验今昔，盖已言之悉矣。例以向不可以不序，而以向之言之悉，则又可以不必序矣。虽然，不欲以文人学士争长，亦向之本意也。则今之衷然成集者，与向之言为合乎，为否乎？以之自问，又不能措一辞云。"

上文中所说《乐善堂全集》的书名，源于乾隆当皇子时居住在大内时的书房名乐善堂。乾隆即位后，殿内正中之宫即名乐善堂，《乐善堂全集》就是乾隆即位前的作品集，分为论、说、序、记、跋、书、杂著、表、颂、赞、箴、铭、制义、赋、古体诗、今体诗等，集中反映了涉世未深的年轻皇子的政治理想、生活情趣以及闲适恬淡的心境。此集之可贵在于都是乾隆亲作，其后诸集则多有词臣代笔。其《御制乐善堂全集序》"是集乃朕夙昔稽古典学所心得，实不忍弃置。自今以后，虽有所著作，或出词臣之手，真赝各

---

① 《御制文初集》卷二五，下引自此书者只括注卷次，他书仍加注书名。此序又见《御制文二集》卷一六。

半,且朕亦不欲与文人学士争巧,以转贻后世之讥,则是集之辑有不得已者。"①

《韵古堂记》论音律云:"自黄帝命伶伦与荣将铸十二钟以和五音,是钟之于乐为最古。黄钟而下,三分损益,上下递生,黄钟定而八音六律无不定,以立均出度纪之,以三平之,以六成于十二,以为万事根本。故帝王制礼作乐,莫不以是为棘。或曰镈钟大小殊,编钟大小同,其说如何,律钟之说又如何? 曰八音无非律,磬亦律磬,琴亦琴律,其他诸乐无不皆然,独钟云乎哉?"其《叶韵汇辑序》论古音今音关系云:"叶韵非古也,而即古也,有今韵而后有叶韵。叶韵者以古韵而协之于今,故曰非古。然以今视之,则用叶以合异;以古视之,则非叶而本同,故曰即古。朕幼习《易》、《诗》诸经,考其音多与今韵不合。长而泛览百家,其用韵亦往往异于今读。盖韵书之行,权舆江左,至唐以声律取士,部分较严。而今所循用,则出于宋元人之分并,宜其与古不相契也。三代而上言律吕,言谐声,言书名,其于音韵当必审清浊,别唇齿喉舌,有一定之部分。勒之简策,与律度量、衡象魏之法同,为当世所遵守,而惜其世远而不传也。好古之士欲忖而求之,其道无由。宋吴棫本《易》、《诗》、《史》、《汉》诸书为《韵补》,子朱子尝取以释《毛诗》、《楚词》。明杨慎广之为《古音》,号称渊博,及证之群籍,其疏略不备者则已多矣。因于几暇,指授儒臣博考经、史、诸子以及唐、宋大家之文,所用古韵,举而列之,疏其所出,次于今韵之后,临文索句就考焉。可以恢见闻,可以益思致,独是四库之编浩如渊海,学士毕生不能穷其读,区区掇拾而规缕之,何异稽鼟次而溯有虞氏之敬授,泛江淮河汉而追禹功之疏凿,其可指而数者几何? 然方之尝鼎之一脔,则未始非汲古之助云尔,爰授之梓而行之。"

乾隆的史体论也十分丰富。其《重刻二十一史序》(卷一)首论"史为经翼":"《七录》之目首列经史,四库因之。史者,辅经以垂训者也。《尚书》、《春秋》内外传,尚矣。"次论正史的"纪、表、书、传之体":"司马迁创为纪、表、书、传之体,以成《史记》,班固以下因之。累朝载笔之人,类皆娴掌故贯旧闻,傍罗博采,以成信史,后之述事考文者咸取征焉。朕既命校刊《十三经注疏》定本,复念史为经翼,监本亦日渐残阙,并敕校雠,以广刊布。其辨讹别异,是正为多,卷末考证,一视诸经之例。"再论二十一史已成二十二史:"《明史》先经告竣,合之为二十二史,焕乎册府之大观矣。"末以对史家的要求作结:"夫史以示劝惩,昭法戒,上下数千年治乱安危之故,忠贤奸佞之实,是非得失,具可考见。居今而知古,鉴往以察来,扬子云曰'多闻则守之以约,多见则守之以卓',岂不在善读者之能自得师也哉?"

其《史论问》乃策士之题,虽只问未答,但几乎遍论二十二史,观点已包括在问题

① 《御制乐善堂全集》卷首,文渊阁四库全书本。

中。首论史之重要,既要"熟于掌故",又要"决其是非":"儒者学术之要,先经次史,凡具渊通之学,必擅著作之才,然非熟于掌故,周知上下数千载之事理,而剖决其是非者,不足以语此,则史学尚矣。"次论史书"名类甚多",正史之外有堪与正史媲美者:"今之称正史者,皆曰廿一史,岂廿一史之外别无正史欤? 抑廿一史之名遂定而不可移易欤? 又岂正史之外别无他史欤? 考之汉、唐、宋《艺文志》及隋《经籍志》所载诸史,其名类甚多,而称史学者惟以马、班诸人为宗,何欤?《史记》、《汉书》成于迁、固,不自迁、固始也。开之者谁,补之者谁,批注之者又谁也? 范史一书与马、班并称三史,而袁宏、荀悦之作,独不可媲美欤?"三批《三国志》"帝魏退蜀":"陈寿之志帝魏退蜀,正统已紊,孰称其是,孰正其非,可与三史并传欤? 即三史之书又果无遗憾欤?"四论《晋书》"文多骈丽":"《晋书》创于何人,共有几家? 唐太宗命房乔(玄龄)等再加撰次,所称房乔者何人也? 其称房乔等者又共几人也? 观其文多骈丽,史体固应然欤?"五论南北朝的八书二史"辞多重复",应当合并:"南、北史皆成于李延寿,而考之南朝、北朝各有专史,乃延寿复为合之。合者可取,则专者宜删;专者既行,则合者可废。而八书、二史皆得并行,辞多重复,后之作者独不可汇而修之欤?"六对《隋书》给予了充分肯定:"六朝之后,《隋书》颇善,其所撰诸志,综核尤工。近世儒者,专称《五代史》,而不及《隋书》,又何说也?"七论新、旧《唐书》和"各有短长":"《唐书》新、旧二编各有短长,自新书出而旧书流布无多,不得并载十七史中,其故何欤?"八论新、旧《五代史》:"梁、唐、晋、汉、周皆有史,薛居正尝修之。欧阳氏之本诚善矣,而薛氏之本犹可得见欤?"九论宋、辽、金、元史"不及前代":"《宋》、《辽》、《金》三史已不及前代,而《元史》成于仓猝,舛谬尤多。乃后儒罕能删定以成佳史,岂古今人果不相及欤?"十论史体有二:"且史之体有二,曰编年,曰纪传。纪传之善自司马迁《史记》始,而编年之善则自司马光《通鉴》始。《通鉴》本《春秋》之法,至朱子则纲仿《春秋》,目仿《左氏》,而前编、续编之作亦皆得其遗意。此外体例甚繁,沿革互异,作史者奚啻数百家。多士有能悉数其姓氏,详其名目,以证其是非者欤?"末以提出要求作结:"将备举作者之优劣以考正诸史之得失,则一代著作之任殊有厚望焉。毋剿说,毋雷同,毋苟且以干名,毋徇人以自误,有志进取者尚慎旃哉。其各矢乃心,独抒所见,以毋负朕延访之至意。"

其《记载》特别强调史书的真实性,批评野史多纰谬:"记载之失实,虽正史不能免,而莫甚于稗野之刺谬。彼以一己之私心,设为莫须有之论。所恶者,虽伯夷之清而不为扬其善,所喜者,虽盗跖之贪而谬为隐其恶;所喜者,虽盗跖之贪而曲为称其善,所恶者,虽伯夷之清而刻以求其恶。夫不扬而谬隐,犹可也,至于曲称而刻求,则是非颠倒,莫可究诘,使后人见之,愚者固以为必然,知者且不能不致疑矣。知者致疑将谓正史亦未免如此,害天下之公,乱圣人之道,非稗野之所驯至乎?"他对邵伯温《闻见录》、苏辙《龙川志》纪范仲淹、富弼事,批评尤为尖锐,最后说:"世之随人是非而无定见者多矣⋯⋯邵伯温吾不惜,而独惜苏辙尚称具正知卓识者,亦为此卑谬之论,岂其未之思乎? 抑或未曾质诸其兄以为何如乎?"

十七　许道承论戏剧亦有变体

许道承(生卒年不详),乾隆时人。以《缀白裘》为名编选流行戏曲之选场,昉自明代后期,苏州人玩花主人曾有编辑。入清之后,此风大盛。但这些选本收录的均为元人杂剧和明清传奇昆腔戏的散出,而未选花部乱弹戏。至乾隆二十八年(1763),苏州宝仁堂书坊主人钱德苍袭用"缀白裘"之旧名,开始重编,增加流行剧,第二年即刊行了《时兴雅调缀白裘新集初编》。此后每年刊行一或二编,至乾隆三十九年,出齐十二编,合刊行世,是为宝仁堂刊本。由于它具有实用歌本的性质,使用方便,因而极受欢迎,以致剧场中几乎人手一编,影响巨大。

许道承《缀白裘十一集序》作于乾隆三十九年(1774),对粗制滥造的戏剧学表不满:"且夫戏也者,戏也,固言乎其非真也。而世之好为昆腔者,率以搬演故实为事,其间忠臣孝子、义夫节妇、奸谗佞恶、悲欢欣戚,无一不备。然设或遇乱头粗服之太甚,豺声蜂目之叵耐,过目遇之,辄令人作数日恶。无他,以古人之陈迹,触一己之块垒,虽明知是昔人云'吹皱一池春水,干卿何事',而愤懑交迫,亦有不自持者焉。若夫弋阳梆子、秧腔则不然,事不必皆有征,人不必尽可考,有时以鄙俚之俗情,入当场之科白;一上氍毹,即堪捧腹。此殆如东坡相对正襟捉肘,正尔昏昏欲睡,忽得一诙谐讪笑之人,为我持羯鼓解酲,其快当何如哉! 此钱君《缀白裘》外集之刻所不容已也。抑吾更有喻者,《诗》之为风也,有正有变;史之为体也,有正有逸,戏亦何独不然? 然则戏之有弋阳、梆子、秧腔,即谓戏中之变,戏中之逸也,亦无不可。"[①]

十八　阮元论文体演变和四六文

阮元(1764—1849)字伯元,号芸台,扬州仪征人。乾隆五十四年(1789)进士。历官乾隆、嘉庆、道光三朝,多次出任地方学政,充兵部、礼部、户部侍郎,拜体仁阁大学士。卒谥文达。毕生仕宦显赫,而撰述编纂未尝稍辍,在杭州创诂经精舍,在广州创学海堂,培育人材,提倡朴学。在经学、史学、哲学、训诂、文字、金石、书画、校勘、历

---

① (清)许道承《缀白裘十一集》卷首,宝仁堂刊本。

算、舆地、文学等领域都卓有建树,尤以训诂、考据之学见长,是乾嘉学派的后起之秀和扬州学派的中坚人物,标领文坛数十年,海内尊之为学界泰斗。他著作等身,主要有《三家诗补遗》、《车制图考》、《曾子注释》、《诗书古训》、《石经仪礼校勘记》、《积古斋钟鼎彝器款识》、《国朝儒林文苑传》、《畴人传》、《四史疑年录》、《浙江图考》、《四库未收书目提要》、《小沧浪笔谈》、《瀛舟笔谈》、《小琅嬛丛记》。他的诗文,经他本人及门生弟子之手编成《揅经室集》。他曾采进《四库全书》未著录之书,主持校勘《十三经注疏》,修纂《广东通志》、《两广盐法志》,编辑《淮海英灵集》、《两浙輶轩录》、《广陵诗事》、《山左金石志》、《两浙金石志》、《浙士解经录》等,其诗文集一部分著作,与其他名家著述一起汇刻为《文选楼丛书》。

阮元在文体论上也有一些重要主张。其《书梁昭明太子〈文选序〉后》赞成《文选》不收经、子、史的文体观:"昭明所选,名之曰文,盖必文而后选也,非文则不选也。经也、子也、史也,皆不可专名之为文也。故昭明《文选序》后三段特明其不选之故,必沈思翰藻始名之为文,始以入选也。"他认为《文选》的主张符合孔子的观点,认为"孔子《文言》实为万世文章之祖":"或曰昭明必以沈思翰藻为文,于古有征乎?曰:事当求其始。凡以言语著之简策,不必以文为本者,皆经也、子也、史也。言必有文,专名之曰文者,自孔子《易·文言》始。《传》曰:'言之无文,行之不远。'故古人言贵有文。孔子《文言》实为万世文章之祖,此篇奇偶相生,音韵相和,如青白之成文,如《咸》、《韶》之合节,非清言质说者比也,非振笔纵书者比也,非佶屈涩语者比也。是故昭明以为经也、子也、史也,非可专名之为文也;专名为文,必沈思翰藻而后可也。"继论刘勰《文心雕龙》与《文选》之主张不同,实开四六之体:"自齐、梁以后,溺于声律。彦和(刘勰)《雕龙》,渐开四六之体。至唐,而四六更卑。然文体不可谓之不卑,而文统不得谓之不正。"他主张奇、偶之文不可偏废:"自唐宋韩、苏诸大家,以奇偶相生之文为八代之衰而矫之,于是昭明所不选者,反皆为诸家所取。故其所著者,非经即子,非子即史,求其合于昭明序所谓文者鲜矣,合于班孟坚《两都赋序》所谓文章者更鲜矣。其不合之处,盖分于奇、偶之间。经、子、史多奇而少偶,故唐、宋八家不尚偶;《文选》多偶而少奇,故昭明不尚奇。如必以比偶,非文之古者而卑之,则孔子自名其言曰文者,一篇之中偶句凡四十有八,韵语凡三十有五,岂可以为非文之正体而卑之乎!况班孟坚《两都赋序》及诸汉文,其体皆奇偶相生者乎?《两都赋序》'白麟神雀'二比,'言语公卿'二比,即开明人八比之先路。明人号唐、宋八家为古文者,为其别于四书文(八股文)也,为其别于骈偶文也。然四书文之体皆以比偶成文,(《明史·选举志》曰:"四子书命题代古人语气,体用排偶,谓之八股。")不比不行,是明人终日在偶中而不自觉也。且洪武、永乐时,四书文甚短,两比四句,即宋四六之流派。宏治、正德以后,气机始畅,篇幅始长,笔近八家,便于摹取。是以茅坤等知其后而昧于前也。是四书排偶之文,真乃上接唐、宋四六为一脉,为文之正统也。"最后以"古文"的应有含义作结:"然则今人所作之古文,当名之为何? 曰:凡说经讲学,皆经派也;传志记事,皆史派也;立意为宗,皆子派也。惟沈思翰藻,乃可名之为文也。非文者尚不可名为文,况名之曰古文乎?"①

其《〈四六丛话〉后序》通过文体文风的演变肯定四六文之重要,首论先秦之文质实无华:"昔《考工》有言:'青与白谓之文,赤与白谓之章。'良以言必齐偕,事归镂绘。天经错以地纬,阴偶继夫阳奇。故虞廷采色,臣邻施其璪火;文王寿考,诗人美其追琢。以质杂文,尚曰彬彬;以文被质,乃称緎緎。文之与质,从可分矣。懿夫人文大著,肇始六经。《典》、《坟》、《丘》、《索》,无非体要之辞;《礼》、《乐》、《诗》、《书》,悉著立诚之训。商瞿观象于《文言》,丘明振藻于简策,莫不训辞尔雅,音韵相谐。至于命成润色,礼举多文;仰止尼山,益知宗旨。使其文章正体,质实无华。是犬羊虎豹,翻追棘子之谈;黼黻青黄,见斥庄生之论也。周末诸子奋兴,百家并骛。老、庄传清净之旨,孟、荀析善恶之端。商、韩刑名,吕、刘杂体。若斯之类,派别子家,所谓以立意为宗,不以能文为本者也。"次论两汉六艺分途,始设《文苑传》:"至于纵横极于战国,春秋纪于楚、汉。马(司马迁)、班(固)创体,陈(寿)、范(晔)希踪。是为史家,重于序事,所谓传之简牍,而事异篇章者也。夫以子若彼,以史若此,方之篇翰,实有不同。是惟楚国多才,灵均(屈原)特起:赋继孙卿(荀子)之后,词开宋玉之先,隐耀深华,惊采绝艳。故圣经贤传,六艺于此分途;文苑词林,万世咸归围范矣(指《后汉书》始设《文苑列传》)。洎夫贾生(谊)、枚叔(乘),并辔汉初;(司马)相如、子云(扬难),联镳西蜀。中兴以后,文雅尤多。孟坚(班固)、季长(马融)之伦,平子(张衡)、敬通(冯衍)之辈,综两京文赋:诸家莫不洞穴经史,钻研六书,耀采腾文,骈音丽字。故雕虫绣帨,拟经者虽改修途;月露风云,变本者妄执笑柄也。"再论魏、晋、南北朝渐开声韵之说而伤靡丽:"建安七子,才调辈兴。二祖(曹操、曹丕)、陈王(曹植),亦储盛藻。握径寸之灵珠,享千金于荆玉。至于三张(载、协、亢)、二陆(机、云)、太冲(左思)、景纯(郭璞)之徒,派虽弱于当途,音尚闻夫正始焉。文通(江淹)、希范(丘迟),并具才思;彦升(任昉)、休文(沈约),肇开声韵。轻重之和,拟诸金石;短长之节,杂以《咸》、《韶》。盖时会使然,故元音尽泄也。孝穆(徐陵)振采于江南,子山(庾信)迁声于河北。昭明(萧统)勒《选》,六代范此规模;彦和(刘勰)著书,千古传兹科律。迄于陈、隋,极伤靡敝。天监、大业之间,亦斯文升降之会哉。"四论唐、宋诗文革新,"体既变而异今,文乃尊而

---

① (清)阮元《揅经室三集》卷二,四部丛刊本。

称古"："唐初四杰,并驾一时。式江、薛之靡音,追庾、徐之健笔。若夫燕、许之宏裁,常、杨之巨制,《会昌一品》之集,元、白《长庆》之编,莫不并掞龙文,联登凤阁。至于宣公(陆贽)《翰苑》之集,笃挚曲畅,国事赖之,又加一等矣。义山、飞卿,以繁缛相高,柯古、昭谏以新博领异:骈俪之文,斯称极致。赵宋初造,鼎臣、大年,犹沿唐旧;欧、苏、王、宋,始脱恒蹊。以气行则机杼大变,驱成语则光景一新。然而衣辞锦绣,布帛伤其无华;工谢雕几,虞业呈其朴凿。南渡以还,浮溪首倡。野处、西山,亦称名集;渭南、北海,并号高文:虽新格别成,而古意浸失。元之袁、揭,冕弁一世,则又扬南宋余波,非复三唐雅调也。载稽往古,统论斯文。日月以对待曜采,草木以错比成华。玉十毂而皆双,锦百两而名匹。明堂斧藻,视画缋以成文;阶戺笙镛,听铿鋐而应节。自周以来,体格有殊,文章无异。若夫昌黎肇作,皇(甫湜)、李(翱)从风;欧阳(修)自兴,苏(轼)、王(安石)继轨。体既变而异今,文乃尊而称古。综其议论之作,并升荀(卿)、孟(轲)之堂;核其叙事之辞,独步马、班之室。拙目妄讥其纰缪,俭腹徒袭为空疏:实沿子史之正流,循经传以分轨也。"最后以历代文论特别是四六名著相衬托,评其师孙梅的《四六丛话》："考夫魏文(曹丕)《典论》,士衡赋文(指陆机《文赋》),挚虞析其流别,任昉溯其原起,莫不谨严体制,评骘才华。岂知古调已遥,矫枉或过,莫守彦和(刘勰)之论,易为真氏(德秀)之宗矣。我师乌程孙司马,职参书凤,心擅雕龙。综览万篇,博稽千古。文人之能事,已揽其全;才士之用心,深窥其秘。王铚选《话》,惟纪两宋;谢伋《谈麈》,略有万言:虽创体裁,未臻美备。况夫学如沧海,必沿委以讨原;词比邓林,在揣本而达末。百家之杂编别集,尽得遗珠;七阁之秘籍奇书,更吹藜火。凡此评文之语,勒成讲艺之书。四骈六俪,观其会通;七曜五云,考其沉博。而且体分十八,已括萧、刘;序首二篇,特标《骚》、《选》。比青丽白,卿云增绣黼之辉;刻羽流商,天籁遏笙簧之响。使非胸罗万卷,安能具此襟期?即令下笔千言,未许臻兹酝酿也。元才圄陋质,心好丽文,幸得师承,侧闻绪论,妄执丹管而西行,愿附骥尾而千里。固知卢(照邻)、王(勃)出于今时,流江河而不废;子云生于后世,悬日月而不刊者矣。"①

十九　殷寿彭论律赋演变

殷寿彭(1795—1862)吴江人。道光二十年(1840)进士。曾官广东学政,著有《春雨楼诗文集》。

其《四家赋抄序》是一篇科举律赋简史："赋必原本汉、魏、六朝固已,若律赋乃赋

① (清)孙梅《四六丛话》卷首,光绪七年许应镃重刊本。

中之一体,则尤以唐人为宗主。唐赋凡三变,初以遒厚胜,继以宏丽胜,至晚王起、王棨、黄滔、宋言诸公出,而格调愈细,音节益谐。其时主司命题限八韵者,率用四平四仄,听作者参错相间,故圆美流逸,无聱牙生涩之病。其立局整而不滞,其用笔轻而不佻,其运典新而不僻,令人讽咏铿锵,而常得其意外巧妙,事外远致,真律赋之极轨也。"宋代律赋不及唐,但有唐人所不及者:"宋人步趋唐贤,不失尺寸,王(曾)、田(况)、文(彦博)、范(仲淹)、欧阳(修)诸赋,揣摩精到,如埴在埏,如金受范,第用笔稍平易,而骨韵亦渐卑弱。至说理等题,则刻露浅显,实亦唐人所不及焉。"他对清代律赋评价很高:"本朝馆阁赋不乏宏篇巨制,顾矜才气者,泥沙杂下;炫博瞻者,美稗同登。又其下者,以肥腻为畅美,以甜俗为圆熟,连章累牍,一味颠顿,殆不可向迩矣。《有正味斋正集》、《外集》(吴锡麒)撰诸赋,清而不浮,丽而不缛,其幽隽之思,雄迈之概,实为律赋中独辟之境。《兰修馆》(顾元熙、黄蟾桂撰)视《有正味》气象,广狭固不相侔,然一种冷秀遒爽之致,亦时出谷翁(吴锡麒号谷人)之右。二家皆深得力于六代、三唐者,故词气深稳,笔意跳脱,所谓'看似寻常实奇崛,成如容易却艰辛'者,在时贤中固当为上乘禅也。"①

二十　何栻论诗之诸体"各自成为一代之声"

何栻(1816—1872)字莲舫,号悔余。江苏江阴人。道光二十五年(1845)进士,官江西吉安府知府,后罢官去扬州做盐商。生性豪爽,好结交,深得曾国藩、李鸿章等人赏识。何栻诗才绝艳,书、画、楹联,用典精当,对仗工稳,词藻华丽,或寓情,或状物,无不妥当之极,至今仍为联句界所称道。著有《悔余庵文稿》、《余辛集三卷》、《纳苏集二卷》(又名《悔余庵集句楹联》)、《江风集》、《寒灰集》、《焦桐集》、《剑光集》、《真气集》等。

其《江风集自序》是一篇关于诗、骚、乐章、乐府、词、曲的演变简史,条理清晰而深刻。首论唐以前:"诗亡而后乐府作。古者闾巷之语登之朝廷,闺房之词荐之郊庙,采以轺轩,被以弦管,《三百篇》其著也。自观风之使废,太师不复陈诗,太常无由合乐,于是汉、魏之朝,使文学之臣作为词章,创立题目,拟于雅、颂,肆于乐官,以之燕天神,格祖考,飨军娱宾,莫不陈奏,若史所载乐章是也。至于闾右之民,非箴诵之职,章甫之士,无著作之权,耳目所触,手口相应,乃举可歌、可哭、可法、可戒之事,永以情文,谐以音韵,使闻者感焉,若世所传乐府皆是也。惟自诗而骚,而五言,而七言,皆诗之

---

① (清)殷寿彭《春雨楼诗文集》卷六,同治刻本。

流也。自汉、魏以后,为古词艳诗,为歌行,为长短句,为南北曲,皆乐府之流也。于是诗与乐府离而为二,而其源则一也。第以屈原、宋玉、司马相如、扬雄之俦,力追《三百篇》而不能至;且以鲍照、李白、杜甫、张籍之徒,力追汉、魏而亦不能至;则不独诗亡,而乐府亦亡矣。然亡其辞而不能亡其声也。夫天地之声悉于人备,阴阳之声亦以人分,八音大小之器因人而鸣,六律清浊之宫待人而析,是当以器物之声从人声,而高下疾徐长短之;不当以人声徇器物,从而为高下疾徐长短之也。"次论唐以后,"有自异而不能强同者",乃时代使然:"由唐以来,为乐府者莫不求合于汉、魏。其才之高者,鄙新声,制古调,聱牙诘曲,而不可以倚歌;其下者则且句之摹,字之仿,形似而神离。降而至于填词按曲,以求合于乐府,而去汉、魏日远矣。夫偃师之傀儡,肖其形不能肖其神;优孟之衣冠,传其神不能传其情。若乐府,则固因其人其事之情而达之者也。古人之声与今人同,其情亦无不同。诗可以歌,乐府可以合乐,作者不必皆伶伦也。即至旗亭之歌,沉香亭之合乐,不必先按伶人之谱,而后为词也。声极其和而情极其至,即起古人为之,而亦不能为异。然有自异而不能强同者,则时为之也。今日之与汉、魏,日月犹是也,而历数不同;山川犹是也,而形势不同;鸟兽草木犹是也,而种产不同。同一衣服而制度不同,同一饮食而嗜好不同。盖同者其真,而不同者其饰真者也。真者乐府之情与声,而饰真者寄情于声而衍之为乐府也。必去饰以求真,将词之不存,而声情焉附?汉、魏以还,无乐府矣。汉、魏不能为《三百篇》,晋、唐不能为汉、魏,宋、元不能为晋、唐,而各自成为一代之声。然闻其声而如见其情,缘其情而如见其人与其事,则仍乐府之所同也。"①

二十一　俞樾论诗、赋、杂剧诸体

俞樾(1821—1907)字荫甫,号曲园居士,浙江德清人。俞平伯曾祖,国学大师章太炎的老师。道光三十年(1850)与李鸿章同登进士第,授翰林院庶吉士,历编修、国史馆协修,出任河南学政,被劾所出试题割裂经文,革职南归,居苏州饮马桥十年,后辗转绍兴、上虞、宁波、上海等地。同治四年(1865)秋,经两江总督李鸿章荐,先后主讲苏州紫阳书院、上海求志书院、诂经精舍、湖州菱湖龙湖书院、长兴箬溪书院、德清清溪书院、杭州诂经精舍。俞樾一生布衣素食,勤于治学,在经、子、小学诸方面成就卓著,著有《群经平议》、《诸子平议》、《古书疑义举例》等。其中《古书疑义举例》乃俞樾一生从事学术研究的结晶,主要论述古汉语语法和古书校勘的方法,并运用文字

① (清)何栻《悔余庵文稿》卷四,同治刻本。

学、音韵学和校勘学的知识,总结出校勘古籍和音训方面的若干规律,备受学者重视。此外,还写下大量诗词、笔记,保留了不少学术史、文学史方面的珍贵资料。所著各书总称《春在堂全书》,凡五百余卷。

其《徐诚庵荔园词序》论诗何以变为词云:"古人之诗,无不可歌者。《三百篇》以至汉、魏,无论矣。至唐人而'永丰杨柳'之篇,禁中奏御;'黄河远上'之章,旗亭传唱,盖诗与乐犹未分也。其后以五言、七言限于字句,不能畅达其意,乃为长短之句,抑扬顿挫,以寄流连往复之思,而词兴焉。词兴而诗于是不尽可歌矣。"①

其《〈赋学正鹄〉序目》论赋体源流演变云:"赋者,古诗之流。其体肇于荀卿、宋玉,自周、秦、汉、魏至六朝,皆古赋也。唐以诗赋取士,始有律赋之目。古赋变为律赋,犹古文变为时文也。今功令以诗赋试上,馆阁尤重之。试赋除拟古外,率以清醒流利、轻灵典切为宗,正合唐人律体,特唐律巧法未备,往往瑕瑜互见。宋、元亦然。今赋则斟酌益臻完善耳。譬诸八韵诗、唐赋,则唐人试律也。今馆阁诸赋,则国朝试帖也。学者就时彦中择其最精者以为鹄,即不啻瓣香唐贤,不必复陈大辂之椎轮矣。盖尝论赋学有源有流,汉、魏六朝之古体,源也;唐、宋及今之律体,流也。将握源而治,则必先学汉、魏六朝,而后及于律体;将循流以溯源,则由今赋之步武唐人者,神而明之,以渐跻于六朝两汉之韵味。二者其道一,而从入之途不同。然升高自下,陟遐自迩,固当以循流溯源为得其序也。"

其《余莲村〈劝善杂剧〉序》论戏剧源流云:"今之杂剧,古之优也。《左传》有观优鱼里之事,《乐记》有优猱侏儒之语,其从来远矣。弄参军之戏,始于汉和帝;梨园子弟,始于唐明皇。他如《踏谣娘》、《苏中郎》之类,无非今戏剧之权舆。而唐咸通以来,有范传康、上官唐卿、吕敬迁等弄假妇人为戏,见于段安节《乐府杂录》,则俳优而已。至于淫媟,亦势使然乎?夫床第之言不逾阈,而今人每喜于宾朋高会,衣冠盛集,演诸淫亵之戏,是犹伯有之赋'鹑之贲贲'也。"

其《文章释叙》首论历代目录书:"昔刘歆奏《七略》,班固删其要入《艺文志》,有儒家者流、道家者流、阴阳家者流、法家者流、名家者流、墨家者流、纵横家者流、杂家者流、农家者流、小说家者流。谓之曰'流',明其有所原也,故自'儒家者流出于司徒之官'至'小说家者流出于稗官',皆因流而究其原,推其所自出,详哉言之矣。后之学者又推其例于文章,于是晋挚虞有《文章流别》之作。史称其类聚区分,辞理惬当,为世所重,而书已亡失,后人纂辑,未睹其全。近世存者,则有梁任昉《文章缘起》一卷,《四库》著录焉。《提要》讥其'表'与'让表'分为二类,'骚'与'反骚'别立两体,则其书殆

① (清)俞樾《春在堂全书》卷一二七,凤凰出版社 2010 年版。

出依托,非其旧矣。"次评王兆芳的《文章释》一书之得失,并补论续、拟、七、九诸体:
"于是乎王子漱敆又有《文章释》之作,备列文章一百四十有二体,而一一推其所始,盖
亦挚虞、任昉之遗意也。然其书则甚精审,无如《提要》所讥者……窃叹其用力之勤,
与其考古之详而且当也。君与余素不相识,而数百里诒书相属,所望于鄙人者綦厚,
则凡意有未合者,亦不能不为君陈之,以效古人'盍各'之义。孔子《春秋》绝笔'获
麟',自此以下至'孔某卒',皆弟子所续,续之一体宜托始于是,不得谓源出晋司马彪
《续汉书》也;扬雄以经莫大于《易》,故作《太玄》,传莫大于《论语》,故作《法言》,史篇
莫善于《仓颉》,故作《训纂》,箴莫善于《虞箴》,故作《州箴》,拟之一体宜托始于是,不
得谓源出汉班固《拟连珠》也。至于七、九两体,但云阳数,不凿求其说,视明陈懋仁以
为源出《孟子》、《庄子》之七篇者,较为有见。然窃尝推其所出,以为源于古之恒言。
古人之词,少则曰一,多则曰九,半则曰五,小半曰三,大半曰七。是以枚乘《七发》至
七而止,屈原《九歌》至九而终,不然《七发》何以不六?《九歌》何以不八乎? 若欲举其
实,则《管子》有《七臣七主》篇,可以释'七',而《大禹谟》'九歌'更可以释'九'。率尔
及之,以补尊说所未备,或亦喜鄙人之举一而能反三乎?"①

二十二　王棻论文章之体、用

王棻(1828—1899)字子庄,号耘轩,清黄岩(今属浙江)人。同治六年(1867)举
人。后不复试,一意执教、著述。光绪二十四年(1898)以学行受赏内阁中书衔。王
棻深于经学,于文字、训诂、音韵治之尤力。为文不事雕琢,而持论明通,援证详确。
究心于乡邦文献。著有《台学统》、《柔桥文钞》、《中外和战议》、《经说偶存》、《六书
古训》、《史记补正》等。主持纂修《黄岩县志》、《仙居县志》、《太平县续志》、《青田县
志》、《永嘉县志》、《杭州府志》等志书,对方志理论有精深研究,为清代后期方志理
论集大成者之一。

其《论文》论文章之体用云:"文章之道,莫备于六经;六经者,文章之源也。文章
之体三:散文也,骈文也,有韵文也。散文本于《书》、《春秋》,骈文本于《周礼》、《国
语》,有韵文本于《诗》,而《易》兼之。文章之用三:明道也,经世也,纪事也。明道之文
本于《易》,经世之文本于三《礼》,纪事之文本于《春秋》,而《诗》、《书》兼之。故《易》、
《书》、《诗》者,又六经之源也。是故《礼》之明天理,本于《易》者也;《左氏》、《国语》陈
人事,本于《书》者也;《尔雅》辨万物,本于《诗》者也,而《论语》、《孟子》兼之。三经为

---

① (清)王兆芳《文章释》卷首,光绪二十九年刊本。

诸经之源,信矣哉。《六经》之后,名能文者四家:《庄子》之恢奇源于《易》,《离骚》之幽怨源于《诗》,太史之简洁原于《书》,而韩昌黎兼之。千年以来,莫不尊尚四家之文,而四家之文实源于三经。然则《易》、《书》、《诗》者,诚文章之鼻祖矣。昌黎有言:'士不通经,果不足用。'乌乎! 经之为用大矣,为学不本于经,岂徒文之不足观哉!"①

二十三　王闿运《论文体》

王闿运(1833—1916)字壬秋,又字壬父,号湘绮,世称湘绮先生。湖南湘潭人。咸丰七年(1857)举人。先后结交曾国藩、肃顺、丁宝桢。不久辞职返归湖南,隐居衡阳西乡石门,潜心学术研究,并在石门观设私帐授徒,夏时济、曾熙、马宗霍等皆出其门下。后相继受聘为成都尊经书院主讲、长沙思贤讲舍主讲、衡州船山书院山长、江西大学堂总教习。其中尤以在衡阳船山书院的时间最长,力倡船山之学。如杨度、夏寿田、蒋啸青、陈兆奎、程崇信等,皆其门下士。清朝末年,官翰林院检讨加侍讲衔。民国初年,出任中华民国国史馆馆长兼参政之职。逝世后,当时的总统黎元洪为他亲作神道碑文,湖南、四川等省均公祭,可见享誉之盛。王闿运之学兼包九流而归于经,崇奉"春秋公羊"之说,被誉为"经学大师"、"湘学泰斗"。著作丰富,有《湘军志》、《桂阳州志》、《东安县志》、《衡阳县志》、《湘潭县志》、《春秋公羊何氏笺》、《古今文尚书笺》、《湘绮楼日记》、《湘绮楼诗文集》、《湘绮楼联语》等数十种。门人辑其诗文为《湘绮楼全集》)。

其《论文体》论诗文诸体云:"赋以《荀子》为正体,宋玉《大小言》犹近之,《高唐》、《好色》,则学《楚词》,汉人遂纯乎词矣。《骚》之正宗,后无作者,东方、刘向,皆拟《九章》耳。"又云:"《京都》诸作,自言是颂,非赋正宗。赋似铭赞,《丹书》诸作,是其先声。《风》之用神,《颂》是一体耳。《雅》出于《风》,而意必正。《雅》、《颂》可无,《风》不可无。汉后诸诗,虽是兴,亦有风之用也。"又云:"四言诗嵇(康)、陶(潜)为妙,《诗》之别派;陆(机)平实,本不宜四言;潘(岳)亦似谏。"又云:"《天问》是赞,《九章》是赋,《大招》是谏,《卜居》、《渔父》是词说。故自来以屈为词赋祖,以司马为文章祖。唐、宋八家,专学司马,才不足也。文必先浑厚,而后可驰骋。"②

其《为陈完夫论七言歌行》实为一篇精炼的诗史:"今之诗歌,古之乐也。四言如琴,五言如笙箫;歌行七言如羌笛琵琶,繁弦杂管,故(李)太白以为靡。然人不能无哀

---

① (清)王棻《柔桥文钞》卷九,清刻本。
② (清)王闿运《湘绮楼全集》卷一四,上海广益书局 1923 年版。

乐,哀乐不能无偏激感宕,故五言兴而即有七言,而乐府琴曲,希以赠答;至唐而大盛,凡四言、五言所施,皆有以七言代之者,而体制殊焉。初唐犹沿六朝,多宫观闺情之作,未久而用以赠答。送别分题,或拈一物一事为兴,篇末乃致其意,高(适)、岑(参)、王维诸篇其式也。李白始为叙情长篇,杜甫亟称之,而更扩之,然犹不入议论。韩愈入议论矣,若无才思,不足运动,又往往凑韵,取妍钩奇,其品益卑,骎骎乎苏(轼)、黄(庭坚)矣。元(稹)、白(居易)歌行,全是弹词;微之颇能开合,乐天不如也。今有一壮夫,击缶喧呼,口言忠孝,有一盲女,调弦曼声,搬演传奇,人将喜喧叫而屏弦索耶?抑姑退壮夫而进盲女也?韩、白之分,亦犹此矣。张籍、王建,因元、白之讽谏之意,而述民风。卢仝、李贺,去韩之粗犷,而加恢诡。郑嵎、陆龟蒙等为之,而木讷纤俗。李商隐之流,又嫌晦涩,其中如叙事摅情诸篇,不免辞费,犹不及元、白自然也。李东川(颀)歌行十数篇,实兼诸家之长,而无其短,参之以高、岑、王、李之泽,通之以杜、元之意,则几之矣。元次山(结)亦自一派,亦小而雅。"

二十四 吴汝纶论诗、乐关系

吴汝纶(1840—1903)字挚甫。安徽桐城人。同治四年(1865)进士。先后入曾国藩、李鸿章幕府。历官直隶深州、冀州知州。光绪十五年(1889)起,主讲保定莲池书院。又任京师大学堂教习,执教多年,弟子甚众。后自请赴日本考察学政,因留学生事与驻日公使蔡钧发生龃龉,归国后不赴京师就任,还乡谋办桐城小学校。吴汝纶论学师事曾国藩,与张裕钊、黎庶昌、薛福成号称"曾门(国藩)四弟子"。其论文宗法桐城派,他的文章,既得桐城派整饬雅洁之长,又不全落桐城窠臼,风格矜炼典雅,意厚气雄,得于《史记》者尤深。其诗则以杜、韩为宗,笔力矫健,具阳刚之气。不过因求诗文者众,应酬、赠答之作稍多。生前曾刊刻《深州风土记》、《东游丛录》等。殁后一年,其子吴闿生编次《桐城吴先生全书》付刊,内含文集、诗集、尺牍及说经著作等六种。另有编定未刻及未编定者多种,后来陆续有《桐城吴先生日记》、《尺牍续编》及点勘古籍多种行世。

其《诗乐论》论诗、乐关系云:"古者学乐而后诵诗,乐以诗为本,诗以乐为用,诗与乐相为表里者也。《三百篇》诗皆播于乐,故凡领在乐官者皆可歌。季札观乐,遍歌《风》、《雅》、《颂》;汉初瞽史,例能歌《三百篇》是也。而不皆入乐之用,其入乐之用者,燕飨祀之乐章耳。盖凡诗虽皆播于乐,而燕飨祀之乐章独为雅音。雅者,常也,正也。燕飨祀常用之正乐,故谓之雅。非是不名。古乐不可复考。荀子云:'诗者中声之所止。'又《史记》云:'孔子弦歌三百五篇,以求合于韶武雅颂之音。'"此论后半驳朱熹对

858

诗乐关系的不同说法:"朱子皆深不然其说,盖止于中声者,雅乐耳,余诗则贞淫美恶,各从其类,安得一以中声律之?且如《雅》、《颂》之诗,自是雅颂之音;郑、卫之诗,自是郑、卫之音。又安能歌郑以合雅乎?说者又谓诗与声有辨,声淫非诗淫,诗则《三百篇》皆雅音也。不知诗者乐之章,而声则歌其诗而被于乐之名也。惟其诗淫,故被之于乐而声亦淫。《记》曰:'诗言其志也,歌咏其声也。'又《诗大序》曰:'情发于声,声成文谓之音。'由此观之,声非即诗之声乎?朱子谓深绝其声于乐以为法,而严立其词于诗以为戒,声与诗之辨,如是而已。若必别声于诗,则所谓声者,何声也?然则郑声之放,特谓不以其诗被之于乐耳。放其声者,圣人恶乱雅乐之意;存其诗者,太师陈诗观风之旧也。而谓《三百篇》皆中声皆雅音,误矣。至《大戴礼》投壶雅歌及杜夔雅乐四曲,皆有《白驹》、《伐檀》。二诗不用于燕飨祀,而亦谓之雅。《白驹》犹《小雅》篇,《伐檀》则变风矣。盖不用于燕飨祀,而用于投壶之礼,是亦入乐之用者。所谓止于中声合于雅音者,或是类欤?然不可考矣。"①

第七节　清人诗文评论著中的文体论

　　清代是中国古代文化回光返照的时期,各个领域都取得了集大成的成就。清代诗文评论著之多是空前的,仅李调元就有《诗话》、《词话》、《曲话》、《赋话》、《剧话》等;诗话之多也很惊人,约四百余种,是清以前诗话总和的三倍;还有不少大部头的诗话,如《带经堂诗话》、《随园诗话》等都堪称洋洋巨著;清诗话的理论性也更强,王士禛(禛)的神韵说、沈德潜的格调说、袁枚的性灵说、翁方纲的肌理说,都各有侧重地对诗歌体裁、风格、体类进行了系统阐述;清初的诗话几乎都是尊唐的,后来才出现了宋诗派。

　　本书基本上是按经、史、子、集中的文体论来分节论述的,但由于清人集部中的诗文评论著特别多,提出的观点也很重要,为便于读者了解清代诗文评论著中的文体论,以下我们分节介绍论述清代诗文评论著中的文体综论、赋体论、四六论、诗体论、词体论、曲体论、戏剧论等。需要指出的是,清人的各种诗文评论著往往也是综论多体的,只是各有侧重罢了。

一　唐彪《读书作文谱》论"诸文体式"、"诸诗体式"

　　唐彪(生卒年不详)字翼修,金华(今属浙江)人。历任会稽、长兴、仁和等地训导。

---

① (清)吴汝纶《吴挚甫全集》文集四,(台湾)商务印书馆1973年版。

他根据自己的教学经验,参照古今先贤论说,撰成《父师善诱法》和《读书作文谱》(又名《家塾教学法》)两部语文教学、科举教学著作。

《读书作文谱》卷一一中的《诸文体式》是文体论,论及记、志、记事、序、小序、说、原、议、辩、解、文、传、碑文、行状、墓志铭、墓碑文、墓碣文、墓表、阡表、殡表、灵表、书、简、状、疏、启、箴、铭、颂、赞、祭文、吊文、问对、题跋、书读、引、杂著、公移、笺、制、诰、诏敕、敕牓、檄、露布、规、戒等各种文体,皆博采先贤及同辈之言,时发己见,多为经验之谈,并标明“唐彪曰”以示区别。毛奇龄《读书作文谱序》称其“讲求之切,择取之精,一字一注,皆有绳检,所谓哲匠稽器,非法不行者”。①如其论碑文即先引前辈语曰:“前辈云:考之《昏礼》:入门当碑揖。注云:古者宫室有碑以察日影,知早晚也。《祭义》曰:牲入丽于碑。注云:古者宗庙立碑以系牺牲。后人因鼎彝渐阙,无以纪其功德。故以石代金,纪于其上,以垂不朽也。故碑实铭类,铭实碑文。其序则传,其文则铭,此碑之体也。”后以“唐彪曰”领起,发表自己的看法:“碑文事实多者,止须叙事,若故意搀入议论,便成赘瘤。事实寡者,不少参之以议论,必寂寞不成文字。此前辈又谓碑文一著议论,便非体裁。此言过矣,今删去之。”

《读书作文谱》卷一二的《诸诗体式》则是诗体论,论及乐府、乐府歌行、近体歌行、五七言古诗、杂言古诗、近体律诗、排律、绝句、六言诗、联句、诗余、南北曲等诗、词、曲各体,皆引前人语,兹从略。

特别值得一提的是,其《后场体式》部分对科举文体作了详尽论述,如其论“经论体裁”云:

> 　唐彪曰:刘勰云:“论者,纶也”,“弥纶群言而精研一理者也。”释经宜与证疏合体,辨史宜与评赞一机,诠文当与叙引共轨,陈政应与议说同科。因题立义而各出体裁者,论之用也。然论史、诠文、陈政之体,见于八家及明之诸名家者,体裁咸备,不必详言。今惟言其“释经之宜如注疏体裁”者,论有冒冒之体。或一段,或两段,长短不拘也。然并无论破论承,偶有似破者,至于承则百无一肖。近有著论体者,易去论冒之名,以破承代之,而论冒之旧名不能没也。后学无知识者,见其书对之于破承而不似,仍谓之论冒而不敢。疑惑满衷,莫知所适,因疑破承之外尚有论冒,如制艺之有起讲者。噫!明明是一论冒,而故设一破承之名以害人,何为者乎?论冒宜简短稳括,发题之大概而止。纵笔畅言实发,必至与后幅雷同也。论冒之下即点题,本朝甲辰至丁未书论皆如此,想亦初设典制,士子

---

① (清)唐彪《读书作文谱》卷首,嘉庆十九年刊本。

犹未深造，不敢自异。若行之久，必有变化出焉。何也？制艺尚不点于一处，何况论乎？点题之下，皆有"请申论之"、"请申其旨"句。此套之最陋者，必宜弃去，以他语衬之可也。若能镕化题面，不直述题，则衬贴语竟可以不必矣。点题之下，乃论之前半幅也。以一二句短题言之，体裁半虚半实，不必过于实发，惟推原题之来历以阐发题前，顺笔出之固佳，反笔振之尤美。若多句长题，或总挈题面，或截发上段。若题中有纲领句，则先挈纲领，以控全题之势。大都前半用反笔，则文情多振动也。近有著论体者，点题之下忽立论项之名，就其比拟之意宜称论项何足以名之？且前既无论首论面，此处特出项名，于理终未协也。何若以前半幅称之，或者以次段之名称之之始当矣。论之中幅，无论长短诸题，皆宜实发全意。义一二层者，以一二层还之。义三四层者，以三四层还之，不宜遗漏也。宋儒陈止斋（陈傅良）云："论之中幅，如四通八达之衢，无有绳墨，宜反复铺叙，尽情畅发，无容阙略。"确哉言也。论之后幅，不贵空言。或援引经书以证，或引史断为凭，或借鉴于古人，或取裁于往事。又宜推广补阙，题言善以为法者，此多补言不善以垂戒；题言不善以为戒者，此多补言善事以为法。罕譬不嫌于泛也，曲喻不厌其详也。大都指陈条款，令人实可见之施行耳。近有人以腰名后幅者，此更无稽之谈。盖腰在脐与命门之两旁，脐与命门者，乃一身之中位也。古人谓之呼根吸蒂，又谓之黄庭上府，无非谓其中也。今腰处地位之中，岂可以拟论之下截乎？据其比拟，宜称论股。此真拟物不以其伦也。且据其所言，又平庸八股之后股耳。高手且不屑为此，岂可移为论式乎？论之结尾，贵乎健也，欲其如神龙之掉尾。又贵乎有韵也，欲其如琴瑟之余音，铿然于弦指之外。此则论之至佳者矣。或曰："今经书论点题，皆在论冒之下。子独言不必拘于一处，何也？"曰："东坡之文，以论为最，人称其为千年绝调。今观东坡之文，《礼以养人为本论》点题在第四段之后。《势论》点题在篇末之第四句。《物不可以苟合论》，则竟点于篇末。《大臣论》则点于论冒之第二句。《武王论》则点于论冒之第一句。观此则知点题不当坐定于一处也。又时艺点题，不但不拘于一处，且有顺点、反点、借点、补点、暗点诸法，况于论乎？古人云：论贵圆转变化，忌方板雷同。若篇篇一律，则方板雷同之至矣，圆通变化安在乎？此所以谓不必点于一处也。"

从唐彪的这一段阐释正可看出其《读书作文谱》所具有的语文教学、科举教学的性质。

二 王之绩《铁立文起》论诗文诸体及其正变

王之绩(生卒年不详)字懋功,安徽宣城人。铁立为其斋名。一生以诸生终老,事迹不显,虽著述等身,但今仅见其《评注才子古文》与《铁立文起》。

《铁立文起》二十二卷,综论作文之法及文体,卷首为文体统论,前编十二卷论文体凡九十三种,后编十卷,论文体凡四十八种,总计一百四十一体。大略采自《文章辨体》、《文体明辨》二书,而参以己意。其自序云:"乃发愤合采二书,于诸小序,片言不遗,删其重复,正误补阙,以归于允当。及观他籍,有可以互相发明者,急为手录,如获异珍,喜不自胜。"①《四库全书总目》提要批评此书"持议多偏,不能窥见要领。甚至以屠隆《溟海波恬赋》为胜于木华、郭璞,尤倒置矣"。其持议虽"多偏",但仍有不少独到之见。

此书虽为辑录体,但以"王懋功曰"领起,也发表了不少自己的看法。如《文体统论》中的"王懋功曰:后汉刘熙成国氏著《逸雅》,中有释言语、书契、曲艺三则。予甚喜其有功著述,而语又不繁,因合录之如左:文者,会集众彩以成锦绣,会集众字以成辞义,如文绣然也。言,宣也,宣彼此之意也。语,叙也,叙己所欲说也。说,述也,序述之也。序、叙同,抒也,抒泄其实,宣见之也。演,延也,言蔓延而广也。赞,录也,省录之也。称人之美曰赞。赞,纂也,纂述其美而叙之也。铭,名也,记名其功也。述其功名,使可称名也。记,纪也,纪识之也。纪,记也,纪识之也。识,帜也,有章帜可按视也。盟,明也,告其事于神明也。誓,制也,以拘制之也。嗟,佐也,言之不足以尽意,故发此声以自佐也。噫,忆也,忆念之,故发此声忆之也。呜,舒也,气愤满,故发此声以舒写之也。思,司也,凡有所司捕,必静思,忖亦然也。策,书教令于上,所以驱策诸下也。汉制,约敕封侯曰册。册,赜也,敕使整赜,不犯之也。传,传也,以传示后人也。诗,之也,志之所之也。兴物而作谓之兴,敷布其义谓之赋,事类相似谓之比,言王政事谓之雅,称颂成功谓之颂,随作者之志而别名之也。颂,容也,序说其成功之形容也。诏书。诏,昭也,人暗不见事宜,则有所犯,以此示之,使昭然知所由也。论,伦也,有伦理也。谏,累也,累列其事而称之也。谥,曳也,物在后为曳,言名之于人亦然也。谱,布也,布列见其事也。尔雅:尔,昵也;昵,近也。雅,义也;义,正也。五方之言不同,皆以近正为主也。观此,则文旨皆了然于心矣,安得仅以诂字目之?"这里仅用五百余字就为我们简释了三十多种诗文体裁(文、言、语、说、序、演、赞、铭、记、纪、

---

① (清)王之绩《铁立文起》卷首,康熙四十二年刻本。

识、盟、誓、嗟、噫、呜、思策、册、敕、传、诗、兴、赋、比、雅、颂、诏、论、谏、谥、谱等），有些解释还不同于他书，如释"尔雅"云："尔，昵也；昵，近也。雅，义也；义，正也。"尔雅就是昵近义正。

关于诗文体类，王之绩把骈文、韵文各分为一类是颇有见地的："至于文有散文、四六二体，则以散文为古而以四六为俗，非谓其文俗也，亦就其体言之耳。"前编卷七《四六类》分论启、帐词、上梁文、乐语，其论启云："四六之体，始于连珠。至于启，则书记之类，有大启，有小启。或谓自下达上之词，不知平交用启者甚众，泥则非。汉避景帝讳而无启，不待言矣。其后有散文，有四六，犹表之在汉晋，与唐、宋绝异。自专尚偶俪，而其格卑矣，然亦未可概论。如宋《播芳大全·上史丞相启》，则绝大手笔，不得作四六观，彼'小言詹詹'（瞻前顾后，语出《庄子》）者当望而却走矣。启在近世特盛，甚至另为一书单行，要惟有别才别趣乃可擅场。夫惟大雅，卓尔不群，俪语中尤急须此振靡之手。"

前编卷八为《韵文类》，分论颂、箴、铭、赞、连珠、篇等，其论颂云："至论后世之颂，源于《诗》之三《颂》，谁不知之？然而三《颂》正不容无辨。予观史迁有言，宋襄公之时，修行仁义，欲为盟主。其大夫正考父美之，故追道契汤高宗殷所以兴，作《商颂》。而《孔子世家》又云：'正考父佐戴武宣公。'及以宋谱系考之，则宣公之后，凡历数君而后至于襄，子长不亦自相矛盾耶？有谓戴公时，正考父得《商颂》十一篇于周太师，归以祀其先王。庶几得之。必如襄公时云云，是周、鲁之《颂》在前，而《商颂》其后出矣。至于《周颂》三十一篇，多周公所定，而亦或有康王以后之诗。或谓成王以周公有大勋劳，因赐伯禽以天子礼乐，鲁乃有颂以为庙乐。其后又自作诗以美其启，亦谓之颂。此颂体正变所由分也。汉宣帝时，王褒《颂圣主得贤臣》，虽为散文，而已趋于排偶，不足法。惟元次山《大唐中兴颂序》，简洁可喜，而于德业二字又辨别不少假借，大有董狐笔意，亦可谓变体中之矫矫者矣。"

王之绩论正、变二体的地方很多，如《文体统论》云："论文之诸体，以正、变、古、俗四言尽之。如体当叙事而用议论，则为变体。体当议论而叙事，亦为变。又正、变二体外，复有所谓别体。要之别体中，亦有正变之异。"前编卷一《传》云："史传有正变二体。'正'如司马迁《管仲传》、《司马穰苴传》、《平原君传》、《信陵君传》、《苏秦传》、《张仪传》、《范雎传》，班固《兒宽传》，范晔《王丹传》，司马迁《扁鹊传》；'变'如司马迁《伯夷传》、《孟子传》、《屈原传》，范晔《黄宪传》。家传如欧阳修《桑怿传》、曾巩《徐复传》；托传如韩愈《圬者王永福传》、柳宗元《梓人传》；假传如韩愈《毛颖传》、秦观《清和先生传》。此四例亦既详且悉矣，然犹未尽其变也。他若《黄帝内传》、《汉武外传》及李商隐《李长吉小传》之类，皆文章中异观；又有以别传称者：合之复得四焉。此亦不可遗也。传后又有论赞并用体。'论曰'者,散文议论也。,'赞曰'者,四字句赞语也。此亦不可不知。"又云:"行状体有正变,正如韩愈《董公行状》,变如柳宗元《段太尉逸事状》。"

此外他还论及前人较少论及的一些文体,如前编卷一论"题辞"云:"题辞之文盛于明,而临川汤氏尤为杰出";论"述"云:"文体有述,如近世祝枝山《爱梅述》之类,与序相去不远。此外又有所谓述而为行状之别名者,与此绝异";前编卷三论"考"云:"考之为言究也,欲究其始终巅末,而使后人有所据,或人物,或政事。此非有本之学,安能使之历历如目前事哉!书若《五代史考》、《文献通考》,亦可谓无愧于其名矣";又论"品"云:"品亦评类。往见司空图《二十四诗品》,甚爱之。有无名氏著《花品》一篇,虽其文俗韵未尽脱,而致语亦复佳。若夫文章有品当何如? 噫,'胸有万卷,笔无点尘',八字尽之矣。"类似例子很多,不能尽举,所举已足以说明这是一部值得重视的文体学专著。

三　田同之《西圃文说》、《西圃词说》论诗、文、词、曲

田同之(1677—?)字彦威,又字在田,号小山姜、砚思,晚号西圃。山东德州人。田雯长孙。康熙五十九年(1720)举人。官国子监学正(一说助教),补户部郎中。后因不乐仕进而归隐家乡。曾先后两度南游江淮地区。一生创作颇丰,著有《砚思集》、《幼学续编》、《西圃丛辨》、《西圃文说》、《西圃词说》、《西圃诗说》等,辑有《历代诗选读本》、《安德明诗选遗》。在诗、词、散文创作,诗论、词论、文论、文史考辨等领域均有建树。

其《西圃文说》卷二认为"文无定规,巧运规外。《过秦》,论也,叙事若传;《(伯)夷》、《平(平原君)》,传也,析辨若论。至于序、记、志、述、章、令、书、移,眉目小别,大致固同。故法合者必穷力而自运,法离者必凝神而并归,合而离,离而合,有悟存焉。"①同卷还简明概括了多种文体的特征:"帝王之言,出法度以制人者,谓之制;丝纶之语,均日月以照临者,谓之诏;制与诏同,诏亦制也。道其常而作彝宪者,谓之典;陈其谟而成嘉猷者,谓之谟;顺其理而迪之者,谓之训;属其人而告之者,谓之诰;帅师表而申之者,谓之誓;因官使而命之者,谓之命;出于上者谓之教;行于下者谓之令。时而戒之者,敕也;言而谕之者,宣也;谄而扬之者,赞也;登而崇之者,册也;言其伦而析之者,论也;度其宜而揆之者,议也;别嫌疑而明之者,辨也;正是非而著之者,说也。

---

① (清)田同之《西圃文说》,乾隆间德州田氏丛书刊本。

记者,记其事也;纪者,纪其实也;纂者,缵而述焉者也;传者,传而信之者也;序者,绪而陈之者也;碑者,披列事功而载之金石也;碣者,揭示操行而立之墓隧也;诔者,累其素履而质之鬼神也;志者,识其行藏而谨其终始也;檄者,激发人心而喻之祸福也;移者,自近移远,使之周知也;表者,布臣子之心,致君父之前也;笺者,修储后之问,伸宫闱之仪也;简者,质言之而略也;启者,文言之而详也;状者,言之于公上也;牒者,用之于官府也。捷书不缄,插羽而传之者,露布也。尺牍无封,指事而陈之者,剳子也。青黄黼黻,经纬以相成,总谓之文也。此文之异名也。"并论述了各体之源云:"论、说、辞、序,原于《易》;诏、策、章、奏,原于《书》;赋、颂、歌、赞,原于《诗》;铭、诔、箴、祝,原于《礼》;纪、传、铭、檄,原于《春秋》。"他还概括了墓志铭的应有内容:"墓志举例凡十三事,曰讳,曰字,曰姓氏,曰族出,曰乡邑,曰履历,曰行治,曰卒日,曰寿年,曰葬曰,曰葬地,曰妻,曰子。"卷三认为文当以辨体为先:"文章以体制为先,精工次之。失其体制,虽浮声切响,抽对白黄,极其精工,不可谓之文";"文莫先于辨体,体正而后意以经之,气以贯之,词以饰之。体者,文之干也;意者,文之帅也;气者,文之翼也;词者,文之华也。体弗慎则文庞,意弗立则文舛,气弗昌则文萎,词弗修则文芜,四者文之病也。"

其《西圃词说自序》论撰写此书原因,一是"余自少日即嗜长短音,每遇乐府专家,则磬折请益,忽忽数十年";二是以前的词话既少而又多误:"倚声一道,伪谬相沿,渐紊而渐熄矣。故不自揣,于源流正变、是非离合之间,追述所闻,证诸所见,而诸家词话之初要微妙者,又复采择之,参酌之,务求除魔外而准正轨,以成此填词之说";三是词难于诗:"咄咄填词,岂小技哉!况词有四声五音、清浊重轻之别,较诗律倍难,且有诗所难言者,委曲倚之于声,其旨愈远。所谓假闺房之语,通《风》、《骚》之义,匪惟不得志于时者之所宜为,而通儒巨公,亦往往为之。不然,张文潜(耒)以屈(原)、宋(玉)、苏(武)、李(陵)譬方回(贺铸),黄山谷(庭坚)以《高唐》、《洛神》方晏氏(幾道),亦从无疑二家之言为过情者,咄咄填词,又岂小技哉!"[1]其《诗余为变风之遗》云:"词虽名诗余,然去《雅》、《颂》甚远,拟于《国风》,庶几近之。然《二南》之诗,虽多属闺帏,其词正,其音和,又非词家所及。盖诗余之作,其变风之遗乎!惟作者变而不失其正,斯为上乘。"《诗词之辨》云:"从来诗、词并称。余谓诗人之词,真多而假少;词人之词,假多而真少。如《邶风·燕燕》、《日月》、《终风》等篇,实有其别离,实有其摈弃,所谓文生于情也。若词则男子而作闺音,其写景也,忽发离别之悲;咏物也,全寓弃捐之恨。无其事,有其情,令读者魂绝色飞,所谓情生于文也。此诗、词之辨也。"《诗词体

---

[1]　(清)田同之《西圃词说》,《词话丛编》,中华书局 1986 年版。下引同。

格不同》云："词与诗体格不同,其为摅写性情,标举景物,一也。若夫性情不露,景物不真,而徒然缀枯树以新花,被偶人以衮服,饰淫靡为周(邦彦)、柳(永),假豪放为苏(轼)、辛(弃疾),号曰诗余,生趣尽矣,亦何异诗家之活剥工部(杜甫),生吞义山(李商隐)也哉!"他认为词须有寄托,各种风格之词要兼容并蓄,诗、词、曲既相通又有别。《词与曲分》云："元时,中原人士往往沉于散僚,关汉卿为太医院尹,郑德辉杭州小吏,宫大用均台山长,沉困簿书,老不得志,而杂剧乃独绝于时。自元迄明,词与曲分,无复以诗余入乐府歌唱者,皆可为叹息也。"《曲调不可入词》云："曲调不可入词,人知之矣。而八犯《玉交枝》、《穆护砂》、《捣练子》等,亦间收金、元通于词曲者,何也?盖《西江月》等,宋词也;《玉交枝》等,元词也;《捣练子》等曲,因乎词者也,均非曲也。若元人之《后庭花》、《干荷叶》、《小桃红》、《天净沙》、《醉高歌》等,俱为曲调,与词之声响不侔。况北曲自有谱在,岂可阑入词谱,以相混淆乎?"

其《西圃诗说》中的文体论不多,此从略。

四　杨绳武《论文四则》论经、史、子、集各家之文

杨绳武(生卒年不详)字文叔,清吴县(今江苏苏州)人。康熙五十四年(1715)进士,官翰林院编修。著有《古柏轩集》。

其《论文四则》极论经、史、子、集各家之文各有所长,目的是为八股文的合法性作辩护。首论说经之文:"八股者,说经之文也。故义必根经,而取材亦以经为上。此不但习句读、通传注而已,当熟复注疏,旁参经解诸书,会通焉以折其衷,乃为通经,通经而后可以说经也。"次论诸子之文:"诸子之文,是非颇谬于圣人矣,然其鼓铸性灵,雕镂物象,或滉洋奇恣,或奥衍峭刻,亦足以极文章之变。所当别白其纯疵而后用之,勿徒袭其险句怪字以为工。"次论诸史:"史本于经。子长(司马迁)、孟坚(班固),史家开山,实为千古文章大宗。故古人论文,以西汉为最。此如康庄衢路,不可不由者。班、马而下,蔚宗(范晔)之博赡,《三国》、《五代》之谨严,六朝《南》、《北》之名隽,《唐书》之炼密,《宋史》之繁富,亦各有所长,独《元史》芜秽耳。然皆足以识治乱,明是非,辨人才,知学术,于文章实有裨益。至于以史证经,程子《易传》,朱子《集注》多有之,何独疑于时文?且幾社前辈曾为先道矣。故文章能贯穿史事,与题相赴者,皆极所咨赏。"末论唐宋八大家之文,即集部之文:"唐宋八家,根柢皆从经出,昌黎直法《典》、《谟》,庐陵善学《春秋》,柳州兼摹子长,南丰酷似更生(刘向)。临川以《周礼》参《管(子)》、《韩(非子)》。三苏之文出于《国策》、《孟子》,大苏尤得力于《庄(子)》、《(离)骚》。古人文字各有所从出,时文何独不然?先秦、《史》、《汉》险峻,或未易攀,八家气味渐近

矣,为时文于八家无所得,便是熟烂时文。"①

　　杨绳武所编《文章鼻祖》录六代以前诗文凡十四篇,各为评注:一《尧典》,二《禹贡》,三《洪范》,四《国语·桓公自莒反》一篇,五《左传·城濮之战》,六《邲之战》,七《鄢陵之战》,八《史记·项羽本纪》,九《高祖本纪》,十《封禅书》,十一《平准书》,十二《汉书·霍光金日䃅传》,十三《古诗为焦仲卿妻作》,十四庾信《哀江南赋》,以为千古文章尽从此出。实为其一家之说。兹举其对《哀江南赋》的评语为例:"骈丽之体,东都(东汉)以后,渐已滥觞,然句不必整,字不必协,又多间以长句单行,疏古历落,气味自胜。至齐、梁而此体渐密,句雕字琢,无独不偶,体裁既备,音韵亦谐,子山、孝穆,尤为擅场。徐较秀逸,庾较巨丽,《哀江南赋》尤子山一生聚精著神之笔也:唐初四杰,畅其宗风,所谓'王杨卢骆当时体'也。上视徐、庾,工力未亏,而神采不逮。义山(李商隐)晚出,变其音节,节短势险,颇极矜炼,可为后劲。庐陵(欧阳修)、眉山(苏轼),扫除堆垛,出之萧散,间用成语,转露清新。然仅可施之短笺小启,长篇如此,便无意味,终非正格。盖文各有体,既号骈丽,自不得厌征实而喜翻空,崇朴素而嗤艳丽。徐、庾之作,自为正则,况子山此赋,指陈一代废兴之故,叙述平生阅历之场,全力贯注,成此大篇,其中之起伏照应,层次脉络,轻重详略,抑扬操纵,无不备美。即是一篇绝大古文,可以其为齐、梁骈丽之体而忽之耶!"②全文近三百字,除结尾八十余字论庾信《哀江南赋》外,实为一篇骈文发展简史。

五　李调元的《诗话》、《赋话》、《词话》、《曲话》、《剧话》

　　李调元(1734—1802),字羹堂、赞庵、鹤洲,号雨村、墨庄、童山蠢翁。绵州(今四川绵阳)人。乾隆二十八年(1763)进士。历任翰林编修、广东学政。办事刚正,人称"铁员外"。曾因得罪权相和珅,充军伊犁,后因母老得释归。晚年家居,涉猎群籍,好奇务博,为清代著名著述家。编撰有《童山全集》、《蜀雅》、《全五代诗》、《赋话》、《剧话》、《曲话》、《诗话》、《词话》等数十种,又曾汇刊《函海》丛书。

　　李调元的《雨村诗话》是一部与袁枚的《随园诗话》、赵翼的《瓯北诗话》并行的诗话,1993年台湾新文丰出版社出有全本二十二卷,而清诗话续编本仅两卷。卷上论诗乐关系云:"三代以前,诗即是乐,乐即是诗。若离诗而言乐,是犹大风吹窍,往而不返,不得为乐也。故诗者,天地自然之乐也。有人焉为之节奏,则相合而成焉。诗有

①　(清)杨绳武《论文四则》,(清)张潮、张渐辑昭代丛书本。

②　(清)杨绳武《文章鼻祖》卷六,江苏巡抚采进本。

比兴不能尽,故被之声歌,使抑扬以毕其意。自汉以后,《郊庙》《房中》析而为二,古诗、乐府遂分。"①又论词与乐府的关系云:"乐府者以其词付乐工,其中工尺之抑扬,乃乐工事。五季变为词,将所留乐工之虚字尽填满,较古法更严密,不能驰骋才华,不若古乐府之松矣。"又云:"乐歌必要短长相接,长取其声之婉转,短取其声之促节。律诗则与管弦无涉,而天然之乐自存于中。唐以五言、七言为句,此定式也。间有六字成句者,与宫商不协,不必作也。""今人易言近体,难言古诗,真乃不知甘苦者。殊不知古诗可长可短,近体限定字数,若非具大手眼,便如印板,何足言诗! 故唐律之圣者,间于八句之中,别有五花八门之妙,自成黄钟大吕之音。"

其《雨村赋话》分《新话》六卷、《旧话》四卷。《新话》于汉、魏至明代赋作中"撮其佳语",略加评点,"以教之,使知法";《旧话》从正、野史书中摘录赋家轶事,间附按语。书中论赋以扬雄"诗人之赋丽以则"为宗旨,提倡"工丽密致而又不诡于大雅",认为"以文为赋"、"专尚理趣",则"文采不赡"、"则而不丽",而"刻琢字句"、言不及物,则又坠入"纤靡"、丽而不则。故于各种赋体中偏重律赋,于各代赋作中偏重唐赋,对赋的发展源流也有简要切实的阐述。

《雨村赋话》虽以评赏、纪事为主,但观点鲜明通贯,仍不失为一部较重要的赋论著作。其自序云:"古有诗话、词话、四六话而无赋话,徐铉之集唐、宋律赋为《赋苑》二百卷,李鲁之《赋选》五卷,杨翱之《典丽赋》六十四卷,唐仲友之《后典丽赋》四十卷,马偶之《赋门鱼钥》五卷,搜辑则赅博矣,然只帖括之津梁,而非作赋之法门矣。故虽体物浏亮,为士人占毕之具,而其中有缊奥焉,尚隐而未发也。故亦不可以赋话名……因于敝麓中见杭郡汤稼堂前辈刻有《律赋衡裁》,颇先得我心,爰出予少时芸窗所艺习者。并列案头,以日与诸生相指示,时用纸条摘录其最典丽者各数联以教之,使知法,而又间以稼堂所评隲者拈出之,以定其归……新旧所得渐多,因汇为一集,名曰《赋话》。"②他概括了历代赋总集的编纂情况,而《赋话》则是他在汤稼堂《律赋衡裁》基础上辑成的。

其卷一《新话一》论赋体由散变骈云:"杨(雄)、马(司马相如)之赋,语皆单行,班(固)、张(衡)则间有俪句,如'周以龙兴,秦以虎视'、'声与风游,泽从云翔'等语是也。下逮魏、晋,不失厥初。鲍照、江淹,权舆已肇。永明、天监之际,吴均、沈约诸人,音节谐和,属对密切,而古意渐远。庾子山沿其习,开隋唐之先躅。古变为律,子山实开其

---

①　(清)李调元《雨村诗话》卷上,郭绍虞辑《清诗话续编》,上海古籍出版社 1983 年版。

②　以上均见(清)李调元《雨村赋话》卷首,商务印书馆 1936 年版。

868

先。"又云："唐初进士试于考功，尤重贴经试策，亦有易以箴论表赞，而不试诗赋之时，专攻律赋者尚少。大历、贞元之际，风气渐开。至大和八年，杂文专用诗赋，而专门名家之学斐然竞出矣。李程、王起，最擅时名；蒋防、谢观，如骖之靳，大都以清新典雅为宗。其旁骛别趋，元、白为公。下逮周繇、徐夤辈，刻酷锻炼，真气尽漓，而国祚亦移矣。抽其芬芳，振其金石，亦律体之正宗，词场之鸿宝也。"卷五《新话五》论律赋与四六文的关系云："制、诰、表、启，咸以四六为之，清便流转，直达己见，更以古藻错综其间，便是作家。律赋雅近于四六，而丽则之旨不可不知，则而不丽，仍无取也。宋人四六，上掩前哲，赋学则不逮唐人，良由清切有余，而藻缋不足耳。宋欧阳修《畏天者保其国赋》，虽前人推许，然终是制诰体，未敢为法。"他还评及不少赋家，如评唐王棨《江南春赋》(卷二《新话二》)云："'烟幂历以堪悲国，六朝故地；景葱茏而正媚，二月晴时。'又：'几多嫩绿，犹开玉树之庭；无限飘红，竞落金莲之地。'又：'蝶影争飞，昔日吴娃之径；杨花乱扑，当年桃叶之船。'又：'幕幕而云低茂苑，谢客吟多；萋萋而草夹秦淮，王孙思起。'流丽悲倩，而句法处处变化，此为律赋正楷。尤妙于'有地皆秀，无枝不荣'，字字写尽江南春色，为一篇之筋节。此赋在当时极有名，《唐文粹》所载陈岵《送王郎中棨序》，最击赏末'今日并为天不春，无江南兮江北'二语。"

李调元《雨村词话序》提出了词为诗之源的观点，颇有创见："词非诗之余，乃诗之源也。周之《颂》三十一篇，长短句居十八。汉《郊祀歌》十九篇，长短句居五。至《短箫铙歌》十八篇，篇皆长短句。自唐开元盛日，王之涣、高适、王昌龄绝句流播旗亭，而李白《菩萨蛮》等词亦被之管弦，实皆古乐府也。诗先有乐府而后有古体，有古体而后有近体。乐府即长短句，长短句即古词也。故曰词非诗之余，乃诗之源也。"①继评历代词人、词集、词派、词话云："温(庭筠)、韦(庄)以流丽为宗，《花间集》所载南唐、西蜀诸人最为古艳。北宋自东坡'大江东去'，秦七(观)、黄九(庭坚)踵起，周美成、晏叔原、柳屯田、贺方回继之，转相矜尚，曲调愈多，派衍愈别。鄱阳姜夔郁为词宗，一归醇正。于是辛稼轩、史达祖、高观国、吴文英师之于前，蒋捷、周密、陈君衡、王沂孙效之于后，譬之于乐，舞简至于九变，而叹观止矣。流传既广，互有月旦，而词话生焉。陈后山不工词，而词话实由之祖。自是以来，作者指不胜屈。而吾蜀升庵(杨慎)《词品》，最为允当，胜弇州(王世贞)之英雄欺人十倍。而近日徐釚有《词苑丛谈》一书，聚古今之词话，汇集成编，虽不著出处，而掇拾大备，可谓先得我心矣。"末论自己撰写《词话》之因，并对词话含义作了令人耳目一新的解释："然则余又何词之可话也。大

---

① (清)李调元《雨村词话》卷首，《词话丛编》，中华书局 1986 年版。

凡表人之妍而不使美恶交混曰话，摘人之媸而使之瑕瑜不掩亦曰话。余之为词话也，表妍者少，而摘媸者多，如推秦七、抑黄九之类，其彰彰也。盖妍不表则无以著其长，媸不摘则适以形其短，非敢以非前人也，正所以是前人。存前人之是，正所以正今人之非也。非特以正今人之非，实以证己之非也。五十无闻，学可知矣，而犹老少知耻，争辨于剪红刻翠之间，又不知后有何人复议余之妍媸也。余家藏有常熟吴氏讷所汇《宋元百家词》写本，即朱竹垞所谓抄传绝少未见全书者，并汲古阁所刊《六十名家词》，日披阅之，而择其可学者取以为法，其不可学者取以为鉴。录成，目曰《雨村词话》。夫见贤思齐，见不贤自省，亦圣贤之事也。其必如是刺刺何也，诚以词也者，非诗之余，乃诗之源也。"但他也并未完全否定词为诗之余的提法，卷四《悔庵（尤侗）论诗余》引尤侗序彭孙遹《延露词》云："诗何以余哉？'小楼昨夜'，《哀江头》之余也。'水殿风来'，《清平调》之余也。'红藕香残'，《古别离》之余也。'将军白发'，《从军行》之余也。'今宵酒醒'，《子夜》、《懊侬》之余也。'大江东去'，鼓角横吹之余也。诗以余亡，亦以余存，非诗余之能存亡，则诗余之人存亡之也。"他认为彭孙遹"论诗余二字独得"。卷二《词话始陈后山》云："宋人诗话甚多，未有著词话者。惟（陈师道）《后山集》中载吴越王来朝、张三影、青幕子妇妓、黄（庭坚）词、柳三变、苏公居颖、王平甫之子七条，是词话当自公始。"同卷《腔儿》又谓词牌又名词调、腔儿："填词调一名牌儿，又名腔儿。赵长卿《惜香乐府·眼儿媚》有句云：'纤楚对蛾眉。笑偎人道，新词觅个美底腔儿。'腔儿谓调名也。"

李调元《雨村曲话序》首论撰写此书的原因："予辑《曲话》甫成，客有谓予曰：'词，诗之余；曲，词之余。大抵皆深闺、永巷，春伤、秋怨之语，岂须眉学士所宜有！况夫雕肾琢肝，纤新淫荡，亦非鼓吹之盛事也，子何为而刺刺不休也？'予应之曰：'唯，然。然独不见夫尼山删《诗》，不废《郑》、《卫》；辀轩采风，必及下里乎？夫曲之为道也，达乎情而止乎礼义者也。凡人心之坏，必由于无情，而惨刻不衷之祸，因之而作。若夫忠臣、孝子、义夫、节妇，触物兴怀，如怨如慕，而曲生焉，出于绵渺，则入人心脾；出于激切，则发人猛省。故情长、情短，莫不于曲寓之。人而有情，则士爱其缘，女守其介，知其则而止乎礼义，而风醇俗美；人而无情，则士不爱其缘，女不守其介，不知其则而放乎礼义，而风不淳，俗不美。故夫曲者，正鼓吹之盛事也。彼瑶台、玉砌，不过雪月之套辞；芳草、轻烟，亦只郊原之泛句，岂足以语于情之正乎？此予之所以不能已于话也。而何诮之深也？'客曰：'是则善矣，子之言未必其无弊也。乃执月旦以平章曲府，司三寸管而低昂之，得无过当乎？'予曰：'人之妍，非己之妍也；人之媸，非己之媸也。

870

双眸具在,亦存其论而已矣.'"①

《雨村曲话》卷上引《弦索辨讹》论诗、词、曲关系云:"《三百篇》后变而为诗,诗变而为词,词变而为曲。诗盛于唐,词盛于宋,曲盛于元之北。北曲不谐于南,而始有南曲,南曲则大备于明。明时虽有南曲,只用弦索官腔;至嘉、隆间,昆山有魏良辅者,乃渐改旧习,始备众乐器而剧场大成,至今遵之。"又引王世贞语评元曲云:"宋末有曲也。自金、元而后,半皆凉州豪嘈之习,词不能按,乃为新声以媚之。而一时诸君,如马东篱、贯酸斋、王实甫、关汉卿、张可久、乔梦符、郑德辉、宫大用、白仁甫辈,咸富有才情,兼喜音律,遂擅一代之长。所谓宋词、元曲,信不诬也。"李调元认为:"贯酸斋(原文作"夫",误)、张可久、宫大用只工小令,不及马、王、关、乔、郑、白远甚,未可同年语也。"又引《啸余谱》有新定乐府十五体名目云:"一、丹丘体,豪放不羁。二、宗匠体,词林老作之词。三、黄冠体,神游广漠,寄情太虚,有餐霞服日之想,名曰道情。四、承安体,华观伟丽,过于泆乐。承安,金章宗正朔。五、盛元体,快然有雍熙之治,字句皆无忌惮。又曰不讳体。六、江东体,端谨严密。七、江南体,文彩焕然,风流儒雅。八、东吴体,清丽华巧,浮而且艳。九、淮南体,气劲趣高。十、玉堂体,公平正大。十一、草堂体,志在泉石。十二、楚江体,曲抑不伸,摅忠诉志。十三、香奁体,裙裾脂粉。十四、骚人体,嘲讥戏谑。十五、俳优体,诡喻淫虐。即淫词。按:此十五体,不过综其大概而言;其实视撰词人之手笔,各自成家,如马致远之'朝阳鸣凤'则豪爽一路,王实甫之'花间美人则细腻一路',各自成体,不必拘也。"

卷下论臧懋循《元曲选》所选北杂剧和南戏云:"所选元人杂剧百种二十卷,元一代之曲藉以不坠,快事也。尝云:'曲自元始有南北,各十七宫调,而《北西厢》诸杂剧无虑数百种,南则《幽闺》、《琵琶》二记而已。自高则诚《琵琶》,首为'不寻宫数调'之说以掩覆其短,今遂借口,谓'曲严于北而疏于南',岂不谬乎?大抵元曲妙在不工而工,其精者采之乐府,而粗者杂以方言。至郑若庸《玉玦》,始用类书为之。而张伯起之徒,转相祖述为《红拂记》,则滥觞极矣。何元朗评施君美《幽闺》远出《琵琶》上,王元美谓好奇之过。夫《幽闺》大半已杂赝本,不知元朗能辨此否。余尝于酒次论及《琵琶·梁州序》、《念奴娇序》二曲不类永嘉人口吻,当是后人窜入,元美尚津津称许,恶知所谓《幽闺》!"又云:"曲始于元,大略贵当行不贵藻丽。盖作曲自有一番才料,其修饰词章,填塞故实,了无干涉也。故《荆》、《刘》、《拜》、《杀》为四大家,而长才如《琵琶》犹不得与,以《琵琶》渐开琢句修词之端也。明如汤菊庄、冯海浮、陈秋碧辈,虽无端本,而制曲直闯其藩,元音未绝。自梁伯龙出,始为工丽滥觞。盖其生嘉、隆间,正七

---

① (清)李调元《雨村曲话》卷首,《中国古典戏曲论著集成》,中国戏剧出版社 1959 年版。

子雄长之会，词尚华靡；弇州于此道不深，徒以维桑之谊，盛为吹嘘，不知非当行也。故吴音一派，竞为剿袭，靡词如绣阁罗帏、铜壶银箭、紫燕黄莺、浪蝶狂蜂之类，启口即是，千篇一律。甚至使僻事，绘隐语，不惟曲家本色语全无，即人间一种真情话，亦不可得，元音之所以塞而不开也。不知以藻缋为曲，譬如以排律诸联入《陌上桑》、《董妖娆》乐府诸题下，多见其不类，又何曲之足云！"

　　李调元《剧话序》尤为风趣幽默而又深刻，他认为"古今一戏场"，二十一史就是"一部大传奇"："剧者何？戏也。古今一戏场也；开辟以来，其为戏也多矣。巢、由（巢父和许由，尧时隐士）以天下戏，（龙）逢、比（干）以躯命戏，苏（秦）、张（仪）以口舌戏，孙（武）、吴（起）以战阵戏，萧（何）、曹（参）以功名戏，班（固）、马（司马相如）以笔墨戏，至若偃师之戏也以鱼龙，陈平之戏也以傀儡，优孟之戏也以衣冠，戏之为用大矣哉。孔子曰：'《诗》可以兴，可以观，可以群，可以怨。'今举贤奸忠佞，理乱兴亡，搬演于笙歌鼓吹之场，男男妇妇，善善恶恶，使人触目而惩戒生焉，岂不亦可兴、可观、可群、可怨乎？夫人生无日不在戏中，富贵、贫贱、夭寿、穷通，攘攘百年，电光石火，离合悲欢，转眼而毕，此亦如戏之倾刻而散场也。故夫达而在上，衣冠之君子戏也；穷而在下，负贩之小人戏也。今日为古人写照，他年看我辈登场。戏也，非戏也；非戏也，戏也。尤西堂（尤侗）之言曰：'二十一史，一部大传奇也。'岂不信哉。夫百间之屋，非一木之材也；五侯之鲭，非一鸡之跖也。书不多不足以考古，学不博不足以知今，此亦读书者之事也。予恐观者徒以戏目之，而不知有其事遂疑之也，故仍以《剧话》虚之。故曰：古今一戏场也。"①他认为戏剧与《诗经》一样，可兴、可观、可群、可怨，"此亦读书者之事也"，古今文人对戏剧的肯定无过于此。

　　《剧话》卷上认为"戏剧"二字始见杜牧："唐杜牧《西江怀古诗》：'魏帝缝囊真戏剧'。'剧'，即'戏'也。"传奇虽始于唐人裴铏所著小说，但与明清"传奇"指戏剧不同。又引胡应麟云："唐所谓传奇，自是书名，虽事藻缋，而气体俳弱，然其中绝无歌曲。若今所谓戏剧者，何得以为唐时？或以中事迹相类，后人取为戏剧张本，因展转为此称耳。"又引王阳明《传习录》云："'古乐不作久矣。今之戏本，尚与古乐意思相近。《韶》之九成，便是舜一本戏；乐九变，便是武王一本戏乐。所以有德者闻之，知其尽善尽美。后世作乐，只是做词调，于风化绝无干涉，何以返朴也？'此论最为得旨。"

　　李调元的《曲话》和《剧话》多摘引前人戏曲评论，较少发表自己的看法，但他主张宗法元人朴素自然的风格，反对曲词宾白骈丽堆砌的时尚，间有对剧作本事的考证，

---

① （清）李调元《剧话》卷首，《中国古典戏曲论著集成》，中国戏剧出版社 1959 年版。

872

为戏曲史研究提供了资料。尤为难能可贵的是,他还记载了当时勃兴的吹腔、秦腔、二黄腔、女儿腔的流布情况,对弋阳腔、高腔的发展脉络进行细致的探索,为后世戏曲史特别是剧种声腔史的研究提供了方便。

六　章学诚《文史通义》论文体、史体

章学诚(1738—1801)字实斋,会稽(今浙江绍兴)人。乾隆四十三年(1778)进士。仕途坎坷。曾援授国子监典籍,主讲定州定武、保定莲池、归德文正等书院。后入湖广总督毕沅幕府,协助编纂《续资治通鉴》等书。所作文章疏畅条达,以议论胜。他也是修撰地方志的专家,在实践与理论上均有建树。代表性著作有《文史通义》、《校雠通义》、《方志略例》、《实斋文集》等,均收入吴兴嘉业堂刊本《章氏遗书》。

《文史通义》内篇五卷,外篇三卷,是章学诚探讨古今学术、文史、教育等的文章和论学书信的汇编,原无固定体例,章学诚生前也没有编成定本。史学界以为它是研究历史的名著,文化史专家则以为它是文化史专著,思想史学家则视其为思想史专著,教育学家则认为它是一部基于文史源流,刻意矫正学风,倡导教育经世致用的学术著作,说明这部书的学术价值是多方面的。从文体学的角度看,如果说刘勰的《文心雕龙》偏重论文,刘知幾的《史通》偏重论史,严羽的《沧浪诗话》偏重论诗,那么《文史通义》则通论文史各体,它们是古代文体学史上四部最重要的专著。

其卷一《诗教上》云:"周衰文弊,六艺道息,而诸子争鸣。盖至战国而文章之变尽,至战国而著述之事专,至战国而后世之文体备。故论文于战国,而升降盛衰之故可知也。战国之文,奇邪错出,而裂于道,人知之;其源皆出于六艺,人不知也。后世之文,其体皆备于战国,人不知;其源多出于《诗》教,人愈不知也。知文体备于战国,而始可与论后世之文;知诸家本于六艺,而后可以论战国之文;知战国多出于《诗》教,而后可与论六艺之文;可与论六艺之文,而后可与离文而见道;可与文道,而后可与奉道而折诸家之文也。"①此篇多有新颖之论,惊世骇俗之言,如"奇邪错出,而裂于道","其源皆出于六艺",这是对《易》、《书》、《诗》、《礼》、《乐》、《春秋》六经的大胆论断;诸子的"末数小技,造端皆始于圣人",这也是对周公、孔子的大不敬之言;"六艺存周公之旧典,夫子未尝著述也",这是对《史记·儒林列传》孔子"论次《诗》、《书》,修起《礼》、《乐》","自卫返鲁,然后《乐》正,《雅》、《颂》各得其所"的大胆否定。

同卷《诗教下》主要是文体分论,简论"总集别集之类例,编辑撰次之得失,今古详

---

① (清)章学诚《文史通义》卷一,吴兴嘉业堂刊《章氏遗书》本。

略之攸宜,录选评钞之当否",如"善论文者,贵求作者之意指,而不可拘于形貌也";"后世诗赋之流,拘于文而无其质,茫然不可辨其流别也";"编次者之无识,亦缘不知古人之流别,作者之意指,不得不拘貌而论文也"。

卷五《古文公式》举苏轼《表忠观碑》以及他自己所撰《乙亥义烈传》及汪琬(钝翁)所撰《睢州汤烈妇旌门颂序》为例,说明"史家记事记言,因袭成文,原有点窜涂改之法";"用记事本末之例,以事为经,以人为纬,详悉具载";"奏文辞句,并无一定体式,故可点窜古雅,不碍事理。前后自是当时公式,岂可以秦、汉之衣冠,绘明人之图像耶"?批评"文辞不察义例,而惟以古雅为徇","汪氏于一定不易之公式,则故改为秦、汉古款,已是貌同而心异矣"。

同卷《诗话》前论诗话源流及类别云:"诗话之源,本于钟嵘《诗品》。然考之经传,如云:'为此诗者,其知道乎?'又云:'未之思也,何远之有?'此论诗而及事也。又如'吉甫作诵,穆如清风,其诗孔硕,其风肆好',此论诗而及辞也。事有是非,辞有工拙,触类旁通,启发实多。江河始于滥觞,后世诗话家言,虽曰本于钟嵘,要其流别滋繁,不可一端尽矣……论诗论文,而知溯流别,则可以探源经籍,而进窥天地之纯、古人之大体矣。此意非后世诗话家流所能喻也……虽书旨不一其端,而大略不出论辞论事,推作者之志,期于诗教有益而已矣。"后论诗话之弊甚于小说,乃主要针对当时著诗话以广声气之袁枚(随园)而发:"诗话,说部之末流,纠纷而不可厘别,学术不明,而人心风俗或因之而受其敝矣……论文考艺,渊源流别,不易知也。好名之习,作诗话以党伐同异,则尽人可能也。以不能名家之学,(如能名家,即自成著述矣)人趋风好名之习,挟人尽可能之笔,著惟意所欲之言,可忧也,可危也……前人诗话之弊,不过失是非好恶之公。今人诗话之弊,乃至为世道人心之害。失在是非好恶,不过文人相轻之气习,公论久而自定,其患未足忧也。害在世道人心,则将醉天下之聪明才智,而网人于禽兽之域也。其机甚深,其术甚狡,而其祸患将有不可胜言者;名义君子,不可不峻其防而严其辨也。"

以上论文体,卷三《传记》则论史体,论记传之异同:"传记之书,其流已久,盖与六艺先后杂出。古人文无定体,经史亦无分科。《春秋》三家之传,各记所闻,依经起义,虽谓之记可也。经《礼》二戴(大小戴:戴德、戴圣)之记,各传其说,附经而行,虽谓之传可也。其后支分派别,至于近代,始以录人物者,区为之传;叙事迹者,区为之记。盖亦以集部繁兴,人自生其分别,不知其然而然,遂若天经地义之不可移易。"认为"传则本非史家所创,马、班以前,早有其文。(孟子答苑囿汤、武之事,皆曰:'于传有之。'彼时并未有纪传之史,岂史官之文乎)今必以为不居史职,不宜为传,试问传记有何分别……文章宗旨,著述体裁,称为例义。今之作家,昧焉而不察者多矣。独于此等无可疑者,辄为无理之拘牵。殆如村俚巫妪,妄说阴阳禁忌,愚民举措为难矣。明末之人,思而不学,其为瞽说,可胜唾哉!今之论文章者,乃又学而不思,反袭其说,以矜有识,是为古所愚也。辨职之言,尤为不明事理。如通行传记,尽人可为,自无论经师与史官矣。必拘拘于正史列传,而始可为传,则虽身居史职,苟非专撰一史,又岂可别自为私传耶?"并举《文苑英华》为例,充分论述了传体颇多:"《文苑英华》有传五卷,盖七百九十有二,至于七百九十有六,其中正传之体,公卿则有兵部尚书梁公李岘,节钺则有东川节度卢坦(皆李华撰传),文学如陈子昂(卢藏用撰传),节操如李绅(沈亚之撰传),(李翱)贞烈如杨妇、(杜牧)窦女,合于史家正传例者,凡十余篇,而谓《文苑》无正传体,真丧心矣!宋人编辑《文苑》,类例固有未尽,然非金人所能知也。即传体之所采,盖有排丽如碑志者(庾信《邱乃敦崇传》之类),自述非正体者(《陆文学自传》之类),立言有寄托者(《王承福传》之类),借名存讽刺者(《宋清传》之类),投赠类序引者(《强居士传》之类),俳谐为游戏者(《毛颖传》之类),亦次于诸正传中;不如李汉集韩氏文,以《何蕃传》入杂著,以《毛颖传》入杂文,义例乃皎然矣。"卷六《和州文征序例》更具体论及多种类文体,如奏议、征述、论著、诗赋,并有《奏议叙录》、《征实叙录》、《论说叙录》、《诗赋叙录》等专节(均见卷七),兹不尽述。

七　陈用光《睿吾楼文话序》论"凡文皆有体裁"

陈用光(1768—1835)字硕士(一作石士),一字实思,江西新城人。嘉庆六年(1801)进士,历任庶吉士、编修、礼部左侍郎,提督福建、浙江学政。尝为其师姚鼐、鲁仕骥置祭田,以学行重一时,工古文辞,著有《太乙舟文集》八卷及《衲被录》等,并传于世。

他为叶元垲所撰的《睿吾楼文话序》是一篇重要的文论,一是批评今人为文多杜撰:"古人作文无一字无来历,今人则往往有出于杜撰者,非独隶事之不核也。"二是认为凡文都要讲究体裁:"盖凡文皆有体裁,苟体裁不合,则前人所谓以注疏为记序,以词赋为书状。"格有多种含义,此序所说的格就既指体裁:"格既乖迕,词鲜切当,虽广搜旁摭,皆得谓之杜撰也。""格既乖迕"承上而言,显指体裁。又指文法:"是故欲免杜撰之病者,必切究为文之法。然有斤斤于法,而于法仍不合者,非法之难合,殆知文法之难其人也。"三指风格:"陆士衡《文赋》已略见古人论文之旨,而《文心雕龙》一书,则溯流讨源,尤为大备。嗣是而后,文士代出,体制日新。魏晋之文,既异秦、汉;则唐、宋之文,亦异魏、晋;元、明之文,又异唐、宋。时势不同,词事俱别。然其不离乎法则,无或异也。"他历举"文士代出,体制日新"的"体制"显指文风,也就是今人所说的"风格"。最后论编纂文话集的必要,宜把散见的"论文之作集中于一起":"余每苦先哲论文之语,各散见本集中,不能遍举以语学者,今读慈水叶君琴楼所著《睿吾楼文话》,而深叹先得我心也。夫古今诗话多矣,文话则未之闻。学者诚能即叶君之书而玩索之,庶几可以得为文之法也夫。"①

八　林纾《春觉斋论文》论诗文诸体

林纾(1852—1924)原名群玉、秉辉,字琴南,号畏庐、畏庐居士,别署冷红生。晚称蠡叟、践卓翁、六桥补柳翁、春觉斋主人。室名春觉斋、烟云楼等。闽县(今福建福州市)人。光绪八年(1882)举人,官教谕。考进士不中。二十六年在北京任五城中学国文教员。所作古文,为桐城派大师吴汝纶所推重,名益著,因任北京大学讲席。辛亥革命后,入北洋军人徐树铮所办正志学校教学,推重桐城派古文。后在北京专以译书售稿、卖文卖画为生。林纾是我国最早翻译西方文艺作品的人,虽然不懂外文,但却能依靠别人口译,用文言文翻译了欧美等国小说、戏剧、随笔一百八十余部。著有《畏庐文集》、《续集》、《三集》;诗有《畏庐诗存》、《闽中新乐府》;自著小说有《京华碧血录》、《巾帼阳秋》、《冤海灵光》、《金陵秋》等;笔记有《畏庐漫录》、《畏庐笔记》、《畏庐琐记》、《技击余闻》等;传奇有《蜀鹃啼》、《合浦珠》、《天妃庙》等;古文研究著作有《韩柳文研究法》、《春觉斋论文》、《左孟庄骚精华录》、《左传撷华》等。

林纾《春觉斋论文》是其在京师大学堂授课的讲义,集中探讨了古文审美艺术的诸种内涵与形式,其中尤以意境论最具特色。林纾以"意境"为"文之母",以"真"为核心,以高洁诚谨为上,以诗书、仁义及世途之阅历为造境不可或缺之前提,最终塑造兼具"海阔天空气象"与"清风朗月胸襟"的审美至境。同时,林纾也还是将意境论移至古文并进行具体阐述的第一人,其理论是对中国古典"意境论"的一个极其重要的深化与扩展,在中国古典散文审美发展史上具有重要意义。

其《流别论》首论骚赋派别云:"《文心雕龙·辩骚篇》曰:'酌奇而不失其真,玩华而不坠其实。'是言真知《骚》者也。枚(乘)、贾(谊)得其丽,马(司马相如)、扬(雄)得其奇,此私淑者之径造其室也。"但他感到对其叙情怨,述离居,论山水,言节候仍"有不可自解者"。②又云:"彦和(刘勰)称当时英杰,但有十家(荀况、宋玉、枚乘、相如、贾谊、王褒、孟坚、平子、子云、延寿也),太冲(左思)诸人不与焉。鄙意谓足与《两都》抗席者,良为平子(张衡)之《两京》……左思仍之,故《三都》之赋,力排吴、蜀,中间

① (清)叶元垲《睿吾楼文话》卷首,道光十三年叶氏刊本。

② (清)林纾《春觉斋论文》,人民文学出版社1959年版。

贯串全魏故实,语至堂皇。以魏都中原,晋武受禅即在于邺,此亦班、张二子之旨。"

二论颂、赞:"颂之为言,容也;赞之为言,明也……综言之,颂赞之词,非泽于子书,精于小学者,万不能佳。二体均结言于四字之句,不能自镇则近佻;不能自敛则近纤;累句相同,不自变换,则近沓;前后隔阂,不相照应,则近塞。过艰恶涩,过险恶怪,过深恶晦,过易恶俚。必运以散文之杼轴,就中变化,文既古雅,体不板滞。自非发源于葩经,则选词不韵;赋色于子书,则取材不精。下字必严,撰言必巧,近之矣。"

三论箴铭:"铭箴之大要,曰:'箴全御过,故文资确切;铭兼褒赞,故体贵弘润。'弘润非圆滑之谓也。辞高而识远,故弘;文简而句泽,故润。"

四论诔碑:"诔之最古者,凡两见于《左传》:一为鲁庄公之诔县贲父,一为鲁哀公之诔孔子。顾县贲父之诔,不详于篇;而孔子之诔,则用长短句,不尽出于四言。柳妻之诔惠子亦然,文出《说苑》,纪文达以为未必果出于柳妻。文达最雅博,虽斥其伪,然亦不得其确据。今读其文,哀恻而多韵,今人之制哀辞者恒仿效之,盖诔之变体也。扬子云诔元后文亦四言。然则,四言实通用之体……至于碑志之文,窃以为汉文肃,唐文赡,元文蔓,而昌黎之碑记文字,又当别论,不能就唐文中绳尺求之。刘勰高蔡中郎(邕)之才锋,窃意亦以为确。"

五论哀吊之辞:"《文章流别论》曰:'哀辞者,诔之流也。'然诔之为体,选言录行,传体而颂文,荣始而哀终,王侯将相皆可诔也,然未闻有以哀辞施之王侯将相者。故刘勰曰:'不在黄发,必施夭昏。'建安中,文帝与淄侯各失稚子,命徐幹、刘桢各为哀词。潘岳集有金鹿、泽兰哀辞。金鹿、岳之幼子;又为任子咸妻作孤女泽兰哀辞。由此观之,哀辞之为体,施之夭昏,决矣……综言之,哀词者,既以情胜,尤以韵胜。韵非故作悠扬语也,情赡于中,发为音吐,读者不觉其绵亘有余悲焉,斯则所谓韵也。"又论吊辞云:"古人有哭斯吊,宋水郑火,皆吊以行人。贾长沙首用《离骚》之体吊屈原;扬子云亦撷取《离骚》之文反之,自岷山投诸江流,以吊屈原,名曰《反离骚》;蔡中郎亦然:盖屈原之怀忠而死,不得志于世者,往往托为同心。犹之下第之人,必寻取下第之人,发舒其抑郁之气,故刘蕡之身,每为失志者借口,即此意也。若胡广、阮瑀之吊伯夷,则一无所托,不过觅得好题目,表见其文采。即陆机之吊魏武,亦不尽有所激于中情,而成为此种文字。盖必循乎古义,有感而发,发而不失其性情之正,因凭吊一人,而抒吾怀抱,尤必事同遇同,方有肺腑中流露之佳文。不尔,则蔡确之吊郝甋山,盖比宣仁太后于武氏,真是护骂,非吊也。此尤不可不知。"

六论传体,一为"史传之传",二为传注之传:"'传'之为言"转"也,转受经旨,以授于后。章实斋《文史通义》曰:'经礼二戴之记,各传其说,附经而行,虽谓之传可也。其后支分派别,至于近代,始以录人物者区为之传,叙事迹者区为之记。'又曰:'后世专门学衰,集体日盛。叙人述事,各有散篇。亦取传记为名,附于古人传记专家之义.'盖专指文人为人作家传,及寄记讽刺,谐谑游戏,如《王承福》《宋清》《毛颖》之类是也。"可见以传为名,实有传、注、记三体。

七论:"化编年为列传,成正史之传体,其例实创自史迁……记事之作,务取简明。凡局势之前后,宜有部署,有前后错叙,而眼目转清;有平铺直叙,而文势反室,则熟取《史》《汉》读之,自得制局之法。至于二十四史,浩如烟海,愚亦不能一一标其得失也。"

八论"论之为体广也":"'论者,伦也。伦理无爽,则圣意不坠。'此言称《论语》者也。又曰:'说者,悦也。故言咨悦怿,过悦必伪。'此所以砭战国之说士也。然《论语》一书,出言为经,宋儒语录,即权舆于此,(或谓语录出之南宗诸僧,实则非是)非复后人所作之论体。论之为体,包括弥广:议政,议战,议刑,可以抒己所见,陈其得失利病,虽名为议,实论体也;释经文,辨家法,争同异,虽名为传注之体,亦在在可出以议论;至于正史传后,原有赞评之格,述赞非论,仍寓褒贬,既名为评,亦正取其评论得失,仍论体也,不过名称略异而已。且唐、宋人之赠序、送序中语,何者非论? 特语稍敛抑;而文集、诗集之序,虽近记事,而一涉诗文利弊,议论复因而发;欧公至于记山水厅壁之文,亦在在加以凭吊,凭吊古昔,何能无言? 有言即论。故曰:论之为体广也。"又论说云:"刘勰曰:'凡说之枢要,必使时利而义贞,进有契于成务,退无阻于荣身。'此为说士言也。学人训《经》释《雅》,亦皆有说,皆主发明至理而言,名曰经说。近人阐明学理,亦曰学说。独昌黎之《马说》、子厚之《捕蛇者说》,则出以寓言,此说之变体也。愚谓《马说》之立义,固主于士之不遇而言,然收束语至含蓄。子厚《捕蛇者说》则发露无遗,读之转无意味矣。"

其他还论及诏策、檄移、章表、书启、序(含序记、赠序、序跋、寿序之序)、杂记、兹不尽述。

九 吴曾祺《涵芬楼文谈》论"文各有体","每体各有一定格律"

吴曾祺(1852—1929)字翼亭,亦作翊庭。侯官县(今福建福州市)人。光绪二年(1876)与其父同时考取举人,历任平和、泰宁等县学教谕、漳州中学堂监督、全闽师范学堂教务长。后受聘上海商务印书馆,主持古今秘籍珍本编辑。其间住该馆涵芬楼,利用楼中数十万卷藏书,摘取精华,于宣统二年编成《涵芬楼古今文钞》。全书搜罗宏富,分十三类、二百一十三目,凡二千余家,文达万篇。严复在序言中誉之为"艺苑巨观"。辛亥末,辞职返里。另著有《涵芬楼文谈》、《国语国策补注》、《国语韦解补正》、《清史纲要》、《漪香山馆文集》等。

878

　　《涵芬楼文谈》(附《文体刍言》)是吴曾祺为答四方请益"作文之法","因就生平所得"而撰成之书。全书举凡作家修养、谋篇布局、写作要则、语言修辞、为文戒律等皆有所论,取材丰富,论述具体详实,用语平易,具有较高的理论价值和切实的指导意义。

　　其《诵骚第四》云:"为词章之学者,溯其渊源所自,莫古于骚。骚者出于《风》、《雅》之遗,而抑扬反复以尽其变,其体制遂与诗不同。自屈平始作《离骚》,其徒宋玉、景差之属,相率为之。后则贾谊、东方朔、严忌、王褒诸子,皆衍其旨趣,递有述作。大抵皆文人学士,蹉跎不遇,以写其抑郁无聊之思,而卒归于忠爱之旨。以其始于楚人,故统谓之《楚辞》……或谓骚人之作,词赋家所宜问津,若为散体文者,似可无事乎此。不知古之为文者,本无所谓骈散之分;自魏晋以后,偶语盛行;迄于梁陈,文体日敝。于是唐昌黎氏出,始倡为古文,纯以行气为主,以救从前靡曼之失,所谓文起八代之衰者,此也。然二者究不可偏废。"①

　　《辨体第六》颇重要,详论文章体裁越来越多,历代分体分类各有不同,以及自己编《涵芬楼古今文钞》的原因和体例:"作文之法,首在辨体。人之一身,目主视而耳主听,手职持而足职行,数者不能相假,惟文亦然。固有精语名言,而不足以为吾文重者,体敝故也。陆士衡作《文赋》,历举诗赋碑志箴铭颂论奏说诸体。梁任昉作《文章缘起》,所举比陆氏为详。刘彦和《文心雕龙》自二卷至五卷(误,当为"自五卷至二十五卷")皆论文体,约二十篇。先民矩矱,毕具于斯。至明代贺〔复〕徵著《文章辨体》,一本吴讷之旧而扩充之,模拟前人为较详,煌煌乎艺苑之巨观,而谓之精当不易,则未也。历参从前选本,自昭明《文选》而下,如《唐文粹》、《文苑英华》、《宋文鉴》、《金文雅》、《元文类》、《明文典》诸书,皆主分体,而离合之间,均不无可议。至国朝桐城姚惜抱先生,始约之为十三类:曰论辨,曰序跋,曰奏议,曰书说,曰赠序,曰诏令,曰传状,曰碑志,曰杂记,曰箴铭,曰颂赞,曰辞赋,曰哀祭。湘乡曾文正公著《经史百家文钞》,因姚氏之旧,虽稍有变易,而大致不殊。于是论文体者,莫不以此为圭臬。然姚氏之书,第举其纲,而未详其目。余不自揆,始著《涵芬楼古今文钞》凡百卷,于各类之中,各加以子目,或数种,或十余种,或数十种。虽附丽之法,不敢谓毫无疑义,而其所遗者,固已少矣。大凡辨体之要,于最先者,第识其所由来;于稍后者,当知其所由变。故有名异而实则同,名同而实则异;或古有而今无,或古无而今有:一一为之考其源流,追其派别,则于数千年间体制之殊,亦可以思过半矣。文体既分,则行文之得失,自当依体为断,每体各有一定格律,凛然不可侵犯。记有友人选赋学,评语多云:'似记者'、'似箴者'、'似赞者'、'似颂者',余谓不如'似赋'为妙,正以文各有体故也。"

───────────

①　(清)吴曾祺《涵芬楼文谈》,商务印书馆宣统三年本。下引同。

《切响第十三》论诗文皆须讲声韵,重音响:"音声一道,其疾徐高下、抑扬抗坠之分,不独有韵之文有之,即无韵之文亦有之,特寄之有韵之文者,其得失易见;寄之无韵之文者,其得失难知。近湘乡曾文正公,深喜桐城姚惜抱之文,而思救其懦缓之失,故论文每以音响为主,即此意也。今试取古人之文读之,有嘈呕铿锵者,有细微要眇者;有急弦促管者,有缓节安歌者。大约言乐者多和,叙哀者善咽;施之庙堂之上,则有广大之旨;叙及男女之私,则多靡曼之节。此其自然而然,虽作者亦有不自知者乎。今学者诚欲留意于此,既不可如度曲填词,按谱而得,惟有取汉魏之文之佳者数十篇,读之不厌,使吾之口与古人之口,无一不相应,久亦与之俱化矣。人但知《文选》一书为讲骈文者不可不读,余则谓讲散文者亦不可不读,盖以求音韵之谐者,莫此为近。夫昔之论诗者,动曰'诗籁'。诗既有籁,文独无籁乎……子思、孟子、老子、庄子断非有意于用韵者也,而读其所作,谓非用韵而不可也。盖冲口而出,自为宫商,此即《乐记》所谓'声者,由人心生者也'。后人不知此妙,谓惟颂赞箴铭之属须用韵,其余则否,不知其出于无心者,无处无之。"

《属对第三十八》论阴阳畸偶,不可偏废:"自散体之作,别于骈俪为名,于是谈古文者,以不讲属对为自立风格。然平心而论,二者如阴阳畸偶,不可偏废。自六经以外,以至诸子百家,于数百字中,全作散语,不著一偶句者,盖不可多得。此无他,文以气为主,而气之所趋,苟一泄无余,而其后必易竭,故其中必间以偶句,以稍止其汪洋恣肆之势,而文之地步乃宽绰有余。此亦文家之秘诀,而从来无有人焉尝举以告人者也。惟属对之法,与骈俪不同。骈俪之句法,或力求工整,或务在谐叶。汉魏以前,尚不甚拘,自齐梁以降,日严一日,其作法与诗赋相近。若散文之对法,自以参错不齐为妙。凡字之多少,句之长短,皆所不禁。且骈语则多两句为偶,或四句为偶,散体则均无不可。韩文公为一代文宗,实首变燕、许之格,然其文中间用偶语者,亦往往而是,而运用之法,亦在在以金针度人。盖此中机括,全由音节而生。骈文有骈文音节,则有骈文对法;散文有散文音节,故有散文对法。使取二者互易而用之,则数句之后,已不复可读矣。惟陆宣公之奏议,间于不骈不散之间,善以偶语寓单行者,实为自辟畦町,而为宋四六之滥觞。此视人笔性之所近,而不必强为学步。此外更有遥对之法,如苏东坡作《秦始皇扶苏论》,上半篇结句云:'吾故表而出之,以戒后世人主如始皇、汉宣者。'下半篇结句云:'吾故表而出之,以戒后世人主之果于杀者。'此在制举文中,俨然二大比,亦一对法也。或谓东坡此作,实与《孟子》'逢蒙学射'一章相近,斯言得之。"

吴曾祺《文体刍言》附于《涵芬楼文谈》,分论辨类、序跋类、奏议类、书牍类、赠序类、诏令类、传状类、碑志类、杂记类、箴铭类、颂赞类、辞赋类、哀祭类,每类之下还作了更详尽的分体论述,所论亦与《涵芬楼文谈》相近,此从略。

十　刘师培的文体论

　　刘师培(1884—1919)字申叔,号左盦。江苏仪征人。出身于传统经学之家,自幼熟读经史。十九岁中举人,后因目睹时艰而转向革命。1904 年加入光复会及蔡元培主持的"暗杀团"等革命组织。1905 年参加"国学保存会",创办《国粹学报》,以"发明国学,保存国粹"为宗旨,被人称为"国粹派"。撰《攘书》、《中国民族志》等,鼓吹排满。东渡日本后,卷入同盟会内部纷争,参与章太炎、张继等的反孙中山行动。后由排满而转向清廷,公开投靠两江总督端方。端方遭革命党刺杀后,山西阎锡山聘其为都督府顾问,发刊《国故钩沉》。后参与杨度创办的筹安会,成为"六君子"之一,支持袁世凯称帝。

　　刘师培的政治态度虽不足道,但国学造诣极深,对经学、小学、史学、哲学及汉、魏诗文皆有精深研究,尤擅骈文;并受西方进化论思想影响,提出研究中国古代社会的一系列新观点;主张以字音推求字义,用古语明今言,用今言通古语,通过古文字的结构探究中国"人群进化"的轨迹;又提倡文字改革和使用白话文。一生著作甚丰,后人辑为《刘申叔先生遗书》,凡七十四种,有"著作等身"之誉。

　　其《论文杂记》云:"印度佛书,区分三类:一曰经,二曰论,三曰律。而中国古代书籍,亦大抵分此三类:一曰文,言藻绘,成文复杂以骈语韵文,以便记诵,如《易经》六十四卦及《书》、《诗》两经是也,是即佛书之经类。一曰语,或为记事之文,或为论难之文,用单行之语,而不杂以骈俪之词,如《春秋》、《论语》及诸子之书是也,是即佛书之论类。一曰例,明法布令,语简事赅,以便民庶之遵行,如《周礼》、《仪礼》、《礼记》是也,是即佛书之律类。后世以降,排偶之文,皆经类也;单行之文,皆论类也;会典、律例诸书,皆律类也。故经、论、律三类,可以该古今文体之全。惜后人昧其渊源,不知文章之派别耳。"①又论文学由深趋浅乃世界趋势:"英儒斯宾塞耳有言:'世界愈进化,则文字愈退化。'夫所谓退化者,乃由文趋质,由深趋浅耳。及观之中国文学,则上古之书,印刷未明,竹帛繁重,故力求简质,崇用文言。降及东周,文字渐繁;至于六朝,文与笔分;宋代以下,文词益浅,而儒家语录以兴;元代以来,复盛兴词曲:此皆语言文字合一之渐也。故小说之体,即由是而兴,而《水浒传》、《三国演义》诸书,已开俗语入文之渐。"又论语言、文字、声韵关系云:"古之时,先有语言,后有文字。有声音,然后有点画;有谣谚,然后有诗歌。谣谚二体,皆为韵语。'谣'训'徒歌'……'谚'训'传言'","盖古人作诗,循天籁之自然,有音无字,故起源亦甚古。观《列子》所载,有

――――――――――

① 　(清)刘师培《论文杂记》,1936 年宁武南氏校印《刘申叔先生遗书》本。下引同。

尧时谣,孟子之告齐王,首引夏谚,而《韩非子·六反篇》或引古谚,或引先圣谚,足征谣谚之作先于诗歌……是谚谚为士之文言,非若后世之谚为鄙言俗语也。鄙言俗语为'谚'字引伸之义。厥后诗歌继兴,始著文字于竹帛。""箴、铭、碑、颂,皆文章之有韵者也,然发源则甚古。箴者,古人谏诲之词也","铭者,古人儆励之词也","碑者,古人记功之文也","颂者,古人揄扬之词也。"

其论文体分类及其演变尤为周详:"西汉之时,总集、专集之名未立;隋、唐以上,诗集、文集之体未分。于何征之?观班《志》之叙艺文也,仅序诗赋为五种,而未及杂文;诚以古人不立文名,偶有撰著,皆出入六经、诸子之中,非六经、诸子而外,别有古文一体也。如论说之体,近人列为文体之一者也。然其体实出于儒家。九家之中,凡能推阐义理,成一家者,皆为论体,互相辩难者,皆为辩体。儒家之中,如《礼记·表记》、《中庸》各篇,皆论体也;《孟子》驳许行等章,皆辩体也。即道家、杂家、法家、墨家之中,亦隐含论、辩两体。宣口为说,发明经语大义亦为说。《汉志》于发明经义之文,即附于本经之下。又贾谊《过秦论》三篇,亦列于《新书》,而《汉志》杂家复有《荆轲论》五篇,皆论体之列于子者也。书说之体,亦近人列为文体之一者也,然其体实出纵横家。如苏子、张子、蒯通、邹阳、主父偃之文,皆文章中之书说类也,而《汉志》咸列之纵横家中。推之奏议之体,《汉志》附列于六经。如《尚书》类列议奏四十二篇,《礼》类列议奏三十八篇,《春秋》类列议奏三十九篇、奏事二十篇,《论语》类列议奏二十篇;而河间献王对上下三雍宫列于儒家,博士贤臣对列于杂家,此又奏议类之附列诸子中者也。敕令之体,《汉志》附列于儒家。儒家之中,列《高祖传》十三篇,自注云:'高祖及大臣述古语及诏策也。'又列《孝文传》十一篇,自注云:'文帝所称及诏策。'此其确证。又如传、记、箴、铭,亦文章之一体。然据班《志》观之,则传体近于《春秋》,故太史公、冯商所著书列入《春秋》类也。记体近于古礼,如《周官经》、《古佚礼》、《大小戴礼》,皆记体之先声也。箴体附于儒家,儒家列扬雄三十八篇,有箴二篇,而刘向所序六十七篇内,有《列女传颂》,颂亦文也。铭体附于道家,道家列《黄帝铭》六篇,而杂家所列孔甲盘盂二十六篇,亦铭类也。是今人之所谓文者,皆探源于六经、诸子者也。故古人不立文名,亦不立集名。若诗赋诸体,则为古人有韵之文,源于古代之文言,故别于六艺九流之外,亦足证古人有韵之文,另为一体,不与他体相杂矣。至于东汉,文人撰作以篇计,不以集名。观《后汉》各列传可见。后世所谓《张平子集》、《蔡中郎集》者,皆后人追称之词也。六朝以降,集名始兴,分总集、专集为二类。然考《隋书·经籍志》,则所列集名,大抵皆兼括诗文各体,且多俪词韵语之文。唐、宋以降,诗集文集,判为两途。而文之刊入集中者,不论其为有韵为无韵也,亦不论其为奇体为偶体也,而文章之体,至此大淆。惟仪征阮芸台先生编辑《擘经室集》,言集不言文,只曰《擘经室集》，不曰《挈经室文集》。析为经、史、子、集四种，凡说经之文归第一集，记事之文归第二集，言理之文及杂文归第三集，有韵之文、骈体之文及古今体诗归第四集。谓非窥古人学术之流别者乎？然流俗昏迷，知此义者鲜矣。"

其《文说》序云："昔《文赋》作于陆机，《诗品》始于钟嵘，论文之作，此其滥觞。彦和（刘勰）绍陆，始论文心；子由（苏辙）述韩，始言文气（指苏辙《上枢密韩太尉书》中的文气说）。后世以降，著述日繁。所论之旨，厥有二端：一曰文体，二曰文法。《雕龙》一书，溯各体之起源，明立言之有当，体各为篇，聚必以类，诚文学之津筏也。"①《文说》则侧重论"文法"，今仅举其《原戏》以为例："戏为小道，然发源则甚古。遐稽史籍，歌舞并言（如《商书》言有'恒舞于宫，酣歌于室'，为歌舞并文之证。又如'前歌后舞，歌舞升平'，皆其证也）。歌以传声，舞以象容。歌舞本于诗，故歌诗以节舞……盖以歌节舞，复以舞节音（《左传》云："夫舞所以节八音，以行八风"）。犹之今日戏曲，以乐器与歌者舞者相应也（阮氏曰："古人非后舞不称奏"）"；"《仲尼燕居》篇云：'下而管象，示事也。'示事者，有容可象之谓也。此即古代戏曲之始"；"《乐记》又云：'执其干戚，习其俯仰屈伸，容貌得庄焉。行其缀兆，要其节奏，行列得正，进退得齐焉。'非即戏曲持器操械之始乎"；"武王克殷，亦杂演夏廷故事（《佚书》：'周武王克商，告庙万献，明明三终，钥人奏崇禹生开。'三终，即演夏代故事也）。非即戏曲妆扮人物之始乎？是则戏曲者，导源于古代乐舞者也。"

刘师培对汉、魏、六朝诗文有精深研究，著有《汉魏六朝专家文研究》，其《绪论》论文体演变及其讹误云："文章之用有三：一在辩理，一在论事，一在叙事。文章之体亦有三：一为诗赋以外之韵文，碑铭、箴颂、赞诔是也；一为析理议事之文，论说、辨议是也；一为据事直书之文，记传、行状是也。三类之外，又有所谓'序'者，实即赞之一种，盖古文序、赞不分。《后汉书》之'论'即为《前汉书》之'赞'，论、赞之用，并与序同。孔子赞《易》，乃著《系辞》，是作序有韵，亦非无本。白隋以降，序与记、传无别，据事直书，已失涵蓄之旨。唐、宋而后，更于序中发抒议论，则又混入论说。其体裁讹变，正与后代混碑、铭于传、状，且复参加议论者同一，不足为训：此研究专家文体所以断自五代以前也。然六朝以上文体亦有讹误者，如《文选》中王子渊《圣主得贤臣颂》，据《汉书·王褒传》考之，本为'对'体，与东方朔《化民有道对》之类相同，自来未有无韵而可称'颂'者。后世因《文选》之误，而谓颂可无韵，诚不免展转传讹矣。"②其《文章

---

① （清）刘师培《文说》，1936 年宁武南氏校印《刘申叔先生遗书》本。下引同。

② （清）刘师培《汉魏六朝专家文研究》，1946 年独立出版社南京再版本。下引同。

变化与文体迁讹》(十四)亦云:"凡文章各体皆有变化,但与变易旧体不同。"首论篇法之变:"就篇法而论:如纪传体之先后,本应以事实为序,然因事之重轻,间或用倒叙法。《史记》各传,通例皆用顺叙,而《卫青霍去病列传》即两人插叙,年月次序丝毫不紊。《汉书》各传,皆传前论后,而《王吉贡禹列传》则先叙商山四皓,发为议论。又《扬雄传》内只引其自序,实在事迹反叙于论内。变化虽繁,要并与传体无悖。蔡中郎之《杨炳碑》,尽用《尚书》成句,虽与普通各篇不同,而虚实并存,亦不乖碑体。此皆在本体内之变化,而非以他体作本体之文,绝无以传为碑或以碑为传者。降及六朝唐世,仍循此例,未尝乖牾。此篇法变化无关文体者也。"次论句法之变:"就句法而论:古人之变化亦甚多。试即对偶一端而言,有上句用两人名,下句用一人名者;有上句用地名,下句用人名者;亦有上下两句同用一意者。此种词例甚多,无非求句法新颖,不与前人雷同而已。两汉之文如蔡中郎诸人之声调,乍视似不悬殊,若写为声律谱以较,则其句法词例无虑百余种。建安文学所以超轶当时者,亦以其诗文之声调句法为两汉所未有。如吴质《与陈思王书》,即其例也。故学一家之文,不必字摹句拟,而当有所变化。"三论风韵、神理、气味之变:"文章中之最难者,厥为风韵、神理、气味,善能趋步前人者,必于此三者得其神似,乃尽摹拟之能事,若徒拘句法,品斯下矣。凡一代之名家,无不具此三者;而各家之间又复不同。如陆士衡与潘安仁各有气味,自成风韵,异曲同工,不能强合。至于文章之神理,尤为难能可贵,即谢康乐所谓'道以神理超'也。如潘安仁、任彦升之文皆有神理,但或从情文相生而出,或从极淡之处而出,或从隐秀之处而出。凡学古人之义,必须寻绎其神理与风韵,若面貌毕肖,而神理风韵毫无,不足与言拟古矣。陆士衡于碑铭一体,心摹神追蔡中郎,其篇幅虽长,偶句虽多,而文章之转折,句法之简炼,以及篇章之结构,皆能具体而微。谢康乐之文颇似潘安仁,而其论体则摹拟嵇叔夜,虽体裁无嵇之大,而作法得嵇之工夫甚深、间有数篇,置之嵇文中亦不辨真赝。又六朝人之学潘安仁而能得其风韵者,则惟谢庄、谢玄晖二人。颜延年之文,亦可以为士衡之体贰,不独炼句似陆,即风韵亦酷肖之。陆之风韵在'提'与'警',延年得其一隅,故能俨然近真,惟其诗尚不及陆之显耳。江文通之文,得力于《楚辞·九歌》者甚深,其体裁句法未必篇篇皆肖,而神理、风韵殆能心慕神追。可知摹拟一家之文,必得其神理、风韵,乃能得其骨髓。句法无妨变化,而气味实质不宜相远。研览六朝人学两汉三国西晋之文,即可为后世摹拟一家之模范矣。"四论体裁之变:"至于文章之体裁,本有公式,不能变化。如叙记本以叙述事实为主,若加空论即为失礼。《水经注》及《洛阳伽蓝记》华彩虽多,而与词赋之体不同。议论之文与叙记相差尤远。盖论说以发明己意为主,或驳时人,或辨古说,与叙记就事直书之体迥殊。所谓变化者,非谓改叙记为论说或侪叙记为词赋也。世有最可奇异之文体,而世人习焉不察者,则杜牧《阿房宫赋》,及苏轼之《前后赤壁赋》是也。此二篇非骚非赋,非论非记,全乖文体,难资楷模。准此而推,则唐以后文章之讹变失体者,殆可知矣。又六朝人所作传状,皆以四六为之,清代文人亦有此弊,不知《史》、《汉》之传,体裁已备,作传状者,即宜以此为正宗,如将传状易为四六,即为失体。陈思王《魏文帝诔》于篇末略陈哀思,于体未为大违,而刘彦和《文心雕龙》犹讥其乖甚。唐以后之作诔者,尽弃事实,专叙自己;甚至作墓志铭,亦但叙自己之友谊而不及死者之生平。其违体之甚,彦和将谓之何耶? 又作碑铭之序,不从叙事入手,但发议论,寄感慨,亦为不合。盖论说当以自己为主,祭文吊文亦可发挥自己之交谊,至于碑志序文全以死者为主,不能以自己为主。苟违其例,则非文章之变化,乃改文体,违公式,而逾各体之界限也。文章既立各体之名,即各有其界说,各有其范围。句法可以变化,而文体不能迁讹,倘逾其界畔,以采他体,犹之于一字本义及引伸以外曲为之解,其免于穿凿附会者,几希矣。"

第八节　清人诗文评论著中的赋体论

一　浦铣《历代赋话》、《复小斋赋话》博综赋体而归于论律

浦铣(生卒年不详)字光卿,号柳愚,室名复小斋。浙江嘉善人。康熙四十四年(1705)拔贡。身为寒士,却力学工文,曾在廷试选拔中列高等。后游历天下,在乾隆时献赋,又主讲粤西秀峰书院。著有《百一集》,编有《历代赋话》、《复小斋赋话》。

《历代赋话》是一部汇集历代赋作和论赋资料的赋学专书,包括正、续集共二十八卷。《正集》十四卷,辑录从《史记》至《明史》等二十二部正史所载历代辞赋家本传以及与赋有关的传记资料,为历代辞赋家生平、创作史料的汇集,按时代先后顺序编排,断代分卷。《续集》十四卷,主要辑录历代赋论资料,包括诸家文集、野史、笔记以及诗话、类书、目录书等各类典籍所载有关赋家、赋作的评论文字、故事、序跋等,亦依时代先后断代为卷。全书搜罗广博,资料丰富,编排也比较系统,在当时已得到袁枚等人的高度评价:浦铣晚年回故乡,途经金陵,袁枚见其所辑《历代赋话》,称它"创赋话一书","必传无疑"①。

与《历代赋话》为辑录体不同,《复小斋赋话》上、下两卷为著述体,是浦铣自己的读赋体会和赋学见解的结集。在二百六十多条漫话随笔中,或评论赋家、赋作的创作

---

① 　(清)浦铣《历代赋话》卷首,上海古籍出版社 2007 年版。

特色,或赏析名篇佳句,或比较辞赋诗文的体制作法,内容丰富,多有独特见解:一是强调赋需事直情婉:"余最爱明兴献帝(明世宗嘉靖帝之父朱祐杬)之言赋曰:'赋者,敷陈其事而直言之也。夫事寓乎情,情溢于言,事之直而情之婉,虽不求其赋之工而自工矣。屈、宋《离骚》,历千百年无有讥之者,直以事与情之兼至耳。下逮相如、子云之伦,赋《上林》、《甘泉》等篇,非不宏且丽,然多斳于词,跼于事,而不足于情焉。此即卜子夏在心为志,发言为诗之义也。'赋者,古诗之流,古今论赋,未有及此者。旨哉言乎! 旨哉言乎!"《历代赋话》续集卷二言之更详:"尝观诗人,其赋古也,则于古有怀;其赋今也,则于今有感;其赋事也,则于事有触;其赋物也,则于物有况。情之所在,索之而愈深,穷之而愈妙,彼其于辞,直寄焉而已矣。后之词人,刊陈落腐,惟恐一语未新;搜奇摘艳,惟恐一字未巧;抽黄对白,惟恐一联未偶;回声揣病,惟恐一韵未协;辞之所为,馨矣而愈久,妍矣而愈饰。彼其于情,直外焉而已矣。盖两汉之赋,其辞工于楚骚;东汉之赋,其辞又工于西汉;以至三国、六朝之赋,一代工于一代。辞愈工,则情愈短,而味愈浅。味愈浅,则体愈下。建安七子,独王仲宣辞赋有古风,至晋陆士衡辈,《文赋》等作,已用排体。流至潘岳,首尾绝排,迨沈休文等出,四声八病,而排体又入于律矣。徐、庾继出,又复隔句对联,以为骈四俪六;簇事对偶,以为博物洽闻。有辞无情。文亡体失,此六朝之赋,所以益远于古。"二论《离骚》为辞赋祖,编赋总集当以《离骚》为首:"赋始于兰陵(指荀子,曾为楚兰陵令),而屈(原)、宋(玉)为之增华,故班固《艺文志》云:'屈原赋二十五篇。'予尝谓集赋者,当以骚列于首,自来选家从不归并赋门,可谓数典忘祖。"三论历代赋的不同特点:"唐人赋好为玄言,宋元赋好著议论,明人赋专尚模范《文选》,此其异也。丁晋公(宋人丁谓)有言:'司马相如、扬雄以赋名汉朝,后之学者多规范焉,欲其克肖,以至等句读,袭征引,言语陈熟,无有己出。'余谓数语切中明人之病。"①四论赋含多种体裁,卷下云:"赋后有乱,有谇,有讯,有谣,有理,有重,有辞,有颂,有歌,有诗。唐顾逋翁(顾况)《茶赋》有雅,裴晋公《铸剑戟为农器赋》有系,唐无名氏《蜀都赋》有箴,宋薛士隆《本生赋》有反,明萧子鹏《鼎砚赋》有赞,沈朝涣《把膝赋》有吟。"可见作者论赋,既反对"等句读,袭征引,言语陈熟,无有己出",又反对食古不化,强调独创,强调作品要有真情实感。此书受当时科举考试的影响,用了较多篇幅讨论赋的体制、构思、句法、字法、破题、押韵、描写等技巧,分析与诗相似的创作状况,还偶有对具体赋作真伪的考辩。王敬禧《复小斋赋话跋》云:"读柳愚先生《赋话》,博综诸体,而归于论律,诚赋家之辖键,词学之津梁,以之鼓吹艺苑,其嘉惠宁有既哉!"

---

① 以上(清)浦铣《复小斋赋话》卷上,《历代赋话》附,上海古籍出版社 2007 年版。

二　胡浚源《楚辞新注求确》论《楚辞》"与散文无殊"

胡浚源(1748—1824)字甫渊,号乙灯,江西铜鼓县人。三十岁考中举人。从乾隆五十二年(1787)开始,先后在河南商水、考城、新郑等县任知县八年。有"醇儒良吏"之称。辞官返乡后,把全部精力用于教育和著述,先后在梯云书院、镇兴书室、树春山房、毓芝斋四讲堂执教十余年,培植后进甚众,家乡获益不浅,著有《饮墨时艺》三卷、《斗酒篇》二卷、《楚辞新注求确》十二卷、《雾海随笔》十六卷、《韩集五百家注旁参辟谬》四十卷、《杂文》十二卷、《豫小风》六卷、《秋田集》十四卷、《尚友录》十卷、《铁拍集》一卷、《遗忠录》二卷、《外集》六卷等。其中《楚辞新注求确》、《雾海随笔》两部完整地保存在北京图书馆古籍部。

《楚辞新注求确·凡例》论《楚辞》与"与散文无殊"云:"屈子初变古诗为赋,创立一格,其段落承接转折,字法句法,非惟不同今赋之显易,亦与汉赋不同,一切'若夫'、'尔乃'、'是故'、'夫其'之类,皆所未有。注者不细审其轻重、虚实、死活之妙,专于呆句求之,则往往有前后比类,随步换形者,遂疑为迭复,又谓为三致意即此。此不通节旨、脉络之病也。不知字有重复处,句有重复处,物有重复处,而意不重复也。得其意,则前后段落、承接、转折、顿挫,脱卸一毫不混,与散文无殊。"①

三　王芑孙《读赋卮言》论赋体演变

王芑孙(1755—1817)字念丰,号惕甫。长洲(今江苏苏州)人。乾隆五十三年(1788)召试举人,官华亭教谕。性简傲,客游公卿间,不屑阿谀,人以为狂。肆力于诗,最工五古,癯然以瘦,戛然为清,与伍尧、法式善、张问陶相唱和,为时望所推。文兼骈散,曾宾谷(曾燠)所编《清朝骈体正宗》,录有其文。又以书法名。著有《渊雅堂集》、《碑版广例》、《读赋卮言》等。

王芑孙认为赋源于《三百篇》:"荀况赋论言'请陈佹诗'。班固言'赋者,古诗之流'。曰'佹',旁出之辞;曰'流',每下之说。夫既与诗分体,则义兼比兴,用长箴颂矣。单行之始,椎轮晚周,别子为祖,荀况、屈平是也;继别为宗,宋玉是也。追其统系,《三百篇》其百世不迁之宗矣。下此则两家歧出,有由屈子分支者,有自荀卿别派者。昭明序《选》,所以云'荀、宋表前,贾、马继后',而慨然于源流自兹也。(司马)相

---

① (清)胡浚源《楚辞新注求确》卷首,嘉庆二十五年刊本。

如之徒，敷典摛文，乃从荀法；贾傅（贾谊）以下，湛思渺虑，具有屈心。抑荀正而屈变，马愉而贾戚，虽云一榖，略已殊途。赋家极轨，要当盛汉之隆，而或命《骚》为的，偏奉东京，岂曰知言者哉！"①《审体》第八论赋体特征云："赋者，铺也，抑云富也。裘一腋其弗温，钟万石而可撞，"赋虽属诗之流，但已具文的特征："已画境于诗家，可拓疆于文苑。"故"太简非宜，兼赅为务"，"学者当溯博文之教，非徒小道之观也。"赋以铺陈事实为主，而不以谈玄说理为长："赋者，敷陈其事而直言之，其旨不尚玄微，其体匪宜空衍……谭空说玄，都无是处。唐之二白（居易、行简），宋之苏（轼）、王（安石），要是别体，古无有也。西汉桓谭之《仙赋》，黄香之《九宫》，却多征实；《幽通》《思玄》，情理同致。即江左清言，寖流诗界，赋独不然。陆机《列仙》、谢灵运《入道至人》、江淹《丹沙可学》诸赋，播蕤发条，莫不花花叶叶；疏岩架壑，抑何实实枚枚。诗有清虚之赏，赋惟博丽为能。"次论赋与诗的区别："七言五言，最坏赋体，或谐或奥，皆难斗接；用散用对，悉碍经营。人徒见六朝、初唐以此入妙，而不知汉、魏典型，由斯阔矣，然亦自汉开之。如班固《竹扇》诸篇是也。但是短章，初无长调，作俑长调，则晋、宋而来，醴陵（江淹）倡其端；南北之际，子山（庾信）启其弊。学者力宗汉、魏，下取唐贤，其体既纯，斯文乃贵。"三论赋与四六的区别："四六之于文事，领一大宗。九州四渎，《书》有联文；断壶叔苴，《诗》尝对举（《诗·八月》："八月断壶，九月叔苴"）；制诰之家，一百五部；案判之牍，七十九卷。赋亦非必不可为四六也。且赋以敷言，断殊论策，固欲止齐其步伐，讵应破析为单行？且如老杜《三大礼》，有'宫井蛟龙'之句；小杜《阿房》，有'钉头瓦缝'之联。制置得宜，岂不益洋洋盈耳哉！"最后小结说："汉、魏风规，一坏于五七之诗句，再坏于四六格之文辞。四六肇起齐、梁，篇不数联，其风未鬯；已而大盛于唐，良由官烛易销，意取数行俱下，韵枝所窘，惟恐孤字难安，亦犹书家之有隶书，义在通融，用居省便而已。其时应奉之作，亦多急就之篇，然通篇四六者殊鲜，且其所谓四六者，大抵端庄，不皆流利。燕（张说）、许（苏颋）巨公，长篇盘硬，吟自未谐，其余间作铿锵，仍多骨鲠。即温（庭筠）、李（商隐）晚出，音节小殊。温伤仄少而平多，李恨仄多而平少。李最有名，温讥侧艳，当时崇尚，亦从可想。沿宋迄元，渐开风会，别成律体。律之为言，诚不当棘句钩章，要岂可志淫音滥？"可见他不但不否定律赋，并盛赞律赋："诗莫盛于唐，赋亦莫盛于唐。总魏、晋、宋、齐、梁、周、陈、隋八朝之众轨，启宋、元、明三代之支流。踵武姬、汉，蔚然翔跃，百体争开，昌其盈矣。人徒以清疏之派，归宗于欧之《秋声》、苏之《赤壁》，不知实导源于唐也。惟是经生传业，末流多弊，间有一二轻华腐烂之作，原非名辈，分别观之。"

---

①　（清）王芑孙《读赋卮言》第七《导源》，清光绪五年淞隐阁排印本。

888

《读赋卮言》还分别化及小赋、律赋、试赋。其《小赋》云："自唐以前无古赋、排赋、律赋、文赋之名,今既灿陈,不得不假此分目。赋者用居光大,亦不可以小言;聊以小言,犹云短制。在汉则刘安、枚乘、邹阳、严忌、桓谭、赵壹、孔臧、路侨如、黄香、蔡邕、李尤、杜笃、公孙诡、闵鸿、侯瑾之徒,碎金屑玉,愁遗《选》外。魏则一钟(会)之外,高(允)、杜(挚)俱兴。晋则三傅(玄、咸、纯)之余,二该(孙该、扬该)特妙。宋、齐之际,非惟王、谢;陈、梁以上,岂止江、萧?收其僻奥,益辅精能⋯⋯世有奉徐、庾《风》《月》小篇以为极则者,亦取其易诵而赏誉焉尔。"《律赋》云："读赋必从《文选》《唐文粹》始,而作赋则当自律赋始,以此约束其心思,而坚整其笔力。声律对偶之间,既规重而矩迭,亦绳直而衡平。律之为言,固非可卤莽为之也。"

沈清瑞为《读赋卮言》撰写序言。沈清瑞(生卒年不详)初名沅南,字古人,号芷生,长洲(今江苏苏州)人。乾隆五十二年(1787)进士。沈起凤之弟。少慧,有小鸿博之誉。工诗文,善散曲,著有《沈氏群峰集》《樱桃花卞银箫谱》《孟子逸语》《史记补注》《韩诗故》等。其《读赋卮言序》是一篇赋体演变简史,首云古无赋,赋即诗之一体："昔西河氏(子夏,即孔子弟子卜商)序《诗》,《诗》有六义,其二曰赋。盖古无赋,赋即诗也,"次云赋兴于楚,并与诗别："载览姬末,名篇飙起。蚕理箧理,玉暎兰陵;笛材钓材,伎奇楚国。大声竞作,椎轮托始,遂乃定名曰赋,别系于诗。匪直画风雅之鸿界,亦且翘骚些之别构。"三论汉赋："跨嬴涉汉,接轨沿波,贾(谊)有荀(卿)心,马(司马相如)兼宋(玉)骨,以若枚叔(乘)《菟园》,扬生(雄)《羽猎》,靡不穷文极貌,虎视西京。炎运既东,兹格少变,班(固)密张(衡)妍,崔(骃)雄蔡(邕)逸,各营心匠,共吐意珠。"四论六朝骈赋："铺陈之体,大开骈俪之途,渐导魏晋六代。人抱雕章,织句锦绣之中,抗才云霞之上。或锵价于一篇,或耀能于只字,意制诡其相错,源流分而益远。"五论唐之律赋、试体赋："殆阅三唐之世,弥综诸变之长。争奇于官韵,压字尤强;极材于试格,植辞必两。斯皆笔苑之大略,赋手之极能矣。若其窥妍说丽,博妙甄奇,不有英绝,曷谈斯艺?"最后总括说："于是列锦为质,文园(司马相如)抽秘于前;不歌而颂,中垒(刘向)贡臆于后。孟坚(班固)谓古诗之流,士衡(陆机)骋体物之势。刘勰《诠赋》,大畅风流;(白)居易《赋赋》,式观元始。清言吐属,则山水深其性情;腻旨徘徊,则风花粲其齿颊。得心之奥,知言之选,胥是物也。"

四 鲍桂星《赋则》论赋之源流及赋体不同

鲍桂星(1764—1826)字双五,一字觉生。清安徽歙县人。嘉庆四年(1799)进士。累官工部右侍郎,中蜚语落职。宣宗即位,以编修召对,历詹事,卒于官。性质直敢任事。遂于文书,初从吴定学诗古文,后师姚鼐,为诗能合唐、宋之长。著有《进奉文钞》、《觉生诗钞》、《赋则》等,辑《唐诗品》八十五卷。

其《赋则·凡例》论赋之源流及赋体不同云:"夫赋有古有律,为古而不求之律,无以为法也;为律而不求之古,犹无以为法也。赋溯源于周汉,沿流于魏晋齐梁,律则以唐为准绳而集其成是集。"①又论赋体不同云:"赋者,古诗之流,诸于中文之丽者皆赋类也。骚、七又异其名目。昔人谓赋家之心,苞括宇宙,致乃得之于内,岂苟为攀崿已哉!然研炼都京,至于十年一纪,则知名山盛业非风檐寸晷可同日言矣。"又云"赋体不同,有整散兼者,如宋玉诸赋是也;有通体整排者,如潘(岳)、陆(机)诸赋是也;有用四六者,如子山(庾信)《马射》等赋是也。兹篇备载各体,以俟学者随宜而施。"又云:"古赋或工体物,或尚抒情,皆作者自出杼机,初无程限。自唐以之取士,而律赋遂兴,然较有规绳,尚存风格。今欲求为律赋,舍唐人无可师承矣。"

五　林联桂《见星庐赋话》论文赋体、骚赋体、骈赋体

林联桂(1774—1835)初名家桂,字道子,又字辛生,吴川县(今广东省吴川)人。道光八年(1828)进士。历官湖南绥宁、新化、邵阳知县。交游广泛,与黄玉衡、黄培芳、张维屏、谭敬昭、吴梯、黄钊等合称"粤东七子"。博学能文,尤工于诗。著作甚富,有《见星庐诗稿》正、续共二十二集、《见星庐古文》三集、《骈体文》二集、《文话》、《赋话》、《诗话》、《馆阁诗话》、《作史韵话》、《讲学偶话》、《续清秘述闻》等。其《见星庐赋话》十卷是继李调元《赋话》后另一部重要赋话,但与李调元《赋话》不同,此书多辑录清代赋话,正可补李之不足;又多论断,提出了不少重要观点。

《见星庐赋话》卷一首论的赋特征:"'诗有六义,二曰赋',见于《周南·关雎诗序》。'赋之言铺,直铺陈今之政教善恶',见于《诗》疏。故班固《两都赋序》曰'赋者,古诗之流也',《汉书》曰'不歌而诵谓之赋',刘彦和(勰)曰'赋者,铺采摛文也'。故工于赋者,学贵乎博,才贵乎通,笔贵乎灵,词贵乎粹。而又必畅然之气动荡于始终,秩然之法调御于表里,贯之以人事,合之以时宜,渊宏恺恻,一以风雅颂为宗,宇宙间一大文也。壮夫不为,岂笃论哉!"

次论古赋之体有三:

> 古赋之名始于唐,所以别乎律也。犹之今人以八股为时文,以传记为古文之

---

① 以上(清)鲍桂星《赋则》卷首,《赋话广聚》,国家图书馆出版社2006年版。

意也。然古赋之体有三：

一曰文赋体。以其句栉字比，藻饰音谐，而疏古之气一往而深，有近乎文故也。如周荀卿之《礼赋》，宋玉之《风赋》、《钓赋》，汉班固《两都赋》，张衡《两京赋》，司马相如《子虚》、《上林》赋，扬雄《甘泉》、《羽猎》赋，中山王《文木赋》，马融《长笛赋》，魏文帝《弹棋赋》，曹植《酒赋》，何晏《景福殿赋》，晋潘岳《藉田赋》，嵇康《琴赋》，潘尼《火赋》，梁江淹《别赋》，陶宏景《水仙赋》，裴子野《寒夜赋》，唐李白《明堂赋》、《大鹏赋》，杜甫《朝享太庙赋》、《雕赋》，白居易《动静交相养赋》，杜牧《阿房宫赋》，荆浩《画山水赋》之类是也。凡此皆赋而近文者也。宋、元、明以下之文体赋格，其例盖准诸此。

一曰骚赋体。夫子删诗，楚独无风，后数百年，屈子乃作《离骚》。骚者，诗之变，赋之祖也。后人尊之曰经，而效其体者，又未尝不以为赋。更有不名赋，而体相合者，说详《许氏外录》。司马迁曰"离骚者，离忧也"。后之仿其体者，岂徒拟骚、反骚而已哉？在汉，则有贾谊之《旱云赋》，黄香之《九宫赋》，司马相如之《长门赋》，王延寿之《鲁灵光殿赋》，李尤之《函谷关赋》；在晋，则有潘岳之《秋兴赋》，郭璞之《江赋》、《盐池赋》，孙绰之《游天台山赋》；在唐，则有李白之《惜余春赋》、《悲清秋赋》，赵冬曦之《三门赋》；在宋，则有王说之《帝车赋》，文同之《石姥赋》；在元，则有黄潜之《太极赋》，杨维桢之《凤凰池赋》，汪克宽之《九夏赋》；在明，则有何景明之《织女赋》，朱灏之《逃暑赋》，李梦阳之《观瀑布赋》，宗臣之《钓台赋》，湛若水之《交南赋》，祁顺之《白鹿洞赋》，潘一桂之《瑞石赋》，屠应埈之《秋怀赋》，徐阶之《别知赋》，郭棐之《怀贤赋》，陶望龄之《述志赋》，伍士隆之《惜士不遇赋》，皆骚赋体也。若夫班固之《幽通赋》，冯衍之《显志赋》，蔡邕之《述行赋》，曹植之《洛神赋》，王粲之《登楼赋》，陆机之《豪士赋》，陶潜之《闲情赋》，鲍照之《游思赋》，谢朓之《酬德赋》，江淹之《去故乡赋》，柳宗元之《闵生赋》，韩愈之《别知赋》，李翱之《感知己赋》，刘禹锡之《望赋》，晁补之之《求志赋》，王十朋之《民事堂赋》，皆可以骚赋之类推之已。

一曰骈赋体。骈四俪六之谓也。此格自屈、宋、相如，略开其端，后遂有全用比偶者。浸淫至于六朝，绚烂极矣。唐人以后，联四六，限八音，协韵谐声，严于铢两，此如画家之有界画，勾拈不得，专取泼墨淡远为能品也。其中争妍斗丽者，不胜枚举，而其尤胜者，如汉之枚乘《忘忧馆柳赋》，班婕妤《捣素赋》，晋束皙之《读书赋》，陆机之《文赋》，孙楚之《鹰赋》，傅元之《走狗赋》，郭璞之《蜜蜂赋》，宋王微之《咏赋》，谢灵运之《雪赋》，谢庄之《月赋》，鲍照之《观漏赋》，陆倕之《思田赋》、《感知己赋》，任防之《答陆倕知己赋》，颜延年之《赭白马赋》，齐谢朓之《杜若赋》，王俭之《高松赋》，梁简文帝之《筝赋》、《金錞赋》、《灯赋》，萧统之《铜博山香炉赋》，沈约之《高松赋》，江淹之《赤虹赋》，北周庾信之《小园赋》、《枯树赋》、《灯赋》，卢思道之《孤鸿赋》，唐王勃之《七夕赋》、《九成宫东台山池赋》，杨炯之《老人星赋》，沈佺期之《峡山寺赋》，薛稷之《茅茨赋》，李百药之《赞道赋》，林琨之《驾幸温泉宫赋》，林滋之《小雪赋》、《阳冰赋》，李程之《日五色赋》、《破镜飞上天赋》、《石镜赋》，陆贽《月临镜湖赋》，崔立之《南至郊坛有司书云物赋》，白行简《斗为帝车赋》，王起《五色露赋》，韦展《日月如合璧赋》，徐彦伯《登城赋》，谢偃《尘赋》，李德裕《大孤山赋》，李君房《清济贯浊河赋》，乔潭《群玉山赋》，浩虚舟《盆池赋》，白居易《敢谏鼓赋》，刘禹锡《平权衡赋》，刘知幾《思慎赋》、《韦弦赋》，阎伯璵《歌赋》，白居易《赋赋》，独孤及《梦远游赋》，陆龟蒙《幽居赋》，虞世南《琵琶赋》，李百药《笙赋》，骆宾王《萤火赋》，张九龄《荔枝赋》，吴大江《碁赋》，姚元崇《扑满赋》，宋璟《梅花赋》，王维《白鹦鹉赋》，吴筠《竹赋》，柳宗元《披沙拣金赋》，黄滔《误笔牛赋》，牛上士《狮子赋》，康子玉《瓜赋》，李德裕《知止赋》、《鼓吹赋》、《欹器赋》、《牡丹赋》，裴度《铸剑戟为农器赋》，白敏中《如石投水赋》，张季友《闰赋》，甘子布《光赋》，皆唐人骈赋之至工者也。

　　以上之所以不惜篇幅详引此段，就在于作者列举了古赋三体的名篇，可省我们翻检之劳。这是从赋的不同体裁说的。接着，又论述了不同时代赋体风格的演变："宋人骈赋体格，又一变矣。是时崇尚理学，试赋率多理致之题，如王曾之《有物混成赋》，杨杰《五六天地之中合赋》、《荀扬大醇而小疵赋》，苏轼《延和殿奏新乐赋》之类是也。至若叶清臣之《松江秋泛赋》，晏殊之《中园赋》，欧阳修之《黄杨树子赋》之类，有唐人小赋风致焉。"又论金、元云："金、元一代，骈赋绝少，然如元好问之《蒲桃酒赋》，陈樵之《卧褥香炉赋》，欧阳元（玄）之《罗浮凤赋》，任士林之《翰音赋》，杨维桢之《孔子履赋》，清丽工妍，亦一代之独出冠时者也。"论明赋云："前明专尚制艺，为一代之胜。而骈赋一体，句雕字斫，领异标新，其佳篇亦复不少。如刘基之《龙虎台赋》，宋濂之《蟠桃核赋》，王祎之《思亲赋》，杨慎之《药市赋》，姚希孟之《日升月恒赋》，方孝孺之《友筠轩赋》，王世贞之《锦鸡赋》，夏元吉之《麒麟赋》，刘咸之《黄河赋》，王渐达之《游罗浮赋》，汤显祖之《匡山馆赋》，夏允彝之《太湖赋》，黄淳耀之《顽山赋》，何宗彦之《东宫储学赋》，袁黄之《诗赋》，黄尊素之《壮怀赋》，谭贞良之《笑赋》，杨循吉之《折扇赋》，徐渭之《画鹤赋》，陈子龙之《幽草赋》，邱浚之《南溟奇甸赋》之类，尤其警特者。"

　　又论骈赋结构，认为起首最重要："唐人骈赋制胜，尤在起首陡然而来，全题之巅也。踞全题之气已吞，全题之字逼清，全题之神欲动，而斗峻超忽，有如神仙排云出，

892

又如天上下将军,此处最能动目。"在大量举例后总括说:"以上皆骈赋中入手得势,点题有法,场中制胜,令人一阅神悚,无过于此者,致足法也。"

又论骈赋多四六句云:"骈赋之体,四六句法为多,然间有用三字迭句者,则其势更耸,调更遒,笔更峭,拍更紧,所谓急管促节是也。""有用之于起笔者……皆三字迭句作起笔,笔之最突兀者也";"有用之于转笔者……笔之最遒劲者也";"有用之于承笔者……笔之最峻峭者也";"有用之于收笔者……笔之最古雅者也。其余四字、五字、六字、七字,可旁推已。"①

诗有杂体诗,赋也有杂体赋,卷四论禁体赋云:"诗有禁体,如苏东坡《聚星堂雪诗》之类是也。赋亦用禁体者,殆避熟取新,偏师制胜之一法也。如嘉庆戊寅大考翰詹,题是《澄海楼赋》,以'故观于海者难为水'为韵,其时钦取一等一名者,则潘学使锡恩也。其赋仿欧阳禁体,凡字涉'水'部者概不用。"

诗有回文诗,赋也有回文赋,卷一〇云:"诗有回文体,始于苏蕙织锦之作,后世祖其体者甚众。若赋用回文体格者,古不多见。近人如聂学使铣敏《进呈盛京谒陵回文赋》,曾邀睿皇帝(指嘉庆帝)首擢,体制最称新警。其赋刻《近光堂集》中,斯亦可备赋家之一格。今皇上御极之三年春二月十有三日癸丑,车驾幸太学,行释奠讲学礼,余谨拟《临雍讲学赋》一篇,其顺文则以'治臻唐虞,道尊周孔'为韵,其回文则以'德配天地,学隆古今'为韵,殆仿聂学使体格,而偶一为之者也。"同卷又云:"诗之有集古,由来远矣。赋之集古,从古寥寥。然集古为骈体之文,近亦有之。如黄之隽《香屑集自序》,通篇全集唐句,亦一新法也。"

《见星庐赋话》不仅论赋,也论骈文,卷一〇又云:"曾宾谷都转燠所选刻《国朝骈体正宗》,集一代之渊鉴也。而其中之最古雅高炼者,如陈检讨维崧之《刘沛元诗古文序》、《周梁园尺牍序》、《上龚芝麓三书》、《与陈际叔书》,毛太史奇龄之《云英墓志铭》,袁太史枚之《卞忠贞公墓纪恩碑记》、《诸葛武侯庙碑》,吴侍讲锡麒之《王君葬衣冠记》,刘学使星炜之《沈观察从军集序》,沈太史清瑞《读赋卮言序》,阮制军元之《兰亭秋褉诗序》、《四六丛话后序》,王征君芑孙《独茧诗钞序》、《横云秋兴图记》,吴侍讲鼐之《四六八家文钞序》、《题襟馆销寒诗序》,刘编修嗣绾之《颐园读书记》、《山中与鲍若洲书》、《与王秋滕书》、《与张皋闻书》、《与蔡浣霞书》,杨蓉裳芳灿之《答赵艮甫书》、《秋林集序》、《金朗甫诔》,赵舍人怀玉之《瓯北诗钞序》、朱侍御为弼之《积古斋钟鼎彝器款识后序》,吴学使慈鹤之《春日游白云山序》、《越台唱和诗序》、《与彭甘亭书》、《与曾都转书》之类,皆简古有法,欲跻唐、宋而上之。然,与赋虽属同工,比赋终为异体。"

第九节 清人诗文评论著中的四六论

一 彭元瑞《宋四六话》、《宋四六选》对宋四六文的整理研究

彭元瑞(1731—1803)字掌仍,一字辑五,号芸楣(一作云楣),江西南昌人。乾隆二十二年(1757)进士,改庶吉士,授编修,官至工部尚书、协办大学士。他既是清廷大臣、又是著名学者,楹联名家,博学强记,精于古代器物、书画的鉴别,时有令誉。纪昀为《四库全书》总纂官时,彭元瑞是十个副总裁之一,与蒋士铨合称"江右两名士"。著有《恩余堂辑稿》、《经进稿》、《宋四六话》、《知圣道斋读书跋》等。

彭元瑞编有一部《宋四六选》,凡二十四卷,收宋代四六文七百六十六篇。前四卷为制诏,五至十卷为表章,十一至二十三卷为启,最后一卷为上梁文、乐语。前有自序,阐述四六文之源流、演变,反驳对六朝以后骈文的否定,认为"诗裁元、白,亦列正声;词出苏、辛,更添别调。"①认为宋四六是骈文之一派,不容否定。此书在当时影响颇大,海内奉为圭臬者二十余年,至今也是我们鉴赏宋人四六文的重要选本。

《宋四六话》是作者编选《宋四六选》的副产品,几乎网罗了宋人有关四六文的绝大多数论述,是一部研究宋四六文和宋四六话颇为重要的著作。他在自序中说:"予撰《宋四六选》,泛观宋人书,其中间及骈体,多一时典制,议论流利,属对精切,爱不能割,辄钞付箧,积成巨帙,略以文体铨次,凡十二卷。"②《宋四六话》前三卷为制诏,四至六卷为表,七至九卷为启,卷十含乐语、上梁文,大体与《宋四六选》相对应。卷十一至卷十二含赋、檄、露布、判、设论、祝文、青词、道场疏、开堂疏,杂文散语摘句、谐谈等,此为《宋四六选》所无,为本书新增。曹振镛跋(卷末)云:"芸楣先生博览群书,凡有关于宋人骈体者,遍加掇采,所引书百六十九种……片言只句,搜括无遗。""无遗"虽不可轻断,但搜罗宏富确系事实。所录资料既分体,又于各体内按时间先后编排,并一一注明出处,有此一编,可省大量翻检之劳。

宋代散文的鼎盛期是北宋中后期,唐宋散文八大家中的宋六家都出现在这一阶段。而宋代四六文的鼎盛期则是在南北宋之际及南宋前期,这是古文与骈文并兴的时代,四六文名家辈出,名作如林,出现了大量总结四六文写作经验的四六话。这与当时博学宏词科的设置有关,叶適《宏词》云:"宏词之废久矣。绍圣初,既尽罢词赋,

---

① (清)彭元瑞《宋四六选》卷首,道光二十六年刊本。
② (清)彭元瑞《宋四六话》卷首,道光二十六年刊本。

894

而患天下应用之文由此遂绝，始立博学宏词科。其后又为词学兼茂，其为法尤不切事实……自词科之兴，其最贵者四六之文。"①又与当时天下多事有关，新式四六便于自由表达思想，易于出现耸动人心、传诵人口的名篇，即所谓"文章与时俱高"。彭元瑞《宋四六选序》（卷首）正论述了宋代四六文的演变史："杨（亿）、刘（筠）犹沿于古意，欧、苏专务以气行，晁无咎之言情，王介甫之用古，开山有手，至海何人？洎乎渡江之初，鸣者浮溪（汪藻）为盛。盘州（洪适）之言语妙天下，平园（周必大）之制作高幕中。杨廷秀（万里）笺牍擅场，陆务观（游）风骚余力……各有锦心绣口，全无棘吻钩牙。"他又批评"限代者以徐（陵）、庾（信）画疆，食古者谓王（王勃）、骆（宾王）知味……不知世逝彼川，文传薪火，增冰积水，有嬗变之风流；明月满墀，得常新之光景。"确实如此，宋四六正是骈文"嬗变之风流"，"常新之光景"。又云："尊幕中之上客，捉刀竞说《三松》（指王子俊所著《格斋四六》）；封席上之青奴，《标准》犹传一李（指李刘的《四六标准》）。后村（刘克庄）则名言如屑，秋崖（方岳）则丽句为邻。臞轩（王迈）、南塘（赵汝谈）、筼窗（陈耆卿）、象麓（戴翼），雄于末造，讫在文山（文天祥），三百年之名作相望，四六家之别裁斯在。""尊幕中之上客"以下所举九人均属南宋后期的文人，其中不少还直接以四六名集，这是前所未有的。此外，以四六名集者还有李廷忠、方大琮等。

二　孙梅《四六丛话》是集大成式的骈文理论批评著作

孙梅（？—约1790）字松友，号春浦。归安（今属浙江省湖州市）人，乌程籍。乾隆二十七年（1762）皇帝南巡，召试取二等。中三十四年进士，授中书，出为太平府同知。历校南闱。孙梅少时攻诗，尝赋《白燕》，为人所传。生平著述甚富，所著《四六丛话》，博稽千古，综览万篇，大学者阮元为之序。

《四六丛话》是一部较为系统的集大成式的骈文理论批评著作。在《四六丛话》中，孙梅不仅汇辑了明以前有关骈文的理论批评资料，而且通过凡例、叙论、案语等形式，阐述了自己的骈文思想，建立了较为系统的骈文史观，并对许多骈文作家、作品有极为精辟的分析评论，在促进骈文创作与人们对骈文艺术的认识等方面具有极为重要的意义。

其《自序》充分定了四六文的价值："夫四六者，词赋之菁英，文章之鼓吹也。碌碌非匿瑕之质，累累多复贯之姿。"②其《凡例》论四六缘起云："有韵谓之文，无韵谓之

---

① 《水心集》卷三。
② （清）孙梅《四六丛话》卷首，光绪七年许应鑅重刊本。

笔";"骈俪肇自魏晋,厥后有齐梁体、宫体、徐庾体,工绮递增,犹未以四六名也。唐重《文选》学,宋目为词学,而章奏之学,则令狐楚以授义山(李商隐),别为专门。今考《樊南甲乙》始以四六名集,而柳州(宗元)《乞巧文》云'骈四俪六,锦心绣口',又在其前。《辞学指南》云:'制用四六,以便宣读。'大约始于制诰,沿及表启也。"

秦潮《四六丛话序》介绍此书内容云:"余齐年友乌程松友孙公辑《四六丛话》三十三卷:选二卷,骚一卷,赋二卷,制敕诏册四卷,表三卷,章疏一卷,启二卷,颂一卷,书一卷,碑志一卷,判一卷,序、记、论各一卷,铭、箴、赞一卷,檄、露布一卷,祭、诔一卷,杂文一卷,谈谐、总论二卷,作家五卷。刺取浩博,积数十年始成。"可见几乎所有古文都既可用散文,也可用骈文撰写。限于篇幅,这里不可能一一论述,仅举其《序第十二》以见其内容的全面和深刻。论序之所由始:一是经书序:"先师(孔子)韦编三绝,翼赞前经。《文言》隐括乎乾坤,《序卦》发挥乎爻象。此则序所由昉,序作者之意者也。《诗》包四始,《大序》与《小序》并传;《书》总百篇,古文与今文同录。例非先贤载笔,史臣大书,比兴奚自以灼知? 遗佚何由而遍考? 或谓《诗序》可存,而《书序》可删者,非也。迨元凯(杜预)发明五例,荀爽撰辑九师,景纯(郭璞)退黜六家,康成(郑玄)针砭《三传》,此则儒家者流诠述大意者也。"二是史书序,特别是自序:"子长(司马迁)作《史》,序亦多途。书分为十,铺陈政典;表列为八,稽核世年。班(固)、范(晔)迭乘,沿继一体。《酷吏》、《游侠》,创例必书。《党锢》、《独行》,微词别著。六朝而下,阙文罕见。序说非长,敷义尚侈,腴言勿翦。若乃详家世而陈缘起,新凡例而综全书,则司马氏《自序》亦序之一格也。孟坚《叙传》,实踵斯作。子云(扬雄)、(司马)相如,因自序而为传;灵均(屈原)、敬通(东汉冯衍,有《显志赋》),即骚赋以叙怀。彦和(刘勰)《序志》,梦执丹漆以南行;子玄(郭象)《自序》,恐覆酱瓿而泣血。修名不立,没世无称。哲人君子所兢兢尔。"三是集部序,特别是序与论的区别:"尝考《文心》论列诸体,独不及序。惟《论说》篇有'序者次事'一语,岂以序为议论之流乎? 夫序之与论,故属悬殊。序譬之衣裳之有冠冕,而论则绘象之九章也;序比于网罟之有纲维,而论则鸟罗之一目也。文集之有序也,自玄晏(皇甫谧)嘘扬,《三都》纸贵。厥后昭明(萧统)感于《五柳》,义等式庐;滕王美彼《兰成》,荣同置醴。而彦升(任昉)述文宪之作,既大类颂文;载之(权德舆)弁宣公之言,又全成传体。《玉台新咏》,其徐(陵)集之压卷乎? 美意泉流,佳言玉屑。其烂熳也若蛟蜃之嘘云,其鲜新也如兰苕之集翠。洵足仰苞前哲,俯范来兹矣。《会昌一品集序》,词沿唐季,气轶汉京。义山(李商隐)洒秾芳而削稿于前,荥阳(郑亚)奋健翰而窜定于后。等百谷之上善,若两骥之争驱。固禀古序之规模,亦昭后学以观止也。"按唐李德裕《会昌一品集》,其序为郑亚所作。郑为荥阳人,李商隐称为荥阳公,序文亦见商隐集,称代郑作。又云:"若乃《兰亭》志流觞曲水之娱,《滕阁》标紫电青霜之警,此宴集序之始也。"悲哉秋之为气","黯然别之销魂",此赠别序之始也。今我不乐,烟景笑人,如诗不成,罚酒有数,盖李太白、王摩诘尤擅其胜焉。何以处我,珍重临歧,非曰无人,殷勤赠策,盖王子安、陈伯玉并推厥长焉。其他支流派别,百种千名。抚弦操畅,先箨新声;顾曲征歌,叠翻雅引。序诚多方也矣。"可见集部序有文集序、宴集序、赠别序,确实堪称"支流派别,百种千名"。

三 梁章钜《楹联丛话》开楹联史之先河

梁章钜(1775—1849)字闳中、茝林,号茝邻,晚年自号退庵,祖籍福建长乐,清初迁居福州,自称福州人。嘉庆七年(1802)进士。梁章钜是林则徐的好友,坚定的抗英禁烟人物。一生显要,著作等身。精于对联创作,有数十副题署、酬赠、庆挽联传世;擅长作诗,精于鉴别金石书画;勤于笔记,长于考订史料。著有《枢垣纪略》、《退庵随笔》、《文选旁证》、《归田琐记》、《浪迹丛谈》、《浪迹续谈》等七十余种刊行于世。

历代的诗文总集、诗话、文话很多,而无集楹联成书者。但到了清代,楹联集突然多了起来,如汤蠤仙的《楹联游戏》一卷、《楹联续刻》一卷、《楹联聚宝》一卷,绵文虎的《撰联偶记》一卷,蒋琦龄的《集唐楹联》一卷,俞樾的《楹联录存》五卷,胡凤丹的《楹联集锦》八卷。最重要的则是梁章钜的《楹联丛话》、《楹联续话》、《楹联三话》、《巧对录》等系列著作,收集了大量历代楹联资料,在四六话之外,新创联话体及其分类体系,开我国楹联史之先河,这是他最大的具有开创性的贡献,在我国楹联史上占有重要地位。其《自序》首论楹联之缘起,始于五代孟蜀,宋代寥寥无几,元明渐多而传者甚稀,清则大盛:"楹联之兴,肇于五代之桃符。孟蜀'余庆'、'长春'十字,其最古也①。至推而用之楹柱,盖自宋人始,而见于载籍者寥寥。然如苏文忠(轼)、真文忠(德秀)及朱文公(熹)撰语,尚有存者,则大贤无不措意于此矣。元明以后,作者渐伙,而传者甚稀,良由无荟萃成书者,任其零落湮沉,殊可慨惜!我朝圣学相嬗,念典日新,凡殿廷庙宇之间,各有御联悬挂。恭值翠华临莅,辄荷宸题;宠锡臣工,屡承吉语。天章稠叠,不啻云烂星臁。海内翕然向风,亦莫不缀颂专诗,和声鸣盛。楹联之制,殆无有美富于此时者。伏思列朝圣藻,如日月之经天,自有金匮石室之司,非私家所宜撰辑。而名公巨卿,鸿儒硕士,品题投赠,涣衍寰区。"次论编纂此书的必要性:"若非辑成一书,恐时过境迁,遂不无碎璧零玑之憾。窃谓刘勰《文心》,实文话所托始;钟嵘《诗

---

① 《宋史》卷四七九载,后蜀主孟昶"第岁除,命学士为词,题桃符,置寝门左右。末年,学士幸寅逊撰词,昶以其非工,自命笔题云:新年纳余庆,嘉节号长春。"

品》,为诗话之先声。而宋王铚之《四六话》,谢伋之《四六谈麈》,国朝毛奇龄之《词话》,徐釚之《词苑丛谈》,部列区分,无体不备,遂为任彦升《文章缘起》之所未赅。何独于楹联而寂寥阙述!因不揣固陋,创为斯编。博访遐搜,参以旧所闻见,或有伪体,必加别裁。邮筒遍于四方,讨源旁及杂说。"末论书此的编纂体例及分类:"约略条其义类,次其后先。第一曰故事,第二曰应制,第三、第四曰庙祀,第五曰廨宇,第六、第七曰胜迹,第八曰格言,第九曰佳话,第十曰挽词,第十一曰集句,附以集字,第十二曰杂缀,附以谐语,分为十门,都为十二卷。非敢谓尽之,而关涉掌故,脍炙艺林之作,则已十得六七,粲然可观。方之禁扁,似稍扩其成规;比诸句图,亦别开生面云尔。"①

　　梁章钜之所以能在楹联学上集大成,这与他的家学、师学渊源及其一生阅历分不开。他的父亲与叔父皆进士及第,大学者纪晓岚特书"书香世业"的匾额为赠。《楹联丛话》卷八《格言》载梁父集《四书》联一副示章钜云:"敏则有功公则说;淡而不厌简而文。"他授业于纪昀、阮元和翁方纲等大学者,三人都是楹联大家,《楹联丛话》多次提到他们所撰之联。他作官遍及江南各省,陈继昌《楹联丛话序》云:"比年为吾粤采风陈诗,征文考献,将有'三管英灵'之集。而公暇搜罗,孳孳未已,乃复以所辑楹帖见示,诹遍八方,稿凡三易,每联辄手叙其所缘起,附以品题,判若列眉,了如指掌。夫道体之罔弗该也,文字之罔弗喻也;语其壮则鲲海鹏霄,语其细则蚊睫蜗角。须弥自成其高也,芥子不隘于纳也。楹帖肇自宋、元,于斯为盛。片辞数语,着墨无多,而蔚然荟萃之余,足使忠孝廉节之㥽,百世常新;庙堂瑰玮之观,千里如见。可箴可铭,不殊负笈趋庭也;纪胜纪地,何啻梯山航海也。诙谐亦寓劝惩,欣戚胥关名教。草茅昧于掌故者,如探石室之司矣;脍炙遍于士林者,可作家珍之数矣。一为创局,顿成巨观。"

　　梁章钜《退庵随笔》中的文体论也值得一提。如卷一九论骈、散二体不可偏废云:"文章家每薄骈体而不论,然单行之变为排偶,犹古诗之变为律诗,风会既开,遂难偏废。自庾子山出,始集六朝骈体之大成,而导唐初四杰之先路。所作皆华实相扶,情文兼至,于抽黄俪白之中,仍能灏气舒卷,变化自如。当时虽并称徐、庾,孝穆(徐陵)实瞠乎后尘矣。四六文虽不必专家,然奏御所需、应试所尚,有非此不可者。纯用六朝体格,亦恐非宜。惟有分唐四六、宋四六两派,各就性之所近而学之。唐四六又当分为两层:有初唐之四六,王子安(王勃)为之首,以雄博为宗,本朝之陈维崧似之;有中唐以后之四六,李义山为之首,以流丽为胜,本朝之吴绮似之。宋四六无专家,各以新巧为工。"②

①　(清)梁章钜《楹联丛话》卷首,北京出版社 1996 年版。

②　(清)梁章钜《退庵随笔》,道光十九年本。

898

又论科举应试之文,特别是八股文云:"(韩)愈《与崔立之书》深病场屋之作,(欧阳)修知贡举亦黜刘几等,以挽回风气。则八家之所论著,其不为程试计可知也。茅坤所录,大抵以八比(八股文)法说之;储欣虽以便于举业讥坤,而核其所论亦相去不能分寸。夫能为八比者,其源必出于古文,自明以来,历历可数。坤与欣即古文以讲八比,未始非探本之论。然论八比而沿溯古文为八比之正脉,论古文而专为八比设,则非古文之正脉。此如场屋策论以能根柢经史者为上,操文柄者亦必以能根柢经史与否定其甲乙。至讲经评史而专备策论之用,则其经不足为经学,其史不足为史学。茅坤、储欣之评诸家,适类于是。自御选《唐宋文醇》出,去取谨严,考证典核,其精者足以明理载道、经世致用;其次者亦有关法戒、不为空言;其上者矩矱六籍,其次者波澜意度,亦出入于周秦、两汉诸家。茅坤等管蠡之见,乌足以语此哉!"

又论古人文集以文笔、诗笔分类云:"今人自编其所著之集,大概分诗与文两目而已。古人则不然,六朝以前多以文、笔对举,或以诗、笔对举。诗即有韵之文,可以文统之,故昭明《文选》奄有诗歌;笔则专指纪载之作,故陆机《文赋》所列诗赋十体,不及传志也……今人于文笔二字之分,不讲久矣。"

其《归田琐记》卷七论小说缘起云:"小说九百,本自虞初,此子部之支流也。而吾乡村里辄将故事编成七言,可弹可唱者,通谓之小说。据《七修类稿》云起于宋时,宋仁宗朝,太平盛久,国家(指皇帝)闲暇,日欲进一奇怪之事以娱之,故小说兴。如云话说赵宋某年,又云太祖、太宗、真宗帝四帝,仁宗有道君。瞿存斋诗所谓'陌头盲女无愁恨,能拨琵琶说赵家',则其来亦古矣。"①

其《浪迹续谈》卷六论戏剧角色云:"生、旦、净、末之名,自宋有之,然《武林旧事》所载,亦多不可解,惟《庄岳委谈》云:'传奇以戏为称,谓其颠倒而无实耳,故曲欲熟而命以生也,妇宜夜而命以旦也,开场始事而命以末也,涂污不洁而命以净也。'(祝)枝山《猥谈》则云:'生、净、旦、末等名,有谓反称,又或托之唐庄宗者,皆谬也。此本金、元阛阓谇吐,所谓鹘伶声嗽,今云市语者也。生即男子,旦曰装旦色,净曰净儿,末乃末泥,孤乃官人,即其土音,何义理之有?'至《坚瓠集》谓《乐记》注,言优俳杂戏如弥猴之状,乃知生狌也,旦狙也。《庄子》:'猿,猵狙以为雌。'净,狰也,《广韵》:'似豹,一角五尾。'丑,狃也,《广韵》:'犬性骄。'谓俳优如兽,所谓獶杂子女也。此近穿凿,恐非事实。"②

---

① (清)梁章钜《归田琐记》,中华书局 1997 年版。
② (清)梁章钜《浪迹续谈》卷六,中华书局 1996 年清代史料笔记丛刊本。

第十节 清人诗文评论著中的诗体论

一 冯班《钝吟杂录》在诗体论上的"正俗"和"纠谬"

冯班(1602—1671)字定远,晚号钝吟老人。海虞(今江苏常熟)人。明末诸生,少时与兄冯舒齐名,人称"海虞二冯"。入清未仕。冯班为钱谦益弟子,被称为"虞山诗派"的传人之一。论诗反对严羽《沧浪诗话》的"妙悟"说,以为"似是而非,惑人为最"①。其论诗主张对反神韵说的赵执信很有影响。作诗宗法晚唐,于李商隐用力尤深,力求锤炼藻丽。部分诗作感伤乱离,寄寓了故国之思,有一定深度。著有《钝吟全集》、《钝吟杂录》,另有《常熟二冯先生集》,是与其兄冯舒的合集。

《钝吟杂录》十卷,凡《家诫》二卷,《正俗》一卷,《读古浅说》一卷,《严氏纠谬》一卷,《日记》一卷,《诫子帖》一卷,《遗言》一卷,《通鉴纲目纠谬》一卷,《将死之鸣》一卷。《四库全书总目》云:"《严氏纠谬》辨严羽《沧浪诗话》之非……大抵明季诸儒守正者多迂,鹜名者多诈,明季诗文沿王、李、钟、谭之余波,伪体竞出,故班诸书之中诋斥或伤之过激。然班学有本原,论事多达物情,论文皆究古法。虽间有偏驳,要所得者为多也。"既指出他有"过激"、"偏驳"之处,更肯定其"所得者为多"。

冯班持论多针对"文必秦汉"之说,他对明冯惟讷《古诗纪》论诗之起源多追述上古不以为然,卷三《正俗》认为"年祀绵邈,真赝相杂";其诗"或不雅驯";"又《书》、《传》引逸诗多不过三数句,皆非全篇";"《三百五篇》既是仲尼所定,又不应掇其所弃",如"犬之拾骨"。其实对《古诗纪》之溯源不可一概否定,这大概也是此书往往失之"过激"、"偏驳"的表现吧。又云:"诗人之文至屈、宋变为词赋。《汉书·经籍志》不载五言。五言正盛于建安,陈思(曹植)为文士之冠冕。潘、陆已降,迨于唐之中叶,无有逾之者。至杜子美始自言'诗看子建(曹植)亲'。苏子瞻云:'诗至子美(杜甫)一变也。'自元和、长庆以后,元(稹)、白(居易)、韩(愈)、孟(郊)并出,杜诗始大行,自后文亦无能出杜之范围者。今之论文者,但可祖述子建,宪章少陵,古今之变于斯尽矣。《诗》、《骚》已前,不论可也。"这也是针对《古诗纪》溯源"《诗》、《骚》已前"而发的。

他与其兄冯舒一样,认为不应把铭、诔、箴、诫、祝、赞等归入诗。《正俗》又云:"《三百五篇》都无铭、诔之文,故知孔子当时不以为诗也。近世冯惟讷撰《诗纪》,首纪古逸,尽载铭、诔、箴、诫、祝、赞、繇词,殆失之矣。《元微之集》云,诗之流为赋、颂、铭、

---

① (清)冯班《钝吟杂录》卷五《严氏纠谬》,文渊阁四库全书本。

900

赞,大抵有韵之文,体自相涉,若直谓之诗,则不可矣。铭、赞、箴、诔、祝、诫,皆文之有韵者也。诗人以来,皆不云是诗。"诗有韵,部分文亦有韵,卷四《读古浅说》云:"有韵无韵,皆可曰文。"有韵与否,不能作为诗文界限。当年北大编《全宋诗》时,有人主张凡有韵者皆收,这与主张凡长短句皆是词没有多大区别,是缺乏文体常识的表现。

《正俗》又论诗乐异同云:"古人之诗,皆乐也。文人或不娴音律,所作篇什不协于丝管,故但谓之诗,诗与乐府从此分区。又乐府须伶人知音增损,然后合调。陈王、士衡多有佳篇。刘彦和以为'无诏伶人,故事谢丝管(不要伶人以丝管协乐)。'则于时乐府已有不歌者矣。后代拟乐府以代古词,亦同此例也。"

关于古体、近体,《正俗》认为"沈约、谢朓、王融创为声病,于时文体不可增减,谓之齐梁体,异乎汉、魏、晋、宋之古体也";"齐、梁声病之体,自昔已来,不闻谓之古诗。诸书言齐梁体,不止一处。唐自沈(佺期)、宋(之问)已前,有齐梁诗,无古诗也"。他认为古体、近体之别始于陈子昂以后:"沈、宋既裁新体,陈子昂崛起于数百年后,直追阮公(籍),创辟古诗,唐诗遂有两体。""古诗之视律体,非直声律相诡,筋骨、气格、文字、作用迥然不同矣。然亦人人自有法,无定体也。陈子昂上效阮公,《感兴》之文,千古绝唱,格调不用沈、宋新法,谓之古诗。唐人自此,诗有古、律二体,云古者对近体而言也。"

卷五《严氏纠谬》对《沧浪诗话》的反驳虽多过激之词,但也有一些中肯之见,如"一代文章,惟须举其宗匠为后人慕效者足矣,泛及则为赘也";"古来论者止言建安风格。至黄初之年,诸子凋谢不存,止有子建兄弟,不必更赘言又有黄初体也";"齐梁已来,南北文章颇为不同,北多骨气而文不及南"。对西昆体"即李义山体"的反驳尤有说服力:"云西昆体,注云:'即李义山体,然兼温飞卿及杨、刘诸公而名之。'按《西昆酬唱集》是杨、刘、钱三君倡和之作,和之者数人,其体法温、李,一时慕效,号为西昆体。其不在此集者尚多,至欧公始变,江西已后绝矣。及元人为绮丽之文,亦皆附昆体。李义山在唐与温飞卿、段少卿,号三十六体,三人皆行第十六也。于时无西昆之名,按此则沧浪未见《西昆集序》也。"

二　贺贻孙《诗筏》的诗体论

贺贻孙(1605—1688)[①]字子翼,江西永新人。九岁能文,称为神童。时江右社事方盛,与陈宏绪、徐世溥等结社豫章。明亡后,隐居不出。顺治七年(1650)学使慕其

---

① 据江庆柏《清代人物生卒年表》,人民文学出版社 2005 年版。

名,特列贡榜,不就。晚年家益落,布衣蔬食无愠色,惟日以著作自娱。著有《水田居文集》、《激书》、《诗筏》、《骚筏》、《诗经触义》、《易经触义》、《浮玉馆藏稿》、《甘露山房制艺》、《水田居掌录》、《水田居典故》等。

《诗筏》为评诗论诗专著,不记杂事。其论诗受竟陵派、公安派诗说影响较大,如作诗应求古人之真精神等,均来自钟惺、谭元春的诗说。但又与公安、竟陵不尽相同,贺氏喜欢的作家为李、杜,推崇其境界阔大、雄奇俊放的诗风。

《诗筏》在文体论上的特点是把诗歌体裁与诗歌风格紧密结合起来论述,着眼于诗风的演变:"五言诗为淡穆易,为奇峭难。四言诗为奇峭易,为淡穆难。陶公四言诗如其五言诗,所以独妙。七言诗作淡穆尤难,惟摩诘能之,然而稍加深秀矣。"又云:"七言古须具轰雷掣电之才,排山倒海之气,乃克为之。张司业籍以乐府古风合为一体,深秀古质,独成一家,自是中唐七言古别调,但可惜边幅稍狭耳。若元、白二公,才情有余,边幅甚赊,然时有拖沓之累。盖司业所病者节短,而元、白所病者气缓,截长补短,庶几可与李、杜诸人方驾耳。"又云:"自玄晖(谢朓)后,如沈约、江淹、王筠、任昉诸君,皆慕玄晖之风,而皆不能及。休文(沈约)复倡为声病之说,音韵稍促,遂开古诗、近体分途之渐。盖江东颜、谢之体,至玄晖而畅,至沈约辈而弱,至陈、隋而荡矣。愈变愈新,因而愈衰。"

他论各体诗之难易云:"唐人五言律之妙,或有近于五言古者,然欲增二字作七言律则不可;七言律之奇,或有近于七言古者,然欲减二字作五言律则不能。其近古者,神与气也。作诗文者,以气以神,一涉增减,神与气索然矣。"又云:"七言绝所以难于七言律者,以四句中起承转结如八句,而一气浑成又如一句耳。若只作四句诗,易耳易耳。五言绝尤难于七言绝,盖字句愈少,则巧力愈有所不及,此千里马所以难于盘蚁封也。"又长篇难于短篇:"长篇难矣,短篇尤难。长篇易冗,短篇易尽,此其所以尤难也。数句之中,已具数十句不了之势;数十句之后,尚留数十句不了之味。他人以数十句难了者,我能以数句便了;他人以数句易了者,我能以数句不了。固由才情,亦关学力。"末二句显然是针对严羽《沧浪诗话》所谓"诗有别材,非关书也"而发。

他强调诗的"神与气",是因为他强调诗风的浑圆:"诗律对偶,圆如连珠,浑如合璧。连珠互映,自然走盘;合璧双关,一色无痕。八句一气而气逾老,一句三折而句逾遒。逾老逾沉,逾遒逾宕。首贵耸拔,意已趋下;结须流连,旨则收上。七言固尔,五字亦然。神而化之,存乎其人,非笔舌所能宣也。"

他贵"创体",反对因袭:"枚乘《七发》,东方朔《客难》,创体也。后人虽沿袭其体,然丰神气韵,终不能及。张平子(张衡)《四愁诗》,亦创体也。拟之者不独沿其体,并沿其调,一拟便肖矣。夫使人一拟便肖者,非诗之至;拟而必期于肖者,亦非拟之至者也。杜子美《同谷歌》，虽略仿《四愁》，然而出脱变化，胜平子远矣。"

关于诗、词、曲的关系，他认为："齐、梁以后，不独浸淫近体，亦已滥觞填词矣。或谓唐人近体盛而古诗元气遂薄，不知唐人一副元气，流浃在近体中，能使三百余年不落宋、元词曲一派者，非古诗存之，而近体存之也。"他认为诗语可入词而词语不可入诗："诗语可入填词，如诗中'枫落吴江冷'，'思发在花前'，'天若有情天亦老'等句，填词屡用之，愈觉其新。独填词语无一字可入诗料，虽用意稍同，而造语迥异。如梁邵陵王纶《见姬人》诗'却扇承枝影，舒衫受落花'，与秦少游词'照水有情聊整鬓，倚栏无绪更兜鞋'，同一意致。然邵陵语可入填词，少游语决不可入诗，赏鉴家自知之。"因为词有词的特点："李易安云：'王介甫、曾子固文章似西汉，若作一小歌词，则人必绝倒，不可读。而欧阳永叔、苏子瞻词，乃句读不葺之诗耳。'又尝记宋人有云：'昌黎以文为诗，东坡以诗为词。'甚矣，词家之难也！"

他对和韵诗、杂体颇不以为然："自元（稹）、白（居易）及皮（日休）、陆（龟蒙）诸人以和韵为能事，至宋而始盛，至今踵之。而皮日休、陆龟蒙更有《药名》、《古人名》、《县名》诸诗。又有离合体，谓以字相拆合成文也。有反复体，谓反复读之，皆成文也。有叠韵体，如皮诗所谓'穿烟泉潺湲，触竹犊毂觫'是也。有双声体，皮诗所谓'疏杉低通滩'之类是也。有风人体，皮诗所谓'江上秋风起，从来浪得名。送风犹挂席，苦不会帆情'是也。夫《离合诗》起于孔文举'渔父屈节'之诗，然文举诗以骨气奇逸传，不以离合传也。叠韵起于梁武帝、沈休文之'后牖有朽柳'，'偏眠船舷边'，然武帝、休文诗以词采风流传，非以叠韵传也。回文、反复起于窦滔妻，然妇人语耳。双声体，据皮袭美云起于'蟪蛄在东'，'鸳鸯在梁'，然皆无心自合，非有意为之也。至于药名起于梁武帝，县名起于齐竟陵王，彼亦偶为之，岂以此见长哉？皮、陆二子，清才绝伦，其所为诗，自有可传，必欲炫才斗巧，以骇俗人，则亦过矣！鲍明远有《建除诗》，又有《数名诗》，然明远所谓俊逸者，终在彼不在此也。然则学皮、陆者，亦学其可传者而已，无炫聪明以争一时伎俩，自失千秋也。"①"炫聪明以争一时伎俩"，可说是对杂体诗的定评。

其《骚筏》主要评论屈原及宋玉的作品，与《诗筏》相互发明，是研究贺氏文体理论的重要资料。楚辞研究有三个高峰，一为汉代，以王逸的《楚辞章句》为代表；二为南宋，以朱熹的《楚辞集注》为代表；三为清代，涌现了一大批楚辞学学者及其研究著作，如王夫之的《楚辞通释》，蒋骥的《山带阁注楚辞》，戴震的《屈原赋注》，查慎行的《楚辞注》等。贺贻孙的《骚筏》篇幅不大，亦有其独特价值，它对《楚辞》不是作字、词、句的注释，而是对每篇的内涵作了梳理和分析，特别是他认为"《离骚》为古今第一篇忠爱

---

① 以上均见（清）贺贻孙《诗筏》，《清诗话续编》，上海古籍出版社1983年版。

至文":"自《离骚经》至《大招》,皆《楚辞》也。楚诗不列于《国风》,今观《楚辞》,则楚之为风大矣。学者分诗与骚、赋为三,不知诗有比、兴、赋,则赋乃诗中一体。若《骚》则本风人悱恻之意,而沉痛言之耳。骚,忧也;离(丽也),罹也。《离骚》,犹言罹于忧也,即《招魂》所谓舍君之乐而离此不祥也。屈、宋当日,未常分为两种名目。骚即宋子作赋之心,赋即屈子作骚之事。意其与风人之诗,虽有异名,其本于至性,可歌可咏,则一也。后人尊《离骚》为经,或疑为过。经者,常也;骚者,变也。变固未可为经,然《离骚》为古今第一篇忠爱至文,忠爱者,臣子之常。屈于履变而不失其常,变风变雅皆列于经,则尊《离骚》为经,虽圣人复起,宁有异辞?"①

三 叶矫然《龙性堂诗话》论诗与乐的分合

叶矫然(生卒年不详)字子肃,号思庵。闽县(今福建省福州市)人。顺治九年(1652)进士,官工部主事、乐亭知县。著有《易史参录》、《龙性堂诗集》、《东溟集》、《鹤唳编》、《龙性堂诗话》。

吴琇《龙性堂诗话序》认为诗话实诗选的功臣:"'晚节渐于诗律细','细'之为义,诗话所从来也。予夺可否,次第高下,诗于是乎有选;平章风雅,推敲字句,诗于是乎有话。话者,诗选之功臣也。"②《龙性堂诗话》初集论诗,主博参古今而超然自得,在康熙朝宗宋之风未兴之际,能留意宋诗,十分可贵。他认为先秦是"诗与乐合",所以诗与乐分分合合,"汉、唐迄今,几二千年,乐府与诗,其分也以声而分,其合也以义而合,分合盛衰之际,正变源委具在,非深心此道者,鲜可与微言也。"又认为"乐府,汉、魏以质胜,齐、梁以文胜,王仲初(建)句质而实巧,李长吉(贺)文奇而调合,皆乐府妙手也。"《龙性堂诗话》续集认为绝句亦有古今体,自汉已有,如"'槁砧今何在'四首是也。六代甚夥,不可殚述。至唐绝则平仄铿然,上下黏合,一如律体。李、杜多失黏处,实仿古绝,非唐调也。"又云:"论者谓绝句当法盛唐,不可落中晚,以开(元)、(天)宝兴象玲珑,语意浑婉,大历后渐多雕刻故也。此论信然,然不可执。"

四 吴景旭"取材繁富"、"考其得失"的《历代诗话》

吴景旭(1611—1695),明末清初人,字旦生,号仁山。归安(今浙江湖州)人。筑堂名南山,有《南山堂自订诗》。所著《历代诗话》分为十集,共八十卷。以十干为目,

---

① (清)贺贻孙《骚筏》,水田居丛刊本。

② (清)叶矫然《龙性堂诗话》初集卷首,《清诗话续编》,上海古籍出版社 1983 年版。

904

甲集六卷皆论《诗经》；乙集六卷皆论《楚词》；丙集九卷皆论赋；丁集六卷皆论古乐府；戊集六卷皆论汉魏六朝诗；巳集十二卷，前九卷论杜诗，后三卷为杜陵谱系；庚集九卷皆论唐诗；辛集七卷皆论宋诗；壬集十卷前三卷论金诗，后七卷论元诗；癸集九卷皆论明诗。每条各立标题，先引旧说于前，后杂采诸书以相考证，或辨是非，或参异闻，或作引申，或加补缀；其自主新说时则列诗篇于前，而以己意作发挥，但主要在于解释词句，并无系统条贯的理论主张。此书取材宏富，能钩贯众说，但所引不尽采自原书，贪多务得，失于拣择，有一些明显的错误，如以南朝梁之庾肩吾为唐人之类。此书篇幅太大，不能详说，兹各举一例以明其体。其《隔句韵》云：

> "肃肃兔罝，椓之丁丁。赳赳武夫，公侯干城。"
>
> 吴旦生曰：《古音略例》云："罝与夫叶，丁与城叶。此隔句用韵，叶音之变例也，与《鱼丽》之诗罶与酒叶、鲂与多叶同。"朱晦翁云："韩退之作《张彻墓铭》用此法。"因考其铭曰："呜呼彻也！世顾慕以行子揭揭也，嗜喑以为生，予独割也。为彼不清，作玉雪也。仁义以为兵，用不缺折也。知死不失名，得猛厉也。自申于闇明，莫之夺也。我铭以贞之，不肖者之呾也。"方嵩卿云："此铭以彻、揭、割、雪、折、夺、呾为韵，而行、生、清、兵、名、明、贞，自为韵。"晚唐章碣好新，作一律云："东南路尽吴江畔，正是穷愁暮雨天。鸥鹭不嫌斜雨岸，波涛欺得逆风船。偶逢岛寺停帆看，深羡渔翁下钓眠。今古若论英达算，鸱夷高兴固无边。"此亦上下句仄、平各押韵，想亦戏效此法也。①

此为自主新说，则列诗篇于前，阐明己意于后。而《句始》则可作为先引旧说于前，而后加以相考证之例：

> 《古今诗话》曰："三字句若'鼓咽咽，醉言归'之类，四字句若'关关雎鸠，在河之洲'之类，五字句若'谁谓雀无角，何以穿我屋'之类，七字句若'交交黄鸟止于棘'之类。其句法皆起于《三百五篇》也。"
>
> 吴旦生曰：唐刘存以"交交黄鸟止于棘"为七言之始，宋王得臣议其合两句以言，误也。余观诸家论七言，当以始于《垓下》而《柏梁》祖之之说为正，亦如四言之始韦孟，五言之始苏、李，是要其全体而言。其或推原经史，乃间出一二语耳。近文太青（晚明文翔凤）云："《三百篇》往往有俳偶语，《葛覃》则'是刈是濩，为绨

---

① （清）吴景旭《历代诗话》卷一，文渊阁四库全书本。

为绤’，《草虫》则‘喓喓草虫，趯趯阜螽’，《柏舟》则‘觏闵既多，受侮不少’，《硕人》
则‘鳣鲔发发，葭菼揭揭’，《氓》则‘言笑晏晏，信誓旦旦’，《黍离》则‘行迈靡靡，中
心摇摇’，《吉日》则‘发彼小豝，殪此大兕’，后世律诗之祖。”余以风人何意，此乃
后人意智所及，偶一拈示，要非有碍。若夫傅长虞之取而为集句，王弇州之又取
而为摘句，难乎其为风雅矣！

从上面所引可看出，《四库全书·历代诗话》提要对此书的评价是符合实际的：
“虽皆采自诗话说部，不尽根柢于原书，又嗜博贪多，往往借题曼衍，失于芜薉，然取材
繁富，能以众说互相钩贯，以参考其得失，于杂家之言亦可谓淹贯者矣。较以古人，固
不失《苕溪渔隐丛话》之亚也。”

五　王夫之《姜斋诗话》的诗体论

王夫之事迹，前已介绍。其《姜斋诗话》是古代诗话中一部有突出理论价值的著
作。这里只能概括性地介绍一下该书在文体学上的主要观点：

一是认为古诗无定体而有矩矱，不能信笔为之：“古诗无定体，似可信笔为之，不
知自有天然不可越之矩矱……所谓矩矱者，意不枝，词不荡，曲折而无痕，戍削而不竞
之谓。”

二是诗无定法，非法即法，认为不可拘于“一三五不论，二四六分明”之说：“《乐
记》云：‘凡音之起，从人心生也。’固当以穆耳协心为音律之准。‘一三五不论，二四六
分明’之说，不可恃为典要……凡言法者，皆非法也。释氏有言：‘法尚应舍，何况非
法？’艺文家知此，思过半矣。”

三是据时代论诗风演变，反对党同伐异的门户之见。世人多以为曹植优于曹丕，
他即从此论起：“建立门庭，自建安始。曹子建（植）铺排整饰，立阶级以赚人升堂，用
此致诸趋赴之客，容易成名，伸纸挥毫，雷同一律。子桓（丕）精思逸韵，以绝人攀跻，
故人不乐从，反为所掩。子建以是压倒阿兄，夺其名誉。实则子桓天才骏发，岂子建
所能压倒耶？故嗣是而兴者，如郭景纯、阮嗣宗、谢客、陶公，乃至左太冲、张景阳，皆
不屑染指建安之羹鼎，视子建蔑如矣。”其后的萧梁宫体，初唐的王、杨、卢、骆，中唐的
大历十才子，晚唐的温、李，宋代的杨、刘西昆派，江西诗派，明代更是诗派林立，“皆一
时冬哄汉耳”。与之对立者也代有其人：“宫体盛时，即有庾子山之歌行，健笔纵横，不
屑烟花簇凑。唐初比偶，即有陈子昂、张子寿（九龄）扢扬大雅。继以李、杜代兴，杯酒
论文，雅称同调；而李不袭杜，杜不谋李，未尝党同伐异，画疆默守。沿及宋人，始争疆

垒。欧阳永叔亟反杨亿、刘筠之靡丽,而矫枉已迫,还入于枉,遂使一代无诗,掇拾夸新,殆同筋令。胡元浮艳,又以矫宋为工。蛮触之争,要于兴、观、群、怨,丝毫未有当也。伯温(刘基)、季迪(高启,明初人)缓受之,不与元人竞胜,而自问风雅之津。故洪武间诗教中兴,洗四百年三变之陋。是知立'才子'之目,标一成之法,扇动庸才,且仿而夕肖者,原不足以羁络骐骥;唯世无伯乐,则驾盐车上太行者,自鸣骏足耳。"话虽刻薄,却颇中肯。

四是从诗体角度论诗风演变,分别论及近体、歌行、五绝、七绝、五言古诗应"以才情为主","率笔口占之难,倍于按律合辙也","才与无才,情与无情,唯此体可以验之。不能作五言古诗,不足入风雅之室;不能作七言绝句,直是不当作诗。区区近体中觅好对语,一四六幕客而已。"他认为"五言绝句自五言古诗来,七言绝句自歌行来,此二体本在律诗之前,诗从此出";"自五言古诗来者,就一意中圆净成章,字外含远神以使人思。自歌行来者,就一气中骇宕灵通,句中有余韵,以感人情"。他反对绝句即截句之说:"有云绝句者,截取律诗一半,或绝前四句,或绝后四句,或绝首尾各二句,或绝中两联。审尔,断头刖足,为刑人而已。不知谁作此说,戕人生理!"

五是从诗之不同题材论诗的风格,认为"艳诗有述欢好者,有述怨情者",《诗经》等是"婉娈中自矜风轨。迨元、白起,而后将身化作妖冶女子,备述衾裯中丑态;杜牧之恶其蛊人心,败风俗,欲施以典刑,非已甚也"。如果说艳诗有述欢好、述怨情两种,那么咏物诗则有匠气、士气两种:"征故实,写色泽,广比譬,虽极镂绘之工,皆匠气也。又其卑者,饾凑成篇,谜也,非诗也。李峤称'大手笔',咏物尤其属意之作,裁剪整齐而生意索然,亦匠笔耳。"①

六 毛先舒《诗辩坻》论"诗学流派,各有专家"

毛先舒(1620—1688)原名骙,字驰黄。后改名先舒,字稚黄。仁和(今浙江杭州)人。"西泠十子"之一。明诸生,明亡不仕。能诗文。与毛奇龄、毛际可齐名,时称"浙中三毛,东南文豪"②。其诗音调浏亮,音律规整,有建安七子余风。论诗守唐人门户,扬七子而抑竟陵,于明代诗家,抨击"唐六如(伯虎)之俚鄙,袁中郎(宏道)之佻侻,竟陵钟(惺)、谭(元春)之纤狠"③。以古学振兴西泠,居"西泠十子"之首,对音韵、训

① 以上均见(清)王夫之《姜斋诗话》卷下,《清诗话》,上海古籍出版社 1963 年版。

② (清)毛奇龄《西河集》卷九九《毛稚黄墓志铭》。

③ (清)毛先舒《诗辩坻·三弊篇》,《清诗话续编》,上海古籍出版社 1983 年版。

诂学亦颇有研究。著述宏富,有《东苑文钞》、《东苑诗钞》、《思古堂集》、《匡林》、《声韵丛说》、《韵问》、《南曲入声客问》、《南唐拾遗记》、《常礼杂记》、《家人子语》、《丧礼杂说》、《语子》、《稚黄子》、《谚说》、《撰书》、《小匡文钞》、《格物问答》、《诗辩坻》、《南曲正韵》等。

《四库全书总目》提要论《诗辩坻》书名取义并概括其全书内容云:"是编评历代之诗,首为总论,次为经,次为逸,次为汉至唐,次为杂论,次为学诗经录,次为竟陵诗解驳议,而终以词曲。其曰'坻'(水中小洲、斜坡)者,扬雄称所作《方言》如鼠坻之与牛场,用则实五稼,饱邦民,不用遂为粪壤。坻之于道,先舒取是义也。然先舒诗源出太仓、历下,故……上下千古,所铸金呼佛者,则惟一李攀龙焉。"

《诗辩坻》在文体学上的内容涉及很广。卷一《原系篇》论诗学流派皆源于《诗经》,云:"诗学流派,各有专家,要其鼻祖,归源《风》、《雅》。《风》、《雅》所衍,流别已伙,举其巨族,厥有三支:一曰诗,二曰骚辞,三曰乐府";"《离骚》兴于战国,其声纯楚,哀诽淫泆,类出《小雅》;而详其堂构,不近《诗》篇";"乐府兴于汉孝武皇帝,曲可弦歌,调谐笙磬……故汉初已彰乐府,六朝稍演绝句,唐世肇词,宋时未亡而金已度北曲,元末亡而已见南曲。要皆萌芽,各入其昭代而始极盛耳。斯则乐府之统系,是《三百篇》之支庶也……诗人有作,必贵缘夫《二南》、《正雅》、《三颂》之遗风,无邪精义,美萃于斯。是则六义之冢嫡,元音之大宗也。"这段文字可说是清晰的乐曲演变简史。

《三弊篇》论古今论诗有三弊:"其一,则以作诗必有合于古之六义,斯言似已。然《风》、《雅》、《颂》固是分体,不必详论。以赋、比、兴言之,此三者是诗人之志。盖即妇人童儿发口矢辞,非直陈事,即婉转附物,或因感抒述,三者之内,必有攸当。是凡诗中,自有此三义,非谓具此三义而后为诗。"其二,是称盛唐而贬六朝:"汉变而魏,魏变而晋,调渐入俳,法犹抗古。六代靡靡,气稍不振,矩度斯在。何者?俳者近拙,拙犹存古;藻者征实,实犹存古。嗣是入唐,为初为盛,麟德、乾封间,气魄已见,开元而后,奇肆跌宕,穷姿极情……而谈者方夸为中兴,谓足高掩六季,何邪?且近体是唐代所开,而研思构彩,皆滋润六朝。"其三,是"诗主风骨,不端文彩",对明人诗说多持批评态度。

《鄙论篇》批性灵派说:"鄙人之论云:'诗以写发性灵耳,值忧喜悲愉,宜纵怀吐辞,蕲快吾意,真诗乃见。若模拟标格,拘忌声调,则为古所域,性灵斯掩,几亡诗矣。'予案是说非也。标格声调,古人以写性灵之具也。由之斯中隐毕达,废之则辞理自乖。夫古人之传者,精于立言为多,取彼之精,以遇吾心,法由彼立,杼自我成,柯则不远,彼我奚间?此如唱歌,又如音乐,高下徐疾,豫有定律,案节而奏,自足怡神,闻其音者,歌哭抃舞,有不知其然者,政以声律节奏之妙耳。"又批明人自辟门户之说云:

"鄙人之论又云：'夫诗必自辟门户，以成一家，倘蹈前辙，何由特立！'此又非也。上溯（元）始，以迄近代，体既屡变……万历以来，文凡几变，诗复几更，哆口高谈，皆欲呵佛。然而文尚隽韵者，则黄（庭坚）、苏（轼）小品；谈真率者，近施（耐庵）、罗（贯中）演义。诗之佻褺者，效《吴歌》之昵昵；龌龊者，拾学究之余沈。嘻笑轩冕，甘侧舆台（奴仆），未餐霞露，已饫粪壤。旁蹊踯躅，曾何出奇；呫呫喋喋，伎俩颇见。岂若思古训以自淑，求高曾之规矩耶？"

卷二《情语篇》认为情语有哀、愉两种："情语肇允，故原《三百》。大抵雍、岐笃贞，淇、洧煽淫，二者之中，仍判惊苦。《氓蚩》启'唾井'之源，《绿衣》开宫词之始，此哀之绪也。汉宫蹋臂，征于'荇菜'。杨方《同声》，亦本'弋雁'，此愉之端也。"表现哀、愉之情者也有二体："就兹二情，复有二体。其一专模情至，不假粉泽，摇魂洞魄，句短情多，始于'束薪'、'芍药'，衍于《九歌》，畅于《清商（曲）》，至填词而极，此一派也。其一则铺张衣被，刻画眉颊，藻文雕句，寓志于辞，则始于《硕人》、《偕老》，靡于《二招》，流于《白纻》，至元曲而极，此一派也。"

毛先舒曾撰《南曲正韵》一书，复著《南曲入声客问》，专门回答南曲演唱中的入声字处理问题。北曲入声字已分别派入平、上、去三声，南曲仍有入声字，并可以入声押韵。但在实际歌唱时入声字却仍按平、上、去三声作腔，如何解释这个矛盾，作者提出北曲入声乃"音变腔不变"，而南曲入声则"腔变音不变"的论点。因为北方语音中无入声字，已变为平、上、去三声，所以称"音变"。而南方语音中仍有入声字存在，歌唱时须出字即断，不好作腔，而断后仍须以三声作腔，故称"腔变"。这是南北曲相异之处，也是南曲不能"派入三声"的原因。此外，由于入声字没有闭口音，也无穿鼻、抵腭韵，演唱时只有吐字、作腔，而无收韵。作者从音韵学的角度，对当时歌坛上如何处理南曲入声字的争论，提出了颇有参考价值的看法。如"音有四声，而大段尤重平仄。上、去、入皆仄声。凡用入声，在曲头、腹者，止可于通上、去二声，若平声则不可以入声代之；若以入声押韵尾者，方可以平、上、去随叶耳。然亦须相牌名，不可浪施。亦仍须用入声部单押，不可与三声通押，如北曲法……南曲入可通三声，亦谓作腔耳；若吐字，亦自须分明，岂可竟溷唱邪？"①

七　黄生《诗麈》论古体、近体之演变异同

黄生（生卒年不详）字扶孟，号白山，安徽歙县人。明诸生，入清不仕，精研声音训

---

① 《南曲入声客问》，《中国古典戏曲论著集成》，中国戏剧出版社 1959 年版。

诂之学,是明末清初徽州学人的典型代表,为后人留下了丰富的文化遗产,在文化学术思想史上影响深远。所著《一木堂集》等,在乾隆间被销毁,其余著辑各书亦多散佚,今存仅《字诂》、《义府》、《杜诗说》、《诗麈》等。

其《诗麈》几乎论及各种诗体的源流演变、体裁特征和各体间的异同。其卷一论绝句"最多变局"云:"绝句之起承转合一如律诗,但绝八句为四句而已。虽曰绝句,而律之性情规度自在,是故字句加少,含蕴倍深。其体或对起,或对收,或两对,或两不对,格局既殊,法度亦变。对起者,其意必尽后二句。结收者,其意必作流水呼应。不然,则是不完之律。亦有不作流水者,必前二句已尽题意,此特涵咏以足之。两对者后亦用流水,或前暗对而押韵使之不觉。亦有板对四句者,此多是漫兴写景而已。两不对者,大抵以一句为骨,余三句尽顾此句;或在第一,或在第二,或在第三、四。亦有以两句为骨者。又有两呼两应者,亦分应,或各应,或错综应。又有前后两截者,有一意直叙者,有前二句开说、后二句绾合者,有以倒叙为章法者,有以错综为章法者:惟此体最多变局,在人消息而善用之。"

论绝句难于律诗云:"近体四种(五律、五绝、七律、七绝),判若白黑,即唐人复起,不易其言。盖七绝本七律而来,第主风神,不主气格,故曰易。五绝则字句愈促,含蕴欲深,故曰难。然七绝主风神是矣,或风神太露,意中言外无复余地,则又失盛唐家法。故此体中、晚唐人多有妙者,直是风神太露,得在此,失亦在此。至如五绝,人多以小诗目之,故不求致工。然作家于此,务从小中见大,纳须弥于芥子,现国土于毫端,以少许胜人多多许。谓五绝难于七绝,岂欺我哉!"

又论古体、近体之演变云:"律诗有规矩可循,有门径可指。古诗则无规矩也,无门径也⋯⋯能达其意而止⋯⋯诗之为道,感人以声不以辞,喻人以志不以事,是故婉约而多风,优游而不迫,非熟读深思,固不能测其旨之所在也。汉、魏尚已,江左以后,始事修辞,加之粉绘,以性情之事,为文章之能,诗道所以日盛,即其所以日衰也欤!颜(延之)、谢(灵运)兴而事排偶,休文(沈约)出而谈声病。唐人律体,始此滥觞。于是有句可摘,有字可赏,而规矩门径亦由此而生焉。独陈拾遗(子昂)深病偶丽,毅然以复古为倡,于是王(维)、孟(浩然)、储(光羲)、常(建)、王(昌龄)、李(颀)、韦(应物)、柳(宗元)诸贤继起,而李、杜二公复大振厥声。唐人复存古诗一派者,子昂之力也。"他认为"五言古,诗之根本也。其余诸体,诗之枝叶也。盖溯所从来,自《风》、《骚》而汉、魏,自汉、魏而盛唐,唐虽创为近体,实奄有前代之规。屈指当时,宗工巨匠,古有兼工,律无独胜。惟唐之士,才力寡薄,弃古不务,始专以近体鸣。由此观之,则其难易之数可知,其本末之辨亦可知。后人畏难就易,故多攻律体,少制古风,非所谓知本者也。"①卷二论古体、近体的不同特色尤为生动精辟:"古诗如浑金璞玉,雕镂无烦;律诗如美锦珍裘,裁制匪易。古诗如老、庄之道贵自然,律诗如申、韩之治尚名法。古诗如李将军刁斗不击,律诗如程卫尉斥堠必严。古诗如青绿铜器,款识模糊,土花绣蚀,辨之有奇理,嗅之有古香;律诗如螺甸合子,底盖周正,采饰陆离,合之则均匀,扪之则无迹。"

八　叶燮《原诗》论"诗之质文、体裁、格律、声调、辞句"

叶燮(1627—1703)字星期,号己畦。嘉兴(今属浙江)人。晚年定居江苏吴江之横山,世称横山先生。康熙九年(1670)进士,十四年任江苏宝应知县,因耿直不附上官意,落职,后纵游海内名胜,寓佛寺中诵经撰述。主要著作有《江南星野辨》,诗文集《己畦集》,诗论专著《原诗》。《原诗》以理论的创造性和系统性居于清代众多诗论专著之上,原附刊于《己畦集》中,分内外两篇,每篇分上下两卷,共四卷。内篇为诗歌原理,其上卷论源流正变,即诗的发展;下卷论法度能事,即诗的创作。外篇为诗歌批评,主要论此诗的工拙美恶。

叶燮为纠正明代前、后七子和公安派这两种对立倾向,强调诗作者要探究万事万物的理、事、情,充实自己的识、才、胆、力,要在"表天地万物之情状"的基础上,体现自己的面目,建立自己的艺术风格。在对待诗歌遗产问题上,他针对前后七子的"不读唐以后书",主张以杜、韩、苏三家为宗,强调自创,反对蹈袭前人。他系统阐述了正和变、沿和革、因和创的辩证关系,否定了复古派只讲正不讲变的谬论。其《内篇上》论诗之源流本末,风格演变云:"诗始于《三百篇》,而规模体具于汉。自是而魏,而六朝、三唐,历宋、元、明,以至昭代(清),上下三千余年间,诗之质文、体裁、格律、声调、辞句,递嬗升降不同,而要之诗有源必有流,有本必达末;又有因流而溯源,循末以返本。其学无穷,其理日出。乃知诗之为道,未有一日不相续相禅而或息者也。"又云:"《三百篇》一变而为苏、李,再变而为建安、黄初。建安、黄初之诗,大约敦厚而浑朴,中正而达情。一变而为晋,如陆机之缠绵铺丽,左思之卓荦磅礴,各不同也。其间屡变而为鲍照之逸俊,谢灵运之警秀,陶潜之澹远。又如颜延之之藻缋,谢朓之高华,江淹之韶妩,庾信之清新。此数子者,各不相师,咸矫然自成一家,不肯沿袭前人以为依傍,盖自六朝而已然矣。其间健者如何逊、如阴铿、如沈炯、如薛道衡,差能自立。此外繁辞缛节,随波日下,历梁、陈、隋以迄唐之垂拱,踵其习而益甚,势不能不变。小变于

---

① 以上均见(清)黄生《诗麈》卷一,安徽省图书馆藏雍正间钞本。

沈、宋、(沈佺期、宋之问)云、龙(景云、神龙、景龙)之间,而大变于开元、天宝高、岑、王、孟、李。此数人者,虽各有所因,而实一一能为创。而集大成如杜甫,杰出如韩愈,专家如柳宗元、如刘禹锡、如李贺、如李商隐、如杜枚、如陆龟蒙诸子,一一皆特立兴起。其他弱者,则因循世运,随乎波流,不能振拔,所谓唐人本色也。宋初,诗袭唐人之旧,如徐铉、王禹偁辈,纯是唐音。苏舜卿、梅尧臣出,始一大变,欧阳修呕称二人不置。自后诸大家迭兴,所造各有至极。今人一概称为'宋诗'者也。自是南宋、金、元,作者不一。大家如陆游、范成大、元好问为最,各能自见其才。有明之初,高启为冠,兼唐、宋、元人之长,初不于唐、宋、元人之诗有所为轩轾也。自'不读唐以后书'之论出,于是称诗者必曰唐诗;苟称其人之诗为宋诗,无异于唾骂。谓'唐无古诗',并谓'唐中、晚且无诗也'。噫!亦可怪矣!今之人岂无有能知其非者?然建安、盛唐之说,锢习沁入于中心,而时发于口吻,弊流而不可挽,则其说之为害烈也。"①对"称诗者必曰唐诗"、"不读唐以后书"的批评,显然是针对明代拟古派的前后七子而发。

关于诗文法度,《内篇上》又云:"诗文一道,岂有定法哉!先揆乎其理,揆之于理而不谬,则理得;次征诸事,征之于事而不悖,则事得;终絜诸情,絜之于情而可通,则情得。三者得而不可易,则自然之法立。"他认为"(诗)法有死法,有活法"之别:"死法,则执途之人能言之;若曰活法,法既活而不可执矣,又焉得泥于法!而所谓诗之法,得毋平平仄仄之拈乎?村塾曾读《千家诗》者,亦不屑言之。若更有进,必将曰:律诗必首句如何起,三四如何承,五六如何接,末句如何结;古诗要照应,要起伏。析之为句法,总之为章法。此三家村词伯相传久矣,不可谓称诗者独得之秘也。若舍此两端,而谓作诗另有法,法在神明之中,巧力之外,是谓变化生心。变化生心之法,又何若乎?则死法为'定位',活法为'虚名'。'虚名'不可以为有,'定位'不可以为无。不可为无者,初学能言之;不可为有者,作者之匠心变化,不可言也。"

其《内篇下》集中批判了前、后七子的尊唐抑宋:"从来论诗者,大约伸唐而绌宋。有谓'唐人以诗为诗,主性情,于《三百篇》为近;宋人以文为诗,主议论,于《三百篇》为远'。何言之谬也!唐人诗有议论者,杜甫是也。杜五言古,议论尤多。长篇如《赴奉先县咏怀》、《北征》及《八哀》等作,何首无议论?而以议论归宋人,何欤?彼先不知何者是议论,何者为非议论,而妄分时代邪!且《三百篇》中,《二雅》为议论者,正自不少。彼先不知《三百篇》,安能知后人之诗也!如言宋人以文为诗,则李白乐府长短句,何尝非文!杜甫前、后《出塞》及《潼关吏》等篇,其中岂无似文之句!为此言者,不但未见宋诗,并未见唐诗。村学究道听耳食,窃一言以诧新奇,此等之论是也!"此外,

---

①　以上均见(清)叶燮《原诗·内篇》上,《清诗话》,上海古籍出版社 1963 年版。

他还具体论及五古、七古、五律、七律、五言排律等等,兹不一一。

九 吴乔《围炉诗话》论历代诗风的演变

吴乔(1611—约1695)本名殳,字修龄,清初昆山(今属江苏)人。青年时师从陈子龙,与复社诸诗人往来密切。入清后生活困厄,唯与徐乾学来往密切。著有诗集《舒拂集》。吴乔推崇贺裳、冯班,称贺裳的《载酒园诗话》、冯班的《钝吟杂录》与自己的《围炉诗话》为"谈诗三绝"。

《围炉诗话》纵论历代诗风的演变,提倡"比兴",反对宋人的浅直无味:"汉、魏诗甚高,变《三百篇》之四言为五言,而能复其淳正。盛唐诗亦甚高,变汉、魏之古体为唐体,而能复其高雅;变六朝之绮丽为浑成,而能复其挺秀。艺至此尚矣! 晋、宋至陈、隋,大历至唐末,变多于复,不免于流,而犹不违于复,故多名篇。此后难言之矣! 宋人惟变不复,唐人之诗意尽亡;明人惟复不变,遂为叔敖之优孟。二百年来非宋则明,非明则宋,而皆自以为唐诗。""诗有魔鬼:宫体淫哇,齐、梁至初唐之魔鬼也。打油钉铰,晚唐、两宋之魔鬼也。木偶被文绣,弘、嘉之魔鬼也。今日兼有之。"

他提倡雅,反对俗:"以唐、明言之,唐诗为雅,明诗为俗。以古体、唐体言之,古体为雅,唐体为俗。以绝句、律诗言之,绝句为雅,律诗为俗。以五律、七律言之,五律犹雅,七律为俗。以古律、唐律言之,古律犹雅,唐律为俗。"

他强调"有意",反对明七子的"唯崇声色":"唐诗有意,而托比兴以杂出之,其词婉而微,如人而衣冠。宋诗亦有意,惟赋而少比兴,其词径以直,如人而赤体。明之瞎盛唐诗,字面焕然,无意无法,直是木偶被文绣耳。"他认为诗文之意皆同,只是功用不同,体制风格不同:"意同而所以用之者不同,是以诗文体制有异耳。文之词达,诗之词婉。书以道政事,故宜词达;诗以道性情,故宜词婉……文为人事之实用,诏敕、书疏、案牍、记载、辨解,皆实用也……诗为人事之虚用,永言、播乐,皆虚用也。赋而为《清庙》、《执竞》称先王之功德,奏之于庙则为《颂》;赋而为《文王》、《大明》称先王之功德,奏之于朝则为《雅》。二者必有光美之词,与文之撮拾者不同也。赋而为《桑柔》、《瞻卬》,刺时王之秕政,亦必有哀恻隐讳之词,与文之直陈者不同也。以其为歌为奏,自不当与文同故也。赋为直陈,犹不与文同,况比兴乎?"

诗是抒发情思的,因此他反对一切束缚诗思的限制,特别是步韵:"和诗之体非一,意如问答而韵不同部者,谓之和诗;同其部而不同其字者,谓之和韵;同其字而次第不同者,谓之用韵;次第皆同,谓之步韵。萧衍、王筠《和太子忏悔》诗,始是步韵。步韵,乃趋承贵要之体也。诗思与文思不同,文思如春气之生万物,有必然之道;诗思如醴泉朱草,在作者亦不知所自来,限以一韵,即束诗思。唐时试士限韵,主司因得易见高下耳。今日何可为之耶? 若又步韵,同于桎梏,命意布局,俱难如意。后人不及前人,而又困之以步韵,大失计矣! 施愚山曰:'今人衹是做韵,谁人做诗?'狮子一吼,百兽脑裂。做韵定五字,于《韵府群玉》《五车韵瑞》上觅得现成韵脚了,以字凑韵,以句凑篇,扭捏一上,全无意义章法,非做韵而何……步韵,元(稹)、白(居易)犹少,皮(日休)、陆(龟蒙)已多,今则非步韵无诗矣……故古人有诗无韵,唐人有韵有诗,今人惟有韵无诗。"①不是做诗,而是"做韵","步韵乃趋承贵要之体也",话虽刻薄,但却深中其弊。

吴乔与黄宗羲弟子万斯同相友善,斯同(1638—1702)字季野,号石园,浙江鄞县人。吴乔《答万季野诗问》一卷,主旨与《围炉诗话》同,此不细论,如其回答自己为何"舍盛唐而为晚唐",谓自己"二十岁以前,鼻息拂云,何屑作'中'、'晚'耶? 二十岁以后,稍知唐、明之真伪,见'盛唐体'被明人弄坏,二李(前七子之一的李梦阳,后七子之一的李攀龙)已不堪,学二李以为盛唐者,更自畏人,深愧前非,故舍之耳……爱君忧国之心未是少陵,无其心而强为其说,纵得遣辞逼肖,亦是优孟冠裳,与土偶蒙金者何异? 无过奴才而已。寒士衣食不充,居室同于露处,可谓至贫且贱矣,而此身不属于人。刁家奴侯服玉食,交游卿相,然无奈其为人奴也。二李,刁家奴,学二李者又重僬(最下级的奴仆)矣。"②所说亦很尖刻,但确深中前后七子之病。

十　王士禛《带经堂诗话》集作者论诗之语

王士禛(1634—1711)字子真,一字贻上,号阮亭,又号渔洋山人,新城(今山东桓台)人。顺治十五年(1658)进士,任扬州推官,昼了公事,夜接词人,常与宾客在平山堂饮酒赋诗。康熙十七年(1678)召见,转侍读,入值南书房,升礼部主事。康熙四十三年,官至刑部尚书。不久,因事牵连,罢官里居。死后避雍正(胤禛)讳,改名士正。至乾隆时,诏命改称士禛,谥文简。王士禛是清初著名的文学家和文学评论家,工诗、词、文,其诗为一代宗师,与朱彝尊并称朱、王。著述甚富,著有《带经堂集》、《带经堂诗话》、《古诗选》、《唐人万首绝句选》、《池北偶谈》、《花草蒙拾》、《渔洋诗话》、《五代诗话》(郑方坤删补)、《分甘余话》、《古夫于亭杂录》、《香祖笔记》、《居易录》、《衍波词》等数十种。

---

① 　以上所引均见(清)吴乔《围炉诗话》卷一,《清诗话续编》,上海古籍出版社1983年版。

② 　(清)吴乔《答万季埜(野)诗问》,《清诗话》,上海古籍出版社1963年版。

《带经堂诗话》三十卷,是乾隆时张宗柟汇集王士禛著作十八种内的论诗之语而编成的。全书分总论、悬解、总集、众妙、考证、记载、丛谈、外纪八门,子目共六十四类。每类中将王士禛有关论述按年月排列,后征引他家之说相参证,间附按语,表明己意。如论古诗演变云:"夫古诗,难言也。《诗》三百篇中'何不日鼓瑟','谁谓雀无角','老马反为驹'之类,始为五言权舆。至苏、李《十九首》,体制大备。自后作者日众,唯曹子建、阮嗣宗、左太冲、郭景纯数公,最为挺出。江左以降,渊明独为近古,康乐以下其变也。唐则陈拾遗、李翰林、韦左司、柳柳州独称复古,少陵以下又其变也。综而论之,则刘勰所谓'结体散文,直而不野',汉人之作,复不可追。慷慨磊落,清峻遥深,魏、晋作者,抑其次也。极貌写物,穷力追新,宋初以还,文胜而质衰矣。"此书凡涉王士禛论诗之语必录,不加删削,虽有庞杂臃肿之讥,但唯其全备,便于研究王士禛诗学前后嬗变之迹。翁方纲《石洲诗话》卷六称其"于渔洋论次古今诗,具得其概,学者颇皆问诗学于此书。"张宗泰《鲁岩所学集》卷一四亦云:"其于渔洋一家谈艺之言,条分件系,各归伦类,颇有便于检阅。又多称引他家之说用相印证,即所附谈诗诸作,多深中理解,知其于此事用力亦深。"因下面我们将分别论述其《师友诗传录》、《池北偶谈》、《居易录》、《花草蒙拾》中的文体论,与《带经堂诗话》多有重复,故不再细论《带经堂诗话》。

《师友诗传录》,清人郎廷槐编。《师友诗传录续录》,清人刘大勤编。二人皆学诗于王士禛,各述其师说以成其书。以郎录在前,故刘录称"续"。《师友诗传录》虽以王士禛为主,而亦兼质于平原张笃庆、邹平张实居,故每一问而三答。其称历友者,笃庆之号;称萧亭者,实居之号。笃庆于王士禛为中表,所著有《昆仑山房集》。实居于王士禛为妇兄,所著有《萧亭诗集》。王士禛皆尝论次之。故三人所答,或共明一义,或各明一义,然大旨皆不甚相远。《师友诗传录》"王(士禛)答"认为:"乐府之名,始于汉初。如高帝之《三侯》,唐山夫人之《房中》是也。《郊祀》类《颂》,《铙歌》、《鼓吹》类《雅》,《琴曲》、《杂诗》类《国风》。故乐府者,继《三百》而起者也。唐人惟韩之《琴操》最为高古,李之《远别离》、《蜀道难》、《乌夜啼》,杜之《新婚》、《无家》诸别,《石壕》、《新安》诸吏,《哀江头》、《兵车行》诸篇,皆乐府之变也。降而元、白、张、王,变极矣。元次山、皮袭美补古乐章,志则高矣,顾其离合,未可知也。唐人绝句,如'渭城朝雨'、'黄河远上'诸作,多被乐府,正得《风》之一体耳。元杨廉夫、明李宾之各成一家,又变之变。李沧溟诗名冠代,只以乐府摹拟割裂,遂生后人诋毁,则乐府宁为其变,而不可以字句比拟也明矣。来教必具悬解,另有风神,无蹊径之可寻,乃入其室,数语尽之。"并肯定五古出于西汉:"《风》、《雅》后有《楚词》,《楚词》后有《十九首》。风会变迁,非缘人力,然其源流则一而已矣。古诗中'迢迢牵牛星'、'庭中有奇树'、'西北有高楼'、

'青青河畔草'等五、六篇,《玉台新咏》以为枚乘作;'冉冉孤生竹'一篇,《文心雕龙》以为傅毅之辞。二书出于六朝,其说必有据依,要之为西京无疑。'河梁'之作与《十九首》同一风味,皆所谓惊心动魄,一字千金者也。嬴秦之世,但有碑铭,无关《风》、《雅》。"认为唐代五言古远不如七言古:"唐五言古固多妙绪,较诸《十九首》、陈思、陶、谢自然区别。七言古若李太白、杜子美、韩退之三家,横绝万古。后之追风蹑景,惟苏长公一人耳。"又评唐、宋、元七律体格优劣云:"唐人七言律以李东川(颀)、王右丞(维)为正宗,杜工部(甫)为大家,刘文房(长卿)为接武……宋初学西昆,于唐却近;欧(阳修)、苏(轼)、豫章(黄庭坚)始变西昆,去唐却远。元如赵松雪(孟頫),雅意复古而有俗气,余可类推。"又论《竹枝》、《柳枝》、《橘枝》之别云:"《竹枝》泛咏风土,《柳枝》专咏杨枝,此其异也。南宋叶水心(適)又创为《橘枝词》,而和者尚少。"①

《师友诗传录续录》论排律云:"唐人省试,皆用排律。本只六韵而止,至杜始为长律。中唐元、白又蔓延至百韵,非古也。其法则首尾开阖、波澜顿挫八字尽之。"②

《池北偶谈》又名《石帆亭纪谈》,共二十六卷,部分内容由作者后辈记录整理而成。全书近一千三百条,分为谈故、谈献、谈艺、谈异四部分,《四库全书·池北偶谈》提要称其"谈艺九卷,皆论诗文,领异标新,实所独擅"。如卷一二《论五言诗》云:"作古诗,须先辨体。无论两汉难至,苦心摹仿,时隔一尘,即为建安,不可堕落六朝一语。为三谢,不可杂入唐音;小诗欲作王、韦,长篇欲作老杜,便应全用其体,不可虎头蛇尾。此王敬美(王世懋)论五言古诗法。予向语同人,譬如衣服,锦则全体皆锦,布则全体皆布,无半锦半布之理,即敬美此意。又尝论五言,感兴宜阮、陈;山水闲适宜王、韦;乱离行役、铺张叙述宜老杜,未可限以一格,亦与敬美旨同。"③可见不同时代、不同作家、不同题材应有不同的风格,"未可限以一格"。同卷《时文诗古文》论不解科举文,八股文即不解诗:"时文虽无与诗古文,然不解八股,即理路终不分明。近见王恽《玉堂嘉话》一条:'鹿庵先生曰:作文字当从科举中来。不然,而汗漫披猖,是出入不由户也。'亦与此意同。"这些都是"领异标新"的见解。

《居易录》三十四卷,是王士禛的一部杂记。其《自序》论杂记体源流演变及其类别云:"古书目录,经史子集外,厥有说部,盖子之属也。《庄》、《列》诸书为《洞冥》、《搜神》之祖,亦史之属也。《左传》、《史》、《汉》所纪述识,小者钩纂剪截,其足以广异闻者亦多矣。刘歆《西京杂记》二万许言,葛稚川(葛洪)以为《汉书》所不取,故知说者史之

① 以上均见(清)郎廷槐《师友诗传录》,文渊阁四库全书本。

② (清)刘大勤《师友诗传录续录》,文渊阁四库全书本。

③ (清)王士禛《池北偶谈》,文渊阁四库全书本。

别也。唐四库书乙部史之类十三,有故事、杂记;丙部子之类十七,有小说家,此例之较然者也。六朝已来代有之,尤莫甚于唐、宋。唐人好为浮诞艳异之说,宋人则详于朝章国故、前言往行,史家往往取裁焉。如王明清《挥麈》三录,李心传《建炎以来朝野杂记》之属是也。予自束发好读史传,旁及说部,闻有古本为类书家所不及收者,必展转借录,老而不衰。二十年来官京师,每从士大夫间有所见闻,私辄掌记,芟其繁复,尚得二十六卷,目曰《池北偶谈》。南海之役,衰道路见闻,别为《皇华纪闻》四卷。康熙己巳冬杪,重入京师,时冬不雪,其明年春夏不雨,米价踊贵,天子忧劳为罢元正朝贺,遣大臣分赈。畿南北命大司农祷雨泰山,余备员卿贰,时惴惴有尸素之惧。在公之暇,结习未忘,有所见闻,时复笔记。岁月既积,得数百条,厘为三十四卷。忆顾况语长安米贵,居大不易,因取以名其书。"①此书间亦论及诗文体裁,如卷三认为三言诗乃诗之一体云:"罗明仲尝语李宾之(李东阳)'三言诗亦可视为一体',以扇命作(命题于扇)。李援笔题云:'扬风帆,出江树。家遥遥,在何处。'其意致颇近古……三言之作,其体已久,为作者所宜备。"三言诗确为诗之一体,历代有之,《诗经》的《江有汜》,汉代的《天马歌》,晋夏侯湛的三言诗,唐杜仁杰的《至真观三言诗》,宋黄庭坚的"寄岳云,安九夏"②,明汪广洋《短歌行赠别》都说明三言诗历代皆有,确为诗之一体。同卷还引刘公戟(刘体仁)语,认为"'七律较五律多二字耳,其难十倍,譬开硬弩只到七分,若到十分满,古今亦罕矣。'予最喜其语,因思唐、宋以来为此体者何啻千百人,求其十分满者,唯杜甫、李颀、李商隐、陆游及明之空同(李梦阳)、沧溟(李攀龙)二李数家耳"。

王士禛《古诗选》三十二卷,分五言古诗和七言古诗两部分,凡五言诗十七卷,两汉的五言诗几乎全选,晋以下选择渐严,至唐而止,以"明其变而不废于古"。七言诗十五卷,王氏认为七古"去《三百篇》已远,可以极作者之才思,义不主于一格"③,故所选范围较宽,自古歌到元代作品均入选。

《唐人万首绝句选序》是一篇乐府演变简史,认为乐府始于汉初,唐之绝句即唐之乐府:"乐府之名,其来尚矣。世谓始于汉武,非也。按《史记》:高祖过沛诗《三侯》("侯"语助词,相当于"兮"字)之章,又令唐山夫人为《房中》之歌。《西京杂记》又谓戚夫人善歌《出塞》、《入塞》、《望归》之曲,则乐府实始汉初。"汉武帝时乐府始盛,而非乐府之始:"武帝时,增《天马》、《赤蛟》、《白麟》等十九章,以李延年为协律都尉,集五经

---

① (清)王士禛《居易录》卷首,文渊阁四库全书本。
② (清)王士禛《书画汇考》卷一一《黄山谷三言诗帖》"寄岳云,安九夏"语,文渊阁四库全书本。
③ (清)王士禛《古诗选》卷一八,乾隆芷兰堂初刻本。

之士,相与次第其声,通知其意,而乐府始盛。其云武帝者,托始焉尔。"建安乐府仍有汉风:"东汉之末,曹氏父子兄弟,雅擅文藻,所为乐府,悲壮奥崛,颇有汉之遗风。"南朝乐府古意渐微:"降及江左,古意浸微,而清商继作,于是楚调、吴声、西曲、南弄杂然兴焉。"唐代乐府一变汉、魏、南朝乐府,以绝句为乐府:"逮于有唐,李、杜、韩、柳、元、白、张、王、李贺、孟郊之伦,皆有冠古之才,不沿齐、梁,不袭汉、魏,因事立题,号称乐府之变。然考之开元、天宝已来,宫掖所传,梨园弟子所歌,旗亭所唱,边将所进,率当时名士所为绝句尔。故王之涣'黄河远上'、王昌龄'昭阳日影'之句,至今艳称之。而右丞'渭城朝雨'流传尤众,好事者至谱为《阳关三叠》。他如刘禹锡、张祜诸篇,尤难指数。由是言之,唐三百年以绝句擅场,即唐三百年之乐府也。"①

《花草蒙拾》是王士禛唯一的论词专著,是他对《花间集》、《草堂诗余》的评论札记,其《温韦非变体》云:"弇州(王世贞)谓苏、黄、稼轩为词之变体,是也。谓温(温庭筠)、韦(韦庄)为词之变体,非也。夫温、韦视晏(殊)、李(清照)、秦(观)、周(邦彦),譬赋有《高唐》、《神女》,而后有《长门》、《洛神》;诗有古诗、乐府,而后有建安、黄初、三唐也。谓之正始则可,谓之变体则不可。"此可见其论词倾向。《今人不能创调》云:"唐无词,所歌皆诗也。宋无曲,所歌皆词也。宋诸名家,要皆妙解丝肉,精于抑扬抗坠之间,故能意在笔先,声协字表。今人不解音律,勿论不能创调,即按谱征词,亦格格有心手不相赴之病,欲与古人较工拙于毫厘,难矣。"《词与乐府同源》论词、曲与乐府同源云:"王渼陂(王九思)初作北曲,自谓极工,徐召一老乐工问之,殊不见许。于是爽然自失,北面执弟子礼,以伶为师。久遂以曲擅天下。词曲虽不同,要亦不可尽作文字观,此所以同源也。"《不可废宋词而宗唐》驳云间派论词云:"近日云间作者论词有云:'五季犹有唐风,入宋便开元曲,故专意小令,冀复古音,屏去宋调,庶防流失。'仆谓此论虽高,殊属孟浪。废宋词而宗唐,废唐诗而宗汉、魏,废唐、宋大家之文而宗秦、汉,然则古今文章,一画足矣,不必三坟八索至六经三史,不几几赘疣乎。"②

综上所述可以看出,王士禛的文体论在他的诗话、词话、笔记中都是非常丰富的,他是继司空图、严羽之后的集大成者。他最重视司空图《二十四诗品》的"不著一字,尽得风流"和严羽《沧浪诗话》的"羚羊挂角,无迹可求",常常用以评析古人作品。他标举的神韵说,既指诗歌艺术风格上的"优游不迫"与"沉着痛快",而更侧重于古淡闲远。翁方纲说:"诗以神韵为心得之秘,此义非自渔洋始言之也,是乃自古诗家之要眇

---

① (清)王士禛《唐人万首绝句选》卷首,文渊阁四库全书本。
② 《花草蒙拾》,唐圭璋《词话丛编》本。

918

处,古人不言而渔洋始明著之也。"①为什么人们会把古已有之的东西当成是王渔洋的发明呢? 除了因为渔洋特别标举出神韵说的名目以立门户外,更重要的是他谈论的神韵虽标榜"不著一字,尽得风流",实际上却是有路径可寻的。

十一　贺裳《载酒园诗话》论"诗家宗派"

　　贺裳(生卒年不详)字黄公,号檗斋,别号白凤词人,丹阳(今属江苏)人。明末诸生,加入复社。约康熙二十年(1681)前后在世。工词,著有《红牙词》、《皱水轩词筌》各一卷,《载酒园诗话》五卷。

　　《载酒园诗话》卷一泛论古今人作诗理法,多商榷前人诗话之说;卷二论初盛唐人诗;卷三论中唐人诗;卷四论晚唐诗;卷五论两宋诗。其论诗歌宗派,认为后继者往往远与创始者大异其趣:"诗家宗派,虽有渊源,然推迁既多,往往耳孙(玄孙)不符鼻祖。如郑谷受知于李频,李频受知于姚合,姚合与贾岛友善,兼效其诗体。今以姚、郑并观,何异皋桥庑下赁春妇②与临邛当垆者(指司马相如与卓文君)同列? 始知凡事尽然,子夏之后有庄周,良不足怪。"③他认为乐府与古诗是不同的,其《乐府古诗不宜并列》云:"凡编诗者,切不宜以乐府编入七言古。"他对集句诗颇不以为然,其《集句》云:"余最不喜集句诗,以佳则仅一斑斓衣,不且百补破衲也。"但也非一概否定,对王安石的《胡笳十八拍》就推崇毕至:"一气生成,略无掇拾之迹,且委曲入情,能道(蔡)琰心事……《十八拍》俱佳,独举此者,以其尤入神境耳。然介甫亦惟集此一诗为善,余所集古律诗,俱不足观也。"他也不满次韵诗,其《和诗》云:"古人和意不和韵,故篇什多佳。始于元(稹)、白(居易)作俑,极于苏(轼)、黄(庭坚)助澜,遂成艺林业(孽)海。然如子瞻(苏轼)和陶《饮酒》,虽不似陶,尚有双雕并起之妙。至子由(苏辙)所和,竟不知何语矣。子瞻于惠州炙食羊骨,谓子由三年堂庖所饱刍豢,灭齿而不得骨,岂复知此味? 此诗和于秉政时,宜其强笑不乐也。然余喜其'生平不饮酒,欲醉何由成',反真率得陶致。"

　　《皱水轩词筌》是其论词之作,其《序》云:"余之于词数矣,顾《词旂》止掇芳薤,未商工拙也;《词榷》止陈昭代,未及前朝也。因就尤所赏心,及当避忌者,漫列数端,谓

①　(清)翁方纲《复初斋文集》卷八《神韵论上》,光绪己卯刻本。
②　指梁鸿与孟光。皋桥在阊门内,汉皋伯通居此。梁鸿娶孟光,同至吴,居伯通庑下,为人赁春。伯通察而异之,乃舍之于家。见《吴郡图经续记》卷中。
③　(清)贺裳《载酒园诗话》卷一,《清诗话续编》,上海古籍出版社版。下引同见此卷。

之《词筌》。诚知挂一漏万，所冀达者三隅悟耳。夫词小技也，程正叔（程颐）至正色责少游，晦庵夫子（朱熹）乃不免涉笔，正如烹鱼者或厌其腥，或赏其鲜，咸是定评，孰为至论。要以苟怀溉釜之思，则斯篇实亦临渊之助矣。"①此书对历代词人词作名篇多有评析，对词调、声律、作法的论述，亦颇精彩。他强调真情本色，亦重视环境之真实，情理兼备，其"诗词无理而妙"一则云："唐李益词曰：'嫁得瞿塘贾，朝朝误妾期。早知潮有信，嫁与弄潮儿。'子野《一丛花》末句云：'沉恨细思，不如桃杏，犹解嫁春风。'此皆无理而妙，吾亦不敢定为所见略同，然较之'寒鸦数点'（秦观《满庭芳》词中句），则略无痕迹矣。"关于诗词关系，他认为词多以诗意入词，"翻词入诗"云："词家多翻诗意入词，虽名流不免。吾常爱李后主《一斛珠》末句云：'绣床斜凭娇无那，烂嚼红茸，笑向檀郎唾。'杨孟载《春绣》绝句云：'闲情正在停针处，笑嚼红茸唾碧窗。'此却翻词入诗。"但他对隐括词却表不满，"苏黄隐括体不佳"云："东坡隐括《归去来辞》，山谷隐括《醉翁亭》，皆堕恶ескую。天下事为名人所坏者，正自不少。"他认为词有三忌，"词忌"云："小词须风流蕴藉，作者当知三忌，一不可入渔鼓中语言，二不可涉演义家腔调，三不可像优伶开场时叙述。偶类一端，即成俗劣。顾时贤犯此极多，其作俑者，白石山樵也。"

十二　宋荦《漫堂说诗》论唐以后诗体及诗派

宋荦（1634—1713）字牧仲，号漫堂，又号西陂、绵津山人。河南商丘人。官至吏部尚书，被清廷誉为"清廉为天下巡抚第一"。工诗、词、古文，与王士禛齐名。精鉴赏，富收藏。著有《西陂类稿》、《江左十五子诗选》等。宋荦是清代宋诗派中的重要诗人，其诗多赠答、题画、咏物、记游之作，含蓄酝藉，颇见工力。

《西陂类稿》卷二七的《漫堂说诗》，是其论诗之作。他主张学杜，但反对"规规学步"："少陵乐府以时事创新题，如《无家别》、《新婚别》、《留花门》诸作，便成千古绝调。后来张（籍）、王（建）乐府，乐天之《秦中吟》，皆有可采。杨铁厓《咏史》，音节颇具顿挫；李西涯（东阳）仿之便劣。要当作古诗读，无烦规规学步也。亡友顾赤方（景星）擅长此体，余最好之。"又论排律云："初唐王、杨、卢、骆倡为排律，陈、杜、沈、宋继之，大约侍从游宴应制之篇居多，所称'台阁体'也。虽风容色泽，竞相夸胜，未免数见不鲜。《（唐诗）品汇》以太白、摩诘揭为正宗，钱起、刘长卿录为接武，均之不愧当家。晚唐李义山刻意学杜，亦是精丽。若夫浑涵汪茫，千汇万状，惟少陵一人而已。《上韦左相》、《赠哥舒翰》、《谒先主庙》等篇，雄浑悲壮，譬诸泰岱沧溟，高深无际。《品汇》推为大

---

① （清）贺裳《皱水轩词筌》，唐圭璋《词话丛编》本。

家,谅哉! 后来元、白尽多长篇,去之霄壤。"论五绝云:"五言绝句起自古乐府,至唐而盛。李白、崔国辅号为擅场,王维、裴迪辋川倡和,开后来门径不少。钱(起)、刘(禹锡)、韦(应物)、柳(宗元)古淡清逸,多神来之句,所谓好诗必是拾得也。历代佳什,往往而有。要之,词简而味长,正难率意措手。"论七绝云:"诗至唐人七言绝句,尽善尽美。自帝王公卿名流方外以及妇人女子,佳作累累;取而讽之,往往令人情移,回环含咀,不能自已;此真《风》、《骚》之遗响也。洪容斋《万首唐人绝句》编辑最广,足资吟咏。大抵各体有初、盛、中、晚之别,而三唐(以中唐分属盛唐、晚唐,谓之"三唐")七绝,并堪不朽。(李)太白、龙标(王昌龄)绝伦逸群,龙标更有'诗天子'之号。杨升庵云:'龙标绝句无一篇不佳。'良然。少陵别是一体,殊不易学。宋、元以后,颇有名篇;较之唐人,总隔一尘在。"其论"唐以后诗派",更是一篇诗史:"唐以后诗派,历宋、元、明至今,略可指数:宋初晏殊、钱惟演、杨亿号'西昆体'。仁宗时欧阳修、梅尧臣、苏舜钦谓之欧、梅,亦称苏、梅,诸君多学杜(甫)、韩(愈)。王安石稍后,亦学杜、韩。神宗时,苏轼、黄庭坚谓之苏、黄;又黄与晁补之、张耒、陈师道、秦观、李廌称苏门六君子。庭坚别开江西诗派,为江西初祖。南渡后,陆游学杜、苏,号为大宗;又有范成大、尤袤、陈与义、刘克庄诸人,大概杜、苏之支分派别也。其后有江湖四灵徐照、翁卷等,专攻晚唐五言,益卑卑不足道。金初以蔡松年、吴激为首,世称蔡吴体;后则赵秉文、党怀英为巨擘,元好问集其成;其后诸家俱学大苏。元初袭金源派,以好问为大宗;其后则称虞(集)、杨(载)、范(梈)、揭(奚斯),元末杨维桢、李孝光、吴莱为之冠,前如赵孟頫、郝经,后如萨都剌、倪瓒,皆有可观。明初四家称高(启)、杨(基)、张(羽)、徐(贲),而高为之冠。成(化)、弘(治)间,李东阳雄张坛坫;迨李梦阳出,而诗学大振,何景明和之,边贡、徐桢卿羽翼之,亦称四杰,又与王廷相、康海、王九思称七子;正(德)、嘉(靖)间,又有高叔嗣、薛蕙、皇甫氏兄弟稍变其体;嘉、隆(庆)间,李攀龙出,王世贞和之,吴国伦、徐中行、宗臣、谢榛、梁有誉羽翼之,称后七子。此后诗派总杂,一变于袁宏道,风流渐薄矣;再变于陈子龙。其流别大概如此。"①

十三　钱良择《唐音审体》论古今体"原委井然"

钱良择(1645—?)字玉友,号木庵。江苏常熟人。弱冠上京,与查慎行兄弟游,才名益噪,而累试不第。曾随大吏出使海外,后出家为僧。著有《出塞纪略》、《抚云集》。所编《唐音审体》二十卷,按各种诗体分别编选唐诗,以辨体为主;在每一种诗体的卷

---

① 以上均见(清)宋荦《西陂类稿》卷二七《漫堂说诗》,文渊阁四库全书本。

前，都有一篇总论，详述其体式的源流演变。对于诗意，仅偶有一些评注，不是此书重点。

前论古体。其《古题乐府论》论乐府之起源、演变，历代有关乐府的专著以及明人之误，论述系统而丰富："汉惠帝时，夏侯宽为乐府令，始以名官。至武帝以李延年为协律都尉，诏司马相如等赋诗合乐，因有乐府之名。自汉以迄唐、五代，凡乐皆诗也。唐史臣吴兢作《乐府古题要解》二卷，传其解，不传其诗。宋太原郭茂倩作《乐府诗集》一百卷，删订详明，集古今乐府之大成……所载古题乐府诗，有鼓吹、铙歌、横吹、鼓角、相和、平调、清调、瑟调、楚调、清商、吴声、舞曲、琴曲、杂曲之分，或为军中之乐，或为房中之乐，所用不同，音节亦异。又分隋、唐杂曲为近代曲辞，以别于古而不列之新乐府，以其皆有所本，皆被于乐，与古不异也。唐世乐皆用诗，然已稍变其格，如今体二韵四韵诗，皆叶宫商，此前代所未有也。至于拟古之作，其文往往与古辞异同；意当时诗人即未必能歌，而皆谐音节，故但用其题，谐其声，而不必效其式。五代以后，乐不用诗，乐府音节，举世失传，其名仅存，其声盖不可考。自宋迄今，诗人所为乐府，但以章句体裁仿佛古人，未敢信其可被管弦也。有明之世，李茶陵（李东阳）以咏史诗为乐府，文极奇而体则谬。李于鳞（李攀龙）以割截字句为拟乐府，几于有辞而无义。钟伯敬（钟惺）谓乐府某篇似诗，诗某句似乐府。判然分而为二，自误误人，使后学茫然莫知所向，良可慨也。"①

《古诗四言五言论》论古诗四言胜五言，但四言少而五言多，古体、齐梁体的消长云："太白谓诗五言不如四言，以其近古也。然唐人四言诗绝少，录之仅得三首。五言诗始于汉元封，盛于魏建安，陈思王其弁冕也。张、陆学子建者也，颜、谢学张、陆者也，徐、庾学颜、谢者也。其先本无排偶，晋，排偶之始也；齐、梁，排偶之盛也；陈、隋，排偶之极也。齐永明中，沈约、谢朓、王融创为声病，一时文体骤变。谢玄晖、王元长皆没于当代，沈休文与是时作手何仲言、吴叔庠、刘孝绰等并入梁朝，故通谓之齐梁体。自永明以迄唐之神龙、景云，有齐梁体，无古诗也。虽其气格近古者，其文皆有声病。陈子昂崛起，始创辟为古诗，至李、杜益张而大之，于是永明之格渐微。今人弗考，遂概以为古诗，误也。"又《齐梁体论》云："陈拾遗与沈、宋、王、杨、卢、骆时代相同，诸家皆有律诗，盖沈、宋倡之。古诗止拾遗独擅，余皆齐、梁格也。"

《古诗七言论》论七言演变云："七言始于汉歌行，盛于梁。梁元帝为《燕歌行》，群下和之，自是作者迭出，唐初诸家皆效之。陈拾遗创五言古诗，变齐、梁之格，未及七言也。开元中，其体渐变。然王右丞尚有通篇用偶句者。旋乾转坤，断以李、杜为歌

① （清）钱良择《唐音审体》，《清诗话》，上海古籍出版社 1963 年版。下同。

922

行之祖。李、杜出,而后之作者不复以骈俪为能事矣。歌行本出于乐府,然指事咏物,凡七言及长短句不用古题者,通谓之歌行,故《文苑英华》分乐府、歌行为二。"

后论律体。《律诗五言论》云:"律诗始于初唐,至沈、宋而其格始备。律者,六律也,谓其声之协律也,如用兵之纪律,用刑之法律,严不可犯也。齐梁体二句一联,四句一绝,律诗因之加以平仄相俪,用韵必双,不用单韵。唐人律诗,间有三韵、五韵、七韵、九韵者,偶然变格,不过百之一耳。上下句相黏缀,以第二字为准,仄、平、平、仄为正格,平、仄、仄、平为偏格,自二韵以至百韵,皆律诗也。二韵谓之绝句,六韵以上谓之长韵。"他不赞成"绝句是截律诗之半"之说,其《律诗五言绝句论》云:"二韵律诗,谓之绝句,所谓四句一绝也。《玉台新咏》有古绝句,古诗也。唐人绝句多是二韵律诗,亦不论用韵平仄,其辨在于声韵,古今人语音讹变,遂不能了了。其第二字或用平、仄、平、仄,或用仄、平、仄、平,不相黏缀者,谓之折腰体。五言、七言皆然。宋人有谓绝句是截律诗之半者,非也。"其《律诗七言四韵论》论唐代初、盛、中、晚七言律诗的演变,"作者愈多,诗道日坏":"七言律诗始于初唐咸亨、上元间,至开(元)、(天)宝而作者日出。少陵崛起,集汉、魏、六朝之大成,而融为今体,实千古律诗之极则。同时诸家所作,既不甚多,或对偶不能整齐,或平仄不相黏缀;上下百余年,止少陵一人独步而已。中唐律诗始盛。然元、白号称大家,皆以长篇擅胜,其于七言八句,竟似无意求工。钱(起)、刘(长卿)诸公,以韵致自标,多作偏枯,格中二联,或二句直下,或四句直下,渐失庄重之体。义山(李商隐)继起,入少陵之室,而运以秾丽,尽态极妍,故昔人谓七言律诗莫工于晚唐。然自此作者愈多,诗道日坏。大抵组织工巧,风韵流丽,滑熟轻艳,千手雷同;若以义求之,其中竟无所有。世遂有'开口便是七言律诗,其人可知矣'之诮。非七言律诗不可作,亦作者不能挺拔自异也。以命意为主,命意不凡,虽气格不高,亦所不废。意无可采,虽工弗尚。所谓宁为有瑕玉,勿为无瑕石,盖必深知戒此,而后可言诗。愿与未来学者共勉之。"

《唐音审体》以论述各体诗源为主,论乐府能注意与歌行之别,论古诗能注意与齐、梁体之消长,论古近体各式而及唐诗名家之体制特征,皆颇有见地。赵执信《谈龙录》对此书评价其高,惜世人"咸不及":"声病兴而诗有町畦,然古今体之分成于沈、宋,开元、天宝间或未之遵也、大历以还,其途判然,不复相入。由宋迄元,相承无改。胜国(明代)士大夫浸多不知者,不知者多,则知者贵矣。今则悍然不信,其不信也由于不明,于分之之时又见齐梁体与古今体相乱,而不知其别为一格也。常熟钱木庵良择推本冯氏(指冯班),著《唐音审体》一书,原委井然,名流问辨咸不及。"①

---

① (清)赵执信《谈龙录》,四库全书本。

十四 张谦宜《絸斋诗谈》论诗体多就风格着眼

张谦宜(生卒年不详)名庄,字谦宜,一字稚松,号山农、山民,晚年自称山南老人,以字行世。胶州(今山东省胶州)人。康熙四十五(1706)年进士。终生不仕。张谦宜是胶州三大文人之一,著有《四书广注》、《质言疏义》、《说书补》、《州志别本》、《山东盐法考》、《胶镇志》、《甲申群盗记》、《高氏传家录》、《絸斋诗谈》、《絸斋论文》、《絸斋诗选》、《注诗品》、《山民文集》、《家学堂诗抄》、《蜀道难集》、《尚书说略》、《春秋五传摘评》、《稚松年谱》等。其著作内容之广,在山东胶州学者中首屈一指,在明清山东学者中也少见。

《絸斋诗谈》为其康熙二十九年(1690)、三十年间与门人李伊村、高墨阳、赵初筵论诗之作,持论多本其师杨师亮。此书卷一、二为《统论》,卷三为《学诗初步》,卷四至卷七为《评论》,评由汉至清历代诗作,卷八为《杂录》。全书内容较成系统,诗学原理居前,评诗居中,最后是杂论。其论虽无太多创见,但所述皆为诗学大体,如重独创,强调以意为主等。他论诗体多着眼于风格,如论《选》体:"《选》体如盛世士夫,精神肃穆,衣冠都雅,词令典则,所以望之起敬。后来者各换妆束,各打乡谈,不妨自成一家,全无太平宽裕之象。虽韩、杜诸公,亦望而却步。"论古体云:"古诗如厨人作清汤,重料浓汁,以香蕈渗其腻,鲤鱼血助其鲜,其清如水,滋味深长。"又云:"七言古,须有峰岚离奇、烟云断续之妙。歌行亦论品格,不得以豪壮括之。"论排律云:"原排律立名之意,自取排宕排闷之义,一物一事,必换意分层以尽其致;填砌典故,点缀浮艳,非诗也。"又论辞、词、曲演变云:"或问词曲源流,予告以《离骚》为祖,汉乐府为宗。逮晚唐之绮丽,已至末流。宋人以浅语写情,巧思斗捷,加以金、元之踵事增华,一变为套数,再变为院本,三变为南曲,而香艳柔脆之致极矣。但其措词,必以男女失时、抑郁哀怨为主,虽可以悦耳,实足以荡心,学者勿效为是。"①

其《絸斋论文》六卷,认为文各有体:"文有定体,如上衣不可为下裳,厅事不可为园亭是也。如疏表而以琐屑为详密,序记而以艳冶为风流,碑志传状而以谀佞回护为长厚,皆为失体。今有镕铜为器,似鼎又似爵,如樽又如洗,虽雕镂极工,嵌珠填碧,识者不直一笑耳!"②因此,其卷三、卷四专论文体,既论刘勰《文心雕龙》已论及的文体,如论(分为史论、事论、理论)、说、辞(含哀辞、题辞)、序(含经籍序、古今人诗文序、赠

---

① 以上均见(清)张谦宜《絸斋诗谈》卷二,《清诗话续编》,上海古籍出版社1983年版。

② (清)张谦宜《絸斋论文》卷一,乾隆二十三年胶西法氏又敬堂刊家学堂遗书本。

924

送友人序、宴集纪游序。题词、小引是序之别名）、诏（或变为敕为诰为玺书,其实一体
也）、策、章奏（含弹文、表）、赋（含古赋、排赋、文赋）、颂、赞、铭、诔、箴、祝、纪、传、檄、
露布等。如卷三论箴云:"箴,同针,能刺人病者也。作以自戒则可;概以赠人,则视其
交谊浅深而为之。大约自箴不可护惜所短,箴人不可揭露阴私。"又补论刘勰所未论
及的文体,"所未言者,为补说其义",论及文、辩、对、问、记、议、驳、原、传等,同卷云:
"经纬组织谓之文。《吊古战场文》、《祭十二郎文》,主于哀惨;《诅楚文》近于巫祝。他
如《九锡文》、《受禅文》,皆乱世贼臣所用,其昧心诏附,徒得罪于名教,断勿为之";"辩
者,析理之精微。须层层打透,一气呵成。辩人之邪正,必求确据;辩事之可否,正中
机宜方为合作";"解,主释人之疑,与辩相似而别,须识高方可为之。"

十五　赵执信《声调谱》稽考五、七言诗体平仄规律

赵执信（1662—1744）字伸符,号秋谷,晚号饴山老人。青州益都（今属山东省）
人。九岁能文,十四岁中秀才,十七岁中山东乡试第二名举人,十八岁中会试第六名,
殿试二甲进士,二十三岁任山西乡试正考官,二十五岁升右春坊右赞善兼翰林院检
讨,名躁京都。名士朱彝尊、陈维崧、毛奇龄非常赏识他的才华。生平论诗最佩服冯
班,自称私淑弟子。性狂放,以国丧期间观演《长生殿》而被革职。著有《饴山堂集》、
《诗余》、《谈龙录》、《声调谱》、《礼俗权衡》等。

《谈龙录》一卷是为批评王士禛而作,反对王士禛的神韵说,主张"诗以言志",必
使后世因其诗以知其人,而兼可以论其世。其论律体演变云:"声病兴而诗有町畦。
然古今体之分,成于沈、宋（沈佺期、宋之问）。开元、天宝间,或未之遵也。大历以还,
其途判然不复相入。由宋迄元,相承无改。胜国士大夫浸多不知者,不知者多,则知
者贵矣。今则悍然不信,其不信也,由于不明于分之之时。又见齐梁体与古今体相
乱,而不知其别为一格也。"

《声调谱》分为《前谱》、《后谱》、《续谱》,分后、续二谱是因最初所举体格未备,故
有增补,非内容上的划分。《声调谱》主要稽考五、七言诗各种诗体的平仄规律,旨在
辨析古体、齐梁体、律体在平仄声调上的区别以及律体的变格,按不同诗体及同一诗
体的不同格式,从唐诗中举出例证,于关键处标出平仄,略加说明。重点指出一般古
体诗不得杂以律句,律诗有不合标准格式者需平仄相救（即"拗救"）;齐梁体则处于
古、律之间,兼而有之。《声调谱》在诗歌声调的研究上具有重要地位。关于律诗平仄
的标准格式,唐人多已论及。至于各种诗体在声调上的区别以及律诗的各种变格,在
唐代属自然形成而少有理论上的探究。自宋迄元,相承无改而未曾留意。明人注重

格调,开始留意于此,却又知其然而不知其所以然。清人冯班、王士禛等对此有所探讨,但未明晰。赵执信此书,分析比较全面具体。但把声调规则看得太死,未免强作解事,流于烦琐。此书之后,对声调的研究形成风气,辨证、补遗、阐释者很多,如翟翚《声调谱拾遗》、郑先扑《声调谱阐说》等都有所发展。

其《论例》论乐府演变及其与诗、词曲的关系云:"古乐府须知其题意,明其比兴,使气味音节皆得古人之致可矣。其诗有转韵、一韵、长短句、近体绝句之不同,不可选也。须细会之。新乐府皆自制题,大都言时事而中含美刺,所谓言之者无罪,闻之者足以为戒。此诗家真实本领。近代名公,亡之久矣……其体同古乐府,少近体,读少陵所作自见。汉人歌谣之采入乐府者,如《上留田》、《霍家奴》、《罗敷行》之类,多言当世事。少陵所作新题乐府,题虽异于古人,而深得古人之理。元、白以后,此体纷纷矣。总而言之,制诗以协于乐,一也;采诗入乐,二也;古有此曲,倚其声为诗,三也;自制新曲,四也;拟古,五也;咏古题,六也;并少陵之新题乐府而为七,古乐府尽此矣。唐末有长短句,宋有词,金有北曲,元有南曲,今有北人之小曲、南人之吴歌,皆乐府之余裔也。乐府不难知,而今人都不解,请具言之:(李)太白祖述《骚》、《雅》,下逮梁、陈,七言无所不包,奇之又奇,而字字有本,讽刺沉切,自古未有也,后人宜以为法。乐府本词多平美。晋、魏、宋、齐乐府,取奏多聱牙不可通,由乐人于不合宫商者,增损其文;又或有声无文,声词混填,至于不可通者,非本诗如是也……乐府词体不一,汉人承《离骚》之后,故歌谣多奇语。魏武悲凉慷慨,与诗人不同。而史志所载,亦有平美者,班婕好《团扇》、'青青河畔草'皆乐府也。"①

十六　费锡璜《汉诗总说》论"乐府有三等"

费锡璜(1664—?)字滋衡。新繁(今属四川成都市)人。寓居江苏江都。费密次子。与其兄锡琮皆有诗名,曾合撰《阶庭偕咏》三卷。著有《费滋衡诗》五卷,附《焦螟词》一卷,收词二十一阕。

费锡璜《汉诗总说》仅四十五条,却不乏精彩之见,如论五言诗强调"天成"、"自得",反对人为的"剪裁点缀"云:"《三百篇》后,汉人创为五言,自是气运结成,非人力所能为。故古人论曰:苏、李天成,曹、刘自得。天成者,如天生花草,岂人剪裁点缀所能仿佛?如铸就钟镛,一丝增减不得。解此方可看汉诗。"他认为汉诗有用韵与不用韵,有句句用韵与隔句用韵之别:"汉诗韵最奇,《焦仲卿妻》诗多至二十余韵,有隔句

---

① (清)赵执信《声调谱》卷首,《清诗话》,上海古籍出版社 1963 年版。

用韵；至《江南可采莲》、《上陵》、《蜀国刺》乃无韵，不可不知。"又认为"乐府有三等：《房中》、《郊祀》，典雅宏奥，中学难窥，为最上品；《陌上桑》、《羽林郎》、《东门行》、《西门行》、《妇病行》、《孤儿行》等诗，有情有致，学者有径路可寻，的是诗家正宗，才人鼻祖，为第二品；谣谚等作，词气虽古，未免俚质，为第三品。"可见他最推崇的是"典雅宏奥"，其次是情致兼备，不太看得起"俚质"的谣谚。他对乐府之"解"作了准确的解释："乐府之有解何也？自是歌调中节奏。如竹之有节，合之则为一竿，分之则为数节，实是一竹。《十五从军征》本一诗也，分四语为一解。谓四语为一解则可，谓四语为一首则不可也。如《子夜》等歌，读四语为一首则可，谓四语为一解则不可也。"①

十七　方世举《兰丛诗话》论诗之平仄、对偶、用韵及律体

方世举(1675—1759)字扶南，号息翁。安徽桐城人。博学笃行，不乐仕进。工诗，据《安徽通志稿·人物传》，桐城方氏自方文之后以诗著名者二人，即方贞观、方世举。因戴名世《南山集》案牵连，与从弟贞观发往边疆。雍正元年(1723)放归，居扬州，从事著述。著有《韩昌黎诗集编年笺注》、《汉书辨注》、《世说考义》、《家塾恒言》、《春及堂诗钞》。

方世举《兰丛诗话》一卷，讨论诗艺、作法，细致入微，注重实证，言必有据。其论平仄、对偶云："古体皆有平仄，但非律体一定，无谱可言，惟熟读深思，乃自得之……一篇之中，又当间用对句，李天生太史言之。对乃健举，如《古诗十九首》中'胡马嘶北风，越鸟巢南枝'是也。余推而求之，七古亦多，歌行尤甚。至若杜、韩二家，有通篇对待者，益见力量。"论用韵云："通韵亦不可依。今韵注者，如一东通二冬，只冬之半耳，钟字以下则不通。《广韵》依古另为三钟，后每部一一分署；今上下平各十五部，乃后人所并耳。作古诗当以《广韵》为主。"他认为律诗"其体最时，其格最下"："唐之创律诗也，五言犹承齐、梁格诗而整饬其音调，七言则沈、宋新裁，其体最时，其格最下，然却最难，尺幅窄而束缚紧也。"认为只有杜甫不为律所缚："能不受其画地湿薪者，惟有老杜，法度整严而又宽舒，音容郁丽而又大雅，律之全体大用，金科玉律也。"他认为不同诗人的律诗风格不同："如白香山之疏以达，刘梦得之圜以闳，李义山之刻至，温飞卿之轻俊，此亦杜之四科也。"他认为以文为诗自古有之："韩昌黎受刘贡父(宋代史学家刘攽)'以文为诗'之谤，所见亦是。但长篇大作，不知不觉，自入文体。汉之《庐江小吏》已传体矣，杜之《北征》序体，《八哀》状体，白之《游悟真寺》记体，张籍《祭退之》

---

①　(清)费锡璜《汉诗总说》，《清诗话》，上海古籍出版社1963年版。

竟祭文体,而韩之《南山》又赋体,《与崔立之》又书体。他家尚多,不及遍举,安得同短篇结构乎?"①

十八　薛雪《一瓢诗话》论诗、乐府、词、曲

薛雪(1681—1770)字生白,自号一瓢,吴县(今江苏苏州)人。自幼好学,颇具才气。所著诗文甚富,工画兰,善拳勇,博学多通。乾隆初年,两征博字鸿词科,均不就。因母多病而悉心研究医学,博览群书,精于医术,尤长于温热病。著《湿热条辨》、《一瓢诗话》。

薛雪《一瓢诗话》主张创新,反对摹拟剽窃,论诗推崇杜甫、韩愈的"变态百出"、"无物不现",认为"拟古二字,误尽天下苍生"。其论《诗经》及其后诸体云:"风、雅、颂,赋、比、兴,诗之经纬也。有此经纬,乃有体裁;为有体裁,则有正变。达事情,通讽谕,谓之风。纯乎美者,谓之正风;兼美刺,谓之变风。述先德,通下情,谓之雅。专于美者,谓之正雅;兼美刺,谓之变雅。用之宗庙,享于神明,美盛德,告成功,谓之颂。当作者谓之正;不当作者,比于风雅,亦谓之变。如后世有法律曰诗,放情曰歌,流走曰行,兼曰歌行,述事本末曰引,悲鸣如蛩曰吟,通俗曰谣,委曲曰曲。观此体裁,则知所宗矣。"②论乐府云:"乐府最得《风》、《骚》神理。学者于古今乐府,不可不澄心静虑,玩索穷研,以求必得。"论近体云:"近体意旨,虽在章句字法之间,却不印定。故唐人有通首不对者,有通首全对者,非有意为之。"他认为应制诗有两种,献谀呈媚者当否定:"将堂皇冠冕之字,累成善颂善祷之辞,献谀呈媚,岂有佳作?"寓箴规、陈利弊者则当肯定:"若以堂皇冠冕之字,寓箴规,陈利弊,达万方之情于九重之上,虽求其不佳,亦不可得也。"正因为是应制,故需谨慎:"后人作此,措辞炼句,切须顾虑周详,毋致与璧俱碎,则尽善矣。杜浣花(杜甫)'五夜漏声催晓箭'一篇,真言者无过,闻者足戒,安得不尊为诗家之大成耶?"又论曲云:"诗与曲不同,在昔有被管弦者,多合律吕,后人所作,未必尽被管弦,不过写志意、通事情,不失平仄已也。孟子曰'以意逆志'、'不以辞害志',若拘拘于五音清浊、喉牙唇舌之间,有不割蕉加梅,亦几希矣。"他对请大家为诗集作序尤不以为然:"今人诗稿,必首先乐府,次古诗长诗,拟古咏史,五七律,五七绝,歌行铭颂,无一不有,冠以大老之序,名手所书,何其秽也!"

---

① 以上均见(清)方世举《兰丛诗话》,《清诗话》,上海古籍出版社 1963 年版。
② (清)薛雪《一瓢诗话》,《清诗话》,上海古籍出版社 1963 年版。下引同。

十九　李重华《贞一斋诗说》论古、近各体诗

李重华(1682—1755)字实君,吴江(今属江苏)人。雍正二年(1724)进士。少有隽才,以诗名。游历秦、蜀、齐、楚,登临凭吊,发而为诗,颇得江山之助,能推求言外之意,当时莫能轩轾。著有《贞一斋集》、《贞一斋诗说》、《三经附义》等。

像苏轼一样,《贞一斋诗说》对萧统《文选》进行了尖锐批评:"《风》、《骚》而后,古诗嗣兴,自汉氏迄六朝,《选》体果正宗与? 曰:尼父删诗,录《国风》、二《雅》、三《颂》,其体井然别矣。三体各具兴比赋,其旨了然备矣。今观汉氏诗,若《十九首》,苏、李赠答诸什,《风》之遗也;若班掾(班固)《东京》五篇及平子(张衡)《四愁》、韦孟《讽谏》等作,《雅》之亚也;其《郊祀》、《天马》、《房中》等章,《颂》之流也。凡皆真意流露,气厚词朴,使尼父删正,各取其体无疑矣。魏以后,若曹(曹操、曹丕、曹植)、刘(桢)、左(思)、陆(机、云)、阮(籍)、陶(潜)、颜(延之)、谢(灵运)诸公,各竞所长,要三体尚有合者,何者? 风骨遒逸,自具情性,尼父谅犹取焉。今《文选》不衷六义,而因事分类裁别,固已陋矣。又乐府郊庙,不取汉取宋,子建(曹植)乐府最优,而佳者顾阙之;渊明高古特出,取其近于谢者;汉五言,诗之权舆,反列卷末。其他繁靡既多,遗逸不少,谬戾未可殚述,以备文翰一斑可耳,奚以言正宗耶?"①

他强调诗贵自然,以自成一家为贵:"汉、魏以来未知律,自然流出,所谓空中天籁是已。陈、隋欲为律而未悟其法,非古非律,词多淫哇,不足效也。自唐沈(佺期)、宋(之问)创律,其法渐精,又别作古诗,是有意为之,不使稍涉于律,即古、近迥然二途;犹度曲者,南北两调矣。究之,朝华夕秀,善之者自诣其极,何尝无五古耶? 且七言成于鲍照,而李、杜才力廓而大之,终为正宗;厥后韩愈、苏轼稍变之。然论七古,无逾此四家者矣。初、盛、中、晚,特评者约略之词,以观风气大概可耳,未足定才力高下,犹唐、宋时代之异,未可一概优劣也。何则? 唐以声律取士,宜其工者固多于宋。然公道论之,唐之中,拙者什四三;宋之中,工者亦什四三:原不可时代限矣。金、元诗法,宗唐者众,而气力总弱,亦风会使然。明之能诗者,孰不追唐? 然得其貌似颇多,取其精华特鲜,盖唐法不传久矣。要而论之:非汉氏无以学古,非唐代无以学律,人知之也。岂知天地真才所发,日出日新,欲自为一家,非直如此而已。必卓然为本朝谁氏之诗,必昭然为若人某时某地之诗,使人望其气色,聆其音响,知非他人可韩愈、苏轼伪托者,此为哜其胾、入其奥耳。""古、近迥然二途",七古"无逾此四家(李白、杜甫、韩

① (清)李重华《贞一斋诗说》,《清诗话》,上海古籍出版社 1963 年版。下引同。

愈、苏轼)"，论诗"不可时代限"，都是颇为新颖之见。

他论各体诗的特点及所当效法者云："七律法至于子美而备，笔力亦至子美而极。后此如杨巨源、刘梦得甚有工夫，义山(李商隐)学杜最佳，法亦至细，善学人可借作梯级。""五言绝发源《子夜歌》，别无谬巧，取其天然，二十字如弹丸脱手为妙。李白、王维、崔国辅各擅其胜，工者俱吻合乎此。""七绝乃唐人乐章，工者最多……李白、王昌龄后，当以刘梦得为最，缘落笔朦胧缥缈，其来无端，其去无际故也。杜老七绝欲与诸家分道扬镳，故尔别开异径，独其情怀，最得诗人雅趣。黄山谷专学此种，遂独成一家，此正得杜之一体。""乐府体裁，历代不同。唐以前每借旧题发挥己意，太白亦复如是，其短长篇什，各自成调，原非一定音节。杜老知其然，乃竟自创名目，更不借径前人，如《洗兵马》、《新婚别》等皆是也。其合律与否，无从得知，取其笔力过人可矣。白傅《秦中吟》等篇，立意与杜无异。但古称元、白诗都入乐章者，不系此种。盖唐时入乐，专用七言绝句，诗家亦往往由此得名。""乐府题有吟，有歌，有行，有词，有谣，有引，有曲，分类既多，其余就事命题，如《巫山高》、《折杨柳》者，不可枚举。总之不离歌谣体制，遂得指名乐府。余谓今人作诗，何必另列乐府？缘未曾谱入乐章，纵有歌吟等篇，第指作五言、七言、长短杂言可矣。"他对次韵诗不以为然："盖次韵随人起倒，其遣词运意，终非一一自然，较平时自出机轴者，工拙正自判然也。近世胸中元未有诗，藉以藏拙，故离却次韵，不复能为倡和。"

二十　黄子云《野鸿诗的》论游仙诗、应酬诗

黄子云(1691—1754)字士龙，号野鸿。江苏昆山人，居吴县。布衣。少有俊才，诗名甚著，与吴嘉纪、徐兰、张锡祚合称为四大布衣。著有《四书质疑》、《诗经评勘》、《野鸿诗的》、《长吟阁诗集》等。

《野鸿诗的》论诗史源流、古贤得失，颇见特识。如论游仙诗云："游仙诗本之《离骚》，盖灵均(屈原)处秽乱之朝，蹈危疑之际，聊为乌有之词以寄兴焉耳。建安以下，竞相祖述；景纯(郭璞)、太白(李白)，亦恣意描摹；至义山(李商隐)专求有娀(殷契母简狄)、皇英(尧女舜妃娥皇、女英)之喻而推广之，倡为妖淫靡曼之词，动以美人香草为护身符帖。末学无知，又因之而变为香奁体，世道人心，欲以复古，难矣……噫！如义山者，谓之为《三百篇》之罪人可也。"应酬诗既有拔萃绝群之什，但多数为捃摭套语："凡题赠、送别、贺庆、哀挽之题，无一非诗，人皆目为酬应，不过捃摭套语以塞责。试问有唐各家集中，此等题十有七八，而偏有拔萃绝群之什者何也？其法要如昌黎作文，寻题之间隙而入于中，自有至理存焉。近来求诗者雅好铺张，意必欲首先门阀，次

述文章操行,末乃归之于颂祷,则喜矣。诗家藉博名誉,为之曲意,而周、孔之风气遂败坏而不可收拾。若然,将题赠、送别、贺庆、哀挽之题各拟一篇,不唯可以流转寰区,一生亦用之不竭矣。"①

二十一　乔亿《剑溪说诗》论"古人文章无定式"

乔亿(1702—1778)字慕韩,号剑溪。江苏宝应人,乔崇修之子,少有诗名江淮间。国学生,应试不第,弃举业,与沈德潜友善,专肆力于诗。客游山西,为猗氏书院山长。近体在王、孟、钱、刘间,古体直追汉、魏。著有《小独秀斋诗》、《窥园吟稿》、《三晋游草》、《夕秀轩遗草》、《艺林杂录》、《惜余存稿》、《杜诗义法》、《剑溪说诗》等。

《剑溪说诗》论四言诗之难云:"太白谓'寄兴深微,五言不如四言'。然四言极难,故自汉迄晋,能者只落落数公,唐自韩、柳外,亦未见其人。"②又云:"四言自魏、晋以来,郊祀之作拟《颂》,余皆拟《国风》、《小雅》。唐李青莲不为形似,杜拾遗初无此体,盖难之也。至韩、柳二公,全法宣王《大雅》,所纪载之事使然也。大抵四言拟《雅》、《颂》难似而易好,拟《国风》易似而难工,果能肃穆其气,简古其辞,虽不逮《三百五篇》,庶几哉汉京之遗音与!昌黎云:'师其意不师其辞。'在拟古者尤为要诀。"

卷上认为乐府是供唱的,乐府音亡,后世所谓乐府实为古诗:"古乐府无传久矣,其音亡也,后人乐府皆古诗。"而"乐府与古诗迥别,如《汉十八曲》及《鸡鸣》、《乌生》、《陌上桑》、《相逢》、《狭路》等篇,乐府体也;晋以下拟作,古诗体也。《秋胡行》,如曹氏父子,乐府体也;傅休奕、颜延年,古诗体也。"又论七言古诗云:"古歌谣、乐章、长短句,固七言体制所自出,遂名为七言古诗,似于格未合也。至如汉武之《柏梁诗》、《瓠子歌》、《秋风辞》,曹丕之《燕歌行》,陈琳之《饮马长城窟》,鲍照之《白纻舞歌辞》、《拟行路难》,无名氏之《木兰诗》,虽词意高古,而波澜渐阔,肇有唐风矣。"又云:"七言中有单句,有长短句,五言亦间有之。古辞《陌上桑》云'罗敷年几何?二十尚不足,十五颇有余',单句也。曹孟德《秋胡行》云'歌以永志',谢客《相逢行》云'忧来伤人',短句也。陆士衡《猛虎行》云'渴不饮盗泉水,热不息恶木阴',长句也。古人文章无定式,不可不知,不可轻学,正此类也。""古人文章无定式",诗文皆然。

他认为古体难于今体,卷下云:"古体严于今体,五古严于七古,以其去《风》、《雅》愈近也。"论今体云:"五言律肇自齐、梁,由前以观,风斯降矣,绳以唐律却古";"七律

---

①　均见(清)黄子云《野鸿诗的》,《清诗话》,上海古籍出版社1963年版。

②　(清)乔亿《剑溪说诗》卷下,《清诗话续编》,上海古籍出版社1983版。以下仅注卷次者均见此书。

至于杜子美,古今变态尽矣。试举十数首观之,章法无一同者。"竹枝词不同于七绝而难于七绝:"《竹枝词》与七绝音韵各殊,大率似谣似谚,有连臂踏歌之致";"七绝似易而实难,《竹枝词》更难。"

以上均论诗之体裁,又论诗之题材兼及其风格,一为咏物诗:"咏物诗,齐、梁及唐初为一格,众唐人为一格,老杜自为一格,宋、元又各自一格。宋诗粗而大,元诗细而小,当分别观之以尽其变,而奉老杜为宗。大率老杜著题诗并感物兴怀,即小喻大,何尝刻意肖题,却自然移他处不得。"二为题画诗:"题画诗,三唐间见,入宋浸多,要惟老杜横绝古今,苏文忠(轼)次之,黄文节(庭坚)又次之。金源则元裕之(好问)一人,可下视南渡诸公。至有元作者尤众,而虞邵庵(集)、吴渊颖(莱),又一时两大也。"他对次韵诗颇不以为然:"次韵非古,古诗次韵非也";"次韵始于元(稹)、白(居易),盛于皮(日休)、陆(龟蒙),再盛于坡(苏轼)、谷(黄庭坚),后来诗丑而博者,专用此擅场。按戴叔伦诗有次韵者,此又在元、白前,然只小诗偶次己韵耳。"

二十二　袁枚《随园诗话》及其骈体、赋体论

袁枚(1716—1798)字子才,号简斋,晚年自号仓山居士、随园老人。钱塘(今浙江杭州)人。乾隆四年(1739)进士。少有才名,擅长诗文。授翰林院庶吉士。乾隆七年外调,曾任沭阳、江宁、上元等地知县,政声好,很得当时总督尹继善赏识。三十三岁父亲亡故,辞官养母,度过了近五十年的闲适生活,从事诗文著述,编辑诗话,发现人才,奖掖后进,为当时诗坛所宗。袁枚是乾隆、嘉庆时期代表诗人之一,与赵翼、蒋士铨合称为"乾隆三大家"。创作讲求性情个性,提倡"性灵说",反对明代以来拟古的形式主义的流弊,使诗坛风气为之一新。为文自成一家,与纪晓岚齐名,时称"南袁北纪"。文章主"骈散合一",兼取六朝骈俪,较桐城派通达。著有《小仓山房文集》、《随园诗话》及《补遗》、《新齐谐》、《续新齐谐》、《随园尺牍》等三十余种。

《随园诗话》是清代影响最大的诗话之一,共二十六卷,包括《诗话》十六卷、《诗话补遗》十卷。其体例为分条排列,或评论,或记事,或录诗,都有很强的针对性,从诗人的先天资质,到后天的学习实践;从写景抒情,到咏物咏史;从立意构思,到谋篇炼句;从辞采韵律,到比兴寄托等各种表现手法;以及诗的修改、鉴赏、编选,乃至诗话的撰写,凡是与诗相关的问题,几乎无所不包。由于其篇幅太大,兹仅举其文体论方面的内容数例以明其论旨与体例:

杨诚斋曰："从来天分低拙之人，好谈格调，而不解风趣。何也？格调是空架子，有腔口易描；风趣专写性灵，非天才不办。"余深爱其言。须知有性情，便有格律；格律不在性情外。《三百篇》半是劳人思妇率意言情之事；谁为之格，谁为之律？而今之谈格调者，能出其范围否？况皋、禹之歌，不同乎《三百篇》；《国风》之格，不同乎《雅》、《颂》：格岂有一定哉？许浑云："吟诗好似成仙骨，骨里无诗莫浪吟。"诗在骨不在格也。

以昌黎之崛强，宜鄙俳体矣；而《滕王阁序》曰："得附三王之末，有荣耀焉。"以杜少陵之博大，宜薄初唐矣；而诗曰："王、杨、卢、骆当时体，不废江河万古流。"以黄山谷之奥峭，宜薄西昆矣；而诗云；"元之如砥柱，大年若霜鹘。王、杨立本朝，与世作郭郭。"今人未窥韩、柳门户，而先扫六朝；未得李、杜皮毛，而已轻温、李：何蜉蝣之多也！①

千古善言诗者，莫如虞舜。教夔典乐曰："诗言志。"言诗之必本乎性情也。曰："歌永言。"言歌之不离乎本旨也。曰："声依永。"言声韵之贵悠长也。曰："律和声。"言音之贵均（韵）调也。知是四者，于诗之道尽之矣。

除《随园诗话》，袁枚的文体论也很丰富。其《胡稚威骈体文序》论"骈体者，修词之尤工者"云："文之骈，即数之偶也，而独不近取诸身乎？头，奇数也；而眉目，而手足，则偶矣。而独不远取诸物乎？草木，奇数也；而由蘖而瓣鄂，则偶矣。山峙而双峰，水分而交流，禽飞而并翼，星缀而连珠，此岂人为之哉？古圣人以文明道，而不讳修词。骈体者，修词之尤工者也，六经滥觞，汉、魏延其绪，六朝畅其流，论者先散行后骈体，似亦尊乾卑坤之义。然散行可蹈空，而骈文必征典。骈文废，则悦学者少，为文者多，文乃日敝。若夫四六者，俗名也。《庚桑楚》及《吕览》所称四六，非此之解。柳子（宗元）称骈四俪六，樊南（李商隐）称六甲四数，亦偶然语耳，沿此名文，于义何当！宋人起而矫之，轻俏流转，别开蹊径；古人固而存之之义绝焉。自是格愈降，调愈卑，靡靡然皮傅而已，虽骈其词，仍无资于读书，文之中，又唯骈体为尤敝。"

其《答友人论文第二书》驳"散文多适用，骈体多无用，《文选》不足学"之论曰："此又误也。夫高文典册，用相如；飞书羽檄，用枚皋：文章家各适其用。若以经世而论，则纸上陈言，均为无用。古之文，不知所谓散与骈也。《尚书》曰'钦明文思安安'，此散也；而'宾于四门，纳于大麓'，非其骈焉者乎……《易》曰'潜龙勿用'，此散也；而'体仁足以长人，嘉会足以合体'，非其骈焉者乎？安得以其散者为有用，而骈者为无用

---

① 以上均见（清）袁枚《随园诗话》卷一，人民文学出版社 1982 年版。

也……文章之道，如夏、殷、周之立法，穷则变，变则通。西京浑古，至东京而渐漓，一二文人，不得不以奇数之穷，通偶数之变。及其靡曼已甚，豪杰代雄，则又不曾雷同，而必挽气运以中兴之。徐、庾、韩、柳，亦如（夏）禹、稷（契）、颜子（渊），易地则皆然者也。"他认为古文之名晚起，起于唐代："古文者，途之至狭者也。唐以前无'古文'之名，自韩、柳诸公出，惧文之不古，而'古文'始名。是古文者，别今文而言之也，"他认为不同的时代有不同的文风，尖锐批评今人不读书而妄论今："古书愈少，文愈古；后书愈多，文愈不古。《商书》浑浑尔，《夏书》噩噩尔。作《诗》者不知有《易》，作《易》者不知有《诗》。下此，《左（传）》《穀（梁传）》以序事胜，屈、宋以词赋胜，庄（周）、列（御寇）以论辨胜，贾（谊）、董（仲舒）以对策胜。就一古文之中，犹不肯合数家为一家，以累其朴茂之气、专精之神，此岂其才力有所不足，而岁月有所偏短哉？荀子曰：'不独则不诚，不诚则不形。'天下事，不徒文章然也。郑康成（郑玄）以《礼》解《诗》，故其说拘。元次山（元结）好子书，故其文碎。苏长公（轼）通禅理，故其文荡。之数公者，皆抱万夫之禀者也，偶有所杂，其弊立见，而况其下焉者乎？"[1]

他为浦铣所作的《历代赋话序》阐明了他的赋学观。首论赋之重要："毛苌云，君子有九能，然后可以为大夫，登高作赋其一也。古人重赋，由来久矣。"二论诗有诗话，词有词话，而赋独无赋话，故浦铣《历代赋话》为创体之作，为"为艺苑之津梁"："然赋者，古诗之流。诗亡然后骚作，骚即赋之滥觞。乃唐以后诗有话，诗余有话，独赋无话，岂一时疏略，留此以俟后贤欤？柳愚先生（浦铣）创《赋话》一书，溯厥源流，考其义意，部居别白，铴剟（截取、割裂）苛碎。凡正史稗官、遗文坠典有涉于赋者，无不鳞罗而布列之。桓君山（桓谭）教人能读千赋，自优为之。今之学者能观此书，又岂止千赋而已乎？其为艺苑之津梁，无疑也。"三论赋之演变，两汉大赋实与志书、类书无异，后世之赋"但峭峭为工"："尝谓古无志书，又无类书，是以《三都》、《两京》，欲叙风土物产之美，山则某某，水则某某，草木、鸟兽、虫鱼则某某，必加穷搜博访，精心致思之功，是以三年乃成，十年乃成，而一成之后，传播远迩，至于纸贵洛阳。盖不徒震其才藻之华，且藏之巾笥，作志书、类书读故也。今志书、类书美矣备矣，使班、左生于今日，再作此赋，不过翻撷数日，立可成篇，而传抄者亦无有也。是以韩、柳诸公集中诸赋，但以峭峭为工，不以丽淫竞富，盖亦深明此义之故欤？此平日读赋心得之语，古人未有。"[2]

① 以上均见（清）袁枚《小仓山房文集》卷一九，上海古籍出版社 1988 年版。
② （清）浦铣《历代赋话》卷首，上海古籍出版社 2007 年版。

934

二十三　杨际昌《国朝诗话》论竹枝词、和诗、集句、联句等

杨际昌(1719—1804)字鲁藩,号葭渔,又号蓬莱居士。浙江山阴人。乾隆六年(1741)举人,以授徒行医终。著有《淡宁斋集》、《大中句解》、《药栏随笔》、《闻见杂志》、《国朝诗话》、《唐诗葩正》、《天崇文炳》、《国朝文炳》等。

其《国朝诗话》二卷专论本朝人诗,间涉诗体。如论竹枝词云:"《竹枝》体宜拗中顺,浅中深,俚中雅,太刻划则失之,入科诨更谬矣:刘梦得创调可按也。国朝大家竹垞(朱彝尊)、阮亭(王士禛)外,作者林立。王硕园昊:'青油画舫木兰桡,犹趁吴王送女潮。郎心未识分离苦,容易行过宝带桥。'吾乡徐伯调缄《镜湖词》:'勾践城南春水生,水中斗鸭自呼名。杨花飞迟雁飞急,郎进城时侬出城。'在此体中非艳称者,格韵却甚稳。伯调早岁曾见重于虞山(钱谦益),有'《越绝》新书征宛委'之句。"①卷二论和诗云:"开、宝以前,和诗只和其题,诗中见和意而已;韵则分拈,绝无次用者。此派滥觞于元、白,浸淫于皮、陆,自苏、黄而降,非是不见才之长,情之重矣。善歌继声,固势所必至,未尝无流弊滋其间也。作者惟自见身分,自出机杼则可。"论集句、联句云:"集句之端,启自石曼卿(延年)、王半山(安石),后人由句而首,由近体而古,以化去痕迹、仍见精采为工。联句之格,纵于《斗鸡》、《石鼎》,以工力悉敌,气脉不断为工。"

二十四　谢鸣盛《范金诗话》论诗体"正格",反对"旁门外道"

谢鸣盛(1726—约1789)字霁中,号醒庵。清中叶诗人。谢鸣谦之弟。原为诸生,后师其兄学文。曾与当时著名诗人汪轫、杨垕、蒋士铨等人往来唱和,诗名大震。其诗寓意含蓄,格调隽永,有些诗表现了对百姓的关切之情。对地方志有独到的研究,曾参与《建昌府志》、湖南《辰州府志》、《平和县志》的修撰。著有《程山家礼补》、《醒庵诗文钞》、《非醉诗钞》、《范金诗话》等。

《范金诗话》几乎论及诗之各体及其风格。卷上论骚体,认为屈原"创为骚歌",力主直抒忠君爱国之情,反对无病呻吟:"屈原去古未远,遭遇非时,由变风变雅创为骚歌。音不厌其烦蹙,词不厌其颠覆。盖忠爱之情疾痛迫切,有不暇自择者⋯⋯贾傅(谊)之《吊屈》与《鹏鸟赋》,扬雄之《广骚》与《反离骚》,其所以逊于灵均(屈原)者,正在不能如其烦蹙颠覆也。然其烦蹙颠覆非强为然,盖有不知其然而然者。谊之遇本

---

① (清)杨际昌《国朝诗话》卷一,《清诗话续编》,上海古籍出版社1983年版。

未至如屈,雄之志又不能如原,宜其不及也。"①

又论四言诗,认为《诗经》之后只有陶潜、三曹父子可继:"陶靖节四言诗颇多,其《时运》、《停云》诸作,取法《国风》、束皙之《补亡》、韦孟之《讽谏》,皆本诸《小雅》,意味甚肖,而神与韵则犹未洽。惟魏武《短歌行》仿佛于《风》、《雅》之间。"其他人"雍容绵缈之趣,纡徐酝酿之音,终不能随心而应手,斯四言所以不古若欤。"

又论汉人"创为乐府"云:"汉人文气古茂,由其风会自然而然。故其绍《风》、《骚》而创为乐府,盎然坚栗,如千年苍藤著于悬崖翠柏,磊柯盘节,可玩而不可得而名也。其清调、平调、瑟调之属,尤缜密难测。曹氏父子力为追摹,似犹兼鼓吹、横吹浑而一之。盖鼓吹、横吹诸曲如铜鼓风角,音响振爽,差易会心。唐惟李太白得其节奏,其体为之一变,而振迅低昂,节亮音调。杜工部诸《别》、诸《吏》,亦多有合者。宋谢皋羽(翱)、元杨廉夫(维桢)、明刘青田(基)、王元美(王世贞)诸人,于不能尽合之中仍复存其合者。李西涯(东阳)借史事创为新题,不袭其貌而传其节,别为一格,视李沧溟(攀龙)之摹拟,不更为善变欤?"

又论五古源起、演变云:"汉诗《十九首》,苏、李别诗,肇开五言古体之祖。曹魏继兴,而陈思(曹植)实为大宗,阮嗣宗(籍)承之,靖节(陶潜)、(谢)灵运均祖之而各成一支派。然学者言五古终不能外三家而别出:嗣宗隽永,靖节醇洁,灵运蕴蓄,进之以陈思之高华,斯亦极五古之能事矣。"他强调"论诗必先论体格","欲明五古之正体",对杜甫也不无批评:"盖论诗必先论体格,犹剧场之有生旦丑净,以生旦而杂唱丑净腔调,亦将以其名子弟而赞赏乎? 就杜公五言而论,如《新婚》、《无家别》,自足五言乐府一派;其《梦李白》二首,呜咽顿挫,吞吐蓄泄,不离正始,是其冠集之作;其他纯以七古笔法出之,气粗句硬,且无论其章之过于驰骋,即句法如《奉赠韦左丞丈》之'朝扣富儿门,暮随肥马尘'数语,《九成宫》'荒哉隋家帝,制此令颓朽。向使国不亡,焉为巨唐有'?《奉先县咏怀》'取笑同学翁,浩歌弥激烈'及'朱门酒肉臭,路有冻死骨'。《慈恩寺塔》'仰穿龙蛇窟,始出枝撑幽'及'秦山忽破碎,泾渭不可求',粗陋已甚。如此类者皆出选本,为世所佩诵,其全集尚多卤莽。若必以圣不敢议,则五古之道岂不因之而亡,是又岂为浣花(杜甫)知己耶? 魏、晋远矣,即就其同时太白比例观之,其歧正截然有不可讳者。鸣盛非敢妄议前人,实欲明五古之正体,而亦正尊杜之至。苏、李别诗及《十九首》,意在笔先,韵留笔后,恬神静哦,自领其味,不必强解也。譬之制器尚象,未有规矩,先有方圆。及乎规矩既立,合之方圆,翻讶其何以微茫弗爽。不知前之规矩由方圆而来,后之方圆由规矩而成,此天地自然之妙运,建安诸子所由继兴,以为五

---

① (清)谢鸣盛《范金诗话》卷上,乾隆五十四年刊本。

古法则也。""粗陋已甚","尚多卤莽",用语十分尖锐。

又论七古云:"汉武《柏梁》始赋七言,初唐作者浸多。然譬之暴兴富人,创造犹是简陋。李、杜、韩三公则素封子弟,挥攉自然,一掷千万,视《两京》、《三都》如同家室。"又云:"七古一韵到底者少,有转一韵及数韵者,有两句一转、四句一转者,亦有三句一转者,参差转者,有平仄相间转者,亦有平转平、仄转仄者。转韵以迭一韵为正格,而亦间有不迭者,其法本自《木兰词》,然非不得已不应尔也。又有非转韵而起止中腰,时或迭数韵,仍不全迭者。其一韵中句句用迭到底者,本《柏梁》体为正格。"

又论五律云:"五言律体由陈、隋偶句积渐而成,唐之诸大家尚存古意,如孟浩然《万山潭》、《晚泊浔阳》,王昌龄《潞府客亭寄崔凤童》,李白《送杨山人归嵩山》、《夜泊牛渚》、《怀古》、《沙坵城怀杜甫》、《听蜀僧弹琴》、《送张舍人之江东》,储光羲《题陆山人楼》,李颀《寄镜湖朱处士》,邱为《题农庐舍》,常建《宿王昌龄隐居》,李嶷《林园秋夜作》,柳宗元《旦携谢山人至愚池》,释齐己《秋夜听业上人弹琴》、《剑客》,释皎然《寻陆鸿渐不遇》之类,皆一时伫兴,化去律诗痕迹,而实则律体也。选家或入诸五古,由不明于古、近体之分位也。然此种之妙,非学深候至,触机而发,强拟之,则效颦丑矣。"

卷下论七律有三等云:"七言之有律体,如画家之有写真,鸣盛尝即其品格而论之,亦约有三等。沈佺期之《龙池篇》,崔灏之《黄鹤楼》,杜甫之《白帝城》,皆仿佛吴道子画天官寺壁,真是得裴将军舞剑之神,意境出笔墨之外,其品为最上,古今不数见也。唐之初、盛及前明诸大家,其工力所到,如曹霸之画褒公、鄂公,英姿飒爽;又如顾长康写裴叔则,颊上益以三毫,儁朗独著。七律非到此境界不得称为正轨。晚唐、宋初专以态色为工,施朱敷绿,浓艳妖冶,俗竞悦之,而品则愈况而下矣。若较其工力之难易,则涂泽之工,岂不更难于淡著丹青者乎?然试谓晚唐更难于初、盛,人未有不哑然笑者,此诗所以以品为贵也。然则昔人谓七律较难于诸古体者,是亦但知形迹之难,而不知意境之难乃在形迹之外。观画家以逸品为极上可知矣。"又论律诗风格贵庄重婉和、鲜丽壮阔:"七律与五律格法亦约相仿,大要贵庄重而忌佻薄,贵婉和而忌粗硬,贵鲜丽而忌浓砌纤靡,贵壮阔而忌拘滞放荡。平忌熟,新忌怪。炼句须上下相生,不可断离;下字须左右煊映,不可凑杂。情与景侔,骨与肉称,有声有色,而意厚力坚,斯道之能事尽矣。"又云:"言律必宗唐,言唐必宗杜,此自正论,第学杜常失之粗,学初唐常失之薄,学中、晚常失之浅白与纤媚。宋、元以来七律至多,体调俱失其正。"其下言前明律诗"虽温醇绵邈之音稍逊于唐,而英伟挺拔,自成为明人之诗";清初"百余年来运会日隆,风雅所就,实兼有唐、明之盛,真斯道之庆也。康熙间,查初白(查慎行)七律最为可观,成名后浸欲以宋派标新,近时后进遂专袭东坡体貌,辄欲别树一帜,不知东坡七古犹存杜、韩规矩,其七律佳者,仅与中、晚人仿佛,余则浅白甚矣。语曰:'见与师齐,减师半德。'又曰'取法乎中,必流于下'。彼欲别树一帜者,高贤固能辨之,第恐初学昧于所向,一惑其说,则终身堕入棘丛,为可悲耳。"

又论排律"章法"云:"排律以铺扬典切为工,层次分明,波澜壮阔,却自神气联贯,无重复断离之弊,方成章法。造句固宜庄重,而运笔绝须流转,暗相呼吸。长篇忌委顿,尤忌板砌。短篇贵简劲,尤贵舂容。初唐登眺怀咏之作,有用五韵七韵者,兴尽即止,初不计韵之奇偶,后人专以偶韵为正格,夸多斗靡,有长至四五十韵、百韵者,要不过拖沓砌迭,卖菜翁求多耳。"

又论五绝"最难工"云:"诸体中五言绝句最简,而最难工,非学深养醇,岂易窥其奥窔。渔洋山人抉其秘,以一时伫兴、得意忘言、而有味外味者为极则。然不求神理而但袭皮毛,则外貌空灵,中且无物。虽不与粘滞者同病,究于味外之味,未有所存。严沧浪以味外味如水中着盐,饮水始知盐味,此语于五言绝句形容尽致,又司空表圣云'不著一字,尽得风流',予谓他体不能到此境地,惟五言绝句不可不悬此境象。"又论五绝"正体":"五言绝句含糊不吐、刻画过尽,俱非也。惟语意恰是二十字,而神韵飘渺无际,音调静细,不刚不柔,斯为正体……音亮而不躁,思巧而不纤。若其操乐府铙吹音响以为绝句,惟王建《新嫁娘》一首:'三日入厨下,洗手作羹汤,未谙姑食性,先遣小姑尝。'质朴深醇,何异读'有齐季女'之什。又无名氏《伊州词》'打起黄莺儿,莫教枝上啼,啼时惊妾梦,不得到辽西',与太白'床前明月光,疑是地上霜,举头望明月,低头思故乡'同一种高格,句中明明说出,却又似未曾说出,真镜花水月景象,"

又论七绝作法云:"七言绝句以第三句为主,而第四句发之。前人之论极当。盖第三句是一篇关纽,若扩不开,掣不转,柁心不应,通船俱无把握,虽有樯帆,何能驾驶?即仅如半截律诗,亦只是画里舟航,任有好风,岂能动摇,此予夙昔之说也。近季弟絜原与人论绝句,譬之于射,起二句弯弓搭箭,立定架格,第三句必弓弦满扣,左手掬定箭头,右手抽送,肱开臂直,而精力已直注鹄心,则第四句应弦而中矣。否则强弩之末,未有不失诸征鹄者。其比拟更为透彻。学者能近取譬,斯道宁远乎哉?"又论七绝风格云:"绝句词调虽以丰姿摇曳取胜,究须如大家女子举止,幽闲淡雅,笑不露齿,怒不睁眉,巧倩美盼,我见犹怜,而凛然不可犯,方为色骨俱妍。倘一涉妖冶,则娼姬贱婢相矣。"

又论《竹枝词》云:"《竹枝词》本巴渝之意,托韵语以写方言土俗,白乐天《竹枝词》则云:'唱到竹枝声咽处,断猿晴鸟一时啼。'与咏杨枝、橘枝诸词无异,殊失本意。此体端宜就人情物态中写以本色之语,俚而不俗,质而有文,而又能婉曲规讽,不流轻佻,情致婀娜,不同嘲谑,方足存风人之旨。"

他对各种杂体诗是不以为然的,强调"正格",反对"旁门外道":"东坡之双声叠

938

韵,天随子(陆龟蒙)之全篇平声,梅圣俞之全篇仄声及轳辘韵、进退韵、盘中体、建除体、人名、卦名、数名、药名、州名、六甲十属、藏头、歇后、字谜、杂俎之流,俱是旁门外道,与风雅之意何涉?聪明之士每见此种即欣慕之,一涉其篱,如堕陷阱,虽有仁人,难为从井之救,亦徒付诸浩叹而已。所贵入路毋歧,则鬼魅自不能惑我矣。"

二十五 赵翼《瓯北诗话》、《陔余丛考》的文体论

赵翼(1727—1814)字云崧,一字耘松,号瓯北,晚号三半老人。阳湖(今江苏常州)人。乾隆二十六年(1761)进士。官至贵西兵备道。旋辞官,主讲扬州安定书院。赵翼长于史学,考据精赅;论诗重"性灵",主创新,与袁枚接近;反对明代前、后七子的复古倾向,也不满王士禛、沈德潜的"神韵说"与"格调说"。存诗四千八百多首,以五言古诗最有特色,或嘲讽理学,或隐寓对社会的批评,或阐述一些生活哲理,思想新颖,语言浅近流畅,造句、对仗颇有功力。著有《瓯北诗钞》、《廿二史劄记》、《陔余丛考》、《瓯北诗话》、《檐曝杂记》等。

《瓯北诗话》系统评论李白、杜甫、韩愈、白居易、苏轼、陆游、元好问、高启、吴伟业、查慎行等十家诗,重视创新,立论平允。如卷一《李青莲诗》从诗体、诗风的角度评李白诗云:"青莲集中古诗多,律诗少。五律尚有七十余首,七律只十首而已。盖才气豪迈,全以神运,自不屑束缚于格律对偶,与雕绘者争长。然有对偶处,仍自工丽;且工丽中别有一种英爽之气,溢出行墨之外……开元、天宝之间,七律尚未盛行,至德以后,贾至等《早朝大明宫》诸作,互相琢磨,始觉尽善,而青莲久已出都,故所作不多也。"又云:"李阳冰序谓唐初诗体,尚有梁、陈宫掖之风,至青莲而大变,扫尽无余。然细观之,宫掖之风,究未扫尽也。盖古乐府本多托于闺情女思,青莲深于乐府,故亦多征夫怨妇惜别伤离之作,然皆含蓄有古意。如《黄葛篇》之'苍梧大火流,暑服莫轻掷。此物虽过时,是妾手中迹。'《劳劳亭》之'春风知别苦,不遣柳条青。'《春思》之'春风不相识,何事入罗帏。'皆酝藉吞吐,言短意长,直接《国风》之遗。少陵已无此风味矣。"①

卷二《杜少陵诗》论杜诗多创体、创句:"杜诗又有独创句法,为前人所无者。如《何将军园》之'绿垂风折笋,红绽雨肥梅','雨抛金锁甲,苔卧绿沉枪',《寄贾严二阁老》之'翠干危栈竹,红腻小湖莲',《江阁》之'野流行地日,江入度山云',《南楚》之'无名江上草,随意岭头云',《新晴》之'碧知湖外草,晴见海东云',《秋兴》之'香稻啄余鹦

---

① (清)赵翼《瓯北诗话》,《清诗话续编》,上海古籍出版社1983年版。

鹓粒,碧梧栖老凤凰枝'。古诗内亦有创句者。如《宿赞公房》之'明燃林中薪,暗汲石底井',《白水县高斋》之'上有无心云,下有欲落石',《郑典设自施州归》之'攀缘悬根本,登顿入天石',《阆山歌》之'松浮欲尽不尽云,江动将崩未崩石',以及《石龛》之'熊罴咆我东,虎豹号我西。我后鬼长啸,我前狨又啼',皆是创体。"

卷三《韩昌黎诗》论韩愈诗的用韵和创体云:"昌黎古诗用韵,有通用数韵者,有专用一韵者。《六一诗话》谓'其得韵宽,则泛入旁韵,乍还乍离,出入回合,不可拘以常格,如《此日足可惜》之类。得韵窄,则不复旁出,而因难见巧,愈险愈奇,如《病中赠张十八》之类。譬如善驭马者,通衢广陌,纵横驰骋,惟意之所至;于蚁封水曲,又疾徐中节,不少(稍)蹉跌。此天下之至工也'。今按《此日足可惜》一首,通用东、冬、江、阳、庚、青六韵;此外如《元和圣德诗》,通用语、麌、马、有、哿五韵;《孟东野失子》诗,通用先、寒、删、真、文、元六韵,余可类推。其用窄韵,亦不止《病中赠张十八》一首。如《陪杜侍御游湘西两寺》一首,又《会合联句三十四韵》,洪容斋谓除'蠓'、'蛹'二字,《韵略》未收,余皆不出二钟之内。今按'蠓'、'蛹'二字,《唐韵》本收在'三钟',则皆本韵也。"又云:"自沈、宋创为律诗后,诗格已无不备。至昌黎又斩新开辟,务为前人所未有。如《南山诗》内铺列春夏秋冬四时之景,《月蚀诗》内铺列东西南北四方之神,《谴疟鬼》诗内历数医师、炙师、诅师、符师是也。又如《南山诗》连用数十'或'字,《双鸟诗》连用'不停两鸟鸣'四句,《杂诗》四首内一首连用五'鸣'字,《赠别元十八》诗连用四'何'字,皆有意出奇,另增一格。《答张彻》五律一首,自起至结,句句对偶,又全用拗体,转觉生峭。此则创体之最佳者。"

卷四《白香山诗》论"次韵实自元、白始"及白居易"格诗、律诗"之说云:"大凡才人好名,必创前古所未有,而后可以传世。古来但有和诗,无和韵。唐人有和韵,尚无次韵;次韵实自元、白始。依次押韵,前后不差,此古所未有也。而且长篇累幅,多至百韵,少亦数十韵,争能斗巧,层出不穷,此又古所未有也。他人和韵,不过一二首,元、白则多至十六卷,凡一千余篇,此又古所未有也。以此另成一格,推倒一世,自不能不传。盖元、白觑此一体,为历代所无,可从此出奇,自量才力,又为之而有余,故一往一来,彼此角胜,遂以之擅场……二人创此体后,次韵者固习以为常,而篇幅之长且多,终莫有及之者,至今犹推独步也。又如联句一种,韩、孟多用古体;惟香山与裴度、李绛、李绅、杨嗣复、刘禹锡、王起、张籍,皆用五言排律。此亦创体。"又论其诗体分类,特别是把他的诗分为格诗与律诗两类,确实是古来所"未有":"香山《长庆集》以讽谕、闲适、感伤三类分卷,而古调、乐府、歌行各体,即编于三类之内;后集不复分此三类,但以格诗、律诗分卷。古来诗未有以'格'称者,大历以后始有。'齐梁格'、'元和格',则以诗之宗派而言;'辘轳格'、'进退格',则律诗中又增限制,无所谓'格诗'也。兹乃分格、律二种,其自序谓'迩来复有格律诗'。《洛中集记》亦曰:'分司东都以来,赋格律诗凡八百首。'《序元少尹集》亦曰:'著格诗若干首,律诗若干首。'是'格'与'律'对言,实香山创名。此外亦无有人称格诗者。既以'格'与'律'相对,则古体诗、乐府、歌行俱属格诗矣。而俗本于后集十一卷之首'格'诗下,复系'歌行、杂体'字样,是直以格诗又为古诗中之一体矣。"可见他所谓的格诗或以诗之宗派言,或于"律诗中又增限制"。其《陔余丛考·律诗不属对》又认为格诗是"不属对"的律诗:"唐人律诗第三四句有不属对者。如李太白《牛渚西江夜》、崔颢《黄鹤楼》诗之类。然第五、六则未有不对。惟白乐天有通首不对,但平仄甚调者,自编在'格诗'中。如《重题西宁寺牡丹忆元九》诗云:'往年曾向东都去,曾叹花时君未回。今年况作临江别,惆怅花前又独来。只愁离别长如此,不道明年花不开。'则律诗中又有此一种也。然白之外亦少有作此者。"①

　　卷五《苏东坡诗》论苏轼以文为诗云:"以文为诗,自昌黎始;至东坡益大放厥词,别开生面,成一代之大观。今试平心读之,大概才思横溢,触处生春,胸中书卷繁富,又足以供其左旋右抽,无不如志。其尤不可及者,天生健笔一枝,爽如哀梨,快如并剪,有必达之隐,无难显之情,此所以继李、杜后为一大家也。而其不如李、杜处亦在此,盖李诗如高云之游空,杜诗如乔岳之矗天,苏诗如流水之行地。读诗者于此处着眼,可得三家之真矣。"又谓苏轼讥孔毅父的集句成诗,但自己又"集渊明《归去来辞》作五律十首,则不惟集句,且集字矣。坡又有《题织锦回文》三首,此外又《回文》八首,大方家何至作此狡狯! 盖文人之心,无所不至,亦游戏之一端也。"

　　卷一二《七言律》不只论七律,实为一篇诗体、诗风的演变史,文虽较长,仍值得细读:"心之声为言,言之中理者为文,文之有节者为诗。故《三百篇》以来,篇无定章,章无定句,句无定字,虽小夫室女之讴吟,亦与圣贤歌咏并传,凡以各言其志而已。屈、宋变而为骚,马、班变而为赋。盖有才者以《三百篇》旧格不足以尽其才,故溢而为此,其实皆诗也。自《古诗十九首》以五言传,《柏梁》以七言传,于是才士专以五七言为诗。然汉、魏以来,尚多散行,不尚对偶。自谢灵运辈始以对属为工,已为律诗开端;沈约辈又分别四声,创为蜂腰、鹤膝诸说,而律体始备。至唐初沈(佺期)、宋(之问)诸人,益讲求声病,于是五七律遂成一定格式,如圆之有规,方之有矩,虽圣贤复起,不能改易矣。盖事之出于人为者,大概日趋于新,精益求精,密益加密,本风会使然。故虽出于人为,其实即天运也。就有唐而论:其始也,尚多惯用古诗,不乐束缚于规行矩步中,即用律,亦多五言,而七言犹少;七言亦多绝句,而律诗犹少。故《李太白集》七律

---

①　(清)赵翼《陔余丛考》卷二三,中华书局1963年版。

仅三首,《孟浩然集》七律仅二首,尚不专以此见长也。自高、岑、王、杜等《早朝》诸作,敲金戛玉,研练精切。杜寄高、岑诗,所谓'遥知对属忙',可见是时求工律体也。格式既定,更如一朝令甲,莫不就其范围。然犹多写景,而未及于指事言情,引用典故。少陵以穷愁寂寞之身,藉诗遣日,于是七律益尽其变,不惟写景,兼复言情,不惟言情,兼复使典。七律之蹊径,至是益大开。其后刘长卿、李义山、温飞卿诸人,愈工雕琢,尽其才于五十六字中,而七律遂为高下通行之具,如日用饮食之不可离矣。西昆体行,益务数典,然未免伤于僻涩。东坡出,又参以议论,纵横变化,不可捉摸,此又开南宋人法门,然声调风格,则去唐日远也。"

《陔余丛考》为赵翼自黔西辞官以后的读书札记,逾十余年始刊行。"循陔"为奉养父母之意。意即在家养亲时所作杂考。全书以类相从,分论经义、史学、掌故、艺文、纪年、官制、科举、风俗名义、丧礼、器物、术数及神佛、称谓等,确为"丛考"。其考订多有精到之见,如《陔余丛考》卷五之《史记一》论史体本纪、世家、列传就很精彩。一般认为本纪、世家、列传为司马迁所创,有人说纪本于《吕览》,赵则认为"汉以前别有《禹本纪》一书,正迁所本耳";"《(史记)卫世家·赞》云:予读世家言云云。则迁之作世家亦有所本,非特创也。""惟列传叙事,则古人所无。"赵翼对传作了详尽分辨:"古人著书,凡发明义理,记载故事,皆谓之传。"他认为传有三种含义,一指古书:"《孟子》曰:于传有之。谓古书也";二指注解:"解书者多名为传":"左、公、穀作《春秋传》,所以传《春秋》之旨也。伏生弟子作《尚书大传》,孔安国作《尚书传》,所以传《尚书》之义也。《大学》分经、传,《韩非子》亦分经、传,皆所以传经之意也。故孔颖达云:大率秦、汉之际,解书者多名为传。又汉世称《论语》、《孝经》并谓之传……汉时所谓传,凡古书及说经皆名之。"三指"专以叙一人之事",这才是司马迁所创:"其专以之叙事而人各一传,则自史迁始,而班史以后皆因之。"最后总括说:"本纪、世家非迁所创,而列传则创自迁耳。"

除史体外,《陔余丛考》考论诗文体裁者很多,如《诗笔》(专论文与笔、诗与笔之分)、《序》、《章句集注》、《古文用韵》、《汉谚用韵法》、《谜》、《敕》、《一二三言诗》、《三言诗》、《四言诗》、《五言》、《六言》、《七言》、《八言》、《九言》、《十言十一言》、《五七律排》、《绝句》、《三五七言》、《长短诗》、《乐府》、《六句律诗》、《拗体七律》、《律诗不属对》、《律诗兼用两韵》、《回文诗》、《迭字诗》、《联句》、《柏梁体》、《和韵》、《集句》、《禁体诗》、《双声叠韵》、《诗句有全平仄者》、《以古人姓名藏句中》、《数目字入诗》、《十二生肖、八音入诗》、《药名为诗》、《拆字诗》、《口吃诗》、《寿诗、挽诗、悼亡诗》、《帖子词》、《口号》等,难以尽述,仅从所列题目就不难看出此书对研究文体学的重要性。

《檐曝杂记》为赵翼所撰零散笔记文字的汇辑,记述作者在京城官场的见闻交往,出仕两广、云贵的经历闻见，以及读书心得等。偶也论及文体，如云"三言诗起于散骑常侍夏侯湛"，又云"六朝以来绝少题画诗，自杜少陵创为画松、画马、画鹰等大篇，搜奇抉奥，笔补造化。嗣是，苏、黄诸公极妍尽态，物无遁形，以后益务斗胜矣。"①

《廿二史劄记》为赵翼的代表作，是他对自《史记》直至《明史》所进行的考证，因《唐书》、《五代史》均为新旧两部，故实为二十四史。其《廿二史劄记序》云："闲居无事，翻书度日，而资性粗钝，不能研究经学。惟历代史书，事显而义浅，便于流览，爰取为日课。有所得，辄劄记别纸，积久遂多。惟是家少藏书，不能繁征博采，以资参订。间有稗乘脞说，与正史岐互者，又不敢遽诧为得间之奇。盖一代修史时，此等记载，无不搜入史局，其所弃而不取者，必有难以征信之处。今或反据以驳正史之讹，不免贻讥有识。是以此编多就正史纪、传、表、志中，参互勘校，其有牴牾处自见，辄摘出以俟博雅居子订正焉。至古今风会之递变，政事之屡更，有关于治乱兴衰之故者，亦随所见附著之。"②此书多就正史参互勘校，评析各朝正史的编纂得失，考辨订正各史史实之误，兼用本证、互证、理证等法，与钱大昕的《廿二史考异》、王鸣盛的《十七史商榷》齐名。

二十六　鲁九皋《诗学源流考》纵论明前诗体、诗风演变

鲁九皋（1732—1794）原名仕骥，字絜非，号乐庐，人称山木先生。新城（今江西黎川）人。乾隆三十六年（1771）进士。家居十余年奉养双亲，后出任山西夏县知县，有惠政，积劳致疾，卒于任所。他与桐城派古文代表人物姚鼐交往甚密，常以书信探讨古文运动中的各种问题，受姚鼐影响颇深，提倡实学，力戒浮华。陈希曾、陈希祖、陈用光皆为其得意门生。为文淳古淡泊，迂回往复，不事雕饰，冲夷和易而有体。著有《山木居士集》（或称《鲁木山先生文集》）、《制义准绳》、《审题要旨》、《诗学源流考》等。

《诗学源流考》所论为广义的诗学，既包括诗，也包括骚、赋、乐府；既包括诗之体裁，也包括诗之风格。首论先秦诗云："孟子曰：'王者之迹熄而《诗》亡，《诗》亡然后《春秋》作。'自春秋迄战国，又数百年，于是屈子兴于南服，作为《离骚》、《九歌》、《九章》之属，以上继《风》、《雅》、《颂》之音，其徒宋玉之徒和之，号为《楚词》。"③次论汉代诗、赋、乐府："遭秦灭学，旋废其业。汉兴，《大风》、《秋风》之作，振起于上，于是小山

---

① （清）赵翼《檐曝杂记》卷五，中华书局 1982 年版。
② （清）赵翼《廿二史劄记》卷首，凤凰出版社 2008 年版。
③ 《诗学源流考》，《清诗话续编》，上海古籍出版社 1983 年版。下引同。

《招隐》之词，《惜誓》、《九谏》、《九怀》、《九叹》之什，群然并作，王逸审定其旨，并列《骚》学。而司马相如、扬雄又沿其流，作《子虚》、《上林》、《羽猎》、《长杨》诸赋；东都班固、张衡继之，而《两都》、《两京》等赋出焉。要其敷陈直叙，不失古人讽谏之意，故班固之《两都赋序》曰：'赋者，古诗之流也。'自时厥后，赋学渐梦，沿及梁、陈、隋、唐，又有古赋、律赋之别，而赋遂与《诗》、《骚》不相比附矣。五言之兴，或云始于苏、李与《十九首》。梁昭明太子选《十九首》，系以无名氏。徐陵《玉台集》，分其中六章为枚乘作。刘勰《文心雕龙》则云：'《孤竹》一篇，傅毅之词。'是《十九首》中，东西两都，并有其人，而枚乘在陵、武之前，又不得云始于苏、李也。大抵汉之五言，其意委曲详尽，其词抑扬宛转，工于比兴，切近事情，犹有十五《国风》之遗焉。然自唐山夫人有《安世房中歌》，而武帝立乐府采诗，以李延年为协律都尉，《风》、《雅》、《颂》之音已备。盖《房中歌》意拟《周南》，而义则取诸《文王之什》，是《大雅》之遗也。《郊祀十九章》学《颂》，《铙歌十八曲》学《小雅》，其余《相和曲》、《清调》、《平调》、《瑟调》、《舞曲歌词》、《杂曲歌词》，皆《风》之遗也。故自汉以来，乐府而外，凡学士大夫之作，别为徒诗，殆其音节与丝竹不相调欤？"次论魏晋六朝之诗："蜀汉之际，魏、吴并立，而曹氏父子擅制作才，子建（曹植）尤为杰出，多借乐府题以歌咏时事。其时孔融、王粲、徐幹、刘桢、陈琳、阮瑀、应场群相景附，谓之'建安七子'。自后言诗者，奉为大宗。魏既篡汉，晋旋代魏，典午之世，阮嗣宗之《咏怀》，其遗音也。及金陵既下，混一晋统，而陆氏机、云入洛，与张华兄弟齐名，时称'二陆三张'。而傅玄、潘岳，并擅时誉，然文采徒存，性真不附，诗道至此少衰。惟太冲（左思）《咏史》，景纯（郭璞）《游仙》，刘琨伤乱，颇能振兴。迄陶公（潜）降生，以西山之节，师柳下（惠）之行，不激不随，超然闲淡，时时歌咏其性情，而真诗以出，风雅之盛，复媲于建安矣。刘宋之夺晋祚也，晋臣谢灵运入焉，与其从叔父混、从弟惠连、瞻并名于时。其诗长于游山，刻画点缀，备极神妙。而颜特进（延之）、鲍参军（照）各以其能著。参军之拟古诸作，实足与谢相伯仲，故后世并称鲍、谢。及玄晖（谢朓）继起于齐，又有大小谢之称。梁继齐统，何逊、沈约、范云、任昉、江淹、柳恽、吴均一时并起。诸子之才，水部（何逊）为冠。休文（沈约）审定音韵，特标五声八病，遂为律诗滥觞。自后陈有徐陵、阴铿，北周有王褒、庾信。迨隋一南北，炀帝以英鸷之才，与群臣唱和；而越公杨素尤为挺出，薛内史（道衡）虽负盛名，非其伦也。盖自谢氏游山，体尚排偶，词工雕绘，虽在彼为之，弥见古朴，而由此日趋日下，性情愈隐，至陈极矣。迄于隋，其复古之一机乎？盖三汉、六朝之大略如此。其间柏梁之会，实肇七言，乐府中或杂其体。自参军拟《白纻》、《行路难》，始有专家。梁、陈以下，始有继起，要亦无足称者。"次论隋唐诗："唐承六代之余，崇尚诗学，特命词臣定律诗体式，制科以此取士。贞观之际，王、杨、卢、骆号称四杰，其诗多沿旧习。陈、杜、沈、宋继之,格律渐高。而陈拾遗(子昂)尤为复古之冠,其五言古诗,原本阮公(籍),直追建安作者。自后曲江(张九龄)继起,浸浸称盛。开元、天宝之际,笃生李、杜二公,集数百年之大成。太白天才绝世,而古风乐府,循循守古人规矩;子美学穷奥窔,而感时触事、忧伤念乱之作,极力独开生面。盖太白得力于《国风》,而子美得力于大、小《雅》,要自子建、渊明而后,二家特为不祧之祖。其辅二家而起者,有王维、孟浩然、高适、岑参、李颀、王昌龄、刘眘虚、裴迪、储光羲、常建、崔颢诸人。而元结又有《箧中集》一选,集沈千运、王季友、于逖、孟云卿、张彪、赵微明、元融七人之作,都为一卷,其诗直接汉人。故论诗者至开、宝之世,莫不推为千载之盛也。大历而后,风格渐降,独韦应物以古诗称于时。其诗专师陶公,兼取谢氏,前人所谓'发秾纤于简古,寄至味于淡泊',气象近道,盖卓乎不为时域者也。其扬王、孟之余波者,刘长卿犹不失雅正,而钱起次之。钱起与耿湋、卢纶、韩翃、李端、司空曙、吉中孚、苗发、崔峒、夏侯审并称'十才子'。然十子之中,不无利钝,而足与钱、刘相羽翼者,惟郎士元、李嘉祐、皇甫冉兄弟。贞元、元和之际,韩文公崛起,以天纵逸才,为起衰巨手,诗继李、杜之盛。而柳子厚独传《骚》学,亦宗陶公,五言幽澹绵邈,足继苏州(韦应物),故世并称曰'韦、柳'。辅韩文公而起衰者,孟郊东野也;与柳州称契者,有刘禹锡焉。其他元、白、张、王之乐府,卢仝、李贺、刘叉之诡怪,姚合、贾岛之艰僻,非不瑰奇伟丽,卓然成家,然于此道中别辟一境,遂为旁门小宗矣。太和、会昌而下,诗教日衰,独李义山矫然特出,时传子美之遗;特用事过多,涉于浓滞,或掩其美。次则杜牧之律体,寓拗峭以矫时弊,犹有健气。义山与温庭筠、段成式并为西昆体,然温非李侪也。其余皮、陆、许浑、马戴、赵嘏、韦庄、罗隐、唐彦谦诸人,虽间有逸韵,靡靡无足观;降而韩偓之《香奁》,风益下矣。盖终唐之世,称大家者,以李、杜、韩三家为宗。古诗之得正音者,陈、张、韦、柳四家为宗,而元结、沈千运诸人为辅。律诗之称正音者,王、孟二家为宗,而高、岑、钱、刘诸人为辅。此唐诗之大较也。若夫唐人乐章,多尚铺张,不若柳子厚之《唐雅》二篇、《铙歌》十二曲,为足追古作者。而乐人所歌,又在诸名人绝句,如王之涣之《凉州词》、王维之《阳关三叠》(即《渭城曲》),其尤著者。其他朝庙应制诸诗,体崇巨丽,固以唐初前后四子及燕、许诸人为正云。唐风既衰,五代干戈之际,作者寥寥。"次论宋诗:"宋初国祚虽定,文采未著,学士大夫家效乐天之体,群奉王禹偁为盟主。其后杨亿、刘筠辈崇尚西昆,专取温、李数家,摹仿于字句俪偶之间。及欧阳公出,始知学古,与梅圣俞互相讲切。欧诗长篇多效昌黎,间取则于太白;梅则宗唐人诸家,不名一体,惟造平淡。自此介甫、东坡相继而起,山谷晚出,而与东坡齐名。于元祐之际,又有张文潜、晁无咎兄弟相为羽翼,时称'苏门六君子'。东坡才大,汪洋纵恣,出入于李、杜、韩三家。山谷则一意学杜,精深峭拔,别出机杼,自成一格。吕本中尝作《江西宗派图》,以山谷为鼻祖,列陈师道、潘大临、谢逸、洪刍、饶节、僧祖可、徐俯、洪朋、林敏修、洪炎、汪革、李锌、韩驹、李彭、晁冲之、江端本、杨符、谢逴、夏倪、林敏功、潘大观、何颛、王直方、僧善权、高荷,合二十五人,以为法嗣,谓其源流皆出豫章指黄庭坚。然二十五人,以诗闻于世者,不过数人,其余未有闻焉。南渡以还,气格卑约,独陆放翁超然特出。顾此数君子,皆以长句见长,至如五言,则必以梅宛陵为冠。次则末造之谢皋羽翱、严仪卿羽,犹存唐音。而《谷音》一集,多遗民逸士之作,足继《箧中》之选。他若永嘉四灵之专学姚、贾,又其别出者也。"次论金元诗:"金、元之际,元遗山犹传东坡遗韵,次则刘迎差足羽翼。元初海内作者,推虞(集)、杨(载)、范(椁)、揭(傒斯)四人。道园(虞集)自负其诗如'老吏断狱',允为四家之冠。吴立夫莱后辈杰出,笔力实足抗衡。此外则赵子昂之清逸,萨天锡(萨都剌)之工致,虽非正音,亦称能手。至杨铁崖(维桢)以淹博艳丽之才,专学飞卿、长吉,作为乐府,怪僻诡异,诗道中又增一魔障矣。"次论明诗:"明代诗家,最为总杂。开国之初,青田刘文成(基)以名世之英,出经纶之余,形于歌咏。当其未遇,已见知于道园虞氏。道园称其'发感慨于性情之正,存忧患于敦厚之言,体制音韵,无愧盛唐'。次则吴中四杰高季迪启、杨孟载基、张来仪羽、徐幼文贲,并有倡始之功。而是时刘子高崧起于江右,孙仲衍赉起于岭南,林子羽鸿起于闽中,又有张志道以宁、袁景文凯相继而作,可谓一时之盛。第旧体初变,扫除未尽……《诗归》一出,海内翕然宗之,而三汉、六朝、四唐之风荡然矣。"最后总括说:"盖诗以言志,自《虞书》发其义,而《三百篇》穷其奥。汉人去古未远,创为五言,所作犹古风,故后之学者,以得五言为正。五言之转而七言,滥矣。五七言之弊而有律诗,抑又靡矣。然自能者为之,则皆有以得其性情之正,而合于《虞书》言志之义。但或盛或衰,其出多歧,论者以为玩物丧志之资,作者第以为嘲风弄月之具,是以诗教愈隐,此皆沿其流而不知溯其源之故也。吾由汉迄明,其间得大宗五人焉:曰曹子建、陶渊明、李太白、杜子美、韩昌黎。其他支分派别,各有攸属。汇而一之,以为《诗学源流考》。"

二十七　翁方纲《石洲诗话》的诗体论

翁方纲(1733—1818)字正三,一字忠叙,号覃溪,晚号苏斋。直隶大兴(今属北京)人。乾隆十七年(1752)进士,历官乾、嘉二朝,官至内阁学士。长于金石考据,著有《复初斋全集》、《苏斋丛书》、《礼经目次》、《苏诗补注》、《经义考补正》、《小石帆亭稿》、《石洲诗话》、《两汉金石记》、《粤东金石略》、《苏米斋兰亭考》、《石洲诗话》等。方纲能诗文,但其诗多金石考证之谈,几乎可以作为学术文章来读,往往佶屈聱牙而无诗味。其论诗创"肌理说",是对王士禛神韵说和沈德潜格调说的调和与修正,用"肌理"说来给"神韵"、"格调"以新的解释,借以使复古诗论重振旗鼓,与袁枚的"性灵"说相抗衡。其"肌理"说包括两个方面:一是以儒学经籍为基础的"义理"和学问,一是词章的"文理"。

其《石洲诗话》八卷,以朝代为序,逐一评述诗人。一至五卷评论唐、宋、金、元的诗,第六卷主要纠正王士禛对杜甫诗的评述,最后二卷附说元好问、王士禛的《论诗绝句》。其论诗逐首逐句讲得很细致,既可助读者理解原诗,又努力发掘作诗规律,指导创作,与赵执信《谈龙录》并称为清代二大诗话集。如其论杜诗云:"杜五律《洞房》诸作,七律《秋兴》诸作,皆一气喷洒而出,风涌泉流,万象吞吐,故转有不避重复之处。其他诸什,大都类此。"①其论宋诗云:"宋初之西昆,犹唐初之齐、梁;宋初之馆阁,犹唐初之沈、宋也。开启大路,正要如此,然后笃生欧、苏诸公耳。但较唐初,则少陈射洪(陈子昂)一辈人,此后来所以渐薄也。"卷四云:"谈理至宋人而精,说部至宋人而富,诗则至宋而益加细密,盖刻抉入里,实非唐人所能囿也。而其总萃处,则黄文节(庭坚)为之提挈,非仅江西派以之为祖,实乃南渡以后,笔虚笔实,俱从此导引而出。"他还论及竹枝体、香奁体、拗律、禽言体、嬉春体、吴体、俳偕体、宫词体,此不一一。

二十八　洪亮吉《北江诗话》仿钟嵘《诗品》评骘同时名家之诗

洪亮吉(1746—1809)初名莲,又名礼吉,字君直,一字稚存,号北江,晚号更生居士。阳湖(今江苏常州)人。乾隆五十五年(1790)进士,授职翰林院编修。五十七年,奉命到黔地考察,历时一年,与社会各阶层广泛的接触。后因上书言事,流放伊犁,遇赦还原籍。著有《卷施阁诗文集》、《附鲑轩诗集》、《更生斋诗文集》、《北江诗话》及《春秋左传诂》等。洪亮吉是清代朴学大师、乾嘉文坛巨子,以词章考据著称于世,对经学、小学、史学、文学、地理、方志、声韵、训诂之学都有很深造诣。又善诗及骈文,诗笔于质直明畅中有奇峭之致,骈文则高古遒迈。

其《北江诗话》论诗强调性情气格,反对只讲格律:"诗文之可传者有五:一曰性,二曰情,三曰气,四曰趣,五曰格……至诗文讲格律,已入下乘。然一代亦必有数人,如王莽之摹《大诰》,苏绰之仿《尚书》,其流弊必至于此。明李空同、李于鳞辈,一字一句,必规仿汉魏、三唐,甚至有窜易古人诗文一二十字,即名为己作者。"他认为应制、应试诗犹须检点:"应制、应试,皆例用八韵诗。八韵诗于诸体中,又若别成一格。有作家而不能作八韵诗者,有八韵诗工而实非作家者。"他还举了一例,吴锡麒应试诗

---

① (清)翁方纲《石洲诗话》卷一,《清诗话续编》,上海古籍出版社1983年版。

《林表明霁色得寒字》，颈联下句云："照破万家寒"，时阅卷者为大学士和珅，忽大惊曰："此卷有破家字，断不可取。""吴卷由此斥落。足见场屋中诗文，即字句亦须检点。"①

卷三论诗、词之别云："诗词之界甚严。北宋人之词，类可入诗，以清新雅正故也。南宋人之诗，类可入词，以流艳巧侧故也。至元而诗与词更无别矣。此虞伯生、吴渊颖诸人所以可贵也。"

卷四论诗人各有所长，很难"诸体并美"："诗各有所长，即唐、宋大家，亦不能诸体并美。每见今之工律诗者，必强为歌行古诗以掩其短；其工古体者，亦然。是谓舍其所长，用其所短。心未尝不欲突过名家、大家，而卒至于不能成家者，此也。"

最精彩的是他仿南宋诗论家敖陶孙《古今诗评》的手法历评本朝诗人诗风。不惜笔墨，全录如下，既可见其诗体风格论，又可见其文风（卷一）：

钱宗伯载诗，如乐广清言，自然入理。纪尚书昀诗，如泛舟苕雪，风日清华。王方伯太岳诗，如白头宫监，时说开（元）、天（宝）。陈方伯奉兹诗，如压雪老梅，愈形倔强。张上舍凤翔诗，如伥鬼哭虎，酸风助哀。冯文肃英廉诗，如申、韩著书，刻深自喜。蒋编修士铨诗，如剑侠入道，犹余杀机。朱学士筠诗，如激电怒雷，云雾四塞。翁阁学方纲诗，如博士解经，苦无心得。袁大令枚诗，如通天神狐，醉即露尾。钱文敏维城诗，如名流入座，意态自殊。毕宫保沅诗，如飞瀑万仞，不择地流。舅氏蒋侍御和宁诗，如宛洛少年，风流自赏。吴舍人泰来诗，如便服轻裘，仅堪适体。钱少詹大昕诗，如汉儒传经，酷守师法。王光禄鸣盛诗，如霁日初出，晴云满空。赵光禄文哲诗，如宫人入道，未洗铅华。王司寇昶诗，如盛服趋朝，自矜风度。严侍读长明诗，如触目琳琅，率非己有。王侍讲文治诗，如太常法曲，系系正声。施太仆朝幹诗，如读甘谏鼎铭，发人深省。任侍御大椿诗，如灞桥铜狄，冷眼看春。鲍郎中之钟诗，如昆仑琵琶，未除旧习。张舍人埙诗，如广筵招客，间杂屠沽。程吏部晋芳诗，如白傅作诗，老妪都解。曹学士仁虎诗，如珍馐满前，不能隔宿。张大令鹤诗，如绳枢瓮牖，时发奇花。汤大令大奎诗，如故侯门第，樽俎尚存。张宫保百龄诗，如逸客游春，衫裳倜傥。舅氏蒋检讨蔧诗，如长孺戆直，至老益坚。汪明经中诗，如病马振鬣，时鸣不平。钱通副澧诗，如浅话桑麻，亦关治术。李主事鼎元诗，如海山出云，时有奇采。姚郎中鼐诗，如山房秋晓，清气流行。吴祭酒锡麒诗，如青绿溪山，渐趋苍古。黄二尹景仁诗，如咽露秋

①　以上均见（清）洪亮吉《北江诗话》卷二，人民文学出版社1983年版。

虫,舞风病鹤。顾进士敏恒诗,如半空鹤唳,清响四流。瞿主簿华诗,如危楼断箫,醒人残梦。高孝廉文照诗,如碎裁古锦,花样尚存。方山人熏诗,如独行空谷,时逗疏香。赵兵备翼诗,如东方正谏,时杂诙谐。阮侍郎元诗,如金茎残露,色晃朝阳。凌教授廷堪诗,如画壁蜗涎,篆碑藓蚀。李兵备廷敬诗,如三齐服官,组织轻巧。林上舍镐诗,如狂飙入座,花叶四飞。曾都转燠诗,如鹰隼脱鞲,精采溢目。王典籍芑孙诗,如中朝大官,老于世事。秦方伯瀛诗,如久旱名山,尚流空翠。钱大令维乔诗,如逸客飡霞,惜难轻举。屠州守绅诗,如栽盆红药,蓄沼文鱼。刘侍读锡五诗,如匡鼎说诗,能倾一座。管侍御世铭诗,如朝正岳渎,卤簿森严。方上舍正澍诗,如另辟池台,广饶佳丽。法祭酒式善诗,如巧匠琢玉,瑜能掩瑕。梁侍讲同书诗,如山半钟鱼,响参天籁。潘侍御庭筠诗,如枯禅学佛,情劫未忘。史文学善长诗,如春云出岫,舒卷自如。黎明经简诗,如怒猊饮涧,激电搜林。冯户部敏昌诗,如老鹤行庭,举止生硬。赵郡丞怀玉诗,如鲍家骢马,骨瘦步工。汪助教端光诗,如新月入帘,名花照镜。杨大令伦诗,如临摹画幅,稍觉失真。杨户部芳灿诗,如金碧池台,炫人心目。杨布政揆诗,如沧溟泛舟,忽得奇宝。孙兵备星衍少日诗,如飞天仙人,足不履地。吕司训星垣诗,如宿雾埋山,断虹饮渚。张检讨问陶诗,如骐骥就道,顾视不凡。何工部道生诗,如王谢家儿,自饶绳检。刘刺史大观诗,如极边春色,仍带荒寒。吴礼部蔚光诗,如百草作花,艳夺桃李。徐大令书受诗,如范睢宴客,草具杂陈。赵大令希璜诗,如麋鹿驾车,终难就范。施上舍晋诗,如湖海元龙,未除豪气。伊大守秉绶诗,如贞元朝士,时务关心。方太守体诗,如松风竹韵,爽客心脾。张司马铉诗,如凿险追幽,时逢异境。张上舍鏊诗,如倪迂短幅,神韵悠然。刘孝廉嗣绾诗,如荷露烹茶,甘香四彻。金秀才学莲诗,如残蟾照海,病燕依楼。吴孝廉嵩梁诗,如仙子拈花,自饶风格。徐刺史嵩诗,如神女散发,时时弄珠。吴司训照诗,如风入竹中,自饶清韵。姚文学椿诗,如洛阳少年,颇通治术。孙吉士原湘诗,如玉树浮花,金茎滴露。唐刺史仲冕诗,如出峡楼船,帆樯乍整。张大令吉安诗,如青子入筵,味别百果。陈博士石麟诗,如晴云舒红,媚比幽谷。项州倅墉诗,如春草乍绿,尚存冬心。邵进士葆祺诗,如香车宝马,照耀通衢。郭文学麐诗,如大堤游女,顾影自怜。张上舍问簪诗,如秋棠作花,凄艳欲绝。胡孝廉世琦诗,如陟险骅骝,攫空鹰隼。罗山人聘诗,如仙人奴隶,曾入蓬莱。僧慧超诗,如松花作饭,不饱狝猴。僧巨超诗,如荇叶制羹,藉清牢醴。僧小颠诗,如张颠作草,时觉神来。僧果仲诗,如郭象注庄,偶露才语。僧寒石诗,如老衲升坛,不碍真率。闺秀归懋昭诗,如白藕作花,不香而韵。崔恭人钱孟钿诗,如沙弥升座,灵警异常。孙恭人王采薇诗,如断绿零红,凄艳欲绝。吴安人谢淑英诗,如出林劲草,先受惊风。张宜人鲍苣香诗,如栽花隙地,补种桑麻。余所知近时诗人如此。内惟黎明经简未及识面。

有人问他"君诗何如?"他回答说:"仆诗如激湍峻岭,殊少回旋。"他的自我评价也是颇有自知之明的,其诗雄健奇特,"如激湍峻岭",直抒胸臆,故"殊少回旋"。

二十九　钱泳《履园谭诗》"欲调和格律、性灵之争"

钱泳(1759—1844)原名鹤,字立群,号台仙,一号梅溪,金匮(今属江苏无锡)人。以诸生长期做幕客,足迹遍及大江南北。曾入毕沅幕下,与翁方纲、阮元、包世臣等均有密切交往。善诗能画,精通金石碑版之学,一生以访碑、刻帖、著述为业。著有《履园丛话》、《履园谭诗》、《兰林集》、《梅溪诗钞》等。辑有《艺能考》。

其《履园谭诗》,郭绍虞先生《清诗话·前言》谓其"欲调和格律、性灵之争,故其论诗对格律、性灵均予以新的解释"①。《履园丛话》卷八《谈诗·总论》是其"调和格律、性灵之争"的集中表现:"沈归愚宗伯(德潜)与袁简斋太史论诗,判若水火。宗伯专讲格律,太史专取性灵。自宗伯三种《别裁集》出,诗人日渐日少;自太史《随园诗话》出,诗人日渐日多。然格律太严固不可,性灵太露亦是病也。余尝论诗无格律,视古人诗即为格,诗之中节者即为律。诗言志也,志人人殊,诗亦人人殊,各有天分,各有出笔,如云之行,水之流,未可以格律拘也。故韩、杜不能强其作王、孟,温、李不能强其作韦、柳。如松柏之性,傲雪凌霜,桃李之姿,开华结实,岂能强松柏之开花,逼桃李之傲雪哉?《尚书》曰'声依永,律和声'即谓之格律可也。"②

《履园谭诗》亦论及具体文体,如论唐人五古云:"唐人五古凡数变,约而举之,夺魏、晋之风骨,换梁、陈之俳优,譬诸书法,欧、虞、褚、薛,俱步两晋、六朝后尘而整齐之耳。若李、杜两家,又当别论。然李之《古风》五十九首,俨然阮公《咏怀》;杜之前、后《出塞》、《无家别》、《垂老别》诸篇,亦曹孟德之《苦寒行》,王仲宣之《七哀》等作也。"又论七古云:"七古以气格为主,非有天姿之高妙,笔力之雄健,音节之铿锵,未易言也。尤须沉郁顿挫以出之,细读杜、韩诗便见。若无天姿、笔力、音节三者而强为七古,是犹秦庭之举鼎,而绝其膑矣。余每劝子弟勿轻易动笔作七古,正为此。如以张、王、

---

① 郭绍虞《清诗话·前言》,《清诗话》,上海古籍出版社1963年版。

② (清)钱泳《履园丛话》,《清代史料笔记丛刊》,中华书局2006年版。

元、白为宗,梅村为体,虽著作盈尺,终是旁门。"①

钱泳《履园丛话》二十四卷,一卷基本上为一门,计有旧闻、阅古、考索、水学、景贤、耆旧、臆论、谭诗、碑帖、收藏、书画、艺能、科第、祥异、鬼神、精怪、报应、古迹、陵墓、园林、笑柄、梦幻、杂记等,内容广杂,书中所记多为作者亲身经历,即使得诸传闻,也必指出来源,具有较大的参考价值。

《履园丛话》中也有较多的文体论,如其卷三《时艺》论诗、文演变云:"袁简斋(枚)先生尝言,虞、夏、商、周以来即有诗文,诗当始于《三百篇》,一变而为骚赋,再变而为五、七言古,三变而为五、七言律,诗之余变为词,词之余又变为曲,诗至曲不复能再变矣。文当始于《尚书》,一变而为《左》、《国》,再变而为秦、汉,三变而为六朝骈体,以至唐、宋八家。八家之文,又变而为时艺文,至时艺亦不复能再变矣。"同卷《古韵》论今韵与唐韵不同云:"今所用韵与《唐韵》不同,以今音叶唐诗者误矣。而昧于学者,以《唐韵》叶《三百篇》尤误。要知古今言语各殊,声音递变,汉、魏以还,已不同于《诗》、《骚》,况唐、宋乎?且一方有一方之音,岂能以今韵叶古韵乎?近金坛段懋堂(玉裁)大令有《六书音均表》,高邮夏淡人孝廉有《三百篇原声》,吾乡安汇占孝廉有《说文韵征》,皆可补顾氏《音学五书》之阙。"同卷《墓碑》论碑及其变体的演变,古碑只记所葬之人:"墓之有碑,始自秦、汉。碑上有穿,盖下葬具,并无字也。其后有以墓中人姓名官爵及功德行事刻石者。《西京杂记》载杜子夏葬长安,临终作文,命刻石埋墓。此墓志之所由始也。至东汉渐多,有碑,有诔,有表,有铭,有颂。然惟重所葬之人,欲其不朽,刻之金石,死有令名也。故凡撰文书碑姓名俱不著,所列者如门生故吏,皆刻于碑阴,或别碑,汉碑中如此例者不一而足。"两汉以后,风气一变:"谀墓之文日起,至隋、唐间乃大盛,则不重所葬之人,而重撰文之人矣。宋、元以来,并不重撰文之人,而重书碑之人矣。如墓碑之文曰:君讳某字某,其先为某之苗裔,并将其生平政事文章略著于碑,然后以某年月日葬某,最后系之以铭文云云。此墓碑之定体也,唐人撰文皆如此。至韩昌黎碑志之文,犹不失古法,惟《考功员外卢君墓铭》、《襄阳卢丞墓志》、《贞曜先生墓志》三篇,稍异旧例,先将交情家世叙述,或代他人口气求铭,然后叙到本人,是昌黎作文时偶然变体。而宋、元、明人不察,遂仿之以为例,竟有叙述生平交情之深,往来酬酢之密,娓娓千余言,而未及本人姓名家世一字者。甚至有但述己之困苦颠连,劳骚抑郁,而借题为发挥者,岂可谓之墓文耶?吾见此等文属辞虽妙,实乖体例。大凡孝子慈孙欲彰其先世名德,故卑礼厚币,以求名公巨卿之作,乃得此种文,何必求耶?更可笑者,《昌黎文集》中每有以某年月日葬某乡某原字样,此是门人辈编辑

① (清)钱泳《履园谭诗》,《清诗话》,上海古籍出版社1963年版。

时据稿本钞录,未暇详考耳。而后之人习焉不察,以为昌黎曾有此例,刻之文集中,而其子孙竟即以原稿上石者,实是痴儿说梦矣。"

三十　牟愿相《小澥草堂杂论诗》形象描述历代诗人之诗风

牟愿相(1760—1811)字宣夫,自号铁李,山东栖霞人。诸生。中年随父居莱芜六年,与当地张墨宾等四子友善,所作诗文有时代风土特征。著有《小澥草堂诗文集》。其《小澥草堂杂论诗》分"诗小评"、"杂论诗"、"又杂论诗"三部分。其中仿南宋敖陶孙《诗评》所作的评论历代诗人的《诗小评》,既富文采,又有独到之见,有后出转精之妙:

> 《十九首》如星罗秋旻,荧寒久耀。
> 苏武、李陵诗如清庙朱弦,古音嘹唳。
> 古乐府如冷水浇背,陡然一惊。
> 魏武帝诗如鸿门、钜鹿,霸气淋漓。
> 魏文帝诗如邯郸美女,跕屣鸣琴。
> 曹子建植诗如年少美遨,磊块中潜。
> 王仲宣粲诗如汉工铜器,土埋不蚀。
> 刘公幹桢诗如泥下蛙潜,声宏身小。
> 阮嗣宗籍诗如夕阳亭下,涕泪千古。
> 嵇叔夜康诗如水鸟刷羽,顾影自矜。
> 张茂先华诗如涧窄山平,风云不起。
> 陆士衡机诗如木神土鬼,诳人香火。
> 潘安仁岳诗如栏边鹅鸭,体重飞难。
> 左太冲思诗如天岭气交,幽人来憩。
> 傅休奕玄小诗颇有风流媚趣,其他如丑女簪花,武人磨墨。
> 刘越石琨诗如孤鹤夜吟,松露下滴。
> 张景阳协诗如院幽僧独,木樨秋香。
> 郭景纯璞诗如吴越乡谈,口角清历。
> 王逸少羲之传诗不多,其《兰亭》一篇,如苏仙高屋,翘视群儿。
> 陶渊明潜诗如天春气霭,花落水流。
> 谢康乐灵运诗如朗月秋悬,内涵山影。
> 鲍明远照诗如胡缨楚客,剑气纵横。

颜延之延年《秋胡行》、《五君咏》，如褰衣下水，捧藕出泥。

谢玄晖朓诗如月出轩开，琴僧卷袂。

谢惠连诗如松林月过，偶闻樵音。

梁简文帝诗如秋蝶依草，欲懒欲愁。

江文通淹诗如客主献酬，笙箫间作。

沈休文约诗如锦衣山行，多逢荆棘。

何仲言逊诗如寒萤洗露，碧火流空。

柳文畅恽诗如衣漱井水，齿颊冰寒。

江总持总、徐孝穆陵诗如怖敌小儿，可床下伏。

阴子坚铿诗如鹦鹉学人，语音滞涩。

庾子山信诗如野圃菜花，村香袭人。

初唐王勃、杨炯、卢照邻、骆宾王四子诗如沉沉夥涉，篝火狐鸣。

沈佺期、宋之问、燕张说、许苏颋诗如上林虎象，魄大气驯。

张曲江九龄诗如铜铁千年，古光秀出。

陈伯玉子昂诗如霞落云销，天山晴朗。

李太白白诗如饥鹰下掠，逸气横空。

杜子美甫诗如书成天泣，血渍石上。

王摩诘维诗如初祖达摩过江说法，又如翠竹得风，天然而笑。

孟襄阳浩然诗如过雨石泉，清见鱼影。

刘挺卿眘虚诗如幽人夜坐，隔水吹笙。

常盱眙建诗如山伏水落，有气有魂。

储太祝光羲诗如历齿蓬头，无惭儿子。

高达夫适诗如鲁儒方屦，缓步生尘。

岑嘉州参诗如雪天剑客，罢酒出门。

李东川颀诗如枯松老柏，劲气中含。

王龙标昌龄诗如谢客山游，殊饶豪气。

元次山结诗如百岁老人，冠履古制。

刘文房长卿诗如陈仓野鸡，色碧声雄。

韦苏州应物诗如骨冷神清，独寝无梦。

柳子厚宗元诗如玄鹤夜鸣，声含霜气。

韩退之愈诗如战酣喝日，退舍倒行。

孟东野郊诗如夜黑风玄，石言不息。

李长吉贺诗如雨洗秋坟,鬼灯如月。

钱仲文起诗如水头山脚,独树人家。

张文昌籍、王仲初建诗如风落霜梨,触牙松脆。

白乐天居易、元微之稹诗如梨园法曲,其声动心。

贾阆仙岛诗如腊病僧,袈裟碎破。

李义山商隐诗如汉帷鬼女,真赝微茫。

温飞卿庭筠诗如绣文罢剌,双倚市门。

皮袭美日休、陆鲁望龟蒙诗如疥背骆驼,全无妩媚。①

三十一 徐熊飞《修竹庐谈诗问答》论近体、古体皆有绳墨

徐熊飞(1762—1835)字子宣,一字渭扬,号雪庐,浙江武康人。嘉庆九年(1804)举人。尝客平湖。贫无以自存,阮元聘为诂经精舍讲席。中年,与杨芳灿、王豫、石钧、吴楚等诗酒流连,名盛一时。晚年养病家居,以著述自娱。特赏翰林院典籍衔。徐熊飞励志于学,工诗及骈体文。著有《白鹄山房集》、《修竹庐谈诗问答》(陆坊问、徐熊飞答)等。

《修竹庐谈诗问答》篇幅不长,但精见迭出,如"能合而不能离,与能离而不能合,皆弊","唐人以作诗之法作文,宋人以作文之法作诗","东坡不能为唐人之庄严,唐人亦不能为东坡之潇洒"之类。其论格律与性情的关系云:"问:'格律犹规范也,性情犹炉锤也。运我炉锤,而又不畔于古人之规范,其道何由?'答:'性情素也,规格绚也,以素加绚,则功力要哉!譬如作书,步武前人法帖,初欲其合,继欲其离。能合而不能离,与能离而不能合,皆弊也。孙武《兵法》,武侯变为八阵,李药师(唐代李靖)变为六花,斯为学焉,而得其神明者。如学唐肖唐,学宋肖宋,犹未尽善也。'"②又论诗与文,唐诗与宋诗异同云:"问:'作文与作诗不同,事关家国,语及君臣,文品之正轨也;寓物留题,言近旨远,诗情之绵邈也。混而同之,体裁两失,然乎?否乎?'答:'唐人以作诗之法作文,宋人以作文之法作诗,二者互有得失,视用之何如耳。然工文者不尽工诗,工诗者不尽工文,事固不能兼擅也。'"论古、近体之异同云:"问:'近体自有绳墨,古诗信口而出,非有绳墨之可循。故尚格调者,动言近体难于古诗,然行乎其所不得不行,止乎其所不得不止,此中要有绳墨在否?则洋洋洒洒,倚马千言,求之古人,吾见亦

---

① (清)牟愿相《小澥草堂杂论诗》,《清诗话续编》,上海古籍出版社 1993 年版。

② (清)徐熊飞《修竹庐谈诗问答》,《诗问四种合刻》,齐鲁书社 1985 年版。下引同。

954

罕,岂今人之才,果远胜古人欤？抑别有说欤？'答:'无论近体、古体,皆有一定之绳墨,特不可为绳墨所缚,反至夭阏性情耳。古体绳墨如草蛇灰线,看似无迹,其实离合顿挫,皆有天然凑泊之妙。譬如李贰师(李广利)、郭汾阳(子仪)士卒游行自在中,未尝不队伍森严也。若舍弃绳墨,以跅弛驰突自诩,其与任华、刘叉相去几何矣？才力虽强,不足法也。'"论五绝有乐府、古诗二体,"各臻其妙,未可轩轾"云:"问:'唐人五言绝句,如"三日入厨下"、"打起黄莺儿"、"自君之出矣"诸作,俱脍炙人口。然儿女声情,喃喃可厌,令人不耐多读。终当以王、裴《杂咏》及祖咏《终南残雪》、孟浩然《建德舟次》等诗为大雅正宗。然乎否乎？'答:'五绝有二体,其一原本乐府,其一出于古诗。《新嫁娘》、《辽西曲》乐府之变也。裴、王杂咏,古诗之流也。各臻其妙,未可轩轾。'"论七律风格的多样性,认为"七律正轨,究以唐人为宗":"问:'七律之上者,曰浑厚、曰雄健;其次曰绵远,曰倜傥;又其次曰清新,曰风趣,曰生辣。东坡之律诗,足下所极口称道者,果居何等乎？'答:'四唐诗如朝庙,衣冠举动,皆中仪节。东坡仙风道骨,虽葛巾野服,意度自尔不凡。东坡不能为唐人之庄严,唐人亦不能为东坡之潇洒也。然七律正轨,究以唐人为宗,参之东坡,以穷其变可耳。'"

三十二　方东树《昭昧詹言》论古文文法通于诗

方东树(1772—1851)字植之,号副墨子、仪卫老人。安徽桐城人。父绩,博学工古文词。东树幼承家范,及长,学古文于姚鼐。不欲以诗文名世,专研义理,一宗朱子,著《汉学商兑》,以攻考据家之失。尝游粤东,值禁鸦片,著《匡民正俗对》,陈禁烟之道。鸦片战起,著《病榻罪言》,论御之之策,朝廷皆不用。晚岁家居,其学益进,古文简洁,含蓄不及姚鼐,却能自开大,以成一格。著有《仪卫轩文集》、《仪卫轩诗集》、《昭昧詹言》、《老子章义》、《阴符经解》等十余种。

《昭昧詹言》是方东树的论诗之作。正集十卷专论五言古诗。其后又《续录》二卷,专论七言古诗。后又撰成《续昭昧詹言》八卷,专论七言律诗,末附论诸家诗话。作为桐城派古文家,他认为古文文法通于诗,故他以论古文之法论诗。如其论五古云:"五言诗以汉、魏为宗,用意古厚,气体高浑,盖去《三百篇》未远;虽不必尽贤人君子之词,而措意立言,未乖《风》、《雅》。惟其兴寄遥深,文法高妙,后人不能尽识,往往昧其本解,而徒摭其句格面目,递相仿效,遂成熟滥可厌。"①卷一一《总论七古》云:"诗莫难于七古。七古以才气为主,纵横变化,雄奇浑颢,亦由天授,不可强能。杜公、

---

①　(清)方东树《昭昧詹言》卷二,人民文学出版社 1961 年版。

太白,天地元气,直与《史记》相埒,二千年来,只此二人。其次,则须解古文者,而后能为之。观韩、欧、苏三家,章法翦裁,纯以古文之法行之,所以独步千古。南宋以后,古文之传绝,七言古诗,遂无大宗。阮亭号知诗,然不解古文,故其论亦不及此。”卷一四《通论七律》云:“世之文士,无人不作诗,无诗不七律,诚有如林子羽(明代闽中诗人林鸿)所讥者。不知诗之诸体,七律为最难,尚在七言古诗之上。何则?七古以才气为主,而驰骤疾徐,短长高下,任我之意以为起讫。七律束于八句之中,以短篇而须具纵横奇恣、开阖阴阳之势,而又必起结转折章法规矩井然,所以为难。古人至配之书中小楷。古今止七家能工于此,可知非易也。”

三十三　延君寿《老生常谈》论“不必执死法以绳活诗”

延君寿(1765—?)字荔浦,山西阳城人。诸生,官长兴知县。诗与张晋齐名,著有《六砚草堂诗集》。

延君寿所撰《老生常谈》遍论五古、七古、五律、七律,认为“不必执死法以绳活诗”,均有识见。其论古体云:“古体诗要读得烂熟,如读墨卷法,方能得其音节气味,于不论平仄中,却有一自然之平仄。若七古诗泥定一韵到底,必该三平押脚,工部、昌黎即有不然处。《声调谱》等书,可看可不看,不必执死法以绳活诗。惟平韵一韵到底,律句当避,不可不知。”①论五古云:“五古常有整句是正格,七古用整句亦是正格。苏、黄五古多不用整句。李、杜歌行,风云变态,不可测其出没。能效则效,可量力为之,不可勉强,亦不可画地自界,到实在知难而退,人事尽矣,庶乎无憾。”论七古云:“七古无不转韵者,至韩、苏始多一韵,工部偶有之耳。盖一韵易失于平,转韵则多峭折之致,要各随其才力,若强宗韩、苏而为疥骆驼,反不如瘦骅骝之为愈也。至韵转而气行,韵不转而波涌,才也而有学焉。入手当师高(适)、岑(参),岑之诗气盛而笔健,不在李、杜下。工部七古,选本颇尽其精华,余则启韩、欧一派,可以缓读。前人学前人,亦只能得其中等之作,再加以自家心胸学问以变化之。如《哀王孙》等作,虽韩亦不能得其妙,所谓各人有各人独至处。”又云:“七古,高、岑、王、李是一种,李、杜各一种,李长吉一种,张、王乐府一种,韩一种,元、白又一种,后人几不能变化矣。东坡虽是学前人,其横说竖说,喜笑怒骂,跌宕自豪,又自成一种。此下更无变法。山谷、遗山皆好到极处,然不能变前人也。六一、介甫学韩。张文潜、晁无咎辈是学韩、欧、东坡。陆放翁、虞伯生此体亦佳。杨铁崖、谢皋羽、张玉笥(元代诗人张宪)是学张、王乐

---

① (清)延君寿《老生常谈》,《清诗话续编》,上海古籍出版社 1983 年版。下引同。

府,杨、谢奇辟处,尤能上追长吉。若任华、卢仝,则又不当去学。前明当推何、李。本朝此体,人各有能处,无专门名家也。"论五律云:"五律限于字句,虽有才气,无从施展,极纵横变化之能,仍不许溢于绳墨之外。如工部之《岳阳楼》第五句'亲朋无一字',与上文全不相连。然人于异乡登临,每有此种情怀。下接'老病有孤舟',倘无'舟'字,则去题远矣。'戎马关山北',所以'亲朋无一字'也。以此句醒隔句'凭轩涕泗流'。亲朋音乖,戎马阻绝,所以'涕洒流'。'凭轩'者,楼之轩也。以工部之才为律诗,其细针密线有如此,他可类推。"论七律云:"七律当以工部为宗,附以刘梦得(禹锡)、李义山(商隐)两家。杜诗选读甚难,当看其对句变化不测处。如'春水船如天上坐',岂料对句为'老年花似雾中看'哉!其妙处不可讲说,正要出人意表。若只读其'信宿渔人还泛泛,清秋燕子故飞飞',又震此为《秋兴八首》句也,便不可与言诗。"

三十四　林昌彝《射鹰楼诗话》论杂歌诗、五言排律、七古、乐府等

林昌彝(1803—1876)字惠常,侯官(今福建福州)人。道光十九年(1839)中举,此后八次参加会试,均未中。学问渊博,尤精于礼学,受到前辈赏识,同辈推重,然一生在科举和仕途上很不得意。林昌彝是林则徐族兄,与魏源等交好,所作诗文多记鸦片战争史实,表彰抗英爱国人物事迹,抨击清政府腐败无能。著有《三礼通释》二百八十卷,进呈朝廷,奉谕赐官教授,任职于福建建宁、邵武。后掌教广东海门书院,往来于粤闽两地。又著有《小石渠阁文集》、《海天琴思录》、《射鹰楼诗话》等。其《射鹰楼诗话》("鹰"与"英"谐音,用意十分深刻)收有大量爱国抗英的诗作,是中国近代文学史上第一部系统收录反对外国侵略的诗话。

《射鹰楼诗话》卷七论杂歌诗云:"唐人《才调集》题云'古律杂歌诗',案:《文选》王仲宣、刘公幹、魏文帝、陈思王、嵇叔夜、傅休奕、张茂先、枣道彦、左太冲、张季鹰、张景阳、陶渊明、王景玄皆有杂诗,李善云:'杂者,不拘流例,遇物即言,故云杂也。'"①同卷论五言排律云:"五言长排,非才力雄大者不能作。元微之最服膺少陵长篇排律,元遗山论诗讥之云:'排比铺张特一途,藩篱如此亦区区。少陵自有连城璧,怎奈微之识碔砆。'余谓少陵长排独步古今,盛唐以后,几成逸响。前明薛君采亦喜为之,雅炼有余,而雄浩不足。宋、元、明而后,惟本朝顾亭林、朱竹垞二家,可以直接少陵,他人不足多也。"卷一四论诸体诗难易云:"诸体诗以七律为最难。次则为七古,七古句过长不可,句过排亦不可;句过长则驱迈不疾,句过排则筋脉不遒。"又云:"排句最为歌行

---

① 　(清)林昌彝《射鹰楼诗话》,咸丰元年刻本。

所忌,为此体者,当于腾骧变化求之,不可以举鼎绝膑为勇也。"卷二四论乐府云:"凡诗可以被之管弦者,名曰'乐府'。自汉以后,其法已忘,后人率多拟作,以为诗家门面,不知汉人乐府皆袭秦旧,又杂以曼声,丽而不经,靡而非典,去古乐府之法律音节远矣。少陵无拟古之什,而前、后《出塞》、三《别》、三《吏》等篇,得风人之旨。香山《新乐府》亦称是,盖其识卓越千古矣。"

三十五　施补华《岘佣说诗》论诗之体式、格调、作法

施补华(1835—1890)字均甫,别号岘佣,室名泽雅堂。乌程(今属浙江)人。同治九年(1870)举人。官至山东候补道员。性沉默,人疑其骄,多毁之。初入左宗棠幕,后受弹劾出嘉峪关,至阿克苏入张曜幕。文词简洁,而气象雄阔,远非桐城诸家所及;诗亦深秀。著有《泽雅堂文集》、《泽雅堂诗集》、《岘佣说诗》等。

其《岘佣说诗》为光绪七年(1881)作者从张曜驻防喀什葛尔时所述,皆论说诗艺,以温柔敦厚为旨,婉曲含蓄为宗;言体式、格调,论作法、修辞,评论历代诗家,均要言不烦,是晚清诗话中的上乘之作。

其论律诗结构、作法云:"学诗须从五律起,进之可为五古,充之可为七律,截之可为五绝,充而截之可为七绝";"今人作律诗,往往先作中二联,然后装成首尾。故即有名句可摘,而首尾平弱草率,劣不成章。必须一气浑成,神完力足,方为合作。五律尤要,所谓'四十贤人'也";"起处须有峻嶒之势,收处须有完固之力,则中二联愈形警策。如摩诘'风劲角弓鸣,将军猎渭城'"倒戟而入,笔势轩昂。'草枯'一联,正写猎字,愈有精神。'忽过'二句,写猎后光景,题分已足。收处作回顾之笔,兜裹全篇,恰与起笔倒入者相照应,最为整密可法。又如'万壑树参天,千山响杜鹃','天官动将星,汉地柳条青',皆起势之峻嶒者,举此可以类推。"①

其论诗之炼字法和加一倍写法云:"五律须讲炼字法,荆公所谓诗眼也。'泉声咽危石,日色冷青松','远水兼天净,孤城隐雾深',此炼实字。'古墙犹竹色,虚阁自松声','蚁浮仍蜡味,鸥泛已春声','江山有巴蜀,栋宇自齐梁','入天犹石色,穿水忽云根',此炼虚字。炼实字有力易,炼虚字有力难。"又云:"'感时花溅泪,恨别鸟惊心','无风云出塞,不夜月临关',是律句中加一倍写法。"

又论律诗对偶云:"五言律有中二语不对者,如'倚杖柴门外,临风听暮蝉'是也;有全首不对者,如'挂席几千里','牛渚西江夜'是也。须一气挥洒,妙极自然。初学

---

① 　(清)施补华《岘佣说诗》,《清诗话》,上海古籍出版社1963年版。下引均同。

人当讲究对仗,不能臻此化境。"

他认为言情诗尤宜慎重:"诗不废言男女,然是言情,不是导淫。五言体尊,尤宜慎重。唐人诗:'小胆空房怯,长眉满镜愁','寒尽鸳鸯被,春生玳瑁床',如是即止,最为得体。"咏物诗须有寄托:"咏物诗必须有寄托,无寄托而咏物,试帖体也。少陵《促织》诸篇,可以为法。"诗可以作议论:"五言律亦可施议论断制,如少陵'胡马大宛名'一首,前四句写马之形状,是叙事也;'所向'二句,写出性情,是议论也;'骁腾'一句勒,'万里'一句断。此真大手笔,虽不易学,然须知有此境界。明人《铁马》诗得此意。"不可轻作拗体:"拗体不可轻作,此是已成功夫,初学时须律协声稳,不惟五律为然也。"律诗当讲声韵:"两字同解,有用此字而声亮,用彼字而声哑者,既云律诗,当讲声韵,择其亮者用之。"

以上均论诗之作法。又论各体诗,如论五古云:"五言古诗,厥体甚尊,《三百篇》后,此其继起,以简质浑厚为正宗。苏、李赠答,《古诗十九首》后,唯陈思(曹植)诸作及阮公《咏怀》、子昂《感遇》等篇,不逾分寸。余皆或出或入,不能一致也";"五言古诗,不废排比对偶。然如陆士衡则伤气,如颜延之则窒机,盖整密中不可无疏宕也";"少陵五言古千变万化,尽有汉、魏以来之长而改其面目。叙述身世,眷念友朋,议论古今,刻划山水,深心寄托,真气坌涌。《颂》之典则,《雅》之正大,《小雅》之哀伤,《国风》之情深,文明长于讽喻,息息相通,未尝不简质浑厚,而此例不足以尽之。故于唐以前为变体,于唐以后为大宗,于《三百篇》为嫡支正派。"

其论七古云:"七言古虽肇自《柏梁》,在唐以前,具体而已。魏文《燕歌行》已见音节,鲍明远诸篇已见魄力。然开合变化,波澜壮阔,必至盛唐而后大昌。"

其论七律之初盛中晚云:"唐初七律有平仄一顺者。至摩诘(王维)、少陵犹未改。如摩诘'酌酒与君'一首,第三联'草色全经'平仄一顺;少陵'天门日射'一首,第三联'云近蓬莱'平仄一顺,此类甚多,要是当时初创此体,格调未严,今人不必学也。"又云:"七律至中唐而极秀,亦至中唐而渐薄。盛唐之浑厚,至中唐日散;晚唐之纤小,自中唐日开。故大历十子七律,在盛衰关头,气运使然也。"又论七律拗体云:"七律有全首拗调如古诗者,少陵'主家阴洞'一首、'城尖径仄'一首之类是也,初学不可轻效。"

论五绝云:"五言绝句,截五言律诗之半也。有截前四句者,如'移舟泊烟渚,日暮客愁新。野旷天低树,江清月近人'是也;有截后四句者,如'功盖三分国,名成八阵图。江流石不转,遗恨失吞吴'是也;有截中四句者,如'白日依山尽,黄河入海流。欲穷千里目,更上一层楼'是也;有截前后四句者,如'山中相送罢,日暮掩柴扉。春草年年绿,王孙归不归'是也。七绝亦然。"

论七绝云:"七绝固可将七律随意截,然截后半首一二对、三四散,易出风韵;截前半首一二散、三四对,易致板滞;截中二联更板;截前后通首不对易虚。此在学者会心耳。"

他认为绝句是绝句,不可与乐府混:"谢朓以来即有五言四句一体,然是小乐府,不是绝句。绝句断自唐始。五绝只二十字,最为难工,必语短意长而声不促,方为佳唱。若意尽言中,景尽句中,皆不善也。""唐人七绝每借乐府题,其实不皆可入乐,故只作绝句论。"

又论排律云:"五言长排,必以少陵为大宗。岑参、王维篇幅尚窘,后来元、白滔滔不绝,失之平滑,不足仿效也。"

三十六　朱庭珍《筱园诗话》论古诗律诗之不同

朱庭珍(1841—1903)字小园,一作筱园、晓园,号诗隐。云南石屏人。光绪十四年(1888)举人,主讲经正精舍。曾结莲湖诗社于昆明,被推为社长,是当时滇南诗坛执牛耳的人物。其诗作质朴平淡,饱含真情,是其诗论的实践之作。著有《穆清堂集》、《筱园诗话》。辑刊滇中诗文,有《天船遗诗》、《云峰剩稿》、《云帆续集》。

朱庭珍《筱园诗话》四卷有很高的学术价值,几可与叶燮的《原诗》并列,卷一以阐述诗学基本观点为主,卷二评论历代诗家、诗作、诗论,卷三、卷四摘句论诗。全书持论通达平正,文字详密,于是非分寸之辨,剖析极细。其论古诗、律诗异同云:"沈归愚(德潜)先生云:'作古诗不可入律,作律诗却须得古诗意。正如作书者,写隶篆八分,不可入行草楷书法;作行草楷书,却须得篆隶八分法,同此意也。'人以为妙喻妙论,予独不以为然。夫古诗律诗,体格不同,气象亦异,各有法度,各有境界分寸。即以使事选材,用意运笔而论,有宜于古者,有宜于律者,有古律皆宜,古律皆不宜者。是所宜之中,且争毫厘,分寸略差,失等千里。作者相题行事,各还其本来,各成其当然之诣,不亦善乎! 何必以五古平淡之味,施之五律,以求高瘦;以七古苍莽之气,行之七律,以破谨严,致犯枯槁颓唐之病耶! 盖离则两美,合则两伤。近代名家,五律惯作带对不对流水之格,七律动作拗体吴体,以求高求峭,皆此种见解议论误之也。"①

卷三评历朝各家五言长篇云:"五言长篇,始于乐府《孔雀东南飞》一章,而蔡文姬《悲愤诗》继之。唐代则工部之《北征》、《奉先述怀》二篇,玉溪(李商隐)《行次西郊》一篇,足以抗衡。退之(韩愈)《南山》,稍次一格,然古香古色,并峙词坛,皆文章家冠冕也。香山(白居易)《悟真寺诗》,多至百三十韵,在集中亦是巨制。然雅秀清圆而乏浑

---

① （清)朱庭珍《筱园诗话》卷一,郭绍虞辑《清诗话续编》,上海古籍出版社 1983 年版。

厚高古之诣,用笔用法又鲜变化,所以不能与杜、韩、李诸诗并立。宋人五古,薄于有唐,古格古意,浸以沦丧,又好以文为诗,品逾趋下。终宋之世,短章五古,各大家尚有可与唐贤抗衡者,而长篇则无一出色大文可配前哲矣。元人好作长篇,而才力薄弱,词旨敷衍浅率,竟难求一完璧。其品格较宋尤劣,不堪为古人役,况敢望肩随耶!前明如邓远游(澹)《哀武定》、杨文襄公(一清)《闻人道汉中事》诸作,篇幅虽长,而不免牵强,且率句稚句笨句,时见败笔,皆未完善,亦不足道。惟王元美(世贞)《袁江流》一篇,篇幅大而才力沛然,差足为一代巨擘。而归愚议其仿古痕迹未化,有心苛求,论殊过当。《将军行》亦有古致,均为传作。若本朝,则吴梅村(伟业)之《临江参军》、《吴门遇刘雪舫》、《南园叟》三篇,陈元孝之《王将军挽歌》一篇,胡稚威之《烈女李三行》一篇,皆淋漓沉郁,神骨色泽,气味意旨,皆逼古人。而《王将军歌》,神骨尤古健绝伦,足为《孔雀东南飞》及《北征》、《西郊》嗣音,较王元美《袁江流》,有过之无不及也。古今大篇,佳者举列于此。各诗皆长,不能录入诗话,学者当于选本及各专集中细心玩之。”

第十一节　清人诗文评论著中的词体、曲体论

一　先著《词洁辑评》的词体论

先著(生卒年不详)字渭求,号蠚斋。泸州(今属四川)人,明季遗老。学问博洽,善画花卉、人物,书法得晋人遗意。尤工诗词。顺治二年(1645)流寓金陵,自号迁夫,又号盍旦子,偕诸名士往来酬唱无虚日。著有《之溪老人集》、《劝影堂词》、《词洁》等。其《词洁》为词之选评。《词洁辑评》(先著、程洪撰。程洪,字丹问)乃辑《词洁》一书评语,多论述词之风格、特点、价值和意义,其评词主旨见于其《序》与《发凡》。

《词洁序》首论诗词之别,一是诗道广而词体轻:“道广则穷天际地,体物状变,历古今作者而犹未穷。体轻则转喉应拍,倾耳赏心而足矣。”二是诗、词之体不同:“诗自三言、四言,多至九字、十二字,一韵而止,未有数不齐、体不纯者。词则字数长短参错,比合而成之。”三论词之演变,“唐以前之乐府,则诗载其词,犹与诗依类也”;“至宋人之词,遂能与其一代之文同工而独绝,出于诗之余,始判然别于诗矣。故论词于宋人,亦犹语书法、清言于魏、晋间,是后之无可加者也”;“明一代,治词者寥寥”;清初又兴盛起来,并步趋南北宋词:“近日则长短句独盛,无不取途涉津于南、北宋。虽歌诗亦尚宋人。予尝取宋人之诗与词,反复观之,有若相反然者。词则穷巧极妍,而趋于新;诗则神槁物隔,而终于敝。宋人之诗,不词若也,”他把词喻为闽之荔枝,中州之芍药:“有咀其味者,喻之以醍酪;有惊其色者,拟之以冶容,亦得其似而已。宋之词犹是

也"。末谓其编《词洁》是要保其洁而去其秽:"恐词之或即于淫鄙秽杂,而因以见宋人之所为,固自有真耳……是则所为《词洁》之意也。"①

其《发凡》云:"唐人之作,有可指为词者,有不可执为词者,若张志和之《渔歌子》、韩君平(翃)之《章台柳》,虽语句声响居然词令,仍是风人之别体,后人因其制,以加之名耳。夫词之托始,未尝不如此。但其间亦微有分别,苟流传已盛,遂成一体,即不得不谓之词。其或古人偶为之,而后无继者,则莫若各仍其故之为得矣。倘追原不已,是太白'落叶聚还散'之诗,不免被以《秋风清》之名为一调。最后若倪元镇之《江南春》,本非词也,只当依其韵,同其体,而时贤拟之,并入倚声。此皆求多喜新之过也。"

二 黄周星《制曲枝语》论诗、词、曲格律之宽严难易

黄周星(1611—1680)字九烟,又字景明,晚年名黄人,字略似,别署半非道人,金陵(今江苏南京)人。崇祯六年(1633)举人,十三年进士。十六年授户部主事。入清后不仕,往来吴越间,以授徒为生。工诗文,通音律,擅作戏曲。年七十,自撰《墓志铭》及《解脱吟》、《绝命词》,三赴清流欲自尽,皆遇救,遂绝食而亡。著有《夏为堂集》、《制曲枝语》。所撰传奇《人天乐》,杂剧《惜花报》、《试官述怀》,今存。

《制曲枝语》共十条,原附刊于其所撰传奇《人天乐》卷首。黄周星认为"诗降而词,词降而曲,名为愈趋愈下,实则愈趋愈难。何也? 诗律宽而词律严,若曲,则倍严矣……曲之难有三:叶律一也,合调二也,字句天然三也。尝为之语曰:'三仄更须分上去,两平还要辨阴阳。'诗与词曾有是乎? 词坛之推服魁奇者,必曰神童、才子。夫神童之奇,奇在出口成章;才子之奇,奇在立扫千言也。然仅可施之于诗文耳,设或命之制曲,出口可以成章乎? 千言可以立扫乎? 故才者至此无所骋其才,学者至此无所用其学,此所谓最下之文字,实最上之工力也。以此思难,难可知矣。愚谓:曲有三难,亦有三易。三易者:可用衬字衬语,一也;一折之中,韵可重押,二也;方言、俚语,皆可驱使,三也。是三者,皆诗文所无,而曲所有也。然亦顾其用之何如,未可草草。即如宾白,何尝不易? 亦须顺理成章,方可动听,岂皆市井游谈乎?"②

三 刘体仁《七颂堂词绎》论"词亦有初盛中晚"

刘体仁(1618—1677)字公㦻,号蒲庵,明末清初颍川卫(今安徽阜阳)人。因平生

---

① (清)先著《词洁辑评》卷首,《词话丛编》,中华书局 1986 年版。
② (清)黄周星《制曲枝语》,《中国古典戏曲论著集成》,中国戏剧出版社 1959 年版。

慕成连、陆贾、司马徽、桓伊、沈麟士、王绩、韦应物之为人,故室名七颂堂。清顺治十二年(1655)进士。曾官刑部主事、吏部郎中。能诗喜画,善鼓琴,精鉴赏,与王士禛、汪琬齐名而相友善,被称为清初十才子之一。喜交游,与清初诸多名人如孙奇峰、傅山、冒襄等都有很深的友情。著有《七颂堂集》,为其晚年亲手编定,共有诗集九卷(其中词一卷)、别集《空中语》一卷、文集四卷、尺牍一卷。另有集外单行的词话著作《七颂堂词绎》和鉴赏著作《七颂堂识小录》等。

其《七颂堂词绎》论词体特点及创作经验,颇为深刻,体现了很高的艺术鉴赏水平。如谓"词有与古诗同义者","词有与古诗同妙者","杜诗具词之神理","词须不类诗与曲","词中境界,有非诗之所能至者,体限之也"等。特别是他提出的"词亦有初盛中晚"之说,既新颖又有见地:"词亦有初盛中晚,不以代也。牛峤、和凝、张泌、欧阳炯、韩偓、鹿虔扆辈,不离唐绝句,如唐之初未脱隋调也,然皆小令耳。至宋则极盛,周、张、柳、康,蔚然大家。至姜白石、史邦卿,则如唐之中。而明初比唐晚,盖非不欲胜前人,而中实枵然,取给而已,于神味处,全未梦见。"①

四　万树《词律》论词体"皆精确不刊"

万树(约 1630—1688)字红友、花农,号山翁,江苏宜兴人。国子监生,康熙时曾在广东为两广总督幕僚。他工词善曲,所作杂剧、传奇共二十余种,今仅可考见其剧名者十六种。万树对词的格律研究极深,他根据自己所见古人词分类考订,在纠正《啸余谱》错讹的基础上,与无锡侯文灿共同编成《词律》。后分为二十卷,收集词牌六百六十个,计一千一百八十体。康熙年间陈廷敬、王奕清等奉旨编写《钦定词谱》,基本上是以万树《词律》为基础的。《词律》的《自叙》及其长篇《发凡》,堪称词体学通论,阐明了他的词学观。

《词律·自叙》首叹词学之兴衰:"慨自曲调既兴,诗余遂废,纵览《草堂》之遗帙,谁知大晟(宋徽宗时的大晟乐府)之元音?然而时届金、元,人工声律,迹其编著,尚有典型。明兴之初,余风未泯。青邱(高启)之体裁幽秀,文成(刘基谥号)之丰格高华,矩矱犹存,风流可想。既而斯道,愈远愈离。即世所脍炙之娄东(吴伟业)、新都(杨慎)两家,撷芳则可佩,就轨则多岐。按律之学未精,自度之腔乃出。虽云自我作古,实则英雄欺人。盖缘数百年来士大夫辈,帖括之外,惟事于诗。长短之音,多置弗论。即南曲盛行于代,作家多擅其名,而试付校雠,类皆龃龉。况乎词句,不付歌喉,涉历

---

① 　均见(清)刘体仁《七颂堂词绎》,《词话丛编》,中华书局 1986 年版。

已号通材,摹仿莫求精审。故维扬张氏(张綖)据词而为图,钱唐谢氏(谢肇淛字在杭,号武林)广之,吴江徐氏(徐丰)去图而著谱,新安程氏(程明善)辑之,于是《啸余谱》一书通行天壤,靡不骇称博核,奉作章程矣。百年以来,蒸尝弗辍。近岁所见,刳剟裁新,而未察其触目瑕瓂,通身罅漏也……至今日而词风愈盛,词学愈衰矣。"他认为词是有格律的:"词谓之填,如坑穴在焉,以物实之而恰满。如字可以易,则枘凿背矣,即强纳之而不安。"他于是根据《花庵》、《草堂》、《尊前》、《花间》等词集,"考其调之异同,酌其句之分合,辨其字之平仄,序其篇之短长,务标准于名家,必酌中于各制。有调同名别者则删而合之,有调别名同者则分而疏之,复者厘之,缺者补之",编成此书,"计为卷二十,为调六百六十,为体千一百八十有奇。其篇则取之唐、宋兼及金、元,而不收明朝自度、本朝自度之腔;于字则论其平仄,兼分上去,而每详以入作平,以上作平之说"①。

万树又撰长篇《发凡》(同上),以揭示《词律》全书体例。一是关于词调分类,他主张"列调自应从旧,以字少居前,字多居后,既有曩规,亦便检阅。"他反对以词的字数多少把词分为小令、中调、长调:"自《草堂》有小令、中调、长调之目,后人因之,但亦约略云尔。《词综》所云:'以臆见分之。'后遂相沿,殊属牵率者也。钱唐毛氏(毛先舒)云:'五十八字以内为小令,五十九字至九十字为中调,九十一字以外为长调,古人定例也。'愚谓此亦就《草堂》所分而拘执之,所谓定例,有何所据? 若以少一字为短,多一字为长,必无是理。如《七娘子》有五十八字者,有六十字者,将名之曰小令乎,抑中调乎? 如《雪狮儿》有八十九字者,有九十二字者,将名之曰中调乎,抑长调乎? 故本谱但叙字数,不分小令、中、长之名。"

二是对词史上十分复杂的同调异名现象,他主张加以合并:"词有调同名异者,如《木兰花》与《玉楼春》之类,唐人即有此异名。至宋人则多取词中字名篇,如《贺新郎》名《乳燕飞》,《水龙吟》名《小楼连苑》之类……后人厌常喜新,更换转多,至厖杂朦混,不可体认。所贵作谱者合而酌之,标其正名,削其巧饰,乃可遵守。"他认为当时的词谱有二失:一是"不知而误,复收,如《望江南》外又收《梦江南》,《蝶恋花》外又收《一箩金》,《金人捧露盘》外又收《上西平》之类,不可枚举";二是"既袭旧传之误,而又循时尚之偏,遂有明知是某调而故改新名者,如《捣练子》改《深院月》,《卜算子》改《百尺楼》,《生查子》改《美少年》之类尤多,不可枚举。至若《临江仙》不依旧列第三体,而换作《庭院深深》,复注云'即《临江仙》三体',是明知而故改也"。词的同调异名、异调同名既为普遍现象,不存其异名反使读者不知其为同调,故他主张"异名者皆识之

---

① (清)万树《词律》卷首,上海古籍出版社 1984 年影印光绪二年本。

题下"。

三是对同名异调之处理,他认为:"词有调异名同者,其辨有二:一则如《长相思》、《西江月》之类,篇之长短迥异,而名则相同。故即以相比,载于一处。他若《甘州》后之附《甘州子》、《甘州遍》,《木兰花》后之附《减字》、《偷声》,亦俱以类相从,盖汇为一区,可以披卷了然,而无重名误认、前后翻检之劳也。一则如《相见欢》、《锦堂春》俱别名《乌夜啼》、《浪淘沙》、《谢池春》俱别名《卖花声》之类,则皆各仍正名,而削去雷同者,俾归画一。"总之,或"以类相从",或"各仍正名,而削去雷同者",或"列其正调",注明兼名,作不同处理。四是他还详细列举了词的分调之误、分段之误、分句之误,兹不详述。

《四库全书总目》卷一九九对《词律》评价甚高:"是编纠正《啸余谱》及《填词图谱》之讹,以及诸家词集之舛异,如《草堂诗余》有小令、中调、长调之目,旧谱遂谓五十八字以内为小令,五十九字至九十字为中调,九十一字以外为长调。树则谓《七娘子》有五十字者,有六十字者,将为小令乎,中调乎?《雪狮儿》有八十九字者,有九十二字者,将为中调乎,长调乎?故但列诸调,而不立三等之名。又旧谱于一调而长短异者,皆定为第一、第二体,树则谓调有异同,体无先后,所列次第既不以时代为差,何由知孰为第几。故但以字数多寡为序,而不立名目,皆精确不刊。其最入微者,一为旧谱不分句读,往往据平仄混填。树则谓七字有上三下四句,如《唐多令》、《燕辞归》、《客尚淹留》之类;五字有上一下四句,如《桂华》、《明遇》、《广寒》、《仙女》之类。四字有横担之句,如《风流子》'倚栏杆处,上琴台去'之类。一为词字平仄,旧谱但据字而填。树则谓上声、入声有时可以代平,而名词转折跌宕处多用去声。一为旧谱五七字之句,所注可平可仄多改为诗句。树则谓古词抑扬顿挫,多在拗字,其论最为细密。至于考调名之新旧,证传写之舛讹,辨元人曲词之分,斥明人自度腔之谬,考证尤一一有据。"亦指出其不足:"虽其考核偶疏,亦所不免,如《绿意》之即为《疏影》,树方断断辨之,连章累幅,力攻朱彝尊之疏,而不知《疏影》之前为《八宝妆》,《疏影》之后为《八犯玉交枝》,即已一调复收。试取李甲、仇远词合之,契若符节。至其论《燕春台》、《夏初临》为一调,乃谓《啸余谱》颠倒复收,贻笑千古,因欲于张子野词《探芳菲》'走马'下,添入'归来'二字为韵,而不知其上韵已用'当时去燕还来',一韵两用,其谬较一调两收为更甚。如斯之类,千虑而一失者,虽间亦有之,要之唐、宋以来倚声度曲之法,久已失传,明人臆造之谱,又递相淆乱。树推寻旧调十得八九,其开辟榛芜之功,亦未可没矣。"

吴兴祚为万树《词律》撰有序。吴兴祚(1632—1698)字伯成,号留邨,山阴(今浙江绍兴)人。入正红旗籍。以贡生入仕,累官至福建巡抚、两广总督。为政清廉,持大体,除烦苛,喜与文士交游唱酬,极有人望。万树的《词律》,即由他代为刊行问世。平生工诗文,擅音律。著有《宋元诗声律选》、《史迁句解》、《粤东舆图》等。吴序(《词律》卷首)阐明了词律比诗律更严:"诗之变古而律,其法犹宽。至诗变而为词,其法不得不加密矣。何者?词为曲所滥觞,寄情歌咏,既取丰神之蕴藉,尤贵音调之协和。其倡为名目,诸公皆才士,而又精于声音节簇之微妙。故凡其篇幅短长、字句平仄,皆非无故决然为一定不可移易焉者。世无知音,鲜识其奥,而作者又不自言其所以然以告于后人。于是世之自命为才人宿学,遂不问古作者制词之所以然,而窃谓裁割字句、交互平仄之间,无事拘泥,可任情率意更改增减。讵知古调尽失,词之名存而音亡矣!嘻,设词可不拘成格,惟凭臆是逞,则何不以诗、以骚、以赋不必句栉字比者为之,而必词之为耶?夫既刻意为词,复故失其音节之所在,不惑之甚耶!"又论万树《词律》的贡献云:"阳羡万子有忧之,谓古词本来,自今泯灭,乃究其弊所从始,缘诸家刊本不详考其真,而讹以承讹,或窜已己见,遂使流失莫底,非亟为救正不可。然欲救其弊,更无他求,惟有句栉字比于昔人原词以为章程已耳。因辑成此集,考究精严,无微不著,名曰《词律》,义取乎刑名法制,若将禁防佻达不率之为者。顾推寻本源,期于合辙而止,未尝深刻以绳世之自命为才人宿学者也。夫规矩立而后天下有良工,衔勒齐而后天下无泛驾。吾知嗣是海内词家,必更无自轶于尺寸之外,而词源大正矣。爰喜而授之梓。"

五　张星耀《词论》论"作词第一须论体裁"

张星耀,生卒年、生平不详。康熙十七年(1678),张星耀与佟世南编成当代词选《东白堂词选初集》十五卷,有清康熙飞鸿堂刻本,集前附张星耀《词论》。《四库全书·东白堂词选初集》提要云:"国朝佟世南编,世南字梅岑,辽阳人。以唐宋诗余有《花间》、《草堂》诸集。而明词选本向无善者,本朝词家虽有《倚声》、《今词》二选,而搜罗未富,因与陆进、张星耀商榷去取,合前明、昭代词人所著汇为一编,其曰初集者,以所见未广,尚当续成二集也。卷首冠以张星耀《词论》十三则,又总列作者爵里凡三百七十一人,采撷颇为繁富,而甄录未精,不免良楛杂陈之病。"

《东白堂词选初集》虽"甄录未精",而所附张星耀《词论》却有不少精到之见:"凡作词第一须论体裁。如调自十四字起,至二百三十余字止。短调须取意,如一丘一壑,安置得宜。其间烟云变幻,令人寻绎无穷。长调须取势,如长江大河,安流千里,遇风生澜,随势转折,而不失自然之妙,斯得之矣。"又如:"(作词)须论句:句自一字起,至九字止……四言有一三句,五言有一四句,六言有三三句,七言有一六句、三四句,八言有三五句,九言有三六句、六三句。凡此俱宜细辨,不得混用。有顺句,有拗句。一调之中,通首皆拗者,遇顺句必须精警;通首皆顺者,过拗句必须极熟。此句法之要也。"再如:"词必用对……断不可参差失体。凡遇对句,必须斤两悉称,不可似对非对"。"词之押韵,日久日杂。晚唐五代无失韵者,北宋之失韵者不过十分之一,南宋十有二三,金元不相叶者半,至明而失韵者八九矣。不知词韵自有一定,不可移易。""词有重句,是其中最紧要处。如《忆秦娥》之'秦楼月',《醉东风》之'闷,闷,闷',是承上接下语,须一气转下,其中仍有留连之意。《如梦令》之'如梦,如梦',《转应曲》之'肠断,肠断',是转语,其语意必须重说为佳。《钗头凤》之'莫,莫,莫',《惜分钗》之'悠悠'之类,是结上语,结语要接得着,结得住;不然,或承上而不接下,有不必重说而重说。"①

六　沈雄《古今词话》对词学分类的尝试

沈雄(生卒年不详)字偶僧,江苏吴江人。生平亦未详,约清顺治前后在世。工词,著有《柳塘词》及《古今词话》。

《古今词话》是一部辑录类词话,根据汇集的材料内容分类编排,分为词话、词品、词辨、词评,每类又分二卷。其中"词话"部分收录六朝以来关于词学的文献,"词品"部分研究词的起源、音律、作法、用典等,"词辨"部分考察了《十六字令》、《六州歌头》等一百三十多个词调,"词评"部分搜罗对历代词人的评论资料。该书虽然分类略显粗疏,征引文献也有体例较乱、不标出处的缺点,但也反映了编者对词学文献分类的思考,以及建立词学理论体系的尝试,其分类方式直接影响到后世乃至当代对词学研究领域的分类,对后世词学理论体系的建立也具有启发和导向作用。同时,《古今词话》还有其独特的文献价值,特别是一些论者的其他文献皆已遗失,赖此书得以保存,弥足珍贵。另外,沈雄在该书中对许多词学问题,以"沈雄曰"领起,发表了自己的见解,也不乏真知灼见。如《〈阿那〉、〈回纥〉所自始》云:"《词品》所举《昔昔盐》,梁乐府《夜夜曲》名也。张祜诗'村俗犹吹《阿滥堆》'、贺铸词'塞管孤吹新《阿滥》',又戴式之《乌盐角行》'笙歌聒耳《乌盐角》',李郢诗'谢公留赏山公醉,知入笙歌《阿那》朋',皆曲名也。刘禹锡词'今朝北客思归去,回入纥那披绿萝',《阿那》、《回纥》,亦当时曲名。李郢言变梵呗为艳歌,刘禹锡言翻南调为北曲也,此《阿那》、《回纥》所自始。"②

---

① (清)张星耀均见《词论》,康熙十七年刻本《东白堂词选初集》卷首。
② (清)沈雄《古今词话·词话》卷上,《词话丛编》,中华书局1986年版。

《词品》卷上《曲调》云:"前人有以词而作曲者,断不可以曲而作词。如《念奴娇》、《百字令》,同体也,俱隶北曲大石调。起句云:'惊飞幽鸟荡残红,扑蔌脂胭零落。门掩苍苔书院悄,润破纸窗偷瞧。一操瑶琴,一番相见,曾道闲期约。多情多绪,等闲肌骨如削。'又起句云:'太平时节,正山河一统,皇家全盛。宫殿风微仪凤舞,翠霭红云相映。四海文明,八方刑措,田畯传歌咏。风淳俗美,庶民咸仰仁政。'此等调则词,而语则曲也,不可以不辨。竟有词名而曲调者,如《竹枝》亦有北曲,词云:'胸背裁绒宫锦袍。续断丝麻杂采绦。红梅风韵海棠娇,樱桃樊素口,杨柳小蛮腰。清高。兰蕙性,不蓬蒿。'如《浣溪沙》亦有南吕过曲,词云:'才貌撑衣不整。对良宵转觉凄清。似王维雪里芭蕉景。掷菓车边粉黛情。灯月彩,少甚么闹蛾儿,引神仙,隘香车,坠瑟遗琼。'如《减字木兰花》亦有北曲,词云:'愁怀百倍伤。那更怯秋光。逐朝倚定门儿望。怯昏黄,塞角韵悠扬。'如《醉太平》亦有北曲,词云:'黄庭小楷。白苎新裁。一篇闲赋写秋怀。上越王古台。　　半天虹雨残云载。几家渔网斜阳晒晒。孤村酒市野花开。长吟去来。'毕竟是曲而非词,恐后之集谱者,或以曲调而乱词体也。"类似例子举不胜举,说明该书不是单纯的辑录体,也有编者自己的见解。

七　邹祗谟《远志斋词衷》之辨调名,审词律

邹祗谟(约1628—1670)字讦士,号程村,江苏武进人。顺治十五年(1658)进士。生平事迹不详。清初著名文士,初以《诗经》题经义著名,后以诗古文辞与董文友、陈椒峰、龚琅霞并为毗陵四名家。著有《远志斋集》(已佚)。工填词,有《丽农词》及词话《远志斋词衷》一卷;又与王渔洋同编《依声集》,这是明清之际一部汇合众流、备陈诸体的重要词选,不仅是研究清初词学的重要文献,而且对于清初词学的建构有着重要意义。

《远志斋词衷》共五十四则,辨调名,审词律,论词体、作法,品评当时词人,内容较广,多有独到之见,集中体现了邹祗谟的词学观点,常为后人引用。

关于词调名的原起,他主张宁肯存疑而不可附会,其《调名原起辨》云:"宋人词调不下千余,新度者即本词取句命名,余俱按谱填缀,若一一推凿,何能尽符原指。安知昔人最始命名者,其原词不已失传乎?且僻调甚多,安能一一傅会载籍?自命稽古学者,宁失阙疑,毋使后人徒资弹射可耳"[①]其《辨词名本诗说》认为词名有本于诗者,但"未必尽自诗中":"'满庭芳草易黄昏',唐人本形容凄寂,词名《满庭芳》,岂应出此?

---

① (清)邹祗谟《远志斋词衷》,《词话丛编》,中华书局1986年版。下引同。

《生查子》，谓'查'即古'槎'字，合之博望，意义不通。《菩萨蛮》，谓蛮国之人，危髻金冠，璎络被体，故名，非专指妇髻也。《兰陵王》，入阵曲，见《北齐史》。《尉迟大杯》，正史无考，乃误认元人杂剧。《鹧鸪天》，谓本郑嵎诗，则《鸡鹿塞》当入何调？曲中有《黄莺儿》、《水底鱼》、《斗鹌鹑》、《混江龙》等，又本何调耶？……此俱穿凿附会之过也。"

他认为诗有诗律，词有词律，曲有曲律，不守律就会曲词不分，其《词中同调异体》云："填词名同，而文有多寡、音有平仄各异者甚多"；《词中一调多名》云："调同而名异者，《忆仙姿》即《如梦令》，《罗敷艳歌》即《丑奴儿令》。又有调同而微不同者，《潇湘神》、《赤枣子》之于《捣练子》，《一斛珠》之于《醉落魄》。余巨殚述。大抵一调之始，随人遣词命名，初无定准，致有纷拏。至《花草粹编》异体怪目，渺不可极。或一调而名多至十数，殊厌披览，后世有述，则吾不知。愚按，此类宋词极多，张宗瑞词一卷，悉易新名。近来名人，亦间效此。余选悉从旧名，而详为考注，庶使观者披卷晓然耳"；《词曲同调名》云："词曲之界，本有畦畛，不得谓调同而词意悉同，竟至儒墨无辨也。"《诗词有别》云："词之《纥那曲》、《长相思》，五言绝句也，俱载《尊前集》中。《柳枝》、《竹枝》、《清平调引》、《小秦王》、《阳关曲》、《八拍蛮》、《浪淘沙》，七言绝句也。《阿那曲》、《鸡叫子》，仄韵七言绝句也。《花间集》多收诸体。《瑞鹧鸪》，七言律诗也。载《草堂集》中。《款残红》，五言古诗也。体裁易混，征选实繁，故当稍别之，以存诗词之辨。"

八　徐釚《词苑丛谈》"实为论词者总汇"

徐釚（1636—1708）字电发，号虹亭。吴江（今属江苏）人。康熙十八年（1679）召试博学鸿词，授翰林院检讨。徐釚长于绘画，笔致风秀，用墨简淡清逸，神趣如生。又是著名词人、词论家，其词以咏怀唱和为主，词风华丽清秀，后趋于沉着老成；论词主张溯本清流、守律严韵、诗词同道、风格多样。著有《南州草堂集》、《菊庄词》、《续本事诗》等。

他的最大贡献是编纂了第一部大型词学理论资料著作《词苑丛谈》十二卷。《四库全书·词苑丛谈》提要谓："是书专辑词家故实，分体制、音韵、品藻、纪事、辨证、谐谑、外编七门，采摭繁博，援据精详，实为论词者总汇，与李良年《词林纪事》足相伯仲。惟其间征引旧文，未尽注其所出，同时朱彝尊、陈维崧等尝议之。釚亦自欲补缀，而未尽也。"因此书多为辑录前人之语，故略举数条以见一斑即可。

关于词之起源，世人多认为词始于李白的《清平调》，徐釚云："梁武帝《江南弄》云：'众花杂色满上林，舒芳曜彩垂轻阴。连手躞蹀舞春心。舞春心，临岁腴。中人望,独踟蹰.'此绝妙好词,已在《清平调》、《菩萨蛮》之先矣。"①又云:"沈约《六忆诗》,其三云:'忆眠时,人眠独未眠,解罗不待劝,就枕更须牵。复恐旁人见,娇羞在烛前.'亦词之滥觞也。"他论词忌俗重雅:"宋陈亚,性滑稽,常用药名作闺情《生查子》三首……予谓此等词偶一为之可耳,毕竟不雅。"又论诗词不同,词可"用虚字呼唤"云:"词与诗不同。词之语句,有两字、四字至七八字者,若惟迭实字,读之且不通,况付雪儿(指歌女)乎?合用虚字呼唤。一字如'正'、'但'、'任'、'况'之类,两字如'莫是'、'又还'之类,三字如'更能消'、'最无端'之类,却要用之得其所。"此书《音韵》(卷二)部分论韵颇详,如"宋人词韵,有通用至数韵者,有忽然出一韵者,有数人如一辙者,有一首而仅见者。后人不察,利为轻便,一韵偶侵,遂延他部,数字相引,竟及全文"之类。

九　《钦定词谱》的编纂及其体例

词谱、曲谱较为特殊,就其选词选曲看,似可入选本式的总集;就其选词选曲的目的看,选词选曲是为了定谱。四库入集部词曲类,其前为诗文评类。本此将词谱、曲谱列在诗文评类介绍。

康熙的《御选历代诗余》虽"注明各体",但并不能完全取代词谱,因此王奕清等奉旨又另编《钦定词谱》。

《蜀中广记》卷一〇四引明人曹学佺《诗话记》第四云:"李太白应制《清平乐》四首,为词体之祖。"这里的"词体"即指词牌。陈邦彦《御制词谱序》云:"词之有图谱,犹诗之有体格也。"②可见词谱所述就是词体。正如文体、诗体研究诗文体裁一样,词律、词谱则是研究词体,研究词的体裁、体格的。

关于词谱、词律的演变及其重要性,《御制词谱序》云:"唐之中叶始为填词,制调倚声,历五代、北宋而极盛。崇宁间,大晟乐府所集有十二律、六十家、八十四调,后遂增至二百余。换羽移商,品目详具。逮南渡后,宫调失传,而词学亦渐紊矣。夫词寄于调,字之多寡有定数,句之长短有定式,韵之平仄有定声,杪忽无差,始能谐合。否则,音节乖舛,体制混淆,此图谱之所以不可略也。"又论此书编纂原因及其体例云:"间览近代《啸余》、《词统》、《词汇》、《词律》诸书,原本《尊前》、《花间》、《草堂》遗说,颇能发明,尚有未备。既命儒臣先辑历代诗余,亲加裁定,复命校勘《词谱》一编,详次调体,剖析异同,中分句读,旁列平仄,一字一韵,务正传讹。按谱填词,沨沨乎可赴节族

---

① (清)徐𫖮《词苑丛谈》卷一《体制》,文渊阁四库全书本。下引同此卷者不再注。

② 《钦定词谱》卷首,康熙五十四年(1715)内府刻本。

而谐管弦矣。"词谱就是研究各种词调词牌（即词体）字之多寡、句之长短、韵之平仄、词之分阕等的。

《四库全书总目提要》卷一九九论词谱源流及编纂此书的必要云："《御定词谱》四十卷，康熙五十四年圣祖仁皇帝御定。词萌于唐而大盛于宋，然唐、宋两代皆无词谱，盖当日之词犹今日里巷之歌，人人解其音律，能自制腔，无须于谱。其或新声独造为世所传，如《霓裳》《羽衣》之类，亦不过一曲一调之谱，无裒合众体勒为一编者。元以来南北曲行，歌词之法遂绝。姜夔《白石词》中间有旁记，节拍如西域梵书状者，亦无人能通其说。今之词谱皆取唐、宋旧词，以调名相同者互校，以求其句法、字数；取句法、字数相同者互校，以求其平仄；其句法、字数有异同者，则据而注为'又一体'；其平仄有异同者，则据而注为'可平可仄'。自《啸余谱》以下，皆以此法推究，得其崖略，定为科律而已。然见闻未博。考证未精。又或参以臆断无稽之说，往往不合于古法。惟近时万树作《词律》析疑辨误，所得为多，然仍不免于舛漏。惟我圣祖仁皇帝聪明天授，事事皆深契精微，既御定唐、宋、金、元、明诸诗，立咏歌之准，御纂《律吕精义》通声气之元，又以词亦诗之余派，其音节亦乐之支流，爰命儒臣辑为此谱，凡八百二十六调，二千三百六体。凡唐至元之遗篇靡弗采录，元人小令其言近雅者亦间附之，唐、宋大曲则汇为一卷缀于末，每调各注其源流，每字各图其平仄，每句各注其韵叶，分刌节度，穷极窈眇，倚声家可永守法程。盖圣人裁成万类。虽一事之微必考古而立之制，类若斯矣。"

由于词谱比较复杂，下面全引《钦定词谱》卷首的《凡例》对其编纂体例的详细说明：

一、词者，古乐府之遗也。前人按律以制调，后人按调以填词。宋元以来，调名日多，旧谱未备。今广搜博采，次第编辑，俾倚声者知所考焉。

一、宋元人所撰词谱，流传者少。明《啸余谱》诸书，不无舛误。近刻《词律》，时有发明，然亦得失并见。是谱翻阅群书，互相参订，凡旧谱分调、分段及句读音韵之误，悉据唐、宋、元词校定。

一、调以长短分先后。若同一调名，则长短汇列，以又一体别之，其添字、减字、摊破、偷声、促拍、近拍以及慢词，皆按字数分编。至唐人大曲如《凉州》《水调歌》，宋人大曲如《九张机》《薄媚》，字数不齐，各以类附，辑为末卷。

一、唐人长短句，悉照《尊前》《花间》《花庵》诸选收入，其五、六、七言绝句亦各采一二首，以备其体；至元人小令，略仿《词林万选》之例，取其优雅者，非以曲混词也。

　　一、每调选用唐、宋、元词一首,必以创始之人所作本词为正体,如《忆秦娥》创自李白,四十六字,至五代冯延巳则三十八字,宋毛滂则三十七字,张先则四十一字,皆李词之变格也。断列李词在前,诸词附后,其无考者,以时代为先后。

　　一、引用之词,皆宋、元选本及各人本集,其无名氏词亦注明出某书,以便校勘。

　　一、图谱专注备体,非选词也。然间有俚俗不成句法,并无别首可录者,虽系宋词,仍不采入。

　　一、词名原委及一调异名之故,散见群书者,悉为采注。

　　一、词中句读不可不辨,有四字句而上一下一中两字相连者,有五字句而上一下四者,有六字句而上三下三者,有七字句而上三下四者,有八字句而上一下七或上五下三、上三下五者,有九字句而上四下五或上六下三、上三下六者,此等句法,不可枚举。谱内以整句为句,半句为读;直截者为句,蝉联不断者为读,逐一注明行间。至词有拗句,尤关音律,如温庭筠之"断肠潇湘春雁飞,万枝香雪开已遍"皆是;又有一句五字皆平声者,如史达祖《寿楼春》词之"天桃花清晨"句;一句五字皆仄者,如周邦彦《浣溪沙慢》之"水竹旧院落"句,俱一定不可易,谱内各为注出。

　　一、韵有三声协者,有间入仄韵于平韵中者,有换韵者,有叠韵者,有短韵藏于句中者,逐一注明。至宋人填词,间遵古韵,不外《礼部韵略》所注通转之法,或有从中原雅音者,俱照原本采录。

　　一、每调一词旁列一图,以虚实朱圈分别平仄,平用虚圈,仄用实圈,字本平而可仄者上虚下实,字本仄而可平者上实下虚。至词中句法,如诗中五言、七言者,其第一字、第三字类多可平可仄,似不必拘谱,内亦参校旧词,始为作图。至一定平仄,别谱有异同者,必引证其句,注明本词之下。又可平可仄中遇去声字,最为紧要,平声可以入声替,上声不可以去声替。宋沈伯时(沈义父)《乐府指迷》论之最详,谱中凡用去声字不可易者,悉为标出。

　　一、宋人集中,如柳永、姜夔词,间存宫调,悉照原注备载。若夫四声二十八调,或为隔指之声,或为三犯、四犯之曲,以至按律谐声所以被诸管弦者,在宋张炎巳云"旧谱零落,姑置勿论"云。

　　再引《钦定词谱》卷一《竹枝三体》、《归字谣一体》,以便读者直观感受《钦定词谱》的编纂体例(以"○"标平声,"●"标仄声,应平可仄、应仄可平分别用"⊙"、"◎"标识):

竹 枝 三 体

唐教坊曲名。元郭茂倩《乐府诗集》云:"《竹枝》本出于巴渝,唐贞元中,刘禹锡在沅、湘,以里歌鄙陋,乃依骚人《九歌》,作《竹枝》新调九章,教里中儿歌之。由是盛于贞元、元和之间。"按《刘禹锡集》,与白居易唱和《竹枝》甚多,其自序云:"《竹枝》,巴渝也。巴儿联歌,吹短笛击鼓以赴节,歌者扬袂睢舞。其音协黄钟羽。"但刘、白词俱无和声,今以皇甫松、孙光宪词作谱,以有和声也。

竹枝 单调十四字,两句两平韵。

皇甫松

芙蓉并蒂竹枝一心连。女儿花侵槅子竹枝眼应穿。女儿
○○●● ●○○韵 ○○●● ●○○韵

《尊前集》载皇甫松《竹枝词》六首,皆两句体。平韵者五,仄韵者一。每句第二字俱用平声,余字平仄不拘。所注"竹枝"、"女儿"叶韵,乃歌时群相随和之声。犹《采莲》之有"举棹"、"年少"也。按古乐府《江南弄》等曲皆有和声,如《江南曲》和云:"阳春路,时使佳人度。"《龙笛曲》和云:"江南弄,真能下翔凤。"《采莲曲》和云:"采莲归,渌水好沾衣。"亦各叶韵。此其遗意耳。

又一体 单调十四字,两句两仄韵。

皇甫松

山头桃花竹枝谷底杏。女儿两花窈窕竹枝遥相映。女儿
○○○○ ●●●韵 ○●●● ○○○韵

此首用仄韵。

又一体 单调二十八字,四句三平韵。

孙光宪

门前春水竹枝白苹花。女儿岸上无人竹枝小艇斜。女儿商女经过竹枝江欲暮。
○○○● ●○○韵 ●●○○ ●●○韵 ○●○○ ○●●韵
女儿□散抛残食竹枝饲神鸦。女儿
●○○● ●○○韵

归 字 谣 一 体

蔡伸词名《苍梧谣》。周玉晨词名《十六字令》。袁去华词亦名《归字谣》。有刻"归梧谣"者,误。

归字谣 单调十六字，四句三平韵。

张孝祥

归。猎猎熏风飐绣旗。阑教住，重举送行杯。

〇韵 ●〇〇〇〇●〇韵 〇〇●句〇 ●●〇〇韵

按，张孝祥词三首，皆以"归"字起韵。蔡伸词以"天"字起韵，袁去华词亦以"归"字起韵，皆一字句也。元《天机余锦》周玉晨词："眠，月影穿窗白玉钱。无人弄，移过枕函边。"本以一字句起，《词综》及《草堂别集》讹"眠"字为"明"，遂以"明月影"三字为起句者，误。

按，张词别首第二句："十万人家儿样啼"，"儿"字平声。蔡伸词第二句"休使圆蟾照客眠"，"休"字平声。第四句："桂影自婵娟"，"桂"字仄声。谱内可平可仄据此。

十 《御定曲谱》的编纂及其体例

《御定曲谱》十四卷，康熙五十四年(1715)詹事王奕清等奉敕编撰，与《钦定词谱》同时并作，相辅而行。《钦定词谱》、《御定曲谱》是研究词体、曲体、词牌、曲牌最重要的著作，也是康熙朝对词、曲的最大贡献。其《凡例》说明了编撰《御定曲谱》的原因："词者诗之余，而曲者又词之余也。揆歌之所防曰：'诗言志，歌永言。'则《三百篇》实为滥觞。一变而为乐府，再变而为诗余，浸假而为歌曲矣。当为乐府之时，虽亦名之曰古诗，而《三百篇》之音不传；当为诗余之时，虽亦号之曰乐府，而古乐府之音不传。自传奇、歌曲盛行于元，学士大夫多习之者。其后日就新巧，而必属之专家。近则操觚之士，但填文辞，惟梨园歌师习传腔板耳。即欲考元人遗谱，且不可得，况唐、宋诗余之宫调哉！故斯谱另编于《词谱》之后，无庸妄合。"①

《四库全书总目》提要卷一九九云："(该书)首载《诸家论说》及《九宫谱定论》一卷，次《北曲谱》四卷，次《南曲谱》八卷，次以《失宫犯调诸曲》别为一卷附于末。北曲、南曲各以宫调提纲。其曲文每句注'句'字，每韵注'韵'字，每字注四声于旁，于入声字或宜作平、作上、作去者，皆一一详注。于旧谱讹字，亦一一辨证附于后。自古乐亡而乐府兴后，乐府之歌法至唐不传，其所歌者皆绝句也。唐人歌诗之法至宋亦不传，其所歌者皆词也。宋人歌词之法至元又渐不传，而曲调作焉。考《三百篇》以至诗余，大都抒写性灵，缘情绮靡。惟南北曲则依附故实，描摹情状，连篇累牍，其体例稍殊。

---

① 《御定曲谱》卷首，文渊阁四库全书本。

974

然《国风》'氓之蚩蚩'一篇,已详叙一事之始末。乐府如《焦仲卿妻诗》、《秋胡行》、《木兰诗》并铺陈点缀,节目分明。是即传奇之滥觞矣。王明清《挥麈录》载曾布所作《冯燕歌》,已渐成套数,与词律殊途。沿及金、元,此风渐盛。其初被以弦索,其后遂象以衣冠。其初不过四折,其后乃动至数十出。大旨亦主于叙述善恶,指陈法戒,使妇人孺子皆足以观感而奋兴,于世教实多所裨益。虽迨其末派,矜冶荡而侈风流。辗转波颓,或所不免。譬如《国风》好色,降而为《玉台》、《香奁》。不可因是而罪《诗》,亦不可因是而废《诗》也。惟是当时旧谱,今悉无传。陶宗仪《辍耕录》虽具载其目,而不著其词。近代所行《北九宫谱》、《南九宫谱》,亦以意编排,颇多舛谬。乃特命詹事王奕清等,考寻旧调,勒著是编。使倚声者知别宫商,赴节者咸谐律吕。用以铺陈古迹,感动人心。流芳遗臭之踪,聆音者毕解;福善祸淫之理,触目者易明。大圣人阐扬风化,开导愚蒙,委曲周详,无往不随事立教者,此亦一端矣。岂徒斤斤于红牙翠管之间哉!"

十一 查礼《铜鼓书堂词话》论诗、词之别

查礼(1714—1781)原名为礼,又名学礼,字恂叔,号俭堂,又号榕巢、铁桥,宛平(今北京)人。乾隆元年(1736)应博学鸿词科,报罢。后由户部主事官至湖南巡抚。擅诗文,勤写作,嗜古印章,金石、书、画收藏甚富。书法学黄庭坚,善画梅花山水。有《铜鼓书堂遗稿》、《铜鼓书堂词话》。

他认为词能表达诗、文不能抒发的情怀:"情有文不能达,诗不能道者,而独于长短句中可以委宛形容之。"又论诗、词之别云:"词不同乎诗而后佳,然词不离乎诗方能雅。昔沈义甫(父)评施梅川(岳)词云:'梅川音律有源流,故其声无舛误。读唐词多,故语雅淡。'义甫斯言,深得乐府之三昧者。"他称美梅川词"其声韵辞华,大雅不群,脱尽绮腻纤秾之态。"不同词人咏同一题材有不同风格:"宋人落梅词,名句甚夥。如《高阳台》一解赋落梅者,吴梦窗云:'宫粉雕痕,仙云堕影,无人野水荒湾。'又云:'南楼不恨吹横笛,恨晓风千里关山。半飘零,庭院黄昏,月冷阑干。'李篔房云:'竹里遮寒,谁念减尽芳云。幺凤叫晚吹晴雪,料水空、烟冷西泠。'又云:'环佩无声,草暗台榭春深。欲倩怨笛传清谱,怕断霞、难返吟魂。转销凝,点点随波,望极江亭。'李秋崖云:'门掩香残,屏摇梦冷,珠钿糁缀芳尘。'又云:'薛梢空挂凄凉月,想鹤归、犹怨黄昏。黯销凝,人老天涯,雁影沉沉。'又云:'烟湿荒村,背春无限愁深。迎风点点飘寒粉,怅秋娘、满袖啼痕。'三人写落梅之情景魂魄各有不同。其雅正淡远、柔婉深长之处,令人可思可咏。"①

---

① 《铜鼓书堂词话》,《词话丛编》,中华书局 1986 年版。

十二　冯金伯《词苑萃编》补《词苑丛谈》之缺失

冯金伯(1738—1797后),一作金柏,字冶堂。一作冶亭,号南岑。一作墨香。南汇(今属上海)人。贡生,官句容训导。乾隆四十年(1775)主讲蒲阳书院。工诗古文词,精鉴赏,好书画。少时即喜与同郡诸画人往还,遂精画理。作山水笔意潇洒,尤得董其昌墨趣。

冯金伯于嘉庆十一年(1806)编成《词苑萃编》二十四卷,以《词苑丛谈》为蓝本,增旨趣、摘要两门,改外编为余编,各标出处,补正了徐釚原书体例上的缺失。《词苑丛谈》前已论及,今就其所增略举数条。

其《姜夔词醇雅》引《词综叙略》云:"自古诗变为近体,而五、七言绝句传于伶官乐部。长短句无所依,则不得不更为词。当开元盛时,王之涣、高适、王昌龄诗句流播旗亭,而李白《菩萨蛮》等词亦被之歌曲。古诗之于乐府,近体之于词,分镳并骋,非有先后。谓诗降为词,以词为诗之余者,殆非通论矣。西蜀、南唐而后,作者日盛。宣和君臣,转相矜尚,曲调愈多,流派因之亦别,短长互见。言情者或失之俚,使事者或失之伉。鄱阳姜夔出,句琢字炼,归于醇雅。于是史达祖、高观国羽翼之,张辑、吴文英师之于前,赵以夫、蒋捷、周密、陈允平、王沂孙、张炎、张翥效之于后,譬之于乐,舞簎至于九变,而词之能事毕矣。"①《宋词不主一辙》引《词洁》云:"词之初起,事不出于闺帷时序,其后有赠送、有写怀、有咏物,其途遂宽。即宋人亦觉所长,不主一辙。而今之治词者,惟以鄙秽亵媟为极则,抑何谬欤!"《诗余似曲》引《蓉渡词话》云:"严给事与仆论词云:'近日诗余,好亦似曲。'仆谓词与诗曲界限甚分明,似曲不可,似诗仍复不佳,譬如拟六朝文,落唐音固卑,侵汉调亦觉伧父。"《词承诗启曲》引沈东江语云:"承诗启曲者,词也。上不可似诗,下不可似曲,然诗与曲又俱可入词,贵人自运。"

十三　郭麐《灵芬馆词话》及其《词品》的词论

郭麐(1767—1831)字祥伯,号频伽,因右眉全白,又号白眉生、邃庵居士、苎萝长者。江苏吴江人。少有神童之称。乾隆四十七年(1782)补诸生。乾隆六十年参加科举不第,遂绝意仕途,专研诗文书画。后游姚鼐之门。尤为阮元所赏识。著有《灵芬馆诗集》、《江行日记》、《唐文粹补遗》、《蘅梦词》、《浮眉楼词》、《忏余绮语》、《灵芬馆词

---

① 《词苑萃编》上卷之二《旨趣》,《词话丛编》,中华书局1986年版。下同。

话》等。

在浙西词派的发展中,郭麐是其词风嬗变之际的关键人物,他不但总结了浙西词派的词学理论,而且不拘守一派窠臼,有所突破。其词论代表作《灵芬馆词话》,以点评形式提出了在清空醇雅的整体风格基础上"融会各家之长"的创新主张,同时该书还保存了一定数量的女性词史料。其《词有四派》云:"词之为体,大略有四:风流华美,浑然天成,如美人临妆,却扇一顾,《花间》诸人是也,晏元献、欧阳永叔诸人继之。施朱傅粉,学步习容,如宫女题红,含情幽艳,秦(观)、周(邦彦)、贺(铸)、晁(补之)诸人是也,柳七(永)则靡曼近俗矣。姜(夔)、张(炎)诸子,一洗华靡,独标清绮,如瘦石孤花,清笙幽盘,入其境者,疑有仙灵,闻其声音,人人自远,梦窗(吴文英)、竹屋(高观国),或扬或沿,皆有新隽,词之能事备矣。至东坡以横绝一代之才,凌厉一世之气,间作倚声,意若不屑,雄词高唱,别为一宗。辛(弃疾)、刘(过)则粗豪太甚矣。其余幺弦孤韵,时亦可喜。溯其派别,不出四者。"①《朱彝尊论词》论词至南宋始极其能:"词之为体,盖有诗所难言者,委曲倚之于声,竹垞之论如此。真能道词人之能事者也。又言世之言词者,动曰南唐、北宋,词实至南宋而始极其能。此亦不易之论者。"诗有拗句,词不亦有拗调、拗句,其《词有拗调拗句》云:"词有拗调,如《寿楼春》之类。有拗句,如《沁园春》之第三句,《金缕曲》之第四、第七句,《忆旧游》之末句。比比甚多,要须浑然脱口,若不可不用此平仄者,方为作手。若炼句未能极工,无宁取成语之合者以副之,斯不觉其聱牙耳。"

其《杨伯夔〈续词品〉》云:"余少作《词品》十二则,以仿佛司空(图)《诗品》之意,颇为识曲者所赏。后见杨伯夔续作十二首,语皆名隽。余作已刻入杂著中,爰录伯夔所作于此,以为词场歌吹。"词话丛编本江顺诒《词学集成》卷八全文转录了郭麐的《词品》和杨伯夔的《续词品》,皆论词的风格,十分精彩:

郭麐的《词品》十二则,一为幽秀:"千岩巉巉,一壑深美。路转峰回,忽见流水。幽鸟不鸣,白云时起。此去人间,不知几里。时逢疏花,娟若处子。嫣然一笑,目成而已。"二为高超:"行云在空,明月在中。萧萧秋雨,泠泠好风。即之愈远,寻之无踪。孤鹤独唳,其声清雄。众首俯视,莫穷其通。回顾薮泽,翩哉飞鸿。"三为雄放:"海潮东来,气吞江湖。快马斫阵,登高一呼。如波轩然,蛟龙牙须。如怒鹊起,下盘浮图。千里万里,山奔电驱。元气不死,乃与之俱。"四为委曲:"芙蓉作花,秋水一半。欲往从之,细石凌乱。美人有言,玉齿将粲。徐拂宝瑟,一唱三叹。非无寸心,缱绻自献。若往若还,岂曰能见。"五为清脆:"美人满堂,金石丝簧。忽击玉磬,远闻清扬。韵不

---

① (清)郭麐《灵芬馆词话》卷一,《词话丛编》,中华书局1986年版。

在短，亦不在长。哀家一梨，口为芳香。芭蕉洒雨，芙蓉拒霜。如气之秋，如冰之光。"六为神韵："杂花欲放，细柳初丝。上有好鸟，微风拂之。明月未上，美人来迟。却扇一顾，群妍皆媸。其秀在骨，非铅非脂。渺渺惹愁，依依相思。"七为感慨："人生一世，能无感焉？哀来乐往，云浮鸟仙。铜驼巷陌，金人岁年。铅水进泪，鹍鸡裂弦。如有万古，入其肺肝。夫子何叹，唯唯不然。"八为奇丽："鲛人织绡，海水不波。珊瑚触网，蛟龙腾梭。明月欲堕，群星皆趋。凄然掩泣，散为明珠。织女下视，云霞交铺。如将卷舒，贡之太虚。"九为含蓄："好风东来，幽鸟始唝。阳春在中，万象皆动。一花未开，众绿入梦。口多微词，如怨如讽。如闻玉管，快作数弄。望之邈然，鹤背云重。"十为遒峭："清霜警秋，微月白夜。其上孤峰，流水在下。幽寻欲穷，乃见图画。惬心动目，喜极而怕。跌宕容与，以观其罅。翩然将飞，倘复可跨。"十一为称艳："杂组成锦，万花为春。五酿酒酽，九华帐新。异彩初结，名香始熏。庄严七宝，其中天人。饮芳食菲，摘星抉云。偶然咳唾，明珠如尘。"十二为名隽："名士挥尘，羽人礼坛。微闻一语，气如幽兰。荷雨夜歇，松风夏寒。之子何处，秋山槃槃。万籁俱寂，惟鸣幽湍。千嗽百咽，奉君一丸。"

杨伯夔《续词品》一为轻逸："悠悠长林，蒙蒙晓晖。天风徐来，一叶独飞。望之弥远，识之自微。疑蝶入梦，如花堕衣。幽弦再终，白云逾稀。千里飘忽，鹤翅不肥。"二为绵邈："秋水楼台，淡不可画。载逢幽人，载歌其下。明星未稀，美此良夜。惝恍从之，梦与烟借。荷香沉浮，若出云罅。油油太虚，一碧俱化。"三为独造："万山攒攒，回风荡寒。决眦千仞，饮云闻湍。龙之不驯，虹之无端。畸士羽衣，露言雷喧。洞庭陷鳞，苍梧逸猿。元气纷变，创斯奇观。"四为凄紧："送君长往，怀君思深。白石欲堕，池台气阴。百年寸晖，徘徊短吟。松篁幽语，独客泛琴。聆彼七弦，潇湘雨音。落花辞枝，凄入燕心。"五为微婉："之子晓行，细路香送。时闻春声，百舌含唝。林花初开，蜂须欲动。美人何许，短琴潜弄？明月无言，泠泠如讽。卷帘绿阴，微雨思梦。"六为闲雅："疏雨未歇，轻寒独知。茶烟昼青，煮藤一枝。秋老茅屋，檐虫挂丝。叶丹苔碧，酒眠悟诗。饮真抱和，仙人与期。其曰偶然，薄言可思。"七为高寒："俯视苔石，行歌长松。千叶万吹，凛然嘘冬。返风乘虚，餐烟太蒙。矫矫独往，落落希踪。夜开元关，荡闻天钟。光满眉宇，与斗相逢。"八为澄淡："空波邻天，鸣篸叩舷。鹭鹚立雨，浪花一肩。采采白蘋，江南晓烟。觅镜照春，逢潭写莲。渔舟还往，相忘岁年。佳语无心，得之自然。"九为疏俊："卓卓野鹤，超超出群。田家败篱，幽兰逾芬。意必求远，酒不在醇。玉山上行，疏花角巾。短笛快弄，长啸入云。轩轩霞举，须眉胜人。"十为孤瘦："怅焉独迈，慺兮隐忧。悟出系表，天地可求。亭亭危峰，倒影碧流。空山冱寒，老梅古愁。味之无朕，挹之寡俦。遥指木末，一僧一楼。"十一为精炼："如莫耶剑，如百炼刚。金石在中，匦日永藏。鉥心揹胃，韬神敛光。水为澄流，星无散芒。离离九疑，郁然深苍。万弃一取，巨骦锦囊。"十二为灵活："天孙弄梭，腕无暂停。麻姑掷米，走珠跳星。荷露入握，菊香到瓶。如泉过山，如屋建瓴。虚籁集响，流云幻形。四无人语，佛阁风铃。"

十四　吴衡照《莲子居词话》论填词按腔运辞为不易之道

吴衡照(1771—?)字夏治，号子律，海宁(今属浙江)人。嘉庆进士，官金华教授。性萧淡，精倚声按谱之学。其词承浙西词派，也重视苏辛豪放词风，但其词作成就不大。著有《辛卯生诗》、《莲子居词话》。

《莲子居词话》以浙西派论词主张为标准，多记载浙西派词人轶事，于朱彝尊《词综》和许昂宵《词综偶评》极为推崇，但并不否认宋词，认为词至南宋，始极其工。其《西林先生论填词》论填词按腔运辞为不易之道云："家西林先生颖芳言：词之兴也，先有文字，从而宛转其声，以腔就辞者也。洎乎传播通久，音律确然，继起诸词人，不得不以辞就腔。于是必遵前词字脚之多寡，字面之平仄，号曰填词。或变易前词仄字而平，或变易前词平字而仄，要于音律无碍。或前词字少而今多之，则融洽其多字于腔中。或前词字多而今少之，则引伸其少字于腔外，亦仍与音律无碍。盖当时作者述者皆善歌，故制辞度腔，而字之多寡平仄参焉。今则歌法已失其传，音律之故不明，变易融洽引伸之技，何由而施？操觚家按腔运辞，兢兢尺寸，不易之道也。此论极赅。所谓融洽引伸之旨，实发宜兴万氏树所未发。先生博极群书，音律之学尤具神解。著有《吹豳录》五十卷，大致仿陈氏《乐书》，而详于宋以后文章制度，为讲乐家有物之言。"其《太白词气体俱高》论李白词的风格云："汉人之诗，浑浑穆穆。魏人之诗，浩浩落落。汉诗高在体，魏诗高在气。太白词气体俱高，词中之汉、魏也。"《太白词不类温方城》论李白词的真伪云："唐词《菩萨蛮》、《忆秦娥》二阕，《花庵》以后，咸以为出自太白。然《太白集》本不载。至杨齐贤、萧士赟注，始附益之。胡应麟《笔丛》疑其伪托，未为无见。谓详其意调，绝类温方城，殊不然。如'暝色入高楼。有人楼上愁'，'西风残照，汉家陵阙'等语，神理高绝，却非金荃(指温庭筠)手笔所能。"他对很多词著都不很满意，而对万树《词律》评价却颇高："万红友当蓼蓼榛楛之时，为词宗护法，可谓功臣。旧谱编类排体以及调同名异、调异名同，乖舛蒙混，无庸议矣。其于段落句读、韵脚平仄间，尤多模糊。红友《词律》，一一订正，辩驳极当。所论上、去、入三声，上、入可替平，去则独异。而其声激厉劲远，名家转折跌荡，全在乎此，本之伯时(指沈义父)。煞尾字必用何音方为入格，本之挺斋(周德清)，均造微之论。"其《平韵〈钗头风〉》指出《词律》也有不足信之处,但我们更感兴趣的是他对陆游《钗头凤》一事的怀疑:"吾乡许嵩庐先生昂霄尝疑放翁室唐氏改适赵某事为出于傅会,说见《带经堂诗话》校勘类《附识》。《拜经楼诗话》亦以《齐东野语》所叙岁月先后参错不足信,与嵩庐说合。则当时仲卿新妇之厄,翁子故妻之情,殆好事者从而为之辞与? 唐氏答词,语极俚浅,然因知《钗头凤》有换平韵者,红友《词律》又疏已。"《溽南论坡词》云:"王从之若虚,自号慵夫,藁城人。金承安二年进士。博学好持论,多为名流所推服。生平论诗,大抵本其舅周德卿昂之说。不喜涪翁(黄庭坚)而尊坡公,尝言:'坡公,孟子之流,涪翁则杨子《法言》而已。'著有《溽南诗话》,间及诗余,亦往往中肯。云陈后山谓坡公以诗为词,大是妄论。盖词与诗只一理,自世之末作,习为纤艳柔脆,以投流俗人之好。高人胜士,或亦以是相矜,日趋于委靡,遂谓其体当然,而不知其弊至于此也。顾或谓先生虑其不幸而溺焉,故援而止之,特寓以诗之法。斯又不然。公以文章余事作诗,又溢而作词,其挥霍游戏所及,何矜心作意其间哉! 要其天资高,落笔自超凡耳。此条论坡公词极透彻。髯翁乐府之妙,得溽南而论定也。"①

卷二《丁诚斋编〈歌词自得谱〉》云:"唐四声二十八调,自宋以后,移并裁减,沿称某宫某调。所谓某宫某调者,曲之大段名。凡词统入诸调中。宫调之理,近莫可晓。明成化间,丁诚斋文頖自号秦淮渔隐,编《歌词自得谱》数十卷,如李太白'箫声咽',司马才仲'妾本钱塘江上住',苏子瞻'大江东去',李易安'萧条庭院',皆注明某宫某调及十六字法,足备考订,然亦安能质前人于异代,而信其必然也。"

卷三《阳关三叠说》云:"阳关三叠之说,言人人殊。香山诗:'相逢且莫推辞醉,听唱《阳关》第四声。'注第四声'劝君更尽一杯酒',益索解不易。东坡尝求古本《阳关》,而得其说。谓每句皆再唱,而第一句不迭,故三叠。'劝君更尽一杯酒',恰是第四声。以此推之,香山谓《河满子》一曲四词歌八叠,应是每句三唱。《碧鸡漫志》云:歌八叠,疑有和声,如《渔父》、《小秦王》之类。和声即虚声也。"

本书论音韵的地方很多,如卷四《毛稚黄论韵失检》评历代韵书颇为清晰:"毛稚黄(毛先舒)《韵白》云:唐词守诗韵,然亦有通别韵而用之,如宋词韵者。此语失检。考隋陆法言《切韵》五卷,唐仪凤二年长孙讷言为之注。后天宝十年,孙愐重修,于是乎有《唐韵》,为当时辞章家所用。本无诗韵专书,亦无诗韵专名,顾得谓唐词守诗韵耶? 大抵唐词与诗同出于《唐韵》,《唐韵》虽递有增加,而《切韵》二百六部旧目,依然不改。辞章家间苦韵窄,通别韵而用之。其于诗已往往而有,不独词也。词宽于诗,故韵亦较宽,非守诗韵而别有所谓如宋词韵者也。逮天宝末,越二百五十三年,为宋

---

① 以上均见(清)吴衡照《莲子居词话》卷一,《词话丛编》,中华书局 1986 年版。

景德四年,崇文院上校定《切韵》五卷,依九经书例颁行。明年大中祥符元年,更名《大宋重修广韵》,而二百六部旧目,实亦依然不改。当景德间,诏殿中丞邱雍重修《切韵》也,龙图待制戚纶复奉诏取《切韵》要字,备礼部试作《韵略》。又三十一年为景祐四年,从贾昌朝请,韵窄者通十三处,四月奉诏重修,六月即以《重修礼部韵略》颁行。二百六部之并,殆自此始。刘渊踵而甚焉,浸益变乱。《韵白》乃谓一百七部,唐人相传以迄于今。误以刘渊本为孙恤《唐韵》,与顾亭林误以李焘本为徐铉《说文》,同为通人之笑柄已。"

十五　宋翔凤《乐府余论》论"词与曲一也"

宋翔凤(1779—1860)字虞庭,一字于庭,长洲(今江苏苏州)人。嘉庆五年(1800)举人,官湖南新宁县知县。著有《周易考异》、《尚书略说》、《大学古义说》、《论语说义》、《孟子赵注补正》、《小尔雅训纂》、《过庭录》,均收入《皇清经解续编》内。此外,尚有《四书释地辨证》、《朴学斋文录》、《香草词》、《碧云庵词》等多种。宋翔凤是今文经学家,常州学派著名学者,又通训诂名物,志在西汉家法。宋翔凤的词学思想与其经学思想有着密切的联系,其在经学领域中的训诂与微言并存的学术特色在其词学中同样存在。其词话《乐府余论》既有对相关词史的考证,也有对词作微言的阐发,而且他能利用儒家的一些理念来充实常州词派的词学解释,如从"知人论世"出发,并利用《易》学中"仁者见仁,智者见智"的理论对词作进行阐释。

《乐府余论》之《词曲一事》论诗、文、曲之相通云:"宋、元之间,词与曲一也。以文写之则为词,以声度之则为曲。晁无咎(补之)评东坡词,谓'曲子中缚不住',则词皆曲也。《度曲须知》、《顾曲杂言》,《论元人杂剧》,皆谓之词。元人菉斐轩《词林韵释》,为北曲而设,乃谓之词韵,则曲亦词也。《能改斋漫录》载徐师川云:张志和《渔父》词,东坡以为语清丽,恨其曲度不传,加数语以《浣溪沙》歌之。则古人之词,必有曲度也。人谓苏词多不谐音律,则以声调高逸,骤难上口,非无曲度也。如今日俗工,不能度北《西厢》之类。北宋所作,多付筝琶,故啴缓繁促而易流;南渡以后,半归琴笛,故涤荡沉渺而不杂。《白雪》之歌,自存雅音;《薤露》之唱,别增俗乐。则元人之曲,遂立一门,弦索荡志,手口慆心。于是度曲者,但寻其声;制词者,独求于意。古有遗音,今成绝响。在昔钱唐妙伎,改画阁斜阳;饶州布衣,谱桥边红药。文章通丝竹之微,歌曲会比兴之旨。使茫昧于宫商,何言节奏;苟灭裂于文理,徒类啁啾。爰自分驰,所滋流弊。兹白石(姜夔)尚传遗集,玉田(张炎)更有成书。点画方迷,指归难见。惟先求于凡耳,藉通四上之原;还内度于寸心,庶有万一之得。"①

又论《词实诗之余》云:"(词)谓之诗余者,以词起于唐人绝句,如太白之《清平调》,即以被之乐府。太白《忆秦娥》、《菩萨蛮》,皆绝句之变格,为小令之权舆。旗亭画壁赌唱,皆七言断句。后至十国时,遂竞为长短句。自一字、两字至七字,以抑扬高下其声,而乐府之体一变。则词实诗之余,遂名曰诗余。其分小令、中调、长调者,以当筵作伎,以字之多少分调之长短,以应时刻之久暂。如今京师演剧,分小出、中出、大出相似。"

又《慢词始于耆卿》认为俚词为适应歌者之需,"风会使然",柳永亦有雅词:"按词自南唐以后,但有小令。其慢词盖起宋仁宗朝。中原息兵,汴京繁庶,歌台舞席,竞赌新声。耆卿失意无俚,流连坊曲,遂尽收俚俗语言,编入词中,以便伎人传习。一时动听,散播四方。其后东坡、少游、山谷辈,相继有作,慢词遂盛。东坡才情极大,不为时曲束缚。然《漫录》亦载东坡送潘邠老词:'别酒送君君一醉。清润潘郎,更是何郎婿。记取钗头新利市。莫将分付东邻子。回首长安佳丽地。三十年前,我是风流帅。为向青楼寻旧事。花枝缺处余名字。'右《蝶恋花》词,东坡在黄州,送潘邠老赴省试作也,今集不载。按其词恣亵,何减耆卿。是东坡偶作,以付钱席。使大雅,则歌者不易习,亦风会使然也。山谷词尤俚绝,不类其诗,亦欲便歌。柳词曲折委婉,而中具浑沦之气,虽多俚语,而高处足冠群流,倚声家当尸而祝之。如竹垞(朱彝尊)所录,皆精金粹玉。以屯田一生精力在是,不似东坡辈以余事为之也。耆卿蹉跎于仁宗朝,及第已老,其年辈实在东坡之前。先于耆卿,如韩稚圭、范希文,作小令,惟欧阳永叔间有长调。罗长源谓多杂入柳词,则未必欧作。余谓慢词,当始耆卿矣。"

又《论令引近慢》亦云:"其中词语,间与集本不同。其不同者,恒平俗,亦以便歌。以文人观之,适当一笑,而当时歌伎,则必需此也。诗之余先有小令。其后以小令微引而长之,于是有《阳关引》、《千秋岁引》、《江城梅花引》之类。又谓之近,如《诉衷情近》、《祝英台近》之类,以音调相近,从而引之也。引而愈长者则为慢。慢与曼通,曼之训引也、长也,如《木兰花慢》、《长亭怨慢》、《拜新月慢》之类,其始皆令也。亦有以小令曲度无存,遂去慢字。亦有别制名目者,则令者,乐家所谓小令也。曰引、曰近者,乐家所谓中调也。曰慢者,乐家所谓长调也。不曰令曰引曰近曰慢,而曰小令、中调、长调者,取流俗易解,又能包括众题也。"

---

① (清)宋翔凤《乐府余论》,《词话丛编》,中华书局 1986 年版。下引同。

十六　叶申芗《本事词》是辑录词之本事的词话著作

叶申芗(1780—1842)字维彧,号小庚,又号其园。闽县(今福建福州)人。嘉庆十四年(1809)进士,官至河南河陕汝道。编著有《本事词》、《天籁轩词谱》、《天籁轩词选》、《词韵》、《小庚词》、《闽词钞》。

其《天籁轩词谱》,吸收万树《词律》和《钦定词谱》的优点,在编纂体例、选词等方面体现出不一样的词学思想,为词谱音律艺术的大众化做出了尝试和探索。所编《天籁轩词选》,意在调和浙西词派与常州词派,全面展示了两宋词学面貌,克服了历代词选皆以独尊一家为主,不利于后世词学爱好者多样化的需求的弱点。其道光年间所编纂的《本事词》,则是少有的专门辑录词之本事的词话著作,所辑材料对研究唐、五代至金、元时期的词,有一定资料价值。其《自序》谓诗有孟棨《本事诗》,词也当有《本事词》:"盖自《玉台新咏》专录艳词,《乐府解题》备征故实,韩偓著《香奁》之集,托青楼柳巷而言情,孟棨汇本事之篇,叙破镜轮袍以纪丽,诗既应尔,词亦宜然。此《本事词》所由辑也。"①

十七　谢元淮《填词浅说》论词"于诗与曲之间,自成一境"

谢元淮(约 1792—约 1874)字钧绪、默卿,为明朝河南布政司参政谢佑后裔。嘉庆二十一年(1816),调任太湖东山巡检,协办海运,后奉派到两淮主持盐务。谢元淮在江淮五十年,疏浚运河及吴淞口、秦淮河,赈济江都灾民。鸦片战争期间奉命防守上海,口碑甚佳。著有《铸银钱以抑洋价论》、《钞贯说》、《填词浅说》、《碎金词谱》等。

《填词浅说》一卷二十六则,专就词之宫调、格律、平仄、阴阳等问题展开讨论,提出填词之若干限制,而又认为不必拘泥。其《词为诗余》论诗、乐府、词、曲演变云:"词为诗余,乐之支也。乐府之名,始于西汉,有鼓吹、横吹、清商、杂调诸名。六朝沿其声调,更增藻艳,与词渐近。唐人《清平乐》、《郁轮袍》、《凉州》、《水调》之类,皆以绝句被笙簧。于是太白、飞卿辈创立《忆秦娥》、《菩萨蛮》等曲,而词与诗遂分。至宋而其体益备,设大晟乐府,领以专门名家,比切宫商,不爽铢黍于依永和声之道,洵为盛矣。迨金变而为曲,元变而为北曲,而曲又与词分。明分北曲为南曲,愈趋愈靡。是知词之为体,上不可入诗,下不可入曲。要于诗与曲之间,自成一境。守定词场疆界,方称

---

① (清)叶申芗《本事词》卷首,《词话丛编》,中华书局 1986 年版。

本色当行。至其宫调、格律、平仄、阴阳，尤当逐一讲求，以期完美。"①其《论四声》云：
"平仄者，沈休文四声也，平声谓之平，上去入总谓之仄。平有阴阳，仄有上去入。倘
用乖其法，则为失调，俗称拗嗓。盖平声尚含蓄，上声促而未舒，去声往而不反，入声
逼侧而调难自转。北曲入声无正音，是以派入平上去三声中。南曲不然，入声自有入
声正音，不容含混。"其《论阴阳》云："天地自然之理，轻清上浮者为阳，重浊下凝者为
阴。乃《中原音韵》反以清为阴，浊为阳。阴阳倒置者何欤？盖周氏之韵，专为北曲而
设。北音重浊，凡唱重浊字皆揭起，唱轻清字皆抑下，正与南音相反。南音唱轻，清字
皆高唱，重浊字皆低。其仍以清声名阴，浊声名阳者，亦缘周氏之书，遵用已久，骤难
更正。如沈约韵，后人虽明知其谬，而千余年来遵为功令，竟成不刊之典，因沿错误如
此。其实南曲自有南方之音……词曲既播管弦，必高下抑扬，参差相错，引如贯珠，而
后可入律吕。倘宜揭也，而或用阳字，则声必欺字。宜抑也，而或用阴字，则字必欺
声。阴阳一欺，则调必不和。欲诎调以就字，则声非其声；欲易字以就调，则字非其
字，窘矣。故凡填词者，先辨宫调南北，再遵南北音声，斟酌下字，庶不为知音齿冷。"
其《曲应用词韵》云："词韵与诗韵不同，曲韵又与词韵有别。古诗用古韵，有通叶转注
等法。近体用今韵，不许稍有出入。词韵则三声互叶，上去并押，已较诗韵为宽。曲
为词余，自应用词韵。乃周氏《中原音韵》出，而作北曲者守之兢兢，奉为金科玉律，其
实罅漏甚多……昆山王氏（鵕）《音韵辑要》，厘为二十一韵，分东同、江阳以至监咸、纤
廉为二十一卷，阴阳各取一字为韵目，得其要矣。"《沈去矜〈词韵〉切当》论诗、乐府、
词、曲用韵宽严云："词韵宽于曲，而曲韵反严于诗，殊为失当。诗赋均以韵为限，虽雒
诵疾徐随人，然至押韵处，必须顿断，故不许出韵。取上下谐叶，令读者听者，咸有铿
锵和洽之美。词付歌喉，抑扬顿挫，其板眼不必定在押韵处，是以三声通押。北曲本
弦索调，字多声促，与今之弋阳、梆子、二簧等腔，筋节略相类。故押韵处亦严，此《中
原音韵》之所由作也……鄙意用韵谨严，乃词曲中之一事。若仅于韵脚无舛，遂称良
工，而遇俊语佳辞，概以出韵见摈，岂公论哉！又尝读内典经偈，见有四、五、六、七字
为句者，与歌谣相类。连编累牍，全不用韵。顺口诵去，毫不觉其格阂。即梵呗讽诵，
亦有节奏可听。于此悟曲韵之无甚紧要矣。填词家遵用沈去矜《词韵》，极为切当，本
不必旁及曲韵。惟既以笙箫度所著词，即与歌时曲无异，故牵连书之。"《词禁》云："词
有声调，歌有腔调，必填词之声调，字字精切，然后歌词之腔调，声声轻圆。调其清浊，
协其高下，首当责之握管者。其用字法宜平不得用仄，宜仄不得用平，宜上不得用去，
宜去不得用上。一调中有数句连用仄声住脚者，宜一上一去间用。韵脚不得用入声

---

① （清）谢元淮《填词浅说》，《词话丛编》，中华书局 1986 年版。

代平上去字。"他还论及戏剧的一些称谓,如《引子》云:"引子即登场第一曲,北曰楔子,南曰引子,本于诗余。原可加板作曲,向来唱引子者,皆于句尽处用一底板。今照《九宫谱》填出工尺,各宫调皆有引子。独羽调无之,借用仙吕引子。"《过曲集曲》云:"引子下第一曲为过曲,南曰正曲,北曰双曲。南又有集曲,俗称犯调,以各宫牌名汇集而成曲者。《九宫谱》以其名欠雅,改为集曲。"《尾声》云:"引子曰慢词,过曲曰近词,中曲曰换头,煞曲曰尾声,或曰庆余,或曰意不尽,或曰十二时,以凡尾声皆十二板,故名,其实一也。古曲有艳有趋,艳在曲前,即今引子。趋在曲后,即今尾声。"

谢元淮《碎金词谱》十四卷,共计收录古代词乐乐谱五百五十八阕。它既是一部词谱,又是一部词乐乐谱资料集,而其价值则更在于后者。《碎金词谱》将《新定九宫大成南北词宫谱》中所保留的唐、宋词乐进行了全面的研究整理,结成专集,可谓词学史上的盛举。全书有词乐乐谱一百八十首,曲谱十首,这些乐谱显然不可能是唐、宋词的原貌,但必然是与唐、宋的音乐较为接近的。其《自序》论编撰《碎金词谱》之必要性和可能性云:"《诗》三百篇皆入弦歌,审音知政,治道备焉。汉立乐府,声律最盛。自魏晋以来,雅、郑淆杂,隋始分雅、俗二部,雅为郊庙诗歌,俗为燕乐之曲。至唐更曰部当,凡所谓俗乐者二十有八调,即今正宫诸调是也……明嘉靖间祭酒吕柟率监生卫良相等,取《诗·周南·关雎》至于《商颂·元鸟》八十篇,被之八音,以为图谱,教习既成,乃慨然而叹,谓古乐不难于复。呜呼,今乐犹古乐,孟氏固已言之矣,古今岂真难及哉? 且六义者,诗之本也;六律者,乐之源也。自《三百篇》一变而为古诗、乐府,又递变而为近体诗曲,今之词曲即古之乐府,若诵其辞而不能歌其声,可乎? 歌之而不能协于丝竹,则必考究宫商,展转以求其协,非有一定之谱,何所适从耶! 尝读《南北九宫曲谱》,见有唐、宋、元人诗余一百七十余阕,杂隶各宫调下,知词可入曲,其来已尚。于是复遵《御定词谱》、《御定历代诗余》详加参订,又得旧注宫调可按者如千首,补成一十四卷。仍各分宫调,每一字之旁,左列四声,右具工尺,俾览者一目了然,虽平时不娴音律,依谱填字,便可被之管弦,挞植适途,未可与扪钥谓日者辨也。盖唐人之诗以入唱为佳,自宋以词鸣而歌诗之法废,金、元以北曲鸣而歌词之法废,明以南曲鸣而北曲之法又废。其废也,世风迭变,舍旧翻新,势有不得不然。至于清浊相宣,谐会歌管,虽去古人于千百世之下,必将无有不同者。兹谱之作,即以歌曲之法歌词,亦冀由今之声以通于古乐之意焉耳。按宋人歌词一音协一字,故姜夔、张炎辈所传词谱,四声阴阳不容稍紊。今之歌曲则一字可协数音,曼衍抑扬,萦纡赴节,即使分刌节度,不能如宋词之谨严,亦足以协谐竹肉矣。"①其《凡例》(同上)云:"词韵异于诗,曲

韵又异于词。填词宜准沈去矜《词谱》，北曲宜准《中原音韵》，南曲宜准《洪武正韵》。《九宫谱》于用《中原音韵》处则书'韵'，如中原韵所无而平水韵所通者则书'叶'，中原韵所无平水韵亦无者，则书'押'。'叶'者古本有此音而'叶'也，'押'者强'押'之辞，言但取其格不可法，其用韵夹杂也。填词有平、上、去三声通用之体，叶韵已宽，不必更用强押。"末云："是谱之刊，专为率尔操觚，不谙宫调、不遵律吕者导以轨则，若一一过于拘泥，诚恐学者视倚声为畏途，果有清词丽句妙和天然，亦不妨略事通融。惟每调必从一人之词为定体，四声纵难并讲，而平仄不容游移，此为不易之格。"

十八　陆鉴《问花楼词话》论词"调有定名，即有定格"

陆鉴，道光年间在世，余不详。著有《问花楼词话》、《问花楼诗话》。

其《原始》云："王阮亭（王士禛）云：唐无词，所歌皆诗也。宋无曲，所歌皆词也。余闻之先广文曰：梁武帝《江南弄》云：'众花杂色满上林。舒芳耀采垂轻阴。连手蹀躞舞春心。舞春心。临岁腴。中人望，独踟蹰。'此真绝妙好辞。又曰：陶隐居《寒夜怨》，后世填词《梅花引》格调似之。简文帝《春情曲》，唐词《瑞鹧鸪》格调似之。李太白应制《清平乐》词，吕鹏《遏云集》载四首，或以为赝作，非太白笔。愚见词虽小道，滥觞乐府，具体齐、梁，历三唐、五季，至宋乃集其大成。"①其《寄调》云："调有定名，即有定格，如黄钟仙吕诸宫，与越调过曲《小桃红》、正宫过曲《小桃红》之类是也。其间字数多少，音韵高下，亦皆有一定之规。古人晓畅声律，因题成调，如李后主《捣练子》，即咏捣练。刘太保（秉忠）《干荷叶》，即咏荷叶。后人依样葫芦，借调命题，如宋人《贺新郎》之咏石榴，《卜算子》之咏孤鸿，不一而足。且同一调，作者字数多寡，句注参差，各有不同。词学之芜甚矣，安得知音者起而正之。"

十九　梁廷枏《曲话》论诗、词、曲体例固别及戏曲源流

梁廷枏（1796—1861）字章冉，别号藤花主人。广东顺德人。留心时务，推许西方民主制。林则徐任两广总督时，应邀入幕，对禁烟抗英多所规划。精通史学，主要著作有考述当时中外关系的《粤海关志》、《夷氛闻记》等。他还是著名戏剧家，著有《江梅梦》、《圆香梦》、《昙花梦》、《断缘梦》四种杂剧，合称《小四梦》。传奇有《了缘记》，但未见流传。

---

① （清）陆鉴《问花楼词话》，《词话丛编》，中华书局 1986 年版。下引同。

其戏曲理论著作《曲话》五卷,卷一著录杂剧与传奇名目,不过就《录鬼簿》和《曲海目》而另加排比,并没有著录方面的贡献。第四卷多谈格律、谱法,第五卷侧重论音韵,二者虽稍具理论色彩,但由于作者多祖述而少创见,故并无新意可言。第二、三两卷品评各家作品,多自出机杼,不流于凡语俗见,是全书最有价值的部分。其中对元杂剧的评价多见于卷二,涉及剧作很多,评判角度各异,虽不乏文人论曲之通病,但往往能独抒己见,别具一格,颇能体现作者的理论见解。

其论诗、词、曲体例固别及戏曲源流云:"乐府兴而古乐废,唐绝兴而乐府赝,宋人歌词兴而唐之歌诗又废,元人曲调兴而宋人歌词之法又渐积于废。诗词空其声音,元曲则描写实事,其体例固为一种,然《毛诗·氓之蚩蚩》篇综一事之始末而具言之,《木兰诗》事迹首尾分明,皆已开曲伎之先声矣。作曲之始,不过止被之管弦,后且饰以优孟。元人院本,至今传者寥寥数种,其实杂剧为多。明以后则传奇盛行,下笔动至数十折,一人多至数本、十数本、数十本。其始大旨亦不过归于劝善惩恶而已,及其末流,淫侈竞尚。盖自明中叶以后,作者按谱填字,各逞新词,此道遂变为文章之事,不复知为律吕之旧矣。推此以论,则虽谓'今曲盛而元曲之声韵废',亦无不可也。"①他认为曲谱长短句法,皆起于古之歌词。同卷云:"曲谱长短句法,自一字至十余字,其源皆起于古之歌词,可取而证。《赓歌》'都'、'俞',一字之始也;《风》之'祈父'、《雅》之'肇禋',二字之始也;'汀有沱'、'思无绎',三字之始也;五、六、七字为句,所在多有,姑不具论;'我不敢效我友自逸'为八字之始;唐尧山埪之戒曰:'人莫踬于山而踬于垤。'为九字之始;《孔氏铭》曰:'饘于是粥于是以餬予口。'为十字之始。七字而外,句法虽长,皆可读矣。"他对李元玉《一笠庵广正九宫谱》评价很高:"吴门李元玉(李玉)有《一笠庵广正九宫谱》,采元人各种传奇散套及明初诸名人所著之北词,依宫按调,汇为全书。于牌名、体格同异处,辨证甚属精详。所收尤博,多今未见者。先是华亭徐于室辑有原稿,李氏取而参讨之。吴梅村为之序,称为'骚坛鼓吹,堪与汉文、唐诗并传不朽',可谓知言……核其体例,实以《雍熙乐府》为本,偶有增益,亦因彼而推广之耳。"又论连厢词云:"北人有所谓'打连厢'、'唱连厢'者。盖连厢词作于元曲未作之先。其例:专设司唱者一,杂设诸执器色者,笙、笛、琵琶各一人,排坐场端,吹弹数曲;而后敷白道唱,男名末尼,女名旦儿,并杂色人等,上场扮演,依唱词而作举止。毛西河有拟连厢词,曰《卖嫁》,曰《放偷》,古法犹存。今人不复能也。古人歌者、舞者各自为一,两不照应;至唐人《柘枝词》、《莲花旋歌》,则舞者所执与歌人所歌之词稍有相应矣,犹羌无故实也。至宋赵令畤作商调鼓子词,谱《西厢》传奇,始有事实矣,

---

① (清)梁廷枏《曲话》卷四,《中国古典戏曲论著集成》,中国戏剧出版社 1959 年版。

然尚无演白也。至董解元作《西厢》搊弹词，曲中夹白，拍弹、念、唱统属一人，然尚未以人扮演也。金人仿辽大乐之制而作清乐，中有连厢词，则扮演有人矣，犹然司舞者不唱、司唱者不舞也。至元曲则歌舞合于一人，然一折自首至末皆以其人专唱，非正末则正旦，唱者为主白者为宾，则连厢之法未尽变也。今之杂色上场，无不可唱，此实起于元末明初，其由来亦已久矣。"

二十　谢章铤《赌棋山庄词话》对词律、词韵、词籍的考订

谢章铤(生卒年不详)字枚如，福建长乐人，生于福州。光绪二年(1876)进士。仕途失意，遂专心致志于学术与教育。曾先后主讲漳州丹霞、芝山两书院及同州丰登书院。光绪十年，受陈宝琛延请，出任江西白鹿洞书院山长，讲授程朱理学。两年后辞职回福州。十三年起，主讲福州致用书院十六年，并建赌棋山庄，藏书万卷。生平著作二十余种，汇编为《赌棋山庄全集》刊行。谢章铤兼工诗、词、古文、骈文，并在词学理论、方言研究等方面有重要建树，是晚清闽中著名词学家。

所著《赌棋山庄词话》考订词律、词韵，对词人、词籍评述甚多，保存了许多罕见的史料，是词话要籍之一。他对词有不少综合性的论述，认为词贵有寄托，南北宋词风迥异就在于寄托不同："王述庵昶云：'南宋词多黍离麦秀之悲，北宋词多北风雨雪之感。世以填词为小道者，此扣盘扪籥之说。'诚哉是言也。词虽与诗异体，其源则一，漫无寄托，夸多斗靡，无当也。"①

关于词的正体、变体，其《词话中警语》云："弇州谓苏、黄、稼轩为词之变体，是也。谓温、韦为词之变体，非也。谓之正始则可，谓之变体则不可。填词与骚赋异体，自当断以近韵为法。"卷八《万红友词》引黄文旸《曲海》云："'曲者有音有情有理，不通乎音弗能歌，不通乎情弗能作，理则贯乎音与情之间，可以意领不可以言宣，悟此则如破竹建瓴，否则终隔一膜此。'予谓词亦如是，高下疾徐，抗坠抑扬，音之理也；景地物事，悲欢去就，情之理也；按之谱而无碍，音理得矣；揆之心而大顺，情理得矣。理何由见，于音之离合、情之是非见之，理具而后文成也。然而文则必求称体，诗不可似词，词不可似曲，词似曲则靡而易俚，似诗则矜而寡趣，均非当行之技。吾请于音、情、理之外益之曰有文。"

他对词体演变的论述颇多，卷三《姜夔传》可说是一篇词的演变史，首论诗变为乐府："自制氏去而古义亡，四始衰而雅音溺。乐胜则流，诗降为曲。虽燥湿所感，生民

---

① （清)谢章铤《赌棋山庄词话》卷一，《词话丛编》，中华书局 1986 年版。

大情。而政府相推,品物恒性。文辞繁诡,则靡而非典;才情异区,斯丽而有则。"再论唐、五代变为词:"有唐中叶,创始倚声。俎豆青莲(李白),宗祧啰唝。温飞卿(庭筠)助教之年,杜紫微(牧)制诰之日,易梵呗为艳曲,杂纥那于铙吹。双声单调,纲领之要可指;侧犯换头,情变之数易滥。迨至五代,风流弥劭。孟蜀《花间》,南唐《兰畹》,或沿波于初造,或寻条于后时。小楼吹彻,水殿风来,君臣间作,互相嘈哄。以至深宫刬袜之辞,秘监敧梳之作,莫不流播旗亭,传歌酒肆。然而绮缛为多,柔靡不少。丰藻克赡,而风骨不飞;振采失鲜,则负声无力,斯言谅矣。"三论赵宋词风:"洎乎天水征祥,斯学不坠。元祐、庆历,代不乏人。晏元献之辞致婉约,苏长公之风情爽朗。豫章(黄庭坚)、淮海(秦观),掉鞅于词坛;(张)子野、(周)美成,联镳于艺苑。幽索如屈(原)、宋(玉),悲壮如苏(武)、李(陵),固已同祖风骚,力求正始。君子正其文,瞽师调其器,厥功所存,良可嘉叹。然而畛域犹存,涯度未远。争价一句之奇,俪采百字之偶,大成之集,遗以来喆。若夫学士微云,郎中三影,尚书红杏之篇,处士春草之什。柳屯田(永)'晓风残月',文洁而体清;李易安(清照)'落日'、'暮云',虑周而藻密。综述性灵,敷写器象,盖骎骎乎大雅之林矣。"四论南宋词风:"南宋以还,元风益著,虽周、柳之纤丽,辛(弃疾)、刘(克庄)之雄放,风气所竞,不可相强。而求红牙之哲匠,问绮袖之专门,几于家习偷声,户精协律,有房中之妙奏,非风雅之罪人。贺方回(铸)肠断于东山,康伯可(与之)风柔于应制,花庵既光价于东南,东浦亦腾辉于河朔,词流之变,于斯极焉。既而白石(姜夔)归吴,移情丝竹,经正者纬成,理足者词畅。清真(周邦彦)滥觞于其前,梦窗(吴文英)推波于其后,学者宗尚,要非溢美。其后竹屋(高观国)、玉田(张炎)、梅溪(史达祖)、碧山(王沂孙)之俦,递相祖习,转益多师,洗草堂之纤秾,演黄初之眇论,后有作者,可以止矣。"最后总括说:"夫搓酥滴粉,丽密居多。征碧闹红,佻巧不少。自三唐创雕琼镂玉之文,而五季沿月露风云之旧,求其辞致萧闲,情采标举,则竹坡(周紫芝)挢舌,审斋(王千秋)掣肘。何况志感丝篁,韵谐笙板,探王化之本原,昭歌永之符契也哉!"

他对和韵、叠韵,特别是对和僻词不以为然,其《和僻词》(卷一)云:"遍和僻调,自是才人兴致,究竟不足为长技,体制既不圆润,音节更多聱牙。古人传作,正不以僻调见长,观于柳屯田、万俟雅言(万俟咏)便见。"《和韵叠韵》云:"和韵叠韵,因难见巧,偶为之便可,否则恐有未造词先造韵之嫌,且恐失却佳兴。国初词人迦陵(陈维崧)最健,叠韵诸作已不能纵横妥帖。阮亭(王士禛)才极清妙,和韵亦不无凑砌句。新丰鸡犬,总未能尽得故处也。"

关于词韵,卷三《词有句中韵》云:"诗有句中韵法,如龠舞笙鼓,舞与鼓韵;采荼薪樗,荼与樗韵;日居月诸,居与诸韵;有壬有林,壬与林韵。顾其法诗家颇不讲,而时见于词。如《河传》、《醉太平》等调，句中多有用韵者。填之应节，极可吟讽。"卷六《榕园词韵》云："海盐吴子安著《榕园词韵》，修洁有条理，其凡例诸则，持论俱确。然云：'本书从《广韵》录出，所取甚简，如虽字、讵字、但字、或字及崆峒之崆，茱萸之茱，剞劂之剞，邂逅之邂之类，难施韵脚，悉从舍斿。隐僻生涩，亦一意屏却。作诗不妨叶险韵，然终非上乘，不为识者所趜。至于填词，尤贵平易，字面一乖，便非当行本色。且为韵甚宽，叶字复有定数，非如诗家滔滔百韵，无所底止，以故不习见难叶者，概不复存。'是固然矣，但其中亦有太缺略者，即如否字、舀字，皆词家常用，而麋韵、筱韵皆失入。否，方矩切，陈琳《大荒赋》'岂云行之藏否'，辛弃疾《永遇乐》'为问廉颇尚能饭否'，俱与上文虎字叶，盖古音也。不字有夫音，诗鄂不是也。故转入甫音。舀，以沼切，《说文》：舀，杼臼也。《广雅释诂》：舀，抒也。今闽人犹谓杼水为舀。又如齼字，齿伤酸也。高士奇曰：'今京师语，谓怯皆曰齼。'曾茶山（曾几）《和曾宏父送柑》云：'莫向君家樊素口，瓠犀微齼远山颦。'《天禄识余》笛字读邱玉切。陆游曰：'泸卬闲谓笛为曲。'故鲁直《念奴娇》词'老子生平、江南江北，爱听临风笛。孙郎微笑，坐来声喷霜竹'。笛与竹叶，今俗本竟改作曲，非是。《老学庵笔记》其字其音，虽不如否、舀之古，而此等在词家则确有依据，所当补入，不得执《广韵》之书，而诿其挂漏之咎也。"

关于词风，卷二《词宜典雅》云："或曰，词者诗之余，然自有诗即有长短句，特全体未备耳。后人不究其源，辄复易视，而道录佛偈，巷说街谈，开卷每有《如梦令》、《西江月》诸调，此诚风雅之蟊贼，声律之狐鬼也。乃近日词坛哲匠，亦复不嫌鄙倍，唱道情鼓子词之类，张惶楮墨。夫古人乐府，专重典雅，竹垞（朱彝尊）操选，以此为准。试观小山（晏几道）、（乔）梦符二家小令，抑何宛转多风。况词又非曲比者，而必以钉铰为瓣香哉。此其罪过，当不止如秀师（僧人法秀）之呵鲁直（黄庭坚）。"卷五《刘存仁词》认为无论婉约词还是豪放词，都应以抒写性情为主："炯甫（刘存仁字炯甫）为予序词话后，余报以书曰：'捧读巨作，流连往复，不独文字之妙，非心知其境者，不能道只字。其中铁板数语，尤见持论精湛。诗词离合处，知者盖鲜，能词者或弱于诗，能诗者或粗于词。至今日浙派盛行，专以咏物为能事，胪列故实，铺张鄙谚，词之真种子，殆将湮没。不知诗词异其体调，不异其性情，诗无性情，不可谓诗。岂词独可以配黄俪白，摹风捉月了之乎？然则崇奉姜（夔）、史（达祖），卑视苏、辛者非矣。第今之学苏、辛者，亦不讲其肝胆之轮囷，寄托之遥深，徒以浪烟涨墨为豪，是不独学姜、史不之许，即学苏、辛，亦宜挥之门外也。鄙见如是，与赐作大旨颇合。闽中宋、元词学最盛，近日殆欲绝响，而议者辄曰，闽人蛮音鴃舌，不能协律吕。试问晓风残月，何以有井水处皆擅名乎？而张元幹长乐、赵以夫长乐、陈德武闽县、葛长庚闽清诸家，皆府治以内之人，其词莫不价重鸡林，即林岂尘以锁韵扫，此乃用古韵通转，不得以《闻见录》之言而讥诮之也。且今之作词者，将协古乐乎，将协俗乐乎？若协古乐，则吾诚不敢知；若协俗乐，则今日乐部所演习者，大抵老伶伎师随口胡诌之言，何以抑扬顿挫皆可入听乎？古人词不尽皆可歌，然当其兴至，敲案击缶，未尝不成天籁。东坡铁板铜琶，即是此境。作者不与古人共性情，徒与伶工竞工尺，遂令长短句一道，畏难若登天，不知皆自画之为病也。且夫既能词，又能知工尺，岂不更善？然与其精工尺，而少性情，不若得性情而未精工尺。故不独姜、史轻苏、辛，而苏、辛亦不愿为姜、史也。铤浏览近日词家，颇怪其派别之讹，非但无苏、辛，亦无周、柳，大抵姜、史之糟粕耳。姜、史之精，十不得一也。不揣狂妄，学填数十阕，于断绝寂寞之中，为吾闽永此一途。然愿甚奢，而才识俱不逮，秋蚓号窍，诚不足当大疋（雅）一吷。惟进而教督之，匡正之，则真为无穷之赐，且更望助我张目，于此道树立一帜，亦吾闽一大生色也。'此书颇足备参词学，故缕述于此。"

关于词藉，卷一《〈词律〉脱落》一方面肯定万树的《词律》是"倚声家长明灯也"，另一方面又批评它"体调时有脱略，平仄亦多未备……《摸鱼儿》，予据高观国、史达祖、方岳、洪瑹、吴文英、陈允平、周密、姚云文、詹正、刘天迪、萧东父，滕宾、王易简、张伯淳增出三十三字。《水调歌头》，予据蔡伸、刘之翰、辛弃疾、仲并、王以宁、袁华、于立、陆仁增出十五字。《摸鱼儿》，予据欧阳修、晁补之、辛弃疾、程垓、杜旟、冯取洽、张炎、徐一初、李裕翁、张翥增出二十五字。《贺新郎》，余据苏轼、张元幹、辛弃疾、刘克庄、刘过、高观国、文及翁、蒋捷、李南金、葛长庚、王奕增出四十三字。虽其中不无误笔，然有累家通用者，不载则疏矣。然其中亦有以入代平，以上代平之字，不得第据平仄而不细辨也。"

关于杂体词，卷一一《词之回文体》云："词之回文体，有一句者，有通阕者，有一调回作两调者，虽极巧思，终鲜美制。魏善伯祥曰：诗之有回文，犹梅之有腊梅，种类不入品格。诗犹然已，而况词乎。"卷一二《集句词》云："填词有即集词句者，且有通阕只集一人之句者。然他人寥寥数篇，至竹垞（朱彝尊）则专集诗句，既工且多。第考之《临川集》，荆公（王安石）已启其端。咏梅《甘露歌》三首，草堂《菩萨蛮》一首，皆是集句。《甘露歌》云：'天寒日暮山谷里，的皪愁成水。地上渐多枝上稀，惟有故人知。'《菩萨蛮》云：'花是去年红，吹开一夜风。'又云：'何物最关情，黄鹏三两声。'可谓灭尽针线之迹。蘅圃《题蕃锦集》云：'是谁能纫百家衣，只许半山人说。'当是指此，非泛言诗中集句也。然半山不标出处，未若竹垞历注名姓，尤令人易于根据。"

二十一　丁绍仪《听秋声馆词话》论填词宜讲究格调

丁绍仪（生卒年不详）字杏舲，江苏无锡人。著有《听秋声馆词话》二十卷，前有丁氏同治八年(1869)自序,后有其婿胡鉴衡跋。书中采清代词坛掌故、词家词作最富,尤重考订辑佚。

其《填词最宜讲究格调》云:"自来诗家,或主性灵,或矜才学,或讲格调,往往是丹非素。词则三者缺一不可。盖不曰赋、曰吟,而曰填,则格调最宜讲究。否则去上不分,平仄任意,可以娱俗目,不能欺识者。至性灵才学,设有所偏,非剪彩为花,绝无生气,即杨花满纸,有类瞽词。"①其《万树词》又云:"格调之舛,明词为甚,国初诸家,亦尚不免。盖奉程(明善)、张(綖)二家《啸余图谱》为式,踵讹袭陋,如行云雾中。康熙初,宜兴万红友树龂龂辨证,定为《词律》,廓清之功不小。惜所收各调,错漏尚多。其所自著,亦鲜杰作。殆与考据家罕工古文相似。"

卷一三《苏轼〈念奴娇〉词校》云:"东坡赤壁怀古《念奴娇》词盛传千古,而平仄句调都不合格。《词综》详加辨正,从《容斋随笔》所载山谷手书本云:'大江东去,浪声沉、千古风流人物。故垒西边,人道是、三国孙吴赤壁。乱石崩云,惊涛掠岸,卷起千堆雪。江山如画,一时多少豪杰。遥想公瑾当年,小乔初嫁了,雄姿英发。羽扇纶巾,谈笑处、樯橹灰飞烟灭。故国神游,多情应是,笑我生华发。人生如寄,一樽还酹江月。'较他本'浪声沉'作'浪淘尽','崩云'作'穿空','掠岸'作'拍岸',雅俗迥殊,不仅'孙吴'作'周郎',重下'公瑾'而已。惟'谈笑处'作'谈笑间','人生'作'人间',尚误。至'小乔初嫁'句,谓'了'字属下乃合。考宋人词后段第二三句,作上五下四者甚多,仄韵《念奴娇》本不止一体,似不必比而同之。万氏《词律》仍从坊本,以此词为别格,殊谬。"从卷一八《〈钦定词谱〉未采词》可看出他对词用功之深:"万氏《词律》成于康熙二十六年,共六百五十九调,计一千一百七十三体。至五十四年,《钦定词谱》成,共八百二十六调,计二千三百六体。较之万《律》,增体一倍有奇。然校定为谱者,仅居其半,余皆列以备体而已。乃采取犹有未及,如李光《庄简集》之《琼台》,王质《雪山集》之《红窗怨》、《无月不登楼》,吴则礼《北湖集》之《江楼令》,《阳春白雪》所录潘元质之《孟家蝉》,谭宣子之《鸣梭》、《西窗烛》,曹邍之《惜余妍》,刘壎《水云村稿》之《湘灵瑟》,王寂《拙轩集》之《红袖扶》,仇远《无弦琴谱》之《睡花阴令》、《阳台怨》。又《阳春白雪》所录李宏模之仄韵《庆清朝》,杜良臣之平韵《三姝媚》,杜龙沙之平韵《雨霖铃》,刘学箕《方是闲居士集》之《忆王孙》,《清波杂志》所录朱耆寿之《瑞鹤仙》,《碧鸡漫志》所录宇文虚中之《迎春乐》,字数句读均殊,亦未编入又一体。至《浙江通志》录文与可同《天香引》云:'三月三、花雾吹晴。见麟凤沧洲,鸳鹭沙汀。华鼓清箫,红云兰棹,青绰旗亭。　　　细看来、春风世情。都分在、流水歌声。弱燕娇莺,冷笑诗仙,击楫扬

---

① 　(清)丁绍仪《听秋声馆词话》卷一,《词话丛编》,中华书局1986年版。

舣。'当是《天香引》正体,为北曲《折桂令》所自出。顾不收此词,而收倪云林、张小山之《折桂令》,以又名《天香引》,合而一之。所收《央山红慢》,乃宋时元绛作,而讹为元载,以是知邓林沧海,虽奉敕搜讨,尚多遗佚。且考核偶疏,即不免舛午。昔与伯夔丈谈此,丈云:天下事大抵如此,世人每恃其一己之私,谓足以甄罗无失,其失弥甚,文字其一端耳。"

二十二　李佳《左庵词话》论"文有体裁,诗词亦有体裁"

李佳(生卒年不详)字继昌,号莲畦。晚清人。余不详。著有《左庵词话》上、下两卷,他论词主"意趣",尚"雅正",贵"新意",历评北宋以来词人,而以品评清代词人词作为多,论词之体制特点及其作法甚细。在词体上他提出了以下问题:

第一,诗、词、曲的区别,一是风格不同,其《词贵曲》认为词贵曲而忌涩:"宋人词体尚涩,国朝宗之,谓为浙派,多以典丽幽涩争胜。予不谓然。以为词贵曲而不直,而又不可失之晦,令人读之闷闷。"①二是用字不同,《诗词不同》云:"诗词之界,迥乎不同。意有词所应有而不宜用之诗,字有词所应用而亦不可用之诗。渔洋山人诗,用'雨丝风片',为人所疵,即是此义。故有能诗而不能词者,且有能词犹是诗人之词,非词人之词,其间固自有辨。"三是体裁不同,卷下《诗词不容少紊》云:"人有欲为古今体诗以为名者,往往作七言律以为庶异于试帖。实则法律毫无领会,不值识者一哂。不解倚声者,强欲作词,亦不过乱拈诗文中字,填作长短句,辄自负为能词。而词家法律,亦毫无领会。然果属通品,能文章,自必能词赋,何致夏虫语冰之诮? 文有体裁,诗词亦有体裁,不容少紊,而笔致固自不同。清奇浓淡,各视性情所近。为学诣所造,正不必强不同以为同,亦惟求其是而已。"四是境界不同,卷下《词曲相近》云:"词曰诗余,曲曰词余,诗与词不同,词与曲境界亦难强合。然工诗者未必工词,工词者自可工曲,词曲之间,究相近也。"但也有相同处,卷下《词与诗无异》云:"词律中《纥那曲》、《罗唝曲》、《生查子》,皆五言绝句。《塞姑》、《回波》、《舞马》、《三台》,皆六言绝句。《竹枝》、《小秦王》、《采莲子》、《杨柳枝》、《阿那曲》、《欸乃曲》、《清平调》、《瑞鹧鸪》,皆七言绝句,与诗无异,乃古乐府可歌者,腔板与诗,要自不同。"

第二论词律,卷上《词必通律》云:"词必通音律而后精,然宫商角徵羽,平上去入一字之判,微乎其微。能于音律之学确有所解者,百无二三,此境未易言也。"

第三论词调,卷下《词常用调》云:"词谱长短不下六百余调,同名异体者尚不与。

---

① (清)李佳《左庵词话》卷上,《词话丛编》,中华书局 1986 年版。

而词家常用,不过一二百调。《戚氏》三叠,《莺啼序》四叠,乃最长之调。非层折多,波澜阔,未易相称。岂纤小家所敢弄笔。"同卷《自度腔》又云:"古词人制腔造谱,各调多自由创,固非洞晓音律不能。今人倘自制一调,世罔不笑其妄者。虽解音理,亦不过依样画胡卢耳。故近日倚声一事,仅以陶瀹灵性,寄兴牢骚。风雅场中,尚遑云协于歌喉,播诸弦管,自度腔所由罕也。"

第五论词韵,卷上《周济论词》云:"周济止庵作《宋四家词选序》有云:东真韵宽平,支先韵细腻,鱼歌韵缠绵,萧尤韵感慨,各具声响,莫草草乱用。阳声字多则沉顿,阴声字多则激昂。重阳间一阴,则柔而不靡。重阴间一阳,则高而不危。韵上一字最要相发,或竟相贴。红友(万树)极辨上去是已。上入亦宜辨,入可代去,上不可代去。入之作平者无论矣。其作上者可代平,作去者断不可以代平。平去是两端,上由平而之去,入由去而之平。上声韵,韵上应用仄字者,去为妙,去入韵则上为妙。平声韵,韵上应用仄字者去为妙,入次之。迭则聱牙,邻则无力。硬软字宜相间,如《水龙吟》等俳句,尤重领句。单字一调数用,宜令变化浑成,勿相犯。一领四五六字句,上二下三上三下二句,上三下四上四下三句,四字平句,五七字浑成句,要合调无痕。重头、叠脚、蜂腰、鹤膝、大小韵,诗中所忌,皆宜忌。积字成句,积句成段,最是见筋节处。吞吐之妙,全在换头煞尾。古人名换头为过变,或藕断丝连,或异军突起,皆须令读者耳目振动,方成佳制。换头多偷声,须和婉。和婉则句长节短,可容攒簇。煞尾多减字须悄劲,悄劲则字过音留,可供摇曳。"同卷《词忌落腔》云:"词之为道,最忌落腔,落腔即所谓落韵也……用韵之吃紧处则在乎起调毕曲。盖一调有一调之起,有一调之毕,某调当用何字起,何字毕,起是始韵,毕是末韵,有一定不易之则。而住字煞声结声即由是以别焉。词之谐不谐,恃乎韵之合不合。韵各有其类,亦各有其音,用之不紊,始能融入本调,收入本音耳。韵有四呼七音三十一等,呼分开合,音辨宫商,等叙清浊。而其要则有六条:一曰穿鼻,二曰展辅,三曰敛唇,四曰抵腭,五曰直喉,六曰开口。"其下对此六条还逐一作了解释,此从略。卷下《词须讲音律》又云:"俗谓作词为填词,此语便谬。填之云者,只视其句之长短,字之多寡,如数填足耳。音律之叶,平上去之调,懵然不讲,安有好词?"

第六论词之句读,卷上《词中五七言》云:"词中五言七言句,最易淆乱。七言有上四下三,如《鹧鸪天》'小窗愁黛淡秋山',《玉楼春》'棹沈云去情千里'之类。有上三下四者,若《唐多令》'燕辞归客尚淹留',《爪茉莉》'金风动冷清清地'之类。五言有上二下三,若《一路索》'暑气昏池馆',《锦堂春》'肠断欲栖鸦'之类。有一字领句,下则四字者,若《桂华明》'遇广寒宫女',《燕归梁》'记一笑千金'之类。误填便失调,不可不审。"

994

最后他还对词著多有评述,卷上《〈词律〉少发明》云:"宋沈义父所著《乐府指迷》,元张炎所著《词源》,陆辅之所著《词旨》,法律讲明特备,不可不读。万红友(树)《词律》,不过备载各调,词家妙处,却少所发明。"同卷《词林正韵》云:"吴县戈载顺卿,辑《词林正韵》一书,列平上去为十四部,入声为五部,共十九部。大要有二,一曰律,一曰韵。律不协,则声音之道乖。韵不协,则宫商之理失。词韵与诗韵有别,与曲韵亦不同耳。是书之出,近颇奉为正宗。"

二十三　江顺诒《词学集成》论体以代异,诗、词、曲各有不同

江顺诒(生卒年不详)字秋珊,自署为明镜室主人,安徽旌德人。同治前后在世。浙江候补县丞。所居杭州东平巷,有花坞、夕阳楼之胜。工诗词,同治十年(1871),他和梅振宗倡议成立西泠消寒会,社员轮流作东,饮宴酬唱,将所作诗辑成《西泠消寒集》。他还著有《愿为明镜室词》、《词学集成》及《读红楼梦杂记》等书,并行于世。

江顺诒《词学集成》一反传统词话旧例,构筑新的词学理论结构,旁引曲证,探寻词体的音律之源,反思过去词论中的道德评判和审美观念,形成了很有个性的词学思想。此书篇幅较大,这里按其内容加以归纳说明。

一、关于词之源,一般认为词为诗之余,他更强调词贵于情,直接源于乐府,《词上薄风骚》引"徐巨源曰:'古诗者,风之遗。乐府者,雅之遗。苏、李变而为黄初,建安变而为选体,流至齐、梁排律,及唐之近体,而古诗遂亡。乐府变为吴趋越艳,杂以《捉搦》、《企喻》、《子夜》之属,以下逮于词,而乐府亦衰。然《子夜》、《懊侬》,善言情者也。唐人小令,尚得其意。则诗余之作,不谓之直接古乐府不可。'余谓巨源之论词之源于乐府是矣。独所言《子夜》、《懊憹》善言情,唐人小令得其意,是词贵于情矣。余意所谓情者,人之性情也。上自《三百篇》,以及汉、魏乐府诗歌,无非发自性情。故鲁不同于卫。卿大夫之作,不同于闾巷歌谣。即陶、谢扬镳,李、杜分轨,各随其性情之所在。古无无性情之诗词,亦无舍性情之外,别有可为诗词者。若舍己之性情,强而从人之性情,则今日饾饤之学,所谓优孟衣冠,何情之有? 唐人小令善于言情,然亦不为《子夜》、《懊憹》之情。余故谓凡词无非言情,即轻艳悲壮,各成其是,总不离吾之性情所在耳。诒案,诗道性情,古人言之详矣。今谓词亦道性情,即上薄《风》、《骚》之意,作者勿认为闺帏儿女之情。"①其《词源于古乐府》云:"汪晋贤森《词综序》云:'自古诗变而为近体,而五七绝句传于伶官乐部,长短句无所依,不得不变为词。当开元盛时,王

---

① (清)江顺诒《词学集成》卷一,《词话丛编》,中华书局 1986 年版。下引均同。

之涣等诗句,流播旗亭,而李白《菩萨蛮》等词,亦被之歌曲。诗之与乐府,近体之于词,齐镳并骋,非有先后。谓诗降为词,以词为诗之余,殆非要论矣。'诒案,溯词于乐府,则词为大宗。而古近体诗,乃乐府之变调,不能叶律之乐府耳。诗自唐以后无歌者,词自宋以后无歌者,元曲出而古乐亡。如黄河南徙,今且夺淮入海之路。古近体诗,黄夺淮也,谓之黄而不谓之淮。词则碣石黄河之故道,其踪迹知之者鲜矣。"其《词从乐府变出》云:"王元美(世贞)云:'《花间》以小语致巧,世说靡也;《草堂》以丽字取研,六朝偷也。即词号诗余,然而诗人不为也。何者? 其婉娈而近情也,足以移情而夺嗜;其柔靡而近俗,啴缓而就之,不知其下也。之诗而词,非词也。之词而诗,非诗也。词兴而乐府亡,曲兴而词亡。非乐府与词之亡,其调亡也。'诒案,乐府亡而词作,词亡而曲作。非亡也,盖变也。本有所不足,变一格以求胜,而本遂亡。"但他也强调今之词并非古乐府,其《古乐府非今之词》云:"毛西河《词话》云:'白乐天《花非花》、唐人《醉公子》词、长孙无忌《新曲》、杨太真《阿那曲》,自是词格。若《回鹘》、《石洲》、《阿鞞回》、《回波乐》、《乌盐角》、《鹦浪堆》、《水调歌头》,俱是乐府。然其辞有近词者,亦可以词名之。如隋帝《望江南》、徐陵《长相思》,初何尝是词,而句调可填,即谓填词。由是推之,武帝《江南弄》诸乐,及鲍照《梅花落》、陶宏景《寒夜怨》、徐勉《迎客送客》、王筠《楚妃吟》、梁简文《春情》、隋炀《夜饮朝眠曲》,皆谓之词,何不可哉?'诒案,谓词出于乐府则可,谓古之乐府即今之词则不可。如以鲍照《梅花落》为词,则谓《国风》即今八韵试帖,乌乎可? 同一诗名,体以代异,而况乐府与词,已异名乎!"其《香奁本非词格》云:"许宗彦《莲子居词话序》云:'文章体制,惟词溯至李唐而止,似为不古。然自周乐亡,一易而为汉之乐章,再易而为魏、晋之歌行,三易而为唐之长短句,要皆随音律递变。而作者本旨,无不滥觞楚骚,导源风、雅一也。"

二、关于词的发展史,他对历代词有不少评论。《词亦可以初盛中晚论》论词可以初盛中晚论,而不可以时代后先分:"尤悔庵侗《词苑丛谈序》云:'词之系宋,犹诗系唐也。唐诗有初盛中晚,宋词亦有之。唐之诗由六朝乐府而变,宋之词由五代长短句而变。约而次之,小山(晏幾道)、安陆(张先),其词之初乎! 淮海(秦观)、清真(周邦彦),其词之盛乎! 石帚(姜夔)、梦窗(吴文英),似得其中。碧山(王沂孙)、玉田(张炎),风斯晚矣。唐诗以李、杜为宗,而宋词苏、陆、辛、刘,有太白之气。秦、黄、周、柳,得少陵之体。此又画疆而理,联骑而驰者也。唐诗之后,《香奁》、《浣花》稍微矣,至有明而起其衰。宋词之后,遗山(元好问)、蜕岩(张翥)亦仅矣,及本朝而恢其盛。天地生才,若为此对偶文字以待后人之侧生挺出,角立代兴,恶可存而不论哉!'又《词绎》云:'词亦有初盛中晚,不以代也。牛峤、和凝、张泌、欧阳炯、韩偓、鹿虔扆辈,不离唐绝句,如唐之初,不脱隋调也,然皆小令耳。至宋则极盛,周、张、康、柳,蔚然大家。至姜白石、史邦卿，则如唐之中，而明初比晚唐。盖非不欲胜前人，而中实枵然，取给而已，于神味全未梦见。'诒案，比词于诗，原可以初盛中晚论，而不可以时代后先分。如南唐二主似唐之初，秦、柳之琐屑，周、张之艑靡，已近于晚。北宋惟李易安差强人意。至南宋白石、玉田，始称极盛，而为词家之正轨。以辛拟太白，以苏拟少陵，尚属闰统。竹山、竹屋、梅溪、碧山、梦窗、草窗，则似中唐退之、香山、昌谷、玉溪之各臻其极。晚唐之诗，无可厚非，元明之词不足道，本朝朱（朱彝尊）、厉（厉鹗）步武姜、张，各有真气，非明七子之貌袭。其能自树一帜者，其惟（纳兰性德）《饮水》一编乎！尤序固非探源之论，《词绎》所云，亦未得其要领。"《五季词宏大秾厚》论五代词云："徐仰鲁云：'自乐府亡，而声律乖。谪仙（李白）作《清平调》、《忆秦娥》诸词，时因效之。厥后行卫尉少卿赵崇祚，辑为《花间集》，凡五百阕，此填词之祖也。'放翁云：'"诗至晚唐五季，气格卑陋，千人一律。而长短句独精巧奇丽，后世莫及，此事之不可晓者。"盖伤之也。'诒案，词在五季，正如诗在初唐，有陈、隋之绮靡，故变为各体之宏大。有晚唐之纤薄，故变为小令之秾厚。此亦时势使然，与兴亡之国势不相涉。"《宋词皆可入乐》云："毛氏《词话》载轶事，为他书所未见，后人引用者亦少。纪晓岚先生昀云：'《西河词话》无韵一条最为精核，谓辛、蒋为别调，深明源委。'先生于词不屑为，故所论未允。夫宋人之词，皆可入乐。韵为天籁，未有四声以前，《三百篇》未有无韵者。岂唐、宋以后入乐之文而不用韵乎？况宋人自度腔皆可歌，后人不得其传。至辛（弃疾）、蒋（捷）以豪迈之语，为变徵之音。如今弦笛，腔愈低则调愈促，声高则调高，何碍吟叹之有！"《宋词重在协律》云："《词麈》录李易安《论词》云：'易安居士言诗文分平仄，而歌词分五音，又分五声，又分音律，又分清浊。且如近世所谓《声声慢》、《雨中花》、《喜迁莺》，既押平声韵，又押入声韵。《玉楼春》本押平声，又押上去声，又押入声，本押仄声韵，如押上声则协，如押入声，则不可歌矣。'培案，'段安节言商角同用，是押上声者，入声亦可押也，与易安说不同。余尝取柳永《乐章集》按之，其用韵与段说合者半，不合者半，乃知宋词协韵，比唐人较宽。宋大乐以平入配重浊，以上去配清轻，亦与段说不同。大抵宋词工者，惟取韵之抑扬高下，与协律者押之，而不拘拘于四声。其不知律者，则惟求工于词句，并置此而不论矣。'诒案，后之填词，韵有上去通押者，而无平仄同押者，虽与曲有别，究与律无关也。"《词坏于元明》云："六合徐鼒《水云楼词序》云：'诗余之作，盖亦乐府之遗。孤臣孽子，劳人思妇，吁阍阖而不聪，继以歌哭；惧正容之莫悟，矢以曼音。其体卑，其思苦，其寄托幽隐，其节奏啴缓。故为之者，必中句中矩，端如贯珠；宜宫宜商，较之累黍。太白、飞卿，实导先路；南唐、两宋，蔚成巨观。玉宇高寒，子瞻将其忠爱；斜阳烟柳，寿皇识为怨诽。朝野不少赏音，元之杂以俳优，明人决裂阡陌，淫哇日起，正始胥亡，高论鄙之。弁髦小儒，鼓其瓦缶，臣质之死，匠石伤焉。'诒案,'元人杂以俳优,明人决裂阡陌'二语,词之坏于明,而实坏于元。俳优窜而大雅之正音已失,阡陌开而井田之旧迹难寻。夫词变为曲,犹诗变为词,非制曲之过,乃填词之过。然曲之粗鄙,制曲者取悦于俗耳,则元人不得辞其责矣。"

三、关于词之体例、格律,涉及内容较广。

第一是何谓词,涉及诗、词、曲的关系。《诗词同源》云:"梁武帝《江南弄》云:'众花杂色满上林。舒芳曜采垂轻阴。连手蹀躞舞春心。舞春心,临岁腴。中人望,独踟蹰。'此绝妙词,在《清平调》之先。又沈约《六忆》云:'忆眠时,人眠独未眠。解罗不待劝,就枕更须牵。复恐旁人见,娇羞在烛前。'亦词之滥觞。诒案,此体制似词,乃乐府之变格。非先有词,而后有唐人之诗,亦不能祧诗而言词。盖诗与词本同一源,诗盛于唐,词盛于宋,亦物莫能两大之理。"诗、词、曲有别,其《今词不可入乐》认为:"谓长短句发源于诗可也,谓今之长短句即古之诗不可也。今之诗尚非古之诗,何况于词!引孔氏《正义》谓《诗》有一二字及八九字,即词所本。究之《诗》中之一二字、八九字甚少,而一代有一代之乐,正后人之善变,非墨守磨驴陈迹也。"又云:"《三百篇》入乐,乃以音就字,以上四工尺之音,就平上去入之字,其节奏无考,其格调难寻,即所谓听古乐而恐卧者。若唐、宋人之词,则皆知律吕者为之,所谓今乐也。有音节可考,又有律、有腔、有五音十二宫,由音生字,与以音就字者不同。若不知律者所作之词,虽师旷复生,亦难入乐。调错句讹,字脱音梗,改不胜改,势必另作而后可,岂伶人之事乎?今人之词,皆可入乐,似非通论。"《仇山村谓词难于诗》(卷六)云:"仇山村(仇远)曰:'世谓词为诗之余,然词尤难于诗。词失腔,犹诗落韵,诗不过四五七言而止,词乃有四声五音均拍轻重清浊之别。若言顺律舛,律协言谬,俱非本色。或一字未合,一句皆废;一句未妥,一阕皆不光彩。信戛戛乎难之。'诒案,此犹兼四声五音而言。"《诗词曲意境各不同》(卷七)云:"王阮亭(士禛)云:'或问诗词分界,余曰:"无可奈何花落去,似曾相识燕归来",定非香奁诗。"良辰美景奈何天,赏心乐事谁家院",定非草堂词(指《草堂诗余》)。'诒案,《会真记》之'碧云天,黄花地',非即范文正之'碧云天,红叶地'乎? 诗、词、曲三者之意境各不同,岂在字句之末。"但《词可不变为南曲》(卷一)亦云:"毛稚黄曰:'南曲将开,填词先之,《花间》、《草堂》是也。北曲将开,弦索先之,董解元《西厢记》是也。《西厢》即北人填词,然填词盛于宋,至元末明初,始有南曲,其接续也甚遥。弦索调生于金,而入元即有北曲,其接续也相踵。斯又声音气运之微,殆有不可以臆测者。'诒案,填词入律,苟无弦索之变北曲,词至今亦可不变南曲。盖词即乐府,庙廷用之,又何曲之变哉!"

第二是总论词须合词律,要按谱填词,《词须推求合律》(卷二)云:"杨守斋《作词五要》:'第三,要填词按谱。自古作词能依句者少,依谱用字,百无一二,若歌韵不协,奚取哉？或谓善歌者,能融化其字,则无疵。殊不知制作转折或不当,则失律。正旁偏侧,凌犯他宫,非复本调矣。宋人多先制腔而后填词,观其工尺当用何字协律方始填入,故谓之填词。及其调盛传,作者不过照前人词句填之,故曰依句者少,依谱用字百无一二也。'诒案,调已盛传,作者第(只要)照前人词调填之,在宋时依谱者已百无一二,何怪今之填词者乎! 然其源则不可不知也。不知其源,而自诩其律之精严,吾不知其谓精严者,果何律也？'第四,要摧律。摧字当作推,谓推求此调属某律某音,然后协某韵,方始合体,即段安节五音二十八调所说是也。《词源》作随律押韵,如越调《水龙吟》、商调《二郎神》,皆用平入声韵,古调用俱押去声,所以转折乖异。《水龙吟》越调即黄钟商,《二郎神》商调即无射商,入声商七调用之,平声商角同用者也。若去声韵当叶宫声调,非商调所宜矣。然宋词往往不拘,盖文士挥毫,不暇推求合律故耳。'诒案,今人不知推求,非宋人不暇推求误之乎？ 然而欲正词体,则不能不推求合律也。"《歌词须合律》(卷三)云："竹西词客《词源跋》云:'玉田生与白石齐名,词之有姜、张,犹诗之有李、杜也。二君皆能案谱制曲,是以《词源》论五音均拍,最为详赡。谓乐府一变而为词,词一变而为令,令一变而为北曲,北曲一变而为南曲。今以北曲之宫谱,考词之声律,十得八九焉……乐色拍眼,虽乐工之事,然填词家亦当究心,若舍不论,岂能合律哉!"正因为词须合词律,就需要按谱(词牌或调名)填词。《同调异名考》(卷二)云："词有同调异名,昔人分为二体,概可从删……诒案,欲辨词体,定词律,必先自考同调异名始。"并举了很多例子来加以说明。

第三是论限格限字的问题。《词限格限字》(卷一)云："古人文字有二,一曰无韵之文,一曰有韵之文,俱不限字,不限格。然有韵以后即有格矣,有格而字之或长或短,即有不入格者矣。有韵而无格,则韵不叶;有格而字或长或短,则格不整,而韵亦不齐。古诗而变为近体,皆因韵而生也。格限以五古、七古、五律、七律、五绝、七绝,字限以四言、五言、六言、七言,有韵之文,于是乎一变,遂与骚赋分途。而骈文且有格而无韵,与无格无韵之文争长。至词乃既限格、既限字,后之别制,非未限格、未限字前之先声也。"卷二《词有增字衬字》论限字亦可变通:"《词麈》论繁声云:'黄钟《醉花阴》本五句,并换头只五十二字,又加衬八十余字,繁声太多,音节太密,去古益远矣。盖始作此曲者,或四言、或五言,必有衬字以赞助之,通为五十二字。后人撰词,并其衬字亦以词填实。工师不知,于定腔五十二字之外,又加衬八十余字之多,皆淫哇之声也,必删去始为近古。案,繁声,唐、宋人谓之缠声。《太真传》,明皇吹玉笛,迟其声以媚之,即缠声多也。今人谱工尺,多用赠板,音方旖旎悦耳,即淫哇之谓,古靡靡之音也。善乎《稗编》之言曰:今乐与古乐同者,器也、律也。其不同者,制词有邪正散慢也,度曲之节有繁简严媚浓淡也。用其所同,而去其所不同,使其词一归于正,其曲淡而不厌,其节稀而不密,则古乐岂外是哉!'诒案,在音则为衬声、缠声,在乐则为散声、赠板,在词曲则为加衬字,为旁行增字。曲之增字写于旁行,故易知。词之增字,则知之者鲜矣。前引梦窗《唐多令》以证之。凡词之调一,而体二三至十余者,皆增字之旁行,并入正行也。故一调而同时之人共填,体各小异,实增字任人增减,无戾于音,又何害于词!流传至今,迷如烟雾。万氏作《词律》,苦心孤诣,远绍旁搜。苟知增字衬字,词与曲同,则提纲挈领,得其制调之本词。又何至列数体,哓哓置辩,而无所折衷哉!"同卷《词有衬字》云:"毛稚黄先舒《填词图谱·凡例》云:'词中有衬字者,因此句限于字数,不能达意,偶增一字。后人竟可不用,如《系裙腰》末句问字之类。'沈天羽曰:'调有定格,即有定字,其字数音韵较然。中有参差不同者,一曰衬字,因文义偶不联属,用一二字衬之,按其音节虚实,正文自在,如南北剧这、那、正、个、却字之类,亦非增实字,而借口为衬也。'诒案,因曲有衬字而知词亦有衬字。万氏增减一二字别为一体,非定论也。不意有先我而言之者。"《〈词绎〉论衬字不可少》(卷六)云:"《词绎》云:'中调、长调转换处不欲全脱,不欲明粘,如画家开合之法,须一气而成,则神味自足,以有意求之不得。'又曰:'长调最难工,芜累与痴重同,衬字不可少,又忌浅熟。'又曰:'词中对句,正是难处,莫认作衬句。至五言对句,七言对句,使观者不作对句尤妙。'诒案,《词绎》系刘氏公□体仁著,亦国初人,而中有'衬字不可少'之语,万氏何以不知词有衬字也!"

四、论音律。《赵函论音律精确》(卷一)云:"赵艮甫函《碎金词叙》云:'宋词以清真、白石、草窗、玉田四家为正宗。清真典掌大晟,白石自订词曲,草窗词名《笛谱》,玉田《词源》一书,所论律吕最精。凡此四家之词,无不可歌。其余则或可歌,或不可歌,不过按调填词,于四声不尽谐协,遑论九宫。今之填词者,只以万红友《词律》平仄为准,不究音律之源。无怪乎好拈熟调,一遇拗体,则步步如行荆棘中矣。'诒案,此论精确,末仅为拈熟调遇拗体者说法,则似明而忽昧。"卷二《词腔不能臆造》云:"吴西林颖芳云:'词之兴也,先有文字,从而宛转其声,以腔就词者也。洎乎传播久,音律确然,继起诸人。不得不以辞就腔,于是必遵前词字脚之多寡,字面之平仄,号曰填词。或变易前词,仄字而平,平字而仄,要于音律无碍。或前词字少而今多之,则融洽其字于腔中,或前词字多而今少,则引伸其字于腔外,亦于音律无碍。盖当时作者述者,皆善歌,故制词度腔,字之多寡平仄参焉。今则歌法已失传,音律之故不明,变易融洽引伸之技,何由而施?操觚家按腔运辞,兢兢尺寸,不易之道也。'诒案,以词就腔者,执柯以伐柯,此后人之善因(因袭),所谓其则不远。若夫以腔就词,则未有柯以前之柯,此古人之善创。后人自度腔,亦古人之创,特音律不明,不能臆造耳。"卷四《词韵不妨从严》云:"《切韵》以下数部,皆由官定。今一百六部《佩文韵府》亦遵之,从宽也。填词家何妨从严,而因以复古乎!"又同卷《词韵与曲韵可不分》云:"今之词与曲异者,词不能歌耳。而以求词之源,则词皆可歌,词韵与曲韵何必分,词之用平上去入,何必与曲异。所异者,词只一阕,分上下段,多至三段、四段而止,只一调名。曲则合数阕而为一套,有引子,有尾声,而以宫商合箫管,以喉舌五音合宫商无二致。词变为曲,殆所谓言之不足,而长言之乎?"又同卷《句中不宜用同韵字》云:"既押某韵,而句中不用同韵字,嫌其拗口也。五音四声,其理实一。反切合五声,五声隶五音,谓反切为不传之秘,然乎,否乎?"

五、关于词之风格问题。其《香奁本非词格》(卷五)云:"许宗彦《莲子居词话序》云:'故览一篇之词,而品之纯驳,学之浅深,如或贡之。命意幽远,用情温厚,上也。词旨儇薄,冶荡而忘返,漓其性命之理,则君子弗为也。述庵(王昶)司寇,谓北宋多《北风》雨雪之感,南宋多《黍离》麦秀之悲,所以为高。张皋文(张惠言)编修《词选》亦深明此意。'诒案,山谷艳词,已有法秀泥犁之呵。香奁本非词格,后生小子,矜其一得,竞为秽亵之语,岂大雅所屑道者哉!"《就词字之意论词》(卷六)论词之声、色、味云:"包慎伯大令世臣《月底修箫谱序》云:'意内而言外,词之为教也。然意内不可强致,言外非学不成。是词说者,言外而已,言成则有声,声成则有色,色成而味出焉。三者具,则足以尽言外之才矣。若夫成人之速者,莫如声,故词名倚声。声之得者,又有三,曰清、曰脆、曰涩。不脆则声不成,脆矣而不清,则腻。清矣而不涩,则浮。屯田、梦窗以不清伤气,淮海、玉田以不涩伤格,清真、白石则能兼之矣。六家于言外之旨得矣,以云意内,惟白石、玉田耳。淮海时时近之,清真、屯田、梦窗皆去之弥远,而俱不害为可传者,则以其声之幺眇铿盘,恻恻动人,无色而艳,无味而甘故也。'诒案,就词字之意以论词,本《说文》以解经,而意内言外两层,说得确切不移,实发前人所未发。至声字独取清脆涩三声,而证以各名家之词,学者循之,亦不入歧途矣。"词境实亦指词风,《词有诗文不能造之境》(卷五)云:"郭频伽云:'词家者流,源出于《国风》,其本滥于齐、梁。自太白以至五季,非儿女之情不道也。宋之乐用于庆赏饮宴,于是周、秦以绮靡为宗,史、柳以华缛相尚,而体一变。苏、辛以高世之才,横绝一时,而愤末广厉之音作。姜、张祖骚人之遗,尽洗秾艳,而清空婉约之旨深。自是以后,虽有作者,欲别见其道而无由。然写其心之所欲出,而取其性所近,千曲万折,以赴声律,则体虽异,而其所以为词者无不同也。'诒案,有韵之文,以词为极。作词者著一毫粗率不得,读词者著一毫浮躁不得。夫至千曲万折以赴,固诗与文所不能造之境,亦诗与文所不能变之体,则仍一骚人之遗而已矣。"

六、江顺诒对历代词籍多有评论,特别是对万树《词律》批评颇多。其《万树未探词皆可歌之源》(卷一)对朱彝尊《群雅集序》评价甚高:"朱竹垞先生《群雅集序》云:

'用长短句制乐府歌词,由汉迄南北朝皆然。唐初以诗被乐,填词入调,则自开元、天宝始。逮五代十国,作者渐多,有《花间》、《尊前》、《家宴》等集。宋之太宗,洞晓音律,制大小曲及因旧曲造新声,施之教坊舞队,曲凡三百九十,又琵琶一曲,有八十四调。仁宗于禁中度曲时,有若柳永,徽宗大晟名乐时,有若周邦彦、曹组、晁次膺、万俟雅言,皆明于宫调,无相夺伦者也。洎乎南渡,家各有词,虽道学如朱仲晦(熹)、真希元(德秀),亦能倚声中律吕,而姜夔审音尤精。终宋之世,乐章大备,四声二十八调,多至十余曲,有引,有序,有令,有慢,有近,有犯,有赚,有歌头,有促迫,有摊破,有摘遍,有大遍,有小遍,有转踏,有转调,有增减字,有偷声。惟因刘昺所编《燕乐新书》失传,而八十四调《图谱》不见于世,虽有歌师板师,无从知当日之琴趣箫笛谱矣。楼上舍俨曰:“诗变为词,词变为曲,历世久远。声律之分合,均奏之高下,音节之缓急过渡,既不得尽知,至若作者才思之浅深,不系文字之多寡。顾世之作谱者,类从归自谣铢累寸积,及于《莺啼序》而止。以字之长短分调,安能各得其所。莫如论宫调之可知者叙于前,余以时代先后为次,斯世运升降,可以观焉。”予曰:旨哉,当以段安节《乐府杂录》、王灼《碧鸡漫志》及宋、元高丽诸史所载调存词佚者,具载之。并以张炎、沈伯时《乐府指迷》冠于首,学者睹此,若大水之涉津梁焉。’论案,此序于词之源流派别,最为明晰。”而对万树《词律》则有褒有贬:“万红友《词律》虽校勘功深,实未探乎词皆可歌之源。而于不可歌之词,斤斤于上去之必不可误,平仄之必不可移,增一字为一体,减一字又为一体,并不知何调为宫为商。毋亦自昧其途,而示人以前路乎!夫词至于不可歌,则失调之曲,杜陵、香山新乐府之变耳。增一字可,减一字亦可,上与去何所别,平与仄何所分,读之顺口即佳。似诗非词,似曲亦非词,作者神明之可也。”又《万树不明宫调》(卷一)云:“红友开辟榛莽,二百年来填词家恪遵矩矱,一洗明人之荒谬。近时讲求益密,乃有摘其疵颣,补其罅漏者,其草昧之功不可没也。惜不明宫调,仅从四声斤斤比较,究非探源星宿耳。”又《〈词律〉不言衬字宫调》(同上)云:“徐氏(釚)《〈词苑〉丛谈》与万氏不相后先,而衬字宫调屡言之。虽所引证为南北剧,合而观之,三者皆兼词曲而言。后人填词一遵《词律》,故不知词有衬字。宫调之说,古意云亡,不能不归咎于万氏矣。”又《〈词律〉不知宫调之误》(卷三)云:“万氏《词律发凡》云:‘石帚赋《湘月》自注云:即《念奴娇》之鬲指声,体同名异,或有故。但宫调失传,作者依腔填句,不必另收《湘月》。盖人欲填《湘月》,即是《念奴娇》,无庸立此名也。’论案,此实红友不知宫调之误也。盖《湘月》与《念奴娇》字句虽同,业已移宫换羽,别为一调。非如《红情》、《绿意》,仅取牌名新异也。后人不知鬲指之理,则填《念奴娇》,不填《湘月》可耳。而《湘月》之调,则不可删。按鬲指之义,方氏(成培)《词麈》有云:‘姜尧章《湘月》词,自注即《念奴娇》鬲指声,于双调中吹之。鬲指亦谓过腔,见《晁无咎集》,凡能吹竹者便能过腔也。'"又《万氏论字不论音之误》(卷三)云:"宗小梧司马云:'太白《清平调》,是诗非词。当时伶人以清平调谱出,故以为名。《词律》收之,乃红友之陋。旗亭画壁所歌皆诗,何以"黄河远上",《词律》独不收乎?'谨案,词无定体,作者之填词,与歌者之按调各不同,非以字之多寡限之,尤非以字之上去限之。彼'云想衣裳'乃七言绝,而歌者以《清平调》谱之。'渭城朝雨'亦七言绝,而歌者以《阳关三叠》谱之。至旗亭画壁所歌亦皆七言绝,而调名不传。决其非一调,并决其非《清平》等调矣。夫此数诗之平上去入,皆无稍异。何以调各异名,唱者异腔,从可知歌者之增减字句以成调,不能以体限也。今之《九宫大成》及《纳书楹曲谱》,同一调名之词,而旁注之工尺板眼无同者。其起句与收句尚不甚悬远,其余或增或减,或疾或徐,皆无一定。并有字无增减而板眼各别者,亦足征万氏论字不论音之误。"

二十四　谭献《复堂词话》论词非"小道",要有"寄托"

谭献(1832—1901)初名廷献,字仲修,号复堂。仁和(今浙江杭州)人。同治六年(1867)举人。屡赴进士试不第。曾入福建学使徐树藩幕。后署秀水县教谕。又历任安徽歙县、全椒、合肥、宿松等县知县。后去官归隐,锐意著述。晚年受张之洞邀请,主讲经心书院,年余辞归。谭献治学勤苦,是一位有多方面成就的学者,尤以词与词论的成就最突出。他论词宗张惠言、周济,属常州词派。所作词内容多抒写文人情怀,亦哀叹时政,关心国家。由于强调"寄托",风格过于含蓄隐曲,但文词隽秀,琅琅可诵,尤以小令为长。著有《复堂类集》,包括文、诗、词、日记等。另有《复堂诗续》、《复堂文续》、《复堂日记补录》。词集《复堂词》,录词一〇四阕,今人陈乃乾编《清名家词》,全部辑录。其词论散见于其文集、日记、《箧中词》及所评周济《词辨》中,由门人徐珂辑为《复堂词话》。

谭献的论词主张,本于常州词派,极力推尊词体,认为不当视词为"小道";强调词要有"寄托",提出"作者之用心未必然,而读者之用心何必不然",这些观点主要表现在他的《复堂词录序》中,首论早期词云:"词为诗余,非徒诗之余,而乐府之余也。律吕废坠,则声音衰息。声音衰息,则风俗迁改。乐经亡而六艺不完,乐府之官废,而四始六义之遗,荡焉泯焉。夫音有抗坠,故句有长短。声有抑扬,故韵有缓促。生今日而求乐之似,不得不有取于词矣。唐人乐府,多采五七言绝句。自李太白创词调,比至宋初,慢词尚少。"次论宋徽宗时,词宇拓大,"正变日备":"至大晟之署,《应天长》、《瑞鹤仙》之属,上荐郊廊,拓大厥宇,正变日备。愚谓词不必无颂,而大旨近《雅》。于《雅》不能大,然亦非小,殆《雅》之变者欤。其感人也尤捷,无有远近幽深,风之使来。

是故比兴之义,升降之故,视诗较著,夫亦在于为之者矣。上之言志,永言次之。志絜行芳,而后洋洋乎会于风雅。雕琢曼辞,荡而不反,文焉而不物者,过矣靡矣,又岂词之本然也哉……靡曼荧眩,变本加厉,日出而不穷,因是以鄙夷焉,挥斥焉。又其为体,固不必与庄语也,而后侧出其言,旁通其情,触类以感,充类以尽。甚且作者之用心未必然,而读者之用心何必不然。言思拟议之穷,而喜怒哀乐之相发,向之未有得于诗者,今遂有得于词。如是者年至五十,其见始定。"末论其所编《复堂词话》:"先是写本朝人词五卷,以相证明。复就二十二岁以来,审定由唐至明之词,始多所弃,中多所取,终则旋取旋弃,旋弃旋取,乃写定此千篇,为复堂词录。前集一卷,正集七卷,后集二卷。其间字句不同,名氏互异,皆有据依,殊于流俗。其大意则折衷古今名人之论,而非敢逞一人之私言,故以论词一卷附焉。大雅之才三十六,小雅之才七十二,世有其人,则终以词为小道也,亦奚不可之有?"①

　　其《箧中词序》强调词的重要性,认为词亦为立言之一:"至于填词,仆少学焉,得本辄寻其所师,好其所未言,二十余年而后写定。就所睹记,题曰《箧中》。其事为大雅所笑,其旨与凡人或殊。(纳兰)容若、竹坨(朱彝尊)而后,且数变矣。论具卷中,不缕缕也。李白、温岐(飞卿),文士为之。升元(南唐李昪年号)、靖康(指宋徽宗),君王为之。将相大臣范仲淹、辛弃疾为之。文学侍从苏轼、周邦彦为之。志士遗民王沂孙、唐珏之徒,皆作者也。昔人之论赋曰:'惩一而劝百。'又曰:'曲终而奏雅',丽淫丽则,辨于用心。无小非大,皆曰立言。惟词亦有然矣。"其《评冯延巳词》特别强调词要有寄托:"金碧山水,一片空蒙,此正周氏所谓有寄托入、无寄托出也。"

二十五　杨恩寿《词余丛话》论曲词"皆有一定不移之格"

　　杨恩寿(1835—1891)字鹤俦,号蓬海,湖南长沙人。三十五岁中举,曾任湖北盐运使,湖北候补知县,以候补知府充湖北护贡使。

　　杨恩寿在戏曲创作和戏曲理论方面达到了相当高度,著有《坦园六种曲》、《词余丛话》、《续词余丛话》各三卷。另有《坦园日记》,涉及当时社会生活的方方面面,文笔简约,文采斐然,读来极有兴味。其中有关其戏剧活动的记载是研究地方戏的宝贵资料,具有开创性价值。

　　《词余丛话》分《原律》、《原文》、《原事》三卷。越南人裴文禩《词余丛话序》首论凡有声者,皆可谓乐:"古者入学习乐,弟子职也。少者可学,必非难事。自高视阔论者

---

① (清)谭献《复堂词话》,《词话丛编》,中华书局1986年版。下引同。

1004

执孔子'乐云乐云,钟鼓乎哉'之说,穷极精微,屡牍连篇,究莫得善美之蕴。不知孔子所论,乃指作乐而云然。谓必有盛德大业方可作一代之乐,非谓舍钟鼓而别有所谓乐也。孟子曰:'今之乐犹古之乐。'古有乐,今亦有乐。古乐云亡,舍今奚从? 而今日之乐,大而清庙、明堂、燕享、祭祀,小而樵歌、牧笛,妇孺讴吟,凡有声者,皆可谓乐。以此为乐,则弟子可学矣。"次谓"文褆奉使入觐大朝,得遇湖北护贡官杨都转,晨夕晤对,一月有余,无日不有倡和。湖光山色,助我诗情。既读其诗集、词集矣,汉阳旅次,又以院本数种见赠。文褆受而读之,第觉其词旨圆美,齿颊生香,而于制曲之源流瞢如也。一再叩其底蕴,都转略示梗概,并出是卷读之。卷分三类:一曰《原律》,辩论宫商,审明清浊;一曰《原文》,凡曲之高下优劣,经都转论定者,悉著于篇;一曰《原事》,诙谐杂出,耳目一新;制曲之道,思过半矣。较之《随园诗话》、《制艺丛谈》、《楹联丛话》,更足启发心思,昭示来学,不得以'曲子相公'为名臣累也。"①

《词余丛话》所述虽有不少为前人之语,但他是为了集中前人之语,借以阐明自己的观点,此处择其要者论之。

《原律》(卷一)论戏曲的宫调、声韵、曲韵等曲律问题尤详,一论句法:"曲中重句为迭,始于《江沱》之'不我与也'。其称为格者,《三百篇》中或用'之',或用'兮',或用'止',或用'只',《楚辞》则用'些',其鼻祖也。如《水红花》'也啰'二字,韵在其上,'也啰'为语助,皆此类耳。至若一字既不叶韵,又无其义,如《驻云飞》之'嗏'字,则古诗'妃呼豨'之属也。"又论句字长短云:"句字长短,古无定限。如二字为句,则'祁父'、'肇裎'之类是也;三字为句,则'思无邪'、'于绎思'之类是也;四、五、六、七字,六代以来所常用,不具论;若八字,则'我不敢效我友自逸'之类是也;九字'人莫踬于山而踬于垤',十字'饘于是粥于是以糊余口',皆其类也。十一字以上,荀卿《成相》辞备有之。至少至一字,则虽'都'、'俞'、'吁'、'咨'载在二《典》,而于歌辞,不少概见,惟宋词《十六字令》第一句,乃一字一韵也。《汉》曲'故春非我春、夏非我夏、秋非我秋、冬非我冬',以十七字为句,千古罕偶。"

二论用韵:"元人周德清评《西厢》云:六字中三用韵,如'玉宇无尘'内'忽听一声猛惊'、'玉骢娇马'内'自古相女配夫',此皆三韵。沈景倩(德符)谓:'女'、'古'仄声,'夫'字平声,不若'云敛晴空'内'本宫始终不同'俱平声,乃佳耳。究之此类,元人多能之,不独《西厢》为然。如《春景》时曲云'柳绵满天舞旋',《冬景》云'臂中紧封守宫',又云'醉烘玉容微红',《重会》时曲云'女郎两相对当',《私情》时曲云'玉娘粉妆生香',《㑇梅香》杂剧云'不妨莫慌我当',《两世姻缘》云'怎么性大偏杀',《歌舞丽春

① (清)杨恩寿《词余丛话》卷首,《中国古典戏曲论著集成》,中国戏剧出版社 1959 年版。

堂》云'四方八荒万邦',俱六字三韵,稳贴圆美。他尚未易枚举。词曲佳处自有,在此特剩技耳。"

三论诗、词、曲异流同源,"三而一":"昔人谓:'诗变为词,词变为曲,体愈变则愈卑。'是说谬甚。不知诗、词、曲,固三而一也,何高卑之有?风琴雅管,《三百篇》为正乐之宗,固已芝房宝鼎,奏响明堂;唐贤律、绝,多入乐府,不独宋、元诸词,喝唱则用关西大汉,低唱则用二八女郎也。后人不溯源流,强分支派。《大雅》不作,古乐云亡。自度成腔,固不合拍;即古人遗制,循途守辙,亦多聱牙。人援'知其当然、不知其所以然'之说以解嘲,今并'当然'者亦不知矣。诗、词、曲界限愈严,本真愈失。"又云:"古人制曲,神明规矩,无定而有定,有定仍无定也……诸律原可通,不必拘拘工尺也。"因为"此曲与诗、词异流同源也"。又云:"张度西(九钺)先生尝谓:词曲之源,出自乐府。虽世代升降,体格趋下,亦是天地间一种文字。曲谱中大石调之《念奴娇》'长空万里',般涉调之《哨徧》'睡起草堂',皆宋词,可见是时已开元曲先声,如青莲《忆秦娥》为词祖,妍丽流美,而声之变随之,有莫知其然而然者。然如(王)实甫、东篱(马致远)、(关)汉卿,犹存宋人体格;自院本、杂剧出,多至百余种,歌红拍绿,变为牛鬼蛇神、淫哇俚俗,遂为大雅所憎。"

四论各角色名:"自北剧兴,名男曰'末',女曰'旦'。南剧虽稍有更易,而'旦'之名不改。"又引梁章钜《浪迹续谈》云:"生、旦、净、末之名,自宋有之。然《武林旧事》亦多不可解者。惟《庄岳委谈》云:'传奇以戏为称,谓其颠倒而无实耳。故曲欲熟而命以生也,妇宜夜而命以旦也,开场始事而命以末也,涂污不洁而命以净也。'"

其《原律续》(《续词余丛话》卷一)论韵书云:"词曲韵书,止有《中原音韵》可从;然此系北韵,非南韵也。南曲《洪武韵》后,国初武林陈次升尝辑《南词音韵》以补其缺。功垂成而复辍,殊为可惜。李笠翁(李渔)欲就《中原音韵》平、上、去三声之中,抽出入声字另为一声,亦可备南词之用,未为无见。至于辨鱼、模二韵宜分不宜合,其论甚精。盖鱼、模二音,相去甚远,不知周德清何故合而为一,岂亦仿沈休文诗韵之例,以元、繁、孙三韵合为十三元,必欲于纯中示杂耶?无论一曲数音,听到歇脚处散漫无归,即我辈置之案头,自作文字读,亦觉字句聱牙,声韵逆耳也。填词用此韵,纵不能全套皆分,亦宜曲各一韵,如此曲用鱼,则用鱼韵到底;彼曲用模,则用模韵到底:虽合实分,亦简便之一法。"

《原文》(卷二)论戏曲语言,并选录一些剧作的曲文,加以评述,如评汤显祖《牡丹亭》节本云:"各本传奇,每一长出例用十曲,短出例用八曲。优人删繁就简,只用五六曲。去留弗当,孤负作者苦心。《牡丹亭》初出,被人删削。汤若士(显祖)题删本诗云:'醉汉琼筵风味殊,通仙铁笛海云孤。总饶割就时人景,却媿王维旧雪图。'俗人慕

1006

雅,强作解人,固应丑诋也。自《桃花扇》、《长生殿》出,长折不过八支。不令再删,庶存真面。"王维没有雪图诗,所谓"王维旧雪图"指世传《七贤过关图》,谓开元冬雪后,张说、张九龄、李白、李华、王维、郑虔、孟浩然,出蓝田关,游龙门寺,郑虔图之。虞集《题孟浩然像》云:"风雪空堂破帽温,七人图里一人存。"

其《原文续》(《续词余丛话》卷二)论戏曲作者必非功名之辈所能,十分深刻,颇值得深思:"填词一道,虽为大方家所窃笑,殊不知此中自有乐也,惟好事者始能得之。大凡功名富贵中人,大而致君泽民,小而趋炎附势,惟日不足,何暇作此不急之需?必也漂泊江湖、沉沦泉石之辈,稍负才学而又不遇于时,既苦宋学之拘,又觉汉学之凿,始于诗、古文辞之外,别成此一派文章,非但郁为之舒,愠为之解,而且风霆在手,造化随心。我欲作官,则顷刻之间便臻荣贵;我欲致仕,则转盼之际又入山林;我欲作人间才子,即为杜甫、李白之后身;我欲娶绝代佳人,即谐西子、王嫱之佳偶;我欲成仙作佛,则西天、蓬岛,即在笔床砚匣之旁;我欲尽忠致孝,则君治、亲年,可驾尧、舜、彭籛(即彭祖)之上。非若他种文字,欲作寓言,必须酝藉;倘或略施纵送,稍欠和平,便犯佻达之嫌,失风人之旨矣。填词者用意、用笔,则惟恐其蓄而不宣,言之不尽。代何等人说话,即代何等人居心。无论立心端正者,我当设身处地代生端正之想;即遇立心邪僻者,亦当舍经从权,暂为邪僻之思。务使心曲隐微,随口唾出,认一人肖一人,勿使雷同,勿使浮泛,若《水浒传》之叙事,吴道子之写生,斯道得矣。东坡以行文为乐事。夫文之乐,吾则不知;雕虫小技之乐,未有过于填词家矣。"曲词一道虽云乐,但也有比作诗作文更苦之处:"填词诚足乐矣,而其搜索枯肠,捻断吟髭,其苦其万倍于诗文者。曲词一道,句之长短,字之多寡,声之平、上、去、入,韵之清浊、阴阳,皆有一定不移之格,长者短一句不能,少者增一字不可。又复忽长忽短,时少时多,当平者用仄则不谐,当阴者换阳则不协。尽有新奇之句,因一字不合,便当毅然去之;非无捏凑之词,为格律所拘,亦必隐忍留之。调得平仄成文,又虑阴阳反复;分得阴阳清楚,又与声韵乖张。作者处此,但能布置得宜,安顿极妥,已是万幸之事,尚能计词品之低昂,文情之工拙乎?能于此种艰难文字,显出奇能,字字在声音律法之中,言言无资格拘攀之苦,如莲花生在火上,仙叟弈于橘中,始为盘根凿节之才,八面玲珑之笔,寿名千古,夫复何惭?"

《原事续》(《续词余丛话》卷三)论灯戏云:"湘中岁首有所谓'灯戏'者,初出两伶,各执骨牌灯二面,对立而舞,各尽其态。以次递增,至十六人,牌亦增至三十二面。迨齐上时,始摆成字,如'天子万年'、'太平天下'之类。每摆成一字,则唱时令小曲一折,诚美观也。"

二十六　沈祥龙《论词随笔》论词体"各有所宜",婉约豪放"不可偏废"

沈祥龙(1835—?)字约斋,号乐志翁。娄县松江(今属上海市)人。优贡生。善隶书,精于诗词。刘熙载弟子。著有《乐志簃集》、《论词随笔》、《约斋词话》、《吟海集》、《乐志簃诗录》等。

《论词随笔》影响广泛,陈散原等人将此书誉为"有清一代词论第一"。其《词导源于诗》论词亦言志云:"词导源于诗,诗言志,词亦贵乎言志。淫荡之志可言乎哉?'琼楼玉宇',识其忠爱;'缺月疏桐',叹其高妙,由于志之正也。若绮罗香泽之态,所在多有,则其志可知矣。"①

他认为词源于诗,但直接出于古乐府。《词祖屈宋》云:"屈、宋之作亦曰词,香草美人,惊采绝艳,后世倚声家所由祖也。故词不得楚骚之意,非淫靡即粗浅。"《词出于古乐府》云:"词出于古乐府,得乐府遗意,则抑扬高下,自中乎节,缠绵沉郁,胥洽乎情。徒袭《花间》、《草堂》之肤貌,纵极富丽,古意微矣。"《词本古乐府》云:"词有托于闺情者,本诸古乐府,须实有寄托,言外自含高妙,始合古意。否则,绮罗香泽之态,适以掩风骨,泪心性耳。"

他多论词之体格流派,《词之体格如诗》云:"词之体格如诗。小令,诗之五言也;长调,诗之七言也。小令贵工整,贵超脱;长调贵动宕,贵沉郁。然亦贵相通相济。"《唐词分二派》云:"唐人词,风气初开,已分二派。太白一派,传为东坡诸家,以气格胜,于诗近西江。飞卿一派,传为屯田诸家,以才华胜,于诗近西昆。后虽迭变,总不越此二者。"《词体各有所宜》云:"词之体,各有所宜,如吊古宜悲慨苍凉,纪事宜条畅滉漾,言愁宜呜咽悠扬,述乐宜淋漓和畅,赋闺房宜旖旎妩媚,咏关河宜豪放雄壮。得其宜则声情合矣,若琴瑟专一,便非作家。"《词有婉约有豪放》云:"词有婉约,有豪放,二者不可偏废,在施之各当耳。房中之奏,出以豪放,则情致绝少缠绵;塞下之曲,行以婉约,则气象何能恢拓?苏、辛与秦、柳,贵集其长也。"

关于词律和词韵,其《词贵协律与审韵》云:"词贵协律与审韵。律欲细,依其平仄,守其上去,毋强改也。韵欲纯,限以古通,谐以今吻,毋混叶也。律不协则声音乖,韵不审则宫商乱,虽有佳词,奚取哉?"《词韵不通叶》云:"词韵,凡古韵不通者,本不可叶。古韵通者,亦有可叶不可叶之别。即一韵亦然,如元韵中袁、烦、暄、鸳,阮韵中远、蹇、晚、反之类,音既不谐,万难通叶,余可类推。"《入声可代平声》云:"张玉田《词

---

① (清)沈祥龙《论词随笔》,《词话丛编》,中华书局1986年版。下引同。

源》，谓平声可代以上入。沈伯时谓入声可代平声。案《词林韵释》入声有作平声者，有作上去者。知入作平者可代平，作上去者不可代平也。上代平，亦必就音审择。"《上去须辨》云："沈伯时谓上、去不宜相替，故万氏《词律》于仄声辨上去最严。其曰上声舒徐和软，其腔低。去声激厉劲远，其腔高。此说本诸明沈璟去声当高唱，上声当低唱也。词必用上、去者，如白石'哀音似诉'句之'似诉'字。必用去、上者，如西窗'又吹暗雨'句之'暗雨'字。"《〈词林韵释〉最古》云："词韵以宋隶斐轩《词林韵释》为最古，其韵以入声分隶三声，与周德清《中原音韵》同。词当用入韵，即以分隶之入声叶之，如屋、木等字隶鱼、模，上去一韵可叶者也。斛、濮等字隶鱼、模，平韵则不可当灰叶矣。词调若《忆秦娥》、《暗香》、《疏影》等，必用入韵，须其字作上去，且同隶一部者始可用。或入作平，或非一部而误叶之，即为失韵。"

二十七　冯煦《蒿庵论词》评宋词

冯煦(1843—1927)字梦华，号蒿庵，晚自称蒿叟、蒿隐。江苏金坛人。光绪十二年(1886)进士，授翰林院编修。历官安徽凤阳知府、四川按察使和安徽巡抚。辛亥革命后，寓居上海，以遗老终。

冯煦少有才名，诗、词、骈文皆工，参与纂修《江南通志》，著有《蒙香室词》二卷(一名《蒿庵词》)、《蒿庵类稿》、《蒿庵随笔》，辑有《宋六十一家词选》十二卷等。《蒿庵论词》并非专著，乃近人从其《宋六十一家词选》中辑录论词之言而成书。清初，毛晋有汲古阁汇刊《宋六十一家词》，冯煦在此基础上，再加精选，校其讹误，辑成《宋六十一家词选》。《词选》前有"例言"，综论宋名家词，《蒿庵论词》即汇此"例言"而成，共有词话四十四则，一为评论宋代三十七位名家词，理论性较强；二是评毛刻本的得失，属于考据性文字。

其论宋初词及江西词派云："宋初大臣之为词者：寇莱公(准)、晏元献(殊)、宋景文(祁)、范蜀公(镇)与欧阳文忠(修)并有声艺林，然数公或一时兴到之作，未为专诣；独文忠与元献学之既至，为之亦勤，翔双鹄于交衢，驭二龙于天路。且文忠家庐陵，而元献家临川，词家遂有西江一派。其词与元献同出南唐，而深致则过之。宋至文忠，文始复古，天下翕然师尊之，风尚为之一变。即以词言，亦疏隽开子瞻，深婉开少游。本传云：'超然独骛，众莫能及。'独其文乎哉！独其文乎哉！"①评周紫芝词云："周少隐自言少喜小晏(几道)，时有似其体制者。晚年歌之，不甚如人意。今观其所指之三

---

① (清)冯煦《蒿庵论词》，《词话丛编》，中华书局1986年版。下引同。

篇,在《竹坡集》中,诚非极诣,若以为有类小山,则殊未尽然。盖少隐误认幾道为清倩一派,比其晚作,自觉未逮。不知北宋大家,每从空际盘旋,故无椎凿之迹。至竹坡、无住(陈与义)诸君子出,渐于字句间凝炼求工,而昔贤疏宕之致微矣。此亦南北宋之关键也。"评刘过词云:"龙洲自是稼轩附庸,然得其豪放,未得其宛转。子晋(毛晋)亟称其《天仙子》、《小桃红》二阕云:纤秀为稼轩所无。今视其语,《小桃红》亵矣而未甚也;《天仙子》则皆市井俚谈,不知子晋何取而称之? 殆与陶九成之称其《沁园春》咏美人指足同一见地邪? 周必大《近体乐府》、黄机《竹斋诗余》,亦幼安同调也。又有与幼安周旋而即效其体者,若西樵(杨炎正)、洺水(程珌)两家,惜怀古味薄,济翁(杨炎正字济翁)笔亦不健,比诸龙洲,抑又次焉。"评戈载《词林正韵》云:"近戈氏载撰《词林正韵》,列平上去为十四部,入声为五部,参酌审定,尽去诸弊,视以前诸家,诚为精密。故所选七家,即墨守其说,名章佳构,未尝少有假借。然考韵录词,要为两事,削足就屦,宁无或过? 且绮筵舞席,按谱寻声,初不暇取《礼部韵略》逐句推敲,始付歌板。而土风各操,又讵能与后来撰著逐字吻合邪? 今所甄录,就各家本色,撷精含粗,其用韵之偶尔出入,有未忍概从屏弃者,姑举一二以见例。如:竹山(蒋捷)《永遇乐》词,以水、袂叶聚、去;竹屋(高观国)《风入松》词,以阴及根叶晴、情;龙洲《贺新郎》词,以悴、泪叶路、雨之属,皆是。匪独《老学庵笔记》引山谷《念奴娇》词'爱听临风笛',谓'笛'乃蜀中方音,为不合《中州音韵》也。是在读者折衷今古,去短从长,固无庸执后儒论辨,追贬曩贤;亦不援宋人一节之疏,自文其脱略,斯两得之。"

二十八　沈曾植《菌阁琐谈》论北曲兴而词变,音曲有三变

沈曾植(1850—1922)字子培,号乙盦,晚号寐叟,别号甚多。浙江嘉兴人。光绪六年(1880)进士,历官总理衙门章京等职。1901 年任上海南洋公学(上海交通大学前身)监督(校长),改革旧貌,成绩卓著。沈曾植博古通今,学贯中西。又为书法大家,为书法艺术开拓出新的境界。著述甚丰,有《菌阁琐谈》、《蒙古源流笺证》、《元秘史笺注》、《汉律辑补》、《海日楼诗集》、《海日楼文集》、《海日楼札丛》、《海日楼题跋》、《辛丑札丛》、《研图注篆之居随笔》、《全拙庵温故录》、《寐叟题跋》、《护德瓶斋涉笔录》等。

沈曾植《菌阁琐谈》是以论词为主的专著,其《词曲用字有阴阳》云:"顾仲瑛《制曲十六观》,全抄玉田《词源》下卷,略加点窜,以供曲家之用。于此见元人于词曲之界,尚未显分,盖曲固慢词之显分者也。其《第十五观》云,曲中用字有阴阳法,人声自然

音节,到音当轻清处,必用阴字;当重浊处,必用阳字,方合腔调。"①其《大晟乐》云:"北曲兴而词变,大晟律吕之法,俗乐中荡然不存,而大常雅乐,元袭宋,明袭元,一线相沿,未尝改作……明太常乐,袭宋大晟旧法也。"②《一声叶一字》亦言大晟乐之影响:"考白石(姜夔)《大乐议》,言'绍兴大乐,多用大晟,知以七律为一调,而不知度曲之义,知以一律配一字,而未知永言之旨。'则一声叶一字,固大晟乐法,周美成、田不伐诸人所定者也。而白石自度诸曲,旁注管色,亦仍一声叶一字。其二声叶一字者,不过十分之一。"《字谱昉自唐人》详论唐、宋乐谱演变云:"陈旸《乐书》卷一百五十七,论曲调曰:'清乐尽于开元之初,十部亡于僖、昭之末。流及五季,惟燕乐饮曲存焉。圣朝承末流之弊,雅俗二部,惟声指相授,按文索谱。故音曲之变,其异有三。拟乐府者作为华辞,本非协律,诗乐分二,去本浸远,此一异也。古者乐曲,词句有常,或三言四言以制宜,或五言九言以授节,故含章缔思,彬彬可述。辞少于声,则虚声以足曲,如相和歌中有伊夷吾邪之类,为不少矣。唐末俗乐,盛传民间,然篇无定句,句无定字,又间以优杂荒艳之文,闾巷谐隐之事,非如《莫愁》、《子夜》,尚得论次者也。故自唐以后,止于五代,百氏所记,但记其名,无复记辞,此二异也。古者大曲咸有辞解,前艳后趋,多至百言。今之大曲,以谱字记其声折,慢迭既多,尾遍又促,不可以辞配焉。此三异也。'按:旸书多引唐人旧籍,若赵耶利、李冲之《琴学》,《大周正乐》、《唐乐图之器象》,皆沈存中、王晦叔所未见。其他亦多本唐人遗说,惜其不尽著所出也。据此条称宋承唐五季流弊,'雅俗二部,惟声指相授,案文索谱'。则知管色字谱远自唐传。白石歌曲傍注,盖仿唐人按文索谱旧式。世谓字谱始宋人,误也。燕乐饮曲,文谱相承,而犹有篇无定句、句无定字之弊,于《花间》小令,字句多参差可征之。词家不为音家束缚类然。景祐以后,乃渐齐一矣。抑《花间》多蜀词,宋初教坊乐工,得之西蜀者多。欧阳炯所叙录,意固蜀伶工所私记者耶?《崇文总目》:'周优人《曲辞》二卷,周吏部侍郎李上交、翰林学士李昉、谏议大夫刘俦纂录燕乐优人之曲辞。'此五代中原词选,惜其不传。"《词变为曲之关键》云:"芝庵论曲(指《芝庵唱论》),玉田张炎论词,似不可并为一谈。然词曲相沿,其始固未尝有鸿沟之画。愚意'字少声多难过去'七字,乃当为词变为曲一大关键。南方沿(周)美成一派,字句格律甚严。北方于韵,平仄既通,于字少声多之难过去者,往往加字以济之。字少之词,乃遂变为字多之曲。哩啰在词为虚声,而在曲为实字。最显证也。此端自柳耆卿(永)已萌芽,《乐章集》同一调而不同字数者剧多。彼盖深谙歌者甘苦,又其时去五代未远,了知诗变为词,即缘字

---

① (清)沈曾植《菌阁琐谈》,《词话丛编》,中华书局 1986 年版。
② 《菌阁琐谈》附录一《海日楼丛钞》。下引均同。

少声多之故。既演小令为慢词,遂不惜增减字句,以除磊块,使无大晟之整齐,美成之严谨,词化为曲,不必待却特殊时代矣。然芝庵论曲,尚有添字病一条。去宋未远,犹知方便非正则也。厥后以院本为曲之正轨,而添字诸病,乃不复以为病矣。"

二十九　胡薇元《岁寒居词话》论诗、词、曲之演变异同

胡薇元(1850—1920?)字孝博,号诗舲、石林、壶庵,别号玉居士、七十二峰隐者。大兴(今属北京)人,祖籍山阴(今浙江绍兴)。光绪三年(1877)进士,出任广西天河知县,后改官四川宁远西昌,调重庆涪陵,后任陕西兴安、凤翔、同州知府等。辛亥革命后寓留蜀中,居前贤百梅亭旧宅,自称"百梅亭长"。著有《壶庵五种曲》、《梦痕馆诗话》、《岁寒居词话》及影响巨大的《公法导源》等。

《岁寒居词话》之《珠玉词与小山词》论诗词风格之异云:"晏元献殊《珠玉词》集中《浣溪沙·春恨》'无可奈何花落去,似曾相识燕归来',本公七言律中腹联,一入词,即成妙句,在诗中即不为工。此诗词之别,学者须于此参之,则他词亦可由此会悟矣。"①《碧鸡漫志》条论诗、词、曲之演变云:"《三百篇》余音,变为乐府歌辞,及唐中、晚,词亦萌芽,而歌诗之法绝,词乃大盛,然犹播为管弦。灼(王灼)乃核其名义,正其宫调,以著倚声之所由始。迨金院本既出,歌词之法亦亡,明以来遂变为文章之事,而非律吕之事矣。"《词韵与诗韵异》云:"词韵与诗韵异,以三声并入入声,可合可分有定也。以切音分类,各有界限,不可妄为删并。"

三十　陈廷焯《白雨斋词话》论"究心于词律,自无不协之弊"

陈廷焯(1853—1892)字亦峰,又字伯与。丹徒(今属江苏)人,后流寓泰州。光绪十四年(1888)举人。天资聪颖,刻苦好学,博览群籍。中年潜心医道,颇能济人。尤邃于词。早年编词选本《云韶集》,后附有《词坛丛话》,可以看出其早期的词学思想。后期编词选本《词则》,同时撰写《白雨斋词话》,词学思想与早期相较,出现了一些变化。另著有《大雅》、《放歌》、《闲情》、《别调》词集四卷,《希声诗集》八卷。

陈廷焯《白雨斋词话》"历数十寒暑","稿凡五易",他仍不肯刊布。直到他死后两年才由他的父亲陈铣峰审定付梓,是后期常州词派的重要理论著作。其《自叙》首论作词之难,其失有六:"倚声之学,千有余年,作者代出。顾能上溯《风》、《骚》,与为表

---

① (清)胡薇元《岁寒居词话》,《词话丛编》,中华书局1986年版,下引同。

里,自唐迄今,合者无几。窃以声音之道,关乎性情,通乎造化。小其文者,不能达其义;竟其委者,未获泝其源。揆厥所由,其失有六:飘风骤雨,不可终朝,促管繁弦,绝无余蕴,失之一也。美人香草,貌托灵修,蝶雨梨云,指陈琐屑,失之二也。雕镂物类,探讨虫鱼,穿凿愈工,风雅愈远,失之三也。惨戚懵凄,寂寥萧索,感寓不当,虑叹徒劳,失之四也。交际未深,谬称契合,颂扬失实,遑恤讥评,失之五也。情非苏、窦,亦感回文,慧拾孟、韩,转相斗韵,失之六也。"次论词之难:"作者愈漓,议者益左,竹垞(朱彝尊)《词综》,可备览观,未尝为探本之论。红友(万树)《词律》,仅求谐适,不足语正始之源。下此则务取秾丽,矜言该博。大雅日非,繁声竞作,性情散失,莫可究极。"末论其撰写《白雨斋词话》,集中阐述他的"寄托"、"温厚"、"沉郁"等词学主张:"夫人心不能无所感,有感不能无所寄,寄托不厚,感人不深,厚而不郁,感其所感,不能感其所不感。伊古词章,不外比兴。谷风阴雨,犹自期以同心;攘垢忍尤,卒不改乎此度。为一室之悲歌,下千年之血泪,所感者深且远也。后人之感,感于文不若感于诗,感于诗不若感于词。诗有韵,文无韵。词可按节寻声,诗不能尽被弦管。飞卿(温庭筠)、端己(韦庄),首发其端;周(邦彦)、秦(观)、姜(夔)、史(达祖)、张(炎)、王(沂孙),曲竟其绪。而要皆发源于风雅,推本于骚辩。故其情长,其味永,其为言也哀以思,其感人也深以婉。嗣是六百余年,沿其波流,丧厥宗旨。张(惠言)氏《词选》,不得已为矫枉过正之举,规模虽隘,门墙自高。循是以寻,坠绪未远。而当世知之者鲜,好之者尤鲜矣。萧斋岑寂,撰《词话》八卷,本诸风骚,正其情性。温厚以为体,沉郁以为用。引以千端,衷诸一是。非好与古人为难,独成一家言,亦有所大不得已于中,为斯诣绵延一线。"①其《白雨斋词话·引言》亦论及他撰写此书之原因:"国初诸老,多究心于倚声。取材宏富,则朱氏彝尊《词综》。持法精严,则万氏树《词律》。他如彭氏孙遹《词藻》、《金粟词话》及《西河词话》(毛奇龄)、《词苑丛谈》(徐釚)等类,或讲声律,或极艳雅,或肆辩难,各有可观。顾于此中真消息,皆未能洞悉本原,直揭三昧。余窃不自量,撰为此编,尽扫陈言,独标真谛。古人有知,尚其谅我。"《白雨斋词话》发展了张惠言《词选》的词学理论,其主要观点如下:

第一,论诗、词、曲之异同,其《诗词不尽同》云:"诗词一理,然亦有不尽同者。诗之高境,亦在沉郁,然或以古朴胜,或以冲淡胜,或以巨丽胜,或以雄苍胜。纳沉郁于四者之中,固是化境,即不尽沉郁,如五七言大篇,畅所欲言者,亦别有可观。若词则舍沉郁之外,更无以为词。盖篇幅狭小,倘一直说去,不留余地,虽极工巧之致,识者终笑其浅矣。"《诗词体裁易混》(卷八)云:"《诗词源流》曰:'词之《纥那曲》、《长相思》,

---

① (清)陈廷焯《白雨斋词话》卷一,《词话丛编》,中华书局1986年版。

五言绝句也。《柳枝》、《竹枝》、《清平调引》、《小秦王》、《阳关曲》、《八拍蛮》、《浪淘沙》，七言绝句也。《阿那曲》、《鸡叫子》，仄韵七言绝句也。《瑞鹧鸪》，七言律诗也。《款残红》，五言古诗也。体裁易混，征选实繁。故当稍别之，以存诗词之辨。'余于《大雅集》中，近五七言绝句者，概不入选。惟《别调集》，登皇甫子奇（皇甫松）《采莲子》一首，《浪淘沙》一首，刘采春《罗唝曲》两首而已。"《词曲体异》（同上）云："诗词同体而异用。曲与词则用不同，而体亦渐异。此不可不辨。"

第二，论词体演变，《以词较诗》（卷五）云："以词较诗，唐犹汉、魏，五代犹两晋、六朝，两宋犹三唐，元、明犹两宋，国朝词亦犹国朝之诗也。"他认为《太白〈菩萨蛮〉、〈忆秦娥〉为词中鼻祖》（卷一）："太白《菩萨蛮》、《忆秦娥》两阕，神在个中，音流弦外，可以是为词中鼻祖。寻词之祖，断自太白可也，不必高语六朝。"《北宋词古意渐远》（同上）："北宋词，沿五代之旧，才力较工，古意渐远。晏、欧著名一时，然并无甚强人意处。即以艳体论，亦非高境。"《元代尚曲》（卷三）云："元代尚曲，曲愈工而词愈晦。周、秦、姜、史之风，不可复见矣。"《诗衰于宋，词衰于元》（卷八）云："诗衰于宋，词衰于元。然自乾嘉以还，追踪正始者，时复有人。是衰者可以复振，亡者犹有存焉者也。"《词亡于明》（卷三）云："词至于明，而词亡矣。伯温（刘基）、季迪（高启），已失古意。降至升庵（杨慎）辈，句琢字炼，枝枝叶叶为之，益难语于大雅。自马浩澜、施阆仙辈出，淫词秽语，无足置喙。明末陈人中能以秾艳之笔，传凄婉之神，在明代便算高手。然视国初诸老，已难同日而语，更何论唐、宋哉？"

第三论词律，《作词应究心词律》（卷七）云："词有平仄可以通融者，有必不可以通融者。一字偶乖，便不合拍。究心于词律，自无不协之弊。"《词律先在分别去声》云："词之音律，先在分别去声。不知去声之为重，虽观词律，亦知其然而不知其所以然，知犹不知也。斯编之作，专在直揭本原。声调之学，有《词律》在，余弗赘论。偶拈一条示人，以究《词律》之快捷方式耳。"

第四论词之风格流派，《唐宋名家流派不同》（以下均见卷八）云："唐、宋名家，流派不同，本原则一。论其派别，大约温飞卿为一体，皇甫子奇、南唐二主附之。韦端己为一体，朱松卿附之。冯正中为一体，唐五代诸词人以暨北宋晏、欧、小山等附之。张子野为一体，秦淮海为一体，柳词高者附之。苏东坡为一体，贺方回为一体，毛泽民、晁具茨高者附之。周美成为一体，竹屋、草窗附之。辛稼轩为一体，张、陆、刘、蒋、陈、杜合者附之。姜白石为一体，史梅溪为一体，吴梦窗为一体，王碧山为一体，黄公度、陈西麓附之。张玉田为一体。其间惟飞卿、端己、正中、淮海、美成、梅溪、碧山七家，殊途同归。余则各树一帜，而皆不失其正。东坡、白石尤为矫矫。"他主张《词以温厚和平为本》："温厚和平，诗词一本也。然为诗者，既得其本，而措语则以平远雍穆为正,沉郁顿挫为变。特变而不失其正,即于平远雍穆中,亦不可无沉郁顿挫也。词则以温厚和平为本,而措语即以沉郁顿挫为正,更不必以平远雍穆为贵。诗与词同体异用者在此。"

第五,他不以杂体词为然,《回文集句迭韵皆词中下乘》(卷五)云:"回文、集句、迭韵之类,皆是词中下乘。有志于古者,断不可以此炫奇。一染其习,终身不可语于大雅矣。若友朋唱和,各言性情,各出机杼可也,亦不必以迭韵为能事。就中迭韵尚可偶一为之。次则集句。最下莫如回文,断不可效尤也。古人为词,兴寄无端。行止开合,实有自然而然。一经做作,便失古意。世人好为迭韵,强己就人,必竞出工巧以求胜,争奇斗巧,乃词中下品,余所深恶者也。作诗亦然。"

三十一　张祥龄《词论》论词风演变

张祥龄(1853—1903)字子苾,号芝馥。汉州(今四川广汉)人。光绪十八年(1892)中三甲进士,授翰林庶吉士。出任陕西怀远,长安、褒城、大荔等知县。病逝于大荔任上。著有《经支》、《黄金篇》、《六笺》、《受经堂文集》、《子苾诗钞》、《鬼林漫录》、《前后蜀杂事诗》、《半箧秋词》、《吴波鸥语》、《受经堂词》等。

张祥龄为清末著名词人兼词论家。《半箧秋词》一名《子苾词钞》。其词兼学吴文英、周邦彦、姜夔、向子諲、蒋捷诸家,而又能去其弊,有所创新,自成一格。其《词论》从词体体格、词体发展、词学风格等方面阐述了他"主文谲谏"、"发展变通"尚雅理念,从中可以管窥儒学思想对晚清词学的影响渗透。其《词变体格》论词风演变云:"周清真,诗家之李东川(颀)也。姜尧章(夔),杜少陵也。吴梦窗,李玉溪也。张玉田,白香山也。诗至唐末,风气尽矣,词家起而争之,如文至齐、梁,风气尽矣,古文家起而争之。争之者何也,非谓文至六朝,诗至五代,无文与诗也,豪杰于兹,踵而为之,不过仍六朝、五代,故变其体格,独绝千古,此文人狡狯也。词至白石,疏宕极矣。梦窗辈起,以密丽争之。至梦窗而密丽又尽矣,白云(张炎)以疏宕争之。三王(尧、舜、禹)之道若循环,皆图自树之方,非有优劣。况人之才质限于天,能疏宕者不能密丽,能密丽者不能疏宕。片玉(周邦彦)善言羁旅,白云善言隐逸,终身由之而不知其道者,天也。"①《诗词体格不同》论诗、词之异云:"词,诗家之贼,差以毫厘,失之千里。作诗,则词意词字不容出入。片玉人称善融唐诗,稼轩或用《楚辞》,此亦偶然,长处固不在是。如谓诗佳,何不诵唐诗。非谓诗之道大,词之道小,体格然也。"《文章风气不同》

---

①　(清)张祥龄《词论》,《词话丛编》,中华书局1986年版。下引同。

云："文章风气，如四序迁移，莫知为而为，故谓之运。左春右秋，冰虫之见，生今反古，是冬箑夏炉，乌乎能？安序顺天，愚者一得。昌黎起八代之衰，亦运使然。南唐二主，冯延巳之属，固为词家宗主，然是勾萌，枝叶未备。小山、耆卿，而春矣。清真、白石，而夏矣。梦窗、碧山，已秋矣。至白云，万宝告成，无可推徙，元故以曲继之。此天运之终也。"

三十二　郑文焯《大鹤山人词话》论词律难工

郑文焯(1856—1918)字俊臣，号小坡、叔问、大鹤山人。奉天铁岭(今属辽宁)人。自言原籍山东高密，属汉军正黄旗。光绪元年(1875)举人，官内阁中书。辛亥革命后，以遗老自居。

郑文焯长于词，与王鹏运(半塘)、朱孝臧(彊村)、况周颐(蕙风)合称"清季四大词人"。在词的创作、词学研究、词籍校勘上成就巨大。其词多表现对清王朝覆灭的悲痛。著述甚丰，有《说文引经考故书》、《扬雄说故》、《高丽好太王碑》、《释文纂考》、《医故》、《词源斠律》、《冷红词》、《樵风乐府》、《比竹余音》、《苕雅余集》、《绝妙好词校释》、《瘦碧词》、《大鹤山人词话》等，合刊为《大鹤山房全集》。

其《郑大鹤先生论词手简》之二论词原于燕乐云："声调从律吕而生，依永和声，声文谐会，乃为佳制。然词原于燕乐，非专于乐府中求生活者。自古音谱失图，所可见只《词源》一书耳。故凌仲子(廷堪)著《燕乐考原》，苦无图说，以阐发秘奥，至晚岁，始得玉田书(指张炎《词源》)，研究之，颇有创获。虽仲子书不为词旨昌明，而其所造，终不出燕乐章本，会心正不在远。曩尝博征唐宋乐纪，及管色八十四调，求之三年，方稍悟乐祖微眇，悉取《词原》之言律者，锐意笺释，斠若画一，岂旦夕能毕其说耶？"①之三论词律难工云："近世词家，谨于上去，便自命甚高。入声字例，发自鄙人，征诸柳、周、吴、姜四家，冥若符合。乃知词学之微，等之诗亡，元曲盛行，弥以伧靡，失其旧体。国朝诸家，趫所折衷。良以攻朴学者薄词为小道，治古文者又放为郑声。自宋迄今将千年，正声绝，古节陵，变风小雅之遗，骚人比兴之旨，无复起其衰而提倡之者，宜夫朱、厉雕琢为工，后进驰逐，几欲奴仆命骚矣。独皋文(张惠言)能张词之幽隐，所谓'不敢以诗赋之流同类而风诵之'，其道日昌，其体日尊。近卅年作者辈出，罔敢乖剌，自蹈下流。然求其述造渊微，洞明音吕，以契夫意内言外之精义，殆十无二三焉。此词律之难工，但勿为'转折怪异不祥之音'，斯得之已。姑舍是，词之难工，以属事遣词，纯

---

① (清)郑文焯《大鹤山人词话》,《词话丛编》,中华书局1986年版。下引同。

以清空出之,务为典博,则伤质实,多著才语,又近昌狂。至一切隐僻怪诞、禅缚穷苦、放浪通脱之言,皆不得著一字,类诗之有禁体。然屏除诸弊,又易失之空疏,动辄局蹐。或于声调未有吟安,则拌舍好句,或于语句自知落韵,则俯就庸音,此词之所为难工也。而律吕之几微出入,犹为别墨焉,所贵清空者,曰骨气而已。其实经史百家,悉在镕炼中,而出以高澹,故能骚雅,渊渊乎文有其质。如石帚之用'三星',则取之诗'跂彼织女'之疏,梦窗之用'棠笏',则取之《旧唐书·李蓉之传》,余类不可胜数。若予集中之所取裁者益夥,读者贵博观其通耳。"之五论词赋诗文不可立宗派,不可违反体裁:"凡为文章,无论词赋诗文,不可立宗派,却不可偭(违反)体裁。盖无体则饾饤窒窣,所谓'安蔽乖方,迷不知门户'者也。不知所以裁之,则冗滥敷庸,放者为之,或矜才使气,靡靡无所底止,又所谓'杂乱无章'者也。作词尤诫此二弊,一由'蔽所希见',一由'予智自雄'。比尝见并世词人,陈陈相因,得门实寡。即有志师古者,亦往往为律所缚,顿思破析旧格,以为腔可自度,黠者或趋于简便,借口古人先我为之,此'畏难苟安'之锢习使然,甚无谓也。然则今之妄托苏、辛,鄙夷秦、柳者,皆巨怪大谬,岂值一哂耶?宣尼论学,'以约失之者鲜',请进此恉以言词,贵能精择以自镜得失耳。"

三十三 况周颐《蕙风词话》论唐、宋词及元曲

况周颐(1859—1926)原名周仪,以避宣统帝溥仪讳,改名周颐。字夔笙,一字揆孙,别号玉梅词人、玉梅词隐,晚号蕙风词隐,临桂(今广西桂林)人。光绪五年(1879)举人。后官内阁中书、会典馆纂修,以知府分发浙江,曾入两江总督张之洞、端方幕府。其间,复执教于武进龙城书院和南京师范学堂。辛亥革命后,以清遗老自居,寄迹上海,鬻文为生。况周颐以词为专业,致力五十年,与王鹏运、朱祖谋、郑文焯为晚清四大词家。著述甚丰,有词九种,合刊为《第一生修梅花馆词》,晚年删定为《蕙风词》。又辑有《薇省词抄》、《粤西词见》、《词话丛钞》。此外,尚著有《词学讲义》、《玉栖述雅》、《餐樱庑词话》、《历代词人考略》、《宋人词话》、《漱玉词笺》、《选巷丛谭》、《西底丛谈》、《兰云菱梦楼笔记》、《蕙风簃随笔》、《蕙风簃二笔》、《香东漫笔》、《眉庐丛话》、《餐樱庑随笔》等。

况周颐《蕙风词话》五卷,是近代词坛上一部有较大影响的重要著作,其词学理论本于常州词派而又有所发挥。他强调常州词派推尊词体的"意内言外"之说,认为词必须注重思想内容,讲究寄托;又吸收王鹏运之说,标明"作词有三要,曰:重、拙、大"。他论词突出性灵,强调"真字是词骨,情真、景真,所以必佳"。此外,其论词境、词笔、

词与诗及曲之区别、词律、学词途径、读词之法、词之代变以及评论历代词人及其名篇警句都剖析入微，往往发前人所未发。如其《词非诗余》云："沈约《宋书》曰：'吴歌杂曲，始皆徒歌。既而被之弦管。又有因弦管金石作歌以被之。'按前一法即虞廷'依永'之遗，后一法当起于周末宋玉《对楚王问》。首言客有歌于郢中者，下云其为《阳阿薤露》，其为《阳春白雪》，皆曲名。是先有曲而后有歌也。填词家自度曲，率意为长短句，而后协之以律，此前一法也。前人本有此调，后人按腔填词，此后一法也。沿流溯源，与休文(沈约)之说相应。歌曲之作，若枝叶始敷。乃至于词，则芳华益茂。词之为道，智者之事。酌剂乎阴阳，陶写乎性情。自有元音，上通雅乐。别黑白而定一尊，亘古今而不敝矣。唐、宋以还，大雅鸿达，笃好而专精之，谓之词学。独造之诣，非有所附丽，若为骈枝也。曲士以'诗余'名词，岂通论哉？"①他对"诗余"也另有所解，认为是词之情文节奏并皆多于诗之义，其《词非诗之胜义》(卷一)云："诗余之'余'，作赢余之'余'解。唐人朝成一诗，夕付管弦，往往声希节促，则加入和声。凡和声皆以实字填之，遂成为词。词之情文节奏，并皆有余于诗，故曰'诗余'。世俗之说，若以词为诗之胜义，则误解此余字矣。"

其论词体演变，首论唐词，《唐词与诗近》(卷二)云："唐贤为词，往往丽而不流，与其诗不甚相远。刘梦得《忆江南》云：'春去也，多谢洛城人。弱柳从风疑举袂，丛兰裛露似沾巾。独坐亦含颦。'流丽之笔，下开北宋子野、少游一派。唯其出自唐音，故能流而不靡。所谓风流高格调，其在斯乎。前调云：'犹有桃花流水上。无辞竹叶醉尊前。'《抛球乐》云：'春早见花枝，朝朝恨发迟。及看花落后，却忆未开时。'亦皆流丽之句。"同卷《晚唐诗有词境》云："段柯古(段成式)词仅见《闲中好》，寥寥十许字，殊未厌人意。《海山记》中隋炀帝《望江南》八阕，或云柯古所托，亦无确据。余喜其《折杨柳》诗'公子骅骝往何处？绿阴堪系紫游缰'。此等意境，入词绝佳。晚唐人诗集中往往而有，盖词学浸昌，其机郁勃，弗可遏矣。"《唐词三首》(卷四)云："胡元瑞(胡应麟)斥太白《菩萨蛮》四词为伪作，姑勿与辨。试问此伪词孰能作，孰敢作者？未必两宋名家克办。元瑞好驳升庵，此等冒昧之谈，乃与升庵如骖之靳，何耶？"

次论宋词，其《宋词用衬字》(卷二)云："元人制曲，几于每句皆有衬字，取其能达句中之意，而付之歌喉又抑扬顿挫，悦人听闻，所谓迟其声以媚之也。两宋人词间亦有用衬字者。王晋卿(北宋王诜)云：'烛影摇红向夜阑，乍酒醒、心情懒。''向'字、'乍'字是衬字。据词谱，'烛影摇红'第二句七字，应仄平仄仄平平仄。周美成云：'黛眉巧画宫妆浅'，不用衬字，与换头第二句同。"同卷《辛词陈诗》云："《吹剑录》云：古今

---

① (清)况周颐《蕙风词话》卷一，《词话丛编》，中华书局 1986 年版。

诗人间出,极有佳句。无人收拾,尽成遗珠。陈秋塘(善)诗:'不知筋力衰多少。但觉新来懒上楼。'按此二句乃稼轩词《鹧鸪天》歇拍。稼轩倚声大家,行辈在秋塘稍前,何至取材秋塘诗句。秋塘平昔以才气自豪,亦岂肯沿袭近人所作。或者俞文豹氏误记辛词为陈诗耶? 此二句入词则佳,入诗便稍觉未合。词与诗体格不同处,其消息即此可参。"

三论元曲,《词用诗句,曲用词事》(卷一)云:"两宋人填词,往往用唐人诗句。金元人制曲,往往用宋人诗句。尤多排演词事为曲。关汉卿、王实甫《西厢记》出于赵德麟商调《蝶恋花》,其尤著者。检《曲录·杂剧部》,有陶秀实(陶穀,宋初文臣)醉写《风光好》、晏叔原(幾道)风月《鹧鸪天》、张于湖(孝祥)误宿《女贞观》、蔡萧闲醉写《石州慢》、萧淑兰情寄《菩萨蛮》,皆词事也。就一剧一事而审谛之,填词者之用笔用字何若。制曲者又何若。曲由词出,其渊源在是。曲与词分,其径涂亦在是。曲与词体格迥殊、而能得其并皆佳妙之故,则于用笔用字之法,思过半矣。"《董解元〈哨遍〉》(卷三)云:"柳屯田《乐章集》,为词家正体之一,又为金、元已还乐语所自出。金董解元《西厢记》,搊弹体传奇也。时论其品,如朱汗碧蹄,神采骏逸。董有《哨遍》词云……此词连情发藻,妥帖易施,体格于《乐章》为近。明胡元瑞(应麟)《笔丛》称董《西厢记》精工巧丽,备极才情。盖笔能展拓,则推演为如干字何难矣。自昔诗、词、曲之递变,大都随风会为转移。词曲之为体,诚迥乎不同。董为此曲初祖,而其所为词,于屯田有沆瀣之合。曲由词出,渊源斯在。董词仅见《花草粹编》,它书概未之载。《粹编》之所以可贵,以其多载昔贤不经见之作也。"

三十四　陈锐《袌碧斋词话》强调严守词律

陈锐(1859—1922)字伯弢,一字伯涛,号袌碧,武陵(今湖南常德)人。师从晚清拟古诗派泰斗王闿运。光绪十九年(1893)乡试中举。翌年候补江宁(今南京),充两江营务处提调。光绪二十八年任江南乡试同考官。辛亥革命后,曾任湖南省通志局分纂。1920年归里,修建藏书楼,续编所著诗文。著有《袌碧斋集》,包括诗五卷,词一卷,文一卷,诗话、词话各一卷。另有《袌碧斋箧中书》、《说文解字校勘记》、《读经史札记》、《梦鹤庵诗集》、《秋出吟词稿》等,多未刊行。

陈锐不仅诗文,在晚清词坛亦有很高地位,与王鹏运、朱孝臧、郑文焯等人齐名,被推为一代词宗。其词沉着冲淡,一洗铅华靡丽之习;无矜炼之迹可寻,却无一字不矜炼,格高律细。同时,他在词学理论上也有较高成就,著有《袌碧斋词话》。其《用字当知上去入》论词调词韵云:"词调分上去入,用字则只知平仄,此大误也。一词中有少数入声字,如《高阳台》、《扫花游》之类。有多数入声字,如《秋思耗》、《浪淘沙慢》之类。又如《莺啼序》中有少数上声字,千万不可通融者。今人不知上去,况入声乎!"① 他强调要严守词律,《清真、梦窗守律严》云:"清真词《大酺》云:'墙头青玉旆。'玉字以入代平。下文云:'邮亭无人处'。四平一仄。梦窗此句第四字,亦用入声,守律之严如此,今人则胡乱用之矣。"《词如古诗》云:"词如诗,可摸拟得也。南唐诸家,回肠荡气,绝类建安。柳屯田不着笔墨,似古乐府。辛稼轩俊逸似鲍明远。周美成浑厚拟陆士衡。白石得渊明之性情。梦窗有康乐之标轨。皆苦心孤造,是以被弦管而格幽明,学者但于面貌求之,抑末矣。"他也认为《宋以后无词》:"宋以后无词,犹之唐以后无诗,词故诗之余也。晏、范、欧、苏、后山、山谷、放翁,皆极一时之盛。"

三十五　王国维《人间词话》的词体论

王国维(1877—1927)字伯隅、静安,号观堂、永观。浙江海宁人。清末秀才,两应乡试未中,遂绝意科名。于光绪二十四年(1898)去上海参与《时务报》工作,加入罗振玉的东方文学社,开始接受新学和西学影响。二十七年赴日本,次年因病回国,开始研究康德、叔本华的哲学思想。二十九年在通州、苏州等地任教,致力于文学研究。三十二岁入京,专力研究宋词元曲。三十三岁后,历任学部总务司行走、学部图书馆编译、名词馆协修等职。辛亥革命后,寓居日本,研究甲骨文、金文和汉简。1916 年回国编《学术丛编》,任仓圣明智大学教授。1922 年应召为清故宫南书房行走。1924 年溥仪被逐出宫,曾投御河自杀未遂。1925 年任清华大学教授,1927年北伐战争向北推进时,留下遗书,投颐和园昆明湖而死。事迹具罗振玉《海宁王忠悫公传》。

王国维生前著作六十余种,他亲自编定《静安文集》、《观堂集林》刊行于世。逝世后,另有《遗书》、《全集》、《书信集》等出版。更有今人整理出版之遗著、佚作多种。他在文学上的主要著作有《人间词甲乙稿》、《人间词话》、《曲录》、《戏曲考源》、《宋大曲考》、《宋元戏曲史》、《红楼梦评论》等。

王国维是我国近现代在文学、美学、史学、哲学、古文字学、考古学等各方面成就卓著的学术巨子,是近代中国最早运用西方哲学、美学、文学观点和方法剖析评论中国古典文学的开风气者,又是中国史学史上将历史学与考古学相结合的开创者,成为中国近代罕见的大学者。

---

① （清）陈锐《襄碧斋词话》,《词话丛编》,中华书局 1986 年版。下引同。

　　王国维的《人间词话》影响很大，1982 年人民文学出版社出版有校订本《人间词话》，以王氏删定本为《人间词话》，以王氏所删弃者为《人间词话删稿》。此书突破浙派与常州词派的门户之见，熔中国古典文论与西方哲学、美学于一炉，建立起自成体系的词论体系，这就是著名的"境界"说："词以境界为最上。有境界则自成高格，自有名句。五代、北宋之词所以独绝者在此。"他又把境界分为造境与写境、有我之境与无我之境，他说："'泪眼问花花不语，乱红飞过秋千去'，'可堪孤馆闭春寒，杜鹃声里斜阳暮'，有我之境也。'采菊东篱下，悠然见南山'，'寒波淡淡起，白鸟悠悠下'，无我之境也。有我之境，以我观物，故物皆著我之色采。无我之境，以物观物，故不知何者为我，何者为物。古人为词，写有我之境者为多，然未始不能写无我之境，此在豪杰之士能自树立耳。"①他还论及写境与造境、有我之境与无我之境、景语与情语、隔与不隔、入乎其内与出乎其外等关系问题，对创作的主客观因素作了全面的论述。

　　关于诗词异同，《人间词话删稿·词体与诗体不同》云："词之为体，要眇宜修。能言诗之所不能言，而不能尽言诗之所能言。诗之境阔，词之言长。"②又《诗词工拙》云："《沧浪》、《凤兮》二歌，已开《楚辞》体格。然《楚词》之最工者，推屈原、宋玉，而后此之王褒、刘向之词不与焉。五古之最工者，实推阮嗣宗、左太冲、郭景纯、陶渊明，而前此曹、刘，后此陈子昂、李太白不与焉。词之最工者，实推后主、正中、永叔、少游、美成，而后此南宋诸公不与焉。"《近体与诗体之比较》云："近体诗体制，以五七言绝句为最尊，律诗次之，排律最下。盖此体于寄兴言情，两无所当，殆有韵之骈体文耳。词中小令如绝句，长调似律诗，若长调之《百字令》、《沁园春》等，则近于排律矣。"

　　关于诗词难易，其《词不易于诗》（《人间词话》）云："陆放翁跋《花间集》，谓'唐季五代，诗愈卑，而倚声者辄简古可爱。能此不能彼，未易以理推也'。《提要》驳之，谓：'犹能举七十斤者，举百斤则蹶，举五十斤则运掉自如。'其言甚辨。然谓词必易于诗，余未敢信。善乎陈卧子（明末陈子龙）之言曰：'宋人不知诗而强作诗，故终宋之世无诗。然其欢愉愁苦之致，动于中而不能抑者，类发于诗余，故其所造独工。'五代词之所以独胜，亦以此也。"《诗文词难易》（《人间词话删稿》）云："散文易学而难工，骈文难学而易工。近体诗易学而难工。古体诗难学而易工。小令易学而难工，长调难学而易工。"

　　关于词体兴衰，《文体始盛终衰》（《人间词话》）云："四言敝而有《楚辞》，《楚辞》敝而有五言，五言敝而有七言，古诗敝而有律绝，律绝敝而有词。盖文体通行既久，染指遂多,自成习套。豪杰之士,亦难于其中自出新意,故遁而作他体,以自解脱。一切文体所以始盛终衰者,皆由于此。故谓文学后不如前,余未敢言。但就一体论,则此说固无以易也。"《唐诗宋词盛衰》(《人间词话删稿》)云:"诗之唐中叶以后,殆为羔雁之具矣。故五代、北宋之诗,佳者绝少,而词则为其极盛时代。即诗词兼擅如永叔(欧阳修)、少游(观)者,词胜于诗远甚。以其写之于诗者,不若写之于词者之真也。至南宋以后,词亦为羔雁之具,而词亦替矣。此亦文学升降之一关键也。"《诗词无题》(《人间词话》)云:"诗之《三百篇》、《十九首》,词之五代、北宋,皆无题也。非无题也,诗词中之意,不能以题尽之也。自《花庵》、《草堂》,每调立题,并古人无题之词亦为之作题。如观一幅佳山水,而即曰此某山某河,可乎? 诗有题而诗亡,词有题而词亡。然中材之士,鲜能知此而自振拔者矣。"

王国维以"境界"说甚至以西方科学观评词,其《李后主词眼界大》(《人间词话》)云:"词至李后主而眼界始大,感慨遂深,遂变伶工之词而为士大夫之词。周介存置诸温、韦之下,可谓颠倒黑白矣。'自是人生长恨水长东','流水落花春去也,天上人间',《金荃》、《浣花》能有此气象耶!"《稼轩用〈天问〉体送月》(《人间词话》)云:"稼轩中秋饮酒达旦,用《天问》体作《木兰花慢》以送月曰:'可怜今夕月,向何处、去悠悠? 是别有人间,那边才见,光景东头。'词人想象,直悟月轮绕地之理,与科学家密合,可谓神悟。"

《双声叠韵》(《人间词话删稿》)更是用西方音韵学解释中国古代声韵的典型例子:"双声、叠韵之论,盛于六朝,唐人犹多用之。至宋以后,则渐不讲,并不知二者为何物。乾、嘉间,吾乡周松霭先生春著《杜诗双声叠韵谱括略》,正千余年之误,可谓有功文苑者矣。其言曰:'两字同母谓之双声,两字同韵谓之迭韵。'按用今日各国文法通用之语表之,则两字同一子音者谓之双声。如《南史·羊元保传》之'官家恨狭,更广八分','官家更广'四字,皆从 k 得声。《洛阳伽蓝记》之'狞奴慢骂','狞奴'二字,皆从 n 得声。'慢骂'二字,皆从 m 得声也。两字同一元音者,谓之叠韵。如梁武帝'后牖有朽柳','后牖有'三字,双声而兼迭韵。'有朽柳'三字,其元音皆为 u。刘孝绰之'梁皇长康强','梁长强'三字,其元音皆为 ian 也。自李淑《诗苑》伪造沈约之说,以双声叠韵为诗中八病之二,后世诗家多废而不讲,亦不复用之于词。余谓苟于词之荡漾处多用叠韵,促结处用双声,则其铿锵可诵,必有过于前人者。惜世之专讲音律者,尚未悟此也!"

戚法仁《人间词话序》云:"论词之书,亦推宋人最精。张玉田《词源》二卷,艺林推重,珍逾南金。其书精研律吕,剖析毫芒,后人继作,尤难企及。惟论词之处,则支离殊少条贯,且门户太狭,专主清空,失之偏宕。厥后元明二代,若陆辅《词旨》,杨升庵

《词品》外，作者尚众，然皆疏略，少所发明。清人论述，《白雨斋（词话）》及《蕙风词话》，最为时人推重。然求其推究文心，尽极精微，且本末赅备，条贯厘然者，海宁王氏《人间词话》一编，尤有所长。论词主境界，不为虚无要渺之谈。"

中国戏剧艺术在元代达到高度的繁荣，但却因以往学者的轻视而晦暗不显。王国维的《宋元戏曲史》在这方面作了开创性的工作，它是我国第一部系统研究戏曲发展史的专著，材料丰富，论述谨严，影响颇大，尤其是它关于杂剧的历史分期更为学术界长期袭用，其开辟之功，实不可没；它全面考察，追根溯源，回答了中国戏剧艺术的特征、中国戏剧的起源和形成、中国戏曲文学的成就等带根本性的问题，使元曲这一瑰宝重放异采，并为以后的戏剧史研究指明了道路。其《宋元戏曲史自序》前论"一代有一代之文学"云："凡一代有一代之文学：楚之骚、汉之赋、六代之骈语、唐之诗、宋之词、元之曲，皆所谓一代之文学，而后世莫能继焉者也。独元人之曲。为时既近，托体稍卑，故两朝史志与《四库》集部，均不著于录；后世儒硕，皆鄙弃不复道。而为此学者大率不学之徒。即有一二学子，以余力及此，亦未有能观其会通，窥其奥盘者。遂使一代文献，郁埋沉晦者且数百年，愚甚惑焉。"后论他撰写此书的原因："往者读元人杂剧而善之，以为能道人情，状物态，词采俊拔，而出乎自然，盖古所未有，而后人所不能仿佛也。辄思究其渊源，明其变化之迹，以为非求诸唐宋辽金之文学，弗能得也。乃成《曲录》六卷、《戏曲考原》一卷、《宋大曲考》一卷、《优语录》二卷、《古剧脚色考》一卷、《曲调源流表》一卷。从事既久，续有所得，颇觉昔人之说，与自己之书，罅漏日多，而手所疏记，与心所领会者，亦日有增益。壬子岁暮，旅居多暇，乃以三月之力，写为此书。凡诸材料，皆余所搜集；其所说明，亦大抵余之所创获也。世之为此学者自余始，其所贡于此学者亦以此书为多，非吾辈才力过于古人，实以古人未尝为此学故也。"①

第十二节　清人诗文评论著中的戏剧论

一　李渔的戏剧理论名著《闲情偶寄》

李渔（1610—1680）初名仙侣，后改名渔，字谪凡，号笠翁。浙江兰溪人，生于雉皋（今江苏如皋）。在明代中过秀才，入清后无意仕进，从事著述和指导戏剧演出。后居南京，把居所命名为"芥子园"，并开设书铺，编刻图籍，广交达官贵人、文坛名流。晚

---

① （清）王国维《宋元戏曲史》卷首，上海古籍出版社 1998 年版。

年移家杭州西子湖畔,自号湖上笠翁。生平著述甚富,诗文杂著有《笠翁一家言全集》,《闲情偶寄》就是其中的一部分。戏曲创作有《十种曲》;短篇小说集有《无场戏》(别名《连城璧》)、《十二楼》;长篇小说有《合锦回文传》等。李渔的戏曲创作多为喜剧。他的白话小说,则可与《三言》、《二拍》并列,为清代说部之上乘。编辑书籍很多,有《龆龄集》、《古今尺牍大全》、《尺牍初征》、《尺牍二征》、《名词选胜》、《四六初征》、《新四六初征》等。

《闲情偶寄》是李渔所有论著中最有价值的一部,也是我国第一部把戏曲作为综合艺术加以研究的戏剧理论著作,在戏剧理论发展史上有重要地位。《闲情偶寄》中的"词曲部"和"演习部",专门记载了他在戏曲艺术方面的心得。他一扫明代在戏曲上重词采或重音律的偏见,提出了写剧首先应"立主脑",把剧作的主题思想和布局结构摆到首位,其次才考虑词采和音律;在戏曲人物性格、情节结构、曲韵音律、戏剧语言、科诨动作等方面,都提出了一些精辟的见解。如对人物刻画的"求肖似",情节结构的"脱窠臼",戏曲语言上的"贵浅显",科诨动作上的"贵自然"等,在今天看来,仍然有指导意义。

其《词曲部·结构第一》把戏曲放在与汉史、唐诗、宋文并列的地位来论述:"高则诚、王实甫诸人,元之名士也,舍填词一无表见。使两人不撰《琵琶》、《西厢》,则沿至今日,谁复知其姓字? 是则诚、实甫之传,《琵琶》、《西厢》传之也。汤若士(显祖),明之才人也,诗文尺牍,尽有可观,而其脍炙人口者,不在尺牍诗文,而在《还魂》(即《牡丹亭》一剧。使若士不草《还魂》,则当日之若士,己虽有而若无,况后代乎? 是若士之传,《还魂》传之也,此人以填词而得名者也。历朝文字之盛,其名各有所归,汉史、唐诗、宋文、元曲,此世人口头语也。《汉书》、《史记》,千古不磨,尚矣。唐则诗人济济,宋有文士跄跄,宜其鼎足文坛,为三代后之三代也。元有天下,非特政刑礼乐一无可宗,即语言文学之末,图书翰墨之微,亦少概见。使非崇尚词曲,得《琵琶》、《西厢》以及《元人百种》诸书传于后代,则当日之元,亦与五代、金、辽同其泯灭,焉能附三朝骥尾,而挂学士文人之齿颊哉? 此帝王国事,以填词而得名者也。由是观之,填词非末技,乃与史传诗文同源而异派者也。"又论撰写此书的必要性云:"近日雅慕此道,刻欲追踪元人、配飨若士者尽多,而究竟作者寥寥,未闻绝唱。其故维何? 止因词曲一道,但有前书堪读,并无成法可宗。暗室无灯,有眼皆同瞽目,无怪乎觅途不得,问津无人,半途而废者居多,差毫厘而谬千里者,亦复不少也。尝怪天地之间有一种文字,即有一种文字之法脉准绳,载之于书者,不异耳提而命,独于填词制曲之事,非但略而未详,亦且置之不道。"他认为原因有三,一是"此理甚难,非可言传,止可意会";二是"填词之理变幻不常,言当如是,又有不当如是者"。"如填生旦之词,贵于庄雅,净丑之

1024

曲,务带诙谐,但遇风流放佚之生旦,反觉庄雅为非,作迂腐不情之净丑,转以诙谐为忌。诸如此类者,悉难胶柱。"三是"从来名士以诗赋见重者十之九,以词曲相传者犹不及什一,盖千百人一见者也。凡有能此者,悉皆剖腹藏珠,务求自秘","缄口不提"。他认为"文章者,天下之公器,非我之所能私;是非者,千古之定评,岂人之所能倒? 不若出我所有,公之于人,收天下后世之名贤,悉为同调。胜我者,我师之,仍不失为起予之高足;类我者,我友之,亦不愧为攻玉之他山。持此为心,遂不觉以生平底里,和盘托出,并前人已传之书,亦为取长弃短,别出瑕瑜,使人知所从违,而不为诵读所误"。这就是他撰写此书的原因。又论结构重于音律云:"填词首重音律,而予独先结构者,以音律有书可考,其理彰明较著(他举了《中原音韵》、《啸余谱》、《九宫谱》)。"而结构布局则当先行,"倘先无成局,而由顶及踵,逐段滋生,则人之一身,当有无数断续之痕,而血气为之中阻矣"。有如工师之建宅,"基址初平,间架未立,先筹何处建厅,何方开户,栋需何木,梁用何材,必俟成局了然,始可挥斤运斧。倘造成一架而后再筹一架,则便于前者,不便于后,势必改而就之,未成先毁。犹之筑舍道旁,兼数宅之匠资,不足供一厅一堂之用矣。故作传奇者,不宜卒急拈毫,袖手于前,始能疾书于后。有奇事,方有奇文,未有命题不佳,而能出其锦心,扬为绣口者也。尝读时髦所撰,惜其惨淡经营,用心良苦,而不得被管弦、副优孟者,非审音协律之难,而结构全部规模之未善也。"①

《词曲部·词采第二》认为戏曲难于词,因为"诗余最短,每篇不过数十字";"曲文最长,每折必须数曲,每部必须数十折,非八斗长才,不能始终如一。微疵偶见者有之,瑕瑜并陈者有之,尚有踊跃于前,懈弛于后,不得已而为狗尾貂续者亦有之。演者观者既存此曲,只得取其所长,恕其所短,首尾并录。无一部而删去数折,止存数折,一出而抹去数曲,止存数曲之理。此戏曲不能尽佳,有为数折可取而掣带全篇,一曲可取而掣带全折,使瓦缶与金石齐鸣者,职是故也。予谓既工此道,当如画士之传真,闺女之刺绣,一笔稍差,便虑神情不似,一针偶缺,即防花鸟变形。"他特别推崇《西厢记》,而对其他戏剧不无微词:"吾于古曲之中,取其全本不懈、多瑜鲜瑕者,惟《西厢》能之。《琵琶》则如汉高用兵,胜败不一,其得一胜而王者,命也,非战之力也。"其他更"置之不论可矣"。他推崇王《西厢》的同时,尖锐指责《南西厢》(指昆曲《西厢记》):"词曲中音律之坏,坏于《南西厢》。"明人改《西厢记》为南曲剧本的不少,最流行的本子就是李日华撰《南西厢记》,至今有关《西厢记》的昆曲剧目多出其中。李渔认为"文字之佳,音律之妙,未有过于《北西厢》者。自南本一出,遂变极佳者为极不佳,极妙者

---

① (清)李渔《闲情偶寄》卷一,《中国古典戏曲论著集成》,中国戏剧出版社1959年版。

为极不妙……使王实甫复生,看演此剧,非狂叫怒骂,索改本而付之祝融(火神),即痛哭流涕,对原本而悲其不幸矣……居然配飨《琵琶》,非特实甫呼冤,且使则诚(高明字则诚,《琵琶记》作者)号屈矣!"

《窥词管见》原刊于李渔《耐歌词》(即《笠翁词集》)卷首,是他相当重要的一部词学理论著作,对词的特点作了精辟论述,特别是将词与诗、曲加以比较对照,鲜明突出,往往发前人所未见。如其《词立于诗曲二者之间》云:"作词之难,难于上不似诗,下不类曲,不淄不磷,立于二者之中。"《词与诗有别》云:"词之关键,首在有别于诗。"他认为《生查子》前后二段、《竹枝》第二体、《柳枝》第一体、《小秦王》、《清平调》、《八拍蛮》、《阿那曲》、《玉楼春》、《采莲子》,似乎都与七言绝句没有什么不同,《瑞鹧鸪》、《鹧鸪天》也似七言律,"凡作此等词,更难下笔,肖诗既不可,欲不肖诗又不能,则将何自而可?"但他认为"不难",一是要别腔调:"有摹腔炼吻之法在。诗有诗之腔调,曲有曲之腔调。诗之腔调宜古雅,曲之腔调宜近俗,词之腔调则在雅俗相和之间。"二是要别字句:"如畏摹腔炼吻之法难,请从字句入手。取曲中常用之字,习见之句,去其甚俗,而存其稍雅,又不数见于诗者,入于诸调之中,则是俨然一词,而非诗矣。"因为词来自诗,只是腔调字句略有不同而已:"今日之词名,仍是昔日之诗题耳。"《词与曲有别》云:"求其相似,又防其太似,所谓存稍雅而去甚俗,正谓此也。有同一字义,而可词可曲者。有止宜在曲,断断不可混用于词者。"他举例说:"闺人口中之自呼为妾,呼婿为郎,此可词可曲之称也。若稍异其文,而自呼为奴家,呼婿为夫君,则止宜在曲,断断不可混用于词矣。如称彼此二处为这厢、那厢,此可词可曲之文也。若略换一字,为这里、那里,亦止宜在曲,断断不可混用于词矣。大率如尔我之称者,奴字、你字不宜多用。呼物之名者,猫儿、狗儿诸儿字,不宜多用。用作尾句者,罢了、来了诸了字,不宜多用。诸如此类,实难枚举,仅可举一概百……一字一句之微,即是词曲分歧之界,此就浅者而言。至论神情气度,则纸上之忧乐笑啼,与场上之悲欢离合,亦有似同而实别,可意会而不可言诠者。慧业之人,自能默探其秘。"①

许自俊曾为李渔《四六初征》撰序。许自俊(生卒年不详)字子位,号韫斋,一号潜壶,嘉定(今属上海市)人。康熙九年(1670)进士,除山西闻喜县知县。十八年举博学鸿儒,与试不第。知闻喜县时,用法甚平。雅工诗文,名胜处题咏殆遍。以乞休归,行李萧然,当时称为清白吏。著有《潜壶集》、《韫斋集》、《左氏提纲》、《三通要录》、《历游山水记》等。其《四六初征序》概括了四六文的演变史:"骈体之作也,始于古文之衰。先秦两汉,诏、诰、册、命、书、启、笺、表,俱不用俳偶,俳偶自《(文)选》昉也。时曹氏父

---

① 以上均见(清)李渔《窥词管见》,《词话丛编》,中华书局1986年版。

子、萧氏兄弟,倡为北邺、南皮新体;建安七子,彬彬继起,以迨梁宋,徐、庾、沈、任,增华踵丽,镂月绘风,极其藻艳。然音节清越,顿挫生姿,抑扬尽变,尚有宕逸之致,如芍药清词,杨柳枯赋,璧月夜满,花气朝新,亦极风雅之盛矣。唐四杰创为贞观、神龙体,如滕王阁及诸燕集序,靡不字挟风霜,词琅宫征,犹有算博、点鬼之诮。自李青莲《春园桃李序》及杜工部《三大礼赋序》,出以清新沉博,而四杰之制为之一变。韩昌黎以深刻为古浑,陆宣公(贽)以议论为条奏,力翻王、骆之案,已开欧、苏之风,然欧、苏实不专用议论也。其精巧工妙,直使须眉肺肝活活欲现,言言可当恸哭,闻之辄为悯怜,则文生于情也。故文体至今日而衰,骈体至今日而盛耳。岂非后来者益工乎?”他充分肯定了李渔《四六初征》的地位:“李子笠翁汇近代名笔,录其尤者若干篇,不忍秘之中郎帐内,乃梓以行之国门,亦一代彤管也。说者曰,古大儒不屑为丽句,故司马(光)不习四六,不知温公以辞知诰,非不能为丽句也。唐、宋、明三代,制、诰、表、诏式用四六,亦所以珍重丝纶,鼓吹坟典,岂作月露风云雕虫剪彩哉! 至今读王僧虔《劝进赵丞相遗表》,令人色飞心动;读徐敬业《讨武后檄》、江浩《宣布中原诏》,令人慷慨呜咽,泣下沾巾。古之忠臣名将,倚马作露布,草檄愈头风,其豪杰雄伟之气,飞扬跋扈之才,皆能随风生珠玉,掷地为金石,何至以寒蛩之唧唧,笑仙凤之哇哇哉! 即以是编为《六经》、百史之笙簧可矣。”

二　徐大椿《乐府传声》论戏曲声乐之大端

徐大椿(1693—1771)原名大业,字灵胎,晚号洄溪老人。清吴江(今属江苏)人。自幼习儒,旁及百家,聪明过人。年近三十,因家人多病而致力医学,攻研历代名医之书,洞明药性,悬壶济世,虽至重之疾,每能手到病除。平生医学著述甚丰,后人将其所著辑为《徐氏医学全书十六种》等刊行,流传甚广,影响极大。

然徐大椿还是一位戏曲声乐理论家,其《乐府传声》二卷,是他对昆腔演唱成就进行总结的一部重要的戏曲声乐论著,也是我国古典戏曲声乐学的重要著作。全书分源流、元曲家门、出声口诀、声各有形、五音、四呼、喉有中旁上下、鼻音闭口音、四声各有阴阳、平声唱法、上声唱法、去声唱法、归韵、收声、交代、阴调阳调、字句不拘之调亦有一定格法、曲情、起调、断腔、顿挫、轻重、徐疾底板唱法、重音迭字、高腔轻过、低腔重煞、定板等篇,从当时戏曲演唱中实际存在的问题出发,结合传统的审美习惯进行论述,成为当时唱论和声乐学的集大成者之作。

其《乐府传声序》认为乐之大端有七:“乐之成,其大端有七:一曰定律吕,二曰造歌诗,三曰定典礼,四曰辨八音,五曰分宫调,六曰正字音,七曰审口法。七者不备不能成乐。"①所谓"定律吕"指"考黄钟大吕之本,穷宫商徵羽之变是也。"所谓"造歌诗"指"上极雅颂,下至谣谚,与凡词曲有韵之文皆是也。"所谓"定典礼"指"郊天祭地,宴飨赠答,房中、军中之所宜用是也。"所谓"辨八音"指"金石丝竹匏土革木,古今乐器是也。"所谓"正字音"指"一字有一字之正音,不可杂以土音;又北曲有北曲之音,南曲有南曲之音是也。"所谓"审口法"指"每唱一字,则必有出声、转声、收声,及承上接下诸法是也。"他认为"七者不尽通,不得名专精之士。然七音之学,非一人所能兼,则亦有可分习者。律吕、歌诗、典礼,此学士大夫之事也。其八音之器,各精一技,此乐工之事也。惟宫调、字音、口法,则唱曲者不可不知。然宫调大端难越,即有失传,而一为更换,即能循板归腔,至字音亦一改即能正其读,惟口法则字句各别,长唱有长唱之法,短唱有短唱之法,在此调为一法,在彼调又为一法,接此字一法,接彼字又一法,千变万殊,此非若律吕、歌诗、典礼之可以书传,八音之可以谱定,宫调之可以类分,字音之可以反切审,全在发声吐字之际,理融神悟,口到音随。顾昔人之声已去,谁得而闻之? 即一堂相对,旋唱而声旋息,欲追其以往之声而已不复在耳矣。此口法之所以日变而日亡也。上古之口法,三代不传;三代之口法,汉魏六朝不传;汉魏六朝之口法,唐宋不传;唐宋之口法,元明不传。若今日之南北曲,皆元明之旧,而其口法亦屡变。南曲之变,变为昆腔,去古浸远,自成一家。其法盛行,故腔调尚不甚失,但其立法之初,靡慢模糊,听者不能辨其为何语,此曲之最违古法者。至北曲则自南曲甚行之后,不甚讲习,即有唱者,又即以南曲声口唱之,遂使宫调不分,阴阳无别,去上不清,全失元人本意。"末述撰写此书的原因:"又数十年来,学士大夫全不究心,将来不知何所底止,嗟夫! 乐之道久已丧失,犹存一线于唱曲之中,而又日即消亡,余用悯焉,爰作传声法若干篇,借北曲以立论,从其近也;而南曲之口法,亦不外是焉。古人作乐,皆以人声为本,书曰:'诗言志,歌咏言,声依咏,律和声。'人声不可辨,虽律吕何以和之? 故人声存而乐之本自不没于天下。传声者,所以传人声也,其事若微而可缓,然古之帝王圣哲,所以象功昭德,陶情养性之本,实不外是。此学问之大端,而盛世之所必讲者也。"

胡彦颖(生卒年不详),康熙、乾隆时人。其《乐府传声序》(卷首)对此书给予了很高评价:"夫古乐之亡久矣,然有不得而亡者存,则声是也。故谓今乐,非即古乐则可,谓今乐之声,非即古乐之声则大不可⋯⋯自元以来,有北曲,有南曲,而善歌者首推三吴,南曲习于南耳,故视北曲尤为盛行。然明之中叶以后,于南曲刻意求工,别为'清曲',渐非元人之旧。又作传奇之人,喜集数曲为之,以致宫调难分,音拍尽失,讹且传

---

① (清)徐大椿《乐府传声》卷首,《中国古典戏曲论著集成》,中国戏剧出版社 1959 年版。下同。

讹,盲复引盲,几何而不尽变元人之歌法哉? 徐子盖有悯焉,《(乐府)传声》之所为作也。曰天地之元声,未尝一日息于天下;一语已采声律之本,而于宫调字音口法,尤必三致意焉。夫声出于口,非审口法,则开合发收混矣。声本于字,非正字音,则阴阳平仄淆矣。声寄于调,非别宫调,则字句虽符,腔板全失,而曲不可问矣。"

三　黄旛绰《梨园原》论戏剧角色及戏曲演变

黄旛绰(生卒年不详),乾隆、嘉庆年间人,为当时著名戏曲艺人。以生平舞台经验写成《明心鉴》一书,后经其友人庄肇奎加以订正,改名《梨园原》。

《梨园原》是昆曲理论史上,也是整个戏曲理论史上唯一一部专论表演的著作,对昆曲的演出技巧做了精当的总结与概括,其主要内容为《艺病十种》、《曲白六要》和《身段八要》。庄肇奎增加的考证有《论戏统》、《老郎神》、《谢阿蛮论戏始末》、《王大梁详论角色》、《论鼓板乐式》、《论曲原》六则。另有《宝山集八则》是从《宝山集》转录的有关表演的论述。书后又附钞《宝山集载六宫十三调》、《涵虚子论杂剧十二科》。由于本书作者是艺术修养很深的艺人,故书中内容多系表演艺术的经验之论,具有艺术实践的指导价值。

其论戏剧角色云:"戏者,以虚中生戈(指繁体"戲"字)。汉陈平刻木人御城退白登事,后为之效,名曰'傀儡'。至唐明皇选良家子弟,于梨园中演习戏文,分为生、旦、净、末、丑、外、小旦、小生,此八名为正,而后增副净、作旦、贴旦、老旦,共十二人为全角。余皆供侍从者,现身说法,表扬忠孝节义,才子佳人,离合悲欢,扬善惩恶,此亦大美事也。至宋、元则尤盛矣。董解元有曰:'扮演古人事,出入鬼门道。'以四方之音传戏,各从土语所传,不可讹错。习者择之而取焉。"①其《王大梁详论角色》又云:"角色者,言其本角之物色也。生者,主也,凡一剧由主而起,一轶之事在其主终始,故曰生。旦者,乃于寅刻之先,以男扮女,是男非男,似女非女,见时不能分,因其扮妆时在天甫黎明,故曰旦。丑者,即醜字,言其丑陋匪人所及,撮科打诨,丑态百出,故曰丑。净者,静也,言其闹中取静,静中取闹,故曰净。外者,以外姓人有尊崇之色者,故曰外。老旦,其所司母、姑、乳婆,亦应于黎明扮妆,老少虽不同,以其男女则一也,故曰老旦。末者,道始末也,先出场述其家门,言其始末,故曰末。小生或作主之子侄,或作良朋故旧,或作少年英雄,或作浪荡子弟,故曰小生。小旦或作侍妾,或养女,或娼妓,或不

---

① (清)黄旛绰《梨园原·谢阿蛮论戏始末》,《中国古典戏曲论著集成》,中国戏剧出版社 1959 年版。下同。

贞之妇，故曰小旦。贴旦，即副旦也。凡男女角色，既妆何等人，即当作何等人自居。喜、怒、哀、乐、离、合、悲、欢，皆须出于己衷，则能使看者触目动情，始为现身说法，可以化善惩恶，非取其虚戈作戏，为嬉戏也。"

《论曲原》则论戏曲演变："王伯良（王骥德）曰：'曲者，乐之支也。自《康衢》、《击壤》、《黄泽》、《白云》以降，于是《越人》、《易水》、《大风》、《瓠子》之歌继作，声渐靡矣。乐府之名，仿于西汉，其属有鼓吹、横吹，相和及清商、杂调诸曲。入唐而以绝句为曲，《清平调》、《郁轮袍》、《梁州》、《水》之类；又创为《忆秦娥》，《菩萨蛮》等曲，盖（李）太白、（李）龟年辈实为作俑。入宋而词始大振，周侍御（邦彦）、屯田（柳永）其最也。入元而益漫衍其制，北声北曲，遂擅一代，顾未免滞于弦索，且多染胡语。迨明季又变为南曲，婉丽妩媚，一唱三叹，于善、美兼至，极声调之能事。始犹南、北画地相角，近年以来，燕都之歌童舞女，咸弃其捍拨，尽效南声，而北调几废。何元朗谓：'更数世后，北曲必且失传矣。'"

四　焦循《剧说》等对戏剧、词体理论的贡献

焦循（1763—1820）字理堂，一字里堂，晚号里堂老人。甘泉（今江苏扬州）人。嘉庆六年（1801）举人，翌年应礼部试不第。焦循是清代扬州学派的代表人物之一，在清代学术史上占有重要地位。他博闻强记，于学无所不通，于经无所不治，在易学、诸子、历算、史学等方面均有精深造诣，阮元谓之为"一代通儒"。著书数百卷，有《雕菰集》、《易章句》、《易通释》、《易余龠录》、《孟子正义》、《里堂学算记》等，论词曲的著作则有《剧说》、《花部农谭》、《易余曲录》、《雕菰楼词话》等。

《剧说》是焦循辑录散见于各书的论曲之语而成的一部戏曲考证专著。卷前所列引用书目共一百六十六种，实际上还不止此数。其中有不少罕见的珍本，为研究古典戏曲汇集了丰富的资料。焦循在辑录资料的同时，自己也有所评论考证。如卷一论戏居起源云：

《乐记》云："新乐进府退府，奸声以滥，溺而不止，及优侏儒，獶杂子女，不知父子，乐终不可以语，不可以道古。"注云："獶，狝猴也，言舞者如狝猴戏也，乱男女之尊卑。'獶'，或为'优'。"疏云："《汉书》檀长卿为狝猴舞，是状如狝猴。"《左传》襄公二十八年："庆氏以其甲环公宫。陈氏、鲍氏之圉人为优。庆氏之马善惊，士皆释甲束马而饮酒，且观优，至于鱼里。"《正义》云："优者，戏名也。"史游《急就篇》云："倡优俳笑"。是优俳一物而二名。今之散乐，戏为可笑

之语而令人笑是也。"《史记·滑稽列传》:"优孟者,故楚之乐人也,为孙叔敖衣冠,抵掌谈语。岁余,像孙叔敖,楚王及左右不能别也。庄王置酒,优孟前为寿,庄王大惊,以为孙叔敖复生也,欲以为相。"又:"优旃者,秦倡侏儒也,善为笑言,然合于大道。"然则优之为技也,善肖人之形容,动人之欢笑,与今无异耳。

仅此一条,就引了《礼记·乐记》、《急就篇》、《左传》、《史记》、《汉书》等的有关记载,足见资料之丰富,并得出结论:"优之为技也,善肖人之形容,动人之欢笑,与今无异耳"。

又载净角的来源:"《教坊记》又云:大面出北齐兰陵王长恭,性胆勇而貌妇人,自嫌不足以威敌,乃刻木为假面,临阵著之,因为此戏。亦入歌曲。"又加按语作说明:"按:今净称'大面',其以粉、墨、丹、黄涂于面以代刻木而有是称耶? 然戏中亦间用假面。"又引《笔麈》云:"汉有鱼龙百戏。齐、梁以来,谓之'散乐'。乐有舞盘伎、舞轮伎、长蹻伎、跳剑伎、吞剑伎、掷倒伎,今教坊百戏,大率有之,惟掷倒不知何法,疑即'翻金斗'。'翻金斗'字义,起于赵简子之杀中山王,以头委地,而翻身跳过,谓之'金斗'。"后亦加按云:"今之演剧者,以头委地,用手代足,凭虚而行,或纵或跳,旋起旋侧,其捷如猿,其疾如鸟,令见者目炫心惊,盖即古人掷倒伎也。"

有些资料虽作者未加自己的意见,但所引已很清晰具体,如引《辍耕录》云:"唐有传奇,宋有戏曲、唱诨、词说,金有院本、杂剧,其实一也。元朝院本、杂剧始厘为二。院本则五人:一曰副净,古谓之'参军';一曰副末,古谓之'苍鹘',鹘能击禽鸟,末可打副净,故云;一曰引戏;一曰末泥;一曰孤装。又谓之'五花爨弄'。或曰:'宋徽宗见爨国人来朝,衣装、鞵履、巾裹、傅粉墨,举动如此,使优人效之以为戏。'又有'艳段',亦院本之意,但差简耳,取其如火焰易明而易灭也。其间副净有散说,有道念,有筋斗,有科泛。教坊色长魏、武、刘三人鼎新编辑。魏长于念诵,武长于筋斗,刘长于科泛。至今乐人宗之。"又如引明人徐充撰《暖姝由笔》云:"有白有唱者,名'杂剧'。用弦索者,名'套数'。扮演戏文,跳而不唱,名'院本'。"[1]

《西厢记》在我国古典戏剧中影响最大,后人纷纷改编,《剧说》卷二详论各本《西厢》的源流演变及其得失云:"《西厢记》始于董解元,固矣;乃《武林旧事》杂剧中有《莺莺六么》,则在董解元之前。《录鬼簿》王实甫有《崔莺莺待月西厢记》,同时睢景臣有《莺莺牡丹记》。王实甫止有四卷,至草桥店梦莺莺而止,其后乃关汉卿所续。(详见

---

[1] 以上均见(清)焦循《剧说》卷一,《中国古典戏曲论著集成》,中国戏剧出版社1959年版。

《曲藻》及《南濠诗话》）。李日华改实甫北曲为南曲,所谓《南西厢》,今梨园演唱者是
也。王实甫全依董解元,惟董以敌贼下书者为法聪,实甫改为惠明。关所续亦依于
董,惟董以张珙用法聪之谋,携莺奔于杜太守处;关所续则杜来普救寺也。日华南曲
则一沿王、关耳。伧父漫讥汉卿所续之非,盖未见董词也。查伊璜以关所续未善,更
作《续西厢》四折,大概仍用董、关,而增以应制、赋诗,即用'待月西厢'之句;又夫人欲
以红娘配郑恒,红娘不许而欲自缢。事皆蛇足,曲亦村拙,远不及汉卿矣。碧蕉轩主
人作《不了缘》四折,则本'自从别后减容光'一诗而作也:崔已嫁郑恒;张生落魄归来,
复寻萧寺访莺莺,不可复见,情词凄楚,意境苍凉,胜于查氏所续远甚,董、关而外,固
不可少此别调也。明人又有《续西厢升仙记》,序称盱江韵客所撰,谓红娘成佛,而写
莺莺之妒。郑恒诉于阴官,鬼使擒莺,红来救之;意在惩淫劝善,但词意未能雅妙耳。"

　　焦循于嘉庆二十四年(1819)撰有《花部农谭》一卷,所谓花部,即言其声腔花杂不
纯,泛指各种地方戏曲。他对当时扬州盛行的花部戏曲从理论上给予了充分的肯定
与高度评价,堪称中国戏曲理论批评史上研究地方戏曲的开山之作:"梨园共尚吴音。
花部者,其曲文俚质,共称为乱弹者也。乃余独好之。盖吴音繁缛,其曲虽极谐于律,
而听者使未睹本文,无不茫然不知所谓。其《琵琶》、《杀狗》、《邯郸梦》、《一捧雪》十数
本外,多男女猥亵,如《西楼》、《红梨》之类,殊无足观。花部原本于元剧,其事多忠孝
节义,足以动人;其词直质,虽妇孺亦能解;其音慷慨,血气为之动荡。郭外各村,于
二、八月间,递相演唱,农叟、渔父,聚以为欢,由来久矣。自西蜀魏三儿倡为淫哇鄙谑
之词,市井中如樊八、郝天秀之辈,转相效法,染及乡隅。近年渐反于旧。余特喜之,
每携老妇、幼孙,乘驾小舟,沿湖观阅。天既炎暑,田事余闲,群坐柳阴豆棚之,侈谈故
事,多不出花部所演,余因略为解说,莫不鼓掌解颐。有村夫子者笔之于册,用以示
余。余曰:'此农谭耳,不足以辱大雅之目。'为芟之,存数则云尔。"①清代乾嘉年间为
花部即京腔、秦腔、弋阳腔、梆子腔、罗罗腔、二簧调等地方戏与昆山腔争胜的局面。
焦循的《花部农谭》正是这一现象的反映。

　　焦循在词体论上也颇有贡献,著有《雕菰楼词话》一卷。其论《词非不可学》云:
"谈者多谓词不可学,以其妨诗、古文,尤非说经尚古者所宜。余谓非也。人禀阴阳之
气以生,性情中所寓之柔气,有时感发,每不可遏。有词曲一途分泄之,则使清纯之
气,长流行于诗古文。且经学须深思默会,或至抑塞沉困,机不可转。诗词是以移其

---

① (清)焦循《花部农谭》,道光四年刻《雕菰集》本。

情而豁其趣,则有益于经学者正不浅。古人一室潜修,不废啸歌,其旨深微,非得阴阳之理,未足与知也。朱晦翁熹(熹)、真西山(德秀)俱不废词,词何不可学之有!"①《唐、宋人词用韵》用大量举例以说明词本无韵:"毛大可称词本无韵是也。偶检唐、宋人词,如杜安世《贺圣朝》用计、霁、媚、置、待、贿、爱、队。姜夔《隔溪令》用人、邻、真、阴、寻、侵、云、文、盈、庚。陆游《双头莲》用、寄、骥、置、气、未、水、里、纸、逝、霁。颜博文《品令》用落、薄、药、角、觉。秦观《品令》用得、织、职、吃、锡、日、质、不、物、惜、陌。韦庄《应天长》用语、午、语、否、有。"其下还举有晁补之的《梁州令》,刘过的《行香子》,蒋捷的《探春令》,苏轼的《瑶池燕》,柳永的《引驾行》,辛弃疾的《东坡引》,王安中的《步蟾宫》,方千里的《侧犯》,晁补之的《阳关引》,柳永的《镇西》,苏轼的《皂罗特髻》,石孝友的《蓦山溪》,柳永的《秋夜月》,周紫芝的《感皇恩》,吕渭老的《握金钗》,赵德仁的《醉春风》,苏轼的《劝金船》,吴文英的《凄凉犯》,王沂孙的《露华》,杜安世的《玉阑干》,晁补之的《尾犯》,吴文英的《垂丝钓》,晁补之的《下水船》,毛滂的《于飞乐》,柳永的《引驾行》。文繁不能尽录。又云:"按唐人应试用官韵,其非应试,如韩昌黎《赠张籍》诗,以城、堂、江、庭、童、穷、一韵,则庚、青、江、阳、东通协,不拘拘如律诗也。至于词,更宽可知矣。"又批评《〈词律〉任意断句》云:"词不难于长调,而难于长句。词不难于短令,而难于短句。短至一二字,长至九字十字,长须不可界断,短须不致牵连。短不牵连尚易,长不界断,虽名家有难之者矣。万氏《词律》任意断句,吾甚不以为然。"他认为词叶韵甚宽,其《词韵无善本》云:"'词韵无善本,以《花间》、《尊前》词核之,其韵通叶甚宽,盖寄情托兴,不比诗之严也。余尝取唐词,尽择其韵考之,为《唐词韵考》,以未暇成就。然如杜牧之《八六子》,上下皆有韵,上以深、沉、衾、信、扃为韵,下以侵、禁、整、临、阴为韵。论者谓其韵不可考,盖以宋之《八六子》准之也。夫据宋以定唐可乎?吴梦窗自度《金盏子》调云:'新雁又无端送人江上,短亭初泊',上九字句,余所谓缓调,字字可停顿也。乃或据蒋竹山词,读'又'字为顿。竹山固本诸梦窗,乃据竹山以衡梦窗,可乎?"

五 王德晖、徐沅澄《顾误录》论南北曲声腔

王德晖,字晓山,山西太原人。清代道光、咸丰年间人,精通曲律,著有《曲律精华》一书。咸丰元年(1851)在北京与戏曲理论家徐沅澄相遇,见其所著《顾误》书稿,两人相互参校,合成《顾误录》一书,综合了《度曲须知》和《乐府传声》中的一些论点,

---

对于发声、出字、收韵等法,均有自己的发明。全书共四十章(条),一至三章,讲曲之四声五音。四至十五章,撮录古乐书中之律吕、七调、十二月宫调、旋律图等,多袭陈说,唯南北曲声腔源流、辨四声捷诀、毛先舒阴阳略、沈衣仲养气论、除去声摘录、北曲入声字、南北曲不同韵字、俗唱正讹、南北方音等条,阐述南北曲声腔理论;又有《中原音韵》出字诀、工尺即反切、头腹尾论等,专论唱腔中之出字收声方法;红黑板、衬字、尾声、煞尾等,则专论节拍,其余如度曲八法、学曲六戒、度曲得失、度曲十病、曲中厄难等条,亦颇有见地。

其《四声纪略》论四声说的源流及其得失云:"盖闻四声之分,始于齐周彦伦《四声切韵》,沈约因之作《四声类谱》,而四声始判。梁武帝以之询周舍,舍以'天子圣哲'对之。至隋陆法言著《切韵》一书,唐孙愐增损之而为《唐韵》,其学始盛行。《元和韵谱》云:平声哀而安,上声厉而举,去声清而远,入声直而促。后人为切韵而设,又分平声为阴阳,阴平声低而悠,阳平声高而扬。樊氏(腾凤)《五方元音》,以阴平为上平,阳平为下平,误矣。昔词隐(沈璟)先生论曲,谓去声当高唱,上声当低唱,平声当酌其高低,不可令混。其说良然……词中既叶三声,歌时已无入韵。神明于北曲者,尤宜于呼吸之间,别其为北曲之入,斯为上乘。凡此皆登歌者所宜亟讲,苟能细加体会,四声当无遗憾,稍不经意,或卖弄大过,必致扭上作平,混入为去,虽具绕梁,终不足取,吾愿质之同好者。"①《五音总论》云:"按五行之在天地间,无往不具。音之有五,亦犹行之有五也。天以五行化生万物,物各具一五行。人之五音,即合乎五行,并应乎四时,配乎五方,通乎性情,准乎政事,动乎脏,故《宋史·乐志》云:盛德在本,角声乃作;盛德在火,徵声乃作;盛德在金,商声乃作;盛德在水,羽声乃作;盛德在土,宫声乃作:此合乎五行也。"其《南北曲总说》云:"曲源肇自三百篇,《国风》、《雅》、《颂》,变为五言七言,诗词乐章,化为南歌北剧。自元以填词制科,词章既夥,演唱尤工,往代未之逾也。迨至世换声移,风气所变,北化为南。盖词章既南,则凡腔调与字面皆南,韵则遵《洪武》,而兼祖《中州》。腔则有海盐、义乌、弋阳、青阳、四平、乐平、太平之分派。嘉、隆间,有豫章魏良辅,愤南曲之陋,别开堂奥,谓之'水磨腔','冷板曲',绝非戏场声口;腔名'昆腔',曲名'时曲',歌者宗之,于今为烈。至北曲之被弦索,始于金人完颜,胜于娄东,然巧于弹头,未免疏于字面,而又弦繁调促,向来绝鲜名家。迩来词人颇惩纰谬,厘声析讹,务本《中原》各韵,于是弦索之曲,始得于南曲并称盛轨。于今为初学浅言之:南曲务遵《洪武正韵》,北曲须遵《中原音韵》,字面庶无遗憾。唱法北曲以遒劲为主,南曲以圆湛为主。北曲字多而调促,促处见筋,词情多而声情少;南曲字少而调

---

① (清)王德晖、徐沅澄《顾误录》,《中国古典戏曲论著集成》,中国戏剧出版社 1959 年版。下引同。

缓,缓处见眼,词情少而声情多,故有磨腔弦索之分焉。至于南曲用五音,北曲多变宫变徵。南曲多连,北曲多断。南曲有定板,北曲多底板。南曲多于正字落板,而衬字亦少。北曲衬字甚多,皆可一望而知者也。"

<h3>六　笠阁渔翁《笠阁批评旧戏目》论戏曲本质特征</h3>

清人笠阁渔翁,生平不详。一说即吴震生,待考。所编《笠阁批评旧戏目》为戏曲目录,附刻于其所著《笺注牡丹亭》中。所列剧目,有明代及清初作品,亦有编者同时代作品。共计传奇一百七十九种,很多系其他曲目所不载,或虽载而作者姓名不同者,故颇有助于曲目考订。至于他把所著录的各剧分为上、中、下等九级,则不足深据。

其《笠阁批评旧戏目跋》是一篇曲学专论。首论撰写此书之因:"此特据所见所有胪(陈列)之耳。滥本横行,何能尽见?不但传奇也。惟书之识趣高超者少,是以存至数十年、百数十年,便作糊窗覆瓿之物。然无论笔鬼墨精,悉从敝簏跃出,既撰一书,即下下品,其中必有数句出前人外,可供采取者。是以肖孙刷以赠送,蓄家或弃或留,较之其他长物,终觉耐久许多。若专以传奇论,则曲者,歌之变,乐声也;戏者,舞之变,乐容也。将夜为年,混真以假,使俊杰有所寄其思,虽欲废之,可得乎?""曲者"、"戏者"数语,概括了戏曲的本质特征。次论南、北曲之别:"《拜月》、《荆钗》,元之南曲也。北音为曲,南音为歌。北人不歌,南人不曲。北力在弦,南力在板。南便独奏,北便和歌。北气易粗,南气易弱。北字多而调促,促处见筋;南字少而调缓,缓处见眼。北舞情多而声情少,南舞情少而声情多。故造语忌硬、忌涩、忌嫩、忌粗、忌文,调声则必辨去上,审音则必析阴阳。前人因曲谥名,后人按名造曲,以腔板既定,不敢创易也。"再论戏剧应可唱、可演、可读:"如《河套》一折宾白宏诙,曲乃浅鄙;桓欢窄韵,实甫避之;《入破》一套,以《辞朝》为高,曾而用韵庞杂;玉茗(指汤显祖)情禅,而曲调则多聱牙,吴中老伶师加以减裁垛迭之功,方可按拍;即《花判》之《混江龙》与原调全不相合,才虽茂美,音律径庭;《邯郸·打番》,亦名《混江》,尤风马牛;时流竟以为定格,依而填之,大可喷饭,觉地下乱音诸老,竞为魔窟津梁矣。能文而毁裂宫调,与好音而束杀文章,皆误也。然腔板不换,而其中或增字或减字,亦随人词意笔势所到,联络成文。"又批评当时文人不懂曲律,又不肯向板师学习:"近时歌人,或数字咯口,则谬为裁补,甚至代为删芟,文缺理荒,为祸非细。不知曲圣板师,自有两借之法,上作去唱尤易。且场上杂白混唱之俚词肤曲,聊以代言,老余姚虽有德色,固不足齿;吴人清唱,亦因其腔板熟落,穷力吟咏至奉为终身首调;若抽丝独茧,绮语神行,即疵为太繁,不合时蹊。余谓:代话之曲,杂白唱或尚可晓;一人清唱,如啖木屑,即使龙阳、襄成歌之,亦湿鼓哑缶而已。须合白即戏,拆白即词,纵使箫板闲缀,亦皆雅俗首肯方妙。"他还列举名剧以说明剧作者在史实或生活原型的基础上,可发挥想像,移花接木,自由创作:"他书不可借人名,惟传奇家不嫌。或巨公恐以轻狎损贤,不妨托无名子;或孤特恐无以动俗眼,不妨托老词翁:以此等文章,重在售意,不重沽名也。他书不可易人面,惟曲与白无拘。或人名事境同,而更换串头,顿祛庸杂;或人名事境异,而借用旧曲,顺溜优喉。以此等事业,得失既小,人己何分也!况事本陋,而思路一新,曲白俱随生色;曲本凡,而人境一妙,臭腐且化神奇,岂向《沈约集》中作贼者比!顾可为解事道,不必与俗人言耳。如《盛德记》所演,文正公(范仲淹)二岁而孤,随其母育于长山朱氏,既第始归范村,而待朱备极恩意,既贵,则用南郊恩赠;朱氏父及其异母兄、同母弟之丧,皆为卜葬;朱氏以公荫为官者二人;岁时奉祀,则别作飨;虽载在遗事,世所共知,庸手写之,恰似无理,经名手一换曲白,便觉合于天理人情,可谓得其厚矣。亲爱惇笃,发于自然,表而出之,亦使鄙夫宽、薄夫敦也。良由先将朱氏写得继绝心诚,宝爱至极,遍访真实名师,设措重礼附学,代修坟墓,虔备祭仪,更觉此剧实可救世。太夫人竟不出场,尤改得通。竟以'文正'二字代公原讳,亦合理。越得鬻薪之女二:曰施,曰旦,教以步容,习于土城,临于都巷,三年而后献吴。改《浣纱》者,以山郡非无骨佳、形姣、曼容、皓齿之人,不教不能丽都意作主,又添郑旦陪衬,亦妙。《妒妇记》改本,采葛元直、房玄龄、桓范、王琰、柳恢、苗介子事归于一人,尤其惹看。传《红线》,以通经史、号'内记室'为主,自妙。"①

第十三节 清人笔记杂著中的文体论

清人笔记杂著中的文体论也比较丰富。

一 黄宗羲开创"学案体",《金石要例》论碑铭墓志

黄宗羲(1610—1695)字太冲,号南雷,晚年自称梨洲老人,学者称梨洲先生,浙江余姚人。其父黄尊素为东林党人首领,被魏忠贤等杀害。他从学于刘宗周,十九岁入都讼冤,并领导复社成员坚持反宦官权贵的斗争。清军南下,黄宗羲召集里中子弟数百人组成"世忠营",参加反清战斗,达数年之久。失败后返乡闭门著述,清廷屡次诏征,皆辞免。黄宗羲学问极博,思想深邃,著作宏富,与顾炎武、王夫之并称明末清初

---

① (清)笠阁渔翁《笠阁批评旧戏目》卷末,《中国古典戏曲论著集成》,中国戏剧出版社 1959 年版。

三大启蒙思想家；与弟黄宗炎、黄宗会号称"浙东三黄"；与顾炎武、方以智、王夫之、朱舜水并称为"五大师"。他在经学、史学、天文、地理、历算方面都有很大成就。一生著述多达五十余种，三百多卷，其中最为重要的有《明儒学案》、《宋元学案》、《明夷待访录》、《孟子师说》、《葬制或问》、《破邪论》、《思旧录》、《易学象数论》、《明文海》、《行朝录》、《今水经》、《大统历推法》、《四明山志》等。生前曾自己整理诗文编定《南雷文案》，又删订为《南雷文定》、《文约》。又编有《明文海》四百八十二卷。其《明儒学案》以及其后开始草创、并由后人和学生共同合作完成的《宋元学案》两部著作，在中国史学史上有非常重要的地位，开创了中国史学上所谓"学案体"。学案体以学派分类的方式介绍一定时代的学术史，这种体裁被清人采用，成为编写中国古代学术史的主要方式之一。

其《金石要例》一卷，《四库全书·金石要例》提要云："是书隐括古人金石之例，凡三十六则，后附论文管见九则。自序谓潘苍崖有《金石例》，大段以昌黎为例，顾未尝著为例之义与坏例之始，亦有不必例而例之者，如上代、兄弟、宗族、姻党，有书有不书，不过以著名不著名，初无定例，故摘其要领，稍为辨正，所以补苍崖之缺云云。苍崖者，元潘昂霄之号，此书盖补其《金石例》之所遗者也。所收如比干《铜盘铭》，出王球《啸堂集古录》，乃宋人伪作；夏侯婴《石椁铭》，出吴均《西京杂记》，亦齐梁人影撰，引为证佐，未免失考。又据孙何《碑解》论碑非文章之名，不知刘勰《文心雕龙》已列此目。如乐府本官署之名，而相沿既久，无不称歌词为乐府者，宗羲必绳以古义，亦未免太拘。然宗羲于文律本娴，其所考证，实较昂霄原书为精密，讲金石之文者固不能不取裁于斯焉。"

《金石要例》举例说明金石文字的主要体例，这些体例多体现了古代男尊女卑事实的存在，如"自唐至元，皆无夫妇同列者"（《书合葬例》）；"妇女之志，以夫爵冠之"（《妇女志例》）；"女子重所归，故婿多书，子妇例不书"（《不书子妇例》）；"婢妾所生之子，书其子，不书其母"（《妾不书例》）等等。有些观点颇为中肯，如"碑志之作，当直书其名字。而东汉诸铭载其先代，多只书官。唐、宋名人文集所志，往往只称'君讳某，字某'，使其后至于无考为可惜。"至使今人读古人所作碑志，往往连墓主的名字都弄不清楚。

其《称呼例》论称呼不同而含义不同云："名位著者称公。名位虽著，同辈以下称君，耆旧则称府君。《昌黎集》中有'董府君'、'独孤府君'、'张府君'、'卫府君'、'卢府君'、'韩府君'。有文名者称先生，如昌黎之称'施先生'、'贞曜先生'，皇甫湜之称'昌黎韩先生'。友人则称字，如昌黎之于李元宾、樊绍述、张孝权。"

墓志铭或有铭，或无铭，"古来原有此两样，墓表、神道碑，俱有铭有不铭"，"墓志而无铭者，盖叙事即铭也"，"志铭者，通一篇而言之，非以叙事属志，韵语属铭"，今人亦多此误。铭文有"有韵之铭"、"无韵之铭"（《墓志无铭例》）。有些还有铭无志，"叙事即在韵语中"(《单铭例》)。

又论墓表、墓志、墓碑有详略有异同云："墓表,表其人之大略可以传世者,不必细详行事";"今制,三品以上神道碑,四品以下墓表,铭藏于幽室,人不可见。碑、表施于墓上,以之示人。虽碑、表之名不同,其实一也。"(《墓表例》)碑、志繁简不同:"志铭藏于圹中,宜简;神道碑立于墓上,宜详。然范仲淹为《种世衡志》数千余言,韩维志程明道(程颐)亦数千言,东坡《范蜀公志》五千余言,唯昌黎烦简得当。"(《碑志烦简例》)又云:"释氏之葬,不曰碑铭,而曰塔铭者。"(《塔铭例》)①这些论述都有助于我们了解古代的碑铭墓志。

四库本《金石要例》末附有《论文管见》,也有一些对体裁、风格的看法,如"世俗常见者为清真,反视此为脂粉,亦可笑也";"叙事须有风韵,不可担板……史迁《伯夷》、《孟子》、《屈贾》等传,俱以风韵胜,其填《尚书》、《国策》者稍觉担板矣";"庐陵(欧阳修)志杨次公,云其子不以铭属他人,而以属修者,以修言为可信也。然则铭之其可不信? 表薛宗道,云后世立言者自疑于不信,又惟恐不为世之信也。今之为碑版者其有能信者乎?"特别以下两则颇重要,一论体式要横放:"作文虽不贵模仿,然要使古今体式无不备于胸中,始不为大题目所压倒。有如女红之花样,成都之锦,自与三村之越异其机轴。今人见欧、曾一二转折,自诧能文。余尝见小儿抟泥为□,击之石上,铿然有声,泥多者声宏,若以一丸为之,总使能响,其声几何,此古人所以读万卷也。"一论理与情:"文以理为主,然而情不至则亦理之郛廓耳。庐陵之志交友无不呜咽,子厚之言身世莫不凄怆,郝陵川(郝经)之处真州,戴剡源(戴表元)之入故都,其言皆能恻恻动人。古今自有一种文章不可磨灭,真是'天若有情天亦老'者。而世不乏堂堂之阵,正正之旗,皆以大文目之顾,其中无可以移人之情者,所谓刬然无物者也。"强调文章应"移人之情",颇为精到。

二　陆世仪《思辨录辑要》论古文诗歌有可学、有不可学

陆世仪(1611—1672)字道威,号刚斋、桴亭,太仓(今属江苏)人。明亡,隐居讲学,通晓诸子百家学说,精研程、朱理学,时人尊为"江南大儒"。其主要贡献在理学方面,提出了"居敬穷理"、"格物知之"、"尽人伦合天理"、"求实用合圣意"的治学路径;力主实学与内心修养,不尚虚谈,影响明清之际一代学人,是中国思想史上有重大影响的思想家之一。曾编辑《儒家理要》一书,著有《思辨录》、《学酬》、《复社纪略》、《春

---

① 以上均见(清)黄宗羲《金石要例》,文渊阁四库全书本。

秋考》、《诗鉴》、《书鉴》等。

其《思辨录》为顾炎武所折服,曾致书陆世仪云:"知当吾世而有真儒也"。《四库全书·思辨录辑要》提要云:"是书乃札记师友问答及平生闻见而成,仪封张伯行为汰其繁冗,分类编次,故题曰《辑要》,明非世仪之完本也。凡分《小学》、《大学》、立志、居敬、格致、诚正、修齐、治平、天道、人道、诸儒、异学、经子、史籍十四门。世仪之学主于敦守礼法,不虚谈诚敬之旨,主于施行实政,不空为心性之功,于近代讲学诸家最为笃实……其言皆深切著明,足砭虚骄之病。"

此书论及诗文体裁及风格者也有不少"深切著明,足砭虚骄"的大胆言论。如认为"古文诗歌,人不可不学,然亦不可太费心力。古文取其畅达,诗歌通声律,辨体裁,取其足以写怀而已",称美王阳明"往来论学书及奏疏,皆明白远快,吐言成章,动合古文体格"。认为诗文各人有各人的风格:"学古文须学大家、大学者,韩、柳、欧、苏、曾、王是也。韩笔力高,欧度好,苏气好,柳小文佳,王识力最妙,大文字尤不可及,虽老苏父子亦退三舍。曾少钝,然亦醇正,总名为大家,以其得孔子'辞达而已'之旨也。"各体有各体的风格,古文"各有体裁,如碑记,自当学韩;书序,自当学欧、王;论策,自当学苏;叙事、议论,自当学班(固)、马(司马迁)、《左(传)》、《国(语)》;至于诏诰、册命,则又当上法典、谟,未可一例论也"。他还提出了若干不当学者,"人断不可学子书……一学便入小家数";"四六文不必作,亦不可不知。盖四六中长短相接俱有法,声韵平仄俱有粘,熟读古人四六自见。今人动夸四六,而粘法俱未之知,可为一哂";不可学七体,"《七启》、《七发》、《连珠》之类,俱是天地间无用文字"。不可学"诗家最低恶品":"如唐伯虎《花月吟》及回文、五平、五仄之类,次则香奁体、李长吉(贺)体,皆不入格者也。今之学诗者,往往喜效诸家。夫诗以导性情,《花月》、回文性情何在?喜效香奁、长吉,则其性情不入于淫,必入于鬼矣,学之何益";"诗家限韵、步韵亦是恶套。古人赋诗相答,只是诵古诗以见志耳。后人以诗相酬答,亦是常事,然必限韵、步韵,便专尚才思,有妨性情。"不可学词、曲:"诗余、曲子,其辞愈滥,其调愈淫,愈趋愈下矣。然宋以诗余著,元以曲子著,其间亦尽有可当讽刺,可励风俗者。但学者既有志于道,则诗文且为末技,况词、曲乎!"他认为"制义体裁甚妙,然尚有可议者",一是"必拘口气",二是"必主排比","愚谓制义当作论体,凡古今上下百家诸子,俱得旁引曲喻,纵言无忌,庶可窥见胸中所学"。①

卷三四《史籍类》论史书体裁,认为"凡作史志书须详于纪传,如天文、地理、舆服、兵制之类,不但志要详,图亦要详,后人方有凭据也。今之作史不惟于志书太略,如

---

① (清)陈世仪以上均见《思辨录辑要》卷五《格致类》,文渊阁四库全书本。

《南》、《北史》之类，并其志而无之。使一时之典章事实俱无所考，又何以为史乎？《文中子》曰：'史之失也其于迁、固乎，记繁而志寡。'此言真千古确论，亦千古绝识。"又论志、传难易云："史家志与纪传是两项，志以纪一代之法，纪传以纪一代之人物与事，此不可偏轻重者也。然志之一事，较纪传为更难。盖纪传不过即其人之行事，纪其善恶；志则如天文、地理、礼乐、兵刑之类，非学问淹博者，不能历观全史。大约皆详于纪传，而略于志。即如《史记》之八《书》，《前汉》之十《志》，《后汉》之八《志》，皆繁简失伦，去取任意，莫大于兵政、赋役，而三史俱不载，莫无益于封禅，而《史记》独载之。"并认为"作史之体，记宜简，志宜备。"

卷三五论诗、词、曲的音律，首论乐府云："正乐乃圣人之事。秦废先王之礼乐，汉高又不事《诗》、《书》，鲁两生不肯应召，而汉武乃以宦者李延年为协律都尉。协律，岂宦者之事乎？官匪其人，而以制乐，乃创为新声诡调，艰深隐语，杂以教坊方言，演为乐府，声辞相杂，殊无意义。且险僻幽怪，竟如梵呪楚些，岂特巴人下里？至今耳食者诧为高奇，仿其音，借其目，谓为古乐府体，真堪喷饭！"次论诗、词、曲发展演变："诗以声为主，而声又倚于辞。辞简则音希，然太简则反促；辞舒则音缓，然太舒则又靡曼。《风》、《雅》诸什皆四言，声辞得中，不疾不徐，所以为雅。《三百篇》后，惟五言古为近。汉始为三言，比于促矣。七言绝句，其亦辞之舒者乎？故唐乐府多取之。律则声调为复，歌行则已放，长短句诗余则入于靡曼，变而为曲调，则靡曼之极矣，总由辞句之长短中来也。故声辞之雅，当以四言、五言为主。""本然体格，只是四言。""汉、魏人以情境为诗。六朝人以辞彩为诗。唐人以名利筌蹄为诗：限声偶，袭套格，如今之八股时文。时文不离经传，而无裨于名理；近体不离歌咏，而无关于性情。"他认为"诗、乐本非二"："凡诗皆可歌，凡可歌者无不可入乐矣。后人分诗、乐为二，作诗者又分乐府与诗为二，不惟不知乐，又岂足为知诗者乎！"他对沈约的音律说是不以为然的："诗人自唐五百年至邵康节（宋人邵雍），至今又五百年，敢道无一人是豪杰，只为个个被沈约诗韵缚定。沈约韵是吴韵，本不合中原之声，一时作诗之家崇尚唐诗，遂并其韵而崇尚之。至《洪武正韵》出，已经厘正，而犹不悟，则甚矣诗人之无识无胆也！康节起，直任天机，纵横无碍，不但韵不得而拘，即从来诗体亦不得而拘，谓之风流人豪，岂不信然！"但这类唯古是尚的惊人之论，恐怕就很难让人首肯了。

三　顾炎武《日知录》对八股文的批评

顾炎武（1613—1682）原名绛，明亡后改名炎武，字宁人，自署蒋山佣。人称亭林先生。昆山县（今江苏昆山）人。少年时参加复社，曾参加抗清斗争。清廷曾多次逼迫他参加纂修《明史》,均遭其严词拒绝,表现出坚定的不屈精神。后来致力于学术研究,为文多探索国家治乱之源、生民根本之计,提倡利国富民,表达了社会改革的愿望。其诗沉郁苍凉、刚健古朴,精神骨力接近杜甫。在学术上,他批判宋、明理学,总结明亡的历史教训,认为明朝覆亡乃是王阳明心学空谈误国的结果。晚年侧重经学考证,是清代古音韵学的开山祖师。他用离析《广韵》的方法研究古韵,分古韵为十部,其中有四部(歌部、阳部、耕部、蒸部)成为定论,其余几部也初具规模,后来各家古韵分部,都是在顾氏分部的基础上加细加详的。著有《日知录》、《音学五书》、《亭林诗文集》、历史地理著作《肇域志》和《天下郡国利病书》等。

其《日知录自记》云:"愚自少读书,有所得辄记之,其有不合,时复改定,或古人先我而有者,则遂削之。积三十余年,乃成一编。"①《四库全书·日知录》提要云:"其书前七卷皆论经义,八卷至十二卷皆论政事,十三卷论世风,十四卷、十五卷论礼制,十六卷、十七卷皆论科举,十八卷至二十一卷皆论艺文,二十二卷至二十四卷杂论名义,二十五卷论古事真妄,二十六卷论史法,二十七卷论注书,二十八卷论杂事,二十九卷论兵及外国事,三十卷论天象术数,三十一卷论地理,三十二卷为杂考证。炎武学有本原,博赡而能通贯,每一事必详其始末,参其证佐而后笔之书,故引据浩繁而抵牾者少,非如杨慎、焦竑诸人,偶然涉猎,得一义之异同,知其一而不知其二。"全书内容宏富,贯通古今,精于考据,实开乾嘉考据学之先河。

《日知录》中的文体论十分丰富,兹举数例。其卷二十一《诗体代降》论诗体演变的必然性云:"《三百篇》之不能不降而《楚辞》,《楚辞》之不能不降而汉、魏,汉、魏之不能不降而六朝,六朝之不能不降而唐也,势也。用一代之体,则必似一代之文,而后为合格。诗文之所以代变,有不得不变者。一代之文,沿袭已久,不容人人皆道此语。今且千数百年矣,而犹取古人之陈言一一而摹仿之,以是为诗,可乎?故不似则失其所以为诗,似则失其所以为我。李、杜之诗,所以独高于唐人者,以其未尝不似,而未尝似也。知此者,可与言诗也已矣。"卷五《乐章》论诗、乐关系及乐府演变云:"《诗》三百篇,皆可以被之音而为乐。自汉以下,乃以其所赋五言之属为徒诗(不入乐的诗),而其协于音者则谓之乐府。宋以下,则其所谓乐府者,亦但拟其辞,而与徒诗无别。于是乎诗之与乐判然为二,不特乐亡,而诗亦亡。古人以乐从诗,今人以诗从乐。古人必先有诗,而后以乐和之。舜命夔教胄子,'诗言志,歌永言,声依永,律和声',是以登歌在上,而堂上堂下之器应之,是之谓以乐从诗。古之诗,大抵出于中原诸国,其人有先王之风,讽诵之教。其心和,其辞不侈,而音节之间,往往合于自然之律。《楚辞》

以下,即已不必尽谐。降及魏、晋,羌戎杂扰,方音递变,南北各殊,故文人之作多不可以协之音,而名为乐府,无以异于徒诗者矣。人有不纯,而五音十二律之传于古者至今不变,于是不得不以五音正人声,而谓之以诗从乐。以诗从乐,非古也。后世之失,不得已而为之也。"

卷一六《经义论策》认为,以经义论策试人,还不如以诗赋论试人更能得人:"今之经义论策,其名虽正,而最便于空疏不学之人。唐宋用诗赋,虽曰雕虫小技,而非通知古今之人不能作。"同卷《试文格式》对八股文的起源、格式和演变论之甚详:"经义之文,流俗谓之八股,盖始于成化以后。股者,对偶之名也。天顺以前,经义之文不过敷演传注,或对或散,初无定式,其单句题亦甚少。成化二十三年,会试《乐天者保天下》文,起讲先提三句,即讲乐天,四股;中间过接四句,复讲保天下,四股;复收四句,再作大结。弘治九年,会试《责难于君谓之恭》文,起讲先提三句,即讲责难于君,四股;中间过接二句,复讲谓之恭,四股;复收二句,再作大结。每四股之中,一反一正,一虚一实,一浅一深。其两扇立格,则每扇之中各有四股,其次第之法亦复如之。故今人相传谓之八股。若长题则不拘此。嘉靖以后,文体日变,而问之儒生,皆不知八股之何谓矣。"八股文是明清科举考试的一种文体,也称制义、时文、八比文。其体源于宋代的经义,而成于明成化以后,至清光绪末年始废。文章就《四书》、五经命题。先揭示题旨,称为"破题"。接着承上文而加以阐发,叫"承题"。然后开始议论,称"起讲"。起讲后再分为"起股"、"中股"、"后股"、"束股"四个段落,而每个段落中,都有两股排比对偶的文字,合共八股,故称八股文。同卷《程文》又云:"文章无定格,立一格而后为文,其文不足言矣。唐之取士以赋,而赋之末流最为冗滥。宋之取士以论策,而论策之弊亦复如之。明之取士以经义,而经义之不成文,又有甚于前代者。皆以程文格式为之,故日趋而下。晁(错)、董(仲舒)、公孙(弘)之对,所以独出千古者,以其无程文格式也。欲振今日之文,在毋拘之以格式,而俊异之才出矣。"可见八股文之弊,实为历代试体文之通病。但八股文与古文也有相通之处。清赵吉士云:"文章之体变矣,然体虽变而法则同。古文者,散八股也;八股者,整古文也。"①梁章钜云:"能为八比者,其源必出于古文,自明以来,历历可数。"又云:"制艺文虽只用于科举,然代圣贤立言,则与学古文初无二道。"②包世臣云:"八比为近世正业,前明能者辈出,论说多当。"③因此,对八股文也不能一概否定。

① (清)杨绳武《论文四则》,康熙二十九年刊本。
② (清)梁章钜《退庵论文》,道光十九年退庵随笔本。
③ (清)包世臣《艺舟双楫·论文目录序》,光绪十四年本。

卷一九《书不当两序》则批评好为人作序之"君子":"世之君子不学而好多言也。凡书有所发明,序可也;无所发明,但纪成书之岁月可也。人之患,在好为人序。唐杜牧《答庄充书》曰:'自古序其文者,皆后世宗师其人而为之。今吾与足下并生今世,欲序足下未已之文,固不可也。'读此言,今之好为人序者可以止矣。"同卷《古人不为人立传》论状、碑、志、传云:"列传之名始于太史公,盖史体也。不当作史之职,无为人立传者。故有碑、有志、有状而无传。梁任昉《文章缘起》言传始于东方朔作《非有先生传》,是以寓言而谓之传。《韩文公集》中传三篇:太学生何蕃、圬者王承福、毛颖。《柳子厚集》中传六篇:宋清、郭橐驼、童区寄、梓人、李赤、蝜蝂,何蕃仅采其一事而谓之传,王承福之辈皆微者而谓之传,毛颖、李赤、蝜蝂则戏耳而谓之传,盖比于稗官之属耳。若段太尉,则不曰传,曰逸事状。子厚之不敢传段太尉,以不当史任也。自宋以后,乃有为人立传者,侵史官之职矣。"这些都是颇为独到的见解。

四 尤侗《西堂杂俎》论诗、词、曲异同

尤侗(1618—1704)字同人、展成,号悔庵、艮斋,晚号西堂老人,苏州府长洲(今江苏苏州)人。诗人、戏曲家。曾被顺治誉为"真才子",康熙誉之为"老名士"。康熙十八年(1679)举博学鸿儒,授翰林院检讨,参与修《明史》,分撰列传三百余篇、《艺文志》五卷。天才富赡,诗文多新警之思,杂以谐谑,每一篇出,传诵遍人口。亦能词曲,汇入《西堂曲腋》,当时流传颇广。所撰《西堂杂俎》盛行于世,但其辞赋、铭赞、应俗游戏之作,十之八九格调不高,乾隆时因"有乖体例,语多悖逆",被列为禁书,所以其集《四库全书》不收。所撰《艮斋杂说》、《续说》,原本经史,旁涉百家,是清代笔记中的上选,《看鉴偶评》为读史札记,考订史实,亦多所发明。又有《艮斋倦稿》,在评文论学方面,具有一定价值。其著述颇丰,大都收入《西堂全集》。

《西堂杂俎》论诗、词、曲的关系云:"诗与词合,词与曲合,《诗》三百篇,皆可歌也。汉、唐乐府,被之管弦,奏之宫庙。古风长短句,已为词之权舆。至《生查子》之为五言古,《玉楼春》之为七言古,《瑞鹧鸪》之为律,《纥那曲》、《竹枝》、《柳枝》等之为绝,皆以词具诗之一体。故曰:词者,诗之余也。词之近调,即为曲之引子。慢词即为过曲。间有名同而调异者,后人增损,使合拍耳。偷声减字,摊破哨令,不隐然为犯曲之祖乎?太白之'箫声咽',乐天之'汴水流',此以诗填词者也。柳七之'晓风残月',坡公之'大江东去',此以词度曲者也。由诗入词,由词入曲,正如风起青苹,必盛于土囊;水发滥觞,必极于覆舟,势使然也。而说者断欲剖而三之,不亦固乎!且今之人,往往高谈诗而卑视曲,词在季孟之间。予独谓能为曲者,方能为词;能为词者,方能为诗。

何者？音与韵，莫严于曲。阴阳开闭，一字不叶，则肉声抗坠，丝竹随之。词虽稍宽于曲，然每见作者平仄失衔，庚侵杂用，是徒缀其文，未谐其声，犹然古风长短句耳。故以诗为词，合者十一；以曲为词，合者十九。若以词曲之道，进而为诗，则宫商相宣，金石相和，飒飒乎皆《三百篇》矣。"①

其《吴伟业梅邨词序》亦云："词者诗之余也，乃诗人与词人有不相兼者。如李、杜皆诗人也，然太白《菩萨蛮》、《忆秦娥》为词开山，而子美无之也。温、李皆诗人也，然飞卿《玉楼春》、《更漏子》为词擅场，而义山无之也。欧阳以文章大手降体为词，东坡《大江东去》卓绝千古，而六一婉丽，实妙于苏。介甫偶然涉笔，而子固无之。眉山一家，老泉、子由无之也（苏辙实有四首词）。以辛幼安之豪气，而人谓其不当以诗名而以词名，岂诗与词若有分量，不可得而逾者乎？有明才人莫过于杨用修（慎）、汤若士（显祖），用修亲抱琵琶度北曲，而词顾寥寥；若士《四梦》为南曲野狐精，而填词自宾白外无闻焉。即词与曲亦有不相兼者，不可解也。近日学人号诗文宗匠者，盖亦仅见，若推当代之隽，擅兼人之才，吾目中惟见梅邨先生耳。"而吴伟业诗、文、词、曲都能兼美："先生文章信民仿佛班史（班固《汉书》），然犹谦让未遑，尝谓予曰：'若文则吾岂敢，于诗或庶几焉。'今读其七言古律诸体，流连光景，哀乐缠绵，使人一唱三叹，有不堪为怀者。及所制《通天台》、《临春阁》、《秣陵春》诸曲，亦于兴亡盛衰之感三致意焉，盖先生之遇为之也。词在季孟之间，虽所作无多，要皆合于国风好色，小雅怨诽之致。故予尝谓先生之诗可为词，词可为曲，然而诗之格不坠，词曲之格不抗者，则下笔之妙，古人所不及也。"②

五　钮琇《觚剩》论传奇演义"即诗歌纪传之变"

钮琇（？—1704）字玉樵，一字书诚。吴江县（今属江苏）人。康熙十一年（1672）贡生。曾任河南项城、陕西白水、广东高明等县知县。著有《临野堂诗集》十三卷、《白水县志》十卷、《文集》十卷、《诗余》二卷、《尺牍》四卷等。以诗文名动一时，诸体杂文、四六骈体，无一不精。尤喜收集各种稗官野史、神话传说，富有鉴赏力，经常品评同代的文人学者。笔记《觚剩》是其代表作。觚是一种酒器，《论语》中有"觚不觚，觚哉！觚哉"之语，暗指政事，故后人称觚为史事，"觚剩"即政事之余，记录遗闻轶事、考据典故、品评诗文之书。分为正编八卷，续编二编，并有自序一篇。

---

① （清）尤侗《西堂杂俎》，清康熙十一年雅琴堂刻本。
② （清）孙默编《十五家词》卷一《吴伟业梅邨词》卷首，文渊阁四库全书本。

《觚剩》卷一《文章有本》认为传奇演义为诗歌纪传之变体,多有所本:"传奇演义,即诗歌纪传之变而为通俗者,哀艳奇恣,各有专家。其文章近于游戏,大约空中结撰,寄姓氏于有无之间,以征其诡幻,然博考之,皆有所本。如《水浒传》三十六天罡,本于龚圣与(宋末画家龚开)之《三十六赞》,其赞首呼保义宋江,终扑天雕李应,《水浒》名号,悉与相符。惟易尺八腿刘唐为赤发鬼,易铁天王晁盖为托塔天王,则与龚《赞》稍异耳。《琵琶记》所称牛丞相即僧孺。僧孺子牛蔚,与同年友邓敞相善,强以女弟妻之。而牛氏甚贤,邓元配李氏,亦婉顺有谦德。邓携牛氏归,牛、李二人各以门第年齿相让,结为姊妹。其事本《玉泉子》,作者以归伯喈,盖憾其有愧于忠而以不尽孝讥之也。古以孝称者,莫著于王氏,哀祥其首也。若夫万里寻亲,则《滇南恸哭记》,亦系王绅之事,故近时传奇行世者,两孝子皆姓王,岂无所本而命意乎!"①钮琇非常喜欢神话和志怪小说,如《睞娘》、《粟儿》、《雪遭》、《人猬》、《简公雪冤》、《诒虎》、《粤之猫》、《戒淫祠》、《鹤癖》、《鬼误》、《百岁观场》,或讥评时弊,讽刺贪官污吏,或讽喻世人,揭露社会阴暗面,叙事简洁,文笔流畅。

六　张潮《幽梦影》论文体日增

张潮(1650—1709)字山来,号心斋,安徽歙县人。官至翰林院孔目。康熙十年(1671)侨寓扬州,与戏剧家孔尚任和文学家陈维崧交好。康熙二十六年被陷入狱,不久获释,遂淡泊名利,潜心著述。著有《幽梦影》、《花影词》、《心斋聊复集》、《心斋诗集》、《奚囊寸锦》、《饮中八仙令》、《鹿葱花馆诗钞》等,又编选有笔记体小说集《虞初新志》。

"虞初"之名始见于班固《汉书·艺文志》所载《虞初周说》,张衡《西京赋》称"小说九百,本自虞初"。虞初是汉武帝时一个方士,后人将他当成小说家的始祖,也成为了小说的代名词。明代中叶,长洲(今江苏苏州)人陆采编唐人小说名《虞初志》,《四库全书总目》作《陆氏虞初志》,直以"虞初"作书名。后汤显祖有《续虞初志》,邓乔林有《广虞初志》。张潮的《虞初新志》系收集明末清初人的文章,汇为一编,共二十卷。后郑澍若又有《虞初续志》十二卷,都是短篇小说选集。但《虞初新志》内有不少真人真事,不尽是子虚乌有,它用小品文的笔调,写不平凡的人和事,其《口技》就为我们提供了一则生动有趣的杂技艺术资料:

---

①　(清)钮琇《觚剩》,上海古籍出版社 1986 年版。

京中有善口技者。会宾客大宴,于厅事之东北角,施八尺屏障,口技人坐屏障中,一桌、一椅、一扇、一抚尺而已。众宾团坐。少顷,但闻屏障中抚尺一下,满坐寂然,无敢哗者。遥闻深巷中犬吠,便有妇人惊觉欠伸,夫呓语,既而儿醒,大啼。夫亦醒。妇抚儿乳,儿含乳啼,妇拍而呜之。又一大儿醒,絮絮不止。当是时,妇手拍儿声,口中呜声,儿含乳啼声,大儿初醒声,夫叱大儿声,一时齐发,众妙毕备。满座宾客无不伸颈,侧目,微笑,嘿叹,以为妙绝也。未几,夫齁声起,妇拍儿亦渐拍渐止。微闻有鼠作作索索,盆器倾侧,妇梦中咳嗽之声。宾客意少舒,稍稍正坐。忽一人大呼:"火起!"夫起大呼,妇亦起大呼。两儿齐哭。俄而百千人大呼,百千儿哭,百千犬吠。中间力拉崩倒之声,火爆声,呼呼风声,百千齐作;又夹百千求救声,曳屋许许声,抢夺声,泼水声。凡所应有,无所不有。虽人有百手,手有百指,不能指其一端;人有百口,口有百舌,不能名其一处也。于是宾客无不变色离席,奋袖出臂,两股战战,几欲先走。忽然抚尺一下,群响毕绝。撤屏视之,一人、一桌、一椅、一扇、一抚尺而已。①

《幽梦影》为随笔体格言小品,风趣幽默,寓教于谐,偶亦论及文体,如云:"积画以成字,积字以成句,积句以成篇,为之文。文体日增,至八股而遂止。如古文、如诗、如赋、如词、如曲、如说部、如传奇小说,皆自无而有。方其未有之时,固不料后来之有此一体也。逮既有此一体之后,又若天造地设,为世必应有之物。然自明以来,未见有创一体裁新人耳目者。遥计百年之后,必有其人,惜乎不及见耳。"论入声云:"平、上、去、入,乃一定之至理。然入声之为字也少,不得谓凡字有四声也。世之调平仄者,于入声之无其字者,往往以不相合之音隶于其下。为所隶者,苟无平、上、去之三声,则是以寡妇配鳏夫,犹之可也。若所隶之字,自有其平、上、去三声,而欲强以从我,则是干有夫之妇矣,其可乎?"又论韵云:"姑就诗韵言之:如'东'、'冬'韵,无入声者也,今人尽调之以东、董、冻、督。夫'督'之为音,当附于'都'、'睹'、'妒'之下。若属之于'东'、'董'、'冻',又何以处夫'都'、'睹'、'妒'乎?若'东'、'都'二字,具以'督'字为入声,则是一妇而两夫矣。三江无入声者也,今人尽调之以'江'、'讲'、'绛'、'觉',殊不知'觉'之为音,当附于'交'、'绞'下者也。诸如此类,不胜其举。然则,如之何而后可?曰鳏者听其鳏,寡者听其寡,夫妇全者安其全,各不相干而已矣。"②

---

① (清)张潮《虞初新志·秋声诗自序》,河北人民出版社1985年版。

② (清)张潮《幽梦影》,《中华经典随笔》,中华书局2008年版。

七　姚之骃《元明事类钞》论《诗三百篇》即《乐经》

姚之骃(生卒年不详)字鲁斯,钱塘(今浙江杭州)人。康熙六十年(1721)进士,官至监察御史。辑有《〈后汉书〉补逸》二十一卷。所著《元明事类钞》四十卷,摘取元、明诸书分门隶载,与宋江少虞《事实类苑》相似,似类书而实非类书。类书多限于辑录前代资料,而此书颇多论述,如《制词体》云:"明张居正集成(化)、宏(治)时诰敕,不过百余字,至于庆典覃恩,其词尤简,此制体也。近年以来多至百千言,或无实行,虚为颂美。以臣谀君犹谓之佞,况以上谀下乎?"①简与繁,实行与虚美,是明、清制词之别。卷二一《台阁体》云:"《王世贞集》:杨士奇文尚法,源出欧阳氏,以简荡和易为主,至今贵之,号曰台阁体。"可见台阁体亦贵简易。卷二七《〈诗〉即乐经》云:"明刘濂《乐经元义》:六经缺《乐经》。古今有是论,愚谓《乐经》不缺,《三百篇》者,《乐经》也。夫子删诗,取《风》、《雅》、《颂》,一一弦歌之,得诗得声者三百篇,可见《诗》在圣门,辞与音并存矣。后人知有辞,不复知有音,故仅以诗为诗也。"

八　黄图珌《看山阁集闲笔》的词曲论

黄图珌(1700—1771)字容之,别号蕉窗居士、守真子,松江(今属上海)人。雍正间官杭州、衢州同知。著有《看山阁集》及传奇《雷峰塔》、《栖云石》、《梦钗缘》、《解金貂》、《梅花笺》、《温柔乡》等六种,其中流行最广、影响最大的是《雷峰塔》传奇。

其《看山阁集闲笔》十六卷,分人品、文学、仕宦、技艺、制作、清玩、芳香、游戏八部。文学部又分文章、诗赋、词曲、诗书、法书、图画六章。《文学部·词曲》一章,又分词采、词旨、词音、词气、词情、词调、曲调宜高、有情有景、词宜化俗、增字、犯调、曲有合情、南北宜别、情不断等十四条,提出了曲要有情有景,音律应南北有别等见解。作者对于作词制曲的主要见解,在他的后识中曾加说明:"毋失古法,而不为古法所拘;欲求古法,而不期古法自备。"《中国古典戏曲论著集成》只摘录其《词曲》一章独立成书,径题《看山阁集闲笔》。其《词曲》论二者之别,认为曲难于词:"宋尚以词,元尚以曲,春兰秋菊,各茂一时。其有所不同者,曲贵乎口头言语,化俗为雅;词难于景外生情,出人意表。字字清新,笔笔芳韵,方为绝妙好辞。其声谐法严处,不过取平仄二

---

① (清)姚之骃《元明事类钞》卷六,文渊阁四库全书本。

声,较曲而有平上去入,有开发收闭,有阴阳清浊,有呼吸吐茹,审五音之精微,协六律于调畅,务在穷工辨别,刻意探求,稍有错误,致不叶调。如玉茗(汤显祖)之《牡丹亭》,词虽灵化,而调甚不工,令歌者低眉蹙目,有碍于喉舌间也。盖曲之难,实有与词倍焉。"《词调》云:"曲调可犯,而词调不可犯。词就本旨,而曲可旁求。然曲可犯而不能创,词可创而不可犯,则知词律不若曲律之严,细于毫发,密于针线,一字不稳,一音不圆,便歪歌者之口。今人岂若古人之巧,其虽有灵心慧性,妙笔幽思,而能自出机杼,创成新调之词者,已属罕得;更欲自立门户,创成新调之曲者,未之有也。"《增字》云:"词无增字,而曲有增字。如曲无增字,则调不变,唱者亦无处生活;但不宜太多,使人棘口。"《南北宜别》论南北曲之别云:"南有南调,北有北音,不可混杂。如四声中上作去、去作上、入作去、上又作平、去上作平更作入等类,借音叶调,元为北曲地步,南曲断乎不宜。若南曲仿此,则声不清圆,音无闪赚,其腔裹字、字矫腔、肉多骨胜之处,又何从得而知也? 所以南、北宜别。北曲妙在雄劲悲激,南曲工于秀婉芳妍,不出词坛老手。"①

九 胡鸣玉《订讹杂录》论八股文缘起

胡鸣玉(生卒年不详)字廷佩,号吟鸥,青浦(今属上海)人。贡生,乾隆元年(1736)荐举博学鸿词。其《订讹杂录》十卷,旨在订正文字写法与读音谬误,间及纠正用典之误,性质近于唐颜师古《匡谬正俗》,分条辨析,征引繁富,考订详明。间或采录前人成说,如顾炎武《日知录》、王士禛《居易录》之类。

其《八股文缘起》云:"今之八股文,或谓始于王荆公,或谓始于明太祖,皆非也。案《宋史》熙宁四年,罢诗赋及明经诸科,以经义、论策试进士,命中书撰《大义式》颁行。所谓经大义即今时文之祖。然初未定八股格,即明初百余年亦未有八股之名,故今日所见先辈八股文,成化以前,若天顺、景泰、正统、宣德、洪熙、永乐、建文、洪武百年中无一篇也。"②《今韵非沈约本》(同上)云:"误以今世所传诗韵为沈约所撰,其来已久。如元黄公绍《七音考》,周德清《中原音韵》,宋濂《洪武正韵》之类,无不极诋约韵为江左偏音,不足为据。不知约所撰《四声》一卷久矣无存,近毛大可氏谓今世所用乃宋淳祐间,江北平水刘渊所撰为《平水韵》,非沈韵也。而邵子湘氏谓并非刘氏之旧,乃元时阴氏兄弟所著,其言较毛氏尤为详晰。"《西昆体》(卷九)云:"《古今诗话》

① (清)黄图珌《看山阁集闲笔》,《中国古典戏曲论著集成》,中国戏剧出版社 1959 年版。
② (清)胡鸣玉《订讹杂录》卷七,文渊阁四库全书本。

云,宋初杨大年亿、钱文僖惟演、晏元献殊、刘子仪筠为诗皆宗义山,号西昆体,后进效之,多窃取义山诗句。尝内宴,优人有为义山者,衣服败裂,告人曰,我为诸馆职掎摭至此。闻者大噱。案此则杨、刘辈效义山诗,其所作号西昆体。叶石林(梦得)谓欧阳公诗始矫昆体,专以气格为主,亦指杨、刘辈言。今直以义山集为西昆诗,非是。前人尝有言之者,元遗山论诗绝句云'望帝春心托杜鹃,佳人锦瑟怨芳年。诗家总爱西昆好,独恨无人作郑笺',亦踵此弊。"

十　姚範《援鹑堂笔记》论志铭

姚範(1702—1771)字巳铜,一字姜坞,学者称姜坞先生。又字南菁,安徽桐城人。乾隆七年(1742)进士,改翰林院庶吉士。姚範是桐城派极重要而独特的人物,影响桐城文派甚巨,并开创桐城诗派,是桐城文学承前启后的桥梁。他与刘大櫆友善,论文继承方苞的主张,持论对其侄姚鼐颇有影响。性耿介,为学沉究遗经,综括精粹;每读书,辄著大要于卷端,词繁者,裁短幅纸书之,无虑数千百条。诗文不主家法,必达其意,绝去依傍,自成体势。著有《古文集》五卷、《诗集》七卷、《援鹑堂笔记》五十卷。

《援鹑堂笔记》是其考校群籍之作,其中的《文史谈艺》论志铭云:"志止是立石为辞以志之,铭即志耳,故或称志铭,或称铭志。刘显卒,友人刘之遴启皇太子为之铭志,今《梁书》载其词。观前人石刻墓志,有'有序'二字,以目其散文。《文选》谢朓《和伏武昌诗》,善注引徐勉《伏曼容墓志序》云云是也。若后无韵语,则即散文亦可谓之志,唐、宋诸公集皆有之。若有韵语,前当谓之序,欧公《论尹师鲁墓志铭》云志言云云,铭言云云,是以志铭分为二,以序独为志,盖是误也。《北史》叙传言李行之口授墓志,以纪其志云云,下又云乃为铭曰云云,所谓其志者,兼目下序及铭辞,非以志铭为二,如欧公意也。"又论永明体与齐梁体云:"称永明体者,以其拘于声病也;称齐梁体者,以绮艳及咏物之纤丽也。"①

十一　徐时栋《烟屿楼笔记》的文体论

徐时栋(1814—1873)字定宇,一字同叔,号柳泉。鄞县(今浙江宁波)人。道光二十六年(1846)举人。后两次进京会试,均不得志,从此发愤读书。一生校勘文献甚多,尤致力于地方文献,曾校刻宋、元《四明》六志,考异订讹,著《四明六志校勘记》,使

---

① (清)姚範《援鹑堂笔记》卷四四,道光十五年刻本。

六志得以流传后世。又辑《四明旧志诗文钞》。著作有《烟屿楼文集》、《烟屿楼诗集》、《烟屿楼笔记》等三十余种，是浙东著名的学者、方志学家和藏书家。

其论圹志、墓志的不同用途云："宋人往往一墓两志，既有墓志，又有圹志。圹志多子孙所作，墓志多出自名人。始吾疑之。以为圹志既在穴中，而复置墓志。一穴宽广曾有几何？可容此重迭耶？一志已足，两之又安需耶？岂圹志固置穴中，而墓志不过求名手撰著，为传世计，不置于墓耶？后闻袁氏修正献公墓，墓上得杨慈湖（时）所作墓志，而后知圹志在穴中，墓志则在椁上，又结砖如桥以覆之，而后封土者也。按此法甚善，盖年久之墓，夷为平地。误掘者必自上而下，一见墓志，即知古墓，可无开圹之患矣。"①

卷四论杂剧即古舞乐之流遗云："古乐不可作今之扮演。杂剧即古舞乐之流遗也。场上感慨激昂，能使场下人涕泣舞蹈，所谓观感于不自知，今乐犹古乐，孟子信非欺人者。"

卷六论唐人试赋云："唐人试赋，韵脚多以四平、四仄。庄宗朝，翰林学士承旨，以'后从谏则圣'题，以'尧舜禹汤，倾心求过'为韵。五平、三仄，识者诮之。故唐试赋韵脚，往往以己意点窜经史，如'黄流在中'改作'黄流于中'类，不一而足。宋、元以来，尚有守此法者。《周南赋》以'言化之自北而南也'为韵。《闻韶赋》以'不图为乐，至于斯也'为韵。一时以为切当，盖不难于以成语为韵脚，而难于成语中适是四平四仄耳。"

卷七又论四六文须以典故叙新事，故难于古文："古文固不易作，而四六尤不易。盖古文可以气胜，可以意胜。而四六则一句不典，非佳四六矣。古人叙事，或仿前人，或自己出，纪一事，名一物，或古所未有，即可随意下笔。但不雅不俗，便为叙事高手。至为四六，则必须以古人往迹，叙近人新事。古人明明有某事可与今事比附，己不能知，而凿空杜撰，不将为博雅者所笑乎？故四六最易作，而实不易如此。"宋四六又难于六朝、初唐骈文："近世作骈体文者，专效六朝、初唐。自诩大家，而鄙夷宋四六，以为卑薄不屑效也。吾谓非不屑也，不能效也。宋四六清空一气，胸中无万卷书，而性灵又不能运用之者，断不能造其精微。若六朝、初唐，则但须费数月光阴，剽掠字句，作摘本，便可一生吃着不尽。改头换面，施粉涂朱，不可断之句，不可识之字，不可解之意，高古奥折，自欺欺人而已。"

同卷又论既可集诗句为词，也可集词句为诗："人心之巧，愈出愈奇。朱竹垞（彝尊）集唐人诗为词可谓巧而工矣。而扬州江砚农者，乃集宋人七言词句为诗，曰《晴绮

① （清）徐时栋《烟屿楼笔记》卷三，《续修四库全书》影印本。

轩集词句》……皆绝不似从长短句中抄撮来者,与《蕃锦集》可谓异曲同工矣。每闻世间作手,斤斤区别,词稍板重,辄曰是绝句;诗稍秀丽,辄曰是词句。今俨然以词作诗,而不失之纤;以诗作词,而不伤于拙。神而明之,存乎其人。"回文体亦沿于六经:"余尝戏语友人,毛诗中有回文体。友骇诘余,余谓今《三百篇》中未之细考,若《左传》所引'翘翘车乘,招我以弓',倒之则谓'弓以我招,乘车翘翘',非回文乎……友为抚掌。"观点颇新。

十二 方宗诚《柏堂读书笔记》论《尚书》、《孟子》已开文章诸体

方宗诚(1818—1888)字存之,号柏堂。安徽桐城人。桐城派著名作家,理学家。始受学于许玉峰,继师族兄方东树。曾任枣强县知县,平冤狱,创书院,政声大著。又曾在曾国藩幕府中任职。清勤刻苦,读书必求甚解。其学术思想主要表现在恪尊程朱理学,讲究为学之道;排斥汉学、心学;强调经世致用,主张实体力行三个方面。著有《柏堂全书》(日本哲学馆和日本大学专设"柏堂学"课目,供学界学习研究)、《诸经说都》、《俟命录》、《志学录》、《柏堂读书笔记》、《讲义》等,另撰写、编订书籍数十种。

其《〈尚书〉总论》论文章体制备于韩愈,而《尚书》已备:"文章体制,至昌黎始备,其实《书经》已具体矣。如《尧典》、《舜典》,本纪之体也;《禹谟》、《皋陶谟》,列传之体也;《禹贡》、《武成》、《金縢》、《顾命》,纪事之体也。其余诏令、奏疏、制诰、檄文、书说,无所不有,凡人世所必用之文之体,已靡不具。后人所加者,只是辞赋、赠序闲文字耳。然如《五子之歌》,即可通于辞赋;如《蔡仲之命》、《文侯之命》,即可通于赠序。若不求原于此,而徒读后人之文,无怪其根柢不深厚,而闲文日多也。"①《尚书》之外孟轲亦开文章诸体,其《〈孟子〉总论》云:"《孟子》之言,有辩论体,如:对梁惠、齐宣数章,辨许行、告子诸章之类是也;有论古之文,如与万章论舜、禹、伊尹诸章之类是也;有奏疏体、书说体,如对梁惠、齐宣、邹穆及告诸弟子所问之类是也;有列传体,如'伯夷隘'、'伯夷圣之清'诸章之类是也;有传记体,如'齐人章'是也;有记事体,如'见梁襄王'及'自范之齐'、'致为臣而归'诸章之类是也;有游记体,如'沼上章'、'雪宫章'、'自范之齐章'之类是也;有策论体,如'晋国天下莫强'、'齐人伐燕'、'邹与鲁閧'、'滕小国也'诸章之类是也;有经说体,如'小弁'、'尽信书'、'春秋无义战'诸章之类是也;有考典文字,如'班爵禄'章是也;有赠序体,如'滕文公为世子'、'宋轻将之楚'、'鲁欲使慎子为将军'、'欲使乐正子为政'诸章之类是也。后人谓文体自司马迁、韩愈始备,

---

① (清)方宗诚《柏堂读书笔记》卷一,光绪四年刊本。

不知皆原于《孟子》。又《孟子》'去齐尹士语人'章,情韵之美,独有千古。后来欧公本此,人多不知也。"

十三 平步青《小栖霞说稗》论优戏之始

平步青(1832—1896)字景荪,别号栋山樵、霞偶、常庸等。山阴(今浙江绍兴)人。同治元年(1862)进士,历任翰林院庶吉士授编修、侍读、江西粮道并署布政使等职。同治十一年弃官归里,遂专心致志,博览群书,研治学术。长于目录之学,其所纂《南雷大全集叙录》、《楼山堂全书叙》、《考定南雷》,记述至为详尽。校书八十余种,如《陶庵梦忆》、《两般秋雨轩随笔》等。一生著述宏富,晚年自订所著为《香雪崦丛书》。

《香雪崦丛书》丙集名《霞外攟屑》。《霞外攟屑》的第九卷,名为《小栖霞说稗》。名曰"说稗",但大部分都是考证戏曲故事的来源出处,体例略同于李调元《剧话》的下卷,而征引详博,则在李著之上。如其《樊哙排君难戏》云:"戏剧扮演古事,唐时已有。《南部新书》辛云:'光化四年正月,宴于保宁殿。上自制曲,名曰《赞成功》。时盐州雄毅军使孙德昭等,杀刘季述,帝反正,乃制曲以褒之,仍作《樊哙排君难》戏以乐焉。'庸按:此即《千金记鸿门宴》一出之滥觞。若《蜀志·许慈传》云:'先主愍其若斯,群僚大会,使倡家假为二子之容,仿其讼斗之状,酒酣乐作,以为嬉戏。'则仍《左传》鱼里观优,《史记》夹谷侏儒之旧,非扮演故事,并不得以'倡家'二字,谓今女戏之缘起也。《东坡志林》卷一:'蜡,三代之戏礼也。猫虎之尸,谁当为之? 置鹿与女,谁当为之?非倡优而谁?'《茶香室丛钞》卷十八引《述异记》'蚩尤戏',又引《渌水亭杂识》云:'梁时《大云》之乐,作一老翁演述西域神仙变化之事。'谓优戏之始。"[1]

第十四节 清人论小说和清人小说论文体

一 刘廷玑的小说观

刘廷玑(1653—1715 后)字玉衡,号在园,又号葛庄。先世居河南开封,后迁辽阳,编入汉军旗。其祖父曾任福建巡抚,父亲曾在河北、安徽任过知府等职。靠先人功绩,循例入官,曾任内阁中书、浙江括州(今丽水)知府、浙江观察副使。晚年参与治理黄河、淮河。他自幼酷爱诗文,少负文名,诗得王士禛称赏。康熙中,与戏曲家、诗

---

[1] (清)平步青《小栖霞说稗》,《中国古典戏曲论著集成》,中国戏剧出版社 1959 年版。

人孔尚任交好,往来唱酬。著有《葛庄分类诗钞》十四卷、《在园杂志》四卷。

《在园杂志》卷二《历朝小说》系统阐述了他的小说理论观,认为古今小说"名虽同"而"相去天渊":"小说至今日,滥觞极矣,几与《六经》史函相埒,但鄙秽不堪寓目者居多。盖小说之名虽同,而古今之别,则相去天渊。自汉、魏、晋、唐、宋、元、明以来,不下数百家,皆文辞典雅有纪,其各代之帝略、官制、朝政、宫帏,上而天文,下而舆土、人物、岁时、禽鱼、花卉、边塞、外国、释道、神鬼、仙妖、怪异,或合或分,或详或略,或列传,或行纪,或举大纲,或陈琐细,或短章数语,或连篇成帙,用佐正史之未备,统曰历朝小说,读之可以索幽隐,考正误,助词藻之丽华,资谈锋之锐利,更可以畅行文之奇正,而得叙事之法焉。"①

二　昭梿用正史的"著书体裁"要求小说

昭梿(1776—1830)字汲修,自号汲修主人。满清贵族。努尔哈赤次子礼亲王代善第六世孙。爱好文史,精通满洲民俗和清朝典章制度,与魏源、龚自珍、袁枚有往来。嘉庆二十年(1815)因虐下获罪,革除王爵,圈禁三年。半年后释放,但未复其爵。其文稿大多散失,后由端方搜集整理成《啸亭杂录》,分为《啸亭杂录》十卷、《续录》五卷,涉及民俗、人物、宗教、传说、重大历史事件、个人生活琐事、读后感等,范围颇广,文笔简练而不晦涩。凡涉及历史事件多为亲历,如系道听途说,则注明来源,较为严谨。此书也包含一些文体论。

《啸亭续录》卷二《小说》用正史的"著书体裁"来要求小说,除表明了他的正统文体观外,说明他根本不懂小说:"自金圣叹好批小说,以为其文法毕具,逼肖龙门(司马迁),故世之续编者,汗牛充栋,牛鬼蛇神,至士大夫家几上,无不陈《水浒传》、《金瓶梅》以为把玩。余以小说初无一佳者,其他庸劣者无足论。即以前二书论之,《水浒传》官阶、地理虽皆本之宋代,然桃花山既为鲁达由代郡之汴京路,何以三山聚义时,反在青州?北京之汴,不过数程,杨志奚急行数十日尚未至,又纡至山东郓城,何也?此皆地理未明之故。一百八人原难铺排,然亦必各见圭角,始为著书体裁,如太史公《汉兴诸王侯》是也。今于鲁达、林冲辈详为铺叙,至卢俊义、关胜辈乃天罡著名者,反皆草率成章,初无一见长处。又于马麟、蒋敬等四五人层见迭出,初不能辨其眉目,太史公之笔固如是乎?至三打祝家庄后,文字益加卑鄙,直与续传无异,此善读书人必能辨别者。《金瓶梅》其淫亵不待言,至叙宋代事,除《水浒》所有外,俱不能得其要领。

---

① 　(清)刘廷玑《在园杂志》,中华书局 2005 年历代史料笔记丛刊本。

以宋、明二代官名羼乱其间,最属可笑。是人尚未见商辂《宋元通鉴》者,无论宋、金正史,弇州山人(王世贞)何至谫陋若此,必为赝作无疑也。世人于古今经史略不过目,而津津于淫邪庸鄙之书称赞不已,甚无谓也。"①

但其《文体》(《啸亭杂录》卷十)论"文章盛衰,关乎世道"却很精辟云:"汪钝翁先生(琬)有云:'昌明博大,盛世之文也;烦促破败,衰世之文也;颠倒纰谬,乱世之文也。后生为文,岂可昧于辞义,牧于经旨,专以新奇可喜,嚣然自命作家?倘亦曾南丰所谓乱道,朱晦翁所谓文中之妖与文中之贼是也。'乃知文章盛衰,关乎世道。今幸值右文之世,而近日学者多以割裂古书,剿袭成语以为博雅,而课士者复多取之,诚亦过矣。"《拟古诗》(《啸亭杂录》卷四)认为拟古既不可摹仿剽窃,也不可失庐山真面,亦颇有见地:"世之拟古作者,虽不可摹仿剽窃,如李于鳞(攀龙)之《乐府》,致讥于世,亦不可故意变异,有失庐山面目。予尝谓鲍双五(桂星)云,韩文虽有'师其意不师其词'之语,然如'涉江采芙蓉',若拟为'泗水捉乌龟',岂非一大笑柄乎!'鲍亦为之抚掌。"

三　曹雪芹《红楼梦》中的文体论

清代是继明代之后中国又一个小说创作的高峰时代,不仅数量超前,而且质量也远非前代可比,曹雪芹的《红楼梦》,吴敬梓的《儒林外史》,李汝珍的《镜花缘》和蒲松龄的《聊斋志异》就是其中的杰出代表。《红楼梦》是中国封建社会生活的百科全书,《儒林外史》是广义之儒(读书人)的群丑图,李汝珍《镜花缘》所写则是具有浓厚神话色彩、充满浪漫幻想的君子国。这里侧重谈一下这些书借书中人物情节或直接或间接地表达的文体观。

曹雪芹(约1715—约1763)字梦阮,雪芹是其号,又号芹圃、芹溪,先世原是汉人,后为满洲正白旗,成为旗人。曾祖曹玺任江宁织造,曾祖母孙氏做过康熙帝玄烨的保姆,祖父曹寅为康熙皇帝的伴读和御前侍卫,后任江宁织造兼任两淮巡盐监察御使,极受宠信。康熙六下江南,四次由曹寅接驾,并住在曹家。曹寅病故后,其子曹颙、曹頫先后继任江宁织造。祖孙三代四人担任此职达六十年之久。雪芹自幼生活在"秦淮风月"之地。雍正初年,由于朝廷内部政治斗争的牵连,曹家被抄家,曹頫下狱,曹雪芹全家迁回北京,从此一蹶不振。曹雪芹深感世态炎凉,他蔑视权贵,远离官场,一贫如洗,"满径蓬蒿","举家食粥"。但他以坚韧不拔的毅力,专心一志地从事《红楼梦》的写作和修订,"披阅十载,增删五次",最后在贫病交加中逝世。

① (清)昭梿《啸亭杂录》,中华书局1980年版。

　　《红楼梦》第七十八回《老学士闲征姽婳词　痴公子杜撰芙蓉诔》展示并论及贾兰的七言绝,贾环的五言律,长篇歌行《姽婳词》、《芙蓉女儿诔》等多种文体;通过诸人之口,特别是宝玉、黛玉的精彩点评,可了解曹雪芹的文体观。如通过贾政、门客、宝玉等的评诗,表现了宝玉与众门客完全不同的文艺思想。宝玉认为作诗可以"杜撰",不可太拘束,每见一题,就"长篇大论,胡掐乱扯,敷衍出一篇诗来。虽无稽考,却都说得四座春风";认为作诗先要审题,认为挽林四娘"这个题目似不称近体,须得古体,或歌或行,长篇一首,方能恳切。"又如此回中宝玉对诔词的设想实是一篇诗论,他认为诔要"另出己见,自放手眼,亦不可蹈袭前人的套头",须"一字一咽,一句一啼,宁使文不足,悲有余,万不可尚文藻而反失悲戚",批评"今人全惑于功名二字,尚古之风一洗皆尽",故决心要效《楚辞》之法:

　　众人皆无别话,不过至晚安歇而已。独有宝玉一心凄楚,回至园中,猛然见池上芙蓉,想起小丫鬟说晴雯作了芙蓉之神,不觉又喜欢起来,乃看着芙蓉,嗟叹了一会。忽又想起死后并未到灵前一祭,如今何不在芙蓉前一祭,岂不尽了礼,比俗人去灵前祭吊又更觉别致。想毕,便欲行礼。忽又止住道:"虽如此,亦不可太草率,也须得衣冠整齐,奠仪周备,方为诚敬。"想了一想,如今若学那世俗之奠礼,断然不可,竟也还别开生面,另立排场,风流奇异,于世无涉,方不负我二人之为人。况且古人有云,潢污行潦,蘋蘩蕴藻之贱,可以羞王公,荐鬼神。原不在物之贵贱,全在心之诚敬而已。此其一也。二则诔文挽词也须另出己见,自放手眼,亦不可蹈袭前人的套头,填写几字搪塞耳目之文,亦必须洒泪泣血,一字一咽,一句一啼,宁使文不足悲有余,万不可尚文藻而反失悲戚。况且古人多有微词,非自我今作俑也。奈今人全惑于功名二字,尚古之风一洗皆尽,恐不合时宜,于功名有碍之故。我又不希罕那功名,不为世人观阅称赞,何必不远师楚人之《大言》、《招魂》、《离骚》、《九辩》、《枯树》、《问难》、《秋水》、《大人先生传》等法。宝玉本是个不读书之人,再心中有了这篇歪意,怎得有好诗文作出来。他自己却任意纂着,并不为人知慕,所以大肆妄诞,竟杜撰成一篇长文,用晴雯素日所喜之冰鲛縠一幅,楷字写成,名曰《芙蓉女儿诔》,前序后歌。又备了四样晴雯所喜之物,于是夜月下,命那小丫头捧至芙蓉花前。先行礼毕,将那诔文即挂于芙蓉枝上,乃泣涕念曰……①

---

① (清)曹雪芹《红楼梦》第七十八回,人民文学出版社 1974 年版。

四　沈起凤《谐铎》论诗与南北曲

沈起凤(1741—1794后)字桐威,号赟渔,又号红心词客。苏州人。举乾隆三十三年(1768)乡试。后会试屡不第,抑郁无聊,放情词曲自娱。所作戏曲,不下三四十种,风行大江南北。高宗南巡,官绅所备迎銮供御大戏,皆出其手笔。其妻张云亦工诗文,颇享唱随之乐。尝为祁昌教官。晚年以选人客死都门。所作曲,今仅见其友人石韫玉所刻之四种,即《报恩缘》、《才人福》、《文星榜》、《伏虎韬》。此外名目可考者,还有《千金笑》、《泥金带》、《黄金屋》三种。又有文言短篇小说集《谐铎》十二卷,共一百二十二个故事,流传尤广。每篇故事,非神即鬼,非精即怪,有警诫,有讽喻,各篇独立,言简意深。作者借题发挥,寓庄于谐,对于社会病态的解剖,人情世态的揭露,颇具功力,《聊斋》以外,罕有其匹。虽为小说家言,但其论文体之语,也可看成沈氏的夫子自道。如《隔牖谈诗》云:

予独坐灯下,半炊许,暗中闻嗤笑声。叱问为谁,应曰:"予此间地主冒巢民也,与王桐花、崔黄叶、陈迦陵辈,魂游于此。汝吴下阿蒙,辄敢高持布鼓,过我雷门,倘一言不智,定当麾之门外。"予曰:"冒先生馁魂无恙乎? 如不见弃,乞垂明问。"因大声曰:"古诗以何为宗?"应之曰:"四言以《三百篇》为法,而太似则剽,太离则诡。故束皙《补笙诗》,未脱晋人俊语。五言自西京迄当涂、典午诸家,各有一副真面目。梁、陈之际,体卑质衰。至唐陈伯玉辈,扫除显庆、龙朔之弊,独标风格。七言权舆《大风》、《柏梁》。洎乎魏、宋,名作寥寥。初唐颇尚气韵,李、杜出而始极其变。后有作者,等诸自郐无讥可也。"曰:"近体以何为宗?"应之曰:"阴、何、徐、庾,五律之先声也。延清、云卿,揣声赴节,后来居上。王、孟以淡远并辔,李、杜以壮丽分镳,崔、李、高、岑,七律之正轨也。宾客、仪曹,态浓意远,宗风克绍。浣花如鲸鱼掣海,青莲如健鹤摩天。至绝句,羌无故实,须求味于酸咸之外。虽工部高才,未传佳作。不得谓'黄河远上'、'葡萄美酒',獭祭者可学步也。"言未竟,忽厉声高喝曰:"我渔洋老人,论诗六十余年,以少陵诗史为宗。何物狂生,拈出司空三昧,教人废学?"因笑曰:"公一代诗坛,千秋史学,何敢妄议? 但《落凤坡吊庞士元》,此题尚宜斟酌。"正持论间,有自称崔不雕者,自称陈其年者,哗然纵辩。予曰:"君王桐花之弟子耶? 生前以'黄叶'著名,然'丹枫'两字,辞义雷同。想君生平杰作,惟'春水'、'桃花'一联,差堪与'芍药'、'蔷薇'抗衡耳!"①

---

① (清)沈起凤《谐铎》卷二,人民文学出版社2006年版。下同。

又《垂帘论曲》云:

> 李秋蓉,吴江徐公子宠姬也,有慧性,妙解音律。同里某生,小有才学,著传奇,挟数种夸示徐公子。方谈论间,而屏后笑声忽纵。生又按拍而歌,屏后益笑不可支。徐微喝曰:"曲子师在座,理宜敬听。嘻嘻出出,是何意态?"曰:"个儿郎煞不晓事。为我设青绫步障,斥之使去。"亡何,有女子坐帘内,请客相见。生隔帘揖之。问曰:"君所制传奇,南曲乎? 北曲乎?"生曰:"近日登场剧本,有南有北,且向南北合套之出,是非异曲同工,何能号称制谱?"曰:"君知北曲异乎南者何在?"生曰:"南曲有四声,北曲止有三声,以入声派入平、上、去三声之内。制曲者剖析毫芒,以字配调,谁不知者?"曰:"君知北曲异于南者,仅在入声,而亦知平、去两声,尚有不合者否?"曰:"未闻也。"帘内者笑曰:"君真所谓但知其一,莫知其他者矣! 崇字南音曰戎,而北读为虫。杜字南音曰渡,而北读为妒。如此类者,难更仆数。且北之别于南者,重在去声。南曲以揭高为法,北曲透足字面,但取结实。揣声应律,未可混填,拗折天下人嗓子。"生曰:"一韵之音,亦有不同者乎?"曰:"不同。共一东钟韵,而东字声长,终字声短,风字声扁,宫字声圆。共一江阳韵,而江字声阔,臧字声狭,堂字声粗,将字声细。练准口诀,择其宜而施之,制曲之技神矣。"生唯唯。继而问曰:"君所遵何谱?"曰:"遵《大成九宫》,句绳字准,不敢意为损益。"曰:"所配何宫?"生嘿然不语。帘内者曰:"分宫立调,是制曲家第一入手处。富贵缠绵,则用黄钟;感叹悲戚,则用南吕。一隅三反,诸可类推。否则指冰说炭,纵审音不舛,而对景全乖,制曲者之大病也。其他南曲多连,北曲多断,南曲有定板,北曲多底板,南曲少衬字,北曲多衬字。选词定局,自在神明于曲者。若夫五音四呼,收声归韵,此歌者之事,而不必求全于作者矣。"

在小说中论文体,也充分说明清人对文体的重视以及当时文体知识的普及。

五 李汝珍《镜花缘》记回文诗《璇玑图》的读法

李汝珍(约1763—约1830)字松石,号松石道人。直隶大兴(今属北京)人。一生厌恶八股文,一直没有得到什么"功名",只在河南当过县丞这样的小官。他博学多才,精通文学、音韵、围棋,曾于板浦与九位棋友同时对局。后又辑录当时名手对弈的二百余局棋谱,编成《受子谱》。

李汝珍《镜花缘》是我国古典长篇小说中最奇特的一部,也是一部在封建社会要求体现男女平等的作品,对现实社会的人情世态作了无情的讽刺,寄寓了作者的社会理想。作者用充分的想象力,描写海外各国形形色色的风土人情,诙谐幽默,语言生动流畅,妙趣横生;种种奇闻趣事脍炙人口,长期流传。

前秦苻坚时,法门寺地区秦州城出了一位女诗人苏蕙,她创作的回文诗《璇玑图》影响深远,在我国诗歌史上别具一格,影响颇深远。《璇玑图》轰动了那个时代,大家争相传抄,试以句读,解析诗体,然而能懂的人寥若晨星。《璇玑图》流传到后世,又令很多文人雅士伤透脑筋。武则天曾就《璇玑图》刻意推求,得诗二百余首。宋代高僧起宗,将其分解为十图,得诗三千七百五十二首。明代学者康万民,苦研一生,撰《璇玑图读法》一书,说明原图的字迹分为五色,用以区别三、五、七言诗体,后来传抄者都用墨书,无法分辨其体,给解读造成困难。康万民又研究出了一套完整的阅读方法,分为正读、反读、起头读、逐步退一字读、倒数逐步退一字读、横读、斜读、四角读、中间辐射读、角读、相向读、反向读等十二种读法,可得五言、六言、七言诗四千二百零六首;每一首诗均悱恻幽怨,一往情深,真情流露,令人为之动容。《镜花缘》第四十一回《观奇图喜遇佳文,述御旨欣逢盛曲》,以文学作品的形式,形象地介绍了《璇玑图诗》及其读法,因前面已多次论及回文体,故不再详述。

结　束　语

　　本书既名《中国古代文体学史》，按理只应讲到辛亥革命，至迟讲到五四为止。但因前人颇多轻视词、曲、戏剧，清末、民国初年才格外重视起来，要籍颇多，特别是王国维在词学史，戏剧史上贡献很大，作为例外，本书讲到王国维为止。但民国初年对文体学有贡献者还大有人在，特别是陈澹然（1860—1930）的《文宪例言》，张德瀛（1861—?）的《词征》，姚永朴（1862—1939）的《文学研究法》，王兆芳（1861—?）的《文章释》，陈衍（1856—1937）的《石遗室论文》等，都是重要的文体学论著，限于时限和篇幅，本书只好割受。好在《中国古代文体资料集成》已收作附录，有兴趣的研究者和读者不妨一阅。

图书在版编目（CIP）数据

中国古代文体学.上卷,中国古代文体学史/曾枣庄著.—上海：上海人民出版社:上海书店出版社，2012

ISBN 978 - 7 - 208 - 11116 - 5

Ⅰ.①中… Ⅱ.①曾… Ⅲ.①古典文学—文体论—文学史—中国 Ⅳ.①I206.2

中国版本图书馆 CIP 数据核字(2012)第 266060 号

出版策划　王为松　许仲毅
责任编辑　孙　莺　田芳园　邹　烨
特约编审　钱玉林　罗　湘
封面设计　王小阳
技术编辑　伍贻晴

中国古代文体学

——上卷,中国古代文体学史

曾枣庄 著

世 纪 出 版 集 团
上海人民出版社
上海书店出版社 出版

(200001　上海福建中路 193 号　www.ewen.cc)

世纪出版集团发行中心发行
浙江新华数码印务有限公司印刷
开本 720×1000　1/16　印张 399　插页 42　字数 6,042,000
2012 年 12 月第 1 版　2012 年 12 月第 1 次印刷
ISBN 978 - 7 - 208 - 11116 - 5/I · 1074

定价 1500.00 元

（全七册）